| 中国文学理论与批评丛书 |

学术顾问　钱中文 | 主编　吴子林

文学謦论

吴子林 著

全国百佳图书出版单位
时代出版传媒股份有限公司
黄山书社

总　序

通读眼前的八部书稿，各种情绪：兴奋、激动、享受、叹息、伤感、寂寥……轮番袭来，纠结于心。这时，我想起了一部电影——

音乐家科伦布的爱妻亡故，他从此带着两个女儿隐居深林，整日独自研习古大提琴。在绵延无休的乐声中，他看见深爱的亡妻，此刻就坐在他对面聆听。之后，他们一起祷告，一起乘坐马车，一起并肩走过春色茂密的森林，一起来到河岸渡口，直到她独自坐上小船离去。怕她再次消失，他不忍停下手中的乐曲。为了让她一遍一遍重现，他用余生不断拉奏心爱的大提琴，记下心里的悲伤乐曲，想看看爱将延续到哪里。

这是一个清静的世界。老房子旧得幽静、坦然，乐声绵延无休、难以捉摸，家中的器皿也都散发出乐器的光泽。科伦布在森林里拉琴、作曲，他拒绝宫廷表演的邀请，拒绝各种矫饰，只为灵感而作曲，只是记下瞬间的颤抖，删除多余的抒情。他的演奏闻名遐迩，在传说中更是出神入化。

有一天，17 岁的红衣少年，一个鞋匠的儿子，敲响了音乐家的门。他立志成为伟大的音乐家，慕名前来

学艺，几经周折，红衣少年成了科伦布的学生。后来，红衣少年背着老师受聘为皇家乐队的演奏家，而被逐出师门。再后来，红衣少年成了宫廷乐长，生活富足；音乐给他带来了华丽的马车、镶嵌珠宝的假发衣饰、显贵的地位与指挥权杖，但他不再有 17 岁时那湛蓝的眼神。他深感自己始终未得音乐的要领。他记得，年少的那个午后，在森林里听到的琴曲，那种庄重、静穆、悠远而哀伤的，才是真正的音乐。

老人弥留之际，宫廷乐长深夜赶赴森林小屋，去上最后一堂音乐课。当他一身显阔地走进那简朴肃穆的家中，发现自己不过是个臃肿的丑角。他问老人："音乐是什么？为了供奉上帝？为了取悦国王？为了金钱？为了荣誉？是爱情的忧伤？或是自暴自弃的放纵？"

都不是。

他终于领悟，自己的疑问便是答案："是不是给死者的礼物？是给那些不能说话的人低声的安慰，给那些消逝了的童年？是为了让鞋匠的锤声变得柔和？是为了那我们出生之前就已存在过的时间，在我们呼吸之前，或者看见光亮之前……"

——这是电影《尘世里的每一个清晨》所讲述的三百多年前的故事，它把我们带回到音乐的黄金时代，唤醒了许多温馨美好的记忆。

是的，倘若音乐有魂魄的话，那就是它的毫无用处，它的无用之用。音乐是爱，是恩慈，是虔诚，是内心孤独的吟唱，是出神的一瞬，是人类关

于光明、自由和宁静的力量的梦想。

“一个民族的政治生活只是它存在的浅层部分；为了了解其内在的生命——其行动的源泉，我们必须通过他的文学、哲学，以及艺术这些反映该民族理念、情感和梦想的东西，来深入探索它的灵魂。”罗曼·罗兰写道，“音乐展示给我们的是在表面的死亡之下生命的延续，是在世界的废墟之中一种永恒精神的绽放。”①

文学艺术的研究与创作一样，都是一种生气灌注、深邃博大的“创世”，也就是发现、创造可能世界，帮助人们建立生命的、家族的、民族的“根”的意识，确立经验的、文化的统一感与连续性，在滋养自身的同时，影响人类的精神世界。

安贝托·艾柯在《诺伯托·博比奥：重新审视博学之士的命运》一文中强调，知识分子的责任不在“解决”危机，而在“制造”危机，即时刻营造出一种危机感，唤起人类的共同意识的危机感，并寻找、创造普遍的社会共识。

20 世纪 70 年代末 80 年代初，即进入“新时期”以来，整个国家处在一种社会转型之中。如何建立中国自己的崭新形态的文艺理论，成了文艺学界的重要课题。面对当代西方文化传入所引发的诸多挑战，以及当代文学创作所提出的诸多命题，经一大批文艺理论家、批评家的共同努力，中国当代的文艺理论终于实现了现代性的转型，即“从一家‘专政’式的独语，转变为‘百家争鸣’式的对话；从政治话语转变为学科的学术话语；从非常态的中心话语，转变为自主发展的常态话语”②。文艺学研究的视野得到前所未有的拓展，如文艺社会学、文艺心理学、文艺美学、文艺解释学、中西比较诗学、文艺生态学、文艺符号学、文艺人类学、文化诗学等领域，都有人在尝试，并获得了不少结实的成果。

---

① ［法］罗曼·罗兰著：《音乐散文集》，冷杉、代红译，中国文联出版社 1999 年版，第 1 页、第 7 页。

② 童庆炳撰：《新时期文学理论现代性转型概说》，《童庆炳文集》第 3 卷，北京师范大学出版社 2016 年版，第 468 页。

值得强调的是，其中的一些杰出的代表，如钱中文、童庆炳、孙绍振等文艺理论家，他们大多经历过各种政治运动，从没脱离当代中国的政治、文化现实。置身于风云际会的时代，他们怀抱笃定的理想主义的激情，广泛关注历史与现实的政治、经济、科技、文化各领域，对现有的种种结构模式始终保持质疑的态度，并通过精深的研究推翻僵化不合理的部分，表现出了对时代命脉的精确诊断和敏锐切入。由于洞察了语言符号背后的价值世界，他们成功揭示了其中丰沛而深厚的精神质地，呈现了关于生活世界的总体想象，开启了一个个一般人所未曾领悟的心灵世界。他们的学术成果是对社会文化问题的思考，是显示人文知识分子存在身份的根据，体现了对社会应履行的责任。

至于当下学界的中坚力量，如高建平、王岳川、李春青、陈晓明等一批学者，则是这些前贤的薪火相传者。与师长辈学者一样，对于他们而言，个人与历史、个人与国家互为镜像；他们有着丰富的内心生活及准则，善于提取、想象、弘扬历史与现实中稀薄而弥足珍贵的东西，并以其充沛的语言敞开、释放灵魂的悸动、精神的能量，以内在心灵的秩序对抗外部庸众的世界。

在我看来，文艺理论、美学的研究者以及批评家与作家、艺术家一样，都是这个世界的观察者、倾听者、质疑者和审判员，都是在为一个“缺席的民族”而写作，而不是做历史的书写者、抄写者和打字员。

名利诱惑与学术追求，对于所有问学者来说，是人生中不断出现的十字路口。文学艺术和生命宛若一条河流，收集了星光、烈日、蓝天、雾霾、彩虹和暴雨。面对欲望与生命力蠢动的世界，真正的学者以学术为宗教、为信仰为志业，他们洞察哪些是浮云，哪些是本质；他们所能看到的不只是现在，还有未来；他们播撒怀疑的种子，而不是收成已然明确的事实；他们不只是理念的唤醒者，同时还是社会革新进程的引导者；他们知道，生命只能燃烧，不可虚耗——因为他们手头所持有之物，不外乎时间、记忆和文学艺术所创造的美；而理论的勃勃生机，只能源于抵御纷扰人生的各

种诱惑或压力，源于创造性的质疑、心无旁骛的虔诚劳作和漫长执着的自我探寻。只有在思考和写作中，每个人才能找到自己真正的皈依之所——这是上述优秀学者给我们的深刻启示。

由钱中文先生担任学术顾问，本人主编了“中国文学理论与批评丛书”。本着“学术乃天下公器”的宗旨，我们拟分期分批分人结集出版，以检阅当代中国学人的学术实绩。本丛书具有开放结构，第一辑推出的为我国当代著名的文艺理论家、美学家、批评家，其中既有年逾八旬的资深学者，也有中、青年学术新锐；每人一集，收录“有分量”的代表作，凸显“一家之言”的戛戛独造。

主编这套丛书的愿望有二：

其一，展现新时期以来中国文艺理论研究与批评所取得的实绩，凸显那些富于中国特色的、有个性、有识见、敢论断、敢担当的学术创见。如，钱中文的“新理性精神”文论，童庆炳的“文化诗学”，孙绍振的“文学文本解读学”，高建平、王岳川之于中西美学的剖析，李春青之于中国古典诗学的建构性清理，以及陈晓明、吴子林之于中国“文学问题”的探究等等。

有识之士指出，一个城市乃至一个国家的文化质量，跟它是否拥有富于价值的文学记忆或文化记忆，有着很大的关系。所谓文学记忆或文化记忆，就是有一个或一批伟大的作家、思想家，他或他们代表这个城市、国家，这个城市、国家也进入了这一个或一批伟大作家、思想家的创作生命。简言之，文学记忆或文化记忆直接关系到一个国家的文化形象的塑造，其义大焉。

毫无疑问，包括文艺理论、文学批评在内的学术本身，是中国当代文学记忆或文化记忆的重要组成部分。随着我国上升成为世界第二大经济体，中国正成为一个世界性的大国，系统地向世界展现中国的现代化成就、中国文化和价值观，塑形中国的“大国形象”，至关重要。为此，在推出本丛书的同时，我们还将努力组织专家将它们译成外文，使它们走出国门，走向世界，逐步实现中国文论走出去的宏愿，让西方人了解中国、认识

中国——这是颇有文化远见的举措，在一切追求市场效应的今天显得尤为难能可贵。

其二，志在薪梓承传，泽被后学，希冀后来者能赓续前人纯正的学术品格，全副身心投入到文学这一健康的终生事业中去，以扭转目前文艺理论、美学研究以及文学批评的窘境或困境，切实推进现实社会的改善与进步，使人们重获生命的完满，走出一条焕发生命韵致与光泽的道路。

马克思有句格言："最先朝气蓬勃地投入新生活的人，他们的命运是令人羡慕的。"[①]通读完八部书稿，只觉时光如电，一股氤氲之气回荡其间。偶尔抬眼远望，只见雾霾重重，晨昏不明，仿佛自己悬浮于另一个世界；一阵北风骤起，雾霾一点一点散去，古老的都城一点一点透明起来，一点一点安详、生动起来。

户外，市声隐隐沸动，如深山松涛；窗外，落叶敲打着落叶，雨点追逐着雨点；远方，迷迷蒙蒙，嚣嘈不舍昼夜——我听到了生活行进的坚实步履……

一切都只是开端。"中国文学理论与批评丛书"还将推出第二辑、第三辑……并将进一步扩大规模。我们真诚地希望读者诸君提出宝贵的批评建议。

是为序。

吴子林

2016 年 12 月 23 日

---

① [德]马克思撰：《致 R》(1843 年 5 月)，见《马克思恩格斯全集》第 1 卷，第 408 页。

目　录

自　序

十余年前，授业恩师童庆炳先生对我说："写好文章的关键在于是否有'气'。"这让人想起曹丕所云："文以气为主，气之清浊有体，不可力强而致……"在某种意义上，"气"之真义即"风格"；恩师所要强调的是：治学为文要有自己的"风格"。什么是风格呢？那就是治学者氤氲、散发出的生命气息，包括他的心灵的倾向；其中的核心是：以什么样的态度进入这个世界，以什么样的方法理解这个世界，以什么样的方式展开这个世界的理论建构，并践履于日常的"生活世界"。

我们知道，自然科学理解世界是主体对象化的理解，是"我与它"(I and it)的关系，所探求的是"客观性真理"，重在利用厚生；人文学科理解世界则是生命气息的互动感通，是"我与你"(I and you)的关系，所探寻的是"启示性真理"，重在树德立人。故人文学科的研究，一靠生活，二靠思想，三靠学问，其中关键在于是否"有我"，是否能站到精神领域的最前沿，回答时代的问题，兴味充沛地谈论"我"的学术发现。

根据我多年的观察，人文学科研究的专家、学者、教授大概可分三种：一是职业的，二是事业的，三是趣味的。

职业的研究一般有学院派的严格学术训练背景，专业基础扎实，外语熟练精通，对于各种西方现代新潮理论熟稔于心，运用自如；其研究多是“因题为文”，即外来的写作任务，如课题的设置、刊物的策划、会议的研讨、市场的诱引等；其笔力多集中于某一点，“小题大做”，发掘细密深刻，能显示论者才华，但终归屈己从人，疲于奔命，蝇营狗苟，很难显示论者的全部才华；且过于专一，不仅容易自我重复，也常使研究蜕变为一种劳作，批量制作，千文一面，弄潮相逐，敷衍塞责；其甚者，沽之以名，钓之以誉，谄媚跟风，油滑猥琐，沉迷于炮制虚假欺世的概念命题，制造华而不实的前沿热点，学术不过是夤缘求进、牟取实利的工具。由于“匠气”过重，研究则又容易形成“套路”：首先“资料见底”，即穷搜冥索，收集、整理、甄别、归纳所有材料；其次借助一定的理论把材料重新装置、分配、知识化；最后在材料和理论的配置中提出些观点和看法——其多为陋见、成见、曲见、佞见，思想贫乏，言不及物，气味枯索。职业型研究者甚众，如过江之鲫，比比皆是；其中固然有“我”，只不过是“小我”“私我”；其中不乏“创新”，但不利学术的大发展。

事业的研究是以治学为一生悬命的事业，是持之以恒、全身心投入的名山之业。作始也简，其毕也钜。研究者数十年如一日，筚路蓝缕，心无旁骛，惓惓切切，苦行深学，视学术为自己的生命；既高屋建瓴，质疑问难，又一砖一石，扎实筑基；对时代精神特具感知能力，鸿篇巨制，粲然可观，识见规模，远高流辈，而引领当代最先进的思想潮流。其佼佼者强强联手，在保留个人趣味和性灵的前提下，构建实力雄厚、结构合理的团队，秉持核心的学术理念，斟酌古今，打通中西，融会诸学，衷取群解，参差己见，万流归一，开基创业。其特出者孜孜于学科体系、话语体系、学术体系的学理性建构，大雅宏达，独创一格，施教启迪，指迷导悟，前贤后彦，学脉绵长，从中可真切感受到时代文化命脉之搏动，其事业之发达与否关乎一国文化之盛衰。这方面的研究者为数不多，寥寥千古。

趣味的研究则是自由的个体性工作，不从俗，不慕虚荣，为性简素，避喧兰若，踽踽独行，自苦自适，心定气闲，任天而动，触事兴感，见微知著，因文为题，纵谈古今，纡徐不迫，讲论自乐；有细密处，有奔放处，豁朗深邃，不拘一格，极具创造性和生命力。此类研究完全不从事功上着想，亦无体系性之考量，其价值与意义却甚为重大，因为这种自动的工作不忮不求，机心全息，力究本来，风神蕴藉，总是竭尽了心力，决不模糊敷衍；这是一种类似爱情的工作，知之深，爱之切，多按各自的趣味发而为文，触处生春，若俯若偃，俱从其情，天趣盎然，启人心扉。因为完全按照个人的喜好摸索而得，此类研究总是有一种体系之外的率性与轻盈、清淡与准确，而在萧散随意之中，蕴藏大量尖新的学术创见，读者唯有"以心会心"方有所得；这是世间锦心绣口的绝世妙文，只对与自己处于同一层次的读者拈花微笑。这让人想起林语堂先生所言"我们精神上的屋前空地"，可惜从之者少之又少，凤毛麟角。

在上述三种研究境界中，唯后两种研究有"我"，有"大我"，能将阅世、说理、论学三者合而为一，吐滓淋漓，卓然而为学术大家。

正如龚自珍《题王子梅盗诗图》一诗所云："从来才大人，面目不专一。"这些学术大家既有敏锐过人之思力，又有气劲神完之文笔；他们不仅是"学问家"，而且是"文章家"。他们的学术作品往往都是"美文"，不单能把理说得圆，还有一种"余情"贯穿其间，写得从容、澹定、丰饶，耐咀嚼,有余味,有气象。读他们的作品,心醉神迷,神情声音毕现,骨骼血肉顿生。

譬如,胡适、冯友兰关于中国古代哲学的研究,陶行知、林汉达的教育学研究,朱光潜、宗白华、李泽厚的美学研究,钱锺书、俞平伯的诗学研究,叶嘉莹、缪钺的词学研究,王元化、童庆炳的《文心雕龙》研究,顾颉刚、江绍原、钟敬文的民俗学研究,赵元任、周有光的语言文字学研究,顾准、孙冶方的经济学研究,吕澂的中印佛学源流研究,赵紫宸的基督教研究,费孝通的社会学与人类学研究……这些学术大家各自以完整的个人对应完整的文化,是所谓"专家之上的文人";他们学问淹博,著述宏富,都有学术思想体系的内在经纬,都有自身的结构支点,以及由此形成的思想格局,故能打通、激活各种学问乃至一切人类文化成果,并复现为一个有机整体,为完整的个人所用;他们寓思想于学术,并浸在自己的性情里,故笔下生气流贯弥漫,文体浑然圆融,趣味盎然醇厚;其眼光态度、学养逸兴、意趣情致,都别具一格,戛戛独造。

"职业""事业""趣味"三种境界表明,真正有价值的人文学科研究既是"无我"的,又是"有我"的;"无我"者无"私我","有我"者有"真我";这样,其创造力和生命力才能绵延不绝而有欣欣之势。

坦白地说,我个人的学术研究偏于"趣味型"。

法国思想家福柯曾关切过此类问题:我们自身是如何成为说话、劳动、生活的主体?在现代的社会条件下,作为主体的我们自身,又怎样同时地成为知识、权力和道德行为的对象和客体?我们自身是怎样成为法制、道德伦理以及各种社会文化规范的限制对象的?换言之,我们自身为什么如此偏执于主体性,却又不知不觉地成为被宰制和被约束的客体?我们自身究竟有没有可能不再成为主体性原则的奴隶?我们应该怎样走出主体性的牢笼,而使自己真正成为自身生命的自由的主人?

福柯所思考的,直接关系到我们自身的命运、现状与未来。福柯说,在当今西方社会,最大的政治问题就是"规范化",它给个体的生命造成了损害。赵汀阳在《论可能生活》中一针见血地指出："事实上，规范从来只能掩盖生活问题、使生活问题显得含糊，却无法解决任何一个生活问题。"

问题明摆着，那么，我们怎么办呢？

我的处理方式是：自己救自己。当别人整天填表格、写报告时，当别人整天谋划国家重点课题、重大项目，弄点钱花花时，当别人挖空心思抢位置、占地盘时，当别人成天与人斗其乐无穷时，我静坐书斋，笑看风起云涌，潮起潮落，潜心读书，用心写作，明心见性——何不快哉？！

旅美作家木心说："始终不肯背叛自己的人，即使吃了很多苦头，最终却可以笑着。"初读到这句话，感觉像是对我自己说的。

人生真是奇妙。年少轻狂时，总是向外观看，寻找、发现社会的种种弊病、缺陷、错误；待到知天命的时刻，便向内看了，反省自己，看清自己。说心里话，我一直感到很幸福，由于命运的眷顾让我选择了文学，文学也选择了我。对我而言，文学就是宗教，文学就是信仰，给我以心灵的纯静，生活的充实。

诗人侯马在《他手记》里写道："命是什么？命首先是骨头，它在柔软的肌肤之下撑着躯体、意志、尊严、爱恨、情仇。"

这真是智者之语！

我们所处的时代讲究"计算""操作""规划"，与之相应，"妥协"成了我们日常的生活姿态。有时候，只有放弃才能剩下尊严；有时候，只有坚守才能维护尊严。

我喜欢读书，沉迷于理智与情感交融的心境。

我喜欢思考，执着于精神的探险而无中生有。

我喜欢写作，陶醉于内在性灵的充盈或发现。

日复一日，年复一年，自己不间断地读书、思考、写作，只是以文字追逐着时光；对我而言，理论研究不过是自发性的创造，尽我心尽我力尽我份而已。十余年来，我努力体会钱锺书所倡导的读书心法："消纳"。"消纳”即消化吸收，其意有二：一是要像蜜蜂采花那样博取众长，保证营养均衡、心智健全；二是要善于消化，“物化为我”，沟通古今中外，化书本知识为性灵体悟。钱锺书说得好，读书“必深造熟思，化书卷见闻作吾性灵，与古今中外无町畦”。

为此，自己一方面带着生活积累和人生体验去读书，以书印证自己的人生；一方面则带着书本知识的积淀走进生活，化知识为人生的智慧。这样，书就成了我生命的一部分，生活就成了一本读之不尽的大书，读书、写作、生活相合相契。

收入本书的文字大都发乎本心，出于持久的个人兴趣——以经验沟通超验，以有限相遇无限，未来的无限可能便向现在一一开放；生活的快乐油然而生，谁还会在乎自己之所不能呢？

《论语·季氏》云：“言未及之而言，谓之躁；言及之而不言，谓之隐；未见颜色而言，谓之瞽。”清代学者冯桂芬有云：“瞽论如是，藉求是正。如有以发我蒙，固所愿闻耳。”（《复庄卫生书》）本书名曰“文学瞽论”，即此意也。

每个人都有自己的命，学术也有自己的命，何必强求呢？荷尔德林有诗云：

> 我们每个人走向和到达，
> 我们所能到达的地方。

是为序。

2018年6月28日 北京“不厌居”

导　论

据说，某一年香港某理工大学校长在研究生面试时突发奇想，除了考察专业知识之外，请每个学生背诵一首古诗。按计划，这一年他要招收 7 个学生，结果每个考生一上来，张口就是“床前明月光”……

初闻此事，一者为之“感动”：一个理工科学校的校长总算还有一点文学细胞或文化底蕴；二者为之“感慨”：现代科学教育与人文教育的严重失衡，致使传统文化衰败如此。嘘唏之余，我觉得面试也太简单了，若让学生背诗之后再作番分析，这样，即便每人一张口就是“床前明月光”，或许也能分出个子丑寅卯什么的。可问题是：这些理工科出身的学生，除了谈些表层阅读感受之外，能以训练有素的科学精神解析这首烂熟于耳的《静夜思》吗？换句话说，文学作品能以科学的、客观的方式解读吗？

别以为我这是在“异想天开”，或是有意“刁难”学生。事实上，还真有人对这首诗作了一种科学的、客观的分析，从中归纳出了以下五组“二元对立”关系：

其一，“明月光”（实）/“地上霜”（虚）。第一句中心词是“明月光”，第二句中心词是“地上霜”，“疑是”

二字表示一种否定关系。这两句可以看成一个句子:“明月光”(主词)+“疑是”+“地上霜”(宾词),主词与宾词之间存在着一种隐喻关系。“明月光”与“地上霜”既有相似之处,也有不同之处,彼此构成了对等关系。相似:“明月光”皎洁、澄澈,与“地上霜”的洁白类似;“明月光”洒落床前的地上,与“地上霜”所处的地点相同。不同:“月光”为光波的运动,可见不可触,“霜”则是水汽遇冷凝成的冰;床前“月光”为实际存在,地上“霜”为诗人的错觉,并不存在。

其二,“明月”(实)/“故乡”(虚)。第三句、第四句是一组对偶句,“明月”与“故乡”亦构成对等关系。相似:“明月”挂在天上,可望而不可即;“故乡”远在天边,可思而不可见,更不可及。不同:“明月”为当时存在的实物,“故乡”只在诗人的记忆之中。

其三,“明月光”“地上霜”(近)/“明月”“故乡”(远)。第一、二句所写的“明月光”与“地上霜”离人近,似伸手可及;第三、四句的“明月”与“故乡”则离人很远,无法企及。

其四,“明月光”“地上霜”(无意)/“望明月”“思故乡”(有意)。“明月光”是诗人一觉醒来无意中发现的,“地上霜”也是诗人的错觉,都是下意识的活动所得;“举头望明月”是诗人有意识的自觉活动,“低头思故乡”更是有目的之自觉活动。

其五,“明月光”“明月”(有限)/“地上霜”“故乡”(无限)。第一、三句是实写,“明月光”与“明月”都是有限的;第二、四句是虚写,“地上霜”与“故乡”都是在诗人主观活动中出现的,是无限的。

上述五组“二元对立”关系可图示如下:

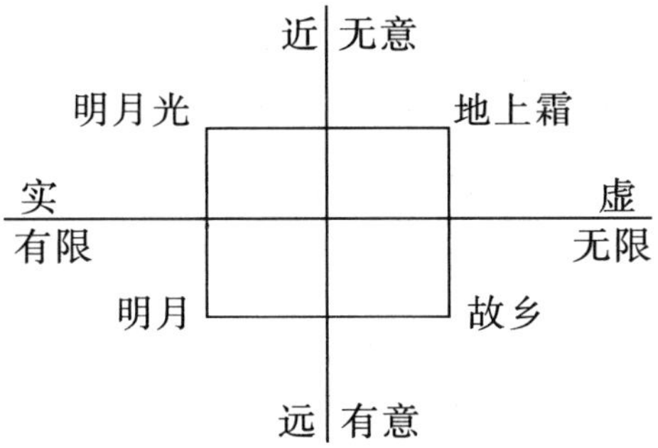

经以上分析,得出的结论是:《静夜思》一诗之美就在于它让人们在对立中寻求着统一,在瞬间中追求着永恒,在有限之中把握了无限。

显然,这种分析方法(1)是分析的,不是评价的;(2)不再描述诗歌的意境,或探究诗人的创作意图,而是致力于寻找组成诗的各元素之间的内在关系;(3)不再关心作品创作的时代或社会背景,不再考虑诗歌可能引发的读者感受,而是将二十个字看成一个整体,细致考察其中各种组合的可能性,力图抽取、分离出其中隐而不彰的“深层结构”。总之,它关注的是诗中有些什么,而不再留意诗中说了什么。这种分析方法便是人们常说的“结构主义”文学批评方法。在结构主义看来,世界是语言的编织物,它通过人的意识而作为一种心灵的表象存在,人的意识中包含着个人的和普遍的结构,整个世界只有经过结构的组织、编排,才能为人们所理解。为此,结构主义对文学进行毫不留情的非神秘化研究,认为文学作品也是一个建构,其种种机制也能像任何其他科学的研究对象一样被归类和分析;它关注文学作品的普遍性问题,力图证明科学地研究文学是可能的;它关注文学现象的不变的深层结构,力图对之加以科学的解释。因此,从中我们看到了一种具有科学冲动或近乎科学迷梦的理论倾向,文学研究成了一种静态的、模式化的技术性工作;这种 X 光透视一方面让人感觉新鲜,另一方面则让人感到极度的枯燥乏味。于是,问题又回到了原点:包括诗歌在内的文学真能以科学的、客观的方式把握吗?

在我看来,科学地对待文学批评或研究,把文学作品完全当作一个物体的存在予以分解、剖析,这种公式化、模式化的归纳,由于缺乏生命的润泽,缺乏文化意识与担当感,只能成就干枯的理性主义,沦落为一种机械、僵化的文本游戏,远离了文本的原生态世界。真正的文学批评,必须是对批评对象的描述和评价。俄国形式主义者什克洛夫斯基说得好:“诗是需要分析的,但要像诗人那样来分析,不要失去诗的气息。”①文学艺术是有生命的形式,它不是简单地模仿或展示某个现实世界,其所关注的是人的存在。作为词语的特定使用方式,文学用词语来创造或发现一个“新世界”,一个“元世界”,一个“超现实”,以替代、补充业已存在的世界。每一个独创的、伟大的文学作品都揭示了人类存在的新的深度,从中我们看到的是人之灵魂最深沉、最多样化的运动。维特根斯坦说:“我的语言界限意味着我的世界的界限。”②语言的真正意义就呈现于丰富多彩的“生活形式”之中,使用一种语言就是择取一种“生活形式”,寻找一个安宁的“家”。

文学艺术是生命、情感和意识的符号性表现,艺术形式——语言、结构等——传达出一种远远超出形式自身的意义,在我们的身上唤起、强化、保持着一种蓬勃的生命感,使人类的自我本质得以无限提升。苏珊·朗格说得好:“文学之所以成为标准的学术研究对象,原因正在于人们有时不把它当作艺术。”③文学研究在走向科学化、技术化的过程中,使人沦为科技与物欲的奴隶,遗忘了人的世界,丧失了人的生命主体性,这不能不归咎于现代教育。正如有识之士所言,现代教育培养了如此精致的“利己主义者”:高智商、世俗、老到、善于表演、懂得配合和利用体制……对此,池田大作有过非常尖锐的批评:功利主义的现代教育带来了两个弊端:一个是学问成了政治与经济的工具,失去了本身应有的主动性,因而

① [苏]维·什克洛夫斯基著:《散文理论》,刘宗次译,百花洲文艺出版社1994年版,第91页。

② [德]维特根斯坦著:《逻辑哲学论》,郭英译,商务印书馆1985年版,第79页。

③ [美]苏珊·朗格著:《情感与形式》,刘大基、傅志强译,中国社会科学出版社1986年版,第237页。

也失去了尊严性;另一个是认为唯有实利的知识和技术才有价值,所以做这种学问的人都成了知识和技术的奴隶,由此而产生的结果是人类尊严的丧失①。

人的生命需求是多层次的,就现实的人而言,每个人一方面要安顿形而下的物质生活世界,另一方面则要提升形而上的精神世界。形而下的物质层面的问题,可以通过科技手段得到解决;形而上的精神层面的问题,则只能付诸人文之教。然而,现代的知性教育忽视了人的生命的"整全性",将人的丰富整全的生命简化为"知识人""经济人"或"政治人",人被异化成了工具。事实上,科学技术只能告诉我们是什么,不能解决应当怎样,即价值领域的问题。然而,就像弗洛姆在《占有还是生存》一书所指出的,现代社会成了一个完全以追求和占有利润为宗旨的社会,绝大多数人都把以占有为目的的生存当作一种自然的、唯一可能的生活方式,把幸福等同于占有的东西。

事实上,文学是能给我们提供某种意义或启示的,因为它不是展示这个世界,而是创造另一个世界。德国美学家伊瑟尔指出,真正的文学让我们走出藩篱,让我们"通过另一种自我的可能与自我对话",使自由人性、人的可能性无限拓展;也就是说,文学是人类自由天性的一种实现方式,是人们实现精神自由的独特方式;文学的本质也就是一种可能性生活,是对可能生活的观念性实现、过程性的开启,它超越了世间悠悠万事的困扰,摆脱了束缚人类天性的种种机构的框架,"使人类成为自身",使我们"过上另一种生活"②。艺术巨匠毕加索曾给某人画幅肖像,在摆了第一次姿势之后,某人即表示满意。但毕加索反反复复画了九十次,然后统统擦光。停了数月,他不用模特儿就画完了这幅肖像。当某人困惑地问画家这像不像自己时,毕加索平静地答道:"你有一天会像它的。"的确,作

① [日]池田大作、[英]汤因比著:《展望21世纪》,荀春生译,国际文化出版公司1985年版,第61页。

② [德]沃尔夫冈·伊瑟尔著:《虚构与想象——文学人类学疆界》,陈定家、汪正龙译,吉林人民出版社2003年版,第106页。

为人类自由天性的一种实现方式，文学艺术是对一种“可能生活”之观念性的实现与过程性开启。一个合格的公民对于现代社会来说足够了，对于个体而言则远远不够。文学不是狭隘的以美为对象的学问，而是一种处世态度，或一种信仰。这种信仰并非来自政体、党派和神灵，而是出于孤独个体的内心信念。因此，文学具有一种超越性，可以使人从政治话语、党派斗争和物质利益中获得解放。英国小说家毛姆曾经做过这样的自我分析：

> 对一件艺术杰作，人的反应究竟如何？比如，某人在卢浮宫里观看提香的《埋葬》，或者在听《歌唱大师》里的五重唱时，他的感觉如何？我知道我自己的感觉。那是一种激越之情，它使我产生一种智性的、但又充满感性的兴奋感，一种似乎觉得自己有了力量、似乎已从人生的种种羁绊解脱出来的幸福感；与此同时，我又从内心感受到一种富有人类同情心的温柔之情；我感到安定、宁静，甚至精神上的超脱。①

同样，文学不是某种道德观念的复制或灌输，而是启悟、激励个体趋善去恶、涵养情性、重塑自我的生命实践。

文学具有对读者生命之完善有所浸润的“成人”意义，它不是把人塑造成某种道德、政治或经济的工具，而是在人的感性、情感乃至生命力的充分发展上着力，“潜移默化”地使人的自身得到全面发展。然而，很多文学研究者似乎已然忘记了这点。由于人文精神、生命意识的失落，我们的文学研究往往或由事实归纳为“原理”，或由“原理”演绎出个别结论，没有对人生世相的直悟、涵泳，没有厘然当于人心的四射灵光。体验是生命存在的直接形式，这种剥茧抽丝、堆砖架屋的文学研究，遗忘、漠视了研

---

① ［英］威廉·毛姆著：《毛姆读书随笔》，刘文荣译，生活·读书·新知三联书店1999年版，第64-65页。

究者本人生命体验的存在，不再呈现人的无穷生命潜力，不再是“一种呈现‘可能存在’或者‘可能发生’的纷繁复杂的多种事物的百花园”[①]；其冷漠、庄严和宏大的叙述，除了给阅读者带来了枯燥的折磨之外，在提升人的生命境界，成就一个健康完美的人格，开发出每一个体生命的全体大用等方面基本无所作为。

历史是人的生存活动的展开与生成，包括文学在内的人文学科，不是颁布最终的知识体系和普遍适用的信条，而是对人的生活世界的反思、批判，以及对一种新的生存方式和文化价值的重构、再塑。在某种意义上说，文学其实就是一个生活的问题。日常生活是与每一个人的生存息息相关的领域，它凭借各种给定的重复性思维与实践自在运行，传统、习惯、经验、常识在这里占据“统治”地位。在芸芸众生的生活里，一切都处于“手边”，这是一个可信、熟识和惯常行为的世界。日常生活实践着因果关系，所有因果关系也都在日常生活里得到检验，逃不过去。因此日常生活给文学作品的因果关系、逻辑关系提供了依据。沈从文先生评价好的作品，常常用极其简单的两个字：家常。是的，耐久的是家常的，耐看的也是家常的。我想，大概因为这些优秀的文学作品，一方面授受知识，另一方面则开启智慧，点化或润泽了生命，即：(1)让我们直面生命，解决生命的问题与困境；(2)回归生活实践，在日常生活的视野中体认生命本原；(3)关怀、呵护生命，以生命的提升与完善为目的。

那么，我们现在还有这样的文学吗？根据我的观察，我们的作家要么对自己的天赋过于自负，要么对自己的平庸过于满足。常人怎样享乐，作家就怎样享乐；常人怎样判断文学艺术，作家就怎样判断文学艺术；常人怎样从“大众”中抽身，作家就怎样抽身。他们“沉沦”于生活世界，感觉幅度不断窄化。有些作家的经验甚至开始寄生于报纸新闻，或是影碟动漫，炮制出了大同小异、数量惊人的“作品”。他们的作品即便是表现底

---

① ［德］沃尔夫冈·伊瑟尔著：《虚构与想象——文学人类学疆界》，陈定家、汪正龙译，吉林人民出版社2003年版，第12页。

层社会人民的生活，由于缺少细腻、真切的工夫，作品也轻飘飘、滑溜溜的，一锥子扎不出血来①。日常生活既是一个人们满足于对象“如是性”的熟知世界，又是个体可控制其各个维度和潜在可能性的世界。因此，社会的进步应体现为人类精神、一般社会活动和日常生活三个层面的协调进展。对于过度沉溺日常生活或与之分离甚久的文学，我们怎么能指望它们“优秀”起来了呢？又怎么能指望这种文学重建精神家园，扬弃日常生活的自在性质，以推动日常生活世界的嬗变呢？难怪有人诘问：“现在还有值得我们尊敬的作家吗？还有值得我们反复阅读的作品吗？”

“大学之道，在明明德”。学问首先应当“明明德”，确立人文的价值。只有“明明德”的学问，才是真正“生命的学问”。当代哲学家、新儒家巨匠牟宗三指出，中国文化之开端，哲学观念之呈现，着眼点在于生命。“中国文化一开始就重视生命。……都是为了调护润泽生命，为了使生命能往上翻而开出的。但我们的生命不只要往上翻，还有往外往下的牵连，这方面的牵连就有各种特殊的问题，如政治、社会、经济等，都需要特殊的学问，即专家的科技的学问。……这是不能互相取代的。一个是属于生命的学问，一个是属于知识的学问。”②“中国文化之智慧，惟在能自生命内部以翻出心性之理性，以安顿原始赤裸之生命，以润泽其才情气，并由之能进而‘以理生气’也。”③以明清之际的哲学家、理学家李颙（1627—1705）为例。李颙回顾自己一生的学问实践，其核心不过是一个发见本性之光明。他说：“学，所以明性而已，性明则见道，道见则心化，心化则物理俱融。跃鱼飞鸢，莫非天机；易简广大，本无欠缺；守约施博，无俟外索。若专靠闻见为活计，凭耳目作把柄，犹种树而弗培厥根，枝枝叶叶外头寻，惑也久矣。”④在李颙看来，学问的核心就是挺立一价值之源——性体，只

① 参阅韩少功撰：《文学：梦游与苏醒》，见林建法主编：《中国当代作家面面观——文学的自觉》上册，复旦大学出版社2009年版，第2—12页。

② 牟宗三著：《中西哲学之会通十四讲》，上海古籍出版社2007年版，第21页。

③ 牟宗三著：《生命的学问》，广西师范大学出版社2005年版，第29页。

④ 李颙著：《二曲集》卷45，陈俊民点校，中华书局1996年版，第562页。

有培植了这样的“根本”,人格的成长才成为可能,而后以生命之光照亮人生之途。李颙提出:“儒者之学,明体适用之学也。”“穷理致知,反之于内,则识心悟性,实修实证;达之于外,则开物成务,康济群生。夫是之谓‘明体适用’。”①也就是说,只有“体用兼该”,才能挺立一个丰富而完整的生命,这样的生命才是纵贯的、立体的。审视我们现在的学术界,能有多少这种“生命的学问”呢?现代学术研究多以知识为中心、以科学为宗旨,并无“明明德”之学问。金岳霖先生是诟病近代知识系统论的“理智”论者,他哀叹“苏格拉底式”的“元学”哲学家的不复存在。在元学哲学家那里,哲学绝不单纯是“一个提供人们理解的观念模式,它同时是哲学家内心中的一个信条体系”。而从柏拉图以降的近现代哲学家自身与他信奉的哲学之间分离的特点改变了哲学的价值,为此,金岳霖先生嘘嗟不已,认为这种改变“使世界失去了绚丽的色彩”②。

以文艺理论研究为例。20世纪曾被称为“批评的世纪”或“理论的世纪”,实际上,许多批评理论往往无视作品本身的存在,不仅从未真正推动批评实践的发展,而且导致了名副其实的批评活动销声匿迹。于是,所谓的艺术理论便不再与文学或艺术相关,理论界便成了理论家卖弄学问和掉书袋的竞技场。更可悲的是,那些习惯于闭门造车、凌空蹈虚的理论家还俨然以“天堂的把门人”自居,他们一面宣示不容置疑的“真理”,一面对所谓的“异端”大加讨伐;他们习惯于不着边际的宏观叙述和烦琐的科学分析,而不注重文本的细读,特别是对文学语言的品味,失去了起码的艺术感悟、敏感与直觉力;他们往往将中国的文学作品变成西方某个理论、概念正确性的一个实证,使文学研究成了自己得心应手地构筑模式、摆弄材料的智力游戏。可以毫不客气地说,不少学者研究了一辈子的文学或美学,皓首穷经,实际上他们根本就不懂得什么是文学,什么是真正的美!他们只能撰写“面目可憎”的论文,来回穿梭于一个又一个大同小

---

① 李颙著:《二曲集》卷14,陈俊民点校,中华书局1996年版,第120页。

② 参见金岳霖著:《金岳霖学术论文选》,中国社会科学出版社1990年版,第360—362页。

异的学术会议，贩卖或移植连自己都未曾真切体认的“理论”，蛊惑人心，招摇撞骗。之所以出现这种情形，一方面，这些学者与作家一样被学位、职位、职称、奖项、福利、文化宣传等“夹击”得面目全非，分别择取了“消费学术”“商业学术”“会展学术”“官本学术”等颇为流行走俏的知识生产和再生产方式，为博士点、硕士点、一级学科、基地、中心、项目、评奖奔波而乐此不疲，放弃了对型构人之生命的社会秩序的正当性的追问。另一方面，这些学者又往往把“理论”当作关于世界的权威性、指导性、规范性、概括性的解释或理解，而所谓的科学性、实证性、抽象性使理论成了远离生活实践的空中楼阁，理论家从生活事件之中抽身出来，以无关痛痒的理论遮蔽了感性的生活世界。伽达默尔在追溯“理论”（theory）一词的原初意义时指出，理论的意义并不是为世界提供所谓实证的规范的科学基础，理论是我们切近事物并邀请其出场的一种实践方式。他说：

> “理论”一词的希腊文是 theoria，它表现出人的存在这种宇宙间脆弱的和从属的现象的明晰性：尽管在范围上微弱有限，他仍然能够纯理论地思考宇宙。但是根据希腊人的观点，构造理论恐怕是不可能的。那样说像是我们制造了理论。理论这个词的意思，并不像根据建立于自我意识之上的理论结构的那种优越地位所意指的，指与存在物的距离，那种距离使得存在事物可以以一种无偏见的方式被认知，由此使之处于一种无名的支配下。与理论特有的这种距离相反，理论的距离指的是切近性和亲缘性。Theoria 一词的原初意义是作为团体的一员参与那种崇高神明的祭祀庆祝活动。对这种神圣活动的观察，不只是不介入地确证某种中立的事务状态，或者观看某种壮丽的表演或节目；更确切地说，理论一词的最初意义是真正地参与一个事件，真正地出席现场。①

① ［德］伽达默尔著：《科学时代的理性》，薛华等译，国际文化出版社 1988 年版，第 15 页。

“理论”的原初本义是吁请存在出场,切身性地进入生活事件。因此,文学批评家胡河清(1960—1994)说:“文艺理论不管怎么说,无非也就是谈文艺而已。然而我认为最好的文艺,总是渗透着人生的感怀;如果谈文艺的理论文章一概都写得如同哲学家的著述,一点点汗臭或者酒香的味儿都嗅不出来,那也未必就算顶高明的理论境界。”①

对于作家、文学研究者而言,最为迫切的工作在于:回归身在其中现实地交往与生存、现实地创造价值和意义的生活世界,回归人之生存的批判和自我批判的文化精神,使创作与研究都建筑在历史与现实的实践之上而得以“生命化”;与此同时,融入传统的感悟思维,重视涵泳、体贴、体认、体证等,用自己的精神陶冶熔铸,深造熟思,“化书卷作吾性灵,与古今中外为无町畦”②,从而建构既内蕴了切身体验、流淌着民族文化血脉,又充分吸收域外文化之长,能适应文化交流、对话时代的中国文学价值体系——这是当下文学创作、研究重新获取生命力的重要保证。那么,怎样才能使得我们的文学创作与研究的“生命化”真正落到实处呢?在我看来,非常有必要重申2010年诺贝尔文学奖得主、秘鲁小说家略萨(1936—)提出的“文学抱负”——这或许是当下文学创作与研究之去蔽或敞开的关键所在。

略萨指出,“文学抱负”是成为一个作家的起点,“文学抱负的基本属性是,有抱负的人如果实现自己的抱负,那么就是对这一抱负的最高奖励;这样的奖励要超过、远远地超过它作为创作成果所获得的一切名利”。他说:“作家能够获奖、得到公众认可、作品畅销、拥有极高知名度,都有着极其独特的走向,因为有时这些名和利会顽固地躲避那些最应该受之无愧的人,而偏偏纠缠和降临到受之有愧的人身上。这样一来,只要把名利看作对自己抱负的根本性鼓励,那就有可能看到梦想的破灭,因为他可能混淆了文学抱负和极少数作家所获得的华而不实的荣誉与利益。献身文

① 胡河清著:《灵地的缅想》,《钱锺书论》,学林出版社1994年版,第85页。

② 钱锺书著:《谈艺录》,中华书局1984年版,第1页。

学的抱负和求取名利是不相同的。”[①]因此，“文学抱负”是个神秘的题目，它被裹在不确定性和主观性之中；只要避免虚荣心，只要不带迷信和狂妄的神话色彩，我们便可以论及这个起因不详的因素。事实上，正是这种献身文学的抱负推动我们把自己毕生的精力投入其中，感到自己被一种力量所召唤，不由自主地去从事这种活动——比如写故事，比如探究美的难题，使出浑身解数，从内心深处感到写作是自己经历和可能经历的最美好事情，觉得实现了自我的价值，而丝毫不认为是在浪费生命。这就像傅聪说过的那样：上帝让我此生与音乐为伍，这已经足够。

略萨进一步指出，能想象出与生活不同的天地里的人物、情节、故事和世界，这种倾向可称之为文学抱负的起点；而它的起源又在于一种“反抗精神”，即基于对生活现实的质问、拒绝和批评，虚构出别样的生活和世界，以代替经过生活体验的具体和客观的世界；“这样的行动是幻想性质的，是通过主观、想象、非历史的方式进行的，可是最终会在现实世界，即有血有肉的人们的生活里，产生长期的精神效果”[②]。“文学抱负”存在的理由，文学存在的秘密理由，就在于这种关于现实生活的怀疑态度，它决定了文学能够给我们提供关于特定时代的唯一的证据。正是在这意义上，略萨谈论到了“虚构”的意义：“虚构是掩盖深刻真理的谎言；虚构是不曾有过的生活，是一个特定时代的人们渴望享有、但不曾享有，因此不得不编造的生活。虚构不是历史的画像，确切地说，是历史的反面，或者说历史的背面；虚构是实际上没有发生的事情，因此，这样的事情才必须由想象和话语来创造，以便安抚实际生活难以满足的雄心，以便填补人们发现自己周围并用幻想充斥其间的空白。”[③]因此，好的小说是在“谎言”中说真话：“一部成功的虚构小说代表着一个时代的主观精神；因此，小说

---

① [秘]马里奥·巴尔加斯·略萨著：《给青年小说家的信》，赵德明译，上海译文出版社2004年版，第2—3页。

② [秘]马里奥·巴尔加斯·略萨著：《给青年小说家的信》，赵德明译，上海译文出版社2004年版，第6页。

③ [秘]马里奥·巴尔加斯·略萨著：《给青年小说家的信》，赵德明译，上海译文出版社2004年版，第7页。

尽管与历史相比是在撒谎，却传递给我们那易逝去、会消失的真情。”[①]借助于小说的力量，人们觉得现在的世界应该更好，这个世界应该改变，而不断予以修正、改善，变革现存的生活方式，加速旧世界的崩溃，创生出一个更完整的、更好的、更不同的现实社会。

反观我们的有些作家，他们是写作技术精湛的“匠人”，他们的语言色香欲滴，结构如网如织、精美庞杂，情感充沛丰富，人物血肉饱满，可供人研究说道者应有尽有，唯独没有“反抗精神”的存在，唯独缺乏罗曼·英伽登说的“形而上学质”，更别说什么“气韵生动”了。是的，我们的有些作家实在是太聪明了，聪明过头了反而表现为弱智。他们错就错在太会写作，沉湎于技术的狂欢，而舒展自如地制造“名声”，心安理得地吃“黄道”、吃“黑道”、吃“红道”、吃“白道”……我们的有些文学研究者又何尝不是这样呢？在高校体制的职称制度、课题制度、评奖制度的掩护下，文学蜕变成了体制化的知识，文学研究成了标准化、程序化的大生产，被研究的文学作品被称为“材料”，研究者按照一套操作程序运作出来的著述被称为“成果”，各级职称、各类奖项、各种头衔信手拈来，想有就有，轻车熟路，如鱼得水，好一派天景的风光！然而，文不欺人，文学研究者对于文学的态度，是可以从他们的文字中一一读出的。他们还将文学阅读当作一种美的发现与享受吗？在明透得道、显山露水的生产过程中，他们还能感受到激动或愉悦吗？他们还喜欢、热爱文学吗？还对文学真正怀有兴趣吗？总之，他们还有真正的“文学抱负”吗？

文学或审美是“务虚”即“无用之用”，它使我们的心灵面对一个陡然开阔的境界，在几千年浩瀚的文化时空中纵性穿行，深刻地体味人生；它在培育生命意识，涵养人的情性，使我们的人格构成趋向健全的同时，通过改善现代人的人性以推动社会结构的变革。文学的魅力就表现在那从幽微处发端的会心一笑之默契与超脱。柏格森说得好，无论艺术家如何

---

① ［秘］马里奥·巴尔加斯·略萨著：《谎言中的真实——巴尔加斯·略萨谈创作》，赵德明译，云南人民出版社1997年版，第75页。

努力，在其实践终点上都会与一种“无”相遇；他提供给世界的虽然是一件可以“观”的作品，“但是，那个具体的结果中包含的、作为一个艺术作品全部内容的东西，却依然是不可预见的。而占据着时间的正是这种‘无’”①。然而，在那些以“批评理论”为谋生资本的“知道分子”那里，我们看到的是指点江山、君临天下的欲望，却看不到他们对文学艺术由衷的兴趣与喜爱。如果一个社会不再重视、热爱文学艺术，也就等于是致命地自绝于曾经创造并保持了人类文明精华的推动力。近年来，有些学者总喜欢用“危机”“挑战”一类的词语描述当代文学的状况，却少有人意识到，文学创作、研究的危机并非来自“全球化”或“电子媒介”的“挑战”，而是来自以文学为“职业”者内在的心灵，一言蔽之，即不再持有“文学抱负”，对文学已然失去了基本的信念。

更有意思的是，略萨还指出，如果把献身文学置于高于一切的坚定不移的行动之中，将文学爱好当作前途的决定，则有可能变成奴役，变成不折不扣的奴隶制。略萨将这一“文学抱负”形象地比作“绦虫”。19世纪，西方社会某些贵夫人因为害怕腰身变粗，为了恢复美女一样的身材而吞吃一条绦虫；绦虫一旦钻进她们身体的某个器官，便吸收人的所有营养，在人体内牢牢地建立了殖民地；从此，生活中的一切都不是为了自己，而是为了肠胃里的这个生物，自己不过是它的一个奴隶而已。在略萨看来，作家的地位与肠胃里有了绦虫以后的处境无异：

> 文学抱负不是消遣，不是体育，不是茶余饭后玩乐的高雅游戏。它是一种专心致志、具有排他性的献身，是一件压倒一切的大事，是一种自由选择的奴隶制——让它的牺牲者（心甘情愿的牺牲者）变成奴隶。……文学变成了一项长期的活动，成为某种占据了生存的东西。它除了超出用于写作的时间之外，还渗透到其他所有事情之中，因为文学抱负是以作家的生命为营养的，正如侵入人体的长长的

① ［法］昂利·柏格森著：《创造进化论》，肖聿译，华夏出版社2000年版，第293页。

绦虫一样。①

略萨借用美国小说家托马斯·沃尔夫的话说，“它蜷曲在那里，用我的大脑、精神和记忆做食粮。我知道，自己已经被心中的火焰抓住，已经被自己点燃的火吞食，已经被多年来耗费我生命的愤怒与无法满足的欲望铁爪撕得粉碎。一句话，我知道，脑海里或者心中或是记忆中，一个发光的细胞将永远闪耀，日日夜夜地闪耀，闪耀在我生命的每时每刻，无论是清醒还是在梦中……我知道即使死亡用它那无限的黑暗夺去了我的生命，我也不能摆脱这条蠕虫”②。如果我们对文学有着无限的热爱，那么，心之所系、气之所宗、命之所托、喜怒哀乐之所由，盖在于此。这样，我们便不难做到目光如炬，洞察实质，而从不故弄玄虚，人为地撒播雾霾；也不汲汲于名利，斤斤计较个人的得失宠辱——为了追索真理和理想，颠沛以之，造次以之，都毫不动摇，心甘情愿地承受一切苦难，至死不渝。略萨说得好，把自己的“文学抱负”表现为参加“远征”，怀着狂热的信念日日夜夜投身其中，在恒心加信心的基础上孕育自己的才能，这才是一个真正的作家、文学研究者所过的生活；“只有那种献身文学如同献身宗教一样的人，当他准备把时间、精力、勤奋全部投入文学抱负中去，那时他才有条件真正地成为作家，才有可能写出领悟文学为何物的作品”③。

确然，把文学创作与理论研究看作一种命运，看作一种填满自己生命并为之欣悦的生活方式，与文学这“绦虫”相伴直到生命终结，我们的文学创作与研究兴许能拥有一个令人欣慰的未来！

---

① [秘]马里奥·巴尔加斯·略萨著：《给青年小说家的信》，赵德明译，上海译文出版社2004年版，第11页。

② [秘]马里奥·巴尔加斯·略萨著：《给青年小说家的信》，赵德明译，上海译文出版社2004年版，第12页。

③ [秘]马里奥·巴尔加斯·略萨著：《给青年小说家的信》，赵德明译，上海译文出版社2004年版，第12页。

第一章　文学与意识形态

自20世纪80年代以来，以钱中文、童庆炳、王元骧等人为代表的"中国审美学派"建构了一个以"审美意识形态"论为核心思想的马克思主义文艺理论新体系。作为文艺学的基本原理，"审美意识形态"论是"建立在马克思主义的基础上，又延伸了马克思、恩格斯的思想，具有完整的理论创造，成为中国现代学者提出的马克思主义的新的文学观念"①。中国大陆当代最重要的20余部"文学理论"教材都以"审美意识形态"论为核心概念来理解文学。时至今日，"中国审美学派"仍活跃在中国文艺理论界的前沿。围绕"审美意识形态"论的论争，除了某些人为的因素外，主要是在"意识形态"等概念的理解上含混不清。从理论上厘清这些概念，或许能深化我们对于"文学"与"意识形态"之间复杂关系的认识，准确地总结与评说"审美意识形态"论。

① 童庆炳撰：《新时期文学理论转型概说》，载《中外文化与文论》第13辑，四川大学出版社2006年版，第25页。

一、“中国审美学派”的缘起

一切思想，都是以问题为中心的。马克思和恩格斯曾经指出：“一切划时代的体系的真正的内容都是由于产生这些体系的那个时期的需要而形成起来的。”[①]学术研究不只是为着一种历史知识的兴趣，生活在当代中国的学者，应着眼于解决中国现实的理论难题，始终处于对人类、社会、文学与自我的不断发现与探索状态之中，将现实的关怀与超越的、形而上关怀有机地统一起来。换言之，学术研究必须立足中国本土的现实，而对问题的学术性解决，又必须是学理性的，有距离的，更带根本性的思考与研究；二者之间应保持一种必要的张力。任何一种学派或理论体系的兴起，都是有其特定的历史背景和思想根源的。“中国审美学派”的形成与其所处时代的问题阈紧密相关，它形成于对时代问题的回应与超越之中，这种回应与超越既是针对于时代的呼唤，也是针对于文艺理论的实际发展要求。

在谈到中国近现代文艺思想的发展时，李泽厚认为：“每个时代都有它自己中心的一环，都有这种为时代所规定的特色所在。……在近代中国，这一环就是关于社会政治问题的讨论……把注意和力量大都集中投

① 《马克思恩格斯全集》第3卷，人民出版社2002年版，第544页。

放在当前急迫的社会政治问题的研究和实践活动中”;“政治斗争始终是先进知识群兴奋的焦点”[①]。长期以来,由于受极左思想影响,加上对苏联文学理论的盲目崇拜,我国的文学理论存在着背离文学现象,无视文学规律的不良倾向。“文革”时期,在极端僵硬的政治和文化状况下,“文学从属于政治”“文学是阶级斗争的武器”“文学是无产阶级斗争的工具”等文学观念盛行一时。20 世纪 80 年代,在拨乱反正、思想解放的大背景下,清理旧的文学观念和文学研究方法,清陈错误文艺观念的影响,客观地评价传统文学理论的得失,是进行文学理论创新的重要前提,它直接影响到当代文艺理论的建设。那么,如何实事求是地寻求对于文学的新理解呢?这是当时文艺理论学者要解决的重要问题。在对文艺本质的热烈讨论的过程中,学者们一步一步地解决着自己的问题:首先,文学是不是刻板地从属于政治?文学有没有自己的独立性?文学是不是要永远听从政治的指挥?再进一步,文学不是阶级斗争的工具、不再从属于政治之后,那文学究竟是什么呢?简言之,文艺理论的研究宗旨是要使文学回归自身,符合自身特征以及发展多样化的文学创作。于是,各种各样的理论应运而生。

文学的基本特征问题是文学理论中的一个根本问题,它直接影响着文学创作实践。长期以来,中国文论界一直坚持文学“形象特征”说,认为文学和科学的对象是同一的,不同在于,文学以形象来说话,科学则以逻辑来说话。出于对“文革”时期极度政治化的文学观念的反思,当时学界掀起了“形象思维”大讨论,其目的是要摆脱“文艺从属于政治”的命题的思想束缚。1981 年,童庆炳提出了文学“审美特征”论,指出“形象特征”说是文学创作之所以“公式化”的理论根源之一,它源于俄国 19 世纪文学批评家别林斯基,实际上是别林斯基的一个理论“失误”,而这一理论错误是受黑格尔“美是理念的感性显现”观念的影响所致;文学所反映

---

① 李泽厚著:《中国思想史论》(下卷),安徽文艺出版社 1999 年版,第 825 页。

的生活是整体的、美的、个性化的生活,这就是文学的内容的基本特征[①]。1983年,在《文学与审美——关于文学本质问题的一点浅见》一文中,童庆炳指出,文学的本质问题的完整探讨应包括两个层次的问题:一,文学和其他意识形态的共同本质的研究;二,文学本身的特殊本质的研究。他认为,文学之为文学当有其独特的对象和内容,从内容到形式乃至其功能,都有着独特的品质和特征;他提出:"文学作为一种意识形态包括了巨大的认识因素,但构成文学之所以为文学的充分而必要的条件,则不是认识而是审美……文学区别于非文学的关键,就是它的审美特质。"[②]童庆炳确认了文学的审美品质,把文学创作看作一种以审美活动为核心的精神活动后,还从社会现实、心理美学、社会学、文体学、语言学和文化学等视角,在与古今中西各种文学理论的对话和沟通中,进一步丰富和完善着自己以"审美特征"为中心的文学思想。童庆炳同时指出,文学不是"纯审美"的,作为一种广延性很强的事物,文学的版图十分辽阔,有着社会性、政治性、道德性、宗教性、民俗性等种种属性;为此,他提出了"文学五十元"的构想。不过,文学的多元性质还只是文学的一般属性,它们往往为多种事物所共有,还不足以将艺术与非艺术、文学与非文学区别开来;这些属性只有"溶解"于审美活动之中,才可能是诗意的。如果说文学是社会生活的反映,那么它就是一种"审美反映"。1984年,童庆炳编写了《文学概论》(上、下册,红旗出版社),该书第一章"文学的本质与特征"便以"审美特征"论取代了"形象特征"说,第一次把"审美反映"作为文学的基本概念写进了教材。此后,童庆炳将"审美"的视角运用于文学真实性、文学典型、艺术欣赏、艺术结构等问题的研究中,大大深化了人们对于文学"审美特征"的认识。1988年,童庆炳的《论文学的格式塔质和审美本质》一文从心理学的角度解释了"审美",认为审美是人们的一种体验,

---

① 童庆炳撰:《关于文学特征问题的思考》,载《北京师范大学学报》1981年第6期。

② 见赵勇编:《在历史与人文之间徘徊——童庆炳文学专题论集》,北京师范大学出版社2007年版,第32页。

是自由在瞬间的实现,是苦难人生的节日;它以心理感官的无障碍为其标志,以情感上的评价现实为其实质。一言蔽之,审美即情感的评价。童庆炳还运用“整体大于部分之和”的格式塔的、结构主义的系统论原理,从文学内部诸因素的整体联系中把握文学的本质,认为审美是文学的整体性结构关系生成的、一种形而上的新质;“它不属于具体的部分,却又统领各个部分,各个部分必须在它的制约下才显示出应有的意义”①。

1984 年,王元骧发表《艺术特性与艺术规律》一文,阐述了自己的看法,他认为,文学艺术是经过作家审美情感的评价和选择来反映生活的,“情感乃是艺术的生命,是艺术与非艺术之间最根本的分水岭,是艺术最根本的特性之所在”②;所谓艺术的审美特性,是“通过艺术家的审美感受和审美体验为中介来反映生活所赋予作品的一种属性”③。1988 年,在《艺术的认识性和审美性》一文中,王元骧指出,就对象而言,文学反映的对象并不是客体自身,而是“客体对人所可能具有的价值”;就方式而言,文学的反映是“情感反映”,“与感性对象自始至终保持直接的依赖关系,它不仅产生生动的感性直观,而且只有依赖感性对象才能维持下去”;就结果而言,与一般认识论所要解决的“是什么”不同,文学作为一种审美活动所要解决的是“应如何”的问题。一言以蔽之,文学不同于科学之处在于,文学是作家以审美情感为中介对社会人生的评价性反映④。这里,“应如何”是一个理想的尺度,体现了作家对人生的理想、愿望、企盼和梦想,使人瞥见了一个经验生活之上的世界,而引导人不断地走向自我超越。因此,艺术美自觉地体现着作家的审美情感和审美理想,使人们的生活有了方向和目标。王元骧在 1989 年出版的《文学原理》里提出,在文学艺术与社会生活之间存在着三个层面的中介:社会心理、艺术家审美心

① 见赵勇编:《在历史与人文之间徘徊——童庆炳文学专题论集》,北京师范大学出版社 2007 年版,第 34 页。

② 王元骧撰:《艺术特性与艺术规律》,载《社会科学战线》1984 年第 3 期。

③ 王元骧著:《审美反映与艺术创造》,杭州大学出版社 1998 年版,第 51 页。

④ 王元骧著:《文学原理》,浙江教育出版社 1989 年版,第 33 页;另见王元骧著:《文学原理》,广西师范大学出版社 2002 年版,第 16—23 页。

理、艺术语言与艺术形式。这些大大深化了人们对文学反映论的理解。

1986年,钱中文提出了以“中介”论为前提的“审美反映”论。在他看来,文学是审美主体的创造系统,文学创作不是一般反映论的运用,作为哲学原理的反映论进入文学创作,必须经过中介而形成审美反映;“文学的反映是一种特殊的反映,由于其自身的特殊性,较之反映论原理的内涵,丰富得不可比拟。反映论所说的反映,是一种曲折的二重的反映,是一种有关主体能动性原则的说明。审美反映则涉及具体的人的精神心理的各个方面,他的潜在的动力,潜伏意识的种种形态,能动的主体在这里复杂多样,而且充满种种创造活力,这是一个无所不在的精灵”。钱中文不但从根本上区别了一般的反映论与文学“审美反映”论,而且还从“心理层面”“感性认识层面”和“语言、符号、形式的体现”等层面说明了文学“审美反映”论的特征。他理性地审视了反映论,在肯定了流行的反映论前提的基础上,强调了心理现实和审美心理现实,将再现与表现统一起来,而提出了“审美反映论”,标举审美反映的丰富性,反驳了强加于反映论上的不实之词,又赋予其更新的含义①。

童庆炳与王元骧、钱中文等人提出的文学“审美反映”论,主要是针对“文学主体论”完全否定文艺反映论提出来的。它震撼了所沿袭的前苏联文学理论模式,是新时期伊始的一个重要的理论创获;它突破了文学观念僵硬的政治化和粗疏的哲学化,突破了“反映”论和工具论的单一视角,有力推动了当时整个文学观念的变革,其意义是极其深远的。文学“审美反映”论的提出,表明“中国审美学派”已具雏形。

事物的特征不同于事物的本质,但对事物本质的把握必须从其“特征”入手。文艺的本质问题从来是文艺学研究的核心问题,也是文艺学体系构架的首要问题。马克思在1859年的《〈政治经济学批判〉序言》中概括了历史唯物主义的基本原理,明确指出“意识形态的形式”(ideologischen

---

① 钱中文撰:《最具体的和最主观的是最丰富的——论审美反映的创造性本质》,载《文艺理论研究》1986年第4期。

formen)包括“法律的、政治的、宗教的、艺术的或哲学的”(den juristischen, politischen, religiösen, künstlerischen oder philosophischen)等各种不同的“形式”。其中,“法律的、政治的、宗教的、艺术的或哲学的”这几个词,在德文中都是复数,“意识形态的形式”中的“形式”在德文中也是复数——这意味着这里的“艺术的”是一种泛指,既指文学艺术的具象创造,也指文学艺术的观念理念。马克思把文艺列入意识形态,“这在人类思想史、文论史上是一个重大的历史性发现”[①]。不过,以往的教条主义者片面地把意识形态的史学观点作为马克思主义文学本质观的唯一观点,抛弃和压抑了美学观点,用意识形态观点遮蔽和掩盖了文学的审美本质;其极端表现在“文革”时期,文艺完全被等同于政治,文艺与文学理论走向了极端荒谬的境地。

马克思关于文艺是“意识形态的形式”之一的提法,暗含着它和其他形式的意识形态相区别的意思。由此,便与文艺的特殊性问题相衔接、相统一了。实际上,马克思和恩格斯在不同层次、不同方面已涉及文艺的审美特性或特殊本质。为此,钱中文等人集中研究了马克思《1844 年经济学—哲学手稿》中的美学思想,进一步理解了马克思关于“掌握世界的方式”、关于艺术的掌握世界的方式的论述,逐步认识到:马克思关于艺术本质的论述——艺术既是社会意识形态,又是审美活动——存在着两方面的理论资源,既有美学观点,又有史学观点,是美学观点和史学观点的结合与统一;从马克思主义哲学一般的意识形态理论过渡到对于文艺本质特征的研究,必须经过审美这个中介。1982 年,钱中文提出,“文艺是一种具有审美特征的意识形态”。在他看来,文学是通过对语言的审美结构的把握,通过创作主体的感受、体验而灌注了感情思想的鲜活的艺术形式来反映社会生活;我们“加强美学分析,并不是要否定与美学分析密切相关的历史、社会分析”[②]。1984 年,钱中文正式提出了文学“审美意识形

① 吴元迈撰:《再谈文艺和意识形态的关系》,见李志宏主编:《文艺意识形态学说论争集》,吉林大学出版社 2006 年版,第 1 页。

② 钱中文撰:《论人性共同形态描写及其评价问题》,载《文学评论》1982 年第 6 期。

态”论:“文学艺术固然是一种意识形态;但我以为是一种审美的意识形态;文学艺术不仅是认识,而且也表现人的情感和思想;审美的本性才是文学的根本特性,缺乏这种审美的本性,也就不足以言文学艺术。看来文学艺术是双重性的。”①显然,这是运用马克思主义的社会结构学说,即社会基础与上层建筑理论对于文学艺术观念问题的一次解决。1987 年,钱中文在系统分析认识论文学观、主体性文学观、象征论文学观、艺术生产论等文学观时,在指出它们各自优势及所面临困境的基础上,正式确认“文学是审美意识形态”,并展开了具体深入的论证:从哲学的观点看,文学确是一种意识形式,与哲学、伦理等具有意识形态的共同特性,但是文学之所以是文学,是因为文学是一种具体的意识形式,即审美意识形态:它将审美的方法和哲学的方法融合在一起;它以感情为中心,但又是感情与思想的结合;它是一种虚构,但又是特殊形态的真实性;它具有阶级性,但又是一种具有广泛社会性以及全人类性的审美意识形态。钱中文指出,从社会文化系统来观察文学,从审美的哲学的观点出发。把文艺视为一种审美文化,一种审美意识形态,把文学第一层次的本质特性界定为审美的意识形态性,是比较适宜的;“文学作为审美的意识形态,以情感为中心,但它是感情和思想认识的结合;它是一种自由想象的虚构,但又具有特殊形态的多样的真实性;它是有目的的,但又具有不以实利为目的的无目的性;它具有社会性,但又是一种具有广泛的全人类性的审美意识的形态。”②1988 年,钱中文在《论文学形式的发生》一文讨论了文学本质特性的多层次性,以及作为文学最根本特性的审美与意识形态性的不可分离性;他将“审美意识”而不是“意识形态”确立为文学审美意识形态的逻辑起点,从审美意识及其历史生成予以探讨,提出文学的发展是从“前文学”到文学,并从中导出了“审美意识形态”的文学观念。出版于 1989 年的《文学原理——发展论》讨论文学观念的第一编共四章,整合了这些想

① 钱中文撰:《文学艺术中的“意识形态本性论”》,《文学理论:走向交往与对话的时代》,北京大学出版社 1999 年版,第 87 页。

② 钱中文撰:《文学是审美意识形态》,《文艺研究》1987 年第 6 期。

法，其中用了两章的篇幅，专门阐释了“审美意识”的演变。钱中文提出审美与意识形态的融合，正在于使文学回归自身，回到文学自身的逻辑起点、它的与生俱来的复合性特性、它的历史生成形态——审美意识形态。审美意识形态不是单纯的审美，也不是单纯的意识形态，更不是“审美”与“意识形态”的“硬拼凑”，而是扎根于文学发展的事实，是从人类审美意识的演变过程中抽绎出来的，是审美意识的自然的历史生成。为此，在2004年第三版的《文学发展论》中，在谈到审美意识形态时，钱中文特意加了一条注释：“本书提出‘文学审美意识形态’，并不是像极端的庸俗机械论者批评那样，是审美加意识形态，而是把审美意识形态作为人的本质的确证，从审美意识的发生、形成开始的。正是具有审美意识的人，在自己的长期实践活动中，产生了不断积淀着生存意蕴的语言、文字结构，进而使审美意识相融合并发生演变，物化为审美意识形式，创造了‘有意味的形式’，最后发展为现代意义上的审美意识形态——文学。”①

在“审美特征”论的基础上，童庆炳同样把文学的基本界定从理论上扩展为“审美意识形态”论，并称之为“文艺学的第一原理”②。对文学“审美反映”论和“审美意识形态”论的基本内涵和特征，童庆炳作了精要的概括：其一，文学“审美反映”论和“审美意识形态”论的整一性。“审美反映”和“审美意识形态”是一个完整的概念，不是“审美”加“反映”，不是“审美”加“意识形态”，它们是一个具有单独的词的性质的复合词组，不是审美与反映、审美与意识形态的简单相加；它们本身是一个有机的理论形态，是一个整体的命题，不应把它切割为“审美”与“反映”、“审美”与“意识形态”两部分；“审美”不是纯粹的形式，而是有诗意内容的；“反映”“意识形态”也不是单纯的思想，它是具体的、有形式的。其二，文学“审美反映”论和“审美意识形态”论是一个复合结构：从性质上看，这两种理论是集团性与全人类共通性的统一；从功能上看，这两种理论既强调认识

① 钱中文著：《文学发展论》，高等教育出版社2004年版，第86页。

② 童庆炳撰：《审美意识形态论作为文艺学的第一原理》，载《学术研究》2000年第1期。

又强调情感，既强调无功利性又强调有功利性；从方式上看，这两种理论既肯定假定性又强调真实性。文学“审美反映”论和“审美意识形态”论表明，文学作为人类的一种审美活动，其中的审美与认识、审美与意识形态，作为复合结构达到了合而为一的境界，如同盐溶于水，体匿性存，无痕有味①。其中，“审美”沟通了文学中的各种构成因素，使艺术的各种功能发挥应有的作用。这里，与其说“审美”是文学的“中心”，还不如说是文学的“中介”。职是之故，文学“审美反映”论和“审美意识形态”论在文学自律与他律之间取得了某种平衡，在文学的内部与外部找到了一个结合点和平衡点，以包容文学的多样性、复杂性、辽阔性和微妙性；它们既超越政治工具论，又超越形式主义论，而在理论上有较大的合理性，对文艺现象有较普遍的可阐释性。中国学者在基于文学理论观念的批判性反思和现实文学问题的综合性考察基础上，在马克思主义文学理论与当代文化实践的对话之中，提出了“审美意识形态”论，而在文学理论研究的实践性和介入性的诗学政治学立场上取得了重大的突破。“审美意识形态”论是对马克思主义文艺理论的一种创造性阐释，是中国现代文论观念走向成熟的一个重要标志②。

1989 年，王元骧在《文学原理》中提出：“文学就其最根本的性质来说，它是社会意识形态，但是，又与哲学、社会科学等一般意识形态不同，它是通过作家的审美感受来反映社会生活的，是作家审美意识的物化形态，因而又有自己特殊的反映对象和反映方式。”③他把“审美意识形态”吸收进这部教材，完成了对文学本质的界定。而由童庆炳主编的《文学理论教程》自 1992 年初版起，一直将文学的审美意识形态性质作为文学的本质界定。童庆炳对于“文学”的定义充分考虑到了历史的维度，他开宗明义地提出将“人的活动”范畴引入文学理论，将文学放到一定的社会结

① 童庆炳撰：《新时期文学审美特征论及其意义》，载《文学评论》2006 年第 1 期。

② 参阅朱立元著：《对反映论文艺观的历史回顾与反思》，《理解与对话》，华中师范大学出版社 2000 年版，第 307—308 页。

③ 王元骧著：《文学原理》，浙江教育出版社 1989 年版，第 25 页。

构中去考察，由此出发来探讨文学的本质特征问题。童庆炳分别从“文化”“审美”“惯例”三个角度界定“文学”及其性质，表现出比较开放的文学观念。他重点研究文学作为活动的特点、构成及其发生发展，文学活动作为话语系统的审美意识形态的性质和价值，社会主义时期文学活动出现的新的特征及其发展的方向和道路等。他在马克思主义审美活动理论的基点上，从马克思的“一页书”（见本章第三节详细的分析）找到了坚实的理论依据，将意识形态分析、中西审美主义、形式主义和话语理论统合起来，形成了富有活力的“一元多视角”的理论构架，最后把文学的本质界定为“显现在话语蕴藉中的审美意识形态”；这里的逻辑顺序是由事物的一般性质逐渐沉落到它的特殊性质：文学作为社会结构——文学作为一般意识形态——文学作为审美意识形态——文学作为话语含蕴中的审美意识形态。《文学理论教程》建构起了现代文艺学的新体系，前所未有地推进了对于文学性质与文学观念的多元理解，代表了新时期文艺学教材所达到的最新水平。

有学者指出，新时期以来，“文学是一种审美的意识形态”的观点，“一直是文学理论的一个核心共识亮点”，“一个不同于建国前期的新的学术体系已经具有雏型”①。文学“审美反映”论和“审美意识形态”论是马克思主义经典理论提炼的结果，它们“形成了一张遍布理论体系全副躯壳的神经网络”，贯穿了整个逻辑体系与理论视域②。随着《文学理论教程》的出版、再版、修订和大范围的使用，“审美意识形态”论已经成为中国当代文论的一种主流观念，这标志着“中国审美学派”正式确立。

---

① 张法撰：《文学理论与文化研究之争》，载《天津社会科学》2005年第3期。

② 董学文、金永兵等著：《中国当代文学理论》（1978—2008），北京大学出版社2008年版，第70页。

二、“中国审美学派”的发展

20世纪90年代以后，我国继续坚持解放思想、改革开放，随着市场经济的确立，全球化思潮不断激荡，社会政治和文化都发生了激变；价值世界更多地关注平面的、感官的快适，造就了一些“不思不想”的现代人。他们一切以科学论证为尺度，一切以官能知觉为标准的价值取向，只认可感性的官能快适，不承认超越性的精神陶冶。于是，技术化、官能化的大众文化畅行无阻，文学艺术迅捷被纳入了市场化机制，原有文学艺术的价值与精神发生了裂变。在这种情形下，学界掀起了一场有关文学滑坡、重振“人文精神”的讨论，钱中文、童庆炳等人洞察了文学和文学理论发展中出现的症结，并积极探索着解决这些问题的方案。

钱中文针对当时文学创作中出现的热衷于表现物欲、性欲、金钱欲、隐私和精神空虚，有意迎合读者低级趣味的倾向，以及由此导致的追求粗俗、平庸和平面化的审美意识，试图寻找到一个立足点；他深刻地指出要调整思路，抛弃那种游戏生活、调侃和消解历史、拒绝深度和理性的写作态度，重新呼唤作家的使命感和主体精神，并倡导以“新理性”来参与人文精神的重建。“新理性精神”，即以现代性为指导，以新人文精神为内涵和核心，主张通过交往对话精神，协调人与社会、自然、科技、人与人的相互关系，确立一种新的思维方式、包容了感性的理性精神；它关注人的生存处境及其健全的、自由的全面发展，以克服不断出现的文化危机与人的异化。这是一种文化、文学艺术的价值观，一种以我为主导的、对人类一切有价值的东西予以兼容并包的、开放的实践理性。在世界文化现代性的背景下，钱中文立足于生成中的现代审美意识和走向自主的文学理论的现实，并从这种现实、文学观念与多元文化、对传统进行定位与选择、文学理论的人文精神等角度进行了梳理,全方位探讨了文学理论的现代性问题。他力倡的新思维"是一种排斥绝对对立,否定绝对斗争的非此即彼的思维,更应是一种走向宽容、对话、综合、创造,同时又包含了必要的非此即彼,具有价值判断的亦此亦彼的思维"①。由此出发,文学理论的现代性主要表现在文学理论自身的科学化,使文学理论走向自身,走向自律,获得自主性;表现在促进文学的人文精神化,使文学理论适度地走向文化理论批评,获得新的改造。新理性精神文论综合阐释了20世纪以来在哲学思潮、社会实践、唯科学主义、科技霸权、人文科学、文学艺术中反复出现、不断重复、具有导向性、互有联系的几种规律性现象,其核心是新人文精神,并以这种精神改造社会与人。钱中文主张在文艺创作中,要使"最基础的与更高形态的人文精神"有机结合起来,"相辅相成","以在一定程度上调整现实生活的失衡";人文精神最基础的部分是"人之为人的羞耻感,同情与怜悯,血性与良知,诚实与公正"等,更高的形态则是信仰与理想,等等。为了对抗文艺的"精神堕落与平庸",钱中文提出的新理性精神文学理论突破了传统中国文学理论的概论模式的构造,突破了传统的理论构架,回复到了文论的实践本性上去,回归到了文论的学科意义。徐岱在《从唯理性主义到新理性主义—走向后形而上学批评理论》一文中指出,钱中文的理论思考有三维突破:在理论形态上突破了"知识论",理论品格上突破了"唯理论",理论立场上突破了"一元论"——这三个突破事实上都能被概括在"新理性精神"这一范畴中②。

自提出"审美意识形态论"以来,童庆炳也一直关注着中国的社会现实,始终思考着当代文学艺术的精神价值取向问题,探索着人文主义的历史维度和历史主义的人文维度相互补充、结合的问题。在《人文主义的历史维度和历史主义的人文维度》一文中,童庆炳指出,人文主义呼唤重视

① 钱中文著:《文学理论现代性问题——生成中的现代审美意识与文学理论》,《走向交往对话的时代》,北京大学出版社1999年版,第330页。

② 见金元浦主编:《多元对话时代的中国文艺学建设——新理性精神与钱中文文艺理论研究》,军谊出版社2002年版,第35—61页。

人的价值与尊严，其基本旨意是"反恶"，其倡导者的失误是没有看到许多社会问题是在社会进步中出现的；历史主义的旨趣是反"极左"，拒斥精神至上主义，力主发展社会经济，其论者的失误在于没有认识到一个社会需要精神的治理和制约，以避免物质至上主义的畸形发展[①]。面对"历史理性"与"人文关怀"这两个极"错位"的事实，文学家在这种现实面前应采取什么样的思维路径、价值取向、判断角度呢？在他看来，政治家、社会学家更关心的是历史理性，是物质的、器物层面的东西，对待急剧的社会转型时，他们更注重的是转型的历史合理性，而把人文方面的问题纳入历史理性的范畴中去把握，甚至认为这些问题是现实改革、历史进步不可避免要付出的代价；文学家不是政治家，不是社会学家，他们"关心社会转型的文化道德合理性，以及它在个体的情感生活完美性，甚至人性深处那些看不见的微妙角落。……历史理性和人文关怀这两者都是文学家照射现实的思想'光束'……文学家总是在人文关怀与历史理性中徘徊"，对现实采取不妥协的和批判的态度；如果遇到在两者之间非选择不可时，"真正的文学家宁愿'牺牲'历史理性，而选择'人文关怀'……这就是为什么古今中外伟大的作家都毫无例外具有悲天悯人的品格的原因"[②]。考察中外那些处于社会转型时期的伟大作家的创作，正是有了人文关怀与历史理性这双重"光束"，他们才能"对现实关系具有深刻理解"（马克思语），他们的作品也有着"了不起的革命辩证法"（恩格斯语）。以青年马克思对资本主义异化的批判作为理论上的支持，中国的学者令人信服地提出"历史理性、人文关怀和文体营造三者之间保持张力和平衡，应该是文学的精神价值的理想"；其中，"历史—人文"双重精神价值取向的本质是："它既要历史的深度，肯定历史发展（包括科技进步）是不以人的意志为转移的，而且对人类的生存是有益的，物质的发展可以而且应该成为

① 参阅赵勇编：《在历史与人文之间徘徊——童庆炳文学专题论集》，北京师范大学出版社2007年版，第272—273页。

② 童庆炳、陶东风撰：《人文关怀与历史理性的缺失——"新现实主义小说"再评价》，见《童庆炳文学五说》，时代文艺出版社2001年版，第324—325页。

发扬人文精神的基础与依托；它同时又要人文深度，肯定人性、人情和人道以及人的感性、灵性、诗性对人的生存的极端重要性。不是在这‘两个深度’中进行非此即彼或非彼即此的选择。它假设‘历史’与‘人文’为对立的两极，并充分肯定这两极紧张关系对文学的诗意表达的重要性和精神价值追求的重要性。”①童庆炳的“历史—人文张力”说，成功地整合了原本互相对立、非此即彼的两种创作模式，在“对立统一”的相互抗争和彼此征服中达到了一个更高的质的规定，为作家创作提供了有力的理论指导。

新时期以来，经过无数学者的辛勤耕耘，中国的文学理论研究已然建立起了一个文学理念和学术传统，那就是对于文学审美特性的修复、开掘与呵护。在童庆炳看来，我们大可不必走西方那种以一种方法取代另一种方法的路子，因为文学理论的建设应该是累积性的。为此，他不满意“文化研究”的“反诗意”，不满意中国的“文化研究”一味照搬西方文化研究的问题，缺乏中国自身的问题意识，不满意当下的文学研究只把文学作品当作例证以说明某个社会学问题，而置文学作品本身的精粗优劣于不顾。于是，他提出了“文化诗学”的这一文学批评方法论，力图对于文学理论的“内部研究”和“外部研究”作出一种综合，实现超越。“文化诗学”的理论构想，是童庆炳对中国当代文学理论走向的清醒判断和理性选择。在童庆炳看来，审美是文学的家园，也是人类最后的家园。让“文化诗学”具有一种“审美性品格”，是一次合情合理的选择；守住这条底线，“既意味着对人类家园的守望，也意味着从事‘文化诗学’研究的学人能够不断地获得一种激情与冲动，在清醒冷峻中拥有一种诗意的目光。这样，在文学理论获得了自身的立足点之后，文学理论的研究主体也能够获得自身的立足点”②。童庆炳的“文化诗学”有别于游离于大众审美文化与社

---

① 童庆炳撰：《中国当代文学创作中的“历史—人文”双重价值取向》，见《童庆炳文学五说》，时代文艺出版社 2001 年版，第 360 页。

② 赵勇撰：《“文化诗学”的两个轮子——论童庆炳的“文化诗学”构想》，载《江西社会科学》2004 年第 6 期。

会政治话语之间的新历史主义文化诗学(cultural poetics of New Historicism),这种差异不仅来自语言的表述和研究的对象,而且来自审美的观念与理论的追求。童庆炳的"文化诗学"是深深植根于中国自身的社会现实问题与文化历史语境中,由中国学者自己创构的一种文学批评范式,有学者将它命名为"新审美主义的文化诗学"(cultural poetics of New Aestheticism)[①],可谓一语中的。童庆炳的"文化诗学"基本诉求之一,是对文学艺术的现实的反思,它关怀文学的现实的存在状况,紧紧扣住经济的市场化、产业化以及全球化折射在文学艺术中出现的问题,并加以深刻的揭示,"文化诗学"的现实性品格是它的生命力所在[②]。童庆炳的"文化诗学"研究借用"文化研究"的思路与方法,极大地拓宽了文学研究的视野。

作为一种文学理论的新形态,"新理性精神文论"与"文化诗学"都是文艺"审美意识形态"论的自然延伸与发展,它们必将推进我们时代的文学理论和批评,为文学的发展做出自己的贡献。

新世纪伊始,陆续有些学者开始质疑乃至否定"文学审美意识形态论"。在回应这一理论挑战的过程中,"中国审美学派"的文艺理论思想进一步深化。如,钱中文对文学"审美意识形态论"一直持不断反思的态度,与20世纪80年代一样,他将文学审美意识形态的逻辑起点归于"审美意识",而非"意识形态"。在此前提下,他进一步指出:审美意识与意识一样形成于人的长期劳动、生存实践活动中,它在长期发展中积淀了人的生存感受与感悟,先在口头语言的形式中获得表现,成为一种审美意识形式;其后融入了具有符号象征意义的文字,融入了具有独特的节奏、韵律的诗性语言的文字结构,使得审美意识获得了书写、物化的形式,特别在话语、文字多种结构的样式中,显示了与生俱来的诗意的审美与社会价值、意义、功能的复式构成的基本特性,和它们之间高度的张力与平衡,历史地生成而为现代意义上的审美意识形态。钱中文说:"审美与意识形态

① 参阅王柯平撰:《挪用与建构中的文化诗学》,见李春青编:《手握青苹果——童庆炳教授七十华诞学术纪念集》,广西师范大学出版社2005年版,第144页。

② 童庆炳撰:《植根于现实土壤的"文化诗学"》,载《文学评论》2001年第6期。

的融合,强调的正是文学本质复合特性的有机融合与统一,并在融合与统一的关系中使得各自的特性和功能有所改变,形成文学本质的新的系统质”;“综合审美意识形态的系统质,实际也就是我们在上面论及的以审美意识为逻辑起点、历史地生成的审美意识形态所显示的最基本的复合特性:即在文字多种结构的样式中,文学的诗意审美与社会意义、价值、功能两者的融合,与这两个方面保持高度的张力与平衡。文学蕴涵着人的生存意义的积淀,显示了对被意识到的历史深度、意义的探求,具有多种多样的不同维度的价值与功能”①。这一新的论说具有深厚的历史感,它表明“审美意识形态”实际上是一种人生实践而不啻是反映,美生成于人之本质力量丰富的“展开”过程,它所创生的是人的存在方式、存在形态与生存境界——这大大深化了“文学审美意识形态论”的理论内涵。

王元骧的文艺理论思想也是不断发展的。他从早期的倡导审美情感是文艺的基本特性,到后来重视审美反映的艺术形式的传达作用,再到将实践性作为一种艺术功能提高到艺术本质的高度,走向了实践论的思维视界。

以往人们一般将“实践”理解为物质生产,王元骧则认为,“实践”还应包括道德伦理活动、艺术和审美活动等在内的精神生产活动;“若要从哲学上、从最根本的意义上来立论,我认为它是指与认识相对的一种人的活动。如果说,认识是客体向主体的运动,是观念化的活动,那么,实践就是主体向客体的运动,是对象化的活动。……凡是确立目的,并通过意志努力,采取一定手段,使之在对象世界得以实现,从而达到主客体统一的活动,都应是实践所涵盖的领域”。因此,王元骧将“实践”定义为“通过改造客观对象来满足主观需要,在对象世界实现主观目的的一种对象化的活动”;“实践不但是一种物质的活动,一个生产与制作的问题,同时是一个人的生存活动,一个按照自己的人生理想和人生目标去生活的问

① 钱中文撰:《论文学审美意识形态的逻辑起点及其历史生成》,《文学评论》2008 年第 1 期。

题”①。为此,要正确理解艺术的实践本性应该将它放在人生实践的坐标上,从实现人生价值的最高目标的意义方面来加以考察。艺术不仅限于对世界的反映,同时也包括对人生的评价和为行为立法;它不仅追求“是什么”,同时也追求“应如何”;不只是服务于人的认识,同时也影响和支配人的行动。王元骧在《再谈艺术的实践性问题》一文中指出:“在人的整个活动过程中,认识与实践毕竟是各自具有特定性质、目的和功能的相互独立的两个环节:前者属于客体向主体的运动,是观念化的活动;后者属于主体向客体的运动,是对象化的活动。这两者是以目的为中介而联结为一体的。”②艺术实践的终极目的是践履“文学是人学”的原则和归宿。“唯有在艺术中,人才作为一个生命整体而获得真实生动的表现,而且才有可能向我们显示出它为科学所不能取代的对于人的一种特殊而巨大的精神价值:由于有了艺术,人才有可能在即时的、当下的实是人生中摆脱出来而对应是人生有了自己的追求和梦想,人才开始有完整意义上人的生活。”③

王元骧深刻认识到,实践是一种确立目的通过意志在对象世界实现自己目的的过程,若将这运用到文学理论上,可以将创作理解为作家通过创造美来实现对读者的召唤、对社会的介入。所以,文学创作就不只是一种反映活动,而应同时还是一种创造活动,由此而产生文学理论意义上的实践价值。这一看法突破了过去将文学仅仅理解为是对社会意识形态被动的、静止的、孤立的反映的观点,是在认识功能和实践功能相统一的意义上来完整、具体、深入地阐明文学的意识形态性质。体现在艺术上的实践性应是“一种双重创造”,即它既创造了作品,又通过对人的改造实现了改造世界的目的。在这里,艺术的实践性是与人生实践是紧密相连的,从实践的角度来理解艺术,艺术的价值就在于通过强化人的自我意识,帮

① 王元骧撰:《艺术实践本性论纲》,载《社会科学战线》1998年第3期。
② 王元骧著:《文学理论与当今时代》,浙江大学出版社2002年版,第202—203页。
③ 王元骧撰:《论艺术研究的实践论视界》,载《江苏社会科学》2003年第5期。

助人确立普遍而自由的行为原则；艺术的实践本性也就在于按照这种原则来改造人的意志，为人生实践确立高尚的目的和理想，最终体现"'人是目的'这一目标"①。

王元骧说得好："马克思主义把文艺的性质界定为一种社会意识形态，一种社会上层建筑，它的伟大贡献就在于要求我们把文艺放到整个社会结构以及人类解放的历史过程中去进行考察，以能否推动和促进人的自由解放和人类社会的全面进步为评判标准，从而赋予马克思主义文艺学以其他任何文艺学所不可具有的高远视界和恢弘目光。"②我们之所以探讨文学艺术的意识形态性，目的就是为了维护我国文学艺术的社会主义的性质和方向。王元骧对"审美意识形态论"有一个总的评说："我们在特殊性的层面上以'审美的'来规定文学艺术的'意识形态'特性，也就是批判地吸取了康德的审美目的论，亦即以人为目的的思想，把美以及美的文学艺术从根本意义上看作是通过陶冶人的情操，开拓人的胸襟，提升人的境界，来达到人们培育社会主义的人生观、价值观、道德观和审美观这一根本目的的有效的途径，从而使我们的读者在接受这些观念时不仅不受理性的强制，可以直接凭直观的感觉和心灵的感动而获得，而且由此所树立的这种社会理想和人生理想，比之于任何理性说服都更能深入人心，更能转化为自己行为的内在动机和精神动力，更有助于内化为自己的思想人格。"③

显然，王元骧一直力图建构以"目的"为中介，"认识—实践"双向互动的文艺活动本质观，这是对以往审美反映论的批判性的超越，也是对当前各种文艺本质观的超越；其最富有理论创见之处在于："将人学价值论引入实践论，并以人学价值论来连接认识论（反映论）和实践论，从而把文学活动看作是以目的（价值）为中介所构成的认识与实践的双向逆反的流程，力图将知识论（认识论）和人生论（人学价值论）在实践论的基

① 参阅王元骧著：《文学理论与当今时代》，浙江大学出版社2002年版，第410—429页。
② 王元骧撰：《论马克思主义文艺学在当代的发展和意义》，载《东方丛刊》2007年第4期。
③ 王元骧撰：《我对"审美意识形态论"的理解》，载《文艺研究》2006年第8期。

础上和框架中整合成为一个有机的宏观系统。”[①]值得一提的是，文艺学不能等同于社会学，它不可能直接解决社会问题，只能解决文艺自身的问题。“审美超越论”主要是就文艺对人生存的意义而言的，那种认为“审美超越论”是“不切实际的空想”，“纯粹是一种主观幻想”的说法，显然是把艺术问题误解为一个解决社会问题的方案。

马克思说过：“理论的对立本身的解决，只有通过实践的方式，只有借助于人的实践力量，才是可能的。”[②]马克思还指出：“思想根本不能实现什么东西，为了实现思想，就要有使用实践力量的人。”[③]英国当代著名社会学家、传媒研究专家约翰·汤普森敏锐地发现：“意识形态解释所固有的批判潜力可以部分地视为对自我塑造与自我理解过程的一种贡献。我们提出一种意识形态解释，就是提出一种可以不同于组成社会领域的人们的日常理解的解释。意识形态解释可以使人以一种新的眼光不同地看待象征形式，从而使人不同地看待自己。它可以使他们重新解释一个象征形式，联系它产生与接收的条件，联系它的结构特征与组织；它可以使他们质疑或修正他们对一个象征形式的先前的理解，从而改变对他们自己和他人的理解视野。”[④]

我们认为，作为一种“意识形态解释”，“审美意识形态”所发挥的正是这样的实践功能。钱中文、童庆炳、王元骧等人从马克思主义的社会结构理论出发，在总结了中国现代文学理论发展正反两方面经验之后，根据文学艺术的实际，提出了“审美意识形态论”，其哲学基础是辩证唯物主义认识论和历史唯物主义的统一，而实践范畴则是它的重要基石之一。文艺的意识形态论和审美论之所以是互相联系的、统一的，其重要的理论根据之一就在于二者都基于社会实践这一范畴之上。“中国审美学派”

① 赖大仁撰：《关于文艺本质特性问题的思考——读王元骧先生几篇近作有感》，载《社会科学战线》2000年第3期。

② ［德］马克思著：《1844年经济学哲学手稿》，人民出版社1985年版，第83页。

③ 《马克思恩格斯全集》第2卷，人民出版社1957年版，第152页。

④ ［英］约翰·汤普森著：《意识形态与现代文化》，高铦等译，译林出版社2005年版，第27页。

是面向现代社会实践需求的产物，作为其核心思想的“审美意识形态论”在多元阐释中不断地走向了深化与完善。某些学者将“审美意识形态”论的形成仅仅看成一个“历史事件”，当作“过渡时期”的文学理论看待，否认其长期的、普遍的意义——这是不符合理论实际的片面的、短视的论断。“中国审美学派”对于文学艺术的理解和诠释，绝不只是基于概念的分析或逻辑的推演，而是充满了研究者个体生命的投入和存在的感悟，而开启的一个完满的人文世界；他们强调审美生存是人的一种最高的超越活动，认为审美活动能使人所特有的情、智、意志及想象力，浑然一体交融运作，使作为“生命的唯一主人”的“我们自身”真正具有无比崇高的尊严。在指导当今文学创作和批评实践，提升国人的人格修养与道德境界，有效地参与着中国现代文化的建设等方面，“中国审美学派”及其理论仍将有着重要的意义。

三、意识形态：一个概念的历史

美国著名的马克思主义学者弗·杰姆逊教授将马克思《政治经济学批判·序言》中的下段文字称为体现了马克思主义理论体系的“一页书”：

> 人们在自己生活的社会生产中发生一定的、必然的、不以他们的意志为转移的关系，即同他们的物质生产力的一定发展阶段相适应的生产关系。这些生产关系的总和构成社会的经济结构，即有法律的和政治的上层建筑竖立其上并有一定的社会意识形态与之相适应的现实基础。物质生活的生产方式制约着整个社会生活、政治生活和精神生活的过程。不是人们的意识决定人们的存在，相反，是人们

> 的社会存在决定人们的意识。社会的物质生产力发展到一定阶段，便同他们一直在其中活动的现存生产关系或财产关系(这只是生产关系的法律用语)发生矛盾。于是这些关系便由生产力的发展形式变成生产力的桎梏。那时社会革命的时代就到来了。随着经济基础的变更，全部庞大的上层建筑也或慢或快地发生变革。在考察这些变革时，必须时刻把下面两者区别开来：一种是生产的经济条件方面所发生的物质的、可以用自然科学的精确性指明的变革，一种是人们借以意识到这个冲突并力求把它克服的那些法律的、政治的、宗教的、艺术的或哲学的，简言之，意识形态的形式。①

杰姆逊指出，马克思这一对于社会发展的唯物史观的经典表述，重点解释了社会存在与诸种社会意识形态之间的关系，动态地提出了经济基础变更与上层建筑和与之相应的诸种意识形态变革的理论，也即整个社会结构的历史的、发展的、变革的原理。在他看来，这一段文字是马克思理论中关于生产方式的最传统的论述，它把每一生产方式作为一个包含不同层次的共时系统来考察，所有马克思主义理论体系都体现在这里②。

一般认为，马克思在这"一页书"里通过提出生产力和生产关系、经济基础和上层建筑这两组历史唯物主义的重要范畴，简明地勾勒了人类社会的基本结构：第一层次是生产力，第二层次是经济基础(即广义的生产关系)，第三层次是上层建筑(包括法律的政治的上层建筑和观念的上层建筑)。据此，马克思主义的研究者大都认为，马克思在这里第一次科学地确定了文学艺术作为社会的要素在社会结构中的位置，即将包括文学在内的艺术理解为一种"意识形态"。然而，大概由于马克思在这"一页书"中所说的"一定的社会意识形式"和"意识形态的形式"都属于"观念的上层建筑"，人们从存在与意识的关系出发研究文学，便产生了文学

---

① 《马克思恩格斯选集》第2卷，人民出版社1995年版，第82—83页。

② 参阅[美]杰姆逊著：《后现代主义与文化理论》，唐小兵译，北京大学出版社1997年版，第14页。

艺术是一种"意识形态"抑或"意识形式"的问题。这一问题虽然尚未进入文学本质特征的讨论,但是极为重要,从中引发了"审美意识形态"与"审美意识形式"之论争。我们究竟怎样来定位文学艺术才更符合马克思的原意呢?问题的关键当然在于"意识形态""意识形式""意识形态的形式"这些重要概念的辨析与区分。

我们知道,"意识形态"的德文是"Ideologie",我国学者于"五四"之后将它引入并翻译。李大钊译为"观念的形态",瞿秋白译为"社会思想",成仿吾音译为"意德沃罗基",郭沫若译为"意识形态"后便一直沿用至今。1986年,毛星撰写了《意识形态》一文,对此提出了异议。他根据民主德国1954年出版的《外来语字典》和1973年出版的六卷本《现代德语字典》,将"Ideologie"理解为一定的思想、观点、概念的体系,认为其中既无"意识"的含义,更无"形态"的影子;倒是马克思"一页书"中的"Bewußtseinsformen"译为"意识形态"却很妥帖,它指的是整个政治、宗教、艺术等等,而"Ideologie"指的是政治、宗教、艺术等的思想理论;"Ideologie"是非物质的,而"Bewußtseinsformen"具有物质的性质。在毛星看来,在马克思历史唯物主义理论中,"Bewußtseinsformen"比"Ideologie"更为重要,"把'意识形态'这个译名从一向误为的 Ideologie 改为 Bewußtseinsformen,不是个别词句问题,而是一个重大原则问题"[①]。显而易见,毛星只是基于现代汉语的阅读理解习惯,将"意识形式"(Bewußtseinsformen)与"意识形态"(Ideologie)分别误读为"意识"的物质的与精神的不同存在方式,因此,其一己之见在当时便没能得到人们的认可。

根据海德格尔从语源学上的考察,"形式"的拉丁文(Forma)意指具有一种包围作用的边界,通过这种方式,某个原本无形的存在者得以通过拥有某种"形态"(Gestalt),而被"带入和置入它所是的东西之中";通过这种方式,存在者得以"走出来"并"敞开自身",进入"纯粹的闪现"中。

---

① 毛星撰:《意识形态》,载《文学评论》1986年第5期。

在这里，作为“让我们所照面的事物显现出来的东西”的形式的一个重要功能，也就在于将一种由它所决定的东西，“带入一种与存在者的关联的直接性之中”①。显然，“形式”与“形态”是两个不能等同起来的概念。马克思在“一页书”中分别运用了 Bewußtseinsformen（“社会意识形式”）与 Ideologischenformen（“意识形态的形式”）两个词，便表明二者的意义是存在着差别的。钱中文剖析了“社会意识形式”与“意识形态的形式”两个概念，指出这两个概念有着共同之处，但又是各有侧重的。二者的共同之处，在于说明它们都是发生、建立在经济基础之上的现象，本质上是同一的；在这个意义上，诸种“意识形态的形式”，就是诸种“社会意识的形式”。不过，二者又是各有侧重的：诸种“社会意识”形式主要相对于社会存在而言，现实生活中出现的种种具有社会属性但未曾获得系统表述、组织起来的意识现象都是，包括自然科学理论在内，它们的涵盖面比之意识形态，远为宽广得多；而诸种“意识形态的形式”则是经过人们自觉或不自觉的表述，以各种不同形式反映了一定社会集团、阶级的系统思想、观念以及它们之间的斗争，具有比较明确的思想指向与社会功能，汇同相应的上层建筑与产生它们的经济基础，组成了一个整体的社会发展的结构②。显然，“社会意识形式”与“意识形态的形式”之间，存在着叠合之处，它们之所以具有含混性和歧义性，原因正在于此。马克思著作的中译本是非常准确的，根本不存在任何翻译上的问题。

从语言翻译的视角看，在马克思“一页书”里，稍具德语知识的人都知道，其中“法律的、政治的、宗教的、艺术的或哲学的”（den juristischen, politischen, religiösen, künstlerischen oder philosophischen），与紧接着的“简言之，意识形态的形式”（kurz, ideologischen Formen）是“同位语”的关系；换言之，法律、政治、宗教、艺术或哲学等即马克思所言的“意识形态”。其中，“法律的、政治的、宗教的、艺术的或哲学的”这几个词，在德

① ［德］海德格尔著：《尼采》，孙周兴译，商务印书馆 2003 年版，第 130 页。

② 钱中文撰：《对文学不是意识形态的“考论”的考论》，载《文艺研究》2007 年第 2 期。

文中都是复数,后面的“意识形态的形式”中的“形式”在德文中也是复数——这意味着这里的“艺术的”是一种泛指,既指文学艺术的具象创造,也指文学艺术的观念理念。如果说文学与艺术是相通的话,那么,文学在马克思的理解中,无疑是属于意识形态范畴的,或者说,就是意识形态的一个种类。值得强调的是,在这里马克思也是描述性地运用了“意识形态”这个词,第一次把包括文学在内的艺术当作“意识形态”的一种。董学文等人将 Bewußtseinsformen (“社会意识形式”)理解为 Ideologie (“意识形态”)的论说,“忽略了外语的构词法所表现的特点,以致促成了他理论上的极端偏执。在这段德语原文与英译、俄译中,无论‘社会意识形式’中‘形式’,还是‘意识形态的形式’中的‘形式’,都是多数(复数),指出这点十分必要。由于中文‘形式’一词本身无法表示复数,所以要用定语界定。在现在的译文中,前一个‘形式’之前的定语被译成‘一定的’。‘一定的’既可理解为单数,也可理解为复数,从上下文来看,这里‘一定的’自然表示多数。在我看来,这里的‘一定的’也可译成‘诸种’,这样不致引起歧义。不过重要的是对后面一个‘形式’的理解,即对‘那些……意识形态的形式’中的‘形式’的理解。在中译文中,这里的‘形式’一词被‘那些’这一指示代语所界定,‘形式’的多数(复数)被相当准确地表达了出来。当然,这里的‘那些’也可以译作‘诸种’‘诸如’等。‘那些……意识形态的形式’,这里显然说明意识形态有多种形式的,这多种形式就是法律、政治、宗教、艺术、哲学等,这应该是明白不过的事。意识形态当然不就是法学、政治学、艺术学,但是它们都是意识形态的各种形式,并不是什么‘意识形态的形式’的衍生物”①。董学文等人说“马克思本人从来就没有直接或间接地说过文学是某种‘意识形态’”,这既不符合马克思的原意,也违背了理论的逻辑。

2005 年,董学文等人相继撰文提出,用“意识形态的形式”来翻译“Ideologischen Formen”极不恰当,其中的“形态”与“形式”有重复之嫌,

---

① 钱中文撰:《对文学不是意识形态的“考论”的考论》,载《文艺研究》2007 年第 2 期。

准确的译法应为“社会意识形式”；并由此认定文学本质上应该是一种“社会意识形式”，而不是“意识形态”。他们同毛星一样把“意识形态”理解为“一个时代的思想家们通过对特定社会关系的反映而建立起由法律思想、政治思想、道德观念、艺术观念、哲学思维等组成的综合思想体系”；“这里的‘意识形态’概念无疑不是法律、政治、艺术、哲学等诸种思想系统的叠加，不是说意识形态本身又分成多少种类”；而文学绝非单纯的观念，更非纯粹的理论体系，自然不能把文学当作意识形态看待。因此，董学文提议把“意识形态”概念改译成“社会意识形式”概念，而把文学定位为“审美意识形式”①。不难看出，这不过是毛星《意识形态》一文21世纪的“现代版”，实在没有多少新意可言。

董学文等人把“意识形态”理解为“综合思想体系”，其理论误区就在于对意识形态作了片面性和不确切性的理解，这种片面性和不确切性表现在：“一是纯科学的倾向，亦即只是从知识论、认识论的观点，从社会意识与社会存在之间的反映被反映关系的角度，来说明意识形态的性质，对于意识形态的价值属性和价值内涵没有予以足够的重视和阐明”；“二是纯理论的倾向，侧重强调意识形态是自觉反映一定社会存在的思想（理论）体现，而无视它与社会心理、个人心理和日常意识之间的内在联系，没有认识到意识形态作为一种自觉的思想观念，不但是从对社会心理加工、提升而来，如同普列汉诺夫所说的是以社会心理为‘共同根源’的。同时还表现为只有经由社会心理，意识形态才能反作用于社会存在。这样，就把意识形态混同于意识形态理论和意识形态科学，视意识形态为远离生活、高高在上，只是少数意识形态专家在研究的纯思辨的、理论形态的东西。意识形态总是以现实的人为物质载体的，它要在现实中发挥作用，首先必须融入生活、融入社会心理、融入人的精神世界、融入人们的人格无意识之中，唯其这样，它才有可能转化为一种实践的精神动力，它的性质

① 董学文撰：《文学本质界说考论——以“审美”与“意识形态”关系为中心》，载《北京大学学报》2005年第5期；董学文、马建辉撰：《文学“审美意识形态”论献疑》，载《文艺理论与批评》2006年第1期。

才能得到充分显示”。因此，作为“社会意识”的一种特殊的表现形式，“意识形态不同于一般的社会意识，它作为反映处在一定社会关系中的人们的思想要求、利益、愿望的那一部分思想观念，是作为一定社会、一定阶级和社会集团的信念体系和行为规范而存在的，它的作用就是为了凝聚人的思想，把人的行为引导到同一的方向、共同参与到变革社会的实践中去。这是一个社会得以维持和发展的必不可少的精神力量，要是一个社会的社会成员对社会的共同信仰体系和行为规范失去了认同感和依存感，那么这个社会对社会成员也就必然失去了吸引力，它的凝聚力也就趋向瓦解。这才是意识形态的根本属性，表明它不仅有认识的属性，同时还有价值的属性，不仅有理论的功能，同时还有实践的功能”①。

要准确把握“意识形态”这个概念，我们不能仅仅孤立地、静止地看马克思本人是怎么说的，还必须结合它的发展来看。事实上，“意识形态”并没有一个凝固的定义，只有一个交织着争论、冲突与悖论的历史；作为一个哲学概念，“意识形态”的发展大致经历了三个阶段②：

第一，作为肯定性概念的意识形态。

“意识形态”这个术语是法兰西研究院院士、哲学家特拉西在《意识形态的要素》（1801—1815）中提出的，意指描述观念的科学——使人们认识到自己的偏见和成见的学科。在法文里，“意识形态”是“观念学”的意思，它的主要任务是研究认识的起源、界限和认识的可靠性的程度。在特拉西之前，培根的《新工具》（1620）提出了著名的“四假相说”——“种族假相”“洞穴假相”“市场假相”和“剧场假相”——这是意识形态概念诞生的第一个先兆。他说：“那些占据着人的心灵并已根深蒂固的种种假相和错误概念，不仅使真理难以进入人心，而且即使进入了，只要我们事

① 王元骧撰：《关于文艺意识形态性的思考》，载《求是》2005 年第 15 期。

② 以下参阅俞吾金著：《意识形态论》，上海人民出版社 2009 年版；［美］大卫·麦克里兰著：《意识形态》，孔兆政等译，吉林人民出版社 2005 年版。

先不防止它们，仍有可能在科学复兴的时候来扰乱我们。”①为了真正地清除或避免假相，研究者必须诉诸真正的经验的归纳。在培根之后，洛克指出，只有使知识完全依据于经验，谨慎、准确地使用文字，严格地做出判断，人们的观念才可能真正成为科学的知识。孔狄亚克从感觉主义的立场出发，驳斥了笛卡尔、斯宾诺莎、莱布尼茨等人的哲学思想，指出他们的神学观点与错误的观念理论之间的内在联系，“证明法国人完全有权把这种形而上学当作幻想和神学偏见的不成功的结果而予以抛弃”②。爱尔维修的《论精神》(1748)则把肉体的感受性和记忆看作全部观念的来源，他强调精神就是各种感觉或观念之间的关系，精神活动方式是判断，而判断总是在感觉和记忆的基础上作出的，其正确与否以感觉的正确与否为依据。霍尔巴哈在《自然体系》(1770)中宣称：“在活着的人里面，我们看见的第一个能力——其他一切能力都是从它产生出来的——就是感觉。”③

特拉西所延续的是洛克、孔狄亚克等人已进行的工作，受到感觉主义立场的深刻影响，他用“知觉”“回忆”“判断”和“意愿”四个范畴来表示人的精神活动，指出人的思想活动不过是感觉的创造和神经系统的活动。在他看来，宗教意识和来自其他权威的知识之所以是谬误的、应当被拒绝的，是因为这些观念不能还原为直接的感觉，而“意识形态的唯一的任务正是这种包罗万象的还原”④。这里，“意识形态”是一个肯定性的概念，是“观念的科学”的代名词；特拉西赋予它肯定性的含义，是为了把它与经院哲学、神学和宗教的种种谬误见解对立起来。他试图通过“从思想回溯到感觉”的方法，致力于从观念到感觉的还原工作，即在感觉的基础上，重新阐发出政治、伦理、法律、经济、教育等各门科学的基本观念。不过，

① [德]K·兰克编：《意识形态》，法兰克福1984年德文版，第50页，转引自俞吾金：《意识形态论》，上海人民出版社2009年版，第20页。

② 《马克思恩格斯全集》第2卷，人民出版社1957年版，第165页。

③ [德]霍尔巴哈著：《自然体系》下卷，管士滨译，商务印书馆1977年版，第268—269页。

④ [英]汉斯·巴尔特著：《真理与意识形态》，斯图加特1961年德文版，第16页，转引自俞吾金：《意识形态论》，上海人民出版社2009年版，第29页。

彻底的、简单化的感觉主义是不可能在任何一门社会科学的研究中得出正确结论的。后来,拿破仑从维护帝制出发,指责意识形态家们是错误地认识社会和政治现实的空想家,也是秩序、宗教和国家的破坏者,并对他们采取了镇压的态度。

黑格尔没有使用过"意识形态"的德语词,但在《哲学史讲演录》的近代部分,他两次使用了它的法语词 Idéologie。在《精神现象学》(1807)中,黑格尔还使用了一个重要的德语词 die Gestalten des Bewubtseins 或 die Gestaltung des Bewubtseins,一般译为"意识诸形态",意指广义的意识,即一切精神现象。黑格尔说:"精神的有关它自己本身的话语的内容是一切概念和一切实在的颠倒,是对它自己和对别人的普遍欺骗;因此,说出这种欺骗的恬不知耻乃是最大的真理。"[①]黑格尔对与社会历史发展相对应的各种意识形式做出了卓越的阐述,尤其是对异化了的现实世界的说明和对教化的虚假性的揭露,为"意识形态"概念涵义的根本转折奠定了基础。

第二,作为否定性概念的意识形态。

"Ideologie"这个德语词最早出现在《德意志意识形态》(1845—1846)一书。马克思指出,"意识形态"总是以某种方式折射出人们实际生活中的某个方面,是人们的生活过程的反射和回声。当精神劳动与物质劳动之间的分工在统治阶级内部出现时,"一部分人是作为该阶级的思想家而出现的(他们是这一阶级的积极的、有概括能力的思想家,他们把编造这一阶级关于自身的幻想当作谋生的主要源泉)"[②]。就其本质和倾向而言,意识形态总是体现为统治阶级的思想,总是自觉地或不自觉地掩蔽人们的现实生活和交往关系的真相:"每一个企图代替旧统治阶级的新阶级,就是为了达到自己的目的而不得不把自己的利益说成是社会全体成员的共同利益,抽象地讲,就是赋予自己的思想以普遍性的形式,把它们

① [德]黑格尔著:《黑格尔全集》第3卷,法兰克福1986年版,第387页,转引自俞吾金:《意识形态论》,上海人民出版社2009年版,第37页。

② 《马克思恩格斯全集》第3卷,人民出版社1957年版,第53页。

描绘成唯一合理的、有普遍意义的思想"[①]。在《路易·波拿巴的雾月十八日》(1851—1852)中,马克思明确指出:"在不同的所有制形式上,在社会生存的条件上,耸立着由各种不同情感、幻想、思想方式和人生观构成的整个上层建筑。整个阶级在它的物质条件和相对应的社会关系的基础上创造和构成这一切。"[②]在这里,意识形态的内容被具体化为"情感、幻想、思想方式和人生观";"通过传统和教育承受了这些情感和观点的个人,会以为这些情感和观点就是他的行为的真实动机和出发点"[③]。在《剩余价值学说史》(1861—1863)中,马克思称统治阶级中编造意识形态幻象的一部分人为"意识形态阶层",他说:"物质生产中的对立使一个由意识形态阶层构成的上层建筑成为必要;他们的作用不管是好是坏,因为必要,所以都是好的。"[④]在《哥达纲领批判》(1875)中,马克思将共产主义社会划分为初级阶段和高级阶段,指出在初级阶段里各种意识形态仍然存在于人们的精神生活中,"它不是在它自身基础上已经发展了的,恰好相反,是刚刚从资本主义社会中产生出来的,因此它在各个方面,在经济、道德和精神方面都还带着它脱胎出来的那个旧社会的痕迹"[⑤]。马克思强调,合理形态上的辩证法是穿破意识形态的基本方法,即在对现存事物的肯定的理解中同时包含着否定的理解,从不断运动的、暂时性的角度去理解每一种既成的形式。

晚年的恩格斯也指出,意识形态本质上是"虚假意识",其产生过程自觉不自觉地掩蔽自己与经济事实联系的过程。他在1893年7月14日致梅林的信里谈到了意识形态的"伪意识"和"无意识"性质:"意识形态是由所谓的思想家有意识地、但是以虚假的意识完成的过程。推动他的真正动力始终是他所不知道的,否则这就不是意识形态的过程了。"[⑥]在

---

① 《马克思恩格斯全集》第3卷,人民出版社1957年版,第154页。

② 《马克思恩格斯全集》第1卷,人民出版社1957年版,第629页。

③ 《马克思恩格斯全集》第1卷,人民出版社1957年版,第629页。

④ [德]马克思:《剩余价值学说史》第1卷,郭大力译,人民出版社1975年版,第309页。

⑤ 《马克思恩格斯全集》第3卷,人民出版社1957年版,第10页。

⑥ 《马克思恩格斯选集》第4卷,人民出版社1957年版,第501页。

《路德维希·费尔巴哈和德国古典哲学的终结》(1886)中,恩格斯深入分析了政治、法律、哲学和宗教这些主要的意识形式作为“虚假的观念”的产生过程,指出:“头脑中发生这一思想过程的人们的物质生活条件,归根结底决定着这一思想过程的进行,这一事实,对这些人来说必然是没有意识到的,否则全部意识形态就完结了。”①

总体而言,在马克思、恩格斯那里,“意识形态是人们在特定的时间和地点发生的具体的社会关系的产物;它是体验那些社会关系并使之合法化和永久化的方式”②;“意识形态不是一套教义,而是指人们在阶级社会中完成自己的角色的方式,即把他们束缚在他们的社会职能上并因此阻碍他们真正地理解整个社会的那些价值、观念和形象”③。可见,在知识的建构方法上,意识形态根本就是反科学或伪科学的。

第三,作为描述性概念的意识形态。

随着马克思主义在世界范围的传播,其“意识形态”的内涵发生了一定的变化;其中,列宁的意识形态学说是马克思的意识形态学说在20世纪复兴的重要标志。列宁根据自己所处时代的实践需要和理论需要,对意识形态的含义作了新的说明,不再一般地谈论意识形态的“虚假性”。在他看来,资产阶级有自己的意识形态,无产阶级也有自己的意识形态,即社会主义意识形态和共产主义的意识形态;它既具有鲜明的阶级性,体现了无产阶级的根本利益,又具有严格的科学性,正确阐述了社会发展规律,揭示了资本主义社会的运动规律,是适应社会历史发展潮流的科学的意识形态。在《唯物主义和经验批判主义》(1908)中,列宁提出了“科学的意识形态”的新概念,指出作为无产阶级求解放的学说,马克思主义是“科学的意识形态”,它科学地阐明了社会发展的规律,体现了科学性与阶级性、相对真理与绝对真理的统一。列宁还强调了哲学上的党派斗争,重申无产阶级和资产阶级意识形态之间的对立乃是当代思想界和理论界

① 《马克思恩格斯选集》第4卷,人民出版社1995年版,第250页。
② [英]伊格尔顿著:《马克思主义与文学批评》,文宝译,人民文学出版社1986年版,第9页。
③ [英]伊格尔顿著:《马克思主义与文学批评》,文宝译,人民文学出版社1986年版,第20页。

不可回避的事实。在《青年团的任务》(1920)一文中,列宁提出了建设共产主义道德的伟大任务,指出共产主义者有自己的道德观念,"我们的道德是服从于无产阶级阶级斗争的利益的"①。在《论无产阶级的文化》(1920)一文里,列宁则批判了"无产阶级文化派"的虚无主义观点,指出:"马克思主义这一革命无产阶级的意识形态赢得了世界历史性的意义,是因为它并没有抛弃资产阶级时代最宝贵的成就,相反地却吸收和改造了两千多年来人类思想和文化发展中一切有价值的东西。"②在《论战斗唯物主义的意义》(1922)一文中,列宁主张坚持哲学的党性原则,努力发扬战斗的唯物主义的精神,是与资产阶级和其他剥削阶级的意识形态划清界限,又继承人类历史上一切优秀的文化遗产的基本前提。

正如J·拉雷所言:"对于列宁来说,意识形态成了关系到不同阶级的利益的政治意识,他特别把探讨的重点放在资产阶级的意识形态和社会主义意识形态的对立上。因此,在列宁那里,意识形态涵义的变化过程达到了顶点。意识形态不再是取消冲突的必然的扭曲,而是成了一个涉及到阶级(包括无产阶级)的政治意识的中性的概念。"③

列宁把意识形态理解为一个描述性的概念,深刻影响了一批西方马克思主义者。卢卡奇没有给"意识形态"下过定义,不过,他跟列宁一样把它理解为一个描述性的概念,即一定的经济关系在人们观念中的反映。贯穿其《历史与阶级意识》的主导思想是:无产阶级必须重视意识形态问题,努力形成自觉的阶级意识,才能在革命斗争中获得真正的胜利。他说:"一个阶级越是能心安理得地相信积极的使命,越是能百折不挠地、本能地根据自己的利益驾驭一切现象,它的战斗力也就越大,这一点是必须肯定的,而且也并没有过高估计这些意识形态因素的实际作用。"④卢卡

---

① 《列宁选集》第4卷,人民出版社1995年版,第352页。

② 《列宁选集》第4卷,人民出版社1995年版,第362页。

③ [德]T·鲍托姆著:《马克思思想词典》,1983年英文版,第222页,转引自俞吾金:《意识形态论》,上海人民出版社2009年版,第203—204页。

④ [匈]卢卡奇著:《历史与阶级意识》,杜章智译,商务印书馆1992年版,第124页。

奇认为,“无产阶级意识形态”的理论表现是历史唯物主义,“什么是历史唯物主义呢? 无疑,它是按照其真正的本质理解过去事件的一种科学方法”①。“历史唯物主义是无产阶级在其受压迫的时代里最强大的武器之一,现在,无产阶级正在准备重建社会并在其中重建文化,它把历史唯物主义运用于这个时代是自然的。”②葛兰西则赋予了“意识形态”概念新的涵义,他不同意把“意识形态”仅仅看作一堆错误的观念,而是把它当作社会构成的一个必不可少的方面。他将“意识形态”定义为:“一种在艺术、法律、经济行为和所有个体的及集体的生活中含蓄地显露出来的世界观。”③葛兰西也把意识形态理解成了一个描述性的概念,根本不存在真实或虚假的问题。到了阿尔都塞那里,“意识形态”成了人与世界之间想象性的关系,是一种隐蔽地对人进行控制的思想构架,它建构了我们对现实的认识。他说:“意识形态是一个诸种观念和表象的系统,它支配着一个人或一个社会群体的精神”;“意识形态是个体与其真实的生存状态想象性关系的再现”④。在伊格尔顿看来,“意识形态是一个话语问题,一个处于历史情境中的主体间的实践交往问题,而不只是一个语言问题(我们所叙说的命题问题)。意识形态也不只是一个偏向性的、偏见性的和党派性的话语问题,尽管没什么人类话语不是这样”⑤。显然,“在以后对意识形态问题的新的探讨中,列宁的意识形态概念起了决定性的作用,并成了最有影响的学说”⑥;将“意识形态”当作一个中性化的描述性概念,是目前学界较为通行的理解。

---

① [匈]卢卡奇著:《历史与阶级意识》,杜章智译,商务印书馆 1992 年版,第 306 页。

② [匈]卢卡奇著:《历史与阶级意识》,杜章智译,商务印书馆 1992 年版,第 356 页。

③ [意]葛兰西著:《狱中札记选》,伦敦 1971 年英文版,第 328 页,转引自俞吾金:《意识形态论》,上海人民出版社 2009 年版,第 237 页。

④ Louis Althusser, *Ideology and Ideological State Apparatuses*, in Slavoj Zizek, ed., Mapping Ideology, London: Verso, 1994.p.120.

⑤ Terry Eagleton "Ideology", in Stephen Regan, ed., *The Eagleton Reader*, Cambridge: Blackwell, 1998, p.237.

⑥ [德]T·鲍托姆著:《马克思思想词典》,1983 年英文版,第 222 页,转引自俞吾金:《意识形态论》,上海人民出版社 2009 年版,第 213 页。

质疑“审美意识形态论”者根本无视“意识形态”的这一发展历程，认为“时下，我国理论界对意识形态概念的理解是离开了其中国传统的，也离开了其阶级实践的品质，西方化（主要是‘西马’化）、学院化、纯粹知识论倾向明显，意识形态似乎成了一个主观上中性或中立的概念，这也就从根本上消解了中国传统中意识形态之为意识形态的改造现实的积极意义”。那么，何谓“中国传统”呢？“从我国现代文论的传统来看，意识形态概念的意义都是和现实、阶级实践联系在一起的，带有鲜明的阶级性、积极地反映现实、积极地参与阶级实践是其主要特征。”①简言之，“意识形态”的意义就在于改造现实的阶级实践。看来，尽管我国社会主义建设已进入了社会主义市场经济的发展历程，可是，“阶级斗争”的思维方式仍然存在！另一位质疑“审美意识形态论”者同样认为，“将意识形态概念中性化，其影响是十分严重的。它不仅掩盖了意识形态的真实内涵，使人们对之缺少了必要的警惕，一些资产阶级理论家还将这些早已扭曲了的意识形态的‘罪名’强加到马克思主义头上，认为马克思主义不是科学，而是意识形态，提出要区分马克思主义理论中‘科学成分’和‘意识形态成分’”②。这位论者力主“回到马克思”，即把意识形态当作一种虚假的思想体系，并对它采取批判的理论立场。

综上所述，“意识形态”概念是一个不断发展的概念，即便是马克思本人也并不在一种完全一致的意义上使用“意识形态”概念，而是赋予其多重的含义。马克思在《德意志意识形态》中的早期意识形态理论在“意识形态的两种大相径庭的意义之间存在着张力。一方面，意识形态有目的，有功能，也有实践的政治力量；另一方面，意识形态似乎仅仅是一堆幻象、一堆观念，它们已经与现实没有联系”③。在后期著作《资本论》里，马克思又倾向于把意识形态看作实际真实的一部分，“意识形态错觉不仅是

① 马建辉撰：《理解文学意识形态论的两个视角》，载《文艺理论与批评》2006年第3期。

② 马驰撰：《论文学的本质与审美意识形态》，载《学术月刊》2006年第7期。

③ [英]伊格尔顿：《历史中的哲学、政治与爱欲》，马海良编译，中国社会科学出版社1999年版，第85页。

扭曲了的思想观念或‘虚假意识’的产物，而且也可以说是资本主义社会本身固有的东西”[①]。在晚年的人类学笔记中，马克思又指出，人类自从进入文明社会即阶级社会以后，“精神生产”的发展是以意识形态的演变和发展为表现形态的。为了更清楚地说明这一问题，马克思在“意识形态”生产和“自由的精神生产”之间作出了理论上的区分：前者是统治阶级的意识形态生产，即“意识形态阶层”的精神生产活动；后者为“一定社会形态下的自由精神生产”，即“一切非统治阶级的、独立的自由精神生产活动”[②]。尽管非“意识形态阶层”的精神生产活动可以在理论上被设定为“自由的精神生产”，但在实践中总是要受到自己所处的社会状况（物质生产状况、阶级状况以及先前的思想文化遗产状况等）的影响，有时甚至还直接地为意识形态提供合理性根据。因此，在现实实践中，意识形态和一般知识形态是融合一体的，所有的精神生产都必须在一定的意识形态情境中进行。这便是意识形态理论的“悖论”之处。如果我们不了解这一“悖论”，就无法把握马克思意识形态理论的实践性本质。有论者指出：“意识形态悖论的存在，使得我们得出这样的结论：进入文明社会（或阶级社会）以后，人类的精神生产或一般社会意识形式，就以意识形态活动的面貌出现，也即意识形态开始承担着人类文化发展重要场所或载体的角色。”[③]英国学者柏拉威尔指出，马克思的意识形态理论中就隐含了文学。他说：“有人说，马克思这样区分阶级的意识形态和自由的精神生产，似乎是再一次表示，即使受到一种意气不合的社会秩序的限制，艺术可能仍是一个比较自由的领域。这种论点是站得住脚的，即使我们必须承认，对这一段话的理解是有分歧的。马克思本人没有看到它的付印，而他的手迹又是这样模糊，后来的编辑者读做‘自由的精神生产’的一句话也可以读做‘精细的精神生产’。但是，不论读做什么，原来在《政

---

① ［英］伊格尔顿著：《历史中的哲学、政治与爱欲》，马海良译，中国社会科学出版社 1999 年版，第 91 页。

② 《马克思恩格斯全集》第 47 卷，人民出版社 1993 年版，第 533 页。

③ 张秀琴著：《马克思意识形态理论的当代阐释》，中国社会科学出版社 2005 年版，第 69 页。

治经济学批判》的'序言'中隐含地把文学与意识形态等同起来，而现在却把'统治阶级的意识形态组成部分'同不管是'自由的'还是'精细的'方式作出区分，这是一个可喜的纠正。"[①]柏拉威尔称马克思作了"可喜的纠正"，纠正了什么呢？钱中文指出，就是马克思在《政治经济学批判导言》的"序言"里隐含地讲了文学是意识形态，这只是揭示了其作为观念形态的共性，但文学还自有其独特性，即它还是一种精细的或是自由的精神生产。无论如何，马克思的唯物史观科学规定了文艺在宏观社会结构中的位置，并把文学艺术理解、界定为一种社会意识形态。"马克思主义把文艺的性质界定为一种社会意识形态，一种社会上层建筑，它的伟大贡献就在于要求我们把文艺放到整个社会结构以及人类解放的历史过程中去进行考察，以能否推动和促进人的自由解放和人类社会的全面进步为评判标准，从而赋予马克思主义文艺学以其他任何文艺学所不可具有的高远视界和恢弘目光。"[②]

四、"审美意识形态论"与"元政治"

质疑"审美意识形态论"者还有一种观点，认为"审美意识形态论"是"以对文学的认识论解释和意识形态解释进行补充和修正的名义进行的"，其实际效果有二：其一，"审美"的合法化、膨胀化；其二，"意识形态"概念的空置和淡化。持这种观点的学者认为，"审美意识形态"是"一个隐蔽的策略性范畴"，其中可能隐藏着"虚化马克思主义、背离马克思主义的思想倾向"；将"审美意识形态论"作为"文艺学的第一原理"，导致了

---

① ［英］柏拉威尔著：《马克思和世界文学》，梅绍武等译，生活·读书·新知三联书店1980年版，第423—424页。

② 王元骧撰：《论马克思主义文艺学在当代的发展和意义》，载《东方丛刊》2007年第4期。

新的理论“迷思”[①]。撇开论者乏味的“深文周纳”式的政治思维惯性不论，其中核心的一个问题是：“审美意识形态论”果真膨胀了“审美”，而“架空”了“意识形态”了吗？在我看来，问题的实质在于如何处理文学的审美性与政治性之间的关系——这是一个历久弥新的问题。

童庆炳指出，在马克思主义经典作家那里，“意识形态”是对各种社会意识形态的抽象，并不存在一种称为“意识形态”的实体；意识形态只存在于它的具体的形态中，如上面所说的哲学意识形态、政治意识形态、法意识形态、道德意识形态、审美意识形态等这些具体的形态之中。这些不同的意识形态自身形成一个独特的思想系统，它的整体性也就充分显现出来；它们的地位是平等的，并无“高低贵贱”之分，也不存在着谁为谁服务的问题：审美意识形态在政治意识形态的关系，就并不总是顺从的关系，相反审美意识形态对政治意识形态的“规劝”“监督”“训斥”等，也是十分正常和合理的[②]。这就从理论上有力阻拒了长期以来文学与文学理论的泛政治化倾向。但能否由此得出“审美意识形态论”是“纯审美主义”或“审美中心主义”呢？如，质疑“审美意识形态”论者认为，“审美意识形态的提出不仅将意识形态中性化，而且将文学研究与历史关系相割裂，强调的是文学研究的‘审美’趣味。……这与马克思主义的历史观是大相径庭的”[③]。事实果真如此吗？

在探索文学本质问题时，童庆炳指出，构成文学本质的元素是多元的，“其中必有一种更根本的、更具决定性的”。马克思在《〈政治经济学〉导言》中指出，人类“掌握世界”的“方式”可分为“艺术的、宗教的、实践—精神”的论点。文学、音乐、绘画、雕塑、舞蹈等艺术，都属于“艺术的”“方式”——人类切入世界、掌握世界的一种方式；它与“宗教的、实践—精神”的方式一样，具有根本的意义。所以把文学与其他艺术联系起来考

---

① 马建辉撰：《理解文学意识形态论的两个视角》，载《文艺理论与批评》2006 年第 3 期。
② 童庆炳撰：《审美意识形态论的再认识》，载《文艺研究》2000 年第 2 期。
③ 马弛撰：《论文学的本质与审美意识形态》，载《学术月刊》2006 年第 7 期。

察，认为文学与其他艺术都是审美意识形态，也就具有更根本的意义。正是基于此，童庆炳才提出了“审美意识形态论是文艺学的第一原理”的著名论断。因此，在阐释审美意识形态的过程中，他在侧重强调文学的独立性即审美性和文学的认识价值显现的特殊性的同时，从多个角度强调“审美意识形态”的整一性：从性质上看，既有集团倾向性又有人类共通性；从功能上看，既是认识又是情感；从目的功能上看，既无功利性又有功利性；从方式上看，是假定性但又是真实性①。总之，“审美意识形态，是意识形态的多样种类之一”；就审美意识形态而论，“无功利是直接的，功利性是间接的”；“文学直接的是形象的，但在深层又具有某种理性”；“在文学中，审美情感是直接的，理智认识是间接的”②。显而易见，“审美意识形态论”一方面把文学看成是美的价值系统，另一方面则力图在“审美”与“意识形态”之间保持一种“张力”关系，并没有剔除文学的“社会政治性”。

我认为，童庆炳提出的“历史—人文”张力说有助于我们深入理解“审美意识形态”论。自提出“审美意识形态”论以来，童庆炳一直关切着中国的社会现实，始终思考着当代文学艺术的精神价值取向问题，而探索着人文主义的历史维度和历史主义的人文维度相互补充、结合的问题。

在童庆炳看来，人文主义呼唤重视人的价值与尊严，其基本旨意是“反恶”，其倡导者的失误是没有看到许多社会问题是在社会进步中出现的；历史主义的旨趣是反“极左”，拒斥精神至上主义，力主发展社会经济，其论者的失误在于没有认识到一个社会需要精神的治理和制约，以避免物质至上主义的畸形发展③。童庆炳思考的问题是：我们所面对的是“历史理性”与“人文关怀”这两极“错位”的事实，那么，文学家在这种现实面前应采取什么样的思维路径、价值取向、判断角度呢？童庆炳认为，

① 童庆炳撰：《审美意识形态论的再认识》，载《文艺研究》2000 年第 2 期。

② 童庆炳主编：《文学理论教程》，高等教育出版社 2004 年版，第 58 页、第 63—67 页。

③ 童庆炳撰：《人文主义的历史维度和历史主义的人文维度》，见《童庆炳文学五说》，时代文艺出版社 2001 年版，第 320—321 页。

政治家、社会学家更关心的是历史理性,是物质的、器物层面的东西,对待急剧的社会转型时,他们更注重的是转型的历史合理性,而把人文方面的问题纳入到历史理性的范畴中去把握,甚至认为这些问题是现实改革、历史进步不可避免要付出的代价;文学家不是政治家,不是社会学家,他们"关心社会转型的文化道德合理性,以及它在个体的情感生活完美性,甚至人性深处那些看不见的微妙角落。……历史理性和人文关怀这两者都是文学家照射现实的思想'光束'……文学家总是在人文关怀与历史理性中徘徊",对现实采取不妥协的和批判的态度;如果遇到在两者之间非选择不可时,"真正的文学家宁愿'牺牲'历史理性,而选择'人文关怀'……这就是为什么古今中外伟大的作家都毫无例外具有悲天悯人的品格的原因"[①]。考察中外那些处于社会转型时期伟大作家的创作,正是有了人文关怀与历史理性这两重"光束",他们才能"对现实关系具有深刻理解"(马克思语),他们的作品也有着"了不起的革命辩证法"(恩格斯语)。童庆炳据此剖析了风行一时的"新现实主义小说",针砭其人文关怀与历史理性的双重缺失。他总结归纳了新时期以来反映改革现实小说的三种艺术范式及其精神价值取向,入情入理地解读了前苏联作家拉斯普金的小说《告别马焦拉》和《活着,可要记住》,并以青年马克思对资本主义异化的批判作为理论上的支持,令人信服地提出"历史理性、人文关怀和文体营造三者之间保持张力和平衡,应该是文学的精神价值的理想";其中,"历史—人文"双重精神价值取向的本质是:"它既要历史的深度,肯定历史发展(包括科技进步)是不以人的意志为转移的,而且对人类的生存是有益的,物质的发展可以而且应该成为发扬人文精神的基础与依托;它同时又要人文深度,肯定人性、人情和人道以及人的感性、灵性、诗性对人的生存的极端重要性。不是在这'两个深度'中进行非此即彼或非彼即此的选择。它假设'历史'与'人文'为对立的两极,并充分肯

---

① 童庆炳、陶东风撰:《人文关怀与历史理性的缺失——"新现实主义小说"再评价》,见《童庆炳文学五说》,时代文艺出版社 2001 年版,第 322—339 页。

定这两极紧张关系对文学的诗意表达的重要性和精神价值追求的重要性”①。

钱中文也是“审美意识形态论”的提出者，近几年来，他从大视野的历史唯物主义出发倡导“新理性精神”，以审视人的生存意义。面对人的生存挫折、物对人的挤压、科技进步造成的人文精神下滑的现状，他主张用人文精神来召唤对民族、个人的生存意义与价值的追求与确认。他提出，“新理性精神”作为一种对于文化、文学艺术内在的精神信念，是对旧理性的扬弃；为了避免旧理性的覆辙，非理性主义、反理性主义的各种思潮的极端化与虚无主义，新理性精神需要在对它们进行现代文化批判的基础上，汲取它们的合理因素，从几个方面，确立自身的理论关系：这就是“现代性”、“新人文精神”、“交往对话精神”、感性与文化问题②。“新理性精神”的核心内容是：“主张以新的人文精神来对抗人的精神堕落与平庸”，“当今的文学艺术要高扬人文精神。要使人所以成为人的羞耻感，同情心与怜悯，血性与良知，诚实与公正，不仅成为伦理学关注的课题，同时也应成为文学艺术严重关注的方面。以审美的方式关心人的生存状态、人的发展，使人成为人，拯救人的灵魂，这也许是那些有着宽阔胸怀的作家艺术家忧虑的焦点与立足点”③。不难看出，“新理性精神”与“历史—人文”张力说在精神上是相通的，而它们都是“审美意识形态论”的有机组成部分。

可见，童庆炳等人提出的“审美意识形态论”，根本就没有割裂人的精神活动与历史的关系，相反，它真正体现了艺术实践的政治内涵。

什么是政治？亚里士多德认为，政治是一种以正义理念为原则、以建立良好的社会秩序为目标的，关于城邦的管理行为。他说：“城邦以正义

① 童庆炳撰：《中国当代文学创作中的“历史—人文”双重价值取向》，见《童庆炳文学五说》，时代文艺出版社2001年版，第360页。

② 钱中文撰：《文学艺术价值、精神的重建：新理性精神》，载《文学评论》1995年第5期。

③ 钱中文撰：《文学理论：走向交往对话的时代》，北京大学出版社1999年版，第349页。

为原则,由正义衍生的礼法恰好是树立社会秩序的基础。”[①]根据英国学者安德鲁·甘布尔的看法,“政治”是一个相当模糊的概念,拥有一些不同的方面。其中,最重要的有三部分:作为政府权力的政治、作为身份认同的政治和作为社会秩序的政治。可见,政治体现于作为社会人的实际组织形式,如何将个体的人组织成一个和谐有效的社会整体,是一切政治活动的出发点。徐岱指出,作为一种文化现象的政治活动,体现为侧重于伦理原则的“元政治”和侧重于实际利益的“权力政治”两个层面:前者属于体现人们内心愿望的全民政治,注重的是社会“如何组织”的问题;后者属于表现为各种运作机构的党派政治,关心的是国家“谁来统治”的问题。前者作为伦理政治主要考虑政治的正义性,而后者作为一种当下政治的核心是形形色色的权力关系,其中最根本的无疑是依托于暴力对国家机器的掌控,它是二元对立的,紧连着人的权力欲和支配欲。伊格尔顿、詹姆逊等人的“政治批评”,不仅将“元政治”层面的“伦理政治”,同权力斗争、身份认同与社会秩序建构等党派政治形态混为一谈,而且完全无视生活世界的丰富性,否认在公共领域之外还存在私人生活的空间,以人的历史维度取消了人的自然存在[②]。

在阿诺德·豪塞尔看来,“真正的艺术必定会卷入生命和人类存在的意义之类的问题的探讨,这些艺术使我们面对着‘改变我们的生活方式’的要求”[③]。汉斯·昆也说:“在一个受无意义威胁的时代,艺术有助于使‘意义’问题出场,有助于激发对‘意义’问题的追问,有助于面对‘意义’问题。”[④]马尔库塞则指出:“艺术代表着所有革命的终极目标:个体的自

---

① [古希腊]亚里士多德著:《政治学》,吴寿彭译,商务印书馆1965年版,第9页。

② 参阅徐岱撰:《为所有人的艺术——论艺术实践的政治之维》,载《西南民族大学学报》(人文社科版)2007年第1期。

③ [美]阿诺德·豪塞尔著:《艺术史的哲学》,陈超南、刘天华译,中国社会科学出版社1992年版,第273页。

④ [德]汉斯·昆等著:《神学与当代文艺思潮》,徐菲、刁承俊译,上海三联书店1995年版,第39页。

由和幸福”[①]；“艺术与革命的联接点，存在于审美之维上，存在于艺术本身中”；在具体艺术实践中，“政治维度总是附属于另一个审美的维度，这个维度反过来又具有政治价值。”[②]因此，真正体现艺术实践政治内涵的是“元政治”，哈维尔精辟地称之为“反政治的政治”。他指出，在“元政治”的语境里，“政治作为对人类同胞真正富有人性的关怀”，是以“人道主义”为基础的对“至善”原则的捍卫，强调的是超越身份、种族、性别的普遍利益。这种“元政治”也是康德的“人是历史的最终目的而并非工具”意义上的人文理念的落实，它着眼于普遍人性的共同追求。这里，“政治不再是权力的伎俩和操纵，不再是高于人们的控制或互相利用的艺术，而是一个人寻找和获得有意义的生活的道路”[③]。艺术实践的政治性是哈维尔所说的，“从被权术家嘲笑的对象——人类良心——中创造一种真正的政治力量”；它要求艺术家承担起一项使命，即“抵制匿名的、非个人化的、非人性的权力，它以种种意识形态的、制度的、党政机关的、官僚主义的、伪饰的语言及政治口号的方式出现”[④]。简言之，艺术的政治之维就是从代表道义原则的“元政治”角度出发，对现实中的党派政治实践的一种伦理评估。在这个意义上，我认为，“审美意识形态论”的核心，就是在“元政治”的层面强调通过审美与伦理的统一来拥有一种张力；突出的不是文学直接的社会政治意义，而是以文学的生命意义为中介的政治之维，而体现出一种永恒的诗性意义。

“历史—人文”张力说与“新理性精神”都表明，“审美意识形态论”所凸显的是一个以艺术的生命意义为中介的社会政治之维，而绝非简单的对“政治工具”论的“冲击”；它的提出，不是所谓的“权宜之计”或“一个隐蔽的策略性范畴”，也不是“审美”加“意识形态”的简单拼凑，更不是

---

① [美]马尔库塞著：《审美之维》，李小兵译，生活·读书·新知三联书店1989年版，第255页。

② [美]马尔库塞著：《审美之维》，李小兵译，生活·读书·新知三联书店1989年版，第186—187页。

③ [捷]哈维尔著：《哈维尔文集》，崔卫平译，香港明河社2004年版，第135—136页。

④ [捷]哈维尔著：《哈维尔文集》，崔卫平译，香港明河社2004年版，第135—138页。

“割裂了人的精神活动与历史的关系”的所谓“纯审美主义”。这些无端的指责不过是一种“逻辑株连”，并没有真正了解“审美意识形态论”的真谛，所谓的理论“迷思”之说更是不着边际的无稽之谈。实际上，“审美意识形态论”对文艺的本质作了比较系统深入的探究，较好地解决了文艺与意识形态之间的关系，有助于我们正确认识形式与内容、情感与理智、表现与再现、人性与阶级性等矛盾关系。当然，“审美意识形态”论并不是业已尽善尽美，在意识形态性与审美性的融合等问题上，尚有待人们进一步深入探究①。在这一问题上，我以为巴赫金的相关论述可能会给我们一定的启发。

五、“审美”与“意识形态”的融合

巴赫金认为，作为一门意识形态科学，文艺学研究的对象是文学作品的艺术结构，是这一结构里面的各种正在形成的意识形态因素的有机结合及其艺术功能。为了说明自己的意识形态基本立场，巴赫金对文学意识形态学说的三种立场观点进行了批评。

其一，“把文学仅仅局限于这样的反映，也就是贬低文学，认为它只起其他意识形态的简单的附庸和传播者的作用，几乎完全忽视了文学作品的有自身意义的效用及它们的意识形态独立性和独特性。”②也就是说，把文学艺术作品中的意识形态内容等同于政治、伦理、宗教和哲学的内容，消除了它的存在和表现的特殊性。在巴赫金看来，这个立场忽略了文学艺术的意识形态的“独立性和特殊性”，是对文学艺术的贬低。

其二，“把对意识形态视野的反映看作是对现实存在本身和生活本身

① 参见黄擎撰：《文艺意识形态本性论研究的现状与问题》，载《浙江大学学报》2005年第2期。

② ［苏］巴赫金著：《文艺学中的形式主义方法》，见钱中文主编：《巴赫金全集》第2卷，李辉凡等译，河北教育出版社2009年版，第126页。

的直接反映。没有考虑到,内容所反映的也只是本身作为对现实存在的折射反映的意识形态视野。揭示艺术家所描写的世界,还不意味着深入到真正的生活现实中。”[1]巴赫金认为,把文学作品里的意识形态内容等同于对生活现实本身的意识形态反映,认为作品里的意识形态就是生活中的意识形态,这是一种机械的反映论,它完全取消了艺术结构的基本功能。事实上,在文学作品里的意识形态内容是作为一个艺术结构因素被有机地融合在作品里的,其中包含着作家的“意识形态折射”这个中介环节,即作品里的意识形态内容是加工过的。

其三,“把艺术家反映在内容中的意识形态因素教条化并使之最后定型,使生动的、正在形成的问题变成现成的原理、论断和决定——哲学的、伦理的、政治的、宗教的。没有理解和考虑一个极其重要的因素:文学在其内容的基础上只反映正在形成的意识形态,只反映意识形态视野形成的过程。”[2]这个立场强调的文学意识形态存在状态,是“现成的原理、论断和决定”,是“教条化”和最后定型的。巴赫金认为,文学作品里的意识形态是正在形成的、活生生的,绝不是僵化的教条和缺乏生命力的东西:“对于现成的确定了的原理,艺术家是无事可做的:这些东西不可避免地成为作品中的异物、平庸乏味的东西和偏向。这些东西应当在科学、道德的体系中,在政党的纲领中占有自己正常的地位。在艺术作品中,这种现成的、教条式的原理在最好的情况下也只能占有一些次要的富有教训意义的格言地位;它们永远也不能构成内容的核心本身。”[3]

巴赫金把相对于经济基础和上层建筑的思想、学说和观念形态,以及对它们的创作、研究和形成的体系等,统称意识形态现象,它包括哲学、宗教、伦理学、政治学说和文学,等等。研究这些现象的方法论,巴赫金称之

---

① [苏]巴赫金著:《文艺学中的形式主义方法》,见钱中文主编:《巴赫金全集》第2卷,李辉凡等译,河北教育出版社2009年版,第126页。

② [苏]巴赫金著:《文艺学中的形式主义方法》,见钱中文主编:《巴赫金全集》第2卷,李辉凡等译,河北教育出版社2009年版,第126-127页。

③ [苏]巴赫金著:《文艺学中的形式主义方法》,见钱中文主编:《巴赫金全集》第2卷,李辉凡等译,河北教育出版社2009年版,第127页。

为意识形态科学，如文艺学、文学史研究、哲学史、政治学、宗教学，等等。而这些思想、学说和观念形态的创造，即理性或感性范畴的创造，包括文学作品、艺术作品、哲学著作、政治著作、宗教教义等，都属于意识形态创作，它们都是创作者对现实生活内容进行“折射”的过程，即作家艺术家对来自生活现实的材料作个性化处理的过程。相对于文学艺术结构而言，巴赫金把作为艺术作品结构因素的意识形态内容称为意识形态因素。他认为，在作家创作过程中，必然把现实生活中的内容做艺术的处理，这个处理过程，实际上就是一个意识形态“折射”的过程；作家本人的意识形态立场变成了一个视野，成为处理生活材料（包括生活和思想）的模式。即任何现实生活中的材料，必然经历作家意识形态视野的处理，才能成为艺术结构的内容，相应地，任何艺术作品中的因素（诸如情节、主题、技巧、形式、题材和言语方式等）都包含着意识形态视野。巴赫金认为，任何意识形态种类都具有自己把握现实的独特结构，通过这个结构，这个意识形态种类区别于其他种类。艺术作品的独特性是由于它的独立的结构决定的。

巴赫金的“意识形态科学”包含两部分内容：一是文学在意识形态环境里的地位；二是意识形态因素在文学中存在的方式。前者处理的是文学与其他意识形态种类的关系问题，后者处理的是文学的意识形态性问题。

对于文学在意识形态环境里的地位，巴赫金是这样阐释的：

> 文学是作为一个独立的部分进入周围的意识形态现实的，它以有一定组织的文学作品的形式，带着一种特别的、唯有它才具有的结构，在现实中占据着特殊的地位。这种结构，像所有的意识形态结构一样，折射着正在形成的社会经济生活，而且是按自己的方式加以折射的。但同时，文学在自己的“内容”中也反映和折射着其他意识形态领域（伦理、认识、多种政治学说、宗教等等）的反映和折射，也就

是说，文学在自己的“内容”中反映着它自己也是其中一部分的整个意识形态的视野。①

因此，“文学通常并不是从认识系统和时代精神的系统中，不是从固定的意识形态系统中获得文学的这些伦理的、认识的和别的内容的（只有古典主义在某种程度上才是这样做的），而是直接地从认识时代精神及其他意识形态的活生生的形成过程本身取得它们的。正因为这样，文学才经常地预见到哲学的和伦理学的意识形态要素，虽然采取的是一种不发达的、未经论证的、直观的形式。文学善于深入到形成和构成它们的社会实验室本身中去。艺术家对正在产生和形成的意识形态问题有敏锐的听觉。”②

关于意识形态在文学中存在的方式问题，巴赫金认为，在艺术作品里一切构成因素都具有意识形态性质：“生活，作为一定行为、事件或感受的总和，只有通过意识形态环境的棱镜的折射，只有赋予了它具体的意识形态内容，才能成为情节、本事、主题、母题。还没有经过意识形态折射的所谓原生现实，是不可能进到文学的内容中去的。”“任何情节本身都是在意识形态上经过折射的生活的一种公式。这种公式是由意识形态的冲突，经过意识形态折射了的物质力量确定的。”“已成了文学描写的客体的世界的意识形态折射性，以及认识上的、伦理的、政治的、宗教的折射性，乃是情节进入文学作品结构、进入作品内容的必需的和必定的先决条件。”“不仅情节，而且抒情母题，这种或那种问题以及一般有意义的内容因素都听命于这一基本规律：在这一规律中艺术地形成经过意识形态折射的现实。”③也就是说，文学作品中的意识形态内容是以情节、本事、主

① ［苏］巴赫金著：《文艺学中的形式主义方法》，见钱中文主编：《巴赫金全集》第2卷，李辉凡等译，河北教育出版社2009年版，第123—124页。

② ［苏］巴赫金著：《文艺学中的形式主义方法》，见钱中文主编：《巴赫金全集》第2卷，李辉凡等译，河北教育出版社2009年版，第124页。

③ ［苏］巴赫金著：《文艺学中的形式主义方法》，见钱中文主编：《巴赫金全集》第2卷，李辉凡等译，河北教育出版社2009年版，第125页。

题、母题,以及题材、体裁、形式、技巧、言语方式等各种结构性因素存在和表现出来的,它们无不渗透着沉甸甸的意识形态内容。

总之,“文学在自己的内容里反映着意识形态视野,亦即异己的非艺术的(伦理的、认识的等)意识形态构成物。不过,文学本身在反映这些异己的符号的同时,也创造着新的形式、新的意识形态交流符号。这些符号,即文学作品逐渐成为人们周围的社会现实的实际的一部分”①。

有人这样概括巴赫金意识形态思想的基本价值:

> 巴赫金的意识形态科学一个反复出现的问题是:不同的信仰体系如何能彼此对话,或者,这些体系在现时及历史的社会结构内,是如何区分为价值的和话语的各种等级的。换句话说,他总是设法联结不同的人、本文、意识形态和语言,而不是在彼此之间做出截然不同的区分。②

也就是说,巴赫金的意识形态科学强调的是话语的“建构功能”,认为不同信仰体系的人在进行交往的过程中,他们在建构着交往的联结,形成一个达成共识的整体。

对于艺术交往来说,巴赫金阐述的文学意识形态理论的建构指向艺术结构:“一切意识形态的东西都有意义:它代表、表现、替代着在它之外存在着的某个东西,也就是说,它是一个符号。哪里没有符号,哪里就没有意识形态”③;“而符号的存在不是别的,就是这一交际的物质化。所有意识形态符号都是如此。然而,这一符号的特性和交际的这种全方位的制约性,任何领域都不能像语言那样,表现得那么清楚和充分。话语是一

① [苏]巴赫金著:《文艺学中的形式主义方法》,见钱中文主编:《巴赫金全集》第2卷,李辉凡等译,河北教育出版社2009年版,第125—126页。

② [美]凯特琳娜·克拉克、迈克尔·霍奎斯特著:《米哈伊尔·巴赫金》,语冰译,中国人民大学出版社1992年版,第240页。

③ [苏]巴赫金著:《马克思主义与语言指向》,见钱中文主编:《巴赫金全集》第2卷,李辉凡等译,河北教育出版社2009年版,第341页。

种独特的意识形态的现象。……话语——是最纯粹和最巧妙的社会交际媒介"①。简言之,文学符号的存在就是交往的物质化。巴赫金进一步指出,文学作品与其他意识形态种类符号—话语体系的差异或者特殊性,在于社会意识形态交往建构了它的"艺术结构"。那么,什么是"艺术结构"呢?

托多洛夫说,按照巴赫金的观点,"美学研究真正的核心问题不应该是材料,而应该是建筑术,是构造,是作为材料、形式和内容相互结合并相互制约的意义上的作品结构。"②表面上看,这与形式主义非常相似。一般认为,俄国形式主义文论是对浪漫主义文论"推崇作品的内在性"的发展,巴赫金的"艺术结构"不是一个固定的存在,而是一个建构的过程。在这个意义上,作品永远是开放的文化交流的结构。因此,巴赫金在批评了形式主义之后,并没有定义出具体的文学特性,"他只是拒绝寻找文学的特性。这并非因为这种使命在他眼里毫无意义,而是因为寻找文学的特性只有结合特定的历史(文学的或批评的)才有意义";在巴赫金看来,"与其说作品是'建造',是'建筑学',不如说作品具有不同一性,是各种声音,是过去和将来话语的相互影响和渗透,是十字路口和交叉点"③。换言之,艺术话语是言语实践,其本质是对话;艺术话语中进行的对话不能够封闭在自己的时代,它既是面向过去,又是面向未来的,因此,它永远是未完成体的。

托多洛夫把巴赫金这种"艺术结构"特征用一个词表达——"超文本性",认为它"属于文化史的范畴"④。"米·巴赫金不厌其烦地重复着一

---

① [苏]巴赫金著:《马克思主义与语言指向》,见钱中文主编:《巴赫金全集》第2卷,李辉凡等译,河北教育出版社2009年版,第347页。

② [法]托多洛夫著:《批评的批评》,王东亮、王晨阳译,生活·读书·新知三联书店1998年版,第76页。

③ [法]托多洛夫著:《批评的批评》,王东亮、王晨阳译,生活·读书·新知三联书店1998年版,第93页。

④ [法]托多洛夫著:《批评的批评》,王东亮、王晨阳译,生活·读书·新知三联书店1998年版,第93页。

种思想，即任何‘文本只是在与其他文本（语境）的相互关联中才有生命’，‘只有在诸文本间的这一接触点上，才能迸发出火花，它会烛照过去和未来，使该文本进入对话之中”①。这样，作为意识形态生成基础的“艺术结构”，不再是一个固定的、不变的存在，而是一个开放的、永远未完成的过程；其中，有各种正在形成的意识形态因素。这意味着对于文学艺术意识形态内容的阐释，不可能是固定不变的，试图以一种意识形态来决定一部文学作品的意义，是不现实的，也是不合理的。巴赫金这种意识形态科学的立场，使文艺学研究的视野在两个方面得到了扩展：一是研究对象上，文艺学研究的对象不再是孤立存在的文学作品，而是文学作品的艺术结构，是开放的处于诸文本之间的对话关系；二是在研究的思维上，则建立起了开放的和对话的思维，即在文学文本的意义阐释过程中呼唤意识形态环境里其它文化种类的参与，而打破了文本界限，跨越文本走向了文化诗学研究。

童庆炳自20世纪90年代以来力倡“文化诗学”研究，在我看来，这是“审美意识形态”论的自然延伸。在各种形式的“文化诗学”研究中，巴赫金关于陀思妥耶夫斯基、拉伯雷小说的诗学研究是童庆炳所心仪的文化诗学的范型，而“新历史主义”和“文化研究”则是其借鉴的重要理论资源。童庆炳指出：“‘新历史主义’的文化诗学是对‘历史主义’和‘形式主义’批评的双重扬弃，强调对文学本文实施政治、经济、社会的综合研究。它意在打破传统的‘历史—文学’二元对立，将文学看作历史的一个组成部分，一种在历史语境中塑造人性最精妙部分的文化力量和符号系统，而历史与文学共同构成一个‘作用力场’，使那些伸展的自由个性和升华的人格精神在被压制的历史现象中发出新时代的声音。‘文化诗学’的基本特征，即‘跨学科研究’性质、‘文化的政治学’属性和‘历史意识形态性’。‘文化诗学’事实上是延伸发展了一种‘历史诗学’的概念，表明文学批评中的历史意识和批评方法重新受到重视”文化诗学是吸收了‘文

① ［俄］孔金、孔金娜著：《巴赫金传》，张杰、万海松译，东方出版中心2000年版，第15页。

化研究'特性的具有当代性的文学理论,其旨趣是:文化诗学是对于文学艺术的现实的反思。……文化诗学追求文学艺术的意义和价值。……文化诗学追求在方法论上的革新和开放。它不囿于文学的自律,而从语言、神话、宗教、艺术、科学、历史、政治、伦理、哲学等跨学科的文化大视野来考察一切古今中外的文学、艺术问题"。"文化诗学"的研究则是为了回归到对人的关注,即进行社会参与和表达一种现实关怀:"1992年以后,中国经济步入快速增长的时期,市场经济也空前发展,人民的生活水平也有很大提高。但是社会的负面现象也进一步发展。环境污染前所未有,权钱交易盛行,腐败现象触目可见。一些深层的社会问题显露出来,如东西部经济的差异问题,贫富悬殊拉大问题,国有企业的改造问题,下岗工人的安置问题,农民对市场经济的不适应问题,贪污受贿日益严重问题,大众文化中的低级趣味问题……";"文化诗学是对于文学艺术的现实的反思。它紧紧地扣住了中国文化市场化、产业化、全球化折射在文学艺术中出现的问题,并加以深刻揭示。立足于文学艺术的现实,又超越现实、反思现实。"①这再次表明,那种认为"审美意识形态"论割裂文学与历史的关系,空置和淡化"意识形态",是"审美中心主义"的论断,实在是相当浅薄的认识。"审美意识形态"论是当代文学理论坚实的基点,这是毋庸置疑的。

① 童庆炳撰:《植根于现实土壤的文化诗学》,载《文学评论》2001年第6期。

第二章　文学与政治

作为一种审美意识形态，文学并没有割裂人的精神活动与历史的关系；文学是在“元政治”的层面强调通过审美与伦理的统一来拥有一种张力，其所突出的不是文学直接的社会政治意义，而是以文学的生命意义为中介的政治之维。那么，文学是怎样对待现实中的党派政治实践的呢？作家应怎样讲述“中国故事”？如何正视、处理挥之不去的“奥威尔问题”？

一、“重回叙拉古？”

莫言荣获2012年度诺贝尔文学奖后，美国《华盛顿时报》称之为“首个拿到诺贝尔奖的非中国政府批评人士”，其中濡染着极其浓厚的意识形态兴味。国内也有不少批评的声音，或指责其与体制的亲近，或紧盯其道德“瑕疵”不放，或怀疑获奖背后有不可告人的政治交易……从中，我们不难瞥见国内外媒体所预设的公开难题：文学与政治的关系。

莫言的批评者，一方面将政治的核心问题简单归结为个人的道德层面的问题，强求以道德的正义和勇气行事，仍未脱道德中心主义的窠臼；另一方面则“投射”了过多的政治心理期待值，以为莫言获奖后直接面对世界媒体，必然面对关于中国的整体性问题，无可回避——诺贝尔文学奖似乎成了检验中国政治环境的工具。

“基于诺贝尔奖的基本宗旨，文学奖从一开始就超越了单一的文学性。它是折射文学趣味、政治道义、历史真相和文化梦想的多面晶体。它要求受奖作品能深刻地表达普世价值的信念。”文化批评家朱大可在接受凤凰网专访时说，作为“职业作家”的莫言与作为“诺贝尔伦理背负者”的莫言之间存在着角色错位：“莫言一旦接受诺奖，就注定要担当起整个国族的全部现实苦难。这是一种‘无奈的’历史宿命……。拒绝这种道义担当，就是拒绝来自民间社会的期待，也就必然会成为被诘难的对象。莫言不是头戴荆冠的耶稣，他只是一个渴望成功的职业作家而已。这种‘诺贝尔圣徒’和‘乡愿作家’之间的角色错位，成为引发‘莫言争端’的全部根源。”

人们对于莫言的诸多诘难，让我想起了一句话：“君从叙拉古来？”或“重回叙拉古？”我们知道，“君从叙拉古来？”影射的是柏拉图三赴西西里的叙拉古城邦，规劝其僭主戴奥尼素父子用哲学和正义治国，结果铩羽而归的典故。其梗概是这样的：

叙拉古是古希腊时期地中海上的一个岛国。伯罗奔尼撒战争结束后,雅典和斯巴达两败俱伤。叙拉古人战胜雅典以后,逐渐取得了西西里和南意大利的领导权,成了整个希腊世界最强大的城邦,成了政治家的用武之地。公元前405年,戴奥尼素(Dionysius)推翻了当地的民主政体,重建僭主制。公元前388年,柏拉图受戴奥尼素之邀,来到这个当年曾让雅典输掉战争也输掉民主尊严的地方。他的想法是:"如果想要实现我在法律和政治方面的理想,现在确实是一个很好的试验机会。如果我能成功说服一个人,就能保证获得完全成功。"殊不知,叙拉古的人们醉生梦死,"幸福被看作一天吃两顿饭,晚上从不一个人睡觉"。在无可救药的暴君面前,口无遮拦的哲学家不识机趣,大肆谈论僭主政体的弊端,谴责宫廷的腐败,结果触犯了王者威权,被送上一条斯巴达的船,驱逐出境……

戴奥尼素去世后,其长子继位,史称小戴奥尼素。其姻兄、叙拉古的首席大臣迪恩(Dion)倾慕柏拉图的思想,他告诉柏拉图:小戴奥尼素乐于接受哲学,也迫切需要指导,而此类的教育非柏拉图莫属。柏拉图相信迪恩接受自己关于法律的信条,"坚信在最好的法律的指引下,叙拉古人能够自由地生活"。如果自己不把握住这一神赐的机缘,并竭力让一位当世的君主致力于正义,这有辱知识分子的使命,必将背负懦弱和不忠于哲学的指责。于是,公元前368年,柏拉图扬帆开始了第二次叙拉古之行。柏拉图原本想对小戴奥尼素实行"哲学家—政治家"的教育,将他培养成改革政治的英明君主,但年轻的僭主只是想通过柏拉图来提高自己的威望,并没有成为他的亲密朋友或门徒。柏拉图的努力失败了,他和迪恩被卷入了篡权谣言和宫廷斗争,遭受了种种磨难。迪恩被流放异地,柏拉图被软禁了一段时间后再次被驱逐出境。

不过,期待奇迹的柏拉图并没有放弃。六、七年后,当迪恩再次向他发出邀请时,柏拉图第三次前往叙拉古。柏拉图和迪恩都希望,作为一个知识分子,小戴奥尼素能够转向哲学并看清自己的不义行为。结果他们到达之后,看到的是一位更加倨傲不逊的家伙,这位僭主已经以哲学家自居:当柏拉图不在的时候,居然模仿着撰写了“关于自然的第一和最高原则的著作”,企图通过这些写作来获得荣誉和权力或自我陶醉。小戴奥尼素根本听不进柏拉图的那一套了,他声称自己拥有高尚的知识,但却背信弃义,无耻地对待迪恩和柏拉图。迪恩的财产被没收,柏拉图据说最后被卖为奴隶,在一个肮脏的港口,被人以区区几个金币将他赎身。三年后,迪恩率领雇佣兵解放城邦,驱逐了小戴奥尼素。又一个三年之后,迪恩被出卖并被杀害。小戴奥尼素重新夺回宝座,后来被叙拉古的母邦——科林斯的军队废黜,回到科林斯,在残喘余生中,主持一所学校,教授他的“哲学”……

柏拉图的“叙拉古”之行,是历史上知识分子遭遇政治迷局中最具启示性的一幕。“叙拉古”,是自以为能引导政治的知识分子们永远的诱惑和痛楚。两千多年过去了,“叙拉古”从未离开过这个世界,柏拉图并不缺乏“志同道合”者,更不乏中国的同道人。

由上述关于莫言的各种言论,自然可联想到近年来文学的“再政治化”:一批声称掌握了真理的知识分子,在“叙拉古”的诱惑之下,纷纷主动参与、介入公共政治生活,以为通过发动群众或影响当权者,可以影响乃至主宰现实政治,实现自己的“伟大蓝图”。为此,他们疾声呼吁“重建文学的政治维度”,大力推进、重建文学的“政治批评”,建构“文学政治学”……

看来,“政治与学术的职业伦理的问题”,仍是现代知识分子有待解决的两难命题。

古希腊民众曾笑话那些专研学识的人们:“当他能够认识到天上的事物时,就再也看不见他脚面前的东西了。”古希腊“喜剧之父”阿里斯多托芬就以苏格拉底为主人公,写了一幕喜剧《云》。在这部喜剧里,苏格拉底被人民视为只会用屁股思考天相,只会教儿子打老子的“歪曲逻辑”的疯人;他在公众的政治生活中惹出了不少麻烦,破坏了城邦的“正义”秩序。剧终,苏格拉底的“哲学思想所”灰飞烟灭,启蒙智术师因“渎神”和

“败坏青年”两项罪名而招致灭顶之灾。该剧上演时,苏格拉底亲自前往观看,在精彩处也和所有的民众一起大声叫好。他似乎什么都懂了,又似乎什么都不明白。

一般说来,并非所有人都有能力过“沉思生活”,而知识分子对此往往过高估计。对知识分子而言,说服大众接受自己的思想实在过于麻烦,最佳的捷径莫过于假借“小戴奥尼素”之手。于是,不少人便深入“虎穴”,以“帝师”自诩,试图“驯化”君主,其实是在“与虎谋皮”。无论他们原先的“蓝图”是什么,都在“俯首帖耳”中走向了一个个“古拉格群岛”!即便智慧如柏拉图者,当他从理论的“云端”下降到人类生活的“洞穴”,面对形形色色、繁复杂乱的政治时,其“哲人王”的理论想象,只不过是“洞穴”之外的“浮光”而已!其实,古希腊的伟大诗人荷马早就以诗歌警示后人:离太阳越近就会被溶化蜡翅,坠入那无尽的深渊……

不信?请读读美国学者马克·里拉的《当知识分子遇到政治》一书吧。该著作以海德格尔、施米特、本雅明、科耶夫、福柯和德里达的生平行藏为个案,深入探讨了20世纪以来欧洲的“叙拉古现象”。海德格尔、施米特、本雅明、科耶夫、福柯、德里达……这些以不同凡响的智慧被确立为思想界坐标的知识分子,无论是生活在民主社会还是法西斯社会,无论是否受到极权的压迫,他们都为自己所处时代的意识形态和动荡所惑,没能够控制住自己的哲学激情,背叛了自由和独立研究的理念,被推入了自己几乎毫无理解力的政治领域,不惜用专业知识支持、维护极权原则或暴政统治,踏上了“叙拉古”的路途……

1964年,在接受德国一个电视节目的访谈时,阿伦特断然拒绝了“哲学家”的称谓,她说:“我的专业领域,如果必须得澄清的话,是政治理论。我不认为自己是哲学家,也不相信哲学圈子已接受我。”马克·里拉对此的评论是,阿伦特那时已经明了,哲学与政治领域存在着不可避免的紧张,而希望“用不曾被哲学蒙蔽的眼睛”去审视政治。阿伦特也解释说,知识分子一般难以清晰地思考政治,这很大程度上是因为他们在万物中都看到了理念的作用，难免“陷入自己的理念”；而政治思考需要自己的话语，遵循自己的原则或运行机制，为防止“以对真理的激情抓住了假相”，一切伟大的哲学家都必须培育和保护他们的思想不受世俗的干扰，但也必须让他们远离世俗的政治事务，这种事务是其他人（公民、政治家、行动者）的事①。葛兰西的观点或许是正确的，我们所有的人都是知识分子，但并非所有的人在社会中都具有知识分子的作用。在已然逝去的历史中，知识分子的政治行动成效几乎等于零，历史的教训看来是鼓励他们投身于“沉思”和“纯粹的理论”。20世纪法国最具影响力的政治哲学家和政治家科耶夫说：“至于哲人，他避免将他的理论下降到直接反映现实政治事务提出的问题的层次也是对的，因为，如果他如此下降了，他就没有时间留给哲学了，他就不再是一个哲人，因而就没有资格给予僭主以政治—哲学的建议。”②

回到莫言的话题。2012年10月23日，莫言在法兰克福书展演讲中说：“我认为优秀的文学作品是应该超越党派、超越阶级、超越政治、超越国界的。作家是有国籍的，这毫无疑问，但优秀的文学是没有国界的。优秀的文学作品是属于人的文学，是描写人的感情，描写人的命运的。它应该站在全人类的立场上，应该具有普世的价值。”12月6日，莫言出席诺贝尔奖新闻发布会，他谈到自己获奖的意义：“我的获奖是文学的胜利，而不是政治的胜利，获奖是我个人的事情，诺贝尔文学奖从来就是颁给一个作家的，不是颁给一个国家的。”12月9日，莫言在斯德哥尔摩大学举行的演讲中表示：“政治是需要政治家研究，我没有深刻的研究，所以我的回答很可能不正确，我不正确的话就误导了读者，所以我还是不太愿意回答。但是我的小说里有政治，你们可以在我的小说里发现非常丰富的政治。但是如果你是一个高明的读者就会发现，文学远远比政治要美好。政治是教人打架，钩心斗角，这是政治要达到的目的。文学是教人恋爱，

① ［美］马克·里拉著：《当知识分子遇到政治》，邓晓菁、王笑红译，新星出版社2005年版，第37—39页。

② ［美］列特·施特劳斯等著：《论僭政》，何地译，华夏出版社2006年版，第191页。

很多不恋爱的人看了小说之后会恋爱,所以我建议大家都关心一点教人恋爱的文学,少关心一点让人打架的政治。”12 月 10 日,在斯德哥尔摩诺贝尔颁奖典礼之后的晚宴上,莫言说:“文学和科学相比较,的确没有什么用处。但,文学的最大用处也许就是它没有用处。”在我看来,作为置身于体制内的主流作家,在文学与政治、个人与国家之间,莫言非常睿智地保持一种理性的平衡,给出了一个合乎真理性的回答。

众所周知,“政治化”地理解文学,是 20 世纪中国文学一个深厚、久远的“传统”。新时期以来,中国文学从模式化、公式化、图解化的创作套路中解脱出来,建构了相对自主的文学场域。人们已然认识到,文学的生命在于质疑和探险。作家既要提升对于社会现象的思考质量,又要坚守自己的内心感受。面对不断运动变化的世界,具有使命感的作家必须正视那些令人不愉快的事实,更要思索历史和未来:我们能走多远?哪些价值的支撑点能确保生存的自由与尊严?如何创造出一个“美丽新世界”,使地球上的生活更有意义?……

晚清以降,政治斗争始终是中国先进知识群兴奋的焦点所在。“举国聪明才智之士,悉辐辏于政治”,直接参与政治活动,著书立说都以政治理想为旨归。这种以“政治”为归趋的“学术”,没有摆脱“政治意识”的范畴,自然难以获得独立性和超越性。王国维在《论近年之学术界》指出,彼时知识分子对西方各种学说的“附和”,“非出于知识,而出于情意”,只能“聊借其枝叶之语,以图遂其政治上之目的耳。由学术之方面观之,谓之无价值可也”①。梁启超自己就坦承:

> 吾二十年来之生涯,皆政治生涯也。吾自距今一年前,虽未尝一日立乎人之本朝,然与国中政治关系,殆未尝一日断。吾喜摇笔弄舌,有所论议,国人不知其不肖,往往有乐倾听之者。吾问学既谫薄,不能发为有统系的理想,为国民学术辟一蹊径;吾更事又浅,且去国

① 王国维著:《论近年之学术界》,《静庵文集》第 79 页,辽宁教育出版社 1997 年版。

久，而与实际之社会阂隔，更不能参稽引申，以供凡百社会事业之资料。惟好攘臂扼腕以谭政治，政治谭以外，虽非无言论，然匣剑帷灯。意固有所属，凡归于政治而已。（《吾今后所以报国者》）

在《〈大中华〉发刊辞》中，梁启超说："在今日欲作政谭，无论若何忠实稳健，而终不免略带一种刺激煽动之性质，吾则以为在今日而为政治上之刺激煽动，则国家所受者实利少而害多。"因痛感"现实政治"秩序与自身的扞格，梁启超决定："自今以往，除学问上或与二三朋辈结合讨论外，一切政治团体之关系，皆当中止。乃至生平最敬仰之师长，最亲习之友生，亦惟以道义相切磋，学艺相商榷。至其政治上之言论行动，吾决不愿有所与闻，更不能负丝毫之连带责任。"（《吾今后所以报国者》）对于知识分子而言，梁启超的转向是极富启示性的。梁启超对于现实政治的厌弃，更不意味着对自身"政治理想"的抛弃。在他看来，"政治之基础在于社会"，"试思吾侪十年以来，苟非专以政治热鼓动国人，而导之使专从社会上谋立基础，则中国现象，其或有以异于今日亦未可知"；"惟当乘今日政象小康之际，合全国聪智勇毅之士，共戮力于社会事业，或遂能树若干之基础。"（《政治之基础与言论家之指针》）因此，梁启超力图从现实政治之外推动社会变革、重获自身影响力。

晚年梁启超的转向给我们重要启示：文学的归于文学，思想的归于思想，历史的归于历史；捍卫公共领域"积极生活"的尊严，反对自以为是的"沉思生活"；坚守知识生产的自治领域，理性批评社会制度、固有权威，以转移时代的学术或社会的风气——这不失为知识分子建构"超越政治"的空间，走出"叙拉古"的途径之一。

在我看来，正是基于走出"叙拉古"的思虑，莫言的文学选择不是"规避政治"，而是"超越政治"——这或许能引导我们走出"要么沉默绝望，要么激进好斗"（沃格林语）的迷途。

二、文学与政治之间的张力

作为审美意识形态,文学创造说到底是“务虚”即“无用之用”,是对人类心灵的调剂、滋润或充盈,它让那些被“权力政治”湮没了的心理机能——勇气、荣誉、希望、自尊、同情、怜悯与牺牲精神——得以补偿性复苏、舒卷和挥洒,使每一个体的人格构成趋向健全。为此,有良知的作家一方面必然会拷问政治世界与道德世界的不平等和反人性问题,揭示极权主义之下人道主义缺失的真相;另一方面则要竭力避免卷入“权力政治”之中,遵从自己作为一个个体对人生和社会的内心感悟、理解,敢于挑战所处时代的教条和正统,再现那些日常被遗忘或被掩盖的人和问题。

莫言认为,每一个作家都必然地生活在一定的社会政治环境中,要想写出完全与政治无关的作品是不可能的。不过,他指出:“有人认为,作家要‘铁肩担道义,妙手著文章’。作家要有一种担当,要有一种社会责任感,应该对社会负责,对人民负责。这些说法我觉得都没有错,但是作家到底要负责到什么程度?我认为,应该有各种各样的作家。有一种金刚怒目式的,他面对社会上的丑恶现象拔笔而起。也有一种作家斗争性稍微弱一点,休闲性稍微强一点,他写一些休闲性的散文,或者他可以用一种比较婉约的方式对社会上的一些丑恶现象作批评。……对作家应该宽容一点,不要指望每一个作家都像代言人、斗士一样。我没有这种勇气,也没有这种经历。”①小说家不是社会学家,不是历史学家,不是经济学家,也不是预言家,更不是政治家或政客,而是米兰·昆德拉说的存在的“勘探者”;小说不是社会问题、经济问题、哲学和理论思潮的衍生物,它不研究“现实”,而是研究“存在”;“发现只有小说才能发现的,这是小说

① 莫言撰:《作家的魅力在于张扬小说的艺术性》,载《探索与争鸣》2006年第8期。

的存在的唯一理由”;“小说的存在理由是把‘生活的世界’置于一个永久的光芒下,并保护我们以对抗‘存在的被遗忘’”;“如果小说真的要消失,那不是它已用尽自己的力量,而是因为它处在一个不再是它自己的世界中”①。职是之故,凡是优秀的作家,总是避免使作品成为自己思想立场或道德信念的一个“阑尾”,而是具有更加广泛和普遍的意义,能被更多的人所理解和接受。

以《天堂蒜薹之歌》为例。2005 年,莫言在重新出版《天堂蒜薹之歌》单行本的“自序”里说:“进入 20 世纪 80 年代以来,文学终于渐渐地摆脱了沉重的政治枷锁的束缚,赢得了自己的相对独立的地位。但也许是基于对沉重的历史的恐惧和反感,当时的年轻作家,大都不屑于近距离地反映现实生活,而是把笔触伸向遥远的过去,尽量地淡化作品的时代背景。大家基本上都感到纤细的脖颈难以承受人类灵魂工程师的桂冠,瘦弱的肩膀难以担当人民群众代言人的重担。创作是个性化的劳动,是作家内心痛苦的宣泄,这样的认识,一时几乎成为大家的共识。如果谁还妄图用作家的身份干预政治、幻想着用文学作品疗治社会弊病,大概会成为被嘲笑的对象。但就在这样的情况下,我还是写了这部为农民鸣不平的急就章。”值得注意的是,莫言反复申明:“这是一部小说”,“小说中的事件,只不过是悬挂小说人物的钉子”②。2012 年 12 月 8 日,莫言在瑞典学院发表题为《讲故事的人》的演讲如是说:“我在写作《天堂蒜薹之歌》这类逼近社会现实的小说时,面对的最大问题,其实不是我敢不敢对社会上的黑暗现象进行批评,而是这燃烧的激情和愤怒会让政治压倒文学,使这部小说变成一个社会事件的纪实报告。小说家是社会中人,他自然有自己的立场和观点,但小说家在写作时,必须站在人的立场上,把所有的人都当做人来写。只有这样,文学才能发端事件但超越事件,关心政治但大于

---

① [捷]米兰·昆德拉著:《小说的艺术》,孟湄译,生活·读书·新知三联书店 1992 年版,第 4 页、第 16 页。

② 莫言著:《天堂蒜薹之歌》“自序”,南海出版社 2005 年版,第 1 页。

政治。”①

显然,莫言对于自己的现实处境有着充分的认识,对于政治也有相当的了解;他非常清醒:知识分子终究是知识分子,他们不可能精通政治事务。莫言是一个正确对待政治要求的小说家,他洞悉这一要求的限度所在,而在政治的文学和超越政治的文学之间作出了审慎的区分;他努力维护文学的自主性,同时又不至于妄图根据文学或审美的逻辑来塑造政治。在莫言看来,超越政治的文学比政治的文学具有更高的尊严,这种超越政治的东西存在于人与人之间彼此相通、本质与共的“人性”之中。因此,他认为,写什么,怎样写,甚至都可以忘记,只要记住“人”就行了。

2011 年 12 月 7 日,在解放军艺术学院的演讲中,莫言指出:“面对当今这样一种纷繁复杂的社会,而能够保持清醒的头脑,就要时时刻刻地把写人当作自己最主要的任务,要盯着人写,贴着人写。当年沈从文先生教育他的学生汪曾祺,小说要贴着人写。后来我觉得这个‘贴着人写’还不够狠,应该要盯着人写。只有盯着人写,我们才能够发现人的本质,只有盯着人写,我们才能够在自己的作品里面,揭示出最丰富的、最多变的、最难揣测的人性的奥秘。”回顾自己的创作历程,莫言总结道:“世界文学的高度,就是人的高度。……在当今的时代,我觉得我们的作家确实更应该站得高,更应该看得远,更能够从各种各样的形形色色的人当中发现一种新人,具有新思想的人,代表了未来的人,有价值的个性”;“我想在我们这个丰富的、波澜壮阔的时代里面,人性得到了最集中、最强烈的表现,为文学艺术的创作者们,提供了一个最丰富的资源。深入到生活当中去,我们就会发现到很多过去碍于目光狭窄没发现的东西,我们就会从好多矛盾对立的现象的当中,发现这个社会的本质”;“我觉得我们小说家,应该站在一个有历史眼光的立场上,站在一个认真地思考中国近代发展史的立场上,来为我们社会下一个结论。然后,站在这样的立场上来研究人,研究各个层次的人。了解我们社会的主流,了解我们社会的支流,了解我

---

① 莫言著:《讲故事的人》,载《当代作家评论》2013 年第 1 期。

们的成绩，了解我们的弊病，然后从中发现新的思想，提炼新的主题，塑造新的人物，探索新的形式。然后写出无愧于我们时代的作品，奉献给我们这片辽阔的大地”①。

2012 年 12 月 10 日，瑞典文学院诺奖委员会主席瓦斯特伯格在颁奖致辞中称赞莫言是一个“诗人”，说他“以嘲讽的手法攻击历史及其谎言、被它剥夺的和政治的虚伪假象”，“以戏谑和毫无掩饰的快乐手法揭露着人类生存现状中最黑暗丑陋的部分，并且几乎是在无意中找到了最沉重而强有力的象征性的画面”；“他给我们展示了一个没有真相，没有常识，甚至没有同情的世界，一个人们粗鲁、无助而又荒谬的世界。……他是继拉伯雷和斯威夫特之后——在我们的时代，是继加西亚·马尔克斯之后更加戏谑和震撼人心的作家。……在莫言的作品里，世界文学所发出的声音淹没了其他大多数同时代人的声音。”②这是非常中肯的评论。

长期以来，文学与政治的关系一直引人关注，却往往处于一种云遮雾罩之中。当下文艺学界重启文学与政治问题的研究，这一方面固然是“赓续”了中国“文以载道”的诗教传统，另一方面则是受了西方马克思主义文论“政治批评”的“蛊惑”。

伊格尔顿、詹姆逊等西方左翼思想家，相当偏执地视艺术文本为政治话语的形象言说。如，詹姆逊提出：“审美行为就是意识形态本身，美学生产或叙事的形式，就其虚构的意象性或形式地‘解决’不可转移之社会矛盾作用，本身就被当作一种自洽的意识形态行为。”③他以“一切事物说到底都是政治的”④为由，强调“政治视角”是“一切阅读和诠释的绝对视域（absolute horizon）”，主张冲出“语言的牢笼”，将文学/文本置入特定的社

---

① 莫言撰：《文学与时代》，载《解放军艺术学院学报》2012 年第 2 期。

② 诺贝尔文学奖 2012 年颁奖典礼授奖词（全文无删节版），钟宜霖译，见 http://blog.sina.com.cn/s/blog_497097720102e626.html

③ ［美］弗雷德里克·詹姆逊著：《快感：文化与政治》，王逢振译，中国社会科学出版社 1998 年版，第 71 页。

④ ［美］弗雷德里克·詹姆逊著：《政治无意识》，王逢振、陈永国译，中国社会科学出版社 1999 年版，第 11 页。

会历史语境中加以剖析，挖掘出隐藏其中被压制的“政治无意识”。这种以泛政治论为前提的政治批评，将艺术文本视为一种社会符号，将创作者的政治背景等同于作品的内容，对文本的分析过于集中在种族、阶级、性别、帝国主义或殖民主义等非美学因素，完全无视作为中介的“艺术形式”的本体意义，文学研究被降低为政治学和社会科学的一个分支。在理论上，这种将一切都融入政治视野之中的立场，是以偏概全的荒谬之见；它误导了我们对文本的真正阅读和诠释，其实了无新意。一百多年前，俄国思想家普列汉诺夫就早已提出：“批评家的第一任务，是将所与的艺术作品的思想，从艺术的言语，译成社会的言语，以发见可以称为所与的文学现象的社会学底等价的东西。”①当然，问题并不在于观点的陈旧，而在于早已被文学实践所唾弃。这种以泛政治论为前提的“政治批评”，正是里尔克当年曾批评过的那种“虚假的、以艺术为号召的职业，它们炫耀一种近似的艺术，实际上却否定了、损伤了艺术的存在”②。的确，“对现代人而言，非政治的存在领域已经成了一种乌托邦”③。西班牙画家塔比亚斯断言：“伟大的艺术家没有一个是不坚持原则、不参与政治、不保持自身尊严的。”④问题是如何做到既参与政治，又维护文学尊严。

作为一种审美意识形态，文学具有自己的聚焦和重点，法国作家加缪曾说过，无论作家自觉与否，事实上“小说世界只是按照人的深刻的愿望对现实世界进行的修改”；“真正的小说创作利用现实，并且仅仅利用现实，利用现实的热、血、激情或呼声”⑤。文学艺术实践不能不同既有的社会体制相遇，无法不对那种漠视人性、践踏人权的专制政治持否定的态度，它处在政治的“彼岸”，是“超越政治”的。“真正的艺术必定会卷入生

---

① ［俄］普列汉诺夫著：《论文集〈二十年间〉第三版序》，见《鲁迅译文集》第6卷，人民文学出版社1958年版，第592页。

② ［德］里尔克著：《给一个青年诗人的十封信》，冯至译，生活·读书·新知三联书店1994年版，第65页。

③ ［日］加藤节著：《政治与人》，唐士其译，北京大学出版社2003年版，第5页。

④ ［西］安东尼奥·塔比亚斯著：《艺术实践》，河清译，浙江摄影出版社1989年版，第36页。

⑤ ［法］阿尔伯特·加缪著：《置身于苦难与阳光之间》，杜小真、顾嘉琛译，上海三联书店1989年版，第163页、第173页。

命和人类存在的意义之类的问题的探讨,这些艺术使我们面对着‘改变我们的生活方式’的要求。”[①]“诗人是侦探,但绝非政治性的。他是人性的侦探,并向人人报告他侦察的结果。”[②]对于文学艺术实践而言,重要的并不是政治立场选择,而是对“正义”的维护,一种“诗性正义”的审美实践。

莫言说得好:“对一个作家来说,最好的说话方式是写作。我该说的话都写进了我的作品里。用嘴说出的话随风而散,用笔写出的话永不磨灭。”[③]文学是莫言的第一生命乃至绝对生命,他所实践的是迥异于宏大叙事、侧重于伦理原则的“元政治”。在“元政治”语境里,“政治作为对人类同胞真正富有人性的关怀”,是以“人权”为基础的对“至善”原则的捍卫,强调的是超越身份、种族、性别的普遍利益。这种“元政治”也是康德的“人是历史的最终目的而并非工具”意义上的人文理念的落实,着眼于普遍人性的共同追求。文学艺术的政治之维也就是从代表道义原则的“元政治”角度出发,对现实社会生活的一种伦理评估。显然,文学艺术所指向的,是一个公共的领域;在这里,文学、舆论、政见和民声融合在一起,是整个人类的“大政治”。文学的真正态度不是问题的决断,而是发现问题;不是斥责和批判,而是理解和宽恕。正是在这意义上,我们可以说,莫言是一位“政治正确”的作家。

文学的审美形式,一方面将外露的思想锋芒转化为内敛的精神力量,另一方面则为“元政治”的立场提供审美屏障,使之超越了实际的党派政治视野,提升为具有相对普遍性与永恒性的审美存在。这就是马尔库塞所说的“审美形式所造就的奇迹”。因此,“艺术的政治潜能在于艺术本身,即在审美形式本身。”在具体艺术实践中,艺术与政治则往往呈现为这样一种关系:“政治维度总是附属于另一个审美的维度,这个维度反过来

---

① [美]阿诺德·豪塞尔著:《艺术史的哲学》,陈超南、刘天华译,中国社会科学出版社 1992 年版,第 273 页。

② [美]霍华德·奈莫洛夫著:《诗人谈诗》,陈祖文译,生活·读书·新知三联书店 1989 年版,第 266 页。

③ 莫言撰:《讲故事的人》,载《当代作家评论》2013 年第 1 期。

又具有政治价值。”[①]莫言在题为《讲故事的人》的演讲中说：“可能是因为我经历过长期的艰难生活，使我对人性有较为深刻的了解。我知道真正的勇敢是什么，也明白真正的悲悯是什么。我知道，每个人心中都有一片难用是非善恶准确定性的朦胧地带，而这片地带，正是文学家施展才华的广阔天地。只要是准确地、生动地描写了这个充满矛盾的朦胧地带的作品，也就必然地超越了政治并具备了优秀文学的品质。”[②]

所谓“朦胧地带”，指的就是生活的模糊区域及其无限可能性，指的就是那种过去无法解决、今天无法解决、未来也未必能够解决的悖论性生存困境。因此，在美与丑、善与恶之间，并没有截然的鸿沟或界限。对作家而言，该写什么不该写什么，根本就不是什么问题，没有必要人为地设置创作禁区。莫言指出，即便是丑陋下流的东西，也蕴含着一种巨大的魅力，有着众多的含义，像卑贱和高贵的混合，死亡与诞生的混合就体现了一种生命力，一种母性的力量；关键是怎样把它写得好，怎样把它写得符合文学的审美的要求[③]。为了使自己的作品不至成为时代的肤浅歌者，莫言依据人类学的博大与原始精神，运用文艺理论家童庆炳先生所倡导的“历史—人文”双重价值取向的创作范式，表现“历史”的维度与“人文”的维度的悖立，较好地解决了文学与政治的分途。他“以历史理性和人文精神的双重光束烛照现实，批判现实，使现实在这双重光束中还原为本真的状态”[④]，将人与社会还原为真正活的“生命体”，鲜活地呈现了为政治学、伦理学所遮蔽的生存之诗，在审美升华中呼唤朴素生命的自在状态。可见，“超越政治”的实质是在“避开政治的限度上过问政治”（契诃夫语），我们不能由此责难作家丧失了批判立场，更不能名之曰“犬儒主义”或“乡愿”。

---

① ［美］赫伯特·马尔库塞著：《审美之维》，李小兵译，广西师范大学出版社2001年版，第189页，第173页。

② 莫言撰：《讲故事的人》，载《当代作家评论》2013年第1期。

③ 莫言撰：《作家的魅力在于张扬小说的艺术性》，载《探索与争鸣》2006年第8期。

④ 参阅赵勇编：《在历史与人文之间徘徊——童庆炳文学专题论集》，北京师范大学出版社2007年版，第297页。

莫言洞察人性的复杂性，他借助丰沛的想象力，以悲悯情怀描绘不幸的生活，锐利地审视人类的极端阴暗面，抵达了精神世界的隐秘腹地。如，《酒国》是一部象征化的小说，它冷峻地批判“现代化”刺激下的远远超出延续人类需求的畸形、病态的种种欲望；《生死疲劳》借助佛教“六道轮回”的观念，以“重复”的叙述方式，描写了当代中国人的生活及其残酷的转变，生动表现了“人的命运与人的情感，人的局限与人的宽容，以及人为追求幸福、坚持自己的信念所做出的努力与牺牲”①；《檀香刑》以表面冷酷的语调不动声色地细致描绘了亘古未见的酷刑——“檀香刑”，揭示出人类心中潜藏的施虐、受虐、病态和阴暗，直指灵魂的深处；《蛙》涉及的则是“计划生育”题材，它着力刻画了乡村妇产科医生、计划生育干部姑姑亦神亦魔的合体人格。作品一方面展示民族“现代化”历史进程的合理性，另一方面又挖掘其中个人的贪欲与罪恶，表现了忏悔和救赎的主题。用莫言自己的话说，这是一部自我批判的作品，是“把自己当罪人写”的文学理念的实践，体现了一种深刻反省的艺术精神。

可以说，莫言是忠于自己的文学信念和价值信念的，他是文学海洋里的“鲸鱼”，总是“和平安详”、坚定地按照自己的方向缓慢前进，不停地靠近自己的目标。莫言一贯主张小说应该离政治远些，但他坦承小说有时“自己逼近了政治”；不过，“写这样的小说的最终目的还是希望小说中描述的现象在现实生活中再也找不到样板”②。莫言的小说，是刻骨铭心的“悲悯之书”：“在精神的多种因子的碰撞中，伟岸的力量和不屈的生命激情依在，在翻滚摇曳的咏叹里，人间的爱意汩汩地流动着”③；那些没在苦难中打过滚的人，那些“完美无缺”的人，那些不敢正视人性之恶的人，是无法理解和接受它们的。阅读莫言的小说，我们仿佛在寻找一个与我们的来源有关的故事，让我们知道自己如何出生，又为何活着，而找到了赋予自己存在的意义的普遍公式。这就是莫言小说的魔力或魅力所在。对

---

① 莫言撰：《讲故事的人》，载《当代作家评论》2013 年第 1 期。

② 莫言著：《愤怒的蒜薹》“自序”，北京师范大学出版社 1993 年版，第 1 页。

③ 孙郁撰：《莫言：中国隐秘文化的书写者》，载《人民日报》2012 年 10 月 16 日。

于这位“政治正确”的作家，我们有足够的信心：他的“宝刀”将永远“新发于硎”。这正如莫言从瑞典回国时所言：“诺贝尔文学奖的死亡之吻的确存在，不过我会竭力去做好自己的本分。我还有很多的故事要讲。”

当然，本文对于文学与政治关系的探讨，可以套用施特劳斯的话来结束：“文学应当对政治做什么的问题，依然保留为是一个开放的问题，是一个不会完结的讨论主题。”

三、讲述“中国故事”

驻足脚下这块土地，我们仿佛置身于一个魔幻般世界：善心遭遇恶报，恶意收获善良；金钱、权势、欲望成为多数人生活的目的，善良、勇气、尊严转瞬迷失于现实的海洋；无计其数的生命，只是少数富人的踏板石；危险的激情，冷酷的杀戮，幻灭的希望，恐惧的深渊，戏剧性的危机，时刻就在我们所浸泡的社会现实之中。

很多时候，我们还没有开始思考，生活就已谋杀了思想。“生活的复杂、残酷、肮脏与美好，都要比我们看到、想到的复杂得多，肮脏得多，残酷得多，也美好得多。就算你是最具天才想象的作家，事实上，你也想象不到生活到底有多复杂、多肮脏、多残酷、多美好。”①

有一位思想家说，诗歌永远是一个人的内心世界和这个现实世界的抗衡。波德莱尔宣称：“可怜的苏格拉底只有禁止的精灵，而我呢，则有一个肯定的精灵，它是一个行动的精灵，战斗的精灵。”②就文学而言，“行动”便是对匮乏、残破现实的象征性修复和疗救。本雅明说：“如果风格具有在语言思维的深度和广度中自由运动而不落入俗套的力量，那就得

① 阎连科著：《阎连科文论》，云南人民出版社 2013 年版，第 99 页。

② ［法］波德莱尔著：《恶之花》，郭宏安译，中国戏剧出版社 2005 年版，第 226 页。

主要靠伟大思想的心脏的力量来获得这种风格，心脏的力量把语言的血液通过句法的毛细血管输送到最遥远的四肢。”①

然而，现实的“传奇化”已经让我们作家无法抵达这个现实本身了，我们所经历的现实生活本身存在太多的假象，充满了太多谎言，我们每天都在谎言中生活。为了抵达存在的真实，我们首先必须用语言击碎这些假象，戳穿各种谎言。

在希腊语中，“同情”一词并没有高高在上的内涵。亚里士多德认为，同情心需要一种感同身受的感情，认为别人所遭受的苦难也很可能发生在自己身上。努斯鲍姆同样认为，“同情心，是属于悲剧的一种感情，需要你能够感受到某人某物对你生命的极端重要性，而你的这种感情正备受煎熬。悲剧情感需要你从内心真切地感受到痛苦的剧烈，不仅是那个水深火热之中的人正忍受痛苦煎熬，还有那个产生了同情心的人也感同身受。”②对一些人的不离不弃，是我们之所以存在的根基。然而，这种情感似乎属于“过去那个时代”。用《一九八四》里主人公温斯顿的话说，“不再会有这样的悲剧和哀伤了。……今天将不会再上演这种剧目。因为现在只剩下恐惧、厌恶和痛苦，不再有什么感情或者深刻而又复杂的悲伤了”。余华的近作《第七天》，让我们瞥见了这一时代的飘忽身影。

根据法国当代哲学家德勒兹的观点，作家对现实的再现有两种方式：一是原封不动地拷贝现实，将现实视为“圣像”；一是将世界视为海市蜃楼，将其作幻影般的呈现。余华非常娴熟地穿梭于二者之间。早在十二年前，夏中义就系统剖析了余华小说由呼喊“苦难中的温情”，到皈依“温情地受难”的母题演化过程③。现在看来，这一灵魂肖像的勾勒仍是相当精准的，它破译了余华创作的整个心灵密码。

---

① ［德］本雅明著：《本雅明文选》，陈永国、马海良编译，中国社会科学出版社 1999 年版，第 212 页。

② ［美］阿博特·格里森等编：《〈一九八四〉与我们的未来》，董晓洁、侯玮萍译，法律出版社 2013 年版，第 305 页。

③ 夏中义撰：《苦难中的温情与温情地受难——论余华小说的母题演化》，载《南方文坛》2001 年第 4 期。

余华有一套比较完整的写作理论。他认为,生与死是伟大文学作品乐此不疲的主题,也是文学的想象力自由驰骋之处;在生与死之间,存在一条秘密通道——灵魂;一个人及其灵魂的关系,有时就是生与死的关系;只有当想象力和洞察力完美结合时,文学中的想象才真正出现;"一个伟大的作者应该怀着空白之心去写作,一个伟大的读者应该怀着空白之心去阅读。只有怀着一颗空白之心,才可能获得想象的灵魂。"①可以说,《第七天》正是这些"理论"的实践。小说通过对"灵魂"的想象,以"死"写"生",以荒诞写荒诞,为我们展现了截然两个相反的世界:一个是危机四伏、宿命暴虐、荒诞绝望的现实世界;一个是欢乐温情、死而永生、死而平等的幽灵世界。

那么,支撑余华"荒诞叙事"的"空白之心"究竟所指何物?余华反复表示,自己"为内心写作","我的作品都是源出于和现实的那一层紧张关系"②;为了"抓住最重要的事物,也就是人的内心与意识",自己"不再忠实所描绘事物的形态",而是使用一种"虚伪的形式"以接近真实。余华感同身受地表示:"作者有时会无所事事。因为他从一开始就发现虚构的人物同样有自己的声音,他认为应该尊重这些声音,让它们自己去风中寻找答案。于是,作者不再是一位叙述上的侵略者,而是一位聆听者,一位耐心、仔细、善解人意和感同身受的聆听者。他努力这样去做,在叙述的时候,他试图取消自己作者的身份,他觉得自己应该是一位读者。""我认为我的责任,我的使命就是让人们通过我的书听到某些我们共同的声音。我像一个兴高采烈的孩子一样,不断地伸手指着某物让人们去看见,事实上我所指出的事物都是他们早就看到了的,我只是让他们再看一眼。我能做的就是如此。"③

可见,余华的"空白之心",就是指将自己定位为一个"叙述"或"想

① 见张清华编:《中国当代作家海外演讲》,北京大学出版社 2012 年版,第 108 页。

② 余华著:《余华作品集》,中国社会科学出版社 1995 年版,第 290 页。

③ 余华著:《我能否相信自己》,人民日报出版社 1998 年版,第 176 页、第 160 页、第 135 页、第 232 页。

象”的服从者,而“时常忘记自己正在进行中的使命,因为我的使命仅仅是为了指出他们叙述里的某一方面,而他们给予我的远比我想要得到的多。他们就像于连·索黑尔有力的手,而我的写作则是德·瑞那夫人被控制的手,只能‘听天由命’。这就是叙述的力量,无论是表达一个感受,还是说出一个思考,写作都是在被选择,而不是选择。”[①]这样,在小说的叙述过程中,余华便无所顾忌地放弃了掌握人物命运的权力和责任。他可能没有想到,这实质上是在文学中放弃了一种理性的深入思考。

余华非常清楚:“与现实签订什么样的合约,决定了一部作品完成以后是什么样的品格。”他自述道:“我在一段时间里是一个愤怒和冷漠的作家”,然而,“随着时间的推移,我内心的愤怒渐渐平息,我开始意识到一个真正的作家所寻找的是真理,是一种排斥判断的真理。作家的使命不是发泄,不是控诉或者揭露,他应该向人们展示高尚。这里所说的高尚不是那种单纯的美好,而是对一切事物理解之后的超然。对善和恶一视同仁,用同情的眼光看待世界。”“写作过程让我明白,人是为活着本身而活着,而不是为活着之外的任何事物所活着。”“人的理想、抱负,或者金钱、地位等和生命本身是没有关系的,它仅仅只是人的欲望或者理智扩张时的要求而已。人的生命本身是不会有这样的要求的,人的生命惟一的要求就是‘活着’。”[②]

问题在于:将对人的终极关怀简化为“活着”,仅仅为“活着”而“活着”,至于为何活?如何活?活在何等境界?……所有这些问题都暂付阙如。因此,夏中义一针见血地指出,当余华把“叙述”等同于尚未被诉诸文本的“想象”,实际上丧失了对想象本身的甄别,而无法正视文学创作中出现的价值偏移。余华已然忘记,不为正义之情所激发的艺术是琐屑的。在他的小说里,一个本该大写的“人”,已然萎缩成生物学水平的苟延残喘;其人物往往是“扁平”的“剪影”,或是单一欲念的象征体,或是某

---

① 余华著:《我能否相信自己》,人民日报出版社 1998 年版,第 40 页。

② 余华著:《我能否相信自己》,人民日报出版社 1998 年版,第 185 页、第 144 页、第 145—146 页、第 216 页。

种道具，顶多是残酷现实的见证者，荒谬秩序的受难者而已①。

实际上，谁也无法承受备受凌辱与漠视的"操蛋"人生。面对如梦泡影一般的现实，坚守生存的底线，以及对于艺术的虔诚初衷，用自己的喉咙发出了雄浑、低沉的声响——这是一种担当，也是一种境界。已逝的诗人昌耀说过自己写东西不是单纯为了去当一个诗人，而是要写出对世界的许多问题的个人见解、我的社会理想，写出自己对美的感受；"作为一个诗人，我觉得对社会应该有自己的声音，对于美、对于善，应该作出自己的评价，包括自己的美学追求"②。

历经锥心碎骨的苦难，文学本应熔铸独立不羁的骨架，坚定地与光怪陆离的现实世界相抗衡，揭露所鞭挞的国家机构的真实情况，提出变革社会结构的建议，倡导一种从容、优雅、有尊严的生活。可是，文学的价值正被世俗社会观念所吞噬，没有什么比身边真实的事件更能吸引人们短暂的情趣。文学就是新闻，文学就是市场，文学就是娱乐。作家的文学逻辑和人性逻辑，不再能完整地表现这纷扰不堪的世界。"我们只能在更小的尺度和方向上，去描述这种人类的正面力量，和这些正面情感有细小的相遇。我们无法庄严，无法宏阔，无法秩序井然。"③由于精神根系、土壤和水源的枯萎，我们赖以栖息的精神枝条一片萧然，隐身于暮色霭气之中……

作为一个时代文学高度的标志，长篇小说应最大限度地容纳作家对历史与现实的解释，容纳文学对人性的细致体察。可是，除了熟稔地将每个段落、每个细节、每个词汇"装配"得利利索索之外，除了不无煽情成分的温情，《第七天》没有对这一时代生活作出裁决，没有探入存在的深渊，将人生和人性表现到极致。在这一"失败之书"里，我们看不到令人战栗

---

① 夏中义撰：《苦难中的温情与温情地受难——论余华小说的母题演化》，载《南方文坛》2001年第4期。

② 昌耀著：《昌辉诗文总集》，作家出版社2010年版，第709页。

③ 艾伟撰：《中国当下的精神疑难》，见张清华编：《中国当代作家海外演讲》，北京大学出版社2012年版，第185页。

的生活体验，看不到灵魂挣扎的痕迹，看不到源于生命深处的呼喊；小说没能揭示生活细密的肌理，或是展示纷杂万象中某种普遍的社会公式，或是提供一把解除我们现实心灵困境的钥匙。在恢复我们对于这个世界的信心上，《第七天》无所作为。

2013 年 7 月 3 日，在北京师范大学的“余华长篇小说《第七天》研讨会”上，余华说：“与现实的荒诞相比，小说的荒诞真是小巫见大巫”；“这个小说我写了好多年……我总是落在现实后面，这几年现实变化太快，生活在如今的中国，要做到文学高于现实是不太可能的”。既然现实生活比文学还要荒诞得多，还要“精彩”得多，那么，为什么还要创作小说呢？难道只是为了“让他们再看一眼”早已熟悉的生活吗？余华可能忘了当年卡夫卡对波拉克的建议：“应该去读那些咬人和刺人的书。如果我们所读的书不能一拳打在我们脑门上使我们惊醒，那我们为什么要读它呢？”“一本书，必须是一把能劈开我们心中冰封的大海的斧子。”

对中国当代作家而言，故事比比皆是；创作的核心是，这些原材料必须在作家的心里“燃烧”，通过“能量转化”生成别异之物，其中有着方法、主义的渗透和参与。

美国当代重要的思想家阿兰·布鲁姆（Allan Bloom）指出：“诗人是自然的模仿者，再现所见所闻。然而，使他成为诗人的却是他对世界的沉思。……优劣诗人的区别在于他们是否以事物的本来面目进行观察、是否懂得甄别肤浅与深刻。……一个人之所以被理解，不仅是通过他的存在，还通过他行为的性质——慷慨或贪婪、英勇或怯懦、公正或狡诈、节制或放纵。正是从这些品质中产生出快乐与痛苦，所以它们是人类生生世世关心的主题，也是诗歌特定的对象。”①因此，作家必须把握真正永恒的人类问题，所谈论的事物与人们关注的话题有所呼应。

莫言也认识到了这点。他认为作家当然可以也必须在自己的创作中

① [美]阿兰·布鲁姆、哈瑞·雅法著：《莎士比亚的政治》，潘望译，江苏人民出版社 2012 年版，第 6 页、第 7 页。

大胆地创新，大胆地运用种种艺术手段来处理生活，大胆地与巴尔扎克、托尔斯泰相抗衡，但以巴尔扎克、托尔斯泰为代表的批判现实主义作家对现实生活所持的批判和怀疑精神，他们作品中贯注着的对人的命运的关怀和对现实的永不妥协的态度，则永远是我们必须遵循的法则。莫言说："我们必须具备这样的对人的命运的关怀，必须在作品中倾注我们的真实情感，不是为了取悦某个阶层，不是用虚情假意来刺激读者的泪腺，而是要触及人的灵魂，触及时代的病灶。而要触及到人的灵魂，触及到时代的病灶，首先要触及到自己的灵魂，触及到自己的病灶。"①不知以"空白之心"写作的余华以为然否？

人类总是不满意自己的命运，几乎所有的人都希望过着一种与现状不同的生活。略萨指出，为了安抚这种欲望，让人们拥有他们不甘心过不上的生活，虚构的小说诞生了；小说以"撒谎"的方式，通过思考可能的道路使我们更加理解自己，其中翻腾着、跳跃着一种不肯妥协的东西，道出了某种令人深思的"真情"。

在略萨看来，本质上决定一部小说真实与否的，不是那些轶事，因为"小说是靠写出来的，不是靠生活生出来的；小说是用语言造出来的，不是用具体的经验制成的"；当要描写的变成了已经描写了的，"现实性"的"事件"变成了"非现实性"或"幻想性"的"情节"，流动、痉挛、混乱的生活熔化为有组织、有因果、有条理的故事，实事与话语之间便有了一道深渊相隔。

小说深深扎根于人们的经验之中，从中汲取营养，又滋养着人们的经验。"写小说不是为了讲述生活，而是为了改造生活，给生活补充一些东西。"②小说呈现了一个真实生活——我们沉浸其中的——总是拒绝给予的前景，这种小说家虚拟的秩序，是一个"模拟装置"，它实际上是在修正

① 莫言撰：《土行孙和安泰给我的启示》，见张清华编：《中国当代作家海外演讲》，北京大学出版社2012年版，第6页。

② ［秘］略萨著：《谎言中的真实——巴尔加斯·略萨谈创作》，赵德明译，云南人民出版社1997年版，第72页。

生活。略萨说:“在所有小说的心脏里都燃烧着抗议的火苗。虚构小说的人之所以这样做,是因为他过不上小说里的那种生活;阅读小说的人(他相信书中那种生活),通过书中的幽灵找到了为改善自己生活所需要的面孔和历险的事情。这就是小说的谎言所表达的真情:谎言是我们自己,谎言给我们安慰,谎言为我们的乡愁和失意做出补偿。”“一切好小说都说真话;一切坏小说都说假话。因为‘说真话’对于小说就意味着让读者享受一种梦想;‘说假话’就意味着没有能力弄虚作假。因此,小说是一种超道德的东西,或更确切地说,是一种独特的道德。”①

因此,小说不是构造精细的“复印机”,作家是历史的审查员,而不是历史的书写员、抄写员或打字员。所谓现实生活,不过是小说的原材料而已。把生活写成生活,只是齐整的码放,终究是一堆“柴草”而已。为了唤醒、融化这块土地上被人们遗忘的生命,在满目疮痍中坚信人性之良善的作家,通过“再造”历史与现实“还原”了人类的生活、意识与情感,揭示并照亮了历史与现实的暗角或死角,一如卡夫卡以其心灵温暖了一只甲壳虫寒冷的身躯。

居于现实生活和文学之间的,是具有无限延伸之穿透力的想象力。在略萨看来,想象力是一种魔鬼般的才能,“它不断地在我们是什么和我们想成为什么之间、在我们有什么和我们希望有什么之间开出一条深渊”;“想象力为在我们有限制的现实和无节制的欲望之间不可避免的离异产生出一种灵敏的缓冲剂,即:虚构。由于有了虚构,我们才更是人,才是别的什么,而又没失去自我。我们熔化在虚构里,使自己增殖,享受着比我们眼下更多的生活,享受着我们本来可以过上的更多的生活,假如我们不幽禁在可能真有其事之中,离开历史的牢笼”②。这样,文学想象与虚构就成了我们理解社会的重要方式,作家借此考察在各种政治操控、暴

---

① [秘]略萨著:《谎言中的真实——巴尔加斯·略萨谈创作》,赵德明译,云南人民出版社1997年版,第76页。

② [秘]略萨著:《谎言中的真实——巴尔加斯·略萨谈创作》,赵德明译,云南人民出版社1997年版,第82页。

力威胁、生存压力下,芸芸众生如何应对各种戏剧性的危机,进而思索那些无法直接感知的事物,治疗疲惫的身心,改变生命的方向,体现了"人"的荣光与尊严。

文学虚构丰富了历史的存在,使文学拓展了人类的生活,给人们提供了一个滋养我们隐秘生活的天地。在这一天地里,我们才真正是自己命运的主宰者。作为具体的个人,我们现在是怎样的人,我们曾经希望是怎样的人,我们可能成为怎样的人……这是我们的隐秘的生命史,只有文学才能讲述明白。略萨甚至提出:"小说是社会发生某种信仰危机时的艺术……当宗教文化发生危机时,生活似乎要脱离束缚它的条条框框和观念并且变得混乱起来,这就为小说提供了大好时机。……小说的人工秩序提供了避风港和安全感,实际生活煽动起来而又得不到满足或消除的欲望和担心,可以在其中自由驰骋了。"因此,"一部成功的虚构小说代表着一个时代的主观精神。"①

显然,任何文学作品都由可见的素材和隐藏的素材组成,为我们的体验补充了某种实际生活所匮乏的,只能在想象、虚构的生活中找到的东西。文学想象和现实生活并不是靠削弱对方而存在,而是相互增强的。同样,其中一个的虚弱定会引发另一个的虚弱,其中一个被摧毁必会导致另一个被摧毁。作家只有仰仗人的精神、灵魂以及事物的内在因果,仰仗在现实基础之上的想象力,才能抹去泾渭分明的诸多边界,抵达人、社会和世界最内部的黑暗幽深,从而书写出"生活中被掩盖的精神"。作家及其作品都"生活在别处"(兰波语),文学之于生活的超越性就在这里。

如,《铁皮鼓》"从几乎总是在动的普通人群的视角,让我们感觉到生命尽管是处于恐惧和异化之中也还是值得活下去的"②。《都柏林》赋予平庸的生活以艺术的尊严,即对一个已有的现实既不报告情况,也不发表

---

① [秘]略萨著:《谎言中的真实——巴尔加斯·略萨谈创作》,赵德明译,云南人民出版社 1997 年版,第 83 页、第 76—77 页。

② [秘]略萨著:《谎言中的真实——巴尔加斯·略萨谈创作》,赵德明译,云南人民出版社 1997 年版,第 320 页。

意见,而是对这一现实进行再创造,呈现出一种美的尊严。作为一部政治寓言小说,《一九八四》的全部故事是"极权主义"对于个体的极端控制。这是奥威尔社会主义信念的必然结果,因为"他相信,只有击败极权主义,社会主义才有可能胜利"①。"多一个人看奥威尔,就多了一份自由的保障",有评论家如是说。《日瓦戈医生》则让我们顿悟:"真正人性的东西不在那些精采的英雄事迹中,不在于向自身的地位挑战,而是从道德上使得人类自然属性中的弱点和缺点具有尊严。"②

在这些经典作品里,文学的虚构世界强化着普通事物的存在,强化着平庸的存在,强化着不可触犯之物的存在。文学怎么会等于甚至小于现实生活呢?或许莫言的观察是准确的。他指出,随着作品数量的日渐增加和名声的逐步累积,有的作家不仅在物质生活上和广大民众拉开了距离,更是使他与人民大众的感情拉开了距离;其目光已被荣耀的头衔、昂贵的名牌、过多的财富、舒适的生活所吸引,而在精神上不知不觉中变得平庸懒惰;这些成了所谓"中产阶级"的作家,已经感受不到锐利的痛楚和强烈的爱憎,已经丧失了爱与恨的能力;他们不放过一切机会炫耀自己的成功和财富,把财富等同于伟大,把小聪明等同于大智慧;他们追求所谓的高雅趣味,在奢侈虚荣的消费过程中沾沾自喜。他们热衷于搜集、传播花边新闻和奇闻逸事,沉溺在垃圾信息里津津乐道、沾沾自喜。这种精神状态下的写作,尽管可能保持着吓人的高调,依然可以赢得喝彩,但实际上已经是没有真情介入的文学游戏③。

于是,我们的作家在把握前所未有的荒诞现实时,要么依附现实,要么面对现实绕道而行;即便是插上了想象的翅膀,他们飞翔的方向也总是从现实飞向想象,而没有或者很少从想象飞向现实,在天马行空的臆想中

---

① [澳]西蒙·黎斯著:《奥威尔:政治的恐怖》,转引自董乐山撰:《奥威尔和他的〈一九八四〉》,见《一九八四　动物庄园》,董乐山译,上海译文出版社2003年版,第2页。

② [秘]略萨著《谎言中的真实——巴尔加斯·略萨谈创作》,赵德明译,云南人民出版社1997年版,第360页。

③ 莫言撰:《土行孙和安泰给我的启示》,见张清华编:《中国当代作家海外演讲》,北京大学出版社2012年版,第4—5页。

寻求真实。阎连科曾非常形象地说，我们总是把小说的头颅强按到生活的泥水之中，然后提起小说的头发，说你看你看，这就是真实，还带着生活新鲜的水滴呢！其实，没有了理想之光的照耀，即便是带了点“社会现实”的小说，不过是一堆烂泥而已。事实也是如此，这些作家从不去想象他人所经受的苦难，看到自己和他人身上存在的错综复杂的情感；他们也不去批判和反思邪恶力量可能或已经带来的伤害，对于饥饿、贫穷、教育的匮乏、贫富悬殊视若无睹；他们更不去探究一个国家所处历史时期的复杂性，甚至不想去弄明白为什么会产生这些问题。于是，“我们和世界的关系总是以一种自恋的方式被描绘出来，即我们掌控一切、我们至高无上——我们没有什么责任，更不会感到愧疚”①。

卡夫卡说得对极了：“所有人类的错误无非是急躁，过早地打断有规则的秩序和用似是而非的栅栏把似是而非的东西圈起来。”②坚实的文学想象使作品拥有了黄金般的文字质地，它使怀疑者怀疑，使相信者相信；它拆散那些似是而非的“栅栏”，力图恢复或重建有规则的“秩序”。如果没有对某种不可摧毁之物的持久信仰，人就无法有尊严地存活下去。所信即所是。阎连科说：“我总是希望用文学的理想之光来支撑自己内心的疲惫、不安和虚空，希望文学的光芒可如水中的粗石细沙之光一样，照亮总是出现在我眼前漂浮不散的一团团的黑暗……”③

星云大师有言：“云水，不是景色，而是襟怀。”文学作品最重要的不是表面上写了什么，而是一种精神的呈现，一种内心的释放。文学创作是作家的灵魂寻找形式的活动，作家是人类自由本性的捍卫者，他们一方面要有真实、丰富、深刻的灵魂生活，另一方面则必须为这灵魂生活寻找恰当的表现形式；前者的高度决定了作品的精神价值，后者的高度决定了作品的艺术价值。“每部作品都是一次旅行，一个行程，但它唯有借助内心

---

① [美]阿博特·格里森等编：《〈一九八四〉与我们的未来》，董晓洁、侯玮萍译，法律出版社 2013 年版，第 320 页。

② 《卡夫卡文集》（修订版）第 4 卷，祝彦、张荣昌等译，作家出版社 2011 年版，第 283 页。

③ 阎连科著：《阎连科文论》，云南人民出版社 2013 年版，第 2 页。

的道路或路线,才能穿越外部的这条或那条道路。这些内心的道路、路线组成了作品,构成了它的风景,或它的交响乐。”①

作家的精神自我往往是逆水行舟,“孤岛”式地抵御外在权力中心和利益中心的诱惑,在生活和艺术中捕捉着自己的临界点。“知识分子必须在和社会对立中思考,而作家必须在和社会生活的情感对立中写作。一切伟大的,有长远价值的作品,无不是在和社会的情感对立中写作完成的。”②优秀的作家总是以切心的疼痛和热血灌注自由和想象的翅膀,以人性的造型和理性的高度,叙写温润、富有生机的生活场景,以心换心,以灵魂面对灵魂,化解现实生活中凝结一般的冷峻,向着自由的港湾迎风激浪。在对生活的演绎中,作家有隐忍,有释放,有流转,有疏离,一切都强化、内化为一种生命的视野,化小爱为大爱!

美国著名学者伊莱恩·斯卡丽(Elaine Scarry)提出一个问题:“如果我们在文学作品中进行的思维活动与我们在每日清醒时进行的思维活动如此相似,为什么我们要想进行思考的盛宴时,还急迫地需要文学作品呢?把对现实和臆想的感知适用于现实的世界中,与适用在‘不断放线’的臆想世界中相比,有什么不同吗?”③

在斯卡丽看来,文学作品有五点裨益:第一,我们进入文学作品的世界的目的,是为了关注它,思索它。日常生活中,我们可能去关注发生在我们周围的事实,也可能不去关注;我们可能思索目之所及,也可能不去思索。我们很少静坐下来,让事实在一段不被打扰的时间内呈现给我们审视;第二,在文学作品内部,我们可以没有风险,不受惩罚地自由思考,这鼓励人们去进行思考的实践;第三,文学作品描述不凡的事件,或是被掩盖的平凡事件,这引发了我们思考那些现实生活中也许不被明确鼓励

① [法]吉尔·德勒兹著:《批评与临床》,刘云虹、曹丹红译,南京大学出版社 2012 年版,第 3 页。

② 阎连科:《阎连科文论》,云南人民出版社 2013 年版,第 259 页。

③ [美]阿博特·格里森等编:《〈一九八四〉与我们的未来》,董晓洁、侯玮萍译,法律出版社 2013 年版,第 28—29 页。

讨论的话题——在这些话题面前，社会通常鼓励我们移开目光；第四，文学作品中“被当作事实的细节”，通常比历史或现实中的事实更加密集，它其实是“被假装成事实的细节”或“近似事实”，为我们大脑的思考提供了重要的材料，至于其本身的质量或特征则可不予考虑；第五，我们可以随意发挥文艺作品特许给我们的臆想，在广阔的文学空间里，思想可以在从未发生过的事件中尽情游弋①。

简言之，文学是我们摆脱无所不在的所有束缚的语言，它强力拓展一个时代的语言空间，帮助我们更深刻地看穿这个世界，引导我们去思考最深奥难懂的东西。当然，恰如阎连科所言，“文学不会像权力一样可以在一瞬间摧毁一切，改变一切，但真正的文学，却可以在权力、专制和幽暗中发出久远的光芒，一点一滴地剥离、驱散我们头脑和天空中的尘灰与雾霭，让我们看到光明，存有希望和理想——这就是文学的力量、美和伟大之所在”②。文学作品能让人浏览其他方式的人生，并提请人们思考：拿什么来拯救我们自己，或者说，我们如何又经由什么来看待这个世界。在这个意义上说，文学是一种在我们生物学意义上的“硬件”基础上运行的“软件”或“程序”。

因此，在民族“共同文化”与“共同心理”的形成和发展过程中，许多作家起了重要作用。希腊的荷马、意大利的但丁、法国的莫里哀和拉辛、英国的莎士比亚、德国的歌德、俄国的普希金和托尔斯泰都曾担此重任。苏格拉底曾说荷马是希腊人的导师。荷马使他的人民拥有与众不同的独特性，创造出他们被世人铭记的灵魂，他是希腊人真正的缔造者。这也正是伟大诗人的雄心与抱负。对此，歌德是这样理解的：“一个伟大的戏剧诗人如果同时既是多产的，又能在他的全部作品里表现出强烈而高贵的思想情感，就可以使他剧本中的灵魂变成人民的灵魂。我相信这是值得

---

① ［美］阿博特·格里森等编：《〈一九八四〉与我们的未来》，董晓洁、侯玮萍译，法律出版社2013年版，第29—32页。

② 阎连科撰：《让灵魂的光芒穿越布满雾霭的头脑与天空》，见张清华编：《中国当代作家海外演讲》，北京大学出版社2012年版，第89页。

辛苦经营的事业。高乃依就产生了这种能够造就英雄的影响，这对于需要一个英雄民族的拿破仑是有意义的，所以他提到高乃依时说，如果高乃依还在世，他就要封他为诸侯。所以，一个戏剧诗人如果认识到自己的使命，就应该孜孜不倦地工作，精益求精，这样他对民族的影响就会是高尚的、有益的。"①

同样，莎士比亚的戏剧全面审视了人类存在的各种状况，对许多非比寻常的人物作了强有力的性格刻画，不仅显示出自身的宽厚怜悯，而且让人体会到了难以磨灭的震撼。我们看到了生命中每一个可能选择的结果，体悟着不同生活方式所带来的苦乐悲辛。"他（莎士比亚）扮演着《圣经》曾经扮演的角色，人们通过他的眼睛观看到更加丰富多彩的世界，这恰恰是我们已然失落的视角。只有教导人们莎士比亚真正说过什么，莎士比亚才能重新影响亟需他影响的这一代人——在最重要的问题上为我们提供深谋远虑的意见。"②

如今，文学之于民族的型塑作用正迅速衰亡，年轻一代不再拥有理解世界和自我的基础，也没有一种共同的教育能够形成他们与同伴交流的核心。从前一位马尔堡人会说，他仅仅通过莎士比亚就建立起对英国历史的认识。这种对某个诗人的凭依在今天几乎不可想象。阿兰·布鲁姆不无伤感地说："持续地阅读并倚赖一本伟大的著作或一位伟大的作家，这种现象消失了。其结果不仅是生活风气的庸俗化，还有整体社会的分裂化，因为对文明人而言，正是对美德与罪恶、高贵与卑贱的理解将他们团结在一起。""如果静心聆听莎士比亚，我们也许能够重获生命的完满，也许能够重新发现通往失落的和谐的道路。"③

2011 年，略萨在诺贝尔文学奖致辞里说：文学培养了我们的良知，唤

---

① [德]爱克曼辑录：《歌德谈话录》（全译本），吴象婴等译，上海社会科学出版社 2001 年版，第 262 页。

② [美]阿兰·布鲁姆、哈瑞·雅法著：《莎士比亚的政治》，潘望译，江苏人民出版社 2012 年版，第 2—3 页。

③ [美]阿兰·布鲁姆、哈瑞·雅法著：《莎士比亚的政治》，潘望译，江苏人民出版社 2012 年版，第 2 页、第 10 页。

醒了我们的渴望;“如果没有小说,我们将不会意识到自由对生活的重要性,也不会意识到某个暴君、某种思想体系或某个宗教正在践踏自由,企图将我们生活环境化为地狱的事实。文学不仅令人对美与幸福产生向往和期待,同时也警示我们应与一切压迫的暴行进行斗争。”优秀的文学作品在人与人之间建立起了沟通的桥梁,令我们突破了将我们隔绝开来的种种语言、信仰、习惯、风俗和偏见。“文学代表着一种虚构的生活,但是文学却能帮助我们更好地理解生活,在我们从生到死的人生迷宫中指引着我们。”文学给我们以慰藉,解开人类常常会思考的存在的大部分谜题,或是使其中部分问题得到了解答;文学教导我们去理解存在的意义,个体和集体的命运、灵魂,以及历史的意义与虚妄,等等——这就是文学的力量、美和伟大之所在。为了守护我们人性中最好的一面,文学的存在必不可少。文学能够防止我们退化回缺乏交流的原始时代中去,防止我们满足于简单的实用主义,保护我们不受我们自己所发明的机器的奴役。“我们需要文学,因为一个没有文学的世界也就没有了梦想、没有了希望、没有了勇气,在这样的世界中人人只顾自己,而不能真正成为人。真正的人应当有能力走出自己的小世界,与外界、与他人交流,并塑造一个共同的梦想。”①

“唯一有价值的就是拥有活力的灵魂。”(爱默生语)在某种意义上,我们所面对的从来就是同一条河流,人类的历史就像一张不断刮干净重写的羊皮纸,上面写满了一系列恒久的难题。譬如,为了爱,可以背弃父母兄弟吗？为了权力或金钱,可以不择手段吗？做统治者好,还是做一个诗人？……这些疑问展现了丰富的可能性,并最终归诸人性和人心,关乎每一个体的生命和灵魂。文学艺术是一种表现的力量,语言符号里潜藏着灵可通慧、秀可洗心的意蕴或心象。最终目的是结合肉体与精神、尘世与神圣。心之所欲,即是方向。心若安处,便是故乡。使写作者成为优秀

① [秘]略萨撰:《赞颂阅读与虚构——马里奥·巴尔加斯·略萨诺贝尔文学奖致辞》,姚云青译,《书城》2011年第1期。

作家的是他对世界的沉思，是他对人类永恒问题的把握，是对人为了成为人，并且仅仅成为人而付出的所有努力的持续关注。否则，作品必然渺小而易朽，就像一截潮湿的木桩，只是嗞嗞冒烟，无法熊熊燃烧。

文学家是解剖社会的医生，德勒兹说，他是医生，他自己的医生，世界的医生；“世界是所有症状的总和，而疾病与人混同起来。于是，文学似乎是一项健康事业”；“像文学与写作一样，健康在于创造一个缺席的民族，这属于虚构功能”；“文学的最终目标，就是在谵妄中引出对健康的创建或对民族的创造，也就是说，一种生命的可能性。为这个缺席的民族而写作……”①职是之故，文学是一个生命得以自由舒卷与绵延的健康事业，是值得我们支付终生的寄托。人生的快乐，就是创造和责任。赞美既短暂又永恒的事物，赞美既渺小又伟大的世界，是每个作家“理所当然”的使命。

诚如王国维所言，一个伟大的哲人不应靠国家来支撑，但国家若有风度，却应以自己的圣哲为骄傲。提高美之地位的民族，就是提高人类灵魂与生命质量的民族。任何一个现代国家都应有足够的雅量，以平稳的秩序接纳各种貌似“无政府主义”的文学，鼓励每个作家自由地创造属于他们自己的语言，写出可以强健本民族文化的传世之作，从作家的立场上为解决严峻的现实问题，付出自己应有的努力！

哈维尔认为，故事像生活一样丰富，它们都是多元化的，充满了可能性和不可预测性。在这个意义上，“神秘是每一个故事的尺度”。米兰·昆德拉在《雅克和他的主人》中写到：当雅克和主人不知走向何方时，雅克说朝前走。主人说朝前走是往何处走？雅克说前面就是任何地方！面对波澜壮阔的时代，讲述“中国故事”的作家只能迎上前去，往前走，往前走！荷尔德林有诗云：

---

① ［法］吉尔·德勒兹著：《批评与临床》，刘云虹、曹丹红译，南京大学出版社2012年版，第7—8页、第10页。

我们每个人走向和到达,
我们所能到达的地方。

四、“奥威尔问题”

在《语言知识》一书序言的开篇,美国语言学家乔姆斯基(1928—)曾经提出两个非常有趣的问题:(1)“为什么我们获得的材料如此之少,而产生的知识却如此之多?”(How we can know so much given that We have such limited evidence)他称之为“柏拉图问题”;(2)“为什么可资利用的材料如此之多,而我们的知识却如此之少?”(It is the question how do We know so little given that We have so much evidence)他称之为“奥威尔问题”。

“奥威尔问题”,以英国左翼作家、新闻记者和社会评论家乔治·奥威尔(1903—1950)的名字命名;乔姆斯基被称为“美国最大的异议人士”,他所有政治评论的核心问题便是“奥威尔问题”,它比“柏拉图问题”重要得多。

乔姆斯基的弟子、哈佛大学语言学教授黄正德将“奥威尔问题”理解为:“罪行证据比比皆是,我们为什么仍视而不见?”

罗素将“柏拉图问题”转述为:“尽管人类在其短暂的一生中与世界的接触是如此之少,而他们的知识为什么如此丰富呢?”换言之,为什么可以说人人都是天才?与之相应,“奥威尔问题”即:作为天才的人,为什么那么容易被人愚弄?

乔姆斯基曾向来访的中国学者举例说明什么是“奥威尔问题”:“比如说,以某国的政府政治宣传为例,人们都相信它,即使拥有足够的证据证明其不真实性,人们仍然会相信它。所以,问题是:为什么人们所拥有的有效证据如此之多,但他们对于自己所生活的社会却知道得如此之少?答案往往可以从灌输和宣传的形式那里找到。”乔姆斯基还指出了“奥威尔问题”背后的根源:“权力结构所到之处,都会有这种现象。任何时候,只要有等级结构、权力结构,你就会找到它。那正是为什么人们即便是在没有必要的时候也会一直保持压抑状态的原因所在。”①

显而易见,“奥威尔问题”是对西方强权政治和“人造”文化的批判,是对政治、文化压迫人性的控告。按照奥威尔的原意,以及乔姆斯基的说法,任何国家都存在“奥威尔问题”。

在西方极权社会里,当权者为保有自己的地位,总是实施有组织的撒谎和欺骗,系统、无情地践踏真理,篡改历史,由此达到控制思想的目的。奥威尔说:“它虽然控制思想,它并不固定思想。它确立不容置疑的教条,但是又逐日修改。它需要教条,因为它需要它的臣民的绝对服从,但它不能避免变化,因为这是权力政治的需要。它宣扬自己是绝对正确的,同时它又攻击客观真理这一概念。”②极权主义还有意扭曲人际关系,完全否定个人的意志,规定你应该怎么思想,为你创造一种意识形态,甚至还想管制你的感情生活。

极权主义是现代专制主义,与之相关的是“语言的堕落”:语言成了掩盖真实的幕布、粉饰现实的工具和蛊惑人心的艺术。作为一个颇有远见卓识的政治预言家,为了更好地开展反极权主义的斗争,奥威尔主张,“把政治性写作变成一种艺术”:“你越是清醒地认识到自己的政治立场,你就越能够一方面积极地参加政治斗争,一方面保持自己审美和思想方面的独立性不受损害。”他明确反对作家简单依附于政党政治,强调作家的自主定位、自我选择和自由,以及诚实的写作。这样,才能在诗学的向度质疑、瓦解这个世界得以运转的整个逻辑体系,揭开不堪的“存在之真”,即性命相见,言其所是,光华自在,让世界的“荒谬”自行暴露,使我

① 司富珍著:《语言论题》,中国社会科学出版社2008年版,第186页。

② [英]乔治·奥威尔著:《奥威尔文集》,董乐山译,中央编译出版社2010年版,第295—296页。

们恍然明白改善的方向，寻找到自己生命与生活的意义。

奥威尔的《动物农场》《一九八四》，堪称世界文坛最著名的政治讽喻小说，是反极权主义的预言。

在《动物农场》里，乌托邦从建立到衰坏，迅速地从起点回到了起点，进入了一个幽暗的、可怕的怪圈；小说中文译者傅惟慈指出，小说“讲的正是一个革命异化的历程，叫人民提高警惕，防止在革命的名义下出现的极权主义”①。

在《一九八四》里，凭借语言的力量，“党”、语言、权力三位一体，构筑了最为完善、坚固的权力“牢笼”；小说对极权世界反乌托邦式的描绘，揭开了极权主义的统治秘密，可谓是极权主义治理机器的“操作手册”或“技术大全”。

奥威尔书写着政治的文学，表达着文学的政治，体现了对人类社会政治走向的担忧和警示。透过文字的栅栏，我们屏息静气，感到无以抑制的恐慌或欣喜，因为他所说的乃是事实——曾经发生过的、人们习焉不察的事实。

奥威尔的独特价值，表现在他对绝对真理的执著追求上，表现在他对绝对的恶的揭露上。萨特在他那纲领性的著作《什么是文学?》中提出："写作即是揭露，揭露即是改变。""多一个人看奥威尔，就多了一份自由的保障"，有评论家如是说。

奥威尔的担忧和警示是有益无害的，其意义是永恒的。美国著名作家埃德蒙·威尔逊称之为社会批评方面“当代唯一一个大师”，一本奥威尔传记的副题就叫“一代人的冬季良心”(wintry conscience of a generation)。我们缺少奥威尔式的“冬季良心”，甚至可能根本就没有过。

我们这些所谓“写东西的人”是藐小的，可怜的，甚至是可鄙的。受制于蜗居其中的境遇，我们不能在适当的时机表达自己的观点，也不敢对

① ［英］乔治·奥威尔著:《动物农场》“译者序”，傅惟慈译，北京十月文艺出版社2010年版，第4页。

权力的滥用说不。我们压根儿不配称“作家”，叫“码字的”可能会合适些。

当然，我们的良心偶尔也会自我发现，并产生瞬间的一丝温暖，可转眼间就被欧元、英镑、美钞和人民币的温暖所替代，而与世界握手言和了；我们是“腰部以下的叛徒”，就像柏拉图笔下的御车者，骑着一匹顽劣的马！

大化流行，阴阳衍变。

狄更斯《双城记》的开篇：“这是好得不能再好的时代，这是坏得不能再坏的时代；这是闪耀着智慧的岁月，这是充满着愚蠢的岁月……这是充满希望的春天，这是令人绝望的冬日。”用这段话描述我们这个天然练达、不见赧颜羞色、令人眩晕的时代，实在是再恰当不过了。

当奥威尔所描绘的政治环境基本消失，我们进入新媒介社会时，生活的监视和控制技术，从另一角度重新诠释甚至加剧了“奥威尔问题”。乔姆斯基的研究表明，现代媒介催生的“制造共识”（manufacture of consent）和“操控共识”（engineering of consent），创造了比现实更为“真实”的“超现实”；即便是美国这样一个号称最民主、自由和多元的社会，普通百姓也成了无知或头脑简单的傻瓜。

托克威尔这样审视美国民主政治下的“舆论的暴政”：“在美国，多数在思想的周围筑起一圈高墙，在这圈高墙内，作家可以自由写作，而如果他敢于越过这个雷池，他就要倒霉了。这不是说他有被宗教裁判所烧死的危险，而是说他要成为众人讨厌和天天受辱的对象。……他在发表自己的观点之前，本以为会有人支持，而在发觉无人支持后，已把自己全部暴露于众人的面前。于是，责骂他的人喊声震天，而与他想法相同的人，则失去勇气，不敢作声，躲避起来。他只好表示让步，最后完全屈服，保持沉默，好像不该说真话而后悔了。”①

作为社会的主体，我们隐蔽在表层下，在表象下，在面具下，但我们不

① ［法］托克威尔著：《论美国的民主》上卷，董果良译，商务印书馆1988年版，第293页。

仅是向别人隐藏,我们还向自己隐藏……我们无法面对真实,写作无法面对真实,批评也无法面对真实。因为我们有障碍,这障碍并不仅存于主观意识本身;即便作家想面对真实,批评家也想面对真实,但现实条件设置了诸多障碍,谁也不能直接穿透这堵无形的“迷墙”。

一个基本事实:中国当代文学从一个“大合唱”到“独唱”,再渐渐到现在的“默唱”,几乎不发出声音了。在此过程中,文学与时代之间渐行渐远,不复存全历史的面貌;不过,倒是越来越还原到文学自身了……

艺术的政治潜能在于艺术本身,即审美形式本身;在艺术自律的王国里,艺术既抗拒着这些现存的社会关系,同时又超越它们;只有在文学关心它自身的问题,只有把它的内容转化为形式时,文学的革命性才是富有意义的;艺术作品只有作为自律的作品,才能同政治发生关系,艺术的政治潜能仅仅存在于它自身的审美之维。这就是马尔库塞所谓“审美形式造就的奇迹”。

文学本身就包含权力和政治的维度,权力和政治都内化在审美形式之中。否则,大可不必在文学的架构中谈论政治问题。重复阿尔都塞的这段话是有必要的:“每一件艺术作品,都是由一种既是审美的又是意识形态的意图产生出来的。当它作为一件艺术作品存在时,它作为一件艺术作品……产生出一种意识形态结果。……因此,艺术作品与意识形态保持的关系比任何其他物体都远为密切,不考虑到它和意识形态之间的特殊关系,即它的直接的和不可避免的意识形态效果,就不可能按它的特殊审美存在来思考艺术作品。”①

每个人都有丰富的内心生活,有太多复杂、细腻的思想、意象、感觉;它们如梦如幻,转瞬即逝,不可名状,我们几乎不可能了解别人或被别人了解。为此,文学只能用“迂回”的方式摆脱这种精神孤立的无望窘境。奥威尔说,写作的艺术事实上大部分是词语的善意的“歪曲”,他择取的

---

① [德]阿尔都塞著:《抽象画家克勒莫尼尼》,见陆梅林选编:《西方马克思主义美学文选》,漓江出版社 1988 年版,第 537 页。

语言策略是“隐喻”。

“隐喻”源于希腊语“metaphora”，字源“meta”的意思是“超越”或“在……之后”，“pherein”的意思是“传送”或“转换”，合而观之，即“将意义由某事物转移至另一事物”。隐喻具有一种具象化、符号化的性质，是人类“语言无所不在的原理”（A·理查兹语），它触及了人类心灵的最深处。

隐喻思维，就是通过相对具体、结构相对清晰的某一种事物去感受、思考和理解相对抽象、缺乏内部结构的另一事物；就作家而言，即以一个形象来象征一种意图，一种观念，一种内在的含义，甚至一种对世界对人物的情感态度。

安德烈·莫洛亚在《追忆似水年华》的序中写道：“隐喻在这部作品里占据的地位相当于宗教仪式里的圣器。普鲁斯特眷恋的现实都是精神性的，但是因为人既是灵魂，又是肉体，他需要物质性的象征帮助他在自身和不能表达的东西之间建立联系。普鲁斯特最先懂得，任何有用的思想的根子都在日常生活里，而隐喻的作用在于强迫精神与它的大地母亲重新接触，从而把属于精神的力量归还给它。”这段评论同样适用于奥威尔的作品。

罗森斯托克·胡絮有言：“言是人之母……语言本身就是母亲般的，是时间的子宫，人在其中被创造，并始终不断地得到再创造……一切真正的言说则使倾听者和言说者都得到了重新塑造……它使我们的心灵自身成为一个造物……一切有意义事件之发生均出自言……只有在一种结合了普遍有效性和此时此地之情境的具体性的对灵魂的言说，灵魂才会苏醒。”①

然而，我们的语言正不可避免地衰败下去。因为我们的思想愚不可及，所以语言也变得越来越丑陋和不准确；语言的败坏，使我们产生了愚蠢的思想——这个过程是可逆的。

---

① ［美］罗森斯托克-胡絮著：《越界的现代精神》，徐卫翔译，华东师范大学出版社2008年版，第185—186页。

奥威尔确切地说:“目前的政治混乱,跟语言的退化是有关联的;而通过在字词方面的努力,我们能对此状况做一些改进。”语言具有建构生活事实的力量,是人类关于世界和走向世界的特有门户。跟语言作斗争,不是可有可无的小事。为此,他提出,文学语言应遵循以下几条原则:

1.别用书刊中频繁使用的那些明喻、暗喻或其他修辞手法;

2.凡是可以用短句的地方绝不用长句;

3.凡是可能删去一字,就坚决删去;

4.能用主动语态就绝不用被动语态;

5.如果能想出对等的日常英语词汇就绝不用外来词、科学术语或行话里的词;

6.与其违反这些规则的任何一条,不如干脆胡说八道[①]。

哲学的乡愁是神学,文学的乡愁是人学。1980 年诺贝尔文学奖获得者切斯拉夫 · 米沃什一语道破:“流放是对内心自由的考验,而这种自由是令人惊叹的。我们做每件事情都要依靠自己的力量,而我们大多未认识到这种力量的大小……”[②]

乔伊斯认定“流亡就是我的美学”,旅美作家木心(1927—2011)觉得“美学就是我的流亡”。降生在一个折磨人的时代,当心灵通向生活的道路全然封闭时,将自我流放于美的世界,做一个隐喻意义上的流亡者,一个博大传统文化的流亡者,一个文学艺术共和国的自由公民,对于有着云水襟怀的“赤子”而言,这是最为可靠的人生抉择。

诗人、批评家徐江指出,一个全无信仰支撑的汉语世界,比起其他语言世界,提前面临了对于无“信”时代来临后的挑战;文学必然成为一种宗教和信仰,世已无道,诗必要有所为;构建一种面向此在,更为人间,也

---

① [英]乔治 · 奥威尔著:《政治与文学》,李存捧译,译林出版社 2011 年版,第 362 页。

② [美]米沃什撰:《关于流放》,孙京涛编译,见 http://suxin.taoshumi.com/paper/culture/002/4393.html。

更为豁达、广阔的对生命意义的尊重与坚信，由诗来完成；在无信众的时刻，像神一样葆有雷霆与仁爱[1]。

正是这样，当年莫扎特正是凭了坚定的信仰。像殉道的使徒一般唱着温馨甘美的乐句安慰自己，也安慰别人——那些受苦、奋斗、而必战必胜的自由灵魂！

在《追忆似水年华》中，语言的创造不是为了别的，它就是语言自身。普鲁斯特为语言中的上帝所引领，于是，我们在静默中倾听到了大地召唤回归的天籁之声：

> 我轻轻推开窗户，坐到床前，几乎一动不动，生怕楼下的人听到我的动静。窗外万籁也仿佛凝固在静寂的期待中，惟恐扰乱明净的月色；月亮把自己反射的光辉，延伸到面前的万物之上，勾画出它们的轮廓，又使它们显得格外悠远；风景像一幅一直卷着的画轴被徐徐展开，既细致入微，又恢弘壮观。需要颤动的东西，如栗树枝头的叶片，在轻轻颤动。但它颤动得小心翼翼、不折不扣，动作那样细密而有致，却并不涉及其它部分，同其它部分判然有别；它独行其是。

普鲁斯特的语言魅心魅意，如漫天彩霞美妙绝伦、无边无际；它悬挂在我们心灵的上空，仿佛从属于一个不可窥视的力量。其实，语言的上帝并不遥远，他无处不在，那么慷慨，又那么质朴无华，对于我们的呼唤也从不感到厌倦。“我只觉得人生一世，荣辱得失都清淡如水，背时遭劫亦无甚大碍，所谓人生短促，不过是一时幻觉；也许，这感觉并非来自外界，它本来就是我自己。我不再感到平庸、猥琐、凡俗。”（《在斯万家那边》）这里，普鲁斯特的存在，也就是语言的存在，他在自己的世界遨游，抵达了一种虚静澄明的境界。

苏格拉底初次遇见童年的色诺芬时，用手杖拦住了他，问他哪里有卖

---

① 徐江撰：《在雾霾的年代写作——现代诗与神性》，《葵诗歌作品集》（2013）总第11辑。

各种生活用品的店铺。这个孩子知道得清清楚楚，十分有礼貌地回答了他。末了，苏格拉底骤然问道："哪儿可以买到'高尚'和'善良'？"……孩子茫然不知所对，这位哲学家对色诺芬说："那么跟我来吧！"

色诺芬跟苏格拉底学习，是要找到生命的指引，知道自己"应该如何生活"。按色诺芬的回忆，苏格拉底只是同他一起探讨了人生变得美好的可能性，而不是简单传授"如何生活"的知识。对苏格拉底来说，"如何生活"与"公义"相关。古往今来，哲人们始终没有就此达成过一致意见，他们总是相互否定、辩驳，争吵不休。

"道德哲学家是不会提出具体答案的"，伯林说："指导人们如何生活，既不是小说家的责任，更不是道德哲学家的责任。道德哲学家的任务，仅在于帮助人们面对问题，面对可供选择的行动范围，向他们解释有哪些选择以及做出某种选择的原因。"①

木心被誉为"中文写作标高"，可能是我们时代"唯一一位完整衔接古典汉语传统与五四传统"（陈丹青语）的写作者；他那些通透、温厚、泼辣的汉语文学文本，渗透中国风骨、气韵，且与生活融会无间，令人倾心不已。

我欣赏木心的态度："一字一字地救出自己。"作家的责任主要是把作品写好，之外，还有什么责任可尽，而且确凿是尽了的，以及正在尽和将要尽的总共有多少？他说，如果"其他的责任"尽得真不错，尽得好透了，而"作品"写得太那个，或者写得近乎糟糕——怎么办呢？

古巴著名小说家卡彭铁尔，被誉为当代拉丁美洲小说的"亚当"，他认为："通常，不介入意味着某种介入，它比基于现实的认知和信仰的坚定不移的介入更严重。"②木心的观点可与之相映成趣："在文学上，越短的刀子越刺得深。但文学不是武器"；因为"文学家要'过去'要'现在'要'未来'。尤其看重'未来'。政治家只要'现在'，无视'过去'。对待'未

① 参阅［英］伯林著：《哲学引论》，见 Bryan Mage 编：《思想家：当代哲学的创造者们》，周穗明、翁寒松译，生活·读书·新知三联书店 1987 年版，第 32—36 页。

② ［古巴］卡彭铁尔著：《小说是一种需要》，陈众议译，云南人民出版社 1995 年版，第 73 页。

来'像对待'过去'一样，是不在话下的事。所以政治家为所欲为地摆布文学家，文学家翻'过去'、展'未来'给政治家看；不看，即使看了也等于不看……"①

我认同木心的选择："我选择艺术作为终身大事，是因为这世界很不公平，白痴可以是亿万富翁，疯子可以是一国君主。艺术则什么人做出什么艺术品来，这个一致性我认为是'公平'。文学因为是字组成，掺不得半点假。要掺尽管掺，反正不是文学了。最好是'得道'，其次是'闻道'，没奈何才是'殉道'、古人是朝闻道，夕死可矣，今我是朝闻道，焉甘夕死——以'死'殉道易，以'不死'殉道难。我择难。"②

木心所"殉"之"道"，指向文学、艺术的美学判断与美学智慧，正是文学艺术的宗教和信仰帮助他渡过了几番劫难。

真正的作家仿佛都是些现代的初民，从高处下、从深处出、从远处归，以精练过人的思维和感觉创造伟大的作品，宿构着浅浅深深、踪迹依稀的精神世界；从中分不清何为表象，何为观念；分不清何为时代的劫难，何为个人的伤痕，其广度密度深度不可方物，只是让人目眩神驰，觉得盎然嫣然婉然翩然陶然裕然卓然萧然，神韵流荡，真元袭人；其中家国、时代、文化、个人一律统摄于"对人的诗意存在的乡愁"，充满了人道的善意，仁慈的激情，一如魅人心魄的"柯勒律治之花"，混茫无际。

托心于文学、艺术，以"殉道者"的态度写作，这俨然是以文学为宗教，以文学为信仰，以文学为希望了。如果我们不满怀希望，那么满怀什么呢？有了这种能在火焰中证明的信仰，那么，在现实世界中丧失了的，将在文学的世界一一复活、重生，此即"以文字打败时间"。这是文学英雄的事业。

"太阳出来了，可太阳不是我们的。我们要睡了。"这是曹禺话剧《日出》中陈白露的一句台词，它让我念及自己与文学批评家胡河清（1960—

① 木心著：《即兴判断》，广西师范大学出版社2009年版，第38页。
② 木心著：《鱼丽之宴》，广西师范大学出版社2009年版，第26页。

1994)当年相似之极的心境：

> 自从选择了文学作为职业，我就开始预感到，我的一生恐怕是同文学难以分手了。当中国人文文化传统越来越悲壮地衰落，我在大江南北的许多朋友也相继离开了文学。但我却愿意像我的一位老同学说的，做一个中国文学的寂寞的守灵人。天似穹庐，笼盖四野，等到那血色黄昏的时刻，兴许连我也不得不离开这一片寂寞的方寸灵地。如果真有这一日，我的心情该会多么惆怅呀。①

毋庸讳言，我们的大部分作品都悄无声息，坠落在了文学的历史之外，更谈不上参与这个历史；还有一部分作品则只是“行过”，而无所谓“完成”。木心目光如炬：畅销书是行过，经典著作是完成；赛珍珠、辛克莱是行过，福克纳、麦尔维尔是完成；捷尔仁斯基的铜像是行过，普希金的铜像是完成；希特勒《我的奋斗》是行过，恺撒《高卢战记》是完成；流行歌曲是行过，《未完成交响乐》是完成；马戏团小丑是行过，卓别林是完成……

五、汉语文学的语言问题

大雅久不作，华夏文脉殆尽，怎能不为之怅惘？诗人王家新尖锐地指出，当代作家的写作与生活呈现出一种截然分离的状态：“终于能按照自己的内心写作了/却不能按一个人的内心生活”（《帕斯捷尔纳克》）。比写作与生活相分离更严重的，是汉语文学传统的断裂。

有人将我们的文化概括为五种传统：一是先秦至清代的“古典传

① 胡河清著：《灵地的缅想》“自序”，学林出版社 1994 年版，第 14 页。

统”，二是“五·四传统”，三是“延安传统”，四是“文化大革命”传统，五是近30余年来的现代、后现代传统。

诚如陈丹青所言，“五四”以后，我们总是以一项传统颠覆、吞噬前一项传统，逆向的回溯极其罕见；第一、二项传统，在我们的知识状况与阅读习惯中，已然失传，难以奏效；第三项，尤其是第四、五项传统，则全方位构成了我们的话语、书写、阅读、思维与批评的习惯；当代作家的语言与“古典传统”“五四传统”基本断绝了关系，绝大部分作家一开口，一下笔，全然是1949年以后的白话文，1979年以后的文艺腔。

难道不是这样吗？信手翻开一部当代作品，那词藻，那语气，那眼光，少有清清爽爽、精纯透明的；至于发挥文字的功力，探讨生命或世界里一些不解的现象，透示一种“形而上学质”，能把你整个抓进去的，更是凤毛麟角。

文涛裂岸，断层是很难弥补的。能跳出笼罩数代人的文学魔咒，迥然绝尘、拒斥流俗者，寥寥无几。植根于文化沃壤之上的“元气”弥散之后，所有的挣扎几濒于徒劳。

现如今，多数人陷在目空一切的理性迷狂之中，竭力鼓吹文学的“娱乐性”，把传统的“人文”推向绝处死地，不遗余力；少数有识之士倡导“新理性精神”，力图挽留住传统的“人文”，然而力不从心：大家几乎已然到了绝处死地。

“生命好在无意义，才容得下各自赋予意义。假如生命是有意义的，这个意义却不合我的志趣，那才尴尬狼狈。”这是木心的自嘲，也是自勉！“绝处逢生”是侥幸的，得看机遇。一个意大利作家写过，贵族到没落的时候愈发显得贵。行进在人迹罕至的小径，我们这些把生命祭给了文学的精神贵族，是否有足够的耐心，顽强，不屈不挠，和生命一样执著？

木心年轻时常去听音乐会，在《战后嘉年华》一文记述道：“每次音乐会终场出来，夜深街静，满身的音符纷纷散入黑暗的凉风中，肉体在发育时期感到肌腱微微胀痛。智力在充实催酵，也有微微的胀痛，别人从音乐中得到什么我不知道，我得到的是道德勇气，贝多芬曾经用文字直白说出来的。”又说：“当时只知‘艺术’使人柔情如水，后来浩劫临头，才知‘艺术’也使人有金刚不坏之心。”[①]

我常想：在当代文学中，有多少才情烂漫，本原深厚，识趣高远，既能使人得到“道德勇气”，又能使人有“金刚不坏之心”的作品呢？更多的是矫情、催情、滥情，或低俗、媚俗、伧俗之作，难道不是这样吗？

很多作家根底远逊于前辈作家，著作却在快速“等身”中；他们以生命力代才华，过于活络，过于亢奋，过于油滑；其功急，其利近，知识贫乏，品性更贫乏。木心说，有受宠若惊者，有受惊若宠者，就是没有宠辱不惊者。

“置之死地而后生”，是强梁自为，是兵法家的极限决策。打个比方：如果麦子不死，何来金色的麦田？问题是：有伟大的兵法家来驱使众生至死地去，并重获“再生”吗？20世纪以降，中国文学进进退退、反反复复，社会环境、个人遭遇分外坎坷，劳之，饿之，非常符合“天降大任”的模式，“置之死地而后生”也是可能的，可就匮乏这等颠扑不破的大器。文学的“麦子”死了，金色的“麦田”并未出现。

昆德拉提醒道：“慢的乐趣怎么失传了呢？”（《慢》）我是相信时间的，大家不妨比比耐心。在回答美国加州大学童明教授的提问时，木心说：“我以前总认为自己坐的是夜行车，驶过风景极美的地带，窗外大片黑暗，玻璃映见的是自己的脸……而今渐渐看到一层薄明投上车窗来。……艾略特所见的是沉寂的‘荒原’，我们面临的是喧嚣愤怒的‘绝处’‘死地’，但仍能听到阵阵钟声，闻者知是报丧，不知是新的福音，我们还参加过敲钟人的生日派对哩。”[②]

以色列哲学家马丁·布伯尔曾把人与世界的关系概括为两种：“我—它”关系和“我—你”关系。英国历史学家阿伦·布洛克借此指出，现代

---

① 木心著：《鱼丽之宴》，广西师范大学出版社2009年版，第126—127页。

② 木心著：《鱼丽之宴》，广西师范大学出版社2009年版，第75页。

人的疾病即在于把人与人、人与上帝之间个人的、主体间的“我—你”关系，降格为一种非个人的主体与客体的“我—它”经验，而导致了“人”的孤独与荒芜。

木心痛心疾首：“前人的文化与生命同在，与生命相渗透的文化已随生命而消失，我们仅是得到了它们的倒影，如果我转过身来，分开两腿，然后弯腰低头眺望河水，水中的映象便俨然是正相了……”①

畴昔文明和自我经验不再被复活为一个血肉之躯的“你”，“我—你”之间精神还乡式的灵魂晤谈一次次被取消，“我”未能因“你”而更丰赡，“你”未因“我”的存在而“复活”。非个人的、客体化的“我—它”视点，使认知、体验文化传统——作为个体灵魂的化身——的能力基本丧失，结果造成当代作家文化血脉的彻底断裂，一种富有人类感情与文化表情的汉语文字几乎不复存在。

文学的成熟离不开心智的成熟，更离不开语言的成熟。最优秀的作家应该是文体家，如鲁迅、沈从文、汪曾祺等，他们有着比较强烈的文体自觉和语言洁癖，总是对汉字保持足够的敬念，并经由自己的劳作增添了人们对汉字的敬意。

一个百试不爽的经验：遇到一部或一篇作品，从随便翻到的一页读起，就能让你接着往下读的，肯定是一件“好活儿”。李陀打比方说，这有点像致力收藏瓷器的人，一件东西过手，首先入眼的，是它的胎骨、造型、烧制火候，以及釉彩、纹样、开片这些工艺因素，从这些地方一样一样细“读”进去，以断定其真、赝、优、劣，以决定是留是舍。

今天不少炙手可热的作家很快就会被人遗弃，原因很简单：他们没能驯服汉语，更没能建构一种成熟、华美、丰赡的现代汉语。汪曾祺的观点振聋发聩：一个作家能不能算是一个作家，能不能在文学世界立足，首先决定于他有没有自己的语言，能不能找到一种只属于他自己，和别人迥然不同的语言。

---

① 木心著：《哥伦比亚的倒影》，广西师范大学出版社2009年版，第101—102页。

试比较描写服饰的两段文字：

> Neil 看着面前穿着 Dior 窄身西装的蓝诀，和他脖子隐隐透出的紫色 Hermes 真丝男式领巾，闻着他身上散发出来的 Dolce&Gabbana 味道的香水（这和 Neil 用的香水是一样的），饶有兴趣地上下打量起面前这个清秀的男生来。（郭敬明：《小时代》）
>
> 她穿着的一件曳地的长袍，是最鲜辣的潮湿的绿色，沾着什么就染绿了。她略略移动了一步，仿佛她刚才所占有的空气上便留着个绿迹子。衣服似乎做得太小了，两边迸开一寸半的裂缝，用绿缎带十字交叉一路络了起来，露出里面深粉红的衬裙。（张爱玲：《红玫瑰与白玫瑰》）

第一段文字描写的是小男生蓝诀的衣服、围巾和香水，作者只会卖弄、罗列 Dior、Hermes 和 Dolce&Gabbana 若干品牌的西文，按盛行的语法写作，其语言毫无“兴味”，实在干瘪乏味，这是典型的文字“惯性写作”。在这种语言的“盛宴”中，“阿多尼斯的园子”处处绽放，好一派“欣欣向荣”的光景！

第二段文字活色生香，描写的是红玫瑰王娇蕊。红玫瑰后来成了王太太，已是别人的妻子，却仍与旧情人保持着不同寻常的关系，还不断地诱惑、挑逗佟振保。旗袍的式样、颜色、花纹、装饰，无不彰显着王娇蕊谙于男女周旋的性格特征，过分刺眼的绿红色调与这朵艳丽的交际花正相匹配。张爱玲是一个优雅的汉语写作者，她将视觉、味觉、触觉糅合在一起，“言有尽而意无穷”。

在文字邋遢的时代，汪曾祺的意见是中肯的：“语言本身是一个文化现象，任何语言的后面都有深浅不同的文化的积淀。你看一篇小说，要测定一个作家文化素养的高低，首先是要看他的语言怎么样，他在语言上是不是让人感觉到有比较丰富的文化积淀。有些作家不大愿意读中国的古典作品，我说句不大恭敬的话，他的作品为什么语言不好，就是他作品后面文化积淀太少，几乎都是普通的大白话。作家不读书是不行的。”①

老子说：“反者道之动。”曾几何时，人们认为文言文是死的，而白话文是活的；当古汉语凝固时，白话文反动而出。同样，当现代汉语僵结，无法承载精微深远的思想、情感之际，古文也应反其常态而出，悄然回归，在遣词造句上绕避口语，重拾古汉语的珠玑，于“杂语沟通”中创造性地使用汉语。

郭绍虞提出，“中国文辞重在音句而不重在义句”；朱光潜宣称，“声音节奏”是汉语文学的“第一要素”；林语堂注意到，汉语的“单音节性”形成了汉语文学独特的美；汪曾祺更是确切地指出，中国人与其说是用汉语思维，不如说是用汉字思维；写诗写散文写小说都要注意“语调”问题，所谓“文气”就是“内在的节奏”，要“流转有韵”，行云流水一般。

钱锺书的《谈艺录》《宋诗选注》《管锥编》都是用文言写成，既便是反对古文最坚决的斗士鲁迅，其《中国小说史略》、《汉文学史纲要》也都是用文言写就。这些经典著作都是古典神韵的现代遗响。什么时候该反、以什么方式反、又该维护这个反常到何时——优秀的文学家总能敏感而准确的把握这个节点，恰如其分地使用语言，型塑出今中涵古的汉语形象世界。

木心这样抒写年老之意：“髭须之美妙在于想留则留，不想留则随手除去，除去之后又有懊意，过几天，鬑鬑颇有……”其中，“鬑鬑颇有”的“鬑”字，音“年”，在古汉语里有三层意思：须发稀疏、草木稀疏、须发长貌。汉字的块垒里，折射的是中国传统的世界。未能切实体认中国文化传统，自然传递不出汉语的底蕴。除了说“（胡须）又会长出来了”，哪来的“鬑鬑颇有”？没有那反复品咂的兴味，又何来似烟似雾的美感？

真正的文学永远是语言内部而不是其外部运动的产物，语言对作家意味着一项事业：揭开语言表层的“覆盖物”，发现语言被遮蔽被埋没的

① 汪曾祺著：《汪曾祺全集》第5卷，北京师范大学出版社1998年版，第314页。

本真意义。凡能承载国学底蕴的汉语文学,文字亮丽鲜明、音响浏亮,语法曲折有力,丰而不余一言,约而不余一词;其行文走笔完全靠文化气脉的推动,笔墨酣畅,熠熠生辉,神完气足。既人情练达,又赤子情怀,无“质薄”“气邪”之弊,有“天真”“诚恳”之意。无论析史刺时,还是剖物衡人,皆指涉广袤而不堕琐小,诚如尼采所言,让躯体都变成了舞蹈,让灵魂悉化为飞鸟……

文学英雄的事业,其实不过是语言“游戏”:这丝毫没有贬低文学的意思。席勒指出:“人同美只应是游戏,人只应同美游戏。只有人在完全的意味上算得是人的时候,才有游戏;只有在游戏的时候,才算得是人。”①只有拥有完整人性的人,自由的人,才能胜任“游戏”的主体。作家对语言节奏的安排,对句子的精心锻铸,对意义的有意隐藏——这些都是“游戏”精神的表达。

“游戏”遵循一种没有逻辑的逻辑,没有那么多确定性的前因后果,呈现了更原生化的生存图景。在游戏性的文字下面,蛰伏的是作家炽热的情感,这种情感能使读者被一种神秘的、美丽的、秘密的气氛所包围,脱离于外部世界的空间之中。这种区别于日常生活,不以为真又被深刻吸引的审美活动,正是游戏的性质:封闭性、限定性。

语言“游戏”拒斥所有现存的秩序,逾越真实与幻想的界限,跨越某些不可触及的疆域,或是在边际飞翔徘徊;其内在反思、直透人心的力量,始终维护着人的本质与尊严,实际参与了“可能性生活”的生成。

公元前399年,苏格拉底法庭受审,审判官说,只要他发个誓,同意今后停止教学,停止讨论,就可免除死刑。苏格拉底拒绝了,说自己绝不会停止教学讨论,自己很乐意奔赴死地——他愿意死上十多回——如果死亡意味着可以跟那些先于自己捐躯的人们终日交谈。在这些先驱者中,苏格拉底特别提到了四个人:俄耳甫斯、缪萨尤斯、赫西奥德和荷马——

① [德]弗里德里希·席勒著:《审美教育书简》,冯至、范成大译,北京大学出版社1985年版,第80页。

全是清一色的诗人。哲人说:“同他们交谈,向他们请教,其乐无穷!”他由此获得了一种自然、庄严、豁达、平和的人生态度,而对“死亡”涌现出真切的欢悦情愫。雅典的民主法庭因错判哲人蒙受了几千年的诅咒,苏格拉底在赴死的那一刻成了西方的绝唱,给整个西方留下了充满勃勃生机的法律文化,此后我们很难看到类似冤案在西方重演。这是颇值玩味的历史景观。

在诗的世界里,语词抛弃了全部的实在性和实效性,“物外传心,空中造色”,或“如一片云,因日成彩”①,或如“一片神光,更无形迹”②;“作品的深邃源于对人性卑劣的揭示,而揭示的深刻源于他反求诸躬的真诚。”③文学经典之作总是表现出惊人的精神深度和力量:启发人的理解,满足人的想象,触动人的情感,影响人的意愿。

海德格尔说:“唯语言才使人能够成为那样一个作为人而存在的生命体。”④诗人在体验着自由的时候,一方面受到了语言的约束,另一方面,又不断冲破了语言的界限,使自己成为语言的主人。当代作家韩少功说,语言本身就是一种意识形态,在语言的深处,有某些特定社会群体的价值观念系统在暗中驱动和引导。在构建一种“修辞的政治学”的过程中,时代与个人的现实之痛,终会转化为语言之痛。

语言是小说的“本体”还是“工具”,这是现代小说与传统小说的分界线。当人们习惯于把语言视同写作的“工具”时,汪曾祺却将它置于超乎一切的高度:“语言不只是一种形式,一种手段,应该提到内容的高度来认识。……语言是小说的本体……写小说就是写语言。……小说的语言是浸透了内容的,浸透了作者的思想的。……语言的粗糙就是内容的粗糙。”⑤

---

① 王夫之著:《古诗评选》,河北大学出版社 2008 年版,第 180 页、第 134 页。
② 王夫之著:《唐诗评选》,河北大学出版社 2008 年版,第 23 页。
③ 侯马著:《他手记》,江苏文艺出版社 2013 年版,第 65 页。
④ [德]海德格尔著:《在通向语言的途中》,孙周兴译,商务印书馆 1997 年版,第 1 页。
⑤ 汪曾祺著:《汪曾祺文集·文论卷》,江苏文艺出版社 1993 年版,第 1—2 页。

如何展现瞬息万变、扑朔迷离、亦真亦幻的中国现代性历史与现实？诗人欧阳江河提出“异质混成”，即将价值向度上不同性质甚至悖反对立的经验内容——如，市场的与政治的、自由的与暴力的、现实的和反现实的、人文的和非人文的、悲剧的和喜剧的——混合杂糅。其美学景观：狂野、离奇的“事件修辞”取代“洁净叙事”，一路滑向了令人惊悚的峰巅或噩梦般的渊薮；形象暧昧性与生活全息性，使文本多义、交叉、悖反和互证。“异质混成”增强了叙述的丰富和有效性，最大限度地影射或隐喻世界的内部构造①。

莫言的《酒国》《丰乳肥臀》《檀香刑》《生死疲劳》，余华的《兄弟》，李洱的《花腔》，阎连科的《受活》，欧阳江河的《咖啡馆》《时装街》《傍晚穿过广场》，安琪的长诗《轮回碑》等，借助“混乱美学”（余华语）的力量，立体地揭示历史的歧路丛生与无穷奥秘，凸显了“时间的壮观流动”（萨特语），以及当代中国人特有的经验特征。

不过，一个民族文化最基本的是语言，汉语在当代文学中有迥异于西方的重要意义。汪曾祺的经验是：“小说家在下一个字的时候，总得有许多‘言外之意’。……姜白石说：‘人所常言，我寡言之；人所难言，我易言之，自不俗。’说得不错。一个小说作家在写每一句话时，都要像第一次学会说这句话。中国的画家说‘画到生时是熟时’，作画须由生入熟，再由熟入生。语言写到‘生’时，才会有味。语言要流畅，但不能‘熟’。”②

木心自述：“越是辛苦不倦找唯一的词，就越熟练。左顾右盼——来了，甚至这个词会自动跳出来，争先恐后，跳满一桌子，一个比一个准确，一个比一个美妙。”③要找到这“唯一的词”，那灵魂必须被“惊醒”过，即通过美的刺激和精神世界的独立伸展得以一次次苏醒。否则，那里头没有湿润的性灵，都是灵魂的干叶——在一片粗粝荒芜当中，怎么能激发人

---

① 参阅张清华撰：《当代文学如何处理当代经验》，载《文艺争鸣》2011年第1期。
② 汪曾祺撰：《汪曾祺文集·文论卷》，江苏文艺出版社1993年版，第26页。
③ 木心讲述、陈丹青笔录：《文学回忆录1989—1994》，广西师范大学出版社2013年版，第583页。

产生奔向绿洲的冲动呢?

汪曾祺形象地把自己的写作比作“揉面”,即细揉每一个语词、语句,使小说的语调、文气细腻、柔和、有弹性,像“汁液流转”的“树”或是“流动的水”。汪曾祺善于运用长短句间奏、文言句式和辞格句式等,在语言的内在节奏中,写景、写人、叙事,或明快,或轻盈,或悠扬;他的那些珠玑之作,“其色泽犹如旧贵族府邸屋顶上落日的余晖,凄婉流美,令人心醉”(胡河清语)。不妨看看《受戒》的最后一段文字:

> 芦花才吐新穗。紫灰色的芦穗,发着银光,软软的,滑溜溜的,像一串丝线。有的地方结了蒲棒,通红的,像一枝一枝小蜡烛。青浮萍,紫浮萍。长脚蚊子,水蜘蛛。野菱角开着四瓣的小白花。惊起一只青桩(一种水鸟),擦着芦穗,扑鲁鲁鲁飞远了……

这是一幅清新隽永、物我合一的水墨画卷:芦花、芦穗、蒲棒、浮萍、野菱角花,五颜六色,吐芳斗艳,映衬出恋人收获爱情后生命的欢欣。这是一段疏朗清淡、回环宛转的天籁之音:清澈如山间一泓清泉,透明如荷风露珠,漫散一股水的气息,梦一般的心境,平实中自有法度。参差、错落、洗练的语句,素朴、清悠、明丽的江南水乡,健康、美丽、诗意的人性,以“诗化美好人间”的灵魂,奏响了一曲永恒的生命之歌。

汪曾祺的小说与其说是“写”出来的,不如说是“弹奏”出来的,其小说魅人之处,与其说是“故事”,不如说是现代汉语的“节奏”。汪曾祺是在小说中“弹奏”汉语的人,因此,王一川非常精当地称之为“小说作曲家”。

克里希纳穆提的洞见:“否定一切不是的,其余的就是了。”

曾几何时,人们都希望有一个不同的世界、更好的世界,一个走向公平正义、充满生机的世界,而把革命看作实现梦寐以求的理想的途径。事实上,革命改变了世界,也未改变世界,历史仿佛陷入了一个恶性循环的怪圈。这在奥威尔小说里有令人战栗的剖示。

简·奥斯汀《傲慢与偏见》里,伊丽莎白·班奈特小姐说:“我真正喜欢的人没有几个,我心目中的好人就更少了。”这实际上说出了我们大家的心里话。

假如人们无法在现实政治的维度颠覆既存秩序,还可以通过戳穿、颠覆那些陈词滥调,摆脱那些封闭死寂的观念,返身盘查自己生命的墙角,发掘自己最深刻的行为动机,认识自己存在的真相,做到表里一致,不再漂浮不定。这就是汉娜·阿伦特说的,一个人若能持续地与自身对话,这便使得他不至于裂解成碎片,而免于一场外部大崩溃中的自身崩溃,即克服了人类的“自身同一性的危机”。

1983 年 1 月 22 日,哈维尔在“狱中书简”写道:“真正的坚定不移表现在某人能够依靠他自身而不是他人,他有力量保持清醒严肃的精神,保持他自己的理性,健康的自制和对于世界独特的而不是调停的立场。”“当然反过来也一样:只有能够保持这样一种持久的总体看法的人才能真正地信仰——这种信仰是作为一种灵魂的状态,作为一种‘面对存在’而不是对来自外部某种东西盲目认同。”①

西方极权社会总是侵犯、强占人们的日常生活,即通过日常生活的体制化和公共化使人“变形”。日常生活本是最富有人性的,当人性在这领域高度萎缩、大幅度撤退时,便意味着社会萎靡颓废到了极限。哈维尔倡导,“从日常生活谈起”,“生活在真实中”,“做自己心里愿意做的事”,“从每一件小事做起”,其目标就是还原人的日常生活、回归人性自我。

伴随社会道德的沦落,残暴、自私、形而下的追求,像可怕的病毒四处弥漫,浸染着每一个生命有机体。在人们几近绝望之际,哈维尔从日常生活的领域撬开了一道缝隙,指示了对抗极权、救赎自我的可能性。当一个民族的整体都回到了人性的空间,专制失去了任何支撑力,极权主义将彻

① [捷克]哈维尔著:《哈维尔文集》,崔卫平译,香港明河社 2004 年版,第 118 页,第 883—884 页。

底崩塌。这就是“无政治的政治”的最终结果。

德国哲学家约瑟夫·皮柏的睿见值得珍视：“在我们的灵魂静静开放的此时此刻，就在这短暂的片刻之中，我们掌握到了理解‘整个世界及其最深邃之本质’的契机。”[①]中国社会正向世人展示着全新的内容、全新的现实——矛盾、问题、价值观念等，正期待小说家、诗人的到来。套用卡彭铁尔的话说，在中国，文学是一种需要：展现一个世界。

我笃信荣格的锐见：“人类存在的唯一目的，就是要在纯粹自在的黑暗中，点起一盏灯。”这盏灯就是“诗性”之灯，它敞亮了人类原本意义晦暗的存在。作为解剖社会的医生，挖掘灵魂的探险家，悲天悯人的宗教家，作家只有感受、捕捉到日常生活中最为纤弱、细微的呼吸，才能点亮这盏显现无限仁慈、友爱的“诗性”之灯，温暖、慰藉那些在冬夜孑孑独行的旅人。

荷尔德林在《远景》中写道：“当居住的生活走向遥远，在那遥远的地方，葡萄藤的季节闪耀光辉，这也是夏季空旷的田野……然后，天空光芒的极顶，如同花朵装扮了树木，使人类获得了光明。”

我们不要轻视灵魂的安谧，当世上的人、事、物，被解除了日常理性的笨拙枷锁，被置于作家“赤子之心”的观照之下，便经由语言的中介，并连同其语言本身，散发出了寂静晶莹豁然的光辉。

譬如，陶渊明的“微雨从东来，好风与之俱”（《读山海经》），李白的“明月出天山，苍茫云海间”（《关山月》），木心说，这种文字好像有点意思，想想又没意思，再想想，还是有点什么意思：那种进进退退，有意无意，最是艺术家的气度，涵养，性情，是文学的非常逸乐的过程[②]；其文笔，其格调，如风轻拂而过，不着痕迹，却在我们心底泛起了涟漪……

日常生活既是人们满足于对象“如是性”的熟知世界，又是个体可控制其各个维度和潜在可能性的世界。回归置身其中现实地生存、交往、创

---

① ［德］约瑟夫·皮柏著：《闲暇文化的基础》，刘森尧译，新星出版社 2005 年版，第 1 页。

② 木心讲述、陈丹青笔录：《文学回忆录 1989—1994》，广西师范大学出版社 2013 年版，第 883—884 页。

造的“生活世界”,回归批判和自我批判的文化精神,使创作建筑于历史与现实的实践之上,营构出既内蕴着个人切身体验,流淌着民族文化血脉,又充分汲取域外文化之长,能适应文化交流、对话的汉语文学价值体系——这是当代作家最为迫切的工作。

现代社会正发生历史性巨变,正如南帆先生所指出的,日常生活是历史的底部,它表面上看似乎是一个黏稠、杂乱、凡俗、琐碎、喧闹的世界,但其中潜伏着某些被遮蔽的、被压抑的、被忽视的、被歪曲的东西,其间充满各种斗争和角逐,各种繁复的细节随时可能汇聚成某种巨大的能量,猝不及防地撞击、改变着社会发展的方向。

“智者,乃是对一切都发生惊异的人。”(纪德语)这才有了米沃什的经典诗句:“当月亮升起,穿花衣的姑娘漫步时/我被她们的眼睛,睫毛,和世界的整个安排打动了。/依我看来,从这样一种强烈的相互吸引里/终归会流出最后的真理。”(《当月亮》)

倘若当代作家能执着于两种远景——历史远景与理想远景——当能面临“失控”的年代而有所抗衡,有所肯定,有所葆储,有所荣耀;做到犹如古希腊人“不丢盾牌”,兀自调理一群岌岌可危的方块字,发挥宏丽琼滟斑驳的想象,从日常生活内部种种无形的潮汐中洞悉各种意味深长的动向,或是觉察历史演进的拐点,呈现出汉语言文学所能表达的“中国经验”之图景。否则,文学的“美丽新世界”只能是海市蜃楼而已。

第三章　文学与信仰

何谓信仰？信仰与文学创作有怎样的关系？作为一种“不可言说的言说”，中国当代文学的“信仰叙事”或“神性写作”有哪些尝试？其内在难度及解决之道何在？本章拟研究这些问题，作一些理论与实践方面的探索。

一、“你们信仰上帝吗?”

1960 年，德国基尔世界经济学院院长、经济学家 F·巴德(F·Baade)完成了一本书，书名为《奔向 2000 年》，书中虚构了这样一个故事：

地球收到一个宇宙发射台的电讯。这是一个“行星议会”、一个有生命的星球联邦的电讯。行星议会向地球发出了最后通牒：由于持续的战争、原子弹和氢弹试验、肆无忌惮的开发自然，地球已成为宇宙空间的“小顽童”。外星人正在考虑无痛苦地“根除”人类，但还想给它一次最后的机会。因此请地球居民向行星议会提三个问题,外星人想从中看出人类持何种态度,是否还可救药。

于是,联合国召集了一个特别会议,约请由天文学家、物理学家、社会学家和神学家组成的一个专家小组草拟三个问题。最后,大家讨论并一致通过了下述问题:“你们信仰上帝吗?”“你们怎样看待我们?”“你们对我们有何建议?”

这些问题被宇宙议会接受了,人类的期限被延至2000年,以便整顿它的事务和遵守行星议会的忠告(结束一切核试验,消除核战争威胁,裁军及用裁军省下的经费援助地球上的饥荒者等)。巴德最后写道:“上述‘虚构的故事’中提出的行星议会的忠告其实正是每一个正在思索的人不得不给予今天的世界居民的忠告。人类灭绝的危险不是一个会从外部施加于我们的危险;无需来自外部的力量,我们的技术‘进步’已经足以毁灭人类”。

F·巴德借助这个虚构故事“怎样拯救地球”描述了世界的未来景况:核威胁、人口膨胀、环境污染、原料枯竭共同构成了人类所陷入的全球危机综合症。瑞士新教神学家海因利希·奥特(Heinrich Ott,1929—)指出,值得注意的是上述虚构故事中对于上帝的询问。神学专家向联合国解释,“地球居民不被隶属于行星议会的天体灭绝的希望大概微乎其微,倘若被传上宇宙‘法庭’的世界居民是这类生命体,他们虽然拥有几乎难以想象的技术力量,但是只禀有理智,不信上帝,既无罪过经验也无救赎经验和恩宠经验”。毋庸置疑，这个问题可以从虚构的境况移入走向未来的人类的真实境况之中。

历史学家汤因比说过，我们时代留给后人记忆中的东西，大概不会是核能的发现，或是计算机的发明，或是转基因技术，或是东西方的冲突，而是历史的两大精神力量——基督教与佛教的交遇；通过彼此对话，人们重新表述自己的信仰，虔敬地沉浸于信仰之中，更深刻地理解了宗教的境界。无论人们怎么看待，事实终归是：因时代的局势，上帝问题被置入焦点——神学的时代将再度开启。F·巴德赞同这种观点，他的一本著作（主题为正在来临的“基督教的伟大时代”）的想法与之相符。“如今，似乎有许多人已经意识到上帝问题（以耶稣基督的传言为背景的上帝问题）的全球性的社会意义。人类要战胜今天所面临的危机，其希望及其政治的或社会政治事务的方针，必须以人性为主导。信不信上帝的真实性对于这种人性观念至关重要。”奥特说：“我们大概正处于这个过程的开端，前程不可限量。”①

置身一个“沉疴遍地”（托尼·朱特语）的世纪，“我们对伟大的敬重，一个时代接一个时代地连续在减弱”②；人类的心灵维系在某些非精神性的物质事务上，对美与善却无动于衷；男女之间的爱情也不再被神圣之光所朗照，开始沦落到性的泥淖之中；能让人为之生死眷恋的东西几乎不复存在，一切都成了一种策略或是跳板，只有达到了预定目标，跳板便被撤离……人们太忙碌于现实利益或琐屑兴趣，已然忘记了胡塞尔的忠告：“我们切勿为了时代而放弃永恒！”正是由于人类一度远离了神性中心，世界便如叶芝《基督重临》诗中所述：“一切都散了，再也保不住中心，/世界上到处弥漫着一片混乱，/血色迷糊的潮流奔腾汹涌，/到处把纯真的礼仪淹没其中，/优秀的人们信心尽失，/坏蛋们则充满炽烈的狂热。”

---

① 以上参阅［瑞士］H·奥特著：《不可言说的言说》，林克、赵勇译，生活·读书·新知三联书店1994年版，第2—3页。

② ［英］托马斯·卡莱尔著：《英雄和英雄崇拜》，张峰等译，第134页，上海三联书店1988年版。

人或许是宇宙中唯一意识到生命问题,关切“生命如何可能”这一本体论问题的生命存在,而总是表现出超越的意向和姿态。对于来到世上的每个人而言,“生活本身是微不足道的,只有幻想促使我们去斗争、去希望、生活”;“人只有在他还没有做到的地方才能幻想,为了幻想才值得活着和死去,才能找到自我”①。作为神性氤氲的生命形态,人之所以设定上帝的存在,是为人自身自由的充分实现提供一个前提、规定、目的、方式等各方面的根据和保障。对人类而言,上帝代表着一种价值体系,代表着“摩西十诫”以及各种道德律令,可谓人类“行为美学”的通俗化版本。为此,蒂里希把宗教定义为人的“终极关切”,这是人的生存的深层,是人生价值的最终基础,是赋予文化以意义的本体,是对于生命“超升到神性本身的生成之中”(舍勒语)的关切。可以说,神性是一种境界,一种禅悟;它涉及美、信仰和上帝,是人类对有限生命的深切诘问,是超验形态的绝对真实。

信仰是人类试图超越现实有限性,获得某种具有永恒意义的一种终远目标设定,以及追求这种目标的心理趋向,它一般可分为三个等级:(1)基础信仰,即工具信仰,指货币、器物、生殖器、性及其代码;(2)中间信仰,包括母亲、家国、祖先、民族、政党、权力和世俗道德原则及其代码;(3)终极信仰,指形而上地存在着的绝对真理及其代码,如道、上帝等。显然,作为“终极关切”,即一种具有普遍性意义的价值形态,宗教是一种高层次的终极信仰,其所指向是灵魂、超越、彼岸、永恒、绝对;它发展了人的精神世界,使之趋向伟大崇高的目标和深厚完美的生命境界;它使人们正当地享有世界,而完全不同于那种只关注现世价值,向众生提供低劣精神代用品的“迷信”。无论上帝“在高处”,抑或“在深处”,信仰都是“根植于我们人类生存的结构之中的东西”(麦奎利语),即奥特所言与我们密切相关、却又不是“发生的事情”的真实。

---

① [美]奥尼尔著:《论悲剧》,见《美国作家论文学》,刘宝端等译,生活·读书·新知三联书店1984年版,第243、第249页。

利奥塔说得好:“无法显示的东西是唯一值得一生为之奋斗的。”据说,当格劳肯(Glaucon)听到苏格拉底描述理想的生存形式后,反诘说:“苏格拉底,我不信在地球上的什么地方有这样一座上帝之城(City of God)。”苏格拉底平静地回答:“无论天堂中有没有这样一座城市,或者地球上有没有这样一座城市,有智慧的人都将循着这城市的方式而生活,并以此装点自己的家。”

从根源上说,美也是存在的潜在,文学艺术与宗教或神学有一种亲缘关系。文学家、艺术家是一群用生命追逐梦想的人,他们以直觉、象征等独特方式表达人类最难以言传的情感和内心体验;他们不仅言说“已发生的事”,更是言说着“可能发生的事,即按照可然律或必然律可能发生的事”(亚里士多德语);他们以“彼岸理想”的价值观照“此岸现实”的存在,显现了另一种生存维度和价值体系的存在。审美与神学一样,对“生命如何可能”的根本问题也作了回应,使生命成为可能,使有限走向无限,是生命的自我敞开、自我赎罪和自我拯救。刘小枫说:“叙事改变了人的生存时间和空间的感觉。当人们感觉自己的生命若有若无时,当一个人觉得自己的生活变得破碎不堪时,当我们的生活想象遭到挫伤时,叙事让人重新找回自己的生命感觉,重返自己的生活想象的空间,甚至重新拾回被生活中的无常抹去的自我。”①叙事“制造”现实,“制造”生命,亦可称之为一种“创世”。文学的宗教信仰叙事尤为明显。人由此知道了自己的真正所在、能够所在和必须所在,而努力去创造那比生活世界更为广阔的“可能世界”。在生存论的意义上,“诗性”可谓“神性”在人言中的莅临,是人类集体的世袭财富。文学艺术始终屹立在未来的地平线上,瞭望和关注人类的精神生活,守护人生“不可见”的永恒价值,引导着人性不断走向成熟、圆满。里尔克有诗云:“啊,诗人,你说,你做什么?——我赞美。/但是那死亡和奇诡/你怎样担当,怎样承受?——我赞美。/但是那无名的、失名的事物,/诗人,你到底怎样呼唤?——我赞美。/你何处得

① 刘小枫著:《沉重的肉身》(第六版)之“引子:叙事与伦理”,华夏出版社2012年版,第3页。

的权力,在每样衣冠内,/在每个面具下都是真实?——我赞美。/怎么狂暴和寂静都象风雷/与星光似地认识你?——因为我赞美。”

我常想:在 F · 巴德那个“怎样拯救地球”的虚构故事里,联合国所召集的专家小组中,倘若以文学艺术家取代了神学家,那么,它所草拟的三个问题中当有:“你们拥有文学艺术吗?”,而不是“你们信仰上帝吗?”难道不是这样吗?文学艺术难道不能跟神学一样有所作为吗?金代诗人元好问有云:“诗为禅家添花锦,禅是诗家切玉刀。”审美并非型塑出别尔嘉耶夫所批评的那种缺乏公共意识、冷漠旁观的“审美主义者”,也不是借“审美体验”的路径引人踏入神学的门槛;文学艺术与神学的相互联手,或能“究尽诸法实相”,“拯救人们脱离错误和迷惘”。

海德格尔一再强调说:思是一条路。思立足于各个实事,在未知之问中,回应着时代问题。“思”永远在途中,虽达不到终点,却一直走向深处。神学也在途中,不可能止步于一个封闭的体系,或固定的教义。盘桓于上帝问题之路,人们不断地领受着宗教信仰的深度。

2010 年 5 月 17 日和 18 日,斯洛文尼亚哲学家斯拉沃热 · 齐泽(Slavoj Zizek)分别在中国人民大学和清华大学作了演讲,其中涉及一个常常被归之于陀思妥耶夫斯基的著名命题:“如果没有上帝,一切都是可能的。”根据齐泽克的考证,陀氏从来没有这样的完整表述。不过,拉康倒有一个著名的“批判性反转”(critical inversion):“如果没有上帝,一切都是不可能的。”

齐泽克想说的是:如果没有一个外在的“权威”来保证人类世俗追求的道德空间,那么,人对快乐的追求就只能自我约束,否则会伤害自己或者侵犯他人,其中“超我”的约束甚至会大过传统道德。因此,“作一个简单的享乐主义者,反而会更受压抑和限制”。

齐泽克还指出,一旦人们将自己视为“上帝意志的工具”时,无论做什么似乎都具有合法性。其中,有最为常见的两种托辞:一是“人性的弱点”,这使一切不检点都成为可以理解的;二是“替天行道”,这使巨大的罪恶有了神圣的理由，如当今的恐怖主义。“如果上帝存在，只要声称是直接代表上帝行事，似乎连炸飞无数无辜的平民也是被允许的。”由此，齐泽克断言：“人们常说宗教可以使坏人做好事，当今的经验则告诉我们：……如果没有宗教，好人可能做好事，坏人可能做坏事，而只有宗教才能使好人做坏事。”

齐泽克由此提到了前波黑族领导人卡拉季奇的种族清洗，并引用了他的诗句：“我的信仰是没有任何禁忌/求爱情、饮美酒/对着太阳想看多久就看多久/这个神对你无所禁忌/民众啊，听从我的呼求。”齐泽克说：“柏拉图的声誉受损，是因为他要将诗人驱逐出城邦……而上述种族清洗确实肇始于一个诗人的危险的梦。”在齐泽克看来，这不过是用所谓的“历史进程”取代了“上帝意志”的说辞，其共同的逻辑是将自己视为“实现更高理想的工具”。在人类历史上，这类悲剧不是在反复地上演吗？

怎样才能终止悲剧的发生呢？齐泽克引述了巴丢的论述：“关于上帝和宗教的最简单定义在于一种观念，即：真理与意义是合一的，而且是等同的。上帝之死终结了这一观念。”而“历史的进程”同样指向了历史的趋向和历史所应具有的某种意义，因此人类往往确信自己“有可能作出正确的抉择”，确信自己为所谓“历史的意义”所驱动。齐泽克的结论是：只有抛弃历史的进步是“站在我们一边”之类“自义”的偏见，才有可能避免此类的悲剧①。

齐泽克讲述了一个笑话：一个人相信自己变成了一粒谷子，被送进了精神病院。经过医生悉心的治疗，他明白自己不是谷子而是人，终于可以出院了。他走出医院的大门，看见了一只小鸡，立刻被吓坏了。医生说：“亲爱的朋友，难道你不知道自己是人而不是谷子吗？”那人说：“我当然知道。但是那只鸡知道吗？”

齐泽克扩展了拉康的笑话：设想一个资产阶级去听关于商品拜物教的马克思主义理论课，下课后他找老师抱怨说：他仍然是商品拜物教的受

---

① 参阅杨慧林著：《意义——当代神学的公共性问题》，北京大学出版社2013年版，第34页。

害者。老师说:“但是现在你已经知道商品只是社会关系的反映,没有什么神秘的。”他说:“我当然知道了,但是我用的商品好像不知道。”

齐泽克引申了另一个经典的笑话:“在革命恐怖的启蒙主义时代,有个人因为信仰上帝而被送进监狱。经过启蒙主义的开导,他明白了上帝是不存在的。但是刚刚被释放,他又跑了回来,说他害怕受到上帝的惩罚。当然,他已经知道上帝并不存在,但是上帝也知道吗?”

齐泽克之所以讲这些有损“高雅趣味”的笑话,他大概是想强调:“信什么”,完全可能与“是什么”无关;要颠覆一个人所惧怕的小鸡、所崇拜的商品,仅仅告诉他小鸡不需要害怕、商品不值得崇拜是无效的,因为这并不能颠覆信仰的惯性。“Truth is truth”(“真理就是忠实于真理”),这里,所谓“truth”,即“忠实于一个不确定的事件”。人类历史上的各种秩序、权威、真理系统、意义结构,实际上都是借此得以成全。至少对于在启蒙时代被关进监狱的那个人,“上帝”同样是如此①。

显而易见,齐泽克这位“无神论、唯物主义和马克思主义”的理论家所感兴趣的,是源自经验的叙事如何反过来为经验赋予了结构、秩序和稳定的意义。这位“彻底的唯物主义者”认为,基督教便是这样一套最具有“原型”意味的叙事,它代表着某种意义生成方式,所谓“历史的进程”、“市场规律”等世俗说辞其实都来源于这一原型;我们剖析了信仰的神话,也就等于揭示了信仰的结构,也就等于揭示了所有“真理述说”的结构。

有学者指出,齐泽克的论说始终隐含着一种根本性的提示:基督教的遗产绝不仅仅是信仰的经验,文学的“幻想”也无所谓“虚构”,因为其中已然规定了以往思维范式之何以然——这一言说保持了一种拉康底色:象征秩序就是被象征符号所描述、规范和抽象化的世界,它不可能与世界真正重合,但是离开象征秩序,我们也就无从认识这个世界。齐泽克直言:“无论在理论的还是政治的意义上,宗教遗产都并非某种救世的‘他

① 参阅杨慧林著:《意义——当代神学的公共性问题》,北京大学出版社2013年版,第35页。

者'所给出的弥赛亚式的抽象许诺,而是宗教自身的教义和结构。"[①]这里,所谓的"教义和结构",就是某种文化秩序和价值系统的原型。也许正是在这意义上,齐泽克在中国人民大学演讲时说:"就此而言,基督教其实是无神论的宗教。"这一惊人之语可能有些道理,但确实耸人听闻。难怪约翰·密尔班克(John Milbank)批评说:"齐泽克不仅支持了一种'非神话化'的、'祛魅'的基督教,更要命的是他还提供了一种异端的基督教信仰。"[②]

齐泽克所理解与"祛魅"的上帝,是"外在的"、隐匿的、确保世界意义的超越性上帝,是拉动木偶牵线的那个无所不知、无所不能、无所不在的上帝。他似乎不知道,上帝并非一个存在物,因为上帝之存在,就是存在本身,它"超乎于本质的存在与实存的存在之对照"(蒂利希语)。而且,在齐泽克"以'非神学'方式表达的神学",即"反向的神学"里,我们瞥见了精神分析与马克思主义"联姻"的魅影。齐泽克就自述其学术工作的关键,是"力图以拉康作为特别的知识工具,重构……理性主义","回复马克思主义政治经济之批判的核心地位"。

受过洗礼的马克思是费尔巴哈的最重要"门生"。费尔巴哈通过宗教批判所预见的未来是:非信仰取代信仰,理性取代《圣经》,政治取代宗教和教会,地取代天,劳动取代祈祷,物质窘困取代地狱,人取代基督徒。马克思进一步提出:"宗教里的苦难既是现实的苦难的表现,又是对这种现实的苦难的抗议。宗教是被压迫生灵的叹息,是无情世界的感情,正像它是没有精神的制度的精神一样。宗教是人民的鸦片。""废除作为人民幻想的幸福的宗教,也就是要求实现人民的现实的幸福。要求抛开关于自己处境的幻想,也就是要求抛开那需要幻想的处境。因此对宗教的批判就是对苦难世界——宗教是它们的灵光圈——的批判的胚胎。"马克思

① 参阅杨慧林著:《意义——当代神学的公共性问题》,北京大学出版社 2013 年版,第 36 页、第 48 页。

② http://mitpress.mit.edu/catalog/item/defauit.asp? ttype=2&tid=11672

宣称，费尔巴哈所进行的宗教批判必将导致对社会矛盾的批判，而最终将发生实际的革命："对天国的批判就变成对尘世的批判，对宗教的批判就变成对法的批判，对神学的批判就变成对政治的批判。"①在马克思看来，应从深层响起嘹亮的革命号角以取代"天上的和撒那"：宗教批判将以建立下述学说告终：人对于人是最高的存在，这是推翻一切使人遭践踏、受奴役、被冷落、可任意贬抑的关系的绝对律令。

在某种意义上，齐泽克这位"学术摇滚明星"和"理论野人"对基督教的"非神话化""祛魅"，几乎就是马克思"人民的鸦片"之命题的后现代翻版。

二、信仰与写作的质地

现代天主教神学思想家汉斯·昆指出，那种将一切价值重估的做法并没有保护人免除非人性和野蛮，"基督教灭亡"的预言并没有成为真正的现实。他坦承：教会曾一度是非社会的、腐败和衰亡的"旧政权"的支柱；宗教在过去的确往往是人民的鸦片，即便音乐——不仅进行曲，还有教堂音乐——也可能起昏迷、麻醉、蛊惑的作用，使人停留于未成年和不自由的状态；许多基督徒耽于音乐的庄严气氛而使自身与"外面的"世界隔离开来，他们沉迷于音乐所产生的宗教感情世界，以致不再关注时代所提出的实际问题——宗教与音乐都在起人民鸦片的作用。不过，汉斯·昆同时鞭辟入里地指出：

> 我们也有相反的体验：不仅宗教，而且革命也可能成为人民的鸦

① ［德］马克思著：《〈黑格尔法哲学批判〉导言》，《马克思恩格斯选集》第1卷，人民出版社1972年版，第2页。

片，后者也往往从音乐得到支持。马克思的反宗教的社会主义社会也并没有给我们地球上的任何一个民族带来人间天国。所以，今天不论在东方，还是在西方，越来越多的人感到疑惑：一旦天空阴暗下来，地面上的人果真会生活得更好吗？现代伟大的意识形态，不论是追求社会革命进步的，还是追求进化—技术进步的，作为准宗教都每况愈下。一些人终于开始理解，“伟大的上帝，我们赞美你”这首歌与其唱给永恒、全能、全知的进步上帝，不如献给那真正的上帝，那全权全能的主：他，那三呼、万呼之为圣者！①

在纷扰不堪的现存世界，克尔凯郭尔同样推崇基督信仰：“看啊，世界吵吵嚷嚷，只是为了引起微小的变化；它为了无谓之事而震天动地，——这相当于一座大山孕育了一只老鼠。但基督教在宁静中带来了无限的变化，仿佛它是虚无。它是如此之宁静，仿佛不存在世俗的东西，——如此之宁静，仿佛只有一位死去的人和内在性！基督教除了是内在性，还是什么呢?!”②

有学者指出，齐泽克的上述笑话其实可以还诸其身：关于基督教作为意义结构之基本原型的分析，我当然知道齐泽克是对的，可是基督教知道吗？更根本的问题还在于：基督教知道以后，又当如何？其实，在“我们不能”的否定前提下得到肯定的价值关系，才是神学逻辑之所长；而且，“齐泽克所看到的‘基督教遗产’也许还只是意义生成和建构的过程”③。

信仰总是在理性触礁的地方开始。安瑟尔谟说：“我决不是理解了才能信仰，而是信仰了才能理解。”④与其说齐泽克是在讨论信仰本身，不如说他是“借助基督教的经验”来揭櫫意义的普遍结构。他以理性的方式

① ［德］卡尔·巴特、汉斯·昆著：《莫扎特：音乐的神性与超验的踪迹》，朱雁冰、李承言译，上海三联书店1996年版，第87—88页。

② ［丹］克尔凯郭尔著：《基督徒的激情》，鲁路译，中央编译出版社2001年版，第154页。

③ 参阅杨慧林著：《意义——当代神学的公共性问题》，北京大学出版社2013年版，第37页。

④ 《西方哲学原著选读》上卷，商务印书馆1981年版，第240页。

言说基督信仰,只能导致“道可道,非常道”之背离原初的后果。

反观齐泽克“反向的神学”,在我看来,它实际陷入了海德格尔在《存在与时间》中所说的“闲言”的处境:

> 闲言的无根基状态并不妨碍它进入公众意见,反倒为它大开方便之门。闲言就是无须先把事情据为已有就懂得了一切的可能性。……谁都可以振振闲言。它不仅使人免于真实领会的任务,而且还培养了一种漠无差别的领会力,对这种领会力来说,再没有任何东西是深深锁闭的。……闲言原原本本就是一种封闭。人们在闲言之际自以为达到了对谈及的东西的领会,这就加深了封闭。由于这种自以为是,一切新的诘问和一切分析工作都被束之高阁,并以某种特殊的方式压制延宕下来。①

在齐泽克的“反向的神学”里,有海德格尔所否弃的“悬空漂浮的体系”“偶然的拾物”和“貌似获得证实的概念”,唯独没有“实事本身”,未能立足于“现象的土地”去思。这种“闲言”根深蒂固,话语之所云本身越传越广,并承担起权威性。事情是这样,因为有人说是这样。②

在现代神学里,由耶稣所启示的活的上帝,迥然有别于齐泽克一类哲学家纯粹概念上的上帝。对我们时代的神学而言,上帝不再是一个对象,而是作为“位格”的存在;被称为上帝的在者,“必须在人的身上,在人的日常生活的维度中来加以揭示”③;上帝不可见、不可计称、不可操控,对上帝问题的思考,不是学问而是询问,它“既不遵循自然科学的科学概念,也不遵循历史学或社会科学的科学概念”;对所有人而言,上帝“既是最

① [德]海德格尔著:《存在与时间》,陈嘉应、王庆节合译,熊伟校,生活·读书·新知三联书店2012年版,第196—197页。

② [德]海德格尔著:《存在与时间》,陈嘉庆、王庆节合译,熊伟校,生活·读书·新知三联书店2012年版,第196页。

③ [瑞士]H·奥特著:《不可言说的言说》,林克、赵勇译,生活·读书·新知三联书店1994年版,第6页。

亲近者(亲近得让他们视而不见),又是最沉重者;既是人们本来总愿意并必须言说者,又是人们还根本无法言说者”;如何言说上帝的问题,实则是人如何在自己的在中与上帝之在相遇的问题①。

奥特指出,对上帝之真实的思考,极有可能接近日常的真实,以及日常的真实经验,上帝的奥秘显现于寻常事物;上帝是通过他借耶稣基督说出的话与我们相遇的;历史的苦痛乃是时代的标志,它促使我们倾听并译解上帝之所言;在对上帝的理解中,必须区别位格主义与神人同形同性论。避免神人同形同性论,坚持位格主义,这是理解上帝之根本。上帝的奥秘不是我们的精神对象,它环绕甚至内在地限定着我们的精神,对我们理解人以及人的生命实践产生影响;谁真正相信上帝的真实性存在,谁就深信他自己的人性的存在,以及所有人的人性的存在,在内在深处为上帝所决定。如果我们把人理解为在上帝身边的存在,并且始终向上帝敞开,他的人的尊严及其真正的人的需求便迥然不同②。

奥特还指出,神学的事务和讨论,必须运用现象学的方法,以生存现象、以人所经历的东西、以人的经验为依据,趋近现象去思;凭借启示,凭借上帝的自我言说,凭借上帝在基督身上成人,凭借上帝在人们中间的寓居,才可以真正地言说上帝③。奥特说:“在这里,神学家脚下方才有现象的土地!他在此可以显示现象、‘生存的证明’:宽恕、自由、信仰、希望和爱是在的,而这一切(被尊为现象——没有教条的强制)指向其特殊的相关者、其活生生的可能之根据、其‘正在写收件人地址的收件人’。”④

从存在的渊薮来理解人的存在,人将变成什么,他如何进入基本事实之光的显现中?换言之,如何面对上帝而存在?对人而言,在个体的生命

---

① [瑞士]H·奥特著:《不可言说的言说》林克、赵勇译,生活·读书·新知三联书店1994年版,第7-8页。

② [瑞士]H·奥特著:《不可言说的言说》,林克、赵勇译,生活·读书·新知三联书店1994年版,第3页。

③ [瑞士]H·奥特著:《不可言说的言说》,林克、赵勇译,生活·读书·新知三联书店1994年版,第10页。

④ [瑞士]H·奥特著:《不可言说的言说》,林克、赵勇译,生活·读书·新知三联书店1994年版,第11页。

历程与生命感中，那种意味着被上帝不断触动和陪伴的东西，能够以某种方式显示出来吗？上帝就在人的近旁，上帝之国的来临为期不远，那么能否得出解答命运攸关的社会政治和世界—社会的问题的提示？——这些问题一再被不同时代的人所思及。与此同时，上帝之在的问题不是被取消了，而是上帝的神秘性被加强了。

"佛性"问题是佛教的中心问题。"佛性"即众生觉悟之因，它类似于英国宗教哲学家约翰·希克提出的"第五维度"——人性中的"神性"，即"灵性"。佛教认为，"一切众生悉有佛性"，最高的"佛性"并非绝对的虚无，而是通过对于充满妄念无明、生命骚动的存在本体的深刻体认得以实现。菩萨"不舍有漏世间，不舍生死苦海"，为度济有情，常常"代一切众生受诸苦恼"，以其大悲精神应化世间。以南禅临济法派第四十四代传人本焕长老的"座右铭"言之，即"但愿众生得离苦，不为自己求安乐"。

"神性"在基督教里指上帝所具有的神圣特性，上帝一身结合了人性与神性两种特性，为了挽救人类于罪恶的腐蚀，上帝派了耶稣来到人间，充当人与上帝之间的"中间人"，以帮助人理解、体悟超自然的、无限的存在。施勒格尔在《断想集》第44条写道："我们看不见神，然而，我们处处都看见神一样的东西。而且最首要、最重要的，就是在一个明智的人的心中、在一个活生生的人为作品的深处见出它。人们可以直接感觉到自然和宇宙，并对它们进行思考，对神性却办不到。……没有任何人可以靠他自己成为他的精神的直接的中间人。"所谓"中间人"，就是在自己内心中窥视到神性的人，他充当人性与神性之间的调解人，"为了在道德和行动、言语和作品中向一切人宣布、传达并描绘神性，中间人毁灭性地牺牲自己"。值得注意的是，按照施勒格尔的观点，"居间调解或被调解，是人的全部更高的生活，并且每一个艺术家对于所有其他人，都是中间人"。《断想集》第45条补充道："艺术家就是自己的中心在自己心中的人。谁若心中没有自己的中心，就必须在自己身外选择一个既定的领路人和中间人。……因为没有一个活的中心，人就不能存在，人的中心若不在自己心中，则只能在另一个人的心中寻觅它，只有另一个人及其中心能刺激并唤醒他的中心。”①

如此看来，“诗性智慧”言说了那“不可言说的神圣”，伟大的艺术家在完成自己作品的那一刹那，已然变成了造物主的代言人，或者说，充当了一个“通灵人”的角色。他们在岑然中独立工作，“怀着一种崇敬和激赏的心情”（爱因斯坦语），面对着永恒的东西，那崇高、庄严、不可思议宇宙秩序；他们俯仰于日月山川，求索于江河湖泊，是沸扬世界洞烛幽微的灵视者；他们不仅挖掘了内在的人性，而且通过艺术与神沟通，其思想在大地、天空中神秘游荡。“当一个人与神同在的时候，他的声音就像潺潺的溪水和沙沙的稻田一样甜美。”（爱默生语）被誉为“当代的帕斯卡尔”的薇依断言：“所有第一流的艺术作品都得到上帝的启迪，即使所有这些作品的主题是世俗的。”“凡是在我们身上唤起纯净真实的美的感情的东西中，必有上帝的在场。在尘世中有一种类似上帝肉身化的东西，而美则是其标志。……第一流的艺术在本质上是宗教的。”②

海德格尔说，凡是没有担当起在世界的黑夜中对终极价值的追问的诗人，都不配称得上是这个贫困时代的诗人；“哪里有贫乏，哪里就有诗性”。现代新儒家代表人物之一徐复观说：“我之所以拿起笔来写文章，只因身经巨变，不仅亲眼看到许多自以为是尊荣、伟大、骄傲、光辉的东西，一转眼间便都跌得云散烟消，有同鼠肝虫臂。并且还亲眼看到无数的纯朴无知的乡农妇妪，无数的天真无邪的少女青年，有的根本不知今是何世，有的还未向这世界睁开眼睛，也都在一夜之间变成待罪的羔羊，被交付末日的审判。在这审判中，作为人类最低本能的哭泣、呼号，作为人类最大尊严的良心、理性，都成为罪恶与羞辱，不值分文。而我的亲友、家

---

① ［德］施勒格尔著：《断想》，见［法］菲利普·拉库—拉巴尔特、让—吕克·南希编：《文学的绝对：德国浪漫派文学理论》，张小鲁等译，译林出版社 2012 年版，第 168 页。

② ［法］薇依著：《重负与神恩》，顾嘉琛、杜小真译，中国人民大学出版社 2005 年版，第 105、第 155 页。

园、山河、大地，也都在一夜之间永成隔世。”[①]文学艺术的创造更应如此。真正的文学家、艺术家决不摒弃众生的心行、悲苦和生死；他们的天职就是在神性离去之时，在所有厄运、偏激、不完满、灾难性的迷误之中，去追寻渐行渐远的神灵隐去的路径，去追寻人所失去的灵性，以填充世界的意义。

可以说，伟大的作品与其说展示了“有”，不如说敞亮了“在”。在中国传统文化构成中，信仰的力量是相对薄弱的。美籍华裔学者夏志清指出，自古以来，儒家的知识分子都是理性主义者，不过，他们都与一种敬天的原始宗教，或是与释道二门有一定的互补关系，而并非完全依赖理性；然而，“现代中国人已摒弃了传统的宗教信仰，成了西方实证主义的信徒，因此心灵渐趋理性化、粗俗化了”[②]。缺少了信仰力量的强劲参与，中国文学的精神品质和审美质素显得异常贫乏。“中国小说家由于迷恋事实，因而就很少觉得有职责把一段重要情节尽情发挥，直到其所有的潜在意义都戏剧化为止。”[③]受古典小说“故事堆积性的传统”之牵累，“中国说书人和小说家不分青红皂白地醉心于生活，可视为一种对于‘整体真实’的一种不自觉的关注。至少没有一部中国小说有意地要首尾一致地是悲剧的或是戏剧的；甚至以诗意的敏感著称的《红楼梦》也不逃避生活的生理方面，并且极自然地从低级喜剧突转入摧肝折胆的悲怆。但是这部小说毕竟还是一部伟大的悲剧；正因为它看到的人生，将一切卑劣和崇高、兽性与神圣的东西往往包含在里面”[④]。中国现代作家则“太迷信于理想，太关心于人类福利”，“往往把理想误作圣灵来侍奉”，“道德感迟钝，缺乏风格与抱负，对问题的看法和见解人云亦云”[⑤]。对于中国现代小说在心理方面描写的贫乏，夏志清从现代作家厚佛、薄道、轻耶的宗教背景作了

---

① 徐复观著：《学术与政治之间》“自序”，华东师范大学出版社 2009 年版，第 8 页。
② 夏志清著：《中国现代小说史》，友谊出版社有限公司 1979 年版，第 432 页。
③ 夏志清著：《中国古典小说导论》，安徽文艺出版社 1988 年版，第 16 页。
④ 夏志清著：《中国古典小说导论》，安徽文艺出版社 1988 年版，第 21 页。
⑤ 夏志清著：《中国现代小说史》，友谊出版社有限公司 1979 年版，第 427 页。

剖析："现代中国文学之肤浅，归根究底说来，实由于对原罪之说或者阐释罪恶的其他宗教论说，不感兴趣，无意认识。当罪恶被视为可完全依赖人类的努力与决心来克服的时候，我们就无法体验到悲剧的境界了。"[①]这些逆耳真言，值得习惯于"荷马方式"（侧重摹仿客观现实）而漠视"圣经方式"创作的当代作家警醒，并对意识形态信仰叙事与世俗信仰叙事予以反思。

苦难的世界向我们的感受力、观察力和表现力提出了严峻的挑战，直面这种必然性的大限，我们唯有以心灵的成就顶住挑战，这是当今艺术的最大满足和严肃的幸福，无论其因此而抽搐而惊厥而平和而沉着。其中关键在于："你们信仰上帝吗？"

在《说文解字》里，"信"为"诚也。从人，从言"；而"言"则解为"心之声也"。"仰"为"举也。从人从印"。信仰，是自由心灵发出的真实声音，是一种需要仰视的精神力量。在《破恶声论》一文中，鲁迅深入地阐述了信仰对于人类所具有的普遍意义，指出只要生而为人，"倘其不安物质之生活，则自必有形上之需求"；他视信仰为人的立身之基，"此乃向上之民，欲离是有限相对之现世，以趣无限绝对之至上者也。人心必有所冯依，非信无以立，宗教之作，不可已矣"[②]。"自由人以茅屋为居室，奴隶才在大理石和黄金下栖身。"（塞涅卡语）斯宾诺莎当年为了保持思想的自由，宁可靠磨镜片的微薄收入维持最简单的生活，谢绝了海德堡大学以不触犯宗教为前提要他去做教授的聘请。

T·S·艾略特曾经说过，审美的感受力必须融入精神的洞察力，精神的洞察力也必须融入审美的感受力和审美趣味之中，这精神的洞察力则来自"真正的宗教"。是的，如果我们没有大智慧、大勇气，如果我们无法获得地气、天启和神示，那就让我们沉默吧——绝不要应和"时代精神"，加入现实的"合唱"，哪怕在沉默中孤绝或死去！

---

① 夏志清著：《中国现代小说史》，友谊出版社有限公司1979年版，第432页。

② 鲁迅著：《鲁迅全集》第8卷，人民文学出版社2005年版，第29页。

三、“不可言说的言说”

维特根斯坦在《逻辑哲学论》的结尾写道：“对于不可说的必须沉默。”瑞士神学家H·奥特认为，此处的“说”指能够清晰明白地言说“特定事件”的事实。因为，维特根斯坦在《逻辑哲学论》的开头还有句名言：“世界是一切发生的事情。”奥特说：

> 然而，还存在不是“发生的事情”的真实。就是说，它们在其真实特性上没有恰当地被“这一和那一事情”这一陈述切中。如果说言说意味着说出特定的事情，并且如果人们必须对无法言说的保持沉默，那么，人们显然必须对这些真实沉默。但是这个解答或许不能令人满意。因为无法排除下述可能：恰好这些真实与我们如此密切相关，如此直接地在我们之间和我们身上，以至我们实在不能对它们沉默。它们突入我们人与人之间的理解。如果人之间的理解还具有某种意义，如果还值得作出理解的努力，那么，上述可能之所以成立，正因为那些真实与我们存在之整体相关。①

信仰，就是那种“与我们如此密切相关，如此直接地在我们之间和我们身上”，却又“不是‘发生的事情’的真实”，即不能保持沉默的“不可说”之物。

人类认识上有一个重大误区：在过度揄扬科学和理性力量的同时，忽略了另一种思维原则——信仰和启示。科学和理性、信仰与启示，属于两

---

① ［瑞士］H·奥特：《不可言说的言说》，林克、赵勇译，生活·读书·新知三联书店1994年版，第31页。

个不同的思维领域:来自理性的真理靠科学和知识获取,属自明真理;来自信仰的真理则要通过启示获得,是启示真理。宗教哲学家舍斯托夫将理性和信仰的差异追溯为雅典和耶路撒冷的对立,在他看来,这是两种不同的生活和思维原则:希腊哲学的原则是对人的自然智慧的爱,对普遍必然性的追求,对理性的服从;犹太教—基督教的原则是超自然的启示和信仰[①]。

基于信仰是一种复杂的、难以言传的精神体验这样的"事实",信仰不能在经验世界里被证明,但对于信仰的体验却又可能成为不可言说的感受,在人和人之间得到交流和理解。因此,文学叙事在言说"信仰"时,可以抛开理性言说"A 就是 A"式的自明,采用"A 是 B"的替代性表达,即将一种不可言说的个体精神体验转化为已成历史的公共经验,而使"不可言说"者得以言说,变得可以理解[②]。言说"不可言说"之物的有效的表达方式,在语言学家和文体学家那里,或称之为"隐喻",或命名为"象征"。恩斯特·卡西尔在《语言与神话》中便宣称:"语言和神话的理智连结点是隐喻。"

奥特称隐喻式言说为"现象学"方法,因为它如海德格尔在《存在与时间》中所言,"'走向实事本身!'——离弃一切悬空飘浮体系、偶然的拾物,放弃貌似获得证实的概念,抛开那些常常作为'疑难'伴随数代人的假问题"。当然,奥特论述的重点是神学的方法。他说:"正因为上帝自身——这位不可见的、从未作为现象随其他事物'给予过的''呈现过的'上帝——是神学的基本题旨,神学就需要以生存的现象、以人所经历的东西、以人的经验为依据,神学的事务和讨论必须毫不松懈地关注这种依据,趋近现象去思。""凭借启示,凭借上帝的自我言说,凭借上帝在基督身上成人,凭借上帝在人中间的寓居,存在现象即是上帝惠施与人的东西。只有在此基础上才可以言说上帝。在这里,神学家脚下方才有现象

① 参阅[俄]舍斯托夫著:《雅典和耶路撒冷》"中译本前言",徐凤林译,浙江人民出版社 2000 年版,第 1 页。

② 荆亚平著:《当代中国小说的信仰叙事》,学林出版社 2009 年版,第 3—7 页。

的土地！他在此可以显示现象、'生存的证明'：宽恕、自由、信仰、希望和爱是在的，而这一切（被尊为现象——没有教条的强制）指向其特殊的相关者、其活生生的可能之根据、其'正在写收件人地址的收件人'。"①

基督教神学言说的"现象学"方法，与佛教"现量"说有异曲同工之妙。"量"，是印度因明学的术语，指意识的形成过程和意识本身；"现量"之"现"，有"现在""现成"和"显现真实"三义。王夫之说："现在，不缘过去作影。现成，一触即觉，不假思量计较。显现真实，乃彼之体性本自如此，显现无疑，不参虚妄。"②作为一种意识活动的原理，"现量"说旨在执其自相而不作分别推求之念，不离直觉真实去穷究主客彼我之其他意义；"不缘过去作影""不假思量计较""不参虚妄"，正是这种超理性意识活动的具体内容。

王夫之援引"现量"以说诗："无论诗歌与长行文字，俱以意为主"；这里，"意"，即"关心"处、"会心"处。王夫之提出："若即景会心，则或推或敲，必居其一，因景因情，自然灵妙何劳拟议哉？'长河落日圆'，初无定景；'隔水问樵夫'，初非想得：则禅家所谓现量也。"③"即景"，指直观景物，观照事物之外在形态；"会心"，即心领神会，领悟事物的内在意蕴。"即景会心"；便是"在直观景物的瞬间，外在的景与内在的情实现形与神、形态与意味、感理与理性的完整统一"④。这是一种"充满敏感的观照"（黑格尔），它"悬置"了理性自我的"妄想揣摩"或"拟议"，在一刹那的直接体察中，就把握对象的内在的"意蕴"，达到了"自然灵妙"的境界。这种艺术直觉的心理过程，钟嵘《诗品》谓之"直寻"："至乎吟咏情性，亦何贵于用事？'思君如流水'，既是即目；'高台多悲风'，亦惟所见；'清晨登陇首'，羌无故实；'明月照积雪'，讵出经史。观古今胜语，多非补假，

---

① ［瑞士］H·奥特著：《不可言说的言说》，林克、赵勇译，生活·读书·新知三联书店 1994 年版，第 10 页。

② 王夫之著：《相宗络索》，《船山全书》第 13 册，岳麓书社 2011 年版，第 536 页。

③ 王夫之著：《夕堂永日绪论内编》第 5 则，《船山全书》第 15 册，岳麓书社 2011 年版，第 820—821 页。

④ 童庆炳著：《童庆炳文集》第 8 册，北京师范大学出版社 2016 年版，第 263 页。

皆由直寻。”①

胡应麟云：“禅家戒事理二障，余戏谓宋人诗，病政坐此。苏、黄好用事，而为事使，事障也；程、邵好谈理，而为理缚，理障也。”②诗人只有拥有“生活的富裕”（黑格尔），跨越“身之所历，目之所见”的“铁门限”，获得脱俗的“心”“眼”“耳”，才能去“事障”“理障”之弊，达到“即景会心”“体物而得神”“寓目吟成”之境。

美学家朱光潜指出，思想和语言是同时进展，平行一致的；思想愈发达，语言也愈丰富；它们不是先后、内外的关系，也不是实质与形式的关系：“思想语言是一贯的活动，其中有一方面是实质，这实质并非离开语言的思想而是它们共有的意义，也有一方面是形式，这形式也并非离开思想的语言而是逻辑与文法。”③基督教神学的现象学方法、文学艺术的直觉创造活动，都力证了此说的科学性。

早在20世纪初，赵紫宸就认识到了艺术建设对于建立本色化的基督教有着重要的意义：“宗教是生命，弥漫融洽的生命，绝非言词所能尽述，亦绝非任何方式可以尽达。……宗教不是一种方式所能表显，所以必有事乎象征。有事乎象征，故必借重美术。凡有宗教，必有仪式，必有建筑、音乐、绘画、文章，以传递其生活的丰富。……先有宗教经验，然后有宗教美术，有宗教美术，然后能起人们的宗教生命。……假使基督教要在中国人心血里流通，她必要在美艺上有所贡献。”④因此，但凡有深远幽邈的宗教经验汹涌回荡于胸中者，必创造他们的艺术以彰显其宗教经验。

艺术向人生存的本真境况敞开，开启了精神的未然之境。在古希腊神话里，如果艺术家能将技艺发挥到最精微，所营造的艺术气氛就能感动神，奥菲斯的故事是典型的例子。在中国神话里，高超的艺术能涤除道心、人心、万物之心的隔阂，让人窥见无上大道，提升人的内心境界。中世

① 曹旭著：《诗品集注》，上海古籍出版社1994年版，第174页。
② 胡应麟著：《诗薮》卷二，上海古籍出版社1979年版，第39页。
③ 参阅朱光潜著：《诗论》，生活·读书·新知三联书店1998年版，第96—101页。
④ 赵紫宸著：《基督教与中国文化》，《赵紫宸文集》第3卷，商务印书馆2007年版，第272页。

纪哥特式教堂建筑，以其陡直的上升造型，象征着低处的肉身与“至高荣耀”的身位关系——提携、慰藉、超升、蒙恩、获救、喜乐，蕴含了从低处到高处，从肉身到精神，从人性到神性的所有潜在意义。古罗斯教堂顶上的圆球结顶，犹如一个火舌，颇像上方有个十字架的巨大蜡烛在俄罗斯上空熊熊燃烧，似乎沟通了人间和天堂，表现了俄罗斯人对天堂的虔诚与激情……这些圣洁信仰的艺术，映亮了生存的无穷黑暗，消弭了死亡深渊的恐惧。

人生最难得者莫过于“安魂”。与这迷人的终极情致相比，那些凭生命的强力所攫取的一切，如权位、财富、名誉、头衔，都相形见绌。许多艺术大师“晚期风格”的转变给人不少启示。在米开朗琪罗“最后的审判”“圣母抱基督遗体悲恸像”中，巨人变成了信仰的皈依者；在莫扎特“安魂弥撒曲”中，俗世的宫廷乐师变成了哀歌天使；在贝多芬“欢乐颂”“D大调庄严弥撒”中，英雄变成了赞美吟咏者；在卢奥“圣书风暴”“受难”的组画中，愤世嫉俗者变成了泣泪悲悯者；在T·S·艾略特“大教堂里的谋杀案”“四个四重奏”中，现世批判者变成了关怀祈祷者；在C·奥罗斯哥《瓜达拉哈拉救济院小礼拜堂全景壁画》中，荒野呼告者变成了末世预言者……在生存的临界点上，上帝降临了，生命的意义敞开了，向着永恒神圣超升。循着生命的阶梯，这些伟大的灵魂瞻瞩到了生命与神圣相遇的动人奇迹，表述出了历史时刻的真理①。

何谓信仰叙事或神性写作？

首先，作为文学叙事言说的对象，信仰成了文学作品的具体精神质素，提升了文学的审美品格，建构了文学中的崇高、英雄主义、浪漫主义的美学意义；其次，作为“根植于我们人类生存的结构本身之中的东西”（麦奎利），信仰与“中国问题”对接，回到人的真实存在之中，提示、呼唤人类回归曾有的终极信赖，建立人的尊严与荣耀：这既是对自身生命力量展现的认可，也是对生命责任的承担。这两个维度的统一便是信仰叙事或神

① 丁方著：《现时代艺术的境况与希望》，《丁方文集》，北京燕山出版社1998年版，第176—177页。

性写作的真义所在。可以说，信仰叙事或神性写作即信仰本身的“肉身化”，是天、地、人、神上下互流的直观形态与启示形式；作为精神的肉身化的代言者，艺术形式本身即艺术追寻者的尺度，诚如巴尔塔萨所言，这“完全是一种美的、荣耀着的感性精神”。这是与人的生命同构的艺术，它持存了人的生命感性并直抵神性。

信仰叙事或神性写作的肉身性，有别于一般意义的、与人本然欲望相关的眼、耳、手所直接给出的可视性、可听性和可感性。对于神圣感性的直觉观照与承纳，需要内在的灵魂之眼和灵魂之耳。“对于伟大的艺术家来说，只有洞开了精神的内在之眼方能瞻瞩到这个唯有真正的艺术家与感领者方能驻足的王国。他们看见的是别人看不见的光色，听到的是旁人听不到的乐音，感触到的是别人无法感受到的肉身形象。”①唯有通过灵魂之“眼”和灵魂之“耳”，信仰叙事或神性写作才能开启新的视域，倾听和凝视那来自另一个生命源头的声响和光亮。正是有了在人的心灵根底树立精神王座的精神的支撑，才有了富于意义与价值的生命世界。

21 世纪以降，人类仍受困于“存在的忘却”（海德格尔）“上帝的暗淡”（布伯）“冬天的宗教”（拉纳）和“没有超越的超越”（布洛赫）的“小时代”。我们以人心筹算自己的道路，“拥有财富却两手空空，背负地狱却在天堂行走”（欧阳江河语），进入到了俄国诗人丘特切夫所担忧的“沉默无言的渴望时刻”。

现代人太忙了，主要精力和时间都用于圈钱、数钱和花钱，用于平衡各种社会关系，用于追逐各种权位和虚名。现代人深陷一片动物凶猛出没的“丛林”，根本无暇关注“天空深处的那一点灵魂”，或漫漫星空流动的先知的信息，更无暇“在自己擦亮的天空下”，采撷心灵的颤音和彻悟的花纹，或是从沉思与冥想中，领受荷尔德林返乡的足音。当代艺术质疑真理，蔑视权威，恣意妄为，奢靡肤浅；它们迸发出一种逼人的“艳俗”光芒，表现出对建立在中产阶级梦想和价值之上的物质生活的迷恋。“艺术

① 高全喜著：《转身的忧叹——神学与艺术文集》，北京燕山出版社 1995 年版，第 190 页。

是人们日常生活中的安乐椅或按摩榻”（亨利·马蒂斯语），自然不再重申爱默生说的“道德感”——对某些神圣法则的尊敬和从中感到的快乐。瓦雷里的描述相当精准：“我们倒退着走进未来。”

“所有人类的错误无非是急躁、过早地打断有规则的秩序和用似是而非的栅栏把似是而非的东西圈起来。”（卡夫卡语）结果，比“虱子”还多的现代人，或像格列柯画的拉长的人，或像博什、老勃鲁盖尔、戈雅画的怪物，或像恩索尔的面具、骷髅和幽灵，或像蒙克、柯柯希加、培根画的在痛苦中无限扭曲的人，或像贾亚科蒂雕塑的虚空的人，或像雷东笔下旷野般有着一双深远、恐怖的眼睛的人……人啊，真的需要一个“身体力行”的天国（埃莱娜·西苏）——它不许诺，只是引领、献身工作；正视人的未完成状态，感领神的光辉，生命由此获得恒久的意义。

四、信仰叙事的内在难度

面对世人的烦苦情难，儒家主张“下学”以明通人事，“上达”以契证天道、天德，“与天相知”，“天人合德”，但又不语“怪力乱神”，仍深挚顾念人事，立足处世之道，关注现世价值，顺境兼济天下，逆境独善其身，以退隐为平静之方，无为而无不为，人人皆可成尧舜；基督教立足于生命的意义，在此岸抵达彼岸之境，人人都可获救。前者奉天为德的化身，企望圣人降世，圣主龙廷掌印，衷心认可世俗生活，而不能向高远处有所企求；后者领悟与土地依存的体验，时时不忘倾听超越之神的呼唤，注重精神的高贵。老庄哲学有光风霁月、胸襟洒落之致，虽较儒家玄邃，比较西方哲学家，“仍是偏重人事”，“很少离开人事而穷究思想的本质和宇宙的来源”；老庄哲学全凭主观妙悟，承其教者多安于浅；老庄哲学又尚虚无而轻视努力，受其影响，诗或哲学都不能鞭辟入里。至于佛教，则“只扩大了中国诗的情趣的根底，并没有扩大它的哲理的根底”；受佛学影响的中国诗大半只有“禅趣”而无“佛理”，只是在佛理中求消遣，并没有信奉佛教求彻底了悟，彻底解脱。由于中国哲学思想的“平易”和宗教情操的“淡薄”，“中国诗达到幽美的境界而没有达到伟大的境界”①。

我们的文脉传统陶醉于淡泊宁静、潇洒出尘的风姿，陶醉于“一道残阳铺水中，半江瑟瑟半江红”的山水意境，陶醉于汉赋、唐诗、宋词、元曲的形式整饬，陶醉于书法、绘画、京戏的韵味；于是，《渔舟唱晚》《汉宫秋》《苏三起解》《打渔杀家》成为美的典范，“外师造化，中得心源”则成美之创造的路径，在所谓妙趣、自适与逍遥之中，呈现出一种理性的乐观主义，生存主体极少深入到苦难、罪孽、不幸等实质境况之底渊的颤栗灵魂，悲剧的形式被放过了。由于超验维度的付之阙如，圣灵的转身忧叹、永恒的神性光辉都没有抵达我们的国度。

西方则承认世俗之国与上帝之国的差距，以神的语言作为价值判断标准，反映出了一个终极关怀的超越的主体性。他们赞叹米开朗琪罗的雕像、凡·高的向日葵、卢奥的宗教画，赞叹莫扎特的安魂曲、巴赫的教堂音乐、马勒的大地之歌、帕莱斯特里那的圣咏、亨德尔的哈利路亚大合唱，赞叹但丁的《神曲》、里尔克的《杜伊诺哀歌》、艾略特的《荒原》、荷尔德林的《还乡》、帕斯的《太阳石》……这些伟大作品以其精金碎玉的音质合成通天的灵音，回荡着引导高贵心灵走过迷失的号角，启示人们相信荣耀人生是美，精神复活是美，行基督之道是美，呼唤人们放下世上的一切，品尝放下之后的喜悦。

对于群体性精神无数次逃亡、蜕变的当代中国作家而言，借径于普遍精神之维的宗教，填补前所未有的“意义真空”，不失为一种出路。品达说：人的族类是一回事，神的族类是一回事；不过，我们在同一个胸膛里呼吸。一位淳朴石匠看了 17 世纪斯特罗加诺夫圣像画派的一幅圣像说：“那翅膀张开着雪一般的洁白；在湛蓝的天空，那一根根、一簇簇羽毛清晰

---

① 朱光潜著：《诗论》，生活·读书·新知三联书店 1998 年版，第 84—92 页。

可见。看着这翅膀,你心中的恐惧顿时全消。你祈祷赐我光明吧,突然间,万籁俱寂,灵魂便得到安宁。”耶稣有言:“我来到世间就是为了把火抛撒在大地上,但我多么希望世间已经被人点火燃烧起来了。”(《路加福音》)

每个人的内心都有灵性的光,那火焰或许能够拯救彼此的世界。我们在此岸是人,在彼岸还是人;即便经过末日审判进了天国,仍然还是人;从此岸到彼岸,我们操劳一生,谦卑一生,横竖为人,“将人的定义走完”(欧阳江河)。此岸不在,彼岸不存。基督性不赞同避世,既不放纵现世,也不期待来世与上帝齐肩并立,而是强调参与、领悟上帝之国的含义。伟大的艺术拒绝集体交出耳朵、头脑、良心和泪水,它以圣爱之心搀扶人类,它效法基督道成肉身亲临于世,或肉身还原为道永驻现实;它以完美的形式和充满智慧的结构,记录现实生活体验和感受的场景,以其尖锐的现实感、对现实、实存的直感与批判,冷静地镌刻精神十字架,时刻为每一个体的肉身寻找意义。

“上帝围浸着我们的灵魂”(H·奥特),是在人所在的世界中显现为某种具体的存在,是一种能为我们感知并以所感知的方式具体化了的存在。这种显现上帝存在的具体形态,人名之为“位格”。圣父、圣子、圣灵都是人对上帝以“位格”的观念的命名。上帝的人格化是基督教神学的始基,对于基督教神学的建设有着绝对意义。上帝的道成肉身并肉身成道、基督对人无限的爱、基督的救赎意义、三位一体、十字架的荣耀、末日审判,等等,由于上帝的人格化而得以保证。此外,现代认识论、人论的终极的根基,也在于对人格化上帝的信仰,而由此推出现代诸种核心的价值观念。所以,别尔嘉耶夫说:“人要在上帝身上诞生,上帝也要在人身上诞生”;“在上帝里存在着永恒的人性,存在着永恒的人”;“真正的人性是类上帝的,是人身上的神性”;人与神的互寓、互需、互生,“这是人生最大的秘密”①。

然而，中国人的自然信仰传统是非人格化的，中国文化中的“自然”或“道”虽有些类似于“神”，却基本是非人格化、空无性的，只可意会不可言传。赵紫宸批评了这种道体学说：“中国思想家除了墨子以外，明以人格加在自然的实性上的就几乎没有人了。……中国思想家一方面觉得天地中包藏道德的本原，一方面又觉天地并不表显人格。不但是天地的理是理不是人格，并且久而久之，古时活活泼泼的道，变了宋儒不偏不倚静止寂息的理，又并且要人无我，放弃了自己的人格，方始可以真的合德于天地。”②赵紫宸认为，中国如要追赶西方文明，就必须在科学认识论、近代人文观念方面大加补益，即补上一个上帝信仰。

言者谆谆，听者藐藐。对于多数现代中国人来说，基督教价值不足为信，但儒家、道家、佛家等文化精神又如何呢？哪一个十足自信，足以成为人们安身立命的根据呢？我们必须完成的工作是：认清基督教自我本身及其本真，把握其独立及独特之处，体认其带来的新意和启示，在此基础上进行不同文化的反思、对照、交流、互补或会通③。

从王国维到刘小枫，现代汉语思想史经历了从以审美代宗教，再到以宗教（最后以基督教）颠覆审美主义的过程。如何以“同情的理解”而不是“护教解经”的研究立场，在审美与宗教之间保持必要的张力，准确评估基督教（还有佛教、伊斯兰教等）思想之于中国文学的意义，是一项重要的任务。作为迥异于传统文化的强势文化，基督教文化为我们提供了哪些异质性的精神资源，从哪些层面丰富了中国文学创作的审美内涵，产生了哪些具有原创性的思想洞见，这些洞见又有了哪些有力的回应……每一个问题都相当的尖锐，又都无法回避。

---

① ［俄］别尔嘉耶夫著：《神与人生存的辩证法》，张百春译，上海人民出版社 2007 年版，第 377—378 页。

② 赵紫宸著：《基督教与中国文化》，《赵紫宸文集》第 3 卷，商务印书馆 2007 年版，第 275—276 页。

③ 卓新平著：《当代知识分子对基督教的理解》，见《基督宗教论》，社会科学文献出版社 2000 年版，第 363 页。

中国现代作家往往出于题材或修辞的需要，引入了基督教文化的有关内容。有的是“俗世的批判”，即对基督教各种扞格于中国现实生活的现象，对基督徒日常生活中表里不一的现象等，予以揭露性描写及意识形态性的批判。有的是对基督教文化资源“修辞策略的借用”——如，借境（如曹禺《雷雨》的“序幕”、“尾声”）、借情（如徐讦的《精神病患者的悲歌》《风萧萧》）、借事（如茅盾的《耶稣之死》、徐志摩的《人种由来》）、借典（如李金发的《屈原》、沈从文的《篁君日记》）等。至于基督教独特的价值立场、思想情感，则基本未能进入现代作家的视界。这是较为普遍的神坛外部的写作。

从内在精神层面化用基督教文化，则大致可分两种类型：一是从人文价值立场审视基督精神的价值，将其转化为艺术创造的有机组成部分（如穆旦、冯至等人的诗歌创作）；二是在精神探索中，从基督信仰出发，建构具有基督精神灵韵的作品（如赵紫宸的《耶稣传》、冰心的《十字架的园里》、石评梅的《罪恶之迹》《末次的泣祷》《流浪的歌者》等，还有林语堂、老舍等基督徒作家的创作），他们技巧圆熟，不落皮相，既传达出内在宗教生命的体验意识，又有较高的文学价值。不足在于：现代作家对基督教文化保持恒久关注的不多；基督教美学的一些独特命题，如上帝、道成肉身、十字架、复活、救恩、罪、三位一体、末日审判等，没能得到有力的表现①。

中国当代作家对基督教文化的接受与转化模式，或以意识形态为中心（如《暴风骤雨》《青春万岁》《晚霞消失的时候》《绿化树》等），或以文化价值为中心（如《耶稣·孔子·披头士列侬》《心灵实录》《丰乳肥臀》，以及杨炼、海子、骆一禾、西川、戈麦、于坚等人的诗歌创作），或以信仰为中心（如刘小枫、北村、史铁生、张志扬等人的创作）。存在的问题：在汲取基督教文化资源时，某种程度上疏离了基督教精神，对于基督教文化的阐释多流于浅表，不过是文化象征符号的粗略运用；基督教精神尚未构成

① 参阅陈奇佳、宋晖著：《被围观的十字架——基督教文化与中国当代大众文学》，中国社会科学出版社2010年版，第19—38页。

生存体验的紧张感，反思、怀疑、批判精神仍然逊色；能有意识地从基督教艺术中汲取艺术形式创造灵感的不多，基督教文化对当代文学尚未产生本质性影响[①]。

以"基督徒作家"北村为例。1992年"受洗"之后，北村以基督教信仰为指导，先后创作了《施洗的河》《老木的琴》《国民凯恩》《长征》《周渔的火车》《强暴》《望着你》《玻璃》《公路上的灵魂》《愤怒》《我和上帝有个约》等作品。在这些中、长篇小说里，北村用一个基督徒的目光打量这个堕落的世界，表现了历史演绎而成的绝望与焦灼，以及人在罪恶和苦难中的生存困境，进而探讨爱情、信仰等人生出路的可行性，提出基督救赎之路。他所设置的故事情节，总是最终将人物逼上绝路，迫使他们回答：为什么活着。用北村自己的话说，这是一种面对祭坛的"心灵写作"，它成了一种"心证"，为的是"向信仰交代"，这是以小说创作作为对神的侍奉，就像《圣经》对基督徒提出的要求："无论作什么，都要从心里作，像是给主作的，不是给人作的，因你们知道从主那里必得着基业为赏赐。"

2006年，在基督教汤清文艺奖获奖感言中，北村有一段表白："在当今中国，有着千千万万需要安慰的心灵，由于信仰的缺失，经济的强劲发展并没有改善人的心灵，反而令它成为孤岛。几十年后中国将成为最富有的国家，但这列火车不是仅有动力就够了，要有铁轨，有刹车，有目标，有方向，有道德，要有人在驾驶。所以，人心的纯正和美好，才是我们的未来，否则使我们尴尬的一定不是因为贫穷，而是心灵破碎，它一定比山河破碎更让我们肝肠寸断。"由信仰而来的宣教使命，以及中国文学未竟的启蒙使命，成了北村信仰叙事或神性写作的强大内驱力。

在一个乌托邦业已死亡的时代，北村"劈面与这个时代最为重要的问题相遇"（南帆），他所瞻瞩到的是在中国未曾有过的精神殿堂，其小说创作是对在东方大地尚未出现的信仰之魂的构建，也是对现代灵魂无根状

---

① 参阅陈奇佳、宋晖著：《被围观的十字架——基督教文化与中国当代大众文学》，第39—72页。

况作出的有力反应。北村小说艺术的意义就在这里,其内在的难度也在这里。它的困难有多大,它的意义也就有多大。反之亦然。

北村信仰叙事的困境,也是中国当代文学信仰叙事的集体困境。中国社会与基督教文化尤其基督教价值之间,存在一道透明而坚硬的文化差异之墙,阻碍了我们对终极价值的分辨,阻碍了我们领受神的美。诗人T·S·艾略特说:"如果亚洲明天改信基督教,它也并不会因此而成为欧洲的一部分。……一个欧洲人可以不相信基督教信念的真实性,然而他的言谈举止却都逃不出基督教文化的传统,并且必须依赖于那种文化才有其意义。"①信仰叙事或神性写作所具有的内在难度,所面临的挑战,是中西文化交接形成的重负,也是由古典时代转变到现代、后现代时代所形成的重负。这一精神性的努力,注定了是一条异常狭窄、艰难的道路。北村创作的"理障"之弊,只是其中的"症候"而已。

诚如有评论家所言,信仰与俗世生活对立主题的揭示与探讨,是北村小说创作的基本美学内涵,也是他对当代文坛最主要的一个贡献。但是,也正是这一过于"鲜明"的主题,使他的不少作品明显缺乏统一性或整体感,在揭示人巨大的生存困境时,其叙述过程往往出现一种"断裂",这种断裂总是发生在主人公思想"突转"或"突变",也就是悔改信教的时刻。恶棍成了善人,或由非信徒成了信徒,这种戏剧化的经历实在过于突兀,甚至不可思议。对于这类富于戏剧性的"蒙恩见证",有人以"神迹"解之,不过是小说家价值预设之"编造"的托辞。"被逼信仰"的大面积泛滥,具有圣徒情结的主人公基本沿着"沉沦—救赎—新生"的生命脉络行进,人物生命的来源、去向都在神性之光的引领下得到神圣的安排,这些都极大削弱了北村刻意表达的基督信仰之必然性与感人性,他可能忘了"艺术家是呈现者"(尼采)。面对作品,人们希望看到的是作家如何创造一条通向伟大精神的独特道路,而不是以理念化的方式进行教义传布。

① [英]T·S·艾略特著:《基督教与文化》,杨明生、陈常锦译,四川人民出版社1989年版,第205页。

可将北村与陀思妥耶夫斯基略作比较。陀氏小说在艺术上也有诸多不足，并总是超越艺术的界限。譬如，小说的人物、故事情节不真实，所有角色在同一个地方和同一个时间里发生冲突，所有主人公都说同一种语言，他们都是陀氏自己精神的不同侧面，并非源于生活、有血有肉的真实的人，小说里没有任何叙事，没有对日常生活方式的刻画，没有对人和自然界生活的客观描绘，一些片断类似于质量不高的刑事犯罪小说……别尔嘉耶夫指出："作为艺术家，他逊色于托尔斯泰，在严格的意义上，他不能被称为艺术家。陀思妥耶夫斯基所写的东西既不是长篇小说，也不是悲剧，不属于任何形式的艺术创作。当然，这是一种伟大的艺术，它能彻底地征服人，把人吸引到自己独特的世界里，对人有着魔法般的作用。但是，不能用一般的标准和要求来对待这种艺术。"在别尔嘉耶夫看来，"陀思妥耶夫斯基首先是个伟大的人学家，是人的本质研究者，他研究人的本质的深度及其秘密，其全部作品都是人学的体验和试验。……他的全部艺术只是人学探索和发现的方法。"①

陀思妥耶夫斯基是个伟大的思想家，他使怀疑者怀疑，使相信者相信。对陀氏而言，神的问题与人的问题相关，他不但能够看见神，而且还看见人。而且，陀氏只在"人学"研究中揭示神，其小说是"人学"问题的艺术试验。北村比陀氏更像一个神学家，其小说创作不过是"神学"问题的一种见证，即反映他的信仰，他对神的追求以及神对他的引领。北村仿佛把自己当作祭物，献在圣坛之上，奉献给上帝。他以神为中心，用神的眼光看这个世界，在宗教立场上，对时代的本质性问题作了回应，表现了信仰的内涵及属灵的生命，以自己的心思意念与小说创作博取神的喜悦，最终获得神的奖赏与祝福。

---

① [俄]别尔嘉耶夫著：《陀思妥耶夫斯基作品中关于人的启示》，张百春译，载刘光耀、杨慧林主编：《神学美学》第3辑，上海三联书店2009年版，第41页。

五、信仰叙事的形式问题

蒂利希对于如何言说“不可言说”之物，即艺术怎样表现“绝对现实”的问题，发表了不少真知灼见①，可能有助于我们消弭信仰叙事的形式问题。

“绝对现实”是所有现实事物的基础，它将整个现实都标志为相对的、暂时的、易逝的和有限的；只有当上帝是绝对现实时，宗教才能谈论“神的神性”。蒂利希认为，人通过三条途径来认识和表达绝对现实：在现实之中（哲学）、通过现实（艺术）和超越现实（宗教）。换言之，绝对现实可通过哲学概念、艺术画面和宗教经验得到表达。蒂利希指出，宗教经验的表达有五种风格因素——圣体型、神秘型、先知—批判型、理想主义型和表现主义型——它们直接表达了人与绝对之物的基本关系，贯穿于所有的艺术形态之中，并以无数的组合形式表现在东西方艺术的伟大历史风格中。

蒂利希发现：就宗教内涵和艺术形式之间的关系而言，在艺术作品本身中或在这个作品的影响中，或是宗教内涵，或是艺术形式，总有一方可能占据主导位置。有时，艺术形式吞噬了宗教内容——在艺术作品本身中或在艺术作品的个人接触中吞噬。许多宗教团体之所以反对宗教艺术，尤其是与礼拜有关的问题上反对宗教艺术，原因之一就在于上述危险的存在。有时，宗教实体激发起一种艺术，这种艺术几乎已经不能被称之为艺术，却有重大的宗教影响。这种可能性就是艺术在教会中轻度蜕化的原因之一。“对于宗教艺术的创作者来说，既要避免前一种危险，又要

① ［美］保罗·蒂利希著：《艺术与绝对现实》，倪良康译，见刘小枫等著：《流亡与栖居》，北京燕山出版社1995年版，第286—299页。以下同引此文处不再一一注出。

避免后一种危险,这是一项困难的任务。”为此,蒂利希细致剖析上述五种风格因素,提出了解决这一“困难”的灼见。

圣体型是最普遍、最基本的宗教经验类型。在这种类型中,绝对现实之物显现在通常称为神秘现实主义的东西中,或者说显现为一种在各种对象、个人和过程中都是当下的圣物。蒂利希用“圣事现实主义”命名之。原始艺术,从塞尚到勃拉克的立体派的形而上学风格中,还有夏加尔的超现实主义中,都有“圣事现实主义”的性质。圣体宗教的危险在于,它容易堕落为偶像崇拜;在艺术上,对象仅仅被当作象征来使用,对象本身的威力丧失殆尽。对于隶属于先知类型的宗教的极为人格化的传说和神话而言,“圣事现实主义”几乎是不可取的。

在神秘型宗教中,宗教经验不依赖特殊对象的中介直达绝对现实。这种风格因素体现在中国的山水画之中,“气”与“水”象征着宇宙的统一,单个的岩石、树枝几乎没有从它们个体的生存中显露出来。绝对当下通过线条、立体、平面、色彩等结构因素象征性地表达出来,我们今天称之为“非对象艺术”。神秘主义—泛神论因素在其中占据统治地位的那些风格无法被用来表现具体的宗教象征,在“非对象艺术”中,所能表达的仅仅是对这种超出具体象征世界之上的超越的象征。

在先知—批判型中,绝对现实不是表露在自然中,而是表露在历史中;它表露为一种个人意愿,它提出要求,进行抗争,给予惩罚,发出诅咒。批判现实主义是典型的代表,它首先探讨人、社会和历史,能在具体性中表现所有具体的宗教事物,但只能在与其他因素的结合中,将具体的宗教事物表现为宗教性的;艺术因素一旦丧失,绝对现实便不复存在,取而代之的是歪曲的现实,宗教事物便面临世俗化、庸俗化的危险:耶稣可能变成一个乡村教师,可能变成一个宗教狂热分子,可能变成一个政治殉道者……如《十日谈》《巨人传》等,可谓此类“俗世批判”的标志性作品。

理想主义宗教观可称为“宗教人道主义”,它将上帝视为此时此地的人,期待在历史中实现这种统一。蒂利希认为,理想主义是对人类最高可能性的预见，它意味着对已丧失的天堂的追忆和对重新获得的天堂的预见。理想主义的风格因素预言最终的实现状态，它通过宗教传说和神话得到最好的表达。蒂利希说："真正的理想主义在一个本质深度中或在一个过程的深度中展示其潜能，并且在艺术中赋予这些本质和过程以造型。"但其中缺少了一个关键因素：人与神的本质统一中人的生存的异化。带有理想主义烙印的作品往往缺乏这一因素，因此，这种风格也有可能导致庸俗。

张承志的《心灵史》可谓理想主义风格的典型代表。盘桓于中国大西北的山川风物，在无数次灵魂的行走之后，张承志最终皈依了哲合忍耶。一旦确立自己生命的终极方向，他便放弃了言说信仰的隐喻方式，直接为回民的哲合忍耶信仰作史，试图以信仰本身的震撼力影响世人。《心灵史》叙写了哲合忍耶七代宗师的事迹，以及二百年间哲合忍耶教众暴力抗争清朝的血腥镇压，护卫心中精神理想的悲壮历史，极力凸显哲合忍耶教众虔诚至极的宗教精神。这部生命之书洞察了哲合忍耶教众心灵的壮美与坚忍，表现了一种彼岸性的理想主义价值诉求："背靠着'哲合忍耶'——我开始急速地自尊。这是我要求中国接受的一个外来语借词，尽管它诞生于中国母体之中。……我输入的是一种烈性的血，是一种义，是一种信，是一种叛逆和坚守的素质。同时，它也就是最本质的'友'。"①

《心灵史》充满了殉教者般的道德激情，它使人们坚信：信仰让人获得依靠与安宁，是从精神上抗衡苦难的有力支撑。不过，囿于理想主义的宗教观，小说在引领人们进入神性世界、感受神性之美的过程中，对于"提着血衣进天堂"的渲染，不无以神性遮蔽人性，由神化走向幻化的缺憾。在《心灵史》里，史料纪实、求索考证、抒情与辩论混合杂糅在一起，这种叛逆传统叙事的"事障"，极大地抑制了作品的文学性，使一般读者无法进入其所描绘的世界。面对俗世人们的静默或批评，张承志宣称可以为信仰而放弃读者，直言这"神示的诗篇"与文学界无关。他以"上坟者"的

① 张承志撰：《撕名片的方法》，载《十月》1993年第5期。

决然心态告别“跳舞”人群，这无疑是以个人的偏执回应或抵制社会的偏执。张承志大概忘了：建构一部长篇小说，就是建构生活的某种统一性，提供一个完整的世界，使生活变得可叙述、可理解。

表现主义属于心醉神迷型，精神灵感型，这类宗教类型在《旧约》中已被预言，它就是《新约》的宗教和后期教会史上许多运动的宗教。蒂利希说：“它既是现实主义的，同时又是神秘主义的，它既是批判性的，同时又是幻想性的。它不停地运动，却又指向永恒的静止。”蒂利希说，绝对现实在这种因素中显现为一种“穿透我们造型之牢笼”的东西，它粉碎了我们本已生存的表层和我们的世界的表层。这就是表现主义的“精神”特征。表现主义因素与宗教艺术具有最内在的联系，它不运用传统的宗教象征，绝对现实也在这类艺术中以一种极有力的方式启示着自身。表现主义不仅突破了现实主义接受现存事物的做法，而且也突破了理想主义采取实现状态的做法，并且达到了绝对现实的深层。表现主义是一种心醉神迷的因素，它捕捉住与世界相遇刹那的纯净心动，以及历史/现实无限交织的华美，表达出与绝对现实相接触的心醉神迷性质。在所有伟大的宗教艺术中，都可以看到这个因素。史铁生的神性写作恰切体现了蒂利希所称道的“表现主义”风格。

20世纪以来，神学话语由“上帝是否存在”的本体论问题，转向于“能否认识上帝”的认识论问题以及“上帝所指为何”的神学语言逻辑性质与真伪验证的问题，并由此产生传统目的论神学转向过程论神学。在过程论神学里，上帝“自身的生活就是一种历险”，“过程化了的上帝”是“神圣性与世俗性有机统一的上帝”①；它启示存在的终极问题，却不给出终极的解答。

史铁生不是先验地领有超验的神圣之根，而是从属己的独特生命境遇出发，在遭遇诸多存在困境与悖论之后，以其“坚忍不拔的努力，坦率真

---

① 张志刚著：《猫头鹰与上帝的对话》，东方出版社1996年版，第142页、第150—151页。

诚的内省”的过程本身证明神性①。他说:“神的存在不是由终极答案或终极结果来证明的,而是由终极发问和终极关怀来证明的,而对不尽苦难的不尽发问,便是神的显现……”②在一次与记者的谈话里,他坦承自己相信上帝,因为那是指向一条永恒的道路。

史铁生所追求的是“宗教精神”“神的显现”与“神性昭然”。他说:“宗教精神是清醒时依然保存的坚定信念,是人类知其不可为而决不放弃的理想,它根源于对人的本原的向往,对生命价值的深刻感悟。”③在《病隙碎笔》里,史铁生将宗教精神信奉为黑暗中行走的人类的光明出路:“什么是神?其实,就是人自己的精神”;“只要神性昭然,神形不必求其统一”;“在神的字典里,行与路共用一种解释”;“惟对神性的追问与寻觅,是实际可行的信仰之路”;“因信称义,而不是因为结果,而信恰在永远的过程中”。这一“过程宗教”以人本位代替神本位,祈灵精神、崇拜过程,重信仰之行不重信仰之果,强调的不是“救世”而是“救心”,即让绝境边缘的“心魂”得以复活,这迥异于北村悲悯情怀与神秘体验的应然选择,也迥异于张承志种族文化血脉的必然遗传。

史铁生认为“好的宗教必进入艺术境界,好的艺术必源于宗教精神”④。其小说《务虚笔记》《关于詹牧师的报告文学》,散文《合欢树》《我和地坛》《想念地坛》《好运设计》《病隙碎笔》《消逝的钟声》等,以基督精神为观照世界事物的原点,描绘人类历史性存在的各种问题,衡量人们的各种价值追求,追寻至深的存在关切。“他仿佛在黑暗的深渊中,用脚步打造攀升的大楼,以语言为仰望,行走在与上帝相遇的路上。”⑤

以《务虚笔记》为例。作为史铁生的“心魂自传”,《务虚笔记》可谓其精神的文字般若。这部小说彻底颠覆了传统小说的叙事成规,里面的人

---

① 赵毅衡撰:《神性的证明:面对史铁生》,载《花城》2001 年第 1 期。
② 史铁生撰:《对话练习》,时代文艺出版社 2000 年版,第 217 页。
③ 史铁生撰:《宿命与反抗》,载《作品与研究》1997 年第 2 期。
④ 史铁生撰:《白天信基督,夜晚信佛法》,载《收获》2002 年第 2 期。
⑤ 唐小林著:《看不见的签名》,中国社会科学出版社、华龄出版社 2004 年版,第 299 页。

物都由字母代替，所发生事件彼此重叠，每个人都是另一个人飘忽不定的幻影，就连叙述者也是一个悖论的存在。在这部小说里，史铁生将基督教精神与日常生活经验相结合，从平凡琐事中自然呈现基督教精神体验，把人生的存在问题与基督教信仰相联结，系统地探究生死、信仰、命运、忏悔、性与爱、灵与肉、人生的软弱与孤苦等根本问题，呈现出了存在的真切澄明之处。而且，在这种最终超越价值的叩问中，史铁生始终坚持人文主义色彩的反思、怀疑与批判，将人在信仰过程中的复杂心灵状态描摹得出神入化。史铁生这种表现"过程宗教"的艺术架构，一脱"宣教布道"之窠臼，毫无"理障""事障"之弊；它不断向人的灵魂掘进，语言与思想彼此同一，不再是粗糙的文学布道与心灵施洗。

试将史铁生与北村略作比较。

譬如，关于爱。《圣经》有言："我们爱，因为神先爱我们"；"主为我们舍命，我们从此就知道何为爱"。人要先接受神的爱，才能从迷途返归乐园，享受真爱，并付出真爱。北村的创作充分体现了这一基督教观念。《施洗的河》中的刘浪因神爱的救赎教他爱人而得救，向昔日仇敌马大传福音。《孙权的故事》中的孙权入狱后，读了《圣经》那段耶稣赦免行淫时被捉妇人的记载，瞬间认识到了神对罪人的爱，并降服在这无比的爱中，开始用神所赐的爱去爱别人。同样，《我的十种职业》中的盲姑娘李琳因相信神的爱原谅了出轨的丈夫；《望着你》中的主人公五环在神之圣爱的光照下，获得了与世界和解的能力。"北村2003新爱情小说"整套书系的每一本书里，北村都题写道：

> 我想，爱应该是对一种对象的重要价值的确认。这种确认到一个程度，就称为爱。而且这种价值有惟一性，所以爱是专一的。因此爱是真理。
>
> 爱有不同的深度，那么爱到最深的才是爱，要爱到那么深，只有舍己，别无他途。因此爱是信仰。

爱肯定是不求回报的，但爱真的有回应。如果没有回应，不是我们给出的爱并不是爱，就是爱得不够深切，那人（耶稣）爱拉撒路爱得何等深切，拉撒路就要活过来。因此爱是复活。

爱得真，不但对方得安慰，自己也得安慰，真是奇妙的事。一个深爱着的人是大无畏的。看来人类的主要职业应该是爱，要一刻不停地爱，哪一刻停下来了，那种神圣的同在就要消失，爱里没有惧怕。因此爱是永生。

史铁生认为，人是残缺的，爱不是占有，也不是奉献；爱只是自己的心愿，爱情则是残缺的个体在灵魂深处对与同样孤独的另一半复合的呼唤。他说："爱是软弱的时刻，是求助于他者的心情，不是求助于他者的施予，是求助于他者的参加"；"爱和语言意图一致——让智识走向心魂深处，让深处的孤独与惶然相互沟通，让冷漠的宇宙充满热情，让无限的神秘暴露无限的意义"（《病隙碎笔》）。

在《务虚笔记》里，史铁生指出，"爱"是人的最终极的拯救力量，即使在这个世界"没有爱了"，在另外一个的存在中，人可能"仍然在爱，仍然要爱"。那么，这爱的力量源于何处呢？如果是北村一类基督教精神信仰者，自然明确无误地归之于基督的爱。史铁生则借人物 F 医生之口作了一个比较暧昧的回答："我多年来只有……只有一个心愿，那就是来生，如果……如果真的有来生，不管是在哪儿，不管是在……天堂还是在……还是在地狱，我都要……要找到 N，回答她……回答她一直希望……希望我回答的：在现实之外，爱，仍然是真的……"尽管人的选择充满错误与局限，爱的最终选择权还是隐隐回到了人的手上。史铁生并无意成为基督教思想体制内的写作者，这就是他的特异之处。人文与信仰之间的这种张力的存在，有力扩展了作品的审美内涵。

质言之，史铁生的神性写作是启示性的艺术创造，而不是北村那种归化式的宗教代言；它以犹如生命般若、心魂真如的文字，"继承、预识和朗显”了生命的意义，启示性地提出存在的终极问题。于是，“我们面前终于出现了一位作家，一位真正的创造者，一位颠覆者，他不再从眼前的现实中、从传说中、从过去中寻求某种现成的语言或理想，而是从自己的灵魂中本原地创造出一种语言、一种理想，并用它来衡量或‘说’我们这个千古一贯的现实。在他那里，语言是神圣的、纯净的，我们还从未见过像史铁生的那么纯净的语言。只有这种语言，才配成为神圣的语言，才真正有力地完成世界的颠倒、名与实的颠倒、可能世界与现实世界的颠倒；因为，它已不是人间的语言，而是真正的‘逻各斯’，是彼岸的语言，是衡量此岸世界的尺度”[1]。史铁生创造的这种语言，即王一川说的“中国人的新的生存寻到新的安居处”的“新的原创性语言”；它将“普遍的东西赋予更高意义，使落俗套的东西披上神秘的外衣，使熟知的东西恢复未知的尊严，使有限的东西重归无限”[2]。

海德格尔把“道可道，非常道”别出心裁地译为：“走某条路，但不是随便哪一条路。”这一真理不仅适用于哲学，也适用于艺术。“某条路”是一条作为“无”而不是作为“有”的路，是一条“无”中生“有”——“走”了才“有”，不“走”即“无”的路。信仰叙事或神性写作便是这条人迹罕至的路，行走在这条本来不在的路上，必须葆有赴死以求也不惧退的坚定信念，才能真正从苦难提取幸福，从虚无创造意义。这就像即将抵达生命终点的贝多芬，在最后一部作品——降 B 大调弦乐四重奏 OP.130——的终乐章开头几小节上所题写的：“必须这样？必须这样，必须这样。”

① 邓晓芒著：《史铁生：可能世界的笔记》，《灵魂之旅：90 年代文学的生存境界》，湖北人民出版社 1998 年版，第 151 页。

② 刘小枫著：《诗化哲学》，山东文艺出版社 1986 年版，第 33 页。

第四章　文学与文化

法国思想家于连(Frangois Jullien)在《新世纪对中国文化的挑战》一文里提出:“在世纪转折之际,中国知识界要做的应该是站在中西交汇的高度,用中国概念重新诠释中国思想传统。如果不做这一工作,下一世纪中国思想传统将为西方概念所淹没,成为西方思想的附庸。如果没有人的主动争取,这样一个阶段是不会自动到来的。中国人被动接受西方思想并向西方传播自己的思想经历了一个世纪,这个历史时期现在应该可以结束了。”正如王岳川所言,用中国自己的概念来诠释中国的思想传统,一方面可以避免堕入虚假的普世主义的漩涡,另一方面则是以重新检讨过的中国思想光华来丰富世界思想,从而避免陷入民族主义的陷阱①。那么,怎样才能真正准确地理解西方?中西文化的互补、融合是怎么实现的?如何重新阐释、发现东方,渊远究极,以光大、发皇中国文化与学术呢?

① 参阅王岳川撰:《中西文论互动与文化输出》,载《中外文化与文论》第13辑,四川大学出版社2006年版,第90页。

一、中西文化思维方式

2014年以来，张江教授提出“强制阐释”论，对20世纪以来的西方文论进行了系统的反思，指出其存在“场外征用”“主观预设”“非逻辑证明”和“混乱的认识路径”等若干缺陷，进而批判了学界以西方理论为标准，裁剪中国文学实践与经验的研究方式，倡导“全方位回归中国文学实践”“坚持民族化方向”“外部研究与内部研究的辩证统一”以重建中国文论。张江教授的相关文章先后在《中国社会科学》《文学评论》等刊物发表，引发了文学批评界、理论研究界的热议，问题的讨论不断引向深入，成了当下的学术热点之一。

张江教授“强制阐释”论的核心，在于对当代西方文论有效性问题的考量，其着眼点则是中国文论乃至中国文化如何开辟榛芜的自身建设问题，而不是一味地为批判而批判。如何准确地评估当代西方文论的基本特征及其有效性？这首先涉及中西方思维方式的差异问题，诸多的隔阂与误解往往由此而生。

作为人类内在精神活动的构成与体现方式，文化直接涉及人的存在问题，呈现了人与世界的联系方式；其中，思维方式是文化的一个重要内容，一个民族在创造一种文化的同时，也形成了与之相应的独特的思维方式。与其他文化构成要素比较而言,思维方式具有更大的稳定性和连续性。

在研究中西方思维方式之差异时,许多学者都发现“有”与“无”是两个非常重要的概念①。具言之,“有”是西方人认识世界的一个基础,西方人在追求宇宙本体的时候,看重的是有(Being)而不是无,是实体(Substance)而不是虚空。古希腊哲学家巴门尼德第一个提出“有”(Being)这个概念,亚里士多德随后提出“存在”(Substance),“有”和“存在”决定了西方文化发展的方向。后来西方哲学家所提出的一系列概念,如物质方面的原子、微粒、单子、原子事实等,精神方面的理式、理念、逻辑、上帝、先验形式等,都基本上没有越出“有”和“存在”的范畴。在中国古代哲学里,最重要的则是“道”“无”“理”“气”四个最重要的概念;其中,“道”是根本,“无”则是其核心。在古人眼里,大千世界无不在“道”中,世界不过是“道”变动的产物:“道有变动,故曰爻;爻有等,故曰物”②。“无”则是“道”的特点和存在方式:“道可道,非常道”;“道之为物,惟恍惟惚。惚兮恍兮,其中有象;恍兮惚兮,其中有物”③。“道”虽不可见,却无往不是“道”;“道”之循环往复谓之“气”,“理”则是“道”生成变化所遵循的规律。正是在“有”和“无”这两个概念之间,中西方哲学家给我们描述了两个不同的世界:“一个实体的宇宙,一个气的宇宙;一个实体与虚空的对立,一个则虚实相生。这就是渗透于各个方面的中西文化宇宙模式的根本差异,也是两套完全不同的看待世界的方式。”④

在西方人眼里,世界是一个确定的、可认知的“有”和“存在”,人和自然、肉体和精神、物质和意识被清晰地区分开来。西方哲学更强调主体性,主客体之间是反映与被反映、认识与被认识的关系,主要运用的是理

---

① 参阅黄药眠、童庆炳主编:《中西比较诗学体系》第三章“中西诗学的哲学背景比较”,人民文学出版社 1991 年版,第 62—92 页。

② 黄寿祺、张善文著:《周易译注》,上海古籍出版社 1989 年版,第 602 页。

③ 陈鼓应著:《老子注释》,中华书局 1984 年版,第 53 页、第 148 页。

④ 张法著:《中西美学与文化精神》,北京大学出版社 1994 年版,第 21 页。

性—逻辑的思维方式。即便是中世纪的基督教神学家在证明上帝存在时,所运用的也是亚里士多德的形式逻辑。世界唯其是确定的,才是可认知的,它才被划分为已知、未知,以激发西方人认识世界的极大热情。

在古代中国人那里,世界并没有分裂成已知和未知两个部分,因为物本身并不重要,重要的是它的功能;在“天人合一”的观念里,人和道是不可分割的,人对道的认识不是将它作为一个对象来研究与审视,而是面向自身的自省。只有认识自我、超越自我,不为小我所蔽,才能进入“天人合一”的境界。为此,中国古代哲学的核心是“成人”问题:儒家的目标在成“圣人”,道家意在成“至人”或“真人”,禅宗则意在成“佛”。在中国思想史上,儒家的思维方法是“比类思维”,道家的思维方式是“意会思维”,禅宗的思维方式是“顿悟思维”。总体而论,华夏美学肯定认知与直觉的统一,但又偏重于直觉这一思维传统,这深刻影响了中国古典美学的发展方向①。

因此,西方的思维方式主要体现为一种“逻辑的可能性”,属于“思辨的智慧”;中国的思维方式则更多体现为“现实的可能性”,属于“存在的智慧”。用现代哲学家牟宗三的话说,西方的哲学传统是以逻辑思辨为方式,以形而上学知识论的问题为对象,其所用的人的智力是“抽象的解悟”(Anstract understanding)。具言之,“西方的传统哲学大体是以逻辑思考为其进路,逻辑思考首先表现为逻辑定义。……逻辑定义所把握之一物之体性或本质,并不涵有一物之存在:有一物即有一物之体性,但有一物之体性不必涵有一物之存在”②。因此,“西方的哲学本是由知识为中心而发的,不是‘生命中心’的。……读西方哲学是很难接触生命的学问的。西方哲学的精彩是不在生命领域内,而是在逻辑领域内、知识领域内、概念的思辨方式中”③。与之相异成趣,中国文化传统中,不喜欢讲那

① 参阅韩林德著:《境生象外——华夏审美与艺术特征考察》,生活·读书·新知三联书店 1995 年版,第 99—103 页。

② 牟宗三著:《生命的学问》,广西师范大学出版社 2005 年版,第 19 页。

③ 牟宗三著:《生命的学问》,广西师范大学出版社 2005 年版,第 31 页。

抽象的死硬的理性，而是讲那具体的情理或事理，即“具体的解悟”（Concrete understanding）。“中国文化之智慧，惟在能自生命内部以翻出心性之理性，以安顿原始赤裸之生命，以润泽其才情气，并由之能进而‘以理生气’也”①。

可以说，“现实的可能性”（“具体的解悟”）是潜在的“逻辑的可能性”（“抽象的解悟”），它未经严密的逻辑论证，可能不及后者精确、科学、易普遍推广，但大于后者，更为丰富，更具潜力。现代哲学家徐复观说：“中国的思想家，系出自内外生活的体验，因而具体性多于抽象性。但生活体验经过了反省与提炼而将其说出时，也常会澄汰其冲突矛盾的成分，而显出一种合于逻辑的结构。这也可以说是‘事实真理’与‘理论真理’的一致点、接合点。但这种结构，在中国的思想家中，都是以潜伏的状态而存在。”②可见，中西两种思维方式之间并非完全对立。智慧是可以产生结果的生命过程，知识则是游离于生命过程的结果。凡属于人类智慧的东西，无论古今中西我们都可以学，不应认为中国思维方式好，就排斥西方；或是认为西方思维方式好，就排斥中国。关键在于，学习时必须加入我们自己的智慧，将它们置于具体的历史文化语境之中，加入我们的生命体验，把它们内在的生命重新点化出来，转变成我们自己的智慧。

正是基于中西方思维方式的差异，我们发现，西方的许多文艺理论是由哲学家们提出来的，他们普遍注重对文学艺术思想的系统阐述，注重这些思想与哲学其他问题（如，本体论、认识论问题和伦理学问题等）的相互联系；而中国古代的文学艺术思想大多由文学家、艺术家所记述的创作经验组成，虽然零碎而散乱，却具体而鲜活。张江教授指出西方文论有“场外征用”“主观预设”“非逻辑证明”和“混乱的认识路径”等特征，这些在我们看来是缺陷的东西，在西方人看来则可能是我们所不及的优长。著名科学家爱因斯坦说过：

---

① 牟宗三著：《生命的学问》，广西师范大学出版社 2005 年版，第 29 页。

② 徐复观著：《治思想史的方法问题》，见李维武编：《徐复观文集》第 2 卷，湖北人民出版社 2002 年版，第 3 页。

人们总想以最适当的方式来画出一幅简化的和易领悟的世界图像，于是他就试图用他的这种世界体系来代替经验的世界，并来征服它。这就是画家、诗人、思辨哲学家和自然科学家所做的。他们都按自己的方式去做，个人都把世界体系及其构成作为他的感情生活的支点，以便由此找到他在个人经验的狭小范围里所不能找到的宁静和安定。①

这是西方人典型的一种生存智慧。中国人对于外部世界的感知则更偏重于天人相通式的直觉感悟。如林语堂说：

我喜欢春天，可它过于稚嫩；我喜欢夏天，可它过于骄矜。因而我最喜欢秋天，喜欢它金黄的树叶、圆润的格调和斑斓的色彩。它带着感伤，也带着死亡的预兆。秋天的金碧辉煌所展示的不是春天的单纯，也不是夏天的伟力，而是接近高迈之年的老成和良知——明白人生有限因而知足，这种"生也有涯"的感知与精深博大的经验变幻出多种色彩的调和：绿色代表生命和力量，橘黄代表金玉的内容，紫色代表屈从与死亡。月光铺洒其上，秋天便浮现出沉思而苍白的神情；而当夕阳用绚丽的余晖抚摸她面容的时候，她仍然能够呈现出爽悦的欢笑。初秋时分，凉风瑟瑟，摇落枝叉间片片颤动着的树叶，树叶欢快地舞动着飘向大地。你真不知道这种落叶的歌吟是欣喜的欢唱还是离别的泪歌，因为它是新秋精神的歌吟：镇定、智慧、成熟。②

这是中国人特有的感知世界的方式，也是一种生存智慧的体现。在中西这两种生存智慧之间，我们实在很难做出优劣高下的判断。当然，这

① 爱因斯坦著：《探索的动机——在普朗克六十岁生日庆祝会上的讲话》，《爱因斯坦文集》第1卷，许良英等编译，商务印书馆1976年版，第101页。

② 林语堂著：《中国人》，郝志东、沈益洪译，浙江人民出版社1988年版，第308—309页。

么说并不意味着中西方的思维方式及其文化不存在各自的缺陷。

西方理论素以所谓的“科学”著称,但西方学者对此作了清醒的反思和批判。如,法国著名哲学家柏格森指出,用语言符号只能得到相对的知识,凭借理性逻辑仅能获得表面的知识,至于“生命意志”的“绵延”——柏格森称之为“唯一的实在”——是无法由逻辑、符号来寻找的。认清了语言、符号的局限之后,柏格森肯定了直觉、悟性的重要。美国当代哲学家M·怀特评述柏格森时说:“理性最多也不过是能够在一座预先构造的科学房屋四周‘环行’,而直觉则有进入这座生命、感觉和经验大厦的高贵特权。”①德国著名哲学家恩斯特·卡西尔对所谓“理性”也作过极为清醒的批判:“当人被一种特殊神明的启示开导之后就会发现:理性本身是世界上最成问题、最含混不清的东西之一。理性不可能向我们指示通向澄明、真理和智慧的道路”;“有些事物由于它们的微妙性和无限多样性,使得对之进行逻辑分析的一切尝试都会落空”②。牟宗三也犀利地批评西方理论:“凡以西方那种外在的、观解的思考路数,以及其所派生的一切,来解析中国学问,甚至整个道德宗教的,俱是差谬不相应。……凡是那种外在的、观解的思考路数所决定的学问,对于人性俱无善解。因此,不能知性尽性,即不能开价值之源,树立价值之主体。”③然而,不少中国学人茫然不知西方思维方式的先天性缺陷,盲目崇拜、追随西方理论,“偶尔着研究自己的文化时,常不敢堂堂正正地面对自己所处理的对象,深入到自己所处理的对象,而总是想先在西方文化的屋檐下找一容身之地”④。难道不是这样吗?

在一次学术访谈中,高建平谈到,西方分析美学致力于对艺术批评的概念进行分析,与直接的艺术现象处在一种较为隔膜的、间接的状态。当

---

① [美]M.怀特编著:《分析的时代——二十世纪的哲学家》,杜任之主译,商务印书馆1981年版,第62页。

② [德]恩斯特·卡西尔著:《人论》,甘阳译,上海译文出版社1985年版,第18页、第20页。

③ 牟宗三著:《生命的学问》,广西师范大学出版社2005年版,第25—26页。

④ 徐复观著:《中国艺术精神》“自序”,广西师范大学出版社2007年版,第3页。

代美学则在进行一种转向，重新关注社会文化的一些现实问题，比如关于现代艺术中出现的问题，环境中出现的问题等。实际上是美学这个学科本身在现代社会中经历着更新。分析美学帮助人反省自身的经验、思考和激情，中国美学必须经受分析美学的“洗礼”。因为没有这一“洗礼”，学术界在概念使用上，缺乏语言的自觉，美学讨论的学术水平得不到提高，中国美学就不能向上走一格，使美学更像一门学问。为此，高建平试图在中国材料的基础上建构一种与西方思想有着对话性的中国理论，以补充和发展西方已有理论，揭示出西方人由于自身传统而被遮蔽的思想要素①。显而易见，高建平认识到了中国传统美学思维方式的缺陷，而加强美学研究的逻辑分析，并融通中西以彰显中国美学理论的现代价值。

现代使用的“理论”（theory）一词的近亲分别为拉丁文 theoria 和希腊文 theoros，既意指内心的沉思与想法，也表示供观众观看的某种景象。从此逐渐演绎为同实践相对的、作为假设和假说的一种思想体系，其作用是对实践提出解释。再由这个意思进一步演绎出代表指向某种规律（law）的东西。在某种意义上，“理论”其实蕴含有作为一种观念表演的意思。在 17 世纪以来的某些英语语境中，这个词一度甚至与“投机的”（speculative）一词有些暧昧关系。在日常使用中，理论常常可以同“虚假”组合，并同“实用”（practical）的概念相对照②。这表明，理论原本并不具有颐指气使、君临天下的权势。法国思想家埃德加·莫兰强调说：“一个理论不是认识，它只是使认识可能进行的手段；一个理论不是目的地，它只是一个可能的出发点；一个理论不是一个解决方法，它只是提供了处理问题的可能性。换句话说，一个理论只是随着主体的思想活动的充分展开而完成它的认识作用，而获得它的生命。”③

① 刘大先撰：《中外交流中的美学寻求——高建平研究员访谈录》，《文学教育》2007 年第 6 期。

② ［英］威廉斯著：《关键词》，刘建基译，生活·读书·新知三联书店 2005 年版，第 486—490 页。

③ ［法］埃德加·莫兰著：《复杂思想：自觉的科学》，陈一壮译，北京大学出版社 2001 年版，第 270 页。

从不同的理论视角切入,西方理论家参与到文学艺术的批评,他们一方面对文学艺术作品有着丰满的感性体验,另一方面又表现了某种理性的澄明与超越。如,海德格尔对凡·高的著名油画《一双农鞋》的著名阐释:

从鞋具磨损的内部那黑洞洞的敞口中,凝聚着劳动步履的艰辛。那硬邦邦、沉甸甸的破旧农鞋里,聚集着那寒风料峭中迈动在一望无际的永远单调的田垄上的步履的坚韧和滞缓。鞋皮上粘着湿润而肥沃的泥土。暮色降临,这双鞋底在田野小径上踽踽而行。在这鞋具里,回响着大地无声的召唤,显示着大地对成熟的谷物的宁静的馈赠,表征着大地在冬闲的荒芜田野里朦胧的冬冥。这器具浸透着对面包的稳靠性的无怨无艾的焦虑,以及那战胜了贫困的无言的喜悦,隐含着分娩阵痛时的哆嗦,死亡逼近时的战栗。①

美国艺术史家梅叶·夏皮罗通过考证,认为凡·高所画的鞋子并不是农妇的鞋子,相反,它们是城里人的鞋子,具体地说,就是凡·高自己的鞋子。德里达还告诉我们,凡·高所画的鞋子甚至不是"一双"②。假如这一切都符合事实,那么,我们能不能由于这"一双农鞋"是"假"的,就推导出海德格尔的这一阐释是"无效判断"呢?问题可能没有这么简单,因为,《一双农鞋》是一个艺术作品,并非一件实物。

当文献学证明特洛伊战争中的海伦属于误传幻象、真实历史中的海伦当时在埃及时,德国著名马克思主义哲学家恩斯特·布洛赫(1885—1977)对于"荷马史诗"所蕴含的文学精神经验作了超越实证的诗意阐释:

---

① [德]海德格尔著:《艺术作品的本源》,《林中路》,孙周兴译,上海译文出版社1997年版,第17页。

② 陆扬主编:《20世纪西方美学经典文本》第2卷,复旦大学出版社2000年版,第414页。

这件事情的真正深刻之处在于：特洛伊的或者说幻影的海伦比埃及的海伦更为优越，因为前者在梦中活了十年，并使梦想真正获得了实现。这是不能完全由后来的真正现实所取消的……只有特洛伊的海伦而不是埃及的海伦和军队一道行军，只有她使她的丈夫度过十年苦苦的徒然思念的岁月，使他备尝痛苦与又恨又爱的感情，使他背井离乡地度过许多夜晚，尝尽艰苦的军营生活，急切地盼望胜利。……砝码已经被轻易地互换了一下：在这个迷惑混乱之中，同一个罪恶的、受苦的但主要是有希望的世界连接在一起的、幻想出来的特洛伊的诱人的女妖几乎是唯一的现实，而现实倒几乎变成一个幻影。①

海德格尔对凡·高《一双农鞋》艺术魅力的揭示亦应作如是观。海德格尔说："走近这作品，我们就突然进入了另一个天地，其况味全然不同于我们惯常的存在。"②换句话说，这幅画向每一个观看者敞开了一种本真的生存，它真切表明了农妇劳作的艰辛与生活的勤劳，呈现一个农妇或农民的生活世界。因此，在有形的艺术品之中，实际存在着一种无形的东西，这种东西常常通过我们内在的生命冲动表现为一种精神性的现象，充盈于天地之中，并借助艺术家之手被赋予了生命，最终作为"存在"的"去蔽"显现于艺术作品之中。

可与海德格尔、布洛赫的上述经典阐释相媲美的，是精神分析大师弗洛伊德对列奥纳多·达·芬奇《蒙娜·丽莎》的"蒙娜·丽莎微笑之谜"的阐释：

蒙娜·丽莎的微笑中结合着两种不同的因素，这一思想打动了

---

① ［德］恩斯特·布洛赫著：《希望的原理》第 1 卷，第 201 页以下，法兰克福，1959。中译文转引自〔英〕利·拉贝兹编选：《修正主义》，叶寿曾、裘辉等译，商务印书馆 1963 年版，第 204 页。

② ［德］海德格尔著：《艺术作品的本源》，《林中路》，孙周兴译，上海译文出版社 1997 年版，第 19 页。

好些批评家。因此,他们在美丽的佛罗伦萨人的表情中发现了那种支配着女性性生活的冲突的最完美的表现——冲突在于节制与诱惑之间,在于最诚挚的温情与最无情的贪婪的情欲(贪婪地要毁灭男人,似乎他们是具有敌意的存在)之间。

弗洛伊德还引用了意大利作家安格罗·孔蒂的话说:

这位夫人在庄严的宁静中微笑着;她的征服的本能、邪恶的本能、女性的种种遗传、诱惑和俘获其他人的意志、欺骗的魅力、隐藏着残酷目的的仁慈——所有这些依次隐现于微笑的面纱后面,埋藏在她的微笑的诗中……好的和坏的、残忍的和同情的、优秀的和奸诈的,她笑着……①

《蒙娜·丽莎》画的究竟是谁?按照意大利作家、画家和建筑师乔其奥·瓦萨里(1511—1574)的说法,《蒙娜·丽莎》的原型是佛罗伦萨银行家弗朗西斯科·德尔·吉奥孔达的第二任妻子——丽莎·吉奥孔达;英国艺术史家伊芙琳·维尔奇博士则认为,《蒙娜·丽莎》的原型是当时曼图亚的统治者弗朗西斯科·冈查加的妻子——伊莎贝拉·德斯特,还有人认为是列奥纳多·达·芬奇赞助人朱利亚尼·美第奇的异国情妇——伊莎贝尔·桂兰达,或是一位充满冒险精神的"悍妇"——康丝坦莎·达瓦沃斯。进入新世纪,在米兰州立史料馆,人们发现一份重要档案,其中一份材料与列奥纳多·达·芬奇的终生助手卡普洛蒂有关。材料中有一份绘画清单,在所开列的作品中有一项名称写着"La Jonda"的被划掉,改为"La Gioconda"(意思是"微笑的人"),这个名称是达·芬奇一位已婚模特儿的夫姓,她的本名是丽莎·吉奥蒂尼(Lisa Gheradini)。卡普洛蒂的

① [奥]弗洛伊德著:《弗洛伊德论美文选》,张唤民、陈伟奇译,知识出版社1987年版,第79页、第80页。

清单表明达·芬奇可能把这幅杰作留给了他,而丽莎·吉奥蒂尼就是《蒙娜·丽莎》的原型。米兰的重大发现证实了500年前瓦萨里的说法。至此,《蒙娜·丽莎》画的究竟是谁的问题,已水落石出①。2012年7月17日,意大利考古学家声称找到了疑似丽莎·吉奥蒂尼的遗骨。2014年2月,研究人员对遗骨作的DNA测试表明,她就是《蒙娜·丽莎》的原型丽莎·吉奥蒂尼。

这些关于原型的"考古"式研究,似乎并无助于我们破解《蒙娜·丽莎》的"神秘微笑"。1547年,乔其奥·瓦萨里较早留意到《蒙娜·丽莎》所呈现的笑容非同寻常:

> 在列奥纳多的这幅作品中,有着一种令人心醉的微笑,那样的超逸,那样的圣洁,此微笑难以捉摸,不可思议,生活中没有比此更具活力的微笑了。②

此后500多年来,人们对这"神秘微笑"作了形形色色的解读,大致可分实证主义与审美心理两大派系。

实证主义派的代表人物是美国哈佛大学神经学家玛格丽特·利文斯通教授。她认为人们之所以感觉《蒙娜·丽莎》的微笑扑朔迷离,原因在于一种视觉系统的工作原理。根据视觉系统的工作原理,我们分别通过中央区域和外围区域来看外部世界。中央区域负责最强烈的视觉刺激,使我们具备看到色彩的能力,最适宜辨别细节,却不适宜识别影子;而外围区域获取辅助视觉,专门负责感觉黑白、阴影和运动。当人们凝视一副面容,视觉中心往往集中在眼睛上,精确度较低的外围视觉则集中在嘴上。由于外围视觉对细节比较迟钝,而"乐于接受"来自画面人物颧骨的

---

① 胡跃生著:《细看达·芬奇》,广西师范大学出版社2005年版,第100—103页,第103—106页。

② [意]乔其奥·瓦萨里著:《著名画家、雕刻家、建筑家传》,刘明毅译,中国人民大学出版社2004年版,第235页。

阴影,使整体趋于模糊,强化了蒙娜·丽莎笑容所涉及的阴影。一旦凝视蒙娜·丽莎的嘴,中心视觉就很难看见阴影,便看不到她的笑容了。利文斯通还对《蒙娜·丽莎》作了扫描,并用电脑对扫描结果进行处理,重现图像但是过滤掉了阴影,图像的每个细节都很清楚,但再看人物时微笑就不易看到了;但若把阴影再次加强,微笑便会再次浮现出来。

实证主义阐释帮助我们理解真、把握真,体现了科学主义的精神。审美心理阐释则启发我们认识美、欣赏美、懂得美。审美心理派代表人物是美国耶鲁大学临床外科教授舍温·纽兰,他说:

> 她在笑什么?她是否知道了我们不知道的事情,她怎么会知道文化的想法?这连我们自己都不知道。达·芬奇听见了一般人听不见的声音。我觉得这个微笑表示着:我知道一些你们从来都不知道的事情,我了解你和这个世界,而你却永远也不得而知。这是达·芬奇传达给全世界的信息,同时也有一种夫子自道。所以,我觉得在这幅肖像画中,达·芬奇描绘的是自己,同时绘就了自己一生的故事。

审美心理派的学者认为,达·芬奇自幼得到的母爱是蒙娜·丽莎的微笑之源,母亲那充满神秘和慈爱的微笑深深铭记在画家童年的记忆里,而丽莎·吉奥蒂尼的微笑则唤醒、激活了画家对母亲的微笑的追忆,画家将记忆中的微笑形诸画笔,并结合到了丽莎·吉奥蒂尼的形象上①。不过,在我看来,弗洛伊德的上述阐释似乎要比舍温·纽兰更有说服力,因为它揭示了《蒙娜·丽莎》所表现的历史特征或心理特征。

法国艺术史家丹纳指出:“文艺复兴是一个绝无仅有的时期,介乎中世纪与现代之间,介乎文化幼稚与文化过度发展之间,介乎赤裸裸的本能世界和成熟的观念世界之间。”②在丹纳看来,意大利文艺复兴运动瓦解

---

① 参阅胡跃生著:《细看达·芬奇》,广西师范大学出版社 2005 年版,第 103—106 页。
② [法]丹纳著:《艺术哲学》,傅雷译,安徽文艺出版社 1991 年版,第 160 页。

了中世纪以来的信仰，造成道德沉沦的“时代病”，表现为：“感官的诱惑太强，幻想的波动太迅速；精神上先构成一个甜蜜的、消魂的、热情汹涌的梦境，至少先编好一个肉感又强又有变化的故事；一有机会，平时积聚的浪潮便一涌而出，把一切由责任和法律筑成的堤岸全部冲倒。”①另一方面，当我们仔细地研究文艺复兴时期的恋爱道德时，又发现一个鲜明的对比：小说家们和喜剧诗人们使我们了解到爱情只是在肉欲享受，但是，在那些最好的抒情诗人和对话体作家的作品上，我们又看到另一种最高贵的、深挚纯洁的感情，人原来与神合一的古代信念得以复活。换言之，生活的两极：一是世俗的肉欲享乐，乃至通奸、凶杀、猥亵；一是优雅的骑士风度、圣母的仁爱和高贵的罗马精神——二者构成了文艺复兴的时代精神气候，正是这种“情感结构”(Structure of feelings)形成了文学艺术作品的二重性。弗洛伊德对《蒙娜·丽莎》的精神分析，由于生动剖示了文艺复兴时期人们的“情感结构”，而令人信服！

文学艺术有着极大的广延性，它绘制了一幅完整的世界版图，有助于我们建立经验的、文化的连续性和统一感。海德格尔、布洛赫、弗洛伊德等人的批评实践，没有对复杂的精神世界作简约化的处理，而是生气灌注，有光泽，有渗透力。在我看来，这些批评既非“场外征用”，亦非“主观预设”，它们有着独立的精神价值，我们不必拘泥于它们是否符合史实或作者意图。清代诗人袁枚早就说过：“作诗者以诗传，说诗者以说传。传者传其说之是，而不必尽合于作者也。……遽谓吾说已定，后之人不可复而发明，是大惑也。”(《程绵庄诗说序》)

① [法]丹纳著：《艺术哲学》，傅雷译，安徽文艺出版社1991年版，第214页。

二、走向中西会通

19世纪以降,西学东渐,西方文化一直以"科学"的面目作为一种真理话语出现,中国学人多唯其马首是瞻,与西方文化思潮亦步亦趋,过分倚重西方现代学术思想或理论,从中寻得某个思想框架以阐释中国文化现象,毫无抵抗地让"中国问题"成为这些理论的现成例证,致使对本土文化丧失了应有的理论把握力和思想原创力。

在《人生之体验》的"导言"里,唐君毅坦言:愈是现代的人生哲学之著作,愈是让人喜欢不起来。何故?这些著作纲目排列整整齐齐,叠床架屋,除了可助教学或清晰些观念性知识,实无多价值;它们不能与人以启示,透露不出著者心灵深处的消息,且足以窒息读者之精神的呼吸①。

因此,有人主张坚守中国文化立场又不抱残守缺,而是有所通变,以对传统学术的"祖述"与"引申"、师承与创新来抵御西方学术的巨大压力。如,1901年,文体学家王兆芳在撰写《文章释》一书时,写了一封信给俞樾,谈到自己写作此书的设想:"今者西术与我学争,我若固守专家之师承,而儒道反不振。兆芳以为学通天地人而考道于古圣贤,论道于事物,祖述不摇,引申不已。使我儒道之大,足以括西术之长,而且西术之长,不足抗我儒道之大。若是亦善守师承者乎。"②坚守中国文化立场自然是必要的,但如果研究只是为了保持或恢复原貌,止步于对古籍的整理、校订、注释,"祖述不摇,引申不已",这种"通变"仍然是有限的。

杨义善意地提醒研究者,"对于西方理论的本质和源流、精华和偏枯,都应该尽可能地进行深入的洞察和深入的把握。不下这番工夫而轻率痛

① 唐君毅著:《人生之体验》"导言",广西师范大学出版社2005年版,第3页。
② 王兆芳:《文章释》卷首《遗曲园先生书》,见王水照主编:《历代文话》,复旦大学出版社2007年版,第6256页。

斥，难免流于虚妄，但经过深入的洞察把握之后，却不能汲取其精华而跳出其窠臼，不能认识其偏颇而破除其缺陷，则难免流于平庸”①。那么，我们怎样才能做到准确地理解西方文化，并汲取其精华呢？

第一位享誉全球的演奏家、被世界乐坛誉为“钢琴诗人”的傅聪及其艺术实践，或许能给我们一些有益的启示。

1955年，傅聪获“第五届萧邦国际钢琴比赛”第三名，以及萧邦《玛祖卡》演奏最优奖。评委、意大利钢琴家阿高斯蒂教授对傅聪说：“只有古老的文明才能给你那么多难得的天赋，萧邦的意境很像中国艺术的意境。”评委一致认为，傅聪的演奏“最赋有萧邦的灵魂”。南斯拉夫报纸也曾以《钢琴诗人》为题赞扬傅聪说，在他的“思想与实践中间，在他对于音乐的深刻理解中间，有一股灵感，达到了诗的境界。”并说他的演奏艺术：“是从中国艺术传统的高度明确性脱胎出来的。他在琴上表达的诗意，不就是中国古诗的特殊面目之一吗？他镂刻细节的手腕，不是使我们想起中国册页上的画吗？”

傅聪获奖后，曾有西方记者问他：“你是不是完全西方化了才懂得许多？”傅聪的回答是：“不！假如是这样的话，就不需要我了，我就不过是你们西方的一个模仿，那就多此一举！……我们中国人……或者也可以说，每一个民族，都可以对另一种文化有所贡献。当然……一定要自己文化的根扎得很深。因为文化这个东西到了高处，在那个顶上，和那个根上都是相通的，这个在世界上还是大同的，原来就是大同的。”

1946年诺贝尔文学奖获得者德国作家赫尔曼·黑塞（1877—1962）在收音机里听了傅聪演奏的萧邦之后，激动不已，写下了《致一位音乐家》一文，他说：

> 我所听到的不仅是完美的演奏，而是真正的萧邦。……我可以感受到紫罗兰的清香，马略卡岛的甘霖，以及艺术沙龙的气息。乐声

---

① 杨义撰：《文学研究进入二十一世纪》，载《文学评论》2000年第1期。

> 悠扬,高雅脱俗,音乐中韵律的微妙及活力的充盈,全都表现无遗。这是一个奇迹。
>
> 他像是出自《庄子》或《今古奇观》之中。他的演奏如魅如幻,在“道”的精神引领下,由一只稳健沉着、从容不迫的手所操纵,就如古老中国的画家一般,这些画家在书写及作画时,以毛笔挥洒自如,迹近吾人在极乐时刻所经历的感觉。此时你心有所悟,自觉正进入一个了解宇宙真谛及生命意义的境界。①

艺术到了最高的境界,是不分畛域的。赫尔曼·黑塞与傅聪,一个文学家,一个音乐家,两人从未谋面,却是灵性上的同道中人,彼此心心相印!

傅聪演奏的是纯西化的钢琴音乐,然而,他是用中国人的心灵来演绎、升华西方音乐的。傅聪是怎么把东方的文化“化”进去的呢?傅聪说:“我并不是故意这么做的!一个人的气质,内心的修养,是无形中存在的。作为一个中国人,我身上有了中国人的文化修养,在演绎西方音乐时,就多了一个角度去理解西方音乐,这给了我一种想象力,或者说我很Chinese(中国),很特别,像是总有自己的话要说;然而这不是哗众取宠的东西,不是故意加入的,而是无形中存在的。我绝对没有去故意‘东方化’或‘中国化’。”

傅雷曾写过题为《傅聪的成长》一文,他说:“我和意大利教授一样,认为傅聪这方面的成就大半得力于他对中国古典文化的认识与体会。”接着又说:“的确,中国艺术的最大特色,从诗歌到绘画到戏剧,都讲究乐而不淫,哀而不怨,雍容有度;讲究典雅,自然,反对装腔作势和过火的恶趣,反对无目的地炫耀技巧。而这也是世界一切高级艺术共同的准则。”傅雷坚信:“只有真正了解自己民族的优秀传统精神,具备自己的民族灵魂,才

---

① [德]赫尔曼·黑塞撰:《致一位音乐家》,金圣华译,载《爱乐》2003年第12期。

能彻底了解别个民族的优秀传统，渗透他们的灵魂。”①1963年11月3日，在致傅聪信中，傅雷写道：“真了解西方的东方人，真了解东方人的西方人，不是没有，只是稀如星凤。对自己的文化遗产彻底消化的人，文化遗产决不会变成包袱，反而养成一种无所不包的胸襟，既明白本民族的长处短处，也明白别的民族的长处短处，进一步会截长补短，吸收新鲜的养料。”②

傅雷是一个在中国最优秀的传统中植根极深的知识分子，他培养儿子傅聪时，既强调传统文化教育，同时又告诫傅聪应无书不读，博览群书：“像你这样的艺术家，应当无书不读，像 Busoni, Hindemith 那样”；“名家的音乐论著，可以帮助我们更准确地了解以往的大师，也可以纠正我们太主观的看法。我觉得艺术家不但需要在本门艺术中勤修苦练，也得博览群书，也得常常作 meditation，防止自己的偏向和钻牛角尖，感情强烈的人不怕别的，就怕不够客观；防止之道在于多多借鉴，从别人的镜子里检验自己的看法和感受。”③

文化滋养了音乐，音乐从文化中得到了巨人的力量。傅聪既是一位钢琴演奏家，又是一个学问家；他带给听众的不仅仅是音乐上的享受，还有一个古老国度的文化精髓，一种人文主义的广度、深度和高度。1982年1月20日，傅聪与华韬对谈时说：

> 你知道吗？我弹萧邦的音乐，就觉得好像自己很自然的在说自己的话。德彪西呢，是我的文化在说话，弹德彪西的时候，觉得感情最放松，德彪西音乐的根是东方的文化，他的美学是东方的，他跟其他作曲家完全不一样。……莫扎特是什么呢？那是我的理想，就是我的理想世界在说话。……舒伯特像陶渊明，舒伯特的境界里有一

---

① 傅雷著：《傅雷文集·傅雷谈艺术》，江苏文艺出版社2010年版，第318页。

② 傅雷著：《傅雷文集·傅雷家书》（增订本），江苏文艺出版社2010年版，第420页。

③ 傅雷著：《傅雷文集·书信卷》，安徽文艺出版社1998年版，第522页、第610页。

些我觉得就像中国知识分子尤其是文人传统上特有的那种……那种对人生的感慨。……像陶渊明关于生死的那些诗，是对人生的一种有哲学意味的感慨，这也是中国文人的传统，在文化上达到了很高的境界。①

在傅聪眼里，西方作曲家的世界，跟中国传统的最优秀文化人的世界，并没有一点点的隔阂，完全相通。为什么会这样呢？同年5月25日，傅聪在台北太平洋国际商业联谊社举行的记者招待会上说：

我觉得作为一个中国人——不管你作为哪一国人——一定要对本国文化有非常深刻的认识，自己文化的根扎深的话，有了升华，才能更深刻的体会其他民族的文化，这看起来好像很矛盾，其实不矛盾，因为一切文化都有深刻的人民性，是真正的挖掘了这个民族的根、民族的心灵。可是，事实上，所有人类的心灵是相通的，都一样。自古到今，这个世界搞不好，总是为了种族的分别、国家的分别、性别的分别，或者"代沟"——老一代和年轻一代的分别——打得头破血流，却忘了这些分别都是小分别，最大的"同"——都是"人"。②

傅聪自称是音乐的"传道士"，他说：

世界上所有的文明，在根子上，在最高点上都是相通的。只不过是生在不同的土壤，那么发展的过程，可能不一样；可是基本上来讲，人类的智慧，全人类的智慧是通的。……他们的世界跟中国传统的最优秀文化人的世界，并没有一点点的隔阂，完全相通。只不过用的语言不一样，可精神本质是通的，都是全人类所追求的一种最高的

---

① 傅敏编：《走出家书——与傅聪对谈》，天津社会科学院出版社2005年版，第236—237页。
② 傅敏编：《走出家书——与傅聪对谈》，天津社会科学院出版社2005年版，第198页。

境界。①

人性到了某种极致，人心相通，人文相通，且自然呈现。与世界上最优秀的灵魂对话，领受其弥漫、渗透作品的灵气和悟性，傅聪自然创造出了属于自己的形象、语言、思想和境界。

在与王蒙的一次对谈中，被誉为“国际汉学大师”的叶嘉莹提出，西方的东西不是不可以用，但一定要把中国的传统弄清楚了以后，才能够真正理解、接受西方的东西。她打了一个比方，一个有血有肉的活人，不管什么营养他都可以吸收，但是，如果本身是死的、僵化的，任你打什么营养的针，吃什么营养的药，也不会发生什么作用。所以，一定要熟悉自己的传统，有一个鲜活的生命；一定要有本身的自己的我们国家民族的文化的根基，然后才可以用人家的东西并可以吸收人家的养分；如果没有自己的深厚的根基，什么都没有，一无所有，那不过是一具僵尸，是死板的，没有生命的，勉强去跟人家这里偷窃一点，那里摘取一点，只能是牵强附会，这都是盲目的，没有什么好结果的②。百余年来，我们热衷于学习西方的新理论，但是对于自己国家的古典文化传统却已经相当陌生，这种陌生造成了要将中西新旧的多元多彩的文化加以选择取舍和融会结合时，存在一个重大的盲点，即无法将这些理论和术语在实践中加以适当的运用③。

面对“强势”的西方文化，中国现代学者如果缺少必要的精神支撑，是极易失去自己声音的。鲁迅先生当年力主“以自己为主”“自己裁判”和“自立其则”，以摆脱“被描写”的命运，走出一条中国人自己的学术创造之路；倘若缺乏了自强自力，缺乏了现代思想——包括思想方式、情感方式与心理素质——只“不过敬谨接受”，那只会形成双重“桎梏”，最终窒息了自己。傅雷也提出，借鉴外来艺术的要诀是“保持自我”“融为己

① 傅敏编：《走出家书——与傅聪对谈》，天津社会科学院出版社 2005 年版，第 44 页。

② 参阅王蒙著：《王蒙文集·谈话录（下）》，人民文学出版社 2014 年版，第 125 页。

③ 《百年词学的文化反思——叶嘉莹教授访谈》，载《中国社会科学报》2010 年 3 月 18 日第 5 版。

有”。关于前者，他认为，“被外来文化征服而完全抹杀了自己”，是艺术发展到颓唐时代的一种表现。中国优秀的传统文化，对于“数典忘祖”的现代中国人而言，是亟待“补课”的。傅雷与刘抗谈画时说过：“不从古典中‘泡’过来的人空言创新，徒见其不知天高地厚而已（亦是自欺欺人）。”[①]“保持自我”的真义在于，保持“中国人的灵魂，中国人的诗意，中国人的审美特征”[②]，“使自己的内生活丰满、扩实，把自己的人格磨练、升华，观察、实现、体会固有的民族之魂以努力于创造”[③]。

叶嘉莹少承家学，大学时期受业师顾随熏炙，国学根基深厚，加上又有鲜活、丰富的诗词创作和研究的体验与发现，故对中国文学及其诗学传统有比较全面、深入的理解与把握。立足于中西文化交汇的高度，叶嘉莹自然地将中国诗词之美感特质及传统的诗学、词学与西方现代理论予以参照、对比，并在整理和分析中作出颇具逻辑思辨性的阐发。如，叶嘉莹文学批评理论的核心——“兴发感动”说，便吸纳了英伽登、伊瑟尔、姚斯等人的现象学、接受美学等西方理论资源，而以之统摄文学的创作、欣赏、批评等全过程，使这一学说成为一个富有新意、有着鲜明理论个性和时代特色的中西融合、体系完整的诗学范畴，有力推动了中国传统文论的现代化进程[④]，真正做到了于连所说的“用中国概念重新诠释中国文论思想传统”。叶嘉莹说：“我们重视内心与外物感应的这一点，与西方的现象学也有暗合之处。现象学重视内心主体与外物客体接触后的意识活动。他们所说的主体就是人的意识，我们中国人称之为心。当你的主体意识与外在客体的现象接触的时候，就一定会引起你主体意识之中的一种活动。所谓现象学就是要研究你这个主体投向客体的时候，你的主体意识的活动。你可以感受，你可以感动，可以是回忆，可以是联想，各种活动都包括

① 傅雷著：《傅雷文集·书信卷》，安徽文艺出版社1998年版，第310页。
② 傅雷著：《傅雷谈美术》，当代世界出版社2005年版，第52页。
③ 傅雷著：《傅雷文集·艺术卷》，安徽文艺出版社1998年版，第251页。
④ 可参阅朱巧云著：《跨文化视野中的叶嘉莹诗学研究》，中国社会科学出版社2008年版，第46—96页。

在其中了。我们中国所重视的心与物,交相感应的作用就正是相当于西方现象学所说的主体意识与客体外物现象相接触的时候产生的活动。这本来是我们所有的人类、凡是有意识的人类一个共同的意识活动。”[①]叶嘉莹就是这样用现代化的理论反思证明了中国传统诗学、词学理论的价值,使它们在世界文化的大坐标系中找到了应有的位置。这正如现代考古学家李济所言:“中国历史是人类全部历史的最光荣的一面,只有把它放在全人类的背景上面,它的光辉才显得更加鲜明。”[②]

傅聪杰出的艺术实践以及叶嘉莹成功的学术创造表明,我们之所以与西方文化之间存在隔膜,无法理解、吸收西方文化的精髓,除了中西方思维方式的差异,更重要的恐怕还是自身的民族文化之根扎得不深、扎得不稳。因此,“融合中西艺术观点往往会流于肤浅,cheap,生搬硬套”。傅雷说得好:“唯有真有中国人的灵魂,中国人的诗意,中国人的审美特征的人,再加上几十年的技术训练和思想酝酿,才谈得上融和‘中西’;否则,仅仅是西洋人采用中国题材或加一些中国情调,而非真正中国人的创作;再不然只是一个毫无民族性的一般的洋画家,看不出他国籍,也看不出他民族的传统文化”[③]。

置身于新媒介社会,随着电子经验逐渐取代传统的自然经验,一切都被能指化、叙事化,我们生活在片断之中、断裂之中,差异之中,并未能拥有一个共同的整体性生活;表面上一片“扰攘”,内里却相当“荒凉”。面对时代变迁不断甩出来的问题,许多自命不凡、傲慢自负和夸夸其谈的“思想者”,大多是些操弄、贩卖西方假观念(Pseudo-concepts)的所谓专家学者;他们总是有意或无意地回避了苦闷、沮丧、挣扎、屈服、无奈的“精神生活”,根本不可能从历史与现实中提取稀薄的、弥足珍贵的某些东西,更不可能积攒起一种令人震颤的、将一切裹挟而去的精神力量。这些专

---

① 叶嘉莹著:《唐宋词十七讲》,河北教育出版社1997年版,第438页。

② 转引自岳南著:《千年学案——夏商周断代工程纪实》“扉页题记”,浙江人民出版社2001年版。

③ 傅雷著:《傅雷文集·书信卷》,安徽文艺出版社1998年版,第29页。

家学者不过熟练掌握了某种"精神致幻术",所谓经验的整合、生活的整体性想象,由于淤积了诸多文化阻隔而显得芜杂、浮泛、僵硬、无趣;他们所营造的"仿像世界",那些与时代不相关涉的"高文典册",由于匮乏丰沛而深厚的质地,以及饱满的生命力和温润的底色,无法让人体悟到灵魂经验的内在性、切身性和超越性,而只能是加剧混乱现实的混乱。以是之故,现代中国学术不乏第一流的丰厚而独特的资源,但第一流的、自成体系的理论创造却并不多见。

因此,张江教授提出中国文论建设必须"坚持民族化方向",一是要回到中国语境,"包括中国特有的历史文化、鲜活的现实经验等;二是要充分吸纳中国传统文论遗产,"对中国传统文论遗产进行价值重估和精神接续";'唯有如此,中国未来的文艺理论所发出的,才是中国的声音"①。这是颇有见地的思想。

那么,怎样才能做到"外之既不后于世界之思潮,内之仍弗失固有之血脉,取今复古,别立新宗"②,也就是在中西之间取得一种平衡,实现真正意义上的中西会通呢?

在中国当代文艺学史上,童庆炳是国内文艺思想自成体系、屈指可数的学术大家之一。数十年来,童庆炳在审美诗学、心理诗学、比较诗学、文体诗学和文化诗学等诸多领域纵横捭阖,卓然自成一学派,并以其深邃的学术思想一直引领着新时期以来中国文学理论潮流和发展。童庆炳指出,在诠释中华文论著作中提出的观念、体系时,必须克服两种倾向:一是"返回原本",它多承乾嘉饾饤考订之余弊,这种致力于古代文论的校勘、训诂一类"文物考古式"的研究,把古代文论当作博物馆的一堆现成东西来对待;这种工作的意义是极有限的,尚未进入真正研究的层次;二是"过度阐释",即将中国古代文论纳入西方文论的逻辑框架,当作佐证西方文论的材料,消解了中国古代文论原有的、精微的民族个性。为此,童庆炳

① 张江撰:《当代西方文论若干问题辨识——兼及中国文论重建》,载《中国社会科学》2014年第5期。

② 鲁迅著:《文化偏至论》,《鲁迅全集》第1卷,人民文学出版社2005年版,第57页。

提出了古代文论研究的“三项原则”：

其一，历史优先原则，这就是要尊重历史史实的本来面貌，对它作真实性的把握；研究古代文论，必须置于具体的历史文化语境中来考察，让它们从历史的尘封中苏醒过来，以鲜活的样式呈现在我们的眼前，变成可以被人理解的思想。

其二，“互为主体”的对话原则。西方文论是一个主体，中国古代文论也是一个主体，要取得一个合理的结论，需要两个主体互为参照系进行平等的对话，盲目的本土主义是不足取的。

其三，逻辑自洽原则。中西文论对话是有目的的，不是为对话而对话，而是为了古今贯通、中西汇流，让中国古代文论焕发出青春活力，实现现代转化，自然地加入到中国现代形态的文学理论体系之中。这里的“逻辑”不仅是形式逻辑，更是辩证逻辑；所谓“自洽”，即“自圆其说”，实现古今学理的贯通与融洽①。

童庆炳倡导“中西互证、古今沟通”不是务虚，而是极其务本、身体力行的。童庆炳已出版的《中国古代心理诗学与美学》《文体与文体的创造》《中国古代文论的现代意义》和《〈文心雕龙〉三十说》，是这一研究范式的生动示例；它们对中国古代文论诸多核心的范畴和命题作了系统清理，一个一个问题地解决，可谓是铢积寸累、足踏实地的研究力作。无论是理论还是实践，在我看来，“中西互证、古今沟通”的研究范式都有着非常重要的指导意义。中国古代文论传统博大精深，而传统作为一个民族的“经历物”，是永远不会消失的，它不仅体现在“物”（如文化典籍、出土文物等）的方面，而且凝结于观念和制度之中，并以无意识的状态深藏在人们心里。许多事实表明，中国诸多文化典籍中有很多可贵的东西尚处于“沉睡”状态，以往那种“文物考古式”研究，“因其过于零碎、浅薄，常常流于虚妄。所以这一派人士所作的研究工作，往往是以科学的口号开始，

---

① 童庆炳撰：《中华古代文论研究的现代视野》，载《东方丛刊》2002 年第 1 期。

以不科学、反科学的收获告终”[①]。牟宗三的批评一针见血：“今之治史者，其头脑皆成无色者，其心灵皆成光板者，无性无情，无仁无义，只印上一些事件之黑点。此之谓科学方法之用于史，其结果是治史者不懂史，成为历史意识文化意识之断灭，成为慧命之斩绝。虽曰纵贯，实是横列。他们把历史事件化、量化、空间化，哪里还有纵贯？”[②]牟宗三沉痛地指出：“不能通过历史陈迹而直透华族文化生命之源，不得谓能接通华族之慧命。接不通慧命，不得谓为有本之学，其学亦不能大；不得谓为真实之中国人，其为中国人只是偶寄之习气之存在。”[③]因此，研究那些传世文化典籍或出土文物并没有错，问题的关键是，研究者与研究对象的真正相遇，只在于一种生命的沟通；只有一个精神富裕的人，具有足够生命强度的人，才能通过诉诸切己生命的阐释，使传世文化典籍或出土文物所深深顾念的那个世界焕发出生命，在接续传统文化血脉的前提下，“中西互证、古今沟通”，将一切人类精神财富尽收眼底，开拓万古之心胸，向人性更高层次的自由不断攀升、超越。

正如童庆炳所指出的，文艺理论研究的对象是文学事实、文学经验和文学问题；文艺理论不只是一种对象化的知识性存在，它还对社会、生活、文化、现实等进行反思、判断，其核心归根结底还是人的存在与发展问题。知识、学问是看得见的，境界则看不见，但比看得见的知识、学问更为重要得多。“境界”所涉及的是“人生的意义何在”的问题，以及由此引申的人生应当如何理会当下并超越当下的问题。作为一种人格标示，境界与灵魂一样，都是从皮肉、大脑、心脏里熬出来的东西，岂可预期的简单复制或挪用？为此，每个人都必须在精神上统一、提升自我，由知识到学问到眼光，由人格到风骨到境界，不断超越自己成就新的自我。只有焕发出经由传统文化长期浸润而形成的韵致与光泽，在与西方理论借鉴、参照、对话

① 徐复观著：《“王充思想评论”序》，见黎汉基、李明辉编：《徐复观杂文补编》第1册，“中华研究院中国文哲研究所”2001年版，第476—477页。
② 牟宗三著：《生命的学问》，广西师范大学出版社2005年版，第121—122页。
③ 牟宗三著：《生命的学问》，广西师范大学出版社2005年版，第122页。

乃至对抗的过程中，才能从自己身上生长出整体性把握自己的能力，形成与激荡的现实生活强有力对话的能力，衍生、创造直逼人的内心世界的新文化，释放出生命的质感、力量感，如鲁迅先生所言，“深邃壮大”国人的“精神生活”！

三、超越“实用”之思

张岱年曾指出，孔子的思想最为深刻地塑造了中华民族的文化精神和文化心理[①]。然而，人们对以孔子为代表的儒家诗学思想却有诸多的偏见和误解。

以孔子为源头和中心的儒家思想，在道德领域往往被现代人批评为教条主义或宣传主义（propagandism）、泛道德主义或说教主义（didacticism），在文学艺术领域则常被抨击为“实用理论”（pragmatic theory）。如，美国学者刘若愚说：“实用理论……是基于文学是达到政治、社会、道德，或教育目的的手段这种概念。由于得到儒家的赞许，它在中国传统批评中是最有影响力的。”[②]还说：“孔子的文学概念主要是实用的；即使他也注意到文学的情感效果和审美特质，但这些对他而言，是次于文学的道德和社会功用的。”[③]也就是说，孔子主要把文学艺术看成一种达到教诲读者之目的的“手段”或“工具”。著名美学家李泽厚则认为，儒家思想是一种从商周的巫史文化中解放出来的理性，它执着于人世间的实用探求，往往将有用性作为真理的标准，认定真理在于其功用、效果。所以李泽厚将其称为“实用理性”。在他看来，儒家强调“艺术的人工制作和外在功利”，并且“由于以其狭隘实用的功利框架，经常造成对艺术和审美的束

① 张岱年著：《文化与哲学》，中国人民大学出版社 2009 年版，第 269 页。

② ［美］刘若愚著：《中国文学理论》，杜国清译，江苏教育出版社 2006 年版，第 160 页。

③ ［美］刘若愚著：《中国文学理论》，杜国清译，江苏教育出版社 2006 年版，第 168 页。

缚、损害和破坏"①。按照刘若愚、李泽厚等人的观点,人们自然把儒家的文学思想归结为经世致用或实用主义,或者简单化地理解为宣扬儒家伦理道德、为封建王朝服务的"政治工具"说。譬如,对于"文以载道"的见解与论断,就存在着若干非历史主义的或值得进一步探讨的观点。张岱年等人认为,"文以载道"产生负面影响,"使文学在一定程度上沦为政治的附庸,从而削弱了其主体意识和个性自由"②;章培恒等人则认为,柳宗元、韩愈倡导"文以明道","确实是遏制文学生命力的因素。它预示着一个文学,特别是传统的文人文学衰退时代将会到来"③。

陆侃如、冯沅君曾经指出,在中国古代哲学家中,只有三个人是真正懂得文学的,一是孔丘,二是朱熹,三是王夫之;他们说话不多,但句句中肯。刘若愚、李泽厚等人在文学理论、美学上均有很高的造诣,他们之所以对孔子的诗学思想有如此"成见",最重要的是时代意识。刘若愚、李泽厚等人囿于"新批评"或纯粹美、纯文学的狭隘视阈,把文学看成一个独立自存的领域,不满意于传统中将文学置于"道"之下的观念,而以过分简单的方式来处理研究资料。

其实,在儒家思想被定于一尊之前,孔子论诗的精义已超出了"用"的视域之外。刘若愚、李泽厚等人批评儒家美学,将它视为"实用理论"是不准确的;在孔子的诗学思想中,即便有"实用"的观点,其本身也涉及诗学理论中重要的课题,不能因此而贬抑孔子论诗的意见。为此,我们很有必要以历史主义(Historicism)的态度,对孔子的诗学思想进行深层次、多角度、具体化的再释与重估。

《论语·阳货篇》载:

小子何莫学夫《诗》?《诗》可以兴,可以观,可以群,可以怨。迩

① 李泽厚著:《李泽厚十年集·美的历程》,安徽文艺出版社 1994 年版,第 58 页。
② 张岱年等主编:《中国文化概论》,北京师范大学出版社 1994 年版,第 175 页。
③ 章培恒等主编:《中国文学史》中册,复旦大学出版社 1996 年版,第 15—16 页。

之事父，远之事君；多识于鸟兽草木之名。

朱熹《集注》云："学《诗》之法，此章尽之。"①何谓"学"？"學"下面是小孩子被"蒙"着，什么也不知道；上面是两只手去其"蒙"，让他开启觉悟。故《白虎通·辟雍篇》云："学之为言觉也，以觉悟所未知也。"（《白虎通·辟雍篇》）"学"之为觉（悟），说明"学"不只是去探索外部的未知领域，获取客观的知识，还要觉悟自身的不足和缺陷，将外在的知识予以"内化"，充实其志气，熏陶其情性。用刘勰的话说，即"百家腾跃，终入环内"（《文心雕龙·宗经》）。"兴""观""群""怨"则是孔子对"学《诗》之法"的具体阐述。

1."可以兴"

《诗》"可以兴"，这个"兴"字，何晏《论语集解》引孔安国《注》云："引譬连类。"皇侃《论语义疏》引江熙云："览古人之志，可起发其志也。"可见，"引譬连类"是指个别、具体的意象的譬喻，通过人们的联想和想象，领悟到与这个譬喻有关的带有普遍性的道理。朱熹注此处之"兴"为"感发意志"，所谓的"感发意志"，就是指诗可以激发、感染人们的情感和意志。可见，"兴"与"仁"有着非常密切的关系。《论语·述而》云："仁远乎哉，我欲仁，斯仁至矣。"可见，"仁" 不是死板的道德条目，而是真实存在于人的生命之中的，一种内在的、道德的自发性，是种种道德行为的根源所在。由于"仁"的存在，"礼"才不至于流为僵固的形式。程明道云："仁者以天地万物为一体，莫非己也。认得为己，何所不至?"与他人、与天地万物相感通而为一体，这是"仁者"实现了"仁"的境界。

显然，我们只有把"引譬连类"与"感发意志"相互联结起来，才能完整地诠释"诗"之"兴"。在"兴"的活动中，只有通过具体的"引譬连类"，诗歌才能借助其形象性、直观性的特点，感染、激发人之意志。在"感发意

① 朱熹著：《四书集注》，岳麓书社2004年版，第202页。

志”的审美活动中,“诗”豁醒、兴起、开启了人之精神的、真实的生命。诗歌不仅是读者阅读、批评、研究的对象,更是开启、体认人之精神的、真实的生命之所必需。因此,要成为“仁”人,必先学诗。清初学者李塨(1659—1733)《论语传注》云:

> 《诗》之为义,有兴而感触,有比而肖似,有赋而直陈,有《风》而曲写人情,有《雅》而正陈道义,有《颂》而形容功德。说(悦)之故言之,言之不足故长言之,长言之不足故嗟叹之。学之而振奋人心,勉进之行,油然兴矣,是“兴于诗”。

在李塨看来,《诗》或“曲写人情”,或“正陈道义”,或“形容功德”,人们“学之而振奋人心”,世界为之敞开,自我得以确认,意义世界由此生成;“勉进之行,油然兴矣”。在此意义上,我们可将“兴”视为“主体的觉醒”①。这种“生命的觉醒”,“是人不容自已的活动,同时完全超越了语言符号或任何媒介所造成的障碍。所以它不是就字句上分析或归纳的结果,而是一种直觉”②。用近人马一浮的话说,“天理发动处,其机不容已”③。

依据“物感”说,诗歌作品真正生命力的获得,在于由“物触”而“感动”的心物共振,即作者的心与外物相交接时产生的一种兴发感动的力量。“兴”之初始涵义正与此相合。在甲骨文里,“兴”字像众手举盘(古代祭祀供享之礼器),据郭沫若的考释,“盘”又有盘旋、盘游之意。陈世骧由此推断,“兴”不仅意味着祭祀的礼仪,还包括祭祀活动中的歌舞表演。因此,群体性的举盘牲、旋游、呼叫构成“兴”之初始涵义的基本内

① 陈昭英著:《儒家美学与经典阐释》,华东师范大学出版社2008年版,第22页。
② 张亨著:《思文之际——儒道思想的现代诠释》,新星出版社2006年版,第68页。
③ 马一浮著:《复性书院讲录》,见《〈论语〉大义—〈诗教〉》,山东人民出版社1998年版,第57页。

容[1]。因此,著名学者叶嘉莹将“诗可以兴”理解为“兴发感动”的审美活动,她说:

> 兴发感动之作用,实为诗歌之基本生命力。至于诗人之心理、直觉、意识、联想等,则均可视为心与物产生感发作用时,足以影响诗人之感受的种种因素;而字质、结构、意象、张力等,则均可视为将此种感受予以表达时,足以影响诗歌表达之效果的种种因素。[2]

叶嘉莹还指出:

> 一般说来,凡是真正具有感发之生命,而且在感发之本质上具有真正优美之品质的作品,便都有着足以引发读者心灵中某种美好之意念及联想的力量。……凡是具有真正感发之生命,而且在感发之本质上具有美好之品质的诗歌,一般来说,都应该有着对读者可以激励感发起来一种正面伦理价值的力量。[3]

由此,我们不难理解古人何以如此重视诗歌之吟诵、鉴赏。因为在“吟诵的时候,对于讨究所得的不仅理智地了解,而且亲切地体会,不知不觉之间,内容与理论化为读者自己的东西了,这是最可贵的一种境界”[4]。可见,“兴”的活动,既是道德活动,也是情感活动,是道德意识与美感意识的融合;“因为是道德活动,故情感是净化了的情感,不是直接诉诸感性的快感;因为是情感活动,故道德是具体实存的生命,不是抽象理智的法

① 参阅陈伯海著:《释“诗可以兴”——论诗性生命的感通作用》,《中国诗学之现代观》,上海古籍出版社2006年版,第124页。

② 叶嘉莹著:《不可以貌求的感发生命》,见《我的诗词道路》,河北教育出版社1997年版,第29页。

③ 叶嘉莹著:《不可以貌求的感发生命》,见《我的诗词道路》,河北教育出版社,1997年版,第37页。

④ 叶圣陶、朱自清著:《精读指导举隅》“前言”,河南教育出版社1988年版,第11页。

则。”①

在《汉英四书》中,英国汉学家理雅各(James Legge)把“诗可以兴”译为“The Odes serve to stimulate the mind”,直译就是“《诗经》足以激发心灵”。这是颇得其中之要义的。

2.“可以观”

人们对于“可以观”之“观”的理解多有歧义。郑玄注为“观风俗之盛衰”,即从《诗》中观察到社会之变迁。朱熹可能从《诗大序》“正得失”及“国史明乎得失之足迹”得到暗示,而注“可以观”为“考见得失”。至于“考见”什么“得失”,则语焉不详。辅广解释朱注说:

> 诗所以形四方之风,言天下之事,有古今治乱之变,人情物理之微;故可以观。所谓考见得失者,合于理则为得,悖于理则为失也。②

对于《诗》“可以观”,刘纲纪认为:“就是要从艺术看一个社会的状态,主要是看表现在艺术中的这个社会的人们的精神情感心理的状态。这是把握住了艺术对社会生活的反映的根本特征的。”③而叶朗理解为:“通过诗歌可以了解社会生活、政治风俗的情况”,“诗歌欣赏活动是一种认识活动”,“从诗中看出诗人之志以及诵诗人之志”④。敏泽认为:“孔子在诗乐的社会功用中所提出的‘观’,就是对这一历史经验的总结和概括,即是通过诗考察政治得失。”⑤我们认为,这些解释都囿于《诗大序》,稍嫌紧狭,未能深入理解、把握到孔子之意旨。

观,即觀,形声字,从见雚(guàn)声。古汉语中,其本义为“仔细看”,

---

① 张亨著:《思文之际——儒道思想的现代诠释》,新星出版社2006年版,第68页。
② 赵顺孙著:《四书纂疏》中《论语纂疏》卷九引。
③ 李泽厚、刘纲纪著:《中国美学史》第1卷,中国社会科学出版社1984年版,第127页。
④ 叶朗著:《中国美学史大纲》,上海人民出版社1985年版,第49页。
⑤ 敏泽著:《中国美学思想史》第1卷,齐鲁书社1987年版,第147页。

或细观，或静观，或久观，等等。《论语·为政》云："视其所以，观其所由，察其所安"。钱穆注云：

> 此章孔子教人以观人之法，必如此多方观察，其人之人格与心地，将无遁形。然学者亦可以此自省，使己之为人，如受透视，亦不至于自欺。①

诗歌引譬连类，托事于物；凡政治风俗，世运升降，人物情态，皆备于此。故学《诗》不但可"观"社会风俗之嬗变，以及他人之心志，更可反观诸己，与我的生命相通相应，从中生发出新的意义和理解，扩延个体之生命而及于政治、社会、风教、民物，生发对于仁礼、道德修养的追求。故《礼记·乐记》详细概括了与《诗》相关的道德修养的几个类型：

> 爱者宜歌《商》，温良而能断者宜歌《齐》。夫歌者直己而陈德也。动己而天地应焉，四时和焉，星辰理焉，万物育焉。……宽而静，柔而正者，宜歌《颂》；广大而静，疏达而信者，宜歌《大雅》；恭俭而好礼者，宜歌《小雅》；正直而静，廉而谦者，宜歌《风》。②

在孔子的心目中，《诗经》宛如一本百科全书，处处示人以道德、修养，处处显示社会、万物的千姿百态，给人以盛、衰、安、危的启发，因此，他由衷地景仰之、诚服之，而曰《诗》"可以观"，即有以示人；而其所以示人者，乃因朝代之兴亡与道德修养、实施仁礼之关系。有仁德者，国是以兴，故《诗》有赞有颂，而使人欣悦之、服膺之；《诗》亦有怨有刺，从而使人警惕之、鉴戒之。于是，从《诗》之"观"可以吸取正、反的教训，仁礼的意义因之昭显，而成为读诗者的自觉修养。孔子从其政治理想出发，言"兴"

---

① 钱穆著：《论语新解》，生活·读书·新知三联书店 2005 年版，第 36 页。
② 引自杨天宇著：《礼记译注》下册，上海古籍出版社 2010 年版，第 506 页。

者必有“观”,言“观”者必为“兴”,两者各有侧重而又不可相分。

人们在读诗和艺术欣赏的审美活动中,可以通过兴的感发、联想而想象出成“仁”的人生境界气象,这仍是就个体的人格修养之提升而言。《论语·学而》载孔子与弟子交谈时用《诗》中句来譬喻、联系个体人格修养和“仁”的问题:

子贡曰:“贫而无谄,富而无骄,何如?”子曰:“可也。未若贫而乐,富而好礼者也。”子贡曰:“《诗》云:‘如切如磋,如琢如磨。’其斯之谓与?”子曰:“赐也,始可与言《诗》已矣!告诸往而知来者。”

孔子赞赏子贡,是因为他能从《诗》中“观”出君子人格修养的过程,正像《诗》中所描述的,要像对待骨、角、象牙、玉石一样,先开料,再糙锉、细刻,然后磨光,这是一个不断提升、无限执著的过程。可见,在孔子看来,在“观”《诗》过程中,可以发现自我的人格状态,及其人生境界与“仁”之标准的差距,以准备向更高的人生境界提升、超越。

显然,《诗》“可以观”,当是指读者可以从《诗》中“观”到某种“意义”,而“意义”是不能视为某种特定的对象的。因此,“观”并不指向任何具体的对象,如,诗人之志、社会生活、风俗习惯或政治得失云云。在这个意义上,我个人比较赞同张亨的理解:

“观”其实是一种“彻悟”或者“发现”的活动。这种活动是读者的主观心志努力通过诗的语文材料的结果。诗本身固然蕴含着意义或呈现出一个世界,但必须由读者去发现,否则不过是一堆语文材料或符号而已。因此,这发现就类似一种再创造的活动,使读者的经验与诗所呈现的经验互相结合。……诗“可以观”,重点并不在诗的本身而在于读者,读者能从诗里‘彻悟’到某些人生的意义,才是读诗的重要价值所在。①

理雅各把“诗可以观”译为“They may be used for purposes of self-contemplation”，直译就是“《诗经》可以用来自我反思”。应该说，理雅各的这一翻译是极有道理的。

3.“可以群”

对于“群”，孔安国注曰：“群居相切磋。”意思是说，人们在一起可以用《诗》来互相砥砺。焦循《孟子正义补疏》云：“按诗之教，温柔敦厚，学之则轻薄嫉忌之习消，故可以群居相切磋。”这是汉儒相聚探讨《诗》义的写照，也与孔门说诗情景相印证。不过，这种理解不够深入，略为浅显。后来钟嵘以“嘉会寄诗以亲”释“群”，反映了后世诗歌创作用为社交手段的情形，倒是与先秦时期学《诗》以加强人际交往相近些。实际上，《诗》“可以群”之意，本就蕴含在“不学诗，无以言”之中，强调的是《诗》在人际交往中陈说怀抱、沟通情意的作用或功能。

诗是人类共同的心声，感思情意一旦抒发出来，自有其共通性、普遍性。在这个意义上，诗应属“群声”而非“独奏”。孔子讲“诵诗三百，授之以政，不达；使于四方，不能专对。虽多，亦奚以为”，强调的就是学《诗》以合群。《诗》“可以群”，意思就是说，无论是用于礼节应对或交往应酬，学《诗》可以使人对于自己所处的社会拥有归属感、亲和感；其中的关键，在于《诗》自身的情感要素及其感染作用，而具备了一个相互感发即“兴”起情意的基础，使得读者在共同的感受下相互联结了起来。“兴”与“群”构成了互动互补的关系：你以《诗》“兴”我，我也以《诗》“兴”你，于是实现了“群”。朱熹以“和而不流”释“群”②，非常恰当。这里的“和”，就是从情感上说的。辅广解释说：

① 张亨著：《思文之际——儒道思想的现代诠释》，新星出版社2006年版，第62页。
② 朱熹著：《四书集注》，岳麓书社2004年版，第202页。

群居之道虽止于和,和而无节,以至于流,则又失已。诗之言虽发乎情性而温厚和平,然止乎礼义而未尝流失,故可以群。[①]

透过诗的情感,读者在共同的感受之下相互联结了起来。因此,有学者指出,"'群'意味着人与人之间的和谐,也可延伸出人与天、人与自然、人与社会之间的和谐。'和谐'应是主体有自觉的参与对象世界、与对象世界发展出良好互动的成果";"'群'与'观'的差别便在于'观'是不介入的观察,'群'是积极的参与"[②]。的确,在"观"的阶段,个体的人格通过《诗》之"兴"而苏醒、反观到与"仁"之人生境界的差距,而产生一种"仁"的心志;而到了"群",则认识到了个体存在的有限性,而力求参与、融入到对象世界之中,达到人与天、人与自然、人与社会之间的和谐,个体的人格由此提升了一层。

继孔子之后,荀子将《诗》"可以群"的思想推广至所有的艺术,《荀子·乐论篇》云:"故乐在宗庙之中,君臣上下同听之,则莫不和敬;闺门之内,父子兄弟同听之,则莫不和亲;乡里族长之中,长少同听之,则莫不和顺。"荀子与孔子一样,都认为文学艺术可以交流、协调人们的社会性情感,而使社会保持和谐。《论语·阳货篇》有云:"汝为《周南》《召南》矣乎? 人而不为《周南》《召南》,其犹正墙面而立也与?"朱熹在《诗集传·序》中指出,《周南》《召南》"亲被文王之化以成德",而"得性情之正","为风诗之正经",它们反映了受周文王德化熏陶的周地之良好古风。在孔子看来,一个人如果学习、接受了其中所弘扬的道德观念与思想感情,便能使自己得以提升到较高的人生境界,而以仁者之心待人接物,实现了"群";而如果一个人不学习《周南》《召南》,则"犹正墙面而立"。朱熹《论语集注》云:"正墙面而立,言即其至近之地,而一物无所见,一步不可

① 赵顺孙著:《四书纂疏》中《论语纂疏》卷9引。
② 陈昭英著:《儒家美学与经典阐释》,华东师范大学出版社2008年版,第22—23页。

行。”著名美学家宗白华在赏析元人画的意境时，曾引用恽南田的一句评语来鉴赏元人画境中的丰富幽深的生命意识：“群必求同，求同必相叫，相叫必于荒天古木，此画中所谓意也。”[①]这里，“群必求同”的“同”是和谐相处，是“四海之内皆兄弟”之意；对美好纯朴往昔的向往，会产生“群必求同”的人生情怀，产生“鱼相往于江湖”的自由和谐的审美境界，进而达到与大自然、与天几近合一的状态，其中透露出来的生命意识与孔子“仁”学精神何其相似。《诗》“可以群”视情感作用为文学艺术实现个人与社会整合之最基本的因素，因此，清初学者王夫之指出：“出其情以相示，可以群矣。”[②]

俄国伟大的文学家列夫·托尔斯泰在《艺术论》第十六章中曾经说：“艺术，任何一种艺术，本身就具有将人们联合起来的特性。任何一种艺术都能够使接受艺术家所表达的情感的人实现是与艺术家用心相连，其次是与所有和他有同感的人用心相连。”[③]基于这种了解，托尔斯泰指出：“艺术使生活在当今的几代人了解前辈和当代最优秀人物通过实践和思索所认识的一切成为可能。如同知识的进化，更正确的、更有用的知识排挤并替代错误的、无用的知识，通过艺术而实现的情感进化也是用更高尚的、对实现人类福祉不太需要的情感代替低俗的、不太高尚的、对实现人类福祉不太需要的情感。这就是艺术的使命。”[④]托尔斯泰认为艺术是借着情感的感染以融合人类，这与孔子《诗》“可以群”的观点无疑是非常接近的，他们都同样认识到了文学艺术的使命。

4.“可以怨”

《说文解字》释，“怨，恚也”。《礼记·礼运》说：“喜、怒、哀、惧、爱、

---

① 宗白华著：《美学散步》，上海人民出版社 1981 年，第 24 页。

② 王夫之著：《四书训义》卷二十一，见《船山全书》第 7 册，岳麓书社 2011 年版，第 915 页。

③ [俄]列夫·托尔斯泰著：《艺术论》，张昕畅等译，中国人民大学出版社 2010 年版，第 141 页。

④ [俄]列夫·托尔斯泰著：《艺术论》，张昕畅等译，中国人民大学出版社 2010 年版，第 135 页。

恶、欲，七者弗学而能。”可见，“怨”乃人类自然而原始的情感，它来自于客观事物的激发，是人的需要得不到满足的心理反应。个人的愿望与客观现实之间往往不相符合，人生的际遇也不是自我所能控制，由此引起哀伤、怨叹实为难免。

在孔子看来，“怨”与其他情感一样，都是自然和正常的。《论语·宪问篇》载：“‘克、伐、怨、欲不行焉，可以为仁矣？’子曰：‘可以为难矣，仁则吾不知也。’”孔子认为，控制“克（好胜）、伐（自矜）、怨（忿恨）、欲（贪欲）”是难能可贵的，但这种感性生命之舒放离“仁”还相差甚远。朱熹注此章曰：

> 有是四者而能制之，使不得行，可谓难矣。仁则天理浑然，自无四者之累，“不行”不足以言之也。程子曰：“人而无克、伐、怨、欲，惟仁者能之。有之而能制其情，使不行，斯亦难能也，谓之仁则未也。此圣人开示之深，惜乎宪之不能再问也。”或曰：“四者不行，固不得为仁矣。然亦岂非所谓克己之事，求仁之方乎？”曰：“克去己私以复乎礼，则私欲不留，而天理之本然者得矣。若但制而不行，则是未有拔去病根之意，而容其潜藏隐伏于胸中。岂克己求仁之谓哉？学者察于二者之间，则其所以求仁之功，益亲切而无渗漏矣。”①

在朱熹看来，控制“克、伐、怨、欲”是为了“求仁”，这是非常深刻的见解。孟子在和齐人高子辩论时就以“仁”释“怨”（《孟子·告子篇》），认为“怨”由“仁”起，“怨”的程度与“仁”的程度是相应的。

所谓“怨”，具体而言，是匡亲之失，不使陷于不义，以此为尽孝、守礼之道；广而言之，谓之“刺政”，亦无不可。一个人如果麻木不“仁”、无所关心，自然无需“怨”。只要个体与家庭、社会、国家有着血肉的关联，则对不平之事不可能无“怨”。因此，从作者的视角看，“可以怨”是对不公

① 朱熹著：《四书集注》，岳麓书社 2004 年版，第 169 页。

不义社会的批判，是“诗的正义”(poetic justice)的体现。正如有学者所言，政治对文艺的支配是夏商周三代以来就存在的历史现象，儒家由于强烈的历史意识，对此自然不可能忽略，但也并不屈从于这一历史事实，而更重视文艺对政治、社会的积极转化，以为这是文艺作为一个实体所必有的潜能或内在目的；“儒家对文学艺术之批判功能的强调，显示对文学的至高期许，非但不是剥夺文学的独立空间，反而是赋予文学更高更大、足以和政治分庭抗礼的独立性，亦即让文学艺术从其在原始时代服务于宗教政治的工具性地位中解放出来，卓然独立，并反过来影响政治，成为‘反支配政治的大业’”①。这种批判的精神在孔子本人那里是非常突出的。孔子对当时的统治者评价很低，其作《春秋》以“贬天子，退诸侯，讨大夫”(《史记·太史公自序》)，批判三层统治阶级。孔子没能实现自己的政治抱负，尽管“皇皇如丧家之犬”，被迫以教书为生，但他仍继续批评政治当局，指出现实和理想的差距，以“仁政”的观点奠定未来政治改革者诞生的基础。

个人的经验并不是完全孤立的，可能与他人相似。《诗》中诗人类似的经验可对读者产生一种慰藉的作用，读者可以借此来化解不平衡的情感，将自我投入到一种社会的同情共感之中，实现社会群体的和谐。在这个意义上，可以说《诗》防止或减轻了人深沉的紧张和焦虑。“群”与“怨”，都是以人为本的。“群”是“怨”的基础，“怨”的出现是由于达不到“群”的理想境界，而表现为主体与对象世界的疏离、冲突；“怨”的真正目的是追求“群”，以根本的消除自己为目标。故《礼记·乐记》云：“乐至则无怨，礼至则不争。揖让而治天下者，礼乐之谓也。”可见，“群”与“怨”，都是主体对对象世界采取介入的、参与的立场，是一种实践活动。

钱穆曾这样解释“可以群、可以怨”：“故学于诗，通可以群，穷可以怨……学于诗者可以怨，虽怨而不失其性情之正。”②朱熹以“怨而不怒”

① 陈昭英著：《儒家美学与经典阐释》，华东师范大学出版社2008年版，第140页。

② 钱穆著：《论语新解》，生活·读书·新知三联书店2005年版，第451页。

释“怨”①,当在此意义上予以理解。“怨”与“群”既有着紧密关联,故它在理论上有一个情感的限制,即“怨而不怒,哀而不伤”,做到“言之者无罪,闻之者足以戒”。孔子要求“怨”这种情感应限制在“仁”与“礼”的规范之下,也就是说,只有从“仁”发生而符合于“礼”的情感表现,这才是合理的、正当的。因此,《论语·子罕》云:“夫子循循然善诱人,博我以文,约之以礼。”如此看来,情不深厚者不足云“怨”,意不切挚者不足云“怨”,言辞与情意不相称者亦不足云“怨”。理雅各把《诗》“可以怨”译为“They show how to regulate feelings of resentment”,直译就是“《诗经》显示了如何节制怨愤的感情”。这是符合孔子本意的。

四、“修辞立其诚”

我们生活在两个世界:一个是现实的生活世界,具体而细微,世俗而繁难;一个是符号编织的文化世界,玄想而广阔,雅致而恒久。符号学家卡西尔将人的文化创造活动当作人的生命存在的体现,指出正是这“劳作”规定、划定了“人性”的圆周,语言、神话、宗教、艺术、科学、历史则是这个圆的组成部分和各个扇面。

在文化的诸扇面中,卡西尔对于艺术予以特别的重视,认为艺术所呈现的美与人的心灵直接相联系,使我们看到了灵魂最为深沉和多样化的运动。的确,艺术不是抽绎真理的技术,它处理的是我们生活世界的经验,其目的在弄清楚我们所遭遇的是些什么东西,并让一种更伟大的存在向我们讲话。那些混沌无序、支离破碎的生活经验,一旦被纳入一种切合实际的永恒模式,组合成明确、系统、和谐的图案,艺术便展现了在自然界可能被看到的、在生活中可能被感觉到的、在思考中可能被想到的、向所

① 朱熹著:《四书集注》,岳麓书社2004年版,第202页。

有人敞开的可能性,而呈现出一个我们所期望的、有条理、有意义的世界。

有人说,艺术是“避风港”,让我们逃避难以忍受的现实生活,从理智和情感的挫折中解脱出来;有人说,艺术是“麻醉剂”,使我们感到轻松、愉快、欢乐,摆脱了所有的抑郁、压力、紧张;其实,艺术更像是“智慧”的代名词,它对人类的天性、活动及其命运予以全面考量和评估,提供了人类的总体性知识和生活智慧,极力丰富着人类生活的完整性。这种总体性知识和生活智慧在文学中最为常见,因为文学通过想象力丰富人类生活的完整性,这是无法被分割、被切断或被简化成一系列永远不会消失的范式或者公式的。“文学生活”使我们摆脱了缺乏生命力的人和事,充分汲取生命的精华,通达广阔、深邃的境界。这就是普鲁斯特说的,“真正的生活,文明的、发人深思的、完整实现的生活”。

“好小说就是一个好神话”(纳博科夫语),它镌刻着人类文化、文明的发展轨迹,汇聚了人类生命繁衍的文化信息,以及渗透历史积淀的各种体验和哲理。可以说,每一位小说家都提供了基于个人感知的生活体验,竭力寻求生活世界的整体性,显示生活的多样性和复杂性,持续地激发了我们的现实真切感。“小说比任何一种文学形式,甚或比任何一种文字,都更能胜任愉快地充当起社会用以自我构想的样板。”①2009 年,在哈佛大学的诺顿演说中,诺贝尔文学奖获得者、土耳其小说家帕慕克回忆道:

> 我在年轻的时候阅读小说时,有时内心会出现一片宽广、深远而又宁静的景观,有时光线暗淡下去,黑白分明并且相互分离,各种阴影在其中涌动。有时候,我惊诧地感到整个世界沉浸在一种迥然不同的光芒之中。有的时候,余晖普照,含摄一切,整个宇宙化为惟一的情绪和惟一的样式。②

---

① [美]乔纳森·卡勒著:《结构主义诗学》,盛宁译,中国社会科学出版社 1991 年版,第 284 页。

② [土]帕慕克著:《天真的和感伤的小说家》,彭发胜译,上海人民出版社 2012 年版,第 5 页。

不论小说家们艺术上如何革命,其叙事活动都是一种给出秩序和意义的活动。我们在阅读小说时,亦步亦趋地跟随小说主人公的思想和行动,通过主人公的眼睛、意识和灵魂观看世界,从主人公的视角观看周围的景观、事件和环境,逐渐进入人物的思想世界,捕捉人物感觉、思绪的细微变化,进而把握总体景观中这些思想和行动的意义。我们总是不断地追问:故事哪些是真实的?哪些纯属想像?现实就是这样的吗?小说叙述和描绘的合乎现实中的事物吗?叙述者想说什么,他意在表达什么呢?小说中每一个新词、每一个物品、人物、交谈、描述、声响、幻想、回忆、事件、场景、语言、文体等构成了怎样的关系之网?它们隐射、指向了什么呢?

人生总是充满了各种艰难与挑战,我们在这个世界上的旅程,其实就是对一种也许存在、也许不存在的隐秘中心或意义的追寻。我们心驰神往地阅读小说,不就是为了获得有关世界的知识,为了建构自我,即从自己身上生长出把握自己的能力,在世界中获得一种居家感吗?"小说的中心像一种光,光源尽管模糊难定,但却可以照亮整座森林——每一棵树、每一条小径、我们经过的开阔地、我们前往的林中空地、多刺的灌木丛以及最难穿越的次生林。只有感到中心的存在,我们才能前行。"①

帕慕克所谓小说的"中心",实际上是小说家主体精神世界的投影或隐喻性表达,是一个关于生活的洞见,一个深藏不露的神秘节点。托尔斯泰称之为"生活的意义",即有关我们自己的潜在意义或已然遗失的价值。小说家写小说就是探查现实世界里无法找到的中心所在,寻求生活的整体性,进而反思生命的意义,给人指明方向,引入自由之路。如,《战争与和平》就总是让我们念及人生的脆弱、世界的广袤无垠以及我们在宇宙中的位置,而不止是历史的意义以及个人在历史中的作用。

小说不同于启示话语(宗教),也不同于理性话语(科学),它以艺术

① [土]帕慕克著:《天真的和感伤的小说家》,彭发胜译,上海人民出版社2012年版,第146页。

的方法而非新闻主义的态度观察、反映现实，揭示主人公和时代普遍问题之间的多重联系，其每一个句子都会在我们心中激起一种深沉而又真切的感觉，使我们知道存在于这个世界上意味着什么，同时也深知这种感觉本身的属性。用帕慕克的话说，“小说价值的真正尺度必定在于它具备激发读者感觉生活确实如此的力量”①。

在《文学传记》里，柯勒律治告诉我们，他的朋友华兹华斯的目标是：“从习俗的昏沉里唤醒心灵的注意力，将心灵指向我们面前世界的可爱与神奇，赋予日常事物新奇的魅力，激发一种类似超自然的情感。”帕慕克认为，这就是托尔斯泰、陀思妥耶夫斯基、普鲁斯特和托马斯·曼这些伟大的小说家们传授给我们的小说艺术②。

然而，随着我们隐形于伟大的互联网，进入以微博、微信、微电影、微广告等引导人们规划自己生活指向的“微时代”，简约、细小、破碎构成了我们具体行动的空间占有形态，部落性迅捷复制、放大传播则成为个体情绪意志的时间存在方式，“断片”式电子经验正逐渐取代切身性、切己性的生活经验，“意义”的“微化”使我们的灵魂枝枝杈杈。我们不再拥有一个共同的整体性生活，更不用说投入到对当代现实的整体性研究之中。小说家们几乎不再关注并探索“中心”，小说的艺术渐渐被人遗忘。

“一切都瓦解了，/只是一片混乱来到了这个世界里。”（W·B·叶芝）在许多小说里，我们感受到的不是统摄一切的视阈融合，而是事件与物品之间、剧情和景观之间的分离；我们看到的不再是“神全形具”的人物形象、“精严”的叙事结构、清晰的“经验图像”，而是动漫式简化、注水式拉长、断裂的情节和粗糙的思想。许多作品无法提供比生活本身更为强烈的真切感，或是让人们聆听到自己真实的内在声音；小说家没有独立的文学理想，不过是“饶舌的哑巴”。“微时代”的文化症候再次证明：“完整的文化与完整的智慧是完全一致的。生活处于这种状态，与艺术是相

① ［土］帕慕克著：《天真的和感伤的小说家》，彭发胜译，上海人民出版社 2012 年版，第 26 页。

② ［土］帕慕克著：《天真的和感伤的小说家》，彭发胜译，上海人民出版社 2012 年版，第 163—164 页。

通的。文化紊乱的程度正表明任性的冲动及不理智的习惯支配我们的行动、左右我们的生活到什么程度。”①

帕慕克指出,小说艺术的根本问题,不是主人公的性格创造,而是故事里的世界或宇宙如何在他们的视野里得以呈现;小说不是在小说家表达政治观点时才有政治性,而是在努力理解某个在文化、阶级和性别上不同之人时才具有政治性;这意味着小说家在作出伦理的、文化的或政治的判断时,首先必须怀有一颗同情之心②。同情之心赋予小说家一双看取世界的“湿润”目光,克服了文化、历史、阶级和性别的所有差异,以自己灵魂的一部分设想他人的存在,从烦琐平淡的生活中创造美善之光,从扭曲、污损的生命里看见人类原初的尊严与荣美:一种悠远寥廓、不可目视的人格、风骨、境界,自然漫洇开来……

这种“同情之心”克服、祛除了个体生命的气质之偏与邪暗之塞,在生命中打开一个精神性主体,做到“不将不迎,应而不藏,故能胜物而不伤”(《庄子·应帝王》),这其实是一种人格修养的工夫;它植根于一个最自由、最充沛的自我,“端赖艺术家平素的精神涵养、天机的培植,在活泼泼的心灵飞跃而又凝神寂照的体验中投入地成就”③。在中国古代思想里,这种“同情之心”往往被命名为“诚”,即“修辞立其诚”之“诚”。现代哲学家贺麟指出:“艺术天才无他长,即能保持其诚、发挥其诚而已。艺术家之忠于艺术而不外骛亦是诚。”④可惜,当代作家对“诚”之价值意义已不甚了了,更毋论自觉地执守并践行之。

《周易·乾·文言》有言:“君子进德修业:忠信所以进德也;修辞立其诚,所以居业也。”陈望道的《修辞学发凡》(1932)、宗廷虎等人的《汉语修辞学史》(1990)将“修辞立其诚”作为修辞的原则——“修辞必须立

① [美]欧文·埃德曼著:《艺术与人》,任和译,工人出版社1988年版,第19页。
② [土]帕慕克著:《天真的和感伤的小说家》,彭发胜译,上海人民出版社2012年版,第64页。
③ 王德胜编:《中国现代美学名家文丛·宗白华卷》,浙江大学出版社2009年版,第215页。
④ 贺麟著:《儒家思想的新开展》,《中国社会科学院学者文选·贺麟集》,中国社会科学出版社2006年版,第8页。

诚”——予以理解，郭绍虞、罗根泽、刘大杰等人先后撰著的《中国文学批评史》则将“修辞立其诚”视为古代文学批评的重要原则——“立言要重在诚”，把“立诚”当作“立言”的重要条件。

“修辞”与“立诚”之间究竟是什么关系呢？孔颖达《周易正义》卷一对此有较权威的疏解：

> ……德谓德行，业谓功业。……进德则知至将进也，修业则知止存义也。“忠信所以进德”者，复解进德之事，推忠于人，以信待物，人则亲而尊之，其德日进，是进德也。“修辞立其诚，所以居业”者，辞谓文教，诚谓诚实也。外则修理文教，内则立其诚实，内外相成，则有功业可居，故云居业也。……①

孔颖达注意到，“忠信”“修辞立其诚”分别说明了如何“进德”和“修业”，点明“忠信”之于“进德”又与“修辞立其诚”之于“居业”并举，而“忠”/“信”“修辞”/“立其诚”又分别对待，应各自作两义训解。孔颖达将“修辞”和“立其诚”看作君子的“居所”，安身立命的“家园”；“修辞”和“立其诚”又是一内一外的两件事：“辞谓文教，诚谓诚实也。外则修理文教，内则立其诚实，内外相成，则有功业可居，故云居业也”，这种疏解是比较准确的。

《易经》中的“辞”本指占卜工具上的卦辞、爻辞，有时又推广为一般的语言，可包括口语和书写的文字（“圣人之情见乎辞”）。《论语·述而》有言：“子以四教：文、行、忠、信。”在语义上，“文”（传承下来的典籍）与“修辞”（修饰言辞）、“行”（道德行事）与“立诚”（立其诚实）相关或相近；“修辞”与“立诚”虽内外相成，但彼此之间是一种平行、并列关系，都是君子的“功业”。因此，汉学家理雅各（James Legge）把“修辞立其诚”准确译为：“His attention to his words and establishing his sincerity are the way

① 孔颖达著：《周易正义》，九州出版社2004年版，第48页。

by which he occuplies in his sphere."①

正如著名美籍华裔学者周策纵所言,"修辞立其诚"不是一个修辞原则,也不是一个文学批评原则,后人的解释多是因误读而"断章取义"。周策纵将"君子进德修业:忠信所以进德也;修辞立其诚,所以居业也"读解为:"君子要促进德性(行),并且要修营(安居)功业:忠和信是为了促进德性(行);修饰语言文辞和建立他的诚实,是为了安居功业。"②这种读解是切合原文本义的,它提示我们:"修辞"与"立诚"既"不可偏废",又不可混为一谈,"立诚"自有其独立价值或意义所在。

犹太思想家勒维纳斯说过:"责任或许是语言的本质。"面对时代变迁甩出来的问题,当代作家世故地回避尴尬、复杂的精神处境,一味地凭借熟稔的文学技术元素,批量制造疑窦丛生的"仿像世界";其人其文,打磨得光滑细洁,一如那汉家陵阙的石兽,无甚可观。蜕变成"精神致幻术"的文学,可能"看上去很美",但无法让人"安魂"。更可怕的是,读者从一些作品中看到了自己的处境,以为人生、社会不过如其所裸呈的那般残酷、混乱、孤危、绝望:"生活就是这样的啊。"于是,在某个被感动的时刻,以模仿的方式结束自己。这种文学使紧张的生活更紧张,使混乱的社会更混乱,使困惑的现实更困惑,不但没有化解反而加深了现代社会的危机。人们自然不能不质疑其存在的意义:"文学有什么用?"在我看来,这正是偏于"修辞",忽视"立诚"的后果。

在孔子那里,"诚"还只是一种道德品格。《论语》云:"言忠信,行笃敬""主忠信""笃信好学""举直错诸枉""刚毅木讷近仁"等,这些美德都与"诚"有直接的关联。到了孟子则将"诚"扩大到"天道":"诚者,天之道也;思诚者,人之道也。至诚而不动者,未之有也;不诚,未有能动者也。"(《孟子·离娄上》)孟子指出,世界的存在、变化真实无妄,"天道"

---

① James Legge. *The Sacred Books of the East*, *XVI*: *The Yi King*, Oxford: Clarendon Press, 1882; Raymong Van Over edited Mentor Book editionI Ching, New York: New American Library, 1971, p.421.

② 周策纵著:《弃园文萃》,上海文艺出版社 1997 年版,第 429 页。

以其“诚”而化生成物，“人道”效法、复归并与“天道”合为一体。故“尽其心者，知其性也；知其性，则知天矣。存其心，养其性，所以事天也”（《孟子·尽心上》）。在孟子看来，“人道”之“诚”一是要“反身而诚”，即发自内心深处，自觉自愿，真挚无伪；二是要“明乎善”，即知善求善，诚于仁义礼智。“诚身有道，不明乎善，不诚其身矣！”（《孟子·离娄上》）

《大学》有所谓“三纲”，即“在明明德，在亲民，在止于至善”，意思是说要去除内心的欲望，发扬本心，彰显美好的品德，推己及人，普及亲善思想，进而精益求精达到至善之境。与“三纲”相配的则是“八目”：“格物”“致知”“诚意”“正心”“修身”“齐家”“治国”“平天下”，前五者为修身，后三者为济世，济世以修身为本，修身以诚意为要。“所谓诚其意者，毋自欺也。如恶恶臭，如好好色，此之谓自谦。故君子必慎其独也。”“诚其意”就是“诚实”自己的心意，像赤子之心一样通体透亮；“毋自欺”，不一时苟且，昧天良而为之。慎独必由意诚，意诚自可慎独。内无忧虑，外无畏惧，独处独居，自能诚心守仁行义，不行苟且之事，做到“独立不惭影，独寝不愧衾”（刘昼《新论·慎独》）。

到了《中庸》，“诚”不止于真诚、诚实、忠诚、诚信等伦理道德意义，而是被提升到了形而上的高度，展开而为本体论即工夫论的哲学性言说。

作为历代圣贤相互传承的“心法”，《中庸》是“群经之统会枢要”（《中庸指归》）。“中庸”之“中”是上下之间的贯通，“庸”意味着“用”，发而为用，展现在世界之中。合而观之，“中庸”意味着以上下通达为用，是世界的接纳或天下的打开。《中庸》开宗明义提出三个定义性陈述：

> 天命之所谓性，率性之谓道，修道之谓教。

在中国思想的语境里，“天命”是不使之使，不命之命；用孟子的话说，“莫之为而为者，天也；莫之致而至者，命也”（《孟子·万章上》）。“天命之所谓性”，意味着人本身只是一可能性，人作为人就在于他能够回应、理解、接受和完成自己的天命。遵循此“性”，保持自己之所以为人，就是真正地行走于“道”之上。“率性”就是“尽己之性”，尽人之完成其天命的可能性。为了保证人能始终行于“道”上，就必须有“教”——教养、教育、教导、教化——以维持人之道的始终可行和畅通。人性是天命所赋予并肯认的，天命所赋予的人性界定了“道”；“道”不是别的，只是真正人性的实现；“道”又界定了“教”——“道”之彰显。“命”“性”“道”“教”彼此贯通，构成了“命—性—道—教”这一动态的、生成性文化境域。这种境域性目光意味着前后、左右、上下、远近等之间的相互呼应、层层牵引和彼此照看。

每个人在其本性上都是一个“在世者”，都是被抛在一种现成的世界之中，被赠予了某种现实性。然而，由于其心性通达着“天命”，他又不满足于这种既成的现实性，而总是去寻找现实性中不可能的可能性，不断深化或开启人性的更高的可能性，“里仁”而居。《中庸》反复述说只有在“君子”那里，“中庸”之道才得以真正敞开。可见，“中庸”的经验即为面向“不可能之事”的经验，是在不可能性中开启新的可能性。作为不断“生成”之物，“中庸”颇类似于A·西莱西乌斯所说的“去不能去的地方”“看未看到的地方”“于无声处倾听”；或德里达所言：“去你不能去的地方，走向不可能性，事实上这才是惟一的来或去的方式。”①

《中庸》将“诚”提到了与物之生、成、形、灭相始终的位置：

> 诚者自成也，而道自道也。诚者物之终始，不诚无物。是故君子诚之为贵。

“诚者自成”意味着，“诚”是自己完成的，是自我人格完善的重要部分，它不是外在灌输、投射到人的内心而获得的；“道自道”，大道是自己

---

① 引自[美]J·D·凯普图撰：《直视不可能性：克尔凯郭尔、德里达以及宗教的再现》，王齐译，载《世界哲学》2006年第3期。

运行的。“诚”贯穿万物始终，是万物运行的自然规律；没有人心感物之诚，没有物自身意志之诚，万物不可能作为现象而存在，故“不诚无物”。感于物性是君子成己、成物的最高工夫，感物之诚是君子最为宝贵的品格。由此，“诚”获得了一种本体论的决定意义，宇宙被理解为“诚”的自然的自我展现，人与物也被认为是“诚”的体现。

《中庸》将“诚”区分为“诚者”与“诚之者”两种情况：

诚者，天之道也；诚之者，人之道也。

“天道”为“圣人”之“诚”，其天性圆满，“不勉而中，不思而得，从容中道”，自然合于天道，自然明于人道，此之谓“自诚明，谓之性”；“人道”则为一般人之“诚”，其虽有善性而不能尽，须修道以教之，明善以导之，“由教以入道”。从“学”的角度说，便是“诚之者，择善而固执之者也”。“博学之、审问之、慎思之、明辨之”是“择善”的工夫，“笃行之”则是“固执”的工夫。“择善”须“智”，“固执”须“仁”；“智”是“择善”的德性根据，“仁”是“固执”的德性根据。“智”“仁”内在于性中，非由外烁。作为人之德性最为本真的体现，“诚”是天所赋予的人性之真理和实在。

《中庸》认为，“人道”深深植根于天所赋予的人性之中，又普遍体现于人间的日常事务之中。“修身”弥合了人之“所是”与“能是”之间的间隔。“诚身有道，不明乎善，不诚乎身。”要做到自身之诚，首先要发扬自己善的德行。要得到自身善的德行，就必须反身自诚：

自诚明，谓之性；自明诚，谓之教。诚则明矣，明则诚矣。

“诚”是内在的，“明”是天下的事理，“自诚明”是由内在的诚实达到外在的明白事理，所指涉的是“原初的实体”（本体）。由内而外，这合乎自然的本性。反过来，先明了天下万事万物的理，而后使自己更加诚实，走向至诚的境界，即通过对外在的认识提升自己诚实的品德，也就是"明则诚"所指涉的"道德努力"的工夫，这是通过教育实现的。只要做到了真诚，自然的天性和人为的教育便合二为一。作为自我教育一种形式的"明"能够最终导致"诚"，作为人的不可化约的真实存在的"诚"又必然蕴含着"明"，"诚"与"明"不分彼此。这里，"诚明"表明了君子对至诚之心和完美德性的追求。可见，充分实现主体性的不断深化过程，是君子的本质特征。

如果没有"诚"，也就没有什么东西能够生成。"诚"的本性是自我昭明："诚者，自成也；而道，自道也。""诚"在广度上"博大深厚"，是深度上"高远明朗"，与地一样"载负万物"，与天一样"覆盖万物"，"不见而章，不动而变，无为而成"，"生生不息"。作为一种人性的终极实在，"诚"是作圣之功，是通达圣人的可能性，也是通达"中庸"的可能性。这正如王夫之所言："曰'命'、曰'性'、曰'道'、曰'教'，无不受统于此一'诚'字。"①"自天有命，则知诚以为命矣；命以为性，则性皆其诚矣；率性为道，则道本于诚矣。中为大本，诚之体也；和为达道，诚之用也。"②

五、"毕达哥拉斯文体"

述学文体，是一种呈现著者原创性、独创性学术思想的文体；它不仅关涉学术表达形式（语言形式、体例设计与组织结构等），而且关涉学术思想的戛戛独造。学术研究本质上是一门艺术，是一种个性化的事业。作为一种自我表达的方式，述学文体是独特个性、独特人生体验、独特的学术思想的集中呈现。

---

① 王夫之著：《船山全书》第6册，岳麓书社2011年版，第996页。
② 王夫之著：《船山全书》第7册，岳麓书社2011年版，第232页。

著名文艺理论家童庆炳指出:“文体是指一定的话语秩序所形成的文本体式,它折射出作家、批评家独特的精神结构、体验方式、思维方式和其他社会历史、文化精神。……从表层看,文体是作品的语言秩序、语言体式,从里层看,文体负载着社会的文化精神和作家、批评家的个体的人格内涵。”童庆炳的提醒非常重要:“文体作为文学形式问题决不是小问题。”①

无论任何文体,从体裁的规范到语体的创造,再到风格的追求,都体现在“入思”和“道说”即一“进”一“出”两个方面。“思”之生成即“言”之生成,“言”之生成即“思”之生成。“思”与“言”之间是同一的、非此不可的关系。

钱穆先生晚年写过篇妙文《谈诗》,是从《红楼梦》第 48 回里的香菱学诗开始的。香菱喜欢陆游的两句诗:“重帘不卷留香久,古砚微凹聚墨多。”去问林黛玉,黛玉道:“断不可学这样的诗。你们因不知诗,所以见了这浅近的就爱,一入了这个格局,再学不出来的。”这两句诗究竟坏到什么程度呢?钱穆说:“放翁这两句诗,对得很工整。其实则只是字面上的堆砌,而诗背后没有人。若说它完全没有人,也不尽然,到底该有个人在里面。这个人,在书房里烧了一炉香,帘子不挂起来,香就不出去了。他在那里写字,或作诗。有很好的砚台,磨了墨,还没用。则是此诗背后原是有一人。但这人教什么人来当都可,因此人不见有特殊的意境,与特殊的情趣。无意境,无情趣,也只是一俗人。仅有人买一件古玩,烧一炉香,自己以为很高雅,其实还是俗,因为在这环境中,换进别一个人来,不见有什么不同,这就算作俗。高雅的人则不然,应有他一番特殊的情趣和意境。”②

时下论著几乎都长一副模样:纲目排列整整齐齐,形式逻辑密不透风,规范得不能再规范,理性得不能再理性,男女不分,长幼不明,宛若一

① 童庆炳著:《文体与文体的创造》,云南人民出版社 1994 年版,第 1 页、第 7 页。

② 钱穆撰:《谈诗》,见《中国文学论丛》,九州出版社 2011 年版,第 116 页。

人化身千万。究其原因,正是由于文章的背后没有人,没有具体的、有情趣、有意境的人,故替换另一个人来,亦无差异可言。“无意境,无情趣,也只是一俗人”,人俗了,其文也便俗了。他们除了炮制些思想贫乏、气味枯索、因注水而浮肿的论著,将自己的心智能力置于这种“精神致幻术”而不能自拔外,没有思想去唤醒、融化这块土地上为人遗忘的历史和人物,更不可能在负能量严重超标的“垃圾场”里打通一条通往心灵深处的道路,直指人心,照亮一切。

既有的文明正在衰败,语言亦随之衰朽;语言俗不可耐,思想亦愚不可及——这是个可逆的过程。时代考验人,人也考验时代。潮涨潮落,载浮载沉。或惨遭灭顶,或坚忍不拔,如崖岸壁立——关键在于,能否持守问学初心,鼎力变革、重建述学之文体。

表面上看,由于“理论”在文学、历史、哲学、社会学、人类学等诸多话语领域中的“胜利”,以及著者对于“理论”的过于“迷恋”,导致了时下“述学文体”的千人一面;深层地看,则是人们出于本质主义的寻求,“对一般性的渴求”,而沉湎在“科学”的方法之中。

难道不是这样吗?

著者往往不是顺着历史或现实中有关事实的发展,而是顺着理论结构写下来。他们或用齐泽克来读解余华,或用德勒兹来剖析孙甘露,或用萨义德来解释《小团圆》,或运用并未吃透的德里达、波德里亚、拉康等人的学说四处出击。仿佛这些“大师”的理论是百试不爽的“试金石”,诸如此类悬拟、虚构的论著,大面积地“过度引用”西方“理论”,实无多少个人独到见地。

事实上,如前各章所述,维柯、柏格森、恩斯特·卡西尔、伽达默尔、雷蒙·威廉斯等西方学者都深入研究、反思过“理论”,发现“理论”原本并不具有颐指气使、君临天下的“权势”。因此,美国当代文艺批评家乔治·斯坦纳猛烈抨击“理论”:

无论是情感、知识及专业各方面,我都不信任理论。……理论可以从数学或逻辑验证中成立,而它们要求的是关键的实验以验证其真伪,如果实验结果不符,理论就会被取代。但在人文学科、历史研究及社会研究,或是品评文学及艺术,要从"理论"入手,我觉得是虚伪不实的。人文学科既不须实验,也无法验证。我们对人文学科的反应是直觉的叙事。……柯勒律治并没有驳斥约翰逊博士,毕加索并没有比拉斐尔先进。在人文领域里,"理论"不过是失了耐心的直觉。①

斯坦纳将"理论"在诸多话语领域中所取得的"胜利",视为"自我欺骗","无非是因为科学占了上风,人文学科为了背水一战而发展出来的"②。

维特根斯坦是世界历史上一位伟大的哲学家、数理逻辑学家,语言哲学的奠基人,20世纪最有影响力的思想家之一。维特根斯坦当时所处的哲学传统,主要是由逻辑兴趣和科学宗旨引导的,其哲学关怀与这个哲学传统扞格不入。

1911年,维特根斯坦问学于罗素门下。年轻的维特根斯坦经常深感郁闷,到罗素那里,几个小时一言不发,只是踱来踱去。有一次,罗素问他:"你到底在思考什么——逻辑,还是自己的罪孽?"维特根斯坦回答:"Both。"

哲学将人类最隐晦的灵魂与最明晰的逻辑连系在一起,而令维特根斯坦紧张、痛苦不已。在他看来,我们遭遇的哲学问题植根于"对我们语言的逻辑的误解"(《哲学研究》,93)。维特根斯坦回忆说:

我们交谈的时候,罗素会经常高喊:"逻辑的地狱!"这句话充分

① [美]乔治·斯坦纳:《斯坦纳回忆录》,李根芳译,浙江大学出版社2012年版,第6页。
② [美]乔治·斯坦纳:《斯坦纳回忆录》,李根芳译,浙江大学出版社2012年版,第6页。

表达了我们在思考逻辑问题的时候所有的内心感受。所谓"逻辑的地狱",指的是逻辑给人们带来的巨大困难,它所具有的坚固的不稳定性。

我们之所以会产生这样的感受,主要原因应该是这样:每当新的语言现象出现的时候,很可能以前对此类现象的证明完全失去了价值。(我们深切地感受到,语言经常会这样提出一些新的、无法达到实现的要求,让我们之前所作出的全部解释证明的努力付之东流。)①

维特根斯坦指出,出于固有的理智的习惯,即"讲理论的态度","哲学家恒常在眼前见到科学的方法,不能抗拒地被引诱着用科学的方式提出和回答问题。这一倾向是形而上学的真正来源,并把哲学家领进了彻底的黑暗。"②

所谓的理论表述、理论概括和道德命令,对维特根斯坦而言,都是危险的、不可靠的。"因果联系对人有一种潜在的诱惑,那就是,它会引导我们说:'当然,这种结果是必然会出现的。'然而,我们应该想到:它可以这样发生——却并非必然这样发生,它也可以通过许多其他的途径发生。"③后期维特根斯坦明确反对过度概括,因为过度概括与简单两分乃至二元对立密切相连,那种"非此即彼"式的二元对立,都以某种很强的甚至是过度的概括为前提。

在《逻辑哲学论》里,维特根斯坦将哲学理解为沉默的禁地,而不是语言的牢笼;"我们不能思考我们所不能思考的东西;因此我们也不能说我们所不能思考的东西。"④维特根斯坦将哲学、伦理学、美学、神秘的东

① [英]维特根斯坦:《文化与价值》,许海峰译,江苏凤凰文艺出版社 2016 年版,第 58 页
② [英]维特根斯坦:《棕皮书》,转引自[英]瑞·蒙克:《维特根斯坦:天才之为责任》,王宇光译,浙江大学出版社 2011 年版,第 343 页。
③ [英]维特根斯坦:《文化与价值》,许海峰译,江苏凤凰文艺出版社 2016 年版,第 72 页。
④ [英]维特根斯坦:《逻辑哲学论》,贺绍甲译,商务印书馆 1996 年版,第 85 页。

西等，都归入不可说之列。“哲学并非学说，而是活动……哲学的结果不是‘哲学命题’，而是命题变得清楚。”(4.112)

对于所谓的美学理论，维特根斯坦不屑一顾：“可能有人认为美学是一门告诉我们什么是美的科学——这对语词来说甚至有点可笑。我想这种科学大概还能告诉我们哪种咖啡的味道更好。”[①]维特根斯坦拒绝把艺术理论化，在他看来，“哲学研究(可能尤其体现在数学方面)和美学研究之间，存有奇怪的相似之处。(例如，这件外套哪点不好，为什么是这样，如此等等”[②]。

钱锺书的锐见亦一针见血：“逻辑不配裁判文艺。”[③]他说：

> 在考究中国古代美学的过程里，我们的注意力常常给名牌的理论著作垄断去了。不用说，《乐记》、《诗品》、《文心雕龙》、诗文话、画说、曲论以及无数挂出牌子来讨论文艺的书信、序跋等等是研究对象。同时，一个老实人得坦白承认，大量这类文献的探讨并无相应的大量收获。好多是陈言加空话，只能算作者礼节性的表了个态。叶燮论诗文选本，曾慨叹说：“名为‘文选’，实则人选。”一般“名为”文艺评论史也“实质”是“历史文艺界名人发言纪要”，人物个个有名气，言论常常无实质，倒是诗、词、随笔里，小说、戏曲里，乃至谣谚和训诂里，往往无意中三言两语，说出了精辟的见解，益人神智；把它们演绎出来，对文艺理论很有贡献。[④]

在钱锺书看来，“文人慧悟逾于学士穷研”，“词人体察之精，盖先于学士多多许也”[⑤]，诗、词、随笔、小说、戏曲等文学作品，蕴含有精辟的见

① Ludwig Wittgenstein, Lectures and Conversations on Aesthetics, Psychology and Religious Belief [1938-1946], Cyril Barrett(ed.), Berkeley: University of California Press, 1996, p.11.

② [英]维特根斯坦：《文化与价值》，许海峰译，江苏凤凰文艺出版社2016年版，第48页。

③ 钱锺书：《七缀集》(修订本)，上海古籍出版社1994年版，第45页。

④ 钱锺书：《七缀集》(修订本)，上海古籍出版社1994年版，第33页。

⑤ 钱锺书：《管锥编》，中华书局1986年版，第496、918页。

解;出于鲜活的日常生活世界,谣谚将对世界的深刻领会转换成了语言的存在;训诂则是对文字意义的追根究底,我们由文字原意的追溯可寻找到立论的根基所在;而那些以理论著作形式出现的论著,“好多是陈言加空话”,这真是锥心之论!

沉醉于理论之迷思者,是否已然醒悟?

在西方哲学思想史上,有三个伟大的“语言天才”:古代是亚里士多德,古希腊哲学的集大成者,西方哲学语言和概念的构造者;近代是黑格尔,继承了康德“对形而上学学院语言的罗可可式的纤巧的德语化”,把概念语言发展到了极致;现代是海德格尔,致力于开掘词语原始的命名力量,发展出一种反形而上学学院语言的“半诗性的特殊语言”①。

古希腊哲学被亚里士多德构造为“理性的抽象的玄学”,经由中世纪基督教世界的保存和发展,到近代,这种理性主义传统被发扬光大。

笛卡儿的“普遍数理”观把世界视为一个秩序和尺度的“数学的世界”,斯宾诺莎、莱布尼茨等进一步推动了所谓“泛逻辑主义”和“泛数学主义”的进程,他们试图建立一个“人文精神科学的自然系统”,用逻辑来构建人类的全部知识。

康德是一个典型的体系性哲学家,他将一组组相近的概念游戏(如无限、合目的性、普遍性、可能性、整体性等)予以分层处理,并将它们纳入一个宏大的体系结构之中进行先验论证,唯独不见其个人生活和人格,人们完全可以不去了解康德个人的生活经历而照样读他的著作。

1849年,在一则日记里,克尔恺郭尔写道:“天才犹如暴风雨:他们顶风而行;令人生畏;使空气清洁。”

克尔恺郭尔说:“我所写的一切,其论题都仅仅是而且完全是我自己。”克尔恺郭尔的全部思想都和他个人刻骨铭心的人生体验紧密相连,其著作都在不同程度上带有精神自传的性质,从中可聆听到在各种生活境况下内心的独白和生命的呼唤。在他的《非此即彼》《恐惧与颤栗》里,

① [伽]达默尔:《文集》第2卷,图宾根1986年,第361页以下。

不时可见寓言的戏剧性盘绕，抒情私语和哲学教诲的综合，及其逻辑的纠结；它们暗示了试图建立一种文体逻辑结构的计划，这种逻辑结构十分贴切灵活，包含和表达了沉思中的怀疑和复兴的力量。克尔恺郭尔之后，哲学论述的习惯是“开放的”，可以修改的，一如凡高之后的树形。

尼采反对黑格尔将“存在”视作绝对精神自身发展过程中的一个抽象环节，反对强调精神之普遍性的“黑格尔主义”，反对那种完整封闭的思想体系。尼采唾弃了学院哲学语言，寻求一种断片的、诗化的、非形而上学的思想语言；其“存在”之言说与此前荷尔德林的“神圣者”言说，是存在历史“另一个开端”的先行展露。

《查拉图斯特拉如是说》，是尼采的实验性文本，它有着复调的肌理，让哲学写作具有音乐性；其伟大的思想赋格，产生了音乐解决的特效，余音绕梁不去。“这种对音乐的应用，不是为了追求外在的声响或节奏的小技巧，而是作为精神在语言中行动的模式，作为附属的主要语言使作家的意识在根本上具有双语性。”①

雅斯贝尔斯说，克尔恺郭尔和尼采“使我们睁开了眼睛”。

同样以德语为母语，在学术语言的革新上，海德格尔和维特根斯坦用力颇多，共同致力于摆脱形而上学的寂寞运思。

海德格尔对原始性或开端性的“思”与“言”的“重演”，“重获语言和词语的未受损害的命名力量”（《形而上学导论》）。海氏指出，“语言是存在本身的澄明着——遮蔽着的到达”（《路标》），语言是存在本身原始的“显—隐”运作；在对诗人诗作的阐释中，海德格尔借诗意的词语形成和表达自己的思想，对20世纪西方的思想语言作出了革命性贡献。

在海德格尔那里，人与语言的关系发生了转换：对象性、工具性的关系被破除了，转变为非对象性的诗意看护，还有非知性逻辑的神秘启悟。“诗”与“思”合一，“思”即是“诗”。“思的诗性本质保存着存在之真理的运作。”（《什么是哲学？》）直到晚年，海德格尔仍不懈运思和追问：“哲学

---

① ［美］乔治·斯坦纳：《语言与沉默》，李小均译，上海人民出版社2013年版，第102页。

终结之际给思想留下了何种任务?”(《面向思的事情》)“思与言在何种意义上是客观化的,在何种意义上不是客观化的?”(《路标》)……

维特根斯坦的哲学也特别关注语言问题。早期代表作《逻辑哲学论》(1922),探讨的主题是:语言的本质及其与世界的关系,即语言是如何描绘世界的?在后期代表作《哲学研究》(1953)里,维特根斯坦的观点发生转变:语言并没有单一的本质,而是由各种不同种类的“语言游戏”组成的集合;语言的意义不仅反映在说什么,还反映在如何说;语言、心灵、世界三者之间的一致关系,发生在语言之内,而非语言之外;通过描绘语言的运作,产生于“对我们语言逻辑的误解”的哲学问题便不复存在。

后期维特根斯坦的“语用学转向”,即向“日常语言”的回归,其言式改造与海德格尔有着同样的意义。

早期维特根斯坦对康德推崇备至,在后期的诸多论著中,康德则成了一个隐形的身影——维特根斯坦竭力批判的主要对象。康德念兹在兹的先验、预先、先行等系列概念,在维特根斯坦的眼里,都是一组语言游戏,它们组成了一个错误的概念运用组,不过是预先确定的“象征的机器运转”,而不是由事实确定的“实际的机器运转”((《哲学研究》,193)。

维特根斯坦将围绕某一特定概念而起的哲学误解,比作一团“迷雾”(《哲学研究》5),“消除它们的办法……是探寻我们语言的运作的过程”,“哲学是一场反对借语言迷惑我们的理智的战斗”(《哲学研究》,109)。

维特根斯坦认识到:“语言具有一种力量,能够让一切事物看上去没有任何差别。这种力量在字典里面最能够体现出来”①。语言这种“蛊惑我们的智性”的力量,促使我们从不自觉地使用它转向对它持一种反思的态度,而一旦我们采取了这种反思的态度,语言便为我们的理解设置了一系列陷阱,导致哲学研究误入黑暗的幽谷——

> 对每一个人而言,语言都包含着同样一些陷阱,亦即由保持完好

① [英]维特根斯坦:《文化与价值》,许海峰译,江苏凤凰文艺出版社2016年版,第42页。

> 的//可通行的//歧路构成的巨大网络。于是我们看到,一个又一个人行走在同样的道路上,我们早已知道,他会在哪儿转弯,又会在哪儿一直往前走,不理会那个弯儿,如此等等。[①]
>
> 我们正在与语言搏斗。
>
> 我们陷入了与语言的搏斗之中。[②]
>
> 语言给所有的人设置了相同的迷宫。这是一个巨大的、小径分叉、迂回曲折的复杂迷宫。……我所做的事就是要在迷宫的所有路口竖起明确的路标,帮助人们躲开危险区域,走上安全地段。[③]

由"讲理论的态度"而起的那些混乱,不止是错误,它们更是一种误解。由语言引起的问题是深层的问题,它们产生于去反思或欲退出人类生活实践的情境,"当语言像一台发动机在空转,而不是正常工作时"(《哲学研究》,132):

> 由于错误阐释我们语言的形式而产生的问题,具有某种深度。它们是深层次的焦虑;它们的根源就像我们语言的形式一样,深植于我们之中,而其意义,就像我们语言的意义一样重大。(《哲学研究》,111)

那么,哲学如何写作才能最大限度地成为它真正所是的东西呢?

维特根斯坦说:"我们必须犁遍整个语言。"[④]在为《逻辑哲学论》所写的"说明"中,他写道:它"是严格的哲学的,同时也是文学的"[⑤]。后来又

---

① "哲学",载于《哲学大事记:1912—1951》,第183页。

② [英]维特根斯坦:《文化与价值》,许海峰译,江苏凤凰文艺出版社2016年版,第23页。

③ [英]维特根斯坦:《文化与价值》,许海峰译,江苏凤凰文艺出版社2016年版,第35页。

④ Ludwig Wittgenstein,"Remarks on Frazer's Golden Bough",James and Klagge and Alfred Nordmann(eds.),Philosophical Occasions:1912-1951,Indianapolis and Cambridge:Hackett,1993,p.131.

⑤ 转引自G.H.von Wright,Wittgenstein,Oxford:Blackwell,1982,p.81.

说:“最好是将哲学作为诗歌那样写出来。”[①]在《遗作》1933年、1938年、1940年的条目中,也不断出现了类似的主张,表明了它在后期维特根斯坦思想观念中所处的中心地位。

后期维特根斯坦的写作,往往通过发明想象的例子,揭示日常语言实践的诡异的熟悉。在这意义上,它们确实是诗性的。令维特根斯坦哲学成为诗的,是那些具有“发明”之潜力的布道和谚语;它们通过引人入胜的隐喻,以及儿童一般的简单,变得生机勃勃起来;它们记录着思维过程本身,如同今日所谓“概念艺术”,吸引了观看者的心灵而不是眼睛。如:

> 一个新生的词汇,宛如一颗播种在讨论的园地里的新鲜种子。[②]
>
> 思想也会在没有成熟的时候,从树上掉落下来。[③]
>
> 钢琴演奏乃是人类的一种手指舞蹈。[④]
>
> 你的哲学目标是什么?——给苍蝇指出一条飞出捕蝇瓶的途径。[⑤]

诗的本性与推理式散文之间有怎样的联系呢?在何种意义上,维特根斯坦在像写诗一样写哲学呢?哲学如何以及为何会成为诗呢?

乔治·斯坦纳的观点是:“只要走向表现形式的极限,文学就来到沉默的海岸。……只有赋予语言极度的精确性和透辟,诗人和哲人才能意识到,才能使读者也意识到,其他不能用语词包围的维度。”也就是说,死亡有另一种边界。“死亡的边界,语言哲学和形式逻辑(逻辑是精神的狂想曲,用于打量世界的一种方法)可以接近,但边界上立着维特根斯坦的告诫:不能言说的东西,我们必须将之归于沉默。”《哲学研究》便是一个

① [英]维特根斯坦:《文化与价值》,许海峰译,江苏凤凰文艺出版社2016年版,第35页。
② [英]维特根斯坦:《文化与价值》,许海峰译,江苏凤凰文艺出版社2016年版,第5页。
③ [英]维特根斯坦:《文化与价值》,许海峰译,江苏凤凰文艺出版社2016年版,第52页。
④ [英]维特根斯坦:《文化与价值》,许海峰译,江苏凤凰文艺出版社2016年版,第71页。
⑤ 涂纪亮主编:《维特根斯坦全集》第8卷,涂纪亮译,河北教育出版社2003年版,第143页。

生动例子，这是一部精神形式和精神运动之书："它由格言警句和数字构成，似乎是从另一类型的确定书写中借用的。它使怀疑和严格评估成为自己的句法、风格和对象。维特根斯坦具有诗人的才能，使每个语词看起来是新的，充满有待利用但可能毁灭的活力。《哲学研究》许多地方意象简明、形式独特，读起来简直就像一首诗。像里尔克的《致俄尔浦斯十四行诗》一样，它们差不多同时代出现，都建议我们保持沉默。"①

维特根斯坦的写作方式的确不同凡响，他是用语言来思考的、近乎纯认知的诗人；倘若其思想的形式是一般的论证表达，根本不可能呈现出一种如此个人化的风格，更不可能完成独特自我的刻画，立体展现其人格与心智的高度。

我想起了胡兰成的一句话，"文学是写可珍重的东西"，"今人以为理论文不可是文学，这个观念先要改变"②。

中国思想界的语言传统也大致可分三个阶段：先秦，是中国传统思想语言的成型时期，形成以"儒""道"为主体的中国传统思想及其道说方式；东汉至唐宋，佛教文化传入，汉语思想语言进一步发展，形成"儒""道""释"互动互补的思想文化格局和道说方式；现代，"西学东渐"使中国传统思想语言分崩瓦解，传统思想和言说方式经历一场革命性转变，但迄今尚未形成鲜明的创造性特征，汉语思想的言说空间尚有待拓展和建构③。

作为一种西方哲学思潮，在 20 世纪上半叶的西方世界，"黑格尔主义"基本偃旗息鼓了，虽偶有着各种顽劣的表现。进入现代中国后，"黑格尔主义"蜕变为一种顽固的意识形态倾向和思维定式，充斥着干瘪的概念演绎和空洞的体系构架，蔓延着一种已经失去生命力的畸形的"学院语言"或"经院语言"。现代中国成了"黑格尔主义"最后的、也是最大的一

---

① ［美］乔治·斯坦纳：《语言与沉默》，李小均译，上海人民出版社 2013 年版，第 104—105 页。
② 胡兰成：《文学的使命》，《中国文学史话》，中国长安出版社 2013 年版，第 164 页。
③ 参阅孙周兴：《思想的本色》，《读书》1994 年第 1 期。

块地盘，“反黑格尔主义”是当代中国学术思想界的重要主题。[①]

现代中国学术语言有极浓厚的唯理论或观念论色彩，其枯燥乏味、空洞虚假将语言的负面遮蔽功能发挥到了某种极致。“黑格尔主义”几乎成了我们的“存在—思维—表达”的基本模式。张志扬将这基本模式提炼如下：

A、“历史的必然规律告诉我们……”

B、“只要透过现象看本质，我们就……”

C、“因此，我们要为明天而斗争。”

“我们”是谁呢？没有人，没有活生生的、具体的人；只有“被普遍原则所概括、所抽象的共同体或功能人”，一个没有“此时此地”的人，却获得了公认的“本质”，并仅仅作为这种“本质”而活动着[②]。

现代中国学术语言的僵化和虚假，标示着思想与生活的真实隔绝状态，以及对于“实事本身”的离异状态。加上著者多趋于怠懒，少见热忱的投入；多为功利裹挟，少有沉潜致思——触目所及，尽是些种种假面的机械复制！

张志扬的“思想—语言”实践，是对“黑格尔主义”的“学院语言”的自觉反叛：“在他的文字里，植根于处身境况的深刻思辨总是与对词语的刻意驱遣相关联，‘思’的严肃总是与‘说’的精微结合在一起。其中有着丰富的思想的辨析，但并不是作悬空的概念推论；论题纯然是学术性的，但每每是从切身境况中发起话题，以鲜活生动的语言来表达厚重的哲思，特别着力于语言空间的构造，以彰显思想的紧张和力度。”[③]

真正的求知欲不是一种外在的嗜欲，而是灵魂的内在渴求，即一种心智的培育；其中，有集腋成裘的耐心，堆沙成塔的执著，筚路蓝缕的冒险，披沙沥金的毅力，深入虎穴的勇气……

---

① 参阅孙周兴：《思想的本色》，《读书》1994年第1期。

② 张志扬：《渎神的节日》，上海三联书店1997年版，第52—54页。

③ 孙周兴：《思想的本色》，《读书》1994年第1期。

牟宗三曾提出“外延真理”（extensional truth）和“内容真理”（intensional truth）两个概念：“外延真理”是一种广度的真理，抽象的真理，它“不系属于主体而可以客观地肯断”[①]，一成永成，一现永现，如数学真理、自然科学的真理；“内容真理”则是一种强度的真理，具体的真理，它不能脱离主观态度，不能脱离主体性，而是按照不同的强度，在不同的境况中富有弹性地呈现，并非一成永成，一现永现，如儒道佛基督教的真理。[②]

简言之，“外延真理”是“对象化之知”，而“内容真理”是“有我之知”。张志扬的“思想—语言”实践，与克尔恺郭尔、尼采、海德格尔、维特根斯坦等人的“思想—语言”实践一样，都同属于“有我之知”，不是那种没有体悟、从概念到概念的“对象化之知”。

雷·蒙克在《天才的责任》中讲过一则逸闻：罗素批评维特根斯坦，认为他不应该只是说出他的想法，而应该为之提供论证。维特根斯坦回答说，论证会玷污思想的美丽。

维特根斯坦非常清楚：“我们在论证的过程中给出了一个又一个的解释：仿佛每一个解释都至少让我们获得片刻的满足，直到我们又想到另一个排在它之后的解释。……我们必须放弃一切解释，而只以描述取而代之……”（《哲学家研究》，201）解释的做法导致了无穷多的解释，只会使人们沿着错误的方向离真正的理解渐行渐远。

哲学是对人类状况和人类生活最根本、最持久问题的深切反思，进而对人类存在和人类生活达到一种理性的自我理解，它渗透到我们生活的方方面面，是我们现实人生一个不可或缺的要素。哲学力图解答古老的苏格拉底问题：“人应该如何生活？”把哲学事业仅仅降低为论证，全然忽视哲学在人类生活中的使命和价值，确实使哲学失去了它本来就具有的

---

① 牟宗三：《中国哲学十九讲》，上海古籍出版社 1997 年版，第 20 页。

② 参阅牟宗三：《中国哲学十九讲》，上海古籍出版社 1997 年版，第 28—38 页。

思想魅力。

维特根斯坦认为，真理不是可以被揭开的东西，任何结论都是暂时性的，它只能日复一日地被"重新发现"。"每天清晨到来的时候，你都应该翻起地上那些无用的碎石块，去触摸那些富有生机的、温暖的种子。"①也就是说，始终以开放的心态、从尽可能多的角度去观察一个事物，研究、发现的过程比任何结论重要得多。维特根斯坦说：

> 我们的研究既然只是摧毁每一种有趣的东西，亦即，所有那些伟大而重要的东西，那么，它的价值又从何而来呢？（仿佛大厦都已倾倒，只留下碎石乱瓦。）（《哲学研究》，118）

维特根斯坦拒绝用普遍性的词汇，即哲学的"大词"（如自我、本体、心灵、意识、审美等等），因为它们大多脱离具体的语言运用，掩盖了事物细微的差异，将局域性概念上升为全局性概念；而且，它们都是无法证明的，只能进行自我循环论证，建造起一种超级概念，并将超级概念的操演当作某个超级事实或机制的描述，而导致形而上学错误。

康德式的先验分析有着致命弱点，即为每一个概念划定界限，并将概念嵌入到先验体系之中，成为一个零件；这一体系表面上看很周密，却与实际情况存在巨大的鸿沟，一旦该体系中的某个零件出了问题，整个体系便随之崩毁，"只留下碎石乱瓦"。故维特根斯坦坦言："我本人对于构建一座大厦没有什么兴趣，相反，对这座大厦的根基很有研究的兴趣。"②"你那栋以傲慢自负建立起来的大厦该拆掉了。"③

的确，那些强烈吸引我们的解释和体系建构，无力解决所要面对的理解问题。维特根斯坦竭力想把我们从某种特定的思想风格中解救出来，彻底摆脱控制着我们哲学想象的那些理智的妖魔：

---

① [英]维特根斯坦：《文化与价值》，许海峰译，江苏凤凰文艺出版社2016年版，第5页。
② [英]维特根斯坦：《文化与价值》，许海峰译，江苏凤凰文艺出版社2016年版，第14页。
③ [英]维特根斯坦：《文化与价值》，许海峰译，江苏凤凰文艺出版社2016年版，第108页。

> 我认为，寻求解释的企图之所以错了，原因之一是，我们只需要以正确的方式将我们知道的东西放归一处，勿需添加任何东西，而我们试图于解释中获取的那种满足会自行到来。①

维特根斯坦拒斥那种僵硬的、形而上学的理论，他更愿意着力于思想之流中的细节和例证。因为，构成我们的世界的那些现象的本质，并不是我们通过“挖掘”发现到的东西，而是在我们就现象作出的那类陈述中所展现出的东西。我们真正需要的是这样的方法：“哲学只把每一样东西摆在我们眼前，既不解释也不演绎任何东西。——由于每一样东西都摆在眼前，所以没什么要解释的。”(《哲学研究》,126)

我们真正需要的，不是去解释或理论建构，而只是关注“描述”。维特根斯坦说：“哲学既不解释也不演绎任何东西。”(《哲学研究》,126)“我们不会提出任何一种理论。……我们必须抛弃一切说明，而仅仅代之以描述。”(《哲学研究》,109)哲学家的工作在于为一个特定的目的收集提示物”，自己能写下的最好的东西，“只是把一切摆在我们面前，既不解释，也不推论”②。“我书写出的每一句话，每一个段落，都在努力阐明整个事物。为了能够说得清楚明白，我不断尝试对同一个事物进行多次不同的阐述。最终，这些阐述好像是从不同的角度对同一事物的观察。”③“哲学让一切如其所是。”(《哲学研究》,124)

在维特根斯坦眼里，哲学研究在很多方面与建筑学的研究相似，即“更多地偏重于对自身的研究、对于个人思考的研究、对于个人观察事物方法的研究”④。“思想家和制图员非常相似，都是想把生活中事物之间

---

① “关于弗雷泽《金枝》的评论”，载于《哲学大事记：1912—1951》，第30页。

② 涂纪亮主编：《维特根斯坦全集》第8卷，涂纪亮译，河北教育出版社2003年版，第71页。

③ [英]维特根斯坦：《文化与价值》，许海峰译，江苏凤凰文艺出版社2016年版，第108页。

④ [英]维特根斯坦：《文化与价值》，许海峰译，江苏凤凰文艺出版社2016年版，第33页。

的各种联系描绘出来。”①

维特根斯坦坚信,通过注意到明摆在语言的用法中的东西的那些独特结构,我们才能克服哲学的困惑感,达到我们所欲寻求的理解;困难只在于,我们没有做好准备,也极不情愿承担这种“描述”的任务:“事物的最为我们看重的模样由于既简单又熟悉,而被隐匿起来。(我们无法注意到某种东西——因为它总在我们眼前。)”(《哲学研究》,129)

哲学探究事物之所以如此的道理,并尝试贯通这些道理;所谓贯通,是穷理尽性,是物我的贯通,是道理和实际人生之间的贯通,即用道理去解决、克服种种具体的困惑,让各种特殊道理在事中贯通,而获得一个整体的眼光,此之谓“综观”②。

黑格尔《精神现象学》区别了数学的知识与哲学的知识——

图表式的知性是数学性的知识,它“把内容的必然性和概念都掩蔽起来,即把构成具体事物、构成现实、构成它所安排处理的事物的活生生的运动的那种东西掩蔽起来”,“它给予我们的,仅只是内容的目录,内容自身它是不提供的”,“并不深入于事物的内在内容,而永远站立在它所谈论的个别实际存在之上综观全体,这就是说,它根本看不见个别的实际存在。”因此,它是一种僵死的东西,“本身只是存在的宾词,没有存在的内在的生命”③。

科学的认识是哲学的知识,它所要求的,“毋宁是把自己完全交付给认识对象的生命,或者换句话说,毋宁是去观察和陈述对象的内在必然性。科学的认识既然这样深入于它的对象,就忘记了对全体的综观,而对全体的综观只是知识脱离了内容而退回到自己的一种反思而已。但是,科学的认识则是深入于物质内容,随着物质的运动而前进,从而返回于其自身的;不过它的这种返回于自身,不是发生于内容被纳入于自身中之

① [英]维特根斯坦:《文化与价值》,许海峰译,江苏凤凰文艺出版社 2016 年版,第 23 页。
② 陈嘉映:《说理》,华夏出版社 2011 年版,第 271 页。
③ [德]黑格尔:《精神现象学》,贺麟译,商务印书馆 1981 年版,第 35 页。

前，相反，内容先把自己简单化为规定性，把自己降低为它自己的实际存在的一个方面，转化为它自己的更高的真理，然后科学认识才返回于其自身。通过了这个过程，单纯的、综观自身的全体本身，才从本来好像已把这个全体的反思淹没了的财富中浮现出来。”①

综观一：不深入内容，站在个别存在之上，如同一个框架，可以将内容纳入于自身中。这是僵死的存在者，掩蔽了活生生的运动。

综观二：“把自己完全交付给认识对象”，“随着物质的运动而前进”；这种运动方式，“内容先把自己简单化为规定性，把自己降低为它自己的实际存在的一个方面，转化为它自己的更高的真理，然后科学认识才返回于其自身”。

作为“有我之知”，维特根斯坦的哲学研究属于第二种“综观”，即“动的观点”“发展的观点”的运用。他说：“我觉得在研究哲学的时候，应该不断地改变姿势，以避免因为某一只脚长时间站立而变得僵硬。”②又说：“通向世界未来的道路并不笔直也不平坦，它曲线前行、方向变换不定。”③这种研究方式决定了其述学文体必然是“断片”式的。

维特根斯坦曾尝试将自己的哲学札记焊接成一个有序的整体，但都没有获得成功，而且苦不堪言：

> 如果我单单是为了愉悦自己才思考一个话题，而不是想写成一部书的话，我的思路就会单单围绕着这个题目跳来跳去。这样的思维方式对我来说，才是唯一的自然的思维方式。强迫放弃天马行空的思考，取而代之按部就班的思维，对于我来说乃是一种折磨。④

当思想“迹化”为文字，“断片”意味着什么呢？

---

① ［德］黑格尔：《精神现象学》，贺麟译，商务印书馆1981年版，第35—36页。

② ［英］维特根斯坦：《文化与价值》，许海峰译，江苏凤凰文艺出版社2016年版，第53—54页。

③ ［英］维特根斯坦：《文化与价值》，许海峰译，江苏凤凰文艺出版社2016年版，第7页。

④ ［英］维特根斯坦：《文化与价值》，许海峰译，江苏凤凰文艺出版社2016年版，第55页。

钱锺书有言:“诗家之于束缚或限制,不与之抵拄,而能与之游戏,庶造高境。”①“盖事物一而已,然非止一性一能,遂不限于一功一效。取譬者用心或别,着眼因殊,指同而旨则异;故一事物之象可以孑立应多,守常处变。”②

“断片” 挣脱了体系的桎梏,其随物赋形,伸缩自如的开放性,有效消除了“言”与“思”的不协调状态,让思想始终保持动态,既无开始,又无结束,真理就腾跃于活的创造之中,与永远处于变化中的思维相汇合。

断片式思想犹如依山而建的建筑群落,大布局的起落有序,不影响小院落的独立存在。借助宏观的视眼,方知其在整体中的位置;这些断片各自独立,却是细针密缕,卷帘通顺,彼此勾连呼应;这是一种没有体系的体系,比起一般学术论著,更见结构的用心与功力。

无独有偶,钱锺书的述学文体也是“断片”式的。在《读〈拉奥孔〉》一文,钱锺书有段名言:

> 零星琐屑的东西易被忽视和遗忘,就愈需要收拾和爱惜;自发的孤单见解是自觉的周密理论的根苗。……许多严密周全的思想和哲学系统经不起时间的推排销蚀,在整体上都垮塌了,但是它们的一些个别见解还为后世所采取而未失去时效。好比庞大的建筑物已遭破坏,住不得人、也唬不得人了,而构成它的一些木石砖瓦仍然不失为可资利用的好材料。往往整个理论系统剩下来的有价值东西只是一些片段思想。脱离了系统而遗留下来的片段思想和萌发而未构成系统的片段思想,两者同样是零碎的。眼里只有长篇大论,瞧不起片言只语,甚至陶醉于数量,重视废话一吨,轻视微言一克,那是浅薄庸俗的看法——假使不是懒惰粗浮的借口。”③

① 钱锺书:《管锥编》,中华书局 1986 年版,第 440 页。
② 钱锺书:《管锥编》,中华书局 1986 年版,第 39 页。
③ 钱锺书:《七缀集》(修订本),上海古籍出版社 1994 年版,第 33—34 页。

《汉译第一首英语诗〈人生颂〉及有关二三事》里的一段名言可与之并读：

> 历史上很多——现在就也不少——这种不很合理的事例。更确切地说，很不合学者们的理想和理论的事例。这些都显示休谟所指出的，是这样（is）和应该怎样（ought）两者老合不拢。在历史过程里，事物的发生和发展往往跟我们闹别扭，恶作剧，推翻了我们定下的铁案，涂抹了我们画出的蓝图，给我们的不透风、不漏水的严密理论系统捅上大大小小的窟窿。①

谈到"微言一克"，钱锺书举了一例，即民间七字谚语"先学无情后学戏"，并将它与狄德罗《关于戏剧演员的诡论》一文对读，发现这句中国老话义蕴深厚，其价值不下于狄德罗的文章；三言两语，道出精辟见解，有如禅宗一句，可含华严境界。钱锺书指出，"这种回过头来另眼相看，正是黑格尔一再讲的认识过程的重要转折点：对习惯事物增进了理解，由'识'转而为'知'，从旧相识进而成真相知。"②对于黑格尔的这种"从旧相识进而成真相知"的认识，钱锺书作了一比较长的注解，注明可参阅"《精神现象学》，霍夫迈斯德校订本 28 页，又《逻辑学》，雷克拉姆《万有丛书》版第 1 册 21 页"等书③。我们可联系黑格尔的思想来理解以上两段名言的具体含义。

所谓"许多严密周全的思想和哲学系统经不起时间的推排销蚀，在整体上都垮塌了"，因为它们属于《逻辑学》所描述的第一种思维："由反思发掘出来，并且被反思固定下来，作为外在于质料和内容的主观形式"，因为外在，所以"可以随意拉进科学之内或放在科学之外"，一旦我们真正去考察它们本身，"所出现的，便只能是它们的应有的自为的有限性和非

① 钱锺书：《七缀集》（修订本），上海古籍出版社 1994 年版，第 159 页。
② 钱锺书：《七缀集》（修订本），上海古籍出版社 1994 年版，第 35 页。
③ 钱锺书：《七缀集》（修订本），上海古籍出版社 1994 年版，第 56 页。

真理性，以及作为它们的真理的概念”[①]。这是一种人为的、外在的、不贴切的思维规定。由于它的外在性、人为的构架性，使其不能与时俱进，而采取僵死的外壳，在历史的流变中只能是遭受淘汰的命运。不过，淘汰的是体系的外在的形式，中间的内容仍有自己的存在性；“它们的一些个别见解还为后世所采取而未失去时效”，“仍然不失为可资利用的好材料”，即是对那内容的说明。

此外，还有另一种思维，“乃是概念的规定性”，它是“实体性的统一性的一种形式规定，是作为整体的形式的一个环节，亦即概念本身的一个环节，这个概念本身乃是有了规定的诸概念的基础。这个概念本身是不能以感性来直观或表象的；它只是思维的对象、产物和内容，是自在自为的事情，是‘逻各斯’（Logos），是存在着的东西的理性，是戴着事物之名的真理”。从这种概念的规定性出发，内容成为我们考察的对象，“内容不如说是在自身那里就有着形式，甚至可以说惟有通过形式，它才有生气和实质；而且，那仅仅转化为一个内容的显现的，就是形式本身，因而也就如同转化为一个外在于显现的东西的显现一样”；“随着内容这样被引入逻辑的考察之中，成为对象的，将不是事物，而是事情，是事物的概念”[②]。

所谓“构成它的一些木石砖瓦仍然不失为可资利用的好材料”，其中“木石砖瓦”所比喻的片断，是内容性的存在，“内容……是在自身那里就有着形式”，意指片断从来都是整体中的片断，“惟有通过形式，它才有生气和实质”，只有在整体中，片断才得以确认，获得其存在性的根基。“随着内容这样被引入逻辑的考察之中”，内容就具有了自己的历史，在历史的变动生成中获得自己的存在。这种随着逻各斯而运动的“具体的概念”，即上述《精神现象学》所谓的第二种综观，即“内容先把自己简单化为规定性”，规定性“把自己完全交付给认识对象的生命”，于是，内容就是形式，形式就是内容。这打破了第一种综观的外在性、框架性、强迫性、

---

① ［德］黑格尔：《逻辑学》，杨一之译，商务印书馆1982年版，第16页。

② ［德］黑格尔：《逻辑学》，杨一之译，商务印书馆1982年版，第16—17页。

静止性,总是在变动中生成着自己的根基①。

钱锺书说过:“我一贯的兴趣是所谓的现象学。”②

基于上述与维特根斯坦相类似的思考,钱锺书不屑于构建那种人为构架、外在性的“体系”,而特别重视随着事物的运动存在着、有生气之物的理性:“研究美学的人也许可分两类。第一类人主要对理论有兴趣,也发生了对美的事物的兴趣;第二类人主要对美的事物有兴趣,也发生了对美的事物的兴趣。我的原始兴趣所在是文学作品。具体作品引起了一些问题,导使我去探讨文艺理论和文艺史。”③“我有兴趣的是具体的文艺鉴赏和评判。”此语出自《中国诗与中国画》,不同版本里表述略有变化:《开明书店二十周年纪念文集》(1948)为“我们并不想辩证艺术理论的异同是非,我们要讨论的是最具体的艺术判断”,《旧文四篇》(1979)为“我有兴趣的是具体的文艺鉴赏与评判”,《七缀集》(1984)为“我想探讨的,只是历史上具体的文艺鉴赏和评判”。语气愈发谦和,立场则一贯坚定。

所谓“具体的鉴赏与评判”,意味着某种理论在具体的情境、时间、地点所起的作用,是时机化的艺术;任何具体的现象,背后皆有使其显现的背景(理论),此潜在背景是鉴赏、评判的主导性力量,是一次次具体的判断所构成的历史。在“具体的鉴赏与评判”中,“理”在历史的具体的判断中产生(“理因事著”),积淀成整部作品的潜势力;具体的判断又依据“理”而进行(“事托理成”),事例成为“具体的概念”的一个个驿站。④

恢复事物自在自持的存在,用现象学批评家阿·贝甘的说法,就是要恢复事物的“纯洁性”,恢复“惊奇的观照和事物最初在场的完整性”⑤。

---

① 参阅黎兰:《钱锺书的述学文体——以〈管锥编·老子王弼注〉为个案的研究》,三晋出版社2015年版,第231—234页。

② 1983年7月23日,钱锺书给朱晓龙的复信,转引自胡范畴:《钱锺书学术思想研究》,华东师范大学出版社1993年版,第21页。

③ 钱锺书:《写在人生边上的边上》,生活·读书·新知三联书店2002年版,第204页。

④ 参阅黎兰:《钱锺书的述学文体——以〈管锥编·老子王弼注〉为个案的研究》,三晋出版社2015年版,第225页。

⑤ 转引自[法]乔治·布莱:《批评意识》,郭宏安译,百花洲文艺出版社1993年版,第126页。

这是现代艺术和现代思想的一个共同要求。现象学是这一要求的最集中表达。

钱锺书所运用的,实即海德格尔所描述的现象学方法:

> 现象的科学等于说:以这样的方法来把捉它的对象——关于这些对象所要讨论的一切都必须以直接指示的方式加以描述。'描述性的现象学'具有同样的意义,这个用语其实是同语反复……描述性本身就是logos特有的意义。只有从被'描写'的东西(有待依照与现象相遇的方式加以科学规定的东西)的'实是'(Sachheit)出发,才能够把描述性本身确立起来。无论现象概念的形式意义还是其流俗意义,都使我们有道理这样从形式上界定现象学:凡是如存在者就其本身所显现的那样展示存在着,我们都称之为现象学。①

后期维特根斯坦与钱锺书的述学文体可谓现象学方法的生动演示。

早期维特根斯坦的《逻辑哲学论》写得"像水晶一样清晰",形式也很特别:每一章有一个总题,然后给出一系列扩充和论证;一句句格言式语句用号码排列,表示各个命题的主从关系;所有词项都像是术语。《逻辑哲学论》的段落以各个层次的阿拉伯字母编号,似乎象征着它是一个严密的逻辑结构,文句的口气也颇为独断。

后期维特根斯坦的《哲学研究》关注两个主要论题,即语言哲学和哲学心理学。维特根斯坦处理这些论题的方式,完全不同于其他哲学家:

首先,形式上没有通常用于指明论题的章节标题,只分为两个部分:第一部分由693条独立标号的评论组成,篇幅由一行到数段参差不齐;第二部分共14节,每一小节由未作编号的分散评论构成,有的半页,有的长达36页。

① [德]海德格尔:《存在与时间》,陈嘉映、王合庆译,生活·读书·新知三联书店1987年版,第41页。

其次，这些评论没有给出论证和清晰的结论，涉及广泛的论题（其中许多论题反复出现），却没有对任何论题做出清晰的、最终的陈述；许多评论包含具体事例，有实际的事例，有虚构的事例，而维特根斯坦似乎从未想过以它们作为概括的基础。

维特根斯坦带领我们，返回到了人类语言和经验的熟悉的方面。维特根斯坦说："我们将语词从其形而下学的运用中再次地引导回其日常的运用中来。"[①]维特根斯坦从精密的逻辑思考回到了日常生活。

维特根斯坦往往从思考一个术语或概念的意义转变为提问："这是如何习得的？"或"你是如何教这个的？"[②]我们经常读到要求我们"想象"的开场白，例如，"让我们设想一下语言……"，"假设……"或"想一想……"或"询问一下你们自己……"。这种内心对话的句子结构形式，目的是触发思想的转变而不是演示证明，是展示而不是言语，是提示而不是引导。

维特根斯坦所采用的是"口头讨论的技术"，一个又一个给出具体细节的例子，以切切实实的日常语言来描述与记录。维特根斯坦发展了一种展示哲学观点的新形式——简洁短小、格言式的哲学札记（remarks），其中的思想依照一种自然的序列，从一个对象推进到另一个对象，彼此松散，又相互连接——成功地在其文本的文学形式和哲学内容之间创建了一种和谐，表达了自己多年积淀的思想。

维特根斯坦鄙视闲扯，其心灵明晰、有力、充盈，其言词电光火石一般，极具穿透力。维特根斯坦做哲学的方式是质疑、询问的对话模式，但不是苏格拉底所确定意义上的对话。在维氏看来，苏格拉底的对话者，尽是些没有自己想法的笨蛋；苏格拉底承认自己的无知，不过是谋求纠正其他人的错误信念，让人沿着特定的推理路径以得到一个确定的结论。因此，"人们在阅读苏格拉底对话录的时候，会产生一种感觉，那就是：这简直就是在浪费时间啊，多么可怕的事情！这些对话录什么都没有证明出

---

① ［英］维特根斯坦：《哲学研究》，韩林合译，商务印书馆 2013 年版，第 88 页。

② C.J.B.Macmillan, "Love and Logic in 1984", in Emily Robertson (ed.), Philosophy of Education 1984, Normal, IL: Philosophy of Education Society, 1984, p.7.

来,也什么事实都没有澄清,它们的存在到底有什么意义呢?"[①]

维特根斯坦说:"关于你自己,你根本无法写出比你的自我更加真实深刻的东西。……你从你自己的高度描写自己,没有站在高跷或者楼梯之上,而是光着脚站在地上。"[②]"几乎我的全部著作都是我对自己的独白,著作里所说到的种种话题都是我对自己的窃窃私语。"[③]"如果一个人不能做到自我控制和自我把握的话,他是没有办法讲出真理来的。"[④]"我应该只是起到了一面镜子的作用,我的读者们可以通过这面镜子看到他们思想的特点和存在的缺陷,并且通过我这面镜子,让自己的思想缺陷得到修正。"[⑤]

维特根斯坦利用想象中的对话者、思想实验、图解、图画、例子、格言或比喻,使读者参与到这样的过程:使自己的疑问、自己的问题、自己的思维过程具体化。维特根斯坦明辨一切,不仅关心论据的提出,还关心论据的并列,以吸引读者进入他自己所感到的最困惑的情境之中;其哲学目的在他所致力于解决的问题中,以"怎么"的形式表明、显现出来;维特根斯坦的哲学风格就是他的方法,他的著作谋求作出示范。[⑥] 这种以生动的方式把抽象观念视觉化的能力,无与伦比,让人印象深刻。

特里·伊格尔顿的判断是准确的,《哲学研究》是"一部彻底的对话作品","作者大声地质疑,想象一个对话者,向我们提问,这些问题可能在一个层次上或者可能不在一个层次上……迫使读者自己解除神秘化,用他的审慎的、无畏的风格友好地让我们参与"[⑦]。

维特根斯坦格言式地写下诸多富有智慧趣味的判断,它们的力量与

---

① [英]维特根斯坦:《文化与价值》,许海峰译,江苏凤凰文艺出版社 2016 年版,第 27—28 页。

② [英]维特根斯坦:《文化与价值》,许海峰译,江苏凤凰文艺出版社 2016 年版,第 64 页。

③ [英]维特根斯坦:《文化与价值》,许海峰译,江苏凤凰文艺出版社 2016 年版,第 146 页。

④ [英]维特根斯坦:《文化与价值》,许海峰译,江苏凤凰文艺出版社 2016 年版,第 68 页。

⑤ [英]维特根斯坦:《文化与价值》,许海峰译,江苏凤凰文艺出版社 2016 年版,第 47 页。

⑥ 参阅[英]乔伊·帕尔默主编:《教育究竟是什么?》,任钟印、诸惠芳译,北京大学出版社 2008 年版,第 349 页。

⑦ Terry Eagleton,"Introduction to Wittgenstein".Wittgenstein:The Terry Eagleton Script,The Derek Jarman Film,London:British Film Institute,p.9,1993.

其说在于形而上学的诉求,不如说在于让所有事物都如其所是而获得了思想上的安宁平和。钱锺书的《管锥编》亦如是。

《管锥编》由781则札记组成,分成十卷,分别评论十部中国古典要籍;每卷第1则为总论,是著者对这部书的总体认识,第2则以下对该书中具体段落进行相关的考订和评论。

钱锺书"夫子自道":"端赖贤者于义则引而申之,于例则推而益之。"①《管锥编》每则文字大致可分为"义"和"例"两部分。所谓"义"的"引而申之",即从表面的归纳,到"抉髓究理",这是"具体的概念"由表及里的轨迹运动,也就是一个个小论点的转换。对"义"之论证,则举若干事例、事实作为论据;钱锺书总是按照概念的流变的秩序或运行的轨迹,把相关的事实例证编排到相应的位置。《管锥编》中随处可见的"增订"文字,绝大多数都是对"例"的"推而益之"。

一般以为,钱锺书的述学文体是札记体,是其读书摘要、心得体会的记录,或读书笔记的延展、充实与发挥;或认为,钱锺书的高明在于博闻强记,以古今中外的一堆例子唬人,到了互联网时代,其价值自然贬值。此论与札记体的立足点是一样的,把《管锥编》视作资料"类编",不过是"自发的孤单的见解"的典型样本:这些都是严重的误解。

在钱锺书看来,"自发的孤单的见解是自觉的理论的根苗","根苗"意味着基因的难得,但其离成长为大树,尚有漫长的距离要跨越;其中关键在于,"一克"的"微言"有没有人来加以"演绎"。可是,多数人"懒惰粗浮","浅薄庸俗",在他们"眼里只有长篇大论,瞧不起片言只语,甚至陶醉于数量,重视废话一吨,轻视微言一克"。

钱锺书《管锥编》对"微言"的演绎,都有"阐释的循环"在后面起作用:发现现象,连类现象,从现象中直观其本质,然后从本质中出发,再回头寻绎现象与现象之间的细微的变化,而这变化本身,即成了概念的运行轨迹。钱锺书感受到、把握了这种流变本身,便形诸笔端,故而一次次"具

① 臧克和:《问学琐记》,牟晓朋等编:《记钱锺书先生》,大连出版社1995年版,第100页。

体的鉴赏与评判”，是对那流变中的具体概念的把握，使得那不可握住的流变中的规律在一次次的定格中生成，这正如法国思想家埃德加·莫兰所言，“一个理论只是随着主体的思想活动的充分展开而完成它的认识作用，而获得它的生命。”①或如钱锺书自己所言，“好比从飞沙、麦浪、波纹里看出了风的姿态”②。

后期的维特根斯坦在论理时竭力避免自造术语，几乎只用普通语言写作。在他的文字里，思想以鲜明纯净的方式结晶，交映而发出立体的光辉，让人瞥见语言里精微的层次感，有如曲径通幽而不期然或发现别有洞天，或与其他路径勾连契合；其著述结构貌似松散，实则整饬；层层递进，环环相扣；相互衔接，彼此融贯。

钱锺书认为：“形之浑简完备者，无过于圆。”对于“圆”的理解，必须与“时”偕行，即根据不同的环境、时间、地点才能获得具体的含义（“时义”）；由此，圆成了一种“活的终极、生成中的终极”“活的圆”。用钱锺书的话说，就是“圆活”，即表现了纯粹思想的整全性的“一”。与“时”偕行的“圆”，如何落实为具体的文章做法呢？钱锺书说了“圆之时义大矣哉”之后，接着即说：“推之谈艺，正尔同符。”钱锺书引用了一系列关于行文当“圆”的论述。如，毕达哥拉斯曾说过：“立体中最美者为球，平面中最美者为圈。”帕斯卡说：“其中心无所不在，其外缘不知所在。”德国评论家蒂克称，圆形之无起止是大学问、大艺术。《易经》云“圆而神”，朱子说“无极而太极”，皇侃言“小而圆通，有如明珠”，佛典说“圆通”“圆觉”等等，可见，“圆之时义大矣哉”。最后，钱锺书一言以蔽之：“乃知‘圆’者。词意周妥，完善无缺之谓。”③

《管锥编》是一部“未完成”的著作，已论述的十部书还只是初步的纲要，十部书之外还有续辑，它们是“《全唐文》《少陵》《玉溪》《昌黎》《简

① ［法］埃德加·莫兰：《复杂思想：自觉的科学》，陈一壮译，北京大学出版社 2001 年版，第 270 页。

② 钱锺书：《七缀集》（修订本），上海古籍出版社 1994 年版，第 2 页。

③ 参阅钱锺书：《谈艺录》，中华书局 1984 年版，第 111—114 页。

斋》《庄子》《礼记》等十部”[①]。

而且，在每一则文字里，“具体的概念”总处于变动之中，“中心”在不断生成之中，可谓“无处不在”之“圆活”的域性存在。无论是“义”的“引而申之”，还是“例”的“推而益之”，不会因圆融完满而止步，永远没有完成。为此，钱锺书总是不断增订自己的著作[②]，其苦心孤诣地追寻那变动不居之“具体的概念”，实即围绕“中心”而“盘旋”的证明。这正如《文心雕龙·定势》之“圆者规体，其势也自转。方者矩形，其势也自安。”或如况周颐《蕙风词话》所云：“笔圆下乘，意圆中乘，神圆上乘。能圆见学力，能方见天分。”[③]

散落《管锥编》“一戛即止”的断片里，后面都有潜在的理论背景，有一以贯之的气韵脉动，可谓钱锺书“行所当行止当止，错乱之中有条理”[④]之“圆活”思维的体现。跟维特根斯坦一样，钱锺书的文字也经不起编排，任何企图方便读者的“读本”，都会使其气脉受损，文气断裂，使人产生疏凿混沌而混沌死之憾。

维特根斯坦说：“我想表达某种事物，往往最多只能成功地表达一半，甚至没有一半那么多，可能仅仅十分之一而已。……我的作品里面，经常是这样‘结结巴巴’地表达。”维特根斯坦喜欢把哲学思考工作比作“潜水”——“人在水中时天生就有上浮的趋势，只有通过努力才能达到水底，越往深处潜，阻力就越大，也越孤独。”[⑤]

《哲学研究》里没有严格定义的术语，一系列思想断片直接面对问题，在看似只能各说各话的事情里，总能发现可深入问题的端绪，却不是

---

① 郑朝宗：《〈管锥编〉作者的自白》，《海滨感旧集》，厦门大学出版社1988年版，第124页。

② 1978年8月初版的《管锥编》第一、二卷末就有数页“增订”，1982年出版8万余字的《管锥编增订》专册，1986年6月《管锥编》校正字句，出了第二版。此后，钱锺书又撰写《管锥编增订》之二。中华书局将两个《增订》合为第5册，1991年6月出了第三版。

③ 参阅黎兰：《钱锺书的述学文体——以〈管锥编·老子王弼注〉为个案的研究》，三晋出版社2015年版，第239页。

④ 钱锺书：《管锥编》，中华书局1986年版，第1194页。

⑤ [英]维特根斯坦：《文化与价值》，许海峰译，江苏凤凰文艺出版社2016年版，第146页。

一本容易读懂的书。对于这种“断片”，我们只能慢慢读、慢慢体悟：

> 有的时候，要想理解一个句子的含义，需要用合适的速度去读它。我的句子都需要慢慢地读，才可能被理解被领会。①
>
> 我之所以在文章里使用大量的标点符号，不过是想通过这些标点符号延缓阅读的速度，因为，我喜欢缓慢的阅读方式。②

在哲学研究的竞赛之中，获胜者是跑得最慢的人，或者说，是最后达到终点的人。③

哲学家们彼此问候的话语应该是这个样子：“慢慢来吧！”④

一则轶闻：上世纪80年代，《管锥编》出版不久，某青年学者在熟人引介下，一同前往拜访钱锺书；寒暄之后，毕恭毕敬拿出一打印稿，说自己花了两个多月读完了《管锥编》，写了篇评论，敬请斧正云云。不成想钱锺书瞧也未瞧，摆了摆手，用带了无锡口音的普通话连说：“拿回去！拿回去！”这位青年学者只得悻悻而归。

《管锥编》是一部凝聚了钱锺书30年心血、总结一生所学的巨著。这部百余万字的著作是一座庞大复杂的迷宫，迥异于常见的论点突出、纲举目张、逻辑严密的论著；钱锺书通过“断片”式的述学文体，以动的观点代替静的观点，其“中心”在不断生成之中，极不易把握；读者只能与他亦步亦趋，不容丝毫松懈；一旦松懈，或是读得仓促，则可能误读。阅读《管锥编》，须慢慢品读才有可能得其精髓。

罗素把维特根斯坦视作“天才人物的最完满的范例”。按照陈嘉映的说法，维特根斯坦不是一个学者型人物，但他具有极为深厚的文化素养，并以最本真的方式继承了西方哲学爱智慧、爱真理的精神；他对人类

---

① ［英］维特根斯坦：《文化与价值》，许海峰译，江苏凤凰文艺出版社2016年版，第14—15页。
② ［英］维特根斯坦：《文化与价值》，许海峰译，江苏凤凰文艺出版社2016年版，第127页。
③ ［英］维特根斯坦：《文化与价值》，许海峰译，江苏凤凰文艺出版社2016年版，第67页。
④ ［英］维特根斯坦：《文化与价值》，许海峰译，江苏凤凰文艺出版社2016年版，第151页。

生存本质的深刻感知，以及他在理智上的特殊天赋，使他在哲学上达到了其他哲学家难以企及的深度①。

维特根斯坦的著作旁征博引，广泛比较，是“万花筒”式的，涉及了文学、数学、伦理学、哲学、美学、社会学、人类学以及绘画、雕塑、建筑、音乐、电影、舞蹈等不同艺术门类。与之相应，目前国际维特根斯坦研究遍及语言哲学、数学哲学、伦理学、政治哲学、宗教、美学、社会学、艺术学等诸多领域。

维特根斯坦著作的魅力，相当程度上在于其独一无二的文学品质，并因此对整个艺术家群体产生了重大影响。维特根斯坦成了诗人、作曲家、剧作家、小说家心目中的哲学家，纽美因（M.A.Numminem）还将其浩瀚的《逻辑哲学论》谱成了组曲（Tractatus Suite）。1989 年，在维也纳举行的维特根斯坦百年诞辰纪念活动，包括了一个大型展览，展示了大量的在不同方面受其影响的艺术作品。

维特根斯坦是一位遗世独立的思想者，他那与众不同、鲜明强烈的声音，根本是无法被模仿的，否则思想便蜕变成行话隐语。他说：“我不想创立一个学派，为什么呢？因为，实际上我不想被人效仿，那样没有什么意义。……我特别不想被那种在普通哲学杂志发表文章的人们效仿。”②

钱锺书的《管锥编》依托经史子集的十部书，征引古今中外典籍近万种，引用西方学者、作家千人左右；钱锺书在中西文化互证互校中，对中国文化作了细致入微的梳理和批判。

钱锺书曾在一封给友人的信中说：“弟之方法并非比较文学，而是求打通，以打通拈出新意。”他又在学术活动中多次说过：“打通”分三个层次，即打通古今、打通中西、打通人文各学科。他说：“要自己的作品能够收列在图书馆的书里，就得先把图书馆的书安放在自己的作品里。”③“人文科学的各个对象彼此系连，交互映发，不但跨越国界，衔接时代，而且贯

---

① 陈嘉映：《语言哲学》，北京大学出版社 2003 年版，第 138—139 页。

② ［英］维特根斯坦：《文化与价值》，许海峰译，江苏凤凰文艺出版社 2016 年版，第 114 页。

③ 钱锺书：《宋诗选注·序》，人民文学出版社 1989 年版，第 19 页。

穿着不同学科。”[①]“博览群书而匠心独运,融化百花以自成一味,皆有来历而别具面目。”[②]又说:“吾辈穷气尽力,欲使小说、诗歌、戏剧与哲学、历史、社会学等为一家。”[③]

《管锥编》思虑深沉,文辞粹美,“思”与“言”已密不可分,如钱锺书引席勒诗所谓艺术高境内容尽化为形式,或如钱锺书引19世纪德国诗人莫里克《赋灯》名篇所谓“物之美者,发光自得”。钱锺书说自己“但开风气不为师”[④],并标明可参观《谈艺录》论“学派之弊”。为此,钱锺书闭门谢客,不事应酬,淡泊名利,对各种宣传、研究始终不予介入,真正做到了“桃李不言,下自成蹊”。

真正的学者都具开阔的胸襟,从不停留、局限于某家某派,而是以平等心态对待不同文化传统,汲取各自有益的营养,予以融会贯通,超越和发展自己。由此上出,学问方可进更新一层的境界,开启一代新风——这是颇为可贵的见识。

倪梁康对现象学有一个总结性评价,完全可以移用来评价维特根斯坦、钱锺书的述学文体:

> 在这个意义上,现象学的研究是工作哲学的研究。它通常是“贴近地面的”,而非“大气磅礴的”;是“大题小作”或“微言大义”,而非“大而化之”或“笼而统之”,更不是动辄“上下五千年、往来中西印”。这里的主宰者不是激情,而是明察;不是虚无缥缈的思辨和构想,而是脚踏实地的分析与描述;不是高高在上的纲领,而是细致入微的分析研究;“不是泛泛地进行论证,而是去接近实事本身”。胡塞尔其所以要求哲学需要“严格(streng)”,海德格尔其所以强调思想需要“审慎(Sorgsamkeit)”和“小心”(vorsichtig)”,意义均在于此。这种

① 钱锺书:《七缀集》(修订本),上海古籍出版社1994年版,第133页。

② 钱锺书:《管锥编》,中华书局1986年版,第1251页。

③ 转引自陆文虎:《钱学》,《中国学术通览》,第575页。

④ 臧克和:《问学琐记》,牟晓朋等编:《记钱锺书先生》,大连出版社1995年版,第100页。

"严格"、"审慎"的态度要求我们不是作为真理的缔造者或拥有者去发布纲领、构建体系，而是面对具体问题进行含有实事的描述分析，理解各种人生、社会、世界的现象和本质内涵以及它们之间的奠基关系。感知、想象、图像意识、符号意识、判断、同情、联想、爱、恨、恐惧、良心、正义、道德、欲望、情感、兴趣等等，都是现象学分析的具体课题。借用伽达默尔的话来说，"现象学想要谈论的是现象，即，它试图避免任何一种没有充分根据的理论建构，并试图对以往哲学理论所具有的无可怀疑的统治地位进行批判性的检查。"①

维特根斯坦、钱锺书的述学文体还可借用乔治·斯坦纳的"毕达哥拉斯文体"一说予以概括，乔治·斯坦纳曾如此展望未来的文体：

如果我们完全综合考虑这些因素——使特定的时刻具有特定风格和文体的决心，作家的语言媒介与音乐和数学的近缘性，以及直接从语言产生、我们接近沉默（魔力核心）的弦外之音——一个名字或一个隐喻就会自动浮现，将不同的书籍聚集在一起。只有认识到事物所属的类别，才能完全把握事物之间的关系。因此，在布莱克和克尔恺郭尔开创、一直延续到维特根斯坦的创作领域中，那种看上去断裂的、各具特色的系列，或许逐渐被我们视为新文体的一部分。我将这种新称为"毕达哥拉斯文体"。

不仅仅因为这种新文体中有音乐和数学，有关于沉默和死亡的永恒沉思和哲学，而且因为前苏格拉底派哲学（或者我们从那些一直模糊却具有强力秩序的片断中获得的东西），提醒我们想起文体仍然是具有驱逐亘古混乱的巫术的时代。在那个时代，哲学和矿物学用的是诗歌语言，语词有催人起舞的力量。②

---

① 倪梁康：《现象学运动的基本意义》，倪梁康主编：《面对实事本身——现象学经典文选》，东方出版社 2000 年版，第 17—18 页。

② ［美］乔治·斯坦纳：《语言与沉默》，李小均译，上海人民出版社 2013 年版，第 105 页。

维特根斯坦、钱锺书接上了"知行合一"的古老传统,以数十年的生命历程去体悟生活世界,并将毕生的修行与修为,通过"断片"形式予以呈现;维特根斯坦、钱锺书都是以"毕达哥拉斯文体"写作的典范,这一文体的"根苗",在中国先秦、古希腊罗马、希伯来、古印度等"轴心时代"的著述之中,便已赫然可见。

在《人生之体验·导言》里,唐君毅坦言:愈是现代的人生哲学之著作,愈是让人喜欢不起来。为什么呢?这些著作不能与人以启示,透露不出著者心灵深处的消息,且足以窒息读者之精神的呼吸;反之,中国先秦诸子典籍,希伯来之新旧约,印度之吠陀,还有古希腊哲学家"断片"式箴言,其中自有著者的心境与精神、气象与胸襟,并以其天纵之慧,抉发人生价值,示人以正路——

> 那些人,生于混沌凿破未久的时代,洪荒太古之气息,还保留于他们之精神中。他们在天苍苍、野茫茫之时间中,忽然灵光闪动,放出智慧之火花,留下千古名言。他们在才凿破的混沌中,建立精神的根基;他们开始面对宇宙人生,发出声音。在前不见古人、后不见来者之心境下,自然有一种莽莽苍苍的气象,高远博大的胸襟。他们之留下语言文字,都出于心所不容已,自然率真厚重,力引千钧。他们以智慧之光,去开始照耀混沌,如黑夜电光之初在云际闪动,曲折参差,似不遵照逻辑秩序。然雷随电起,隆隆之声,震动全宇,使人梦中惊醒,对天际而肃然,神为之凝,思为之深。[①]

千祀之后,读者诸君遥念圣哲,诵其诗,读其书,不能不怀想其为人,直接感应其精神气象及著作方式,而景仰企慕,有以自奋,祈望向往,继发其潜德幽光。唯有学贯中西,融会百家,称心而谈,开拓万古之心胸,才能

① 唐君毅:《人生之体验》"导言",广西师范大学出版社2005年版,第4页。

做到出才情、出见地、出思想、出断制。

维特根斯坦说得妙极："缺乏传统的人希望有传统的存在，就如同一个渴望恋爱的人那样，希望有爱的存在。"[①]这就是我们不时回望传统的缘故罢。

六、从"论证"到"证悟"

述学文体问题绝不是小问题。有什么样的思想，就有什么样的语言；有什么样的语言，就有什么样的思想。语言坏朽了，思想亦愚不可及，更遑论提出"古人之所未及就，后世之所不可无"的创见。鉴于中国学界普遍缺乏述学文体的意识，上一节通过对维特根斯坦、钱锺书的"互文"式研读，构想了未来的述学文体——"毕达哥拉斯文体"。那么，创构"毕达哥拉斯文体"的内在机制是什么呢？

1."走出语言"

三十多年前，卡尔维诺曾有一个预感："有时候我似乎觉得，一场瘟疫已传染了人类最独特的天赋——对文字的使用。这是一场祸害语言的瘟疫，它体现于丧失认知能力和直接性；变成某种自动性，往往把一切的表达都简化为最通用、划一和最抽象的陈套，把意义稀释，把表达力的棱角抹去，把文字与新环境碰撞所引发的火花熄掉。"[②]

卡尔维诺还指出，这场"瘟疫"不仅限于语言或影像，而是存在于世界本身，还祸害了人们的生活和各民族的历史，使历史变得无形、随意、混乱，既无始又无终；这场流行病的可能根源，或是政治、意识形态、官腔、媒

① [英]维特根斯坦：《文化与价值》，许海峰译，江苏凤凰文艺出版社 2016 年版，第 143 页。
② [意]卡尔维诺著：《新千年文学备忘录》，黄灿然译，译林出版社 2009 年版，第 58—59 页。

体的垄断,或是学校散播庸俗文化的方式。世界愈来愈沉重,愈来愈晦暗,卡尔维诺说:“有些时刻,我真感到整个世界都快变成石头了:一种缓慢的石化,视乎不同的人和不同的地方,进度有所不同,但生活的方方面面都无一幸免。”[①]在他看来,“文学,也许只有文学,才能创造抗体,去抑制这场语言瘟疫”[②]。因为,在文学的语言符号里,潜藏着灵可通慧、秀可洗心的意蕴或心象,它们联结着肉体与精神、尘世与神圣。卡尔维诺的工作方法就是消除重量,以轻盈、活泼、游戏的笔触驾驭、呈现、穿透沉重的世界:“有时是消除人的重量,有时是消除天体的重量,有时是消除城市的重量;我尤其努力消除故事结构的重量和语言的重量。”[③]

为了捕捉表达能力所无法捕捉的东西,作家必须与语言搏斗。维特根斯坦说:“我们必须犁遍整个语言。”[④]作家将语言拽出惯常的路径,创生一种陌生的语言,一种类似“外语”的语言,一根逃离支配体系的魔线;通过新生的“词语”,在“不断放线”的文学畅想中,作家创造了某种视觉和听觉,展现了存在的所有可能性或能量,令隐遁于现实之中的某个深不可测的世界骤然浮现。因此,法国作家普鲁斯特在《与斯特劳斯夫人的通信》的第47封信里说,捍卫语言的唯一方式就是攻击它,每个作家都必须创造属于他自己的语言。

正如苏珊·桑塔格所言,“艺术作品是一种展现、记录或者见证,它赋予意识以可感的形式;它的目的是使某物独一无二地呈现”[⑤];而艺术作品的研究和评论则是“显示它如何是这样,甚至是它本来就是这样,而不是显示它意味着什么”[⑥]。

1981年,著名作家王蒙提出一个重要的观点:正像作家善于感受(感

① [意]卡尔维诺著:《新千年文学备忘录》,黄灿然译,译林出版社2009年版,第2页。

② [意]卡尔维诺著:《新千年文学备忘录》,黄灿然译,译林出版社2009年版,第59页。

③ [意]卡尔维诺著:《新千年文学备忘录》,黄灿然译,译林出版社2009年版,第1页。

④ Ludwig Wittgengstein, “Remarks on Frazer's Golden Bough”, James and Klagge and Alfred Nordmann(eds.), Philosophical Occasions: 1912-1951, Indianapolis and Cambridge: Hackett, 1993, p. 131.

⑤ [美]苏珊·桑塔格著:《反对阐释》,程巍译,上海译文出版社2011年版,第31页。

⑥ [美]苏珊·桑塔格著:《反对阐释》,程巍译,上海译文出版社2011年版,第15页。

觉、体验、认识)生活一样,评论家也应善于感受(感觉、体验、认识)作品,同样需要敏锐的知觉、丰富的情感、大胆的想象;创作是创造性的,评论也应该是创造性的;创作是对于生活的探索和发现,评论是对于作品所提供的形象、情绪、语言的一种探索和发现,也是对于作家、读者灵魂的探索;作家需要形象思维,评论家也需要运用自己的形象思维,见作家、读者所未见,感作家、读者所未感;作家有风格,评论家也应该有风格,也要寻找"自己"。[①] 因此,真正意义的文学研究和评论,必然充盈着敏锐的生命体验、真切的审美体验以及"悟稀赏独"的灼见;其语言既有思想的密度,又有情感的浓度。这样,才能发幽洞隐、衡文具眼,点醒、开启人的思想与智慧。

清代诗人袁枚有云:"作诗者以诗传,说诗者以说传。传者传其说之是,而不必尽合于作者也。……遽谓吾说已定,后之人不可复而发明,是大惑也。"(《程绵庄诗说序》)作为一种精神产品,文学研究者的论著与作家创作的作品是等值的;作为文本的话语方式,学者的述学文体与作家的创作文体也是不分轩轾的。

三十七年前,王蒙疾声呼吁必须解放文学评论的文体:"不要一写评论文章就摆出那么一副规范化的架式。评而论之,大而化之,褒之贬之,真实之倾向之固然可以是评论,思而念之,悲而叹之,谐而谑之,联而想之,或借题发挥,小题大做,或别出心裁,别有高见,又何尝不是评论?""或气魄宏大、高瞻远瞩,或旁敲侧击、机智奇警,或广征博引、浮想联翩,或婉约深沉、寓理于情,或纠缠执着、穷其究理,或从容点化、含而不露,或淋漓尽致,或游刃有余。写出来的文章,可以接近于散文,可以接近于杂文,可以接近于笔记、书信,可以接近于诗、散文诗乃至小说、故事……"[②]

现如今,卡尔维诺所预言的"语言瘟疫"正肆虐着中国文学研究和评论界,王蒙当年对于评论文体多样化的呼吁言犹在耳,发人深省!

---

① 参阅王蒙著:《漫话小说创作》,上海文艺出版社 1983 年版,第 254—256 页

② 王蒙著:《漫话小说创作》,上海文艺出版社 1983 年版,第 254、255 页。

文学创作所提供的诸多图景或经验，总是溢出已有的理论谱系或话语体系。而且，如钱锺书所言，"文学如天童舍利，五色无定，随人见性"①。然而，大多数研究者却是从普遍原则到特殊对象，从一般到特殊，即先确认普遍的、一般的原则，再按照某种一般原理和某种程式进行推导，去解析、开掘研究对象的文艺思想、美学思想。不少论著不能说写得不好——它们逻辑井然、密不透风，理性得不能再理性，规范得不能再规范，论点、论据、论证都装配得利利索索——但这个好是没有意义的：这种好跟生命没关系，跟人对世界的理解，跟人对自我的理解没有太大的关系；它们不过是纯粹逻辑分析与修辞的产物，从中辨识不出研究者的个性，感觉不到来自研究者生命深处的呼喊，或是呼吸的气息——这些作者的名字几乎可以全部取消！

学者们总是习惯于用学究行话写作，他们已然忘了，最伟大的真理是最简单的，最伟大的训诫是易于理解的；它们一旦被赘语遮盖，便无法让最需要它们的人了解。许多文学研究者没有对于文字和语言的深切感受，没有对于文字和语言的敏感；在他们笔下，文字和语言就只能成了一种冰冷、僵硬的代码和符号——这是汉语的腐败，而不是汉语的葳蕤。在诸多文学论著里，大多是语言的"空转"，言不及物，一锥子扎不出"血"来。这颇有些类似京剧《三岔口》中的情景，打了半天，热闹固然是热闹，却压根就没有接上火。

日本著名作家大江健三郎坦言："如果不能透过具体的语言、人物，从文学中读解观察到现实世界、同时代以及未来人性的概念和表现，就失去了文学研究和评论的意义，作者和思维活跃的读者们也不会从中受益。"②在这意义上，诸多同质化、言不及物的论著其实是大可不必写的，写出来或不写差别并不大。

20 世纪西方哲学的"语言学转向"曾统领一切，盛极一时；语言是人

---

① 钱锺书著：《中国文学小史序论》，《写在人生边上 人生边上的边上 石语》，生活·读书·新知三联书店 2002 年版，第 92 页。

② [日]大江健三郎著：《小说的方法》，王成译，金城出版社 2012 年版，第 41 页。

的家园或人的根本,几成人们“共识”。然而,“语言瘟疫”的肆虐,当下述学文体的单一、粗鄙,却表明文学研究者陷入了“语言的牢笼”:唯有“走出语言”才能摆脱目前的困局。

人的一切活动都离不开语言,用以“走出语言”的也还是“语言”。卡尔维诺说:“文学是‘应许之地’,在那里语言必须成为它真正应当成为的。”①那文学的语言应当是怎样的呢?

首先,卡尔维诺否定语言工具论:“有些人认为文字是获取世界的实质的方式,那终极、独特和绝对的实质。文字不是表现这实质,而是等同于这实质(因此仅仅把文字视为达到某个目的的手段是错误的):文字只知道它自身,其他关于世界的知识都是不可能的。”②

其次,卡尔维诺也不赞同激进的语言观:“尚有另一些人,他们把使用文字视作孜孜不倦地探索事物,不是要接近事物的实质,而是要接近事物的无限多样性,触摸事物那永不枯竭的多种多样的表面。一如霍夫曼斯塔尔所言:‘深度隐藏起来。在哪里?在表面。’维特根斯坦则进一步:‘至于隐藏着的事物……我不感兴趣。’”③

卡尔维诺说:“我不会这么激烈。我想,我们总是在寻找某些隐藏的事物,或仅仅是潜在或假想的事物,一旦它们浮出表面,我们就追踪它们。……文字把可见的痕迹与那不可见的事物,那不在场的事物,那被渴望或被害怕的事物联系起来,像一座用于紧急事故的摇摇欲坠的搭桥,架在深渊上。”“因此,在我个人看来,恰如其分地使用语言,可使我们小心翼翼、集中精神、谨小慎微地接近在场或不在场的事物,敬重在场或不在场的事物所无言传达的东西”④

真正的作家不愧是语言的“祭司”。卡尔维诺至少给了我们两点重要启示:其一,语言不是表现思想的工具,语言与思想之间是同一的、非此

---

① [意]卡尔维诺著:《新千年文学备忘录》,黄灿然译,译林出版社 2009 年版,第 58 页。
② [意]卡尔维诺著:《新千年文学备忘录》,黄灿然译,译林出版社 2009 年版,第 77 页。
③ [意]卡尔维诺著:《新千年文学备忘录》,黄灿然译,译林出版社 2009 年版,第 77 页。
④ [意]卡尔维诺著:《新千年文学备忘录》,黄灿然译,译林出版社 2009 年版,第 78 页。

不可的关系;其二,语言不是世界的根本,“在场或不在场的事物”,才是比语言更为根本的东西。如此对待语言,我们才能“走出语言”,而不至于被语言的牢笼给框死了。

思想家李泽厚从思想史的层面指出,中西哲学传统对语言的态度是不一样的,其间的差异可归结为“太初有言”与“天行健”(即“太初有为”);前者是《圣经》、希腊哲学的 Logos,后者是中国的《周易》和巫史传统;此即逻辑—理性—语言—“两个世界”,与行动(“天行健”)—生命—情理—“一个世界”的区别。①

文艺理论家童庆炳指出,文学创作是通过语言传达出审美体验和艺术构思,审美体验不同于一般的认识,它“是主体与客体、感性与理性、直觉与思维、本能与理智、意识与无意识的统一,它的发生深入到了人的本能、直觉、无意识这些幽深的心理领域,它与个体的、本原的生命相联,这样具有一般性的性格的语言往往不能与它相匹配,‘言不尽意’的困境就在这种语言与审美体验的疏离与矛盾中产生了”②。面对这一困境,中国古人提出了“超越语言”的思想,即寄意于言外,追求“文外之重旨”“义立文外”“言外之意”,其语言的策略是:将语言的表现功能提到了主要的地位,把语言感觉化、心理化,而突破了其一般化的缺陷,表现了只可意会不可言传的情意,收到了“含不尽之意见于言外”的效果③。

文学研究和评论也必须“恰如其分地使用语言”,才能真正进入文学的世界,使其世界成为可理解的,其中关键便是“走出语言”。

李泽厚关于“走出语言”的思想及其实践可资借鉴。

与童庆炳一样,李泽厚也认识到了创作中的非自觉性,发现许多“无意为佳”“宛如天授”的艺术创造,是多年积累沉淀后的突发性成果,不是语言也不是所谓的方法论所能界定或规范的。

事实也是如此。作家、艺术家每完成一个作品,每每如梦初醒,一种

---

① 参阅李泽厚著:《论语今读》,生活·读书·新知三联书店 2008 年版,第 142 页。

② 童庆炳著:《中国古代心理诗学与美学》,中华书局 2013 年版,第 86 页。

③ 童庆炳著:《中国古代心理诗学与美学》,中华书局 2013 年版,第 89 页。

惊诧降临自己身上:“这是我写出来的吗?”巴赫的儿子曾在传记里写到,他父亲的即兴演奏多么激动人心,是所有流传于后世的乐谱都不可企及的。英国小说家E.M.福斯特有一次在哈佛音乐研讨会上发表演讲,谈到自己怎么也无法弥补创作与批评之间的鸿沟。他引述了近代诗人戴·刘易斯的话:批评对于一个诗人有时无关紧要,让人觉得不着边际;诗人写了一首诗,然后进入新的体验中,酝酿、完成了下一首诗;当批评家还对他的上一首诗喋喋不休、指手画脚时,对于他已觉得无所谓了。难怪梁实秋不失风趣地说:“凡是靠自己的感受而享受一件艺术品,其结果我叫作‘鉴赏’。凡是根据一个固定标准而判断一件艺术品的价值,其结果我叫作‘批评’。”①

李泽厚指出,中国传统是心理主义、审美主义,康德是所谓的“先验心理学”,而将它们自然联结在一起,一再地提出要“回到康德”;其要旨是从黑格尔的总体、理性、必然,回到个体、感性、偶然;强调恢复美感,反对用概念取代审美;“回到康德”不是回到康德的先验哲学,而是把康德翻过身来,以马克思(工具本体)来作康德(心理本体)的物质基础,此基础又是以物质生存—生活—生命亦即中国传统的“天行健”“太初有为”为核心的——这样,才能突破由逻辑—理性—语言为核心的西方哲学,成为“走出语言”的新世纪的重大转折。②

李泽厚的“回到康德”与苏珊·桑塔格的“反对阐释”可谓异曲同工。苏珊·桑塔格强烈反对把文学作品当作可任意肢解的材料,在文本中抽取可用材料的做法,认为这种“侵犯性的、不虔敬的”的“挖掘”式阐释,“使世界贫瘠,使世界枯竭——为的是另建一个‘意义’的影子世界。阐释是把世界转换成这个世界(‘这个世界’! 倒好像还有另一个世界)”③。苏珊·桑塔格的灼见是:批评家的任务“不是在艺术作品中去发现最大量

① 梁实秋著:《梁实秋文集》第1册,台湾鹭江出版社2002年版,第66页。

② 参阅李泽厚、刘绪源著:《中国哲学如何登场?——李泽厚2011年谈话录》,上海译文出版社2012年版,第6—7页。

③ [美]苏珊·桑塔格著:《反对阐释》,程巍译,上海译文出版社2011年版,第8页。

的内容”，而是“削弱内容，从而使我们能够看到作品本身”[①]；被削弱了内容的“作品本身”，“是一种体验，不是一个声明或对某个问题的一个回答”[②]。只有放弃静态归纳、抽象硬套的思维模式，跳出逻辑的藩篱，直接进入解脱的悟性空间，才能真正体悟到真理的终极意义：“如今，透明是艺术——也是批评——中最高、最具解放性的价值。透明是指体验事物自身的那种明晰，或体验事物之本来面目的那种明晰。”[③]

钱锺书在谈到诗歌创作时，举例说李贺好用“啼”“泣”等字，戏称其“强草木使偿泪债”[④]，认为这种“挟成见而执情强物”之作，“先入为主，吾心一执，不见物态万殊”，导致“物遂失真”，以致于“春非我春，秋非我秋”[⑤]。反之，倘主体情感与自然万物互动互通，则“物我情契”：“要须流连光景，即物见我，如我寓物，体异性通。物我之相未泯，而物我之情已契。相未泯，故物仍在我身外，可对而赏观；情已契，故物如同我衷怀，可与之融会。”[⑥]叙事性作品亦然：“小说、戏剧，巧构形似，必设身处地，入情入理，方尽态逼真，惟妙惟肖。”[⑦]概言之，破除执心以显物境，物我本真生命性情浑然合一，方能营造出“有我有物，而非我非物”的艺术妙境。

钱锺书由文学创作引申言之：“求学之先，不著成见，则破我矣；治学之际，摄心专揖，则忘我矣”；“除妄得真，寂而忽照，此即神来之候。艺术家之会心，科学家之格物，哲学家之悟道，道家之因虚生白，佛家之因定发慧，莫不由此”[⑧]。也就是说，具体学问的研究，首先得破一切“执”，化一切“旧套”，克除“情障”“理障”等主观成见，方可悟道、言道；由“破我”到“忘我”，破除重重界障，心无异缘，澄明虚静，主客融合，即心与心之所专

---

① ［美］苏珊·桑塔格著：《反对阐释》，程巍译，上海译文出版社 2011 年版，第 15 页。
② ［美］苏珊·桑塔格著：《反对阐释》，程巍译，上海译文出版社 2011 年版，第 22 页。
③ ［美］苏珊·桑塔格著：《反对阐释》，程巍译，上海译文出版社 2011 年版，第 14 页。
④ 钱锺书著：《谈艺录》，中华书局 1984 年版，第 52 页。
⑤ 钱锺书著：《谈艺录》，中华书局 1984 年版，第 56 页。
⑥ 钱锺书著：《谈艺录》，中华书局 1984 年版，第 53 页。
⑦ 钱锺书著：《管锥编》，中华书局 1986 年版，第 1189 页。
⑧ 钱锺书著：《谈艺录》，中华书局 1984 年版，第 280 页。

注的对象融会无间、相互契合，便能全面地把握对象；“及乎求治有得，合人心之同然，发物理之必然；虽由我见，而非徒己见；虽由我获，而非可自私。放诸四海，俟诸百世。”[①]倘若将鲜活的文本生硬套进预设的理论框架，落入了“语言的牢笼”，则不可能有理事无碍的“识见”。

禅宗对事物的判断和感知方式，是拒绝、排斥概念、范畴、逻辑的介入与参与，而直接地把握生命的当下存在；它只是体会人的内心深处的经验，把事物的本体意义视作一种体验。南禅主张“顿悟”，“直指人心，见性成佛”。慧能凭借“涅磐妙心”为大众讲经说法，其教义之一是“不立文字”，即不在思辨推理中去作“知解宗徒”。“不立文字”却仍需要依靠文字（语言），于是，讲经布道之外，有了许多“公案”，故意用概念语言的尖锐矛盾和直接冲突，来破除对任何语言、思辨、概念、推理的执著，以体会、领悟真实的绝对本体，把握“无”的真谛。[②] 北禅则主张“渐悟”，注重“积学”“渐修”即修行的次第，将种种源于自我的意识转化为面对宇宙人生的智慧，从而得到最终的解脱。龚鹏程指出，无论南禅、北禅，都必须要经过重关、初关和牢关这三关；在外止住诸缘、熄灭妄念，进而远离一切境之攀援，心如墙壁，最终达到境智融通、色空无碍，获得大自在。诗人之参诗，就像禅客之参公案，未悟时遍参诸方，悟后一齐放下；“在人境交融中，作者无心以应物，而见物如实相，万法森然，活活泼泼展现于眼前。这，就是参禅或参诗的最后境界。”[③]

禅宗的“悟证”反形式逻辑，代之以心灵逻辑、情感逻辑，它与庄子哲学有许多相通、相似之处，如破对待、空物我、反认知、重解悟、寻超脱等等。不仅庄禅相通，禅宗与儒家精神也大有关系。从先秦孔孟至濂洛关闽以迄清初诸儒，形成了一以贯之的治学传统：自孔子始，孟子主求“放心”，周敦颐主“无欲”，程颢主“识仁”，程颐主涵养须“用敬”、进学在“致

---

① 钱锺书著：《谈艺录》，中华书局1984年版，第281页。

② 参阅李泽厚著：《新版中国古代思想史论》，天津社会科学院出版社2008年版，第158—161页。

③ 龚鹏程著：《佛学新解》，北京大学出版社2009年版，第158页。

知”，张载主“变化气质”，谢良佐主“去矜”，杨时主“体验未发”，朱子主“格物致知”，陆象山主“先立乎其大”，至明代陈献章之“静中养出端倪”，湛若水之“随处体认天理”，王阳明之“致良知”与“知行合一”等等，都主张反躬自省，切实践履，以圣人之心证己之心，做得一分功夫，自有一分效验。在强调直觉、体验、悟证等方面，禅宗与儒道走到了一起。因此，正如李泽厚所言，“随着历史推移，禅最终又回到和消失溶解在儒道之中，禅的产生和归宿都依据于儒道”[①]。

美国著名学者和思想家丹尼尔·贝尔指出：“西方意识里一直存在着理性与非理性、理智与意志、理智与本能间的冲突，……理性判断一直被认为是思维的高级形式，而且这种理性至上的秩序统治了西方文化将近两千年。”[②]

与西方传统哲学那种主客体二分模式的、对象性和概念形而上学的思维方式不同，中国古代学术呈现为一种心物交融、物我一体的，直觉性、类比性的“体认认知”，而与西方传统哲学之“认识”或“认知”大异其趣。[③] 在述学文体上，中国古代文学批评的话语形态，则是重视情感、直觉、想象、体验、悟证、诗性的“隐喻型文体”（如《文赋》《二十四诗品》《沧浪诗话》《论诗三十首》《人间词话》等等），而与西方文学批评的话语形态，即那种强调逻辑、推理、实证、经验、论证、知性的“演绎型文体”（如亚里士多德《诗学》、康德《判断力批判》、黑格尔《美学》、巴赫金《陀思妥耶夫斯基诗学问题》等等）判然有别。[④]

马一浮（1883—1967）在乐山主持复性书院时，张某寄来著作《我的儒家观》，用所谓“科学”的方法研究儒学，欲建立大同文化体系。马一浮

① 李泽厚著：《新版中国古代思想史论》，天津社会科学院出版社2008年版，第171页.

② ［美］丹尼尔·贝尔著：《资本主义文化矛盾》，赵一凡等译，生活·读书·新知三联书店1989年版，第97页。

③ 参阅李春青撰：《在“体认”与“默会”之间——论中西文论思维方式的差异与趋同》，载《社会科学战线》2017年第1期。

④ 参阅蒋原伦、潘凯雄著：《历史描述与逻辑演绎——文学批评文体论》第二、三章，云南人民出版社1994年版。

在复信中指出，张君为学，错在方法：

> 今时科学哲学之方法，大致由于经验推想、观察事相而加以分析，虽其浅深广狭所就各有短长，其同为比量而知则一。或因苦思力索如鼷鼠之食郊牛，或则影响揣摩如猿狙之求水月。其较胜者，理论组织饶有思致可观，然力假安排，不由自得，以视中土圣人“始条理”“终条理”之事，虽霄壤未足以为喻。盖类族辨物必资于玄悟，穷神知化乃根于圣证，非可以袭而取之也。[1]

在马一浮看来，用西方科学与哲学的“比量”的“推想”方法苦思力索、影响揣摩，只能如鼷鼠之食郊牛，劳而少功，如猿狙之求水月，系风捕影；唯有以“现量”的“圣证”方法为学，方可类族辨物，穷神知化。引申言之，中国传统的“隐喻型文体”体现的是“现量智”，西方传统的“演绎型文体”体现的则是“比量智”。

2.走向“证悟”

作为一代儒宗，马一浮明确抵制20世纪以来以西方哲学的概念框架、问题意识、逻辑分析来整理、阐释中国传统学问的学术主流，其教学与治学方法，体验重于思索，涵养重于察识，践履重于知解，悟证重于论说。在他看来，悟证之知，才是真知，而悟证所得，只能自得，非见闻所及，更非思量能致；只有悟证，才能真正体贴古来圣贤用心，才能化腐朽为神奇。在20世纪中国学术史上，马一浮的为学之道卓尔不群，是作为“另类”的“支流”，而以冯友兰为代表的才是所谓的“主流”。

在构建新理学的哲学体系时，冯友兰提出，哲学方法应包括两种：一是“正的方法”，一是“负的方法”；一个完全的形上学系统，应当始于“正的方法”，而终于“负的方法”。如果不始于“正的方法”，就缺少作为哲学

---

① 马一浮著：《马一浮集》第1册，浙江古籍出版社2013年版，第418页。

的实质的清晰思想；如果不终于“负的方法”，就不能达到哲学的最后顶点。[①]

所谓“正的方法”，就是“逻辑分析的方法”或“形式主义的方法”，即用名词、概念对于形上学命题、范畴进行判断、推理而得出结论，从正面阐释形上学，由肯定达于肯定的方法。冯友兰认为，“西方哲学对中国哲学的持久贡献在于它的逻辑分析方法”，逻辑分析方法进入中国以后，“不仅使中国人有一种新的思维方法，还改变了中国人的心态”。冯友兰还将逻辑分析方法比喻为近现代中国人向西方求得的思维“点金术”，“中国学术的时代精神可以说就是用分析方法对中国古代思想重新加以解释”[②]。

所谓“负的方法”，就是由否定而达于肯定的直觉主义（感悟）的方法，佛家、道家都用这种方法。“负的方法”以体悟的方式直接契合形上学的对象，体悟就是体天道、明人德，而后达到“天地境界”，实现“游心太玄”“与物冥通”“与道同机”。“负的方法致力于消泯差别，告诉人：它的对象不是什么；而正的方法则致力于突出区别，使人知道它的对象是什么。”[③]

冯友兰在两卷本《中国哲学史》之首篇“子学时代”的第一章“绪论”里，一开始就界定说：“今欲讲中国哲学史，其主要工作之一，即就中国历史上各种学问中，将其可以西洋所谓哲学名之者选出而叙述之。”[④]冯氏讲得极清楚明白，就是以西方哲学为模子，将中国学问中所谓相关内容套入其中，“选出而叙述之”；“选”材料的标准，就是“可以西洋所谓哲学名之者”。

牟宗三严厉批评了冯友兰以西方哲学为范式的研究路数，指出冯氏在《中国哲学史》的“自序”里自诩其主要观点为正统派，其实根本不足以

① 冯友兰著：《三松堂全集》第6卷，河南人民出版社2001年版，第288页。
② 冯友兰著：《中国哲学简史》，赵复三译，新世界出版社2004年版，第287、289页。
③ 冯友兰著：《中国哲学简史》，赵复三译，新世界出版社2004年版，第287页。
④ 冯友兰著：《冯友兰文集》第3卷，长春出版社2017年版，第5页。

言“正统”:首先,冯氏以西方的新实在论的思想解析朱子,并述及陆、王的思想都是错的,他“对于宋明儒者的问题根本不能入,对于佛学尤其外行”。另一个致命缺点,则是以西方哲学之分期方式套在中国哲学上,以为“子学时代”类似西方古希腊时代,“经学时代”类似西方的中世纪;又特别提出并且注重名学,其实先秦名学只是昙花一现,并未发展成严整的逻辑与科学方法,根本就不是中国哲学的重点,不可从此来了解中国之传统思想。“冯氏不但未曾探得骊珠,而且其言十九与中国传统学术不相应”;“以西方哲学为标准,来在中国哲学里选择合乎西方哲学的题材和问题,……是莫大的愚蠢与最大的不敬。”[①]牟宗三斩钉截铁地说:“凡以西方那种外在的、观解的思考路数,以及其所派生的一切,来解析中国学问,甚至整个道德宗教的,俱是差谬不相应。”[②]

比较而言,李泽厚对冯友兰的批评相对温和些。他肯定冯氏用西方哲学的框架、概念、思想来整理自家家藏的功劳,“至少把传统那种缺条理、颇模糊、极笼统的思想(不说‘哲学’也罢)梳理得中规中矩,让人知晓”;同时也指出这种整理爬梳也带来了问题和缺陷,即“很难保持中国本来的思维特征,丧失了中国一些不同于西方却是真正原创的东西”,“冯友兰讲的就是‘哲学在中国’,他没有提出和解决‘中国的哲学’这个大问题”[③]。李泽厚还提出了“理性的神秘”即宇宙为何存在的问题,认为这个问题是人的理性认识所不能解决或解释的;这种“物自体”的不可知,本身不是神秘体验,但由对理性限度的认知而产生出来的情感体验或情怀、心境,却可以产生非常近似于感性的神秘经验。对于“天地境界”——冯友兰整个新理学哲学体系的最终归宿与逻辑终点——李泽厚指出,“冯友兰误把天地境界归结为理性论证的认知,它其实是认识到这

---

① 牟宗三著:《中国哲学的特质》,上海古籍出版社2007年版,第2—3、6页。

② 牟宗三著:《生命的学问》,广西师范大学出版社2005年版,第25页。

③ 李泽厚、刘绪源著:《中国哲学如何登场?——李泽厚2011年谈话录》,上海译文出版社2012年版,第90页。

种不可认识而生发的情感”[①],冯氏将“情感”与“认知”混同起来了。

中国的许多概念不能用西学的词汇来解释,那么,马一浮的“中国哲学”之路就行得通吗?李泽厚借用中国思想史专家陈来的评价,说马氏坚决拒绝西方的名词、概念、模式讲中国的东西,而用传统的一套词汇来谈“六经”,只是把宋明理学重复了一遍,走的是“原教旨主义”之路;李泽厚认为,马氏所谓“六艺”即“六经”,违背了孔学原意,虽然汉代就有此论,到了现代还说“六艺赅摄一切学术”,试图以“六经”概括统摄中外古今和现代科技,“将本来清楚的问题,在佛家神秘迷雾中,议论成了一片空泛的超时空的前现代的抽象混沌”,简直不可思议。[②]

真正的发现都是由个体的人去体验,去领悟,去创造的。早在1985年,李泽厚就指出:“中国思维更着重于在特殊、具体的直观领悟中去把握真理”,庄玄禅宗“在打断钻牛角尖的逻辑束缚,否定认识和知识的固定化方面,……使人们在某种似乎是逻辑上不可能的地方,注意到有某种重要的真实性和可能性。而所有这些,又与中国从孔学开始重视心理整体(如情感原则),而把思维仅当作推理机器的基本精神,是一脉相通的,即不只是依靠逻辑而是依靠整个心灵的各种功能去认识、发现、把握世界,其中特别重视个体性的独特体验与领悟”[③]。

在个体的创造中,中国偏于“现实的可能性”的“生存智慧”,与西方偏于“逻辑的可能性”的“思辨智慧”,都是人类的智慧;它们各有优长缺失,彼此可以相互补充,相互融合。中国“素乏幽眇之思”(陈寅恪语),中国之生存智慧的优长,需经由思辨理性的分疏处理,才可能得到真正的发展[④]。但正如陈寅恪在冯氏《中国哲学史》的“审查报告”里所云:“即使

① 李泽厚、刘绪源著:《中国哲学如何登场?——李泽厚2011年谈话录》,上海译文出版社2012年版,第62页。

② 李泽厚、刘绪源著:《中国哲学如何登场?——李泽厚2011年谈话录》,上海译文出版社2012年版,第91—92页。

③ 李泽厚撰:《漫述庄禅》,载《中国社会科学》1985年第1期。

④ 参阅李泽厚、刘绪源著:《中国哲学如何登场?——李泽厚2011年谈话录》,上海译文出版社2012年版,第48页。

能忠实输入北美或东欧之思想,其结局当亦等于玄奘唯识之学,在吾国思想史上既不能居最高之地位,且亦终归于歇绝者。"[①]玄奘把印度佛学中概念密集、复杂、繁琐的唯识宗带回中土,借助宫廷的力量,只流行了短短几十年,便消失了。中国自创的天台、华严,理论简明得多,传播影响却非常久远。冯友兰始于"正的方法"(逻辑分析)、终于"负的方法"(直觉感悟)的为学之法,水土不服,不足为训。

爱因斯坦说过,创造既不是逻辑的演绎,也不是经验的归纳,而是一种直观的自由想象,想象力是科学研究的实在因素;其中,有灵感,有联想,有顿悟,带有审美的特征。狄拉克、杨振宁也都说过美感的重要,想象(非逻辑)推理中也有美感。科学家有时感受、想象到一点东西,紧紧抓住,然后进行大量的想象推理、概念思索、逻辑论证,做经验性的实验,就取得了成功——这就是"以美启真"。李泽厚说:"'以美启真',也就是'启'一下而已,它会启示你真理的方向,但达到真理的道路,还是要真正的理论思维来把握,并要有经验来证明。"[②]

据说,杨振宁在中国招收留美博士生时,曾向一个非常年轻、聪明的考生问道:"这些量子力学问题,哪一个你觉得是妙的?"考生茫然不知。杨振宁认为他的发展前途不是最乐观,没有将他录取。杨振宁说:"假如一个人在学了量子力学以后,他不觉得其中有的东西是重要的,有的东西是美妙的,有的东西是值得跟人辩论得面红耳赤而不放手的,那我觉得他对这个东西并没有学进去。他只是学了很多可以参加考试得好分数的知识,这不是真正做学问的精神。"[③]钱学森酷爱音乐、绘画、摄影等,他多次谈到很多灵感就是从艺术中悟出来的,是形象(直感)思维甚至灵感(顿悟)思维帮助自己解决了许多疑难问题。钱学森一语道破:"科学上的创新光靠严密的逻辑思维不行,创新的思想往往开始于形象思维,从大跨度

---

① 冯友兰著:《冯友兰文集》第 3 卷,长春出版社 2017 年版,第 356 页。

② 参阅李泽厚、刘绪源著:《中国哲学如何登场? ——李泽厚 2011 年谈话录》,上海译文出版社 2012 年版,第 45—46 页。

③ 杨振宁著:《杨振宁文集》,华东师范大学出版社 1998 年版,第 408 页。

的联想中得到启迪，然后再用严密的逻辑加以验证。"①自然科学的创造尚且需要审美、鉴赏、判断的能力，需要"以美启真"，更何况是人文社会科学。

刘再复指出，人文社会科学中，有两种真理：一是仰仗逻辑分析的实在性真理，一是非逻辑非分析的启示性真理；前者可以"实证"，后者只能"悟证"。文学蕴含的多半是感性的启示性真理，其无穷意味难以考证、实证甚至是论证；而且，真正的天才的创造，都是从特殊到一般；如，《红楼梦》通过写特殊的贵族之家，呈现出了人类普遍的人性状态、生存状态。审美判断、文学批评也应从特殊到一般，从审美感觉出发，从特殊出发，而不是从某种标准出发，从概念或原则出发。因此，文学的研究方法应是转"负"为"正"的"证悟"，即先直觉、感悟再逻辑辨析，也就是用"悟证"的方法去阅读作品、研究问题，再运用逻辑、辨析、论证的方法发展之。② 在如何"走出语言"的问题上，刘再复与李泽厚走到了一起。

与"走出语言"的思想相呼应，李泽厚特别强调个体融知性于感性之中的"以美启真"，其述学文体别具一格。其《说巫史传统》开篇即云："二十年前(1978 年)我议论写思想史可以有两种方式(历史的或哲学的，'我注六经'式或'六经注我'式)……我今天仍然只能是'六经注我'式的写法：制造概念，提供视角，以省察现象。因之所说多为假说式的断定；史料的编排，逻辑的论证，均颇疏阔。但如果能揭示某种关键，使人获得某种启示，便将是这种话语的理想效果。"③

确实，李泽厚的哲学表达平易、鲜活、精简，他拿出了许多"提纲"或"纲要"，提出了很多哲学观点，却往往没有相应分量的细密论证；他明确反对执著于固定性概念、线性因果、非此即彼的抽象思维，表述中有不少中国元素，如《历史本体论》用了不少诗词，通篇都是散文、随笔式的语

---

① 钱学森撰：《最后一次系统谈话——谈科技创新人才的培养问题》，见《钱学森文集》第 6 卷，国防科技出版社 2011 年版，第 420 页。

② 参阅刘再复著：《两度人生——刘再复自述》，河南文艺出版社 2016 年版，第 29 页。

③ 李泽厚著：《说巫史传统》，译文出版社 2012 年版，第 5 页。

言。刘再复称李泽厚用的是中医里的“点穴法”，捕住一个精神之核，点到为止，要言不烦；至于细节论证，则留待他人或自己的论文。其实，刘再复用的也同样是“点穴法”，一种类似卡尔维诺“以轻驭重”式的智慧写作。

1995年之后，刘再复的思想与学术路向作了一次反向努力，“从后现代返回古典”。他反思了自己以往因崇尚康德而热衷于建构体系的研究方法，倡导以“悟证”（心会神通之法）取代“实证”（考证与论证），以“心性论”取代“认识论”来研读“四大名著”，自觉打通生命与学术的血脉，把学术与生命衔接起来。“悟证”法“不是把《红楼梦》作为学问对象，而是作为审美对象，特别是作为生命感悟和精神开掘的对象”①；“取出《红楼梦》这一瓢独自饮啜，全生命、全灵魂都受到泽溉”②。在撰写《红楼梦悟》《红楼哲学笔记》共600则“悟语”后，刘再复又撰写了《共悟红楼》《红楼人三十种解读》两部书。

此前，《红楼梦》的研究形态或为“论”（逻辑、分析、论证），或为“辨”（注疏、考证、探佚、辨析），刘再复则开辟了第三条道路，即以“悟”作为阅读、探讨和写作的主要形态：“悟的方式乃是禅的方式，即明心见性、直逼要害、道破文眼的方式，也可以说是抽离概念、范畴的审美方式”③；“悟证”之法，“既不同于知识考证与家世考证，也不同于逻辑论证，虽近乎禅的通过直觉把握本体的方式，但我却在‘悟’中加上证，即不是凭虚而悟，而是阅读而悟，参悟时有对小说文本阅读的基础，悟证过程虽与‘学’不同，却又有‘学’的底蕴与根据”④。刘再复的“红楼四书”追寻每个人物心灵的奥秘，求证其中蕴含的哲学之谜与文化之谜，抵达了人物心灵存在的深渊包括潜意识深渊。刘再复在归纳、判断文本提供信息的基础上“心

---

① 刘再复著：《红楼梦悟·自序（一）》，生活·读书·新知三联书店2006年版，第2页。
② 刘再复著：《红楼梦悟·自序（二）》，生活·读书·新知三联书店2006年版，第2页。
③ 刘再复著：《红楼梦悟·自序（二）》，生活·读书·新知三联书店2006年版，第3页。
④ 刘再复著：《不为点缀而为自救的讲述——“红楼四书”序》，《红楼哲学笔记》，生活·读书·新知三联书店2009年版，第3页。

证意证”，把《红楼梦》研究从历史学、考古学的地盘拉回到文学、美学、心性学的地盘，呈现出了全新的学术意境。2009年，刘再复出版了《双典批判》，同样用了“证悟”法，对《三国演义》《水浒传》作了批判性解读，发出了内心真实而自由的声音，真正感受到了“那种学术与生命紧密相连的至乐，那种头脑与心灵相融相契的至乐”①。

李泽厚有一个发现：汉文字不是口头语言的复写，不是语言控制文字，而是文字控制语言；中国的实用理性太注重“现实的可能性”，太忽视“逻辑的可能性”，使得中国人的心智和语言长期沉溺在人事经验和现实成败上。理论可以多种多样、百家争鸣，而革命家、政治家、领袖则要求意志集中、行动统一。后者要根据当下的现实形势、利害关系、策略考虑来作出决定，采取行动，这就会对理论进行选择或折中，但经常只容许一种。理论家却可以不计当前利害，从较长远的宏观视角来把握、思索和争辩。为此，李泽厚主张：“理论家应该和实践家分开，哲学家、思想家应该和革命家、政治家分开，这二者不能混为一谈，集于一身。哲学家不能去做什么‘哲学王’，也不应追求成为‘帝王师’，这样，理论才可能独立发展。”譬如，“西方自希腊始对Being的寻求，对‘What is’的追问，实际是对某种确定性的寻求，它通过逻辑可能性的充分展开，对万物本源的抽象思辨，一层深似一层地穷天地之奥妙，为现代科技、社会人生打下了坚实基础，使人获得‘超人’的力量”②。

回顾自己的写作史，刘再复说自己经历了从“有目的”到“无目的”的变化：起初写书急于“问世”，或为了立功立德，或为了立言立名；接着，是作为“自救”而写作，只有内在的生命需求特别是心灵需求，而无外在目的，“每部书都像生命的船只，不断地负载着自己前行”；最后，是作为“消失”而写作——

---

① 刘再复著：《两度人生——刘再复自述》，河南文艺出版社2016年版，第156页。

② 参阅李泽厚、刘绪源著：《中国哲学如何登场？——李泽厚2011年谈话录》，上海译文出版社2012年版，第49—53页。

林黛玉的《葬花词》,是最感人的伤逝之诗。她写这首诗,就是为了消失,为了给生命的消失留下一声感慨,一份见证,一种纪念。曾有一个生命如花似叶存在过,她也将如花凋残,如叶消失,为了纪念这一存在的消失,她才写作。消失的歌,唱过了,消失的方式,准备好了,那是简朴干净的还原:"质本洁来还洁去",没有奢望,没有遗嘱,只留下一个曾经发生过的高洁的梦。"为了忘却的记念"(鲁迅语)是痛,"为了消失的纪念"是更深的痛。消失不是目的,不是世俗的有,但它合更高的目的——澄明充盈的无。曹雪芹著写《红楼梦》也是为了消失,为那些已消失的生命留下挽歌,为将消失的生命(他自己)留下挽歌。

天地无言,最美丽的宇宙天体,不仅"无言"而且"无名";不仅伟大的天体存在"无名",好些卓越的语言创造也"无名"。譬如《山海经》譬如《易经》,至今又有谁知道这两部"天书"的作者呢?无目的的写作,为艺术而艺术,为学术而学术,守持这种写作态度,是一种大彻大悟,是大智慧。① 刘再复的"证悟"让人想起了美国著名批评家哈罗德·布鲁姆说的一句话:"最好的批评文字是一种智慧文学,也就是对生活的参悟。"②

有人称,刘再复的写作很像《一千零一夜》里那个萨姗王国宰相的女儿谢赫拉查德,讲述只是拯救生命的前提和延续生命的必要条件,不讲述就没有明天,除此之外别无目的。刘再复对此说极为认同:"不讲述《红楼梦》,生命就没劲,生活就没趣,呼吸就不顺畅,心思就不安宁,讲述完全是为了确认自己、救援自己。"③这与文学艺术的创造何其相似!奥地利诗人里尔克在一封信里写道:"请你走向内心。探索那叫你写的缘由,考

---

① 参阅刘再复著:《两度人生——刘再复自述》,河南文艺出版社 2016 年版,第 174—177 页。

② [美]哈罗德·布鲁姆著:《影响的剖析——文学作为生活方式》,金雯译,译林出版社 2016 年版,第 5 页。

③ 刘再复撰:《不为点缀而为自救的讲述——"红楼四书"序》,见《红楼哲学笔记》,生活·读书·新知三联书店 2009 年版,第 2 页。

察它的根是不是盘在你心的深处;你要坦白承认,万一你写不出来,是不是必得因此而死去。这是最重要的:在你夜深最寂静的时刻问问自己:我必须写吗?你要在自身内挖掘一个深的答复。"①刘再复与李泽厚一样,在时光深海里探寻,用类似文学创作的方式从事哲学、文学研究,他们的问题和语言都来自内心的痛楚,来自修正或赞美生活的渴望;他们通过"以美启真",走向"证悟",以轻驭重,完成了美的创造,让不可见的成为可见的。

在《影响的焦虑:一种诗歌理论》(1973)一书中,哈罗德·布鲁姆提出了"审美自主性原则",在他看来,审美完全是一种个人行为,与社会关系无关。在《西方正典》(1994)一书中,哈罗德·布鲁姆认为:"只有审美的力量才能透入经典,而这力量又主要是一种混合力:娴熟的形象语言、原创性、认知能力、知识以及丰富的词汇。"②"审美批评使我们回到文学想象的自主性上去,回到孤独的心灵中去,于是读者不再是社会的一员,而是作为深层的自我,作为我们终极的内在性。"③阅读经典是一个心灵自我对话的过程,而"心灵的自我对话本质上不是一种社会现实。西方经典的全部意义在于使人善用自己的孤独,这一孤独的最终形式是一个人和自己死亡的相遇。"④

倘若我们把艺术(学问)当作政治工具和夤缘求进的阶梯,时刻想着"学成文武艺,货与帝王家",为了荣华富贵沽名钓誉,不惜卖身卖文卖艺,心地自然变得猥琐、僵硬、黑暗、卑鄙;倘若我们对于文学艺术,不再有爱与虔诚,不再有出神与颤抖一瞬,便不再有关于光明、自由和宁静之力量的遐想;倘若没有了独立人格,没有了超越精神,何来"以美启真"?谈什么美的"创造"?怎么可能作为"消失"而写作呢?又怎么可能有"毕达

---

① [奥]里尔克著:《给一个青年诗人的十封信》,冯至译,生活·读书·新知三联书店1994年版,第3页。

② [美]哈罗德·布鲁姆著:《西方正典》,江宁康译,译林出版社2005年版,第20页。

③ [美]哈罗德·布鲁姆著:《西方正典·序言与开篇》,江宁康译,译林出版社2005年版,第8页。

④ [美]哈罗德·布鲁姆著:《西方正典》,江宁康译,译林出版社2005年版,第21页。

哥拉斯文体”的创构呢?

当代德国“文学教皇”马塞尔·赖希—拉尼茨基有一句箴言:“我们可以不厌其烦地重复:没有对文学的热爱就没有对文学的批评。”[1]是的,就是这样,必须这样!

---

① [德]马塞尔·赖希—拉尼茨基著:《我的一生》,余匡复译,上海译文出版社2003年版,第323页。

第五章 文学与意义

置身一个充满矛盾的新媒介时代，也是一个孕育无限可能性的时代，“互联网是否会扼杀书籍？”或“书籍是否还会存在？”“文学终结了吗？”对于普通读者而言，文学阅读意味着什么？真正的阅读方式是什么？对于高级读者——批评家而言，理想的文学批评是怎样的？当下文学批评出什么问题了？未来的批评之路走向何方？这些貌似“杞人忧天”的探问是严肃而沉重的，我们不能不予以正视。

一、“艺术终结论”

1983年，德国艺术史家汉斯·贝尔廷（Hans·Belting）出版了《艺术史的终结？》一书；1984年，美国当代哲学家、美学家和艺术批评家阿瑟·丹托（Arthur C·Danto）应贝瑞朗（Berre·Lang）之邀，在其主编的专辑《艺术的死亡》中发表了“艺术之终结”一文；这一书一文，在欧美艺术界曾经引起了一阵不大不小的讨论与回应。五年后,1989 年夏,35 岁的日裔美籍历史学家福山(Francis Fukuyam a)发表了他的成名作“历史之终结”,惊动了美国各大平面与电子媒体,震动了整个美国,西方学界逐渐对艺术终结问题展开了热烈的讨论。1995 年春,著名的华盛顿国家艺廊“梅伦艺术讲座”隆重邀请阿瑟·丹托以“当代艺术与历史的藩篱”为题,发表了 11 场演讲,综论西方“艺术史”(自 1400 年到 1960 年)终结的前因后果,并于 1997 年修订结集,以《艺术的终结之后》为书名,正式由普林斯顿大学出版。当艺术终结论从当代欧美文化内部“自发”地、“内源式”生成之后,随着愈演愈烈的“全球化”进程,它迅速“介入”了非西方文化区域,特别波及东亚、南美和北非等地区,成为当代艺术理论研究和文化研究一个热点,成了一个“全球化”的现实话题和学术话题。

人们普遍的看法是,“艺术终结论”的始作俑者是黑格尔。1817 年,黑格尔在海德堡开始了后来被誉为“西方历史上关于艺术本质的最全面的沉思”的美学演讲。在这次演讲中黑格尔提出了一个令西方思想界振聋发聩的观点:艺术已经走向了终结。200 多年后,丹托“艺术终结论”的提出,一方面是基于西方艺术史的发展观念历程而言,另一方面则是从黑格尔那里获得了艺术的终结的灵感。

我们知道,在黑格尔的美学思想体系中,他精心编织了一个理念自我运动、转化而又回复自身的花环;他把世界艺术史看成是一部理念自我循环的历史,它沿着象征主义——古典主义——浪漫主义的轨迹运行,“到了喜剧的发展成熟阶段,我们现在也就达到了美学这门科学研究的终结。……到了这个顶峰,喜剧马上导致一般艺术的解体”①。黑格尔关于“艺术的终结”的惊人论断是:“就它的最高的职能来说,艺术对于我们现代人已是过去的事了。因此,它也已丧失了真正的真实和生命,已不复能维持它从前的在现实中的必需和崇高地位,毋宁说,它已转移到我们的观念世界里去了。”②又说:“我们尽管可以希望艺术还会蒸蒸日上,日趋于完善,但是艺术的形式已不复是心灵的最高需要了。我们尽管觉得希腊神像还很优美,天父、基督和玛利亚在艺术里也表现得很庄严完善,但是这都是徒然的,我们不再屈膝膜拜了。”③那么,是否像有的学者所言的那样,黑格尔“首度签发了艺术的死亡通知书”,“他始终是在思想体系内来扼杀艺术的,绝对理念的逻辑延展必然扬弃艺术而向更高的领域(宗教和哲学)移心”?④ 我们究竟应怎样理解黑格尔的“艺术终结论”呢?

首先,“终结”是否意味着“死亡”? 这是理解“艺术终结论”的重要前提。这一问题产生于黑格尔、丹托等人的悖论式表述方式,而使他们的论断有多种阐释的空间。人们注意到,黑格尔一方面说“我们现时代的一般情况是不利于艺术的”,“艺术对我们现代人已是过去的事了”⑤,“在浪漫型艺术的发展中却形成了终结”⑥;另一方面,黑格尔又说“可以希望艺术还会蒸蒸日上”,“要完成这个艺术之宫,世界史还要经过成千上万年的演进”⑦。类似的,丹托一边又说“艺术随着它本身哲学的出现而终结”⑧,一边说“艺术会有未来,只是我们的艺术没有未来。我们的艺术是

① [德]黑格尔著:《美学》第3卷,朱光潜译,商务印书馆1981年,第334页。
② [德]黑格尔著:《美学》第1卷,朱光潜译,商务印书馆1979年版,第15页。
③ [德]黑格尔著:《美学》第1卷,朱光潜译,商务印书馆1979年版,第132页。
④ 刘悦笛撰:《病树前头万木春——评“艺术终结论”和“艺术史终结论”》,载《美术》2002年第10期。
⑤ [德]黑格尔著:《美学》第1卷,朱光潜译,商务印书馆1979年版,第14页、第15页。
⑥ [德]黑格尔著:《美学》第2卷,朱光潜译,商务印书馆1979年版,第341页。
⑦ [德]黑格尔著:《美学》第1卷,朱光潜译,商务印书馆1979年版,第132页、第114页
⑧ [美]阿瑟·丹托著:《艺术的终结》,欧阳英译,江苏人民出版社2005年版,第121页。

已经衰老的生命形式”①;“我的声明绝对不是说艺术将要被停止创作了!艺术终结之后还是有大量的艺术被创作了出来”②。

有学者仔细考察了黑格尔所用的德文原词“ der Ausgang”,认为这个词不仅仅包含了被译为英文之“end”所具有的基本涵义,而且还同时有“入口”“出口”之类的另类内涵;“终结”并非仅仅指对终点之前一切的抛弃,而是指出在“扬弃”之后,步入“终点之后”的新旅程。由此看来,“终结”被误解为“死亡”“终止”之类,大概也有英文对德文的“误读”、中文又对德文词和英文词连起来“误读”的原因。③ “终结”一词有着“复义”的性质,即它既有“取消”“结束”之义,又与“开始”“再生”相互联系在一起。因此,说“艺术的终结”,其“终点”又往往意味着“起点”,意味着新生命的萌芽。

值得一提的是,美国著名美学家柯蒂斯·L·卡特在仔细考察了黑格尔的相关文本以及艺术终结论者的观点之后,指出“艺术终结论”被突出地描述成“艺术的死亡”,这种对黑格尔的理解主要基于20年代英国学者F· P· B. 奥斯梅森将黑格尔美学中一些关键术语译成英文时出现的误译。T· M· 诺克斯爵士1975年翻译出版的黑格尔《美学讲演录》英译本纠正了这样有误导性的翻译,支持了那些认为黑格尔并没有预言艺术死亡的观点。卡特指出:“尽管黑格尔的一些表述复杂而且有时具有误导性,但他并不是在对艺术终结的流行理解的意义上提出这一论点的。”事实上,黑格尔从未使用过“艺术的死亡”这种表述。译者忽略了这样一个事实:“扬弃”(aufheben)这个词是黑格尔最令人困惑的术语之一。它字面上的意思是举起某物;但作为一个哲学概念它也可以作“取消”“消解”,或“保留”讲。“浪漫艺术中的消解更接近于现代电影的‘淡出’原则。在现代电影中,‘消解’就是一个镜头或场景的淡出,同时又在下

① [美]阿瑟·丹托著:《艺术的终结》,欧阳英译,江苏人民出版社2005年版,第120页。

② [美]阿瑟·丹托著:《艺术的终结之后—当代艺术与历史的界限》,王春辰译,江苏人民出版社2007年版,第27—28页。

③ 刘悦笛著:《艺术终结之后—艺术的绵延之思》“序言”,南京出版社2006年版,第4页。

一个镜头或场景中淡入,在这个过程中就跨越了两个镜头或场景。浪漫艺术中类似的‘消解’过程承认,有必要、或者至少是最好承认那些除了艺术所能提供的、另外的可能更完整的真理的形式。艺术、宗教和哲学都仍然是理解真理的可行方式。没有必要说一种方式取代了另一种或者迫使另一种消亡";"黑格尔的原意不是艺术的死亡,或者艺术的终结。他用辩证法原理来表明艺术对于传达某些真理的局限性;这些真理用哲学具有的理论工具能得到更好的传达"[①]。柯蒂斯·L·卡特的研究力证了"终结"的"复义"性质,由此可见"艺术终结论"问题的复杂性。

1986年,薛华在《黑格尔与艺术难题——一段问题史》一书中认为,艺术终结意味着艺术自身在内容和形式上发生新的变化、新的转折,意味着成为另一特点的艺术[②];朱立元在同年出版的《黑格尔美学论稿》中,同样断定黑格尔从未明确宣布过艺术终将衰亡,相反,他倒是明确肯定过艺术发展的永无止境,对于艺术的未来满怀信心[③]。朱国华认为,黑格尔的艺术终结论可分解成两个命题:其一,艺术是否"仍然是对我们的历史性此在来说决定性的真理的一种基本的和必然的发生方式"?这实际上首先讨论的是艺术与真理的关系,艺术的认识论问题。其二,艺术是否会消亡?这里实际上谈论的焦点是艺术的发展、艺术的功能、艺术的实践论问题。这里,朱国华指出了黑格尔"艺术"观念中渗透着的辩证思想:一方面,艺术作为"一般",它是一种与人类共存的精神与情感需求,不会终结。另一方面,艺术作为"特殊",它是一种与社会历史实践相结合的有着具体价值功能及形态样式的精神载体,它的确又会随着时代的变迁,技术的更新,新媒介的运用等因素而变化甚至消失,这种"艺术"是可能消亡的(比如古希腊神话)[④]。刘旭光比较研究了黑格尔与海德格尔的艺术终结论,指出黑格尔艺术终结论的本质在于:终结的不是艺术,而是艺术

---

① [美]柯蒂斯·L·卡特撰:《黑格尔和丹托论艺术的终结》,载《文学评论》2008年第5期。

② 薛华著:《黑格尔与艺术难题——一段问题史》,中国社会科学出版社1986年版,第42页。

③ 朱立元著:《黑格尔美学论稿》,复旦大学出版社1986年版,第302页。

④ 朱国华著:《艺术终结后的艺术》,载《文艺争鸣》1999年第4期。

作为人类的最高趣旨与绝对需要的崇高地位，是艺术作为真理最高表现形式的终结。海德格尔准确地把握了这一点，但并不同意黑格尔对艺术的判词。以真理说为突破，海德格尔重新为艺术确立了地位，指出伟大艺术是我们历史性此在的本源，从而为艺术的复兴准备了条件①。

陆扬认为，黑格尔的"艺术终结论"言人人殊，但它肯定不是把艺术史看作艺术作品的编年史，而毋宁说是视艺术本身为历史发展进程中的一个阶段，假如说历史体现的是绝对精神的进化，那么艺术本身不过是精神之一个特定阶段的历史产物；黑格尔判定艺术作为一个时代的心灵和文化的象征，其合法性局限于艺术品的感性特征尚未成为精神发展的阻碍之前。黑格尔的思想可以说预言了荷兰画家蒙特利安的新造型主义，后者可以显示当社会本身的停滞颓败和艺术本身的常青不衰构成的矛盾时，艺术表征时代的历史使命转变为形式的破旧立新，势在必行②。

周计武则认为，黑格尔在这里不是对某个特定时期作判断，不是强调某种艺术范式或外在机制的转换或消亡，而是对整体的艺术下判词："艺术对于我们现代人已是过去的事了"；我们可以从三个层面来理解：1.艺术的哲学化。艺术被哲学的"观念世界"所代替，成为纯粹"思"的事件。2.艺术的理想时代已经过去了。3."过去"了的艺术没有终止或消亡，而依然是一种心灵的需要和显现的模式，但已经丧失了"真正的真实和生命"③。应该说，这一理解比较贴近黑格尔的本意。黑格尔所谓"艺术的终结"，用美国哲学家丹托的话说，"并不是说艺术已停止或死亡，而是说艺术通过转向它物——即哲学，而已经趋向终结"④。也就是说，黑格尔的艺术终结论所谈论的，不是关于艺术的生产，而是关于艺术与我们（人

---

① 刘旭光撰：《终结，还是复活——对黑格尔与海德格尔之艺术终结论的比较研究》，《学术月刊》2005年第5期。

② 陆扬撰：《艺术终结论的三阶段反思》，载《艺术百家》2007年第4期。

③ 周计武撰：《现代性语境中的"艺术的终结"——黑格尔的诊断》，载《文艺理论研究》2004年第6期。

④ Danto, A·C., *Encounters&Reflections Art in the Historical Present*, New York: Farrar Straus Girous, 1990, p.342.

类)的关系;艺术的使命业已完成,不再像早期那样是我们的生活的必需品而具有崇高的地位,它完全疏离于人们的日常生活和宗教生活;艺术已经转换为观念,人们只是从哲学上、思辨性上来对艺术加以认识;当艺术走到这一步时,就是艺术的终结。同样,周计武认为,丹托实际上是在叙事的意义上使用"终结"一词,意在宣称某种故事的结束,其所谓艺术的终结"不是指艺术本身停止或死亡了,而是指艺术史的某种叙事内在地终结了"①。

刘悦笛则对丹托"艺术终结论"进行哲学的反思,试图揭示"艺术终结"观念背后所隐含的思想意蕴。在他看来,"艺术的终结"主要是指艺术"终结"在哲学里面,即哲学"剥夺"(disenfranchisement)了艺术;或者说,艺术被"哲学化"(philosophization)了;具言之,从哲学的视角来看,现实中的"艺术"可能"终结"于"观念",或回归到"身体",或是回复"自然",一言以蔽之,"艺术与生活同一"。当然,未来艺术的这些走向只是猜想而已,可以确定的是,艺术总是某种"过去的事物",其"终结"是必然的。人类的终结之处,就是历史的终结之处,也可能是艺术的终结之处。② 沈语冰则深入剖析和批判了丹托的艺术哲学观。丹托宣称:"当人们已经懂得什么是艺术以及什么是艺术的意义的时候,艺术的历史舞台也就完结了。艺术家已经为哲学铺了路,而任务最终必须被转移到哲学家手中的时刻也已经来到。"③按照丹托的意思,这里的"终结"是指没有意义,而不是死亡;丹托坚持,黑格尔认为在"终结"这个词的叙事意义上,艺术已经走向终结;也就是说,艺术已经成为它在其中扮演某个角色的更大范围的叙事的一个尾声而已。沈语冰指出,黑格尔关于艺术让位于哲学的观点是错误的,因为他将艺术之于真理、道德的关系理解为线性发展的关系,而没有意识到艺术与其真理内容、宗教或伦理关怀之间,还

① 周计武撰:《艺术的终结——阿瑟·丹托的诊断》,载《学习与探索》2006年第3期。

② 刘悦笛撰:《哲学如何剥夺艺术——当代"艺术终结论"的哲学反思》,载《哲学研究》2006年第2期。

③ Arthur Danto. The Philosophical Disenfranchisement of Art, New York: 1986, p.111.

可以发生同时共在的关系;丹托延续了黑格尔的这一错误,其"贡献"不过是"发现"了为黑格尔所预言的那个艺术终结时刻的到来;此外,丹托又宣称:"说历史完结了等于说,已经不再有艺术品会掉出其外的历史的范围了。一切皆可。一切皆得为艺术。"[①]。这里,丹托固执地断言一切艺术的无差别性,乃是源于他哲学与信仰上的虚无主义[②]

柯蒂斯·L·卡特指出,在寻求将艺术的历史与当代艺术的发展联结起来的努力中,丹托受到了黑格尔《美学讲演录》的影响极大。而如前所述,"艺术的死亡"这一表达最初是指对黑格尔的一个误导性翻译。在《赋予的意义》(1994)一书中的《艺术终结之后的艺术》一文中,丹托否认了他早前跟"艺术的死亡"这一概念间的关联,解释说他的意图是把艺术终结作为一个哲学问题来关注。柯蒂斯·L·卡特认为:"丹托对艺术终结的研究主要针对下述相关的问题:艺术的历史、怎样区分艺术与非艺术以及艺术与哲学的关系。他把艺术的历史理解为对特定时期相关发展的一个叙事,并集中关注摹仿的进化,或者说以艺术的形象表现世界";"丹托以他对黑格尔美学的理解为基础,提出了将艺术的终结当成一种特殊的历史现象的解决办法";"丹托面临的主要问题有两重:第一,如何在后历史的激进多元化时代区分艺术与非艺术;第二,如何建立一种能够解释所有过去、现在与将来的艺术的艺术哲学理论";"丹托艺术终结论的主要问题在于它基于一种反直觉的历史理论,这对于研究哲学和艺术的读者以及其他读者来说可能会导向混乱。把艺术的历史局限于某个特殊的时期似乎有些随意,因为艺术一直是几乎所有已知文明的一部分,而且在我们的时代以充满生机的步伐持续下去。为了迎合一种更有条理的对艺术和美学的说明而求助于一种忽视上述事实的美学理论或艺术哲学,并不足以取消人们在这方面的关注"。[③] 对于国内不少响应艺术终结论的

---

① Arthur Danto, *After the End of Art*, Princeton: 1997, p.114.

② 沈语冰撰:《哲学对艺术的剥夺:阿瑟·丹托的艺术批评观》,载《世界美术》2003 年第 3、4 期。

③ [美]柯蒂斯·L·卡特撰:《黑格尔和丹托论艺术的终结》,载《文学评论》2008 年第 5 期。

学者来说,柯蒂斯·L·卡特的研究是值得重视和反省的。我们只有充分理解“艺术终结论”之本意,才不至于断章取义而误读、误解“艺术终结论”的理论意义。

“艺术终结论”不仅涉及上述对于“der Ausgang”一词的理解,还涉及对于“艺术”的理解。

我们知道,当代的“艺术”观念主要是与这一术语的英语指称相关联的。“艺术”这个概念原是法国人和德国人在18世纪开始建立起来的艺术概念,它是启蒙现代性的产物,是欧洲近代文化的结晶,它具有鲜明的精英艺术的色彩。20世纪七八十年代以降,由于美国艺术在全球范围内的扩散性影响,英语中的“艺术”不仅支配了其他文化和语言框架内的“艺术”的指称,而且还支配了视觉艺术。由于“图像转向”,视觉艺术成为艺术中占有优势的、处于支配地位的形式,而成了文化的核心构成——“艺术”的概念随之发生了重大的变化,变得以视觉艺术为主体,而诸如文学、音乐或者表演艺术则成了当代艺术的配角。黑格尔、卢卡契、英伽登、阿多诺、海德格尔等人所持的关于艺术的比较宽泛的、整体性的观念,转换为当代的艺术观念;而根据比尔兹利、丹托、迪基等美学家的理论,艺术之所以为艺术,与艺术家的意图、理论家的评论、艺术体制的认同有着密切的关系。

丹托指出,“艺术”这个术语是近代的观念的产物。我们今天视为艺术的东西,在远古、在历史中都不被看作“艺术”的,是逐渐被历史中存在的人建构起来加以认识的。由此形成了近代艺术史学的建立和发展,成为一门通过观念来建构艺术的历史的认识学科。而被意识与观念激活了的历史中的人则被观念推动着,创造、创作着艺术。这样建构中的艺术史可分为三个历史的宏大叙事模式,在第一阶段,从瓦萨里开始追求的是准确再现的进步历史;到了现代主义的第二个阶段是追求艺术的纯粹性,追求艺术自身媒介的纯粹性;而到了后历史阶段,也就是当代艺术的后现代主义阶段,则艺术作为视觉形象的表现载体越来越趋于观念化、哲学化时，艺术史走向了作为观念诉求历史的终端，即意味着艺术史叙事的终结。这样的终结是艺术自我意识的解放，是历史进入后历史时期的一种最佳理想状态，艺术成为生活中的艺术，与人的自然生存有机结合，而不是疏离于人的生活和生存，这就是多元主义的艺术理想国[1]

美国耶鲁大学哲学系教授、艺术史专家卡斯腾·哈瑞斯(Karsten Harries)提出，艺术必须面对自身在现代社会中的意义问题。传统艺术主张艺术家首先必须创造美的对象，艺术是对美的追求，而现代艺术则是对趣味的追求，已经失去人文主义价值；现代艺术抹杀意义存在的本质并导致艺术的自我解构。人们不再指望艺术引导人类过意义生活，它不再是追求真理的优先工具；现代艺术已转化为私人事务的娱乐源泉，它不但挑战艺术与世界的距离，而且认为艺术只有检测艺术界限并背弃传统才有意义。我们生活在思想被弄成真理优先管理者的时代，在此生存境遇下，现代艺术的切己任务乃是真正领会统治科学技术的正当性与现实性的界限，而正当地反对我们的现代世界形态[2]。

一般认为，现代性是西方启蒙学者有关未来社会的理论设计，其思维和知识表现形态为理性；按照马克斯·韦伯的经典阐述，现代性是科学精神、民主政治和艺术自由三位一体。卡林内斯库的《现代性的五副面孔》区分了启蒙现代性与审美现代性，认为科学精神和民主政治、艺术自由构成了西方现代性的正题和反题。其中正题是启蒙运动所标榜的理性至上、科学万能、平等自由等思想原则与进步发展、功利主义、乐观主义精神，为主权国家、民主政治、工业化、科学化、市场化等社会现代化进程提供理论基础和思想武器，它们被人们称为启蒙现代性、历史现代性或社会现代性。随着社会现代化进程的深入，出现了理性桎梏、物欲横流、道德沦丧、生态危机等种种现代问题，而催生了对于启蒙精神与信条的反思和批判；这种反思和批判有两个支点：一是社会科学对启蒙精神与信条予以

① [美]阿瑟·丹托著：《艺术的终结之后——当代艺术与历史的界限》"译后记"，王春辰译，江苏人民出版社2007年版，第243—244页。

② [美]卡斯腾·哈瑞斯撰：《艺术终结了吗？》，载《江海学刊》2007年第4期。

否定,一是人文科学恪守审美与艺术的自主和自律。它们形成现代性的反题,或称审美现代性、文学现代性、文化现代性。在某种意义上,现代性成了"危机和困惑"的代名词。"艺术的终结"便在此背景中展开。

周计武发现,在19世纪,"艺术的终结"问题的提出和现代美学体系的完善几乎是同步的,即黑格尔得出的结论是:艺术终结于现代美学(艺术哲学)体系完成的那一刻,或者说,艺术哲学的自觉导致了感性艺术的解体。要解释这一现象,需要一种总体性的现代性视角。黑格尔的现代性规划既是规范性的,也是描述性的。因此,他一方面"试图理解现代性,把现代性批判地合法化为历史精神的胜利、人性的自我创造的自由",而反对任何给定的权威(如习俗、传统、制度等),坚持自在自为的理性的自由;另一方面,它又坚持"理性的自由必须是彻底地可达到的自由",能够在现实中被哲学把握的自由。[①] 这种理性的自由精神与现代性的时间意识一起,被黑格尔作为历史的成就,贯穿在他的美学理论和哲学体系之中,成为一个批判性的规范概念。

周计武指出,这一方面使黑格尔的体系成为精神自我创造、自我否定、自我提升的运动过程,具有辩证法的活力;另一方面,它又把现代的理性、自由等价值观念作为永恒的标尺,来衡量一切历史现象,在一定程度上压抑、贬低了感性和艺术的意义。因此,黑格尔的宏大历史叙事,归根结底是一种康德意义上的"启蒙叙事"。经过启蒙运动、法国大革命和"狂飙突进"运动的黑格尔,其思想和价值观是多重思想合力的结果,尤其是激进的启蒙理性思想和浪漫主义表现理论间冲突的产物。用查尔斯·泰勒的话说:"将最完满的理性的自律性与最伟大的表现的统一性二者予以结合起来的野心,也是黑格尔在哲学上一切努力的重心所在。在这方面,他与同时代的浪漫主义者一致。"[②]不同的是,黑格尔不是在艺术

---

① Maker.W..ed..“*Introduction*”,*Hegel and Aesthetics*,New York:State University of New York Press. 2000).pp.viii-xi.

② [美]查尔斯·泰勒著:《黑格尔与现代社会》,椽文瑞译,台北联经出版事业公司1990年版,第18—19页。

中寻求精神与自然、社会的和解，而是借助精神的辩证法在理性中实现现实的和解。黑格尔的几个矛盾命题，都是一个现代性的问题。如，诗与哲学的冲突，实际上是追求秩序、一致、明晰和理性的启蒙现代性与强调破坏、变化、含混与感性的审美现代性的冲突。“一种现代性的价值立场，一种整合的乌托邦信念，是黑格尔强调理性的重要性，提出‘艺术的终结’问题的最终原因”①。

黑格尔所谓“艺术的终结”，是与他对所处时代的诊断相关联的。在《精神现象学》的“序言”中，黑格尔指出，现代性意识是与传统的“决裂”，它把旧的一切“葬入于过去”，它是一个“质的飞跃”，一个“新时期的降生和过渡”；它是“彻底变革”的产物，精神劳作的“成就”。② 黑格尔指出，我们正由“诗”的时代转向“散文”时代，无限反思的自我意识、理性主义、内在主体性是这个阶段的重要原则。现代世界是一个“反思的世界”，一切未经反思的东西，都必须接受理性的批判。“这是使人类感到光荣的一种伟大的固执。这种固执是现代的特征。此外，还是新教特有的原则。”这不可避免地带来了意识的分裂（有限与无限、理性与感性、灵魂与肉体、个人与他人、个人与世界等），带来了形式化的普遍制度与主体性自由的矛盾。理性主义则是一种把世界无限地区分和对象化的知性思维方式，它把世界和主体抽象地对立起来；人与人、人与世界的关系，变成纯粹的利用和手段的关系，精神的生命消失在冰冷的理性和法权社会之中，不存在独立自主的整体和自由，毫无居家的感觉。面对启蒙理性的“对象化”的世界和功利主义的王国，产生了“一种不幸的苦恼的所谓优美灵魂”，它渴望人与自然、社会的伦理上的和谐，但又把一切外在的制度、理念和形式看作对主观自由的束缚和生命力的压抑。于是，它便脱离日常生活的语境，转向最深的内在的本质和主观的良心，以便“获得另一种生活情境，一种可以弥补损失的孤独”；这种良心是在自身内的自我确定的自由，

---

① 周计武撰：《现代性语境中的“艺术的终结”——黑格尔的诊断》，载《文艺理论研究》2004年第6期。

② ［德］黑格尔著：《精神现象学》上卷，贺麟、王玖兴译，商务印书馆1997年版，第7页。

它缺乏外化的力量，无力转化为存在，即精神的形式。无限分裂的精神渗透到艺术家的头脑之中，就成为浪漫主义创作的“反讽”。持此态度的人把一切真实的、伦理的、自在自为的客观的东西都看作虚幻的泡影，而宁愿生活在自我幽闭的孤独之中；同时，又有一种对形而上的、精神性实体的渴望，一种“在家生出的乡愁”体验。因此，在偏重理智的生活情境中，“艺术的作品缺乏当初由于神灵与英雄的毁灭的悲剧而产生出自身确信的精神力量了”[①]；如果把“反讽”的态度作为艺术表现的基调，结果不外三种：“第一是形象平滑呆板，其次是内容意义空泛，因为它们的实体性被证明是虚幻的；第三就是以上所说的那种精神上的饥渴病和心情上的未经解决的矛盾。”[②]基于上述原因，黑格尔认为，现代“偏重理智”的文化精神是“不利于艺术的”。在黑格尔看来，艺术的中心就是理想的独立自足的人物性格，现代技术现实中的每个人都被“一般常规的机械方式”的生活支配着，受到了欲望、利益的支配和形式化制度的束缚，人变得那么渺小、孤独、不自由，怎么能够企望艺术中出现有勇气和力量掌握现实的充实的性格呢？这种“偏重理智的世界和生活情境”，在马克思·韦伯那里被称为“工具理性”，海德格尔则称之为“计算—表象思维”。在海德格尔看来，这种技术理性严重损害了艺术的形象与意义、感性与理性的统一，使艺术失去了生命。因此，作为“最高的真理样式”，艺术在现在或未来中终结了（不可能了）。鉴于此，黑格尔感叹道：“命运把那些古代的艺术品给予我们，却没有把那些艺术品在其中开花结果的当时伦理生活的春天和夏天一并给予我们，而给予我们的只是对这种现实性的朦胧的回忆。”[③]

伍茂国也把“艺术终结论”置于现代性的背景中来探讨，他指出，黑格尔的艺术解体论实际上是在康德建立的启蒙现代性话语背景中，在自

① ［德］黑格尔著：《精神现象学》下卷，贺麟、王玖兴译，商务印书馆1979年版，第229—231页。

② ［德］黑格尔著：《美学》第1卷，朱光潜译，商务印书馆1979年版，第85页。

③ ［德］黑格尔著：《精神现象学》下卷，贺麟、王玖兴译，商务印书馆1979年版，第229页。

己的哲学、美学体系中做出的。在黑格尔看来,近代艺术基本趣味已然成为哲学之思凌驾于艺术之诗之上,人们对艺术的哲学言说代替了艺术本身,艺术便自行消解。在现代主义艺术出现之后,这不幸而言中。丹托从艺术本体论角度对黑格尔的艺术终结命题进行了全面的思考,他梳理了西方艺术的基本历史,发现艺术运动从艺术的运动变成了艺术观念的运动,艺术最后剩下的只有理论,艺术史的终结标志就在于此,在于对自身纯粹思辨中烟消云散,而其感官形式则变得无足轻重。伍茂国认为,在特定语境下,艺术终结的言说归根结底只是艺术曾有的功能、地位和理论言说形态的结束,只是某一种艺术类型的消失,而非整体艺术的消失;作为审美现代性的一部分,艺术天然具有对抗启蒙现代性构建的工具理性的内在动力,艺术的价值在于其人文关怀,即满足人的审美需要,批判理性的张扬和对人的存在价值和意义的终极追问①。

在《艺术终结与现代性的终结》②一文,刘悦笛指出,“艺术的终结”包括五种样态:“艺术”终结、“艺术史”终结、“艺术家”之死、“审美经验”的终结和“艺术理论”的终结。他认为,作为审美经验(“美的艺术”)的艺术概念,随着19世纪和20世纪现代性计划的持续而获得巨大的生长,被现代的趋势所滋养,通过被割裂的自律指向了一种特殊的发展。在此,艺术已经成为了一种特殊的自律文化领域和体制,具有其自身特定的目的“专业和逻辑”。事实证明,在欧美现代性(时间性的)“之前”(空间性的)之外,都没有凸现出现代意义上的“艺术”问题。这正如美学家理查德·沃尔海姆所言,审美经验也像艺术一样,“是被现代性所创造出来的概念,在其艺术体制之前或之外都是不能被意识到的”③;“只要后现代推翻了(已被美学建构起来的)自律的非功利的形式主义的现代意识形态,那么,它

---

① 参阅伍茂国撰:《现代性视野都中的“艺术终结”》,载《江南大学学报》(人文社会科学版)2006年第2期。

② 刘悦笛撰:《艺术终结与现代性的终结》,载《艺术百家》2007年第4期。

③ Richard Shusterman.*Performing Live.Aesthetic Alternatives for the Ends of Art*,New York.Cornell University Press2000,pp.3-4.

就导致整个的审美之维(而不仅仅是艺术)的终结”①,从而导致了“美学理论”自身的终结。

张秀娟则把“艺术终结论”置于后现代性的背景中来探讨,指出黑格尔的断言在后现代的文化语境可以理解为,艺术转化为哲学,这种哲学“暗含了一种不同哲学的终结,它不是个别训练而是通过我们的呼吸,通过公共领域和这个实体,扩散到社会生活的所有领域。这种终结不是意味着无而是通过每一件事来实现”②。它只是沿着黑格尔的逻辑线索开始了新一轮的平衡——物质与精神的平衡,更确切地说,艺术又回到了起点,回到了什么都是艺术,什么又都不是艺术的混沌时代。在这个意义上,我们可以说,黑格尔的“艺术终结”说在后现代的视野中有了延伸的空间,它可以理解为一种实现;“艺术终结”并不意味着艺术完全消失,而是让艺术走进了一种用来布置和装饰已经实现的哲学阶段的日常生活。

上述学者从现代性、后现代性视域对“艺术的终结”的研究和探讨,深化了我们对于“艺术终结论”的认识。宏观地看,“艺术的终结”与整个“历史的终结”间接相关;微观地看,艺术的终结则是与“现代性历史的终结”直接相关的。正如有学者所诊断的,“艺术的终结”不仅仅是现代艺术的危机,更是现代性的危机;这种危机有利于我们更好地反思“传统与现代”“先锋与媚俗”“自我与他者”等二元对立的文化逻辑③。

德里达、J·希利斯·米勒在他们的论著中,都特别注意到了技术手段之于艺术发展的关系,如,J·希利斯·米勒说:“印刷技术使文学、情书、哲学、精神分析,以及民族国家的概念成为可能。新的电信时代正在产生新的形式来取代这一切。这些新的媒体——电影、电视、因特网不只是原封不动地传播意识形态或者真实内容的被动的母体,它们都会以自

① Richard Shusterman.*Performing Live.Aesthetic Alternatives for the Ends of Art*,New York:Cornell University Press2000,p.4.

② [美]弗雷德里克·詹姆逊著:《文化转向》,胡亚敏等译,中国社会科学出版社 2000 年版,第2页。

③ 周计武撰:《艺术的终结——一种现代性危机》,载《文艺研究》2007 年第 7 期。

己的方式打造被‘发送’的对象，把其内容改造成该媒体特有的表达方式。”①德里达、J·希利斯·米勒由技术与文学的敌对关系得出“文学终结”的结论，没有看到二者之间更为内在的关系。其实，早在他们之前，关于艺术与技术进步的关系问题，马克思曾在艺术生产理论里作过精辟的论述：“艺术的繁盛时期决不是同社会的一般发展成比例的，因而也决不是同仿佛是社会骨骼的物质一般发展成比例的。”马克思还提出了“资本主义生产与某些精神生产部门如艺术和诗歌相敌对”的命题。在这些著名的论题中，我们看到了物质生活的线性史与精神生产的非线性发展的复杂关系。

彭锋指出，“艺术终结”的根源是18世纪以来确立的“审美自律”，“为艺术而艺术”导致艺术只与自身相关，现代艺术的创新意味着对以往艺术的颠覆。艺术，在尼采、海德格尔和本雅明那里，既是反抗之路，也是救赎之路，艺术是针对现代性的栖身之所。但是，今天，它变成了另一个意义上的栖身之所。在技术的逼迫下，今天的艺术不断花样翻新、绝对的自由任性，不断地制造新的神话，出现了许多令人烦恼的艺术行为——如，下流的言行、正面的裸体、鲜血、排泄物、残害肢体、制造危险、用刀片割裂自身、生吃人肉，等等；这些前卫艺术不再是艺术家孤注一掷的自我尝试，而是时尚和喧嚣的满足性的表演舞台——这种片面追求“创新”使艺术走向了反面：艺术的唯一目的，就是在讨论、评论艺术本身。艺术已从内部耗尽了自己，便不可避免地走向了“艺术的终结”：“当画家将一块空白画布当作美术作品展览的时候，当作家将打字机自动敲出的符号当作小说发表的时候，当钢琴大师将静默的4分33秒作为作品演奏的时候，现代艺术的实验已经走到了终点，并在一种新的意义上意味着艺术的终结”；“艺术不再指他那精神高度集中的创作阶段的灵光一闪，而成了涉及社会各个方面的充满铜臭和讨价还价的商业运作。艺术家在他极端

① J·希利斯·米勒撰：《全球化时代文学研究还会继续存在吗?》，载《文学评论》2001年第1期。

自由的同时陷入了极端的不自由，艺术被操控在资本那看不见的大手之中，通过艺术，社会权力渗透到了被统治者的身体和感觉之中”①。因此，要摆脱艺术终结的命运，首先要将艺术从自律中解放出来，重新恢复它的各种社会功能，尤其是对现代文明的批判功能。朱国华从权力角度论证了艺术作为一种表征，已经历史性丧失了其作为符号权力的垄断地位；他指出，在商业逻辑宰割下的消费社会，资本的典型运作逻辑是将自己转化为艺术生产场内部的结构要素，由此攫取制定艺术场域合法定义的符号权力；由于资本意志君临一切，社会运作规则由对于使用价值的尊崇转为交换价值的崇拜，艺术生产变成了商品生产，让艺术沦落为纯粹的商品，艺术历史性地丧失了作为符号权力的垄断地位，而不可避免地走向了终结②

毛崇杰指出，科学技术与审美艺术在人类进步的线性历史上，有如同一条大道上两股路上跑的车，它们相互影响，相互作用，但有各自不同的起伏和节奏，时而并进，时而碰撞，却不会并辙，也不会背驰。在他看来，麦克卢汉的“内爆”说是一种对新媒体的夸张说法，鲍德里亚的“超真实”为工具理性批判之反讽，惟虚拟真实与客观真实的“原则同格”则为谬说。无论在任何意义下，商品所代表的都是物的虚拟，即反映人们社会关系的神秘性，一种与“天物”相分裂的“神性”力量。人们在对虚拟物当作神来崇拜之中失去了自身尊严、品格和价值。思想者与创作家的根本使命是彻底改变这种结构。理论阐释可能把艺术对科技的批判转化为对体制的批判，批判理性的最后任务是把对法兰克福以来到鲍德里亚的对“工具理性”的批判转移到历史理性上来。艺术的固有形态正消失在“超真实”之虚拟与“直接性”中。我们已经不认识艺术了，它的可能性再生也不会是保存在陈列馆中的东西之复制，正如人类整个历史正面临着的千

① 彭锋撰：《艺术的皇帝新衣》，载《现代艺术与设计》2005年第2期；载《艺术的终结与重生》，《文艺研究》2007年第7期。

② 参阅朱国华撰：《艺术终结后的艺术》，载《文艺争鸣》1999年第4期；《文学与权力——文学合法性的批判性考察》，华东师范大学出版社2006年版。

年剧变。永远同在的艺术已经不是那个艺术，正如我们已经不是那个我们，尽管山水也许还是那个山水，宇宙肯定还是那个宇宙。“科技腾飞与艺术终结”这个永不衰竭的命题表达了新千年人类命运中大喜大悲之悖论。[1]

刘谭明则从读图时代的视角展开了思考，在他看来，在数字化时代里，电子媒介凭借高科技的优势所打造的图像符号的文化霸权，深刻影响了我们的生活和艺术；技术和艺术的联姻，生活与艺术的距离被抹平，由“读纸时代”向“读图时代”转移，现代的新型艺术形式形成了对于传统经典艺术、高雅艺术形式的冲击和挤压。传统的艺术被消解了，艺术观念被解构了，那么，艺术是否真的快要终结了呢？实际上，作为人类两种不同的把握世界的方式，科技和艺术之间并非单纯对立、排斥的关系，它们还存在着同一性和互补性，并不存在不可逾越的鸿沟，数字化的时代有可能就是科学和艺术重逢的时候。我们应该运用历史辩证法的观念看待艺术的发展，正视和思考其存在的问题；只要有人存在于世，艺术就不会终结[2]。

祁林明确指出，“艺术终结”的含义绝不是简单意义上的终止或消亡，艺术曾是人类把握世界的一种“知识型”，“艺术终结”指的是主体用艺术把握客体的思维方式的终结，其本质是艺术发展进程与历史进步指向的脱节。历史的进程是主体精神不断对象化的过程，历史的进程导致艺术终结是黑格尔思想自我演绎的必然结果，丹托延续了黑格尔的这一命题。作为现代性概念，技术被认为是推动历史进步的重要力量，也是推动艺术史前进的力量。如果技术进步所造就的艺术作品能够和历史进步相一致，那这种艺术品就有自己内在的生命力。反之，如果新技术造就的艺术品和历史进步无关，甚至是反历史潮流，则这种技术就会导致“艺术

---

① 毛崇杰撰：《科技腾飞与艺术终结——关于高新科技与艺术的几个问题》，载《文艺研究》2002年第6期。

② 刘谭明撰：《数字化时代的文学艺术——对“艺术终结”论的思考》，载《中南大学学报》（社会科学版）2005年第5期。

终结”。实际的情况是,大量的现代仿拟技术取消了艺术品与现实生活之间的距离,导致了幻觉和想象力的萎缩;随着“韵味的消失”“幻觉的死亡”,艺术除了不断地花样翻新无法对现实世界形成感召,历史的发展不再依赖艺术,艺术作为一种“知识型”便终结了①。

的确,随着现代科学技术,如数码技术、多媒体技术和网络技术的迅猛发展,在现代社会中,科学技术与文化的交融、渗透日益广泛和趋于深入。一方面,日新月异的科技介入使文化创造和文化产品的科技含量空前加大;另一方面,技术理性在现代社会统治地位的确立,则使曾高居“象牙塔”中的文学艺术面临着日益严峻的挑战。“视觉文化”的兴起,成了当今文化生活中一个极其重要的事件。这是一种在电子传媒推动下立足于视觉因素,以“形象”或是“影像”主导人们审美心理结构的崭新文化形态,它似乎将已有的文字的传统阐释功能和表现功能排斥殆尽,使文学沦陷到了“边缘化”的位置。与以高贵、优雅、严肃、庄重为内核的纯文学的沦落同步的,是以狂欢、平面、虚浮、感性至上为特征的大众审美趣味的高扬——图像、影像、视觉文化已然成为当今文化生活中的“关键词”。

无论是“机械复制”时代,还是“电子媒介”时代,我们都同样看到,技术逻辑使艺术作品降为文化用品,成为一种消费的符号;艺术的精神消弭于冷酷的消费逻辑中,“而从属于代替作品的格式”,即文化工业提供的同质化模式。在同一化模式下,不再有差异和冲突,不再有本真的存在体验。“人们内心深处的反应,对他们自己来说都感到已经完全物化了,他们感到自己特有的观念是极为抽象的,他们感到个人特有的,只不过是洁白发光的牙齿以及汗流浃背卖命劳动和呕心沥血强振精神的自由”②。现代人成了“那些能看见却听不见的人”(齐美尔语),他们相互盯视,却一言不发。由于经验的贫乏与贬值、人群的冷漠与麻木,我们变得贫乏了。当“电视新闻强调灾难和人类悲剧时,引起的不是净化和理解,而是

① 祁林撰:《技术进步与艺术终结》,载《艺术百家》2007年第4期。

② [德]霍克海默、阿多诺著:《启蒙辩证法》,洪佩郁等译,重庆出版社1990年版,第117页、第157页。

滥情和怜悯，即很快就被耗尽的感情和一种假冒身临其境的虚假仪式。由于这种方式不可避免的是一种过头的戏剧化方式，观众反应很快不是变得矫揉造作，就是厌倦透顶”①。

显然，隐藏在“艺术终结论”背后的，是西方现代人对于自己的处境与遭遇的生命追问。丹尼尔·贝尔就指出，对于从印刷文化到视觉文化的变革的根源，“与其说是作为大众传播媒介的电影和电视，不如说是人们在十九世纪中叶开始经历的那种地理和社会的流动以及应运而生的一种新美学。乡村和住宅的封闭空间开始让位于旅游，让位于速度的刺激，让位于散步场所、海滨与广场的快乐，以及在雷诺阿、马奈、修拉和其他印象主义和后印象主义画家作品中出色地描绘过的日常生活类似经验”②。

二、文学“终结”了吗？

与“艺术终结论”相连带的是“文学终结论”。由“文学终结论”又衍生出了“文学性的蔓延”、“审美的日常生活化”“文学的危机”等一系列话题。

新媒介对文学命运的影响，引发了人们的高度重视，“文学终结论”随之而起。法国后结构主义者雅克·德里达借《明信片》中主人公的惊人之口说出了下面这段话：

> 所谓的文学的整整一个时代，即便不是全部的话，都不能活过电传的特定技术制度（在这方面政治制度是次要的）。哲学或精神分

① ［美］丹尼尔·贝尔著：《资本主义文化矛盾》，赵一凡、蒲隆、任晓晋译，上海三联书店 1989 年版，第 157 页。

② ［美］丹尼尔·贝尔著：《资本主义文化矛盾》，赵一凡、蒲隆、任晓晋译，上海三联书店 1989 年版，第 156 页。

析学也不能。爱情信件也不能。……在这里重又看到了上星期六与我们一起喝咖啡的那个美国学生，那个寻找（比较文学）论文主题的学生。我建议她写20世纪（及其后）文学中的电话，如从普鲁斯特作品中的电话女士或美国的电话接线员这个人物开始，然后就最先进的电传对仍然残存的文学所发生的影响提出问题。我对她谈到微型处理器和电脑终端机，她似乎有点厌烦。她告诉我她仍然热爱文学（我回答说，我也是，mais si, mais si）。真想知道她对此作何理解。

他预言："在特定的电信王国中，整个的所谓文学的时代将不复存在。哲学、精神分析学都在劫难逃，甚至情书也不能幸免……"。美国加州大学学者J·希利斯·米勒回顾了印刷术出现以来各种发明对艺术的影响，指出了现代电信、电影、电视特别是互联网给人的生存带来的巨大变化，他说："这些变化包括政治、国籍或者公民身份、文化、个人、身份认同和财产等各方面的转变……新的电子社会或者说网上社区的出现和发展，可能出现的将会是导致感知经验变异的全新的人类感受。"J·希利斯·米勒指出，随着电子时代的到来，新的技术正创造着新的生活方式和感知方式："越来越多的人正在花越来越多的时间看电视或看电影。现在甚至出现了从看电视或看电影转向电脑屏幕的迅速变化。"文学在旧式意义上的作用日益萎缩，这必然会影响到文学和文学研究。J·希利斯·米勒分析了电讯媒介、因特网对文学、对全球化、对民族国家权力、政治施为行为的影响与渗透，他的核心观点是："新的电信时代正在通过改变文学的存在前提和共生因素而把它引向终结"；"文学只是符号体系中一种成分的称谓，不管它是以什么样的媒介或者模式出现，任何形式下的大学院所共同的、有组织的、讲究实效的、有益的研究都不能把这种媒介或者模式理性化"。最后得出一个令人忧虑的结论："文学研究的时代已经过去了，再也不会出现这样一个时代——为了文学自身的目的。撇开理论或政治方面的考虑而去单纯研究文学……文学研究从来就没有正当时的时候，不论过去现在还是将来。”[①]显然，J·希利斯·米勒的这一论断不过是对其精神宗师、解构主义大师雅克·德里达相关论点的进一步阐述而已。这篇论文在我国引起了普遍关注并引发了激烈讨论，比较文学界和文艺理论界的学者都不同程度地介入了这一问题的论争，“文学终结论”便“从一种来自西方的学术资讯延伸为对于当代中国文学局势的学理判断，并且成为学术前沿话题”。

“文学终结论”所凸显的是文学在当今时代所遭受的冷遇，即从中心走向边缘，其生存空间日趋缩减。余虹从后现代总体文学状况的角度切入“文学终结论”，指出后现代条件下的文学边缘化有两大内涵：1、在艺术分类学眼界中的文学终结指的是文学失去了它在艺术大家族中的霸主地位，它已由艺术的中心沦落到边缘，其霸主地位由影视艺术所取代。2、在文化分类学眼界中的文学终结指的是文学不再处于文化的中心，科学上升为后现代的文化霸主后文学已无足轻重。在此意义上，“文学的终结”是某种现实的真实写照。不过，余虹同时指出，作为分类学意义上的艺术文化门类，“文学”的终结（边缘化）是否掩盖着无处不在的“文学性”统治？他着重描述了后现代条件下“文学性”在思想学术、消费社会、媒体信息、公共表演等领域中确立的统治及其表现，提出重建文学研究的对象是克服社会转型期文学研究危机的关键。他认为，“文学性”不能作一种本质主义的理解，而应置于消费社会的语境下作出审时度势的全新判断；由于文学性在后现代的公然招摇和对社会生活各个层面的渗透与支配，又由于作为门类艺术的文学的边缘化，后现代文学研究的重点当然应该转向跨学科门类的文学性研究。后现代转折从根本上改变了总体文学的状况，它将“文学”置于边缘又将“文学性”置于中心，面对这一巨变，文学研究的对象要完成两个重心的转向：1、从“文学”研究转向“文学性”研究，在此要注意区分作为形式主义研究对象的文学性和撒播并渗透在后

---

① J·希利斯·米勒撰：《全球化时代文学研究还会继续存在吗？》，载《文学评论》2001年第1期。

现代生存之方方面面的文学性，后者才是后现代文学研究的重心；2、从脱离后现代处境的文学研究转向后现代处境中的文学研究，尤其是对边缘化的文学之不可替代性的研究[①]。“文学性”蔓延问题，引发出了“日常生活审美化”“文艺学边界”问题的一系列论争，限于篇幅，在此暂不涉及。

对于文学被说成是“终结”了，让位于图像的说法，童庆炳撰文表示质疑，认为这是一种“媒介决定论”或“技术决定论”，“文学终结论”的观点过于极端和武断，因为，文学和文学批评存在的理由在于人类情感表现的需要，以及对文学的美的追求，而不在于媒体的变化；此外，文学边缘化并不意味着文学退出了历史舞台，只是与先前作为“时代晴雨表”的主导地位相比，不再那么显赫而已——这实际是文学的一种常态，我们根本就没有什么理由把这理解为文学的终结。童庆炳进一步指出，文学有属于自己的独特的审美场域，这一独特的审美场域的奥秘在于文学语言之中，“文学语言所构成的丰富的整体体验，不是其他的媒介可以轻易翻译的”；文学语言所传达的“味外之旨、韵外之致，那种丰富性和多重一样，那种独特的审美场域，依靠图像是永远无法接近的”[②]。李衍柱认为，“世界图像”的产生、形成和发展，不是世界悲剧的来临，而是人类文化进步的一个重要标志，它使各民族的文学艺术成为人类共同的财富，为作家、艺术家提供了更多的“自由时间”，也有益于提高读者（观众）的审美素质和鉴赏水平；“世界图像”的创制和普及，并未改变文学存在的根本前提，即需要文学和创造文学的主体——人；“文学的发生、发展和它未来的历史使命，始终同语言共生共存，语言与审美意识的产生和存在，是文学之所以产生和存在的重要前提”[③]。

---

① 余虹撰：《文学的终结与文学性蔓延——兼谈后现代文学研究的任务》，载《文艺研究》2002年第6期。

② 童庆炳撰：《全球化时代的文学和文学批评会消失吗？——与米勒先生对话》，载《文艺报》2001年9月25日；《文学独特审美场域和文学人口——和文学终结论者对话》，载《文艺争鸣》2005年第3期。

③ 李衍柱撰：《文学理论：面对信息时代的幽灵——兼与J·希利斯·米勒先生商榷》，载《文学评论》2002年第1期。

金惠敏认为,由于“中国化”和“国际化”间的“语境差异”,我国的文论界误读、误解和误批了《全球化时代文学研究还会继续存在吗?》一文;为此,他撰写了《趋零距离与文学的当前危机——“第二媒介时代”的文学和文学研究》一文,试图重新解读希利斯·米勒提出的理论命题。该文指出,人们没有充分注意到希利斯·米勒情感态度及其理论见解的悖论性,对于希利斯·米勒何以断言文学和文学研究走向终结的理论和根据的把握也不够深入,电信技术高度发展所带来的图像网络文化的冲击不过是表层原因。为什么发达的电信技术必然会带来文学和文学研究的危机呢?金惠敏以“距离”说为线索,试图探寻出“文学终结论”的深层根源,以解析希利斯·米勒悖论式理论命题的复杂意味,而不动声色地将“文学终结论”置换成了“文学危机论”。在他看来,文学是以“距离”为必要前提条件的,电信技术的发达,造成了人与对象之间的“趋零距离”,这才构成了对于文学和文学研究的威胁,带来了文学的危机[①]。金惠敏把“文学终结论”的理论命题还原到了国际理论语境,还原于希利斯·米勒和德里达自身的理论思路,其阐释富有理论张力和启示意义。

赖大仁也解读了希利斯·米勒的文学研究“终结论”。他认为,米勒看到了当今文学和文学研究所发生的根本性转向,即传统意义上的以语言为媒介的文学,正转变为一种越来越成为混合体的新形态,而传统的文学研究(为了文学自身的目的而展开的)研究,在全球化时代已不可避免地走向衰落,正转向混合型的文化研究。[②] 对于传统意义上的文学而言,它在本质上更依赖于距离;这里的“距离”可作两种理解:一是物理性的、时空意义上的距离,这种距离在很大程度上是从语言媒介的传达方式中产生的;二是表现在文学的内在精神的层面,即人的心灵对于生存现实的想象性超越:文学的世界是一个超离于我们生存的此岸世界之外的一个

---

① 金惠敏撰:《趋零距离与文学的当前危机——“第二媒介时代”的文学和文学研究》,载《文学评论》2004年第2期。

② 赖大仁撰:《文学研究:终结还是再生?——米勒文学研究“终结论”解读》,载《学习与探索》2005年第3期。

彼岸世界，正是这种距离的存在，才使文学成了我们的精神家园。“我们只有对文学的语言‘陌生化’距离与精神审美的想象超越性距离统一起来，才能形成对‘文学即距离’命题的完整理解。”正是这两种意义上的“距离”的消失，才使当前的文学存在着危机，不仅是“文学性”的危机，更是“文学质”即文学精神的危机，这实际反映了人现实生存的片面性与精神匮乏。为此，赖大仁激烈抨击了文学的图像化，把它当作当代社会生活存在的问题在文学上的彰显，视之为文学危机的根源①。不过，他同时又指出，文学及其文学研究是否走向终结，未必由某些现实条件（如电信技术）所决定，重要的是有对文学与人的生存之永恒依存关系的深刻理解，有建立在这一基础之上的坚定信念，以及与时俱进、顺时变通的开放性态度。这样就有可能使文学和文学研究绝处逢生，获得新的生机和开辟新的前景②。

金惠敏、赖大仁的观点引发了论争。管怀国认为，文学“危机论”是一个伪命题，其产生的原因，主要是因为当前文学的发展与变化，“对他们头脑中固有的、传统的、以文字阅读为主要接受方式和主要审美方式的文学的‘标准形态’形成了冲击。”事实上，文学形态的变化是伴随着生活与时代的变化的，建立在电信技术之上的文学在品质上不一定低于语码文学；“在技术面前的悲观主义是没有必要的，（危机论者）如果不是杞人忧天，也许正反映了对自己所熟悉的言说方式有可能沦为边缘化的一种恐惧。”③

单小曦指出，以上观点的论争都聚焦到了一个前提性问题：如何认识电子传媒时代文学存在的现实状况？当务之急，是对当下电子传媒时代的文学存在现实进行具体而切实的研究。他认为，随着电子传媒成了当

① 赖大仁撰：《文学“终结论”与“距离说”——兼谈当前文学的危机》，载《学术月刊》2005 年第 5 期。

② 赖大仁撰：《文学研究：终结还是再生？——米勒文学研究“终结论”解读》，载《学习与探索》2005 年第 3 期。

③ 管怀国撰：《文学“终结论”是一个伪命题——与赖大仁教授等商榷》，载《学术月刊》2006 年第6 期。

代社会权力场中的强势行动者，当代东西方社会中的权力关系和权力结构发生了分化和重组现象，这深深地影响到了文学场的存在结构和文学的实际存在状况，即西方19世纪中期以来形成的以“纯文学”或自主性文学观念为指导原则的精英文学生产支配大众文学生产的统一文学场走向了裂变，统一的文学场裂变之后，形成了精英文学、大众文学、网络文学等文学生产次场按照各自的生产原则和不同的价值观念各行其是、既斗争又联合、既相互独立又相互渗透的多元并存格局。基于这种文学场的裂变，今天并不存在着一种包罗各种类型、意义笼统、价值取向相同的文学，“文学终结了”“文学边缘化了”诸说都是脱离现实、缺乏具体分析的理论言述。今天的文学主题不是什么上升和下降的问题，而是在新的时代文化语境中走向转型、分化、重组，寻找新的文化定位和确认新的文化身份的问题。[①]

汤拥华的《文学终结论：文学理论的救赎与反思》一文以朱国华教授《文学与权力——文学合法性的批判性考察》一书为基本材料，对“文学终结论”的三个向度进行了探讨。文章认为，文学终结论所反映的与其说是文学的危机，不如说是以现代性为核心的文学理论的危机，它本身正是文学理论重建合法性的一种努力。当代文学研究的主要问题，不是如何救治文学边缘化，而是如何实现和维护文学理论自身的价值。[②]

我们知道，19世纪中叶，西方的经济模式开始由商品的生产和销售为中心，渐渐转向了以信息的开发、储存、检索和发送为主导的知识经济。媒介是这场信息革命的主导力量。马歇尔·麦克卢汉指出，一切媒介都是人的感觉器官的延伸，它不仅是传统意义上的载体，更是符号、意义的生产者，它通过改变人的感知模式而改变世界：“在机械时代，我们完成了身体在空间范围内的延伸。今天，经过了一个世纪的电力技术（electric

① 单小曦：《电子传媒时代的文学场裂变——现代传媒语境中的文学存在方式》，《文艺争鸣》2006年第4期。

② 汤拥华：《文学终结论：文学理论的救赎与反思》，《文艺争鸣》2008年第4期。

technology)发展之后,我们的中枢神经系统又得到了延伸,以至于能拥抱全球。"[①]显然,媒介文化可以分为两个时期:以摄影术和电影为代表的"机械复制"时代和电子媒介时代。

我们所处的是一个高度数字化、信息化的时代。正如麦克卢汉所言,媒介是人的本质力量的对象化,是人的感性生活的总和;技术使人的一种感官延伸时,随着新技术的内化,文化的新型转换也就迅速发生。马克·波斯特指出:"信息方式促进了语言的彻底重构,这种重构把主体构建在理性自律个体的模式之外。这种人所熟知的现代主体被信息方式置换成一个多重的撒播的和去中心化的主体,并被不断质询为一种不稳定的身份。在文化层面上,这种不稳定性既带来危险又提出挑战。"[②]今天的人们往往将其所处的时代称之为"现代"向"后现代"的转向,其实质就是由理性向审美的转向。依据德国美学家威尔什的说法,这是一种全面的审美化进程。在这一进程中,一切都是可以虚拟的符号,都服从审美化;换言之,就是将生活本身虚拟化为艺术形式,或者根据审美原则来重新构造现实。现实在根本上就是被构造的、被虚拟的,艺术相应地也在发生变化,突破了传统的美的艺术的范围,开始进入广大的现实生活领域,即所谓的"大众时代"——一个能指优势的时代。对于这种审美化转向,很多思想家是持忧虑态度的,他们看到了审美化对人的感性的操控,即大众时代的审美攻势,针对的是大众的平均化的审美趣味(通过社会调查、民意测验、计算机数据处理之后得到的),并没有真正考虑作为大众的个体的审美要求;大众不过是被规范、定位,甚至彻底迷失自身的真实要求,其审美感悟力不但没有得到强化,反而变得麻木迟钝。而正如伊格尔顿所指出的,这种审美意味着内化的压抑把社会权利更深地植入被统治者的身体之中,成为政治控制权力得以运作的极为有效的模式;这种控制权已经

---

① [美]马歇尔·麦克卢汉著:《理解媒介:论人的延伸》,周宪、许钧编,商务印书馆2000年版,第20页。

② [美]马克·波斯特著:《第二媒介》,范静哗译,南京大学出版社2000年版,第83页。

逐渐落入了资本的看不见的手中，审美业已丧失了对现实的批判性。因此，哈贝马斯主张用交往理性而不是审美主义来取代现代的主体中心理性①。可见，大众文化不过是一种媚俗的审美文化，是一种以美的名义绞杀个体审美感悟力的文化。因此，从来没有一个时代像今天这样让艺术家们无所适从，他们无论是尽情地粉饰还是无情地批判这个时代，都意味着玩脑筋急转弯式的实验艺术的终结②。丹托自己后来解释说，《艺术的终结》一文的诞生是“对艺术界的颓废现象的回应”③，也就不难理解了。

正如斯洛文尼亚美学家阿列西·艾尔雅维奇指出的，“艺术的终结”是一个诱人的说法，如果说艺术果真终结了，那也是发生在第一世界中的现象，在第二世界和第三世界，艺术仍然具有继续生存的空间，因为这些国家并没有被现代行政管理体制完全征服④。事实上，在西方思想家鼓吹艺术终结的同时，中国当代艺术却正在经历空前的繁荣兴旺。彭锋指出，在克服艺术终结的恐慌中，中国传统艺术有自己独特的优势。中国艺术不强调忠实地模仿自然，而是强调忠实地捕捉和记录人对自然的生命感受。由于重视在场经验，强调艺术所体现生存经验的唯一性，中国艺术家并不担心所有的创造的可能性都已经被前辈艺术家所穷尽。多元的艺术观念、混杂的社会形态和独特的艺术传统，是中国当代艺术拒绝“终结”，并在现代文明中获得新生的重要因素⑤。

周小仪则研究了批评理论之兴衰与全球化资本主义的发展问题。他深刻指出，西方现代主义文学的贵族精英主义和唯美主义对资本主义的反抗无疾而终，而批评理论不再构成对资本主义体制的有效反抗，并被资本主义体制所同化。这正如伊格尔顿所敏锐指出的，西方批评理论的衰

---

① 参阅周小仪著：《唯美主义与消费文化》，北京大学出版社2002年版，第238—239页。

② 彭锋著：《美学的意蕴》，中国人民大学出版社2000年版，第179—180页。

③ Arthur C · Danto, *The Philosophical Disenfranchisement of* Art, New York: Columbia University Press 1986, p.81.

④ ［斯］阿列西·艾尔雅维奇撰：《当代生活与艺术之死：第二、第三和第一世界》，载《学术月刊》2006年第3期。

⑤ 彭锋撰：《艺术的终结与重生》，载《文艺研究》2007年第7期。

亡不仅是由于一系列理论大师的死亡，更多的是它本身无法付诸实践，因此最终也无法回应现实的问题。批评理论在西方走向没落的时候，在大洋彼岸的中国可能命运完全不同。批评理论对中国还没有失去意义，它仍将流行，并显示生命的活力，因为它仍然为我们的生活提供解释。①

曾经一度认同“艺术终结论”的朱国华，近年来也作了一些反思。在《认识与智识：跨语境视阈下的艺术终结论》一文里，他指出，讨论艺术终结如果是可能的，那么就预设了艺术的历史以及推动历史的动力。但是如果忽视美学范畴的历史具体性，采用某种以文化资本概念包装起来的多元决定论来论证艺术终结的必然性，很可能落入到西方的叙事圈套中，并丧失对于中国艺术实践的阐释有效性。他认为，如果考虑到问题的宏观性和整体性，一般的文化社会学分析手段有其局限，因而建议参照布罗代尔的大历史观，结合于连的相关论述，对构建中西艺术观的“先验”条件进行批判性考察。从这样的视角来看，西方人的认识冲动使西方的历史成为可能，因为认识内部包含着一种反思性张力，并推动着艺术的历史发展；但是中国人重智慧，而智慧是没有历史的，因而讨论中国的艺术终结是可疑的。从传统上来看，中国艺术强调形式维度的通变，并不强调美学革命。文章指出，一个多世纪以来中国经历了巨变，中国知识界的智性结构仍然处在形成过程中，因此用认识—智识二元对立视角来把握中国文化实践有简单化之嫌，但是，预言中国艺术必将走向终结，目前还为时过早。②

这让人想起了徐复观先生的精辟论断：“艺术是反映时代、社会的。但艺术的反映，常采取两种不同的方向。一种是顺承的反映，会发生推动、助成的作用，因而它的意义，常决定于被反映的现实的意义。……中国的山水画，则是在长期专制政治的压迫，及一般士大夫的利欲熏心的现实之下，想超越向自然中去，以获得精神的自由，保持精神的纯洁，恢复生

① 周小仪撰：《批评理论之兴衰与全球化资本主义》，载《外国文学》2007 年第 1 期。
② 朱国华撰：《认识与智识：跨语境视阈下的艺术终结论》，载《文艺研究》2008 年第 3 期。

命的疲困,而成立的;这是反省性的反映。顺承性的反映,对现实有如火上加油。反省性的反映,则有如在炎暑中喝下一杯清凉的饮料。人类是需要火上加油性质的艺术呢? 还是需要炎暑中的清凉饮料性质的艺术呢?"①

"艺术终结论"的提出并非空穴来风。西方当代文化在大众媒介的挤压下转向了边缘,加上受到基督教神学"末世论"的影响,上述许多的西方理论家从自己的情境出发,提出了"历史的终结""意识形态的终结""艺术的终结""文学的终结""文学理论死了"等诸多命题。在西方情境中,这或有其"片面的深刻"。但是,西方的文化或文学现实并不能概括全球,西方的"今天"不一定就是其他地区的"未来"。对于西方思维的"死结",我们不能不假思索地照搬照抄。更何况,正如海德格尔所指出的:"我们太容易在消极意义上把某物的终结了解为单纯的中止,理解为没有继续发展,甚或理解为颓败和无能"②。事实上,危机往往还意味着一个发展的契机。在这样一个"糟糕的审美时代"(丹托语),在陷入黑夜的贫乏时代,作为生命意绪的传达和呈现,艺术何为? 诗人何为? ……根据艺术自律和他律的二重性,西方学者有两种不同的观点。第一种,以尼采、齐美尔、阿多诺、海德格尔等人为代表,他们强调艺术的独立自主性和本体性功能;第二种以马尔库塞、本雅明等人为代表,他们主要受马克思的"异化"理论、卢卡奇的"物化"思想和葛兰西的"文化霸权"观影响,强调艺术的政治化功能。无论是乌托邦式的赎救,还是文化上的感性革命,在对于现代文明和技术理性的批判上,批判精神是他们共同的倾向——这是现代知识分子最为宝贵的品格,也是我们在思索"文学终结论"时所要汲取之物。

而且,颇有意味的是,无论是"艺术终结论"还是"文学终结论",论者几乎无一例外地把艺术或文学的命运交付给了时代。这委实是令人惊讶

---

① 徐复观著:《中国艺术精神》"自叙",春风文艺出版社 1987 年版,第 7 页。

② [德]海德格尔著:《哲学的终结和思的任务》,孙周兴编:《海德格尔选集》,上海三联书店 1996 年版,第 1243 页。

的事实。因为文学艺术实际上是个人主义的专区,是人类赖以生存、社会得以进步的不可或缺的精神润滑剂。用 1987 年诺贝尔文学奖得主美国作家约瑟夫·布罗茨基的话说:"如果艺术传授什么(首先对艺术家而言),那就是人格的私人性。艺术,作为私人事业最古老、最具字面意义的形式,在一个人心中,有意无意地培育一种独特性、个人性、分离性的意识,使他从一个社会动物,转变为独立自主的'我'。……审美选择是高度个人化的事务,审美经验总是私人经验。每一新的美学真实,使人的经验更为私人化,而这种私人性时常以文学(或其他)品位的面貌出现,能够自身成为一种抵抗奴役的形式,即使不能作为保证。……文学的价值之一,正在于它帮助个人,使其存在的时代更特殊,使其区别于前人和同辈,避免同义反复——那被尊称为'历史牺牲'的命运。"[①]新康德主义思想家齐美尔指出,随着文化的现代发展,个体性这一文艺复兴的最重要成果正在被经济、科技和知识成果所压抑,金钱和效率这类非个人性的东西成为社会生活的支配性因素:"历史的发展已经达到真实的创造性文化成就与个体发展分道扬镳的时代。"[②]在这样一个时代,正是文学艺术有可能担当起将沉沦的个体从物化的文化氛围中解放出来的重任。1900 年,他写下了一段著名的话:"每一天,来自物质文化的财富不断增长,然而,个体的心灵却只有通过使自己不断地远离物质文化来丰富自身发展的形式和内容。"[③]唯美主义作家王尔德说过:"艺术是迄今为止世界所知道的最强烈的个人主义形式,我倾向于说是世人已知的惟一个人主义方式";"个人主义是一种扰乱性和分裂性的力量。它的巨大价值就在这里。因为它要扰乱的是类型的单一,习俗的奴役,习惯的专制和由人到机器的降级"[④]。因此,他宣称:"一件艺术品是一种独一无二的性情的独一无二的

① Joseph Brodsky:*Nobel Lecture*,Translated from the Russian text by Barry Rubin,译文转引自当代文化研究网:http://www.cul-studies.com。

② [德]齐美尔著:《桥与门》,涯鸿、宇声译,生活·读书·新知三联书店 1991 年版,第 94 页。

③ 转引自周宪著:《20 世纪西方美学》,南京大学出版社 1999 年版,第 39 页。

④ 转引自张介明著:《唯美叙事:王尔德新论》,上海社会科学出版社 2005 年版,第 210 页。

结果。它的美来自于它的作者实现了自我这一事实。”[1]文学艺术是经过个人的心灵和情感的发酵最后通往一个个独立的读者，培育出一个个独立自主的人格，再作用于社会和大众的。文学终结论者的讨论只是局限于公众领域，没有看到文学自律的根据地在于具有反叛意识的个人，它处在群体文化所遮蔽的边区；正是这个滋养“个体的心灵”的自律性领域，与整体性物质文化和日常意识形态构成了互补乃至对立关系。

阿诺德·豪泽尔说得好：“热爱艺术不是一种责任，也不算一种美德，但它是一种力量和成功的考验”；“了解流行的美学价值至多只能说明一个人有着良好的教育，发现并肯定新的美学价值的能力才是一个真正的鉴赏家的本事”；“真正的艺术必定会卷入生命和人类存在的意义之类的问题的探讨，这些艺术使我们面对着‘改变我们的生活方式’的要求”[2]。“只有把艺术看成是一种尝试，一种通过人的视觉捕捉和传达出的形状、色彩和运动来理解我们存在的意义的最基本的尝试时，艺术才有意义。”[3]因此，“艺术终结论”或“文学终结论”问题的研究，实际上是一场关于艺术与历史、艺术史与人类现实世界的讨论，更是涉及人的存在的问题，其中体现了人对世界相关的精神方式。西方的艺术终结论为我们提供了一种批判的思想资源，“终结论”问题时刻提醒着我们人类自身存在的危机，关涉到人类自身的建构和创造。只要我们努力克服时代的重负，建立起人的真正尊严，绝不放弃通过艺术或文学的方式来建立对现实世界的精神联系，就不能轻言艺术或文学的死亡。

总之，从全球范围而言，无论就何种视角而言，“艺术的终结”都是一个多少有些夸大其词的“修辞性事件”。艾尔雅维奇说得好：“艺术从根本上说，不是媒介事件和现象，而是一个同每个个体、我们每个人有关的

---

① 赵武平编：《王尔德全集》第 4 卷，中国文学出版社 2000 年版，第 302 页。

② ［匈］阿诺德·豪塞尔著：《艺术史的哲学》，陈超南、刘天华译，中国社会科学出版社 1992 年版，第 151 页、第 156 页、第 273 页。

③ ［美］阿恩海姆著：《走向艺术心理学》，丁宁等译，黄河文艺出版社 1990 年版，第 174 页。

东西——不管它是不是商品,情形都是如此。”①尽管艺术的历史角色及其独一无二的重要性——起着社会、国家和宗教意义上的少数人的一种表现手段的作用,或如英伽登所言:艺术提供了我们在日常的工具化和消费导向的社会中所无法获取的小——似乎都荡然无存了,但是,艺术并没有死亡,也没有终结。作为人类内在精神活动的构成与体现方式,艺术是与人类的诞生及发展不断演进变化着;它为人类而存在,也必然维护着人类自身的发展。只要人类存在没有终结,艺术就不会终结。艺术始终是开放的,艺术不能终结就像哲学或者人类历史不能终结一样。套用莎士比亚十四行诗第18首的两句诗结束本文:只要一天有人类,或人有眼睛/艺术必将长存,并赐予我们生命。

因为,“石在,火种是不会绝的!”

三、文学阅读的意义

有人第一次到你家,发现你那极为可观的藏书。在书架上:有你多年来求之不得的书,有你出于强烈愿望冒着小雨买回的书,有你从不同图书馆里借来的书,有你向别人借到的书,有与你现在的工作相关的书,有你早已计划要看的书,有你现在不需要但某天可能会看的书,有你希望放在手边随时查阅的书,有大家都读过你也应当读过的书,有你谎称读过现在下决心一读的书,有你早已看过现在想重读的书,有你可以不看的书,有你不用看就知道内容的书,有你没读过并且肯定不会读的书——它们就静静地待在书架上,皱着眉头凝视一个个到访的客人,投来“威吓”一般的眼神……

① [斯]阿列西·艾尔雅维奇撰:《当代生活与艺术之死:第二、第三和第一世界》,载《学术月刊》2006年第3期。

来人忍不住会问:“你全都读过吗?我是说,从第一个字读到最后一个字……”对于这个问题,可能有好几种不同的答案:第一种:“不。我写作时才可能读。”第二种:“我一本都没读过。不然我留着它们干吗。”第三种:“怎么可能呢,借你十辈子的时间,也不可能全部读完。”第四种:“比这还多,我所读过的,比这还多得多。”第五种:“只读了一点,其他的以后再说吧。”……

这种种回答大多让提问者感到失望,乃至沮丧。难道不是这样吗?你和这些书的“约会”,基本上是在以后,很久以后,甚至在来生……扑哧,你笑了,随口说了句:“书非借不能读也。”那你为什么收藏这么多的书呢?艾柯说得好:“这是一种知识的保证。”藏书就类似于酒徒的酒窖,没必要把里面的美酒全喝了。只要兴致好,就不时下酒窖喝干其中年份最佳的那几瓶醇香的酒。同样,书也许该这么办,把它放在一旁,等它慢慢“成熟”,总有一天会下决心看的——至少,我是这样想也是这样做的。嗯,这你是知道的。

你慢悠悠地走过这十几个书架,用目光迅速浏览了上面陈列的图书,喃喃自语:这年头,读书人和爱书人不多了,原本具有超凡感召力的书籍,基本上都从人们的视线里消失了……是啊,作为永恒知识的遗存,作为智慧思想的开启,书籍正被互联网、电影、电视、手机、平板电脑、电子游戏机和数码相机等新媒体所挤压,正逐渐丧失文化旗帜的功能,不再拥有了往日的荣光。即便是在高度专业化的大学,各种理论泛滥,文学被无限地政治化,唯独缺席的是真正的文学阅读。文学系毕业的学生除了满口的外来术语、延伸术语,除了爱说些招眼的、形而上学式的极端大话,除了看过由小说改编的影视,顶多知道些中外“文学名著”的书名。而所谓的文学教授,个体感情已被压缩成了理性的硬块,个性的棱角早被锉去磨平,文学感悟的大门紧闭着,更不用说以智慧觉照自己——至于培养出怎样的学生,也就不言而喻了。

在雨果的笔下,巴黎圣母院副主教克洛德·弗罗洛右手指着一本摊开的拉丁文《保罗书信集注》，左手指着黄昏时分的圣母院，满怀忧伤地说："这一个将要扼杀那一个，书将要扼杀建筑。"他预言，印刷术比建筑更为可靠地记载着我们人类的记忆、经验、思想与情感，它终究要消灭教堂与建筑术。近二百年过去了，教堂与建筑术尽管仍然存活着，但却萎缩了、退化了。如今，新媒介技术又对印刷术发起了挑战，互联网、广播电视、文化产业、移动通讯的兴盛，将人类制造成为"拥挤的人群"，网络媒介和电视画面上流动的图像与文字成为最时尚的休闲。历史总是以其片面性开辟自己的前进道路。希利斯·米勒说："印刷的书还会在长时间内维持其文化力量，但它统治的时代显然正在结束。新媒体正在日益取代它。这不是世界末日，而只是一个由新媒体统治的新世界的开始。"①

对于绝大多数人来说，阅读即使现在没有灭亡，也快走到尽头了。布鲁姆无限悲伤地宣称："我们正在经历一个文字文化的显著衰退期"，"我们正处在一个阅读史上最糟糕的时刻，各家图书馆也难逃此劫"②。而在H·G·威尔斯的小说《昏睡百年》中，一个叫格雷厄姆的人从昏睡中惊醒，时为2200年，他发现书籍已经成了人们的废弃品，它们被影像所取代，在电视屏幕上播放，还被视为任何人都会写的粗鄙语言。周边的世界不仅没有书籍，而且拥挤得让人喘不过气来，到处都是混乱吵闹的密集人群。格雷尔姆在重压之下精神崩溃，哭着求别人把他带到小屋里单独待着……这里，有一个重要的细节：为什么书籍被视为任何人都会写的"粗鄙语言"，而成了人们的"废弃品"？现代出版业很发达，一年大概出版几万种书籍，报纸每天印刷几十万或者几百万份，但是哪一个纸片能留存下来呢？很难。而像《论语》这样一本书，也就一万余字，两千多年过去了，却一直流传至今！面对由新媒体"统治"的新世界，在我看来，额手相庆或痛心疾首都并不重要，问题的关键是必须重新思考真正意义的写作和

① [美]希利斯·米勒著：《文学死了吗？》，秦立彦译，广西师范大学出版社2007年版，第17—18页。

② [美]哈罗德·布鲁姆著：《西方正典——伟大作家和不朽作品》"中文版序言"，江宁康译，译林出版社2005年版，第3页。

阅读方式。

柏拉图在《斐德若》里讲到，埃及有个古老的白鹭神叫忒伍特(Theut)发明了文字，当时的埃及王塔穆斯提醒他，有了这个发明，人们将信赖书写，不再练习记忆，“仅凭记号外在地记忆，而不再靠自身内在地回忆”；换言之，书写使人“在灵魂里善忘”(《斐德若》，275a)。在柏拉图的笔下，苏格拉底将书写分成两种：一是“农作的田间”，一是“阿多尼斯的园子”。阿多尼斯是个美少年，未成年就在狩猎时被野猪咬死。古希腊妇女们在每年仲夏时节举办阿多尼斯节，把种子埋在装着泥土的篮子、贝壳或瓦罐里，这样开出的花儿特别容易凋谢。如果说“农作的田间”是严肃的劳作或专业写作，意味着精湛的技艺，一生悬命的事业；那么，“阿多尼斯的园子”则是闲暇为之的业余写作，意味着外行的粗率，容易凋谢。“农作的田间”是真正的书写，它最终指向内部世界、指向精神存在，是智者“用知识写在习者灵魂中，它有能力卫护自己，而且懂得对谁该说、对谁该缄默”(《斐德若》，276a)；这种写在灵魂深处的文字，自然播下了不死的种子。书写有别，阅读也就有了等次。

此外，苏格拉底告诉我们，一本书并不总是适合所有的人：“一旦写成，每篇东西就以相同的方式到处传，传到懂它的人那里，也同样传到根本不适合懂它的人那里，文章并不知道自己的话该对谁说、不该对谁说。”(《斐德若》，275e)在多数情况下，“没经过教，学生们就听说了许多东西，于是，他们就会对许多自己其实根本不懂的事情发表意见，结果很难相处，因为他们得到的仅是智慧的外观，而非智慧本身”(275b)。按照苏格拉底的说法，真正的书写最终是指向内部世界的，是指向人的精神存在的。然而，在未加过滤、真伪难辨、不断增殖的信息面前，人们的“身外之物与内在的东西闹了别扭”(279c)。因此，真正的阅读是必须教才能掌握的，没有正确方法的阅读只能让人抓住智慧的外观而沾沾自喜。于是，在某个夏日的正午，苏格拉底拦住了天真的斐德若，在雅典城外伊利索斯河畔的梧桐树下，向少年斐德若传授书写的秘密，耐心地揭穿智术师吕西阿斯的欺骗本质。

几千年过去了，无论如何，我们还是不能避开苏格拉底的预言。多数人“凭借记号外在的记忆”，少数人倾心于“内在的回忆”，苏格拉底预言里的两极，如今正一一得到了验证。我们看到，在互联网碎片化、虚拟的语言盛宴中，“阿多尼斯的园子”处处绽放，“农作的田间”日渐萎缩、荒芜。与此同时，两种界限分明的阅读方式也被人们所混淆，人人都在谈论自己没有读过却几乎无所不知的书，大多数书则仿佛进入了漫长的睡眠状态。现代的“阅读危机”，使人类再次面临苏格拉底当年的忧虑。显而易见，所谓的“阅读危机”，一方面在于人们不读书，另一方面则在于不正确地读书。

法国电影界泰斗卡里埃尔的看法是正确的：阅读的关键，“不在于不惜任何代价地看或不惜任何代价地读，而在于懂得如何实践这一行为，并从中汲取基本而持久的养分”；“一本伟大的书永远活着，和我们一起成长和衰老，但从不会死去。时间滋养、修改它；那些无意义的书则从历史的一边掠过，就此消失。”①也就是说，阅读是一种个体的活动，是阅读主体通过阅读建构起一个属于自我的意义世界；借用伽达默尔的话说，是读者视域与文本视域的一种融合，是读者视域在文本的召引下不断前行、延伸、扩展的一个无限运动过程。

阅读需要理解，即进入和认同；而我们所能理解的，都是与自我有关的东西。在某种意义上，我们对书籍的兴趣，也就是对自我的兴趣。在接触、阅读一本书时，我们不是暂时地被移入文本的世界，而是我们就在其中；彼此相遇，彼此对话，一个意义世界由此生成。在阅读过程中，自我视野不断打破又不断形成，不断修正又不断扩充，不断更新又不断提升：这比从书中获取某种知识重要得多。我们认识了外部世界，更是与自我遭遇，认识了自己。

---

① [法]卡里埃尔、[意]艾柯著：《别想摆脱书：艾柯、卡里埃尔对话录》，吴雅凌译，广西师范大学出版社2010年版，第240页、第136页。

马克思说过："一个种的全部特性，种的类特性就在于生命活动的性质，而人的类特性就是自由的自觉活动。"①人是有限的、时间性的存在，时间不仅是人的生命尺度，还是人的发展空间。不确定性是人的生存的本性所在，"给不确定者以确定"（柏拉图语），则是生命永不停息的根据和生成的根据。但丁说过，在任何行动中，人的第一个意图都是揭开自己的面貌。我们每个人就是靠几次遇见自我来维持生存的，理解自我是人生永恒的需要。

自我，是一个关系性的概念，而非自主性的概念，它通过向世界呈现自己而成为自己，即获得自己的现实性。自我，又是一个聚合着各种可能性的开放结构，它接通了未来之境，是每个人倾向于成为的、可能成为的、不得不成为的存在。如果说自我是生命的具体呈现，它使人从自然存在中超拔出来，那么，自由个性则是自我的最高成果。全面性、自主性、能动性和创造性，是自由个性的内涵。人的自我实现，是在选择中得以完成的，它集中表现为对生命存在方式的选择，以及对人的最高价值的践履。

卡里埃尔说："一本伟大的书的权威性、通俗性和现实性就在于此：我们打开书，它向我们讲述我们自己。因为我们从这一刻起真正地活着，因为我们的记忆获得补充，与书相系"；"有时是具体发现，有时却是个人发现，人人都可以实现的珍贵发现，只需在夜里拿出一本早已被遗忘的书"②。真正意义上的阅读，首先是"六经注我"，即自我的开启、理解和建构。在这方面，文学有着不可取代的价值，它让人进入一个通过其他方式无法得知的"可能世界"。像猎取食物般"浏览"的现代阅读者，对此已然一无所知。

人们一般喜欢阅读实用性的书籍，在他们看来，包罗万象、无所不及的文学毫无用处，它不能从政治上改善人生（这是政治家的职责），不能从技术上改善人生（这是工程师的职责），不能从医学上改善人生（这是

---

① 《马克思恩格斯全集》第42卷，人民出版社2007年版，第96页。

② ［法］卡里埃尔、［意］艾柯著：《别想摆脱书：艾柯、卡里埃尔对话录》，吴雅凌译，广西师范大学出版社2010年版，第137页、第139页。

医生的职责)……文学可能不是生计甚至生存所必需,但文学的“无用”不等于“无为”。迥异于上述经世致用的书,文学呈现了形式的魅力和完美的幻象,是作家的内心独白和自我表现。如什克洛夫斯基所言,文学“只是烛照道路,但并不筑造道路”。作为人类自由天性的一种实现方式,文学搁置了各种历史或现实问题,在暗淡的曙光中审视存在。文学给人的力量,是缓慢、绵密、恒久的渗透;它让我们感受到他人的存在,认识到存在的诸多可能性,体味到生命的神秘及其价值。由此,我们沉重的肉身获得一种心灵的轻盈和洁净——这种“无用之用”是更大的“用”。因此,阅读文学所得到的精神享受和自由感,是其他东西无法替代的。一个社会一旦不再重视文学,这几乎是致命地自绝于创造并保持了人类文明精华的推动力。对于文学的这种超功利性,人们可能不以为然,而渐渐丧失阅读文学的热情,但我并不因此悲观:当他们行走在人生边上,肺在呼吸而大脑却透不过气来时,自然就会意识到阅读文学的重要性所在。

黑格尔一语中的:“艺术对于人的目的在使他在对象里寻回自我。”①人类之所以需要充满诗性的文学,是为了更好地理解世界——仅仅向我展现的,只是与我的具体存在有关的东西,进而认识自己,超越自己。理解文学作品的意义,就是结合我们自身的境况,将它组合进每个人的自我理解之中,通过另一种自我的可能与自我对话。明清之际的文学评点家金圣叹说,《西厢记》“盖皆我自欲写,而于古人无与”;又说:“圣叹批《西厢记》是圣叹文字,不是《西厢记》文字。”因为其“所撰古人名色,皆是我一人心头口头吞之不能,吐之不可,搔无极,醉梦恐漏,而至是终竟不得已,忽忽然巧借古人之事,以自传道其胸中若干日月以来七曲八曲之委折乎!”

一切真正的文学,都是人类自我意识最适当的表现形式。在伟大的文学作品里,存在着一条我们自己与无限之间的通途。生命的渴望,命运的无常,莫名的恐惧、焦虑和迷惘,都在其中一一展现,生命律动的洪钟不

① 转引自朱光潜著:《西方美学史》下卷,人民文学出版社1979年版,第600页。

时嗡然作响；倾听存在吐纳的各种声音，我们超越了世间悠悠万事的困扰，分明感受到了一种快乐中掺杂沮丧之缠绕的“愉悦”。

“愉悦”是文学阅读中极其重要的审美反应。意大利小说家卡尔维诺提出，阅读如同做爱，能让读者“爽”（Jouissance）；他说：“性交与阅读最相似的地方莫过于它们内部都有自己的时间与空间，有别于可计量的时间与空间。”（《寒冬夜行人》）换言之，阅读和做爱都是通过节奏、运动、反复来追求高潮的过程——卡尔维诺强调的是阅读的“愉悦”。在《阅读的至乐》一书中，剑桥大学资深批评家克默德则将“愉悦”引入了文学经典讨论的范畴。他认为，一部作品能成为经典，首先必须具有美学价值，为此，它必须达到两点要求：其一是作品最终将带给读者愉悦的感觉；其二是作品一定要有新意。

在西方文学批评史上，有诸多关于“愉悦”的讨论。如，亚里士多德《诗学》认为，“愉悦”形成的原因可以是艺术唤起了悲悯和恐惧感并使之得到净化，也可以是由于作品的技巧、着色、音调、节奏等形式因素令人喜爱。柏拉图在《斐里布》（论至善或快乐）中提到，痛苦是机体内部无序的结果，使无序状态复原也就得到了愉悦；柏拉图还提到，对痛苦焦虑的恐惧本身是痛苦的，从恐惧中得到缓解或解脱的期待则是愉悦的。17 世纪英国经验论派的趣味理论认为，人具有一种特殊的趣味能力——艾迪生称之为“想象”，赫奇称之为“内在感官”，休谟称之为“人心的特殊结构”——当它对被观赏对象的某些特性起反应时，便产生了审美愉悦。康德认为，当对象的形式适应于人的心意能力，使主观心意能力可以自由、和谐的活动，因而具有“主观的合目的性”，这就形成了审美愉悦。桑塔亚纳指出，当人的感觉因素联合起来投射到物上并产生出事物的形式和本质概念时，这种感知过程本身就是愉快的。弗洛伊德认为，遵循快乐原则的本我在无法得到满足时产生了紧张感，在艺术创造和欣赏过程中，这种紧张感得以释放、缓解，使艺术家和欣赏者感到愉快。D · E · 伯莱因提出“唤起变化”说，按照他的看法，唤起是和观赏者的认知冲动、探索行为相联系的，由于情感和认知互相联系，观赏者的认知活动导致了审美的愉快……

无论如何，美国学者罗伯特·奥尔特总结说："文学给人愉悦，部分是因为它吸引我们更敏锐地去识破语言的智谋，或更深刻地去认识我们是谁，我们的世界是怎样的；这种洞察力可能是令人沮丧的，也可能是令人愉悦的，或两者都是。当然，还有其他方法来审视它们的深奥之处。不管文学的主题、心境和形式是什么，文学给人愉悦还因为在见证纯粹词语魔力的运用和对想象的建筑家式把握的时候，我们也经历着喜悦与欢愉。……当然，阅读的愉悦不纯粹是美学的，也不纯粹是文本形式特征的结果，它经常被作品里表达的价值所影响。"①

人们还发现，阅读的愉悦并不像观看电视广告，吃一块巧克力或喝雪利酒那么容易得到。"当你在阅读时，你的五觉都用了：眼睛从书页上辨视文字，耳朵听着朗读的内容，鼻子闻着纸张、黏胶、墨水、硬纸板或皮革等熟悉的气味，你的手触摸着或粗糙或柔软的纸页、平滑或坚硬的封面；甚至味觉，有时，读者会用舌头舔着手指。"②而且，"读书的特别之处在于，书籍这种媒介与电影和电视相比，具有不完美的缺陷。电影和电视所传递的图像几乎是完美的，看起来和它们要表现的东西没什么两样。印刷文字则不然。它们只是纸上的黑色标记，必须经过熟练读者的破译才能具有相应的意义。虽然熟练读者瞬间就能完成破译工作，但是把印刷文字翻译成脑海中的意象是一套令人惊讶的复杂程序。这一过程所需要的想象能力跟其他脑力活动所要求的任何能力都不同。如果阅读消亡的话，这种能力就会消失——其后果将不堪设想。因为阅读和文明是共同发展的，谁也不知道二者是否能够离开彼此独立存活下去。很显然，阅读所要求的想象力，同个人判断力以及与其他人共鸣的能力有着心理学上的联系。……电视影像的光束直射入你的大脑，你被动接受，并不需要输

① [英]弗兰克·克默德等著：《愉悦与变革：经典的美学》"引言"，张广奎译，凤凰出版传媒集团、译林出版社2009年版，第12页。

② [加]阿尔维托·曼古埃尔著：《阅读史》，吴昌杰译，商务印书馆2002年版，第302页。

出什么。这就意味着，与读者占大多数的国家相比较，电视观众占大多数的国家基本上是不用大脑的。”①

观看一则广告就基本“不用大脑”。如，人们熟知的亨利奥香槟酒广告：“香槟一瓶，玫瑰一支。玫瑰变得红艳、含苞欲放、镜头拉近、玫瑰变大、显得肿胀；心脏的搏击声夸张地充满了大厅，加速，变得兴奋、发狂；瓶塞开始被慢慢地、不容置否地从瓶颈中拔出来，变大，贴近镜头，上面的黄铜丝绊一一蜕去；心脏撞击、撞击，玫瑰膨胀，还有瓶塞——啊！突然心跳停止，瓶塞蹦出，香槟的泡沫沿着瓶颈缓缓流下，玫瑰变得苍白并自行闭上花瓣，紧张气氛渐渐弱化。”②这是一则蕴含色情欲望的广告，它运用非理性感觉的手段即一连串的符号，象征浪漫、激情、欲望的满足，将人的幸福感同性欲的满足联结起来，最后以香槟酒来保证这一幸福感，准确无误地指向理性目的：最大化地攫取商业利润。

与这种对物欲、肉欲的无节制追求和催眠式满足不同，文学阅读的愉悦是一种情感评价，它让我们过着一种“内心生活”，洞察自身历史发展的历程，内在感受世界的生活形式，其精神向度是向“上”而不是向“下”的。1771 年 10 月 4 日，在法兰克福的莎士比亚命名日纪念会上，歌德在演讲中谈到自己读莎士比亚作品时的感受：“我初次读到他的著作的第一页后，就使我一生都属于他了；当我读完他的第一个剧本时，我好像一个生来盲目的人，由于神手一指而突然就是天光。我认识到，我极其强烈地感到我的生存得到了无限度的扩展。”③阅读莎士比亚伟大的作品，使歌德深深陶醉于内在性灵的充盈与发现。

---

① ［英］约翰·凯里著：《为什么读书？——一篇挑起争端的引言》，《阅读的至乐：20 世纪最令人快乐的书》，骆守怡译，凤凰出版传媒集团、译林出版社 2009 年版，第 2—3 页。

② ［法］让·波德里亚著：《消费社会》，刘成富、全志钢译，南京大学出版社 2000 年版，第 161 页。

③ 杨周翰编选：《莎士比亚评论汇编》上册，中国社会科学出版社 1981 年，第 289 页。

四、“用背脊读书”

英国学者特伦斯·霍克斯指出:“诗歌话语把话语的活动提到比‘标准’语言更高的程度。它的目的不只是实践的,或认识的,只关注传递信息或详细描述外在的知识。诗歌语言的自我意识、自我认识是非常强烈的。”①且让我们聆听安琪的《风过喜马拉雅》:

想象一下,风过喜马拉雅,多高的风?/多强的风?想象一下翻不过喜玛拉雅的风/它的沮丧,或自得/它不奢求它所不能/它就在喜玛拉雅中部,或山脚下,游荡/一朵一朵嗅着未被冰雪覆盖的小花

居然有这种风不思上进,说它累了/说它有众多的兄弟都翻不过喜玛拉雅/至于那些翻过的风/它们最后,还是要掉到山脚下

它们将被最高处的冰雪冻死一部分/磕伤一部分/当它们掉到山脚下,它们疲惫,憔悴/一点也不像山脚下的风光鲜/亮堂

我遇到那么多的风,它们说,瞧瞧这个笨人/做梦都想翻过喜玛拉雅。②

在安琪诗歌的精神气质中,有一种类似于“巫”的东西,好似大自然之力所产生的一种神灵附体的状态。文学理论家、批评家孙绍振先生说:“读安琪的诗,像在做梦。”③是的,安琪创造了一种属于她自己的语式,一种独特的组句方式:一个句子往往由若干个放得开、看起来很松、很破碎

---

① [英]特伦斯·霍克斯著:《结构主义和符号学》,瞿铁鹏译,上海译文出版社1987年版,第62—63页。

② 安琪:《极地之境》,长江文艺出版社2013年版,第157页。

③ 见安琪:《奔跑的栅栏》“序”,作家出版社1997年版,第3页。

的成分组成，貌似不规则，但让你感到自然、精炼、生动，一气呵成，绝少牵强扭曲之感。而且，安琪对诗歌节奏有非常强的控制能力，可谓收放自如。有时在一连串长句子之后，突然隔行就来一个短句或短语，造成一种令人震撼的效果，同时又不失其温润的质地。

《风过喜马拉雅》是一首卓越的诗篇，其语言艺术的形式高度，与思想体验的深度，得到了较为完美的统一。在一个世俗的时代，诗人顺从自己的本性，走向远方，去追寻、创造自己的诗意人生，孜孜于不可名状之物的寻索。诗中的“风”是一种隐喻，隐喻追求人生目标的各种人物。“喜玛拉雅”的意象，则让人联想到“苏格拉底的麦穗”。当年，苏格拉底把弟子们带到一片麦田，让弟子们到麦田里选摘出最大的麦穗，但只能往前走，不能回头，而且只能摘一支麦穗。显然，“苏格拉底的麦穗”是一种隐喻。在短暂、偶在的人生之途，何谓“最大的麦穗”？我们能遇到并将它识别、择取出来吗？“喜玛拉雅”似乎与“苏格拉底的麦穗”一样，都是遥不可及，高不可攀，或可遇不可求的。兴许一个有所追求、有所寄寓的人生，便是“最大的麦穗”？在自我寻觅、选择和坚持中，诗人细腻地区分、沉思着各种自觉行为，以及它们所企及的不同人生胜境：或踌躇满志，或知足常乐，或壮志不已。诗人以精妙的语言为媒介，通过抑扬顿挫的节奏，不断控制着读者的阅读过程，让读者反复领悟人生、精神的深邃与丰富。

诗评家邱景华对《风过喜马拉雅》作了精细而敏锐的文本分析：第一节，艳羡翻过喜玛拉雅的风（“多高”，“多强”），否定翻不过喜玛拉雅的风（“沮丧”——这是一般人的看法和见识）。第二节，肯定翻不过喜玛拉雅的风（“不奢求它所不能”的“自得”，自得其乐地“游荡”，表现了一种人生智慧）；接着，再一次否定翻不过喜玛拉雅的风（“不思上进”，满足现状的从众心态）。第三节，否定翻过喜玛拉雅的风（“疲惫”，“憔悴”），实际则肯定了翻不过喜玛拉雅的风（“光鲜”“亮堂”）。第四节，否定了第三节的内容：即便是“笨人”，明知翻不过“喜玛拉雅”，还是连做梦都想翻越。

这里，“笨人”是诗人自我体认之后的自我解嘲，是饱览风景、历尽艰辛之后的自谦，更是对自我内在精神强力的认可。全诗通过不断否定的句式，构成了一种圆形的内在结构，激发内在思路的不断循环，从而引导读者不断阅读文本，并用自己的人生经验，参与文本的阐释。①

真正的诗歌总是揭示了生命所具有的某种特征。诚如邱景华所分析的，《风过喜马拉雅》抒写了人生追求可能抵达的三种境界：其一，少数能达到人生最高目标者；其二，多数只能实现一部分目标，知足常乐者；其三，把最高目标作为人生信仰，虽不能至，心向往之，奋斗不已的“笨人”。诗人对于人生的索解充满了人性的深度，表现出一个成熟的人生视野，以及宽容而博大的胸怀。因此，我从中读出了一份执著，也读出了一种淡定，而想起了哲学家弗兰克说的话：“人通常只注意到‘短暂性’所余下的残株败梗，却忽略了过往所带来的丰盈谷仓。而事实上，没有一样东西可以被毁灭，也没有一样东西可以被废除。存在过了就是一种最确实的存在。”②

在我看来，《风过喜马拉雅》这种不断开放的文本，显现了一个自我发现的过程，敞开了个体存在的各种可能性，而指引着我们参悟人生和宇宙的奥义——它让我们重温了体悟人生的重要时刻，使一时的风光霁月不致消隐得觅不着一点踪迹；它又似乎确证了“新批评”主将燕卜荪的一个诗学结论：所有的好诗都是“含混”的，“含混”就是让诗歌富有诗意的决定性因素；或是证实了燕卜荪理论的一个推论：读者欣赏诗歌的过程，实际上是他们内心形成诗歌的过程。

总之，《风过喜马拉雅》所呈现的，是安琪真切的生命体验，是生命价值超越的心灵之声，可称之为诗人的精神自画像。阅读这样的诗篇，我们的生活体验突破了狭窄的生活范围，变得无限广阔，而产生一种强烈、恒

---

① 邱景华撰：《精神的自画像——读安琪诗作〈风过喜马拉雅〉》，载《诗探索》（理论卷）2013 年第 3 辑。

② ［德］维克多·弗兰克英吉利：《活出意义来》，赵可式等译，生活·读书·新知三联书店 1991 年版，第 103 页。

久的愉悦——相信这首诗会不断点燃读者阅读好诗的快乐!

黑格尔称,小说是一种“关于世界的散文形式”,其中不无平淡、普通、日常、琐碎之意,更重要的是突出小说与生活世界的精神联系,表明其抵达经验的切身性,而非与普通人的疏离。表面上看,小说创造的心灵世界,有时似乎充当了社会用以自我构想的样板,感觉如同中国青花瓷上白底蓝色柳树图案一般。但是,就像布鲁姆所揭示的那样,它们无论是“忠实于我们普通的存在”,带有“存在的真相的印象主义目光”,还是“投身于幻景”,表现对“假定的现实以外的东西的饥渴”,都增进了人与人之间的理解和认同。

法国哲学家巴什拉说:“读一本小说,我们就进入了另一个生活,这生活使我们感到痛苦,感到希望及同情,但是我们却仍然带有这样复杂的印象:我们的苦恼仍然是受我们的自由所统辖,它不是根本性的。于是任何一卷使人苦恼的书都能提供一种减轻痛苦的技巧。一卷使人苦恼的书为苦恼的人提供了一种苦恼的顺势疗法,而这种疗法尤其是在经过沉思的阅读中起作用,尤其是在文学趣味所重视的阅读中生效。”[①]在伟大小说作品的时间、空间、人物等关系的层序渐进,因果分明的自然转化之中,我们可以体验到阅读无与伦比的愉悦,领悟到契合我们心灵的、丰沛的意义世界。

罗曼·罗兰的《约翰·克利斯朵夫》就是这样一部伟大的小说。雨果在《既然我把我的唇……》一诗写道:“现在我可以向急逝的韶光讲了:/消逝吧,不断地消逝!我将青春永葆!/你和你那些憔悴的花儿一齐消逝吧,/我心灵里有朵花儿谁也不能把它摘掉。”其实,在每个人的心中,都有这么一朵采摘不去的“花儿”,即对于实现自我本质的追求。用小说中克利斯朵夫的话说,“主要是做一个人”,“要做个够得上称为人的人”。为了“成为自己本身的主人——自由的人”[②],从诞生、成长、发展,直至抵

---

① [法]加斯东·巴什拉著:《梦想的诗学》,刘自强译,生活·读书·新知三联书店1996年版,第34—35页。

② 《马克思恩格斯全集》第1卷,人民出版社2007年版,第443页。

达生命的彼岸，克利斯朵夫不断地认识自我、研究自我、战胜自我，不断地认识生活、理解生活、投入并创造生活。奔走在生命的荒原之上，克利斯朵夫不甘沉沦，左冲右突，遍体鳞伤，仍苦苦追寻，勇猛精进。几经波折，克利斯朵夫在结识了奥里维之后，终于穿透时代表面的喧哗，发现了一个全新的质朴的法兰西：

> 在法国思想的高峰上，一般通体光明的心灵在幻想；克利斯朵夫从山顶上向脚下的山坡瞧去，只看见一群群英勇的人为着一种活泼泼的信仰——不管是哪种信仰——在那里奋斗，永远想攀登高峰：他们向着愚昧、疾病、贫穷，发动神圣的战争，一片真诚地致力于发明，征服光明与天空；那是科学对自然的大规模的战斗；——在山坡上比较低一些的地方，一群默默的，意志坚强的男男女女，善良而谦卑的心灵，千辛万苦才爬到半山腰，因为不能再往上，只能抱残守缺，过着平凡的生活，暗中还是非常热烈地拥抱着牺牲精神；——山脚下，在险峻的羊肠小径中，多少偏执狂的人，多少盲目的才能，为了一些抽象的思想拼命扯做一团，不知道在环绕他们的石壁之上还别有天地；本能再往下去是一带卑湿的池沼和在污泥中打滚的牲畜了。可是沿着山坡，东一处西一处地开着些艺术的鲜花，音乐发出杨梅似的清香，诗人唱着如流水如鸣禽的歌曲。①

非常有趣的是，安琪《风过喜马拉雅》一诗所呈示“心象”，竟穿越了庞大芜杂的时空，从黑字白纸间跃出颤然欲语，与这段文字的“文意”相互交响、编织、映照，交相引发，秘响旁通：基于雷蒙·威廉姆斯所言社会的“感觉结构”，在指涉人们可能抵达的若干人生境界上，二者何其相似乃尔！在罗曼·罗兰的笔下，有这么几类音乐家：其一，缺乏自由，善于扯

---

① ［法］罗曼·罗兰著：《约翰·克利斯朵夫》第3册，傅雷译，人民文学出版社1987年版，第139—140页。

谎，偏执攀比，作品几乎都是“做”出来的“御用乐师”，他们位于艺术高峰的“山脚下”；其二，意志坚定，默默耕耘，但心有余而力不足的音乐家，他们位于艺术高峰的“山坡”；其三，历经数次脱胎换骨，清静恬适，返濮归真的音乐大师——如莫扎特、贝多芬等，他们位于艺术高峰的“巅顶”。在《约翰·克利斯朵夫》卷七初版序中，罗曼·罗兰写道：

> 我觉得约翰·克利斯朵夫的生命像一条河；……那条河在某些地段似乎睡着了，只映出周围的田野跟天色。但它照旧在那里流动，变化；有时这种表面上的静止隐藏着一道湍急的激流，猛烈的气势要以后遇到阻碍时才会显出来。……等到这条河积累了长时期的力量，把两岸的思想吸收了以后，它将继续它的行程——向江洋大海进发，向我们大家归宿的地方进发。①

克利斯朵夫的姓氏“克拉夫特”(Kraft)，有着明确的德语含义：“力”。这“力”是生命本质的象征，是克利斯朵夫的灵魂。创造彰显了人的无限性与主体性，唯有创造的生灵才是生灵。音乐便是克利斯朵夫创造的中心，是他存在价值的一种确认。正是音乐使克利斯朵夫生命的每一阶段都富有意义，包括他的少年得志，他的莽撞、苦闷的青年，他的激情迸发的壮年，他的精神纯净的暮年……当然，抵达各自不同艺境的人生，也都是富有意义的——罗曼·罗兰明确说过：“每个生命的方式是自然界一种力的方式。”

最让人无法忘怀的，还有小说的一个“小人物”，他就是克利斯朵夫的舅舅高脱弗烈特。这是一个其貌不扬、为人谦让的云游小贩，他对克利斯朵夫的精神历程产生了深远的影响。高脱弗烈特经常带着小克利斯朵夫去散步，给他唱一些动听的小调，和他谈论星辰、云彩，“教他辨别泥土、

---

① ［法］罗曼·罗兰著：《约翰·克利斯朵夫》第3册，傅雷译，人民文学出版社1987年版，第103页。

空气和水的气息，辨别在黑暗中飞舞蠕动、跳跃浮动的万物的歌声、叫声、响声，告诉他晴雨的先兆，夜间的交响乐中数不清的乐器”。在高脱弗烈特的引导之下，小克利斯朵夫在大自然中听到了“上帝的音乐”。出生音乐之家的小克利斯朵夫，在父亲的严格训练下，很快成了远近闻名的音乐“神童”。高脱弗烈特对他说：“你想编些歌，为的要做个大人物；你想做个大人物，为的要编些歌。你倒像一条狗追着自己的尾巴打圈儿。”

时光流逝，克利斯朵夫长大了。祖父、父亲先后辞世，青年克利斯朵夫饱经世俗的冷眼，爱情、事业都失败了。在所有生活的大门向他关闭之后，他万念俱灰，借酒浇愁，自甘沉沦，滑向了父亲走过的危险之路。有天晚上，当他摇摇晃晃地从酒店出来时，遇到了舅舅高脱弗烈特。舅舅盯着他，坚持叫他“曼希沃”（他父亲的名字），克利斯朵夫被激醒了。清晨，舅舅把他带到了曼希沃的墓地，他倾诉道：“舅舅，怎么办呢？我有志愿，我奋斗，可是过了一年，仍旧跟以前一样。不！连守住原位也办不到！我退步了。我没有出息，没有出息！我把自己的生命蹉跎了，许的愿都没做到！……”高脱弗烈特慈悲地对他说：“孩子，这还不是最后一次呢。人是不能要怎么就怎么的。志愿和生活根本是两件事。别难过了。最要紧是不要灰心，继续抱住志愿，继续活下去。其余的就不由我们作主了。”高脱弗烈特开导他说：

> 你得对着这新来的日子抱着虔敬的心。别想什么一年十年以后的事。你得想到今天。……先过了今天再说。对每一天都得抱着虔诚的态度。得爱它，尊敬它，尤其不能污辱它，妨害它的发荣滋长。便是像今天这样灰暗愁闷的日子，你也得爱。你不用焦心。你先看着。现在是冬天，一切都睡着。将来大地会醒过来的。你只要跟大地一样，像它那样的有耐性就是了。你得虔诚，你得等待。如果你是好的，一切都会顺当的。如果你不行，如果你是弱者，如果你不成功，你还是应当快乐。因为那表示你不能再进一步。干吗你要抱更多的

希望呢？干吗为了你做不到的事悲伤呢？一个人应当做他能做的事……(Als ich kann)竭尽所能。[①]

“噢！那太少了，”克利斯朵夫皱着眉头说。高脱弗烈特很亲热地笑了：“你说太少，可是大家就没做到这一点。你骄傲，你要做英雄，所以你只会做出些傻事……英雄！我可不大弄得清什么叫做英雄，可是照我想，英雄就是做他能做的事，而平常人就做不到这一点。”“啊，”克利斯朵夫叹了口气，“那末生活还有什么意思呢？简直是多余的了。可是有些人说‘愿即是能！’……”高脱弗烈特又温和地笑了起来：“真的吗？那末，孩子，他们一定是些说谎大家。要不然他们根本没有多大志愿……”舅舅拖着疲乏的步子走下了山冈，克利斯朵夫望着舅舅的背影，反复念着：“竭尽所能(Als ich kann)。”他笑着想：“对……竭尽所能……能够做到这一步也不错。”他向着城中回头走。小说描写道：

冰冻的雪在脚下格格的响。冬天尖利的寒风，在山岗上把赤裸的枯枝吹得发抖。他的脸也被吹得通红，皮肤热辣辣的，血流得很快。山岗底下，红色的屋顶迎着寒冷而明亮的阳光微笑。空气凛冽。冰冻的土地精神抖擞的好似非常快乐。克利斯朵夫的心也和它一样。他想：

“我也会醒过来的。”

他眼中还含着泪。他用手背抹掉了，望着沉在水雾中间的旭日，笑了出来，大有雪意的云被狂风吹着，在城上飘过。他对乌云耸了耸鼻子表示满不在乎。冰冷的风在那里吹啸……

“吹吧，吹吧！随你把我怎么办吧！把我带走吧！……我知道我

---

① [法]罗曼·罗兰著:《约翰·克利斯朵夫》第1册，傅雷译，人民文学出版社1987年版，第389—390页。

要到哪儿去。”①

高脱弗烈特唤醒了克利斯朵夫身上潜在的原动力和生命力,使他走出了失败的颓丧,失恋的迷茫和价值观的困惑。不久,舅舅悄无声息地去世了,但他还不时出现在克利斯朵夫的心理意识里。克利斯朵夫与莫苔斯塔去舅舅的墓地祭扫,回忆起舅舅的好处,想到他给别人带去的安详和宁静,对生命的意义又有所顿悟。实际上,贯穿克利斯朵夫整个人生旅程的,就是对舅舅坚忍、谦抑、向善人生观念的理解和思悟。

晚年克利斯朵夫隐居在瑞士的一个山村,他的作品由早年的风雷激荡,转向了和谐恬静,并获得了极大成功,誉满欧洲——连原来处处和他作对的人也都捧他了。静观人世扰攘,回首自强不息的一生,这位音乐大师进入到了“清明高远”的境界:一切对立归于统一,一切矛盾归于和谐;整个宇宙和人类社会是在时间上无始无终,在空间上无边无际,本质上趋于和谐的实体。弥留之际,克利斯朵夫轻轻哼着自己创作的音乐:“我曾经奋斗,曾经痛苦,曾经流浪,曾经创造。让我在你的怀抱中歇一歇吧。有一天,我将为新的战斗而再生!”克利斯朵夫接近死亡时,脑子里出现的最后幻象是:他背着一个孩子,这孩子用小手抓着巨人额上的一绺头发,一直说:“向前走,向前走……”克利斯朵夫对孩子说:“咱们到了!唉,你多重啊!孩子,你究竟是谁呢?”这个孩子说:“我是即将来到的日子。”

《约翰·克利斯朵夫》史诗般展现了一个平凡而伟大生命波澜壮阔的一生,是千万生灵的一面“镜子”。这让人想起了小说卷首的题词:“献给各国的受苦、奋斗、而必战必胜的自由灵魂!”1915年,瑞典文学院授予罗曼·罗兰诺贝尔文学奖,以表彰“他文学作品中的高尚理想和他在描绘各种不同类型人物时所具有的同情和对真理的热爱”。

可笑的是,有人说,《约翰·克利斯朵夫》是在为贝多芬作传,这种

---

① [法]罗曼·罗兰著:《约翰·克利斯朵夫》第1册,傅雷译,人民文学出版社1987年版,第390—391页。

"胶柱鼓瑟"式的解读完全辱没了小说艺术。还有人说,克利斯朵夫是个人奋斗和资产阶级人道主义的典型,是个人精神反抗的"悲剧性英雄",甚至认为小说客观上提出了改造社会的问题——对于这种墨守成规的"政治批评",我们大可置之不理。

文学的"无用之用"是一种大用,它通过自我意识的生成而让人成为真正意义上的人。心灵的自我对话是文学阅读最为根本的特质所在。在自我理解的阅读过程中,我们超越了时空的藩篱,将幻想溶于生活,又将现实化为梦境,使沉重、浑浊的肉身变得轻盈、洁净,充分体会到生活是有趣的,生命是美好的,人生是有价值的——这是一种难以言传的愉悦!因此,我比较赞同布鲁姆的观点:"审美只是个人的而非社会的关切","个体的极大自我是理解审美价值的唯一方法和全部标准"[①]。

向伟大作品致敬的方式就是阅读,我们由此走向生命,走向了人生的深处。我记得很清楚,初读《约翰·克利斯朵夫》是在1989年,第二次阅读则是在1993年。在我生活陷入极度困顿,精神近乎崩溃的不同时刻,萦绕我耳畔的是一句朴素至极的话语:"竭尽所能,这就够了!"在阅读这部伟大的作品时,我感觉自己和克利斯朵夫一道品尝生活的酸甜苦辣,经历种种奇特的生活情境和遭遇,反复思考现实的、可能的存在向度;于是,心里自然产生一种"自拔与更新"的力量,以抵御、抗衡各种匪夷所思之力量的袭扰,而对生命有更深入的领悟,对生活有更多一份热爱。

毫不夸张地说,在已然流逝的那些日子里,《约翰·克利斯朵夫》是一个指示迷途的灯塔,它成了我人生考验中的良伴和向导,引导我泅渡人生激流,重新找到生命的理想,找到生活的坐标。我深信:凡向往生命自由者,都会视克利斯朵夫为同道,都会在克利斯朵夫身上找到自我的影子,并汲取其奋斗不息的精神力量。古教堂门前圣者克利斯朵夫像下之拉丁文铭文云:"当你见到克利斯朵夫的面容之日,是你将死而不死于恶

---

① [美]哈罗德·布鲁姆著:《西方正典——伟大作家和不朽作品》"中文版序言",江宁康译,译林出版社2005年版,第12页、第16页。

死之日。”

法国著名的传记作家安德烈·莫洛亚在《艺术与生活》里,通过一场书店主人同顾客间的一次对话,形象地向我们呈现了这一幕:一位顾客来到书店,表示自己“想找这样一本书,它同时既是消遣,又是教科书;它帮助我飞快地度过阴雨的星期天,同时阅读它又不是荒废时间”。书店主人的直接反映便是“您要的是一部小说”①。事实证明,“正是从小说中,我们才能找到赋予自己存在的意义的普遍公式。在我们的生命里,我们总在找一个与我们的来源有关的故事,让我们知道自己如何出生,又为何活着。”②由此,我们不难理解海德格尔何以将艺术比作一条通往意义圣地的“林中路”。

那么,怎样才能领略到文学阅读的愉悦呢?俄裔美籍小说家纳博科夫提出:“心灵,脑筋,敏感的脊椎骨,这些才是看书时候真正用得着的东西。”又说:“虽然读书时用的是头脑,可真正领略艺术带来的欣悦的部位却在两块肩胛骨之间。可以相当肯定地说,那背脊的微微震颤是人类发展纯艺术、纯科学的过程中所达到的最高的情感宣泄形式。让我们崇拜自己的脊椎和脊椎的兴奋吧。让我们为自己是脊椎动物而感到骄傲吧,因为我们本来就是头部燃着圣火的脊椎动物。人脑只是脊柱的延续,就像烛心穿过整根蜡烛一样。要是消受不了那种震颤,欣赏不了文学,还是趁早罢休,回过来看我们的滑稽新闻、录相和每周的畅销书吧。”③

在纳博科夫看来,用“脊椎骨”去领略作品美带来的快感,就是重视阅读活动中的审美体验,即依赖于身体内部的“化学反应”,对美进行非逻辑演绎的直觉把握。面对伟大的文学作品,一个优秀的、成熟的、思维活跃的读者,两只眼左右移动,一行接一行,一页接一页,自由穿梭于不同

① [法]安德烈·莫洛亚著:《艺术与生活》,郑冰梅译,上海三联书店1989年版,第189页。

② [意]安贝尔·艾柯著:《悠悠小说林》,俞冰夏译,生活·读书·新知三联书店2005年版,第149页。

③ [美]纳博科夫著:《文学讲稿》,申慧辉等译,生活·读书·新知三联书店1991年版,第23页、第98页。

的时间空间；当他看书看到两遍、三遍、四遍时，就能将全书一览无遗，然后动用自己所有的感官、天分、记忆、想象和情感，细细品味文本的各个细部，细致解析文本的结构和风格，便真正接触、领会了其中最有兴味的内容。纳博科夫说，只要“在读者作者双方心灵之间形成一种艺术上的和谐平衡关系”，就可以“尽情享受，无妨声泪俱下，感情激越地享受伟大作品的真谛所在”[①]。苏珊·桑塔格的建议是正确的，我们应摈弃干枯的理性主义阐释，学会去更多地看，更多地听，更多地感觉。

当“界面”代替“纸面”，“图说”代替“言说”，文学似乎日暮途穷了。然而，媒介学家麦克卢汉说，诗歌小说在大众传媒的洪流里边，就像一些几乎被淹没的孤立小岛，但谁又知道它们最终不是我们温暖的一小块绿洲呢？

你还犹豫什么呢？

——用背脊读书吧！

五、“菲洛克忒忒斯的神弓”

法国著名文学批评家蒂博代指出，“没有对批评的批评就没有批评”，没有批评的批评，批评本身就会停止或者死亡。

按照韦勒克的考证，在希腊文中，“批评”的词意为“判断者”，与文本和词义的阐释相关。在古希腊，如亚里士多德所言，“批评乃是一个有文化的公民的日常活动”。到了中世纪，“文法家”“批评家”和“语言学家”是可以互换的词，指的都是弘扬文化的人。17 世纪，“批评”的涵义有所扩大，囊括了传统所称的“诗学”或“修辞学”的文学理论。20 世纪以降，

---

① [美]纳博科夫著：《文学讲稿》，申慧辉等译，生活·读书·新知三联书店 1991 年版，第 24 页。

“批评”则成了整个世界观甚至哲学体系一类的东西。无论如何，鉴别、判断、分析和阐释，即“辨彰清浊，掎摭利病”（钟嵘语），始终是“批评”的应有之义。

文学批评，主要是解释和评论文学作品，即解说文学作品，纠正读者的鉴赏情趣，促进对文学的欣赏和理解。明代袁无涯刻本《水浒传》卷首云：“书尚评点，以能通作者之意，开览者之心也。……今于一部之旨趣，一回之警策，一句一字之精神，无不拈出……如按曲谱而中节，针铜人而中穴，笔头有舌有眼，使人可见可闻，斯评点所最可贵者。[①]”T·S·艾略特也说：“批评活动只有在艺术家的劳动中，与艺术家的创作相结合才能获得它最高的、真正的实现。”然而，“我们大部分批评家的工作是在制造混乱；是在调和、掩盖、降低、拼凑、粉饰，调配安适的止痛剂”[②]。

文学批评是作品和读者之间的纽带，文学批评家则应是架设在作者和读者之间的桥梁的设计师和建筑者。批评家的这种角色和作用，让人想起了古希腊神话里菲洛克忒忒斯的故事。戏剧家索福克勒斯根据神话故事，曾创作了悲剧《菲洛克忒忒斯》，其剧情是：

赫拉克勒斯在临死前把百发百中的神弓和毒箭传给了儿子菲洛克忒忒斯。特洛伊战争爆发后，作为希腊有名的神射手，菲洛克忒忒斯义无反顾地参加了战斗。在去特洛伊的路途中，菲洛克忒忒斯在一个岛上发现了一个被废弃的神坛。因为冒犯了神灵，他被一只毒蛇咬伤，伤口感染造成一只脚残疾，脚患处发出的恶臭使他成了令人生厌的累赘。跟菲洛克忒忒斯一道的，还有阿喀琉斯的儿子涅俄普托勒摩斯和奥德修斯，他们把菲洛克忒忒斯遗弃在一个叫作雷姆诺斯的荒岛上，偷偷离去。

特洛伊屡攻不克，胜负难决的时刻，预言家卡尔卡斯透露天机：只要菲洛克忒忒斯还没有带来赫拉克勒斯的神箭，希腊人就无法攻克特洛伊

① 袁无涯刻本《出像评点忠义水浒全传》“发凡”，引自《水浒传会评本》，北京大学出版社 1981 年版，第 31 页。

② ［英］T·S·艾略特著：《艾略特诗学文集》，王恩衷编译，国际文化出版公司 1989 年版，第 68 页、第 63 页。

城。万般无奈之下，奥德修斯派涅俄普托勒摩斯返回雷姆诺斯岛，试图从菲洛克忒忒斯手中骗取神箭。

涅俄普托勒摩斯没有莽撞行事，他非常理解和同情菲洛克忒忒斯的处境。涅俄普托勒摩斯和颜悦色地劝说菲洛克忒忒斯与自己一道前往战场，与此同时，已成神祇的赫拉克勒斯也劝说儿子，最终说服菲洛克忒忒斯相信到了特洛伊前线其脚疾方可痊愈。到了特洛伊城下，菲洛克忒忒斯果然治好了毒伤，和涅俄普托勒摩斯并肩作战，披荆斩棘。菲洛克忒忒斯用神箭射杀了帕里斯，为希腊军最终攻克特洛伊立下了汗马功劳。

埃德蒙·威尔逊(Edmund Wilson)是美国20世纪最重要的文学和社会批评家之一，曾被韦勒克誉为“一代文豪，一位首席社会批评家”。威尔逊著作等身，重要的有《阿克瑟尔的城堡》《三重思想家》《创伤与神弓》《承认的冲击》《爱国者之血：美国内战文学研究》《死海古卷》《俄国之窗》《向易洛魁人致歉》等。这些独特、庞杂而丰富的论著，记录了威尔逊对美国文化各个层面的思考，而在美国文学史、文化史上树立了一个“标高”。威尔逊在中年时读到索福克勒斯的这部悲剧，从涅俄普托勒摩斯这个调解人身上得到灵感，体悟到了文学批评家的角色和所担当的职责。

在威尔逊眼中，菲洛克忒忒斯与艺术家无异：有着超人技艺，具备特殊气质和天赋，芸芸众生需要这个技艺而崇敬他，却又无法理解其身体或精神的痛苦。菲洛克忒忒斯手中的神弓，代表了艺术家的天赋和抱负，而发挥其天赋实现抱负的过程是艰苦的：冒犯神灵遭毒蛇咬，体现了艺术家的先知先觉，及其与所生存时代的冲突。菲洛克忒忒斯那令人嫌弃的脚疾，象征着艺术家不为人理解的敏感和痛苦，正是它使艺术家和普通大众之间产生隔阂，成了艺术家实现理想的障碍。荒凉的雷姆诺斯岛，则形象表现了艺术家自我流放的姿态。

奥德修斯是个讲实用的人，既粗鄙又精明，满脑子只想着怎样骗取菲洛克忒忒斯手中的神弓，或是干脆直接绑架过来，不管他的脚有无伤病。

只有涅俄普托勒摩斯明白应该怎么做，他对菲洛克忒忒斯的理解与同情阻止了欺骗的行为，并清醒地认识到：锐不可当的神弓离开了菲洛克忒忒斯便毫无用处。这里，涅俄普托勒摩斯充当的是说服者的角色，他冒着事业失败的危险，与菲洛克忒忒斯惺惺相惜，最终化解其固执，并治愈其脚疾。

菲洛克忒忒斯（艺术家）和神弓（天赋）是实现最终理想的必要条件，如果没有涅俄普托勒摩斯的调解和努力，艺术家不可能重新回归群体，施展其天赋以实现梦想。正如菲洛克忒忒斯代表着原型艺术家一样，涅俄普托勒摩斯成了原型批评家角色的恰当意象。至于试图巧取豪夺神弓，置菲洛克忒忒斯个人情感于不顾的奥德修斯，则代表了艺术和艺术批评中的功利主义，它对艺术的自私“利用”势必忽视、漠视乃至扼杀艺术的个性创造——这绝非批评家所应具有的操守。

威尔逊运用菲洛克忒忒斯的神话诠释了批评家在文本、作家和读者之间的关系和相互作用，并重新界定了批评家的职责和文学批评的作用①。那么，批评家应该怎样充当好涅俄普托勒摩斯的角色呢？

首先，批评家是艺术家的同情者，必须破译造成艺术家痛苦的根源，从而结束他们心灵的囚禁状态，使他们走近、回归到社会群体。作为文学个体和社会群体之间的纽带，文学批评家就得要有同情心和文学想象力，才能和艺术家站在同一个层面上来考察和理解作品，因为批评的起点或源头正是对艺术的热爱和虔敬。这样，才能从作品呈现的内容中发现艺术家所未说出的，从“无”中看出“有”，从“有”中察觉“无”，达到批评家和艺术家之间惺惺相惜的默契。

其次，批评家充当的是中介调停人的角色，调解艺术家个体和社会群体之间的矛盾，搭建艺术家和读者之间的沟通平台，将一般读者所排斥和不解的，超乎人们视野和智识范围的晦涩艰深的艺术作品，成功引领到普通读者的视野和关注之中。作为艺术家和读者之间的中介，批评家的任

① 参阅邵珊、季海宏著：《埃德蒙·威尔逊》，译林出版社2013年版，第46—49页。

务是实现二者的彼此沟通，而不是拉大或间离他们之间的距离。

基督教初期最伟大的使徒之一——保罗说“如今常存的有信，有望，有爱；这三样，其中最大的是爱”，并将“爱”视为“最妙的道”(《新约·歌林多全书》第13章)。正是靠着这种爱的话语，保罗才折服了当时哲学化的希腊人。同样，一个批评家只有像涅俄普托勒摩斯一样，有足够的爱心和信心，才能对文学世界有细致、深入的感受与理解，才能识别优劣，分辨一流与二流。否则，便如威尔逊所言，“我们就谈不上写文学批评了，我们所写的不过是通过文本所反映出的社会和政治历史，或者是过去时代中的心理案例史，或者如果仅从最简单和学术的形式理解历史批评的话，不过是给那些已出版的书籍写编年史……[①]”

T·S·艾略特指出，现代批评发展到了这样一种程度，即必须根据不同学科的一个或几个来考虑文学问题，与十九世纪相比，严肃的批评现在是为不同的、范围更小的对象而写作。他说：“现代批评的弱点是否正是不明确批评的目的所在？它能带来什么样的利益，以及谁能得到它所带来的利益？它的丰富性和多样性本身或许遮蔽了它的最终目的。”[②]对于那种发源于批评介入学术，以及学术介入批评的解释根源的批评(如传记批评)，T·S·艾略特是持批评态度的，因为这种批评把解释当作理解，而解释只是理解的必要的准备而已：有时，解释使我们的注意力完全偏离了作品本身，而不是把我们引向理解；有时，就是不经过解释，我们也能理解某些作品。

的确，每一代人都有自己独特的鉴赏情趣，每一代人也都做出了自己的文学批评，并以自己的方式来利用文学。然而，文学批评在变化之中总有不变的存在，就像雨果笔下的巴黎圣母院，三百多年过去了，“尽管外面是千变万化，可是它的内心还是古典的”。T·S·艾略特提醒我们说，批

① Edmund Wilson, *The Triple Thinkers; Twelve Essays on Literary Subjects*, Farrar, Straus and Giror, 1976, p.267. 转引自邵珊、季海宏著：《埃德蒙·威尔逊》，译林出版社293年版，第66页。

② [英]T·S·艾略特著：《艾略特诗学文集》，王恩衷编译，国际文化出版公司1989年版，第288页。

评是存在限度的,“如果沿着某一方向突破这些限度,文学批评就不再具有文学性;而沿着另外一个方向突破它们,文学批评也就不再成其为批评”①。

现代世界在科学和良知、知识和信仰、占有和存在之间徘徊不定,左右摇摆;理想似已沦为一堆陈词滥调,信仰则蜕变为市民周末的仪式与老妇手中的香柱。赫胥黎形象地说,或许有一天,我们睡在软绵绵的大床上,而心灵却被压在底下,就像莎士比亚《奥塞罗》中的女主角德斯底蒙被“勒杀”一样。正如人们所感慨的,历史仿佛得了产后抑郁症,现在是只有生活,没有历史了;历史“终结”了,人类的龙种激昂了两个世纪,跳蚤的子孙却只管打理微博和微信,“按揭”各自的一生……

时光流逝,难道留下的仅是一角残梦?不!“世界在人身上分崩离析,唯有诗人才将它加以统一”(里尔克语)。1921 年 10 月 19 日,卡夫卡在日记里写道:“无论什么人,只要你在活着的时候应付不了生活,就应该用一只手挡开点笼罩着你的命运的绝望……但同时,你可以用另一只手草草记下你在废墟中看到的一切,因为你和别人看到的不同,而且更多;总之,你在自己的有生之年已经死了,但你却是真正的获救者。”

文学既不是生活的“描红”或“佐料”,也不是生活的“安乐椅”或“按摩榻”,其生命在于质疑、冒险和拯救。奥威尔说得好,文学世界不是在“别处”的理想彼岸,而是与我们息息相关的人性和生活的“气息”,是“为了将来或者过去,为了一个思想自由、人与人之间各不相同并不再孤独的时代——为了一个有真理存在、历史不能被改写的时代”(《一九八四》)。

为此,作家既要忠于自己对世界的内心感悟,遵从自己作为一个个体对人生对社会的理解,又要挑战所处时代的陈规陋习,抵制各种空心的文化(如情色文化、美容文化、时尚文化等),通过创造“真实的谎言”,提升对社会现象的思考质量,重新确立价值的支撑点,赋予人的生命和生活以

① [英]T·S·艾略特著:《艾略特诗学文集》,王恩衷编译,国际文化出版公司 1989 年版,第 286 页。

价值和意义。简言之,优秀作家的领域是一个无限广阔的“可能世界”,他将古今中外一切人类的精神财富尽收眼底,引领人们向人性更高层次的自由不断攀升。

萨特宣告:“一切文学作品都是一种呼吁,写作就是向读者呼吁,请求他把我通过语言方式所作的揭示化作客观存在。”(《什么是文学》)艺术亦然。英国小说家E·M·福斯特在小说《霍华德山庄》第五章描写了一场贝多芬第五交响曲的演奏会,写到当贝多芬的音乐以最后震撼的音响压倒一切时,一个激动的女主角伸出了手好像要去抓住音乐一样。贝多芬那充满辉煌乐段的胜利的终曲,对她而言,已不仅仅是从听觉联系到视觉,而是激动的躯体产生了从听觉向触觉的沟通,将空灵的音乐变成了可触摸的坚实的物体。这就是艺术神奇的力量。

面对文学所提供的图景,批评家不能不沉思:文学抒情、叙事、修辞及文类背后隐藏着怎样的统一观念?文学与外部世界存在哪些具体的历史关联?文学想象力的内在情结、文学叙事的驱动力源自何处?文学的演进、发展提出了什么命题?在既定的文化结构中,文学有何特定的坐标、意义和价值?它形塑了一个怎样的主体?其存在多大程度上决定了未来世界的面貌?……所有这些问题的核心是:应该怎么生活?什么是有价值的生活。自由表达个人与世界的对话,揭示困境,打破神话,批评家和作家在这些方面是一致的。

伟大的作品是深刻的感觉创造出来的,而深刻的感觉的形成则有赖于一个时代的整体氛围。在这方面,文学批评负有不可推卸的责任。作家通过文学语言所表达的是非私人的,是对人类具有相当普遍意义的精神感悟;文学语言不是通常意义上的语言,即一般的物质媒介,而是本身就具有精神性的富于魅力的表达。一个完整的文学界是由作家和批评家构成的,文学批评是文学活动的反思性部分,它解说作品中的人生启示,提升作家的艺术敏感度——没有反思的文学活动是残缺的。

与中国当代文学之贫困密切相关的,是与之“对应”或“对称”的文学批评的严重匮乏。换言之，当代批评家的精神能量水平和优秀作家或作品的能量水平不相应，彼此难以保持共振，因此，文学批评既跟不上文学创作的步伐，也提不出多少中肯的意见或看法。

有批评家曾这样描述自己的工作：首先是“资料见底”，即穷搜冥索，搜集、整理、甄别、归纳所有材料；其次是借助一定的理论把材料重新装置、分配、知识化；最后是在材料和理论的合理配置中提出自己的一些观点和看法。显然，史料、逻辑、理论优先，其次才是评论者的主体意识。

这是职业批评最为典型的套路，它注重的是判断、分档、解释，对几千年的文学追根溯源，寻找线索，在历史比较中给一个作家、一部作品恰当的定位。职业批评家总是将作品看作某种观念的实现，而运用一整套批评术语和批评方法，建构一个观念的、联系的、智力的世界。至于鲜活的文学作品及其所展示的可能世界，对于职业批评家来说，不过是一种媒介或材料。

由于不是用经验而是用“思想”去理解作品，批评家仅是一个知识论意义上的研究者，而不是文学世界的一个介入者、行动者。没有了审美经验，真正的文学发现和艺术感悟影踪全无。文章格式规范得不能再规范，注释和参考文献也一大堆，各种舶来的概念、术语搬运自如，问题却岿然不动。实际上，批评作品犹如与人相交，用的不仅是“智”，更是“心”。没有“日进前而不御，遥闻声而相思”的慧心，没有“作者得于心，览者会以意”的契合，职业批评自然难以做到惬心贵当。

司空见惯的“批评”谈论起文学作品（无论传统的还是先锋的），就像是谈论起政治社会运动，描述到文学史就像在描写政治社会运动史，对所谓社会性的传统和变革大发宏论，或是微不足道的感受的评论。至于那种“为王前驱”“奉旨申斥”的文学批评则更是等而下之了，它对最为根本的文学自身的意义，基本上是“隔靴搔痒”或不予涉及。

赵汀阳称这些文学批评为典型的“文人式”评论。作为极具中国特色的身份，“文人”有时亦称“知识分子”，其实只意味着一种趣味。“文人”与任何一个行业的人都格格不入，他可能也做些艺术、哲学、历史之类的研究，却不成为艺术家、文学家、哲学家或历史学家；他总是特别有感觉，对什么都想说几句，尽管往往不伦不类。

真正的文学家、艺术家、哲学家不是文人，而是文化行业的实践者，即爱默生《美国学者》中说的“世界的眼睛”，一个完整的人，一个思想着的人，一个行动的人。只有行动着的人才可能从历史走向未来。正如当代希腊诗人埃利蒂斯所言：“诗歌是一个充满革命力量的纯洁源泉。我的使命就是要将这些力量引入一个我们理智所不能接受的世界，并且通过更迭、不断的变形，使这个世界与我的梦产生和谐……从理想主义出发，我将步入一个迄今未被触摸的世界。”①

理解来自介入，批评则来自对理解的分析。赵汀阳指出：“解释是观看一个作品时的一个积极活动，但解释总是以一种现象学理解为前提的，在现象学理解中，艺术品已经完整地呈现，也就是说，一个艺术品所试图展示的可能世界已经展现，观众接受的是一种艺术世界而决不是一些原材料。”严格意义上的文学批评，应是“存在论”水平的理解所进行的理论活动，它介入到一个文学的可能世界，就像我们介入到现实世界中去经验现实世界一样；批评家介入到文学世界经验着它的存在，自然消弭了理论与作品之间的隔阂。赵汀阳还指出，鉴别文学批评有一个简单标准：如果一个评论是描述性的，那么它是对作品的报道；如果是解释性的，那么它是文学批评的辅助性评论；如果是分析性的，那么，它是学术性的文学批评②。

伫立在插满各种路标的十字路口，伟大的文学批评家往往是一个思想家，他“朝抵抗力最大的路径走”（朱光潜语），内心淡定、从容，能顷刻洞悉现实生活中正在发生的深刻变化，锐利地揭示文学作品中虚假、陈旧、落后的观念，鼓励、激活、凸显其中在真实性上有所突破的隐秘观念，

---

① ［希］埃利蒂斯著：《光明的对称》，《理所当然》，刘瑞洪译，译林出版社 2008 年版，第 130 页。

② 参阅赵汀阳著：《谁去批评画面》，见刘小枫等著：《流亡与栖居》，北京燕山出版社 1995 年版，第 98—104 页。

做到既理解文本的深层意义，又理解自我和历史的道路，将作家以精金碎玉般语言构建的可能世界“化作客观存在”，营造出一个丹纳所言的“时代精神”，有效推动社会结构的变革和文明的发展。

在《学问的生命与生命的学问》一书中，傅伟勋说：“无论如何，文学（以及古典音乐）直至今日始终是我透过‘学问的生命’层次的真正嗜好，为了文学（与音乐）的自家享受，我可以不出门、不远游、不交际，也不会感到孤寂无聊。”显然，傅伟勋在文学与音乐中找到了贴近自己灵魂的方式，或者说，文学（音乐）已成了驻足心灵深处的“绦虫”，而气定神闲地“开启世界”。心蕴优雅，自然瞬绽光华，锻造出了“生命的学问”。

清代文学批评家袁枚《程绵庄诗说序》云：“作诗者以诗传，说诗者以说传。传者传其说之是，而不必尽合于作者也。”将批评家擢升至与作家同等的地位，这一“石破天惊”之论绝非空穴来风。

中国评点派的杰出代表，如李贽、金圣叹、张竹坡、毛宗岗、脂砚斋等，没有单纯地在伟大文学家身后亦步亦趋，追踪他们光辉的足迹，搜集、整理他们的遗产，而是穿越语言的重重屏障，“将自己眼光直射千百年上，与当日古人提笔一刹那倾精神融成水乳”（金圣叹《杜诗解》），积极介入到作品所展示的可能世界，将其深层意义一一呈现。这些评点家富有创造精神，都是李渔所言“浅处见才”的“文章高手”；他们的评点杰作“晰毛辨发，穷幽晰微，无复有遗议于其间”，“能令千古才人心死”（《闲情偶寄》）。经过评点家的截读、节读、删改、廓清眉目、订正文字、指点筋节甚至“腰斩”之后，《水浒传》《金瓶梅》《三国演义》《红楼梦》等巨著以“评点本”流行于世，历久不衰，常读常新——小说评点不啻是批评分析，更是一种美学创造。批评家俨然成了作家，这是中国文学批评史上的奇迹！

遗憾的是，这种用心灵阅读、给文字带来生命的文学批评家已经不多了。原因很简单，大部分批评家手中并没有“菲洛克忒忒斯的神弓”。伏尔泰说：“长期以来我们有九位缪斯。健康的批评是第十位缪斯。”可如今批评这位缪斯衰老了，成了神庙门前一个年老色衰的看门人，备受九位姐姐的嘲笑和奚落。

新时期以来，学界强调作家艺术家的主体意识和主体性作用。无疑，这是中国文学艺术界的一大觉醒，一大进步。但是，有些论著往往离开了作为艺术活动主体的作家艺术家的人格品位，抽象谈论主体的意识及其作用，以为只要突出了它，就能有真正完美的艺术产生。殊不知，“从根本的意义上说，人的、艺术的主体性都不是、也不能成为最终的归属点，它必须超越自我，向着永恒的超验价值敞开，然而，中国现时代的文艺却从根本上缺乏这一根本性的精神质素和灵魂呼唤”①；由于没有更进一步打破自我从而确立存在的真理和超验的价值，精神的进程也就中断，自我主义趋于空虚、阴冷、浮躁和低劣，充满了兽性和放纵的疯狂。

20世纪80年代末、90年代初，知识和思想开始退出公共领域，中国“知识分子的安身立命之处不再是庙堂或广场，而是有自己的岗位，即自己的专业领域”②，知识本来所具有的超越性被切断了，不再向社会提供现实意义。无论是作家还是批评家，大都没有了自己的思想、趣味和语言。随着文学批评转向学院范围之后，当代文学批评逐渐演变成为各种方法论和可用科学方法予以验证的公式。

当知识分子走向职业化、学院化，蜕变为专家、学者和职业工作者之后，“社会良知”或“公共关怀”渐行渐远，文学批评成了无关痛痒的“学问”或纯粹的知识生产。个人化、私人化、时尚化的批评话语，通过“语言狂欢”的表演制造各种热门话题，以运用眼睛远大于通过心灵所得的“真实”投合大众趣味。

于是，“经典通胀”的“伪批评”铺天盖地，如同铺天盖地而来的雾霾；它们制造各种荣景假象，掩饰尖锐的现实问题，漠视人之为人的尊严与价值。在幻象丛生的文化地形图上，文学批评面影模糊、暧昧，由于从不揭示现代人的精神本质，从不出示自身对生存和艺术的切己体验，从不朗现

---

① 高全喜著：《论艺术的真诚》，见刘小枫等著：《流亡与栖居》，北京燕山出版社1995年版，第63页。

② 许纪霖编：《公共性与公共知识分子》，江苏人民出版社2003年版，第34页。

作用于人之灵魂的意义图像，人们不禁感叹："批评家已死。"

对于中国当代文学批评而言，首先应当"治疗"的是对象化、实用化的职业批评。在职业批评家眼里，只有"禾"与"莠"在一个田地齐生共长的景致。这种"不置可否"的批评，不是用经验而是用理论去理解作品，根本没有审美经验可言；它基本上是失效的，既不能"通作者之意"，亦不能"开览者之心"。这种粗劣的、小里小气的文学批评，通常充当了"抬轿子"的角色，与上述"文人式"评论无异。

毋庸讳言，由于缺乏一种活跃的知识分子生活，当下职业批评大行其道，比比皆是。除了生产过剩的、正确的"废话"，它基本上无助于精神切实的生长。职业批评貌似专业性参与、理论性反馈，实际上不过是"以学究之陋解诗"（王夫之语），给作品贴上毫无实质意义的理论标签，使批评沦为智力操作游戏。由于说不到点子上，说不到作家的痛处，不懂作家写作中的难处何在，这种批评往往不利于文学的创造。阎连科说："我读批评家的论文，最渴望的是从那些论文中让我领悟我的小说在今后写作中有哪些可能性；我写小说时，每次面对他们指导的那种可能性去实践，却都表现出了无能或无力，仿佛每次努力都是走错了门。"①

英国当代诗人戴·刘易斯说，从外界而来的批评总是有些令人生畏，因为它让人觉得不着边际：作家写完一部作品，然后进入新的体验之中，准备写下一部作品；当批评家仍对他的上一部作品喋喋不休时，作家的感觉是茫然不知所对。一部作品的完成，它的创造者仿佛如梦初醒一般，有一种突然而来的惊诧："这么精妙的作品会是我写出来的吗？"

文学创作从来不源于理论思考，并超前于理论思考，其最本质的东西就是这种"清风自来"的新鲜感，而这恰恰是一般批评家所未能进入的境界：他们往往把或许也曾感受到的这种得之不易的新鲜感置之脑后，其所看重的只是文学史的知识和材料而已。创作与批评之间就是这样存在着巨大的无形鸿沟。

① 阎连科撰：《作家与批评家》，载《当代作家评论》2009年第1期。

1947 年,美国哈佛大学召开了一次国际性的音乐学术研讨会,特意邀请 E·M·福斯特与会,并作了题为《批评存在的理由》的演讲。E·M·福斯特探讨了音乐批评对于作曲家和普通听众的作用,指出音乐的评论能刺激我们的感官,使它变得更为敏锐,从而发现被我们所忽略了的音乐中的美。此外,它还可以纠正我们听音乐时流于肤浅,或满足于停留在仅见其华丽的表面,从理论上澄清、强化我们的感受。

E·M·福斯特引述了戴·刘易斯的观点后,语重心长地说:自己怎么努力也无法弥补创作与批评之间所存在的鸿沟,如果一定要的话,那就是爱心,对艺术的爱心;爱心,是走向音乐历程的最不可少的精神支柱。的确,艺术的赏识见解不必完全一致,但都需要共同的追求之心,即所谓嘤嘤其鸣,求其友声。对于艺术人们应怀有必要的崇敬和热爱,这是最为重要的。

在 E·M·福斯特看来,通过音乐批评,爱心得到了净化和提炼,被赋予了更加充分的价值。难道不是这样吗?好的音乐评论,素朴而真诚,它将以音乐之心感受到的传递给别人,让别人受到启发,养成纯正的艺术趣味,进而做到拥有创造性的理解能力。

艺术是精神性的,它不是供人换取功名利禄的“职业”。传闻郎朗五岁就立志要当世界级钢琴大师,傅聪认为这并不足取。在他看来,学琴的出发点并非要成为世界级大师。走向音乐的是爱心,形成独特的音乐感受力的也是爱心。傅聪说:“假如学琴的人不具备对音乐那种‘没有它就不能活’的爱,最好还是不要学音乐。学艺术一定要出自对精神境界的追求,有‘大爱之心’,要愿意一辈子不计成败地献身。……假如有这样一个出发点,即使孩子不能成为一个专业的音乐家,可是他有一个精神世界让他神游,这也是一种莫大的幸福。”①

同样,文学批评也不是一门“职业”,而是一项满怀“爱心”与“理解”的工作。只有对自己、对他人内心最深处从未受到触动的思想进行拷问

① 转引自鲲西著:《听音小札》,广西师范大学出版社 2005 年版,第 118—119 页。

和追索，批评才能达到与作品的“神交”。我骨子里特别不喜欢那些情感冷淡、硬化、僵化，尽显揶揄、挖苦、讥讽之能事的批评文字。伏尔泰曾调侃说，有些人成为职业批评家，正像人们为了检查送往市场的猪是否有病而设立专门检查猪舌头的人一样；在文学的猪舌头检查者眼里，没有一个健康的作家。这些文学的“猪舌检查者”，以艺术真理的占有者自居，“谁红跟谁急”，党同伐异，唯见戾气而已。其实，这种苛求“完美”的批评不过是琐屑的表现，除了向读者灌输一堆陈旧或僵硬的观念，并没能真正培养、提升读者的鉴赏力。

金圣叹的批评一针见血：“若果知得金针，何妨与我略度？”（《读第六才子书法》）倘若这些批评家手中果有“金针”，何不多“栽花”，少“种刺”？或者说，在剪除“恶草”的同时，多浇灌些“佳花”呢？冷漠，是文学艺术最大的敌人。跟菲洛克忒忒斯神话里的奥德修斯一样，这些批评家压根儿就没有认识到：对于艺术，爱和理解才是超乎一切所应拥有的心。

如果一个批评家没有了对艺术的真挚同情和情感投入，那么艺术作品所饱含的情感又怎么能被传达出来呢？批评文字怎么能调动人们内心的情感，给人以美的启迪呢？这正如在菲洛克忒忒斯的神话里，如果涅俄普托勒摩斯对菲洛克忒忒斯没有情感的投入，他又如何能够赢得菲洛克忒忒斯的信任，而完成他的光荣使命呢？威尔逊说：“若不深入了解，进入作家的世界，掌握他基本的直觉，在他感性的活动中发觉他言论的奥秘冲动等情怀，人们将无法树立一种有价值的评论，而那种有价值的评论乃是集合剖析与友谊而汇聚成一种透视的努力。以诚实的代价而获得智慧是件奇妙的锻炼工夫。”①

维特根斯坦对流俗评论的讥讽切中时弊：假设一首曲子有毛病，仅仅指出它不好听，这是观众式的评论；如果指出它在什么地方有毛病，可能作什么样的修改，这则是专家式批评。维特根斯坦把反思和分析看作是

① ［美］埃德蒙·威尔逊著：《到芬兰车站》“推荐序”，刘森尧译，广西师范大学出版社2014年版，第3页。

一种“治疗”,这十分准确生动。理想的批评是一种内行的批评,它“进驻到文学的内部,犹如一位制造胸像的雕塑家把他的精神,即手的指导——灵魂——置于他正在制作的头像里,置于他的模特的有生命力的身体深处”①。

对于同时代人的批评,尤其需要一种活跃的、敏锐的、精深的鉴赏力,T·S·艾略特说:“我最为感激的批评家是这样的批评家,他们能让我去看我过去从未看到过的东西,或者只是用被偏见蒙蔽着的眼睛去看的西,他们让我直接面对这种东西,然后让我独自一人去进一步处理它。在这之后,我必须依靠我自己的感受力、智力以及发现智慧的能力。”②这是一个伟大诗人的肺腑之言。它提示我们:真正的文学反思,能揭示一个作品存在的问题,能理解作品所展现的可能世界及其构造方式的美学意义和思想价值,并深入阐明这一作品对文学本身发展的影响。

伟大的批评家往往一无依傍,完全出自对文学的敏感而发掘、培育出一批作家。如,别林斯基就敏锐发掘了普希金、克雷洛夫、格里鲍耶多夫、果戈理、赫尔岑、冈察洛夫、屠格涅夫、涅克拉索夫和陀思妥耶夫斯基等作家,对他们的作品予以热情的评论,及时地总结其经验和成就,对俄国文学的发展起到了至关重要的指导性作用。渐行渐远,已经很难找到了。

威尔逊批评家既具备专业素养,又有独立思想和现实情怀。他禀有钱锺书所谓的“衡文具眼,迈辈流之上,得风会之先”;“识英雄于风尘草泽之中,相骐骥于牝牡骊黄以外,而能于艺事之全体大用,高瞩周览,症结所在,谈言微中,俟诸后世,其论不刊”③的远见卓识;不仅能够进入自己所喜爱作家的内心深处,而且以极具前瞻性的慧眼,使人们意识到这些作家的重要性,大大缩小了高雅文学和普通读者之间的距离。

---

① [法]蒂博代著:《六说文学批评》,赵坚译,生活·读书·新知三联书店2002年版,第108页。

② [英]T·S·艾略特著:《艾略特诗学文集》,王恩衷编译,国际文化出版公司1989年版,第300页。

③ 钱锺书著:《管锥编》第4册,中华书局1979年版,第1446页。

当年T·S·艾略特的《荒原》刚在《日晷》上发表，尚未出版带有注释的单行本，威尔逊就写了美国第一篇关于《荒原》的评论，给予高度评价。当美国人对于欧洲的现代主义文学和作家，如叶芝、瓦莱里、普鲁斯特、乔伊斯、斯泰因、兰波等，还在争论或根本不予理会时，威尔逊就对《追忆似水年华》《尤利西斯》等做了精妙、清晰的分析。无数有名或无名的作家因为威尔逊的评论而声誉鹊起，经他提携的海明威、菲茨杰拉德、T·S·艾略特、乔伊斯等人更是成为20世纪的文学巨星。这有力印证了钱锺书的灼见："谈艺之特识先觉，策勋初非一途。或于艺事之弘纲要指，未免人云亦云，而能于历世或并世所视为碌碌众伍之作者中，悟稀赏独，拔某家而出之；一经标举，物议佥同，别好创见浸成通尚定论。"①

文学批评一定是源于批评家内心之爱的激情，一定是批评家在作品里找到了某种贴心贴肉的东西，一定是"恋人絮语"般的有效沟通、交流。以是之故，优秀的批评家总会发现一个自己难以绕开的作家。如，果戈理之于别林斯基，波德莱尔之于本雅明，荷尔德林之于海德格尔，鲁迅之于竹内好，陀思妥耶夫斯基之于巴赫金，村上春树之于小森阳一……这些作家的文字韵韵入肌，别具兴味，扣住了批评家血肉中最为敏感的神经，又向外迸发出了颇具深度的理论思考。

我们所需要的，正是这种能与创作相对称、相媲美，与作家展开富于张力的对话，掷地有声、特具穿透力的批评家。重读埃德蒙·威尔逊，或可"治疗"文学批评之弊并昭示其未来。

谁是埃德蒙·威尔逊？什么"城堡"？还有什么"车站"？……估计很多文学教授尤其是年轻一代的学者已不甚了了。

威尔逊曾是纵横美国文坛半个世纪的头号批评家，但他从不自命为文学批评家。他远离理论和学院，称自己是作家和新闻记者，或者说是"文学记者"。威尔逊先后在《名利场》《新共和》《纽约客》《纽约书评》和《党派评论》等著名杂志做专栏作家。他既关注文学问题，也关心社会问

① 钱锺书著：《管锥编》第4册，中华书局1979年版，第1446页。

题，广泛涉及文学、政治、历史、哲学等各个学科，还出版过小说、诗歌，甚至考古报告。

凭借深厚的积淀和睿智，威尔逊的文章透彻、优雅，总是给读者以文学的审美享受。由于始终保持批判性思维，其评论又常发挥着社会良心的作用。诗人夏皮罗（Karl Shapiro）说："威尔逊的评论成就在于他把文学与人类生存的图景结合为一，从抽象分析家手中盗取文学之火。他可能是现代评论家里唯一可以无私、博学而又勤恳地把我们这一代的科学、社会、美学与创作灵感带回大众的注视之中的人。"①在《威尔辽画像》一文，利昂·埃代尔（Leon Edel）则盛赞他"以真挚的人道精神和杰出的新闻文体，丰富了美国的政治、文化与社会生活，超越时代和地理局限向世界发言"②。以是之故，威尔逊在美国知识界至今仍然是一个令人敬畏的存在。

福楼拜在一封信中说道：一个创造性的艺术家不仅具有丰富的想象力，他还需集思想家、批评家和社会诊断医师为一身，才具备对付某个特定时代的问题的能力。威尔逊借用福楼拜"三维思想家"的理念，表达了自己对艺术家和批评家的诠释。在他看来，艺术家仅有"艺术"这一维度是不够的，他的精神世界还应该是多维度的，包括对社会意识形态、历史、哲学、心理等多方面的观照。

威尔逊提出，批评家仅仅是批评家也是不够的，他应该首先是艺术家，善于创作诗歌、小说、戏剧，才能真正对艺术创作者及其作品产生真挚的同情，才能把作品中最真实的信息传递给读者。威尔逊认为，文学批评"是观察人类意念与想象如何被环境塑造的一种历史"③。为此，批评家不仅需要敏锐的历史意识和科学的研究能力，更需要丰富的想象力，使批

---

① ［美］埃德蒙·威尔逊著：《阿克瑟尔的城堡》"代译序"，黄念欣译，江苏教育出版社2006年版，第5页。

② 转引自赵一凡撰：《埃德蒙·威尔逊的俄国之恋》，载《读书》1987年第4期。

③ Edmund Wilson, *Axel's Castle: A Study in the Imaginative Literature of* 1870 – 1930. Charles Scribner's Sons, 1969, head page.

评活动成为艺术的再创造,并向文化和文明递进。

威尔逊对文学批评家的要求应该成为一种共识。T·S·艾略特自道:“诗人具有除诗之外的其他兴趣——否则他们的诗将非常空乏:他们之所以是诗人,只是因为他们的主要兴趣在于精化他们的经验和他们的思想(而体验和思考意味着具有除诗之外的种种兴趣)——在于把他们的经验和思想转化为诗。”批评家的工作,主要是帮助读者欣赏和理解,应该具有与诗人同样广阔的兴趣面或完备的知识结构,“因为文学批评家并不仅仅是一个只了解他批评的作家所必须遵循的规则的技巧专家:批评家必须是一个全面的人,一个有信仰有原则的人,还必须具有生活知识和生活经验”①。

如果一个文学批评家除了“文学”之外,不对任何别的东西怀有兴趣,那么,他的文学只会是一个纯粹的抽象物,而不可能告诉我们多少东西。在知识高度专业化的现代社会中,以“三维思想家”的理念衡量今日之批评家,很不令人乐观。这造成了我们的批评与当代作家的创作极“不对称”。

威尔逊坚信艺术能给混乱的生活和人们盲目的冲动以意义和方向,坚信人文精神是文学批评之根本,是文学批评的生命所在。在《三重思想家》里,威尔逊将以往的人文传统归结为:“相信人之为人已经获得的高贵与美丽,崇敬作为这一进程之记录的文学。”因此,批评本身不是目的,不断超越文学,触及文化,接通与生活的联系,发现生命的意义,解答生活中的困惑,并重塑生活才是文学批评的宗旨,推动整个美国的进步则是其终极目的。

威尔逊说:“在我看来,我们所有的知识活动,不管它发生在哪一个领域,都是试图给我们的经验以意义,也就是说,使生活更为可行;因为只有明白了事物才能使我们更易生存,运筹帷幄。”对他而言,“语言和文学代

① [英]T·S·艾略特英吉利:《艾略特诗学文集》,王恩衷编译,国际文化出版公司1989年版,第299页。

表着人类从未间断的获取思想的斗争过程,这些思想一旦付诸行动就会渐进地构成文明的进步”。因此,批评家一方面“要阐明那些伟大的艺术家和思想家的作品”[①],另一方面,还必须超越文学的范围而上升到文化批评的层面,完成公众服务,指导公众意识的使命。这里,威尔逊启示我们:回归生活、回归现实是文学及其批评的归宿和崇高责任。

威尔逊坚持认为,文学批评是对一个民族文明发展轨迹的综合把握,这种综合是指文学批评的诗性、社会性和公共性的统一。只有这样,文学批评才能保持长久的生命力,才能富有成效地完成诠释文本、触动公众和服务社会的使命。因此,威尔逊总是巨细靡遗地“通读”作家的作品,以自己真诚、犀利的批评,追寻、呼应着美国文学史上的每一次脉动——发掘、整理和研究美国的文学传统,贯穿了威尔逊的所有批评著作。

譬如,《承认的冲击》将美国文学开创以来的经典作品置于创作者之间“互评”的语境,把文学作品还原为历史实践,历历在目地呈现了美国文明创建以来所面临的各种文化问题和困惑。又如,《爱国者之血》则以文学的手法描绘出了美国内战的大量史料(包括传记、报道、言谈、小说、人物等),诗性地表现了历史的存在,并将历史中具体的经验和教训提升为对整个人类和人性的普遍认识[②]。

在《埃德蒙·威尔逊在牛津》一文里,以赛亚·伯林称威尔逊是约翰逊、圣佩夫、别林斯基、马修·阿诺德传统的最后一位重要评论家,“他的目标和实践是为了在一个更大的社会和文化框架中考察文学作品——这个框架包含着对作者人格、目标、社会和个人根源,周围的道德、知识和政治环境,以及作者眼界的性质等方面的专注、犀利、直截了当、发人深思的观点——也是为了将作者、作品及其复杂的背景呈现为一个错综的整体。”[③]

威尔逊的魅力正来自他对文学和生活的理解、热爱和洞察,这成为支

① 参阅邵珊、季海宏著:《埃德蒙·威尔逊》,译林出版社 2013 年版,第 29 页、第 32 页。

② 参阅邵珊、季海宏著:《埃德蒙·威尔逊》,译林出版社 2013 年版,第 14 页。

③ [英]以赛亚·伯林著:《个人印象》,林振义、王洁译,译林出版社 2013 年版,第 176 页。

持他终生从事批评的坚韧的精神力量。他说:“无论在历史、哲学还是诗歌上,人类每一次心智的胜利都给我们一种深深的满足:我们的混乱之痛被治愈了,那些难以理解的事件给我们的重负也被解脱了。”(《文学的历史解释》)①威尔逊的文学批评所传达的正是这种“解脱”所带来的快乐。从威尔逊身上,我们仿佛呼吸到了20世纪美国绵长浓厚的人文气息。

1955年,美国文学艺术学会授予威尔逊罕见的随笔与批评金奖时,批评家范·维克·布鲁克斯称威尔逊是仅有的几个可以称得上是“作家的批评家”,他代表了“一种行将消失的类型,一个文学界的自由人”②。

作为“作家的批评家”,威尔逊的文学批评即蒂博代所称道的:“醉心于某一作家的批评,像画家构思一幅肖像画一样地建设这位作家形象的批评,要想进行有效的工作,只有把自己置身于作家的时间经历之中,跟踪他自己对自己的循序渐进的创造,并用一条线索把他所完成的不同的形象与他的生活、作品、影响和作用的不同时期联系在一起。批评只有努力同一种创造运动的延续过程相吻合才能进行真正的建设。”③

比起内心既聋且哑的职业批评,“作家的批评”首先是一种理解和同情的行为,自然要中肯、高明得多。蒂博代认为,其中“贮存着批评的灵魂,一种在职业不可避免的自然规律中经常遭遇死亡或麻木的危险的灵魂”;他说:“批评真正的高级职能不在于从事这种职业本身,而在于放弃那些毫无价值的作品,在于不仅要理解杰作,而且要理解这些杰作里面自由的创造冲动所包含的年轻和新生的东西,这是比理解杰作本身更难的。”④

T·S·艾略特指出,在作家的创作过程中,实际上有大部分的工

---

① Dabney, Lewis M., *Edmund Wilson.A Lifein Literature*, New York: Farrar Straus and Girous, 2005, p. 115.

② Sherman Paud, *Edmund Wilson: A Study of Literature Vocation in Our Time*, Vniversity of Illinois Press, 1965, p.1.

③ [法]蒂博代著:《六说文学批评》,赵坚译,生活·读书·新知三联书店2002年版,第194页。

④ [法]蒂博代著:《六说文学批评》,赵坚译,生活·读书·新知三联书店2002年版,第127页、第126—127页。

作——如提炼、综合、组织、剔除、修饰、检验等——既是创作又是批评的活动；特别是那些受过训练、有技巧的作家，由于具备丰富的创作实践经验，熟谙个中甘苦，他们对自己创作所做的批评，侧重于与创作之间的会合，更能直接切中艺术的本质①。

大作家如狄德罗、歌德、莎士比亚、夏多布里昂、雨果、波德莱尔、T·S·艾略特、纳博科夫、海明威、米兰·昆德拉等都是一流的批评家，在批评上可以和最有名的文学教授相媲美。中国当代作家，如王蒙、王安忆、莫言、格非、阎连科等，也在谈话录、回忆录、书信集或专题论文里，留下了许多不逊色于职业批评家的批评文字。

如果说职业批评将读者引出文本、进入文本之外的世界，作家的批评则竭力将读者导入文本之内。即便是“操千曲而后晓声，观千剑而后识器”的职业批评家，如布鲁克斯面对作品发出这样的感叹：“我们不知道不同诗人写诗的方法；我们以为某处是经过呕心沥血的结果，其实这个地方很可能是和该诗其它部分同样自然流露。”②而有着切身创作体验和丰富实践积累的作家，则能准确号脉出“呕心沥血的结果”与“自然流露的部分”，能发现职业批评家忽略或无法觉察的东西。譬如，纳博科夫能把《荒凉山庄》起始第一段所描绘的大雾、泥淖，从语言上与威风凛凛的大法官、大律师的名字联系起来，把文本中俯拾皆是的双关语、俏皮话、文字游戏等一一发掘出来，巧妙而传神地让读者体悟到贯穿全书的乌烟瘴气的昏暗氛围③。

威尔逊也以其“文学记者”的敏锐、简洁、优美的笔触，对当下的文学图景作了准确的判断和深刻的阐释。他非常执著地以文学性作为衡量作品的尺度，同时也追求文学批评所蕴含的文学性。威尔逊将“清晰、流畅

① ［英］T·S·艾略特著：《艾略特诗学文集》，王恩衷编译，国际文化出版公司 1989 年版，第 67 页。

② ［美］布鲁克斯著：《赤体婴儿和雄伟的外衣》，见冯黎明等编：《当代西方文艺批评主潮》，湖南人民出版社 1987 年版，第 90 页。

③ ［美］纳博科夫著：《文学讲稿》，申慧辉等译，生活·读书·新知三联书店 1991 年版，第 97—184 页。

和说服力”看作文学批评写作的最高境界,因为只有这样才能将渗透在文学批评中的价值观向更广泛的公众辐射。以赛亚·伯林说,他写的每一个句子都充满真正的思想和感觉,令人难以忘怀。“他把自己的血写进了自己的书。”

譬如,威尔逊这样描述早期象征主义诗人科比埃尔:

> 他是一位船长之子,父亲也曾写过不少航海故事。他在良好的教育环境中成长,但后来成为逃犯。他在巴黎终日沉睡,夜晚就流连于咖啡馆或者埋头写诗,然后在晨曦中向从巴黎车站或酒店出来的妓女问好。……他既忧郁而又满脑子狂想,满口怨言与低俗笑话,常常穿着囚犯的衣服以自娱,还为了抗议农村合唱团的扰人歌声而向窗外开枪。有一次他到访罗马,身穿晚礼服,头戴主教帽子,额上画着一双眼睛,牵着一头系着丝带的猪招摇过市。①

这种文学批评的文学叙述,把历史人物拉近到我们面前,赋予其立体的生命形象,激发了我们去进一步认识象征主义诗歌及其诗人。以艺术的方式来评论艺术问题,让我们再次想起俄国形式主义者什克洛夫斯基的忠告:“诗是需要分析的,但要像诗人那样来分析,不要失去诗的气息。”②

又如,威尔逊从整体上把握并在细节上解剖了《追忆似水年华》后,在结语部分这样评述普鲁斯特:

> 普鲁斯特可能是最后一位研究资本主义文化的历史学家,其作品中的爱情、社会、知性、外交、文学和艺术皆令人心碎。而这位有着忧愁而动人的声线、哲学家的头脑、萨拉森人的钩鼻、不合身的礼服

① [美]埃德蒙·威尔逊著:《阿克瑟尔的城堡》,黄念欣译,江苏教育出版社2006年版,第71—72页。

② [苏]维·什克洛夫斯基著:《散文理论》,刘宗次译,百花洲文艺出版社1994年版,第91页。

和仿似苍蝇复眼一样看透一切的大眼睛的细小男子，主导着场景，扮演着大宅里最后的主人的角色。①

威尔逊以文学性的语言和俯瞰世界的目光，并联结作家的生存及精神状态，准确捕捉了作品的灵魂与精髓。我们从中看到了威尔逊的文学作品对普鲁斯特生命与个性的珍视、同情与体察，品味到了作品所提供的历史与文化的省思，以及批评家渗透其中的巨大热情和爱。这是灵魂对灵魂的接近，精神对精神的拥抱，“作家的批评家”的精神特质呼之欲出。透过这些高屋建瓴的文字，我们洞悉了作品和艺术家本身，而这不正是文学批评的初衷吗？再返观我们那些侃侃而谈，却没有任何灵魂质地和精神气息的批评，真是令人无地自容、羞愧难当。

威尔逊以自己文学的一生勾勒出了美国文明的轨迹，阅读威尔逊的文学批评的过程就是了解美国文化的过程。因此，有人形象地把他比作“最后一个文艺复兴时代的战士”②。小说家菲茨杰拉德称他为“我们这一代人的文学良心”；《纽约时报》则评价说：“如果美国文明存在的话，是威尔逊先生把它展现给我们的，而他自己又是其中一个重要的部分。”③这是对一个伟大批评家最高的认可和赞誉，也是我们对未来中国文学批评家的期望所在！

六、“明天将出现什么样的词”

挟文化体制改革之风、新媒介革命之潮、文化全球化之波，中国未来

---

① [美]埃德蒙·威尔逊著：《阿克瑟尔的城堡》，黄念欣译，江苏教育出版社2006年版，第135页。

② Lewis M.Dabney, *Edmund Wilson: A Life in Literature*, Farrar, Straus and Giroux, 2005, flap.

③ Ibid, p.519.

的文学载体从书籍、报刊这些传统的纸媒扩展到了光盘、网络、手机、电子书、平板电脑等新媒介，被改编成了影视、动漫、网游，成为视听文化的内容或“脚本”。随着实体出版、无线阅读、流行音乐、报刊、影视、动漫、广告、平面设计、电视、电台、游戏、旅游等相关产业的携手共进，作家、策划人、出版人、文字编辑、销售商的串联重组，一大批实力雄厚的大型出版集团已然形成，共同打造出一个中国制造的创意产业的文化产业链。

于是，文学由原来的“事业”变身为“产业”，从上层建筑蜕变为经济基础，艺术价值转化为商业价值，成为国民经济的又一个增长点，成为“大国崛起”、“跨越式发展”以及提升国家“文化软实力”的标志。文学界红红火火，热闹非凡，作家、创作团队、文学杂志、学术刊物都被型塑为具有生产力、可衍生各种产品的商业品牌，这些品牌经验具有波德里亚说的“符号价值”，承载着消费者对品牌的体验(experience)①，它们经由“文化商人”在资本市场中公然交易，“符号经济”欣欣向荣。

随着文学生产机制完成转型，“作者”或“作家”的地位和身份发生了重大变化，他们不再继续拥有从前那种绝对优势的精神地位：写作已然“祛魅”为公共性事件的“手艺活”，而不再是神性的或天才的事业；人人都可以参与其中，都可能成为一个“作家”，一个与他人平等的“主体间性”中的“主体”。在“文化产业”的盛宴背后，至少有300万以上的签约写手，可能超过了中国职业军人的总数。他们以每天三至五万字的速度书写，是名副其实的“码字匠”，当中真正具备文学写作能力者寥寥无几；文学作品“异化”为没有思想、艺术深度的“单纯的文字样式”，语言、文字成了货真价实的“工具”或“符号”。钱锺书先生曾说：“假如你吃了个鸡蛋觉得不错，何必认识那下蛋的鸡呢?”

然而，由于图书出版的门槛越来越低，中国每年出版的图书品种、总量都位居世界第一。在“信息过剩”的时代，读者无法区别哪个是最好的，这时“母鸡”是最重要的。一旦读者喜欢上了一只“母鸡”，就会主动

① Scott Lash and Celia Lury, *Global Culture Industry*, Cambridge: Polity, 2007, pp.5-7.

去“吃”这只“母鸡”下的所有的“蛋”。因此,推销这只“母鸡”比推销单个的“鸡蛋”更为节约成本,更为有利可图。这只“母鸡”就是“作者”,他是集作家、文化策划家、文化商人、娱乐明星、企业家、富豪、流行偶像于一身的“明星作家”,是一个被生产出来的诚如加拿大学者维尼克(Andrew Wernick)所说的“推销性符号”。这一“推销性符号”不仅可以推销本人的产品,还可以通过背书、代言的形式推销其它的产品[①]。这类“明星作家”往往是形形色色“创作团队”的“带头大哥”,传统意义上的“作者”存活于美国社会学家贝克(Howard Becker)所谓的一个复数的“艺术界”(art worlds)——一个由所有参与文学生产、保存、推销、分配、批评和买卖的人组成的人际网络,“网络中的人们以他们对行事惯例的共识为基础开展合作,生产出让这个艺术界得以闻名的艺术作品”[②]。“艺术界”的成员们严格遵循资本的逻辑“集体创作”,“以文为刃”,“斗技飙文”,反复讨论、敲打、磨合选题、创意、情节、语言、结构,以高速书写、出版、销售的模式制造一个又一个样板——“格式化”的文化产品[③]。

在媒介文化和全球化的双重夹击下,畅销书作者及其作品转化成了高利润的创意产业,现代出版业以“营销”为中心,“出书”变成“做书”,营销策略、经济效益的意义远大于文学艺术的独创性及其思想的创榛辟莽。

一个现成的实例——

2006 年,中国“青春文学”标志性人物之一郭敬明创立国内最早的创作团队——上海柯艾文化传播有限公司;2010 年,柯艾更名为“上海最世文化发展有限公司”。迄今为止,旗下签约作家 53 人,签约插画师 24 人,签约设计师、摄影师十余人。最世号称拥有“最先锋的创意,最新锐的理

① Andrew Wernick,“Authorship and the Supplement of Promotion”, in Maurice Biriotti and Nicola Miller eds., *What is an Author?*, Manchester: Manchester University Press, 1993, pp.92-96.

② 转引自[英]维多利亚·D.亚历山大著:《艺术社会学》,章浩、沈扬译,江苏美术出版社 2009 年版,第 86 页。

③ 参阅杨玲撰:《权力、资本和集群:当代文化场中的明星作家——以郭敬明和最世作者群为例》,载陶东风、周宪主编:《文化研究》第 12 辑,社会科学文献出版社 2012 年版,第 20—21 页。

念，最顶级的阅读享受，最优质的作家，最富进取的团队”①，其目标是“打造国内第一家用娱乐经济公司的模式来代理青年文艺创作者的优秀经济公司”，为作者提供企划、编辑、推广、海外版权等全方位的专业服务。据称，最世拥有阵容强大的作者资源：“绝对实力销量数百万的作家”（郭敬明、落落、笛安、安东尼等）“极具市场辨识度的畅销作家”（恒殊、消失宾妮、卢丽莉、王小立、萧凯茵等）“新生代里实力拔群的热门作家”（李枫、陈晨、自由鸟、肖以默、爱礼丝、蒲宫音等）“崭露头角潜力无限的锐利新人”（猫某人、张喵喵、林汐、陈龙、雷文科、简宇、林培源等）“锋芒初露蓄势待发的未来之星”（玻璃洋葱、知名不具、余慧迪、李茜、孙梦洁、王羽、末日等）“国内顶尖插画家”（年年、陌一飞、王浣、小皇、阮筠庭等）、“国内最具销量漫画家”（千靥、林莹、丁东、申琳、夏俊、席滢、张晶、曾雅芳等）、“最有潜力的新人画手”（舞小仙、云籽、花寻、Bin、meiyou 等）……截至2011 年 3 月，最世公司已出版 75 本文字类单行本、17 本漫画单行本、6 本画集/绘本、4 个书系（含 33 本单行本）②。与最世签约的作家，其作品销量基本都在 10 万册以上。以“80 后”女作家笛安为例，她在加入最世前，作品的销量不到 2 万册，加入最世后，她的长篇小说《西决》创下了 70 万册的销售纪录，续集《东霓》的初版首印量即达 50 万册③。作为“当代中国最成功的作家”，郭敬明集作家、商人、企业家、富豪、娱乐明星和流行偶像于一身。他出版书籍、主编文学刊物、举办文学大赛、挖掘培养文学新人。郭敬明在作家富豪榜上长期占据显赫位置，版税收入只占他个人收入的 20%，其余大部分都来自最世公司的赢利。郭敬明自己就说，最世作家群所创造的经济价值，“可能是十个郭敬明都赶不上的”④。这简直就是文化产业化时代，文学艺术“实绩”的一个缩影。

在商业操作推动下，传统的文学作品还被匹配以准文本（paratext，又

---

① 《I AM ZUI》，载《最小说》2010 年第 7 期。

② “上海最世文化发展有限公司”，百度百科，http://baike.baidu.com/view/4005121.htm#5

③ 《CASTOR NEWS》，载《最小说》2010 年第 2 期。

④ 彭洁云撰：《郭敬明：今年作家富豪榜第一还是我》，《理财周报》2009 年 12 月 7 日。

译作“类文本”或“副文本”)。法国叙事学家热奈特指出,一部文学作品由“多少被赋予意义的有一定长度的语言陈述序列”组成,它还需要准文本的“装饰”和“陪伴”;这些准文本的类型,如热奈特所列出的,包括标题、署名、插页、题献、卷首引语、序言、注释、公共外文本(出版社的新书预告、媒体访谈等)和私人外文本(如书信或日记)等。这些准文本虽然是“印刷文本的边缘”,却“控制着我们对文本的整个阅读”,试图促进对于文本的接受与解读①。于是,出现在我们眼前的文本,页面变得越来越疏朗,除了低俗而充满快感的文字外,往往还有超量的唯美写真、摄影图片、四格漫画;封面设计精致,装帧讲究;针对“馆藏式消费”的“限量珍藏版”,更是给人以美轮美奂、品味高雅、趣味盎然的视觉效果。这些都大大强化了文学文本的物质性,刺激、持续着消费者对于文本的阅读快感。

文学的这种社会性商业行为,不再是一种出于强烈的个人信念、艺术理想的个体行为。许多文学生产者胸中没有大沟壑、大山脉、大气象,更没有大苦闷、大悲悯、大抱负、大感悟,却一味地往自己格式化的“产品”里累加事件和字数,一上手就是数百万字的“鸿篇巨制”。殊不知万里长城之所以这样长,是它背后有着壮阔的江山社稷!那些“注水”的“产品”长是长了,却没有一种波澜壮阔的浩瀚景象,更没有强悍、广博的思想力度。

事实上,这些“快产”“高产”的文学“母鸡”们往往昙花一现,所下的“蛋”不过是量大质劣的文学“变体”——“类文学读物”,长篇小说应有的尊严丧失殆尽,传统文学的经典性无迹可寻。正如文化批评家朱大可所言,这在21世纪伊始便初见端倪:文学向它的“世仇”——算术献媚,甚至拿算术的尺度当作自己的尺度,用数量、数字及其算法(简单的线性加法)来衡量文学的核心价值;长篇小说“字数井喷”,每年出版1000部以上,每部百万字以上,这种惊人数字足以挑战全球小说的数字总和;人数、

---

① Gérard Genette, *Paratexts: Thresholds of Interpretation*, trans. Jane E. Lewin, Cambridge University Press, 1997, pp. 1-2.

作品数、字数和营销数，成为评估“纯文学”和“类文学读物”的四种算术指标，它们不断增长，向极限的峰值爬升，大肆牟取名声和市场的数字红利。据说德国作家写作一部长篇小说通常为四年左右，而中国作家的写作周期只有四个月！这种聒噪书写的“文学大跃进”，使“文学”产品泛滥成灾，使中国成为高速生产文字垃圾的超级工厂；它诱发了人们对文学繁荣的天真幻想，实际最终制造了极深的幻灭感，验证了这个时代精神的极度荒芜①。

传统的“读者”则成了文学产业链条末端的“消费者”，他们是“价值链条真正的价值源泉”，其文化消费能力和审美取向，从根本上决定了文学产业的发展②。根据图书出版业人士分析，主要有三个畅销书阅读群体，它们分别是13—17岁的中学生，18—22岁的大学生，以及22—45岁的成年人；大约50%的畅销书是由中学生在阅读③。诚如苏轼所言：“真人之心，如珠在渊；众人之心，如泡在水。”（《东坡志林・引导语》）绝大多数人的思想、情感、体验都基本处于同一个精神刻度上，只有心灵的慌乱和庸俗的喜乐。出版集团针对这些消费者平均化的审美趣味——通过社会调查、民意测验、计算机数据处理之后得出的“共识”——“集体创作”，“量身定做”，大批量制造消费者所“喜闻乐见”的产品，并因市场的竞争力而大获成功。这种文学产品“发出的唯一信息是：‘呈现的东西都是好的，好的东西才呈现出来。’原则上它所要求的态度是被动的接受，实际上它已通过表象的垄断，通过无需应答的炫示实现了”④。

在文学产业的灿烂光环背后，文学背弃了自己的本性，发展在价值上比较平庸的东西，成了一个没有灵魂和内胆的庞大容器。所谓的“类文学读物”，并没有真正考虑作为消费者的个体的审美要求，消费者不过是被规范、定位，甚至彻底迷失自身的真实要求，其审美感悟力不但没有得到

---

① 朱大可撰：《文学：语文与算术的世纪之战》，载《文艺争鸣》2012年第5期。

② 厉无畏主编：《创意产业导论》，学林出版社2006年版，第198页。

③ 向勇主编：《北大文化产业前沿报告》，群言出版社2004年版，第127—129页。

④ ［法］居伊・德波著：《景观社会》，王昭凤译，南京大学出版社2007年版，第5页。

强化，反而变得麻木迟钝。当被剥夺了自我实现的可能性和创造的可能性，消费者不过是一个生活于表层“感官机能”的纯粹接受者而已。那些包括“类文学读物”在内的文化产品，它们提供的百分之九十的信息都是消耗性的，它们造成一种假象，似乎你占有了它，其实，恰恰是它们占有了你。

对此，在《图像的威力》一书中，法国思想家勒内·于格有一个极其生动的描述：

> 尽管当代舞台上占首要地位的是脑力劳动，但我们已不是思维健全的人，内心生活不再从文学作品中吸取源泉。感官的冲击带着我们的鼻子，支配着我们的行动。现代生活通过感觉、视觉和听觉向我们涌来。汽车司机高速行驶，路牌一闪而过无法辨认，他服从的是红灯、绿灯；空闲者坐在椅子里，想放松一下，于是扭动开关，然而无线电激烈的音响冲进沉静的内心，摇晃的电视图像在微暗中闪现……令人痒痒的听觉音响和视觉形象包围和淹没了我们这一代人。①

生存的被动性，以及思想的停滞，使人类的命运向着一种不可测度的深渊急剧下坠，一种平庸化的文化趋势迅疾支配着整个社会。文学艺术不再被证明为一种高级活动，甚至也不再是一种人们也许会体面地全身心投入的精神活动，而在现代社会丧失了原有的影响力。沉溺于感性、庸俗、个别的事物之中，诸多“消费者”已然忘却还有神圣之物存在，而与以尘土和水自足自娱的“蠕虫”无异。美国媒体学家凯尔纳的忧虑业已成为事实：“或许未来的人都会惊讶过去的人们曾经连续不断地看了那么多的电视，看了如此多的糟糕的电影，听了那么多的平庸的音乐，阅读了那种垃圾杂志和书籍，而且日复一日，年复一年”，甚至“未来社会将回过头

---

① ［法］勒内·于格著：《图像的威力》，钱凤根译，四川美术出版社1988年版，第21页。

来把我们的媒体文化时代看作是一种令人惊讶的文化野蛮主义的时代"①。

根据M·H·艾布拉姆斯的观点,"世界"又称"自然",它是由"人物和行动、思想和情感、物质和事件或者超越感觉的本质所构成"②。文学不是简单地表现或反映经验的世界图像,而是建筑在历史与现实的生活实践之上,以语词创造、发现一个新世界,一个元世界,一个超现实。

可是,未来文学的产业化混淆了精神与商品的属性,复制、因袭的流行造成精神的平均化,已有的精神秩序板结、僵化或被瓦解。日常生活原本是历史的底部,这里潜伏着某些被隐蔽的、被压抑的、被忽视的、被歪曲的东西,充满了各种斗争和角逐,各种繁复的细节随时可能汇聚成某种巨大的能量,猝不及防地撞击、改变社会发展的方向。可是,在我们的作家眼里,日常生活似乎是黏稠、杂乱、凡俗、琐碎、喧闹的世界,是一片毫无"价值"的沼泽地;他们对于具体的文化景象缺乏犀利的洞察力,更不可能从日常生活内部种种无形的潮汐中察觉各种意味深长的动向,或是发现历史演进的拐点。他们的文学产品不再关注精神话题,不再描绘日常生活的某种气氛、场景、表象、感受、细节,也不再表述出特定历史时刻的真理。至于对"中国经验"或"中国模式"作出及时有效的呼应,则暂付阙如。科幻、悬疑、冒险、商战、潜伏、权谋、暴力、情色——这些都是吸引消费者眼球的"看点",以及"类文学读物"最为叫好的"卖点"。身处一种精神上的浑然状态,一切都是为了卖,卖掉就是成功。"卖掉一切"成为最响亮的广告语,在强大的物质文化之"有"的面前,文学的"无"显得如此的乏力。

作为时代的精神气质,"媚俗"的激增是文化平民化的结果,它使一切包括文学艺术在内的文化形式"削高就低",成为"大众化"的文化产

---

① 转引自丁宁撰:《重新认识艺术教育》,载《浙江社会科学》2002年第6期。

② [美]M·H·艾布拉姆斯著:《镜与灯:浪漫主义文论及批评传统》,郦稚牛等译,北京大学出版社1989年版,第5页。

品，而有声有色地填满消费者的剩余时间，至于其“化大众”的使命则被剥夺了。这种以消费者为中心的“媚俗”，决定了消费是一种淘空了内容的形式消费，艺术的内容与形式被割裂了，表层影像与深层意蕴之间筑起了栅栏。借助文化原型符号之助，文学生产者娴熟地运用历史的噱头，按照娱乐的规则对历史作匪夷所思的想象，文学产品因之不断“增殖”，文学符号经济日趋繁荣。“文化批判公众之间的交往一直都是以阅读为基础的，人们是在家庭私人领域与外界隔绝的空间进行阅读的。相反，文化消费公众的业余活动在同一个社会环境中展开，无需通过讨论继续下去：随着获取信息的私人形式的消失，关于这些获取物的公共交往也消失了。”①由于缺乏精神上的抗体，“什么东西有价值”已被“值多少钱”的问题所取代，不负责任的犬儒主义一时盛行，道德、伦理的底线不复存在，诸多文学产品思想肤浅，单质复制，不过是投合好玩、销售量、版税收入之间构成的市场关系，捣腾出浅薄乏味的热闹社会景观，制造出“没有理论后缀的笑声”。因此，一颦一笑之后，一切如故，丝毫无助于体验和探索人们所置身的复杂历史与现实。人们的指责与赞誉并存，所谓“作家”的“推销性符号”的价值不断加固，其产品的声名、销量在一片争议声中持续飙升。在文化的“沙化”时期，我们的文学生活品质一落千丈。

法国社会学家布尔迪厄将文学生产场划分为“限制性生产”和“大规模生产”两个子领域：前者是自律的，独立于一切经济要求，不对普通公共众的趣味让步；后者是他律的，受制于市场，追求市场效应和商业成功。“大规模生产”不需要批评家，销量是一部作品好坏最为直观的指标；文学批评主要为“限制性生产”服务，为作家和作品赋予象征资本。尽管从长远看，象征资本可以在特定条件下转化为经济资本，这两个场域是对立的关系，彼此都试图让他人接受自己认可的对于文学的定义。在布尔迪厄看来，艺术与金钱的对立构成了绝大部分艺术判断的“生成性原则”

① ［德］哈贝马斯著：《公共领域的结构转型》，曹卫东译，学林出版社 1999 年版，第 190 页。

(generative principle)①。不过,随着文学产业化的完成,这两个场域之间互渗与融合,象征资本与经济资本彼此媾和,取长补短,互利互惠;文学批评被同化到商品结构之中,丧失了独立的美学品格,"义无反顾"地加入一部由金钱发动的机器轰鸣之中。当越来越多的东西可用金钱来支付,可用金钱来获取,人们便已然忘却:经济活动的对象还有不能单纯用金钱来体现的方面。金钱是"低俗"的,因为它是一切的等价物,任何东西的等价物。金钱将最高的东西拉到最低的水平上,与其他东西毫无差异,造成了一种夷平的"悲剧",进而型构了一种"物化了的世界观","直接存在的一切全都转化为一个表象"②。

此外,"文学产业化"把文学当成一种产品甚至一个产业来经营,这其实还是一种"知识规划"。"知识规划"的内结构是权力和制度,在它的控制下,衍生了一系列追逐权位与虚名的"劳作":如国家项目、教育部项目、各省市级项目的申请、考核、评估、评价,又如博士点、硕士点、一级学科、研究基地、研究中心等"象征资本"的竞争、猎取,还有学术论文、论著的发表出版、评奖和量化评估等。社会学家孙立平指出:"近些年来,一种在市场经济基础上重建总体性权力的趋势已经清晰可见:以权力重组市场因素,以权力配置社会资源;以权力扩张占领社会领域,包括在社会建设名义下强化权力……压制正当的舆论监督。其背后的思路和逻辑是,权力要强大到足以全面掌控日益复杂的经济社会生活;而其前景,则是在市场经济条件下重蹈总体性社会与总体性权力的覆辙。"③

的确,在中国经验内部,政府与市场、知识与权力、商业逻辑与文化精神、权力控制与资本运作不再是泾渭分明的两个区域,而是错综交叠在一起。压抑体系往往以极其隐蔽或诡异的面目出现,催生出与现存秩序和

---

① Pierre Bourdieu, *The Rules of Art: Genesis and Structure of the Literary Field*, trans. Susan Emanuel, Stanford: Stanford University Press, 1996, pp.217-218, p.142, p.162.

② [法]居伊·德波著:《景观社会》,王昭凤译,南京大学出版社 2007 年版,第 3 页。

③ 孙立平撰:《清华大学社会发展论坛:走向社会重建之路》,载《战略与管理》2010 年第 9、10 期合编本。

生活本身毫无干涉的高文典册。这些依据某种特定“知识规划”或以经济、社会及政治等场域的逻辑为原则，或是由某种特定的“集体性”知识生产机器生产的所谓的“知识”，缺乏思想、灵气、悟性和境界，极易将我们引领到一个“反智”的时代。这不能不让人为之警惕乃至惊怵。

无论如何，我还是坚信，尽管现代媒介在相当程度上影响着文学艺术，从根本上说，文学艺术不是媒介事件和现象，而是一个同每个个体、我们每个人有关的东西。是的，我们正生活在一个象征形式的广泛流通起着根本的、越来越大的作用的世界之中，技术与商业逻辑使艺术作品降为轻软滑溜的“文化用品”，成为一种消费的符号；艺术的精神消弭于冷酷的资本运作之中，“而从属于代替作品的格式”，即文化工业提供的同质化模式。在现代文化传媒化的生活模式中，不再有差异和冲突，不再有本真的存在体验。“人们内心深处的反应，对他们自己来说都感到已经完全物化了，他们感到自己特有的观念是极为抽象的，他们感到个人特有的，只不过是洁白发光的牙齿以及汗流浃背卖命劳动和呕心沥血强振精神的自由。”①在这样一个时代，正需要文学艺术担当起将沉沦的个体从物化的文化氛围中解放出来，以克服时代不可承受之重负，重新建立生命之于现实世界的精神联系的伟业。

正如伊格尔顿所指出的，价值是一个及物项，它意味着任何被某些人在特定的情境中根据特殊标准、为了给定目的而赋值的东西。而且，一个事物的本质是由它的功用而定的：它作什么用，它就是什么。真正的文学艺术必然会卷入生命和人类存在的意义一类问题的探讨，使人们正视“改变我们的生活方式”的要求，做着“绝地反击”式的各种努力。意大利小说家卡尔维诺说过：我对文学的未来的信心，包含在这样一个认识中，即有些东西是只有文学通过它独特的方式才能给予我们的。

作为“词语的特定使用方式”（J·希利斯·米勒语），文学是人类赖

① ［德］霍克海默、阿多诺著：《启蒙辩证法》，洪佩郁、蔺月峰译，重庆出版社1990年版，第117、第157页。

以生存、社会得以进步之不可或缺的精神润滑剂。只有把文学艺术看成是一种尝试,当作一种通过人的视觉捕捉、传达出的语词、形状、色彩和运动来理解我们存在的意义的最基本尝试,并从中找到赋予自己存在的意义的普遍公式时,文学艺术才是有意义的[①]。1987 年诺贝尔文学奖得主美国作家约瑟夫·布罗茨基说:

> 如果艺术传授什么(首先对艺术家而言),那就是人格的私人性。艺术,作为私人事业最古老、最具字面意义的形式,在一个人心中,有意无意地培育一种独特性、个人性、分离性的意识,使他从一个社会动物,转变为独立自主的"我"。……审美选择是高度个人化的事务,审美经验总是私人经验。每一新的美学真实,使人的经验更为私人化,而这种私人性时常以文学(或其它)品位的面貌出现,能够自身成为一种抵抗奴役的形式,即使不能作为保证。……文学的价值之一,正在于它帮助个人,使其存在的时代更特殊,使其区别于前人和同辈,避免同义反复——那被尊称为"历史牺牲"的命运。[②]

当代小说家王安忆说得更明确,"小说不是现实",它是个人的"心灵世界",它向我们表明这个世界有着"另一种规律、原则、起源和归宿",而"扩展了我们的存在,延伸了真实世界的背景和前景"[③]。是的,历史必须保持反抗的基因,否则历史辩证法将彻底丧失动力。

在物质主义气息弥漫的时代,个体性正在被经济、科技和知识成果所压抑,金钱和效率这类非个人性的东西成为社会生活的支配性因素。当历史的发展已达到真实的创造性文化成就与个体发展分道扬镳之际,个

---

① [美]阿恩海姆著:《走向艺术心理学》,丁宁、陶东风等译,黄河文艺出版社 1990 年版,第 174 页。

② Joseph Brodsky:*Nobel Lecture*,Translated from the Russian text by Barry Rubin,译文转引自当代文化研究网:http://www.cul-studies.com。

③ 参阅王安忆著:《心灵世界——王安忆小说讲稿》,复旦大学出版社 1997 年版,第 1—21 页。

体的心灵只有通过使自己不断地远离物质文化来丰富自身发展的形式和内容，我们只有借助于文学艺术“反向”努力的力量，才有可能颠覆消费意识形态的极权王国，将沉沦的个体从物化的文化氛围中解放出来。作为人类自由天性的一种实现方式，文学艺术是滋养“个体的心灵”的自律性领域，是人们实现精神自由的独特方式。

在某种意义上说，文学艺术提供了一种可能性生活，或者说是对可能生活的观念性实现、过程性开启；文学艺术与整体性物质文化和意识形态构成了互补乃至对立的关系，总是否定或怀疑现成的某种情势与事物，超越世间悠悠万事的缠绕，延伸真实世界的背景和前景，激发起一种创造的强烈欲望，而使人类成为自身，使我们成为“生命的唯一主人”，将人生当作一个优美的艺术品予以创造，从此“过上另一种生活”。因此，可以说，如果一个社会不再重视文学艺术，这无异于致命地自绝于曾经创造并保持了人类文明精华的推动力。

真正的文学创作首先是生命写作、灵魂写作、孤独写作和独创性写作。那么，“明天将出现什么样的词”呢？在我看来，这将有待于我们对文学产业化的深刻分析与批判，有待于我们对时代生活的整体性把握，以及文学的自主创新与独立建构。

我想起了当代诗人安琪的代表诗作《明天将出现什么样的词》[①]：

明天将出现什么样的词
明天将出现什么样的爱人
明天爱人经过的时候，天空
将出现什么样的云彩，和忸怩
明天，那适合的一个词将由我的嘴
说出。明天我说出那个词
明天的爱人将变得阴暗

① 安琪撰：《明天将出现什么样的词》，载《诗刊》1997年第1期。

但这正好是我指望的
明天我把爱人藏在我的阴暗里
不让多余的人看到
明天我的爱人穿上我的身体
我们一起说出。但你听到的
只是你拉长的耳朵

这首诗提出了每一个“语词建筑师”必然要面对的问题:“明天将出现什么样的词?”诗人把时间、精力、勤奋全部投入文学抱负之中,在其心目中诗歌是有生命的,“语词”就是自己的“爱人”。每一个“语词”都是一个星球,与它的“邂逅”无法预测、更无法规划。诗人只用自己的心灵和想象去追寻,精诚贯注,始终一念。每一次写作都是自己的生命形式,都是一次不事张扬的言述行为。在历尽艰辛之后或不经意之间,突然获得一种超强的魔力,抵达语词的黄金之地,探测非物质性的情感形式,面对这个世界发出自己独有的声响。“明天,那适合的一个词将由我的嘴说出。”在黎明到来之前,说出合适的词,道出事物本相,觅得自我生命的奥义,迎接一个个令人惊叹不已的瞬间。“明天的爱人将变得阴暗”,“明天”不见得就灿烂,“爱人”也不一定是明亮的,诗歌更不是单一唯美的存在。从“云彩”一样的爱人到“被我藏在阴暗里”的爱人,再到不让“多余的人”看到“我们”,直至“明天我的爱人穿上我的身体”,语词开启生命的冲动,生命触动语词的灵感。诗人沉浸在语词的狂欢中,一起发动,一起奔涌,“一起说出”——这是诗人与语词的秘密“盟约”,是诗人与“爱人”的“私语”,它拒绝“多余的人”(不懂诗歌/文学的人)的“觊觎”或“亵渎”,是你“拉长耳朵”也听不到的。

希腊现代诗人扬尼斯·里索斯在《简单的意义》里指出:每一个词都是一扇门,通向一次会晤,一次经常取消的会晤。语词是作家唯一的、准确的生命之光,作家的任务就是找到这唯一的“出口”与“落脚点”。法国哲学家吉尔·德勒兹说得好:“每部作品都是一次旅行,一个行程,但它唯有借助内心的道路或路线,才能穿越外部的这条或那条道路。这些内心的道路、路线组成了作品,构成了它的风景,或它的交响乐。”①

文学不能为了迎合这个煽情的时代而牺牲自己应有的尊严。莫言一语中的:“伟大的长篇小说,没有必要像宠物一样遍地打滚,也没有必要像鬣狗一样结群吠叫。它应该是鲸鱼,在深海里,孤独地遨游着,响亮而沉重地呼吸着,波浪翻滚地交配着,血水浩荡地生产着,与成群结队的鲨鱼,保持着足够的距离。”②2012 年 10 月 21 日,莫言在获诺奖后裎露了诗意心迹:“我做不了鲸鱼,但会力避自己成为鲨鱼。鲨鱼体态优雅,牙齿锋利,善于进攻;鲸鱼躯体笨重,和平安详,按照自己的方向缓慢地前进,即便被鲨鱼咬掉一块肉也不停止前进、也不纠缠打斗。虽然我永远做不成鲸鱼,但会牢记着鲸鱼的精神。”③

丹麦著名文史学家格奥尔格·勃兰兑斯说过:“离眼睛太近或太远的东西我们都看不真切。”④前面所述只是中国文学的“可能面相”,其真实面貌则尚无法最终确定:毕竟一切都还“在路上”。对于伟大的作家而言,每一次的写作都是一次不事张扬的秘密行动。在此,衷心祈愿中国的作家始终是真正意义上独立的精神个体,祈愿他们的每一个“词语”都是第一个第一次说出,从而有效疏离精神平均化的偌大时代背景,顽强地保持众人皆醉我独醒的孤傲、自由、草根风格和先锋性:这样的文学才真正让人倾心不已——或许,这就是文学不会终结或死亡的依据所在!

---

① [法]吉尔·德勒兹著:《批评与临床·前言》,刘云虹、曹丹红译,南京大学出版社 2012 年版,第 3 页。

② 莫言撰:《捍卫长篇小说的尊严》,载《当代作家评论》2006 年第 1 期。

③ 这是莫言获诺奖后写下的文字,手迹见 http://blog.sina.com.cn/s/blog_4cd081e90102e0g4.html

④ [丹]勃兰总斯著:《十九世纪文学主流》第 1 分册“引言”,张道真译,人民文学出版社 1997 年版,第 1 页。

后　记

若干年前，到外地参加学术会议，与几位老友相聚。

席间，友人问："老兄近来可有升迁？"这朋友是一个高校的学科负责人，还是院级领导干部。我反问道："为什么一定要做官呢？做学问不好吗？"这位仁兄也忒聪明，没有正面回答，而是问了我一个问题："您做学问能超过王国维吗？能超过陈寅恪吗？能超过钱锺书吗？……"我想也未想，也问了他一个问题："您做官能超过曾国藩吗？能超过张之洞吗？能超过李鸿章吗？……"

语毕，彼此莞尔而笑。

我的意思是很明确的：做学问是我的喜好，我不会因为自己的学问可能难以抵达前人之境界而放弃自己的追求，即弃学从政。福克纳说过，文学是"世界上最孤寂的职业"。二十余年前，读到金圣叹的一句话："从吾所好，则不著书，其又何以为活也？"当时自己为之怦然心动，仿佛瞥见了什么似的，热泪盈眶。因为从那一刻起，我明白了自己是什么人，应该走什么路。我坚信罗曼·罗兰所言："一棵树不会太关心它结的果实,它只是在它生命液汁的欢乐流溢中自然生长。只要它的种子是好的,它的根扎在沃土中,它必将结好的果实。”

如果还有人问我这样一个问题:“做官好呢?还是做学问好?”最好的答复,我想是孔子答宰我:于女(汝)安乎?曰:安。女(汝)安则为之。时至今日,我心依旧。

记叙此事,权作后记。

2018 年 7 月 9 日

图书在版编目(CIP)数据

文学瞽论/吴子林著.—合肥:黄山书社,2017.8
(中国文学理论与批评丛书/吴子林主编)
ISBN 978-7-5461-6682-7

Ⅰ.①文… Ⅱ.①吴… Ⅲ.①文艺理论-研究-中国
Ⅳ.①I0

中国版本图书馆 CIP 数据核字(2017)第 192380 号

文 学 瞽 论
WEN XUE GU LUN

吴子林 著

策　　划　汤吟菲　朱莉莉
责任编辑　朱莉莉
责任印制　李　磊
装帧设计　观止堂_未氓
出版发行　时代出版传媒股份有限公司(http://www.press-mart.com)
　　　　　黄山书社(http://www.hspress.cn)
地址邮编　安徽省合肥市蜀山区翡翠路 1118 号出版传媒广场 7 层 230071
印　　刷　安徽新华印刷股份有限公司
版　　次　2019 年 10 月第 1 版
印　　次　2019 年 10 月第 1 次印刷
开　　本　700mm×1000mm　1/16
字　　数　465 千
印　　张　23.25
书　　号　ISBN 978-7-5461-6682-7
定　　价　69.80 元

服务热线　0551-63533706
销售热线　0551-63533761
官方直营书店(https://hsss.tmall.com)

| 中国文学理论与批评丛书 |

学术顾问　钱中文 | 主编　吴子林

新理性精神与当代文论建设

钱中文　著

全国百佳图书出版单位
时代出版传媒股份有限公司
黄　山　书　社

图书在版编目(CIP)数据

新理性精神与当代文论建设/钱中文著. —合肥：黄山书社,2017.8

(中国文学理论与批评丛书/吴子林主编)

ISBN 978-7-5461-6677-3

Ⅰ.①新… Ⅱ.①钱… Ⅲ.①中国文学-当代文学-文学理论-研究 Ⅳ.①I206.7

中国版本图书馆 CIP 数据核字(2017)第 193692 号

新理性精神与当代文论建设　　钱中文　著

XINLIXING JINGSHEN YU DANGDAI WENLUN JIANSHE

策　　划　汤吟菲　朱莉莉

责任编辑　朱莉莉

责任印制　李　磊

装帧设计　观止堂_未氓

出版发行　时代出版传媒股份有限公司(http://www.press-mart.com)

　　　　　黄山书社(http://www.hspress.cn)

地址邮编　安徽省合肥市蜀山区翡翠路 1118 号出版传媒广场 7 层 230071

印　　刷　安徽新华印刷股份有限公司

版　　次　2019 年 10 月第 1 版

印　　次　2019 年 10 月第 1 次印刷

开　　本　700mm×1000mm　1/16

字　　数　435 千

印　　张　21.75

书　　号　ISBN 978-7-5461-6677-3

定　　价　69.80 元

服务热线　0551-63533706

销售热线　0551-63533761

官方直营书店(https://hsss.tmall.com)

总　序

通读眼前的八部书稿，各种情绪：兴奋、激动、享受、叹息、伤感、寂寥……轮番袭来，纠结于心。这时，我想起了一部电影——

音乐家科伦布的爱妻亡故，他从此带着两个女儿隐居深林，整日独自研习古大提琴。在绵延无休的乐声中，他看见深爱的亡妻，此刻就坐在他对面聆听。之后，他们一起祷告，一起乘坐马车，一起并肩走过春色茂密的森林，一起来到河岸渡口，直到她独自坐上小船离去。怕她再次消失，他不忍停下手中的乐曲。为了让她一遍一遍重现，他用余生不断拉奏心爱的大提琴，记下心里的悲伤乐曲，想看看爱将延续到哪里。

这是一个清静的世界。老房子旧得幽静、坦然，乐声绵延无休、难以捉摸，家中的器皿也都散发出乐器的光泽。科伦布在森林里拉琴、作曲，他拒绝宫廷表演的邀请，拒绝各种矫饰，只为灵感而作曲，只是记下瞬间的颤抖，删除多余的抒情。他的演奏闻名遐迩，在传说中更是出神入化。

有一天，17 岁的红衣少年，一个鞋匠的儿子，敲响了音乐家的门。他立志成为伟大的音乐家，慕名前来

学艺，几经周折，红衣少年成了科伦布的学生。后来，红衣少年背着老师受聘为皇家乐队的演奏家，而被逐出师门。再后来，红衣少年成了宫廷乐长，生活富足；音乐给他带来了华丽的马车、镶嵌珠宝的假发衣饰、显贵的地位与指挥权杖，但他不再有 17 岁时那湛蓝的眼神。他深感自己始终未得音乐的要领。他记得，年少的那个午后，在森林里听到的琴曲，那种庄重、静穆、悠远而哀伤的，才是真正的音乐。

老人弥留之际，宫廷乐长深夜赶赴森林小屋，去上最后一堂音乐课。当他一身显阔地走进那简朴肃穆的家中，发现自己不过是个臃肿的丑角。他问老人："音乐是什么？为了供奉上帝？为了取悦国王？为了金钱？为了荣誉？是爱情的忧伤？或是自暴自弃的放纵？"

都不是。

他终于领悟，自己的疑问便是答案："是不是给死者的礼物？是给那些不能说话的人低声的安慰，给那些消逝了的童年？是为了让鞋匠的锤声变得柔和？是为了那我们出生之前就已存在过的时间，在我们呼吸之前，或者看见光亮之前……"

——这是电影《尘世里的每一个清晨》所讲述的三百多年前的故事，它把我们带回到音乐的黄金时代，唤醒了许多温馨美好的记忆。

是的，倘若音乐有魂魄的话，那就是它的毫无用处，它的无用之用。音乐是爱，是恩慈，是虔诚，是内心孤独的吟唱，是出神的一瞬，是人类关

于光明、自由和宁静的力量的梦想。

“一个民族的政治生活只是它存在的浅层部分；为了了解其内在的生命——其行动的源泉，我们必须通过他的文学、哲学，以及艺术这些反映该民族理念、情感和梦想的东西，来深入探索它的灵魂。”罗曼·罗兰写道，“音乐展示给我们的是在表面的死亡之下生命的延续，是在世界的废墟之中一种永恒精神的绽放。”①

文学艺术的研究与创作一样，都是一种生气灌注、深邃博大的“创世”，也就是发现、创造可能世界，帮助人们建立生命的、家族的、民族的“根”的意识，确立经验的、文化的统一感与连续性，在滋养自身的同时，影响人类的精神世界。

安贝托·艾柯在《诺伯托·博比奥：重新审视博学之士的命运》一文中强调，知识分子的责任不在“解决”危机，而在“制造”危机，即时刻营造出一种危机感，唤起人类的共同意识的危机感，并寻找、创造普遍的社会共识。

20 世纪 70 年代末 80 年代初，即进入“新时期”以来，整个国家处在一种社会转型之中。如何建立中国自己的崭新形态的文艺理论，成了文艺学界的重要课题。面对当代西方文化传入所引发的诸多挑战，以及当代文学创作所提出的诸多命题，经一大批文艺理论家、批评家的共同努力，中国当代的文艺理论终于实现了现代性的转型，即“从一家‘专政’式的独语，转变为‘百家争鸣’式的对话；从政治话语转变为学科的学术话语；从非常态的中心话语，转变为自主发展的常态话语”②。文艺学研究的视野得到前所未有的拓展，如文艺社会学、文艺心理学、文艺美学、文艺解释学、中西比较诗学、文艺生态学、文艺符号学、文艺人类学、文化诗学等领域，都有人在尝试，并获得了不少结实的成果。

---

① [法]罗曼·罗兰著：《音乐散文集》，冷杉、代红译，中国文联出版社 1999 年版，第 1 页、第 7 页。

② 童庆炳撰：《新时期文学理论现代性转型概说》，《童庆炳文集》第 3 卷，北京师范大学出版社 2016 年版，第 468 页。

值得强调的是，其中的一些杰出的代表，如钱中文、童庆炳、孙绍振等文艺理论家，他们大多经历过各种政治运动，从没脱离当代中国的政治、文化现实。置身于风云际会的时代，他们怀抱笃定的理想主义的激情，广泛关注历史与现实的政治、经济、科技、文化各领域，对现有的种种结构模式始终保持质疑的态度，并通过精深的研究推翻僵化不合理的部分，表现出了对时代命脉的精确诊断和敏锐切入。由于洞察了语言符号背后的价值世界，他们成功揭示了其中丰沛而深厚的精神质地，呈现了关于生活世界的总体想象，开启了一个个一般人所未曾领悟的心灵世界。他们的学术成果是对社会文化问题的思考，是显示人文知识分子存在身份的根据，体现了对社会应履行的责任。

至于当下学界的中坚力量，如高建平、王岳川、李春青、陈晓明等一批学者，则是这些前贤的薪火相传者。与师长辈学者一样，对于他们而言，个人与历史、个人与国家互为镜像；他们有着丰富的内心生活及准则，善于提取、想象、弘扬历史与现实中稀薄而弥足珍贵的东西，并以其充沛的语言敞开、释放灵魂的悸动、精神的能量，以内在心灵的秩序对抗外部庸众的世界。

在我看来，文艺理论、美学的研究者以及批评家与作家、艺术家一样，都是这个世界的观察者、倾听者、质疑者和审判员，都是在为一个“缺席的民族”而写作，而不是做历史的书写者、抄写者和打字员。

名利诱惑与学术追求，对于所有问学者来说，是人生中不断出现的十字路口。文学艺术和生命宛若一条河流，收集了星光、烈日、蓝天、雾霾、彩虹和暴雨。面对欲望与生命力蠢动的世界，真正的学者以学术为宗教、为信仰为志业，他们洞察哪些是浮云，哪些是本质；他们所能看到的不只是现在，还有未来；他们播撒怀疑的种子，而不是收成已然明确的事实；他们不只是理念的唤醒者，同时还是社会革新进程的引导者；他们知道，生命只能燃烧，不可虚耗——因为他们手头所持有之物，不外乎时间、记忆和文学艺术所创造的美；而理论的勃勃生机，只能源于抵御纷扰人生的各

种诱惑或压力，源于创造性的质疑、心无旁骛的虔诚劳作和漫长执着的自我探寻。只有在思考和写作中，每个人才能找到自己真正的皈依之所——这是上述优秀学者给我们的深刻启示。

由钱中文先生担任学术顾问，本人主编了“中国文学理论与批评丛书”。本着“学术乃天下公器”的宗旨，我们拟分期分批分人结集出版，以检阅当代中国学人的学术实绩。本丛书具有开放结构，第一辑推出的为我国当代著名的文艺理论家、美学家、批评家，其中既有年逾八旬的资深学者，也有中、青年学术新锐；每人一集，收录“有分量”的代表作，凸显“一家之言”的戛戛独造。

主编这套丛书的愿望有二：

其一，展现新时期以来中国文艺理论研究与批评所取得的实绩，凸显那些富于中国特色的、有个性、有识见、敢论断、敢担当的学术创见。如，钱中文的“新理性精神”文论，童庆炳的“文化诗学”，孙绍振的“文学文本解读学”，高建平、王岳川之于中西美学的剖析，李春青之于中国古典诗学的建构性清理，以及陈晓明、吴子林之于中国“文学问题”的探究等等。

有识之士指出，一个城市乃至一个国家的文化质量，跟它是否拥有富于价值的文学记忆或文化记忆，有着很大的关系。所谓文学记忆或文化记忆，就是有一个或一批伟大的作家、思想家，他或他们代表这个城市、国家，这个城市、国家也进入了这一个或一批伟大作家、思想家的创作生命。简言之，文学记忆或文化记忆直接关系到一个国家的文化形象的塑造，其义大焉。

毫无疑问，包括文艺理论、文学批评在内的学术本身，是中国当代文学记忆或文化记忆的重要组成部分。随着我国上升成为世界第二大经济体，中国正成为一个世界性的大国，系统地向世界展现中国的现代化成就、中国文化和价值观，塑形中国的“大国形象”，至关重要。为此，在推出本丛书的同时，我们还将努力组织专家将它们译成外文，使它们走出国门，走向世界，逐步实现中国文论走出去的宏愿，让西方人了解中国、认识

中国——这是颇有文化远见的举措，在一切追求市场效应的今天显得尤为难能可贵。

其二，志在薪梓承传，泽被后学，希冀后来者能赓续前人纯正的学术品格，全副身心投入到文学这一健康的终生事业中去，以扭转目前文艺理论、美学研究以及文学批评的窘境或困境，切实推进现实社会的改善与进步，使人们重获生命的完满，走出一条焕发生命韵致与光泽的道路。

马克思有句格言："最先朝气蓬勃地投入新生活的人，他们的命运是令人羡慕的。"[①]通读完八部书稿，只觉时光如电，一股氤氲之气回荡其间。偶尔抬眼远望，只见雾霾重重，晨昏不明，仿佛自己悬浮于另一个世界；一阵北风骤起，雾霾一点一点散去，古老的都城一点一点透明起来，一点一点安详、生动起来。

户外，市声隐隐沸动，如深山松涛；窗外，落叶敲打着落叶，雨点追逐着雨点；远方，迷迷蒙蒙，嚣嘈不舍昼夜——我听到了生活行进的坚实步履……

一切都只是开端。"中国文学理论与批评丛书"还将推出第二辑、第三辑……并将进一步扩大规模。我们真诚地希望读者诸君提出宝贵的批评建议。

是为序。

吴子林

2016 年 12 月 23 日

① ［德］马克思撰：《致 R》（1843 年 5 月），见《马克思恩格斯全集》第 1 卷，第 408 页。

目　录

现代性与当代文学理论的新的建构(代序)

——钱中文先生访谈录

一

吴子林:钱先生,您好!首先感谢您在百忙之中接受我的访谈。在我国文艺学界中,真正做到理论上自成体系的理论家是屈指可数的,而您是其中最具名望的学者之一。我是读着您的一系列著作走上文学理论研究道路的,很想听您谈谈从事文学理论研究的宝贵经验。据我所知,您原来的愿望是成为一个作家,后来怎么转向文艺理论研究了呢?

钱中文:每个人的人生道路都是一道优美的弧线!我幼时念过乡村私塾,1945 年夏,我小学毕业,考入了无锡县中学。从初中二年级开始,我渐渐发觉,我生活似乎有个目标,而且到后来越来越强——这就是我想写作、将来当个作家的愿望。这个愿望深藏在我的心里,像一颗种子一样慢慢萌发。此前,我在课外大约读了两年半的旧小说、武侠小说。初二下学期的时候,我的审美情趣发生了一个激变，转到现代文学上去了。这主要是我班上的国文教师启发了我。他给我们上课时，顺便讲了“五四”新文化运动，讲了一批新作家与新文学作品，讲了科学与民主，还有反对封建迷信，等等。于是，我设法找来鲁迅的《呐喊》与《彷徨》、冰心的《寄小读者》等作品阅读。我感觉鲁迅的作品描写的就是我身边的人和他们困苦的生活情状，就是我熟悉的家乡的风景，写得多好啊！《寄小读者》一书充满了多少温情和爱啊！这位国文教师给了我“五四”精神的启蒙教育，鲁迅等人的作品则改变了我的阅读趣味，使我热爱新文学，走上文学的道路。

吴子林：我想，也就是在这时您萌发了“文学抱负”，正是它推动了您后来将毕生的精力投入到献身文学的生命活动中。

钱中文：是的。1951 年，我以一个偶然的机会，考入了中国人民大学俄语系学习。这一年夏天，我在报考大学时，屈从了世俗的观念，为了将来有个牢靠的谋生手段，报了医学院。可是，文学是我心中真正的圣地，我怎么忍心舍弃它呢？因此，高考之后，我一直闷闷不乐。回到无锡，学校正急着找我，说要分配我去报考中国人民大学，这是所干部学校，进去不但不花一分钱，还有生活补贴。我一听，自然同意了。当时，我觉得去人民大学学习俄语，比起学习医学更接近文学，将来当个文学翻译家也很好，这曾是我少年时代的梦想之一啊！北上人大时，我拣了十多本小说，捆进了行李包，算是我的财富！到北京后，由于手头拮据，我还在人大书摊零购过几次当时唯一的文学杂志《人民文学》，有时还买《文艺报》看看文艺形势，在生活方面则除了买支牙膏、买块毛巾什么的，不敢有其他方面的支出。

校方一开始就抓端正学习态度，说来人大学习俄语，就是要为国家培养翻译人才，于是，大家向翻译方面努力；谁知我们刚稳定思想，校方的培养方向就变了，要我们将来去当俄语教员。不少同学不愿当，我的心愿是当文学翻译家，也不想当教员。于是，领导就要我们不断地检查自己的入学动机。经过一年时间的政治学习，反反复复自我检查，最后大都消磨了自己的热情与棱角，服从了组织的要求。但是，文学创作的欲望仍在我心里骚动，我却不大敢看从家里带来的小说，因为在当时的革命环境中，阅读这类小说变得极不合时宜了。进入人大一年后，原来的供给制改为薪金制，我因非干部出身，改为薪金制后，我的生活更拮据了。四年大学生活，因无钱买火车票，未回家一次——这对现在的大学生来说是不可思议的。

在大学的四年生活里，我确是成长起来了，获得了一定的知识。我极愿意服务于我们伟大的祖国，希望她能尽快繁荣富强，为此我愿献出自己的青春。在我的胸中有一种渴望服务的激情，我至今仍旧怀着这种信念！

1955年，我大学毕业，去苏联莫斯科大学俄罗斯语文系学习，成了俄罗斯文学的研究生。1959年8月，我回到了北京。10月，我和几个年轻人被分配到了中国社会科学院文学研究所。到文学所不久，要把我们分配到几个研究组去，开会征求我们的意见。当时参加会议的领导有何其芳、蔡仪和叶水夫等先生，何其芳所长希望我到理论组去，说理论组要一些懂外文的人。蔡仪先生是理论组的组长，也表示欢迎。我因为没有系统学习过文学理论，不熟悉理论问题，心里没底，未敢贸然答应。叶水夫先生则欢迎我到苏联东欧文学组，我自然高兴前往。这样，我就到了苏联东欧文学组，主要方向是研究俄罗斯文学。

一到文学所，正好遇上所谓"反右倾"运动，领导布置我们阅读何其芳、蔡仪两位先生中华人民共和国成立前后的各种理论著作,查查里面有无右倾思想。在这荒唐的“锻炼”中,我算是真正接触到了文艺理论,通过阅读他们的著作,对文艺理论居然产生了浓厚的兴趣。“反右倾”运动一结束,批判修正主义的运动就接上了。这时我阅读了不少苏联文学评论,整理了不少资料。1961 年,我转入了文艺理论组。1960 年至 1965 年,我发表了如《灵感漫谈》《文学创作的想象》《细节描写与典型化》《谈“多余的人”》等文章,同时被编入批判组,发表多篇所谓批“修”批“资”的文章,我的思想自然受到左倾文艺思想的影响。1965 年秋,我被派往江西省丰城县搞“四清”运动,1966 年 6 月 1 日,我被召回北京,参加“文化大革命”。说来可笑,我是非常小心谨慎地参加“文化大革命”的,也山呼过“万岁万万岁”,可是历史跟我开了一个残酷的玩笑。1969 年,我成了群众“专政”的对象,被看管起来,不得与家人见面,完全失去了自由,“反革命”的帽子到 1978 年才被摘除。在干校,当我感到在这个世界上孤独无援,体验到生比死还艰难时,钱锺书先生是唯一的人性地对待我的人,他使我获得了心灵的拯救。现在回想起来,五六十年代,乃至七十年代,谈不上有什么学术活动。我真想再度一次青春岁月,一个像今天多少可以自我选择的岁月,如果可能的话!

吴子林:梦魇一般的日子终于一去不复返了!那么,您的学术生涯是怎样重新开始的呢?

钱中文:我是一个真正意义上的后知后觉者。到 20 世纪 70 年代中后期,我才开始反思自己,反思社会,反思我过去获得的知识、思想,反思各种人物的作为。经过无数次痛苦的思索,直到 80 年代中期,我才完成了反思。

吴子林:这种反思与学术研究之间有着怎样的关系呢?

钱中文:首先,我觉得要改变自己的孤独状态,因为我在这种孤独的创伤中生活已经十多年了。人在孤独中是难以生存的,尽管这个世纪是孤独、焦虑、迷茫、彷徨弥漫的世纪。我没有原罪,也没有拉斯科里尼柯夫的罪行，我不能醒着睡着都生存于噩梦之中。因此我得努力使自己融入人群，希望人与人之间的关系更人性一些，于是向几位曾经受过我以“人性”“人道主义”“触动”的老专家道了歉，卸却心头的重负，在精神上获得别人的谅解。

其次，通过反思我找到了自己，在精神上获得了真正的解放，渐渐地也形成了自己的学术个性，即一种追求真理的独立精神。我终于明白，人和人是一种各自独立、相互依存的存在，是一种对话关系的存在，个人的思想各自独立，自有价值。理论不是只有一个人能创造，能创造的人很多，你也只能在理论上提出新说，有所创造，而非精神上的哑巴。一旦明白了这些道理，你就感到了精神上的自由与解放，你就在学术上找到了自我，敢于坚持自己的观点。

80 年代以后，我特别讨厌那种在讨论问题时自以为是的绝对真理化身的文风，在辩论中非要把人置于死地的文风，彻底否定别人的文风，非此即彼、不给别人说话权利的文风，因为我过去也这样做过，并深受其害。而且，由于过去的那种盲从的热情，几乎使我丢了身家性命。所以每当遇到别人对某种理论或介绍过来的文学理论大加赞扬的时候，我总是较为冷静，总要细加体味，并且往往持有保留的态度，即使对于我自己介绍的外国文学理论也是如此。我明白，我不可能再崇拜新的理论偶像，我必须在我原有的水平上对它们进行思索与鉴别，而决定取舍，我只能吸取那些自称为新理论中的某些我需要的，于文学理论这一学科的改造、发展有利的因素。

对于一个知识分子——学者来说，他应追求真理，坚持真理，有着独立的精神，自由的思想；他还应是一个具有血性和良心、怜悯和同情的人，一个富有人文精神的人。90 年代，我提出“新理性精神”，把“交往对话”精神作为它的组成部分；在我看来，这是人的生存的基本方式，一种新的思维方式，可以用它来抵御独断专横的话语霸权——这也算是我的一种人生的感悟吧！

吴子林：回首那些流逝的岁月，真是让人感叹不已！我在阅读您的学术著作时，清晰辨出了其中的俄苏文学知识谱系。显然，您的立场观点和信念在当时就基本奠定了，俄罗斯文化中那种深厚的人文精神、宽阔的思想视野和胸怀，深深影响了您那从容、坚韧的精神气质。这让我想起了法国著名作家罗曼·罗兰说过的一句话："一棵树不会太关心它结的果实，它只是在它生命汁液的欢乐流溢中自然生长。只要它的种子是好的，它的根扎在沃土中，它必将结好的果实。"可以说，正是生活苦难的磨炼给了您一种历史的穿透力与大气的贯注！

二

吴子林：以自我反思为契机，新时期伊始，您便展开了自己崭新的学术思考。"审美意识形态"与"审美反映论"是您在20世纪80年代最重要的理论创造，它代表了当代中国文艺理论所达到的新的高度，是新时期以来文艺理论研究的重要成果之一，并在90年代以后产生了广泛的影响。现在年轻一些的学者和读者，已经不甚了解您当时提出这个命题的背景了，请您谈谈好吗？

钱中文：好的。20世纪80年代初，文艺界对过去被简化了的文学观念（如，文学是一种意识形态，文学要为政治服务，等等）纷纷提出了质疑。在美学界，围绕艺术的审美本质发生了一场大讨论，翻译出版了不少外国的有关论著。一些学者认为审美就是一切，而嘲弄文学艺术的其他功用；另一些学者则坚持原有的被简单化的马克思主义文艺思想，仍主张文学是意识形态说。这既无助于对过去几十年的庸俗社会学的文艺思想的反思，又继续严重脱离了文学创作的实际。根据当时更新文学理论的普遍要求，文学所文艺理论研究室接受了一个国家重点研究课题，即集体撰写一本《文学原理》式的著作。我们这个组由于写作者观点大体相同而又不尽一致，很难写成一本观点完全统一的书；后来几经商量，决定分成几个部分来写，分别探讨文学这一现象存在的过程，即作品、创作、接受、鉴赏与发展。分配给我的是“发展论”部分，这迫使我不得不思考文学观念的问题，因为没有形成一个比较科学一些的文学观念，我这部分的写作根本无法进行，要想有所出新和超越根本就不可能。学术创造如果只是量的增加，那是没有多大意义的，形成不了精神价值的积累。

我国原有的文学观念，明显已不符合文学自身的特征；那么，外国人又是如何说的呢？我翻阅了当时可以找到的几部外国学者的文艺理论著作，在写作组中对这几本著作做了介绍，并提议翻译出版“现代外国文艺理论译丛”，后来在三联书店出了 14 种，由于某种原因，这套丛书到 90 年代初就停止出版了。外国几种著作所张扬的文学观念也未能使我满意，如韦勒克的“虚构性”“内在研究”说，波斯彼洛夫的“意识形态本性论”等；稍后不断涌现的外国学者和我国学者自己提出的文学观念，如结构主义与解构主义文论，文学符号论，文学语言学，文学心理学，精神分析学，文学感情论，文学表现论，文学生产论，文学接受论，读者反应论，文学现象学，文学主体论，文学象征论，还有文学数学化论，信息论，控制论，系统文学论等等。它们或是接触了文学本质特征的某一方面，在文学本质的不同层次上自有意义，但我总觉得不具有总体性意义；或是只是一种研究文学的方法与切入点，而非理论本身。

对我来说，反思是一种自觉的自我批判，一种对原有文学知识、文学观念、方法的检验和判断。

1982 年，我在《文学评论》第 6 期发表了《论人性共同形态描写及其评价问题》一文，提出了“文艺是一种具有审美特征的意识形态”的观点；认为讨论文学应该是探讨具体的文学样式及文学作品，而非抽象的文学一般；认为文学是通过对语言的审美结构的，通过创作主体的感受、体验而灌注了感情思想的鲜活的艺术形式，即审美意识形态。1984 年，我在评述苏联的文学理论与关于文学研究方法论更新的几篇文章里，继续提出文学是“审美意识形态”，文学创作是“审美反映”说，并对文学“意识形态本性论”专文进行介绍与评析，指出“意识形态本性论”这一观念，强调的是“文学艺术是认识生活的一种形式”，而忽视了文学艺术的审美特性。与此同时，童庆炳教授在其1984年出版的《文学概论》中也已提出了“审美反映”说，并对文学的本质做出了与文学审美意识形态论相同的阐释。

吴子林：文学审美意识形态论的提出，在观念的层面上，第一次把文学艺术的意识形态与政治意识形态做了明确的理论区分；它把文学艺术从政治的直接组成部分剥离了下来，成为一个单独的自主性的存在——这正是当时文学理论试图摆脱政治从属论和庸俗社会学的直接反映。值得注意的是，您提出这一理论时，当代现实主义理论正经受着现代主义的冲击。“审美反映论”的提出，是否有现代主义这一思想参照系呢？

钱中文：是的。在现代派文学争论最激烈的时候，我并未介入。1982年，我收集了不少资料。1983年，我写下了《现实主义和现代主义的几个理论问题》一文，在比较两种创作原则及其特点的同时，就当时的争论表示了我的看法。总的说来，我对现代主义者嘲弄现实主义的做法比较反感；我对于现代主义文学的态度比较拘谨，而倾情于现实主义文学。80年代中期，当我在法国看到一些荒诞派剧作的演出后，我对现代派文学的看法发生了根本性的转变。1984年，我写了《现代主义创作方法中的几个问题》，后来以这篇论文的主要观点为基础，写了《最具体的和最主观的是最丰富的——论审美反映的创造性本质》一文的初稿。1986年初，稍作修改后，上海的《文艺理论研究》很快就刊用了此文。在这篇我写得最为用力的文章里，我改造了哲学反映论，批评了认识论的偏颇，也批评了对反映论的新的庸俗化现象；文中我提出了适合文学创造的审美反映、审美反映的心理结构、审美反映中的主体创造力、现实的三种形态、审美心理定势、动力源、审美反映中的再现与表现，以及审美反映的多样性及其无限可能性等。我认为，“审美反映是一种灌注生气、千殊万类的生命体的艺术反映，它具有实在的容量、巨大的自由，它不仅曲折多变，而且可以使脱离现实的幻想反映，具有多样的具象形态，可使主客观发生双向变化”；“审美反映具有强烈的感情色彩。思想是抽象的观念，而在审美反映中，它却成了一种具象的、充满生活血肉的艺术的思想，即对现实生活的事物特征感性的总体把握、认识而出现”；“审美反映无限多样，一是现实的无限性，二是主观性是一种不断更新的动力。凡是主观性不强的审美反映可能是失败的审美反映。创作个性是主观性的最高要求，是创造的极致。最丰富的是最具体的和最主观的”①。

吴子林：您刚才提到了对反映论的新的庸俗化现象，后来有人认为审美反映和审美意识形态论是建立在认识论、反映论的基础之上的，反映论就是认识论，它较之其他什么如人类本体论等，不仅庸俗，而且在实践上明显落后了。对此，您是怎么看的呢？

钱中文：所谓对反映论的新的庸俗化，就是把被过去庸俗化的反映论，顺手接了过来，再次加以曲解，以庸俗化的方式批判庸俗化。

20 多年来，认识论、反映论在文艺理论中一直受到诟病，有人一见到它们就恶语相向，批判一番，如同条件反射一般。实际上，他们批判的东西是把被歪曲了的东西再度歪曲。我在提出审美反映和审美意识形态之前和之后，的确重视文学的认识作用，但是，我从未强调文学就是认识，也未认为文学创作要以认识作用为先。我一再强调的是，那种可以称作文学艺术的东西，如果不具审美特征，那么它的其他特征、功能也是无从谈起的，我后来也不断地在阐释文学的审美特征与文学的其他特征的有机联系。反映不是认识，但含有认识；反映论中虽有主体客体之分，但从来是承认主体的能动作用的，只有机械唯物论的反映论，才是僵死的反映。

我使用“审美反映”一词时，踌躇了很久。当时有多种概念、范畴可供选择，如心理、感情、表现、创造、象征、原型，等等，但我觉得使用“审美

① 钱中文：《现实主义与现代主义》，人民文学出版社 1987 年版，第 75-76 页。

反映”来阐释以语言审美结构为其形式特征的审美创造，可能会更符合创作的实际一些。理论的概括不可能面面俱到地概述事物的全貌，事物与过程绝对比概念、规定要丰富、复杂得多。

“审美反映论”是审美主体的创造过程，除了承认生活作为创作的源泉这一前提外，整个创作过程起着主导作用的是审美的主体。我的《最具体的和最主观的是最丰富的——论审美反映的创造性本质》一文，实际讨论的是创作主体在审美反映过程中的创造性本质，即审美反映论的创造性本质。我提出，“审美反映中主观性的创造力表现为对现实的改造，现实呈现为三种形态：现实生活、心理现实、审美心理现实。心理现实中的主客观时时产生双向转化，客观因素的主观化，主观因素的对象化”；具言之，“心理现实是一种不断改变自己特征的动态统一体。主观性既然可以消灭存在和观念之间的绝对界限，赋予客观性因素以主观形式，并不断使之获得主观的特征，那么在充满变幻的审美心理现实的实现过程中，原来的主观因素可以不断对象化，获得客观性特征，而原来已经获得了主观形式，渗入了主观精神的客观因素，可以进一步被主观化，从而形成不断进行着的双向转化过程，展现出审美主体的能动的积极性来”①。

吴子林：显然，“审美反映论”是在顽强地与现代主义对话中提出的，它无论是在对审美主体的规定，还是在对客观性的阐释上，都已经迥异于经典的现实主义对反映论的基本规定了。因为经典现实主义的反映论，强调的是所谓的客观真实性，即对已经认定的本质规律做出一致的反映。可以说，它实际超出了传统现实主义的界域。

钱中文：我所说的“审美反映”，很难套用“反映”两个字来规范它，实际上它与审美表现或是审美创造都是相通的。后来有学者认为，我的审美反映论把主体的审美感知推到了最重要的地位，它是心理的、感性的和符号学意义上的反映论——在这一意义上，审美反映论可以说是审美表

① 钱中文：《最具体的和最主观的是最丰富的——论审美反映的创造性本质》，《文艺理论研究》，1986年第4期，第15页。

现论。

吴子林:这很有意思。我知道,有人就称您为“一个现代主义的现实主义者”!最近,有人对您的“审美意识形态论”提出了所谓的“考论”。我很想知道您的想法。

钱中文:学术的论辩必须尊重对方观点的原意,这样才有意义,否则岂不是堂吉诃德式的大战风车,有什么意思呢!因此,我觉得很有必要清理一下自己的认识。

1986年11月,我在苏州大学主持了“全国文学观念学术讨论会”。会上众说纷纭,我重申了前几年提出的思想,即正在进行中的书稿的部分思想——文学是审美意识形态。随后,我将发言稿整理成文,在1987年的《文艺研究》上发表了。这就是《论文学观念的系统性特征》一文,它讨论了文学本质特征的多层次性,以及作为文学最根本特性的审美与意识形态的不可分离性,审美与意识形态的融合,它的那种与生俱来的复合性特性。1988年,我又发表了《论文学形式的发生》一文,这时我的认识较之以前已有所深入,主要探讨文学的发展是如何从“前文学”到“文学”的。“前文学”是先民的一种审美意识的表现,具有多种原型的口头性文学。我将文学“审美意识形态”的逻辑起点归之于“审美意识”及其历史的生成过程,主要是试图恢复文学本质特性,探讨和文学观念形成中的自身的历史感。随着交往的进步,语言文字的出现与发展,审美意识逐渐生发出诗性的语言文字结构,并在语言的诗性形式结构中获得了存在的实在形态,演变而为初始形式的审美意识形态,如《周易》与《诗经》,随后经过历史的长期的发展,逐渐演变而为现代意义上的审美意识形态。出版于1989年的《文学原理——发展论》(第二、三版改为《文学发展论》)讨论文学观念的第一编共四章,其中用了两章的篇幅,专门阐释了“审美意识”的演变。最近我又对此问题做了一些补充的论述。

从总体上说,“文学作为审美的意识形态,以感情为中心,但它是感情和思想认识的结合;它是一种虚构,但又具有特殊形态的真实性;它是有目的,但又具有不以实利为目的的无目的性;它具有阶级性,但又是一种具有广泛的社会性以及全人类性的审美意识形态"①。所以,审美意识形态不是一些人认为的那样,只是审美加意识形态。当然,那时用语不够规范,如有"审美的意识形态"与"审美意识的形态"之说,后来就统一为"审美意识形态"之说。当时一些同行虽未直接使用这一观念,但他们的论著都表达了相同的思想,审美意识形态便成为一种集体共识。20 世纪 90 年代末,我国著名文艺理论家童庆炳教授将"审美意识形态"作为文学理论的基本原理之一,写入了新编的《文学理论教程》之中。他认为,"'文学审美意识形态论'理论的建立,应该说是百年来中国现代文论的一大收获",是中国学者"寻找到的在诗意审美和社会功利之间、文学自律和他律之间取得某种平衡的现代文学理论。历史将证明,这一思想的确立是中国现代文学观念走向成熟的一个标志"。当然,也有一些人不认同这一观念,甚至表示反对,这也是正常的,理解与知识背景不同使然。文学的本质问题也可以从其他方面进行探讨,未可定于一说。任何认识与理论观点,都有自身的局限,只是程度不同而已,重要的是提出新的思想来。

吴子林:据我所知,现在批判"审美意识形态论"的"考论"者缺乏一种"高度发达的事实感",而刻意扭曲"审美意识形态论",说这是什么"硬拼凑",是所谓的"纯审美主义";更耐人寻味的是,有的"考论"者采取的是一种自我否定的策略——这种批判不探究对方本意,有时离谱得出奇,真是让人不知所云。

三

吴子林:20 世纪 90 年代中期以降,您的学术思想又有了一次拓展,

① 钱中文:《论文学观念的系统性特征》,《文艺研究》,1987 年第 6 期,第 23 页。

相继提出了“新理性精神”“交往对话主义”“中国古代文论的现代转换”等命题，显示出了前所未有的开放，回应着当代最尖锐、最前沿、最时尚的理论难题。这在您那一辈人当中是少有的。当时，您为什么会提出“新理性精神”呢？

钱中文：首先是看到20世纪以来中外文学艺术价值、精神的下滑，人的精神的淡化与贬抑，这与20世纪人的价值、精神的贬值、失落有关；其次，人的价值、精神的失落，与20世纪各种社会灾祸紧密相连，致使信仰神化，理想失落，一再引发人的精神危机；再次，理性到19世纪下半期，所宣扬的美妙的千年王国并未实现，它的极端的工具化、实用化，使其不断走向反面，而日趋没落。人文理性在唯理性主义、实用理性的打压下，遭到严重破坏。总之，传统的理性主义不可避免地衰落下去，各种非理性主义不断更迭，逻辑实证主义离开人文精神。在反理性主义不断蔓延的情况下，一些人文主义知识分子开始重新寻找自己的立足点。当时，上海的一些学者提出了人文精神的讨论。1995年，我写下了《文学艺术价值、精神的重建：新理性精神》一文，回应了当时的人文精神讨论。

“新理性精神”作为一种文化、文学艺术内在的精神信念，是对以往理性的扬弃。为了避免旧理性的覆辙，以及非理性主义、反理性主义的极端化与虚无主义，“新理性精神”从以下四个方面确立自身内在的理论逻辑关系：其一，主张要以“现代性”即现代意识精神为指导，来进行我们当今的文化建设。我所理解的“现代性”，指的是“促进社会进入现代发展阶段，使社会不断走向科学、进步的一种理性精神、启蒙精神，就是高度发展的科学精神和人文精神，就是一种现代意识精神，表现为科学、人道、理性、民主、自由、平等、权利、法制的普遍原则”①。其二，新理性精神包括新人文精神，即以人为中心，希望通过社会的努力、文学艺术的呼唤，在人与人、人与社会、人与自然、人与科技的关系中，极大地发挥过去不被允许的自由进取精神，恢复人应当具有的血性和良心、怜悯与同情，使人获得

---

① 钱中文：《文学理论现代性问题》，《文学评论》，1999年第2期，第5页。

自身全面发展的生存条件——这是针对20世纪不断毁灭人的各种极端反理性的社会灾祸、科技进步带来的消极面等问题而提出的。其三，为了达到这一目的，必须改变根深蒂固、非此即彼的思维方式和你死我活的斗争方式，需要清除存在于社会思想原则中的丛林原则，提倡一种建立在平等对话基础上的交往对话精神——这种交往对话把人与人看成一种相互平等、各有价值、各自独立的对方，并在交往对话中相互切磋而获得双赢：这是一种互相依附，具有一定价值判断、亦此亦彼的思维方式。其四，感性和理性，这主要涉及具体的文学创作问题，暂不展开。总的说来，"新理性精神"试图在大视野的历史唯物主义的观照下，弘扬人文精神，以新的人文精神充实人的精神；它意在探讨人的生存与文化艺术的意义，在物的挤压中，在反文化、反艺术的氛围中，重建文化艺术的价值与精神，寻找人的精神家园。

吴子林：波普尔在写于1952年的《猜想与反驳——科学知识的增长》中说："真正的哲学问题总是植根于哲学以外的那些迫切问题，这些根烂了，哲学也随之死亡了。"[①]文学也是这样。作为一个文艺学研究者，必然要关注到文学所面对的"迫切问题"——人的现实生存境况。自20世纪90年代以降，世界经济全球化趋势日益发展，跨国资本胜利凯旋，信息科技飞速进步，工具理性横行无阻。一部分文学艺术在西方文化思潮，特别是后现代主义文化思潮的消极影响下，不断地颠覆、消解其所负载的人文价值与精神；学术研究上则追"新"逐"后"，学术论争中的"二元对立"思维仍然存在……正是这些现实问题与现象引发了您深深的忧患感，显而易见，人文精神构成了"新理性精神"的核心。"新理性精神"的提出，有着极强的现实针对性和生活依据，它是您面对当今目迷五色的社会文化潮流时，寻找自己的立足点，以透视人的现实生存状态与文化、文学艺术的一种文学研究或人文科学研究的方法论。您以高度的社会责任感提出

---

① 波普尔：《猜想与反驳——科学知识的增长》，傅季重等译，上海译文出版社2000年版，第99页。

的“新理性精神”，概括了一个时代的最高理念，而显示出宏大叙事的特征；它是属于中国的，属于我们这个时代的观点和理论，对于它的前景，您是怎么看待的呢？

钱中文：“新理性精神”提出后，就被介绍到了国外，五六年后，在国内也有学者作出了肯定性的回应。不过，“新理性精神”能否成为不少同行的共同理念，促进文学理论的建设与创新，我不会过分乐观，要让它在实践中去接受检验，而且它自身在理论上还要不断深化与完善。理论一旦认为自身如何如何，就往往会给自己套上枷锁。没有必要把尚未兑现的设想说在前面，或是说得太早了。我倒宁愿新理性精神只是少数有着共同理念的同行的学术立场与行动。这样，我们的心态可以放松一些，探讨可以自由一些，话语可以个性化一些；或者遭到学术与非学术的挞伐而消失，也可以做到悄无声息，心情平和一些。学术一旦被注入外力，学理必然会被削弱或遭到剪裁；或是说得过头了，或是被炒作了，在当今文化氛围尚不十分健全的语境中，就必然会遭到风必摧之的命运！

吴子林：您这种开放的胸襟、深厚的学养和非凡的远见，非常让人佩服！在我看来，只有像您这样思想厚实的理论家才能真正做到这点。1999年，您在《文学理论：走向交往对话的时代》一书中提出了“交往对话”理论。这是一种理论立场、思想态度，更是一种精神境界。“交往对话”是您继往开来的理论支点与动力，它与“新理性精神”和“中国古代文论的现代转换”等命题，比较全面地呈示了文学理论的现代性。请您概括性地谈谈文学理论的现代性问题。

钱中文：文学理论的现代性的精神实质就在于不断反思、开放、多元、交往和对话。在我看来，现代性是一种被赋予历史具体性的现代意识，一种历史取向，它是未竟的事业。学术上的分歧和冲突，在我看来应是一种常态——没有分歧和论争意味着停滞，但是只能通过对话解决。一些学术思想在彼时彼地看似违背现代性的要求，在此时此地却可能是应和了现代性的要求。当今现代性所要求的，应是一种排斥绝对对立、否定绝对斗争的非此即彼的思维,更应是一种走向宽容、对话、综合、创新,同时包含了必要的非此即彼、具有价值判断的亦此亦彼的思维。历史的经验告诉我们,单一的、统一的文学理论往往用自己一套观念排斥不同见解,以为自己说的都是真理,别人都是学术上的谬误。它表现的是理论的独白,而不是真理的对话,一张口就是你错我正确,立即给你判决,一种往往是嘲弄与压制的声音。它把学术当成宣传,不断重复同一观点,以为不断宣传就会成为真理!

当今文学理论的现代性要求,主要表现在文学理论自身的科学化,使文学理论走向自身,走向自律,获得自主性;表现在文学理论走向开放、多元与对话;表现在促进文学人文精神化,使文学理论适度地走向文化理论批评,获得新的改造。《文学理论:走向交往对话的时代》是一本"在新时期20年来对文学理论发展的追踪与探索"的论文集,我想强调的是交往、对话的主体性以及理论批评话语的共同性,倡导对不同国家之间的文学批评理论进行交往与对话,以达到双方的各自理解。1993年,我在《面向新世纪:八九十年代中外文学理论新变》一文中,提出"在中西文论的研究中,综合研究方法的运用,在于使中西文论产生新的交融。从整个理论形势来看,一种在科学、人文精神思想指导下具有当代性的中西文论交融研究,将会在下一阶段、新世纪得到极大的进展与兴盛。双方交流的研究是一种最具生命的研究,是一种走向创造新理论的研究,是文学理论走向建设的大趋势,中西文论会以各自的优势比肩而立"①。当今的文学理论面临着三种文论传统,即古代文论传统、西方文论传统和近百年形成的现代文论传统。我们只能在现代文学理论的基础上,充分地研究古代文论,把其中的有用成分,包括它的体系与各种术语,最大限度地分离出来,不是表面地使用一些古代文论的术语,而是丰富其原有的含义,赋予其新义,与现代文学理论、西方文学理论融合起来,使其成为当代文学理论的血肉,形成当代文学理论的新形态。这将是具有中国特色的文学理论的

① 钱中文:《文学理论:走向交往对话的时代》,北京大学出版社1999年版,第278页。

新形态，一种在长远时间里不断生成、不断丰富、体现现代性的文学理论的新形态。

吴子林：您在90年代后期这种不断走向开放对话的理论姿态，显然与您对巴赫金的研究有着极为密切的关系。1983年，您写了我国第一篇正面评论巴赫金文论的论文；1998年，您主持翻译出版了《巴赫金全集》六卷本，引发了学术界的“巴赫金热”；此外，您还由叙述学界面切入“复调”理论，由文艺学界面切入“对话”理论，由文化学界面切入“外位性”理论。这些研究与巴赫金本人学术探索的内在理路是相吻合的，基本还原了由“小说学”“文艺学”而“哲学人类学”的思想家巴赫金的心路历程。因此，有学者指出，您之于中国学界于汉语世界的巴赫金学，一如迈克尔·霍奎斯特之于美国学界于英语世界的巴赫金学；或者，一如茨维坦·托多洛夫之于法国学界于法语世界的巴赫金学，我以为这是相当精辟的概括！

四

吴子林：自20世纪90年代以来，传统的文学研究大有全面转向文化研究之势，一直以“先锋”姿态出现在学术前沿的文艺学更是首当其冲。请您谈谈自己的思考。

钱中文：在全球化潮流、科技信息技术高速发展、商品经济的影响下，西方的后现代主义文化思潮，如文学终结论、日常生活审美化论以及身体理论等，涌入了我国，使得一些学者不断地追新逐后，争相介绍。这一方面固然反映了我国现实、文化的一点需要，但另一方面把西方的这类理论奉为圭臬，以为这就是我国文化、文论发展的方向，这使我们感到，这些曾经不断张扬各种理论身份的学者，这时似乎有点忘却自己的身份了。

如今是资本、媒体、批评共谋制造文学时尚、理论时尚的时代，是浮躁的时代，功利、实用的时代。一些人在文学理论界大造声势，认为现今的文学理论教学严重脱离实际，无人再予理会，声称“文学死了”“理论死了”，只留下无处不在的“文学性”了。正如有的学者所说，他们在文学理论界进行内部暴动，自己打倒自己，自己否定自己，走向自身消解，然后宣布文学是什么，至今未有定论，接着用生活中的各种文化现象，如售房广告、汽车博览、健身房、商场购物、身体线条、城市广场、酒吧媒体、服装展览、模特表演、身体时尚、女人写真、技术产业，来扩展文艺学的内容，准备把它们作为文学理论课堂教学内容，重新确定文学理论的对象，这就把文学理论的扩界、重新界定搞得不伦不类、不着边际了。其实，我完全赞成文化研究，文化研究也许是建构未来社会的一条重要途径。在今后争取科学、理性、正义、公正、民主、自由、法制、平等、权利的社会运动中，暴力对抗已经日渐减弱，需要建立强有力的协调机制，而文化研究与文化批判可能是最重要的途径之一，这是非常宽阔的领域。但这不是去做以审美名义掩盖金权勾结、掠夺暴发中的那种日常生活审美化的附庸，不是去歌颂那种资产阶级与暴富阶层极度平庸、平面化了的、极端世俗化了的、娱乐至死的日常生活审美化，自然日常生活审美并非都是如此。要去批判这些现象，使文化研究成为一种促进社会进步、发展，具有高度人文精神的批判理论，建立健康的审美文化的研究与批判。

文学理论的研究、课程的开设需要改进，是十分迫切的工作，在扩充它的内容、边界上也没有多大分歧，把上述现象作为日常文化现象进行研究，也是十分需要的。问题在于，文学理论及其学科，各有自己的对象与课程设置，它担当不了文化研究的任务。比如广告，不少大学早就开设了广告设计、商品广告的美学课；服装设计有服装学院的诸多大师；家居装修有这类图文并茂的设计指南，书摊报亭大量供应；模特表演有模特训练机构，女人裸体写真有摄影人员在专门包装，超市装潢自有橱窗设计，对它们的解释有时使用了某些文学语言，但从整体来说，它们是文学吗？硬要把它们作为文学，实际上把文学课堂教学扯成各种支离破碎的东西，重蹈美国一些大学里文化批评课程的覆辙，即掏空文学内涵，把文学课程泛文化化，以泛文化现象的解释代替文学研究，取消文学课程，最终消解文化、文学的价值与精神，这是后现代文化解构主义的策略。至于这一潮流今后如何发展，当然是要由时间来检验的。

我早在《文学原理——发展论》一书的第三编，就提出了文学是文化的组成部分，并论证了民族文化与文学发展的关系："民族文化在其长期的发展中，形成了它自身的结构，它的思维特征，它的价值系统，最后，在这些因素的综合作用下，形成一种民族文化精神。正是民族文化精神，它的潜在形态的强弱兴衰，有形无形地制约着民族文学的发展。"在我看来，文学既要探讨自身的特点，即自律，同时也应探讨它与其他文化部门的关系，即他律，两者结合起来，才能组成文学自身。对于文学来说，这些因素是天然地结合在一起的。"文学发展论"这一编还广泛讨论了文学与审美文化与非审美文化，以及与介乎两者之间的独特的文化形态的关系，文学研究必须在这种宽阔的文化背景上进行，这就是文学的文化研究。这不同于上面讲的后现代主义的"文化研究"，实际上，它就是后来有的学者所倡导的"文化诗学"。

我在韩国出版的四卷集的"后记"里写道："一个伟大的民族自然要拥有丰富的物质财富，但是，最终昭示于世人、传之久远的则是其充溢着民族文化精神的文化创造。生产这种精神财富，应该在文化、学术中，从发出自己的声音做起，进行原创性的创造。要坚持自己的声音，坚持那种具有学理精神的原创性声音，因为学术认同的只是创造。学术回应时代：学理的深化、完善与丰富。但是这种回应，应是绝对的个性化的，而不是重复与雷同的。"

吴子林：我非常赞同您的观点！最后，我想请您谈谈数十年来研究文学理论的宝贵经验。

钱中文：我从事文学理论工作的时间不算短了，写过一些东西，而令人满意的不多,更谈不上什么心得体会之类。我就简单说说自己的感受吧。

首先,要有兴趣,浓烈的兴趣。文学理论研究涉及文学的各个领域,要求研究人员有较丰富的文学知识,对于中外古今的文艺现象有一定的了解。从取得成就的角度来说,较之搞作家研究相对要困难些,不容易很快见效。如果对理论问题缺乏热情,没有寻根究底的决心,常常会使人苦恼万状,不知从何下手,最后半途而废。相反,如果你对自己的工作满怀兴趣,那就能以苦为乐,会把旁人视为苦恼的劳动,当作自己生活愉快的源泉,从中获得精神上的享受。

在50年代,像我这样喜爱文学的青年,曾经想搞创作,苦恼过几年而终不可得。后来,一个偶然的机会要我改学文学,把我分配到文学所工作,这真使我喜出望外。我想,这也是文学工作,在许多有才华的同学失去正常生活条件的情况下,自己能从事离我最感兴趣的文学甚近的工作,那真是时代的幸运儿了。我先搞了一阵作家研究,待接触到一些文学理论著作后,觉得文学理论中问题不少,而且文学理论活动场地也大,于是又把兴趣转向了理论。时间久了,就摸出了一条适合于自己能力、知识结构的路子来,觉得有不少问题需要研究,可以写作。因此,当我听到有的同志说文艺理论难搞时,我一面深有同感,其中难处确实不少;一面又不以为然,觉得一旦深入了这个领域,就会不断出现"山穷水尽疑无路,柳暗花明又一村"的境界,可以不断开拓研究的领域。

其次,要有理想的知识结构。从事文学理论研究,要有丰富的文学理论知识,同时,也要把握文学发展中的各种倾向和文学批评成果,还要有广博的文学史知识。刚刚从事文学理论工作的新手对于后两个方面不一定能够体会得到。文学理论研究人员要熟悉当前的各种文艺情况,对不断重复出现的现象和独特的现象进行分析、研究,找出它的规律性。文学批评是对当前文艺现状的积极反应,它往往最先发现文艺现象中的一些重大问题,而有待理论研究的进一步丰富。记得何其芳同志说过,搞文艺理论研究的同志最好先搞几年文学批评工作，以积累感性的文学印象和知识；一开始就搞理论问题研究，常常会使经验不多的研究人员无所适从。这是很有见识的。

至于文学史现象，这是一个极其重要的领域。今天文学中的一些规律性现象，需要使用大量的文学史知识加以阐明，否则理论将是干瘪的。一个文学理论工作者最起码的知识结构是，他必须了解我国或外国的某个重要作家，对他做过较为深入的研究，进而能比较深入地了解一个作家群，以至不同作家群，熟悉一段文学史；再进一步，最好能掌握一个国家的文学史。这样，就能对理论上的一些问题触类旁通，使自己的理论分析左右逢源。最理想的情况是，能够了解一些主要国家的文学史现象，这可大大加强理论研究的广度和深度，增强理论本身的说服力，在较大范围内做出理论概括。

在我看来，一个理论工作者除了精通文学基本理论外，他最好对中国古代文论与西方文论，以及现代的文学理论都有极好的修养。在我国，这样的人才慢慢多了。大学中文系出来的青年同志，在理论上有一定的底子，对理论研究也有一定兴趣，但底子稍差一些，阅读外国文学理论著作数量有限，这使他们视野不够开阔；有些从事文学理论研究的同志，原来是学外文的，对文学理论缺乏系统学习，理论修养较差，一般喜欢搞作家研究，对外国文学理论偏于介绍，缺乏应有的分析评价。若能把双方各自的长处结合起来，有较深的中外文学理论的基础，一个文学理论工作者就有了比较理想的知识结构了。

再次，理论研究要有新意，但不要耸人听闻。所谓"新意"，一是在文章中有无个人独创的观点；对文学实践中发生的问题，能否及时做出新的科学的解释；二是有无新的材料来说明问题；三是在某一问题上对前人的观点是否有所发挥，或有所辨正，等等。在文学理论研究中，进行体系的创造是极为困难的，但是在正确的文学观的指导下，在掌握丰富的史实和现状资料的基础上，有所创新，有所阐发，也不是不可能的。强调理论研究要有创新,并不是要人们去搞耸人听闻的东西,搞实用主义。可惜,在这几年的文学理论研究中不乏这样的现象。搞实用主义表现为趋时附势,今天这样说,明天那样唱,反复无常,鹦鹉学舌,没有自己的观点立场。这种华而不实的风气,在一个时期内相当流行,有时好像是抢新闻一般,以至往往弄到是非不分的地步。有的杂志甚至以此来自我标榜,有的人则借此哗众取宠,以求快速猎取名声。殊不知,这类文章由于缺乏历史观点,不讲科学性,它们往往是没有生命力的。

最后,敢于伐皮削肉,是写作成熟的标志。写作论文需要修改,反复推敲。在这个问题上有无自觉性,非常重要。60年代初,在文学研究所,大家写的稿子经常互相传看,互相提意见。何其芳同志经常说,稿子写好后,自己要反复看,请人看;文章内容要充实,论点要清楚,文字上要讲究,要字斟句酌。他对自己写的稿子就是这么办的,稿子打印出来后,就发给一些同志征求意见。大家都说何其芳同志的文章,文采风流,自成一格,有理论深度,是散文家的笔法、诗人的沉思、学者的严谨学风的高度结合。他尚且如此,我们更应该这样去做。直到今天,我写完一篇稿子,一般总要放一阵,做冷处理,接着就干别的事,或写另外一篇稿子。过了一段时间再把原稿拿出来细看,这时就像看别人的稿子一样,比较容易发现其中的毛病和不足,然后一直要修改到送出去为止。总之,应当把自己当成编辑,对自己的稿子伐皮削肉,使它们真正完美起来。

吴子林:现在,我终于深深地认识到,您正是以健康的人文立场和强劲的批判精神,努力协调中西文学理论的融合重铸进程,而在我国的文艺学界导乎先路与执旗领军,身心俱进地进入了学术创造的殿堂!最后,请允许我代表诸多文学理论工作者对您的学术成就表示衷心的敬意!并祝您身体健康,永葆学术的青春!

原刊于《学问有道》,方志出版社,2007年

第一章　文学艺术价值、精神的重建:新理性精神

第一节　寻找新的立足点

今天,一些人文知识分子正在寻找一个新的立足点,重新理解与阐释人的生存与文学艺术意义、价值的立足点,新的人文精神的立足点,这就是新理性精神。

20世纪是文学艺术不断花样翻新的时代。现实主义文学艺术时时更新自己的手法,拓展生活的广度,深入开掘人生,而19世纪的批判精神至今一脉相承,余韵犹存。现代主义文学中不同派别的一些优秀之作,倾情于20世纪初的人的生存的艰辛与伤痛,恰如悲怆的交响曲一般,令人回味无穷。

随后,现代主义又受到指责。那些在语言哲学与语言论哲学思潮流行中出现的诸种形式主义并受其影响而产生的作品,在发现与运用语言自身逻辑、能指方面,发展到了极致。一方面,语言能指功能的自由运

用,可以使作者自如地组织话语,随心所欲地结构句型、叙事形式,从而使艺术形式不断出新。如“新小说”“新新小说”、活页小说(类似于扑克牌式的小说,页码可以自由穿插,故事可以任意连接);此外还有“不可解的”小说等。另一方面,由于这些文学新品种将文字自身逻辑的变化视为艺术目的,在理论、写作原则上的极端化,使得其创作目的趋向于游戏,文化意义受到排斥,艺术的终极追问遭到放逐而陷于解体。这类作品的出新,是作者任意书写的任意形式,和艺术价值的淡化与消解是共生一体的。

美国学者丹尼尔·贝尔说,一些作家(指外国的)由于拒绝对生活的美学证明,结果便走向对本能的完全依赖。“它以解放、色情、冲动自由以及诸如此类的东西,猛烈打击着‘正常’行为的价值观和动机模式”①。人在自我失落中自我娱乐,而鉴赏趣味则无需挑剔。于是在20世纪的不少作品中,被压抑的性本能、原始欲望,有如挤破了潘多拉的魔盒,争相释放出来,演绎了许多离奇古怪的乱伦、性倒错、性疯狂的故事来,特别在大众文艺中尤其如此,显示了文学艺术贬值、堕落的一面。

20世纪80年代上半期,我国文学艺术的探索,是摆脱旧有的束缚、标举着一种人文精神,恢复自身的价值,走向创新之路的运动。随后这一

① [美]丹尼尔·贝尔著:《资本主义文化矛盾》,赵一凡等译,生活·读书·新知三联书店1989年版,第99页。

探索，深受西方各种社会哲学、文化艺术思潮的影响。令人眼花缭乱的是，当这些思潮如潮水般涌来之时，也正是我国市场经济举步入轨之日。80年代中期，不少人文知识分子突然发觉，自己已被抛入了物的世界，现今一切都围绕着物与权在飞速地旋转，一切都为实利目的所侵袭。现实生活的冲击是最基本的，人们长期为生活中的假大空的连篇谎话所困扰而被弄得晕头转向。昨天看来分明是光华四射的神圣之物，今天却发现不过是一堆俗不可耐的腐朽与霉烂。现实中的深沉卑污，使信仰黯然失色，它无情地嘲弄了自己。理想的解体是现实自身的解体，它使不少人也使不少作家四顾彷徨。一些作家走向世俗，面向底层，描绘普通人的生存的尴尬与卑琐的生活状态，拓宽了创作的领域。有的作家则躲开崇高，在嘲弄虚妄的崇高的同时，调侃任何崇高，甚至羞耻与良心，这就走向了虚无。有的投入“叙事策略”的追寻。他们以语言能指的自由挥写、叙事形式的多样变幻为创新目的，写得认真，玩得投入，一时有如在文坛上吹过一阵新风。但是意义的消解和形式构成的自由性，削弱了审美的生成，给阅读带来了困难。80年代中后期，中国文坛上不少作家表现了对人的自然本能的崇拜与激赏。在这方面，一些原本写作严肃的作家竟也未能免俗。穿插于小说中的大量性事描写，一时使京城纸贵，显示了严肃文艺中的颓唐一面。有的评论家今天以优美的辞藻赞扬那种灵肉随时随地获得满足的粗俗快感，明天又在报刊上大唱作家的社会责任感应如何如何的高调，表现了文艺批评两面性的实用主义姿态。至于在大众文艺中，以颓废情绪为基调制作出来的书籍，更是比比皆是，表现了文学艺术反文化的一面。

文学艺术意义、价值的下滑，人文精神的淡化与贬抑，是一种相当普遍性的现象，虽然它并不代表文学艺术的全部精神。看来，20世纪文学艺术意义的日益失落，与人的生存质量、处境密切相关。今天，一些人文知识分子正在寻找一个新的立足点，重新理解与阐释人的生存与文学艺术意义、价值的立足点，新的人文精神的立足点，这就是新理性精神。

第二节 信仰完全失去了吗

> 上帝、国王、父亲、理性、历史、人文主义，已经匆匆过去，虽然在一些信仰园地中余烬犹存。我们已杀死了我们的诸神。

新理性精神将从大视野的历史唯物主义出发，首先来审视人的生存意义。一百多年来，人在生存中所遭受的挫折感不断弥漫，从东方到西方，由西方而东方。一种是有形的人的生存的挫折感。例如列强的侵略压迫、掠夺屠杀，使被压迫者的生存处于水深火热之中，它给人们留下的伤痛连绵不绝，至今犹存。由于东方侵略者失败后未受应有的惩罚，所以他们的后裔至今未有公开的认罪感。一种是无形的人的生存的挫折感，它是由社会环境促成，人身上深层的精神生存的挫折感。它几乎无处不在，显得持久而震动人心。

西方学者说，西方人经历了上帝之死、父亲之死、知识分子之死、作者之死，一直到人的主体性之死的灾祸。“上帝、国王、父亲、理性、历史、人文主义，已经匆匆过去，虽然在一些信仰园地中余烬犹存。我们已杀死了我们的诸神”①。随后又出现了后现代主义。法国学者利奥塔德在1979年发表的《后现代状况：关于知识的报告》一书中指出：后现代就是“对元叙事的怀疑态度②。何谓元叙事？即西方启蒙运动后形成的崇尚“同一性”“整体观”的思辨哲学，那些倡导自由、平等、博爱、科学求真的基本话语。后现代主义者还认为，叙事与科学范式不可通约。这无异是说，过去

---

① ［美］伊哈布·哈桑著：《后现代的转向》，刘象愚译，台湾时报文化出版企业有限公司1993年版，第279—280页。

② ［法］利奥塔德著：《后现代状况：关于知识的报告》，见王岳川等编：《后现代主义文化与美学》，北京大学出版社1992年版，第26页。

的思想、理论全都受到怀疑。“现在我们一无所有，没有一样东西不是暂时的、自我创造的、不完整的，在虚无之上我们建立我们的话语”。上帝死了，信仰崩溃了，人嘲弄了自己。那18世纪曾被宣扬一时的理性与理性王国，原来不过是乌托邦的幻影，理性、崇高变成了欺骗。人突然觉得无所依附，而至于一无所有；无不都是过眼云烟，茫茫虚无。精神的失落，给人带来了巨大的痛苦，这就是他精神性的生存的挫折感。卡夫卡在1910年12月15日的日记中写到他所体验过的那种生存的绝望：“我就像是一块石头，一座自己的墓碑，那碑上既没有怀疑也没有信仰，既没有爱情也没有憎恨，既没有勇气也没有怯懦，只有一个模模糊糊的希望。然而，就是这希望也不过是碑上的铭文而已。”12年后他又写道：“……我的内心只有绝望的幻象，尤其我在那里（希望之地迦南）是芸芸众生中最痛苦的人间。”①这种没有希望、没有出路的情绪的人，就像一个步入死胡同的落魄者，欲前无门，突围无力，所谓走投无路即是，使人不胜凄惶。在20世纪西方的哲学中，特别是存在主义的哲学中，人的焦虑被作为人的一种生存状态而成为一个热门话题。生存的焦虑源于人所处现实社会的分裂、破碎与它的不确定性。这种不确定性，使人在其生存选择中难以预测自己的命运，他不明白何时会被什么灾祸所吞没。布洛赫说：“当焦虑超出生物学的范围，只是作为一种人的存在方式，尤其作为焦虑之梦呈现出来时，它在本质上就是以自我生存本能受到社会障碍为基础的。事实上，这是唯一毁灭性的，甚至把愿望转向其反面的内容，它最终使焦虑变成绝望。”②焦虑大面积地弥漫与不断深化，演化而为绝望，使人成为空虚的人、扁型的人。

其次，当哲学家、文学家写到因上帝死去而留下难以弥补的空缺时，物的挤压则如排山倒海之势随之而来，而且这种挤压愈演愈烈。诚然，人

① [奥]弗·卡夫卡著：《日记》，转引自[德]古斯塔夫·勒纳·豪克著：《绝望与信心》，李永平译，中国社会科学出版社1992年版，第20页。

② [奥]弗·卡夫卡著：《日记》，转引自[德]古斯塔夫·勒纳·豪克著：《绝望与信心》，李永平译，中国社会科学出版社1992年版，第14页。

要生存,需要衣食住行,需要不断提高、改善它们的质量。人在对物的需求中,形成一种物欲,它一面激发人的热情,使财富不断被创造出来,使人不断获得物的满足与享受,这是不容争辩的。然而对物的无尽的追求的内在规律造成了对人的挤压,物的阴影遮蔽了人。物欲的发展不断转化为对金钱权力的追逐,使自身成为一种异化力量,使人变为物的奴隶。首先,这力量是物质的,当它与权结合,一夜之间就可造就成千上万的暴发户与亿万富翁,在物质上掠夺另一些人,人被物挤兑。于是我们见到在尤内斯库的满舞台的"椅子"中,不见了人。其次,这力量又是精神的,它使社会时弊丛生,贪污盗窃、损公肥私层出不穷,甚至利用公众的失语与无言,变本加厉地进行,使社会普遍需要的公德、伦理蒙上血腥的污秽。人间的羞耻、良心、血性、同情、怜悯、诚实、公正、正义等,进入了新的衡量秩序,即要以斤两来计算它们。人们可以围观人的死亡过程,可以容忍光天化日下的污辱,可以逼良为娼,把不从者当众扑打致死。物的挤压使不少人的人性泯灭,使人的兽性膨胀;而对于那些洁身自好、无所依傍的人来说,物的挤压使他们陷于清贫,给他们造成巨大的精神伤痛。不少人由此失语,失去批判和反抗的能力,从而滋生了各种各样的宿命思想与悲观主义。在这物化的时代,历史、现实都可以用谎言替代,一切都可以进行机械复制,动用美容手术,从物质到精神;一切都可以假冒,一切都被弄得真假不分,一切都优劣难辨。物的挤压,制造了大量在精神上污秽的人,失去灵魂的人。这在文学作品中已描写得很多,莫里亚克式的人物,卡夫卡式小说中的人物,荒诞派文学中的人物,比比皆是。他们或是毒如蛇蝎,或是形同枯槁,或是状如幽灵,徒具人形。

属于这一类型的还有平庸的人。高级消费、电视广告,时时提醒人什么是"美满生活"的象征,它们刺激人的需要,教导人如何模仿电影明星,它们劝导人关心享乐,打破旧禁,放纵情欲,及时行乐。它们影响社会舆论,改造文化。上述情况不仅外国有,在我国也是如此,在文艺中也属常见现象。在电视中,天天有人开导你如何吃喝,购买皇家气派,装出贵族风度；要不，就是一批批教授、学者、经理、演员、明星，被节目主持人哄得满台乱转，猜猜普通常识，猜不出就做出怪相，逗人一笑，玩玩大人排排坐、吃果果、过家家式的游戏。

再次，科技进步的复杂影响，造成人文精神的下滑，制造了无数渺小的人。科技的发展，无疑是人的认识、创造能力无限可能性的体现。科学家对自然、宇宙奥秘的深入探索，理应使人的认识与理论具有更高的敞亮的品格。但是对于不少人来说，甚至不少科学家来说，却并未在精神上摆脱神秘主义的束缚，而陷入哲学上的怀疑论与极端的相对主义。对事物认识的相对性是必要的，但把相对观点极端化，必然会在对待万事万物上形成一种亦此亦彼、什么都行的思维方式，导致对价值、真理的怀疑，最后放弃终极追问。在后现代工业社会，科技高速发展，信息媒介已进入千家万户。科技带来物质繁荣的同时，却不断建立起了自己的霸权地位，几乎形成了对人的绝对统治。在知识激增的时代，人们“听见被人说过的东西是如此之多，并发现关于万事万物的看法可以自圆其说，因而他们感到对一切都毫无把握”①，没有一种解释可以独霸称雄。加之，人们的教学方式也发生了变化，即在接受知识的过程中，人文因素急剧减弱，因为如今人们只需坐在终端机前就可获得必要的信息和知识。于是传统的人文科学受到强烈的挑战，这使人感到人文科学日渐失灵。同时在一些技术官僚看来，人文科学简直不屑一顾，因为它们不能创造物质财富，无法带来经济实惠。这样人文科学也就被逼放弃自己的合法化地位，而被悬置起来。但是人文科学的悬置与失灵，正是人文精神淡化的表现，正是使人何以为人的人文精神的下滑与堕落。于是我们在不少作品里看到，一切都动摇了，好像人人都是百万富翁，但觉得所有人却一无所有，住所陈设豪华闪光，而个人的精神愈益匮乏、贫困，似乎谁都没有忘记自己的突然贬值，因为它太令人痛心疾首。于是“自然的趋势是去寻找比自身价值更少

---

① ［美］查尔斯·纽曼著：《后现代氛围》，见王岳川等编：《后现代主义文化与美学》，北京大学出版社 1992 年版，第 151 页。

的东西”。

20世纪,由于社会的频繁动乱,使不少人在失去信仰、理想之后,而变得内心惶惶,成为扁型的人,由于物的极大丰富,普遍地追求物欲,而使不少人道德沦丧,成为精神上丑陋的人、平庸的人;由于科技霸权的建立,使不少人失去理智的澄明,而成为不能正视自己力量的渺小的人。人的价值的低落,贬值,促成了他的精神生产的自虐性的堕落。那么希望何在?古斯塔夫·勒纳·豪克在其《绝望与信心》一书中谈到人的悲观绝望的处境,只是他的一个方面。人还有另一方面,即信心的一面。他认为这信心的一面,恰恰来自人的自身:“希望之所以转化为信心,是因为他们看到了褊狭的先定的意识形态(无论是种族的、阶级的、国家主义的还是民族主义的)的普遍消除……各民族之间尽管还存在着对立,但是他们在精神上和经济上却在相互接近。艺术具备了世界主义的特质。”①他认为,无论是焦虑与绝望,还是希望和信心,都根源于生物生命的自身。“在今天的文学和艺术中,如果我们只表现焦虑之梦和绝望的歇斯底里,而不去表现希望和信心,乃至……确信的情绪,那么毫无疑问,这是表现了‘自然’生命的一半。”②豪克对人、世界表现了乐观主义的态度,值得赞赏,但其具体观点看来不能完全同意。例如说到意识形态的普遍消除,这并非现实的事。例如,各国人民在精神、经济上有所接近,但文化隔膜至今很深;不少人在宣扬世界主义艺术,但是他们心目中的世界主义艺术不过是科技发达国家的某种艺术标本而已。又如他寄希望、信心于人这个“生物”与“自然”生命本能的另一面。但是毫无疑问,人只有作为“社会”生物时,他的理想与信心才能成为他的本质面的。

---

① [德]古斯塔夫·勒纳·豪克著:《绝望与信心》,李永平译,中国社会科学出版社1992年版,第4页。

② [德]古斯塔夫·勒纳·豪克著:《绝望与信心》,李永平译,中国社会科学出版社1992年版,第63页。

第三节　高扬文学的人文精神

人文精神就是对民族、对人的关怀，对人的生存意义、价值的追求与确认。表现为人文知识分子修身自立的品格，坚持人格尊严，个人对社会的责任感，历久不衰的忧患意识。

新理性精神难以力挽狂澜于既倒，但它绝不会去推波助澜。它要在大视野的历史唯物主义的观照下，弘扬人文精神，以新的人文精神充实人的精神。

新理性精神坚信人要生存与发展。人理解自己的存在，人的生命活动不仅是为了维系其自身的生命。人通过其自身的实践活动，总是指向什么而被赋予目的性，形成其活动的意义与价值，改造自己的生存，实现自我，超越自我。人有肉体生存的需要，要有安居的住所，因此他不断设法利用自然与科技，创造财富，改善与满足自己的物质条件。而同时他有精神的需要，还要在其物质家园中营造精神安居的家园，还要有精神文化的建构与提高。人与社会大概只能在这两种需要同时获得丰富的情况下，才能和谐与发展。在这人的精神家园里，支撑着这无形大厦的就是人文精神，就是使人何以成为人，要成为什么样的人，确立哪种生存方式更符合人的需求的那种理想、关系和准则。人文精神就是对民族、对人的关怀，对人的生存意义、价值的追求与确认。人文精神作为精神文明底蕴，首先具有普遍的人类意义。各个国家、民族的成员，告别原始森林而步入社会群体，必须找到共同的相互人际关系的契约式的准则，如从动物脱胎出来最先形成的羞耻感，随后在共同生活中形成的相互同情、怜悯、血性、良知、诚实、公正、正义感，等等。各个国家民族进入到今天现代化的阶段，上述使人何以成为人的精神，仍然是共同应予遵守的契约式的准则，这是人文精神的最基本方面。

其次，人文精神是一种历史性现象。例如爱国主义精神，历来都是指对自己的国家、文化遗产的爱，不同时期指向相同，但其内涵是不断变化的，特别在多民族国家里。又如每个社会的统治阶级，都会将上述具有普遍意义的人文精神，纳入自己的阐释，赋予其阶级、集团本身利益的色彩与意义。当统治阶级处于进步的阶段，它对人文精神的阐释，往往有利于促成社会精神的建设，甚至还可能以本阶级、本集团的理想品格，来丰富与扩展人文精神，形成新的人文风尚，甚至时代精神。当这个统治阶级走向没落，念念不忘于一己之私利与权力，就会使社会颓风流行，使反人文精神、反文化现象迅速抬头。就西方社会来说，这个世界早就物化，金钱权力支配一切，理想幻灭，灾祸不断，那些使人成为人的最基本的准则，受到蹂躏，无数学人都深感在绚丽多彩的物质之后精神的贫乏。至于我国近期，由于把阶级斗争看成社会发展的唯一动力，一味斗争，以达私利，从而严重地造成了人文精神的畸形发展而至毁灭。有时，文艺中那种失去了历史感，张扬不分正义、非正义的同情、怜悯、良心的现象，也是存在的。但是几十年来的批判，造成了良心、同情的泯灭。上述那种艺术描写，可能正是一种迷惘的反弹。80 年代中期以后，商潮勃兴，人文精神无疑会形成一些新的积极因素，并在今后逐渐显露出来。但是商潮的消极面与腐败面，正裹挟着整个社会生活，从而使刚刚苏醒过来的人文精神，在社会生活的许多方面，再度失衡与沦丧。

再次，人文精神具有强烈的理想风格，在不同国家、民族的人文精神共同性的基础上，又各具自己的传统的理想色彩。有着几千年文化传统的我国，人文精神表现为对人际关系的重视。“观乎人文，以化成天下”；表现为中国历史上人文知识分子修身自立的品格，坚持人格尊严，个人对社会的责任感，历久不衰的忧患意识。“先天下之忧而忧，后天下之乐而乐”（范仲淹），“为天地立心，为生民立命，为往圣继绝学，为万世开太平”

（张载）。在近代西方思潮的影响下，我国现代知识分子又提出“赛先生”“德先生”，甚至近时又呼唤“莫先生”（道德）；提出知识分子的价值是“与天壤而同久，共三光而永光”的“独立之精神，自由之思想”说。自然，这是一种理想与追求。如果说，中国知识分子的人文精神传统，重在个人修身自立，与人际、社会关系的相互协调，那么在西方，就近代来说，人文精神的着眼点则是以个人为本的，如自由、人权、平等、求知求真等。特别是自由与人权，它们关乎人的方方面面。这种人文思想，发生过积极作用，作为理想，仍然有其光辉。但作为现实的人文精神，几百年来并不那么美妙。人权、自由本来是人生存的精神需要。但是，极端化了的人权、自由，却把对他人的侵扰与伤害，都当成天经地义的事。

新的人文精神的建立，看来必须发扬我国原有的人文精神的优秀传统，在此基础上，适度地汲取西方人文精神中的合理因素，融合成既有利于过去不被允许的个人自由进取，又使人际关系获得融洽发展的、两者相辅相成互为依存的新的精神。

面对人的扁型化、空虚感，人的大范围的丑陋化、平庸化，与自我感觉的渺小化，文学艺术应该挥起人文精神的这面旗帜，制止文学艺术自身意义、价值、精神的下滑。

文学艺术是营造人的精神家园的一个重要部门。历史、现实中流传的文学艺术，毫无疑问有语言形式方面的因素，同时语言、文体的变革造成了与读者的新关系，这是文学人文因素的一个方面，但是还有内涵更为宽厚、深刻的人文因素的方面，而且是主要的方面，即对人的价值、命运的关注，为生民立命的热诚的一面。

西方学者说这也死了那也死了，但仔细想想，这些警世之言，有的说对了，有的说对了一半，有的说错了。在20世纪，一切都被否定了，一切都无望了。我知道，不少作家并不如此对待问题。例如，在50年代前的充满灾祸的西方社会里，海明威、雷马克小说中的人物，被东追西逐，飘零迷惘，挣扎死亡。这种失落的情绪在《永别了，武器》《生死存亡的时代》

《凯旋门》里，让人感到最为揪心的了。50年代初，海明威在《老人与海》中进一步宣告："……一个人并不是生来要给打败的"，"你可以把他消灭掉，可就是打不败他"。这种铮铮鸣响的语言，充满了对人的同情与崇高的景仰。而几乎就在同时，当人们为战争的阴云所困扰，福克纳大声宣告："我不想接受人类末日的说法……人是不朽的"，作家的"特殊光荣就是振奋人心，提醒人们记住勇气、荣誉、希望、同情、怜悯之心和牺牲精神，这就是人类昔日的荣耀"①。人的生存的挫折感是真实的存在。在人遭受苦难、陷入迷惘的时刻，看来只有那些具有海明威、福克纳精神力量的作家，会给人们以鼓舞，勇敢地生存下去。

当西方哲学家宣布这也死亡、那也死亡，无疑相应地在文学艺术中也掀起了一股非理性主义乃至反理性主义思潮。理性主义受到了非难。过去人们崇尚理性，排斥非理性。但是从人类心理、认识史的演变来看，非理性比理性更为古老。在欧洲，那隐潜的非理性在18世纪哲学中突变而为非理性主义，从此一发不可收拾；19世纪，通过叔本华、尼采等人的学说，形成了非理性主义思潮。非理性主义哲学抓住了理性主义避而不谈和难以阐明的隐蔽的现实现象，开拓了人类心理、思维、认识的新领域。但当它排斥理性，企图用非理性主义的种种学说来从整体上阐述世界时，这不仅突出了非理性主义的谬误，而且转向了反理性主义。非理性主义在过去的文学艺术中作为潜流而存在，如今深入各种艺术的形式，它们一面拓展艺术创造的机遇，更新人们的艺术思想，另一面又往往走向极端，无所顾忌地否定一切，特别是悲观地来阐释人的发展。它们见到了人的困境，描绘了人生的尴尬，以为这就是人的唯一存在形式。于是整个世界似乎都被焦虑、荒诞所充塞了，人的生存进取的意向被阉割了，使人沦为扁型的人。在我看来，诉诸人们感悟、心灵的文学艺术，不仅要描绘人的生存艰辛、他的不妙处境，同时也应像福克纳、海明威传达出人的自豪的声音。尽管反理性主义的白日梦尚未结束，但是新理性精神将把人的心

① 李文俊编译：《福克纳评论集》，中国社会科学出版社1980年版，第255页。

理、认识的重要一面——非理性,与非理性主义、反理性主义区别开来。它将充分重视偶然性在历史、精神乃至文艺创造中的特殊作用。偶然性是新的人物创造基础。但是新理性精神不认可把非理性绝对化,使其走向反理性主义,反对用反理性主义阐释人生,解释世界。同时,反理性主义也可以从理性主义衍化而来。本世纪以来,理性主义的发展,一再因其极端而走向反面。理性与非理性一样是人的心理、认识的特有能力,它规范知识、自然、道德、社会。理性的阳光给人类的发展带来发展与繁荣。在漫长的发展过程中,理性演化为成套学说,并渐渐变为规律自身,致使人变成了它的工具。理性主义的绝对化,不仅主使人主宰自然,而且掠夺自然,制造形形色色绝对化的准则与规律,使之异化为"绝对观念""绝对意志",企图导致对社会的绝对统治。被唯理性主义化的绝对意志,曾给一百多年来的近代社会带来无数混乱与灾难。它同样使人陷于失去理想和信仰崩溃的痛苦之中。结果唯理性主义竟是走向了极端的反理性主义。

第四节　走向新理性精神

> 新理性精神是一种以现代性为指导,以新人文精神为内涵与核心,以交往对话精神确立人与人的相互关系,建立新的思维方式,包容了感性的理性精神。这是以我为主导的、一种对人类一切有价值的东西实行兼容并包的、开放的实践理性,是一种文化、文学艺术的价值观。

新理性精神主张以新的人文精神来对抗人的精神堕落与平庸。当今一些文艺作品的写作,已使人严重地失去了羞耻感,失去了良知与同情,已丢失了血性与公正。一些误入文学“歧途”的人掉头而去,更有一些人大肆制作污秽的东西;当然也不乏作家高扬文学艺术的信仰与理想,虽然目前势孤力单,但会获得广泛的同情。上述情况在西方国家的文艺中也同样存在。因此我以为,当今的文学艺术,要高扬人文精神。要使人所以为人的羞耻感,同情与怜悯,血性与良知,诚实与公正,不仅成为伦理学讨论的课题,同时也应成为文学艺术严重关注的方面。以审美的方式关心人的生存状态、人的发展,使人成为人,拯救人的灵魂,这也许是那些有着宽阔胸怀的作家和艺术家忧虑的焦点与立足点。人文精神在当今社会还有别的要求。但是如果不能唤起使人所以为人的羞耻感,不能激起他的血性与良知,诚实与公正,在精神上使人成为人,其他要求再高、再好,也是枉然。自然,最基础的与更高形态的人文精神,两者并不矛盾,相辅而相成。文学艺术无力拯救世界,但它可以在一定程度上调整现实生活的失衡。

同时,文学艺术也要强化人文精神的批判精神。近几十年出现的一些文学艺术流派,特别是受语言哲学、语言论哲学影响的流派,在文学回到自身的嘈杂声中,纷纷把注意力投到语言形式方面去了。语言表达的形式变化了,艺术形式更新了,文学好像回到了“自身”。但是它内涵单薄,审美因素不是丰富而是削弱。至于公众关注的问题,他们的焦虑与忧愁,不少人把它们当作社会学的对象而高傲地抛开了。这样的文学艺术,被圈入了狭小的同人范围,只好相互欣赏各自的“叙事策略”,而对公众无所言说。这点后面将专门论及。文学艺术给人愉悦,同时以其强烈的人文精神的批判力而招引读者。在当今我国经济转型期间,现实中的腐朽与反人文精神的一面,较之人们在中外古典小说中所看到的图景,只有过之而无不及。不少作家在社会邪恶面前不求承担诺言,以减少写作的挫折,即生存的挫折,这也是环境使然。但是人文精神的委顿,怎能使自己深入时代的深层?怎能使创作走向博大、精深?刘鹗在《〈老残游记〉自序》中说:“《离骚》为屈大夫之哭泣,《庄子》为蒙叟之哭泣,《史记》为太史公之哭泣，草堂诗集为杜工部之哭泣，李后主以词哭，八大山人以画哭，王实甫寄哭泣于《西厢》，曹雪芹寄哭泣于《红楼梦》。”如果作家不能全身心地投入使人何以成为人的关注，对人的良知、血性的关注，如果不玩玩深沉，何来这种渗入灵魂的忧患感和人文精神？同时，如今不少作家加强了民主意识，十分谦恭，愿和读者站在同一水平之上，不愿别人说作家是社会良知。的确在这知识普泛化的时代，不会再有先知，而且良知与平等对待读者也不是一回事。但是就像从事科学研究的人中间，会产生有杰出贡献的科学家一样，在文艺创作中，也有那种关怀人的生存、说出别人深有感觉而又说不出来的那种人生感悟的震动人心的人。不可能个个作家都能成为社会良知，但成为社会良知的作家还是存在的。

20世纪的科技霸权主义以及其他形式的霸权主义，使无数人成为渺小的人。要使渺小的人成为真正的人，借助于文学艺术精神家园的营造，也是一条途径。这里必然要涉及创作的主体性问题。作者的主体性体现着他本人的人文精神的品格，他对人文精神有多高的理解与体验，这决定他在创作中站得多高。主体性曾是现代主义所竭力争取的，以致使得他们把写作当成了自我表现，或专注于作者自我的内心活动，或以变形的艺术形式来体现这些活动。现代主义创作倾心于揭示社会剧变中的灾难感，人的焦虑与压抑，悲惨的世界图景与精神的荒凉，人的无能为力与悲剧命运，失去拯救、命中注定与万劫不复。它的格调，在对人的关怀中，充满伤痛与悲怆的味道。作家的主体性在创作中表现强烈，但调子无望而低沉。它的人物的主体性，则呈现破碎，失去完整、和谐，表现了迷惘、不安、焦虑、无力，被不可知的力量任意摆布，无法抗拒，最后走向悲剧的死亡。后现代主义作家竭力贬抑作家的主体性。他们在作品中描绘的，多半是不具主体性特征的客体，所以这类小说也被称作“客体小说”。这类小说叙事角度确很客观，小说文本表现了一种叙事的多视角特征。这时作者在作品中有如物化的机械一般，以所谓零度感情去描绘静物和人物，起到了一架多镜头照相机的作用。他甚至会以零度感情去描绘那些令人发指的罪恶暴行。于是在字里行间透露出来的那种客观,实际上正好显示了他缺乏人性的一面。我们看到,小说形式似乎更新了,但人物被淡化乃至替代了;他的主体性特征扭曲了,而最终人文精神被抹去了。由此人的渺小化,不仅为科技霸权主义压抑所致,同时也是一些作家有意使文学艺术人文精神自身贬值的结果。要使人摆脱渺小的感觉,在文学艺术中改造作家与人物的主体性,弘扬人文精神看来也是十分重要的一面。

新理性精神将站在美学的、历史社会的观点上,着重借助与运用语言科学,融合其他理论与方法,重新探讨审美的内涵,阐释文学艺术的意义、价值。因为审美曾被庸俗社会学消解过,也被所谓使文学回到自身的语言科学和诸种形式主义理论弄得相当混乱。语言科学的运用,曾把文学理论引向新的境地。各种形式主义理论与主张,原本在各自的片面中,程度不同地说明着文学作品中某一方面的课题。但是它们的全面僭越与操作,却使它们声称,艺术作品本身并没有什么价值,如果有价值的话,那只存在于它的操作方式与过程之中。于是我们看到,小说便成了无说之说,叙事成了无事之叙。而当语言变为自为体时,那种能指无节制的扩张,则使文学批评趋向于智力游戏。

语言来源于人的表达的意图,来源于人对世界的思考,而意图与思考就是语言的内容与指向。没有无意图、无指向的语言。语言的意图和指向的表达,形成话语的意义和价值。人的语言指涉人的自我,然而本质上更涉及对象,指向现实生活。如果语言失去表达人的感情思想的功能,人就将失去语言而退入原始森林。很难设想存在着一种纯粹是为了进行自我表现的语言。语言一旦成为社会性的语言,集团性的语言,它诚然对人具有制约性,甚至出现语言说人的现象。但只是一种假象,因为实际上这不过是隐蔽了的社会、集团的规则、关系的显现而已。

现代主义的兴起,引起了文学语言的变化。作家们看重语言的多变、奇异化、变异感,以引起艺术感觉的更新。语言的更新,促进了艺术形式的更新,也促进了艺术本身的更新。但是这一更新,并未完全使文学失去自身的目的性，中心思想，体裁界限，深层含义，可读性，确定性，甚至是模糊的确定性，虽然这种种因素已开始发生变化。“现代主义最初是出于对社会、秩序的愤恨，最后出于对天启的信仰，这一思想轨迹，使现代主义运动具有永不减退的魅力和持续不衰的激进倾向”，“但是回到艺术本身来看……这种寻找自我根源的努力，使现代主义的追求脱离了艺术，走向心理：不是为了作品而是为了作者，放弃了客体而注重心态”。[①]后现代主义一反现代主义的艺术目的，它借助“话语膨胀”，把现代主义的逻辑推向极端。所谓“话语膨胀”即对语言能指的崇拜，对语言能指功能的无限扩大。语言能指的分离与运用，原是有助于语言形式的更新。但是看来有一个度，即以有利于艺术的更新为限，即要使艺术成为艺术。语言能指功能的过度扩张，会导致言语的失控，造成组合词组、句子、叙述形式的随意性。在这里，变异、多样，成了变幻不定，最后反客为主，由表述的角色变为无所不能的新的造物主。语言成了一切之源，它所产生的文本就是一切，文本之外一无所有。这种把语言能指功能极端化的结果是，使文本出现了众多的新特征。如哈桑所指出的那样，有文本的不确定性，分裂性，非神圣化，无我性，无深度性，不可呈现性，不可表现性，反讽，杂交（即不同体裁混用），混成模仿以及内在性，即“心灵通过符号概括自身的能力”[②]以“重建宇宙”。哈桑把不确定性与内在性作为其两大主要特征，这是很有概括性的。

语言能指无节制的膨胀，形成文本的自恋与语言的自我运动。这种语言运动，到底是语言的自身运动，还是以人为主导，是人与语言的共同的运动，这是不言自明的。后现代理论家、作家宣布了作者的死亡。“谁在说话，又有什么关系”，“谁在说话，有何差别?”福柯说，“这种无所谓的冷漠表现了当今写作的基本伦理原则之一”。这样当代写作就从表达的

---

① [美]丹尼尔·贝尔著：《资本主义文化矛盾》，赵一凡等译，生活·读书·新知三联书店 1989 年版，第 98 页。

② [美]伊哈布·哈桑著：《后现代的转向》，刘象愚译，台湾时报文化出版企业有限公司 1993 年版，第 265 页。

范围中解放了出来,“写作只指涉自身”,“这就意味着符号的相互作用,与其说是按其所指的旨意,还不如说是按其能指的特质建构而成”。于是写作就像一场游戏,“不断超越自己的规则又违反它的界限并展示自身”,“从而创造一个可供书写主体永远消失的空间”。于是写作者的个人特征消隐,“书写主体消除了他独特个人化的符号,作家的标志降低到不过是他独一无二性的不在场(或非在、隐在),他必须在书写的游戏中充当一个死去的角色”①。这样,后现代主义理论家就宣布了作者的彻底的死亡。不过在这里,作者之死只是在纯粹的写作的意义上说的,完全是一种策略,其目的不在于彻底清除作者,而在于强化语言能指和叙述的自由度。但是,又要说作者死了,叙述可以自由活动,这种策略不过是为了消解写作中的一系列其他成分而说的,我们还会在下面看到。作者提供的只是语言的自身运动的方式,即他的文字码字方式。作者完全存在于这种方式之中,同时存身于这种文字游戏的背后,只是策略性地宣告他的不在而已。

后现代主义消解了现代主义同现实的关系,甚至还有现代主义自我表现的原则。由于迷信写作的纯语言性质,由于只重视语言的自我指涉性,以致只能使现实与历史置身于语言之中,现实、历史倒成了语言的产物。于是这就切断了文学与外界的多种联系。这是现代主义所倡导的文学自律性的极端发展。文学的自律性运动是文学自身发展的一种自觉过程,问题全在于人们把握这种自律运动的分寸。在谈及这种文学自律性运动的无节制的发展时,甚至连纽曼都认为太过分了。“我坚持认为,这种摆脱任何相互关系倾向的自律观的当代时尚,是一种欺骗”②。在这种情况下,讨论文学的真实性问题就纯属多余。如果认为真实性还存在的话,那不过是由作家完全虚构出来的一种自我感觉。

---

① [法]米歇尔·福柯著:《什么是作者?》,见王岳川等编:《后现代主义文化与美学》,北京大学出版社1992年版,第287页、第289页。

② [美]查尔斯·纽曼著:《后现代氛围》,见王岳川等编:《后现代主义文化与美学》,北京大学出版社1992年版,第155页。

外国学者指出，有种被称作“生成性小说”，“本质上是非联系性的”，从相互关联方面来看，“生成者与外部社会的、地域的、心理的或其他方面的观点没有联系，它是从自身逐渐发展起来的”。又有一种被称作“未来的文学”，这是“一种与外部现实相隔绝的文学”①。这些小说纷纷割断了与现实的联系，同时在那些描写历史的作品里，所谓历史自然不过是作者随手拈来的语言衍生物，所谓历史的真实性，自然不过是作者虚构的自我感觉的真实性，无需多作讲究。虚构与事实的混同，发生了“历史被种种媒介剥夺了真实而变成了偶然事件”。这种语言的自身展现，似乎脱离了创作的主体意识，离开现实、历史的真实，那么它想说明什么呢？它什么也不想说明，它只想满足语言能指的自我扩张。因为在它背后的作者，认为一切出于偶然，无可求索，世界万物都处于无序之中，不可理解，难以沟通。于是意义、价值，或意义的生成、价值的生成，全都成了解构的对象。意义是主体对客体的把握中不断生成的认识，价值则是在人对满足他需要的外界事物的关系中产生的，没有主体的需要就无所谓价值。既然主体已消亡，客体已幻化，于是去追求意义本身就变得毫无意义，价值本身也无所谓价值。后现代主义作品拒绝对人的生存意义价值的终极追问，因为在它看来人的生存本身本来就是一种幻觉，而幻觉之后仍是渺茫。那些终极追求，不过是故作深沉，自寻烦恼。今天已沉沦于万劫，何能再相聚于明天？

意义、价值的解构，导致叙事的不确定性。这种文本的不确定性，表现为含混、不连续性、异端、变态、变形。而变形又表现为反创造、分裂、解构、离心、位移、差异、分离、消失、分解、解定义、解秘、解总体性、解合法化，等等。“上述符号凝聚着一种要解体的强大意志，影响着政体、认知体、爱欲体和个人心理，影响着西方论述的全部领域。在文学中，关于作

---

① ［美］厄勒·缪萨拉著：《重复与增殖》，见王岳川等编：《走向后现代主义》，北京大学出版社1991年版，第160页、第161页。

者、听众、阅读、书籍、体裁、批评理论甚至文学观念都突然变得靠不住了①”。

新理性精神极端重视审美,但不是所谓“纯粹的审美”。纯粹的审美是可能的,但其意义、价值有限,甚至可能是一种语言游戏。新理性主义重视“语言论转折”的重大成就,语言论引入文学理论,使文学理论流派不断发生更迭,不断出新。但是不难看出,文学理论中的语言论的渗透与演变,到后来也自成牢笼,成了消解意义、价值的手段。问题在于发挥语言能指功能可能性的同时,要找到一个适量的度,使其结束自戕的游戏,又能使理论真正丰满起来。

新理性精神自然要审视传统,因为传统是文化艺术之链,是精神之续。在中国几十年间,传统曾被贬得一钱不值,最后导致人性的泯灭,道德的沦丧,促成了今天人心的裂变。这种后遗症不知还要延续多少时候,80 年代,它又遭全面否定。但是人们刚从历史的灾祸中脱身而出,明白利害,所以未受多大影响。90 年代,传统又在恢复,恢复什么,如何恢复,是原封不动地保存传统,还是在现代精神下更新?在欧美文化中,传统常常遭到革新者的激烈否定。每个学派几乎都声称自己是对传统的决裂。诚然,它们抓住了传统文化、知识的弱点,力图改变人的思维方式,都有不同程度的创新而有所突破和丰富。甚至包括解构主义在内。但是这种决裂感的渲染,往往使人失去对传统的良莠之分、渊源之别,使人脱离了自己文化的土壤、文化之根,使人感到脱离了根的枝枝叶叶很快萎枯,使人产生文化的无所依托感,从而使人走向精神的虚无与飘零。确实西方的精神危机,相当程度上是与对传统持虚无态度有关的。传统既然被切断了,于是与过去切断联系而产生的“最终空虚感”随之而来,失去信仰后的“在劫难逃感”“世纪末感”、天下大乱感,油然而生。精神家园到处是断垣颓壁,一片残败景象。人作为短命的历史化身,有如沙滩上的足迹,

① [美]伊哈布·哈桑著:《后现代的转向》,刘象愚译,台湾时报文化出版企业有限公司 1993 年版,第 155—156 页。

经海浪一冲便荡然无存的转瞬消逝感，也到处弥漫。20 世纪下半期来，各种思潮，似乎都面临解体，意义、价值、中心全面消解，世界从此进入无序，一切任其自然，一切失去准则，一切只见差异而不具同一，一切只有平面而不具深度，一切都不可确定，一切似乎都面临世界末日的审判。一部分人徘徊无依，零落彷徨；一部分人颓唐下去，信仰本能。对传统采取全面颠覆的态度，一脚把它踢开，那实在是一种反理性主义。文化传统是人类几千年间积累起来的精神成果。传统就是过去，然而不是纯粹属于过去的东西，它是通向未来、构成未来的过去。它包括许多旧的东西，然而生根于民族文化深层的东西，即使是旧的东西，也是最具持久力和最具生命力的东西，因此否定它们就是铲除自己的历史立足点。文化传统具有极强的惰性，但完全可以给予改造，使之参与新理论的建设。自然科学的发展会对人文科学起到促进的作用，但并非任何科学方法都适用于人文科学。在科学霸权主义的威慑下，用激进的手段不分青红皂白地颠覆以往的一切哲学、知识积累，在一片荒原之上进行过家家式的语言游戏，把人逐出自己的精神家园，使人踯躅于茫茫的虚无。这种学说虽说启人思索，但最终不免彻底地消解自己。

新理性精神在文化交流中力图贯彻对话精神，文化交流应在文化的对话中进行。文化交流是一种文化比较，它会显示不同民族文化各自的异质性与共同性，它们的长处与短处，从而在一定程度上形成文化的冲突。文化冲突实际上是不同文化异质性成分的冲突，它的积极一面是，可以促成人们在比较中产生取长补短的心理，努力汲取新东西，利用他民族文化中有用的异质性成分，以补续、充实自己；或是用其激活本民族文化，使之产生新的转机、更新与重建。在中西文化的交流中，中国“输出”的“逆差”极大。相对来说，在思维方式上，中国学者较之西方学者更具开放性。西方少数学者深感有与东方学者进行文化交流的必要，而大多数人仍处在欧洲中心主义的阴影下。异质性文化成分中是存在绝然对立、相互排斥的东西的，求同存异的方法是必要的。没有大范围的文化冲突，就不能产生文化的震惊，就不能激起本土文化的取长补短的愿望，就没有汲取与融合，就没有推陈与创新，就没有大范围的文化的重建。文化冲突中也存在各种对抗性的冲突。文化中的异质性成分，一方面是不同文化传统中长期形成的东西，不具对抗性质；另一方面则是不同社会制度、意识形态的文化积淀。发达国家的后殖民主义及其策略，在国际交往中必然引起文化冲突。它们通过经济、文化手段，输出它们的制度文化、意识形态，干预别国事务，这时对话就是唯一的途径。但是，正如我们在生活中所看到的那样，这样的对话可能会随时中断。纯粹的文化冲突不可能是导致战争的冲突，不应是亨廷顿所说的那种文化冲突。因为就文化性质而论，中国文化是一种以中和为本的平和的理性的文化，是一种和而不同、求同存异、兼容并包的文化。如果东西方都只以文化交流为目的，持有互通有无、促进各自文化更新的愿望，那何来战争之说？如果由文化交流、冲突而果真导致战争，那只能是西方十字军东征式的或鸦片战争式的“文化冲突”。

新理性精神就其文化精神来说，将是一种更高形态的综合。在未来的文化艺术中，各民族的文化艺术将以其民族独创性而自立于世界，但是又会不断走向综合，吸取他民族文化中的新东西而走向融合。由综合而至融合，并非使所有文化走向一体化。科技文化也许容易接近，趋向一致，而文化艺术只有局部或某些方面，在科技飞速发展的时代，会融合成真正一致的东西。真正使人仰慕不已的、流传不朽的文化艺术，将是具有民族独创性的文化艺术。它将会在综合与融合中获得新质，形成新的文化艺术形态。在理论形态上也是如此。在首先承认各民族文化艺术的独创性获得充分发展的前提下，综合与融合将成为新世纪的一股潮流。

总之，新理性精神意在探讨人的生存与文化艺术的意义，在物的挤压中，在反文化、反艺术的氛围中，重建文化艺术的价值与精神，寻找人的精神家园。因为人一旦丧失精神家园，就会彻底变成物的奴隶。他就会与孤独、焦虑、无聊、失望、绝望、荒诞为伴，就会在“无意义”中踯躅于精神荒原,浪迹天涯,失去创造的活力。人生来就是为了生存与创造,生存的创造与精神的创造。在科技如此发展的时代,不少人仍在生存的艰辛中挣扎,精神上感到孤独与失望。可一些人却说生存本身就是虚无,这一切岂非都是荒诞!文化艺术果真失去了“是什么”“为什么”的追问,它们本身还有什么意义?人的生存本身还有什么意义?他还能寄希望于明天么?

第二章　文学理论现代性问题

第一节　现代性及其演变

新理性精神以现代性为导向，因此，需要探讨一下文学理论现代性的基本方面。

现代性问题受到文化界的关注，已有十多年了。在我看来，所谓现代性，就是促进社会进入现代发展阶段，使社会不断走向科学、进步的一种理性精神、启蒙精神，就是高度发展的科学精神与人文精神，就是一种现代意识精神，表现为科学、人道、理性、民主、自由、平等、权利、法制的普遍原则。欧美学术界围绕现代性问题已谈了几百年，在其演变过程中，大致形成了各种马克思主义学派的、韦伯式的自由主义思想学派的以及保守主义思想学派的现代性观念，发展到近期又有哈贝马斯的交往理性的现代性理论派别。欧美等国家在不断追求现代意识、现代性的情况下，建立了高度发展的物质文明与精神文明。但是由于现代性自身固有的内在矛盾性，在理性精神不断实现的过程中，也造成了种种失衡，使理性精神变为只讲实用的工具理性。科技的飞速进步与物质生产的高度丰富，显示了人的无限潜能，但又形成了人的物欲的急剧膨胀，造成了物对人的挤压与人的精神的日益贫困，并使人在精神上时时陷入生存的困境之中。而近百年来具有锻铸、弘扬人文精神的社会科学，在提供多种知识、扩大人对社会的认识、加深人对自身了解的同时，在不同的人群、集团手里，又使理性变为反理性，并且走向反动，酿成了种种危机与动乱，给社会与广大群众制造了一场又一场的几近毁灭的灾难，从而不仅使自己的权威丧失殆尽，而且不断加深了人的精神危机。

20世纪的不少欧美哲学家、诗人、作家，按照自己对现代性的理解，对上述现象或进行解释与批判，或进行诗意的反抗，揭示资本主义、科技发展和即将到来的信息社会下的种种矛盾。他们对技术至上、工具理性的全面胜利发出惊呼与警告，对人文精神的日益衰落深感忧虑，他们的呼声充溢了人类的悲剧意识。小说家们使用荒诞的手法，显示人的生存中的荒诞现象甚至生存本身的荒诞，艺术地展现人的价值，在物的阴影的覆盖下，不断地被消解与毁灭。现代性的发展，逻辑地从自身酝酿了反现代性的方方面面，并且愈演愈烈，形成了反现代性的思潮，同时这种反现代性方面又遭到现代性自身的批判，特别是人文的、哲学、美学方面来的批判。自然，这并非反对现代性自身，而是批判由于现代性的“僭越”而带来的消极的东西，即批判工具理性、伪科学所产生的反现代性所表现出来的方方面面。这种批判表明了现代性本身所具有的科学、理性精神的强大潜力。这种批判性也正是现代性自身所有的特征。

西方学者把20世纪最后几十年前的社会精神、学术思潮的现代性，定位于现代主义，把现代主义看成现代性的最后形式，把现代主义的危机当成现代性的危机，持这类观点的西方人士还真不乏其人。如美国学者弗·杰姆逊，在其《后现代主义与文化理论》一书中，将现实主义、现代主义、后现代主义解释为"分别反映了一种新的心理结构，标志着人的性质的一次改变，或者说革命"，并把三者与资本主义发展三个阶段市场资本主义、垄断资本主义、多国化的资本主义对应起来。而本文作者认为，恐怕不宜将现代性与现代主义完全对应起来，它们是有联系又有区别的观念。标举现代性原则，批判现代性自身无节制的扩张，批判现代性因自身的反向异化而走向堕落，确实是近百年来的现代文化思潮的主导倾向，特别是本世纪的批判哲学，其针砭尤为激烈。不过，关于现代化的弊端，现代主义以前的非现代主义哲学、美学、文艺流派，都早就有所发现，并进行了一定的批判，所以也不好说，只有现代主义才体现了现代性。我们总不能把20世纪批判现代性消极面的多种哲学、美学、文学，都归入现代主义，纳入现代主义的轨道。当语言论哲学、特别是解构主义和与其密切相关的后现代主义思潮兴起之后，现代主义成了批判的对象，人们原有的思维与叙事模式普遍地遭到解构，人的价值与精神遭到进一步解体。当后现代主义宣布替代了现代主义，于是现代性也就被宣布为过时了。然而，我们知道，针对那些反现代性现象所进行的多方面的文化批判并未停止。要是完全把现代性定位于现代主义，那么对于反现代性的多方面的批判，还能存在下去吗？如果存在什么批判，那是否又一定就是后现代主义的批判了？恐怕未必如此。例如，我们事实上也在对现代性的消极面进行着批判，但这是一种现代文化的批判。

自然，可以说后现代主义就是一种批判。不过，从后现代主义观点出发的文化批判与现代性的文化批判，是并不一致的。现代性的文化批判仍在探索积极的因素，维护人的存在所需要的普遍价值原则与普遍精神，以便使价值与精神在被破坏中获得重建，这里的批判是为了丰富与更新。后现代性的批判，则是在颠覆了旧有的价值之后，说要重新塑造人的"自我形象"，它往往是很聪明、机智地数落了现代性的种种不是，并且把它们视为现代性的全部内容，进而把现代性加以否定。"我们可以，而且应该抛弃现代性，事实上我们必须这样做，否则，我们及地球上的大多数生命都将难以逃脱毁灭的命运。"[①]这就说得言过其实了，简直是耸人听闻了。其实，即使在欧美，如果要使社会获得正常发展，那么现代性以及现代性建立的意识、话语权威，即使一部分过时了，而其基本原则、精神还是常新的，是人们的生存须臾不能离开的。在这方面，也许德国哲学家哈贝马斯认为现代性是个未竟事业的观点，似乎更有道理些[②]。而反对现代性的后现代哲学，确是看到了人们旧有思维的局限，提出了一些调节人的关系的新观念，它们可以用以说明后现代社会的某些现象以及诸多消极现象产生的原因。在我看来，可以将这些积极因素作为现代意识因素，融会到现代性中去，丰富现代性，但难以排挤掉仍在起到支配社会生活的现代性。把现代性从现实生活中驱逐出去，无疑会使现实生活的进展失去指向，即使进入资本主义全球化时代，也无疑会遭到社会正常发展需要的极大的反抗，受到人文、哲学、美学的批判。现今的所谓全球化，就是按照几个发达国家制定的规则，企图通过国际金融资本、信息技术的联合与组织，在全球国与国之间形成一种紧密联系、相互制约的政治、经济、文化的关系，它使得全球各国在政治、经济、文化上走向形式上的同一化与一体化。但是对于政治、经济、文化不发达的国家来说，全球化只是一种参与意识，在积极的参与中发展自己。因此，它们心目中的现代性与发达国家

① 转引自王治河著：《后现代主义与建设性》（代序），见［美］大卫·格里芬著：《后现代精神》，中央编译出版社 1992 年版，第 19 页。

② ［德］哈贝马斯著：《论现代性》，见王岳川等编：《后现代主义文化与美学》，严平译，北京大学出版社 1992 年版，第 20 页。

所主张的现代性并不是一致的。至于在未来，现代性的内涵可能会有所变化或变得复杂起来，但其原则与精神，无疑还会长期存在下去。

对于我们来说，我想体现了现代意识精神的现代性，是不会过时的。一百多年来，我国社会的现代化的道路十分曲折。我国社会发生过多次巨变，我们可以加速现代化的进程，但是社会的现代发展阶段看来是路途漫漫，难被超越。我们过去早就想超这超那，一蹴而就，结果这些盲目的跃进，却给人们造成了无数物质的与精神的伤痛。我们痛感于一部写于20世纪20年代初的俄罗斯的反乌托邦小说《我们》，竟有如此巨大的预言力，而不能不引起我们的深思。现代性的原则与精神看来也是如此。

现代性遭到多次歪曲，现今需要新的整合。就目前来说，广大的人群在物质上尚未呼吸到充分现代化的生活气息，在精神上也是如此。为了使社会进入现代，国家走上现代化的道路，我们过去有过不少人、现在又有多少人都在塑造各自的现代性。在20世纪里，有的学者把西方社会的现代性，当成我国的现代性加以弘扬，即寄希望于全盘西化。但是早在19世纪下半期，西方的现代性就已暴露了它的另一方面的种种矛盾，至今更是危机重重。“五四”后一些人照搬照抄，但是这种学风一直受到人们的非议。另一些人把马克思主义理论加以传播与变通，并与中国的实际结合起来，使社会得到了革命的改造。但是到了20世纪50年代，又预设苏联的今天就是我们的明天，并且制造了一系列群众运动，一有不同意见，就进行政治消除，这实际上也是一种典型的照搬。由于现代性被盲目的主观性所替代，由于根深蒂固的东方习尚并未寿终正寝，致使科学沦为现代迷信，理想被扭曲为早就被批判过的乌托邦，人祸连连，从而使现代性走向“文革”的封建法西斯性，走向了反动，使社会发展遭到了极大破坏而濒临崩溃的边缘，人的精神家园败落为一片废墟，并且至今未能使人们在精神上完全走出其阴影。这已经成了几代人铭心刻骨的时代感受，无疑，这必定会受到思想史的长期清理。

20世纪80年代改革开放的时代，一些人痛感于自己的落后，目光紧盯现代的西方，以为西方的今天就是我们的明天，以为这就是现代精神，于是再度掀起了西化的浪潮，这在我们思想界、学术界都有广泛的表现。就以文学研究来说，不久前读到钱理群的短文[①]，谈及20世纪80年代他与同行提出的“20世纪中国文学”的观念。这一观念不在于文字表达本身，而在于对其所作的阐述。倡导者对这一观念的解释，在后来文学史的编写中发生了众所周知的影响，但是在学界是存有不同意见的。20世纪八九十年代的现实生活逼人反思。短文作者认为，这一概念本身无需改变，但是根据20世纪文学发展的实际情况，现今必须对其含义做出新的阐述了；同时承认这一观念的提出，正是受到当时“西方中心论”影响的结果。对于一个学者来说，修正自己观点是常有的事，有的公开申明，有的暗中进行，有的暗中修正了还得表现自己是一贯正确的。短文作者要修正自己的观点，这已是实事求是的表现，但还和盘托出了思想来源，特别是承认受到西化的影响，却是要有勇气的。说实在，我读完这篇短文后，深为作者坦诚的学风所感动。西方中心论，在我看来，就是这位学者在20世纪80年代所理解的现代性，而今对现代性的认识站到了更高的层次之上。西方一些学者说，当代西方社会已进入后现代社会，现代性已经过时，20世纪80年代中期，此说传到了我国。到了20世纪90年代，我国一些年轻学者把西方学者的理论搬过来就用，高唱在我国的文化、文学中，已走向“现代性终结”。其实，这又是一种西化论的搬弄了，或是一种真正的“抄袭”“模仿”了！警惕、批判与避免现代化带来的破坏性后果，跨越它的陷阱，我以为这并不会导致现代性的终结。我们要分析西方学者对于现代性的不同的解释与批判，但又不能局限于他们对现代性所做的阐述。同时，我们也不能重蹈现代迷信所制造的现代乌托邦，来构筑我们所需要的现代性。

从现代性的历史进程来看，现代性是一种被赋予历史具体性的现代意识精神，一种历史性的指向。在各个发展阶段，现代性的内涵有着共同

① 钱理群撰：《矛盾与困惑中的写作》，载《文学评论》1999年第1期。

之处，但又很不相同。一些学术思想问题，在彼时彼地提出，看来有违那时现代性的要求，而不被重视，甚至还要遭到批判；而在此时此地，则不仅与现时现代性的要求相通，而且可能成为现代性的基本组成部分。例如，对于“五四”后的多次学术思想的争论评价，我们从现时的现代性要求出发，可以说与“五四”时期的要求在总体上是一致的，但又是不完全相同的。“五四”新文化运动，是辛亥革命的一次深入，文化上的真正革命。这场运动，意在进一步摧毁封建制度，击溃旧的文化传统，走向更为彻底的现代化。其批判的准则，则是民主主义、科学主义思想，部分则是刚刚传入中国的马克思主义思想。这些思想形成了“五四”时期的现代意识精神，其指向表现为这一时期的现代性。这时期的任何文化现象，在新文化运动面前，在“五四”时期的现代性面前，都将陈述自身存在的理由，而受到检验与被取舍。提倡白话文，是我国文学叙述的一个转折；而当时的国学研究的趋向，与其时倡导的科学精神、人文精神相悖，妨碍了新文化运动的推进。稍后的“学衡”派、“甲寅”派，继续反对文学话语的改革，他们保卫旧文化，批判新文化，声称白话文学不算文学，对改革派极尽嘲弄之能事。毫无疑义，他们自然是时代的落伍者了。

“五四”运动的功绩在历史上彪炳千秋，当时对旧文化所采取的激进态度，从促进历史进步来说，实属必要，这是19世纪末、20世纪初我国文化不断演变的结果。但是也正是由于其后来的激进性、绝对性，使得新文化与传统文化之间横亘一条裂痕，这也是事实。一些学者不承认有什么断裂，认为继承得很好，这也是一种意见。我们一面要赶上时代的发展，摆脱落后愚昧的局面，似乎觉得只有从外国人那里寻找榜样与药方，否则就难以自立。另一方面，特别是在“五四”运动几十年之后，由于我们中断了与传统的联系，总是使我们觉得在文化传统上飘零无依。说是我们有几千年的优秀文化传统，但又不断挞伐古代文化以致焚烧古籍，让人看不见、摸不到的优秀文化传统不知究竟在哪里，从而造成了广大人群文化、精神的贫困。这就是我们近百年来特别是近50年来的文化心态，虽然近20年来的情况有所改善。

在20世纪即将告终之际,百年来发生的种种事件,今天以历史的整体面貌出现在我们面前,这无疑可以使我们获得一种历史的整体感。对于现在的我们来说,历史的评价已可以不囿于一时一事,可以在历史的联系中了解它们,而成为一种整体性的评价。现代性也即现代意识精神,具有了更为宽阔的视角、宽容的气度。对于过去革命的文化思想的方方面面,将在历史的整体中受到重新的评价与审视,即使在过去被认为是保守的文化思想也是如此。一切有利于当今文化发展的因素、成分,都将被我们采纳、吸收;一切不利于当今文化发展的因素、成分,将被搁置起来。有些进步的现象,可能在与多种其他现象的联系中,由于消除了一时一事的孤立性,产生历史整体面貌的敞亮而发现其中的消极因素,甚至可能见到其走向反面的原因。原有一直被认作是消极的历史现象,同样可能由于消除了一时一事的孤立性,在整体的相互的联系中,因历史面貌的敞亮而可以发现其积极因素。这种现象,我想可以叫作历史整体的去蔽作用。《学衡》派对新文化运动的历史攻击固然不足为训,但今天看来,其研究学术的宗旨,却具有新意。它主张"论究学术,阐求真理,昌明国粹,融化新知"。对于国学研究,其态度是"明其源流,著其旨要,以见吾国文化,有可与日月争光之价值;而后来学者,得有研究之津梁,探索之正轨,不至望洋兴叹,劳而无功;或盲肆攻击,专图毁弃,而自以为得也"。又说"本杂志于西学则主博极群书,深窥底奥;然后明白辨析,审慎取择……兼收并览,不至道听途说,呼号标榜,陷于一偏而昧于大体也"①。自然,这些宗旨,提倡者其实并未能真正实行,也难以实现,况且走到岔路上去了。但是就这等主张而言,现今抹去其灰暗的历史尘埃,则显出了其现代意识的精神;我们经过几近一个世纪的曲曲折折,今天求索的无疑也包含这种精神与主张,它们可以成为当今现代性的一个组成部分。历史中存在大量的"盲肆攻击",大量的"专图毁弃",这也是事实。盲目的滥肆攻击与

① 《〈学衡〉杂志简章》,载《学衡》1922年1月第1期。

随之而来的种种反理性的毁弃,都被历史发展的现实需要所毁弃了。

历史的整体性评价,是我们所主张的现代性的思维方式,它承认历史发展中的激变时期的一分为二的斗争的必要性、革命的必要性,否则,新的思想、文化以及制度无以自立,难以发展壮大;同时主张新的文化、思想一旦产生与形成,就应在批判、鉴别的基础上,充分吸收旧有文化传统的精华,铸成自身的血肉;一味斗争、只主张二元对立的思维,导致了社会的灾难。当今现代性所要求的,应是一种排斥绝对对立、否定绝对斗争的非此即彼的思维,更应是一种走向宽容、对话、综合、创新,同时包含了必要的非此即彼、具有价值判断的亦此亦彼的思维。

第二节　文学理论的自主性问题与现代性

我国新时期的文学理论 20 年,是受到现代性的策动,力求新变、不断体现现代意识、精神的 20 年,也是在文学理论上初步更新了文学观念、发生重大变化的 20 年。

在文学理论中,探讨现代性问题,自然不能把它与科学、人道、民主、自由、平等、权利等观念及其历史精神、整体指向等同起来,但是又不能与之分离开来。文学理论要求的现代性,只能根据现代性的普遍精神,与文学理论自身呈现的现实状态,从合乎发展趋势的要求出发,给以确定。我以为当今文学理论的现代性的要求,主要表现在文学理论自身的科学化,使文学理论走向自身,走向自律,获得自主性;表现在文学理论走向开放、多元与对话;表现在促进文学人文精神化,使文学理论适度地走向文化理论批评,获得新的改造。

20 世纪 50 年代初到 20 世纪 70 年代末,我国文艺界流行的是“文艺为政治服务”“文艺从属于政治”的口号。十分明显,这里的主体是政治,文艺完全处于从属地位，文艺自身的主体性完全被否定掉了。结果是，当"文革"政治日益走向封建法西斯化，文艺、文艺理论、批评也就堕落不堪了，一场又一场的政治杀伐，总是从文艺批评开始。20 世纪 70 年代末，从"文革"的教训出发，在"解放思想，实事求是"的方针指导下，提出以后不再提"文艺为政治服务""文艺从属于政治"，而改提"文艺为人民服务""文艺为社会主义服务"。这是一个及时的重大的变化，也是改弦更张的一个有力的举措。我们在这里主要分析这两个"不提"，因为文艺要成为文艺，首先要从其学理上进行阐明，使文艺真正成为文艺自身，即还其固有的自主性，文学理论同然。

文学与政治的关系，就现代文学理论来说，早在 20 世纪初，在梁启超的一些论著中已提了出来①，这纯属一种理论性的探讨；20 世纪 20 年代有关这方面的讨论，也是属于这种性质。后来这一理论就发展到"文艺从属于政治""文艺为政治服务"的结论，这在历史非常时期也是必要的，而且也起过良好的社会作用。从 20 世纪 50 年代起，这一理论逐渐成了一种政治规定，成了一种体现一定政治要求的政策。于是理论被简化成了政策，并要求政治、文化部门、文艺家们都去贯彻。

照我们现在的理解，所谓政策，多半是在某种理论指导下，保证某种政治、社会主张得到实施而制订的一定的措施与手段，这是社会权力、财富分配、再分配的各种规定与限制。政策总是具有集团性，在其实施过程中具有强制性。审时度势，因时因地的应时性、灵活性、强制性，正是政策的特点。政策是一种权力行为，把文学理论与政策搅混一起，政策就可能替代文学理论，遏制文学理论自身的不断探讨与前进，消除理论自身的学理与自律性。20 世纪 50 年代初以后的几十年里，事实上只有文艺政策而无文学理论，虽然文艺界有的负责人以文学、文学理论的名义常常发表讲话、进行种种总结，但实际上不是在探索文学理论自身，而是独霸了这

① 梁启超著：《论小说与群治之关系》，见夏晓虹编：《梁启超文选》下册，中国广播电视出版社 1992 年版，第 3 页。

一理论话语的解释权,严酷地、一批又一批地处理文艺思想上的异己分子,文学理论被推入了"风刀霜剑严相逼"的绝境,学理探索实际上被封死了。一切与这一政策的规定有出入的、不相呼应的理论观点、看法,都受到权力的干预而备受摧残。政策与理论是不应混同的,事实上也无法相混,但是权力可以使之一体化。20 世纪 70 年代末、80 年代初,提出了在文艺中不再提文艺从属于政治,不再提文艺为政治服务的口号,而代之以文艺为人民服务,为社会主义服务,这说明过去几十年里,确实把文学理论与文艺政策相混了,因为政策是可以替代的,而理论的学理可以修正,但似乎没有替代一说。

理论不同于政策是明显的。理论,特别是成了一种科学的理论,总是出于现实生活的需要、适应人们实践活动的需求而产生,所以理论具有鲜明的实践性特征。理论用来阐明某种自然界的现象,或社会现象,或多种人类精神现象,揭示它的产生,构成它的演变,导出它的结果,预示它的未来,所以具有自律性。理论依靠自身的学理而存在,学理具有自身的逻辑性、严密的推理性,从而构成这一学科自身的科学理论、知识体系。学理就是讲道理,探讨并说出事物真相,尽量去说明事物的普遍性特征及其独特性,所以总是追求真理,以理服人,而不靠虚妄,不靠外力的强制,不靠吓人。人们相信一种理论,是信服其道理,即学理;不相信它,是因为它谬误百出,有悖常理,即没有道理。历史经验证明,依靠权势、震慑性地强制推行的所谓理论,都是靠不住的。强行灌注,可能得手于一时,一旦出现谬误与失败,其后果将是灾难性的。学理具有自身的原则性、适应性、应时性,但原则性是主要的,并且从来不具强制性。理论具有时代性、历史性的特性,它可以在历史的探讨中不断完善自己、完成自己,在认识的不断深化中形成,在形而上的不断升华中定形,但不致朝令夕改、被随意替代。任何理论的进步与发展,在于它的学理的增值,从而形成理论的增值与创新。可政策是一种手段,它适应需要,可以推动现实关系的协调与发展,体现它的"英明",无所谓价值的增值。一个有价值的理论体系,只是在某些方面表现得较为合理一些，完整一些，但不可能总是放之四海而皆准，世界上并不存在这样的万应理论。实际上，一种理论往往在这里可行，在别处就未必可行。一定要把某种理论说成万应灵丹，这就是理论的僭越与理论的迷信，这正是工具理性与企图制造愚昧的表现。在这个世纪，工具理性与迷信运动给人们造成的灾难实在太多太多了。同时，一个理论体系，由于自己学理的体系过于严密而不能吸收别的理论中的长处，即另一些学理的成分，拒绝丰富与充实自己，这必然导致其排外与自我封闭，使自身的学理发生僵化。那么，这种理论自身的局限就显露出来了，被它说明事物的普遍性特征的力量就日益缩小了。每当时过境迁，一种理论的学理可能就会失去其魅力，而当新的情况发生和新的社会实践产生需要，新的理论及其学理又会应时而生，并去影响实践。

文学理论的进展，是要靠学理的不断积累的。但如今，其学理被扭曲，积累被中断，而且一中断就是几十年，这理论自然就要停滞不前，甚至被破坏殆尽了。文学理论的命运是如此，其他学科也是如此。20 世纪的第二个 50 年与第一个 50 年相比，特别是 20 世纪 50 年代初之后的近 30 年间，文学理论园地极为衰败与荒芜，这也就是为什么这一时期没有出现文学理论大家的原因所在，这在哲学界、历史学界同然如此。在这几十年里，在权力意志的统制下，现代性逐渐被反现代性的封建性所替代，并能在这样长的时间里畅行无阻，确是令人深长思之。如果这不是权力意志的横行，又是什么在作祟呢！

西方文论真正走向现代，大体始于 20 世纪第二个 10 年间 ①，当然，其开始可能要推前到波德莱尔时代。19 世纪，西方学者包括俄国学者就提出艺术的独立性问题。20 世纪初，外国文论自主性的提出，同样是要求文学理论回到自身，但其内容与 20 世纪 80 年代的我国文论回到自身的要求不同。不同之处在于，我国文论所要求的自主性，是要从政治的束缚下解脱出来，获得自身的独立性，使文学理论成为文学理论，明白自身

① 钱中文撰：《会当凌绝顶——回眸 20 世纪文学理论》，载《文学评论》1996 年第 1 期。

的学理。西方文论所谓的独立性、自主性，则是要研究文学自身，摆脱文学批评、研究中的所谓外部研究方法，即摆脱所谓心理学式的研究、历史研究、社会研究、印象研究、作家传记研究等，使文学研究去研究文学作品自身的问题，如作品构成因素、节奏、格律、文体、叙事、文学类型、评价等，即使文学研究走向所谓内部研究。由于这一片面性的研究导向，西方文论在后来70年的历史过程中，内部研究占有了主导地位，并在文学作品的研究方面曲尽其妙，多有发明。但是由于这一导向具有极大的片面性，自然并未使文学理论真正回到自身，因为它把属于文学自身的另外一些组成部分否定掉了，使文学理论仍然残缺不全。但是不同于我国的是，西方文论自身的学理研究，虽然历经各种社会动荡，频受战祸的影响，但并未因强力压制而发生中断，而且派别一个接着一个，各自标榜，赓续不断。直到70年代末，不少学者包括结构主义理论家在内，认为内部研究的局限性已很明显，这类研究已经不能阐明文学现象诸多方面的问题。20世纪80年代，许多学者已不能容忍内在研究方式，纷纷摆脱这一研究方式的框架，而转向了外部研究，或标举多种理论旗号和所谓文化批评，或促成了内外结合的文学研究，使文学理论获得了较为完整的自主性，从而也体现了文学自身、文学研究的学理上的现代性。

20世纪70年代末，我们在前面所说的两个“不提”，使我国文学理论从失去自我的极端落后的从属状态，开始走向自身，恢复了世纪初曾经有过的学理的探索和文学自律的科学探索。文学理论可以走向自身，走向自律的科学探讨，这是文学理论现代性的起码条件，因此可以说这是文学理论科学理性、现代意识精神、现代性的初步体现。

自然，上述两个“不提”，不是说文学与政治无关，而是说两者不是从属关系，这是积极的一面。但由于不能全面理解两者关系，因此在创作与理论中，又产生了一些新的情况。一些作家与论者，痛感于几十年来政治的不协调的关系，纷纷要求文学与政治脱钩，论证文学与政治各自独立，文学审美创作凭作家天性行事，文学、政治互不相关，希望政治少干预文学，要求文学与政治离婚，等等，这些情绪都是可以理解的。目前，关于文学与政治关系的上述观点，大致表现为两种倾向：一、通过文化批评的形式，一些人实际上在直接探讨政治问题，你可以说，我也可以说，只是要求政治不予干预。确实，这是自由，虽然对于这种自由意见不一，对此我们不予置评。二、在文艺创作思想上，这实际上可以分为两个方面。第一，舆论上虽说文学与政治要分家，要离婚，但一些作家分明在自己的作品里，调侃、嘲讽政治；或是消解、解构政治，以致走到否定任何价值标准的地步，可又要求评论只能就其高超的文字、风格进行评说，否则就是政治批评，而政治批评就是棍子批评。第二，在批判政治强力干预文学时，形成了一种纯艺术倾向，即力图远离政治，甚至社会生活，把文学孤立于其他社会关系之外。一些写作者，一度热衷于话语游戏，进行语言猜谜式活动。当这种写作难以为继时（还会存在下去），又转入形而下的写作，凑合纯粹偶然性的东西，或化解历史，或从“新状态”转向“性状态”的书写。其实，文学作品可以不写政治，与政治分开，但是文学既然与生活密不可分，而政治又是生活的组成部分，因此文学创作也是难以避开政治的。

拉丁美洲的“爆炸文学”举世闻名，这是一种社会性、政治性很强的文学，不少著名的小说就是描绘一些社会、政治事件的。但是社会性、政治性强并未影响它们的艺术的独创，反倒使它们在世界文学中异军突起、独树一帜。当然，要充分估计到我国作家的社会、政治条件方面，有自己的难度，和他们的环境是很不一样的。新时期以来，我国不少年轻作家，曾把拉丁美洲的一些著名作家视为自己写作的榜样，刻意模仿。但是他们害怕社会、政治问题，所以也只是学习皮相，缺少了拉美作家宽大的胸襟、民族与人类的生存意识和透入人性的警策力。他们的作品竭力离开社会性而渴望提高自己的审美层次，但提供的画面，往往在思想上显得十分单薄、干瘪，艺术上缺少光华，不具强大的审美批判力、人性深度的表现力，这是需要有洞透力的思想才能的。据报刊披露，深受我国青年作家崇敬的拉美作家加西亚·马尔克斯与巴尔加斯·略萨曾分别来过我国，但他们不是来接受我国青年作家的褒奖，甚至传授写作经验的，而是来了解中国社会主义前途的。加西亚·马尔克斯“想了解的是90年代的中国的社会现状，所提出的全是有关社会主义前途和命运问题”，据闻，他长期关注的就是这些问题；巴尔加斯·略萨则以为，“文学首先是社会的发言，其次才是文学本身”[①]。在我们看来，这真是自投罗网，或者简直是庸俗社会学了！大概由于处境、心态不同，思想、魄力各异，所以他们虽然来到我国，竟未能和我国著名作家有过晤见，就纯文学问题进行探讨，没有留下那种像30年代泰戈尔来中国时，会见我国文艺界头面人物的佳话。

第三节　审美意识的激变与形成中的现代审美意识

当文学从从属于政治的口号下解放出来之前，其实文学审美意识已在发生变化。文学的现代性可以受抑于一时，甚至一个历史时期，但是文学走向现代，走向更为现代意义上的文学，已是“青山遮不住，毕竟东流去”，难以阻挡。不再提文学从属政治、为政治服务，而提文艺为人民服务，为社会主义服务，则使文学活动的范围宽泛得多了，这无疑进一步促进了文学审美意识的新变，即走向现代审美意识。

20年来，文学创作、文学理论求索现代意识精神，向现代审美意识的转变与移位，是不断求新、冲突、论争、更新思维方式、更新审美观念的一个过程。这是现实生活本身的复苏、文学特性讨论、西方文学、文论以及多种哲学思潮影响的结果。形成中的现代审美意识以及文学审美意识的新变，既初步改变了文学创作的面貌，也初步促进了文学理论的改造。首先这是文学创作的政治群体意识逐渐解体，不断生成个体的、个性化的审美意识的过程。

① 见1998年10月29日《文论报》记者报道。

文学从属于政治、文学为政治服务，是出于政治斗争的历史需要而提出的口号。政治面对的是广大人群的事情，不管如何，它思考的是社会千百万人的关系，国家与国家的关系，反映的是集团与集团、阶级与阶级之间的权力、财富分配再分配状况。不是这一集团获得权力，就是另一些人当家作主；不是一些人受到限制，就是帮另一些人先富起来。政治把人分等划类，一个时候，少有家财、尚可糊口的人被认为是资产阶级，对其进行剥夺，那些寄人篱下、贫困度日的知识分子遭到同样待遇；另一个时候，因国情需要，资产者可以得到扶持，官僚可以经商，亿万富翁则成了社会明星与栋梁。政治十分注意的是各个集团的政治要求与权力分配的方式与程度，共同恪守的政治思想原则；关心的是社会按其愿望建构的历史变革，以便从根本上改变、改善人们的生活方式。政治家看待人物，对其与之共处的同伴，主要着眼于其政治方向、政治主张，赞成还是反对，界限分明。他对于个人的经历与命运、私人的性格特点、操行品德甚至个人糜烂的私生活等，都称作个人生活琐事，可以暂置一旁，或一概置之不顾，对于自己同样如此，即所谓看人要看他的本质，要看大节，而不应纠缠于其非本质的东西。他要求于人们的是对于他所提出的思想的认同，是对他提出的主张、理想最一般的本质的把握，是对其有关社会、历史发展学说的预设的本质与必然的赞扬，是对其进行的全国性的、大规模的社会试验的肯定与歌颂。一般说来，他的思考方式，偏重于剧烈变革中政治主张的前途、群体的命运、阶级关系的变化，而无法也无精力顾及或不大思考个人的遭遇，虽然他的主张与理想，往往会与历史的现实的发展紧相吻合或南辕北辙。这是一般政治家所具有的政治的群体思维方式。

不少作家在这种政治氛围中，在不断地改造自己原罪的思想运动中，也就接受了这种政治的群体思维方式，即对预设的社会发展规律的单一本质感、必然感，学会了对人的分等划类、二元对立的、非此即彼的鲜明区别的方法，对社会和人形成了一种固定的认识，并构建成了一种本质理解。当他进行创作，那朝他涌来的无限生动的生活的新鲜印象，先被政治群体意识之网加以本质地、必然地过滤，然后再将它们分门别类安置于现成的本质、必然的框架之内。“文革”前的文学创作大体就是如此，即使其中一些尚称优秀的小说创作，自然也难以摆脱时代的群体思维的框架。而一些杰出的作家，他们原有的独创与灵感，则在本质化、必然化的过程中被消解殆尽，但创作不是直奔本质。

文学创作是一种审美感觉、感受、体验以及审美认识，是一种个人的、极具个体性的感情活动，而感情活动在人身上时时发生，时时会对生活现象产生瞬间感受与体验，因此审美是人的一种自由的感受、体验活动，所以也可以说，审美的本性是自由的。由于审美活动的特征是个人的、个体性的、自由的，也是独创的，一种独特的审美发现，所以即使作家关心人类、社会，但进入创作，他瞄准的总是个人，他感兴趣的只是个人的命运与遭遇，而且只是个人的独特的命运与遭遇。更为重要的是，在人物描写中，他要求的、感兴趣的正是政治家忽视的个人特征、个人活动、个人品德，他注意的是个人在家庭、私人场合的种种活动与表现，甚至是非理性的行为与行动。作家力图传递一种时代的氛围、意味、风尚，但只能在自己作品里通过众多个人的、具体复杂的相互制约的关系而得以表现。这主要是，历史、现实生活是以纷繁的、偶然的现象表现出来的；而现象总是具体的，甚至是非理性的；具体的、非理性的东西往往寓于偶然，而偶然又不断生成；人对于偶然、具体的体验、认知，是一个相互作用的复杂过程，具有强烈的主观性特征，两者相互交流与相互渗透，进而生成新的现实；所以可以说，“最具体的和最主观的是最丰富的”。文学创作的不断出新，某种意义上就是偶然性的不断更迭与艺术对它的不断发现。个人的、独特的命运往往总是以偶然的、非理性的形式出现，并得以艺术地体现。只强调本质与必然，要求创作都要表现出本质与必然，创作者的感受与体验，就会落到群体式的、本质化的、必然化的、平均数式的水平上去。这样看来，作家的思维方式，实际上与政治所要求的群体式思维方式是不同的。作家自然可以去了解政治社会学说、社会设计，进行歌颂，但不是为这种思想设计进行图解与填充。其实，政治社会学说与社会设计，它们规定的本质与必然，正确错误与否，也要经过社会实践的检验，而且这种本质与必然，往往又包含了人们不愿承认、忌讳讨论的合法性危机。政治家要求歌功颂德，可是当“文革”期间灾祸连年、民不聊生、冤狱丛生、经济濒临崩溃，那所谓的金光大道、耀眼光环又在哪里？

作家进行审美创造，不仅在于表达个人感受、传递自己体验，创造独特的艺术形式，也在创造一种审美价值。这是具有语言美感的、愉悦的、具有强烈感受性的、思想认识色彩的审美评价。审美评价也包含了审美判断、审美批判。现今有的文艺理论学派，把审美批判提到社会批判的意义上去了。有价值的艺术创造，也是一种个体性的精神意识的发现。审美评价包含审美批判，审美要求批判，但目前来说，审美批判还难以发挥其功能，条件暂时还未具备。

20 世纪 70 年代末、80 年代初，在清理创作中的政治群体意识的同时，创作中的审美意识的激变终于发生了。

诗歌是审美创作中最敏感的部门，一些青年诗人一反几十年来的假大空诗风，创作新诗，重新把个人自我、独特体验、瞬间感觉，把象征甚至总体象征、暗示、无意识、意识断裂、深度含蓄的朦胧意象，引入诗作，并称作“朦胧诗”，一些诗作还显示了审美批判的活力。新诗的出现，使诗歌的语言为之一新。这种倾向一下就在诗界与诗评界引起了激烈的争论。争论的问题是，朦胧诗的诗意古怪，读不懂，不反映时代精神，不写英雄主义，不歌颂战斗精神，不抒发人民之情，只面向个人心灵小我，咀嚼个人悲欢。这些反题就是，诗歌要明白畅晓，要写出时代精神，要有战斗精神，要抒人民之情，要写大我，个人悲欢算不了什么。这从过去的文学理论来说，都是 30 年来耳提面命、翻来覆去、大写特写的辉煌命题。一些年长的诗人已经习惯于政治群体意识，一见个人抒情、内心悲欢、象征、寓意、怪诞、意象重叠、暗示、多义、瞬间感觉、非理性感受（确实有一些诗作写得十分极端），甚至少量隐晦的批判，深感这无异是对辉煌时代、辉煌命题的反叛。他们对于诗歌的真正精蕴已经淡薄,习惯于放声高唱,以致回到诗歌自身,竟反而不知所措。就像长期处于地下室的人,不断在歌颂阳光的辉煌,可是一旦走进真正的阳光地带,反而对真正的阳光的辉煌感到陌生,责怪阳光的刺眼了。他们的驳论,正是以往的政治群体意识的余韵,这种意识对不少人产生过影响(本文作者亦然)。不少诗人、论者实际上在相当长的时间里停止了个人思索,把思索看成一件危险的事,或把思索当成强者的专有品;在艺术表现上,都把诗的象征、暗喻、寓意与政治影射等同起来,把艺术上的标新立异,看成一种反常现象。其实,20 世纪六七十年代是几乎濒临崩溃的时代,是腐朽与霉烂掩盖着生活的时代,那么,这时代的时代精神在哪里?所谓英雄主义与战斗精神,也只是一片狂热的乌托邦政治的鼓噪;再说个人悲欢,诗歌已经多年与它断了缘分,什么时候,诗歌吟唱了积郁在人们心里多年的悲痛?它不总是在“放声歌唱”,歌唱那种被愚弄了的愚昧的感情,乌托邦式的、金光大道的浪漫热情?真正的诗情已经麻木多年了。自然,20 世纪 80 年代初持不同意见的一些诗人与诗评家,后来也都明白过来了。确实,那时,提出诗歌不屑于歌唱战斗精神、不必充当时代号角,也是要有一些理论勇气的。现在看来,这是诗歌最早的反叛,反叛艺术创作中的政治群体意识,回到个人的、个体性的审美意识。简言之,就是回到审美意识自身,并逐渐走向现代审美意识的生成。

小说创作的审美意识同样发生了激变。先是伤痕文学,一度引起了轰动效应,随后是反思文学、改革文学,酝酿了创作中的群体意识的淡化。特别是反思文学,其中审美意识的个体化特征已很明显,表现在作家开始了对人的命运的关注,人的个体价值意识开始觉醒,同时在审美批判方面出现了生机。阅读这些承受生活煎熬之苦的人的命运的抒写,使人惊心动魄而感同身受。从整体上说,这些作品,显示了文学的现实主义的倾向。这是一种从政治群体意识转向个体审美意识的现实主义,是告别那种倾心于假大空、乌托邦,培植人的愚昧感情的现实主义,是开始探索人的命运的现实主义。接着就出现了所谓寻根小说，它们有的张扬原始生命力，希冀超越现代，寻找民族性格的病根；有的以荒诞的形象与荒诞的手段，批判传统道德的愚昧与败落。但其总的意向，是针对过去创作中强烈的政治化倾向而发的；同时在艺术表现上，确也显示了形成中的现代审美意识，与“五四”后的新文学的审美意识是相呼应的。

20世纪八九十年代西方的各种文学理论思潮、文学流派的作品，不断被介绍到我国，激活了我国的艺术思维，自然会被或模仿、学习，或理解、吸收。特别是法国“新小说”派的叙事策略、“零度写作”，被一些青年作家移植过来，津津乐道。80年代中期我国出现的实验小说，就是这种时尚的产物，它们显示了现代审美意识的一个方面。这里有现代派式的某种审美主体性的张扬，但更多的是在满足文字游戏中出现的后现代主义式的对主体性的消解。它们思考过人，但据说一无所获；确实，如果在这些作品里出现了人的形象，那往往是它们作者的一些文字、智力游戏的符号。这类作品显示了语言能指的膨胀的可能性，它们扩大了艺术形式的探索，文学作品的形式空前受到重视；作品叙事形式似乎趋向精致。但这类文本，由于作者个人文字游戏爱好，醉心于作者、人物身份随意置换的叙事策略，以及因此在阅读中不断造成的审美中断，却令读者趣味索然。相应地说，在这类作品里，价值、意义开始弱化，并且不断受到嘲弄与消解。随后，在创作与批评里，不仅躲避虚伪的崇高，而且对真正的崇高也出言不逊，进行调侃、讥讽与亵渎。出现了还原生活本色的“新写实”、与接近传统的“新现实主义”等流派的创作。此外，还有沉迷于物欲、性欲、金钱欲望、精神虚无描写的自称最得文学精义的小说。与此同时，那些遵循现实主义原则写作的作家，却是扩大了自己的艺术视野，广采博取，吸收了多种新的手法，丰富了自己的写作方式，大大地改变了原有的现实主义的面貌，使现实主义得到了丰富与充实，使现实主义文学流派在20世纪八九十年代推出了不少力作，成为新时期文学的主潮。近20年来，审美意识的个体化的多样发展，渗入到了文学创作的各个方面，并把这一特征发挥到前所未有、淋漓尽致的地步。

现代文学审美意识的再一个生成点是，当政治群体意识不断解体，却极为快速地形成了另一种带有群体性特征的意识，不过这是一种审美的群体意识，也就是大众文学审美意识。

在历史上，大众文学一般也称通俗文学，包括反映知书识字的市民趣味的言情小说、社会小说、武侠小说、说唱作品，以至民间文学。后来提倡文学大众化，要求文学为普通的人民大众服务，主要是认为严肃、高雅的文学作品的阅读圈子狭窄，不利于思想的传播，要求高雅文学向通俗文学靠拢，于是遂有大众化与化大众之争。20 世纪 50 年代前的大众文学或通俗文学，相对地说，是当时不发达的市场经济的产物，它们在审美上标榜消遣、找乐；对披露隐私较为热衷，对社会黑暗有所揭露；它们具有娱乐性、趣味性，接近读者，也投其所好，但上乘之作较少。20 世纪 50 年代后，文学在政治群体意识的影响下，一部分创作做了大众化、通俗化的努力，同时，此时民间文学得到大力提倡；而通俗的言情小说、武侠小说，则屡遭贬斥，所以五六十年代，这类作品也就销声匿迹了。

20 世纪 80 年代伊始，当严肃、高雅文学得到复苏，获得发展之时，一种似曾相识、带有当代市民趣味与很快富有起来的中上层阶级情调的大众文化，日益蔓延开来，其中自然也包括大众文学。大众文学的特点，很大程度上取决于大众文化的特征。大众文化是随着市场经济而同步到来的。由于市场经济日渐全球化，西方的大众文化通过高科技手段，作为商品，开始了向我国的倾销，加上当时港台文化的影响，我国的大众文化也急剧发展起来。

大众文化的重要特征是它的商品性，它完全进入了市场的运转。市场的需求是，我喜欢的、投我趣味的就是好的，我就买；我不喜欢的，别人就难以强逼我买；阅读鉴赏，纯属私事，现今的官员、企业主爱读颂扬其德政的作品，而白领阶层爱读《白领指南》，都是个人趣味使然。这里完全是一种交换、买卖关系。大众文化的另一特征，即它的实用的消费性。报刊书籍，影视节目，要有绝对的轻松性、趣味性。个人趣味，请勿过问，而且这种趣味主要是满足个人的生理上的需要，用以调节劳累，消除疲倦，以利于第二天以饱满的精力去增值手里的货币或资本。所以，于我有利，提供轻松，就是价值，其他则一钱不值。消费性特征使文化产品大量地变成一次性处理的东西。大众文化的又一个特征是它的世俗性，充分的享乐主义。它的原则是，过得舒适、闲适、快活，尽情享受并且更多的是声色官能的享受。大众文化的再一个特征是它的通俗性，通俗性的特点是省力，反对思考，杜绝思索，否则就是玩深沉；通俗性就是大家都能领会，都能参与，不用气力就能接受，因此，它钟情形而下，拒斥形而上。最后是它的复制性，大众文化作为商品，利用当今发达的科技，快速地成批制造、复制影像、光盘，使之迅速传播，并把其中大部分产品变成千篇一律、不具个性的大宗文化产品。大众文化因其广泛传播，极快地改造着社会的风气，左右着社会的行为习俗。可以这样说，现代生产技术、大众传播媒介，制造了大众文化。影视公司、出版商看准了各个阶层中的大多数观众、读者这块广大的消费市场，组织生产，标举通俗，迎合世俗趣味，通过电台、影视、报刊、图书的炒作，地摊的展览，使之流行开来。丹尼尔·贝尔描写过美国现代社会改造与大众文化、大众消费的关系，是很有意思的。他说，美国的大众消费始于20世纪20年代，汽车则是大众消费和富有的象征。汽车成为中产阶级的私室，放纵情欲的地方。电影的飞快发展，“起到了改造文化的作用”①。如今的影视艺术，讯息手段，更是如此。它们诱导人们迷恋色情，放浪形骸，及时行乐。至于广告，则具有一种普遍的渗透力，它刺激需要，劝导人们要穿着考究，追逐名牌，鼓励讲排场、比阔气、饮名酒等，微妙地改变人们的习俗、行为方式、鉴赏习惯。我国的大众文化实际上也具备了上述条件，流行歌曲、通俗的豪华演唱、演不完的电视肥皂剧、教授知识猜谜表演、歌星逃税与明星婚变故事、节目主持人自传、名

---

① [美]丹尼尔·贝尔著：《资本主义文化矛盾》，赵一凡等译，生活·读书·新知三联书店1989年版，第115页。

人内幕、黑幕曝光与情杀报道，描绘打家劫舍、侦缉追杀、隐私窥视的快餐式小报，通俗小说、武侠小说等，正是在这一背景上不断被制作、推行开来的。它确实在影响着人们，改造着当今的文化，改变着人们的行为，培养着人们的文化素质。

大众文化的上述特征如商品性、消费性、世俗性、通俗性、复制性与广泛的流行性，也就是大众文学的特征。在市场经济机制发挥作用的生活中，读者的阅读成了一种自由的选择，即商品的选择；别人的赏析、理论话语，可能发生影响，但已无法越俎代庖。这样，就造成了读者审美趣味的严重分化，从单一而走向多样。在80年代初，热衷于大众文学的是青少年、追星族一类人，原有的严肃文学、高雅文学的热心拥护者，则显得忧心忡忡，担心因大众文学趣味有失高尚而产生的消极影响。但是时隔不久，这些人在市场经济的影响下，也来欣赏通俗文学，享受它的情趣了。到了80年代中期，大众文学即使不被认为是主流文学，实际上也成了民间的主流文学，即它是受到千百万读者青睐的文学，没有一种文学像大众文学拥有如此广泛的读者。过去费了不少气力，提倡文学要大众化，要接近读者，应者寥寥，看来在于违反市场规律。现今在商品经济的推动下，一部分文学自动大众化了，而且大众化得十分彻底。工人、农民、士兵、军官、学生、教授、政府官员、机关职员、总裁经理、老板大亨、外企买办、白领阶层、司机、销售人员、外来打工者、小贩、售货员、离退休人员、家庭妇女、运动员等等，凭着各自的爱好，都可以在星罗棋布的地摊、商亭，选择自己爱读的东西。就这点而论，大众文学表现了审美趣味的广泛的民主性，它满足了人们广泛的审美需求，显示了审美意识极大的自由度和审美意识激变所能达到的广度。

在大众文学中，应该出现在内容、艺术上都有上乘表现的东西，这也是一件很有希望的事。我国四大古典小说，都是当时的通俗小说，后来进入了我国文学的主流。读者的阅读需求，自然是一种审美的需求、精神的需求，而审美的需求、精神的需求，是一种极富自由与个性色彩的需求，这不可能是集团行为的需求。作为读者的审美趣味，应该是千差万别的。但是当代的大众文学，由于尚处在初级发展阶段，商品性、消费性、复制性的特征十分明显，所以一般都很粗糙，表现健康趣味已是不错的了。由于当今强烈的世俗性影响，特别是其浓重的低俗趣味，人的精神的缺席是其最大的特征。放弃了对美的生活追求，就只能依赖人的本能了。精神的缺失、才华的平平，必然使作家专注于物欲的追逐与玩弄性的本能。因此有意去迎合低级趣味，描绘官能刺激，成了一种十分普遍的现象。在这类作品里，充斥了色情描写；人在这类写者的笔下，两性关系发展到除了双方赤裸裸的、一拍即合的性事游戏之外，已全无任何人性、人情的联系。人在精神上既然无所希冀，于是人在性的追逐的欲望中，就日渐沉沦，一些评论家还要故作高深，声称在多种多样的展览式的性事描写中，有深意在焉！但对这深意始终未说清楚是什么东西。说生活使人绝望，无所作为，于是迫使人物只好进行性的发泄，这能算作什么深意呢！如今以大量展现隐私为标榜的通俗读物也是不少，那些所谓隐私的吐露，在所谓展示真实的名义下，出卖的也多半是两性关系的隐秘，否则就引不起已经世俗化了的人们的趣味了。除了性欲的追逐，还有就是物欲与金钱的渴求。这几方面的趣味，竟形成了一种广泛的群体性的审美意识，追求粗俗、平庸、平面、生活游戏、戏谈历史、解构历史，反对深度，热衷官能刺激与色情描写。这种群体性的审美意识，成了一种平均数式的审美需求，它失去了个体性的特征和对精神的向往，变得十分粗俗，走向物化；在选择上虽保持了自由，但是其审美色彩已大为减弱，并且这种趣味时时在渗入严肃文学。严肃文学一面在努力使自己通俗化，力图使自己获得更多的读者，吸取大众文学中的讲故事的长处；一面往往经不住通俗文学粗俗化的侵袭，向粗俗化靠拢，因为商品化的后果总是诱人的。人要过得舒适、闲适、快活，去尽情享受，于是在文学是人学的名义下，倾向绝对的感性，大写两性交接、床上把戏、父子同嫖，甚至连作者自己的父母如何有声有色地做爱过程也未能幸免，以此来说明他来到人世，不过是其父母如此这般制造出来的一个“偶然”。这类作品，实际上已是大众文学中的末流，它们不能提升人的品性，而是贬抑人的精神。只是得力于大众媒介的炒作，才使得这类作品获得呵护与声誉。

审美意识的激变，是现代性的，是符合现代意识、现代艺术发展的需要的。大众审美意识冲破了种种藩篱与限制，体现了人的审美意识的自由；它是真正群众性的，所以显示了它的广泛的民主性一面。但是它又带着与生俱来的弱点，即粗俗性与庸俗化，这使它自身的提升显得甚为困难。

形成中的现代审美意识的意义是多方面的。它带来审美意识的更新，获得自主与自由，使审美意识走向自身，变得丰富与多样，从而成为体现了现代性的现代审美意识。但是我们还应见到，在形成中的审美意识，还带有现代性的负面因素，这就是在大众审美意识的影响下，把文学审美意识世俗化乃至粗俗化了。生存虚无，躲避崇高，亵渎任何崇高，贬斥意义、淡化价值。这种无意义写作表现为，“当写作成了功能性需要，不再指向任何意义之后，就等于否认了写作是一种精神活动，同时等于否认了写作的精神品质。一种不指向任何意义的写作是虚无的写作，它给这个无意义之痛苦日趋严重的世界出示的是消解一切意义的话语证据，尽管这种证据是虚拟的”①。世界是无意义的痛苦，写作不指向任何意义，它消解一切意义；它是身体感官功能的需要，本能的自动动作，它本身不过是一种虚无的写作，而非精神活动。

但是，我觉得，写作不可能不是一种精神活动，不可能像人的胆汁一样，胃里有了食物就会流淌出来；写作是审美的思维的活动，受到某种精神的支持，它本身就是一种精神活动。问题在于写作不是用提高人的精神为支撑，就是被那种把人物化、使人醉生梦死的精神所支配。对于文学的价值与精神，人们的认识可能是不尽一致的。不过，当说到写作不再是一种精神活动，写作表现的只是人的器官的某种功能活动，这实际上是

① 刘继明撰：《相对主义时代的写作》，载《长江文艺》1998年第5期。

说，一些人的写作不过是一种没有了精神的精神活动。这种写作思想的确是虚无的，这是西方那种反现代性的后现代性的移植，这也就是现代性在现代审美意识形成中表现出来的悖论。在这个到处充溢着市场意识的世界上，如果诗人、小说家果真能用不具精神、毫无意义、全无价值、不少人不屑一顾的东西，交换到有价值的人民币，这就近于当代神话了。其实，他们也制作了一种精神与价值的，这就是贬抑人的精神的精神，物化人、在精神上使人成为扁平的人、行尸走肉的负价值，这种负价值当今确能投一部分人所好。

第四节　哲学理论基础与文学观念的多元化

文学现代性的策动，促进了文学中的政治群体意识的解体、审美意识的激变，使文学与文学理论初步获得了自主性与独立性，开始回到自身。这一过程正是文学观念走向开放、对话、多元，初步走向现代意识的过程。

文学理论初步回到自身，意味着回到文学理论的学理自身。文学是什么，对文学如何理解，持什么文学观念，这自然引起了文学理论工作者的广泛探讨的兴趣。20 世纪 80 年代前几十年流行的是阶级斗争的文学观念。这种文学观念，从马克思主义的哲学出发，把文学界定为一定阶级的意识形态，是阶级斗争的工具，这在特定的社会历史阶段也是需要的。但是这样的理论概括并不科学，所以，最后这一文学观念发展到了变为一些人手里的政治迫害的理论工具；并且由于它为政治所制约，因此这也是一种大一统的文学观念，是从事文学工作的人所必须遵循的文学观念。但是 20 世纪 70 年代末开始，和那时的诗歌中的反叛一样，文艺界提出了对文艺是阶级斗争的工具说的批判《为文艺正名——驳“文艺是阶级斗争的工具"说》[1]。此说一起,文学是意识形态、文学是工具论的文艺观念马上发生移位。文学既然不是阶级斗争的工具,那么文学又是什么呢?文学与政治又是什么关系呢?并没有令人满意的现成的答案,于是大一统的文学观念受到了质疑。20世纪80年代初,人们开始了对文学理论的学理探讨,被封闭的文学理论打开了大门,揭开了体现现代精神的理论求索的序幕。

批判与反思,促进了理论思维的空前活跃,在人道主义、人性论思想的探讨中,出现了多种文学观念,如文学是人性的表现,文学是感情的物化,或是感情学,文学是审美,文学是人学的观念再度被提出并得到阐述。同时批判与反思,交织着各种外国哲学、文学理论思潮的引进,精神分析思想、心理学说、存在主义、本体论思想的引入,使得文学观念发生了激变而更趋多样。出现了种种争执,在相当自由的探讨中,如今可以各说各的,谁也不必服从谁的文学观念的说法。同时由于广泛的争论难以找到一个共同认可的结论,也使得一些论者认为,不如探讨一些具体问题为好,如文学语言学、作品分析等。自然,这些问题探讨都是文学研究的应有之义。也有论者认为,文学创造已进入语言论哲学阶段,认识论、体验论这类说法都已古老、过时。

这样,文学观念很快出现了多样化或多元化的趋势,而这正是文学理论演变中的现代性的体现。人们对文学的了解,不仅因集团而异,也因人而异。从文学的总体看,有多种多样的文学观念,它们各有不同价值;同时就文学本身来说,文学是可以分成不同层次的,显示多种本质的,这样又可形成对文学的不同侧重的理解[2]。把文学理论观念的多元趋势,看作体现现代性的一个方面,在于承认人们关于文学所作的思考,都是一种独立的意识与观念;各种有关文学的意识与观念,相互联系,又各自独立,自成权威,在人们认识的长河中都自有价值,并在相互之间形成一种对话

---

① 《为文艺正名——驳"文艺是阶级斗争的工具"说》,载《上海文学》1979年第4期。

② 钱中文著:《文学原理—发展论》,社会科学文献出版社1989年版,第94页、第95页。

的关系；自然这里也会发生理论的谬误，但是即使确是谬误，那也是在相互比较、对话中发现的。

文学观念的多元化，必然涉及哲学思想，文艺学的哲学基础有无多元化的问题？有关文学是意识形态、阶级斗争工具说的探讨与争论，很快涉及认识论问题。认识论一直被认为是马克思主义社会学说的哲学基础，并把它引入了文学理论，成为马克思主义文学理论的出发点。于是多年来就成了文学理论的唯一的哲学基础，形成了认识论文艺学、认识论美学。这样，在文学观念面向多样化的发展中，必然要使认识论受到质疑。

哲学认识论多种多样，在我国文学艺术生活中的阐述，是相当复杂的。一般认为，最科学的认识论就是唯物主义反映论，反映是分主客体的，主体反映客体并改造客体；因为马克思主义的哲学不仅在于解释世界，而且在于改造世界。我们确实知道，当认识论被正确使用，符合生活发展，它所指导的社会科学理论，可以为此而创造出一个新的世界；当它失去理性，走向非理性、反理性，在它指导下的社会科学，也几乎毁掉了一个新建的社会。50 年代以后，认识论被普遍地移植于文学理论，而且是直接的移植。这种直接的移植，由于排斥审美的中介因素，于是把文艺径直界定为生活的反映，是一种意识形态，把文艺的功能，主要地看作认识与思想教育，进而把文艺宣布为阶级斗争的工具，其次才是审美作用。但是，超越审美而大谈认识，这只是一般的认识、理论的认识。结果，文学被当成一种认识，以一般的认识、哲学的认识代替了文学审美的认识，审美对于文学来说，反倒是一种附加，于是形成了文学理论中的机械论；同时文学的阶级性被夸大，文学的功能被歪曲，这样就形成了文学理论中的庸俗社会学。十多年来，这些问题不断被反复讨论着。

一种共识是，文学不是认识，退一步说，文学不仅是认识，文学创作与理论认识的对象显然不同，把文学当成认识，无疑漠视或取消了文学的审美特征。认识论无疑是需要的，但是首先，把认识论当成文学创作的哲学基础，只是在解释文学与生活关系这一点上是正确的，即文学的源泉是生活，不过这是哲学层面的问题。如果进入文学创作，仍然沿用文学是生活的反映这一说法，显然是难以解释清楚文学创作的其他问题的。如果一定要如此来讨论问题，那么它就会把诸如创作心理这类问题，宣布为唯心主义，就像50年代我国的一些唯物主义者总是与心理学说显得格格不入，排斥创作的心理探讨；此种现象，在一些人那里，直到20世纪八九十年代都还如此。其实，创作心理现象、审美意识虽然来源于生活，但一旦进入创作过程，就已脱离了具体的物象，主体改造了物的外形，甚至消灭了物的自身，这时心物一体，已是浑然不分的新现实，这里不再有唯物、唯心的界限。其次，文学确是具有认识作用的，这是一种客观的存在，不承认这点也是一叶障目，偏激矫情。这几年来，从认识论角度探讨文学问题大为减少，但不久前《文学评论》有关《白鹿原》的一篇评论，正是从认识论文艺学的角度来研究小说的①。文章对小说中的人物之间相互复杂关系的探讨，重社会因素，条分缕析，缜密深入，这种分析，是其他学派所提供不了的。从社会学的角度看文学，文学的审美本质虽然重要，但其着眼点则主要是认识。从认识的角度看文学，以认识的方法研究文学，是文学研究的一个重要方面。其实，就文学总体来看，不仅古代文学提供了大量具有认识意义的材料，当代文学也是如此。据闻，一些外国学者阅读我国当代小说，主要从小说的认识意义出发，以了解我国当代社会生活、风尚习俗的变化，甚至社会改革的进展。一方面，他们可能认为，我国当代小说的审美水平不高；另一方面，这些小说确有认识意义。对此，我们从没听说我国哪位著名作家、批评家提出过抗议，或是认为，这是不折不扣的庸俗社会学。

文学观念的多样化，必然有赖于文学认识观念即哲学观念的多样化。20世纪80年代，当认识论哲学在文学研究中受到各种非议，正是西方各种哲学思想、文艺思想长驱直入我国思想界的时候。十多年来文学观念上的突破，正是接受了多种外国哲学思想、文艺思想，首先是超越了认识

---

① 陈涌撰：《关于陈忠实的创作》，《文学评论》1998年第3期。

论文艺学而获得的。对于文学认识问题的检讨，很快过渡到文学主体论、创作是审美或审美体验，即一种人生体验的讨论。于是文学创作不关认识，认识论已经过时，或已被取代、已被颠覆的说法，大为流行，而且由于对认识论实在反感，有的论者非要把认识论包括反映论在内，清除出文学理论而后快，走到非理性的极端去了。这样，认识论文艺学受到了一定的冷落，而人类本体论文艺学包括主体论文艺思想、审美反映论文学理论、语言论文学理论与解构主义文学理论以及文化批评，相继活跃起来，在相当程度上体现了当今我国文艺思想的多样性与现代性的进展。

文学主体性的提出，是20世纪80年代文艺学中现代性体现的一个重要方面。20世纪80年代初，人性、人道主义的讨论，哲学中主体性的张扬，无疑把人们的注意力引向了人。西方哲学早在19世纪就转向了人，人的主体是人本主义哲学研究的中心。各种人本主义哲学派别对人的主体进行了种种解释，如生命哲学、弗洛伊德主义哲学、存在主义哲学、阐释学哲学、西方马克思主义哲学等，相应地也形成了各自不同的重视主体性特征的文学理论，给我国刚刚苏醒的哲学界、文艺界以很大影响。西方现代主义文学中的意识流流派与弗洛伊德精神分析学说，同样开启了中国文学界对人的重新认识。人们发现，过去作家不敢触及的人的内心生活，那里意识之流变化多端、瞬息万变，是一个无限丰富的精神世界。人的意识与无意识、潜意识的区分，对非理性的认识，扩大了对人自身的了解。以往文学描写的外在的大千世界固然千变万化、多姿多彩，但现今发现的人的内心世界，同样魅力无限、仪态万方。这都为我国20世纪80年代文学主体性的提出准备了条件。

文学主体性针对认识论而发，它高扬人性与人的主体精神，倡导人的自我独立，要求无限地释放人的精神主体的主观能动性。它指责认识论是僵死的反映，是机械论、庸俗社会学，它使人的主体创造性受到了极大的压制。文学主体性的提出，对于当代认识论文学理论来说，相当程度上切中弊端。它表明了一种与认识论文艺学对立的主体性文艺思想观点的出现，文学理论的哲学基础由过去的客体转向主体，并且由此大大激发了创作主体的想象力与独创性，改变了过去的单纯描写现实的写作方式，为再次把现代主义的文学写作原则，引入我国的文学创作，做了舆论准备。主体性的张扬，不仅使作家的创作想象力大大解放，在一个时期内使实验小说在一些杂志上大行其道，虽然这类小说的读者并不太多，而且鼓励了奉行现实主义原则写作的那些作家，扩大了自己创作的自由度，丰富了自己的艺术思想与手法，使作家加深了对自己与人的认识，从而在整体上促进了我国文学面貌发生积极的变化，深化了人们对文学本质的认识。但是，文学主体性的倡导者在理论上的疏漏极多。这种理论所说的人的主体，实际上不是社会的、实践的人的主体，而是一种精神现象；所说的主体性，是一种与社会历史脱离的、天然自足的、具有无限能动性的自我心灵的主体性，是一种自在的普遍之爱的精神。把文学主体性，看成一种脱离了实践的能动性，这把问题弄成纯粹的精神现象了。同时这一理论对主、客体之间的相互关系所作的解释，也不顾已有的哲学的、心理学的甚至发生认识论的成果，不见创作中在主体主导下主客体的相互影响、互为顺应的双向交流过程，客体在它那里，被全能的精神主体掩盖掉了。对认识论的评价，也是凭着一股否定的热情，把认识论的原意与认识论文艺学中简单化、庸俗化倾向，不加辨析，采取捆绑一起、等量齐观的办法，随意贬抑。结果，在认识上，以新的线性思维，代替了被其批判的旧的线性思维，即在方法论上，以新的非此即彼代替了被其批判的非此即彼，从而在文学理论中引起了一阵新的庸俗社会学（社会学式的简单否定）的流行。

文学的主体性思想，引发了拥护者们的“主体性文艺学”的构思。在我看来，探讨文艺思想中的主体性问题，不仅可能，而且必要，但是否存在“主体性文艺学”，就难说了，因为文学理论里的各种问题并不是全由主体性来阐明的。张扬主体性的“主体性文艺学”，就其总体来看，它的真正的哲学基础是人类学本体论思想。这种人类学本体论文艺思想的拥护者认为，文学是一种自由活动，主体、活动、自由，揭示了文学对生存的根本意义；认为文学处于人类自由的最高位置上，是人类达到自由的活动，是自由地达到自由的活动，是自由地表现自由的活动。只有文学以自由为需要，以自由为对象、目的，因此，自由是文学的最高主题与唯一内容。又如认为文学研究可以跳过认识论、审美意识层次，通过人类学本体论就可解决，等等。上述思想是否就是文学理论中的人类学本体论文艺观念的内涵，是颇使人怀疑的，在这方面，不同论者的认识可能不尽一致。但是用人类学本体论思想来纠正认识论文学理论的偏颇，是十分必要的。主张文学显示人类的生存意义，这符合当今人类的精神的生存状态，也是一种现代意识的表现，人类生存意义实际上就是现代人的生存意义，在理论上与存在主义有着相通之处。100 多年来，当人发现自己不断陷入自己制造的灾难，科技发展又不断使他缩小生存的空间时，这方面的种种困扰，确实使他孳生了惶恐与焦虑，感到生的孤独无依与死的惶惑与疑虑。为了对抗工具理性、科技万能给人带来的消极影响，哲人提出，人是诗意地栖居于大地之上，在本质上，人与自然万物同在。但是这仅是一种理想，真要做到这点，实在不易。提出这种说法、曾与德国法西斯站在一起过的哲人，是生存还是栖居于大地之上？如果是栖居，是否就是诗意地栖居了？

接近于人类学本体论的生命本体论的文学理论思想，其出发点自然是人，它似乎比前者具体化了一步。论者认为，具有自由意识的人，总是觉得生活的需求永远不能满足，而感到束缚与痛苦，所以痛苦无所不在，痛苦成了具有生命本体意义的痛苦，即生命就是痛苦。为了解脱这一痛苦，人们寻找到了诗歌，诗歌可以自由地使人进入想象与幻想，超越现实，而暂时忘掉尘世烦恼，抚平伤痛，完成对现实的改造，实现精神自由的实践。这意图自然很好，但这种补偿作用仅是文学的部分功能，文学还有其他功能，它可以鼓动读者，激励读者，加深读者的伤痛，甚至激起读者更为激烈、愤怒、痛苦的情绪。作者在情绪的宣泄中精神固然自由了，在想象中获得超越了，可如何使读者的情绪平静下来，实现生命的超越呢？组成生命本体的并不仅是痛苦，还有其他因素，如文学作品也有描绘欢乐的感情的，描绘人们具有哲理色彩的沉思冥想的，其中也不乏佳作，它们不写痛苦，我们还得称它们为文学作品。又如人的忧患意识也是一种生命的痛苦，但称之为生命的痛苦似乎还不足以涵盖它，它是处于更高的层次之上的。可见，把文学的诗情完全定位于生命的痛苦，这是弗洛伊德、厨川白村生命痛苦说的局限所在。如果说生命本体的意义就是痛苦，那要获得生命的解脱，就只好进入涅槃了。

新时期以来，由于人类学本体论、生命本体论哲学思想的流行，使得感兴说的审美观盛行一时，从而恢复了20世纪以来美学思想中的一条美学路线，甚至可以说是古代文论中的重要路线。由于这条路线被埋没、冷落了多年，因此一加发扬，那有关审美人生的感受的种种论述，无不使人感到亲切、新鲜。一些论者把文学的本质定位于审美，形成了文学理论、美学中的审美学派的气势。毫无疑问，在文学理论中以审美代替认识乃至政治趋向，可以说表现了文学本质自身的回归，开始了文学本质研究的新阶段，体现了文学理论现代性的进展。但是在实际的探讨中，有关审美的理解，可说人殊人异，见解各别，所以使审美变得多义，并使其内涵变得丰富起来。有主张审美的自然天性说的，有主张审美反映说的，等等。

比如，联系到文学与政治的关系，文学曾被政治所制约，被外加了政治目的，于是就有了审美创造是人的自然天性表现说，创作是无目的，作品也不是手段；按照青年马克思的说法，诗一旦成了诗人的手段，诗人就不成其为诗人了；诗人有时为了维护自己作品的生存，甚至可以牺牲自己个人的生存；谈及诗人弥尔顿创作，说就像春蚕吐丝一样，凭其天性行事，审美与政治各自独立。自然，审美意识是人的一种自然本性的积淀，一些动物其实也有低级的审美感觉，但是作为人的审美意识，却是不断被其生存的、社会的因素所充实的。诗人创作进入入迷的审美状态时，为了艺术的完美，他把创作本身看成目的，而不及其余；或是他创作时并无明显的目的性，是无意识的，得之偶然，却佳构迭现，这种情况也是很多。但是同样存在的是，诗人创作又往往是有目的的，而且有着明显的目的的。就以弥尔顿来说，马克思十分熟悉这位诗人，这是一位政治诗人，一位革命诗人，不像是单凭自己自然天性创作的诗人。弥尔顿在17世纪英国革命期间，积极参与政治活动；他维护英国人民处死国王查理一世的行动，随后与欧洲大陆反动势力进行笔战，因操劳过度以致双目失明。英国王政复辟时期受到迫害，后闭门家居，“一腔孤愤，泄之于诗”，遂有力作《失乐园》《复乐园》和《力士参孙》的问世。弥尔顿歌颂自由，他激愤地说，一个民族赢得了自由，却不知怎样运用自由，愚蠢地又把他们的脖子套进了被他们打碎的枷锁，就只配永世为奴。他为“君权民予”辩护，声称“即使不是暴君——人民也有权留用或推翻他”。诗人主要写时事、朋友和他自己，而抒发的是争取自由的斗志与清教主义的宗教感。“在声韵上他是黄钟大吕之音，在情调上他激越、雄迈”①。如果说，诗人在写诗时追求诗的尽善尽美而不把诗视为手段，那么他写作前、写作后分明是把写诗当成战斗的，而战斗正是目的。他凭其天性写诗，就像春蚕吐丝一样。但就其所受教养、经历来说，他的这种天性正是公民的天性，政治的激情，而并非他的自然本能的天性。弥尔顿正像春蚕吐丝一样，具有那种非把他的政治积郁、忧愤的意识诗意地表达出来不可的天性。看来，创作、天性、政治并不矛盾，矛盾恐怕是在创作与错误的政治、权力的横加干预之间发生的。

诗人历来牺牲自己生命的有不少人，但他们结束生命原因多样，或是因诗作倾向得祸而被杀，或是因为愤世嫉俗，自己的政治观、哲学观、人生观以致艺术观，与现实社会格格不入而轻生。自然，为艺术而艺术的写作，或是倾向性并不很强的写作，受到政治迫害，也是存在的。20世纪80年代兴起的带有为艺术而艺术的纯审美倾向，固然是由于文艺与政治的不协调的原因，但进一步说，也是作家创作与社会环境的不协调的表现。普列汉诺夫说：“凡是在艺术家和他们周围的社会环境之间存在着不协调

① 王佐良等著：《英国文艺复兴时期文学史》，外语教学与研究出版社1995年版，第500页、第503页。

的地方，就会产生为艺术而艺术的倾向。"[1]这一说法很有道理。我国创作中出现为艺术而艺术的时尚，是艺术长期受到政治压抑的必然产物，时代使然。作家与社会环境之间不协调性的产生，其中社会环境起到主导作用，因此社会环境的改善是必要的。不提文艺为政治服务，是改善社会环境的一个方面，文艺创作中的政治群体意识的逐渐消解，也是改善社会环境的一个方面。要艺术成为艺术，否则艺术将丧失自身。我在这里想说明的是，人类学本体论的纯粹的审美写作是存在的，也是可能的、必要的，而且这一思想还可以进一步探讨；但是具有社会因素而内涵丰富的审美写作，同样是存在的，更是可能的、必要的。因而后来当一些论者一味强调为艺术而艺术与纯粹的审美论时，这一理论的局限与不足，也就日益显露出来了。

当认识论、反映论受到多方指责的时候，审美反映论文艺思想却在悄然兴起。首先，论者认为，认识论与反映论是有联系的，认识论往往是通过反映论来展开自己的理论的，这使一些批评者毫不费力地将两者一视同仁，但是实际上不能将它们等量齐观。两者不同之处在于反映比认识宽泛得多，反映不仅在于认识。审美反映，其目的不在于认识，而在于创造审美价值，审美的认识是审美价值的派生物，所以审美反映就其本质来说就是审美创造。审美反映关注的是人及其命运，他的生存状态，"审美反映是以个体和个体命运的形式来表现人类"[2]。人在这里既是对象，又是主体。审美反映借助于感情与思想的认识、心理学、语言学、符号学而构筑审美心理结构，形成审美心理定势与创作的动力源。审美反映将文学看作审美意识形态，审美与意识形态性，熔铸成了文学的本质特性。文学必然是审美的，不过单一的审美不成文学，因为大量的生活现象也有审美色彩，文学审美总是通过语言所显示的形象、意象、意蕴、情调表现出来

---

① ［俄］普列汉诺夫著：《没有地址的信——艺术与社会生活》，曹葆华译，人民文学出版社 1962 年版，第 205 页。

② ［匈］卢卡奇著：《审美特性》第 1 卷，徐恒醇译，中国社会科学出版社 1986 年版，第 199 页。

的，即使其社会思想十分淡薄。单一的意识形态性更不是文学的特征。审美意识形态通过语言结构成的作品、创作主体对现实的改造与审美价值的创造、审美接受与审美价值的再创造，构成文学本体，并建立文学本体论。自然，这一理论也只是认识文学本质特性的一条途径而已。

现在关于意识形态的理论，被各方面的人士搅得很乱。在“意识形态”一词的使用上，存在着几种情形。一些人明明主要抓政治思想、政治制度之间思想对立，却说要抓意识形态，以减少与淡化政治色彩，避免直白说出政治，避开政治、政治制度的锋芒。但意识形态既包括政治，还包括其他各个方面，政治思想只是意识形态的一个方面，所以不能用笼而统之的意识形态一词，来代替政治。这样做，结果是意识形态一词，成了淡化政治思想、掩盖政治制度对立的替代词，这就把意识形态一词的内涵模糊起来了，显然是不科学的。另一种情况是，西方的不少政客、学者大谈意识形态，明明白白地说东西方的对立，是意识形态问题的分歧与对立。但是，他们所说的意识形态指的主要就是政治，指的是不同的政治制度之间的矛盾、对立思想。因为意识形态多种多样，在伦理、道德、文学、艺术、法理、宗教等意识形态中，当然存在着差异乃至对立的东西，但也确实还有众多共同的东西。他们说你在某个问题上意识形态化了，但是实际上是针对不同政治思想、不同的政治制度思想而说的。这里使用意识形态一词，主要指的是不同政治思想、不同社会的政治制度原则。明明是政治问题，却说是意识形态问题。这样结果双方都把意识形态一词明里暗里当成政治概念使用，把意识形态复杂的内涵搞得混乱不堪。还有，不少西方的舆论指责别人意识形态化，好像他们表达的观念不是意识形态，也与政治无关。其实他们的观念政治性很强，他们的语言往往是些冷战的语言。把意识形态等同政治的几种混用的做法，我国的报刊也是这样参与其中的，久而久之，把意识形态的本意给遮盖了。在这里，我主张在词源的意义上使用意识形态一词，意识形态就是意识形态，包括政治思想与其他意识形态。由于人们把意识形态在相当多的场合指为了政治，于是使得一些避谈政治的人,把意识形态与政治等量齐观,对意识形态一词刻意避而远之。比如说,文学与政治无关,与意识形态无关。自己明明在制造意识形态,表述某种思想观念,甚至是政治性的观念,却还说自己与意识形态无关。

依据一定哲学思想而建立起来的文学理论思想,还有在多种语言、哲学基础之上形成的不同文艺思想与不同文化哲学基础之上的种种文化批评。20 世纪西方的各派文艺学,大都受到多种语言哲学的影响。索绪尔、维特根斯坦、海德格尔、列维—斯特劳斯、拉康、德里达的语言思想此伏彼起,推动了西方文学理论的不断更替。这些文艺学派不再执着于文学本质、内容的探索,而钟情于语言自身的能力变化与"语言说人"的论证、形式创造的多种可能,造成了文学理论中的形式主义学派漫长的统治,最后赋予语言以一种魔幻般的力量,消解了文学艺术的意义与价值,使得形式获得不断的更新,从 20 世纪 20 年代直至 80 年代,在文学艺术中引起一阵又一阵的人文危机,最终彻底地消解了人的主体。大概比较特殊的是巴赫金与哈贝马斯的语言哲学思想,他们力图通过超语言学与普通语言学,突出交往、对话思想,来改造人文科学,为文学理论的发展提供了新思路。各种语言学派的学术思想在 20 世纪八九十年代介绍到了我国后,使不少人趋之若鹜。特别是叙事学的研究,已有多种著述,但大多是综合西方学者观点写成,尚处在介绍阶段,使用的不少例子也是从西方学者那里搬过来的。倒是杨义先生的《中国叙事学》,富有中国特色与独创性。同时,解构主义文论介绍到我国后也是盛行一时。一些论者热衷于消解旧有的理论权威,力图确立新的思维原则,有其积极的一面。但如前所说,由于模仿太多,因此连我国文化建设中的现代性的诉求,都被"终结"掉了。他们努力为边缘辩护,但又不甘心身处边缘,时时显露了想置身于中心的心态;而在创作中,则开始了语言的游戏与消解文学艺术价值与精神的过程,趋向平庸。

在我国,近 10 年来兴起了文化批评。20 世纪 80 年代,当认识论文学理论备受诟病，大量引进西方文论时，内在研究，形式、语言研究、文艺心理研究成了时尚。这种学术风气一直延至20世纪80年代中期以后，即美国学者杰姆逊在北京大学讲述后现代主义与文化理论之后。这时不少中国年轻学者才相信文学研究除了内在研究，还可以有文化研究；加上比较文学研究是一种跨学科的研究，文学的外在研究还是可以成立的，虽然文学的外在研究与文学的比较研究并不完全相同。西方的文化研究，范围十分广泛，新历史主义研究、后殖民主义研究、女权主义研究、西方马克思主义文化批评、大众文化研究，一时使人目不暇接。解构主义兴起以后，一些人文科学的界限也开始被解构掉了。比如，文学理论的专门性已大为减弱，在欧美学校里，讨论尼采、弗洛伊德、拉康、海德格尔，就算是上了文学理论课程。像我们从苏联学过来的专门性的文学理论课程，在西方很少看见，或并不存在；而像美国人韦勒克的《文学理论》这样的著作，已不多见。这一倾向的出现，使人们相信，探讨文学问题，不能仅限于文学自身，还要把文学置于文化背景之上，才能较为深入地弄清文学现象的复杂内涵。像后现代主义文学不仅是文学问题，它与后工业社会其他文化现象，从物质生活到精神文化的方方面面紧紧相连，如果只从过去的文学理论角度去理解，是难以把握其面貌与本质的。于是就出现了艺术文化学、文化诗学这类问题的探讨。像俄国巴赫金的不少重要的文学理论问题的探讨，不仅仅限于文学现象，他的对话理论、狂欢化理论，都是建立在对欧洲文化本源发展的深刻理解之上的，它们既是文学问题，也是哲学、文化问题。当今文化批评正方兴未艾。

在哲学与文学理论的多样化中，马克思主义文艺理论的地位在哪里？近20年，人们对马克思主义的理解发生了深刻的变化。最主要的变化表现在，对待马克思主义采取了较为科学的态度。人们冲破了两个"凡是"，将马克思主义与新的现实问题结合起来，定位于"解放思想，实事求是"，如果不是如此，便将寸步难行。正是由于这一指导方针，开创了我国新时期的新局面。在哲学与文学理论中，过去运用的一些马克思主义原则，由于在实践中被简单化、庸俗化而受到质疑，甚至被人否定。但是它的基本原理，如经济基础与上层建筑理论、反映论、存在与意识的理论、历史主义原则、辩证分析精神等问题，很难逾越，自然其中一些问题，也有待新的阐明；又如文学与社会生活的关系、文学与群众的关系、有关艺术价值创造的理论、艺术生产与消费等问题，也都具有普遍意义。问题在于如何使用这些原则与方法，如果不去结合发展变化的现实生活与多样的文学创作来谈文学问题，不能发现原则与对象之间的真实联系，那么除了申张一下众所周知的原则，可能就会把对象本身的具体性、丰富性全都阉割掉，从而使原则庸俗化，造成本本主义、教条主义批评。如果使用马克思主义精神，去具体分析对象，那么不仅对象的具体性、丰富性能够被揭示，而且原则本身也能表现出其无限的生命。在文学艺术总体特征的探讨中，马克思主义文学理论占有明显的优势，这是其他学派的文论难以替代的；而其他文论的特点与作用，马克思主义的文学理论也难以包容。理论自身的原则应是被发展的，唯一的途径就是不断吸收其他理论的合理因素以丰富自己，使自己常新，这也是这一理论的生命力所在。如果它故步自封，以为什么问题都能阐明，那么它将无力面对文学中诸多独特的问题，运用它来解释众多的文学现象，必然就会力不从心，捉襟见肘，任何理论都是如此。

在现今的文学理论中，完全使用认识论来探讨文学问题的现象已不多见，其中文艺社会学与认识论可能最为接近。马克思主义文论原理在不少学者那里，实际上都有不同程度的新变，有的变革极大。例如关于反映论，如前所说，有的学者在探讨文艺问题时，并不把反映论直接移入文论，而是吸取其精神，通过审美中介，使其与其论述的对象相结合，使用审美反映一说，并且引进了其他学派的有用成分，加以综合，以适合文学理论自身的需要，这与以往的马克思主义文论已大不一样。有的论者将生产论移入文学理论，演化为艺术生产论。甚至探讨主体论文学思想，也要征引马克思的论点。自然，文学研究的途径很多，不少方法与马克思主义原则并无直接关系，原有的叙事学理论与原马克思主义文论就没有多少联系，虽然可以去建立马克思主义叙事学。西方学者往往将马克思主义文学理论与似乎毫不相关的其他文学理论学派连结一起，形成新学。此外，还有与各种哲学思想有联系的多种文学研究，如文艺心理学、文学阐述学、比较文学研究、神话研究等，这里难以一一评述。

今天，文学理论哲学思想的多样化与文学理论本身的多样化的格局，大体已基本形成，这种情景在20年前是难以想象的。这说明，科学认识的途径是多种多样的，一旦解放思想，实事求是，科学就会显示自身的千姿百态的本相。它们之中，有的真理成分多些，有的合理成分少些，但都是现代意识的追求与创造，是现代性的体现。各种文学理论交织一起，相辅相成，互为衬托，争奇斗艳，显示了整个理论的丰富多彩，从而使我国文学理论处于前所未有的“狂欢化”的情状之中。

第五节　传统的定位与选择

我国文学理论现代性的生成中，面对着强大的传统问题。似乎没有哪个国家的文论像我国那样，在传统问题上总是纠缠不清，要进行那么多、那么久的争论，以致今天仍在争论之中。这里的复杂性在于，近百年来，由于现代性的不断演变，使得我国文学理论走过的道路太曲折了，每个阶段的文论，总是处在现代文论、古代文论与西方文论冲突的张力之中而决定取舍。在今天建设新的文学理论的时候，我们实际上面临三种文论传统，这就是古代文论传统、西方文论传统和近百年来形成的现代文论传统，我们就处在这三种文论的相互的张力之中。

20世纪之初，梁启超与王国维的文论，追求着当时的现代性，都在吸收外国文论经验的基础上，或把文学仍然看成“经国之大业”，与当时社会改造任务相连;或与传统的感兴文论相结合,藉外国文论思想之助,更新了传统文论,这就是现今为人乐道的在《人间词话》中发挥的境界论思想与论述《红楼梦》时引进的文学悲剧思想。“五四”前后,由于这场“五四”文化革命而使传统文化成了批判对象,锋芒所及,古代文论受到巨大的冲击,由原来的中心而退居到了边缘。古代文论的式微,在于它多半是古代诗歌的理论总结,是一种感悟式的、直觉式的、评点式的模糊体验性的文论,由于它缺乏现代要求的强大的、理性的、清晰的理论框架,不能很快向现代转换,经受住现代性的检验,难以用来解释“五四”新文学现象,于是受到冷落与批判,也是势所必然。其时一些人士出来捍卫传统文论,竭力为旧学辩护,反对革新,但也是难以阻挡新潮势头,显得力不从心,以失势告终;今天看来,他们在学术上取得一定成就,但他们那时被笑称为遗老遗少,也是合情合理。20世纪20年代,马宗霍曾出版《文学概论》(1925)一书,该书体系采自西方同类著作,而术语则尽量使用古代文论中的概念,力图中西合璧。写于20世纪30年代初,出版于1942年的朱光潜的《诗论》,在其《抗战版序》中,又提及古代文论与西方文论的问题:“当前有两大问题须特别研究,一是固有的传统究竟有几分可以沿袭,一是外来的影响究竟有几分可以接收。”[①]今天看来,这正好说到了问题所在。但由于当时形势关系,看来提得不合时宜,所以无有应者。40年代下半期,古代文论的研究才在一些高校有所展开。这10多年间,除了朱光潜的《诗论》,还有宗白华的一系列论文(后收入《美学散步》《美学与意境》)、钱锺书的《谈艺录》、方孝岳的《中国文学批评》、罗根泽的《中国文学批评史》、郭绍虞的《中国文学批评史》等,算是古代文论研究的主要成绩了。50年代后几十年,古代文论被当作了封建文化,除了少数人进行资料整理外,研究实际上已经停止。当时有的人认为,古代文论只具参考价值,决不能指导今天运动,古代文论引入当代文论,只能作为民族化的一种手段,即为当代文论增添一分民族色彩而已。直到20世纪80年代,

① 朱光潜著:《朱光潜美学文集》第2卷,上海文艺出版社1982年版,第3页。

古代文论研究才算真正受到重视。20 世纪 80 年代初，我国研究古代文论的学者建议，可以用古代文论的框架来撰写文学概论，但未有实际的尝试。20 世纪八九十年代，我国古代文论的研究取得了空前的进展，王运熙、顾易生主编的 7 卷 8 册《中国文学批评通史》、敏泽的三卷本《中国美学思想史》和罗宗强的多卷本《文学思想史》的出版，应是古代文论研究界的盛事了；此外如黄保真、成复旺与蔡钟翔等人的《中国文学理论史》、袁行霈等人的《中国诗学通论》、陈良运的《中国诗学批评史》和张少康等人的《中国文学理论批评发展史》，都是这一时期的力作。自然，这些著作还只是现阶段所达到的初步成就。史与论的关系是相辅相成的。史的工作在于披露理论历史的原貌，尽量恢复其原有的形态与本意；理论的工作则在于吸收以往批评史的成就，尽可能地进行科学的概括，总结出带有规律性的文学观念，深化已有的认识。我们不能等待史料发掘完了，批评史写完了再来进行理论总结，批评史是不可能写完的，古代文论体系的探讨也不可能完成于一旦。

面对新的文论建设，古代文论的地位与作用被提了出来，20 世纪 80 年代末、90 年代初，古代文论向现代转换的呼声四起，到 90 年代中期，召开了古代文论的现代转换的专门研讨会，《文学评论》组织了持续两年之久的专栏讨论。大家的共识是，我国古代文论必将成为新的文论建设的不容忽视的组成部分，因此应该充分继承古代文论优秀传统，不应再重蹈过去的覆辙。同时对于古代文论如何转换，分歧不仅存在，而且十分深刻。比如所谓当今文论的“失语症”问题，成了引发讨论的话题。有的学者认为，我国当代文化基本上是借用西方的一整套话语，长期处于文化表达、沟通和解读的“失语”状态。当今文艺理论研究，最为严峻的问题就是“文化失语症”。论者建议在清理传统话语的同时，使传统话语得到改造与更新，在“杂语共生态”中，在广取博收之中，逐步建立文论新话语。有的学者认为，产生“失语症”的不应是我国文论，而是外国文论，我国古代文论话语方面，不是赤贫，而是满怀珠玑，自有一套与西方迥异的思维方式与文论话语。只要我们自己做好清理古代文论的工作，改弦更张，主动介绍出去，实行“送去主义”，必能将世界文论水平大大向前推进一步。有的学者认为，应以我国古代文论为母体和本根，认识与研究中西文论的异同，明白我国古代文论的主要精神与当代价值，吸取西方文论的有益营养，来建设有中国特色的当代文论。也有学者认为，古代文论作为一种宝贵的理论资源，一要开发，二要利用。古代文论的现代转换，不是满足于把个别古代文论范畴吸纳到当代文艺学中作为点缀，而要对古代文论具体的理论范畴进行逐步清理，先从局部开始；同时不能照搬古代文论的范畴体系，而要在整体上了解古代文论的根本精神、总体特征，加以改造，完成传统与现代的接轨①。这是问题的一个方面。

另一个方面，是西方文学理论的问题。近百年来，西方文学理论一直影响着我国现代文论。我国现代文论各个历史时期的发生与演变，无不受到那个阶段被某些人所尊重的西方文学理论的影响。世纪之初，王国维与梁启超的文论，各自受到德国、日本文学思想、文论的影响，自不待言。二三十年代，欧美文学理论的影响在一些学者中间是存在的，如梁实秋、梁宗岱、朱光潜等人的著作，但在文艺界似乎从未成为主流意识。逐渐占有主导地位的，先是俄国的文学思想，而后来是直接或间接介绍过来的苏联的文学思想、马克思主义文学思想。从50年代之后，对我国文学理论发生影响的，则主要是苏联的文学理论，不管名家末流，一律拿来，供作我们学习的范本。那时在学习苏联经验、理论上，如有不同意见，不管有理无理，都是先打三扁担再说，可见其决心之大。

80年代的改革开放，对文化专制主义进行了清算，同时大量引进了西方文艺、学术著作，使得不少对现实感到惶惑的人，自然地把目光移向西方。与自己的境况相比，觉得西方什么都好，哪个理论都是闻未所闻，

---

① 曹顺庆撰：《重建中国文论话语》，载《中外文化与文论》1996年第1期；季羡林撰：《门外中外文论絮语》，载《文学评论》1996年第6期；张少康撰：《走历史发展必由之路》，载《文学评论》1997年第2期；蔡钟翔撰：《古代文论与当代文艺学建设》，载《文学评论》1997年第5期。

并且多种多样，当然包括文学理论，这确也有部分真理在内。隔绝既久，对什么都感到新鲜，因此面向西方的理想主义相当流行。一个时期里，在知识界与文论界，西化思想相当普遍，旧有的传统与文化思想被贬得一钱不值，西学为体的思想再度被炒热起来。在“走向世界”的口号下，实际上搀杂着两种思想，一是极力想改变落后状态，赶上西方，否则要永远落后下去；一是西方什么都好，极力要向西方靠拢。在文学理论中，这时既有认真、艰苦的理论探讨，也有大搬外国新术语的现象，虽然文化转型期术语转换是不可避免的，但是新名词的狂轰滥炸，显示了不少人的浮躁心态，各种西方理论，不管理解与否，价值如何，轮流登场，表演一番，显出一派众声喧哗。似乎一种新说的出场本身，就意味了它的存在，而存在就是价值与胜利。有些人对这种情况显得惶惑；有的人则忧心忡忡，只觉得天旋地转、上下颠倒、中心不彰，甚至被挤兑到一旁，失去了旧有权威的中心感觉。但由于自身知识结构的局限，无法对话沟通，在各种新理论的“狂欢”中只好徒呼奈何。如前所说，这种情况直到 20 世纪 80 年代末、90 年代初以后有所变化。主要是我国学者在理论探讨上有所深入，西方文学理论本身挣脱了大半个世纪的内在研究，而大规模地转向外在研究，它对自身的理论并非绝对完美的认识与检讨，清醒了不少人的头脑。当然更为重要的是，人们发觉西化道路在我国再度受阻，西化实际上是行不通的。西化实际上也是一种教条主义，在各个时期都是存在的，因此人们不能不考虑现实的实际情况。

那么，当代文论建设到底如何进行？在我看来，我们还得在原有的文化、文学理论传统的基础上进行。我们得面对传统，有关文论传统的看法我在前面已有所表述。长期以来，各种文论传统之间的张力，一再成为那个时期文学理论建设中发生争论的重要原因。“五四”文化革命以激进的态度，否定了旧有的文论传统，于是形成了与原有文论的中断。确实旧有的文化传统在 20 世纪初已腐朽不堪，但是任何一种旧有的文化又总有它的民主性的精华所在，依靠它们，使得一个民族得以绵延与发展，对这些因素进行必要的科学的改造，就可使之成为新文化的组成部分。如果把一个民族长期创造的精神文化全部否定掉了，这个民族在精神文化上靠什么维系而获得发展呢？

那么我们能够将当代文学理论建立在古代文论的基础上吗？这显然是不可能的事。一是古代文论是古代文学创作的理论总结，如前所说，古代文学创作主要是诗歌创作，大多数诗学著作，主要针对诗歌而发，它们自有一套范式用语，由于这些术语多半属于审美的心理体验，因此各种术语具有审美的朦胧、模糊、含混特征，而无明确的界定，可以意会，但难以言传。同时一个概念，各家有各家的阐述与用法，并不统一，而且这些概念，文、哲、伦理、宗教不分，并非为文论所专用，文论术语多半借自哲学、伦理等诸领域。自然，朦胧、模糊的审美评价，又有它的优越性，即可以用来描述那些不可言说的现象，而这在文艺审美的现象中很多。但总体上说，它们已不适合用来阐述在现代性启蒙下发生的新文学现象，新文学在思想趣味、形式上与古典文学大异其趣，并且逐渐形成了一套借自欧美文艺理论进行阐述的新的术语规范。二是古代文论自身的体系与作为资源的问题。关于古代文论有无自己的体系，一个时候颇有争论，持否定意见的主要是些研究西方某个文论家、对本国文论则十分隔膜的人士。前面提到的一批有关古代文论的论著，从各自的认识角度，初步总结了古代文论庞杂而丰富的经验，这一工作完全必要。但它们只是古代文论思想的总结与概括，只是当代文学理论建设的一部分，难以成为当代文学理论自身。古代文论要在当代文学理论建设中发挥作用，成为当代文学理论建设的一部分，关键在于做好现代转换，使古代文论的一部分探讨面向现代。古代文论的现代转换是个十分艰巨的工作，现代转换并非使古代文论现代化，而是将古代文论作为资源，把其中那些具有普遍意义的、与当代文学理论在内涵方面有着共通之处的概念，即有着普遍规律性的成分，清理出来，赋予其新的思想、意义，使之汇入当代文学理论之中，与当代文论衔接，成为具有当代意义的文学理论的血肉。也就是说，现代转换就是一种理性的分析,目的在于激活那些具有生命力的古代文论部分,获得现代的阐述,成为当代文学理论的组成部分。古代文论话语极为丰富,可以构成自己的话语系统与理论体系。把古代文论送出去自然很好,可以促进在古代文论方面的文化交流,让外国人了解我国古代的文化成就,促进他们研究我国古代文化典籍,从而使外国文论有所吸收,有所获益,但是这仅是问题的一个方面,古代文论毕竟难以替代我国的新文学理论。

古代文论难以替代当代文学理论,西方文学理论更不能越俎代庖,那么作为当代文学理论的基础选择即文化选择,我以为也只有现代文学理论了,就是说,当代文学理论的建设,只能以现代文学理论为基点。原因之一,现代文学理论虽然问题很多,但近百年来,它的发展,总是与西方当代文学理论思潮结合在一起,它不断地在西方文学思潮的影响下使自己逐步地走向科学化、人文化,这也是客观的事实,从而体现了我国文学理论现代性的不断生成。我们今后在总体上阐述文学现象时,在前面已提及的现代文学理论中初步确立的一些重大原则,即使被修整,恐怕也是难以逾越的。不少观念固然借自西方文学理论,但一旦融入我国文学过程,也就成了我国现代文学理论的组成部分。当今各国文化进入更大范围的世界性交流的潮流,它们之间既有差异,又有同一,这差异性与同一性,使得不同文化相互接近,在现代性的追求中,不断相互吸收与进步并形成各自的特色。原因之二,现代文学理论大体上是与我国现代文学的发展相适应的,现代文学理论对古代文论传统的疏远,与现代文学的发展是同步的。在现代文学的生成过程中,也生成了现代文学理论,用以阐述现代文学。现代文学理论或提出旗帜与口号,对现代文学起到催生作用,或移植一系列外国文学理论的术语,用以解释现代文学的特征与品格。这套术语具有当代的科学性特征,这中间也出现过不少错误与问题,但至今仍在使用,虽然今天增加了不少新的观念与术语,但暂时还没有一套新的、完整的术语替代它们,经过适当的调整与改造,恐怕它们还要使用下去。原因之三,我们所以认为要以现代文学理论为基础,还在于复杂的传统问题。现代文学理论由于“五四”的激进主义的一面而丢掉了古代文论传统，在今天，总使我们觉得现代文学理论缺少了母体的营养与根底，缺乏一种底气。我们一度从西方他山之石攻玉，但对自己的宝山弃置不顾。由于我们对古代文论中许多有价值的东西、有生命力的东西研究不够，未曾有过现代转化的过程，与现代文学理论未有沟通，所以总使人感到现代文学理论与强大的古代文论传统之间缺乏血肉的联系，而变得有如飘零的浮萍。但是这一传统又不能用以替代现代传统，因为如果我们这样做，那又会中断一个传统即现代文学理论传统，又会人为地造成一个新的隔阂。现代文学理论近百年来的经营，构成了现代文学理论传统，我们所使用的理论话语，正是现代文学理论所使用的话语。我们不可能再来使用古语说话。如果直接转向古代文论，那么很可能我们一时连话都不会说了。因为，古代文论中不少话语，我们已对它们十分隔膜，在语义上，与当代文学理论已不相通用，我们不可能用古代文论的话语来阐述当代文学现象。虽然有个别学者使用古代话语撰写著作，但也只是针对古籍，而难以对现代文学进行评论。我们只能在现代文学理论的基础上，充分地研究古代文论，把其中的有用成分，包括它的体系与各种术语，最大限度地分离出来，不是表面地使用一些古代文论的术语，而是丰富其原有的含义，赋予其新义，与现代文学理论、西方文学理论融合起来，使其成为当代文学理论的血肉，形成当代文学理论的新形态。这将是具有中国特色的文学理论的新形态，一种在长远时间里不断生成、不断丰富、体现现代性的文学理论的新形态。

过去，从事古代文论与从事当代文论的学者，基本上各搞各的，古代文论研究者缺乏对现代文学理论的把握，局限于对古代文论本身的解释，甚至以为古代文论与现代文学理论无关。对古代文论进行解释，恢复其原貌，即对其形态与历史进行还原，这一工作是完全有必要的，这也是一种不可或缺的专门学问，自然应该继续下去。而从事现代、当代文学理论的学者，又十分缺乏对古代文论的深入的、全面的理解，不能把两种文论有机地相互沟通，融而为一。最近这一情况已有所改变，正在出现一种融会贯通的趋向。

第六节 现代性与人文精神

文艺学是一门十足的新兴的学问，是尚未成熟的、处在不断变化中的学科。这是一门既是科学的，也应是充分的人文精神的学科。

我们在前面说到，现代性应是一种排斥绝对对立、否定绝对斗争的非此即彼的思维，更应是一种走向宽容、对话、综合、创造同时又包含了必要的非此即彼、具有价值判断的亦此亦彼的思维，这是从近百年来文学理论痛苦演变中凸现出来的一个思考。

在历史上，马克思主义文学理论在一个时期里，曾被当作终极真理，特别是马克思等人在这方面说过的话就是绝对真理，其他的文学理论流派都一一遭到批判、废除。这与社会激变的环境有关，不如此，它自身就难以存在下去，而且它受到的非难极多。这种思维方式大概是在这种环境下形成的。但是时间长了，一旦成了一种定型的思维方式，它就会向教条式的非此即彼的思想方式转化。马克思主义文学理论有关文艺的一些重大方面的论说，具有无可辩驳的科学性、指导性，有它的体系性，有的人极力反对，进行消解，也是枉然。但是也要看到，马克思主义作家也只是就文学的一些重大方面，当时出现的一些理论问题以及有关过去的不少作家，作出了阐述与评价，它们难以替代全部文学理论。文学理论中还有许许多多问题，被古人与今人探讨着，而且后来文学发展中层出不穷的新问题，由于时代的限制，他们也难以涉足。我们发现，20 世纪 80 年代传入我国的许多外国的文学理论学派所标榜的主张与独特见解，是马克思主义文学理论中所看不到的。就是在我国常常受到诟病的西方马克思主义文艺理论，在不少问题上，如艺术生产、艺术与政治、艺术与意识形态的种种关系、大众文化、后现代主义批判等，与西方的艺术生产联系密切，针对性强，不少阐述也富有真知灼见。反观我国一些正统的马克思主义文艺家，20年来，似乎未曾结合文艺发展的实际情况，提出过什么新的、有价值的理论问题来，这是颇值得深思的。马克思主义文学理论要获得进展，就应合理地吸收其他学说，用以丰富自己，使自己的理论与新的文艺实践结合起来，讨论、阐述新问题，从而使自己永葆青春。

文学理论的现代性，要求排除对一种思维、观念的终极真理性、绝对权威性。绝对权威、终极真理、说一不二、不准思索的思维方式，已经不合时宜，表现为逆现代潮流而动。人的思维、意识是多样的，它们各有价值。一种思维所提供的真理，只是真理长河中的一个浪花，它代表不了长河自身，更无法具体显示真理长河未来的曲折流荡。真理的长河，是由千条万条细流汇合而成的，它们的相互关系应是一种相互包容、相辅相成的对话关系，表现为多声合唱，而非同声齐唱，同声齐唱不适合于文学理论的创造，是没有创造力的表现。历史、现实告诉人们，把一种意识视为永恒的真理，并要强制他人接受，顶礼膜拜，这实际上必然导致漠视他人意识，排斥他人的独立意识与思想的存在，而把自己的意识当成一种超人思想，转而把世界变为独白、单语的世界。事实上，我需要他人才能存在，他人存在也要以我为依托。“我离不开他人，离开他人我不能成其为我；我应先在自己身上找到他人，再在他人身上发现自己”；“证明不可能是自我证明，承认不可能是自我承认。我的名字得之于他人，它是为他人才存在的”，“人实际存在于我和他人两种形式之中”，存在意味着为他人而存在，通过他人而确证自己的存在。意识作为他人的和我的意识，相互联系又是各自独立。“单个意识不能自足、不能存在。我要想意识到自己并成为我自己，必须把自己揭示给他人，必须通过他人并借助于他人。”[①]这

① 钱中文主编：《巴赫金全集》第5卷，白春仁、顾亚铃译，河北教育出版社1998年版，第377页、第378页、第379页。

样，意识实际上是多数的，它们相互交织，各自独立，又具充分权利，自有价值，相互平等，在交往与对话中互为存在。自然，在意识之间，存有差异，在品格上有高低之分，价值上也有大小之别，但无法相互取代，而只能在交往、对话的关系中，互相启发，互为补充，否则就会把另一意识视为没有声音之物。实际上，他人也是能思考的，也能产生思想成果的，思考并不是几个人的专有权利。单一化的意识的理论，必然把他人视为没有思维能力的东西，藐视他人，鄙视人群，不能与之平等地对话，从而把他人视为非人，把人物化。因为实际上生活本身就是对话的，你无法离开他人而存在。这就是新的人文精神的表现。因此，现今如果还要鼓吹我的思想永世的绝对真理性，那实际上是在文学理论中传播愚昧，力图恢复独白、单语的世界了。

不过，这一恢复独白、单语世界的非此即彼的传统思维方式，相当根深蒂固。在 20 世纪 80 年代的文学理论的各种争论中，双方每每表示出都是绝对真理的化身，甚至连对方参与论争的资格都会受到质疑与嘲弄，以致在价值判断中随意性的、情绪化的成分极多。至于说到尊重对方、进行对话，承认在对方的阐述中存在某种真理，这种情况更如凤毛麟角。这种你错我对、你输我赢、非此即彼的思维方式，都是长期以来形而上学猖獗的结果。人们一面批判这种思维方式，一面自己又重复这种思维方式，没有相互丰富的愿望，缺乏共同建设的气氛，更无双赢的气度。这里可能主要是标举“解释”，而忽视“理解”。自然科学的思维，是单一主体的思维，它的对象就是客体，而非另一个客体的主体，意识的工作主要在于解释客体，其方式偏重于独语，而达于认识。人文思维则具有“双主体性”，它探讨的文本，是主体的一种表述，它进入交流，面向另一个主体，另一个主体也面向作为主体的它，进入对话的语境，它需要的是“理解”。巴赫金指出：“在解释的时候，只存在一个意识、一个主体；在理解的时候，则有两个意识、两个主体。对客体不可能有对话关系，所以解释不含有对话因素……而理解在某种程度上总是对话性的。”他引用的德国学者的一段话也是很有意思的:“人文科学对自然科学方法的责难……概括如下:自然科学不知道‘你’。这里指的是:对精神现象需要的不是解释其因果,而是理解。当我作为一个语文学家试图理解作者贯注于文本中的含义时,当我作为一个历史学家试图理解人类活动的目的时,我作为‘我’要同某个‘你’进入对话之中。物理学不知道与自己对象会有这样的交锋,因为它的对象不是作为主体出现在它面前的。”①人文科学重在理解,理解是人与人的对话,主体与主体的交流,意识与意识的交锋,“我”与“你”的相互讨论与了解。在对话与交锋中,两个主体,互揭短长,去芜存精,共同发现,揭示与充实真理因素。在共同的探讨中,可能主体双方的真理因素多寡有别,但都自有价值,即使一方意识全是谬误,亦应在对话、批判中被揭示,而不是在另一方居高临下的肆意贬抑中被否定与消灭。即使是谬误本身,亦有其认识的价值的。同时,在我看来,在一定时候,解释有时也是难以避免的。理解要求一定的价值判断,其中包含了一定的解释。

自然,我也认为,又不能把亦此亦彼的思维方式绝对化。亦此亦彼假设双方各有真理成分,并且不排斥一方或双方的谬误,但不排斥价值判断,即一定的非此即彼。绝对的亦此亦彼,绝对的相对主义,必然排斥价值判断,变成你对我对,消解了正确与谬误之别。更成问题的是,这种绝对的亦此亦彼,有时对于对方并不理解,就匆忙做出否定,或匆忙做出肯定,以示大度,这之间其实并未存在真正的对话。对话是无尽的(有时虽然对话本身便是目的),但是又要承认,对话又是有一定目的的,对话的目的在于认识真理,辨别谬误,即使真理是无尽的,每一对话实际是为了增加对无限真理的有限的认识。文学理论中的独语状态已延续得很久很久,人们深受其苦,一旦进入了对话语境,出现了对话状态,获得了对话的可能,反倒不习惯起来,不能平等待人。但是进行平等的对话,表现应有的对话风度,这不就是论者自身的一种人文精神的表现吗!用这种人文

① 钱中文主编:《巴赫金全集》第4卷,白春仁、晓河等译,河北教育出版社1998年版,第314页。

精神来改造文学理论的学风，不是十分需要的吗！当然如何形成这种方式（包括作者自身在内）来探讨问题，还是有待于共同的努力，这种风尚的形成看来不会一蹴而就的。

文学理论自身的学理探讨既是科学的，也应当是充满人文精神的。近百年来，文学理论倾向于文学自身的内在、本体的研究，自然十分需要，并且取得了重大的成就。但是各种形式主义学派的内在研究，在语言论哲学的影响下主要研究了文学作品本体，它的种种构成，对作品的认识不断科学化了，但也削弱了文学的人文精神。在形式主义普遍忽视内容基础上发展起来的解构主义，把文学作品的分析与文学作品的创造，当成了文字的任意组装与嬉戏，人文精神被逐渐地消解了。如前所说，20 世纪 80 年代后在西方兴起的文化批评，正是对形式主义的一种反拨。解构主义被解构了，新历史主义、女权主义、后殖民主义等新学派的风行，标志压抑已久的人文精神的抬头。不管这些学派对我们适合到什么程度，有一点是肯定的，那就是文学理论需要标榜人文精神。在我们充分注意并研究文学的种种形式因素的同时，需要张扬文学的人文精神，呼吁人的血性与良知、怜悯与同情。在今天的文学批评中，具有人文精神的论说，已被消解掉了。

西方文学理论的泛文化性是十分明显的，文学理论从未像现在这样，被理论家们移入各种文化领域，或者说，各个人文科学的领域深深地渗入了文学理论，这使我们刚刚表现出了一些自主性的文学理论一下就面对极为复杂的情况。文学理论跨学科的探讨是必然的，但把与文学多少有些联系的学科称作文学理论，说文学理论影响并改造了其他学科，说文学理论是一种历史的理论、历史意识的理论，说人们将通过文学理论来规划人文科学①，在我们这里暂时还未出现这类迹象，就我们目前的知识结构，还不大好做想象。文化诗学、文化批评是必然的，并且将会更加活跃

① ［美］拉尔夫·科恩主编：《文学理论的未来》“序言”，程锡麟等译，中国社会科学出版社 1993 年版。

起来，但是像西方的文化诗学那样，建构得太泛，文学的特征也就模糊不清了。文化诗学、文化批评的建构，不仅在于打通文学与其他文化领域，在更加广阔的文化背景上去理解并创造文学，也是为了赓续、弘扬新的人文精神。当然也难以逆料，目前泛文化的批评相当时髦，文学批评也已渗入社会、政治、经济领域，所以新学科的出现是必然的。随着文学与其他人文科学的联系而产生的新学科，如伊塞尔提出的“文学人类学”等，这都是可能的，也是可以预期的。

这样，我们面临着对文学理论现代性的选择，同时我们也将被现代性所选择。

第三章　文学审美意识形态的逻辑起点及其历史生成

第一节　发生认识论与审美意识的发生

我们力图说明在马克思关于社会结构的学说中文学是意识形态这一观念。但是文学作为一种意识形态，只是说到了它在社会结构中的地位，即与其他社会学说的共同方面，是文学的一般，而并没有把文学作为具体的对象加以探讨。

“考论者”说马克思从未直接或间接地说过文学是意识形态、文学不是意识形态，肢解了唯物主义历史观之后，接着对文学审美意识形态进行了驳斥。一、审美意识形态不过是审美加意识形态，是两个概念的“组合”与“硬拼凑”，“只会产生混乱”。文章的副标题就是“以‘审美’与‘意识形态’关系为中心”而“硬拼凑”出来的；二、审美意识形态是一个“偏正结构”，“从它的产生过程看，显然它是强调前者”；“‘审美意识形态’是在纠正传统的反映论和意识形态论，‘去政治化'，主张对文学的生活的'审美反映'时才提出来的。不过，不管它是哪种情况，用来说明文学和定义文学，都有过滤掉构成文学本质的其他成分之嫌，且与多样化的文学存在状况不相符合"①。"如果以'审美意识形态作为文学本质的界定，那势必一方面以'审美'消解了意识形态，一方面又会把所有文艺作品都看成意识形态，这是违背文艺作品的存在实际的"②。所以这一观点造成了我国最近十多年来文学艺术创作的下滑与堕落。三、那么文学本质如何界定？"考论者"引述说："当我们说文学具有一定的意识形态性时，其审美因素已经内在地包含其中了。"如丹尼尔·贝尔说："意识形态最重要的、潜在的作用就在于诱发感情。这说明用'审美'规定'意识形态'是不必要的。"③照"考论者"的说法，文学的特性早已包含在"意识形态"之中，它的本质特征就是"意识形态本性论"，文学就是"社会意识形式"。

一些人一谈审美意识形态，就把它当成审美加意识形态进行批判，这是几十年来机械论的思维惯性使然了。

本文开头就说，文学审美意识形态的逻辑起点是审美意识，而非意识形态。

黑格尔在《小逻辑》中讲道："在我的《精神现象学》一书里，我是采取

① 董学文撰：《文学本质界说考论》，载《北京大学学报》2005年第5期。
② 北文撰：《文艺本质如何界定引发学术争鸣》，载2006年4月13日《文艺报》。
③ 董学文撰：《文艺本质界说考论》，载《北京大学学报》2005年第5期。

这样的进程，从最初、最简单的精神现象，直接意识开始，进而从直接意识的辩证进展（Dialektik）逐步发展以达到哲学的观点，完全从意识辩证的进展的过程去指出达到哲学观点的必然性……因为哲学知识的观点的本身同时就是内容最丰富和最具体的观点，是许多过程所达到的结果。所以哲学知识须以意识的许多具体的形态，如道德、伦理、艺术、宗教等为前提。"[①]精神现象学就是"关于意识的经验的科学"。精神在其历史发展中展开自身的每一个环节，"意识本身就是出现于它自己与这些环节的关系中的；因为这个缘故，全体的各个环节就是意识的各个形态"[②]。马克思对这种建立在抽象精神基础之上的意识指出，在黑格尔那里，"意识的对象无非就是自我意识；或者说，对象不过是对象化的自我意识、作为对象的自我意识（把人和自我意识等同起来）"，"正像本质、对象表现为思想的本质一样，主体也始终是意识或自我意识，或者更正确些说，对象仅仅表现为抽象的意识，而人仅仅表现为自我意识"。所以黑格尔的学说是以纯粹的思辨的思想开始，又是以绝对的抽象精神结束的。同时马克思充分肯定黑格尔的现象学的最后成果，即"作为推动原则和创造原则的否定性的辩证法"的"伟大之处"，在于它把"人的自我产生看作一个过程，把对象化看作失去对象，看作外化和这种外化的扬弃；因而，他抓住了劳动的本质，把对象性的人、现实的因而是真正的人理解为他自己的劳动的结果"[③]，从而使其辩证法具有了"伟大的历史感"。马克思、恩格斯在《德意志意识形态》中开始营建他们的思想理论时，正是通过人类社会实践的基础，从批判"意识"这一最根本的范畴开始的。

就发生认识学的角度，从人类的意识、语言、思维的生成来说，这些现象都是长期劳动实践过程的产物，是在现实基础之上发生的，审美意识与意识是同步发生的。自然，最初级的原始思维尚不具备意识的所有形式，语言意义的范畴与生物本能无意识的范畴，处于共存状态，自觉意识极为

---

① ［德］黑格尔著：《小逻辑》，贺麟译，商务印书馆1981年版，第93—94页。

② ［德］黑格尔著：《精神现象学》上卷，贺麟等译，商务印书馆1979年版，第62页。

③ 《马克思恩格斯全集》第42卷，人民出版社1979年版，第164页、第162页、第163页。

模糊,被意识到的东西极为有限。当人类还没有真正意义上的语言时,他就只能依靠体态、手势、表情、叫喊等符号手段来交流感情。这时的意识融合了主体与客体,各种粗糙的感觉、感情、想象,它们相互渗透,共处一体。意识起初不过"是对自然界的一种意识,自然界起初是作为一种完全异己的、有无限威力的不可制服的力量与人们对立的,人们同它的关系完全像动物同它的关系一样,人们就像牲畜一样服从它的权力,因而,这是对自然界的一种纯粹动物式的意识(自然宗教)"①。意大利学者维科讲到,原始初民的本性还类似于动物本性,他们尚不具备推理能力,但浑身充满了旺盛的感觉力和生气勃勃的想象力,"各种感官是他们认识事物的唯一渠道……他们还按照自己的观念,使自己感到惊奇的事物各有一种实体存在"。维柯把初民的这种思维称做"诗性智慧"②。意识的起源,实际也就是思维的起源。由于初民这种充沛的感觉力与想象力的不断进化,由于知觉的不断形成,由于记忆的不断积累,由于形成了具有协调性的、初级概括力的思维能力,他们就慢慢地感到外在于自己的世界,同自己一样是有生命的东西,以此来认识周围环境。意识的进一步发展,是实践活动发展的结果,它使人把"自己的生命活动本身变成自己的意志和意识的对象"。人的有意识的生命活动把自己同动物的生命活动区别开来,而成为类存在物。"正因为人是类存在物,他才是有意识的存在物,也就是说,他自己的生活是他的对象。仅仅由于这一点,他的活动才是自由的活动"③。人与人的交往、人与其他对象的关系不断扩大开来,形成了相互的关系即社会关系物。"人们参与这种社会关系,而这种社会关系只有通过人们的大脑感官以及行为器官才能够实现。在由这种关系所产生的过程中,还把客体以及主观影像的形式以意识的形式纳入人脑中"④,成为人类共同的初级知识。同时,意识又是通过语言来获得表现的一种心

---

① 《马克思恩格斯全集》第3卷,人民出版社1960年版,第35页。

② [意]维柯著:《新科学》,朱光潜译,商务印书馆1986年版,第161页、第162页、第155页。

③ 《马克思恩格斯全集》第42卷,人民出版社1979年版,第96页。

④ [苏]列昂捷夫著:《活动 意识 个性》,李沂等译,上海译文出版社1982年版,第12页。

理形式，意识无法脱离开语言。意识、思想、观念的发生，“最初是直接与人们的物质活动，与人们的物质交往，与现实生活的语言交织在一起的”。“语言和意识具有同样长久的历史；语言是一种实践的、既为别人存在并仅仅因此也为我自己存在的现实的意识”①。在人们共同劳动、相互交往的过程中，语言不断获得发展。这样，意识成了人的感觉、知觉、记忆、想象等心理活动的表现，是人的头脑对于客观物质世界相互关系的反映。“意识的存在方式，以及对意识说来某个东西的存在方式，这就是知识。知识是意识的唯一的行动。因此，只要意识知道某个东西，那么这个东西就成为意识的对象了”②。在意识的活动中，思维起着主要的作用，思维是以感知觉的发生为前提的，有了思维，就有了意识。“思维是要把一定的事物内部不同部分相互之间某种客观联系和区别探索清楚，取得这些事物或这些事物的不同部分，如何一定地相互联系又相互区分着的如实图景……取得一个尽可能的确切的‘映像’”③。思维是在感性的表象、初步形成的概念的基础上，进行分析、综合、判断、推理等认识活动的过程，使意识连成完整的图景，成了人类特有的反映的高级形式。

第二节　原始思维、神话思维与审美意识功能

作为原始初民通过意识活动而认识世界的原始思维，实际上是一种因语言而获得表现的混合型的思维，它既是“诗性智慧”，又是神话思维，虽然关于原始思维、神话思维、巫术、宗教，人类学家有着不同的说法。实际上诗性智慧、神话思维都包含了审美意识在内，而审美则是人的本性的表现。普列汉诺夫曾经说道：“人的本性使他能够有审美的趣味和概念。

① 《马克思恩格斯全集》第3卷，人民出版社1960年版，第34页。
② 《马克思恩格斯全集》第42卷，人民出版社1979年版，第170页。
③ 潘菽主编：《意识——心理学的研究》，商务印书馆1998年版，第30页。

他周围的条件决定着这个可能性怎样转变为现实。”①这“周围的条件”就是原始社会、劳动实践中的各种活动，如劳动、劳动工具的制作、模仿游乐、巫术活动等。神话思维崇尚相似性，“对于神话思维来说，每一项领悟的相似性都是本质之同一性的直接表现。这种相似性绝非纯粹的关系概念和反思概念，而是一种现实力量——它是绝对现实的，因为它绝对有效。一切所谓类推式巫术都显露出这种基本的神话意识”②。“巫术”是原始初民的生存信仰，是原始社会的主要文化现象。初民用以沟通神秘的不可知的自然力，以改变自己的生存状态。“巫术是一套动作，具有实用的价值，是达到目的的工具。现代宗教中有许多仪式，甚至伦理，其实都该归入巫术一类中的”③。巫术操作中的模仿性、拟人化原则，表现为通过“互渗律”“接触律”“相似律”，④把各种对象与事物，想象为有生命的东西，以此来认识自己所处的世界。普列汉诺夫说：在巫术的操作中，“每一次都能表现出在巫术与审美模仿的统一中的偶然性”⑤。神话思维通过虚幻的但把虚幻当作真实的巫术的操作过程，相当集中地显示了具有审美特性的模仿性、拟人化原则，使得审美意识得以自然的形态，显现于这种思维的过程与巫术活动之中，促使人的审美的可能性转为现实性。这样，神话思维一方面具有感性的特征，是一个想象充沛的感性系统，并在操作中激发审美感情，从而构成审美意识与审美反映的最初形态。另一方面，它又具有认知的特征，是一个初级认识的概念系统，具有认识与理论的原初萌芽。这两个方面组成了神话思维的统一结构：既具审美的和非审美的，又具有认识的功利性特征。卡西尔说：“神话兼有理论的要素和一个艺术创造的要素。”⑥当然，由于初民的这种对世界的认识往往

① ［俄］普列汉诺夫著：《没有地址的信——艺术与社会生活》，曹葆华译，人民文学出版社 1962 年版，第 17 页。
② ［德］卡西尔著：《神话思维》，黄龙保等译，中国社会科学出版社 1992 年版，第 76 页。
③ ［美］马林诺夫斯基著：《文化论》，费孝通等译，中国民间文艺出版社 1987 年版，第 51 页。
④ ［法］列维·布留尔著：《原始思维》，丁由译，商务印书馆 1985 年版。
⑤ ［匈］卢卡契著：《审美特性》第 1 卷，徐恒醇译，中国社会科学出版社 1986 年版，第 387 页。
⑥ ［德］卡西尔著：《人论》，甘阳译，上海译文出版社 1985 年版，第 96 页。

缺乏科学性，所以他们的认识总是充满了臆想与虚假的。

随着长期生活实践的进一步发展，神话思维的统一结构，不断走向瓦解与重构。一方面，因人的劳动分工，生存经验的积累，认识能力的加深，而不断增强了理性因素，从而使神话思维的拟人化原则不断减弱，独立出了以认识为主的理论思维，并进而不断清除拟人化原则。另一方面，拟人化原则张扬非理性因素的同时，吸收了进一步增强理性的人的想象性，发展成为宗教思维与艺术思维。这两种思维都包容着充满了感性特征的审美意识，从而使审美意识发展到了一个新的水平。从人类社会发展来说，这一时期大体上是母系氏族社会走向父系氏族社会的过渡阶段，在我国即将进入夏商周三代的阶段。

巫术和在巫术文化基础之上形成起来的原始宗教的拟人化，崇尚自然神灵，继续着包含有审美意识特性的巫术与原始神话的精神，把对超验世界的、彼岸世界的神秘的想象，神主宰的世界，当作人的理想的现实，并把它作为认识世界的手段，激发宗教的神性，获得信仰的满足。同时，在传说、故事、巫卜、游乐、吟唱之中，拟人化原则又逐渐被纯化而走向了世俗化，进一步开掘了人身上的虚构、想象的潜能，拓展了人的不断发展的自由、自觉的审美创造力，丰富着审美意识的含义，从而使人面向自己，面向人性，面向此岸世界，创造了他心灵向往的虚构的真实，并从他的想象创造物即人的身上，来审美地观照自己，审美地激发自己，获得精神的愉悦。当然，原始时代的宗教意识与艺术意识，在很长的时期内相互渗透，是难分难解的，即使在进入文明时期之后的很长阶段内也是如此。

从审美意识与人通过本性的改造而为人化的自然界来说，人类的长期劳动实践、社会分工进一步的发展和生存的适应与改变，加上天赋、体力、偶然性等因素的影响，不断改造着人的本性，最终使自然界的产物——人，渐渐变成了人化的自然界。人因适应与改造环境而同时促进了自身本性的重大变化，而人的本性的演变，进一步构成了审美的心理的内在化，这必然地导致审美意识的演变。其中最具影响力的因素是人的想象力的飞速进步。想象力固然是人的本身的特性，但它的突飞猛进，反过来又促使人的本性的演变，并形成了思维和生存状况的全面的重大转折。摩尔根在《古代社会》一书中，具体说到在人类的低级的野蛮时期，人类的高级属性已经开始出现时，特别推重这时期人的想象力的发展。他说："个人的尊严、语言的流利、宗教的感情以及正直、刚毅和勇敢已开始成为其性格的共同特点；但是，残忍、诡诈和狂热也同样是共同的特性。"在这一阶段，产生了偶婚制家族，氏族、胞族组成的部落联盟等。"在宗教方面对自然力的崇拜，对于人格化的神和伟大的神灵的模糊概念、原始的诗歌创作、公共的住宅、由玉米做成的面包，也都属于这个阶段"。"野蛮时期"发展了人类蒙昧时期原始初民的语言、政治、宗教、建筑技巧等。"对于人类进步贡献极大的想象力这一伟大的才能此时已经创造出神话、故事和传说等口头文学，这种文学已经对人类产生了强大的刺激作用"①。人类通过以日益发展的想象力所形成的审美意识，创造了可以审美地观照自身、激发自身、欣赏自身的审美对象。"从这时候起意识才能真实地这样想象：它是同对现存实践的意识不同的某种其他的东西；它不想象某种真实的东西而能够真实地想象某种东西。从这时候起，意识才能摆脱世界去构造'纯粹的'理论、神学、哲学、道德等等"②。

不去想象某种真实的东西，而能真实地想象某种东西，这一不断积累、富于开创意义的人的意识的变化，其实质标志着人类"自我意识"形成的过程。"自我意识"是社会交往的产物，是人在交往中把自我与对象区别开来，使后者成为感觉与认识对象，并又通过对象认识自己。因此在感觉、思维等方面，人的五官成了"人化的"五官，可以通过对象的人化，来复现自己的心灵，审美地观照自己，促成了人对自己本质的全面占有。马克思说：五官成了"人化的"五官，"人以一种全面的方式，也就是说，作为一个完整的人，占有自己全面的本质。人同世界的任何一种人的关

---

① ［美］摩尔根著：《古代社会》下册，杨东莼等译，商务印书馆1983年版，第539页。

② 《马克思恩格斯全集》第3卷，人民出版社1960年版，第35—36页。

系——视觉、听觉、嗅觉、味觉、触觉、思维、直观、感觉、愿望、活动、爱——总之,他的个体的一切器官,正像在形式上直接是社会的器官的那些器官一样……通过自己的对象性关系,即通过自己同对象的关系而占有对象。……只是由于人的本质的客观地展开的丰富性,主体的、人的感性的丰富性,如有音乐感的耳朵、能感受形式美的眼睛,总之,那些能成为人的享受的感觉,即确证自己是人的本质力量的感觉,才一部分发展起来,一部分产生出来。……人的感觉,感觉的人性,都只是由于它的对象的存在,由于人化的自然界,才产生出来的。五官感觉的形成是以往全部世界历史的产物"①。要是我们把黑格尔所说的意识与现实的关系颠倒过来了解,那么黑格尔的话说得确是十分深刻的:"人是一种能思考的意识,这就是说,他由自己而且为自己造成他自己是什么,和一切是什么。自然界的事物只是直接的、一次的,而人作为心灵却复现他自己,因为他首先作为自然物而存在,其次他还为自己而存在,观照自己,认识自己,思考自己,只有通过这种自为的存在,人才是心灵。""人通过改变外在事物来达到这个目的,在这些外在事物上面刻下他自己内心生活的烙印。而且发现他自己的性格在这些外在事物中复现了。人这样做,目的在于要以自由人的身份,去消除外在世界的那种顽强的疏远性,在事物的形状中他欣赏的只是他自己的外在的现实。"②人在自己造就自己是什么样的人以及在观照自己、欣赏自己的过程中,自然也就显示了其感情的趋向,反映了其意图与评价。这就是审美活动、审美意识的自身展现,初级的审美反映。只有审美活动、审美意识的展现,最能消除世界对他的疏远性,而与之发生心灵的交织与亲近。

---

① 《马克思恩格斯全集》第42卷,人民出版社1979年版,第123页、第124页、第126页。

② [德]黑格尔著:《美学》第1卷,朱光潜译,商务印书馆1979年版,第38页、第39页。

第三节　审美意识在社会实践中的丰富与提升

多种美感具体样式的生成，促进了审美意识的不断丰富，同时由于社会制度的进步，伦理关系的确立，促成了审美意识文化因素的不断提升。生存环境的递变、社会关系的剧烈变动、命运的激烈变迁，如前所说，使得人们自身的器官渐渐演化而为“社会的器官”，人的所有的感觉演化成了“人的感觉”。人的感觉、感情，通过与自然、社会、人与人之间相互联系和作用，变得复杂起来，他以全部感觉，在对象世界中肯定自己，而显示着他的本质力量；同时通过各种感觉器官的综合功能，使审美意识日益丰富起来。比如，从社会关系、现象来说，形成了多种美感样式的具体性，有对于氏族图腾的崇敬的感情；有对于先祖开创世界为子孙后代造福而献身的景仰之情，由此而激发的神圣、庄严的感受与感恩之情；或因战争杀戮、掠夺奴隶而引起的生离死别的感受；由于集体狩猎的成功，获得食物的欢庆与喜悦，祭祀的神秘与庄重，娱神的戏谑与自娱的欢乐，人生哲理的感悟和悬想等。从人和自然的关系来说，例如有面对宇宙的无穷，日月星辰的循环往复，对于崇山峻岭、滔滔江河，产生神秘的敬畏之感；遭遇人力难以抗拒的自然灾变所引发的惊惧心理，或因狂风暴雨、漫漫水患灾难所带来的恐怖之感，或是对于自然死亡引起的悲伤，等等，都在自己心里，逐渐积淀成为复杂的美感形态，进而演化为集体无意识，积累成为多种美感的原型，如悲剧、喜剧、叙事、游乐的美感，逐渐形成了心理上的审美意识的内形式。它们是人的感觉与感觉了的人性，是有音乐感的耳朵、有形式美的眼睛和其他感觉的联结物，是人在自己心灵中的再现，是人能够在对象上留下自己内心生活烙印的创造力的体现。与此同时，人们由于在劳动实践、生存斗争、氏族征战中经验教训的不断积累、认识能力的不断加强，加上原初性的国家体制力量的催化，于是出现了功利、追求价值、评价的活动，进而促成了功利、价值、评价观念的形成。关于这点，我们后面还要谈到。这样，渗入了各种美感和评价，从而被不断丰富、不断提高了文明程度的审美意识，它们既是充分感性的、审美的，又是具有不同的意义和价值的。

特别是低级野蛮时期而后过渡到文明时期的初期，父系氏族社会逐渐确立，私有制在孳生，阶级也在萌芽状态中发展，国家的雏形正在形成，文明的程度大大提高。社会组织日渐严密起来，政治、军事、宗教、艺术在功能上仍然浑然一体，它们在整体上为氏族、部落联盟、国家所拥有，渐渐成为群体意识的生存原则。祭祀、巫术是这一时期的文化生活的主要现象。"国之大事，在祀在戎"。原始宗教流行时期，人神共通，崇拜自然，崇拜祖先。尔后传说尧将人神分开，"乃命重黎，绝地天通，罔有降格"，即尧"命羲和世掌天地四时之官，使人神不扰，各得其序，是谓绝地天通[①]"。这种社会大分工，即专业、职业的大分工[②]，就把与神沟通的权力赋予了极少数人——巫史。因此夏商周三代，巫史盛行，地位显赫，"王前巫而后史，卜筮瞽侑皆在左右。王中心无为也，以守至正"[③]。巫史既管政治，又掌祭祀、宗教、文化，订制礼仪、制度，使社会的统治秩序进一步的制度化。这样，文化的创造，包括艺术、文学的创造，就落入有了自由时间的少数特殊人物之手。巫史聚政权、神权、军权于一身，他们既是当时的文化精英，又是专制式的领袖人物。商周青铜器上以精湛技巧雕刻出来的饕餮纹、龙纹、凤纹，眼珠突视，巨口怒张，准备随时吞噬什么的造型，表

① 《尚书正义》，《十三经注疏》，北京大学出版社 1999 年版，第 539 页。

② 按照马克思、恩格斯的说法，精神生产劳动分工的结果，是在剩余劳动创造剩余产品的基础形成的，剩余产品把一部分劳动时间游离出来，成为"自由时间"，去创造"享受"与"发展"的资料（见《马克思恩格斯全集》第 47 卷，人民出版社 1979 年版，第 287 页）。到了文明时代，"生产力的提高、交换的扩大、国家和法律的发展、艺术和科学的创立，都只有通过更大的分工才有可能，这种分工的基础是，从事纯体力劳动的群众同管理劳动、经营商业和掌管国事以及后来从事艺术和科学的少数特权分子之间的大分工"（见《马克思恩格斯全集》第 20 卷，人民出版社 1971 年版，第 197 页）。

③ 《礼记正义》，《十三经注疏》，北京大学出版社 1999 年版，第 705 页。

现了凶狠、恐怖、残忍的特点，看来它们都是巫史的设计，以显示权力、神力的绝对威严，同时它们又是巫史“通天的工具之一的艺术”，而青铜器本身，则成了“政治权力的工具”①与象征 。西周封建的建立，也随之建立起来的各种复杂的礼仪制度与伦理关系，规范着统治者与被统治者的各自地位，人与人之间的行为举止。“何谓人义？父慈、子孝、兄良、弟悌、夫义、妇听、长惠、幼顺、君仁、臣忠，十者谓之人义。讲信修睦，谓之人利，争夺相杀，谓之人患。故圣人之所以治人七情，修十义，讲信修睦，尚辞让，去争夺，舍礼何以治之？”至于最为讲究的祭祀，人物列队贵贱等级有分，供品酒浆陈列有序，“陈其牺牲，备其鼎俎，列其琴、瑟、管、磬、钟、鼓，修其祝、嘏，以降上神与其先祖，以正君臣，以笃父子，以睦兄弟，以齐上下，夫妇有所，是谓承天之祜”②。这十义、信睦、辞让、人利、人患等，无不显示了政治、宗教的森然秩序，人际关系中应具的伦理的意义与价值的追求，并以这些政治、宗教、伦理秩序的意义、价值、功利等观念，施教于贵族子弟，灌施于奴隶百姓，逐渐出现了初始状态的社会意识形态，如政治、宗教、伦理、艺术、文学的雏形，虽然它们在形式上还难分难解。同时在各种节庆与日常生活中，在不同场合通过图腾、图像制作，以及在听觉性、视觉性的语言符号系统的运作中，进行着或是庄严的或是戏谑的在场性的相互交流。

就文学艺术而论，它们同然存身于有声性的、听觉性的语言符号系统之中。就后世出现的多种文学艺术形式发生而论，在它们形成之前，从神话总源的分化并过渡到文学艺术形式的过程中，在渗入了各种美感的审美意识的不断演化中，可以设想，其中必然存在着众多的中介环节，必然存在着与之融合一体的形式因素，例如节奏、音韵、歌唱、叙事、戏剧演出等，而它们的萌芽无不显示于有声的巫唱、神话传说之中，存身于有关先祖、英雄、创世故事、祭祀、巫卜、舞蹈游乐视听并举的叙事、演唱的审美活

① 张光直著：《中国青铜时代》第二集，生活·读书·新知三联书店1990年版，第113页、第123页。

② 《礼记正义》，《十三经注疏》，北京大学出版社1999年版，第689页、第670页。

动与审美反映之中。在这一漫长的过程中，人的审美意识原型的生成、演变与积淀，在心理层次上构成了审美意识的内形式，在多种方式、具体场合的审美活动中通过语言的表述，外化而为原初的有声性的审美意识形式——前文学形式。那些具有多种美感样式的演唱、表述、传说、记事、带有某些哲理感悟的思考等审美活动，大体都使用了口头的、有声语言的乃至赋以多样的人的形体舞蹈动作的形式。但是由于这种传说演唱只能即兴表演，只能口头代代相传，或私相传授，因此这种口头审美意识形式，必然会有大量流失，比如当这些氏族或部落遭到自然灾难或战争灾祸而覆灭，这些口头传说与演唱性的审美意识形式，即审美意识形态的初始性形式，也就会随之湮没无闻，使得今人难以见到它们的实在形态。现今我国边远地区的有语言而无文字的少数民族的史诗演唱，由原来祭祀、娱神仪式转变而为今天的地方性的戏曲表现，可能渗入了不少现代因素，但其原生态风貌依稀可见。

第四节　审美意识中的语言与文字的融合

审美意识发展中的重大转折，表现为不断演变的审美意识与日趋精致的语言的融合，表现为审美意识与逐步出现、完善的文字的融合，表现为审美活动中的心理意识时时生成的审美表现的偶然性，逐渐走向有序化的表现形式——赋、比、兴，就使得在原始审美活动中所产生的审美意识形式，获得了质的飞跃，体现了象征符号的自由创造和美的规律的生动的实现。

生活实践、口头传唱、记事、故事的拟人化原则的不断更新，促使语言发生了重大的变化，即语言不仅发展了自身的陈述功能，而且增强了语言的表述功能，想象与虚构的功能。语言的表述功能由语意的游离现象即

“语义游离”与“语义抑制”现象所组成。所谓“语义游离”,即语言可分为属类名称和专有名称,属类名称的词汇组织,形成含义的结构系统,这种含义结构具有广泛、普适的特点,即与它所指的对象形成脱节,造成一种不确定性。这不是为了认识,却是为感情所把握的语义游离,广泛地造成了描述中的“空洞幻想的自由”。这类描写,形似写实,但无实指。另一类情况是,“人们可能有意无意地使含义结构失去根基,切断了它与所指对象之间的指称关系”①。于是符号与对象之间的正确无误的关系不复存在,形成所谓“语义抑制”。例如历史人物、地名都可能是实在的,但进入语义游离的语境中,其语义本身受到了抑制,发生了变异。语义游离、语义抑制情况的形成,使得语言可以不同程度地脱离其所指对象,而引向语义的模糊与多义,为走向新的虚构创造提供了可能,从而使其成为艺术的语言、文学的语言。“文学的语言通过词、句的组合,构成最基本的审美单位,进而形成与单个词义截然不同的语言的审美结构,造成种种审美意象”②。同时,语言与音乐韵律的关系有了进一步的发展。仪式、舞蹈中的呼喊、应和逐渐形成节奏,对文学的发生无疑起着促进作用。节奏确实与劳动有关,开始的节奏就是劳动的节奏,但是日趋复杂的诗歌的节奏只是在超越了劳动,与劳动相分离之后,才能成为具有更高形态审美意义的节奏。节奏引起了人们的审美趣味,也培养了人的审美的形式感,即把对生活的各种感受通过一定的节奏表现出来,因而节奏可能是最早的审美形式,如游乐、仪式上的呼喊、重复等。节奏形成音顿,促使诗歌用韵,形成诗歌的韵律,出现了叠字、叠句、双声叠韵、重章叠唱,造成了诗歌的节律感与音乐感,使诗歌随舞能颂能唱,抑扬起伏,回环往复,韵味无穷。

文字的出现使人类改变了其生存的方式,传说面貌奇特的仓颉造字,“天为雨粟,鬼为夜哭,龙乃潜藏”。传说中的这些惊天动地的天象的发生,大约是由于文字的创造与使用,使得先人认为具有魔力般的文字咒

---

① [英]贝克英著:《艺术中的意义判断》,见[美]李普曼编:《当代美学》,光明日报出版社1986年版,第183页、第184页。

② 钱中文著:《文学原理—发展论》,社会科学文献出版社1989年版,第40页。

语,可以制约、制裁鬼神,在很大程度上解蔽了生存的盲目与神秘,可以使人类在把握自己命运方面增加了自由度。他的历史的存在、生活情状、感情状态从此可以通过文字而相互交流,或被记载下来为后人所了解,而不必再受制于神鬼。文字创始于商代,它的出现自然不是个人的发明,而是集体的创造。当思维依附于语言的时候,思维就是语言,作为言说或表述,这时主客体渐渐开始分离。但当文字发明之后,文字以象征的符号记录了语言所说而被物化,这样人们就可以对语言进行思考与分析,从而使"自我意识"获得了生动的体现。语言学家认为,当人类能通过文字来思考语言的时候,也就意味着人类能够思考自我,思考自己的思维状况,反思自己的精神世界。"语言在文字那里发现了自己,思维在文字中获得了存在,人类在文字中实现了自己的理性和主体性"。主客体在文字里真正分离了开来,思维通过文字而投向对象。我国的文字主要是汉字,象形汉字可以取自图画类符号、造型类符号、记号类符号以及综合类符号等,这使得象形汉字这种符号的模仿力大于对象临摹的性质,而具有明显的写意性。写意性强的象形符号构成了汉字的意象性原则,即"符号形体与临摹的原型制件存在既像又不像的言此意彼的关系"。"汉字的象揭示了在汉字形体与汉语中间存在着一个意义世界,这个意义世界是建立在作为能指的汉字与作为所指的汉语之间的相似性即'象'的基础上的,这种'象'的意指方式更强调造字者在记录汉语时的动机选择性,以能指系统的'象'造成汉语意义仿佛在场的效果,但实际在场的是汉字自身的意义系统。……汉语书写者借助于声音的不在场,使书写者的自我意识成为语言意义的在场形式"。这样,"文字作为一种集体文化的记忆、储存、交流代码系统,在文化的整合和交流中发挥着重大的作用"①。汉字本身就是具象而像又不像、言此而意彼、极富象征意义的符号,而其语义就是汉字符号及其组合的形象的自身。因此如果我们丢弃了汉字,那就等于丢

① 孟华著:《汉字:汉语和华夏文明的内在形式》,中国社会科学出版社2004年版,第48页、第59页、第72页、第73页、第74页。

失了我国几千年来的文化创造与典籍，失去了我国独创的文化传承的基础。至此，长期发展中不断积累下来的审美意识，蕴含着人的生存感受与感悟，包含着认识、意义、哲理等因素，及其原来口头的表现的、多种极富感性色彩的形式因素，现在融入了作为承载着人的生存意义与体验而成为象征符号的文字，融入了具有独特的节奏、韵律的诗性语言的文字结构，这就使其自身获得了书写、物化的形式。这种审美意识的物化的实在形式，并非一种只具纯粹线条、色彩的"有意味的形式"，而是一种在诗性语言的文字结构中凸显着意义之流的"有意味的形式"。初始阶段通过文字记载而流传下来的民歌、巫唱、巫卜、叙事、历史记述等，不仅供人娱乐游唱，发泄感情，而且承载了对原初的自然现象与生活现象的描述与认识，记载了部落的变迁。

赋、比、兴的生成、积淀与形成，则是审美心理意识表现中不断出现的偶然性，逐步走向有序化的表现。这当然不是说审美意识活动中的偶然性被减弱了，而是说不断生成的偶然性，在表现方式上被纳入了开始有序化的赋、比、兴的规范，使审美意识的内形式，找到了外化的范式。其实，赋、比、兴不仅是审美意识的表现方式，而且是创作主体审美能力的质的飞跃，是文学初始形态诗歌的审美特性的组成与显现，是文学审美特性有序的形成，是由前文学走向文学的审美中介的确立，是美的规律的进一步生成与完美的实现。上古歌谣，言简意赅，重在记事，作为一种生命律动的自由创造表现，应该说大体上也是通过赋、比、兴来获得其表现形式的，但比、兴在《周易》前的古歌中成分还不很发达与丰富。《周易》的卦爻辞中，比兴成分已大大增加，它们本身成了从前文学走向文学的过渡的"活化石"。"赋、比、兴的融合，是人对自然与社会审美观照的不断深入与把握的结果，是从对自然、社会的无意识的人化，走向自然、社会的有意识的人化的标志，是人由无意识的生命本能的创造，走向自由、自觉的审美创造"[①]的表现。由于这种审美能力的发展，人自觉地沟通了自然与社会，

① 钱中文著:《文学原理—发展论》，社会科学文献出版社 1989 年版，第 48 页。

在心理感受中使之交融，找到契合，而后形成多种意象的排比与广泛的叙事与抒情构成因素。赋、比、兴的相互融合，促成了审美意识的心理内形式，转向全新的审美结构，转向美的规律的生成与实现，即流传下来的最早的抒情诗与叙事诗的出现。就抒情诗来说，赋、比、兴的融合，扩大了创作者的主体因素，使人的审美感受力逐渐走向精细化，特别是人的感情、情绪与思想，在语言、节奏、文字的丰富中，具有了个性化的感情的血肉，并使主体原始野性的呼喊，变成了音韵多变、有唱有演的感情抒发。就叙事诗来说，赋、比、兴的融合，由于创作主体性的强化，改变了叙事与表达的单一方式，形成了具有个性特征的多种叙述角度，如有描写、对话、设问性的层次递进的叙述，等等。

过去把《诗经》视为文学的源头，实际上在它之前的编纂而成的《周易》中的作品，和散见于其他典籍中的同时期的古歌、民谣，在数量上十分可观，已经具备后世观念上的相当严整的初期诗歌形式了。《周易》历来被认为是占卜之书或哲学著作，它的复杂的内容通过巫卜化、神学化被记录下来。郭沫若抹去了《周易》的神秘性，几乎是把它当作《周易》时代社会生活的反映进行考证的。在谈及《周易》与时代的社会生活《生活的基础》一节中，他列举不少卦爻辞描述了先人“渔猎”“牧畜”“商旅”“农耕”“工艺”等活动情状。在《社会的结构》一节中，认为不少作品涉及了先人的“家族关系”“政治组织”“行政事项”（其中有分享祀、战争、赏罚等）、“阶级”划分、活动的。在《精神生产》一节里，指出了先人的“宗教”“艺术”活动与“思想”观念的表现等；并对《易传》中的辩证观念进行了分析与批判①。这一考古与文学社会学相结合的分析，真是振聋发聩。综合《周易》所表述的这些思想，已俨然是建立在当时阶级社会现实基础之上的各种初始形式的意识形态的汇集，成为上至统治者商议国是、征战、狩猎、祭祀的守规，下至黎民百姓盖房、出门、行走、婚嫁、劳作的各种行动的

① 郭沫若著：《中国古代社会研究》第一篇《〈周易〉时代的社会生活》，河北教育出版社 2004 年版，第 25—69 页。

指南。其后我国学者不断对《周易》的卦爻辞以新的角度进行解秘、还原,又获得了令人耳目一新的发现。一旦揭去其巫卜、宗教的神秘外衣,原来这些卦爻辞皆为古代的谚语、俗语、成语、完整的古歌或古歌的断章与断句的引用,先民的日常生活、婚丧喜庆、农耕狩猎、征战离散、天象洪水、占卜宗教等内容,在这些简朴、古奥的诗语文字中清晰可见①。《周易》历来被推为群经之首,其最早提出的人文精神、忧患意识,以及表现了东方特色的世界观,至今影响着我们的民族文化精神的发展。而后来的《诗经》,各个方面更趋成熟,较之《周易》在感情表现方面已经极大的精细化,语言文字虽然古朴,但用语数量已大大增加,韵律开始多变、复杂,内涵则显得更为丰富多采、博大深厚。风、雅、颂三大类诗作,作为风土之音、朝廷之音与宗庙之音,其中所出现的大量语词,至今在我们日常生活中仍然广为使用②,令人叹赏。"诗三百"大体以诗歌形式,记录、反映了西周初年至春秋末期前后五百多年间这一漫长阶段的生活情状,如历史、政治、伦理、征战、祭祀、宗教、劳作、爱情、离愁、商旅、各类民风民俗,而且还成了传授知识、授人经验,甚至成为部落与国家之间"不学诗,无以言"的相互交往的外交工具。它们是从奴隶制转向封建制时代不同社会关系之上的观念上层建筑,即诸种意识形态,从各个方面指导、影响着社会以及人们的思想。但是它们又被冠以"诗经",是一种融入了诗性语言文字构形,而以"兴、观、群、怨"的作用透入了人们各种感情生活中。《诗经》同《周易》一样,经过千百年传唱的审美意识形式,借助于语言节奏的复杂生成,由二言、三言发展而为四言的诗式,通过有序化的赋、比、兴表现形式,自然地、历史地生成的审美意识形态。作为诗性智慧、诗性文化的

---

① 著名学者高亨的《周易杂论》(齐鲁出版社 1987 年版)和李镜池的《周易探源》(中华书局 1991 年版)等著作,都指出了《周易》中部分卦爻辞,具有古诗歌形式特征,给人以启迪。今人王振复的《周易的美学智慧》(湖南出版社 1991 年版)、傅道彬的《〈诗〉外诗论笺》(黑龙江教育出版社 1993 年版)、黄玉顺的《易经古歌考释》(巴蜀书社 1995 年版)、陈良运的《周易与中国文学》(百花洲文艺出版社 1999 年版)等著作,进一步扩大了我国古诗源的探索,从文学的角度打开了《周易》的宝库,确认它们多为古代谚语、成语、俗语、民谣、完整的古歌或古歌的断章断句,极有特色。

② 夏传才著:《诗经语言艺术新编,语文出版社 1998 年版,《〈诗经〉的语言》。

高度发展,这种审美意识形态具备了审美意识及其形式所具有的与生俱来的、最为根本的复式构成的特性。一是它的审美诗意特性,人的五官感觉已经不断提升而为人的“享受的感觉”,而且已将人的感情、感受、体悟,融入了被掌握了的有序化的审美表现形式与具有象征符号意义的语言文字的诗性结构;二是这种人的享受的感觉,人的感性、感受,又是与人的初始阶段的生存意识、对世界认识、人的感性与伦理关系、哲理意识、哲学观念,即他所意识到的生存的意义和价值,在汉字的构形之中融为一体的。这两个方面的融合,体现了人对美的规律的深入把握与自由自觉的审美创造。

这样,审美意识随着社会生活的演进,社会结构的日渐成熟与发展,人文意识的进步与强化,特别是文字的出现与完善和审美特性的丰富与表现形式的有序化,美的规律的进一步的生成与掌握,文学审美反映方式不断完善,于是由口头的审美意识形式,自然地、历史地生成而为审美意识形态。文学从自己的原生态,经历了不断的演变而走向自觉的创造,成为文学自身而接近了现代意义上的文学形式,为后世文学的生成提供了一个基本的样式。

两千多年来,不少卓有声誉的中外作家与学者有关文学的说明多种多样,他们相当普遍地认识到了文学与生活、社会制度的关系,或多或少地触及了文学的本质方面。就外国学者来说,比如斯达尔夫人出版于1800年的《论文学》一书,它的全称为《从社会制度与文学的关系论文学》,这里所说的社会制度包括了政治、经济、文化等方面。《论文学》一书,从不同的社会制度的视角,论述了欧洲古代文学以及当代欧洲主要国家文学的各自特征。19世纪中叶,艺术理论家丹纳深受当时自然科学、进化论思想的影响,出版了《艺术哲学》一书,从唯物主义的观点研究了艺术发展的线索,提出种族、环境、时代三要素说,认为这是决定物质文明与精神文明的决定因素。又如巴尔扎克说:“法国社会将写它的历史,我只能当他的书记。”文学在他们那里就是“社会意识形式”的表现。又如

20 世纪初的俄国学者佩平的《俄国文学史》把文学史视为社会的组成部分,以为通过文学可以“考察社会的自我意识的增长”①,同样也是把文学视为一种社会意识形式的。他们的理论与创作具有重要的时代意义,但是在整体思想上,他们都未能达到唯物史观的高度来理解文学艺术在整个社会生活中的地位及其作用。把文学视为“社会意识形式”,一些外国的理论家早在 19 世纪中叶前后就已做到了。

马克思、恩格斯的唯物史观和文学艺术意识形态论的思想,阐明了文学艺术在整个社会结构中的地位,以及与其他意识形态的共同特性。这样,19 世纪末开始,探讨文学的本质的时候,如果你要谈论马克思主义,那就不可能回避意识形态之维,但这并不是说,意识形态就是文学的唯一定义。也是从这一时期开始,文学审美特性的探讨,因美学研究的日益发展而凸显出来。当然,人们也完全可以从别的学说去讨论文学,如前所说,文学可以是感情的表现,忧伤情绪的记录,苦闷心理的象征等。20 世纪无产阶级革命运动高涨的时期,意识形态理论是被普遍使用的观念,用来阐明各种社会现象。在讨论文学艺术的本质特征时,苏联和中国等国家的政治家、理论家,由于政治斗争的需要,常常强调文学是社会意识形态,以意识形态的普遍的共性特征和文学在阶级斗争中的地位,来突出、规范文学艺术的本质,特别从 20 世纪 50 年代初开始的各种文艺批判运动中,是根本不提文学的审美特性的,这是事实。但是当文学被认作意识形态,并以意识形态的共性,即意识形态性,来替代文学的本质特性时,文学本身就被架空了,进而造成了后来对文学庸俗化、简单化的理解,遮蔽了文学的本性,这也是事实。当然,讨论文学本质特性,如果又忽视其意识形态的社会功利特性的要求,又会在理论上走向唯美主义的偏颇。

---

① 钱中文著:《文学发展论》,高等教育出版社 2005 年版,第 300 页。

第五节　审美意识形态的历史生成

新时期初期，在对文学中的庸俗社会学的批判声中，一些学者强调文学的根本特性在于审美，文学必须回归自身，这是完全必要的。但是那种认为文学的特性唯有审美，并用审美来排除、嘲弄、挞伐、否定文学的其他本质特性、功能，也未免矫枉过正而失之偏颇，这样做，并不符合文学的真实情况，不过这种说法在那时并不少见，并在文学评论中，社会学研究、历史研究都曾受到贬抑与嘲弄。在现实生活里，审美的现象极多，但是它们并非只为文学所特有，而且审美、审美现象也并不就是文学。我在写于1982年9月的《论人性共同形态描写及其评价问题》（发表于《文学评论》第6期）一文中提出，“文艺是一种具有审美特征的意识形态”。认为讨论文学应该是探讨具体的文学样式及文学作品，而非抽象的文学一般，以为文学是通过对语言的审美结构的，通过创作主体的感受、体验而灌注了感情思想的鲜活的艺术形式。评价文学作品，需要美学分析，那些不具审美因素的作品，不是文学作品，就谈不上对它进行美学的分析。但是“加强美学分析，并不是要否定与美学分析密切相关的历史、社会分析”。1984年，我在评述苏联的文学理论与关于文学研究方法论更新的几篇文章里，继续提出文学是“审美意识形态”，文学创作是“审美反映”说，并对文学“意识形态本性论”专文进行介绍与评析，指出“意识形态本性论”这一观念，强调的是“文学艺术是认识生活的一种形式”，而忽视了文学艺术的审美特性。文学作为意识形态，重视的是它的意识形态性，即意识形态的共性，而将审美置于次要地位，以致将其看成了意识形态性的从属品格。当时看到我国原有的文学观念，明显已不符文学自身的特性，而外国几种著作所张扬的文学观念也未能使我满意，如韦勒克的“虚构性”“内在研究”说,波斯彼洛夫的“意识形态本性论”等。还有稍后不断涌入的外国学者和我国学者自己提出的如结构主义文学观,解构主义文论,文学符号论,文学语言学,文学心理学,精神分析论,文学感情论,文学表现论,文学生产论,文学接受论,读者反应论,文学现象学,文学是人学,文学心学论,主体性文学论,文学象征论,文学数学化论,信息论控制论系统论的文学论,它们只是接触了文学本质特征的某一方面,在文学本质的不同层次上都自有意义,但总觉得缺乏总体的涵盖力;或是它们只是一种研究文学的方法与切入点,而非文学理论本身。这样,我于 1986、1987、1988 年发表了几篇长文,较为详细地阐释了审美反映与审美意识形态这两个概念。而与此同时,童庆炳教授在其 1984 年出版的《文学概论》中也已提出了“审美反映”说,并对文学的本质作出了与文学审美意识形态论的相同的阐释。下面先谈审美反映。

20 年来,认识论、反映论在文艺理论中一直受到诟病,人们把两者等同起来,批评认识论、反映论几乎成了一种时髦、条件反射。但是十分有趣的是,人们批判的东西实际上是把被过去歪曲了的东西再度歪曲,我说过这是新的庸俗社会学。一些人提出的新东西也不过是在照搬西学,并未新到哪里去,所以我一直以为这类批评与我的论述是对不上号的。后来得知,一些同行认为,审美反映与审美意识形态论是建立在认识论、反映论的基础之上的,反映论就是认识论,而认识论较之其他什么论,不仅庸俗,而且在实践上也是明显地落后了!我自己反省,在提出审美反映和审美意识形态之前和之后,我重视文学的认识作用,但从未强调文学就是认识,认为文学创作要以认识作用为先。我倒是一再强调,那种可以称做文学艺术的东西,如果不具审美特性,那么它的其他特性、功能也是无从谈起的,后来也不断在阐释文学的审美特性与文学其他特性的有机联系。反映不是认识,但含有认识,反映论中虽有主体客体之分,但从来是承认主体的能动作用的,只有机械唯物论的反映论,才是僵死的反映。论辩要恢复对方观点的原意再进行批驳,否则岂不是堂吉诃德式的大战风车,有什么意义呢！至于审美反映与一般的反映不同之处在于，审美反映是审美主体的创造过程，除了承认生活作为创作的源泉这一前提之外，整个创作过程起着主导作用的是审美的主体，是对于对象的改造与创新。我的《最具体的和最主观的是最丰富的》一文，讨论的正是创作主体在审美反映过程中的创造性作用，即审美反映的创造性本质。

我使用"审美反映"一词，颇费踌躇，当时有多种概念、范畴可供选择与改造，如心理说、感情说、表现论、创造说、象征论、原型说、主体论、性本能、无意识、集体无意识、生产论、信息论、控制论、系统论、数学哲理等，以为它们都有道理，但觉得使用审美反映来阐释以语言文字诗性结构为其形式特征的审美创造，可能更符合创作的实际一些。当然，比喻往往是蹩脚的，概括也往往不能面面俱到地概述事物的全貌。在《最具体的和最主观的是最丰富的》一文的正文之前有一"提要"，简要地概述了我对"审美反映"的了解，现抄录于后：

本文认为，应把文艺批评中的简单反映论和能动的反映论区别开来，不作区别，很可能导致新的庸俗社会学。从反映论观察文学，文学的某些本质方面可以得到阐明，也可以使用其他方法研究文学，但不能把反映论直接移植于文学创作，在创作中要以审美反映代替反映论。审美反映有其自身结构，它是由心理层面、感性认识层面、语言形式层面、实践功能层面组成的统一体。审美反映中主观性的创造力表现为对现实的改造，现实呈现为三种形态：现实生活、心理现实，审美心理现实。心理现实中的主客观时时产生双向转化，客观因素的主观化，主观因素的对象化。侧向主观的审美倾斜，可以形成创新，也可能失去沟通。审美反映的动力源，来自主体的审美心理定势，审美心理定势的动态结构（格局）形成一触即发的内驱力，不断要求主体去获得实践的满足。审美心理定势的不断更新，促使主体不断走向审美反映的新岸。不存在没有表现的审美反映，自我在表

> 现中得到归宿。审美反映无限多样,一是现实的无限性,二是主观性是一种不断更新的动力。凡是主观性不强的审美反映可能是失败的审美反映。创作个性是主观性的最高要求,是创造的极致。最丰富的是最具体的和最主观的。①

因此,这里所说的“审美反映”,就难以套用“认识”“反映”来规范它,实际上它与审美表现或是审美创造都是相通的。我的这一观点提出后,得到了一些同行的认同,有的学者认为,审美反映实际上已经超越了一般所说的反映论。1987 年初,我读到了卢卡契的《审美特性》第 1 卷中译本,原来该书主要是探讨“审美反映”的,我曾在一篇文章中说到,要是我早读到这部著作,那我对“审美反映论”的探讨文章,可能会写成另外一个样子了。后来“审美反映”不胫而走,无疑也与卢卡契、童庆炳教授著作的流传有关。现在不仅审美意识形态论受到“考论”而被否定,而且也祸及“审美反映”。先是被人把“审美反映” 列为“参加了对反映论的“批判大合唱”②,最近又被人蔑视为“所谓审美反映”! 但是这些人和过去的审美反映的批判者一样,批判别人的观点,是从不阅读被批判者对论点所进行的阐释的。其实,如果要批判、驳倒“审美反映”,那么就应阅读一下上面所引的那段话,然后有时间的话,不妨看看这整篇文章究竟说了些什么,再来对审美反映这一术语进行批驳不迟,这应该是批判的最起码的原则了! 这样可以完整地抓住论敌,如果批判得真有道理,就可以致论敌于死命! 但是可惜的是,迄今为止,没有任何一位“审美反映”的批判者这样做过。

“文学审美意识形态”的命运也是如此。1987 年至 1988 年间,我发表了《论文学形式的发生》与《论文学观念的系统性特征》③两篇长文。就

---

① 钱中文撰:《最具体的和最主观的是最丰富的》,载《文艺理论研究》1986 年第 4 期。
② 见陆梅林、盛同主编:《新时期文艺论争辑要》上册,重庆出版社 1991 年版,第 999 页。
③ 钱中文撰:《论文学形式的发生》,载《文艺研究》1988 年第 4 期;《论文学观念的系统性特征》,载《文艺研究》1987 年第 6 期。

文学作为审美意识形态而论，我的认识较之以前已有深入，主要是探索了文学审美意识形态的逻辑起点。《论文学形式的发生》一文将“审美意识”确立为文学审美意识形态的逻辑起点，从逻辑起点及其历史生成加以探讨，试图恢复文学本质特性探讨和文学观念形成中的自身的历史感。文学的发展是从“前文学”到文学，从中导出审美意识形态的结论性的观念，这在上文已做了说明和简要的补充。而意识形态这一观念，是后来才出现的现象，讨论文学本质问题一开始就把意识形态作为中心范畴加以探讨，自然也是可行的，但往往缺失了历史的生成与发展的过程性，即历史性。后一论文讨论了文学本质特性的多层次性，和作为文学最根本特性的审美与意识形态性的不可分离性。出版于1989年的《文学原理—发展论》(2、3版改为《文学发展论》)讨论文学观念的第一编共四章，整合了这些想法，其中用了两章的篇幅，专门阐释了“审美意识”的演变。书出版后，正值展开对文化领域里的“资产阶级自由化”批判。几位马克思主义文学理论家和注释家把审美反映与审美意识形态论，当作文艺学中的资产阶级自由化现象趋势进行不点名的、喊话式的批判，说这些说法已滑到资产阶级自由化的边缘，再往前去是万丈深渊，然后加以训斥：反映论就是反映论，还有什么审美加反映的！马克思的意识形态论就是意识形态论，还有什么审美加意识形态的！我知道学术界中的庸俗社会学、机械论已经批判了十来年，但这类思想、学风确实顽固得很。于是我在20世纪90年代的一篇文章中回答：看看这类批判，我们还要到哪里去寻找庸俗社会学与机械论呢！现在又遭遇到“硬拼凑”这类批判，这与十多年前的批判相比，大概可以看作一种时过境迁的回声与巧合吧！或者说，它正是20世纪90年代初那场夭折了的批判的继续吧！那几年，文论界的气氛是相当肃杀的。

提出审美与意识形态的融合，正在于使文学回归自身，回到文学自身的逻辑起点、它的与生俱来的复合性特性、它的历史的生成形态——审美意识形态。审美意识形态不是单纯的审美，也不是单纯的意识形态，而是审美意识的自然的历史生成。它把文学作为相对的独立形态，讨论的是这种独立形态自身的本质特性。一、如前所说，多年来以意识形态定性文学，这一提法重视了文学与其他意识形态的共同特性，而往往忽视文学另一方面的本身特性，即审美特性。把政治、法律、宗教、哲学、艺术、文学称为意识形态，强调的是它们作为不同形式的意识形态，对于产生它们的社会经济基础发生不同作用的共同性一面，和它们在社会结构中的地位。因此当文学被称作意识形态时，要求说明的不是它的审美特性，而强调的正是它与政治、哲学、法律所共有的意识形态性质、价值与功能。被抽象出来的意识形态性即意识形态的共同性本身，并不含有什么审美特性，而且正是排除了审美特性的结果，否则它就不是意识形态性了。二、多年来由于强调意识形态性而忽视文学本身固有的审美本性，以致在阐释文学本质的时候，不能一开始就把审美特性看作文学本质特性的有机组成部分，而总要把审美特性当作第二位的东西、附属性的东西，致使文学本身变成依附于政治的部门，最终使文学丧失了自身的独立性与自主性。十分遗憾的是，一些人一如过去，对审美是如此恐惧，以为审美消解了意识形态，而大量地重复使用着 20 世纪 80 年代前的话语表述着那时的观点，这就把这场讨论拉回到 20 世纪 80 年代初的大讨论去了。三、审美与审美现象普遍存在于现实生活之中，如前所说，它们并非文学，极具主体性特征的文学的审美，必须与多种多样的生活形式的话语描写和表现融合一起才能存身下来，并成为文学这种形态的不可分割的组成部分。

审美与意识形态的融合，强调的正是文学本质复合特性的有机融合与统一，并在融合与统一的关系中使得各自的特性和功能有所改变，形成文学本质的新的系统质。一、文学的审美描写，确实反映了一定人群、集团乃至阶级的感情思想和一定时代的精神特征，显示了审美意识形态的一种具有较强倾向性的形式。二、与此同时，文学的审美描写，又可以揭示人类共同人性的要求，重现人们的普遍的感情和愿望，从而超越一定人群、集团乃至阶级的感情思想倾向，在这里审美意识具有共同人性的品格，而成为审美意识形态的另一种表现形式。三、在文学中，有很大部分作品，它们描写自然景物，寄情山水之间，有的固然明显地寓有作者的情愫，有的却不甚分明；同时由于描写对象的特殊性，审美描写方面的特殊处理，不少作品只以优美的状物写景见长而吸引各个时代的读者，在接受上具有极大的普适性而流传千古，而具有全人类性，成为又一种形式的审美意识形态。审美意识形态由于客观地存在着内涵的差异与不同，而呈现了形式的多层次性和含义的丰富性。

综合审美意识形态的系统质，实际也就是我们在上面论及的以审美意识为逻辑起点、历史地生成的审美意识形态所显示的最基本的复合特性：在话语与文字多种结构的样式中，文学的诗意审美与社会意义、价值、功能两者的融合，与这两个方面保持高度的张力与平衡。文学蕴含着人的生存意义的积淀，显示了对被意识到的历史深度、意义的探求，具有多种多样的不同维度的价值与功能。但是在诗意的审美和价值、意义与功能之间的张力，并不总是平衡的，对于不同时期、不同作者与具体的创作来说，有的可能侧向前者，有的可能侧向后者，有的深沉、厚重，有的只是淡淡的几笔生活情趣，其间佳作同样不少。当然也有相当多的作品，虽具一定审美因素，却沉醉于生活的卑微与恶俗之中，这可能就是文学中的低级文学部分了，虽然也是存在着的东西。至于那些不具审美意味品性的文字，那就无所谓是不是文学。因此，从总体上说，“文学作为审美的意识形态，以感情为中心，但它是感情和思想认识的结合；它是一种虚构，但又具有特殊形态的真实性；它是有目的的，但又具有不以实利为目的的无目的性；它具有阶级性，但又是一种具有广泛的社会性以及全人类性的审美意识形态”①。审美意识形态不是单纯的审美，也不是单纯的意识形态，而是审美意识的自然的历史生成。意识形态理论讨论的是文学与其他意识形态在社会结构中的地位和作用，在实现方式上不同而又具有共同的意识形态性，而审美意识形态则是把文学作为相对的独立形态，讨论的是

---

① 钱中文著：《文学原理—发展论》，社会科学文献出版社 1989 年版，第 110 页。

这种独立形态自身的本质特性。

这样,驳斥审美意识形态是审美加意识形态的硬拼凑也好,偏正结构也好,看来还真有一些“硬拼凑”的味道。至于说到近十多年来由于我们提出了“审美意识形态”,“考论者”一会儿指责我们在理论上标榜的是一种“纯审美主义”“去政治化”,消解了文学的意识形态与意识形态性,进而促成了当今文学创作的下滑与堕落的趋势,从而落实20世纪90年代初一些老马克思主义者把“审美意识形态”当作“资产阶级自由化”思想的批判(自然,不同意见的探讨与批判都属正常现象),一会儿又指责我们扩大了意识形态的范围,竟把偶成的儿童诗等都当成了意识形态,把意识形态泛化了。这种指责听起来很有道理,但是实际上这是“考论者”们把具体的审美意识形态当作意识形态的一般加以抽象了,把文学整体与含义不同的作品混同了,把文学本体与作品本体等量齐观了。我探讨的是文学本体的根本特性,他却拿出与文学整体属于不同层次的具体作品拿来比较。文论界关于文学与作品的区别,论述不少,竟未能使“考论者”有半点触动,这实在是很遗憾的事。所以,他的那种文不对题、离谱得出奇的批判,实在令我们感到尴尬!扔过来的全是和“审美意识形态论”不搭界的帽子!他对当代文学中的某些消极现象的成因,实在是太隔膜了!与当今的金钱至上的现实生活离得实在太远了!

对于文学理论问题,重要的是要把马克思主义作为指导思想与中国文学理论实际结合起来研究,要有科学发展观的气魄与洞透力,提出切合实际的新的见解,实行理论创新,这样才能使理论获得发展。因此,一、要坚决摆脱那种一开始就把马克思“说过”的或被改造过了的马克思“没有说过”的,当作我们讨论问题的出发点的学风。这种30多年前的学风,使其信奉者严重脱离现实,还自以为一贯正宗。这是早已在20世纪80年代初就被击溃的教条主义与本本主义。二、对于马克思主义的观点,对马恩的著作不能抱着为我所用的实用主义态度,有利于我观点的就大加“考论”,对不利于自己说法的理论就故意视而不见,却准备随时抛弃马克思主义的基本观点，用一般唯物主义观点代替历史唯物主义，还自称科学派。或是注释了多年马列文论，马列文论讲解被僵化了、刻板化了，课堂教学又不受欢迎，于是干脆否定文学与意识形态的关系，扬言“现在要淡化意识形态”，这当然可以。但对于几位多年研究马克思主义文论的专家来说，这岂不是把马克思主义理论原则当成了策略手段？这岂不是迎合时尚的表现？或是弄些语言游戏？对于审美意识形态这一观念，从所谓句式的“偏正结构”出发给以批判，且不说这种说法与作者的历史发展中的论述南辕北辙，是一种强加行为。一会儿他们认定在这个“偏正结构”中的“正”是“审美”，“审美意识形态”意在“审美”，其中“偏”是“意识形态”，于是审美把意识形态解构掉了，所以审美意识形态论在他们看来就是“纯审美主义”。一会儿他们又说，在“审美意识形态”这个“偏正结构”中的“正”是意识形态，是政治，“偏”是审美，审美不过是个幌子，可见审美意识形态就是意识形态，同时宣称文学与政治毫无关系，从一个极端跳到另一个极端。如果说审美意识形态真是个“偏正结构”，那也应该只有一个。可是他们居然能够把这个“偏正结构”翻过来倒过去，得出相反的结论，而且左右逢源，怎么说都说得通，那只能说这类批判都是另类意义上的“独具只眼”的批判，玩起句式结构的游戏了！三、不能再像过去的那种“文艺哨兵”，以马列传人自居。这些人总是紧盯别人，看看是否出现了与他们对马克思主义片面了解的不相同的说法，或者总是指责别人这也不对，那也错误，随意宣判，而对自己思想意识的极端偏执与陷入毫无历史感的误区，却罔无所知。几十年来的消防队、灭火器给文艺理论的正常发展造成了极大的危害，这个时代已经过去了。要想想自己在文学理论的建设中，提出过什么新鲜问题，推动了理论的发展，这才是人间正道。四、还要宽容一些与自己不同的观点，其实，学术探索即使有所失误，那也是应当被容许的，因为理论上的失误本身，也是人类认识过程中积累起来的一种财富，因此还是需要以友好的对话方式来探讨、解决。这总比那种几十年来在经典著作中往来穿梭，皓首穷经，却容不得不同观点的学风要有价值得多！要在历史现实、文化遗产的评价中，提倡一种可以去蔽的、历史的整体性观念，一种走向宽容、对话、综合、创新包含了必要的一定的价值判断、总体上亦此亦彼的思维方式。

最后，文学的本质问题，也可以从其他方面进行探讨，方式很多，未可定于一说。一个观念实在难于穷尽它的方方面面，而且任何理论观点，都有自身的特点，有的说明问题多一些，有的就少一些，只是程度不同罢了！

第四章　最具体的和最主观的是最丰富的

第一节　文艺评论中的简单反映论和反映论

反映论是一个哲学原理，它适用于文学创作吗？据闻有的诗人按照反映论原理进行写作，结果路子越走越窄，写出的尽是大白话。激情的贫乏，想象的迟钝，语言的口号化，诗变为非诗。在小说创作中，不少人提出要反映现实生活。可是小说描写的生活那么单调，故事那么乏味，手段那么平庸。真的，生活本来就是那个样子，还用得着你去如此这般地再现么！

这几年来，不少文章批评了简单的反映论，机械的反映论，指出了它的危害，这是完全正确的。但是真正的反映论，即辩证的反映论，又是怎样的呢？

反映论是一个哲学原理，所以不适用于文学创作，这似乎有点道理。但是正因为它是一个哲学原则，而不是一个具体方法，因此文学创作现象又和它不可分离。人以意识的产生而区别于动物，他意识到自身的存在而从动物界分化出来。他通过实践活动与周围世界发生联系。他在反复的实践过程中,感受、感知外在世界,不断认识自然界和社会,改造它们,也不断改造自己。这种感知、认识、改造活动就是反映,就是实践。人的感觉、意识有低级、高级之分,不过,即使是近于本能的低级感觉,它也不可能从某种纯粹的自我意识中引出,而只能在主体对客体的反应中,在思维的加工改造中获得。所以反映是人的思维的根本特征和功能。文学艺术的创作是意识的一种形态,从根本上说是一种反映。即使是研究人的心理的学问,固然有其自身的对象,但仍然摆脱不了反映论的原理。反映论作为一种哲学观念,首先在于说明思维和存在的同一,物质的第一性,思维的第二性,但反映并不等于这些内容。这里涉及反映论的第二个问题,反映论是否等于机械的反映论,僵死的反映论,即排斥主体、剥夺主体创造性的反映论。一些外国的现代主义作家,从当代非理性主义哲学思潮出发,一说反映,就指责反映扼杀了他们的创造性,这自然是一种深刻的偏见。但是我们有些文章也这么说,一说反映论好像只存在机械的、模仿的反映论,这恐怕并不符合事实,同时,我也以为这不是科学的论证方法。

当然应该看到,在过去不少论著中,对反映论的论述,的确是存在简单化的倾向,而且历时很长。比如,为了提倡文学要紧跟现实,往往把反映论直接搬过来宣传,只说文学是生活的反映,这是对文学创作哲学化的理解。那些对于生活有真知灼见的、有艺术修养的作家，固然从来未对这个式子作简单化的认识，但对那些并未进入文学大门的人，却成了他们文学创作尝试的障碍，以为文学创作就是生活的直接反映，这也是事实。在恢复现实主义传统的时候，不少文章要求揭露现实生活中的阴暗面，有的说，生活是什么样子作家就写成什么样子；在强调文学真实性的时候，提出要如实地反映生活，否则与生活真实不符。这些说法，在一个时期的作品评论中相当多。文学反映现实生活是对的，但是这一过程相当复杂。这种说法忽略了这一过程中的不少中间环节，对其中的主客观关系，主体在融化客体中的创造性转化与新的构建作用，往往视而不见，或以为是次要的东西。有时也谈论主观方面的因素，但往往只涉及主体的世界观、作者思想问题，对于主体的其他因素，研究甚少。至于说现实生活是什么样子就写成什么样子，这一观点针对凭空臆造、向壁虚构、不重视生活积累、强调反映生活真实是对的，但是认为一定要如实地反映生活真实，否则就不真实，这就绝对化了。因为在文学创作中，不如实地反映同样可以创造艺术真实，例如可以有变形的艺术真实，非生活形态的艺术真实，感受的真实等等。当然，在涉及这些观点时，应当考虑到它们当时的针对性。此外还应看到，把反映论力图应用于文学创作领域，并不是所有的人都犯有同样简单化的毛病，所以不能不作区别地一概而论。

把反映论匆忙地说成简单的反映论，机械的反映论，其实这方法也是一种简单化的表现。首先，反映论并不是被宣布的那种简单的反映论。简单的反映论、机械的反映论是一种旧的唯物主义反映论，它和17、18世纪的科学思维方式密切相关。19世纪中叶出现了辩证唯物主义的反映论，这种思维方法的科学性，至今为世人所公认。不过，辩证唯物主义的反映论应用得不好，也会成为机械的反映论，也会走向庸俗化。这种现象的确是存在的，也是十分清楚的。不过同样清楚的是，简单的反映论不是科学的反映论本身，而一些文章，却并未作出区别。但是，如果要把两种反映论相提并论，那么至少得扫除实践和理论上的障碍，要驳倒对反映论的本义的阐述，这样才会使自己的立论具备科学性。

例如，第一，人对外界事物、对人与人的关系的反应从来不是消极的。就以人观察事物的心理活动来说，他的视线从这一物转到另一物，从这一人转到另一人，这时哪怕是一种最简单的直观，实际上也是一种视觉接受的比较，而比较正是思维积极活动的表现。就主体的感觉活动来说，一是感觉主体根据外在的各种条件，能够很快采取顺应措施，及时调节主体感觉器官的活动，进行最佳效应的选择。二是这时主体能够很快地进行分析综合，抽象与概括，比较与分类，辨别出事物的各自特征，如形体大小、色泽浓淡、作用有别，等等。又如，人对现象、事物所形成的概念，也是思维的一种积极活动的过程。概括再现现实，但是它并不是纯粹的原来的现实组成的。狄慈根说："幻想概念取自现实，而关于现实的最最正确的概念，必须呼吸着幻想才能活跃起来。"可见，即使是作为反映手段的概念，既与客体又与主体联系着，既不离开现实，也不离开幻想。由于概念联系着活生生的生活，为此反映中所使用的概念，也是常常运动、流动的。所以列宁指出："要研究概念的运动、它们的联系、它们的相互转化。"认识活动中思维的运动与转化，构成了反映的积极性，而幻想、理想、评价，既是反映的积极性表现，也是反映的创造性特征。

第二，只讲反映论是机械反映论、简单反映论，好像不存在别的反映论，那么应超越或跳过前人对反映论本义的阐明。例如马克思在《关于费尔巴哈的提纲》中的第一条就说："从前的一切唯物主义——包括费尔巴哈的唯物主义——主要缺点是：对事物、现实、感性，只是从客体的或者直观的形式去理解，而不是把它们当作人的感性活动，当作实践去理解，不是从主观方面去理解。所以，结果竟是这样，和唯物主义相反，唯心主义却发展了能动的方面，但只是抽象地发展了，因为唯心主义当然是不知道真正现实的、感性的活动本身的。"[①]在这个提纲的最后，马克思明确说到，过去的一切哲学在于解释世界，而新的哲学在于改造世界。又如列宁

① 《马克思恩格斯选集》第1卷，人民出版社1972年版，第16页。

也说道："智慧（人们）对待个别事物，对个别事物的摹写（经验），不是简单的、直接的、照镜子那样死板的动作，而是复杂的、二重化的、曲折的、有可能使幻想脱离生活的活动；不仅如此，它还有可能使抽象的概念、观念向幻想……转变（而且是不知不觉的、人们意识不到的转变）。"又说："世界不会满足人，人决心以自己的行动来改造世界。"[①]我之所以引用这些论述，着眼点是对于被批判的东西，必须把其原意摘引出来，不能任意曲解它们，不能把批判者的思想任意强加给它们，用批判者的庸俗化的思想把被批判的东西再庸俗化一番。上面几段话大致说明了，一、辩证唯物反映论承认事物是一种客观存在，但是，一旦进入实践，它们也就进入了主体的把握之中，就不再成为纯客观的东西，纯客观的现实。二、在把握现象、事物的过程中，人决不是一面僵死的镜子，他对事物的描述与认识，并不是僵死的反映，而是注入了主观因素的，会成为曲折的、二重化的反映。三、当主观因素进入反映过程时，主观因素中的十分突出的幻想，发生着积极的作用。这时主体使用的概念，会向幻想转变。四、反映是一种创造活动，创造新的现实的活动。

从反映论的本义来看，那么这种反映论是简单的、僵死的、机械的反映论呢，还是能动的反映论呢？我们能否对前人积累的科学的思想资料当作空白，视而不见，还以为自己已实现超越了呢？当然，反映论与人们对它的认识与运用，可能会出现脱节现象，在阐述和应用中发生简单化倾向；在创作中，也有人会受到这种阐述的错误影响，或是在自己的创作中照搬哲学原理而出现偏差。但是如果据此把简单化了的反映理论与能动的反映论捆在一起加以嘲弄，这本身很可能是又一次对反映论的曲解，一种新的庸俗社会学的表现。

20 世纪初以来，各种学科之间加强了相互协作的过程。反映论的理论不断得到丰富，从而加深了人们的认识。例如皮亚杰的发生认识论，从生物学，从儿童智力的各个年龄阶段的个体发展，从认识的起源一直追溯

---

① 见《列宁全集》第 38 卷，人民出版社 1963 年版，第 421 页、第 228 页。

到科学思维的发展。我以为它从一个方面，深入了对反映论的探讨。皮亚杰在《发生认识论原理》的《引言》中说："这种认识论是自然主义的，但又不是实证主义的；这种认识论引起我们对主体活动的注意，但不流于唯心论；这种认识论同样地以客体作为自己的依据，把客体看作一个极限……这种认识论首先是把认识看作一种继续不断的建构：正是发生认识论的后一个方面引起了最多的问题……"[①]由此看到，发生认识论首先承认客体，并以它为依据，但对认识活动中的主体活动给予了充分的注意。

皮亚杰认为："认识既不是起因于一个自我意识的主体，也不是起因于业已形成的（从主体的角度来看）、会把自己烙印在主体之上的客体；认识起因于主客体之间的相互作用，这种作用发生在主体和客体之间的中途。因而同时既包含着主体又包含着客体"；"认识既不能看作是在主体内部结构中预先决定了的——它们起因于有效的和不断的建构；也不能看作是在客体的预先存在着的特性中预先决定了的，因为客体只是通过这些内部结构的中介作用才被认识的。"[②]对于皮亚杰关于主体作用的评价，有必要简要地介绍一下他的关于认识结构的基本概念。

皮亚杰提出，认识不是天生的，它来源于主体与客体之间的相互作用，来源于人们的活动。而人最初活动的形态是本能的。这种本能活动逐渐协调而构成格局或称图式，即习惯性动作。这种格局或图式一旦形成，就会去改造周围环境。先是接受外来刺激，吸收外来影响，并加以同化，对刺激作出相应的反应。同化尚不能使格局改变或创新，只有通过自我调节才能起到这种作用。调节即顺应："是指个体受到刺激或环境的作用和原有格局（即图式的）变化和创新以适应外界环境的过程"。适应包括同化与顺应两种作用和机能，通过这种作用，认识结构不断发展，以适应新的环境。皮亚杰认为适应是智力的本质，通过同化与顺应，而达到相

① ［瑞士］皮亚杰著：《发生认识论原理》，王宪钿等译，商务印书馆1981年版，第19—20页。

② ［瑞士］皮亚杰著：《发生认识论原理》，王宪钿等译，商务印书馆1981年版，第21页，第16页。

对平衡，平衡不是静止不动，而是一种状态，一种过程，通过机体与环境的相互作用，而达到新的平衡。平衡的不断发展，就是整个心理智能的发展过程。

但是皮亚杰并不使用反映概念，并把辩证唯物主义反映论与机械唯物主义反映论等量齐观，从而使得他的认识论不能很好地解决知识与客体何以能相一致的问题。皮亚杰的发生认识论有一定的缺陷，但从认识的根本方面，即认识论中的主客体关系方面，主体的能动性以及它的具体功能方面，作了深入、有益的探索。我们完全可以利用它的合理成分来丰富反映论。对于其他学派的理论，也应如此。

第二节　哲学反映论和文学的审美反映，审美反映结构

我们在上面同时使用了反映论和认识论的概念，一般认为，两者是一回事。但是我以为反映论要广泛得多，比如，文学的本质不能完全归结为认识，因此恐怕也不能完全从认识的角度加以阐明，但是反映论由于其广泛的内涵而适用于任何思维科学。当然，这并不是说由此可将反映论直接移植于文学创作。

从反映论观察文学，在社会结构的学说中文学是一种意识形态，它的某些本质方面可以得到阐明。但是反映论到底是一种哲学原理，作为意识形态本身在反映现实生活时，只是在总体上符合这种原理，而其本身不是一种原理式的运动，哲学式的反映。文学的反映是一种特殊的反映——审美反映，由于其自身的特殊性，较之反映论原理的内涵，丰富得不可比拟。反映论所说的反映，是一种二重的、曲折的反映，是一种可以使幻想脱离现实的反映，是一种有关主体能动性原则的说明。审美反映则涉及具体的人的精神心理的各个方面，他的潜在的动力，隐蔽意识的种

种形态，能动的主体在这里复杂多样，而且充满着种种创造活力，这是一个无所不能的精灵。歌德说：“精灵只显现于完全积极的行动中。”[①]作为审美反映的理论基础，反映论是必须深入研究的、不断充实的。但是作为文学艺术的本质特征，如果只限于对反映论的研究，就容易出现使文学艺术的反映哲学原理化，产生简单化的误解，以为文学就是生活的直接反映。与此相应，我们平常说的文学是生活的反映，就显得过于笼统，缺乏对象特征。照这种说法推论，可以说道德是生活的反映，哲学是生活的反映，它们之间就没有区别。因此，我以为在文学理论中，要以审美反映代替反映论，反映论原理在这里不是被贬低了，不是消失了，而是具体化了，审美化了，从而也就对象化了。审美反映是一种灌满生气、千殊万类的生命体的艺术反映，它具有实在的容量、巨大的自由，它不仅曲折多变，而且可以使脱离现实的幻想反映，具有多样的具象形态，可使主客观发生双向变化。因此，我以为如果把文学是生活的反映，改称为文学是现实生活的审美反映，文学和现实生活的关系由此被纳入了审美体验的轨道，比较更符合创作实践。自然，文学研究还可以使用其他层次的多种方法，相互联系，相互渗透，但不能替代，因为对象各不相同。

文学作为一种审美的意识形态，其重要的特性就在于它的审美性和意识形态性。在审美反映过程中，生活现象、事物特征引起了作家的注意，在对它们感受、感知的基础上，引起创作主体对于对象的感情的体验，思想的评价，并通过感性的、具象的审美形式，予以物化。在这个过程中，既有感知和认识，也有感情和思想，既有想象和意志，也有愉悦和评价。这种种精神现象，一旦以综合的形式出现，便全都渗透着感情的因素，连思想、认识也不例外，从而构成审美的反映。审美反映具有强烈的感情色彩。思想是抽象的观念，而在审美反映中，它却成了一种具象的、充满生活血肉的“艺术的思想”，即对现实生活的、事物特征感性总体把握、认识而出现。与此同时，这些因素又都被赋予了理性的品格，即使在具体过程

① ［德］爱克曼辑录：《歌德谈话录》，朱光潜译，人民文学出版社1978年版，第230页。

中出现某种无意识、非理性现象，它们也总与意识和理性处于既矛盾又协调的形态之中。审美反映中，这些因素相互联系、交织、融合一起，连结成几个主要层面：心理层面，感性的认识层面，语言、符号、形式层面，和实践功能层面，它们形成了主体的审美反映结构。

首先，审美反映是一种心理层面的反映。从某种意义上说，文艺心理学就是文学创作、文学接受的反映论，即把反映置于心理形态范畴来加以研究，其中创作的心理层面的分析研究，对于阐明艺术反映的审美特征，具有重要意义。我们大体上可以把感受、感知、感情、想象，看作心理层面的主要成分。感知是一种初级的生理现象，审美的感知不同于一般的感知，我们与其说它是一种肌体的触觉、味觉、嗅觉，毋宁说它是一种带有某种情绪、感情、联想特征的视觉、听觉的心理反应；一种受到审美观念影响的视觉对象的变形的心理形态；一种听觉对象的弱化或是强化多变的音像形态；一种引起情绪低落、高涨以至激奋的心态，一种由于上述各种原因引起的心灵状态的变化。审美感情则是对事物、现象特征所持有的复杂态度的体验，或是同情，或是反感，或是高兴、愉悦、狂喜，或是烦愁、悲伤，或是为审美观念所激发的多种感情的复合的体验。审美感情具有一定的定向性、爆发性、持久性，同时它又为理性的光芒所照耀。审美想象可以是一种带有强烈感情色彩的随意性想象，随物象而产生的类似的联想，一种再现现实的，或是再现记忆中的现实的再现性想象，一种创造性的想象，能够在事物的变形中走向幻想。感知、感受、感情、想象构成了反映的审美过滤层，创作中的任何因素，需要通过这一过滤层，才能成为审美反映的范畴。心理层面是审美反映的最基本的层面。

其次，审美反映通过感性的认识层面而获得深层意义。一个时期以来，一些人对文学的认识意义的研究颇不以为然。想把它从文学创作、评论中排挤出去，或贬低它的意义。但是从审美角度来说，认识层面恰恰是审美反映构成的基本成分之一，所以你把它从窗口赶了出去，它从大门里又回来。你讨厌，可又无可奈何它。在这一层面中，既有社会的、政治的因素，又包括伦理、哲学成分。问题在于这些成分并不是纯粹的认识，而是与感情结合在一起的、感情化了的认识因素。在一些文学形式中认识因素可能不那么清晰，例如一些篇什短小的诗作就是如此。但也不尽然，短小的哲理诗作同样可以包容丰富的内容，而推动读者走向认识的升华。在长篇巨制中，由于认识层面与心理层面总是交织在一起的，因此在心理层面弱化以至遭到破坏的情况下，认识层面将成为赤裸裸的社会学、政治学、哲学、伦理学的自我展现，并转为一种蹩脚的说教。但是如果弱化以至去掉认识层面，心理层面会变得玲珑、空灵；同时，也不排除另一种可能，即心理层面徒具架子，以致过分空虚而走向虚无。其时审美活动及其意义，都将被大大缩小，很可能转化为对纯形式的追求。人们过去把文学对象与科学对象一视同仁，以为文学与科学只在反映的手段、方式上有所不同，这自然是错误的，因为文学的本质不单是认识，但是文学确实有与科学类似的、又为科学所未曾提供过的认识作用。

再次，审美反映是通过语言、符号、形式的体现而得以实现的。一般谈论审美，很少涉及这一方面。但是没有这些因素，就很难使上述几个层面相互交织，往返渗透而形成动态的审美结构。审美反映是一种心灵化的实践、功能反映，这种反映贯穿着理想、意志和评价因素。这些因素作为主观性成分，在其他种类的反映中也是存在的。但是在审美反映中，它们总是为感情因素所渗透，为认识因素所充实，穿越理想、意志，而融化为一种感情思想的评价，一种贯穿着意志的审美实践力量。当上述几个层面有机地结合在一起时，审美反映的基本特征大体得到了体现。

审美反映是一种感性活动，又是一种理性活动，是一种感性的具象活动，也渗透着理性的思考；是一种感情活动，感情的愉悦活动，也是显示着哲学、政治、道德观念生动形态的认识活动、意志活动、实践的功能性活动。这是一种上述各种活动的综合。当然，在以具象的、显形的感情形态为存在语言形式的构架中，隐形的艺术思想，始终是它的血肉。可不可以这样说，审美反映既类似于对世界的一种精神把握，又是一种接近于对世界的实践把握，即马克思说的是对世界的实践—精神的把握。它之所以不是一种纯粹的精神把握，即不同于理论对世界的把握，在于它贯穿着感情与意志的评价，具有了一定的实践性；它之所以不是一种纯粹的实践把握，在于它并不要求把艺术当作现实，使自己产品完全变为实用性的东西，所以带有无目的性的色彩。总之，这种实践—精神把握世界的方式，决定了艺术反映中感情和思想的融合，感性和理性的相互渗透，认识和评价的感受形式与语言、形式统一的审美本质特征。

第三节　审美反映中的主体创造力，现实的三种形态，客观性和主观性，侧向主观的审美倾斜及其特征

审美反映的本质特征，决定于实践—精神把握世界的方式，而这些特殊的方式，自然取决于这种方式中的主客体的独特关系。在其他的对世界把握的方式中，同样存在着主体与客体的相互关系，但在审美反映中两者之间的关系有其特殊性。不同把握世界的方式中的主客观关系差异，在于理论把握中的主体，一方面它是分析、归纳、概括事物真相的主体，另一方面它不是参与被创造的组成部分，它的目的在于从事物本身和相互联系中抽取出客体最具本质的方面，以显示其客观性特征。在审美反映中，主体在其自身的感受与感情的激荡之中，整体地观照现实生活，描绘生活的各个方面。这一过程的特点是，它在把握现实生活的过程中，把始终激荡中的主体的感受、感情，它的认识，融合在一起，从而赋予这一反映及其对象以浓烈的主观色彩；同时通过这一方式来显示出事物的客观性特征。

主体进入实践活动，必然以事物、现象提供的客观条件为前提，进而了解客体，把握客体，充分探知客体的特征及其规律。从这点来说，主体

是受制于客体的。但是一旦主体置于这一前提之下进行活动,它也就获得了自由,就成为一种活生生的创造力量,能够调动自己的积极性和创造性,能动地消灭客体存在和主体观念之间的区别,从而使两者趋于一致,进而形成一种新的观念。“主观性是消灭这种区别(观念和客体的区别)的趋向”。这里讲的当然是一种哲学观点,但完全适用于审美反映。

我们先来观察一下审美反映中的客体变化。现实生活一旦进入审美反映,很快会发生形态的变异。它的变化序列是现实生活—心理现实—审美心理现实。首先,审美反映从现实生活出发,现实生活是提供审美反映的材料,是反映的源泉。无论是浩渺无垠的宏观世界,广阔的社会生活,还是微观世界,人的内心生活,以至心灵的颤动等精神现象,都是客观存在。其次,主体一旦深入客观现实的关系,便会接受纷至沓来的种种信息,广泛地吸收现实的具象性和丰富性,并使现实变成被感受了的现实,被感情所渗入的现实,这时的现实,是被诸种主观因素所分解、融合了的现实。在文学理论中,我们常把文学创作的源泉与对象混同,其实两者的内涵并不一致。文学创作的源泉,应当是指客观的现实生活,它的对象,则是被主体所把握,并被融入了主观性的心理现实。我们常常说现实生活是创作的源泉,主要是强调创作主体不要脱离生活,不要与世隔绝开来,作家要从现实生活中汲取诗情,要关心社会发展中的前进与倒退,而不是只搜集古老的奇趣异闻,人身上的种种无意识现象。但是源泉却并不就是对象,如果把两者合二而一,以为这就是运用了反映论,那么这种反映论就被曲解了,这必然导致简单化,使艺术反映变为非审美反映。对于理论思维来说,其源泉和对象是同一的。科学家、哲学家自然不可能是冷漠寡情的人,但是要使自己获得科学成果,他只能使他的热情化为探索的动力,使他的感情化为理论的自信,而不能参与对象本身。创作的心理现实,与科学对象的探索不同,就在于它已包含了丰富的主观因素在内,是一种获得了主观形式的、主客体因素初步融合的统一体。再次,当审美反映进入艺术,具体体现为艺术构思的实现时,由作为审美反映对象的心理现实便转化而为文学的内容与形式的结合体,这已是一种审美的心理现实,它被赋予了作家个人所选择了的感情、思想与评价,成为主体审美把握了的新现实。

可见,审美反映中的几种现实形态,内容形式各不相同。因此,通常把文学说成是现实生活的反映,这实际上是一种十分笼统的说法,它未能触及这种反映的真正特点;它只说明了审美反映的起点,强调了与其他意识形态的共同之处,而忽视艺术反映的审美性,从而以一般的反映论代替了审美反映。

托尔斯泰主张按照生活的本来面目进行写作。但是当他进入创作的时候,他却说要"再现人的心灵的真实",这当然是指作为对象的人的心灵而言。但也可以扩大、引申,把他所说的对象看作一种心灵化的现实。最后根据这一现实,创造了审美的心理现实,进一步把客观因素主观化了,把主观因素对象化了。屠格涅夫写作《父与子》的例子是十分有趣的。先是在火车上一位俄国青年医生的言行举止引起了他的注意;之后,在小说创作前,屠格涅夫为未来小说的主人公巴扎罗夫记日记。这种日记可以说是作家对现实人物的心理研究、分析和把握,在这个人物身上,已注入作家的种种主观因素,具有了一定的审美特征。最后,作家在对人物的心理分析的基础上,即在对现实的心灵化的基础上,创作了小说。鲁迅说他创作阿Q,目的在于画出国民的灵魂,虽然这十分困难,甚至有点隔膜,但"也只得依了自己的观察,孤寂地姑且将这些东西写出,作为在我的眼里所经历的中国人生"。这里最后一句话是很有意思的。创作阿Q形象是为了表现中国的人生,但作为创作的对象,则是鲁迅"眼里所经历的中国人生",是鲁迅把握了的心理现实。清人郑板桥关于画竹的一段话,不少人用来说明形象思维的特征。我以为用它来说明审美反映中的三种现实形态是最为形象的了。他说:"江馆清秋,晨起看竹,烟光、日影、露气,皆浮动于疏枝密叶之间。胸中勃勃遂有画意。其实胸中之竹,并不是眼中之竹也。因而磨墨展纸,落笔倏作变相,手中之竹又不是胸中之竹也。总之意在笔先者,定则也;趣在法外者,化机也。独画云乎哉。”[①]郑板桥所说的眼中之竹,就是现实之竹。当他静观默察,出现画意,意先于笔的时候,这现实之竹,就变成胸中之竹了。胸中之竹即穿越了心理结构之竹,已转化成了心理现实,是融入了主观成分的主客观合一的艺术对象。当落笔成画的时候,画家的情绪、思想继续升华,其时趣多于法。客观为主观全面渗透,而主观则走向全面对象化。这时胸中之竹,就转化而为审美心理现实,蜕化而为手中之竹而跃然纸上。也许正是在这意义上,或是只是在这意义上,可以把文学作品看作现实的影子的影子吧。

那么,在审美反映中,客体就此消失了吗?是消失了,可以说审美反映消灭了原来的客体,因为艺术并不要求把它的作品当作现实。但是又可以说它仍然存在着,即客体的客观性特征被保留下来了。它大致采取下列几种方式:一、在感情的把握中被赋予了事物、现象的原有形式,显示了人们熟悉的事物的特征。这是一种最通常的方式。不少作家特别是现实主义作家都喜好这种方式,并且提倡这种方式。但是不少现代主义作家指责这种方式,而依据的理由又往往是自相矛盾的。比如他们认为现实主义文学强调按照生活的本来面目描写生活,以为这就是摹写生活,机械地反映生活,缺乏主观创造性。但是又是这些人指责现实主义文学主观性太强,他们说现实从来不像现实主义文学描写的那样有头有尾,作品的结构、人物故事有序性完全是作家的主观所为。照他们的主张,应当强调生活的无序性、混乱性与缺乏联系性。但是十分明显的是,现实主义创作原则从来不是他们那种庸俗化了的见解,我们从审美对象的特征已可见到。审美反映从来不限于再现现实的形貌,在这一过程中,客观性比之对事物、现象的形式特征的真实描写的理解,要丰富得多,更何况在对待事物的形态方面,还可以有夸张、变形等写法,后者照样可以显示出事物的客观性特征来,而且这也是现实主义文学经常使用的手段。

二、更为重要的是,审美反映中的客观性特征,表现为主体通过多种

---

① 俞剑华编著:《中国画论类编》下卷,人民美术出版社1986年版,第1173页。

艺术手段，揭示事物本身的精神和特征，它的内在的本质和灵魂。没有这种揭示，形似的反映将是一种真正的摹写式的反映，简单的、肤浅的反映。审美反映描绘事物、现象的外显形式，同时显示事物的内隐特征，它所显示的客观性特征，具有真理性的品格。在这种情况下，即使是夸张、荒诞、象征的反映与表现，也能曲折地展现主观因素经过各种折射后所显示的客观性特征来。

如果谈到现实主义作品中的客观性，我们可以看一下不少作家对托尔斯泰的评述。在世界范围里，大概除了少数作家如罗布-格里耶、克洛德·莫里亚克等人认为阅读托尔斯泰的作品于己无补之外，几乎所有有点成就的作家，都异口同声地赞赏这位俄国作家。法朗士说："在观察人方面，托尔斯泰教人们既要从决定人的本性的外部表现去观察人，也要从他的内心的隐秘活动去了解他，让读者体验到生活的无限复杂性。"①托尔斯泰的同时代人，批评家斯特拉霍夫谈到《战争与和平》时，十分精彩地揭示小说使后人叹为观止的原因之一即"客观性"。他说在小说里，你简直就像亲眼看到了所描写的一切，听到了所发出的一切声响似的。作者不以自己的口气讲述什么：他直接引人物，并促使他们去说话，去感受，去行动，而且每句话，每个行动都正确到惊人的地步，也就是说完全符合人物所固有的性格，仿佛你是在和说话的人打交道，而且你把他们看得比在现实生活中所看到的更清楚。不仅可以区别出每个人物的感情和表达方式，同时可以区别出每个人物的风度，他喜爱的手势、步态。然而伟大作家作品中的客观决不限于场面、人物言行、感情表达的真实，还有人民的不朽的伟力和精神的真实。托尔斯泰自己说："要使作品好，就必须热爱作品中主要的、基本的主旨。因此我在《安娜·卡列尼娜》中热爱家庭主旨，在《战争与和平》中热爱由于1812年战争而联想到的人民的主旨。"②

---

① [法]法朗士著：《列夫·托尔斯泰》，见陈燊编：《欧美作家论列夫·托尔斯泰》，中国社会科学出版社1983年版，第33页。

② 见[俄]贝奇柯夫：《托尔斯泰评传》，吴均燮译，人民文学出版社1962年版，第190页。

三、审美反映中的客观性特征，通过事物、现象的描写与内在精神的表现而得以体现。但是还有这一种情况，即主体可以把全部客观特征，加以全面主观化，把主观特征全面对象化，形成审美反映中主体侧向主观的全面倾斜。这是由于心理现实在长期积累中可以转化为心理积淀，渐渐转向主观。同时也要看到，心理现实中的主客观因素，不是按照固定的比例排列的，不是凝固不动的，而是不断流动、转化的。心理现实是一种不断改变自己特征的动态统一体。主观性既然可以消灭存在和观念之间的绝对界限，赋予客观性因素以主观形式，并不断使之获得主观的特征，那么在充满变幻的审美心理现实的实现过程中，原来的主观因素可以不断对象化，获得客观性特征，而原来已经获得了主观形式、渗入了主观因素的客观因素，可以进一步被主观化，从而形成不断进行着的双向转化过程，展现出审美主体的能动的积极性来。

这里有两种情况，一种是主体在拥抱世界中，具有较大的历史感。主体的着眼点是历史、时代、人的命运；他吞吐世界，把握着时代精神，他的审美创造物显示了巨大的主观性，而且处处为这种强大的主观性所照亮，透过这种无处不在的主观性，读者不仅可以见到主体的魂魄，而且从它身上仍然可以体验到客观性特征，显示了审美反映中的创新。另一种情况是，由于主体在复杂的世界面前感到不安、陌生、迷惘，甚至悲观失望，由此缺乏历史感，因此常常潜入自我意识的角落，或是往往沉入自我微观世界的边缘，从中寻找慰藉。如果说，一些人把审美反映当作照镜子般的反映，把诗人看成一个僵死的反映物，排斥创作的主观因素，把源泉当成对象；那么一些现代主义流派的作家，则竭力摒弃对象中的客观性因素，把主观因素而且仅仅是人身上的部分主观因素，当成了文学创作的唯一源泉，并且予以绝对化，同时把这些因素如无意识、直觉当成文学的唯一对象和内容，在理论上走向另一个极端。他们潜入了这些因素，却以为拥抱了整个宇宙，形成十分复杂的审美倾斜，或是有所创新，或是出现了审美反映中难以沟通的现象。

超现实主义者勃勒东等人，作为早期的先锋派，同情革命，并且说要使他们的创作与斗争结合起来，但是这些人的理论却明显地表现了文化上的虚无主义倾向。他们确实不满现实，然而他们理论上提倡创作诗情不是来自现实生活，而往往只是汲取自无意识心理。勃勒东说，超现实主义就是"纯粹的心理无意识化：人们凭借它，用口头、书面或其他方式来表达思想的真实过程。在不受理性的任何控制，又没有任何美学或道德的成见时，思想的自由活动"[①]。他们把过去文学中较少注意描写的幻觉、梦幻、无意识、直觉等现象，看成文学的唯一内容。确实，有些梦幻、幻觉是现实意识的折射，反映了意识的部分真实，而其中大部分这类现象，则是无实际内容的低级心理现象。描述前一类现象，有时可以成为变幻莫测的、绚丽多彩的篇章，但是专门去捕捉这类现象，挖空心思地寻找梦幻，这就把文学的源泉、对象绝对地主观化了。这必然会使创作变成杂乱的幻觉的堆积，缺少沟通而使人莫名其妙。弗吉尼亚·伍尔芙在《现代小说》等论文中，把现实分解为一堆飞速流动、难以捉摸、随时变动位置的零星小点，即细微的意识闪动，一圈可望而不可及的光晕。如果这里指的是一种描写手法，是认识现实生活的一个微观的补充，我以为是可取的，这可能使原来的写作方法得到充实，出现更新。但是把它作为文学全面地审美把握现实生活的主张，同样使文学的对象绝对地主观化了，于是由此在西方文学创作思潮中，出现了文学的"向内转"的主张与理论。后来的法国女作家、"新小说"派理论家之一的娜塔丽·萨洛特，提出有两种现实，一种是日常生活的现实，一种是人身上潜在的现实，她以为文学的任务在于描写"潜现实"。而所谓"潜现实"，就是"无意识""心理要素"；至于作品所写的主人公，那不过是一个无姓名的"我"，一个失去了所有特性、全部"特权"的作者本人的"反照"。至于主人公周围的人物，不过是"引起幻象，梦境，噩梦，幻想，反照，模态"，提出现代作家"不是继续不断

---

① ［法］勃勒东著：《超现实主义宣言》，见王忠琪等译，《法国作家论文学》，生活·读书·新知三联书店 1984 年版，第 67 页。

地增加文学作品的典型人物"，而是"彻底忠实地写自己"①。在创作的主、客观性问题上，我们不能不提一下罗布-格里耶的论点，他主张今天的文学不是写人，而是包围人的物。"让对象和姿态首先以它们的存在去发挥作用，让它们的存在继续为人们感觉到……"②罗布-格里耶的这种小说，在法国被称为"客体小说""实物主义"。但是这位作家说，他的小说实际上"比巴尔扎克的小说更具主观性"。他说在巴尔扎克的小说里，作家无所不能，无所不晓，掌握着所有人物的一切变化，"这只能是上帝"。这似乎是说现实主义文学中具有主观性的一面。但真当涉及文学的主观性时，罗布-格里耶马上又认为"上帝"不是主观的，因为"只有上帝可以自认为是客观的"。至于涉及他的小说，那"新小说只追求完全的主观性"③。这是一种自相矛盾的理论，对于"新小说"派取消人物的理论，在法国持有异议的也大有人在，如埃尔韦·巴赞、彼埃尔·加斯卡。法国文学史家皮·布瓦代弗在《当代法国文学史》(1969 年)普及版《序言》中说到"新小说"时指出："'人物'可以取消，但并没有被别的东西所取代。"④

这样，我们看到在一些现代主义作家的审美倾斜中，把自我的心理要素，如无意识、幻想、反照、模态，当成了文学对象。英国艺术理论家赫伯特·里德说："我们现在已达到哲学相对论阶段，在这一阶段，除了创造自己的不能被看作随意作出的或者甚至是荒谬的现实之外，无疑，现实表现为个人无可选择的主观事实。"⑤西班牙哲学家奥特加·伊·加塞特说："艺术家在外部世界面前闭上眼睛，把视线转向自己的内心的主观全景。"⑥文学的任务在于描写主观心理要素，同时不予考虑作家的主观心

① [法]罗布-格里耶著：《未来小说的道路》，见《现代文艺理论译丛》，人民文学出版社 1963 年版，第 3 期，127 页。

② [法]娜塔丽·萨洛特著：《怀疑时代》，见王忠琪等译，《法国作家论文学》，生活·读书·新知三联书店 1984 年版，第 389 页。

③ [法]罗布-格里耶著：《新小说》，见王忠琪等译，《法国作家论文学》，生活·读书·新知三联书店 1984 年版，第 398 页。

④ 见《外国文学报导》1982 年第 6 期。

⑤ [英]赫伯特·里德著：《现代艺术哲学》，法伯与法伯出版社 1952 年版，第 21 页。

⑥ 转引自《国外现代艺术研究》，莫斯科进步出版社 1964 年版，第 32 页。

理要素与现实的关系,这可以说是现代主义创作的一个典型模式。由于文学的源泉、对象被绝对主观化,于是必然会把文学创作的本质完全倾斜于“自我表现”,即使像罗布-格里耶在小说中写的是物,那物也不过是作家主观的道具,“自我”的外化、外射、反照和模态。

可是,一、那些由潜意识、无意识、幻觉、梦幻组成的“自我”既然被当成创作的源泉,那无异宣布,文艺创造可以不必顾及社会生活,不参与生活的进程。因此有的人认为对于作家来说,根本不存在什么了解生活问题,而且认为即使经验多了,也未必能写出作品,此话不无一定道理,但又很片面,关于这点,我们在后面还要谈及。脱离客观的“自我”既然被视为创作源泉,创作的对象不过是幻梦的投影,那极有可能导致文学形象的消失。一部分文学作品,特别是短小的文学体裁,可以抒写个人的感受;一些类型的小说,情节可以淡化,人物不用精雕细刻,以表现情绪为主。但是整个文学不能限于这些方面,像叙事文学、史诗式的创作,就不能没有人物形象,而且它们主要是通过形象画面来描绘时代风貌的。这类宏大的艺术形式,不会像神话那样消亡。如果不少作家只对梦幻、直觉发生兴趣,并以它们去代替生活之流,那么真正的生活本身就很可能被肢解,这大概就是现代主义作家难以提供史诗性作品的原因。当然也有一些例外,例如普鲁斯特,他写作《追忆逝水年华》时,似乎是与世隔绝的。但是要看到,他实际上通过亲身经历的回忆和读书在写作。弗·莫里亚克说得好:“当普鲁斯特第一个到书本中去找出路的时候,在他的软木贴墙的房间里,跟他一起禁闭着一个整整的世界,他知道,在这四堵墙内,在他那……可怜的身躯里所能作出的回忆,比他即使活上一千年在内心所能保存下来的回忆还要多,他可以从自身汲取各个时代,各个社会阶级,一年四季、田野、道路,总之一句话,所有他知道的、热爱的、吸取的和经历的一切,都是他在这个几乎从不离开的、充满着药味的房子里得到的。”[①]从已

① [法]弗·莫里亚克著:《小说家及其笔下的人物》,见王忠琪等译,《法国作家论文学》,生活·读书·新知三联书店1984年版,第199页。

看到的小说中的某些部分来说，普鲁斯特只是采用了意识流的手法，而并未完全以梦幻、幻觉来代替他所描绘的生活之流。而另一些现代主义作家抓住了人的某些心理特征，却抛开了人的复杂的现实关系，钻入了人的心理结构的某些方面，摒弃了人的整体，这是丰富了人，还是使人单一化了呢？如果使人失去了整体，又怎能去写出他的完整形象呢？如果只能封闭于“自我”，那也只能如弗洛伊德说的，作家实际写的人物就是他自己的心理意识的面面观。在这种情况下，他似乎无需给自己的纯粹心理的外射、反照、模态起什么人名，而只需代之以符号。这大概是提出文学全面非人物、非情节、非典型主张的认识根源之一。

二、把脱离现实生活的主观看成万能的，它本身就是文学创作的内容和对象，可以任意发挥“创造性”而不受约束，其发展必然会导致主观的极端性和非理性主义。科学的进步，人的意识深层的探索，加深了人对微观世界的认识。人的意识与无意识相互对立而又统一共同组成人的心理结构、心理机制的整体。在人的无意识活动中，有的属于社会性的心理活动的经验积淀，有的则属于人的本能性质的活动的心理积淀。文学审美地反映社会生活、人的意识活动，必然会描写到心理活动中的无意识现象、直觉、梦幻等。但是描写这些现象，在绝大多数场合，并非目的，而是为了深入揭示人与人之间的相互联系及其思想感情的复杂变化。因此在创作中，看来只有那些具有社会性特征的无意识现象的描写才是有意义的。不分清这一界限，便会以大量低层次的无意识代替人的意识的描写，以生理本能代替人的理性活动，以生理本能代替自觉，从而使文学创作沉湎于梦幻的、专门收集人的本能反应的文学。勃勒东宣布凭借“无意识写作”，“凭冲动来写作”，“模仿精神病”，“制造出具有象征作用的客体”，“分析睡和醒的状态的互相贯穿”，探讨爱情、梦幻、疯癫和宗教等等。这种把某些主观因素绝对主观化，并把它们视为创作的源泉、对象、内容的文学主张，虽自成一派，但理论上疏漏极多，故此充满争议。这种主体的审美倾斜的主张的实践，使其滑落、减损了大量的审美意义。

当然，也要看到，有相当部分的现代主义流派的作品，还是极为曲折、深刻、审美地反映现实的。凡是这类作品，如《城堡》《鼠疫》《女仆》《秃头歌女》《蝇王》《第二十二条军规》等，就像《追忆逝水年华》一样，并不是完全按照现代主义文艺理论创作出来的。即使是伍尔芙的《海浪》《到灯塔去》，娜塔丽·萨洛特的《行星仪》等，也都是如此。这类作品固然有对事物的一定的客观性描写，但主要表现主体使用多种十分主观的艺术手段，如象征、荒诞、变形来抒写主观化了的生活流变。它们往往能够出人意外地抓住现实的某些十分重要的特征，给以主观变形，使原来的特征分外突出，而显出巨大的创新意义和审美价值。它们并不像它们的作者在理论上所宣传的那样，人物应完全被融化为某些纯粹的心理要素、反射、模态、反照等。获得读者喜爱的也正是这些作品。

第四节　审美反映的动力源，审美心理定势，审美反映与表现

19 世纪末 20 世纪初，绘画中流派纷起，它们的主导倾向是力图摆脱传统手法，主张深入人的内心。一方面，这种要求表现了一部分画家对平庸、乏味、虚假的现实生活的不满与压抑感；另一方面，又表现了他们对现实的悲观和鄙弃。后期象征派画家高更认为，“艺术家应该从他的内心去观察”，以表现他的主观感受，内心的骚动与不安。德国表现主义者“讨厌现实中的人物”，情愿以同真人大小的布人为模特儿。有的宣称：“世界存在着，再去复制它有什么意义！”年轻的毕加索说，创作“仅仅是它能喷射出热情”，“艺术不是美的法则的实际运用，而是在一切法则之外的为我们的天生本能和大脑接受的东西”。立体派画家、理论家格莱茨·梅津格在《论立体派》中说：“艺术唯一可能的迷误就是模仿。”这些观点虽

针对绘画而发,但对文学理论中的表现论影响很大。俄国象征主义诗人勃柳索夫说:“艺术从来不是再现。”后来的新托马斯主义者马利坦的艺术理论在西方现代主义文艺思想中是颇有影响的,这种理论宣称:“艺术不在于模仿,而在于创造。”①提倡无边现实主义的加罗迪认为:艺术创作的任务,与其说是再现世界,毋宁说是表现人的愿望;艺术的目的“是创造神话,表现纯粹的人类行为,以超越自然”;“做一个现实主义者,不是模仿现实的形象,而是模仿它的功能性”②等等。上述各家的观点都把反映、再现与表现截然对立起来,似乎存在没有表现的反映,再现必然就是模仿,模仿就是僵死的反映。所以文学创作的特征不能是再现和反映,而是表现和创造。这实在是一种甚至脱离他们自己创作实践的偏见和烦琐哲学。

从审美反映中现实形态的变异来看,主体具有改造客体的创造能力。但是这种主体的创造精神来自何处?它来源于主体对世界的具体感受、感知与感动,这是进入审美反映、艺术实践的真正出发点。审美反映必须以主体的表现为主导,才能构成自身。

有的诗人和作家说,他们根据反映论,投入了生活,了解了不少新鲜的事物,但是没有能够写出成功的作品,于是便埋怨、迁怒于这一理论。而一些搞批评的人出来证明:由于过去文艺理论只讲反映论,所以使得现实主义道路越走越窄。一个作家想采用多样的写作原则、方法,完全是自由的,但说反映论阻塞了现实主义道路,这恐怕就缺乏科学态度了。

其实,这问题不在于理论本身,而在于你如果是一位作家,那么你是如何理解反映论进行文学创作的?你是像一般人在生活里来往穿梭,硬套反映论于文艺创作,还是接受外界不住袭来的生活印象,以一种特殊的、审美的眼光去观察、体验,捕捉种种动态的感受?如果是前者,那么写

① [法]马利坦著:《艺术和经院哲学》,莱德编:《现代美学文选》俄译本,莫斯科外国文学出版社1957年版,第90页。

② [法]加罗迪著:《论无边的现实主义》,吴岳添译,上海文艺出版社1986年版,第29页、第168页。

不出、写不好作品没有什么可以值得大惊小怪的。满身生活经验，而又写不出东西，这说明生活印象未被主体感受，否则人人都可成为作家了。如果是后者，对生活有所感受而进行写作，那么总能写出一些作品，其成败得失自然要看你个人的眼光独特到什么程度，你个人的观察有无新的发现，你的体验有无个性化的特色，以及在艺术概括力方面有多大才能，有多大的文化传统的积淀和创新的魄力。

杜勃罗留波夫说过，哲学家的睿智与诗人的伟大诗才，有共同之外，他们都能从事物的一瞬间，从它们的偶然性的表现形式中，区别它们各自的特征，然后通过他们的意识，把它们组织起来，把握它们，以至可以随心所欲地召唤它们，把它们组成各种联合。这种能力，哲学家和诗人都有。但是有一种品格，却把两种人分了开来，这就是感动力。对于作家来说，他的非凡特征就在于对现实的这种特殊的反映能力，而对于科学家来说，不能说他没有感动力，但是相对而言，他的这种力量要弱得多。“……一个感动力比较敏锐的人，一个有艺术家‘气质’的人，当他在周围的现实世界中，看到了某一事物的最初事实时，他就会产生强烈的感动。他虽然还没能够在理论上解释这种事实的思考能力；可是他却看见了，这里有一种值得注意的特别的东西，他就热心而好奇地注视着这个事实，把它摄取到自己的心灵中来，开头把它作为一个单独的形象加以孕育，后来就使它和其他同类的事实与现象结合起来，而最后终于创造了典型，这个典型就表现着艺术家以前观察到的、关于这一类事物所有个别现象的一切根本特征”①。

可以设想，在屠格涅夫乘坐的车厢里，肯定还有其他旅伴，但青年医生这个人物，只引起了屠格涅夫一人的注意，这说明屠格涅夫的观察力的确与众不同，即使是那种尚处于萌芽、朦胧状态的事物、现象的特征，也能够为他所瞥见，拨动他的心灵，引起他的感动，为未来的主人公记起日记

① ［俄］杜勃罗留波夫著：《黑暗的王国》，见《杜勃罗留波夫选集》第1卷，辛未艾译，上海译文出版社1962年版，第272页。

来。我以为这里既有敏锐的观察力，也有一种感情趋向，以及由此而形成的审美感受力和转化而成的艺术创造的发动。作家的感受力，有音乐感的耳朵和能够接受形式美的眼睛，是他的一种天赋本质与后天习得的结合，也是他作为作家本质力量的确证。

对于作家所具有的特殊的眼光、独特的观察力和体验，以及他的审美感受力是值得进一步分析的。客观事物、现象的特征引起他的注意，固然是一个条件，而且是必不可少的条件，那些事物、人物的特征，何以能触动主体，它们本身自应具有一定的品格。然而对于主体来说，情况是千差万别的，因为明显可以看到，一些现象引起不同作家的注意和兴趣，其内涵是各不相同的。因此，这里重要的是说明创作主体的品格，他的审美感动力的发动的内因，这就是促成审美反映结构的作家的审美心理定势；它的强度和趋向，那种日积月累一触即发的内驱力。

所谓审美心理定势，说的是主体的心理从来不是一块白板，在他创作之前，早就形成了他特有的动力源。创作主体心理实际上很像一块储放着种种感情颜料，已经调配过的调色板，那绚丽多彩的感情颜料，就是创作主体所拥有的审美趣味、个人气质、观察才能、创作经验、艺术修养以及广泛的文化素养的混合物。它们不断地流动着、发酵着，其中最为活跃的因素是主体的感情、想象和认识。这种种因素，组成了主体的一种动态的审美心理结构，或称作格局；它们凌乱地分散着，又不断得到调整和充实；有时潜伏着，有时处于一触即发状态。格局既经形成，就会不断要求创作主体按照它的预想的模式，通过创作实践而获得满足。屠格涅夫遇到青年医生事出偶然。但是青年医生的外貌特征、举止言行，由于同作家积蓄已久的审美心理定势息息相通，于是立刻为它所观照，形成一种发动，产生了实践的愿望。但是青年医生式的新的人物的面貌究竟如何，他会向何处发展而去，一时难以预料。为了从总体上把握人物，于是作家潜入了未来主人公的内心，进行心理实验，替主人公记日记。这实际上就是主体进一步调动自己的感情、想象，对人物进行审美体验与认识的特殊方式。

创作主体通过对人物的感情把握，加深了对人物的认识。这种感受和认识一经明确，就会由顺应走向新的平衡，于是新的审美心理定势大体完成，便表现为创造力的外化。

创作主体的审美心理定势不是一成不变的，各种因素的积累、文化素养的提高，各种哲学、道德、政治观念的有效汲取，都会推动它发生变异，其中社会和人这两个基本因素，起着举足轻重的作用，它们直接影响着审美心理定势的强度和趋向。我们回忆一下鲁迅弃医从文的变化，不难明白，社会和人的命运的思考，观念的变化，是他的审美心理定势中的主导力量；探索人的不幸悲剧，必然导致对人的处境的思考；至于其他种种因素，广泛、深厚的文化素养和知识经验，奠定了他审美心理定势的厚实基础，在这块充满活力的心理层面上，凝聚起一股积极的创造力，主动地寻找着对象和走向实践的可能。心理进入了这种使命感的境界，一旦接受到了客体的撞击，立刻融成喷薄而出的激情，主体这时就获得了自由。于是狂人、孔乙己、祥林嫂、闰土、阿Q，一个个被召唤到了他的笔下。

新中国成立后，一个时期内一些有识见的作家创作出了不少优秀作品。同时也要看到，由于庸俗社会学的猖獗，创作主体的审美心理定势受到压抑，不少作家的创造力受到遏制。主体审美趣味的划一化，艺术修养、文化素养被称作"资产阶级化"的东西，使得主体的审美心理定势变为一块白板、一块灰板；同时对社会和人的主导认识的教条化，使主体失去了思索的余地，探索的可能。主体成了失去创造活力的惰性十足的"客体"，被一股外在力量可以随意驱使的"客体"。"文化大革命"宣告了创作主体的死亡。社会和人在新时期复苏了过来，人成了反思的主体，人发现现实社会并不像过去宣传的那样是一个粉红色的气球，一曲十三陵水库式的狂想曲，也不是一片战场，而是混杂着理想和痛苦、诗情和冷酷的实体。人有奋斗、自强、忍受灾难、舔治创伤、战胜邪恶的伟力，但也有七情六欲，而有的人还是崇高和庸俗、伟大和卑鄙与渺小的结合。这种接近社会和人的真实的认识，给主体提供了思索、发挥主观积极性的可能。我们看到,不少作家的审美心理定势,由于社会和人的基本观念的不断改变,由于其他因素如哲学、外来思想的积极方面的影响,文化素养的广泛性得到不断丰富。而每次变化,又给主体带来了新的积极性、新的眼光、新的观察力、新的体验、新的发现,促使他走向审美反映的新岸。

在走向创造的过程中,这种时时处在动态过程中的审美心理定势中的种种因素,其中特别是主体的体验、感情、思想、认识、评价,都会渗入到作品的肌体中去。有的作家说,“每一个艺术作品只要是真正的艺术作品,就都是艺术家的真挚的感情的表达……”①有的认为,作家“……正确展现人物的所有品质是不够的,要坚决用他个人的眼光来照亮人物”②。有的作家说,一部小说“能够把它的作者和他的整个内心世界暴露出来”,从一部小说、一篇政论中,我们可以“不仅毫不困难地确定作家的世界观,而且还能够确定他成熟到什么程度,浅薄到什么程度”③。这里所说的“个人眼光”“整个内心世界”“世界观”,不仅都是主体因素,而且全都进入了作家的创作,不仅无法要求它们避开,而且要求它们必须介入。那些大作家的伟大作品,就是一面全面表现作家主观因素的镜子。歌德的《浮士德》写了六十余年。浮士德原是民间传说中的人物,是一位神秘、勇敢的奇特的智者。后来流传到英国,克里斯托弗·马洛利用这一素材于16世纪末写成了《浮士德博士的悲剧》。歌德采用了这一故事人物,加以改造、丰富,使之成为一位不倦探索人生真义的人。在这部诗剧里,可以说融入了歌德本人几十年的人生体验,对社会、历史、时代的不断变化的认识和评价,以致他认为:“谁要是没有全面探讨过,没有一些人生经验,他对下卷就无法了解。”④诗剧描述了时代,也表现了歌德的自我。现实主义作家各自以特有的方式发掘生活之真,颂扬生活之善,揭示生活

---

① [俄]托尔斯泰著:《艺术论》,丰陈宝译,人民文学出版社1958年版,第127页。

② [俄]陀思妥耶夫斯基著:《1883年,作家日记》,见《俄国作家论文学创作》,莫斯科苏联作家出版社1955年版,第3卷第148页。

③ [俄]谢德林:《街头哲学》,见《古典文艺理论译丛》,人民文学出版社1962年版,第4册第134页。

④ [德]爱克曼辑录:《歌德谈话录》,朱光潜译,人民文学出版社1978年版,第232页。

之美。他们也写假恶丑，即使是揭露并鞭笞它们，那也是为了理想的缘故。文学的审美理想和评价，反映了主体改造现实的积极性和他的审美追求。难道这样的审美反映，就是对主体创造力的扼杀？

作家的主观因素，他的创造力在作品中是怎样显示出来的呢？如果说人物的感情、思想可以通过他们各自的行为、动作而得以体现，并被赋予了外形，那么体现了作家的理想和评价的感情、思想的表现方式就不同了，它们只能渗透于对事物的客观描写之中，附丽于人物身上，通过艺术整体画面的评价而得以表现，而且往往要求它们不露痕迹。在这种场合，文学创作既是反映，审美地反映现实生活，又是表现，表现作家的自我于审美反映之中，使自我在表现中得到归宿，两者相互依存，互为表里。由此，审美反映非但不排斥表现，即作者的自我表现，而且必须与自我表现结合起来，否则审美反映将是非审美的僵死的反映，没有主体的反映。我们平常把创作的基本特征称作反映，这是一种相当笼统、模糊的说法。事实上，这时所说的艺术的反映，是包括了表现的成分在内的，所以艺术的反映是一个相对的概念，而审美反映，则明显地显示着主体的一方的。

不过，反映与表现虽然相互一致，但在不同的艺术形式的运动中，它们的表现方式又各自有所侧重。在叙事作品中，一般着重客观画面的描写，客观性特征占有优势，作者本人隐而不露；甚至在叙事长诗中，作者的主观性虽已大大加强，但是由于客观性特征形成的艺术画面，不会使整个艺术情势发生根本性的变化。至于在抒情诗、感事诗、哲理诗、散文诗中，虽然也会出现客观景物的形象，显得图情并茂，但是其主导情势则是人物、作家的感受、感情、思想的抒发的表现，主观性特征占有优势。这种创作的特征，就是我们一般所说的表现。

一些门类的艺术，如音乐、舞蹈，它们的目的不在于如实地描绘现实，不在于反映事物的现实性，它们主要使用象征、联想的手段，来表现人物、作者的感情的流动与变幻，抒发他们的主观情绪，即重表现而不重再现，所以属于表现艺术。有时在这类艺术中，也会有艺术形象出现，但它们描绘出来的场景，不是生活原有的形式，而是感情水滴中的折射，是为感情改造了的生活形式的变形，一种象征，表现也是现实主义创作的重要特征。因此，反映与表现是现实主义创作原则的两个方面，当作家以描写事物的客观性特征为主，即重在表现事物的现实性及其本质特征，这时的反映是离不开表现的，反映包含了表现，否则反映将是没有反映者的反映，反映本身也就不可思议。当作家通过作品以表现人物、作家本人的主观情绪、感情为主，此时表现必然受制于作家对生活的激发，否则表现将是失去客体引发的表现，虽然有时这种生活激发可能不那么直接。以描写事物客观特征为主的审美反映，意在通过艺术形象的塑造，生活现象的描绘，揭示出事物的本质方面；以突出人物、作者感情的主观性特征为主的表现，意在通过主体的审美抒发，直接在主体的震动、折射中，显示着事物的精神和特征。这样看来，审美反映与表现，都提供“新的现实”，或是重建了客观性特征强的社会生活的“新现实”，或是重建了充满浓郁的主观性特色的感情、心理的“新现实”，两者都是创造，不存在孰高孰低的问题。只要具备一些艺术感受的能力，谁不为林黛玉的失落的青春而感叹呢？又有谁不为那声调明朗的普希金的爱情诗作而感到青春的无限温馨呢？但前者主要以曲折、动人的画面展现在我们面前，而后者却以青春的哨音和回响叩击着我们的心灵。

与审美反映相互联系着的是模仿说和镜子说，这里需要做些说明。现代主义作家贬低、否定现实主义原则的时候，总要把这一原则与模仿说、镜子说相提并论，认为模仿、镜子就是复制。于是我们有的文章也不用脑子、不查材料、罔顾创作实践，跟着别人说模仿、镜子就是僵死的反映等等。其实，要像无产阶级文化派那样否定一切传统，那是最容易不过的，但现实生活往往并非如此。

模仿是早期现实主义使用的一个概念，把它作为今天的现实主义的特征显然是不妥当的。但模仿并不是指一般意义上的仿作，它的内容完全不像现代主义者所丑化的那样可笑。亚里士多德在论及模仿时，提出了“可然律”与“必然律”的问题。它大致从两个方面触及了创作的特点：一是要求文学从现实生活出发；二是在创作中，诗人还应顾及可能发生的事，带有理想因素的事。这是他的模仿说的基本内容。文艺复兴时期模仿说得到了进一步的丰富。这时期的巨人们从各个领域探究世俗生活，要求文学从天国返回人间。这时期的作家、艺术家都歌颂人的本身。文学从神到人，这使人本身成了艺术模仿的对象，使人本身成了理想。这种理想符合现实要求，所以“文艺复兴的美学首先是理想的美学”①。后来别林斯基谈及主张模仿说的塞万提斯和莎士比亚时说，前者“用无与伦比的《堂吉诃德》击败了诗歌中的虚伪倾向”，后者“则使诗歌和现实永远调和、结合了起来。他那广无涯际的、包含万有的眼光，透入人类天性和真实生活的不可探究的圣殿，捉住了它们隐藏的脉息和神秘跳动”②。18世纪的启蒙主义者给模仿说注入了新的因素，例如莱辛认为，模仿不等于如实记录，而包含“鉴别”在内。“艺术的使命，就是使我们在这种鉴别美的领域里得到提高”③。19世纪的现实主义作家常常强调要按照生活的本来面目写作。契诃夫是这种主张的拥护者。他在给苏沃林的一封信中写道：“……最优秀的作家都是现实主义的，按照生活的本来面目描写生活，不过由于每一行都像浸透汁水似的浸透了目标感，您除了看见目前生活的本来面目以外就还感觉到生活应当是什么样子……”④可见要求按照生活的本来面目写作，并非照葫芦画瓢，并非临摹，而是贯穿着作家的目标感，要让人看到生活应当是什么样子。镜子说也是这样，这不过是要求文学真实反映现实生活的比喻。雨果说过：“戏剧是一面反映自然的镜子。不过，如果这面镜子是一面普通的镜子，一块刻板的平面镜，那么它只能映照出事物暗淡、平板、忠实、但毫无光彩的形象；大家知道，经过这样简单的映照，事物的色彩就失去了。戏剧应该是一面集聚物象的镜子，

---

① [苏]米·奥夫相尼柯夫著：《美学思想史》第1卷，莫斯科艺术出版社1985年版，第67页。
② [俄]别林斯基著：《别林斯基选集》第1卷，满涛译，上海译文出版社1979版，第359页。
③ [德]莱辛著：《汉堡剧评》，张黎译，上海译文出版社1981年版，第359页。
④ [俄]契诃夫著：《契诃夫论文学》，汝龙译，人民文学出版社1959年版，第217页。

非但不减弱原来的颜色和光彩，而且把它们集中起来，把微光变成光彩，把光彩变成光明。”[①]这样看来，镜子说难道就是僵死的吗？

涉及主体在创作中的主导作用时，一些现代主义作家指责现实主义作家扮演了一个全知全能的上帝的角色，说他们任意地摆布人物和读者，所以主观武断。毫无疑问，一个作家不可能穷尽生活的全部底蕴，他的认识也极为有限，他在历史上渺小无比，以至湮没无闻，但在自己的作品中就不是这样了。英国作家萨克雷说，作家知道一切。福楼拜也说过，作家不要进入作品，但又要让人们感到他无处不在。甚至雨果也认为，真正的诗人像上帝一样在他自己的作品中无时不在，无处不在。这些话无非是说，作品中所描写的一切，大体上是被作者所把握了的。人的命运，故事进展，全都出自作者的妙手安排，而非超现实主义的无意识写作。即使在创作过程中出现最初构思时未能料及的东西，作为结果，仍然是作家的审美把握。伟大作家的力量，正在于他能把握住自己的人物；当人物背叛他时，他始而困惑，继而能够凭借自己的艺术直觉，转向人物发展的、被进一步把握的艺术逻辑，从山重水复疑无路的险地，转入柳暗花明又一村的境界。而可怜的小作家，恰恰不能做到这点，他始终把握不住人物，不了解他的人物，在人物身上，他无所发现，因为他对生活无所发现，缺少独特的见解。创作主体的感知、认识，是流动、发展的，不是一劳永逸、固定不变的。在这种意义上，上帝就是一个会思索的血肉之躯，就是一个有无限智力的人自身。即便是现在某些多线索、多结构的故事，也是作家不断探索、有意为之的一种手法。他作品中的人物结局，或是没有结局的结局，都是他得自生活的暗示；即使现在在作家中颇为流行的一种还原生活本色的写法，也都是他们对生活逻辑的一种意念。作家在描写中可以自由选择对象，但他所描写的，必然是被他所把握了的，就是他虽写到纸上而仍感朦胧的东西，也是如此。在这一范围内，他必然是全知全能的，具有

① [法]雨果著：《〈克伦威尔〉序》，见《雨果论文学》，柳鸣九译，上海译文出版社1980年版，第62页。

主观创造力的，否则他就会在作品中扶乱般地不知所云了。

其实，一些现代主义作家同样在自己作品中扮演了一个上帝的角色，不过这是一个把社会视为一团混乱，对人的前途表示绝望，人生不过是一个悲剧的那种观念的上帝。罗布-格里耶的小说艺术探索是可以研究的。他在《橡皮》中自以为是在对抗现实主义的写作方法。他在小说中通过物的变化来表现人的关系，他这样写而不那样写，这本身不就表明他是个会翻花样的上帝么！尤奈斯库的荒诞剧作是很有特色的，也是应该加以研究的。本文作者曾观赏到几个荒诞派剧作的演出，震惊于让·日奈的《女仆》对心灵的强烈的打击力。剧中人物并未变形，而其心理的扭曲和由此形成的荒诞，竟使观者的心为之隐隐作痛。《秃头歌女》使人感到生活的荒诞处处都有，让人去思索它们。但是尤奈斯库身上也有一个上帝，他说不是任何社会使他感到荒诞，而是人的本身就是荒诞；又说，任何社会的制度都不能把人从生之恐惧、死的绝望中解救出来。这不就是一个全知全能的荒诞派上帝吗？只不过现实主义的“上帝”，采取比较现实的观点，分析、研究社会，探索生活真理，总是怀有深厚的人道主义，想把人引向积极，使他向往生活，期望现实有所改变。而现代主义的“上帝”，喜爱传播宿命的恐惧，预言人的前途除了黑暗便是毁灭，挣扎、斗争全都无补于事，世界一片虚无、悲观，并把这种教义灌输给世人，这难道不是事实吗？自然，这个上帝也是极具人道主义关怀的，而引起人们痛苦的思考，但毕竟是太消沉了。

第五节　审美反映的多样化和无限的可能性

黑格尔在《逻辑学》中谈到他的“绝对理念”时说：“最丰富的东西是最具体的和最主观的，而那把自己收回到单纯的深处的东西，是最强有力的和囊括一切的。最高、最锋锐的顶峰是纯粹的人格，它唯一地通过那成为自己的本性的绝对辩证法，既把一切都包摄在自身之内，又因为它使自身成为最自由的——仍保持着单纯性，这个单纯性是最初的直接性和普遍性。”①黑格尔在这里表述的思想是十分出色的，我想可以借用过来探讨审美反映的多样化问题。

审美反映是一个不断发展的范畴，它的方式的无限多样与主客观双方密切相关。一方面，现实生活是不断发展的，不断被改造的，因此它的内容无限宽广，形式无限繁杂。这一方面好像不言自明，但往往不时出现分歧，例如绝大部分现代主义者对此都是持否定态度的。

另一方面，审美反映的多样性主要取决于主体的主观性、能动性，它的创造性本质的发挥。主体就其本质来说是自由的，不过自由不是一个抽象的观念，不是随意性。只有当主体不断接近客体的真理的时候，它才是自由的。主体不同客体接触，不是为了把握客体，自由就会变成盲目，就会无所依附。但是在艺术的发展中，主体的主观性的不断变化，则是它的主导方面，是发展的动力。

我们在前面谈到，在反映活动中，有可能使幻想脱离生活，观念向幻想转化。在审美反映范围，这种可能和自由就更加广泛。因为审美创造活动，一方面固然要以现实生活为基础；另一方面，又必须使主体意识脱离具体的现实生活的束缚，进入想象与幻想。审美反映中心理现实的形成，为主体的想象与幻想提供了自由驰骋的可能，自由创造的可能。由于心理现实具有心理的流动性，思维的联想性、跳跃性，切割整体的灵活性，所以主体可以通过心理现实的种种特征，打破现实的时序、空间，进行新的组合，呈现出主体的无限创造力。比如可以借用现实生活的形式，使用生活型的假定性手段，对现实进行如实的描写，或是借用现实生活形式，描写纯幻想的生活形态。可以通过特定的艺术假定性手段，进行变形的审美反映，这种审美反映，我把它称作非生活型的反映，如用夸张、荒诞、

① ［德］黑格尔著：《逻辑学》下卷，杨一之译，商务印书馆1976年版，第549页。

象征等手段创作的作品。还有那些表现主体情绪、意绪、某种感受的作品，它们既可使用形象，也可以不使用它们。空灵、情趣是其主要特征，等等。有时作家会对自己的想象、幻想不胜诧异，常常会因此不由自主地产生一种感同身受的境界感。

想象和幻想对于科学研究来说，同样是需要的，即使是激情和个性特征也是如此。但当结论一旦出现，它们都将被置于理论之外。至于审美反映，不仅离不开这些因素，而且要把它们融入到对象中去，成为创作动力的组成部分。更重要的是，还要在创作成果中保持主体的主观性。可以这样说，凡是主观性不强的审美反映，很可能是一种失败的审美反映。因为审美反映光有主观性特色还是不够的，还要具有最富主观性特征的东西。而所谓最主观性的东西，实际上就是真正属于作家，渗入他全部创造的巨大的主观穿透力，他的特殊的心理气质、审美感受方式、想象特征、感情强度、思想深度、激情倾向，以及对无意识、直觉的把握方式。这是保证审美反映方式多样化的最根本方面。

上述各种主观因素表现在不同主体身上各不相同。审美感受无疑受到审美心理定势所左右，特别是其中的心理气质和个性特征。在某种意义上说，作家的心理气质决定了他感受的特征。一些作家对某类事物容易产生较深的感受，而对于另一些生活现象，有一定感受却不易动心，在感情上较淡漠，所以对于同一事物、现象的感受程度也就因人而异，有的强烈，有的冷峻，即使都有较深的感受，但色彩各异，倾向不一。所以作家心理气质的差别，往往形成了他们各自的心理感受范围。有的作家因其审美心理定势比较活跃，甚至不断改变，感受的范围较宽，可感受的地带较广。有的作家的审美心理定势比较稳定，感受的范围较窄。心理气质往往也影响感受的方式，形成主体的不同选择，给予作家的艺术创作以不同的个性特色。例如一些作家很注意深入人物内心，善于探及人物心理隐秘，但气质的差别，造成了各自的个性特色，如陀思妥耶夫斯基之于托尔斯泰，罗曼·罗兰之于弗·莫里亚克，鲁迅之于巴金。一些作家即使在同一的历史过程中具有一致的世界观、政治立场，但由于气质不同，即使是对同一历史事件过程的感受也是同又不同。例如表现于创作中，有的作家长于幽默叙述来揭示旧秩序的瓦解和新生活的形成过程，如赵树理；有的作家习惯于倾向抒情来描写日常生活，如孙犁；有的作家则喜好以史诗幅度的形式去进行艺术概括，如梁斌。

审美反映中的感受的开始，正是审美感情的发动。审美主体感受中的爱和恨、伤痛和喜悦，当进入激荡的状态，常常会使与它们互为表里的思想直露于外，形成一种两者清晰可见又浑然一体的激情。主体创作激情的多种倾向往往构成作品思想倾向的底色，而各呈异彩。

我们对于审美反映中的上述主观因素的研究是不够的，至于对这一过程中出现的无意识、直觉、幻觉、梦幻等现象，更是如此。对于这些现象，心理学仍在研究之中，但是作为审美心理因素，同样也可以从审美反映的角度来加以阐明，进而反过来丰富心理学对于无意识、直觉、幻觉的理论上的自觉认识，极有可能扩大与丰富审美反映的领域和多种艺术手段的运用。

上述一切，都导向审美反映多样化的最高要求，即作家的艺术自我的创造，创作个性的创造。创作个性是主体主观性的不断求索和创造的结果，是主观性的集中表现，是主观性的最高要求，是主观性创造的极致。罗曼·罗兰说：艺术的力量在于提供“只属于他（指作家——引者）个人的自己的方面，自己的印痕，自己生活的芳香”①。高尔基则说：“摆在人面前的任务是：找到自己，找到自己对生活、对人们、对既定事实的主观态度，把这种态度体现在自己的形式中，自己的字句中。”②在某种意义上，文学的发展是靠无数的创作个性来推动的。富有创作个性的作品复杂多样、层出不穷。但是，不是那种准备束之高阁、藏之名山式的流传下去的作品，而是那些描述了最具体、最具现实与历史意义的人、事物、现象的特

① ［法］罗曼·罗兰著：《罗曼·罗兰文集》俄译本14集第2卷，莫斯科文艺出版社1959年版，第220页。

② ［苏］高尔基著：《文学书简》上卷，曹葆华等译，人民文学出版社1962年版，第426页。

征，和灌注了创作主体最主观的、极端个性化因素的作品，它们最具有艺术的生命。

第五章 新理性精神与文学理论研究

第一节 新理性精神是一种新的文化价值观

新理性精神的提出，是以当今人的生存状态、文化、文学艺术的实践与发展为基础的，也可以说是一种新的实践理性。

从整体性的角度来阐明新理性精神，是需要进行专门的研究的。这里先就其历史、现实与逻辑的角度做个简要的说明。

理性走过了漫长的道路。理性是人类不断认识自身的能力，是人类树立自身各种生存理想、调节与规范自身的欲望与行为的能力，是调控人与社会、人与人、人与自然、人与科技之间相互关系，规范社会、政治制度、道德准则的智性思维力量。这种智性思维力量，既表现为科学理性，探索宇宙自然奥秘，研究社会形态的兴衰丕变，又表现为人文理性，关注人的生存状态，人的命运，他的价值与人文品格。理性是精神的，又是实践的。它指导创造各种文化价值,形成各种理想与学说,又策动构建人们的各种行为准则、道德规范以及各种社会制度。

当今文学艺术意义、价值的下滑,人文精神的淡化与被贬抑,是一种普遍的文化现象,一种世界性的文化现象。这与19世纪下半期特别是20世纪人的生存条件、人的生存质量与处境密切相关。理性的旗帜曾经鼓舞西欧不少国家在现代化方面突飞猛进,但是由于其不断走向唯理性主义,以为理性万能,于是由科学理性逐渐变为极端化的工具理性、实用理性,理性显示了自身的独断性。人文理性在唯理性主义、实用理性的影响下,受到贬抑而变得残缺不全。理性并未实现它的美妙的千年王国的许诺而受到了质疑。一百多年来,人的生存不断遭到挫折,20世纪,这个世界多次毁灭了理性,灾难频发,致使人们普遍地失落理想;或使信仰神化,进而引发出种种深重的精神危机。

19世纪,谢林、叔本华在哲学上转向了非理性主义;尼采宣布:上帝死了。随后出现国王死了,20世纪中期,卢卡契提出了"理性的毁灭",对种种非理性主义进行了批判。

开始于19世纪下半期、高涨于20世纪的非理性主义、反理性主义哲学流派蜂起。弗洛伊德主义、唯意志主义、生命哲学、存在主义哲学,纷纷在生命、生命创造、本能、无意识、感性、意志、孤寂、迷茫、焦虑、绝望、死亡、非理性、反理性以及主体性等基础上,筑起自己的理论。这些哲学思潮的兴起,从不同方面暴露了理性主义的独断性、单一性与片面性,人类丰富的感性、价值、主体的能动性与人的尊严,被漠视、压抑乃至被否定了。因此可以说,这类极具人本因素的非理性主义哲学思潮,极大地拓展了人类的认识,使人类加深了对自己的了解。但是它们又往往走向极端,从而导致了对理性的否定,即以非理性的人文理性贬抑了理性的人文理性与人文精神。科学主义哲学在20世纪同样获得了重大的进展,像实证主义、分析哲学、语言哲学及其引起的转向,生动地推进了人们的认识,但是人文精神却又不在它们的视野之内。出现了"新感性""交往理性",力图从不同方向来解释社会生活现象,构想人类的新关系。接着又出现了后现代主义文化思潮,它一方面解放了人们的思想,促进了人们思维方式的改造,另一方面又消解了以往文化遗产的价值与精神。正如有的学者所说的:"上帝、国王、父亲、理性、历史、人文主义已经匆匆过去,虽然在一些信仰园地中余烬犹存。我们已杀死了我们的诸神。"[①]随后还有人宣布知识分子之死,作者之死,人的主体性之死。人们不断暴露自身的粗俗、卑琐、无奈与虚无。

我们还要谈到科技。20世纪的科技、信息技术日新月异的进步与创造力,显示了人认识与改造世界的无限伟力,创造了物质的丰富。但是高科技在传授丰富的知识的同时,它又挤去了人的人性品格的培育与教练的时间与机会,表现了非人性的消极的一面。最为明显的是人的自然环境愈来愈遭到破坏,人如何生存下去成了问题。爱因斯坦说:"我们切莫忘记,任凭科学与技艺并不能给人类的生活带来幸福和尊严。"在经济全球化的发展趋势中,一些富国在物质上获得了极大的丰富,但在总体上并未解决大多数穷国的贫困,这些国家的大多数人,依然在饥饿、死亡线上挣扎。同时,今天崇尚财富的时尚,以及无限地追求物的欲望与享受,形成了物的普遍的挤压,使人情日益淡化,以致使不少人成为失去人性的

① [美]伊哈布·哈桑著:《后现代的转向》,刘象愚译,台湾时报文化出版企业有限公司1993年版,第279页。

人,使人在精神上变成了空虚的人、平庸的人、丑陋的人。在形形色色的“钱性权”这类恶棍横行肆虐的今天,嘲弄崇高与人文精神曾成为时髦;或是把人文精神与大众文化完全对立起来,宣布前者为“最后的神话”,认为人文精神纯属子虚乌有。在恶俗横流、不少人失去生存理想的景况下,人们崇拜自然本能,激赏感性享受,人的精神趋向多元而又凸现了一片混沌状态。在文学艺术创作中,一些人追腥逐臭,对粗俗、恶俗、腐烂的东西趋之若鹜,这极大地削弱与消解了文学艺术审美的生成。

但是人类必须生存下去,尽管前途明摆着诸多凶险,他理应在精神上获得健康的发展。因此,看到千百年来特别是一百多年来旧理性走向衰落这一情况,看到各种非理性、反理性主义思潮消极面的无度的张扬,一些人文知识分子正在寻找自己的立足点,一种新的理性的立足点。“新理性精神”是一种文化价值观,它主张用大视野的历史唯物主义、哲学人类学来审视人的生存意义,重新阐释与理解人的生存、文化、文学艺术的价值。需要郑重说明的是,新理性精神不过是一些趣味类似的知识分子,在对待人的生存状态、现实状态与文化、文学艺术现象时所持的观点与立足点而已。它并非一时的心血来潮,随风起落的应景时尚,更非朝三暮四的理论游戏,而是较长时间思考的结果。半个世纪以来,就我个人来说,经历了20世纪50年代既有积极也有消极影响的种种教育,六七十年代严酷的生存拷问,八九十年代学术中的风风雨雨,各种文化思潮与文学理论时尚的洗礼,把它们综合一起而有所悟。在这意义上说,新理性精神实际上是一种生存的感悟。

“新理性精神”作为一种对于文化、文学艺术内在的精神信念 ,是对旧理性的扬弃。为了避免旧理性的覆辙,非理性主义、反理性主义的各种思潮的极端化与虚无主义,新理性精神需要在对它们进行现代文化批判的基础上,汲取它们的合理因素,从几个方面,确立自身的理论关系:这就是“现代性”“新人文精神”“交往对话精神”、感性与文化问题。这些提法就其单个方面来说并非独创,有的论题,已经讨论过几百年了。我这里基本上是借用,但对它们做了改造,即力图给以自己的阐释,并从历史、逻辑的角度,将它们综合成一个理论的立足点。当今是综合创新的时代①。实际上,综合可能是一条创新之路。

第二节 新理性精神的构成因素

一、在现代社会里,现代性实际上规范着人们对现代社会、生存处境、文化、文学艺术的看法。看法不同,形成了不同的出发点。新理性精神将以"现代性"为指针,以推动现代社会、文化、文学艺术发展的现代意识精神为其理论组成部分。有各式各样的现代性,这里说的现代性,是新理性精神的现代性。

新理性精神把现代性看作促进社会进入现代社会发展阶段,使社会不断走向科学、进步的一种理性精神、启蒙精神,一种现代意识精神,一种时代的文化精神。这种现代意识精神,时代的文化精神,作为一个尺度,是我们建设新文化、新的文学艺术需要长久地遵循的原则。现代性是引导人们进行文化建设、精神创造的思想,这是一个人类"未竟的事业"。我们不能像某些西方现代主义者那样,把现代性仅仅看作出现了反理性之后形成的东西,以为反理性才是现代性的表现,现代性只能是现代主义文化与文学艺术的特征,这是不符合实际情况的。其实,其他具有现代意识精神而并不反对理性的优秀的文化与文学艺术,不仅同样表现了现代性特征,而且丰富、维护了现代性。同时我们也不能像后现代主义者那样,声称"现代性"已经终结②,当今是后现代性统制的时代了。其实,目前我们只是想做现代的知识分子,那些"后知识分子"并不切合实际,虽

① 见钱中文撰:《主导、多样、综合——一种趋势》,载1986年3月8日《文艺报》。

② 转引自王治河为大卫·格里分编《后现代精神》中译本所作代序,中央编译出版社1998年版,第19页。

然在我们这里确实存在着不少“后现代状态”，必须进行研究。

新理性精神把现代性本身看作一个矛盾体，应当看到它的两面性，以避免走向极端。例如，忽视人的感性的需求而走向文化的唯理性主义，或是走向非理性主义与反理性主义，忽视人文的需求而走向工具理性主义，走向它的反面，从另一方面走向反理性主义。历史、现实中不乏这类情况，这种情况一旦发生，必然会给理论与生活实践带来危害，反之亦然。因此既要批判旧有的文化，也要批判现代性自身所具有的消极面。当今，极端实用性的工具理性主义横行，这是由于社会科学与人文科学在一个时期内走向反理性主义、走向反面而形成社会灾难的结果，是人们对社会科学、人文科学丧失信心使然。所以，在一个时期里，诸多复杂的种种现实关系，只能靠工具理性来处理，用简单、划一与实用的量化办法来解决了。同时，新理性精神把现代性的功能视为一种反思，一种文化批判，一种现代文化的批判力，即一种思想前进的推力。需要坚持现代性的这一功能，使其自身处于清醒的现实主义状态，使其自身具有不断清理自身矛盾的能力。要使社会科学与人文科学走到它们自己的正路上来，需要的是对于历史、现实的不断的深入的反思，拒绝批判是无济于事的。新理性精神既反对隐瞒历史事实，搅浑历史事实，随意打扮历史、现实，使用实用主义的话语霸权，也反对把历史与现实视为一种虚拟与虚构，我们不能因为一些人虚构历史，而对一切历史持虚无主义的怀疑。话语并不能任意创造历史，话语行为是需要以现实、历史事实为依据的。

新理性精神主张现代性是在传统基础上建立起来的现代性，又是使传统获得不断发展、创新的现代性。这里有两层意思。一是必须保护传统、继承传统。文化传统是过去的创造，是新文化创造的出发点与先决条件。我们无法绕开原有的文化传统，而必须继承传统。继承传统，自然必须保护传统、清理传统。二是，学者清理传统文化、总结传统文化，展示传统文化的原有风貌，十分必要而自成学问。不过我们保护传统文化、清理传统文化，不仅仅是为了维护传统、保护传统文化的原状。继承传统，并非面对往昔、迷恋过去,继承的目的在于吸收它的优秀成分。在传统文化中,实际上不仅有着过时的东西,惰性的东西,妨碍进步的东西,需要不断剔除的东西,同时在传统文化中,还存在着属于未来的东西,全人类的东西,这正是传统文化的真正价值所在。正是这些成分,在“长远时间”中能够发挥其价值与作用,并且积极参与新的文化建设,体现着我们民族文化的价值与精神。漠视传统,中断传统,否定传统,标新立异,很是痛快,但到时还会重新发生传统问题的争议,给传统以新的科学的审定和定位,现在我们就面临这一局面。这样,我们需要充分了解我们过去的传统文化的价值,不少人一谈起传统文化,至今仍然持有不屑一顾的态度,这是令人悲哀的,不少著名的外国学者却并不如此。伽达默尔说:“中国人今天不能没有数学、物理学和化学这些发端于希腊的科学而存在于世界。但是这个根源的承载力在今天已枯萎了。科学今后将从其他根源寻找养料,特别是从远东寻找养料。”“二百年内人们确实必须学习中国语言,以便全面掌握或共同享受一切。”①

继承传统,其更高的目的在于创新,清理、总结传统是需要的,但是不是停留在原有的传统文化之上。人类必须不断更新,创造自己的新文化。传统是我们创新的过去,创新是传统的未来。因此创新应是传统之续,它脱胎于传统,又走出传统。继承是为了更新传统,创造新的传统。传统与创新,实际上是一个奇妙的联结体,这个联结体在其不同的孕育方式中诞生新东西。在这一孕育过程中,过分地倚靠传统或是过度地离开传统,都会使新生的文化出现畸形现象。同时,作为联结体的传统与创新,又是一个动态的过程。我们进入自己的传统,理解自己的传统,把握自己的历史与现实;作为创造的主体,同时我们又不断选择传统、改造传统、更新传统、创造新的文化传统,自然在更新、创造中,也包含了某种必要的断裂的因素。在当今新文化的建设中,需要通过现代性,对优秀的文化传统进行定位与选择。有三种文化传统,三种文化资源,即我国古代、现代以及外

① 洪汉鼎撰:《百岁西哲寄望东方》,载2001年7月25日《中华读书报》。

国文化传统。当代文化建设，只能以现代文化传统为基础与出发点，以现代批判精神对现代文化进行批判与改造，明确其行之有效的部分，吸收中国古代文化与西方文化中的有用成分，使之融会贯通，建立新的文化形态。

从历史进程来看，现代性是一种被赋予历史具体性的现代意识精神，一种历史性的指向。在各个发展阶段，现代性的内涵有着共同之处，但又很不相同；因此，我国的现代性诉求与外国的现代性的趋向，也是各有不同的。完全以外国的现代性准则来代替我国的现代性诉求，这实际上是西化思想，在历史、现实中被证明是行不通的。但是现今看到不少的论者，实际上都把我国文化、文学，置于外国现代性的诉求之下进行的。我们把自身置于国际背景、世界进程，并不是我们就要“向西看齐”，并不是以外国的现代性来替代我国文化、文学的现代性，一旦发现了两者之间的差异，就对我国的文化与文学艺术嗤之以鼻。这种西化式现代性讨论，不能不导致现代性阐释的失误。可以吸取西方学者论述中的有启发性的因素与长处，但不能用他们的论说，来替代我们对我国文化自身问题的阐释。至于后现代性，我以为可以吸取它的某些合理的因素，如我国文化、艺术中难得存在的怀疑精神，它的反对绝对的权威性，反对学术上的大一统、单一化，主张多元化，接受中的多义性等。但是应当拒绝它的虚无主义，即由于对语言能指的崇拜由此而产生的极端的解构主义倾向。因此，我以为要以现代性导向，来推动我们文化、文论建设的这一未竟事业。

在当今全球化的氛围中，发生着全球化与本土化的文化冲突与融合。现代性应在文化建设中确立自己的独立自主精神与进取精神，即独立、进取的文化身份。独立自主就是确立自主的主体意识；进取就是为我所用的主导意识，识别并吸取他人的长处，不断用以激活并更新传统。文化冲突与融合，是一种客观的存在，要努力消弭冲突，积极地走向融合，具有我国特色的新文化，只能在融合中复苏并获得发展。

二、新理性精神将把“新的人文精神”视为自身的内涵与血肉。近百年来,由于科技的发展,物质的不断丰富,人受到排山倒海而来的物欲挤压,物欲使人不断转向对金钱与权力的追逐,使人变为物的奴隶,人失去难以弥补的精神需求而变得精神空缺,并使自身成为一种异化力量。在现代主义的文化、文学中,人的精神家园已成为一片废墟。现代主义的文化与文学暴露了人的触目惊心的精神伤残感,它们为人的价值、人的精神的摧残而深为伤痛。后现代主义则宣布,"原叙事"被怀疑,崇高的"同一性"被否定,叙事与科学的范式不可通约,"我们现在一无所有,没有一样东西不是暂时的、自我创造的、不完整的,在虚无之上我们建立了我们的话语"①,这无疑陷入了万劫不复的茫茫虚无与绝望了。20 世纪 90 年代上半期我国学者关于"人文精神"的讨论,本来是个切中时弊的题目,但是讨论很快就情绪化了。一些论者以为提倡文学需要"人文精神",是旧思潮的东山再起,于是认定人文精神是欧洲文艺复兴的产物,中国从未有过人文精神,何来人文精神的恢复之说?有的历史学家也来进行考证,认为当今所说的"人文精神",就是欧洲的"人文主义",我国历代文献里,没有"人文精神"之说,可见文学的"人文精神"之说,纯属子虚乌有,这真有些像黑色幽默了。有的论者认为,一些人提出文学的"人文精神",是为了企图获取话语的垄断权。实际上,这是害怕人们妨害他们的自由心态,以及惟恐人文精神的话语,可能会妨害了他们对后现代话语的垄断权,因此人文精神被说成一个"最后的神话"②了。

人文精神是针对现实生活中的非人性与反人性而说的,是针对物的挤压、人的异化而说的,是针对当今现实生活中大大小小而极有威力的钱性权式的这类恶汉的暴力而说的,他们的暴力既是物质的,又是精神的,是针对文学艺术漠视人的精神伤残而说的。在社会转型、价值转换的时代,一些人在嘲弄旧的价值观念的同时,却嘲弄了人应有的价值与精神,在批判伪崇高的时候,却否认人的崇高的情操与品格,这是令人万分惋惜

① [美]伊哈布·哈桑著:《后现代的转向》,刘象愚译,台湾时报文化企业股份有限公司 1993 年版,第 279—280 页。

② 见王晓明编:《人文精神寻思录》,文汇出版社 1996 年版,第 106 页、第 131 页、第 137 页。

的。身为人文知识分子,如果缺乏同情人、爱护人的阔大、宽厚的情怀,却在贬抑人文精神,这使人所处的非人的生存境遇的氛围,就显得更加阴沉而浓重了。

新理性精神要在大视野的历史唯物主义、人道主义的观照下,弘扬人文精神,以新的人文精神充实人的精神,以批判的精神对抗人的生存的平庸与精神的堕落。所谓人文精神,就是在人与社会、人与自然、人与人之间,一种对人的生存、命运的叩问与关怀,就是使人何以成为人,要成为什么样的人,确立哪种生存方式更符合人的需求的那种理想、关系和准则的探求,就是对民族、对人的生存意义、价值、精神的追求与确认,人文精神是人的精神家园支撑,最终追求人的全面自由与人的解放。我国旧有的文化与文学之中,是充盈着深厚的人文精神的,这不是旧有的封建性十足的伦理道德,四维八纲,这是对人的生存命运、处境的关怀,一种对家园、邦国命运的深厚的忧患意识。这类思想,不能因为在几百几千年前,没有被标上"人文精神",就不是人文精神了。我国文化、文学中的人文精神与西方的人文精神中进步的有用成分并未过时,缺乏人文精神、糟蹋人文精神的文学艺术是存在的,低级消遣的、粗俗的文学艺术,它们经过媒体的炒作而大卖,但无益于人的精神的健康与成长。而维系着一个民族生存、发展的部分文学艺术,总是充溢着人文精神的。新的人文精神的建立,必须发扬我国原有的人文精神的优秀传统,适度地汲取西方人文精神的合理因素,协调人与人、人与社会、人与自然,人与科技之间的相互关系,融合成既有利于过去不被允许的个人自由进取,又使人际关系获得融洽发展的两者相辅相成、互为依存的新的精神,并使新的人文精神成为文学艺术的灵魂。

三、新理性精神努力奉行"交往对话精神"。需要确立人的生存是一种对话的生存,人的意识是一种独立的、自有价值的意识的思想,人与人是一种相互交往对话的关系。把人与人视为一种交往对话关系,并把它作为新理性精神的组成部分,目的在于要在人与人之间、个人的思想与思想之间，确立起一种新型的平等的交往对话关系，以促成学术界的一种普遍的追求真理之风，提倡自由的思想，独立的精神。学术界不能没有这种新型的平等的交往对话关系，不能没有这种思想与精神，否则学术的个性是很难形成的，而学术的进步总是建立在众多的、不同的学术个性上的，同时在此基础上，希望改造人们长期以来形成的、走向极端的思维方式，那种好就是绝对的好、坏就是绝对的坏的非此即彼的二分法。这种思维方式与思想方法，在评价历史文化现象时，给我们带来了许多极端情绪化的、不讲学理的和不切实际的消极影响。

要在历史现实、文化遗产的评价中，提倡一种可以去蔽的、历史的整体性观念，一种走向宽容、对话、综合、创新的包含了必要的非此即彼、一定的价值判断、总体上亦此亦彼的思维，这种思维对于振兴我国学术思想，是会有积极意义的。同时提倡走向对话的文化理论、文学理论。对话即发问、诘难、应答与比较。任何一种有价值的文化理论，都是在它的特定条件下的文化传统与反传统、不同的社会与文化思潮的不断撞击的基础上形成的。一种文化理论一旦被引入另一国家的文化进程，就必然会给以鉴别，科学地判断它的得失，确定它的价值取向。有鉴别就有真伪的判断，有分析就有偏颇与价值的识别，有取舍就有侧重与扬弃，有创新就有不同程度的改造。创新，就会有必要的“误差”与偏离。在对话中可以发现本土文化与外来文化的各自的长处与局限，并要用外来文化中的有价值的东西激活自己。对话理论旨在促进现代的理论创新。

四、感性与文化。旧理性、唯理性主义以为理性万能，它们忽视人的感性，压抑人的感性，它们通过盲目的政治迷信或是宗教的信仰主义，遏制人的感性的显现，扼杀人性的发展、个性的形成以及人的创造力。新理性精神并不是唯理性主义，它崇尚感性，因为生活本身就是感性的表现。人的感性的需求、生理需求是必须获得满足的，这是人类生存的条件。不过，即使是人的生物性的需求，它与动物的生物性需求并不完全相同，而是受到一定文化因素制约的。至于更为宽阔的人的感性生活的需求，应是人的文化的需求，即具有文化内涵的感性的需求。文学是人的感性生活的审美反映，同时显示人们的理性认识。在人的感性生活中，非理性、反理性是普遍存在的，它们是人的生命、生存的组成部分。新理性精神承认非理性乃至反理性的存在的合法性，它们具有思想的、现实的特殊的创造力，这在文学艺术中尤其如此，所以需要吸取它们的合理性方面，成为自身的组成部分。但是，新理性精神反对以反理性的态度与反理性主义来解释生活现实与历史。极端的非理性、反理性主义，蔑视对人的终极关怀、对人的命运的叩问与人文需求，无度张扬人的感性和特别是人的生理享乐的本能，解体了人的感性。现今的一些所谓文学艺术、地摊文化，迎合市场的粗俗需求，贬抑并且鄙视人的文化、精神与价值，这就必然把人的生物性的需求当成人的唯一的感性需求，当成写作与表现的主要对象，使感性的描写变为滥情的展示，或是尽情地宣泄各种性经验与性幻想，加上媒体的肆意炒作，以致流向恶俗，走到反文化、反人文精神的地步。在生活与文学艺术中，从不同角度和需求，整合感性与理性的关系，正是重振人文精神的必由途径。

新理性精神也不同于国外的“新感性”及类似新感性的说法。这些学者认为，艺术与审美具有改变旧的感受世界的方式，创造新感性与新的主体的政治功能，实现人性与其本能结构中的革命与政治实践，从而成为预示社会转折的政治因素。这无疑夸大了感性的意义和作用，走向审美乌托邦了。

综上所说，新理性精神是一种以现代性为指导，以新人文精神为内涵与核心，以交往对话精神确立人与人的相互关系，建立新的思维方式，包容了感性的理性精神。这是以我为主导的、一种对人类一切有价值的东西实行兼容并包的、开放的实践理性，是一种文化、文学艺术的价值观。

新理性精神的基本观念，在我看来，对于当今的人文科学来说，我以为也是适用的。

一百多年来，我国的人文科学在世界文化思潮的冲击下，总是左顾右盼，处在不断的动荡之中，既有犹豫、徘徊，也有自强、进取。“文革”期间，我国人文科学受到严重的破坏。原来十分诱人的现代性，逐渐走向“文革”的反动，对于人文精神人们则有一种伤残之痛，人与人应有的平等对话的关系，变为“文化大革命”的暴虐。噩梦虽然已经结束，但内心的创痛犹存。在近20年，不少学者在介绍西方的文化、文学艺术思想，又把西方学术思想奉为圭臬。一些学者的观念令人捉摸不定，今天这种观念时髦，就按这种观念著文，明天那种思想风行，就按那种思想立说。一些学者则经历了痛苦的反思，经历了新潮文化、文学艺术与文学理论的洗礼以及对它们的思索。如前所说，这种“立足点意识”，开始是不自觉的，继而渐渐走向自觉。这使他们既反对不分青红皂白、一味否定传统文化与文论的现象，用西方最新学说来定位我们的文化和文学，也反对那些只能在名人导师语录中专事说文解字、数黑论黄的现象。对于传统文化与文论，我们需要否定的只是那些落后的东西、不科学甚至反科学的东西，而现代文化、现代文论传统中的那些经过实践检验的有用成分，则应当给予肯定，而且要把它们看成创造新文化、新文论的出发点，转而融会中外文化、文论传统中的合理因素，在此基础上，走向求新、求变与创新。脱离传统而创新，往往是没有基点的创新，过不多久，这座创新的大厦就会颓然倒塌。正是在这种境遇中，我把新理性精神看作反思人文科学与建设人文科学的立足点。

新理性精神作为思想开放的实践理性，只是想在吸取以往的多种思想原则的长处的基础上，走向新的综合，确立一些原则，给自己一个新的立足点。它自然承认其他的思想观念，多元的文化思想与多元的文学观念。

1995年，我提出“新理性精神”后，次年阐释新理性精神的论文介绍到了国外。2000年，我出版了《新理性精神文学论》一书。我把在新理性精神观照下提出的文学主张，称之为“新理性精神”文学论。在开头不很自觉到后来比较自觉地寻找、确立“立足点意识”的过程中，我在80年代的著作中，提出了一些后来我不断进行阐释的理论范畴，这就是前文学与文学、文学是“审美意识形态”、创作过程是一种“审美反映”说、我所理解的“文学本体论”、文学发展的形式、文学的更迭与非更迭现象、以创作原则代替创作方法、民族文化精神以及对文学文化关系、把文学视为文化的组成部分的强调等。我想是否可以这样说，这仅是新理性精神文学观念的一种形态。

第三节　文学观念与文学研究

一、文学是“审美意识形态”说与作为创作过程的“审美反映”。

1982 年，作者在《人性共同形态描写及其评价》一文中提出，文学是一种“具有审美特性的意识形态”，但那时不很自觉。1984 年，在文学是什么、不是什么的讨论中，作者又提出文学是“审美意识形态”与文学创作是“审美反映”说[①]。后来得知，认为文学是一种“审美意识形态”，俄国批评家沃罗夫斯基在 1910 年的一篇论述高尔基的文章中就曾提及；苏联美学家布罗夫在 1975 年出版的小册子里曾提出艺术是“审美意识形态”说，但都无阐释。而“审美反映”，卢卡契在其《审美特性》一书中就作过专门的讨论。作者在提出这些术语方面，后来觉得与他们有一种契合感，但在阐释上是很不相同的。

关于文学是审美意识形态，作者认为审美是文学艺术的根本特征，无审美特性则无以言文学，但文学作为审美意识形态，则是在其漫长的历史发展中得以显现出来的。先民无文学，但先民在其自身的发展过程中，形成一种思维能力，即神话思维。神话思维作为人普遍地把握世界的方式，是一种混合型思维，审美本性是这种思维的根本特征，是人自身本质特征

① 见钱中文撰:《文学理论的发展与方法更新的迫切性》，载《文学评论》1984 年第 6 期。

的确证。先民的审美本性表现在审美意识的不断形成。审美意识体现在原始的歌谣、仪式巫唱、先祖的神话传说、民间故事之中，它们流传于先民口头，成为文学的萌芽与文学的前形式。随后神话思维有了分化，比如作为认识的意识从混合型的思维中分离了出来，而文学性的语言又大为发展，从劳动游戏、歌谣巫唱中逐渐生成韵律，艺术手法不断丰富，赋、比、兴成了前文学向文学过渡的审美中介，在文字、话语不断完善的基础上，诗歌呼唤着形式。在进入渐渐成熟的社会形态中，前文学通过文字、话语的审美结构而获得实在的形态，并且在其历史发展中不断完善自身，成为现代意义上的“审美意识形态”，现代意义上的文学。文学作为审美意识形态，以感情为中心，但这是感情和思想的结合；它是一种自由想象的，但又具有特殊形态的多样的真实性；它是有目的的，但又具有不以实利为目的的无目的性；它具有社会性，但又是一种具有广泛的全人类性的审美意识的形态。作者把文学审美意识形态、审美意识形态性看作文学的基本特征，视为文学研究系统的最高层次的问题。

关于“审美反映”说。作者认为，应把文学创作与文学批评中的简单的反映论与能动的反映论区别开来，不做区别，很可能导致新的庸俗社会学。从反映论观察文学，文学的某些本质特征方面，可以得到阐明，也可以使用其他层次的方法研究文学，但不好把反映论直接移植于文学创作，阐释创作应以审美反映论代替反映论。审美反映论有其自身结构，它是由心理层面、感性认识层面、言语形式层面和实践功能层面组成的统一体。审美反映中主观性的创造力表现为现实改造，现实呈现为三种形态：现实生活、心理现实与审美心理现实。心理现实中主客观时时产生双向转化，客观因素的主观化，主观因素的对象化。侧向主观的审美倾斜，可以形成创新，也可能失去沟通。审美反映的动力源，来自主体的审美心理定势，审美心理定势的动态结构（格局）形成一触即发的内驱力，不断要求主体去获得实践的满足。审美心理定势的不断更新，使审美主体不断走向审美反映的新岸。不存在没有表现的审美反映，自我在表现中找到归宿。审美反映的无限多样,一是现实的无限性,二是主观性是一种不断更新的动力。凡是主观性不强的审美反映可能是失败的审美反映。创作个性是主观性的最高要求,是创造的极致。最丰富的是最主观的和最具体的,这一命题实际上已超越了审美反映。

二、文学本体论。作者把文学本体论作为探讨文学研究系统的第二层次。

文学本体探讨的是文学存在的形式,它的存在的方式。作者吸收了韦勒克以及接受美学的经验,并给以改造,提出文学的存在由三个层次构成,组成文学本体论:语言结构的审美创造系统;主体的审美创造与审美价值的创造系统;阅读接受的审美价值的再创造系统。作者认为,要把形式主义、新批评、结构主义学派所排斥的多种因素,如文学作品所描写的现实、历史、社会关系、社会意识、人的心理现象,即文学所描写的一切,归到文学本体范围。新批评派所说的文学本体论,实际上说的是作品本体论,探讨的如谐音、节奏、格律、文体、意象、隐喻、象征、神话、小说叙事模式等,只是作品的形式构成因素,作品的存在方式。

三、文学发展,是文学研究系统的第三层次,要探讨文学本体的发展。相对于文学是语言结构的审美创造系统,要研究文学体裁的历史的生成与演变,它的生成的规律性。相对于文学是审美价值的创造系统,要研究创作主体的个性、艺术风格(风格的生成结构与审美中介)与流派(它的深层结构)、思潮的关系,创作原则的选择等问题。相对于阅读接受是审美价值的再创造系统,要研究文学在不同时期的接受的历史,对不同时期读者群的影响及意义、价值的生成与再生成。文学作品的意义是由这三个层面互为影响的结果。作者不使用并不十分科学的所谓"创作方法",而代之以创作精神、原则或原型。认为文学发展并不是一般所说的是一种文学替代另一种文学,如现实主义文学替代浪漫主义文学,现代主义文学替代现实主义文学。实际上,在文学的发展中,存在着更迭与非更迭现象。文学中更迭的、替代的实际上是创作思潮、流派,而非创作精神与原则,创作精神与原则一旦形成,即创作思维形成类型,就具有相对的独立性,成为不可更迭的现象而长久存在,可以不断进行丰富,但没有什么东西可以替代。这就是为什么现实主义文学繁荣期,浪漫主义文学仍在发展,现代主义文学得势时,现实主义文学照样繁荣的缘故。而人们往往把创作原则、精神与艺术思维类型和创作流派、思潮相混了,形成了文学发展论说中的一股替代之风。

四、文学是一个国家文化的组成部分,文学的发展是在文化这个大系统运动中进行的,文学不能不受到诸多文化因素的制约与影响。民族文化在其长期发展中,形成了它自身的思维特征、心理结构和它的价值系统,在这些因素的综合作用下,形成了"民族文化精神"(一般提民族精神,但缺乏中介因素),这是民族文化心理的历史的积淀,它的潜在形态的强弱兴衰,有形无形地制约着民族文学的发展。一个国家的文化给予文学影响的,正是由这个国家千百年来历史地形成的民族文化精神。民族文化精神作为民族的深层心理结构,影响着文学观念的形成。民族文化精神进入文学艺术,将会转化为相应的文学艺术性的观念;作为创作的深层心理结构,使艺术思维方式成为一种富有民族特性的审美把握方式,并在创作者的气质中表现出来。自然,民族文化精神不是一成不变的现象,它不断受到现代意识精神即现代性的选择,以及外国文化中的优秀成分的影响。

在这里,作者将文化分为审美文化、非审美文化与介于两者之间的文化形式。审美文化即包括文学在内的其他艺术门类,如音乐、绘画、雕塑、舞蹈、书法、影视艺术等。非审美文化如政治(包括体制)、历史、科学、道德、哲学、民俗等。介于两者之间的文化形式如宗教。文学就是吸收了众多文化的潜在的精神因素、作用而表现了其民族文化精神的。文学理论对于众多的文化因素与文学的关系进行系统的研究,就是文学的文化研究或文化诗学。

文学研究系统的最后层次,是文学史的研究。作者在1989年出版的

《文学原理—发展论》一书中，比较了各种文学史类型，提出撰写文学史的一种优化的选择方式，即审美的、文化历史的方法，使用这一方法，可以使文学史研究达到理论形态与历史形态的高度融合与相互浸润，而走向新的高度[①]。

这是在新理性精神思考下的一种文学理论形式。不少有成就的学者大体上具有类似的思维方式、思想与方法，但其著述各有特征。其中既有与我同辈的学者，也有一些中年、青年学者。他们思路开阔，知识面宽，视角新颖，理论阐述有深度，学风良好，多有创新，成绩卓著。他们具有学术个性的著述，形成了文学理论中色彩斑斓的风景线。我想新世纪我国的文学理论研究，将会开创一个更为宽阔、富有活力的新局面。

后　记

"新理性精神文学论"提出后，在文学理论界发生了较大影响。2001年秋，于厦门召开了"新理性精神与文学研究方法论全国学术研讨会"，会议期间，新理性精神这一观念，受到过一些学者的质疑，特别是它的理论根源方面，同时也得到不少著名学者的肯定。2002年，《东南学术》设有杨春时主持的专题讨论："文学研究与新理性精神"，刊有钱中文、童庆炳、王元骧与徐岱等人阐发新理性精神的专文。2002年12月，在京召开了"多元对话时代的文艺理论建设——新理性精神与钱中文文艺理论研究"学术讨论会。在这次讨论会上，不少学者肯定了"新理性精神"的意义，认为这是中国学者对社会的关怀、审美理想和文本叙述的立场、观点、方法的综合性倾向。新理性精神的核心是新人文精神，并以这种精神改造社会和人。它在物质的维度上，容纳了感性和正当的欲望；在精神的维

① 见钱中文著：《文学原理—发展论》，社会科学文献出版社1989年版。

度上，它以新人文精神为核心；在批判的维度上，它是批判一切不符合人文的和反人文的东西为武器；同时它又具有理想的维度，是用理想来烛照现实，是对时代的恳切的回应与超越。新理性精神文论正确处理了本土化与全球化的关系，具有鲜明的立足于中国民族文化土壤的文化身份和独立自主性；又充分地吸取了西方文化，特别是西方美学和文艺学的若干精华，具有极大的理论开放性。

2003 年，《学术月刊》第 4 期在“当代中国学派建设”的标题下，设有“钱中文的文学理论”栏目，发表了钱中文、童庆炳、朱立元和祁志祥论述“新理性精神”的一组专文。同年，朱立元分别在《学术月刊》第 4 期发表《试析“新理性精神”的内在结构》与在《河北学刊》第 5 期上发表《钱中文“新理性精神”的内在结构》两文。2004 年与 2006 年，张艺声先生出版两部专著：《比较与超越》与《比较学理论》，其中都设有关于“新理性精神”的专章。其间，童庆炳、曾繁仁、朱立元、王元骧、许明、王宁、徐岱、杨春时、黄鸣奋、祁志祥、顾祖钊、李世涛、吴子林等学者纷纷发表专文或专章，初步梳理并揭示了人类思维的发展趋势、改造的可能与需要，探讨了理性、非理性、反理性多种哲学与新理性的关系，感性与文化的关系，历史地、逻辑地丰富了新理性精神。由于新理性精神是一种开放的理论的自觉，所以，即使一些同行认可了新理性精神的原则，但在文学观念的具体阐释中，也是有同有异，互为包容、互有特色、互为丰富的。

2006 年后，我国文学理论界不少著名学者出版了多种有关我国近 30 年来文艺理论发展的研究专著，其中较为重要的有朱立元主编的《新时期以来文学理论和批评发展概况的调查报告》(2006 年)、《学问有道——学部委员访谈录》(2007 年)、《学问人生——中国社会科学院名家谈》(2007 年)、曾繁仁著《转型期的中国美学》(2007 年)、王宁主编的《文学理论前沿》(2008 年)、丁帆等主编的《中国高校哲学社会科学发展报告》(1978—2008)文学卷(2008 年)、朱立元等著的《马克思主义文艺理论中国化研究》(2009 年)、李世涛《钱中文先生文学理论研究述评》(《文学评论》2009 年第 2 期)、高建平主编《当代中国文艺理论研究》(2011 年)、童庆炳主编的《20 世纪中国马克思主义文艺理论研究》(2012 年)、刘文斌主编《中国新时期文艺理论家研究》(2012 年)、王文革等主编《当代文艺理论家如是说》(2015 年)、童庆炳著《中国当代文艺理论的经验、困局与出路》(2015 年)。这些著作都就“新理性精神文学论”设立专章或专节,作出了充分的、肯定性的评价,认为“新理性精神推进了中国当代文论形态的思考和研究,是 20 世纪 90 年代文艺理论的一个重大突破和创新,是当代文艺学多元发展中最为系统、最有影响力的收获,也是马克思主义文艺理论中国化的重要实绩”。2014 年,钱中文被收入钱伟长总主编《20 世纪中国知名科学家学术成就概览·哲学卷》第三分册。

第六章　会当凌绝顶——回眸 20 世纪文学理论

第一节　苏联与俄罗斯文艺理论思潮的演变

20 世纪文学理论像文学一样,在相当程度上是争取独立自主的一个过程。难道说文学不一直就是文学吗?诚然,文学就是文学,但是在东西方特别是西方的文化思想传统中,就文学与哲学相比,哲学显然比文学要高出一头。文艺理论的地位也是如此,它一直受到哲学的指导,政治就更不用说了。

20 世纪初,俄国既是马克思主义文艺理论的发源地,又是形式主义文学理论的滥觞。我想,先来回顾一下俄国与苏联的形式主义与马克思主义文艺理论各自的历史命运,也许是探讨问题的一个切入口。

文学理论、艺术理论难以置身于社会、科学发展之外。不同文学艺术主张的出现,不仅受到社会、哲学思潮的推动,也为文学艺术自身的多种需要所制约。

19世纪社会学的、历史文化的、传记式的、心理学式的、印象主义式的文学理论、批评广为流传,这是19世纪文学理论、批评自身的进步,同时这也是19世纪科学、哲学思潮影响下产生的结果。

19世纪末,象征主义思潮酝酿了创作、理论的新的演变的开端,提出了文学的新说:唯一美的事物,就是与我们无关的事物。狄尔泰提出文学艺术重在感受、体验,文学研究应研究文学现象的内在意义。1910年,美国犹太人爵·斯宾根在一次演说中,对19世纪的各种文学理论、批评,如印象主义、历史学派、心理学派、教条主义式的批评,显出了极不耐烦的情绪,多有讥讽,同时提出了"新批评"。1913年,英国人贝尔提出艺术是一种"有意味的形式"。在谈及艺术的"再现"时,他宣称:"再现并非都有害,高度的现实主义的形式也可能极有意味。然而,再现往往是艺术家低能的标志。一位非常低能的艺术家创造不出哪怕是一丁点儿能够唤起审美感情的形式,就必定会求助于生活感情。而他要唤起生活感情,就必定要使用再现手段"①。看来贝尔把"非常低能的艺术家"来作为对艺术"再现"的价值判断了。这些现象都显示了文学艺术理论即将发生变化的迹象。而在文学理论中掀起新的思潮的,则是俄国的文艺理论家。

俄国形式主义理论家开始深受未来主义创作、理论思潮的影响。未来派反对俄国印象主义,在诗歌用词方面力图创新,对许多无意义的音响

① [英]贝尔著:《艺术》,周金环等译,中国文联出版公司1984年版,第18页。

效果甚为推崇。照艾亨鲍姆的说法,“未来派……掀起的反对象征主义诗歌体系的革命,形式主义者是一种支持”,即要从象征主义者手中夺回诗学,“使诗学摆脱他们的美学和主观主义理论,使诗学重新回到科学地研究事实的道路上来”①。他们也反对学院派研究,嘲笑后者“有气无力地运用美学、心理学和历史学的古老原则,对研究对象感觉迟钝”。那么如何使诗学回到“科学”的道路上来呢?什克洛夫斯基在《散文论》一书的序文中说:“在文学理论中,我从事语言内部规律的研究。”②而在1914年,他就已出版了《语词的复苏》的小册子。他在其中说:“语词是形象和形象的硬化。修饰语是革新语词的手段。修饰语的历史是诗学风格的历史。”“未来主义的任务——使物复活起来——是使人重新感受到世界。”③形式主义者推崇语词的“神秘难解性”(一译玄奥性),即语言学意义上的语言的“音响经验的物质性和具体性”④。在《艺术即手法》一文的开头,什克洛夫斯基就对19世纪末俄国文学理论家波捷勃尼亚的诗歌离不开形象的观点——“艺术即形象思维”说,提出质疑,对“艺术首先是象征的创造者”这种说法嗤之以鼻。他提出:“艺术的目的,就是要使人有如看到视像那样感觉事物,而不是像认识那样感觉事物。艺术的手段就是使事物‘奇异化’的手法,就是增加感知难度和时间长度,使形式变得复杂起来的手法。因为在艺术中,感知接受过程自成目的,并被延长。艺术是感受事物制作的方式,而艺术被制成的东西并不重要。”⑤所谓“奇异化”,就是改变对事物的感觉。什克洛夫斯基暮年回忆时说:“那时我所

① [俄]艾亨鲍姆著:《“形式方法”理论》,《俄国形式主义文论选》,蔡鸿滨译,中国社会科学出版社1989年版,第23页、第22页。

② [俄]什克洛夫斯基著:《散文论》,莫斯科:作家出版社1983年版,第6页、第15页。

③ [俄]什克洛夫斯基著:《语词的复苏》,转引自[苏]巴赫金著:《文艺学中的形式主义方法》,李辉凡等译,漓江出版社1989年版,第71页。

④ [苏]巴赫金著:《文艺学中的形式主义方法》,李辉凡等译,漓江出版社1989年版,第79页、第53—70页、第71—104页、第174—194页。

⑤ [俄]什克洛夫斯基著:《散文论》,莫斯科:作家出版社1983年版,第6页、第15页。

说的奇异化，就是关于感觉的更新。”[①]与什克洛夫斯基相呼应，罗曼·雅柯布森当时也说：“文学科学如果想成为科学，它必须承认‘手法’是自己唯一的‘主人公’。”[②]从1916年到20世纪20年代初，形式主义者提出了不少新观念，如“诗歌是赋予自身有价值的语词，即赫列勃尼柯夫所说的‘自在的’语词以形式”。还有“感情语言与诗歌的关系，诗句的声音结构……声调作为诗句的结构原则……诗句和散文的格律、格律标准和节奏……诗歌中节奏和语义学的关系，文学研究的方法论……现实对作品的要求如何与作品本身结构的要求相互影响……神怪故事的结构……叙事形式的类型学……等等”[③]。

概括形式主义的文学观念与理论和操作，我们可以看到，首先形式主义学派确实在文学理论中标新立异，颇有创新。十分重要的一点是，他们力图从文学自身的构成因素来理解文学自身，提出了文学的自主性问题，这不能不说是文学研究的一个重大转向。其次，形式主义学派把作品视为文学研究的中心问题，提出了作品的艺术结构问题的多种构成因素，这对于文学作为语言现象来说，触及了它的本质的一个重要方面，这是过去的文学理论从来没有如此集中提出过的理论问题。再次，形式主义学派在研究作品中反对使用内容、形式的二分法，而力图使内容融入形式，强调艺术形式的包容性；力图改变过去文学史的社会学、历史方法的写作方式，建立文学史的新的写作原则，等等。但是由于形式主义理论完全抹杀了传统方法的长处，所以在与过去彻底决裂的理论亢奋中，显得过分自负，破绽极多。例如强调文学的语言的因素，而否定现实社会对文学的影响；把文学艺术仅仅当作手法或手法体系，把诗歌仅仅视为声响与语调的组合，等等。什克洛夫斯基后来回忆说：“在青年时代，我否定了艺术内容

---

① ［俄］什克洛夫斯基著：《什克洛夫斯基选集》第2卷，莫斯科：文艺出版社1983年版，第291页。

② ［俄］雅柯布森著：《诗学论集》，莫斯科：进步出版社1987年版，第257页。

③ ［法］托多洛夫著：《编选说明》，见《俄国形式主义文论选》，蔡鸿滨译，中国社会科学出版社1989年版，第7页、第8页。

的概念，认为艺术是纯粹的形式……那时我说过，似乎艺术是没有任何内容的，艺术是非感情性的……”①中国的形式主义文论者，几十年来推崇的是俄国形式主义者早期观点，对俄国形式主义者后来发现了自己早期的谬误，而由形式主义者转向形式文论的研究，罔无所知，还在那里洋洋自得！

20年代上半期，俄国马克思主义者就对形式主义理论进行了批评。托洛茨基在其《文学与革命》(1923年)一书中，设立专章批评形式主义。他认为形式主义把文学艺术规律看作“语词的拼合，是色点组合的规律”是错误的，认为“一部长诗是音响的拼合”的看法是可笑的。他对形式主义的评价是“肤浅与反动”②。卢纳察尔斯基在1924年撰文批评形式主义理论，认为这一流派是“旧事物的有生命力的残余”③的表现。但是在苏联，对形式主义学派进行真正有分析的批评，则是心理学家维戈茨基和梅德维杰夫(巴赫金)提出的。维戈茨基在1925年写就的《艺术心理学》(1965年才出版)一书的专章中作了分析，认为形式主义由于脱离艺术心理研究，“完全无力揭示和解释艺术的历史地变化着的社会心理内容，无力揭示和解释取决于这种社会心理内容的主题、内容或材料的选择”④。至于梅德维杰夫出版于1928年的《文艺学中的形式方法》一书，到目前为止，恐怕仍可看作是对形式主义理论的全面、系统的评论之一。该书作者那时从文学、文学理论是意识形态的观点出发，历史地阐述了马克思主义文学理论的对象与任务，形式学派的历史渊源，形式学派诗学的各个理论的支撑点，作品的艺术结构、形式学派的文学史方法等，具有较强的说服力。巴赫金后来在他草于40年代初、写定于1974年的《关于人文科学的方法论》一文中谈道：“我对形式主义的态度是：对材料鉴定的不同理解；

① [俄]什克洛夫斯基著：《什克洛夫斯基选集》第2卷，莫斯科：文艺出版社1983年版，第289页。

② [俄]托洛茨基著：《文学与革命》，刘文飞等译，外国文学出版社1992年版，第151页。

③ [俄]卢纳察尔斯基著：《关于艺术的对话》，郭家申译，生活·读书·新知三联书店1991年版，第155页。

④ [俄]维戈茨基著：《艺术心理学》，周新译，上海文艺出版社1985年版，第75页。

忽视内容导致‘材料美学’（在1924年的论文中对它的批评）；不是‘制作’，而是创新（从材料只能得到‘制品’）；不理解历史性与更迭（机械地理解更迭）。形式主义的积极意义（艺术的新问题和新的方面）；新事物总是在其发展的初期、最富创造性的阶段采取片面的和极端的形式。”①关于巴赫金的文学观我们在后面还将提及。

20年代初，形式主义学派内部因各人观点、兴趣各异，呈现出不同倾向。面对马克思主义的批评，一些代表人物也作了很有活力的理论阐发。如艾亨鲍姆的《“形式方法”的理论》《论诗句》等。同时其他一些人意识到自己理论的局限，也作了一些修补工作，向社会、历史方法倾斜。但是20年代末随着政治压力的加强，当什克洛夫斯基发表《学术错误志》一文后，这一学派就暂时销声匿迹了。其后形式主义与形式学派被当成一回事，与庸俗社会学一起受到多次批判，“形式主义”或形式学派成了一个恶谥。50年代中期，在苏联访问的雅柯布森与什克洛夫斯基再度会面时，仍感到“这一运动的或许是最大胆、最令人鼓舞的思想，仍然无声无息”②。在他看来，形式主义运动意在强调“诗歌的语言问题”，诗歌“语言的规律与语言的创造性”“目的性”，语言的“诗歌功能”，就是“关于诗歌的纯语言特性及其超越语言界限并属于艺术的普通符号学特点之间的关系问题”，而它的对手则把它当作资产阶级思潮给以批判、否定，以致“只要一接触到诗歌的形式问题、隐语、诗韵，或者形容语，就会立即引起反驳……一提到‘声音的图形’，或是‘语义学’，马上就会遭到无礼的对待”。又说“逐步探索诗学的内部规律，并没有把诗学与文化和社会实践其他领域的关系等复杂问题，排除在调查研究计划之外”。的确，形式主义遭到论敌的不少歪曲，受到“对科学思想的不少限制”。但它本身确又存在许多弱点，甚至到60年代中期，雅柯布森仍在重述：“文学作品的理

① ［苏］巴赫金著：《话语创作美学》第二版，莫斯科：艺术出版社1986年版，第392页、第393页、第324页。

② ［俄］雅柯布森著：《序言：诗学科学的探索》，《俄国形式主义文论选》，蔡鸿滨译，中国社会科学出版社1989年版，第3页、第1页、第2页、第4页。

解，只能根据本文的某一自足结构。本文……是一个独立结构，它的价值不取决于语言学以外的知识。”[①]。形式主义理论后来在结构主义、叙事学理论中获得了发展。20 世纪初的俄国形式学派理论中的一些著作，对于文学理论的建设，至今仍有其意义。

在俄国，马克思主义文艺理论早在 20 世纪末就已获得重大发展。普列汉诺夫写于 19、20 世纪之交的《没有地址的信》，写于 1912—1913 年间的《艺术与社会生活》，在关于艺术的起源、关于文艺同社会生活的极富论辩力量的阐述中，贯穿了社会、阶级斗争的观点，使人的耳目为之一新。同时随着俄国无产阶级革命运动的发展，列宁提出了要使无产阶级的文学成为无产阶级革命机器的组成部分。文艺要从属于无产阶级革命政治，对后来的马克思主义的文艺观影响至深。俄国马克思主义的文学理论，在 20 世纪 30 年代前，通过卢纳察尔斯基、沃洛夫斯基、高尔基等人的作家评论、艺术研究，特别是通过革命政权的建立，取得了主导地位。这大概是俄国马克思主义文艺理论最为活跃、最富成果的时期。其中重要的理论观点有文学的党性、阶级性，文学从属于政治。20 年代末，随着政治力量的强化，非马克思主义的文艺思想受到清除，从事非马克思主义文艺思想研究的人，则被作为阶级异己分子加以镇压。甚至连巴赫金这样的理论家也被流放边陲。30 年代初，提出了社会主义现实主义作为苏联作家必须遵循的唯一创作方法，出现了一批优秀之作，但艺术趣味日趋单一。随后形成了一套观点，即社会主义现实主义、党性、人民性、典型化，并成了评价文学艺术的唯一标准，而后来典型问题都成了政治问题。40 年代中，一些作家不断受到谩骂。一些明明可以容许存在甚至相当优秀的创作，被斥为反苏作品，它们的作者则被戴上“流氓”“无赖”的帽子。一些文学理论家与批评家主要是发挥政治家提出的几个观点，“征圣”“宗经”成风，这类文学理论与批评成了政治的组成部分，成了“部长夫人”。苏联政治家的上台，总是把其前任贬斥为反党集团的头目，然后自

① 转引自[比]布洛克曼著：《结构主义》，李幼蒸译，商务印书馆 1981 年版，第 35 页。

己才能取得正统传人的资格;按照正常秩序的“和平过渡”反倒成了例外。于是“反党集团头目”就成了下台者唯一的称号。这自然难煞了一些文学理论家、批评家,因为他们要在自己的著述里,照例要颂扬上台的政治家,说他们如何英明、伟大,为芸芸众生指明了方向。这样,他们的著述自然随着政治家的走马灯式的转换,而变换自己的价值。五六十年来,苏联的文艺批评给人留下的大致是这种印象:封建式的、家长式的统制,教条主义,死气沉沉,了无新意。自然,在苏联并非所有文艺理论、批评都是如此。如在马克思主义文论方面,里夫希茨的研究就较有贡献,历史诗学的继承者们的成绩也极可观;而就整体上说既非西方马克思主义,也非所谓“形式主义”与“唯美主义”的巴赫金的诗学理论,如今在俄国国内外声誉日隆。至于形式主义中的积极因素,则早被苏联结构主义所继承和发展。

由于苏联文学理论失去了自己的独立品格,所以当苏联政权被解体,它必然随之瓦解。目前,马克思主义文学理论与批评在俄国影响不大。它的再起惟有等待新的时机。文学理论如何使自己既不脱离政治,保持理论独立自主的品格,同时又不致成为政治的附属品,有崇高信仰而又不一味“征圣”“宗经”,从而使理论有所发展,这是十分值得深思的课题。

第二节　文学理论中的“语言论转向”

当我们对20世纪的各种形式主义理论做考察时,不难发现,有条线索贯穿着这些学说,这就是“语言论转向”。“语言论转向”这一观点,是60年代西方哲学家对20世纪西欧哲学发展趋向的一种概括,并非所有哲学家们都同意,但它确是抓住了哲学发展的重要特点。在文学理论中也是如此。“语言论转向”不仅涵盖形式主义文论,而且渗入那些所谓人本主义的文论思想。这一现象与19世纪末、20世纪的语言学思想、语言哲学思想是密切联系着的,语言学思想与语言哲学极大地改变了20世纪的文论面貌。

20世纪哲学中的"语言论转向",是人类思维的一大变化。20世纪欧美众多的人文科学、社会科学流派都把语言置于自身理论的最基本之点,形成了哲学的转向。"语言论转向"分两个方面,一是由语言学本身的发展形成的,一是哲学向语言方面发展,形成语言哲学。

先说语言学的发展。20世纪初,索绪尔的语言学说,更新了西方的语言学的思想。索绪尔突破了19世纪欧洲语言研究中的历史比较研究方法。历史比较研究提供了许多语种关系、演变史料,但在理论上显得支离破碎。在格式塔心理学的启发下,索绪尔尝试在理论上进行总体把握,提出了他的方法论与理论观点。他在《普通语言学教程》第5章中就说:"我们的关于语言的定义是要把一切跟语言的组织、语言系统无关的东西,简言之,一切我们用'外部语言学'这个术语所指的东西排除出去的。"①什么是外部语言学呢?即语言学与民族学的一切接触点,语言和政治史的关系,语言与各种社会制度,语言与方言有关的一切。自然,索绪尔并不否认这些研究都是有用的,但他真正关心的是"内部语言学"。何谓"内部语言学"?即语言自身的规律性现象研究,和从前的以实证主义方法研究为主的新语法学派、历史比较法相比,索绪尔强调语言自身是一个系统。他说:"语言是一个系统,它只知道自己固有的秩序。"②语言既然是一个系统,它由相互依附的语词组成,那么每个语词的价值,亦必须依靠其他语词才能成立。索绪尔又认为:"语言是一种表达观念的符号系统。"他设想建立一门新的科学——符号学,而"语言学不过是这门一般科学的一部分"。语言学家的任务,"就是要确定究竟是什么使得语言在全部符号事实中,成为一个特殊的系统"。其次,在这个语言系统的研

① [瑞士]索绪尔著:《普通语言学教程》,高名凯译,商务印书馆1982年版,第43页。

② [瑞士]索绪尔著:《普通语言学教程》,高名凯译,商务印书馆1982年版,第46页、第39页、第115页。

究里，索绪尔提出一种二元对立的理论与方法，来分析语言的结构。他指出语言与言语有别，这恰恰是过去的语言学相混的事实。言语与语言不同，前者一般存在于人们日常的交往中，而所谓语言，实际是被抽象化了的言语现象，“它只是言语活动的一个确定部分”，“它既是言语机能的社会产物，又是社会集团为了使个人有可能行使这种机能所采用的一整套必不可少的规约”，这是一个整体，一个分类原则。“语言就是言语活动减去言语。它就是一个人能够了解和被人了解的全部语言习惯”。再次，索绪尔区分了语言符号的能指与所指的功能。他把概念与音响的结合称作符号，符号表示整体，它由所指——概念和能指——音响形象、书写的语词合成，而在两者的相互关系中，能指和所指的联系是任意的，并无必然联系，因为语言符号是任意的，它们只存在文化、历史的约定性。正是这种无必然联系与任意性，使得能指既遵守原有历史、文化的约定性，又可以不断在原有基础上产生新的组合，而具有不断扩大的功能发生。

至于语言哲学，它是从西欧的哲学本体论、哲学认识论蜕变而来。古希腊哲学家关心的主要是“存在是什么”，世界的本质构造是什么？对于柏拉图来说，世界分为感觉世界和理念世界。感觉世界不是世界本身，只有理念世界即形式世界才是存在本身。哲学确定知识对象与客体，探讨世界本体，成为哲学本体论。到 17 世纪，法国哲学家笛卡尔提出，哲学探讨的问题是：“我们知道什么，我们的知识依据是什么，我们知道的究竟是什么？”哲学追求的是知识的确定性，当我们获得某种知识时，必须论证它在多大程度上是准确的。他提出世界分外部世界与内部世界，外部世界不是知识本身。“我思故我在”，内部世界才提供知识。知识由一个思维主体获得，是心智的主体的自我的思想。主体作为认识着的思维而存在，思维以明晰的概念获取知识。这样，笛卡尔使流行了一千多年的本体论哲学转向了认识论。可以说，从 17 世纪到 19 世纪西欧哲学的研究，都处于认识论研究的大潮之中，包括马克思主义在内。19 世纪后期开始，哲学的研究趋向再度变化，即把语言放到哲学的出发点上。从弗雷格到维特根斯坦,在西欧形成了一股强大的哲学思潮,即语言哲学。维特根斯坦认为,世界分现象世界与可说世界,前者不是意义本身,可说世界才具有意义,而对不可言说的世界,就应保持沉默。维特根斯坦提出"语言是世界图景","语言是思想库","语言是工具"。探讨语言意义,就只能以语言为界。于是"世界是我的世界","语言(我所理解的那个语言)的界限,意味着我的世界的界限"。这种"语言唯我论",促成了哲学认识论向语言哲学的转折。于是"全部哲学就是'语言的批判'"①。

语言哲学广泛涉及美学、语言等方面。维特根斯坦关于语词的不确定性、多义性等思想,对20世纪中期以后的西欧文学派别发生很大影响。他说:"一个词的意义是它在语言中的用法。而一个名称的意义,有时是指向它的拥有者来解释的"②,有如"游戏"这个词一般。他后期否定美有统一的本质。过去的美学家都探讨美的一些相关范畴的本质,他认为这只能导致诸多阐释的误解,所以像"'优美'的概念也在这一方面产生许多危害"③。

我们在上面极其简单地介绍了语言学与语言哲学即分析哲学代表人物的一些基本观点与思想。实际上作为20世纪的语言学与语言哲学,它们的代表人物众多,他们的文艺、美学思想也极复杂。可以这样说,20世纪,语言学、语言哲学在相当程度上是大行其道,它们渗入各个学科领域。它们提出的问题,有的被极大地充实了,有的预言式思想,不仅被科学发展证实了,而且极大地发展了;而有的思想,则被发展到了极限,催生出了许多新的思想流派。

就文学理论来说,上面所论及的形式主义学派,其出发点酷似索绪尔,开宗明义要探讨语言的内部规律,来展开对文学理论的研究。它所提

① 转引自周昌忠著:《西方现代语言哲学》,上海人民出版社1992年版,第84页。

② [英]维特根斯坦著:《哲学研究》,汤潮等译,生活·读书·新知三联书店1992年版,第31页。

③ [英]维特根斯坦著:《文化和价值》,黄正东等译,清华大学出版社1987年版,第80页、第86页、第87页、第32页。

出的许多问题都是从文学语言的角度提出的,像雅柯布森就把诗学当作了语言学的组成部分。20年代末,巴赫金出版《陀思妥耶夫斯基创作问题》①,初版分为两部,第2部专门讨论小说言语。1963年,该书再版时作者就小说话语问题作了重要阐述,提出了“超语言学”。所谓“超语言学”,即反对运用一般语言的分析,而以语言学排除的“活生生的具体的语言”为研究对象,即“研究的是活的语言中超出语言学范围的那些方面(说它超出语言学范围,是完全恰当的),而这种研究尚未形成特定的科学”②。正是在这基础上,巴赫金提出了小说的对话理论、双声语说,并通过30年代写就的一系列长文,如《长篇小说话语》《长篇小说话语的发端》《史诗与长篇小说》等,建立了他的小说诗学。沃洛希诺夫撰写(巴赫金参与的)《马克思主义与语言哲学》,巴赫金的《话语体裁问题》《语言学、语文科学与其他人文科学中的文本问题》《答〈新世界〉编辑部问》《1970—1971年笔记》《关于人文科学的方法论》等系列论著,对语言、话语、文本、对话关系、对话话语、陈述、理解以及文学理论与文化史的关系、作品含义的不断生成、体裁的含义潜力等问题,进行了富有创新意义的原则性的阐释,并在这类学科研究中力图贯彻其“超语言学”、对话的主导思想,显得在20世纪文学理论中独树一帜。在谈及可听性作为一种对话关系时,他说:“语词想成为被听到的、被理解的、被应答的,进而重又对回答作出回答,以至于无穷。语词参与永无含义终结的对话。”他还说道:“对于语词(从而对于人)来说,没有比不作回答更为可怕的了。甚至看上去明显是虚假的语词,也不会是绝对虚假的,它总是为理解和确证所要求的。”③所以他的理论既具理论自身的开放、创新意义,又有理论的追求、建设品格,而受到东西方学者的普遍注意。

30年代波兰的英加登在胡塞尔的语言现象学的影响下,以《文学的

① 该书经修订于1963年再版时更名为《陀思妥耶夫斯基诗学问题》。

② [苏]巴赫金著:《陀思妥耶夫斯基诗学问题》,白春仁、顾亚铃译,生活·读书·新知三联书店1988年版,第250页。

③ [苏]巴赫金著:《话语创作美学》第二版,莫斯科,艺术出版社1986年版,第323页。

艺术作品》与《对文学的艺术作品的认识》建立了现象学文艺学。他的关于文学作品的构成说，把文学作品的观念向前推进了一步。英加登从语言现象的角度开始，切入文学作品的结构分析，指出文学作品是一种多层次的构成。它包括语词声音和语音构成，以及一个更高级现象的层次；意群层次，句子意义和全部句群意义的层次；图式化外观层次，作品描绘的各种对象通过这些外观呈现出来；在句子投射的意向事态中描绘的客体层次；通过各层次之间的相互关系的建立的整个作品形式的统一性，对句子、句群、章节间的有序联系等等。[①] 后来，韦勒克在《文学理论》一书中借用了这一层次说，用以阐发作品的结构。可以说，这种对作品的语言层次分析形成的结构说，至今仍有重大意义。

60年代兴起于法国的结构主义文论和叙事学，深深地扎根于语言学的基础之上。结构主义使用语言学、修辞学、诗学的基本概念，如语音、语法、语义，演化成自己的分析概念：功能、行动与叙事，用以探讨叙事作品的结构。例如托多洛夫以"语法"的观点来分析《十日谈》，把人物、人物行为、人物的特征当作名词、动词和形容词，建立了语法分析法。罗朗·巴尔特则把文学作品看成一个严整的整体构造：在文艺作品中，各种成分的存在都是合理的，各个因素都有其作用，而不容存在废话，这种结构说合乎语言方法。文学现象虽以语言运用为基础，但实际上前者要比后者复杂得多。法国的结构主义又是叙事学的阐发者。叙事学广泛运用了语言学、语音学、语法学、语义学和修辞学等。巴尔特在《叙事作品结构分析导论》一文中说："话语可能是一个'大句子'……正如句子就某些特征来说是一个小的'话语'。"又说："叙事作品是一个大句子，正如任何语句从某种意义上说都是一个小叙事作品的雏形一样。尽管在叙事作品里动词的主要范畴具有特殊的（经常是极其复杂的）能指，我们仍然能够从中发

① ［波］英加登著：《对文学的艺术作品的认识》，陈燕谷译，中国文联出版公司1988年版，第10—11页。

现经过相应扩大的改造的动词的主要范畴：时、体、式和人称。”[①]随后，巴尔特逐渐转向后结构主义，否定不久前为之呼号的结构主义原则。他同样使用语言的手段，设定语言符号能指与所指的内部分裂，能指指向另一能指或能指群，也就是说，当能指尚未指向所指，或其在指向的半途中，就走向了另一个能指，从而使所指悬搁，使语词难以获得明确的意义。不是文本的语法规则在发生作用，导致完整意义的获得，而是能指的意指在延伸文本，于是文本成了能指的活动空间。既然能指可以自由地转移而造成文本，由这种转移造成意义的增值，于是文本也就失去了中心。至于阅读，则由“作品”阅读变成了“文本”的阅读。前者有终极目的，而被认为是真正的阅读的则是一种“文本”阅读，它不被意义规定，而是在意指的自由引导下的自由的游戏，是无尽的阅读的欢悦，于是使阅读成了写作。不难看出，在巴尔特那里，这种结构主义和后结构主义式的文论、批评，始终未离语言学半步。自然，到后来这里的语言学已不是一般的语言学了。

伊格尔顿在谈及后结构主义的时候，指出西方哲学的两个特点：一以“语音为中心的”，它集中于“活的声音”深刻地怀疑文字；二在某种广泛的意义上，它也是“逻各斯中心的”，相信有明确的意义。在他看来，从结构主义转向后结构主义，这是“从历史逃向语言”。1968 年的学生运动从巴黎的大街上消失之后，它只能转入话语的领域。后结构主义无力打破国家权力机构，但是颠覆语言结构却是高妙一招。巴尔特的《文本的欢乐》(1973 年)可说适逢其时。“写作或作为写作的阅读，在最后一片未被占领的领域，在这里知识分子可以随意嬉戏，享受能指的奢华，任性地无视爱丽舍宫……可能发生的一切。在写作中，自由的语言游戏可以暂时破坏和搅乱结构意义的专制；写作—阅读主体能够从单一的身份的结束中解脱成一个狂喜的弥散的自我。巴尔特宣布，文本‘是一个无法无天的

---

① [法]罗兰·巴尔特著：《叙事作品分析导论》，见张寅德编选：《叙述学研究》，中国社会科学出版社 1989 年版，第 6—7 页。

人,他把屁股露给政父'"①。看来,这并非强加给后结构主义的一个注释。后结构主义创立了批评的新形式,但可能只是一种愤懑而又无奈的话语反抗。

第三节　主体性、"内部的""外部的"研究问题

上面所论及的以语言学、语言哲学为基础的文学理论问题的研究,如修辞、话语、语音、语句、语法、节奏、格律、文体、叙事、作品类型、风格、功能、结构的研究,常被研究者称作文学内部规律的研究,形成理论中的"向内转"的趋向,为的是使文学理论"回到自身",成为一种独立的精神现象。同时还有好些阐发人本主义思想的学派,它们张扬艺术的主体性,和文学创作中的一些流派相呼应,同样表现了一种"内部的""向内转"倾向。

主体性的问题早就存在于哲学思想中,但是近代以来,只是由于康德的哲学的阐发,才使主体性问题突现出来。它使康德以后的不少哲学家,从客体的研究转向了主体,形成一股股哲学思潮。理论转向主体性的探讨,竟使古典哲学发生了巨大的转向。在康德那里,人永远是一个目的,人就是现世上创造的最终目的。表现在他的美学观点上,他说:"审美的规定根据,我们认为它只能是主观的,不可能是别的。"又说:"没有先行的法规,一个作品永远不能唤作艺术的,因此必须是大自然在创作者的主体里面(并且通过它的诸机能的协调)给艺术制定法规,这就是说,美的艺术只有作为天才的作品才有可能。"②主体性的哲学、美学思想联系着

① 转引自[英]伊格尔顿著:《20世纪西方文学理论》,伍晓明译,陕西师范大学出版社1986年版,第163页、第164页、第177页、第178页。

② [德]康德著:《判断力批判》上卷,宗白华译,商务印书馆1993年版,第39页、第153页。

后世多种哲学、美学和文学理论问题的研究。有反理性主义的哲学、美学,也有理性主义的哲学、美学。但无论哪一种哲学、美学和文艺思想,都自觉或不自觉地见到了以往哲学和文学艺术之间的等级关系,即哲学是人类思想中最基本的指导思想,而美学乃至文学艺术都是次等的,而这个传统早在柏拉图时代就开始了。于是我们看到,康德之后的一些哲学、美学流派,突出了对主体性的阐发。尼采在谈及“自在”之物与主体时说:“主体本身是可以证明的,因为,假设,仅仅有主体存在——客体只不过是对主体造成的影响而已……”①同时,他们又力图使美学摆脱哲学的控制,使其获得独立自主性,使文学成为独立自主的精神现象。19 世纪末、20 世纪初以来,文学理论受到多种突出主体性的社会、哲学思潮的影响,而转向对主体的各个角度的“内部的”研究,从而促成向内转的倾向、文艺的独立自主的思想。一种方式大体如尼采那样,通过他理解的主体性的阐发,力图弥合哲学、美学和诗歌之间的对立,抹去其界限,使诗、哲融为一体。尼采的美学文集,既像文学作品,也是其悲剧的哲学思想的表现。哲学、美学、美文失去了语言的规范,文学语言成了哲学思想的表达工具。《悲剧的诞生》提出了审美快感的纯粹性问题。他说:“艺术必须首先要求在自身范围内的纯洁性。为了说明悲剧神话,第一个要求便是在纯粹审美领域内寻找它特有的快感,而不可侵入怜悯、恐惧、道德崇高之类的领域。”②但是悲剧的内容如何避开传统悲剧理论所说的怜悯、恐惧、崇高呢? 照尼采的说法,就是欣赏主体用审美的目光去观照生命悲剧的世界,并赋予它以审美意义。他说,我们必须勇往直前地跃入形而上学中去,“只有作为一种审美现象,人生和世界才显得是有充分理由的。在这个意义上,悲剧神话恰好要使我们相信,甚至丑和不和谐也是意志在其永远洋溢的快乐中借以自娱的一种审美游戏”③。这自然可看作一种主体论审美思想的表现,但不免带有虚幻的特色。

---

① [德]尼采著:《权力意志》,张念东等译,商务印书馆 1994 年版,第 253 页。
② [德]尼采著:《悲剧的诞生》,周国平译,生活·读书·新知三联书店 1986 年版,第 105 页。
③ [德]尼采著:《悲剧的诞生》,周国平译,生活·读书·新知三联书店 1986 年版,第 105 页。

尼采的这种美学思想模式,即泯灭哲学、文学、艺术界限的思想,在20世纪的一些思想流派中竟是十分流行。当一些学派仍在实证主义思想的影响中徜徉,日益精细地划分各种学科的界限时,它们却似乎走上了新的综合的道路。如萨特、加缪的存在主义思想,竟以戏剧、小说的形式包裹了起来,而别具一格。海德格尔的美学思想,不同于显示主体性的美学学说,与康德的哲学路线也大相径庭,认为尼采也不过是一个形而上学家。它通过语言、诗、思的联结,探讨了哲学、文学问题。加达默尔在《海德格尔的后期哲学》(1960年)一文中说到,海德格尔"关于艺术的起源的演讲(1935—1936年)引起了一种哲学的轰动"①。这种艺术与哲学合流的追求,在50年代后更是连绵不断。一些哲学人类学、心理学派的学说,实际上被看成文学理论的新形态了,以致罗蒂在他的《后哲学文化》中说,文学理论一词"与'尼采、弗洛伊德、海德格尔、德里达、拉康、福柯、德·曼和利奥塔德等人的讨论',基本上是同义词"②。而且有趣的是,在英语国家中,开设有关当代德、法哲学课程的,不是哲学系,而是英语系。由英语老师来讲哲学,大概主要以语言学、语言哲学材料为教材了,在这里可以看到泛文化的综合倾向之强烈。又如人们现在读到的一些解构主义小说,其中往往夹杂着作者的哲学议论、文艺评论,显得有些不伦不类,但也自成一格。如何发展,还得拭目以待。

另一种方式是完全置身于"主体性"的轨道中运行的。例如以心理学进展为基础的意识流、精神分析等,还有如文学阐释学、文学接受、读者反应批评、解构主义等。19世纪末和整个20世纪蓬勃发展的科学知识进入了人的领域,而且科技的发展逼迫着人,使人面临成为工具的人。科学分解了人,使人失去人以往的完整性。人被精细地肢解,分裂为多个自我。我们先是看到了心理学家詹姆逊式的人,这是一个心理、思维具有无限连续性的人。随之,在文学创作中出现了弗·吴尔芙、普鲁斯特式的

① [德]加达默尔著:《哲学解释学》,夏镇平等译,上海译文出版社1994年版,第212页。

② [美]理查德·罗蒂著:《后哲学文化》,黄勇编译,上海译文出版社1992年版,第98页。

人。意识流的手法一改旧时小说的写作方式，丰富了小说内涵。但也随之出现了意识流小说的自然主义。阅读有的名作，竟要在大量注释的伴读中进行，使阅读中的审美愉悦随时被打断，弄得趣味索然。几乎同时，精神分析流行起来，并且持续时间极长。精神分析方法使人分裂为本我、自我、超我。本我属于本能、无意识现象，在人的身上原本隐而不显而又处处存在，如今一经道出，竟为文学创作开拓了一个深层的写作领域。

现在文学的主体性从两个方面得到了表现。一是作家创作的主体性获得了自觉的拓展，一是被描绘的人物的主体性，同样得到了更为深广的显现。这些流派后来同后结构主义一起，在文学理论、创作中，把主体性推到了极致，主要是强调了其非理性方面。先是创作者的主体性、被描绘的人物的主体性，在现代主义的文学中得到了淋漓尽致的表现。可以这样说，文学理论中的主体性问题，主要为现代主义的文艺的勃兴作了理论准备，促成了叙事描写的"向内转"。但也无可怀疑，主体性的张扬，也推动了现实主义文学的更新。在创作的主体性继续被推崇的情况下，读者、接受者的主体性又被提了出来。它先在现象学文艺理论中被论说，随后在接受美学中流行开来。接受美学对阅读主体性的重视，使其在理论上作出了重大的贡献，即文本通过读者的接受，才能获得真正的生命，使文本演化成作品而至文学。同时文本只有在接受中才能生成意义，从而使我们得以完成文学本体的理解。但是文学接受的极度发挥，则又走向了极端。在解构主义理论中，接受主体被赋予无限制的意义，并使其在后现代主义的文学创作获得多种体现。解构主义一反结构主义的封闭性，容许作者移入创作，赋予了作者绝对的自由，使其可以任意出入文本，以作者、说故事者、叙事者、人物的各种面目出现，使本文结构随时发生危机，以致瓦解；同时也随时给以连接。这时文本的阅读，即读者的接受，自然变成了自由的、开放的阅读。文本不再设置预先定下的意义，也不作这种设想。它只是努力要使阅读变为一种对开放文本的解构，倡导文学哲学式的阅读，反之亦然，进而在阅读即写作中发现不确定性、无我性、无意义性,从而使阅读成为一种欣悦的游戏。这样,形式的完整性支离破碎了,也确是多样了,但是审美的含义单薄了,淡薄了。结果文学理论、文学究竟独立到什么程度,这倒成了一个很值得思索的问题。

在文化多元的时代,上述现象自然只是一个方面。于是原先进行着“外部的”文学研究,真是三十年河东,三十年河西,随着解构理论的解构,却日益现出其魅力来。十分有意思的是,有的结构主义者见到了自身的局限,努力脱身出来,开始关注社会、历史、人道、人性的因素。而解构主义者希利斯·米勒在《文学理论在今天的功能》(1986 年)中说到,70 年代末、80 年代初美国文学理论研究趋势发生了重大变化,并宣布:1979 年是欧美文艺理论大转折的一年。他说:

> “事实上,自 1979 年以来,文学研究的兴趣已发生大规模的转移:从对文学作修辞式的内部研究,转为研究文学的‘外部的’联系,确定它在心理学、历史或社会学背景中的位置。换言之,文学研究的兴趣已由解读(集中注意研究语言本身及其性质的能力)转移到各种形式的阐释解释上(注意语言同上帝、自然、社会、历史等被看作语言之外的事物的关系)。”①

当然,早就从事对文学进行“外部的”研究的学者,对这种转变可能更为清楚。例如美国学者科恩就说道:“人们正处在文学理论实践的急剧变化的过程中,人们需要了解,为什么形式主义、文学史、文学语言、读者、作者以及文学标准公认的文学观点开始受到质疑,得到了修正,或被取而代之……人们认识到原有理论中哪些部分仍在持续,哪些业已废弃,就需要检验文学转变的过程本身。”②看来,一、文学理论研究趋向正在转变,

---

① [美]希利斯·米勒著:《文学理论在今天的功能》,见[美]拉尔夫·科恩编:《文学理论的未来》,程锡麟等译,中国社会科学出版社 1993 年版,第 121 页、第 122 页。

② [美]拉尔夫·科恩编:《文学理论的未来》“序言”,程锡麟等译,中国社会科学出版社 1993 年版,第 1 页。

这已不是一个人的看法；二、这一转变还不是一般的变化，而是一个“急剧变化”，或者说是一个“大规模的转折”；三、开始这大规模的转移是1979年。

那么，文学研究向哪里转移呢？这就是由“内部的”研究向着“外部的”研究转移。从20世纪初开始，“外部的”研究实际上一直受到非议。现今的从内向外转移就是，转向社会学、历史学、新历史主义、马克思主义文学批评，甚至转向带有强烈政治倾向的反种族主义、女权主义的文学批评。其实，其中一些文学批评派别，在“内部的”研究盛行时，也从未中断过自己的研究，现在只是更受人注意而已。对于欧美文学理论界来说，真正形成较为完整的理论系统的确是文学的“内部的”研究，它有所创新。它以为文学理论真的成了一种独立的形态，也使得文学成了一种纯粹独立的东西了。不过近百年过去了，对文学的认识也有所深入，人们发现文学现象要比理论复杂得多。不管怎么说，文学就是文学，它是纯粹的、独立的，但它总要指向社会，并将社会、历史、政治、伦理、道德、哲学、宗教思想化为自己的血肉而成为一个有机体。而“内部的”的研究，剔去了作品的血肉，只使作品剩下一副骨架，却并未现“莲花真身”。这样做，文学好像纯洁了、独立了，回到自身了，但最终发现这与文学实践并不相符。最后解构高潮一过，“内部的”研究家们不得不回过头来看看，原来“外部的”研究废弃不得，而且成绩斐然。文学中那些所谓外部因素是文学的天然组成部分，否则赶它们赶了一百多年，何以竟没有把它们驱逐干净呢！内部研究和外部研究都是文学研究，各有长处，都有局限。双方的交叉研究，融合一起的综合研究，将是真正描绘出文学的“独立”形态来研究，文学研究应有之义的研究。

第四节　我国文学理论的特点与古代文学理论的现代转换

80年代，正当欧美文学理论从“内部的”转向“外部的”研究时，我国文学理论正好经历了一个相反的过程，即“由外向内”的过程。看来双方采取的动作都是理论发展的必然，都有其历史的合理性。不过由此可以看到双方的文学理论，由于社会文化背景的差异而呈现出来的反差是多么强烈。关于我国近百年来文学理论的主导方面，我在《世纪之争及其更新之途》①一文中已作讨论，这里不再赘述。我想就近百年来的我国与欧美的文学理论做些简要的比较，从中了解我国文学理论的一些特点。

一、欧美文学理论具有不间断的连续传统性。这个传统就是“逻各斯中心”与语言的传统。前者从哲学本体论开始追问文学是什么，如何存在，并进而发问，文学表现什么，可以从中知道什么，讨论何谓写作，如何写作等。通过一套逻辑的话语，逐渐发展成有关文学的各种知识、观念、概念；在意义、终极目的的追问中，形成文学的种种范式。后者专注于文学形态的语言因素的分析，从语言特性的探讨中，演绎文学形态的构成，甚至最后发展到对语言特性的无限扩大，使其解构。这些研究方法，未有中断，从而使文学理论这种形态，在近百年来获得了较为系统的明晰的概念，具有一定的科学性，多种体系性。我国近百年来的文学理论，几度中断了与传统的联系，这是为我国特殊的社会条件所决定的。“五四”新文化运动在于打倒旧文化，白话文的提倡与文言文的废弃，改变了文学的整个话语，以致人们的思维方式。旧的文化传统发生急剧的中断与悬搁。“文革”期间，文化传统不仅继续处于被告地位，而且竟然走到焚书的地步，形成了与旧文化彻底的决裂。于是我们看到，在大陆，古代文学理论

① 钱中文著：《世纪之争及其更新之途》，载《文学评论》1993年第3期。

虽有整理、研究,但蜷缩一角、奄奄一息,最后成了扫荡对象,直到80年代才算缓过气来。

二、近百年来欧美社会处于不断动荡之中,纷争不断,但大概由于社会并未改变其性质,所以理论学说尚有较多的自主性,可以在相对稳定的条件下进行,从传统、科学中汲取营养,而无需(不是绝对的)顾及外国、外界。我国就不然。“五四”中的各种新学说,自然是在我国的土壤上生根开花的,是我国社会自身的需要。但清理一下,它们大都来自欧美,当然,不少是经过了先贤们的改造的。从实用主义到马克思主义,从审美无功利说到平民文学、革命文学、阶级性、党性、人民性、现实主义、浪漫主义、社会主义现实主义、印象主义、典型说、形象思维、形式主义,等等。五六十年代,苏联的文学理论成了我们的文学理论的教科书。80年代,美国人的文学理论中的种种概念,又成了我们文学理论的圭臬。这并不是说外国的理论不能用,因为它们确实具有使对象获得一定的科学说明的能力,但我们自己的在哪里?我们是否能在文学研究中形成自己的话语?我们跟了别人一百多年,不知何时有个转机?我们能否建立我们文学理论的自主性?

三、外国文艺理论虽想摆脱哲学思想的制约,但也只是少数派别,大多数不是在人本主义的轨道里运行,就是在科学主义的指导下进行。自然,这样的划分也不宜绝对化,因为有时它们是相互交叉的。人本主义以人为本,重视人的个性自由,人的主体性特征。在个性自由的驱使下,理论的创建容易获得个性特色,也容易产生片面性,甚至使片面性发挥到极致。表现在作者问题上,它考虑的是作者的自我表现,他的想象的自由,写作的自由挥洒,形象的自由建构,话语的自由选择,对语言能指的自由指挥;作者自由地出入作品,自由地建构形式,等等。它的缺陷我们在前面已经论及。表现在读者问题上,同样考虑的是个性自由度的发挥。在这种思想的指导下,发现读者是构成文学作品的最终因素,甚至有人还认为是读者创造文学作品,认为读者阅读有如解构的游戏,阅读就是写作。

即使一些学派以科学主义思想为指导,实际上提出的学说也极富个性,新见迭出。我国近百年来的文学理论,实际上是在人文主义思想的影响下展开研究的。例如在作者问题上,几十年来主要强调作家思想改造,而思想改造对于不少知识分子来说,实际上就是确认你有原罪,就是唯阶级成份论。这种理论与作法,即使它是正确的,那也只适用于人的一般情况,而并不反映创作者的思想特征,结果以社会性代替了创作个性。当然,创作者有个品德修养的问题。对于读者,则主要考虑他是接受思想教育、改造的对象,从未从文学本身的特殊性探讨,发挥其阅读的积极性,结果对读者在文本的阅读中如此重大的作用竟视而不见。而对于文学理论研究者,总是害怕他们提出新说,怕它们有违文学理论的原有教条。这里涉及一个相当复杂的问题。"五四"新文化运动打倒了封建文化,而封建文化中的"征圣""宗经"思想,作为集体无意识却遗传了下来,而且是根深蒂固。例如一些人认为只能按教条办事,所以当胡风很有个性地提出"主观战斗精神"时,他们就不分青红皂白,利用宗派主义,把它作为反马克思主义思想予以挞伐,最后以牢狱进行批判。甚至对冯雪峰、丁玲也是如此。丁、冯不过在同一框架中思考问题,稍稍突出一下个性,但也不能见容于人。

从上面的比较中,我们看到,我国的古代文化、文论,作为传统文化,还是一块亟待开发之地。在当代文论中古代理论只有一般零星的引用,而尚未使其成为有机的组成部分。这样我们看到,当代文学理论即具有中国特色的文学理论的建设,就面对三个传统,即我国"五四"以后的文学理论传统,我国古代文学理论传统和外国文学理论传统。没有对古代文学理论的认真继承与融合,我国当代文学理论实际上很难得到发展,获得比较完整的理论形态的。目前我国当代文学理论的建设就处于这种过渡期。自然,也可以设想,以古代文论的基本概念为骨架,吸取当代中、外文论中的有用成分,进行构架,这也是一种尝试。

为了使古代文学理论作为传统而被吸收、融入,那么研究古代文学理论自身的内涵，厘清其思维特征，它的基本范畴、形态乃至体系，是完全必要的。这方面的工作一些学者正在进行，而且成绩卓著。同时还有一种研究，即古代文学理论的现代转换的研究，我在1992年的开封会议“中外文艺理论研讨会”上曾提出过；在1995年8月于山东济南召开的中国中外文学理论国际学术研讨会上又有学者提出。如何在不同理论形态中，分离出那些表现了文学创作普遍规律的理论观念，使之与当代文学理论接轨，融入当代文论，成为它的组成部分，这是一个极有意义的工作。

最后我想说明的是，这篇论文虽是对20世纪文学理论的回顾与评论，但大题小做，难免粗疏，好些重要派别、问题都未能提及。文艺理论的建树与发展，流派固然重要，因为容易见到它们的主张和在文坛上的鼓噪。但是还有不少默默耕耘的学者，同样极有建树。他们不是风云人物，不呼朋唤友，不拉帮结派，也不以学派标榜，这在不少国家都有。这里不作论列，显然是一个缺陷。同时，本文题目引了一句古诗，这不是说我们已登临文学理论的顶峰，而是说我们已爬上20世纪时间的顶峰，看到了20世纪辉煌的夕照。

面对新的世纪，应是山外青山天外天，远山更在斜阳外。

第七章　全球化语境与文学理论的前景

第一节　“文化研究”的意义及其后现代性特征

20世纪90年代，是我国文学理论日益感到全球化影响的时代。其实，早在80年代的最初几年，当外国文论不断介绍到我国，那时我们讨论问题，总要把它们放到更为宽阔的文化背景上去探讨，自觉不自觉地汇入世界文艺思想的潮流，从而使我们的意识逐渐趋向一种全球化的倾向。

90年代，是我们深深感到经济观念、生活观念、文化观念进一步发生重大变革的时代，从国内到国外，似乎到处都在发生着文化争论、爆发着冲突的时代。在我们自身周围的生活中，到处弥漫着不安与焦虑，好像一切都翻了一个身，一切都在迅速地流动与转变之中；所有事物似乎都失去了原有的规范，显得不很确定，难以定形。颠覆、解构、反中心、反权威、边缘化等体现了现代性与后现代性的种种思潮大为流行，似乎所有现象都受到它们的浸淫，这使得那些竭力要保持中心、权威的人们，一听到这些具有挑战性的名词就心惊发憷。同时，这个时代也是兴起流行文化、大众文化的时代，一些知识分子通过对它们的研究，能够表达一定的思想，有限地表述自己的意见，整理并批判各种文化思想，企图参与现实、历史的进程，期望着发生某些相互的影响。无疑，这些文化行为正使我们渐渐融入一种全球化的意识之中。

至于在文学艺术、文学理论、文学批评方面，90 年代正是它们获得自主性同时又是走向边缘化的时代。在经历了近百年的风风雨雨之后，文学艺术、文学理论与批评终于回归自身、同时也就失去了人为的轰动效应，而逐步趋向正常状态。80 年代下半期和整个 90 年代，市场经济的影响与信息技术的直接介入，使得大众文艺、影视艺术以及传媒工具，对原有的文学艺术发生了重大的冲击，这导致文学观念又一次发生了重大的变化，趋向多样与宽宏。人们的文艺思想进一步分化甚至相互对立，文艺界实际上派别林立（正常意义上的）而又相互共处。多种文学话语与理论话语，可以相对自由地喧哗，以至达到前所未有的思想、话语狂欢的地步，自然，其中既有严肃的文学的探索，也有颓唐的文字经营与媒体的无休止的营利炒作。开头我们对于这种复杂的文化现象不甚了了，随后意识到，不少人正被不依其意志为转移的经济势力，投入了商业化的操作之中。这是难以抵御的经济全球化和由此而形成的全球化语境所必然产生的现象,我们看到了一个现代性的消极因素与种种后现代性因素杂然并陈的局面。

在这种多变的、不确定的似乎是非理性的语境中,作为人文知识分子,我们还是应当采取一种新的理性精神的立场,一定的价值判断的立场,来理解90年代文化现象。我们所持的价值立场,可能会大体一致,或者有很大出入,甚至相互对立,这是完全可以理解的。但是只要不是那种故意引起“轰动效应”的、横扫一切的、“红卫兵”式的批评,或是乱打棍子的痞子式的批评,大家就完全存在着求同存异的对话的可能。

我国80年代后半期以来的文学理论,是一个解构同时也是建构的过程,解构与建构是共存一体的。解构什么?解构那些严重束缚、阻碍文学艺术发展,无法对文学艺术进行科学解释的教条规定。这在早期当然是行政力量起了作用,但是我们看到,行政方面后来再行设置任何新的条条框框、清规戒律,已无济于事,文学艺术与文学理论批评,在市场经济的影响下,已按着自身的生存方式与自身的规律办事,远离了行政的号召与指令。这一趋势的进展,在90年代中后期尤为明显。促进这一趋势的出现,现实生活的需求当然是最为根本的原因。只要是不符合现实生活发展趋势的各种号召与指令,即使看来应时顺势,也再难以发挥它的影响力。在这种情况下,我以为文学艺术、文学理论获得自己应有的独立自主性,确立了自己的主体性,正是这一时期的最为激动人心的、最为重要的成果之一。

所谓文学理论的自主性,主要是指文学理论不依附于政治,使文学理论回归自身。几十年来的沉重的政治管制,使文学理论完全成了一些政治家手里的、不断朝令夕改的某些政治行为的等价物,文学理论完全失去了自身存在的尊严与价值。如今,文学理论分清了与政治的界限,作为一门独立的学问,开始建立起自身的学理。自然,政治作为一种行政的意识与手段,仍有可能来干预文艺现象,但已不易收到实际的效果,这就是所谓解构了。解构还表现在过去不少被奉为重要的、神圣的理论原则,如今已退出文学理论,也是事实,这是一方面。

另一方面,文学理论的自主性,自然还在于理论自身的学理建设。80年代下半期和整个90年代,是我国文学理论比较全面地建立自身学理的时期,确立自身主体性的时期。在文学理论学理的探索、建构中,无疑,西方文学理论发生过重要影响;80年代初期,在西方文学理论思潮如潮水般涌入我国的时候,我国文学理论中的西化倾向十分流行。但是西方文学理论中的审美研究、作品形式、结构等因素的内在研究,和那时我国美学问题的大讨论,都对我国文学理论改造起到良好的作用。同时在讨论中,不少学者对现代文论传统进行了有批判的吸收,并且力图打通古今中外。所以到了80年代后期和90年代,我国的文学理论研究就出现了前所未有的生动景象,新说屡起,佳作迭现。文学理论中的新作,都是在解构旧说的基础上出现的,同时又是新的建构。因此,在我看来,这十多年的文学理论,不是一味的解构,不是一味地听从外国人说话,不是把外国人的文学理论进行简单的移植,而是在批判、借鉴的基础上,对文学理论既有改造,又力图有所创新,并且卓有成效地创立了一些新的文学理论范畴。在商品经济的大潮下,文学理论在不断地走向边缘化,不被人们重视,但是应当承认,文学理论是个有成绩的部门,真正的理论创新,自会留下自己的印痕。自然,我们不能把成绩估计过高,当今一切都处在过渡状态之中,但也没有理由妄自菲薄。新的理性精神的解构与建构,正是文学理论现代性的体现。

正是本着这一认识,我和童庆炳先生编辑出版了《新时期文艺学建设丛书》,广收我国在新时期文学理论方面有创建的著作,以记录学者们所作出的努力与文学理论的更新,为新世纪文学理论的进一步建设,留下一份思想资料。

在这套丛书里,有探讨文学审美特征的著作和审美价值结构与感情逻辑的著作;有研究文学艺术精神与艺术的生存意蕴的著作;有阐释艺术与人和文艺学的人文视野的著作;有文学艺术本体反思、文化批评、汉语形象和现代性与文学理论现代性问题的理论思考;有文艺学的民族特色、比较诗学、宗教文艺审美创造探索;有新意识形态批评、原型批评与原型思维主张的张扬;有诗学研究、创作心理、文化诗学、文本生产、原型的理论与实践的细致剖析和审美实践文学论;有新理性精神文学论等文学理论主张的标举等。此外还将收入一些著名学者的论著。从上面涉及的不少论题来看,它们触及了文学理论的各个方面,这是过去的文学理论所没有过的现象。这些论著阐发问题的深度可能不会令人完全满意,但重要的是其中一些著述,并非泛泛之论,它们并非食古不化,更非盲目崇洋,而是针对文学、理论的现实,提出了新的见解,或是新说;出现了一些新的核心概念,并已在理论实践中发生作用,初步形成了我们自己的文学理论的视界。上面提及的一些问题,也可以作为重要课题而继续深入,同时新的理论问题还会不断出现。丛书的出版,显示了新时期以来文学理论进展的实绩的一个侧面。自然,此外还有一些学者的重要的文艺论著,由于出版条件关系,未能列入,使我们深以为憾,这是需要说明的。

90年代,当鸟瞰20世纪中外文论的发展时,我曾指出两者之间曾经发生过两次错位。

一次是80年代前,西方文学理论的主导研究是一种内在研究,而我们则把文学理论的外在研究发展到了极致。结果是两者都走入绝境,难以为继。另一次是80年代开始,当全球化语境正在逐渐形成之中,西方文学理论的主导倾向,由内在研究而走向外在研究,而且声势越来越大。而我国文学理论,则由外在研究走向内在研究,大力探讨文学理论自身的问题、规律等等。从目前的双方文学理论情况来看,说不定可能是第三次错位了。

在70年代末、80年代初欧美文论研究向外转的潮流中,我觉得一些学者的取向是不尽一致的。像法国的某些结构主义者,发觉了文学内在研究的局限性之后,要求将文学研究与文学所包含的其他文化因素结合起来,努力发掘文学本身固有的文化含义,以充实文学研究,这大体是属于文化诗学的研究范围,如托多罗夫。另一些学者特别是后来的美国学者,实际上一开始就转向了所谓"文化研究"。欧美的这种文化研究,其实早在几十年前,在德国、英国就开始了,80 年代初,不过是完成了一个巨大的转变而已,并且由于时代的变化,文化研究相应地改变了自身的含义与主题。关于这点,我国一些学者已有介绍。我们看到,在当今这种文化研究思潮的高涨中,欧美国家的文化研究,发挥了解构主义、后现代主义的精义,不仅把文艺研究视为文化研究的一个组成部分,而且实际上以文化研究取代了文学理论的研究,渐渐消解了文学理论研究,趋向后现代文化思想。

欧美的"文化研究",贯穿了后现代主义文化思想,体现了后现代性的诉求,解构了以往的学说。诚如美国学者哈桑所指出的那样,后现代主义主要表现为如下特征,即它的"不确定性"与"内在性"。所谓不确定性,即含混、不连续性、异端、多元性、随意性、变态、变形、反创造、分裂、解构、离心移位、差异、分离、分解、解定义、解秘、解合法化,等等。所谓内在性,即强调人的心灵的能力,通过符号来概括他自身,通过抽象对自身产生作用,通过散布、传播、交流,来表现他的智性倾向①。于是历史与虚构可以混同,历史的真实可以被创造,而具有一定偶然性因素的真正的历史真实,则完全成了偶然事件。文化研究通过文学艺术、大众文化、城市文化、影视艺术、广告动画、音乐演唱甚至建筑这类文化现象的风格与思潮,探讨政治、种族压迫、新的殖民现象、妇女权利与文艺、文化新潮现象,以切入当今社会、政治、文化状况等,展现了后现代性的文化特征。

后现代主义文化思潮,表现了全球化语境中人的思维方式、人们的社会心理发生了重大的变化。在当今全球化的语境中,我们看到,各种社会的、文化的矛盾,正在酝酿、冲突之中,文化研究正好适应了这一情况,从而表现了这一研究的广泛的社会性、政治性特征,使社会、政治问题学术

---

① 见[美]伊哈布·哈桑著:《后现代的转向》,刘象愚译,台湾时报文化出版企业有限公司 1993 年版,第 155—156 页。

化。这种体现了多元化精神的文化研究,表现了对当前政治、社会、制度、文化霸权、经济、民族问题、种族压迫、新老殖民主义的反思与批判,显示了人文科学、社会科学的某种批判性的一面。几乎与此同时,几百年来科学分析方法受到了怀疑,学科愈分愈细的做法受到抨击,呼吁人文科学与社会科学以至自然科学之间的综合研究的呼声,时有发生;但是由于缺乏真正的理论建树,所以又立即拆散、解体了这一趋势。这种种矛盾的文化思想与心态,成了催生当今五花八门的、颇有声势的文化研究的内因,展现了后现代主义的文化景象。

80年代中期,美国学者曾经来我国介绍欧美流行起来的文化研究。接着后现代主义、新历史主义、后殖民主义、东方主义、女权主义、种族理论等又是风靡我国文论界,并且扩大到社会科学、人文科学的各个领域。80年代下半期,文化研究在我国还未流行开来,那时我们还把这种研究视为文学理论的一种跨学科研究。90年代初以后,人们经过了一段时间的沉静的反思,发现了后现代主义思潮并初步了解了其妙处和特点,于是迅速在文艺界广为传播,并且形成了一股争说后现代的热潮。稍后我们看到,一些原来的文学研究者,转向了经济、政治、思想的评论研究,出现了文学理论、批评队伍跨向其他学科的现象。这一现象,与我们在80年代上半期见到的情况截然相反,那时讨论文学问题,指责过去忽视审美,同时对文艺与政治、伦理、历史、社会等联系,避之犹恐不及;或是对这些方面形成的干扰,与文学审美应有的文化选择捆绑一起,进行挞伐,要使文学变得纯而又纯。现在正好相反,一些原来的文学研究者,致力于译介外国那些探讨社会、思想、经济、科技的学术著作,进行经济、政治、制度、思想的评论,力图介入政治、社会、思想批判,既有指点江山式的激扬文字,又有随意套用西方术语的现象发生,又一次出现西方术语的大移植,产生了极为复杂的影响。

这自然是,一、在我们的社会生活中,作为多种思想原则诉求的现代性、前现代性与后现代性相互影响而又杂然并陈。后现代主义文化的一些特征、风尚，已经存在于我国的社会生活之中，所以一些学者的学术思想与之一拍即合。二、我国学术界向来有向西方学术前沿迅速靠拢、及时学习甚至移植的风尚，把握前沿性问题，以扩大学术探讨的领域，进而掌握这一话语赋予的话语权力。所以不久之后，媒体就册封了我国的“后现代大师”。有趣的是，一些中外学者原本竭力反对要有什么中心，倡导颠覆、解构。现在通过后现代话语权力的占有，赢得了声誉，自己就成了中心，却从来没有听说要对自己的地位与宣扬的学说，需要进行颠覆与解构的。三、我们发现，后现代研究形形色色，它们把政治、历史、社会、文学等问题搅在一起，结合起来，介入现实、社会、历史、政治生活，批判现行制度以及体制的不合理的地方，既可使学术政治化，又可把政治问题学术化，起到知识分子与社会、历史、现实相互交流、相互影响的作用，争取到了以往只为少数人把持的部分政治话语权力，力图负起知识分子的使命，这无疑是学术的也是社会的一个小小的进步。四、这种文化研究，大大推动了对大众文化、城市文化、影视文化以及后殖民主义、女权主义、女性写作、建筑艺术倾向的探讨，而这些部门，也正是文化研究的主要领域，进而形成了一种新的研究热潮。但是由于种种客观原因，这种研究与我国实际存在的重大问题还有不小的距离。五、这种文化研究对于文学研究，毫无疑问，具有方法上的借鉴意义，确实，文学研究完全可以从文化研究中引进多种方法，以充实自己。比如，重读中外文学，我们完全可以借用后殖民主义、女权主义等视角，来开掘作品的新意，扩大文学研究领域，但这不是解构主义的研究，这是借用后现代主义的某些方法，以丰富现代学术的研究。

现在，“文化研究”在我国方兴未艾，一些中外文学研究者，得风气之先，率先进入这一领域，随后不少从事政治、经济、哲学、社会学的学者，也卷了进去，显示了我国当代文化研究中对后现代性的热切诉求，期望能够争取到更多的学术权利与扩大社会科学、人文科学的学术空间。但是，我们也知道，作为当今文化研究思潮的思想导师如福柯、德里达，在今天中国虽然声誉正盛，不过在他们的祖国，他们的理论不断受到质疑与批判；而风行一时的文化研究，由于自身理论上、方法上、实践上存在着不少问题，在今天的美国研究界也颇受诟病，我们在后面还将涉及。

我在上面讲的文化研究，主要是指近几十年来流行于欧美的文化研究，这是一种相对意义上的狭义性的文化研究，新起的理论思潮的研究。其实，文化研究在各国文化活动中早就存在，有着多种文化观，实际上就有多种派别存在，只是没有像当前的"文化研究"那么炫耀而已。比如，我国有历代经济、政治、体制的大型文化课题研究，有当今经济、政治各个方面的大型课题研究，有考古、语言、哲学、伦理道德、文学、艺术以及当代文化风尚等方面的大型文化课题研究，等等，它们是我们文化研究的真正主体。在我国文化研究中，作为后现代主义思潮的文化研究，只占整个文化研究的一小部分。我国整体上的文化研究，就其主导倾向来说，当是诉诸现代性的。现代性意味着使社会不断走向进步的新理性精神，这是一种不断进行反思的、批判的、建设的科学精神与人文精神，它是不断变化创新、具有无限丰富资源的未竟事业。后现代主义文化研究提出的种种问题，丰富了文化的研究，但对于文化整体研究来说，除了吸取后现代性中的某些合理因素，则更应倾向现代性的诉求。

第二节　文学理论研究会被"文化研究"替代吗

美国解构主义学者希利斯·米勒，在我国刊物上发表了多篇文章与座谈会上的谈话，他多次谈到文学、文学研究问题，认为在当今电信时代，文学是个幸存者，文学艺术从来就是生不逢时的；而"文学研究的时代已经过去了。再也不会出现一个时代——为了文学自身的目的，撇开理论的或者政治方面的思考而单纯地去研究文学。那样做不合时宜。我非常怀疑文学研究是否还会逢时,或者还会不会有繁荣的时期"①。另一位美国学者加布里尔·施瓦布教授认为,"美国批评界有一个十分明显的转向,即转向历史的和政治的批评。具体说来,理论家们更多关注的是种族、性别、阶级、身份等问题,很多批评家的出发点正是从这类历史化和政治化问题着手从而展开他们的论述的,一些传统的文本因这些新的理论视角而得到重新阐发"②。当他们在学术交流中,发现中国学者所选择的题目单纯地倾向于"审美诉求",探讨诗学、诗性文化、神话美学、中西文论比较等,就觉得这类问题大而无当,说在美国三四十年前就不做了。同时,他们很想了解中国一些重要理论批评家的文风,忠告中国学者的研究能够具体、细致一些,等等。

在这里,美国学者的一些意见,确实是切中肯綮的,比如我们有些会议上的个人论题,相对都比较大,较抽象,个人力有不逮,但还是要做,结果是大题小做,空有架子,缺少血肉,学术质量受到影响;而且确定某个选题,往往不管前人有没有做过研究,解决到了什么程度,却是一切由他重新开始,还自以为是创新,实际上这是重复劳动,这自然不符合学术规范。不少外国学者的著作、论文,就不是这样,一般论题小而具体,论述方式是先从某部作品引出一段文字,或一个细节,作为一个引子,然后围绕引文中的思想,旁征博引,展开阐释,以说明某个问题,这叫小题大做,做得好,十分讨好。我国一些精通英美文学的老专家,多数受过这类训练,就是这么做文章的。但有时也有这种现象,即有些外国学者这类文章有时做的过于琐碎,难以卒读。这种学风,从新近的传统来看,无疑受到新批评、作品细读方式的影响。同时这种写作方式,在我国学术研究中其实也是一种基本方式,稍远一些看,可以说是乾嘉学派的余绪,近一些说,无疑受到实证主义思想的影响。

对于米勒等学者所作的表述,如果我理解得不错的话,还有另一方面

---

① 见[美]希利斯·米勒撰:《全球化和新的电信时代文学研究的未来》,载2000年8月29日《文艺报》;《全球化时代文学研究还会继续存在吗?》,载《文学评论》2001年第1期。

② 见[美]施瓦布撰:《理论旅行的交流:对话录》,载2000年10月25日《中华读书报》。

的一些问题,那就是认为,一是当今文学理论不可能再去探讨文学自身的问题,这样做已不合时宜;二是不可能再形成一个文学研究的繁荣期、一个文学研究的时代;当然,文学研究还会存在。三是文学研究在美国已转向文化研究,文化研究的某些方法,可以为文学研究提供一些视角,丰富文学研究。但不管怎么说,文学研究和文学理论研究,已退居到次要地位。美国学者的上述意见,透露了一个重要的信息,这就是在全球化语境的文化氛围中,文学理论能否继续存在并获得发展。

从美国学者的意见来看,为了文学自身的目的,而不顾理论、政治方面的因素,单纯地讨论文学问题,将是不合时宜,而且看来在他们那里,已经有了一段时间。这就让我明白了过去极感疑惑、十分不解的下面这些现象:譬如美国哲学家理查德·罗蒂在《后哲学文化》中读到,在英美的文学教学课堂上,讲讲诸如弗洛伊德、德里达、萨特、伽达默尔就算是讲文学理论课了。大学英语系的哲学课,不是由哲学系的老师讲授,而是代之以英语系的老师来操作①。再譬如有关全球化文化的讨论中,有的学者认为,要把文学作品当作哲学著作来读,或是相反,要把哲学著作当成文学著作来读,并要求把文学研究的方法,引入其他学科的研究,如此等等。纯粹的文学理论研究受到“文化研究”的冲击而呈现解体现象,这可能就是我们已经好久没有读到当代欧美学者那种精深的文学理论著作的原因了。人们常说,20 世纪是批评的世纪,这对于欧美文论来说确是如此。从世纪之初到 80 年代,欧美文论经历了它的繁荣期。内在研究方式排除文学与外在因素的联系,使得在分解文学作品各个因素的探讨方面,曲尽其妙。各种学派一个接着一个,把文学作品的存在方式的探讨,发挥到了极致,以致觉得再往下去,已经难以有新的作为。这些研究自然都以“审美诉求”为其基础的。所以研究文学性、审美现象、审美之维、细读、象征、神话、修辞、叙事方式等这类诗学著作,已经出版很多很多,再探讨下去,一时也难有突破。不少被我国译者翻译过来的这类著作,如果我们留心

---

① 见[美]理查德·罗蒂著:《后哲学文化》,黄勇编译,上海译文出版社 1992 年版,第 98 页。

一下，确实大半是外国几十年前的东西，近期这类论著已是不很多见。像20世纪欧美文艺批评那样群星灿烂的繁荣的时代，可能在未来很难重现。后现代主义文化思潮，正在抹平原来的人文科学中的不同学科之间的界限，代之以泛文化、泛审美化趋向的研究。

可是，中国学者为什么仍然要以"审美诉求"为基础，来探讨文学理论问题呢？在我看来，在当前全球化的语境中，这种倾向正好显示了中外文论相互之间的差异所在。这就是由于社会、文学艺术发展的不同，中外学者在文学艺术研究上所持的不同观点，正好在于中国学者主要是从现代性的诉求出发，而外国学者的着眼点则是后现代性，这就是我在前面所说文学理论研究上可能发生的第三次错位的原因了。如果说外国文论确是美妙无比，即使全部翻译过来，但是也仍然替代不了我们自己的文论；我们还得建设自己的文论，这就是我国当代文论的现代性诉求。这可否说明，在当前全球化的语境中，实际上存在现代性与后现代性两种思想的不同诉求，以何者为主，则要看那个国家的文化发展的具体情况来说。

我国文论滞后，其原因在于，在一个相当长的时期里，政治阉割了文学艺术的本质特性，即最根本的审美特征，进而完全遏制了文学艺术的审美的自由想象力。摆脱了这种不幸境遇，文学艺术要成为文学艺术，自然首先要恢复其原有本性，即审美特性。于是在80年代初期，美学、文学理论中就出现了有关"审美"的大讨论，使文学艺术恢复其自身特征，以回到自身，建立自己的学理，确立自身的独立自主性。但是，我们随后又看到，由于对文学艺术的审美特性压制既久，所以反抗也烈，以致在一些学者的著述中，认为审美就是审美，审美与其他文化因素无关，排除了审美本身的文化选择与其所具有的文化内涵的现象。

这样，在我国所谓对文学艺术的"审美诉求"，至今尚在清理与探讨过程之中。我国文学艺术所经历的这种艰辛，可能外国同行是难以想象的。我们今天面临的不少文学理论问题，对于他们来说，似乎已成过去；从他们后现代性的角度来看，好像已不成问题。但是正好是他们不成问题的问题，对于我们来说，还正是些重大课题，需要深入，进行理论的重构。同时在我看来，即使在他们的文论里，也是还有一些重要课题要做的，如对文学艺术本质的探讨，恐怕也并未完成。在这方面，外国学者也只是各说各的，也并无统一定论和现成答案。而且近几十年由于反本质主义思潮与后现代主义思潮的流行，不少人宁愿多研究具体问题，而少谈或不谈主义即理论，这种思潮在我国文学理论界也有反映。

比如，如前所说，各类文化的冲突与矛盾，引发了“文化研究”的兴起，而且大有涵盖其他学科的势头。90 年代下半期之后，在感受到全球化氛围的、体现了后现代性的外国文化研究的影响下，我国一些学者，特别是不断出国考察外国文化、文学的学者，以为现在我们再来探讨文学艺术的审美特性、文艺诗学、文化诗学已经不合时宜、过时了，外国早就不这么研究了；只有通过几个文学的例子，引申开去，探讨社会、经济、政治、种族、阶级、公共空间、后殖民主义、女权主义、后现代与后后现代，才能赶上外国学术的脚步。这恐怕未必尽然。自然，外国人说得在理的地方，我们需要听取、学习，从中得到启发，获取灵感；但是，请不要用外国人这么说了、那么做了，来规范我们的行动，或是作为我们的学术规范。这种一反不久前的唯审美诉求的做法，又使我们感到困惑，文学艺术怎么了，怎么把虚拟的文学现象与经济、史实、社会调查，一视同仁、等量齐观了呢？它怎么又成了别种意识形态的附庸，文学还能成为一种独立的审美意识形态吗？

退一步说，外国人的理论的确高明，搬用外国理论，以替代我们自己的理论，在文学理论方面，这在过去就出现过，而且在 80 年代又发生过一次，但是这种搬用的办法未能奏效。对于我们来说，今天文学理论的深入探讨恐怕只是开了个头，我不相信我们的研究开头就成了终结，我倒更相信现代性是个“未竟的事业”。比如，我国古代文论并没有一种特定的形态，更不具现代意义上的文学理论形式。一些专家对极其丰富的著述清理、整合，力图理出古代文论的核心观念，进行阐释，建构它的体系，并且已经取得了重大成绩,多种论著各有千秋,但它们分歧也很大,一时难有定论。古代文论的研究,无疑还应寻求新路,进行下去。当然,更为重要的是,我们还要建立我们自己的当代文论形态。

第三节 审美的现代性诉求

现代性重在精神与价值的重建。近百年来西方文论的简单移植的倾向,或是替代,固然使我们了解到不少东西,但也留给我们不少教训。原因在于我国作为一个文化大国,在众多的国家文化中,地位确是太特殊了,它几乎在各个方面都有着自己独特的悠久的文化传统。传统悠久,内涵深厚,可能成为财富,也可能变为包袱。如果因为自己的文化制度、文化传统存在问题,企图跨越它们,弃置不顾,而把他人的文化思想、原则搬过来就用,这在现实中往往寸步难行,弊端丛生。主要原因在于移植的东西,并不完全适用于我们特定的文化环境与精神的需求。我国毕竟不同于欧美诸国,后者不仅有着共同的文化源流,而且由于地域关系,在进入商业资本时代之后,交流方便,虽然一些国家仍然保留着不同的民族的文化风尚,传统与习惯,但无疑有着几乎大体一致的文化大背景,有着更多沟通的机会,存在着文化上的更多的相似性乃至一致性。世界各国的文学与文学理论,确有它们的相通之处,否则就难以相互交往与沟通。但是一个民族,它所赖以生存的地域的特殊性、它所特有的政治文化制度以及文化传统的悠久性,在新的文化的建设中,起着极为重大的作用。所以要想更新、要想前进,就必须以现代性而不是后现代性来观照传统,既尊重传统,又批判传统,融会传统。不是简单地采用他人的文化替代自己的文化,而是吸取他人文化中的长处,融会自己文化传统中的精华,创造新的理论,指导新的文化的创造,进而更新传统,又形成新的文化传统。这就是文学理论简单的搬用总是不能成功的原因,这也就是为什么要把现代性诉求,视为我国文学理论建设的主导思想。

20世纪的我国文学理论走过了极为曲折的道路,经验与教训并存,清理与重新评价正在进行。虽然已有一些批评史、理论史著作,但不少著作由于尚缺乏自己的理论立足点,或带有方法论上的缺陷,如仍然承袭了非此即彼的思维方式,所以往往把探讨变成就事论事;或是只重视某些表面性的文艺论争,以此代替理论自身的探索,结果现代文论自身的形态不见了,这种趋势还会持续一个时期。看来需要把种种问题与论争,置于国际文化、文学思潮与国内社会、文化、文学语境中加以探讨,并应用多种方法,努力阐明我国文学理论的现代性与民族性在不同时期的自身要求、差异与内涵,揭示文学理论现代形态的不断生成与变化。以现代性、交往对话精神、人文诉求,进行学理性的探索;以真正历史主义的态度,来处理历史理论现象,对存在于一些人中间的非历史主义观点与态度,进行适当的辨析。如果不承认20世纪我国现代文论的多种形态,并把它们看成传统自身,只用后现代主义的思想进行片面地描述、解构与否定,那么,我们就很难找到新的文论建设的起点。因此我国文论的建设与创新,还有一段很长的道路要走。这又是文学理论研究自身问题的一个重要方面。

这里附带说一下文学史的研究。我们还将在适应现代性的要求、"审美诉求"的基础上,运用多种方法,对我国几千年来的文学遗产,必须进行新的整合,尽管现在古代文学遗产研究中有"危机"说,如缺少"兴奋点",甚至可能不会出现"文学研究"的时代。但对以往经典仍然需要重新进行阐释,同时新的文学材料还会被不断发现,新的文学经典还会被不断界定,作为文化遗产的继承与发扬,还会重新进行下去。我国古代文学的研究,素有与多种文化因素结合一起进行阐发的传统,这一传统看来将会获得丰富与发扬。又如有关近百年来的中国文学史的研究,著述不少,但有新意的不多,即使是些富有探索精神的著作,也是言人人殊,纷争不休,而且出现了极端虚无的百年中国文学"新空白论"的调子,还有一些问题,如十七年文学、“文革”时期文学，都觉得是问题，但讨论起来，也是观点各异。有的称作文学史，编排有如教程，但很有新意；有的文学史称作教程，但提出的新说，学术个性太强，公认的程度不够高，仍需讨论下去。

在当今来势凶猛的主要是体现后现代性的文化研究的潮流中，作为一门独立的学科的文学理论，如上所述，恐怕还会按着自身的规律运作下去的，而不会被文化研究所吞噬。同时，文学理论不会被文化研究所吞噬的另一个重要原因，即我们还不能不考虑到今后文学存在的形式与文学艺术创造的思维方式。

把文学视作文化的组成部分，自然是不错的。几千年来，文学除了大部分以独立的艺术形式出现之外，相当部分一直混迹于其他学科之中，人们不断认识这些现象，了解它们的特征，直到近百年来，才把文学现象从其他文化形式中分离出来；同时也产生了现代意义上的较为科学的观念。在高科技带来的物质生活的巨大转折的全面影响下，人的思维方式也会随之变化，与此相应，一切意识形式自然会在其本身发生变异，文学艺术存在的形式也正在变化之中。但是文学艺术的形式无论如何多种多样，它只能是艺术思维的产物。比如小说，虚构的也好，标榜非虚构的也好，网络小说也好，影视小说也好，写实的也好，玩玩叙事策略的也好，而且即使是那些不断出现的艺术新形式，它们都只能是艺术思维的产物。艺术意识、审美思维，是人在千百年的自身形成过程中所形成的本质特征，是对人的自身本质的确证。在当今文化手段的多姿多彩的变化中，文艺创作会增加自身文化选择的可能，从而使自身变得更加丰富起来，通过科技手段，使其存在的形式发生激变，但它恐怕不会被文化阉割掉自身千百年来已经形成的特征，而被一般意义上的文化所兼并。这就是说，人的审美思维将会继续存在和得到丰富，那些引不起审美感受的文字，是难以成为文学艺术的。

文学理论也是如此，19 世纪外国的文学理论批评家提出了建立文艺科学的初步设想，但只是在 20 世纪，文学理论才形成了自己的独立形态，用以较为科学地阐释文艺现象。文艺作品自然可以被文化研究视为研究对象,但真正能够全面说明它们的特性的,恐怕还是文艺批评、文学理论。文学研究与文化研究相比较,在思维方式上是相同又不同的。两者都是综合性理论思维,但各有专职。文学研究通过审美感受和接受,探讨文艺作品自身存在的艺术思想、叙事方法、技巧使用等问题,即使涉及多种文化因素等方面,如政治、社会、伦理、哲学、殖民主义、女权主义等,仍以作品的审美特征、审美观念、审美变异、审美思潮、审美传统等方面为其主线,意在阐明作品自身的问题。审美意识中的文化的选择与阐释,丰富了诸种审美因素的阐明,所以它仍是文学的研究。这种审美的文化选择的探讨,大体属于文化诗学的研究范围。

当前流行的文化研究同样是一种混合型思维的研究,但不同于文学研究之处,在于它实际上是一种社会、经济、政治、思想的综合研究,它一开始可能从某部文艺作品出发,某个作品的细节作为例子,但其目的不在于说明文艺作品本身的问题。从目前我们见到的文化研究主要表现形式来看,它着重探讨的是全球化经济问题、社会或社会思想问题、政治或政治思想包括诸如后殖民主义、女权主义、身份、阶级等问题。这种研究大多数情况下是政治、经济、社会、文学问题相互混合一起的,文学艺术在这种研究中的地位,主要只是被用来论证、说明其他学科思想的例子或工具,审美因素实际上被排除、榨干了。我们看到一些外国文艺学家所做的这种研究及其著作,主要在于阐明,文学艺术的现状在何种明显的或隐蔽的程度上成为了反映经济、政治状况的手段,这里也涉及大众文学、艺术趣味、艺术形式如何变为一种风靡一时的时尚,时尚又如何变为群体的一种追求,但主要在说明社会、政治、经济等状况与问题,群众的文化趣味的流向。这里文学研究与文化研究往往相互交织,这一方式的确扩大了我们对文学艺术的认识,但大多数情况下,涉及的文学艺术作品,实际上往往被看成了某种意义上的政治、经济、社会思想的风向标,或是它们的附属物。

在当今的全球化语境中，思维的综合是一种趋势，以致会导致某些学科的合并。但是人类思维方式是否会急剧向混合型思维方式转向，并完全支配社会科学、人文科学，我看这可能是一个相对缓慢的过程。过去各种学科由于分工过细，妨碍了对事物的整体的理解，而今必须走向综合，一些学者包括我在内，在大力倡导综合，也赞成一些课程的综合与兼并；但相当部分的学科看来还会长期存在下去，各种专门性的探讨仍然需要，因为它们自身还有许多问题需要阐明，而且问题又在不断发展。在这方面，具有综合性的理论、主义要研究，专门的、局部的问题也要探讨；综合性的本质论要深入，单一的现象学问题也不可偏废。避谈主义而专注于现象问题，现象可能会被阐发清楚而成为一种发现，但也有可能使问题研究局陷于就事论事，陷于事实的罗列；专注于主义即理论，在充分使用史料的基础上，可能在理论阐发上有所进步，而不重视文学史实，必定会使主义抽象而空洞。所以现象问题与主义的研究是相辅相成的，倾向哪一种选择，全在于学者自身的功力的深浅，文学理论就是如此。同时文学艺术创作中的新问题又层出不穷，文学理论批评的探讨也无止境，所以这一过程可能会较长，此其一。其二，后现代主义文化思潮作为一种综合型思维形式，它的特征显然不同于文学理论思维，它确是力图发现现实中的新现象，但这是一种重在描述、报告、趋向彻底解构以至否定的思维方式。凡是新的就是好的，主要是对以往一切文化只提质疑，或进行颠覆，而不顾其历史、人文等方面的价值。经典经过几下贬抑批判，就算被解构了，就宣布它为死猫、死狗，被抛弃了，但是没有什么新的可以替代，也不想用什么替代。

自然，文化研究大大拓宽了社会科学、人文科学探讨问题的范围，它把一些学科打通了，使得不少文艺批评、理论研究者，可以两栖于文化研究与文学批评研究之间，由文艺而进入经济、政治、社会问题研究的层次，从而也拓宽了个人研究的领域，这可能正是对我们原有发展得过于精细的学科思维的一种反拨。而在这些方面，很可能正是中外学者有着更多的共同语言、可以进行对话的公共活动的领域与舞台，体现了现代性与后现代性在某种程度上的协调、交叉与结合。至于这类文化研究课题,原先都是外国人根据他们文化发展现状提出来的,是否都适合中国,适合到什么程度,在何种意义上可以发挥它的作用,也是一个值得观察的问题。其实,中外学者的文化研究的现实作用,恐怕也是不尽一致的。

文学理论批评有其自身范围的综合性研究,它可以从文化研究的方法中吸取教益。如前所说,学者可以一身兼作几种研究,或以文化研究为主导,使文学艺术种种材料为我所用;或主要探讨文学艺术问题,兼用其他学科与方法。但是以文化研究的那种综合性研究来取代文学理论、批评研究,是很困难的;抹去文化研究与文学理论研究的界限,效果未必会是积极的。

比如,在我看来,在大学文科教学中设置文学理论批评这类课程是相当重要的。因为文学理论、批评与文化研究的目标不尽一致。文学理论、批评课程,不是满足于对文化现象的描述,对时尚的追踪和报道,它探讨以及提供的是有关文学艺术的风尚、审美标准、审美的文化选择等问题的基本知识,辨明作品的艺术思想质量的高低上下,多样中的优劣良莠,乃至是非曲直,这对于形成人的健康的审美趣味、鉴赏能力至为重要。这是一门人文性的、具有一定价值判断的学科。缺少文学理论批评的基础知识,人们自然也能写作,并且生活得很好,但是也使一些人在艺术上不能分清高低上下的一个原因,以为好作品、富有思想容量的作品,与那些并无多大价值的东西,是可以一视同仁的。同时,文学理论批评的审美标准,不是一成不变的,而是趋向多样,需要不断发展的。当然,有的人即使有了一定的理论知识,但在当今一切都成了商品和消解的时代,也会对它嗤之以鼻,弃之如敝屣,因为有时理论与卖个好价钱是矛盾的。而且有的人也以无知为荣,声称对理论、批评不屑一顾,泼皮式的骂街,肤浅的断语,在媒体的哄抬、营利炒作中,也颇有听众,但也就是这么一种文化品位了。至于文化研究的注意力,文化研究的学者的真正兴趣,恐怕也不在于文学艺术自身的问题,而主要是研究经济、社会、政治、人的活动的公共空间的状况，人群、阶级、妇女权力的变化上，两种知识不好互相替代。

一般来说，在欧美国家的大学教学的课程设置中，并无文学理论一说，有的只是作品分析，现今似乎也为文化研究或文化批评所替代。前面提及，在课堂上，除了谈谈德里达、弗洛伊德等人就算是讨论文学理论了。有一则消息说到，美国一些大学课堂上的内容设置主要是大众文化、影视艺术、行为艺术、春宫画片、广告动画等。美国现代语文学会主席爱德华·萨义德说："现在，文学本身已经从课程设置中消失，取而代之的是残缺破碎、充满行话俚语的科目。"同时由于解构主义思潮的影响，过去的经典著作渐渐被否定；文学教学为了不断求得新奇，以引起听者兴趣，课程就得不断花样翻新，于是争先恐后地引进那些品位不高的、冷僻的文学文本，以替代原有的文学经典。解构主义的影响还表现在对文学意义的消解上，在语言多义、语言能指无限膨胀的思想指导下，以为人们讨论文学作品的价值是徒劳的，论者充其量不过是在"表态"而已。当文学的意义、价值、感情被消解干净，突然，相反方向的潮流，如国家、民族、阶级、等级、殖民主义、权力解构、文化冲突等问题又滚滚而来，让人应接不暇①。这实际上是一种泛文化教学了，它提供了不少知识，但缺乏了真正的人文的关怀。我以为，这些信息不一定反映了全部的情况，但我想也并非空穴来风。本文作者也曾就此问题向一些外籍学者做过了解，情况大体如此，这是很值得我们思考的。

最近在《文艺报》上见到一文，该文作者有一段时间曾经亲临美国的文化研究领域，并做了考察，用不少见闻说明美国文化研究的情况。他说到美国的文化研究，原本盛极一时，但是近十年来，已渐渐走入尴尬的处境。主要是文化理论批评脱离实际，始于词语，终于词语，看上去提的问题十分尖锐，实际上只是一些拆了引信的炸弹，并没有什么危险。同时，文化理论批评不断更新，十分时髦，但没有系统理论。一些保守的名牌大学虽然并不公开反对，但把它们视为左道旁门，在课程中不予认可，以致

① 盛宁著：《美国大学英文系的衰落和人文教育的滑坡》，《外国文学评论》2000年第1期。

使得那些原本站在潮头的理论家们的理论难以进入现实。像德里达、克里斯蒂娃、萨义德等人,后来都写起小说来了。也有像斯坦利·费什这样从事理论研究的理论家,公开宣布理论与实践无关,理论与理论之间也无联系,主张"理论无用论"。倒是萨义德对文化批评理论的遭遇十分痛心,并追悔莫及,他"指责当代批评理论的泛文化趋势,痛感当今人文传统消失,人文精神淡薄,人文责任丧失,称之谓'人文的堕落'",呼吁去掉浮躁,回归旧时细读传统,从文化回归文本①。说的很是实在,他抓住了文化研究的重要方面。至于理论家写写小说,我以为是一种好现象;不过上面这幅图景真使人有些心惊,也逼迫我们思考一些问题。

文化研究其实是门相当困难的学科,比较文学研究也是如此。从事这方面研究的学者恐怕得在学养上大下功夫。单凭懂得一些外文,搬用一些外国词汇,对问题并不内行,就拉开架势大谈文化问题,好像天下大事尽在自己掌握之中,但令人读后或是觉得整篇文章好像是篇翻译文章,或是尚缺乏可信性,有些隔靴抓痒。文化研究既然是门综合的学问,研究者恐怕得精通几门专门知识,对一些问题确是做过认真的研究,发表过些独到的见解,才有发言权。当然,由于我国情况特殊,有时这类文章不免要使用伊索式的语言,从而增加人们理解的难度,这也在情理之中。

文学理论的建设,是新的文化建设的需求。在当今全球化的氛围中,它无疑应当面向现代性的诉求,面向创新,面向人文价值的追求,面向重构,面向建设,面向新理性精神;可以适当地吸取某些后现代性因素,如反对文化霸权主义、文化的唯中心论、僵死教条等,但不是后现代式的满足于反对事态的宏伟描述与消解。

这就是我理解的文学理论在当今全球化语境中的主体性表现。

20世纪已经过去,文学理论批评留下的遗产是很丰富的,无疑,它将成为新世纪文学理论批评建设中不断议论的话题。

---

① 转述与引文均见自朱刚撰:《世纪之交的美国文学批评理论的尴尬》,载2000年11月21日《文艺报》。

第八章　文学理论：走向交往与对话

第一节　20世纪中外文学理论发展中的两次错位

20世纪初到70年代末，中外（主要指西方）文学理论都面临着确立与充分实现自身的主体性问题。一个十分有意思的现象是，这一阶段的西方文学理论批评，与这时期的中国文学理论批评相比，在理论倾向上恰恰形成了一个“错位”。所谓错位，主要指双方探讨的问题与兴趣方面，走着正好相反的方向而形成鲜明对照。我们知道，当双方在文学理论问题上认识各异，兴趣各别，缺乏必要的共同性时，是难以进行交流与对话的。

19世纪中叶开始，中国就受到东西方帝国主义的侵略与压迫。中国人需要启蒙，也要救亡。近百年的中国文学理论，就是在启蒙与救亡的双重任务下，不断寻求自身现代化，确立自身主体性的过程。

20世纪之初，王国维与梁启超开创了20世纪我国的两条文学理论路线。王国维在19世纪德国美学的思想影响下，突破了中国文学历来所奉行的“文以载道”的传统，主张文学回归自身。他认为文学、哲学应与政治分开，过去文学家常以兼做政治家为荣，所以总要使其创作依附于政治，结果使文学“忘其神圣之位置与独立之价值”[①]。文学描写人生，而人生乃欲望与痛苦，三者互通，无从超越。可以说，这是中国文学理论引入西方美学思想，与中国文学现象结合起来加以评论，实现中国古代文论最初的现代转化，体现了文学理论的现代精神。这是文学转向自身，力图确立文学理论主体性的一次尝试，并且充溢着人文精神的关怀。

和王国维几乎同时，梁启超提出了另一种文学主张。戊戌政变（1898年政治改良运动）失败后，康有为、梁启超等人都转向文学，认为小说可以移人心，改风俗，强国民，救国家，在儒家“文以载道”“经世致用”思想的基础上，把小说的地位与作用提到救国救民的高度。[②] 这虽然同样符合现代性的需要，但于小说来说，实在是一种超负荷的“光荣”，埋下了后来文学理论失去自主性、主体性的伏线；极端政治化的主张，终于到了70年代末走到了自己的终点。

---

① 王国维著：《论哲学家与美术家之天职》，见周锡山编校：《王国维文学美学论著集》，北岳出版社1987年版，第35页。

② 梁启超著：《论小说与群治之关系》，《梁启超文选》下册，中国广播电视出版社1992年版，第67页。

这样看来，原本是文学理论的人文精神的启蒙与探索，却在相当长的过程中，受到严重的歪曲，并且最后走向反人文精神的绝境；原本在中国社会现代性策动下进行的理论探求，却使其本身成为反现代性的理论酸果，从而暴露现代性本身的悖论。

西方学者曾把20世纪称作批评的世纪，其意思是文学批评繁荣，学派众多，力图使文学理论成为一门独立自主的学科。20世纪初，西方文学理论随着实证科学的飞速发展，随着对文学研究中使用的社会学的、印象主义的、心理主义的方法日益反感，在文学理论批评中出现了转向内在研究的潮流。一个又一个的形式主义学派不断更新，对文学作品本体进行了多种有益的探讨，到20年代后，形成了形式学派的主流，并同样延续到70年代末。

我在这里想要通过回忆来说明的是，如果双方都从20世纪初算起，到70年代末止，那么双方在相反方向上的探索，十分巧合地经历了同样长久的时间。在这段时间里，中外文学理论在很长的时间里互不了解，自然也谈不上相互的交往与对话。

可是有趣的是，从70年代末到80年代末，在中国与外国特别在与西方文学理论批评之间，又发生了戏剧性的第二次“错位”。

我注意到希利斯·米勒写于80年代中期的《文学理论在今天的功能》一文，他说：

“自1979年以来，文学研究的兴趣中心已发生大规模的转移：从对文学作修辞学式的‘内部’研究，转为研究文学的‘外部’联系，确定它在心理学、历史或社会学背景中的位置。换言之，文学研究的兴趣已由解读（集中注意研究语言本身及其性质的能力）转移到各种形式的阐释学上（注意语言同上帝、自然、社会、历史等被看作语言之外的事物的关系)随之而来的,是一次普遍的回归。”①

“普遍的回归”当然表现为以往的不少学派,方法又活跃起来了,好像是复旧了,不过,其实原来的多种方法,本来就没有被废弃,只不过失宠于一时罢了。就像结构主义80年代后虽然运用的人不多了,但作为人类积累起来的一种思维方式,依旧保留了下来。这使我想起1985年茨维坦·托多罗夫讲过的话。在谈起结构、解构主义等思潮在80年代的欧洲已不很时髦时,他说:“现在是综合使用各种方法的时代,新的方法已不占统治地位,各种旧的方法也并未被否定,原因是各种方法的好的方面,都已被普遍接受,学校课堂上都介绍它们,并被文学研究者所使用。”②但是一旦摆脱对于语言的过分依赖,新的学说如新历史主义、女权主义、后殖民主义、后现代主义、文学人类学等学派就纷纷行时起来,于是发生了文学研究向“外部”的急剧倾斜。我曾著文谈到发生变化的动因时说:一是几十年来西方社会、历史运动、现实斗争发展的结果。二是为西方文学实践发展所促成,原有的文学内在研究的理论批评,已无法满足新的文学实践了。三是文学理论自身发展的趋势与自觉使然。③ 正是这种理论的自觉,使得西方文学理论开始较为充分地体现了其自身的主体性与自主性。

在这段时间里,在中国文学理论中却发生了一个相反方向的变化,这就是文学理论批评走向由外向内的转折。从1979年开始,在改革开放的形势下,人们相当普遍地厌弃了旧有的理论与研究方法,而转向刚刚被西方文学理论批评界不断诟病的内在研究方法。这一时期的中国文学理论批评中确实存在着比较严重的西化倾向,以为西方的文学理论批评,诸般都好,可以替代我们自己的文学理论批评。紧接着,对西方传过来的现代

---

① [美]希利斯·米勒著:《文学理论在今天的功能》,见[美]拉尔夫·科恩编:《文学理论的未来》,程锡麟等译,中国社会科学出版社1993年版,第121页、第122页。

② 钱中文撰:《法国文学理论流派》,《文学理论:走向交往对话的时代》,北京大学出版社1999年版,第54页、第55页。

③ 钱中文撰:《面向新世纪:八九十年代中外文学理论新变》,《文学理论:走向交往对话的时代》,北京大学出版社1999年版,第256页、第257页、第258页。

主义、结构主义、叙事学还未完全弄清楚是怎么回事，可一下又出现了对后现代主义、后殖民主义的热情关注了。有些论文里面到处都是西方文学理论批评中或自然科学中的术语，作者自己并不真正懂得，读者读后自然也感到茫然。所以双方虽有交往，但难以对话却是自然的事。

这第二次的理论“错位”，对于中国文学理论来说，固然满足了求新、求知的欲望，但留下的则是沉重的思考：一方面，学习西方文学理论批评中的有用成分是必要的，没有它们，就难以激活我国的文学理论批评，新的术语，也往往是表现新思想的。但是如果认为，可以把任何西方文学理论批评，或是任何新名词搬到中国，我们的文学理论批评从此就走向正路，这实际上必然要走向盲目，就会再度失去理论的自主性，影响主体性的建立。美国学者小亨利·路易斯·盖茨关于要建立黑人文学理论批评话语，以取代白人话语对黑人文化教育的鄙视与贬抑，态度不免激烈了些，但确是包含了一些真理在内的[①]。话语确实是一种权力的表现，对于中国文学理论批评来说何尝不是如此？所以必须建立中国自己的具有自主精神的理论话语，确立文学理论的自主性。

在两次“错位”之后，我们必须真正面对现实，进行自我反思、自我批判与自我选择，寻找学术上的整体的自我，发扬文学理论批评的原创性与独创性精神，改造并提升我们自己的文学观念。不这样，中国文学理论批评就无以自立。

第二节　交往、对话的主体性与共同性因素

80 年代中期开始，特别是 80 年代末以后到现在，是我国文学理论批

① [美]小亨利·路易斯·盖茨著：《权威，(白人)权利与(黑人)批评家；或者，我完全不懂》，见[美]拉尔夫·科恩主编：《文学理论的未来》，程锡麟等译，中国社会科学出版社 1993 年版。

评界进行反思、自我批判的时代,解构旧有的不适应于文学发展的理论思维模式,建构新的文学界理论的雏形;同时这也是与外国文学界理论批评逐步进入交往、对话的时代。

我所说的文学理论批评的交往与对话,表层的意义当然在于双方互通有无、相互学习,但是其深层意义,则是为了我们自己的复苏与生存。当艾略特谈到不同国家文学的交流时就说道:"……在一定时代时,它们当中每一种都依次在外来的影响下重新复苏。在文化领域里专横的法则是行不通的;如果希望使某一文化成为不朽的,那就必须促使这一文化去同其他国家的文化进行交流。"[①]这对于文学理论批评来说,也是适用的。80 年代的西方各种文学理论批评的输入,对我们起到振聋发聩的作用,破除了滞后的思维定势,激活了我国文学理论批评的主体性,使其复苏过来。但是被输入的各种外国文学理论,即使它们再好,也难以把它们认作我们自身的文学理论。道理很简单,这只是借用与参考,而借用与参考并非自己创造。因此,在这种情况下,我国文学理论还不是思考"不朽"的问题,而是如何恢复生机和生存的问题,80 年代后半期,中国文学理论同样存在复苏、生存的问题,否则会停滞不前了,而且只有在此基础上,才会获得进一步理论创新的可能。如今,不少西方学者也已意识到了这一点。

在中外文学理论批评的交往探索中,把文学理论批评视为人文科学的思想,是十分重要的。文学理论批评具有科学哲学的一面,文学作品的内在研究,使有关作品的理论系统化了,精细化了,促进了文学理论的进步。但是文学理论批评又是人文性的科学,过分倚重科学主义,文学科学的人文精神就被排斥了,其主体性成分就被忽视了,各种形式学派批评就有这种缺陷。80 年代西方文学理论批评转向外在研究,即挣脱了语言研究的束缚,转向文化研究之后,不仅极大地扩大了自己的研究领域,而且使文学理论批评更加人文化起来,充分显示了文学理论批评的主体性。

① [英]托马斯·艾略特著:《诗歌的社会功能》,见《美国作家论文学》,刘宝瑞等译,生活·读书·新知三联书店 1984 年版,第 193 页。

由于80年代我国的文学理论批评准则已经失衡，因此在求新的时尚中，不少中国学者实际上是跟随西方学者之后“跟着说”，缺乏理论的主体性与自主性；情况好一些的是“接着说”，即接过西方学者提出的论题，谈谈自己的意见；自然还谈不上“对着说”，即在真正的交往与对话中，理解对方与自己，创建自己的思想。90年代后期情况有所好转。女权主义，性别写作，文化批评，后现代主义，后殖民主义，大众传媒问题，不仅成为西方文化界的热门话题，而且影响了中国文学理论批评，从而使得中西双方在理解文学研究方面，获得了较为完整的认识，大体也平息了文学研究中的内外之争，结束了中西方文学理论批评中曾经出现过的两次“错位”现象。

巴赫金以为，人文科学是研究人及其特性的科学：“人带着他做人的特性，总是在表现自己（在说话）亦即创造文本（哪怕是潜在的文本）。”① 文本在人文科学领域，具体表现为“表述”，表达某个人的不可重复的思想；表述具有个人性，意向性，对话性，应答性。因此人文思想总是指向他人的思想，他人的意义，他人的含义的；在这里，总是存在两个主体，即说话人与应答者，同时又显示他们相互之间的评价，应答和反驳，两个平等的主体的交锋，“文本的生活事件，即它的真正本质，总是在两个意识，两个主体的交界线上展开”②。文本作为表述，显示了其潜在的双声性、对话性。不同国家的文学理论批评的交往，无疑是不同的独立主体之间的对话，不同美学思想的对话。

其次，不同国家之间的文学主体，理论批评主体之间进行交往与对话，以达到双方的各自理解。理解通过表述达到，理解意味着看到他人，在交往中使他人成为对话者。对话产生理解，在对话的理解中，不同的主体互为表述，各自建立自身，同时又使事物获得新意。理解在于意义的增

---

① ［苏］巴赫金著：《文本问题》，钱中文主编：《巴赫金全集》第4卷，白春仁、晓河等译，河北教育出版社1998年版，第306页。

② ［苏］巴赫金著：《文本问题》，钱中文主编：《巴赫金全集》第4卷，白春仁、晓河等译，河北教育出版社1998年版，第305页。

值，不断提示对象的新意，创立新说。“理解不是重复说着，理解要建立自己的想法，自己的内容”。作品的理解“能充实文本，因为理解是能动的，带有创造性质的理解者参与共同的创造”①。由于对话的普遍存在，所以意义是不断生成的。但是意义具有成为含义的潜能，而含义就其潜能来说，又是无穷的。那么含义是什么呢，巴赫金说：“我把问题的回答称作含义。不能回答任何问题的东西对我们来说就没有含义。”在意义向含义的转化与实现中，“含义每次都应与别的含义相接触，才能在自己的无尽性中提示出新的因素”②。至于解释，它只具一个主体，是一种独白，它不能构成对话。解释只是提示了已经熟悉的东西，可以重复的东西，解释者在其解释中个性已荡然无存，他的活动未有增值。人文科学如果只有解释，只有独白，很难获得发展，甚至走向绝境，这是一种独白式的思维方式，也即非此即彼的思维方式。我国 80 年代前的文学理论批评，就是这种独白思维的产物，到 70 年代末，它果然走上了绝路。在理解与解释的观念上，如果把伽达默尔与巴赫金相比较，我宁取后者，前者认为“所有的理解都是解释”③。当然，在我看来，理解是人文科学活动的主要方式，但有时也需要进行解释的，虽然这是一种重复的，但有助于原义的敞亮，因而也有助于理解，所以完全排斥解释，也有其实践上的难处。哈贝马斯就曾经讲到“合理解释的不可避免性”④。当然，我们这里不可能充分地来讨论这个话题。

再次，不同国家之间的文学理论批评进行交往与对话，利用交往、对话中的“外位性”使自己融入他者的文化，进而使用他者的目光来反观自身，可以观照自身的不足；可以从他者获取新的知识，吸收新的有用成分，

---

① ［苏］巴赫金著：《1970—1971 年笔记》，钱中文主编：《巴赫金全集》第 4 卷，白春仁、晓河等译，河北教育出版社 1998 年版，第 405 页。

② ［苏］巴赫金著：《1970—1971 年笔记》，钱中文主编：《巴赫金全集》第 4 卷，白春仁、晓河等译，河北教育出版社 1998 年版，第 411 页。

③ ［德］伽达默尔著：《真理与方法》，转引自严平：《走向阐释学的真理》，东方出版社 1998 年版，第 178 页。

④ ［德］哈贝马斯著：《交往行为理论》第 1 卷，洪佩郁、蔺青译，重庆出版社 1994 年版，第 162—165 页。

从而在一些问题上，修正失误，达到共同的理解。这有如哈贝马斯说的："只要我们凭借对话，即完全依靠交往行为，那么我们就具有确定无疑的前提，这样就可以产生从来未有的一致，至少可以产生内在的一致；能够摒弃错误的主张，获得正确的规范。"①自然，这个过程不会是一蹴而就的，"未有的一致""内在的一致"是要通过不断的交往与对话逐步实现的。有时。"未有的一致"很可能难以实现，在这种情况下，"求同存异"就完全必要了。

中外文学理论批评的交往与对话，有着广泛的共同基础。如前所说，文化理论研究极大地扩大了自己的领域，伸入到不少过去不熟悉的场地。无疑，文学理论批评研究，除了探讨精英文化、文学，现在面对我们的还有大众文化、影视文化、网络文化、多媒体传播，等等，虽然对这些问题在西方文学理论界早已展开，但是现在它们开始进入了我们的理论研究视野，成为许多热门话题。这里面临着挑战与机遇，即我们今天面对着各种学科，挑战着我们的知识能力，同时逼得我们去扩大自己的知识领域，改变我们的思维方式，思考新的问题。又如种族问题，民族问题，性别，地域问题，后殖民主义问题，大众文化问题，民间文化问题，全球化等文化问题的讨论与争论，在这几年也是方兴未艾，看来它们还将进一步被探讨下去，中西方学者在这些问题上有着公共的领域。现今，文学理论跨学科的研究，不仅在人文科学之间进行，而且已渗入社会科学、科学技术中去，这是一个更为广大的公共领域。在争论中有认同，在认同中有争论，把这些文化研究引向文学理论批评，极有可能结束文学理论单一的构架，进行多极化的理论建构。

我国文学理论批评转向文化研究，其实早已开始，这是借用文化研究的多种方法，扩大文学理论研究的领域，主线仍是文学理论，这自然会促使文学理论研究出现新的变化，作为一个学科还会长期保留下去，发展下

① ［德］哈贝马斯著：《论历史唯物主义的重建》，转引自《交往行为理论》第1卷"中译本序"，洪佩郁、蔺青译，重庆出版社1994年版，第3页。

去。例如,我国古代文学研究中,一些学者通过文学的文化研究,取得了令人耳目一新的成绩。毫无疑问,文化研究中的多样方法,又会以各种方式渗入文学理论研究领域,形成真正意义上的方法的多样化,把文学理论批评研究推向新的境界。

但是对于消弭文学理论批评与文化研究界限的做法,我持保留态度,我以为知识的不确定性的理论与教学,可能与当前的文化、文学艺术的形式发生激变、科技文化迅猛发展有关,也可能是出于教学的外在的需求有关,也可能与学生有权改变课程的设置有关。但是零碎化、残片化的过程是会带来苦果的,接受者可能只能获得一些肤浅的知识,学到一些皮毛。

在今天全球化愈益成为一种社会发展趋势的环境中,在文化、文学和人的关系之中,却愈益笼罩着一种令人不安的气氛,这就是人的生存、人的存在及其命运问题。人陷入了危机之中。后殖民主义、女权主义、民族主义、经济等问题的探讨,如果直接地描绘了人的物质的、制度的、性别的不平等令人忧虑的生存处境,那么,审美科学、大众文化、影视艺术、网络艺术、文学艺术及其理论批评,虽然也在层出不穷地制造着问题,但应当排除自身的消极面,来探讨人的真正的精神需求和如何维护人的精神家园,这是中西文学理论批评中的一个说不完的话题。

人的危机实际上就是文化的危机,这既是物质的,又是精神的。物质的大幅度增加和科技的迅猛发展,社会灾祸连连,促进了人际关系的急遽变化,伦理消解,信仰失落,人文价值贬抑,行为规范失衡,使整个文化领域出现了溃烂的趋势,而且几乎是弥漫性的,这在不同国家、不同程度上都是存在的。文学艺术及其研究无疑可以增强这一危机,也可以缓解、弱化这一危机,在我看来,我们的工作应是对之进行缓解与弱化。需要对人的存在、人的生存的个人性的、公共性的空间,进行文化研究与文化阐释。80年代以来,西方文学理论与文化理论的一个重要特色,就是十分关怀人的现实的处境,就是人文精神的强化。对于我们来说,由于处在社会文化的转型期中,人与人的关系发生迅速的变化,同样感到必须呼吁人文精神。我在第一章《文学艺术价值、精神的重建:新理性精神》中说道:“人生来就是为了生存与创造,生存的创造与精神的创造。在科技如此发展的时代,不少人仍在生存的艰辛中挣扎,精神上感到孤独与失望。可一些人却说生存本身就是虚无,这一切岂非都是荒诞!文化艺术果真失去了‘是什么’‘为什么’的追问,它们本身还有什么意义?人的生存本身还有什么意义?他还能寄希望于明天么?”我至今仍坚持这种观点。废除什么,是容易的,但在废除与解构之后,我们还要什么?文学理论的人文精神的弘扬,无疑多少会给这个非理性的世界,增加几分希望的亮色,自然,这不是粉饰,而是对人的人道精神的关怀。

第三节　文学理论批评的本土化问题

中国文学理论在中外文化的交往与对话中,摆脱了政治的束缚,批判了过去文学理论在观念、功能上的僭越与反科学,并终于使自己初步建立了自身的学理性、主体性。理论的自主性、主体性的确立,必然要求逐渐建构具有中国特色的、本土化特征的文学理论。不同国家的文学理论问题中的共同性是存在的,这有如上述。但是如果设想不同国家只有一种相同的文学理论,那也是不切实际的,要不,近百年来中国的文学理论,在追求理论自主性的过程中,就不会经历如此多的艰难了。中国的文学理论批评,一直受到西方国家的文学理论的影响,一会儿是欧美的,一会儿是苏联的,后来又是欧美的。但是全盘西化,或是全盘苏化,都是短期的,即使苏化的影响时间比较长久一些,但最终还是免不了遭到清算。

中国文学理论所以要强调理论的主体性与自主性,期望新的重建,就在于它与西方文学理论比较,确有自己的特征。中国古代文学理论是个宝库,就其丰富与独特性来说,它与西方古代文学理论相比较,可说是二美俱，两难并，各领风骚，如何最大程度地利用中国古代文学理论的丰富资源，使中外文学理论共享，这至今仍是一个值得费时费力的重大课题。就以文学理论与传统的关系来说，比如西方文学理论几千年来未曾中断过传统，从古希腊到现代，虽然屡经变迁，甚至今天被当作“宏大叙事”而遭到否定，但仍是一脉相承的，它没有中断传统的那种重负。中国文学理论就不是如此。20世纪初的新文化运动，指向社会的改革，文化的现代化，大张旗鼓地批判旧文化，其势锐不可挡。在文学理论方面，除了自觉不自觉地接受传统文学理论中的“文以载道”的思想外，其他文学观念都受到了排斥。于是几十年来，中国文学理论不时产生着一种失去自身、无所依附的飘零感。

但是，传统无疑是个十分坚硬的东西，它是我们当今的文化之根。割断传统，过了几年，甚至几十年，仍要回到传统，这正是我们今天面临的课题。中国文学理论的建设，面对着三种文化资源，或者说三种传统的定位与选择。如前所说，要以现代文学理论中经受住反思、批判的部分为基础，否则，我们抛弃现代的传统，又会让我们失去我们自身生于斯、长于斯的文化土壤，割断与我们最为密切的传统关系，以致失去交流的现代话语。要广泛吸收西方文学理论批评中的长处，它的某些科学精神、原创性与独创精神，同时还要促进中国古代文学理论的现代转化，以当代意识，最大程度地激活其中最具生命力，可与当代审美意识融为一体的精华部分，结合当代文化的巨变，沟通中外古今、严肃文学与大众文学、文学与影视和网络文学，在跨学科的多种方法的运用中，建构中国当代文学理论批评话语。

建构中国当代文学理论批评话语，也必须和创作结合起来。中西文学创作中存在许多共同性，但文学创作毕竟是在不同的文化土壤里成长起来的，即使大众文学、影视艺术，也是如此。不大可能存在一种叫作不同文学融而为一的“世界文学”的东西。我理解的“世界文学”，是在积极的、频繁的相互交往中各国民族文学汇合的总称，而并非某个统一体。那些真正优秀的文学作品，既是民族的也是世界的，进而也是人类共同的精神财富。只要民族、国家还存在着，那么这些民族、国家的文化和文学也会存在下去。全球化的经济正在形成之中，物质文化的某些部分全球化了，但是精神文化中的真正的精华部分，仍然是最具民族特色的。正像我们去外国旅游，最想看的不是我在国内看到的东西，千篇一律的东西，而是那些最具有异国情调、奇风异俗的东西。文学中的“异国情调”“奇风异俗”就是那种最具民族文化特色的审美风尚。由于中西文化内涵、环境的区别，文学作品的审美品格自然会多姿多彩、形态各异，因而阐释不同文学现象的中西文学理论批评，也就不可能表现为整齐划一的理论形态。

自然，要建立具有中国的民族特色的文学理论批评，与维护狭隘的民族主义文化主张是毫无共同之处的。承认文化的差异，不同特征与文化的多元主义是十分必要的，它们与文化分离主义也全然无关。几十年里，中国文学理论既受到不同形式的文化霸权主义的统治，又曾有过文化孤立主义的肆虐。我们亲身经历过这两种倾向所带给我们的痛苦，那些总是以“普遍价值”自诩的霸权主义文化，曾使我们的文学理论成为附庸；而文化孤立主义又使我们固步自封，与世隔绝，拒绝了有着真正普遍意义的东西。所以我们现在总是以严峻的批判的目光审视自己的理论，同时也以同样的目光审视着西方文化理论与文学批评。广采博取，多方吸纳，融合同化，综合创新，我想这是文化民族主义赖以生存的支撑点。文学理论的主体性，对我们来讲是弥足珍贵的。如果我们不具备理论的主体性，在国际文化来往中，我们以什么资格来进行交流呢？我们仍只能跟着说，而不能接着说，更遑论对着说的对话了。

在这里，世界性、国际性与民族性是相辅相成，和谐一致的。我注意到有的学者提出“新世界主义”“世界公民”①等说法，对于他们所作的解释我表示理解。但这些思想恐怕也只能在知识分子中间讨论讨论，而且

---

① [荷]杜威·佛克马著：《走向新世界主义》，见王宁、薛晓源主编：《全球化与后殖民批评》，中央编译出版社1999年版，第247—266页。

即使在我们之间,那也是不一样的。就拿“世界公民”来说,不少外国学者在某种程度上可以说是“世界公民”了,比如可以较自由地出入我国。但是我们可没有那样进入他国的充分自由,即他国并不认为我们是“世界公民”,有时还会被无缘无故、不由分说地拒绝于他国国门之外！这也就是为什么会存在文化民族主义的原因之一了。

新世纪的文学理论批评,将会在未来的真正的交往与对话中,获得更新与重建。

第九章　对话的文学理论:误差、激活

第一节　一种文学何以成为不朽

在当前世界上,本土文化已不可能是一个自给自足的封闭结构。事实上,本土文化的生存与发展,总是以与外来文化的交流为其必要条件的。艾略特在谈及欧洲国家文学的相互关系时说到,没有哪一种文学能独立于其他文学而存在,“……在一定时代里,它们当中每一种都依次在外来的影响下重新复苏。在文化领域里专横的法则是行不通的;如果希望使某一文化成为不朽的,那就必须促使这一文化去同其他国家的文化进行交流”①。

近几十年来,我国文学理论在走向现代化的过程中,经历了十分曲折的道路。当欧洲国家的文学理论流派不断更迭,异彩纷呈,走向多样之时,相对来说,我

① [美]托马斯·艾略特著:《诗歌的社会功能》,见《美国作家论文学》,刘宝瑞等译,生活·读书·新知三联书店1984年版,第193页。

国的文学理论形态引进较多,体系构建较少;后来主要是马克思主义文学理论占有主导地位。从20世纪50年代起至80年代初的30年内,我们对这一世纪的各种外国文学理论知之甚少,或罔无所知,而且也忘却了本国原有的文学理论形态。70年代末开始,文学理论与批评开始走出误区,当时清算六七十年代的极端错误的文学思想,其目的主要是恢复曾经有过的文学理论传统,即被称为马克思主义文学理论传统。80年代初,随着文学创作的创新局面的不断发展,中外文化交流的迅速展开,文学理论自身也提出了更新的要求;需要了解外国的文学理论成果,也要重建自己,从而开始走向理论的自觉。80年代中期,出现翻译介绍外国文论的热潮。20世纪的著名的多种外国文学理论著作,形形色色的外国文学理论流派,相继被介绍过来。如形式主义文论、新批评文论、结构主义文论、叙述学文论、精神分析文论、原型批评文论、存在主义文论、文学接受理论、读者反应批评、现象学文论、阐释学文论、西方马克思主义文论、文学社会学、符号学文论、解构主义文论、比较文学理论等。短短10来年,中国当代文学理论几乎经历了西方近百年的理论历程。众多的理论形态纷至沓来,一时使中国读者眼花缭乱,应接不暇,同时又大开眼界,形成了更新文学观念热、方法论热。如何对待这些介绍过来的文学理论形态,深入思考原有的多种文学理论传统,就成了当代中国文学理论发展中的突出问题。东西文化交流的目的,自然在于互通文化上的有无,形成文化互补，但这不是全部目的，而交流的深层意义还在于引入外国文化中的有用部分，用以激活本土文化，从而进入创新，推动整个文化的发展。中国人习惯地把世界文化称作东西文化，西方学者也常常如此对待。自然，实际上世界文化的构成要复杂得多。

东西两大文化的区别主要是由于彼此都有源远流长的不同的文化传统而形成的。中国有几千年历久不衰的文化传统，这是古文明中最具生命力的一种文化传统，它支撑着一个庞大的民族复合体的生存与精神的发展。与此同时，它还有近百年来所形成的文化传统。在近代社会发展的轨道中，它们构成了一种不同于西方文化的传统。这使东西文化的交流形成了一种相当复杂的关系。文化交流固然带来互通有无，但也带来冲突，因为外来文化也往往通过冲突而进入本土文化。文化冲突有其外部原因，即由不同的社会、制度方面的因素构成的推力。例如一方要强迫另一方接受它奉为金科玉律的意识形态观念、社会制度，这不能不使双方的文化的某些形态处于对立地位。又例如，发达国家的人以消闲的目光来欣赏如弗·詹姆逊讲的那种不具人类学意义而是落后的第三世界的文化①遗迹，这中间同样包含着文化对立因素。再如以单纯的不妥协的阶级斗争观点来对待对方的种种文化形态，同样会使双方文化形态导致冲突，等等。但是东西文化交流中还有一种内在的冲突，它们由不同文化的异质性构成，即不同文化本身的内涵、传统、范畴、特征所构成，这是最有意义、最具活力的冲突。在这两种冲突中，抵制敌对性的因素，同时找出办法，使非敌对性的冲突发生转化，将会化干戈为玉帛，促进本土文化走向新的创造，我想这是至为重要的。

当形态多样的外国文学理论一下涌入我国，在我国接受者之间引起意见分歧，或与我国的原有的文学观念发生冲突，实乃意料中事。学术上的纷争，应是其本身发展的常态。没有分歧与论争，是理论上贫困和文化

---

① 见[美]弗·詹姆逊著:《后现代主义与文化理论》，唐小兵译，陕西师范大学出版社 1987 年版。

衰老的表现,是盲目自满的表现。由于地域区别不大,文化传统大体一致,那么同一性将成为文化交流的主导。而对于我国文化与西方文化来说,同一与异质的冲突的机会几乎是均等的。

对待外国的文学理论,我们发现有几种方式。一种是简单的排斥。对于一些人来说,凡是西方的文学理论都是异端邪说。他们的想法是,30年代特别是50年代从日本、苏联传入我国的马克思主义文学理论,以及苏联学者论著中提出的一套理论规范已经够我们使用、传诸后世的了,不去宣传这些思想,却对西方的文学理论趋之若鹜,那是为何?外国文学理论是外国资产阶级意识形态的组成部分,所以在80年代,接受美学就被说成是“资产阶级玩意儿”,至于“本体论”“现象学”,就是西方资产阶级对我们进行“和平演变”的理论工具,如何能使用?同时有的论者至今认为,在西欧盛行一时的现代主义文学,都是腐朽、没落的资产阶级文学。无疑,一些人身子已进入90年代,而思想还留在“文革”时代,这自然不足为训。另一种情况则是,一些人认为传统的文学理论、马克思主义文学理论已经过时,已被他们抛弃了,什么都是外来的好,对西方种种文学理论采取完全认同的姿态。当新批评文学思想被介绍过来时,就认为这种学说好得不得了,说这种学说真正解决了文学理论问题。其实对于新批评,外国学者早就指出其弱点,而且是严重的弱点,而对于某些中国的论者来说,弱点也成了优点。当弗洛伊德文艺思想被介绍过来时,它确实开拓了我们理论和创作的视野,同时对这种难以实证的理论,弗洛伊德也讲到“力必度”是受到“伊德”的“监督”的。而对于我国的一些论者来说,说好就全都是好,对“力必度”一说如获至宝,以为一语中的,全力颂扬“力必度”的横行与放纵,即颂扬泛性论。主体论在80年代中期被介绍过来,并引起了热烈的争论。主体论思想是现代西方多种美学思想的理论主柱,在我们过去的文学理论中不被重视,不改变这种状况,文学理论难以进展,所以纠正这种失误,也是理所当然。但是在争论中,倡导主体论者的实际意思是要用主体论文学观来清除被视为“精神牢笼”的传统文学理论，而反对者实际上又仅用哲学上的主客观关系来代替极为复杂、变化多端的文学创作的主体思想。理论上极有特点的叙述学不断被介绍过来。有的论者运用于小说研究，认为现今某些小说的旨归，已经从叙事故事的内涵表现，转向小说的结构与形式，因此，小说成了一种真正语言的艺术，真正成了一种独立的文体，只有语言及其结构方式，才是小说根本所在。那么，今后仍然会大量出现而不符合上述小说理论的小说怎么办呢？它们应为这种理论停止存在抑或自行消灭么？小说，说什么呢？说说语言、结构就够了吗？小说仅仅是叙述吗？此外，除了全面认同外国文学理论，否定近几十年的文学理论传统之外，还有对漫长的本土文学理论传统进行全面否定的情况发生。

第二节　误读与差异

无疑，在上述两种情况下，都发生了误读，一种广义的解构主义式的误读。解构主义理论有其值得注意的方面，即不承认独断、专一的阐释，而主张有多元、多变的解释。这正是受到人们注意的原因，但其理论前提并不坚实。也许，我在这里把上述两种情况与解构主义联系在一起加以观察，这本身就是一种“误读”。希利斯·米勒与哈罗德·布罗姆把一切文本包括批评在内的阅读都称作“误读”。米勒认为语言是不确定的，“一切阅读都是误读”。在阅读中破坏原有文本，同时产生附加文本。解构是“解释本身”，“没有明白的阅读，没有单义的阅读”。解构主义的文学批评的目的是，通过对文本重新追溯的过程，找出所研究的系统中的基本要素，认出它的矛盾本质；清理文本的线索，根据关键问题将文本全部解开；或者找到能够使整座大厦解体的松动的砖石，“解构不是拆散文本的结构，而是指出它早已自行拆除了结构”。布罗姆对诗的传统及其影响基本持否定态度。他在《影响的焦虑》中说，“诗的影响已经成了一种忧郁症或焦虑原则”，“诗的影响……我将更多地称之谓‘诗的有意误读’(misprision)”①。他认为诗歌传统是一代代诗人“误读”前人的结果。当代诗人要超越前人，就需强化前人的次要方面，贬抑前人。

这里无法详谈解构主义的理论，只是借用其理论观察文化交流中的两种情况。一种情况是对外国文学理论不加分析、区别，一律加以否定，这是唯阶级论的阅读(不是阶级分析的阅读)，也是一种双重的“误读”。第一重是怀着偏见的“误读”，是根本不读，它早已将预定的观念附于待读的文本，即算下了定论。这是一种偏见的、预设的、观念先行的误读，并且已经形成了一种心理定势。这种误读在“文革”中极为流行，甚至延续到90年代。这第二重“误读”总是以第一重潜在的误读为其前提。这是简单化的、教条式的阅读，这种阅读只是为了“解释本身”，目的在于破坏原有文本，从原有文本或文本之外，找到“松动的砖石”，或是找到与批判的文本毫不相关的理由，将文本加以颠覆，以彰显自己的胜利。其实理论不是停滞不变的，不能把它教条化，不仅应该掌握它，更应不断汲取人类心智所创造的一切有用的知识，用以丰富自己的创新过程。

另一种情况是，那种否定传统、力主全面引入西方文学理论以取而代之的主张，同样是建立在双重“误读”的基础上的。一是他们对传统不甚了了，未曾用过什么功夫；二是以为文化交流就是一种简单的阅读、认同与移植，外国人的理论拿来就用，就是目的。其实不然，西方文学理论的传播，在欧洲国与国之间，要容易得多。例如像解构主义源于法国，当德里达多次赴美，亲自在美国大学传经布道，就逐渐形成了美国式的解构主义文学批评。但是就是在美国本土，解构主义文学批评的兴起，也是经历着种种冲突的。艾布拉姆斯就很尖锐地指出，解构主义者实际上用了双重标准，即认为被他们解构的文本的语言都是不确定的，阅读它们是一种

---

① [美]哈罗德·布罗姆著：《影响的焦虑》，徐文博译，生活·读书·新知三联书店1989年版，第6页。

误读，而他们用以解构别人的文本的语言却是明白无误的。这怎能导致共同的认识呢？所以在与西方有着不同传统的东方文化系统中，简单的文化认同与移植就更难以奏效。在近百年来中国文化的现代化过程中，各种形态的文化冲突从未中断过。双重的误读，对西方文学理论的全面认同，往往导致对本土文学理论的全面否定。

那么，如何协调本土文学理论与外来文学理论之间的相互关系？文学理论接受的境界是什么？在前面，我讲到东西文化交流的目的在于互通有无，形成文化互补，而其深层意义，在于通过外国文化对本土文化的激活，进入创新。对于文学理论来说也是如此。茨维坦·托多洛夫根据米·巴赫金的一个理论观点——对话，提出了“对话的批评”[①]，显示了他在结构主义道路上的转折，从而从单一的理论的执着，趋向更为宽阔与丰富。我想我们可以根据巴赫金的对话理论[②]，使东西方文学理论的交流，变为东西方文学理论的对话，逐渐形成对话的文学理论批评。

文学理论作为一种文化现象，是其作者艺术思想的体现，在不同国家，由于其产生的历史、社会、文化条件、价值观念的不同，而显得形态殊异。它们都各有自己的出发点，有的企图从总体上来把握文学现象，有的可能只从一个方面如文本、结构、符号、叙述等来阐释文学问题，从而形成了各自的价值取向。各种不同方式的理论探索，其价值有高低上下之分。我们现在可以这样说，在充分估计到理论的社会倾向性的条件下，还未发现一种绝对无用的文学理论形态，虽然在10多年前，不少西方文学理论在被冠以资产阶级、唯心主义的帽子下曾经遭到全盘否定。资产阶级是存在的，唯心主义也是有的，但是这类简单的定性，并未使它们失去程度不同的价值。我们见到，非资产阶级的、非唯心主义的文学理论，实际上并未全面阐明过文学现象。意识形态论的文学观抓住了文学现象的一个

---

① ［法］茨维坦·托多洛夫著：《批评的批评》，王东亮等译，生活·读书·新知三联书店1988年版，第169—183页。

② ［苏］见巴赫金著：《陀思妥耶夫斯基诗学问题》，生活·读书·新知三联书店1988年版；《文学与美学问题》俄文本，1975年版。

重要方面,但在几十年来的文学过程中,它被推向极端,对不少文学现象作了庸俗化的解释。有多样的文学理论形态,就会出现多种的理论差异。即使是处于对立语境中的差异,它们不同的价值都应给以肯定,在理论的整体中形成互补。自然,外国文论中的价值与偏颇是互见的,这种现象我们见得很多。承认文学理论的多样,自然要看到它们之中的同一与差异。东西文论中的差异,往往表现为一种难以对应的差异,它们为一种文论所特有,而为另一种文论所不具,如一些具有特定含义的范畴、观念甚至理论系统,同时由于文化传统的不同,而表现出价值的差异来。此外还有一种差异,这就是同一中的差异。作为一种探讨文学现象的共同形态,必然因文学现象的共性而表现出同一性来,但同时这种同一都是在差异中显示出来的。差异与同一相辅相成,它们成为东西文学比较研究的广阔场所。

在谈到同一与差异时,应提到佛克马教授的"文化相对主义"。这一很有意义的观点,大致有如下内容:一、不要用一种统一的文学观去对待别国的文学现象。二、要研究具有不同文化背景的读者所阅读的文本,在阅读中复原它的价值系统。三、在了解它们后,与本土文学的价值系统进行比较,发现各自的差异与相似点,从而显示出本土文学价值系统的相对性①。这一观点相当符合东西文学理论交流的实际需要。阐读西方的文学理论文本,要理解其价值所在,不能用单一的文学观去衡量。单一的、统一的文学理论往往会用自己的一套观念排斥不同见解,以为自己说的都是真理。它不能容忍第二个声音,更不能容许别的声音的分辩。它只能让人听它一个声音,一种往往是嘲弄与压制的声音。它表现的是理论的独白,而不是探讨真理的对话。

---

① [荷]佛克马、蚁布思著:《20世纪文学理论》,林书武等译,生活·读书·新知三联书店1988年版,第8页。

第三节　激活的功能

在交流中，要把多种外国文论看成激活本国文学理论传统的重要手段。东西文学理论交流中的互通有无，还只是一种移入，并不能代替创造，所以还要使交流推动传统的更新。任何一种文学理论传统，都是在一定历史时期中形成的，都是与创作实践相结合、排除不适应的理论因素而逐渐丰富，形成体系的。传统一旦形成，就会获得极大的稳固性。如果人们是站在时代潮流之上来看待传统，那么自然会认识到，传统既需要保护，又需要不断更新。更新的传统保持了原有的精神，但又汲取了人类心智所创造的新知识，使自己不断丰富而永葆青春。如满足于把原有理论变为传统，满足于它的不可动摇性、固定不变，把其他理论都视为异己的思维现象，那就会使这种传统产生排他性，就会原地踏步，停滞不前，固步自封，变为文化发展中的惰力。我国古代文论有漫长的历史传统，它的某些阶段发生的重大变革，是与外来文化思想如佛家思想以及西方文论的影响密切相关的。至于二三十年代自日本、苏联引进的马克思主义文论，与我国的文艺实践结合了起来，对我国原有的文论传统以及介绍过来的欧美文论思想冲击甚大。用马克思主义文学理论观察文学现象，加深了人们对文学的认识，促使人们从总体上去把握纷繁的文学问题，从而推动了我国四五十年代的文学创作，进而形成了一种传统。但也要注意到，由于当时的社会、历史条件，以及材料的有限和介绍者认识水平，这一理论形态常常夹杂着简单化倾向。到了 50 年代，这一文学理论据以为出发点的阶级斗争观点和意识形态论，往往被推向极端，代之以“阶级斗争为纲”，意识形态被截然对立化，形成一切都是阶级斗争的庸俗化理解，使文学成为政治附庸，出现了强烈的排他性。一些握有权力的人，把自己从未见过或不同意的种种外国文论,统统说成是反动的资产阶级文学理论,不仅自身停滞不前,同时使文学理论走向专断。80 年代初,原有的文学理论观念及其传统,再现了其原有的生命力。但是如前所说,生活之树常青,在创作与理论的新的要求面前,它同样必须进行更新。我们看到,在 80 年代,外国文学理论对传统文学理论的冲击与激活,几乎是全方位的。

那么,再次,这个激活是如何发生的?要激活异国文化传统,自然应具备自己的理论品格,即它本身具有一定的真理与价值,提供有用的理论成分,或者在方法上可供借鉴,给异国文论以启迪。外国文论中有哪些成分可激活我们的理论传统呢?前面我提到东西文化中的同一与差异,在同一中是存在着有价值的成分的。两种文论对某些文学现象形成的见解,往往十分相似,两者加以比较,能使人们扩大视野,以致豁然开朗,总结出某些规律性的理论观点。这对本国文论自然是一种丰富,以致可以使传统活跃起来。但是一种理论激活另一种理论,真正起作用的是它的异质性部分。在政治、社会学的理论中,截然对立是一种普遍现象,而在文艺理论中,对立现象也时有发生,但在一般情况下,理论的异质性部分的冲突与功能,大体采取下面两种方式应变。一种情况是,异质性成分的理论前提是错误的,但在这一理论的具体运作中,其异质性部分可以被改造,转变其方向,而导致新理论的产生。如马克思主义文学理论与黑格尔、歌德等人的文艺思想的关系。又如胡塞尔的现象学,不少理论家认为是先验的唯心主义,其学说被英加登所接受。英加登"希望确立独立于意识的实在世界的存在"①,于是在对作品进行现象学的研究中,建立起了相当有影响的不再是唯心主义的文学作品构架的理论。另一种情况是,这异质性的成分是某一文化所拓展了的学术领域或新理论的建构,它为我国文论所不具或未有完整理论形态的东西,一旦被介绍过来,可以起到振聋发聩的作用;如果进一步被改造吸收,则可以对传统起到激活的作用,使其获得丰富,或者引出新的理论。如二三十年代传入我国的马克思

① [波]英加登著:《对文学的艺术作品的认识》的"英译者前言",中国文联出版社 1988 年版。

主义文论,如近10年来吸引了我国不少学者注意的文艺心理学、文艺符号学、叙述学、文学本体论、原型批评、文学接受理论等,它们既充实了我国传统理论,又拓宽了文学理论研究的道路。我国古代文论的研究,同样受到新观念、新方法的激活而使其深邃内涵得到多方面的发掘。比较文艺学、交叉学科研究的兴起,为传统理论的更新、酝酿新的理论而推波助澜。

激活以何种方式进行?对于对方独特的理论或研究方式视而不见,把异质性成分绝对化,不愿承认对方价值;在探讨问题时习惯于独白、独断的方式,不容他人争辩,显然,这种方式已经陈旧。自然,只满足于认同,一味颂扬,对外国文论中的异质性成分过分迁就,也难以使它生根于中国土壤。在这里,我以为采用对话方式是最适用于文化交流的。前面指出,巴赫金提出过对话复调的理论来研究陀思妥耶夫斯基的小说。把这一理论应用于文论的研究,那就是接受者站在平等的地位上,充分肯定对方的价值方面,择优而取,在诘难对方中发现不足,予以扬弃;用宏放的目光看待外国文论中的异质性部分,显示其自身价值,尊重其在理论整体中的积累,同时也不忌讳接受一方——对话者的价值判断与观点。接受者的观点,不是从固定不变的教条出发,他的价值判断不是理论宗派的判断,而是建立在对中外文学经验的感悟之上的判断,对中外文学理论有着深切理解之上的判断,建立在总体文艺学与比较文艺学知识之上的判断。自然,这与虚无主义和全面认同都是断然有别的。在中外文学理论的对话、交流中,可以揭示双方各自的理论品格的高低上下,各自在理论的总体格局中所处的层次与地位。

第四节　理论对话中的“误差”的必要性

在理论的对话中,出现“误差”是必然的,也是必要的。误差不同于误读。如前所说,误读一开始就认为要误读文本,找出文本中的次要部分,给以强化,使之成为解构主义者的主要研究对象;或是从文本中找出矛盾,一块能够松动整座大厦之砖,使之倾倒于瞬间,颠覆对方的文本。颠覆就是消解对方,解体对方,使对方理论变成无价值。语词、文本固然多义,但无论语词还是文本,在特定的语境中才有意义,并显示其核心意义。文本中的语词或文本本身,不是一部辞典中词的多义陈列、多义解释。读者无目的阅读,可以了解词的多种意义;而读者有目的的阅读,则只能根据语境择取其中之一,而不能选择任何词意。所以在我看来,误读是避开文本本意,在不甚理解文本的基础上的一种阅读操作。误读理论对传统影响焦虑提出了挑战,它的基本倾向是不信任传统并力图超越传统,自有其积极一面。但它对传统与当代创作之间的关系的解释,并不符合当代文学、当代诗人与其一脉相承的文学与作家间的相互关系,因为这一关系实在要复杂得多。

我在这里所说的"误差",则是对话中的相互探讨真理的结果,是尊重对方理论异质性部分的价值的表现,是在对话中受到异质性观念的提示、启迪而形成的新观点;或是对同一现象所作出的不同反应、不同见解;或是在对话中通过比较而了解到自己和对方的长处与短处,由此而形成的见解、理论上的差异。误差是理解的结果,是在比较研究之后形成的一种独立见解,独立的理论价值与理论判断。我在《误解要避免,"误差"却是必要的》一文中说:"任何一种有价值的理论,都是在它所处的特定范围内的文学传统与反传统(不是虚无主义的反传统)、社会与文学思潮的基础上形成的。所以适用于美国、法国的,未必就可搬到我国直接使用,何况,即使在产生它的故土,也往往是充满争论的。一种文学理论一旦被引入另一国家的文学进程,就必然会给以鉴别,科学地判断它的得失,确定它的价值取向。有鉴别,就有真伪的辨析与判断;有分析,就有偏颇与创新的识别;有取舍,就有侧重与扬弃;有创新,就要有不同程度的改造,就要有必要的'误差'。"[①]误差通过顺应与融化建立新理论。理论的误差只是一种新的认识,尚不能改变已有的理论格局。只有通过接受者——对话者的自我调节才能促使原有格局的变化。"从发生认识论的角度看,调节即顺应,是指个体受到刺激或环境的作用和原有格局(图式)的变化和创新以适应外界环境的过程"。适应包括同化与顺应这种作用与机能,通过这一过程,使整个结构发生变化。当它形成新的平衡,建立新的理论的时机也就成熟了。

20世纪,中国各种获得成就的文学理论,大体是通过对话方式而获得发展的,这就是,在发现东西文论差异之后,用外国文论中有用的异质性部分激活我国文论,然后使之融入自己进入创新。例如王国维的纯文艺思想,就是吸收了康德、席勒、叔本华等人的美学思想而形成的;他的游戏说、悲剧观、意境论,都显示了西方美学思想的影子。"五四"时期出现过各种文学主张,那时搬用欧洲文艺思想的情况很多,但是那些不切当时中国实际的文艺思想,其对话性就很薄弱,而对话性很强的主张,则在新文学中扎了根,如"文学为人生"的主张。后来发展起来的马克思主义文艺思想,无疑在被改造之后才适应了中国新文学的需要,后来不再对话了,部分观念就被发展到极端。80年代,我国文学理论学说繁多,出现了新的照搬西方文论与一边倒现象,但由于缺乏真正的对话关系,所以只是热闹一时。而那种根本不与西方文论对话的文学理论,即继续进行独白的理论,则基本停滞不前,无所进展。倒是发现本土文论与西方文论误差,并使它们对话,有所比较,用西方文论中的有用成分激活本国的文论,进而使之融为一体,进行对话探索的文论,显出了理论的生机,而有所更新与前进,为本国文论的繁荣和文学理论不同学派的出现开辟了良性发展的前景。我本人是对话方式的受益者,我既肯定传统文论中的有生命力的因素,也广泛吸取西方文论中的种种长处。我得出的一些文学观念,既有传统因素,但也融进了西方文论思想。所以它们既不是原来的文论,

---

① 钱中文撰:《误解要避免,"误差"却是必要的》,载《外国文学评论》1989年第4期。

又非西方文论的照搬,而是另一种文学理论形态。

对话的文学理论的建立是一个十分困难的过程。主要障碍在于本土传统思维方式的定势,不同文化的现实差异以及由此而产生的自我感觉良好的优越感。在各种文化的传统中,有对话思维,但独白式的理论思维已习以为常。不仅我国如此,欧洲国家文化中的传统思维也是如此。例如一种文学理论的兴起,往往不是对话的结果,而是不容对方分辩、颠覆对方的结果。这能否可以成为文学理论进展的唯一道路?同时在东西方文化交流中,就目前情况来说,东方人的求知欲望、了解西方的愿望,要比西方人强烈得多,这可以从文化交流中的不平衡状态看出来,东方人熟悉西方文化远较西方人了解东方文化广泛得多,深入得多。但是西方的有识之士早已看到东西方文化是可以互补的。罗素把希望寄托于中国,他说如果中国变来变去变得与西方一样,那世界就没有希望了。西方物质文明高度发展,但由此也出现了精力过剩症,一部分文化富于侵略性,在精神上不断出现危机。东方文化特别是具有深邃内涵的东方哲学与伦理思想,经过对话改造,也许可以充实西方人的精神生活,减弱他们对世界发展前途未卜的消沉心理。自然,要使他们像现代中国人渴望了解西方那样来了解东方,还为时过早,那是需要中国的物质文明的发展和精神文明的进一步建设为基础的。不过即便如此,我们已经有了许多西方朋友。到下一世纪,东西文化交流中人为的异质性会大大削弱,对话性的程度会大大加强,而东西文化在不断相互激活中也会更趋繁荣。

第十章　文学的终结、消亡与理论的扩容、边界问题

“文学已经终结”，并与消亡相提并论，认为可以抛弃文学了；接着有人认为文学理论没有意义了，设想要以其他的知识系统来替代它。

第一节　文学终结了吗

如果文学真的终结了或者消亡了，怎么办呢？或许我们只能阅读过去的文学著作了？其实从 19 世纪黑格尔提出艺术（文学）的消亡以来，这个问题就经常被重新提起。一般而言，往往文学思潮发生变化的时候，就有作家或者理论家以不同的方式宣称“文学要终结了”“消亡了”，这里“终结”与“消亡”往往是同义语。比如 20 世纪 50 年代，西方的一些名流、作家和理论家，曾聚集在巴黎、爱丁堡、斯特拉斯堡、维也纳、列宁格勒等地专门讨论长篇小说的前途问题，主要分为两种观点：一类是现代派作家的观点，他们认为长篇小说“死”了，或者将要“死”了；另一类是理论家的观点，

认为文学遭遇的危机并不具有普遍性，而是现代派自己比如现代派小说遇到了问题，写不下去了，所以指的是这个“死”，双方争论得非常激烈。后来出了个俄文本的集子《长篇小说的命运》，收入了各派的意见。但小说到底“死”了没有呢？事实上是没有“死”，因为自20世纪50年代以后，到了七八十年代，出现了拉丁美洲的魔幻现实主义，证明小说不停地发展着，小说又平平安安地发展下去了。倒是之后的后现代小说，因为它把自己解构了，出现过一些“新小说”“新新小说”，还有一种所谓“活页小说”，就是随便翻开某一页，看完了翻过几页，照样可以看得下去的“活页小说”，但最后这种小说也写不下去了。这也说明了小说虽然不断地玩着一种写作的策略、写作的手段，即语言游戏，然而都写不下去了。就像我们的实验小说一样，在80年代后半期，一些作家也是这样做的，当翻新的花样弄完了之后就难以为继了，这说明了小说对所谓的叙事策略的倚重，是难以持久的，不过这不失是一种可以使小说产生新鲜感的写作手段。

但争论一直都存在着。“文学终结了”“文学死了”的观点在前些年的西方就已出现，最近我国学者把它介绍了来，并写了文章附和。文章认为，文学终结了，或是现在无人在光顾文学了，但文学性——文学之所以成为文学的“文学性”，还存在、还活着。活在什么地方呢？活在其他社会科学、人文科学、广告、社会生活中间。比如社会科学中的哲学，采用了叙事的手法。“叙事”一般是小说的写作方式或手法，而有些哲学著作不用陈述、不表现语言的所指而用能指来写，即使用描述、叙事的方法来写，这或许是有的。还有一些小说，表现的是哲学、高度的哲理思想，如存在主义文学。我们阅读一些著名作家的代表作，如加缪的《局外人》那样的小说，通过小说的方式，深刻地表现了一种存在主义的哲学思想。然而，如果我们阅读伽达默尔的关于诠释学的著作，能够当作文学作品来读吗？相反，它是一些极为艰涩的哲学著作，比如《真理与方法》，是很难被当作文学作品来读的，而且哲学中绝大部分著作，至今都依赖逻辑推演的方法，尽管它们在某些地方或者个别部分可能使用了文学的叙事笔调，但无论如何，它们仍旧还是哲学，而不是文学。

让我们回到“文学死了”的观点。文学是怎么死的呢？我们看到，“后现代”文化思潮登陆美国之后，如德里达的解构主义，美国学者一方面把它作为一种方法来用，解构了原有的思维方法，破除了对以往思想、教条的迷信，不断地推翻过去的原有的结论，不承认有什么预设的、永恒的真理的存在。这种方法其实我们也可以学习，我们也可以提倡这种精神的，这可以帮助我们打破常规，用自己的话语去表述自己的思想，把过去那些并不合乎发展的、并不合乎现状的东西进行解构。但是，如果把这一思想简单化，如果对一切东西都使用解构、颠覆的方法来阐释的话，那无异于否定一切，过去被创造出来的东西就没有存身之地了。出现在美国的“文学终结”，就反映了这样的问题，理论家们使用“差异”等这类方法，认为任何文本都会自行解构的，有人从文学作品自身存在的问题即从文学的虚构的不真实性来否定文学，进而就宣布了文学是欺骗人的，都是谎言。其实，文学的“真实”本来就不是现实的真实，是艺术的假定，是艺术的虚构，现在却用这个办法来颠覆文学写作的前提，来掏空文学，那文学还能存在吗！文学的“真实”是一种艺术的真实，其中包含了一个社会的文化精神和价值，尽管它是虚构的，但是虚构的“真实”，表现了一定社会的、人群的思想感情。所以说，如果把文学虚构的艺术“真实”也否定了，那文学就真的不存在了，那文学还有什么意义呢！当然，科技、声光艺术、图像艺术的广泛普及,也在占领着文学的市场,阅读文学著作的人数减少了。这种种原因,就使一些人认为“文学终结了”“消亡了”。

在20世纪的最后几十年的时期内,在美国的一些大学里,出现了一个贬抑文学教学的过程。这个过程与文化批评日渐高涨的形势相伴发生,在这个过程中,文学的威信、文学经典的权威被渐渐消解,文学变成了一钱不值的东西,因此一些教师不愿讲授文学课,研究生也害怕写作有关文学作品的论文,在一些学校文学研究被“文化批评”取代了,出现了文学的大逃亡,人们都远离文学,而且是避之犹恐不及。既然文学的真实是“假”的无用的东西,似乎人们可以理所当然地抛弃它,这在文化界引起了非常大的震动,也在文学界引起争论,并且一直延续到现在①。而一些倾向较为保守的美国名牌大学,对于这类泛文化的时尚研究,则不予理会,也无博士学位的设置与授予。

在文化研究流行的一些美国大学里,课堂上的讲课内容发生了重大的变化,过去讲解文学经典,进行文学的文本研究,而现在普遍打破了文学、文化、理论的界限,“电影、电视、音乐映画以及广告、动画、春宫图和行为艺术……都成了今日英文系的课程设置内容”。同时,为了激起学生的新奇感,不得不把那些非经典的、冷僻的、品位不高的作品拿到课堂上“表态”。后来,作为美国现代语文学会主席的爱德华·赛义德,对这一过程进行了沉痛的反思。他说,在盛极一时的文化批评中,我们把什么东西都解构掉了,文学本身已经从英文系课程设置中消失,拿些残缺破碎、充满行话、俚语的东西,在课堂上大讲特讲,唯独不研究文学自身。重要的是他认为,这类研究把一个国家文化、文学的价值和精神解构掉了,因而造成了今日美国大学人文科学的滑坡与堕落,他提出还是要回到文本阅读和研究中去,当然那已不是原来的文本研究②。不过,在美国的这场“文学终结”的风波之后,现在文学研究、文化批评都仍在进行着。

---

① 这一现象,可见盛宁《对“理论热”消退后美国文学研究的思考》和余虹《文学的终结与文学性蔓延——兼谈后现代文学研究的任务》,两文均刊于《文艺研究》2002年第6期。

② 见钱中文撰:《全球化语境与文学理论的前景》,载《文学评论》2001年第3期。

现在我们要谈的是国内文学研究中的一些取向。把西方提出的诸如“文学终结”这样一种比较宏大的结论性的判断移植到国内来，我觉得是要谨慎的。落实到现实的情况中来看问题——文学能不能“终结”、会不会“终结”、是不是“死”了呢？一些学者强调“文学的终结”，是当今后现代的大势所趋，有多种因素，如文学是虚假的思想的传播，如人们更为倾向于感性的阅读，因此图像艺术、网络文学占用了人们的阅读时间，等等。但目前来说我们还看不到文学就此终结了，人们还在创作大量文学作品、阅读各种文学作品、颁发各类文学奖项。

从实践的方面来看，图像艺术的发展，吸引了相当部分的原先那些属于文学的读者，使文学的读者圈缩小了。但是我们也看到，由于信息技术的发展，例如电脑这样一些工具的发展，书籍的印数不是少了，而是大量增加了，当然，读者的兴趣也变了。最近我看到一个报道，在桂林的一个全国性书市上，读者对传统的文学作品显得比较冷淡，倒是对那些实用性的东西感兴趣。这篇报道举例说，原来有一本书叫《伤寒学导论》，销量平平，但再版时将书名改为《关注中医》之后，订数一下子上升到 10 万册。这种诱导的确是存在的。但是，我们也要面对这样的现实，即处于后现代社会的广大作家还在继续写作文学作品，世界范围内还设立了各种各样的奖项，文学奖也在继续颁发，至于我们的社会是不是后现代，这本身就是个要引起争论的问题，怎么能说和西方一样，文学终结了呢？从人的艺术思维的发展来看，也不能说艺术思维已经走到了终结的地步。人的艺术思维是和人一同诞生的，与生俱来的，同时通过后天的培植，不断地发展、丰富着。艺术思维和其他思维一样，是人的本质的确证，或者说它是人的思维本质的一个方面的表现。例如可以改变一个人的姓氏，但这改变不了思维的本质，因为它是跟人一同发展着的。再一个方面是，从语言的角度来看，语言是一个民族语音的记录，比如典籍就是用语言来记录一个民族的文化、民族的记忆，文学作品同样也是通过语言记录下来，民族的文化、价值和精神都包含在里面。具体到文学，如果没有过去的那些经典作品,可以肯定的是,我们的人文知识、人文精神、人的健康的发展,就要大大地受到打击。而这一二十年来我们的人文觉悟其实大大地滑坡了,我想这是有原因的。一直到90年代都在不断地恢复社会科学和人文科学的价值。然而在实践上,学校培养的人却主要是向理工科发展的。人们很少意识到,一个国家缺乏社会科学精神和人文精神是会堕落下去的。当然,经济发展和社会稳定的确要依靠自然科学的进步。相应地,人文科学、社会科学很长时间里被摆到很不重要的地位。所幸的是,现在从上到下终于逐渐意识到了这是个大问题了,因此又开始抓青少年的德育问题了,我觉得这是非常必要的。比如像我这一代人,我以为知识分子的精神状态和责任感,都是从小教育出来的。如果没有这些教育和熏陶,那么在那残酷的年代,真不知何以为生,能活着维持下来!

谈到社会科学、人文科学的重要性,这里还有一个例子。我最近看到一份材料,其中谈到美国的名校如哈佛大学、耶鲁大学,它们之所以著名,不但在于理工科管理得好,有尖端的科学家,而且在人文方面有着自己的传统,一流的传统,并且这些大学把人文传统始终保持、传承下来,我看了很有感触。就是像这样一些一流的大学,它们的自然科学和社会科学是并驾齐驱的。李政道说,科学和艺术是一辆车的两个轮子,不可偏废,既要用科学的智慧激发艺术的感情,又要用艺术的感情深化科学知识。我觉得这位科学家讲得非常到位。谈到大学的自然科学与社会科学并重,就是为了强调人文的重要性。我们实在没有必要用国外已经过时的理论,比如“文学的终结”,来作为抛弃文学教学、文学理论的口实,以致认为只剩下还漂浮在其他学科里边的“文学性”。如果缺少了文学对精神的滋养,人的精神和心灵必将变得非常荒芜。我们现今看到的一些文学作品,和《红楼梦》比较一下,当代哪一部流行的作品有《红楼梦》给我们的东西多?它给了你什么?像《红楼梦》这样的小说,阅读可能是要花时间的,但它会丰富你的精神,让人们知道人的情感是怎样发展而来的,人的过去的感情形态是什么样子的,为什么那么苦苦追求又追求不到?人的命运为什么要描写成为一种悲剧的命运？在现在流行的小说里，你就看不到这些东西了，尽是一些躯体写作、美女写作之类。当然，休闲时看看这些我也不反对。但我们要清楚的是，那些古典作品用的是艺术的语言和结构承载了我们民族的文化精神的理念，而我们这个民族所以获得发展，就是依靠这些东西，就是为这些东西维系着的。因此，既然文学作品和其他的典籍中包含了这些东西，那么，学校就更应该予以疏导和提倡，否则我们的精神状态、我们的心灵就会慢慢地荒芜下来。我觉得师范大学，更有弘扬这份精神的责任，应该像哈佛大学那样，树立那种走进来是求取知识的、走出去是报效祖国和为同胞服务的信念的。阅读、学习文学经典，就能帮助我们获得这种信念。人们必须有这种精神需要。在一次会议上，童庆炳先生就讲到，人的审美，作为一种精神需要，在任何时候都是必需的。他举例说，“文化大革命”的后期，朝鲜影片《卖花姑娘》在湖南某地放映的时候，去观看的人成千上万，不少人爬到篮球架上、树上和屋顶上，这是精神荒芜、精神极度饥渴的结果。因此文学不会“终结”，无论从哪个方面来看，都看不到这个迹象。尽管它可能在变化，比如受到图像艺术不断扩张带来的压力等，但是，文学作为一种人类的审美意识形态，它是不会死亡的，因为我们需要它，我们的精神成长需要它。

外国学者说，文学终结了，但“文学性”还存在，而且变得无处不在，它衍生于其他的人文科学、社会科学、社会生活之中，因此我们今后的后现代文学研究的任务，就是去研究“文学性”。不过要说明的是，我们是否都要来进行后现代研究？来解构、颠覆原有的文化与文学？同时“文学的终结”终结后出现的“文学性”，即衍生于其他学科所表现出来的“文学性”，到底有些什么内容？“文学性”首先是在“形式主义”的理论中提出来的，是要使作品成为真正的文学作品的那个东西。那么这是什么东西呢？就是“艺术手法”。什克洛夫斯基有一篇非常有名的文章，叫《艺术即手法》，他认为艺术的发展、文学的发展就是手法的发展。后来到了雅柯布森就提出了“文学性”。要使作品真正成为文学作品，需要有手法，即艺术的手法,所以他说,手法在这里就成了"主人公",这是比较狭义的理解,也可以说是"形式主义"的理解。

我们讲的"文学性",比形式主义的"文学性"的涵盖面要宽阔得多,这是导致文学作品内容的形式性与形式的内容性完美结合的那些因素,是使作品成为有意味的形式的那些因素。比如通过语言、结构、体裁、隐喻、象征、感情、思想等多种因素共同构建作品意味的东西。而其他学科比如社会科学、人文科学中表现的"文学性",只是文学描写的某些修辞特征,即采取了文学描写的一些手段而已,或是局部生动的举例说明,在整体上它不是文学。例如哲学著作中的特征是陈述而不是叙述,从语言的角度说是所指而不是能指。尽管有时能指的成分的挥发可能多一些,"征用"了一些能指的手段,即便如此,也不足以使它们成为文学。这在我们过去的作品中也是存在的,比如《左传》《史记》这样的著作,某种意义上可以当作文学作品来阅读,它们描写人物非常生动,用了一些被后人称之为文学的手法,但它主要写的是历史,是历史著作。在此,我当然赞成我们应当进行文化研究,因为它确实扩大了文学研究的视野,它的一些方法也的确可以应用到文学研究中来,但是我以为不能把文化研究替代文学研究、文学理论研究。

第二节　文学理论的合法性危机

文学理论不断出现危机。比如,80年代出现了一次危机,但那是教条式的、庸俗社会学的危机。很长一段时间,文学理论和政治意识形态一个调子,这扼杀了文学的发展。直到70年代末80年代初进行了一次大批判之后,剥离了庸俗社会学的、阶级斗争的口号、教条,文学才慢慢恢复生机。这个时期开始大量引进西方的文学理论,我也是见证者之一,比如韦勒克、沃伦的《文学理论》，就是我找了出来，请人把它翻译过来的；同时，我与同行组织翻译了一批外国的文学理论著作。从理论形态来说，80年代是西方的“新批评”派，统治了我们有十多年，这是我始料未及的。又如强调文学要建立自己的自主性，要回到文学自身，要回到文本，这也可以看作这些年来文学对自身的调整。

1985年，美国学者杰姆逊在北大作报告，介绍了后现代主义文化理论，当时没有什么反应，人们似乎还不太清楚这个理论到底有什么用。直到90年代，一些年轻的学者才从这个理论中间发现了“好处”，这好处是什么呢？原来有好些政治话语过去只能由政治家来讲，例如体制问题、政治问题、殖民主义问题都是政治家的话语，现在通过文化批评，评论家也可以讲了，扩大了自由，发现了它的好处。当后殖民主义、女权主义、新历史主义等理论也介绍进来以后，又扩大了文学研究的视野，不再局限在过去的文学概念中间。文化研究扩大了我们的研究领域，这的确是有好处的。90年代初已有学者提出，要用大众文化、大众文学来解构与消解主流意识形态。然而，这主流意识形态的构成却是很复杂的，相当部分是官方意识、官方话语，但主要成分则是广大学者在文学研究中所取得的学术成果与积累，如果对这些东西也要解构、进行颠覆，那人们就要起来反抗了。到了90年代末，生活泛审美化、泛审美现象生活化这样一些观点就不断地从外国介绍了过来。

现在就出现了两个方面的问题，一个方面是，认为在文学研究中，要清除文学理论，保留文学批评和文学史就可以了，不要文学理论的理由是什么呢？表现在课堂上，文学理论学生不爱听，这个现象是存在的。八九十年代，我和高校的老师联系比较多，他们经常谈到文学理论在教学上的难处，学生爱听的少，如何有效地组织教学是很困难的事情，因为教学大纲的规定摆在那里，教师不便在课堂上随便发挥，我自然体谅文学理论老师的苦衷。当然也不排除学生不爱听是因为教师没讲好。我就老师讲授文学理论课学生爱听不爱听做过一个小小的调查，举个例子，童庆炳教授讲文学理论课，学生都爱听，甚至他在新加坡、在鲁迅文学院的讲课效果也非常好。他讲得比较灵活，比较实在，把大量作品结合起来讲，讲一些理论问题，最后归纳一起来，大家都爱听呀。我知道还有好些学校的老师，讲的同学都很爱听，为什么有些学校的文学理论课学生就不爱听呢？因此有一次我还建议童教授跟讲授文学理论课的老师们介绍一下经验。

另一个方面是，文学理论课程中的一些内容的确跟不上现实的发展和文学的实践，这也是存在的。当然这有它的难处，因为文学理论需要的一般是那些公众认可的东西，比较稳定的东西，恐怕不宜随时变动。而文学实践的发展却是不断更新的，今天出现一种形式，明天出现另外一种，后天又把这些都否定掉了，再来一种，花样不断翻新。倒是文学批评可能跟得上这种变化，文学批评比起文学理论来，能够及时地跟踪、评论新的文学作品的出现。文学理论不大可能把随时发生着变化的文学现象，进行概括、总结，写进教科书中去。但是这样，文学理论就与文学现状之间存在一定的距离。而现在是个实用的时代，什么都讲功利，要求学了就用，立竿见影。经济知识比起文学知识实用得多，所以人们选听经济科学讲座，据说往往是宏观经济方面的讲座选择少，微观经济讲座的多，大概就在于微观方面的经济知识，马上可以在自己的生活里发挥增值的作用，宏观的经济知识就不那么得心应手了，至于文学知识就更加难以发挥这种效益。

有的学者把我们现在的文学理论，仍旧说成是苏联体系。但是我知道，现在的文学理论从经济基础和上层建筑这类概念，来探讨文学问题，已经不是很多了。十多年来，这一直是被定为经济决定论，经济决定论就是庸俗社会学。但是，正是这些反经济决定论的朋友认为，我们现在已经进入经济全球化时代了，我们的社会也是后现代社会了，因此，我们社会的意识形态应和美国的一致了，那么，这是不是新的经济决定论呢？算不算是新的庸俗社会学呢？在文学理论书籍中，的确存在着与意识、思想性、典型、形象等的论述，这在前苏联教科书中是有的。但有目共睹的是，

80年代中期之后，我们的文学理论教科书已经“改头换面”了，里面吸收了大量的西方文学理论概念，如果其中仍有“思想性”“典型”“形象”这类术语，那么怎能说这就是前苏联体系呢？如果还有人说整个文学理论都是苏联体系，我只能说持这种观点的人没有认真看过近几十年来我国学者自己撰写的文学理论方面的著作。我和童庆炳教授从2000年至2003年合作主编了“新时期文艺学建设丛书”，出版了36种。其中有的著作是研究马克思主义文论的，但我觉得这些著作提出的命题和概念，已经和80年代很不一样了，更不用提六七十年代了。其他的著作同样跟苏联体系毫无关系，它们借鉴了西方的各种思想成果与方法，怎么能说我们的文学理论就是苏联体系呢？从文章中看到，有的学者认为，我们的文艺学的概念都来自苏联，现在苏联既然已经解体，真如福山说的历史已经终结，所以这类文学理论理所当然可以不要，因此干脆也把文学理论教学、文学理论一并取消算了，最多也只能靠边，这样的观点是极为片面的。

事实上，文学概论的概念不是从俄国来的。早在1914年，北京大学就设置了文学研究法课程。1917年，蔡元培开始主持北京大学的时候，教学课程里明确设置了“文学概论”，但还没有实际内容。1920年，南京高等师范学校暑期学校的课程中有梅光迪（他被称作所谓的文化保守派的代表人物之一）的文学概论课。1921年，梅光迪在东南大学任教，开设了“文学概论”课，课程内容主要依据美国温采司特的一书，叫《文学评论之原理》，当然，他是把它当成文学概论来讲的（可见旷新年：《中国20世纪文艺学学术史》第2部下卷，上海文艺出版社2001年版，第67、68页）。20年代，我国学者翻译过一些外国的文学理论这类著述。30年代初几年，老舍先生在齐鲁大学开设过“文学概论”课（舒舍予：《文学概论讲义》北京出版社1981年版），而苏联的极为简要的文学概论在30年代曾在我国出现过。40年代末50年代初，我国翻译工作者把苏联的文学概论、文学理论大力翻译过来，并仿照编写，才开始成为我们的一个体系。这跟我们当时的政治取向有关，因为当时西方国家联合起来封锁我们，我们和西方的交流中断了，只能一边倒，倒到苏联那边去了，也可以说这是西方的封锁逼着我们这么做的。始料不及的是，后来却证明在这种被称作马克思主义文学理论的著述中，有很多是庸俗社会学的东西。到了“文化大革命”时期，文学理论、文学批评“中国化”的结果，终于使自身发展到了极端庸俗化的地步，扼杀了整个文艺创作的生机。因此，不能说文学概论是从苏联来的，我们在20世纪之初就有了。如今人们说到理论体系，认为不是西方的就是苏联的，一个是西化，一个是俄化。当然我们的确经历了西化——俄化——西化的过程。我还想说的是，我们在很长时间内失去了传统（这一问题有争议），在对待传统的问题上我们是非常痛苦的，可能没有一个民族像我们这样痛苦过。在各种文化的交流之间，在复杂的文化传统面前，我们有如随风的浪潮，卷过来卷过去，甚至现在还是这样。

有些学者批评文学理论有着这样那样的“不是”，目的何在呢？目的就是要我们把后现代文化思潮当作“后现代真经”来替代我们原有的文学课程。唐僧到西方取的是佛祖的真经，现在我们向西方取经则应取“后现代真经”了，甚至认为在今后的几十年之内，鉴于西方的学术思想会继续占有主导地位，我们就有必要在几十年里，把“后现代真经”学深、学透，等到“修炼”好了之后再来建设中国的文学理论也不迟，这时新的文学理论就自然形成了。但在我看来，这是在创造神话了，如果我们真的这么做了，我们就不用操心中国文学理论的建设，只需做些翻译工作就可以了。但这样做的结果，我们只能在中国开了一个西方“后现代真经”的分店而已，我们除了学样、照搬，还去谈什么新的文化的创造呢！或许有人认为，只有这样才能跟西方接轨，所以也就用不着担心断裂、传统等一揽子问题，这可能是省力的一厢情愿呢。关于传统的思考，我比较赞成全面地看问题，比如我曾提出，要把古代文论的现代转化作为建设中国当代文论的一种策略，目的在于把古代文论中有用的思想吸收到我们当今的理论中来，重新阐述和“发现”传统，以求解决与传统之间的断裂或裂痕。一些学者正在这么做着，而且做的很有成绩。但我的这种倡导，遭到两个方面的嘲弄与批评。一种是古是古、今是今、中是中、西是西，不可通约；另一种是所以提出这类主张，是出于对苏联体系的留恋，而且还是“终南捷径”，这真使我一时不知从何说起了。

第三节　理论“死了”与扩容、边界问题

一种是认为当前“文学理论死了”，要以“文化研究”来替代文艺学的倾向，应该扩充文艺学的内容，超越文艺学的边界。文学理论死了没有，这一问题见仁见智，但不是因为你现在主张要以文化研究替代文学理论研究，就可以做出这种充满非此即彼思维观念的结论的。如前面所说，文学理论在现实生活中发生了许多问题，需要进行内容的扩充与理念的更新，在面向现实这点上大家是没有分歧的。但是把什么东西扩充进文学理论？一些朋友认为，如今艺术的美、文学性已经不在艺术和文学本身了，而是表现在别的地方，认为日常生活审美化了，认为审美活动在别墅里边，“诗意”在售房广告中。美在哪里呢？在汽车博览会、时装展览、商场购物、主题公园、度假胜地、美容院、城市广场、城市规划、女人线条、减肥等，所谓扩容就是把这些东西都扩到文学理论中间来，文学理论研究生的论文要做健身房、香车美女的汽车文化了，等等。如果这种做法也算是文学理论的“扩容”的话，美国早已经做过了。如前所说，他们课堂上讲一些文学的片断、新奇俚语，展览一些春宫图片、美女写真、行为艺术、人体艺术、自拍电视片断，等等。但把这些东西的讲解当作文学理论来讲，文学理论本身就给掏空了，它原有的那些价值，都被转换了，被诸如时装设计、时尚、服装展览、模特美女所替代了。这些东西当然可以讲，但它们不是文学理论课程的内容，因为它们不是文学现象。或许有的人要反驳说，为什么它们不能叫作文学呢？人们不应该先给文学规定一个定义，进

行本质主义的预设:这个是文学,那个不是文学。像以前的长篇小说,它本来也不叫文学,只是一些闲谈、闲聊,一些茶余饭后的谈资,但后来也成了文学。所以人们现在也就不能规定这些“新的内容”不是文学,它们以后可能也会进入文学。然而,文学的概念是经过很长的一个时期甚至几千年的演变,逐步确立起来的。原来是一种“杂”文学,慢慢蜕化出来,通过文字、语言的审美结构形成的一种体裁形式,慢慢把它称作文学,这是一个历史演变,不是随便就可以转换的。至于那些服装时尚、建筑物、度假村、城市规划、健身房、汽车展览,都是物质性的东西,都有专门的部门、专门的人才在管理,把它们都称为文学,或将来可以变为文学,实在太牵强了,实在是对文学知识的挑战,知识门类的再划分,恐怕不是这么进行的。至于在课堂上进行这种研究,比如设立审美文化课程,把上述文化现象的讲述作为文学课程的补充,但仍然不是文学理论。甚至广告,尽管现在很多广告的确借用了文学的语言来“说话”,可能有的几句话还有些像诗,但它们整体上毕竟不是诗。它们面向的是物质的销售,不断刺激你的无法满足的消费欲望,背后潜藏的是商业运作的规则,是机械复制的而非精神的精美创造,你不想观看它们,可它们可以利用金钱权力,通过被收买的媒体,不断强加给你,不断强迫你看。

文学艺术承载的则是精神的东西。我们不能因为进入了一个物质化的时代,就把精神美学抛弃了。这主要在于,一个人除了满足正常的、物质的需要之外,还有精神上的需要与满足,人需要提升、建设自己的精神。如果把精神的需求完全排斥了,那人就被完全物化了,与动物没什么两样了。文学理论扩容或者说越界的问题确是存在的,但是“扩”什么东西,“越”过什么界限,应该扩入那些接近文学的东西。正在产生中的新的文学体裁,比如摄影文学,这在过去是没有的,它是一种新体裁,如果将它置于文学理论进行讨论,我觉得是合乎常识的。摄影文学实际上是摄影与文学的一种具有二重审美维度的融合。还有影视文学、大众文学、网络文学等,都可以成为文学理论讨论的问题,所以我也不是绝对不赞成扩容,问题是扩进什么。很可能学科之间的相互交叉之处是一片模糊地带，但每一种学科都有一定的规定性，如果越过了这个规定性，把一些文化现象特别是物质文化现象扩大到文学理论中来，这就成了泛文化理论。我在2001年的《文学评论》上发表了《全球化语境与文学理论的前景》一文，其中提到，美国以及其他一些西方国家的文化理论就朝着这个方面发展，它们的文化理论和日常生活审美化这些东西，在课堂上带来一些负面的后果；我还提到，美国的学者是如何争论的，赛义德又是如何痛心地检讨这些问题的。所以，当有人把这些理论照搬过来时，我就看到了这种迹象，表达了我的忧虑，现在这个忧虑已经成了事实。当然，关于这种理论的争论，可能要好几年的时间。现在一些学者为了提倡文化批评，把过去的文学理论观点全盘推翻，过去那样说，现在这样讲，唯一的理由就是现在变化了，日常生活审美化了，这实在是言过其实了。怎么能够把日常生活审美化现象当作文学了呢？生活跟文学艺术是有紧密的关系，但生活本身不是什么文学。生活水平提高了，人的审美趣味扩大了，可以表现到日常生活中去，可以美化建筑，美化住房，美化环境，美化自然，使生活多些情趣，但这不是文学或文学现象，而是具有不同程度审美特色的文化现象。

2004年5月16日在北京师范大学召开了"文学理论的边界问题"的研讨会。会上的观点是有分歧和冲突的。诚然，各种观点的确需要切磋和对话，如果人们都抱着求真的信心和探讨的态度，经过一段时间，这些甚至互相歧异的观点将会逐渐形成比较一致的共识，当然也可以继续坚持各自的观点。这些问题，可能在今后还会讨论一个时期。有人提出把流行歌曲、性别、身体等都放到文学理论中来研究，这些想法当然是值得肯定的，歌曲的歌词应是文学创造，文学理论自应研究，同时音乐理论也在探讨。又如有关身体的问题，在几千年的文学艺术中间就有着各种各样的表现。西方学术界有关身体的著述十分丰富，看来这一潮流也在我们这里热闹起来。身体的问题涉及肉体的需求与精神的需求，它们的可能与不可能，过程十分曲折，文学作品也主要在于怎么表现两者的关系。

进行日常生活审美化的研究,我以为应保持反思和批判的精神。作为一个传授知识的学者,同时应该是一个具有人文精神的学者,前面讲到一个学校要发展成名牌大学,它应该是既提倡科学的,又提倡人文这样的双结合。人文的主要方面就是对人的关怀,对于问题的阐释应是反思的、分析的、批判的。并非凡是存在的都是合理的,我们的研究应该秉有基本的反思和批判的能力,至于一些低俗的文学现象、文艺作品之所以会出现,首先应该反思的是它们存在的原因,而不是贸然地以"凡是存在的都是合理的"作为前提。实际上我以为还存在一个反命题:"凡是存在的并不都是合理的",存在大量的物质和精神的东西就其产生的原因来说,有其必然的因素,但就其作用、功能来说,并不都是合理的,而对于不合理的东西应该站在现代性的立场进行反思、分析、批判,起到一个人文学者的应有作用,否则还要人文学者干什么呢?人文学者不应满足传授一些知识,他还应对于知识进行分析,作出判断,做出导向,给学生以引导。如果没有导向,那么现在的网络就可以大大地满足学生的知识需求了。所谓"学为人师,行为世范"就是。人文学者更应该是思想的创造者,他的创造在满足人们的精神需求方面,在创造文明的水平上,并不亚于自然科学家的创造。我们的文学理论原创性的东西太少了,或者说没有多少自己的东西。当然,人文科学和社会科学,尤其是人文科学要创造一些新东西、提出一些新观点,由于种种社会原因以及思维惯性,又是非常困难的,同时它需要大量的积累,这样才能比较准确、深入地提出一些观点来。我在80年代初给研究生上课时就说到,当人文学者提出了一个有价值的新观点,就是向前走了一小步,这是非常不容易的。现在我们看到的一些学者在大力地搬用人家的东西,还以为就是"后现代真经",既不考虑人家用得怎么样,也不顾及在我们这里将会发生的后果。

我觉得通过反思、分析、批判之后,就可能使整个文学理论活跃起来,同时也激发了这门学科自己的生命力,而有所进步。我想我自己也应这样做。

第十一章　文化“一体化”现象

第一节　全球化与文化一体化思想的兴起

20世纪八九十年代，当闭塞既久，外来文学与文学理论的介绍如潮水般涌来时，不少学者强调向外国学习，一时成为潮流。当比较文学研究再度兴起的时候，一些学者认为，将会出现各族文学融合的“一体化世界文学”①。他们纷纷摘引名人的话，兴奋地预言：一个统一的、共同的、一体化的“世界文学”的时代即将来临。于是未来文学是世界的还是民族的问题，就在一些文章、著作中不断提及，进行着论辩。

但是80年代，文学创作中出现的先是描写改革的文学，接着是“反思”“寻根”文学，继而是只为少数评论家津津乐道的“先锋文学”，和获得不少读者喜爱的中国的“魔幻现实主义”小说，有较大现实容量的现实主义作品，以及大量的属于大众文学一类的作品。

① 曾逸主编：《走向世界文学》“导言”，湖南文艺出版社1986年版，第37页。

同时,煽情、滥情的所谓文学作品充斥市场。

90年代中期以后,以及当新的千年来临之际,经济全球化的趋势日益明显,我国加入世界贸易组织的呼声持续高涨,在文化界愈益显出外来文化、文学与文学理论的影响时,文化、文学全球化、一体化的争论又随之而起。有的学者指出,文化全球化在目前已成为一个带有普遍性的现象,跨国资金的运作,全球性的资本化,以及信息时代的到来,导致了文化全球化的强大推力①。有的学者则认为:"在经济全球化的条件下,各国文化中尽管有些民族性的东西在弱化,共同性和世界性的东西在日益增长,但这并没有导致各国文化的一体化、全球化。"②未来文学是"世界的"还是"民族的"争论的声音,也愈来愈高;双方的论争实际上变成了两句简单的而意思相反的口号。看重本土特色的一方强调:"只有民族的才是世界的";而一些研究外国文学的学者则持相反观点:"只有世界的才是民族的"。

2001年,《中国文化研究》冬之卷上发表了几位学者的《聚谈》,提出了文化建设中的许多问题。有的学者提出,经济全球化的兴起,必然影响到文化;当今兴起的一股"民族主义"思潮不容忽视,批评一些人把全球化和民族化对立起来,认为当今世界只有民族化,不可能有全球化;同时

① 见王宁、薛晓源主编:《全球化与后殖民批评》,中央编译出版社1998年版,第130页、第131页。

② 见2001年12月21日《中国艺术报》。

提出21世纪不可能仅仅是以某种文化为核心，而是各种文化融合、并存的新世纪；针对《聚谈》中提出“文化一体化”的观点，有的学者表示不能同意，认为文化“全球化”的概念不是“一体化”或“一致化”，认为文化全球化首先是思维模式的现代化，指出把全球化与民族化、中国和西方、传统和现代加以对立是不对的，是二元对立思维模式；歌德提出的“世界文学”观念就是文化全球化的最早预言，等等。这些意见是很中肯的，有的可以深入讨论。同时，在这篇《聚谈》里，又存在着一些值得商榷的问题，例如，批评者说：一些人“把民族化与全球化对立起来……所谓全球化不过是‘帝国主义的强权政治和经济侵略、扩张妄图称霸全球的一种手段而已’”。有的学者提出，“现在还有一种主流思想，认为‘全球化’是‘经济一体化’，而漠视政治、文化的一体化，这是非常要不得的……不存在所谓单独的‘经济一体化’”。有的学者说：“民族国家的差异，不在于文化思想、生活习惯和经济，而只在于政治。”涉及我国现在的民族主义思潮，有的学者认为，“我们的一些观念都后退了，孙中山曾说：‘联合世界上平等待我之民族’，现在我们不但要求别人平等待我，而且我们自己也不平等对待别人”；认为新儒家“就是强调以儒家文化为本位，要建立大中华文化圈……其实，中国就是想建立自己的文化霸权，来抗衡别人的文化霸权”；“在近代以来所谓中学和西学的较量中，对方始终处于攻势，而我们则始终处于守势”。“我们的民族文化心态整个地讲是防守型的，这显然是我们长期以筑墙为能事造成的，现在这墙甚至筑到每个家庭：请看防盗门……”从长远观点看，“关于文化全球化我们完全应该以乐观的心态对待之”。中国的老庄哲学、写意绘画、表意戏剧对西方现代主义文学艺术发生过积极作用，被西方艺术家接受了，所以“这说明，绝大多数‘老外’作为老百姓对中国并没有天生的偏见”①，等等。

就在同期杂志上，刊有《“全球化”语境下的文化命运》一文。该文作者认为：“任何形式的经济和文化上的‘中心主义’‘沙文主义’都会损害

① 见《关于文化“全球化”的聚谈》，载《中国文化研究》2001年冬之卷。

‘全球化’的利益。经济‘全球化’不会带来文化‘全球化’”;又说:“有人主张文化也要‘全球化’甚至‘一体化’,甚至主张‘地球村’要有一样的货币、政治、语言、文化法律等,这种一体化令人不寒而栗,因为它太像‘新殖民主义’了”①。同时,伴随着文化、文学全球化的问题,在文学理论、比较文学研究中,也不断讨论着文化、文学全球化与本土化的问题。

经济全球化引起文化“全球化”“一体化”的争论,必然引向文学观念、世界文学的观念思考与论争,而且它们是相当对立,贯穿于我国20世纪文化与文学的发展、演变的不同阶段与过程之中,其中包含了极其丰富的文学经验,并在最近一个时期由于形势的变化而高涨起来。

第二节 是谁制订了全球化规则

如今谈论世界文学,如果避开“全球化”问题的探讨,看来是不大容易的,因为全球化的氛围正在形成之中。

文化全球化、一体化的说法是由经济全球化、一体化引发开来的。有的学者认为,文化全球化已是一种现实;一种主流思想既然承认了经济全球化、一体化,却漠视政治、文化的全球化与一体化,这是非常要不得的,不可能存在单一的“经济一体化”。其所以非常的要不得,就在于一些人想以“文化民族主义”,来抵制文化、政治的全球化、一体化。再具体一些,就是有的学者指出,某些人想以儒家思想为本位,形成大中华文化圈,建立自己的文化霸权,来对抗别人的文化霸权,比如“中国就想建立自己的文化霸权”,云云。这类论点与判断,情绪化得有失分寸了。但是现实生活要复杂得多。

全球化的迹象的萌发,早在资本主义开辟了世界市场之后就出现了。

---

① 阎纯德撰:《“全球化”语境下的文化命运》,载《中国文化研究》2001年冬之卷。

当资本主义发展到垄断阶段,全球性的景象便日益明显。垄断资本主义弱肉强食,为了再次瓜分世界市场,攫取殖民地,进行世界市场、权力再分配,竟连续发动了两次世界大战,把各族人民投入侵略的战争的血与火之中。战后出现了两个阵营,它们各自要达到的"全球性"的目的是十分明显的,都认为自己具有普遍意义,一个要在全球实行无产阶级专政的社会主义,最终走向共产主义;一个要在全球推行资本主义,维护资本主义的霸权,于是全球就进入了冷战期。战后发达国家之间的贸易往来加强,相互投资增多,形成了跨国资本主义的经济体系。它们相互渗透,又互为依存,出现了经济上的一体化现象。同时,信息技术的飞速发展,交通工具的极大改进,更加快了多国资本的流转与运作,以及自由贸易的拓展。上世纪 80 年代上半期,学术界还并不认为全球化是一个重要概念。只是到了冷战结束前几年,即 80 年代下半期,全球化的话题才日益增多起来。等到苏联解体,社会主义一时陷入低潮,西方的理论家们赶忙宣布历史已经"终结",资本主义已经"凯旋",这时全球化的话语宣传急剧高涨起来,以至到了 90 年代末,全球化成了政治、文化理论界的一个普遍用语。

对于"全球化",确实要问问它的由来,是谁提出的全球化。这并不是说,我们反对经济全球化,要置身于经济全球化之外,但是对全球化不加分析,欣喜地把它说得一片风光,告诉我们要以乐观的态度对待文化全球化,实在是缺乏具体分析的。

先看经济全球化。阿里夫·德里克说道:"对于全球化的异常欣喜却掩盖了社会和经济的实际上的不平等","对于全球化是否反映了一种欧洲中心主义现代化的目的或完成形式,仍可以讨论。全球化作为一种话语似乎变得越来越普遍,但是对它的热情宣传来自旧的权力中心,尤其是来自美国,因此加剧了对霸权企图的怀疑……如果不考虑到资本主义在全球范围的胜利,就无法理解全球化"①。看来,"全球化"是欧洲中心主

---

① [美]阿里夫·德里克著:《全球化的形成与激进政见》,见王宁、薛晓源主编:《全球化与后殖民批评》,中央编译出版社 1998 年版,第 2 页。

义现代化的结果,它的倡导与宣传,来自主要的资本主义国家,是与20世纪八九十年代资本主义的一次全球范围的胜利分不开的,其目的是指向世界霸权的实现。当社会主义经济体系在世界范围内遭到遏制甚至解体,这时美国所说的经济全球化,自然是由它和发达国家领导的资本主义经济的全球化。世界资本主义经济已经发展到全面控制世界的地步,它通过跨国金融资本、信息技术的联合与组合,在全球的国与国之间形成了一种紧密的联系,组成了一种相互制约的机制,在形式上乃至实质上走向经济全球化、一体化的关系。

标榜第三条路线的英国社会学家吉登斯说道:"全球化可以被定义为:世界范围内的社会关系的强化,这种关系以这样一种方式将彼此距离遥远的地域连接起来,即此地所发生的事件可能是由许多英里之外的异地事件所引起,反之亦然。"[①]他运用沃勒斯坦的话:"从一开始,资本主义就是一种世界性经济而非民族国家的内部经济……资本决不会让民族国家的边界来限定自己的扩张欲望。"[②]他说:"在20世纪后期,原初形式的殖民主义几乎都销声匿迹了,但是世界资本主义却继续在核心、半边缘和边缘地区制造着大量的不平等。"[③]吉登斯的关于全球化的"定义"常被引用,它的意思是全球化使国与国之间原有的距离消失了,彼此相互紧密联系,此处发生的事,和彼处都有关系,社会关系在世界范围内得到强化,世界资本主义的扩张欲望,越过了原始形式的积累,而到处制造大量的不平等。

这种不平等现象,我们可以从经济全球化趋势下出现的经济组织形式来说。比如世贸组织(WTO),这是适应经济全球化而产生的一个机构,它的领导力量主要是那些西方发达国家。经济全球化就是发达国家所造成的经济发展趋势,使得所有国家不得不加入其中的一种关系,因为它们别无选择,因为它们无法置身于这一关系之外,以致一个国家不加入

---

① [英]安东尼·吉登斯著:《现代性的后果》,田禾译,译林出版社2000年版,第60页。

② [英]安东尼·吉登斯著:《现代性的后果》,田禾译,译林出版社2000年版,第61页。

③ [英]安东尼·吉登斯著:《现代性的后果》,田禾译,译林出版社2000年版,第61页。

这一联系与组织，在经济上就无法展开经济生产，建立市场，就可能会陷于孤立，而导致经济的不景气，对于大国说来尤其如此。但是那些经济极端脆弱的国家，加入之后的前景是否就一定光昌流丽？那也未必。为了跨国资本在全世界范围内的自由流动、技术的转移与控制、高密度生产、赢利和发展，世贸组织，作为实施经济全球化的机构，制定了一系列的法规、准则与制裁措施的，这个制定人自然是西方发达国家。你既然需要加入，或是不得不加入，那么你加入后就得遵守我们订下的游戏规则。这里有国与国的相互靠拢，也有激烈的竞争与冲突；有共同的获益，也显示着发达国家对不发达国家在全球化、一体化中的控制与同化。经济全球化使得不少不发达国家处于这种前所未有的两难处境。这就是为什么中国加入世贸组织的谈判，竟花了 14 年之久。我们也知道，每逢世贸组织开会，总要引来那么多的抗议。抗议有来自发达国家的，也有发展中国家与不发达国家的，最后往往导致冲突。1999 年底，在美国西雅图召开世贸会议时，会议厅被抗议的群众团团围住，进入会场的多国首脑，竟要凭借“左道旁门”夺路而走。进入会议大厅后，先由少数几个发达国家首脑召开秘密的核心会议，然后把他们达成的协议，公布于众，要其他国家照办，否则就高喊“制裁”。在那次会议上，克林顿就是那么高喊“制裁”的！

在这种大趋势下，我国只有因势利导，在计划经济失败的教训中，积极转轨，参与世界资本主义的运作与竞争，广泛吸收国内外资本，扩大生产，积累财富，汇入经济全球化进程，以利国家的生存。

再看所谓政治一体化，它的某种形式，确是存在的，比如欧洲共同体，现在还在加强这种形式。它的出现，就是欧洲诸多发达国家，企图在国际上增加自己的经济和政治的分量的愿望而组成的；有类似的北约这样的军事共同体，还有美国与欧洲共同体、北约之间的实行全球化愿望与协议。但不能说这是政治上的全球一体化，这是一些地域的政治体制类似国家组成的政治共同体。同时我们看到，这些国家还在组织“世界共同体”式的东西，以维护自己的利益。“西方正在并将继续试图通过将自己的利益定为‘世界共同体’的利益,来保持其主导地位和维护自己的利益。这个词已成为一个委婉的集合名词(代替了‘自由世界’),它赋予美国和其他西方国家为维护其利益而采取的行动以全球合法性。例如,西方正试图把非西方国家的经济纳入一个由自己主导的全球经济体系。西方通过国际货币基金组织和其他国际经济机构来扩大自己的经济利益,并将自己认为恰当的经济政策强加给其他国家”①。

如果以为这是第三世界的哪位学者在揭露美国在全球化中的意图,那就错了。这位论者恰恰是为美国政府提出未来文化战略思想的亨廷顿先生。他所说的这个全球经济体系以及其他国际组织所促成的全球化思想的本意就是如此:凭着它们强势的地位,就是要把认为对自己有利的经济政策、行动,赋予“全球合法性”地位,然后“强加给其他国家”。说得毫无掩饰,全不含糊。20 世纪末最后 10 年,美国通过经济全球化,进一步积聚了巨大的经济实力,并且足以称霸全球,通过经济来建立一个所谓“地球村”的“世界新秩序”。新世纪第一年所发生的巨大恐怖事件,使得美国军事霸权、帝国威力终于爆发,它的独来独往、我行我素的“单边主义”,终于表现了帝国主义的常态,并且要以武力一个一个地“修理”它所不顺眼的国家。它的航母、飞机导弹,不是裹胁着强势文明,正在把别的国家卷入全球化游戏的吗?说有些人只看到全球化是帝国主义强权政治与经济侵略、扩展称霸的一面,事实难道不正是如此吗,有什么可以责备他们的呢!我国有过政治上所谓一体化的结盟经历,但是那时除了形式上的一体化,并无实质性的一体化,倒是在这个结盟之中,相互争斗居多,最后兵戎相见了事。因为别人处于强势地位,你处于弱势地位,你就得交出主权,甚至领土,在经济上心甘情愿地让人盘剥。这不是我们前几十年的经历吗?

在各自怀着不同利益而充满矛盾、冲突的经济全球化与一体化的环

① [美]塞缪尔·亨廷顿著:《文明的冲突与世界秩序的重建》,周琪等译,新华出版社 1999 年版,第 200 页。

境下，所谓政治上的一体化就是如此。这里存在谁化谁的问题，又化到哪里去？于是出现了超越民族国家的理论，即国家主权有限论等说法。哈贝马斯说："要在下述对世界经济秩序的设想上达成一致就更为艰难：这种世界经济秩序不仅要像世界银行和国际货币基金组织那样补充跨国性的市场流通，而且要引进世界范围的政治意志构成因素，并保证政治决策的约束力。"①这是说，世界经济秩序不仅要有经济方面的机构使之实施，而且要引入政治决策的约束力，做到这点其实是十分困难的。但是一些国家自认他们的价值观是普遍主义的，于是不断要把它们强加给其他国家，制造矛盾与冲突。

确实，我还未听到过我国"一种主流思想"，在经济全球化的情势下，发出政治全球化、一体化的吁求。因为我十分明白，如果一个国家要进入这种政治的全球化与一体化，那就得遵守那些发达国家制定的政治一体化的规则、制度，作为弱势国家，就得准备拱手交出国家的主权与经济命脉，或是甘心被限制自己的主权，在政治上把自己化得和西方发达国家成为一体，实际上成为西方大国的附庸。可是，仰人鼻息的附庸的地位，就是现代化的国家地位吗？在政治上理念不同、传统各异的国家，可以通过对话与沟通而共存共荣，但是在政治上却要融和而成一体，我表示怀疑。不知道上面所提到的几位学者，为什么对政治全球化、一体化的前景如此乐观，而且认为，如果漠视这种政治、文化上的全球化、一体化，还是非常要不得的！

第三节　文化全球化的可能性与不可能性

再说文化的全球化、一体化吧，这同样需要进行具体分析。文化全球

① ［德］哈贝马斯著：《超越民族国家？——论经济全球化的后果问题》，见［德］乌尔里希·贝克主编：《全球化与政治》，王学东等译，中央编译出版社1998年版，第80页。

化实际上可以分成两个层次的问题来理解。一是从全球化的浅层次的一般意义上说，在当今经济全球化的环境下，各国的文化进入了交往、互相吸收，以致达到不断融合、创新的过程。比如，文化的载体手段扩大了，文化的创造机制扩展了，信息共享的机会加大了，本土与外国的距离缩短了，于是文化的接受更为广泛了。在文化的交流中，对于和经济联系较为紧密的物质文化现象，各个国家的人们是比较容易接受的。大概西服、皮鞋，穿戴方便，接受的程度极为普遍；又如中学生从西方电影、地摊文化时尚里学来的在公共场所无所顾忌地接吻拥抱，如今在中国也很平常。在科学技术方面，标准大体都是一致的，所以你做的电视机可以卖给我，我做的计算机可以销售给你；你生产的先进交通工具、信息技术、图像艺术，我可以引进，我制作的大量廉价的日用品，可以向你推销，国际分工，互通有无。网络化提供的种种知识，不分国别，交上费用，大家即可享用。在这种意义上，我们可以说出现了文化全球化或全球性、一体化的现象。在这里，采用各自独立、尊重对方、相互对话、共同协商、求同存异、取长补短、互惠互利、和平共存、共同繁荣的立场与手段，是可行的。在这种全球化的模糊意义上，可以称作文化全球化、一体化，估计在这一点上分歧不大。

可是，这并不表明各国文化的重要方面，都会全球化、一体化。因此在第二个层次上，在文化的深层意义上，说各国的文化会趋于一体化，那是十分盲目的。比如说，一些不发达国家，对发达国家早就心仪已久，它们向往发达国家的生活方式，以致亦步亦趋，认为人们一旦穿上了发达国家的西装革履，改换成与西方一样的政治制度，说上了西方的话语，上了信息高速公路，就可以和西方国家同步发展了，但是这种美好的希望并未如愿。何故？不是政治制度问题，政治上已经有点一体化了；不是住房、生活设施、交通工具的趋同；不是物质、科技、信息方面的表层的文化；不是穿着吃喝的时尚。这里涉及一个国家、民族赖以生存的长久的、历史的文化传承、文化传统、文化底蕴与文化积累，一个民族的文化心理、文化素质、文化习俗与风尚等，综括起来，就是一个国家、民族文化的价值与精神，涉及各个国家、民族的深层的精神文化了。

文化的价值与精神，即深层的精神文化的特征，规定了一个国家、一个民族的特征，在国家与国家、民族与民族的共同的交往方式或是仪式中，在高级的精神产品中，凸现出各自的特征来，显示不同国家、民族文化风采的多样性。世界文化是多种多样的，它们自有价值，各有存在的权利。自然，就是深层文化的特征，也不是一成不变的，而是历史地发展的。关于这点，我们后面还要谈及。有人就对文化能不能被标准化提出怀疑："究竟是文化及所有的社会活动形式都变得标准化了呢，还是由多元文化的交往与接触导致了日益增多的形形色色的新的文化形式?"[①]"世界体系的经济和政治意义上的扩张，并没有使世界文化的扩张成为一种对称的关系"，文化的"全球化是高度多元主义的"[②]。但是，即使是不同的深层文化，由于交往的频繁和相互发生作用，会在全球化的语境中进行讨论与整合，并在沟通中导致相互文化的互补。

在世界文化的多元格局中，实际上文化有强势文化与弱势文化之分，强弱相遇，自然会发生冲突，以致融合，但是也会发生这样的情况，弱者不是受到销蚀，就是走向溃灭。一般说来，强势文化历史悠久，积淀深厚。如我国的文化，虽然曾经有过强势，但它积弱已久，很难影响别人。近代以来，发达国家裹挟其强大的跨国资本、金融势力，凭借高度发展的信息技术，形成文化工业，制作大量文化产品，宣传其文化、物质生活方式，在现代性的名义下，向外倾销与扩张，形成一股不断冲击其他国家政治、文化、思想、艺术的势力，在国际上形成一种强势文化。

吉登斯关于全球化所说的话，比起我国的一些学者来要诚实得多。他不仅讲了我们在前面引用的有关"全球化"的表述，而且认为，全球化是西方现代性的根本性的后果之一，"它不仅仅只是西方制度向全世界的

---

① [英]马丁·阿尔布劳著:《全球时代》，高湘泽等译，商务印书馆2001年版，第144页。

② [美]罗兰·罗伯森著:《全球化:社会理论与全球文化》，梁光严译，上海人民出版社2000年版，第99—100页。

蔓延，在这种蔓延过程中，其他的文化遭到了毁灭性的破坏；全球化是一个发展不平衡的过程，它既在碎化也在整合，它引入了世界互相依赖的新形式，在这些新形式中，'他人'又一次不存在了"①。以西方为主导的全球化，毁灭性地破坏了那些不发达国家的文化，本应是对话中的"他人"形象被清除得干干净净，不复存在了。历史难道不是记录了许多这类现象！当这个"他人"已不复存在，只留下的强势文化，自然可以乐见其自身的成功了。吉登斯可没有像我们有的学者那样，让我们以乐观的心态坐等文化全球化的到来。当然，担心也是无济于事的，问题在于我们如何在全球化的浪潮中，做到扬其长，避其短。

其实，触及一个国家、民族的深层文化，即使在单个的发达国家，也是很难达到全球化、一体化。比如，公制度量衡方面，早在 1960 年，联合国就通过各国使用国际单位制，在全球推广，不少国家都签了字，但在一些发达国家就是签了字也行不通。20 世纪 90 年代下半期，美国向火星发射了一颗探测卫星，几年时间过去，当快到目的地时，卫星却爆炸了。一查原因，原来科学家们在设计卫星时实行了"一国两制"，即在科学研究中，一些科学家计算时采用的是公制，但在工程技术中（包括日常生活中）一些科学家却使用了英制。由于卫星的部分信息未将英制转成公制，到时两制不能自动转换与兼容，指令发不出去，卫星只好自行爆炸了。公里、公斤在中国实行了那么多年，可一些发达国家至今仍在用英镑、英里计算长度与重量。何故？文化素质、文化传承、文化心理、文化荣誉感使然。我富有，我强大，你能把我怎么样？我自有一套计量名称，你要和我打交道，如果涉及长度、重量与体积，你自己折算去，这就是他们的文化心态。至于物质生活设施、科学技术不是全球化、一体化了吗？但是一旦涉及国与国的关系，麻烦就来了。为了阻止中国经济的发展，美国一直在给我国制造麻烦，在政治、经济、文化、军事方面，多方进行围堵，制造摩擦，至于在国防尖端技术方面自然更是如此，在这里哪有什么真正的文化全

① ［英］安东尼·吉登斯著：《现代性的后果》，田禾译，译林出版社 2000 年版，第 152 页。

球化、一体化可言！

即使在发达国家之间，文化上实际也有强势和弱势之分，很难做到一体化的。身处弱势的发达国家的学者与政治家，就深刻地感受到另一些发达国家强势文化的威慑力，他们提出在全球化的境遇中，面对强势国家的强势文化的压力，要保护自己文化的特征。2002 年 5 月，德国发生了几千人上街反美示威（后来竟发展到几万人上街），这在近 50 多年里是不可想象的事。何故？英国首相布莱尔出来解说："现在总有一些美国人看不上欧洲，而一些欧洲人出现反美的情绪。"他又说，欧洲的反美情绪的生成，是"由于猜忌美国的立场和担心美国文化凌驾于欧洲文化之上"①；英国希望继续充当欧洲与美国之间的桥梁，化解欧美之间的分歧。其实，今天的美国文化就是凌驾于欧洲文化之上，它有如出鞘之剑，锋芒毕露，咄咄逼人。德国政治家赫尔穆特·施密特的《全球化与道德重建》是本很有意思的著作。他在书中说："事实上，我们应当在全球泛滥的伪文化的压力面前捍卫自己的文化特征。法国历届政府保护电影和电视观众，尽力使他们免受泛滥成灾的外国枪杀、汽车追逐、强奸、谋杀和各种各样的暴力镜头的影响。"他又说："美国的戏剧、小说、爵士乐和其他音乐，的确丰富了世界文化，但是，性和犯罪场面却是美国娱乐工业所提供的不良的、有些甚至是十分危险的内容。目前，娱乐工业所向披靡，不仅席卷德国，而且席卷全球，冲击世界的任何地方，直到中国、日本和印度尼西亚的边远城市……极其廉价的乃至十分不良的节目全球化正在危害各国的文化传统。"②这是施密特在 1998 年出版的新书里讲的，应该不能算是"老调"重弹！遗憾的是我们被这种文化工业冲击了还不觉得，只要有钱赚到手就可以了！

在强势文化、娱乐工业的冲击下，施密特深感德国文化的传统逐渐在丢失，以致今天竟有不少德国人不知亨利希·海涅为何许人了。他说：

---

① 见 2002 年 5 月 22 日《文汇报》。

② ［德］赫尔穆特·施密特著：《全球化与道德重建》，柴方国译，社会科学文献出版社 2001 年版，第 62 页。

"如果我们不把从先辈那里继承来的东西传递下去,我们所能传给后代的东西就所剩不多了;而一旦全球化腐蚀掉我们传递传统价值的能力或意愿,我们将坐吃山空,变得退化,成为那种面向收视率、广告收入和销售指标并追求大众化效应的低水准伪文化的牺牲品。"这种情况,在相对的弱势文化的国家里是一种相当普遍的现象。在法国,的确不乏有关抵制美国大片的报道。法国不断抵制美国大片,当然是想减弱性、暴力的那些镜头的影响。但是这类电影的制作在法国本身也很普遍,以致最近法国不少有识之士对这类电影的制作与传播"喊停"! 自然,实行抵制,这里还有一些更为复杂的原因,主要是防止美国电影对法国电影造成的冲击,影响法国电影工业的发展与生存。同时,美国的娱乐工业又冲击着法国的传统文化,特别是消解传统文化的价值与精神,使广大观众成为伪文化的牺牲品。对于德国来说,恐怕也是如此。这种娱乐工业的大量输出所卷起的时髦热,这种伪文化的长时间的潜移默化的影响,正在改变人们的意识、生活习惯与风尚,建立起霸权国家所需要的价值观与人生观。

十分可贵的是,这位政治家表现了德国文化特有的反省精神。他又说:"由于我们所有欧洲人都接受了一种排他性的、欧洲中心主义教育——北美人的情况也差不多——因此,我们通常对中国和印度的宗教、哲学几乎一无所知。我们几乎不了解儒家思想及其影响力。""遗憾的是许多西方人却对此毫不在乎。"①

《聚谈》的几位论者,看来对儒学所知不多,一谈起新儒学,就往"文化保守主义"方面拉去,说新儒学以儒学为本,企图建立大中华文化圈,要人家说,中国文化好呀;然后话锋一转,说"中国就是想建立自己的文化霸权,来抗衡别人的文化霸权"! 这种观点,对儒学、新儒学实在是缺乏分析的。

首先,儒学并不是全无价值的东西,七八十年来,由于我国一些文化

① [德]赫尔穆特·施密特著:《全球化与道德重建》,柴方国译,社会科学文献出版社 2001 年版,第 66 页。

精英从现代化的角度,很大程度上是西化的角度,对儒学抱了绝对否定的态度,甚至到了70年代中期还有“孔学名高实秕糠”的虚无主义之说,对儒学肆意贬低。所以多年来中国的传统文化不分青红皂白地被打倒了,也中断了儒学传统。结果在几十年的文化建设中不是西化,就是俄化,可以说走尽了弯路。其次,对新儒学的全面评价,不是本文的任务。但是应当承认,新儒学是对传统儒学的一种继承,其中不乏真知灼见。比如,它重视、认同传统文化,力图开发其中的积极因素,提出“返本开新,守常应变”的文化纲领。“所谓返本、守常,就是返儒家传统之本,守儒家人伦道德之常;所谓开新、应变,就是适应现代化之变,开民主、科学之新”。新儒学的代表人物对民族文化具有强烈的自我意识,他们力图发扬和复兴民族文化,并对传统文化进行疏导、发掘,而具有一种复兴民族文化的责任感。新儒家的“基本价值取向,不在‘复古’,而是企图广畅民族文化洪流,护卫民族文化的主体性,接纳西方的民主与科学,使传统儒家文化现代化,发展现实和未来的民族文化”①。再次,新儒学自然不能从整体上代表中国当代文化,它在思维方式上、在以儒家学说来涵盖中华文化整体方面、在倡导泛道德主义方面、在狭隘的民族主义方面,是存在着许多弱点的,也难以为我们接受。但是,新儒学作为文化保守主义,是我国近代文化发展中的一个重要的派别,在整理国故方面,成绩斐然。其实,现在我们对“文化保守主义”的理解,早已与过去的政治划线分割开来了。其中的有益部分,实践证明,对于我们当今文化建设是极为有用的。所以对它一笔抹杀,是否可以说这是七八十年来一种西化激进余绪的继续?正如施密特说的,是一种典型的欧洲中心主义教育的果实?要是他知道一些并不年轻的中国知识分子,“几乎不了解儒家思想及其影响力”,并对此非但“毫不在乎”,却如此毫不费力地否定儒家学说,会不会感到双倍的遗憾呢!

---

① 宋仲福等著:《儒学在现代中国》,中州古籍出版社1991年版,第457页、第456页。

第四节　文化多元化与单一的普世文化的冲突

如果我们的一些学者在倡导文化全球化与一体化，而并不清楚如何全球"化"、一体"化"，那么，美国学者塞缪尔·亨廷顿则倡导一种相反的理论：文化多元化，文明冲突论。关于他的理论，由于学界介绍已多，因此我们这里只能就部分有关问题进行讨论。他认为，当今文化不可能是全球化、一体化的。在冷战结束后，他说意识形态的冲突不再重要，而转向文明的冲突了。首先，"在未来的岁月里，世界上将不会出现一个单一的普世文化，而是将有许多不同的文化和文明相互并存。那些最大的文明也拥有世界上的主要权力"。"在人类历史上，全球政治首次成了多极的和多文化的"①。其次，文化的积累与传承，形成文明。他认为，世界上存在多种文明，但势力最大的有基督教文明、伊斯兰教文明和儒教（我只是在儒学意义上理解所谓"儒教"）文明。各种文明之间存在着差异，而"冲突的根源是社会和文化方面的根本差异"②。所以冷战结束以后，社会和文化的冲突提上了日程，成为主导，并进而会引发战争，这就是文明冲突论。再次，他提出存在"大中华及其共荣圈""中华文明""大中华""文化中国"，认为中国把自己看成中华文明的核心，企图成为"中华文明的倡导者，即吸引其他所有华人社会的文明的核心国家；以恢复它在19世纪丧失的作为东亚霸权国家的历史地位"。他又说："两千年来，中国曾一直是东亚的杰出大国。现在，中国人越来越明确地表示，他们想恢复这个历史地位，结束屈辱与从属于西方和日本的漫长世纪，这个世纪是以

---

① ［美］塞缪尔·亨廷顿著：《文明的冲突与世界秩序的重建》的"中文版前言"，周琪等译，新华出版社1999年版，第2页。

② ［美］塞缪尔·亨廷顿著：《文明的冲突与世界秩序的重建》，周琪等译，新华出版社1999年版，第250页。

1842年英国强加给中国的《南京条约》为开端的。”[1]在他看来，中国要建设自己的文明，必然和其他文明如基督教文明发生冲突，特别是会和美国文明发生冲突，并设想了一场未来的“中美之战”，那时世界完全变了样子。宣扬不同文明会引起冲突，以致引爆战争，这是一个极有争议的问题。

亨廷顿认为，未来世界的文化是个多元文化的世界，多种文明并存的世界，不会出现一种单一的普世文化。我认为这是很有见识的，也是可信的。因为多种文化的存在，是几千年来的文明的产物，这是公认的历史事实。对于历史传承下来的某种有影响的文化，不是今天那些自认为自己的文化是一种普遍主义的文化，对不符合他们的文化原则、价值观念的他国文化，实行强行的替代就可以替代得了的。强行替代，这是由于历史太短而缺乏历史感与历史主义的霸权主义。文明与文明，确实具有极大的共同之处，所以人们可以相互交流感情、思想，共创共享人类文明果实，促进人类文化进一步接近与融合。但文化与文化又相互不同，它们各有特点，这是在长期的历史形成中的民族特性、群体智慧、地理环境、政治、经济、信仰、宗教、生活风尚、习俗等因素综合而成的现象。文明之间如果发生冲突，其实不在文明自身，真正的原因只在于经济与政治，这是最根本的。政治上要控制他国，经济上要掠夺他国的财富，这才是问题的实质所在。一切形式的恐怖主义和活动应当受到谴责。当今大规模的恐怖活动，好像是在不同文明之间发生的，其实不然，这恰恰是由国际的政治上的极权主义与霸权主义、经济上的残酷盘剥而引起的，是有的国家为了把自己的经济命脉建立到他国的主权之上、把贪得无厌的吸管强行插入他国油井而引发的。

亨廷顿说，中国在倡导中华文明、中华文化，要恢复过去的历史地位，又说要恢复东亚霸权的历史地位。在这里，他把历史地位与霸权等量齐

---

① [美]塞缪尔·亨廷顿著:《文明的冲突与世界秩序的重建》，周琪等译，新华出版社1999年版，第255页。

观了。中华文化是我们的传统文明,恢复这种传统文化中的优秀成分,以作为建设我们的新文化的承续与借鉴,这是十分自然的。过去几十年,西化的激进主义情绪,曾经使我国传统文化的继承遭到严重的损失,一度使民族文化的更新与发展失去依附。现在恢复这种文明的应有的历史地位,这怎么就是企图建立霸权地位呢?

所谓霸权,就是把自己的种种文化价值观念,自封为普世文化、普世价值,唯我至高至尊,企图越俎代庖,把它们强加于别人,实际上却是暴力替代,实行侵略,进行掠夺,控制别国。中华文明的传播不是强加,不是强迫接受,不是掠夺,而是交往。例如中华文明中的四大发明,引发了欧洲的现代革命,但这是传播的结果,而不是强加、霸权、侵略的行为。明朝的郑和七下西洋,发现了许多"新大陆",但只是进行文明的交往与传播,并未一发现城市与土地,就攻城略地,像稍后的西方殖民主义者那样,马上就宣布占为己有。这就是中国与西方不同的思维方式:一个倡导交往,互通有无,和而不同;一个力主占有,弱肉强食。

一百多年来,中华民族饱受西方帝国列强的侵略和割地赔款之苦,难道这个伟大的民族应该永远沉沦下去,而不应藉着新的千年的经济腾飞,在振兴中华民族的同时,复兴伟大的中华文化,结束如亨廷顿所说的从1840年开始的"屈辱与从属"?按照一些人的说法,新儒家就是以儒家为本,就是要建立大中华文化圈,语调突然一转说,就是"中国想建立自己的文化霸权,来抗衡别人的文化霸权",再下去,可能就是中国制造文明冲突了。请问这是什么逻辑?有什么根据?这是不是很像亨廷顿式的思维方式,有力量就必然要称霸?像不像按照西方人的思维逻辑,来看待中国的复苏与兴盛?而亨廷顿后来还承认,要"唤起人们对文明冲突的危险性的注意,将有助于促进整个世界上'文明的对话'"①。

同时,我们知道,西方文明未必就那么健全,中华文明却也自有价值,

① [美]塞缪尔·亨廷顿著:《文明的冲突与世界秩序的重建》的"中文版前言",周琪等译,新华出版社1999年版,第3页。

两者在对话中进行互补，自在情理之中，没有必要妄自菲薄。如果有人自发地认同中华文明，在平等、对话的交流中形成一个大中华文化圈，使中华文化广为发扬，这损害了谁呢？难道我国在强迫别国接受中华文化、掠夺他国文化、侵略他国文化、消灭他国文化，谋求建立文化霸权吗？弘扬中华文化，在传播与交往中扩大中华文化的影响，难道这就是去和别人的文化霸权对抗吗？一些人如果在所谓的学术交流中，抱着这种心态，在欧洲中心论和他人文化霸权面前，对弘扬中华文化的自主要求、宣扬儒家学说中的优秀思想的国人，就像发出断喝："中国就是想搞文化霸权"，这让人觉得就有点恐吓国人的味道了！无怪有的学者对于这种政治与文化的全球化、一体化的理论、措施与前景，会感到不寒而栗，因为它真有一点像另类的"新殖民主义"了！

这样看来，文化全球化、一体化是具有现实性的，因为已经存在这类现象，而且可能还会扩大范围。但是深层意义上的文化全球化与一体化，又具有难以实现的不可能性。只能各国文化相互接近，取长补短，互为丰富与交融，实行更新与创造，这大概是不同的、多元的文化互为依存和发展的方式。

第十二章　文学的民族性与世界性

第一节　世界文学是各民族文学交汇的总和

如果对于文化的全球化与一体化有一个比较实事求是的了解,那么对于文学的一体化这类观点,就比较容易好解释了。

几乎没有人怀疑,歌德是第一个提出“世界文学”的人。19世纪初,西欧曾有过一阵所谓“中华风”,通过传教士介绍东方文化,特别是中国的文化,一时东方文化情调使得许多西欧国家的权贵为之倾倒,竞相装点,视为时髦。歌德从这股时风中,了解到了一些儒家典籍,并几度接触过中国文学作品。但由于当时文化交流的水平有限,歌德接触到的文学作品,只有《好逑传》《玉娇梨》《花笺记》和收有10多个短篇的《中国短篇小说集》;《赵氏孤儿》《老生儿》等剧作;以及

《百美新咏》之类的诗歌等[1]。至于那些真正能够代表中国文学的一流作品,十分可惜,那时歌德还无缘见到。

1827年初,歌德在与爱克曼的谈话中,就对他所读过的中国文学作品做了评价。大致有这么几个意思。一、他说中国的《好逑传》[2]这部传奇,“并不像人们所猜想的那样奇怪。中国人在思想、行为和情感方面几乎和我们一样,使我们很快就感到他们是我们的同类人,只是在他们那里一切比我们这里更明朗,更纯洁,也更合乎道德”。接着歌德谈到了这些作品,“没有强烈的情欲和飞腾动荡的诗兴”,另一个引人注目的特点是,“人和大自然是生活在一起的”[3],因此他认为,这些作品和他的《赫尔曼与窦绿台》与英国小说家理查生的作品有许多类似之处。二、歌德接着说,这部传奇绝对算不上是中国最好的作品,“中国人有成千上万这类作品,而且在我们的远祖还生活在森林的时代就有这类作品了”。又说,“不过我们一方面这样重视外国文学,另一方面也不应拘守某一种特殊的文学,奉它为模范。我们不应该认为中国人或塞尔维亚人、卡尔德隆或尼伯龙根就可以作为模范,如果需要模范,我们就要经常回到古希腊人那里

① 见卫茂平著:《中国对德国影响史述》,上海外语教育出版社1996年版,第105页、第107页、第109页。著者认为,其时歌德见到的作品,也可能是《花笺记》。

② 朱光潜在《歌德谈话录》中译本第111页就《好逑传》作注说,据法译本注,即《两姊妹》。朱按,可能指《风月好逑传》。歌德在这部传奇的法译本上,写了许多评论。

③ [德]爱克曼辑录:《歌德谈话录》,朱光潜译,人民文学出版社1978年版,第112页。

去找，他们的作品所描绘的总是美好的人”。三、“我愈来愈深信，诗是人类的共同财产”，“我喜欢环视四周的外国民族情况……民族文学现在算不了很大的一回事，世界文学的时代已快来临了。现在每个人都应该出力促使它早日来临”①。同年他又说：“一种普遍的世界文学正在形成，其中替我们德国人保留着一个光荣的角色。”又说：“现在一种世界文学正在形成，德国人会蒙受最大的损失，德国人考虑一下这个警告会是有益的。”“问题不在于各民族都应按照一个方式去思想，而在他们应该互相认识，互相了解；假如他们不肯互相喜爱至少也应学会互相宽容。”②

同时，那些预言会出现一体化的世界文学的文章，一般都会引用马克思和恩格斯在《共产党宣言》里的话。马克思、恩格斯说：“资产阶级，由于开拓了世界市场，使一切国家的生产和消费都成为世界性的了。”“旧的、靠本国产品来满足的需要，被新的、要靠极其遥远的国家和地带的产品来满足的需要所替代了。过去那种地方的和民族的闭关自守状态，被各民族的各方面的互相往来和各方面的互相依赖所替代了。物质的生产是如此，精神的生产也是如此。各民族的精神产品成了公共的财产。民族的片面性和局限性日益成为不可能，于是由许多种民族的地方的文学形成了一种世界的文学。”③

第二节　歌德与马克思的“世界文学”概念辨析

现在我们来对歌德与马克思关于“世界文学”的观念作些辨析。朱光潜先生作为美学家与《歌德谈话录》的译者，在这里做注时指出，歌德

---

① ［德］爱克曼辑录：《歌德谈话录》，朱光潜译，人民文学出版社1978年版，第113页。

② 转引自《朱光潜美学文集》第4卷，上海文艺出版社1984年版，第458页。

③ 《马克思恩格斯选集》第1卷，人民出版社1973年版，第255页。

的这一观点是从“唯心论的普遍人性论”[1]出发的。这一评价自然带着时代的痕迹,不可苛求。看来,唯心论倒未必,而“普遍人性”说的倒是有道理的。歌德从不同的民族文学中,看到了人类感情的共同性,不同的民族通过文学是可以互相了解的。他固然认为要从他民族的文学作品中吸取长处,但他也明白表示,不能把中国文学奉为模范,模范还应到古希腊人那里去找。这里的问题在于歌德要人们来促进什么样的“世界文学”的形成,这种“世界文学”是一种什么样的形态。

从上面歌德的文字来看,对于什么是“世界文学”的形态、内涵,语焉不详,看来可以有两层意思。第一层意思是,歌德说的“世界文学”,一、是一种不同于原有民族文学的“世界文学”,民族文学已经存在了,现在“正在形成”一种新的文学形态,他要求人们促进这种文学的早日来临。二、这是一种“普遍的世界文学”。这里所说的“普遍”,大概就文学所表现的意义而言,如人类共有的感情、思想等,比如,他说过,诗是人类共有的财产。三、他又说,这种具有普遍意义的世界文学的出现,会使德国人蒙受损失,即会使德国的民族文学遭受损失。这大概是说,德国文学难以摆脱本民族的特征,创作出更具人类意义的作品。但是从歌德说过之后的一百多年的历史来看,德国并未出现过一种可以叫作“世界文学”的文学形态。19世纪下半期与20世纪,德国文学实际上是一种具有强烈的德意志民族特色的文学。即使20世纪的欧洲跨国家的文学流派不断更迭,影响着德国文学的发展,但德国文学仍然保持了其民族的特征,而著称于世。如表现主义作家格·凯塞、卡·埃德施米特、阿·杜布林;现实主义作家托马斯·曼与亨利希·曼、雷马克、孚希特万格、茨威格以及叙事剧倡导者布莱希特等人的作品,虽属不同流派,但都表现了德国民族的特征与标志。第二层意思是,歌德实际上所说的“世界文学”,也可这样理解,即这是一种进入世界范围的多民族的文学。他说,环顾周围,不同

---

① 朱光潜先生做的注,见[德]爱克曼辑录:《歌德谈话录》,人民文学出版社1978年版,第113页。

的民族文学看的多了。现在则有不同,古老的东方文学、中国文学的传入,使得文学的范围更加扩大,变成世界的了,这样原来周边的民族文学已算不上一回事。他还说到,如果德国文学要获得发展的话,看来还是应该以古希腊人为范本的,而不是以东方文学为典范。世界文学是各族优秀文学的结合体,是文化交流中出现的各民族文学的一种相互关系的表述。

英国学者柏拉威尔写过一本《马克思和世界文学》的著作。此书极为详细地描述了马克思对古希腊、罗马、欧洲中世纪、文艺复兴时期、启蒙时期、18,19世纪欧洲作家以及他们作品的爱好与了解。在谈及"世界文学"时,柏拉威尔说到,歌德虽然多次谈到世界文学,但"对歌德来说,这种'世界文学'并不意味着放弃民族的特点。恰恰相反,每个民族的文学都因为它的特殊性与差别,因为它加之于世界文学交响乐之中的特殊音色,而受到国外学者的珍视"。"由于意识到其他民族的特殊贡献以及懂得珍视它们,我们也就懂得我们自己的贡献。确实,我们自己的文学在某种程度上也会由于这样的接触而改变它的性质,但这只会是一种丰富,而由此产生共生现象,诸如歌德自己的《西方与东方的合集》和《中德四季晨昏杂咏》,仍然会继续带有独特的民族文化的印记和这些作品的作者的天才和个人性格的印记,通常人们是在本国文化范围之内接受外国的作品的"①。我以为柏拉威尔在这里表述的观点是十分精彩的,各民族因交往日益增多,促使文学相互影响而发生变化,获得新质,这是一方面。但是另一方面,民族文学又仍然不会失去本民族的特征及其天才作家的个性特色。诚然,在这种情况下,民族的片面性、局限性日益减弱,但即使如此,看来各国文学也不会完全失去民族性特征的。

美国学者詹姆逊关于歌德的"世界文学"的说法,提出了一种见解。他说在当今世界各地不同国家里的思想文化活动背景上,出现了某种跨

① [英]柏拉威尔著:《马克思和世界文学》,梅绍武等译,生活·读书·新知三联书店1980年版,第192页。

国文学作品，人们以为，“这种活动似乎是人们以前称之为‘世界文学’的那种文学样式的新形态。人们通常认为‘世界文学’应是由一些经典作品组成，它们能超越直接的国家、民族语境而打动形形色色的读者。然而实际上歌德和其他人倡导‘世界文学’时的用意并不是这样。要是我们细读歌德在这方面留下的零散文字，我们会发现他心目中的‘世界文学’指的是知识界网络本身，指的是思想、理论的相互关联的新的模式。”詹姆逊谈到，当时歌德阅读的一些欧洲杂志，大体上都在鼓吹不同语境间的思想、文化的联系。“在歌德看来，真正新颖的有历史意义的事件，乃是人们如今有机会有条件接触到他国异地的思想环境并与之沟通，为此，他创造了‘世界文学’这个概念。但这个概念在目前的新语境下似乎已不那么恰当了。”詹姆逊认为，某种类似的事物，正在一个更为巨大的规模上出现，但我们对它要谨慎小心。如在现今文化交往频繁的背景上，似乎出现了某种跨国文学作品，有人以为就是世界文学的新形态了。詹姆逊认为，没有必要就此匆忙地作出肯定。他说：“就文学而言，这并不意味着创作某种立即具有普遍意义的作品，从而跨越民族环境去诉之所有的人。相反，我认为‘世界文学’的含义是积极地介入和贯穿每一个民族语境，它意味着当我们和别国知识分子交谈时，本地知识分子和国外知识分子不过是不同的民族环境或民族文化之间接触和交流的媒介。”①这里大致是说：通常人们把歌德所说的“世界文学”视为一种经典性的作品，由于它们表现了普遍的人性、人类共同的问题而超越了民族与国界，受到不同的人们普遍欢迎。但是詹姆逊认为，这种看法有违歌德初衷，歌德说的实际上不是一种文学形态，而是思想、理论相互关联的新模式。真正的新事件，在于使不同语境中的人们有了联系与沟通。因此，“世界文学”的含义，在于不同国家、民族的知识分子积极地介入文学、文化的交流。但是在我看来，歌德所说的“世界文学”实际上包含了上面两层意思，并不矛

① [美]詹姆逊著：《晚期资本主义的文化逻辑》，张旭东编，陈清桥等译，生活·读书·新知三联书店、牛津大学出版社 1997 年版，第 192 页。

盾。当然,我更倾向于我在上面谈及歌德关于“世界文学”时的第二层意思,亦即詹姆逊所说的各族人民的思想、感情相互联系的模式。因为第一层意义上的“世界文学”,虽经歌德倡导,但一时无法实现的东西,是一个抽象的观念。

马克思、恩格斯在谈及“世界文学”的形成时,其出发点是从资本主义生产、世界市场形成的。而资本主义市场的形成,则是一种不可抗拒的世界经济现象。“世界文学”就是在这种资本主义经济的所向无敌的情况下形成的。

在这里,我们要了解一下《马克思恩格斯选集》中文版编者对“文学”一词所做的注,编者认为,这里的所谓文学,指的是“科学、艺术、哲学等方面的书面著作”①,这是十分重要的。马克思、恩格斯在这里谈的是整个资本主义的生产、消费以及世界市场的开拓等,至于涉及精神生产,则指的是文化的各个方面,自然就不是单指我们通常所了解的文学,这是符合原意的。这里所说的“文学”一词,包括了文学艺术以及科学、哲学等书面著作,由于世界市场的形成,同时也就形成了世界文化。他们认为,这显然不是指出现了一种统一性的世界文化,而是说众多民族、国家的文化走出了原来的孤立、隔离状态,进入一种相互交往的状态,以致成了一种世界范围的文化现象了。在这种情况下,民族的片面性与局限性日益减弱,并且已日益成为不可能的事,后面这句话是经常被引用的。

柏拉威尔的《马克思和世界文学》对马克思、恩格斯在《共产党宣言》一书中使用的 Literatur, Literature 和 Literarisch 做了辨析,认为 Literatur “论述某一科学的一批专门的书籍与小册子等和写作这些作品的作者”,Literature 则指“诗歌、剧本和小说,如果它们带有一点政治色彩或‘信息’的话,就都有资格包括在这一词之内”,后者则指文献一类的一大堆轻飘飘的词,同现实、社会脱节的东西②。从这里可以看出,《马克思恩格斯选

① 见《马克思恩格斯选集》第1卷,人民出版社1973年版,第255页注1。

② [英]柏拉威尔著:《马克思和世界文学》,梅绍武等译,生活·读书·新知三联书店1980年版,第188页、第189页。

集》中文版的注释经综合而表述的意思，基本上是可以接受的。

马克思、恩格斯说："随着资产阶级的发展，随着贸易自由的实现和世界市场的建立，随着工业生产以及与之相适应的生活条件的趋于一致，各国民族之间的民族隔绝和对立，日益消失了。无产阶级的统治将使它们更快地消失。"[①]这段话说得未免乐观了些，民族、国家的局限性并未很快消失。正如柏拉威尔所说："《共产党宣言》并没有充分估计到对它所发觉的这种倾向的反抗：民族的对立和分歧并没有像生产和商业的逻辑似乎暗示的那样迅速而普遍地消灭。实际上，马克思已开始认识到了这一点，并且在他的晚年，对于过低估计民族感情威力的所谓追随者，始终抱着敬而远之的态度。"[②]确实，马克思后来意识到了这点，所以在 1866 年，就嘲笑过那些把民族、国家视为早已"过时的偏见"的第一国际总委员会的法国代表。现在我们的一些学者，为了标举"世界文学"，只提马克思早期的言论，而不顾其后来转变了的观点，这往往不符被引者观点的整体性的。

19 世纪末、20 世纪初，我国社会正处于剧烈动荡的时期，文化、制度的求新求变，成为国家、民族的命脉所系。进步的知识分子纷纷冲破藩篱，早在 19 世纪下半期开始，就译介西方文学，面向世界。他们在与西方文学、日本文学接触后，认识到了外国文学的优点，于是大力宣传，进行移译，并将本国文学与之比较研究，一时蔚然成风。外国文学在我国的传播，深刻地改变了我国固有的文学观念。可以说，对于外国文学在某种意义上即对于世界文学的不断介绍，一直影响着我国文学的演变与发展。19 世纪末，有的学者、诗人，由于其条件的独特，通晓多种外语，进入了法国文学的殿堂，如陈季同。他用法语写作，撰写了《中国人自画像》《中国戏剧》等著作，同时把《聊斋志异》部分作品译成了法语。对法国文学的深刻了解，他形成了一个极为前卫性的"世界的文学"的观念。在谈及中

① 《马克思恩格斯选集》第 1 卷，人民出版社 1973 年版，第 270 页。

② ［英］柏拉威尔著：《马克思和世界文学》，梅绍武等译，生活·读书·新知三联书店 1980 年版，第 194 页。

国文学时，他深感其不足，何以促进？他说：“第一不要局于一国的文学，嚣然自足，该推广而参加世界的文学，既要参加世界的文学，入手方法，先要去隔膜，免误会。要去隔膜，非提倡大规模的翻译不可，不但他们的名作要多译进来，我们的重要作品也需全译出去。要免误会，非把我们文学上相传的习惯改革不可，不但成见要破除，连方式都要变换，以求一致。然要实现这两种主意的总关键，却全在乎多读他们的书。”①这里无疑是指，一、不要局限于一国的文学、本民族的文学，以为文学唯有我国的好，外国文学不值一哂。二、要了解外国文学，那里有许多值得我们学习的东西，所以要大力译介。三、也要把我们的好作品介绍出去，参与各国文学相互交流融合的过程。这些主意即使对于我们当今的文学的发展与译介工作来说，也是十分中肯的。陈季同在19世纪末就提出了“世界的文学”的观念，对于当时我国学界来说，是“相当超前”的，自然也是“和者寥寥”②。

“五四”前后，我国许多著名作家、学者就外国文学的介绍、接受，发表过大量的意见，外国文学的输入，酝酿了我国文学观念的更新，并由于我国文学发展的内在需要，终于促进了“五四”新文学运动的发生。

其后，我国著名学者闻一多先生曾经谈到世界文化发展成一体的思想。在目睹各国的文化交流日见增多的情况下，他提出过未来的文化将会发展成“一个世界的文化”的论点。他说，世界上有四大古国的文化，将来“互相吸收，融合，以至总有那么一天，四个的个别性渐渐消失，于是文化只有一个世界的文化”③。如前所说，有的论者把这一观点延伸到文学之中，认为将会出现一种一体化的总体文学④。

---

① 转引自李华川撰：《“世界文学”观念在中国的发轫》，载2002年8月22日《光明日报》。

② 李华川撰：《“世界文学”观念在中国的发轫》，载2002年8月22日《光明日报》。

③ 闻一多著：《神话与诗》，见《闻一多全集》第1卷，开明书店1948年版，第201页。

④ 见曾逸著：《走向世界文学》“导言”，湖南文艺出版社1986年版，第37页。

第三节 文学的趋同化与难以被替代的差异性

文化、文学全球化、一体化问题,涉及许多方面,是可以深入探讨的。

前面谈及,经济一体化现今实际上正在实现。我们看到,经济一体化要求有一定的权力机构,即使是松散的也罢,有企业行为准则,繁多的规章制度,商品的测定标准,各种制裁手段,定期的首脑会议,自然这些会议都为发达国家、集团所把持。一些国家可能存在多种经济成分,但一旦加入世贸组织,它的主导经济的发展,可能会受制于整个世界跨国市场经济的需求,它的物质产品,不得不接受这个国际市场所要求的统一的标准。在物质文化方面,可能比较容易有个趋于共同承认的标准。

那么在精神文化方面呢? 精神文化的生产必须进行现代化与面向世界。第一,先从不同文化、文学的趋同性来说。国家、民族虽然不同,文化、文学艺术虽然各异,但从人类普遍愿望、人性的角度来说,应当说是存在着一种共同的趋向的。比如,不同国家的民族、人民,在历史的发展中获得共同的人性,具有追求美好生活的向往,都面临着诸多共同的问题,如现实与理想,物质与精神,生存与困境,战争与和平,幸福与灾难,理性与反理性,孤独、焦虑与交往,绝望与希望,富有与贫困,生与死,爱与恨,男女老幼等,并反映到文化、文学艺术中去。在这些方面,自然有着许多共同的语言,一致的观点,形成一种趋同倾向。文化、文学艺术本身的趋同性,可以使得不同国家的民族、人民的精神产品,相互获得接受与认可,而且可以成为人类共同的精神财富。可以确定地说,正是这些方面,使得人类可以在文化、文学艺术的交往中,相互了解、接近,变得亲近、合作、和谐、互相影响,避免生存中的消极面,争取人类正常发展的生活权利。18世纪和19世纪初欧洲的中国文化、文学热,20世纪中国的欧洲文化、文学热都是实例。文化、文学艺术的趋同性,可以导致融合与同化。在今天信息化的时代,由于文化交流的加速,人类的隔阂进一步淡化,地域的差别不断在缩小,各民族的文化显示一种融化的趋势,还会得到进一步的加强。我国文学今后的发展,通过中外文化文学的交往,受到现代性的指向的影响,将会进一步地显示自己面向世界的开放性品格,积极吸取他人文化、文学艺术的长处,由趋同、融合而走向创新,进而出现一种与各民族都能欣赏、认同的文化现象与文学艺术。

但是,第二,在很长的时期内,我们还见不到形成一种一体化的文化、文学艺术的必然的决定性因素。

首先,我们在前面谈及的人类面对的共同的问题上,具有趋同的倾向,但是各个国家、民族的文化、文学艺术的共同性、趋同性,却并不能导致其自身的必然的一体化。正是在上述诸多看来是共同的问题上,不同的国家、民族、人民之间的理解上,存在着同中有异的情况,不同民族对于它们的理解不尽一致,甚至存在着严重的分歧。究其原因,这是不同国家、民族、人民的自身特征,在长期的历史发展中不断生成的结果。人性是共同的、趋同的,但它是在不同历史、地域、人文环境中形成的,所以各具特色,它反映了人们自身的本质在历史发展过程中的不同特点。就以人们当前所关怀的生存与困境、物质与精神来说,在这些问题上人们面对着共同的境遇,存在着许多共同的语言,但是深入下去,分歧就出现了。因为各个国家、各个民族生存的条件不一,困境的程度各异,特征就不一样。就说物质与精神,你吃得很好,认为需要提升精神,免得被物的包围所困扰,从而忽视生存的更高意义;他则还食不果腹,主要关心的是如何生活下去。因此在生理上、心理上,以致道德原则等方面就会出现差别。在长长的历史进展中,加上新出现的问题的多方面的影响,于是各族人民各自形成着不同特色的文化积淀,渗透于各自的哲学、政治、宗教、信仰、道德、人伦、风尚、习俗之中,成为不同民族和人的自身的本质特征,进而反映到他们的文化与文学艺术之中。像这类既具有人类共同趋向,而又显示着不同民族文化精神特征的文化与文学艺术，可以相互接近、靠拢，乃至部分的融合，但如何做到一体化呢！

其次，文化、文学艺术的发展，自然与经济的发展以及经济一体化是有密切关系的，并会受到巨大影响。但说由此会出现经济一体化式的文化、文学艺术的一体化，这是不大可能的，也是难以想象的。从浅层次来说，几个具有强势文化的国家，能够成立一个或几个跨国集团与组织，来对其他国家的文化、文学创作发号施令吗？能够制定出一个文化、文学艺术的标准，来让不同国家的人们共同遵守吗？你遵命了，未必就能保证别人一定会去照办。一体化会把具有多样性特征的文化与文学艺术置于死地。我国有过这种教训，一体化的结果，使得文化与文学艺术枯萎了，世界范围的一体化，未必就会例外。

再次，一个十分重要的问题是语言文字问题。既然提出文化、文学的一体化，那么，文化创造与文学艺术创造所使用的语言文字也应该是一体化的了，可是如何一体化呢？希望创造一种世界性的语言，使之流行全球，有人这样做了，如世界语，但近百年来通行的地域并不理想。倒是英语实为美式英语目前大为流行，这是美国的经济大大领先于其他国家，科技发达，文化工业产品倾销全球使然，所以在网络上英语占的比重极大，在文化交流中简直有些畅行无阻的气势。但各个国家是否会用它来创造自己的文化与文学艺术呢？对于一个具有悠久的历史与文化传统的民族来说，语言文字是他们千百年来形成的思维、心理的积淀物，是人们交流思想、记载感情的工具，是一个国家、民族的历史、文化传统的承载物。特别是我国的单音节语言与象形文字，与拼音的语言文字不同，一旦把它们废除了，它们所承载的文化含义就被阉割或消失了，几千年来形成的中华民族的人文思维，就会面临一场难以预见的成败得失的灾变。独特的语言与文字是一个民族的文化的根本特征，所以不少国家，即使人口不多，也把它视为本民族文化的瑰宝。它们顽强地保护本民族的文字，纯洁本民族的语言，并且十分重视把本民族的文化与文学艺术介绍出去，使之传播光大。因此对于那些热情介绍他们国家文化、译介他们国家优秀的文学艺术作品有成就的外国译者,会给以崇高的奖励。如法国、意大利、西班牙、俄罗斯、德国等国家政府,都把我国一些著名的翻译家,视为传播他们国家的文化使者,而屡屡给以高额奖赏,给以种种崇高的称号,各类勋章,并非偶然。十分明显,这些译者不仅传播、保存了这些国家的文化、文学艺术,而且在世界范围内保护、扩大、巩固了这些国家、民族的语言的影响。这是它们花大价钱也是买不到的呀!

在当今全球化的语境中,交往日益频繁,弱势语言的命运实堪忧虑。据有关组织统计,世界上几千种语言正在不断减少,每年大约以 20 种的速度在消失中。处于文化弱势的国家,是应该给以切实关怀的,而那些处于强势文化的国家应该帮助它们生存下去,否则,这些语言将从人类文化中逐渐湮没而致永远消失。自然,人类会不会经过几百几千年的融合,到头来汇集了各种语言的长处,逐渐创造出一种统一的语言,一体化的语言,也未可知。但是,象形文字与拼音文字是难以融合的,如果不能一体化,那就只有共存。

第四节　文学的民族本土化的觉醒

当今情况的复杂性还在于,不是像一些朋友说的,如果不提文化、文学艺术全球化、一体化就是要不得的,等等。经济全球化、一体化由于自身的矛盾,却是不断地衍生着新问题。20 世纪 80 年代特别是 90 年代以来,由于经济全球化趋向的日益明显,文化的趋同性得到空前的强化,这是事实,而且呈现出上升的趋势。但是也正是经济全球化带来的另一方面的影响,即国与国之间、地域与地域之间的人们,在精神文化方面的分歧又进一步加深了,这也是事实,出现了“本土化”的思潮,非西方文化的复兴。

现代化发轫于西方，随着世界市场的开辟，它影响了其他国家，使世界面貌发生了重大的变化。一些国家在现代化的冲击下，因为传统的因袭重负、旧式信仰的根深蒂固，经济起色不大；而另一些国家，同样具有自己的深厚传统，但在自有规范的现代化的指引下，果断地抓住了机遇，进行市场经济的转轨，使自己的经济飞速发展起来，综合国力加强了，在国际上建立了声誉与赢得了尊严，民族的伟大复兴提到了今天的日程之上。亨廷顿说："现代化所带来的非西方社会权力的日益增长，正导致非西方文化在全世界的复兴。"又说：几个世纪以来，非西方民族一直很羡慕西方社会繁荣的经济，先进的技术，而认同西方的价值观。但是随着经济的起飞，却逐渐转向了自己国家的文化与价值观，即转向了本土文化。"80 年代和 90 年代，本土化已成为整个非西方国家的发展日程"①。而本土化的勃起，必然使那些植根于历史的习俗、语言、信仰以及体制，得到自我的舒展与伸张。也就是说，现代化增强了过去被侮辱、被屈辱国家的民族自信，在我国也是如此。

现代化的悖论是，对于强势国家来说，它以现代化推动了经济的全球化；现代化的流行，原是对西方中心论的西方文明的传播。但在不少不发达国家传播的结果是，使其落后的经济发展起来了。经济发展起来后，为其自身文化的复苏提供了机会，于是它们就有能力反顾自身，看到自己的传统文化并非一无是处，而是十分丰富；进而发现本土文化、标榜本土文化、弘扬本土文化的价值观，等等。民族自信的增强，使得文学艺术本土化的问题随之而起，在后殖民主义文化思潮的推动下，酿成一股洪大的潮流。这使得非西方文化在世界范围内走上了伟大复兴的道路，这是一个方面。

另一方面，全球化趋向的发展，又要求所有国家转到一体化的轨道上

---

① ［美］塞缪尔·亨廷顿著：《文明的冲突与世界秩序的重建》，周琪等译，新华出版社 1999 年版，第 88 页、第 91 页。

来，一些强势国家不仅要求所有国家的经济纳入它们打造的全球一体化，而且在文化方面极力推销它们全球化的计划，这种文化输出，大有吞噬其他文化的势头，这使得其他弱势国家的文化进入了生死存亡的时代。到了90年代，不少弱势国家都积极地参与讨论后殖民主义与文化本土化问题，民族的文学艺术的处境，于是在世界各地随着民族认同热，也兴起了所谓的"文化认同"热。这种认同热，对于西方霸权政治来说，实际上是政治离心力，对于文化上的欧洲中心主义来说，这是顽强地展现多元文化存在的文化离心力。霸权与控制，多元、离心与反控制，这就是当前所有国际间的重大分歧、矛盾的原因所在。这些矛盾的内在的、深层因素自然是经济的、政治的，但也在文化思想领域以十分激烈的形式表现出来。比如针对人的存在处境，存在主义哲学与现代主义艺术提出过"我是谁?"的问题，那么现在这种提问已变成集体的了。亨廷顿说:"90年代爆发了全球的认同危机。人们看到，几乎在每一个地方，人们都在问'我们是谁?''我们属于哪儿?'以及'谁跟我们不是一伙儿'？这些问题不仅对那些努力创建新的民族国家的人民来说是中心问题……对更一般的国家来说也是中心问题。"[①]比如，他谈到90年代中期，激烈讨论民族认同问题的国家，不仅有发达国家，如美国、日本、德国、英国、加拿大、俄罗斯，而且还有发展中国家，如中国、印度、伊朗等国，至于其他不发达国家也是如此。这就是说，经济上的全球化和文化上的全球化企图，以不同角度、多种层次与深度，引发了本土化问题，引发了民族认同、文化认同热，并且几乎触及了所有的国家。自然，它们面临的问题是各不相同的。在强势国家中，舆论偏重于对主流思潮的殖民主义及其历史的反思与批判，对于弱势国家来说，则引发了对民族主义的再认识，民族主义正是这样再度引起重视的。

强势文化对于民族主义主要采取批判态度，认为民族主义妨害了全

---

① [美]塞缪尔·亨廷顿著:《文明的冲突与世界秩序的重建》，周琪等译，新华出版社1999年版，第129页、第130页。

球化的进程，有违它们的文化原则与价值观。但是，我们对于民族主义需要进行分析，不能盲从别人对于民族主义的不分青红皂白的指摘。民族主义实际上具有两面性。一方面，首先，民族主义是民族主体性的表现，是对本土、本民族的历史发展的认同。20世纪八九十年代，在全球化的大潮的冲击下，不少人一时间失去了民族主体性而产生了迷失感："我们是谁?"由此而引发了本土化与寻根热，民族认同和回归热，不少弱势民族从中找到了民族自新的契机，民族主义成了民族复兴的精神支柱与民族的凝聚力。其次，民族主义是对本民族文化的认同。强势文化的流行，压抑了弱势文化的生存与发展，贬低了它们的价值。对于我国来说，一百多年来由于积弱太久，一些人求新心切，所以往往把自己的文化视为落后的文化，弃之如敝履，而大力搬进外国文化。但是终究未能建成自己的新文化。80年代，在新文化的建设中，原有的文化资源有如幽灵一般，形影相随，忽近忽远地挥之不去。90年代的反思，使大批人士逐渐认识了我们民族文化固有的价值，力图恢复其应有的地位，由此激起我们对于我国灿烂文化的自豪感，一种民族主义的文化自豪感，这是完全正常的。一些人缺乏这种自豪感，主要由于他们只认同于西方文化，而对自己原有的民族文化不屑一顾，或罔无所知。再次，民族主义也是抵制强势国家工业文化垃圾的有效手段，要是没有这种措施，民族文化的发展将会受到阻碍，法国、德国都在这样做。

但是，另一方面，民族主义是不能滥用的，如果使其盲目化，则会变成狭隘的民族主义，变成排外主义，变成盲目的文化自大狂，坐井观天的井底之蛙，从而失去自我更新的活力和反思能力。所以，文化民族主义是一把双刃剑。确实，狭隘的民族主义使我们吃尽了苦头。今天，没有人说我们整个的中国传统文化好得很，但是其中的精华部分，不仅需要发扬与继承，而且作为全人类的文化财富，是当之无愧的。其实，我国广大知识分子都有20世纪几十年的西化、俄化的经历，今天除极少数外，绝大数已失去那种自高自大、认为自己不需了解世界、不肯学习外国、一切都是自己的好的“天朝心态”，而更多的倒是由于长期自卑，滋长了那种倾向西方一切都好的西化心态。一些学者认为，中国的民族主义已发展到这等地步，“我们的一些观念都后退了，孙中山曾说：要‘联合世界上平等待我之民族’，现在我们不但要求别人平等待我，而且我们自己也不能平等对待别人”①。如果情况真是如此，那么对于这种极端幼稚和狂妄确实需要反省与批评，对于这种狭隘的民族主义需要进行批判与纠正。不过，最好能够就现在有些人如何不平等地对待别人，举出一些实例，进行分析。

和民族主义相对的是强势国家推行的普世主义或普遍主义。普遍主义的原则与内涵，自然有其普遍的特性与价值，但是在不同的国家，普遍主义未必都能实现，或是马上实现。这里必须考虑到不同国家、不同民族的不同历史与制度，不同的文化传统，不同的思维方式，不同的文化素养，不同的宗教观与风尚习俗，等等。这些因素都是不同国家在几千年的过程中形成的，不是你设计一个方案，就可以让别人马上跟上、效法的。有的强势国家，认为自己的文明原则，放之四海而皆准，并出于极端自私的目的，根本不考虑别国的历史与文化传统，却要求别国同它一样，实行它所主张的所谓普遍的价值观，在政治、文化上企图立刻推行普遍主义。不按它的原则办事，就挑起争端，或凭借自己的军事霸权，诉诸武力。结果，使普遍主义变为世界普遍的不公平与不安定，这些国家就必然成为十足的帝国主义。这才是典型的21世纪的新的“天朝心态”②！

当今，整个世界的组成，是个不同民族国家的联合体，民族国家、多民

① 其实，一百多年来，有哪个强势的民族是平等地对待过我们的？一段时期，我们受到教育，说只有苏联在十月革命后废除了对我们的不平等条约，云云，我们在很长时期里也信以为真。十月革命后，苏联确有废除不平等条约之举，但那是废除1917年二月革命至十月革命之间的条约。1917年2月至11月之间，俄国和我国订了不平等条约了吗？1917年前强加于我国的不平等条约废除了吗，能废除吗？

② 在学术界早就有这样的说法，我们了解欧美要比欧美了解我们多得多，这大概是我们积弱太久，总有一种了解外国、学习外国的强烈愿望。2002年8月4日出版的《世界周刊》（旧金山），载有自中国远嫁美国、署名草原的文章《文化舞台剪不断理还乱》，文中称：“来美虽然不长，但我发现大多数美国人对中国的不了解，超出了人们的想象。究其原因，一是也许大多数普通的美国人根本缺乏了解中国的渠道。二是在于生活惯了老大、太现实的美国人，也许根本就没有想去了解其他国家的想法。”

族国家的形式是难以废弃的，而且在今天全球化的声浪中，一个突出的国际现象是，如前所说，不少弱势国家纷纷加强了自身本土化的定位与认同的舆论，这是始料未及的。至于民族，它们是长期历史发展中形成的产物，是受到种族、血缘、共同地域、语言、心理以及经济生活等条件制约的不同的人类群体。在经济全球化趋势还未形成的时候，一些人数极少的民族以及它们的语言，已经被强势民族所同化，而在全球化的趋势中，不同民族的共同性会更多地融合，但是那些具有悠久的历史、文化传统的民族，仍会长期存在下去，而且无可替代，并且更加珍贵、更将突出其本土化的根本特征，加强其定位与认同。这种描写在马克思、恩格斯著作中是见不到的了。

第五节　文学的民族性与世界性的辩证

在全球化与本土化这种相反趋向相互交叉的氛围中，一些人主张文化、文学艺术一体化，因此就有文学艺术“只有世界的才是民族的”，或者“越是世界的就越是民族的”，“只有民族的才是世界的”和“越是民族的就越是世界的”之说。

先说“越是世界的就越是民族的”，或者“只有世界的才是民族的”。这里的“世界的”是什么意思呢？一、如前所说，大概是指人类共同关心的东西，人类共通的感情，普遍的人性，高超的表现技巧，现代技术等运用。我们在上面提到的人类面临的共同的方面，如现实与理想，生存与困境，生死爱恨、忧患焦虑等，这是文学所关怀的东西，是文学应予伸张的对人的终极关怀。文学作品可以不具这种要求，但优秀的文学必具这种品格，而当今我国的文学，恰恰缺少这种强烈的人文吁求。同时，这大概也是指对其他民族优秀文学经验包括文学艺术的表现技巧要有深切的了解，把握当今世界各国文学艺术发展的高度水平。在文学艺术交流如此繁荣的今天，作家、艺术家必须具有敏锐而前卫的目光，宏放大度的气魄，及时把握与接受世界文学艺术演变中新颖而有价值的方面，缺乏这种前沿性的文学艺术知识、识别能力与高起点的艺术感悟，就难以创造出和其他民族优秀文学艺术比肩而立的作品。这也是文学的现代性所要求的。二、可能是指西方人的所谓“普遍价值”，对于强势国家所倡导的“普遍价值”，我们自应分析对待，吸收它的合理成分。但是我们不能不看到强势国家极力要其他国家奉行其“普遍原则”的用心。其实，这种极端自私、霸道的国家，为了霸占他国资源，对于别的国家与民族，是从来不讲什么自由、民主、人权的，否则，世界就不至于那么不安定了。自然，这不等于我们不要认真对待这些东西，因为这正是我们自身所不足的。但是如果以为根据人类的一些共同“世界的”一般体验，去演绎成文字，就能做到文学艺术的“越是民族化”了，恐怕是要落空的。

文学艺术对于人类共同共通的东西，还得通过具体的作家、艺术家，通过作品的人物，通过他们所表述的感悟、感情、思想，所掌握的技巧来表现的，一个作家、艺术家必然是一定民族国家的成员。荒诞剧使用一种抽象的符号，表达了人类的一种相当普遍的生存处境的荒诞感，震撼着人心。但是即使这样的艺术，读者仍然从中体味到一种法国的或是英国民族文学的韵味，因为别的国家没有这样的哲学文化与这种如此深刻的文化生存的体验。别的国家的作家如果也来这样写，实际上就重复了它们，成为仿作。作家可以自称“世界公民”，是在全人类的意义上来写作的，那也是指其创作中的思想的普遍性，关心世间共同面临的问题。他可以采用多国的人物、故事，表现多国文化的冲突，等等。不过迄今为止，也只有一些按照概念进行演绎的东西。作家进行真正的创作，其实总是以其“民族文化精神”为指导的，即使他要描写外国现象，为此他也应该了解其他国家的民族文化精神，但具体的写作却摆脱不了其所属民族的文化精神。民族文化精神，是民族国家的文化价值观与文化价值体系，它体现着一个民族的理性精神，诗性智慧，道德品格，思想风貌，进取求新的愿望。它在不同的人群身上表现各异，但综合起来却是整体精神的体现，显示了民族精神的气度、面貌，而民族性正是民族文化精神的体现。

其实，世界性、全人类性、普遍人性都是概括出来的东西，它们的真正的物化表现则是民族性。也就是说，全人类性、世界性是通过民族性凸现出来的，全人类性、世界性、普遍人性必须附丽于民族性。如果没有了民族性，到哪里去寻找全人类性、普遍人性与世界性呢？人类通过无数的国家的民族群体（自然也包括各个社会集团、阶级）而存在，不同的民族的共同的特性与价值，十分自然地汇入了全人类性、世界性、普遍人性之中。可否这样表述，全人类性、世界性、普遍人性是共性，而民族性是体现共性的个性？如果一种文学艺术没有一个具体的民族立足点，不去描写具体的民族的人的生存处境，民族的人的有价值的东西，那么，全人类性、世界性以及那种具有普遍意义的东西，也是无从得以体现的。因为，我们还不知道今天有哪个人，既不属于哪个国家，也不属于哪个民族。

另一些学者提出，“只有民族的才是世界的”，或者“越是民族的就越是世界的”这类口号，在我看来，恐怕他们并不是说只要是民族的就一切都好。小脚、辫子是我国过去特有的，但它们代表的落后的民族文化，与世界性毫无关系。拿这种例子来反驳上述说法，这是实证错位，毫无意义。再说京剧，也是我国民族特有的一种文化，这是一种传统的、有价值的文化，一种高度程式化的艺术。由于它的民族的独特性十分强烈，不做介绍甚至难为他民族所了解，所以作为具有强烈民族特色的艺术，是否能获得世界性，就难说了，虽说现在受到不少外国朋友的喜爱。拿这些特殊的例子来反驳“越是民族的就越是世界的”，也是毫无针对性的。

“只有民族的才是世界的”，或者“越是民族的就越是世界的”这类口号，意在强调文学的民族性的一面。当然还应看到问题的另一面，即民族性的现代化，对于任何民族文学来说，民族性并不是一成不变、固定僵化的东西，民族性是不断演变、生成的东西，在其保持自身基本特征的情况下，其内涵是不断被改造与丰富的。每一时期的民族性会被各种内外文化因素所浸润，进而获得丰富与新生。因此可以说，民族性是开放的、不断生成的民族性。汉唐时期的汉族的民族性，不同于春秋战国时期的民族性，当商业与资本主义萌芽发展起来，宋明时期的汉族的民族性大概不同于汉唐时期的民族性，清末民初时期的民族性大概不同于宋明时期的民族性，当代我们的民族性不同于“五四”时期与其后五六十年代的民族性。当今我国人民的民族性，已不是封闭的民族性。在我国当今现代化与面向世界的进程中，我国人民与他国人民有着极其广泛的交往，频繁的接触，从中了解并吸取他国人民的文化长处，倡导健康的个人的自由进取精神，积极地改变着自己的文化素质以致民族特性，这是不能不看到的变化。民族性受到现代性的制约，一旦在长时间内凝固不变，墨守成规，就反映这个民族停滞不前、保守落后了。民族性的细微的或是重大的变迁，大概正是文学创作的重要课题。

文学按其自身的内在逻辑而发展，文化交流与外来影响往往是促成本土文学发生重大变革的动因，激活本土文学的动力。外国文学的形式、思想倾向，它的独创与新颖之处，都会被本土文化、文学所吸收，进行消化与改造，与原有的民族文学特性相结合，从而使民族文学艺术不断更新自己，丰富自己的独创与新颖，而更具活力。罗素说：“不同文明之间的接触在过去常被证明是人类进步的里程碑。希腊向埃及学习，罗马向希腊学习，阿拉伯向罗马帝国学习。中世纪的欧洲向阿拉伯学习，文艺复兴的欧洲向拜占庭学习。在许多这种例子中，常常是青出于蓝而胜于蓝的。”①

20 世纪，中国文学所经历的也是这样一个过程。这是现代化的过程，也是面向世界的过程，这是一个冲突过程，也是一个整合、融合过程；是一个比较过程，也是一个吸收、借鉴、创新的过程。在今天全球化的语境中，由于文化、文学交流空前繁荣，民族的狭隘性将会进一步受到冲击，

① ［英］罗素著：《中西文明的对比》下册，见何兆武等主编：《中国印象——世界名人论中国文化》，广西师范大学出版社 2001 年版，第 89 页。

文学的发展,将面临一个千载难逢的伟大的变更、创新时期,成为新文化的组成部分,形成我国民族文化、文学的伟大复兴,而民族性中最为严整的部分将得以保存并获得发扬。民族文化、文学的伟大复兴,不是复旧,而是在激活原有民族文化、文学的基础上,进行新文化、新文学的建设,并使其走向繁荣!

看来,文学的巨大的生命力,存在于民族性与世界性之间,而不在于越是民族的就越好,或是越是世界的就越高,而是民族性的与世界性的完美的结合。这样,上面两个争论的口号,就需要做些修正:文学既是开放的民族的,又是世界的;既是世界的,又是开放的民族的。这样的表述,可能更合乎其自身发展的情况。

第十三章　文学的乡愁

第一节　乡愁——乡关何处

乡愁这种感情的形态，与诗歌结了不解之缘，诗歌赋予了乡愁以可感的生动的艺术形式。除了在文学作品中，哪里能见到乡愁这种生动的形态呢！

《诗经》作为西周出现后五百年间的周诗，有不少诗歌描述了后世人类社会所产生的一种普遍的感情——乡愁。这时的居民没有了过去“帝力于我何有哉”的那份自在与洒脱了。

在小农经济社会，家与乡联为一体，底层百姓要赋税、服役、戍边。服役、戍边就要他们离开生养之地，就要外出，并且难知归期。于是只得告别了长相厮守的土地、家乡、父母妻子，他们的生存之根，那离愁别绪自然油然而生，化成了点点的乡思——乡愁。

乡愁是离开故土、远离亲人的游子，对故乡的思念之情，是对关山阻隔的故乡的人事的回忆，是游子对记忆中的故乡自然景物、风物变迁的深切思念，一种亲情的诉求与幻想的祈求！可以说，这时的乡愁主要是个人性的、地方性的，一旦克服了距离的阻隔，亲情的诉求便得到了满足。

《邶风》中的《击鼓》就是远戍边疆而引发思乡、思念妻子的情绪而显得忧心忡忡。“从孙子仲，平陈与宋。不我以归，忧心有忡。……死生契阔，与子成说。执子之手，与子偕老。于嗟阔兮，不我活兮！于嗟洵兮，不我信兮！”作者说曾与妻子立有誓言，永不分离，白头偕老，而今关山阻隔，相见无期，岂不令人怅惘！

《陟岵》一诗写的是远出的征人，思念家中的亲人，心里想，父亲要他勿滞留异地，母亲要他不要忘记养育他的娘亲，兄弟要他勿尸埋他乡，“犹来无止”“犹来无弃”“犹来无死”！

《东山》一诗写了一个士兵在归途中的思绪，各种细腻的感受：“我徂东山，慆慆不归。我来自东，零雨其濛。我东曰归，我心西悲。……鹳鸣于垤，妇叹于室。洒扫穹窒，我征聿至。有敦瓜苦，烝在栗薪。自我不见，于今三年。”《采薇》一诗，与《东山》一样，也是把乡愁描写得最为抒情、动人的了。此诗描述了士兵抵御外敌，转战异乡，信书难托，如今终于走上归途，沿途景物，引起了他的回忆和满怀愁绪：“昔我往矣，杨柳依依；今我来思，雨雪霏霏。行道迟迟，载渴载饥。我心伤悲，莫知我哀！”

如果我们在上面征引的是外出服役的征人的思乡情绪的描绘，那么

《诗经》中还有姑娘远嫁他国而引起的对故乡之思，如《卫风》中的《竹竿》："籊籊竹竿，以钓于淇。岂不尔思？远莫致之。……淇水滺滺，桧楫松舟。驾言出游，以写我忧。"还有流落他国，难归家园的乡愁。

这一类乡愁，作为人们感情的原型，在后来的诗歌、散文中写的极多，得到了更为丰富的表现。唐诗中思乡之诗极多，思乡之中总是流淌着一片淡淡的忧绪。比如崔颢的《黄鹤楼》，说的是黄鹤已逝，白云千载，诗人发愁夜幕来临，而乡关遥远，思乡的情意在暮色苍茫与幽暗的朦胧中漫散开来，而显得意绪起伏，"晴川历历汉阳树，芳草萋萋鹦鹉洲。日暮乡关何处是，烟波江上使人愁。"这诗使得后来游览黄鹤楼的李白见后大为激赏，以致不敢再在楼上题诗了。又如马致远的《天净沙——秋思》："枯藤老树昏鸦，小桥流水人家，古道西风瘦马。夕阳西下，断肠人在天涯。"原是秋色平常的排比，已称佳绝，再经"断肠"一点，就使"前四句皆化愁痕"，真的成了绝妙好词。

在后人的散文里，这类乡愁的描写也俯拾即是。例如鲁迅的《故乡》，一开始就表达了回乡路上的愁绪，给小说定了调子："时候既然是深冬，渐近故乡时，天气又阴晦了，冷风吹进船舱中，呜呜的响，从缝隙向外一望，苍黄的天底下，远近横着几个萧索的荒村，没有一些活气。我的心禁不住悲凉起来了。"故乡也就是一个悲凉的故事。

在文学作品里，故乡、故园、家园，常常与国家的命运联系在一起。把故乡扩大开来，那么这种乡愁往往是自我放逐者或被放逐者对家园铭心刻骨的思念，对于家园与国家富强、安危的期望，是身系国家命运的巨大的乡愁。或是由于战祸而失去家园，辗转流离，引起离散者的对家国命运的无尽的焦灼的忧虑，是对可望而不可即的乡关何处的无奈的慨叹！

《离骚》是屈原遭遇忧愁、忧患，"忧愁幽思而作"。"长太息以掩涕兮，哀民生之多艰。……亦余心之所善兮，虽九死其犹未悔！"这里描写的乡愁已是一种大乡愁意识，为百姓的家园、家国的命运而忧愁，它已上升到了忧国忧民的忧患意识，成为后世中国文化精神的源头之一。

杜甫的诗作有不少是乡愁的描写。他把乡愁与国恨糅杂在一起，描述乡愁也就是展现国之殇。《春望》写道："国破山河在，城春草木深。感时花溅泪，恨别鸟惊心。烽火连三月，家书抵万金。白头搔更短，浑欲不胜簪。"《月夜忆舍弟》："戍鼓断人行，边秋一雁声。露从今夜白，月是故乡明。有弟皆分散，无家问死生。寄书长不达，况乃未休兵。"他感时伤怀的诗，由于是他自身的所见所闻，或是亲身经历，所以具有极大的艺术穿透力。他不少有关这方面的诗作，简直是对艰难生存的陈诉了。

李后主作为亡国之君，他的后期作品表现的几乎都是离愁别恨。如《清平乐》里，说"离恨恰如春草，更行更远还生"。又如《虞美人》："问君能有几多愁，恰是一江春水向东流。"又如《乌夜啼》说："剪不断，理还乱，是离愁，别是一般滋味在心头。"古语云："亡国之音哀以思。"李煜描写的是他的小朝廷覆亡之后的哀伤之音，似乎只是一个亡国之君的离愁。但是这种哀伤的离愁，又具有一般人的感情的共通性，因为广大人民在历史、现实中，也有这种亡国之痛、失去家园之恨，所以对于这种丧失家园的离愁、离恨，对于失落的故国的深切的回忆的艺术描写，由于进入了特定的阅读语境，是完全可以被我们接受的。李煜把离愁比作更行更远还生的春草，是剪不断、理还乱的绵密的愁绪，恰如一江滚滚东流去的春水的低吟，都是传诵千载的。

李清照自称"愁人"，在后期词作中所表现的既是离乱中亲人生离死别的悲痛，也是思念故园、家乡的深沉的乡愁，在它们的背后，分明是国破家亡之伤痛。如《声声慢》说的是诗人乍暖还寒时的复杂愁绪，再加上几杯淡酒与面对窗前满地憔悴的黄花，黄昏时的斜风细雨，梧桐落叶中点点滴滴的雨声，突然南飞归雁的一声哀鸣，怎不使诗人更添乡愁而愁肠百结呢！又如《武陵春》："物是人非事事休，欲语泪先流。闻说双溪春尚好，也拟泛轻舟。只恐双溪舴艋舟，载不动许多愁。"愁是多么沉重？一叶小小的舴艋舟何能承载！

在日本侵略者对我国的占领期，国家与人民遭受日本鬼子的铁蹄残踏，造成了我国亿万居民背井离乡、弃家逃亡、生活无着、到处流浪、客死异乡的惨状，乡愁就是被压迫人群的普遍情绪。故乡、家园与国家联成一体，乡愁就是国之愁。诗歌、小说、戏剧，特别是歌曲，通过对人民悲惨境遇的诉说，强烈地表达了我国人民的这种悲怆而又激昂慷慨的普遍情绪。这种乡愁所引起的普遍的爱国主义的强烈抗争，谱写了一支支抗日斗争的交响乐，至今激励着我们。

乡愁是对国家分裂而引发的痛惜感，这时家园也就是家国，命运相同；或是由于家国暂时分裂时分裂，引起家园破碎、亲人难以团聚的痛苦感情。这时的深情无比的乡愁，就变成了一种家国情的倾诉，对国家统一的热切的期待，如诗人余光中的《乡愁》："小时候，/乡愁是一枚小小的邮票。/我在这一头，/母亲在那头。/长大后，/乡愁是一张窄窄的船票。/我在这头，/新娘在那头。/后来啊，/乡愁是一方矮矮的坟墓。/我在外头，/母亲在里头。/而现在，/乡愁是一湾浅浅的海峡，/我在这头，/大陆在那头。"一湾浅浅的海峡，在瞬息可以跨达的两岸，却成了阻挡亲人相聚的深渊，成了国之大殇。

乡愁可以覆盖个人、亲人、故乡、家园而至于国家，它是对故乡的怀念，是乡恋，是亲情与故园情，是家国情的召唤，也可演化为忧国忧民的忧患意识的一个方面，是弥合国家创伤、共创统一的凝聚力的诉求，而成为几千年来我国文学创作的主题原型。

刘鹗在《老残游记自序》中谈到，人有灵性，乃生感情，感情生哭泣。哭泣分无力类和有力类，无力类的哭泣如痴儿娇女之哭泣，有力类的哭泣分为二，一是以哭泣为哭泣者，如竹染湘妃之泪之类，二是不以哭泣为哭泣者，"其力甚劲，其行乃弥远"。如"《离骚》为屈大夫之哭泣；《庄子》为蒙叟之哭泣；《史记》为太史公之哭泣；《草堂诗集》为杜工部之哭泣；李后主以词哭；八大山人以画哭；王实甫寄哭泣于《西厢》，曹雪芹寄哭泣于《红楼梦》"。"吾人生今之时，有身世之感情，有家国之感情，有社会之感情，有种教之感情；其感情愈深者，其哭泣愈痛"。《离骚》写的是"离忧"；

《史记》乃是充满家国愁绪的、汇入了自己的身世之叹的“发愤”之作；八大山人因清兵入关而遭受国破家亡之痛，他的画每每是“墨点无多泪点多”的。

文学艺术以自己丰富的形式而表现了乡愁，乡愁则以其丰富的历史、文化的意味，丰富了文学艺术的蕴涵，提升了文学艺术的品格，成了文学创作的母题之一。

第二节　乡愁——栖居艰辛

今天的乡愁，在很大程度上已经改变了其性质与面貌，原有的形态仍然存在，但同时新的形态已经出现。这是一种涉及人的生存的乡愁，是人的精神飘零无依、栖居艰辛的乡愁了。

在今天的全球化的语境中，世界成了“地球村”。高科技的发展使物质无限丰富，它代替了上帝、神性、旧式的理性和天道，变得无所不能，成为万物的新的主宰。人的欲望促成思想的更新与创造，与高科技的结合，汇成了巨大的生产力；同时欲望的无限度的需求，也促成了人的物欲享受的极度膨胀，一切以身体感性的享乐、物的无尽的满足的享乐主义为准则。

至于高科技，它使神州大地高楼林立，道路通达，财源滚滚，赐福于人。但一味的技术至上，人定胜天，也会造成福无双至，天降灾祸于人。海德格尔对当今西方技术真理观进行了细致的反思与批判，并且表示了深刻的忧虑，他说：“我们还找不到适应技术控制的道路；技术不断运转起来，不断运转起来，把人从地球上脱离开来，并且连根拔起。我们根本不需要原子弹，现在人已被连根拔起。我们现在只有纯技术的关系。这已经不再是人今天生活于其上的地球了。一位法国诗人与抵抗战士对他说：如果思想和诗歌再不成为不用暴力的力量，那么现在正在出现的人被连根拔起就是末日了。要防止思想被变价出卖。”①在良好的理性社会环境下，科技运转起来，自然可以得到合理的控制与进展，例如“神舟六号”上天。但在另一种社会条件下，思想被变价出卖，进而与霸权政治结合，技术的运转轨道可以改变方向，就会酿成伊拉克式的悲剧，科技是能够把人从土地上即地球上连根拔起的！

人的物质生存状态的严重破坏，引起了人们的乡愁，那么他们的精神生态呢？人的精神家园何在？难道它注定要成为艾略特式的一片零落、败破的“荒原”吗？

第三节　弥漫性的精神生态中的乡愁

20 世纪几次重大的社会灾祸，毁灭了无数人生存的物质家园，同时使人在精神上深受创伤，失去了社会信仰与理想，使他们变得内心惶惶，成为缺失思想血色的扁型的人。而科技的进步与发展，欲望的追求，使他们把生存的愿望，主要倾注于不断满足物质的丰富、身体物欲的享受，这看来似乎无可厚非。问题在于在天下攘攘皆为利往、皆为物欲的追逐中，人们的道德却不断下滑甚至沦丧，成为无数失去了血性与良心、同情与怜悯的丑陋的人。一百多年来，在私室和公共场所，演出了一场又一场的只求满足身体感性快感、歌唱物欲的狂欢。也许人们期望，在信仰的缺失与理想的空白中，这类狂欢可以补偿精神的憾缺，使内心欲望的压抑，在轰鸣的呼喊与尖叫声中，获得释放与发泄，但是正常的人的社会精神生态，则处于极端的非理性的窒息之中。在这个过程中，不少人被物化与异化，

① ［德］海德格尔著：《人，诗意地安居——海德格尔语要》，郜元宝译，上海远东出版社 2004 年版，第 148—149 页。

人的精神生态不断走向平面，削平深度，意义被掏空，趋向平庸甚至恶俗。这使不少人产生了人的生存的艰辛与失去了精神家园的飘零感，并形成了20世纪与新世纪的文化危机。

当今的乡愁除却个人性的、距离性的、地方性的、家国性的一面，还是一种弥漫性的、进入各个国家的、社会、文化、精神生态的人的生存的乡愁。

人要生存下去，需要共同营造适合于自己栖居的精神家园，虽然从来就没有存在过理想的家园，但无疑值得向往并设法不断地追求它。自然，这不完全是哲学家的家园，哲学家可以把语言视为人的存在的家园，他回归家园，就是到语言中去诗意地栖居。而通过语言的途径以创造普通人的家园，使人得以诗意地栖居，需要探讨各种中介因素，路途是曲折又漫长的。目前人所栖居的家园是现实的，他的需求是物质的，现实的，又是精神的。欲望的满足与精神的需求，都是合理的，问题在于重新给予合乎理性的规范，确立平衡，建立科技、欲望与人文共同协调的新思想。

在这场深刻的、持久的文化危机中，人文界的部分知识分子，在不断顺应这种局面，大力张扬消费社会的消费主义原则和消费文化，一种能够充分满足人的身体感性的快感需求的消费文化。他们追求享受物欲快乐的消费观念，认为当今审美判断已经不再可能，这实际上是一种富裕阶层的生活哲学和美学原则。我以为西方的消费社会、消费文化、消费主义这类理论，十分需要研究，但如果不予批判，直接移植我国并使用，这不是贴近了我国的国情，而是脱离我国的社会实际了。我国自然资源相当贫乏，人为的破坏十分严重，目前除了少数暴富起来的阶层能够像西方富人大肆挥霍之外，大多数人的消费水平不高。据媒体报道，仅京津地区周围，目前有二百余万人平均年收入与一些大力倡导西方消费文化的大学教授的收入相比，差距有一两百倍，甚至更多！富裕的京津地区周围如此，其他地域贫富差别更大，比例已经严重失调。凭借自然环境和人口的重负，我们难以建立西方的消费型社会，而只能建设以节约型消费观念为指导的可持续发展的社会,这是比较理性、实在的举措。其实我们不是不要消费,而是要努力扩大消费,丰富消费,并用消费来拉动经济的发展,但消费者手里要有钱币,而且不是西方的消费主义。我国要达到物质普遍富裕的中等水平,真正完成我国的现代化建设,还需要时间,而西方发达国家已现代化了。同时,我们所建设的文化,自然包括文化的需求、消费在内,例如文化产业,但还有更高的精神需求的建设。因此,在我看来,我们不宜对现时西方消费社会、消费主义的消费文化理论,不加分析、批判,就作为思想资源和理论指导加以运用,以为我们的文化,就应像西方消费社会如此这般建设,否则就是理论的滞后,难以和西方学者对话,赶不上趟,用超支、透支的消费主义理论,再次给此岸的人们,以非理性的、可望而不可及的美丽彼岸的乌托邦许诺,而使他们大失所望!至于现今的理想的人,据说不过就是那些新型的媒体中介人形象,他们不对暴政说不,也不问人文精神为何物,他们是一群穿梭于各个文化商业集团、往来自如、收入丰厚的人。但是在实利主义、技术主宰一切教育出来的、只求满足物欲、尽情享乐的人,往往是一群品格平庸的食利主义者,甚至可能是一群泯灭了人性与血性、怜悯与同情、失去了善恶底线的人。美国、英国为我们提供了这类教育实例:不少美、英大兵,在被他们侵略的土地上,在伊拉克的阿布特莱卜监狱和其他集中营里,就演出了21世纪初一幕一幕的“最伟大”也是最丑恶的“行为艺术”或是人体艺术!不久前去世的美国批评家苏珊·桑塔克撰写了《玩乐》一文,对这种卑劣的行径进行了严厉的抨击,其实这就是审美判断了。因此,我们不能说现在审美判断已不再可能了。自然,在不少方面,审美是无利害性的,我们可以判断高低上下,但是不能判断是非曲直。比如你的家居装修可以欧风时尚为主调,我的则以东方情调为本色,那是个人兴趣、文化涵养所致,无可厚非。

当旧的天道、理想崩溃之后,我们恐怕不能任其自然,无所事事,需要根据新的发展观,寻求新的思想。这就是需要去努力建构适合于今天社会健康发展的人文精神,就是人的精神的依托和栖居之地。其实,人文学者的行为、行动的准则与特性，就在于人文，以人为本，对人的终极关怀，这是最为深刻的人道主义思想。“人通过其自身的实践活动，总是指向什么而被赋予目的性，形成其活动的意义与价值，改造自己的生存，实现自我，超越自我。人有肉体生存的需要，要有安居的住所，因此他不断设法利用自然与科技，创造财富，改善与满足自己的物质条件，同时他还有精神的需要，还要在其物质家园中营造精神安居的家园，还要有精神文化的建构与提高。人与社会大概只能在这两种需要同时获得丰富的情况下才能和谐与发展。在人的精神家园里，支撑着这无形大厦的就是人文精神，就是使人何以成为人，要成为什么样的人，确立哪种生存方式更符合人的需求的那种理想、关系和准则。人文精神就是对民族、对人的关怀，对人的生存意义、价值的追求与确认”①。人文精神具有强烈的理想品格。即使是自然科学家也应如此。爱因斯坦晚年说：“在长时期内，我对社会上那些我认为是非常恶劣的和不幸的情况公开发表了意见；对它们保持沉默，就会使我觉得是在犯同谋罪。”②作者认为，能够对非常恶劣和不幸的情况说不，这就是科学家的良知了。针对今天人文精神的下滑，王元化先生十分痛心地说，在“当前学校中，许多人甚至完全不懂人文精神对人的素养培养的重要……教育的品质某种程度上决定着社会的文化气质。所以人文精神在这里有了至关重要的作用。”③遗憾的是，在当前的大学里，确实存在着完全不懂人文精神为何物的人，那种抛弃了探讨使人何以成为人，要成为什么样的人，不谈人的需求的理想、关系和准则，回避对人的生存价值、意义追求的课程，能算是人文科学吗？但是有的人在课堂上高谈阔论的，还正是这种所谓的人文科学！有报载：“北大四成新生认为活着没有意义”，这真是触目惊心的“空心病”。我们要问，进入大学前 12 年的教育忙活了什么？竟没有让广大的青年人懂得生命的价值与生活的意义，这样的教育岂不可悲！

---

① 钱中文撰：《文学艺术价值、精神的重建：新理性精神》，载《文学评论》1995 年第 5 期。

② 见 2005 年 8 月 8 日《文汇报》。

③ 王元化语，见 2005 年 8 月 4 日《文汇报》报道。

第四节　文学已面对自身的乡愁

后现代主义文化思潮兴起后，出现了文化整合的思潮。当人因其生存及其精神生态成了问题而面对生存栖居的乡愁的时候，处于后现代社会的外国学者，又提出了充满争议的文学的终结、艺术的终结的预言。20世纪90年代中期，美国人大卫·辛普森提出，在后现代学术中，即各种社会科学、人文科学中，由于渗入了文学的方式，所以实际上已形成了“文学的统治”，“文学方式和文学批评方式有效转换成其他学科”[①]，而文学本身则已微不足道了；随后乔纳森·卡勒提出“将‘文学性’注入了各种文化对象，从而保留了文学成分的某种中心性”，又说“文学可能失去了其作为研究对象的中心性，但文学模式已经获得胜利，在人文学术和人文社会科学中，所有的一切都是文学性的”，“这便是文学性成分的统治”[②]哲学写作成了文学方式的写作，“文学文化”一直“在使其他学科规范化”，这类说法在八九十年代初的哲学与文学理论中早就存在过。于是人文科学、社会科学都文学化了，文学则被泛化到社会科学中去，结果这不是抬高了文学，却使文学自身终结了，但是文学性保留了下来，并在社会生活中无处不在。这个在日常生活中原是作为修饰语词使用的文学性，与那个使文学作品何以成为文学作品的文学性合而为一，没有了区别，文学艺术与社会生活之间也失去了界限，二者之间的差异也不再存在，于是提出后现代文学研究的任务不是研究文学作品自身，因为文学自身已无可研究，而是要研究无处不在的文学性。确实，文学性成了一个十分重要的话

---

① [美]大卫·辛普森撰：《学术后现代?》，载《问题》2003年第1期，中央编译出版社2003年版，第132页、第143页。

② [美]乔纳森·卡勒撰：《理论的文学性成分》，载《问题》2003年第1期，中央编译出版社2003年版，第118页、第129页。

题，它被赋予了极为广泛的含义，出现了新的情况，需要深入研究，但它现在成了文学终结的象征。这样，文学与艺术，不仅面对着人的生存的乡愁，而且面对着文学自身何以生存、乡关何处的乡愁了！

第五节　文学的乡愁与人的精神生活的提升

其实，有关文学的终结，从 20 世纪初开始，已经形成了新一轮的论争。这里所说的“新一轮”，讲的是涉及文学的终结的论争，已经在 19–20 世纪出现过多次，可能论争还会继续下去。在我看来，今天图像艺术的行时和它的难以抗拒的优势，无疑使文学作品的阅读减弱了势头，不过文学自会适应新的情况，不断演变与更新，但是不会终结。这里要弄清楚终结说的是什么。一、在当今文学的发展中，其实所谓终结的只是某种文学思潮、某种文学体裁、某种文学形式的消失、转换与更迭，而不是文学自身的终结，把它当成文学的终结，是大可商榷的。文学思潮、体裁、形式，即使终结于一时，一旦时机成熟，它们又会在形式的演变中得到复苏，这是文学发展中的更迭与非更迭现象。二、在所谓终结声中，其实新的文学体裁却在不断新生，如电影文学、影视文学、网络文学（超文本写作）、摄影文学、通俗歌词创作、市民口头创作，甚至手机文学等。它们的出现，改变了文学存在的形式与载体，但都依附于语言与文字。原有的文学样式吸入了不少其他非文学的成分，如哲学、社会性因素，其他的人文科学学科，如哲学等也引入了文学因素，但是以现有的知识谱系来看，无论是利查德·罗蒂的《后现代哲学》与《自然之镜》，德里达的《论文字学》与《书写与差异》，还是利奥塔的《后现代状况》与波德里亚的《消费社会》等著述，读者都是把它们作为极为艰涩的哲学著作和社会学著作来读的，这些著作并未提供文学阅读所特有的审美愉悦，它们讨论的是哲学、社会学问题。

三、在文学的终结声中,耐人寻味的是在世界范围内,即无论是国内还是国外,各种文学颁奖包括极有声誉的大奖颁发,照常进行着,未有中断。人们即使在图像艺术开始迅速发展的时代,仍然需要文学,这是因为,视觉感官的接受方式与产生的愉悦,和文学阅读的接受方式与所给予的愉悦,是并不完全等同的。关于这点,歌德就曾说过:眼睛也许可以称作最清澈的感官,通过它最能客观传达事物,但是内在的感官比它更清澈,通过语言的途径事物最完善、最迅速地被传达给内在的感官:因为语言是真能开花结果的,而眼睛所看见的东西是外在的,对我们并不发生那么深的影响。歌德的话是很有道理的,的确,人在审美的接受过程中出现的审美的内视与审美的外视两种心理现象,都是客观存在的,两者作用有别。如今人们天天接触图像艺术,但也并未改变两者之间的差异。图像艺术满足了视觉感官的愉悦、身体感性享受的需要,愈来愈使审美需求肉体化了,但那些不断涌来的闪烁即逝的视觉片断与仿真图像,使人在接受中失去了深入思索的可能与回味的余地,形成一个接一个的视觉碎片的转换与追逐,使人在感性、体认的接受上满足于浅俗与平面,在精神上走向浅薄与平庸。当然,单纯的视觉图像接受,对人们深刻的影响是存在的,不容忽视的。

同时,从总体上说,我觉得文学研究是不可能定位于后现代文学研究的任务上的。后现代主义实际上是个十分笼统、混杂的文化思潮,说法很多。英国学者费塞斯通讲到后现代主义时概括它的一些特征:“首先,后现代主义攻击艺术的自主性和制度化特征,否定它的基础和宗旨。艺术并不源自创造性天才或特殊才干的艺术家的高雅体验。……艺术家并非独具慧眼,他是命定了从事复制罢了……并有意模糊艺术与日常生活之间的界限。事实上,艺术无处不在:大街小巷、废弃物、身体、偶发性事件。高雅或严肃艺术与大众流行及肤浅艺术的区别,大概已不再有充分的根据。其次,后现代主义发展了一种感官审美,一种强调对初级过程的直接沉浸和非反思的身体美学……使专注于身体(外表和内脏)……第三,后现代主义无论是处在科学、宗教、哲学、人本主义、马克思主义中，还是在其他知识体系中，在文学界、评论界和学术界，它都暗含着对一切元叙事进行着反基础论的批判。……戏剧性地强调非连续性、开放性、任意性、反讽、反身性、非一致性和文本精神分裂特质，而不能带着系统阐释的目的来解读它们……第四，在日常文化体验的层次上，后现代主义暗含着将现实转化为形像，将时间碎化为一系列永恒的当下片段。……后现代的日常文化是一种形式多样的与异质性的文化，有着过多的虚构和仿真，现实的原形消失了，真实的意义也不复存在。……第五，后现代主义所喜好的就是以审美的形式呈现人们的感知方式和日常生活。因此，艺术和审美体验就成为知识及生活价值意义的主要范式。”①

大体看来，这就是后现代主义文化思潮的元理论。它反对过去僵化的中心论、单一论，提倡多元、异质、多样，文化的世俗化，提出了现实生活中的无数新问题，增强了人们的反思力，扩大了思想、知识的视野，极有启发性。但是它作为一种元理论，实际上在不断颠覆任何理论基础，消解其他元理论、元叙事。其实，只有元理论才能抵制、消解另一种元理论。如反对对事物本质的了解，一涉及对事物本质的研究，立刻就给别人扣上本质主义的帽子，而只强调对事物某个现象的研究，以为现象的研究与事物的本质无关。其实它将事物的某个方面，十分投入地当作事物整体的主要特征时，就隐瞒了这正是一种本质的研究了。如将科技仿真混同真实，用世俗文化抵制高雅、严肃艺术，以为两者的区别不再有充分根据，这实际上并不完全符合现实的生活真实，因为雅俗区别仍然存在，严肃文化与文学对于民族文化的继承与发展是极为必要的。后现代式的任意性、开放性的后面，使原有的有用的知识解体，而其自身只是提供了知识的极端相对主义的碎片。如在对文学的文化研究中，它专注于政治、经济、阶级、性别、种族、压迫这类文化现象，却是掏空了文学自身的价值与精神。其

① [英]迈克·费瑟斯通著:《消费文化与后现代主义》，刘精明译，译林出版社 2000 年版，第 179—180 页。

中如对文学作品的阶级问题研究,简单化现象就相当突出,它不去解释那些流传下来的被称作“资产阶级”的作品,何以具有属于未来的成分,有着与后人共通的东西,而仅仅满足于阶级划分。又如涉及经济、政治问题,西方这方面的力作不少,但是否都属于后现代主义文化范畴,就有争议。在我们这里,对于政治、经济、性别、压迫的研究,一般是表态性的居多,与真正研究政治、经济的学者的著述相比,显得相当表面与肤浅。当然,一般性的表态性的通俗论说也是需要的,是一种发泄,自有它们的读者群。鉴于这种教训,不少外国学者呼吁文学研究还是要回到文本的深入阅读与研究,而文化研究自然应在其自身宽阔的领域、文化产业等方面大展身手。

文学艺术所以不会终结,主要在于其自身的人文品格。一个民族所以能够独立于世界民族之林,不仅以其科学的物质文明著称于世,同时必然以其独特的民族文化精神维系其自身的存在,并对整个世界文明有所贡献,而文学艺术正是蕴涵着这种民族文化精神的重要载体,是体现民族文化精神的重要组成部分,这也正是维系着我们民族生存的东西。

我们在上面描述的各种乡愁,正是这种民族文化精神的品格之一,是平衡与提升我们精神生态的必需物。因此在文化的分类构成中,文学的存在与发展,对于整个民族文化精神的传承与更新来说,不是可有可无的东西,而是整个民族文化不可或缺的。

文学是难以替代的,也是不会终结的。

问学小记(后记)

像我这样的一代人,虽然在 20 世纪 50 年代末就开始了文学研究,但是真正地进入文学研究状态,则是 70 年代末的事了。

到了 80 年代初,中国文学理论和批评中,各种主义自由标榜,层出不穷,宣言也一天一样,不断翻新,只要有人敢说,就有报刊敢登,而我正在进行着理论的反思,进行着艰难的选择。对我来说,最重要的是在学术上找到自我,找到已失去了 20 年的学术生命,确立自己的学术个性。我从 60 年代初开始,就发表理论文章,在那个极左思潮泛滥的"大批判"时代,我何能超然于物外,不受影响！我那时期写过两类文章,一类是白天写的,即在领导组织下写的所谓批判"修正主义"、资产阶级文学理论的文章。一类是夜里写的,即自己寻找论题,如那时很少有人注意的也不屑于谈论的创作灵感、想象、小说的细节描写等,还有在 60 年代初应约而写的外国作家的评传等。这前一类文章,作为研究人员,自然还应讲些"道理",但时代的烙印清晰可见,实际上,道理被歪理即被错误的政治所支配了。这后一类文章,现在看来尚可一读,因为主要还是学理性的探讨。

这样,在80年代的最初几年,我在精神上经历了一场自我反思与自我批判,意识到必须自觉地清除自己身上因袭的重负,否则是难以进入学术前沿的。在反思中一旦明白了今是而昨非,告别了过去,这时真有一种解脱之感;同时通过艰难的选择,逐渐地找回了自己,努力使自己获得学术的个性,又真有一种新生的喜悦。

在文学方法、文学观念的大讨论前夕,在一片有关文学是什么、不是什么的激扬文字的杂语声中,我在1982年发表的论文中,试着提出自己的观点:文学"是具有审美特性的意识形态"(1984年,我已有一些思考的积累了,提出文学是"审美意识形态")。定下基本观念后,接着,我于1986年发表长文《最具体的和最主观的是最丰富的》,先就"审美反映"进行了阐释。有人以为这是当时正在大力批判的认识论的翻版,必欲除之而后快。这些朋友在评述或批判反映论时,无一例外,都是顺势接过过去庸俗论者对认识论的庸俗化理解,把它当作一种僵死的反映、没有主体的反映,实际上对被他们批判的东西又一次地加以庸俗化,然后展开激烈的挞伐,这在学理上怎么能驳倒对方呢?所以人们常常看到,有些人像现代骑士一样,在攻击有意被他们庸俗化了的对象时,操着一种刚从西方理论武库中搬来的长矛,展开了对风车的大战的景象。有的学者在评述审美反映论时,并未细读我的长文,至今也未读一下我在这篇长文前加的"提要"。其实提要相当清楚地表述了我所提出的观念的内容,它主要阐释创造过程中创作主体的各个方面的关联与发生的主导作用，与一般的反映论不一样，与过去的被简单化的认识论更无共同之处。其实，在人文科学中要张扬一种主张，主要看它在学理上有无道理，学理顺了，被认知的东西就多，被说明的方面就更为宽广，所以完全没有必要为了凸显自己的正确，必须把对方打倒、消灭掉。人文科学积累的思维方式，与自然科学的思维方式是不同的。

1987 年，我在《论文学观念的系统性特征》一文中，终于对“文学是审美意识形态”的命题作了较为详细的阐释；次年，我发表论文《论文学形式的发生》，就文学审美意识形态论的逻辑起点——审美意识及其历史发展做了探讨，力图阐明我们先人在其生存的实践中是如何形成审美意识的，审美意识作为人的本质特征的确证，融入了人的长期积淀的生存感悟与意蕴，通过后来发明的语言文字结构的审美创造，演变为审美意识形式，以及后世的文学何以演变为审美意识形态。此说后来被不少学者广为引用。但我发现，不同学者在对审美意识形态的阐发中，所赋予的内涵不尽相同，我想这也是正常的，可以理解的。2000 年，著名文学理论家童庆炳先生曾经撰文，认为此说在文学的诗意审美与社会功利、自律与他律的张力之间找到某种平衡，并将这一观念放到了他主编的文学理论教科书之中。

韦勒克、沃伦的《文学理论》是我于 80 年代初推荐、组织同行翻译介绍过来的。我在 1989 年出版的《文学原理—发展论》一书中，企图克服韦勒克的内在研究的文学观的局限，指出他的文学本体论实际上是作品本体论，而非文学本体论，文学本体论应该包括被他们排斥了的那些所谓外在因素；并且认为，文学是文化系统的一个组成部分，它以其自身的独特性，天生融合着其他审美文化与非审美文化以及介于两者之间的文化因素，以此确立一个比较符合文学自身的文学本体观念。关于这一点，比较文学专家孙景尧教授在评论本书时认为我的论述是对韦勒克文学本体论的修正。当然，这种认识后来在文化研究传播开来后，几乎就不值一提了。

20世纪90年代，社会、经济的急剧转型，使文化事业一时难以适应，文化已进入市场，但显得十分萧条。我一面回顾20世纪的文学过程与经验，一面阅读历史、哲学，思考当今人的生存状态，反思20世纪。20世纪是社会灾祸频发的世纪，一个科技飞速进步而其负面因素日益明显以致威胁着人的自身生存的世纪，这是理性的急剧衰落、非理性的必然兴起与后来反理性几乎君临一切的世纪，同时是世界文化、文学艺术的价值与精神普遍地、不断地遭到颠覆的世纪。在今天全球化的语境中，西方的文化思潮一波又一波地冲击着我们。作为人文知识分子，在吸收它们合理的思想成果的同时，应该建立起我们自己的特有的主体立场，而不能目迷五色，随波逐流。要确立一种新的文化价值观、文学艺术的价值观，于是经过多年的思索，我就提出了“新理性精神”文学论。

我从四个方面探讨了新理性精神的内涵。新理性精神以现代性为指导，这是一种与社会、文化实践紧密结合、具有不断自我反思与自我批判功能的本土化的现代性，不是当今流行的西方的现代性或什么后现代性。新理性精神以新的人文精神为内涵与核心，新的人文精神的建立，必须发扬我国原有的人文精神的优秀传统，适度地吸收西方人文精神的合理因素，协调人与人、人与社会、人与自然、人与科技之间的相互关系，融合过去不被容许的个人自由进取精神，又使人际关系获得融洽发展的新的精神，并使这种新的人文精神成为文学艺术的灵魂。新理性精神倡导在人与人之间、学术探讨之中确立一种交往对话主义的关系，主张一种具有一定的价值判断的、平等对话的、亦此亦彼的思维方式，来改造我们原有的非此即彼的绝然对立的思维方式，以促进人与人之间的平等关系以及各种理论范式、各种话语之间的交往关系的建立。新理性精神崇尚感性，人的感性、生理需求必须得到满足；新理性精神承认非理性乃至反理性的思想、现实的特殊创造力，需要吸收它们的合理性因素，但反对它们以反理性主义的态度来解释生活与历史，反对它们无度张扬人的感性和生理享乐的本能，解体人的感性，提倡感性与文化的结合。这是一种新的文化、文学艺术的价值观，也是一些人文知识分子半个世纪以来的一种生存的感悟与体认！自然，这一理论需要进一步深入，它不仅适应于文学研究，同时适应于人文科学。

新理性精神的提出，意在回应现实的挑战，五六年后，得到了相当广泛的响应。经有关学者与韩国新星、首尔出版社商洽，出版社于 2003 年“非典”期间，邀我编辑、出版我的多卷文集。2005 年 10 月，《钱中文文集》四卷集在韩国出版发行，出版社的宗旨是，出版中国学者的优秀著作，意在推向韩国、日本与美国文化领域。接着又向韩方出版社推荐了我国人文科学各个领域的一批优秀学者，这等于是初步实现了季羡林先生“拿出去”的愿望。我在文集的《后记》里说到，新理性精神“能否作为不少同行的共同理念，促进文学理论的建设与创新，我不会过分乐观，而自然要让它在实践中去接受检验，而且它自身在理论上还要不断深化与完善”。我倒宁愿新理性精神只是“有着共同理念的同行的学术立场与行为。这样，我们的心态可以放松一些，探讨可以自由一些，话语可以个性化一些；或是遭到学术与非学术的挞伐而消失，也可以做到悄无声息，心情平和一些。学术一旦被注入外力，学理必然会被减弱或遭到剪裁；或是说得过头了，或是被炒作了，在当今文化氛围尚不十分健全的语境中，就必然会遭到风必摧之的命运！”

一个伟大的民族自然要拥有丰富的物质财富，但是最终昭示于世人、传之久远的，则是其充溢着民族文化精神的文化创造。生产这种精神财富，应该在文化、学术中，从发出自己的声音做起，进行原创性的创造。要坚持自己的声音，坚持那种具有学理精神的原创性声音，因为学术认同的只是独创。学术回应时代，也坚持自身的需求：学理的深化、完善与丰富。但是这种回应，应是绝对的个性化的，而不是重复与雷同。

我在论及苏联著名的哲学家、文学理论家巴赫金时说到，学者要坚持自己的声音，坚持自己具有原创性的观念：学术上的真知灼见，常常可能会被时尚视为异端邪说，这时作为有着学术个性的独立人格的学者，他能够坚持己见，忍受精神的歧视与寂寞，以至生活清贫，甚至生存也难以维持。但他们会克服一切困难和折磨，而超越它们，坚持把自己的思想说出来，这就是巴赫金的精神的写照。这种具有独立的人格、自由的精神的学者，在中外学界还真不乏其人。

中国学者逐渐实现着对学术个性的追求，它们理应超越东方/西方、现代/后现代的二元对立思维模式，在文化、文学理论建构中发出自己独特的声音，创建那种具有中国特色的理论财富，汇入当今世界文明的潮流。

（此文原为韩国新星出版社于 2005 年 10 月出版的《钱中文文集》四卷本《后记》，现稍做了一些删节与补充）

2018 年 5 月 16 日

中国诗学：从古典到现代

李春青 著

全国百佳图书出版单位
时代出版传媒股份有限公司
黄山书社

总　序

通读眼前的八部书稿，各种情绪：兴奋、激动、享受、叹息、伤感、寂寥……轮番袭来，纠结于心。这时，我想起了一部电影——

音乐家科伦布的爱妻亡故，他从此带着两个女儿隐居深林，整日独自研习古大提琴。在绵延无休的乐声中，他看见深爱的亡妻，此刻就坐在他对面聆听。之后，他们一起祷告，一起乘坐马车，一起并肩走过春色茂密的森林，一起来到河岸渡口，直到她独自坐上小船离去。怕她再次消失，他不忍停下手中的乐曲。为了让她一遍一遍重现，他用余生不断拉奏心爱的大提琴，记下心里的悲伤乐曲，想看看爱将延续到哪里。

这是一个清静的世界。老房子旧得幽静、坦然，乐声绵延无休、难以捉摸，家中的器皿也都散发出乐器的光泽。科伦布在森林里拉琴、作曲，他拒绝宫廷表演的邀请，拒绝各种矫饰，只为灵感而作曲，只是记下瞬间的颤抖，删除多余的抒情。他的演奏闻名遐迩，在传说中更是出神入化。

有一天，17岁的红衣少年，一个鞋匠的儿子，敲响了音乐家的门。他立志成为伟大的音乐家，慕名前来

学艺，几经周折，红衣少年成了科伦布的学生。后来，红衣少年背着老师受聘为皇家乐队的演奏家，而被逐出师门。再后来，红衣少年成了宫廷乐长，生活富足；音乐给他带来了华丽的马车、镶嵌珠宝的假发衣饰、显贵的地位与指挥权杖，但他不再有 17 岁时那湛蓝的眼神。他深感自己始终未得音乐的要领。他记得，年少的那个午后，在森林里听到的琴曲，那种庄重、静穆、悠远而哀伤的，才是真正的音乐。

老人弥留之际，宫廷乐长深夜赶赴森林小屋，去上最后一堂音乐课。当他一身显阔地走进那简朴肃穆的家中，发现自己不过是个臃肿的丑角。他问老人："音乐是什么？为了供奉上帝？为了取悦国王？为了金钱？为了荣誉？是爱情的忧伤？或是自暴自弃的放纵？"

都不是。

他终于领悟，自己的疑问便是答案："是不是给死者的礼物？是给那些不能说话的人低声的安慰，给那些消逝了的童年？是为了让鞋匠的锤声变得柔和？是为了那我们出生之前就已存在过的时间，在我们呼吸之前，或者看见光亮之前……"

——这是电影《尘世里的每一个清晨》所讲述的三百多年前的故事，它把我们带回到音乐的黄金时代，唤醒了许多温馨美好的记忆。

是的，倘若音乐有魂魄的话，那就是它的毫无用处，它的无用之用。音乐是爱，是恩慈，是虔诚，是内心孤独的吟唱，是出神的一瞬，是人类关

于光明、自由和宁静的力量的梦想。

“一个民族的政治生活只是它存在的浅层部分;为了了解其内在的生命——其行动的源泉,我们必须通过他的文学、哲学,以及艺术这些反映该民族理念、情感和梦想的东西,来深入探索它的灵魂。”罗曼·罗兰写道,“音乐展示给我们的是在表面的死亡之下生命的延续,是在世界的废墟之中一种永恒精神的绽放。”①

文学艺术的研究与创作一样,都是一种生气灌注、深邃博大的“创世”,也就是发现、创造可能世界,帮助人们建立生命的、家族的、民族的“根”的意识,确立经验的、文化的统一感与连续性,在滋养自身的同时,影响人类的精神世界。

安贝托·艾柯在《诺伯托·博比奥:重新审视博学之士的命运》一文中强调,知识分子的责任不在“解决”危机,而在“制造”危机,即时刻营造出一种危机感,唤起人类的共同意识的危机感,并寻找、创造普遍的社会共识。

20世纪70年代末80年代初,即进入“新时期”以来,整个国家处在一种社会转型之中。如何建立中国自己的崭新形态的文艺理论,成了文艺学界的重要课题。面对当代西方文化传入所引发的诸多挑战,以及当代文学创作所提出的诸多命题,经一大批文艺理论家、批评家的共同努力,中国当代的文艺理论终于实现了现代性的转型,即“从一家‘专政’式的独语,转变为‘百家争鸣’式的对话;从政治话语转变为学科的学术话语;从非常态的中心话语,转变为自主发展的常态话语”②。文艺学研究的视野得到前所未有的拓展,如文艺社会学、文艺心理学、文艺美学、文艺解释学、中西比较诗学、文艺生态学、文艺符号学、文艺人类学、文化诗学等领域,都有人在尝试,并获得了不少结实的成果。

---

① [法]罗曼·罗兰著:《音乐散文集》,冷杉、代红译,中国文联出版社1999年版,第1页、第7页。

② 童庆炳撰:《新时期文学理论现代性转型概说》,《童庆炳文集》第3卷,北京师范大学出版社2016年版,第468页。

值得强调的是，其中的一些杰出的代表，如钱中文、童庆炳、孙绍振等文艺理论家，他们大多经历过各种政治运动，从没脱离当代中国的政治、文化现实。置身于风云际会的时代，他们怀抱笃定的理想主义的激情，广泛关注历史与现实的政治、经济、科技、文化各领域，对现有的种种结构模式始终保持质疑的态度，并通过精深的研究推翻僵化不合理的部分，表现出了对时代命脉的精确诊断和敏锐切入。由于洞察了语言符号背后的价值世界，他们成功揭示了其中丰沛而深厚的精神质地，呈现了关于生活世界的总体想象，开启了一个个一般人所未曾领悟的心灵世界。他们的学术成果是对社会文化问题的思考，是显示人文知识分子存在身份的根据，体现了对社会应履行的责任。

至于当下学界的中坚力量，如高建平、王岳川、李春青、陈晓明等一批学者，则是这些前贤的薪火相传者。与师长辈学者一样，对于他们而言，个人与历史、个人与国家互为镜像；他们有着丰富的内心生活及准则，善于提取、想象、弘扬历史与现实中稀薄而弥足珍贵的东西，并以其充沛的语言敞开、释放灵魂的悸动、精神的能量，以内在心灵的秩序对抗外部庸众的世界。

在我看来，文艺理论、美学的研究者以及批评家与作家、艺术家一样，都是这个世界的观察者、倾听者、质疑者和审判员，都是在为一个“缺席的民族”而写作，而不是做历史的书写者、抄写者和打字员。

名利诱惑与学术追求，对于所有问学者来说，是人生中不断出现的十字路口。文学艺术和生命宛若一条河流，收集了星光、烈日、蓝天、雾霾、彩虹和暴雨。面对欲望与生命力蠢动的世界，真正的学者以学术为宗教、为信仰为志业，他们洞察哪些是浮云，哪些是本质；他们所能看到的不只是现在，还有未来；他们播撒怀疑的种子，而不是收成已然明确的事实；他们不只是理念的唤醒者，同时还是社会革新进程的引导者；他们知道，生命只能燃烧，不可虚耗——因为他们手头所持有之物，不外乎时间、记忆和文学艺术所创造的美；而理论的勃勃生机，只能源于抵御纷扰人生的各

种诱惑或压力，源于创造性的质疑、心无旁骛的虔诚劳作和漫长执着的自我探寻。只有在思考和写作中，每个人才能找到自己真正的皈依之所——这是上述优秀学者给我们的深刻启示。

由钱中文先生担任学术顾问，本人主编了“中国文学理论与批评丛书”。本着“学术乃天下公器”的宗旨，我们拟分期分批分人结集出版，以检阅当代中国学人的学术实绩。本丛书具有开放结构，第一辑推出的为我国当代著名的文艺理论家、美学家、批评家，其中既有年逾八旬的资深学者，也有中、青年学术新锐；每人一集，收录“有分量”的代表作，凸显“一家之言”的戛戛独造。

主编这套丛书的愿望有二：

其一，展现新时期以来中国文艺理论研究与批评所取得的实绩，凸显那些富于中国特色的、有个性、有识见、敢论断、敢担当的学术创见。如，钱中文的“新理性精神”文论，童庆炳的“文化诗学”，孙绍振的“文学文本解读学”，高建平、王岳川之于中西美学的剖析，李春青之于中国古典诗学的建构性清理，以及陈晓明、吴子林之于中国“文学问题”的探究等等。

有识之士指出，一个城市乃至一个国家的文化质量，跟它是否拥有富于价值的文学记忆或文化记忆，有着很大的关系。所谓文学记忆或文化记忆，就是有一个或一批伟大的作家、思想家，他或他们代表这个城市、国家，这个城市、国家也进入了这一个或一批伟大作家、思想家的创作生命。简言之，文学记忆或文化记忆直接关系到一个国家的文化形象的塑造，其义大焉。

毫无疑问，包括文艺理论、文学批评在内的学术本身，是中国当代文学记忆或文化记忆的重要组成部分。随着我国上升成为世界第二大经济体，中国正成为一个世界性的大国，系统地向世界展现中国的现代化成就、中国文化和价值观，塑形中国的“大国形象”，至关重要。为此，在推出本丛书的同时，我们还将努力组织专家将它们译成外文，使它们走出国门，走向世界，逐步实现中国文论走出去的宏愿，让西方人了解中国、认识

中国——这是颇有文化远见的举措，在一切追求市场效应的今天显得尤为难能可贵。

其二，志在薪梓承传，泽被后学，希冀后来者能赓续前人纯正的学术品格，全副身心投入到文学这一健康的终生事业中去，以扭转目前文艺理论、美学研究以及文学批评的窘境或困境，切实推进现实社会的改善与进步，使人们重获生命的完满，走出一条焕发生命韵致与光泽的道路。

马克思有句格言："最先朝气蓬勃地投入新生活的人，他们的命运是令人羡慕的。"[①]通读完八部书稿，只觉时光如电，一股氤氲之气回荡其间。偶尔抬眼远望，只见雾霾重重，晨昏不明，仿佛自己悬浮于另一个世界；一阵北风骤起，雾霾一点一点散去，古老的都城一点一点透明起来，一点一点安详、生动起来。

户外，市声隐隐沸动，如深山松涛；窗外，落叶敲打着落叶，雨点追逐着雨点；远方，迷迷蒙蒙，嚣嘈不舍昼夜——我听到了生活行进的坚实步履……

一切都只是开端。"中国文学理论与批评丛书"还将推出第二辑、第三辑……并将进一步扩大规模。我们真诚地希望读者诸君提出宝贵的批评建议。

是为序。

吴子林

2016年12月23日

---

① ［德］马克思撰：《致R》（1843年5月），见《马克思恩格斯全集》第1卷，第408页。

目　录

导 论
在“文人”与“士大夫”之间

春秋战国以降，中国古代文化学术包括文艺思想的发展演变，大抵与知识阶层的社会境遇、身份意识直接相关，因此要了解中国古代占主导地位的文化学术与文学艺术，就不能不先了解古代知识阶层的身份特征。在我看来，“文人”与“士大夫”这两种身份之间的冲突与互渗正是这一知识主体的重要特征之一。这一特征在历代学术文化、文学艺术上都留下了深深的印记。

公元 178 年，即东汉灵帝光和元年，汉灵帝置鸿都门学：在全国范围内招了一批与他自己志趣相投的才艺之士待诏鸿都门下，这些人的“才艺”包括善写文章辞赋以及书法，此外他们还善于讲述民间逸闻趣事。他们中的许多人凭着这些才艺而被授予官职，这与当时征辟察举的标准显然不相一致，于是受到当时主流士大夫的激烈批评：

> 蔡邕上封事曰：“……夫书画辞赋，才之小者；匡国治政，未有其能。陛下即位之初，先涉经术，

听政余日,观省篇章,聊以游意当代博奕,非以为教化取士之本。而诸生竞利,作者鼎沸,其高者颇引经训风喻之言,下则连偶俗语,有类俳优,或窃成文,虚冒名氏。臣每受诏于盛化门,差次录第,其未及者,亦复随辈皆见拜擢。既加之恩,难复收改,但守奉禄,于义已弘,不可复使治民及在州郡。"(《资治通鉴》卷五十七)

从蔡邕的这段话中,我们也可以窥见鸿都门学的大体内容。第一,鸿都门学的主要内容是辞赋、书法和绘画。在以经学为主导的文化语境中,辞赋、书法、绘画一直是作为"小道"而受到压制的,根本不能进入主流话语系统之中。灵帝置鸿都门学,专门招揽这类才艺之士,这种行为本身就足够振聋发聩了。在"清流"与"浊流"大决战的两次"党锢之祸"的历史语境中,灵帝此举一方面证明了这位"好文学"的年轻帝王有敢于蔑视主流意识形态的勇气,另一方面也说明辞赋、书法和绘画等文学艺术门类在当时的社会上已经相当普遍,成为许多读书人的雅好,只是未能获得主流文化的地位而已。第二,如果说西汉前期的辞赋还有张扬国威、润色鸿业的政治意义,那么到了东汉后期,辞赋就成了纯粹的娱情之物了。"连偶俗语,有类俳优"是说在辞赋中用对偶、用俗语,其作用近似于善于表演的艺人。俳优是指以歌舞谐戏的表演为业之人,其职能就是给人以愉悦享受。蔡邕用"连偶俗语,有类俳优"来批评鸿都门学的辞赋、书画之类,恰恰说明了此类书写方式和文化符号,在当时已经成为疏离于政治生活的消遣娱乐方式。

尽管遭到正统士大夫的批评，但一个明显的事实是，自灵帝置鸿都门学之后，那些表现人们“闲情逸致”的艺文形式开始获得了主流文化的认可。可以说，朝廷从各地招来待诏鸿都门下的那批多才多艺的“诸生”们就是最早具有“文人”身份的一批人。如果说传统的“士大夫”是以读书做官及“以天下为己任”的政治诉求为基本特征的，那么“文人”就是以琴棋书画、诗词歌赋这类关乎“闲情逸致”的才艺为身份标志的。因此，“文人”身份的产生必将和其原本的“士大夫”身份发生某种冲突。

一、“文人”与“士大夫”的身份冲突

蔡邕等人对鸿都门学的批评可以理解为正统“士大夫”与新兴之“文人”两种身份的冲突，是蔡邕等人站在“士大夫”立场上对“文人”身份的拒斥。就蔡邕本人而言，他是典型的兼具“士大夫”与“文人”双重身份的人物。看前引其奏疏，显然是一位忧国忧民且敢于直言的政治家，而这正是“士大夫”身份最基本的表现。然而再看看蔡邕的辞赋、书法以及关于琴的理论，就知道除了政治家以外，他又是一位杰出的辞赋家、书法家、音乐家，是历史上少有的具有多方面技能的艺术天才。他在辞赋、书法、音乐方面的修养不知要比那些鸿都门学待诏们高明多少倍。但是在蔡邕的心目中，“士大夫”才是自己的基本身份，“文人”则不过体现了自己无足轻重的个人爱好而已。这种心态与西汉的东方朔、扬雄如出一辙。后者“雕虫小技，壮夫不为”之谈就是这种心态的集中表现。

其实这种身份的冲突并非汉儒所独有，其源可以追溯到先秦士人那里。被后世士大夫阶层奉为“至圣先师”的孔子就是最突出的代表。在著名的“侍坐章”中就鲜明地展示了这种身份的冲突：

> 子路、曾皙、冉有、公西华侍坐。子曰：“以吾一日长乎尔，毋吾以也。居则曰：‘不吾知也！’如或知尔，则何以哉？”子路率尔而对曰：

"千乘之国,摄乎大国之间,加之以师旅,因之以饥馑;由也为之,比及三年,可使有勇,且知方也。"夫子哂之。"求,尔何如?"对曰:"方六七十,如五六十,求也为之,比及三年,可使足民。如其礼乐,以俟君子。""赤,尔何如?"对曰:"非曰能之,愿学焉。宗庙之事,如会同,端章甫,愿为小相焉。""点,尔何如?"鼓瑟希,铿尔,舍瑟而作,对曰:"异乎三子者之撰。"子曰:"何伤乎?亦各言其志也。"曰:"莫春者,春服既成,冠者五六人,童子六七人,浴乎沂,风乎舞雩,咏而归。"夫子喟然叹曰:"吾与点也。"(《论语·先进》)

让我们来分析一下这段有趣的文字。这里子路、冉有、公西华三人所言都是当时士人最正当的,也是最普遍的志向。孔门弟子及其后学大都走上三人所言之路。也就是说,孔子的"学而优则仕"(《论语·子张》)之谓与孟子的"士之仕也,犹农夫之耕也"(《孟子·滕文公下》)之谓原是先秦两汉儒家士人之共识①。而曾点之志,在儒家士人中则属于"另类"。令人奇怪的是,那么汲汲于"克己复礼"、以道自任的孔子居然会赞成曾点!这里的微妙玄机何在呢?

这里正体现了以孔子为代表的先秦士人阶层普遍的人格冲突。这种人格冲突主要表现在社会责任感、历史使命感与个人精神的独立与自由之间的冲突。对于先秦士人阶层以及两汉以后的士大夫阶层来说,这种冲突是固有的,与生俱来的。这是因为这个社会阶层从一开始就承担着来自社会现实的巨大压力,因而把改造社会作为自己的神圣使命②。从这个意义上说,士人天生就是"政治的动物"。但是作为拥有丰富知识的

① (汉)许慎《说文解字》:"士,事也。"《段注》:"士事叠韵,引申之,凡能事其事者称士。《白虎通》曰:'士者,事也,任事之称也。'故《传》曰:'通古今,辩然否,谓之士。'"班固《汉书·食货志》:"学以居位曰士。"可知在古人眼中,"士"而"仕"乃天经地义之事。

② 在士人阶层诞生的时代,这种社会压力来自于社会动荡,也就是春秋战国之际"礼崩乐坏"的现实——原有的社会价值规范被破坏了,新的价值规范还没有建立起来,新兴的士人阶层对此深感忧虑,认为自己有责任恢复社会价值秩序。在秦汉之后大一统的君主专制时代,士大夫阶层的压力则来自君权与百姓两个方面,因为士大夫阶层认为自己同时对君权和天下百姓都负有责任。

读书人，他们又拥有丰富的精神世界，有个人的情趣及对心灵自由的追求。这就构成了一种人格冲突——一方面关心天下，自认为对这个世界负有重要责任，一方面又看护自己的内心世界，极力追求内心的自由与宁静。从整体上来看，儒家士人代表着士人阶层强烈的社会责任感与历史使命感的一面，他们具有“天生德于予”（《论语·述而》）、“如欲平治天下，当今之世，舍我其谁也”（《孟子·公孙丑下》）的抱负与自信。儒家思想的主旨就是为天下定规则，使纷乱的世界从无序走向有序。道家，特别是庄子，则刚好相反，代表着士人阶层极力维护个体精神自由的一面，以摒弃与超越现实通行价值观为己任，以“独与天地精神相往来”为人生至境，鄙视一切的依傍与凭借，对人世间的功名利禄不屑一顾，对那些为了功利目的而蝇营狗苟之辈嗤之以鼻。道家的思想当然也带有政治上的目的，甚至也是一种救世之术，但是它彰显了士人阶层对心灵自由的向往，则是毋庸置疑的。

儒、道两大思想体系契合了中国古代士大夫阶层两种最基本的精神追求和人格倾向，故而深为他们所服膺，就像长江、黄河成为中华民族的象征一样，儒、道两家也几乎成为中国传统文化之别名。然而，儒、道作为士人阶层两种精神倾向的话语表征这一事实并不代表着儒家士人与道家士人是两种截然不同的人格类型。事实上，无论是儒家士人还是道家士人，他们的人格结构都是一样的，都有着社会责任感、历史使命感与个体精神自由之间的对立与冲突。二者的区别在于人格的主导倾向不同。所以，儒家身上有道家色彩，道家身上有儒家色彩，就不是什么稀奇之事了。前引孔子的“吾与点也”之志，在我看来，正是儒家身上的道家色彩之显露，或者说，是孔子这位终生以“克己复礼”为职志的士人思想家人格结构中个体心灵自由之维度的表现，因此也是孔子所代表的士人阶层所固有的人格冲突之显现。这种依违于出世与入世的矛盾心态在孔子那里多有表现，例如：“天下有道则见，无道则隐。邦有道，贫且贱焉，耻也；邦无道，富且贵焉，耻也。”（《论语·泰伯》）又：“宁武子邦有道则知，邦无道则愚。其知可及也，其愚不可及也。”(《论语·公冶长》)又：“道不行，乘桴浮于海。从我者其由与？”(《论语·公冶长》)这些话里面都显示孔子内心深处的一种选择——隐居，远离世事纷争，保持内心宁静。对于一个有智慧的饱学之士，在一个战乱频仍的时代，隐居往往是最好的选择。对于子路、冉有、公西华等人的志向，孔子之所以或不表态，或则“哂之”，是因为在孔子看来，这些志向是幼稚的，即使实现了也不足以改变这乱世的局面，与其不能实现“克己复礼”——根本上就是使天下从无序状态复归于有序——还不如像曾点那样在悠游恬适之中寻求内心的自由与安宁呢！因此孔子的“吾与点也”之志体现了先秦士人阶层的人格冲突，就如同儒、道两家的学术分野表征着先秦士人的人格冲突一样。从这个意义上说，孔子正是“文人”的鼻祖——他多才多艺，而且有悠游闲适的文人情怀①，并不是一个整天疾首蹙额、忧心忡忡的利禄之徒或者愤世嫉俗的政治家。“子在川上，曰：‘逝者如斯夫！不舍昼夜。’”(《论语·子罕》)——这不是典型的触景生情、感物伤怀的文人趣味吗？“子曰：‘予欲无言。’子贡曰：‘子如不言，则小子何述焉？’子曰：‘天何言哉？四时行焉，百物生焉，天何言哉？’”(《论语·阳货》)这不是典型的中国古代文人对人生与世界之存在的深刻生命体验与领悟吗？所以孔子不仅是政治家、教育家、思想家，而且是文人，真正的文人——看护并表现个体生命体验与个人情趣的人。

二、士大夫的自我疏离与文人趣味之功能

综上所述，从士人阶层诞生之日起，其人格结构中就隐含着一个根深蒂固的矛盾：承担社会责任与守护心灵自由。孔子是最早一批士人的代表人物，他念兹在兹的是“克己复礼”，其周游列国、游说诸侯，为此；删述六经、收徒讲学，亦为此。然而，孔子又是中国古代最早的一批“体制外”

① 《论语·述而》：“子之燕居，申申如也，夭夭如也。”朱熹注引杨氏云：“申申，其容舒也。夭夭，其色愉也。”见《四书集注·论语集注》，岳麓书社1987年版，第134页。

的知识人的代表者，拥有自由思想的权利与对心灵自由的向往，其“吾与点也”之志正是其向往心灵自由的证明。就整个先秦士人阶层而言，可以说老庄之学（特别是庄子）更多地表达了对心灵自由的向往与追求，而儒、墨之学则更多地表达了对社会责任的承担精神。具体到一个士人思想家身上，就往往是二者兼具而有所侧重。这说明对于士人阶层而言，入世与出世、社会责任与心灵自由、集体主体与个体主体两种选择是基于士人人格的深层矛盾，是一种根深蒂固、难以消弭的人格冲突的表现形式。这就意味着，对先秦的士人阶层和秦汉之后的士大夫阶层来说，这两种人格倾向都潜伏在他们的内心深处，至于哪种倾向显露出来并形成某种话语系统的强大内在动力，则要看具体社会条件与士人阶层的境遇。

士人阶层人格中的这两种基本倾向之间构成一种内在的张力关系，维系着整个人格结构的某种平衡，二者缺一不可。当集体主体，即从社会责任出发来言说的那个角色，受到挫折之后，其负面的或消极的心理能量可以通过个体主体，即从人心灵自由出发来言说的那个角色予以宣泄，从而使倾斜的人格恢复平衡。孔子周游列国，处处碰壁，其实现政治理想的希望极为渺茫，于是自然生出“吾与点也”的冲动；屈原以楚国的长治久安为己任，忠于君主，勤劳王事，但信而见疑，忠而被谤，集体主体严重受挫，于是以哀婉瑰丽的《离骚》宣泄之。但总体言之，士人或士大夫的这种维持人格平衡的方式亦受历史条件的制约而呈现历史性特征。下面述其大概。

春秋战国时期，诸侯争霸，天下大乱，士人阶层诞生不久，主要兴趣集中于弭平战乱、重建社会秩序。此时，“立法者”是士人思想家们最主要的身份认同。在这样的情况下，士人阶层找到两种保持个体心灵自由的有效方式，一是哲学的，二是道德的。哲学的方式由杨朱、庄子及名家学者所代表，乃以一种“超越”的方式与社会现实相疏离，也因此与自身的“立法者”角色相疏离。杨朱之学高举“为我”大旗，以个体生命为最高价值；庄子则提升心灵，在想象中与造物者游，一万物、齐生死，从而保证个体精神的自由无碍。名家则设置概念的游戏世界,徜徉乎其中,一切人世价值均被超越。当然,从另一个角度看,上述诸种"超越"方式,也可以理解为一种"立法",也是提供一种社会价值秩序,但无可否认的是,其实际的作用是主体心灵的自我调节。道德的方式由孔子、孟子等人代表着,他们试图通过建构一种高尚人格来作为一种精神指向,将人的心灵引向"内在超越"之途,从而与现实保持一定距离,也使自身的"立法者"角色在遭遇挫折时有自救之道。例如孔子的远大抱负当然是"克己复礼",但其具体政治理想则与子路、公西华等人并无不同,即做官。但他还另有一种人格理想或称为道德理想,即君子、仁者,直至圣人。当他的政治理想遭遇挫折时,他就会用道德理想来自我安慰。他说:"天生德于予,桓魋其如予何!"(《论语·述而》)这是一种道德自信。孟子在政治上遭受的挫折更大,孔子至少还有做几天鲁国的大司寇、摄几天相位的机会,而且晚年在鲁国被尊为"国老",也受到相当的尊重,他的弟子中做大夫、邑宰、家臣者众多,所以他在政治上也有一定影响力。孟子尽管受到齐宣王、梁惠王等君主表面上的尊重,却从来没有做官的机会,对当时的政治可以说没有丝毫发言权。其心灵自救的手段也就比孔子更进了一步。例如孟子提出一套"天爵""人爵"的说法来强调道德价值之重要①。在孟子的价值观念中,"天爵"显然高于"人爵",这是一个值得追问的问题:"天爵"从什么意义上说才高于"人爵"呢?公卿大夫在政治上居于高位,有发号施令之权,在经济上他们是"肉食者",有很高的俸禄,在社会地位上,他们受到全体下层百姓的敬畏。"人爵"呢?其价值何在?作为一介百姓,其仁义忠信又能有多少实际效果呢?恐怕距离"博施于民而能济众"的儒家最高理想太遥远了。按照孟子的逻辑,"天爵"之高于"人爵",就只能在他和其他儒家建构起来的评价系统中才能实现,而"天爵"的功能根本上不在于改变世界,而在于充实自身,使自己的人格完满自足。所以孟子又提

① 孟子曰:"有天爵者,有人爵者。仁义忠信,乐善不倦,此天爵也;公卿大夫,此人爵也。古之人修其天爵,而人爵从之。今之人修其天爵,以要人爵;既得人爵,而弃其天爵,则惑之甚者也,终亦必亡而已矣。"见《孟子·告子上》,中华书局2008年版,第209页。

出“养气”之说。什么是“养气”，其实就是一种道德的自我修养，是因具有较高道德品质而获得的一种自信心的不断积累。这种道德自信积累到一定程度，主体就会产生一种藐视一切的气概，就会彻底消弭因政治生活的不顺而带来的挫折感。孟子本人正是这样的，翻开《孟子》一书，那种由道德自信而带来的气概与气势会扑面而来，这在先秦诸子中是无与伦比的。如果说杨朱、庄子等人是借助于想象力来膨胀心灵，从而超越现实，获得内心完满自足的，那么孔子、孟子就是借助于道德修养，把心灵提升到高于世间一切价值的位置上，以此来获得内心的充实与安宁的。从这个意义上说，先秦的道家与儒家学说都具有某种宗教功能，也具有某种艺术功能。

汉儒身处与先秦士人大不相同的文化语境，其解决人格矛盾的方式也发生了很大变化。总体言之，汉儒寻求实现个体价值以保持内心平衡的方式较之先秦士人似乎更多了一些选择。

首先，“做学问”成了一条普遍的路径。由于在汉代先秦儒家修习的“六艺”都成了经典，而这些经典由于年代久远，许多文字已难明其义，再加上传承过程中的增删改窜，就更是错讹百出，又经历了秦火之灾，于是就有了一门章句训诂之学应运而生。“做学问”，尤其是求真的学问，对于知识阶层而言，是使心灵完满自足的最佳方式之一。汉学——主要是传注之学、章句训诂之学——即在此期间形成，影响了中国两千多年传统文化的发展演变。就其主流而言，汉学是一门“求真”的学问，目的是探求经典之原意。对于知识阶层而言，“求真”常常就是最终目标，汉儒开创的“汉学”这一门学问，就成为许多读书人一生追求的目标，所谓皓首穷经就是这个意思。经学固然与做官相关，是一条仕进之路，但是也有许多儒生一心向学，终身不仕。例如党锢之祸之后的郑玄，绝意仕进，编注群经，成为一代经学大师。经学大行于世，渐渐形成了完备的评价系统，士大夫在这个领域中可以得到肯定，从而实现自身价值，于是经学也就成为他们心灵寄托的一种方式。当仕途多舛、实现政治理想的希望渺茫之时,他们就会回归经学之中,以保持心灵的宁静平和。在儒生中,因知世事不可为,遂绝意仕进,专心学问者所在多有。翻翻《后汉书·儒林列传》,诸如被时人称为"居今行古任定祖"的任安、习《京氏易》与《古文尚书》的孙期、传《毛诗》的孔子建、习《古文尚书》的杨伦等,或中道辞官归隐,一心向学;或埋头经书,终身不仕。对这批儒生的心态,孔僖回答劝其出仕为官的好友崔篆的话是很好的注脚:"吾有布衣之心,子有衮冕之志,各从所好,不亦善乎!道既乖矣,请从此辞。"(《后汉书·儒林列传》)做官是一种志向,做学问也是一种志向;做官是一种爱好,做学问也是一种爱好,二者均足以令人安身立命。这说明,在汉代"做学问"已经被相当多的士人视为职志了。

除了"做学问"之外,实践儒家伦理、砥砺名节,在人格修养上追求至善境界也是汉儒保持人格完满自足的重要方式。汉儒普遍重名节,这在中国历史上也是很突出的。特别是东汉时期,士大夫视名节如性命,常能独自反省,自觉压制私欲,努力实践儒家伦理纲常。这有近于先秦儒家的"道德超越"。像陈蕃、陈寔、李膺、范滂、郭泰、赵壹等人无不人品高洁、蔑视权贵,成为世人之楷模。这些人在实现政治理想方面遭遇挫折,在道德上却占据绝对的优势地位,在天下士人的敬仰中他们也会产生一种自我实现的感觉,从而达到内心的完满自足。自古以来,对于领导着社会主流文化的知识阶层而言,道德上的优势地位始终是他们优越感和自信心的主要支撑。

除了"做学问"与追求道德上的优势地位之外,汉儒还有一种保持人格张力平衡的重要方式,那就是创造性书写。中国古代从汉代开始才有"作者""文人""诗人"的自觉意识。先秦诸子虽然著书立说,却没有明确的"作者"意识,孔子是"述而不作"的,孟子是"不得已"的,庄子是"以卮言为曼衍"的,都不是明确的作者意识。东汉时期人们才开始有作者意识，这在王充的《论衡》中表达得很清楚①。“诗人”这个词在西汉以前基本上都是指《诗经》的作者，不是一般意义上的“诗人”，到了东汉，才开始指时人之作诗者。“文人”这个词在先秦典籍中是指那些有美好品德的先祖，到了东汉才开始指善于写诗辞歌赋之人。这都是因为，此时的书写，特别是辞赋、歌诗、史传、论说诸种文章的写作，已经成为比较普遍的现象。由于多种原因，楚文化在汉初具有重要影响，再加上帝王们的特别爱好，辞赋创作在汉代成为影响巨大的文学样式。辞赋与后世的诗歌词曲创作相比似乎更多地表达了某种集体意识，缺乏个体的细腻情感，这是不错的。即使如此，辞赋创作也还是成为士大夫实现自身价值的另一种途径，成为消弭因政治理想不能实现而造成的挫折感的有效手段。西汉时期，除了高祖、武帝等帝王们偶作歌诗之类，士大夫的创造性书写主要是辞赋。士大夫的辞赋创作看上去是为了投帝王之所好，是为了“润色鸿业”，但实际创作过程，从布局谋篇到遣词造句，则是艰难的个人创作。刘勰云：“至于草区禽族，庶品杂类，则触兴致情，因变取会，拟诸形容，则言务纤密；象其物宜，则理贵侧附。”（《文心雕龙 · 诠赋》）颇能概括辞赋创作的甘苦。因此西汉的辞赋之作虽然的确没有表达多少个人情趣，但也确实是艰难的文学创作，而且是自觉的创作，其中蕴含了士大夫们的审美趣味。辞赋的大规模出现，在中国文学史上是一件大事，在中国士大夫阶层的发展历史上同样是一件大事。这说明这个中国古代的知识阶层获得了一种新的言说方式，一种新的书写方式。他们可以通过这种言说与书写，与帝王和社会建立一种特殊关系。这种关系不是政治的、经济的，也不是道德的，而是美学的，是一种趣味的联系，一种没有直接利害关系的

① （汉）王充《论衡》：“或曰：‘圣人作，贤者述。以贤而作者，非也。《论衡》《政务》，可谓作者。’曰：［非］作也，亦非述也，论也。论者，述之次也。五经之兴，可谓作矣。《太史公书》、刘子政《序》、班叔皮《传》，可谓述矣。桓山君《新论》、邹伯奇《检论》，可谓论矣。今观《论衡》《政务》，桓、邹之二论也，非所谓作也。造端更为，前始未有，若仓颉作书，奚仲作车是也。《易》言伏羲作八卦，前是未有八卦，伏羲造之，故曰作也。文王图八，自演为六十四，故曰衍。谓《论衡》之成，犹六十四卦，而又非也。六十四卦以状衍增益，其卦溢，其数多。今《论衡》就世俗之书，订其真伪，辩其实虚，非造始更为，无本于前也。儒生就先师之说，诰而难之；文吏就狱卿之事，覆而考之，谓《论衡》为作，儒生、文吏谓作乎？”（《对作篇》）

联系。建立这种联系的意义在于:士大夫可以通过一种无直接功利作用的方式实现自身价值了,他们的精神世界从此多出了一个维度。这一精神维度的重要性在于:魏晋以后直接导致文学艺术大繁荣的文人趣味正是从这里衍生而出的。

在汉代,有人已经意识到建功立业与文章书写是士大夫实现自身价值的两种不同方式。司马迁的“发愤著书”说旨在揭示仕途困窘对于书写的刺激作用,王充则意识到仕途畅达对书写的负面影响:

> 文王日昃不暇食,周公一沐三握发,何暇优游为丽美之文于笔札?孔子作《春秋》,不用于周也。司马长卿不预公卿之事,故能作《子虚》之赋。扬子云存中郎之官,故能成《太玄经》,就《法言》。使孔子得王,《春秋》不作;长卿、子云为相,赋玄不工。(《论衡·书解》)

司马迁和王充从相反的角度论证了同一个道理:建功立业或事功与文章书写之间呈现一种反向作用的关系,事功有成者,文章无成;文章有成者,事功无成。这说明,对于以治国平天下为己任的士大夫阶层来说,文章书写这种自我实现的方式,是作为事功的补充而存在的,是不得已而求其次的。正是由于这个原因,司马迁写出流传千古的鸿篇巨制,却郁郁而终;杜甫诗名满天下,却总觉得自己是个失败者。书写的补偿功能只能在一定程度上缓解其“不得志”的心理缺失,却不能根本上消除那种深刻的挫折感。这就意味着,“文人”是“士大夫”的补充身份,永远不能取而代之,而且永远处于“附属”地位;“文章书写”是“事功”的补充行为,永不可能居于事功之上。

三、达观——“文人”与“士大夫”身份冲突的解决方式

对于孔子的这种“文人趣味”,汉唐儒者似乎不大能够认同,因为他们过于热衷于建功立业了,把功名看得甚至比生命还重要,只有宋儒——

在老庄佛释之学刺激下重新在儒学内部寻求所谓“内在超越”（牟宗三语）之路的士人——才对孔子的“吾与点也”之志深有会心，并且把“孔颜乐处”作为为学的根本点之一，作为一种终生追求的“圣贤气象”。宋明儒者念兹在兹的“心中无事”“常舒泰”“如光风霁月”的精神状态或心理状态，的确与孔子的“吾与点也”之志一脉相承，都可以视为士人阶层固有的人格冲突的产物。从看护内心世界，维护心灵的自由、宁静与超越这个角度看，宋儒是真正继承了先秦儒家的衣钵了。

然而，对于汉唐儒者来说情况又如何呢？他们是如何呵护自己的内心，如何保持心灵自由的状态的呢？他们的确没有像宋儒那样从儒学中寻求“内在超越”的资源，但是他们依然存在人格的内在冲突，依然有自己的解决办法。除了借助于道家之学与佛释之学，寄情于诗词歌赋，徜徉于琴棋书画也是他们自我超越、自我解脱的方式之一。换言之，“文人”这种身份是士人或士大夫阶层固有人格冲突的必然产物。这是一种身份的自我疏离，是士人对自身文化人格的自觉整合与完善，这是一种良性的冲突，可以使士人们的内心世界保持一种张力与平衡。如此，则来自政治理想与使命的压力可以在吟诗作赋与徜徉山水中得以缓解，而在仕途中遭受的坎坷与屈辱亦可以在诗文书画与自然山水的审美娱乐中得以消弭。

对于“文人”身份的形成来说，没有什么比诗文书画更有意义了。在西汉，《诗经》作品虽然很多都饱含着个人情趣与生命体验，但是由于它们被神化了，成了儒家经典，因此就是作为一种政治话语或意识形态话语而被解读的，早已失去传达个人情怀的功能。因此在这个时期，那种从楚文化直接继承而来的辞赋作品就成为一种可以利用的言说方式。例如贾谊，他的辞赋在汉代士大夫中最接近屈原，原本是借助辞赋来抒发个人内心积郁与不平的。当然，贾谊辞赋中表达的那种屈原式的情感与后来以“闲情逸致”为主要特点的“文人趣味”并不完全一致，尽管也是一种个人情感，但这种情感绝非“闲情逸致”，而是带有强烈的政治色彩，是士大夫情怀。汉代以及后世历代士大夫共有的那种“士不遇”和“有志不获骋”的慨叹,都不属于文人情趣而应是士大夫情怀。然而,在贾谊身上表现出的另外一种情趣和智慧则反映出与士大夫人格相疏离的“文人”品格,这就是达观心态。贾谊著名的《鹏鸟赋》云:

且夫天地为炉兮,造化为工;阴阳为炭兮,万物为铜。合散消息兮,安有常则?千变万化兮,未始有极。忽然为人兮,何足控抟;化为异物兮,又何足患!小智自私兮,贱彼贵我;达人大观兮,物无不可。贪夫殉财兮,烈士殉名。夸者死权兮,品庶每生。怵迫之徒兮,或趋西东;大人不曲兮,意变齐同。愚士系俗兮,窘若囚拘;至人遗物兮,独与道俱。众人惑惑兮,好恶积亿;真人恬漠兮,独与道息。释智遗形兮,超然自丧;寥廓忽荒兮,与道翱翔。乘流则逝兮,得坻则止;纵躯委命兮,不私与己。其生兮若浮,其死兮若休;澹乎若深渊止之静,泛乎若不系之舟。不以生故自宝兮,养空而浮;德人无累兮,知命不忧。细故蒂芥兮,何足以疑!

贾谊在这段文字中表达的是一种“达观心态”,尽管在实际的生活中他未必能够真正做到这一点。至少,对于一个士大夫来说,达观是一种姿态。毫无疑问,贾谊是受了庄子学说的影响。在先秦道家学派中,老子思想是深湛、宏远、机智的——对自然宇宙、万事万物之理的理解是深湛而宏远的,对人世间事物的理解则是机智的。前者表现在对“道”的体认上;后者表现在对“柔弱”“退让”“处下”等“水”之品性的推重上。然而老子并不达观。达观主要表现在对生死、荣辱、成败等人生重大事件的透彻理解,表现在对关于这类问题的通行价值观的拒斥与超越上。庄子学说是达观的:人人视为珍宝的东西,我弃之若敝屣;人人畏之若虎、避之唯恐不及的事物,我安之若素。老子是看得深,揭示出自然宇宙与人世间的种种道理,使人明白事理,能后发制人,时时处处立于不败之地;庄子是看得透，他打破了世间许多现成的道理，让人摆脱束缚，从一个完全不同的角度看待一切，从而使心灵进入自由无碍之境。以世俗眼光论之，老子使人变聪明，无所不知，无所不晓；庄子则使人变痴呆，变荒诞，成为另类。庄子达观的根本之处就是获得一套不同于世俗的评价标准，从而不为他人眼中的喜怒哀乐、荣辱得失所左右，我行我素、自得其乐。因此达观与痴呆颇有相近之处。从士人阶层人格结构的角度看，达观心态显然是与社会责任感、历史使命感相疏离的。正如一位宋儒所言，老子还是要做事，庄子就什么都不要做了。

庄子为什么会有这样的达观心态？其思想资源从何而来？这是一个不容易回答的问题，我们可以暂不置论。我们要强调指出的是：庄子开启的这种达观心态对于后世历代文人士大夫的人格都具有至关重要的作用，对中国文化，特别是文学艺术两千多年的发展影响甚巨。达观是中国古代知识阶层在与君权合作过程中保持独立精神的心理基础，是文人成为文人的必要条件。假如没有达观心态，那么中国古代士大夫阶层就真的成了统治阶级的工具了，就真的成为一群人格卑下的利禄之徒了。君主和儒生们建立起来的那套神圣的价值观念体系——诸如天命之神圣、帝王之尊贵、等级之森严、势位富厚之可喜等等，在达观心态面前都会大大贬值，反而不如天上之明月、江上之清风这些“不用一钱买”的自然之物可贵。千古文人的潇洒、豪迈、超脱、飘逸都是基于这种达观心态。那些千古流传的诗文书画大多数都是表现了这种达观心态。所以，达观是“文人趣味”的重要内涵，是“闲情逸致”之基调。士大夫身份“以天下为己任”，“以道自任”，“退亦忧，进亦忧”，念兹在兹的都是江山社稷、天下苍生；文人身份则以万物为一体，视古今为一瞬，纵浪大化中，无喜亦无忧。这两种身份互相对立、彼此消解，然而却奇妙地组合在一个人身上，这也可以算是中国传统文化的一大特点。

这种情形在汉儒身上也有充分展现，东方朔《答客难》有云：

今世之处士,时虽不用,块然无徒,廓然独居;上观许由,下察接舆;计同范蠡,忠合子胥;天下和平,与义相扶,寡偶少徒,固其宜也。子何疑于予哉?若大燕之用乐毅,秦之任李斯,郦食其之下齐,说行如流,曲从如环;所欲必得,功若丘山;海内定,国家安;是遇其时者也,子又何怪之邪?语曰"以管窥天,以蠡测海,以筳撞钟",岂能通其条贯,考其文理,发其音声哉?犹是观之,譬由鼱鼩之袭狗,孤豚之咋虎,至则靡耳,何功之有?今以下愚而非处士,虽欲勿困,固不得已,此适足以明其不知权变,而终惑于大道也。①

士大夫以治国平天下为职志,能在仕途进退穷达上看破者盖寡。东方朔原有大志,本质上颇近于先秦之游士,希望择主而事,建功立业。但是在汉代大一统的政治格局中,他也只好另寻安身立命之所了。在这篇著名的《答客难》中,集中反映了以东方朔为代表的一批汉代士大夫的心态。西汉士人身处一个前所未有的高度中央集权时代,这样的历史语境与战国时期大相径庭,故而他们一时难以适应。可以说,先秦游士的标新立异、择主而事、自尊自贵精神与汉代专制政治之间的矛盾是决定着此期间思想文化的主要因素。西汉士大夫的心态——他们的矛盾、纠结、困惑——主要因此而来,这种心态必然显现于文化学术,包括辞赋之作之中。那种屈原式的愤懑不平由此而来,那种庄子式的达观亦由此而生。有趣的是,正如贾谊那样,这种复杂的心态常常是交织在一起的。司马迁《悲士不遇赋》有云:

悲夫!士生之不辰,愧顾影而独存。恒克己而复礼,惧志行而无闻。谅才韪而世戾,将逮死而长勤。虽有形而不彰,徒有能而不陈。何穷达之易惑,信美恶之难分。时悠悠而荡荡,将遂屈而不伸。②

---

① (南朝·梁)萧统:《文选》卷四十五,中华书局1977年版。

② (汉)司马迁:《悲士不遇赋》,严可均选辑《全上古三代秦汉三国六朝文》卷二十六。

这里表达的显然是“有志不获骋”的忧虑与愤懑。“惧志行而无闻”云云，表达的是一种建功立业、显名天下的冲动。名声始终是士人最为看重的东西，根本上是因为他们都有有所作为的志向，而在人治社会之中，只有获得好名声，实现志向的机会才会多。另外，古人对人生之短暂有深刻理解，而名声在他们看来是延续生命的最佳办法。所谓“三不朽”之类就是这个意思。孔子也有过“君子疾没世而名不称焉”（《论语·卫灵公》）的说法。然而《悲士不遇赋》又云：

> 逆顺还周，乍没乍起。理不可据，智不可恃。无造福先，无触祸始。委之自然，终归一矣！

这显然是老庄精神，是达观心态。汲汲于功名利禄又时时表现出达观心态，这就是汉儒的特点。不独贾谊、东方朔、司马迁如此，司马相如、枚乘、王褒、刘向、扬雄等莫不如此。到了汉末魏晋，新的一批名士出来，将建功立业的冲动以及功名利禄的欲望隐藏或压制起来，表现出来的就只有达观了。从总体来看，汉儒都是入世的，都以建功立业作为自己的人生追求。在他们看来，立功是第一位的，著书立说则是不得已而求其次之举。司马迁尝有著名的“究天人之际，通古今之变，成一家之言”的志向，以今日观之，此志向不可谓不大，简直可以与孔子并驾齐驱了。但是在司马迁心目中，这只是“刑余之人”不得已而选择的实现人生价值的途径。这就如同后世的李白、杜甫一样，生前已经文名满天下，得到士林以及众多达官贵人的赏识与尊敬，然而在他们自己的心目中，自己始终是个失败者，似乎一生郁郁不得志。他们的“志”是什么？不是写出“笔落惊风雨，诗成泣鬼神”的诗句，而是“致君尧舜上，再使风俗淳”——他们是要做王者之师，做“博施于民而能济众”的圣人。东方朔、司马迁亦怀有同样的心理。

如此观之，从先秦士人到秦汉士大夫，作为承担着文化主导作用的知识阶层，他们始终处于一种矛盾心态之中，一方面试图有所作为，大则匡正君主、泽被百姓,小则势位富厚、光耀门楣。而另一方面又欲超然于世事之上,视荣华富贵如无物,与天地精神相往来。前者是根深蒂固的功名心,是中国读书人都极难摆脱的诱惑;后者是达观心,是古代士人与自身的士大夫身份自我疏离的心意能力。前者指向人世,指向现实政治;后者指向人的内心,指向诗词歌赋与琴棋书画。前者使之成为士大夫,成为社会管理者,成为政治家;后者使之成为文人,成为文学家、艺术家。这就意味着,早在先秦时期,在孔子和老庄身上,就已经具备某种文人素质了,达观就是这一素质的标志性特征。但是这并不意味着在士人阶层中"文人"已经作为一种文化身份而存在了,这是因为,作为一种文化身份,"文人"不仅需要多方面的表现,诸如虞情性的书写(诗辞歌赋小品文之类)和各种艺术技能(琴棋书画篆刻之类),而且需要形成关于这些书写和艺术技能的评价系统。显然在先秦这些是远远没有达到的。即使是汉代士大夫,尽管在辞赋与诗的写作方面已经有了很大进步,但也还未能达到足以支撑一种文化身份的程度。例如司马相如和枚乘等辞赋家,尽管他们基本上是以辞赋创作成名并得到帝王赏识的,但他们主要是面向帝王的,是所谓的"宫廷文人",与后世民间自然形成的诗歌、文章、书法、绘画的创作、欣赏和评价群体迥然不同。所以他们还不是真正意义上的文人,而是传统士大夫,只不过是一种特殊职业的士大夫而已。

士人或士大夫是一种身份,同时也是一个社会阶层。其身份标志与阶层特征就是四个字:读书做官。在中国古代,凡是凭借读书获得文化知识然后做官或者以做官为目的来读书的人就是士大夫。自先秦时期起,士人或士大夫阶层就是官僚队伍的后备军。汉代虽然在一个时期里是宗室、功臣与外戚占据绝大部分重要官职,但从武帝开始,士大夫就逐渐成为官僚队伍的主要来源。公孙弘是具有代表性的人物。文人则不同于士大夫。首先,文人并不是一个社会阶层,至少在明代中叶以前没有一个可以称为社会阶层的文人群体。文人是一种文化身份——凭借某种独特精神旨趣与技能而获得的社会认同。一般说来文人首先是士大夫——士大夫中那些获得独特趣味与技能的人便是文人，这就意味着，凡是文人都是士大夫，但并非所有的士大夫都是文人。这里的区别就是文人趣味。因此文人身份的形成，取决于两个方面：一是士大夫中的相当一部分人形成一种独特趣味并能够借助于某种文化符号把它传达出来；二是社会上对此一类人及其趣味与技能表示认可，即持尊重态度。也就是说，文人身份的形成，取决于一种趣味及其表现形式的形成而且获得了合法性。这种趣味就是文人趣味。那么文人趣味究竟是什么呢？

文人趣味并不是一种单一的精神旨趣或兴趣爱好，它是一种精神的与心理的复杂结构，由多种因素构成。在这一结构中，除了闲情逸致、达观心态之外，最重要的就是“雅”之追求了。闲情逸致是就文人趣味的基本性质而言的，说明这种趣味根本上是不关国计民瘼的，只是一种个人化的情趣、爱好。达观心态是就文人趣味的超越性而言的，说明这种趣味对现实生活，包括人们关于生死的忧虑以及通行的、支配着人们日常生活的那种世俗价值观有一种拒斥与超越。“雅”之追求则是就文人趣味的价值取向而言的，说明这种趣味旨在打造一种不同流俗的、精致玄妙的、少数人才可以达到的高层次生活品味与艺术品味。文人趣味的这三个基本维度构成了一种独特的精神结构，这一精神结构的基本功能就是消解来自士大夫身份所造成的精神的与心理的压力，使人的整个心理结构处于一种平衡状态。考察古代士大夫的实际生存状况与他们的精神状态就不难明了，士大夫阶层的精神的与心理的压力主要来自两个方面：一是“士不遇”与“有志不获骋”的失落惆怅，二是“忠而被谤，信而见疑”的悲愤。士大夫当然是饱读诗书之士，人人怀抱一腔大志，希冀遇到明主赏识，干一番轰轰烈烈的事业，青史留名。然而在秦汉以后大一统的政治格局中，天下读书人如过江之鲫，君主只有一个，有几个人可以有幸得到君主的青睐呢？于是“士不遇”与“有志不获骋”便成为士大夫最为普遍的消极情绪，甚至可以说是这个阶层的一种“基本焦虑”。那些仕途不顺、无缘跻身高位的士大夫们，基本上都会有这种心理焦虑。另有些人因机缘巧合，一度侥幸受到君主重用,本欲大展宏图、有所作为,不料仕途险恶,嫉贤妒能者所在多有,君主听信谗言,于是屈原式的悲愤就产生了。这种情感类似于女人被自己所爱的人怀疑、冷落,故而士大夫与君主的关系常常被比喻为夫妻关系,士大夫从来都是自居于妾妇位置。这就是后世"男子作闺音"的"怨妇诗"那么多的根本原因。

具体言之,这一趣味结构的三个维度各有不同的作用。闲情逸致作为一种趣味维度是对士大夫读书—做官人生模式的突破,是给从士大夫的角度看上去没有意义的行为赋予意义。孔子的"吾与点也"之所以有价值,就在于他第一次为悠游闲适的非政治性行为赋予意义。孔子的这种价值赋予意味着士大夫的人格结构中原本就潜藏着一种与读书做官相疏离的精神旨趣:对心灵自由状态的向往与追求。正是这种精神旨趣后来成为"文人"身份形成的主体依据。所以,闲情逸致是士大夫固有的心理倾向,只不过这种心理倾向长期受到压制而未能获得合法性而已。尽管有孔子开风气之先,但是由于在战国至两汉时期士人们政治情结过于强大,闲情逸致始终未能受到主流话语的重视。尤其是汉代经学,那些急功近利的儒生们把丰富多彩的孔孟思想阐释为一种政治哲学,甚至是政治神学了。只是到了东汉后期,在建功立业的豪情屡屡受挫之后,这种闲情逸致方才开始进入士大夫的视野之中,渐渐形成一种具有普遍意义的话语方式,从而促进了诗文书画的蓬勃发展。魏晋六朝时期文学艺术的大繁荣就根本旨趣而言,正是闲情逸致获得合法性的产物。因此,如果要概括魏晋六朝的文学艺术繁荣之原因,与其说什么"人的觉醒"导致了"文学的自觉",毋宁说是文人趣味获得了正当的表达方式与传播途径——除了建功立业、荣华富贵之外,在琴棋书画、诗词歌赋上的优异表现也成为士大夫自身价值实现的标志。换言之,以往看上去无关紧要的闲情逸致也可以确证士大夫自身的价值。于是士大夫不仅仅作为士大夫而存在了,他们中的许多人获得了一重新的身份——文人。如此看来,闲情逸致在中国文化史,特别是文学艺术史上的意义真是不容小觑呢!

第一章 诗学与意识形态

第一节 先秦“赋诗”“引诗”的文化意蕴

在春秋时期，“赋诗”“引诗”的现象十分普遍。因为此时对受教育阶层来说，“诗”已由在人神关系中的特殊言说方式泛化为君臣之间的沟通方式。那么掌握了这种言说方式的贵族也就能够将它继续泛化到自己的现实生活领域之中：用诗的方式向着身边的人们表达自己的意见与情感。

一、关于赋诗

据《左传》和《国语》等史籍的记载，春秋时在重要的外交和交际场合，贵族们常常要以赋诗的形式表达自己的意思，让我们先看一个例子：

卫侯如晋，为晋侯所执。齐侯、郑伯联袂如晋为卫侯求情。齐相国景子赋《蓼萧》，郑相子展赋

> 《缁衣》。前者出自《小雅》,本是诸侯赞颂周王之诗,这里借以赞扬晋君泽及诸侯;后者出自《郑风》,本是写赠衣之事,这里取其"适子之馆兮,还予授子之粲兮"之句,表示"不敢违远于晋"之意。均与诗之本意不相类。之后,晋侯数卫侯之罪,国景子又赋《辔之柔矣》,子展赋《将仲子》。前者为逸诗,见于《周书》,"义取宽政以安诸侯,若柔辔之御刚马";后者出于《郑风》,"义取众言可畏"。[①] 于是晋侯放还卫侯。

《将仲子》乃年轻女子拒绝情人纠缠之诗,有"人之多言,亦可畏也"之句,这里被用来劝诫晋侯,亦为纯粹的"断章取义"。这个例子说明,"赋诗"在春秋时是一种非常有效的、在比较重要的场合方始采用的言说方式。

那么究竟如何赋诗呢?古人说:"不歌而诵谓之赋,登高能赋可以为大夫。"[②]这是说赋诗是指朗诵诗之辞,并无乐曲,也不歌唱。我们看史书中记载的赋诗情形,这种"不歌而诵"的说法似乎是不错的。那么是谁来"诵"呢?当然应该是赋诗者本人。孔子的"不学《诗》,无以言",以及"使于四方,不能专对"[③]之谓似乎可以证明这一点。但是对此后人有不

---

① (晋)杜预:《春秋经传集解·襄公五》第三册,上海古籍出版社1988年版,第1056页。

② (汉)班固:《汉书·艺文志》,岳麓书社1993年版,第777页。

③ 《论语·季氏》《论语·子路》,见《四书集注·论语集注》,岳麓书社1988年版,第253页、第208页。

同看法。顾颉刚先生说：

> 春秋时的"赋诗"，等于现在的"点戏"。那时的贵族家里都有一班乐工……贵族们宴客的时候，他们在旁边侍候着，贵族点赋什么诗，他们就唱起什么诗来。①

这里有两点不同于前人之见，一是认为赋诗的主体实际上只是点出诗名，真正的"赋"者是旁边侍候的乐工们，这种观点似乎很难在史籍中找到证据，不知顾颉刚先生何所据而云然。尽管《左传》有主人令乐工歌诗和诵诗的例子，但这并不能证明凡是赋诗都是请乐工来唱。二是关于"赋诗"也是要唱的，大约顾先生的观点是比较合理的。这是有证据的。②

从《左传》《国语》等史籍所记载的"赋诗"情况来看，这种独特的言说方式主要有如下几个方面具体的交往功能：

第一，表达友好的意思，如歌颂、赞美、支持、友谊等，这类赋诗的作用是增进感情、强化关系。我们知道，《左传》记载的第一例赋诗的事件是僖公二十三年(前637年)秦伯接待出奔的晋公子重耳时发生的：秦伯设宴招待重耳，重耳在宴会上赋《河水》一诗，秦伯赋《六月》相答。晋大夫赵衰赶紧请重耳降阶而拜，并说："君称所以佐天子者命重耳，重耳敢不拜?"③这里重耳赋的那首《河水》，有人说是逸诗，也有人说是《沔水》之误。如从后者，则重耳赋这首诗所取义在其首二句："沔彼流水，朝宗于海。"其本义是诸侯朝见天子。这里以海喻秦，自比为水，当然是奉承秦伯之意。秦伯所赋的《六月》本是歌颂尹吉甫辅佐宣王征伐的，这里比喻重耳还晋定能振兴晋国，并像尹吉甫那样辅佐天子。这是十分隆重的祝福了。所以赵衰请重耳拜谢秦伯之赐。

---

① 顾颉刚：《论诗经所录全为乐歌》，见《古史辨》第三册下，上海书店《民国丛书》影印本，第649页。

② 参见《国语·鲁语下》，见《国语·战国策》，岳麓书社1988年版，第52页。

③ 《左传》卷五，岳麓书社1988年版，第74页。

第二,表达请求或建议的意思。文公七年晋国的先蔑要出使秦国,他的同僚荀林父劝他不要去,先蔑没有听从。于是荀林父赋《板》的第三章,先蔑还是没有接受他的劝告。《板》第三章:“我虽异事,及尔同僚。我即尔谋,听我嚣嚣。我言维服,勿以为笑。先民有言,询于刍荛。”意思极为明显:希望对方听自己的劝告。

文公十四年冬,鲁文公由晋返鲁,途经郑国。郑伯与之相见。宴饮之际,郑大夫子家赋《鸿雁》,取诗中“爰及矜人,哀此鳏寡”之义,隐含的意思是请求文公返回晋国,为郑国说情。鲁大夫季文子赋《四月》,取其“乱离瘼矣,爰其适归”句,借以表达离家已久,倍受辛劳,希望早日回归的意思,这是对郑大夫之请求的委婉回绝。接着子家又赋《载驰》之四章表达小国有急,希望大国帮助之义。于是季文子赋《采薇》第四章,取其“岂敢定居,一月三捷”句义,表示答应为郑国返回晋国说情。

这两个例子都是以赋诗的形式表达请求、建议的,前者发生在同僚之间,说明春秋时的赋诗范围极广,并不仅限于聘问朝觐的外交场合。第二个例子则是用赋诗的方式解决重大外交问题最成功的事例之一,说明赋诗作为一种独特的外交辞令具有一般言说方式所无法比拟的作用。

第三,表达讽刺、警告或批评的意思。襄公十四年卫献公因失礼惹恼了卫大夫孙文子,孙文子出走到戚这个地方,派儿子孙蒯入朝请命。献公命太师唱《巧言》之卒章。此章有“彼何人斯?居河之麋,无拳无勇,职为乱阶”之句,献公借此喻孙文子意欲作乱。所以太师认为不妥,就推辞不唱。这时对献公一直怀恨在心的师曹(乐人)自告奋勇地要唱。献公同意他唱,而他却诵了一遍(按,这个师曹用心险恶,希望孙文子造反,唯恐孙蒯不明白诗的讽刺义,所以才改唱为诵的)。

襄公二十七年,齐国执政的大夫庆封到鲁国聘问,鲁国大夫叔孙宴请他。席间庆封表现不够恭敬,于是叔孙就赋了《相鼠》,取其“相鼠有皮,人而无仪;人而无仪,不死何为”是极为明显、也极为尖刻的讥刺了,奇怪的是庆封居然浑然不觉,可见此时某些贵族已经对诗书之类的典籍很生疏了。这也是“礼崩乐坏”的表现之一。襄公二十八年庆封再一次到鲁国，叔孙招待他时又请乐工诵《茅鸱》之诗（按，请乐工诵是为了让庆封听清楚词义）。这首诗是逸诗，据说是“刺不敬”①，庆封听了依然无动于衷。

这两个赋诗的例子说明春秋时君臣之间、外交场合都可以借赋诗来表达某种否定性的意见，诗于是成为打击对方的有力武器。

从以上分析中可以看出，春秋时期的赋诗活动完全不具有现代意义上的审美功能。由于“诗”在贵族社会中成了一种通行的、具有固定“交往意义”的话语系统，因而也就失去了它本来应该具有的个体情感宣泄与审美体验的性质（就诗的发生而言，它应该具有这种性质，即使是“劳者歌其事、饥者歌其食”的“里巷歌谣”也是如此）。具有审美愉悦性质的诗歌创作与欣赏，是个体性精神活动，而贵族的“赋诗”却是纯粹的“公共活动”，二者判然有别。

明白了“诗”在社会交往领域中的这种重要作用，我们就不会惊诧于后来的儒家何以会将先秦那些极为朴素、纯真，有的甚至颇有些“放荡”的诗歌当作神圣的经典了。从作为民歌（或作为贵族们祭祀仪式的乐章，或作为破落贵族的怨恨之作）的“诗”，到作为贵族主要教育内容与交往话语的“诗”，再到作为儒家至高无上之经典的“诗”，这是一个“三级跳”的过程。作为贵族主要教育内容与交往话语的“诗”是对作为民歌的“诗”的“误读”（当然还有在收集、整理过程中的选择与修改），而作为儒家经典的“诗”又是对作为贵族交往话语的“诗”的“误读”——儒家，特别是汉儒在解诗上多有“发明”。

春秋赋诗这种独特的文化现象的主要功能即如上述。面对这种现象，人们难免要产生这样的疑问：彼时的贵族们何以如此喜欢“掉书袋”呢？现在看来似乎是很迂腐、很幼稚，而其温文儒雅的风度又令人心生向往。我们从文化历史语境的阐释角度来审视这种现象，大致可以得出如下几点结论：

---

① （晋）杜预：《春秋经传集解》，上海古籍出版社 1988 年版，第 1105 页。

首先,春秋赋诗是西周礼仪形式的遗留或变体。西周时是否有赋诗这回事呢?由于史料缺乏,现在已经找不到其存在与否的直接证据。但是我们从礼乐文化演变的内在逻辑来看,在西周初期诗歌作为乐章是礼乐仪式的重要组成部分,不可能存在随意赋诗明志的事。但是随着诗歌功能的演变,在正式的礼仪节目之后的“无算乐”渐渐发展起来,并因此而导致了“变风”“变雅”的勃兴,这恐怕才是春秋赋诗的主要来源。“无算乐”如何进行?当然不会是乐工自作主张随便演奏歌唱,而应该是宴享的参加者们随意指定的,也就是顾颉刚先生说的“点戏”。既然是出于个人意愿的行为,在所“点”之乐歌中就必然体现了个人的兴趣、爱好,乃至某种意图。也许正是由于这个原因,这种最初出于娱乐目的而发展开来的“点戏”行为,在西周之末、春秋之时渐渐脱离宴享娱乐的范围,而演变为一种借诗歌之意来表达意见或情绪的方法。“点戏”的形式也由乐工奏唱变为点戏者自己来“赋”了。由于受过同样的教育的贵族们绝大多数都对那些诗歌文本极为熟悉,故而渐渐形成了一套“赋诗明志”的通则,即使赋诗者要表达的意思比较隐晦,听者也一样可以迅即理解其意而绝不会出现误解。《左传》中所记载的六十余次赋诗活动中,除了有齐大夫庆封的茫然不知以及卫国的宁武子、鲁国的穆叔曾因主人的赋诗不合礼制而不拜谢外,并无一次理解有误的情况。这说明在当时贵族生活的文化空间中,诗歌真的成了一种特殊的言说方式,成了人们彼此沟通的重要交往方式。

其次,赋诗之所以能够成为贵族生活中一种具有普遍性的言说方式,还在于诗歌原来所具有的那种庄严性、高贵性恰好符合了贵族作为一个社会阶层的自我认同需求。我们曾经说过,西周的礼仪制度具有确定贵族身份的政治意义。贵族之所以是贵族,除了政治上、经济上的特权地位之外,还必须有着日常生活方式上的特殊性。就是说他的一言一行都要透出神圣与高贵。否则即使他政治上、经济上高高在上,也会受到民众的蔑视——就像今天的老百姓看不起那些腰缠万贯却言谈乏味、举止粗俗的暴发户一样。贵族之为贵族，必须有文化上、生活习俗上不同于常人而又为常人所认同、所羡慕的地方，必须是时代最高文化价值的承担者，否则他们就只能是暴发户，或者是已经堕落的旧贵族。周公的制礼作乐使西周的统治阶层成为真正的贵族。这个贵族阶层直到春秋中叶之前一直是社会主流文化的承担者。诗歌本来是礼乐文化的重要组成部分，即使它的功能发生了重要变化，从仪式化的歌舞乐章成了一种言说方式，但它依然具有某种神圣的色彩，正是这种神圣色彩使它作为言说方式依然可以成为贵族的身份性标志，也使贵族在用这种方式进行交流的过程中感到自己的高贵身份得到了确证。庆封之类的贵族因不懂得这种交往方式而受到轻蔑就是因为他有损于这种贵族的身份性。因此赋诗只能是中国古代贵族文化发展到一个特定时期才会出现的现象，正如两晋、六朝的清谈只能是士族文化发展到一定时期的产物一样。

"诗"具有身份性标志的意义，同时也就在一定程度上决定着人们的身份。孔子说"不学《诗》，无以言"。朱熹解释说："事理通达，而心气平和，故能言。"[①]这是宋儒的臆断之辞。联系《左传》所记载的种种"赋诗"史实，我们可以断定孔子此言与"诵《诗》三百，授之以政，不达；使于四方，不能专对，虽多，亦奚以为"[②]文义相通，都是指在外交和交际场合借助于诗来表达自己的意思。"不歌而诵谓之赋，登高能赋可以为大夫"的说法至少意味着精通《诗》是承担重要政治职责的前提条件。这与前引孔子之言是一致的。何以会如此呢？这是因为西周以来的官方学校都以诗教作为主要教育内容之一，因此精通《诗》就意味着受过良好教育。而受过良好教育、精通西周以来的文化则是一个诸侯国不可战胜的标志。班固说："古者诸侯卿大夫交接邻国，以微言相感，当揖让之时，必称诗以谕其志。盖以别贤不肖而观盛衰焉。"[③]这里的"别贤不肖"和"观盛衰"主要不是从诗的内容来看，而是从赋诗者对诗的熟悉程度和借诗来表达意

① （宋）朱熹：《四书集注·论语集注》，岳麓书社 1988 年版，第 253 页。
② （宋）朱熹：《四书集注·论语集注》，岳麓书社 1988 年版，第 208 页。
③ （汉）班固：《汉书·艺文志》，岳麓书社 1993 年版。

愿的准确程度来看的。如果一位大夫不能迅速领会别人赋诗的含义,或者不能恰当地赋诗来表达本人的意愿,就会被对方轻视。所以并不是说诗这种言说方式在表达自己的意愿方面有什么突出的优势,而是这种言说方式在当时的具体语境中凑巧成为显示文化修养与实力的身份性标志。于是赋诗成为一种特殊的游戏规则,要进入贵族社会的游戏中就要遵守这种规则。就如同两晋的名士们见面时常常要说一些玄远深奥的话题以显示身份一样。

但是,"诗"作为贵族文化修养的主要内容之一受到人们的高度重视,并不意味着它仅仅是贵族身份的标志。对于贵族阶层而言,"诗"的确具有极为具体的实用价值:在日常交往中,特别是在政治、军事、外交等场合,"诗"是表达意见、表明态度、传达信息的一种特有的方式。观《左传》等史籍引诗,尽管引者所要表达的意思与诗句本身固有的意义往往风马牛不相及,往往极为隐晦难测,但听者从不错会其意,而是立即就能准确地明白赋诗者所要表达的意念。这说明"诗"在当时的确是一种在贵族社会中具有普遍性的交往话语系统。每首诗,甚至每句诗都有某种不同于其原本意义、但又较为固定的"交往意义",是贵族教育和具体的文化语境赋予了"诗"这种特殊的交往功能。

第三,赋诗之所以成为那个时期具有普遍性的言说方式,还与诗歌所独有的含蓄、委婉特性有关。无论是请求别人如何,还是拒绝别人的请求,用赋诗来表达意思都比直接说来得委婉一些。这样至少不会令对方觉得过于难堪。《诗大序》说风诗"主文而谲谏,言之者无罪,闻之者足以戒",郑玄《六艺论》说诗可以对君主"诵其美而讥其过",可以说准确地指出了用诗歌表情达意这一含蓄的特征。用这种方式来"美",不能算是阿谀奉承;用这种方式来"刺",也不能算是恶意诽谤。郑国的大夫伯有之所以敢于赋《鹑之奔奔》来讥刺自己的国君,也正是基于这种特殊言说方式所具有的委婉性。

二、关于引诗

从《左传》和《国语》《战国策》的记载来看,引诗与赋诗的区别在于:赋诗是为着表达某种完整的意思而专门诵唱一首完整的诗,带有某种程式化色彩;引诗则是在言谈过程中为了加强言说的说服力或增强效果而随机引用诗句。赋诗的风气随着贵族阶层的消失而在战国时代就基本上不存在了;引诗则不仅战国时期仍极为普遍,而且直到两汉时期在士大夫们的正式言说中依然是随处可见的。正如赋诗常常能够起到意想不到的效果一样,引诗也的确可以大大增强言说的说服力,从而达到自己的目的。联系具体历史语境,关于引诗问题有两点值得注意:

第一,《左传》《国语》所记载的春秋时期贵族们的引诗是一种普遍现象,凡是贵族,从诸侯、君主到卿大夫,都有可能引诗。而在诸子之中却只有儒家大量引诗(墨家也有引诗,但远不如儒家那样多),而以老庄为代表的道家,以商鞅、韩非为代表的法家和以孙子为代表的兵家等均不引诗。这是何故呢?这说明在春秋之时《诗》是贵族阶层的通行话语,熟稔诗歌是贵族的基本修养,是一种身份性标志。而在春秋末期开始的“子学时代”,《诗》成了一种可供选择的文化遗产——你可以选择它,也可以不选择它。所以有人将其视为金玉瑰宝,有人则对之不屑一顾。从更深一层来看,在贵族时代,《诗》代表着一种统一的价值观念和意识形态,人们通过赋诗、引诗来表达意愿是以共同的评价尺度为依据的。而在“子学时代”,统一的价值观念和意识形态已然不复存在,人人都有自己的思想,意识形态多元化了,因此《诗》所代表的意识形态或许正是言说者否定的东西,他当然不会引诗来作为自己的论据了。儒家以恢复周礼为己任,将那伴随着贵族制度合法性的丧失而失去合法性的西周的礼乐文化视为最高价值准则,故而时时要引诗来证明自己的观点。《庄子·天下篇》指出:“古之人其备乎!配神明,醇天地,育万物,和天下,泽及百姓,明于本数,系于末度,六通四辟,小大粗精,其运无乎不在。其明而在数度者,旧法世传之史,尚多有之。其在于《诗》《书》《礼》《乐》者,邹鲁之士、缙绅先生,多能明之。……其数散于天下而设于中国者,百家之学时或称而道之。”这里所说的“古之人”即使不完全是指西周之人,也必定包括他们在内,因为很显然这里所讲的是具有一以贯之的价值观念的整体性意识形态,是理想化了的古代文明。在《天下篇》的作者看来,儒家所尊奉的西周礼乐文化只是这种古代文明的一部分而已。观此篇下文的“天下大乱,贤圣不明,道德不一,天下多得一察焉以自好。譬如耳目鼻口,皆有所明,不能相通”之论,是说包括儒家在内的诸子百家都不过拈取了古代文化的一个方面而已。也就是说,虽然诸子百家都是继承古代文明而来,但在此时已经成为仅得一孔之见的“一曲之士”了。总体来看,《天下篇》所见甚明,百家之学虽然纷纭复杂,但究其本都是从往代的文化分化而来。不过由于大家所取不同,创新程度有异,故而全然彼疆此界,扞格不入了。诸子对《诗》的不同态度正说明这种价值观念的多元化格局业已形成。

第二,同为史书,《左传》《国语》记载的引诗与《战国策》记载的引诗有着重要的差异。现各举二例如下:

先看《国语》和《左传》的引诗二例,其一,晋公子重耳出逃至齐,齐桓公以女妻之,重耳有终齐之志,其从者子犯等人密谋挟持重耳离齐,被姜氏知晓。姜氏劝重耳听从从者意见离齐而谋国。其云:“子必从之,不可以贰,贰无成命。《诗》云:‘上帝临女,无贰尔心。’先王其知之矣,贰将可乎?子去晋难而极于此。自子之行,晋无宁岁,民无成君。天未丧晋,无异公子,有晋国者,非子而谁?子其勉之!上帝临子,贰必有咎。”重耳表示要终老于齐,姜氏又说:“不然。《周诗》曰:‘莘莘征夫,每怀靡及。’夙夜征行,不遑启处,犹惧无及。况其顺身纵欲怀安……西方之书有之曰:‘怀与安,实疚大事。’《郑诗》云:‘仲可怀也,人之多言,亦可畏也。’”①(前引见《大雅·大明》;次引为逸诗;后引为《郑风·将仲子》)其二,晋灵公不君。飞弹射人取乐,厨师炖熊掌不熟而杀之。忠臣赵盾数谏不入,及

① 《国语》卷十,《晋语四》,岳麓书社标点本1987年版,第340—341页。

见之，灵公先言之："吾知所过矣，将改之。"赵盾回答说："人谁无过？过而能改，善莫大焉。诗曰：'靡不有初，鲜克有终。'夫如是，则能补过者鲜矣。君能有终，则社稷之固也，岂惟群臣赖之。又曰：'衮职有缺，惟仲山甫补之。'能补过也。君能补过，衮不废矣。"[①]（前引为《大雅·荡》之句；后引为《大雅·烝民》之句）

再看《战国策》引诗二例，其一，"温人之周，周不纳。客即对曰：'主人也。'问其巷而不知也，吏因囚之。君使人问之曰：'子非周人，而自谓非客，何也？'对曰：'臣少而诵《诗》，《诗》曰："普天之下，莫非王土。率土之滨，莫非王臣。"今周君天下，则我天子之臣，而又为客哉？故曰"主人"。'君乃使吏出之。"[②]其二，秦国有意伐楚，楚春申君黄歇使于秦说秦昭王曰："《诗》云：'靡不有初，鲜克有终。'《易》曰：'狐濡其尾。'此言始之易，终之难也。何以知其然也？智氏见伐赵之利，而不知榆次之祸也；吴见伐齐之便，而不知干隧之败也。此二国者，非无大功也，设利于前，而易患于后也。吴之信越也，从而伐齐，既胜齐人于艾陵，还为越王禽于三江之浦。……《诗》云：'大武远宅不涉。'从此观之，楚国，援也；邻国，敌也。《诗》云：'他人有心，予忖度之。跃跃毚兔，遇犬获之。'今王中道而信韩魏之善王也，此正吴信越也。"[③]（此处引诗四例，第一见《小雅·北山》；第二见《大雅·荡》；第三为逸诗；第四见《小雅·巧言》）

无可否认，无论是《国语》《左传》，还是《战国策》，其所引诗都是本着"断章取义"的原则来进行的。然而正是这样，我们才可以更加清楚地看到它们之间的重要差异。看《国语》《左传》引诗，姜氏所引三诗都是旨在强调一种责任感，隐隐含有某种神圣的意味；赵盾所引旨在说明改过、补过的不易，从而指出唯其不易，故而弥足珍贵。二者虽然所指不同，但都是用诗来标举某种精神价值。就是说，《诗》之所以能够借以增加言说的说服力，是因为它负载着神圣的价值依据，具有不容怀疑的权威性。《战

① 《左传·宣公二年》，岳麓书社标点本 1988 年版。
② 《战国策》卷一，《东周策》，岳麓书社标点本 1988 年版。
③ 《战国策》卷六，《秦策四》，岳麓书社标点本 1988 年版。

国策》引诗的情况就大不相同了。“温人”引《小雅·北山》之句,并非要强调周王室的权威,而纯粹是一种狡辩。其目的只有一个,就是确保自己不受责罚并为周所纳。楚人黄歇的引诗也同样没有任何道德或精神价值方面的含义,而只是想令秦王明白一件事:伐楚是愚蠢的,肯定会吃大亏。对于《战国策》中的引诗者来说,《诗》不是精神价值的资源,而是机巧权变的渊薮。

那么,这两种引诗的情况说明什么问题呢?这充分地说明了诗的功能的变化。在春秋时期,诗作为贵族社会独特的交往方式,是以诗所蕴含的价值为前提的。诗的价值不是某个人赋予的,甚至不是作诗者本人所赋予的,它是特定的政治状况以及由其所决定的文化空间的产物。从人神关系上的言说到君臣关系上的言说,再到贵族社会不同个人、不同集团之间,甚至不同诸侯国之间的言说,诗经历了由神圣性话语向政治性话语,再向标志着身份、尊严与智慧的修辞性话语的演变过程。在这一过程中,诗的功能是在不断变化的,但是它始终指涉某种精神价值,是作为这种与贵族的生活方式密切相关的精神价值的“能指”而存在的。然而随着贵族社会的分崩离析,社会开始重新组织自己的秩序,诗所指涉的那种精神价值已经被当作愚蠢的象征时,诗的功能就进一步发生了根本性的变化:失去了价值内涵,成为一种纯粹的语言修辞术。引诗不再是张扬或标榜某种精神性的价值或意义,而是直接指向功利的目的。诗之所以还被引用,是由于文化习惯使得诗还残存着一点影响力,可以增强言说的效果。用韩非子的话来说,战国是“争于气力”的时代。那些游说诸侯、追逐富贵的纵横策士根本没有任何人生的价值准则,人人都是唯利是图之辈。他们也都是博古通今、满腹经纶,但这不是为了道德和人生价值上的追求,而是求富贵,求飞黄腾达的资本。所以春秋时期的贵族们引诗的“断章取义”是以“误读”的方式来赋予那些本来没有价值的诗以价值;战国的策士们的“断章取义”则是改变诗的原有之意而使之符合自己言说的需要。例如“靡不有初,鲜克有终”这两句诗,本义是讽刺周厉王暴虐昏聩,使周王室由盛而衰的。赵盾引之,是要说明人改过从善之难,而正因为难,故而更显得可贵这样一个道理;而在黄歇那里则是要说明出于获得利益的目的而与他国结盟,结果却受到损失这样一个道理。着眼点是大不相同的。

诗的功能的这种变化标志着诗作为具有神圣性、权威性、身份性的言说方式已经成为明日黄花。对于整个文化领域来说,贵族文化意义上的诗已经走向消亡。这也就是孟子"王者之迹熄而诗亡"的真正含义。"诗亡"绝非仅仅是一种文化现象而已,它是一种象征,暗含着社会结构的根本性变化,也标志着中国古代真正意义上的贵族阶层的永远消失。此后代替这个阶层而成为中国社会之中坚的,就是那个进而为官、退而为民,因而介乎于统治者与被统治者之间的士人阶层了。

第二节　论作为"立法"策略的孔子诗学

春秋战国是一个"礼崩乐坏"的时代。"礼崩乐坏"不仅仅是指西周的典章制度受到破坏,而更主要的是表明了在三百年的西周贵族社会中形成的那套曾经是极为有效的、被视为天经地义的价值观出现了合法性危机。这就出现了"价值真空"的局面。人们都是按照自己的利益行事,不再相信任何普适性的道德和信仰的价值规范。韩非所说的"上古竞于道德,中世逐于智慧,当今争于气力"①正是指这种情形。各诸侯国的统治者们都奉行实力政策,全副精神用于兼并或反兼并的政治、外交和军事活动,根本无暇顾及意识形态的建设。于是那些处于在野地位的士人思想家就当仁不让地承担起建构新的社会价值观念体系,即为天下立法的伟大使命。此期的诗学思想也与这种"立法"冲动密切相关。

---

① (战国)韩非子:《五蠹》,见《韩非子》卷十九,四库全书本。

一、孔子对诗歌功能的新理解

那么士人思想家为自己的立法行为所采取的策略和价值取向是怎样的呢？这里我们主要看儒家的情况：

如前所述,西周礼乐文化的直接继承者是儒家士人。表面看来,儒家士人是士人阶层中最为保守的一部分,实际上他们与主张彻底抛弃礼乐文化的道家以及主张用夏礼的墨家并无根本性区别,他们都是在建构一种社会乌托邦,目的是为社会制定法则。区别仅在于:儒家是要在废墟的基础上,利用原有的材料来建构这个乌托邦,而道家、墨家则是要重新选择地址来建构它。所以儒家也不是什么复古主义,他们同样是要建构乌托邦。正是出于这样的目的,他们就必然要对那些原有的建筑材料——西周的文化遗存进行新的阐释,赋予其新的功能;又因为他们毕竟是借助了原有的建筑材料,所以他们的乌托邦也就必然留有旧建筑的痕迹。这两个方面都在儒家关于诗歌功能的新阐发中得到表现。

孔子对诗歌功能的理解与诗歌在西周至春秋时期的实际功能已然相差甚远。例如颂诗和二雅的一部分原本是在各种祭祀仪式中用来“告于神明”的乐舞歌辞,这可以说是诗歌在西周官方意识形态中最早的也是最基本的功能了。但是声称“吾从周”的孔子却对诗的这种重要功能视而不见。这是什么原因呢？其实很简单:在孔子的时代,诗歌原有的那种沟通人神关系的功能已经随着西周贵族制度的轰毁而荡然无存了。而孔子的言说立场也不再是处于统治地位的贵族立场,而是处于民间地位的士人立场。在西周的文化历史语境中,诗歌作为人神关系中的言说方式实际上负载着强化既定社会秩序、使贵族等级制获得合法性的重要使命。而对于孔子所代表的儒家士人来说,重要的是建构一种新的社会乌托邦,而不是强化已有的社会秩序。

但是孔子对于诗歌原有的沟通君臣关系的功能十分重视。他说:“《诗》可以兴,可以观,可以群,可以怨。迩之事父,远之事君;多识鸟兽草木之名。”[1]诗如何可以“事君”呢？这里主要是靠其“怨”的功能。孔子将“怨”规定为诗歌的基本功能之一，是对西周之末、东周之初产生的那些以“怨刺”为主旨的“变风变雅”之作的肯定。“怨”不是一般的发牢骚，而是向君主表达对政事不满的方式，目的是引起当政者重视而有所改变。所以，孔安国认为“怨”是指“怨刺上政”，是比较合理的解释；朱熹将其释为“怨而不怒”就明显隔了一层。“怨刺上政”并不是单方面地发泄不满情绪，而是要通过“怨”来达到影响“上政”的目的。这样才符合“事君”的原则。我们知道，在西周至春秋中叶之前，在贵族阶层之中，特别是君臣之间的确存在着以诗的方式规劝讽谏的风气。《毛诗序》所谓“上以风化下，下以风刺上，主文而谲谏，言之者无罪，闻之者足以戒，故曰风”或许并不是想当然的说法，而是对古代贵族社会内部某种制度化的沟通方式的描述——诗歌被确定为一种合法的言说方式，用这种方式表达不满，即使错了也不可以定罪。

所以孔子对诗歌“怨”的功能的强调并不是赋予诗歌新的功能，而是对诗歌原有功能的认同。孔子虽然已经是以在野的布衣之士的身份来言说，但是他的目的是要重新建立一种理想的政治秩序，所以对于西周文明中的某些方面还是要有选择地保留的。

诗歌在春秋时期政治生活中那种独特的作用即“赋诗明志”，大约是西周时期贵族内部某种以诗歌来沟通人际关系的言说方式的泛化。根据《左传》《国语》等史籍记载，在聘问交接之时通过赋诗来表达意愿，并通过对方的赋诗来了解其意志，甚至国情，成了普遍的甚至程式化的行为。赋诗的恰当与否有时竟成为决定外交、政治、军事行动能否成功的关键。

尽管“赋诗明志”的文化现象与孔子的价值取向并无内在一致性，但是对于诗歌这样实际存在的特殊功能，孔子却不能视而不见。所以他教导自己的儿子说：“不学诗，无以言。”[2]又说：“诵《诗》三百，授之以政，不

---

① 《论语·阳货》，《四书集注》本，岳麓书社标点本1987年版。
② 《论语·季氏》，《四书集注》本，岳麓书社标点本1987年版。

达;使于四方,不能专对;虽多,亦奚以为?"[①]这里"无以言"的"言",显然即是"专对"之义,指外交场合的"赋诗明志"。孔子这里提倡的是诗歌的实用功能,与儒家精神无涉。所以随着诗歌的这种实用功能的失去,在孔子之后的儒家如子思、孟子、荀子等人那里再也无人提及它了。

二、孔子诗学与儒家的自我神圣化

孔子毕竟是新兴的知识阶层的代表人物,他对诗歌的功能自然会有新的阐发。他之所以不肯放弃对诗的重视是因为儒家的基本立法策略是在原有文化资源的基础上进行建构而不是另开炉灶;而他之所以要赋予诗歌新的功能是因为他毕竟代表了一种新的文化价值取向。

孔子对诗歌功能的新阐发,或者说赋予诗歌新的功能主要表现在将诗歌当作修身的重要手段上。《为政》说:"《诗》三百,一言以蔽之曰:思无邪。""思无邪"本是《鲁颂·駉》中的一句,是说鲁僖公养了很多肥壮的战马,这是很好的事情。这里并不带有任何的道德评价的意味。但是在孔子这里被理解为"无邪思"之义。朱熹说:"'思无邪',《鲁颂·駉》篇之辞。凡诗之言,善者可以感发人之善心,恶者可以惩创人之逸志,其用归于使人得其情性之正而已。然其言微婉,且或各因一事而发,求其直指全体,则未有如此之名且尽者。故夫子言《诗》三百篇,而唯此一言足以尽盖其义,其示人之意亦深切矣。程子曰'思无邪'者,诚也。"[②]这里当然有宋儒的倾向,但是大体上是符合孔子本意的。这可由其他关于诗的论述来印证。其云:"兴于诗,立于礼,成于乐。"汉儒包咸注"兴于诗"云:"兴,起也。言修身当先学诗。"[③]朱熹注云:"兴,起也。《诗》本性情,有邪有正。其为言既易知,而吟咏之间,抑扬反复,其感人又易入。故学者之初,所以兴起其好善恶恶之心而不能自已者,必于此而得之。"可知汉儒、宋儒

① 《论语·子路》,《四书集注》本,岳麓书社标点本 1987 年版。
② 《论语·为政》,《四书集注》本,岳麓书社标点本 1987 年版。
③ 见刘宝楠《论语正义》卷九引,《诸子集成》本。

持论相近，都是认为孔子将诗歌作为修身的必要手段。孔子又说：“人而不为《周南》《召南》，其犹正墙面而立也与？”[①]意思是说一个人只有学习了《周南》《召南》才会懂得修身齐家的道理，才会做人，否则就会寸步难行。同样是将诗歌作为修身的手段。在孔子看来，西周时期的礼乐文明主要在于它是一种美善人性的表现，而不在于其外在形式。所以他说：“礼云礼云，玉帛云乎哉？乐云乐云，钟鼓云乎哉？”[②]按照孔子的逻辑也完全可以说：“诗云诗云，文字云乎哉？”——诗歌的意义不在于文辞的美妙，而在于其所蕴含的道德价值。

由此可见，原本或是祭祀活动中仪式化的乐舞歌辞，或是君臣上下沟通方式的诗歌，或是民间歌谣的诗歌，在孔子这里被阐发为修身的必要手段。诗歌原本具有的那些功能：贵族的身份性标志、使既定社会秩序合法化以及沟通上下关系、聘问交接场合的外交辞令等，在孔子的“立法活动”或价值重构工程中都让位于道德修养了。那么孔子为什么要将修身视为诗歌的首要功能呢？这是一个极有追问价值的问题，因为这个话题与孔子所代表的那个知识阶层的身份认同直接相关，同时也是一种“立法”的策略。对此我们在这里略做探讨。

孔子所代表的这个被称为（亦自称为）“士”的知识阶层是很独特的一群人。依照社会地位来看，他们属于“民”的范畴，没有俸禄，没有职位，不像春秋以前的作为贵族的“士”那样有“世卿世禄”的特权。他们之所以能够成为一个独立的社会阶层，唯一的依据就是拥有文化知识。此外他们可以说一无所有。但是这个阶层却极为关心天下之事，都具有强烈的政治干预意识。这或许是他们秉承的文化资源即西周的王官文化所决定的；或许是因为他们生存在那样一个战乱不已、动荡不安的社会现实中，希望靠关心天下之事、解决社会问题来寻求安定的社会环境，从而解决自己的生存问题。不管什么原因，这个阶层的思想代表们——诸子百

---

① 《论语·阳货》，《四书集注》本，岳麓书社标点本1987年版。

② 《论语·阳货》，《四书集注》本，岳麓书社标点本1987年版。

家都是以天下为己任的,都试图为这个濒于死亡的世界秩序提供疗救的良药。

诸子百家之学本质上都是救世的药方。那么如何才能救世呢?

首先就是为这个混乱无序的世界制定法则。所以诸子百家实际上人人都在扮演立法者的角色。如果说老庄之学的主旨是要将自然法则实现于人世间,即以自然为人世立法,那么儒家学说则是要在西周文化遗留的基础上改造原有的社会法则。在充当立法者这一点上,老庄孔孟与其他诸家并无不同。那么,他们凭什么认为自己是立法者呢?或者说,他们是如何将自己塑造为立法者这样一种社会角色的?

儒家的策略是自我神圣化。我们知道,儒家是在继承西周文化的基础上来建构自己的学说的,商人尊鬼神,周人重德行,所以他们就抓住了一个"德"字来为自己的立法者角色确立合法性。看西周典籍如《周书》以及《周易》《周颂》《周官》等,周人的确处处讲"德"。如《洪范》讲"三德"、《康诰》讲"明德慎罚"、《酒诰》讲"德馨香祀"、《周礼》讲"六德"、《周颂·维天之命》讲"文王之德之纯"等等。这都说明周人确实是将"德"当作一种最重要的、核心的价值观看待的。周人所谓的"德"是指人的美德,也就是在人际关系中表现出来的一种恭敬、正直、勤勉、勇毅、善良的品质。盖西周政治是以血亲为纽带的宗法制度,所以要维持贵族内部的和谐团结就必须有一种统一的、人人自觉遵守的伦理规范。"德"就是这种伦理规范的总体称谓。孔子对周人遵奉的伦理规范加以改造,使之更加细密、系统,从而建构起一种理想化的圣贤人格。仁义礼智、孝悌忠信是这种理想人格的基本素质。这八个字可以说是孔子教授弟子的最基本的内容,同时也是儒家士人自我神圣化的主要手段。例如"君子"本来是对男性贵族的统称,如《诗经·魏风·伐檀》的"彼君子兮,不素餐兮"之谓,就是针对贵族而言。但是到了孔子这里,"君子"就成了一种道德人格:有修养、有操守的人称为君子,反之则是小人。例如他说:"君子之于天下也,无适也,无莫也,义之与比。"又说:"君子怀德,小人怀土。

君子怀刑，小人怀惠。”又说：“君子喻于义，小人喻于利。”[①]孔子要求他的弟子都要做君子，不要做小人。君子、小人之分暗含着对立法权的诉求：我是君子，所以我有权为天下制定法则。

所以孔子对圣贤人格或君子人格的建构过程，也就是证明自己立法活动之合法性的过程。而且这种君子人格所包含的价值内涵实际上也就是孔子所欲立之“法”的重要组成部分。这样立法活动与证明立法权之合理性的活动就统一起来了。这真是极为高明的文化建构策略。然而，无论孔子的策略如何高明，在当时的文化历史语境中，他的立法活动都是无效的，因为除了儒家士人内部，他再也没有倾听者了。他的价值观念无法得到社会的认同，因此也就无法真正获得合法性。但是作为一种完整的话语系统，孔子的思想在后世得到了最为广泛、最为长久的普遍认同，同时孔子本人也被后世儒者继续神圣化，直至成为人世间一切价值的最高权威。这正是孔子特别强调诗歌的修身功能根本原因之所在。

孔子在为天下立法过程中建构起的话语体系可以说是中国古代最早的精英文化。孔子及其追随者为了维护这种精英文化的纯洁性，极力压制、贬低产生于民间的下层文化。因为只有在与下层文化的对比中方能凸现出精英文化的“精英”性来。这一点在孔子对“雅乐”的维护与对“郑声”即“新乐”的极力排斥上充分地表现出来。他说：“恶紫之夺朱也，恶郑声之乱雅乐也，恶利口之覆邦家者。”[②]这里所谓“雅乐”是指西周流传下来的贵族乐舞，其歌辞便是《诗经》中的作品。这类诗乐的特点按孔子的说法是“乐而不淫，哀而不伤”的，是可以感发人的意志，引导人向善的。“郑声”则是产生于郑地的民间新乐，其特点是“淫”，即过分渲染感情。

孔子通过对“雅乐”与“郑声”的一扬一抑、一褒一贬确立了儒家关于诗歌评论的基本原则，凸显了精英文化与民间文化的根本差异，并确立了

---

① 《论语·里仁》，《四书集注》本，岳麓书社标点本 1987 年版。

② 《论语·阳货》，《四书集注》本，岳麓书社标点本 1987 年版。

精英文化的合法地位。实际上，如果“郑声”仅仅是一种自生自灭的民间文化，孔子恐怕也没有兴趣去理睬它。看当时的情形，“郑声”这种民间艺术似乎颇有向上层渗透的趋势，甚至有不少诸侯国的君主都明确表示自己喜欢“新声”，而不喜欢“雅乐”。也就是说，“新声”以其审美方面的新奇与刺激大有取代“雅乐”的趋势。孔子是精英文化的代表者，为了维护精英文化的合法性，就必然会贬抑民间文化，这里并不完全是由于价值观上的差异。孔子凸显精英文化之独特性的根本目的还是要与统治者的权力意识及民间文化区分开来，以便充分体现儒家学说作为“中间人”的文化角色，如此方可代天下立言。

三、孔子诗学产生的历史语境

下面让我们来看在孔子对《诗》的理解中是如何贯穿这种文化角色以及这种文化角色是如何影响到孔子的诗学观念的。这可不是个小事情，因为影响了孔子的诗学观念也就等于影响了两千多年的中国古代诗学。

据《史记·孔子世家》记载，孔子曾经将原有的三千多首诗作“去其重”，编订为后来《诗经》的规模。于是便有了历代相传的孔子删诗的说法。自清代以来，疑者蜂起。不管孔子是否真的对《诗经》进行过整理加工，都丝毫不影响他在诗学观念上的伟大贡献。我们完全可以说，孔子是中国古代第一个对诗歌功能做出全面、深刻阐述的思想家。但是，孔子的诗学观念又是十分复杂的，以往人们对这种复杂性往往缺乏足够的认识，当然也就谈不上深入理解了。在我看来，孔子诗学的这种复杂性主要来自于他对诗歌功能的认定乃是出于不同的文化语境，或者说，是出于对诗歌在历史流变中呈现出的多层次、多维度的政治文化功能的兼收并蓄。而贯穿其中的一条主线，则是对《诗》充当“中间人”的意识形态功能的坚持。还是先让我们看一看孔子是如何论及诗歌功能的吧！

1.“兴于诗，立于礼，成于乐。”（《泰伯》）

2. “人而不为《周南》《召南》，其犹正墙面而立也与?”(《阳货》)

3. “诵《诗》三百，授之以政，不达；使于四方，不能专对，虽多，亦奚以为?”(《子路》)

4. “不学诗，无以言。”(《季氏》)

5. “小子何莫学夫《诗》?《诗》可以兴，可以观，可以群，可以怨。迩之事父，远之事君；多识鸟兽草木之名。”(《阳货》)

以上五条是孔子对于《诗》的功能的基本看法。我们如果稍稍进行比较就不难发现，这些功能实际上并不是处于同一层面的，它们并不是同一文化历史语境的产物，简单说，它们并不都是可以同时存在的。这种情形是如何形成的呢? 为了解决这个问题，我们就必须进一步追问：这些看法是怎样形成的呢? 是孔子对诗歌在实际的政治文化生活中之作用的概括总结，还是他寄予诗歌的一种期望? 是他个人对诗歌功能的理解，还是当时普遍的观念?

上引1、2两条，毫无疑问是讲修身的。对于“兴于诗”，朱熹注云：“兴，起也。《诗》本性情，有邪有正。其为言既易知，而吟咏之间，抑扬反复，其感人又易入。故学者之初，所以兴起其好善恶恶之心而不能自已者，必于此而得之。”[①]朱熹的意思是，由于《诗》是人的本性的呈现，所以具有激发人们道德意识的功能。关于第2条，历代注家皆以为“不为《周南》《召南》”，即意味着不能自觉进行道德修养，就像面墙而立一样，寸步难行。然而考之史籍，修身实非诗歌的固有功能。据《周礼》《礼记》记载，诗歌的确是周人贵族教育的重要内容。但是在西周，诗与乐结合，同为祭祀、朝觐、聘问、燕飨时仪式的组成部分，属于贵族身份性标志的重要方面。而在春秋之时，诗则演化为一种独特的外交辞令，更不具有修身的意义。所以孔子在这里所说的修身功能是他自己确定的教育纲领，当然也是他授徒讲学的实践活动所遵从的基本原则。因此孔子关于诗歌修身功能的言说可以说是他与弟子们建构的私学文化语境的产物，在当时是

① (宋)朱熹：《四书集注·论语集注·泰伯》，岳麓书社1987年版，第150页。

没有普遍性的。根据孔子的道德观念与人格理想,他的修身理论的主要目的是要将人改造成能够自觉承担沟通上下、整合社会、使天下有序化的意识形态的人:在君主,要做到仁民爱物、博施济众;在士君子,要做到对上匡正君主,对下教化百姓;在百姓,则要做到安分守己、敬畏师长。

总之,孔子基于"修身"的道德目的来理解《诗》,就必然使他的"理解"成为一个价值赋予的过程。无论一首诗的本义如何,在孔子的阐释下都会具有道德的价值——这正是后来儒家《诗经》阐释学的基本准则。

第3、4条是讲诗歌的政治功能。看看《左传》《国语》我们就知道,这是春秋时普遍存在的"赋诗言志"现象的反映。《左传》一书记载的"赋诗"活动有60余次,其中最晚的一次是定公四年(前506年),楚国的大夫申包胥到秦国求援,秦哀公为赋《无衣》。这一年孔子已经45岁。这说明在孔子生活的时代,"赋诗言志"依然是贵族的一项受到尊重的并具有普遍性的才能。尽管在论语中没有孔子赋诗的记载,但我们可以想见,在他周游列国的漫长经历中,一定也像晋公子重耳那样,所到之处,与各国君主、大夫交接之时常常以赋诗来表情达意。这样,孔子对诗的"言"或"专对"功能的肯定就是彼时大的文化历史语境的产物,具有某种必然性。倘若在孟子或荀子那里依然强调诗歌的这一功能,那就显得莫名其妙了。对于这种对《诗》的工具主义的使用,按照孔子的思想逻辑,是不会予以太大的关注的,因为他历来主张"辞,达而已矣",并认为"刚毅木讷,近仁","巧言令色,鲜矣仁"。但是,由于在他生活的时代利用诗歌来巧妙地表情达意是极为普遍的现象,而且在某种意义上还是贵族身份的标志,所以他也不能不对诗歌的这种功能予以一定程度的肯定。

第5条是孔子关于诗歌功能的最重要的观点,其产生的文化语境也最为复杂。关于"兴",孔安国说是"引譬连类",朱熹注为"感发志意"。以理度之,朱说近是。此与"兴于诗"之"兴"同义,是讲修身(激发道德意识)的作用。关于"观",郑玄注为"观风俗之盛衰",朱熹注为"考见得失",二说并无根本区别,只是侧重不同而已。这是一种纯粹的政治功能。

关于“群”，孔安国注为“群居相切磋”，朱熹注为“和而不流”。二说亦无根本差异，只是朱注略有引申，而这种引申非常符合孔子本意。孔子尝云：“君子矜而不争，群而不党。”朱熹注云：“和以处众曰群。”[①]可见这个“群”具有和睦人际关系之意。这是讲诗歌的沟通交往功能。关于“怨”，孔安国注为“怨刺上政”，朱熹注为“怨而不怒”，意近。这也是讲诗歌的政治功能。

如此看来，“兴、观、群、怨”涉及诗的三个方面的功能。关于修身功能已如前述，不赘。关于沟通、交往功能，《荀子·乐论》有一段关于音乐功能的言说堪为注脚。其云：

> 故乐在宗庙之中，君臣上下同听之，则莫不和敬；闺门之内，父子兄弟同听之，则莫不和亲；乡里族长之中，长少同听之，则莫不和顺。故乐者，审一以定和者也……[②]

这里所说的“乐”是包含“诗”在内的。

关于政治功能，孔子是从两个角度说的：一是执政者的角度，即所谓“观”，也就是从各地的诗歌之中观察民风民俗以及人们对时政的态度。在《孔子诗论》中有“《邦风》，其内物也博，观人俗也”[③]之说，可以看作对“兴、观、群、怨”之“观”的展开。二是民的角度，即所谓“怨”，亦即人民对当政者有所不满，通过诗歌的形式来表达。《孔子诗论》云：“贱民而怨之，其用心也将何如？《邦风》是也。民之有戚患也，上下之不和者，其用心也将何如？”[④]这是对“怨”的具体阐释。从这里可以看出，孔子对诗歌这种“怨”的功能十分重视，并且认为“怨”的产生乃“上下不和”所致。而“怨”的目的正是欲使“上”知道“下”的不满，从而调整政策，最终达到

---

① （宋）朱熹：《四书集注·论语集注·卫灵公》，岳麓书社1987年版，第242页。

② 王先谦：《荀子集解》，上海书店影印本1986年版，第252页。

③ 李学勤释文，见《上博馆藏战国楚竹书研究》，上海书店2001年3月版，第60页。

④ 王志平释文，见《上博馆藏战国楚竹书研究》，上海书店2001年3月版，第211页。

“和”的理想状态。由此可以看出“兴、观、群、怨”说的内在联系。

这样看来,孔子对诗歌功能的确认共有四个方面:修身、言辞、交往、政治。这四种功能显然是不同文化历史语境的产物,是《诗经》作品在漫长的收集、整理、传承、使用过程中渐次表现出的不同面目的概括总结。这种对诗歌功能兼容并蓄的态度,是与孔子本人的文化身份直接相关的。如前所述,孔子祖上是宋国贵族,他本人也曾在鲁国做过官,有着大夫的身份,他晚年也受到鲁国执政者的尊重,被尊为“国老”。这些都使他常常不自觉地站在官方的立场上说话。但是,他毕竟又是春秋末年兴起的民间知识阶层(即士阶层)的代表,具有在野知识分子与生俱来的批判意识与自由精神,同时他作为传统文化典籍的传承者、整理者,作为最为博学的西周文化的专家,对文化遗产怀有无比虔诚的敬意。这样的三重身份就决定了孔子对诗歌功能的理解和主张是十分复杂的。作为现实的政治家,他不能不对当时普遍存在于政治、外交,甚至日常交往场合的“赋诗”现象予以足够的重视,所以他强调诗的言说功能;作为新兴的在野士人阶层的思想家,他对于自身精神价值的提升十分重视,深知“士不可不弘毅,任重而道远”的道理,故而时时处处将道德修养放在首位。对于长期存在于贵族教育系统中的《诗》三百,孔子也就自然而然地要求它成为引导士人们修身的方式。而他的社会批判精神也必然使其对诗歌的“怨刺”功能予以充分的重视。最后,作为西周文化的专家和仰慕者,孔子对《诗》三百在西周政治文化生活中曾经发挥过的重要作用当然心向往之。而沟通君臣、父子、兄弟乃至贵族之间的关系,使人们可以和睦相处,使社会安定有序正是诗乐曾经具有的最重要的社会功能,是周公“制礼作乐”的初衷[①]。因此对于诗歌沟通、交往功能的强调对孔子来说就具有了某种必然性。在“兴、观、群、怨”四项功能之中,后三者最突出地表现了孔子对《诗》的意识形态功能的强调。“观”实际上是对统治者的要求,即要他们通过诗歌来了解民情,从而在施政中有所依据,也就是要求统治者充

① 对于诗歌的这种社会功能我们在后面将有深入探讨,这里暂不展开。

分尊重人民的意愿与利益。"怨"是对人民表达意愿的权利的肯定,是鼓励人民用合法的方式对执政者提出批评。至于"群",则更集中地体现了意识形态"中间人"的独特功能,是对和睦、有序的人际关系的吁求。

孔子将《诗经》作品在不同文化历史语境中曾经有过或者可能具有的功能熔于一炉,其目的主要是使之在当时价值秩序开始崩坏的历史情境中,承担起重新整合人们的思想、沟通上下关系、建构一体化的社会意识形态的历史使命。将社会实际问题的解决寄托于某些文化文本的重新获得有效性之上——这正是以孔子为代表的儒家思想家的乌托邦精神之体现。所以对于《诗》《书》《礼》《乐》等文化典籍,孔子都是将其作为现实的政治手段来看待的。他说:

> 先进于礼乐,野人也;后进于礼乐,君子也。如用之,则吾从先进。①

包咸注云:"'先进''后进',谓仕先后辈。礼乐因世损益,'后进'与礼乐,俱得时之中,斯君子矣。'先进'有古风,斯野人也。"②朱熹注云:"'先进''后进',犹言前辈、后辈。野人,谓郊外之民。君子,谓贤士大夫也。程子曰:'先进于礼乐,文质得宜,今反谓之质朴,而以为野人。后进之于礼乐,文过其质,今反谓之彬彬,而以为君子。盖周末文胜,故时人之言如此,不自知其过于文也。'"③

根据这些注文我们可以知道,孔子之所以"从"被时人视为野人的"先进",根本上是因为其奉行之礼乐质重于文,亦即重视实用而轻视形式。而"君子"的礼乐则相反,它过于重视形式而忽视了实用。孔子感叹:"礼云礼云,玉帛云乎哉?乐云乐云,钟鼓云乎哉?"(《阳货》)也正是强调礼乐的实用功能。孔子天真地以为,只要西周的文化典籍得以真正

---

① 《论语·先进》,岳麓书社标点本、《四书集注》本,1987年版,第179页。

② 见刘宝楠:《论语正义·先进》,《诸子集成》本,上海书店1986年影印本,第236页。

③ (宋)朱熹:《四书集注·论语集注》,岳麓书社标点本1987年版,第179页。

传承,那么西周的政治制度也就自然而然地得到恢复。实际上,尽管这些典籍曾经就是现实的政治制度,可是到了孔子时代早已经成为纯粹的文化文本了。一定的经济和政治制度可以产生相应的文化文本,而流传下来的文化文本却不能反推出它当初赖以产生、现在已经崩坏的经济、政治制度。这是先秦的儒家思想家所无法意识到的,也是先秦儒家知识分子的悲剧性命运的根本原因之所在。

第三节　论孟子的认同意识及其在诗学上的表现

在这里我们将讨论如下问题:孟子与士人阶层的自我认同;孟子的人格理想及其与孔子的差异;诗在孟子言说中的地位。

一、士人阶层的自我认同

我们先来看孟子与士人阶层自我认同的关系[1]。我们知道,孔子的时代是士人阶层形成的初期,同时也是士人自我意识开始觉醒的时期。因为这个阶层是最敏感并且善于思考的社会阶层,所以即使他们还不够成熟,也已经有了清醒的自我意识。例如孔子说的"士志于道,而耻恶衣恶食者,未足与议也"(《论语·里仁》);"行己有耻,使于四方,不辱君命,可谓士矣"(《论语·子路》);"切切偲偲,怡怡如也,可谓士矣"(《论语·子路》);"士而怀居,不足以为士矣"(《论语·宪问》);以及曾子所说的"士不可不弘毅,任重而道远"(《论语·泰伯》)等,都是士人阶层的自我意识,是他们的角色认同。

① 所谓"自我认同"是借用西方心理学和社会学的概念,我们这里的"自我"不是指个体主体,而是指士人阶层这个"集体主体"。在我们的语境中,"士人阶层的自我认同"是指士人阶层对自己这个阶层所具有的种种不同于其他社会阶层之特点的清醒反思与自觉建构。

到了孟子,这种士人阶层的自我认同又有了进一步发展。他说:“无恒产而有恒心者,惟士为能;若民,则无恒产,因无恒心。”(《孟子·梁惠王上》)又说:“志士不忘在沟壑,勇士不忘丧其元。”“士之失位,犹诸侯之失国。”“士之仕也,犹农夫之耕也。”(《孟子·滕文公下》)又有“士不托于诸侯”及“一乡之士”“一国之士”“天下之士”(《孟子·万章上》)之说。这都说明孟子和孔子一样,都对于“士”的社会角色与文化身份有着极为清醒的觉知,这是士人阶层被认为自我认同最为突出的表现。根据这种对社会身份的自我认同可得出结论,士人阶层是社会的精英,肩负着拯救这个世界的伟大使命。在他们看来,除了士人阶层之外,世上再没有什么力量有能力完成这一伟大使命了。他们严格要求自己,自我砥砺,正是欲使自己的品德与才能足以适应肩负的使命。所以孟子十分自信地说:“如欲平治天下,当今之世,舍我其谁也?”(《孟子·公孙丑下》)先秦士人思想家,无论哪家哪派,大抵都怀有这样一种豪迈的志向。总体言之,孟子对孔子的发展主要表现在下面几个方面:

首先,在政治理想方面,孟子较之孔子更加具有乌托邦色彩。孔子当然也是一个乌托邦的建构者,他的“克己复礼”表面上是恢复西周的礼乐制度,实际上却是谋划一种新的社会价值体系,“仁”——其体为内在的道德意识,其作用为和睦的人际关系——是这个价值体系的核心。但是孔子毕竟较多地借助了西周的文化资源,其“正名”之说、“是可忍孰不可忍”之叹以及“君君、臣臣、父父、子子”之论都令人感到一种复古主义的浓烈味道。也就是说,孔子的乌托邦精神是隐含着的。孟子则不然,他虽然有时也不免流露出对所谓“三代之治”的向往,但是其对社会制度的想象性筹划是纯粹的乌托邦:“制民之产”(“五亩之宅、百亩之田”)的经济政策、“与民同乐”的君主政治、“老吾老以及人之老、幼吾幼以及人之幼”的人际关系、用“仁义”统一天下的“王道”策略,都是极为美好的设想,是士人乌托邦精神的集中体现。这是因为孟子的时代西周时期的政治制度较之孔子之时破坏得更加彻底,故而即使是儒家士人也已经失去了恢复周礼的信心,只能建构更加纯粹的乌托邦了。

二、孟子的人格理想

在人格理想方面,孟子同样是继承了孔子的基本观点,但又与孔子有了很大的不同。孔子所描画的人格境界基本上是一种君子人格:彬彬有礼、谦恭平和、从容中道,能够做到"己所不欲,勿施于人"。至于圣人境界,在孔子看来,即使是尧舜这样的人也还有不足,更遑论他人了。在孟子这里,成圣成贤的信心似乎远比孔子充足。他心中的理想人格主要有如下几个特征:第一,如果说孔子追求的人格境界还主要是有良好道德修养的即遵循礼教的君子,那么,孟子所追求的则主要是特立独行的豪杰之士。所谓"志士不忘在沟壑,勇士不忘丧其元"说的是一种无所畏惧的勇武精神;所谓"富贵不能淫,威武不能屈,贫贱不能移"的"大丈夫"也说的是一种不屈不挠的勇武精神。显然,孟子的人格理想少了一点"文质彬彬",多了一点雄豪刚猛。第二,在人格修养的功夫上,孔子注重诗书礼乐与文行忠信的教育,强调由外而内的学习过程,也就是所谓"切问而近思"与"下学而上达";孟子则强调存心养性的自我修习、自我提升的过程,亦即"反身而诚,乐莫大焉"。如果说"礼"在孔子那里还是最主要的行为准则,那么到了孟子的价值观念系统中,"礼"已经不再处于核心的位置了。相反,倒是在孔子那里"不可得而闻"的"心"与"性"成了孟子学说中的核心范畴。在先秦诸子中,孟子是最关注心灵的自我锤炼、自我提升的思想家了。

在孟子看来,"心"不仅是能思之主体,而且是最终的决断者:一个人究竟能够成为怎样的人,完全取决于"心"的自由选择。他说:"耳目之官,不思而蔽于物,物交物,则引之而已矣。心之官则思,思则得之,不思则不得也。此天之所与我者,先立乎其大者,则其小者弗能夺也。此为大人而已矣。"①用现代学术话语来表述,孟子的逻辑是这样的:人具有得之

① 《孟子·告子上》,《四书集注》本,岳麓书社 1987 年版,第 479 页。

于天的先验道德理性，它构成心灵的潜意识。一个人如果自觉地发掘培育这种道德潜意识，他就可以成为一个高尚的人；反之，如果他一味为感官的欲望所牵引，其先验的道德理性就会被遮蔽，他就会沦为低级趣味的人。

但是道德理性不会自己培育自己，它同样是被选择的对象。这就需要有一个选择的主体做出最终的决定，这就是“心”。“心”依据什么来做出最终的选择呢？这是孟子未能解决，也是后世历代儒家始终未能真正解决的问题。但是这并不意味着他们没有自己的解释。联系思孟学派以及宋儒的观点，儒家对这一问题的解释是：有一种特殊的人能够自觉到先验的道德理性并予以培育，这样的人就是圣人。

孟子说：“诚者，天之道也；思诚者，人之道也。”①《中庸》也说：“自诚明，谓之性；自明诚，谓之教。”又说：“诚者，天之道也；诚之者，人之道也。诚者不勉而中，不思而得，从容中道，圣人也。诚之者，择善而固执之者也。”②这就是说，圣人不用选择就可以按照先验道德理性行事，常人则需要做出选择然后努力去做。也就是要“博学之，审问之，慎思之，明辨之，笃行之”。那么常人为什么能够做出这样的选择而避免物欲的遮蔽呢？当然是靠榜样的力量，也就是向圣人学习。这就是宋儒津津乐道的“作圣之功”。而圣人的意义也就在于主动地启发常人向着这个方向努力，这也就是“以先觉觉后觉，以先知觉后知”。这样一来，由于设定了“圣人”这样一种特殊的人，儒家的难题就迎刃而解了。所以，如果说在孔子的话语系统中，圣人是那种“博施于民而能济众”的伟大君主，那么，到了思孟学派这里，圣人实际上就成了一个逻辑起点，即推动整个存心养性、完成人格过程的“第一推动者”。所以，从社会文化语境的角度来看，圣人实际上就是最高的“立法者”，也就是儒家士人思想家自我神圣化的产物，本质上就是他们自己。所以，如果说“道”是士人阶层价值体系的最高体

---

① 《孟子·离娄上》，《四书集注》本，岳麓书社 1987 年版，第 404 页。

② （宋）朱熹：《中庸章句》，《四书集注》本，岳麓书社 1987 年版，第 405 页。

现,那么,“圣人”就是他们人格理想的最高体现,二者的共同点在于:都是士人阶层干预社会、实施权力运作的有效方式。

“性”是孔子不大关注而孟子极为重视的另一个重要范畴。孔子也只说过:“性相近也,习相远也。”(《阳货》)意指人们的本性本来差不多,只是后来的修习将人区分开来了。观孔子之意,似乎以为人的本性本来无所谓善恶,一切都是后天影响或自我选择的结果。孔子这样说显然是为了突出教育和学习的重要性。然而到了孟子,就大讲其“性善”之论了。孟子的逻辑是这样的:人的本性原是纯善无恶的,只是由于物欲的遮蔽与牵引,人们才误入歧途,滋生出恶的品行。善的本性植根于人“心”,即思考、辨别、反省的先验能力,这是“不学而知”“不学而能”的“良知”“良能”。恶的物欲则基于人的诸种感官,即人的肉体存在。孟子的意思是要通过强化前者来抑制后者,从而完成人格的建立健全,最后落实为社会纷争的彻底解决。后来宋儒提出“天命之性”与“气质之性”的二元论,在根本上是符合孟子的逻辑的。说到这里,很容易令我们想起被人们称为“二十世纪最伟大的人道主义者”的德裔美籍学者埃里希·弗洛姆关于人的潜能与善恶关系的论述:

如果说毁灭性确实一定是作为一种被禁锢的生产性能量而发展来的话,那么,把它称作人的本性中的一种潜能似乎也是对的。那么,这是否必然推出善与恶是人身上具有同等力量的潜能之结论呢?……一种潜在性的现实化依赖于现有的某种条件,比如说,就种子而言,就依赖于适宜的土壤、水分和阳光。事实上,潜在性的概念除了与它的现实化所需的特殊条件相联系之外,是毫无意义的。……如果一个动物缺乏食物,它就无法实现其潜在性的生长,而只会死去。那么,我们可以说,种子或动物具有两种潜能,从每一种潜在性中都可以推出某些在以后的发展阶段上产生的结果:一种是基本的潜能,只要适宜的条件出现,它就会实现;另一种是次要的潜能,如果条件与实存的需要相对，它就会实现。基本潜能与次要潜能两者都是一个机体之本性的组成部分。使用“基本的”和“次要的”这些语词是为了表示，所谓“基本的”潜能发展是在正常条件下发生的，而“次要的”潜能却只能是在不正常的病态条件下才能显示其存在。

……我们已经表明，人不是必然为恶的，而只是在缺乏他生长的适宜条件的情况下才是为恶的。恶并没有它自己的独立存在，恶是善的缺乏，是实现生命之失败的结果。……在下面的篇幅里，我将努力表明，正常的个体在其本身就拥有去发展、去生长、去成为生产性的存在的倾向，而这种倾向瘫痪本身就是精神病态的症候。①

弗洛姆关于人性善恶的分析的方式当然不同于孟子，但是他们都是旨在寻求一种是人性正常发展的途径。如果用弗洛姆的两种潜能说来考察孟子的性善论，我们也可以将其所谓的“性”理解为人的“基本潜能”，而将“蔽于物”的“耳目之官”理解为“次要潜能”。两种“潜能”都存在于人的身上，不同的条件导致它们或者实现出来，或者被压抑下去。至于说到“适宜的条件”，这实际上是一个历史的范畴，在不同的时期应该有不同的表现，因为善与恶本身就是一对历史的范畴。

孟子为什么会如此重视对“性”的探讨呢？这是由其学说的基本价值取向所决定的。在孔子的时代，由于西周礼乐文化在儒家士人心目中毕竟还是一种具有诱惑力的价值系统，所以他们就将这种文化当作建构新的价值体系的话语资源和模仿对象。尽管已经是“礼崩乐坏”了，但是礼乐文化的合理性依然是自明的，至少在儒家士人心中是如此。所以他们不必花力气去证明西周文化合理性的依据是什么。

在孟子的时代一切都不同了，由于“圣王不作，处士横议”的局面早已形成，士人思想家中普遍存在着一种怀疑主义的、批判的意识，任何一

① ［美］埃里希·弗洛姆：《自为的人——伦理学的心理研究》，万俊人译，国际文化出版公司 1988 年版，第 191—192 页。

种学说都无法借助自明性的逻辑起点来获得认同了。所以孟子就必须证明为什么只有实行“仁政”才能拯救世界,人们为什么有必要去“求放心”、去“存心养性”以及凭什么说每个人通过自己的自觉修养就能够成为君子甚至圣人。“人性本善”就是他整个思想体系的根基所在。孔子到西周文化中寻求话语建构的合法性依据,孟子则到人的心中去寻找这种依据——这是这两位儒学大师的主要区别所在。

第三,在最终的价值本原问题上,孟子的追问深入到了人与天地自然的同一性上,孔子则仅限于人世的范围。毫无疑问,孔子和孟子的话语建构本质上都是对价值秩序的建构,而不是为外在世界命名、分类、编码的认知性活动。所以他们的话语建构都有一个价值本原的问题:人世间一切价值的最终根基何在?孔子将这种追问限定在人世间,所谓“子不语怪力乱神”(《述而》)、“不知生,焉知死”(《先进》)、“夫子之文章可得而闻也,夫子之言性与天道不可得而闻也”(《公冶长》),等等,都说明孔子的视野是集中在人世间的人伦日用与典章制度之上的。细观孔子之论,实际上是将“性”看作无善无恶的。孟子却不然。如前所述,孟子的学说是以“人性本善”为逻辑起点的。因为人心之中本来就有善根,故而方可“存”可“养”、能“放”能“求”。但是这里还是存在着一个无法回避的问题:何以人竟会存在这种与生俱来的善之本性呢?孟子解决这个问题的办法是向天地自然寻求人世价值的最终本原。他说:

> 尽其心者,知其性也。知其性,则知天矣。存其心,养其性,所以事天也。夭寿不贰,终身以俟之,所以立命也。(《尽心上》)

朱熹释云:

> 心者,人之神明,所以具众理而应万事也。性则心之所具之理,而天又理之所从出者也。人有是心,莫非全体。然不穷理,则有所蔽

而无以尽乎此心之量。故能极其心之全体而无不尽者，必其能穷夫理而无不知者也。既知其理，则其所从出亦不外是矣。

又释“立命”云：

谓全其天之所付，不以人为害之。

又引二程云：

心也，性也，天也，一理也。自理而言谓之天，自禀受而言谓之性，自存诸人而言谓之心。

又引横渠（即张载）云：

由太虚有天之名，由气化有道之名，合虚与气有性之名，合性与知觉有心之名。[1]

看孟子的原文与朱、程、张三人的解释，我们大体可以明白孟子于天地自然之中寻求最终价值本原的理路：天地自然的存在，本身就是纯善无恶的，这是一个前提。人之性即天地自然之固有特性在人身上的显现，但是由于人常常受到物欲的牵引而不能自然而然地依照禀之于天的“性”行事，所以需要人自觉地存养修习。人寻求自己的本性并充分发挥它的各种潜能的过程也就是“知天”——了解天地自然的固有特性和“事天”——依据天地自然的特性行事的过程。简言之，人要按照天地自然的固有法则立身处世，并且在这个前提下尽最大可能来实现自己的潜能，这就是孟子的主旨所在。这样一来，孟子所理解的“天”，即天地自然的法

① （宋）朱熹：《四书集注·孟子集注》，岳麓书社标点本1988年版，第499页。

则究竟是什么就至关重要。如果这个法则是指万事万物的自在本然性或无为而无不为的特性,那么孟子就与老庄没有什么区别了。所以我们要了解孟子对“天”的理解就必须在儒学的语境中才行。考之儒家思想,“天”或“天地”最明显的特性是“生”。《周易·系辞传下》云:“天地细缊,万物化醇。男女构精,万物化生。”又云:“天地之大德曰生。”《序卦》云:“有天地,然后万物生焉。”《彖传》云:“天地感而万物化生。”在《易传》看来,天地化生万物的过程表现为阴阳的相互作用,所以《系辞传上》说:“一阴一阳之谓道,继之者善也,成之者性也。”由此可知,儒家之所以将天地作为人世价值的最高本原,是因为天地具有化生万物的特性。儒家认为人们自觉地继承天地的这种特性,就是最大的善。这种继承不是道家主张的消极的顺应,而是积极的参与。与孟子思想关系最为密切的《中庸》说:

唯天下至诚,为能尽其性;能尽其性,则能尽人之性;能尽人之性,则能尽物之性;能尽物之性,则可以赞天地之化育;可以赞天地之化育,则可以与天地参矣。

这些观点都可以看作孟子谈及“天”时的具体语境。我们来看看孟子的说法。《公孙丑上》说:“夫仁,天之尊爵也,人之安宅也。”朱熹注云:

仁、义、礼、智,皆天所与之良贵。而仁者,天地生物之心得之最先而兼统四者,所谓“元者善之长也”,故曰尊爵。在人则为本心全体之德,有天理自然之安,无人欲陷溺之危。人当常在其中,而不可须臾离者也,故曰安宅。①

这就是说,人的先验的道德理性,即仁义礼智等,是得之于天的,是天

① (宋)朱熹:《四书集注·孟子集注》,岳麓书社标点本1987年版,第343页。

地的"生物之心"在人身上的表现,所以在孟子看来,这种得之于天的"天爵"较之那得之于君主的"人爵"(公卿大夫)要尊贵得多。依据孟子的逻辑,人是天地生生化育的产物,所以人之性与天地万物之性就具有根本上的同一性,人们通过对内心的反省追问就可以觉知万事万物的道理。这就是所谓:"万物皆备于我矣。反身而诚,乐莫大焉。"(《尽心上》)总之,人的一切价值都是得之于天的,是人与天的相通之处。天具有化生万物的伟大品性,人要效法天,就必须做到"亲亲而仁民,仁民而爱物"(《尽心上》)。"仁民而爱物"——这就是孟子仁政学说的核心。而人与人、个人与社会、人与自然矛盾的彻底解决正是人类迄今为止最为伟大、高远的共同理想。

从以上分析可知,孟子的话语建构是在努力寻求人之所以为人,以及人之所以能够成为仁义之人的最终依据,也就是价值本原。这无疑是对孔子学说的深化。孔子主要还是着眼于整理人世间的伦理规范,还没有来得及对这种主要参照于周礼的伦理规范之合理性问题在学理上予以充分的关注。孔孟二人都是以立法者的姿态言说的,不同之处在于:孔子的立法活动主要以先前的思想资料为合法性依据,而孟子则以人与天地万物的内在一致性为最终依据。那么是什么原因造成孟子和孔子之间的这种差异呢?在我看来,主要是由于文化空间的变化。我们知道,在孔子的时代,原来那种一体化的官方意识形态尽管已经支离破碎,私学已经兴起,但是比较系统以及有较大影响、能够与儒学分庭抗礼的学说还没有产生。[①] 在这样的文化空间之中所弥散的还是宗周礼乐文化的碎片。孔子作为第一个试图将这些碎片重新组合为一个整体的士人思想家,其言说方式就必然充分显示一个"立法者"的特点:单向度的、传教式的或自言自语式的。他最为关注的只是各种各样的社会现象,而不是别人的言说。

---

① 那些被认为与孔子同时或早于孔子的思想家们,如管仲、子产、晏子、老子、少正卯等人或者根本就没有出现在孔子的视野之中,或者并不是以思想家而是以政治家的身份出现的。这说明托名为他们的那些著作或学说都是孔子之后才出现的,他并没有看到。很难想象,如孔子曾经读到老子的《道德经》会在自己的言谈中丝毫也不涉及它。

在孟子的时代情况就大不相同了:"圣王不作,诸侯放恣,处士横议。杨朱、墨翟之言盈天下。"(《滕文公下》)实际上除了杨朱、墨翟之外,其他诸子之学也都形成了气候,大家各执一说,互不相服。[①] 由于出现了众多的"立法者",不同的"法"之间就必然会有冲突、抵牾以至彼此消解。在这种情况下孟子要为世间立法就成为极为困难的一件事了:在说明应该如何之外还必须说明为什么,就是说除了有"法律条文"本身,还要有"法的理论"相辅助,否则你的言说就不会获得他人的认同。这样的文化空间就迫使孟子必须以论辩者的姿态来扫荡各种"异端邪说",并且要建立自己话语系统的逻辑起点与最终价值依据。用孟子自己的话来说就是:

> 昔者禹抑洪水而天下平,周公兼夷狄、驱猛兽而百姓宁,孔子成《春秋》而乱臣贼子惧。……我亦欲正人心,息邪说,距诐行,放淫辞,以承三圣者。岂好辩哉?予不得已也。(《滕文公下》)

孔子的言说面对的主要是"乱臣贼子"——那些为了一己之欲而破坏原有社会价值秩序的诸侯大夫们。到了孟子之时,如果按照孔子的标准,天下诸侯卿大夫没有哪个不是"乱臣贼子",因为他们早已不再遵奉宗周的礼乐制度了。所以孟子除了猛烈抨击那些为了满足贪欲而"争地以战,杀人盈野;争城以战,杀人盈城""率野兽以食人"的诸侯君主之外,大量的力气都用在批判"异端邪说"和论证自己学说的合理性上。这样一来,孟子的学说在学理上也就必然较之孔子的更加细密、系统、深入。

三、孟子的诗学思想

看《孟子》一书,引诗论诗之处很多。其论诗引诗都是以自己所代表

---

① 孟子之时,老庄之学、名辨之学、阴阳之学、农家之学、法家之学都渐渐成熟,并形成很大的影响。杨、墨之学只是相对而言影响更大而已。孟子"天下之言,不归于杨,则归于墨"之说乃夸张的说法。

的士人阶层的自我认同意识为基础的。孟子论诗最有名的有两处，这里我们分别予以考察。《万章下》云："一乡之善士斯友一乡之善士，一国之善士斯友一国之善士，天下之善士斯友天下之善士。以友天下之善士为未足，又尚论古之人。颂其诗，读其书，不知其人，可乎？是以论其世也。是尚友也。"这就是著名的"知人论世"说的来源。过去论者多从现代的认识论角度来解释"知人论世"的含义，认为为了真正理解一首诗，就必须了解作者的情况，而要了解作者的情况又必须了解其所生活的时代的情况——总之是理解为一种诗歌解释学的方法了。这种理解当然并不能算错，只是并没有揭示孟子此说的深层内涵。这里孟子真正想要表达的意思是"交友之道"。在此章的前面，孟子先是回答了万章"如何交友"的问题，说"不挟长，不挟贵，不挟兄弟而友。友也者，友其德也，不可以有挟也"。然后又讲到贤明君主也以有德之士为师为友的诸多例子，最后才讲到有德之士之间亦应结交为友的道理。古代的有德之士虽已逝去，但是他们的品德并没有消失，所以今天的有德之士也要与古代的有德之士交友。与古人交友看上去是很奇怪的说法：古人已经死了，如何与之交友呢？这恰恰是孟子的过人之处——试图以平等的态度与古人交流对话：既不仰视古人，对之亦步亦趋；也不鄙视古人，对之妄加褒贬。"尚友"的根本之处在于将古人看成与自己平等的精神主体。与古人交流对话的目的当然是向古人学习，以使自己的品德更加高尚。

所以，"知人论世"实质上是向古人学习美好品德的方式，用今天的话来说就是将古人创造的精神价值转化为当下的精神价值。这绝不仅仅是一种解诗的方式。如果沿着孟子的思路进行进一步的阐释，我们就会得出这样一个结论：孟子的"知人论世"说可以理解为一种"对话解释学"——解释行为的根本目的不是要知道解释对象是怎样的（即对之做出某种判断或命名并以此来占有对象），而是要在其中寻求可以被自己认同的意义。这也就是后世儒者特别喜欢使用的"体认"一词的含义。"体认"不是现代汉语中的"认识"，而是"理解"加"认同"。对于古人，只有将他们视为朋友而不是认识对象,才能以体认的态度来与之对话。因为古人在其诗、其书之中所蕴含的绝不是什么冷冰冰的知识,而是他们的生命体验与生存智慧,是活泼的精神。故而后人就应该以交友的态度来对待之,就是说要把古人当作可以平等对话的活的主体,而不是死的知识。读古人的诗书就如同坐下来与老朋友谈话一样,其过程是两个主体间的深层交流与沟通。通过这种交流与沟通,古人创造的精神价值或意义空间就自然而然地在新的主体身上获得新生。由此可见,孟子的"知人论世"之说实际上包含着古人面对前人文化遗留的一种极为可贵的阐释态度。在当今实证主义、还原论的研究倾向在人文学科依然有很大市场的情况下,孟子的阐释态度尤其具有重要的现实意义。

我们再来看孟子另一段关于诗的著名论述。《万章上》载孟子弟子咸丘蒙问:"《诗》云:'普天之下,莫非王土;率土之滨,莫非王臣。'而舜既为天子矣,敢问瞽叟之非臣,如何?"孟子回答说:"是诗也,非是之谓也;劳于王事而不得养父母也。曰:'此莫非王事。我独贤劳也。'故说《诗》者,不以文害辞,不以辞害志。以意逆志,是为得之。如以辞而已矣,《云汉》之诗曰:'周余黎民,靡有孑遗。'信斯言也,是周无遗民也。"这里孟子讲了如何理解诗歌含义的方法,其要点是"以意逆志"。那么如何理解这个"以意逆志"呢?古代的注释,例如汉儒赵岐、宋儒朱熹的注以及托名孙奭的疏、清儒焦循的正义基本上都认为"志"是指诗人所要表达的意旨;"意"则是说诗者自己的"心意",所以,"以意逆志"的意思就是说诗者用自己的心意揣测诗人的意旨。至于"不以文害辞,不以辞害志",是说不要胶柱于诗的文辞而偏离了诗人的意旨。古人也还有另一种说法。清人吴淇认为:"志者古人之心事,以意为舆,载志而游。……以古人之意求古人之志,乃就诗论诗,犹之以人治人也。"①他的意思是在诗歌的文辞上直接呈现的含义是"意",诗人真正要表达的意思是"志"。文辞是承载

① (清)吴淇:《六朝选诗定论缘起》,转引自顾易生、蒋凡著《先秦两汉文学批评史》,上海古籍出版社1990年版,第117页。

“意”的工具,“意”又是承载“志”的工具。这种解释虽亦言之成理,但毕竟与孟子表达出来的意思隔了一层。我以为要真正理解孟子的意思,将“以意逆志”之说与“知人论世”之说联系起来考察是十分必要的,两种说法构成了孟子对古人文化遗留的一种完整的态度。如果说“知人论世”的核心是“尚友”,即在与古人的平等对话中将古人开创的精神价值转换为现实的精神价值,那么,“以意逆志”就是“尚友”或平等对话的具体方式。“志”即是“诗言志”之志,指诗人试图通过诗歌表达的东西;“意”本与“志”相通,《说文解字》中二者是互训的。在这里可以理解为“见解”。《论语·子罕》有“子绝四:毋意、毋必、毋固、毋我”之谓,朱熹认为“意”指“私意”,即个人的见解。意思是说孔子为人不过分坚持自己的个人见解,即不自以为是。《周易·系辞传上》说:“书不尽言,言不尽意……圣人立象以尽意。”这里的“意”也可以理解为“见解”或“意思”。联系孟子的具体语境,“志”是指诗人所要表达的意旨,“意”则是说诗者自己的见解。用自己的见解去揣测诗人的意旨,这就是“以意逆志”的含义。看孟子的意思,并不是主张说诗者可以随意地解释诗人的意旨,而是强调解释的客观性,即符合诗人本意。但是由于诗歌言说方式的特殊性,诗人的本意往往是隐含着的,说诗者并没有十足的证据证明自己的解释就是完全符合诗人本意的,所以说诗者的“意”与诗人的“志”之间就难免出现不相吻合之处。也就是说,说诗者的“意”近于海德格尔所谓的“前理解”——在解释活动开始之前就已经存在于解释者意识和经验中的主观因素,它们必然进入解释过程并在很大程度上影响这一过程及结果。这样的解释当然也就离不开主观性因素。实际上这正是任何两个主体之间的对话都必然存在的现象。古人说“诗无达诂”也正是针对这种解释的主观性而言的。

所以孟子的“以意逆志”之说真正强调的并不是解释的绝对客观性,而是对话的有效性:说诗者与诗人之间达成在“意”或“志”的层面上的沟通,而不被交流的媒介——文辞所阻隔。只有这样才符合“尚友”之义:

平等对话。如果停留在对诗歌文辞固定含义的解读上,就丧失了说诗者的主体性,当然也就谈不上“尚友”了。

孟子这种“以意逆志”与“知人论世”的说诗方式确立了后世儒者,特别是汉儒说诗的基本原则。这里我们分析几个孟子说诗的具体例子来进一步探讨这种说诗方式的奥妙。《告子下》载:

> 公孙丑问曰:“告子曰:《小弁》,小人之诗也。”孟子曰:“何以言之?”曰:“怨。”曰:“固哉,高叟之为《诗》也! 有人于此,越人关弓而射之,则己谈笑而道之;无他,疏之也。其兄关弓而射之,则己垂涕泣而道之;无他,戚之也。《小弁》之怨,亲亲也。亲亲,仁也。固矣夫,高叟之为《诗》也!”曰:“《凯风》何以不怨?”曰:“《凯风》,亲之过小者也;《小弁》,亲之过大者也。亲之过大而不怨,是愈疏也;亲之过小而怨,是不可矶也。愈疏,不孝也;不可矶,亦不孝也。孔子曰:‘舜其至孝矣,五十而慕。’”

从这段对话中可以看出,孟子说诗完全是从自己的价值观念出发来判断诗歌的意义与价值的。如果说这就是“以意逆志”说诗方法的实际应用的话,那么孟子的所谓“意”并不是一般的主观意识或经验,而是一套完整的价值观念系统。诗人的“志”也就是与说诗者价值观念相吻合的阐释结果,它是否就是诗人的本意并不重要,因为这基本上是无法验证的。《小弁》是《诗经·小雅》中的一篇,从诗的内容看是一位受到不公正待遇的弱者的怨望之辞,充满了忿忿不平之情。古注多以为是周幽王的太子宜臼被逐之后所作;今人则一般地判定为遭父亲冷落之人的怨望之作。然而孟子从中读出的却是“亲亲,仁也”。《凯风》是《诗经·邶风》中的一篇,看诗的意思,是儿子赞扬母亲的贤惠勤劳,并责备自己不能安慰母心。但是公孙丑为什么拿这样一者怨父、一者颂母的两首看上去并无可比性的诗来比较呢? 孟子为什么又用“亲之过大”与“亲之过小”来解释两首诗的差异呢?《诗序》云:"《凯风》,美孝子也。卫之淫风流行,虽有七子之母,犹不能安其室,故美七子能尽其孝道,以慰母心,而成其志尔。"①就是说"母"是有过的,但由于"过小",所以做子女的不应表现出"怨"来。汉儒的解释不知有何依据,但看公孙丑与孟子的对话,似乎当时对此诗已经有了这样的解释。如此说来汉儒并不是凭空臆断。

由此观之,"以意逆志"的实质乃说诗者从自己的价值观出发对诗歌文本进行意义的重构,其结果就是所谓的"志"未必真的符合诗人作诗的本意。可知,孟子的说诗原则是自己已有的道德价值观念。这一点在他的"知言""养气"论中亦可得到印证。《公孙丑上》载,在回答公孙丑"敢问夫子恶乎长"的问题时,孟子回答说:"我知言,我善养吾浩然之气。"其解释"浩然之气"云:"其为气也,至大至刚,以直养而无害,则塞于天地之间。其为气也,配义与道;无是,馁也。是集义所生者,非义袭而取之也。行有不慊于心,则馁矣。我故曰,告子未尝知义,以其外之也。必有事焉,而勿正,心勿忘,勿助长也。"可知这种"浩然之气"是小心翼翼地培育起来的一种道德精神,或者说是一个道德的自我。那么什么是"知言"呢?孟子说:"诐辞知其所蔽,淫辞知其所陷,邪辞知其所离,遁词知其所穷。——生于其心,害于其政,发于其政,害于其事。圣人复起,必从吾言矣。"可知所谓"知言"是指对别人言辞的一种判断力。

那么"知言"与"养气"有什么关系呢?为什么孟子将二者联系起来并且作为自己的特长所在呢?从孟子的言谈中我们可以看出,"养气"正是"知言"的前提条件。通过"养气"培育起一个不同于自然的"自我"的道德自我,这个道德自我具有一以贯之的、完整的价值评价系统,一切的言辞都可以在这个评价系统中得到检验。所以"以意逆志"的说诗方式恰恰是"知言"的具体表现。如果将"以意逆志"看作一种诗歌阐释学原则,则其主旨乃在于凸显阐释者的主体性,而不是阐释行为的客观性。

对于孔子那种在意识形态的建构中确定诗的意义的基本思路,孟子

---

① (唐)孔颖达:《毛诗正义》卷二,《十三经注疏》本。

是深得个中奥妙的。看孟子之用诗、论诗,处处贯穿了这一思路。我们随便举两个例子以说明之。

其一,孟子曰:“仁则荣,不仁则辱;今恶辱而居不仁,是犹恶湿而居下也。如恶之,莫如贵德而尊士,贤者在位,能者在职;国家闲暇,及是时,明其政刑。虽大国,必畏之矣。《诗》云:‘迨天之未阴雨,彻彼桑土,绸缪牖户。今此下民,或敢辱予?’孔子曰:‘为此诗者,其知道乎!能治其国家,谁敢侮之!’今国家闲暇,及是时,般乐怠敖,是自求祸也。祸福不无自己求之者。《诗》云:‘永言配命,自求多福。’《太甲》曰:‘天作孽,犹可违。自作孽,不可活。’此之谓也。”(《公孙丑上》)

在这里,孟子是在讲统治者避免受到侮辱的办法。根本上只有一条,那就是“仁”。而“仁”对于统治者来说也就是“贵德而尊士”。“贵德”就是爱护百姓、与民同乐;“尊士”就是尊重人才、举贤任能。为了证明自己的观点,孟子两引《诗》,一引《书》。其所引之诗,一为《豳风·鸱鸮》,此诗据《周书·金縢》《史记·鲁周公世家》等史书记载,乃是周公平定管蔡之乱后写给成王的。目的是平息流言,向成王表示忠诚。孟子所引是该诗一节,大意是要未雨绸缪,预先防范可能的危机。孟子所引孔子语不见于《论语》,然观其意,符合孔子思想。孟子所引另一首诗为《大雅·文王》,两句诗意为:只有靠自觉的努力才能符合天命,多享福祉。同样是告诫统治者要自我警诫、多行仁义,方能永葆太平。总之,在这里孟子是借助于《诗》《书》来警告统治者应严于自律,小心谨慎地实行对人民的统治。这是将《诗》《书》当作迫使统治者对被统治者作出让步的有效工具。孟子的这一做法在后来的两千余年间,成了儒家士人约束统治者的基本方法。他们大力推崇“四书五经”,推崇“圣人”,根本目的就是要建构一种高于现实君主权力的权威,以便对其进行有效的控制。儒家清醒地认识到,只有抑制君权的过分膨胀,方能实现上下一体、和睦相处的社会理想。我们再看另一条:

公孙丑问曰:"告子曰:'《小弁》,小人之诗也。'"孟子曰:"何以言之?"曰:"怨。"曰:"固哉,高叟之为《诗》也!……《小弁》之怨,亲亲也。亲亲,仁也。固矣夫,高叟之为《诗》也!"曰:"《凯风》何以不怨?"曰:"《凯风》,亲之过小者也;《小弁》,亲之过大者也。亲之过大而不怨,是愈疏也;亲之过小而怨,是不可矶也。愈疏,不孝也;不可矶,亦不孝也。"(《告子下》)

这里孟子是在为"怨"辩护。《小弁》之诗出于《小雅》,旧说是因周幽王太子宜臼被废而作。此说因无确据而在宋以后常常受到质疑。从诗意观之,此应为不得于父母者所作。孟子这段话的关键是为"怨"所作的辩护。告子认为《小弁》是"小人之诗",因为诗中表达了为人子者对父亲的怨望之情。而在孟子看来,这种"怨"是合理合法的,因为从"怨"中反映的是"亲亲"之情。按照孟子的逻辑,如果父亲有了过错,作为子女不应保持沉默,而应该表示自己的"怨"(当然,如果父母只是有小的过失就大怨特怨,那就成了"不可矶",同样是不孝的表现)。正是"怨",才可以使父子间的隔阂消除,如果有不平之情而不说,那就只能使父子感情更加疏远。孟子为"怨"辩护,实际上是要保留诗歌作为被统治者向统治者宣泄不满情绪之手段的独特功能,这与孔子所讲的"怨"是一脉相承的。

通过以上分析我们不难看出,孟子在孔子"克己复礼"的"立法"策略的基础上进一步在改造人的心灵、建构道德自我的方面进行了更为深入、系统的探索。如果说孔子重"礼"说明他在为人的心灵立法的同时更侧重于为社会立法,即重建社会价值秩序;那么孟子重"存心养性"或"养气"则说明他在试图为社会立法的同时更偏重于为人的心灵立法,即建构人格境界以及实现之途。这种转变实际上反映了士人阶层面对日益动荡的社会状况的忧虑与无奈。到了先秦儒家另一位代表人物——荀子那里,情形则又发生了重要变化。

第四节 荀学与思孟学派的差异及荀子诗学的独特性

荀子生活的时代较之孟子晚了六十年左右,其时已是战国后期。比较而言,孔子的时代旧有的体制虽已崩坏,但原有的意识形态依然具有很大的影响力,对这种意识形态熟谙于心的儒家思想家还有理由企图通过宣传教育来将其还原为一种现实的价值秩序;孟子的时代不仅旧有的体制已然荡然无存,原来的意识形态也早已失去了普遍的影响力,包括儒家在内的士人思想家都纷纷提出解决现实问题的新设想,出现了真正的"处士横议""百家争鸣"的局面,九流十家彼此对立,各是其所是;到了荀子的时代,百家之学渐渐走向相互渗透、交融,并开始进行新的整合。社会的发展完全不理睬思想家们的摇唇鼓舌、喋喋不休,按照自己的逻辑趋向于天下一统。荀子的思想,包括诗学思想的独特性都与这种历史语境的变化密切相关。

一、言说立场与语境之差异

我们先来看看荀子进行言说的文化空间究竟发生了怎样的变化。我们知道所谓"文化空间"主要是由言说者、倾听者以及环绕着他们的文化氛围构成的。所以我们先来看言说者的情况。

孔子建构自己的学说时尚没有足够强大的"异端邪说",他所面对的主要是"礼崩乐坏"的社会现实,所以他凭借丰富的文化资源就可以以"立法者"的姿态言说。孟子之时各派学说均已成熟,而且其中有些学说还得到诸侯们的采纳(如秦国用商鞅之法、楚国用吴起之术、齐国用孙膑之学都取得了巨大成效),所以孟子的"立法"活动就比较困难——必须与各种学说进行辩论。这样孟子就同时充当辩者与"立法者"的双重角色。孔子的“立法”只要讲应该如何就可以了;孟子则要不厌其烦地讲为什么要如此。这也就是孟子的学说在学理上远比孔子细密深刻的原因。到了荀子的时代,不仅百家之学众声喧哗,而且儒学本身的发展也出现了不同的流派,故而他不仅要充当“辩者”与“立法者”的双重角色,而且还要对儒学本身进行反思——思考如何超越儒学不为世所用的困境并寻求使之成为真正的经世之学的可能途径。因此,对儒学本身的反思和在坚持儒学基本精神的前提下吸收其他学说的合理因素,将儒学建构成一种既有超越的乌托邦精神又具有现实有效性的社会意识形态就成了荀子学说的主旨所在。

从言说立场来看,尽管孔、孟、荀三人都是儒家思想家,都是站在士人阶层的立场上言说的,但具体观之,则又各有不同。我们知道,士人阶层是一个处于“中间”地位的社会阶层——作为所谓“四民”之首,其上是以君权为核心的统治阶层,其下是由“农、工、商”三民构成的被统治阶层。他们则游离于上下之间。由于社会状况和个体士人自身的具体情况不尽相同,他们的言说立场也就出现差异:或倾向于统治阶层,或倾向于被统治阶层。就“九流十家”的整体情况言之,道家、墨家、农家倾向于被统治阶层;儒家、法家、纵横家则倾向于统治阶层。具体到儒家内部,则孔子倾向于统治阶层,孟子更接近民间的立场,到了荀子则又倾向于统治阶层。但是孔子所同情的主要是已然没落的贵族统治者,现实统治者则基本上是他批判的对象;荀子却是试图为现实的统治者谋划切实可行的治国之策。就对于现实统治者的批判来说,荀子既没有孔子对僭越者那种“是可忍,孰不可忍”的愤慨,更没有孟子对穷兵黩武者那种“率野兽而食人”的痛斥。他基本上是在冷静地为统治者出谋划策,例如其所撰《王制》《富国》《王霸》《君道》《臣道》《致士》《议兵》《强国》《解蔽》《正名》《成相》《大略》等篇都是直接向统治者陈述治国兴邦之道。尽管我们可以说,从总体上看,诸子百家基本上都是救世之术,但是像荀子这样具体、系统的政治策略还只有法家可以比肩。其他诸家学说则不免鼓荡着过多的不切实际的乌托邦精神。如果说孔、孟的学说都是以伦理道德思想为主,那么荀子的学说则毫无疑问是以政治思想为主的。后世历代统治者所奉行的所谓“杂王霸而揉之”的治国之道,其实并不像是孔孟申韩之学的结合,而是更近于荀子的学说。

从文化语境的角度看,荀子这种言说立场的形成主要有两个原因:一是文化语境的作用,即诸子之学走向综合交融的必然趋势。我们知道,荀子曾长期游学于齐,是著名的“稷下学宫”[①]后期的领袖人物,曾“三为祭酒”,即学宫之长。这个稷下学宫是诸子百家聚会之所,形成了各种学说交流、融会、综合的独特文化空间。这个文化空间是齐国君主,例如齐宣王等确立的,虽然学士们“不治而议论”,不能算是纯粹的政治人物,但是毕竟受到官方的豢养,所以至少具有半官方的性质。因此稷下之学固然是真正的“百家争鸣”,却亦有其共同的特点。这主要有两点:一是对现实政治的关怀,二是兼取诸家的综合性。例如,作为稷下之学主流的黄老刑名之学就是结合法家与道家,并吸收儒家某些思想因素的综合性的政治学说。[②] 荀子在这样的文化环境中浸润既久,自然会受其影响。

决定荀子言说立场形成的另一个原因是历史语境,即渐近统一的社会呼唤统一的意识形态。战国后期的社会现实已经证明,无论是孔子的“克己复礼”还是孟子的“仁政”“王道”,抑或是墨家的“兼爱”“尚同”与老庄的顺应自然,都无法解决实际的社会问题。法家学说虽然在个别诸侯国得到实施并产生效果,但是作为儒家的荀子又不可能完全认同这种基本上放弃士人批判立场的思想,所以他唯一可行之途就是兼取各家之学来改造孔孟之学,也就是弱化儒学原有的乌托邦色彩而加强其政治层面的可操作性。可以说,在政治伦理方面,荀子之学主要是融合儒法两大入世的思想系统而成的。鉴于历史的经验与现实的需求,如何将儒学改造成具有现实有效性的国家意识形态就成为荀子关注的焦点。这样一

---

① 《太平寰宇记》卷十八引刘向《别录》云:“齐有稷门,齐之城西门也。外有学堂,即齐宣王立学所也,故称为稷下之学。”

② 参见白奚著《稷下学研究》第六章,三联书店 1998 年版。

来,荀子就不能不在反思儒家原有学说的基础上来建构自己的思想体系。

从某种意义上说,荀学正是在反思儒家学说中最有影响的思孟学派的基础上建构起来的。荀子批评思孟之学云:“略法先王而不知其统,犹然而材剧志大,闻见杂博。案往旧造说,谓之五行,甚僻违而无类,幽隐而无说,闭约而无解。”①观荀子之意是说思孟之学看上去很是博大深邃,实际上却是玄虚不实、难以索解,更谈不上实际的应用了。所以荀子之学基本上是在儒学的范围内沿着与思孟之学相反的路子走的。这主要表现在下列几个方面:

第一,以“性恶”说代替“性善”说——改变价值系统建构的逻辑前提。

孟子倡“性善说”有一个潜在的逻辑轨迹,即充分启发人的道德自觉性,靠人的道德自律来解决自身的问题,然后再解决社会问题。这是典型的“内圣外王”的思路。其说的长处是很明显的:可以激发人们的自尊意识,有助于培养人们对道德修养的信心。但是,其缺点也同样很明显:不能充分提供“礼”与“法”等外在规范的合理性。既然人性是善的,那么还要那些强制性的规范何用?只要想办法发掘、培育这与生俱来的善性就够了。然而“争于气力”的现实社会中的人均为情欲利益所牵引,谁愿意自觉地恪守那些显然于己不利的道德原则呢?对于那些不肯自觉进行道德修养培育的人来说又该如何呢?荀子大约正是看到了孟子学说的这一不足之处才提倡“性恶”之说的。对于孟子和荀子而言,“性善”与“性恶”之说虽然不排除经验主义的认知性归纳,但主要并不是对人之本质的客观认识,而是出于言说的需要——“立法”的需要而设定的逻辑前提。从这两个不同的前提出发,就可以建构起不同的理论体系。言性善,孟子才有充分的理由号召人们“存心养性”“推己及人”,从启发人们自觉培育人人皆有的“恻隐之心”“羞恶之心”等所谓“四端”入手去实现成圣成贤的

---

① 《荀子·非十二子》,见王先谦《荀子集解》卷三,《诸子集成》本,上海书店1986年影印本,第59页。

人格理想。人人都成为圣贤君子并通过“老吾老以及人之老,幼吾幼以及人之幼”的“推恩”行为使天下亲如一家,那么一切纷争都可以得到彻底的解决。荀子就不像孟子那样天真了。他清楚地认识到孟子的学说是无法实现的空想。所以他要建立一套强调外在约束之重要性的学说。他的逻辑是这样的:人之性就是生而有之的本能,主要是肉体的欲望,这些欲望都以满足为唯一的目标,没有丝毫自我的约束,所以人性是恶的。一个社会如果任由人性自由泛滥,就必然是混乱无序的,所以圣人才制定“礼法”来约束人们。这就是所谓“化性起伪”。“化性”就是改变人生而有之的天性,使之符合社会规范;“起伪”就是根据社会需求来制定可以约束并引导人性的社会规范。前者是目的,后者是手段。荀子说:

> 今人之性,生而有好利焉,顺是,故争夺生而辞让亡焉;生而有疾恶焉,顺是,故残贼生而忠信亡焉;生而有耳目之欲,有好声色焉,顺是,故淫乱生而礼义文理亡焉。然则从人之性,顺人之情,必出于争夺,合于犯分乱理而归于暴。故必将有师法之化,礼义之道,然后出于辞让,合于文理,而归于治。用此观之,然则人之性恶明矣,其善者伪也。……故圣人化性而起伪,伪起而生礼义,礼义生而制法度。然则礼义法度者,是圣人之所生也。故圣人之所以同于众,其不异于众者,性也;所以异而过众者,伪也。①

由此可见“性恶说”与“性善说”之根本不同。盖后者将人世间的一切价值之最终依据归于人性,圣人的意义仅在于为“存心养性”的榜样;后者则将价值依据归之为“伪”,即人为,圣人则是“伪”的主体。对于孟子来说,人人都是潜在的圣人,关键看你能不能自觉进行“存养”功夫了;而在荀子的学说中,圣人只是少数的先知先觉,是天生的立法者,他们制

① 《荀子·性恶》,见王先谦《荀子集解》卷十七,《诸子集成》本,上海书店1986年影印本,第289页。

定着一切社会价值规范。简言之，能够根据社会的需求而为之制定规则的人就是圣人。由此可知，在孟子的观念中圣人与凡人的区别主要在于能否对自身固有本性进行自觉培育；而在荀子看来，圣凡之别主要在于能否为社会立法。一是着眼于内在品性，一是着眼于外在功用，二者之别在此。

第二，以“学”取代“思”——在修身的方式上采取不同路向。

先秦儒家都讲修身，荀子也不例外。但是他的修身理论似乎是专门反孟子之道而行的。在修身的方式上，孔子是“思”与“学”并重，认为“学而不思则罔，思而不学则殆”（《为政》）。孟子基于其“性善”之说，强调“思”在修身过程中的首要地位，认为一个人是成为圣贤君子还是成为小人关键在于是否去“思”，即所谓“思则得之，不思则不得”。“思”可以使人“先立乎其大者”，即做出成圣成贤的根本性选择，孟子还认为“诚之者，天之道也；思诚者，人之道也”（《离娄上》）。这就将“思”看作了人立身行事的根本所在。可见在孟子的思想体系中，“思”是至关重要的，可以说是修身过程中最重要的一环。然而荀子却十分轻视“思”的意义。在孟子，既然人性本善，故而要向内发掘，所以重“思”；在荀子，既然人性本恶，故而只能向外寻求改造人性的途径，所以重“学”。《荀子》一书，首篇就是《劝学》，并明确指出：“吾尝终日而思矣，不如须臾之所学也。”突出了“学”的重要性而否定了“思”的价值。那么对于修身者来说应该学什么、如何学呢？荀子认为应该“始乎诵经，终乎读礼”，因为“《礼》之敬文也，《乐》之中和也，《诗》《书》之博也，《春秋》之微也，在天地之间者毕矣”。就是说，从自然宇宙，到人世间，一切道理都包括在这些儒家的经典之中了。至于学的方法则是长期的积累，所谓“学不可以已”“积善成德”“真积力久则入”云云，都是讲日积月累的学习方法。

荀子也强调“养心”在修身过程中的作用，但是他的“养心”与孟子的“存心”“尽心”大不相同。约而言之，荀子的“养心”乃清除心中的各种杂念，以便为“学”提供必要的条件。在《解蔽》中，荀子指出：

> 故治之要在于知道。人何以知道?曰:心。心何以知?曰:虚壹而静。心未尝不臧也,然而有所谓虚;心未尝不满也,然而有所谓一;心未尝不动也,然而有所谓静。人生而有知,知而有志。志也者,臧也;然而有所谓虚,不以所已臧害所将受谓之虚。心生而有知,知而有异,异也者,同时兼知之;同时兼知之,两也;然而有所谓一;不以夫一害此一谓之壹。心卧则梦,偷则自行,使之则谋;故心未尝不动也,然而有所谓静;不以梦剧乱知谓之静。未得道而求道者,谓之虚壹而静。作之,则将须道者之虚,则人(入);将事道者之壹,则尽;将思道者静,则察。知道察,知道行,体道者也。虚壹而静,谓之大清明。万物莫形而不见,莫见而不论,莫论而失位。……明参日月,大满八极,夫是之谓大人。夫恶有蔽矣哉![1]

从这段引文我们不难看出,荀子的"心"与孟子大有不同。盖孟子所谓心既是人之善性的寄居之所,又是一道德自我,能够识别善恶并"择善而固执之",因此其自身即含有善的价值,所以人们可以由"尽心"而"知性",由"知性"而"知天",从而达到"合外内之道"的"至善"之境。而在荀子,则心只是认识的主体,在其"虚壹而静"的情况下可以接受关于"道"的知识,它自身则像一面镜子一样是中性的。所以借用《中庸》的话来说,孟子侧重于"尊德性",荀子则侧重于"道问学"。后者开出两汉儒者治学的基本路径,前者则为两宋儒者所服膺。

第三,以"礼""法"并重代替"仁政"——在重建社会秩序之方式上的不同选择。

先秦儒家,无论是孔孟还是荀子,其学说之最终目的无疑都是重建社会秩序。可以说,是他们对人性的不同看法决定了其对重建社会秩序之不同方式的选择;也可以反过来说,是他们对重建社会秩序不同方式的选择导致了其对人性的不同理解。在这里原因和结果是可以置换的。荀子

① 《荀子·解蔽》,见王先谦《荀子集解》卷十五,《诸子集成》本,上海书店1986年影印本。

的治国方略可用三个字来概括，这就是“礼”“乐”和“法”。这里“礼”和“法”是带有强制性的外在规范，“乐”则是文教方式。他之所以强调“学”，目的也就是使人们通过学习而自觉地认同作为外在规范的“礼”和“法”并接受“乐”的熏陶。这与孟子将固有的人性理解为外在规范的内在依据，因而主张由向内的自我觉察、自我发掘而自然而然地导出外在规范的理路是根本不同的。那么荀子是不是就是走上了法家一路呢？也不能下如此断语。荀子与法家也存在着根本区别。荀子学说的独特性主要表现在他对“礼”与“法”的关系的理解上。

与荀子一样，法家也认为人性是恶的，所以他们主张制定严刑峻法来约束人的行为。然而荀子一方面强调人性恶，一方面又强调“礼”的作用，这与法家是不同的。这就难免有人会提出这样的问题了：“人之性恶，则礼义恶生？”[①]“礼义”是道德规范，具有善的价值，既然人性本恶，那么“礼义”这样善的价值由何而生呢？荀子的回答是“生于圣人之伪”。在荀子看来，人类的生活必然是社会性的，用他的话说就是“人之生，不能无群”[②]。但是由于人性本恶，有无穷无尽的欲望需要满足，故而难免出现争斗，人类社会也就混乱一片，不成其为“群”了。所以人类社会就必须有“分”，也就是建立在差异基础上的秩序：人们在社会上的地位不同，享受的权利和承担的义务也不同。但是这个“分”又不是自然产生的，而是人为地制定的，这就有一个合理性的问题：你根据什么来规定这种差异？这种合理性的原则便是“礼义”。所以荀子说：

> 人生而有欲，欲而不得，则不能无求，求而无度量分界，则不能不争。争则乱，乱则穷。先王恶其乱也，故制礼义以分之，以养人之欲，给人之求。使欲必不穷乎物，物必不屈于欲，两者相持而长，是礼之

---

① 《荀子·性恶》，见王先谦《荀子集解》卷十七，《诸子集成》本，上海书店 1986 年影印本，第 291 页。

② 《荀子·富国》，见王先谦《荀子集解》卷六，《诸子集成》本，上海书店 1986 年影印本，第 116 页。

所起也。①

这样看来,荀子的逻辑是很清晰的:人类生存的需要决定了“群”的生活方式;“群”又必然要求着差异与秩序;“礼义”在根本上来说就是关于这种差异与秩序的合理化原则。那么,“法”在荀子的学说中又有怎样的意义呢?我们先看看荀子的提法:

> 古之圣王以人之性恶,以为偏险而不正,悖乱而不治;是以为之起礼义、制法度,以矫饰人之情性而导之也。使皆出于治,合于道者也。
>
> 若夫目好色,耳好声,口好味,心好利,骨体肤理好愉佚,是皆生于人之情性者也。感而自然,不待事而后生之者也。夫感而不能然,必且待事而后然者,谓之生于伪。是性伪之所生,其不同之征也。故圣人化性而起伪,伪起而生礼义,礼义生而制法度;然则礼义法度者,是圣人之所生也。(《性恶》)
>
> 礼者,法之大分,类之纲纪也。(《劝学》)

从这些论述中可以看出,首先,法与礼义有着密切联系,二者互为补充②,都是对人的行为的强制性规范措施。其次,法与礼又有所不同。大体言之,礼比法更具根本性,是制定法度的依据。换言之,在荀子的思想中,礼更加重要,法是作为礼的补充才获得意义的。第三,联系《王制》篇中关于司寇与冢宰之职责的论述③,我们可以确定,法实际上是为了维护礼的实施而进行的赏罚措施。礼是要靠自觉遵守的,如果出现悖礼之行

① 《荀子·礼论》,见王先谦《荀子集解》卷十三,《诸子集成》本,上海书店 1986 年影印本。

② 这里还有个“类”的概念,似近于后世法学中所谓“例”,即根据前人之成例来行使刑罚。因法的制定即使再详尽,也难免有不到之处,故可引先王之成例为准则。

③ 《王制》云:“折愿禁悍,防淫除邪,戮之以五刑,使暴悍以变,奸邪不作,司寇之事也。本政教,正法则,兼听而时稽之,度其功劳,论其庆赏,以时慎修,使百吏免尽,而众庶不偷,冢宰之事也。”

怎么办呢？恐怕就要依法来惩罚了。

由此不难看出，荀子的政治学说是基于社会的需要而不是美好的理想提出的，因此较之思孟之学具有明显的可操作性。对于那些虚幻玄妙、没有实际用处的言说，荀子一概表示轻视。他说："言必当理，事必当务，是然后君子之所长也。……若夫充虚之相施易也，'坚白''同异'之分隔也，是聪耳之所不能听也，明目之所不能见也，辩士之所不能言也，虽有圣人之知，未能偻指也。不知，无害为君子；知之，无损为小人。工匠不知，无害为巧；君子不知，无害为治。"①由此可知荀子学说是以致用为鹄的，凡无益于修身治国的言说都是无效的。所以可以说荀子是儒家中的实用主义者。

第四，用"人之道"取代"天之道"——否定了形而上玄思的意义。

对于"天"或"天道"，孔子是存而不论的，所以子贡说："夫子之言性与天道，不可得而闻。"（《论语·公冶长》）子思和孟子则主张"合外内之道"——以"命"与"性"为中介沟通天人关系，将"人之道"与"天之道"统一起来，其根本目的是为儒家所宣扬的社会伦理价值寻求最高的价值依据。在运思的层次上则达到了形而上的思辨高度。孟子说："万物皆备于我矣。反身而诚，乐莫大焉。"（《孟子·尽心上》）又说："是故诚者，天之道也；思诚者，人之道也。"（《孟子·离娄上》）《中庸》也说："诚者，天道也，诚之者，人之道也。"这都是说"人之道"与"天之道"具有内在的相通性，人通过自己的努力就可以使自己的行为符合"天之道"（也就是天地化生万物的品性）。这是儒家式的"天人合一"的真正含义。然而荀子却将"人之道"与"天之道"严格区别开来。他说："先王之道，仁之隆也，比中而行之。曷谓中？曰：'礼义是也。道者，非天之道，非地之道，人之所以道也，君子之所道也。'"②在荀子看来，人与天之间在价值观念的层面上并无任何联系，人世间的价值本原只能在人世间寻找。这样一来，荀子

① 《荀子·儒效》，见王先谦《荀子集解》卷四，《诸子集成》本，上海书店1986年影印本。
② 《荀子·儒效》，见王先谦《荀子集解》卷四，《诸子集成》本，上海书店1986年影印本。

就将在思孟学派那里已经把意义的空间拓展到形而上之超验领域的儒学又拉回到人世间,使之回到孔子学说那样的纯粹政治、伦理哲学层面。

通观孔子、孟子、荀子等先秦儒家的三大代表人物的思想,他们的共同特征是都将个人的道德修养同重建合理的社会秩序统一起来。借用《庄子·天下篇》的说法就是“内圣外王之道”。他们的区别在于:孔子基本上是“内圣”与“外王”并重,一部《论语》讲论个人道德修养的内容与探讨治国之道的内容比重不相上下。“克己复礼”四字恰能说明这种情况。孟子则强调“内圣”超过“外王”。在“外王”方面,他只是提出了一个“仁政”“王道”的社会构想以及“置民之产”“与民同乐”的实施办法。这些与当时七国争雄的社会现实相去甚远,完全是一厢情愿的乌托邦。但在“内圣”方面,孟子却提出了一系列新范畴、新设想,对于后世儒学的完善、发展产生了极为重大的影响。诸如“知言”“养气”“存心”“养性”“四端”“自得”“诚”“思”“推恩”等等,构成了一个完备的个体人格修养的道德价值体系。所以大讲“心性之学”的宋儒将孟子视为儒家道统的真正传承者并沿着他的理路建构自己的思想系统,绝非偶然之事。荀子则又反孟子之道行之:将关注的重点从心性义理、成圣成贤转移到寻求切实可行的治国之道上来。从孔、孟、荀的言说指向而言,孔子对弟子(士人)的言说与对诸侯君主的言说并重——一方面教育士人如何成为君子,一方面劝告君主如何实现道德的自律。孟子则对士人的言说多于对君主的告诫——《孟子》一书充满了士人的自我意识。如何成圣成贤、做“大丈夫”、做“君子”毫无疑问是其主旨。而荀子的言说主要是指向现实的当政者的。他不仅教导君主们如何做人,而且为他们提供了一套完备的政治策略。这与孟子对君主的言说主要是从道德的角度匡正、引导其行为是根本不同的。在《荀子》一书中,道德修养明显地从属于治国之道。

造成先秦儒学代表人物言说价值取向差异的原因主要是历史语境与文化空间的不同。在孔子的时代,西周文明的遗留还在政治生活与文化生活中居于重要地位,孔子有充分的理由试图通过人们的自觉努力而使这些遗留重新成为社会的主导。所以他必然将“克己”与“复礼”置于同等重要的位置。在他看来,“克己”是“复礼”的唯一方式,而“复礼”则是“克己”的主要目的,二者实在不可以偏废。在孟子之时,纵横家已然大行于世,在礼遇之下,士人纷纷投靠各诸侯,为了功名利禄而放弃自己的乌托邦精神。所以作为最具有独立精神的士人思想家,孟子首先需要做的事情就是重新唤起士人阶层那种自尊自贵的主体精神与“格君心之非”的帝师意识。他的言说主要是向着士人阶层的,他的目的是使士人阶层意识到自己的历史使命,成为社会的主导力量,承担起为社会立法的伟大责任,而不要堕落为当政者们的工具。孟子的思想之所以在后世的士人阶层中获得广泛的认同也正是由于这个原因。在荀子所处的时代,情况又有所不同:事实已然证明了孔孟思想的不切实际,天下统一于兼并战争的趋势依然不可逆转,而且这种趋势也已经证明了法家思想的实际价值。在这种情况下,作为一代儒家思想大师的荀子当然不能盲目地恪守孔孟的传统,他有责任在保持儒家基本精神的基础上融会百家之学,将儒学改造成一种既含有伟大的理想,又具有实际效应的经世致用之学。所以为即将一统天下的君主提供治国之道,为士人阶层在新的政治形势下如何确定自己的身份提供依据——这恐怕才是荀子学说的主旨所在。在《荀子》一书中有《君道》《臣道》的专篇,这正体现了他试图建立一种君主与士人阶层分工合作的新型政治模式的设想。这可以说是对春秋战国数百年间诸侯君主与士人阶层之关系的理论总结。

二、荀子诗学观

荀子的诗学观念是与他的整个思想体系紧密相关的。其总体倾向也是实用主义的,具体言之,主要涉及下列几个方面的特点:

第一,对诗所言之“志”的新阐释。

“诗言志”之说究竟是何时提出,迄今并无人们普遍接受的结论。但是将“诗”与“志”相连而言之,则是战国时期比较普遍的现象。例如《左传·襄公二十七年》有“诗以言志”之说;《左传·昭公十六年》有“二三君子请皆赋,起亦以知郑志”之说;《国语·楚语上》有“……教之诗而为之导广显德,以耀明其志”之说;《孟子·万章上》论说诗方法时有“以意逆志”之说;《庄子·天下篇》有“《诗》以道志”之说,等等。这说明“诗”是用来言“志”的,是彼时的共识。但是关键问题是如何理解这个“志”字。看上述引文,“志”并不是一个具有确指的概念,而是泛指人的情感和意愿,是作诗或赋诗所要表达的意思。即使是孟子的“以意逆志”也只是指诗人作诗的本意。然而荀子却有了新的阐释,其云:

> 圣人也者,道之管也。天下之道管是矣,百王之道一是矣,故《诗》《书》《礼》《乐》之归是矣。《诗》言是,其志也;《书》言是,其事也;《礼》言是,其行也;《乐》言是,其和也;《春秋》言是,其微也。故《风》之所以为不逐者,取是以节之也;《小雅》之所以为《小雅》者,取是而文之也;《大雅》之所以为《大雅》者,取是而光之也;《颂》之所以为至者,取是而通之也。[①]

对于这段论述应予以足够的注意,因为这是汉儒说诗的基本原则,也是儒家诗学观念的最终完成。这里的要旨在于将“诗三百”一概视为圣人意旨的表达,从而将其规定为儒家经典。如前所述,荀子与孟子很重要的区别之一是对“圣人”的作用看法不同。与此相关的则是对“圣人之道”的理解的差异。在孟子看来,“圣人之道”实际上是“天之道”与“人之道”的统一,前者是最终的价值依据,具有本体的意味;后者是前者在人世间的具体显现,也就是仁、义、礼、智等伦理道德规范。圣人之所以为圣人,就在于能够自觉到“人之道”与“天之道”的内在相通性,并通过个人的努力使二者都得到彰显——仁、义、礼、智等道德规范也不是人为的东西,而是“天之道”的产物,所以即使是圣人在这里也不创造什么,而是使

① 《荀子·儒效》,见王先谦《荀子集解》卷四,《诸子集成》本,上海书店1986年影印本,第84页。

人本自具足的东西得到显现。这就是所谓的“尽其心者,知其性也。知其性,则知天矣。存其心,养其性,所以事天也”(《孟子·尽心上》)之义。思孟学派与宋儒在学术上的一个重要特点就是试图给他们所选择的人世间的价值系统寻找一个超越于人世间之上的本体依据。由于文化语境与历史语境的双重限制,他们只能吸收老庄之学的精神,将无限的自然界设定为这种本体依据。荀子却是反其道而行之:在他看来,人世间的价值都是人自己制定出来的,这就是所谓的“伪”,根本与天地自然无涉。人之所以是人而不是其他的自然之物,正在于他能够制定人人遵守的礼仪规范。圣人之所以异于常人,就在于他就是这礼仪规范的制定者。《诗》《书》《礼》《乐》之所以可贵,也正是因为它们是圣人思想情感的表现或立身行事的记录。所以《诗》所言之“志”不是一般人的思想情感,而是圣人的意旨。他在《赋》篇中说:“天下不治,请陈佹诗。”这里“佹”通“诡”,“佹诗”即言辞诡异之诗。荀子称自己的诗为“佹诗”,恰恰体现了他既以圣人自命,又不敢堂而皇之地自称圣人的矛盾心态。实际上荀子正是要像圣人那样为天下立法的。一部《荀子》就是为社会各阶层制定的行为规范。

将《诗》理解为圣人之志的表达,实际上也就提出了一种诗歌阐释学的基本原则:说诗的结果一定要归结为圣人的意旨。这不正是汉代经师们的做法吗?这种诗歌阐释学与孟子的“知人论世”“以意逆志”已然大相径庭:在孟子,说诗者与诗人是处于平等地位的,二者是“友”的关系,说诗就是一种朋友间交流沟通的方式。在荀子,诗人就是圣人,说诗者只能是学圣之人,二者是不平等的。所以尽管孟子的“以意逆志”强调了说诗者的主体性,但是由于他毕竟还是将诗人视为曾经生活在具体历史环境中的活生生的人,故而在说诗时颇能顾及诗人的本意,至少不会相去太远。荀子开创的诗歌阐释学将诗规定为圣人之志,表面上是以极客观的、不敢有丝毫曲解的态度说诗,实际上却处处体现了主观性。因为一定要将那些在不同文化空间中产生并具有不同功能的诗歌一概阐释为圣人之言,才符合这种阐释学原则。事实上,荀子本人正是如此说诗的。现举数例以明之。其一,《正名》篇论“期命”(命名)与“辨说”(辨明与解说)的道理云:“期命也者,辨说之用也。辨说也者,心之象道也。心也者,道之工宰也。道也者,治之经理也。心合于道,说合于心,辞合于说,正名而期,质请(情)而喻。……说行则天下正,说不行则白道而冥穷,是圣人之辨说也。”接下来便引了《诗·大雅·卷阿》之句:“颙颙卬卬,如珪如璋,令闻令望。凯弟君子,四方为纲。”并说:“此之谓也。”实际上这些诗句本是赞扬君主品德之美的,与“期命”“辨说”没有丝毫关系,荀子搬到这里来证明其正名之论的合理性,完全是一种为我所用的曲解。又如《礼论》云:“天能生物,不能辨物也;地能载人,不能治人也;宇中万物,生人之属,待圣人然后分也。《诗》曰:‘怀柔百神,及河乔岳。’此之谓也。”这里荀子是在讲天人相分的道理,是极有见地的。但是所引之诗殊为不类。盖此二句乃出于《周颂·时迈》,本意是说周武王遍祭高山大河,取悦山川之神。这恰恰是讲人与天地自然的相通而非相异。由此可见,荀子心目中的“圣人之志”实际上常常就是自己的观点。他将圣人当作最高的价值依据实际上是出于自己立法活动的需要。诗歌在他这里被当成了建构社会价值秩序的现成工具。

第二,诗与“性”“伪”的关系问题。

在荀子的思想系统中,凡人生而有之的东西即为“性”;凡人后天创造或习得的东西即为“伪”。按此逻辑,诗歌自然应属于“伪”的范畴。但是荀子并不如此简单地看问题。在他看来,诗歌与人之“性”与“伪”均有密切联系。其《乐论》云:

> 夫乐者,乐也,人情之所必不免也。故人不能无乐,乐则必发于声音,形于动静,而人之道,声音动静,性术之变尽是矣。故人不能不乐,乐则不能无形,形而不为道,则不能无乱。先王恶其乱也,故制《雅》《颂》之声以道之,使其声足以乐而不流,使其文足以辨而不諰,

使其曲直、繁省、廉肉、节奏,足以感动人之善心,使夫邪污之气无由得接焉。

这里虽是论乐,亦完全适用于诗,因为在荀子看来,《诗》正是用来承载这种圣人制作的中和之乐的,也就是所谓"《诗》者,中声之所止也"(《劝学》)。这里的逻辑是这样的:《诗》(包括诗与乐)产生的最终根源是人之性,因为人之性具体表现为喜、怒、哀、乐之情,而人的这些情感必然要有所表现,或为声音(言辞),或为动静(行为)。但是这种人性的自然流露有多种可能性:或者成为哀伤淫靡之声、悖乱无法之行,或者成为中和之声、仁义之行。这里的关键在于是放任人性的自然流露,还是对其予以引导、规范。圣人正是在这个关键之点发挥作用的:创制出《雅》《颂》之声来引导人之性,使之沿着适当的途径来表现。所以《诗》既是人之"性"的表现,又是圣人之"伪"的产物,是二者的结合。看到荀子这种极有见地的诗歌发生论很容易令人想起弗洛伊德的压抑理论。在弗氏看来,人的遵循"快乐原则"的本我与遵循"现实原则"的自我之间即存在着一种压抑与引导的复杂关系。本我是人生而有之的自然本性,主要是生理欲望,它以获得满足为唯一目标,近于荀子所谓的"性";自我则是人后天形成的,或者说是社会塑造的人格,他处处遵循社会规范行事,近于荀子所谓的"伪"。在弗洛伊德看来,一部人类文明史就是一部压抑史——文明是作为社会存在的人类用来压抑作为个体存在的本能欲望的。在荀子看来,一个社会如果顺人之性,必然会出现混乱无序的局面,所以圣人才要创制出一整套礼义法度来规范人性。如此说来,从功能的角度看荀子的"伪",基本上就是弗洛伊德的"现实原则"。从另一个角度看,无论是荀子的"伪"还是弗洛伊德的"现实原则"又都不仅仅是压抑的手段,或者甚至可以说它们的主要功能并不是压抑而是疏导:为人的本能欲望的满足提供现实的途径。人的本能欲望如果能够得到自然的满足,当然是令人向往的事情,然而事实是,作为社会存在物的人类根本无法"自然地”满足自身的本能欲望:一旦人人都沿着自然的途径,即依据快乐原则来追求欲望的满足时,社会就会混乱一片,人们就会在争斗中耗尽力气,结果是任何人的本能欲望都无法得到满足。这就意味着人们满足本能欲望的方式需要规范,这是人作为“类”的存在形态本身决定的。至于这种规范方式具体是怎样的,则是一个历史的问题——在人类不同的发展阶段上总是存在着不同的满足欲望的合法性方式。如此说来,压抑和规范反而成了使本能欲望得到满足的有效手段。既然是以压抑的方式来获得欲望的满足,这种满足就必然是大打折扣的。所以后来法兰克福学派的思想家马尔库塞提出“非压抑性文明”的观点,实质上是主张通过社会的改造寻求一种将压抑的负面效应减到最低程度而使满足最大程度地得到实现的设想。

弗洛伊德正是用这样的观点来理解人类文学艺术和其他形式的精神创造的。例如他认为,在社会生活中,人的本能欲望无法直接得到满足,但它又不能永远处于被压抑状态,所以只能寻求某种被社会认可的方式来得到满足,文学艺术的创造就是人的本能欲望改头换面的满足方式。这就是他那篇题为《作家与白日梦》的著名论文所表达的核心观点。有趣的是,荀子的诗学思想与弗氏颇有异曲同工之妙。看前面的引文,荀子认为“乐”(lè)是人不能无之的自然本性,它必然要有所表现:或“发于声音”,或“形于动静”。对这种自然本性的表现方式,如果不加以引导就必然出现混乱,“先王恶其乱也,故制《雅》《颂》之声以道之”。这就是说,诗和乐是“先王”创制出来专门疏导人情的。其功能就在于使人的自然本性按照一个符合社会规范的途径得以实现。所以,人的自然本性为诗乐的产生提供了必不可少的能量或内驱力,“先王”创制的诗乐形式则为人的自然本性提供了实现的途径。诗乐因而就成为“性”与“伪”的完美融合。或者说诗乐是人的自然本性形式化的、合乎规范的、具有合法性(为社会所认可)的显现。不难看出,在文学艺术具有实现人的本能欲望之功能这一点上,荀子与弗洛伊德是极为接近的。但是二者毕竟是在迥然不同的文化历史语境中的言说，故而差异也是十分明显的。大略而言，弗洛伊德是在讲精神文化的一般性的生成原因，是个体与社会之间矛盾的自然解决，这里丝毫没有人为的因素。荀子却是讲“先王”或“圣人”对人类社会的引导作用，其所言之《雅》《颂》是特指而非泛指（譬如所谓“郑卫之声”就肯定不包含在内）。而且荀子所强调的是“立法”行为的合理性与必要性，突出的是社会精英的社会作用，弗洛伊德所强调的则是个体与社会之间根深蒂固的矛盾以及这种矛盾在客观上的调和方式。一是价值的建构，一是认知性的解释，在言说的动机上是大相径庭的。

所以荀子的乐论或诗论最终归结为社会功用。在他的眼中，诗歌也罢，音乐也罢，都不过是圣人为社会立法的手段而已。观荀子所言，他是将诗乐作为“礼”的辅助手段来看的。按照他的逻辑，人类社会必须划分为不同的等级并规定出每个人的行为规范和所享受的权利，才会安定有序。这就是“礼”的功能所在。但是这样一来，人与人之间就难免因等级的差异而出现严重的隔阂，这也不符合儒家要建立的那种亲密和睦的社会乌托邦了。所以应该有补救的措施，使不同阶层的人在差异的基础上建立亲密的人际关系。这就是诗乐的功能了。在《乐论》篇中荀子是这样来描述这种功能的：

> 故乐在宗庙之中，君臣上下同听之，则莫不和敬；闺门之内，父子兄弟同听之，则莫不和亲；乡里族长之中，长少同听之，则莫不和顺。故乐者，审一以定和者也，比物以饰节者也，合奏以成文者也；足以率一道，足以治万变。是先王立乐之术也……故乐者，天下之大齐也，中和之纪也，人情之所必不免也。

诗乐的功能关键在一个“和”字。《劝学》篇中所谓“诗者，中声之所止也”的“中声”就是指“中和之声”。既然诗乐可以将多种多样的声音、节奏整合为一种统一的旋律，它当然也可以将形形色色的人整合为一个和谐、亲密、温情脉脉的整体。“礼”的作用是晓之以理:人天生就有差别,要安分守己,承认贵贱之分;诗乐的作用是动之以情,君臣上下、父子之间,有如一体,要亲密无间。这样,诗乐就具有了无可替代的政治意义。

荀子对于诗乐功能的观点实际上是儒家乌托邦精神的深刻体现,关涉先秦儒家“立法”活动的基本策略,也关涉此后两千余年间中国官方意识形态的基本特征。就社会乌托邦的层面来看,荀子与孔孟一样,都向往那种既有严格的等级差异,又充满温情、其乐融融的社会状态。君则仁君,臣则忠臣;父则慈父,子则孝子。人人都恪守着自己的职分,享受着自己应有的权利,承担着自己应尽的义务,同时在不同的阶层之间又被一种深挚动人的亲情所统合。这样,对于社会差异,人们就不是被迫地接受而是诚心诚意地认同,不仅认为必须如此,而且觉得理应如此。这种将严格的礼制法度与温柔敦厚的诗乐教化统一起来的政治策略,根本上是一种融合社会价值与个体价值、理智与情感、道德与法律的努力。与儒家这种社会乌托邦相比,墨家强调平等(“兼爱”“尚同”)而反对差异的主张虽然对下层民众更具有吸引力,却显得更加不切实际;法家那种将人际关系完全置于强制性规定之下,以赏罚作为肯定或否定人的价值的主要的甚至是唯一手段的策略虽然能够在短期内取得较大的成效,却决然不是长治久安之计。至于道家,试图取消一切人为的建构而以自然形态为最高追求,作为一种社会理想就更是玄远难达了。墨家只看到“群”而忽视了“分”,法家只看到“理”而忽视了“情”,道家只看到“性”而忽视了“伪”,唯有儒家能够统筹兼顾,具有先秦诸子无法比拟的全面性。由此观之,历史选择儒家学说作为主导两千余年的国家意识形态绝非偶然之事。尽管先秦儒家的社会理想具有乌托邦性质,但是由于它具有统筹兼顾的全面性,故而很容易被转换为一种总体性的国家意识形态。汉代帝王“王霸道杂之”的统治之术实际上是两汉以降历代统治者共同尊奉的政治策略。其理论的根据正是先秦儒家的社会乌托邦精神。

先秦儒家的诗学观念在孔子那里是兼顾个人的道德修养与社会政治

功能的，在孟子那里则提出一种旨在与古人交流、沟通的诗歌阐释学原则，到了荀子这里就被完全纳入到政治话语系统之中了。如果说圣人（或兼有圣人品质的君主）作为具有绝对权威性的社会立法者，其一切话语建构根本上都是政治行为，那么诗乐作为这种话语建构中的重要内容也就只能以政治目的为指归了。所以，如果说孔子的诗学观念开启了后世以诗歌作为陶冶个人情操的修身方式以及臣下对君主表达不满的形式之先河，孟子开启了一种诗学阐释学之先河，那么荀子则主要是在理论上突出了以诗歌作为社会政治教化之手段的功用。《毛诗序》中的诗歌功能论正是与荀子一脉相承的。

第五节　汉儒的意识形态建构与《毛诗序》传承的逻辑轨迹

汉代诗学是作为意识形态建构的一部分而受到汉儒的高度重视的。汉儒的意识形态建构是对先秦儒家思想的直接继承。但是由于具体言说语境的变化，汉儒将儒学从先秦的士人乌托邦精神转换为官方意识形态话语，这是儒学发展史上一个重大变化。表现于诗学方面，则是《毛诗序》对先秦儒家诗学在继承基础上的改造。

一、儒家的说诗传统

汉代的诗学始终是作为儒家意识形态建构工程的一部分而存在的。后人（例如宋儒、清儒及现代“古史辨”派诸家乃至今日许多论者）不理解汉儒的良苦用心，极力从求真求实的立场对汉儒大加贬损，这并不是一种可取的态度。对于前人的学术，应该抱着平实客观的态度来看待。首先要追问他们何以如此言说，然后再看其言说是否可取。先让我们看看在“古史辨”派眼中的汉代诗学是如何不值一哂，这可以说是反汉代诗学的

代表:

> 汉儒愚笨到了极点,以为"政治盛衰""道德优劣""时代早晚""诗篇先后"这四件事情是完全一致的。他们翻开《诗经》,看到《周南》《召南》的"周、召"二字,以为这是了不得的两个圣相,这"风"一定是"正风"。《邶》《鄘》《卫》以下,没有什么名人,就断定为"变风"。他们翻开《小雅》看见《鹿鸣》等篇裔皇典丽,心想这一定是文王时作的,是"正小雅"。一直翻到《六月》,忽然看见"文武吉甫"一语,想起尹吉甫是宣王时人,那么这一篇一定是宣王以后的诗了,宣王居西周之末,时代已晚,政治必衰,道德必劣,当然是"变小雅"了。但《四月》以下很有些颂扬称善的诗,和《鹿鸣》等篇的意味是相同的,这怎么办呢?于是"复古""伤今思古""思见君子""美宣王因以箴之"等话都加上去了。翻到《民劳》,看见里面有"无良""惽怓""寂虐"等许多坏字眼,从此以后一定是"变大雅"了①。

这样的批评当然并非全无道理,也可以说的确揭示了汉代诗学的某些弊端。但是这种批评却遮蔽了汉儒说诗的思想逻辑,是完全离开了历史语境与文化语境的评判。按照这样的批评,好像汉儒真的都是闭门造车、任意胡说的浅陋狂悖之徒,这显然是割裂了文化演变脉络的片面之见。现在我们已经有足够的证据说明,汉儒的说诗是有所依据的,是从孔子即已开始形成的儒家诗学言说系统的一个环节,是某种文化逻辑的必然产物。如果按照"古史辨"派的解释,就只好说在汉代四百年间突然连续不断地生出了一大批妄人,不约而同地大放厥词。如果真是如此,那就成了人类文化史上最可笑、可怪的奇异景观了。儒家的诗学是其整体话语建构工程的一个重要组成部分,因此我们只有联系儒家话语建构的特

① 顾颉刚:《论〈诗经〉所录全为乐歌》,见《古史辨》第二册下编,上海书店1991年影印版,第654页。

定语境方能对其诗学进行客观而公允的评说。作为现代的阐释者,我们应该做的不在于指出古人的谬误之处,而是要揭示古人不得不如此言说的原因以及言说背后隐含的价值指向之所在。皮锡瑞尝言:“后世说经有二弊:一以世俗之见测古圣贤;一以民间之事律古天子诸侯。各经皆有然,而《诗》为尤甚。……后儒不知诗人作诗之意、圣人编诗之旨,每以后世委巷之见,推测古事,妄议古人。故于近人情而实非者,误信所不当信;不近人情而实是者,误疑所不当疑。”[①]这是很有道理的批评。假如今人自谓可以确知《诗经》作品之本义,大可直接予以阐释,不必非大批古人不可。倘若要对古人之阐释进行阐释,那就要切实了解古人言说之语境,冷静梳理古人知识话语所遵循之逻辑,力求给出合乎文化史、思想史之演变轨迹的解释。痛骂古人是最无意义的做法。今人刘光义指出:

> 而如谓西汉之儒,其解诗也,去诗之本义甚远,即纯为汉儒有心为之,亦决非至公持平之论。……当其解经之时有二种不可抗拒之力……其一,即春秋与战国时期,儒家之圣者、贤者。于诗所作之宏论高言;其二,即春秋迄乎战国各阶层于诗之应用。[②]

这样将汉儒的诗学置于特定的文化历史语境中予以考察,才是我们所应采取的态度。

汉代诗学作为一种解释系统可以说源远流长。从现存的文献资料看,对诗的实际功用的记载显然是早于对这种功用的解释的。诗歌的最初功能总是与音乐或舞蹈相伴随的。在关于“周礼”——西周时期的政治制度和礼仪形式——的种种记载中,从来就没有诗歌单独实现其功能的例子。这至少说明诗歌最初是为了一种综合性的礼仪形式而被收集或专门创作的。例如史籍说周公“制礼作乐”,这其中就包含着创制诗歌。

---

① (清)皮锡瑞:《经学通论·诗经》,中华书局1954年版,第20页。

② 刘光义:《汉武帝之用儒及汉儒之说诗》,台湾商务印书馆1968年版,第57页。

现存《诗经》中的不少作品就是周公本人或按照他的指示创作的。诗歌就是礼仪的一部分。礼仪是西周政治生活的主要组成方面。故而《诗经》中那些最早的作品肯定是与“志”,即个人的思想感情无关的,它们是政治的产物,是某种集体意识的表现。即使后来那些采集来的诗歌许多原本是个人情绪的产物,但是一旦纳入到官方礼仪文化系统就必然得到完全不同的阐释,从而成为官方话语。所以当时诗歌主要就是具有政治或意识形态的功能。

儒家正是看重诗歌这种政治的或意识形态的功能。孔子说“兴于诗,立于礼,成于乐”。实际上就是讲“礼乐”,即西周官方文化对于一个君子人格形成的重要性。只是由于孔子所接受到的已经不是完整的、作为活生生的政治生活内容的礼乐本身,而是作为文献记载的《诗》《书》《礼》《乐》,是“礼乐”的文本形式,而且在孔子的时代,诗歌也的确越来越脱离音乐而获得独立的意义,所以他才会将“诗”与“乐”分开来讲。我们可以设想,如果西周的诗歌亦如唐宋以后那些专门抒发个人情怀的作品一样,孔子还会那样看重它们吗?肯定不会的。因为儒家的全副精神都用于在往代遗留的文化资源中搜寻建构新的意识形态的材料了,根本无暇顾及纯粹个人化的言说,如果真有这样的材料,儒家也一定会将它们“阐释”成为具有政治文化功能的话语的。儒家对《诗经》的解释系统的形成过程同时也就是儒学意识形态建构工程的重要组成部分。这种解释系统从一开始就是着眼于诗歌作为官方话语的政治的或意识形态的功能的。但是由于《诗经》作品在西周乃至春秋时期的贵族政治生活中曾经渐次产生了不尽相同的功能,所以在孔子等儒家诗学中对诗歌也就具有多种维度的功能诉求。

汉儒所做的事情不过是在先秦儒家的基础上进一步强化《诗经》的政治的或意识形态的功能。下面我们就从不同的方面来考察儒家诗学从先秦到两汉的形成与演变的脉络。

二、《毛诗序》的产生年代及其诗学价值

汉儒的诗学本来是丰富多彩、头绪繁多的。除了人们常说的“四家诗”，还有一些没有形成大规模传承系统的诗学，例如楚元王刘交的“元王诗”。但是完整地流传至今的只有“毛诗”。所以我们所说的《诗序》也主要是指《毛诗序》（包括“大序”与“小序”）。关于《诗序》的作者，历来众说纷纭，从来就没有搞清楚过。今天我们如果认同某家说法或者提出一种新的说法来确定《诗序》为某某人所作恐怕是毫无意义的，因为我们并没有足够的理由来支撑这些说法。我们所能做的只是根据我们的阐释思路以及学界新发现的若干材料来梳理《诗序》形成的逻辑轨迹。

《诗序》是对于《诗经》作品之作诗意旨的简要概括，因此也是关于诗歌功能的最直接的解释。按照一些宋代《诗经》论者和“古史辨”派的见解，《诗序》似乎完全是汉儒的主观臆断①。这种评判是十分武断的。他们立论的主要根据无非是从诗歌文本的字面上读出来的意思与《诗序》所指出的意思相差甚远而已。这难道就可以证明《诗序》所言都是无根游谈吗？汉儒是那样讲“师法”“家法”，主观臆断的东西如何可以立足呢？我们并不是说《诗序》的解说都是符合作诗本义的，而是说这种解说绝不是主观臆断、凭空想象的。它或者是对某种前人成说的继承和发挥，或者是依据某种史籍对诗旨的理解，基本上可以说是对诗在某个历史时期所具有的功能的准确把握。对于那些史籍中从未记载，诗文本中亦无透露有关信息的诗作，特别是《国风》中的作品，作诗的本意究竟如何，那是一个永远无法解开的谜，因此是不可以追问的问题。从我们的阐释角度来看，对于这类作品来说有追问价值的不是谁是作者，他为什么作此诗，而是追问这首诗在传承过程中是如何被人们解释和使用的，它的功能

---

① 宋儒郑樵《诗辨妄》认为《毛诗序》是“村野妄人所作”。朱熹受到郑樵的影响，亦认为《毛诗序》不可信，他说：“《诗序》，东汉《儒林传》分明说道卫宏作，后来经意不明，都是被他坏了。”（《朱子语类》卷八十）“古史辨”派则云：“《毛诗序》是没有根据的，是后汉人杂采经传以附会诗文的。”（郑振铎《读毛诗序》）此类论述甚多。

是怎样的。如果非要跳出历史语境与文化语境来进行解释诗义也无不可,那就要采用类似英美“新批评”的方法,专注于诗歌文本,分析其文本意义,至于作者与作诗之意则是悬置不谈的问题了。现在看来,对于《诗经》的阐释只有采用这种文本分析的方法和“文化诗学”的思路比较有合理性。

《诗序》是汉儒所为,这是毫无疑问的。但是其根源是先秦儒家。我们知道,孔子是在西周时期具有仪式性、政治性的用诗传统以及春秋时期“赋诗言志”这种对诗歌的独特使用的基础上对诗进行言说的。他的言说可以说概括了诗歌自西周之初到春秋之末五百多年间所发挥之各项功能。这集中表现在他的“兴、观、群、怨”等关于诗歌功能的论述中。基于这样的解释立场,孔子说诗就严格地恪守着政治和伦理道德的价值评判与价值赋予的原则。孔子对具体诗篇意旨的看法在《论语》中有不多的记载。《学而》有云:

> 子贡曰:“贫而无谄,富而无骄,何如?”子曰:“可也,未若贫而乐,富而好礼者也。”子贡曰:“《诗》云:‘如切如磋,如琢如磨。’其斯之谓与?”子曰:“赐也,始可与言诗已矣,告诸往而知来者。”

看孔子的意思,是赞扬子贡有举一反三的能力,故子贡引的那两句诗肯定与“贫而乐,富而好礼”的君子人格有密切的关联。但是仅这两句诗是看不出这种关联的,所以必须联系整首诗的语境来看才行。这两句诗出于《卫风·淇澳》。其第一节是这样的:“瞻彼淇澳,绿竹猗猗。有匪君子,如切如磋,如琢如磨。瑟兮僩兮,赫兮晅兮,有匪君子,终不可谖兮。”看诗的字面义,无疑是赞美一位有文采而又品德高尚的君子的。《诗序》云:“《淇澳》,美武公之德也。有文章,又能听其规谏,以礼自防,故能入相于周,美而作是诗也。”如此看来,孔子说的“贫而乐,富而好礼”与《诗序》的“以礼自防”是相通的。对于这首诗的解释我们可以说汉儒与孔子是一脉相承的。

关于《关雎》,《论语·八佾》说是“乐而不淫,哀而不伤”。《毛诗序》说:“是以《关雎》乐得淑女以配君子,忧在进贤不淫其色,哀窈窕,思贤才,而无伤善之心焉。是《关雎》之义也。”这里明显是在套用孔子的话。从中可以看出汉儒说诗是严格遵守孔子说诗的基本原则的。这至少可以说明汉儒的说诗并非闭门造车,而是有自己自觉恪守的标准的。但是《论语》所载关于具体《诗经》作品的论述实在太少,而《左传》《国语》等书所记载的孔子引诗又不可信从,所以从孔子到汉儒的说诗究竟发生了怎样的变化实难索解。然而近年来的考古成就却为我们提供了极为珍贵的材料。2002 年上海书店出版的《上博馆藏战国楚竹书研究》一书,有关文章将竹书中大量关于《诗经》作品的论述定名为《孔子诗论》,并确定竹书成书年代不晚于战国中叶,这就为我们考察孔子对具体《诗经》作品的解释提供了极有价值的材料。从考古学家和古文字学家整理出的释文看,《孔子诗论》涉及《诗经》具体作品的论述有五十余条,其言说方式与《诗序》接近,都是用简洁的语句概括诗旨。据此,江林昌在《上博竹简〈诗论〉的作者及其与今传本〈毛诗〉序的关系》一文中得出如下结论:

其一,竹简《诗论》的基本观点大多为《毛诗》序所继承,竹简《诗论》很可能是学术史上所传说的子夏《诗》序,是目前所知的《毛诗》序的最早祖本;其二,《毛诗》序很可能传自子夏,汉魏学者如陆玑、徐整所说的《诗》序的承传由子夏而李克、而荀子、而毛公的几代人的师徒世系是有根据的,《毛诗》序的初创权应归于子夏,而荀子、毛亨、毛苌等人则作了润色加工,甚至于编排调整的工作;其三,所谓“卫宏受学于谢曼卿作大小《诗》序”“国史作《诗》序”“村野妄人作《诗》序”“诗人自作《诗》序”等等不同说法,均因竹简子夏《诗论》的出现而失去了依据。鉴于以上认识,我们建议将竹简《诗论》改称为

"竹简子夏《诗序》"①。

这几条结论大体上应该是可以成立的。这篇《诗论》可能是子夏根据孔子的讲授整理成文的,所以称为《孔子诗论》亦无不可。但是如果据此而否定卫宏作《诗序》,则略显武断,因为现存《毛诗序》与《孔子诗论》的区别依然很大,换言之,汉儒在先秦诗学的基础上依然做了许多工作。下面我们就根据《诗论》所言,再参照孟子、荀子说诗、引诗来考察一下汉儒的《诗序》究竟做了哪些工作。

《诗论》:

"孔子曰:吾以《葛覃》得氏初之诗。民性固然,见其美必欲反其[本],夫葛之见歌也,则以叶萋之故也;后稷之见贵也,则以文武之德也。"②

《诗序》:

"《葛覃》,后妃之本也。后妃在父母家,则志在于女功之事;躬俭节用,服浣濯之衣;尊敬师傅;则可以归安父母,化天下以妇道也。"

按《诗论》"得氏初之诗"的"氏"字,有的学者认为应该读为"是"③。这里只是说这首诗说明了人有"见其美必欲反其[本]"的本性:葛之所以见之于诗歌之中,是因为其枝叶之"萋萋";后稷之所以受到推崇,是因为他的后裔文王、武王的美好品德。因诗中所言乃妇人归宁之事,所以是"反其本"。《诗序》则具体到关于后妃的品德。今人则大多以为此诗为归宁父母的贵族妇人的自咏之作。《诗论》与《诗序》相同的地方是都试

① 《上博馆藏战国楚竹书研究》,上海书店2002年版,第117页。李学勤在《〈诗论〉的体裁和作者》一文中也认为《孔子诗论》的作者是子夏。见同书第57页。

② 此处用李学勤先生释文,下同。

③ 周凤五:《〈孔子诗论〉新释文及注解》,见《上博馆藏战国楚竹书研究》,上海书店出版社2002年版,第161页。

图从道德的角度解释，但前者并无一语言及“后妃”，可知《诗序》的“独创性”是很大的。

《诗论》：

“……《雨无正》《节南山》皆言上之衰也，王公耻之。”

《诗序》：

“《雨无政》，大夫刺幽王也。雨自上下者也，众多如雨，而非所以为政也。”

“《节南山》，家父刺幽王也。”

二者大致意旨完全相同，只是《诗论》不明言所指，《诗序》则指出是刺幽王。《郑笺》又不同于《诗序》，以为是刺厉王。这就说明《序》与《笺》都没有确切的证据，只是根据史实猜度而已。

《诗论》：

“《小旻》多疑矣，言不中志者也。……《小弁》《巧言》则言谗人之害也。”

《诗序》：

“《小旻》，大夫刺幽王也。”

“《小弁》，刺幽王也。太子之傅作焉。”

“《巧言》，刺幽王也。大夫伤于谗，故作是诗也。”

二者的区别依然是一是概述诗义，一是言其确指。

《诗论》：

“《关雎》之改，《樛木》之时，《汉广》之知，《鹊巢》之归，《甘棠》之保（报），《绿衣》之思，《燕燕》之情，曷？曰：童而皆贤于其初者也。……《关雎》之改,则其思益矣。《樛木》之时,则以其禄也。《汉广》之知,则知不可得也。……《绿衣》之忧,思古人也。《燕燕》之情,以其独也。"

《诗序》:

"《关雎》,后妃之德也,风之始也,所以风天下而正夫妇也。"

"《樛木》,后妃逮下也。言能逮下而无嫉妒之心焉。"

"《汉广》,德之所及也。文王之道被于南国,美化行乎江汉之域,无思犯礼,求而不可得也。"

"《鹊巢》,夫人之德也。国君积行累功,以致爵位。夫人起家而居有之,德如鸤鸠,乃可以配焉。"

"《甘棠》,美召伯也。召伯之教,明于南国。"

"《绿衣》,卫庄姜伤己也。妾上僭,夫人失位而作是诗也。"

"《燕燕》,卫庄姜送归妾也。"

观《诗论》之说诗皆依据诗之文本义略作发挥,绝无史实的附会。《诗序》则具体得多了。那么,从《诗序》与《诗论》的这种对比中我们可以得出怎样的结论呢?

第一,在孔子和子夏那里,对于《诗经》作品的确切所指是不明确的。他们只是根据诗的字面义尽量用道德的、政治的眼光来说诗。关于这一点我们还可以从其他的地方找到一些旁证。《孟子·公孙丑上》云:

仁则荣,不仁则辱。今恶辱而居不仁,是犹恶湿而居下也。如恶之,莫如贵德而尊士。贤者在位,能者在职,国家闲暇,及是时,明其政刑。虽大国,必畏之矣。《诗》云:"迨天之未阴雨,彻彼桑土,绸缪牖户。今此下民,或敢侮予?"孔子曰:"为此诗者,其知道乎!能治其国家,谁敢侮之?"

这里孟子所引之诗出于《豳风·鸱鸮》，此诗古人皆以为是周公写给成王的。盖因《周书·金滕》明确记载："周公居东二年，则罪人斯得。于后，公乃为诗以贻王，名之曰《鸱鸮》。"然而看孟子所引孔子之论，却是明显不知道此诗的作者为谁。孔子是研究、传承《诗》《书》的专家，他何以竟会不知道《金滕》的这段记载呢？如果我们确信孟子的引证不会有误的话，那么只有一种解释，即孔子的时代或者《尚书》根本没有《金滕》之篇，或者有此篇而无关于《鸱鸮》的记载——这记载是孔子之后的儒者加进去的。如此说成立，则孔子关于《鸱鸮》的言说也同样是根据文本义而做出的发挥。又《告子上》云：

> 《诗》曰："天生蒸民，有物有则。民之秉彝，好是懿德。"孔子曰："为此诗者，其知道乎！故有物必有则，民之秉彝也，故好是懿德。"

此处所引之诗出于《大雅·烝民》。《诗序》云："《烝民》，尹吉甫美宣王也，任贤使能，周室中兴焉。"言之凿凿，似乎有绝对把握。但是看这里引孔子之言，显然同样不知道此诗是何人所作，只是根据诗的文本义予以评说的。又《荀子·宥坐》：

> 《诗》曰："瞻彼日月，悠悠我思。道之云远，曷云能来。"子曰："伊稽首不其有来乎？"

此处所引诗句出于《邶风·雄雉》。《诗序》云："《雄雉》，刺卫宣公也。淫乱不恤国事，军旅数起，大夫久役，男女怨旷，国人患之而作是诗。"关于所引孔子之言，杨倞注云："稽首，恭敬之至。有所不来者，为上失其道而人散也。若施德化，使下人稽首归向，虽道远能无来乎？"这种解释显然是受了《诗序》的影响，可以说是不通的。俞樾认为"伊"是语词，"稽首”应该为“同道”的假借字,故此句意为“道苟同则虽远而亦来”①。这种解释比较符合孔子说诗的特点。显而易见,孔子的解释肯定与诗歌文本义相去甚远:诗中说道路遥远,不知所思念之人何时能回来,情意是很真挚而强烈的,并没有什么“道同”与否的问题。但是孔子显然也并不认为此诗是为刺卫宣公淫乱而作的,否则也就不会说什么“虽远而亦来”这样无的放矢的话了。孔子只是依据诗中“道远”这样的词语用“偷换概念”的手法借题发挥而已。这与《论语》所记载的孔子和子夏谈论“绘事后素”而及于“礼后乎”是一样的情形。总而言之,我们认为,尽管孔子在说诗时极力用儒家道德政治的观点去曲解诗旨,但是他并没有完全脱离诗的文本义而任意附会。这与汉儒的做法是有很大差异的。这里有一个问题:孔子、子夏等先秦儒家代表用政治、道德的观点说诗,是完全出于他们建构儒家话语系统的目的,还是有某些历史的依据,例如《诗经》作品在某个时期的确具有政治或道德的特殊功能吗?这是一个大问题,我们准备在另外的地方专门探讨,这里暂不展开了。

第二,汉儒说诗必有所本。事实上,《孔子诗论》的存在本身就已经证明了汉儒说诗的渊源所在。据史籍记载,汉初今文的三家诗与古文的毛诗都有师承,并没有哪家是某人自纂出来的。对于这种师承,过去人们常常将信将疑,以为有可能是汉儒为了夸耀自己一派的学术,以便在激烈的竞争中获得有利地位而编造的。以往我们只看到《论语》《孟子》《荀子》等先秦儒家典籍中的引诗与为数不多的说诗,难以断定汉儒说诗是如何在其基础上发展的。今看《孔子诗论》,我们就清晰地知道了,原来儒家从孔子、子夏的时候开始,《诗经》的传授过程就是用类似《诗序》的形式,用一两句简洁扼要的语句来概括每首诗的主旨的。而且先秦的儒家早已经将说诗的基本路向牢牢确定在政治、道德的框架之中了——无论诗的文本义如何,都要“发掘”出它所隐含的政治、道德的意义来。在这一点上,汉儒是严格遵循先师们的路子行进的。这也有力地证明了汉儒

① (清)王先谦:《荀子集解》卷二十,《诸子集成》上海书店1986年影印本,第344页。

说诗必然有所本，并非向壁臆造。即便史籍记载的诸家师承的线索可能有错误之处，但是对于师承本身是不应该再怀疑了。但是有些学者因此而认为《毛序》完全是对先秦诗学的继承，那又失之偏颇了。

第三，汉儒说诗的确有附会史实之嫌。通过比较《孔子诗论》与《毛诗序》我们不难看出，先秦儒家留给汉儒可资参考的说诗资料是有限的。特别是那些从文本义来看是关于男女情爱的风诗，孔子、子夏等先秦儒家只是做了初步的价值赋予工作——指出其具有政治、道德方面的意义，并没有落实其所言何事、所指何人。汉儒的《诗序》则一一指实其为某人某事所作。因此，汉儒说诗固然有所本，并非凭空杜撰，但是他们的“创造性”也是很大的。

三、关于汉儒说诗的附会史实问题

关于汉儒说诗的“创造性”我们有必要进一步来做一些证明。除了上述《诗论》与《诗序》的比较之外，可以证明汉儒说诗有“创造性”发挥的最有力证据是“四家诗”均言之凿凿却又各有异词。现根据近人何定生先生《诗经今论》一书所辑三家诗题解，举数例如下：

关于《关雎》：

康王晏出朝，《关雎》预见。（刘向《列女传》）（鲁诗）

人主不正，应门失守，故歌《关雎》以感之。（《春秋说题词》，《太平御览·学部三引》）（齐诗）

《关雎》，后妃之德也……（《毛诗序》）（毛诗）

应门失守，《关雎》刺世。（《后汉书·明帝纪》）（韩诗）

关于《葛覃》：

《葛覃》，恐其失时。（蔡邕《协和婚赋》）（鲁诗）

《葛覃》，大夫妻归宁。（何休《公羊传解诂》）（齐诗）

《葛覃》，后妃之本也。（《毛诗序》）（毛诗）

关于《黍离》:

卫宣公子寿悯其兄伋而作。(《新序·节士篇》)(鲁诗)

《黍离》,伯封作也。(《王氏诗考》引)(韩诗)

《黍离》,悯宗周也。(《毛诗序》)(毛诗)

从这简单的对比中可以看出,“四家诗”在说诗的基本价值指向上是完全一致的:都遵循了先秦儒家的既定思路,从道德的和政治的角度看待《诗经》作品的意旨。他们的区别仅仅在于各自对诗歌具体指涉的人和事的认定有所不同。这说明什么?这只能说明汉儒说诗虽然是出于同一个解释系统,却又都不肯严格按照师承说诗,都不约而同地来了个“别子为宗”。这才会导致同源而异流的现象出现。否则他们怎么能够开宗立派呢?从这个角度来看,有些批评者对《诗序》的指责就有其意义了。清人崔述云:

世儒皆谓《诗序》近古,其说必有所传。十二国之中,称为美某公、刺某公者,必某公之事无疑也。虽然,余细核之矣。《邶》《鄘》《卫》三十九篇,直指为某君者十有七。《王风》十篇,直指为某王者五。《郑风》二十一篇而直指者十有一。《齐》则十一篇而直指者六。《唐》则十二篇而直指者九。《陈》则十篇而直指者七。乃至《秦》止十篇而得九,《曹》止四篇而得三。惟其事与君无涉则已耳,苟事涉于其君,不举其谥则称其名与字,徒称君者百不三、四焉。可谓言之凿凿也。而独《魏风》七篇、《桧风》四篇,则无一篇直指为某君者。此何以说焉?既果真有所传,何以此二国独不知其为某公?况桧亡于鲁惠之世,魏亡于鲁闵之世,且在齐哀、陈幽烛后二百年,何以远者知之历历,而近者反皆不知之乎?盖周、齐、秦、晋、郑、卫、陈、曹之君之事,皆载于《春秋传》及《史记·世家》《年表》,故得以采而附会之。此二国者,《春秋》《史记》之所不载,故无从凭空撰为某君者耳。然则彼八国者，亦非果有所传，而但就诗词揣度言之，因取《春秋传》之事附会之也彰明矣。①

崔述这段话可以说是痛快淋漓，非常有力地指出了汉儒说诗的普遍问题。附会史实恰恰是《诗序》，包括齐、鲁、韩三家《诗序》说诗的共同特征。我们知道，有些诗的创作原因在某些史书中是有明确记载的，例如《卫风·硕人》，《左传·隐公三年》明确记载："卫庄公娶于齐东宫得臣之妹，曰庄姜，美而无子，卫人所为赋《硕人》也。"又如《秦风·黄鸟》，《左传·文公六年》载："秦伯任好卒。以子车氏之三子奄息、仲行、针虎为殉，皆秦之良也。国人哀之，为之赋《黄鸟》。"再如《大雅·抑》，《国语·楚语上》载："左史倚相曰：'……昔卫武公年数九十有五，犹箴警于国……史不失书，矇不失诵，以训御之，于是乎作《懿》戒，以自警也……'"（按："懿"即"抑"也。）此类史籍上明言作诗之旨的作品当然是便于解释的，可惜这种情况太少了，在《诗经》中只是个别情况而已。那么多无从找到根据的作品如何解释呢？就只好附会史书了。

那么这种附会是从什么时候开始的呢？我们可以肯定地说，在荀子那里这种附会还没有发生。何以见得呢？我们可以从荀子的引诗中看出来。我们可以试举几例如下：

故先王既陈之以道，上先服之。若不可，尚贤以綦之；若不可，废不能以单之。綦三年而百姓往矣。邪民不从，然后俟之以刑，则民知罪矣。《诗》曰："尹氏大师，维周之氐；秉国之均，四方是维；天子是庳，卑民不迷。"是以威厉而不试，刑错而不用，此之谓也。（《宥坐》）

这里荀子是讲帝王如何治民的道理：先是以身作则地示范和以表彰贤者来引导，然后是罢黜不贤者以警戒之，如果还有不守礼法的奸邪之

① （清）崔述：《读风偶识》卷二《通论十三国风》。

人,那就只好用刑罚来惩罚了。总之荀子在这里是提倡“威厉而不试,刑错而不用”的礼治。他所引的诗句出于《小雅·节南山》。《诗序》云:“《节南山》,家父刺幽王也。”董仲舒则云:“及至周室之衰,其卿大夫缓于谊而急于利,亡推让之风而有争田之讼。故诗人疾而刺之,曰:‘节彼南山,惟石岩岩,赫赫师尹,民具尔瞻。’”(《汉书·董仲舒传》)《诗序》以为是刺幽王,董仲舒以为是刺卿大夫(即师尹)①,就诗的文本义言之,董说近是。然而荀子却完全是从正面来引此诗,似乎并不知道这是讽刺师尹的话。这至少说明在荀子的心目中这首诗并不像汉儒所理解的那样。又如:

> 诸侯召其臣,臣不俟驾,颠倒衣裳而走,礼也。《诗》曰:“颠之倒之,自公召之。”(《大略》)

此处所引诗句出于《诗经·齐风·东方未明》。《诗序》云:“《东方未明》,刺无节也。朝廷兴居无节,号令不时,挈壶氏不能掌其职焉。”荀子说:“颠倒衣裳而走,礼也。”显然并不认为这里有什么讥刺之意。近观诗之文本义,似乎也看不出旨在讽刺。也就是说,对此诗的理解汉儒与荀子是不一样的。再如:

> 君子之言,涉然而精,俛然而类,差差然而齐。彼正其名,当其辞,以务白其志义者也。……故名足以指实,辞足以见极,则舍之矣。外是者谓之讱,是君子之所弃,而愚者拾以为己宝。故愚者之言,芴然而粗,啧然而不类,誻誻然而沸。彼诱其名,眩其辞,而无深于其志义者也。故穷藉而无极,甚劳而无功,贪而无名。故知者之言也,虑之易知也,行之易安也,持之易立也;成则必得其所好而不遇其所恶焉。而愚者反是。《诗》曰:“为鬼为蜮,则不可得;有腼面目,视人罔

① 董仲舒的解诗与《毛诗序》不同,应是出于三家诗。有人认为是出于《齐诗》。

极。作此好歌，以极反侧。”此之谓也。（《正名》）

这段话是讲“辨说”的道理——君子或智者之言逻辑畅通、道理明白、名实相副，并且切于实用，多余的废话一律摒弃。愚者之言却是啰唆艰涩、逻辑不通、炫耀文辞，毫无用处。此处引诗出于《小雅·何人斯》。《诗序》云：“《何人斯》，苏公刺暴公也。暴公为卿士，而谮苏公焉。故苏公作是诗而绝之。”就文本义来看，尽管不能断定具体作诗者与被刺者，但的确像是朋友绝交之诗。观荀子之意，似乎并不知道这首诗的具体所指。

也许有人会说，古人引诗本来就是断章取义，与诗的原义相去很远并非鲜见之事。此话对于春秋时期那些引诗、赋诗的贵族来说自然是毫无疑问的，但对荀子来说却不可以以此论之。因为在荀子心目中，《诗三百》已经不是一部一般的古代文化典籍了，它们都是圣人之志的表现。所谓“《诗》言是，其志也”（《荀子·儒效》）是说《诗》乃圣人之志。因此他将《诗》与《书》《礼》均称之为“经”。正是由于《诗》在他的眼中有这样神圣的地位，所以在他多达六十次的引诗中从来没有像春秋的贵族们那样断章取义的。他的引诗与全诗的大旨绝无相悖或无关的情形。他的引诗有与《诗序》相左之处，那只能说是因为他与汉儒对诗旨的理解有所不同。

通过以上的例子我们可以看出，在荀子的心目中，诗虽然都具有政治或道德的意义，但并不确定这首诗是刺某公，那首诗是刺某王。这与《孔子诗论》的说诗是基本一致的——根据诗的文本义适当赋予其以某种道德的或政治的价值。如果这个结论可以成立，那么四家“诗序”那样指实某诗为某人作，乃美某人或刺某人的说诗方法就是汉儒的发明了。对此，“古史辨”派曾经进行过激烈的批判和无情的嘲笑。例如顾颉刚在《论诗序附会史实的方法书》中认为汉儒是用“无中生有”的方法随意解释诗意。他讽刺说，假如唐诗没有标出题目和作者，用汉儒的方法来解释就会出现这样的情形：《海上》（即“海上生明月”一诗），杨妃思禄山也。禄山辞归范阳,杨妃念而作是诗也。《吾爱》(即"吾爱孟夫子"一诗),时人美孟轲也。梁襄王不似人君,孟子不肯仕于其朝,弃轩冕如敝屣也。不能不承认,顾先生的确抓住了汉儒用史实比附诗意的症结所在。那么汉儒为什么要这样做呢?郑振铎在《读〈毛诗序〉》一文中曾这样来解释汉儒的动机:

> 《毛诗序》……几乎百分之九十以上是附会的,是与诗意相违背的。……大概做《诗序》的人误认为《诗经》是一部谏书,误认为《诗经》里许多诗都是对帝王而发的。所以他解说的诗意不是美某王,就是刺某公。①

这无疑是极为合理的解释。因为我们在孔、孟、荀等先秦儒家的说诗、引诗中实在发现不了可以支撑《诗序》的证据。这说明汉儒为了自己的意识形态建构,的确在说诗方面有一些过于大胆的发挥。但是这种发挥并非出于汉儒的愚钝,而是他们争夺意识形态话语权的紧迫需要使然。

第六节　毛、郑《诗》学"正变"说之合理性
——兼谈西周中叶文化空间的变化与诗歌功能的转变

诗歌在西周初期的国家意识形态建构过程中起到了至关重要的作用。但是到了西周中期,诗歌原来赖以存在并发挥功能的文化空间发生了重要变化,于是诗歌原有的意识形态功能渐渐弱化,而各种新的功能随之产生并发展起来。"正变"之说原是汉儒从诗歌功能历史演变的角度对《诗经》作品进行的分类,清代以来不少学者对这一分类方式持全盘否

① 顾颉刚:《古史辨》第三册下编,上海书店《民国丛书》本,第388—389页。

定态度，这是失之武断的。

一、现代学界对“正变”说的批评

西周初期周公等人为了意识形态的需要创制的那些颂诗及部分大小雅之作，一旦作为乐章而且成为礼仪制度的组成部分，它们也就获得了某种稳定性——在相当长的时期内这些乐章及其功能都不会被改变。这也许就是班固所谓“成康没而颂声寝”的真正原因。后世诸王，倘不对礼乐制度做大的改革，就必定会沿用那些周初创制的乐章。如此久而久之，这些乐章原来的那些意识形态功能也就渐渐淡化，直至消失。事实上，到了西周中叶的昭、穆二王之后，周人的统治早已深入人心，获得了牢不可破的合法性，也不再需要用诗歌的言说方式来强化这种合法性了。班固说“成康没而颂声寝”，而郑玄《诗谱序》在“及成王、周公致太平，制礼作乐，而有颂声兴焉，盛之至也”之后即言“后王稍更陵迟，懿王……”自成王乃至懿、夷二王之间的康、昭、穆、共四王概无言及，这是什么原因？恐怕正是因为这个时期的一百多年间，周人在诗乐方面没有大的制作[①]。此期诗歌的具体功用或许会有改变，例如原用于祭祀大典的乐章移为他用等。但诗歌总体的意识形态功能除了渐渐削弱之外没有任何改变。那么具有新的功能的诗歌是如何产生的呢？《毛诗序》的作者和郑玄都是颇有历史眼光的人，他们已经很清楚地指出了社会政治的变化对于诗歌功能转变的决定性影响。可惜的是清代以来一些学者，特别是“古史辨”派对《诗序》和《郑谱》的观点完全否定，使这个问题变得更加复杂难辨了。看他们的论述，主要是对于《诗序》与《诗谱序》的“美刺”“正变”说难以理解，特别是对于按照时代的顺序划分“正变”的观点不能接受。例如顾颉刚先生说：

---

① 最近亦有论者认为《周颂》之《闵予小子》《访落》《敬之》《小毖》四首乃专为穆王继位仪式而作（见马银琴《西周穆王时代的仪式乐歌》，赵敏俐主编《中国诗歌研究》第一辑，第3—28页）。我以为，此期间或许会有个别诗歌的创作，例如时王对父祖进行祭祀时用之，但不可能有大规模的诗歌创作。郑玄并非随意言之。

> 汉儒愚笨到了极点,以为"政治盛衰""道德优劣""时代早晚""诗篇先后"这四件事情是完全一致的。他们翻开《诗经》,看到《周南》《召南》的"周、召"二字,以为这是了不得的两个圣相,这"风"一定是"正风"。《邶》《鄘》《卫》以下,没有什么名人,就断定为"变风"。他们翻开《小雅》看见《鹿鸣》等篇裔皇典丽,心想这一定是文王时作的,是"正小雅"。一直翻到《六月》,忽然看见"文武吉甫"一语,想起尹吉甫是宣王时人,那么这一篇一定是宣王以后的诗了,宣王居西周之末,时代已晚,政治必衰,道德必劣,当然是"变小雅"了。但《四月》以下很有些颂扬称善的诗,和《鹿鸣》等篇的意味是相同的,这怎么办呢?于是"复古""伤今思古""思见君子""美宣王因以箴之"等话都加上去了。翻到《民劳》,看见里面有"无良""惛怓""寂虐"等许多坏字眼,从此以后一定是"变大雅"了。①

因此顾先生认为"正变"之说是绝对不能成立的。这种观点影响巨大,基本上为学术界所认同。例如何定生先生的观点就很有代表性:

> 毛诗最讲不通处,就是以诗的世次来定"正变"的标准。他们硬性规定成王以前者为"正诗",懿王以后者为"变诗"。但奇怪的是,为什么"正诗"都集中在文王到成王的七八十年间,而康昭以后以至共王一百多年,便连一篇都没有,成为诗经的真空时代?康、昭时代没有一篇"正诗"已属可怪,为什么穆、共六十余年间也连一篇"变诗"都没有,而必等到懿王才开始"变诗"的时代呢?但就这一点,即足以证明毛诗用世次来分别"正变"之不合理了。因为三百篇即使可以用"正变"来分类,也只是个案的分类,决不能用世次来硬性划

① 顾颉刚:《论诗经所录全为乐歌》,见《古史辨》第三册下编,上海书店《民国丛书》1991年影印本,第654页。

分，一硬性划分，便显然有主观的作用，不符事实了。①

顾颉刚与何定生提出的理由看上去似乎是无可辩驳的，实则不然。用“正变”来为诗三百分类是有主观性的，正如任何分类、任何命名都必然有主观性一样。但按世次分诗之“正变”则是唯一合理的选择。何以见得呢？首先，不能将“正变”与“美刺”完全对应而论之。《诗序》《毛传》《郑笺》《郑谱》都没有说“变诗”中绝对没有“美诗”。而且《小大雅谱》明确指出：“大雅《民劳》、小雅《六月》之后，皆谓之变雅，美恶各以其时，亦显善惩过，正之次也。”这说明“正变”之分并不是从“美刺”着眼的。对于“变诗”中有不少“美”诗这样的事实任谁都无可否认，何况《豳风》的确大都是歌颂周公的呢！毛、郑等当然也不会睁眼说瞎话。其次，康、昭以后百余年没有诗并不可怪，因为这个时期因循武、成礼制，无须增删，或者说此期诗歌作为正乐之乐章的功能没有改变。既然礼乐仪式中的一切都按部就班、各依其序，如果没有大的政治原因，当然是用不着、也不允许更改的。最主要的是，乐章创作者根本就没有改变的冲动或激情。他们没有理由去改变沿袭已久的乐章。第三，正如皮锡瑞所说，后世论者难免用今天的眼光看古人。从功能的角度看，西周时代的所谓“诗”与后世人眼中的“诗”根本就不是同一性质的东西，须知它是礼乐制度的一个组成部分，而不是用来抒写个人的闲情逸致或愤懑不平的！制度岂可随意变动？制度创立之初，周公等人根据先前的文化资源选择了“诗”这种言说形式或书写形式与“乐”一同作为礼制的组成部分，形成“诗”创作的一个集中时期。此期一过，“诗”就不再是一种“活的”言说形式了。它何时重新获得活力而进入人们现实的政治文化空间，则有赖于历史需求的召唤。所以第四，“正变”其实正是对诗歌应时代需求而起伏变化这一情形的准确把握——“正诗”代表周初创制或采集的进入了礼乐制度系统中的那些作品；“变诗”则代表那些后来因为制度的变化而获得全新的功能的

① 何定生：《诗经今论》，台湾商务印书馆1968年版，第251页。

作品。

“变风变雅”的说法是汉儒提出来的。《毛诗序》和郑玄《诗谱序》都认为所谓“变风变雅”是周室衰微、王纲解纽时代的产物。按郑玄的划分，《风》诗除《周南》《召南》之外皆为“变风”；《大雅》自《民劳》之后，《小雅》自《六月》之后皆为“变雅”。这里有一个问题应注意。按《诗谱序》与《毛诗序》的说法，风雅正变之分的标准是时代的盛衰，太平盛世的诗是“正风正雅”，混乱衰微之世的诗是“变风变雅”。然而如何分辨一首诗究竟产于何时呢？譬如《周南》《召南》，《毛传》《郑笺》均以为是西周初文王时代的作品，所以认为是“正风”，但是后代学者根据诗的内容和文辞技巧研究发现，其中不少作品是西周末年甚至是东迁之后的作品[①]。现代学者多认同这种观点。陆侃如、冯沅君著《中国诗史》经过考证后指出：“由此可知《二南》中不但没有一篇可以证明是文王时诗，并且没有一篇可以证明是西周时诗。同时可以推定的几篇却全是东周时的作品。”[②]这样一来，《毛诗》《郑笺》的正变之分似乎也就失去了切实的根据。对于这一情况可以这样理解：《二南》之诗或许并非文王时的作品，但是其被采集入乐的时间应该较之其他“十三国风”为早，并被王室乐师纳入到礼乐系统之中。这类诗虽然不可能像“颂”和“正雅”那样成为重大祭祀礼仪的乐章，但是可以成为正式的“乡乐”“燕乐”或“房中之乐”，从而获得“正”的地位。例如据《仪礼》的记载，在“乡饮酒礼”中就有以《二南》之诗为乐章的乐次。其他“十三国风”的作品尽管也均被入乐，但都是用于“无算乐”的散乐，并无固定的用途，故而只能算是“变风”。这样“正变”的划分还是依据诗歌功能的历史演变而作出的。

顾炎武有一段曾引起很大争议的话非常值得注意，其云：

《钟鼓》之诗曰：“以《雅》以《南》。”子曰：“《雅》《颂》各得其

① 参阅清人崔述《读风偶识》、魏源《古诗微》等。

② 陆侃如、冯沅君：《中国诗史》，山东大学出版社1996年版，第69页。

所。”夫《二南》也,《豳》之《七月》也,《小雅》正十六篇,《颂》也——《诗》之入乐者也。《邶风》以下十二国之附于《二南》之后,而谓之风;《鸱鸮》以下六篇之附于《豳》,而亦谓之《豳》;《六月》以下五十八篇《小雅》,《民劳》以下十三篇《大雅》,而谓之“变雅”——《诗》之不入乐者也。①

这也就是说,诗三百并非全部入乐,入乐者谓之“正”诗,不入乐者谓之“变”诗。全祖望则反驳说:

古未有诗而不入乐者。特宗庙朝廷祭祀燕享不用,而其属于乐府,则奏之以观民风,是亦乐也。是以吴札请观于周乐,而列国之风并奏。不谓之乐而何?古者四夷之乐,尚陈于天子之庭,况列国之风乎?亭林于是乎失言。况变风亦概而言之,卫风之《淇澳》、郑风之《缁衣》、齐风之《鸡鸣》秦风之“同袍”“同泽”,其中未尝无正声,是又不可不知也。②

顾炎武的“变”诗不入乐之说虽不能成立,但是他从“乐”的角度来看待正变却是有眼光的。如综合顾、全二说则可以得出这样一个结论:“正”诗都是入乐的,这一点没有疑问。“变风变雅”即使入乐,其功能也与“正”诗有很大的区别。它们不是那种用于祭祀、朝会、宴饮的仪式化的或者正式的乐舞歌辞,而是另有他用。关于诗作为乐章的用途,朱熹尝言:“二南正风,房中之乐也,乡乐也。二雅之正雅,朝廷之乐也。商、周之颂,宗庙之乐也。至变雅则衰周卿士之作,以言时政之得失。而邶、鄘以下,则太师所陈,以观民风者耳,非宗庙、燕享之所用也。”③观朱熹之言,则《颂》与“正风”“正雅”都是入乐的,是固定化或仪式化的歌辞,它们之

---

① (明)顾炎武:《日知录》卷三,见黄汝成《日知录集释》卷三,岳麓书社1994年版,第78页。
② 见黄汝成《日知录集释》卷三,岳麓书社1994年版,第78—79页。
③ (明)顾炎武:《日知录》卷三,见黄汝成《日知录集释》卷三,岳麓书社1994年版,第79页。

间的区别主要在于所用之场合不同;而“变风变雅”与“正”诗的区别在于它们均不是正式的礼仪乐章,至于是否是“太师所陈,以观民风”的,就是另外一个问题了。

顾炎武还有一个创见,认为诗不应分风、雅、颂三类,而应分南、豳、雅、颂,其他十二国风则为附录①。梁启超在《诗经解题》中则将诗分为南、风、雅、颂四类,似是受到亭林的影响。他总结此四类诗的用途时说:“略以后世之体比附之,则风为民谣,南雅为乐府歌辞,颂则剧本也。”②梁启超认为“风”即“讽”,是“不歌而诵”的诗;“雅”即“正”,是周代通行的“正乐”;“颂”即“容”(舞容),是诗、乐、舞三者合一的乐舞歌辞。这种说法同样是从功能上看“正”“变”之异同的。

不论上述诸家之说存在着怎样的缺陷,我们认为其总体上揭示出《诗经》作品在编排上体现出的基本分类原则。这说明“正变”之说并非汉人毫无根据的杜撰,而是根据诗歌在长期使用过程中表现出来的功能差异而作出的合理分类。在这个问题上钱穆先生也提出过很好的见解:

> 窃谓诗之正变,若就诗体言,则美者其正而刺者其变,然就诗之年代先后言,则凡诗之在前者皆正,而继起在后者皆变。诗之先起,本为颂美先德,故美者诗之正也。及其后,时移世易,诗之所为作者变,而刺多于颂,故曰诗之变,而虽其时颂美之诗,亦列变中也。故所谓诗之正变者,乃指诗之产生及其编制之年代先后言。凡西周成康以前之诗皆正,其时则有美无刺;厉、宣以下继起之诗皆谓之变,其时则刺多于美云尔。③

这是我所见过的古今关于“正变”之说最为公允、合理的解释。毛郑之说将诗的创作与时代联系起来,其合理性是不容置疑的。诗的最初制

① (明)顾炎武:《日知录》卷三,见黄汝成《日知录集释》卷三,岳麓书社1994年版,第80页。
② 转引自蒋伯潜、蒋祖怡著《经与经学》,上海书店出版社1997年版,第43页。
③ 钱穆:《读诗经》,见《中国学术思想史论丛》(一),台湾东大图书有限公司1976年版,第120页。

作、使用都是为了强化周人统治的合法性,是意识形态话语建构,理所当然是有美而无刺。这样的诗作为乐章长期使用于各种礼仪活动之中,久而久之,成为惯例,成为定制,这就是所谓“正”。后来产生或采集来的怨刺之作与原有之诗在创作目的、内容乃至运用上都有很大分别,乃诗之变体,故谓之“变”。

二、“变”诗产生的历史轨迹

那么这种变化是如何发生的呢?

正如西周初期诗歌的产生和运用是时代政治需要使然一样,后来诗歌功能的变化也同样是适应新的政治需要的结果。周公主持制定的封建宗法制以及相应的礼乐制度的确起到了稳定社会政治秩序与价值秩序的重要作用,其结果便是成、康、昭、穆百余年间的繁荣稳定。史载:“成康之世,天下安宁,刑措四十年不用。”[①]但是权力的诱惑毕竟非诸侯们能够长期抵御得住的。西周以血亲为纽带的封建宗法制,再加上严格的礼仪制度的强化,似乎形成了严密、系统、无懈可击的政治架构,一切权力的运用、分配、交接都有清晰的规定,因而可以按部就班地进行了,但是事实上并非如此。下列情形的出现均可视为西周政治制度松动的征兆:

> 晋侯作宫而美,康王使让之。
>
> 十九年,天大曀皆震,丧六师于汉。
>
> 昭王末年,夜清,五色光贯紫微。其年王南巡不反。
>
> (以上见《古本竹书纪年》)
>
> 炀公六年卒,子幽公宰立。幽公十四年,幽公弟费杀幽公而自立,是为魏公。(《史记·鲁周公世家》)
>
> 昭王之时,王道微缺。昭王南巡狩不返,卒于江上。

① 《古本竹书纪年·周·康王》,见朱右曾辑、王国维校补《古本竹书纪年辑校》,辽宁教育出版社1997年版,第12页。

诸侯有不睦者,甫侯言于王,作修刑辟。

(以上见《史记·周本纪》)

晋侯作宫室而美,定为越制之举,否则康王不会派人去责备他。这说明早在康王之时,在诸侯之间不符合礼制的行为就已经存在了。昭王时代应是西周由盛而衰的转折点,也是礼乐制度由稳固而走向松动的转折点。昭王"丧六师于汉"以及"南巡不反"可以说是西周自武王以来最为重大的挫折。这样一个重大事件最大的负面效应是动摇了周王室在百余年间确立起来的神圣地位,当然也动摇了周王室对于诸侯的权威性。于是才会出现鲁国幽公之弟弑兄自立这样耸人听闻的事件。周王室对这个事件是怎样的态度,于史无征,但弑兄的魏公并没有受到谴责,更没有受到应有的征伐,这表示周王室默认了他的篡位。这种情形说明王室之于诸侯已经有些尾大不掉了。所以《史记》说昭王之时"王道微缺"是有史实根据的。"诸侯有不睦者"是说穆王时的事情。按照"礼乐征伐自天子出"的周代制度,诸侯之间的矛盾一律由王室出面解决。此时为了解决诸侯之间的矛盾而专门制定了一套刑法,可见这种"不睦"已经是十分严重的普遍现象了。这也说明王室对诸侯的控制力大打折扣了。这种现象到了懿、夷二王时已经愈加严重。《诗谱序》说:

后王稍更陵迟,懿王始受谮烹齐哀公,夷身失礼之后,邶不尊贤。自是而下,厉也、幽也,政教犹衰,周室大坏。

关于烹齐哀公一事,史书多有记载,但稍有不同。《古本竹书纪年》言夷王"三年,王致诸侯,烹齐哀公于鼎"①。没有说原因,而且记到夷王头上。《公羊传·庄公四年》载:"哀公亨乎周,纪侯谮之。"②讲了原因,却

① 《古本竹书纪年·周·夷王》,见朱右曾辑、王国维校补《古本竹书纪年辑校》,辽宁教育出版社 1997 年版,第 15 页。

② 《新刊四书五经·春秋三传》,中国书店 1992 年版,第 95 页。

没有指明是懿王还是夷王。《史记》之《周本纪》不记其事;《齐太公世家》则说:“哀公时,纪侯谮之周,周烹哀公而立其弟静,是为胡公。胡公徙都薄姑,而当周夷王之时。”记事更详,但同样没有说明谁为烹人者。从这里的叙事语气可以看出,这位烹齐哀公的人有可能是夷王,也有可能是夷王之前的孝王,当然还有可能是孝王前的懿王。上引郑玄是明确指出为懿王所为的。总之是懿夷二王之间发生的事情。这件事情说明,周王室已经依靠残暴刑罚杀戮来维持其权威了,这一点与周初诸王时时提醒自己极力避免的殷纣之所为很是接近了。所以可以说从这个时期开始,西周开始走向衰败了。于是“礼崩乐坏”的迹象也开始显露:

《礼记·郊特牲》:“觐礼,天子不下堂而见诸侯。下堂而见诸侯,天子之失礼也。由夷王以下。”

《史记·卫康叔世家》:“顷侯厚赂周夷王,夷王命卫为侯。”

夷王为何下堂而见诸侯?不得而知,总之是失礼之举。卫君本为伯爵,居然可以因贿赂而升为侯爵,可见夷王自己对祖先传下来的礼制已然不放在眼里了。以“德治”为基本精神的礼乐制度本来是要人们自觉信奉的,倘若人们失去了对它的神圣性、权威性的自觉认同,这种制度的约束力也就不存在了。礼乐制度是一个严密的规范系统,只要有一个环节被破坏,那就会迅速发生连锁反应。西周后期的情形正是如此。又因为西周的政治制度与价值观念体系是融为一体的,因而制度的破坏也就意味着价值观念体系的破坏,于是西周这个庞大的封建宗法制社会就必不可免地陷于混乱之中了。

正是在这种历史语境中,诗人开始“作刺”了:

懿王立,王室遂衰,诗人作刺。(《史记·周本纪》)

当周夷王之时,王室微,诸侯或不朝,相伐。(《史记·楚世家》)

周道始缺,怨刺之诗起。(《汉书·礼乐志》)

至于王道衰,礼义废,政教失,国异政,家殊俗,而变风、变雅作矣。(《毛诗序》)

后王稍更陵迟,懿王始受谮烹齐哀公。夷身失礼之后,邶不尊贤。自是而下,厉也、幽也,政教犹衰,周室大坏,《十月之交》《民牢》《板》《荡》勃而俱作。众国纷然,怨刺相寻。(《诗谱序》)

我们没有理由不相信这些记载。但是我们可以追问:尽管懿王以降,周室由衰微而至于大坏是史实,但是这也并不是产生怨刺之诗的充分条件呀!人们表达不满与愤怒的方式多得很,为什么大家不约而同地采取诗的方式呢?对于这个问题我们还是要从诗之功能演变的角度来回答。从文化史的角度看,一个时期有一个时期特定的言说方式。人们为什么选择这种方式而不选择另外的方式,首先取决于先在的文化资源——人们总是在前人提供的言说方式的基础上来言说的。对于西周后期那些拥有言说能力的人来说,“诗”无疑是他们最方便、最有效的言说方式。何以见得呢?这与周人的文化教育直接相关。还是让我们先来看史料。

《周礼·大司徒》:

以乡三物教万民,而宾兴之。一曰六德:知、仁、圣、义、忠、和。二曰六行:孝、友、睦、姻、任、恤。三曰六艺:礼、乐、射、御、书、数。

《大司乐》:

大司乐:掌成均之法,以治建国之学政,而合国之子弟焉。凡有道者,有德者,使教焉。死则以为乐祖,祭于瞽宗。以乐德教国子:中、和、祗、庸、孝、友。以乐语教国子:兴、道、讽、诵、言、语。以乐舞教国子……以致鬼神示,以和邦国,以谐万民,以安宾客,以说远人,以作动物。

《礼记·王制》:

乐正崇四术,立四教。顺先王诗书礼乐以造士。春秋教以礼乐,冬夏教以诗书。

《学记》:

大学之教也,时教必有正业,退息必有居学。不学操缦,不能安弦。不学博依,不能安诗。不学杂服,不能安礼。

《内则》:

十有三年,学乐,诵诗,舞《勺》。成童,舞《象》,学射御。

《国语·楚语上》:

叔时曰:"教之春秋,而为之耸善而抑恶焉,以戒劝其心;教之世,而为之昭明德而废幽昏焉,以休惧其动;教之诗,而为之导广显德,以耀明其志;教之礼,使知上下之则;教之乐,以疏其秽而镇其浮……"

从这些记载中可以看出,西周乃至春秋时期的贵族教育是十分发达的。这是必然之事,因为西周统治的政治架构是封建宗法制,其维系这种政治架构的主要方式是礼乐文化和每个个体的道德自律。这样西周的文化教育就具有直接的政治意义,教育作为一种最重要的"意识形态国家机器"就是实现有效统治的最主要的方式。就其教育内容来说,礼、乐、射、御、舞蹈等都是具体的仪式,具有物质性,在文字书写方面则只有诗、书。而且这些都是十三岁入小学时就开始学习的主要内容。这样教育的结果是每一个受教育者都多才多艺——精通音乐、舞蹈、诗歌、政事、历史、射箭、驾车以及各种场合的全副礼仪。这是真正的贵族教育,培养出的是具有高度文化修养的人才。这一切都是真的吗?可以说丝毫不假。这一点我们从《左传》《国语》这类历来被认为很可靠的史籍中就可以得到印证:春秋时期各国的那些卿大夫,包括军事长官,哪一个不是文质彬彬?即使敌国间打仗也显得极有规则,更不用说外交场合的委婉辞令了。如果将春秋时期贵族们的行事方式、言谈举止与战国时期那些鸡鸣狗盗、唯利是图者比较一下,真是有着天壤之别!按说春秋与战国相接,风气之变也就是百十年的事情,这变化何以如此之快呢?关键在于春秋时期周王室虽然已经衰微,天下只有在那些强大诸侯的号召下才能形成短暂的一致性,但是西周的那套礼仪制度和教育制度并没有消失,特别是贵族阶层依然是社会的主导力量,故而只是礼仪的使用秩序上出现了紊乱情形,礼乐文化尚没有消亡,在某些方面还有所发展。因此春秋时期贵族们的彬彬有礼常常为后人称道。钱穆先生尝言:

大体言之,当时的贵族,对古代相传的宗教均已抱有一种开明而合理的见解。因此他们对人生,亦有一种清晰而稳健的看法。当时的国际间虽则不断以兵戎相见,而大体上一般趋势,则均重和平,守信义。外交上的文雅风流,更足表现当时一般贵族文化上之修养与了解。即在战争中,犹能不失他们重人道、讲礼貌、守信让之素养,而有时则成为一种当时独有的幽默。道义礼信,在当时的地位,显见超出于富强攻取之上……各国贵族阶层……他们识见之渊博,人格之完备,嘉言懿行,可资后代敬慕者,到处可见。春秋时代实可说是中国古代贵族文化已发达到一种极优美、极高明、极细腻雅致的时代。①

春秋时期贵族阶层已经走向没落,然在文化上还有如此的表现,由此可以想见西周鼎盛时期之贵族文化是何等灿烂辉煌。

诗歌在西周以及春秋贵族文化中具有不可或缺的重要地位。开始时,在官方教育系统中传授诗歌的主要目的毫无疑问是为了礼仪制度能够得到顺利的实行,因为诗与乐、舞相关联,是礼仪中不可缺少的组成部分。但同时也包含着道德的、政治的目的。这种教育的结果使得每一位受教育者都对那些进入官方文化系统的诗歌极为熟悉,甚至人人可以诵之于口。春秋时贵族们的随口引诗、赋诗就足以证明这一点。如此,则为人们利用诗这种独特的言说方式来表达意见提供了可能性。

也就是说,西周懿夷二王之后日渐陵迟的历史语境为"诗人作刺"提供了社会需求和主观动机;西周以来的礼仪制度和教育所塑造的贵族们人人熟知诗歌乐舞的文化语境为"诗人作刺"提供了言说方式上的可能性,于是以怨刺讽谏为主导的诗歌创作便蔚然成风。但是这里还有一个没有解决的问题:实际效果。包括日常生活交往之内的任何一种言说都要有听者,否则就绝对不会获得普遍的形式。而且这种言说还须通过听者而产生一定的效应,否则也就难以持久存在。对于西周后期那些被称为"变风""变雅"的诗歌来说,这个有效性原则也是适合的。就是说,除了上述历史文化语境所提供的可能性之外,诗歌功能的根本性变化还肯定有某种契机作为动因。那么,什么因素充当了这种关键动因呢?我认为应该是采诗、献诗的官方行为。

三、关于"采诗"与"献诗"

我们前面已经谈到,关于采诗、献诗问题是清代以来《诗经》研究领域一直争论不休的话题之一。有些学者认为西周时代确有这样一种制

① 钱穆:《国史大纲》上册,商务印书馆1996年版,第71页。

度,有的学者则认为是汉人的理想化说法,并没有实际存在过。对于采诗之说自清代以来多有疑者,其中最有代表性、质疑也最为有力的是清人崔述,他说:

> 旧说,周太史掌采列国之风。今自《邶》《鄘》以下十二国风,皆周太史巡行之所采也。余按:克商以后,下逮陈灵,近五百年。何以前三百年所采殊少,后二百年所采甚多?周之诸侯千八百国,何以独此九国有风可采,而其余皆无之?曰:孔子之所删也。曰:成康之世,治化大行,刑措不用,诸侯贤者必多;其民岂无称功颂德之词?何为尽删其盛,而独存其衰?……且十二国风中,东迁以后之诗居其大半;而《春秋》之策,王人至鲁,虽微贱无不书者,何以绝不见有采风之使?乃至《左传》之广搜博采,而亦无之!则此言出于后人臆度无疑也。盖凡文章一道,美斯爱,爱斯传,乃天下之常理;故有作者,即有传者……不然两汉、六朝、唐宋以来,并无采风太史,何以其诗亦传于后世也?①

崔述是清代著名学者,以善于怀疑古人成说著称,其《丰镐考信录》《洙泗考信录》都是为人称道的好书。但是这里对"采诗"之说的怀疑是站不住脚的。对于他的质疑我们可以作如下解说:

第一,关于采风前少后多的问题。现代以来的学界早已达成共识:"二南"《豳风》等许多旧说以为是西周之初的作品,其实大都是西周之末到春秋时期的作品。这样一来,可以认为是周初之作的风诗就屈指可数了。即使有之,也并非从民间采集而来,例如《鸱鸮》《七月》之类。我们根据诗歌在西周时期的功能判断,周初乃至西周中期以前的确并不存在"采诗"之事。因为当时的封建宗法制度与礼乐制度都得到严格的遵守,王室并不需要通过采诗观风这样的举措来了解什么。如果从周初即有采

① (清)崔述:《读风偶识》卷二《通论十三国风》,上海古籍出版社1995年版。

诗之制，那么即使五年从一国采得一首，那数百年间、数百国中也应有数万首之多了。这些诗都到哪里去了呢？唯一合理的解释是西周中叶之前并没有采诗之制。但是这并不等于西周就压根儿没有采诗之事。倘若无人采集，《国风》之诗遍于天下，是如何被集为一编的呢？由于风诗绝大多数都产生于西周之末和春秋前半期，所以我们有理由认为采诗的事情是发生在西周中叶之后。至于为什么采诗，大约有两个原因：一是确如汉儒所言，是为了观民风。昭穆二王之后，周室渐衰，王室间有失礼之事，诸侯亦始有不敬之举，诸侯之间更是矛盾逐渐激烈，出现了擅自互相攻伐的情况。在这种情况下，王室为了加强控制，维持王室的统治地位，于是想出采诗观风的办法，以此作为对诸侯采取褒奖与惩罚的依据，或者通过风谣了解诸侯的动向，客观上也是对诸侯们的一种监督与警示。但这只是一种可能性，看厉王、幽王之所为未必会有这样的政治胸襟。采诗的另外一种更加可信的原因则是王室和贵族们娱乐的需要。歌舞乐章尽管是作为非常庄严肃穆甚至具有神圣性的礼仪的组成部分而进入官方文化系统的，但是它们从一开始就包含着审美的价值，这是不容置疑的——世界上任何一种宗教性的乐舞绘画等艺术形式无不具有审美品性，宗教借助于艺术宣扬自身的同时，艺术也削弱了宗教性本身①。如此久而久之，贵族们被礼仪的乐舞培养起来的审美需求自然会逐渐增强，难免对原有的、老旧的乐舞渐生厌烦，于是就希望有新的东西来满足审美的需要，这样就有了采风的事情发生——天南地北的声调各有不同，正好可以满足大家的口味。如此则诗是借了乐调的光才得以进入王室贵族文化之中的。

关于这一点，或许可以从“无算乐”的用途中看出来。在《仪礼》之

① 路德维希·费尔巴哈在《关于哲学改造的临时提纲》一文中谈到基督教艺术时指出：“基督教徒只有实际上否定了基督教神学，将女性的本质当作神圣的本质加以崇拜时，才走向诗歌，当基督教徒对宗教的本质进行想象时，当宗教的本质成为他们的意识对象时，他们就与他们的宗教的本质发生了矛盾，成为艺术家和诗人。”（见《费尔巴哈哲学著作选集》上卷，商务印书馆1984年版，第105页）这里费尔巴哈是要说明艺术与宗教本质上的对立，但也说明了即使是宗教艺术，也还是保留了艺术的品性。宗教试图利用艺术为自己服务时，实际上反而被艺术削弱了其宗教性。

《乡饮酒礼》《乡射礼》《燕礼》《大射仪》等篇,均有"无算爵""无算乐"之谓。郑玄注"无算爵"云:"算,数也。宾主燕饮,爵行无数,醉而止也。"注"无算乐"云:"燕乐亦无数,或间或合,尽欢而止也。"[①]盖于"乡饮酒礼""乡射礼""燕礼"等礼仪的正式节目中,饮酒次数与用乐数均有严格规定,不可有丝毫差错。但是在正式节目之后,则可以尽情饮酒、尽情用乐,此所谓"无算"。何定生先生认为"变风""变雅"之作基本上都是用之于这种"无算乐"的。其云:

> ……且(燕礼和乡礼)于诸礼之中,用诗最多,犹以"无算乐"之用为最广泛而重要,包括了绝大多数小雅和几乎全部的国风诗篇。这是个相当重要的趋向。这个趋向可以说明周乐一面是由王乐的严肃而趋向于乡乐的轻松,另一面则三百篇之用,也由于正歌正乐而趋向于散歌散乐。[②]

所以他认为所谓"变风""变雅"就是指在作为乐章的使用上不同于以往那些"正歌""正乐"的作品。这是很有见地的说法。何先生所说的这种趋向应该是西周中叶之后才开始的,这也正是崔述所不解的采诗之"前少后多"的原因所在。用于纯粹的审美娱乐目的的诗乐除了所谓的"无算乐",《仪礼》又有"房中之乐"说。郑玄注云:"弦歌周南、召南之诗而不用钟磬之节也。谓之'房中'者,后夫人之所讽喻以事君子。"[③]清人阎若璩认为:"第今观之二南……信其为房中之乐也。"[④]《毛传》亦认为《君子阳阳》等诗为"房中之乐"[⑤]。可见《诗经》中确有许多作品是作为"房中之乐"来使用的。尽管古人以为这类诗歌也有规劝讽喻之用,但在

① 《仪礼注疏》卷四,阮刻《十三经注疏》本。
② 何定生:《诗经今论》,台湾商务印书馆1968年版,第8页。
③ 《仪礼注疏》卷六,阮刻《十三经注疏》本。
④ (清)阎若璩:《尚书古文疏证》卷五下,上海古籍出版社2010年,第306页。
⑤ 《毛诗注疏》卷六,阮刻《十三经注疏》本。

我们看来，其主要用途亦与“无算乐”一样，肯定是审美娱乐方面的。

那么这些用于审美娱乐需要的诗歌从何而来呢？大约一部分是命周王室直接控制地区的大夫士或乐师、乐工们专门制作的，而更多的则是命人到各国采集得来的。由此我们有理由认为，“采诗”其实并不是一种制度，而是根据需要临时采取的措施。很可能是王室为了保持尊严，将这种“采诗”行为神圣化，打出“采诗观风”的旗号。所以，采诗的事情肯定发生过，但不大可能是周初就有的定制。关于这一点古人亦曾有所涉及，我们看下面一段话：

> 或曰：先儒多以周道衰，诗人本诸衽席而《关雎》作。故扬雄以周康之时《关雎》作为伤乱始。杜钦亦曰：“佩玉晏鸣，《关雎》谈之。”说者以为古者后夫人鸡鸣佩玉，去君所。周康后不然，故诗人叹而伤之。此鲁说也，与毛异矣。但以“哀而不伤”之意推之，恐有此理也。曰：此不可知矣。但《仪礼》以《关雎》为乡乐，又为房中之乐，则是周公制作之时已有此诗矣。若如鲁说，则《仪礼》不得为周公之书。《仪礼》不为周公之书则周之盛时乃无乡乐燕饮、房中之乐，而必有待于后世之刺诗也。其不然也明矣。①

在这个问题上，很有可能正是朱熹所驳斥的这种观点是符合实际的。这种观点是从鲁诗的逻辑推出来的。宋儒坚信《仪礼》为古“礼经”，是周公所作无疑，故有此辨说。现代以来，学界对于《仪礼》的研究早已证明其为战国乃至西汉儒者根据留存的一些古代文献写定的，绝非周公所作。对于“采诗”及“变风”“变雅”之原始功用的辨析，我们可以说：周公制礼作乐之时的确没有大规模使用“无算乐”“房中之乐”的情况。这些乐歌是西周后期才广泛进入贵族们的文化生活的。“采诗”之举的产生与这种主要用之于审美娱乐的乐歌有直接的联系，是其主要动因。

---

① （宋）朱熹：《诗序辨说》卷上，上海古籍出版社1995年影印本。

第二,关于删盛存衰的问题。如前所述,周初那些作为乐章的诗歌都是定作的,即为了礼乐仪式的需要而专门作出来的,并非人们自发地歌功颂德之举。礼乐制度一旦确定,何礼用何乐都成定制,后世沿用即可,不必再有新的创制。所以《诗经》中的颂美之作主要是向着文王、武王和周公也就不足为奇了。盛世之诗本来就少,衰世之诗本来就多,这是文化历史语境的变化所导致的诗歌功能之演变的结果,压根儿就不存在什么删盛存衰的问题。

第三,关于《左传》不载采诗之事的问题。有了上面的论述,这个问题也就不难回答了:采诗从来不是一件重要的政治措施,而主要是为了王室贵族们的娱乐。而且这种事也从来都没有形成制度,只是偶一为之的事。所以采诗之事不入于史官的视野也是极有可能的。尽管如此,在先秦典籍中还是可以看出有关的记载的。为了方便起见,这里引一段一位青年学者的叙述:

> 古有所谓"王官采诗"说,前人多不之信,原因是有关此说的记载都是汉代的。战国竹简《孔子诗论》的再世,有力地证明了汉儒说是有根据的。《诗论》第三简说:"邦风其纳物也博,观人俗焉,大敛材焉。""邦风"可以"观人俗",也就是典籍所记"采诗观风"的"观风",而"王官采诗"的"王官"一义,则含在"大敛材"一语之中。"敛材",马承源先生的考释是:"指(收集)邦风佳作,实为采风。"①

对于"敛材"一语,王志平先生以为应读为"敛采",就是"采诗观风"的意思②。如果马承源、王志平、李山等理解的不错,那么周人有采诗之事就更加确凿无疑了。只是儒家对此事的理解似乎带有理想主义色彩,正如他们对西周的许多事情的理解都带有理想化成分一样——他们常常

① 李山:《举贱民而蠲之》,见《诗经析读》,海南出版公司2003年版,附录二。

② 王志平:《诗论笺疏》,见《上博馆藏战国楚竹书研究》,上海书店出版社2002年版,第211页。

把本来没有什么政治意义的事件叙述得饱含深意，这是儒家话语建构的基本策略之一，不足为怪。所以周王室的采诗未必真的是为了“观人俗焉”。

我们确定了采诗之事的实际面目以后，对于民歌民谣与政治色彩极浓的讽喻怨刺之诗几乎同时“勃尔俱作”就不会感到奇怪了。各地的民歌都有自己的特点，收集这些民间作品稍加改造，就可以成为具有不同风味的歌曲而供王室和贵族们欣赏。关于这一点，我不能同意许多著名学者例如朱东润、钱穆以及时下一些论者否定《诗经》中有民间作品的观点。他们认为这三百零五篇诗歌都是贵族制作的，这是不符合实际的。《诗经》中有些活泼欢快的作品洋溢着民间气息，绝对不可能是贵族们闭门造车的产物。但我相信这类民歌收集到之后在某些词语、韵律方面经过了贵族们的润色。这是“无算乐”和“房中之乐”的来源之一，当然也是《国风》的主要来源之一。这类从民间采来的作品大体上可分为两大类：一是本身毫无政治内涵，纯粹是天真烂漫的情歌或劳动之歌，例如《静女》《桑中》《褰裳》《七月》之类，此类作品的创作完全是自发的，是“情动于中而形于言”的产物。另一类是各地百姓讽刺当地诸侯或官吏或者士人、大夫之间互相讥刺的，例如《伐檀》《硕鼠》《新台》《相鼠》之类，这类作品的创作很可能正是受了王室采诗的激发才兴盛起来的。作诗者的目的是借采诗的机会向王室诉说自己的愤懑与不平。但是这些作品亦与其他民歌一样，均因其曲调而得以编辑、流传，周王室并不一定真的关心其辞旨，只是欣赏其乐调。

《诗经》中最令人困惑的是“变雅”中那些被《诗序》《郑笺》认为是讽刺周王的作品。例如大雅中的《民劳》《板》《荡》《抑》《桑柔》等，小雅中的《祈父》《白驹》《黄鸟》《我行其野》《节南山》《正月》《十月之交》《雨无正》，不是刺宣王就是刺厉王、幽王。我并不否认这些作品都是满腔忧愤的宣泄，都含有讥刺和怨愤之情，但令人难以索解的是：这类作品何以能为王室所接受并比其音律，歌唱于大庭广众之下呢？难道周王室虽已衰败,但如此宽容的胸襟还在吗?我们看《国语·周语》中厉王那种"弭谤"的手段,是何等残忍!他如何能够忍受国人、士大夫们用这样的诗来讽刺他呢?即使可以忍受,又如何将其收集编订、传诸后世,以遗万世之羞呢?故而我们只能说《诗序》《郑笺》将这些诗定为"变雅",认为是"刺诗"大体上是没有问题的,但指实某诗刺某王的说法是没有根据的。这也正是历代怀疑毛郑诗学的人所共有的观点。我的理解是,这类作品都是在王室的号召之下写出来的,在王室一面大约是为了补充"无算乐""房中之乐"之用,在作诗者的一面却是要借此机会表达自己的怨愤不平之情。于是我们就必然涉及"献诗"的问题了。关于这方面的主要记载如下:

《国语·周语上》载邵公语:

> 故天子听政,使公卿至于列士献诗,瞽献曲,史献书,师箴,瞍赋……而后王斟酌焉,是以事行而不悖。

《晋语六》载范文子语:

> 吾闻古之王者,政德既成,又听于民。于是乎使工诵谏于朝,在列者献诗使勿兜……

《左传·昭公十二年》载子革与楚王语:

> (子革)对曰:"……昔穆王欲肆其心,周行天下,将皆必有车辙马迹焉。祭公谋父作《祈招》之诗以止王心,王是以获没于祗宫。臣问其诗而不知也,若问远焉,其焉能知之?"王曰:"子能乎?"对曰:"能。其诗曰:'祈招之愔愔,式招德音。思我王度,式如玉,式如金。形民之力,而无醉饱之心。'"

细看这几条记载我们知道，献诗虽然不是厉王、幽王和春秋时实际存在的事情，但在以前的某个时期大约的确存在过。那么那些被毛诗认为是刺宣王、厉王、幽王的“变雅”之作究竟是何时之诗呢？

我们认为，这些诗篇中除了《六月》等几首描写征战的大致可以认为是宣王时所作，其他的基本上均很难确定其产生的确切时代，也没有充分的理由认为它们就是讥刺谁人、赞美谁人。但有一点是可以肯定的：这些诗都是专门作了献上去的①。其产生的时代则是西周中叶直至平王东迁前后②。以往论者考察作诗的年代都将注意力集中在时代的政治状况以及由此引发的创作冲动上，这当然是不错的，但是这些还不是充分条件，因为倘若没有适当的文化语境，人们是不会用诗的方式来表达不平之情的。在我看来情况应该是这样的：从西周中叶开始出现了采诗之事，目的是为王室和贵族们用于“无算乐”或“房中之乐”等娱乐。伴随采诗活动的就是献诗，王室鼓励公卿列士献诗，用途与于民间采诗同。但是这些不但有文化素养而且有政治观点的卿大夫士们并不甘心仅仅为王室提供娱乐之资，于是他们就借着这个献诗的机会来表达自己的政治态度以及对于现实的看法。于是就产生这些了“变雅”之作。因此这类作品中有写征伐的，如《六月》《采芑》等，有赞美天子的，如《吉日》《云汉》之类，但更多的是表达哀怨、愤懑与讽刺之作。诗人们完全是按照自己的意愿作这些诗，是属于“情动于中而形于言”的，这与周初那些为了建构意识形态而定作的“颂”诗及“正风”“正雅”有着根本的不同。诗人发泄情感的目

---

① 顾颉刚先生尝说：“公卿列士的讽谏是特地做了献上去的，庶人的批评是给官吏打听到了告诵上去的。”又说：“恐怕这种事（指献诗——引者）在春秋前很多，在春秋时就很少了……可见东周时这类的风气还没有歇绝。但这类的诗都在大小雅中，大小雅是王朝的诗，或者献诗诵谏的事是王朝所独有也未可知。《左传》既不注意王朝，自然没有这类的记载。”（见《古史辨》第三册下，中华书局《民国丛书》本，第326—328页）

② 李山的近著《诗经析读》（南海出版公司2003年3月版）认为：“幽王及新立太子伯盘死后，西周朝廷并未随即灭亡，大臣虢公翰曾立余臣为继世周王，从而形成‘二王并立’的历史局面。直到晋文公二十一年、携王在位十余年之后，这一局面才告结束，平王方始东迁。十余年的时间虽然只是历史的一瞬，但对诗歌创作而言，却足以孕育一个独具色彩的文学时代。大、小雅中众多充满哀怨与愤激情绪的政治抒情诗，就大多产生于这样一个十年内。”（《节南山》析读）这是一个很大胆也很有新意的观点，可备参考。

的当然是要引起当政者的注意,从而改变诗人自己的不利地位或境遇。但是这类诗实际上并没有起到这样的作用——它们被太师或史官们作了文字上的加工,又被乐工们谱了曲,然后便是表演于各种公共的或私人的场所,成为一种纯粹的艺术品了。

如此看来,《诗经》作品从颂诗、正风、正雅到变风、变雅的转变,本质上是诗歌功能的转换——由正式礼仪中的“正歌”“正乐”到礼仪之余的“散歌”“散乐”的转换,而这种转换又引起了从代表集体意识或情感的定作之诗到表现个人情感的自由创作的转换,或者说是从作为礼仪制度之组成部分的乐章向私人化言说的转换。如果从言说的对象来看,则前者主要是由上而下的,即王室对包括诸侯在内的臣子百姓的教化,后者却主要是由下而上的,即国人、公卿大夫们对王室的讽谏。从意识形态意义的角度看,前者代表了国家主流话语,是纯粹官方性质的,后者代表了国民的普遍情绪,是民间性质的。这种转换当然依赖于社会政治状况的改变,即依赖于封建宗法制的松动与相应的礼制的逐渐毁坏,还要依赖于彼时发达的贵族教育与国民教育,使“诗”这种东西有可能成为一种特殊的言说方式。但是最直接的契机是王室的采诗之举以及与此相关联的献诗之举。献诗是采诗的伴随物,周王室采诗的初衷很可能是娱乐,结果却引发了人们用诗来表达个人话语的热潮。由于诗无论如何是一种委婉的、迂回的言说方式,所以其蕴含的政治性被其形式淡化了,再加上动人心弦的乐调,听者就比较容易接受其中的政治含义而不至于反感,这也许就是《诗大序》所谓的“主文而谲谏”的功能了。这样一来,“变风”“变雅”也就真的成为自下而上的沟通方式,真正是“言之者无罪,闻之者足以戒”了。

最后我们还有必要对“谁在言说”这个话题做一些进一步的思考。从诗的文本来看,“变雅”的作者主要是公卿大夫是无疑的,对此可以不必置论。那么“变风”的作者主要是什么人呢?从相关的文献记载来看,“变风”的作者主要是“国人”。从《左传》《国语》等文献中我们可以知道，所谓“国人”实在是一个很有政治力量的阶层。他们似乎对国家事物十分关心，并且可以通过各种方式干预或参与政治决策。让我们看《左传》所载的几则事例：

僖公二十八年：为了抗衡楚国，晋与齐在敛盂会盟，卫国也想参加，晋国不同意。卫侯一气之下决定与楚国结盟，结果遭到“国人”的反对，将卫侯赶走了。

文公十六年：宋国的公子鲍对“国人”极为谦和有礼，饥荒时又拿出家中全部粮食来赈济他们。对于年纪在七十岁以上的老人还有特别的馈赠。对于有才干的人则尤其殷勤有加。当时的国君昭公无道，“国人”就一起拥护公子鲍。结果昭公陷于孤立，最后被人杀死了。

文公十八年：莒纪公喜欢小儿子季佗，于是废了太子仆，还在国内做了许多荒诞悖礼之事。于是太子仆就依靠“国人”的支持杀了纪公，带了大量珠宝跑到鲁国去了。

成公十三年：曹国的公子欣时很得民心，他对曹国国君成公不满，打算离开曹国到别的国家去，结果“国人”知道了这个消息，都要和他一起走。成公这才意识到问题严重，向公子欣时和“国人”承认自己的过错，恳求他留下来。

从这些事例上看，春秋时期的“国人”可以说是一个诸侯国的基本力量，谁得到他们的支持，谁就可以得到胜利。即使是国君，如果失去了“国人”的信任，也就失去了统治的合法性，很快就会失位了。“国人”之所以有如此强大的力量，主要是因为他们实际上是一个诸侯国的支柱：他们是国家军队的主要来源，是国家经济的基础，而且还是社会舆论的主导者——他们绝对不是仅仅可以打仗和生产的劳动者。根据有关史料可知,“国人”中有一部分是受过教育的国民①,因此他们对于诗书礼乐都很熟悉。正是这后一点使得“国人”也能够成为那些政治讽刺诗的作者。他们常常用诗歌的方式来表达自己对时政的看法。《左传·隐公三年》载:“卫庄公娶于齐东宫得臣之妹,曰庄姜,美而无子,卫人所为赋《硕人》也。”又文公六年载:“秦伯任好卒。以子车氏之三子奄息、仲行、针虎为殉,皆秦之良也。国人哀之,为之赋《黄鸟》。”那些“变风”之作,肯定有许多是这样的作品,只是史家无暇一一记载而已。我们看关于西周乃至春秋时期政治事件的记载,随处可见对于“民”的重视,在我看来这个“民”绝不像后世某些时候仅仅是一个空洞的概念——它代表的实际上是自称为民者自身的利益,且实有所指:就是那些可以发表意见并有实际的政治权利特别是可以掌握舆论的“国人”。由于“国人”与诸侯国的整体利益休戚与共,所以都具有很强的爱国精神,对于那些危害国家利益的人和事他们都会以各种方式表达自己的不满,甚至采取暴力手段。除了偶然也有被上层贵族利用从而卷入权力斗争的情形,“国人”基本上可以代表对于国家整体利益来说是“正义”的声音。由于“国人”中那些优秀分子或代表人物接受过正规教育,对于西周以来的那套礼乐文化十分熟悉,所以他们就能够用诗歌这种特殊的言说方式来表达对于君主、卿大夫以及国家大事的态度和意见。春秋时期国事纷乱,社会原有秩序受到冲击,“国人”的生活也动荡不安,于是激发起他们借诗歌来怨刺、讽谏的热情,这就形成了“变风”的勃兴②。这种情形与两周之交贵族阶层的社会地位受到冲击,甚至不少贵族沦为平民,从而导致“变雅”之作的兴盛是同样的道理。可惜的是,这些诗虽然被王室采集、编订并入乐,但是绝对没有真正

---

① 《礼记·王制》:“乐正崇四术,立四教,顺先王诗、书、礼、乐以造士。春秋教以礼乐,冬夏教以诗书。王大子、王子、群后之大子、卿大夫、元士之适子、国之俊选皆造焉。”所谓“国之俊选”即是指那些“国人”子弟中出类拔萃者。《周礼·大司徒》:“以乡三物教万民而宾兴之,一曰六德……三曰六艺:礼、乐、射、御、书、数。”可见周人对于“国人”的教育的确是十分重视的,这当然与其对礼乐制度的推行与维护直接相关。

② 这里主要针对“变风”中那些怨愤之作而言。至于那些描写情爱与劳作的作品则很可能是民间长期流传的诗歌,其产生年代是不可知的。

发挥箴谏规劝的政治作用。其结果,从长远的文化史发展看,是为后世留下一部记录了公元前六七百年前人们的喜怒哀乐并具有极高文学价值的伟大作品;而从较近的社会文化状况看,则是为贵族阶层提供了一种文雅的、身份性的独特言说方式——这在春秋时期的"赋诗"中得到了充分的展示。

第二章　诗学与文人趣味

第一节　"名士"与文人趣味之关联

在中国古代,从"世卿世禄"的贵族制度崩坏以后到规范化的科举制度建立之前这一历史时期,执政者的选士任官带有很大随意性。从战国时期的"养士"与"尊贤",到两汉时期的"征辟察举",莫不如此。这一情形,对于以读书做官为毕生事业的士大夫阶层的价值取向、身份认同都造成了莫大影响。诸如"士为知己者死""知遇之恩"与"士不遇"之类的观念与说法都是这种选官方式的产物。在这样的社会语境中还孕育出了"名士"这样的称谓。所谓名士,表面看来是那些在士林中享有名声的人物,似乎完全是自然形成的,但若仔细辨析,就不难发现,"名士"在不同历史时期有着不同的意涵,这种意涵的差异表征着君权系统与士人阶层关系的变化,也表征着选官标准的变化。以君权为核心的统治阶层与士人阶层的关系是变动不居的,或者利用,或者依靠,或者压制,或者合作,都是由具体的政治需要而定。与这种变化相应,士人阶层对自身的评价标准也有所不同。这就导致"名士"含义的衍变。简言之,"名士"是社会主流价值观的集中体现,也是文人士大夫身份认同与精神旨趣的集中体现。由于"名士"的含义直接与士人阶层的价值取向相关,故而名士含义的衍变也就与文学观念的变化相关联。到了东汉中后期,随着文人身份的逐渐成熟,文人趣味开始成为"名士"的重要标准,从而为汉末魏晋文学观念的重大变革提供了社会文化基础。

一、西汉之前"名士"的含义及其衍变

在战国至西汉时的典籍中即已出现"名士"一词,《礼记·月令》:

> 季春之月……生气方盛,阳气发泄,句者毕出,萌者尽达,不可以内。天子布德行惠,命有司发仓廪,赐贫穷,振乏绝,开府库,出币帛,周天下;勉诸侯,聘名士,礼贤者。

郑玄注云:"名士,不仕者。"孔颖达疏:"名士者,谓其德行贞绝,道术通明,王者不得臣,而隐居不在位者也。"

《史记·李斯列传》:

秦王乃拜斯为长史，听其计，阴遣谋士赍持金玉以游说诸侯。诸侯名士可下以财者，厚遗结之；不肯者，利剑刺之。离其君臣之计，秦王乃使其良将随其后。秦王拜斯为客卿。

此时的名士乃指那些身负安邦定国才能的处士。盖先秦士人大都靠奔走游说、干谒诸侯以求取功名，然而也有少数人品行高洁、才学超群者则高自标置，不肯轻易入诸侯之门。这类人，如春秋时的柳下惠、老子、子思，战国时的颜斶、庄子之类，都因为志向高远、才学宏富而显名一时。诸侯因慕其名，往往重金礼聘，许以高位；或者宣称“友事之”“师事之”，愈发使之名声显赫。这类名士在先秦士人中肯定只占极少数①，但他们代表了士人阶层自尊自贵的精神旨趣，是春秋战国之际这一新生的民间知识阶层身份上的相对独立性与观念上的乌托邦精神的表现。所以，尽管他们在人数上可能只是凤毛麟角，但对于中国文化的发展而言具有极为重要的意义，他们作为楷模提醒和激励着一代又一代读书人保持人格上的超越与独立。

西汉时期的名士，也有“德”与“才”两方面的标准，例如：

安国为人多大略，智足以当世取合，而出于忠厚焉。贪嗜于财。所推举皆廉士，贤于己者也。于梁举壶遂、臧固、郅他，皆天下名士，士亦以此称慕之，唯天子以为国器。（《史记·韩长孺列传》）

关于壶遂，司马迁尝与之共事，知之甚确：“余与壶遂定律历，观韩长孺之义，壶遂之深中隐厚。世之言梁多长者，不虚哉！壶遂官至詹事，天子方倚以为汉相，会遂卒。不然，壶遂之内廉行修，斯鞠躬君子也。”②可

① 先秦士人的大多数大约是类似商鞅、吴起、张仪、苏秦、范雎、蔡泽、郭隗那类人物，自身有相当的才学，同时又处心积虑寻求展示才华与获取功名的机会。为了荣华富贵，他们不惜以身犯险，置生死于不顾，更不用说道德准则了。这类人是为九流十家中的“纵横家”。

② 见《史记》卷一零八《韩长孺列传》之“太史公曰”。

见此时所谓“天下名士”的标准一是为人廉洁忠厚，二是有才干。然而，如壶遂这样的名士，既不像柳下惠、颜斶那样志存高远、遗世独立，又不像苏秦、张仪之类为功名利禄舍身忘命。他们在道德层面上是“长者”，在才能方面可以为天子所倚重。不难想见，这种“名士”正是“大一统”时代所需要的人物。在兼并、反兼并战争如火如荼的战国时代，一方面造就出一批厌恶尘世纷争的高洁之士，这类人以他们不为诸侯所用的品德与超越的乌托邦精神为世人所景仰，从而成为名士；另一方面则孕育出更多的以获得富厚势位为人生目标、才高而德寡的纵横之士。前者主要以品德高出于世俗而成为名士，后者以纵横捭阖的政治与军事才能而名震诸侯。显而易见，战国时代的这两种人物都不符合汉代社会的政治需要。在大一统的政治格局之中，统治者需要的是那种既俯首帖耳，听命于朝廷，又能够有效执行教化牧民任务的人。被史家称为“酷吏”与“循吏”的两种官员，看上去迥然有别，实际上恰恰都符合上述标准，因此均有机会获得帝王的青睐。在这样的社会语境之中，“名士”的评价标准也就发生了变化，一般说来，德才兼备是“名士”的必要条件。“德”就是忠诚于君主、廉洁、恪守各种社会伦理规则等，“才”则是执行朝廷政策、实现君主意图的能力。汉文帝二年就曾诏命有司“举贤良方正直言极谏者”，其标准正是“德”与“才”两个方面。

西汉自武帝立五经博士、独尊儒术之后，儒家经典受到士大夫的普遍重视。但是作为官方倡导的意识形态是一回事，真正深入人心，成为社会认可的意识形态是另一回事。考之史籍，我们可以说，终西汉之世，儒家思想在社会上并没有占据绝对的主导地位。这一点亦可以从“名士”的形成见出。《汉书》载：

久之，叔父成都侯商上书，愿分户邑以封莽，及长乐少府戴崇、侍中金涉、胡骑校尉箕闳、上谷都尉阳并、中郎陈汤，皆当世名士，咸为莽言，上由是贤莽。永始元年，封莽为新都侯，国南阳新野之都乡，千五百户。迁骑都尉、光禄大夫、侍中。宿卫谨敕，爵位益尊，节操愈谦。散舆马衣裘，振施宾客，家无所余。收赡名士，交结将相、卿、大夫甚众。（卷九十九上《王莽传上》）

这里替王莽说话的“当世名士”是些什么人呢？我们来看看陈汤：

陈汤，字子公，山阳瑕丘人也。少好书，博达善属文。家贫丐贷无节，不为州里所称。西至长安求官，得太官献食丞。数岁，富平侯张勃与汤交，高其能。初元二年，元帝诏列侯举茂材，勃举汤。汤待迁，父死不奔丧，司隶奏汤无循行，勃选举故不以实，坐削户二百，会薨，因赐谥曰缪侯。汤下狱论。后复以荐为郎，数求使外国。久之，迁西域副校尉，与甘延寿俱出。……汤为人沉勇有大虑，多策谋，喜奇功，每过城邑山川，常登望。（《汉书》卷七十《傅常郑甘陈段传》）

从这段记载可见，陈汤并不是一位儒者，其行为距离儒家道德相去甚远，也不是位经学家，更不是什么躬行君子，他完全是依靠出众的才干而逐渐受到重用并成为“名士”的。由此可知，尽管西汉社会重视儒学，对人的评价讲究德才兼备，但“德”的内涵并不固着于儒家伦理，对所谓的“私德”不是十分看重，根本上还是以“忠于朝廷”并具备办事能力为准则。例如汉代第一个没有军功而封侯拜相的读书人公孙弘就是一个被士林目为“曲学阿世”的小人，但他的确忠于武帝，而且也很有办事的能力，故而被破格重用。西汉时期这样的人可谓所在多有。由于符合儒家道德准则的“私德”并不是必要条件，所以西汉之时“名士”们的成名原因也就多种多样，如《汉书》中的下三例：

1.先是，长安孙宠亦以游说显名，免汝南太守，与躬相结，俱上书，召待诏。（卷四十五《蒯伍江息夫传》）

2.(张)敞以切谏显名,擢为豫州刺史。(卷七十六《赵尹韩张两王传》)

3.始(萧)育与陈咸俱以公卿子显名,咸最先进。(卷七十八《萧望之传》)

例1中提到的孙宠与息夫躬都是没有什么品行的利禄之徒,却能靠着辩说之才而成名,并进而获得高位。例2中的张敞以“切谏”得名。而例3中的萧育、陈咸均以出身公卿之家而获得名声。由此可见,西汉时期的士大夫之成为“名士”是带有很大的偶然性的,并没有严格一致的标准。这说明汉代士大夫阶层的思想意识还没有真正被统一于儒家意识形态之下,在他们那里很大程度上还带有春秋战国时期遗留下来的游士特征。例如“游侠”这样一种社会群体也只有在西汉的社会环境中才会存在。

二、东汉名士含义的衍变

治思想史、哲学史者喜欢大而化之,动辄“两汉思想”“两汉学术”,实际上东汉与西汉在学术旨趣、社会习俗、时代精神诸多方面存在着极大的差异,很难概而论之。清儒顾炎武尝言:

> 汉自孝武表章《六经》之后,师儒虽盛,而大义未明,故新莽居摄,颂德献符者遍于天下。光武有鉴于此,故尊崇节义,敦厉名实,所举用者莫非经明行修之人,而风俗为之一变。①

这是顾亭林自己从史籍中“体贴”出来的见解,可谓真知灼见。其可论者有三:一是西汉武帝时接受大儒董仲舒建议,独尊儒术,立五经博士,儒学看上去很兴盛,但实际上并未真正成为有效的社会意识形态。所谓

① (清)顾炎武著,(清)黄汝成集释:《日知录集释》卷十三,岳麓书社1994年版,第469页。

“大义未明”云云,乃指儒学真谛未能实现为人们的社会行为,而是停留在书本上。二是光武帝刘秀的意识形态建设不再仅仅停留在经学的倡导与传播上,而是着眼于社会伦理规范的建设。所谓“尊崇节义,敦厉名实”云云,是指把经学义理转换为社会现实层面的道德规范。三是光武帝为了有效地完成经学从书本到实际的社会规范的转变,在用人上以“经明行修”为准绳。所谓“经明行修”是指不仅对儒家经典的文本了然于胸,而且能够落实为日常行为。儒学成为“名教”正是这样的文化历史语境的产物。

考之中国古代的历史,一个朝代在立国之后一般要经过六七十年的调整、磨合方能稳定下来,之后才会兴起大规模的意识形态建设。后汉(东汉)虽然也是经过天下大乱之后,经过艰苦征战而有天下的,但是由于后汉(东汉)政权的政治统治者以西汉继承者自居,故而在意识形态方面也就呈现出很明显的连续性。于是西汉一百余年的经学建设就自然而然地成为东汉意识形态建设的坚实基础,因此东汉的意识形态建设并不需要在六七十年之后才展开。《后汉书·儒林传》云:

> 昔王莽、更始之际,天下散乱,礼乐分崩,典文残落。及光武中兴,爱好经术,未及下车,而先访儒雅,采求阙文,补缀漏逸。先是四方学士多怀挟图书,遁逃林薮。自是莫不抱负坟策,云会京师,范升、陈元、郑兴、杜林、卫宏、刘昆、桓荣之徒,继踵而集。于是立五经博士,各以家法教授,易有施、孟、梁丘、京氏,尚书欧阳、大小夏侯,诗齐、鲁、韩,礼大小戴,春秋严、颜,凡十四博士,太常差次总领焉。

可见光武帝直接接续了西汉传统,立国后立即着手复兴儒学的工作。而且他并没有重走西汉的旧辙,而是大大推进一步,着重于社会风气的改造,由学术话语层面进而落实为社会道德规范层面——这正是意识形态掌控社会的逻辑轨迹。因此西汉注重经学权威性的论证与经典义理的阐发，东汉则注重经学价值观的转换与社会效应，这是顺理成章的事情。

在这样的社会语境中，士林风尚亦为之一变。“名士”之得名固然还是靠“德”“才”两方面的出色表现，但是“德”的含义已然发生了变化。如果说，在西汉时只要忠于朝廷，热衷于王事，即可视为有“德”；那么到了人人“砥砺名节”的后汉（东汉），人之私德便成为重要评价标准。私德有亏，即使忠于皇上且才能出众，也为士林所不齿。在诸种私德之中，在号称“以孝治天下”的社会氛围中，以“孝悌”为核心的人伦亲情自然是有着首要的意义。举二例如下：

其一，章帝朝官至谏议大夫的江革：

> 建武末年，与母归乡里。每至岁时，县当案比，革以母老，不欲摇动，自在辕中挽车，不用牛马，由是乡里称之曰“江巨孝”。太守尝备礼召，革以母老不应。及母终，至性殆灭，尝寝伏冢庐，服竟，不忍除。郡守遣丞掾释服，因请以为吏。

江革以“巨孝”闻名乡里，因而受到官府重视，最终被征出仕，遂成一代名臣。

其二，和帝朝位至三公的鲁恭：

> 父武陵太守，卒官时恭年十二，弟丕年七岁，昼夜号泣，哀动路人。郡吏赠送，一皆不受，处丧如礼，乡里奇之。年十五，与弟俱居太学，诣博士受业，闭门诵读，不随俦党，兄弟知名，为学者所宗①。

鲁恭之成名也有两个步骤：一是父死尽哀并以礼处丧，名闻乡里；二是受业于博士，一心向学，名动京师。

此二人都是以个人品德而获得名声，并借此名声而跻身仕途的。

---

① （汉）袁宏：《后汉纪》卷十四，见《两汉纪》下，中华书局2002年版，第282页。

个人品德受到重视,渐渐推衍至人的个性气质。到了东汉中叶以后,许多士人是凭借性格上的特征而成为名士的。现亦举二例如下:

(陈)禅曾孙宝,亦刚壮有禅风,为州别驾从事,显名州里。(《后汉书》卷五十一《李陈庞陈桥列传》)

陈禅在安帝时官至谏议大夫,以性格刚强著称。未显达时曾遭诬陷而受酷刑,谈笑自若,不为所屈,得名,后为车骑将军邓骘所辟。其后人陈宝亦以性格"刚壮"而显名州里。

巨鹿孟敏,客居太原,荷甑堕地,不顾而去。泰见而问其意,对曰:"甑已破矣,视之何益!"泰以为有分决,与之言,知其德性,因劝令游学,遂知名当世。(《资治通鉴》卷第五十五《汉纪四十七·孝桓皇帝中》)

孟敏得名固然有赖郭泰的延誉,但其性格的"有分决"是更加重要的原因。

士林关于"名士"的评价标准由注重道德品质而推衍到个性特征,这是极为重要的一种文化现象,具有标志性意义,在文学史、学术思想史的研究上都值得高度关注与深入探讨。在我看来,这一人物品评标准的变化正是"文人身份"与"文人趣味"形成过程中不可或缺的关键一环。

当然,东汉后期,由于以"名"取士的风气愈演愈烈,在强大的诱惑之下,人们为图虚名,各种虚诞诈伪之事便大批涌现出来。由于东汉自光武以下,帝王多信谶纬、迷方术,故而许多原本治经学的士人,也转而研究风角、星算、灾异之类,久之,也产生出一批"名士"。对此类人物,范晔曾有很好的评价:

汉世之所谓名士者，其风流可知矣。虽驰张趣舍，时有未纯，于刻情修容，依倚道艺，以就其声价，非所能通物方，弘时务也。及征樊英、杨厚，朝廷若待神明，至竟无它异。英名最高，毁最甚。李固、朱穆等以为处士纯盗虚名，无益于用，故其所以然也。然而后进希之以成名，世主礼之以得众，原其无用亦所以为用，则其有用或归于无用矣。（《后汉书》卷八十二上《方术列传》）

范晔在这里批评的实际上就是“名”与“实”相背离的问题，这在当时是一种十分普遍的现象。其实也不仅仅限于方术名士，许多以“孝悌”得名的人物，也都是靠弄虚作假得来的。东汉民间有“举孝廉，父别居；举秀才，不知书”这样的民谣，就是明证。魏晋玄学之所以把“名实之辨”“才性之辨”“形神之辨”等作为重要论题，根本上正是基于东汉时名士们的“名”与“实”相悖的普遍现象。在范晔看来，所谓“名士”或许诚如李固、朱穆等人所言，是些浪得虚名、并无实际本领的人物，但是由于君主们为了博得民心，也会对这些名士礼敬有加，故而“无用”也变成了“有用”。

总之，东汉的名士含义有一个演变过程，前期注重德与才，“德”的主要标准除了忠于朝廷，就是孝悌、宽和、大度、恭敬等；“才”的主要标准则是通经以及办事能力。到了东汉后期，独特的个性气质成为名士的主要标准之一，这标志着在士林中价值观念的转变，也预示着魏晋六朝张扬个性、否弃名教时代的到来。

三、名士与“谈论”

“名士”的形成离不开舆论与传播。事实上，所谓“名士”就是在一定范围内为舆论所认可的人物。因此要了解名士形成的逻辑轨迹，就不能不深入到“舆论”及其传播机制中去。就汉代的情况而言，则“名士”与“谈论”密不可分。一个士人的“名”正是在谈论中得以传播，并从而成其名的；反过来，谈论本身也可以成就一个人的名声。许多名士都是靠着出众的谈论本领而显名的。

"谈论"即言谈议论之义。在汉代士人的话语系统中,"谈论"与"讲论""议论""论议"等词语含义相近,又各有不同。由于这些词语都与汉代士大夫的精神生活密切相关,是"名士"成名不可或缺的文化因素,这些词语含义的演变也构成了汉代士大夫阶层价值取向与趣味变化的表征,故有必要分别予以讨论。

——谈论。这个词语先秦典籍中就已经存在,不过其含义是与彼时的语境密切相关的,例如《韩非子·说难》:"故谏说谈论之士,不可不察爱憎之主而后说焉。"这里的"谈论"显然是指辩说游说之士在诸侯君主面前的纵横之论。到了东汉时代,"谈论"是指对某些士林中觉得有意义的话题的谈说议论,而"好谈论"更成为某类士人的一种特征,现举数例如下:

> 世俗之性,好奇怪之语,说虚妄之文。何则?实事不能快意,而华虚惊耳动心也。是故才能之士,好谈论者,增益实事,为美盛之语;用笔墨者,造生空文,为虚妄之传。听者以为真然,说而不舍;览者以为实事,传而不绝。(《论衡·对作篇》)
>
> (阴)兴弟就,嗣父封宣恩侯,后改封为新阳侯。就善谈论,朝臣莫及,然性刚傲,不得众誉。显宗即位,以就为少府,位特进。就子丰尚郦邑公主。(《后汉书》卷三十二《樊宏阴识列传》)
>
> 太尉黄琼辟,不就。及琼卒,归葬江夏,四方名豪会帐下者六七千人,互相谈论,莫有及(申屠)蟠者。唯南郡一生与相酬对,既别,执蟠手曰:"君非聘则征,如是相见于上京矣。"蟠勃然作色曰:"始吾以子为可与言也,何意乃相拘教乐贵之徒邪?"因振手而去,不复与言。再举有道,不就。(《后汉书》卷五十三《周黄徐姜申屠列传》)

东汉士大夫阶层中这一"好谈论"现象颇值得关注。日本著名汉学家冈村繁曾经辨析六朝“清谈”之渊源，很精辟地指出六朝之“清谈”并非像学界所说，是由桓、灵时期的“清议”发展而来，而是另有渊源，这就是在桓、灵时期即已存在的“交游性谈论”①。这一见解有史实根据，可谓真知灼见。但是，他对“谈论”与主流意识形态及朝廷的密切关联似乎关注不够。事实上，“好谈论”是士人成名的一条重要途径，而所谈论的内容则是与主流学术话语、君主偏好直接相关的。只是在外戚与宦官执政，朝纲紊乱，君主威信大失的情形之下，士大夫阶层才形成一个相对独立的文化场域，而在这一场域之中才滋生出士大夫带有自恋色彩的谈论话题。这种转变是一个历史的过程，似不可笼统言之。

——讲论。与谈论密切相关的一个词语是“讲论”。在汉代语境中，“讲论”的意指范围比较固定，基本上是指关于经学的谈论。亦举数例如下：

孝宣承统，纂修洪业，亦讲论六艺，招选茂异，而萧望之、梁丘贺、夏侯胜、韦玄成、严彭祖、尹更始以儒术进，刘向、王褒以文章显。(《史记》卷一百十二《平津侯主父列传》)

初，帝在兵闲久，厌武事，且知天下疲秏，思乐息肩。自陇、蜀平后，非儆急，未尝复言军旅。皇太子尝问攻战之事，帝曰：“昔卫灵公问陈，孔子不对，此非尔所及。”每旦视朝，日仄乃罢。数引公卿、郎、将讲论经理，夜分乃寐。(《后汉书》卷一下《光武帝纪下》)

陈敬王羡，永平三年封广平王。建初三年，有司奏遣羡与钜鹿王恭、乐成王党俱就国。肃宗性笃爱，不忍与诸王乖离，遂皆留京师。明年，案舆地图，令诸国户口皆等，租入岁各八千万。羡博涉经书，有威严，与诸儒讲论于白虎殿。(《后汉书》卷五十《孝明八王列传》)

公府三辟，皆以有道特征，(周)盘语友人曰：“昔方回、支父啬神养和，不以荣利滑其生术。吾亲以没矣，从物何为？”遂不应。建光元

① [日]冈村繁：《冈村繁全集》之三《汉魏六朝的思想和文学》，上海古籍出版社2002年版，第57页。

年,年七十三,岁朝会集诸生,讲论终日,因令其二子曰:“吾日者梦见先师东里先生,与我讲于阴堂之奥。”(《后汉书》卷三十九《刘赵淳于江刘周赵列传》)

根据这四条记载可知,在两汉时期,“讲论”是关于儒家经典的讨论。这是很正式的学术活动,有时是由帝王亲自组织,更多的则是经师硕儒带领弟子们进行。这种“讲论”活动主要是讲解、讨论经典的章句、义理,具有官方或半官方的性质。在朝廷,主要的讲论之所当然是太学,有时也在专门指定的场所进行,最有名的有西汉宣帝时的“石渠论议”、东汉章帝时的“白虎观会议”等。在地方,主要的讲论之所则是“精舍”。民间的经师们立精舍,收徒讲学,形成规模宏大的民间学术交流场所。尽管讲论的内容是儒家经典,讲论的目的是弘扬名教伦理,建构上下一体的国家意识形态,但是由于“讲论”毕竟是一群读书人聚集在一起,于是久而久之就形成了一种独特的文化场域。这个文化场域不仅产生出相对稳定的、有系统的评价标准,而且还具有某种精神衍生功能,使某些新的士大夫趣味得以孕育、传播。现朝廷与民间各举一例以说明之:

车驾幸大学,会诸博士论难于前,(桓)荣被服儒衣,温恭有蕴籍,辩明经义,每以礼让相厌,不以辞长胜人,儒者莫之及,特加赏赐。又诏诸生雅吹击磬,尽日乃罢。后荣入会庭中,诏赐奇果,受者皆怀之,荣独举手捧之以拜。帝笑指之曰:“此真儒生也。”以是愈见敬厚,常令止宿太子宫。(《后汉书》卷三十七《桓荣丁鸿列传》)

桓荣是治欧阳《尚书》的博士,上引这则事例记述桓荣在太学与诸位博士讨论经义的场面。这里记载的不是桓荣讲论的内容,而是他讲论时的风度与风格。这实际上已经进入到审美层面。武帝令诸生演奏雅乐,更使得枯燥的经义辨析具有了审美意味。这则事例说明,即使在太学讲经这样似乎极为乏味的场合，也能够衍生出审美趣味及其评价标准。

（马）融才高博洽，为世通儒，教养诸生，常有千数。涿郡卢植，北海郑玄，皆其徒也。善鼓琴，好吹笛，达生任性，不拘儒者之节。居宇器服，多存侈饰。常坐高堂，施绛纱帐，前授生徒，后列女乐，弟子以次相传，鲜有入其室者。尝欲训《左氏春秋》，及见贾逵、郑众注，乃曰："贾君精而不博，郑君博而不精。既精既博，吾何加焉！"但著《三传异同说》。注《孝经》《论语》《诗》《易》《三礼》《尚书》《列女传》《老子》《淮南子》《离骚》，所著赋、颂、碑、诔、书、记、表、奏、七言、琴歌、对策、遗令，凡二十一篇。（《后汉书》卷六十上《马融列传》）

同是经学大家，与桓荣相比，马融的风度、格调就大不相同了。马融讲论时讲究气派、威仪，不仅器物、服饰华丽奢靡，而且居然"前授生徒，后列女乐"，这大约是效仿西周贵族时代于明堂或辟雍、泮宫中授学时的规制。在马融的"精舍"中，学术与艺术浑然一体，正如他本人即"不拘儒者之礼"，有着广泛的兴趣爱好一样，他的学术也主要是一种近乎专业性的求真之学，而非意识形态上的认同。这说明，在东汉后期，在儒家经典的讲论过程，已然孕育着新的精神气质与精神旨趣了。

——论议。即关于比较重要的话题的讨论。在西汉时，"论议"的内容大多与朝政及人事等有关，大多在庙堂之上或公卿之家进行。看《汉书》的几则记载：

（息夫）躬既亲近，数进见言事，论议亡所避。众畏其口，见之仄目。（卷四十五《蒯伍江息夫传》）

张汤以更定律令为廷尉，黯质责汤于上前，曰："公为正卿，上不能褒先帝之功业，下不能化天下之邪心，安国富民，使囹圄空虚，何空取高皇帝约束纷更之为?而公以此无种矣!”黯时与汤论议,汤辩常在文深小苛,黯愤发,骂曰:“天下谓刀笔吏不可为公卿,果然。必汤也,令天下重足而立,仄目而视矣!”(卷五十《张冯汲郑传》)

贾山《至言》云:“陛下与众臣宴游,与大臣方正朝廷论议。夫游不失乐,朝不失礼,议不失计,轨事之大者也。”(卷五十一《贾邹枚路传》)

(田)蚡曰:“天下幸而安乐无事,蚡得为肺附,所好音乐、狗马、田宅,所爱倡优、巧匠之属,不如魏其、灌夫日夜招聚天下豪杰壮士与论议,腹诽而心谤,卬视天,俯画地,辟睨两宫间,幸天下有变,而欲有大功。臣乃不如魏其等所为。”(卷五十二《窦田灌韩传》)

初,宣帝不甚从儒术,任用法律,而中书宦官用事。中书令弘恭、石显久典枢机,明习文法,亦与车骑将军高为表里,论议常独持故事,不从望之等。恭、显又时倾仄见诎。(卷七十八《萧望之传》)

由以上引文可知,西汉时期士大夫在皇帝面前或者私下间的“论议”显然都是关乎朝政的大事,是士大夫之间表达与交流政治见解的重要方式。这种论议过程,是士人获得帝王重视、在同侪中树立威信的绝佳机会,当然也是“名士”们显名的好机会。到了东汉时期,“论议”的内容和效果似乎发生了一定变化,请看《后汉书》的几则记载:

宗兼通儒术,每燕见,常使与少府丁鸿等论议于前。章和二年卒,朝廷愍惜焉。(卷十七《冯岑贾列传》)

是时显宗方勤万机,公卿数朝会,每辄延谋政事,判折狱讼。(牟)融经明才高,善论议,朝廷皆服其能;帝数嗟叹,以为才堪宰相。明年,代伏恭为司空。(卷二十六《伏侯宋蔡冯赵牟韦列传》)

(刘)龚字孟公,长安人,善论议,扶风马援、班彪并器重之。竟终不伐其功,潜乐道术,作记诲篇及文章传于世。年七十,卒于家。

（卷三十上《苏竟杨厚列传》）

（刘）恺之入朝，在位者莫不仰其风行。迁步兵校尉。十三年，迁宗正，免。复拜侍中，迁长水校尉。永初元年，代周章为太常。恺性笃古，贵处士，每有征举，必先岩穴。论议引正，辞气高雅。（永初）六年，代张敏为司空。元初二年，代夏勤为司徒。（卷三十九《刘赵淳于江刘周赵列传》）

扶风掾李育，经明行著，教授百人，客居杜陵，茅室土阶。京兆、扶风二郡更请，徒以家贫，数辞病去。温故知新，论议通明，廉清修絜，行能纯备，虽前世名儒，国家所器，韦、平、孔、翟，无以加焉。（卷四十上《班彪列传》）

（何）敞性公正。自以趣舍不合时务，每请召，常称疾不应。元和中，辟太尉宋由府，由待以殊礼。敞论议高，常引大体，多所匡正。（卷四十三《朱乐何列传》）

与西汉关于“论议”的记载相比，从这些引文中我们可以看出下列几点不同：其一，西汉的士大夫论议大抵以朝廷政事为主，东汉的论议则多与经学相关。这说明在东汉时期君臣之间、士大夫之间在平常的接触中非正式地讨论经学意旨较之西汉远为普遍。其二，西汉时期士大夫的“论议”固然也有高下之别，但似乎还不足以成为个人的一种特殊才能，而在东汉时期，“善论议”显然已经成为足以使某人扬名的本领。其三，西汉时期，士大夫的“论议”主要以是非对错分高下，而在东汉时期则有了“雅俗”等审美性评价标准。诸如“论议引正，辞气高雅”“温故知新，论议通明”等说法显然已经不限于内容的是非对错了。这说明在东汉的文化语境中，士大夫久已有的“论议”传统也发生了微妙的变化。

从以上所举事例可以看出，两汉时期士大夫阶层在思想交流方面是十分活跃的。史书所记载的“谈论”“讲论”“论议”等行为都是他们的主要交流与交往方式。具体言之，“谈论”偏于一般性交流，范围最广；“讲论”主要是关于经学的讨论,近于今日之学术研讨,话题最专;“论议”在西汉之时偏于朝政人事等重要话题,到了东汉则渐渐及于经学问题。从今日的视角来看,“谈论”“讲论”“论议”都是士大夫阶层开出的“文化场域”,士大夫们的思想情感,包括治国方略、学术见解、审美趣味,在这里得以表达、传播,久而久之就渐渐形成类似于今日所谓“公共舆论”之类的普遍意识。在这一过程中,那些最能代表这一士大夫阶层之“公共性”的人物就会成为“名士”,成为士林之楷模。

到了东汉桓灵之时,士大夫的“谈论”或“论议”发生了重要变化。士大夫阶层在长期的经学研讨与实践中早已形成了自己系统的社会价值观与伦理道德观念,当他们面对不学无术并且不讲人格修养的宦官集团窃夺朝政的现实时,发自内心的厌恶与仇视之情渐渐无法压抑,最终爆发为激烈的抗争活动并导致两次“党锢之祸”。在此种情形之下,士大夫的政治主张、价值观都高度集中为对宦官集团的仇恨,传统的“谈论”“讲论”“论议”也集中到对时政的激烈批评,这就是著名的“党人之议”。《后汉书·党锢列传》载:

逮桓灵之间,主荒政缪,国命委于阉寺,士子羞与为伍,故匹夫抗愤,处士横议,遂乃激扬名声,互相题拂,品核公卿,裁量执政,婞直之风,于斯行矣。

……

初,桓帝为蠡吾侯,受学于甘陵周福,及即帝位,擢福为尚书。时同郡河南尹房植有名当朝,乡人为之谣曰:“天下规矩房伯武,因师获印周仲进。”二家宾客,互相讥揣,遂各树朋徒,渐成尤隙,由是甘陵有南北部,党人之议,自此始矣。后汝南太守宗资任功曹范滂,南阳太守成瑨亦委功曹岑晊,二郡又为谣曰:“汝南太守范孟博,南阳宗资主画诺。南阳太守岑公孝,弘农成瑨但坐啸。”

因此流言转入太学,诸生三万余人,郭林宗、贾伟节为其冠,并与李膺、陈蕃、王畅更相褒重。学中语曰："天下模楷李元礼，不畏强御陈仲举，天下俊秀王叔茂。"又渤海公族进阶、扶风魏齐卿，并危言深论，不隐豪强。自公卿以下，莫不畏其贬议，屣履到门。

从这则记载看，所谓"党人之议"原本起于士大夫内部的相互攻讦，然后演化为以三万太学生为主体的舆论风潮。其锋芒所指，则主要是以宦官为核心的权贵集团。在这种盛大的公共舆论之中，除了皇帝之外，人人都有可能成为批评的对象。士大夫久已有的"论议"传统此时都归于愤怒的抗争与肆意的褒贬了。汉代大一统政治局面之下酝酿了三百多年之久的"清流"与"浊流"，"道"与"势"——实质上是士大夫阶层与君权之间的冲突终于爆发为全面对抗了。这种局面的形成，毫无疑问，与士大夫阶层的"谈论"或"论议"传统密切相关。是"谈论"的习惯，特别是"谈论"的机制——士大夫交流的环境、场所、评价标准、激励动因、舆论传播方式、公共舆论的形成等等——为大规模的"党人之议"的形成奠定了基础。由此可见，"党人之议"乃士大夫"谈论""论议"传统的极端形式，其渊源有自，实非偶然之事。

——清议。与"党人之议"同时形成，亦同样由"谈论""论议"传统发展而来的还有所谓的"清议"。"清"是"廉洁""公正"的意思，故"清议"也就是"公正的议论"。广义言之，"党人之议"亦属于"清议"，但我们这里所说的"清议"是与那种指向当政者的政治批评不同的另外一种论议，即人物品评。顾炎武《日知录》有云：

古之哲王所以正百辟者，既已制官刑儆于有位矣，而又为之立闾师，设乡校，存清议于州里，以佐刑法之穷。……两汉以来犹循此制，乡举里选，必先考其生平，一玷清议，终身不齿。君子有怀刑之惧，小人存耻格之风，教成于下而上不严，论定于乡而民不犯。①

① （清）顾炎武著，（清）黄汝成集释：《日知录集释》卷十三，岳麓书社1994年版，第477页。

由此可知,“清议”与汉代选士任官制度直接相关。盖汉代无科举之制,选官乃靠各级官府的征辟察举与乡举里选。征辟也罢,选举也罢,不能没有标准,这一标准就是彼时国家意识形态的具体体现:经明行修。但何人堪称经明行修,只有乡里最为清楚,因此官府对某位士人的选举与征辟就必须以乡党关于其人的舆论评价为依据。这样一来,乡闾间的舆论就变得异常重要起来①。在东汉后期,在这一“清议”的场域中不仅形成了严格的评价标准,而且也形成了权威言说者。在这一场域之中,拥有雄厚文化资本的人物就会扬名天下,而被这样的权威人物所赏识的人物也同样会成为名士。因此,“清议”也就成为孕育“名士”的摇篮。请看下面的事例:

(许)劭邑人李逵,壮直有高气,劭初善之,而后为隙,又与从兄靖不睦,时议以此少之。初,劭与靖俱有高名,好共核论乡党人物,每月辄更其品题,故汝南俗有“月旦评”焉。(《后汉书》卷六十八《郭符许列传》第五十八)

或问汝南范滂曰:“郭林宗何如人?”滂曰:“隐不违亲,贞不绝俗,天子不得臣,诸侯不得友,吾不知其它。”后遭母忧,有至孝称。林宗虽善人伦,而不为危言核论,故宦官擅政而不能伤也。(《后汉书》卷六十八《郭符许列传》第五十八)

许劭,字子将,汝南平舆人也。少峻名节,好人伦,多所赏识。若樊子昭、和阳士者,并显名于世。故天下言拔士者,咸称许、郭。(《后汉书》卷六十八《郭符许列传》第五十八)

以上诸例中的“核论乡党人物”“品题”“月旦评”“善人伦”“好人伦”云云,均属于“清议”范畴。郭泰、许劭、许靖等人是靠在清议中表现出的

① 关于“清议”的功能可参见王仲荦《魏晋南北朝史》下册,人民出版社1980年版,第738—739页。

过人识鉴而获得名声，成为名士的，更多的人则是靠着被名家在清议中奖训而获得名声，成为名士的。东汉时期形成的这种“清议”之风，对于士林来说具有极为重要的规范、引导作用，对他们的价值观具有塑造功能。

以人物品鉴为主要内容的清议是要有结论的，也就是所谓“目”或“题目”或“品题”。例如曹操年轻时拜见大名士许劭“求为己目”，许劭不得已，说“君清平之奸贼，乱世之英雄”。这种“目”或“题目”或“品题”常常以风谣的形式在社会上广为流传，这是使名士成为名士的重要途径。例如：

学中语曰：“天下模楷李元礼，不畏强御陈仲举，天下俊秀王叔茂。”（《后汉书·党锢列传》）

道德彬彬冯仲文（《后汉书·冯衍传》）

五经无双许叔重（《后汉书·许慎传》）

五经纷纶井大春（《后汉书·井丹传》）

关西孔子杨伯起（《后汉书·杨震传》）

天下无双，江夏黄童（《后汉书·文苑列传》）

这些“题目”是“清议”的结论，即所谓“定评”，既是对一个人先前的道德才能的总结性评价，又对其日后在士林中的威望及仕途具有重要作用。

诚如冈村繁所言，“清议”与魏晋时期出现的“清谈”无论是内容还是形式都有很大区别，完全是两种不同性质的文化现象。但是如果断然否定二者之间的某种关联亦非确当之论。二者之间至少存在着影响与被影响的关系，这一影响可从三个方面见出：

其一，在“清议”之中，关于人物的评价，原本渐渐由道德才学向着风神气韵拓展，而对于人物风神气韵的品藻，正是魏晋“清谈”的主要内容之一。这就意味着，在人物品藻方面，东汉士大夫的“清议”应该是魏晋

“清谈”的直接母体。让我们看《世说新语·赏誉》的几则记载:

世目李元礼:“谡谡如劲松下风。”

裴令公目夏侯太初:“肃肃如入廊庙中,不修敬而人自敬。”一曰:“如入宗庙,琅琅但见礼乐器。见钟士季,如观武库,但睹矛戟。见傅兰硕,江廧靡所不有。见山巨源,如登山临下,幽然深远。”

公孙度目邴原:“所谓云中白鹤,非燕雀之网所能罗也。”

王公目太尉:“岩岩清峙,壁立千仞。”

世目谢尚为“令达”。阮遥集云:“清畅似达。”或云:“尚自然令上。”

对人物如此这般的品评在《世说新语》及《三国志》《晋书》《宋书》等典籍中所在多有,不胜枚举。这里的“目”与“清议”中的“目”“题目”在形式上一脉相承,都是以简洁的词组或短语对一个人做出评价,都可以称之为“人物品藻”,其接续关系不容置疑。所不同的是,在“清议”中对人物的评价以道德、才能为主,而在“清谈”中则以人物的风度、容貌、性格、气质为主。更重要的是,“清议”是极为严肃认真的事情,有着明确的目的性,因为它是官府“征辟察举”的重要舆论依据;“清谈”则是名士们一种优雅的交流活动,是智慧与才学的游戏,并没有明确的目的。对于“清议”与“清谈”在人物品藻上存在的这种异同,我们可以得出这样的结论:作为汉代各级政府选士任官活动组成部分的“清议”原本是一项重要的政治行为,一方面是在乡间间居于重要地位的地方实力派权力运作的手段,另一方面也是主流意识形态政治功能之有效性的体现。然而久而久之,这项主要是对人物道德、才能进行鉴定的活动渐渐推衍扩充,由德才而及于个性气质乃至容貌风度。这一变化的原因一方面是由于在宦官集团权力日重的东汉后期,“清议”在官员的任免拔擢上所具有的作用越来越小,另一方面则是由于以清流自诩的士大夫阶层的自恋意识越来越强烈——仅仅是“经明行修”“德才兼具”之类已经不能满足他们自我欣赏的需求了。到了汉末魏晋之时，由于军阀混战与曹操“唯才是举”用人政策的冲击，“清议”的政治功能已经大打折扣了，于是对于人物的风神气韵的鉴赏便成为名士们的主要谈资，“清议”也就渐渐成为“清谈”。前引《世说新语》诸例，基本上都可以归为对人物的“审美评价”了。

其二，如前所述，汉代的“清议”乃是由士大夫阶层久已有之的“谈论”“讲论”“论议”传统而来，而学术话题（当然主要是经学）正是“谈论”“讲论”“论议”的重要内容，因此学术话题也是“清议”的重要内容。太学与精舍之间关于经典的讲论，就是“清议”的一种形式。只是到了汉末，原本神圣的经典渐渐也成为人们逞口舌之辩的工具。仍举《世说新语》二例说明之：

> 边文礼见袁奉高，失次序。奉高曰：“昔尧聘许由，面无怍色。先生何为颠倒衣裳？”文礼答曰：“明府初临，尧德未彰，是以贱民颠倒衣裳耳。”（《言语》）
>
> 荀慈明与汝南袁阆相见，问颍川人士，慈明先及诸兄。阆笑曰：“士但可因亲旧而已乎？”慈明曰：“足下相难，依据者何经？”阆曰：“方问国士，而及诸兄，是以尤之耳。”慈明曰：“昔者祁奚内举不失其子，外举不失其雠，以为至公。公旦《文王》之诗，不论尧、舜之德而颂文、武者，亲亲之义也。《春秋》之义，内其国而外诸夏。且不爱其亲而爱他人者，不为悖德乎？”（《言语》）

例一中的“颠倒衣裳”是《诗·齐风·东方未明》中的句子，原本是说一位官吏因公事繁忙，匆忙中穿倒了衣裳，在这里则被用来代指“失次序”，与原诗意指毫无关联。这说明在汉末之时，原本神圣无比的儒家经典也成为名士们随意使用的谈资，已然不再那么神圣了。例二是对颍川人士的评价，是更为典型的“清议”。荀爽（字慈明）是位大名士，被时人目为“荀氏八龙,慈明无双”。袁阆亦为名士。在二人的对话中,荀爽举《诗·大雅·文王》及《春秋》为根据来评价颍川人物,先谈自家弟兄后及他人辩护,也同样是把儒家经典当作口舌争胜的工具来用。其实即使在东晋之后的纯粹“清谈”中,也常常涉及儒家人物和典籍,并不全然排斥。只不过在这里不是作为需要实践的名教伦理来谈的,而是作为学理来谈的。

其三,“清议”对“清谈”最主要的影响在于东晋之后的许多“清谈”话题都是从“清议”演化而来的。我们知道,“清谈”的最主要的内容是“玄学”,而在“玄学”之中,除了所谓“三玄”本有话题,最主要的是所谓“名实之辩”“才性之辩”“言意之辩”“形神之辩”等。而这些话题均与“清议”相关。这里的逻辑是这样的:在东汉中期以后兴起的“清议”之风,开始时主要是对人物的品德、才能进行评价,形成“经明行修”的基本评价标准。然而久而久之,人们发现,对人物的评价并不如此简单,因为人是会伪装的,表里常常不一,于是就凸显出“名”与“实”的关系问题,后来清谈玄言中的“名实之辩”就是从这一“清议”话题中淳化成纯粹学理问题的。“才性之辩”则与“清议”中关于人物才能的评价直接相关。所谓“才性”就是才能与品性,才能表现在博学与办事能力上,品性则与人的气质、品德相关联。官府选士任官,除了品德高尚之外,还需要各方面的才能。有些人品性好却缺乏才能,而有些品性不好,却才能出众,于是才能与性格的关系以及才能的来源便成为一个有意义的话题。两晋时谈家热衷的“四本论”就由此而来,成了一个纯粹的学理问题。“形神”问题古已有之,是关于形骸与精神的关系问题的言说,如司马迁《史记·太史公自序》云:“凡人所生者神也,所托者形也。神大用则竭,形大劳则敝,形神离则死。”魏晋玄学清谈中的“形神之辩”就是关于人的形骸与精神之关系问题的讨论。这一讨论有两层含义:一是形与神能否相离的问题,此即“神灭论”与“神不灭论”的争论;二是人的形貌与精神气质的关系,进而引申为形貌与风神气韵的关系。看《世说新语》中的人物品藻可知,彼时人物评价标准是重神轻形的，这就意味着在他们看来“神”和“形”并非总是一致的。如《容止篇》刘孝标注引《魏氏春秋》云“武王姿貌短小，而神明英发”，这是说曹操的“形”不足论，而其“神”却超尘拔俗。魏晋玄学清谈中的“形神之辩”在东晋、南朝之时已经从人物品藻衍化为诗文书画的重要评价标准。顾恺之的“以形写神”之说，王僧虔的“神采为上，形质次之”之说都是极为重要的艺术标准。

“言意之辩”也是古已有之的话题，在《庄子》《易传》中都有相关见解。但是作为清谈玄言重要内容的“言意之辩”则有着来自现实语境的生成轨迹。汤用彤先生尝言：

> 新学术之兴起，虽始于世风环境，然无新眼光、新方法，则亦只有支离片段之言论，而不能有组织完备之新学。故学术，新时代之托始，恒赖新方法之发现。……依言意之辩，普遍推之，而使之为一切论理之准量，则实为玄学家所发现之新眼光、新方法。
>
> ……由此言之，则玄学统系之建立，有赖于言意之辩，但详溯其源，则言意之辩实亦起于汉魏间之名学。名理之学源于评论人物。①

这实在是高明之卓识！在汤先生看来，“言意之辩”不仅是世风环境之产物，而且是一代新学术，即玄学赖以建立的新眼光、新方法。把“言意之辩”提高到“新方法”的高度可谓独具慧眼。盖玄学所论话题虽夥，究其根本则不外概念之所指、能指之关系，语义关系、事物内外表里之关系，概言之，即言与意之关系。例如作为玄学重要论题之一的“声无(有)哀乐论”，表面看是纯粹的音乐与情感的关系，但实质上则是关于“声”“音”“情”等词语的语义辨析；又如“养生论”也是玄学的重要话题，表面上是如何养生的问题，实质上同样是关于“养”与“生”等词语之语义的不同理

---

① 汤用彤：《魏晋玄学论稿》，见《中国学术经典·汤用彤卷》，河北教育出版社1996年版，第678—679页。

解的问题。正是在这个意义上,汤先生认为“言意之辩”是玄学赖以生成的“新眼光,新方法”。探其源流,则“言意之辩”乃汉魏之际“名理之学”的进一步延伸。何以见得呢?如前所述,所谓“名理之学”即清议中对人物考核名实之实践的学理化、普遍化形式,其核心是前文论及的“才性之辩”。

这里的逻辑关系可以这样来表述:征辟察举、乡举里选的政治行为激发起以人物品评为主旨的“清议”;在“清议”中,由“经明行修”的评价标准,渐渐深化为“循名责实”“因名求实”的学理追问,这就是所谓“名实之辩”;这种“名实之辩”进一步抽象化为具有更普遍意义的“才性之辩”;对于“才性之辩”的探讨,自然而然地导致“言意之辩”的凸显。从逻辑顺序看“言意之辩”似乎后出,但它是贯穿于整个逻辑展开过程的深层的意义生成模式——在意义的世界里,越是深层的构成因素就越是被最后揭示,此即为层层深入。汤先生的论述十分准确地揭示出魏晋玄学由人物品评的政治实践升华为玄学话语的逻辑轨迹。

总之,无论“清谈”与“清议”有着多大的差异,它们都是西汉时即已存在于士大夫阶层之中的“谈论”“讲论”“论议”传统的产物则是无可怀疑的。在士大夫阶层中存在着久远的交流、交往传统,形成一个个文化场域,这些场域中,随着历史语境的变化,会包含不同的内容,形成迥然不同的评价标准,这些评价标准又进而升华为不同的价值观。“清议”与“清谈”的差异正是这种文化场域的变换所导致的。正如以往的“谈论”“讲论”“论议”造就了大批“名士”一样,“清议”与“清谈”也正是“名士”的摇篮。在“清议”中产生的名士,诸如窦武、陈蕃、李膺、范滂、郭泰、许劭等,都是以真正意义上的“士大夫”身份受到“清议”青睐的。他们以天下为己任,“慨然有澄清天下之志”,以正统社会价值观,即“道”的维系者自居,在与以宦官为代表的权力集团的斗争中博得天下士人的尊崇与推重,成为大名士。这个“名”的含义是政治性的。而王弼、何晏、夏侯玄、傅嘏、阮籍、嵇康、王衍、王导、向秀、郭象之类是在关于《老子》《庄子》《周易》以及“养生论”“四本论”“圣人有情无情论”“声有无哀乐论”等等“玄远不及世务”的话题的谈论中成为名士的。他们的“名”所包含的是超越现实政治的玄奥之理，所确证的是一种与政治相疏离的姿态。

四、名士与文人趣味之生成

通过以上阐述可知，“谈论”，包括后来的“清议”与“清谈”，其基本性质是士大夫阶层思想文化交流的场域。这是在“大一统”的历史语境中逐渐形成的，作为社会“中间阶层”的士大夫们的主要精神活动空间，它与春秋以前的贵族教育与交往、战国时期的私学与诸子间的交往一样，是特定时期思想文化滋生、孕育的主要场所。就汉魏四百多年的历史演进而论，士大夫这一思想文化场域也处于不断变化之中：其谈论的话题开始是以政治性的内容与经学内容为主，后来渐渐蜕变为以玄远话题为主，形成了一个与社会政治由紧密相关到渐行渐远的演变轨迹。在这一过程中，士大夫的身份意识、趣味也发生了根本性变化。

汉代士大夫原本继承了先秦士人以天下为己任的担当精神，在政治上有着极强的进取心，希望与君权合作建功立业，有一番大作为。但是面对“君道刚强，臣道柔顺”的大一统君主专制政体，士大夫阶层越来越发现自己的“器”，即“工具性”处境，他们只好把“帝王师”的角色意识隐藏起来，采取“屈民而伸君”的策略，为王朝的合法性提供论证。但同时，他们会采取种种迂回、委曲的策略，暗中输入自己的价值观，从而对君权进行限制。事实上，经学作为一种国家意识形态，其基本精神正是“为君权服务”与“限制君权”两种价值取向的二重奏。这一点在士大夫的“谈论”“讲论”以及后来的“清议”中表现得十分清楚。然而，诚如一些史家所见，由于缺乏制度层面的保障，汉代士大夫阶层这种靠话语建构，以为君权确证合法性为代价来进行“柔性”制衡的策略并不是任何时候都有效的。尤其是在东汉后期那样君主孱弱，外戚、宦官轮流秉政的政治形势下，士大夫普遍受到压制，他们的建言献策常常被弃如敝屣，他们的学术话语亦受到冷落，在这样的情形之下，他们只有或者万马齐喑，或者不计后果地发出呐喊之声了。“党人”的“清议”就是在这样的情形之下产生的。然而,表达了党人愤怒的“清议”除了痛快淋漓地发泄之外,同样是无效的,而且还招致残酷的镇压,于是士大夫“谈论”的兴趣就发生了变化,政治话题渐渐远去,对人物的德行与才能的评价也转向了对其谈吐、举止、风度的审美性评价了。士林风尚在汉末发生陡转。谈论依然存在,但此谈论已非彼谈论。

从士大夫名士到文人名士的转变是此期谈论者身份的明显变化。而这一变化与文人趣味的生成属于同一个过程。如果说陈蕃、李膺等人是汉代最后一批士大夫名士的代表,而孔融、杨修、祢衡、何晏、王弼等是汉魏之际文人名士的代表,那么在汉末也有一批人物可以称为从士大夫名士向文人名士过渡的代表,他们是马融、赵壹和蔡邕等。

马融,字季长,扶风茂陵人,主要活动于东汉安、顺之时,乃东汉初期伏波将军马援之兄、马余之孙,后从挚恂游学,成为一代经学大师。然而马融并非恪守章句的一般经生,他出身世家,而且有外戚之贵,其独特的身份使其立身行事,颇显个性。就治学而论,马融虽然博通经学,曾遍注诸经,并且培养出卢植、郑玄等著名经学家,但是他又沉浸于老庄,与道家之学颇多领悟。尝注《老子》《淮南子》以及《离骚》。大将军邓骘闻其名,欲召为舍人,开始被他拒绝,后来遭遇战乱,衣食不保,便感叹说:“古人有言‘左手据天下之图,右手刎其喉,愚夫不为’。所以然者,生贵于天下也。今以曲俗咫尺之羞,灭无赀之躯,殆非《老》《庄》之谓也。”①由此可以看出道家思想对他的影响。可见从价值观言之,马融已非醇儒。就其身份言之,则介于士大夫与文人之间。例如他于元初二年(115 年)上《广成颂》就是用来讽谏执政者“以为文德可兴,武功宜废,遂寝蒐狩之礼,息战阵之法”的,关心的是国家的命运。顺帝永和年间,马融任武都太守,时逢羌人为乱,他上书朝廷,欲率军平乱。他在经学上的贡献,也恰足体现了儒家士人的传道精神。这都是典型的士大夫阶层社会责任感的表现。安

① (南朝·宋)范晔:《后汉书》卷六十上《马融列传》,中华书局标点本 1965 年版,第 1953 页。

帝亲政后，马融上《冬巡颂》，受到安帝欣赏，拜为郎中；在外戚梁冀执政时，为了讨好他，马融又作《西第颂》，这又是在强权压迫下的文人无奈之举，近于宫廷文人之所为。至于他的“善鼓琴，好吹笛，达生任性，不拘儒者之节”则不仅是典型的文人趣味之表露，而且可以说开了魏晋士人“越名教而任自然”的放达精神之先河。此外马融的文人趣味还表现在其辞赋创作上，其《琴赋》《长笛赋》《围棋赋》等都是如此。例如《长笛赋》，虽然继承了汉赋堆砌铺陈的特点，但在对“竹”的描写上，无疑寄托了文人的清高旨趣。换言之，从立身行事的风格来看，马融已经具有后世“文人”的特点了。

蔡邕，字伯喈，陈留圉人，主要活动于桓、灵之世，世代仕宦，曾师从桓帝时的重臣太尉胡广。就本来的精神旨趣而言，蔡邕也是个不折不扣的士大夫，有强烈的进取心，熹平六年(177 年)他上《陈政要七事疏》，涉及祭祀典礼、选举、督察、经学、赏罚、治安等方面，都是关乎国计民生的大事，表现出一个士大夫所应有的责任心与使命感，另外他冒着触犯皇帝的风险，主张废止“鸿都门学”，也是传统士大夫精神的体现。但是蔡邕又绝非一个恪守儒家学说的经生，亦非循规蹈矩的官僚，他有着极为丰富的精神世界，具有文人情怀。其曾作《释诲》，在回答“务世公子”劝言入世建立功业时，“华颠胡老”有云：

> 三代之隆，亦有缉熙，五伯扶微，勤而抚之。于斯已降，天网纵，人纮弛，王涂坏，太极陁，君臣土崩，上下瓦解。于是智者骋诈，辩者驰说，武夫奋略，战士讲锐。电骇风驰，雾散云披，变诈乖诡，以合时宜。或画一策而绾万金，或谈崇朝而锡瑞珪。连衡者六印磊落，合从者骈组流离。
>
> 隆贵翕习，积富无崖，据巧蹈机，以忘其危。夫华离蒂而萎，条去干而枯，女冶容而淫，士背道而辜。人毁其满，神疾其邪，利端始萌，害渐亦牙。速速方毂，夭夭是加，欲丰其屋，乃蔀其家。是故天地否

闭,圣哲潜形,石门守晨,沮、溺耦耕,颜阖抱璞,蘧瑗保生,齐人归乐,孔子斯征,雍渠骖乘,逝而遗轻。夫岂傲主而背国乎?道不可以倾也。

又:

于是公子仰首降阶,忸怩而避。胡老乃扬衡含笑,援琴而歌。歌曰:"练余心兮浸太清,涤秽浊兮存正灵。和液畅兮神气宁,情志泊兮心亭亭,嗜欲息兮无由生。踔宇宙而遗俗兮,眇翩翩而独征。"

这里浸透了道家的人生智慧与哲理。在价值观上蔡邕已经不再是那种满脑子"经世致用"精神的儒生,也不再是整日舞文弄墨,希冀着有朝一日飞黄腾达的文吏了。而在个人趣味上,蔡邕也明显表现出后世"文人"的诸多特点。首先是多才艺。文人身份不同于一般士大夫之处的重要特点是多才多艺。琴棋书画、诗词歌赋乃"文人"的标志。蔡邕是位文艺天才,他的辞赋、碑文、史志不仅名重一时,而且对魏晋六朝有重要影响;他的书法卓然高标,曾创"飞白体",是中国书法史上早期最主要的代表人物。而且他还有《隶书势》《大篆赞》等文章,是中国最早的书法理论家之一。他精通音律,是汉末最有名的古琴演奏家,有《琴赋》一篇传世。魏晋六朝时期是中国古代文学艺术各个门类、各种体制蓬勃发展、渐趋成熟的重要时期,而生活在汉末的大才子蔡邕,对于这一文艺的勃兴起到了重要的奠基作用。正是由于这样的贡献,蔡邕也就成为后世文人的榜样,从而成为最早获得"文人身份"的一批人之一。蔡邕毫无疑问是个士大夫,但是他不是像同时期的王允、郑玄等人那样是传统意义上的士大夫,他还获得了"文人"这重新的身份。这一"文人身份"在他的诗文辞赋作品中有着充分而鲜明的呈现,其《霖雨赋》云:

夫何季秋之淫雨兮，既弥日而成霖。瞻玄云之晻晻兮，听长空之淋淋。中宵夜而叹息，起饰带而抚琴。①

《蝉赋》：

白露凄其夜降，秋风肃以晨兴。声嘶嗌以沮败，体枯燥以冰凝。虽期运之固然，独潜类乎太阴。要明年之中夏，复长鸣而扬音。（《艺文类聚》九十七《初学记》宋本三十）

赵壹，字元叔，主要活动于桓、灵之时。这是一位恃才傲物、特立独行的人物。据《后汉书·文苑传》载，赵壹"恃才倨傲，为乡党所摈，乃作《解摈》"。这就是说，按照"乡举里选"之"清议"规则，赵壹是受到贬斥的，也就是所谓"玷于清议"，按照彼时的风气，这就等于自毁前程了。然而，在这样的情况下，赵壹何以还会成为大名士，并且得到许多出仕的机会呢？这与灵帝时期社会评价系统的变化直接相关。我们先来看看史书的记载：

光和元年，举郡上计到京师。是时司徒袁逢受计，计吏数百人皆拜伏庭中，莫敢仰视，壹独长揖而已。逢望而异之，令左右往让之，曰："下郡计吏而揖三公，何也？"对曰："昔郦食其长揖汉王，今揖三公，何遽怪哉？"逢则敛衽下堂，执其手，延置上坐，因问西方事，大悦，顾谓坐中曰："此人汉阳赵元叔也。朝臣莫有过之者，吾请为诸君分坐。"坐者皆属观。既出，往造河南尹羊陟，不得见。壹以公卿中非陟无足以托名者，乃日往到门，陟自强许通，尚卧未起，壹径入上堂，遂

① 见严可均编《全汉文》之卷八十，文末附严氏注云："案此赋《类聚》编于魏曹植《愁霖赋》后，题为又《愁霖赋》，张溥等因收入《子建集》。今考《文选·张协杂诗》注引《蔡邕霖雨赋》云：'瞻玄云之晻晻，听长雨之霖霖。'《曹植美女篇》注引《蔡邕霖雨赋》云：'中宵夜而叹息。'知此赋在《蔡集》中。"

前临之,曰:"窃伏西州,承高风旧矣,乃今方遇而忽然,柰何命也!"因举声哭,门下惊,皆奔入满侧。陟知其非常人,乃起,延与语,大奇之。谓曰:"子出矣。"陟明旦大从车骑奉谒造壹。时诸计吏多盛饰车马帷幕,而壹独柴车草屏,露宿其傍,延陟前坐于车下,左右莫不叹愕。陟遂与言谈,至熏夕,极欢而去,执其手曰:"良璞不剖,必有泣血以相明者矣!"陟乃与袁逢共称荐之。名动京师,士大夫想望其风采。(《后汉书》卷八十下《文苑传》)

计吏是古代州郡掌簿籍并负责上计的官员,"上计"就是计吏到朝廷汇报州郡财政收支情况。计吏品秩极低,属于州府衙门的从员。观看这段记载,赵壹的个性跃然纸上。袁逢位列三公,羊陟是当时大名士,此二人对赵壹的狂悖之举不以为忤,反而争相为之延誉,此可见彼时社会风气已然不同于东汉中叶之前,与"经明行修"不同的个性得到承认。赵壹身为小吏,却要与高高在上的朝廷重臣平起平坐,这已经超出了一般的行为准则,在一般人看来绝对是不可思议的举动。然而,袁逢不仅能够容忍他的特异行为,并且给他极高的评价,这是不同寻常的。看赵壹举动,又以郦食其自比,完全是先秦纵横家的做派,他能够"名动京师,士大夫想望其风采",说明汉末士林中的风气已经出现了重视个性,反对平庸,欲突破陈规陋习的价值取向。此堪称魏晋精神解放之先声。

史载赵壹"著赋、颂、箴、诔、书、论及杂文十六篇",作品不多,流传下来的就更是少之又少。就其所遗较为完整的《刺世嫉邪赋》《穷鸟赋》来看,其基本旨趣依然是士大夫精神,只不过是仕途坎坷因而愤世嫉俗的士大夫而已。然而,其"文人"情怀也已经流露出来,其《迅风赋》有云:

惟巽卦之为体,吐神气而成风。织微无所不入,广大无所不充。经营八荒之外,宛转毫毛之中。察本莫见其始,揆末莫睹其终。啾啾飕飕,吟啸相求。阿那徘徊,声若歌讴。抟之不可得,系之不可留。

这是对迅风的描写，与当时文人们对于“笔”“琴”“笛”“棋”“蝉”“霖雨”等事物的描写一样，观察细腻、用词考究，描绘生动，富于情趣，显示出不同于士大夫精神的文人趣味。

从马融、蔡邕、赵壹三位汉末名士的行为方式与文章书写来看，他们是介于士大夫与文人这两种身份之间的过渡式人物。他们走的都是读书做官的传统道路，都具有强烈的社会责任感，有对于“道”的承担意识，因此他们的基本身份无疑是士大夫；但他们又都在个性或个人情趣方面有较为突出的表现，已经不再是循规蹈矩的经生与俗儒，他们对个体精神生活有着自觉的诉求与呵护，因此他们又是最早一批真正意义上的“文人”。他们在个性追求与个人情趣的表达上与西汉时期的“宫廷文人”已然有着根本性差异，从他们开始，中国古代主流知识阶层便具有了一重新的身份——文人，于是“文人士大夫”便成为这个获得新的身份的社会阶层的称谓。自此以后，他们一方面积极入世，力求做忠君爱民的政治家，并继续高扬着“道”的旗帜，力求成为士人阶层价值观——“道统”的继承者与维护者；另一方面又开始拓展个人精神空间，探寻个体生命存在的价值意义，对那些与社会政治、伦理并无直接关涉的事物，诸如琴棋书画、诗词歌赋以及自然山水之美，开始产生浓厚兴趣，并乐此不疲。他们力求使自己的生活精致化、艺术化，在言谈举止、服饰打扮、吟诗作赋等各项活动中，极力打造自己，提升自己，使自身获得与自己的文化知识修养、社会政治经济地位相匹配的品味、趣味、感觉和体验，从而使自身与没有文化修养的社会大多数严格区分开来。这种品味、趣味、感觉和体验被他们命名为“雅”。自是以降，以“道”为核心的士大夫精神与以“雅”为核心的文人情趣就并行不悖地存在于这一知识阶层身上了。

第二节　西汉后期主流话语中“文”的含义及其文化意蕴

中国古代没有现代意义上的“文学”概念,含义相近的是“文”。“文”这一概念不唯有着悠久的历史,而且有着极为丰富的内涵。应该说“‘文’的历史”或“‘文’之史”较之“文学史”更符合中国古代的实际情况。本文仅以《盐铁论》为核心,讨论一下西汉后期“文”这一概念的含义及其文化意蕴。

“周文”就像肥沃的土壤一样孕育滋养了先秦诸子,尽管道家、法家公然声称蔑视周人创造的礼乐制度与儒家标举的仁义道德,但他们也同样是“周文”的衍生品。然而即使像儒家那样言必称文、武、周公,时时标榜“克己复礼”者,其思想系统与“周文”系统也已经判然而别。在儒家这里,“周文”——西周贵族创造的政治、道德价值观念以及包括礼仪规范、典章制度在内的文化符号体系——经过了吸纳、改造、批判、重构的过程已经成为一种包含新的时代精神的话语系统。

汉代立国之后,来自六国的士人阶层无不欢呼雀跃,以为在“大一统”的政治格局中,自己可以大展宏图了,于是他们奔走于帝王功臣之门,竞相兜售胸中所学。竞争的结果,在黄老刑名之术得到汉初君主数十年的青睐之后,便是汉武帝的“废黜百家,独尊儒术”。儒学得以独尊并非由于武帝个人的偏好,也不是因为董仲舒才学过人,这是西汉初期帝王和知识阶层双向选择的结果:既是士人阶层的思想意识渐渐皈依儒学的结果,也是惠、文、景、武数代帝王试验、选择的产物。如果说帝王奉行黄老刑名之术,意味着在当时的政治格局中,士人阶层还不是一个重要角色,根本无法与宗室、功臣、外戚等权力集团相抗衡,那么儒学的独尊则意味着政治上君权集团与士人阶层合作共治格局的初步形成,或曰文官政府的初步形成①。因此儒学,实际上就成了整个士人阶层的利益体现与价值观的话语表征。

"独尊儒术"以及其所表征的君权系统与士人阶层合作共治政治格局的形成,意味着"周文"传统在一定程度上的复兴。在春秋后期乃至整个战国时期,"文"基本上为诸侯统治者所摒弃了,只有儒家的话语建构中还保留着它的形式。此时在西周乃至春秋前期,"文"所具有那种切切实实的政治功能是消失殆尽了。武帝的"独尊儒术"标志着周代贵族开创的"文"之传统,又开始重新获得政治意义了。因此儒学的"独尊"就意味着"文"在被冷落了数百年之后获得复兴。但是这是一个漫长的过程,并非一蹴而就的。即使是武帝"独尊儒术"、立五经博士之后,儒学的权威地位也远没有确立起来,"文"的政治功能还受到严厉质疑。这一点在桓宽的《盐铁论》中有着明显的表露。

一、从《盐铁论》看儒学在昭、宣时期的地位

人们常常以为在武帝元光元年(前134年)董仲舒上"天人三策",特别是建元五年(前136年)武帝诏令"立五经博士"之后,儒家就成了独霸天下的官方意识形态。实际上情况远非如此。即使到了昭、宣之时,儒家学说及其代表人物孔子、孟子等也并没有受到普遍尊敬。这一点从《盐铁论》中可以清楚地看出:

> 御史曰:"文学祖述仲尼,称诵其德,以为自古及今,未之有也。然孔子修道鲁、卫之间,教化洙、泗之上,弟子不为变,当世不为治,鲁

① 钱穆先生指出:"西周时代已可以说有统一政府,只是'封建制的统一'。秦始皇帝代表着中国史上第一个'郡县制的统一政府'之开始。汉高祖代表着中国史上第一个'平民为天子的统一政府'之开始。汉武帝代表着中国史上第一个'文治的统一政府'即'士治'或'贤治'的统一政府之开始。"(见《中国文化史导论》,商务印书馆1994年版,第94页)"文治""士治""贤治"云云,都是讲君主集团与士人阶层合作"共治"的政治格局。公孙弘的封侯拜相是一件很有象征意义的事件。标志着经过"七国之乱"之后,统治者重新组织权力结构的政治策略,也标志着士人阶层开始成为君主政治的核心因素的开始。

国之削滋甚。齐宣王褒儒尊学,孟轲、淳于髡之徒,受上大夫之禄,不任职而论国事,盖齐稷下先生千有余人。当此之时,非一公孙弘也。弱燕攻齐,长驱至临淄,湣王遁逃,死于莒而不能救;王建禽于秦,与之俱虏而不能存。若此,儒者之安国尊君,未始有效也。"(《论儒》)

对儒学如此严厉的质疑如果是在战国时期,出自韩非子、李斯等人之口,是再正常不过了,而出于汉武帝立"五经博士""废黜百家,独尊儒术"之后半个世纪之久的朝廷高官之口,则是值得玩味的了①。这说明,即使在士大夫阶层之中,也还是存在着否定儒学的强大声音。一大批奉行实用主义的政治家在价值观上有近于法家,拒绝空谈义理,唯以事功为准绳,丝毫没有知识阶层所固有的乌托邦精神。这批人在经济管理方面以桑弘羊等为代表,在政治管理与刑罚方面以张汤等酷吏为代表,他们对于儒学基本上持轻蔑态度。他们轻视空谈道德义理,凭借政治才干深得帝王倚重。也就是说,这批士大夫不肯服膺儒学是有现实依托的。元帝为太子时好儒学,曾进言乃父宣帝"持刑太严,宜用儒生",宣帝"作色",并说出那句为千古帝王所恪守的名言:"汉家自有制度,本以霸王道杂之,奈何纯任德教,用周政乎!且俗儒不达时宜,好是古非今,使人眩于名实,不知所守,何足委任?"②谏大夫王吉也曾上书宣帝,建议"延及儒生、述旧礼、明王制"③,亦未被采纳。可见即使在汉武帝之后的西汉帝王心目中对于儒家以及其所推崇的"周文"也还是持保留态度的。儒学及孔子真正获得某种神圣地位是元帝之后的事情了。

由于在治国方略上士大夫们常常会在崇武、尚文、重法三种路向的选择上发生激烈争执,因此,"文"在西汉不同类型的士大夫心目中也就具

① 按:桑弘羊等与贤良方正展开辩论的"盐铁会议"是昭帝始元六年(前81年)的事情,距离武帝立"五经博士"已经半个世纪;而桓宽根据这次论辩所编订成书的《盐铁论》是在"盐铁会议"之后三十年,即宣帝后期了,距离武帝立"五经博士"已经八十余年了。过了这么长时间儒学还受到如此严厉的质疑,恰说明意识形态建设的复杂性。

② (汉)班固《汉书·元帝纪》上册,岳麓书社1993年版,第105页。

③ (汉)班固《汉书·礼乐志》上册,岳麓书社1993年版,第479页。

有迥然不同的位置，其持论之悬殊，不亚于周秦诸子。这在《盐铁论》中有着最集中的体现。

就政治层面而言，“文”意味着“文治”或“德治”“教化”，即通过宽和、仁慈、循循善诱的方式管理人民，通过提高人民的道德修养、使人民养成良好的风俗习惯的方式达到天下太平的目的。《盐铁论》：

> 文学曰：“古者，贵以德而贱用兵。孔子曰：‘远人不服，则修文德以来之。既来之，则安之。’今废道德而任兵革，兴师而伐之，屯戍而备之，暴兵露师，以支久长，转输粮食无已，使边境之士饥寒于外，百姓劳苦于内。立盐、铁，始张利官以给之，非长策也。故以罢之为便也。”（《本议》）

“远人”是指匈奴而言，汉朝自立国始，一直受到匈奴的侵扰，武帝时多次对匈奴用兵，虽然取得了几次重要的胜利，但并未根除边患。兴兵讨伐也罢，屯兵戍边也罢，都需要大量钱粮，于是武帝元狩六年（前117年），“造盐、铁、酒榷之利，以佐用度”（《汉书·贾捐之传》）。看来这是不得已的办法。因此文学之士主张废除盐铁官营，让利于民，依靠“修文德”来使“远人”宾服，就当时的情况而言，确实是不切实际的空论。然而从长远来看，则修文德、兴教化毕竟是治理国家的根本所在，因此“文学”下面这些话是十分中肯的：

> 文学曰：“周室衰，礼乐坏，不能统理，天下诸侯交争，相灭亡，并为六国，兵革不休，民不得宁息。秦以虎狼之心，蚕食诸侯，并吞战国以为郡县，伐能矜功，自以为过尧、舜而羞与之同。弃仁义而尚刑罚，以为今时不师于文而决于武。赵高治狱于内，蒙恬用兵于外，百姓愁苦，同心而患秦。陈王赫然奋爪牙为天下首事，道虽凶而儒墨或干之者，以为无王久矣，道拥遏不得行，自孔子以至于兹，而秦复重禁之，

故发愤于陈王也。孔子曰:‘如有用我者,吾其为东周乎!’庶几成汤、文、武之功,为百姓除残去贼,岂贪禄乐位哉?”(《褒贤》)

这是对历史教训实事求是的总结,也恰恰是汉朝为避免重蹈秦人覆辙而必须深刻总结的历史经验。秦人尚“武”重“法”而轻“文”,结果二世而亡。因此在儒家看来,对于西汉王朝来说,为长治久安计,“文”的意义远在“武”之上。盖武备只是一时之需,文治却是百年大计。其实“文学”,亦即儒家们,所倡导的“文”是不可能使国家在短期内富国强兵的,其功能原本就不在于此。“文”的责任是为全社会提供价值秩序、人的行为准则,也就是建构起一套行之有效的国家意识形态体系。中国几千年的王朝更迭证明,任何一个朝代,倘若不能建构起强有力的,即为社会大众,特别是知识阶层所接受的、深入人心的国家意识形态,它就必然是短命的。儒家对于秦朝短祚之原因的判断是很正确的。汉朝统治者接受了儒家就等于吸收了秦朝的教训,就等于把“文治”摆到了重要位置上,因此汉朝在元帝之后成功地建构起一体化的、以儒学为主体,兼取道、法的国家意识形态,从而使这个刘姓王朝得以延续四百年之久。而且也形成了此后历代帝王大都尊奉的以“文治”为主、“武功”为辅的基本政治模式。

《盐铁论》记载的那场著名的辩论表明,即使在武帝制定“独尊儒术”政策长达半个世纪之后,儒学是否有用,是否有利于国家的长治久安依然是一个有待解决的问题。那些手握实权的政治家完全可以像先秦的道家与法家那样直言不讳地嘲笑儒学的不切实际和孔、孟之徒的处处碰壁。这说明,直至西汉宣帝时期,儒学也未能真正成为有效的国家意识形态。然而,武帝“独尊儒术”、立“五经博士”的举措毕竟已经预示着“周文”的复兴了。

二、《盐铁论》语境中“文”之含义考察

我们先来看看“文学”。

“察举”乃汉代选士任官的重要途径之一。《汉书·昭帝纪》：始元六年（前81年）“二月，诏有司问郡国所举贤良文学民所疾苦。议罢盐、铁、榷酤”。“贤良”即是“贤良方正”，这是从文帝时就有的选举名目。文帝十五年尝下诏诸侯王、公卿、郡守等“举贤良能直言极谏者”。武帝登基之初，于建元元年（前140年）即“诏丞相、御史、列侯、中二千石、二千石、诸侯相举贤良方正直言极谏之士”。又于元光元年（前134年）下求贤良诏：“贤良明于古今王事之体，受策察问，咸以书对，著之于篇，朕亲览焉。”[①]《汉书·董仲舒传》：“武帝即位，举贤良文学之士前后百数。”董仲舒、公孙弘等大儒都是此次被选举的贤良方正。由此可见，“贤良”或“贤良方正”或“贤良文学”都是同一意思，是指淹通古今的博学多才并敢于直言进谏之士。或许在文帝时，“贤良”只是泛指有品行才学之人，武帝以后方成为不定期的选官科目的，而“文学”则是“贤良”的代称。在先秦时期，“文学”本为孔门四科之一，有“文学，子游、子夏”之谓（《论语·先进》）。在其他诸子那里，凡是精通儒家典籍的人概以“文学”名之。如《韩非子·六反》：“学道立方，离法之民也，而世尊之曰文学之士。”后来“文学”一词又泛指文章典籍、学问或书本知识。如《吕氏春秋·荡兵》云：“今世之以偃兵疾说者。终身用兵而不自知悖，故说虽强，谈虽辨，文学虽博，犹不见听。”开始时，至少在昭、宣之前，“文学”还不是专门指称儒生。例如建元元年（前140年）那次武帝下诏举贤良，被举上来的有许多“治申、商、韩非、苏秦、张仪之言”者，经丞相卫绾奏请方被罢黜。又刘向《说苑》：“昔秦之时，灭文学，好武勇，贱仁义之士，贵治狱之吏，正言谓之诽谤，谒过谓之妖言，故盛服先生，不用于世，忠良切言，皆郁于胸，誉谀之声，日满于耳，虚美熏心，实祸蔽塞，此乃秦之所以亡天下也。”（《贵德》）秦始皇焚的是诸子百家之书，并非仅仅限于儒家典籍。又如《盐铁论》云：“淮南、衡山修文学，招四方游士，山东儒、墨咸聚于江、淮之间，讲议集论，著书数十篇。”（《晁错》）淮南门下大多为修习黄老道家之术者。

---

① （汉）班固《汉书·武帝纪》，岳麓书社1993年版，第69页。

可见“贤良”“文学”原本并非专指儒生而言。但是作为《盐铁论》论辩一方的“文学”则毫无疑问是指儒生而言。《刺复篇》云:“今贤良文学臻者六十余人,怀六艺之术,骋意极论,宜若开光发蒙;信往而乖于今,道古而不合于世务。”“怀六艺之术”者当然只能是儒生。

我们再来看作为一种政治手段的“文”。

> 文学曰:“古者,贵德而贱利,重义而轻财。三王之时,迭盛迭衰。衰则扶之,倾则定之。是以夏忠、殷敬、周文,庠序之教,恭让之礼,粲然可得而观也。”(《错币》)

这里的“周文”是指周代贵德重教的治国方略。这个“文”也就是“文治”之意,它首先是与“武”或“武功”相对而言的。周人凭武力灭商立国,却非常强调“文”的作用,在我们能够看到的西周文献中,较少言及“武功”,看上去周朝绝对不是一个尚武的政权。周初统治者们丝毫没有后世那些马上得天下的君主们那种叱咤风云、不可一世的气势,反而表现出战战兢兢、唯谨唯慎的姿态。这是一个很有意味的现象。以往论者大都以周人以弱胜强,胜利得来的比较容易,故而心怀畏惧忧患解之,当然不无道理。但是畏惧忧患并不能一定导致重“文德”,或“以德治国”的政策。情况或许是这样的:周人看到崇尚武力、看上去无比强大的殷商居然经“牧野”一战就轰然崩溃了,于是将这一结果归之于“天命”,相信“天命”已然不在殷人那里了。这就意味着武力的强大并非“天命”眷顾的理由。于是周人深刻反思了对“天命”的理解,反思了自己取得胜利的原因,发现自己作为“小邦”与“大国商”的根本区别就是自公刘以下,特别是古公亶父、王季、文王这三代,都勤劳简朴,拥有良好的品德,得到百姓的爱戴与信从。于是周人就断定“天命”之所以归于周,就在于周人拥有良好的品德。于是“文德”就成为周人最看重的治国方略。《周书》《周易》《逸周书》《诗经》中那些被确认为是西周的文献,处处可见“德”字,对此不能仅仅理解为周代贵族的自我标榜与自我期许，这更说明周人深信自己的祖上是靠“德”而获得“天命”眷顾的。在彼时的语境中，“文”就是“德”，“德”就是“文”。中国延续三千年之久的“以德治国”或“文治”观念，即由周人发其端，后经儒家继承弘扬，得以进入大多数朝代的主流政治话语系统，一直延绵至今。

我们看看《诗经·大雅》诸作，《生民》是赞扬周人始祖后稷辛辛苦苦种庄稼，为周民族开创基业的；《公刘》是赞扬公刘辛勤创业、品德高尚以及率领周人迁豳的伟大功绩的；《绵》是歌颂文王之祖古公亶父率领周族自豳迁岐，艰难创业的；《大明》主要是赞扬文王之父王季之美德的；《思齐》主要是歌颂文王之母太任之美德的；《文王》则是赞美文王品德高尚，致使殷民归附的。总之是一句话：周人历代祖先都是辛劳勤勉、品德高尚之人，正是如此，所以最终感动了上天，“天命”才归于周人。在周人的心目中，“天命”肯定是有的，而且是决定人世间一切事物的最高权威。但是“天命”的归属是变动的。《大雅·文王》中的“天命靡常”四个字正是周人深刻反思的结果，我们来看看这首诗：

文王在上，於昭于天。周虽旧邦，其命维新。有周不显，帝命不时。文王陟降，在帝左右。

亹亹文王，令闻不已。陈锡哉周，侯文王孙子。文王孙子，本支百世，凡周之士，不显亦世。

世之不显，厥犹翼翼。思皇多士，生此王国。王国克生，维周之桢；济济多士，文王以宁。

穆穆文王，於缉熙敬止。假哉天命，有商孙子。商之孙子，其丽不亿。上帝既命，侯于周服。

侯服于周，天命靡常。殷士肤敏，祼将于京。厥作祼将，常服黼冔。王之荩臣，无念尔祖。

无念尔祖，聿修厥德。永言配命，自求多福。殷之未丧师，克配上帝。宜鉴于殷,骏命不易!

命之不易,无遏尔躬。宣昭义问,有虞殷自天。上天之载,无声无臭。仪刑文王,万邦作孚。

这首诗主旨有三:一是强调周人之所以有天下,是上天的意志,是“天命”所归,殆非人力可为。盖商周之际诸侯众多,周人虽然靠武力推翻了商朝,但要统治天下,需要强有力的合法性依据才能令人信服。在彼时的历史语境中,没有什么比“天命”更有力了。所以周人不仅自己深信“天命”归周,而且也竭力让别人相信。二是高度赞扬文王的美好品德,并暗示这是上帝眷顾周人的主要原因。文王有美好的品德大约是事实,并不完全是后人的誉美。他能够使偏于一隅的弱小部族发展强大起来,能够取得那么多部落的信任,使他们支持响应他的灭商大计,这本身就说明文王绝对是一个不平凡的人,他身上必定有着令人钦服的东西。所以他的后人说他品德高尚,不遗余力地赞美他的“德”[①],说明文王过人之处正在于此。他被尊称为“文王”,这个“文”字不仅包含着品德高尚的意思,也包含着靠“德化”“德教”使人信服的意思。正是因为文王有这样的美德,“天命”才弃商而归周,而他死后才得以“在帝左右”。三是要求殷商的遗民要从心里服从周人统治,因为周人的统治是“天命”使然,并非靠人力得来。这三层意思环环相扣,颇有说服力。

周人把推翻殷商、获得政权之主要原因归之于“天命”,又把“天命所归”的原因归之于“德”,于是就对如何彰显“德”的意义与价值极其重视。他们甚至把“德”与其统治的合法性统一起来,把“德”与国家命运统一起来。在某种意义上说,周公的“制礼作乐”正是为了将原本是内在于人的“德”外在化、形式化、固定化,从而使之得到强化与凸显。我们看看《左传》记载的一段话:

---

① 例如《诗经·周颂·维天之命》:“维天之命,于穆不已。于乎不显,文王之德之纯。假以溢我,我其收之。骏惠我文王,曾孙笃之。”

夏四月，取郜大鼎于宋。戊申，纳于大庙。非礼也。臧哀伯谏曰："君人者将昭德塞违，以临照百官，犹惧或失之。故昭令德以示子孙：是以清庙茅屋，大路越席，大羹不致，粢食不凿，昭其俭也。衮、冕、黻、珽，带、裳、幅、舄，衡、紞、纮、綖，昭其度也。藻、率、鞞、鞛，鞶、厉、游、缨，昭其数也。火、龙、黼、黻，昭其文也。五色比象，昭其物也。锡、鸾、和、铃，昭其声也。三辰旂旗，昭其明也。夫德，俭而有度，登降有数。文、物以纪之，声、明以发之，以临照百官，百官于是乎戒惧，而不敢易纪律。今灭德立违，而置其赂器于大庙，以明示百官，百官象之，其又何诛焉？国家之败，由官邪也。官之失德，宠赂章也。郜鼎在庙，章孰甚焉？武王克商，迁九鼎于雒邑，义士犹或非之，而况将昭违乱之赂器于大庙，其若之何？"（《桓公二年》）

这是对周人种种"昭德"举措的描述。周代贵族懂得，美好的品德与人伦关系需要繁缛的外在形式来予以彰显、确证。又《国语》载：

平公说新声，师旷曰："公室其将卑乎！君之明兆于衰矣。夫乐以开山川之风也，以耀德于广远也。风德以广之，风山川以远之，风物以听之，修诗以咏之，修礼以节之。夫德广远而有时节，是以远服而迩不迁。"（《晋语八》）

这是说，"乐"不是用来娱乐欣赏的，也不是为了排场和仪式，而是用来"耀德""风德"的。乐为其表，德为其里。后来，"作乐崇德"便成为儒家关于音乐功能的基本理解，与"文以明道""文以载道"之说一起构成了儒家文艺价值观的基本维度。

周人这种崇文贵德的观念自周初确立之后就成为传统，直至春秋时期还在坚持，并成为已然衰微的周王室的精神支柱。《左传·宣公三年》载：

> 楚子伐陆浑之戎,遂至于雒,观兵于周疆。定王使王孙满劳楚子。楚子问鼎之大小轻重焉。对曰:“在德不在鼎。昔夏之方有德也,远方图物,贡金九牧,铸鼎象物,百物而为之备,使民知神、奸。故民入川泽山林,不逢不若。螭魅罔两,莫能逢之,用能协于上下,以承天休。桀有昏德,鼎迁于商,载祀六百。商纣暴虐,鼎迁于周。德之休明,虽小,重也。其奸回昏乱,虽大,轻也。天祚明德,有所止。成王定鼎于郏鄏,卜世三十,卜年七百,天所命也。周德虽衰,天命未改,鼎之轻重,未可问也。”

在这里,“鼎”是权力的象征,是一个政权的合法性之标志。所谓“在德不在鼎”是说鼎所象征的权力是“天命”所赋予的,而“天命”之所归依据的是“德”,而不是“鼎”,有德者才会“天命”所归。周王朝的“德”较之以前是衰微了,但是尚未他属,故而象征着权力合法性的鼎之轻重是不可以问的。这说明,在周人眼中,“德”与“天命”始终是紧密相关的。

这里有一个有趣的历史文化现象值得关注:周人之崇尚“文德”原本是他们在反思“伐纣”胜利之原因的基础上,进而为其统治寻求合法性的政治策略,本质上是一种话语建构行为,事实证明这一策略是非常有效的。周公之“制礼作乐”是为“文德”或“文治”“德治”之政治策略建构外在形式,从而使之合法化、形式化。后来经过儒家的弘扬,周代贵族作为政治策略的“文”便被推衍为治国平天下的根本法则,由“文德”而衍生出“仁政”“王道”等治国理念。周人用“文德”来作为已经获得的政权的合法性依据,为“天命”归周寻找合理解释,他们达到了目的;孔、孟等儒家试图靠“文德”来使已经分崩离析的“天下”复归于统一,使“天下”从无序归于有序,那就变成了天真的乌托邦。但是在《盐铁论》的语境中,天下复归于一统,亟待重建统一的社会意识形态,则儒家从周人那里推衍而来的“文德”“文治”就具有了极为重大的意义,可以说是汉家天下能否长治久安的决定性因素。从这个意义上看,“文学”的主张较之“大夫”的主张更具有长远眼光。

我们再来看作为礼乐仪式和其他文化符号的“文”。

《盐铁论》载：

> 丞相史曰：“……礼无虚加，故必有其实然后为之文。与其礼有余而养不足，宁养有余而礼不足……由此观之：虚礼无益于己也。文实配行，礼养俱施，然后可以言孝。孝在实质，不在于饰貌；全身在于谨慎，不在于驰语也。”（《孝养》）
>
> 大夫曰：“……宗周修礼长文，然国翦弱，不能自存，东摄六国，西畏于秦，身以放迁，宗庙绝祀。”（《诛秦》）

这里的“文”与“礼”相通，是指周人创造的那套礼仪形式。如前所述，周人的“制礼作乐”，创造了一套极为繁复的礼仪形式与相关规定，从表面看是为了“昭德”“风德”，而其根本作用是把刚刚获得政权的周人打造成真正的特殊阶层，即贵族。这里的“文”或者“礼”的功能就是“区隔”，把统治者高高地抬起来，使被统治者唯有仰视而已。同时又使统治者内部层次分明、秩序井然。这一点周人做到了。他们原本只是为了强化自己的统治、稳定统治集团内部的秩序来制作礼乐的，并没有料到，这一“制作”对中国后世产生了多么重大的影响。然而在“大夫”和“丞相史”为代表的一批具有法家倾向的政治家看来，这套“文”的形式没有任何意义，就个人而言，良好的道德品质，例如“孝”，是内在精神而非外在形式；就国家而言，则“修礼长文”并不能使国家强盛，反而导致其难以自存，可见这套“文”的形式是多余的，应该予以摒弃。

马克思早就说过，在同一个社会的统治阶层中，政治家与思想家对同一问题的看法往往是有区别的（大意）。以上“文学”与“大夫”论辩双方的差异即可作如是观。相对而言，作为士大夫阶层之思想家的“文学”，即儒生，较之作为士大夫阶层之政治家的“大夫”或“丞相史”有着更为长远的眼光,甚至可以说更具有政治头脑,而后者则更具有时效性,更有处理具体问题的能力。二者相辅相成则构成一种极为有效的统治形式,事实上,延续了两千多年的中国古代君主官僚政体,正是这样的一种统治形式。

在《盐铁论》的语境中"文"还有"纹饰""文采"的含义:

> 文学曰:"孟子云:'不违农时,谷不可胜食。蚕麻以时,布帛不可胜衣也。斧斤以时,材木不可胜用。田渔以时,鱼肉不可胜食。'若则饰宫室,增台榭,梓匠斲巨为小,以圆为方,上成云气,下成山林,则材木不足用也。男子去本为末,雕文刻镂,以象禽兽,穷物究变,则谷不足食也。妇女饰微治细,以成文章,极伎尽巧,则丝布不足衣也。"(《通有》)

这里的"雕文刻镂"之文以及"文章"都是指花纹图案。这原本是"文"的基本含义,其他义项都是由此引申出来的。这就意味着,"文"这个词从产生之日起就与人们的审美趣味相关。以上这段引文中的"文"也同样体现着一种审美意识,是当时人们审美趣味的表现。只是在当时的历史语境中,纯粹的"审美"是被压抑和遮蔽的,不能堂而皇之地进入主流话语。在以"大夫"为代表的政治家眼中,"审美"之事是不足挂齿的,从来不予谈论,他们关心的只有事功;而在以"文学"为代表的儒家,虽然对"文"极为重视,很清楚那些没有直接功利价值的礼仪形式、文化符号的深远意义,但是对于纯粹的审美,他们也同样是拒斥的,他们用"昭德""崇德",即道德伦理价值置换了"文"的审美价值。"文"所包含的审美价值得到主流话语的肯定与彰显,那已经是西汉末期乃至东汉的事情了。

在《盐铁论》中"文"的另一层含义是"言说"或"文辞":

大夫曰:“言之非难,行之为难。故贤者处实而效功,亦非徒陈空文而已。”(《非鞅》)

文学曰:“……若夫外饰其貌而内无其实,口诵其文而行不犹其道,是盗固与盗,而不容于君子之域。”(《晁错》)

这里的“文”是指文辞、言辞,包括某个人的口头言说,也包括某家某派的话语系统。本来“文”的这一义项与今日之“文学”意义最为接近,但是“大夫”们把此“文”与“行”“实效”相连;儒家把它与“道”相连,则显然把它工具化了。成为政教的工具,这是那个历史语境赋予“文”的意义,并非个人意愿与趣味所致。

三、从《盐铁论》看中国古代“文”的传统之形成

在中国古代,若断若续地存在着一个大致的“文”的传统,周人开其端,汉人继其后,唐宋之时成其规模。如前所述,这一“文”的传统在政治话语层面上即为“文治”“德治”“仁政”“王道”,此为周代贵族所开创,为儒家所继承并弘扬之,这套政治话语是否真的在现实层面上实现过是另外一个问题,仅就其被统治者认可,即获得合法性而言,则呈现合—分—合之演变趋势:在西周之时,即所谓“周政”之中,“德治”是被承认而且被极力标榜的,此时期意识形态与政治制度、政治策略在一定程度上是“合”的。在春秋战国直至汉武帝之前这六百余年里,“德治”或“仁政”“王道”没有获得统治者认可,只存在于儒家话语系统之中,时断时续,不绝如缕。此一时期儒家意识形态与现实政治是“分”的。从汉武帝“废黜百家,独尊儒术”之后,儒家的“仁政”“王道”之说渐渐获得合法性,成为主流意识形态。在现实政治层面上也有一定程度的表现,此一时期意识形态与现实政治在一定程度上复归于“合”。此后的两千多年中,除了个别短暂的特殊时期之外,“文治”或“德治”基本上是历代统治者所倡导的政治策略。

“文治”“德治”这套政治话语最为直接的表现形式,便是对伦理教化的高度重视。因此“教化”就构成“文”之传统的重要组成部分。中国古代统治者对“教化”之重视程度可谓无以复加,在世界上罕有其匹。以至于所谓“移风易俗”成为官员政绩中最重要内容。西汉后期直至东汉的教育、教化与选士任官制度相配合,极为有效地统一了社会价值观,构建起对人与事严格的评价体系,最终使儒家思想成为“有效”的社会意识形态。当然这是一个漫长的过程,其演变轨迹是这样的:在西汉之时,儒家思想主要是以“经学”的形式存在的,虽然获得统治者认可,被倡导为国家意识形态,但毕竟主要是以话语形式存在于书本之中的,并未成为“有效”的社会意识形态;到了西汉后期直至东汉时期,通过帝王的倡导与“征辟察举”制度的引导,又经过士大夫阶层的长期努力与践行,儒家思想渐渐深入人们的现实生活,终于成为直接决定人们,特别是士大夫阶层之价值观念与交往方式的日常伦理,于是儒家思想不再仅仅是“经学”,而是落实为“名教”。“经学”衍生为“名教”意味着作为国家意识形态,儒学真正成为“有效的”。东汉后期所谓“政荒于上而风清于下”的局面即可视为这一日常伦理的产物。

在对伦理教化高度重视的基础上,则是对各种形式因素的推崇。首先是礼仪形式。“周文”一向被称为“繁文缛礼”,在礼仪形式与外在文饰方面,极为细碎烦琐,无以复加。汉代统治者在认定儒学为国家意识形态之后,对“礼仪形式”也越来越重视了。以往在儒家典籍中记载的礼仪形式也可以付诸实施了。“汉官威仪”为后世历朝历代所效仿。史家赞汉武帝云:

> 孝武初立,卓然罢黜百家,表章《六经》。遂畴咨海内,举其俊茂,与之立功。兴太学,修郊祀,改正朔,定历数,协音律,作诗乐,建封禫,礼百神,绍周后,号令文章,焕焉可述。后嗣得遵洪业,而有三代之风。如武帝之雄材大略,不改文、景之恭俭以济斯民,虽《诗》

《书》所称,何有加焉!(《汉书·武帝纪》)

又赞明帝云:

明帝永平二年三月,上始帅群臣躬养三老、五更于辟雍。行大射大礼。郡、县、道行乡饮酒于学校,皆祀圣师周公、孔子,牲以犬。于是七郊礼乐三雍之义备矣。(《后汉书·礼仪志》)

这两段记载说明,武帝之时在效仿周礼,力求把儒家所传承的经典落实为现实制度方面做了很大努力。而东汉之时,经过了近两百年的经学繁荣之后,汉代统治者在效仿周礼、把经学话语落实为礼仪制度方面终于取得了更为重大的进展。周人创造的那套礼乐文化,虽然在春秋战国直至汉武帝之前数百年间遭到了严重破坏,以至于有"礼失求诸野"之叹,但是在战国之时有赖于"邹鲁之士,缙绅先生"们的虔诚、执着与恪守,而在汉代又有赖于"经生"们的阐发传授,"周文"才得以传承并最终融汇到中国古代文化传统的主流之中。就传承周代礼乐文化而言,在儒家之外,汉代帝王是有重要贡献的。

其次,除了礼仪形式,在汉代渐渐形成的"文"之传统还表现为对书写与修辞的高度重视。《盐铁论》有云:

大夫曰:"文学言治尚于唐、虞,言义高于秋天,有华言矣,未见其实也。……故玉屑满箧,不为有宝;诗书负笈,不为有道。要在安国家,利人民,不苟繁文众辞而已。"(《相刺》)

"华言""玉屑""诗书""繁文众辞"均指书写与修辞而言。在"大夫"眼中,这些都是多余的,于事无补。但在儒家看来,"有德者必有言""言之不文,行之不远",亦即内在品德必有外在形式与之相称,充实的内容必有华美的形式与之相契合。因此重教化、尚礼仪,必然会导致对书写与修辞的高度重视。对儒家来说,书写与修辞绝非华而不实的无用之物,而是安邦定国必不可少的重要手段。汉代儒生对此有深刻理解:

> 文学曰:“非学无以治身,非礼无以辅德。和氏之璞,天下之美宝也、待礛诸之工而后明。毛嫱,天下之姣人也,待香泽脂粉而后容。周公,天下之至圣人也,待贤师学问而后通。”(《殊路》)

这里充分强调了学问与修辞的重要性。这种观点在西汉中后期已经是儒者之共识,如刘向说:“德弥盛者文弥缛,中弥理者文弥章。”(《说苑·修文》)扬雄也说:“诗人之赋丽以则。”(《法言·吾子》)“缛”“章”“丽”这类表现文饰、辞藻的概念都获得了正面的含义。换言之,在主流话语中,修辞已经成为一种具有正当性的,并且是不可或缺的言说方式了。

《盐铁论》的时代是西汉后期了,此时在学术上经学日益昌明,并且已经形成各种流派,今古文之争也开始酝酿[①];在诗文方面,辞赋创作已经从宫廷普及至民间,作者队伍不断增加,诗也不仅仅是圣贤的专利,在“乐府诗”及“柏梁体”诗的促进下,民间诗歌创作也开始蔓延开来。在这样的文化语境中,文学评价标准也悄然发生了变化。在西汉前期不受重视或者被遮蔽的一些评价性概念开始频繁出现了,前述之“丽”就很具有代表性。同时修辞也开始成为关注的问题,换言之,书写之修辞开始进入主流话语之中了。这在中国古代文学思想史或批评史上是一种极为重要的现象。在这方面,大儒扬雄颇有代表性。我们先来看看他在《法言》中的有关谈论:

---

① 古文经从西汉之初即流传于民间,如《毛诗》《费氏易》、孔安国的《古文尚书》之类。但今古文之争是在刘歆于哀帝建平元年(前6年)在秘阁校书时发现一批古文经书并且提出立为学官之后才拉开序幕的。

或曰:“有人焉,曰云姓孔而字仲尼,入其门,升其堂,伏其几,袭其裳,则可谓仲尼乎?”曰:“其文是也,其质非也。”“敢问质。”曰:“羊质而虎皮,见草而说,见豺而战,忘其皮之虎矣。圣人虎别,其文炳也。君子豹别,其文蔚也。辩人狸别,其文萃也。狸变则豹,豹变则虎。好书而不要诸仲尼,书肆也。好说而不要诸仲尼,说铃也。”(《吾子》)

扬雄这段话表面上看来是讲“征圣”——先要有圣人之质,然后方有圣人之文。但从这里透露出来的是对“文”——文饰与修辞——的空前重视。“虎别”“豹别”(《周易》作“虎变”“豹变”)“文炳”“文蔚”之谓,是强调文采的必然性与重要性,含有“有其质必有其文”的意思。这样的意思还可以从《法言》的其他论述中见出:

或曰:“良玉不雕,美言不文,何谓也?”曰:“玉不雕,璠玙不作器。言不文,典谟不作经。”(《寡见》)

或问“圣人表里”。曰:“威仪文辞,表也;德行忠信,里也。”(《重黎》)

或问:“君子言则成文,动则成德,何以也?”曰:“以其弸中而彪外也。般之挥斤,羿之激矢。君子不言,言必有中也;不行,行必有称也。”(《君子》)

这些引文都是在讲“文”的重要性与必然性。在扬雄看来,文采与辞藻不是可有可无的,它是内在品德的外在呈现;有了美好品德就必然会文采斐然。这就意味着,文采、辞藻等属于形式与修辞范围的因素不再那么受到轻视和忽视了,它们成了主流话语的言说对象。

圣人,文质者也。车服以彰之,藻色以明之,声音以扬之,诗书以

光之。笾豆不陈,玉帛不分,琴瑟不铿,钟鼓不抎,则吾无以见圣人矣。(《先知》)

或问:"君子尚辞乎?"曰:"君子事之为尚。事胜辞则伉,辞胜事则赋,事、辞称则经。足言足容,德之藻矣!"(《吾子》)

这两则对话就说得更明白了,圣人之质靠"文"来呈现、来彰显,离"文"则"质"亦渺不可见矣!"事、辞相称"是君子所追求的理想境界。"足言足容"是高尚品德的自然显现。儒家历来讲所谓"作乐崇德",在他们看来,美好的品德或高尚的行为需要富丽堂皇的乐舞予以彰显,"文"与"质"相辅相成,不可偏废。这正是儒家高于墨家、道家、法家之处。也是儒家最终为古代知识阶层所选择的重要原因之一。扬雄的"心画、心声"之说,进一步强调了言说与书写的重要性,其云:

言不能达其心,书不能达其言,难矣哉。惟圣人得言之解,得书之体。白日以照之,江河以涤之,灏灏乎其莫之御也。面相之,辞相适,捈中心之所欲,通诸人之嚍嚍者,莫如言。弥纶天下之事,记久明远,著古昔之昬昬,传千里之忞忞者,莫如书。故言,心声也。书,心画也。声画形,君子小人见矣!声画者,君子小人之所以动情乎!圣人之辞,浑浑若川。顺则便,逆则否者,其惟川乎?(《问神》)

言不尽意之谓《庄子》《易传》早已有之;"有德者必有言"之谓,儒家亦早已有之,然对"言"与"书"——言说与书写——之功能分析如此透彻,评价如此之高者,扬子云可谓超迈前人。"心声""心画"之说具有开创性,较之后来《毛诗序》之"情动于中而形于言"之说不唯更早,而且更生动传神。更重要的是,这一说法是对言说与书写之重要性的空前强调与彰显,虽然是托诸圣人,但并不影响其普遍意义。后世虽有"心画心声总失真"之说,但丝毫不能抹杀扬雄此论的学术史意义。

与扬雄同时的刘向父子，对于“文”之统序、功能的认识与扬雄可谓同调，都体现了《盐铁论》中“文学”们的思想，可谓时代精神之显现。在元帝时的那篇著名的《条灾异封事》中，刘向表达了自己对“文”的理解。在这篇文字中他梳理了自虞舜、周文、武一直到春秋之时，政治状况与“文”之间的密切关联，在他看来，一个朝代政治的清明、君臣上下之间的和睦融洽必将表现于乐舞诗歌之上。而表达了和睦融洽情感的乐舞诗歌反过来又可以强化现实社会人际关系的和谐，从而感动上天，进一步促进天人之间的和谐。相反，一个动荡混乱的朝代，君臣上下尔虞我诈、互相倾轧，就会出现充满怨望与讥刺等愤懑之情的诗歌，进而，天人之间的和睦也会遭到破坏，上天就会降下许多灾异现象来警示人们。这就是说，“文”固然与社会政治息息相关，构成社会政治的某种“同构”物，是时代之“和气”或“乖气”的自然呈现，但“文”毕竟是一套文化符号系统，是相对独立于社会政治、天地自然的。刘向云：

> 臣闻舜命九官，济济相让，和之至也。众贤和于朝，则万物和于野。故箫《韶》九成，而凤皇来仪；击石拊石，百兽率舞。四海之内，靡不和定。及至周文，开墓西郊，杂遝众贤，罔不肃和，崇推让之风，以销分争之讼。文王既没，周公思慕，歌咏文王之德，其《诗》曰：“于穆清庙，肃雍显相；济济多士，秉文之德。”当此之时，武王、周公继政，朝臣和于内，万国欢于外，故尽得其欢心，以事其先祖。其《诗》曰：“有来雍雍，至止肃肃，相维辟公，天子穆穆。”言四方皆以和来也。诸侯和于下，天应报于上，故《周颂》曰“降福穰穰”，又曰“饴我釐麰”釐麰，大麦也，始自天降。此皆以和致和，获天助也。（《汉书·楚元王传》）

君臣上下之“和”导致天人关系之“和”，此所谓“以和致和”。诗歌则是这种人世间、天人间之“和”的话语表征。正是诗歌这一符号系统使得那种弥漫于人世间、天人间的“和气”获得话语形式进而流传后世的。

通过《盐铁论》及扬雄、刘向等人的论述来看,汉代士大夫在西汉后期已经形成对“文”的统序的认识并且已经自觉强化这一统序,这在中国文化史、思想史、文学批评史上都具有重要意义。

第三节　从诗歌功能的演变看文人趣味之生成

中国古代审美趣味的历史演进大约经历了贵族趣味、士大夫趣味、文人趣味三个主要阶段。三者之间大体上呈现出先后接续的关系,但在某些情况下,它们之间又有交叉的现象。不同的审美趣味表征着不同的精神旨趣与价值取向。对于审美趣味的历史演变过程,可以从诗歌功能的变化的角度来考察。

一、从贵族言说方式到帝王之制作

先秦典籍中记载下来的古老的《弹歌》《蜡辞》之类被学界公认为原始社会时期的歌谣。《尚书》《尚书大传》等史籍中记载的《帝舜歌》《皋陶赓歌》《卿云歌》《八伯歌》《帝载歌》《夏人歌》《伊尹歌》《麦秀歌》等据称是尧舜时期的歌谣。其确切产生年代固不可考,然歌谣乃流传久远的一种言说方式则无可怀疑①。一部《诗经》就是明证。事实上即使到了春秋时期,除了“赋诗言志”这一比较固定的“专对”形式外,那种以歌、谣、谚、诵、讴的形式表达意愿与情感的现象也并不鲜见。现仅举《左传》所载数例如下:

① 上古时期的歌谣大抵与巫术仪式相关,后来则成为祖先祭祀仪式的主要部分,依然是人与神沟通的独特方式。再后来这种言说方式有一个世俗化过程,开始进入人际交流活动之中。《诗经》中保留的那些作品,“三颂”是祭祀祖先时的赞辞,“二雅”中则大多是贵族内部,例如君臣之间沟通的手段。

《隐公元年》:“公入而赋:‘大隧之中,其乐也融融!’姜出而赋:‘大隧之外,其乐也洩洩!’遂为母子如初。”

《成公十七年》:“初,声伯梦涉洹,或与己琼瑰,食之,泣而为琼瑰,盈其怀。从而歌之曰:‘济洹之水,赠我以琼瑰。归乎!归乎!琼瑰盈吾怀乎!’”

《宣公二年》:“城者讴曰:‘睅其目,皤其腹,弃甲而复。于思于思,弃甲复来。’”

《襄公十七年》:“筑者讴曰:‘泽门之皙,实兴我役。邑中之黔,实慰我心。’”

《襄公三十年》:“子产……从政一年,舆人诵之曰:‘取我衣冠而褚之,取我田畴而伍之。孰杀子产,吾其与之!’及三年,又诵之曰:‘我有子弟,子产诲之。我有田畴,子产殖之。子产而死,谁其嗣之?’”

《昭公二十五》:“师己曰:‘异哉!吾闻文成之世,童谣有之,曰:“鸜之鹆之,公出辱之。鸜鹆之羽,公在外野,往馈之马……”’”

上述引文中的“赋”,不同于“赋诗言志”之“赋”,是指自作诗歌。“歌”在这里即自作歌而唱之。“讴”是“齐声而歌”的意思。“诵”作名词时是指便于诵读的韵文,如《诗·大雅·烝民》:“吉甫作诵,穆如清风。”作为动词是指对有韵之文的诵读。“谣”则是“徒歌”,即诵读而不唱的韵文。另外还有诸如“风”(通“讽”)、“谚”“箴”等,均指一种有韵的言说形式,在形制上大体与《诗经》作品相近。值得注意的是,《左传》言及“诗”字不下百处,却没有一处是讲时人作诗。在《左传》的语境中,“诗”主要是指《诗经》作品,偶有例外,也是指古代圣贤之所作。可见,春秋时,“诗”已经是一种专指,是指那些为官方整理、保存或者已经入乐的诗歌作品,具有某种权威性,甚至神圣性色彩。时人即兴之作,则根据不同情况称之为歌、谣、讴、诵等。由此观之,运用韵文形式来表情达意的确具有自发的性质,是在人们日常生活中自然而然发生的。但这种形式一旦为主流话语所采纳,成为程式化的言说方式[①],情况就发生了根本的变化,它们被改造为一种意识形态话语,不再具有个人化的情感内涵。自发性的表情达意的产物就是民歌民谣,与"文人趣味"无涉;被纳入官方话语系统的"诗",虽然通过官方教育机构得以在贵族阶层以及后来的士大夫阶层中传承、使用,但已经被经典化、意识形态化了,也不属于"文人趣味"范畴。但是不容否认的是,无论是民间自发性的民歌民谣,还是被官方规范化、经典化的"诗",都是作为后世"文人趣味"的基础存在的。也就是说,民歌民谣有一个"文人化"的过程;而作为官方话语的"诗"则有一个"个人化"的过程。我们来看看诗歌"个人化"的过程。

> 始皇不乐,使博士为仙真人诗,及行所游天下,传令乐人歌弦之。(《史记·秦始皇本纪》)
>
> 于是项王乃悲歌慷慨,自为诗曰:"力拔山兮气盖世,时不利兮骓不逝。骓不逝兮可奈何,虞兮虞兮奈若何!"(《史记·项羽本纪》)
>
> 高祖还归,过沛,留。置酒沛宫,悉召故人父老子弟纵酒,发沛中儿得百二十人,教之歌。酒酣,高祖击筑,自为歌诗曰:"大风起兮云飞扬,威加海内兮归故乡,安得猛士兮守四方!"令儿皆和习之。高祖乃起舞,慷慨伤怀,泣数行下。(《史记·高祖本纪》)
>
> 武帝……又尝得神马渥洼水中,复次以为《太一之歌》。歌曲曰:"太一贡兮天马下,沾赤汗兮沫流赭。骋容与兮跇万里,今安匹兮龙为友。"后伐大宛得千里马,马名蒲梢,次作以为歌。歌诗曰:"天马来兮从西极,经万里兮归有德。承灵威兮降外国,涉流沙兮四夷服。"中尉汲黯进曰:"凡王者作乐,上以承祖宗,下以化兆民。今陛

---

① 最早为巫术仪式或原始宗教仪式所采纳,后来成为统治者祭祀活动的形式,再后来成为贵族教育的内容,并进而成为贵族交往的言说方式。

下得马，诗以为歌，协于宗庙，先帝百姓岂能知其音邪？”上默然不说。丞相公孙弘曰：“黯诽谤圣制，当族。”（《史记·乐书》）

从以上引文可以看出，自秦始皇至于武帝，帝王们或者自作歌诗，或者授命文臣制作、采集歌诗，大抵均带有个人爱好、欣赏性质，与《国语》等史籍中记载的贵族时代的“采诗观风”之举有了很大差异。项羽、汉高祖、武帝等人之所作，更是个人情感的直接抒发，已经与后世文人即景抒情之作没有根本性区别。秦汉帝王们对于诗赋的爱好也并非无源之水，其直接的影响可以说是众所周知的：一是《诗经》，二是《楚辞》。

从采集、整理者的目的看，《诗经》之作原本是周代贵族沟通人神（三颂）、朝觐聘问（正雅及二南）的仪式中的乐章，后来才衍生出大量“房中之乐”和“无算乐”的作品（变风、变雅）。而从作诗者的目的看，除了那些为了某种仪式而专门制作的作品（三颂及正大雅大体上属此类），《诗经》作品无疑都另有动机。例如，风诗中的确有许多是吟咏男女之情的；小雅中有许多是失意的贵族抒发愤懑与不平的；变风、变雅中也有一部分是专门用来揭露某君主、大夫之残暴昏庸的。这就是说，早在春秋以前，在贵族阶层中借助于诗歌形式表达个人情感已经不是鲜见之事了。这毫无疑问对后世文人趣味的形成有着重要影响。但同样毫无疑问的是，贵族们借助诗歌表情达意之举还不是文人趣味的表达，因为这还是贵族内部沟通与交流的一种方式，所表达的依然是贵族趣味。至于那些出于种种目的被采集的民歌民谣，虽然表达了男欢女爱这类人类的“一般情感”，但依然与文人趣味相去甚远，也同样是作为其源头或前提而存在的。春秋时期，《诗经》作品被各国诸侯和卿大夫们用作交接聘问时的外交辞令，成为委婉、含蓄而有教养的言说形式。这并非“诗”的原本功能，而是长期贵族教育，特别是“诗教”的产物，是诗歌功能的衍化。这一现象说明在平王东迁之前，应该已经有了比较固定的“诗”的文本，而且通过周王室的推行而在各诸侯国的贵族阶层中得以普及。否则那种“断章取义”

式的“赋诗言志”根本就不可能进行①。今本《诗经》中那些春秋时期的作品则应该是后来儒家，例如孔子，在整理各国流传的各种“诗”文本时才加进去的。到了战国时期，“诗三百”不仅已经有了固定的通行版本，而且还被儒家士人奉为必学的经典。“诗”作为经典被使用（赋诗言志和引诗），不能算是其文学功能的实现，只能视为贵族们一种优雅的言说方式。

《楚辞》在文人趣味形成中的重要作用丝毫不下于《诗三百》，或许更有过之。我们不管《楚辞》这种言说形式是如何产生的，也不管其与楚地的“巫风”有着多么紧密的关联，就其文本而言，的确与后世的文人制作非常相近。这表现在两个方面：一是以个人情感为主调。屈原的《离骚》堪为代表。总体上形成了《楚辞》哀婉缠绵、忧思绵长的特点，使人似乎看到一位失意文人在旷野中踽踽独行、喃喃自语；二是辞采华茂。《楚辞》作品大都拥有华丽形式，比喻丰富而生动，想象瑰丽而奇特，韵调参差而和谐。仅其形式，就足以令人吟咏咀嚼。周代贵族制作和采集诗歌经过了两次“异化”：一是从个人制作异化为官方话语②；二是贵族官方话语异化为士人阶层的政治话语③。经过这样两次“异化”过程，那些原本是民歌民谣或贵族的怨愤之作所包含的个人思想情感就被彻底剔除掉了，成了“圣贤”话语。相比而言，《楚辞》作品则因为大都有明确的作者，没有经历这样的“异化”过程，其个人色彩得以保留。因此之故，从诗歌角度言之，《楚辞》无疑是文人趣味最直接的源头。事实上，《楚辞》的作者应该是最早一批“文人”。只不过与后世那些身处民间的文人相比，他们

① 通过《左传》和《国语》可以看到，在春秋初期就已经存在大量赋诗言志和引诗的现象。那些有教养的贵族，一方面能够恪守贵族伦理规范，有明确的身份意识和荣誉感，另一方面也必然能够轻松自如地用诗来表达某种意愿或意见，当然也能够不假思索地从他人的赋诗中准确把握其所欲言。这不是一般的功夫，只有对“诗”烂熟于心者方能做到。而贵族们所引的诗，绝大部分都出于“诗三百”，即今本《诗经》。同样有趣的是，凡是那些不能用诗来应对他人赋诗（孔子所谓“不能专对”）者，在伦理道德上也有悖于传统的贵族教养。

② 例如那些民风民谣被采集、整理、入乐之后，复被置于某种礼仪之中，成为国家意识形态的组成部分，其文本也被赋予新的含义。《小雅》中那些下层贵族的怨愤之作也有着同样的命运。经过改造之后的诗歌也就经历了“去个性化”的过程，成了官方话语。

③ 这一异化过程是在儒家士人对贵族经典的整理、诠释中完成的。儒家士人根据自己的政治需要，把贵族经典解读为一套价值观念系统，用以引导、规范、制约现实政治权力。

应该被称为“宫廷文人”。《史记·屈原贾生列传》载:“屈原既死之后,楚有宋玉、唐勒、景差之徒者,皆好辞而以赋见称。然皆祖屈原之从容辞令,终莫敢直谏。”《汉书·艺文志》著录宋玉赋十六篇、唐勒赋四篇。屈原、宋玉等人都是楚国宫廷中的官员,但他们有文采并有辞赋创作。从他们传世的作品看,内容大都与楚王、宫廷政治以及个人政治生活遭际有关,因此可以称他们为“宫廷文人”。他们的创作对秦汉的帝王产生了直接影响,更孕育了一大批两汉“宫廷文人”。

如此说来,表现于诗歌中的“文人趣味”的生成有一个漫长的历史过程。其最原始的发轫应该是自发的歌咏需求,其表现形式是古老的歌谣,包括民歌民谣;其次则是保存于《诗三百》中那些被搜集、编辑、整理过的官方乐舞歌词中的民歌以及下层贵族的怨愤之作;再次就是以屈原为代表的楚国宫廷文人的辞赋作品。这些影响因素汇集起来,到了汉代,就形成从帝王到“宫廷文人”的创作与欣赏兴趣。这种创作与欣赏兴趣是后世呈现于诗歌中的文人趣味的直接资源。

二、宫廷文人与诗歌功能之演变

从上古直至战国之末的诗歌传统在汉代形成两种不同的走向:一是儒家的《诗经》阐释;二是“宫廷文人”的歌诗与辞赋创作。儒家的《诗经》阐释,无论是齐诗还是鲁诗,是属于今文经还是古文经,都是“士大夫趣味”的显现形式。我们知道,“汉儒说诗,不出美刺二端”,而无论是美颂还是怨刺,其标准都是儒家之道。一部《诗经》,在儒家士人看来就是用来扬善抑恶,阐扬大道的。汉儒以“美刺”论诗,遭到后世质疑,特别是为现代说诗者所诟病①。其实我们大可不必对汉儒求全责备,因为他们是在完成自己的使命。汉儒说诗的策略与旨趣,完全是“士大夫趣味”的显现,蕴含着他们“以道制势”的政治无意识。由于汉代是“士大夫趣味”在

① 例如钱玄同、顾颉刚等人就曾贬斥汉儒说诗者,认为他们“愚笨到了极点”。参阅《古史辨》第三册。

精神生活中居于主导地位的时代,故而汉儒的“美刺”之说是当时文学观念的主流。这一诗学走向基本上与文人趣味的生成没有什么关联。这种以“美刺”为标志的“士大夫趣味”在中国影响深远,不唯在历朝历代均占据重要地位,甚至在今天依然可以看到它的印记。

汉代诗学的另一种走向就是帝王与“宫廷文人”对诗歌辞赋的创作与欣赏。前引项羽、汉高祖、汉武帝之自作歌诗,毫无疑问已经带有个人抒怀性质,至少不是有意识的意识形态话语建构。《汉书·艺文志》之“诗赋略”专门列“歌诗”一类,著录二十八家,三百一十四篇。从汉高祖和汉武帝流传的作品看,这类“歌诗”中当包含着许多个人抒情达意之作。现举数例如下:

> 赵共王恢。十一年,梁王彭越诛,立恢为梁王。十六年,赵幽王死,吕后徙恢王赵,恢心不乐。太后以吕产女为赵王后,王后从官皆诸吕也,内擅权,微司赵王,王不得自恣。王有爱姬,王后鸩杀之。王乃为歌诗四章,令乐人歌之。王悲思,六月自杀。(《汉书》卷三十八《高五王传第八》)

赵王刘恢受到吕后猜忌,爱姬被鸩杀,这是极为惨痛悲愤之事,因以作诗,其诗必哀。这是典型的个人抒怀之作。又:

> 王褒,字子渊,蜀人也。宣帝时修武帝故事,讲论六艺群书,博尽奇异之好,征能为《楚辞》九江被公,召见诵读,益召高材刘向、张子侨、华龙、柳褒等待诏金马门。神爵、五凤之间,天下殷富,数有嘉应。上颇作歌诗,欲兴协律之事,丞相魏相奏言知音善鼓雅琴者渤海赵定、梁国龚德,皆召见待诏。于是益州刺史王襄欲宣风化于众庶,闻王褒有俊材,请与相见,使褒作《中和》《乐职》《宣布》诗,选好事者令依《鹿鸣》之声习而歌之。(《汉书》卷六十四下《严朱吾丘主父徐严

终王贾传第三十四下》)

帝王雅好诗歌乐舞,能自制作;臣下必然响应景从之。这里宣帝、王褒所作歌诗,名为风化,实则娱乐。不可否认,娱乐是汉代帝王与士大夫诗歌创作的主要目的之一。又:

韦贤,字长孺。鲁国邹人也。其先韦孟,家本彭城,为楚元王傅,傅子夷王及孙王戊。戊荒淫不遵道,孟作诗风谏。后遂去位,徙家于邹,又作一篇。(《汉书》卷七十三《韦贤传第四十三》)

这里韦孟所作乃讽谏之诗,与汉儒"以《三百篇》当谏书"一脉相承。讽谏——汉代士大夫在说诗、引诗、作诗中寓含规劝针砭之意——无疑也是汉代诗歌的重要功能之一。这是"士大夫趣味"的体现。又:

有司劾奏,等辈数人皆削爵为关内侯。玄成自伤贬黜父爵,叹曰:"吾何面目以奉祭祀!"作诗自劾责,曰:"赫矣我祖,侯于豕韦,赐命建伯,有殷以绥。厥绩既昭,车服有常,朝宗商邑,四牡翔翔,德之令显,庆流于裔,宗周至汉,群后历世……"(《汉书》卷七十三《韦贤传第四十三》)

韦玄成因故被贬,自觉愧对先人,心有郁积,作诗以遣怀。观其诗,乃模仿《大雅》之《公刘》《绵》诸作,叙述家族史,殊乏文采。然"拟经"以展个人情怀,亦颇可注意。又:

李延年,中山人,身及父母兄弟皆故倡也。延年坐法腐刑,给事狗监中。女弟得幸于上,号李夫人,列《外戚传》。延年善歌,为新变声。是时,上方兴天地诸祠,欲造乐,令司马相如等作诗颂。延年辄

承意弦歌所造诗,为之新声曲。(《汉书》卷九十三《佞幸传第六十三》)

此处李延年为之度曲的司马相如等人所作诗,乃"命题作文",自然无个人情感与趣味之可言。然则此亦属"宫廷文人"分内之事。汉代诗歌与辞赋大部分为此类作品。

"宫廷文人"是指那些为帝王后宫娱乐而进行艺文制作与表演的读书人。一般言之,他们都受过教育,有音乐、舞蹈、诗歌等艺术形式创作和欣赏的能力,应属于士大夫阶层中的一个特殊群体。西周至春秋时期贵族时代的那些乐师应该是最早的宫廷文人。① 战国以至秦汉时期君主身边常常活跃着一批优伶,平日以令君主开心娱乐为职事,但他们有文化知识,有政治头脑,常常以娱乐的方式进行讽谏规劝,能起到意想不到的效果。像《史记·滑稽列传》里记载的淳于髡、优孟、优旃、东方朔都是这样的人物。值得注意的是东方朔虽然善于滑稽,与髡、孟、旃有共同之处,但他又"以好古传书,爱经术,多所博观外家之语",并且善为歌诗辞赋,是典型的"宫廷文人"。其所作之《答客难》对于其所处时代之政治形势变化、士大夫之境遇及所应具备之策略均有极为清醒的认识。

一般说来,西汉的辞赋家都属于"宫廷文人"范围,只有贾谊堪称例外。《汉书·贾谊传》载:

……年十八,以能诵诗书属文称于郡中。河南守吴公闻其秀材,召置门下,甚幸爱。文帝初立,闻河南守吴公治平为天下第一,故与李斯同邑,而尝学事焉,征以为廷尉。廷尉乃言谊年少,颇通诸家之书。文帝召以为博士。

① 乐师是从上古巫觋、祭祀演化而来,原本具有极高的政治地位,并不仅仅掌管乐舞之事。但后来渐渐成为专职,由精神领域最高权威沦为帝王娱乐服务的侍从人员。

可见贾谊是通过征辟察举之途，非常正式地步入官场的。而且他胸怀大志，有平治天下的雄心与强烈的历史使命感，是一位典型的士大夫。他虽然擅长辞赋，却从未像文学侍从那样为了帝王们的娱乐而创作。他的受信用与遭排斥都与其创作歌诗与辞赋的能力无关。相比之下，司马相如的情况就不同了。《汉书》本传载：

司马相如，字长卿，蜀郡成都人也。少时好读书，学击剑，名犬子。相如既学，慕蔺相如之为人也，更名相如。以訾为郎，事孝景帝，为武骑常侍，非其好也。会景帝不好辞赋，是时梁孝王来朝，从游说之士齐人邹阳、淮阴枚乘、吴严忌夫子之徒，相如见而说之，因病免，客游梁，得与诸侯游士居，数岁，乃著《子虚之赋》。

这段文字说明，司马相如虽然博学多才，其个人爱好却是辞赋，并喜欢结交"游说之士"。观其所交之人，诸如"齐人邹阳、淮阴枚乘、严忌"等，皆以文辩著名。观其行为，这些人颇有战国策士的纵横之气。邹、枚、严等人均曾为吴王濞的门下客，都曾进言吴王毋与朝廷交恶，只是看到吴王将要造反才离开的。又都曾为梁王之宾，均好辞赋。所谓"文辩"云云，是指善于言说——既有纵横家那样游说诸侯的口才，又有下笔千言的文才。而在"文才"之中主要表现就是辞赋。他们是有大志、谋略，希望能像范雎、蔡泽、苏秦、张仪那样凭超人计谋与口才取富贵于旦夕之间，不肯循规蹈矩于仕途的人。

通过以上分析我们得出一个结论：在西汉时期，士大夫阶层围绕"出仕"（已经做官和希望做官）这一轴心分化为三大类型：一是儒生或经生，无论今文经学还是古文经学，都是依靠整理、阐释儒家经典而获得"仕"的资格的，既"仕"之后，往往依然留意经书并进行家族传承，形成源远流长的"家学"。这类人中的佼佼者，如董仲舒、何休、马融、郑玄之流，是士大夫阶层最高精神旨趣的代表，高擎着儒家之"道"的大旗，直接参与到国家意识形态的建构之中。而此类人中的末流则是所谓的“陋儒”,深陷于章句训诂的支离饾饤之学不能自拔。二是所谓“文吏”,博学多才而能文章,善于处理日常政务,撰写书表奏章、政府文告。他们没有对“道”的热衷与持守,人数虽多,却不能代表士大夫阶层的主导精神趣味。三是“文人”“文士”,擅长撰写辞赋歌诗之类的华美文字,但他们并不能靠辞赋歌诗而立足于社会,往往靠帝王们豢养,因此他们还不是后世意义上的“文人”。可称之为“宫廷文人”。在汉代,特别是西汉时期,正是这批“宫廷文人”承担着文学的发展与传承的重任。

如果说在两汉思想史上,楚元王刘交及其传人是值得纪念的人物,那么在两汉文学史上,梁孝王刘武就更值得大书特书一番。梁孝王是汉文帝次子,景帝之同母弟。初封代王,后改封梁孝王。由于其母窦太后深受宠爱,又在“七国之乱”中站在朝廷一边并立有大功,因此他亦受到景帝格外垂青。邹阳、枚乘、严忌、羊胜、公孙诡、司马相如等“游说之士”先后集于梁孝王门下,宾主常常因酒高会,谈论天下事,并均好辞赋,形成一个在汉初颇有影响的文学团体。据《西京杂记》卷四载:

> 梁孝王游于忘忧之馆。集诸游士,各使为赋。枚乘为《柳赋》,其辞曰:“忘忧之馆,垂条之木。枝逶迟而含紫,叶萋萋而吐绿。出入风云,去来羽族。既上下而好音,亦黄衣而绛足。蜩螗厉响,蜘蛛吐丝;阶草漠漠,白日迟迟。于嗟细柳,流乱轻丝……”

其他如邹阳、路乔如、公孙乘、羊胜等人俱有所作。观诸人所为之辞,均为描情状物加歌功颂德,其阿谀逢迎之态令人不齿。在梁园这样的语境中,辞赋不过是佐酒娱人之物,与屈原、贾谊等人那种哀怨愤懑之作固不可同日而语,较之汉初帝王们那些抒情遣怀之作也相去不可以道里计。其格调之低下,令人齿冷。只有枚乘的《七发》等少数作品有一定思想深度。后来围绕在汉武帝周围的司马相如、枚皋、东方朔诸人的辞赋创作在格局上的确较之梁园文人集团宏阔许多，但在基本思想精神上依然以夸耀学识、展示物态、赞美君王、润色鸿业为主体，个人情趣则渺不可见。尽管如此，作为一种文学形式，辞赋在这些“帮闲文人”手里的确得到很大发展，其词语之富赡、文采之华丽、描写之细腻都达到登峰造极的地步。这使其在中国文学史上占据了重要一席。

“宫廷文人”虽然以辞赋诗歌名世，但就“趣味结构”而言还不是真正的“文人趣味”。盖“文人趣味”并不仅仅表现为华辞丽藻的形式之美，而主要在于个人的细微感觉、莫名愁绪、人生体验等看上去没有丝毫政治伦理意义的情趣成为被展示的主要对象并且得到普遍接受。西汉“宫廷文人”们所撰辞赋，上焉者暗含了些许牢骚与讽谏，下焉者就只剩下文字铺排与名物堆砌了。前者表达的是对仕途多舛的不平与怨愤，还有就是对政事的针砭，这是典型的“士大夫趣味”。后者虽然看上去富丽堂皇，却是缺乏灵魂的空壳，其目的不在于表达个人情趣与审美体验，而是为了“润色鸿业”，即迎合帝王好大喜功的虚荣心而已。

我们再来看看汉代“乐府诗”的情况。音乐及其相关机构不仅在中国文化史上占有极为重要的地位，其在中国政治制度史上的作用也不容忽视。这是贵族社会的文化遗存。在西周初期，“制礼作乐”是文化建设与制度建设合二为一的重要事件，管理乐舞的最高官员在政治上享有很高地位。秦汉之时则有“乐府”为专门的乐之管理机构①。所谓“乐府诗”原指乐府官署所采制的诗歌，后将魏晋至唐可以入乐的诗歌，以及仿乐府古题的作品统称乐府。看今存西汉的“乐府诗”②，主要有三类：一是帝王自作诗，如汉高祖之《大风歌》、汉武帝之《秋风辞》《天马歌》《西极天马歌》等，抒发的是帝王情怀。二是“宫廷文人”奉诏所作诗。《汉书·礼乐志》载：

① 关于“乐府”的设立情况可参见赵敏俐《汉代乐府制度与歌诗研究》一书之第三章：《乐官制度建设与乐府的兴废》，商务印书馆2009年版。

② 沈约撰《宋书》之《乐志》收录大量汉魏及晋代乐府歌辞。另宋人郭茂倩之《乐府诗集》亦多有收录。

至武帝定郊祀之礼,祠太一于甘泉,就乾位也;祭后土于汾阴,泽中方丘也。乃立乐府,采诗夜诵,有赵、代、秦、楚之讴。以李延年为协律都尉,多举司马相如等数十人造为诗赋,略论律吕,以合八音之调,作十九章之歌。以正月上辛用事甘泉圜丘,使童男女七十人俱歌,昏祠至明。

可知今存《郊祀歌》19首乃司马相如等"宫廷文人"的受命之作[①]。这类作品一律以歌功颂德为内容,词语典丽雅正,风格雍雍穆穆,与巍峨耸立、远离黎庶的庙堂异质而同构。

三是于民间采集而来的民歌民谣。如《铙歌十八曲》中多有此类作品。现举一例如下:

有所思,乃在大海南。何用问遗君?双珠瑇瑁簪,用玉绍缭之。闻君有他心,拉杂摧烧之。摧烧之,当风扬其灰。从今已往,勿复相思!相思与君绝!鸡鸣狗吠,兄嫂当知之。妃呼豨!秋风肃肃晨风飔,东方须臾高知之。(《有所思》)

这是表达男女之情的,从内容到形式都是典型的民歌风格[②]。这类作品无论是纯粹"采风"而来的民歌,还是宫廷文人的加工、模拟之作,所呈现的都不是文人趣味。

由以上对西汉辞赋和乐府诗的分析可知,终西汉之世,我们没有找到"文人趣味"出现的证据。这就是说,"文人"作为士大夫阶层的一种比较

① 经赵敏俐教授考证,此19首诗并非一时所作,亦非都出于司马相如等人之手。其中有些作品是往代相传而来。见赵敏俐:《汉代乐府制度与歌诗研究》,商务印书馆2009年版,第150—152页。

② 正如《诗经·国风》中那些看上去像极民歌的作品未必是真的民歌一样,乐府诗中那些所谓"民歌"也颇为可疑,至少应该是经过宫廷文人们润色修改过的。

稳定的身份维度在西汉时期还没有形成。

三、“个人情趣合法化”与文人趣味之表达

行文至此，我们有必要对“文人身份”和“文人趣味”形成的几个决定性因素或者评判“文人趣味”的标准加以简要的总结说明。如前所述，文人是士大夫阶层一重新的身份。与夫“官”（社会管理者）、儒（学者）并列而三。所谓“文人之产生”是指这种新的身份获得普遍性。而“文人身份”的确立也就意味着“文人趣味”的生成。这里有关键的几点：

其一，“个人情趣合法化”。《诗经》《楚辞》、贾谊之赋、司马迁之文等，的确都表达了看上去极具个人性的怨愤、哀怨之情。也常常能够产生极为感人的效果。但细加探究我们不难发现，这些作品所表达的情感乃是贵族或士大夫情感，绝非文人情趣。在这种情感背后所隐含的或者是对和睦的君臣关系与有序的贵族等级制的企慕（《诗经》之《大雅》《小雅》大抵为此类作品）；或者是士大夫念兹在兹的“道”——关于天下大治、政治清明的政治诉求。在这里还看不到那种纯粹的个人情趣。根据中国历史的实际情况看，只有表达那些不直接关乎政治与伦理道德的莫名的惆怅、人生的感叹、生命的忧思、心灵的悸动以及对自然景物的审美感受的诗文方可谓“文人趣味”。

其二，以“文人趣味”为核心的文人场域之形成。“文人场域”是一种文化空间，是文人交往所构成的关系网络。而构成这一关系网络之纽带的，恰好是某种不直接关乎政治伦理的“雅好”。诸如诗词歌赋、琴棋书画之类就是这一“雅好”的主要表现形式。在“文人场域”之中，渐渐会形成某种普遍的价值观念与评价系统，并在这一场域之内获得普遍认同。与此相伴随，也会出现静电化过程，那些最符合场域之价值观的作品被认定为经典，而那些最能代表场域价值观的人物，就获得权威言说者的地位，成为楷模，为他人所敬仰与效仿。

其三，一定数量的、各种类型的作品问世。一种“趣味”的形成绝不

是一个孤立的事件,也不可能仅仅表现于某种文学艺术形式之中,它不仅应该表现在各种文艺形式上,而且还在日常生活中有所显现。

下面我们就以上述三点为标准,考察一下"文人身份"和"文人趣味"是何时真正成熟的。

个人情趣大约是伴随着人类的产生而产生的,只不过在漫长的人类发展过程中,个人情趣都是以自然形态存在的,并不具备合法性形式。所谓"个人情趣的合法化"是指:在主导着文化领导权的知识阶层的主流话语中,个人情趣获得承认并受到关注,从而使之获得相应比较固定的话语形式。这些话语形式包括各类文章及诗词歌赋、琴棋书画等。

我们还是先来看辞赋的情况。稍熟悉两汉文学史的人都知道东汉时期出现了许多抒情短赋,在体制与内容上均与西汉的散体大赋有根本差异,似乎是表达了文人情趣,其实并不尽然。东汉辞赋,《两都赋》《二京赋》之类都承继了西汉大赋"润色鸿业"的传统,与文人情趣相去甚远,可不置论,即如班彪之《北征赋》、蔡邕之《述行赋》、班孟坚《通幽赋》、张平子《思玄赋》、崔琦的《外戚箴》《白鹄赋》、赵壹的《刺世疾邪赋》这类纪行述志之作,看上去确然表达了很充分的个人情感,但细究之则发现此情非彼情,其所传达的也还是传统的士大夫情怀,而非文人情趣。其基本格调与屈原之《离骚》、贾谊之《吊屈原赋》、司马迁之《悲士不遇赋》、扬子云之《逐贫赋》一脉相承,是那些"以天下为己任""以道自任"者"有志不获逞"之后的愤懑与悲哀,只不过有的表现的情感激烈些,有的则隐晦含蓄些而已。然而,东汉之时,文人情趣毕竟已经开始显现于辞赋之中了,我们看张衡的《归田赋》:

游都邑以永久,无明略以佐时。徒临川以羡鱼,俟河清乎未期。感蔡子之慷慨,从唐生以决疑。谅天道之微昧,追渔父以同嬉。超埃尘以遐逝,与世事乎长辞。

于是仲春令月,时和气清;原隰郁茂,百草滋荣。王雎鼓翼,仓庚哀鸣;交颈颉颃,关关嘤嘤。于焉逍遥,聊以娱情。

尔乃龙吟方泽,虎啸山丘。仰飞纤缴,俯钓长流。触矢而毙,贪饵吞钩。落云间之逸禽,悬渊沉之鲨鰡。

于时曜灵俄景,继以望舒。极般游之至乐,虽日夕而忘劬。感老氏之遗诫,将回驾乎蓬庐。弹五弦之妙指,咏周、孔之图书。挥翰墨以奋藻,陈三皇之轨模。苟纵心于物外,安知荣辱之所如。

毫无疑问,这篇赋的确也体现出了士大夫趣味:自觉缺乏安邦治国、阐扬大道的机会,于是萌生归隐之志。依然是"有志不获逞"的感叹。但这篇赋与贾谊的《吊屈原赋》、司马迁的《士不遇赋》等不同之处在于比较充分而真挚地表达了因"纵身大化中"而来的欣喜之情与美感享受。并没有始终沉浸在仕途失意的困扰之中。"原隰郁茂,百草滋荣。王雎鼓翼,仓庚哀鸣;交颈颉颃,关关嘤嘤",是一幅欣欣向荣的自然画图,令人不由自主地忘掉人世间的烦恼而逍遥其中,快意娱情。最重要的是,在这样"万物静观皆自得"的情境之中,人们能够放弃世间通行的价值观,沉潜于纯粹的精神世界之中,用一种迥然不同的眼光来看待世间万物,从而超越荣辱利害之羁绊,升达心灵自由之境界。这种对自然的美感与因精神自由而来的欣喜之情是真正的文人情趣,也是后世许多诗文的基本旨趣之所在。诚然,先秦老庄之徒也描绘自然,也大讲精神自由与超越,但他们是在讲道理,旨在宣传一种救世之术,本质上与儒墨之学并无不同。张衡这篇《归田赋》则不同,其所表达的是纯粹的个人情怀,是对人生的一种领悟,是面对大自然产生的真正的审美体验。正是这样的个人情怀与审美体验使之成为中国文学史上最早一篇展示"文人趣味"的辞赋之作。后世文人多有同名之作,而陶渊明的《归去来兮辞》更是明显受了张衡的影响。这说明张衡在辞赋中表达的"文人趣味"在文学史上具有开创意义。

无独有偶,张衡的诗歌创作也率先表达了文人趣味。其《同声诗》:

邂逅承际会,得充君后房。情好新交接,恐慄若探汤。不才勉自竭,贱妾职所当。绸缪主中馈,奉礼助蒸尝。思为苑蒻席,在下蔽匡床。愿为罗衾帱,在上卫风霜。洒扫清枕席,鞮芬以狄香。重户结金扃,高下华镫光。衣解巾粉御,列图陈枕张。素女为我师,仪态盈万方。众夫所希见,天老教轩皇。乐莫斯夜乐,没齿焉可忘。

这是一首以新妇口吻写的民歌体诗作。表达了新婚妇女的细腻心理:开始的好奇、欣喜与羞涩,随后的志向表达,把一位年轻的新婚妇女对生活的信心与热爱表现得淋漓尽致。这首诗很难说有什么兴寄,也并没有直接表达文人情趣,但在我看来,这首诗是典型的文人之作。何以见得呢?盖"男子作闺音",即模拟妇人口吻作诗,在中国古代文学史上是一大独特现象①。自东汉以降,此类作品历代皆有。观其意旨,大体可分为三类:一是以男女之事喻君臣关系,表达的是"忠而被谤,信而见疑"的苦闷与哀伤。曹植的《七哀诗》《美女篇》可为代表。二是借助女子口吻反映现实生活问题。唐代诗人张籍的《别离曲》《妾薄命》为代表的大量"闺怨诗"均属此类。三是表达一种细腻丰富的男女之情。南朝的宫体诗中多有此类作品,如沈约的《长忆诗》等。前两类作品都关涉政治伦理问题,可视为士大夫政治情怀和社会责任感的表达,显然不属于文人趣味。后一类表达的是男女之情,是文人趣味的重要内容之一。张衡的《同声歌》正是此类作品的发轫之作。与此相近者,又有秦嘉《赠妇诗》三首:

人生譬朝露,居世多屯蹇。忧艰常早至,欢会常苦晚。念当奉时役,去尔日遥远。遣车迎子还,空往复空返。省书情凄怆,临食不能饭。独坐空房中,谁与相劝勉。长夜不能眠,伏枕独展转。忧来如寻环,匪席不可卷。

---

① 张晓梅博士的专著《男子作闺音——中国古典文学中的男扮女装现象研究》(人民出版社2008年版),洋洋38万言,专门探讨这一现象。该著分析细致,搜罗广泛,见解透辟,对这一现象所隐含的深层文化意蕴多有发覆。

皇灵无私亲，为善荷天禄。伤我与尔身，少小罹茕独。既得结大义，欢乐苦不足。念当远离别，思念叙款曲。河广无舟梁，道近隔丘陆。临路怀惆怅，中驾正踯躅。浮云起高山，悲风激深谷。良马不回鞍，轻车不转毂。针药可屡进，愁思难为数。贞士笃终始，恩义不可属。

肃肃仆夫征，锵锵扬和铃。清晨当引迈，束带待鸡鸣。顾看空室中，仿佛想姿形。一别怀万恨，起坐为不宁。何用叙我心，遗思致款诚。宝钗可耀首，明镜可鉴形。芳香去垢秽，素琴有清声。诗人感木瓜，乃欲答瑶琼。愧彼赠我厚，惭此往物轻。虽知未足报，贵用叙我情。

秦嘉是东汉后期人，主要活动于桓帝时期。其作《赠妇诗》大约较之张衡《同声歌》晚半个世纪左右。这三首诗以夫妻情感为主旨，缠绵委曲，情真而深，意绵而长，动人心扉。或许是因为这种男女之情的表达实为《国风》传统，脱胎于民歌，源远流长，且有人性的基础，故而最容易为后世才学之士效法。远在张衡、秦嘉之前，西汉后期的才女班婕妤已有此类作品，其《团扇诗》（又称《怨歌行》）云：

新裂齐纨素，皎洁如霜雪。裁作合欢扇，团团似明月。出入君怀袖，动摇微风发。常恐秋节至，凉飚夺炎热。弃捐箧笥中，恩情中道绝。

此诗以团扇自喻，表达了自己与汉成帝的感情，以及对命运的担忧。这里的感情显然是男女之情，而非君臣之义。从某种意义上说，班婕妤虽然不是严格意义上的“文人”，但此诗可以说是开创了文人用诗的形式吟咏男女情感的先河。前引张衡、秦嘉的作品均可视为对班诗的继承与发展。

到了汉末魏初，《古诗十九首》的出现则意味着文人趣味的成熟以及士大夫文人身份的最终完成。这组无名的诗作所表达的情感意趣空前广泛：有传统的男女之情，如“行行重行行，与君生别离”“荡子行不归，空床独难守”之类；有表达游子羁旅之情的，如“回车驾言迈，悠悠涉远道。四顾何茫茫，东风摇百草”“白杨多悲风，萧萧愁煞人。思还故里旅，欲归道无因”之类；有人生短暂之叹，如“生年不满百，常怀千岁忧。昼短苦夜长，何不秉烛游”“人生忽如寄，寿无金石固”之类；有表达功名心的，如“盛衰各有时，立身苦不早。人生非金石，岂能长寿考？奄乎随物化，荣名以为宝”“人生寄一世，奄忽若飙尘。何不策高足，先据要路径”之类；有感叹身世的，如“昔我同窗友，高举振六合。不念携手好，弃我如遗迹”“清商随风发，中曲正徘徊。一弹再三叹，慷慨有余哀。不惜歌者苦，但伤知音稀”之类；有记述宴饮之乐的，如“今夜良宴会，欢歌杂具陈。弹筝奋逸响，新声妙入神”“斗酒相娱乐，聊厚不为薄。驱车策驽马，游戏宛与洛……极宴娱心意，戚戚何所迫”之类；有描写自然景物的，如“明月皎夜光，促织鸣东壁。玉衡指孟冬，众星何历历？白露沾野草，时节忽复易。秋蝉鸣树间，玄鸟逝安适”之类。所有这些都是后世文人诗文创作的永恒母题，可谓文人趣味最集中的表现。

《古诗十九首》究竟为何人、何时所作，迄今尚无定论。“东汉末年”说曾在一个时期里居于主导地位。近年有学者力主“曹植”说。就诗所表达的内容与情思而言，如果与曹植在曹丕被立为太子直至即位之后一段时间里的心态相比附，那看上去是很有说服力的。然而也如其他诸说一样，苦于拿不出有力的证据来证明。唯一可以成立的观点是：这十九首诗并非出身寒素者所为，其作者应该是出身比较高贵的人物。至于作者与时间，我则赞成“汉末魏初”说，无论从所表达内容的广泛性来看还是从形式的成熟性来看，这些诗作都不可能是在张衡之前的，在秦嘉之前的可能性也很小。《古诗十九首》这样的作品只有在“文人趣味”已经获得合法的话语形式和“文人”作为一种社会和文化身份已经确立之后才可能被创作出来。这里有一个历史的演进过程，其中贯穿着一条清晰的逻辑轨迹。

就趣味及其话语形式发展演变的历史角度看，这里的逻辑应该是这样的：西汉之初的士大夫一部分人继承楚骚传统，表达着怀才不遇的愤懑以及对时事的针砭；另一部分人则承继着《诗经》传统，进行着对《诗经》的经学阐释，并且在阐释中渗透着对社会现实的批评。其演说身份都是典型的士大夫而非文人。那些以“润色鸿业”为主要目的的散体大赋虽然展示着文采和才学，但其作者属于“宫廷文人”，其作品看上去华丽壮阔，文采斐然，却没有半点个人情趣于其中，因此就身份而言依然是作为“集体主体”的士大夫而非作为“个体主体”的“文人”。帝王们即兴而作的歌诗和乐府诗所表达的情感虽然具有多种个人性特征，但这或者是来自民间的朴素情感，或者是出于一种社会责任感和历史使命感，都不是文人趣味。这就是说，在西汉时期，尚无“文人趣味”的话语形式，也就是说，在各种文学样式中，还没有文人趣味的位置。这意味着，“文人”作为一种社会的和文化的身份还没有确立起来。西汉之末的女诗人班婕妤是一个特例，以其士大夫的才学加上女性身份，终于对西汉士大夫阶层固守的身份——政治家、学问家、宫廷文人有所突破，开启了文人身份之先河。嗣后，张衡、秦嘉等人沿着班婕妤的路子有所发展，但也仅限于男女之情范围，不肯越雷池一步。就内容而言，是男女之情这种人类最为刻骨铭心的情感率先突破以“道”为核心的士大夫趣味而获得表达的合法性，这与《诗经》和“汉乐府”中收有大量情歌情诗有直接关系。就文体而言，则从汉乐府脱胎出来的五言诗是一种新的言说形式，不同于《诗经》的四言，故而也为表现新的趣味提供了方便。

第四节 文人趣味与“雅俗”观的历史生成

“雅俗”是中国传统文化中一对重要的评价性概念,至今依然是人们对某事物进行审美判断时常常使用的价值尺度,例如在“大众文化”的评价中人们就常常以“雅俗”论之。而且在使用这一评价尺度的过程中,人们往往会不自觉地把它理解为一种“古已有之”的、“从来如此”的、“自明性”的当然之理。然而,雅俗观念一如其他一切评价标准一样,并非从来就有的,也不会永远具有合理性。它们所具有的不变的性质就只有历史性,即在特定历史时期产生出来并有着十分具体的社会功能。换言之,雅俗标准只存在于某个历史时期,而且在这个历史时期里的不同阶段也呈现出明显差异——它们是具体文化历史语境的产物。考察雅俗观的历史生成与演变,揭示与这种生成演变相关联的复杂社会历史原因,特别是主体文化心态与精神结构方面的原因,从而从一个侧面把握古代文人士大夫精神旨趣和作为其感性显现的审美趣味的演变轨迹,应该是有意义的。这正是本文的基本任务。

一、从“《风》《雅》”到“风雅”

《说文》训“雅”为“楚乌”,即一种乌鸦,这大约是这个词的本义。但在先秦的典籍中,“雅”的主要语义是“正”:《论语·述而》中有“子所雅言,诗、书、执礼,皆雅言也”。何晏《论语集解》引孔安国注“雅言,正言也”。又引郑玄注“读先王典法,必正言其音,然后义全”。[①] 可知所谓“正

① (三国·魏)何晏注,(宋)邢昺疏:《论语注疏》卷七,见《十三经注疏》阮刻本,中华书局1980年版,第2482—2483页。

言”是指正确的，或者说标准的读音。朱熹注云：“雅，常也。”[①]认为“雅言”是人们通常使用的语言。《玉篇》亦云：“雅，正也。”由是观之，除了作为《诗经》类目之“大、小雅”外，先秦两汉语境中“雅”字的基本语义是“正”，也就是正确的语音之意，就这个意义而言，“雅”还不是一个评价性概念。此为古人通识，当无可疑者。然而“正”与“楚乌”之间有何关联？是如何转义的？其间线索似乎渺然难寻。我们可以追问的是：为什么“雅”会具有“正”的含义呢？对比各种说法，刘宝楠的解释庶几近之：

> 诗书皆先王典法之所在，故读之必正言其音。郑以雅训正，故伪孔本之。先从叔丹徒君《骈枝》曰：“夫子生长于鲁，不能不鲁言。惟诵诗读书执礼，必正言其音，所以重先王之训典，谨末学之流失。”又云：“昔者，周公著《尔雅》一篇，以释古今之异言，通方俗之殊语。”刘熙《释名》曰：“尔，昵也。昵，近也。雅，义也。义，正也。五方之音不同，皆以近正为主也。上古圣人，正名百物，以显法象。别品类，统人情，一道术。名定而实辨，言协而志通。其后事为踵起，象术滋生，积渐增加，随时迁变。王者就一世之所宜，而斟酌损益之，以为宪法，所谓雅也。然而五方之俗，不能强同。或意同而言异，或言同而异声，综集谣俗，释以雅言。”[②]

从这段引文中可以看出，雅之为正，乃起始于声音。两周之时，八方殊俗。音声各异，统治者为了实现对各地区的有效控制，不同地区、不同诸侯国之间为了交往，都需要有大家都能听得懂的语言作为中介。于是近似于后世的“官话”、今日之“国语”或“普通话”的“雅言”就应着社会的需求而产生出来了。在这样的语境中，“雅者，正也”之说尚不具备价值评判的意味，不是“正邪”意义上的，只是说明“通用的”“普遍的”的意

① （宋）朱熹：《论语集注·述而第七》，见《四书集注》，岳麓书社 1987 年版，第 139 页。
② （清）刘宝楠：《论语正义》卷八，《诸子集成》影印本，上海书店 1986 年版，第 145 页。

思。但是,何处的声音为正,何处为不正呢?根据历史的经验,毫无疑问是政治与文化中心所在之地的语音为正,历代皆然,概莫能外。于是在先秦时期,周人所居之地的语音乃为雅言。那么为何以“雅”名之呢?这是因为那时候“雅”与“夏”字相通,周人属于华夏诸族,即所谓“诸夏”,“夏”通假为“雅”,于是“雅言”即“夏言”,指的是州人所居之地,即中原地区的口音①。

雅言特指周人语音这一义项也反映在《诗三百》的分类上,这便是“大小《雅》”之“雅”及由之衍生出来的“风雅”“雅颂”之说。作为《诗三百》中的两个类型,大雅与小雅中的“雅”原本也没有评价意义,并不代表其内容的尊卑高下。这里的“雅”即“夏”,乃因华夏诸族,即周人之语音、乐调而得名,故而“雅诗”就是采自于周人所在地区的诗歌。上海博物馆馆藏战国楚竹书一部分内容被研究者称之为“孔子诗论”,其中第二简有“大夏”之谓,即指“大雅”言②,可知风、雅、颂之“雅”的确是由地域音调而命名。“风”同样如此,十三国风乃因十三个诸侯国各自的语音乐调而名之。其他如“郑声”“楚音”之谓亦复如此。但由于大小雅多采于王畿之地,此为贵族集聚之处,故而“二雅”基本上都出于贵族之手,内容涉及祭祀与征伐等国家大事者较多,因之《毛诗序》云:“言天下之事,形四方之风,谓之雅。雅者,正也,言王政之所由兴废也。”③这样一来,“雅”这个词语的内涵就溢出了原本所指语音的范围,带上了价值评判的意味。这种词义的变化大约开始于战国之末,如《荀子·儒效》云:“道过三代谓之荡,法二后王谓之不雅。”杨倞注:“雅,正也。其治法不论当时之事,而广说远古,则为不正也。”④这里的“正”已经不是指语音之通用,而是指政事

① 雅、夏相通可证于《荀子》所论:“譬之越人安越,楚人安楚,君子安雅。是非知能材性然也,是注错习俗之节异也。”(《荣辱》)又:“居楚而楚,居越而越,居夏而夏,是非天性也,积靡使然也。故人知谨注错,慎习俗,大积靡,则为君子矣。纵情性而不足问学,则为小人矣;为君子则常安荣矣,为小人则常危辱矣。”(《儒效》)可知在荀子这里,雅与夏是相通的。

② 参见濮茅左:《〈孔子诗论〉简序解析》,《上博馆藏战国楚竹书研究》,上海书店出版社2002年版,第39页。

③ (唐)孔颖达:《毛诗正义》,见《十三经注疏》阮刻本,中华书局1980年版,第272页。

④ 王先谦:《荀子集解》卷四,《诸子集成》影印本,上海书店1986年版,第93页。

之合理了。可以说，至迟在荀子这里，“雅”就已经由一个中性的词语转而为寓含价值评判的词语了。汉代以后，经过经学运动的洗礼，《诗三百》成为《诗经》，获得在意识形态领域至高无上的地位，于是“《风》《雅》”“《雅》《颂》”等词语作为这一具有神圣色彩的诗歌系统的代称，就成为在诗歌创作方面永远不可企及的最高范本的标示。

后世使用“风雅”一词，往往是指《诗经》或《诗经》的传统而言，如曹植：“夫街谈巷说，必有可采，击辕之歌，有应《风》《雅》，匹夫之思，未易轻弃也。”①又刘勰：“自《风》《雅》寝声，莫或抽绪，奇文郁起，其离骚哉！”②这里的“风雅”都是指《诗经》而言，是应该加上书名号的。人们在使用这个词语的时候，赋予其以自明的、不容置疑的神圣性质。只是到了六朝之时，“风雅”才开始成为一种具有普遍褒扬意义的词语，而不再是《诗经》的专指。例如：

> 蜀自汉兴至乎哀平，皇德隆熙，牧守仁明，宣德立教，风雅英伟之士命世挺生，感于帝思，于是玺书交驰于斜谷之南，玉帛践乎梁益之乡。③
>
> ……于是张昭为师傅，周瑜、陆公、鲁肃、吕蒙之畴入为腹心，出作股肱；甘宁、凌统、程普、贺齐、朱桓、朱然之徒奋其威；韩当、潘璋、黄盖、蒋钦、周泰之属宣其力；风雅则诸葛瑾、张承、步骘，以名声光国；政事则顾雍、潘浚、吕范、吕岱以器任干职……④

这里的“风雅”是指人物风流儒雅，有才能与品德而言。后又指作诗为文，如萧统《〈文选〉序》：“故风雅之道，粲然可观。”于是“风雅”一词就渐渐成为文人士大夫阶层特有的某种才能与风度的专指。

---

① （三国·魏）曹植：《与杨德祖书》，见《曹子建集》，四部丛刊本，卷九。
② （南朝·梁）刘勰：《文心雕龙·辩骚》。
③ （晋）常璩：《华阳国志·蜀志》，四部丛刊影印本卷三。
④ （晋）陆机：《辨亡论上》见《陆士衡文集》，四部丛刊本，卷十。

从“雅,正也”作为对音调、语音的标示,到《诗经》“大、小雅”的类目划分,“雅”基本上都是一个中性词语,表明的是语音方面的差异而不是价值上的高下。然而“风雅”一词的出现就改变了这种状况。首先,“风雅”原本是《诗三百》或《诗经》的代称,也是一个指示性名词结构,但是随着《诗三百》成为儒家士人信奉的经典,“风雅”也就渐渐成为诗歌乃至整个诗文领域的最高范本,从而获得某种神圣性质。在春秋之前,为贵族统治阶层所创制、采集、编纂、教授、入乐、使用的“诗”是一种特殊的话语方式,是沟通人与神、臣与君、卿大夫以至于士之间的媒介,同时也是贵族阶层自我神圣化的方式,是特权阶层确证自身特权地位,完成“阶级区隔”的重要手段。因此,“诗”本来就具有某种神圣性质。在春秋中期之前,“诗”对于贵族来说还是不可或缺的特殊的交流方式,真正是“不学诗,无以言”的。但是到了春秋后期,随着周王室的进一步衰落,诸侯们连“尊王攘夷”这样的表面文章都不愿意做了。原来的价值秩序遭到彻底破坏,原本极为严密的贵族等级制被动摇了,那套作为这一严密制度之外在形式的礼乐仪式也被丢弃或者乱用了,这便是所谓的“礼崩乐坏”。据《左传》《国语》的记载,春秋后期许多贵族,甚至诸侯君主对原先的礼乐仪式都已然不甚了了。在这样的情况下,“诗”的神圣性、庄严性就大打折扣了。降及春秋战国之交,在文化领域渐渐出现百家争鸣的局面。各家学说各道其所道,均欲在周代贵族创造的政治文化大厦的废墟上有所作为。其中只有儒家试图重建这座大厦,即所谓“克己复礼”。因此在儒家的话语系统中,“诗”与其他西周以来的官方文献一样受到特殊重视,而随着儒家渐成显学,“诗”的地位也就水涨船高,及至战国之末,特别是汉代经学语境中,终于重新获得曾经失去的神圣性。于是在接受儒家意识形态统摄的文人士大夫阶层那里,“风雅”作为“诗三百”的代称,一方面是作为整个诗文领域,或者是整个符号表征系统的最高范本而受到推崇,就像古希腊神话成为希腊艺术取之不尽的“武库”那样,“风雅”在文人士大夫的言说中成为永远的引用与效法对象。另一方面,“风雅”还作为西周贵族文化传统的代称而获得更高礼遇。在儒家政治观念中,“西周”乃“监于二代,郁郁乎文哉”的最高理想,“风雅”所标示的诗歌传统作为周代贵族生活的写照与贵族精神的话语表征,对儒家士人具有莫大的诱惑力,于是“风雅”就成为主流的、高贵的文化传统的代名词。

“风雅”语义也处于不断变化之中。汉魏以降,它就又成为一个对人物的评价性词语,这就是上引《华阳国志》及《陆士衡文集》中的用法,是指一个人有风度、有文采。这种语义的变化也有着深刻的社会历史原因。盖汉代的选士制度可以“征辟察举”“乡举里选”涵括之。为了能够真正选取“经明行修”“德才兼具”的人物,乡党舆论成为最重要的考察依据,于是渐渐兴起所谓“清议”之风,人物的品德与才能开始成为关注的对象。久而久之,关于人物的品评就由品德、才能而及于个性、气质乃至外在的相貌与风度。在汉末魏初士林的人物品评之中就远不限于“品德”与“才能”二义了。现举二例如下:

其一

> 郭太,字林宗,太原界休人也。家世贫贱。早孤,母欲使给事县廷。……孟敏,字叔达,钜鹿杨氏人也。客居太原。荷甑坠地,不顾而去。林宗见而问其意。对曰:“甑以破矣,视之何益?”林宗以此异之,因劝令游学。十年知名,三公俱辟,并不屈云。①

其二

> 许劭,字子将,汝南平舆人也。少峻名节,好人伦,多所赏识。若樊子昭、和阳士者,并显名于世。故天下言拔士者,咸称许、郭。……劭尝到颍川,多长者之游,唯不候陈寔。又陈蕃丧妻还葬,乡人毕至,而劭独不往。或问其故,劭曰:“太丘道广,广则难周;仲举性峻,峻则

① (南朝·宋)范晔:《后汉书》卷六十八,中华书局1965年版,第2229页。

少通。故不造也。”其多所裁量若此。①

郭太与许劭都是东汉末年最为著名的人物品评大家,在当时有着极高声誉。上例其一郭太对孟敏的评价既非看其高尚的道德品质,又非观其逸群之才,而是根据他在一件小事上体现出来的性格特征。可知在当时的人物品评中,个性特征已经占据重要地位。上例其二中陈寔、陈蕃二人都是品德高尚、才能卓著的士林领袖,为众望所归,许劭对他们的评价显然也不是以“德”“才”,而是以个性气质为视角的。这说明在汉末士人的价值系统中,个人的性格特征、风神气韵都成为重要方面。也正是在这样的文化历史语境中,“风雅”一词才从标示正统诗文传统转而为对个人才能、品性与风度的肯定性评价。

二、从“雅”到“雅郑”

“雅”获得价值评判意义还与另一个词语,即“雅郑”相关。如前所述,“雅,正也”原本只是指语音而言,并无价值评价意味。但后来“雅”之“正”就具有了“正确”“正当”的意思。最初这种意思是在与“郑”对举并用时出现的,如:

或问:交五声十二律也,或雅或郑,何也?曰:中正则雅,多哇则郑。(扬雄《法言·吾子》)

人生有所贵尚,出门各异情。朱紫更相夺色,雅郑异音声。好恶随所爱憎,追举逐虚名。百心可事一君,巧诈宁拙诚。(曹植:《曹子建集·当事君行》,四部丛刊本,卷六)

尔为听声者不以寡众易思,察情者不以大小为异。同出一身者,期于识之也。设使从下,则子野之徒亦当复操律鸣管以考其音,知南

① (南朝·宋)范晔:《后汉书》卷六十八,中华书局1965年版,第2234页。

风之盛衰，别雅郑之淫正也。（嵇康：《嵇中散集·声无哀乐论》，四部丛刊本，卷五）

然才有庸俊，气有刚柔，学有浅深，习有雅郑。（刘勰《文心雕龙·体性》）

在这里，“雅”是指《诗经》美刺讽喻的传统，“郑”则是指所谓“淫邪”的风格。对“郑声”的批评从孔子就已经开始了。《论语》有著名的“郑声淫”（《阳货》）、“放郑声，远佞人”（《卫灵公》）之说。那么究竟什么是“郑声”呢？“郑声”又被称为“郑卫之音”或“新声”“今乐”“世俗之乐”等等，是指于春秋之末战国之初产生于郑国、卫国等地的乐调。请看下面的引文：

平公说新声，师旷曰：“公室其将卑乎！君之明兆于衰矣。夫乐以开山川之风也，以耀德于广远也。风德以广之，风山川以远之，风物以听之，修诗以咏之，修礼以节之。夫德广远而有时节，是以远服而迩不迁。”（《国语》卷十四《晋语》）

庄暴，齐臣也。庶几，近辞也。言近于治。他日，见于王曰：“王尝语庄子以好乐，有诸？”王变乎色，曰：“寡人非能好先王之乐也，直好世俗之乐耳。”（《孟子集注》卷二《梁惠王下》）

魏文侯问于子夏曰：“吾端冕而听古乐，则唯恐卧；听郑卫之音，则不知倦。敢问古乐之如彼，何也？新乐之如此，何也？”子夏对曰：“今夫古乐，进旅退旅，和正以广。弦匏笙簧，会守拊鼓。始奏以文，复乱以武。治乱以相，讯疾以雅。君子于是语，于是道古，修身及家，平均天下。此古乐之发也。今夫新乐，进俯退俯，奸声以滥，溺而不止。……乐终不可以语，不可以道古。此新乐之发也。”（《礼记·乐记》）

卫灵公将之晋，至濮水之上，夜闻鼓新声者，说之，使人问之，左右皆报弗闻。召师涓而告之曰:“有鼓新声者,使人问左右,尽报弗闻,其状似鬼,子为我听而写之。”师涓曰:“诺!”因静坐抚琴而写之。明日报曰:“臣得之矣,然而未习,请更宿而习之。”灵公曰:“诺!”因复宿。明日已习,遂去之晋。晋平公觞之施夷之台,酒酣,灵公起曰:“有新声,愿请奏以示公。”公曰:“善!”乃召师涓,令坐师旷之旁,援琴鼓之。(《论衡·纪妖篇》)

由这些引文可知,在春秋之末、战国之初这一“礼崩乐坏”的时代,在音乐领域的确出现了两种力量的较量。与“新乐”或“郑声”相对立的是居于主导地位数百年之久的“古乐”“雅乐”或“先王之乐”。从观念上讲,“雅乐”是历代相传的,由先王制作并在祭祀、朝会、宴饮、狩猎、征伐等重大活动中使用过无数次,因此带有一种庄严、肃穆、神圣的色彩。而从审美经验上讲,则雅乐平和、缓慢、缺少变化,的确可以令人昏昏欲睡,颇近于催眠曲;而新乐则以其生动而富于变化的曲调、明快的节奏打动听者的心灵。故而许多君主、贵族都欣赏“郑卫之音”。

从史籍的记载看,“雅”“郑”作为一对对立的评价性词语的出现是与儒家密不可分的。或者说“雅郑”这一词语正是儒家价值观的体现。这里有两点值得申说:儒家坚持“雅”的传统,拒斥“郑”的潮流,根本原因在于他们所恪守的社会理想是周公等人创立的西周贵族等级制度。我们知道,周代贵族等级制的外在形式是礼乐文明。礼乐的任何一个环节、一个部分都表征并确证着贵族等级制。在孔子及其弟子们创立儒学的时代,贵族等级制虽说还没有彻底消失,却已经在坍塌的过程中了。儒家基于自身所受的教育和出身,选择了已经被破坏的贵族等级制作为社会理想,自身却没有任何可以去实现这一理想的现实力量。于是他们只好“倒果为因”——试图通过宣传作为文化文本流传下来的周代典籍和书本上记载的道德价值观来恢复已经失去或行将失去的社会政治制度。“雅”所代表的古乐无论多么令人昏昏欲睡,儒家也一定会把它奉为至宝,因为它表征着周代的贵族等级制，而这正是儒家的社会理想之所在。相反“郑”所代表的“新乐”无论多么动人心扉，也一定在儒家的拒斥范围，因为它们正是在破坏了古老的音乐传统之后才兴盛起来的。

从主体身份角度看，则“雅”“郑”之分又有更深刻的文化心理原因。儒家士人是一个新兴的知识阶层的代表，他们有着强烈的身份焦虑与自我意识。看先秦诸子书，特别是儒家，随处可见对“士”这一身份的界定与期许。作为一个新兴的知识阶层，士人思想家们都力图把自己标榜为正统或主导文化的承担者，道家以“上古之博大真人”为宗，墨家远绍夏禹，儒家则步武姬周。各有各的统绪传承，均以正统自居。这一文化领导者以及救世者的身份认同使得士人思想家们除了提出一整套价值观念系统来，还必须打造出一些作为身份性标志的文化符号，用以识别、确证自己的身份，以便与其他社会阶层“区隔”开来。对于儒家士人来说，“雅”这一原本指称周人音调、语音的词语，由于周人居于统治地位而带有“通常的”或“主导的”的意味，便被用来充当这样一种文化符号。于是在儒家这里“雅”就被赋予了“正统”“正确”“高贵”等含义，用以表示有教养的、遵守传统的知识阶层的审美趣味。与之相对，“郑”这个词语被赋予了邪僻、低级、不入流等含义，用以意指新起的、反传统的、来自民间的审美趣味。如此一来，“雅郑”就成了“高雅”与“低俗”这一二元对立观念的最早表述。

那么这里就有一个问题：周文化极为灿烂，文采斐然，何以没有产生出“雅俗”二元对立的观念呢？这是因为，周文化乃贵族文化，是一种极为重视外在文饰与仪式的文化，具有整体性特征，是整个贵族阶级集体认同的形式。毫无疑问，贵族文化内部构成上有着极为严格的等级秩序，这种文化等级秩序既是政治、经济上的严格等级制的表征，也是其确证方式。因此在这种整体性的贵族文化内部只有等级的标志而无高雅与低俗的区分——这里的一切都是被规定的、为贵族们所认可的，是整体的而非多元的。贵族文化作为一个整体，就是贵族区别于庶民的身份性标志，足以起到阶级“区隔”的作用。由于社会结构与文化的高度整一性,民间的文化形式并不构成与贵族文化的对立,只是自生自灭而已。例如在西周的贵族文化语境中,“百姓”是指贵族,因为只有贵族才有姓氏,庶民是无姓无氏的。又如古代典籍中的所谓“刑不上大夫,礼不下庶人”(《礼记》)正说明在贵族文化中不存在二元对立,“礼”是贵族的文化形式,与庶人无涉。换言之,在西周的贵族社会中,贵族文化过于强势,民间文化过于弱势,二者不构成同一结构中的对立关系,所以就不会产生“雅俗”这样的价值评判。

到了春秋之末情形就大不相同了。贵族阶层纷纷破产而沦为庶民,贵族文化与民间文化之间的森严壁垒被打破,开始交融互渗。特别是新兴的知识阶层虽然相当一部分来自于贵族,但此时的身份已经与庶民无异。《管子》所谓“士农工商四民者,国之石民也”之说,正说明民间已经出现了一个新的,被称为“士”的阶层。在这个阶层中,也有相当一部分是来自于“农工商”“三民”的。这就意味着,原本的贵族文化已经下移为民间文化。那么,这一新产生的“民间文化”与原有的那些真正出自民间的文化形式如何区分高下呢?于是掌握话语权的士人阶层便创造出“雅俗”这对范畴来进行文化区分,在同一社会阶级中“区隔”出不同阶层来。在中国历史上,从孔子的时代开始就已经产生出一种可以称为“精神贵族”的一类人或一个社会阶层,他们身处社会下层,并不是统治阶级,手中既没有政治权力,也没有经济权利,但他们以统治者自居,一心一意思谋着“治国平天下”的大事。与此相应,在精神追求与品味上也极力打造出自己的独特性来,不仅要高出于一般的“民”,而且要高出统治集团。“自命清高”这句日常用语十分准确地传达出了古代士人阶层那种与生俱来的“精神贵族”品性。

三、“雅俗”观念的形成

综上所述,从“《风》《雅》”到“风雅”,显示出“雅”这一词语的含义由特指《诗经》而演变为一般评价性用语的过程，这一过程与士人阶层的社会境遇及文化心理状态的变化密切相关；从“雅”到“雅郑”，则显示出“雅”这个词语是如何从一个表示语音、口音的中性词语衍化为一个士人身份的标志性文化符号的。这背后隐含着新兴的知识阶层的自我认同意识。“雅郑”之说，寓含着褒贬，代表着两种截然相反的价值观念与审美趣味。由于“雅”来自于上层、主流、正统，“郑”来自于下层民间，是非主流的、非正统的，“雅郑”便因此而成为后来“雅俗”这一对评价性概念的源头。

《说文》以“习”训“俗”，在先秦典籍中，“俗”的基本语义就是习俗或风俗。例如《礼记·曲礼》：“若夫坐如尸，立如齐，礼从宜，使从俗。”《尚书·君陈》：“狃于奸宄，败常乱俗，三细不宥。”《孟子·公孙丑上》：“纣之去武丁未久也，其故家遗俗，流风善政，犹有存者。”在这些语例中“俗”都是指习俗、风俗而言，并不带有任何贬义。但是到了战国后期，情况发生了变化，下面是《荀子》中的一段：

> 故有俗人者，有俗儒者，有雅儒者，有大儒者。不学问，无正义，以富利为隆，是俗人者也。逢衣浅带，解果其冠，略法先王而足乱世术，缪学杂举，不知法后王而一制度，不知隆礼义而杀诗书；其衣冠行伪已同于世俗矣，然而不知恶；其言议谈说已无异于墨子矣，然而明不能别；呼先王以欺愚者而求衣食焉；得委积足以掩其口，则扬扬如也；随其长子，事其便辟，举其上客，亿然若终身之虏而不敢有他志，是俗儒者也。法后王，一制度，隆礼义而杀诗书；其言行已有大法矣，然而明不能齐法教之所不及，闻见之所未至，则知不能类也；知之曰知之，不知曰不知，内不自以诬，外不自以欺，以是尊贤畏法而不敢怠傲：是雅儒者也。法先王，统礼义，一制度；以浅持博，以古持今，以一持万；苟仁义之类也，虽在鸟兽之中，若别白黑；倚物怪变，所未尝闻也，所未尝见也，卒然起一方，则举统类而应之，无所儗作；张法而度

之,则晻然若合符节:是大儒者也。(《儒效》)

在这里荀子对俗人、俗儒、雅儒、大儒的论述排出了一个价值等级,分别给予了褒贬。"俗人"是不学无术、无操守、唯利是图的平庸凡俗之人;"俗儒"则是所学不当,持论近于异端邪说的儒者,在这里"俗"被赋予了"低级""邪僻"的含义。值得注意的是,荀子还提出"雅儒"之说,这是先秦文献中最早"雅""俗"对举的语例,可以说是"雅俗"观念的正式提出。荀子还进而将此"雅俗"观用之于对诗乐的评价,其云:

修宪命,审诗商,禁淫声,以时顺修,使夷俗邪音不敢乱雅,大师之事也。(《王制》)

这里"夷俗邪音"与"雅"对举,可以视为"雅郑"说的另一种表达形式,但"夷俗邪音"所指范围应该远大于"郑"或"郑卫之音"。显然在荀子这里,一种具有普遍意义的"雅俗"观念已经开始形成。汉代以后,"雅"与"俗"就渐渐成为品评人物的重要语词了,例如:

夫田婴俗父,而田文雅子也。婴信忌不实义,文信命不辟讳。雅俗异材,举措殊操,故婴名暗而不明,文声驰而不灭。实说世俗讳之,亦有缘也。(《论衡·四讳篇》)

这里用"俗"来指田婴的平庸无能,用"雅"来指田婴之子田文才德出众。在审美意义上使用"雅""俗"概念大约是从对人物言谈举止的评价开始的:

元帝后宫既多。不得常见。乃使画工图形。案图召幸之。诸宫人皆赂画工,多者十万,少者亦不减五万。独王嫱不肯,遂不得见。

匈奴入朝求美人为阏氏，于是上案图，以昭君行。及去召见，貌为后宫第一，善应对，举止闲雅。帝悔之，而名籍已定。（《西京杂记》卷二）

是时，卓王孙有女文君新寡，好音，故相如缪与令相重而以琴心挑之。相如时从车骑，雍容闲雅，甚都。及饮卓氏弄琴，文君窃从户窥，心说而好之，恐不得当也。（《汉书·司马相如传》）

此处的"闲雅"一词特指人的举止风度之美好，已然不具有道德意味，成了一个纯粹审美意义上的词语。

诸名士共至洛水戏，还，乐令问王夷甫曰："今日戏乐乎？"王曰："裴仆射善谈名理，混混有雅致；张茂先论《史》《汉》，靡靡可听；我与王安丰说延陵、子房，亦超超玄著。"（《世说新语·言语》）

这里的"雅致"一词是对言谈的审美评价，在魏晋的清谈中常常被使用。

阮仲容、步兵居道南，诸阮居道北。北阮皆富，南阮贫。七月七日，北阮盛晒衣，皆纱罗锦绮。仲容以竿挂大布犊鼻于中庭。人或怪之，答曰："未能免俗，聊复尔耳。"（《世说新语·任诞》）

嵇、阮、山、刘在竹林酣饮，王戎后往。步兵曰："俗物已复来败人意！"王笑曰："卿辈意，亦复可败邪？"（《世说新语·排调》）

此二例中的"俗"均指平庸凡俗，乃"雅"之反面，主要也是一种美学意义的评价。渐渐地这对词语也被用之于对诗文书画的评价了：

毛惠远。画体周赡，无适弗该，出入穷奇，纵黄逸笔，力遒韵雅，超迈绝伦。其挥霍必也极妙,至于定质,块然未尽。其善神鬼及马,泥滞于体,颇有拙也。

吴暕。体法雅媚,制置才巧。擅美当年,有声京洛。(《古画品录·第三品》)

这里的“韵雅”“雅媚”都是赞美画技的高超脱俗。

翻检《诗品》,以“雅”“俗”评诗之例更可谓俯拾皆是:

魏陈思王植:骨气奇高,词采华茂,情兼雅怨,体被文质,粲溢今古,卓尔不群。

晋中散嵇康颇似魏文:过为峻切,讦直露才,伤渊雅之致。

魏侍中应璩祖袭魏文:善为古语,指事殷勤,雅意深笃,得诗人激刺之旨。

宋参军鲍照:……然贵尚巧似,不避危仄,颇伤清雅之调。

梁太常任昉:若铨事理,拓体渊雅,得国士之风,故擢居中品。

宋光禄谢庄:希逸诗,气候清雅,不逮于范、袁。

魏文学刘桢:仗气爱奇,动多振绝。真骨凌霜,高风跨俗。

晋吏部郎袁宏:彦伯《咏史》,虽文体未遒,而鲜明紧健,去凡俗远矣。

齐雍州刺史张欣泰、梁中书郎范缜:欣泰、子真,并希古胜文,鄙薄俗制,赏心流亮,不失雅宗。

再看《文心雕龙》。“雅”“俗”堪称刘彦和评价诗文的基本标准:

今才颖之士,刻意学文,多略汉篇,师范宋集,虽古今备阅,然近附而远疏矣。夫青生于蓝,绛生于蒨,虽逾本色,不能复化。桓君山云:“予见新进丽文,美而无采;及见刘扬言辞,常辄有得。”此其验

也。故练青濯绛，必归蓝蒨；矫讹翻浅，还宗经诰。斯斟酌乎质文之间，而隐括乎雅俗之际，可与言通变矣。（《通变》）

此处“雅俗”与“质文”并举，都被视为论诗衡文之基本标准。又：

是以绘事图色，文辞尽情，色糅而犬马殊形，情交而雅俗异势。熔范所拟，各有司匠，虽无严郛，难得逾越。（《定势》）

此言所欲表达的情感不同会导致诗文产生或雅或俗迥然不同的格调。又：

详观近代之论文者多矣：至如魏文述典，陈思序书，应玚文论，陆机《文赋》，仲治《流别》，弘范《翰林》，各照隅隙，鲜观衢路，或臧否当时之才，或铨品前修之文，或泛举雅俗之旨，或撮题篇章之意。（《序志》）

这里的“泛举雅俗之旨”正说明“雅俗”已经成为诗文评价的最通用的标准了。

从以上的引文我们可以看出，汉末魏晋之后，“雅俗”渐渐成为一对具有审美意义的评价性概念并被普遍用于人物品藻和诗文书画鉴赏中。这一现象具有重要意义：证明了“文人身份”的确立。“文人身份”是士大夫阶层在某个历史时期获得的一种新的身份维度。是那个服务于君权并成为君主官僚政体之社会基础的士大夫阶层获得相对稳定的社会地位之后，精神世界自我拓展的产物。“文人身份”成熟的标志是“个人情趣的合法化”——属于纯粹私人情感的离愁别绪、春感秋悲、男女之情、伤逝之叹等以往不受主流话语重视的精神、心理现象，被堂而皇之地予以书写、传播、吟诵。对人而言，“雅俗”观是对其风度、气质、个性的考量；对诗文书画而言,“雅俗”观是对其传达的“趣味”的评判。这都是作为“个体主体”的“文人”才会关注的对象。“文人”不同于平民百姓以及一般的士大夫之处在于:他们对个人情趣高度关注并赋予它以审美形式。平民百姓没有能力做到这一点,而一般的士大夫只留意于维护并制约君权,管理并教化百姓,以“治国平天下”为人生最高理想。只有当士大夫阶层通过自我衍化,形成了“文人”这一新的身份维度之后,“文人士大夫”阶层才由单一的政治、伦理价值的创造者与承担者进而成为审美价值的创造者与承担者。中国传统精神文化才变得精致细腻、丰富多彩起来。“雅俗”观是中国古代最重要的美学范畴之一,它是“文人趣味”最集中的体现。

第五节　汉魏之际“文人”身份特征及其文学表征

曹丕《典论·论文》开篇有言:“文人相轻,自古而然。”这八个字中蕴含着许多的文化信息与可追问的问题,常常为人们所忽略。比如,从曹丕的行文中可知“文人”在当时已经成为一个对某类人的固定称谓。那么问题来了:什么是“文人”?哪些人可以称为“文人”?那些“经明行修”的儒生算不算是“文人”?对这些问题曹丕自然明了,但今日读这篇文字的人却未必明了。又如,我们从这句话里还可以知道,在建安时期“文人相轻”早已经是一种文化惯习了,这说明社会上久已经形成了一套关于“文人”的评价系统与标准,否则他们之间就无法“相轻”。那么问题又来了:这套评价标准是什么?它们是如何形成的?它们与在汉代居于主导地位的经学价值观有着怎样的关联?这些问题都是涉及文化史、思想史的根本性问题,也是文学史、文学批评史绕不过去的重要问题。

“文人”是中国古代知识阶层中的某些人在特定历史时期产生的一种新的“身份”,它标志着这些人的一种能力。这种“能力”被社会主流话语所认可,是一个历史的过程。在这一过程中,东汉末期,特别是建安时期是一个极为重要的时期,这个时期在“文人身份”的形成过程中具有“过渡”性质。在下面的讨论中,我们就对这一“过渡”性质的“文人身份”之特征及其对文学观念的影响予以阐释。

一、经学的知识化与玄学化

从政治史的角度看,汉代士大夫的主要身份应该是“君权的合作者”或者“官僚及官僚的后备军”,他们与皇帝、宗室、功臣、外戚、宦官等共同构成了当时的统治阶层,在这个意义上说,“士大夫”主要是指一种政治身份;而从文化史、思想史的发展看,汉代士大夫之主流无疑是那些儒生和儒生出身的官吏,他们承担着此一时期具有主导性的学术文化,造就了所谓“经学时代”。在这个意义上说,“士大夫”又是一种文化身份。在西汉时期,用来指称文化学术行为,特别是文字书写的词语主要是“文学”与“文章”。“文学”一词主要指儒家“六艺”之学即经学而言①。“文章”则主要指经学之外的著述,包括史传、奏议、书论及辞赋之属②。总体观之,“文章”的地位远不如“文学”之重要。因此那些通经的“文学之士”就远比史家或文章辞赋之士受到重视。公孙弘的封侯拜相与东方朔、司马

---

① “文学”这个词语在孔子那里指涉的范围极广,作为孔门四科之一的“文学”,所谓“文学,子游子夏”,是泛指一切古代典章制度与文献学问。到了汉代主要指以“六艺”为代表的古代典籍与学问,但又不限于“六艺”,再例如《史记》卷四十六:“宣王喜文学游说之士,自如驺衍、淳于髡、田骈、接予、慎到、环渊之徒七十六人,皆赐列第,为上大夫。”这里列举的人物有阴阳家、法家、道家等等,可知在司马迁那里,“文学”并非儒家“六艺”的专称。而到了西汉后期,例如在《盐铁论》的语境中,“文学”就成为儒学或儒生的专指了。

② “文章”一词,最初的含义是指错杂的色彩或花纹。如《史记·礼书》:“故礼者养也。稻粱五味,所以养口也;椒兰芬茝,所以养鼻也;钟鼓管弦,所以养耳也;刻镂文章,所以养目也。”又《后汉书·张衡传》:“文章焕以粲烂兮,美纷纭以从风。”后引申为有德之人的外在表现,《论语·公冶长》:“子贡曰:‘夫子之文章,可得而闻也;夫子之言性与天道,不可得而闻也。’”朱熹集注:“文章,德之见于外者,威仪、文辞皆是也。”又引申为礼乐制度,《礼记·大传》:“考文章,改正朔。”郑玄注:“文章,礼法也。”孙希旦集解:“文章,谓礼乐制度。”《论语·泰伯》:“巍巍乎其有成功也,焕乎其有文章。”朱熹集注:“文章,礼乐法度也。”后又指称文辞或独立成篇的文字。如《史记·儒林列传序》:“臣谨案诏书律令下者,明天人分际,通古今之义,文章尔雅,训辞深厚,恩施甚美。”又《后汉书·延笃传》:“能著文章,有名京师。”在汉代语境中,“文章”主要是指辞赋、歌诗、奏议、书论、史传等书写形式。

相如及司马迁的不得志之间的鲜明对比就是明证。思想舆论上也自然就以“俳优蓄之”评价文章辞赋之士,以“壮夫不为”的“小道”鄙视文章辞赋。到了东汉时期,尽管经学依然昌明,却已经有人持不同意见了。例如王充就有“文儒”与“世儒”之辨,谓“著作者为文儒,说经者为世儒”。观王充之论,显然有崇“文儒”而贬“世儒”之意。王充的所谓“文儒”是指陆贾、司马迁、司马相如、刘向、扬雄、桓谭这类“深于作文”的人,又称为“文章之徒”或“著作者”。① 在这里王充显然有为“文章”和“文章之士”正名的意思,支撑他产生这种冲动的,则是司马迁、司马相如、扬雄、刘向、桓谭等人那些疏离于经学之外的辉煌的个人著述。王充本人也以一部恢宏的巨著来延续并弘扬了这一个人著述的传统。

曹丕所说的“文人”显然与王充的“文儒”或“文章之徒”“著作者”一脉相承。在他所列举的“今之文人”即“建安七子”中,王粲长于“辞赋”,陈琳、阮瑀长于“章表书记”,徐干则以一部《中论》被赞为“成一家之言”。再看其“四科八体”之说,史传已然不在其列。这说明,在汉魏之际,“文”的范围已经大大缩小,虽然还不仅仅限于诗歌辞赋之类,却显然已经是以具有个人创造性的文体为准则了。这也正是曹丕“文以气为主”之说提出的思想基础。在两汉文化语境中,“奏议、书论、耒铭、诗赋”等文体都是最可以显示个人精神气质的文章类型。因此也形成了比较成熟的评价标准。在这一时期,凡是在这些文章类型的写作方面有所成就的人就被称为“文人”。

通过以上简要叙述我们可以看出,汉魏之际文人的文化思想资源主要有二:一是“文学”,主要是“六艺”与诸子百家之学;二是“文章”,即两

① 在王充那里也有“文人”称谓,其云:“故夫能说一经者为儒生,博览古今者为通人,采掇传书以上书奏记者为文人,能精思著文连结篇章者为鸿儒。故儒生过俗人,通人胜儒生,文人逾通人,鸿儒超文人。故夫鸿儒,所谓超而又超者也。”(《论衡·超奇》)又:“文人宜遵五经六艺为文,诸子传书为文,造论著说为文,上书奏记为文,文德之操为文。立五文在世,皆当贤也。造论著说之文,尤宜劳焉。”(《论衡·佚文》)这里的“文人”差不多就是那种可以撰写一般官方文书的“文吏”,与“文儒”颇有不同。王充在《书解》篇中所说的“文儒”即是《超奇》篇的“鸿儒”。这是王充所最为推崇的身份。

汉时期渐趋成熟并形成传统的辞赋、歌诗、奏议、书论、史传等书写形式。他们既是系统地受过经学教育的人,也是深通各种文体写作的人。对这两大传统的继承与改造就构成了他们这批文人最基本的知识结构与思想基础。由此可知,汉魏之际的文人与传统儒家经生在身份上有着重要区别,他们有着不同的思想传统。

作为主流意识形态,"六艺"之学或经学对汉魏之际的文人当然会发生重要影响,但是他们所接受的经学也已经不同于传统经学了。兴盛了数百年的传统经学到了东汉中后期已经发生了重要变化,这主要表现在经学的知识化趋势上。

所谓"经学的知识化"是指西汉以来"通经致用"的传统被突破,论者主要不再把经学视为意识形态或政治性话语,而是把它当作一种知识系统来考察,只论其真伪,无论其是非。经学原本是汉代士大夫阶层与以君主为核心的统治集团共同倡导并建构的国家意识形态。从士大夫阶层立场看,经学是他们制衡君权、推行儒家价值观从而为天下建立价值秩序的手段;从统治集团角度看,则经学乃证明汉朝君权统治合法性的工具。这就使得经学从一开始就具有价值取向上的二重性,具有极为强烈的政治性与意识形态性。经学的这一特征在《春秋》"公羊学"中表现得尤为突出,故而西汉之时,经学的核心是公羊学。但是随着士大夫阶层与统治集团关系趋于模式化,随着儒家意识形态渐渐落实为人们的日常伦理准则,再加上统治集团内部的争权夺利,经学的意识形态功能与政治性也就大打折扣了。在这种情况下,某部经典是否立于学官,已经不像武帝时那样表征着儒家士大夫与以宗室、外戚、功臣为代表的统治集团之间的政治角逐,而是成了儒家士大夫内部争夺权力与利益的方式。今文经与古文经的此消彼长正可视为经学意识形态色彩弱化的表现。到了汉魏之间,就士大夫的主流意识而言,经学已经成为一种知识体系,而非政治话语。汉末桓、灵之时何休的《春秋公羊解诂》堪称政治性经学的回光返照。今文学对义理的富有想象性的探求导致纬书趋于神秘,虽有一时之兴,必然走向衰颓。到了马融、郑玄,则主要是从知识层面上全面整理支离破碎的经学了。郑玄的《三礼注》之所以受到广泛称赞,就是由于他在这里显示出极为广博的、通达的学识,使那些晦涩难明的礼仪规定与名物称谓为人所知晓。朱熹曾云:“郑康成是个好人,考礼名数大有功。”①这正是肯定了郑玄在知识层面上对“三礼”的贡献。经学成为知识系统,一方面说明它的意识形态功能已经完成,另一方面也说明士大夫阶层精神旨趣的变化。这种变化在经学的“玄学化”过程中得到了充分的显现。“经学的玄学化”是“经学知识化”的一种表现形式。经学知识化的结果之一是儒生们可以通过对经学知识掌握的广度来获得尊重,在经学方面的博闻强记成为衡量一个儒生价值的重要标准。久而久之,对经义理解的深度也自然地成为儒生价值的重要标准。对经义进行探赜索隐式的研究与讨论就是经学的玄学化。《后汉书·儒林列传》云:“本初元年,梁太后诏曰:‘大将军下至六百石,悉遣子就学,每岁辄于乡射月一飨会之,以此为常。’自是游学增盛,至三万余生。然章句渐疏,而多以浮华相尚,儒者之风盖衰矣。”②这里所谓“章句渐疏,而多以浮华相尚”正是指经学的玄学化倾向。

经学的知识化、玄学化是对经学神圣性、权威性的一种消解。这显示出汉魏之际的士大夫阶层已经不那么笃信儒家经典,其价值取向面临重构。这预示着一个在精神面貌上焕然一新的知识阶层即将出现。他们与传统士大夫在人生观和自我意识上都出现了根本性变化,对自身价值也有了新的期许。文学的繁荣发展也因此而获得难得的契机。

二、儒、道之融汇

汉魏之际的文人既是汉代文人的发展,又是六朝文人的肇始,他们是“过渡性”人物。这种“过渡性”在学术旨趣与价值取向上主要表现为儒学与道家之学的融合互渗。

---

① (宋)朱熹:《朱子语类》卷八十七,中华书局1986年版,第2226页。

② (南朝·宋)范晔:《后汉书》卷七十九上,中华书局1965年版,第2547页。

儒、道两家学术在汉代有一个此消彼长的竞争过程。汉初先秦百家之学俱陈于一统天下的炎汉王朝面前，士大夫各秉其术，无不希望得到执政者之青睐。最初齐人盖公见知于齐相国曹参，其黄老之学深为后者所服膺。曹参旋即入朝为汉相，遂使黄老刑名之术一时成为汉家国策。后来经过儒生半个世纪的努力，终于战胜黄老之学，使儒学定于一尊。于是儒学演变为经学，被建构为国家意识形态。此后三百年间，道家之学被边缘化为少数人私下传承的学问。一直到了东汉中后期，道家学说长期衰颓的情形才开始发生变化，老庄之说开始进入士大夫的言说之中。桓帝时儒者朱穆曾作《崇厚论》一文，其云：

> 夫俗之薄也，有自来矣。故仲尼叹曰："大道之行也，而丘不与焉。"盖伤之也。夫道者，以天下为一，在彼犹在己也。故行违于道则愧生于心，非畏义也；事违于理则负结于意，非惮礼也。故率性而行谓之道，得其天性谓之德。德性失然后贵仁义，是以仁义起而道德迁，礼法兴而淳朴散。故道德以仁义为薄，淳朴以礼法为贼也。夫中世之所敦，已为上世之所薄，况又薄于此乎！故夫天不崇大则覆帱不广，地不深厚则载物不博，人不敦庬则道数不远。昔在仲尼不失旧于原壤，楚严不忍章于绝缨。由此观之，圣贤之德敦矣。老氏之经曰："大丈夫处其厚不处其薄，居其实不居其华，故去彼取此。"夫时有薄而厚施，行有失而惠用。故覆人之过者，敦之道也；救人之失者，厚之行也。①

盖桓、灵之际，朝政混乱，外戚擅权，士大夫中趋炎附势者所在多有；儒家礼教已经成为许多人邀名的工具，朱穆此文乃为拯救时弊而作。观其所持道德标准，诚可谓儒、道兼具之论。其主旨是提倡敦厚，标准是道家的自然淳朴。其关于道德、仁义、礼法的理解都是融合了儒、道二家之

① （南朝·宋）范晔：《后汉书》卷四十三，中华书局1965年版，第1463—1464页。

说。根本上是要在儒家伦理中引进道家精神,用自然、淳朴、敦厚的人性来矫正那种虚伪的仁义、礼法,使仁义礼智重新建立在敦厚天性基础之上。

从朱穆这篇《崇厚论》可以看出,汉末儒者援道入儒,是要以道家的古朴自然来矫正名教沦于虚伪之弊。由于看到了道家之学的实际价值,在东汉后期,儒、道兼修已经成为普遍的士林风气。现举数例如下:

翟酺,字子超,是东汉安、顺时代的士大夫。其家族"四世传《诗》",堪称经学世家。但他又"好老子,尤善图纬、天文、历算"。时安帝重用外戚,酺上疏谏曰:

> 昔窦、邓之宠,倾动四方,兼官重绂,盈金积货,至使议弄神器,改更社稷。……故孔子曰"吐珠于泽,谁能不含";老子称"国之利器,不可以示人"。此最安危之极戒,社稷之深计也。①

在给君主的奏议中,孔、老一并引为论据,一方面表明作者儒道兼修的价值取向与知识结构,另一方面也显示出道家学说在统治阶层中渐渐增强的影响力。到了建安时期,这种情形就更为普遍,曹魏集团的著名文人吴质《答东阿王书》云:

> 若质之志,实在所天。思投印释黼,朝夕侍坐,钻仲父之遗训,览老氏之要言,对清酤而不酌,抑佳肴而不享,使西施出帏,嫫母侍侧,斯盛德之所蹈,明哲之所保也。②

这里孔、老并举,说明儒、道两家价值观在论者的心目中已然不分轩轻。又阮瑀尝作《文质论》,其有云:

---

① (南朝·宋)范晔:《后汉书》卷四十八,中华书局1965年版,第1602—1603页。
② 《文选》卷二十八,中华书局1977年版,第596页。

若乃阳春敷华，遇冲风而陨落；素叶变秋，既究物而定体。丽物苦伪，丑器多牢；华璧易碎，金铁难陶。故言多方者，中难处也；术饶津者，要难求也；意弘博者，情难足也；性明察者，下难事也。通士以四奇高人，必有四难之忌。且少言辞者，政不烦也；寡知见者，物不扰也。专一道者，思不散也；混濛蔑者，民不备也。质士以四短违人，必有四安之报。故曹参相齐，寄托狱市，欲令奸人有所容立，及为宰相，饮酒而已。故夫安刘氏者周勃，正嫡位者周勃，大臣木强，不至华言。孝文上林苑欲拜啬夫，释之前谏，意崇敦朴。自是以降，其为宰相，皆取坚强一学之士，安用奇才，使变典法？①

在文人纷纷创作华美之文的汉末魏初，如此重质轻文的主张已经不多见了，观其学理依据，盖出于老庄之学。这段文字可以说是表达了道家大巧若拙、大智若愚，崇尚自然朴拙，反对华词丽藻的价值取向。

另外东汉中叶以后多有儒者为老子作注者，如大儒马融、精于《左氏春秋》的董遇、精研《周易》的虞翻等。而于表奏书论中征引老子以为论据者，则不可胜数。做学问、论政事是如此，在为人处世方面，文人们也不再像以前的儒者经生那样循规蹈矩了，他们开始变得自然洒脱起来。例如汉末思想家仲长统就是这样具有洒脱逍遥品行的人，《后汉书》本传说他“常以为凡游帝王者，欲以立身扬名耳，而名不常存，人生易灭，优游偃仰，可以自娱，欲卜居清旷，以乐其志”。曾作诗二首，其一云：

飞鸟遗迹，蝉蜕亡壳。腾蛇弃鳞，神龙丧角。至人能变，达士拔俗。

乘云无辔，骋风无足。垂露成帏，张霄成幄。沆瀣当餐，九阳代烛。

① （三国·魏）阮瑀：《文质论》，见《艺文类聚》卷二十二，上海古籍出版社1965年版，第411页。

恒星艳珠,朝霞润玉。六合之内,恣心所欲。人事可遗,何为局促?①

诗中充满了对庄子达观顺变、逍遥自适精神的向往。然观其所著之《昌言》,则充满对现实政治状况的愤激不平与批判精神,所秉之价值准则基本上是儒家的仁爱忠信之属,殊少道家自然无为之意。由此可知,这是一位具有二重性文化人格的读书人。一方面是道家的超尘拔俗、适性而为,另一方面则是儒家的格君心之非、以天下为己任,两种截然不同的人格类型被统一在他一人身上了。其实这样的人格类型在仲长统之前数十年的安、顺时期已经有了,大儒马融就堪称代表。《后汉书》本传载:"融才高博洽,为世通儒,教养诸生,常有千数。涿郡卢植,北海郑玄,皆其徒也。善鼓琴,好吹笛,达生任性,不拘儒者之节。居宇器服,多存侈饰。尝坐高堂,施绛纱帐,前授生徒,后列女乐,弟子以次相传,鲜有入其室者。"②既有儒家的等级森严、繁文缛节,复有道家顺时达变、任性逍遥,其为人处世看上去与那些崇尚老庄的六朝名士颇为接近。又曾为《老子》《淮南子》作注,可见也是位具有儒道双重文化人格的人物。这都可视为"士大夫"与"文人"二重身份之冲突的表现。

其实在汉魏之际文人身上,基本上都可以看出道家思想的影响,大都具有出世与入世、适性逍遥与建功立业双重价值取向。那种恪守儒家一家之说的人物是比较少见了。考其原因,论者多从儒学自身发展寻之,以为章句之学,日渐烦琐,而名教伦理,束缚人性,再加上朝政混乱、天下大乱,都是造成儒学衰落、道家兴起的原因。其实老庄之学之所以可以堂而皇之进入书论奏议等主流话语之中,帝王的信奉也是重要原因。据史书记载,桓、灵二帝均喜读道教经典《太平清领书》,桓帝更曾于延熹八年(165年)两次派人到苦县祭祀老子,颇好黄老神仙之术。这对于老子及

① (南朝·宋)范晔:《后汉书》卷四十九,中华书局1965年版,第1645页。

② (南朝·宋)范晔:《后汉书》卷六十上,中华书局1965年版,第1972页。

道家学说地位的提升无疑具有重要作用。“上有所好，下必甚焉”，士大夫们孔、老并举也就不足为怪了。道教的神仙方术虽然可以使人们沉迷于幽眇虚幻之途，但也是启发人们关注个体生命的契机，其于汉魏六朝文人精神世界的重要影响无疑是深远的。

经学的知识化、玄学化消解了儒学至高无上的神圣地位，道家学说的复苏又为文人们开启另一片精神空间。这种儒道混溶互渗的情况对于汉魏之际的文人来说具有重要意义，可以说是造成他们摆脱名教束缚、关注个体生命价值的主要思想基础。

三、经术与文章并重

除了经学传统，汉魏之际的文人所接受的另一重要传统是两汉的“文章”之学。没有经学传统固然不能造就汉魏文人的思想结构，而没有“文章”传统，更不会出现名垂青史的建安文人。陆贾、贾谊、司马相如、枚乘、司马迁、刘向、扬雄、桓谭、班固、张衡、傅毅、王充、赵壹、蔡邕、仲长统等等，都是建安文人的前辈，没有他们形成的那种疏离于经学传统之外的文章写作传统，魏晋六朝文学的繁荣兴盛无疑是难以想象的①。经学传统在东汉后期已经溶进道家之说，形成儒道互渗的新的学术传统；而文章传统则呈现出由实用向着审美倾斜的趋势。对于这两大传统的影响，汉魏之际的文人也有自觉。王符《潜夫论》有云：

> 今学问之士，好语虚无之事，争著彫丽之文，以求见异于世，品人鲜识，从而高之。此伤道德之实，而或矇夫之大者也。②

王符这里所批评的两种倾向，前者为学术走向，主要指谶纬，后者为

---

① 建安文人多直接受惠于汉末文章大家蔡邕。蔡邕对王粲的提携奖掖为一时佳话，而阮瑀、路粹等都是蔡邕的弟子。

② （汉）王符：《潜夫论·务本》，上海古籍出版社影印本1990年版，第3页。

文章走向,主要指辞赋。一是儒学的玄学化,一是文章的藻饰化。王符是站在传统“通经致用”与章句训诂之学的立场上对这两种走向提出批评的,这也代表了那些在学术文化变化面前茫然无措的儒生之心态。

观此期文人著述,常常“典籍”与“篇章”并举,其中即透露出对经学传统与文章传统这两大文化资源的双重重视。现举数例以证之:

伏惟太子,研精典籍,留思篇章,览照幽微,才不世出。①

陛下即位之初,先涉经术,听政余日,观省篇章,聊以游意,当代博弈,非以教化取士之本。②

窃不自量,卒欲寝伏仪下,思惟精意,案度成数,扶以文义,润以道术,著成篇章。罪恶无状,投畀有北,灰灭雨绝,世路无由。③

伏惟所天,优游典籍之场,休息篇章之圃。发言抗论,穷理尽微;摛藻下笔,鸾龙之文奋矣。④

这里的“典籍”与“经术”“道术”等意义相近,是指以儒家经典为主的学术,侧重在义理;而“篇章”则是指文章,侧重在藻饰。对于汉魏之际的文人来说,以儒学为主,兼容道、法的学术传统与文章写作传统是构成其基本知识结构与价值取向的主要文化资源。而对两者的兼顾与融和,则是他们自觉的话语建构行为。对汉魏文人来说,“典籍”或“经术”是需要深思精研、穷理尽微的,标准是理解的深刻准确;“篇章”则是用来“游意”“休息”的,其标准是文采,是美。对“义理”与“辞章”的并举是此期文人的重要特征之一,故而他们的诗文虽然渐趋华丽,然空洞无物者绝少。到了正始之后,文人们渐渐分为二途:一是由经术而趋于玄思者,以何晏、王弼为代表;二是由文章而趋于藻饰者,以太康年间“三张二陆”等人为代

① (三国·魏)卞兰:《赞述太子赋并上赋表》,见《艺文类聚》卷十六。
② (汉)蔡邕:《上封事》,见《后汉书》卷六十下,中华书局1965年版,第1996页。
③ (汉)蔡邕:《表志》,见《后汉书·天文上》李贤注引。
④ (三国·魏)吴质:《答魏太子笺》,见《文选》卷四十,中华书局1977年版,第566页。

表，其诗风繁缛。

汉魏之际的文人这种儒家与道家互渗、“经术”与“文章”并重的知识结构与价值取向对于文学思想与诗文创作具有三方面的重要影响，现分述之。

第一，个人情趣成为诗文表现的重要内容。老庄之学与儒学的交融互渗改变了文人们以往的知识结构与价值取向，其对于文学思想史具有的重要意义就是开出个人精神空间。儒学是一种“集体主义”的思想系统，儒生们不是从个人立场出发言说，而是以天下百姓代言人的立场言说，以建构普遍的政治伦理秩序为旨归。在这里，人的全部精神旨趣基本上都被纳入人伦关系范围。在这样的思想系统之中，超出于伦理规范的个人情趣或被忽视，或被压抑，根本没有立足之地。老庄之学虽然也关涉社会政治，但是其立论往往是从个体生命出发，对个体生命和个人体验有着高度关注。文人们对老庄之学的吸纳，在很大程度上改造了儒学政治伦理的单一价值取向，从而使个人情趣进入他们的关注范围，并堂而皇之地成为言说与书写的重要内容。在这方面产生于此期的《古诗十九首》最能代表一个时代文人的情怀。那种离乡游子的羁旅之愁，宦游无着时的无奈与绝望，因感觉到生命有限性而生的怅惘之情，一一跃然于纸上。这种情形在东汉中叶之前根本是不可想象的。朋友间的交游与诗文酬唱是此期文人生活中的一件大事，因此，因朋友的离别与终老而生的感叹及缅怀之情就成为诗文常常表现的主题。曹丕以储君之贵，在文章中也多次表达这种情感。例如其《与朝歌令吴质书》云：

每念昔日南皮之游，诚不可忘。既妙思《六经》，逍遥百氏，弹棋闲设，终以六博，高谈娱心，哀筝顺耳。驰骋北场，旅食南馆。浮甘瓜于清泉，沉朱李于寒水。白日既匿，继以朗月。同乘并载，以游后园。舆轮徐动，参从无声。清风夜起，悲笳微吟。乐往哀来，怆然伤怀。余顾而言，斯乐难常，足下之徒咸以为然。今果分别，各在一方。元瑜长逝,化为异物。每一念至,何时可言![1]

这是典型的文人情怀。曹丕出身王侯之家,但与朋友的感情极为深挚。这封书信情真意切,今日读之,依然令人伤怀。曹丕、曹植及“建安七子”之属的许多诗文都表达了相近的感情。

在各种个人情趣之中,此期文人的生命体验达到空前深度。所谓“生命体验”就是人们对生命本身的感受、觉知与体察。《论语》载:“子在川上曰:逝者如斯夫!”就是典型的生命体验。可惜先秦两汉时期的主流话语侧重在社会政治与伦理规范方面,个人的生命体验是受到压抑与遮蔽的。只是到了汉末,这种生命体验才成为文人书写的具有正当性的题材。曹丕说:“年寿有时而尽,荣乐止乎其身,二者必至之常期,未若文章之无穷。”[2]把文章书写与生命体验相连,以“名声”为肉体生命之延续——这是汉魏之际的文人普遍心态。这种心态不仅开启了六朝文人借诗文吟咏个人情趣的先河,而且导致在诗文批评中大量出现与身体和个体生命相关的语词。稍后,诸如“味”“气”“神”“骨”“感”“体”等语词都纷纷经由人物品藻而进入诗文书画的评论之中,并进而成为中国古代文艺批评的基本词汇。

第二,崇尚“质”“文”并重的文学批评标准。尽管孔子早就有“质胜文则野,文胜质则史,文质彬彬,然后君子”(《论语·雍也》)之谓,但总体言之,先秦两汉文学批评的主调历来是“重质轻文”或“先质后文”的。《韩非子》:“礼为情貌者也,文为质饰者也。夫君子取情而去貌,好质而恶饰。”(《解老》)《淮南子》:“必有其质,乃为之文。”(《本经训》)“饰其外者伤其内……见其文者蔽其质。”(《诠言训》)甚至于“建安七子”之一的阮瑀作《文质论》,也是强调“质”对于“文”的首要性,而同属“建安七子”的应玚之《文质论》作为对阮作的反驳,才真正代表了汉魏之际已然

---

① (三国·魏)曹丕:《与朝歌令吴质书》,见《文选》卷四十二,中华书局1977年版,第590—591页。

② (三国·魏)曹丕:《典论·论文》,见《文选》卷五十二,中华书局1977年版,第720页。

发生变化的主流观点：

> 盖皇穹肇载，阴阳初分，日月运其光，列宿曜其文，百谷丽于土，芳华茂于春，是以圣人合德天地，禀气淳灵，仰观象于玄表，俯察式于群形，穷神知化，万物是经，故否泰易趍，道无攸一，二政代序，有文有质，若乃陶唐建国，成周革命，九官咸乂，济济休令，火龙黼黻，暐韡于廊庙，衮冕旗旒。舄弈乎朝廷，冠德百王，莫参其政，是以仲尼叹焕乎之文，从郁郁之盛也。①

从天地、日月、星辰讲到草木花卉，从唐尧讲到周文武，用自然之道与人类历史为例来尽力证明“质”“文”并重的道理。其实自建安以降，持论者绝大多数都是质文并举的，只是有时为了给长期遭到压抑的“文”正名，在论述过程中比较强调“文”的价值而已。例如蜀汉文士秦宓说：“夫虎生而文炳，凤生而五色，岂以五采自饰画哉？天性自然也。”②这里似乎没有提到“质”，但绝非重文而轻质。这种观点为六朝文人普遍接受，刘勰《文心雕龙·情采篇》所论即与之一脉相承。只是在南朝齐梁之时，有沉迷于声律骈偶的少数宫廷文人眼睛只盯着“文”的一面，对“质”的一面似乎视而不见了。汉末魏初文人的诗文之所以蕴含深沉厚重而又文采斐然，即是他们这种质文并重的文学观念的最好实践。经过他们在理论与实践两方面的奠基，此后一千多年中，“文”的重要性基本上再也不能为人们所忽视了。

第三，文学风格上的志深笔长，梗概多气。汉魏之际的文人，就其主流而言，虽然注重文采，擅长诗词歌赋，而且接受了道家学说的影响，但他们骨子里基本上依然是传统的儒家士大夫，与孔、孟一样，于乱世之中建功立业，为天下定规则、立法度仍是他们最根本的人生理想。曹丕以“立

---

① （汉）应玚：《文质论》，见《艺文类聚》卷二十二，上海古籍出版社1965年版，第411页。

② （汉）陈寿：《三国志》卷三十八，岳麓书社1990年版，第776页。

德扬名,可以不朽”[①]为人生最高理想,曹植以“戮力上国,流惠下民,建永世之业,留金石之功”[②]为最终追求,王粲向往“生为百夫雄,死为壮士规”[③]的人生,更有“外参时明政,内不废家私”[④]的志向,他念兹在兹的是“冀王道之一平兮,假高衢而骋力”[⑤],徐干则希望在政治上有所建树,而以“无嘉谋以云补,徒荷禄而蒙私”[⑥]为耻。汉末曹魏时期的文人不同于两晋及南朝的那些士族文人,后者以功业世务为耻,前者以建功立业为荣。然而,也正是由于他们有强烈的入世之心,所以他们受到的伤害也就越大。因为在弱肉强食的乱世,这些饱读诗书的文人未必可以找到施展才能的机会,还常常成为军阀、豪强们争权夺利的牺牲品。仕途渺茫,建功立业理想的破灭以及昔日朋友们的丧亡零落都在他们心理上留下深深的伤痕,而这些都难免在诗文中流露出来。正是这种深刻的心灵创伤才使得汉末曹魏时期的文人感情真挚而深沉。刘勰所谓“志深笔长”“梗概多气”就是指那种深沉、真挚,具有一种内在力度的诗文风格。这种风格正是此期文人心态的呈现。正始诗人,例如阮籍,深沉依然深沉,但过于悲凉孤寂,更谈不上“梗概多气”;而太康以后的诗文,或者追求华词丽藻,或者受玄学之风熏染,就既不深沉,更不“梗概”了。一个时期有一个时期的文人风尚,影响所及,诗文风格就自然发生变化。

四、“士大夫”与“文人”的紧张关系

在中国历史上,汉末三国时期是一个极为混乱无序的时期,民生凋敝、战乱不已,而在中国文学史上,这却是一个“文学的繁盛时期”,恰足印证马克思关于“艺术发展与社会发展不平衡”的理论。关于此期文学

① (三国·魏)曹丕:《与王朗书》,《三国志》卷二,裴松之注引,岳麓书社1990年版,第71页。
② (三国·魏)曹植:《与杨德祖书》,《三国志》卷十九,裴松之注引,岳麓书社1990年版,第450页。
③ (汉)王粲:《咏史诗》,见《建安七子集》,中华书局1989年版,第86页。
④ (汉)王粲:《从军诗》,见《建安七子集》,中华书局1989年版,第87页。
⑤ (汉)王粲:《登楼赋》,见《建安七子集》,中华书局1989年版,第100页。
⑥ (汉)徐干:《西征赋》,见《建安七子集》,中华书局1989年版,第147页。

繁荣形成的原因，傅玄曾云：

近者魏武好法术，而天下贵刑名；魏文慕通达，而天下贱守节。其后纲维不摄，而虚无放诞之论盈于朝野，使天下无复清议……①

刘勰则云：

自献帝播迁，文学蓬转，建安之末，区宇方辑。魏武以相王之尊，雅爱诗章；文帝以副君之重，妙善辞赋；陈思以公子之豪，下笔琳琅；并体貌英逸，故俊才云蒸。……观其时文，雅好慷慨，良由世积乱离，风衰俗怨，并志深而笔长，故梗概而多气也。（《文心雕龙·时序》）

傅玄是站在传统儒学的立场上看待汉魏之际思想与文学的变化的。对于傅玄"虚无放诞之论盈于朝野"的否定性说法，我们可以作正面解读，将其理解为思想解放、人们敢于言说，文章写作空前繁盛。如此，则在傅玄看来，魏武的"贵刑名"与魏文的"慕通达"都是文人摆脱名教束缚、文章发达的重要原因。而在刘勰看来，则是因为曹氏父子以秉政者的地位而雅好诗文，影响所及，便导致文学的繁荣。至于诗文"志深笔长""梗概多气"的风格，则是"世积乱离，风衰俗怨"所致。近人刘师培则云：

建安文学，革易前型，迁蜕之由，可得而说：两汉之世，户习七经，虽及子家，必缘经术。魏武治国，颇杂刑名，文体因之，渐趋清峻。一也。建武以还，士民秉礼，迨及建安，渐尚通侻（脱），侻（脱）则侈陈哀乐，通则渐藻玄思。二也。献帝之初，诸方棋峙，乘时之士，颇慕纵横，骋词之风，肇端于此。三也。又汉之灵帝，颇好俳词，下习其风，

① （晋）傅玄：《上晋武帝疏》，见《晋书》卷四十七，中华书局 1974 年版，第 1317—1318 页。

益尚华靡,虽迄魏初,其风未革。四也。[①]

刘氏综合了傅玄、刘勰的观点,又加以引申,其说更为全面。盖刑名之学,务求循名责实,不尚繁缛,故而文体"清峻",即"简约严明"之意,此说可以成立。"通侻"即"通脱",是放达不拘小节之意。东汉崇尚名教,束缚既久,文人们都寻求解脱,恰逢汉季天下大乱,王纲解纽,于是自然而然就"通侻"起来了。精神上挣脱了束缚,在文章书写的时候也就"想说什么就说什么",可以把以往被压抑的那些个人情感,即喜怒哀乐之类,尽情表达了。这也是符合实际的见解。至于汉末渐渐形成的诗赋创作中的华靡之风与灵帝兴鸿都门学之关系,也是不容否定的事实。如此观之,刘师培的见解是比较全面而中肯的。

但是细读建安文人著述,傅玄、刘勰以及刘师培对建安文学兴盛及风格形成原因的分析,似乎依然有所不足。他们对文化语境的变化之于文人心态及文章风格的影响把握比较准确,但对于"变"与"不变"之间的紧张关系似乎重视不够,其实正是这种紧张关系构成了建安文人的身份冲突,而这种身份冲突对文学的影响则是更为直接和决定性的。这里的关键乃在于知识阶层身份的转换——士大夫与文人双重身份的契合与对立。士大夫是古代知识阶层的基本身份,"读书—做官"是他们人生旅途的基本模式。在这一模式中,文章书写原本是士大夫发表政治见解、履行其行政职能的基本技能。在先秦两汉时期,诗、赋、表、奏、论、议等文体都有极为鲜明的政治功能。文章的娱情功能或鉴赏功能是在政治功能或实用功能的基础上衍生出来的,而这一文章功能的衍生过程,也就是文章写作主体从士大夫身份衍生出"文人"身份的过程。文章书写获得独立的鉴赏功能,也就意味着"文人"身份获得了某种独立性。汉魏之际正是这一过程的关键时期。这是一个过渡时期,是"文人"身份即将成熟与独立

---

① 刘师培:《中国中古文学史讲义》,见《刘师培中古文学论集》,陈引驰编校,中国社会科学出版社1997年版,第8页。

的时期。此时文章作者的全部书写都依违于“士大夫”与“文人”的双重身份之间，正是这一身份的双重性与内在冲突，对此期文学的繁盛及种种特征造成了决定性影响。我们来看例证：

蔡邕，汉末最著名的文章之士，诗、赋、耒、铭、碑、赞、连珠、表奏、论议均为人称道，为一时文宗。然而，对于灵帝置鸿都门学，招揽辞赋之土，他却强烈反对，其上封事云：

> 臣闻古者取士，必使诸侯岁贡。孝武之世，郡举孝廉，又有贤良、文学之选，于是名臣辈出，文武并兴。汉之得人，数路而已。夫书画辞赋，才之小者，匡国理政，未有其能。陛下即位之初，先涉经术，听政余日，观省篇章，聊以游意，当代博弈，非以教化取士之本。而诸生竞利，作者鼎沸。其高者颇引经训风喻之言；下则连偶俗语，有类俳优；或窃成文，虚冒名氏。臣每受诏于盛化门，差次录第，其未及者，亦复随辈皆见拜擢。既加之恩，难复收改，但守奉禄，于义已弘，不可复使理人及仕州郡。昔孝宣会诸儒于石渠，章帝集学士于白虎，通经释义，其事优大，文武之道，所宜从之。若乃小能小善，虽有可观，孔子以为“致远则泥”，君子故当志其大者。①

这样一位以文章、书画、辞赋名世的才学之士，却对书画辞赋刻意贬损，谓之“有类俳优”“小能小善”，这说明什么？这说明他的人生理想是要做一位能够建功立业、治国平天下的政治家，或者能格君心之非的帝王师，而这正是传统士大夫心向往之的。早于他的扬雄和稍晚于他的曹植以及后世的李白、杜甫之属，莫不如此。成功的士大夫始终是中国古代读书人的最高理想。孟子提出“天爵”“人爵”之辨以及“道”“势”之辨，看上去是使道德价值高于政治权力，实际上是为了倡导一种“有道德约束的政治权力”，这正是所谓“内圣外王”之道的主要含义之一，“内圣”的目的

---

① （汉）蔡邕：《上封事》，见《后汉书》卷六十下，中华书局1965年版，第1996页。

还在于"外王"。孔子说圣人方能达到"博施于民而能济众"(《论语·雍也》),也是同样的意思。"士之仕也,犹农夫之耕也"(《孟子·滕文公下》),"仕"始终是"士"的人生目标。然而在现实生活中,"内圣外王"与"博施济众"只能是遥不可及的理想,即使做一个有所作为的政治家也是罕有其人,于是士大夫的政治热情就必然发生转移——在先秦两汉之时主要是追求道德完满自足,以此来消解政治理想不能实现带来的焦虑,以维持心理平衡。观孟子"天爵"与"人爵""道"与"势"之论,就是典型的自我安慰,是在政治上失败之后,欲靠道德力量支持心理平衡的一种"自救"手段。到了汉末,随着文章辞赋等书写形式的自然发展,士大夫渐渐在道德之外又寻觅到一种自我实现的方式,那就是文章写作或云文学创作。文章写得好,在士林中可以得到尊敬。特别是灵帝置鸿都门学之后,来自最高层的肯定对于文章之士自然是极大的鼓舞。于是"文人"身份就越来越成熟了。即使如此,那种根深蒂固的"以天下为己任"的士大夫情结依然挥之不去,深深扎根于读书人的心里。特别是当他们于文章写作一途已然辉煌之时,他们的士大夫情结就会强烈起来,对在文章方面已经取得的成绩就会予以鄙视。这是"士大夫"与"文人"身份相冲突的必然表现。看中国古代文人士大夫演变史,凡是在文章方面的成功大于政治方面者,这种身份冲突就表现得强烈些。相反,那些在政治上(仕途上)比较成功的人物,这种冲突就表现得弱一些。其强与弱的程度与两种身份反差的程度成正比。那些诗文写作极为成功,政治上极不得志的人物,这种身份冲突就最为剧烈。曹植、谢灵运、李白、杜甫是最典型的代表。他们都文名满天下,生前已经很受士林崇敬,但似乎从来就没有体会过自我实现的感觉,依然郁闷一生,自认为是失败者。蔡邕、曹植等人以文章大家而轻视文章的矛盾现象,正是这种身份冲突的表现形式。表现于文学思想,则强调文章内容与政教功用乃士大夫身份之体现,强调形式之美则是"文人"身份之体现。二者同样处于矛盾之中,如桓范说:"夫著作书论者,乃欲阐弘大道,述明圣教……故作者不尚其辞丽,而贵其存道也;不好其巧慧,而恶其伤义也。故夫小辩破道,狂简之徒,斐然成文,皆圣人之所疾矣。"[①]盖于桓范的时代,"斐然成文"的"丽辞"已经成为文人的普遍追求,实为时尚,桓范在这里就是站在传统"士大夫"的立场上来批评当下"文人"的。又如皇甫谧说:"古人称不歌而颂谓之赋,然则赋也者,所以因物造端,敷弘体理,欲人不能加也。引而伸之,故文必极美,触类而长之,故辞必尽丽。然则,美丽之文,赋之作也。昔之为文者,非苟尚辞而已,将以纽之王教,本乎劝诫也。"[②]他首先指出了"赋"的功能及其成为"美丽之文"的必然性,随后却又说"纽之王教,本乎劝诫"云云,显得十分突兀,逻辑断裂。如何理解这一现象?作者原本主要是站在"文人"的立场上论说"赋"的特点的,但"士大夫"身份又不知不觉冒了出来,于是出现了行文的不畅,可以说非常典型地显示出两种身份的冲突。

对于汉魏之际的文学家们而言,"士大夫"身份要求他们的文章书写要言之有物、有补于时政;"文人"身份则要求他们的写作要表达个人情趣,有华美辞藻,于是"骨气奇高,辞采华茂"的"建安风骨"就形成了;"士大夫"的用世之志受挫,愤懑郁积之气靠"文人"之笔而出之,于是"梗概多气,志深笔长"的风格就形成了。作为"文人",他们放不下"士大夫"建功立业、做帝王师的恒久志向;作为"士大夫"他们又时时陶醉于雕章琢句、抒情言志的愉悦之中,他们的诗文也就成了这一双重身份及其内在冲突的话语表征。

---

① (三国·魏)桓范:《世要论·序作》,见严可均编《全三国文》卷三十七,商务印书馆1999年版,第389—390页。

② (晋)皇甫谧:《三都赋序》,见《文选》卷四十五,中华书局1977年版,第641页。

第三章　诗学与中国现代学术传统

第一节　中国文论传统的断裂与重建

中国自古以来就有文学,也有文论,但是中国古代的文学与文论与西方十八世纪以来形成的文学与文论相去甚远,故而当长于吟诗作赋的中国传统文人遭遇西方近世的文学与文论之后先是茫然无措,接着便颇有“今是而昨非”之感。于是摆脱秉承了两千多年的旧传统,重建可以与西方文学与文论比肩的新传统,便成为清末民初乃至整个现代文学界一种不容忽视的普遍诉求。这意味着,中国文论传统进入断裂与重建的大变革时期。那么“断裂”究竟意味着什么?“重建”有哪些实绩?我们今天应该如何继承“重建”中国文论传统的历史使命?这对于今日中国学人来说无疑是需要深入反思的问题,因为从某种意义上说,今日中国依然处于相近的文化语境之中。在下面的讨论中，我们将尝试对上述问题进行探索。

一、中国文论传统及其“断裂”

中国文论传统究竟是指什么？概而言之，这一“传统”实际上由两个相对独立的传统构成，一是指肇始于西周贵族文化的“政教”传统，二是形成于汉末魏晋时期的“诗文评”传统。前者主张诗文的使命在于政治教化，是意识形态建构的重要组成部分，从周代贵族的“诗教”“乐教”传统，到孔子的“兴观群怨”说，再到汉儒说诗及“润色鸿业”之说，直至周敦颐的“文以载道”、王安石的“治教政令，圣人之所谓文也”等文学主张，都是这一传统的代表性观点。后者是古代文人趣味的话语形态，关注诗文自身的个性特征以及风格与修辞，把诗文视为个人情趣的表达，从曹丕的“文以气为主”到陆机的“诗缘情”、钟嵘的“吟咏情性”再到严羽的“兴趣”说，明人的“童心”说、“神韵”说、“性灵”说都是这一文论传统的代表性观点[①]。在中国古代千百年的漫长历史中，这两大文论传统相互补充、并行不悖，各自都对文学的发展演变起到了不可或缺的重要作用。大体

---

① 《尚书·尧典》里的“诗言志”之说常常被理解为诗歌是用来表达思想情感的。从字面意思看这种解释不能算错，但是联系具体语境，例如下文“神人以和”的说法，则这里的“志”不一定是指个人的思想情感，与后世的抒情言志不能等量齐观。至少不能把“诗言志”归入由文人雅士为主体的“诗文评”传统。《毛诗序》亦有“吟咏情性”之说，但在经学语境中，这里的“情性”不是指个人情感情趣，而是指“民”对执政者的普遍好恶情绪。后世诗文评传统中的“情”或“情性”才主要是指个人的情感情趣。

观之,两汉之前,是政教传统占据主导地位,魏晋之后则是两种传统各擅胜场、难分轩轾。它们分别代表了古代知识阶层两种身份:士大夫与文人。前者以治国平天下为职志,以“道”的传承为己任,试图借助于诗文的话语建构为社会建立价值秩序;后者则沉浸于玩味个人情趣,极力打造“雅”的诗文形式,并乐此不疲。有趣的是,到了魏晋之后,古代知识人常常是这两种身份交织在一起,同时存在于一人身上,只是随着此人社会境遇的变化而有所侧重而已。应该说,这两种身份具有互补性,使古代知识阶层既可以承担社会责任,充当“立法者”或“传道者”角色,又可以保持个人精神世界的丰富性,成为诗文书画的作者与欣赏者。这正是两大文论传统经久不衰的主体心理原因。

然而到了十九世纪后期,这一切都发生了变化,古老的文论传统出现了“断裂”。从清季黄遵宪、梁启超等由传统文人士大夫向现代知识分子过渡时期的代表人物提倡“诗界革命”“小说界革命”,到陈独秀、胡适等中国第一批现代知识分子的代表人物倡导“文学革命”与“文学改良”,再到王国维、宗白华、朱光潜等中国现代第一批真正具有专业特点的文论家、美学家对文学审美特性的探寻,中国现代文论史上相继出现了多种不同价值取向的文论主张,可谓众声喧哗。在这种众声喧哗之中,中国的古代文论传统,委实遭到重创,可以说是“断裂”了。黄遵宪、梁启超、陈独秀、胡适、王国维、宗白华、朱光潜等人都是从中国古已有之的那个传统走出来的现代新的文论传统的重建者。在他们筚路蓝缕的开拓之功的基础上,一种既不同于古代传统,复有别于西方文论传统的中国现代文论传统渐渐建立起来。尽管在一个多世纪的历史长河中这一传统遭受过种种挫折,但其基本精神从未断绝,以至于今天的文论研究依然受其沾溉。这一基本精神就是四个字——“融汇中西”。陈寅恪尝谓:“其真能于思想上自成系统,有所创获者,必须一方面吸收输入外来之学说,一方面不忘本来民族之地位。此二种相反而适相成之态度,乃道教之真精神,新儒家之旧途径，而二千年吾民族与他民族思想接触史所昭示者也。”①王国维亦云：“余谓中、西二学，盛则俱盛，衰则俱衰。风气既开，互相推动，且居今日之世，讲今日之学，未有西学不兴而中学能兴者，亦未有中学不兴而西学能兴者。”②这种在中西融合的基础上建立新的学术传统的观点在二十世纪二三十年代是具有代表性的。即使表面上主张“全盘西化”的人物，例如胡适，其治学路径与观点，骨子里依然离不开“融汇中西”四个字，例如他的中国哲学史与中国古代小说研究，杜威的科学研究“五步法”固然为其所取法，乾嘉学派的考据方法也同样为其所承继。甚至可以说，“融汇中西”既是中国文论传统“断裂”的原因，又是其结果。这里的逻辑是这样的：西学的进入导致了中国学人对延续千百年的文论传统产生怀疑，但渗透到骨子里的传统文化惯习又不是轻易可以抛弃掉的，于是“融汇中西”就成了唯一选择，甚至不是选择，而是必然结果。这是一代中国学人的宿命，根本无法摆脱，至今犹然。中国学界常常激愤于在国际学术界中没有我们的声音，其实这并不是由于我们的学术了无创新、一无是处，而主要是因为现代学术规则是西方人制定的，我们是后学。在学术上处于优势地位的人是很少重视后学者的观点的。再加上我们主要是用汉语写作，就更使西方学者即使有意了解我们的学术，也是困难重重，只好望洋兴叹了。客观地说，我们有些当代学者，比如研究中西比较哲学的张世英、研究美学与中国文化的李泽厚，在学术视野与思想深度上并不逊于詹姆逊、伊格尔顿之类的“大师”级西方学者，至于研究中国学术的，则有更多的堪称世界一流学者的，可惜我们在整体上的受关注度不够，人家自然对我们的学术就缺乏了解的兴趣与能力了。在这样的语境中，我们所能做的就是严格按照现代学术规范进行我们的学术研究，努力发现问题、解决问题，并且根据研究对象的独特性形成自己独特的研究方法与视角。如此久而久之我们就会形成新的学术传统，就会像中国古代文化那样获

① 陈寅恪：《冯友兰〈中国哲学史〉下册审查报告三》，见冯友兰《中国哲学史》下册，中华书局1961年版，第4页。

② 王国维：《〈国学丛刊〉序》，见《观堂集林》，河北教育出版社2003年版，第702页。

得独特魅力与价值。至于我们的学术在国际学界是否受到重视,那是中国全方位崛起这一系统工程的一部分,是水到渠成的事,不单是学者们奋发努力、呼吁呐喊就可以奏效的。

中国古代文论传统的断裂与现代文论传统之重建在初期原是一体两面的事:断裂的过程就是重建的过程,重建的过程也就是断裂的过程。这一过程表面看是属于文学领域的事,实际上则关联甚广,根系甚深。概而言之,意识形态之革新、知识模式之转换、趣味之丕变是三大直接原因。从这三者入手,我们方能对中国现代文论传统的形成、演变及特征有一个较为真切的了解。

二、意识形态的变革与文论传统的“断裂”和“重建”

中国古代的主流意识形态是统治集团(皇帝、宗室、功臣、外戚、宦官等)与士大夫阶层共同建立起来的,是这两大权力集团相互协商、妥协、共谋的产物,因此也就是二者共同利益的话语表征。士大夫阶层有着双重身份:就其官员身份或者做官的心理预期而言,他们是统治者;就其出身以及相对于君权的权威来说,他们又是被统治者。这种身份的双重性就造成了其言说的双重性:他们常常是被统治者的代言人,要求君主和其他执政者敬天保民、仁民爱物;他们又常常是社会的“立法者”,要求黎民百姓承认既有社会秩序,安分守己。在战国以后的君主官僚政体中,士大夫的向背往往决定一个政权的兴废,故而君主们为了获得士大夫阶层的支持,往往把建构国家意识形态的权力交给他们,士大夫阶层也就成为实际上的“立法者”,他们所制定的价值规则即使对于君主和他们自身也都有着很大的约束力。出于其身份的特殊性,以他们为主体建构起来的意识形态话语系统也就有三个核心词:一是“忠孝”,代表了统治者对被统治者的要求;二是“仁爱”,主要代表了被统治者对统治者的希望与期待;三是“和”,代表了统治者与被统治者对既定社会政治秩序与乡里家族秩序的共同认可。由这三个核心词演绎而成的“三纲五常”(君为臣纲、父为子纲、夫为妻纲;仁义礼智信),既规范着国家君臣上下的政治关系,也规范着家族内部长幼尊卑的伦常关系,所谓“家国一体”,从意识形态角度来看,确非虚言。对于中国古代那样以君主官僚政体、科举制度、文官政府为特征的政治形态与以宗法血亲为纽带的家族形态来说,这种意识形态可以说是极为完善、极为高明而且有效的,因为这种意识形态确实不是凭空想出来的,不是某种政治道德理念的产物,而是直接植根于现实土壤之中,植根于人情事理之中,经过长期修正完善而成了深入人心、根深蒂固之文化“惯习”。停留在话语形态的意识形态是没有意义的,只有成为“惯习”的意识形态才是有效的。然而到了清朝末年,这种延续了千百年的国家意识形态面临着崩坏的危机。

国家主流意识形态的危机往往都是从政治制度动摇开始的。鸦片战争之后,又经历了太平天国和捻军的起义,大清王朝已经摇摇欲坠了,如果没有外来思想的参照,这种情况无非是导致再一次的改朝换代,就像以往多次发生过的情况一样,这对于中国的知识阶层来说是很自然的事情,因为自古以来就是如此。儒家公羊学的“三世三统”之说就是讲王朝更迭的。《易传》也早就有“汤武革命,顺乎天而应乎人”的古训。然而这一次不同了:逐渐接受西方政治思想影响的中国知识精英们不是仅仅怀疑一家一姓王朝的合法性,而是开始怀疑君主官僚政体本身的合法性了。于是与以往的改朝换代不同,清末民初的知识阶层对以“三纲五常”为核心的官方儒学产生了怀疑,而对来自西方的民主宪政思想则心向往之;对于五四前后的知识分子而言,西方资产阶级的“科学”“民主”以及“自由”“平等”思想则成为其意识形态之核心。至于无政府主义、自由主义、形形色色的社会主义以及马克思主义等主张,均可视为这一总体意识形态中的不同分支。无论具体政治主张如何,意识形态的巨大变化都使现代知识阶层产生了一种全新的价值观:来自英、美、法、德以及日本等现代文明国家的文化是先进的、值得效法的,而运行了两千余年的以儒家为代表的中国传统文化是需要批判或改造的。由于中国知识阶层意识形态的革新是在外力逼迫之下的被动选择,彼时中国面临列强入侵、亡国灭种的危机,因此来自西方的种种思想主张往往都被当作自强的工具,其是否合理与恰当倒在其次,居于主导地位的标准乃是否有效。这就意味着,彼时的意识形态建构在很大程度上确实是受到“救亡”动机的牵引与制约的。如果找个“关键词”来标志现代主流知识阶层意识形态之特征,那么大约没有什么比“变”这个词更合适了。无论是“启蒙”还是“救亡”,无论是“革命”还是“改良”,都旨在求“变”。现代知识阶层的共识是:老旧的中国只有“变”才能“强”,才能获得新生,才能立于现代世界民族之林。因此,求新求变就成为彼时意识形态之基调。这种意识形态对现代文学创作以及文论传统的形成无疑具有重要影响。

现代知识阶层的意识形态建构具有复杂性,这表现在它既不是纯粹的西方思想,亦不是中国传统思想,而是一种非今非古、非中非西、亦今亦古、亦中亦西的新的思想系统,这就是一种处于不断建构过程中的中国现代知识阶层的意识形态。中国传统士大夫精神与外来的资产阶级思想观念同为这一意识形态系统中的重要组成部分。尽管那些保守的现代知识分子极力强调“国粹”之重要,要求继承并弘扬传统,但他们依然大量吸收了西方思想因素;尽管那些激进的现代知识分子常常宣称与传统决裂、全盘西化,但骨子里依然流淌着前人的血液。总体观之,现代意识形态有如下三种情形:一是保守派的意识形态,以“现代新儒家”为代表。梁漱溟、张君劢、熊十力、冯友兰等人都坚持以中国传统儒学为本位建构现代中国的国家意识形态。但是他们又无不吸纳西方思想,力求使儒学获得现代性意义。例如张君劢就明确提出“复兴儒学是现代化的途径”。他认为儒家主张“理智的自主”,强调“心的作用与思考”以及对“万物”的理解均有与古希腊哲学相通之处,都可以获得现代意义。① 从张君劢的这一主张中我们不难看出西方思想的踪迹:其“现代化”之说就是以西方现代文明为标尺的,因为按照中国传统社会的固有逻辑来看,是没有现代化

① 参见黄克剑、吴小龙:《张君劢集》,群言出版社1993年版,第495页。

问题的。因此从根本上说，张君劢是要按照西方思想的标准，从传统儒学中找出可以契合的内容，予以发扬之，使之具有现代意义。其所欲建构的意识形态，在伦理道德方面继承儒家，在政治方面接受西方民主精神，因此是一种“嫁接”式的思想系统。其他如梁漱溟、熊十力、冯友兰、贺麟等所谓“新儒家”的主张大抵如此。二是所谓全盘西化者的意识形态。借西方思想来改造中国文化传统，进而改造中国现实政治，以西方发达国家为榜样，使中国跻身于现代国家行列是以胡适为代表的全盘西化论者的基本主张。中国传统文化的“断裂”，就其话语表征而言，主要就体现在这批“全盘西化”派以及与之相类的马克思主义者身上。胡适在价值观上恪守自由与民主，在政治上主张宪政，虽然治了一辈子中国的学问，但基本上没有一句赞扬传统文化的话留下。陈独秀、李大钊都是从旧学中走出的人物，但由于坚持马克思主义社会发展论，把中国传统文化定义为过时的“封建文化”，虽承认其在历史上曾经的价值，对其当下意义却绝对否定，认为经济基础的变化必然导致意识形态的变化，传统文化无论如何辉煌，在当今的经济基础上，也是明日黄花，毫无意义可言。然而即使是如此激烈否定中国传统文化的人，其身上依然流淌着古人的血液。其所建构的意识形态依然是中西融汇的产物。即如他们所共同认同的“三民主义”就是最为集中的体现。作为一种意识形态，“三民主义”可以说是西方民主主义、社会主义与中国古代儒家的“大同”理想、“仁政”思想的结合体，既不是中国传统的，也不是纯粹西方的，是二者的结合。三是调和派的意识形态。清末民初的知识分子，坚持文化保守主义与全盘西化的都是少数人，大多数人都是主张调和中西的。前引王国维、陈寅恪等是从学术研究角度坚持此一主张的，青年时代的鲁迅则从拯救民族国家的角度秉持此说。其云：

中国在今，内密既发，四邻竞集而迫拶，情状自不能无所变迁。夫安弱守雌，笃于旧习，固无以争存于天下。第所以匡救之者，缪而失正,则虽日易故常,哭泣叫号之不已,于忧患又何补矣?此所为明哲之士,必洞达世界之大势,权衡校量,去其偏颇,得其神明,施之国中,翕合无间。外之既不后于世界之思潮,内之仍弗失固有之血脉,取今复古,别立新宗,人生意义,致之深邃,则国人之自觉至,个性张,沙聚之邦,由是转为人国。人国既建,乃始雄厉无前,屹然独见于天下,更何有于肤浅凡庸之事物哉?①

《文化偏至论》写于1906年,是一篇直接系统阐释中西文化优劣的论文,也是鲁迅单篇文章中为数不多的纯学术论文。这篇论文表达了鲁迅关于中国文化与国家命运极为深刻的见解。“外之既不后于世界之思潮,内之仍弗失固有之血脉,取今复古,别立新宗”不仅是一个世纪以前中国知识阶层追求的目标,而且应该是今日中国知识阶层所应追求的目标。鲁迅此论最伟大、最可称道之处在于提出了百年来中国知识阶层的历史使命:在大力吸收外来先进思想的前提下,有选择地继承中国文化传统的合理因素,建立中国现代文化传统。这一文化传统是一种新的建构,其必然是非中非西、亦中亦西的。延绵数千年的中国传统文化虽然灿烂辉煌,却不可原封不动地用之于今日,因为今日中国已非昔日之中国;创造了现代文明的西方文化虽然处于世界主导地位,但同样不能照搬移植于中国,因为中国传统文化的土壤依然深厚。在这种历史语境中,唯有“取今复古,别立新宗”乃为最佳选择。“取今”即吸收外来文化,“复古”即继承传统文化,“别立新宗”即在融汇中西的基础上开创新的文化传统。这一见解也是“学衡派”知识分子的共同主张。以梅光迪、胡先骕、吴宓、柳诒徵等人为代表的“学衡派”是主张融汇中西,建构中国新的文化传统的一派中国学人的代表。此派主张之最有价值者,乃在于强调继承孔子及其所代表的儒学传统中蕴含的人文主义精神,以改造今日日益物化的世界,强调儒家人伦精神、人格理想的现实意义。这是白璧德新人文主义思想在

① 鲁迅:《文化偏至论》,见《鲁迅全集》第一卷,人民文学出版社2005年版,第57页。

中国的应用。新人文主义反对物质主义、科学主义，强调学术研究应追求人文价值、人文关怀，对中国传统文化，特别是儒家文化持有强烈的“了解之同情”，其与胡适所秉承的杜威的实用主义（实质是科学主义）刚好相反，故而“学衡派”对胡适等人所倡导的“新文化运动”亦予以激烈批判。

清末民初以来二种不同立场的知识分子意识形态建构的情况大抵如此，无论选择怎样的路径，其融汇中西的内核是无法改变的。其实知识阶层的意识形态建构是如此，官方的意识形态建构同样如此。无论是国民党还是共产党，其主导意识形态都既不是中国传统的，也不是纯然西方引进的，而是中西融汇的，其区别乃在于继承中国传统部分庶几相近，而引进西方的部分则相差甚远，这就造成了中国现代两大主流意识形态的对立与冲突。

建构中国现代性意识形态是一项伟大的事业，康有为、梁启超、章太炎、王国维、蔡元培、胡适、陈独秀、李大钊、鲁迅、周作人、梅光迪、吴宓，直至当下在中西文化传统的海洋中苦苦寻觅的中国人文学者，都是这一伟大事业的承担者、参与者，就现在而言，这项事业依然是未竟之功，也许还需要更长的时间来完成，但是鲁迅所昭示的这条文化建设之路无疑是正途，是值得一代又一代中国知识分子为之奋斗终生的伟大事业。

在以“积贫积弱”“愚昧落后”为特征的、时时存在“亡国灭种”危机的现代中国，意识形态建设的众声喧哗最终被一个旋律所统摄，这就是“富国强兵，振兴中华”。与这个宏大的目标相比，原本是作为价值理想而存在的各种主义，无论是无政府主义、自由主义还是共产主义都成了手段，因此这种意识形态的特点就呈现为一个核心词：变革。变革就是告别腐朽没落的旧我，迎接朝气蓬勃的新我，唯有变革，中国才有出路，才有希望。

中国现代意识形态建设工程在文学艺术的创作与文论思想上的影响是显而易见的。从黄遵宪的“诗界革命”到梁启超的“小说界革命”，从文学研究社的“为人生而艺术”到鲁迅的“遵命文学”，从左翼作家的“革命文学”到“文化大革命”时期的“为阶级斗争服务”,主张文学为政治服务、为现实服务的文学思想是一脉相承的。这是中国现代主流意识形态的必然产物。在现代文论传统中,我们不难看出中国古代政教思想的影子,“讽谏”“教化”“润色鸿业”“文以载道”之类,应有尽有。由此可知,在意识形态层面上中国现代文论传统的建立同样离不开融汇中西的路子。意识形态主导的文论话语主张把文学作为改造世界的工具,直接以政治的标准来规范文学。把启蒙的或改良的或革命的意识形态直接作为文论主张是此派文论的基本特征。因而往往重视文学的社会作用而忽视其审美价值,故而此派文论未能对文学自身的审美特征、规律进行深入探讨,未能提出新的批评范畴与理念,可以说其文论思想较之其创作实践更显贫乏。这种文论主张就某一特定时期的社会现实而言可能会具有重要的干预作用,是历史进程所必须的,但长远来看,从纯学术的角度衡量,则缺乏深刻的学理内涵,其影响也会随着社会环境的变化而弱化。

三、现代知识形态的形成与文论传统之新建

一个世纪以来的中国,除了主流意识形态处于断裂与重建的过渡之外,知识形态也同样处于从旧传统向新传统的转化过程之中。这一转化过程也同样构成现代文论传统形成的一个重要的前提条件。除了史书记录史实,诗赋吟咏情性,古代文人士大夫在千百年的历史长河中形成了一套较为稳定的言说方式与话语形态,这就是子学与经学的二重变奏。子学以先秦诸子为基点和规范,凡欲独出机杼,有所树立者,皆以子学范式出之;经学以儒家经典为阐释对象,凡欲代圣贤立言或寻觅经典之微言大义者,俱以经学范式出之。由于古代知识阶层所思所想盖不外于人的生命与世间伦理,故而无论子学还是经学,大体乃在于以“立法者”姿态宣讲为人处世之理,而于外在于人的纯物质存在兴趣索然。如此形成的知识形态必然遵循“应该原则”,以善恶是非为评价标准,缺乏“真”与“假”的衡量尺度。表现在言说方式上,自然是独断论的、布道式的,而不重视

逻辑的严密性与自洽性。现代学者谈起中国古代知识阶层的思维方式，以西方的逻辑演绎式思维方式为参照，往往名之曰“类比思维”或“关联性思维”。何以如此呢？在我看来，最主要的原因是中国古人思考一切问题均以“人”自身为本位，以人世间为范围，对天地万物的理解亦均比附于人事，如此则着眼于人与事物某种相通性，论其同而不究其异，这自然就导致了“类比”与“关联”的思维特征，于是直觉、体认、想象与联想也就成了最基本的运思方式，而不大善于运用比较、分析与论证。对此清末民初那些受到西学影响的学人已然有清醒的自觉，梁启超曾云：

我国学者，凭冥想，敢武断，好作囫囵之词，持无统系之说；否则注释前籍，咬文嚼字，不敢自出主张。泰西学者，重试验，尊辩难，界说严谨，条理绵密；虽对于前哲伟论恒以批评的态度出之，常思正其误而补其缺。故我之学皆虚，而彼之学皆实；我之学历千年而不进，彼之学日新月异无已时，盖以此也。[①]

此种见识，即使在一百年后的今天来看，依然堪称切中肯綮之论。清末民初以来，中国知识界渐渐意识西方学术文化之重要，于是效仿西方人的言说方式、思维方式渐成潮流。在此语境中，传统的代圣贤立言、依经立义的知识模式受到冷落，而自出机杼、以逻辑推理的方式寻觅事物道理的论证方式受到重视。在此基础上，知识自身固有价值得到彰显，要求学术独立的呼声也高涨起来，王国维的说法具有相当的代表性：

学术之所争，只有是非真伪之别耳。于是非真伪之别外，而以国家、人种、宗教之见杂之，则以学术为一手段，而非为一目的也。未有不视学术为一目的而能发达者，学术之发达，存在其独立而已。然则吾国今日之学术界，一面当破中外之见，而一面毋以为政论之手段，

① 梁启超：《国民浅训》，见《梁启超全集》第十卷，北京出版社1999年版，第2845页。

则庶几可有发达之日欤![1]

学术的价值就在学术自身,学术就是目的而非手段,清末民初的一流学人大抵有相近主张。章太炎说:“学在求是,不以致用。”[2]即使一生充溢着政治热情的梁启超,也曾经大声疾呼“科学精神”。稍后的胡适更曾发誓二十年不问政治,一心向学。这都显现出一代学人为建立现代学术的努力与雄心。当时西方现代的学科分类开始引进,中国现代意义上的大学相继出现,知识分子专业化趋势日益明显,传统士大夫那种“通经致用”“治国平天下”的政治情怀渐渐为对专业的热衷所替代。以往学问的重要性在于其有用于江山社稷,今日学问的意义就在于追问真相。这是以往所没有的观念,即使是乾嘉学派,其整理古籍、决疑辨伪,最终目的是正本清源,骨子里还是为了有益于世。因之,现代知识形态不同于往古的关键之点在于“求真”成为主旨之一,堪与“致用”倾向并驾齐驱了。抛开治国平天下的理想,放下存心养性、成圣成贤的祈望,认识到学术自身的价值与意义,对于中国现代学术传统来说,这是一件大事,具有划时代意义。在学术评价系统中,不仅有善与恶、好与坏的旧标准,更有了真与伪、是与非的新标准,这对于各门现代学术的建立都至关重要。例如中国文学史、中国文学批评史成为一专门的学问,就有赖于此。中国现代文论传统之不同于古代之诗文评者,亦在很大程度上有赖于此。

如果说学科独立意识是中国现代知识形态生成的主要标志之一,那么学科分类则是学科独立意识的直接成果。中国古代对各种学问门类自有一套分类方式,也呈现出一个历史演变的过程。按照《庄子·天下》的说法,上古时期原本有一个整一的“道术”,后来由于天下动荡而遭到破坏,被“一曲之士”们分裂为各种不同的学术。这就是诸子百家之学。据

---

① 王国维:《论近年之学术界》,见傅杰编《王国维论学集》,中国社会科学出版社 1997 年版,第 215 页。

② 章太炎:《与钟正楙论学书》,见傅杰编《章太炎学术史论集》,中国社会科学出版社 1997 年版,第 67 页。

历史的记载，西周的贵族时代有“六艺”之教，故而“礼乐射御书数”大约可算是中国最早的学科分类了。两汉之时，诸子之学被边缘化，儒学成为主流，但各类学术文化依然有所发展，故而有刘向刘歆父子的“七略”分类。凡属经籍，莫不涵盖。两晋以后，“四部”分类形成，于是“经史子集”便成为中国古代最基本的学科分类模式。应该说，就中国的传统文化学术而言，这种分类是合理的，是符合实际的。西方学术的学科分类也有一个漫长的演化过程，大约到十八世纪后期，自然科学与社会科学彻底分离之后，现代意义上的学科分类方始形成。对于清末民初的中国学界来说，对西方现代学科分类模式的引进就成为改造传统学术的不二法门。1904年张百熙、张之洞等主持修订《奏定学堂章程》，制定“癸卯学制”，提出“八科分学”方案，规定在大学堂以经学、政法、文学、医学、格致、农、工、商八科授学，清亡之后，在北洋政府教育总长蔡元培主持下颁布《大学令》，取消“经学科”，改“格致科”为“理科”，遂成“七科之学”。这可以看作现代学科分类意识在中国官方教育体制中的实绩，至少在形式上已经完全是现代西方的学科分类了。

总之，学术独立意识、求真意识以及现代学科分类构成了中国现代知识形态的基本框架，这种新的知识形态大大促进了中国现代学术发展与新的学术传统的建立，其在文学研究上的表现首先就是“文学概论”“中国文学史”“中国文学批评史”这类知识形态或学术门类的出现。学人们开始把“文学”“文论”作为一个知识领域来系统考查了。这里当然有一个转化的过程，从以传统的文体论、风格论为核心，渐渐转向以文学的基本性质、范围、功能为核心。对“文学”这一词语的界定，也由传统的经史子集无所不包，向着现代文学概念，即小说、戏剧、散文、诗歌之总名转变。以新的知识模式为依托的文论话语主要体现在对传统文论的整理方面，这首先表现在“中国文学批评史”这门学问的建立上。中国古代原有“诗文评”传统，如果从汉末曹丕作《典论》起，至清末止，历时一千七百年之久，著述之丰，卷帙浩繁。然而以“诗文评”为主要研究对象的“中国文学批评史”却是不折不扣的现代学科,是在西方知识模式指导下形成的学术门类。陈中凡、郭绍虞、朱东润、罗根泽、方孝岳等学者通过对“诗文评”及相关材料的发掘与梳理,使之形成统序,建构为一个独立的研究领域。他们的研究主要是以来自西方近代的文学观念为标尺,对古代材料进行取舍,使之呈现一种系统的知识形态。对于现代文论传统的建立来说,中国文学批评史的研究主要作用在于提供可资借鉴的材料,而不在于提供新的学术理念。古代的“诗文评”的作者大都是诗文作者,故其所言说,也就大抵包含着自身创作体会与趣味,是非对象化的,也就常常有独到之处。现代的“文学批评史”作者与古代诗文毕竟隔了一层,不仅不是作者,而且往往也不是真正的欣赏者,在趣味上与古人相去甚远,如此则其言说必然是对象化的,以理性建构与外在梳理为主,自家体贴涵泳而自得者绝少。这也是中国传统“诗文评”话语与现代“中国文学批评史”或“古代文论”话语的根本性差异之一。

四、趣味之丕变与中国现代文论传统之形成

除了意识形态和知识形态,对于现代文论传统的建立至关重要的,亦即真正可以标志古代文论传统之断裂的,是趣味。或者可以说,意识形态与知识形态的巨变最终都要沉淀为趣味的变化才会真正导致文论传统的断裂与重建。我们这里所说的“趣味”有两层含义,一是中国传统意义上的,即品味、情趣、旨趣、兴趣的意思,趣味有高下、雅俗之分。二是西方美学意义上的。我们知道,趣味这个概念在康德美学中居于核心位置。中国的西方美学史研究中所说的“鉴赏判断”“判断力”实际上都是指“趣味”。由于德语的“geschmack”这个词同时有“趣味”与“鉴赏”的含义,而且宗白华先生在翻译《判断力批判》时选择了“鉴赏”这个词,因而后来研究者就习惯于“鉴赏判断”的说法了,其实更准确地说应该是“趣味判断”。趣味是一种主体能力,是人们判断美丑的能力,是人们对一件物品能否产生美感的能力。所以说趣味是审美问题的核心。有了趣味,人才

能成为审美主体。康德美学就是建立在对趣味这种主体能力的反思之上的，正如他的认识论是建立在对纯粹理性与知性的反思，他的伦理学是建立在对实践理性的反思之上一样。康德在《判断力批判》中提出的著名的审美判断的四个契机之说：无利害计较而给人快感；不涉及概念而普遍地使人愉快；无目的的合目的性；不依赖于概念而具有必然性。其实这也就是趣味的四个特点。这些特点表明，趣味不是一种观念系统而仅仅是一种主体心理能力，因此它不是意识形态，因为它没有功利的目的；它也不是知识形态，因为它不借助于普遍的概念。趣味的普遍性和必然性是基于人类"共通感"的存在。"共通感"这个概念在康德的美学中有点神秘色彩，从今天的角度看，作为一种独立心理能力的"共通感"其实是不存在的，康德用这个概念所指涉的其实是趣味的普遍性本身。人是社会的存在，人的各种能力的形成都不仅仅是一个个体问题，而更是一个社会问题，是社会共同体使人成为他所呈现的这个样子。这就意味着，在相近的生活条件下，人们会产生相近的感觉、体验以及对事物的评价标准。因此，尽管趣味判断从来都是个体性的心理活动，但是这种个别的心理活动却有着高度的相近性。对于这种相近性，康德称之为"共通感"。

综合中西文化传统关于趣味的理解，我们可以说，趣味是一种融合着理性与感性、意识与无意识、认知与体验、理解与情感的综合性心理现象，它是整体性的、混沌的，渗透于人们的日常生活，决定着人们对人和事物的美丑妍媸的评判。趣味是文学艺术最为直接的主观心理基础。它既是一种个体性的心理活动，又是一种社会的、阶级的整体心理倾向，不仅决定着个人的文学艺术的创作与欣赏，而且可以决定着某一时代、阶级、阶层、社会集团对文学艺术的整体倾向。从社会学的角度看，按照法国社会学家布迪厄的著名理论，趣味还具有"阶级区隔"的重要功能，对于社会现实具有意识形态与知识话语所无法代替的重要政治作用。

在传统的"断裂"过程中，意识形态和知识形态的变化是剧烈的、明显的，而趣味的变化则往往是潜移默化的、漫长的。常常会出现这样的情况:意识形态已经发生了重大变化,而趣味却还是沿袭着以往的惯习。因此,以趣味为直接心理基础的文学艺术的变化也就呈现复杂状况。例如会有这样的情况:意识形态已经宣布某种传统趣味的不合时宜,并呼唤新的趣味的出现,但传统趣味依然顽强地存在着。有一个比较典型的例子可以说明这种情形:1917 年陈独秀撰写著名的《文学革命论》,其中所谓"三大主义"恰恰就是两种趣味的界说。传统的文人士大夫趣味是"雕琢的阿谀的""陈腐的铺张的""迂晦的艰涩的",现代知识分子的趣味则是"平易的抒情的""新鲜的立诚的""明了的通俗的";传统文学是"贵族文学""古典文学""山林文学",现代文学是"国民文学""写实文学""社会文学"①。两种趣味,两种文学,刚好标志着传统"断裂"前后的两种文学样式。陈独秀的此一文学革命主张在五四前后的知识界引起广泛认同。然而在意识形态上是如此,在实际存在的趣味中却是另外一种情况。无论是激进的陈独秀、李大钊、鲁迅,还是温和的周作人、胡适,抑或是保守的邓实、黄节,他们骨子里都深深地存留着传统文人士大夫的趣味,真可谓根深蒂固,挥之不去!在他们的诗歌、散文、小说乃至杂文、学术论文中我们时时可以看到传统士大夫、传统文人与现代知识分子三种身份的交织隐现。即使在一个世纪之后的今天,传统文人趣味在许多知识分子身上依然留有厚重的印记。

尽管如此,趣味的丕变毕竟是主流。如果说传统文人趣味可以用"雅"字来表示,那么现代知识分子的趣味则可以用"俗"来概括。在古代文学的评价系统中,戏剧和小说无疑处于最低层级,高踞于这一评价系统上层的是诗文。相比而言,后者为雅,前者为俗。到了清末民初,小说的地位迅速提升,在某些知识界的领袖人物(如梁启超)眼中,小说甚至成为文学中最可宝贵者。即使排除梁启超"改良群治"的政治企图,在一般知识阶层眼中,小说也成了最重要的文学样式。例如现代知识分子旧学根底一般较好,大都会写旧体诗,但他们绝不会因此而被称为文学家,但

① 陈独秀:《文学革命论》,见《独秀文存》,安徽人民出版社 1987 年版,第 95—96 页。

如果可以写小说，而且写得好，那就是文学家了。小说地位的提升正是“雅”的趣味让位于“俗”的趣味的重要标志。其他如白话文取代文言文、文学大众化诉求、劳工神圣的主张等等，都标志着趣味的变化。

在论及意识形态与趣味对文学观念的影响时，有一个问题需要特别说明：尽管按照一般逻辑，意识形态需要转化为趣味之后才能真正成功地进入文学之中。但实际上意识形态往往可以绕过趣味直接进入文学理论话语甚至文学作品中。作者在作品中通过人物直接宣讲自己的政治、宗教或道德主张在现代文学中可以说是司空见惯的现象。这种情形其实不能代表趣味的转变。只有那种已经融化在作品的情节、人物、场景、细节中的感觉经验或体验，才是真正的趣味。

除了意识形态、知识形态和趣味三个层次之外，我们对中国文论传统之“断裂”与“重建”的反思还可在学术话语和思维方式两个层面展开，限于篇幅，这里暂付阙如。

五、现代文论传统之格局

中国现代的思想文化界确实是众声喧哗的，有近于春秋战国时期的百家争鸣。特别是各种意识形态主导下的文学思想此起彼伏、争奇斗艳，但真正对现代文论传统的建立厥功至伟的是以趣味的转变为基础，融汇中西两种传统而提出新的文论主张的一派，只有他们的文学思想可以沉淀到新的文论传统之中，成为其组成部分。这一派的代表者是王国维、宗白华和朱光潜。

王国维在现代文论史上具有奠基者的地位，他的贡献是多方面的。对于中国现代文论传统的建立来说，王国维文论话语的主要特点与贡献是试图从本体层面上探寻文学艺术的奥秘，试图弄清楚文学艺术最根本的决定性因素和特质是什么。这种学术兴趣主要来自西方文论。中国古代虽亦有“诗言志”“诗缘情”之类的命题，亦有“发愤著书”“不平则鸣”之类关于文学创作动机的理解，但根本言之，无疑是经验层面的言说，并非“探其本”的思考。王国维在德国古典美学的基础上对这一问题有根本性突破。他从主观与客观两个角度对文学本体问题予以解说,就客观而言,是“真”或“真理”;就主观而言,则是“欲”和“势力”。我们先看前者,其云:

> 天下有最神圣、最尊严而无与当世之用者,哲学与美术是已。天下之人嚣然谓之曰无用,无损于哲学美术之价值也。至为此学者忘其神圣之位置,而求以合当世之用,于是二者之价值失。夫哲学与美术之所志者,真理也。真理者,天下万世之真理,而非一时之真理也。其有发明此真理(哲学家),或以记号表之(美术)者,天下万世之功绩,而非一时之功绩也。唯其为天下万世之真理,故不能与一时一国之利益合,且有时不能相容,此即其神圣所存也。①

文学艺术的神圣价值不是来自一时之用,而是来自其所表征的“天下万世”之真理,这就对文学艺术给予了本体论层面的界定,也就给它以至高无上的地位了。中国古代虽然亦有“道之文”的说法,但似乎并未在本体论上为文学确立位置,在古人眼中,诗文或者是政教的工具,或者是文人闲情逸致的表达,从未赋予其发现真理、表达真理的使命。王国维始终反对以“有用”“无用”衡量学术,认为“学无新旧也,无中西也,无有用无用也”,只有“不学之徒”才会妄分新旧、中西、有用无用。② 这种见解,在“启蒙”与“救亡”双重变奏的时代思潮的巨大轰鸣声中,自然是微弱细小的声音,但从学术发展角度看,自有其恒久的意义。王国维引进了“真”或“真理”的维度,对于现代文论传统的建立具有极为重要的意义:人们开始把文学问题作为一种客观的知识系统来探寻了,不论有用与否,唯真是求。这种新的价值取向表现在王国维的文论话语之中,便是其对“境

① 王国维:《论哲学家与美术家之天职》,见周锡山编校《王国维文学美学论著集》,北岳文艺出版社1988年版,第34页。

② 王国维:《〈国学丛刊〉序》,见《观堂集林》,河北教育出版社2003年版,第702页。

界”或“意境”的重新阐释。

意境和境界都是中国古代“诗文评”中早已有之的词语。“境界”一词作为日常词语原有疆界、境况之义，后来这个词受到佛学影响，获得了事物或人的精神所居之层次或达到的高度的意思。在“诗文评”中，“境界”一词偶尔被用来指诗文中呈现的一种情景状态，与“意境”同义。“意境”这个词语在唐宋之后常常被用之于“诗文评”中，特别是明清之时使用较为广泛，意指在诗文中呈现出的一种可见的景物和可感的体验相交融的状态。王国维借用这两个古已有之的词语是要表达自己关于文学艺术之根本特性的理解，用他的话来说叫作“探其本”。从唐宋以降，古代“诗文评”开始试图寻觅诗文的最有价值、最根本性的特质，并以某一词语代表之，严羽拈出“兴趣”，李贽拈出“童心”，袁宏道兄弟拈出“性灵”，王士祯拈出“神韵”，翁方纲拈出“肌理”等，而在王国维看来，“兴趣”“神韵”等等，均不如“境界”二字更确当，更能揭示诗文之根本特性。应该说这两个词语在“诗文评”系统中原本并没有特别的意义，是王国维为之注入了新的内涵才使之重要起来的，这新的内涵就是得之于德国古典美学的“真”和“直观”。“真”是西方美学传统的基本价值，有两层含义，一是描写对象的准确性，二是表达情感的真实性，简称自然的真实与情感的真实。在王国维这里就是“真景物”“真感情”。他说：“故能写真景物、真感情者，谓之有境界，否则谓之无境界。”①因为只有这样的诗文方能做到“其言情也必沁人心脾，其写景也必豁人耳目”。“直观”或“直觉”是叔本华哲学的重要范畴，在叔本华看来，世界的本体是一种非理性的存在，因而人们不能靠理性认知而只能靠直觉体验才能把握到它。王国维接受叔本华直观说在文论方面的主要体现就是对“隔”与“不隔”的辨析。所谓“语语都在目前，便是不隔”②，是说诗歌描情状物真切自然，令人忘却语

① 王国维：《人间词话》第六则、第五十六则，见周锡山编校《王国维文学美学论著集》，北岳文艺出版社1988年版，第350页、第365页。

② 王国维：《人间词话》第六则、第五十六则，见周锡山编校《王国维文学美学论著集》，北岳文艺出版社1988年版，第359页。

言的载体,直接感受到诗中所言之物。我们不难看出,所谓"真景物""真感情"与"不隔"是密切相关的,就是说,只有诗的语言"不隔",才会产生"真"的效果,如果诗的文字阻隔了人们的注意,无论是情是景,都谈不到"真"了。这就意味着,王国维的"境界"说,最根本处乃一个"真"字。

毫无疑问,在王国维这里,这一"真"的观念是得于西方,特别是受德国古典哲学和美学的启发的,但是似乎不能说就是照搬而来。何以见得呢?因为"真景物"与"真感情"之说在中国古代"诗文评"话语系统中是久已存在的,而且占据重要位置。《庄子》云:"真者,精诚之至也。不精不诚,不能动人。"①刘勰说:"故为情者要约而写真,为文者淫丽而泛滥。"②刘熙载说:"盖文惟其是,惟其真。舍是与真,而于形模求古,所贵于古者果如是乎?"③又:"诗可数年不作,不可一作不真。"④这是对"真"的要求。王夫之说:"'池塘生春草''蝴蝶飞南园''明月照积雪',皆心中目中与相融浃,一出语时,即得珠圆玉润;要亦各视其所怀来,而与景相迎者也。"又:"'僧敲月下门',只是妄想揣摩,如说他人梦,纵令形容酷似,何尝毫发关心?知然者,以其沉吟'推敲'二字,就他作想也。若是即景会心,则或'推'或'敲',必居其一,因景因情,自然灵妙,何劳拟议哉?'长河落日圆'初无定景;'隔水问樵夫',初非想得。则禅家所谓'现量'也。"又:"身之所历,目之所见,是铁门限。"⑤这都是讲"直觉"或"直观",而且是真正的"艺术直觉"或"艺术直观"。因为关于"真景物""真感情"以及"直观"的思想中国古已有之,我们就不能说王国维提倡此说是对西人的照搬。当然,我们也不能否认德国古典哲学与美学对王国维影响的重要性,因为如果没有对康德、叔本华的借鉴,王国维就不会提出以"真景物""真感情"以及"隔与不隔"为核心的"境界"说。故而我认为比较恰

① 《庄子·渔父》,《诸子集成》第三册,上海书店1987年版,第446页。

② (南朝·梁)刘勰:《文心雕龙·情采》,见范文澜《文心雕龙注》,人民文学出版社1958年版,第538页。

③ (清)刘熙载:《艺概·文概》,上海古籍出版社1978年版,第46页。

④ (清)刘熙载:《艺概·诗概》,上海古籍出版社1978年版,第55页。

⑤ (清)王夫之:《姜斋诗话》,见《清诗话》,上海古籍出版社1963年版,第8页、第9页。

当的理解是这样的：德国古典美学使王国维对中国古已有之的“真”和“直觉”观点空前重视了，通过建构“境界说”而大大提升了它们在中国诗学话语系统中的位置，使较之高古、飘逸、清新、雅丽、神思、感物等固有概念更加凸显。或者说，由于借鉴了德国古典美学，王国维拈出在中国古代诗学话语系统中一般性概念或思想，给其注入新的含义，把它改造成核心概念。应该说以“真景物”“真感情”以及“不隔”为基本特征的“境界”是一个新的诗学概念，不再是中国古代佛家经典中的那个词语所指涉的概念，也不再是唐以后诗文评话语中那个词语指涉的概念。但是这个新的诗学概念不是对康德、席勒、叔本华的照搬或移译，而是一种新的创造，是融汇中西诗学传统的创造，因而属于中国现代新的文论传统的一部分。事实上，百年来，中国学界一直把王国维的“境界说”当作中国新的文论传统来继承并发扬，宗白华、朱光潜、李泽厚等大批学人都对这一新的文论传统的形成贡献了力量。王国维的“境界说”启发我们，中国古代诗学或文论话语系统中的蕴含极为丰富，有着不同的价值取向，标志着不同层级的趣味，其中哪些可以用之于今日，哪些已经成为明日黄花，需要以外来文学观念和中国当下文学现实为参照，可激活而赋予新意者、可改造而利用者，所在多有。

王国维试图融合古今中西建构现代新的文论话语的伟大动机还表现在他提出的“古雅”之说上。1907 年王国维发表《古雅之在美学上之位置》一文，提出“古雅”说。王国维此说是针对康德的“天才说”而发的。在康德看来，艺术是天才的创造，王国维认为有一种作品，不是天才所制作，也不是任何实用之物，看上去却与天才的创作一般无二，他将这类作品命名曰“古雅”。其云：

故除吾人之感情外，凡属于美之对象者，皆形式而非材质也。而一切形式之美，又不可无他形式以表之，惟经过此第二之形式，斯美者愈增其美，而吾人之所谓古雅，即此种第二之形式。即形式之无优美与宏壮之属性者,亦因此第二形式故,而得一种独立之价值,故古雅者,可谓之形式之美之形式之美也。①

王国维受了西方传统美学思想的影响,认为美的东西必然表现在形式上,而艺术美则是对自然存在的形式美的再创造,是形式的形式。而且即使自然中算不上美的事物,如果经过此一再形式化过程,也会带上一种特别的意味。所以所谓"古雅"是指艺术形式所特有的那种性质与魅力,近似于俄国形式主义所说的"文学性",而王国维所说的形式上原不够美的自然物,经过艺术形式的再现,也会获得"一种独立之价值",与俄国形式主义的陌生化理论亦有暗合之处。可见在这里王国维发现的是一个重要的美学与文艺理论问题,"古雅"是一种"原质",是康德所说的"优美"与"崇高"都不可或缺的"原质",却又不属于"优美"与"崇高"范围而具有独立性质。因此"古雅"实为决定着艺术之成为艺术的那种独一无二的性质。所以即使不是天才,如果借用艺术形式来表现自然事物,也给人以美的感觉,是艺术形式本身所具有那种"原质"赋予了其作品以美的性质。

王国维的"境界说"主要是试图从根本上解决诗歌的本质问题,而"古雅"说则主要是试图从根本上解决艺术的本质问题,都是"探其本"的思考。"古雅"说以康德美学为依托,为凭借,吸收了中国古代诗文书画等方面的欣赏经验,构成了自己对艺术形式之本体意义的深度思考,不仅是对中国现代文论传统的一大贡献,而且是对人类美学研究的一大贡献。只是与在现代中国语境中的任何言说,囿于汉语和中国学术话语的边缘地位,都无法引起世界性影响一样,王国维的"境界说"和"古雅说"也只有在国内学界获得应有的肯定。令人遗憾的是,同样的原因,使中国学人只看见西方学者的新理论,根本无视中国学人的戛戛独造,在这种自我否

① 王国维:《古雅之在美学上之位置》,见周锡山编校《王国维文学美学论著集》,北岳文艺出版社 1988 年版,第 38 页。

定、自我无视的语境中，中国想要产生具有国际影响力的学者与学术，那无异于痴人说梦！

与王国维不同，宗白华对中国现代文论传统之建立的贡献不是提供本体追问，而是提供了一种美学的或艺术的理想。首先，宗白华的美学与文论建构是建立在一个宏大的理论构想之中的，这就是在融汇中西的基础上建设新的人类文化传统。中国现代文化传统的建设自然寓于这一宏大构想之中。如此宏图远志，在积贫积弱、愚昧落后的现代中国的历史语境中显得极为难能可贵！他说：

> 我们现在对于中国精神文化的责任，就是一方面保存中国旧文化中不可磨灭的伟大庄严的精神，发挥而重光之，一方面吸收西方新文化的精华，渗合融化，在这东西两种文化总汇基础之上建造一种更高更灿烂的新精神文化，作世界未来文化的模范，免去东西两方文化的缺点、偏处。这是我们中国新学者对于世界文化的贡献，并且也是中国学者应负的责任。因为现在东西文化都有缺憾，是人人晓得的，将来世界新文化一定是融合两种文化的优点而加之以新创造的。这融东西文化的事业以中国人最相宜，因为中国人吸取西方新文化以融合东方比欧洲人采撷东方旧文化以融合西方，较为容易。以中国文字语言艰难的缘故，中国人天资本极聪颖，中国学者心胸思想本极宏大。若再养成积极创造的精神，不流入消极悲观，一定有伟大的将来，于世界文化上一定有绝大的贡献。①

宗白华这篇文章发表于1919年11月，正是五四运动如火如荼之际，激进之士争相否定传统文化，必欲弃绝之而后快。在这样的历史语境中，宗白华的见解是极为高明的。即使对于近百年后的今日学人，依然具有

---

① 宗白华：《中国青年的奋斗生活与创造生活》，见金雅主编《中国现代美学名家文丛·宗白华卷》，王德胜编选，浙江大学出版社2009年版，第20页。

极大的激励与启发意义。由于有了这样高远宏大的志向,宗白华的美学与文论话语也能卓然高标,为我们提供了一种不同凡响的理论见解。其最核心之处即在于结合人生理想、人生意义来考察文学艺术的审美价值。宗白华继承了中国古代儒释道文化的人格理想,同时又吸收了西方近代的人文精神、人文理想,希冀一种美好而健全的文化人格。在他看来,大诗人歌德庶几堪称此种文化人格的表率。因为歌德“就人类全体讲,他的人格与生活可谓极尽了人类的可能性。他同时是诗人、科学家、政治家、思想家,也是近代泛神论信仰的一个伟大代表。他表现了西方文明自强不息的精神,又同时具有东方乐天知命宁静致远的智慧……我们可以说歌德是一扇明窗,我们由他窥见了人生生命永恒幽邃奇丽广大的天空”①! 宗白华向往着哥德式的人生境界,向往着“兴趣与工作一致,人格与事业一体。一切皆发于心灵自由的表现,一切又复返于人格心灵的涵养与增进”②的生存状态。然而在现实社会中,人们或者挣扎于穷困悲惨的境遇,或者竞争于名利之途,鲜有歌德这样达于自我实现境界的人物,于是宗白华在艺术中看到了人生的理想状态。他论中国古代艺术云:

人生里面的礼乐负荷着形而上的光辉,使现实的人生启示着深一层的意义和美。礼乐使生活上最实用的、最物质的衣食住行及日用品,升华进端庄流丽的艺术领域。三代的各种玉器,是从石器时代的石斧石磬等,升华到圭璧等等的礼器乐器。三代的铜器,也是从铜器时代的烹调器及饮器等,升华到国家的至宝。而它们艺术上的形体之美、式样之美、花纹之美、色泽之美、铭文之美,集合了画家书家雕塑家的设计与模型,由冶铸家的技巧,而终于在圆满的器形上,表出民族的宇宙意识(天地境界)、生命情调,以至政治的权威、社会的

① 宗白华:《歌德之人生启示》,见金雅主编《中国现代美学名家文丛·宗白华卷》,王德胜编选,浙江大学出版社2009年版,第35页。

② 宗白华:《席勒的人文思想》,见金雅主编《中国现代美学名家文丛·宗白华卷》,王德胜编选,浙江大学出版社2009年版,第61页。

亲和力。在中国文化里，从最低层的物质器皿，穿过礼乐生活，直达天地境界，是一片混然无间、灵肉不二的大和谐、大节奏①。

所谓“天地境界”原是冯友兰在《新原人》中对中国古代最高人格理想的概括，宗白华认为“这是中国人的文化意识，也是中国艺术境界的最后依据”。在诠释《诗纬》的“诗者，天地之心”一语时，他说：“山川大地是宇宙诗心的影现；画家诗人的心灵活跃，本身就是宇宙的创化，它的舒卷取舍，好似太虚片云，寒塘雁迹，空灵而自然！”在他看来，天地自然与诗人的心灵契合为一，了无间隔，在这里，他依据中国古人的人格理想来考量艺术作品之意蕴的思路就清晰地展示了出来。艺术意境的创造恒赖诗人、艺术家人格之涵养，而人格涵养又恒赖于天地自然的契合玄通，这是中国古代诗文书画的奥秘之所在，也是宗白华的“人生艺术化”的人格理想之所在。我们从这里固然也看到了康德、歌德、席勒乃至法国唯美主义的印记，但是其主调是中国式的，是中国古代文人士大夫人格精神的体现，是中国古代诗文书画最高旨趣的体现。如果非要说宗先生的见解是照搬德国古典美学的，那实在是有失公允了。

朱光潜也是一位“生活艺术化”论的提倡者，也在某种程度上受到唯美主义的影响，但他与宗白华不同之处在于，其对于现代文论传统建设的主要贡献乃在于对包括文艺创作与欣赏在内的一切审美活动内在机制的深入剖析上。对此我们可以通过对其若干关键词的使用来予以考察。

趣味这个概念在朱光潜这里有重要意义。文学艺术何以会有高下分别？不同时期、不同地域的文学艺术何以会迥然不同？造成这些差异的原因何在？在朱光潜看来，这里的决定性因素是趣味。他说：

文学作品在艺术价值上有高低的分别，鉴别出这高低而特有所

① 宗白华：《艺术与中国社会》，见金雅主编《中国现代美学名家文丛·宗白华卷》，王德胜编选，浙江大学出版社2009年版，第69页。

好,特有所恶,这就是普通所谓趣味。辨别一种作品的趣味就是评判,玩索一种作品的趣味就是欣赏,把自己在人生自然或艺术中所领略的趣味表现出就是创造。趣味对于文学的重要于此可知。文学的修养可以说就是趣味的修养。①

这就意味着,不仅仅文学艺术的差异是由趣味决定的,而且关于文学艺术的创作、欣赏、评价根本上也都是由趣味所决定。那么趣味何以有如此重要的意义呢?在朱光潜看来,这是因为趣味不是可有可无的爱好、兴趣,而是人的生命体验,与人的生存息息相关。他说:

趣味是对于生命的彻悟和留恋,生命时时刻刻都在进展和创化,趣味也就要时时刻刻在进展和创化。水停蓄不流便腐化,趣味也是如此。……艺术和欣赏艺术的趣味都必有创造性,都必时时刻刻在开发新境界。如果让你的趣味围在一个狭小圈套里,它无机会可创造开发,自然会僵死,会腐化。一种艺术变成僵死腐化的趣味的寄生之所,它怎能有进展开发?怎能不随之僵死腐化?②

这真是不刊之论!趣味是人的生命体验,是人的生存境遇的产物,有怎样的存在状态就会产生怎样的趣味,具体说,个人的资秉性情、身世经历与其所接受的传统习尚都会对其趣味产生决定性影响,进而影响到他的艺术创作与欣赏。因此只有培养出高尚纯正的趣味,才能创作和欣赏真正的艺术作品。换言之,在朱光潜这里,对于文学艺术来说,趣味是较意识形态、知识形态更直接、更具决定性的主体因素。

审美活动是一种特殊的心理活动,往往需要"收视反听""涤除玄览"

① 朱光潜:《文学的趣味》,见金雅主编《中国现代美学名家文丛·朱光潜卷》,宛小平编选,浙江大学出版社2009年版,第205页。

② 朱光潜:《谈读诗与趣味的培养》,见金雅主编《中国现代美学名家文丛·朱光潜卷》,宛小平编选,浙江大学出版社2009年版,第203页。

方可。简言之,就是放弃人世间的功利目的、利益关怀,用一种纯然旁观、超然的态度审视对象、体味对象,即所谓“澄怀味象”。这是一种审美心境,朱光潜认为老庄的“抱朴守一”“心斋”与西方哲学与宗教学中所说的“观照”就是针对这一审美心境而言的,他说:

道家老庄并称。老子抱朴守一,法自然,尚无为,持清虚寂寞,观“众妙之门”,玩“无物之象”,五千言大半是一个老于世故者静观人生物理所得到的直觉妙谛。他对于宇宙始终持着一个看戏人的态度。庄子尤其是如此。他齐是非,一生死,逍遥于万物之表,大鹏与鲦鱼,姑射仙人与庖丁,物无大小,都触目成象,触心成理,他自己却“凄然似秋,暖然似春”,哀乐毫无动于衷。他得力于他所说的“心斋”;“心斋”的方法是“若一志,无听之以耳,而听之以心”,它的效验是“虚室生白,吉祥止止”。他在别处用了一个极好的譬喻说:“至人之用心若镜,不将不逆,应而不藏。”从这些话看,我们可以看出老子所谓“抱朴守一”,庄子所谓“心斋”,都恰是西方哲学家与宗教家所谓“观照”(contemplation)与佛家所谓“定”或“止观”。不过老庄自己虽在这上面做功夫,却并不想以此立教,或是因为立教仍是有为,或是因为深奥的道理可亲证而不可言传。①

道家要体悟天地自然之道,需要“致虚极,守静笃”,禅家要顿悟,需要摒除心中无妄杂念,基督教徒也需要长期的静坐默想才可以感受到上帝的存在,哲学家同样需要静心沉思才可以理解天地万物的奥秘。可见“观照”是一种洞见与彻察,即所谓“默识玄通”,人类高层次精神生活是不可须臾离之的。那么对于文学艺术呢?其重要性更是无以复加:

---

① 朱光潜:《看戏与演戏——两种人生理想》,见金雅主编《中国现代美学名家文丛·朱光潜卷》,宛小平编选,浙江大学出版社2009年版,第9页。

最后,谈到文艺,它是人生世相的返照,离开观照,就不能有它的生存。文艺说来很简单,它是情趣与意象的融会,作者寓情于景,读者因景生情。比如说,“昔我往矣,杨柳依依,今我来思,雨雪霏霏”一章诗写出一串意象、一幅景致,一幕戏剧动态。有形可见者只此,但是作者本心要说的却不只此,他主要地是要表现一种时序变迁的感慨。这感慨在这章诗里虽未明白说出而却胜于明白说出;它没有现身而却无可否认地是在那里。这事细想起来,真是一个奇迹。情感是内在的,属我的,主观的,热烈的,变动不居,可体验而不可直接描绘的;意象是外在的,属物的,客观的,冷静的,成形即常住,可直接描绘而却不必使任何人都可借以有所体验的。……所以我们尽管有丰富的人生经验,有深刻的情感,若是止于此,我们还是站在艺术的门外,要升堂入室,这些经验与情感必须经过阿波罗的光辉照耀,必须成为观照的对象。由于这个道理,观照(这其实就是想象,也就是直觉)是文艺的灵魂;也由于这个道理,诗人和艺术家们也往往以观照为人生的归宿。①

如果说文艺创作和欣赏的主观动力是趣味,那么其必须的主观条件便是观照。缺乏丰富而高雅的趣味无法产生创作与欣赏的冲动,而缺乏观照的心境则无法进入创作与欣赏的状态,对于包括艺术创作与欣赏在内的一切审美活动来说,趣味与观照都是必不可少的前提。朱光潜无疑是抓住了审美心理机制的两个关键环节。然而,一个人有了丰富的趣味,也获得了观照的心境,接下来如何呢?他如何把内在的趣味与情感和外在景物联系起来呢?于是朱光潜强调了“移情”在审美活动中的重要作用。可以说,“移情”说在朱光潜的美学体系中占据着核心的位置,因为趣味和观照都是审美的前提条件,虽然极为重要,却还不是审美活动的具

① 朱光潜:《看戏与演戏——两种人生理想》,见金雅主编《中国现代美学名家文丛·朱光潜卷》,宛小平编选,浙江大学出版社2009年版,第13页。

体心理过程，而移情则是把内在趣味与情感和外在景物融为一体的心理机制，因而也就是艺术意象、意境、韵味产生的具体过程。如此看来，在朱光潜的美学话语中，趣味、观照、移情乃是三个相互关联的重要环节，它们共同构成了人的审美活动的心理过程与机制。

朱光潜的美学与文论思想毫无疑问是得之于西方美学思想的影响，例如"趣味"主要来自于康德美学，"观照"主要来自于古罗马时期的新柏拉图主义和中世纪的宗教神学，"移情"则主要来自十九世纪德国美学家费肖尔父子和里普斯等人。但是我们却不能因此而认为朱光潜完全照搬了西方美学思想，这里同样有一个重构的过程。他在思考"趣味"的时候，用来印证这一概念的是贾岛的诗、秦观的词，是白居易的《长恨歌》、王实甫的《西厢记》，那么在他这里这个概念就涵盖了中国传统审美经验，已经不是一个纯粹的西方美学的概念了。"观照"这个汉语词原本是佛教用语，作为对"contemplation"一词的翻译，依然带上了佛学的意味，更何况在具体阐释这个词的含义时，大量引用了《论语》《老子》《庄子》呢！可见朱光潜心目中的"观照"是融汇了中西语义的。"移情"说同样如此，中国传统诗论、画论中有大量相关记载，它们都为朱光潜理解并阐释这一概念提供了支持。这种中西融汇的学术路径当然是一种自觉的选择，但从另一个角度看，也是一代学人无法摆脱的宿命。

第二节　现代以来中国文学评价标准的建立与演变

现在人们似乎很少谈论"文学评价标准"这样的问题了。这大约是因为受到后现代主义思潮的影响，研究者对于"本质""规律""原则""标准"这类概念都抱有足够的警惕，生怕一不小心掉进"宏大叙事""本质主义"或"一元论"的陷阱之中。然而在具体研究过程中人们就会发现，有些东西是绕不过去的,“文学评价标准”问题就是如此。对文学的美丑妍媸、优劣高下倘若没有一个判断的标准,任何文学理论的言说都将无法展开。在这个“趣味”的世界里,价值是多元的,人们都是秉持某种价值观来评价作品的。那么对于我们当下的文学理论与批评来说,怎样的文学评价标准才是合理的呢?它又是如何建立起来的呢?在下面的讨论中我将对这些问题给出自己的粗浅看法,以就教于学界同仁。

一、对西方“文学独立”意识与文学评价标准的接受

批评标准问题根本上也就是审美趣味的问题,而审美趣味或者一定的“趣味结构”应该属于“长时段”范畴的问题,故而谈论趣味就不能不追溯久远的历史。从文学史和文学批评史的角度看,中国的文学评价标准曾经有过几次重大的历史转折。一般而言,在东汉中叶之前“文”或者“文学”乃概指一切文献典籍,凡著于竹帛者均可涵盖。其评价标准虽有差异,但就其主流言之,则“言之无文,行而不远”(《左传》)、“文质彬彬”(《论语》)、“实诚在胸臆,文墨著竹帛,外内表里,自相副称,意奋而笔纵,故文见而实露”(《论衡》)等文质相符之论,堪称普遍准则。东汉中叶以后诗文“表情达意”功能渐渐凸显,人们对文学的审美特征越加重视,而“丽”“雅”“清”“藻饰”等词语渐渐在谈诗论文中普遍使用,文学评价标准从“文质”并举向着“文”的一面倾斜。于是有了曹丕的“诗赋欲丽”、陆机的“诗缘情而绮靡”之说,直至萧统选文,终于以“事出于沉思,义归乎翰藻”为标准。此后历朝历代的诗文观虽然多有反复,常常在趋新与复古之间摇摆,但大体形成了中国独有的文学评价标准,那就是无论记事、抒情还是说理,在强调“载道”或“风神气韵”的前提下,无不讲求形式之美,或标偶文韵语,或倡气盛言宜,或主事信言文,不一而足。千百年间,中国古代文学家们创作了无数脍炙人口的优秀诗文作品,形成了中国固有的文学评价标准,自成一体,自有统序,广大而精微,如长江大河,延绵不绝,世上罕有其匹。

然而到了20世纪，事情发生了变化。随着西学的引进，西方18世纪与19世纪之交方始形成的现代文学观念开始冲击中国固有的文学评价标准。于是什么是“文学”，“文学”有什么用以及如何评判作品的优劣高下都成了需要重新讨论的问题。围绕这些问题，现代学人出现了多种迥然不同的选择，他们各自的主张及相互间的交锋构成了中国现代文学理论与批评传统的形成过程，也开启了中国文学现代性的历史进程。

“西学东渐”是清末民初中国最重要的文化现象，一大批中国学人自觉接受了西学的影响，在文学上自然也就有人主张以西方的标准来考量中国古老的文学传统。例如胡适就认为中国两千年间文人创作的文学都是死的，对今天已经毫无意义[①]。于是自然就把西方文学视为效法的榜样了。这当然有一个过程。先是小说的价值得到空前高扬。我们知道，在中国古代，诗文乃文学之正宗，小说、戏曲之类的叙事性作品难登大雅之堂。例如从目录学角度看，在传统的“诗文评”类目中，就始终没有小说、戏曲的位置。在西方文学史上则不然，自古希腊直至文艺复兴，戏剧一直占据文学之主流地位，到了19世纪，则小说取而代之，虽然诗歌也曾经受到极高的重视，但叙事性作品始终没有被冷落过。在西学的影响下，中国学人在19世纪与20世纪之交开始对小说的价值重视起来。严复、夏曾佑于1897年发表《国闻报馆附印说部缘起》一文，认为：“说部之兴，其入人之深，行世之远，几几出于经史上。而天下之人心风俗，遂不免为说部之所持。……且闻欧、美、东瀛，其开化之时，往往得小说之助。”[②]狄平子于1903年发表的《论文学上小说之位置》一文则说：“吾昔见东西各国之论文学家者，必以小说家居第一，吾骇焉。……小说者，实文学之最上乘也。”[③]当然，其中影响最大的还是梁启超那篇著名的《论小说与群治

① 胡适：《建设的文学革命论》，1918年4月《新青年》第四卷第4号。

② 严复、夏曾佑：《国闻报馆附印说部缘起》，见舒芜、陈迩冬等编《中国近代文论选》上册，人民文学出版社1959年版，第200页。

③ 狄平子：《论文学上小说之位置》，见严复、夏曾佑：《国闻报馆附印说部缘起》，见舒芜、陈迩冬等编《中国近代文论选》上册，人民文学出版社1959年版，第234页。

之关系》,在梁启超看来,举凡道德、宗教、政治、风俗、学艺、人心、人格之革新,均需从小说革新开始,因为小说对人心有着不可思议的支配作用。自清末民初一批学人高扬小说的价值以后,在此后百年间的中国文学史上,小说成为文学的主流。影响所及,治中国古代文学史者,也对小说、戏曲给予了空前的重视。

来自西方文学观念的影响除了小说、戏剧地位的大幅度提升之外,更有学科独立意识、文学独立性乃至"纯文学"诸种主张的提出。这里颇有代表性的是北大教授朱希祖的《文学论》一文。该文发表在 1919 年《北京大学月刊》第一卷第 1 号上。文章开宗明义地指出:中国学者谈论文学常常是以语言文字为基准,故而有关于骈体散体的论争,有关于文章修辞方面的论争,但对于文学最根本的问题,即文学之所以为文学的独特性质缺乏深入讨论。他的这篇文章就是要解决文学的这一根本问题。从这里我们不难看出,在朱希祖心目中,乃师太炎先生为代表的老派学人关于文学的见解正是他所欲批判与超越的对象。因此在讨论"文学须有独立之资格"这一问题时,他认为太炎先生把一切著于竹帛者,不管是有句读文,还是无句读文,一概称之为文学,尽管于古有征,但毕竟不合时宜。因为这样一来,中国除了文学就再没有其他学问了。因此朱希祖认为中国也应效法西方,让"文学"成为一独立学科,如此方可避免文学"长为政治诸学科之附庸"的地位。在他看来,只有具有独立性的文学才能得到充分发展并发挥其对于人的独特的解放作用①。朱希祖还引进日本学者太田善男《文学概论》中关于"纯文学"的观点,以"主情文"为"纯文学","主知文"为"杂文学"②。这一主张在中国古代虽然早有萌芽,但其基本旨趣则无疑主要是西方近代的文学观念。此外,以王国维为代表的"游戏说"与朱希祖的"文学独立性"诉求亦属相近的价值取向,其宗旨是要为文学挣得独立自主地位,使之从政教传统中脱离出来,这在当时无疑具有重要意

① 朱希祖:《文学论》,见《朱希祖文存》,周文玖选编,上海古籍出版社,2006 年版,第 45—47 页。

② 朱希祖:《文学论》,见《朱希祖文存》,周文玖选编,上海古籍出版社,2006 年版,第 50—51 页。

义。朱希祖标举文学的独立性是呼唤文学的“自律”，也就是要建立一套不依傍于政治、道德、宗教等外在因素的文学评价标准。这种具有独立性的文学评价标准首先是“有极深之基础”，也就是“洪深精密之思，高尚纯洁之情”。这是关于文学内容方面的评价标准。其次是要有“巨大之作用”，也就是“以能感动人之多少为文学良否之标准”。最后是“美妙之精神”。朱希祖的逻辑是这样的：文学以感动人为主，能感动的人越多，作品就越好，而文学之所以能够感动人，乃“美妙之精神为之也”。所谓“美妙之精神”，是指尼采的“超人主义”、托尔斯泰的“人道主义”之类对人类产生重大影响的思想学说。可见朱希祖所倡导的文学评价标准是纯粹西化的，受到了康德、歌德、席勒为代表的近代浪漫主义美学与人道主义精神的重要影响。

二、中国传统文学评价标准的“坚守”

五四前后西方文学观念固然来势汹汹，但是绵延数千年之久的中国传统文化自有其巨大的魅力，在西学渐成一时显学的 20 世纪之初，也还是有一大批饱学之士试图依据中国固有传统资源来确立文学评价标准的。其中堪称代表者，一为刘师培，一为章太炎。现分述如下：

刘师培于 1905 发表《文章源始》一文①。这是一篇系统讨论中国古代“文”或“文章”体制演变史的论文。该文之主旨乃在于阐述“骈文一体，实为文体之正宗”的文学主张。这是清人阮元在《文言说》《文韵说》等文章中提出的观点。刘师培是从以下几个方面来申说自己的见解的：首先，从文字的产生与功能入手，说明由于是先有字音，后有字形，故而“字”的本训为“饰”，进而得出“可见古人以字为文饰之义，饰即文也”的结论。又进而指出在古代“文章”之训亦为“饰”，因此“文章取义于藻绘，言有组织而后成文也”。总之，文字与文章产生之时即包含“文饰”“藻饰”之义。为了证明这一见解，刘氏征引了《尔雅》《说文》《广雅》《广韵》

① 此文发表于《国粹学报》第 1 期。后收入《左庵外集》第十三卷、《刘申叔遗书》第 53 册。

等多种古代训诂音韵之书的训释,又援引了《周易》《诗经》等典籍的语例相印证,可以说是言之成理,言而有据。其次,对春秋战国时期典籍中的“言”“语”“文”“雅言”等进行辨析,得出此期书册“文与语分:文近于经,语近于史”的结论。在广泛征引古代训诂音韵之书的基础上,他认为,在春秋时期,书写出来的文字就有了文体的差异:“言”是“直言者”,即直接说出来的话。又分“言之质者”与“言之文者”,前者是指“方言”,后者是指“雅言”。所谓“雅言”近于后世的“官话”,春秋时期诸侯割据,各国语言文字均有不同,只有通过“雅言”方可顺利交流。“语”则是“论难者”,即为了辩论或阐明道理所写的文章;“文”则是“词之饰者”,即经过修饰的语言文字。所以“文”也就是“文言”,“即文饰之词也”。如此则春秋战国之间的书册大体可以分为三大类:一是后世称为“经”者,“五经”之外,还有《孝经》《道德经》《离骚经》等,都是杂用偶文韵语的,也就是在文辞上讲究修饰的,这类著述属于“文”。诸子中的《荀子·成相》《墨子》之《经上》《经下》也属于“文”。二是《左传》《国语》《战国策》之类史籍不用偶文韵语,又非论辩之作,故应归于“言”,后世则专列“史”之一类。其余的诸子之书一概属于“语”而非“文”。如此一来,刘师培就确立了自己的“文”或“文章”统序的源头,即“五经”及《孝经》《道德经》《离骚经》等多杂偶文韵语的书册。这就从源头上把说理的“子”与记言记事的“史”排除于“文统”之外了。复次,对西汉以降的文体演变进行了梳理,从而进一步勾勒自己的文章统序。在他看来,汉代文体分类更趋于细化,但除“史”之外,大体依然为“文”与“语”的延续。其中赋、颂、箴、铭乃“源出于文者”;论、辨、书、疏乃“源出于语者”。然而后来此两类文体常常相杂,“书、疏、论、辨”等也常用偶词,故近于文,于是到了魏晋六朝之时,又有“文”“笔”之分的新标准出来。对“文”的要求除了“偶词韵语”之外,又加上“沉思翰藻”或“吟咏风谣,流连哀思”的标准,“是则文也者,乃经史诸子之外,别为一体者也”。这就是说,就文体而言,“文”发展到了六朝时期,乃真正成为一种独立的文体,一种具有审美特征的文学样式。这种形成于魏晋六朝的“文”之趣味正是刘师培所坚持与倡导的文学评价标准。

在《文章源始》中刘师培的上述观点自有其偏颇狭隘之处,但也自有其真知灼见。盖中国延续两千余年的“文学”观与西方18世纪与19世纪之交方始产生的近代文学观有极大的差异,其所同者,乃在于“审美”,即均为欣赏玩味之对象。其余则同者殊少。刘师培对“文”或“文章”“文学”之源流的梳理目的是勾勒出中国独特的文学史脉络来。其所思所想固然也受到西方文学观之影响,但其立论,基本上以中国固有之事实为依据,绝无削足适履之嫌。此文亦以罗马文学为参照,指出其“韵文完备,乃有散文,史诗既工,乃有戏曲”的特点正与中国文学演变轨迹相符。但丝毫看不出刘氏是以希腊罗马文学的演变规则来强行阐释中国古代文学的,他只是以西方文学的例子证明其所梳理的中国古代“文统”的合理性而已。其目的则是建立中国式的,即一种基于中国语言文字之独特性的文学评价标准。

再看章太炎。他于1906年发表《文学总略》一文[①]。这是一篇专门针对刘师培《文章源始》而写的论辩性文章。其主旨同样是为了确立中国式的文学评价标准。该文首先是确定“文学”的义界。“文学”这个词原是中国古已有之的,但是其含义与现代引自西方的“文学”一词有很大差异。日本自明治维新以后,极力吸纳西方文化与学术,往往以汉语固有词汇加以移译,英文 literature 一词,被日本学者译为汉字“文学”,其含义形成于西方18世纪与19世纪之交,与中国古代固有之“文学”一词大相径庭。但在日本学界得到新的含义的“文学”一词在中国学界很快产生了重要影响。促使中国学者们对“文学”的含义进行再思考。许寿裳曾经回忆鲁迅与章太炎关于“文学”观念的一次论争:“章先生问及文学的

① 该文最初为作者1906年在东京“国学讲习会”讲演记录,同年以《文学论略》为题在《国粹学报》分期发表,经修改于1910年收入作者编订的《国故论衡》之中,更名为《文学总略》。《国故论衡》1910年年初刊行于日本,分上、中、下三卷。上卷论小学,共十一篇,讨论语言、音韵问题。中卷论文学,共七篇,《文学总略》为首篇。

定义如何,鲁迅答道:‘文学和学说不同,学说所以启人思,文学所以增人感。’先生听了说:这样分法虽较胜前人,然仍有不当。郭璞的《江赋》、木华的《海赋》,何尝能哀乐动人呢。鲁迅默然不服,退而和我说:先生诠释文学,范围过于宽泛,把有句读的和无句读的悉数归入文学。其实文字与文学固当有分别的,《江赋》《海赋》之类,辞虽奥博,而其文学价值就很难说。”①从师生二人的争论中不难看出,鲁迅已经是在现代意义上理解文学一词了,而章太炎则更多地恪守着中国传统的意义。也正是在这样一种文化语境中,章太炎和刘师培发生了一场关于“文学”含义的争论。刘师培在留日期间受到了日本学界对“文学”理解的影响,比较重视文学的审美意义。但他作为“扬州学派的殿军”,受阮元“文言说”影响甚巨,故而坚持“有韵偶行”“沉思翰藻”者为文,换言之,只有六朝时兴盛一时的骈文才可以称为文,其他即使是唐宋八大家的古文也不能算是文,于是在20世纪之初,提出了一套中国式的“唯美主义”文学观。针对刘师培的这一明显片面的观点,章太炎系统梳理了中国古代文、文学、文章等概念的历史演变,征引王充《论衡》中的相关见解,证明在古人眼中并非仅仅以俪语韵文为文。对于阮元、刘师培引以为证的南朝“有韵为文,无韵为笔”之说、“文”与“辞”相异之说,章太炎也撷取《世说新语》《文选》《汉书·艺文志》等书中的例证予以驳斥。在此基础上,章太炎提出了自己关于文学的定义:“文学者,以有文字著于竹帛,故谓之文。论其法式,谓之文学。”盖“文学”一词的含义在中国文化史上有着漫长的演变过程。先秦时期乃指一切文献典籍以及礼乐制度,《论语》说“文学,子由、子夏”,正是此义。但到了秦汉之后,“文学”或其简称“文”,渐渐更多地用来指称书写出来的文字。故而章太炎的定义不再延及“礼乐制度”一类内涵。这是符合中国古代文学发展实际的。在考察了“文”和“文学”含义之后,章太炎明确提出了自己的文学评价标准,其云:“故论文学者,不得以兴会神旨为上……知文辞始于表谱簿录,则修辞立诚其首也,气乎德乎,亦末

① 许寿裳:《亡友鲁迅印象记》,广西师范大学出版社2010年版,第78页。

务而已矣。”[①]这种文学评价标准可以说是极端的实用主义的。

章太炎和刘师培的争论表面上是围绕何为“文”或“文学”展开的，而暗含的却是两种文学评价标准的冲突。就刘师培而言，其以“偶文韵语”为“文”旨在突显文章的审美价值，一是强调其“别乎鄙词俚语”的区隔功能；二是为了反对桐城派古文理论贬低骈文的倾向。就章太炎而言，其主张凡著于竹帛者皆谓之文，一者旨在反对文章溺于形式，二者旨在强调文学的功用。就二者文学评价标准所表征的价值取向而言，刘师培身上更多些吟诗作赋、雕琢章句的传统文人色彩，而章太炎则更近于“以天下为己任”的古代士大夫。

除了刘师培、章太炎，清末民初堪称桐城派殿军的姚永朴、姚永概兄弟的文学评价标准也属于“坚守”传统的一派。姚永朴 1914 年出版的教材《文学研究法》基本上是对中国传统文章学，特别是桐城派文章理论的概括与总结，所用概念全部来自中国古代，基本上没有使用来自西方的“新学语”。当然这并非说西方文学观念对他毫无影响，而是说这种影响是暗含着的，而且不居于主流位置。姚氏所坚持的文学评价标准依然是桐城派的“义法”，即“言有物”与“言有序”，只不过对于“有物”与“有序”的解读已经融进了新的因素，并非全然承袭其桐城前辈而来。

从今天的眼光看，刘师培的《文章源始》与章太炎的《文学总略》以及姚永朴的《文学研究法》中的文学观是各有不同的，甚至是针锋相对的，但三者均渊源有自，都属于传统的或曰文化守成的一派，是对中国古代文学观的梳理与总结，与来自西方的“文学”，即诗歌、小说、戏剧、散文所谓“四分法”或叙事类、抒情类、戏剧类所谓“三分法”均不相类。由于他们的文学评价标准都来自中国文学传统，因此如果借用胡适对章太炎的评语来评价他们是很恰当的，那就是“复古”二字[②]。那么这是否意味着他们这种文学观毫无意义呢？当然不是。自 20 世纪初期以来，中国文学

---

① 章太炎：《文学总略》，见《国故论衡》中卷，上海古籍出版社 2003 年版，第 55 页。
② 胡适：《五十年来中国之文学》，《胡适文存》二集第二卷，黄山书社 1996 年版，第 210 页。

史、文学批评史的撰写都有一个从中国传统意义上的“文”或“文学”向西方现代意义上的“文学”转换的过程。早期的文学史或文学批评史所使用的术语是中国传统的居多而来自西方的为少,后来渐渐相反,以至于来自西方的概念占据绝对优势地位①。这是中国现代文化学术生成与演变的一般轨迹,显示着中国现代学术告别传统、走近西方的整体趋势。然而这里虽然带有某种势必如此的无奈,但并不意味着拥有合理性。就文学史和文学批评史而言,最明显的偏失就在于西方现代文学观念与中国古代文学实际之间的错位。许多学者按照西方文学观念来“修理”中国古代的材料,使之符合或者接近西方的文学评价标准,这显然是有很大问题的。中国古代文学自成系统,以诗文为主干,举凡诗词歌赋、书论奏议、铭耒序跋无往而非文学,在此基础上所形成的那一套评价标准与创作观念自然与西方文论大相径庭。在中国现代文学观念的发展史上,刘、章、姚等人的文学主张显然没有成为主流,甚至渐渐被人们遗忘,原因是复杂的,在这里不能展开讨论,我们有必要指出的是:他们文学观的现代意义乃在于提醒我们知道,世上的文学从产生到演变并非沿着同样的轨迹,文学的样式也不能要求一律,因此文学评价标准也不能完全以西方之是非为是非。

三、现实需求对文学评价标准的决定性影响

在精神文化的演变过程中,来自现实需求的影响往往才是决定性的。先在的文化资源的影响,无论这种资源来自自身固有文化传统还是来自外来文化,在现实的政治或意识形态需求面前都会显得孱弱无力。从20世纪初到五四前后,持续了十余年的“中”“西”两大文学观念的博弈以西学的大获全胜而告终。胡适的《文学改良刍议》和陈独秀的《文学革命论》为现代新文学确立了新的评价标准,其总体倾向是由雅而俗、由古而

① 中国古代文论研究专家古风教授曾经专门统计过中国传统文论话语被边缘化的历史过程。见古风《中国传统文论话语的边缘化状况调查报告》,《中国中外文艺理论研究》(2013年卷)。

今，以反映现实生活、抒发真情实感为旨归。到了20世纪20年代末期以后，像章太炎、刘师培、姚永朴、林纾以及“学衡派”等坚持建立中国式文学评价标准的学人不能说没有，但确实不能发出响亮的声音了。然而来自西方的现代文学观念，包括“纯文学”观，也未能独领风骚，到了20世纪三四十年代，尽管有朱光潜、宗白华、梁实秋、梁宗岱、李健吾等一批批评家依然坚持对文艺作品的审美批评，恪守着来自西方的批评标准，但他们无疑是越来越被边缘化了。由于民族危亡以及抗日民族统一阵线的建立，整个国家的意识形态为救亡图存的政治性话语所主导，文学评价标准更是首当其冲。从“革命文学”的争论到“左翼作家联盟”的成立，再到毛泽东《在延安文艺座谈会上的讲话》的发表，一条无产阶级文艺思想的发展脉络清晰可见。其文学评价标准固然有一个演变的过程，但其基调则是革命的意识形态。这就意味着，这种文学评价标准是为现实政治服务的，是随着现实政治的变化而变化的。毛泽东在《讲话》中明确提出了“政治标准第一，艺术标准第二”的文学评价标准，而在当时，“政治标准”的含义是：“一切利于抗日和团结的，鼓励群众同心同德的，反对倒退、促成进步的东西，便都是好的；而一切不利于抗日和团结的，鼓动群众离心离德的，反对进步、拉着人们倒退的东西，便都是坏的。”可见有着极为鲜明的现实针对性。那么艺术标准呢？“按着艺术标准来说，一切艺术性较高的，是好的，或较好的；艺术性较低的，则是坏的，或较坏的。”[①]艺术性如何衡量呢？一方面要看“艺术科学”的标准，一方面则要看是否为人民大众“喜闻乐见”。在此后的三十多年中，尽管“政治”的内涵不断演变，但总体言之，在中国居于主流地位的文学批评标准基本上是沿袭这篇“讲话”精神的。这种评价标准的实质是来自现实政治的革命实用主义与来自苏联的社会主义现实主义文学观念的结合。由于以强有力的现实政治为依托，成为主流意识形态的有机组成，这种评价标准就得到了充分而有

① 毛泽东：《在延安文艺座谈会上的讲话》，见《毛泽东论文艺》，人民文学出版社1992年版，第56页。

效的贯彻,从而对这一时期中国文学艺术的创作与批评实践产生了决定性影响。这种文学评价标准过于强调文学的政治功能,把文学视为“工具”,这确实严重影响了文学的丰富性与个性,这也正是“新时期”文学理论着力矫正的地方。但是《讲话》中有一个至关重要的主张为“新时期”文学理论所忽略,这就是把人民的“喜闻乐见”视为衡量文艺作品艺术性的评价标准。这在中国文学史与文学思想史上确实具有划时代的意义。可以看作马克思主义文学思想在中国最重要的影响。“文学是为什么人的”可以说是一个最重要的文学评价标准。在对待人民大众的态度上,以往的文学观念最多是主张反映人民的疾苦,这一点中国古代一千多年前的文人士大夫就已经做到了。中国现代的知识阶层,固然也赞同“劳工神圣”的主张,但那只是表达了一种尊重和同情,并不代表他们站在了工人阶级立场上。至于“哀其不幸,怒其不争”“引起疗救的注意”云云,明显是站在启蒙者、拯救者的立场上。只有真正的马克思主义才会把人民大众的“喜闻乐见”作为文学艺术的评价标准。因为这是站在人民大众的立场上对文艺提出的要求。这在中国文学史上确实具有划时代的意义。

在20世纪70年代末80年代初的思想解放的历史语境中,“为文学正名”的呼声出现了。1979年《上海文学》四月号发表题为《为文艺正名——驳“文艺是阶级斗争的工具说”》,同年《上海戏剧》《湖南师院学报》《四平师院学报》等多家刊物刊登讨论文章,掀起了一场“为文艺正名”的热潮。所谓“为文艺正名”,根本上说就是要求文学艺术摆脱“工具说”的束缚,真正回归自身,强调尊重“文艺的规律”。但是一个严峻的问题随即出现:离开了古老的政教传统,也摆脱了数十年的做“工具”的命运,文学艺术的评价标准是什么呢?人们如何判定一件艺术品的好坏呢?在当时知识界普遍张扬人性、人道主义的文化语境中,理论家们找到了“审美”,于是“文学的审美本质”的理论主张出现了。然而“审美”或者“美学”的概念本身如果离开了具体阐释与限定,就仅仅是一种缺乏内涵的空洞能指而已,根本无法承担起文艺评价标准的重要功能。于是理论家们开始追根溯源,把这一概念与马克思的《1844 年经济学哲学手稿》、黑格尔的《美学》、席勒的《审美教育书简》直至康德的《判断力批判》联系起来,使之获得了具体而丰富的所指。于是在中国 80 年代初期的文化语境中,"审美"是与"人的本质力量对象化""自然的人化""无利害关系""无功利""自由""游戏"等紧密相联的,带有鲜明的德国浪漫主义印记,本质上是一种启蒙精神。可以说,这种在西方延续了数百年的启蒙精神构成了中国 20 世纪 80 年代文学批评标准的基调。诸如"文学是人学""人性""个性""自由""主体性""向内转"等成为围绕文学"审美本质"的限定性和解释性概念。换句话说,文学评价标准从直接的现实政治摆脱出来之后,又称为另一种政治——来自西方的启蒙主义意识形态——的表现形式。伊格尔顿认为一切文学批评根本上说都是"政治批评",这一卓越见解也在我们这里得到了很好的印证。但是在中国的语境中纯粹的启蒙话语是缺乏存在条件的,因此把作为启蒙精神之象征的"审美"作为文学的本质就显得缺乏足够的合法性。于是我们的理论家就想出了"审美意识形态"这样的组合词。这是一个极富意味的提法。从表面的学理逻辑上看,这一提法是自然而然的:马克思主义的基本原理认为文学艺术与哲学、宗教等一样都属于建立在社会经济基础之上的意识形态。但文学艺术又不同于一般的观念形态,它是靠形象来说话的,而且也不仅仅说理,更主要地是表现情感体验。所以在马克思主义的解释框架内,文艺算是一种特殊的意识形态,如果为其设置一个限定词,那么就没有比"审美"更合适的了。当然,我们同样也可以把宗教称为"信仰的意识形态",把哲学称为"逻辑思辨的意识形态"。中国学人的这一提法与伊格尔顿的"审美意识形态"概念有相通之处,也有重要区别。盖伊格尔顿强调的是"意识形态",即认为审美也是一种意识形态,具有意识形态的功能与特性。我们则强调"审美",目的在于凸显文艺的特殊性。这是"审美意识形态"这一提法表面的学理逻辑。从更深层的意义来看,这一提法隐含着一代中国人文知识分子在特定历史语境中的复杂心态。"审美"指向个体性、主体、感性、自由等意义维度,“意识形态”则指向“整体性”“社会”“阶级”“国家”等意义维度,这两个独立词语的结合表征着这一提法的提出者所代表的人文知识分子既要维护个体精神自由、维护个性与主体意识,又要承担社会责任,认同现存社会共同体的双向价值取向。在“审美意识形态”这个专业性很强的提法中实际上蕴含着一代中国学人的政治诉求与身份认同,可以说这是大多数中国知识分子所共有的。如果超越“新时期”这一时间范围,从新中国成立以来,中国的作家、艺术家、文艺批评家和所有文艺研究者们实际上一直在“审美”与“意识形态”之间滑动。就其主观意愿来说,自然是希望在二者之间寻求平衡,不偏不倚。但社会政治状况常常起着更加重要的作用,这就使得我们的文艺评价标准总是有所侧重,很难达到真正的平衡。新时期初期,人们呼唤“审美”,希望建立属于文学自身的评价标准,但一旦将“审美”认定为文学评价的标准时,他们又很快发现这是远远不够的,因为文学的丰富性、复杂性远不是“审美”二字可以涵盖的。而且,一旦把“审美”理解为一个历史范畴,它所带有的那种浪漫主义色彩就消失殆尽了。

四、后现代主义思潮及“文化研究”之影响

到了20世纪90年代以后,似乎一切都发生了根本性变化,弥漫在20世纪80年代整个精神文化领域的那种蓬勃的青春朝气不见了,代之而起的是怀疑、冷静和深沉。在文学理论与批评领域真正具有影响力的已经不是康德、席勒和黑格尔的美学,甚至也不再是海德格尔和萨特的存在主义,福柯、德里达、罗兰·巴特、利奥塔、克里斯蒂娃等一大串新的理论家的名字相继出现在我们的论文与著作之中。他们各有各的主张与见解,但也有一个共同的称号,叫作“后现代主义”。后现代主义在20世纪80年代中期已经为中国学界所熟知,这有赖于美国著名马克思主义文化批评家弗雷德里克·杰姆逊于1985年在北京大学进行的为期四个月的讲学并出版的《后现代主义与文化理论》一书,通过杰姆逊的介绍与点评,

后现代主义的各种流派与主张在中国学界广为人知。而后现代主义对中国学术产生真正深入肌理的影响却是在20世纪90年代以后的事情了。这一方面固然是因为一种学术影响的形成需要一个过程,但更重要的恐怕还是由于20世纪80年代的文化语境与后现代主义不相契合。而到了20世纪90年代中期之后,作为一种思考方式的后现代主义可以说在中国知识界已经占据相当重要的位置了。

整体言之,后现代主义所彰显的是一种怀疑的精神,它不仅是对"他者"的怀疑,而且是对自身的怀疑,是对自身赖以形成的传统的反思与质疑。后现代主义并不是要颠覆一切,更不是只破坏不建设,而是要清理以往文化建设中的"豆腐渣"工程,从而寻求更加稳固的根基。后现代主义的质询与怀疑本身就是对西方古希腊以来形成优秀文化传统的最好的继承。这是传统自然而然的结果。总体言之,后现代主义是一种文化传统自我更新能力的体现,是积极的而非消极的,是建设的而非破坏的,是进取的而非倒退的。中国学界20世纪90年代开始真正接纳后现代主义,并且将其质询与怀疑精神融进自己的学术研究之中是有其必然性与必要性的。中国现代学术文化传统蹒跚了近百年,还远未成熟,有太多需要审问、反思、质询与清理的问题。五四新文化运动高举"科学"与"民主"的大旗,囫囵吞枣式地接受了许多西方的政治、文化思想,一直没有得到很好的反思;革命的年代,为了现实政治的需求,在文化学术上提出了许多临时性的主张与要求,也没有得到充分审视;20世纪80年代,人文知识分子在思想解放运动热潮的激励下,提出或引进了许多学术观点与方法,同样没有得到很好的鉴别与印证。这一切都需要一种冷静而沉潜的学术研究来处理。后现代主义无疑对我们的学术思维提供了很好的启发。就文学理论与批评领域而言,长期以来,我们确实形成了某种"本质主义"和"一元论"的倾向,总希望找到某种属性来一劳永逸地解决"文学是什么"的问题,也希望建构一种最完备的、可以解释全部文学问题的理论体系和方法。这都是西方传统概念形而上学思维方式的产物,而概念形而上学恰恰就是后现代主义最主要的颠覆对象。在这个意义上说,后现代主义对我们的文学理论建设具有重要借鉴作用。就其对中国当下文学评价标准的影响而言,后现代主义的意义主要表现在三个方面:其一,不再相信以往那些既定的评价,而是对一切经典都按照自己的理解进行重新评价。有些在文学史上名不见经传的作品,在后现代主义的视野里也许获得空前的重视,反之亦然。其二,不再轻易接受任何现成的评价标准,无论它是来自古代传统还是来自西方。文学评价标准本身也成为被反思和质疑的对象。后现代思维有一个很突出的特点,那就是不把对象本身作为反思与质疑的切入点,而是探寻其赖以支撑的根基。人们通常认为是自明的、无须追问的那些前提,恰恰是最需要质疑的。文学评价标准就是这样一种存在,以往人们都是按照它来评价一部作品的美丑优劣的。但在后现代思维那里,何为"美丑优劣"本身就是个问题。这是谁给出的标准?人们为什么给出这样的而不是那样的标准?其背后隐含的文化逻辑是什么?我们为什么要不加反思地接受这些标准?不是"美丑优劣"这样的评价标准本身的是非对错问题,而是其背后隐含的诸如此类的问题才是真正有意义的。在这样的追问面前,那些原本很神圣的规则与信条就不再那么神圣了。这种追问方式告诉人们,从来就没有什么是天经地义的,规则与标准都是人们建构起来的,都表征着某种权力的运作与平衡。从这种追问方式来看,后现代思维给中国文学理论研究的影响是巨大的,是带有根本性的。对于这个在背后默默发挥作用的"权力"我们完全可以做出马克思主义的解释:它不是别的什么神秘之物,它就是恩格斯所说的"力的平行四边形",就是各种社会因素——阶级、阶层、社会集团、个人、政治组织、经济组织、文化教育机构、新闻传播机构等所构成的社会关系网络,"权力"就在这些网络中运行,它就是这些网络本身。其三,评价标准多元化了。以往的文学理论与批评追求文学评价标准的一元化,总认为既然都是文学,一定会有一种共同的本质、共同的创作原则,因此也应该有统一的评价标准。在后现代思维的启发下,人们不再追求这种事实上并不存在的“统一性”了。各种类型、各种层次的文学作品都有其存在的合理性。讲典型人物和典型环境的现实主义固然好,不讲典型,专门塑造概念化人物的现代主义也有其独特价值,即使连概念化人物也不塑造,只写人的瞬间感觉,甚至是文字游戏的后现代文学(如新小说之类)也有其存在的价值。

如此看来,可以毫不夸张地说,中国当代文学理论受惠于西方后现代主义者良多。

伴随着后现代主义思潮而来的是文化研究。从20世纪90年代中期到新世纪以来,在中国学界“文化研究”成为一大热潮,可以称为一时显学。有两大原因使得文化研究在中国学界必然会产生巨大影响:一是大众文化在中国的迅猛发展。从20世纪90年代初期至今的20多年间是大众文化在中国飞速发展的时期,电影、电视、网络文学、博客、微博、微信等,已经成为人们(特别是四十岁以下的年轻人)文化娱乐的主要方式。网络成了人们娱乐与获取各种知识信息的主要手段。有如此这般的文化现象,自然需要相应的学术研究。产生于西方的文化研究也就自然而然地受到中国学界的青睐了。二是文化研究的学术渊源与理论基础是马克思主义,它常常是站在社会下层人民的立场上言说的,这和我们新中国成立以来的学术传统有一种密切的关联性,所以很容易被接纳。文化研究不是文学研究,但与文学研究有着密切关系,它既受到文学研究的影响,又对文学研究产生影响。因此也与文学评价标准有着密切关联。这可以从下列三个方面看出来。首先,文化研究影响到人们对文学的理解。什么是文学?这本来是无须讨论的问题,但文化研究把它变成了一个重要的学术话题。例如西方文化研究的代表者英国伯明翰学派从理查德·霍加特到斯图加特·霍尔基本上都是文学批评家出身。但他们的研究范围远远超出了原来意义上的“文学”,他们研究包括大众文化及与大众文化密切相关的大众日常生活,具体涉及电视、电影、广播、报刊、广告、畅销书、儿童漫画、流行歌曲、青少年亚文化在内的形形色色的社会文化现象,特别是社会下层的、边缘的文化现象。他们借助于文学研究的方法去分析各类大众文化产品,从某种意义上说也就等于扩大了“文学”的边界。其次,在研究方法上,文化研究也不仅仅限于他们曾经操练过的“新批评”“结构主义符号学”等,而是广泛吸收了社会学、人类学、政治学等多学科的研究方法,形成了一种综合性研究。这也直接影响到文学研究方法。例如20世纪80年代在美国兴起的“新历史主义”或“文化诗学”也提倡跨学科的综合研究方法,也关注社会下层的、边缘化的文化现象,这无疑与文化研究具有内在一致性。当今中国文学研究领域已经很少再有那种囿于文本的“新批评”式的研究了,可以毫不夸张地说,综合性的跨学科研究已经成为文学研究的主流。研究方法和审视角度的变化意味着文学作为研究对象向人们呈现出不同以往的新面目,展示出新的意义,这自然也就意味着文学评价标准的变化。最后,也是最主要的,在文学评价标准上文化研究打破了长期以来在文学理论与批评中形成的“雅俗”观,打破了“俗文学”与“纯文学”的界限。在中国,文学是一种修养,历来是知识阶层的身份标志之一。在古代,诗词歌赋是“文人”的专利,是文人士大夫阶层区别于农、工、商等社会阶层的重要标志。诗词歌赋越是精妙玄奥,就越是显出其身份的高贵,因此文人士大夫们一味追求“雅化”,乐此不疲。到了现代,尽管知识分子大都为时代潮流所裹挟,对下层民众的趣味有所关注,但他们在某种程度上依然保留了与传统文人士大夫或西方启蒙知识分子相近似的“精神贵族”品味,力图借助于文学来确证自己身份的特殊性或非大众性——“非大众性”是知识分子普遍存在的一种身份意识,总觉得自己有别于或者高于社会大众,不肯轻易认同自己实际上的大众身份。即如20世纪80年代以来中国的文学理论与批评,可以标举“审美”,高扬“人性”“主体性”这些启蒙主义的价值,为什么不大看重四十年前毛泽东反复强调的文艺应该让人民大众“喜闻乐见”呢?因为在这一代人文知识分子的心灵深处依然盘踞着“非大众性”意识。这是很明显的,他们认同启蒙者身份,就意味着是站在社会大众之上的导师，而不是大众的一员。20 世纪 90 年代在知识界普遍存在的那种对于大众文化的轻蔑、鄙视态度也反映出他们这种“非大众性”身份意识。

五、关于文学评价标准的几点思考

以上我们考察了百年来中国文化现代性展开过程中文学评价标准形成与演变的历史轨迹，通过这样的考察我们有如下几点思考：

其一，文学评价标准的建立是一个复杂的综合性“工程”而不仅仅是文学自身的事情。可以毫不夸张地说，中国现代文学观念的形成与一个世纪以来整个中国的政治经济、文化学术的历史演变都息息相关，是作为它们的一种表征而存在的。它是社会政治状况的晴雨表，也是知识分子自我意识深刻程度的标尺。文学评价标准与人们关于社会的评价标准、人的评价标准具有深层的一致性。与知识分子自身的身份认同也具有深刻的相关性。可以说，现代文学评价标准的建立与演变的历史也可以看作百年来中国现代知识分子社会境遇、自我意识与身份认同的历史。

其二，中国现代文学评价标准不应该是对古代传统的完整继承，也不应该是对西方文学观念的简单照搬，而应该是中西两大文化传统相互碰撞、交融互渗的产物。百年来，在文学评价标准问题上，中国学人或者强调继承中国固有传统，或者主张全盘接受西方观念，事实证明都是有问题的。真正正确的路径恐怕还是鲁迅当年在《文化偏至论》里的那句名言：“外之既不后于世界之思潮，内之仍弗失固有之血脉，取今复古，别立新宗。”[①]就是说，我们应该坚持的文学评价标准不是古代的而是现代的，不是西方的而是中国的，是一个新的文化传统的组成部分，这个新的文化传统是中国古代文化资源、西方文化资源与一个世纪以来中国社会现实需要三种因素互融互动的产物，是一种有着独立精神与强大生命力的文化新传统。

其三，除了来自中国传统与西方的影响之外，真正对中国现代文学评

---

① 鲁迅:《文化偏至论》，见《鲁迅全集》第一卷，人民文学出版社 2005 年版，第 57 页。

价标准构成决定性影响的是现实的需求。无论是“文学革命”还是“革命文学”,无论是“政治标准第一”还是“为文艺正名”,都是现实社会需求在文学观念上的表现。凡是脱离社会现实需求而提出的文学评价标准都不可能是有效的,不会得到普遍接受。因此,如果我们衡量一部小说是不是好作品,一是要看它是否深刻植根于社会现实生活,二是看其是否契合了社会大众的趣味,而不是看它是不是符合西方通行的关于小说的某些准则。《红楼梦》不是按照西方的小说标准创作的,然而无论是内容的丰富性还是叙事的艺术性,没有一部西方小说能够超过它。文学艺术属于趣味范畴,而趣味是最不能整齐划一的。如果一种文学评价标准不是在自己的文化土壤中孕育出来而是从别人那里拿来的,那肯定是行不通的。

基于上述三点思考,我们似乎可以得出这样的结论:在文学评价标准的建立这一问题上,我们不能以古人的是非为是非,但是我们有必要从古人的经验中汲取营养。我们同样不能以西方的是非为是非,尤其不能以是否符合西方的文学体裁、风格、美丑标准来考量我们的文学作品,但是我们也同样有必要从西方经验中汲取营养。在此基础上,我们在进行文学研究与批评过程中,应该以我们的现实需求为衡量文学美丑妍媸、优劣高下的基本尺度,而就当下而言,广大人民群众的“喜闻乐见”便是最重要的现实需求了。

第三节　对20世纪中国古代文论研究若干问题之反思

20世纪中国古代文论研究不仅仅是一个学科内部的事情,它更是一种文化现象,是中国现代文化的一部分,是中国文化现代性展开过程中的一个侧面;由于古代文论虽然是一个现代性范畴的文化论域,却毕竟是以古代文学观念为谈论对象的,故而这一研究领域就自然而然地成为古代与现代、中国与西方文化碰撞的一个交汇处,成为一个具有多维意义蕴含与象征意味的文化扭结点。古代文论是中国文化现代性的产物,同时它所具有的种种局限以及今日之困境也是拜现代性之所赐。也正是由于这种复杂性,我们的反思也不仅仅囿于古代文论的学科范围,而是通过古代文论来透视在中国文化现代性展开过程中的若干具有普遍性的重要问题。

一、作为一个论域的"古代文论"

什么是"古代文论"?在现代汉语语境中,无论作为一种学术研究活动,还是作为一个学科门类的"古代文论",都与另一个概念,即"文学批评史"基本上可以互换,是指研究中国古代文学观念和文学批评的一门学问。如果从上个世纪20年代算起,这门学问已经走过了80多年的历程。关于它的产生原因朱自清曾言:

> 中国文学批评史的出现,却得等到"五四"运动以后,人们确求种种新意念新评价的时候。这时候人们对文学取得了严肃的态度,因而对文学批评也取了郑重的态度,这就提高了在中国的文学批评——诗文评——的地位。这也许因为我们正在开始一个新的批评时代,一个重新估定一切价值的时代,要重新估定一切价值,就得认识传统里的种种价值,以及种种评价的标准;于是乎研究中国文学的人有些就将兴趣与精力放在文学批评史上。再说我们对现代中国文学所用的评价标准,起初虽然是普遍的——其实是借用西方的——后来就渐渐参用本国的传统的,如所谓"言志派"和"载道派"——其实不如说是"载道派"和"缘情派"。文学批评史不止可以阐明过去,并且可以阐明现在,指引将来的路;这也增高了它的趣味与地位。还有,所谓文学遗产问题,解决起来,不但用得着文学史,也用得着文学

批评史。中国文学批评史发展得相当快,这些情形恐怕都有影响。①

这段话至少包含着这样一些意思:第一,古代文论或文学批评史的产生有赖于文学以及与之相应的文学批评在文化系统中地位的提升。第二,五四之后中国文学界需要建立崭新的文学评价体系以应对日益蓬勃发展的新文学,古代文学批评因此作为需要清理的对象而受到重视。第三,当时刚刚开始形成的新的文学批评标准起初主要是来自西方的,后来人们发现本国传统中原有的标准也还是可以用的,为古为今用计,便开始重视古代文学批评。第四,出于整理文学遗产的目的而重视古代文学批评。这些分析是合乎实际的,古代文论或中国文学批评史实际上是伴随着中国现代新文学的发展而发展的,可以说是新的文学观念向中国古代的延伸,即用来自西方的文学观念重新整理中国古代的文学遗产,又反过来借用古代文学批评资源建构新的批评观,因此,古代文论研究可以说是中国现代新文学运动的一个组成部分。这看上去是很自然的事情,实际上却暗含了两种迥然不同的文化系统之间的诸多矛盾与对立。这种矛盾与对立决定着"古代文论"或"中国文学批评史"这门新兴学问的基本形态、演变轨迹与发展走向,对于我们的"反思"来说,这些都是有必要加以辨析与清理的。

如前所述,作为一种学术活动或者一个学科门类的古代文论是指伴随着现代西方文论观念的引进而产生的、以重新梳理中国古代诗文批评的理论与实践为主要目的的学术研究。这种学术研究与其研究主体一样,在中国是一种新兴的文化现象。古代文论研究主体属于"中国现代知识分子"范畴,是一个由传统文人士大夫脱胎而来的一个新的社会阶层;古代文论研究则属于"中国现代学术文化"范畴,与中国古代的"诗文评"传统有着根本差异。就是说,尽管作为古代文论这门学问之研究主体的

① 朱自清:《诗文评的发展》,见《朱自清古典文学论文集》(下),上海古籍出版社1981年版,第543页。

现代知识分子与传统文人士大夫存在着某种千丝万缕的联系，古代文论与传统“诗文评”之间也存在着某种相近之处，但它们是完全不同的两种东西，存在着性质上的根本差异。就研究主体来看，现代知识分子与传统文人士大夫在社会身份、社会功能等方面都存在着诸多差异，这里且不去管它，对我们的论题有追问意义的问题是：二者在思考问题和谈论问题时究竟有什么不同？这些不同是如何造成的？对这些问题的回答实际上也就解答了古代文论话语形态与传统“诗文评”话语形态之间的异同问题。

在中国古代没有现代意义上的文学研究，古人只是从经验和体验出发对诗文现象有所言说而已——这就是被古人称为“诗文评”的话语系统。“诗文评”之所以不同于现代的古代文论研究，除了前者建基于古代的“诗文”观念之上，而后者乃是建基于从西方引进的“文学”观念之上，更主要的乃在于“诗文评”是把所言说者作为“分内事”看待，而古代文论却是当作“别人的事”来看待的。换言之，“诗文评”的言说方式是“介入式”的，即通过体认、涵泳的方式表达自己的切身体会，而古代文论却是把研究对象作为“对象”来审视的，即“对象化”的。这种“入思”方式和言说方式上的差异就直接导致了“诗文评”永远不是一种现代意义上的“知识形态”而主要是活泼泼的经验与体验，而古代文论则是一种被逻辑思维按照一定规则整理、重构过的概念系统。从这个意义上说，中国古代从来就没有古代文论这样一种学问，这是一门纯粹的现代学科。

问题恰恰就在这里——一门以现代西方文学观念为基础，以概念、逻辑为基本运思工具的现代学科所面对的却是那样一种直接指涉着道德、政教、人格理想、玄妙之思以及活泼泼的感受、体验的特殊话语系统。这种对象与方法的错位就必然导致研究方法对研究对象的某种程度的扭曲、改造与遮蔽。然而这却是不可避免的，这不仅是古代文论研究的带有某种宿命性的窘困，而且是整个中国传统文化研究的悖论性命运——当你为了保持古代文化的原貌而用古人的思维方式、言说方式对其进行研究时，你是在“以古释古”，你的研究根本算不上是现代学术；当你用在西学影响下形成的现代思维和言说方式研究古代文化时,你就不可避免地重构了古人,根本无法避免“过度阐释”之嫌。我们的现代学术就是在这样的困境中形成并发展的。在这方面,古代文论颇具代表性。

古代文论首先要做的是什么?当然是划定自己言说的范围:比如在郭绍虞那里是确定“文学观”的含义并以此为标准为中国古代文学批评划分历史时期;在罗根泽那里是为“文学”区分广义、狭义和折中义并做出自己的选择;在朱东润那里则是根据现代文学观念选择值得书写的文论家①。尽管他们在谈论“文学”时看上去是以中国古代的材料为依据的,实际上却是预设了西方现代关于“文学”的分类与定义的合法性。这便是他们所说的“与现代人所用的一样”②的“文学”或者罗根泽所取的“折中义”的“文学”了③。因此郭、罗、朱等前辈学人撰写“中国文学批评史”的过程,也就是用现代文学观念选择、梳理、评介古代文本资料的过程。这种工作的积极意义与必要性是显而易见的:其一,不如此便不足以确立一个独立的学科,也就不能更有效地研究古人的诗文观念与现代文学观念的相近程度与差异之所在。其二,这种研究梳理出了古人关于诗文之言说的大致脉络与形态。在陈钟凡、郭绍虞、朱东润、罗根泽、方孝岳等中国文学批评史研究大家所奠定的基础上,数十年来,大批学人花费无穷精力与时间沿着这条路线不断开拓、修补、细化、深化,但始终不出其藩篱。前辈学者筚路蓝缕之功令人敬佩,也值得继续发扬光大。

但是毫无疑问,这种研究路向也存在着许多问题:

首先,它遮蔽了中国古代许多具有独特性的、不能纳入今日之“文学”范畴的诗文观念,例如中国古代的文章学(关于各种文体的规制、体势、写作技巧等方面的学说)极为发达,但其不属于今日所说的“文学”,

---

① 章培恒先生以为“美和激情”是“朱先生文学思想的根本点”(见章培恒《〈中国文学批评史大纲〉导读》),此论确然。“美和激情”是朱东润选择其所评述的文论家的基本标准。这一标准所暗含的依据正是“现代文学观念”。

② 郭绍虞:《中国文学批评史》,上海古籍出版社 1979 年版,第 4 页。

③ 罗根泽:《中国文学批评史》第一册,上海古籍出版社 1984 年版,第 3 页。

故而长期受到古代文论研究的冷落。又如“诗话”“小说评点”等批评话语虽然一直有大量学者进行研究，但是基本上都是在关注其中包含的那些符合现代的“文学”观念内容，而对其运思方式、表述方式则几乎不予理会，因为西方的文学批评从来没有相近的形式。

其次，用现代文学观念为基准衡量古代文论话语，常常导致研究者忽视这些话语产生的具体语境，把它们理解为一种如西方学术话语那样的普遍概念。古代文论话语的产生及使用，常常与言说者直接的体验密切相关，故而具有很强的针对性与很大的随机性、灵活性，古人在使用这些话语时是通过上下语境来确定其准确含义，而不是像西方学术那样多是在普遍性的定义基础上使用某一概念。这种情况对于那些做“跨语际”研究的学者可能会有更加突出的感受。刘若愚在谈及自己用英文撰写《中国文学理论》一书的困难时曾言：

> 首先，在中文的批评著作中，同一个词，即使由同一作者所用，也经常表示不同的概念；而不同的词，可能事实上表示同一概念……例如“神”这个字本身可能意指“神明”“鬼神”“精神的”“神圣的”“神妙的”或者“神奇的”；“韵”这个字可能意指“谐鸣”“和音”“押韵”“节奏”“声调”或者“个人风韵”。“神·韵”合在一起，在理论上可能以令人迷惑的各种方式加以解释，其中有些是合理的，而其余的毫无意义。然而，另一个困难来自有些中国批评家习惯上使用极为诗意的语言所表现的，不是知性的概念而是直觉的感性；这种直觉的感性，在本质上无法明确定义。①

用西文写作关于古代文论的著作或者翻译中国古代典籍时会遇到这样的困难，在现代汉语语境中对古代典籍展开研究时，也同样存在这样的问题。论者常常犯的错误正是力求将那些多义的或含义不固定的、感性

---

① 刘若愚：《中国文学理论》，杜国清译，江苏教育出版社 2006 年版，第 7 页。

的语词解释为具有普遍性的概念,误以为此类语词也有着向西方学术话语那样固定不变的内涵与外延。这就是古代文论研究者对那些古代文论语词,诸如志、情、气、体、势、风骨、意境、兴趣、神韵之类。绞尽脑汁地寻找其确切含义而总是达不到目的的根本原因,是这些语词的含义只能在特定语境中才可以确定,而且这种确定往往也只是意味着它们给出了某种具体的体验、感觉而不是明确的定义。正如"仁"这个儒学的核心话语,尽管孔子常常使用它,但从不为之下定义,而且每次使用的含义都有所不同。

最后,这种研究有时会忽视中国古代文论话语产生的复杂性和文化内涵上的丰富性。古代文论话语背后的依托是中国古人精神追求与价值理想,与西方文论话语的解释性品格大相径庭①,但是以西方文学观念为基准来梳理古代文论话语显然就不得不舍弃那些与之相左的或者不搭界的内容。这样的研究无疑是遮蔽了中国古代文论话语资源的丰富性与独特性。例如在玄学语境中产生或使用的那些文论话语,像"淡远""飘逸""风骨""清丽""高古""虚静"之类总是与当时士人们的人格追求、价值理想有着密切关联,如果把它们单纯地理解为仅仅指涉诗文风格的语词就必然会舍弃其丰富的文化意味。

二、古代文论研究路径反思之一:"求真"之误区

纵观几十年来的古代文论研究大致有三种路径:一是沿着第一代学者的路子继续搜罗爬梳,进行资料的发掘、选择与整理工作,其旨在求真;二是以西方现代文论话语为参照对古代文论话语进行命名、分类、意义建构,其旨在彰显古代文论之现代意义;三是以西方某种学术观念和方法为

① 从亚里士多德的《诗学》开始,西方文论与批评著作所使用的基本概念大都是来自于对所研究之对象的归纳和抽象,基本上是对文学作品某方面之性质的解释。中国古代文论话语却有大量并非从诗文作品中归纳、抽象出来的语词,它们来自于另外某个话语系统,例如先秦诸子哲学中的许多语词在六朝之后转换为文论话语(道、神、妙、玄、气、清、风、雅、味、意等等),它们虽然成为文论话语,在语义上有所变化,但其原本具有的那些指涉人格境界、人生理想等方面的文化意味却并未丧失。

参照，努力发掘古代文论话语背后隐含的文化逻辑、权力关系、意识形态因素，其旨在更深的层面上求真。对这三种路径我们可以分别进行反思。

第一种路径旨在求真，其学术价值是毋庸置疑的。中国古代文论资源的确博大精深，发现与整理工作远没有完成，因此对那些在今日如此喧嚣浮躁的时代仍能默默地坐冷板凳、钻故纸堆的学者的确应该抱有极大的敬意。那么这种以求真为目的的治学路向的学理背景是什么呢？平心而论，“求真”作为一种学术旨趣并不是中国古代学术的主流，无论是先秦诸子、两汉经学，还是魏晋玄学、隋唐佛学、宋明理学都是在寻觅或建构人生的意义、开拓精神的空间，而不把“求真”作为治学之鹄的，只是清代的汉学，由于特殊的文化历史语境，才开出一种以“辨章学术，考镜源流”（章学诚语）为目的的文献整理之学。这种学术旨在对古代典籍进行辨别真伪、训诂考据的工作，自然是一种“求真”的学问。这种学问之所以有价值乃在于它是一切学术研究的基础性工作，就古代文论研究而言，倘若没有郭绍虞、朱东润、罗根泽等前辈学者的爬梳剔抉，后人对古代文论是怎样一种存在样态尚且不知，更何谈研究！罗根泽说：

> 盖庄周论道，蕲察“古人之全”；荀卿劝学，必解“一曲”之蔽。况乎史之为书，职司载述，不该不遍，不足语于实录；予取予夺，何得称为直笔？至《春秋》立褒贬之义，《史记》成一家之言，斯则以孔子悯道不行，笔削以垂训，马迁受辱发愤，纂著以自明。后人无孔子之圣，马迁之贤，而妄以支离卑痹之说，谬附笔削一家之言，未有不如王通续经，见诋通人者也。故今兹所作，不敢以一家之言自诡；搜览务全，铨叙务公，祛阴阳偏私之见，存历史事实之真，庶不致厚蔑古人，贻误来者。①

这里虽带有传统经典传注的意味，但其“存历史事实之真”的学术动

① 罗根泽：《中国文学批评史·自序》，上海古籍出版社1984年版，第3页。

机是很值得肯定的。正是这种求真精神,使古代文论研究的奠基者们为后人开出一片可以不断耕耘的学术田地。

但是古代文论研究的“求真”又似乎不仅仅是渊源于乾嘉学术。回顾中国现代学术史我们可以知道,20 世纪 20 年代,中国学界出现的“整理国故”运动和随后在史学界出现的“古史辨”学派是中国现代学术史上的两件大事,其影响所及几乎涵盖了二三十年代整个中国学术界,对于古代文论研究的影响更是极为深远。古代文论研究的主要代表人物之一罗根泽先生本人就是“古史辨”派的中坚人物。对于“古史辨”的学术渊源,论者往往以为是宋儒、清儒疑古辨古之风,实则并不尽然。诚然,就连“古史辨”的代表顾颉刚先生自己也说他的疑古是受了郑樵、姚际恒、崔述等古代疑古家的影响,但他同时也多次谈到,他的历史研究方法是直接得自胡适的,根据有关史料我们可以确知,“古史辨”学派就是胡适提倡的“整理国故”在史学上的具体实践。所谓“整理国故”实际上就是用西方的学术观念——范畴、术语、分类标准——对中国古代材料进行一番系统清理,为他们命名、归类、勾勒脉络,从而呈现整体面貌。也就是胡适之所说的“把三千年来支离破碎的古学,用科学方法作一番有系统的整理”①。那么什么是“科学方法”呢?我们知道胡适在学术研究方面有一个十分显著的特点,那就是方法意识的自觉——他总是强调方法的重要性并在学术实践中极力贯穿自己所选择的方法。尽管胡适谈论方法的文字很多,但实际上他的方法并不复杂。众所周知,“大胆的假设,小心的求证”十个字就是其核心,大致是说要带着怀疑的眼光去博览群书,在阅读过程中善于发现问题,并提出某种解决这些问题的假设性结论,然后再认真寻找材料去加以证明。应该说这种研究方法是有其合理性的,但显然这并不是中国传统文化中固有的研究方法,而是西方学术的产物。胡适自云:

在我进哥大之前我已对《思维术》发生兴趣,也受其影响。杜威

① 《胡适口述自传》,唐德刚整理、翻译,安徽教育出版社 2005 年版,第 219 页。

认为有系统的思想通常要通过五个阶段：

> 第一阶段为思想之前奏（antecedent）。这是一个困惑、疑虑的阶段。这一阶段导致思想者认真去思考。
>
> 第二阶段为决定疑虑和困惑究竟在何处。
>
> 第三阶段[为解决这些困惑和疑虑]思想者自己会去寻找一个[解决问题]的假设；或面临一些[现成的]假设的解决方法任凭选择。
>
> 第四阶段，在此阶段中，思想者只有在这些假设中，选择其一作为他的困惑和疑虑的可能解决的办法。
>
> 第五阶段，也是最后的阶段，思想的人在这一阶段要求证，把他[大胆]选择的假设，[小心的]证明出来那是他对他的疑虑和困惑的最满意的解决。
>
> 杜威对有系统思想的分析帮助了我对一般科学研究的基本步骤的了解。他也帮助了我对我国近千年来——尤其是近三百年来——古典学术和史学家治学的方法，诸如"考据学""考证学"等等的了解。①

很明显，胡适后来一再强调并自觉实践的"研究方法"即对杜威所谓系统思维"五步法"的继承。尽管他认为自己发现了中国古代考据学与此"五步法"的相近之处，但我们毋宁把这种"发现"理解为用杜威的观点解读中国考据学的产物。杜威的"实用主义"方法之根本点在于：这是西方近代科学主义思潮的体现，这种方法对人文科学的复杂性与特殊性缺乏应有的重视。因此胡适从杜威得来的方法用之于"考据"则大有成效，用之于意义的阐释则不唯无益，反而有害。事实证明，无论是胡适本人，还是在他影响下的"古史辨"派，治学的路径都流于科学主义一路，这种研究路向对古代典籍所蕴含的丰富意义是视而不见的。顾颉刚多次表示

① 《胡适口述自传》，唐德刚整理、翻译，安徽教育出版社 2005 年版，第 103 页。

自己的治学方法是来自乃师适之先生。他也认为自己学得的是“科学方法”,他说:

我常说我们要用科学方法去整理国故,人家也称许我用了科学方法而整理国故。我屡次问自己:“你所得到的科学方法到底有多少基本信条?”……后来进了大学,知道惟有用归纳的方法可以增进新知;又知道科学的基础完全建设于假设上,只要从假设去寻求证据,更从证据去修改假设,日益演进,自可日益近真。后来听了适之先生的课,知道研究历史的方法在于寻找一件事情的前后左右关系,不把它看作突然出现的。老实说,我脑筋中印象最深的科学方法不过如此而已。①

这种“科学方法”显然带有明显的科学主义倾向:它预设了历史的客观性,坚信史学家的任务就是通过阅读、归纳、假设、求证来证明这种客观性。这种研究往往无视历史事件背后所隐含的意义与价值,完全把所研究的人和事“对象化”“客体化”了。例如顾颉刚对汉儒说《诗》不遗余力地贬损就根本无视汉儒的良苦用心以及他们的诗学话语背后隐含的文化逻辑与政治性。这种方法只会根据材料进行归纳和推理,根本无法重建具体文化历史语境,因而也无法借助于体验与体认给被研究者的行为动机以合乎情理的解释。这就从根本上违背了人文科学研究的基本精神旨趣②。

从胡适到“古史辨”派,实际上代表了中国现代学术的一大倾向,也

① 顾颉刚《古史辨·自序》,河北教育出版社2003年版,第87—88页。

② 在20世纪20年代前期展开的著名的“科玄论战”中,许多问题实际上已经被提出了。张君劢在那篇关于“人生观”的著名讲演中对于人文科学(张称为“精神科学”)与自然科学(张称为“物质科学”)在研究立场、研究方法、社会功用、评价标准等方面的根本差异有清晰的表述,而丁文江关于科学对人生观有支配作用的思想很明显是西方近代科学主义思潮的反映。在这场争论中,胡适之坚定地站在丁文江一边,并把张君劢比作孙悟空,把科学和逻辑比作如来佛,认为前者无论怎样都跳不出后者的范围。这种把人文科学视为自然科学之一部分的观点在当时很有代表性,这正是19世纪许多西方学者的共同主张。

就是从尼采到狄尔泰再到海德格尔一直反思并否弃的那种在人文科学领域产生不良影响的科学主义学术倾向。西方近代以来,特别是19世纪在自然科学方面取得了巨大成就,影响所及,使许多人误以为自然科学的方法是一种可以统摄一切学问的普遍方法,因此在人文社会科学领域就出现了科学主义倾向,这种倾向一直到20世纪上半期还有很大市场。胡适不遗余力地倡导的、在中国现代学界影响至深的研究路向本质上正是这种科学主义。我们只要把胡适和冯友兰的中国哲学史研究,顾颉刚和钱穆的中国历史研究稍加对比就不难发现二者在基本学术路向上的巨大差异。借用陈寅恪先生的说法就是:冯、钱二人有着"理解之同情",胡、顾二人则缺乏这种同情。盖在冯、钱眼中,中国历史和哲学史不是僵死的文字材料,更不是事件的排列,而是蕴含着古人理想与情愫的活生生的经验、体验与哲思;而在胡、顾看来,中国历史和哲学史是没有生命的资料而已,而且其中许多还是大可怀疑的伪材料。故而,在冯、钱的研究中就带有继承与弘扬传统文化精神的意味,而在胡、顾这里则如手持手术刀的外科医生一样用冷冰冰的、充满挑剔、怀疑的目光审视自己的研究对象。二者的治学立场、所操持的方法都是大异其趣的。他们分别代表了中国现代学术文化的两大基本倾向。①

属于现代学术范畴的古代文论研究无疑也受到这两大学术路向的影响与制约。但总体言之,应该说是科学主义倾向占据了明显的上风。像朱东润、郭绍虞、罗根泽、朱自清等批评史研究专家基本上都立足于"求真""求实",即重视材料的发现、梳理而不重视意义的阐发。可以说,"求真"的研究路向如果仅仅作为古代文论研究中诸种方法之一种,仅仅限于基本材料的整理层面,其价值是不言而喻的,但是如果像胡适之治哲学

① "国粹派"、熊十力、梁漱溟、马一浮、贺麟、"学衡派"等属于冯、钱代表的"人文主义"研究路向;诸如杨树达、余嘉锡、钱玄同、傅斯年、陈垣等一大批致力于训诂考据版本目录之学的学者都属于胡、顾代表的"科学主义"研究路向。两派都取得了令人瞩目的学术成就。另外还有以批判为手段,以建构革命意识形态为指归的马克思主义学术研究,以郭沫若的史学研究为代表。

史、顾颉刚之治上古史那样将这种带有明显科学主义性质的方法视为唯一方法,而且还以此抵制一切其他方法,那就成大问题了。道理很简单:古代文论话语不仅仅是材料,它更是意义的世界,是活泼泼的精神存在。

这就是说,“求真”作为古代文论研究的一个基本的路向是无可厚非的,因为任何学术都具有“追问真相”的品格。即使是那种对“真实”“真理”抱有怀疑态度的后现代主义诸学说,骨子里也还是在追问真相——只不过他们不相信前人发现的“真相”而已。对“深度模式”“本质”“规律”“宏大叙事”“逻各斯中心主义”的解构,目的正在于通过再度“祛蔽”而使“真相”自行呈现出来。这种“追问真相”的冲动从古希腊开始就一直是西方哲人学术思考的原动力,即使是以反思现代性、反思传统为己任的后现代思潮也依然如此。然而现代学者越来越发现,如果说在自然科学领域“追问真相”应该是最直接的目的,那么在人文科学领域就未必如此了。人文科学应该是意义建构与阐释的领域,这里并不存在什么一成不变的所谓“真相”。例如对于艺术与审美,我们能够知道的是它们的功能是什么,而不是它们的“真相”是什么,因为作为人类开拓出来的一个意义空间,艺术与审美并没有什么“真相”。因此在古代文论研究中“求真”的路向只是在某个层面上、一定范围内具有学术意义,它绝对不应成为古代文论研究的全部。但是即使把“求真”限定在一定范围内也还是存在问题:纵观数十年来的古代文论研究,“求真”与“意义建构”似乎是一个两难选择,二者很难兼顾。因为对“真相”的追问过程往往也就是对意义的解构过程——一旦明白了所谓“真相”,例如文论话语背后隐含的权力运作与意识形态功能之后,那种神圣的“意义”就荡然无存了。

三、古代文论研究路径反思之二:在中西交汇中的取舍

第二种路径可以说是处于后殖民语境所必然产生的学术路向,因为现代以来充溢知识界的那种“事事不如人”的民族自卑感必然导致对西方“强势话语”的模仿。言说者往往预设了西方话语的合理性,于是用西

方近代以来形成的文学观念与诸种文学理论来衡量、取舍古代文论材料便成为一种很普遍的事情。这里也有两种情况：

一是用西方现成的概念、范畴为中国古代文论话语命名、分类，指出“某某”即“某某”，或“某某”属于“某某”。中国古代文论话语基本上不为自己下定义，也不明确规定自己的内涵与外延，因此在使用中的确给人一种“模糊性”或“不确定性”的感觉。但实际上，在古人的言说语境中，这些话语所要表现的内容是很清楚的，只不过这“内容”往往是一种包括直觉、体验、感觉、理解在内的复杂的、综合性的心理蕴含，而不是确定的逻辑判断与命题。它们是对“不可言说”之物的言说，是一种“迂回的”“象征性的”“类比的”或属于“审美秩序”的表述方式，是对那些微妙难测的心理状态或艺术境界的极其巧妙的呈现方式，而不是下定义。因此那种以西方文论的概念、范畴直接为中国古代文论话语命名、分类的做法毫无疑问是一种学术研究的歧途，是伪学术，没有任何学术价值，正如用西方史学观念为标准简单地给中国历史进行分期没有任何学术价值一样。这里的失误用八个字可以概括：圆凿方枘、削足适履。如果说在朱东润、郭绍虞、罗根泽等人那里在展开各自的研究时虽然已经预设了西方“文学”观念的合法性，但毕竟主要做的是整理材料、梳理脉络、确定学科框架的“开疆拓土”性的工作，因而对古代文学观念、范畴的“过度阐释”还不那么明显，那么到了许多后学们那里，随着西方文学理论与批评的大量引进，那种用西方话语来贴标签、曲解、遮蔽、压制古代文论资料的情形就比比皆是了。这种古代文论研究的效果不是弘扬其自身价值，也不是赋予其现代意义，而是用来印证西方文论的合理性、普适性。在这种研究看来，古代文论资源之所以还有研究之必要，仅仅在于它们证明了西方文论中现在才有的东西，在我们古人那里早就有了。由于现代学者自身创造能力的孱弱，只好抬出古人来与西方人对话，看上去是彰显了中华民族文化的优越与早熟，实际上却是用古人为西方人做注脚，先行承认了西方文论的权威性。

另一种情况则可以说是在中国当下文化历史语境中学术研究的正途。这就是以西方文论话语为参照来发掘中国古代文论话语中蕴含的那些以往不为人所知的意义。这种研究并不预设西方文论的权威性,而是把西方文论当作一种"他者",用以作为比照自身的"镜子",通过平等的比较来凸显中国古代文论话语在思维方式、表述方式上的特征。这无疑是一个非常正确的研究路向。在古代文论研究中的确有一种无视乃至排斥西方思想的倾向。认为只有埋头古籍,严守古人的治学门径,才是古代文论研究的正途,并因此而鄙视一切西学视野的古代文论研究。这实在是一种很糟糕的观点,甚至可以说是懒人的托辞。所谓"怠者不能修,忌者畏人修"者是也。王国维先生曾说:不懂得西洋哲学,也就不可能真正懂得中国哲学(大意如此),真可以说是真知灼见。没有一种"他者"视域,很难发现自身的独特价值。一个人是如此,一种学术,一种文化也同样如此。如果说纯粹的考据整理之学不去关注西方话语尚无大碍,那么如果涉及意义的阐释、价值的判断,倘仅限于自身传统的视野,那就难免有"以古释古"之弊了,这样的学术研究是不可能有任何现代意义的。"文化全球化"虽然是一个饱受争议的提法,但不同文化之间的互相影响、渗透无疑是当今世界范围内文化发展的大趋势。在这样的情况下,那种关起门来自说自话的治学路径是很值得怀疑的。对于已经发生的事情不能假装没有看见。眼观六路、耳听八方才应该是今日学者所应具备的素质。什么学科界限、古今界限、中西界限、雅俗界限……在独立的学术思考面前都应该被毫不留情地打破。

对于人类文化的整体发展而言,一种文化的价值所在正在于它与其他文化的不同之处。独特性永远是文化的魅力之所在。尤其是人文学科,其主要功能就是拓展人的精神空间、丰富人类的精神维度,不同类型的文化都提供了各自不同的精神空间与维度,并因此而获得各自存在的合理性。至于何种文化为人们所选择吸收,则是一个历史性问题,不是个人意志所决定的。古代文论话语资源在今天之所以还有存在的意义也同样是因为它的独一无二性，能够或者可能为人类文化的进一步发展提供一种无可替代的资源。而古代文论研究的主要任务也就应该是寻找、发现这种独特性。相比之下，资料的发掘与整理不过是为完成这个任务而提供的基础与前提而已。

能够充分借鉴西方现代美学与文学观念、用带有明显人文主义倾向的眼光对待古代文论材料并且能够发现中国古代文论之独特价值而对后世产生重大影响者，前有王国维，后有宗白华。他们都力求在中西融汇的基础上建构某种意义。

王国维在中国古代文论研究史上有着很特殊的地位。可以说他是将西方学术视野与中国古代“诗文评”传统相融合的第一人。其所创造之一系列文论概念（语词大都来自古人，王氏为之注入新义），诸如：古雅、眩惑、境界、有我之境、无我之境、写境、造境、客观之诗人、主观之诗人等等，都是中西诗学观念融汇的产物，这些概念的提出旨在为文学提供新的、更符合实际的解释。同时也是一种价值的诉求——既是审美价值也是精神价值。王国维对《红楼梦》的解读、对屈原精神的阐述，看上去都是简单地用来自西方的思想观念解读中国文学现象，似乎有些生搬硬套，实际上他是在借助于这种解读倡导一种新的价值观，是试图揭示这些古代文学现象所蕴含的现代意义。就运思方式和言说方式而言，王国维的《红楼梦评论》《屈子文学之精神》《古雅在美学上之位置》等论文可以说是中西结合的：既有西方学术话语的逻辑推理，又有中国传统话语的类比与体验。至于《人间词话》，尽管吸收了西方思想，但其运思与言说则属于传统诗话、词话的方法。应该说，王国维的文论话语根本上是在继承中国传统“诗文评”的基础上力求创新，走的是二者结合的路子，尽管还显得有些生硬，不够自然圆融，但这一路向本身是很正确的。可惜的是，后来的古代文论研究并没有继承他所开创的道路。

宗白华在中国古代文论方面的贡献是在现代汉语语境之中、借助于西方的文学思想，极力阐发中国古代文论话语的独特价值，并力求在自己

的批评实践中来运用古代文论的话语资源——这与那种纯粹以“求真”为目的的文学批评史研究是大不相同的。其云:

王船山先生论诗云:“君子之心,有与天地同情者,有与禽鱼草木同情者,有与女子小人同情者,有与道同情者——悉得其情,而皆有以裁用之,大以体天地之心,微以备禽鱼草木之几。”这是中国艺术中写实精神的真谛。中国的写实,不是暴露人间的丑恶,抒写心灵的黑暗,乃是“张目人间,逍遥物外,含毫独运,迥发天倪”。动天地、泣鬼神、参造化之权,研象外之趣,这是中国艺术家最后的目的。所以写实、传神、造境,在中国艺术上是一线贯穿的,不必分析出什么写实主义、理想主义来。近人震惊于西洋绘画的写实能力,误以为中国艺术缺乏写实兴趣,这是大错特错的。①

这是宗白华先生对中国古代艺术写实精神之特点进行的十分精到的概括。中国古人的写实不在于揭露黑暗,而在于揭示人与外在世界的相通性,是将写实、传神、造境融汇为一的艺术。考之古代艺术实际,我们不难发现,无论诗歌、绘画、音乐,均是如此。毫无疑问,宗先生在这里肯定是以西方的艺术创作和艺术理论作为参照的,但他绝对没有简单比附,而是在比较中发现中国艺术的特点,这是很值得赞赏的态度。宗先生还试图通过中西艺术之对比找出艺术之所以为艺术的某种共同特质,例如他关于“意境”的理解就体现了这一思路:

所以一切美的光都是来自心灵的源泉:没有心灵的映射,是无所谓美的。瑞士思想家阿米尔(Amiel)说:

一片自然风景是一个心灵的境界。

中国大画家石涛也说:

① 宗白华:《中国艺术的写实精神》,见《美学与意境》,人民出版社1987年版,第204—205页。

山川使予代山川而言也。……山川与予神遇而迹化也。

艺术家心灵映射万象,代山川而立言,他所表现的是主观的生命情调与客观的自然景象交融互渗,成就一个鸢飞鱼跃,活泼玲珑,渊然而深的灵境;这灵境就构成艺术之所以为艺术的"意境"。①

宗先生是在分析了人生的五种境界,即"功利境界""伦理境界""政治境界""学术境界""宗教境界"之后来分析"意境"这一"艺术境界"的。这种关于"意境"的理解显然是以西方文艺思想为参照的,是在努力寻找一种中西艺术共有的审美特性。这种宏阔通达的眼光与那种一味"以西解中"或"扬西贬中"的片面狭隘之见是不可同日而语的,与那种盲目抵制西学的抱残守缺者更是不能相提并论。

四、余论

除了我们前面反思的两种研究路向之外,其实还有一种不同的路径,可以称之为后现代视域中的"真相"探寻。这种路径虽然刚开始有人探索,甚至还谈不上有什么令人瞩目的成绩,却是最值得大力提倡的。这实际上也还是一种"求真"路向,只不过这里的"真"不再是那种材料之"真",而是古代文论话语形成逻辑和内在机制之"真",是更深层的,也是更复杂的"真"。

我们现代以来的许多学者(包括古代文论研究者)常常有一种误区,以为"求真"的工作也就是资料考据发掘、整理爬梳、辨伪诀疑等,连带着进而以为,所谓学术的功力也就完全视资料掌握的程度而论,实际上这是很成问题的。"求真"绝非仅仅是资料层面的事情,"功力"于资料之外更有"识见"(或云理论洞见)的维度——理论修养是较之资料积累更加难得也更加重要的学术功力,因为它不仅需要勤奋,还需要悟性。从"求真"的角度看,中国古代文论话语是如何形成的?其背后隐含的文化逻辑

① 宗白华:《中国艺术意境之诞生》,见《美学与意境》,人民出版社1987年版,第210页。

是什么?其意识形态功能何在?这都是题中应有之义。目前国内学界在这方面的研究还很薄弱,但早已经开始。这一研究路向可以说始于鲁迅先生的《魏晋风度及文章与药及酒之关系》,在这篇著名的演讲中,鲁迅先生开创了现代文学研究领域中从社会政治形势、言说者社会境遇、社会文化思潮、生活方式与心态的角度探讨文学观念与风格形成原因的路向,给后世以极大方法上的启迪。后继者中最为著名的应是王瑶先生的《中古文学史论》。从该书所论“题旨”我们可窥见其思路:“政治社会情况与文士地位”“玄学于清谈”“文论的发展”“文体辨析与总集的成立”“小说与方术”“文人与药”“文人与酒”“论希企隐逸之风”“曹氏父子与建安七子”“玄言·山水·田园——论东晋诗”等等。此书挥洒自如,联系广泛,是在立体的、多维的、具体的文化历史语境之中来考察文学观念的。这部书稿写于20世纪40年代,可惜此后数十年中几无后继者。只是到了20世纪80年代后期这才有个别当代学人重新接续起这一研究路向。

在古代文论研究中,“求真”之路还有新的拓展空间。近年来,随着法国思想家福柯的“知识考古学”与西方马克思主义“意识形态批评”以及被西方学者广泛运用于心理学、社会学、文化研究等领域的“身份认同理论”等研究路向的引进,在古代文论研究中也出现了从权力关系、意识形态建构、身份等角度重新审视古代文学观念与批评实践的论文和著作。这一研究路向毫无疑问也是一种“求真”式的研究,只不过较之资料整理的“求真”有着更加深刻的追问意识,目的是彻底弄清楚一种古代文论话语是如何被建构起来的,它的实际的社会功能与意识形态功能究竟是什么。这种研究以其看上去冷静、客观、价值中立的立场以及深刻性而获得某种独特的理论魅力,但其局限也恰恰就在这里。一方面,这种研究破除了许多假象,使人们看清了许多看上去很庄严、神圣的人物或事件背后的权力与利益关系,从而提升了人们识别当下话语建构之真相的能力;另一方面,人类那些活泼泼的、引人向上的普遍精神也就在这把锋利无比的手术刀之下被解构了。

例如，对“飘逸”这个充满诱惑的古代文论词语我们就可以给出多种解读。首先，我们可以从意义建构的立场上说，这个语词代表了古代文人伟大的超越精神和个体性主体意识，是对现实污浊的政治状况、追名逐利的社会清醒地否弃与超越，是精神自由的象征形式，作为一个审美范畴，“飘逸”可以给我们无尽的享受，使我们忘记现实的痛苦与无奈。这种解释毫无疑问是有道理的，我们可以举出阮籍、嵇康等一大批魏晋六朝名士们的现实境遇、行为举止、诗文作品来论证这一点。其次，我们又可以站在“解构”的立场上对“飘逸”进行另外一种解读：从魏晋时期的具体语境来看，阀阅世家掌控政治经济的统治权，同时也是文化上的领导者。由于拥有种种特权，他们实际上具备一种“准贵族”的社会身份，为了强化这种身份，他们在审美趣味上精益求精，不断追求雅化，从而打造出一种精微玄妙的艺术品位。换言之，审美趣味、艺术风格都成为世族文人自身“准贵族”身份的确证方式，是他们在感性层面确立文化领导权的有效方式。如此一来，“飘逸”这一看上去最具有超越性质，最无涉世务的审美范畴也就带上了十分浓烈的政治性气息。

后　记

这本小书探讨了关于中国诗学的生成轨迹、基本特征以及其他方面的若干重要问题。特别是诗学观与意识形态、文人趣味的关系以及中国现代诗学观念的形成等问题是本书讨论的重点所在。在具体研究中我们试图尝试一种综合性的研究方法:历史化、语境化以及不同文化门类间的关联性视角。这种方法或许可以称之为“中国的文化诗学”。

感谢丛书的主编钱中文先生和吴子林先生,感谢黄山书社的朋友们,是他们的智慧与辛劳使这套书能够面世。另外,本书是本人承担的教育部重点研究基地北京师范大学文艺学研究中心“十三五规划”重大项目“中国文化精神的文学表征”(项目批准号:16JD750008)的阶段性成果,特此说明。

李春青

2017 年 2 月 15 日于北京京师园

| 中国文学理论与批评丛书 |

学术顾问　钱中文 | 主编　吴子林

文化诗学导论

童庆炳 著

全国百佳图书出版单位
时代出版传媒股份有限公司
黄山书社

图书在版编目(CIP)数据

文化诗学导论/童庆炳著.—合肥:黄山书社,2017.8
(中国文学理论与批评丛书/吴子林主编)
ISBN 978-7-5461-6678-0

Ⅰ. ①文… Ⅱ. ①童… Ⅲ. ①诗学-研究-中国
Ⅳ.①I207.2

中国版本图书馆 CIP 数据核字(2017)第 193691 号

文 化 诗 学 导 论
WENHUA SHIXUE DAOLUN

童庆炳 著

策　　划　汤吟菲　朱莉莉
责任编辑　常舒雅
责任印制　李　磊
装帧设计　观止堂_未氓
出版发行　时代出版传媒股份有限公司(http://www.press-mart.com)
　　　　　黄山书社(http://www.hspress.cn)
地址邮编　安徽省合肥市蜀山区翡翠路 1118 号出版传媒广场 7 层 230071
印　　刷　安徽新华印刷股份有限公司
版　　次　2020 年 1 月第 1 版
印　　次　2020 年 1 月第 1 次印刷
开　　本　700mm×1000mm　1/16
字　　数　425 千
印　　张　20.25
书　　号　ISBN 978-7-5461-6678-0
定　　价　69.80 元

服务热线　0551-63533706
销售热线　0551-63533761
官方直营书店(https://hsss.tmall.com)

总　序

通读眼前的八部书稿,各种情绪:兴奋、激动、享受、叹息、伤感、寂寥……轮番袭来,纠结于心。这时,我想起了一部电影——

音乐家科伦布的爱妻亡故,他从此带着两个女儿隐居深林,整日独自研习古大提琴。在绵延无休的乐声中,他看见深爱的亡妻,此刻就坐在他对面聆听。之后,他们一起祷告,一起乘坐马车,一起并肩走过春色茂密的森林,一起来到河岸渡口,直到她独自坐上小船离去。怕她再次消失,他不忍停下手中的乐曲。为了让她一遍一遍重现,他用余生不断拉奏心爱的大提琴,记下心里的悲伤乐曲,想看看爱将延续到哪里。

这是一个清静的世界。老房子旧得幽静、坦然,乐声绵延无休、难以捉摸,家中的器皿也都散发出乐器的光泽。科伦布在森林里拉琴、作曲,他拒绝宫廷表演的邀请,拒绝各种矫饰,只为灵感而作曲,只是记下瞬间的颤抖,删除多余的抒情。他的演奏闻名遐迩,在传说中更是出神入化。

有一天,17 岁的红衣少年,一个鞋匠的儿子,敲响了音乐家的门。他立志成为伟大的音乐家,慕名前来学艺,几经周折,红衣少年成了科伦布的学生。后来,红衣少年背着老师受聘为皇家乐队的演奏家,而被逐出师门。再后来,红衣少年成了宫廷乐长,生活富足;音乐给他带来了华丽的马车、镶嵌珠宝的假发衣饰、显贵的地位与指挥权杖,但他不再有 17 岁时那湛蓝的眼神。他深感自己始终未得音乐的要领。他记得,年少的那个午后,在森林里听到的琴曲,那种庄重、静穆、悠远而哀伤的,才是真正的音乐。

老人弥留之际,宫廷乐长深夜赶赴森林小屋,去上最后一堂音乐课。当他一身显阔地走进那简朴肃穆的家中,发现自己不过是个臃肿的丑角。他问老人:“音乐是什么? 为了供奉上帝? 为了取悦国王? 为了金钱? 为了荣誉? 是爱情的忧伤? 或是自暴自弃的放纵?”

都不是。

他终于领悟,自己的疑问便是答案:“是不是给死者的礼物? 是给那些不能说话的人低声的安慰,给那些消逝了的童年? 是为了让鞋匠的锤声变得柔和? 是为了那我们出生之前就已存在过的时间,在我们呼吸之前,或者看见光亮之前……”

——这是电影《尘世里的每一个清晨》所讲述的三百多年前的故事,它把我们带回到音乐的黄金时代,唤醒了许多温馨美好的记忆。

是的,倘若音乐有魂魄的话,那就是它的毫无用处,它的无用之用。音乐是爱,是恩慈,是虔诚,是内心孤独的吟唱,是出神的一瞬,是人类关于光明、自由和宁静的力量的梦想。

“一个民族的政治生活只是它存在的浅层部分;为了了解其内在的生命——其行动的源泉,我们必须通过他的文学、哲学,以及艺术这些反映该民族理念、情感和梦想的东西,来深入探索它的灵魂。”罗曼·罗兰写道,“音乐展示给我们的是在表面的死亡之下生命的延续,是在世界的废墟之中一种永恒精神的绽放。”①

文学艺术的研究与创作一样,都是一种生气灌注、深邃博大的“创世”,也就是发现、创造可能世界,帮助人们建立生命的、家族的、民族的“根”的意识,确立经验的、文化的统一感与连续性,在滋养自身的同时,影响人类的精神世界。

安贝托·艾柯在《诺伯托·博比奥:重新审视博学之士的命运》一文中强调,知识分子的责任不在“解决”危机,而在“制造”危机,即时刻营造出一种危机感,唤起人类的共同意识的危机感,并寻找、创造普遍的社会共识。

20 世纪 70 年代末 80 年代初,即进入“新时期”以来,整个国家处在一种社会转型之中。如何建立中国自己的崭新形态的文艺理论,成了文艺学界的重要课题。面对当代西方文化传入所引发的诸多挑战,以及当代文学创作所提出的诸多命题,经一大批文艺理论家、批评家的共同努力,中国当代的文艺理论终于实现了现代性的转型,即“从一家‘专政’式的独语,转变为‘百家争鸣’式的对话;从政治话语转变为学科的学术话语;从非常态的中心话语,转变为自主发展的常态话语”②。文艺学研究的视野得到前所未有的拓展,如文艺社会学、文艺心理学、文艺美学、文艺解释学、中西比较诗学、文艺生态学、文艺符号学、文艺人类学、文化诗学等领域,都有人在尝试,并获得了不少结实的成果。

---

① [法]罗曼·罗兰著:《音乐散文集》,冷杉、代红译,中国文联出版社 1999 年版,第 1 页、第 7 页。

② 童庆炳撰:《新时期文学理论现代性转型概说》,《童庆炳文集》第 3 卷,北京师范大学出版社 2016 年版,第 468 页。

值得强调的是，其中的一些杰出的代表，如钱中文、童庆炳、孙绍振等文艺理论家，他们大多经历过各种政治运动，从没脱离当代中国的政治、文化现实。置身于风云际会的时代，他们怀抱笃定的理想主义的激情，广泛关注历史与现实的政治、经济、科技、文化各领域，对现有的种种结构模式始终保持质疑的态度，并通过精深的研究推翻僵化不合理的部分，表现出了对时代命脉的精确诊断和敏锐切入。由于洞察了语言符号背后的价值世界，他们成功揭示了其中丰沛而深厚的精神质地，呈现了关于生活世界的总体想象，开启了一个个一般人所未曾领悟的心灵世界。他们的学术成果是对社会文化问题的思考，是显示人文知识分子存在身份的根据，体现了对社会应履行的责任。

至于当下学界的中坚力量，如高建平、王岳川、李春青、陈晓明等一批学者，则是这些前贤的薪火相传者。与师长辈学者一样，对于他们而言，个人与历史、个人与国家互为镜像；他们有着丰富的内心生活及准则，善于提取、想象、弘扬历史与现实中稀薄而弥足珍贵的东西，并以其充沛的语言敞开、释放灵魂的悸动、精神的能量，以内在心灵的秩序对抗外部庸众的世界。

在我看来，文艺理论、美学的研究者以及批评家与作家、艺术家一样，都是这个世界的观察者、倾听者、质疑者和审判员，都是在为一个“缺席的民族”而写作，而不是做历史的书写者、抄写者和打字员。

名利诱惑与学术追求，对于所有问学者来说，是人生中不断出现的十字路口。文学艺术和生命宛若一条河流，收集了星光、烈日、蓝天、雾霾、彩虹和暴雨。面对欲望与生命力蠢动的世界，真正的学者以学术为宗教、为信仰为志业，他们洞察哪些是浮云，哪些是本质；他们所能看到的不只是现在，还有未来；他们播撒怀疑的种子，而不是收成已然明确的事实；他们不只是理念的唤醒者，同时还是社会革新进程的引导者；他们知道，生命只能燃烧，不可虚耗——因为他们手头所持有之物，不外乎时间、记忆和文学艺术所创造的美；而理论的勃勃生机，只能源于抵御纷扰人生的各

种诱惑或压力，源于创造性的质疑、心无旁骛的虔诚劳作和漫长执着的自我探寻。只有在思考和写作中，每个人才能找到自己真正的皈依之所——这是上述优秀学者给我们的深刻启示。

由钱中文先生担任学术顾问，本人主编了“中国文学理论与批评丛书”。本着“学术乃天下公器”的宗旨，我们拟分期分批分人结集出版，以检阅当代中国学人的学术实绩。本丛书具有开放结构，第一辑推出的为我国当代著名的文艺理论家、美学家、批评家，其中既有年逾八旬的资深学者，也有中、青年学术新锐；每人一集，收录“有分量”的代表作，凸显“一家之言”的戛戛独造。

主编这套丛书的愿望有二：

其一，展现新时期以来中国文艺理论研究与批评所取得的实绩，凸显那些富于中国特色的、有个性、有识见、敢论断、敢担当的学术创见。如，钱中文的“新理性精神”文论，童庆炳的“文化诗学”，孙绍振的“文学文本解读学”，高建平、王岳川之于中西美学的剖析，李春青之于中国古典诗学的建构性清理，以及陈晓明、吴子林之于中国“文学问题”的探究等等。

有识之士指出，一个城市乃至一个国家的文化质量，跟它是否拥有富于价值的文学记忆或文化记忆，有着很大的关系。所谓文学记忆或文化记忆，就是有一个或一批伟大的作家、思想家，他或他们代表这个城市、国家，这个城市、国家也进入了这一个或一批伟大作家、思想家的创作生命。简言之，文学记忆或文化记忆直接关系到一个国家的文化形象的塑造，其义大焉。

毫无疑问，包括文艺理论、文学批评在内的学术本身，是中国当代文学记忆或文化记忆的重要组成部分。随着我国上升成为世界第二大经济体，中国正成为一个世界性的大国，系统地向世界展现中国的现代化成就、中国文化和价值观，塑形中国的“大国形象”，至关重要。为此，在推出本丛书的同时，我们还将努力组织专家将它们译成外文，使它们走出国门，走向世界，逐步实现中国文论走出去的宏愿，让西方人了解中国、认识

中国——这是颇有文化远见的举措,在一切追求市场效应的今天显得尤为难能可贵。

其二,志在薪梓承传,泽被后学,希冀后来者能赓续前人纯正的学术品格,全副身心投入到文学这一健康的终生事业中去,以扭转目前文艺理论、美学研究以及文学批评的窘境或困境,切实推进现实社会的改善与进步,使人们重获生命的完满,走出一条焕发生命韵致与光泽的道路。

马克思有句格言:"最先朝气蓬勃地投入新生活的人,他们的命运是令人羡慕的。"[①]通读完八部书稿,只觉时光如电,一股氤氲之气回荡其间。偶尔抬眼远望,只见雾霾重重,晨昏不明,仿佛自己悬浮于另一个世界;一阵北风骤起,雾霾一点一点散去,古老的都城一点一点透明起来,一点一点安详、生动起来。

户外,市声隐隐沸动,如深山松涛;窗外,落叶敲打着落叶,雨点追逐着雨点;远方,迷迷蒙蒙,嚣嘈不舍昼夜——我听到了生活行进的坚实步履……

一切都只是开端。"中国文学理论与批评丛书"还将推出第二辑、第三辑……并将进一步扩大规模。我们真诚地希望读者诸君提出宝贵的批评建议。

是为序。

吴子林

2016年12月23日

① [德]马克思撰:《致R》(1843年5月),见《马克思恩格斯全集》第1卷,第408页。

目　录

我的新时期文学理论研究之旅(代自序)

1936年12月,我出生于福建省连城县莒溪村。1952年毕业于连城一中初中部。1955年毕业于福建龙岩师范学校。1958年提前一年毕业于北京师范大学中文系本科,留校任教。现为北京师范大学资深教授,文学院教授委员会主席,文艺学博士生导师,国家级重点学科北师大文艺学学科点学术带头人,教育部文科基地北师大文艺学研究中心学术顾问。

自1958年大学毕业留校任教,我便被分配到北京师范大学中文系文艺理论教研室,师从黄药眠教授。经黄药眠先生精心指导,逐渐形成自己的文学理论研究路数。1963年为纪念曹雪芹逝世200周年,我在《北京师范大学学报》发表的长篇论文《论高鹗续〈红楼梦〉的功过》,是我发表的第一篇正式论文。这篇受到好评并被收入《红学三十年论文选编》等多种集子的论文,激发了我做学术研究的自信心,但同时我也因此被列入“走白专道路”的名单中,而遭受到政治整肃。1963—1965年在越南河内师范大学中文系任教期间,我讲授过中国古代文学发展史及作品选读、古代汉语、写作等课程。我在每周讲授24节课的情况下,利用一切时间,编写了《中国古代文学发展简史》,在炮火连天的河内油印出版，还注释了几十万字的中国古代文学作品。1967—1970年在阿尔巴尼亚地拉那任教期间，除讲授“中国文学”课程外，我用大量的闲暇时间研读“十三经”“二十四史”、《资治通鉴》和中外名家的大量作品。仅巴尔扎克的长篇小说我就阅读了二十多部。这为我日后的研究打下了比较坚实的基础。我是幸运的：当我的同事下乡之时，我在炎热的河内静静地读书备课；当我的同事不得不为“文化大革命”浪费时间之际，我则在地拉那宁静的城市里研读中外各类书籍。1958年至1976年可以说是我学术研究的一个准备时期。

> 出于对长期以来的文论的政治化和哲学化的不满，我开始了“审美诗学”的建构。“审美”文学的特征，这是我新时期最初的理论观点，许多文学理论问题都要在“审美”的视野下加以具体的解释。

1978年进入新时期以后，整个国家处在一种社会转型中，如何建立中国自己的新的形态的文艺学的课题被现实生活鲜明地提出来了。我的文艺学的教学和研究也随之开始新的阶段。我和文艺学界的同行们此时面对的主要问题是如何清理影响中国文艺学长达几十年的苏联教条主义文艺理论的僵化模式。从新中国成立初直到“文化大革命”结束的二十多年的时间里，中国的文艺学始终受到苏联20世纪50年代极“左”的文艺学的深刻影响。苏联50年代的文论基本上是20年代“拉晋”派的庸俗社会学和机械论文论的翻版，把一切文学问题政治化和哲学化是其突出的特点，并非创作实践的总结。更为严重的是“文化大革命”时期，连文艺学的一般常识也被完全堵塞。由此可知，新时期开始，文艺学学术研究的起步是十分艰难的。

在这种历史语境中，我清醒地认识到在文学问题上大而化之的哲学化，是阻碍中国文艺学发展的最重要的问题，而如何突破此前的“反映论”的单一的视角，寻找到文学自身的特征是当务之急。这一时期我的研究主要就围绕这个问题展开。我加入了有关文学创作的“形象思维”的讨论，发表了《略论形象思维的基本特征》《再论形象思维的基本特征》和《评当前文学批评中的“席勒化”倾向》三篇论文，力图摆脱文学研究中的政治化、哲学化模式，揭示文学自身的特征。但是在此期间我最重要的研究成果是向俄国大批评家别林斯基发起“挑战”，发表了受到当时文论界广泛重视的《关于文学特征问题的思考》一文（发表于《北京师范大学学报》1981 年第 6 期，1982 年中国社会科学院编的《文学年鉴》作了详细介绍，并选入《中国新文艺大系 · 理论一集》）。这篇论文质疑“文学形象特征论”的正确性。这种理论认为：文学与科学的不同不在内容，而在形式。科学家用逻辑说话，文学家则用形象和图画说话，可它们说的是同一件事，所以文学的根本特征就是用形象来反映生活。我的文章认为区别事物之间的不同特征首先要追寻它们的不同内容，然后才是形式。文章写道：“形式，这是事物的外部联系、外部标志，它不可能从根本上确定事物的特征；内容，这是事物的内部联系、内部规律性，只有它才能从根本上确定事物的特征。”“我丝毫没有否定‘文学用形象的形式反映生活’这一命题的意思。问题在于‘文学用形象的形式反映生活’这一特点难道不是由文学的独特对象、内容派生出来的吗？”由此，我认为上述文学特征的定义是有问题的。我由这篇文章追根溯源，进而发现这一说法最早是由俄国大批评家别林斯基提出来的。别林斯基曾强调指出：“人们只看到，艺术和科学不是同一件东西，却不知道它们之间的差别根本不在内容，而在处理一定内容时所用的方法。哲学家用三段论法，诗人则用图画和形象说话，然而他们所说的是同一件事。”我认为别林斯基的观点是受黑格尔的“美是理念的感性显现”的影响所致。在黑格尔的哲学体系里，“理念”是万事万物的根本，是它派生出一切事物，因此只能从不同的形式来区分此一事物与彼一事物的不同特征。别林斯基的文学特征论显然是黑格尔“理念”论在文学问题上的翻版。把这样一个黑格尔式的文学特征论长期奉为圭臬，不但是错误的，而且会使中国的文学理论裹足不前。在理清了别林斯基的文学特征论后，我在文章中提出了关于文学特征的理论假设——文学特征问题应分层次、分主次地进行探讨：甲，文学的独特内容——整体的、审美的、个性化的生活；乙，作家的独特的思维方式——以形象思维为主，以逻辑思维为辅；丙，文学的独特的反映形式——艺术形象和艺术形象体系；丁，文学的独特功能——艺术感染力，以情动人。我认为文学和科学的具体的对象与内容是不同的。文学反映的生活是人的整体的生活，即现象与本质、个别与一般具体地、有机地融合为整个生活。整体不是指包罗万象，而是“从一粒沙里看一个世界”。“一首短诗可能只抒发诗人瞬间的一点感受，一篇小说可能只写两三个人之间的一点纠葛，但都是活生生的一个完整的世界，那里面闪烁着生活的全部色彩。”进一步说，这种整体的生活能不能进入文学作品中，还要看这种生活是否与审美发生联系。“文学是美的领域。文学的对象和内容必须具有审美价值，或是描写之后具有审美意义。”更进一步，还要看这种生活是否经过作家的思想感情的灌注，留下作家精神个性的印记。可以说我的这篇文章是新时期国内最早揭示“文学形象特征论”的缺陷，并提出“文学审美特征论”的文章之一。此后我又吸收马克思主义关于对事物的“艺术掌握”以及“诗意的裁判”的观念，认真学习了马克思的《1844 年经济学—哲学手稿》中涉及美学的论述。此外，苏联 80 年代文论界的审美学派的理论资源，也进一步丰富、完善了我的理论。我将上述理论最早吸收进高校的《文学概论》教材中，特别是我自著的由红旗出版社出版的教材《文学概论》(上、下),以“文学审美特征论”贯穿全书,使教材面貌焕然一新。由于全国各地高校纷纷采用此教材,发行量达到了27万册,从而使我的“文学审美特征论”产生了广泛的影响。“文学审美特征论”改变了文学理论简单套用政治理论的模式,推动了中国现代文论的发展,具有重要的学术价值。

另外,我还把“文学审美特征论”运用于文学理论的重要问题——文学典型——的研究中,于1994年发表了论文《特征原则与作家的发现》,提出了与以前的哲学化的典型定义——典型是个性与共性的统一,或典型是偶然性与必然性的统一——完全不同的典型定义。文章认为,过去的典型理论缺少“中介”,因此只是把典型的塑造过程看成是对生活的“综合”或“拼凑”。文章借用德国古典艺术鉴赏家希尔特的“特征”理论,把典型创造理解为对特征的生发、强化,把典型理解为经过特征化的、能够唤起人们美感的形象。我的文章认为:“就外延而言,‘特征’可以是一句话、一个细节、一个场景、一个事件、一个人物、一种人物关系等;就内涵而言,‘特征’具有两种属性:其一,它的外在形象是极其具体的、生动的、独特的;其二,它通过外在形象所表现的内在本质又是极其深刻丰富的。‘特征’是生活的一个凝聚点,现象和本质在这里相连,个别和一般在这里重合,形与神在这里聚首,情与理在这里交融。特征化就是指作家对他所抓取的生活凝聚点的加强、扩大和生发的过程。”所以典型创造是否成功,不在积累的生活材料的量的多少,而在于质的高低。我的关于典型问题的“特征”说,是国内典型理论的一种新的论说。这一理论由于它深入到文学的审美层次,具有一定的启发性,也被学术界不断地引用。我还发表文章试图用“审美”的观点来解释艺术真实性问题、文学结构问题,以及文学的内容与形式的关系等问题。

我的文学审美特征论研究,获得了文学理论界的理解与支持。随后,我的“审美”论就进入各类教材。中国社会科学院文学所的《文学年鉴》转载了我的论文;许觉民先生主编的《新文学大系》“理论卷”收入了我的论文；多年后，王蒙和王元化主编的另一本《新文学大系》“理论卷”也收入了我的论文。值得一提的是，越南重要的期刊《文学》，专门翻译了我评论苏联文论的文章。我自编的以审美为核心观念的教材《文学概论》，1984 年第一版印刷了 27 万册，它在大江南北、黄河两岸学习文学理论课程的师生手中流传。1982 年我还是讲师，1986 年我成为了教授，我还是 1985 年北京市的“劳动模范”。我自己把新时期这一时段的文学审美特征论研究，称为“审美诗学”研究时期。

80 年代中期文学理论界提出的文学主体性是一个重要问题，为深化文学主体性研究，“心理诗学”的探索耗费了我多年的时间。“体验”成为我们阐释的核心观念，而把“矛盾上升为原理”则是我的一种研究思路。

20 世纪 80 年代中期，文艺学“拨乱反正”的任务基本完成后，“实现文学观念的转变，以适应变化了的文学现实”的问题被鲜明地提了出来。1985 年刘再复发表了《论文学主体性》的重要论文，在学界掀起轩然大波，立刻引起了激烈的论争。一些人完全否定这篇论文，但我是赞成刘再复的观点的，我认为应该延伸他的研究。刘再复的“文学主体性”研究，我觉得仍然囿于哲学的范畴，难于在文艺学范围内进行深入的探讨。我意识到“文学主体性”问题的重要意义，同时感到“文学主体性”问题可以转到“文艺心理学”领域加以研究。1986 年我申请到了国家“七五”社科重点项目“文艺心理学（心理学美学）研究”。从 1985 年起到 1992 年，经过七年的时光，我和我指导的研究生终于获得了令人欣慰的成果，出版了“心理美学丛书”（十五种），论文集《艺术与人类心理》，以及由我任主编的、达 56 万字之多的学术专著《现代心理美学》。我自己的学术专著《艺术创作与审美心理》一书也列在“丛书”中。我和我的学生的“心理学美学”研究与一般的“文艺心理学”有些不同，我们不把“心理学美学”看成是心理学的一个分支，因此不同意用普通心理学的概念生硬地宰割文学艺术。相反，我们主张从文学艺术的事实出发，来寻求心理学视角的解释，因此“心理学美学”完全属于美学、文艺学的一个分支。

在我所撰写的《艺术创作与审美心理》这部著作中，我所选择的研究范畴并不是新鲜的，仍然是审美知觉、审美情感、审美想象等。但是我在前人研究的基础上，运用辩证思维的方法，使我的研究获得了新的成果。我的研究方法完全是朴实的、富于启发性的，我说过：“我在研究艺术家的创作心理机制的运动、变化和相互作用时，发现了一个普遍的现象，即艺术家诸种创作心理活动往往是矛盾的、相互冲突的：审美知觉既是无关功利的，又是有关功利的，既是对现实的超越，又要受现实的制约；审美情感既是艺术家自我的情感，又是人类的情感，既是内容的情感，又是与之相对的形式的情感；审美想象既具有主观的意向性，又具有客观的逻辑性……这一对对的矛盾、冲突，起初使我困惑。”在困惑中，海森堡的“将矛盾提升为原理”给了我极大的启发，为我的创作心理研究开辟了一个崭新的路数。如对审美知觉的研究，在前人那里，或是认为审美知觉是超越功利的，或是认为审美知觉是功利的。这种分歧成为美学理论的一个“死结”。我正是从这个“死结”起步，否定了那种静态的调和功利说与非功利说的尝试，即把审美知觉分成知觉效果与心理状态两个方面，认为从知觉效果上讲，审美知觉是无关功利的；而从心理状态上讲，审美知觉是有关功利的。我认为这种理论离解开“死结”还很远，因为“审美知觉是一种流动的并充满心理冲突的过程”。“最能体现审美知觉深层特征”的，恰好是它“从日常实际态度向审美态度的转变”。而这种过渡与转变能否实现，关键在于两种心理力——功利的、实用的心理力与超功利的、审美的心理力——反复较量的结果。“换句话说，在这过渡与转变的瞬间，知觉主体处于一个被争夺的临界点上。一方面，审美对象的特质所构成的审美世界召唤他，使他对经验世界处于一种‘假遗忘’状态；可另一方面，他所熟悉的由强大的功利、欲望所构成的经验世界，又挽留他，像一个情人那样拽抱着他，尽量不使他超越临界点，阻止他顺利进入审美世界。”两种心理力的斗争决定着审美知觉能否实现。我的研究的独到之处在于：把“斗争”“较量”的概念引入知觉过程的研究，从而获得同行的好评。我探索的最后的结论是：“审美知觉作为一个动态过程，不能简单地说成是‘无关欲望’‘无关功利’的，只能说它从欲望、功利的束缚中解放出来，达到无关功利欲望的境界。有欲是无欲的对立面，但是有欲是无欲的超越条件，甚至可以说，欲望、功利的拖累越是沉重，对此欲望、功利的超越后的审美愉悦也越是痛快淋漓。”关于“审美知觉”研究我所提出的新说可以叫作“解放”说。这是我把书本知识、创作经验和生活体验三者贯通起来所获得的成果。

我对审美情感的研究也采取融通的态度。我认为“自我表现”论和“人类情感表现”论，都有片面性，都不能完全揭示审美情感的本质。我认为审美情感应该是“自我情感”和“人类情感”的交合、重合和结合。但是这种结合是如何实现的呢？我又一次引进“冲突”“搏斗”“征服”等概念。我认为，艺术家的自我情感与对象所体现的人类情感之间的冲突是通过相互征服而实现双向流通，从而达到“神秘的统一”。艺术家必须有伟大的人格、超常的智慧、巨大的搏击力量，以及主观战斗精神，把对象所体现的人类情感吸纳、同化到自己心中，成为自我情感的有机组成部分，这样方能克服自我情感与人类情感之间的紧张，方能“在搏击之后结为一体”。我的这一观点在审美情感的研究中被同行专家认为是深刻而独到的。

我用同样的方法研究审美想象，认为审美想象是认识性与意向性两个因素相互征服、相互渗透的结果。

我的“心理学美学”研究力图揭示艺术创作心理机制的复杂性、辩证矛盾性，把“矛盾上升为原理”，学界同好认为这一研究思路颇具独特性。另外一点，也许是更重要的一点，我们朴素地认为作为文学创作的主体，“体验”是最为重要的，我把“体验”与一般的“经验”区别开来，这成为我们集体研究的最重要的成果。在由我任主编、我的朋友程正民任副主编的56万字的《现代心理美学》一书中，我们用了最多的篇幅来研究"艺术与体验"，我们罗列了"童年体验""缺失性体验""丰富性体验""崇高体验""愧疚体验""孤独体验""神秘体验""皈依体验"等来阐明艺术主体问题。我们的研究成果不但深化了文学主体性问题的研究，而且把朱光潜30年代的古典的文艺心理学研究提高到现代的水平。我们的著作获得了教育部的奖励，还被列为国庆五十周年的"献礼"著作。对我而言，我与我的学生——丁宁、陶东风、李春青、蒋原伦、黄卓越、李珺平、陶水平、唐晓敏、周帆、曹凤、陈向红、金依锂、黄子兴等——的激烈的学术争论，使我们收获了弥足珍贵的友谊。

当作家苦苦摸索"怎么写"的时候，我知道文学理论界应该干什么。我选择了"文体诗学"研究，提出了"文体非文类"说、"文体是一个系统"说，为新时期的文体研究探了探路。

90年代初期，我的研究方向又一次转换。此时我已经清楚地意识到，作家们遇到的问题不仅仅是写什么的问题，还有一个更重要的是怎么写的问题，他们正苦苦摸索这个问题。对于文学理论来说，这就是文体问题了。文学是语言的艺术，语言是文学的第一要素，如果不把研究落实到语言层面，那么怎么写的问题，以及文学的特征和相关的一系列文学问题，还是不可能解决的。经过三年的努力，我的研究又一次获得了成果。1993年我主编了一套"文体学丛书"，我自己撰写的专著《文体与文体的创造》也正式出版。"文体学"的研究在中国文艺学界几乎是一个新开辟的领域，因为我并非把"文体"单纯理解为过去人们所说的"文类"或"文学体裁"。在系统而详尽地梳理了中国和西方关于文体理论的基础上，我提出了对"文体"的新见解："文体是指一定的话语秩序所形成的文本体式，它折射出作家、批评家独特的精神结构、体验方式、思维方式和其他社会历史、文化精神。”这一“文体”定义实际上可分为两层，从表层看，文体是作品的语言秩序、语言体式；从里层看，文体负载着社会的文化精神和作家、批评家的个体的人格内涵。另外，我把文体作为一个“系统”，认为从呈现层面看可以分为相互联系的三层：体裁—语体—风格。我认为一定的体裁要求一定的语体，一定的语体经作家个性的过滤，达到稳定和成熟的极致，就形成风格。文体是体裁、语体和风格的结合体。这部书最富创造性的部分是它提出了文体创造问题的新发现。我在评述了“美在内容”“美在形式”和“美在内容与形式的统一”的观点的局限之后，提出了“美在内容与形式的交涉部”和“内容与形式的相互征服”的新观点。长期以来，内容与形式一直是文艺学中一个最重要的两项对立模式。但这两项对立模式中的内部关系并不是平等的。所以我想拆解这个两项对立模式，但又认为照搬20世纪在西方流行的完全排斥内容的各种形式主义的模式是不可取的。

经过研究，我把文学的内容与形式的关系理解为辩证矛盾运动，并在内容与形式之间找到了一个中介概念，这就是“题材”。我认为文学作品的内容是无法意释的，但题材则是可以意释的。把题材从艺术内容中剥离出来，其目的是强调从题材（材料）向内容的转化过程中，形式所起的关键作用。我提出：“作品的内容是经过深度艺术加工的独特方式，以语言体式为中心的形式则是对题材进行艺术加工的独特方式，一定的题材经过某种独特方式的深度的艺术加工就转化为艺术作品的内容。”值得一提的是，我在提升艺术形式的作用时，与各种形式主义的美学，其中包括西方的所谓“语言论转向”，仍保持着一条清晰的界限。这不但表现在我仍然使用被形式主义文论弃置不用的“内容”这个概念，更重要的是表现在对内容与形式关系的含有辩证矛盾思想的处理。我强调的是，作品的形式无论如何总是一定内容的形式，一定的形式只有在题材的吁求下才会出现。如果题材不发出吁求，形式是不会出现的。而且我进一步指出，题材吁求形式，其中就包含形式的创造要受到题材的生活逻辑和情感逻辑的制约，形式必须这样或那样与题材相匹配。但又强调，这种“制约”不是“决定”。在内容决定形式的理论中，内容是“主人”，形式是“仆人”，“仆人”永远是被动的。在我所理解的题材吁求形式的关系中，题材与形式是“主人”与“客人”的平等关系。把“客人”请到“家”，“客人”就往往“造起反”来，“客人”征服“主人”，重新组合，建立一个新的“家”。所以我认为，题材与形式是相互征服的关系，一方面是题材吁求形式，征服形式；另一方面则是形式改造题材、征服题材。我在书中写道：“我们的基本观点是，创造最终达到内容与形式的和谐统一，不是形式消极地适应题材的结果，恰恰相反，是形式与题材的对立、冲突，最终形式征服（也可以说克服）题材的结果。”我举了俄国作家蒲宁的短篇小说《轻轻的呼吸》，认为是形式征服题材的典范。就这篇小说的题材而言，其意义指向是沉重的、哀伤的、令人叹惜的。小说描写了年轻漂亮的女中学生奥丽雅，她先与一个哥萨克士兵谈恋爱，后又与一个老地主乱搞，最终奥丽雅被哥萨克士兵在火车站站台上开枪打死。这样一个故事就其本身而言是“生活的溃疡”“生活的腐败”。但是作家在建构这个故事的时候，把“开枪打死”这四个字，隐含在对乱糟糟的站台和来往人群的描写的长句子中，如果你不认真读，就可能被忽略过去。小说的艺术描写的重点被转到奥丽雅和羡慕她的女生的一次关于女性美的谈话上面。奥丽雅家的藏书中有一本《古代笑林》，其中的一个故事把“轻轻的呼吸”列为女性美的标准要点之一。奥丽雅绘声绘色地对女友们说：“轻轻的呼吸！我就这样的——你听到我怎样喘气——真是这样吧？”此外，奥丽雅的班主任——一个老处女——对奥丽雅的美貌和风度的羡慕，也从侧面进行了大肆的渲染。艺术形式的诗情画意使题材的意义指向发生逆转，整部小说流露出一种乍暖犹寒的春的气息。形式征服了题材，转化出一种新的内容。我的书中通过大量的资料分析证明，这种形式对题材的征服，乃是文体创造的基本规律。作家之所以喜爱描写苦难、伤痛、哀愁、苦闷、死亡，甚至丑恶、病态等，就是因为形式可以征服题材，使题材的意义指向发生逆转，并创造出新的艺术世界来。我在内容与形式关系上的理论突破，被认为使文体学研究进入文艺学研究的前沿，是值得重视的。王蒙先生给我们的丛书写了“序言”。值得庆幸的是，我们的书再版时，季羡林先生也称赞这套丛书，给丛书写了三段评语。其中第一段说：“‘文体学丛书’是一套质量高、选题新、创见多、富有开拓性、前沿性的好书。以前我们对文体问题、对中国古代文论中的有关文体的思想遗产研究、总结得很不够，因而这套丛书的出版对文艺学的学科建设具有填补空白的意义。”季先生的评价让我受宠若惊。而我的学生莫言在听了我的“创作美学”课程后，所记住的就是那个用来说明文体创造的“轻轻的呼吸”的故事，这也让我感到些微的安慰。

> 文学理论作为学科建设，我一直觉得应在中、西、古、今四个主体间进行平等的对话，互通有无，互相补充，互构互动，互相发明，既借鉴西方的有益的观点，又不失中国民族之地位。当文学理论能利用历史留给我们的全部资源的时候，文学理论的学科建设就可以获得成功。这就是我在“比较诗学”上下了较大功夫的原因。

新时期三十余年来，我一直把文艺学当成一个学科来建设。就整个文艺学的学科建设而言，我认为要走古今对话、中西对话的路。我深深体会到文艺学的真理不在一家一派手里，而在各家各派手里。因此古今对话、中西对话，是关系到开发文艺学建设的资源问题。我把“古”“今”“中”“西”理解为四个“对话”的主体，通过这种对话，我们才能把包括古今中外一切含有真理性的东西吸收过来，才可能进行综合，并建立起具有新质的中国的现代文学理论。20世纪90年代我提出了古代文论研究的学术策略：第一，历史原则。把古代文论的资料置放到产生它的历史文化语境中考察，尽可能恢复其本来面貌。只有这样才可能激活历史资料的生命。尽管这不可能完全做到，但一定要尽力去做。脱离原有的历史义化语境的研究是不可取的。第二,对话原则。把“古”“今”“中”“西”理解为四个平等的“对话”的主体。通过古今对话和中西对话,互相补充,互相发明,互相贯通。把古今中外一切具有生命力的观点和方法置于我们的视野之内。对话不是相互简单的比附。第三,自洽原则。对话的目的是把古今中外的真理性的成分交融在一起,这种交融不是机械相加,要能自圆其说,而且在对话中寻找新质,创造出属于中国现代的文论形态来。我和黄药眠先生主编了《中西比较诗学体系》(上、下)一书,1991 年出版,内容包括中西文论的背景比较、范畴比较和影响研究,至今仍是国内最完整的一部比较诗学的著作。我于 90 年代发表在《文史知识》杂志上的两组文章,或是以西释中,或是以中释西,受到读者的欢迎,后来中华书局结集出版,台湾的万卷楼图书有限公司也出版了这部题为《中国古代心理诗学与美学》的书。2000 年,我完成了国家“九五”社科规划项目“中国古代文论的现代意义”,其成果由北京师范大学出版社出版。2000 年,我在新加坡南洋理工大学中华语言文化研究中心担任研究员,完成了“现代学术视野中的中华古代文论”书稿,此书由北京出版社出版。我自 1994 年起给博士生上的“《文心雕龙》研究”的课程讲稿,即将汇集成《〈文心雕龙〉三十说》一书出版。我的“比较诗学”的研究得到国内研究古文论的朋友的鼓励,我的《文心雕龙》研讨论文中的观点,被收入张少康等人编著的《〈文心雕龙〉研究史》中。已故资深古代文论研究专家陈良运在评价我的《中国古代文论的现代意义》一书时,认为这部书“找到古代文论现代阐释的一把钥匙”。他说:“值得我们这些长期研究古代文论的学人特别感兴趣的是,他将现代心理科学知识引进了古代文论研究领域,从人的心理层次观照、诠释某些观念范畴的生成、扩散、延伸与发展,往往令人耳目一新。”他特别称赞我对李贽的“童心”说与马斯洛的“第二次天真”说的比较研究,说“听到他以美国人本主义心理学家马斯洛的‘第二次天真’说诠释明代李贽的‘童心’说,感到十分新鲜且心胸豁然开朗,一缕古代文论现代阐释的新曙光,启开了笔者原来比较狭窄的视界”。对于我对孔子的“乐而不淫,哀而不伤”的新解,对刘勰的“蓄愤”“郁陶”说的新解等,他也赞赏有加。我觉得我找到了知音。

> 自韦勒克的《文学理论》一书被翻译过来之后,文论界对他提出的所谓“内部研究”和“外部研究”的划分趋之若鹜。90年代“文化研究”被引入后,文学理论的“文化转向”又变为“日常生活审美化”的话题。“文学理论往何处去”又成为一个问题。这个时候,我提出了把“内部研究”与“外部研究”综合起来的“文化诗学”的新思路。

我于1998年在扬州会议上提出建立“文化诗学”的初步构想。1999年我又发表了《文化诗学是可能的》《文化诗学的学术空间》两篇论文。2001年再次发表了论文《文化诗学刍议》,并于当年11月7日到中央电视台“百家讲坛”做了题为《走向文化诗学》的讲演。不幸的是,我的这个讲题美国学者斯蒂芬·格林布拉特于1986年在西澳大利亚大学讲过。这样,就有人认为我的理论是从格林布拉特那里搬来的。的确,此前我读过格氏有关“新历史主义”批评的论文,他那种把对文学文本的解读放回到原有的历史语境中去的方法对我有启发。但我当时不认为这是什么新鲜的东西,因为孟子的“知人论世”的方法早就倡导这样做了。我在90年代末提出“文化诗学”是基于三点考虑:第一,文学理论界过分的“内部研究”,特别是一些琐碎的文本语言研究,忽视了文学的内容,即所谓文学“外部”的东西,我觉得过分的“内部研究”是片面的,文学理论应该追求全面性,那就是把“内部研究”和“外部研究”综合起来,既要关注文学文本的言语技巧、抒情技巧、叙事技巧,也要关注文学文本的文化、社会和政治内容,进行跨学科的研究。第二,90年代后期,西方的“文化研究”被引进,瞬间又成为文论界追逐的目标。我认为从英国威廉斯等人那里引进的“文化研究”基本上不属于文学理论,它是文化社会学,甚至就是政治社会学。虽然,它有时也举某些文学作品为例来说明某个问题,但它并不看重文学文本的诗情画意，不看重文学文本的审美品质，甚至提出“反诗意”。如果我们搞文学理论的人，都钻进这个“文化研究”中去，那么就必然会脱离文学和文学理论本身，这不利于文艺学这个学科的建设。后来主张引进文化研究的学者又转而提倡什么“日常生活的审美化”研究，实际上常常与商业主义“同流合污”，这就更引起我的反感，我觉得他们这样走下去，必然要撇开我所钟爱的文学。而我所提出的“文化诗学”，就是要坚守文学理论的阵地，与搞文化研究的人保持距离。第三，面对诸种社会问题，我们研究文学理论的学者不能置身局外，要通过文学批评发出我们的声音。这样文学理论中缺乏文化的元素和视野显然是不行的。我觉得“文化诗学”恰好能使我们研究文学理论的人“介入”现实，与现实保持紧密的、生动的联系。我发表一系列的文章来界说我提出的“文化诗学”。最终，我用“一个中心，两个基本点”来说明我的“文化诗学”的结构。一个中心，就是要以审美为中心，文学与审美不可分离，审美不是小事，是关系到人的自由的大事。两个基本点：文学研究既要伸向微观的文学文本的细部，文本的分析不可或缺；又要伸向宏观的文化历史的观照，把文学文本或问题置放回原有的历史语境中去把握，揭示文学文本中的文化蕴涵。但是，我认为重要的不是“文化诗学”这个提法本身，重要的是要在文学理论和文学批评中进行实践。我先后主编了两套丛书，一套是北京师范大学出版社出版的“文化与诗学丛书”（10 本），一套是由湖南人民出版社出版的“文化诗学丛书”（5 本），这些著作研究的问题是不同的，但方法则是“文化诗学”的。我为这两套丛书都写了“序言”，申明我的“文化诗学”的主张。我主持完成的教育部重大攻关课题“历史题材文学创作中的重大问题研究”，最终形成 71 万字的专著和一套 5 本的丛书，也可看成是对“文化诗学”实践的作品。

新时期过去了三十余年，转瞬之间，我已从中年迈入晚年。我从审美诗学起步，经历了心理诗学、文体诗学和比较诗学的跋涉，最后一站来到文化诗学。这就是我的新时期的文学理论之旅。回顾走过的路，总觉得做的太少,留下的遗憾太多,论文和著作的质量不能令人满意。我清楚地知道,我离我的学术研究目标还有很大的距离,未能像某些大家那样达到那种令人神往的境界。但生命的火焰即将黯淡,我可能做不了什么来补救了。遗憾将伴随我余下的日子。我只能告诫我的学生:努力吧,勤奋地、不倦地在文学理论这块园地里耕耘。要读万卷书,行万里路,永远和现实生活保持密切的、生动的联系,把书本知识、创作实践和生命体验贯通起来,也许你们能在这块园地获得丰收。我从来不嫉妒学生。我希望你们成家立派。当你们像我这样年老的时候,回首往事,觉得自己的生命没有虚度,你们就成功了,达到了你们的老师没有达到的境界,这对我来说,就是最好的安慰了。

2012 年 5 月 10 日

第一章　为诗辩护:文化诗学存在的前提

文化诗学是北京师范大学文艺学研究中心在20世纪90年代作为一种新的文艺学方法论提出来的。文化诗学的研究对象仍然是文学,古今的文学,中外的文学。但是近几年来出现了一种声音,那就是认为在所谓的“电信技术王国”的冲击下,文学和文学批评,甚至连同情书、哲学和精神分析也“在劫难逃”,都要向“图像”“臣服”,文学和文学批评将走向终结。意思是,“皮之不存,毛将焉附”,如果文学终结了,那么文学理论和批评就失去了研究的对象,人们提出的各种文学理论和批评的新说,也自然是无的放矢。现在人们还继续絮絮叨叨讲文学理论和批评的方法论有何意义? 所以这第一章,我们必须首先要“为诗辩护”,阐述文学的独特的审美场域,证明文学现在存在着、发展着,将来也会存在着、发展着,文学的生命是不会衰竭的。

第一节　西方历史上五次“为诗辩护”

在中国悠久的历史上,包括诗歌在内的文学一直处于崇高的地位，曹丕在他的《典论·论文》中说："盖文章，经国之大业，不朽之盛事。年寿有时而尽，荣辱止乎其身，二者必至之常期，未若文章之无穷。"说明人会死去，而文学是不朽的，是永远不会衰亡的。就是到了明清的章回小说时代，文学也被众多的普通读者所喜欢，从来没有人预言文学将消亡、将终结，所以中国从来就不存在"为诗辩护"问题。

西方则不然。从柏拉图到现在先后有五次"为诗辩护"。就是说，他们一再预言文学将终结。

西方文论史上从古到今始终存在一个"为诗辩护"的论题。为什么像"诗"这样美好的东西，如此令人感动的东西，如此有魅力的东西，不能像中国古人那样去珍爱它，反而似乎是有罪的，还要替它辩护呢？问题究竟出在哪里呢？总的来说，在西方的古希腊理性传统和后来的科学传统中，文学往往被认为不具有价值，或不具有真理性，"诗"遭到责难，所以热爱文学的人们要一再起来为诗辩护。

一、西方文论史上第一次"为诗辩护"

第一次"为诗辩护"发生在世界古代文明开篇的所谓的"轴心"时期。当孔子（前551—前479）在东方的泰山脚下那样热情地赞美西周时代的古老诗篇，并精心地整理和挑选诗篇，终于整理出"诗三百"的时候，当孔子教导他的学生"小子何莫学乎诗？诗，可以兴，可以观，可以群，可以怨。迩之事父，远之事君，多识于鸟兽草木之名"的时候，当孔子语重心长地认为“兴于诗，立于礼，成于乐”的时候，在西方，比孔子稍晚一些，在地中海边的希腊，西方的先哲柏拉图（前427—前347）在他所设计的“理想国”里则控诉诗人的罪状，并准备把诗人从“理想国”里驱逐出去。柏拉图借苏格拉底的话，说诗人有罪，因为诗人把“摹仿性的诗”带进“理想国”来。其理由是，诗歌违反真理。他举出了三种床为例：“第一种是在自然中本有的，我想无妨说是神创造的，因为没有旁人能创造它；第二种是木匠制造的；第三种是画家制造的。”柏拉图认为唯有第一种床，即床之所以为床的“理式”才是真实体，才具有真理性，而画家笔下的床是摹仿的摹仿，“和真理隔着三层”。“我们现在理应抓住诗人，把他和画家摆在一个队伍里，因为他们有两点类似画家，头一点是他的作品对于真理没有价值；其次，他逢迎人性的低劣部分，摧残理性的部分。”所以他决定，“除掉颂神和赞美好人的诗歌以外，不准一切诗歌闯入国境”①。从这里我们不难看出，西方文论最初的价值根据，是柏拉图所说的“理式”，是“神”，而不是素朴的人、人的情感与自然的契合。

柏拉图的学生亚里士多德（前384—前322）不同意柏拉图对诗人的态度，起来为诗人辩护，这是西方文论史上第一次“为诗辩护”。亚里士多德为诗辩护的理由是大家都知道的，他认为诗人摹仿现实，“写诗这种活动比写历史更富于哲学意味”，诗歌能够“按照可然律或必然律可能发生的事”，诗人拥有真理②。但是，亚里士多德也不是彻底的唯物主义者，所摹仿的现实还有“最后之因”或“最先的动因”。所以亚里士多德虽然为诗作了辩护，可诗的价值根据并未完全站立在确定的大地上面。“希腊人是靠‘理性’来追溯价值之源的，而人的理性并不能充分地完成这个任务。希伯来的宗教信仰恰好填补了此一空缺。西方文化之接受基督教，决不全出于历史的偶然。无所不知、无所不在的上帝正为西方人提供他

① ［古希腊］柏拉图著：《理想国》卷十，见《柏拉图文艺对话集》，朱光潜译，人民文学出版社1959年版，第63—83页。

② ［古希腊］亚里士多德著：《诗学》第九章，见《诗学·诗艺》，罗念生译，人民文学出版社1962年版，第29页。

们所需要的存有的根据。”[①]西方文学和文论在中世纪沦为神权的“婢女”也就可想而知了。

二、西方文论史上第二次“为诗辩护”

第二次“为诗辩护”发生在文艺复兴之后。这是在神权的面前为诗辩护。“文艺复兴”这个译词很容易引起人们的误解，以为是文艺得到了解放。实际上“文艺复兴”在外文中的正确解释是“古典学术的再生”。文艺复兴在精神方面的表现，主要是恢复古希腊时期开始的“自然科学”[②]。当时，中世纪残留下来的教会的力量还很大，神学仍然压制着文学艺术。针对教会对文艺的摧残，具有人道主义思想的学者起来“为诗辩护”。在意大利，但丁（1265—1321）最早起来为诗辩护。我们要知道，但丁生活的年代，大约相当于中国的元代中期，当时的中国文学已经跨越了汉赋、六朝诗歌、骈体文、唐诗、宋词、唐宋古文、唐宋传奇、元曲等辉煌时期，产生了屈原、陶渊明、李白、杜甫、白居易、韩愈、柳宗元、李商隐、杜牧、苏轼、李清照、柳永、陆游等一大批伟大不朽的诗人和作家，而古老的诗篇早于汉代就被尊称为《诗经》，但生活在西方的被恩格斯称为“中世纪最后一位诗人，同时又是新时代最初一位诗人”的但丁，在文艺复兴运动的鼓励下，才开始羞答答地为诗辩护。但丁提出文学的“寓言”说，“从宗教的观点为诗辩护”。其后，还有薄伽丘、帕屈拉克等在重复了但丁的“寓言”说的同时，提出文学的虚构不是说谎，“真理埋藏在虚构这幅帐面纱后面”，“诗和神学可以说是一回事”，“神学实在就是诗，关于上帝的诗”[③]。还是怕神权，不得不如此为诗辩护。比但丁晚200年左右的英国文学家菲利普·锡德尼（1554—1586）针对当时仍然有人认为诗人、演员和剧作家欺骗公众、败坏道德，写出了第一篇《为诗辩护》的论文，在这篇

① 余英时著：《中国思想传统的现代诠释》，江苏人民出版社1989年版，第8页。
② 朱光潜著：《西方美学史》上册，人民文学出版社1999年版，第143页。
③ 朱光潜著：《西方美学史》上册，人民文学出版社1999年版，第152页。

论文中作者说：自然的“世界是铜的，而只有诗人才给予我们金的”[①]，这才给出了一个像样的理由。

三、西方文论史上第三次“为诗辩护”

第三次为诗辩护发生在英国工业革命之后，这是在科学的面前为诗辩护。随着英国工业革命的兴起，工厂遍地林立，烟囱冒着黑烟，童工超时打工，城市挤压乡村，田园逐渐丧失。科学技术成为极具影响的力量，科学主义甚嚣尘上。似乎只有科学才发现真理，文学艺术与真理根本不相匹配。科学不但发现真理，而且有用，有用的才是可以存在的，文学艺术受到科学的挤压而再次面临危机。很少有人重视现代工业给环境带来的污染，并使人性变得残缺。这个时候产生了英国浪漫派，出现了湖畔诗人华兹华斯（1770—1850）和柯尔律治（1772—1834）等。他们站出来为诗辩护。他们对那工业革命非但不感兴趣，而且呼唤回归自然。“大自然啊！大自然！”这是华兹华斯的口号。他的《〈抒情歌谣集〉序言》以丰富而独特的思想反对工业化和城市化：“许多的原因，从前是没有的，现在则联合在一起，把人们的分辨能力弄得迟钝起来，使人的头脑不能运用自如，蜕化到野蛮人的麻木状态。这些原因中间影响最大的，就是日常发生的国家事件，以及城市里人口的增加。”[②]所谓“国家事件”，所谓“人口的增加”，就是指当时现代工业的崛起、科学技术的发展，给人类带来的种种变化。他呼唤失去的田园生活，他说：“我通常都选择微贱的田园生活作题材，因为在这种生活里，人们心中主要的热情找着了更好的土壤，能够达到成熟境地，少受一些拘束……因为田园生活的各种习俗是从这些基本情感萌芽的，并且由于田园工作的必要性，这些习俗更容易为人了解，更能持久；最后，因为在这种生活里，人们的热情是与自然的美和永久的

---

① ［英］锡德尼著：《为诗辩护》，见《为诗辩护·试论独创性作品》，钱学熙译，人民文学出版社1996年版，第10页。

② ［英］华兹华斯著：《〈抒情歌谣集〉序言》，《十九世纪英国诗人论诗》，刘若端译，人民文学出版社1984年版，第8页。

形式合而为一的。”[①]华兹华斯为了反驳那些只有科学才能发现真理，诗歌不能发现真理的说法，强调道：“我记得亚里士多德曾经说过，诗是一切文章中最富有哲学意味的。的确是这样。诗的目的是在真理，不是个别的和局部的真理，而是普遍的和有效的真理；这种真理不是以外在的证据作依靠，而是凭借热情深入人心；这种真理就是它自身的证据，给予它所呈诉的法庭以承认和信赖，而又从这个法庭得到承认和信赖。”[②]华兹华斯进一步把自然科学与文学艺术作对比，说：“科学家追求真理，仿佛是一个遥远的不知名的慈善家；他在孤独寂寞中珍惜真理，爱护真理。诗人唱的歌全人类都跟他合唱，他在真理面前感到高兴，仿佛真理是我们看得见的朋友，是我们时刻不离的伴侣。诗是一切知识的菁华，它是整个科学面部上的强烈的表情。”[③]华兹华斯对于现代工业的批判，对于古老田园生活的神往，对于回归自然的呼喊，都能给我们以启发，令我们感动，甚至到今天仍然有它的意义；但是他为什么要站到“科学家”的立场上为诗辩护呢？他辩护的逻辑是，诗歌不是不能发现真理，它的真理比之于科学所发现的真理更能为更多的人所了解，全人类都跟着合唱。换句话说，华兹华斯为诗辩护诚然让人佩服，但他对文学价值的理解，仍然脱离不开“科学”和“真理”。文学艺术为什么一定要和科学去比真理性呢？

比华兹华斯晚一点出生却早去世的雪莱（1792—1822）在题为《为诗辩护》一文中，也许比华兹华斯说得更好。雪莱认为科学与诗是不同的。科学重在“推理”，而诗则重在“想象”。“诗可以解作‘想象的表现’。”[④]而且他提出了文学艺术的“美与真”的问题，不但把语言艺术的创造与人

① ［英］华兹华斯著：《〈抒情歌谣集〉序言》，《十九世纪英国诗人论诗》，刘若端译，人民文学出版社1984年版，第5页。

② ［英］华兹华斯著：《〈抒情歌谣集〉序言》，《十九世纪英国诗人论诗》，刘若端译，人民文学出版社1984年版，第15页。

③ ［英］华兹华斯著：《〈抒情歌谣集〉序言》，《十九世纪英国诗人论诗》，刘若端译，人民文学出版社1984年版，第17页。

④ ［英］华兹华斯著：《〈抒情歌谣集〉序言》，《十九世纪英国诗人论诗》，刘若端译，人民文学出版社1984年版，第119页。

的天性联系起来，而且考虑到语言的本性，他说：

> 狭义的诗却表示语言的，尤其是具有韵律的语言的特殊配合，这些配合是无上威力所创造，这威力的宝座却深藏在不可见的人类天性之中。而这种力量是从语言的特性本身产生的，因为语言更能直接表现我们内心生活的活动和激情，比颜色、形象、动作更能作多样而细致的配合，更宜于塑造形象，更能服从创造的威力的支配。①

雪莱同样也说诗人是“法律的制定者”，是“文明社会的创立者”，是“人生百艺的发明者”，但同时他不是一味说大话，而是从语言的特性出发，具体地论述了文学作为语言的艺术对于阐发人的内心生活和人的情感的独特长处。这样的辩护比什么都有力量。后来，欧洲文学从18世纪到19世纪的浪漫主义文学和19世纪批判现实主义文学的伟大发展中，产生了一大批伟大的诗人与作家，他们的作品，无论是思想与艺术都达到了前所未有的高度，有力地证实了英国浪漫主义诗人的“诗辩”。

四、西方文论史上第四次“为诗辩护”

随着19世纪德国哲学的繁荣，德国古典哲学成为人类的精神发展的表征。康德、费希特、席勒、谢林、黑格尔等都热爱包括文学在内的艺术。黑格尔与华兹华斯生于同年，1831年死于当时德国流行的霍乱。大家知道，黑格尔前后讲过五次美学课，1817年、1819年在海德堡大学讲过两次，1820—1821年、1823年、1826年在柏林大学讲了三次，我们现在看到的《美学讲演录》（朱光潜先生译为《美学》）就是他的学生霍托根据1823年、1826年的听课人的课堂笔记对照黑格尔历次讲课的提纲整理而成的。但随着黑格尔的哲学体系的完成，“艺术终结论”也提出来了。

---

① ［英］华兹华斯著：《〈抒情歌谣集〉序言》，《十九世纪英国诗人论诗》，刘若端译，人民文学出版社1984年版，第123页。

华兹华斯的《〈抒情歌谣集〉序言》的最早版本是1815年的，后来不断有修改。大体而言，黑格尔讲美学的时间比华兹华斯发表《序言》的时间稍晚一些。黑格尔的哲学体系，是客观唯心主义体系。这个体系的核心和灵魂就是“绝对精神”。他认为世界的本原不是物质而是精神，精神第一性，物质第二性。但他的“绝对精神”又不是属于人的主观的精神，而是独立于个人之外的，在自然界和人类出现以前就已经存在并将永恒地存在下去的“客观的思想”。他把这个派生出整个世界的“客观的思想”又称为“绝对理念”。这个“绝对理念”不是孤立地、静止地、僵死地存在着，它包含一种永无止境的矛盾运动。那么，文学艺术是什么呢？它们如何运动呢？在黑格尔看来，“美是理念的感性显现”，理念在显现为各种艺术的时候，是按照象征型艺术开始——跨进了古典型的造型艺术——最后终止于浪漫型艺术。从诗的运动角度说，则经过了史诗—抒情诗—戏剧体诗的发展过程，在戏剧体诗经过悲剧和喜剧之后，终于走完理念在艺术领域的全部行程，或者说得到了完全的实现，这样，理念就要越出艺术的感性形式向更高的阶段——宗教、哲学——发展。所以黑格尔说：“到了喜剧的发展成熟阶段，我们现在也就达到了美学这门科学研究的终点。”① 又说：“到了这个顶峰，喜剧就马上导致一般艺术的解体。”②这时候，绝对精神将走向更高阶段的宗教和哲学。需要说明的是，黑格尔的思想是矛盾的，按照他的“绝对理念”的逻辑，艺术终结论是必然的。但按照他的历史发展的观点，艺术是无止境的。黑格尔有一个“扬弃”的观点，对于艺术来说“扬弃”就是既保留又抛弃。总有一些东西被保留，但不利于“理念”运动的东西不被保留，最终要被抛弃。

在当时，稍小黑格尔几岁的谢林，是一位明确地持有“先验唯心论”的哲学家，谢林的观点是，艺术是至高无上的，艺术紧紧把握住理念与现实的统一。哲学似乎是可以企及的最高事物，但仅能让少数人达到这一

① [德]黑格尔著：《美学》第三卷(下)，朱光潜译，商务印书馆1981年版，第334页。
② [德]黑格尔著：《美学》第三卷(下)，朱光潜译，商务印书馆1981年版，第334页。

点，艺术则是按照人的本来面貌引导全部人达到这一目标。所以他的观点与黑格尔是不同的。一百多年来，谈论黑格尔的“艺术终结论”的人很多，但真正赞成他的人很少。根本原因在于黑格尔的“绝对理念”不过是披着外衣的神性而已，因此他的哲学逻辑或者说神性如何能干预人类的现实文学艺术的终止呢？

五、21 世纪全球化时代的“为诗辩护”

当前，我们又一次不得不为诗辩护，这是第五次“为诗辩护”，这是在电子技术面前为诗辩护，在高科技图像面前为诗辩护。这一次，是解构主义理论家德里达发起的。他认为文学和情书将随着电子图像的流行而走向终结。中国当代一些年轻的或不太年轻的学者也随声附和。这次“为诗辩护”在中国引起了广泛的回响。笔者也在此次争论中①。

“文学终结”近几年成为一个热门话题，从《文学评论》2001 年第 1 期发表了美国知名学者希利斯·米勒的文章《全球化时代的文学研究还会存在吗？》以后，在中国这种讨论就开始了。米勒先生在这篇文章中说：

> 新的电信时代无可挽回地成为了多媒体的综合应用。男人、女人和孩子个人的、排他的“一书在手，浑然忘忧”的读书行为，让位于“环视”和“环绕音响”这些现代化视听设备。而后者用一大堆既不是现在也不是非现在、既不是具体化的也不是抽象化的、既不在这儿也不在那儿的东西冲击着眼膜和耳鼓。这些幽灵一样的东西拥有巨大的力量，可以侵扰那些手持遥控器开启这些设备的人们的心理、感受和想象，并且还可以把他们的心理和情感打造成它们所喜欢的样子。因为许多这样的幽灵都是极端的暴力形象，它们出现在今天的电影和电视的屏幕上，就如同旧日里潜伏在人们意识深处的恐惧现

---

① 参见笔者《文学独特审美场域与文学人口——与文学终结论者对话》一文，载《文艺争鸣》2005 年第 3 期。

> 在被公开展示出来了，不管这样做是好是坏，我们可以跟它们面对面，看到、听到它们，而不仅是在书页上读到……我想，这正是德里达所谓的新的电信时代正在导致精神分析的终结。[①]

米勒相信：这是电信时代的电子传播媒介的“幽灵”，“将会导致感知经验变异的全新的人类感受”，并认为“正是这些变异将会造成全新的网络人类，他们远离甚至拒绝文学、精神分析、哲学的情书”，从而导致文学的终结。文学终结了，“那么，文学研究又会怎样呢？文学研究时代已经过去了。再也不会出现这样一个时代——为了文学自身的目的，撇开理论的政治的思考而单纯去研究文学。那样做不合时宜”[②]。

中国的年轻或不太年轻的学者对于米勒的关于文学的终结论深信不疑，以至于产生一种恐慌。有人相信文学在电子图像时代必然终结，而文学研究的合法性也受到根本的威胁，所谓“皮之不存，毛将焉附”？有的学者就提出，文艺学的边界如果不越界不扩容，文艺学岂不要自取灭亡吗？趁现在的“文学性”还在那里“蔓延”，在日常生活的审美化中蔓延，在城市规划、购物中心、街心花园、超级市场、流行歌曲、广告、时装、环境设计、居室装修、健身房、咖啡厅中蔓延，赶快抓住这些“文学性”的电信的海啸中的稻草，实现所谓的“文化转向”，去研究城市规划、购物中心、街心花园、超级市场、流行歌曲、广告、时装、环境设计、居室装修、健身房、咖啡厅。

米勒先生笃信德里达的解构主义，他的文学和文学研究终结论，并不是他的独创，也是从德里达那里贩买来的。雅克·德里达在《明信片》一书中说，在这个电信技术时代王国中，“整个的所谓文学的时代（即使不是全部）将不复存在”，“电信时代的变化不仅仅是改变，而且会确定无疑

---

① ［美］J·希利斯·米勒撰：《全球化时代文学研究还会继续存在吗?》，载《文学评论》2001年第1期。

② ［美］J·希利斯·米勒撰：《全球化时代文学研究还会继续存在吗?》，载《文学评论》2001年第1期。以下所引米勒文字都出自这篇文章，不另注。

地导致文学、哲学、精神分析学,甚至情书的终结”[①]。

我读了米勒先生的文章,很不以为然。他的文章给我的感觉是:也许他提出了一个问题,但过分夸大电子图像的影响,文学的终结根本是不可能发生的事情。2001 年 8 月我们北京师范大学文艺学研究中心召开了题为“全球化语境中文化、文学与人”的国际学术研讨会议。米勒也应邀来参加了这次会议。在会上我作了题为《全球化时代的文学和文学批评会消失吗——与米勒先生对话》的发言。米勒就坐在我的面前静静地听了我的发言,他在答辩中并没有跟我辩论,且认为我的看法也许是有道理的。荷兰学者佛克马则完全赞同我的意见,认为“文学终结论”是一个奇怪的问题。米勒自己在这次会上作了《全球区域化的文学研究》的报告,他的主要论点是文学研究既包含全球性因素,也包含地域性因素。来自一个地域文化的文学多大程度上可以被处于另一个地域文化的人们所接受呢?他认为这里有许多问题值得研究。他不但没有否定文学和文学研究的存在,反而在探讨处于不同地域文化之间的文学应如何实现相互理解的问题。他似乎把他发表在中国的那篇文章中的主要论点忘记了。顺便提一句,2004 年米勒又一次来到中国,他在接受《文艺报》编审周玉宁的采访时说:“文学是安全的。”意思是文学不会终结。米勒改口了,可是他的“文学终结论”的支持者却拒绝改口。

我在那次国际会议上的文章发表后,被好几个刊物转载。在那篇文章里,我一方面承认电信媒体的迅猛发展必然会引起文学的变化,另一方面说明人类情感只要还存在,作为人类情感表现性形式的文学就将继续存在。我说:“的确,旧的印刷技术和新的媒体都不完全是工具而已,它们在某种程度上具有影响人类生活面貌的力量,旧的印刷术促进了文学哲学的发展,而新的媒体的发展则可能改变文学、哲学的存在方式。”[②]再一

---

① [美]J·希利斯·米勒撰:《全球化时代文学研究会还继续存在吗?》,载《文学评论》2001 年第 1 期。

② 童庆炳撰:《全球化时代的文学和文学批评会消失吗?——与米勒先生对话》,载《社会科学辑刊》2002 年第 1 期。

方面，我认为无论媒体如何变化，文学是不会消亡的，我提出："文学和文学批评存在的理由究竟在什么地方呢？是存在于媒体的变化，还是人类情感表现的需要？如果我们把文学界定为人类情感的表现形式的话，那么我认为，文学现在存在和将来存在的理由在后者，而不在前者。诚然，文学是永远变化发展的，一个时代有一个时代的文学，没有固定不变的文学。但文学变化的根据主要还在于——人类的情感生活是随着时代的变化而变化的，而主要不决定于媒体的变化。"[①]并认为米勒的"文学终结论"很难说服人。后来，我的文章遭到一些为米勒的"文学终结论"所倾倒的学者的嘲讽，说我提出的观点与米勒根本不在一个层次上，言外之意是我的层次低，米勒的层次高。换句话说，就是你同意米勒的看法层次就高，你不同意米勒的看法层次就低。在有些迷信学术霸权的人心中就是这样。

现在让我们来检讨一下米勒先生提出的几个关于文学要终结的论点是否站得住脚。米勒先生发表在 2001 年第 1 期《文学评论》上面的文章并不好读，其中一些逻辑令人费解，但是大体的意思是可以读懂的。米勒先生自己也是研究文学，并热爱文学的，因此当他读到德里达的作品《明信片》中的那段话后，他也觉得"骇人听闻"，也"激起了强烈的恐惧、焦虑、反感、疑惑"，但立刻就认为德里达所言"已经是不言自明的事实"。即认为传播媒介的表面的、机械的、偶然的变化，就导致了文学、哲学、精神分析学、情书的终结。那么，理由在哪里呢？他回答说："新的电信时代正在通过改变文学存在的前提和共生因素。"他所谓的文学存在的前提和共生因素，其实很简单，那就是以数码文化为代表的新的电信文化取代了印刷文化。他认为新的电信王国包括"照相机、电报、打印机、电话、留声机、电影放映机、无线电收音机、卡式录音机、电视机，还有现在的激光唱盘、VCD、DVD、移动电话、电脑、通讯卫星和国际互联网"，这些新的电信

① 童庆炳撰：《全球化时代的文学和文学批评会消失吗？——与米勒先生对话》，载《社会科学辑刊》2002 年第 1 期。

力量造成了“新的电信时代的三个后果”。这三个“后果”就是造成文学终结的原因。

米勒所说的第一个“后果”，就是“全球化”，即所谓“民族独立国家自治权力的衰落或者说减弱”。当然，如果说全球化经济的发展，新的电子媒介的发展，造成了经济的、文化的、信息的交流越来越频繁，边界逐渐被拆除，世界多少成为了麦克卢汉所说的“地球村”，某些审美的时尚在许多地区迅速流行起来，这或多或少是一个事实。但说“民族独立国家自治权力的衰落或者说减弱”则完全不是事实。全球化导致某些人主张“日常生活审美化”。在他们看来，“日常生活审美化”抹平了文学与模特走步的“边界”，抹平了文学与街心花园的边界，抹平了文学与咖啡馆的边界。但是在我看来，且不说“日常生活审美化”是少数人的事情，就是有一天“日常生活审美化”真的普及了，文学的基本边界还是存在着。对“全球化”作简单的理解是无益的。“全球化”是一把双刃剑，对于文学也是如此，一方面可能某些文化垃圾充斥世界市场，吸引观众，挤压文学的生存与发展；但另一方面，它又有利于各民族各国家文学的交流、沟通与理解。所以“全球化”不能成为“文学终结论”的一个理由。

米勒所说的第二个“后果”，就是“电子社区”的出现。“电子社区”就是各国各地区的互联网的形成。米勒没有说“电子社区”的出现和发展如何让文学走向终结，但是他的支持者替他作出了解释。支持者说，“文学即距离”，因为“文学更本质上关切距离，因为简单而毋庸置疑的是，距离创造美”①。现在的“电子社区”则使“距离”消失，甚至是什么“趋零距离”（“趋零距离”就是“零距离”）。这样一来，作为有“距离”才有的“文学”的消亡也就是必然的了。这位支持者在这里起码犯了几重错误：第一，大家知道，“距离”说是英国学者布洛发明的理论，20世纪30年代朱光潜先生的《文艺心理学》一书将它介绍进中国，朱先生认为美的确与“距离”有关，但从未笼统肯定“距离创造美”。朱光潜先生认为“‘距离’

---

① 金惠敏著：《媒介的后果——文学终结点上的批判理论》，人民出版社2005年版，第13页。

含有消极的和积极的两方面”。对于美来说,“距离”既不能太过,也不能太近,合理的距离是“若即若离”。第二,支持者认为文学的模仿、比喻、修辞、想象都是“距离”的“另一种说法”,这种看法有何学理的根据?难道能够把布洛的“心理距离”等同于这些概念吗?第三,任何事物之间的“趋零距离”或“零距离”是否有可能?我们当然清楚,由于电信的电子化,使相距甚远的人可以在片刻之间取得联系,与过去的单纯的书信来往需要很长的时间不可同日而语,但难道这就是所谓的“趋零距离”或“零距离”吗?一个电话从华盛顿打到北京,也还要经过铃响,接电话人走到电话机旁,也仍然需要时间,这是“零距离”吗?更重要的是,现今人们通过“网络社区”(另外还有“现场直播”“可视电话”之类)使时空距离大大缩短,可以使信息(包括审美信息)迅速流通。但这与布洛所阐明的审美活动需要与功利拉开一段适当的“心理距离”是一回事吗?此“距离”非彼“距离”。我们只要了解布洛所举的著名的“雾海航行”的例子就可以知道了。对于艺术创作与欣赏中的适当的心理距离,无论是对印刷的小说、散文、诗歌,还是对电视、网络上流行的审美文化的创作与欣赏,都是重要的,为什么单单说“距离”的消失就威胁到文学的生存与发展呢?所以“电子社区”的出现,并不是文学终结的理由。

米勒说的第三个“后果”,就是新的电信力量的出现,改变了人类的感知事物的方式。用他的话来说,电子媒介将“导致感知经验变异的全新的人类感受(正是这些变异,将会造就全新的网络人类,他们远离甚至拒绝文学、精神分析、哲学和情书)”。这里提出的问题才是电子媒介在时空距离拉近后对人的感知的某些影响。我们承认,电视上、网络上的现场直播及可视电话使相隔万里的两端可以顷刻沟通,电子游戏为部分孩子所迷恋等,对于部分人类感知方式的部分改变,当然影响是很大的,这是一个事实。电视播出的新闻,特别是现场新闻,由于时空距离小,确有现场之感,给人的感受冲击更感性、更直接、更巨大。报纸上的新闻则经过时间上对人的心理的缓冲,所以同样的新闻感觉起来就有差别。这是一个事实。我们无须回避，也不能回避。但是对此影响的估计，则应该实事求是，要从实际情况出发。米勒说，在一些发达的国家，也只有50%的家庭有电脑，一些发展中国家有电脑的家庭就更少。应该承认的是，人类的感觉器官不单是对电子媒介敞开，更多的时间还是对周围的真实世界敞开，你在家里吃饭睡觉，你读报，你下地耕田，你到工厂做工，你欣赏春天的桃花和秋天的红叶，你出外旅游，欣赏文化景观和自然景观，你不可能整天都在虚拟的电子图像世界里。你的感觉方式可能因为有了电子媒介而延伸，但基本的感觉方式并没有多大变化。因此，文学对大家来说并非陌生之物，大家仍旧读小说、散文、诗歌，只是因为时间关系，读得少一些而已。所谓因人的感觉的变异，人类将拒绝文学，文学将走向终结的说法，最多只是一种假设和推论，没有充分的现实依据，不太切合现在和可以预见的未来的实际。

可见，米勒和他的支持者的几点关于文学终结的立论，差不多都是似是而非的，经不起分析的，它们缺乏现实感，缺乏事实的支持。

六、"文学边缘化"不等于"文学终结"

米勒和他的支持者的意见堪称长篇大论，不是三言两语可以说清的，但他们的观念可以归结为一点，那就是认为现在的社会已经处于电子高科技时代，在文化领域图像的霸权已经势不可当，视觉图像统治一切，覆盖一切，吸引一切，哪里还会有文学这种非图像文字的立足之地呢？文学该到消亡的时候了。（顺便说一句，这些人是由文学的乳汁喂养长大成人的，为何现在那么急切地希望文学消亡？这岂非咄咄怪事？）

更有论者把目前文学的边缘化与"文学终结论"混为一谈，认为边缘化就是文学的终结或者是文学终结的预兆。其实，关于文学边缘化问题，多年前我就反复说过，文学的确已经边缘化，并认为这种"边缘化"恰好是一种常态，那种把文学看成是"时代的风雨表"，把文学放到社会的中心的时代是一种"异态"。文学失去了"轰动效应"，也逐渐"边缘化"，也可以说，这是一种常态，我说这是一件值得高兴的事情。为什么要把作为文学常态的文学“边缘化”理解为文学的终结呢？其实文学“边缘化”是文学发展的常态。一个社会常态应该是以经济发展为中心，只有这样，才能满足人的吃穿住行的物质需要，这个社会的运转才处于常态。当然，我并不是认为经济发展就是一切，以经济文明为中心，同时也要配合文化的、政治的文明的发展才是可行的。不难看出，文学的边缘化与文学的终结是两个完全不同的问题，为什么要把它们混淆起来呢？

第二节　文学的独特审美场域

随着电视、电影、互联网络和其他新媒体的流行，文学受到挑战，文学也在改变自己以适应新的境况，这些很多人说过，也许无需再多说了。为了回答米勒的文学终结的问题，为了说明文学生存的理由，似乎要从三个层面来加以阐述。

一、人类情感与文学表现

如前所述，文学是人类情感的表现形式，那么只要人类的情感还需要表现、抒泄，文学这种艺术形式就仍然能够生存下去。

这一点在我发表的《全球化时代的文学和文学批评会消失吗?》的短文中已作了表述，我说：“的确，旧的印刷技术和新的媒体都不完全是工具而已，它们在某种程度上具有影响人类生活面貌的力量，旧的印刷术促进了文学哲学的发展，而新的媒体的发展则可能改变文学、哲学的存在方式。”①另一方面，我认为无论媒体如何变化，文学是不会消亡的，我提出

① 童庆炳撰：《全球化时代的文学和文学批评会消失吗？——与米勒先生对话》，载《社会科学辑刊》2002 年第 1 期。

“文学和文学批评存在的理由究竟在什么地方呢？是存在于媒体的变化，还是人类情感表现的需要？如果我们把文学界定为人类情感的表现形式的话，那么我认为，文学现在存在和将来存在的理由在后者，而不在前者。诚然，文学是永远变化发展的，一个时代有一个时代的文学，没有固定不变的文学。但文学变化的根据主要还在于——人类的情感生活是随着时代的变化而变化的，而主要不决定于媒体的变化”[①]，我认为米勒的“文学终结论”很难说服人。关于这一点，杜书瀛先生也有精辟的论述，他也同样认为：“既然文学是语言艺术，所以我认为文学存在的理由还应该从这样一种角度去思考、去挖掘。因为文学不只是文字，还离不开语言——文字之前还有许多口传的文学。……语言不会消亡，那么文学就有它存在的基础。”[②]钱中文先生则认为，在当前全球化的语境中，这种中西方之间不同的论调正好显示了中外文论之间的差异所在，“中国学者主要是从现代性的诉求出发，而外国学者的着眼点则是后现代性”，“以何者为主，则要看那个国家的文化发展的具体情况”，所以米勒才会站在电信时代的所谓文学“生不逢时”的语境中指出“文学研究的时代已经过去了。再也不会出现一个时代——为了文学自身的目的撇开理论的或者政治方面的思考而单纯地去研究文学。那样做不合时宜”。钱中文教授还认为：“但是一个民族，它所赖以生存的地域的特殊性，它所特有的政治文化制度以及文化传统的悠久性，在新的文化建设中，起着极为重大的作用。所以想更新、要前进，就必须以现代性而不是后现代性来观照传统，既尊重传统，又批判传统，融会传统。”[③]正如杜书瀛、钱中文两位先生所言，我们的文学有着自身赖以生存的特殊性及其博大精深的民族传统，它传递着人类的情感，抒发民族的精神，具有无限的被阐释和重释的空间，它又怎么会消亡呢？

---

① 童庆炳撰：《全球化时代的文学和文学批评会消失吗？》——与米勒先生对话，载《社会科学辑刊》2002 年第 1 期。

② 杜书瀛著：《文学会消亡吗——学术前沿沉思录》，中山大学出版社 2006 年版，第 26 页。

③ 钱中文著：《钱中文文集》，上海辞书出版社 2005 年版，第 515—520 页。

二、文学语言与文学的审美场域

我们仅仅说“人类情感的表现需要文学”还不够，也不足以说服那些文学终结论者。不论德里达还是米勒，还是国内的某些年轻或不太年轻的学者，他们认定的文学终结的理由，是：由于电子媒体的高度发展，电影、电视、互联网、多媒体的发展，图像（而不是文字）已经占据了极大的空间，人们对电子图像的喜欢必然超过对文字语言的喜欢，文学作为一种文字语言的艺术必然要终结，而完全让位于电子媒介所宠爱的电影、电视和互联网的日子迟早要到来。如果文学不愿灭亡，那就必须“臣服”图像的统治。人类的情感表现不需要通过文学这种语言文字形式来表现，完全可以通过人们更为喜欢的电子图像来表现。

这样一来，我们必须给出第二层面的理由，一个文学不会终结的独一无二的理由。

文学始终不衰的这个独一无二的理由在哪里？我在《文学评论》2004 年第 6 期发表了一篇题为《文艺学边界三题》的文章，在这篇文章里，我认为文学不会终结的理由就在文学自身中，特别是在文学所独有的语言文字中。在审美文化中，文学有属于自己的独特审美场域。这种审美场域是别的审美文化无法取代的。这种见解我想可以从生活于 5 至 6 世纪的刘勰的《文心雕龙》中受到启发：文学作为语言的艺术有属于自己的“心象”，而不是面对面的直接的形象。刘勰在《文心雕龙 · 神思》篇中说：“独照之匠，窥意象而运斤。”这里是说文学创作的时候，作家的想象和情感凌空翻飞，并且窥视着由想象和情感凝聚在自己心中的“意象”来动笔。这里的“意象”不是外在的直接的形象，而是隐含了思想情感的内心的仿佛可以窥见的形象，是内视形象。“内视”形象是文学创作的特点之一。就是说，作家创作出来的形象，在创作前、创作中和创作后，都是内心视象，而不是如现在的电影或电视剧创作那样，要根据演员这个直接形象去创作，或开始于内心视象，而最终要落实于直接的实体性的形象。

值得注意的是，刘勰又在《隐秀》篇说："隐之为体，义生文外，秘响旁通，伏采潜发，譬爻象之变互体，川渎之韫珠玉也。""隐"作为文学的体制，意义生于文字语言之外，好像秘密的音响从旁边传过来，潜伏的文采在暗中闪烁，又好像爻卦的变化在互体里，珠玉埋藏在川流里，因此能"使玩之者无穷，味之者无极"。这里说的是读者阅读欣赏的时候，所领会到的不是文字内所表达的意义，而是文字之外所流露出来的无穷无尽的意味。进一步说，读者所面对的不是如电影、电视中的演员所表演的直接形象，而是文字语言之外的意义、气氛、情调、声律、色泽等。我觉得刘勰所论的正是文学那种由于文字的艺术魅力持久绵延于作者和读者内心视象的审美场域，唯有在文学所独具的这个审美场域中，文学的意义、意味的丰富性和再生性是其他的审美文化无法比拟和超越的。后来唐代王昌龄也说："搜求于象，心入于境，神会于物，因心而得。"[①]在这里，王昌龄力图说明，文学虽然也要写物，但这物必须与人的心、神相互交融，是因心而得之物，可见这物也是内宇宙之物，不是外宇宙之物，或者说这就是内心视象。这也可以说是对文学的独特审美场域的很好的解释。

还有中国古人谈到文学的时候，总是强调"文约辞微""言近旨远""清空骚雅""一唱三叹""兴象玲珑""虚实相生""不言言之""不写写之""不著一字，尽得风流"，等等，中华古代文论优点之一，就是把文学审美场域的独特性说得比较细微和透彻。举例来说，李白的《春思》："燕草如碧丝，秦桑低绿枝。当君怀归日，是妾断肠时。春风不相识，何事入罗帏。"在这里，写春天到来了，少妇殷切地思念外出的丈夫，盼丈夫能尽快归来。最后两句，"春风不相识，何事入罗帏"，完全是少妇的内心视点的表现。我盼的是丈夫速归，可我不认识你春风啊，你春风为什么进入我的罗帏之中呢？这一切在诗里是完全可能的，而且是诗意盎然，但在影视图像中如何可能呢？影视如何能把少妇这种心事如此有诗意地表现出来呢？

---

① 王昌龄著：《诗格》，见《中国历代诗话选》一，岳麓书社1985年版，第39页。

值得体会的是，德国文论家莱辛在《拉奥孔》中提出的文学的“心眼”和“失明”这两个概念。莱辛在比较诗与画的不同的时候，替密尔顿辩护。克鲁斯认为，密尔顿与荷马之间最大的类似点就在失明。莱辛反驳说：“密尔顿固然没有为整个画廊的绘画作品提供题材；但是如果我在享用肉眼时，我的肉眼的视野必然也就是我的心眼的视野，而失明就意味着消除了这种局限，我反而要把失明看作具有很大的价值了。”[1]按照克鲁斯的观点，一篇诗提供的意象和动作愈多，诗的价值就愈高。反之，诗的价值就处于“失明”状态，诗的价值就要遭到质疑了。莱辛不同意这种看法，他认为诗人抒发的感情可能不能提供图画，可能是朦胧的、意向性的，是“肉眼”看不见的，即所谓“失明”，它不能转化为明晰的图画，更构不成画廊，但这并不等于诗人什么也看不见，实际上诗人是用“心眼”在“看”，能够看出浓郁的诗情画意来，这不但不是诗的局限，而是诗的价值所在。莱辛的所谓“心眼”显然是说诗人不是以物观物，而是以心观物，以神观物，最终是一种“内视”之物，从这里看到的比之于图画那里所看到的更空灵，更绵长，更持久，更有滋味。我们是否可以说，早在18世纪，莱辛就在历史的转弯处等待着德里达和米勒了。

按照我的理解，对于文学独特审美场域的奥秘，还可以做进一步的申说。在文学的创作过程中，思想感情在未经语言文字处理之前，并不等于通过语言文字艺术处理以后的审美体验。在真正的作家那里，他的语言与他的体验是完全不能分开的。不要以为语言文字只是把作家在生活中感触到的体验原原本本地再现于作品中。语言是工具媒介，但语言又超越工具媒介。当一个作家在运用语言文字处理自己体验过的思想感情的时候，实际上已悄悄地在生长、变化，这时候的语言文字已经变成了一种“气势”，一种“氛围”，一种“情调”，一种“气韵”，一种“声律”，一种“节奏”，一种“色泽”，作家体验过的一切都不自觉地投入其中，经历、思想、感觉、感情、联想、人格、技巧等都融化于语言中，语言已经浑化而成一种

---

① ［德］莱辛著：《拉奥孔》，朱光潜译，人民文学出版社1997年版，第79页。

整体的东西,而不再是单纯的只表达意义的语言媒介。因此,文学语言所构成的丰富的整体体验,不是其他的媒介可以轻易地翻译的。歌德谈到把文学故事改编为供演出的剧本的时候说:“每个人都认为一种有趣的情节搬上舞台也还一样有趣,可是没有这么回事!读起来很好乃至思考起来也很好的东西,一旦搬上舞台,效果就很不一样,写在书上是我们着迷的东西,搬上舞台可能就枯燥无味。”[①]同样,一部让我们着迷的文学作品,要是把它改编为电影或电视剧,也可能让人感到索然无味。我们不能想象有什么电影和电视剧可以表现屈原的《离骚》给予我们中国人对于历史、君王和人生的沉思。我们不能想象有什么电影和电视剧可以表现陶渊明的那种“羁鸟恋旧林,池鱼思故渊”的归隐的感情。同样的道理,对于唐诗、宋词的意味、意境、气韵,对于有鉴赏力的读者来说,难道有什么图像可以表现吗?像王维的诗的那种清新、隽永,像李白的诗的那种雄奇、豪放,像苏轼诗词的那种旷达、潇洒,任是什么图像也是无法表现的。对于以古典小说为题材的电视剧和电影,如果你已经精细地读过原著、玩味过原著,那么你可能对哪一部影像作品感到满意呢?不但如此,就是现代文学中有些看似具有情节的作品,往往也很难被改编为电子图像作品的。你不觉得这些导演、演员、摄影师费尽九牛二虎之力,也无法接近文学经典吗?并不是他们无能,而是文学经典本身的那种“言外之旨”“韵外之致”,那种内视形象,那种丰富性和多重意义,那种独特的审美场域,依靠图像是永远无法完全接近的。例如臧克家的《送军麦》中的几句:

牛,咀嚼着草香,
颈下的铃铛
摇得黄昏响。

香气如何能被牛咀嚼?黄昏又怎么会响?我们从这里立刻会感受到

① [德]爱克曼辑录:《歌德谈话录》,朱光潜译,人民文学出版社1980年版,第181页。

那诗意。但这诗意来自何方？来自内视形象和内在感觉。这种内在的形象和感觉，看不见，摸不着，只能体会和感悟，这些东西如何能变成图像呢？或者在图像中我们怎能领悟这种诗意呢？不但诗歌的内视形象很难变成图像，就是散文作品中，尽管可能有外视点的形象，可能改编为某种图像，然而散文作品仍然要有诗意。列夫·托尔斯泰是一位伟大的小说家，但他不认为写小说就只要描写图画，就可以不要诗意。他在谈到《战争与和平》的创作的时候说："写作的主弦之一便是感受到诗意跟感受不到诗意之间的对照。"①

还有，图像（电影、电视剧等）对于被改编文学名著犹如一种过滤器，总把其中无法言传的无法图解的最宝贵的文学意味、氛围、情调、声律、色泽过滤掉，把最细微最值得让我们流连忘返的东西过滤掉，在多数情况下所留下的只是一个粗疏的故事而已。而意味、氛围、情调、声律、色泽几乎等于文学的全部。我们已经拍了电影《红楼梦》，随后又拍了电视剧《红楼梦》，据传还要以人物为单元拍摄电视剧《红楼梦》，但对于真正领会到小说《红楼梦》意味的读者，看了这些"图像"《红楼梦》，往往会感到有差距。我们宁愿珍藏自己对于小说《红楼梦》那种永恒的鲜活的理解和领悟，宁愿珍视《红楼梦》的文学独特场域，也不愿把它定格于某个演员面孔、身段、言辞、动作和画面上面。也许有人会说，你所讲的都是古典作品，要是现代的情节性比较强的作品，改编成电子图像作品是完全可以的。可以是可以，问题在于改编者还能不能把被改编的现代作品的原汁原味保存下来。我认为这是基本不可能的，你没有听到吗，多少作家指责电影或电视剧编导把他的作品韵味改编掉了。图像就是图像，图像艺术的直观是语言文字不可及的；但语言文字就是语言文字，作为语言文字艺术的文学，它的思想、意味、意境、氛围、情调、声律、色泽等也是图像艺术不可及的。例如，现在有不少人说，鲁迅的《野草》才是鲁迅最优秀最具

① ［俄］列夫·托尔斯泰著：《列夫·托尔斯泰论创作》，戴启篁译，漓江出版社 1982 年版，第 161 页。

有哲学意味的作品，可至今还没有任何人敢把《野草》中的篇章改编为电影或电视剧，为什么？因为电子图像无法接近《野草》所描写、抒发的一切。

三、文学的语言功能——粘住一切

文学语言不但有内视性特点，而且也具有其他媒介所不及的独特的强大的功能，这就是文学语言能更多方面、更细致、更深刻地展现人与人的生活。语言的功能之大是难以想象的，世界上所有的事情、所有的动作、所有的情感、所有深刻的哲理，都可以用语言传达出来。高尔基说："民间有一个最聪明的谜语确定了语言的意义，谜语说：'不是蜜，但是可以粘东西。'因此可以肯定说：世界上没有一件东西是叫不出名字来的。语言是一切事实和思想的外衣。"[①]由于文学语言有如此巨大的功能，所以它可以冲破时间与空间的限制、冲破事实与现实的限制，更多方面、更细致、更深刻地展现人的外部生活和内心生活。电影、电视节目不论如何自由也还是有限制的，受时间、空间的限制，一部电影最长三小时，一部电视连续剧最长也不过几十集或上百集，但文学作为语言的艺术就完全没有限制，想写什么，想写多长，都由作家做主。就以写人物而论，文学既可以写人物生活的外部表现，如肖像、对话、动作、表情等，也可以直接写人的内心世界，如心理活动、意识流、梦境、无意识，没有什么是语言无法表现的。更重要的是，文学语言的这种写法是图像无法表现的。例如，《红楼梦》第三回写贾宝玉与林黛玉相见，从贾宝玉眼中看到的林黛玉是这样的：

> 两弯似蹙非蹙笼烟眉，一双似喜非喜含情目。态生两靥之愁，娇袭一身之病。泪光点点，娇喘微微。闲静似娇花照水，行动似弱柳扶风。心较比干多一窍，病如西子胜三分。

① ［苏］高尔基著：《论文学》，孟昌、曹葆华、戈宝权等译，人民文学出版社1978年版，第332页。

这是贾宝玉眼中的林黛玉的“肖像”。林黛玉的美在语言文字中就是这样一种美。她的眉是“笼烟眉”(即“涵烟眉”。唐明皇曾令画工画十眉图:一曰涵烟眉,形容眉毛像一抹疏淡的清烟),她的目是含情目,她的情态在脸颊的酒窝与愁的结合部,她的美与她的病相关,她的眼睛闪动的时候泪光点点,她开始说话之际则是娇喘微微,她闲静时如何如何,她行动时如何如何,她的聪明如比干,她的美如西施皱眉捧心,有文化内涵……像这样的美是只可意会不可言传的,曹雪芹把她的美用文字写出来了,我们体会都不易体会,怎么能把她落实为图像,成为某个演员的图像呢?

又如,鲁迅的小说《一件小事》,当写到车夫扶着那个老女人,向巡警分驻所大门走去时,小说这样写道:

> 我这时突然感到一种异样的感觉,觉得他满身灰尘的后影,刹时高大了,而且愈走愈大,须仰视才见。而且他对于我,渐渐的又几乎变成一种威压,甚而至于榨出皮袍下面的“小”来。

鲁迅小说中“我”的这种复杂的微妙的感觉,是图像难于表现的,只有文学才能如此淋漓尽致地表现出来。鲁迅小说中的这种心理描写还是简单的,文学作品中还有更复杂的心理描写,如何能用图像来表现呢?

更重要的是,作为语言艺术的文学常能写出一种感性的画面却又能寓含深刻的哲理。当然,文学需要不需要与哲理相结合,还是一个见仁见智的问题。如宋代严羽在《沧浪诗话》中反对“以议论为诗”,但同样在宋代提出了“理趣”的文论范畴,认为诗歌应该而且可以包含深刻的哲理。有一点可以肯定的是,语言文字的感性描写可以达到哲理的境界。如宋代苏轼的诗《题西林壁》:

> 横看成岭侧成峰,远近高低各不同。

不识庐山真面目，只缘身在此山中。

这是大家都熟悉的诗，其中的哲理则很深刻。它指明了身在事物中反而不能看到事物的全貌。但苏轼还有一首《初入庐山》（其一）：

青山若无素，偃蹇（yǎn jiǎn，高耸的样子）不相亲。
要识庐山面，他年是故人。

这里所强调的是，要认识事物，必须熟悉事物、亲近事物。两首诗的意味不同，置身事物之中、置身事物之外都不行，认识事物必须既在外又在内。这个道理在苏轼的诗中不是讲出来的，而是用语言所描写的画面展示出来的。这种理趣与语言文字的强大功能密切相关，只有语言才能曲尽其理致，图像如何能有此理趣？

朱熹也是一位有代表性的哲理诗人。除其《观书有感》脍炙人口外，佳句佳篇甚多。绝句《泛舟》也大有深意。其云：

昨夜江边春水生，艨艟巨舰一毛轻。
向来枉费推移力，此日中流自在行。

这首诗写出了一种体验。一个人得意还是不得意，常常不是依靠自己的勤奋和努力，机遇、机会也许更重要。只要有机遇、机会，就是那艨艟巨舰，也会被水浪轻轻托起，快速地航行中流。诗人也许是表达成功者的得意之情，也许是劝那些未遇之士，要等待时机，做好准备，机会永远给有准备的人。在这里深刻的道理不是说出来的，作者用一个语言画面就表现出来了。不论什么电子图像都很难达到这样的理趣的境界。这说明了不但哲学家可以用语言说理，文学家也可以用语言描写的景物来说理。这是文学语言的功能所致。语言的确可以粘住一切。

艾略特(T.S.Eliot,1888—1965)作为一位现代主义理论家,他旗帜鲜明地提倡文学的哲理性。他说:

> 最真的哲学是最伟大的诗人之最好的素材,诗人最后的地位必须由他诗中所表现的哲学以及表现的程度如何来评定。

整个20世纪的现代主义文学追求的都是文学与哲理的结合。卡夫卡的《甲壳虫》《城堡》,海明威的《老人与海》,这些都是不可改编的,它们只能作为语言艺术存留于世。

对于文学的哲理性,我们这里所关心的是它的语言媒介。用西方文论话语说,就是"有意味的形式",形式是语言,意味则是通过语言形式传达出来的。"意味"不脱离语言,但"意味"又超越语言。这种意味不仅仅作用于你的视觉、感觉,或者情欲,而且作用于你的整个心灵,在你的心灵上刻下了深深的印痕;也因此,语言所传达的"意味"具有可品味的持久性。为什么有的影视作品和没有语言意识的文学作品轰动一时、传诵一时,而时过境迁,就被人遗忘?为什么一些名著,如《楚辞》、李白的诗、杜甫的诗、《红楼梦》、莎士比亚的作品、《安娜·卡列尼娜》等,令人玩味无穷?就是因为它们作用于你整个心灵。感觉甚至情欲是一时的,满足了就过去了,唯有"意味"永恒,它像人对春天的那种欢欣的感觉一样,会再次回来。这就是语言艺术的魅力所在。

第三节　文学世纪、文学人口与文学生命

我们已经把文学生存的理由从语言本身的特性作了阐述,但是这还不够。我们还必须问,文学的时代是否已经过去?文学的人口还有没有?

一、文学世纪不会结束

我相信宇宙的一切都在运动与变化，世界的一切都在运动与变化，但是这运动与变化会不会结束呢？这是一个哲学问题，一个人类学问题，一个宇宙学问题，我在这里不能给出回答，应该由哲学家、人类学家、宇宙学家来回答。但我相信的是，只要宇宙还存在，人类还存在，时间还存在，那么文学也永远还会存在。古人说，“大乐与天地同和”，“文者，天地之心哉”，天地在，大乐在；天地在，文学在。文学艺术与天地万物是同构对应的。刘勰《文心雕龙·原道》对此有非常深刻的阐述。

当然，这里我们要追问文学（也包括其他艺术）是干什么的，或者说文学存在的意义何在？这是我们研究文学的人必须要弄明白的事情。在我看来，文学艺术存在的最根本的原因就是文学是人的本质力量的对象化，是人的生命力的感性的展开，文学告诉人，人活着是有价值的、有意义的。这就是文学存在的意义。李泽厚在《美学四讲》中有一段话谈到包括文学的整个艺术的意义：

> 人们在这物态化的对象中，直观到自己的生存和变化而获得培养、增添自我生命的力量。因此，所谓的生命力就不只是生物性的原始力量，而是积淀了社会历史的情感，这也就是人类的心理本体的情感部分。它是“人是值得活着的”强有力的确证。艺术的最高价值便不过如此，不可能有比这更高的价值了，无论是科学或道德都没有也不可能达到这个有关生命意义的价值。①

如果我们把这个论点说得更具体更通俗一些，那就是：

第一，揭示人的生存境遇和状况。人的生存是偏于动物性还是人性，这是文化首先关心的事情。奴隶社会、封建社会和资本主义社会，那是一

---

① 李泽厚著：《美学四讲》，生活·读书·新知三联书店2004年版，第204页。

个人剥削人、人压迫人的社会,这就必然出现马克思所说的人的"异化"。所谓人的"异化",即人的本性的丧失,人成为非人。奴隶社会、封建社会和资本主义社会人的"异化",即一部分人因其受压迫的地位而变成被宰割的"羔羊",而另一部分人因其压迫人的地位,而被动物性的贪欲所控制而变成"豺狼",这种状况就是由那种社会文化所造成的。文学若能揭示人的现实生存状况,那么就有了文化意义。因为它是在揭露这种文化的非人性和反人性的性质,这里就具有了对人的精神关怀的价值了。一般而言,批判现实的假、恶、丑的作品就在这方面具备了文化意义。例如,鲁迅的小说《祝福》是大家都熟悉的作品。作品的主人公祥林嫂本来是一位平凡、善良和淳朴的劳动妇女,她正派、俭朴、老实、寡言、安分,但也顽强。她的身上充满了人性,但封建文化及其权力形式摧毁了她的一生。她生活在封建文化弥漫的社会中,她的悲剧可以说是必然的文化悲剧。她一生有几个转折点,先是夫死,她自身受封建文化中"守节"的毒害,不愿出嫁,但她的家族不给她"守节"的权利。她被当作货品那样强制地出卖了。接着出现第二个转折点,她再嫁的丈夫又病逝,心爱的儿子被狼吃掉了。"出嫁从夫,夫死从子",这是封建文化的规定。她无法在这里生活下去了。她面临第三次命运的转折。她再次到鲁四老爷家当佣人。但这次她因她的遭遇被视为有"罪"的人,连祭祀时候的祭品她都不能动,这使她精神上遭到前所未有的打击。再接着她又面对着第四次转折,这次是普通人给她的信息,凡嫁过两个男人的人,到了阴间将被阎罗大王锯成两半分给两个死鬼。她虽然反抗过,但终于冲不出封建文化设下的罗网,悲惨地倒下了。《祝福》揭露了腐朽的封建文化不适宜于中国普通的人民的生存,从而呼唤一种适宜于普通中国人生存的新的文化。再如,西方 19 世纪的批判现实主义作品,一般都认为是对资本主义的"吃人"文化的揭露。

第二,叩问人的生存意义。人为什么活着?什么是幸福?什么是不幸?什么是爱情?什么是亲情?什么是友情?什么是乡情?什么是爱国之情？什么是民族之情？什么是人的责任和人的同情？……对这些问题的回答，体现了人的生存意义，也是精神文化中一些基本的观念。文学艺术把人的生物性的欲望变成一种美学的哲学的精神活动。例如，文化使求偶要求变成为心心相印的爱情活动，文化使衣食的温饱变成为一种精神的享受，文化使求生变成一种回归家园的精神过程……作家在其作品中也必然要艺术地探索这些问题，以其语言所塑造的形象表达什么样的生活是值得过的，什么样的生活是不值得过的。这样，文学的文化意义就在叩问人的生存意义的问题上凸显出来。例如，杜甫的诗《茅屋为秋风所破歌》是大家都熟悉的。杜甫在描写了大风卷去屋上三重茅之后，描写了“床头屋漏无干处，雨脚如麻未断绝”，呼喊道：“安得广厦千万间，大庇天下寒士俱欢颜，风雨不动安如山。呜呼！何时眼前突兀见此屋？吾庐独破受冻死亦足。”这里表达出儒家的“仁义”之心，即那种“先天下之忧而忧，后天下之乐而乐”（范仲淹）的精神。儒家文化的积极的生活意义在于：先人后己，先忧后乐。杜甫诗中“忧”天下人的精神就是儒家文化的积极的人生态度的表现。

第三，沟通人与人、人与自然之间的联系。文化的群体性是十分突出的。文化在一定意义上就是一个群体、一个民族、一个国家、一个共同体在长期的历史中形成的共同遵守的思想和行为准则。真正的文化都是以爱护人为目标的，所以文化可以使人与人变成兄弟姐妹；文化可以变野蛮的抢夺为和平的竞赛；文化可以使弱肉强食变成互相支援与帮助；文化可以使对抗变成友谊；文化可以使陌生甚至敌对的自然变成亲和之物。文学中的交往对话关系，以诗情画意延伸了人与人之间、人与自然之间的和谐，从而显示出文学的文化意义。例如，男人与女人之间的恋爱，就是一种人的爱的感情的沟通。但是在这种沟通中，不是没有困难和问题，而是文学从情感这个领域出发关心这种沟通。例如中国现代诗人汪静之有一首题为《恋爱的甜蜜》的诗：

琴声恋着红叶,/亲了永久甜蜜的嘴。/他俩心心相许,/情愿做终身的伴侣。

老树枝,/不肯让伊,/自由嫁给琴声。

幸亏伊不受教训,/终于脱离了树枝,/和琴声互相拥抱,/翩跹地乘着秋风,/飘上了青天去。

新娘和新郎/高兴得合唱起来,/韵调无限和谐;/啊!祝福我们,/甜蜜的恋爱,/愉快的结婚啊!

这首诗歌所歌唱的就是青年男女之间热烈的爱的关系,经过追求,遭遇困境,走上反抗,终于实现爱的沟通的理想。这里充满了追求爱的自由这种文化理想。当然爱的沟通除了要有这种作为人的文化精神的勇气之外,也许还要有更多的东西。

第四,憧憬人类的未来。人与动物的根本区别之一,就是动物总是浑浑噩噩地活着,它们没有理想,不能预测未来,而人却可以。尽管蜜蜂构造的蜂房,其精密灵巧可能使许多建筑师感到惭愧不如,但蜜蜂只是凭本能在构造,它不可能事先有筹划,而人则可以有意识地构造未来。例如,人构造一座房子,哪怕再简陋,也总会在事前画一张草图。人是一种具有理想的动物。人每天都怀着对未来的希望生活着。人之有理想、幻想,乃根源于他们的文化。或者说,人的愿望、理想和幻想,如果没有文化的升华,那么人类就要倒退回原始状态中去。因为有了文化,人才真正地成为了人。同时文化使未来有现实之根,未来因文化之助变得美好起来。文学诗意地表现人的愿望、理想和幻想,展现了一个充满人性的未来,而获得文化意义。例如,宋代文学家苏轼的《水调歌头》:

明月几时有?把酒问青天。

不知天上宫阙,今夕是何年?

我欲乘风归去,又恐琼楼玉宇,高处不胜寒。

起舞弄清影，何似在人间。

转朱阁，低绮户，照无眠。
不应有恨，何事长向别时圆？
人有悲欢离合，月有阴晴圆缺，此事古难全。
但愿人长久，千里共婵娟。

这是苏轼在中秋之夜，在月下畅饮怀念弟弟苏辙时写下的名篇。这首词最大的特点是，一方面抒发了现实的苦闷，亲人离别，无法相见等，另一方面则展开了幻想，把酒问天，"欲乘风归去"，抒发对天上宫阙的向往。但又觉得天上宫阙，虽是"琼楼玉宇"，却"高处不胜寒"。现实与理想都并非圆满，人间有"悲欢离合"，天上有"阴晴圆缺"，难于十全十美。词人真诚地祝愿"人长久"，虽彼此在千里之外，却能"共婵娟"。这首词的突出特点就是能使人展开广阔无限的幻想，向往美好的未来，表现了人的特性，从而获得文化意义。

当然，人类的艺术，包括文学，也许在人类的散文时代成为一种装饰与娱乐。有的学者说，现在是"四星高照，七情飞扬"，以快感为宗旨的视觉艺术或许有可能成为主流，挤压真正的文学艺术的发展。但是可以肯定地说，历史没有终结，因此寻找人生意义的、鼓舞人生的、抚慰人生的、非装饰性的真正文学艺术，仍然还是人的需要。人类还需要英雄，或者说还是英雄时代，不要英雄的所谓的"散文时代"还没有到来，看来也不一定到来，因此非装饰性、非单一娱乐性的真的文学仍将长期存在。

二、文学人口还远未消亡

我始终认为文学和其他艺术，都各有自己的独特的"指纹"，就像我们每个人的指纹都是不同的一样。生活中有不少人喜欢电影、电视指纹，但仍然有不少人喜欢"文学指纹"，也因此"文学人口"总保留在一定的水平上。既然有喜欢,就有了需要。既然有了需要,那么文学人口就永远不会消失。

而且“文学人口”还由于语文教育永远要保持在一定的水平上。中小学的语文课本、大学的语文课本,绝大多数都是经过时间筛选的文质兼美的文学作品,语文教师要教这些文学作品,学生要学习这些文学作品。还有,社会上总有那么一群热爱文学的读者,他们不太喜欢看那些或者是吵吵嚷嚷的,或者是千部一腔的,或者是粗糙无味的电影、电视剧,而更喜欢手捧文学书籍,消磨自己的闲暇时光。就是在年轻人中,这类人也是不少的。前几年《中华读书报》曾有一篇文章专门统计当前文学作品的发行量,很多文学作品印到几十万册,甚至上百万册。恰好,两年前我读到《参考消息》上转载的法国《费加罗报》网站 2005 年 1 月 19 日的一篇题为《法国十大畅销小说家》的文章,作者列了 2004 年文学作品的销售情况,评选出十大畅销小说家。我这里不想全文照抄,只转载其中发行量最大和最小的两位作家。“1.马克・李维(MARC LEVY):作品销量 152.1 万册。第一部小说《假如这是真的》2000 年一经出版便引起巨大反响,作品被好莱坞看中,买走改编权,将由影业巨头梦工厂影片公司搬上银幕。小说《下一次》是他的第四部作品,同样在书店热销。李维擅长写充满悬疑气氛、亦真亦幻的爱情故事,其作品充满想象力。……10.朱丽叶・本佐尼(JULIETTE BENZONI):作品销量 42 万册。朱丽叶 1963 年开始写作,83 岁高龄仍然笔耕不辍,她擅长写历史题材作品,会利用历史文献资料,以细腻温婉的笔触,写出扣人心弦的故事,拥有一批忠实的读者。去年她出版了两部小说《女巫的珍宝》和《艳情玛丽》。”其他作家小说的销售量介乎这两人之间,有 131 万册的,有 123.7 万册的,有111.8万册的不等。可以试想一想,在一个老牌的发达国家,影视图像绝不比中国发展得差,况且还有如此多的文学人口,那么在影视图像还不那么发达的国家,文学的销售量必然更大,文学人口也会更多。这就是说,无论中国还是外国,文学人口永远不会消失。既然文学人口不会消失,那么文学研究就是必需的，文学和文学研究也就不会在电影、电视和网络等媒体面前终结。

德里达和米勒的文学终结论，与他们主张的解构主义相关。解构主义力图打破西方传统的“逻格斯中心主义”，力图冲击形形色色的教条主义，但是他们对此也只是“擦抹”一下，逻格斯中心依然存在，结构主义依然存在。看来，他们现在也要用这种消解的态度来对待文学和文学研究，但我觉得他们也只是“擦抹”一下，“擦抹”过后，文学依然存在。然而他们遇到的困难是，他们在冲击逻格斯主义和教条主义的时候，还是要用逻格斯中心甚至教条主义所濡染过的概念和范畴。同样，他们试图消解文学和文学研究，但困难的是他们这样做的时候，仍然举文学作品作例子，仍然要用文学研究的术语说明问题。这就像鲁迅讽刺过的那样，他们站在地球上，却要拔着自己的头发离开地球一样，他们离不开，他们苦恼着，但是最终仍然站在地球上面。

第二章　走向综合：文化诗学的学术背景

从 1949 年新中国成立以来，中国文学理论与批评已经走过了几十年。几十年以来，中国文学理论与批评，与共和国同命运，经历过艰难与曲折。我们今天提出的"文化诗学"的构想，并不是我们心血来潮，突发奇想，而是半个多世纪文学理论与批评合乎逻辑的发展，它有自身的学术背景。我们必须把这个学术背景弄清楚，文化诗学的新构想才是可以理解的，可以被接受的。这样，我们就不能不用今天的视野，来考察新中国文学理论走过的路程。

为了寻找到一个叙述的视角，我们借鉴韦勒克、沃伦在《文学理论》一书中提出来的一对概念，这就是文学理论研究的所谓"内部研究"与"外部研究"。我们还借用新中国十七年学术研究提出的"自律"与"他律"这一对概念。什么是"外部研究"？韦勒克和沃伦说："流传极广的、盛行各处的种种文学研究的方法都关系到文学的背景、文学的环境、文学的外因。"①他们因为是"新批评派"，对于"外部研究"持批评的态度，他们说"这种研究就成为'因果式'的研究，只是从作品

---

① ［美］韦勒克、沃伦著：《文学理论》，刘象愚等译，生活·读书·新知三联书店 1984 年版，第 65 页。

产生的原因去评价与诠释作品，终至于把它完全归结于它的起因（此即‘起因谬说’）。”①他们把文学研究中的传记研究、心理学研究、社会学研究、文学思想研究、文学的艺术学研究，笼统地都看成是“外部研究”。他们主张“内部研究”。什么是“内部研究”？他们说，“文学研究的合情合理的出发点是解释和分析作品本身”②。如“文学作品的存在方式”“谐音，节奏和格律”“文体和文体学”“意象，隐喻，象征，神话”，小说的叙述模式，文学的类型等的研究，才是“内部研究”。不过中国一百年的文学理论的发展，很难寻找到这种严格的“外部研究”与“内部研究”。中国的研究者可能更多地讲“自律”与“他律”。凡研究文学自身规律的叫作“自律”研究，凡研究文学与政治、社会、历史、文化、民俗、心理、环境等关系的，叫作“他律”研究。“自律”的概念比“外部研究”的概念要宽一些，如作家传记、创作心理、审美接受在韦勒克、沃伦眼里都还是“外部研究”，但在十七年的学术视野里，已经不是“他律”而被称为“自律”研究了。我们在下面的叙述中，会考虑到这种区别。

---

① ［美］韦勒克、沃伦著：《文学理论》，刘象愚等译，生活·读书·新知三联书店1984年版，第65页。

② ［美］韦勒克、沃伦著：《文学理论》，刘象愚等译，生活·读书·新知三联书店1984年版，第145页。

第一节 “十七年”（1949—1966）：“他律”作为权力话语

1949年中华人民共和国建立到1966年“文化大革命”开始，共经过了十七年。本节所概说的就是这一时期中国文学思想的演变。

1949年中华人民共和国建立，标志着旧时代的结束，新时代的开始。毛泽东早在1949年9月21日发表的《中国人民站起来了》一文中明确指出：“全国规模的经济建设工作业已摆在我们的面前。”“随着经济建设的高潮的到来，不可避免地将要出现一个文化建设的高潮。”事实上，新中国成立以来中国开始了大规模的经济建设，取得了巨大的成果。新中国的文学思想在曲折中发展着。

一、主导话语——文艺从属于政治

20世纪50年代文艺思想是在“五四”以来文学思想斗争经验的基础上，带着历史的惯性发展而来的。1942年毛泽东发表的《在延安文艺座谈会上的讲话》，正确地指导了当时的文艺运动，推动了革命文艺的创作。其中一些带有普遍性的内容，如文艺为工农群众服务的问题，普及与提高的问题，继承与革新的问题，生活源泉问题，艺术高于生活的问题，中国作风和中国气派问题，等等，在50、60年代成为全国指导性的文艺思想。至今，它们仍然是中国现代文艺思想中的重要成果。《讲话》中存在两种元素和倾向。一种是强调文艺从属政治，强调文艺的方向必须是政治性的，如说文艺是“团结人民、教育人民、打击敌人、消灭敌人的有力武器”；“文艺服从政治”[①]我们可以把对这些问题的研究，称为“他律”研究，或“外

① 毛泽东著.《在延安文艺座谈会上的讲话》，见《毛泽东文艺论集》，中央文献出版社2002年版，第49、69页。

部”研究。

另一种元素和倾向，就是承认文艺和生活都是美，但“文艺作品中反映出来的生活却可以而且应该比普通的实际生活更高，更强烈，更有集中性，更典型，更理想，因此就更带普遍性”，承认“继承与借鉴决不可以变成替代自己的创造”，提出文艺创作要有“观察、体验、研究、分析”的过程，提出革命文艺要达到“政治与艺术的统一，内容与形式的统一，革命政治内容和尽可能的完美的艺术形式的统一”①，提出反对“标语口号式”的倾向，后来还讲百花齐放、诗要用形象思维，等等。这些提法与文学创作、文学作品和文学接受的规律相关，因此是属于“自律”研究了。

不难看出，前一种元素和倾向重点强调的是文艺的方向，文艺与群众的关系，文艺与时代的关系，等等，大体上属于文艺的“他律”研究、“外部研究”的问题；后一种元素和倾向则重视文艺的特殊性，重点承认文艺的艺术性，内容与形式的统一，形象思维，文艺的主体精神，反对文艺上面的教条主义，大都涉及文艺“自律”或“内部研究”问题。

新中国成立后，文艺理论界面临一种对毛泽东《讲话》以及后来的文艺问题论述的解读和选择。新中国成立不久，当时文艺界领导和主流理论家出于对政治的热情都选择了毛泽东文艺思想的前一种元素和倾向，“他律”研究成为当时的“权力”话语。

中华人民共和国成立后，以经济建设为主题的新时代开始了。在这样的背景下，国家的文化和艺术事业，在思想上如何建设，就成为一个亟待解决的问题。

二、非主导话语：对人与人性的呼唤，对艺术规律的探求

1956年到1957年上半年，1960年至1961年，对于研究新中国文学思想发展史的人来说，是两个非常重要的时段。正是在这两个时段，一些

---

① 毛泽东著：《在延安文艺座谈会上的讲话》，见《毛泽东文艺论集》，中央文献出版社2002年版，第64、73页。

学者接续了马克思主义文学思想的血脉，结合中国当时的实际，提出了并部分回答了马克思主义文学理论在中国遇到的新课题，推进了中式的“自律”研究或“内部研究”。

1956年到1957年上半年，这是一个重要的时段。这个时段可以用毛泽东的话说是“春天来了”。这种巨大的转变不能不反映到文学艺术及其理论方面。

1956年到1957年上半年，一些具有新感情、新思想、新格调的作品陆续发表，如王蒙的《组织部来了个年轻人》、刘宾雁的《在桥梁工地上》、陆文夫的《小巷深处》、宗璞的《红豆》等作品，这些作品或者是对于社会的消极现象有所批判，或者写爱情而摆脱了教条主义的模式，给人以耳目一新之感。这是前所未有的，在当时引起了一些争论。

在文学理论方面，1956年至1957年上半年，批评教条主义成为引人注目的现象，何直（秦兆阳）的《现实主义——广阔的道路》、周勃的《论现实主义及其在社会主义时代的发展》、钟惦棐的《电影的锣鼓》、钱谷融的《论“文学是人学”》、巴人的《论人情》、陈涌的《关于社会主义的现实主义》等文章，对于当时流行的导致文学创作公式化的教条主义倾向，进行了具有学理性的讨论。这里的突破，集中在两个问题上：

第一就是对苏联的“社会主义现实主义”“创作方法”的质疑。其中又以秦兆阳的《现实主义——广阔的道路》所提出的论点最为尖锐。秦兆阳批评说，似乎“社会主义精神”只是作家的一种主观的观念，并存在于生活的真实之中，不是有机地存在于艺术描写的真实性和历史具体性之中，而必须外在地加以结合。这样一来，岂不是用世界观取代创作方法了吗？

第二是巴人、钱谷融、王淑明提出的文学与人，文学与人情、人性关系问题。如果说秦兆阳立足于破除非马克思主义的文艺观念的话，那么巴人、钱谷融的文章重在建设，即要建设文学的人的基础、人性的基础，而这是马克思《1844年经济学—哲学手稿》所讨论的许多问题中的一个重要问题。

巴人的“人情”论在这时期具有特殊的意义。巴人(王任叔)(1901—1972)早年曾参加文学研究会,后来参加中国共产党和左翼作家联盟,曾编辑过《鲁迅全集》,其思想受鲁迅的影响。1939 年出版《文学读本》,1949 年更名为《文学初步》出版,新中国成立后,巴人一直在文化部门从事领导工作,并曾任人民文学出版社副社长和总编辑。他于 1952—1953 年把《文学初步》改写为 58 万字的《文学论稿》,1954 年由新文艺出版社正式出版,成为新中国成立后最早用马克思主义观点撰写的系统的文学理论的一部书。1957 年 1 月他于《新港》杂志发表了《论人情》。巴人在这前后,发表的短论还有《给〈新港〉编辑部的信》《以简代文》《真的人的世界》《略论要爱人》等。巴人说,他遇到一些长期参加革命的老战士,喜欢看旧戏,不喜欢看新的戏剧,原因就是新的戏剧中“政治气味太浓,人情味太少”。因此巴人提出“人情、情理,看来是文艺作品‘引人入胜’的主要东西”。他认为:“能‘通情’,才能‘达理’。通的是‘人情’,达的是‘无产阶级的道理’。”然后他提出什么是人情呢?他回答说:“我认为,人情是人与人之间共同相通的东西,饮食男女,这是人所共同要求的。花香、鸟语,这是人所共同喜爱的东西。一要生存,二要温饱,三要发展,这是普通人的共同的希望。”①值得注意的是,巴人的论述已经与马克思的“异化”理论联系起来,看得出他的观点是对于马克思主义的人道主义的活的运用。巴人说:“说这是‘人性论’吗?那么还是让我们来看一看马克思和恩格斯说的话吧……列宁在《马克思和恩格斯的“神圣的家族”一书摘要》中有下面一段‘摘要’:‘有产阶级和无产阶级同样是人的自我异化。但有产阶级感到在这种异化中是满足的和稳固的,它把这种自我异化看作自己的强大的证明,并在异化中获得人的生活的外观。而无产阶级则感到自己在这种异化中是被毁灭的,并在其中感到自己的无力和非人生

---

① 巴人撰:《论人情》,载《新港》1957 年第 1 期。又见《点滴集》,浙江人民出版社 1982 年版,第 2—3 页。

活的现实。巴人的文学人情论,从对文艺与生活的感受切入,然后提升到马克思的"人的异化"理论的视野,得出了无产阶级的文艺写人情,就是要摆脱自我异化,恢复人类的本性,因此无产阶级的文艺展现人类的本性,写人情、写人性是理所当然的。后来关于文学与人性的许多讨论,就立论的核心点看,并没有超越巴人。

与巴人相呼应的是华东师范大学青年教师钱谷融,1957 年 5 月他也在上海的《文学月刊》发表论文《论"文学是人学"》,"想为高尔基的这一意见作一些必要的阐释;并根据这一意见,来观察目前文艺界所争论的一些问题",对季靡菲耶夫《文学原理》中的"人的描写是艺术家反映整体现实所使用的工具"的观点,提出商榷。他把人的问题引入对文学问题的解释之中。钱谷融提出了人在现实生活中和文学中究竟处于什么地位的问题。他回答说:"人和人的生活,本来是无法加以割裂的,但是这中间有主从之分。人是生活的主人,是社会现实的主人,抓住了人,也就抓住了生活,抓住了社会现实。反过来,你假如把反映社会现实,揭示生活本质,作为你创作的目标,那么你不但写不出真正的人来,所反映的现实也将是零碎的,不完整的;而所谓生活本质也很难揭示出来了。所以,文学要达到教育人、改善人的目的,固然必须从人出发,必须以人为注意的中心;就是要达到反映生活、揭示现实本质的目的,也还必须从人出发,必须以人为注意的中心。"①钱谷融的以"人"为中心的文学观念,是十分难得的。马克思《1844 年经济学—哲学手稿》的中心命题就是"人"。人的异化、人的劳动的异化,都是把人变成非人。因此,马克思呼唤人、人性、人道主义的复归,提出人以全面的方式占有自己的全面本质。当时尽管何思敬的译本《1844 年经济学—哲学手稿》已由人民出版社发行②,可是影响并不广泛,几乎很少引起人的注意。但钱谷融先生从生活和文学中感悟到的要"抓住人",以及"人是生活的主人"的思想,与《1844 年经济学—哲学手

① 钱谷融著:《论"文学是人学"》,人民文学出版社 1981 年版,第 7 页。

② 1956 年 9 月,由何思敬译、宗白华校的《1844 年经济学—哲学手稿》首次由人民出版社出版发行。

稿》中的思想很相似。

1961 年到 1962 年提出的具有马克思主义品格的文艺思想有如下几点：

（1）文艺自身的特征的强调。艺术形象的创造问题当作艺术的特征问题得以凸现出来。觉得文学的特征是艺术形象，从 1961—1962 年的观念看，还是很难得的，形象特征论在那个时段还是对于文艺特征的最好的理解。强调文艺的形象特征、形象思维的特征，与马克思主义反对席勒化，反对把文艺变成时代精神的话筒的思想，完全是一致的。

（2）题材多样化的呼唤。“写什么”是当时作家、艺术家面临的一个困难的选择。题材狭隘化也是产生公式化、概念化的一个原因，因为许多作家并不熟悉新英雄人物，硬要去写，结果当然写不好，只能用某些观念去套。1963 年第 3 期《文艺报》发表了专论《题材问题》，这篇文章当时未署名，后经确认是张光年写的，后来收入了张光年的《风雨文谈》集子里面。这篇文章认为无产阶级是世界上最先进的阶级，因此无产阶级的社会主义的文艺，就应该在题材问题上，开辟出前人所未曾开辟的新的天地。无产阶级的文艺当然要表现自己，但“无产阶级在表现自己的同时，还要以革命的眼光，以批判的态度描写历史，以领导者的地位来关心社会上各个阶级、各种人物的动态和心理，以主人公的心情来欣赏自然界的一切美好事物。不但前人未曾见过的新时代的一切新鲜事物……就是前人曾经写过的旧社会的许多题材，只要符合今天的需要，也都可以进入社会主义文学艺术领域。”生活有多么广阔多样，题材就可以有多么丰富多彩。这种题材广阔多样的观点，被当时文艺工作者所一致接受。

在张光年呼唤题材多样化后不久，1962 年 8 月在大连，邵荃麟提出了“中间人物”论，实际上也还是题材问题。他提出了文艺要反映人民内部矛盾问题，尤其是提出了写“中间人物”问题，主张要扩大和丰富社会主义文学的人物画廊。他说：“强调写先进人物是应该的。英雄人物是反映我们时代的精神的。但整个来说，反映中间状态的人物比较少。两头小,中间大;好的、坏的人都比较少,广大的各阶层是中间的,描写他们是很重要的。矛盾点往往集中在这些人身上。我觉得梁三老汉比梁生宝写得好……”[①]他的理论是从中国实际情况出发的,实事求是,也探索了文学创作的一个规律,是很有意义的。

(3)现实主义文学要深化。如何深化文学现实主义,是一个比题材多样化更为深刻的问题。如果说题材多样化涉及的是“写什么”的问题,那么“现实主义深化”则是涉及“怎么写”的问题。邵荃麟提出了“现实主义深化”论,他的意思是我们从事的革命和建设事业,既要肯定方向,但更应看到“道路是长期的、复杂的和曲折的”。他说:“搞创作,必须看到这两点:方向不能动摇,同时要看到长期性、复杂性、艰苦性。没有后者,现实主义没有基础,落空了;没有前者,会迷失方向,产生动摇。”[②]他认为当时创作的一些作品,“革命性都很强”,但反映现实的深度不够,反映革命斗争的长期性、复杂性、艰苦性不够。所以他提出:“我们的创作应该向现实生活突进一步,扎扎实实地反映现实。”[③]那么怎样才能达到“现实主义的深化”呢?他说:“现实主义是创作的基础,生活是现实主义的基础。写出好作品的作家,必然是深入生活的;但只是深入生活,不一定写得出好作品。创作有它自己的规律。……作家应该有观察力、感受力、理解力。光感受还不行,还应有理解力——通过形象及逻辑思维进行的,要有概括力。没有概括力,写不出好作品。……不体察入微,对现实的分析、理解就不深。没有强大的理解力、感受力、观察力,就不可能有高度的概括力。……作品中能给人以新的思想,这和作家对生活的理解有关。”[④]邵荃麟的讲话则认为光深入生活是不够的,作家还必须经过多方的修养、

① 邵荃麟撰:《在大连“农村题材短篇小说创作座谈会”上的讲话》,见《邵荃麟评论选集》上册,人民文学出版社1981年版,第393页。

② 邵荃麟著:《在大连“农村题材短篇小说创作座谈会”上的讲话》,见《邵荃麟评论选集》上册,人民文学出版社1981年版,第397页。

③ 邵荃麟著:《在大连“农村题材短篇小说创作座谈会”上的讲话》,见《邵荃麟评论选集》上册,人民文学出版社1981年版,第399页。

④ 邵荃麟著:《在大连“农村题材短篇小说创作座谈会”上的讲话》,见《邵荃麟评论选集》上册,人民文学出版社1981年版,第400—401页。

锻炼，充分发展作家的主体的观察力、感受力和理解力；没有创作主体的感性的和理性的力量的调动，创作仍然是不能成功的。邵荃麟是用马克思主义来探索文学创作规律的重要理论家之一。应该说，邵荃麟的“现实主义深化”论站在历史唯物主义的高度，为中国的文学创作指出了一条健康发展的路，一条充满荆棘又充满成功的路。

应该说，1961 年至 1962 年，巴人、邵荃麟等文艺理论家的努力是可贵的。在十七年中，有学者比较重视艺术规律，一再发表意见。如黄药眠 20 世纪 50 年代初中期的“生活实践”论，朱光潜的“美学实践”论，以群、蔡仪主编的文学理论教材等，尽管不是主导的思想，但今天我们回顾这段马克思主义文艺思想史的时候，仍具有意义。总之，十七年中那些合乎文艺规律的理论探索，是马克思主义的新思想的播种，它迟早会开花、结果。

第二节　新时期（1978—2007）：“向内转”与“向外转”

从 1978 年起，在实事求是、解放思想这面旗帜下，文艺学界与别的学术界一样，开始反思过去，拨乱反正，接续“五四”的传统，立意建设文学理论与批评现代形态，至今已有三十多年的历程。这三十多年文艺学界发生的事情，发表的文章和著作，提出的各种各样的观点，掀起的波浪，可谓纷繁复杂、百态纷呈。我这里想用删繁就简的方法，不论期间发生的各种枝节，仅就其大的脉络做一次梳理，最后看看我们现在走到哪里了，该如何迈出新的步伐。

我认为，新时期文艺学三十多年走过了由外而内、由内而外两个阶段之后，正在实现某种延伸与超越。

一、“向内转”——中国式“内部研究”的兴起

当新时期开始之际，我们遭遇到的是“文革”时期留下的“极左”的僵硬泛文学理论。

随着思想解放、拨乱反正的进行，反思的深入，“实践是检验真理的唯一标准”的讨论，《上海文学》编辑部于 1979 年第 4 期以评论员的署名，发表了《为文艺正名——驳“文艺是阶级斗争的工具”说》一文。《上海文学》的这篇文章引起了一场大讨论。从《上海文学》的文章开始，从 1979 年到 20 世纪 80 年代初，对文艺与政治的关系问题进行了讨论，讨论双方都从马克思、恩格斯的著作里面找根据，从文学发展的历史找根据，但由于大家都只找对自己的观点有利的方面，所以当时的讨论真如“盲人摸象”，交集点很少，当然不能得出一致的结论。

这个问题的解决是以 1979 年召开的第四届中国文学艺术工作者第四次代表大会文代会为转机的。此后，文学和文学理论转向了文艺内部自身问题的研讨。

应该说明的是，中国文艺学界所理解的所谓“外部研究”与“内部研究”，与“新批评”派的韦勒克、沃伦所著的《文学理论》所说的同样命题的意涵是不同的。中国当时文艺学界只把“政治”和“泛政治”化的那些“工具”论、“从属”论当“外”，而把文学艺术自身问题的研究都当成是“内”。从 20 世纪 80 年代到 90 年代，所讨论和研究的问题很多，成果也很可观。举其大者，就有形象思维问题讨论、共同美讨论、社会主义时期悲剧问题讨论、文学与人性关系问题讨论、文学审美特征问题讨论、文艺学方法论问题讨论、文学主体性问题讨论、文艺心理学问题研究、文学文体问题研究、文学的“语言论转向”研究、文学叙事学研究，等等，这里不可能把这些问题都一一进行叙述。这里仅就比较重要的几个问题作些评述：

（一）文学的人性基础问题

从 1978 年到 1984 年这段时间，讨论人性、人道主义的文章达到三四

百篇，成为了理论界的一个热点问题。老一代的文艺理论家如朱光潜、周扬、黄药眠、王元化、汝信、钱谷融等都发表了论文，参与了这一重要的讨论。

就文学理论界提出的问题主要有：(1)人性、人道主义是什么？(2)人性、人道主义与文学的关系是什么？(3)人性、人道主义是否是马克思主义理论的一部分？下面就这三个问题简单评述前面提到的几位大家的观点。

朱光潜的观点。(1)“人性就是人的自然本性。”“人的肉体和精神两方面的力量”就是人性。“据说是相信人性论，就要否定阶级观点，仿佛是自从人有了阶级性，就失去了人性，或者说，人性就不起作用。显而易见，这对马克思主义者所强调的阶级观点是一种歪曲。人性与阶级性的关系是共性与特殊性或全体与部分的关系。部分并不能代表或取消全体，肯定阶级性并不是否定人性。”①(2)朱光潜说，“人情”是人性中的一个重要因素。“在文艺作品中的人情味就是人民所喜闻乐见的东西。有谁爱好文艺而不要求其中有一点人情味呢？”②同时朱光潜认为只有肯定人性、人情的存在才能有“共同美感”的存在，而历代作家创作的许多悲剧、喜剧等都是具有共同美感的。(3)朱光潜认为“马克思《1844年经济学—哲学手稿》整部书的论述，都是从人性论出发的”，他强调人的本质力量要尽量发挥。他证明“人的肉体和精神两方面的本质力量”便是人性。马克思正是从人性论出发来论证无产阶级革命的必要性和必然性……”③就是说，朱光潜认为人性作为人的自然属性是天然的存在，文艺作品要有人情味、写出共同美，才是人民喜闻乐见的。而人性论是马克思所强调过的，甚至是他论证无产阶级革命的必要性和必然性的一个出发点。

黄药眠的观点。黄药眠的观点与朱光潜不一样。(1)他不同意人性

---

① 朱光潜撰：《关于人性、人道主义、人情味和共同美问题》，载《文艺研究》1979年第3期。
② 朱光潜撰：《关于人性、人道主义、人情味和共同美问题》，载《文艺研究》1979年第3期。
③ 朱光潜撰：《关于人性、人道主义、人情味和共同美问题》，载《文艺研究》1979年第3期。

是人的自然属性,他认为是所有人类共同的特质,是人类有别于动物的东西。他在承认有自然人性存在的前提下,认为"马克思主义者并不首先强调生物的本性,好像这个本性因为受外界事物的刺激,于是形成了感觉。不,马克思主义者认为,人并不是被动地去感受外在的刺激,而首先是在劳动实践中,改造世界的过程中,主动地去感觉和认识世界,同时并在感觉和认识世界的历史过程中积累了许多经验,因此人的感觉,有别于动物的感觉,它是社会文化历史所造成的结果。人一生下来,就在社会历史环境中生活、劳动,人们所闻所见以及其他一切感觉所及,几乎全部是人化的事物。人们就是在和这些事物接触中养成了人化的感觉,因此人的感觉也只能是社会化的感觉。"①总体来看,黄药眠认为人的感觉是人区别于动物的感觉,也就是人性,人性是人在社会实践中形成的,人性的本质是它的社会性。(2)他用上述观点来理解人性与文学的关系。他肯定文学作品是要写人性的,而不是写动物性,是写具有社会性的人性。"古往今来的文学艺术作品,就可以看出它们并不表现自然人的赤裸裸的本能。同样是写恋爱,在'五四'前后,我们对于描写男女青年的恋爱小说,是把它当作为提倡民主反对封建礼教的进步运动的一部分来看的。至于到了后来没完没了的卿卿我我的恋爱小说,那就被当作左翼文艺的对立物而加以批判了。《金瓶梅》对性行为方面的赤裸裸的描写是比较多的,但我认为这本书的好处恰恰不是在这个地方,而是在作者把小城市的恶霸生涯以及人情世态写得栩栩如生。"②(3)马克思主义是阶级论者,不是人性论者。应该说,黄药眠的看法,特别是他对人性的社会性的看法,是符合马克思主义的社会实践理论的;他对文学与人性描写的见解也较切合文学作品的实际。

巴人在《新港》1957 年 1 月号发表了《论人情》,钱谷融在《文艺月刊》1957 年 5 月号发表了《论"文学是人学"》,王淑明在 1963 年第 3 期的

---

① 黄药眠撰:《关于文学中的人性、阶级性等问题试探》,载《文艺研究》1980 年第 1 期。

② 黄药眠撰:《关于文学中的人性、阶级性等问题试探》,载《文艺研究》1980 年第 1 期。

《文学评论》上发表了《关于人性问题的笔记》。新时期开始以来的这次人性、人道主义和文学问题的讨论,存在着不同的意见,但总的发展趋向是肯定人性、人道主义是存在的,而且认为马克思主义的一个命题,人学成为新兴起的一门学科。人性、人道主义的正面探讨,大大促进了人们对文学理论的认可。如认为文学实际上是人、人性的全部展开,是人的本质力量的对象化等论点已经被普遍接受。这种认识表明了在新时期开始之际,在文学理论领域,人和人性的觉醒成为一个明显而重要的表征。

人性和人道主义问题的深入讨论的一个结果,就是"文学是人学"命题的重新确立。"文学是人学"是高尔基提出的命题。1957年钱谷融发表了《论"文学是人学"》一文,他发挥了高尔基的"文学是人学"的思想,阐明了文学与人性、人道主义的内在联系,认为"文学的对象,文学的题材,应该是人,应该是时时在行动中的人,应该是处在各种各样复杂的社会关系中的人"。在文学创作中,"一切都以人来对待人,以心来接触心"。"人"是文学的中心、核心,"文学是人学"。在这个命题中"伟大的人道主义精神"还得到特别强调①。新时期开始,钱谷融再次强调,"文学既然以人为对象,当然非以人性为基础不可,离开人性,不但很难引起人的兴趣,而且也是人所无法理解的。不同时代、不同民族、不同阶级所产生的伟大作品之所以能为全人类所爱好,其原因就是由于有普遍人性作为共同基础。""作家的美学理想和人道主义精神,就应该是其世界观中对创作起决定作用的部分。"在文学领域,"一切都是为了人,一切都是从人出发的","一切都决定于作家怎样描写人、对待人"②。王蒙指出,人性具有多样性和可塑性,"文学作品是写人的,一篇作品的思想力量和道德力量和他们具有的人道主义精神是不可分的","三中全会以来的文学作品中,人道主义精神的发扬,对于人性和人情的诸多方面的关注、刻画或美化,对于人的尊严的维护和召唤,成为一个重要的特点",但"作品的内

---

① 钱谷融撰:《论"文学是人学"》,载《文艺月报》1957年5月号。

② 钱谷融撰:《〈论"文学是人学"〉一文的自我批判提纲》,载《文艺研究》1980年3期。

容决不限于人道主义和人性等等”，马克思从未反对也不拒绝真正的人性和人道主义，不敢描写具体的活生生的人性就不可避免的导致创作的模式化、概念化而走向反艺术的道路[①]。钱中文认为人性的共同形态是人物性格、典型的构成要素，可从真实性、历史性与道德要求等三方面评价对人性共同形态的描写。他认为以往把人性片面理解为阶级性，这在文学作品中表现为对人的血肉之躯的恐惧，反映于文艺理论中表现为对于人性的恐惧。经过讨论，大家大体上确认除了阶级性，还有共同人性，这“乃是这场人性问题讨论的重要收获”。而共同人性，与阶级性一样是现实的人的根本特征，是社会现实关系的组成部分。问题不是文学中有无共同人性，而是如何认识和描写人性。文学中人性描写具有抽象性与具体性两重性，因此不能把对于人性的共同形态的反映笼统的称为抽象的人性描写，也不能把文艺人性描写统称为人性论宣传。唯物史观反对人性论，但不排斥人性。“只有那些具体、生动地描写了健康的、符合生活逻辑的人性共同形态的作品，才能给人以审美享受。”人性的共同形态是人物性格、典型的构成要素，有时人物性格的刻画直接通过人性的共同形态来表现，人性论的典型和庸俗社会学的典型论都离开了现实的人。对于人性共同形态的描写可以从真实性、历史性与道德要求等三方面进行评价，“这三个方面大致可以用来区别文学创作中的资产阶级人性论和无产阶级文学中的人性形态描写之间的不同，也可以用以区别无产阶级文学和优秀的古典文学中人性共同形态描写的同异。”[②]

钱谷融、王蒙和钱中文的论述获得文论界多数人的认同。在新时期开始之际，探讨人性、人道主义这个与文学创作和评论密切相关的问题，这是文学理论界的重大收获。应该说，从1978年到1984年文学理论界讨论的问题很多，但以人性、人道主义与文学的关系这个问题最为重要。可以说，新时期的文学理论由于反思了上述问题，真正获得了发展的新起点。

---

① 王蒙撰：《“人性”断想》，载《文学评论》1982年第4期。
② 钱中文撰：《论人性共同形态描写及其评价问题》，载《文学评论》1982年第6期。

(二)文学审美特征论的发现

长期以来,我们在谈到文学的特征的时候,总是与科学作对比,认为文学与科学都反映生活,文学用形象反映生活,科学用逻辑和推论反映生活。因此文学的特征就是形象性。这种"文学形象特征"论是导致文学创作的公式化、概念化的原因之一。新时期之际,文艺学界的学者意识到这个问题,因此他们开始重新探索文学的特征问题。

1.美是艺术的基本属性

新时期"文学审美特征"论最初是把文学艺术与美联系起来思考,认定美是文学艺术的基本属性。著名美学家蒋孔阳教授于 1980 年发表了《美和美的创造》一文,其中说:

> 美是艺术的基本属性。不美的"艺术"不能成为真正的艺术。①

他还补充说:

> 艺术美不美,并不在它所反映的是美的东西,而在于它是怎样反映的,在于艺术家是不是塑造了美的艺术形象。生活中美的东西,固然可以塑造为美的艺术形象,就是生活中不美的甚至丑的东西,也同样可以塑造为美的艺术形象。②

很显然,蒋孔阳先生对于文学艺术的本质思考,已经转移到"美"这个十分关键的概念上面。他提出的"美是艺术的基本属性。不美的'艺

① 蒋孔阳著:《美和美的创造》,江苏人民出版社 1981 年版,第 52 页。
② 蒋孔阳著:《美和美的创造》,江苏人民出版社 1981 年版,第 52 页。

术'不能成为真正的艺术"论点十分精辟，他把文学艺术的性质归结为美，而不是此前所认为的是形象化的认识，这是很重要的。更重要的是他认为文学艺术的美的问题不仅是反映对象问题，更是怎么写的问题，丑的事物，经过艺术加工也可以塑造为美的形象。写什么并不具有决定作用，更重要的是怎样写。这种理解是很有意义的。

2.文学的特征是情感性

这里我们还必须提到另一位美学家李泽厚对文学艺术的理解。早在1979年，李泽厚在讨论"形象思维"的演说中，就强调文学艺术不仅仅是"认识"，"把艺术简单看作是认识，是我们现在很多公式化、概念化作品的根本原因"[①]。他同时又认为，文学艺术的特征也不是形象性，仅有形象性的东西也不是艺术。他强调指出：

> 艺术包含有认识的成分，认识的作用。但是把它归结为或等同于认识，我是不同意的。我觉得这一点恰恰抹杀了艺术的特点和它应该起的特殊作用。艺术是通过情感来感染它的欣赏者的，它让你慢慢地、潜移默化地、不知不觉地受到它的影响，不像读本理论书，明确地认识到什么。[②]
>
> 我认为要说文学的特征，还不如说是情感性。韩愈《原道》这篇文章之所以写得好，能够作为文学作品来读，是因为这篇文章有一股气势，句子是排比的，音调非常有气魄，读起来感觉有股力量，有股气势。所以以前有的人说韩愈的文章有一种"阳刚之美"或者叫壮美。[③]

① 李泽厚撰：《谈谈形象思维问题》，见《李泽厚哲学美学文选》，湖南人民出版社1985年版，第340页。

② 李泽厚撰：《谈谈形象思维问题》，见《李泽厚哲学美学文选》，湖南人民出版社1985年版，第341—342页。

③ 李泽厚撰：《谈谈形象思维问题》，见《李泽厚哲学美学文选》，湖南人民出版社1985年版，第344页。

李泽厚在这里批评了流行了多年的文学艺术是认识、文学艺术的特征是形象的观点，应该说是很深刻的。认识是所有的科学和哲学社会科学中都有的，这的确不足以说明文学艺术的特点。文学形象特征说流行了多年，其实有形象的不一定是文学，动植物挂图都有形象，但不是文学。而像韩愈的文章没有形象，倒是文学。把文学仅仅看成是通过形象表现认识，的确为公式化、概念化开了方便之门。由此他认为文学的特征是情感性，也即审美。后来他又在《形象思维再续谈》(1979)中直接说文学是"一种强大的审美感染力量。审美包含认识——理解成分或因素，但绝不能归结于等同于认识"[①]。李泽厚的上述理解连同蒋孔阳的论述不能不说是新时期文学观念转向"文学审美特征"论的先声。

3."文学审美反映"论的提出

笔者于1981年发表了《关于文学特征问题的思考》一文，明确提出了文学的审美特征，其中说："文学反映的生活是人的美的生活。人的整体的生活能不能成为文学的对象、内容，还得看这种生活是否跟美发生联系。如果这种生活不能跟美发生任何联系，那么它还不能成为文学的对象。文学，是美的领域。文学的对象和内容必须具有审美价值，或是在描写之后具有审美价值。"[②]1983年，我撰写了《文学与审美》一文，阐述了"文学审美特征"论，认为：

> (文学反映的生活是人的美的生活。人的整体的生活能不能成为文学的对象、内容，还得看这种生活是否跟美发生联系。如果这种生活不能跟美发生任何联系，那么它还不能成为文学的对象。文学，是美的领域。文学的对象和内容必须具有审美价值，或是在描写之后具有审美意义。)美并不单纯是客观事物的属性，它跟审美主体的

---

① 李泽厚撰：《形象思维再续谈》，见《美学论集》，上海文艺出版社1980年版，第559页。

② 童庆炳撰：《关于文学特征问题的思考》，见《中国新文学大系1976—1982·理论一集》，中国文联出版公司1988年版，第658—659页。

> 主观作用有密切关系。什么是美的生活,什么是不美的生活,什么生活可以进入作品,什么生活不能进入作品,是一个极其复杂的问题。但文学创造的是艺术美,艺术美来源于生活美,因此只有美的生活才能成为文学的对象的道理,却是容易理解的。诗人们歌咏太阳、月亮、星星,因为太阳、月亮、星星能跟人们的诗意感情建立联系,具有美的价值;没有听说哪一首诗歌吟咏原子内部的构造,因为原子内部的构造暂时还不能跟人们的诗意感情建立联系,还不具有美的价值。诗人吟咏鸟语花香、草绿鱼肥,因为诗人从这些对象中发现了美;暂时还没有听说哪个诗人吟咏粪便、毛毛虫、土鳖,因为这些对象不美或者说诗人们暂时还没有发现它们与美的某种联系。①

笔者的论述显然从苏联文论界的"审美学派"中吸收了"审美"和"审美价值"这个概念。苏联在20世纪50年代的"解冻时期",就对文学艺术的本质和特征展开了如何克服教条化的讨论。但是当时文论界学者并没有认真从那次讨论中吸收营养。例如苏联著名的文学理论家和美学家布洛夫在1956年就提出:"艺术是审美意识的最高的、最集中的表现。"②他说:"美学的方法论不是一般的哲学方法论","把典型看成是通过具体的和单一的事物来表现'一定现象的实质',这个定义早已不能令人满意了。从一般哲学意义上来看,这个定义仍然是对的,但从美学上来看,则丝毫不能说明什么。这里指的是什么'实质'呢?大家知道,任何一种意识形态都力求揭示'一定现象的实质'。但有各种各样的实质。雷雨的真正实质在于:这是一种大气中的电的现象。是否可以说,诗人在描写这种现象的时候给自己提出的任务是揭示这种物理实质呢?显然,不能这样说,因为诗人在描写雷雨的时候所揭示的实质是另一样东西。请想一

① 童庆炳撰:《关于文学特征问题的思考》,见《中国新文学大系1976—1982·理论一集》,中国文联出版公司1988年版,第658—659页。

② [苏]阿·布洛夫著:《美学应该是美学》,见《美学与文艺问题论文集》,学习杂志出版社1957年版,第39页。

想‘我喜爱五月初的雷雨’这句诗。这里不仅没有表明雷雨的物理实质，而且从严格的科学观点看，这种实质似乎被‘遮蔽’起来，假如愿意的话，还可以说被歪曲了。”[①]如果说，以前的文学理论总是从哲学的或者社会学的角度来看待文学艺术的本质特征的话，那么布洛夫的这些论述真正从美学的角度接触到了文学艺术问题，因此他得出的是关于文学艺术的审美特性的结论，对于新时期的中国学者来说，显然具有很大的启示意义。笔者由此受到启发，提出了“文学的对象和内容必须具有审美价值，或是在描写之后具有审美价值”。在这个表述中起码有三点是值得注意的：第一，提出了审美价值的观念。价值就是对人所具有的意义。审美价值就是对人所具有的诗意的意义。从这样一个观点来考察文学，显然更接近文学自身。第二，提出了文学的特征在于文学的对象和形式中。过去的理论受别林斯基论述的影响，认为文学与科学的区别仅仅在于反映方式的不同，文学和科学都揭示真理，科学用三段论法的理论方式揭示真理，文学则用形象的方式揭示真理。笔者不同意别林斯基的论点，认为文学与科学的区别首先是反映的对象的不同。第三，文学反映的对象可以有两个层面：一是本身就具有审美价值的生活，如优美、壮美、崇高等；一是经过描写后会具有审美价值的生活，如悲、喜、丑、卑下等。这样笔者就从文学反映的客体和主体两个维度揭示了文学的审美特征。

在当时学界多数人都同意文学的审美特性的情况下，就不再是漫无边际地重复文学的审美特征的说法，而是要进一步的工作，提出严谨的关于文学审美特征的学说。这时已经到了 20 世纪 80 年代的中期。所谓“方法年”“观念年”的出现，使那些主张文学审美特征者获得了更好的研究环境和更宽阔的视野。

“文学审美反映”论的构建，基于对“认识反映”论的不满。他们认识到，仅仅把文学看成是社会生活的认识是不够的，这种看法只是在认识论

---

① ［苏］阿·布洛夫著：《美学应该是美学》，见《美学与文艺问题论文集》，学习杂志出版社 1957 年版，第 40 页。

的层面给文学定位，不能说明文学的特殊性。笔者在 1984 年出版的《文学概论》（上、下卷）第一章第三个标题是“文学是社会生活的审美反映”，笔者认为：“社会生活是文学的唯一源泉。文学是社会生活的反映。其实，包括文学在内的全部意识形态（政治、法律、道德、哲学、艺术、宗教等）和一切社会科学，都是客观的社会生活的反映，都以客观的社会生活为源泉，所以文学是社会生活的反映的论断只是阐明了文学和其他意识形态以及一切社会科学的共同的本质，只是回答了‘文学是什么’的第一个层次的问题。然而，我们仅仅认识文学和其他社会意识形态以及一切社会科学的共同本质是不够的。……我们还必须阐明文学区别于其他社会意识形态以及社会科学的特征。弄清楚文学本身特殊的本质，即回答第二层次的问题。那么，文学反映生活的特殊性是什么呢？我们认为文学对社会生活的反映是审美的反映。审美是文学的特质。……文学之所以是文学就在于它是对社会生活的审美反映，文学的崇高目的是要按照一定的社会审美理想来改造人的生活，使人的生活变得更美好。”①笔者随后按照文学反映生活的“独特的对象、内容和形式”展开对“文学审美反映”论的论证。

当时另一位学者王元骧教授也对文学审美论展开了研究，他对文学的“审美反映”做出了更具体深入的解说。他在为 1987 年全国高校第二届文艺学研讨会撰写的《反映论原理与文学本质问题》一文中就指出：“从反映论的观点来考察文学，我们就应该同时顾及文学作品的客观内容（作品反映的对象）和主观内容（作家的思想、情感、倾向）两个方面。应该看到流露在作品之中的作家的主观思想、情感，与作品所描写的对象一样，同样都来自生活，同样都包括在我们所说的文学是生活的反映这个命题的内涵之中。”②据此，他进一步认为：“从审美反映的选择性的角度来看，文学作品的丰富性绝不仅仅取决于客观现实本身的多样性，同时更取

① 童庆炳著：《文学概论》上卷，红旗出版社 1984 年版，第 46—48 页。

② 王元骧著：《探寻综合创造之路》，陕西师范大学出版社 2000 年版，第 6—7 页。

决于作家本人审美感受的独特性。作家的创作个性愈鲜明，他面对现实所产生的审美情感愈具有个人特色，那么，他的作品就愈能摆脱那种似曾相识的面目而显示出自己独特的个性风貌；唯其这样，我们的文学园地才会显得绚丽多彩，光辉夺目。”①他在1988年发表的另一篇论文中又从不同层面对“文学审美反映”理论进行了论证。首先，从反映的对象看，与认识对象不同，“在审美者看来，它们的地位价值就大不一样。这就是因为审美情感作为审美主体面对审美对象的一种态度和体验，总是以对象能否契合和满足主体自身的审美需要为转移的：凡是契合和满足主体审美需要的，哪怕是在别人看来微不足道的东西，也会成为主体爱慕倾倒、心醉神迷的对象；否则不论事物本身的客观意义多么重大，人们也照样无动于衷，漠然处之。”②其次，就审美的目的看，与认识目的以知识为依归不同，“由于审美的对象是事物的价值属性，是现实生活中的美的正负价值（即事物的美或丑的性质），而美是对人而存在的，是以对象能否满足主体的审美需要从对象中获得某种满足而引起的。所以，从审美愉快中所反映出来的总是主体对对象的一种直接或间接的（即通过对丑的否定来肯定美）肯定的态度，亦即‘应如何’的问题。这就决定了审美反映不是不可能以陈述判断，而只能是以评价判断来加以表达。”③最后，一般认识的反映形式是逻辑的，而审美反映是“以崇敬、赞美、爱悦、同情、哀怜、忧愤、鄙薄等情感体验的形式来反映对象的”④。王元骧教授的“文学审美反映”理论从反映的对象、反映的目的和反映的形式等三个方面来阐述“审美反映”论的要点，很完整也很深刻，大大深化了对“文学审美反映”论的理解。

---

① 王元骧著：《探寻综合创造之路》，陕西师范大学出版社2000年版，第23页。

② 王元骧撰：《艺术的认识性和审美性》，见《审美反映与艺术创造》，杭州大学出版社1992年版，第52页。

③ 王元骧撰：《艺术的认识性和审美性》，见《审美反映与艺术创造》，杭州大学出版社1992年版，第53页。

④ 王元骧撰：《艺术的认识性和审美性》，见《审美反映与艺术创造》，杭州大学出版社1992年版，第54页。

4."文学审美意识形态"论

与"文学审美反映"论相映成趣的是,钱中文教授于1984年提出的"文学审美意识形态"论,他说:"文学艺术固然是一种意识形态;但我以为是一种审美的意识形态;文学艺术不仅是认识,而且也表现人的情感和思想;审美的本性才是文学的根本特性,缺乏这种审美的本性,也就不足以言文学艺术。看来文学艺术的本性是双重性的。"①很显然,这是运用马克思主义的社会结构学说,即社会基础与上层建筑理论对于文学艺术观念问题的一次解决。1987年钱中文教授又发表了题为《文学是审美意识形态》的论文,正式确认"文学是审美意识形态",并展开了论证,其结论说:"文学作为审美的意识形态,以情感为中心,但它是感情和思想的认识的结合;它是一种自由想象的虚构,但又具有特殊形态的多样的真实性;它是有目的的,但又具有不以实利为目的的无目的性;它具有社会性,但又具有广泛的全人类的审美意识的形态。"②钱中文提出的"文学审美意识形态"论具有广阔的阐释空间,从哲学的观点看,文学是一种意识类型,与哲学、伦理等具有意识形态的共同特性,但文学之所以是文学,是因为文学的一种具体的意识类型,即审美意识形态,它使审美的方法和哲学的方法融合在一起,提出文学是以感情为中心,但又是感情与思想的结合;它是一种虚构,但又具有特殊形态的真实性;它具有阶级性,但又是一种具有广泛社会性以及全人类性的审美意识形态。

(三)文学主体性问题的论争

1986年被称为"文学观念年"。文艺学方法的讨论首先要落实到文学观念的革新上面。特别是"文学是人学"这个命题的确立,很自然地要

---

① 钱中文撰:《文学艺术中的"意识形态本性论"》,见《文学理论:走向交往与对话的时代》,北京大学出版社1999年版,第87页。

② 钱中文撰:《文学是审美意识形态》,见《新理性精神文学论》,华中师范大学出版社2000年版,第136页。

从文学之“根”的人的角度去思考文学观念的革新。这个情况呼唤文学主体性的出场。

在《文学评论》1985 年第 6 期和 1986 年第 1 期上，发表了长篇论文《论文学的主体性》。其主旨是：“构筑一个以人为思维中心的文学理论与文学史研究系统”，“我们的文学研究应当把人作为主人翁来思考”，“把人的主体性作为中心来思考”①。这个主旨是有明确的针对性的。那就是庸俗社会学和机械认识论倾向。在批判“极左”思潮和教条主义中，主体性问题的提出可以说恰逢其时。刘再复《论文学的主体性》的主要论点是：“文学中的主体性原则，就是要求在文学活动中不能仅仅把人（包括作家、描写对象和读者）看作客体，而更要尊重人的主体价值，发挥人的主体地位，以人为中心、为目的。具体说来就是：作家的创作应当充分发挥自己的主体力量，实现主体价值，而不是从某种外加的概念出发，这就是创作主体的概念内涵；文学作品要以人为中心，赋予人物以主体形象，而不是把人当成玩物与偶像，这是对象主体的概念内涵；文学创作要尊重读者的审美个性和创造性，把人（读者）还原为充分的人，而不是简单地把人降低为消极受训的被动物，这是接受主体的概念内涵。”②刘再复就上述观点展开了洋洋洒洒的论述。刘再复论文的意义不在于具体论述一个问题，而在于文学观念的转变：即从过去的机械的反映论文学观念，转变为价值论的文学观念。因为在强调文学的主体性的时候，刘再复的核心思想是要论证人、主体的人、人的经验、人的尊严、人的思想感情、人的性格、人的命运、人的活动等才是最具有意义和价值的，一切离开“人”这个主题的文学是没有意义和价值的。

刘再复的“文学主体性”论受到多方面的肯定。如孙绍振认为：“刘再复主体性论的提出，标志着在文艺理论上被动的、自卑的、消极反映论统治的结束，一个审美主体觉醒的历史阶段已经开始。这不是低层次经

① 刘再复撰：《论文学的主体性》，载《文学评论》1985 年第 6 期。

② 刘再复撰：《论文学的主体性》，载《文学评论》1985 年第 6 期。

验的复苏，而是理论上的自觉。在新的逻辑起点上，刘再复提出新的范畴：实践主体性和精神主体性，创作主体性和欣赏主体性。”这些范畴对于认识实践真理、对于从反映论向认识结构的本体深化、对于突出个体的主体性有重要意义[①]。有的学者认为，艺术家在社会生活中不仅是实践、认识和创造新生活的主体，而且是审美的主体。在艺术家和社会生活之间横亘着的不是镜子，而是具体的活生生的人。文艺对社会生活的反映势必带有个人色彩，打上人的烙印，因此反映的过程就是主体积极活动的过程。社会生活是艺术的源泉首先在于它造就了艺术创造的主体。写心灵是体现创作深度和创作广度的艺术原则，作家就是用自己的心灵浇铸自己的艺术形象，从而在其文艺产品中自然的显示出自己的心灵和人格[②]。

但刘再复的理论也遭到了一些人的质疑。比较有代表性的是陈涌对刘再复的“文学主体性”论提出严厉批评，认为刘再复的主体性理论否定了马克思主义观点、方法和指导思想，对马克思主义文艺原理进行了错误的概括，这是“直接关系到如何对待马克思主义基本原理的问题”[③]。姚雪垠认为刘再复的主体性理论把作家和作品中人物的主观能动性“作了无限夸张”“违背了历史科学”“包含着主观唯心主义的实质”“基本上背离了马克思主义”[④]。当然对这种批评也有反批评。例如，针对陈涌的批评，孙绍振就进行了反批评，于1986年9月在《文论报》上发表了《陈涌同志在理论上陷入迷误的三个原因》，文章从“有没有内部规律”“艺术家主体和科学家主体的区别”“主体认知图式：平面的还是多层次的”“忽视艺术形式的积累和规范作用的必然结果”几个层面对陈涌的理论观点逐一进行了犀利的反驳，批评了陈涌“老是在文学艺术与其他意识形态的共同性中兜圈子的第一个原因——他不能在理论上区分作家主体和科学家主体在感性和理性、审美与认识方面的不同”，“他的思维定势使他只能

① 孙绍振撰：《论实践主体性、精神主体性和审美主体性》，载《文学评论》1987年第1期。

② 鲁枢元撰：《审美主体与艺术创造》，载《文艺报》1983年第5期。

③ 陈涌撰：《文艺学方法论问题》，载《红旗》1986年第8期。

④ 姚雪垠撰：《创作实践和创作理论——与刘再复同志商榷》，载《红旗》1986年第21期。

在形象与生活统一中进行片面的思辨……他把审美反映看成是单层次的，因而在审美主体特殊主动功能面前两眼一抹黑，他无法看到审美反映的表层与深层的矛盾，因而找不到文艺反映生活的特殊规律”，并且看不到“形象之外的社会生活与形象之内的社会生活是不等同的”[①]。

那么，刘再复的“文学主体性”理论究竟是反马克思主义，还是合乎马克思主义的呢？刘再复在论文中引了马克思《1844年经济学—哲学手稿》中的论述。马克思曾说：“人是一个特殊的个体，并且正是他的特殊性使他成为一个个体，成为一个现实的、单个的社会存在物。同样的他也是总体，观念的总体，被思考、被感知的社会主体的自为存在，正如他在现实中既作为社会存在的直观和现实享受而存在，又作为人的生命表现而存在一样。”刘再复还引了马克思关于人的生命活动与动物的生命活动的区别的论述。然后他指出：对于被作家描写着的对象的人来说，他是被描写的客体；但对于生活环境来说，他又是主体。所以要把人当成人。作品中的人物是有自主意识和自身价值的活生生的人，按照自己的灵魂和逻辑行动着、实践着的人。而在后来的论争过程中，更多的学者引用马克思的《关于费尔巴哈的提纲》中的一段话：“从前的一切唯物主义（包括费尔巴哈的唯物主义）的主要缺点是：对对象、现实、感性，只是从客体的或直观的形式去理解，而不是把它们当作人的感性活动，当作实践去理解，不是从主体方面去理解。”[②]由此看来，主体性问题是马克思主义之义，文学主体性的见解大体上也是合乎马克思主义的，是马克思主义在文学活动问题上的具体运用。

总的看来，刘再复从1985年到1986年提出的“文学主体性”理论，不是没有逻辑的概念的缺陷，可作为一种文学观念，即主体性文学观念还是让人们充分意识到，“文学主体性”理论对单纯认识论文艺学的批评有某种程度的合理性，标志着不同于认识论文艺学的主体性文艺思想的出现，

---

① 孙绍振撰：《评陈涌同志的〈文艺学方法论问题〉》，见《审美价值结构与情感逻辑》，华中师范大学出版社2000年版，第192—208页。

② 马克思著：《关于费尔巴哈提纲》，见《马克思恩格斯选集》第1卷，人民出版社1995年版，第54页。

这对于中国文艺学的变革与发展是有重要意义的。

（四）文学语言的研究

文学文体、文学语言的研究从20世纪80年代后期就开始了，但真正成气候是在90年代以后。

从古典到现代，人们都非常重视语言在文学中的地位。但他们对语言在文学中究竟占有什么地位、具有什么功能的看法是大异其趣的。中外古典文论所持的是“载体”说，语言只是一种“形式”“工具”“媒介”“载体”，它的功能是表达生活的和情感的内容，内容有“优先权”，形式则处于被内容决定的地位。20世纪西方科学主义文论则持“本体”说，认为语言是文学的“本体”，文学就是语言的建构，语言是文学存在的家园。古代文论与20世纪西方文论的文学语言观就这样分道扬镳。

那么文学语言观念从古典到现代的转变是怎样发生的呢？

20世纪西方哲学和人文科学领域发生的一个重大事件就是所谓的“语言论转向”。在西方，19世纪以前，占主导地位的是理性主义，理性制约一切，所以理性作为文学的内容也自然处于“统治”地位，语言只被看成是传达理性内容的工具。20世纪初叶以来，由于资本主义危机不断发生，人的生存境遇恶化，人们觉得过去崇拜的理性不灵了，反理性的思潮应运而生。在所谓的“语言学转向”中，人们不再追问语言背后的理性，而认为“语言是存在的家”（海德格尔），“想象一种语言意味着想象一种生活方式”（维特根斯坦）。语言不是单纯的媒介、手段、载体，它是存在本身。人是语言的动物。语言观上的这种变化，很自然地引起了文学观念的变化。20世纪形成的科学主义的文论流派在文学语言观上一脉相承。他们认为作品中的语言就是文学的本体。俄国学者什克洛夫斯基在其重要论文《艺术作为手法》中在反复强调文学语言的特性之后说：“这样，我们就可以给诗歌下个定义，这是一种困难的、扭曲的话语。”[①]法国

① [法]托多罗夫选：《俄苏形式主义文论选》，蔡鸿滨译，中国社会科学出版社1989年版，第77页。

结构主义大师罗兰·巴尔特看得更远，他强调“语言和文学之间的一致性”，认为“从结构的角度看，叙事作品具有句子的性质”，“叙事作品是一个大句子”①，超过语言层就是文学的“外界”。

90年代以来中国的“语言论转向”研究成果，除了介绍西方的相关理论之外，主要是突破了对文学语言表层的研究，深入到文学深层特征的研究。1.强调语言是人的最重要的一种符号，语言是人与动物区别的根本标志。2.强调人的语言与人的感觉、知觉、想象、理解等心理机能是同一的。语言不是外在于人的感觉的，而是内在于人的感觉的。3.强调语言又是一种文化，从而它能够规定人们思考的不同方式。过去说语言是文化的载体，这个说法还不够。应该说，语言本身就是一种文化。因为人是必须用语言来思考问题的，语言不同，思考的方式自然不同，作为思考的产物的文化也就不同。操英语的人和操汉语的人，不仅仅是用不同的语言工具，实际上是拥有不同的文化和对事物的不同理解。4.强调文学语言与普通语言的不同。认为日常生活的信息语言，一旦纳入到作品中，被作品的背景，特别是其中的语境所框定，就变成文学话语，那么它就不再是单纯的传达信息的“载体”，而获得了丰富的审美的附加意义。这附加意义是指，作品中的全部话语处在同一大语境中，因此任何一个词、词语、句子、段落的意义，不但从它本身获得，同时还从前于它或后于它，即从本作品的全部话语语境中获得意义。话语意义不仅从本身确定，还从其前后左右的话语联系中重新确定。我们似乎可以把这种现象称为“大语境”性。强调文学语言的深层特征，如“内指性”“本初性”和“陌生化”等等。

对于上述各个问题，大家的意见常有分歧。可以说，争论始终不断，不同意见的对峙经常发生，但“青山遮不住，毕竟东流去”，所谓的“自律”或“内部研究”已经成为学术“气候”。我还记得1987年《文艺报》展开关

① ［法］罗兰·巴尔特著：《叙事作品结构分析导论》，见《美学文艺学方法论》下册，文化艺术出版社1985年版，第535—536页。

于文学“向内转”的讨论，有人激烈反对这种“向内转”的看法，但中国式的内部研究“向内转”的观点得到了大多数人的同意，逐渐形成共识。反对的声音越来越小，最后归于沉寂。这一事件可能是中国文艺学在20世纪80年代末中国式的“内部研究”趋于成熟的标志。转向“内部研究”（尽管此时西方文论的“内部研究”式微，新一轮的“外部研究”，即文化研究勃兴），中国的文论家作出了符合中国国情的明智的选择，推动文学理论与批评研究的转型。20世纪90年代的“语言论转向”，叙事理论的研究，文学本体论的研究，不过是更标准的、更严格的“内部研究”而已。所不同的是，20世纪80年代的“向内转”明显带有知识分子对于社会转型的热情参与，90年代后的“语言论转向”则失去了这种参与的热情。如果我的感觉没有错的话，在中国式的“内部研究”中，“审美”“主体性”“语言”这三个词被特别的“放大”，所以有所谓的“审美转向”“主体性转向”和“语言转向”的说法，文学“自律”的趋势，成为一种研究潮流，从这潮流中涌现的成果，虽然参差不齐，但不能不说它已经成为自“五四”以来文艺学研究的独特景观。

我想说的是，不论是20世纪80年代还是90年代，中国式的“内部研究”涉及对文学艺术自身规律的研究，是文艺学的一次转型。这“转型”可以概括为三个“转变”：从一家式的独语，转变为“百家争鸣”式的对话；从政治话语转变为学科的学术话语；从非常态的中心话语转变为自主发展的常态话语。这三种变化也可称为对话化、学术化和常态化。其所获得的成果虽然不能说“辉煌”，但可以说是“耀眼”的。

二、“向外转”——“外部研究”的勃兴

与20世纪90年代“语言论转向”差不多同时，一种新的“外部研究”在中国文艺学界悄然而兴。这就是“文化研究”在中国的出现。

文化研究本身虽然与文学研究有关，但英国文化研究把文化看成是一种整体的生活方式，“文化分析就是阐明一种特殊的生活方式，一种特

殊文化隐含或外显的意义和价值。”[①]而文学只是生活方式的一种而已。英国文化研究的关键词是:“阶级”“性别”“种族”。批判精神是其灵魂。这与英国社会20世纪50、60年代的学生运动、70年代的女权主义运动和反种族歧视运动密切相关。随着大众文化的勃兴,“大众文化”问题也进入到他们的研究视野。文化研究后来在美国有很大的发展。增加了诸如东方学、后殖民主义学等方面的分析与研究。他们也谈到文学作品,但仅作为一种例证,并不是什么“诗学”。但到了20世纪90年代,英、美的文化研究已逐渐沉寂。而一些学者则如同发现“新大陆”一样发现了西方的“文化研究”,很快地加以引进。

中国在20世纪90年代后,经济迅速发展,商业迅速发展,物质财富涌现,人民的生活水平有很大提高,改革取得的成果超出了人们的预料。但涌现出一些社会问题。从精神上说,就是拜物主义、拜金主义的流行。也正是在这种背景下,文化研究、文化批评被引进中国,而且恰好是被一些文艺学的学者引进中国。应该说,他们的工作不是无的放矢,而是有针对性的。文化研究或文化批评对于中国文艺学研究是具有启示意义的。这主要是它为文学研究提供了新鲜的视角。对于文学作品的解读,若是能从文化视角去解读,可能会读出新鲜的文化意义来,这对于拜物主义和拜金主义,也可以起到批判的作用,这无疑是有益的。中国的文化研究的确在关注和分析新兴起的大众文化,对广告文化、网络文化、“超女”文化和“80年后”文化等,有不少新鲜的分析和见解。正如他们所指出的:“当今的文学研究已不满足于从文化角度看待文学,而有向多领域和多学科蔓延的趋势。很多文学批评家把触角伸向了广告、电视肥皂剧、MTV、流行歌曲、麦当劳和酒吧,对文学的文化研究演变为文化批评。传统的文学研究方法已经不够使用,不少人尝试用心理分析、问卷调查、定量统计等进行研究。”[②]

---

① 罗钢、刘向愚主编:《文化研究读本》,中国社会科学出版社2000年版,第125—126页。

② 陶东风主编:《文学理论基本问题》,北京大学出版社2005年版,第302页。

但是，随着20世纪70年代以来的西方文化研究在20世纪末和21世纪初的逐渐消退，它对于文学研究的负面作用也慢慢显示出来。中国学者的文化研究的问题也凸现出来：第一是引进的痕迹太重，而自己的问题意识却不十分清楚。第二，随后又从英国的学者费瑟斯通那里照搬"日常生活审美化"的话题，"新的美学原则崛起"的话题，鼓吹文艺学的所谓"越界""扩容"，一味迎合消费主义的需要。但无论如何我们还是要肯定文学的文化研究的确把研究对象从"内"移到"外"，开拓了我们的视野，引导一些学者去研究文学与社会关系问题。有的学者似乎把这"由内而外"的研究看成是新的文艺社会学的复兴，这种看法也不是没有根据的。其后，人们从文化研究角度，开始关注日常消费文化的艺术现象，电子媒介所产生的图像现象等。"日常生活审美化"的提出和观点引起争论；文艺学的边界"扩容"引起争论；强调"眼睛美学"和"新的美学原则的崛起"引起争论；"文学终结论"引起争论，等等。我感到，这次"由内而外"所提出的诸种问题并没有解决，各说各话的情况比较严重，对于文艺学来说，所取得的成果还有待评估。在这新世纪开始之际，我们仍然面临的问题是：文学理论为何？文学理论向何处去？

三、走向综合——文化诗学是可能的

三十年时间，从大体脉络上说，文学理论先是"由外而内"，接着是"由内而外"。现在我们应该思考我们面临的新问题了：文学是不是会走向消亡？如果文学走向消亡的话，那么文艺学就失去了对象，文艺学还能存在下去吗？假如文学和文学批评能够生存下去，那么文艺学是否应该将20世纪80、90年代的"内部研究"延续下去？把20世纪90年代和21世纪初的"外部研究"延续下去？如果认为这样的延续会把"内部研究"与"外部研究"相隔离，并不利于文艺学的整体发展的话，那么我们是不是应该超越"内部研究"和"外部研究"的人为的划分，让他们"内"与"外""两翼齐飞"，内部研究中应该结合外部研究，外部研究中应该结合内部研究？还有，我们以前研究的成果，审美转向的成果，主体性转向的成果，语言论转向的成果，文化论转向的成果，应该如何对待？是抛弃还是扬弃？如果选择扬弃，那么该如何扬弃？这些“转向”的成果都是我们的生命投入，我们怎么能完全抛弃呢？扬弃有所清除，也有所保存。问题是我们在保存这些成果的精华之后，该如何在“内部”与“外部”的困惑中作出选择？是“单选”，还是“全选”？单选不过是重复，似不合理，那么我们就“全选”吧！问题又来了，这种“全选”会不会成为一种大杂烩？

于是我们探索的方法应该是形成一种能实现新的综合的研究视野或方法论。这种新的视野和方法论应该基于文艺学研究学术的承继，又基于对旧有成果的超越。我感到，“内部”穿越“外部”，“外部”穿越“内部”势在必行。在文学文体与历史文化之间实现互动与互构，在艺术结构与历史文化之间实现互动与互构，在故事形态与历史文化之间实现互动与互构，在艺术叙事与历史文化之间实现互动与互构……应该成为研究的课题，方法也要相应革新，这样我们就可能实现文艺学的又一次“位移”。80年代初中期的“由内而外”，我们把研究对象“位移”到文学自身的规律上面，90年代以来的“由内而外”，我们把研究对象由语言“位移”到社会文化上面，那么这一次的综合应该把研究对象“位移”到艺术文本与历史文化互动与互构上面，这就是我和一些学人这些年以来一直呼唤和提倡的“双向拓展”，一直提倡的“文化诗学”了。刘庆璋教授指出：

> “文化诗学”之所以要在诗学之前冠以“文化”，除了强调这一理论命题的人文精神和人文关怀之外，还由于它对文化与文学关系的特别关注和特有认识。它表现在：首先，“文化诗学”视整个文化系统为文学与社会联系的纽带，从而正确揭示了文学与客观世界的连接关系。……第二，“文化诗学”从广阔的文化视野出发来审视文学，运用丰富多彩、卓有建树的各个文化扇面的新理论、新方法来研究文学。……第三，“文化诗学”的落脚点是诗学——文学学，是一

种文学理论,而不是泛文化理论。①

刘庆璋教授对文化诗学的这种理解与我的构想是基本吻合的,正是在回应现实与文学理论自身问题的吁求中,我们提出了"文化诗学"的理论构想。我们所主张的"文化诗学"就是要坚持文学与其他文化扇面之间互构、互动的理念,就是要将艺术文本放到与历史文化互涵互动的层面上去进行多维度的观照。刘庆璋教授在发表的另一篇文章中更加全面地阐释了"文化诗学"这种辩证、互动的综合性研究方法:"文化诗学作为一种富于创意的文学新论,还由于它对文化、文学及其相互关系有了更为全面、更为深刻的认识,并能从文学理论的角度汇集各种文化理论的新成果。它视整个文化系统为文学与社会联系的纽带,从而正确揭示了文学与客观世界的联结关系。它更充分地估量了文学与经济基础之间存在的这一包容复杂、空间广袤的宏大中介——文化的重要地位,更清楚地看到了文化的历史承传性、中外交融性、相对稳定性和构成复杂性。它坚持文学与其他文化扇面互构、互动的理念……这些不同扇面的文化理论自然就成为文化诗学这种文学新论的丰富的理论资源……正是由于文化诗学坚持文化与文学互动、互融、互构的理念,在对文学规律的认识上,它就能看到,作为子系统的文学既具有自身的特殊规律,同时又蕴含着母系统——文化的某些共同规律,从而就能既充分重视文化各扇面的基本区别,又看到各扇面的互文性,既不因个性否定共性和互文性,也不因共性和互文性否定个性,而是从个性、共性既区别又联系的辩证观点出发去界说文学,从而对文学的理性认识,包括对文学特殊规律的认识,就可能更全面、更深化。"②如刘庆璋教授所言,我们之所以提倡一种"文化诗学",就是要用"文化诗学"的新的实践方法来重新观照文学文本。而这种方

① 刘庆璋撰:《文化诗学学理特色初探——兼及我国第一次文化诗学学术研讨会》,载《文史哲》2001 年第 3 期。

② 刘庆璋撰:《文化诗学:富于创意的理论工程》,载《漳州师范学院学报(哲学社会科学版)》2004 年第 2 期。

法不仅“打通”了文本内外的关联，还能很好地针对现实文论面对的各种问题提出新的解决策略。另一位倡导“文化诗学”的学者蒋述卓教授在《走文化诗学之路》一文中，也提出了自己的看法。他从文论现实问题出发，认为“建立一种新的阐释系统就刻不容缓地成为我们当下重要的任务。这种新的阐释系统就是文化诗学”[①]。他还进一步对“文化诗学”进行了学理层面的阐释，他认为：

> 文化诗学，顾名思义就是从文化角度对文学进行批评。这种文化批评既不同于过去传统的文艺社会学中那种简单的历史批评或意识形态批评，又不简单袭用西方后现代主义文化或西方人所建立的第三世界文化理论的文化批评理论。它应该是一个立足于中国本土文化语境、具有新世纪特征、有一定价值作为基点并且有一定阐释系统的文化批评。[②]

正如刘庆璋与蒋述卓两位先生所言，中国文化诗学并非对西方话语的简单搬用，而有着自身出场的现实与理论背景。在导言中，我也已经提前申说过，我们的“文化诗学”是植根于现实土壤的，是一种不同于西方格林布拉特提出的“新历史主义”的文学新论。我们尽管仍然借用了西方“术语”，但是我们应该而且必须立足于中国本土的文化语境，我们的“文化诗学”的历史出场有着我们自身的本民族的诗学传统和现实语境。关于这一点，我们文艺学研究中心李春青教授在《中国文化诗学的源流与走向》中也有清晰的说明：

> “中国文化诗学”是一种具有本土性质的文学研究方法，是伴随着中国古代文学的产生与发展而形成的中国式的文学阐释学。然

① 蒋述卓撰：《走文化诗学之路——关于第三种批评的构想》，载《当代人》1995 年第 4 期。
② 蒋述卓撰：《走文化诗学之路——关于第三种批评的构想》，载《当代人》1995 年第 4 期。

> 而,由于现代以来……不善于或不屑于对中国文化传统中固有的观念与方法进行总结、提升……这或许正是当下中国学术研究很少能发出自己独到声音的重要原因。当然,我们并不否认,随着马克思主义的意识形态批评、哲学阐释学、巴赫金的社会学诗学、美国的新历史主义批评的传入,中国文化诗学传统获得了新的资源与营养,从而更加成熟与完善。换言之,“中国文化诗学”是一种既有着悠久的传统,又具有现代精神的文学阐释路向。①

与李春青教授从民族传统文论出发,主张文化诗学的“本土化”与“中国文化诗学”建构旨趣相似的是,国内的另一位文化诗学的实践者林继中教授也同样倡导“文化诗学”的本土化。

作为古典文学界的杜诗研究专家,他主张从传统诗学中去挖掘中国文化诗学话语的理论资源,认为文化诗学的首要环节即在实践,并主张跨学科的研究方法,以此完成传统文论话语的激活。在《文化诗学刍议》一文中,他指出:

> 整体性研究是文化诗学生命之所在。所谓整体性研究,体现在以宏阔的文化视野对文学进行全方位的审视,采用跨学科的方法,从人类学、美学、心理学、社会学、宗教学、民俗学、经济学等诸多学科的视角观照文学。然而更重要的还不在“跨”,而在打通,即必须将这些不同学科视为一个彼此联系的整体,以多种视角观照文学的目的,还在于尽量全面地对产生该文学文本的历史文化母体进行修复,探索其生命的奥秘。②

除倡导跨学科的整体性思维方法外,林继中教授还认为文化诗学的

---

① 李春青撰:《中国文化诗学的源流与走向》,载《河北学刊》2011 年第 1 期。

② 林继中撰:《文化诗学刍议》,载《文史哲》2001 年第 3 期。

基本方法就在于“双向建构”[1]，其要义有三：“其一，要阐释文本与外部世界的互动关系；其二，要关注不同文化间的沟通，寻找中西文化间的契合点与生长点；其三，要文史互动、古今互动，使文学文本具有历史与当代的双重意义。”[2]在《在双向建构中激活传统——从“文化诗学”说开去》一文中，林继中教授还详细阐述了用“文化诗学”方法激活传统文论的实践路径。他认为“只有那些尚能参与古今对话的东西，才是激活的对象，也是传统继续延伸的生长点”。“激活”的关键在于重建语境，再现诗意的自觉追求。“有没有重建语境，再现诗意自觉追求是新方法与旧方法的分水岭”，“是传统与现代学术能否接上轨的立足点”。“激活”还在于让古与今、继承与创新形成张力，促成“通变”。中国古典文论中诸如“望今制奇，参古定法”就是将古今正变视为一体两面，相互制约和转化。林继中教授还指出：“‘参古’不是‘效古’，而是‘趋时必果’‘望今制奇’，强调矛盾积极的一方——‘变’。传统的内涵经“新变”作出调整，“新变”被整合于传统，形成新传统，这就叫‘望今制奇，参古定法’”。他认为，“激活”还意味着“参与”。我们的文化诗学研究就是要积极主动参与到世界多元文化中去，需求对话，在碰撞中检验，在实践中融合。在对待中西文化诗学的态度立场上，他认为走向综合的整体性的互文视角是必须确立的，他用了一个有趣的比喻说：“批判与否定是必需的。问题是知识结构是个活体，它不像剜烂苹果，可以明确地区分其精华与糟粕而弃取之；它更像是人的肌肉，你能从活人身上挖一磅肉而不含血与水吗？所以它只能通过对客观现象进行阐述的实践，中学、西学互为参照系，互相发明，互相检验其普适性，进而互相渗透。所谓‘借鉴’尚不能尽其义，它应当是嫁接式的互渗互动，是双向建构，在双向建构中催生一个更为优化的、更为合理的新生命。这应当是一个长期反复试验的过程，是一个不断实践、反思、

① 林继中撰：《文化诗学刍议》，载《文史哲》2001年第3期。
② 林继中撰：《文化诗学刍议》，载《文史哲》2001年第3期。

调整、超越的前仆后继的无穷系列。”[1]林继中教授认为中西、古今的双向建构，总体趋势是指向未来，“立足现实，双向建构，才是文化自觉”，中国文化诗学只有主动参与到世界文化多元共存与重组的新格局中，“才能在双向建构中长入全人类共同的文化诗学”[2]。

以上所谈刘庆璋教授、蒋述卓教授、李春青教授、林继中教授，他们都是近年来国内致力于“文化诗学”研究的早期耕耘者，他们或在学理上试图建构一套话语理论，或是在实践操作中运行一种新的研究方法，无论是理论建构还是实践操作，都对“中国文化诗学”的形成和发展起着非常重要的推动作用。

“文化诗学”仍然是“诗学”：一方面，审美仍然是中心，语言分析不能放弃，但它不把文学封闭于审美、语言之内；另一方面，也不是让外部因素来过多影响文学，文学的某种“自治”的程度必须保持。”“文化诗学”作为一种实践方法在我国的提倡，有着十分重要的意义，它不仅担负着解决现实文论的各种难题，还担负着民族传统诗学的钩沉激活，更重要的是它给我们提供了一种走向综合的整体性的研究方法，提供了一种融通对话的态度立场。作为一种“审美诗学”与“文化研究”的双重整合，“文化诗学”具有非常广阔的学术空间。

① 林继中撰：《在双向建构中激活传统——从文化诗学说开去》，载《文艺理论研究》2009年第4期。
② 林继中撰：《在双向建构中激活传统——从文化诗学说开去》，载《文艺理论研究》2009年第4期。

第三章　回应呼唤：文化诗学的现实依据

第一节　现实文化存在状态与深度文化精神的寻求

在中国进入20世纪90年代的时候，提出“文化诗学”这个命题并不是哪个理论家的百无聊赖或心血来潮。理论之所以是理论，就在于它能在实践中回答问题、解决问题。因此任何一种真正理论的提出都应具有现实的根据。

一、中国社会转型时期文化存在状况的悖论

我们生活在中国，我们必须对今天中国的现实有一种清醒的理性的认识。应该说，自20世纪90年代后，现实的文化存在状态，既让我们感到欣慰，又让我们感到深深的不安。欣慰的是，中国人在20多年前就开始了一场思想改革运动，提出了“实践是检验真理的唯一标准”，终于实现了改革开放。这种改革开放经过三十年的实践，特别是90年代以来的实践，获得了成

功，让我们摆脱了贫困的日子，解决了吃喝住穿的问题，人民生活的品质有了很大的提高，国家的综合实力也大为加强，世界开始来拥抱中国，中国也开始走向世界，这不是很好的事情吗？可不安的是：我们必须面对现代工业文明和市场化给我们带来的种种困扰。无可否认的事实是：在人们生活得到改善和提高的同时，在综合国力提高的同时，拜金主义、拜物主义、享乐主义、消费主义以及这些“主义”的具体表现，一些社会文化负面现象又沉渣泛起。这样我们就面临一个悖论：现实让我们满意，现实让我们不满意。那么，现实中那些让我们不满意的社会文化问题是怎样产生的呢？或者说产生的根源在哪里呢？应该看到，文化是一个完整的系统。物质文化、制度文化、精神文化作为文化的三个子系统，缺一不可。文化中的这几个子系统要是发展不平衡，出现畸形状态，是现实社会文化失范的根源。

历史的经验是不能忘记的，历史永远是最好的教师。

鸦片战争前后，中国遭到帝国主义国家前所未有的欺凌，国人认识到中国落后了，出现了“洋务运动”，从器物层面吸收西方的坚船利炮、声光化电，而于其他则完全不予理睬，结果“洋务运动”以失败告终。

戊戌变法吸取了洋务运动失败的教训，企图从制度上吸收西方进步的东西，但是对于精神文化则关注得十分不够，或者说某种新的文化形态没有深入群众的心坎，结果变法运动只是少数人参与，没有得到全国多数人的拥护，结果还是失败了。

辛亥革命成功了，革除了帝制，但同样的问题是精神文化没有起色，国民的文化灵魂没有得到刷新，人民团结不起来，结果陷入了长期的军阀混战。

“五四”新文化运动可谓痛定思痛，发动了思想文化革新运动，从精神文化入手力图革新人的精神面貌，力图摆脱封建主义文化的精神枷锁，力图获得思想的自由和个性的解放，这方向无疑是正确的，所以获得了巨大的成功，推进了中国革命的进程。

就中国古代传统文化的“境遇”来说，在经过了20世纪60、70年代的冷遇后，在80年代“改革开放”后就逐渐引起人们的重视。90年代，传统文化似乎迎来又一届“青春”。

应该说传统文化还是传统文化，传统没有变。变化了的是现实生活。在经过了一系列的发展后，现实生活中出现了一个不容忽视的事实，那就是拜物主义、拜金主义沉渣泛起。“物”和“金”都不是坏东西，甚至是我们追求的东西，但是一旦“物”和“金”成为崇拜的“主义”，问题就来了。在面对这些问题时，他们回过头看自己祖先所创造的文明，并从那“仁义爱人”的伦理中，从“己所不欲，勿施于人”的道德中，从“小人喻于利”“君子喻于义”的教导中，从“天地之性，人为贵”的人文理想中，从“四海之内皆兄弟”的亲和中，从“民贵君轻”的政治理想中，从“无为无不为”的辩证思想中，从“与天地万物相往来”的自然观中，从风、雅、颂、赋、比、兴的诗性智慧中，看到儒雅而纯正的背影，或看到顺应自然的境界，他们连忙往回走，试图看到背影的正面，去领略那阔大恢宏的中华古典文化的气象、精神、诗情和韵味。于是我们重新发现孔子入世之道，重新发现庄子出世之道，重新发现汉学的古朴之道，重新发现玄学的思辨之道，重新发现盛唐之音，重新发现宋明理学之理……神往古代传统是人们试图摆脱现代社会俗气所做的一种努力。

现代中国人完全是在新的历史条件下产生对传统的“眷念”，与“五四”新文化时期对古老传统的批判看似完全不同，实则有相通之处。因为

"五四"时期人们看到的是中华古代的惰性、封闭性所产生的俗气和浅薄的一面。中国现代伟大的文学家、思想家鲁迅终其一生就是在与传统文化中那些麻木、庸俗、虚伪、落后、俗气、教条等作殊死的斗争。我们不会忘记他的《狂人日记》,不会忘记其中几乎人人都熟悉的一段话:"凡事总需研究,才会明白。古来时常吃人,我也还记得,可是不甚清楚。我翻开历史一查,这历史没有年代,歪歪斜斜的每页上都写着'仁义道德'几个字,我横竖睡不着,仔细看了半夜,才从字缝里看出来,满本都写着两个字'吃人'!"鲁迅对旧文化的批判的确是十分彻底的和全面的。他当年力主对外国的东西采取"拿来主义",就是要用现代文明来对抗封闭、落后、虚伪、平庸、俗气等,以使中国人获得生存、发展的机会。

这就是说,"五四"的"反传统主义"和当代的"传统主义"都以反对平庸、虚伪、俗气、浅薄为旨归,都以人的精神现代化为旨归,"五四"的"反传统"是要摆脱无生气的麻木的僵死的东西,以实现人的精神的现代化;今天我们承继文化传统,是要以传统文化中的人文伦理精神来摆脱现今流行的拜金主义、拜物主义和极端个人主义等,其目的也是促进人的精神的现代化。因此,在建设人的精神的现代性上,它们似乎是相同的。

由此不难想到:中华古代文化有两面,有人文、儒雅、智慧、淳朴、自然、超脱的一面;同时又有残忍、愚昧、虚伪、庸俗、封闭、停滞的一面。这就要看我们所处的历史文化语境的状况。"五四"新文化运动时期,传统文化中的残忍、愚昧、虚伪、庸俗、封闭、停滞妨碍了我们的生存与发展,"反传统主义"占了上风,就不足为奇。现在,当社会转型时期的拜金主义、拜物主义和极端个人主义等,让平庸、俗气、粗卑的市民主义"污染"了我们的生活,人们想到并推崇中华传统文化的人文、儒雅、智慧、淳朴、自然和超脱,也就很自然了。

我还想说的一点是,中国是一个有着几千年传统文化的国家,在历史的每一个重要的关头,都不能不面对这个悠久的传统,不面对是不可能的。历史的经验已经反复告诉我们这一点。更重要的是,传统是活着的,它就在我们的身旁。我们“不但要理解过去的过去性，而且还要理解过去的现存性”，传统文化对于我们是一个“同时的存在”，“组成一个同时的局面”（T.S.艾略特）。屈原、陶渊明、李白、杜甫、苏轼这些大诗人就在当代诗人的身边，他们的精神生命没有结束。如何接过他们的燃烧了一两千年的诗歌火炬是我们今人的责任。因此处理好“古”与“今”的关系，无论对于过去还是现在，都绝不是可有可无的小事。古代优秀的文化传统必须继承，“五四”新文化运动的一些优秀的传统也必须继承。古代的传统是一个文本，“五四”新文化运动也是一个文本，我们都必须用历史主义的观点去对待它。

从以上我们对历史的回顾中可以看到，文化作为一个整体，是很难切割开来的，物质文化、制度文化和精神文化要平衡地前进，才能推进社会的持久的进步。畸形的文化，必然带来畸形的社会问题。这对社会发展来说，是绝对不利的。

经济的发展要有精神文化的引导。历史唯物主义没有过时，马克思关于经济基础与上层建筑的作用与反作用的观点没有过时。社会的经济基础归根结底决定着意识形态和精神文化，意识形态和精神文化也绝不是可有可无的东西，它必然在很大程度上作用于社会的经济发展。没有社会的经济发展是万万不可的，同时没有健康的精神文化发展也是万万不可的。关键的问题是人的需要是多层面的，除了物质的需要，人的道德伦理秩序、人的思想言论的自由、人的个性的发展、人的精神生活的丰富，也都属于人的需要。在物质得到基本的满足的条件下，这种需要就会凸显出来。没有钱是不行的，但仅有钱也是万万不行的。在物质文化发展的同时，制度精神文化的关怀，就成为重要的方面。像许多发达国家的经济诚然是世界领先的，但在他们那里种种关系到人的生存与精神生活等层出不穷的社会文化问题，并没有随着经济的发展而得到解决。

二、社会转型期中国当代学者对深度文化精神的寻求

要知道，世界上最重要的是人，人光有物质的富裕还不够，还要有文

化精神生活的富裕。因此现代工业经济的发展和市场经济也需要深度文化精神的引导。经济的发展要体现以人为本。如果经济的发展、市场化的结果不利于人的建设,不利于人性的完善,如果经济的发展让人感到机器的压迫、电子的干扰、环境的污染、文物的破坏、信仰的失落、欲望的膨胀……那么这种经济的发展对人的生存又有什么意义呢?应该看到,现代经济的发展与精神文化的发展,并非总是同步的,相反往往是相悖的。在人类的历史上,工业文明所代表的经济发展与精神文化常常出现二元对立现象,在激烈的社会转型时期也有表现。这体现出历史发展的"悲剧性",体现出经济发展维度与精神文化维度的"错位"。

近代西方的一些学者清晰地看到了现代化和技术进步过程在文化、精神、价值、信仰方面造成的巨大负面效应。自英国工业革命开始,一些西方的作家和思想家就开始对工业文明所带来的负面文化进行批判。从狄尔泰到席勒,再到马克思,都是从批判工业文明和资本主义的逻辑开始自己的理论活动的。这些都是众所周知的事情。

有人可能会问在工业文明发展到高科技的今天,新的工业文明是不是对人具有了一种亲和力呢?事实的发展告诉我们,新的高科技工业文明可能给我们带来一些社会文化问题。西方马克思主义的代表人物美国学者赫伯特·马尔库塞说:"进步的加速似乎与不自由的加剧联系在一起。在整个工业文明世界,人对人的统治,无论是在规模上还是在效率上,都日益加强。这种现象不仅是进步道路上偶然的、暂时的倒退。"马尔库塞并没有夸大事实,他只是揭露事实而已。20世纪的科学技术突飞猛进,人类的经济文明似乎进入一个新时代,正是在这个看起来是经济大发展的时代,人类也遇到了战争灾难和其他种种威胁人类生存的问题。

现代经济的进步有它自身的铁一般的规律,它不会总是照顾人的情感世界的美好发展。恩格斯认为黑格尔的思想比费尔巴哈要深刻得多,他在《费尔巴哈与德国古典哲学的终结》一书中借鉴黑格尔的说法,认为自从有阶级以来的社会,恶(包括贪欲、权欲等等)是历史发展的杠杆。

但是我们并不会因此就放松经济的发展，不会因此就放松高科技的发展，因为经济的发展、科技的发展又能给人类带来极大的方便、舒适、快乐、富强和幸福。这样就出现了悖论：现代经济的发展、科技的发展给人类带来前所未有的幸福，现代经济的发展、科技的发展给人类带来前所未有的灾难。在这个悖论面前，我们认为，重要的制衡力量就是深度的精神文化。有了深度的健康的精神文化的制衡，现代经济和科技才有可能沿着属人的方向发展。

在现代工业文明所带来的种种社会问题面前，西方的一些学者看到了这些问题，还努力寻求着深度的文化精神。从狄尔泰到华兹华斯，从席勒到马克思，从霍克海默到马尔库塞，他们都在寻找如何摆脱现代资本和现代工业文明给人类带来灾难的文化精神。马克思早期提出“人性的复归”，成熟期提出“消灭私有制”，实现共产主义的理想，就是突出的代表。

中国的学人在20世纪90年代起发现现代工业文明和市场化、世俗化所带来的一些问题之后，也在寻找摆脱这种困境的文化精神，先后提出各种深度的文化精神：

1993年由上海王晓明等提出了“人文精神”的讨论。王晓明在《上海文学》1993年第6期发表了《旷野上的废墟——文学与人文精神的危机》，发动了文学研究界一次影响比较大的讨论。这次讨论涉及的主要问题有：

1.文学的危机与精神的危机。王晓明在他的文章中认为：“今天，文学的危机已经非常明显，文学杂志纷纷转向，新作品的质量普遍下降，有鉴赏力的读者日益减少，作家和批评家当中发现自己选错了行当……”① 大家知道当时流行的是王朔的“痞子文学”和张艺谋的电影《菊豆》和《大红灯笼高高挂》，文学与艺术或一味调侃，或热衷于刺激欲望，媚俗、自娱成为时髦。我在1994年也发表了文章《隐忧与人文关怀》，提出了问题：“当代中国的审美文化在哪些方面出了问题？它可能引起的后果是什么？

① 王晓明等撰：《旷野上的废墟：文学和人文精神的危机》，载《上海文学》1993年第6期。

从文化意义上看我们处在怎样一个时代？从这样一个特定的时代出发，我们的审美文化应该有什么样的品味？审美文化的创造者能不能逃避历史的责任？”[①]我的回答是：一、创作态度的游戏化。……1986 年前后涌现出一些作者，创作态度为之一变，神圣的使命感消失，代替它的是纯粹的“游戏”和“玩”。……二、作品的平面化。追求对生活的表面的描写，拒绝深度。放弃选材要严的原则，琐碎的无意义的生活小事，不搭界的事物和色彩，皆可拼凑成篇。展览生活的原生态，作逼真的描写，不作解释，不作评价，当然也不揭示意义。……三、传播的商业化。无论是“美女图”，还是千部一腔的武侠片、武侠小说，或者是琼瑶式的言情片、言情小说，都有商品化，编造、模仿、复制、刺激、赚钱……人文意义已被淡化。还有借裸体艺术之名，展示性的构造，这就不只是消解人文意义，而是反人文意义。以“炒”股票的办法“炒”审美文化作品，某些平庸的无意义的作品，在一夜之间，被“炒”成畅销书。……当代审美文化人文意义的消解，不能不引起人们的担忧。因为这将产生严重的后果：

(1)现实的失落。由于这些作品平面化，没有深度，只有形象，这就意味着形象把现实抽空了，终日浸泡其中的人，他自己也变成“空壳人”，他先是不想理解现实，然后是不会理解现实；现实的真实感的丧失使他们难以担当好自己的社会角色。(2)精神的失落。由于这些作品缺少精神产品的素质，其消费过量者就从精神家园里被放逐出去，成为精神上无家可归的游子，被剥夺对精神故乡的回忆和对乐土的热望，想象力也随之萎缩。(3)人的失落。由于这些作品缺少人文价值，一味刺激人的生物欲望，人的本性就在无意义的文化消费中失落，使人不能真正具有人的本质，人被物和欲所异化就成为不可避免的事。一种不敢正视人和现实的文化，虽然不同于当年鲁迅所说的“瞒和骗”的文化，却是鲁迅所说的“媚俗”的文化，是无聊的、庸俗的、培养小市民习气的文化，对此，人们不能不

① 童庆炳撰：《隐忧与人文关怀》，载《文艺研究》1994 年第 1 期。

感到隐忧[1]。

2.当时提出来的问题就是在转型时期，人文知识分子如何来认同自己的身份和价值立场？陈思和说："我和王晓明一样，关心的是自己的问题，即作为一个现代知识分子，我们的安身立命之处在哪里？"人文知识分子要给自己定位，不能逐拜物主义、拜金主义之流，要有自己的话语，自己的价值立场。人文精神是知识分子的自救之道和再生之道。

3.陈思和提出了与人文精神相关的"民间"概念，即认同市场之外的"民间"立场，反映下层民间的情绪，体现"民间"的原始生命力。

4.警惕市场化导致人的精神萎缩，这是这次人文精神讨论的一个重要之点。当商品的价值被视为一切产品价值的标准，甚至也被视为精神产品的标准的时候，那么文学必然要媚俗，拜物主义、拜金主义等思潮就不能不入侵文学，真善美被消解，也就是自然的了。也正是在这个意义上，马克思曾经说过，资本生产与诗歌发展是敌对的。

当然值得指出的是，讨论中有不同的声音。

1995 年，钱中文提出了"新理性主义精神"。"新理性主义精神"大体上包含了如下几点：1."新理性精神将从大视野的历史唯物主义出发，首先来审视人的生存的意义。"[2]物的挤压使人的生存意义丧失，对于文学艺术来说，它的功能就是必须寻找回人的生存的意义。2."在大视野的历史唯物主义的观照下，弘扬人文精神，以新的人文精神充实人的精神。"[3]所谓新的人文精神的建立，就是要"发扬我国原有的人文精神的优秀传统，在此基础上……融合成既有利于个人自由进取，又使人际关系获得融洽发展的、两者相辅相成的互为依存的新的精神"[4]。他推崇海明威的

---

① 童庆炳撰：《隐忧与人文关怀》，载《文艺研究》1994 年第 1 期。

② 钱中文撰：《文学艺术价值、精神的重建：新理性精神》，见《文学理论：走向交往对话的时代》，北京大学出版社 1999 年版，第 339 页。

③ 钱中文撰：《文学艺术价值、精神的重建：新理性精神》，见《文学理论：走向交往对话的时代》，北京大学出版社 1999 年版，第 344 页。

④ 钱中文撰：《文学艺术价值、精神的重建：新理性精神》，见《文学理论：走向交往对话的时代》，北京大学出版社 1999 年版，第 345 页。

《老人与海》中的精神:“……一个人并不是生来要给打败的”,“你可以把他消灭掉,可就是打不败他”。他推崇福克纳的精神:“我不肯接受人类到了末日的说法……人是不朽的”,作家的“特殊光荣就是振奋人心,提醒人们记住勇气、荣誉、希望、同情、怜悯之心和牺牲精神,这就是人类昔日的荣耀”①。这是一种现代性精神的体现。3.“新理性精神将站在审美的、历史社会的观点上,着重借助与运用语言科学,融合其他方法,重新探讨审美的内涵,阐释文学艺术的意义、价值。”②4.“新理性主义在文化交流中力图贯彻对话精神,文化交流应在对话中进行。”③不难看出,“新理性精神”是在更新了旧理性精神的基础上,呼唤人文精神的回归,以对话的方法,揭示文学艺术的意义和价值,以回应当前社会精神的萎缩、贫乏和堕落。这是很可贵的。但对于钱中文的“新理性主义”也有批评,主要是认为它不能形成一种“追求纯文学性上面的文学理论”,有“拼凑”的痕迹。但复旦大学教授朱立元的研究认为,钱中文的“新理性主义”的内在结构包括三部分:以“新人文精神”为精神内涵和价值根据,以“现代性”阐述为理论基点和中心话语,以“交往对话”的综合思维方式为思考理路和逻辑方法④。朱立元的理解深得钱中文理论的精髓。

1996年我提出了“人文—历史张力”说,对文学精神价值取向提出了自己的意见。一方面认为:“应该看到,从‘以阶级斗争为纲’到经济的改革开放,从一味搞政治,转移到以经济建设为中心,这是社会的进步,是非同小可的进步。因此对社会转型期出现的道德失范问题,除了从道德的角度去加以考量,还必须从历史的角度加以把握。换言之,在社会转型期,出现道德失范,是经济发展的伴生物,是难以避免的。切不可对此做

① 钱中文撰:《文学艺术价值、精神的重建:新理性精神》,见《文学理论:走向交往对话的时代》,北京大学出版社1999年版,第347—348页。

② 钱中文撰:《文学艺术价值、精神的重建:新理性精神》,见《文学理论:走向交往对话的时代》,北京大学出版社1999年版,第352页。

③ 钱中文撰:《文学艺术价值、精神的重建:新理性精神》,见《文学理论:走向交往对话的时代》,北京大学出版社1999年版,第358页。

④ 朱立元撰:《钱中文“新理性精神”文论的内在结构》,载《河北学刊》2003年第5期。

出过分的反应，因此我们所主张的人文主义必须有历史的维度，也就是说是在总结历史的经验教训，保证社会进步、促进经济发展的前提下，去提倡人文主义。这样，人文主义就必须和历史主义相结合，是否可以把这种人文主义叫作‘开放的人文主义’呢？我看是可以的。开放的人文主义是历史的、宽容的、民主的和诗意的，不是独裁的、专制的、僵死的和教条的。”①另一方面，我又认为：“对这种道德失范的现象，如果不以人文主义的理想与之对抗，多元化将演变为社会的混乱，经济的发展将演变为物质至上主义，人也就可能在没有精神的支撑下沦为只有生物欲望的动物。换言之，一个社会缺少精神的治理和制约也是不行的。因此，历史主义也必须具有人文的维度，也就是要清醒看到今天社会存在的问题，呼唤人文主义的理想也是必要的，甚至是刻不容缓的。这样，历史主义就必须而且可以与人文主义相结合。历史主义应该是有理想的、有精神的、有限制的，不是无边的、无精神内涵的、无限制的。”②这样我的结论是：人文主义要有历史主义的维度，历史主义要有人文主义的维度，这实际上就是说，经济发展是重要的，市场化也是必然的，是社会历史的要求；但同时精神文化的追求也是重要的，人文关怀的呼唤也是必然的，这就是人的发展的要求。这两者之间，要保持某种张力的状态。我们评价文学，也要有这样的精神价值取向。

深度精神文化不是后现代文化。深度精神文化应该是本民族优秀的传统文化与世界优秀文化交融的产物。这种深度精神文化的主要特性是其人文的品格。以人为本，尊重人，关心人，保证人的心理健全，关怀人的情感世界，促进人的感性、知性和理性的全面发展，就是这种深度精神文化的基本特性。这里特别值得指出的是，深度精神文化不是抹杀民族传统文化，恰好相反，一定要本民族传统文化的深度介入。全球化不应该是对民族文化的消灭，而应该是对各民族文化中最优秀文化的发展。因为

---

① 童庆炳撰：《人文主义的历史维度和历史主义的人文维度》，载《文学自由谈》1996 年第 2 期。
② 童庆炳撰：《人文主义的历史维度和历史主义的人文维度》，载《文学自由谈》1996 年第 2 期。

一切具有世界性的东西,最初都是属于某一个民族的东西,是对这个民族的优秀东西的吸收和改造。没有民族的东西作基础,凭空创造出一种世界性的文化,这是不太可能的。

在这样一个现实面前,作为人文工作者的作家和理论家能做什么呢?或者说他们能用他们的作品去鼓励还是去批判什么呢?难道是一味地加入到推销消费主义、享乐主义、拜金主义、拜物主义等的行列中去吗?当然不是。我们只能用我们的作品去制约经济发展给我们带来的负面影响。这样我们认为"文化诗学"是对现实生活的一个恰当的回应。

与此同时,刘庆璋教授也已开始了对"文化诗学"研究的思考。面对某些急功近利的浮躁,在《文化诗学:富于创意的理论工程》一文中她也提出了关于"文化诗学"的构想,她结合当前文论与现实的状况指出:

> 在中国的城市,文学艺术进入了交易市场,它与娱乐消遣、市场营销、日常生活的美化需求等相结合,形成一种红红火火、参与者众多的大众文化。在这种市场需要的大众文化之中,文学与其他文化活动的严格界限模糊了,而相互渗透、相互流通、相互构成的现象明显了。如此等等的新的文化风尚,使中国学人不可能闭门于文学审美研究的象牙塔之中,并且开始思考:作为文学理论的纯粹的文学审美论,似乎也再难以适应已经出现的更为复杂的文学现实了。这时,受西方有关理论的启发,中国学人开始了作为自己学术话语的"文化诗学"的研讨。①

刘庆璋教授同时还认为,"文化诗学"的提出,除了是对时代社会的现实回应,还在于文论自身发展及人文精神品格的需求。在《文化诗学学理特色初探——兼及我国第一次文化诗学学术研讨会》一文中,她就提

① 刘庆璋撰:《文化诗学:富于创意的理论工程》,载《漳州师范学院学报(哲学社会科学版)》2004年第2期。

出:"'文化诗学'在'诗学'前冠之以'文化',首先在于突出这一理论的人文内核,或者说,在于表明:人文精神是文化诗学之魂。……'文化诗学'从广阔的文化视野出发来审视文学,运用丰富多彩、卓有建树的各个及其文化扇面的新理论、新方法来研究文学。……具有视野的开放性、方法学上的包容性和鲜明的当今时代的时代性。"①

"文化诗学"的基本诉求是通过对文学文本和文学现象的解析和批判,提倡深度的精神文化,特别是提倡诗意的追求,提倡人文关怀,批判社会文化中一切浅薄的俗气的不顾廉耻的丑恶的和反文化的东西。这就是我们提倡"文化诗学"的现实根由,也可以说是"文化诗学"的首要的旨趣。

第二节　文化诗学的精神诉求

也许我们谈到文化诗学,马上会有人联想到文化研究或文化批评。文化研究或文化批评是从西方引进的。西方的文化研究有他们自身的问题意识,这一点我在第二章就谈到了。问题是中国的文化研究或文化批评的出场是否有自己的问题意识呢?如果有的话,这属不属于中国文学理论范围内?是不是一种文学研究或文学批评呢?

一、中国的"文化研究"问题意识的缺失

我们首先要承认,文化研究或文化批评的引进,对于文学研究是具有启示意义的。这主要是它为文学研究提供了新鲜的视角。对于文学作品的解读,若是能有像"文化研究"一样的文化视角去解读,可能会读出新

① 刘庆璋撰:《文化诗学学理特色初探——兼及我国第一次文化诗学学术研讨会》,载《文史哲》2001年第3期。

鲜的文化意义来，这无疑是有益的。这一点我们在前面也谈到过了。但是，随着20世纪70年代以来的西方文化研究在20世纪末和21世纪初的逐渐消退，它对于文学研究的负面作用也慢慢显示出来。中国的文化研究与文化批评也是如此。

首先，中国的文化研究缺乏中国自己的问题意识。英国20世纪50年代开始于雷蒙·威廉斯的“文化分析”（后来称为“文化研究”或“文化批评”），只要我们阅读他的《文化分析》这篇论文，我们就知道威廉斯非常重视“经验”，甚至可以说“经验”是文化研究的中心范畴。所谓经验就是亲身经历过感受过而形成的某种“感觉结构”①。西方的“文化研究”的问题意识是很清楚的，他们提出的几个重要的范畴“阶级”“性别”“种族”，后来美国赛义德提出的“东方主义”，都是有的放矢的，有现实根据的。但是中国热衷于文化研究的学者，仍然是借用西方人的这些范畴来分析问题。如用“女权主义”或“女性主义”的概念来分析中国当代的作品，就不免隔靴搔痒了。问题意识的缺失，使得中国的文化研究虽然热闹一时，但是收获很小。

进一步说，文化研究对于文学理论与批评不但没有起到正面作用，反而显露出了负面作用：第一，文化研究并不总是以文学为研究对象，甚至完全不以文学为研究对象。在更多的情况下，文化研究或文化批评往往是一种社会学的、政治学的批评，其对象与文学无关，纯粹在那里讲解阶级斗争、性别冲突和种族矛盾；其方法又往往是“反诗意”（这是文化研究论者自己的话）的。如果把这些仅仅出于某个具有文学批评家身份的人的社会学批评、政治学批评著作，硬说是文学研究岂不令人费解吗？至于它的读者很多，得到很高的评价，那是作为社会学、政治学著作所得到的礼遇，与文学批评又有何关系？第二，文化研究或文化批评理论本身具有公式化的局限性。无论是文化研究中的重要的女权主义、东方主义、后殖民主义，作为一种理论模式，与我们十分熟悉的阶级斗争理论的公式是十

① ［英］威廉斯著：《文化分析》，见《文化研究读本》，中国社会科学出版社2000年版，第132页。

分相像的,革命阶级/反革命阶级,男性/女性,西方/东方,文化殖民/反文化殖民等,推导的方法也十分相似,结论也产生于解读作品之前,总之都是同一种二元对立的理论模式。如果我们用这种文化理论去解读题材相关的作品,那么无论作品本身的优劣(难道文学批评不是要把优秀的作品和低劣的作品区分开来吗),所解读出来的东西是一样的(难道文学批评不是要把不同作品解读出来吗),这种视角先行的模式单一的文学批评,不但使解读作品的内容和意义趋同化,失去了作品的思想和艺术个性,使文学批评非思想化、非艺术化,而且那解读必然是平面的,缺少深度的。因为文化研究关注的只是理论本身,对文学文本的解读只是一种例证。更进一步说,这种由于理论公式化导致文学批评刻板化的倾向,也必然远离文化研究人文关怀的初衷。人文关怀有三要素:尊重人的不同经验,捍卫人的尊严,尊重人的不同思想,但文化批评理论本身的缺失,恰好把不同的经验、个性、思想都趋同化模式化刻板化了,这不能不说与人文关怀是背道而驰的。也许正是基于这个原因,西方文化批评大家赛义德在他逝世前几年,就意识到这个问题的严重性,他认为理论走入歧途,影响了人们对文学的热爱,他痛心疾首地感叹:如今文学已经从课程设置中消失,取而代之的都是那些"残缺破碎、充满行话俚语的科目"。回到文学文本,回到艺术,才是理论发展的正途。从一定意义上说,文学可以说是被一波又一波的高调理论喊衰的①。

正是基于上面这种认识,我认为不要把文化批评与文学批评简单等同起来。文化批评不等于文学批评。试图用文化批评取代文学批评,一味在文艺学界喊"文化转向"是不可取的。本来,文学的内容是千差万别的,文学的风貌是仪态万千的,文学的情感是多姿多彩的,文学的形象是栩栩如生的,文学的境界是余味无穷的,文学的语言更是千姿百态的,文学本身就是一个无比丰富的世界,好,现在遇到了文化批评固有的模式的"大刀",不容分说,一下子把你砍成几大块,还说这是最新潮的文学批

① 盛宁撰:《对"理论热"消退后美国文学研究的思考》,载《文艺研究》2002年6期。

评。这样的文学批评究竟是让作家感到欣慰呢,还是能让读者感到满意?

如果文化研究或文化批评有上面这些问题,那么单纯用文化研究或文化批评的标准来勘探文艺学的边界,一味叫喊文艺学的“越界”和“扩容”是合理的吗?

更令人不安的是,中国当代文化研究的进一步发展,使那些提倡者对那些“主义”的理性和“本质主义”感到厌烦,于是他们不但不去思考现代资本和现代工业给我们社会带来什么问题,应该如何应对,反而又借用英国诺丁汉特伦特大学社会学与传播教授费瑟斯通《消费文化与后现代主义》的“日常生活审美化”,开始迎合正在兴起的“消费主义”的浪潮,转而提倡所谓的“我们时代日常生活美学现实”,研究专门作用于人的感官刺激和欲望享乐相关的城市规划、购物中心、街心花园、超级市场、流行歌曲、广告、时装、美容美发、环境设计、居室装修、健身房、咖啡厅、美人图片等,他们想以此取代对文学的研究。研究对象改变了,那么研究的原则是否要改变呢?他们中的一些人认为抛弃旧的康德式的“审美无功利”的理性的“美学原则”,建立物质性的以视像为中心的“眼睛的美学”原则势在必行。他们认为,“物”是中心,“物”中之“物”又指向了对于身体的满足和关注。这样他们就认为当下的审美活动已经跨过了高高的精神栅栏,化为日常生活的视像,心灵沉醉的美感转移为身体的快意的享受。为此他们兴奋地呼唤“新的美学原则”的崛起。

似乎一些大的较大的城市已经发展到这一步:你无论到哪里,都离不开商品。商品几乎充满你的一切空间和时间。只要你在生活,你就离不开商品,既然离不开商品,那么附着在商品上面的亮丽、清香,就不能不吸引你的感觉。基于以上新的变化,有人说“审美已经日常生活化”,或者说“日常生活审美化”。

但是,我的问题也随之而来,这一切新的变化能称为“日常生活的审美化”吗?第一,这种“日常生活的审美化”是对谁而言的?费瑟斯通提出问题的语境与中国学者提出问题的语境完全不同。我们毕竟还是发展中国家。第二,我们对“审美”应作何理解,审美是视觉的快适呢?还是心灵的震动?审美当然是人类的一种活动。但它究竟是怎样一种活动呢?我们大家都知道,我们在读一本悲剧性小说的时候流下了眼泪,我们在观看一出喜剧的时候禁不住笑了起来,我们在朗读一首英雄史诗的时候会肃然起敬,我们把这种活动称为审美。在这种活动中,观看者作为主体的感情在评价对象,由于对象本身具有打动人心的价值性,观看者在看在听在评价的时候,作为主体的欣赏者又主动投入感情,对于对象作出感情的肯定评价或感情的否定的评价。就是说,你在观看悲剧或喜剧的瞬间,似乎那悲剧呈现的悲哀是你自己的悲哀,你的亲人的悲哀,你的朋友的悲哀,你的团队的悲哀,你的国家的悲哀,你的民族的悲哀,或者似乎那喜剧是你对对手的丑态嘲笑,你对仇人的丑态嘲笑,你对敌人的丑态的评价,于是你的感情终于被深深地触动,而自然而然地哭起来或笑起来。如果我们这样来理解“审美”,那么前面所说的“日常生活的审美化”或“审美化的日常生活”并不能引起你的感情的震动,并不能引起会心的笑与真情的泪,那么所谓的“日常生活审美化”的命题还能不能成立呢?

是否审美问题有不同的层次?是的。我认为审美问题的确有不同的层次。当我说香山的红叶是美的、杭州的西湖是美的、桂林的山水是美的、敦煌的壁画是美的时候,是指审美的对象而言的,这是审美问题的第一层次。当我们说美在节奏中、在韵律中、在和谐中、在对称中、在错落有致中、在多样统一中、在黄金切割中的时候,我们是指审美活动构成的形式要素而言的,这是审美问题的第二层次。当我们说美好、丑陋、悲剧、喜剧、崇高、卑下等也可以评价,可以欣赏,那么我们是指审美的范畴而言的,这是审美问题的第三层次。当我们抽象地说,美是关系,美是无功利的判断,美是理念的感性显现,美是客观的,美是主观的,美是主客观的统一,美是评价,美是自由的象征等的时候,我们是在回答对于审美的哲学追问,这是审美问题的第四层次。只有在对于审美问题这种分层次或分方面的理解的前提下,我们才可能进一步来考察日常生活的审美究竟是什么。

很显然，我们今天考察的"日常生活的审美"问题，只是就审美活动构成的形式要素而言的。日常生活中漂亮、美丽、动听、光滑等的确是一种审美，但必须明确这种审美只作用于人的感觉，一般不会作用于人的心灵，它是审美的最浅层次，而不是深层次。这种浅层次的审美是由于节奏、韵律、和谐、对称、错落有致、多样统一、黄金切割等构成的，它不触及或很少触及人的感情与心灵，仅仅触及人的感觉，是人的感觉对于对象物的评价而已。因此，这种审美是不可与观看悲剧、喜剧时候的感情的评价同日而语的。我们必须区别感觉的评价与感情的评价的不同，必须区别浅、深两种不同层次的审美。

进一步的问题是为什么在今天所流行的更多是作为感觉的评价的浅层次审美，原因很简单，那就是新的技术支撑了现代商业社会。现代商业的特点之一，就是更多地调动人的感觉，而不是调动人的感情。因为现代商业虽然给我们带来诸多便利，但也给我们带来一些深层的社会问题和风险。现代商业有时要让人掏钱买货物，并让人在购物中获得快感，而忘掉那些深层的属于感情领域的种种问题（如贫富悬殊、东西部发展不平衡、城市农村的差异、环境污染、贪污受贿、分配不公等）。现代商业似乎以盈利为最高目标，商家制造的东西，让购物者有好的感觉、美的感觉，产生了购物的欲望，并乐于从口袋里掏出钱来买这种东西。这几乎就是它的全部追求。基于这样的理解，我们诚然要给现代日常生活的"审美"一定的正面的评价，难道我们不愿看到美的东西，而情愿看到丑的东西吗？但是我们一定要了解我们中国自己的国情，我们毕竟还是发展中国家。当我们在这里谈论所谓的日常生活的审美化的时候，我们是否要一味地做理论广告？企业要做商业广告，那是他们的事情，我们作为人文知识分子，为什么一味地替他们制造美学舆论呢？难道我们不应该更多地为那些普通的还享受不了"日常生活的审美"的人们着想？难道我们不应该更多地体认那些百姓的生活处境？这种一味为消费主义唱赞歌的行为是合理的吗？

对于文艺学这个学科而言，我们的文学批评是需要那种触动人的心灵的审美呢，还是仅仅只需要“眼睛的美学”，这是不言而喻的。因为用“眼睛的美学”如何切入非图像的文学作品的艺术世界呢？文学是情感的世界，是想象的世界，是心灵的世界，是内视的世界，与热衷于看图像，特别是看美女的图像的“眼睛的美学”有何相干？看来我们在这里又遇到了文艺学的边界问题，因为他们早就高举“新的美学原则”从文学领域“越界”到购物中心、街心花园、超级市场、健身房、咖啡厅、电视屏幕前等地方去了。

二、文化诗学精神诉求的三个向度

1999年我在《江海学刊》发表了《文化诗学是可能的》，同年在《东南学术》发表了《文化诗学的学术空间》，正式提出“文化诗学”的命题。显然，文化诗学出场的现实语境与前面讲到的1993年开始的“人文精神”的讨论是一样的。不过，我们提出的“文化诗学”的内在结构是，以审美为中心的“双向拓展”。因此，文化诗学作为一种文艺学方法论，其精神诉求有三个维度：第一是审美精神，这是中心，文学作品首先要具备这种品质和精神；第二是人文意义，文学是语言的艺术，艺术文学必须要有人文意义，要关切人的生存的意义；第三是历史文化精神，文学是历史文化的产物，又构成了历史文化扇面的一部分，必须进入历史文化语境，才能揭示出文学作品的涵义。

为什么文化诗学提出这样的精神诉求，这要从文学与人性的关系谈起。我们认为文学是人性的全面展开。

在好几个有关共产主义的定义中，我最喜欢马克思在《1844年经济学—哲学手稿》中给共产主义下的定义：“共产主义是私有财产即人的自我异化的积极的扬弃，因而是通过人并且为了人而对人的本质的真正的占有；因此，它是人向自身、向社会的（即人的）人的复归，这种复归是完全的、自觉的而且保存了以往发展的全部财富的。”在这个定义中，马克思提出了“人的复归”这个重要问题。在我看来，文学主要不是摆脱生活扰攘的憩息，不是酒足饭饱之后坐在柔软沙发上打盹儿，而是实现“人的复归”过程的一种力量，是人性建构的一个重要方面，是人的精神生活之鼎的必不可少的一足。

那么什么是“人的复归”？

人在长期的劳动中创造了自己，从一般动物中分离出来，成为一种有知、情、意的心理功能的社会动物。在人类的童年，人开始了对自身的本质力量的占有，从蒙昧状态中苏醒过来。德国伟大的作家席勒曾这样赞美古希腊人：“希腊人的本性把艺术的一切魅力和智慧的全部尊严结合在一起”，“他们既有丰满的形式，又有丰富的内容；既能从事哲学思考，又能创作艺术；既温柔又充满力量。在他们身上我们看到了想象的青年性和理性的成年性结合成的一种完美的人性。”①的确，希腊人是发育得最好的人类孩童，他们创造了无比辉煌的古代文化，在他们身上有一种混沌状态下的“完美”。但是，无论如何不能说他们已获得高层次的“完美的人性”，充分发挥了人的一切潜能。这是因为人的全面的本质，不是自然的产物，而是漫长历史的产物。在人类历史刚刚开篇的时候，在生产力的发展还极其低下的情况下，人的感性和理性的潜能是不可能充分发挥出来的，人也就不可能占有自己的全部本质。因此，无论是过去还是今天，那种讴歌原始的丰富，鼓吹原始的美，引导人们把眼光转向遥远的过去，都是可笑的。而马克思所说的“人的复归”绝不是要把人“复归”到原始人那里去。

“人的复归”是马克思针对人类的严重的“自我异化”提出来的。私有制虽然对原始的公有制来说是伟大的历史进步，但是带来了三大差别，人不但不能全面地展开自己的本质力量，让知、情、意和谐发展，而且人的本性严重地“自我异化”。“由于劳动被分成几部分，人自己也随着被分

① ［德］席勒著：《美育书简》，徐恒醇译，中国文联出版公司1984年版，第48—49页。

成几部分。为了训练某种单一的活动，其他一切肉体的和精神的能力都成了牺牲品。人的这种畸形发展和分工齐头并进”①，工人成为了机器的单纯的附属品，农民则被捆绑在土地上，成为土地的一部分，而资产者则为他们自己的利欲所奴役。所有的人都向非人转化，人寻找不到自己。人的知、情、意都受到压抑或完全丧失。对于劳动者来说，由于他们不占有生产资料，他们的“自我异化”就更为严重。他们生产的东西愈美好，他们自己就变得愈丑陋；他们的对象愈文明，他们自己就变得愈野蛮；劳动愈精巧，劳动者就变得愈呆笨。“所以结果是：人除掉吃、喝、生殖乃至住和穿之类动物性功能方面，他感觉不到自己和动物有任何差别。动物性的东西变成了人性的东西，人性的东西变成动物性的东西。”②在大地直立起来的人，经过层层异化，丧失了人的本质，终于沦陷到了一般动物的地位。人类在劳动中创造了自己，人类又在劳动中摧残了自己。这是人类的悲剧。

就个体而言，人的“自我异化”表现为个人的知、情、意心理结构的残缺和片面化。私有制总是把人捆绑在单一的对象上，并使人的感觉也单一化。当一个人只为一种感觉所控制的时候，那么他的这种感觉就会畸形发展，而其他一切感觉、情感、欲望和理智就被扼杀。一个一贫如洗的穷人，时时刻刻被贫困感所控制，那么他作为人的其他心理潜能就全部消失了，所以马克思说：“忧心忡忡的穷人甚至对最美的景色都无动于衷。”一个一心想赚大钱的商人，他的全身心都被利欲所占有，那么他作为人的全部潜能也全部丧失了，所以马克思说：“贩卖矿物的商人只看到矿物的商业价值，而看不到矿物的美和特性；他没有矿物学的感觉。”我认为人性的这种残缺和片面化，就是人的精神危机的表现。而危机的根源在私有制，实现共产主义，才能彻底消除人的“自我异化”，弥补人生的残缺，才能在最高层次上实现人的复归，使人的肉体的精神、感性和理性的一切潜

① 恩格斯著：《反杜林论》，见《马克思恩格斯选集》第3卷，人民出版社1972年版，第330页。
② 马克思著：《1844年经济学—哲学手稿》，人民出版社1979年版，第48页。

能都以应有的丰富性发挥出来。

文化诗学的精神诉求是立足于马克思的“人的复归”和人性的复归的基础上的。文学完全可以为人的知、情、意的心理功能建构提供养料，也是控制社会精神失范的一种力量。

文化诗学的精神诉求为什么主要是三个向度？而不是两个向度，四个向度？这就是我们前面说的，文学是人性的全面展开，知、情、意是人的心理功能的基本结构。文学的审美精神首先与“情”相对应、人文意义可以与语言所传达的“意”相对应，历史文化精神则可以与“知”相对应。所以文化诗学精神诉求的三向度与人性、与人的心理功能密切相关。

首先，我们来谈“审美精神”。我们是文学艺术的理论批评工作者，我们不是政治家，不是社会学家，不是经济学家，不是企业家，文学批评不能整天高喊这个“主义”那个“主义”。文学理论与批评面对文学作品离不开“诗情画意”的揭示，我们必须是在“诗情画意”的前提下来关怀现实。我曾反复讲过，文学批评的第一要务是确定对象美学上的优点，如果对象经不住美学的检验的话，就不值得进行历史文化的批评了。难道我们要面对那些极为拙劣的文学作品去“挖掘”其中的什么文化精神吗？这是完全不可想象的事情。那么我们所讲的“诗情画意”的前提是指什么呢？这就是文本中流动着的鲜活的情感。我们通过阅读文本把握审美情感流动的脉络，看看它在什么地方感动或打动了我们，让我们的心震颤起来，而不仅仅是视觉上的娱乐。有人把“审美”看成是一种可有可无的东西，似乎只是一些作品技巧的美学上的细枝末节，我们对这种看法不能苟同。“审美”关系到全面发展的人的实现和人性的丰富性的全部展开。那种把“文学审美特性”看成是一种过时的论点的看法，是不对的。在社会转型的情况下，我们认为唯有审美、诗意可以与商业交换的功利主义保持一定的距离，也只有审美和诗意可以抗拒人的“自我异化”，同时也是预防社会精神失范的一种力量（举例，杜甫的《茅屋为秋风所破歌》、海明威的《老人与海》），所以，在社会转型期，审美与诗意并不是可有可无的东西，它是人复归为人的必不可少的精神元素，也是社会维持正常运转的一种精神元素。

令人遗憾的是，目前中国某些学者所热衷的“文化研究”，其对象已经从大众文化批评、女权主义批评、后殖民主义批评、东方主义批评等进一步蔓延到去解读城市规划，去解读广告制作，去解读模特表演，去解读街心花园，去解读时尚杂志，去解读互联网络，去解读居室装修，去解读美人及其图片等等，解读的文本似乎越来越离开文学文本，越来越成为一种无诗意或反诗意的社会学批评，像这样发展下去文化研究岂不是要与文学和文学理论“脱钩”？文学艺术文本岂不要在文化批评的视野中消失？所以，我最大的担心是当前某些“新锐教授”所呼喊的文艺学的“文化转型”，将使文学理论和批评的对象完全转移，而失去文学理论和批评的起码的学科品格。正是基于这种担心，我们才提出“文化诗学”的构想。

其次，我们来谈谈人文意义。我们面对文学文本，文化诗学的诉求就是要通过对文本语言的细读，读出其中的积极意义来，特别是读出其中的人文意义来。当我们这样说的时候，不是要回到以前那种悬空谈感受的庸俗社会学批评，那不是我们所要的批评。文本中的一个词、一个句子在运用上的变化，都隐含意义和意味。所以回到文本，回到语言，在细读中，我们才能挖掘出其中的人文意义。说到人文意义，必然要了解什么是人文主义。人文主义在欧洲是文艺复兴时期的产物。可以说文艺复兴运动的全部精神成果，就是肯定了“人”在宇宙中的中心地位。“一般说来，西方思想分三种不同模式看待人与宇宙。第一种模式是超越自然的，即超越自然的模式。集焦点于上帝，把人看成神造的一部分。第二种模式是自然的，即科学的模式，集焦点于自然，把人看成是自然秩序的一部分，像其他有机体一样。第三种模式是人文主义的模式，集焦点于人，以人的经验作为人对自己，对上帝，对自然了解的出发点。”[1]英国学者阿伦·布洛

① ［英］阿伦·布洛克著：《西方人文主义传统》，董东山译，生活·读书·新知三联书店 1997 年版，第 12 页。

克对西方思维模式的概括对我们是有启发的。根据他的研究,他认为人文主义有三个特点:第一,人文主义集中的焦点在人身上,一切从人的经验开始。人可以作为根据的唯一的东西就是人的经验。第二,人的价值就是人的尊严。一切价值的根源和人权的根源都是人的尊严。人之尊严的基础就是人具有潜在的能力以及创造和交往的能力。第三,对于人的思想的重视,人能够通过对历史文化背景和周围环境的理解形成一定的思想。思想既不完全是独立的,也不完全是派生的。与人文主义关系最为密切的就是艺术。“艺术与人文主义有着一种特殊的血缘关系,这除了适用于音乐、舞蹈以及其他非口头艺术如绘画、雕塑、陶瓷,因为它们有着越过不同语言障碍进行交往的力量。”①由此不难看出:第一,人文主义的主题是人的尊严、人的潜能和人的创造力;第二,人文主义与文学艺术有血缘关系。人文主义作为文学的一个批评尺度,是历史赋予的,不是人为制造出来的。中国古代有没有人文主义?我们的看法是,作为一种思潮的确没有,但作为一种精神是自古就有的。古人讲“仁”,讲“礼乐”,实际是以人为中心,是讲对人的尊重。“仁者爱人”“己所不欲,勿施于人”都是强调对人的尊重。所以古人说人“为五行之秀,实天地之心”(刘勰语)。中国的“人文”与文学艺术的关系也是极为密切的。当然,中西人文精神在具体内容上又有很大差异,这是不应混淆的。我们在运用中要区别对待。然而西方的人文主义和中国的“人文”精神都以人为中心,认为人的良知、道德、尊严是所有价值中最具有价值的,这些基本上是相同的。

对于我们来说,在这社会转型时期,从文学文本中提炼出人文意义、人文精神,就是为了对抗商业化、市场化所带来的人的平庸、俗气。

最后,我们来谈谈历史文化精神。文学是历史文化的产物,又是历史文化的构成部分。文学理论和批评完全可以从“文化研究”中吸取其采

① [英]阿伦·布洛克著:《西方人文主义传统》,董东山译,生活·读书·新知三联书店1997年版,第237页。

用文化视角的优点，在充分重视文学的语言、审美向度的同时，开放文化的向度。一段时间以来，语言的向度是重要的，这无需多说。审美的向度也是重要的。当然，文学理论和批评也不能局限于语言和审美，必须向历史和文化的向度开放，不能对文本的丰富历史精神和文化蕴含置之不理。文学自外于现实的这种情况应该改变。文学是诗情画意的，但我们又肯定文学是文化的。诗情画意的文学本身就包含了神话、宗教、历史、科学、伦理、道德、政治、哲学等文化意蕴。在优秀的文学作品中，诗情画意与文化意蕴是融为一体的，不能分离的。“文化诗学”应该而且可以放开视野，从文学的诗情画意和文化意蕴的结合部来开拓文学理论和批评的园地。当一个批评家能够从作家的作品的诗情画意中发掘出某种文化精神来，而这种文化精神又能弥补现实文化的缺失，或批判现实文化中丑恶的、堕落的、消极的和缺乏诗意倾向的，那么这种文学理论和批评不就实现了内部批评和外部批评的统一，不就凸显出时代精神了吗？

第四章　双翼齐飞:文化诗学的基本构想

通过对半个世纪中国文艺学研究的发展,所存在的最大问题就是所谓的“内部研究”与“外部研究”的分离,虽然也取得不少成就,但我们不能不承认,继续这样“分离”下去,有可能导致是文艺学的危机。如何来解除这个危机,使文艺学的研究走上广阔的道路呢?我们认为这就是“文化诗学”肩负的使命。文化诗学作为一种文艺学的方法论,就是通往综合创新的必经途径。那么,我们对文化诗学的基本构想是怎样的呢?这就是本章要回答的问题。

第一节　以审美评价活动为中心

从1999年正式提出“文化诗学”的构想之后,我们一直认为新的文化诗学的内在结构是这样的:文化诗学研究的对象主要是文学,那么就必须以审美为中心,同时向微观的语言分析与宏观的文化批评发展。

一、文化诗学的对象是文学

“文化诗学”成立的一个前提就是文学不会走向终结。文学的世纪没有过去。中国古代的光辉灿烂的经典文学作品将继续流传下去;外国翻译过来的具有艺术魅力的经典文学作品将继续为人们所喜爱;中国现代以鲁迅为代表的充满思想与艺术力量的经典文学作品将继续为人们所研究;当代正在发展着的变化多端的文学创作,则需要人们的关注;还有对这些作品进行批评所形成的文学理论也需要不断加以推进。这些文学、文学思潮、文学流派和文学理论仍然是鲜活的,仍然潜移默化地影响人们的精神世界。通过对上面所说的种种文学研究,挖掘出现实所召唤的所需要的审美精神、人文精神和历史精神,是我们不可推卸的责任。著名作家余秋雨在谈及文学创造时说:“艺术,固然不能与世隔绝,固然熔铸着大量社会历史内容,他的立身之本却是超功利的。大量的社会历史内容一旦进入艺术的领域,便凝聚成审美的语言来呼唤人的精神世界,而不是要解决什么具体的社会问题。在特殊的社会历史条件下有的艺术作品也会正面参与某些社会问题,但是,如果这些作品出自大艺术家之手,它们的内在骨干一定是远比社会问题深远的课题,那就是艺术之所以是艺术的本题。”[①]总而言之,与文化研究相区别,文学理论不孤立地去研究英

① 余秋雨著:《艺术创造论》,上海教育出版社 2005 年版,第 209 页。

国诺丁汉特伦特大学社会学与传播教授费瑟斯通在《消费文化与后现代主义》一书中提出的所谓的“日常生活审美化”，不去研究城市规划、购物中心、街心花园、超级市场、流行歌曲、广告、时装、美容美发、环境设计、居室装修、健身房、咖啡厅、美人图片等，“文化诗学”的本位研究是文学和文学理论。我们不认为文化诗学的研究空间是封闭的、狭窄的，文学是广延性极强的人类实践活动，它形成了一个“文学场”，涉及的面很宽，历史、社会、自然、人生、心灵、语言、艺术、民俗的方方面面及其关系都在这个“场”内。

“文学场”的概念是法国学者布迪厄提出来的，其意思也是从文学生产的空间结构、关系结构来考察文学。布迪厄认为要实现对作品与社会现实的科学理解需要三个步骤，“第一，分析权力场内部的文学场(等)位置及其时间进展；第二，分析文学场(等)的内部结构，文学场就是一个遵循自身的运行和变化规律的空间，内部结构就是个体或集团占据的位置之间的客观关系结构，这些个体或集团处于为合法而竞争的形式下；最后，分析这些位置的占据者的习性的产生，也就是支配权系统，这些系统是文学场(等)内部的社会轨迹和位置的产物，在这个位置上找到一个多多少少有利于现实化的机会(场的建设是社会轨迹建设的逻辑先决条件，社会轨迹的建设是在场中连续占据的位置系列)。”①布迪厄同时认为：“艺术和科学自身的对象是两个结构之间的关系，即生产场的位置之间(及占据位置的生产者之间)的客观关系结构和作品空间的占位之间的客观关系结构……作品的变化原则存在于文化生产场中，更确切地说，存在于因素和制度的斗争之中。”②

与布迪厄所谓的“文学场”类似，“文化诗学”的研究对象向“文学场”位移，实际上是向文学所涉及的“外宇宙”和“内宇宙”开放。如果文学作

---

① [法]皮埃尔·布迪厄著：《艺术的法则：文学场的生成和结构》，刘晖译，中央编译出版社2001年版，第262页。

② [法]皮埃尔·布迪厄著：《艺术的法则：文学场的生成和结构》，刘晖译，中央编译出版社2001年版，第281页。

品描写了自然、社会的各种情景，那么我们也可以从文学的角度去研究这种描写的情境与意义。如果街心花园是诗歌、小说、散文的描写对象，那么我们也可能从文学描写的角度来探索它。

二、文化诗学"以审美为中心"

文化诗学为什么要"以审美为中心"？道理很简单，就因为我们不是去研究别的东西，我们研究的唯一的对象就是文学。为什么研究文学要以审美为中心呢？人在社会中有各种活动，其中比较重要的有生产活动、政治活动、科学活动、伦理活动、宗教活动和审美活动等。马克思说："人也按照美的规律来塑造"，人的一切活动中都含有"审美"的因素，但只有文学艺术活动才把"审美"作为基本的功能。审美在文学艺术中的实现反映了文学艺术的特征。这就是我们为什么要以审美为中心的理由。就是说，是否把审美作为基本功能这一点把艺术与非艺术区别开来，也把文学与非文学区别开来。王元骧教授指出："把艺术的性质界定为是审美的，这应该是确定无疑的，这是艺术作为自身目的之所在；要是艺术也像科学那样只是向人提供知识、帮助人们认识现实，那它就失去了自身存在的意义和价值，充其量也只不过是科学的附属品。"①

文学主要有三个向度：语言的向度、审美的向度和文化的向度。因此文学不能不是这三个向度同时展开。而审美的向度体现出文学的特征和基本功能。这样，我们面对一部作品的时候，不能不首先检验它的审美品质。正如布罗夫所说过的一样："如果一个人很冷漠，缺乏同情心，他就无法同艺术对象打交道，他不可能揭示出对象的真实。"②这也正好与美学家克罗齐所说"动物学家和植物学家不承认有美或不美的动物和花卉"③一样。我曾反复讲过，文学批评的第一要务是确定对象美学上的优点，如

---

① 王元骧著：《探寻综合创造之路》，陕西师范大学出版社 2000 年版，第 33 页。

② ［苏］布罗夫著：《艺术的审美实质》，高叔眉、冯申译，上海译文出版社 1985 年版，第 178—179 页。

③ ［意］克罗齐著：《美学原理》，朱光潜译，作家出版社 1958 年版，第 91 页。

果对象(作品)经不住审美的检验的话,就不值得进行批评了。文学首先是艺术,具有审美特性,然后才是别的。恩格斯在1859年《致拉萨尔》的信中,提出了这样的批评原则:

> 我是从美学的和历史的观点,以非常高的,即最高的标准来衡量您的作品的……①

恩格斯把“美学的观点”放在批评的第一位绝不是偶然的,他知道自己是在评论拉萨尔的剧本,而不是理论著作,所以他不是把“历史的”尺度放在前面,而是把“美学的”尺度放在前面。他和马克思一起,充分看到了文学批评首先必须要看作品的审美品质,如果某部作品只是“时代精神的单纯的传声筒”(马克思语),那么就不值得我们去批评了。歌德也说:“一种好的文艺作品,固然不会有道德上的效果,但是要求作家抱着道德上的目的来创作,那就等于把他的事业破坏了。”②鲁迅在谈到宋代一些小说的时候,也说:“宋时理学极盛一时,因此把小说也多理学化了,以为小说非含教训,便不足道。但文艺之所以为文艺,并不贵在教训,若把小说变成修身教科书,还说什么文艺。”③马克思、恩格斯、歌德、鲁迅的话的意思是相似相近的,都在说明文学艺术的基本功能和价值主要不在政治、道德等,而在文艺的审美性上。所以“文化诗学”把“审美”作为中心,就是基于上面所说的理由。刘庆璋教授在阐释文化诗学的诗学新意时,也认为:“对于文学来说,无论是创作、鉴赏或理论批评,都直接受制于作者的文化心态,特别是作为文化心态内涵之一的审美观念。社会物质生活首先作用于人的精神旨趣、情感意向、美学取舍,然后才能作用于文学

---

① [德]恩格斯著:《致拉萨尔》,见《马克思恩格斯论文学艺术》(一),人民文学出版社1982年版,第182页。

② [德]歌德著:《歌德自传——诗与真》,刘思慕译,人民文学出版社1983年版,第569页。

③ 鲁迅著:《中国小说历史的变迁》,见《鲁迅全集》第8卷,人民文学出版社1958年版,第331页。

创作、欣赏与理论批评。”[①]

三、审美评价活动

那么大家要问，什么是“审美”？什么是文学作品中的“审美”？这两个问题都很大，本身就可以写几部书。我这里只是简明扼要地来谈一谈。

我们先来谈谈“审美”这个不断被重复的概念。

审美的概念最早是由德国哲学家康德提出来的。在《判断力批判》中，康德根据他的《纯粹理性批判》中，按照知性形式判断中思维的质、量、关系、方式这四个契机，从质的契机把“审美”鉴赏规定为是人“凭借完全无利害观念的快感与不快感对某一对象或其表现方法的一种判断力”[②]。在这个概念中，“无利害观念”“快感”“表现方法”和“判断力”几个词最为重要。后人对于康德思想的理解不同、解释不同、强调的方面不同，因此对于康德的审美理论可谓人言言殊。有叔本华的理解，有戈蒂耶的理解，当前突出的还有后现代主义的理解。后现代完全排除审美的精神超越性质，把“审美”理解成单纯的“欲望的满足”，从而视审美为“眼睛的美学”。这与康德的审美原意相距甚远。我这里是从马克思的价值理论来解释审美。这是我的老师黄药眠先生在1957年提出的理论，20世纪80年代苏联的美学理论家斯托洛维奇终于在《审美价值的本质》一书中形成新的美学体系。黄药眠的美论与朱光潜的“主观与客观的统一”的美论不一样。关键在于黄药眠不是谈哲学上的“统一”，而始终认为美是主体对于客体对象的“评价”。在《不能不说的话》的讲演录中，“评价”一词出现了12次之多，而且语境都差不多，即认为审美是对客观事物的评价。这就是说，黄药眠先生对哲学上的这个“统一”、那个“统一”不感兴趣，他在讲演开始时就说：“将哲学上的认识论的存在先于认识的理论套在美学上，是不适当的。”又说：“我以为只抓着哲学上的教条，对美学

---

① 刘庆璋撰：《文化诗学的诗学新意》，载《文艺理论研究》2000年第2期。

② ［德］康德著：《判断力批判》上卷，宗白华译，商务印书馆1964年版，第47页。

上的问题是不能解决的。"[①]他转而从马克思思想武器中寻找新的理论支持，这就是价值论。在"美是一种评价"的命题中，客体要有审美价值性，主体要有审美愿望和审美能力，而主体以自己的审美能力评价客体的审美价值性是一个过程，而评价过程是人的一种活动。这样，黄药眠先生就在很大程度上摆脱了简单揭示"美的本质"的命题，而把这个问题转化为"人的审美活动是什么"的问题。这一提问的转变，以及阐述视角从哲学转向价值学，把美和美感联系起来考察，大大推进了当时的讨论。如果当时有人沿着他的思路研究下去，那么20世纪80年代苏联学者斯托洛维奇的专门从价值论来论述审美的著作《审美价值的本质》，也许就不那么新鲜了。

下面就是我对"审美"的一些思考。审美是人的心理处于活跃状态的主体，在一定的中介作用条件下，对于客体的美的观照、感悟、判断。简言之，审美是对事物的情感评价。我们感觉到花很美，是我们的视觉对于花这一对象的评价。我们感觉某首乐曲很好听，是我们的听觉对这一乐曲的评价。我们感到某部小说很动人，这是我们的心灵对这一小说的评价。这些都是情感的评价。审美也可以理解为评价者与被评价的价值性所构成的关系：

（一）评价者——审美主体

审美的"审"，即评价者的观照—感悟—判断，是作为评价者的人对信息的接受、储存与加工。即以评价者的心理器官去审察、感悟、领悟、判断周围现实的事物或文学所呈现的事物。在这观照—感悟—判断过程中，人作为评价者的一切心理机制，包括注意、感知、回忆、表象、联想、情感、想象、理解等处在高度活跃的状态。这样被"审"的对象，即被评价的对象，包括人、事、景、物，以及它们的表现形式，才能作为一个整体，化为评价者的可体验的对象。而且评价者的心灵在这瞬间要处在不涉旁骛的

① ［德］康德著：《判断力批判》上卷，宗白华译，商务印书馆1964年版，第28页。

无障碍的自由的状态，真正的心理体验才可能实现。评价者的愿望、动作是审美的动力。主体如果没有“审”的愿望、要求和必要的能力，以及主体心理功能的活跃，审美是不能实现的。但值得特别说明的是：审美主体的愿望、要求和能力并不是赤条条的生理性的感觉器官，其实，我们的心理感觉器官是社会历史文化的积淀的产物。这就是说审美主体的人的愿望、要求与能力是社会文化发展的产物，在其身上具有不同程度和性质的社会关系和历史文化遗传的影响。一个刚刚来到中国的游人，很难欣赏秦代的兵马俑的美；对于长城的壮美景色的欣赏力也是有限的。一个农村的没有欣赏过芭蕾舞的农妇，很难看懂芭蕾舞，也很难读懂一些具有哲理性的诗词。例如，我们欣赏唐代柳宗元的《江雪》：

千山鸟飞绝，万径人踪灭。
孤舟蓑笠翁，独钓寒江雪。

欣赏者必须受过中国传统文化的影响，深知儒家和道家的为人处世之道。同时欣赏者又要有欣赏的愿望、要求，能全身心投入，把自己的感觉、感情、想象、记忆、联想、理解等都调动起来，专注于这首诗歌所提供的画面与诗意，这样才能进入《江雪》所吟用的那种与天地融为一体的又是孤寂的诗的世界，并从中感受到一种独特的难言的美，实现了审美评价。

当然，就评价者层面来说，美的呈现与主体的审美能力有密切关系。欣赏音乐要有音乐的耳朵，如果没有音乐的耳朵，再美的音乐也对他没有意义。这是马克思说过的道理。评价者的愿望、趣味、审美能力也是审美评价的条件之一。评价者的审美能力是怎样形成的？难道仅仅是人的原始本能吗？当然不是。实际上，评价主体有两种因素：第一，作为具有正常生理机能的有机体的人（包括群体与个体）；第二，作为具有受过历史社会文化熏染过的社会的人（包括群体与个体）。审美愿望、审美趣味和审美能力就是在历史社会文化实践的过程中形成的。单纯的生物性的人不会具有审美愿望、审美趣味和审美能力的。所以我们必须把一般主体与审美主体这两个概念区别开来。

（二）被评价者——客体的审美价值

审美的“美”是指客观事物或文艺作品中所呈现的事物，这是“审”的对象。对象很复杂，不但有美，而且有丑，还有崇高、卑下、悲、喜等等。因此，审美既包括审美（美丽的美），也包括“审丑”“审崇高”“审卑下”“审悲”“审喜”等等，这些可以统称为“审美”。当“审”现实和文学艺术中的这一切时，就会引起人的心理的回响性的感动。审美，引起美感；审丑，引起厌恶感；审崇高，引起赞叹感；审卑下，引起蔑视感；审悲，引起怜悯感；审喜，引起幽默感等。尽管美感、厌恶感、赞叹感、蔑视感、怜悯感、幽默感等这些感受是很不相同的，但它们仍然属于同一类型。这就是说，我们热爱美、厌恶丑、赞叹崇高、蔑视卑下、怜悯悲、嘲笑喜的时候，我们都是以情感（广义的，包括感知、想象、感情、理解等）评价事物。客体的“美”是信息源，是“审美”的对象。没有审美对象，审美活动是不能实现的。另外，所谓审美对象，必须要具有价值性，如果对象不具有价值性，审美也是不能实现的。这就是说，对于作为被评价的客体来说，也应该分成两个因素：第一，作为单纯自然事物的本性，即事物的自然性；第二，作为具有历史社会文化意义和功能的自然性。马克思提出了“自然的人化”的观点，可以看作是对这个问题的深刻分析。就是说，原始的自然，未经人化的纯自然，对于人来说还是陌生物，还不是审美对象，因此与人不能构成审美评价关系。另外，朱光潜教授提出了“物甲”与“物乙”说，这对我们也是有启发的。朱光潜说：“物甲只是自然物，物乙是自然物的客观条件加上人的主观条件的影响而产生的，所以已经不是纯自然物，换句话说，已经是社会物了。”[1]当法国艺术家杜尚的小便池，还摆在自己家里的时候，还

① 朱光潜著：《美学怎样才能既是唯物的又是辩证的》，见《美学批判论文集》，作家出版社1958年版，第48页。

是物甲，这还不是审美客体，只是一般客体。当他把小便池带到美术展览会，正式摆在展览馆的展台上供人们欣赏的时候，那就是物乙了，就是审美对象了。所以我们必须把一般客体与审美客体区别开来。例如我们欣赏柳宗元的《江雪》，必须有这首诗歌的文字的形迹，语言的声音，节奏的快慢，声律的特点等，以及这些因素的复合所构成的社会文化具体意味的意境。我们才有可能面对具有审美价值性的客体。如前面两句中的"绝"与"灭"这两个字，恰好衬托了后面两句中的"孤舟"和"寒江"，"千山""万径"与"蓑笠翁"的对比，描写出一种万籁俱寂、一尘不染的雪天气氛，全诗押入声韵，则更给人增加了孤寂之感。没有这些文字、声音、形象、氛围等所构成的整体的具有社会文化的意境，就没有审美价值性，我们就不可能对这首诗歌进行到位的欣赏。

（三）审美评价活动的审美中介

评价者作为审美主体与审美客体之间如何才能建立起有效的联系，从而使审美活动得以实现呢？这还有赖于评价者与被评价者的审美中介。没有中介层面，审美评价活动也是无法实现的。应该看到，如果审美主体和审美客体只是作为一种孤立的僵硬的存在，两者之间缺乏中介联系，那么审美评价是无法实现的。

1."中介"的涵义

我们可以借用心理学的刺激→反应（即 S→R）。这个 S→R 公式被行为主义心理学所采用。这个公式所表达的是动物的生命最原始的反应关系，就是说这只是动物的反应关系。这个公式只是让我们看到刺激物这一外在的方面，至于反应者的心理的所谓"隐蔽的变量"则完全看不见，这完全不适用于人对事物的反应关系。人的反应必须有中间环节，即中介。因为这个公式过分简单，不足以说明人的反应，所以心理学很快抛弃了 S→R 公式。随着心理学的发展，人们发现主体的反应不是那样被动的直接的，主体有充分的能动性，人的反应一定带有先在或先结构的因素，于是提出了 S→O→R 的新公式。O 代表有机体人的先在、先结构或图式。O 是有机体反应过程中的中间变量，也是反应过程的中介。这个中介在反应过程中起着举足轻重的地位和作用，没有它反应就不能发生，甚至有时主要就要研究这个有机体的中间变量，然后才能对反应作出说明。那么作为中介的 O 是什么呢？简单地说，O 就是人的头脑的生物积淀和历史文化积淀的问题。不同的民族、不同的地区、不同的群体、不同的个人有不同的 O。人聪明不聪明与先天的生物性积淀有关，但更重要的是后天的社会文化的积淀。“打落水狗”对于 20 世纪 30 年代的中国革命者来说，就是他们的 O；但对于外国人或生活在新世纪的中国人就缺乏这个 O 结构了。一个离家几十年的住在大城市的游子，他时时会有乡愁的冲动，这是他反应外界的中间变量；但对于刚刚离开家从一个边远的山区到大城市里面来闯荡的年轻人，一心想在城里站稳脚跟，他很少有什么乡愁冲动。我们面对一个很有意思的小品，有的人笑得很开心，有的人根本笑不起来，因为不同的人反应的中间变量是不同的。后来学术发展了一步，这就是瑞士的哲学心理学家，发生认识论的创始人皮亚杰提出来的新公式：

S→AT→R

S←AT←R （双向联系式）

在这个新的公式中，O 被 AT 所取代。A 是个体同化，T 是认知结构。这个公式的意思是：一定的刺激（S）被个体同化（A）在认知结构中，才能对刺激作出反应。这个新的公式的意义在于说明“中介”是一个完整的系统，而且是流动着的变化着的，不是固定不变的。无论是 O，还是 AT，都在说明一个重要之点，它能够面对客体的信息作出整理、归类、改造、创造。三月份香山樱桃沟山坡上的山桃花，在深绿的松树和柏树丛中静静地开放，远远看去，像黑夜里点亮的一盏又一盏明亮的灯。卧佛寺前面四月底成片开放的碧桃花，远远望去则像那灿烂无比的燃烧着的晚霞。这是“我”这个评价者的中间变量（即中介）对这些景色的改造与创造。审美评价作为审美反应，其“中介”层面的作用就更是重要了。正是中介把审美主体与审美客体联系起来，最终形成了审美评价。

2.审美中介举例

审美中介的环节很多，很难把它说尽。这里仅仅就以下两点做具体说明。

（1）特定的心理时空和心境中介

审美作为一种活动必须有特定的心理时空的关系组合。在审美活动中，孤立的事物若与主体各方面的条件缺乏契合，那是无所谓美或不美的。马克思早就说过：

> 忧心忡忡的穷人甚至对最美的景色都无动于衷；贩卖矿物的商人只看到矿物的商业价值，而看不到矿物的美和特性。①

马克思的话对我们是一个重要的提示：审美不能没有中介环节。在不同的时间、不同的空间、不同的心境，对于审美评价是不一样的。如果有人问月季花美不美？这是无法回答的，你还必须问：这对谁？在什么时间和空间下，在怎样的心境下？如果有人问，暴风雨美不美？那是无法回答的。你还必须问：这对谁？在怎样的时间、空间和心境中？如果你是一个农民，正在从事挑柴的劳动，那么每当暴风雨来临，不论你正在山上砍柴，还是正挑着柴走在山路上，这对你来说都是灾难，你绝对不会在这个时候认为暴风雨是美的。但是如果你是一个诗人，此时又安全、悠闲，缺

---

① ［德］马克思著：《1848年经济学—哲学手稿》，人民出版社1979年版，第79—80页。

少刺激,这时你在高楼上,突然听见雷电的轰鸣,随后是那排山倒海般的风雨,你觉得那风那雨像刘邦的《大风歌》一样的壮阔雄伟。还有我们多次看见(在电影、电视中)战士出征的画面,伴随着暴风雨,显得特别的悲壮。暴风雨只有在特定的时间、特定的空间和特定的心境的中介作用下,才可能是美的。孤立的作为"关系项"的暴风雨无所谓美不美。同样的道理,如果有人问:柳宗元的《江雪》美不美?那么我们就要反问:这对谁?在怎样的时间与空间中?在怎样的心境下?正是特定的时间、空间和心境,把主体与对象联系起来。

(2)历史文化中介

审美评价活动的实现还必须有赖于主体的历史文化知识的中介。因为审美活动不但是瞬间的存在,它的每一次实现都必然渗透人类的民族的历史文化传统,或者说历史文化传统又渗透、积淀到每一次审美评价活动中。人们总是感觉到审美活动让我们想起了似曾相识的东西。所谓"所见出于所知",人的审美活动往往是审美者的历史文化"先见""先结构""图式"的投射。因为美往往是历史文化凝结而成的。例如我们欣赏柳宗元的《江雪》,就会想起我们在中国漫长的封建主义的严酷统治下,许多知识分子怀才不遇,就是当了官员也常因不合最高统治者的要求而被罢免,或不屑于与统治者同流合污而自动离去,不得不过所谓的"穷则独善其身"的日子。我们还会进一步想到中国历史上道家代表人物如庄周的生活理想,在纷乱现实中追求"逍遥游"的生活,等等。如果我们对历史上这种情况了解得越多,我们就会对在寒江上的"蓑笠翁"的孤寂心理有越深刻的理解,那么我们就越能欣赏这首诗。从这个意义上说,审美主体的历史文化的积累往往成为一种中介。文学在描写自然,不是描写纯自然,不是描写物甲,是描写物乙。就是说,作家以自己在社会文化实践中形成的诗意去把握、拥抱它们。当作家把这些自然写进作品中去的时候,历史文化的中介就成为必然的因素,只有如此,他的描写才是有意义的世界和艺术的世界。例如，杜甫的《望岳》：

岱宗夫如何？齐鲁青未了。
造化钟神秀，阴阳割昏晓。
荡胸生层云，决眦入归鸟。
会当凌绝顶，一览众山小。

这是描写山东泰山的一首诗，意思是说：泰山的形象究竟怎么样啊？从齐地到鲁地都望不尽它的山色。大自然把神奇秀丽都集中于泰山，山的南面与北面，就像早晨与傍晚两个世界。远望山中层云迭出，目送归鸟入山，几乎把眼角都睁裂了。将要登上顶峰，往下一看，那山下之众多的山都变得十分渺小。全诗似乎只是描写泰山，写从山下望山上，写它的神奇秀丽，写它的山南山北的区别，写山旁边的云层和飞鸟，最后写从山上往山下望的情景。似乎只是写山，其实不完全是。这是写杜甫眼中心中的山，通过对泰山的描写，表达了对祖国山河的热爱。这里的作为自然物的泰山，已经变成了诗人用他的全部的生命情感掌握过的具有历史文化的符号，它本身已经是独特的精神文化。可以这样说，所有的客体的审美价值，只有经过历史文化的中介，才能进入文学作品，才能成为审美评价活动。

审美评价活动的过程是通过中介层面协同的过程，是创造的过程。也可以说，审美评价活动的根本精神是人的心理器官的全部畅通，是人的内在丰富性的全部展开，是人本质力量的对象化。在审美的瞬间，人们暂时摆脱了周围熙熙攘攘的现实，摆脱了一切功利欲念，最终实现精神超越和净化。

四、文学中的审美评价活动

最后要简要地说明，文学中的审美评价活动，与其他的艺术审美活动相比，有什么特征？这个问题我们在第一章大体上讲过，这里再做一些补充。

审美活动是到处存在的。人们的衣食住行中就存在审美。人们的活动中无处不存在审美。而各种艺术活动中的审美是审美活动的高级形态。那么作为艺术之一的文学，与其他艺术中的审美活动相比又有什么特点呢？

（一）文学审美活动具有广阔的包容性

文学是语言艺术。语言有巨大的功能。词语可以与世界上一切事物发生广阔的联系。世界上一切人物、事件、场景、色彩、声音、气味、感觉、知觉、想象、情感、心态……无一不可以用词语符号表示出来，并间接地刺激人的感官。只要作家创作需要，那么大至无边的宇宙，小至一个人一刹那的细微的心理变化，都可以用词语加以描写、表现。凭借语言符号来把握世界的文学，其描写具有无比的广阔性和丰富性。黑格尔说：

> 语言的艺术在内容上和表现形式上比起其他艺术都远为广阔，每一种内容、一切精神事物和自然事物、事件、行动、情节，内在的和外在的情况，都可以纳入诗，由诗加以形象化。①

黑格尔在对比中凸显出文学作为语言艺术的特征，这是符合实际的。例如大家都熟悉的《红楼梦》描写生活的广阔程度是任何艺术都无法达到的。人们称它为封建社会的百科全书，称它为全景小说，是毫不夸张的。护花主人评《红楼梦》时，曾写下这样一段文字：

> 一部书中，翰墨则诗词歌赋，制艺尺牍，爰书戏曲，以及对联匾额，酒令灯谜，说书笑话，无所不精。技艺则琴棋书画，医卜星相，及

① ［德］黑格尔著：《美学》第3卷，朱光潜译，商务印书馆1981年版，第10—11页。

匠作构造，栽种花果，蓄养禽鸟，针黹烹调，巨细无遗。人物则方正阴邪，贞淫顽善，节烈豪侠，刚强懦弱及前代女将，外洋诗人，仙佛鬼怪，尼僧女道，娼妓优伶，黠奴豪仆，盗贼邪魔，醉汉无赖，色色皆有。事迹则繁华筵宴，奢纵宣淫，操守贪廉，宫闱仪制，庆吊盛衰，判狱靖寇；以及讽经设坛，贸易钻营，事事皆全。甚至寿终夭折，暴亡病故，丹戕药误及自刎被杀，投河跳井，悬梁受逼，并吞金服毒，撞阶脱精等事，亦件件俱有，可谓包罗万象，囊括无遗。①

像《红楼梦》这种百科全书式的巨著，其反映生活的丰富广阔，不要说绘画、雕刻、音乐、舞蹈等特别受时间和空间限制的艺术难于表现，就是一百集电视连续剧也无法再现。不但文学描写生活的广度是别的艺术无法相比的，而且文学描写的细致入微、深入曲折的程度也是其他艺术无法相比的。例如王蒙的意识流小说《春之声》写主人公岳之峰从国外回来之后坐闷罐子车回到阔别多年的故乡度春节的内心感受。故事十分简单，可对主人公的心态的描写的细致、深入、微妙是惊人的。王蒙在解释自己的这篇小说时曾说："……我打破常规，通过主人公的联想，突破时间和空间的限制，把笔触伸向过去和现在，外国和中国，城市和乡村，满天开花，放射性线条，一方面是尽情联想，闪电般的变化，互相切入，无边无际，一方面却是万变不离其宗，放出去的又都能收回来，所有的射线都有一个端头，那就是坐在 1980 年春节前夕里的闷罐子车里的我们的主人公的心灵。"②《红楼梦》之所以能把生活展现得如此丰富宽阔，《春之声》之所以能把生活描写得如此细致入微，这不能不归功于语言的神力。文学如果不是借助语言，就不可能如此宽广如此细致地反映生活。

文学的这一特点充分地映现在文学审美活动上面。审美活动不是封闭的，而是开放的。审美可以融化生活的一切内容。所以文学的审美最

① 曾祖荫编：《中国小说历代序跋选注》，长江出版社 1982 年版，第 229 页。

② 王蒙撰：《关于〈春之声〉的通信》，载《小说选刊》1980 年第 1 期。

为辽阔丰富。文学的审美对象中有美,也有丑,有悲,也有喜,有崇高,也有卑下……就是说在文学的审美活动中,人们可以以自己的情感或拥抱或排斥或喜爱或憎恨一切,生活中的一切都可以当作审美观照的对象,都可以成为作家和读者的诗意的过滤。文学审美活动所具有的包容性,是别的艺术不可能达到的。

(二)文学审美活动具有思想的深刻性

文学作为语言艺术,它所蕴含的思想往往比其他艺术更深刻。因为词语并非物质性材料,具有实质性内容的词义是一种精神性表象,这样,"语言在唤起一种具体图景时,并非用感官去感知一种眼前外在事物,而永远是在心领神会"[①],人们的这种心领神会直接趋向认知、思考,便于对生活进行理性的、深入的把握。所以,我们不能不说文学是所有艺术中最富有思想性的艺术,甚至可以直接称为思想的艺术。一幅画,让我们看到一些构图、色彩;一首乐曲,让我们听到一连串声音;一段舞,让我们看到一些人体的姿态、动作……这些都可以感染我们的情绪,也能给我们一些思想的启迪。但文学则除了感染我们的情绪,还能给我们以大量的、强烈的、深刻的理性的认识。马克思在谈到英国批判现实主义作家时说:"现代英国的一批杰出的小说家,他们在自己的卓越的、描写生动的书籍中向世界揭示的政治和社会的真理,比一切职业政客、政论家和道德家加在一起所揭示的还多。"[②]恩格斯在谈到巴尔扎克时也说:"……他在《人间喜剧》里给我们提供了一部法国'社会'特别是巴黎'上流社会'的卓越的现实主义历史,他用编年史的方式几乎逐年地把上升的资产阶级在1816年到1848年这一时期对贵族社会的日甚一日的冲击描写出来……他汇集了法国社会的全部历史,我从这里,甚至在经济细节方面(如革命以后动产和不动产的重新分配)所学到的东西,也要比从当时所有职业的历史学

---

① [德]黑格尔著:《美学》第3卷下册,朱光潜译,商务印书馆1981年版,第6页。

② [德]马克思著:《英国资产阶级》,《马克思恩格斯全集》第10卷,人民出版社1995年版,第686页。

家、经济学家和统计学家那里学到的全部东西还多。”①我们认为马克思、恩格斯这两段话，不仅是在充分肯定英国和法国一批批判现实主义作家作品的认识价值，而且也说明了文学作为一种语言艺术其思想认识的深刻性特点是其他艺术无法相比的。为什么巴尔扎克敢于宣称自己要做“法国社会的书记”，就因为他手里拿的笔不是画笔，而是能够源源不断地写出语言文字的笔。

作为语言艺术的文学比其他艺术更能蕴含深刻的思想性，突出地表现在语言最为凝练的诗里。诗最能达到“言有尽而意无穷”的境界，最具有哲学的深度。如“路漫漫其修远兮，吾将上下而求索”（屈原）、“此中有真意，欲辩已忘言”（陶渊明）、“江流天地外，山色有无中”（王维）、“相看两不厌，只有敬亭山”（李白）、“野火烧不尽，春风吹又生”（白居易）、“春蚕到死丝方尽，蜡炬成灰泪始干”（李商隐）、“无可奈何花落去，似曾相识燕归来”（晏殊）、“横看成岭侧成峰，远近高低各不同”（苏轼）、“春色满园关不住，一枝红杏出墙来”（叶绍翁）、“山重水复疑无路，柳暗花明又一村”（陆游）……这些诗句都有鲜明的形象，可形象背后又蕴含着深刻的哲学意味。

文学所蕴含的思想的深刻性在文学审美活动中同样得到充分的体现。文学的审美活动的一个特点，是人的感性和理性都充分活跃起来。因为人面对的文学是一个言—象—意的结构，在审美活动中就不会停留在对作品表面的语言的阅读和形象的感受上面，而必然深入到“意”这个层面。换句话说，文学的审美评价活动必然要深入到文学的最深层的内容中。例如在文学审美评价活动中必然要追问这句话或这个形象有何意味，这个悲剧是怎样酿成的，那个卑下的人物与社会的关系等等。正是这种审美追问和随后的审美判断使思想的深刻性得到充分的体现。

也因此，我们所说的文学中的审美评价，从来不是纯审美，不是什么

---

① [德]恩格斯著：《致玛·哈克奈斯》，《马克思恩格斯选集》第4卷，人民出版社1972年版，第462—463页。

审美主义。我们始终认为，文学中的审美具有一种溶解力，它可以把历史、道德、伦理、政治、民俗等一切都溶解于审美中。我一直使用一个比喻，审美就是水，而历史、道德、伦理、政治、民俗等就是盐，盐溶解于水中，体匿性存，无痕有味。但是现在有些批评我的人，就拿这个比喻做文章，说，你看，你不是把一切都让“水”冲掉了吗？这不是“唯审美论”是什么？我请这些人不要曲解我的比喻，我的意思是文学作为审美的形态，不能把它当成时代精神的简单的传声筒，要让思想倾向在审美的形态中自然而然地展现出来，思想倾向不要特别标志出来，不要特别喊出来。表面看的确是审美形态，可“盐”——历史、道德、伦理、政治、民俗等——仍然在其中，只是它“无痕有味”而已。请问，“味”在不就是“盐”在吗？

第二节　宏观与微观的“双向拓展”

“文化诗学”的构想是：以审美评价活动为中心的同时，还必须双向展开，既向宏观的文化视野拓展，又向微观的言语视野拓展。我们认为不但语言是在文学之内，文化也在文学之内。审美、文化、语言及其关系构成了文学场。文化与言语，或历史与结构，是文化诗学的两翼。两翼齐飞，这是文化诗学的追求。俄罗斯文论的专家程正民深刻指出：“文艺学研究可以从历史出发，也可以从结构出发，但如果是科学的研究，它所追求的必然是历史与结构的统一。文艺学如果从历史出发，那么历史研究的客体就是审美结构；如果从结构出发，那么也只有靠历史的阐释才能理解结构的整体意义，对结构的认识和理解只有通过历史的阐释才能得到深化。”[①]这种看法把历史的与结构的研究结合起来，是很合理的，很有启

① 程正民撰：《俄罗斯文艺学的历史主义传统与创新》，《程正民自选集》，山东文艺出版社2007年版，第249页。

发性的。只有这样去做,才能克服所谓的“内部研究”与“外部研究”所带来的片面性,文学研究也才能实现再一次的“位移”,即移到整体的“文学场”及其要素的联系上面来。

一、向宏观的文化语境拓展

在研究文学问题(作家研究、作品研究、理论家研究、理论范畴研究等)的时候,要向宏观的文化视野拓展,以历史文化的眼光来关注研究的对象,把研究对象放回到原有的历史文化语境中去把握,不把研究对象孤立起来研究,因为任何文学对象都是更广阔的文化的产物。这样,研究文学和文学理论都要充分考虑到“历史的关联”“社会的关联”。恩格斯曾经称赞过黑格尔的“伟大的历史感”,认为“他是第一个想证明在历史中有一种发展、一种内在联系的人”,认为他“在现象论中,在美学中,在历史哲学中,到处贯穿着这种伟大的历史观,材料到处是历史的,即放在与一定的历史联系中来处理的”。恩格斯的观点表明了一种历史主义的观念和方法①。别林斯基也深刻指出:“不涉及美学的历史批评,以及反之,不涉及历史的美学批评,都将是片面的,因而也是错误的。”②“历史优先”是文化诗学的基本原则。只有把研究的对象放置于原有的历史文化语境中,才能充分揭示对象的意义和价值,才能开掘出审美精神、历史精神和人文精神来。

我们北京师范大学文艺学研究中心一直从事“中国文化与诗学”教学科研的李春青教授也同样认为重建历史文化语境对于文化诗学研究的重要性。他认为:“任何意义只有在具体的文化语境中才是可以确定的。不顾文化语境的研究可以称为架空立论,只是研究者的主观臆断,或许会有某种现实的意义,但算不上是严格意义上的学术研究。”他通过对“诗经学”研究中种种脱离语境的“架空立论”的情况进行了梳理分析,指出

---

① 参见《马克思主义经典作家论历史科学》,人民出版社 1961 年版,第 215—216 页。
② [俄]别林斯基著:《别林斯基选集》第 3 卷,满涛译,上海译文出版社 1980 年版,第 595 页。

了脱离具体语境“主观化”说诗的弊病，进而得出了“文化诗学的入手处就是重建文化语境”①。

但是，要进入历史文化语境并不容易。历史离我们很久远，我们怎么能知道离我们已经很久远的情况呢？仅仅看历史书是不够的。因为历史书或者是对于历史语境的描述不够详尽，或者所写的情况与你考察的问题相关性不够，或者资料不够，或者是有错误的，这样我们就要花大力气去“重构”历史语境，要寻找相关的历史资料，甚至最原始的资料，经过整理，经过理解和合理的想象，才可能把历史语境重建起来。

重建历史文化语境是困难的。人们用了过多的“恢复历史的本来面目”“揭示历史真相”一类的词语。我们要追问的是，有谁能够“恢复历史的本来面目”“揭示历史真相”呢？

我们当然从历史唯物主义观点出发，肯定某个历史人物和事件的本真状态是存在过的，但是这种历史的本真状态已经基本上不可追寻。要知道，历史的本真与历史学家笔下的历史文本所描绘的情况是需要加以区别的。历史的本真状态，特别是离我们久远的历史本真状态，虽然存在过，但已经不可追寻。因为那时候没有现场的摄影师和录音师，不可能完整地具体地逼真地按其原来的面貌保存下来。就是有摄影师和录音师也未必就能保存下来。历史学家没有亲历现场，他们笔下的历史文本不完全靠得住，因为其中有许多不过是历史学家根据传说虚构出来的。我曾在一篇文章里面说过：“被鲁迅称为‘史家之绝唱，无韵之离骚’的《史记》，其中不也有不少推测性的虚构吗？‘鸿门宴’上那些言谈和动作，离《史记》的作者司马迁少说也有六七十年，他自己并未亲睹那个场面，他根据什么写出来的呢？他的《史记》难道不是他构造的一个文本吗？”②如果进一步说，司马迁所写的很多内容不过是出于他的虚构而已。如《五帝

① 李春青撰：《论文化诗学的研究路向——从古今〈诗经〉研究中的某些问题说开去》，载《河北学刊》2004年第3期。

② 童庆炳撰：《重建·隐喻·哲学意味——历史文学作品三层面》，载《社会科学辑刊》2006年第6期。

本纪》《夏本纪》《殷本纪》之类属于根据传说而写的，很难说是“历史本相”。其中如写黄帝“教熊罴貔貅貙虎，以与炎帝战于阪泉之野”，不过是神话式的无稽之谈。就是其中写实有人物的一些言谈，生动是生动，但很难说那就是“历史真相”。如他在为人们所津津乐道的《淮阴侯列传》中写韩信平定齐国后，派人到刘邦处，请求刘邦允许他当齐国的假王，其中写道：“韩信使者至，发书，汉王大怒，骂曰：‘吾困于此，旦暮望若来佐我，乃欲自立为王！’张良、陈平蹑汉王足，因附耳语曰：‘汉方不利，宁能禁信之王乎？不如因立之，善遇之，使自为守，不然，变生。’汉王亦悟，因复骂曰：‘大丈夫定诸侯，即为真王耳，何以假为！”这里的确把刘邦前后两次的骂写得很生动传神，把刘邦那种对韩信既要用之又要防之的心理，可以说刻画得合乎情理又淋漓尽致。但我们提出的问题是：这是文学描写还是历史本真？如果说这是想象的艺术真实的话，那么说它同时记录了历史的本真，是历史的真相，恐怕就很难令人信服了。

历史真相是什么？为什么历史文本不可能完全揭示历史真相？历史的真相是历史人物与事件的原始状态。它是存在过的，是“有”，但人物与事件的状态，既千变万化，又稍纵即逝。它的原始性、复杂性、发展性、延伸性、偶然性、暂时性和混沌性等，是无法把握的。就是亲历现场的人，虽然亲睹亲闻，也很难完全把握。这样这些历史人物和事件的原始性、复杂性、发展性、延伸性、偶然性、暂时性和混沌性，对于任何人来说，就可能从“有”转到“无”。更不要说几百年前发生的事情，更不要说千年以上发生的事情，就是离我们很近的事件，我们也只能掌握一个大概的轮廓而已，很多场面，很多情景，很多细节，都如过眼烟云，随风飘散。所以，从客观上说，完全的绝对的历史真相是不可能掌握的。这是从客观的角度来看。如果我们再从主观的角度来看，每个人的立场、观点、视点、关注点是不同的，即使我们面对的是同一个人物和事件，也会有不同的说法、不同的理解、不同的判断，那么究竟谁说的、理解的、判断的更真实、更符合历史真相，这都是无法说清的。

历史本真或历史真相如此难以把握,那么我们如何来看《二十四史》《资治通鉴》一类的历史文本呢?这些历史文本所记述的只是一个历史人物、历史事件的大致的框架、概貌和空间的方位、时间的断限等,而且会因观点的不同对人物与事件作出不同的甚至是完全不同的判断,其中有偏见也在所难免。鲁迅说:“历史上的记载和论断有时也是极靠不住的,不能相信的地方很多,因为通常我们晓得,某朝的年代长一点,其中必定好人多;某朝的年代短一点,其中差不多没有好人。为什么呢?因为年代长了,做史的是本朝人,当然恭维本朝的人物,年代短了,做史的是别朝人,便很自由地贬斥其异朝的人物,所以在秦朝,差不多在史的记载上半个好人也没有。曹操在史上年代也是颇短的,自然也逃不了被后一朝人说坏话的公例。”①鲁迅所说极是。这说明历史文本有时离历史真相较远。任何一个历史学家都不敢说他的描写就是历史真相。正如美国当代著名学者海登·怀特所说的那样:“一个优秀的职业历史学家的标志之一就是不断地提醒读者注意历史学家本人对总是不完备的历史中所发现的事件、人物、机构的描绘是临时性的。”②这样,随着新的相关历史文件、历史文物或别的新的证据的发现,就要不断地修正它,而且这种修正是不会完结的,于是任何历史文本只是一种不完全靠得住的临时物。既然历史本真或历史真相难以追寻,而历史文本有时又不完全靠得住,那么对于文学文本来说,也就只剩一条路:寻找到尽可能多的史料,“重建”历史。正如海登·怀特说:“已故的R·G·柯林伍德(Collingwood)认为一个历史学家首先是一个讲故事者。他提议历史学家的敏感性在于从一连串的‘事实’中制造出一个可信的故事能力之中,这些‘事实’在其未经过筛选的形式中毫无意义。历史学家在努力使支离破碎和不完整的历史材料产生意思时,必须要借用柯林伍德所说的‘建构的想象力’(constructive imagination),这种想象力帮助历史学家——如同想象力帮助精明能干的

① 鲁讯撰:《魏晋风度及文章与药与酒之关系》,《鲁迅论文学》,人民文学出版社1959年版,第34页。
② [美]海登·怀特著:《作为文学虚构的历史文本》,见张京媛主编:《新历史主义与文学批评》,北京大学出版社1993年版,第161页。

侦探一样——利用现有的事实和提出正确的问题来找出‘到底发生了什么’。”[①]怀特这里说是历史文本需要“建构的想象力”，那么对于文学文本来说，就更需要“建构的想象力”了。在我看来，这里所说的“建构”，正确的说法是“重建”，即重新建构。如何来重建历史？这又是一个很难解决的问题。大体上说，历史文学作家为了艺术地提供一个能够传达出某种精神的历史世界，只能用艺术地“重建”的方法。“重建”的意思是根据历史的基本走势，大体框架，人物与事件的大体定位，甚至推倒有偏见的历史成案，将历史资料的砖瓦进行重新的组合和构建，根据历史精神整理出似史的语境。这就有似文物中的“整旧如旧”的意思。我们说要想把文学作品放回到原有的历史文化语境中去把握，就只能走这条“重建”之路，此外没有别的路可走。

在重建历史文化语境问题上，美国的新历史主义的观点的确值得我们借鉴。新历史主义从未把他们的“文化诗学”看成学说，他们主要是在研究莎士比亚的时候提出来的一种方法。他们的最大贡献就是提出了新历史观。他们的新历史观，简单地说，就集中在两句话上：文本是具有历史性的，历史是具有文本性的，研究者应加以双向关注。这就是美国的“新历史主义”的最大贡献。怎样理解“文本是具有历史性的”呢？这是说任何文本都是历史的产物，受历史的制约，具有历史的品格，因此，任何文本都必须放到原有的历史语境中去考量，才能揭示文本的本质。怎样理解“历史是具有文本性的”呢？这是说任何历史（包括历史活动、历史人物、历史事件、历史作品等）对我们今人来说，都是不确定的文本，我们总是以今天的观念去理解历史“文本”，改造和构设历史文本，不断地构设出新的历史来，而不可能把历史文本复原。之所以会如此，关键在于作为认识主体的人和人所运用的语言工具。人是具体历史的产物，他的一切特征都是特定历史时刻的社会因素所刻下的印痕，人永远不可能超越

① ［美］海登·怀特著：《作为文学虚构的历史文本》，见张京媛主编：《新历史主义与文学批评》，北京大学出版社1993年版，第163页。

历史;语言也是如此。按结构主义者的观点,语言是所指和能指的结合,这样,语言的单一指称性就极不可靠。这样,当具有历史性的人运用指向性不甚明确的语言去阅读历史文本时,会发生什么情况呢?肯定地说,他眼前所展现的历史,绝不是历史的本真状况,只是他自己按其观念所构设的历史而已。就是历史学家笔下的历史也只具有"临时性"。今天说某段历史是这样的,明天又可能被推翻,换成另一种说法①。这就是新历史主义的新历史观。例如,我们在面对司马迁的《史记》文本的时候,我们一方面认为他写的那些人物、故事不过是他用他的语言书写出来的,虽然他根据一定的史料,但他笔下的历史文本经过了加工、分析、解释,这已经不完全是真实的历史,所以历史是文本的;但另一方面,我们又要看到,司马迁用他的语言所书写的《史记》,必然受司马迁所在那个时期的社会、文化等诸多历史条件的制约,他写来写去,也不可能完全超越他所处的历史文化条件,所以文本是历史的。这样解释相当合理。可以说,它与马克思的历史观确有相似之处。马克思曾经在《路易·波拿巴的雾月十八日》一书中说:

人们自己创造自己的历史,但是他们并不是随心所欲地创造,并不是在他们自己选定的条件下创造,而是在直接碰到的、既定的、从过去承继下来的条件下创造。一切已死先辈们的传统,像梦魔一样纠缠着活人的头脑。当人们好像只是在忙于改造自己和周围的事物时,恰好在这种革命危机时代,他们战战兢兢地请出亡灵来给他们以帮助……

马克思这段著名的话,表达了双重的意思:一方面,历史是既定的存在,对我们来说,它永远不会消失,先辈的传统永远纠缠着活人,因此,任

① 参见张京媛主编《新历史主义与文学批评》中斯蒂芬·格林布拉特和海登·怀特等人的论文,北京大学出版社1993年版。

何一个新创造的新事物都要放到历史的天平上加以衡量;另一方面,今人又不会恭顺历史,他们以自己长期形成的观念去理解、改造历史,甚至“请出亡灵来给他们以帮助”。因此,今人所理解的历史,已不是历史的原貌,而只是人们心中眼中的历史。如果把马克思的观点运用于文学研究,那么一方面要把作品放置到特定的历史背景中去考察,另一方面则要重视评论主体对作品的独到的解说。“文本是历史的,历史是文本的”这一说法,继承了马克思的历史观又有所发挥。由此可见,美国的“文化诗学”仍然有许多学术养分值得我们吸收。

历史不过是一种文本,具有“临时性”,那么我们如何将文学作品放回到原有的历史文化语境中去把握呢?这就是我在前面所说的要想尽一切办法去“重建”“似史”的历史文化语境。所以对于文化诗学来说,“历史优先”原则仍然是重要的。

二、向微观的语言细读拓展

语言永远是文学的第一要素。作家创作在一定意义上是写语言,我们阅读文本,也是在阅读语言。我们要把握文本所含的审美情感流动的脉络,看看它在什么地方感动或打动了我们,让我们的心震颤起来,看看它在什么地方给我们启示,给我们以智慧的启示;然后我们用专业的眼光来分析它,除了分析出艺术意味以外,还要分析出文化意蕴,这一切都必须通过语言阅读,舍此就没有别的途径。所以通过对文本语言的分析,特别是语言细读,揭示作品的情感和文化,这就是我们的基本路径。在这路径的入口,就是文本的语言。这里我们要特别指出的是:我们提出语言分析,不是孤立地认为语言本身就是文学的一切,而是因为语言中渗透了情感与文化,包括我们提倡的审美精神、历史精神和人文精神,都隐藏在文本语言中。所以不顾语言所隐藏的情感与文化,回到以前那种悬空谈感受的所谓社会学批评,不是我们所要的批评。文本中一个词、一个句子在运用上的变化,都隐含艺术的追求和文化的意味。所以回到文本,回到语言，也就是回到文学所不可缺少的美学优点，回到情感与文化。审美也好，历史文化也好，离开文本的语言分析，也就无从谈起。

在语言细读方面，中外资源都非常丰富。中国古代的诗文小说评点，俄国形式主义，英美的新批评，结构主义批评，都重视语言分析。形式主义的批评流派的文学观念把文学封闭在语言之内，这是不可取的。但他们提倡文本的语言分析则是很重要的。

中国古代的诗话，作为对文本的评点，在一定程度上，就是语言细读。中国古代的诗话，开始于北宋欧阳修的《六一诗话》，他的宗旨是“居士退居汝阴而集，以资闲谈”。自欧阳修首创，其后效仿者不断，逐渐形成气候。北宋末年，诗话家许彦周认为：“诗话者，辩句法，备古今，记盛德，录异事，正讹误也。”他把“辩句法”放在首位，是符合实际的。后来诗话分成两派，一派是“论诗及事”，一派是“论诗及辞”，后一派就是以语言分析为主的。今天我们所说的“寻章摘句”，就是这一派的兴趣所在。不少诗话在诗句分析上细致入微，极见功力。这里仅就金圣叹在《杜诗解》中对杜甫的《画鹰》前四句的评点，做一点介绍。原诗前四句是：

素练风霜起，苍鹰画作殊。竦身思狡兔，侧目似愁胡。

这几句诗的意思是：在白色的绢布上面画苍鹰，其威猛如挟风霜而起。其神态特异不凡。它竦起身躯想抓住狡兔，它侧目就像那焦虑凝神的猢狲。金圣叹评点说：“画鹰必用素练，只是目前恒事，乃他人之所必忽者，先生之所独到，只将‘风霜起’三字写练之素，而已肃然。若为画鹰先做粉本，自非用志不分，乃凝于神者，能有此五字否？三四即承‘画作殊’‘殊’字来，作一解。世人恒言传神写照，夫传神、写照乃二事也。只是此诗，‘竦身’句是传神，‘侧目’句是写照。传神要在远望中出，写照要在细看中出。不尔，便不知颊上三毛，如何添得也。”显然，金圣叹用了传统的“传神写照”来评点此诗，一下子就把杜甫诗句的细微精彩之处点出来了。

俄国形式主义批评提出“文学性”概念，而文学性就在语言中。什克洛夫斯基的“陌生化”，托马舍夫斯基的“节奏的韵律”，都是他们所热衷的语言分析。

英美新批评提出语言细读，首先也是观念上的改变，其次才是一种通过分析文本语言来阐释文学的方法。如理查兹的“情感语言”，燕卜荪的“含混”，布鲁克斯的“悖论”和“反讽”，退特的“张力”，兰色姆的“肌质”，沃伦的“语像”，等等。结构主义的“关系项”“关系”，还有从结构主义延伸出来的叙事学。这些都属于语言批评。

但是所有这些所谓文本语言细读批评，除中国古代的评点外，都存在一个根本的缺陷，那就是他们把文本的语言孤立起来分析，把语言看成是文学的“内部”，其他都是文学的“外部”。“外部”就不是文学本身了。俄国形式主义批评的代表人物雅各布逊(1891—1982)提出所谓的“文学性”观念：“文学研究的对象并非文学而是文学性，即那种使特定作品成为文学作品的东西。”①那么他们就把语言，特别是扭曲的语言看成是文学性，语言所蕴含的意义被排除在“文学性”之外。但是他们的理论是有矛盾的。例如什克洛夫斯基论文学语言的“陌生化”，说那种自动化的语言是“习惯性”的，让人习以为常，习惯就退到无意识的自动的环境里，从而失去了对于事物的感觉。这说得很对。于是他主张文学语言的“陌生化”。他说：

> 为了恢复对生活的感觉，为了感觉到事物，为了使石头成为石头，存在着一种名为艺术的东西。艺术的目的是提供作为视觉而不是作为识别的事物的感觉；艺术的手法就是使事物奇特化（陌生化）的手法，是使形式变得模糊，增加感觉的困难和时间的手法，因为艺术中的感觉行为本身就是目的，应该延长；艺术是一种体验事物的制

---

① ［法］托多罗夫选：《俄苏形式主义文论选》，蔡鸿滨译，中国社会科学出版社1989年版，第24页。

作的方法,而"制作"成功的东西对艺术来说是无关重要的。[①]

这里的矛盾是:你一方面说,你使用语言陌生化的手法,是"为了恢复对生活的感觉,为了感觉到事物,为了使石头成为石头",也就是说为了使生活变得新鲜,能够让读者因你的语言手法的改变而觉得你的描写更耐人寻味(所谓"增加感觉的困难");可是另一方面你又说这只是"制作","制作"成功的东西,即语言描写的意义对艺术来说又无关紧要。这不是自相矛盾吗?语言是一种符号世界,符号世界表达一种意义世界,符号世界与意义世界是无法分开的。你怎么能把连为一体的东西活活地切割开来呢?所以语言与意义、话语与文化、结构与历史本来就在一个场内,是不能分开的,为什么硬要把它们分割开来呢?维·什克洛夫斯基谈到语言的陌生化,喜欢举列夫·托尔斯泰的例子,如他举了托尔斯泰的《霍斯托密尔》的小说,这篇小说写主人公与他的小马的谈话,但小马总是听不懂主人的话,如为什么人总喜欢"我的马""我的土地""我的空气""我的水",它听着"实在别扭"。这种陌生化描写不正是在批判私有制吗?让你感觉私有制是如此不合情理,这就是托尔斯泰的陌生化描写要凸显的东西,而且凸显得很成功,真的"使石头成为石头",读者如何仅仅能称赞这种描写本身,而把控诉私有制的思想情感排除掉呢?这完全是不可能的。

总之,纵观西方20世纪文论所走过的历程,其内部运演呈现出一种俄国形式主义—英美新批评—结构主义—符号论—新历史主义等的递进消解的曲线图式,这也不难想象有学者指出"新历史主义是形式主义末路的崛起",西方这种通过各种学说"内部"与"外部"形态的冲突、消解、互补,尔后又打着"新历史主义文化诗学"的旗帜要求回返文学研究,要求从文化的视角、历史的维度、跨学科的空间、人类学方法的"厚描"(thick description)去重新面对文学文本,揭示文本背后隐含的社会权力的运作。

---

① [法]托多罗夫选:《俄苏形式主义文论选》,蔡鸿滨译,中国社会科学出版社1989年版,第65页。

其实，只要进一步仔细思考，我们不难发现：无论是西方的新历史主义学派还是我国所提倡的“文化诗学”，尽管两者存在巨大的区别，但似乎都有一个共同点，那就是强调文学研究要回归历史，与哲学“分手”而重新与历史“结盟”，用一种历史生成的视野来重新观照社会。结合当代文学理论的大背景，我们再进一步深思会发现——“文化诗学”其实就是对西方“逻各斯中心主义”[①]（logocentrism）的消解和超越。西方逻各斯（the logos，类似“理性”）将追求世界本原、终极实在、绝对真理视为中心，甚至将上帝视为哲学思想的最后依托，只关注形而上学，强调逻辑的推衍，直接造成了历史本质化、固定化的危险，而这也就导致了理论与实际脱离，根本不能解释新产生的文艺问题。于是，强调打破形式主义内设的语言牢笼，主张在文本与社会间双向往来的“新历史主义学派”以及强调重建历史语境，主张文学与文化间互动互构研究的“中国文化诗学”，都在自己的社会文化语境中，在自己的民族土壤中得以生根、发芽。

① 按照德里达的定义，“逻各斯中心主义”（logocentrism）是一种在场的形而上学。这不仅体现为言语先于文字，而且也表现在对符号本身的认识上。它割断所指和能指的关系，将所指奉为不变的中心，以构筑形而上学的大厦。逻各斯中心主义在语言观上表现为言语或语音中心主义（phonocentrism），德里达之所以要批判逻各斯中心主义，是因为它与西方在场的形而上学密切联系，其批评的矛头直接指向了亚里士多德、卢梭和黑格尔。德里达还从索绪尔《普通语言学教程》入手试图解构西方的逻各斯传统。参见张隆溪著：《道与逻各斯》，冯川译，江苏教育出版社 2006 年版。

第五章　深入历史语境:文化诗学的支点

第一节　当下文学理论的困局

长期以来,中国现代的文学理论研究常被说成比较"空""空洞""不及物""大而无当"等。人们这样说,是有一定道理的。其中一点是,我们过分信赖哲学认识论。当然,哲学认识论是重要的,它对自然和社会科学是很有用的。但哲学认识论运用到具有丰富人文内涵的文学和文学理论研究上面,就显得很不够了。哲学认识论只能解决文学中的认识问题,超越认识问题的更为复杂和细微的美学、文学问题,它就显得无能为力了。

我们经常看到的文学理论研究是:置于认识论的框架内,只注重于概念的判断、逻辑的推衍,作出简单的结论。哲学认识论的框架,无非是一系列的二元对峙:现象与本质、主观与客观、主体与客体、个别与一般、个性与共性、偶然与必然、有限与无限等,这些公式很难切入到文学艺术和美的细微问题中,很难解决艺术与美的复杂问题。文学的版图十分辽阔，涉及的问题很多，有认识问题，又不止于认识问题。1987 年春天，王蒙写过一篇题为《文学三元》的文章，发表在同年《文学评论》第 1 期上面，认为文学具有社会性、文化性和生命性，在 20 世纪 90 年代初期遭受到一些人的批评，说他的文章主张“多元”论，是错误的。我对王蒙说：你写的“元”太少，所以遭批评了，要是你写几十元、几百元，人们就不会批评你了。我后来曾写过一篇题为《文学五十元》的论文，我认为文学的版图辽阔到我们难以想象的地步，它就像人类的生活本身一样丰富，就像我们所处的整个宇宙一样辽阔，涉及的问题林林总总，方方面面，它所涉及的问题，不是简单的认识论就可以解决的。

如对文学的本质、文学的真实、文学的典型等许多问题，都无法用认识论的这些二元对峙的概念去解决。以前，蔡仪、以群主编的《文学概论》和《文学基本原理》（上、下卷），最突出的弊病就是力图用哲学认识论去解释文学的一切问题，结果是不成功的。如关于文学的本质问题，他们不约而同地回答说，“文学是社会生活的反映”，然后罗列出叙事作品、抒情作品、写自然景物的作品和神话、童话作品，然后说：“这些作品，仍然不能不说是社会生活的反映。”从哲学的观点看，这说法没有错，但没有完全解决问题。因为不但文学是社会生活的反映，政治、法律、伦理、道德、历史等都是社会生活的反映，所以这样的回答，只回答了文学与政治、法律、伦理、道德、历史的共性的问题，没有解决文学的特性的问题。当然蔡仪、以群知道这一点，于是又回答说，“文学是社会生活的形象的反映”，把“形象”当作文学的特征①。问题在于有一些文学作品，并没有什么形象和图画，如中国西周时期《诗经》里的一些诗篇，唐宋八大家的散文，宋代的一些诗歌，西方现代派的一些作品，主要是追求理趣，或者说追求哲学意味，可我们仍然觉得它们感染了我们，它们是很好的文学作品。可见用单一认识论来界说文学的局限性是明显的。再如文学真实和文学典型问题，长久以来用认识论的哲学去解释，也是不成功的。文学的真实被纳入“现象与本质”的框架中，尽管直到现在仍然有人说，文学真实性就是通过对某些社会现象的描写揭示出社会生活的某些本质方面，但这样下定义是没有说服力的。还有文学典型被纳入个性与共性的框架中去解释，说：文学典型就是个性与共性的统一。连蔡仪自己也意识到这样的解释，没有把生活典型与文学典型区别开来，于是就在“个性”前面加上“突出的特点”和“有多方面的丰富性”，在“共性”前面加上“深刻”的形容词，但这样做同样无济于事。因此，抽象的哲学认识论常常不利于文学问题的解释和解决。那么，我们采用别的哲学理论情况就会发生转变吗？如我们用唯心主义哲学、结构主义哲学和解构主义哲学，来解释文学问题会有什么重大收获吗？实际上，从20世纪以来已经有人这样做，结果提出了什么新鲜的突破性的理论了吗？或者扎扎实实地解决了几个文学问题？都没有。可见文学研究一味与哲学结盟，并不能给我们更多的东西，这是值得大家思考的一个问题。

第二节　摆脱困局的出路

摆脱困局的出路有两条：一条是文学研究特别是文学理论研究要与

① 蔡仪主编：《文学概论》，人民文学出版社1979年版，第1—18页。

现实的文学创作、文学现象和文学思潮保持着密切的生动的联系。这一点，我在2010年发表的一篇文章中已有论列[①]，此不赘述；一条是文学研究应与历史语境保持关联，追求深厚的历史感。

如果我们把视野转向历史，我们会立即发现，文学研究与历史有着深厚的联系。一个作家一篇作品是怎样产生的？一个文学问题是怎样被提出来的？它们是在怎样的环境中得到解释的？这些都与历史有关。文学问题总是在一定的时代被提出来的，也总是在一定的历史语境中得到了解释。因此我们甚至可以说，无论文学问题的提出，或文学问题的解答，都与历史语境相关。离开历史语境，孤立地运用概念进行逻辑的推理，不但显得空洞，得不到真实的具体的回答，解决不了要解决的问题。这一切都有赖于我们回到历史语境。

"语境"本来是语言学的术语。语言学上有"本义"与"语境义"的区别。"本义"就是一个词的字典意义。比如"闹"这个词的本义是什么呢？我们查了一下《现代汉语词典》，那里说"闹"就是"喧哗""不安静""热闹""闹哄哄"的意思，还列了"闹别扭""闹场""闹洞房""闹肚子"等词语。但是在"红杏枝头春意闹"这句诗中，这个"闹"字获得了独特语境，它的意思已不是"喧哗""不安静"等，而是指春天生机勃勃之意。这"生机勃勃"在这句诗的文本语境中就是"闹"字的"语境义"。

这个道理，我们的古人早就知道。刘勰在《文心雕龙·章句》篇中提出了"章明句局"的理论，他说："夫人之立言，因字而生句，积句而成章，积章而成篇。篇之彪炳，章无疵也；章之明靡，句无玷也；句之清英，字不妄也。振本而末从，知一而万毕也。"这段话的意思是，人们进行写作，是由单个的文字组成句子。由句子组成章节，然后积累章节构成文章。但是，文章只有全篇焕发光彩，那么章节才不会有枝节和毛病；章节明白细致，那么句子才无差错；句子干净利落，那么用字才不会虚妄。所以抓住全篇命意这个根本，那么章节、句子这些枝节才会安置得当，抓住"本"或

① 参见拙文《冲破文学理论的自闭状态》，载《社会科学报》2010年5月20日第5版。

“一”这个整体，那么万千的句子、字词（即“从”或“末”）才会有着落。刘勰在这里所说的“振本而末从”的“本”和“知一而万毕”的“一”就是指文本的整体语境，“从”或“万”则是字、词、句而已，即我们阅读文章一定要看语境来解释或理解字、词、句的意义。反过来说也是一样，意义是从整体语境这个“本”或“一”中看出来的。

以上所述是“语境”的“本义”，后来各个人文社会学科都用“语境”这个词，那就是“语境”这个词的引申义。或者说人们把语境分成文本内语境和文本外语境。如英籍波兰人类学家马林诺夫斯基，很早就把语境的概念扩大，他提出了所谓的“情景语境”与“文化语境”。马林诺夫斯基的发现与他的学科背景有关，他是在非洲土著新几内亚东部的特洛布兰德群岛做调查时，开始研究语言与社会和文化的关系，先后提出“情景语境”和“文化语境”的概念。他发现对于那些土著人来说，如果不了解他们的活动的情景，就很难理解他们的语言。如一个驾着独木舟的人把划船的桨，说成是“wood”（木头），这个叫法与其他地方的人的叫法不同，如果我们不了解这些人当时说话的语境，就不能理解这些土著人说“wood”是指什么意思。马林诺夫斯基根据大量的例子，得出结论说：“话语常常与周围的环境密切联系在一起，而且语言环境对于理解话语来说是必不可少的；人们无法仅仅依靠语言的内部因素来分辨话语的意义；口头话语的意义总是由语言环境决定的。”①后来他又发现语言与文化的密切关系，提出了“文化语境”概念。马林诺夫斯基的说法成为后来伦敦语言学派的重要学术背景。

马林诺夫斯基的“情景语境”和“文化语境”一般已经离开了书写文本内的语境，变成了文本外的语境，即我们正在讨论的文本外的“历史语境”。或者说，文本所描述的事情，不是孤立发生的，它与发生的背景、机遇、人物、事件、时间、地点、场域等有关联。

比如，在中国古典文学研究中，学者们会提出这样的问题，陶渊明作

① 封宗信著：《现代语言学流派》，北京大学出版社2006年版，第40页。

为伟大的诗人，他的经典地位为什么在他生活的那个年代没有形成，只是到了宋代，他的经典地位才得以确立，这是何故？刘勰离陶渊明不远，可他的《文心雕龙》谈到了历代的许多诗人作家，唯独就没有提到陶渊明和他的诗篇[①]。陶渊明在唐代虽然已经有影响了，但他在唐代的影响在“二谢”之下。一直到了宋代，到了苏轼那里，因苏轼自身有着独特的经历和隐逸的体验，对陶渊明的诗有情感的共鸣，加以他在宋代文坛的崇高地位，给陶渊明以极高的评价，说：“吾于诗人，无所甚好，独好渊明之诗。渊明作诗不多，然其诗质而实绮，癯而实腴，自曹、刘、鲍、谢、李、杜诸人，皆莫及也。”[②]苏轼为什么这样评价陶渊明，使陶渊明声名鹊起？这就不但要进入陶渊明诗所处的历史语境，还要进入苏轼所处的历史语境，包括文化语境和情景语境双重语境，并结合分析陶渊明的作品，才能做出合理的解释。又如，杜甫的诗篇在中国抗日战争时期特别受到推崇，作为诗人，杜甫的地位也大大提高，这是为什么？杜甫还是那个杜甫，为什么在中国抗日战争中，似乎他就与我们站在同一个战壕里？这就与杜甫诗中特别浓烈的爱国主义情感有关，这不但与杜甫诗歌的情景语境、文化语境有关，更与抗日战争的历史语境密切相关，这也是双重语境使然。这种文学现象很多。

对于“历史语境”的理解，我的看法是要与马克思主义的历史主义联系起来考察。马克思在《哲学的贫困》中说：“人们按照自己的物质生产的发展建立相应的社会关系，正是这些人又按照自己的社会关系创造了相应的原理、观念和范畴。所以，这些观念、范畴也同它们所表现的关系一样，不是永恒的。它们是历史的暂时的产物。”[③]马克思的话很精辟，人所揭示的原理、观念和范畴都是“历史的暂时的产物”。这也就是说，精

---

① 刘勰的《文心雕龙·隐秀》篇有一处提到陶渊明，云：“彭泽之豪逸，心密语澄，而俱适乎壮采。”清代纪晓岚说，明代《永乐大典》所收此篇已经残缺，缺的部分大概是明人所补。一般研究者都同意纪晓岚的判断。此句是在补文之内。

② 苏轼著：《苏轼文集》第6册，中华书局1986年版，第2515页。

③ 参见《马克思主义经典作家论历史科学》，人民出版社1961年版，第122页。

神产品,其中也包括具有观念的文学作品,都是由于某种历史的机遇或遭遇,有了某种时代的需要才产生的;同时这些精神产品也不是永恒不变的。某个时期流行的精神产品,在另一个历史时期,由于历史语境的改变而不流行了。正如恩格斯所说:“当我们深思熟虑地考察自然、人类历史或我们自身的精神活动时,在我们面前首先呈现的是种种联系和交互作用的无限错综的图画,其中没有任何东西是不动和不变的,万物皆动、皆变、皆生、皆灭。……”①所以,历史是一位伟大的法官,在历史语境的变迁下,往往是真理变谬误,谬误变真理,时尚的变得不时尚,不时尚的变得时尚……正因为如此,列宁就把这个问题提到更高的程度来把握,说:“在分析任何一个社会问题时,马克思主义理论的绝对要求,就是要把问题提到一定的历史范围之内。”②很清楚,在历史的联系中去把握对象,不是一般要求,而是“绝对要求”。

我们所提出的“历史语境”,有一个思想灵魂,它就是马克思、恩格斯所阐明的历史发展观。离开马恩所讲的伟大“历史感”“历史性”和“历史发展观”这一点来理解历史语境,我们就不可能真正理解历史语境。

有人要问,你这里讲的历史语境和以前常说的“历史背景”是不是一样的?我的回答是,它们是有联系的,但又是不同的。所谓两者有联系,是说无论“历史背景”和“历史语境”都力图要从历史的角度去理解文学的发展与变化。所谓两者又是不同的,按照我个人的理解,如果说“历史背景”是“一般”的话,那么“历史语境”则是“特殊”了。历史背景只是关注那些作家的作品和文学的发生和发展,处于哪个历史时期,那个历史时期一般的政治、经济文化的状况是怎样的,这段历史与这段文学大体上有什么关系等。这样,历史背景往往无法确切地回答某个作家或某篇作品是怎样产生的;“历史语境”则除了包含“历史背景”一般性情况之外,更重要的是需进一步深入到作家、作品产生的历史具体的机遇、遭际、事件、

① 参见《马克思主义经典作家论历史科学》,人民出版社1961年版,第122—123页。

② 参见《马克思主义经典作家论历史科学》,人民出版社1961年版,第202页。

时间、地点和情景之中，切入产生某个作家或某部作品或某种情调的抒情或某个场景的艺术描写的历史肌理之中，这就是特殊联系了。换言之，一般的历史背景，无法准确地说明文学的实际，只有更具体的更特殊的历史语境，才能真实地确切说明文学的实际。进一步说，“历史背景”只讲外在的形势，而“历史语境”则除了要讲外在的形势，还要把作家、作品产生的文化状态和情景语境都放进去。一些评论家只是从外在的历史形势背景来评价作品，作出的解释和结论是一般的、浮浅的，说不到要点上，而若作家自己来谈自己的作品，他必定会把自己写作品时候的文化和具体情境放进去，把“我”放进去，所得出的解释和结论就不一样。

这里，我想举郭沫若的一个例子。郭沫若于 1959 年写历史剧《蔡文姬》，该剧演出后，评论家的评论焦点都集中于曹操这个人物身上，说：这是“为曹操翻案”的戏。其实，在这个剧作中，曹操的形象写得很干扁，着墨不多，也不是剧中的主要人物。郭沫若对自己这个剧本最重要的评价是“蔡文姬就是我”。对于郭沫若的这个自我评价，仅仅根据历史背景是得不出的。很多人对郭沫若的这句话都不能理解，一般都说：郭沫若无非对蔡文姬的遭遇比较同情，所以有此一说。这样的评论是不痛不痒的。我因为 2004 年获得主持教育部重大攻关课题“历史题材文学创作重大问题研究”，重读了郭沫若的全部历史剧。我特别研究了郭沫若在《〈蔡文姬〉序》中说的话：“我也可以照样说一句：蔡文姬就是我！——是照着我写的”，“其中有不少关于我的感情的东西，也有不少关于我的生活的东西”，因为“在我的生活中，同蔡文姬有过类似的经历，相近的感情”。我就去翻郭沫若自己的书，研究一下《蔡文姬》怎么会有郭沫若“感情的东西”，跟蔡文姬有什么样的“类似的经历”“相近的感情”，怎么会说蔡文姬是“照着我写的”？我终于发现了郭沫若的“蔡文姬就是我”这个自我评价。

原来，1937 年抗日战争爆发，郭沫若冒着危险从日本回国，参加抗日战争。他回来后，写了一篇散文，发表于 1937 年 8 月上海的《宇宙风》月刊第47期上，题目是《我从日本回来了》。这篇散文是篇日记。大革命失败后，郭沫若于1928年逃亡日本，与日本某医院的护士安娜相识、相恋，终于结婚。他们在十年间生下了五个孩子，相依为命，度过了艰难的日子。1937年，日本发动侵略中国的卢沟桥事变后，郭沫若出于他的爱国热情，觉得自己不能再待在“敌国”，决定立刻回国参加抗日战争。他回国的情境的确与当年蔡文姬的选择相似。一边是故国的召唤，一边是妻子、儿女的爱恋，所以他感到无限的痛苦。我们知道，蔡文姬到匈奴那里之后，与左贤王结婚，生下了两个儿女。左贤王当时对她说，你要是想回故国去，你可以回去，但两个儿女绝不许带走。剧作中有蔡文姬与胡儿的一段对话，其中蔡文姬说：“我已经和你爹爹谈了三天了。我说，儿女让我带回去，没有儿女的母亲很可怜。他说，不行，你是汉人，我可以让步，让你走；儿女是匈奴人，我不能让步，你不能带走。我说，一人分一个吧，把你或者你的妹妹带回去，他也不肯。儿啊，你想，把你们丢下，让娘一个人回去，这不是割下了娘的心头肉吗？”[①]所以，蔡文姬感到十分痛苦，一边是故国的召唤，这是她日思夜想的事情，她无论如何要回去，一边是要与自己的还处于年幼的儿女分离，这也是她不舍的。所以她的心情处在极度矛盾中。郭沫若离开日本，返回中国参加抗日战争，与蔡文姬的处境的确十分相似。郭沫若在那篇散文中写道：“昨夜睡甚不安，今晨四时半起床，将寝衣换上一件和服，踱进了自己的书斋。为妻及四儿一女留白，决心趁他们尚在熟睡中离去。……我怕通知他们，使风声伸张起来，同时也不忍心他们知道后的悲哀。我是把心肠硬下了。……自己禁不住淌下眼泪。……走上了大道，一步一回首地，望着妻儿所睡的家。灯光仍从开着的窗户露出，安娜定然是仍旧在看书，眼泪总是忍耐不住地涌。走到看不见家的一步了。……”[②]从郭沫若的叙述中，我们就看得出，郭沫若写蔡文姬离开左贤王和儿女，不是凭空的。他是以自己1937年离开日本回

① 郭沫若著：《郭沫若剧作选》，人民文学出版社1978年版，第323页。

② 郭沫若著：《郭沫若集》，花城出版社2006年版，第350—352页。

国作为情景语境来写的，因而写得十分真切。“历史语境”的重要性早就有不少作家和学者意识到了。例如法国的萨特在他的重要著作《什么是文学?》中举过这样的例子：“假如有一张唱片不加评论反复播放普罗万或者昂古莱姆一对夫妻的日常谈话，我们根本听不懂他们在说什么；因为缺乏语境，即共同的回忆和共同的感知；这对夫妇的处境及他们的谋划，总之缺少对话的每一方知道的向对方显示的那个世界。”[①]萨特所举的例子，说明作者的“历史性”和读者的“历史性”，以及“写作和阅读是同一历史事实的两个方面”。他的思想是深刻的。

由此，我们不难看出，所谓“历史背景”所指的一段历史的一般历史发展趋势和特点，最多是写某个历史时期的主要事件和人物，展示某段历史与某段文学发展的趋势和特点大体对应，是“一般”。“历史语境”则不同，它除了要把握某个历史时期的一般的历史发展趋势和特点之外，还必须揭示作家或作品所产生的具体的文化语境和情景语境，是“特殊”。换言之，历史背景的着力点在一般性，历史语境的着力点在特殊性。我之所以强调历史语境，是因为只有揭示作家和作品所产生的具体的历史契机、文化变化、情境转换、遭遇凸显、心理状态等，才能具体地深入地了解这个作家为何成为具有这种特色的作家，这部作品为何成为具有如此思想和艺术风貌的作品。这样的作家和作品分析才可以说是历史具体性和深刻性的。

要是我们文学研究都能进入历史语境，在具体的历史语境中揭示作家和作品的产生，文学现象的出现，文学问题的提出，文学思潮的更替，那么文学研究首先就会取得“真实”的效果，在求真的基础上，才能进一步求善求美。如果我们长期这样做下去，我们的文学研究，文学理论的研究，就会落到实处，真正地提出和解决一些问题，理论说服力会加强，也必然会更具有学理性，更具有专业化的品格。

---

① ［法］萨特著：《萨特读本》，桂裕芳译，人民文学出版社2005年版，第565页。

第六章　重构语境:文学修辞与社会文化的互动、互构

文学语言是一种言语,但有其独到的特点。文学语言在具体的作品中作为文本而存在,它总是与社会文化形成了一种“互文性”的对话关系。要揭示文学语言文本的文化意义,重要之点是重构语境,把文学语言文本放到语境中去把握。不但要放到“文内语境”中去把握,还要推展语境,放到“文外语境”中去把握。文学语言文本受社会文化文本的制约,同时又丰富了社会文化文本,形成新的社会文化景观。所谓“互动”“互构”,就在这种“制约”与“丰富”过程中。

无论是文学抒情还是文学叙事,它们的最小单位都是文学言语的修辞。一个文本的言语表达的秩序、言语表达的情调、言语表达的氛围、言语表达的声律、言语表达的色泽,乃至文学体裁、文学风格的确立,都有赖于文学修辞。修辞这个概念也有狭义与广义的区别。广义的修辞,可以包括人与自然的一切方面的姿态、颜色、音响、形状等的修辞性。自然的修辞,如山的高低起伏,峰的险峻神奇,江流的缓急清浊,湖海的宽广深浅,自然气候的明媚、阴晦、清爽、混浊、黑暗、明亮、寒冷、炎热等;人的修辞,如人体的、表情的、手势的、装饰的等;还可以包括故事的修辞,如温暖的、温馨

的、清新的、隽永的、悲凉的、悲壮的、悲悯的、幽默的、诙谐的、诗意的、曲折的、平淡的等。狭义的修辞是就文本的语言表达方式及其效果来说的，如中国古代文学文本中赋、比、兴的运用，对偶、夸饰、平仄、详略、繁简、典故的运用、字词的推敲等。在刘勰的《文心雕龙》中，《熔裁》《声律》《章句》《丽辞》《比兴》《夸饰》《事类》《练字》等十篇，都属于修辞批评理论。本章所取的就是文本语言表达的狭义的修辞。这里将重点探讨文学修辞、文学修辞批评和文学修辞批评理论与社会文化的互动关系。

第一节　文学修辞与中外修辞批评理论的遗产

第一节我们将首先讨论什么是文学修辞，什么是文学修辞批评，以及中外文学修辞批评的遗产。

一、文学修辞的性质、功能和效果

作家面对自己获得的题材，在开始进入创作过程之前，必然有关于这个题材达成自己心目中所希望的样子的预设，这就不能不考虑作为语言表达的修辞问题。那么，文学修辞问题主要包括哪些内容呢？刘勰在《文心雕龙·章句》篇中指出："夫人之立言，因字而生句，积句而成章，积章而成篇。篇之彪炳，章无疵也；章之明靡，句无玷也；句之清英，字不忘也：振本而末从，知一而万毕也。”刘勰的意思是，作家写作作为立言活动，无非要考虑到字词、句、篇三者及其关系。这就是文学修辞的内容了。文学修辞就是在表达文学题材时的用字词、句子和篇章的秩序。这一点并无不同意见。但对刘勰这段话的后半段，“龙学”界有两种不同的解读：其一，认为“篇”是“本”，字词、句是“从”，全篇光彩鲜明了，那么各章就无瑕疵了，各章明白美好，句子就不会有毛病了，句子明洁华美，字词就不会有错。这种理解把全篇的修辞安排看成是整体性的东西，整体性的东西安排好了，那么章、句、字词也就稳妥了，所谓“振本而末从，知一而万毕”，就是说的这个意思。其二，认为“字词”是“本”，“篇”是末，认为全篇光彩鲜明，是因为各章无瑕疵，各章明白美好，是因为句子没有缺点，句子明洁华美，是因为用字（词）没有毛病。这就是所谓“因字而生句，积句而成章，积章而成篇”。我是同意后一种看法的，认为文学修辞的要素是字词、句、章、篇的修饰。字词的修饰是基本的，然后才是句子、章节、全篇的修饰。如果连字词都有许多毛病，如何去讲究句子、章节、全篇的安排呢？但同时我又认为“篇”作为整体的安排也是重要的，或者说是更重要的。这一点刘勰也注意到了，他在《文心雕龙·附会》篇中说：“夫画者谨发而易貌，射者仪毫而失墙，锐精细巧，必疏体统。故宜诎寸以信尺，枉尺以直寻，弃偏善之巧，学具美之绩，此命篇之经略也。”意思是说，绘画者一味描绘毛发，而所描绘的形貌就会失真。射箭者只见毫毛，而不见整堵的墙，就会因小失大。所以宁可委屈一寸而保证一尺的伸直，宁可委屈一尺而保证一丈的伸直，宁可放弃局部的细巧，也要学会整体完美的功夫，这才是谋篇布局的概要。这里，刘勰实际上讲了这样一个道理，整体是制约局部的，而局部却不能超越整体。整体优先的原则是十分重要的。这里刘勰所说的寻、尺、寸，也是指篇、章、句、字词的修饰，但强调整体优先。由此看来，刘勰认为文学修辞包括两个过程：一个过程是由篇到章到句到字词的加工，即由整体到部分，在实际创作中，作家对于自己笔下所写的作品的情调、色泽等先有整体的构思，然后才设想具体安排字词、句子、章节时的加工，我们似可以称为“大修辞”；一个过程是由字词到句子到章节到全篇，即由部分到整体，就是说细部的加工会影响到整体的效果，特别是关键的细节的加工，甚至可以决定整篇的情调和色泽等，我们似可称为“小修辞”。

如果我们同意刘勰对文学修辞的这种辩证的理解的话，文学修辞的要素则包含了字词、句子、章节和全篇这四者的独特的加工活动。作家面对的是取自社会生活的题材，他们用特有的程序对题材进行独特的加工，结果这来自社会生活的题材被提升到审美事实，形成了文学作品。如果我们把来自社会生活的题材与加工过的作品进行比较，我们就会发现文学修辞的程序。文学修辞对作家而言，是艺术加工中的言语的双向的运动。一方面，充分考虑到整体言语的修辞效果，从这里出发去追求细部的修辞艺术；另一方面，充分考虑到细部言语的修辞效果，从这里出发去追求整体的修辞艺术。

文学修辞具有什么性质和作用呢？

我首先来谈谈文学修辞的性质问题。文学的题材来自社会生活，它能不能转变成文学作品，受许多因素的影响，文学修辞就是其中最重要的影响之一。我们不能把文学修辞仅仅看成是一种字词、句子、章节、修辞格等语言工具的运用。按照现代的语言观，语言符号对于人来说就是一种存在，在人类有了语言符号之后，语言符号始终先于人而存在。因此，人一出生，就落入到语言的网络中，人们不但不可能从语言符号中挣脱出来，而且不得不通过语言去看这世界。这一点我们在第五章中已经详细讨论过，这里就不赘述了。这里我们要强调的是语言的修辞性问题。语言的本质是语法还是修辞，结构主义的索绪尔强调的是语法，强调语言是共时性的语法规则，修辞只是语法中的一个子项。这种看法认为共时性的语法，才能使符号清楚地表达意义，而且主旨才会凸显出来；但后来的解构主义强调语言的本质是修辞，修辞破坏语法的规范，文学的歧义、朦胧、不可解才得以产生。因此,解构主义认为语言的本质是修辞性的。我的看法是世界是"结构—解构"的运动,语言中既有结构的性质,也有解构的性质,既是共时的,也是历时的,因此语言的本质既是语法,也是修辞。语言的语法性使文学作品的意义获得明晰的审美信息,语言的修辞,特别是偏离性的修辞,则又使作品的意义获得含混性、朦胧性和歧义性,这前后两种结合正是优秀文学作品可解不可解的原因。例如,杜甫的《春望》中的句子"感时花溅泪,恨别鸟惊心"。其修辞的特点是模糊主语,让读者摸不清楚主语是什么。但一方面它的审美信息是清晰的,那就是对"安史之乱"所造成的国恨家仇感到忧心与愤怒;另一方面它的审美信息具体说来又是不清晰的,这里是说人看到花后不觉流下眼泪,见到鸟也觉得惊心呢?还是说在那混乱的时候连花也溅泪鸟也惊心呢?就可以作出不同的解释,因此这里又充满歧义和含混。同样,李商隐的《无题》("相见时难")全诗用了比喻、象征、对偶等修辞手法,它具有结构性,意思总的说是清楚的,那就是"怀人";但又具有解构性,诗中究竟是怀念什么人的或求助什么人呢?则是不清楚的。一说认为此诗作于大中五年(851),当时李商隐在徐州卢弘止处当幕僚,卢弘止死,李商隐从徐州到长安,因为长期在外做幕僚,感到无聊,想通过关系进翰林府。他想向当时出任宰相的令狐绹陈情。但又没有门路,很难见到,所以说"相见时难别亦难"。但他想见令狐绹的心情是那样坚定和急迫,所以就用了比喻的句子:"春蚕到死丝方尽,蜡炬成灰泪始干。"想到自己青春易逝,又有"晓镜但愁云鬓改,夜吟应觉月光寒"的比喻,但他没有失望,总觉得还会有人帮助他,所以又有"蓬山此去无多路,青鸟殷勤为探看"的句子。一说认为李商隐为思念他的情人而作,全诗所写,无非是对他的情人的一片真情。此外,还有寄托、艳情、狎游、感遇、政治、悼亡等多种解读。

其次,再来谈谈文学修辞的作用和功能问题。文学修辞通过字词、句子、章节、篇的艺术加工方式,用以加强或改变文学题材本身的性质。文学题材就是作家已经掌握的写作的材料。对诗来说,它的材料就是情景,对小说来说，它的材料就是故事。情景、故事本身是有颜色、温度和情调的。如有热烈的、有温暖的、有冷淡的、有凄凉的、有寒冷的、有豪放的、有婉约的、有欣喜的、有悲哀的、有红色的、有黑色的、有绿色的、有白色的等等。文学修辞的作用就是加强或改变这种颜色、温度和情调。一般来说，通过文学修辞来加强题材的颜色、温度和情调，这是比较好理解的。让我们来重读一下大家都熟悉的杜甫的《闻官军收河南河北》：

剑外忽闻收蓟北，初闻涕泪满衣裳。
却看妻子愁何在，漫卷诗书喜欲狂。
白日放歌须纵酒，青春作伴好还乡。
即从巴峡穿巫峡，便下襄阳向洛阳。

唐代宗广德元年(763)秋，杜甫避成都徐知道之乱，流落到梓州。宝应元年(762)“安史之乱”到了尾声。唐军讨伐史朝义，收复了河南等地；763年正月，史朝义委任的范阳节度使李怀仙投降，史朝义自缢身亡，李怀仙乘机割其首献唐军，河北诸州叛军皆投降，“安史之乱”结束。杜甫在梓州听到这个好消息，立即作了此诗。安史之乱是杜甫一生中最为痛苦的时期，听到这个好消息，其内心的高兴可想而知。就这首诗的题材而言是喜与乐，是暖色调的。杜甫此诗加强了此诗题材的暖色调，使“暖”变为“热”。杜甫在文本修辞上下了不少功夫，先写喜极而泣，这里用了对比修辞，本来是喜乐之事，应该笑才是，但杜甫偏写“初闻涕泪满衣裳”。接着写“妻子愁何在”，则是用衬托修辞，用妻子的“愁”来衬托诗人的“喜”。“漫卷诗书”一句看似闲笔，但闲笔不闲，表现了诗人那种高兴得不知如何是好的心情。“白日放歌”“青春作伴”两句是夸张，将暖色调提升为热色调了。最后两句用了由西向东和由南到北的四个地名，诗人想象立刻可以沿着这条路线返回老家了。这里用得最好的是“从”“穿”“下”“向”四个字，正是这四个字把四个地名联成一气，表达了诗人想返回老家的急切心情。这首诗被称为“天下第一快诗”。诗人的修辞作用突出地表现为加强了题材的原有的色调。许多作品中修辞的作用和功能,都是顺着题材的颜色、温度和情调,使红者更红,绿者更绿,蓝者更蓝,黑者更黑,使温者更温,冷者更冷,使悲哀者更悲哀,欣喜者更欣喜……

文学修辞的另一种作用和功能则是改变原有题材的颜色、温度和情调。这就是说,这种文学修辞是通过词语等形式方法的雕琢,使题材本来的意义发生逆转,黑的似乎变成了红的,暖的似乎变成了冷的,悲的似乎变成了喜的。在这里边就显出修辞功能的更为巨大的力量。我过去把这种情况表达为“形式征服内容”。

如果我们只是强调修辞对题材的一种适应,一种呈现,那么许多问题都解决不了。比如我们可以提一些问题:为什么艺术家、作家总是热衷于写人生的苦难、不幸、失恋、挫折、伤痛、死亡、愁思、苦闷?“丑”以什么理由进入文学创作中?难道仅仅因为它可以跟“美”对照吗?或者可以供“美”的理想批判吗?为什么现代艺术家往往喜欢写生活里的荒诞、异化、变形、失落、沉重、邪恶?我们可以想到,要是修辞作为形式的因素只是消极地适应和呈现这些题材的话,那么这些文学作品还能产生美感吗?所以一直存在这样一种观点:内容是主人,形式是仆人,形式仅仅是消极的配合、补充内容,服服帖帖地为内容服务。古代和现代的很多人都坚持这一观点。的确,题材吁求形式,题材是主人,形式似乎是客人。然而一旦把这个客人请到家里来了,那么这个客人是否处处、时时都要听从主人的安排呢?那就很难讲了。实际上文学创作的实践证明,客人一旦到了主人家里,往往就造起反来,最终是客人征服主人,重新组合、建立起一个新的家,不是原来那个家了。所以作为修辞的形式征服题材,两者在对立冲突中建立起一个新的意识秩序和有生命的艺术世界。我的基本观点是:艺术创作最终达到内容和形式的和谐统一,但是这不是形式消极的适应题材的结果,也不仅仅是加强题材的色调的结果;恰恰相反,有时候作为形式的修辞与题材对立冲突,最终是作为形式的修辞征服了题材。所以有时候修辞与题材这两者是相反相成的。讲到这里,大家可能觉得有点枯燥,我给大家举个现成的例子——鲁迅的《阿Q正传》。从题材的角度说,《阿Q正传》是个悲剧还是喜剧呢?当然是一个悲剧了。一个年轻的贫苦的农民参加辛亥革命,在革命中糊里糊涂地被人杀害了,在被杀害时还不觉悟。他觉得自己的圈划得不圆,觉得自己赴刑场的时候不能唱一段京戏,为此而苦恼。这是个喜剧还是悲剧?就题材而言,就素材而言,它是个悲剧。但是如果鲁迅通过修辞加强这个悲剧的色调,用这种悲剧的情调来写《阿Q正传》的话,我们会喜欢这部作品吗?我们肯定不会喜欢。鲁迅在修辞上恰好是用喜剧的情调、用幽默的情调来征服《阿Q正传》的题材,使我们觉得处处很可笑很幽默。比如阿Q的精神胜利法让我们觉得很可笑:他明明没有钱,他就想,我儿子会比你阔多了。他有许多表现说起来都是非常可笑的。但一个真正能把《阿Q正传》读进去的读者就会知道,第一遍我们读的时候的确是哈哈大笑,但当我们读第二遍、第三遍、第四遍,当我们刚刚要笑的时候我们却笑不起来了,原来是笑里包含了一种非常深刻的悲剧。鲁迅正是用一种独特的喜剧性的修辞,用幽默的情调征服了《阿Q正传》的题材,使《阿Q正传》的题材原有的色调发生逆转,这样《阿Q正传》成为了名篇佳作,成了一部流传不朽的作品。

在这里我想介绍苏联早期的心理学家、艺术心理学家、艺术理论家列·谢·维戈斯基《艺术心理学》一书中的一些论点。他说要在一切艺术作品中区分开两种情绪,一种是由材料引起的情绪,一种是由形式引起的情绪。他认为这两种情绪处在经常的对抗之中,它们指向相反的方向,而文学艺术作品应该包含着向两个相反方向发展的激情,这种激情消失在一个终点上,就好像电路“短路”一样。维戈斯基的意思是,在许多作品中形式和题材的情调不但是不相吻合的,而且是处于对抗当中的。比如说题材指向沉重、苦闷、凄惨,而形式则指向超脱、轻松、欢快,形式与题材所指的方向是完全相反的,但是又相反相成,达到和谐统一的境界。维戈斯基所举的一个最有名的例子就是俄国作家普宁(诺贝尔文学奖得主)的一个短篇小说《轻轻的呼吸》。《轻轻的呼吸》讲了一个什么故事呢? 讲一个女中学生叫奥丽雅的故事,她在那所中学里是最具有魅力的漂亮姑娘,大家都围着她转,男生围着她转不说,女生也围着她转,魅力四射。但是这个女中学生道德败坏,一方面和一个哥萨克士兵谈恋爱,另一方面又跟一个五十六岁的老地主乱搞,这件事终于被她的恋人知道了,哥萨克士兵来到了她所在的城市,在火车站上一枪把奥丽雅打死了。就是这么一个故事。但整个小说经过作家的文学修辞处理完全不是这么一个内容。我刚才讲的那么一个故事用维戈斯基的话来讲,是“生活的溃疡”,是一段乱七八糟的生活,是一个完全没有什么意思的故事,是一个放荡的女中学生的生活故事,是一个外省的女中学生的毫不稀奇、微不足道和毫无意义的生活。这么一个故事写出来就是“生活的混沌”“生活的浑水”“生活的溃疡”,完全没有什么意思。但是经过作家的叙述和修辞处理以后,也即经过形式的征服以后,情况就完全不同了。原来作家在这里强调的不是故事本身的乌七八糟的东西,他写出的是一种“乍暖还寒的春天的气息”。作家在写这个故事的时候,安插了一个班主任,这个班主任是个老处女,她已经三十多岁了,但还没有尝过当女人的滋味,她非常羡慕奥丽雅。有一次她在教室旁边听到奥丽雅跟一群女生介绍她怎么能吸引男生。奥丽雅绘声绘色地说,她祖父留下很多书,有一本书叫《古代笑林》,那本书里专门讲女子怎样才变得有魅力,怎样才能吸引男人,比如说,女人的呼吸、喘气,应该是轻轻的,轻轻的,魅力就在这里,就是要轻轻的呼吸。这么说一下子就把那些女生都吸引住了,连那个班主任也被吸引住了:原来她不漂亮没有人爱她,主要是不能轻轻地呼吸啊。整个故事的重点就在这里。这段描写完全是一种文学修辞处理,可是成为了这个故事的一个转折点,用我们中国的话来说,这就是诗眼、文眼,整个故事都集中在这个详细细节的描写上面。而关于奥丽雅最终被打死了这个事情,被镶嵌在一个很长很长的句子里面,如果你不小心看还看不出来她被打死了。这是略写。作家主要靠详写略写的修辞,来达到色调的转换。作家并不强调奥丽雅被打死了。另外,奥丽雅死后,墓碑上有她的一张照片,非常漂亮,微笑着,她的班主任在她死后还到她的墓地来送一把鲜花,在旁边的椅子上坐着沉思——尽管奥丽雅只生活了十五年,但是女人的一切滋味她都尝过了,而她的这种生活是不值得过的。你看,这个小说经过作家的独特的修辞给人的印象就完全不同了。与小说和本事所产生的印象截然相反,作者所要表现的真正的主题是"轻轻的呼吸",而不是一个外省女中学生的一段乱七八糟的故事。这不是奥丽雅的小说,而是一篇写"轻轻的呼吸"的小说。小说的主线是解脱、轻松、超然和生活的透明性的感觉,而这种感觉从作为小说基础的本事本身是无论如何也得不出来的。这就是文学修辞改变了题材的意义。大家可以去看看维戈斯基的《艺术心理学》这本书,书的后面还附有这篇小说,他对这篇小说的分析是非常到位的。维戈斯基的结论是:形式消灭了内容,或者形式消灭了题材的沉重感、溃疡性。题材的可怕完全被诗意的形式征服了。最后维戈斯基的评价是:通篇渗透着一股乍暖犹寒的春的气息。

其实这个故事我在鲁迅文学院的作家班里讲过,莫言一直听我的课,很多课的内容他都忘了,唯独对这篇小说《轻轻的呼吸》,他没有忘,所以后来他给我的一本著作《维纳斯的腰带——创作美学》写序时说,写小说要"轻轻地写",他想起了我给他们分析的普宁的小说《轻轻的呼吸》。实际上女主人公"轻轻的呼吸"影响了他——创作要轻轻地写,他记住了这个。所以就小说而言,题材与形式的对立是经常的事情。小说的题材就是本事,本事作为生活的原型性的事件,必然具有它的意义的指向和潜在的审美效应。然而,当小说家以其独特的修辞、叙述的方式去加工这个材料的时候,完全可以发挥它的巨大功能,对这个材料、这个本事进行重新的塑造,从而引出与本事材料相反的另一种意义的指向和审美效应。因为作为文学修辞和叙事方式是负责把本事交给读者,它通过叙述的视角、叙述的语调,刻意地安排,然后把这样一个故事而不是那样一个故事交给读者,它可能引导读者不去看本事中本来很突出的事件——比如说奥丽雅被打死,把它隐没在一个长句中——而去注意本事中并不重要的细节,奥丽雅讲的“轻轻的呼吸”那个细节,引导读者先看什么事件,然后再看什么事件,这样读者从小说中所获得的思想认识和审美感受与从材料中所得到的可能是完全不一样的。《轻轻的呼吸》中的奥丽雅和她的女同学的一次关于女性美的谈话,通过她的班主任——一个老处女的回忆,被文学修辞大肆地渲染,整个小说就改变了方向,它的思想意义和审美效应就改变了。这个细节非常重要,这个细节就使得整个小说发生了逆转。所以作为形式的修辞与题材对抗并且进而征服题材。由此可见,文学修辞是非常重要的,文学修辞可以雕刻题材,使题材转化为这样一篇作品,而不是那样一篇作品。维戈斯基上述的观点对我们是有启发的。

二、中外文学修辞批评理论的遗产

作家通过文学修辞创作出作品,那么批评家就要对作品中的文学修辞的方方面面进行评论,这就是文学修辞批评。中国和外国留给我们的文学修辞批评的遗产很丰富。中国古代文论中关于文学修辞批评十分丰富,20 世纪俄国的形式主义批评、英美新批评中的文学修辞批评也很有特点,这里仅对此做一点最初步的简要的评介。

(一)中国古代文论中的文学修辞批评论

中国古代文论中的文学修辞批评论源远流长。中国最早的歌谣集《诗经》用了许多修辞手法。后人对此进行归纳,提出了“赋、比、兴”的批评理论,这可能就是中国最早的文学修辞批评了。其后历代对赋、比、兴都有不同的解释,就是关注文学修辞批评的发展。此外,春秋战国时期,学派林立,相互辩论,为了驳倒论敌,说服同情者,不能不运用各种修辞,研究各种修辞,修辞论当然就发展起来了。当时真正对文学修辞论作了系统总结的是刘勰的《文心雕龙》。上面我已经说过从《文心雕龙·熔裁》篇到《文心雕龙·练字》篇共八篇都是修辞批评的理论总结。其中有丰富的内容,不是三言两语能说清楚的。我们这里想从文学修辞与文学创作物化阶段的关系,来梳理一下中国古代文论文学修辞批评中几个关键的问题。

在文学创作过程,作家对其所写的内容达到了"胸有成竹",形成了"心象",并不等于创作的完成。这"成竹"能不能变成纸上鲜活而生动的"新绿","心象"能不能从作家"母胎"中顺利诞生,这仍然是未知的事情。那么这里最重要的就是作家所选取的语言表达的独特方式,这就是文学修辞的事情了。

1.文学修辞的艰难:"文不逮意"

实际上,在心象形成之后,要把"胸中之竹"变成"手中之竹",通过语言表达方式把心象实现为作品的形象,这里的困难是很大的。魏晋时期的陆机早就提出:

> 余每观才士之所作,窃有以得其用心。夫其放言遣辞,良多变矣,妍蚩好恶,可得而言。每自属文,尤见其情。恒患意不称物,文不逮意,盖非知之难,能之难也。①

陆机常看一些文士的作品,他们自以为对创作的奥秘有体会。可他们所用的文辞实在不敢恭维。其美丑好坏,都还可以议论。陆机认为,自己要是动手创作,就会领悟到创作的甘苦了。最重要的一点是,常怕自己的构思与所表现的事物不相符,运用的文辞不能准确地表现自己酝酿好的心象,这种困难不是道理上不易理解,是实践起来不容易。先秦时期,老庄说,体道困难,而言道更难,所谓"言不尽意"就是对此而言的。陆机可能受道家学说的影响,加之自己创作的体验,也认识到文学创作中酝酿

① 陆机著:《陆机集》,中华书局1982年版,第1页。

构思是一回事,而最后用言语表达又是一回事。酝酿构思好,心象鲜明,但并不等于创作成功,困难还在于文辞的传达,修辞的成功。这样他就提出了"文不逮意"说。

稍后于陆机的刘勰也在著名的《文心雕龙·神思》篇中指出:

> 方其搦翰,气倍辞前,暨乎篇成,半折心始。何则?意翻空而易奇,言征实而难巧也。是以意授于思,言授于意,密则无际,疏则千里。或理在方寸,而求之域表;或义在咫尺,而思隔山河。是以秉心养术,无务苦虑;含章司契,不必劳情也。①

刘勰讲得无疑比陆机又进了一步。他的论述包含了三层意思:第一,肯定了"胸中之竹"不等同于"手中之竹",不但不等同,而且有时距离很远,所谓"方其搦翰,气倍辞前,暨乎篇成,半折心始",在下笔之前,气势高涨,以为一定能把心中酝酿的心象,充分地表现出来。等到把心中所想变成了言语文字,才发现表现出来的只有原来所想的一半。在魏晋六朝的玄学讨论的言意之辩中,有"言不尽意"与"言能尽意"的争论。很显然,在这争论中,刘勰站在了"言不尽意"的学术立场上。第二,刘勰认为在文学创作中,言不尽意乃是心象的不确定性、活跃性所引起的。通过"神思"活动所形成的心象,"意翻空而易奇,言征实而难巧",意象(心象)凌空翻飞容易出奇,用言语的具体表达就难于精巧。心象来自构思,言语则要根据心象,结合得好,就能表现贴切,结合得不好,就差之千里。有时道理就在方寸(心中),而表现要求之于外域,有时意义就在咫尺,而言语表达起来,又像远隔山河。这就是说,由于心象的流动性和易变性,心象与语言表现之间有很大距离。第三,为了达到语言对心象表现的贴切、精巧,要"秉心养术,无务苦虑;含章司契,不必劳情",意思是说,要平时加强修养,不靠写作时冥思苦想,掌握好艺术技巧,不靠写作时徒劳费神。

① 范文澜著:《文心雕龙注》下册,人民文学出版社1958年版,第494页。

实际上，这里仍是强调“虚静”精神状态的培养，平时静心凝神，勤学苦练，运用时精神放松，自然而然，那么就能像后来苏轼所说的“无意于佳乃佳”，“冲口而出”乃成好诗，达到语言表达与心象神情的一致与贴切。

2.文学修辞的效果：“语不惊人死不休”

尽管文学创作中常常是言不尽意，但是真正的文学家并没有在语言面前退却，相反他们对诗歌等的言语表达提出了很高的要求，并在实践中获得了成功，产生无数优秀的诗篇和其他伟大作品。反映到文学理论上面，也提出了解决语言表达困境的思路。比较早的说法如孔子的“言之不文，行之不远”，“辞达而已”，孟子的“言近而指远者，善言也”①，汉代王符提出“辞语者，以信顺为本，以诡丽为末”②，六朝时期陆机的《文赋》提出语言创新问题，刘勰《文心雕龙》专门列了《章句》篇，对文学创作中的言语问题作出不少有益的分析。司空图等的“言外之意”说十分重要，则将在下章作品论中详加讨论。唐宋后，文学创作中关于语言的推敲的论述更是不计其数，这里无法一一列举。

这里要特别提出杜甫的诗句“为人性僻耽佳句，语不惊人死不休”③，着重阐明其文学修辞意义。杜甫的这句诗历来都脍炙人口，但研究者一般都仅仅从杜甫作诗刻意求工、重视词语锤炼的角度来理解，很少有人去阐明这两句诗的理论意义。实际上，杜甫写下这两句诗，不仅是对他自己创作精神的描述，而且更重要的是提出了诗歌中言语表达及其追求的问题。所谓“语不惊人死不休”，就是讲诗歌的言语表达要有惊人的效果，而且要创新，不能陈陈相因，落入窠臼，而必须别出心裁，戛戛独造。

陆机在《文赋》中说：“谢朝华于已披，启夕秀于未振。”这里是以比喻说明古人反复用过的词语，如早晨的花朵一样凋谢了，古人未用的或少用的词语，犹如晚出之秀，未经他人振刷，则应予以启用。杜甫所说的“语不

---

① 孟轲著，焦循注：《孟子正义》，见《诸子集成》第1册，上海书店影印本1986年版，第594页。
② 王符著，汪继培笺：《潜夫论》，见《诸子集成》第8册，上海书店影印本1986年版，第7页。
③ 钱谦益笺注：《钱注杜诗》下册，上海古籍出版社1979年版，第390页。

惊人死不休”与陆机提出的文辞创新的观点一脉相承，不过杜甫作为一位伟大的诗人说得更动情，也更具效果。杜甫之后，呼唤文学语言创新最力者乃散文家、诗人韩愈。韩愈说：

> 体不备不可以为成人，辞不足不可以为成文。①
>
> 当其取于心而注于手也，惟陈言之务去，戛戛乎其难哉！②
>
> 气，水也；言，浮物也。水大而物之浮者大小毕浮。气之与言犹是也，气盛则言之短长与声之高下者皆宜。③

在这里，韩愈提出了四点：1.文辞对创作的重要，“辞不足不可以为成文”；2.陈言务去，因为陈言没有表现力；3.言语的创新是不容易的，是戛戛其难的；4.解决文学言语的表达和创新，主要是创作主体要“气盛”，“气盛言宜”。只要气盛，不论言语的长短、声音的高下，都必然合宜。韩愈的这些见解是很有价值的。其核心之点还是要创新，要去陈词滥调，与杜甫出语“惊人”的思想相呼应。语言创新一直是中华古代文论的重要命题，在韩愈之后，其门下李翱、皇甫湜、孙樵等更提出“趋奇走怪”的论点。苏轼、元好问、杨慎、袁枚等人对文辞出新也都有精辟深微的论述。

在文学创作中，文学语言如何才能适应内容的表达，如何才能出新，如何才能取得“惊人”的艺术效果？总结古人的论述，似可从以下三个方面努力：

第一，接收自然的馈赠。文辞的创新实乃出于文意的创新，而文意的创新，又离不开对自然的精细体察和生动描摹。因此诗人必须贴近自然，才能在描摹自然景物中创意造言，令文句“拔天倚地，句句欲活”。对此，皇甫湜说：“夫意新则异于常，异于常则怪矣；词高则出于众，出于众则奇矣。虎豹之文，不得不炳于犬羊；鸾凤之音，不得不锵于乌鹊；金玉之光，

① 韩愈著，马其昶集注：《韩昌黎文集校注》，上海古籍出版社1986年版，第145页。
② 韩愈著，马其昶集注：《韩昌黎文集校注》，上海古籍出版社1986年版，第170页。
③ 韩愈著，马其昶集注：《韩昌黎文集校注》，上海古籍出版社1986年版，第171页。

不得不炫于瓦石：非有意先之也，乃自然也。”[1]孙樵在《与王霖秀才书》中也认为：“鸾凤之音必倾听，雷霆之声必骇心。龙章虎皮是何等物，日月五星是何等象？储思必深，摛辞必高。道人之所不道，到人之所不到，趋奇走怪，中病归正。”他们的意思是：事物不同，个性也不同。虎豹与犬羊不同，其毛皮的光泽也不同；鸾凤与鸟雀不同，其鸣叫的声音也不同；金玉与瓦石不同，其明暗亮度也不同。这都是自然本身的规定。所以意新语奇，并非文人故意造作，不过是接收自然的馈赠而已，按自然的本色行事。“趋奇走怪”之论未必妥当，但他们对诗文词意的创新的论述，还是很有见地的。的确是这样，一个诗人作家若能忠实于生活，精细入微地体察生活，听取自然的声音，那么从他笔端流出的言语自然是清新惊人的。例如，对杜甫《水槛遣心二首》中“细雨鱼儿出，微风燕子斜”诗句，金圣叹在《杜诗解》中评道：“‘鱼儿出’，‘出’字妙，所乐亦既无尽矣。‘微风斜’，‘斜’字妙，所苦亦复无多矣。”但“出”“斜”二字如何用得妙呢？金圣叹并未说明白。凡认真观察过大自然的人都会知道，在细雨中，平静的江河水面突然遭到小雨点的轻轻敲击，本在深水中的鱼儿，就会以为有食物从天而降，纷纷探出头来寻觅。在微风中，也只有在微风中，燕子才会在天空中倾斜着轻轻地抖动自己的翅膀。在无风或大风中，燕子都不会有这种动作形态。杜甫在诗中用“出”和“斜”二字，的确是新鲜而又传神的。杜甫之所以能恰到好处地用这两个字，乃是由于他对自然景物的细微变化都有过细致的考察。如“芹泥随燕嘴，花蕊上蜂须”（《徐步》），“风起春灯乱，江鸣夜雨悬”（《船下夔州郭宿，雨湿不得上岸，别王十二判官》），“星垂平野阔，月涌大江流”（《旅夜书怀》）等等，都可谓“一语天然万古新”（元好问语）。生活之树常青，执着于生活的诗人作家，其文意词意也能常新。

第二，自出机杼，诗中有我。“语”要“惊人”、创新，还必须敢于别出

---

① 皇甫湜著：《答李生第一书》，见叶幼明、贝远辰、黄钧编：《历代书信选》，湖南人民出版社1980年版，第278页。

心裁,大胆抒写自己的所见所闻所感。以俯仰随人为耻,以自出机杼为荣。如果诗文中的一切都从自己眼中见出,从自己胸中悟出,从自己手中化出,那么,自然就能闯前人未经之道,辟前人未历之境,造前人未造之言。清代学者袁枚说:“为人,不可以有我,有我则自恃良用之病多,孔子所以‘无固’‘无我’也。作诗,不可以无我,无我则剿袭敷衍之弊大,韩昌黎所以‘惟古于词必己出’也。北魏祖莹云:‘文章当自出机杼,成一家风骨,不可寄人篱下。’”[①]这是说得很对的。李白的诗歌“拔天倚地,句句欲活”,其重要原因就是诗中“有我”,极富个性色彩。如“花间一壶酒,独酌无相亲。举杯邀明月,对影成三人”(《月下独酌四首》),“安能摧眉折腰事权贵,使我不得开心颜”(《梦游天姥吟留别》),“弃我去者昨日之日不可留,乱我心者今日之日多烦忧”,“抽刀断水水更流,举杯消愁愁更愁”(《宣州谢朓楼饯别校书叔云》),“长风破浪会有时,直挂云帆济沧海”(《行路难三首》),“君不见黄河之水天上来,奔流到海不复回”(《将进酒》)等等,都渗透了李白自己的个性倾向、感情色彩和主观愿望,每一句都从自己心中化出,所以这些豪放、潇洒、奇崛、天真的语句,才能够“惊人”传世而万古常新。

第三,熔古今于一炉,自成面貌。“语”要“惊人”、创新,并不是要割断传统,把前人说过的话全部丢弃,自造一些“怪怪奇奇”的语句。唐代裴度针对韩愈门下一些诗人一味追求奇诡的弊病,提出了批评。他主张继承传统,认为古代经典之作,“虽大弥天地,细入无间,而奇怪之语,未之或有。意随文而可见,事随意可行。此所谓文可文,非常文也。”与传统完全对立是不行的,他在《寄李翱书》中说:“昔人有见小人之违道者,耻与之同形貌,共衣服,遂思倒置眉目,反易冠带以为异也,不知其倒之反之之非也。虽非于小人,亦异于君子矣。故文之异,在气格之高下,思考之深浅,不在磔裂章句、隳废声韵也。”裴度的批评无疑是有道理的。但对传统也不能亦步亦趋。食古不化也是没有前途的。实际上如何在继承传统中

① 袁枚著:《随园诗话》上册,人民文学出版社1962年版,第216页。

又能有所创新，这里有一个变旧为新的“度”的问题。这可能是熔古今于一炉中最难以解决的问题。在这个问题上，比较有价值的论述，可以举出清代李渔和顾炎武两人的论点。李渔说：

> 世道迁移，人心非旧，当日有当日之情态，今日有今日之情态。传奇妙在入情，即使作者至今未死，亦当与世迁移，自啭其舌，必不为胶柱鼓瑟之谈，以拂听者之耳。况古人脱稿之初，便觉其新，一经传播，演过数番，即觉听熟之言，难于复听，即在当年，亦未必不自厌其繁而思陈言之务去也。我能易以新词，透入世情三昧，虽观旧剧，如入新篇，岂非作者功臣。……但须点铁成金，勿令画虎类狗；有须择其可增者增，当改者改。万勿故作知音，强为解事，令观者当场喷饭。①

李渔从世道人心变易的角度，要求对旧篇易以新词，透入世情三昧，以变旧为新的方法，来达到对文学内容与语言的更新。这是很有价值的见解。顾炎武则说：

> 《三百篇》之不能不降而《楚辞》，《楚辞》之不能不降而汉魏，汉魏之不能不降而六朝，六朝之不能不降而唐者，势也。用一代之体，则必似一代之文，而后为合格。诗文之所以代变，有不得不变者。一代之文沿袭已久，不容人人皆道此语，今且千数百年矣，而犹取古人之陈言，一一而摹仿之，以是为诗，可乎？故不似则失其所以为诗，似则失其所以为我。李杜之诗，所以独高于唐人者，以其未尝不似而未尝似也。知此者，可与言诗也已矣。②

顾炎武从历史变化的角度，说明文体代变的道理；并提出对于文学传

---

① 李渔著：《李渔随笔全集》，冉云飞校点，艾舒仁编次，巴蜀书社 1997 年版，第 57 页。

② 黄汝成集释：《日知录集释》下册，栾保群、吕宗力校点，花山文艺出版社 1990 年版，第 932—933 页。

统应取“未尝不似未尝似”的辩证态度，李杜的成功是既不抛弃古人又不一一摹仿古人，对于传统在似与不似之间。顾炎武的论述也有价值，他的“似”又“未尝似”，就把握住了一种合理的“度”，因此是有启发性的。当然，在继承传统和革新创造问题上面，最值得重视的，还是杜甫在《戏为六绝句》中提出的“不薄今人爱古人”“转益多师是汝师”的理论原则。杜甫强调要创新，提出了“语不惊人死不休”，同时又认为创新与以前人为师并不矛盾。但以前人为师又不是对某一个古代诗人的照搬照描，而是兼取众长，无所不师而无定师，即不论是谁之作，皆采取“清新丽句必为邻”的态度。这就是所谓“读书破万卷，下笔如有神”。能驱驾众家，才能卓然自成一家，而雄视百代。

3.文学修辞的创新：“惟陈言之务去”

杜甫的“语不惊人死不休”和韩愈的“惟陈言之务去”作为一种文学言语表达和创新理论，是符合现代心理学所揭示的知觉规律的。

杜甫所追求的语言的“惊人”效果，韩愈所说的“惟陈言之务去”，其文学语言观的相通之点是反对因袭、主张出新和对普通语言的某种疏离。因袭的、陈腐的、反复使用的语言不宜于诗，是因为这种使人的感觉“自动化”和“习惯化”。而一种语言若是自动化、习惯化了，那么就必然会退到近乎本能的领域，从而不再感觉到或强烈地意识到它。譬如，一个人学习一种外语，当你第一次用这种外语与一个外国人结结巴巴地对话时，每说一句都不规范，不是让自己脸红，就是让对方感到尴尬。多少年后，你仍能记住这次谈话，你仍能感到这种“新鲜”的体验。后来，你的外语学得非常好。你甚至在国外操着那种外语过着日常生活。这时候，你说外语的感觉完全退到近乎本能的领域，你不再感觉新鲜。试想，你能想起第一万次用外语与人对话的新鲜感吗？当然不会。因为这已经成为“自动化”“习惯化”行为。文学语言的表达也存在这种自动化、习惯化的问题。当某些诗人第一次运用某些词语，人们会感到很新鲜很动人，人们不能不细细地体味它。但当这个词语已被反复使用过，已变成了陈词滥调，那么，你再去使用它时，人们就仅仅把它作为一个记号不加感觉地从自己的眼前溜过去，这个词语的表现功能已在反复使用中磨损耗尽。例如最初用“阳关三叠”“一曲渭城”“折柳”等词语来表现送别，本来是很生动的，能够使人细细体味的。但如果人人都用这几个词语来表现送别，那么它就变成陈腐不堪的语言，不再能够引起我们的新鲜感觉了。像古诗中“飘零”“寒窗”“斜阳”“芳草”“春闺”“愁魂”“孤影”“残更”“雁字”“春山”“夕阳”等词语，由于反复使用，其表现功能已经耗损殆尽，再用这些套话作诗，就必然引起人们感觉的自动化、习惯化，而使诗篇失去起码的表现力。由此可见，杜甫要求出语“惊人”、韩愈要求“陈言务去”是有充分的心理学依据的。

更进一步说，杜甫和韩愈的文学语言创新理论，实际上是要求文学语言在某种程度上疏离与异化普通言语及用法。因为如果对普通言语及用法完全没有距离，没有丝毫的疏离与异化，那么也就必然是陈言累篇，达不到惊人的效果。“文学语言疏离或异化普通语言；然而，它在这样做的时候，却使我们能够更加充分和深入地占有经验。平时，我们呼吸于空气中却意识不到它的存在；像语言一样，它就是我们的活动环境。但是，如果空气突然变浓或受到污染，它就会迫使我们警惕自己的呼吸，结果可能是我们的生命体验的加强。”①对于这个心理学规律，韩愈、李渔都似乎认识到了。韩愈在《答刘正夫书》中谈到语言必须创新时说：“夫为物朝夕所见者，人皆不注视也；及睹其异者，则共观而言之，夫文岂异于是乎？”又说：“足下家中万物，皆赖而用也；然其所珍爱者，必非常物。夫君子之于文，岂异乎是乎？”这就是说，对视觉而言，一般地讲，寻常之物不能成为一种强烈刺激，不能引起我们的重视。诗人、作家创作中使用的词语也是这样，某些异态的、扭曲的、偏离普通言语的词语，就易于引起读者的重视，

---

① ［英］特雷·伊格尔顿著：《二十世纪西方文学理论》，伍晓明译，陕西师范大学出版社 1986 年版，第 5 页。

而且有惊人的艺术力量。

前面曾提到杜甫的《船下夔州郭宿，雨湿不得上岸，别王十二判官》一诗中的句子："风起春灯乱，江鸣夜雨悬。""乱""悬"两个字极好，特别富于表现力。究其原因，是杜甫对普通言语作了某种疏离与异化。灯在江风中晃来晃去，摇来摇去，因此，"春灯晃"或"春灯摇"似乎更贴切，但杜甫偏用与实际保持距离的"乱"字，把人的情感投入进去了。"乱"不仅仅形容灯在春风中摇晃，而且透露出诗人因"雨湿不得上岸"，与朋友在此种情景中告别的那种骚动不安的心情。"江鸣夜雨悬"中的"悬"字也用得新鲜而奇特，人们只说"下雨""降雨""落雨"，从来不说"悬雨"，"悬雨"完全是一种陌生化语言，是对普通的言语"下雨""降雨""落雨"的疏离与异化，但杜甫用此一"悬"字，就把那雨似是永久悬在空中的情景，把江鸣雨声无休无止、通宵不绝于耳的那种感觉，鲜明而强烈地表现出来了，这就使我们的生命体验大大加强。杜甫以他的创作实践提醒人们，他所说的"语不惊人死不休"有着深刻的理论内涵。如果作家们都有杜甫这样的文学修辞的自觉意识，那么就一定能把"胸中之竹"化为"手中之竹"，心象就一定能变成作品中栩栩如生的却又定型了的艺术形象。

中国古代诗话、词话、小说评点中都有丰富的文学修辞的精彩之论，限于篇幅，就不一一谈论了。

（三）西方20世纪文学修辞批评论简述

西方的文学修辞批评论也有长久的历史。古希腊、古罗马时期，出于当时学派论辩的需要，也很重视对话和演说中的文学修辞。20世纪以来，俄国形式主义文论，英美新批评文论，结构主义文论，都由于其文学观念转向语言，文学修辞批评问题就更加显示出它的重要性。这里我不打算全面系统地介绍他们的观点，而只是从文学修辞批评的角度做一点简述。

1.俄国形式主义文学批评流派的文学修辞批评

俄国形式主义批评是兴起于1915年到1930年的文学理论批评流派。“形式主义”并不是他们的自称,是批判他们的人给予的蔑称。其代表人物都是当年一些年轻的语言学家,如雅各布森、什克洛夫斯基等。这些年轻的语言学家感觉到在当时的俄国,文艺学都被哲学、社会学、心理学等学科所统治,没有自己独特的研究对象,成为别的学科的婢女,因此他们要从语言的角度切入,寻找文学区别于非文学的特性,让文学理论回到科学的道路上来。

他们首次提出了“文学性”这个概念,雅各布森说:“文学研究的对象不是文学,而是文学性,即那个使特定的作品成为文学作品的东西。”意思是说,文学的特性不要到语言的内容、作品的信息、来源、历史、社会、传记、心理学等方面去寻找,文学性就是语言形式本身,就是文学作品中语言的技巧运用和文学修辞。什克洛夫斯基和雅各布森各举了一个例子,来说明文学性。什克洛夫斯基说:“我的文学理论是研究文学的内部规律,如果用工厂的情况作比喻,那么,我感兴趣的不是世界棉纱市场的行情,不是托拉斯的政策,而是棉纱的支数及其纺织方法。”可见文学性只能从语言文本中去找。雅各布森则举例说,文学性就好像烹调用的食油,人不可能单纯地去喝食油,当时可以把它当作调料,与其他食物一起加工处理,结果它改变了食物的味道,被食油加工过的食物与没有被加工过的食物是完全不同的,例如新鲜的沙丁鱼与用食物加工过的沙丁鱼不但颜色变了,更重要的是味道变了。所以文学性不是材料,是加工过程中食油的加工作用和取得的效果。简言之,文学性与社会生活材料、内容无涉,仅仅是语言形式的选择与运用。

那么如何才能让读者感受到文学性呢?他们就提出了言语“陌生化”。什克洛夫斯基认为:“那种被称为艺术的东西的存在,正是为了唤回人们对生活的感受,使人感受到事物,使石头更成其为石头。艺术的目的是使你对事物的感觉如同你所见的视象那样，而不是如同你所认知的那样；艺术的手法是事物的‘陌生化’手法，是复杂化形式的手法，它增加了感受的难度和时间长度，既然艺术中的领悟过程是以自身为目的的，它就理应延长；艺术是一种体验事物之创作的方式，而被创作物在艺术中已无足轻重。”[①]同时，他们还认为“陌生化”是与“自动化”相对立的。在日常的生活中，我们做一些事情，如骑自行车，日复一日年复一年地骑，那么骑自行车就成为“自动化”动作，我们不再能像第一次骑自行车那样去获得新鲜的感受。文学创作也是如此，如果我们老是用大家都熟悉的语汇、句式等，这样的作品就成为“自动化”，成为没有新鲜感的东西，甚至成为陈词滥调。因此所谓的“陌生化”就是要使言语扭曲，以奇特的、非常态的词语、句式呈现在读者面前，或者用一种非指称性的描写，即似乎第一次遇到一个不认识的事物，不得不按照自己看到的样子如实去加以描写，而不是按照通常所说的那样：这是山桃花，这是碧桃花之类。

既然写作就是言语的陌生化，那么文学修辞就成为写作的主要方面。俄国形式主义批评家对于诗句中的词语的表达方式特别重视，其追求就是疏离日常生活中习用的言语的表达方式。其一，让写出的言语具有阻拒性，让读者似乎第一次看到，感觉到似乎不可理解，不得不反复地感受它，以便延长感觉的时间，如“太阳甜甜的”，“他抬头一望，是一轮黑色的太阳”，太阳怎么会甜甜的，神奇！其二，是非指称的描写，而不是指称性的描写。作家描写的是私有制，偏偏不说这里实行私有制，而有意从一匹马的眼光来看，说我不理解你们说的话，老是说什么东西是“我的”，“这是我的土地”，“这是我的马”，“这是我的庄园”。总的说，俄国形式主义提倡偏离日常语言中常态的文学修辞，疏离规范，目的是唤起人的新鲜感觉，以免读者在阅读中陷入“套板反应”。

俄国形式主义注重文学特异性的寻求，而且在语言形式中来寻求，它

---

① [苏]什克洛夫斯基著：《作为手法的艺术》，见[俄]扎娜·明茨、伊·切尔洛夫编：《俄国形式主义文论选》，王薇生译，郑州大学出版社2005年版，第216页。

是西方20世纪文学修辞批评最早的流派，他们的确为文学批评推开了一扇门，让一股新鲜空气吹进来。可他们的缺点也是致命的，那就是他们完全把“文学性”与社会历史文化切割开来。在1930年前后遭受到批评家批判后，这个文学批评流派很快也就结束了。但他们提出的文学修辞论则没有随风飘散，而是在几十年后又似乎复活了。

2.英美新批评流派的文学修辞批评

英美“新批评”开始于20世纪初，盛行于20世纪40、50年代的一种文学批评流派。代表人物有初期的艾略特和理查兹，此外还有威廉·燕卜荪、兰塞姆和艾伦·退特等人。这派批评家也是对流行于19世纪的社会历史批评、道德伦理批评、传记心理批评的不满，觉得这些批评围着文学的外部转，而没有进入作品的内部的阐释，而提出了文学的本体究竟在哪里的问题。他们通过对所谓的“意图谬误”和“感受谬误”的批评，认为文学的本体既不在作者的创作意图中，也不在读者的阅读感受中，而只能在文学作品本身。文学批评“不应着眼于诗人，而应着眼于诗篇”，作品本体论就是他们的第一个基本观点。从这一观点出发，从而主张作品“细读法”，他们把每一个词、每一句都放到放大镜下面加以考察，揭示词语和句子的本义、引申义、联想义、暗含义等，不仅如此，他们还进一步阐释词与词之间、句与句之间的微妙关系，直至揭示全篇的语言秩序的整体结构。

为了使细读获得确实的效果，他们还提出了一系列的具有文学修辞性质的概念和理论。如“含混”“张力”“反讽”“悖论”等。

燕卜荪提出了“含混”（ambiguity）概念。他认为文学作品中言语所表达的意义常常是多义的、不确定的。读者面对诗中的一段话，在追究意义时处于举棋不定的状态。这就是燕卜荪所理解的含混。燕卜荪写了《七种类型的含混》一书，把文学作品的含混分为七种，即参照系的含混、所指含混、意味含混、意图含混、过度式含混、矛盾式含混和意义含混。例如,所谓的“意味含混”,燕卜荪的说明是这样的:“当所说的内容有效地指涉好几种不同的话题、好几种话语体系、好几种判断模式或情感模式时,第三种含混就产生了。”燕卜荪举了弥尔顿如下的诗句:

那美丽而奸佞的妖怪,给我设下了高明的圈套。

这里所说的是一位陷害丈夫的妻子。英文 specious 一词,既有美丽的意思,又有奸佞的意思;accomplished 一词既指她对人阿谀奉承,又指她陷害丈夫的阴谋得逞。一个词却能把两种意思纳入其中,这不但没有让意思受到损害,而且还给人增添趣味。这就是“意味含混”。这种用语上的巧妙,明显具有文学修辞意味。

艾伦·退特提出了“张力”(tension)说,他在 1937 年发表了《论诗的张力》一文。他认为诗歌语言也像形式逻辑那样包含外延与内涵。内涵是指词的本义,也就是指称意义,外延则指词的引申义,包括众多的联想意义和暗示意义。在外延与内涵之间,在引申意义和指称意义之间,即在两个极端之间,保持着张力结构。退特的主张是诗歌既要依重外延,又要依重内涵,形成外延意义和内涵意义的统一体。比如,李商隐最有名的诗句“相见时难别亦难,东风无力百花残”,从内涵意义上说是很明确的,“相见时难”句指他与某人见时难别时亦难,“东风无力”句则是说春光消逝,百花凋零,难以挽回。但外延意义则可能很丰富。首先是他苦苦要见的人是谁呢?是一位女子?是一位朋友?还是一位官员?在这里都不确定,因此可以做许多种联想和暗示,解读出许多种联想意义和暗示意义,总之它的外延意义是十分丰富的。

布鲁克斯于 1947 年发表论文《悖论语言》,通过对华兹华斯的《西敏寺桥上作》一诗的分析来说明他的观点,他认为“科学家的真理要求其语言清除悖论的一切痕迹;很明显,诗人要表达的真理只能用悖论语言。”[①]

---

① 赵毅衡编:《“新批评”文集》,中国社会科学出版社 1988 年版,第 314 页。

悖论，按照一般的理解就是矛盾，如“道可道，非常道”，就是悖论。但布鲁克斯认为一切诗歌都要用悖论语言来修辞。他在文章中特别引用了华兹华斯在《抒情歌谣序言》（第二版）中的话，诗人通常“从普通的生活场景中选取事物和场景”，但是他的处理方式是使“普通事物，以其非常的状态呈现于头脑中”。他又引用柯尔律治的话：诗人“给日常的事物以新奇的魅力”①。布鲁克斯引用英国这两位诗人的理论，意在说明他所说的“悖论语言”，实际上也是指诗人所写的可能是日常的普通的事物，可艺术处理（包括文学修辞）则能给读者带来“惊奇”。例如，《诗经》的句子“昔我往矣，杨柳依依；今我来斯，雨雪霏霏”，在这里，用王夫之的话来分析“以乐景写哀，用哀景写乐，一倍增其哀乐”②。实际上，哀情用乐景并置，乐情用哀景并置，这就是诗的矛盾，引起读者的惊奇，也就是布鲁克斯的“悖论语言”了。

布鲁克斯在1949年又发表了《反讽——一种结构原则》一文，提出了新批评的“反讽”概念。“反讽”的概念是早就有的。在古希腊是指戏剧中某个角色“佯装无知者”。高明的对手说傻话，傻话却证明是真理。后来这个概念变成为“嘲讽”的意思。艾略特、瑞恰慈和燕卜荪都谈过“反讽”。布鲁克斯的“反讽”是指“语境对于一个陈述语的明显的歪曲”。他举例说：“我们说这是一个大好局面”，“这句话的意思恰巧与字面相反”，“语境使他颠倒，很可能还有说话的语调标出这一点”③。这类诗语在西方的诗中特别多，在中国诗中较少，但在现代中国小说里面则很多。所谓“正话反说”的修辞经常被使用。如王朔、王蒙的小说中“反讽”的修辞是常见的。

新批评流派所提出的“含混”“张力”“悖论”“反讽”等概念，广泛用于对文本的分析，可以说是典型的文学修辞批评理论。

结构主义、解构主义的批评中也含有丰富的文学修辞批评理论，限于

---

① 赵毅衡编：《“新批评”文集》，中国社会科学出版社1988年版，第314、318页。

② 王夫之著：《姜斋诗话》，见《〈四溟诗话〉〈姜斋诗话〉》，人民文学出版社1962年版，第140页。

③ 赵毅衡编：《“新批评”文集》，中国社会科学出版社1988年版，第335页。

篇幅，这里就不谈了。应该看到的是，俄国形式主义、英美新批评的文学修辞批评，被称为“本体批评”，在西方文学理论史上，还从来没有批评家像他们这样执着于文学修辞批评，走进文学文本的内部，把文学中的语言解读得如此细致，揭示得如此淋漓尽致，他们的贡献是不可抹杀的。但是他们走到了一个极端，认为文学就是与社会历史文化隔绝的单纯的文学修辞技巧，把社会历史文化置于文学之外，这又不能不说是很片面的理论，其局限性也是明显的。什克洛夫斯基所举的例子，认为文学仅仅是纺织厂里面棉纱的支数和纺织的方法，与世界棉纱市场的行情无关，与托拉斯的政策无关等等，这是难以令人同意的。纺织厂作为棉纺织业的一部分，当然要考虑订单和行情、数量与质量等等，你只顾你的纺织厂内部的棉纱的支数和纺织的方法，完全不理睬原材料、产品的样式、产品出售的情况、产品的行情……最终你经营的纺织厂岂不要倒闭吗？因此，我们应该辩证地看待。诚如北京大学专门从事结构主义叙事学研究的申丹教授所说的：“作为以文本为中心的形式主义的批评派别，叙事学也有其局限性，尤其是它在不同程度上隔断了作品与社会、历史、文化环境的关联。这种狭隘的批评立场无疑是不可取的，其研究叙事作品的建构规律、形式技巧的模式和方法却大有借鉴之处。”①

第二节　文学修辞与社会文化的相互关联

文学修辞就是一种文化存在，一方面它受特定民族、特定时代的文化传统和文化氛围的影响；另一方面文学修辞也集中折射了特定民族、特定时代的文化的精神品格。再一方面，文学修辞文化也是社会的产物，是在

① ［美］詹姆斯·费伦著：《作为修辞的叙事——技巧、读者、伦理、意识形态》“总序”，陈永国译，北京大学出版社2002年版，第1页。

社会的物质和精神的交汇中生成的。离开社会的现实文化存在来谈文学修辞，只能是单纯的修辞论，看不出作家为什么要采用这种修辞而不是那种修辞。所以，讨论文学修辞与社会文化的关联，揭示它们之间的互动和互构关系是文化诗学的基本要求。

一、文学修辞受社会文化的深刻影响

文学不是孤立的。作家的文学修辞意识不是孤立的。作品中文学修辞也不是孤立的。一定历史时期的文化作为语境，总是这样或那样影响着文学修辞。我们现在读着一些古代诗歌中的字词、句子、篇章，都似乎在诉说着产生它那个时代的社会历史，只有那个时代的社会历史才可能影响作家写出这样的字词、句子和篇章来。为什么会这样呢？从创作机制来说，作家的言语修辞，根源于他的体验，这种体验不是凭空产生的，而是作家在一定历史文化语境中，对于周围的事物有接触、有感受的结果，因此历史文化的种种状况不能不渗透到他笔下的言语修辞中。这就是说文学修辞，不单纯是技巧的变化，它不能不受社会历史文化的深刻影响。

刘勰在《文心雕龙》中就文学修辞写了十篇文章，这就是《情采》《熔裁》《声律》《章句》《丽辞》《比兴》《夸饰》《事类》《练字》《隐秀》。这里我仅就《声律》《丽辞》和《事类》三篇所论的文学的声律、对偶、用典三个最具汉民族特色的文学修辞，试论证其如何受社会历史文化的深刻影响。

（一）声律与社会文化

从声律上看，中国古代文学最重要的修辞现象就是诗文中“韵律”的运用。刘勰《文心雕龙》专列《声律》篇加以讨论。关于诗文的声律自古就有，按照启功先生的说法，汉语的声律与汉字有关：“中华民族文化的最中心部分——汉语（包括语音）和汉文字，自殷周至今有过许多变化，但其中一条是未变或变化不大的，就是：一个文字表示一个记录事务的‘词’，只用一个音节。无论其中有几个音素，当它代表一个词时，那些音素必是融合成为一个音节的。”①因此，在诗文中有韵律是自古就有的。但是，启功先生认为，注意到汉语有四声，大概是汉魏时期的事。他举出了《世说新语》中写王仲宣死了，因为王仲宣生前喜欢学驴叫，于是送葬的时候，大家就学驴叫。启功先生说，为什么大家都大声学驴叫呢？“我发现，驴有四声。驴叫有 ēng、ěng、èng，正好是平、上、去，还有一种叫是‘打鼻响’，就像是入声了。王仲宣活着的时候为什么爱听驴叫？大概就是那个时候发现了字有四声，驴的叫声也像人说话的声调。”②启功先生的这种说法并不是无根之谈，这种可能性是很大的。他还说：“诗、文，尤其是诗的和谐规律，在理论上作出初步归纳，实自南朝时始。”③一般的论述，特别是宋以后的论述，都认为汉语四声是南齐时期沈约发现的，沈约所撰写的《宋书·谢灵运传》中说：“夫五色相宣，八音协畅，由乎玄黄律吕，各适物宜。欲使宫羽相变，低昂舛节。若前有浮声，则后须切响。一简之内，音韵尽殊；两句之中，轻重悉异。妙达此旨，始可言文。”启功先生的《诗文声律论》一书，也曾引过此语。但他在后来发表的《“八病”“四声”的新探讨》一文中，认为最早发现“四声”的可能是写出了名句“池塘生春草，园柳变鸣禽”的谢灵运等，他说，如果把春读平声，那么这个句子是不合声律的平仄相对的。但他发现“春”，可读“蠢”，那么正句是“平平平仄仄”一个律句。因此，启功先生认为沈约的观点“其实也是为大谢（指谢灵运）议论作证的”。④ 汉语的“平、上、去、入”四声的发现，使文人作诗文开始自觉地讲究平仄相对，并成为中国文学中最重要的文学修辞现象之一。齐梁时期谈论诗文声律问题的还有刘勰和钟嵘。

刘勰在《文心雕龙·声律》篇中说：“凡声有飞沉，响有双叠，双声隔字而每舛，叠韵杂句而必睽；沉则响发而断，飞则声扬不还，并辘轳交往，逆鳞相比，迂其际会，则往蹇来连，其为疾病，亦文家之吃也。夫吃文为

① 启功著：《诗文声律论稿》，中华书局 2002 年版，第 203 页。
② 启功著：《诗文声律论稿》，中华书局 2002 年版，第 205 页。
③ 启功著：《诗文声律论稿》，中华书局 2002 年版，第 107 页。
④ 启功著：《诗文声律论稿》，中华书局 2002 年版，第 194 页。

患，生于好诡，逐新趣异，故喉唇纠纷；将欲解结，务在刚断。左碍而寻右，末滞而讨前，则声转于吻，玲玲如振玉；辞靡于耳，累累如贯珠矣。是以声画妍蚩，寄在吟咏，滋味流于字句，气力穷于和韵。异音相从谓之和，同声相应谓之韵。韵气一定，故余声易遣；和体抑扬，故遗响难契。属笔易巧，选和至难，缀文难精，而作韵甚易，虽纤意曲变，非可缕言，然振其大纲，不出兹论。”刘勰在这里大体上说明了诗文声律修辞上的要求与原则，他认为声律要解决的主要问题是字音的和谐与押韵；并认为不同声音的搭配叫作和谐，收音相同的音前后呼应叫作押韵。而要达到这个目标的方法则是：第一，双生字和叠韵字，不能被别的字隔离开，不可分离在两处；第二，全句既不能都用低沉的字音，也不能用飞扬的字音，要把两者相互搭配。这一点就是后来人们说的平仄相对的做法。当然，刘勰认为这两者搭配能不能让人满意，要通过“吟咏”来检验。第三，要用标准音，不要用方言音。

钟嵘在《诗品·序》中说：“古曰诗颂，皆被之金竹，故非调五音，无以谐会。若‘置酒高堂上’‘明月照高楼’，为韵之首。……余谓文制本须讽读，不可蹇碍，但令清浊流通，口吻调利，斯为足矣。至平上去入，余病未能；蜂腰鹤膝，闾里已具。”钟嵘的观点比较通达，强调“清浊流通。口吻调利”就可以了。

但自“四声”和平仄规律的发现，诗人就都追求平仄相对，以求诗歌“声有飞沉，响有双叠”的音乐美修辞。到了唐代就形成了近体诗，诗歌创作的平仄相对的修辞艺术，发展到了巅峰状态。对此启功先生有所谓的“长竿”说：“我们知道，五、七言律诗以及一些词曲文章，句中的平仄大部是双叠的，因此试将平仄自相重叠，排列一行如下：

1	2	3	4	5	6	7	8	9	10	11	12	13	14……
平	平	仄	仄	平	平	仄	仄	平	平	仄	仄	平	平……

这好比一根长竿,可按句子的尺寸来截取它。五言的可以截出四种句式……七言句是五言的头上加两个字,在竿上也可以截出四种句式……”[①]启功先生的“长竿”说十分清楚地总结了声律的修辞法则,把它的基本形式和变化规则用很少的文字就说明白了,这是很难得的。

下面的问题就是:为什么古代汉语诗歌会生长出这样的“长竿”来呢?究竟受什么样的社会文化的影响而走上平仄双叠的道路呢?为什么恰恰是六朝时期发现了四声而让诗人自觉地追求声音的抑扬顿挫呢?我们知道,不论汉语还是别的语种,诗歌押韵都是有的,这是共同性的修辞规律。这不必说了。这里单说汉语声律的平仄双叠、抑扬变化的社会文化根由:

首先是汉字文化的特点,导致了平仄声律的产生。汉字是中华文化的中心部分。汉字本身是中华文化且承载了中华文化。在古代,在汉字中一般多一字一词,字词一致,字就是词,很难区分。例如“温故而知新”这个句子中,“温”“故”“而”“知”“新”,都是一字一词。当然,也有两个字一个词的。如“关关雎鸠,在河之洲”,“雎鸠”就是两个字一个词。可两个字一个词在古代汉语中比较少。一个字又一个音节,而不论这个字具有几个音素,当字是一个词的时候,那些音素融合成为一个音节。所以汉语是一字即一音,一音即一词。更重要的是,一个字的发音都有几个声调,形成不同的意义,如“书”“薯”“鼠”“树”,同一个字,因为声调不同,构成不同的意义。这种语言现象肯定在殷周时期就是如此了,但长期以来没有人去深究,没有总结出规律来。不过汉字和汉语文化已经为后来四声的发现和平仄相对的自觉运用准备了基础。试想,如果没有汉字、没有汉语的上述特点,中国古代汉语诗歌中平仄相对的声律是不可能形成的。

其次,六朝盛行佛教文化的影响。虽然最古老的诗歌中也有平仄相对的,但那是不自觉的,并没有引起注意。直到六朝时的齐梁时期,周颙、

① 启功著:《诗文声律论稿》,中华书局2002年版,第22页。

谢灵运、沈约等才发现四声，这又是怎么回事？原来这与佛教在六朝的大量传入密切相关。根据史料记载，南朝时期，佛教在魏晋的基础上继续上升，在佛寺方面，数目有很大增加。仅建康一地计数，东晋时约有佛寺三十所，梁武帝时累增到七百所。建康以外，各地佛寺增加的比例十分类似。梁代郭祖深上书说："都下佛寺，五百余所，穷极宏丽。僧尼十余万，资产丰沃，所在郡县，不可胜言。"在造像方面，多用金属铸造形象，宋文帝时，萧摹之请限制用铜造像，可见当时因造佛像用铜之多。此后，宋孝武帝造无量寿金像，宋明帝造丈四金像，梁武帝造金银铜像尤其多，他曾造丈八铜像置光宅寺，又敕僧祐造剡溪石像，坐躯高五丈，立形高十丈，建三层高的大堂来保护石像。其余王公贵族造像也不少。在佞佛方面，齐竟陵王萧子良设斋大会众僧，亲自给众僧送饭送水，也就是舍身为奴的意思。至梁武帝舍身同泰寺，表示为众僧作奴……[①]在这种佛教兴盛的氛围下，翻译佛教经书，诵读佛教经典，也成为很平常的事情。问题是印度的佛教如何在这个时候影响到汉语四声的发现呢？进而影响到诗文的骈体化和平仄化呢？这方面陈寅恪有重要的论证。他在1934年发表的《四声三问》一文中首先提问：

中国何以成立一四声之说？即何以适定为四声，而不定为五声，或七声，抑或其他数之声乎？答曰：所以适定为四声，而不定为其他数之声者，以除去本易分别，自为一类的入声，复分别其余声为平上去三声。综合统计之，适为四声也。但其所以分别其余之声为三声者，实依据及摹拟中国当日转读佛经之三声。而中国当日四声转读佛经之三声又出于印度古时声明论之三声也。据天竺围陀之声明论，其所谓声 Svara 者，适与中国四声之所谓声者相类似。即指声之高低言，英语所谓 Pitch accent 者是也。围陀声明论依其声之高低，分别为三：一曰 Udātta，二曰 Svarita，三曰 Azudatta。佛家输入中国，

① 范文澜著：《中国通史》第2卷，人民出版社2009年版，第546—547页。

> 其教徒转读经典时,此三声之分别当亦随之输入。至当日佛教徒转读其经典所分别之三声,是否即与中国之平上去三声切合,今日故难详知,然二者俱依声之高下分为三阶则相同无疑也。中国语之入声皆附有K、P、T等辅音之缀尾,可视为一特殊种类,而最易与其他声分别。平上去则其声响高低相互距离之间虽有分别,但应分为若干数之声,殊不易定。故中国文士依据及摹拟当日转读佛经之声,分别定为平上去三声。合入声共计之,适成四声。于是创为四声之说,并撰作声谱,借转读佛经之声调,应用于中国之美化文。……①

陈寅恪所说的当日佛经的"转读",即用古代印度的语言梵文来读佛教经典,围陀声明论明确地把声音分为三调,与汉语平上去相似,这就影响到当时的文士用这种"转读"来分析汉语的声调。这种"转读"在当时是否发生,也有不同意见②,但根据陈寅恪文章中那么多高僧所列的"转读"的事实,应该是大体可信的。进一步的问题是,天竺经声流行中国,上起魏晋,下迄隋唐,在这六七百年时间,都有通晓天竺经声的人,为什么恰恰在南齐永明年间,由周颙、沈约等发现汉语四声呢?对此问题,陈寅恪的回答是:

> 南齐武帝永明七年二月二十日。竟陵王子良大集善声沙门于京邸,造经呗新声。实为当时考文审音之一大事。在此略前之时,建康之审音文士及善声沙门讨论研求必已甚众而且精。永明七年竟陵京邸之结集,不过此新学说研求成绩之发表耳。此四声说之成立所以适值南齐永明之世,而周颙、沈约之徒又适为此新学说代表人之故也。③

---

① 陈寅恪著:《金明馆丛稿初编》,生活·读书·新知三联书店2001年版,第367—368页。

② 饶宗颐和俞敏都不同意陈寅恪的看法。

③ 陈寅恪著:《金明馆丛稿初编》,生活·读书·新知三联书店2001年版,第368页。

陈寅恪所论以事实为依据，是可信的。这就说明了，古代汉语四声的发现与当时的输入中国的佛教经典的转读有密切关系，同时也与当时上层贵族的对佛教文化的大力提倡有关。中国古代原用宫商角徵羽标声调，这是用乐谱标声调。到南齐永明年间，才开始发现四声，用平上去入来标声调，这根源于佛学经典的转读，用陈寅恪的话说，是“中体西用”，与当时中印的文化交流相关，特别是与印度佛教经典的翻译、诵读相关。也有另一种解释，这就是朱光潜认为当时梵文的输入对中国学者的启发，他说：

> 梵音的输入，是促进中国学者研究字音的最大的原动力。中国人从知道梵文起，才第一次与拼音文字见面，才意识到一个字音原来是由声母（子音）和韵母（母音）拼合成的。这就产生合两音为一音的反切。梵音的研究给中国字音学者一个重大的刺激和一个系统的方法。从梵音输入起，中国学者才意识到子母复合的原则，才大规模地研究声音上种种问题。按反切，一字有两重功用，一是指示同韵（同母音收音），一是指示同调质（同为平声或其他声）。例如“公，古红反”，“古”与“公”同在“见”纽，同用一个字音，“红”与“公”不仅以同样的母音收声，而且这个母音上必属平声。四声的分别是中国字本有的，意识到这种分别而且加以条分缕析，大概起于反切；应用这种分别于诗的技巧，则始于晋宋而极盛于齐永明时代。当时因梵音输入的影响，研究声韵的风气盛行，永明诗人的音律运动就是在这种风气之下酝酿成的。①

朱光潜此论从中国字的特点和梵音输入的影响的角度，也说得合情合理，应受到重视。然而，不论是陈寅恪“转读”说，还是朱光潜的“反切”

---

① 朱光潜撰：《中国诗何以走上“律”的路》，见《朱光潜美学文学论文选集》，湖南人民出版社1980年版，第250—251页。

说，都可以归入到外来的佛教文化的影响的题目下。

最后，四声发现后，作为文学修辞迅速推广，与六朝时期文士追求文学形式的美化又密切相关。魏晋六朝强调“文以气为主”，主张“诗赋欲丽”，骈体文流行，所谓“文学自觉”的时代到来，新发现的汉语四声作为一种语言声律的文学修辞，纷纷被文士所采用，形成了一种风气，这个风气一直延续到唐代，终于导致近体诗律的兴起与成熟。

以上三点说明了，平仄相对的声律作为一种文学修辞，并非没有社会文化的根据。可以这样说，汉字文化是汉语声律的基础，佛教文化的输入是汉语声律规则被发现的条件，南齐时期所流行的华丽文风则是汉语平仄相对的文学修辞广被采用的文化气候。没有这基础、条件和气候，汉语的四声和平仄搭对的修辞，是不可能被发现的，即使发现了也不可能在文学创作上流行起来。

（二）对偶与社会文化

对偶是中国古代文学修辞中具有民族特色的一种。今天仍然在现代汉语中流传、使用，富有极强的生命力。对偶是一种具有对称美的修辞方法，它将字数相等、词性相同的两个词组或句子成对地排列起来，形成整齐的具有艺术性的句式。例如，杜甫的《绝句》：

两个黄鹂鸣翠柳，
一行白鹭上青天。
窗含西岭千秋雪，
门泊东吴万里船。

前两句和后两句，都形成对偶，“两个”对“一行”，“黄鹂”对“白鹭”，“鸣”对“上”，“翠柳”对“青天”等等。在严格的对偶句中，不但上下两句字数相同，对应位置的词性相同，而且声调平仄也要相对，如李白的《送友人》：

青山横北郭，
平平平仄仄
白水绕东城。
仄仄仄平平

对偶修辞具有悠久的历史。《文心雕龙 · 丽辞》篇讨论对偶修辞。他指出："唐虞之世，辞未极文，而皋陶赞云：'罪疑惟轻，功疑惟重。'益陈谟云：'满招损，谦受益。'岂营丽辞，率然对耳。《易》之《文》《系》，圣人之妙思也。序《干》四德，则句句相衔；龙虎类感，则字字相俪；乾坤易简，则宛转相承；日月往来，则隔行悬合；虽句字或殊，而偶意一也。至于诗人偶章，大夫联辞，奇偶适变；不劳经营。自扬马张蔡，崇盛丽辞，如宋画吴冶，刻形镂法，丽句与深采并流，偶意共逸韵俱发。至魏晋群才，析句弥密，联字合趣，剖毫析厘。然契机者入巧，浮假者無功。"刘勰在这短短的一段话中，描述了对偶修辞的历史演变。其意思是说，对偶句产生得很早，在《尚书》中就有"罪疑惟轻，功疑惟重"（罪行可疑虽重也要从轻判罚，功劳可疑虽轻也要从重赏赐）、"满招损，谦受益"的对偶句，至于《易传》中的《文言》《系辞》，《诗经》中的篇什，春秋时期列国大夫的外交辞令，骈偶之辞到处可见。到了汉代，扬雄、司马相如等著名赋家，崇向骈偶，作品中"丽句与深采并流，偶意共逸韵俱发"，就更具艺术性了。魏晋作家也十分讲究对偶的运用。由此可见，先秦时期是对偶修辞的发生阶段，两汉和魏晋是对偶的昌盛阶段。

刘勰总结了对偶的四个种类，即"言对""事对""反对""正对"。他认为"言对"容易，是词语相对而不用事例，如司马相如《上林赋》中所写的"修容乎礼园，翱翔乎书圃"；"事对"比较难，它需要对举前人的故实，如宋玉《神女赋》中"毛嫱鄣袂，不足程式，西施掩面，比之无色"；"反对"是事理相反但旨趣相同，如王粲《登楼赋》："钟仪幽而楚奏，庄舄显而越吟。""正对"是事情不同而意思一样，如张载《七哀诗》："汉祖想枌榆，光武思白水。”刘勰还认为：“言对”容易，因为只需要用言辞说出心中所想；“事对”较难，因为用典要验证一个人的学问；“反对”为优，因为用一囚禁一显达的事例来说明相同的志向，更具有艺术性；“正对”为劣，是以贵为天子的事情表达共同的心愿，较少艺术性。刘勰对于对偶句的总结，至今仍是比较合乎规律的。

在今天的现实生活中，对联、偶句仍随处可见。启功先生说就是在“文革”的“红卫兵”的“大字报”中也会出现“东风吹，战鼓擂”这样的对偶句，可见对偶修辞的生命力有多么强。

那么，对偶修辞与中华民族的文化有何联系呢？首先还是汉字文化的作用。汉字一字一词，或两字一词，加上它的形体是方形的，每个字所占的空间是一样的，排列起来是整齐的对称的，汉字一字一音，且有平仄区别，可以交错出现，如果没有汉字的这种形体的声音的特性，就不能形成对偶修辞。还有，汉字构形本身就特别重视对称，像以下这些字：“人”“天”“山”“美”“丽”“两”“林”“门”“开”“关”“问”“闻”“闪”“朋”“东”“西”“南”“北”“背”“辈”“口”“品”“景”“井”“乐”“幽”“哭”“笑”“幕”“暮”“答”“半”“小”“大”“甲”“余”等许多字，都是稳重的、方正的和基本对称的。这本身就启发了人们的对称感和秩序感。假如汉字也是长短不一的拼音文字，字与字之间的空间不整齐，那么对偶修辞就不可能存在了。因此，我们仍然要说，汉字的这种形、音、义的特性是对偶修辞能够存在的基础。

进一步的问题是，为什么中国人如此喜欢用对偶修辞呢？启功先生的解答是，与中国人在生活中的表达习惯有关，他说：“我们的口语里有时说一句不够，很自然地加一句，为的是表达周到。如‘你喝茶不喝？’‘这茶是凉是热？’‘你是喝红茶还是喝绿茶？’表示是多方面都想到了。还有是叮咛，说一句怕对方记不住，如说‘明天有工夫就来，要是没空儿我们就改日子’。这类内容很自然地就形成对偶。”[①]启功先生所说符合中国人

---

① 启功著：《诗文声律论稿》，中华书局2002年版，第209页。

的人情,是中国文化的"基因",对我们很有启发。但问题似乎并没有完全解决,为什么中国人的人情是这样的呢?这里有没有更深层的原因?其实,刘勰在《文心雕龙·丽辞》篇篇首就指出:"造化赋形,支体必双;神理为用,事不孤立。夫心生文辞,运裁百虑,高下相须,自然成对。"这就是说,自然之道的哲学文化,才是中国人喜欢运用对偶的根据所在。大自然赋予人的肢体和万事万物,都是成双成对的,这是自然之理所起的作用,使得事物不会孤立存在。发自内心的文章,经过运思来表达各种想法,上下前后相互衔接配合,自然形成对偶的句式。虽然别的民族(例如西方的民族)也面对成对的自然,但中华民族自古以来以农为本的生活,尚农的思想使我们更亲近大自然,更能体会"造化赋形,肢体必双"的外界,农民对于天地相对、阴阳相对、春秋相对、冬夏相对、朝夕相对、阴晴相对、雨雪相对、风雷相对、人畜相对、父子相对、母子相对、夫妻相对、兄弟相对、姐妹相对、山水相对、花鸟相对、土石相对、忧乐相对、悲喜相对、穷达相对、生死相对等等,具有更深切的感受,因为这些事物"自然成对"就在他们的周围,他们时时接触它,时时感受它,并且要利用这"自然成对"来为他们的以耕作为中心的生活服务。

朱光潜也认为汉字的特点影响中国人的习惯,习惯又影响中国人的思想,对偶与此有关。他说:"文字的构造和习惯往往影响思想,用排偶文既久,心中就于无形中养成一种求排偶的习惯,以至观察事物都处处求对称,说到'青山'便不由你不想到'绿水',说到'才子'便不由你不想到'佳人'。中国诗文的骈偶起初是自然现象和文字特性所酿成的,到后来加上文人的求排偶的心理习惯,于是便'变本加厉'了。"①

李壮鹰教授在一篇文章中还把对偶与中国人的思维模式和对美的理解联系起来,他说:"化学家告诉我们:雪花之所以皆成六角,是由于水的分子结构使然。同样的,汉语多对偶,汉语多排骈,也应取决于中国人思

① 朱光潜撰:《中国诗何以走上"律"的道路》,见《朱光潜美学文学论文选集》,湖南人民出版社1980年版,第245页。

维的内在模式。自古以来，我们的先民们不但以两相对立的范畴来看待事物、分析事物，诸如天地、乾坤、阴阳、刚柔等等，而且也把他们的理想建筑在对立两端的平衡上。儒家所谓‘中’，道家所谓‘两行’，实际上都是这种追求平衡的倾向在哲学上的反映。古人眼中的秩序就是对称与均衡。现在我们所说的‘美丽’的‘丽’，在古代是并列对偶的意思。‘丽’字不但从字形还是音韵上看，它与表示双、偶的‘两’字都是同源的。……在对动与静、变化与稳定的选择上，中国人向来是比较倾向于静态和稳定的。而对称则恰恰是最具稳定感的模式，古人炼句讲‘稳’，我理解这个‘稳’，就是从偶句的平衡、对称、不偏袒来的。”①这些看法很有见地，的确对偶与中国人的思维方式有密切的关系。

由此看来，汉字的音、形、义特性是对偶修辞的基础，崇尚自然的哲学文化和思维方式是对偶修辞的思想根基，农耕生活是对偶修辞的最后的文化根据。因此，我们不能不说，汉语对偶修辞的发达深受中国民族文化的影响。

（三）用典与社会文化

用典，也叫用事，是指人们在行文中引用（或借用）前人的言论和事迹等表达想要表达的意思。用典作为一种文学修辞，如刘勰所说的“据事以类义”“援古以正今”，其功能主要是使文辞更为含蓄和典雅。用典修辞古今中外都有，这就使每一个时代的文人创作，都不能不面对前人的言论与故事，这些言论与故事所包含的意义，又正好与自己想表达的意思相似，与其直说，不如用典，既显示自己的学问，又能委婉地表达，让人把前人的言论与故事，与今人的言论与故事加以联想，常常能收到雅致的效果。

用典可以有广义与狭义的区别。所谓广义的，就是指那些被引的言

---

① 李壮鹰撰：《对偶与中国文化》，见《汉语现象问题讨论文集》，文物出版社 1996 年版，第 114—115 页。

论与实际刚过去不久，或还在流行中，人们就可以把它加以引用，以说明自己的意思。如有些人的言论太粗暴，或做法太极端，人们就可以说："这简直是'红卫兵'式的。""红卫兵"就是"文革"时期的事物，离我们不太远，当我们这样引用的时候，就是"用典"了。所谓狭义的，就是距离我们很久以前较有名的言论和事迹，被我们压缩成一个"符号"，成为了成语，成为了俗语，成为了文学用语，如"一日三秋""一去不返""一叶知秋""七手八脚""九牛一毛""三令五申""完璧归赵""唇亡齿寒""黔驴之技""狐假虎威""良药苦口""玩火自焚""画龙点睛""画蛇添足""画饼充饥""画虎类犬""青出于蓝而胜于蓝""解铃还需系铃人""大有大的难处""树倒猢狲散""不是东风压倒西风，就是西风压倒东风"等等。这些作为话语的典故很多，可以写出一部书来，它们被人们用在文中，不但使文章获得委婉和雅致的效果，而且可以大大提高效率，本来要用很多话才能说清楚的问题，只用几个字就把话说明白了。

中国古代用典修辞早就有之。引用事类以援古证今，是古代写文章的一种传统。刘勰在《文心雕龙·事类》篇中说："明理引乎成辞，证义举乎人事，圣贤之鸿谟，经籍之通矩。"意思是说，说明道理时引用前人的成辞，证明用意时举出过去的事例，便是圣贤宏大的用意，经典通用的法则。刘勰用周文王作《易经》引用了商高宗伐鬼方的故事，来说明古代圣贤知识渊博，常能引经据典。到了汉代扬雄、刘歆等人，开始多用故实；到了东汉，崔骃、班固、张衡、蔡邕等博取经史事类，文章写得华实并茂。

刘勰提出了用典的原则与方法：1."务在博见"。要广博地吸取知识。他说"狐腋非一皮能温，鸡蹠必数十而饱"，意思是一张狐腋皮不能制成狐裘取暖，鸡掌也要吃数十只才能吃饱，知识只有丰富才能运用。2."取事贵约"。古代的事类情节复杂，要用很多话才能说明白，在运用的时候，压缩成几个字，如"毛遂自荐"，就代表了一个符号，用事贵在简约。3."校练务精"。古代的事类很多，运用的时候要加以挑选，不要用得太多，罗列成文。用事贵在精当。4."捃理须核"。对于所用之事情，要加以核对，务使真实、正确，而不出错误。5.“自出其口”。引用别人言论和典故要如同己出，不使生硬，显露痕迹。6.放置得当。用刘勰的话说：“或微言美事，置于闲散，是缀金翠于足胫，靓粉黛于胸臆。”意思是有时精微的言辞和美妙的事例被安排在无关紧要的地方，那就好比金银翡翠被装饰在腿上，把粉黛涂抹在胸脯上了。刘勰以上所论，至今仍然是用典应当注意的原则与方法。

唐代以后，用典在诗词曲赋中用得越来越多，越来越自觉。杜甫、韩愈的诗中有不少典故。苏轼的诗词中也时见典故。特别是宋代以黄庭坚为代表的江西诗派，把用典的文学修辞技巧抬到了前所未有的地步。黄庭坚等人提出了“夺胎换骨”的作诗方法。所谓“夺胎”就是体会和借用前人诗意，改为自己的作品。如白居易有“百年夜分半，一岁春无多”的句子，黄庭坚改为“百年中去夜分半，一岁无多春再来”。所谓“换骨”是意同语异，用前人的诗意，用自己的语言。他们主张学习杜甫，却提出杜甫的诗“字字无来处”，专学习杜甫如何用典。用典用到了这种地步，是宋诗的一个特点，很值得注意。

更值得注意的是，在20世纪的西方文论中，出现了“互文性”（又译为“文本间性”）的说法，其实这个说法与中国古代的用典的意思是相似的。西方文论提出的“互文性”，大体的意思是：一个文本不可能完全是自己创造的，一定从别的文章中引用了、化用了一点什么。或是明写，或是化在自己的文章中。互文性理论的萌芽在俄国的什克洛夫斯基的《情节编构手法与一般风格手法的关系》（1929年）一书中，他说：“我还要补充一条普通规律：艺术作品是在其他作品联想的背景上，并通过这种联想而被感受到的。艺术作品的形式决定于它与该作品之前已存在过的形式之间的关系。不单是戏拟作品，而是任何一部艺术作品都是作为某一样品的类比和对立而创作的。”①其后巴赫金也有相似的说法。20世纪60年代法国朱莉娅·克里斯蒂娃曾提出互文性概念，认为：“任何文本的建

① ［苏］什克洛夫斯基著：《散文理论》，刘宗次译，百花洲文艺出版社1994年版，第31页。

构都是引言的镶嵌组合;任何文本都是对其他文本的吸收与转化。”[1]用典变成了“互文性”,传统的文学修辞法变为现代的文学修辞法。

进一步的问题是,用典与社会文化有何联系呢?难道黄庭坚的“夺胎换骨”的作诗方法与社会文化无关吗?现代的“互文性”的提出又是受什么样的社会文化的影响?

首先,用典这种文学修辞方法与社会精神文化的生成过程密切相关,换句话说,正是社会精神文化的不断生成导致了用典这种文学修辞。社会精神文化是怎样由无到有、由少到多的呢?社会精神文化的最初的生成可能是从民间到上层的,下层的百姓在劳动的实践中,由于有感受、有需要,形成了最初的歌谣。这一点正如《吕氏春秋·仲夏纪·古岳》记载:

> 昔葛天氏之乐,三人操牛尾,投足以歌八阕:一曰:“载民”;二曰:“玄鸟”;三曰:“遂草木”;四曰:“奋五谷”;五曰:“敬天常”;六曰:“建帝功”;七曰:“依地德”;八曰:“总禽兽之极”。[2]

又如《淮南子·应道训》在论劳动歌谣方面的记载:

> 今夫举大木者,前呼“邪许”,后亦应之,此举重劝力之歌也。[3]

这都说明最初的精神文化是由劳动实践创造的,后来如普列汉诺夫等对艺术起源于劳动,都有更深刻的论证。问题是下层劳动者创作的歌谣,必然会被上层的士人看中,于是拿过去加工,成为诗歌或其他作品。这种情况一代又一代持续下来。而士人从下层劳动者那里“拿过来”的过程,在一定程度上就是“用典”了,他们可能增加或减少一些字句,改变

---

① [法]克里斯蒂娃著:《词语、对话和小说》,见《符号学:符义分析探索集》,史忠义等译,复旦大学出版社 2015 年版,第 87 页。

② 《吕氏春秋》,见《诸子集成》第 6 册,中华书局 1954 年版,第 51 页。

③ 《淮南子》,见《诸子集成》第 7 册,中华书局 1954 年版,第 190 页。

一些字句,或者师其意而不是其辞……这个过程从广义上说,就是用典。中国士人加工、改造、整理过的最早的诗歌(如《诗三百》),不断被后人“引用”或“化用”,创作成新的诗歌作品,这就更是“用典”了。因此“用典”是精神文化生成过程中重要的一环,也可以说,社会精神文化的生成过程使“用典”成为一种文学修辞。“用典”是社会精神文化生成的产物。

其次,再从社会精神文化的发展看,一方面是一代有一代的文化,另一方面是后一代的文化总是从前一代和前几代的文化里面继承了一些成分。这继承中,必然要引用前代若干具体的资料,以说明新的文化意义,这就是典型的“用典”了。若用刘勰的话来说,文学的发展离不开“通变”两个字,“变”是根据现实状况提出新主张作出新篇章,这是对古之变;“通”就是要学习古典,熟悉古典,吸收古典,使“变”建立在“通”的基础上。那么在这“通变”中,“用典”也就自然成为创造中重要的环节了。还有一点也很重要,文学的创造需要才与学两点,刘勰说:“文章由学,能在天资。”文学的创造者,一是才,一是学。“学贫者迍邅于事义,气馁者劬劳于辞情”。才情不够的人,一般就常借用前人的比较精辟的话,这就是用典。

更重要的一点是,各个时代的社会文化情况不同,士人崇尚的风气不同,这又区别出“用典”的多少、好坏等。为什么到了宋代,会出现以黄庭坚为首的“江西诗派”,把“用典”推到极端,提出“夺胎换骨”和“字字有来处”的主张呢?文学史家刘大杰先生回答说:“诗作到宋朝,经过长期与无数诗人的创作,在那几种形式里,是什么话也说完了,什么景也写完了,想再造出惊人的言语来,实在是难而又难。在这种困难情况下,黄庭坚创出了‘换骨’与‘夺胎’两种方法。”[1]刘大杰的话可能说得过分了。生活在不断变化,新的话语新的景物随时都可能涌现出来,如果诗人沉潜于生活中,怎么会把话说完了,怎么会把景写完了?“换骨”与“夺胎”的路径是用典。“换骨”,就是看前人佳作中的诗意,用自己的话说出来,即

① 刘大杰著:《中国文学发展史》中册,上海古籍出版社1982年版,第681页。

意同语异;“夺胎”,则是就点窜前人的诗句和诗意,改为自己的作品。这种作诗法很大程度上就是依靠用典来拼凑成篇。用典成为主要的方法。在北宋时期,为什么会出现该情况呢?这就与北宋士人推崇的风气有关。他们更看重书本,而看轻了生活,或者说从现实逃向书本领域。如他们推重杜甫和韩愈,这当然是他们的自由。问题是推重杜甫和韩愈诗篇中的什么呢?是杜甫和韩愈那种博大的精深的精神和面对现实的勇气呢?还是别的什么?实际上,黄庭坚生活的时代,现实社会问题堆积如山,如北宋朝廷与北方的矛盾已经十分严重,内部纷争不断,为什么不可以从杜甫、韩愈那里来学习他们是如何面对现实的呢?问题是他们觉得他们面对的现实问题解决不了。他们逃向书本是他们与现实矛盾无法协调的产物。这样,黄庭坚把自己的观点“投射”到杜甫和韩愈身上,他看重的是杜甫和韩愈的诗“字字有来处”,他曾说:“自作语最难。老杜作诗,退之作文,无一字无来处。盖后人读书少,故谓韩杜自作此语耳。古之能为文章者,真能陶冶万物,虽取古人之陈言入于翰墨,如灵丹一粒,点铁成金也。”(《答洪驹父书》)看来北宋黄庭坚一派人提倡的风气就是读书,搜集陈言,而不主张面对生活、体验生活,从生活中去发现新的话语新的景物。

以上所述,说明了文学修辞中的声律、对偶和用典的种种情况,其最深根源仍然在社会文化中。我们不能离开社会文化的状况孤立地来理解文学修辞中的种种问题。

二、社会文化得益于文学修辞

文学修辞与社会文化之间是互动互构的。文学修辞根源于社会文化,社会文化反过来也得益于文学修辞。

在文学发展历史上,没有一种文学是纯粹地孤立地玩弄文学修辞的。文学修辞永远有它的对象性和目的性。

文学修辞属于艺术技巧的范围,它本身对于文学并没有意义和价值,例如汉语四声及其所构成的平仄本身,只是反映了汉语的部分特点,只有当文学家艺术地运用它的时候，它才会有意义和价值。所以文学修辞只有在雕塑对象的时候，积极地成为构成对象的力量的时候，在对象中实现出来的时候，文学修辞的功能才得以充分显现出来。文学修辞的根源在社会文化中，但它又反过来积极地参与对社会文化的构建。社会文化也因此得益于文学修辞。

文学修辞与社会文化之间的这种互动、互构关系在中西方都有很好的例证。在西方学者眼中，结构主义的叙事学就被认为是一种修辞。如美国叙事学家詹姆斯·费伦在他的论著中就指出："认为叙事的目的是传达知识、情感、价值和信仰，就是把叙事看成修辞。隐喻有多种多样，而所有的隐喻似乎都不足以说明作者、文本和读者之间的如下关系：交互作用、交流、交换和交构。……我不想费心寻找另一个隐喻，而提议用修辞作为这个缩写。即是说，在本书中，当我谈论作为修辞的叙事时，或谈论作者、文本、读者之间的一种修辞关系时，我指的是写作和阅读这一复杂和多面的过程，要求我们的认知、情感、欲望、希望、价值和信仰全部参与的过程。"[①]从詹姆斯·费伦的论说中我们可以看出，在文本分析的建构中，叙事学作为一种修辞，显然是与社会文化相结合，共同传达着叙事文本中所蕴含的辽阔的文本旨趣。中国的情况也是一样。我们可以想象一下，如果不是在六朝时期发现了汉语的四声，如果不是汉字的对称均衡所形成的对偶，如果没有齐代的永明体？唐代的诗人能够运用这些文学修辞因素，而最终形成具有严格格律化的近体律诗吗？唐代近体律诗的形成，是中国文学史上的重大事件，也是中国社会文化的重大事件。因为唐代诗歌的许多名篇佳作，不是绝句，就是律诗。唐代以降，绝句、律诗成为中国诗歌的重要类别，成为中国社会文化的一道靓丽的景观。宋代的词，元代的曲，也是平仄相对，也是对偶工整，是律诗的变体，其中平仄声韵和对偶规则的文学修辞是"使情成体"的关键因素。不但如此，中国传统社

---

① [美]詹姆斯·费伦著：《作为修辞的叙事——技巧、读者、伦理、意识形态》，陈永国译，北京大学出版社2002年版，第23—24页。

会文化的许多瑰宝，都与平仄、押韵、对偶和用典的文学修辞密切相关。如章回小说中的开场诗，甚至章回中的内容，都由平仄、押韵、对偶构成。《红楼梦》第十七回，“大观园试才题对额”，就是贾政要试试贾宝玉的才情，要给大观园内各处题匾额，其中主要的内容，就是结合各处景致，题贴切的、雅致的对子。所以这一回若没有了题对子的文学修辞，也就失去了存在的理由。而贾宝玉所提的对子，无论“述古”，还是编新，都把大观园的美丽景致画龙点睛地凸显出来了。假如我们进一步深入到小说的对话中去，我们就会发现，连贾宝玉等人的思维方式，也是对偶式的、平仄式的。如贾宝玉不同意其父和众门客对“稻香村”的称赞，说：“……此处置一田庄，分明是人力造作而成：远无邻村，近不负郭，背山山无脉，临水水无源，高无隐寺之塔，下无通市之桥，峭然孤出，似非大观，怎似先处有自然之理，得自然之趣？虽种竹引泉，亦不伤穿凿。古人云‘天然图画’四字，正畏非其地而强为其地，非其山而强为其山，即百般精巧，终不相宜……”贾宝玉此时并不是在题对子，而是在说话。但所说的话中，处于古人思维方面的训练，也有许多信口而出的“对子”，如：“远无邻村，近不负郭”，“背山山无脉，临水水无源”，“高无隐寺之塔，下无通市之桥”，“有自然之理，得自然之趣”，“非其地强为其地，非其山强为其山”……如果我们仔细分析，就不难发现，在这些话语中，不但两两对称，而且平仄相间，对偶、平仄等文学修辞构成了文学人物的生活本身。由此可以体悟到我们的古人喜好对称、平衡的思维方式了。

散文中的排比句，更是对偶施展的天地。还有各种场合、场景中的联句，平仄、押韵、对偶、用典等成为必用的文学修辞。在中华大地上，没有一个喜庆节日不贴对联，没有一处景点不挂对联，没有一个书法家不写对联……正是对联给中国人的生活营造了一种特殊的氛围、气息、韵调和色泽。从一定意义上说，文学修辞构成了文学的基础，也构成了中国人的文化特征。由此可见，文学修辞的确是有对象性的，它雕刻了中华民族的文学，营造了具有浓郁的中华民族气息的独特文化。

第七章　中心、基本点、呼吁：文化诗学的开放结构

20世纪90年代，中国的社会主义市场经济稳步发展。80年代轰动一时的文学沉寂了下来。在这种历史语境中，80年代活跃的文学理论话语也逐渐萎缩。但文学理论学人不甘寂寞，于是从国外引进了两种思潮：第一种是所谓的“语言论转向”，宣扬俄国形式主义文论和英美的“新批评”，最终成果比较显著的是文学叙事学的研究，企图在文学文本细读和叙事技巧中寻找到新的避风港，并展示了中国独特的文学叙事研究成果；第二种是欧洲文化批评（又称文化研究）理论的引进，对纯文学本身不再感兴趣，而着意提倡所谓的“日常生活审美化”探讨，实际上这种或推崇时尚趣味，或批评商业主义带来的弊端的话语，已经溢出了文学理论，而进入了文化社会学的范围。幸亏这期间带有“文学性”的影视文化、摄影文化等大众视觉文化得到了大发展，所以一些具有批判精神的理论家在大众文化问题上取得了有效的研究成果。那么，那些不愿左顾右盼的要在文学理论这块园地里耕耘的学人怎么办呢？他们受到美国新历史主义的启发，特别是受它的“历史的文本性，文本的历史性”这句话的启发，于90年代后期提出了根植于中国文学土壤上的研究

方法，这就是“文化诗学”。其中，北京师范大学文艺学研究中心和闽南师范大学文化诗学研究所，始终如一地坚持这一文学研究的理想。文化诗学的意义就是力图把所谓的“内部批评”和“外部批评”结合起来，把结构与历史结合起来，把文本与文化结合起来，加强文学理论和文学批评的历史深度和文化意味，走出一条文学理论的新路来。

我1998年在第一次“扬州会议”上首次提出中国的“文化诗学”。1999年连续发表了《中西比较文论视野中的文化诗学》《文化诗学的学术空间》和《文化诗学是可能的》三篇文章，之后，还相继发表了多篇论文。我对“文化诗学”的解释和理解不断有所发展。至今为止，我的“文化诗学”构想，大体上可以用体操的喊声“一、二、一”来概括，即“一个中心，两个基本点，一种呼唤”。

第一节　“一个中心”

所谓“一个中心”，是指文学审美特征而言的。文化诗学所研究的对象是文学，那么首先把文学特征大体确定下来，是顺乎情理的。新时期以来，我质疑别林斯基的文学形象特征，又用很大的力气去论证文学审美特征。我最近出版的一个专题论文集《文学审美论的自觉》，就是对文学审美特征论的一次总结。我从20世纪80年代初开始反复讲过:如果一部文学作品经不起审美的检验,那么就不值得我们去评价它了,因为它还没有进"艺术文学"这个门槛。"审美"作为20世纪80年代的美学热的"遗产",我认为是可以发展的,是不能丢弃的。不但不能丢弃,而且还要作为"中心"保留在"文化诗学"的审美结构中。为什么?历史经验不容忘记。"社会主义现实主义"理论对于文学特征有一个规定,那就是继承了别林斯基关于文学与科学特征的理解:"人们只看到,艺术和科学不是同一件东西,却不知道它们之间的差别根本不在内容,而在处理一定内容所用的方法。哲学家用三段论法,诗人则用形象和图画说话,而他们所说的是同一件事。"①如季莫菲耶夫在其《文学概论》中说:文学的特征是"以形象的形式反映生活"。这种文学形象特征论是与西方古老的摹仿论相搭配的。

实际上,我们应该从20世纪80年代的美学热中体会到,审美是大问题。审美的重要性在哪里?审美是与人的自由密切相联系的。80年代美学热,大谈审美,使人的思想感情得到一次解放和自由。大家也许还记得当时的北京美术馆举办裸体绘画展,引起了轰动,队伍排得很长,美术馆周围等待参观者真是人山人海,这是为什么?裸体绘画肯定是美的,不是邪恶的。我们搞文学研究也好,搞文学批评也好,审美的超越、审美的自由就成为我们的话语选择。我们选择审美的话语来抵制商业主义的意识形态。正是基于此,我把"审美"检验作为文化诗学结构的中心,道理就在这里。文学必须首先是文学。如果一篇文学作品被称为深刻的智慧的,却没有起码的艺术审美品质,那么文学不会在这里取得胜利。不要让那些没有意义或只具有负面意义的商业文化作品一再欺骗我们,我们需要的是真正具有审美价值和积极社会意义的文学艺术精神食粮。

那么,什么是审美?什么是文学中的审美?这是一个很复杂的问题。这里只能极简要地谈谈我的理解。审美是一种对象性活动,在这活动中,人们实现了情感的评价。对象物具有价值性,人以情感去观照它、评价

① [俄]别列金娜选辑:《别林斯基论文学》,梁真译,新文艺出版社1958年版,第20页。

它,形成所谓的"情以物兴"与"物以情观"(刘勰语)的双向交流活动。一方面是"物"触动了人的情感,使人的情感敏感起来,兴奋起来,甚至激动起来;另一方面,人以情感去观照物,使物罩上了情感的色彩,温暖的色彩,冷漠的色彩等。"情以物兴"是由外及内、由物及心,"物以情观"是由内及外、由心及物。就在这心与物的双向的交流和评价活动中,人的心理随所面对的对象物的不同,而产生了美感、厌恶感、崇高感、蔑视感、悲哀感、幽默感等等。唐代诗人柳宗元在《邕州马退山茅亭记》中说:"美不自美,因人而彰。兰亭也,不遭右军,则清湍修竹,芜没于空山矣。"[①]由于强调人对于物在观照中的彰显作用,我以为此言最能说明审美的实质。文学的美由于是社会美,因而它的美中必然溶化进政治的、道德的、伦理的、民族的、民俗的、地域的因素。但在审美评价活动的瞬间,人的心理则处于无障碍的自由状态。

第二节 "两个基本点"

所谓"两个基本点",一点是分析文学作品要进入历史语境,另一点是要有过细的文本分析,并把这两点结合和关联起来。换句话说,我们在分析文学文本的时候,应把文本看成是历史的暂时的产物,它不是固定的、不变的,因此不能就文本论文本,像过去那样只是孤立地分析文本中的赋、比、兴,或孤立地分析文本中的隐喻、暗喻、悖论与陌生化,而要抓住文本的"症候",放置于特定的历史语境中,以历史文化的视野去细细地分析、解读和评论。

文化诗学"两个基本点"中的第一点——历史语境的问题,在本书第

① 柳宗元著:《柳宗元集》第三册,中华书局1979年版,第730页。

五章第二节已有详细论述，此不赘述①。

这里，我想强调的是，所谓“历史背景”所指的一段历史的一般历史发展趋势和特点，最多是写某个历史时期的主要事件和人物，展示某段历史与某段文学发展的趋势和特点大体对应。“历史语境”则不同，它除了要把握某个历史时期的一般的历史发展趋势和特点之外，还必须揭示作家或作品所产生的具体的文化语境和情境语境。换言之，历史背景着力点在一般性，历史语境着力点是在具体性。文化诗学之所以强调历史语境，是因为只有揭示作家和作品所产生的具体的历史契机、文化变化、情境转换、遭遇突显、心理状态等，才能具体地深入地了解这个作家为何成为具有这种特色的作家，这部作品为何成为具有如此思想和艺术风貌的作品。这样的作家和作品分析才可以说是历史具体性和深刻性的。

其次，再来谈谈文化诗学的第二个基本点——过细“文本分析”问题。

“文本细读”不能仅仅是俄国形式主义文论和英美新批评的遗产，中国古代的诗文小说评点，也是一种文本细读。我们谈的文本细读不但可以吸收俄国形式主义文论和英美新批评的传统，更应该重视中国古代诗文小说评点的传统。文本细读是众所周知的，问题是如何进行文本细读，又如何把文本细读与历史语境结合起来。

我的大体看法是，无论是研究作家还是研究作品，都要抓住作家与作品的“症兆性”特点，然后把这“症兆”放置于历史语境中去分析，那么这种分析就必然会显示出深度来，甚至会分析出作家和作品的思想和艺术追求来。人们可能会问，你说的作家或作品的症兆又是什么？“症兆”是什么意思呢？法国学者阿尔都塞提出的“症候阅读”，最初属于哲学词语，后转为文学批评话语。此问题很艰涩，不是三言两语能说清楚的。这里只就文本话语的特征表现了作者思想变动或艺术追求的一种“症候”来理解的。

我这里想举一个文论研究为例子。清华大学罗钢教授花了十年时

---

① 参阅本书第166—172页。

间，重新研究了王国维的《人间词话》提出的“境界”说。他的研究就有抓“症候”的特点。由于王国维的《人间词话》有好几种不同文本，文本话语的增加、改动或删掉，都可能成为王国维的思想变化的“症候”。罗钢对此特别加以关注，并加以有效的利用。如他举例说，《人间词话》手定稿第三则原本中间有一个括号，写道：“此即主观诗与客观诗所由分也”，但在《人间词话》正式发表时，这句话被删掉了。为什么被删掉？罗钢解释说：“比较合乎情理的解释还是王国维在写作这则词话时思想发生了变化。”再一个例子也是罗钢论文中不断提到的，就是王国维的《人间词话》原稿中都有一则词话：“昔人论诗词，有景语、情语之别，不知一切情语，皆景语也。”他发现，这则“最富于理论性”的词话被删掉了，这又是怎么回事呢？罗钢告诉我们：“王国维此处‘一切景语皆情语’的说法，其实脱胎于海甫定，即他在《屈子文学之精神》中所说的‘其写景物也亦必以自己之深邃之感情为之素地’。但这种观点和他在《人间词话》中据以立论的叔本华的直观说产生了直接的冲突，如果把‘观’分为‘观我’和‘观物’两个环节，那么‘观物’必须做到‘胸中洞然无物’。只有在这种‘洞然无物’的条件下，才能做到‘观物也深，体物也切’。这种‘洞然无物’是以取消一切情感为前提的，所以王国维才说‘客观的知识与主观的情感成反比例’，这种‘观物’与‘观我’是相互联系的两个方面，它们统一于一种审美认识论，假如站在这一立场上，‘一切景语皆情语’就是大谬不然的。这就是王国维最后发生犹疑和动摇的原因，这也说明，王国维企图以叔本华的‘观我’来沟通西方认识论和表现论美学，最终是不能成功的。”[①]罗钢对于“症候阅读”法的运用，使他的论文常常能窥视到王国维等大家的思想变动的最深之处和最细微之处，从而作为有力的证据来说明他想说明的问题。但我对罗钢的分析，也不完全同意。实际上，“一切景语皆情语”，属于中华文论的“情景交融”说，是中华文化中天人合一的产物。王国维在发表他的《人间词话》之日，恰恰是他对德国美学入迷之时，他的

① 罗钢撰：《眼睛的符号学取向——王国维“境界说”探源之一》，载《中国文化研究》2006年第4期。

整个《人间词话》的基因属于德国美学，所以他觉得“一切景语皆情语”不符合他信仰的德国美学，特别不符合德国叔本华的认识论美学，所以王国维发表时把这句话删除了。

文化诗学的两个基本点，即历史语境与文本分析，从上面的解释中，可以看得很清楚，它们不是独立的两点，而是密切结合的。我们之所以强调历史语境的重要性，是因为它可以帮助我们深入细致地分析文本，我们强调文本分析，是置放于历史语境的文本分析，不是孤立的分析。所以，这两个基本点的关系应该是：我们面对分析的对象（作家、作品、文论），先要寻找出对象的症兆性，然后再把这症兆性放到历史语境中去分析，从而实现历史语境与文本细读的有效结合，使我们的研究具有整体性、具体性、深刻性和现实针对性。

第三节　“一种呼吁”

我在《文学评论》中发表过一篇论文，题目是《植根于现实土壤的文化诗学》，我提出的理由是“‘文化诗学’的根由在现实的需要中”。我这样说过：“一段时间以来，我们的文学批评囿于语言的向度和审美的向度，被看成是内部的批评，对于文化的向度则往往视而不见，这样的批评显然局限于文学自身，而对文本的丰富文化蕴涵置之不理，不能回应现实文化的变化。文学这种自外于现实的这种情况应该改变。文学是诗情画意的。诗情画意的文学本身包含了神话、宗教、历史、科学、伦理、道德、政治、哲学等文化意蕴。在优秀的文学作品中，诗情画意与文化意蕴是融为一体的，不能分离的。‘文化诗学’应该而且可以放开视野，从文学的诗情画意和文化意蕴的结合部来开拓文学理论和批评的园地。当　个批评家从作家的作品的诗情画意中发掘出某种文化精神来，而这种文化精神又能弥补现实文化精神的缺失,或批判现实文化中丑恶的、堕落的、消极的和缺乏诗意的倾向,那么这种文学理论与批评不就实现了内部批评与外部批评的统一,不是凸显了时代精神了吗?”

我当时这样想,我今天仍然觉得是对的。这就是萨特在他的《什么是文学》中所说的写作的“介入”:“不管你是以什么方式来到文学界的,不管你曾经宣扬过什么观点,文学把你投入战斗:写作,这是某种要求自由的方式;一旦你开始写作,不管你愿意不愿意,你已经介入了。”[①]作家要“介入”,为什么文学批评家不可以“介入”?文学理论应该摆脱自闭状态,去介入现实。

我一再说新时期以来的改革开放取得了巨大的成果,我们民族正在复兴,这是不容否认的事实。但同时,经济的发展也给我们带来了变化,我们的部分作家意识到了这些变化并写了下来……我们的理论家和文艺批评家为什么不可以通过对这些作品的评论而介入现实呢?文化诗学就是要从文本批评走向现实干预。因此关怀现实是文化诗学的一种精神。

但现在我又有了一种超越性的想法。那就是文化诗学内部批评与外部批评的结合,结构与历史的结合,文本批评与介入现实的结合,以这些结合所暗含的走向平衡的精神,对现实进行一种呼吁——走向平衡。

实际上,如果我们思考20世纪所出现的一系列的文学理论批评形态,其背后都暗示一种呼吁、一种文化。

英美新批评似乎是在文本的隐喻、悖论等词语上做文章,实际上其背后也是有深刻的社会原因的。有学者指出:“特别在美国,新批评的普及对文学研究的平民化起到了至关重要的作用。在20世纪40至50年代,二战结束后大批复员军人面临再学习再就业的压力,而他们足够的知识背景又没有受到过足够的知识训练。他们无法分享学院派掌握的那些浩如烟海的档案资料。他们在文学上的立身之本只能是文学作品本身。通过对文本的分析,他们获得了一种非传统的、非学究式的接近文学的方法。

① [法]萨特著:《萨特读本》,桂裕芳译,人民文学出版社2005年版,第563页。

另一种对新批评意识形态性的分析认为，新批评对结构与形式等文本秩序的追求代表了当时人们对于社会秩序的渴望以及对工业社会人异化的批判……”①

中国的文化诗学在20世纪90年代末和新世纪初被提出来，它是一个文学理论话语。我们似乎也可以从这样一个角度来看待文化诗学提出的问题意识和具有的现实意义。

① 周小仪著：《从形式回到历史——20世纪西方文论与学科体制探讨》，北京大学出版社2010年版，第42页。

第八章　人文与历史的张力：文化诗学的精神价值

关于文化诗学的精神价值取向，我在第三章简要地提到过，认为“文化诗学作为一种文艺学方法论，其精神诉求有三个维度：第一是审美精神，这是中心，文学作品首先要具备这种品质和精神；第二是人文意义，文学是语言的艺术，艺术文学必须要有人文意义，要关切人的生存的意义；第三是历史文化精神，文学是历史文化的产物，又构成了历史文化扇面的一部分，必须进入历史文化语境，才能揭示出文学作品的涵义。”但是没有展开来讲，特别是对作为精神诉求的审美精神、人文意义和历史文化这三者的关系没有展开来讲。在第三章中，我们从现实问题切入，但没有从总结文学史的角度切入，所以在这一章中，我们将转换一个角度，即从总结文学史上启蒙现代性与审美现代性两者的关系切入，来说明文化诗学的精神价值取向。

第一节　两种现代化的对峙及其在文学上的回响

现代性的确是一个非常复杂的概念，不同知识背景的人往往有不同的理解。我更愿意把现代性理解为价值追求。所以，在讨论“文化诗学”的精神价值取向的时候，我认为取这样一个“现代性”的概念切入，也许是比较符合实际的。

一、两种现代性的对峙及其意义

美学学者马泰·卡林内斯库（1934—　）在其《现代性的五副面孔》一书中曾经指出：在19世纪前半期，在西方出现了两种现代性。从此，这两种现代性就充满了敌意，它们相互斗争，又相互影响。第一种现代性常常被理解为西方文明史一个阶段的现代性。进步的学说，相信人类科学技术造福人类的可能性，对时间的关切，对理性的崇拜，在抽象的人文主义框架中得到界定的自由理想，还有对实用主义的推崇，对成功的预期，这一切成为了中产阶级的核心价值[①]。从这个意义上讲，现代性是一种

---

① ［美］马泰·卡林内斯库著：《现代性的五副面孔》，顾爱彬、李端华译，商务印书馆2002年版，第47—48页。

时间顺序的观念，一种历史进步的意识，线性发展的时间观念与目的论的历史观。我们还可以补充说，张扬“历史理性”，肯定“知识就是力量”，赞赏工具主义，相信人可以唤醒世界，相信人可以通过科学与技术支配自然征服自然，相信人可以打破一切古典的神话。如西方马克思主义的学者霍克海默、阿多诺所描写的那样：“称得上伟大发明的印刷术，毫不起眼的火炮，人们早先多少有些了解的指南针，这三样东西给那个世界带来了怎样的变化啊！第一个发明引起了学识的变化，第二个发明引起了战争的变化，第三个发明引起了金融、商业和航海的变化！”他们并不相信这种现代性，他们说正是这种现代性使“被彻底启蒙的世界笼罩在一片因胜利而招致的灾难之中”[①]。这种现代性，被称为“启蒙现代性”“历史现代性”或“世俗现代性”。这种启蒙现代性得到了科学和技术进步和工业革命的支持，而长期为人们所崇奉。我们似乎可以把这种现代性的核心思想，归结为一点，那就是：相信时间和历史线性地向前发展的“社会理性”。

另一种是作为审美概念的现代性，即审美现代性或文化现代性。作为审美或文化概念的现代性，在19世纪上半叶就有许多社会科学和人文科学学者强烈反对资本主义与资产阶级，批判工业革命给人类带来的弊端，发出与启蒙现代性不同的各种各样的声音。这是对启蒙现代性的反抗。这种反抗来自于它对于社会理性与进步观念的巨大的幻灭感，因为启蒙现代性所主张的社会理性在其发展过程中变成了极度膨胀的工具理性与技术理性、资产阶级对无产阶级的残酷压迫，商业主义与虚伪和欺诈，市侩主义的流行，使用童工，以及对自然的破坏和环境的污染，等等。

从哲学理论上对“启蒙现代性”的深刻的批判，对工业文明最直接最深刻的批判来自德国的思想家和文学家席勒那里。席勒鲜明地提出人的“断片”论以指斥启蒙现代性和工业文明摧毁了人的完整。他完成于18世纪末的《美育书简》一书的思想，对当代人来说也许远未过时。席勒提

① [德]马克斯·霍克海默、泰奥多·阿道尔诺著：《启蒙的概念》，汪民安、陈永国、张云鹏译，见《现代性基本读本》上册，河南大学出版社2005年版，第168页。

出一种人的理想,这就是人的感性和理性的和谐全面的发展。他于是把古希腊时代的人性与现代人性加以比较。他说:

希腊人的本性把艺术的一切魅力和智慧的全部尊严结合在一起,不像我们的本性成了文化的牺牲品。希腊人不仅以我们时代所没有的单纯质朴使我们感到羞愧,而且在由此可以使我们习俗的违反自然(本性)而感到慰藉的那些优点方面也是我们的对手和楷模。他们既有丰满的形式,又有丰富的内容;既能从事哲学思考,又能创作艺术;既温柔又充满力量。在他们身上,我们看到了想象的青年性和理性的成年性结合成的一种完美的人性。①

那么历史前进了,我们来到现代,人类来到了工业的时代,获得了启蒙现代性,人的本性又怎样了呢?席勒说:

现在,国家与教会、法律与习俗都分裂开来,享受与劳动脱节、手段与目的脱节、努力与报酬脱节。永远束缚在整体中一个孤零零的断片上,人也就把自己变成了断片了。耳朵里所听到的永远是由他推动的机器轮盘的那种单调乏味的嘈杂声,人就无法发展他生存的和谐,他不是把人性印刻到他的自然(本性)中去,而是把自己仅仅变成他的职业和科学知识的一种标志。②

席勒笔下古希腊人与现代人关于人性的对比的意义,就在于这一对比从人性的完整的视角批判了现代工业文明和启蒙现代性。席勒认为现代工业生产的分工,等于把自己的身心交给了一个支配者——机器,人就永远束缚在看管的冷冰冰的机器上面,那温暖过我们的心灵的感情和想

① [德]席勒著:《美育书简》,徐恒醇译,中国文联出版公司1984年版,第48—49页。
② [德]席勒著:《美育书简》,徐恒醇译,中国文联出版公司1984年版,第51页。

象的火焰就这样被熄灭了，于是人的全面性丧失了，人“断片”化了。席勒为此喊了起来：人怎么可能把自己的自由托付给这样一种人为的、盲目的钟表机械呢？席勒毫不含糊地断定，正是启蒙现代性本身“给现代人性造成了这种创伤”。我认为整个西方思想界都听到了席勒的声音。马克思关于人的劳动“异化”的分析（后面要较详细谈到），克尔凯戈尔的“个体孤独感”的谈论，梯里希的“疏离状态”说，卢卡契的“物化”说，杜克海姆的“反常状态”说，海德格尔的“烦”说，雅斯贝斯的“苦恼”说，弗洛伊德的“焦虑”说，弗洛姆的“重生存”说，马尔库塞的“新感性”说，等等，都可以说是席勒的声音或早或晚或这样或那样的回响。可以断言的是，只要人类还要拥抱启蒙现代性，崇尚技术全能主义，崇尚物质主义，崇尚工具理性，那么席勒们的声音就不会消失。换言之，这些学者的学说也绝不是空论，都是基于人文主义或人道主义的理想对现实所作出的理论反应。

但是，我们不能不指出的是，席勒在批判现代工业文明和启蒙现代性时，他的眼睛是向后看的。席勒要人们回到古希腊时代的原始的丰富性上面去。他的历史观是倒退的。这种倒退的历史观有悖于社会的发展，与时代的潮流也是相悖的。

这里我们就不能不谈到马克思的思考。马克思一生的思想可以分为两个时期，这就是他写《1844年经济学—哲学手稿》的青年时期和他写《资本论》的中年时期。这两个时期的思想有它的连贯性，即都在论证和批判资本主义的不合理性，但又有其明显的区分。马克思前期的思想主要是从人道主义出发，从劳动异化的角度，批判资本主义，认为共产主义的理想基本上是建设完整的人的理想。马克思后期的思想主要是以剩余价值理论和阶级斗争理论来批判资本主义，呼唤消灭私有制，进而实现共产主义的理想。与本论题密切相关的是青年马克思的思想。

《1844年经济学—哲学手稿》是青年马克思对于当时处于工业文明和资本主义发展时期的一次不同凡响的观察与研究。他从费尔巴哈、黑格尔那里接过“异化”思想，从席勒那里接过“完整的人”这个思想，以人道主义关怀为出发点，加以改造，建立了他的“人论”，从而对资本主义的工业文明和启蒙现代性进行了深刻的批判。马克思说：

> 劳动者生产的财富越多，他的生产的能力和规模越大，他就越贫穷。劳动者创造的商品越多，他就变成廉价的商品。随着实物世界的涨价，人的世界也正比例地落价。①

劳动同自己的产品的关系就像同一个异己的对象的关系一样。因为在这个前提下，下面所说的是不言而喻的：劳动者耗费在劳动中的力量越多，他亲手创造的、与自身相对立的、异己的对象世界的力量便越强大，他本身、他的内部世界便越贫乏，归他所有的东西便越少。……劳动者把自己的生命贯注到对象里去，但因此这个生命已不再属于他，而是属于对象了。因此，劳动者的这个活动越大，劳动者就越空虚。他的劳动产品是什么，他就不再是什么。因此，这个产品越大，他本身就越小②。

对劳动者来说，劳动是外在的东西，也就是说，是不属于他的本质的东西；因此，劳动者在自己的劳动中并不肯定自己，而是否定自己，并不感到幸福，而是感到不幸，并不自由地发挥自己的肉体力量和精神力量，而使自己的肉体受到损伤、精神遭到摧残③。

这就是说，劳动者在这种雇佣劳动中，身心都被外在的东西所控制，劳动者的感觉被“异化”了。异化的一个重要原因是，劳动者使自己的生物个性适合于现代机器设备的需要。人成为工具的附属物；如果资产者不把人作为工具的附属物纳入其中，技术的联合就不能建立，生产也就无法进行。所以异化的结果是心理的畸形和生理的畸形。所谓心理的畸形

---

① ［德］马克思著：《1844年经济学—哲学手稿》，见《马克思恩格斯全集》第42卷，人民出版社1979年版，第44页。

② ［德］马克思著：《1844年经济学—哲学手稿》，见《马克思恩格斯全集》第42卷，人民出版社1979年版，第45页。

③ ［德］马克思著：《1844年经济学—哲学手稿》，见《马克思恩格斯全集》第42卷，人民出版社1979年版，第47页。

是指工业所要求的技术理性的发展,直接导致人的感性与理性的分裂。人的感受力、情感力和想象力都受到压抑,人的灵性消失了,诗意衰退了,神秘感也隐遁了。充塞他们生活的是各种公式、图表、机器操作、生产线等等。所谓生理的畸形是指人被束缚在固定的生产的流水线上,导致人的某个感官片面地发展,相应地其他感官则逐渐萎缩。马克思早期的批判就是对启蒙现代性的批判,他呼喊的人性的回归,则是从理论上开启了审美现代性的建构。在整个20世纪,启蒙现代性给人类带来的危害并没有因为资本主义高度发展、高科技发展而有所改变。启蒙现代性与审美现代性的敌意并没有消失。诚如生活在20世纪的马尔库塞所说,在发达资本主义国家,虽然仍维持着剥削,但日臻完善的劳动机械化改变了被剥削者的态度和境况。在技术组合内部,由自动化和半自动化的反应占据了大部分(如果不是全部的话)劳动时间的机械化劳动,作为终生职业,仍然是耗费精力、愚弄头脑的非人的奴役——由于控制机器操作者(而不是产品)的速度加快和劳动者的彼此孤立,更使得精力消耗殆尽。除此之外,马尔库塞还认为社会通过对人的物质的需要来控制人们的"灵魂"。工人提高了的购买力和高科技产品,似乎使工人和他的老板享受同样的电视节目并游览同样的娱乐场所,如果打字员打扮得像她的雇主的女儿一样花枝招展,如果黑人挣到了一辆卡德拉牌汽车,如果他们都读同样的报纸,那么这种同化并不表明阶级的消失,而是表明那些用来维护现存制度的需要和满足在何种程度上被下层人民所分享。在当代社会最高度发达的地区,社会需求向个人需求的移植是非常有效的,以致他们的差别看起来纯粹是理论的。但异化仍然存在,只是形式有所改变而已。人们在他们购买的商品中识别自身,他们在他们的汽车、高保真音响设备、错层式房屋、厨房设备中找到自己的灵魂。那种使个人依附于他的社会机制已经变化了,社会控制锚定在它已产生的新的需求上。人还是被异化为物。由此可见,马克思的"异化"理论仍然适合于高度发展的资本主义的现实,一点也没有过时。马克思还认为,不但工人在异化劳动中变成了非人,就是那些资本家的一切感觉也被“拥有感”所代替,他们也异化为非人。整个人类都被与商业资本密切联系的工业生产所异化。

值得强调的是青年马克思没有停留在对商业资本和工业文明对人类异化的分析层面,马克思还提出了如何从“非人”恢复为“人”的道路,即建构审美现代性理论之路。为此马克思提出了“人性的复归”和建设“全面发展的人”的论点,这就要通过对“人的自我异化的积极的扬弃”。并且他把“人性的复归”过程与共产主义理想的实现联系起来。很明显,马克思当时是热衷于人道主义的,人道主义是他的这些理论的核心之点。在这一点上,他与席勒是相通的,并没有根本的区别。所不同的是,马克思的历史观与席勒不同。席勒在批判现代工业文明的同时,神往的是古希腊人的全面发展,频频向后看。这可以说是没有前途的。就像我们今天看到城市的污染,焦躁不堪,于是就神往陶渊明、王维、孟浩然、李白那时的荒凉却清新无比的自然环境,这是不现实的,或者说是完全没有前途的。马克思的历史观是前进的历史观,他急切要求人性的复归,完整的人的实现,但不希望历史倒退。解铃还需系铃人。人性的复归不是要消灭工业文明,而是要靠这种生产劳动实践。马克思说:

> 全面发展的个人……不是自然的产物,而是历史的产物。要使这种个性成为可能,能力的发展就要达到一定的程度和全面性,这正是以建立在交换价值基础上的生产为前提的,这种生产是生产出个人同自己和别人的普遍异化的同时,也生产出个人关系和个人能力的普遍性和全面性。……留恋那种原始的丰富,是可笑的,相信必须停留在那种完全空虚之中,也是可笑的。①

这里所说的“生产”主要还是指物质生产。由生产所造成的异化,人的感性与理性的分裂,还是要通过生产实践活动本身的发展与改造来解

① 《马克思恩格斯全集》第46卷,人民出版社1979年版,第104页。

决。马克思的意思是要在取消私有制的条件下，改造生产实践，使生产实践与审美活动结合在一起，使生产实践与人的本质的发展和谐一致起来。换言之，人可以借助于实践活动这一绝对中介，消除异化。就像今天我们治理环境污染，不是要返回原始，拒绝使用一切现代化的能源，而是要从改进能源的生产与使用的机制，来控制和治理环境的污染。生产中产生的问题，还是要靠生产本身来解决。工业文明所产生的问题仍然要通过发展和改造工业文明来解决。历史不是往回走，而是向前进。这一点正是马克思与席勒等许多西方思想家不同的地方。西方那么多理论家神往原始的丰富不但是可笑的，而且也是不切实际的、空想的。这样马克思就消除异化的道路给出两个维度：一是“人性的复归”，高扬人道主义的精神，这一点是核心，是不能忘记的。这是人文的维度，也可以说是审美现代性的维度。二是生产实践活动的发展，推动社会文明的发展，走社会必由之路。这是历史的维度，也可以说是启蒙现代性的维度。人文与历史，审美现代性与启蒙现代性，这两者不是“非此即彼”，也不是“非彼即此”，而是“亦此亦彼”。

青年马克思对待现代性问题的理解给我们深刻的启示。文学作为人的高级的精神活动，应该从“人的建设”的理想的视野来加以思考，其价值取向应该是审美现代性。但这又不是否定科学技术的发展，不是否定社会的全面发展，并不完全否定启蒙现代性。这两者在文学上的表现是可以“亦此亦彼”的。陶东风教授说：“与现代主义文学相关的各种运动都源自这种审美的现代性，它的姿态是颠覆19世纪历史现代性的两个主要的信条，即线性的时间观与目的论的历史观，它倾向于不把历史或人类生活看成一个连续体，不把历史视作发展的逻辑，宏观世界不像现实主义那样按历史时间的连续来结构作品。西方现代派作家（从波德莱尔开始）就坚持这样的一种批判传统。可以说这也构成了西方现代作家与现代文学的基本的文化立场与精神价值取向。由此，我们可以发现，西方的现代性是一个自我质疑、自我矛盾的复杂结构。一方面是现代化过程所带来的巨大的社会变迁，另一方面则是对于这个变迁及其所塑造的社会生活的文化与审美上的批判。这构成了现代性话语的内在张力与内在制衡。这种现代性的矛盾性与自我质疑、自我批判性使得西方社会保持了一种相对多元的文化环境，它对于精神文化生态的平衡乃至政治的运作都起到了积极的作用。"①

二、两种现代性的对峙在文学上的回响

审美现代性对于启蒙现代性的反抗，在文学上引起了强烈的反响。卡林内斯库更多地以法国的唯美主义诗人戈蒂耶、波德莱尔的思想为例来加以理解，这自然有他的道理，因为法国大革命后，的确如卡林内斯库所言，盛行各种与启蒙现代性或世俗现代性相反的趋势：各种形式的反抗资产阶级的政治激进主义，从"最左"的到"最右"的，或者"左""右"混合在一起的，都进行激烈地抗争。这些反对市侩主义的激进主义经历了一个"美学化的过程"。那些以极端审美主义为特征的运动，如松散的"为艺术而艺术"的团体，后来的颓废主义与象征主义，他们都反对正在扩散中的启蒙现代性，以及与启蒙现代性相关的庸俗世界观、功利主义、低俗趣味等等，在这里，审美现代性可以得到最好的理解②。但是，我们不能不指出，波德莱尔疏离官方的言行，对于启蒙现代性的反抗不是最早的。他的艺术自治理论似乎也与审美现代性有距离。我认为，欧洲对于启蒙现代性的反抗，应从18世纪末到19世纪初英国浪漫主义派那里开始。

英国是工业革命的发源地，阶级斗争十分紧张，特别是启蒙现代性或历史现代性所带来的对人和人性的摧残，对自然和环境的破坏最早也是从英国开始的。英国浪漫主义的文学背景就是社会黑暗，用雪莱的话来说，简直"一丝阳光也无法渗透过去"。在十八到十九世纪的英国，为了掠取别人，最严重的是压迫的倾向，英格兰、苏格兰、爱尔兰联合起来压迫

① 陶东风撰：《从现代性的视角看文艺的精神价值取向》，载《文艺报》1999年10月19日。

② ［美］卡林内斯库著：《现代性的五副面孔》，顾爱彬、李瑞华译，商务印书馆2002年版，第51页。

远方的殖民地;英格兰和苏格兰又压迫爱尔兰,特别是压迫爱尔兰的教会,阻挠爱尔兰工商业的发展;而英格兰又尽一切可能压制苏格兰;在英格兰内部,则是富人压迫穷人,资产阶级压迫无产阶级,统治阶级压迫其他一切阶级。当时在这个国家的三千万居民中,只有一百万人享有选举权①。英国的浪漫主义者最先感受到这一切。19 世纪初华兹华斯和柯尔律治在文学上进行反抗,提出了“回归大自然”的口号。这个口号的意思是城市与乡村的对立。在城市中,不但内部充满矛盾,而且人们忘记了他们以前曾经依赖过的土地,忘记了乡村生活的种种细节,忘记了牧场的牛羊与花卉,忘记了乡村纯朴的微笑与友情,忘记了乡村的静谧和清新……“对于大自然的热爱,在 19 世纪初期像巨大的波涛似的席卷欧洲”(勃兰兑斯)。这不是偶然的,这是抵制启蒙现代性所带来的结果。虽然华兹华斯等人的抵抗是无力的,根本不能解决实际问题,但他们对城市生活的厌倦,对乡村田园生活的向往,毕竟开启了文学上对于启蒙现代性或历史现代性的揭露与抗争。由于这种抗争是诗性的,是人文的,是审美化的,是通过他们的诗歌来表达的,同时又不是要回到中世纪回到古典主义,因此后来人们称他们的思想主张为“审美现代性”,也许是有道理的。

在中国现代思想文化与文学话语中,审美现代性一直处于未展开的状态。或者说启蒙现代性或历史现代性始终是具有压倒性优势的强势话语,审美现代性的话语也有,但一直处于比较微弱的状态。例如冰心、沈从文、梁实秋等,似乎也更多地从人的心灵的需要、乡村的风土人情的美、人性的美,自觉不自觉地去拥抱审美现代性,但这种文学话语的声音毕竟太微弱了。鲁迅的文学话语暴露了“国民性”的弱点,主要是揭示国民中普遍存在的无知、麻木、奴性、不敢面对现实的瞒和骗、自欺欺人等等,若从现代性的视角进行分析是比较复杂的。“五四”新文化运动之前,中国人民仍然受封建礼教思想的严重束缚,国民性的弱点就是封建主义思想

① 参见[丹]勃兰兑斯著:《十九世纪文学主流》第四分册,《英国的自然主义》,徐式谷等译,人民文学出版社 1984 年版,第 20 页。

强加在人民身上的枷锁。所以反对封建礼教的牢笼，吸取西方的思想，其中就包括作为历史现代性的启蒙主义改造中国的“国民性”，是鲁迅思想的主要价值取向。但鲁迅的思想中，也有对人的深切的关怀，人道主义渗透在他的作品的深处。鲁迅毕竟受到过叔本华和尼采的影响，知道尼采喊“上帝死了”是什么意思，所以在他身上，仍然存在着启蒙现代性与审美现代性冲突的迹象。还有1922年创刊的《学衡》，团结一些人，反对文化上的“欧化”，他们认为：“吾国数千年来，以地理关系，凡其邻近，皆文化程度远逊于我。故孤行创造，不求外助，以成灿烂伟大之文化。先民之才智魄力，乃吾文化史上千载一时之遭遇，国人所当欢舞庆幸者也。然吾之文化既如此，必有再发扬光大，久远不可磨灭者在……其事至简也。”[①] 学衡派诸人也是了解西方文明的，他们从美国学者白璧德那里吸取了所谓“新人文主义”，权衡再三，才提出他们的具有民族保守主义性质的主张，他们的看法，可能是中国最早的“审美现代性“之论了。但总的看，“学衡”派诸人的理论没有成为主流，影响很有限。中国的现代文学的建立，是在中国现代文明刚刚起始的时候，如何来解决人民的吃喝住穿，如何来反抗帝国主义的入侵，如何摆脱中国陷入亡国灭种的危险，仍然是我们面对的主要问题。我们的思想与我们所面临的主要问题相联系。西方在工业文明发展起来以后，启蒙现代性所带来的种种问题，我们并没有深切的体会。除少数了解西方的人之外，走启蒙主义的路，讲启蒙现代性的道理，是多数人的选择。当时还很少有人真正理解西方的“回归大自然”的口号，也是很自然的。

中华人民共和国成立后，民族独立了，新的国家建立起来了，我们所倾心的也是发展壮大国家的实力，“向科学进军”，“知识就是力量”是那时的主要口号，这是具有中国特点的启蒙现代性。新中国成立后“十七年”的反映现实斗争的小说，虽然观点和具体内容都不同，但基本范式则十分相似。一般情况下，它产生的要么是颂歌式的作品，要么是诅咒式的

① 梅光迪撰：《评提倡新文化者》，载《学衡》1922年第1期。

作品。在这种范式中，作品中被作家从历史现代性的视角赋予肯定性（或否定性）的人物或事件，同时也是作家从人文道德角度加以赞美（或否定）的人物或事件。由于这类作品在人文道德评价与历史评价上没有出现分裂或悖反，因而风格上具有单纯、明朗的特点。平心而论，这一范式也产生过一些优秀作品，这是不应否定的。但是，毋庸讳言，在更多的情况下，这种单纯与明朗常常是建立在对于现代性简单化理解的基础上的。

新时期以来，我们是从改革开放、实事求是起步的，因此文学的价值取向倾向于启蒙现代性是顺理成章的，是可以理解的。改革文学就是启蒙现代性的代表之作。蒋子龙的《乔厂长上任记》可以说是最早的最具代表性的正面反映改革的作品，其艺术范式可以概括为“改革/反改革”。“铁腕人物”乔光朴靠着自己的领导才能、专业知识和果断作风，大胆改革，击败了反改革势力的代表人物原厂长冀申，硬是使一个亏损的大企业电机厂恢复了生机。这篇小说一出，其范式被许多作家采用。在我看来，连得奖作品《沉重的翅膀》和《人间正道》，都不过是这一范式的变体而已。作品中的代表改革势力的人物，不论是胜利的功臣，还是失败的英雄，都怀着高度的社会责任感，为改革事业奋斗不息。这个范式的价值观是高扬了启蒙主义的现代性，或者说高扬了历史理性精神，认为新的创造的现实取代旧的历史的惰性是必然的，社会就是这样在新陈代谢的时间中前进的。在高扬历史理性的同时，审美现代性还没有被人意识到。一个例子是乔光朴为了避免人家的闲言碎语，为了营造没有后顾之忧的工作环境，竟然未与他的情人童贞商量，便突然宣布他与童贞已经结婚了，从而损害了童贞的感情。但在乔厂长看来，最富人文的爱情婚姻也可以被并入到他的改革方案中。

当然，新时期的文学比之于“十七年”毕竟不同，其多样化得到了空前的表现。“知青”文学、“寻根”文学，都表现出某种历史现代性与审美现代性的冲突，表现出由于这种冲突所带来的无可奈何的情调、缅怀的情调等等，凸显出文学上两种现代性的某种紧张与张力，这是不可否认的。

更有一些作品,专写“现代矿井”与“葡萄园”的冲突,有一种自觉地拥抱审美现代性的意识,更应引起我们的关注。

这可以用发表于1981年的王润滋的中篇小说《鲁班的子孙》和发表于1994年的张炜的长篇小说《柏慧》为代表。在《鲁班的子孙》中,矛盾在一个家庭内部展开,老木匠黄志亮与其养子黄秀川分别代表了不同的思想路线。前者迷恋于恢复大队主办的“吃大锅饭”的木匠铺;后者则热衷于开办带有现代气息的私人的小企业。前者的信条是“天底下最金贵的不是钱,是良心”;后者推崇的则是“旧的不去,新的不来”,“能赚钱就行”。这是传统的良心与现代的金钱的对抗。《柏慧》的故事则是在象征素朴文明的葡萄园与象征现代文明的新的工业之间展开。作品中的主人公“我”从地质学院毕业来到〇三所,不能承受人际纷扰,再到一家杂志社,还是不能适应这城市的生活,转移到登州海角(一处穷乡僻壤)的一个葡萄园,终于远离城市的浩浩人流和拙劣的建筑,找到自己的“世外桃源”,并决心“守望”这片绿色的土地。但现代化的脚步还是来到这里,建立现代矿井的隆隆的炮声意味着“我”将失去美丽的赖以生存的家园。这是素朴文明与现代文明的对抗。这两部小说虽然不同,但似乎可以归结为同一范式:“改革/人文”。值得注意的是,在“改革”与“人文”两个维度中,作者情感的天平完全倾向于“人文”一边。在《鲁班的子孙》中,作者同情与赞美的是老木匠黄志亮。并非如有的评论家所说的那样作者是从抽象的道德良心出发的。作者通过其令人信服的艺术描写,证明了黄志亮的良心道义是世世代代劳动人民道德理想的凝聚,是他自己全部生活实践的凝结,这在任何时候都是最为宝贵的。在《柏慧》中,中心话语是“守望”:

> 这越来越像是一场守望,面向一片苍茫。葡萄园是一座孤岛般美丽的凸起,是大陆架上最后一片绿洲。

是的,在人们面对现代工业所带来的环境污染和其他种种社会弊端的时候，激起人们守望森林、山川、河流、果园等一切大自然的热情，是完全合理的。这一范式的价值观是人的价值与生存比什么都重要。改革也好，现代文明也好，一旦妨碍了人的善良之心或诗意地栖居，又有什么意义呢？然而这样一来，“人文”的维度也就压倒了“历史”的维度，甚至于只剩下“人文”这单一的维度了。那么请问，历史还要不要前进？科学文明还要不要加以提倡？物质文明还要不要发展？难道让人类退回到原始的丰富性是合理的吗？人文与工业化就真的是势不两立的吗？如果作者是在写一场保卫祖国的战争，难道也可以把战争的历史维度，即它的“正义”问题放在一边，而只关注人性、人道和人文关怀吗？

但是，我觉得还是可以寻找理由来替这一艺术范式辩护的。因为，文学家是专门在人文、人性、情感这块园地上耕耘的人。他们观察现实的角度可以与政治官员、经济学家、企业家保持一定的距离。中外文学史上都有这种对历史不恭而对人文道德理想倾注了热情的优秀之作。

这样，作为人文知识分子的作家，基于人文主义的立场对于工具理性、技术全能主义的启蒙现代性的警惕与批判是有益于人类精神环境的平衡、人的全面发展的。人文关怀的理想在他们的作品中占据重要的位置，就显示了自己的特殊意义。这种意义不仅在于上述精神文化环境的平衡以外，还在于因为评价角度的不同，作家更多地看到了历史发展过程中的复杂性和种种负面的情境，特别是历史发展所付出的道德代价，这样他们就从另一个角度真实地揭示了历史的“本来面目”。在人类的历史上，历史与道德常常出现二元对立现象，在激烈的社会转型时期就尤其如此。这体现出历史发展的“悲剧性”，体现出历史现代性与审美现代性的严重“错位”。西方的伟大思想家都深刻地看到了以科学技术进步为指标的启蒙现代性在文化、精神、价值、信仰方面造成的巨大负面效应。例如西方马克思主义的代表人物赫伯特·马尔库塞说：

进步的加速似乎与不自由的加剧联系在一起。在整个工业文明世界,人对人的统治,无论是在规模上还是在效率上,都日益加强。这种现象不仅是进步道路上偶然的、暂时的倒退。[①]

马尔库塞并没有夸大事实,他只是揭露事实而已。20世纪的科学技术突飞猛进,人类文明似乎进入一个新时代,历史现代性高歌猛进,可正是在这个看起来是历史进步的时代,人类也遭到了战争灾难和其他种种威胁。与这种情况相对应,站在新的文明之外的以拥抱审美现代性为标志的西方现代派作品往往是反现代文明的(反科技理性、反物质主义、反工具理性、反工业化、反城市化等),现代派的作家也基本上都对启蒙现代性采取了这样或那样的批判。然而这种批判在很大程度上弥补了现代文明(自从人类社会进入现代以来,经济发展、物质进步、征服自然、个人自由等一直是主导的思想意识)的盲点,客观上有助于使人认识和警惕启蒙现代性所付出的沉重的代价。福克纳的作品则走得更远,竟然反对南北战争,为南方的庄园主制度辩护。但历史理性的缺乏似乎并不妨碍他们的作品的思想与艺术价值。如果福克纳为南方的工业化进程唱赞歌而不是唱挽歌,很难想象他的作品还有如此强大的艺术力量。然而,我并不认为这种“唯人文主义”的作品就全然好。历史的进步包括物质的发展是人类必经之路,也是符合人类的利益的,人文和人性的东西也要有物质的基础,离开这种物质文明的基础,人的生存质量也不可能改善。因此,离开启蒙现代性所追求的一定的物质条件来讲人性、人情和人道,也是有困难的。

① [美]赫伯特·马尔库塞著:《爱欲与文明——对弗洛伊德思想的哲学批判》,黄勇、薛民译,上海译文出版社1987年版,第18—19页。

第二节 历史、人文、审美三者的关系

“文化诗学”提出的现实文化背景是改革开放了三十年的中国。我们已经在第二章作了详细的阐述。这里想特别说明一点的是：我们所面临的事业是神圣的。我们仍然要发展经济，发展科学技术，更好地解决人民的吃喝住穿的问题，更快地增加国家的综合实力，向着更文明更先进的方向发展，实现几代人梦想的四个现代化。简言之，这就是启蒙现代性所要开的花，所要结的果，是历史理性的核心价值；但发展经济，发展科学技术，追求更文明更先进的路途又是艰险的。因此，又要以人为本，以人的感性与理性的全面发展为本，全面提高人的文化素养，建设一个最适合人生活的环境，保护大自然，让大自然与人和谐相处；实现人与人之间真正意义上的平等、正义，像马克思所说的那样实现人性的复归。简言之，这就是中国条件下审美现代性或文化现代性的基本要求，人文关怀就不能不是核心价值。这两种现代性、两种要求、两种价值，都是我们的需要，我们要“兼得”。

一、文学价值的理想：历史与人文的张力

然而现实的状况却有上述两种价值的悖立。面对这种价值悖立的现实，文学家应该怎么办呢？

也许我们可以先来看一看恩格斯的如下分析：

在研究善恶对立的地方，费尔巴哈同黑格尔比较是很肤浅的。黑格尔指出：“有些人以为他们说人性是善的这句话时，就算是自己说出了非常深刻的思想；但是他们忘记了，人性是恶这句话，意

> 思要深刻得多。"黑格尔所说的恶是历史发展的动力借以表现出来的形式。这里有双重的意思:一方面,每一个新的进步都必然是对于某一种神圣事物的亵渎,是对于一种陈旧、衰亡但为习惯所崇奉的秩序的叛乱;另一方面,自从各种社会阶级的对立发生以来,正是人的恶劣的情欲——贪欲和权势成了历史发展的杠杆。例如,封建制度和资产阶级的历史,就可以作为这方面的源源不绝的证据。①

在我们这里是社会实现转型。文学家该怎么办?文学家不是厂长,不是企业家,不是产品推销商,他们不能只顾经济学定义的"历史发展"(实际上是物质主义、科学主义、技术全能主义、唯生产力主义),而不管什么"情欲""贪欲"和"权势"的危害。作家是人文知识分子,他们既要顺应历史潮流,促进历史进步,同时他们又是一个特别关注人的情感状态的群体,他们更重视人的良知、道德和尊严,并在他们的作品中艺术地体现出来。如果说历史理性是"熊掌",人文关怀是"鱼"的话,那么在作家这里这两者都要。作家看世界有自己的独特视角。在作家看来,人的生命是最宝贵的,人的生存高于一切,自然是最宝贵的,环境的纯净是人生活所必需的。"熊掌",要!"鱼",也要!二者应"得兼"。这就是真正作家面对现实的独特视角。因为他们认为任何为了历史进步的社会改革都必须以人的良知、道义为基础,同时又认为任何人的良知、道义也要符合历史潮流的运动。

因此,真正的作家总是面临一个"困境":历史理性与人文关怀的悖反。在这两者之间,不是非此即彼或非彼即此,而应是亦此亦彼。他坚持历史进步的价值理想,他又守望着人文关怀这母亲般的绿洲。新的不一定都好,旧的不一定都不好。他的"困境"是无法在"历史理性"与"人文关怀"之间进行选择,而只能在这两者之间徘徊。而且这种"困境"是他所情愿的,是作家的一种特性。于是他对一切非历史和非人文的东西都

---

① [德]恩格斯著:《费尔巴哈与德国古典哲学的终结》,人民出版社1960年版,第27页。

要批判，于是他悲天悯人，于是他愤怒喊叫，于是他孤独感伤……可惜的是中国当代作品正面反映改革现实的三种范式，要么缺失人文关怀（第一种），要么缺失历史理性（第二种），要么人文关怀与历史理性双缺失（第三种），这不能不引起作家们的深思。这样，我认为呼唤第四种艺术范式，提出“历史—人文”辩证矛盾的精神价值取向，就变得十分必要了。我们提出的这一范式的特点在于困境的“还原”，既不放弃历史理性，又呼唤人文精神，以历史理性和人文精神的双重光束烛照现实，批判现实，使现实在这双重光束中还原为本真的状态。在价值取向上则是历史理性中要有人文精神的维度，人文精神中则要有历史理性的维度。

这第四种范式并非凭空提出来的。我们觉得苏联时期一些优秀作家的创作实践，是值得我们借鉴的。

人与自然的斗争，是历史与人文展开的重要方面。人当然不能屈服于自然的淫威之下，改造自然是改善人的生存状况所必需的，属于历史理性的必然选择。作家不应站在这一历史维度之外，单纯地指斥人们征服自然给人类带来的坏处，这是一方面。但另一方面作家又必然要关注在改造自然中是不是破坏了人与自然的和谐，是不是伤害了人的感情和生存方式。两个方面处于辩证矛盾中。苏联著名作家拉斯普京发表过一部题为《告别马焦拉》的小说。马焦拉是安加拉河上的一个小岛。春天来了，马焦拉岛上的人们怀着不同的心情等待一件事情的发生：这里要修建水电站，水位要提高几十米，全岛都将被淹没。年轻人站在历史理性一边，他们渴望现代化的新的生活，离开这个小岛出去见世面，去过更富有的日子，是他们求之不得的事情。作家肯定了他们的弃旧迎新的生活态度。但是老年人差不多都站在“人文关怀”这一边，他们世世代代在这里生活，岛上的一草一木都是亲切的、温暖的，不可或缺的；这里有他们绿色的森林，有他们宁静的家园，有他们的祖宗的陵园，有他们的初恋之地，有他们所习惯的一切。达丽亚大婶对她的孙子安德烈说：“你们的工业文明不如旧生活安定，机器不是为你们劳动，而是你们为机器劳动，你们跟在机器后面奔跑,你们图什么呢?"作者同情、理解他们,认为他们的怀旧情绪是美好的,有着丰富的人文内涵。作者在"历史理性"与"人文关怀"中徘徊,在"新"与"旧"中徘徊。新生活必然要取代旧生活,然而旧生活就没有价值吗?现代工业文明会使人变成机器,而素朴的母亲般的田园和传统的良知、道义的绿洲则会使物变成人。这种范式是在乔光朴与黄志亮之间保持张力,在"葡萄园"与现代工业之间保持张力。

在人与战争的关系中,是历史与人文展开的另一个重要方面。战争当然有历史的维度,这就是战争的正义性问题。在保卫祖国的战争中,人人都要有敢于牺牲和敢于胜利的精神,要有坚强不屈的精神。这是一方面。但另一方面作家又不能不体察到,不论是什么战争,都是要死人的,都是要破坏人们的正常生活的。战争给人类带来的精神创伤是难于磨灭的。这里我首先想到的是肖洛霍夫的著名的小说《一个人的遭遇》,但这篇小说已有许多评论。我们还是来看一看写了《告别马焦拉》的拉斯普京,如何运用同样的范式来写战争。小说《活着,可要记住》(1974 年)是他的又一成功之作。小说的故事并不复杂,却别开生面。故事发生在苏联的卫国战争接近胜利的最后几个月。在安加拉河旁的一个村子中,集体农庄庄员老古塔科夫家突然丢失了一把老式斧子,这虽然是一件小事,但是引起了他们一家人的注意,是不祥的预兆。果然老古塔科夫的儿子古塔科夫·安德烈在前线受伤,他在一个医院治愈了他的伤后,本应重返前线效力,他却潜回故乡,当了可耻的逃兵。斧子就是他拿走的。安德烈深知逃兵是要受到惩罚的,所以不敢公开露面,而是躲到安加拉河对岸暂时无人住的过冬的房子里。他的妻子纳斯焦娜猜到是她的丈夫回来了,但没有想到他是如此回来的。可她还是与她的丈夫偷偷幽会,过着苟且偷生的日子。安德烈不许她告诉任何人,包括他的父母。小说的主要人物是纳斯焦娜。作家展开了对这位心地善良的、感情丰富的妇女的内心斗争的细致描写。自她的丈夫逃回来之后,她的生活乱了。她希望她的丈夫能活着回来,但她所期待的见面不是这样的胆战心惊的幽会。她感到不安、羞愧、有罪，但她不想揭发她的丈夫，甚至可怜他。尤其在她多年不育现在却怀孕之后，她更感到愧对那些丈夫已经在前线牺牲或仍然没有回来的同村的姐妹。她开始疏远大家。她处处怀疑人们知道她的秘密。她的内心斗争更激烈：

喏，纳斯焦娜，拿去吧，别给任何人看见。在人们之间，你只能保持孤独，完全保持孤独，不能跟任何人说话，不能哭泣，凡事都只能藏在心里。往后，那往后怎么办呢？

她点头责备自己：瞧，你到了什么地步啦，以前要心里痛快，就到人群里去；如今，正相反，却逃出人群。她心头的痛感已感到麻木了，可是不知为什么她的呼吸中夹杂了哀怨而痛苦的呻吟。

在战争结束那天，村里开会庆祝胜利，她的感情更复杂，她为反法西斯的胜利而高兴，但同时她更感到无地自容：

纳斯焦娜走进她住的边屋，换了衣服。她的心早就在田间飞腾狂欢起来了，此刻仍在激动不已，渴望着到大庭广众中间去。但是有个声音喊她别去，一口咬定这并非她的节日，并非她的胜利，她跟胜利毫无关系，最下贱的人都有份，就是她没有。

她听到了歌唱胜利的歌声，她更为激动，内心的矛盾也更加激烈：

纳斯焦娜愈加心如刀割，心弦欲断。她虽然痛苦不堪，但是又一阵阵欲有所为，有所向往，有所追求。她从屋里走到院中，朝板墙外一探身，发现了村街尽头的游行人群。但为了避免看清楚里面都有谁，她没有去细看，就转身回屋了。她转念间想起了安德烈，不过这想念伴随着一股意外的怨气；是安德烈，是安德烈连累了她，使她无权跟大伙一样欢庆胜利。继而她又想，等安德烈听到战争结束的消息时，一定会更加难受、自怜自悯的。想到这里，她立刻冷静下来，心软起来，可怜起安德烈来，尽管依然夹带着一些恼恨情绪。她突然想去找他，跟他待在一起。人们在普天同庆，唯有他们俩该靠边站。

"一点也不该靠边站。"她委屈地抗议道，为自己辩护着，要争取重返人间。"怎么，战争期间我没有干事，没卖力气？为换来这一天出力比别人少吗？不，现在就出去，现在就出去。"纳斯焦娜一个劲地催促自己，可又原地不动……

纳斯焦娜这种内心的极度矛盾得不到解脱，终于在绝望中投河自尽，安德烈闻讯后则逃往深山。村子里的人在埋葬了纳斯焦娜后，开了一个简单的追悼会，妇女们哭了几声，觉得纳斯焦娜怪可怜。不难看出，小说向历史和人文两个维度展开艺术的思考。卫国战争是保家卫国的战争，是反对德国法西斯的进步的、正义的战争，任何人对祖国都负有不可推卸的神圣的历史责任，临阵脱逃就是背叛，就沦为历史的罪人，最终都会受到谴责和惩罚的。逃兵安德烈最后逃往深山，与野兽同群，不能见人，就是应得的"惩罚"。纳斯焦娜感到自己欺骗大家，感到压力，感到羞愧，最终感到绝望，感到生活不下去，也是历史的铁一般的原则给予教训的结果。但是，很明显，作品在充分展开这个原则的同时，另一个原则，即人文的原则也在作品的人物身上展开。特别是在纳斯焦娜的身上，展开了"历史原则"与"人文原则"的激烈冲突。作家并没有把同情、保护作为逃兵的丈夫的纳斯焦娜当作"反面人物"来写。作家以他的生花妙笔细致地揭示了她的内心矛盾。她的善良，她的勤劳，她的富于人性和牺牲自己的品质等，作家都给予了充分的抒情性的笔墨，而不是一味谴责她。作者拉普斯京说：

我不完全同意批评家认为中篇小说《活着，可要记住》的主要人物是个逃兵的看法。小说的主要人物是纳斯焦娜。我一动笔就一心要表现这样一个妇女，她富有忘我的和自我牺牲的精神、心地善良……为了更充分地表现她的性格，必须把这个妇女置于一个特殊的环境，让她内心的一切显示出来。我决定把她置于战争的环境，就像小说所发生的环境那样。①

的确，作家是把纳斯焦娜作为主要人物来写，而且不仅如此，还把她作为一个富有人性和人性光彩的人物来写，把她作为一个真正的人来写。作家自觉不自觉地通过纳斯焦娜的内心冲突，展示历史责任的呼声与人文关怀的理想的对立和斗争。纳斯焦娜在安德烈作为逃兵出现后，始终面临“困境”：一方面，她作为一个公民，祖国的责任始终在她心中跃动，使她不安，使她羞愧，使她感到自外于人民，这是历史的呼声一再在她心中像号角般响起；可另一方面，她作为一个妻子，对安德烈的爱情以及怜悯之情，她无法割断与丈夫的联系，特别是丈夫处在“困难”之中，需要她的帮助，她不能不理睬，不能不对他倾注情感，她善良的心不能不这样做，这是人文的力量促使她如此去行动。这样，历史和人文两个向度在她内心分裂为两种不同的力量，进行着殊死的“较量”。或许有人认为纳斯焦娜还有别的选择，为什么非把自己置身于这种困境之中呢？让我们看看作者自己的解释：

现在谈谈纳斯焦娜。读者准备好出现这种情况，或者她本人告发自己的丈夫，或者她迫使他出面认罪。可是纳斯焦娜既没有这样做，也没有那样做。而我应当加以证明，通过证明，让读者有充分的理由相信她的行为的必然性和合理性。如果照她的另一种方式行事，这已经是另一篇中篇小说了，小说也应当由另外的作者来写。我

① 北京师范大学苏联文学研究所编译：《苏联当代作家谈创作》，北京师范大学出版社1984年版，第118页。

觉得,我能够证明纳斯焦娜行为的必然性。①

事实上,作家已证明了纳斯焦娜的行为的必然性。作家通过纳斯焦娜内心活动的真实描写,特别是对她的为人处事的真实描写,证明了纳斯焦娜只能有这样一种选择,而没有其他的选择。这里特别要注意的一点是,作者说,如果小说照她的另一种方式行事,那么“应当由另外的作者来写”,这就清楚地说明纳斯焦娜的内心冲突,在很大程度上反映了作者的社会人格结构中历史力量与人文关怀这两个维度的冲突。我们甚至可以说,“纳斯焦娜”不过是作家的另外一个“自我”。作者不能不选择这种“困境”范式。

如果说,上面我所分析的这部作品,作家有很强的自觉性,作家是“自觉地”进入这种“战争—人”的“困境”范式的,或者说“困境”范式是他们的审美意识的自觉的追求。但有的作家也可能不自觉地“陷入”这种“困境”的范式。这样一来,作品的“困境”范式就是一种不自觉的甚至是无意识的选择。这类作品范式重要的是要有“真实性”的品格,只要真实,那么即使是“不自觉”,也能达到同样的艺术效果。

这里我们来分析一下美国作家玛格丽特·米切尔(1900—1949)的著名小说《飘》。《飘》取材于美国著名的南北战争。发生于1861—1865年的那场战争,实际上是北方的“自由劳动制度”与南方的“奴隶制度”之间的两种制度的斗争。农奴制度是美国南部农业社会的基础,妨碍了正在兴起的资本主义的发展。因此,南北战争对南方联军来说,是阻碍社会发展和进步的。这在历史上已是确定不移的。《飘》的作者本意是站在南方农奴主的立场,反映那场战争和战后南方重建的现实。这样作品的历史观就成为了问题,甚至可以说,它是逆历史潮流而动的。这样一部鼓吹历史倒退的作品,在1936年问世后竟立即风靡全国,六个月内发行量达到100万册,到1949年作者逝世时,此书已在40多个国家销售800万

① 北京师范大学苏联文学研究所编译:《苏联当代作家谈创作》,北京师范大学出版社1984年版,第118页。

册，到八十年代，已增加到2500万册，这看起来不是有点奇怪吗？当然，这与后来小说被成功地改编为电影并获奥斯卡奖有一定关系，与小说的言情性质有一定关系，但我认为这都还不足以使小说如此被大家所欣赏。根据我的考察，我认为小说的成功还与它的历史维度与人文维度的悖论所形成的艺术张力有关。作者从主观上虽然是站在南方农奴主的立场美化南方庄园的主人与奴隶的关系，但在作品中实际表现出来的比这要复杂和丰富得多。作品实际上是不自觉地却真实地表现了"多重"的"历史呼声"与"人文关怀"的冲突，从而使小说获得了丰厚的思想和艺术内涵。作品通过塑造一系列的人物形象，特别是思嘉和瑞德·巴特勒这两个复杂的人物形象，起码展现出三重的"历史"与"人文"的悖论：

第一，在南北战争中，北方虽然站在"历史进步"这一面，解放农奴的确是解放发展生产力的进步之举，但北方人在战争中对南方人的极为残酷的屠杀，和战后的血腥统治，是"非人文"的；反过来，南方人虽然想坚持农奴制，但是很有人情味。作品充分展现南方的黑奴与主人之间的和谐、互助关系，这只需看看作者对思嘉的庄园内部那些黑奴如何与主人"共命运"，就给人以深刻的印象了。这样"历史进步"却非"人文"，而"人文关怀"却非"历史"，这个悖论给人以深刻的反思。因为，自小说发表以来的半个多世纪中，人们就生活在这样荒谬的充满悖论的世界里，这不能不引起人们的共鸣。

第二，作品在客观上又反映出"历史进步"的必然，但这"历史进步"必然又不能不伴随"占有""掠夺""罪恶"等，即反"人文"的东西。作者着力刻画的思嘉和瑞德这两个主要人物的性格的复杂性，就充分地揭示了这一点。这两个人物身上有许多共同的东西，与作为没落的农奴主的艾希礼不同，他们是南方社会中最具有历史感的人物，他们看到北方的胜利、南方的失败是必然的。因为北方有着先进的生产力。在威尔克斯庄园的野餐会上，男人们争论着战争，大家都觉得南方必胜，唯有到过北方的瑞德不这样看：

> 先生们，你们有没有人想过，在梅森—狄克森线以南，没有一家大炮工厂？有没有想过，在南方，铸铁厂那么少？或者木材厂、棉纺厂和制革厂那么少？你们是否想过，我们连一艘战舰也没有，而北方佬能够在一星期之内把我们的港口封锁起来，使我们无法把棉花运销到国外去。……我们有的只是棉花、奴隶和傲慢。他们会在一个月内把我们干掉。

而在那么多人反对瑞德的论调的时候，只有在一旁偷听的思嘉“却有某种无名的意识引起她思索，她觉得这个人所说的话毕竟是对的，听起来就像常识那样”。唯有一个女性认真思索并同意德瑞的看法。他们是南方具有“资本主义进步”意识的“精英”。这还表现在战后重建经济的活动中，他们都是最会运用资本主义的机制，以最艰苦的精神最快富裕起来的人。但这样的一对虽然走到了一起，组成了家庭，却享受不到幸福。其原因就是他们身上的“人文”太少。以思嘉来说，她一生的生活大致可以分为三个阶段，支持她的精神的是三样东西：爱情、土地和金钱。然而她对这三种东西的态度，并不是“生存式”的需要，而是“占有式”的“掠夺”，她对艾希礼的爱情始终是一种盲目的“占有”的欲望，就是想尽一切手段（甚至可耻的手段）把他弄到手，越是难以实现，就越要实现，但艾希礼是不是真爱她，或者艾希礼真的爱她了，又会不会有真正的幸福，则并非她所关心的事情。对土地和金钱的态度也是如此。她完全被自己的欲望所“异化”，成为欲望的机器。这样，在必要的时候，她甚至可以像出卖“物品”一样地出卖自己。如为了弄到庄园所必须缴纳的税款，她竟在一夜之间，不同任何人商量，不惜损害自己的妹妹，就同其妹妹的未婚夫、自己所不爱的人弗兰克结婚，连一点人性也没有。瑞德的具体情况与思嘉有所不同。但投机取巧、诡诈狡猾、损人利己、乘人之危等，与思嘉相比，则有过之而无不及。他们的历史感超过了书中所有的人物，可他们对“人文品格”的丧失也超过了书中所有的人。这样，他们的性格的多重性就表露无遗。通过他们的性格的多重性所反映的现实就获得了真实而丰厚的内涵。艺术的创造性也就隐含其中。

第三,“历史”与“人文”的悖立还反映在思嘉、瑞德这两个人物与媚兰等人物的对比上面。作为缺乏历史感的艾希礼的妻子在作者的笔下是“仁慈”的化身。她心胸的博大,性格的善良,感情的纯洁,待人的宽容,处事的诚挚,爱情的忠贞等,无处不显示出她是一位“贤妻良母”,她的“人文品格”是显而易见的;但是在历史变动时期,在遇到困难或机会的时候,她彷徨等待、无所作为、没有活力、没有力量,又是一位最软弱、苍白的人物。作者情不自禁地赞扬她的美德,她简直是思嘉和瑞德的一面镜子,让思嘉和瑞德在这面镜子面前,感到羞愧。但在他们的“历史”(生活)的重要关头,作者却又把赞美之词给予思嘉和瑞德,他们虽然“不道德”,甚至投机取巧,不择手段,但他们无论在如何艰难困苦的情况下,他们都有足够的智慧和勇气,有豁得出去的冒险和牺牲精神,有那种不达目的绝不罢休的决心和能力。例如,在北军占领了亚特兰大之后,他们偷来了马车,在战火纷飞中,在尸横遍野中,冒着重重的危险,拉着在马车中呻吟的媚兰和她刚出生的孩子,返回庄园。回到庄园后,面对被战争摧残得面目全非的家境,思嘉又以极大的魄力和不怕吃苦以及战胜困难的精神,在绝境中重整家业,并适应资本主义在南部发展的机遇,独立地创出了一个“天下”,从这点上看,他们更像一个新时代的“新人”。因此,反过来,思嘉和瑞德简直又是媚兰和艾希礼的一面镜子,让媚兰和艾希礼在这面镜子面前自叹无能,并映照出他们作为农奴主的代表的不可逆转的没落的必然性。作品客观上通过人物性格的对比,艺术地表现了“历史精神”与“人文关怀”这两者的悖立,这就使作品既非对历史进步的简单歌颂,又非对人文精神的一味赞美。

在有了上面这几点分析之后,我们就不能简单地断定作者米切尔只是站在南方农奴主的立场,来理解和描绘南北战争和南方的战后重建情况。实际上米切尔的艺术视野和价值取向是双重的。她对北方资本主义向南方推进的历史，特别是对推进中的屠杀、破坏，确有严厉的批判，对南方庄园生活的美化和怀念，对媚兰的“仁慈”的赞美，在显示了她历史观的落后的同时，又表现了她对人文精神的神往。但客观上她又通过思嘉、瑞德这两个具有资本主义智慧人物的描写，以及在这两个人物身上所投入的激情，对南方贵族的无可挽回的败落的预示，又显示出作者的人文精神已获得了某种历史的维度。正是她的“历史—人文”双重精神价值的取向暗中在起作用，使她的作品不自觉地“陷入”了“困境”范式：历史进步的背后是人文精神的泯灭，可人文理想光环的闪烁中又拒斥历史的进步。

“历史—人文”双重精神价值取向的本质是，它既要历史的深度，肯定历史发展（包括科技进步）是不以人的意志为转移的，而且对人类的生存是有益的，物质的发展可以而且应该成为发扬人文精神的基础与依托；它同时又要人文深度，肯定人性、人情和人道以及人的感性、灵性、诗性对人的生存的极端重要性。不是在这“两个深度”中进行非此即彼或非彼即此的选择。它假设“历史”与“人文”为对立的两极，并充分肯定这两极紧张关系对文学的诗意表达的重要性和精神价值追求的重要性。

二、历史—人文张力关系的美学化

文学作品历史—人文关系的张力，必须美学化。如果不经过美学化，只是作品的一些思想价值，生硬地呈现在读者面前，甚至以理论的形态呈现在读者面前，那不是审美的文学，也决不能从感情上攫取人心。

恩格斯就说过：“我认为倾向应当从场面和情节中自然而然地流露出来，而不应当特别指点出来；同时我认为作家不必要把他所写的社会冲突的历史的未来的解决办法硬塞给读者。”①恩格斯这句话，不仅仅是在一般的劳动中“人是按照美的规律进行创造”（马克思语）的意义上说的，而

① [德]恩格斯著：《致敏·考茨基》，《马克思恩格斯论文学艺术》（一），人民文学出版社 1982 年版，第 186 页。

且是专门就文学创作来说的。就是说,文学首先必须是文学,必须具有审美的特征。因此“历史—人文”张力作为文学作品的思想价值,必须溶解于审美的情感与形象中,文学的思想是不能孤立的存在的,它只有借助于作品中的情感和形象才能存在。离开审美的情感和形象来宣讲主题与思想,这与文学无关。俄国批评家别林斯基说:“无疑地,艺术首先是艺术,然后才能是一定时期的社会精神和倾向的表现。不管一首诗充满着怎样美好的思想,不管他是多么强烈地反映着当代问题,可是如果里面没有诗,那么,它就不能表现美好的思想和任何问题,我们所能看到的,不过是体现得很坏的美好的企图而已。”①别林斯基说得很好。

那么我们如何才能把思想变成诗性的呢?

首先,对于文学作品中的思想必须把它理解为“情致”或“热情”,而不能理解为论文中的观点或日常生活中的议论。这一点黑格尔把作品中的思想理解为“情致”。他的“情致”就是指渗透了人的全部心情的理性的内容。它带有理性的品格,但这一切都与情感粘连在一切。后来别林斯基发展了黑格尔的“情致”说,他说:每篇作品都应该是热情的果实。他认为我们平时说的“这篇作品有思想”“那篇作品没有思想”是不准确的。我们应该说:“这篇作品有热情”,“这篇作品的热情是什么”。许多人错误地理解作品以外的到处看到的思想,这是不对的。作品的思想就是热情②。别林斯基所说的“热情”,就是黑格尔所说的“情致”(朱光潜翻译用词)。这样来理解文学作品中的思想,是正确的。记得,歌德说过,谁要是要求我把《浮士德》的主题思想说出来,那就等于要求我把我的作品重新写一遍。列夫·托尔斯泰也说过相似的话。他们的意思是,文学作品的思想往往是不可意释的。例如一部《红楼梦》的见解和倾向,不是一篇或几篇论文、一部或几部书就能把它说得尽的,《红楼梦》的主旨是什么,作者所表达的见解是什么,它的思想倾向如何,人们已经发表了很

① [俄]别列金娜选辑:《别林斯基论文学》,梁真译,上海新文艺出版社1958年版,第16页。

② [俄]别列金娜选辑:《别林斯基论文学》,梁真译,上海新文艺出版社1958年版,第55页。

多意见，争论不休，众说纷纭，为什么？因为《红楼梦》的情致是说不尽道不完的。就是极为简短的作品，如李白的《静夜思》，不过20个字，用“月夜思乡”这样的话来概括，不能说不正确，但也无法把作品的那种思想情感完全说出来。

其次，“历史—人文”的张力作为文学的价值取向，是不能喊出来的，不能直白地说出来的，是要通过情节、情景的描写自然而然地流露出来的。诚如恩格斯所说：“作者的见解越隐蔽，对艺术作品来说就越好。”①所谓作品的见解越隐蔽就越好，就是说要通过场面和情节的描写自然地流露出来。那么怎样才能通过情节和场面的描写而自然地流露出来呢？关键之点在哪里呢？关键之点就是要依靠审美性的艺术描写，作品的思想与倾向融化在艺术描写中，这种艺术描写必然渗透了作家的情感评价，所以历史—人文的价值意义，不是在艺术描写之外，只能在艺术描写之内，读者只要读了那艺术描写，就自然会慢慢地悟到作家所力图表现的历史—人文的价值的张力。

这里我们先举范仲淹的一首词为例。范仲淹（989—1052），江苏吴县（今苏州）人。他出身贫寒，两岁时候父亲就死了，穷困苦学，经过不懈奋斗考中进士，宋仁宗时官至参知政事。他在陕西带兵守卫边塞多年，英勇无畏，西边的西夏不敢来进犯。当时的议论，说他“胸中有数万甲兵”。他在《岳阳楼记》中提出“先天下之忧而忧，后天下之乐而乐”，并且亲自实践。关心国家大事，“每感论天下事，时至泣下”。他的人格为一代乃至几代人所敬仰。他的词作现存五首。在《渔家傲》这首词中，写了守边将士的家国情怀，表现了他的爱国思想之强和思乡之情之浓。《渔家傲·塞下秋来风景异》全文如下：

塞下秋来风景异，衡阳雁去无留意。四面边声连角起。千嶂里，长烟落日孤城闭。　浊酒一杯家万里，燕然未勒归无计。羌管悠

① 陆梅林辑注：《马克思恩格斯论文学艺术》（一），人民文学出版社1982年版，第189页。

悠霜满地。人不寐，将军白发征夫泪。

这首词的大概意思是：秋天来到的时候，边塞的风景格外凄异。连南飞湖南衡阳的雁也没有丝毫留恋的意思。军营的号角响起来了，连同四周的风声、马嘶声，构成了一种特殊的气氛。在高山的屏障的怀抱中，在一抹云烟的笼罩中，夕阳西下，孤独的城楼也紧紧地关闭了。那么，将士们在这孤城中又如何来度过这漫长的夜呢？喝一杯边塞的浊酒，思念起在万里之外的故乡。思念故乡为什么不回去呢？原来还没有把西夏制服，国家的安危还没有保证，还没有为国建立战功，如何能像逃兵那样回去呢？呵，当地的羌人又吹响了他们的羌笛，声音哀怨悠长，此时已是白霜满地了。大家都睡不着，将军的头发白了，战士的泪水又流了下来。

宋仁宗康定、庆历年间，范仲淹节镇西北边塞，在今天的甘肃写下了这首词。1038 年西北李元昊称帝，正式建立政权“夏”，史称“西夏”，在西北边境上，与北宋展开争夺战，给宋朝以严重威胁。康定元年（1040）李元昊攻占延州，宋兵败。在这种情况下，范仲淹被韩琦保荐为龙图阁大学士、陕西经略安抚使，担任延州知州。从此，范仲淹用了三年时间在甘肃庆阳开始了他的抵御西夏的保卫战。他到庆州后，犒赏诸羌，和解仇杀，曾经暗中勾结李元昊的部下 600 余人，受其感召，归顺宋朝。并在通往西夏的要塞大量修建城堡，建立起立体的防御体系。宋仁宗庆历三年（1043），范仲淹到大顺城视察，觉得经过艰苦的备战，抵御西夏的要塞已很坚固，于是吟道：“三月二十七，羌山始见花，将军了边事，春老未还家。”第二年，范仲淹再次到边塞要冲大顺城，写下了《渔家傲》这首词。

范仲淹这首以描写边塞萧条的秋景做衬托，以抒发守边将士爱国和思乡为宗旨的词，正是开了以词抒写比较阔大的情感的先河。后来，苏轼和辛弃疾的豪放派，把范仲淹的这一尝试扩大为词的一大流派。范仲淹的这种在艺术创造上的贡献是值得肯定的。

从思想价值上说，范仲淹这首词最大的特点是表现了历史与人文的张力。将士守卫边疆，坚守“孤城”，深知“燕然未勒归无计”，是不能离开阵地的，即使再思乡，再苦闷，再艰难，也要为保卫国家坚守到底。这样，词就肯定了一种“历史”的要求。联系到宋朝当时西北部的西夏之患，那么这种历史精神、爱国精神就更在这首词中凸显出来。但是肯定了历史精神之后，还要不要一种人文关怀呢？当然要，这样，词中又充分地表现了将士们思乡思念亲人的合理性。“浊酒一杯家万里”，家、亲人在千里万里之外，一杯浊酒怎能消解思乡思亲的苦恼呢？“一杯”与“万里”的对照。另外，词中以环境描写衬托感情。上片写环境，由一个“异”字引起，说明边塞秋天风光的独特性，然后用雁的形象来衬托人的心理。雁况且要南飞，不留念这荒凉之地，那么人怎能耐得住这种凄凉呢？可是为了国家，守卫疆土，还是要忍受这大雁都无法忍受的地方啊！这样词人在肯定了守边的历史精神的同时，又肯定了思乡的必然性和合理性。“燕然未勒”与“家万里”之间形成了一种“张力”。不是要这个，就不要那个，是两个都要。“熊掌”要，“鱼”也要。在这种两者都不能放弃的矛盾中，把将士们的复杂的内心世界通过秋景与人物以及周边的氛围的生动描写展现得很有诗意。“历史—人文”张力的价值经过了具有诗意的艺术描写，而完全美学化了，这是这首词最成功之处。

我一直认为文学的思想价值，是不能直接呈现出来的。它必须而且也可能“隐藏”于审美的艺术描写中，表面看是情节，是情景，是场面，是人物形象，是具体的细节等，但历史的、人文的深厚的思想就隐含在这描写里面。列夫·托尔斯泰对青年作家说：在作品中不要“大谈学问”“不要训诫”“不要按照自己的意志随便打断和歪曲小说的情节，自己反要跟在它后头，不管它把您引向何方”①。也许托尔斯泰说的话有点片面，但他的意思是，作品的思想价值应该隐含在作为艺术描写的情节中，让情节自然流露出来。这是经验之谈。我们可以进一步补充说，所谓艺术描写、如情节描写，情景描写，都不是枯燥的叙述，而是充满情感评价的描绘，它

① ［俄］列夫·托尔斯泰著：《论文学》，戴启篁译，漓江出版社1982年版，第178页。

的具体性和诗性完全融合在一起，这就形成了艺术中的审美。如果对情节和情景进行枯燥地叙述，那么艺术就还是灰色的，只有艺术中的审美形态完成了，那么就像灿烂的阳光照临艺术的大地，作品中的情节和情景都沐浴在辉光中，它鲜蹦活跳，它晶莹剔透，它耀人眼目，它温暖人心，由不得你不感动、不欣喜、不神往。

我以前讲过“审美溶化”论，认为在艺术的审美中，社会、道德、伦理、历史、人文等因素都“溶化”于审美中，如盐溶解于水，“体匿性存，无痕有味”。有人质疑我的说法，说我这是什么不顾作品内容的“审美主义”。我的说法怎么是“审美主义”呢？我强调的是，在艺术作品中，社会的、道德的、伦理的、历史的、人文的价值思想，都有它们的重要地位，只是这些价值思想不是直接呈现于作品的外表，而是溶化于审美形态中，在作品的诗情画意中，在作品的语言、情感和形象中。尽管“溶化”了，盐之“体”似乎藏匿起来了，但盐之“性”仍然存在，即社会的、道德的、伦理的、历史的、人文的价值思想在美学化后仍然存在。所以我至今仍坚持我的这个比喻。

第九章 审美文化:文化诗学建构的支点与方向

1999 年,我在《江海学刊》上发表了《文化诗学是可能的》一文,曾认为:“从文化视角中来考察和研究文学,这是一个独特的视角。这个视角的意义在于,它不是从文学的微观视角来考察研究文学,而是从宏观的文化视角来考察研究文学。不是从单一的学科来考察文学,而是从跨学科的视角来考察文学。”[①]我至今仍坚持认为,要摆脱文学理论的危机,其路径就在于走“文学的综合性研究”[②]道路。作为一种方法论的变革与更新,我多年来一直倡导的“文化诗学”,则正为文艺理论的蓬勃生机提供了可能。文化诗学不同于过去文艺理论单纯的概念玄辩、逻辑推演,而试图彻底摆脱这种认识论、本质论的陈旧模式,通过深入文学作品的内部研究其文化意义的载体,通过文学的文化样式与异文化之间的影响研究文学与语言、神话、政治、历史、哲学、伦理等文化形态间的互动关系。可以说,通过“文化”的中介或纽带,“文化—诗学”的互动互构,不仅超越了单一的学科视角,还从传统的“内部研究”与“外部研究”的割裂中跳出,为文学研究提供了一条更加

---

① 童庆炳撰:《文化诗学是可能的》,载《江海学刊》1999 年第 5 期。

② 童庆炳撰:《走向文学的综合性研究》,载《中国社会科学报》2014 年 1 月 3 日。

宽广、更具学理、也更为有机系统的阐释学方法。

当然，正如我在另一篇探讨《“文化诗学”作为文学理论的新构想》一文中所提出的“文化诗学的旨趣首先在它是诗学的，也即它是审美的，是主张诗情画意的，不是反诗意的，非诗意”[①]的一样，“文化诗学”要坚持文化视野走多学科综合研究之路，其“文化”首先在于它的“诗学”前提与“审美”旨趣，即“审美文化属性”。也就是说，“文化诗学”的基本视点与理论诉求就在于重视和强调文学的审美文化属性。那么，为什么要强调文学的审美文化属性？坚持文学研究的审美文化属性其目的与特色何在？作为“文化诗学”的理论支撑点，“审美文化”与历史语境与文学研究之间又该如何建立互动、互构的关系呢？这就是我们这一章所要重点阐明的问题。

第一节　“诗意的裁判”：文学的审美品格与价值诉求

关于文学的“审美文化属性”的重要性，且以刘再复先生的《双典批判》为例谈起。正如该书导言所说，刘先生试图“悬隔审美形式”，不作文

① 童庆炳撰：《“文化诗学”作为文学理论的新构想》，载《陕西师范大学学报（哲学社会科学版）》2006年第1期。

学批评，而是“直接面对文学作品的精神取向”进行文化批判。依此逻辑，他对这两部历来被视为国人必读的经典名著得出研究结论，认为：“五百年来，危害中国世道人心最大最广泛的文学作品，就是这两部经典。可怕的是，不仅过去，而且现在仍然在影响和破坏中国的人心，并化作中国人的潜意识继续塑造着中国的民族性格”，“这两部小说，正是中国人的地狱之门”①。刘再复得出这一结论的理据在于：“《水浒传》文化，从根本上，是暴力造反文化。造反文化，包括造反环境、造反理由、造反目标、造反主体、造反对象、造反方式等等，这一切全都在《水浒传》中得到呈现”，小说文本蕴含的两大基本命题就是“造反有理”“欲望有罪”；而相较于此，《三国演义》则是“更深刻、更险恶的地狱之门”，因为“《三国演义》是一部心术、心计、权术、权谋、阴谋的大全。三国中，除了关羽、张飞、鲁肃等少数人之外，其他人，特别是主要人物刘备、诸葛亮、孙权、曹操、司马懿等，全戴面具。相比之下，曹操的面具少一些，但其心也黑到极点。这个时代，几乎找不到人格完整的人”②。

毫无疑问，将《水浒传》《三国演义》这样两部历久弥新的“文学经典”视为“灾难之书”，一部搞“暴力崇拜”，一部搞“权术崇拜”，进而“影响和破坏中国的人心”，可谓标新立异，却也耸人听闻。

而刘再复先生之所以得出这一匪夷所思的结论，违反的正是“文学作为一种审美文化”这一根本原则。他所用的不是“文学批评”，而是用“价值观批判”的方法对“文学经典”的重新“解读”，在违背“诗意”的前提下，不仅用“政治批判”肢解和取消了“文学作为文学”的持久永恒的美学魅力，还几乎彻底否定了代表中国古典小说制高点的一大批经典名著，将《三国演义》《水浒传》视为中华民族原形文化的伪形产物，打入了“祸害人心”的“政治冷宫”中。

---

① 刘再复著：《双典批判——对〈水浒传〉和〈三国演义〉的文化批判》，生活·读书·新知三联书店2010年版，第3页。

② 刘再复著：《双典批判——对〈水浒传〉和〈三国演义〉的文化批判》，生活·读书·新知三联书店2010年版，第27、99页。

且以《水浒传》中观众喜闻乐见的武松“血洗鸳鸯楼”的片断为例，我们从刘再复的《双典批判》及其对金圣叹评点的评价中便可看出其研究的尺度与偏颇：

> 武松如此滥杀又如此理直气壮，已让我们目瞪口呆了。可是，竟有后人金圣叹对武松的这一行为赞不绝口，和武松一起沉浸于杀人的快乐与兴奋中。武松一路杀过去，金圣叹一路品赏过去。他在评点这段血腥杀戮的文字时，在旁作出欢呼似的批语，像球场上的啦啦队喊叫着：“杀第一个！”“杀第二个！”“杀第三个！”“杀第七个！”“杀第八个！”“杀第十一个、十二个！”“杀第十三个、十四个、十五个”，批语中洋溢着观赏血腥游戏的大快感。当武松把一楼男女斩尽杀绝后自语道：“方才心满意足”，而金圣叹则批上：“六字绝妙好辞。”观赏到武松在壁上书写“杀人者，打虎武松也”时，他更是献给最高级的评语：“奇文、奇笔、奇墨、奇纸。”说“只八个字，亦有打虎之力。文只八字，却有两番异样奇彩在内，真是天地间有数大文也”。一个一路砍杀，一个一路叫好；一个感到心满意足，一个感到心足意满。武松杀人杀得痛快，施耐庵写杀人写得痛快，金圣叹观赏杀人更加痛快，《水浒》的一代又一代读者也感到痛快。……金圣叹和读者这种英雄崇拜，是怎样的一种文化心理？是正常的，还是变态的？是属于人的，还是属于兽的？是属于中国的原形文化心理，还是伪形的中国文化心理？①

从刘先生对《水浒传》以及对金圣叹评点的批判中可以看出，其单一的政治性批判视角是显而易见的。刘再复与金圣叹，前者是“悬隔审美意识”的政治文化批判，而后者则正是基于“审美文化”基础上的审美评价。

① 刘再复著：《双典批判——对〈水浒传〉和〈三国演义〉的文化批判》，生活·读书·新知三联书店2010年版，第27页，第44—45页。

这是两人对《水浒传》进行评点的逻辑前提，也是学术立场上的分水岭。刘氏对文本解读的问题在于：他一边要搁置文学批评进行文化批判，而另一边却要反过来对诸如金圣叹的“文学评点”进行大加否定，实可谓前后矛盾，毫无统一的批评“标准”或“原则”可言。

对待同一部文学经典，刘再复之所以得出与金圣叹截然对立的观点，其症结就在于他们“裁判”文学的视角或价值标准在“文学性”与“政治性”的逻辑起点上便发生了分离。金圣叹在评点“血溅鸳鸯楼”时曾明确地指出：“此文妙处，不在写武松心粗手辣，逢人便斫，须要细细看他笔致闲处，笔尖细处，笔法严处，笔力大处，笔路别处。”①非常明显，金圣叹的评点紧扣文学文本，在作品言语的细读品味中，体验人物的形象、动作、心理乃至于文本的表现技法。其意在于“文”，而非“文本”之外的政治伦理的道德谴责。强调“因文生事”，也即是重视从艺术作品的审美形式、叙事结构等文学内部审美规律出发去刻画人物性格，塑造人物典型，从而揭示小说的叙事特点及其艺术价值。金圣叹在《水浒传·序三》中曾言明：

> 《水浒传》所叙，叙一百八人，其人不出绿林，其事不出劫杀，失教丧心，诚不可训。然而吾独欲略其形迹，伸其神理者，盖此书七十回、数十万言，可谓多矣，而举其神理，正如《论语》之一节两节，浏然以清，湛然以明，轩然以新，彼岂非《庄子》《史记》之流哉！②

在此，金圣叹“独略其形迹，伸其神理”也正是注重一种文学的“审美阅读”，而非对“绿林”好汉们“劫杀”“丧心”的政治伦理的社会学批判。

《水浒传》如此，《三国演义》亦然。如果我们总如刘再复一样，搁置“审美”的眼光，而从单一的道德伦理的角度去解构文本，那么且不说貂蝉、孙夫人（孙权妹妹）等人物形象仅是一个个“政治马戏团里的动物”，

---

① 金圣叹，李卓吾点评：《水浒传》，中华书局2009年版，第261—262页。

② 金圣叹著：《金圣叹批评本水浒传》“序三”，凤凰出版社2010年版，第6页。

即便如刘备、曹操、诸葛亮、司马懿等家喻户晓、喜闻乐见的人物典型也仅是一批好用儒术、法术、道术、阴阳术的“伪君子”了。如此丰满多姿、栩栩如生、形态各异的人物典型，一旦被纳入到刘再复“悬隔审美形式”的政治视野的“文化批判”中，便个个成了同一模式中机械复制的充满“匪气”“暴力”的“无法无天”的一串“政治符号”了。

从刘再复与金圣叹的分歧中，我们可以清楚地意识到：如果忽视文学自身独特的审美规律，仅从单一的道德伦理的政治性角度去解读文本，进行文化批判，是不可能从中体验到“文学之所以为文学”的美学意涵及其审美快感的。问题的症结在于：用单一的政治性的视角取代了“审美标准”，而非以一种“美学的”眼光，从文学的审美规律出发去分析作品，从中体验文学蕴涵的审美价值。对于类似刘先生《双典批判》中的“批评偏执”，恩格斯早有批评：“我们绝不是从道德的、党派的观点来责备歌德，而是从美学的历史的观点来责备他；我们并不是用道德的、政治的、或‘人的’尺度来衡量他。”[①]正如恩格斯“美学的观点和历史观点，以非常高的，即最高的标准来衡量您的作品”[②]所指出的一样，文学艺术作品的价值，关键在于它具有一种特殊的审美感染力量。而这种艺术的感染力则源自于人们特有的“裁判”——“诗意的裁判”，即是从“美学的历史的观点”进行文学的审美评价，而非道德的、政治的、非审美属性的评判标准。其原因在于：文学所表现的东西并不仅仅只是生活本身，而是作家对社会生活的体验，是作家情感的物化与加工。也正是这种艺术剪裁与加工后形成的情感世界，才铸就了文学经久永恒的魅力与价值。苏珊·朗格在分析长篇小说时也曾批评说：

> 但是它是小说，是诗，它的意义在于详细描绘的情感，而不在于社会学或心理学的理论。正像D·戴克斯教授所说，它的目的简直就

① 《马克思恩格斯全集》第4卷，人民出版社1958年版，第257页。

② 《马克思恩格斯选集》第4卷，人民出版社1975年版，第347页。

是全部文学的目标，就是完成全部艺术的职能。……今天的多数文学批评家，往往把当代小说当作纪实，而不是当作要取得某种诗的目标的虚构作品来加以赞扬或指责。①

应该承认，“文学是满足人的审美需要的活动，其本质是审美”②。因此，如果我们忽视了《三国演义》《水浒传》作为文学本体的艺术魅力，忽视了作品本身无法替代的独特的美学韵味，而一味地从后现代的政治性视角切入加以社会性的批判，就必然在审美的流失与取代中破坏或肢解文学艺术的文化品位及其诗意内涵，造成“文学经典”解读的庸俗化、浅薄化。

可见，如果放弃文学作为一种“审美文化”这一特质，而采取某种单一学科性质的批评视角，就有可能导致对“经典”诠释的偏颇。正据于此，文化诗学的理论建设，才要坚持文学的审美文化属性，破除单一学科性质的研究视角。只有将理论的基点率先牢牢建立在“审美文化”的土壤上，再对文学加以整体性研究，“文化诗学”才可能摆脱当下理论的困局，肩负起文学理论未来发展的使命。

第二节　认识论—泛文化—审美文化：范式的变革与更新

作为一种摆脱现实危机以适应当下文化生态的理论选择，“文化诗学”要走一条综合多元的整体性革新之路，是由长期以来文学理论自身发展格局以及所遭遇的种种问题所决定的。

自1949年以来，文学理论大体存在着三种不同的研究范式：一是受“苏化模式”的话语渗透，在“革命式”的政治性话语传统中秉承马克思唯

① ［美］苏珊·朗格著：《情感与形式》，刘大基等译，中国社会科学出版社1986年版，第333页。
② 童庆炳著：《文学活动的美学阐释》，陕西人民出版社1989年版，第78—79页。

物主义的认识论思维方法；二是受西方文化研究的影响，试图从前一阶段的认识论、本质论的模式中跳出，而转换到日常生活的“泛文化”研究方法上；三是受西方“新历史主义”的话语启发，试图摆脱第一阶段认识论的模式阈限，也反对第二阶段中脱离文学文本的“泛文化研究”模式，但同时又希望将“文化研究”视野纳入到文学研究中，因此，我们提出了“走向文化诗学”的研究方法。在这三种范式中，只有坚持“审美文化”路径，走多学科综合性研究的“文化诗学”之路，才是文艺理论未来发展的必然选择。

一、哲学认识论思维模式

文学理论研究的第一种范式，是很长一段时期内起着支配性作用的哲学认识论思维模式。在美学领域，如蔡仪 1942 年出版的《新艺术论》在讨论艺术与现实的关系时，开宗明义地指出“艺术是认识现实并表现现实的”[①]，而其学理逻辑则在于是否“正确地反映现实”，是否“符合于客观真理”[②]。这种哲学认识论思维不仅使得随后出版的《新美学》得出诸如“美在于客观事物，那么由客观事物入手便是美学的唯一正确的途径”[③]等逻辑结论，还直接导致 1949 年后的“美学大讨论”长期陷于思维对存在的哲学框架中。受限于“主客模式”的认识论阈限，五六十年代关于“美的本质”的论辩其实就是将“唯物—唯心”“主观—客观”的哲学本体论的探求方式简单地移植到美学问题上，进而将美学纳入认识论的框架，并在“思维—存在”的推演中影响了美学的现代性主体意涵。

在文学理论领域，从哲学认识论出发将文学看成是现实真理的认识、反映，同样成为了不容置疑的“金科玉律”而不断沿袭。我们先来看 1953 年由平明出版社推出的盛极一时的季莫菲耶夫的《文学概论》。这套教材不仅将文学“鲜明凸出的特质”确定为它的“形象性”，还认为文学的本

---

① 蔡仪著：《新艺术论》，见《美学论著初编》上册，上海文艺出版社 1982 年版，第 4 页。
② 蔡仪著：《新艺术论》，见《美学论著初编》上册，上海文艺出版社 1982 年版，第 23 页。
③ 蔡仪著：《新美学》，群益出版社 1951 年版，第 17、20 页。

质在于“形象的生活的反映”①；随后出版的谢皮洛娃的《文艺学概论》依旧如故，认为文学的意义就在于“反映生活并特别积极地促进对社会生活的理解”②。同样的问题还反映在本土理论教材的编写中。如由蔡仪主编的《文学概论》即指出“文学是社会生活的反映，社会生活是文学的唯一源泉，只不过文学不同于科学对社会生活的反映，它的基本特征在于“通过形象反映社会生活”③。这种思想在以群主编的《文学的基本原理》中同样沿袭，认为“文学艺术的基本特点，在于它用形象反映社会生活”，哲学、社会科学和文学、艺术的共同点就其来源和作用看都是“来源于客观世界，是客观存在在人们头脑中反映的产物”④。

可以说，这种哲学认识论的思维模式很长一段时期内在中国文艺理论与美学研究中均起着支配性作用，不仅造成文学创作上的公式化、概念化、脸谱化，还对中国文艺理论与美学的学科建设造成了消极的影响。

二、“泛文化研究”模式

文学理论研究的第二种范式，是当下仍较为“火热”的“泛文化研究”模式。这种研究模式率先起于对本土学术语境中长期占据支配地位的认识论、本质论、工具论文艺学模式的反驳，并在西方“文化研究”的译介影响下于八十年代末至九十年代初登场，而后在文学理论与美学的“文化转向”中扮演主角，直至延续到世纪初关于“日常生活审美化”及美学的“生活论转向”中。“泛文化研究”在理论的缘起上深受西方“文化研究”的启发，并希望通过这种话语机制的转换超越传统的局限于经典作家作品的研究，而换以对“文艺的自主性进行历史的、社会学的分析”，并在知识社会性的考察与历史自省中超越过去的“认识论文艺学”“工具论文艺学”

① ［苏］季莫菲耶夫著：《文学概论》，查良铮译，平明出版社 1954 年版，第 127 页。
② ［苏］谢皮洛娃著：《文艺学概论》，罗叶等译，人民文学出版社 1959 年版，第 13—14 页。
③ 蔡仪主编：《文学概论》，人民文学出版社 1984 年版，第 4 页，第 17—18 页。
④ 以群主编：《文学的基本原理》，上海文艺出版社 1983 年版，第 34—35 页。

及“本质化文艺学”模式[①]。众所周知,西方“文化研究”主要是指英国伯明翰大学的“当代文化研究中心”(CCCS),如威廉斯与霍尔等人。但他们对文化研究的定义也莫衷一是:或是“日常生活的文化形式和实践”;或是“文化与空间的关系”;或是“探究权利的形形色色,各不相同,包括性别、种族、阶级、殖民主义等等”;或是认为“文化研究是一个人们用来将他们对大众文化的迷恋合法化的技术性词汇”……[②]但在“伯明翰学派”的推动下,文化研究成为了20世纪80年代后最为活跃的一个理论领域,并且这种研究还将注意力从过去以“精英文化”为主体的文化现象推衍到了边缘领域,如大众文化以及与大众密切相关的日常生活领域中。于是,对广告、时装、流行歌曲、摔跤节目等“日常生活现象”的关注与批判成为了文化研究学者“介入社会”的一种方式[③]。

受西方思潮的影响,加上经济的发展以及全球化进程,这种“文化研究”的思路与方法不仅契合了消费之风,还与当代中国知识分子参与并介入社会的热情一拍即合。因此文化市场的兴盛、大众文化的蔓延,文化工业的崛起急需人文知识分子做出应对。而包含现实性批判意识并强调跨学科研究的“文化研究”模式恰好提供了理论的范式。因此,在中国的“文化研究”中,其指向的也仍是日常生活文化、大众文化,它关注大众传媒、关注全球化、关注人的身份认同,展现的是质疑、消解和批判的立场。正如文化研究者所言:“文化研究从它的诞生之日起,就在倡导‘穿越学科边界’的‘跨学科方法’(transdisciplinary approach),也在积极地把文化研究打磨成一种进行社会斗争、从事社会批判的武器。”[④]可见,“文化研究作为一门学科或领域,其开放性的批判是次要的,更为重要的是,文化研究是一种政治层面的强烈介入,是一种文化与权力关系的探讨,是一种

---

① 陶东风、徐艳蕊著:《当代中国的文化批评》,北京大学出版社2006年版,第12—14页。
② 朱立元著:《当代西方文艺理论》,华东师范大学出版社2005年版,第452页。
③ [美]约翰·费斯克著:《理解大众文化》,王晓玨、宋伟杰译,中央编译出版社2001年版。
④ 赵勇著:《透视大众文化》,中国文史出版社2004年版,第15页。

对社会不良政治经济制度和操控舆论的坚决反击和批判”[①]。因文化研究注重和强调的仍是一种知识社会学的政治性批判，是人文知识分子在社会转型中凸显自己的社会责任意识与参与意识的回应与表达。所以，“文化研究”范式关注的重心已非传统的作家作品，而是“已经完全离开文学研究的传统对象，转而研究一些像城市的空间建构（广场、酒吧、咖啡馆、民俗村、购物中心）、广告、时装、电视现场直播、校庆，等等”[②]。这种研究倾向与西方文化研究关注“当代文化”“影视大众文化”“边缘文化和亚文化”“权力关系及其运作机制”[③]等如出一辙。

那么，相较于“自闭性”的哲学认识论范式，这种无限“敞开性”的“超学科甚至是反学科”的“泛文化研究”范式又能否解决文学理论的根本性问题呢？我们的答案是：可以提倡，但需改造。对此，我们认为：“文化研究对于文学理论来说，既是挑战，也是机遇。说它是挑战，就是文化批评对象的转移，解读文本的转移，文学文本可能会在文化批评的视野中消失。说它是机遇，主要是文化批评给文学理论重新迎回来文化的视角，文化的视角将看到一个极为辽阔的天地。”[④]因“文化研究”引入了跨学科的知识，强调文学与政治、社会、历史、哲学等学科的互动关系，改变了传统的“认识论”模式以及单一性的学科视角，能够极大地拓宽我们文学研究的理论格局，这是它的可取之处；但与此同时，这种脱离文学文本自身而一味与政治社会勾连的“泛文化研究”模式，不仅远离了文学文本，丧失了“文学理论起码的学科品格”，更在“越权”式的承担文化批判、政治学批判、社会学批判的任务中将文学拉向远离文学的疆场[⑤]。

据上考虑，从学科发展的长远角度看，“泛文化研究”范式因其偏离

---

① 李圣传撰：《文化与诗学的互构——“文化诗学”与“文化研究”之辨》，载《浙江师范大学学报（社会科学版）》2012 年第 1 期。

② 陶东风、徐艳蕊著：《当代中国的文化批评》，北京大学出版社 2006 年版，第 12—14 页。

③ 罗钢、刘象愚主编：《文化研究读本》，中国社会科学出版社 2000 年版，第 1 页。

④ 童庆炳撰：《植根于现实土壤的“文化诗学”》，载《文学评论》2001 年第 6 期。

⑤ 李圣传：《文化诗学的理论困境与突围对策》，《福建师范大学学报（哲学社会科学版）》2012 年第 5 期。

文学本体的路向，因而在学科品格的流失中同样不能解决文学理论自身存在的问题。

三、“文化诗学”的研究方法

文学理论研究的第三种范式，即“文化诗学”的研究方法，是对以上两种模式的变革、更新与发展。“文化诗学”始于20世纪90年代初中期而兴于世纪之初，是基于以上两种研究范式均无法或无力解决文学理论存在的问题这一逻辑基础上提出的。它不仅在反思“认识论”范式中重视文学的“他律性”及“文化视野”，也在反思“泛文化研究”范式中强调文学的“自律性”及“审美性品格”。因此，作为一种方法论的变革，通往一条既重视文学的“富于诗意”的“审美性品格”，又关注文本之外的更为广阔的“文化视野”的“文化诗学”之路，成为了文艺理论未来发展的必然选择。其原因在于：

其一，文化诗学采取了多学科综合整体性的研究视野，强调文学与其他学科之间的互动互构关系，这有效防止了哲学认识论思维模式中的思维阈限以及单一性的学科视角，将文学研究引向更深、更广的学理层次提供了理论可能；其二，文化诗学重视“文化研究的视野”，但又坚持“诗学”的落脚点，坚守文学研究的诗意品格，强调文学的“审美文化”属性，因而既更新了文学研究的思维方法，又有效地防止了“泛文化研究”模式中学科品格的流失；其三，文化诗学作为一种方法论的革新，提供了一套既切合文学本体又更加贴近实际的知识话语体系。

纵观当代文艺理论的发展格局，在以上三种历史时空的研究范式中，只有变革更新后的“文化诗学”研究范式，才能在文学与其他学科的互文参照中满足文学与人类社会相互交织而可能出现的话语复杂性这一“现实性实际”，也才能满足多元媒介融合时代下文学不断面临新问题、新对象而传统研究范式又无法涵盖与无力言说这一“理论性实际”。正是在跨学科的广阔文化视野中，我们将文学理论建立在“审美文化属性”这一基础前提下，才有可能提供一套更加全面合理、更加有机系统的“文化诗学”的阐释路径，有效地化解文学研究的方法论危机，肩负起“理论之后”的文艺理论职责。

第三节 “审美文化”作为“文化诗学”场域的原点与支点

“文化诗学”因坚持文学的“审美文化”属性，重视文学艺术与其他文化形态间的互涵互动关系，因而相较于过去的哲学认识论思维模式以及“泛文化研究”范式，它能更加合理有效地化解文艺理论存在的问题。在传统文论研究范式的反思与改进中，也能够将文学研究的理论格局提升到一个更深、更广的高度。正是在这一层面上，才将“审美文化”视为文化诗学建构的原点与支点。

关于“审美文化”，叶朗先生在《现代美学体系》中有着很好的诠释，包括“审美活动的物化产品”“审美活动的观念体系”以及“人的审美行为方式”[①]。因审美文化与美学及文化学紧密关联，因此，文化诗学强调文学的审美文化特性，这就与一般的非审美文化以及现实中一般的日常生活划开了界限。此外，将文学视为一种审美文化，也即意味着文学中的各种社会的、政治的、经济的、道德的、伦理的思想只有呈现在这一特殊的文学文本之内，这种复杂的审美意蕴及其所包孕的社会学层面的生活内容才具有现实性意义。文化→审美文化→文学，作为渐次深入的领域，文化诗学话语空间产生的知识意义就在于三者合力状态所形成的多元互渗与沟通的整体性场域中。

首先，文学作为一种审美话语，其本身就是一种“审美文化”的表现，正因审美话语的组织结构与表现，才形成了文学语言、文学话语、文学叙

---

① 叶朗主编：《现代美学体系》，北京大学出版社 1999 年版，第 242—243 页。

事与文学修辞等一系列话语组织形式，形成了文学自身独特的审美规律与文化特征。韦勒克、沃伦曾认为“每一件文学作品都只是一种特定语言中文字语汇的选择”，“文学是与语言的各个方面相关联的”[①]。文学作为一种语言的艺术，一种人的审美创作活动，它必然是一种审美的对象。卡勒也指出：“一部文学作品就是一个审美对象，这是因为在暂时排除或搁置了其他交流功能之后，文学促使读者去思考形式与内容相互间的关系。”[②]可见，对文学的研究，首先需要高度重视从语言分析入手的文本细读，只有将文本语言作为研究的基础，进而抓住作品中的人物、性格、心理、神态及其社会历史场景，才能完成对文本的“症候性”解读。文化诗学也就是要在语言分析与审美批评的基础上，加入文化的视野，这样也才能在双向拓展中真正揭示文学作品的深层意蕴及其美学寓涵。

其次，“审美文化”为文学艺术确立了一种诗意特性的“格式塔质”，并搭建了“历史理性”与“人文关怀”的价值坐标，还为文学艺术与别的文化形态间的互动互构提供了一套开放的文化系统。学者周宪指出：审美文化的某些领域正被“商业目的和交换价值所取代，‘诗意的’表现转化为‘散文的’工具价值，最终为了实现某种审美之外的商业目标。……文化从诗意状态向散文状态转变的一个重要标志，是艺术越来越放弃它所固有的诗的视野和胸襟，把艺术和日常生活混杂起来，并以一种日常生活的方式来看待艺术，而不是以审美的方式来看待生活”[③]。这种从“雅趣”向“畸趣”的趣味转变，不仅背离了传统的诗意追求，还消解了文学艺术的审美韵味。而“文化诗学”因强调审美文化，并主张一种“诗意化”的价值旨趣与人文精神，因而恰能对此进行鞭笞与修正，维护文学艺术的精神本色。在此，“历史理性”与“人文关怀”是文化诗学场域中的重要两极，也是评判艺术的重要尺度。“历史—人文”的双重价值尺度不仅体现了作家的情感立场与文学艺术的价值导向，更有效地取代了“过去的那种僵

---

① ［美］韦勒克、沃伦著：《文学理论》，刘象愚等译，江苏教育出版社2009年版，第195—198页。

② ［美］乔纳森·卡勒著：《文学理论入门》，李平译，译林出版社2008年版，第35页。

③ 周宪著：《中国当代审美文化研究》，北京大学出版社1997年版，第322页。

硬的律条作为批评标准”[①]。此外,因审美文化作为文化系统的一部分,它本身就具有表层文化所具备的属性功能,这就恰好能够为审美文化内层的文学提供一种与母系统——文化之间互涵互动的视野。而人类文化的“‘人性’的圆周”上又是由“语言、神话、艺术、宗教”等形态功能的扇面有机组织而成[②],所以,从文化系统出发审视文学,也就为文学与各个文化扇面之间的相互关系提供一种跨学科研究的可能。因此,文化诗学坚持以“审美文化”作为基点,也正因为它为文学艺术摆脱了过去孤立封闭的文学研究以及单一化学科的批评视角,在开放的文化系统中实现了“文化—审美—文学”的视域融合,为文学的文化研究提供了一条更加广阔而有机的新的方法论范式。

最后,以“审美文化”为中介和辐射,文学、文化与历史之间的张力关系形成了一个循环流动的“力场”,在这相互协同与有机联系的网络关系中,为文学研究深入历史文化语境、深入文学的文化意义载体、深入文本中隐含的意识形态及其人类生产方式提供了多向度的阐释视界。弗雷德里克·杰姆逊曾指出“真正的解释使注意力回到历史本身,既回到作品的历史环境,也回到评论家的历史环境”[③],由此,他认为:“一定文本板结的既定东西和材料在语义上的丰富性与拓展必须发生在三个同心的构架之内:这是一个文本从社会基础意义展开的标志,这些意义的概念首先是‘政治历史’的,狭义地以按时间的事件以其发生时序编年地扩展开来;继之是‘社会的’,现时在构成上的紧张与社会阶级之间斗争在较少历时性和拘于时间意义上的概念;最终,历史在其最宽泛的意义上被构想,即生产方式的顺序和种种人类社会形态的命运和演进之中,从史前期生命到等待我们的无论多么久远的未来史的意义。”[④]根据杰姆逊的理解,一

① 童庆炳著:《美学与当代文化讲演录》,广西师范大学出版社 2007 年版,第 227 页。

② [德]恩斯特·卡西尔著:《人论》,甘阳译,上海译文出版社 1986 年版,第 87 页。

③ [美]弗雷德里克·杰姆逊著:《快感:文化与政治》,王逢振等译,中国社会科学出版社 1998 年版,第 4 页。

④ [美]弗雷德里克·杰姆逊著:《快感:文化与政治》,王逢振等译,中国社会科学出版社 1998 年版,第 67 页。

部作品是在三个渐次展开的阐释视界内呈现：第一层是狭义的个别文本；第二层是扩展到社会秩序的文化现象中的文本，它在宏大的集体和阶级话语形态中被重构；第三层是处于一个新的作为整体人类历史的最终视界。杰姆逊这种“新历史主义”的思维与我们主张的“文化诗学”在方法上具有相似处。这就是说，文学艺术应该走出文本自身的封闭系统，通过“文化系统”的中介，揭示“文学作品、文学作品的社会——文化语境以及二者之间的联系”①，并在“语境化”(contextualization)与“互文性”(intertextuality)的视域内把握文学的文化内涵。当然，与美国新历史主义文化诗学代表格林布拉特、海登·海特、杰姆逊等人热衷于关注“文本”外的政治社会性的权力意识形态这一路径指向不同的是：中国文化诗学的旨趣更体现在“审美文化”的精神品格中，即通过对文学艺术的批评，承担对社会大众审美文化趣味的培养，担负起社会伦理道德以及日常生活准则的价值引导这一责任。审美文化强调学术品格与文化品位，文艺作品肩负树立和弘扬社会主义核心价值观的使命。因此，文化诗学坚持审美文化的基点不动摇，坚持人文精神的内核不动摇，就必然在适应现实与时代需求的发展中迎来理论发展的蓬勃生机。

---

① [美]海登·怀特著：《评新历史主义》，见张京媛主编：《新历史主义与文学批评》，北京大学出版社1993年版，第96页。

第十章　中外个案:文化诗学理论的成功实践

文化诗学不是今天才有的,实际上无论中外文学理论批评历史上,成功的文学理论建构总是自觉不自觉地要走上文化诗学这条“内外结合”的道路。他们自觉不自觉地感到,文学不能仅仅是形式,也不能仅仅是内容,无论形式与内容都不能不处于一定的历史文化语境之中,最终对于文学本身的解释不能仅仅看文学本身,还要考察产生文学的带有历史文化印记的社会生活。这样一来,凡内外结合的理论批评模式都可以归入到文化诗学的范围里。当然,在中外历代的理论家和批评家那里,有偏重于文学作品的内容和偏重于文学作品形式之分,我们这里准备选择中外文学理论中内外结合得比较好的理论,看看前人与外国人对于文化诗学的成功实践。

第一节　中国文学理论中的“兴”说和“意境”说

中国是一个古老的文学大国,早在 2000 多年前的西周，我们的古人在文学上发现了“兴”，并成功地在诗歌创作中进行了实践，其后在长期的历史过程中形成了“兴”的理论。“意境”说提出得也很早，最晚是唐代提出的，但真正完成则到了晚清时期的王国维的《人间词话》。“兴”与“意境”都从语言进入，通过诗意的中介，形成了一种审美文化修辞，是比较典型的文化诗学。所以特别选择这两说来加以讨论。

一、中国古代文论中的“兴”说

这里说的“兴”，就是“赋比兴”中的“兴”。“赋比兴”的说法早在春秋时代就已经提出，不断积累，终于形成今天中国古代文论的重要学说。最早《周礼·春官·大师》总结：“教六诗，曰风，曰赋，曰比，曰兴，曰雅，曰颂。以六德为之本，以六律为之音。”[①]汉代《毛诗序》的作者，又根据《周礼》的说法提出了“诗之六义”说：“故诗有六义焉，一曰风，二曰赋，三曰比，四曰兴，五曰雅，六曰颂。”[②]很明显，风、雅、颂是属于《诗经》的文体分类，赋、比、兴是指什么，则没有说明。后人于是对这个问题展开了研究，获得了成果。

对于《诗经》和后来民歌中“兴”的研究，历来有不同理解。

第一种看法，认为“兴”是言语修辞。如朱熹在《诗集传》中说：“兴

---

① 《周礼·春官·大师》，见张少康等选注：《先秦两汉文论选》，人民文学出版社1996年版，第253页。

② 《毛诗序》，见张少康等选注：《先秦两汉文论选》，人民文学出版社1999年版，第344页。

者,先言他物以引起所言之辞。比者,以彼物比此物也。”“赋者,敷陈其事,而直言之者也。”[1]赞成此说的人最多。在朱熹的解说中,强调比兴是一种修辞手段,一种语言技巧。这种看法,得到了广泛的认同,特别是语言学家的赞同。如《王力古汉语字典》也是引朱熹的看法,并解释说兴是一种语言表现手法。从训诂的角度看,认为“兴”是语言表现手法,是有道理的。但作为一种语言解说,用之于非文学著作中是可以的,但用之于文学作品似乎就还隔着一层。因为诗歌的语言是情感的语言,离开情感,单纯从文字训诂的角度,很难把属于情感世界的诗歌解说清楚。实际上,对于这种解说,连朱熹本人有时也是怀疑的。

第二种看法,认为兴是托物兴情,是审美的一种机制。刘勰的“比显兴隐”说,钟嵘的“文已尽意有余”说,宋人李仲蒙的“叙物索物触物”说,近人徐复观新的解说。这四人都属于这一类。钟嵘在《诗品序》中说:“故诗有三义,一曰兴,二曰比,三曰赋,文有尽意有余,兴也;因物喻志,比也;直书其事,寓言写物,赋也。宏斯三义,酌而用之。干之以风力,润之以丹采,使味之者无极,闻之者动心,是诗之至也。”在钟嵘看来,三者都是文学的方法。因为运用赋比兴都要“干之以风力,润之者以采”,最终目的都是要使“味之者无极,闻之者动心”。钟嵘对比和赋的解说,与前人相比,没有提出更新的东西。但是他对兴的解说则很有新意。他说:“文有尽意有余,兴也。”这就把“兴”的含蓄蕴藉的审美功能说得比较清楚。这种看似“与训诂乖殊”(黄侃《〈文心雕龙〉札记》)的解说,“说得不明不白”(黎锦熙《修辞学·比兴》篇)的解说,恰恰揭示了“兴”的审美功能,是十分有意义的。因为钟嵘显然体会到用“兴”的作品具有无限绵延的情感,同时也体会到读者在品味用“兴”的作品时必须有情感的投入。既然是“文有尽意有余”,那么就有待于读者的参与,如果没有读者情感的投入,单用训诂的方法去读,是不可能体会出“文有尽意有余”的。钟嵘的这种理解与刘勰的《文心雕龙·比兴》篇的“比显兴隐”的观点密切

① 朱熹:《诗集传》卷一,上海古籍出版社1962年版,第1页。

相关。

刘勰在《文心雕龙·比兴》篇中把“比”与“兴”对比起来讲，他的“比显兴隐”的观点，从审美效果立论，特别值得我们重视：“比者，附也；兴者，起也。附理者切类以指事，起情者依微以拟议。起情故兴体以立，附理故比例以生。”[①]比显兴隐[②]。刘勰在这里提出“附理”和“起情”作为比与兴的区别，是很有道理的。

那么什么叫作“附理”，又什么叫作“起情”呢？我们认为在文学抒发的情感中，除了“赋”以外，还有两大类，一种是比较清晰的确定的情感，这种情感具有鲜明的强烈特征，如十分的爱慕，或万分的憎恨，或极端的愤怒，或极度的悲哀等，这种强烈的感情再经过“痛定思痛”“爱定思爱”“恨定思恨”“悲定思悲”之后，可以用词语说出来，往往积淀为一种“理性”，即情感中“附”着了“理”。徐复观说：“比是由感情反省中浮现出的理智所安排的，使主题与客观事物发生关联的自然结果。”这是不错的。例如，某个女人她所爱的丈夫死了，这在当时是十分悲痛的事情。但这件事情如果过了若干年后，那么她也就可以用理性来对待了。这类情感就可“切类以指事”，即根据不同情感的“类”的倾向来采用“比”，适宜于通过“比”的方式来抒发。或者可以这样说，由于这类情感的清晰性、确定性，被“比”的“此物”，与用来比喻的“彼物”之间，经过一番“理智”的安排，即经过“匠心独运”，通过一条“理路”，可以把“彼物”与“此物”联系起来。在这里抒情者是有选择性的，选择甲或乙作为“彼物”，可以有一个理智选择过程，最后产生“比”的“理象”。例如，《诗经·硕鼠》：“硕鼠硕鼠，无食我黍。三岁贯汝，莫我肯顾。逝将去汝，适彼乐土。乐土乐土，爰得我所。”这是普通下层民众对剥削者的极端的愤怒，这种愤怒已经积淀为理智，所以适合于运用“比”的方式。你看，在这首诗中，把剥削者比喻成贼头贼脑的贪得无厌的大老鼠，不是把剥削者的丑恶嘴脸描写得十

---

① 范文澜著：《文心雕龙注》下册，人民文学出版社1958年版，第601页。

② 范文澜著：《文心雕龙注》下册，人民文学出版社1958年版，第601页。

分生动吗？在这比喻的过程，作者虽怀着愤怒的情感，但情感清晰、明确，其中就含有“理智”的因素，本来可以把剥削者比喻成豺狼、虎豹等，但作者经过“匠心独运”的理智的选择，觉得把贪得无厌的剥削者比喻成硕鼠更确切，这就叫作“附理者切类以指事”。刘勰的“附理”二字，尤为精辟，“比”的形象或多或少都有“理”的因素在起作用。换言之，比的事物和被比的事物之间，有一个“理”的中介，通过这个中介，两者的相似点（如剥削者与硕鼠）才被关联起来。由于比要有“理”的中介，所以按照刘勰的说法，其审美效果是“比显”。

刘勰认为兴与比不同，他说：“兴者，起也”，“起情者依微以拟议”。这就是说，在文学抒情中，还有一类情感是比较朦胧的、深微的，不但摸不着，抓不着，而且说不清，道不明，处于所谓“可解不可解”的状况。在这种情况下，就往往自觉不自觉地运用“兴”的方式，即刘勰所说的“起情者依微以拟议”。

宋人李仲蒙的解说也很有意义，他说：“叙物以言情谓之赋，情物尽者也；索物以托情谓之比，情附物者也；触物以起情谓之兴，物动情者也。”①李仲蒙分别从“叙物”“索物”“触物”的角度来解释“赋、比、兴”。在他看来，作为赋的“叙物”不仅仅是“铺陈其事”，还必须与“言情”相结合，就是说作者既要把情感表现得淋漓尽致，又要把客观的物象描写得真切生动。这就比传统的解释进了一大步，更加符合创作中对于“赋”的要求。唐代许多诗人用“赋”，的确都表现了这样的特点，如杜甫的《北征》《自京赴奉先咏怀五百字》、“三吏三别”，白居易的《长恨歌》与《琵琶行》，主要是用“赋”，却也十分尽情。作为“比”的“索物”，即索取和选择物象以寄托感情，不完全是一个运用比喻手法问题，作者还必须在比喻中表达作者真挚的感情。唐代许多诗歌中的比喻，如李白《春思》：“燕草如碧丝，秦桑低绿枝……”这里用“比”，却以情附物，而不像某些汉赋那样把各种比喻变成单纯词藻的堆砌。作为“兴”的“触物”，由外物的激发以兴情，反过来

① 引自胡寅著：《与李叔易书》，《斐然集》卷十八，《四库全书》本。

又把情感浸透于所描写的物象中。显然,李仲蒙对“赋、比、兴”的解说,最后都归结到一个“情”字上面,这就更符合文学的审美特征,这是很有见地的。

新儒家代表人物徐复观的看法也很有意义。徐复观说:“人类的心灵,仅就情这一面说,有如一个深密无限的磁场;兴所叙述的事物,恰如由磁场所发生的磁性,直接吸住了它所能吸住的事物。因此,兴的事物和诗的主题的关系,不是像比那样,系通过一条理路将两者联系起来,而是由感情所直接搭挂上,沾染上,有如所谓‘拈花惹草’一般;因此即此以来形成一首诗的气氛、情调、韵味、色泽的。”①这个说法是符合实际的,由于诗人的情感是朦胧的,不确定的,没有明确的方向性,他不能明确地比喻,诗人只就这种朦胧的、深微的情感,偶然触景而发,这种景可能是他眼前偶然遇见的,也可能是心中突然浮现的。当这种朦胧深微之情和偶然浮现之景,互相触发,互相吸引,于是朦胧的未定型的情,即刻凝结为一种形象,这种在情景相触而将情感定型的方式就是“兴”。徐复观认为兴的作用在于形成一首诗的“气氛、情调、韵味、色泽”,这“气氛、情调、韵味、色泽”八个字特别精到,很好地解决了前面长期讨论作为“先言他物”的兴句,与“引起的所咏之词”的关系问题:即前两句“兴”句与后面的“所咏之词”,究竟有没有关系?如果有关系,那又是什么关系?是不是仅仅有一种“协韵”的关系?按照徐复观的观点来理解,“兴句”与后面的“情句”是有关系的,但不是单纯的“协韵”的关系。兴句的作用不是标明诗歌主旨,也非概念性说明,兴句所关联的只是诗歌的“气氛、情调、韵味、色泽”,重在加强诗歌的诗情画意。

“气氛”“情调”“韵味”“色泽”对抒情诗歌来说,不是可有可无的,而是至关重要的,从某种意义上说,这虽然不是诗的全部,也是诗性的基本方面。这里可以举一首王昌龄的《从军行》为例:

---

① 徐复观著:《释诗的比兴——重新奠定中国诗的欣赏基础》,台湾学生书局1976年版,第100页。

琵琶起舞换新声，总是关山离别情。
缭乱边愁听不尽，高高秋月照长城。①

首先要说明的是，“兴”在后来的发展，“兴句”不一定放在前面，而可以放到全诗的任何一个位置上，当然也可以放置到后面。这首诗里，兴句是第四句“高高秋月照长城”。全诗写的是“边愁”，似乎前面三句已经把意思写尽，可是加上了“高高秋月照长城”以后，我们的感受有何变化呢？假如说前三句与第四句无关，那么为什么我们读了“高高秋月照长城”之后，如何会有一种无限苍凉、惆怅之感？并会激起对那些守边将士的崇敬之情呢？假如说，后面的“兴句”与前面的句子有关，那么又是什么关系呢？准确地说，又很难说出来。这只能说是后面的兴句，大大增强了守边将士的“边愁”的气氛和情调。如果我们再进一步追问，为什么后面的兴句，会增强边愁的气氛和情调呢？原来“高高秋月照长城”作为似乎是客观的景象，是从主观“边愁”的情感看出，情与景两者已经融合在一起，整个景象都被“边愁”融化了，因而秋月、长城都渗透了无边的“边愁”，而无边“边愁”也融化于秋月、长城中了。这种融合的确是朦胧的，看不出结合的痕迹。这种融合不是什么“匠心独运”，而是一种“神来之笔”。

刘勰、钟嵘、李仲蒙和徐复观这四人对“兴”的具体理解虽然不同，但是有相通之处，即他们都从“兴”与“情”的关系来说明“兴”的意义，都认为“兴”不仅仅是言语修辞手法，更重要的是人的情感的表达，是耐人寻味的审美效应。

但我们要说的是，“兴”不但是言语手法、情感表达和审美效应，同时也与历史文化相关。“兴”作为手法不是固定不变的，作为情感表达和审美效应也不是固定不变的，“兴”的运用总是带有时代的痕迹，不同时代的“兴”带有不同的历史文化内容。我的理解是作为古代文论中的重要的“兴”说，是语言的特殊表现手法，通过审美情感的中介，接通了社会历

① 霍松林主编：《万首唐人绝句校注集评》中册，山西人民出版社1991年版，第163页。

史内涵的一种文化修辞。就是说,朱熹所说的“先言他物,以引起所咏之词”的说法是对的,刘勰所说的“比显兴隐”、钟嵘所说的“文有尽意有余”、李仲蒙所说的“触物以起情”也是对的,但是这些还不够,还应该把“兴”的修辞技巧、审美效应与社会历史文化联系起来。我们的古人有时把“兴”又称为“兴寄”,在兴中要有所寄托。这寄托,当然是与文化精神相关的。我的理解是:首先,中国古代的“兴”是民族文化的产物,是中华民族的文化的产物,受中华民族文化影响深远的朝鲜族、大和民族、越南民族那里,是有“兴”这种文化修辞的。但在西方的民族那里我们就根本不可能在他们的抒情作品中看到这种“先言他物,以引起所咏之词”的文化修辞。他们的抒情作品,可以把景物描写作为抒发情感的背景或空间,或者作为一种纯粹的象征物出现,但不会出现这种与诗的感情若即若离的、亦即亦离的“兴句”或“兴象”。如果我们读一读西方各国的诗歌作品,我们会发现比喻、反讽、张力、象征、转喻、隐喻等修辞,但没有“兴”这种文化修辞,只有中华文化圈或汉字圈的诗歌作品才会有“兴”这种文化修辞。如《诗经》中的“兴”句用了“凤”“麒麟”都只是中华民族才有的。

其次,“兴”的出现与中国民族社会时期的历史文化密切相关。2000多年前西周春秋时代的先人为什么在《诗三百篇》中总是要在言情句之前,先写描写动植物的兴句呢?这种兴句为何与言情句若即若离呢?你说这两者无关似乎也可以,但你说有关似乎同样可以。例如,在《关雎》中“关关雎鸠,在河之洲”为“兴”句,在《桃夭》里面用“桃之夭夭,灼灼其华”等为“兴”,其中是否附着了历史文化内涵呢?我们发现,《诗三百篇》中所有的“兴句”,所描写的差不多都是动植物。这不是偶然的。中华民族的摇篮在黄河与长江,早在五六千年前的民族社会时期,我们的祖先就在这里从事耕作与狩猎,他们最为熟悉的就是动植物,对动植物产生了极为深厚的感情,动植物成为他们生活的内在的一部分,甚至成为他们内心的符号。唐代皎然在《诗式》中谈到“比兴”的时候说:“凡禽鱼草木人物名,数万象之中,义类同者,尽入比兴。”这个道理是显而易见的。

如桃花是每年都能看见的,十分熟悉的。红色的桃花,给你以喜气洋洋的感觉,给你以温暖无比的感觉,是春天的生机勃勃的符号,是美好的符号,是向上的符号。《诗经 · 周南 · 桃夭》:

桃之夭夭,灼灼其华。之子于归,宜其室家。
桃之夭夭,有蕡其实。之子于归,宜其家室。
桃之夭夭,其叶蓁蓁。之子于归,宜其家人。

这是一首祝福出嫁新娘的诗篇。在这三节诗的前两句都是"兴句"。第一节的兴句,是用以烘托出嫁的喜庆的气氛。第二节和第三节的兴句,所写的是桃花未来会枝繁叶茂,会结出饱满的果实,意味深长,也许就是祝福新娘将来多子多福,家庭热闹火爆,也许是祝愿新娘生活幸福,日子蒸蒸日上。在这里"兴"已经让人联想到了中华民族追求子女众多、绵延后代的文化意蕴。但这种文化意蕴不是现代的,是属于中华民族社会的。("孝"——孔子说:"不孝有三,无后为大。")又如《诗经 · 小雅 · 鸿雁》:

鸿雁于飞,肃肃其羽。之子于征,劬老于野。爰及矜人,哀此鳏寡。

鸿雁于飞,集于中泽。之子于垣,百堵皆作。虽则劬劳,其究安宅。

鸿雁于飞,哀鸣嗷嗷。维此哲人,谓我劬劳。维彼愚人,谓我宣骄。

这首诗写了什么呢?《毛诗序》有解释,其中说:"《鸿雁》,美宣王也。万民离散,不安其居,而能劳来、还定、安集之,至于矜寡,无不得其所焉。"多家解释《诗经》的都对此无异议。都同意这首诗所写的是周宣王时,有过一次自然灾害,同时又遭遇外族入侵。人民流离失所,难民很多,四处流浪,失去了家园。这时候,周宣王派他下面的臣子诸侯、卿、大夫去做安置的工作,使流民返回家园、重建家园。这里“之子”指谁,历来有两种不同的解释,《毛诗》《郑诗》等解释为“诸侯、卿、大夫”,朱熹则解释为流民。实际上,《毛诗》《郑诗》的解释可能比较好。因为诗中说有“爰及”“虽则”的词语,如果把“之子”解释为流民,这些词语就没有着落。最重要的是第三节,“哲人”“愚人”,如果要得到解释,则《毛诗》《郑诗》的解释就比较通畅。意思是说,这些臣子在做安置工作中,有做得好的,有做得不周到的,引起了议论。作者则把肯定他们工作的人称为“哲人”,把否定他们工作的人称为“愚人”。诗的意思弄清楚了,那么我们就要来考察这里的“兴句”:“鸿雁于飞,肃肃其羽”“鸿雁于飞,集于中泽”“鸿雁于飞,哀鸣嗷嗷”。“鸿雁”与流民没有关系,但似乎又有关系。鸿雁在天空翱翔,南来北往,自由自在,可以四处为家。于是联想到在灾难中的流民,特别是那些孤寡可怜的人,四处流浪,饥寒交迫,找不到自己的家园。触物起情,鸿雁成为“哀鸿”,不但那叫声让人感到凄凉,而且满天的鸿雁飞来飞去,烘托了流民四处奔走的艰难困苦景象。“哀鸿遍野”成为后来对流民流离失所的指代。如果这样的分析合理的话,那么“兴”就有三个层面,第一是言语层面,即那三个兴句;第二是审美的层面,即兴句所烘托出流露出的流民四处奔走,找不到家园的鲜活的苦难景象;第三是历史文化的层面,即周宣王时期确有一次自然灾难,流民遍野,不得不派官员去做安置的工作。这首诗由于有《毛诗》的解释,我们得以知道这里的兴句与历史文化的联系。但有很多兴句则由于当时没有作出及时的解释,我们已经无法知道那些诗中的兴句与历史文化的联系了,或者只是触物起兴,表达感情,并无确切具体的历史文化所指。但总体上,可能是有历史文化联系的。如上面所说,在《诗经》的“兴”句中,用“麒麟”(《诗经·周南·麟之趾》)、“凤”(《诗经·大雅·卷阿》),这完全是先人的活跃着生命激情的图腾崇拜的反映,是最古老历史文化的产物。有学者指出,鱼类兴句与当时的生殖崇拜相关,鸟类兴句与当时的鸟类崇拜相关。另外,“兴”

的产生与当时士人委婉的表达的文化时尚有关,欲言情,先触物,情感不是直接说出,而是先宕开一笔,使抒情言说变得委婉含蓄,反映了西周的社会风气。正是在上述的意义上,我们认为,中国古代文论中的重要的"兴"说,是语言的特殊表现手法,通过审美情感的中介,接通了社会历史内涵的一种文化修辞。它开始并没有诗学方法的自觉,但现在我们应该视其为中国最古老的一种文化诗学理论的成功实践。

二、中国文论的"境界"说

境界说的最后完成者是王国维,但其诗学思想最初萌生于魏晋六朝时期,特别是刘勰的《文心雕龙·隐秀》篇的"文外之重旨"的说法为后来的意境理论作了准备。意境理论的正式提出是在唐代。

为什么会在唐代提出"意境"论呢?

唐代的诗歌特别是律诗发展到一个高峰,无论诗人之多,诗歌成就之高都是空前绝后的。这就为诗歌理论的发展准备了最好的条件。唐代有许多诗学成果。唐代诗论最重要的成果之一,就是提出意境说,发展了"象外"说,并把意境说与"象外"说联系起来思考。即认为意境的主要规定是"象外之象""景外之景""韵外之致""言外之意",反过来又用有没有意境来规定"象外",两者互释。刘禹锡说:"境生于象外"(《董市武陵集记》),这可以说是以"象外"说解说意境最早最简洁的尝试。在刘禹锡看来,意境有三个层面,第一层次是言语,言语是描写景物和抒发情感的基本元素,没有言语就没有诗歌的形象,即所谓"语象";第二个层次是"象"。有了象才会有诗情画意;第三个层次就是"境",境是由语言描写的"象"所开拓的疆界。这三个层次的关系是:语生象,象生境。但"境"在何处呢?"境生于象外","境"在深层,人们不能见到,要通过语象的描写,在语象的浅层之外才能追寻到。司空图也是从实境与虚境的联系中来把握意境,"实境"是他的《诗品》中的一品:"清涧之曲,碧松之阴,一客荷樵,一客听琴。"真是"语语如在目前"。那么虚境是什么呢?就是他认为“岂容易可谭哉”的“诗家之景”，即“如蓝田日暖，良玉生烟，可望而不可置于眉睫之前”的“象外之象、景外之景”(《与极浦书》)。他认为意境就在实境与虚境的联系中，特别要于“象外”去寻找。

现当代学人利用唐代的“象外”说来解释艺术意境，成为一种学术时尚，到处可见。如较有代表性的是叶朗教授的解说：“到了唐代，在禅宗思想的推动下，‘意境’的理论就诞生了。什么是‘意境’呢？刘禹锡有句话：‘境生于象外。’这可以看作是对于‘意境’这个范畴最简明的规定。‘境’是对于在时间和空间上有限的‘象’的突破。‘境’当然也是‘象’，但它是在时间和空间上都趋向于无限的‘象’，也就是中国古代艺术家常说的‘象外之象’‘景外之景’。‘境’是‘象’和‘象’外虚空的统一。中国古典美学认为，只有这种‘象外之象’——‘境’，才能体现那个作为宇宙的本体和生命的‘道’(‘气’)。”[①]意境诞生于唐代，运用唐代的主要诗学观点“象外”说，来解说意境，可能是诸说中理由最充分的。但是用“象外”说来解释“意境”也不是没有问题。关键之点是，“象外之象”，这并非抒情诗本身的某个成分，是一种艺术效应。既然是一种艺术效应，那么离开读者的阅读和接受，所谓的“象外之象”就无从谈起。我们只能说“象外之象”是读者与作者对话的产物，所以如果要以“象外”说解说意境，就还需要读者接受的角度的配合。

我们究竟应怎样来把握意境的丰富的文论内涵呢？这里我们根据古人的论述和今人的研究，加以吸收融合，认为由王国维最后完成的境界是人的生命力活跃所开辟的、寓含人生哲学意味的、情景交融的、具有张力的诗意空间。这种诗意空间是在有读者参与下创造出来的。它是抒情型文学作品的审美理想。在对意境的这一界说中，“情景交融”“哲学意味”“诗意空间”“读者参与”这几点都容易理解，就不多说了。

我认为“生命力的活跃”是意境的最核心的美学内涵，这一点目前的研究论述得十分不够，这里应加以申说。

---

① 叶朗著：《胸中之竹——走向现代之中国美学》，安徽教育出版社1998年版，第54—55页。

现在学界都承认中国古代意境说的最后总结者是王国维。王国维本人也很自信，他在《人间词话》中说："言气质，言神韵，不如言境界。有境界，本也，气质、神韵，末也。有境界而二者随之矣。"又说："沧浪所谓'兴趣'，阮亭所谓'神韵'，犹不过道其面目，不若鄙人拈出'境界'二字为探其本也。"王国维认为他是境界说的提出者，是否有根据呢？因为无论"意境"还是"境界"，前人早有提及，王国维有何理由说意境说是他提出的呢？当然我不认为意境说是王国维最早提出来的。但是我们不能不承认王国维意义上的境界说，王国维做出了突出的贡献。因为王国维的确在前人的基础上，加入了新见。根据我的考察，王国维《人间词话》中以下几条最为重要：

词以境界为最上。有境界则自成高格，自有名句。五代、北宋之词所以独绝者在此。

境非独谓景物也，喜怒哀乐，亦人心中之一境界。故能写真景物、真感情者，谓之有境界，否则谓之无境界。

"红杏枝头春意闹"，著一"闹"字，而境界全出。"云破月来花弄影"，著一"弄"字，而境界全出矣。

尼采谓："一切文学，余爱以血书者也。"后主之词，真所谓"以血书者"也。

诗人对宇宙人生，须入乎其内，又须出乎其外。入乎其内，故能写之。出乎其外，故能观之。入乎其内，故有生气。出乎其外，故有高致。

诗人必有轻视外物之意，故能以奴仆命风月。又必有重视外物之意，故能与花鸟共忧乐。

“昔为娼家女，今为荡子妇。荡子行不归，空床难独守。”“何不策高足，先据要路津，无为久贫贱，轗轲长苦辛。”可为淫鄙之尤。然无视为淫词、鄙词者，以其真也。五代、北宋之大词人亦然。非无淫词，读之者但觉其亲切动人。非无鄙词，但觉其精力弥满。可知淫词与鄙词之病，非淫与鄙之病，而游词之病也。

以上七条，我们认为是王国维正面论“意境—境界”说最重要的言论。这些论述表达的意义有：(1)诗词以“意境—境界”为上，可以理解为意境是抒情诗的理想；(2)无论是写景的还是写情的，只要是“真”的，都是有境界的；(3)所谓“真”，不仅仅是真实的“真”，同时是真切的感受，生命力的高扬，因为他相信尼采的“一切文学，余爱以血书者也”，这可以看作是德国生命哲学在文学上的体现；(4)对诗人来说，只有有生命力的人，才能在写诗之时既能入乎其内又能出乎其外，才能与花鸟共忧乐，才能有生气；(5)就是淫、鄙之词，只要不“游”，仍觉其亲切动人、精力弥满，因为这淫与鄙，正是人的生命力的表现。如果我们理解不错的话，那么王国维作为意境说的最后总结者，是把生命力的“弥满”，看作是“意境—境界”说的核心。他所讲的生命力观念不但来自古代的“气韵生动”“生气远出”的理想，更重要的是吸收了德国生命哲学的精神。王国维十分熟悉德国的生命哲学，还曾写过《叔本华与尼采》等论文。对于叔本华、尼采的意志理论、欲望理论等十分推崇。不难看出，他正是把中外关于“生命力”的思想汇于一炉，并熔铸于意境理论中。王国维强调的是，只有鲜活的、充溢着生命活力的情景世界，才可能具有意境，否则就没有意境。

也正是基于对“生命力”的赞美，王国维在《人间词话》中认为李煜的词是有意境的，李煜的后期的词是“血书”者也，就是以自己的生命来书写的，不是无病呻吟，也不是玩儿，是生命的节律的颤动。李煜是南唐后主，他在亡国后，过了三年的“此中日夕只以泪洗面”的俘虏生活，尝尽人间苦难，生活的转变，激发了他的生命力，写出了一些颤动着生命律动的词，如他的一首《浪淘沙》：

帘外雨潺潺，春意阑珊。罗衾不耐五更寒。梦里不知身是客，一晌贪欢。　独自莫凭栏，无限江山，别时容易见时难。流水落花春去也，天上人间。

上片倒叙，说只有梦里忘记是“客”（俘虏），还能贪恋片刻的欢愉。当梦醒后听到雨声，知道春光即将消尽，五更的寒冷，心头的凄凉，分外使人无法忍受。下片说千万不要去凭栏眺望，隔着无限的江山已不能再看到自己的故园，回想亡国以前的生活与现在的俘虏生活相比，真是有天上人间的区别啊！这首词之所以有意境，最重要的是李煜对自己的前后完全不同的生活有着刻骨铭心的体验，这是他用生命的代价换取来的。王国维在《人间词话》中还举过这样的例子：

“红杏枝头春意闹”，著一“闹”字，而境界全出。“云破月来花弄影”，著一“弄”字，而境界全出矣。

为什么著一“闹”字而境界全出呢？这不仅因为这个“闹”字使“红杏枝头”与“春意”连为一个整体，而且传达出诗人心灵的情绪、意趣在春天这蓬勃生机之中特有的惬意与舒展，就像春光中的红杏那样活泼热烈和无拘无束，这是生命力活跃的结果。

还有王国维的“隔与不隔”的问题，也应从“生命力的活跃”的角度来理解。王国维在《人间词话》中说：

问隔与不隔之别，曰：陶、谢之诗不隔，延年则稍隔矣；东坡之诗不隔，山谷则稍隔矣。“池塘生春草”，“空梁落燕泥”等二句，妙处唯在不隔。词亦如是。即以一人一词论，如欧阳公《少年游》咏春草上半阕云：“阑干十二独凭春，晴碧远连云。二月三月，千里万里，（此两句倒置）行色苦愁人。”语语都在目前，便是不隔。至云：“谢家池上，江淹浦畔，则隔矣。……”

过去许多研究者总是以用典不用典来加以说明，不用典，所描写的事物显得显豁生动，这便是不隔；用典则似乎隔了一层而不够显豁，这就是隔。这种流行的解释不能说错，但显得肤浅。更深入的解释应该是，所谓“隔”是因为用典过多或过于晦涩，不能生动鲜活地表现事物，不能使所描写的事物灌注诗人的真切的生命体验，从而不能引起读者的想象和共鸣；所谓“不隔”不但是因为“语语如在目前”，更重要的是因为灌注了诗人的真切的感受和生命情感，而使读者的感受、情感也被激发起来了。隔是死的，无生命的；不隔是活的，有生命的，隔与不隔的区别正在这里。意境的灵魂是所描写的对象的生命活跃与高扬，使读者不能不为之动情而进入那特定的诗意时空中去。

如果说王国维对“意境”说有贡献的话，那么我们认为他主要是给“意境—境界”说注入了“生命力”这个重要的观念，强调写词要有真情实感。这一点正是前人未能达到的地方。

那么我们为什么说“境界”说也是文化诗学的成功实践呢？这主要是从司空图到王国维都坚持“境界”有相互联系的三层面：

第一是语言层面，“言外之意”，“其词脱口而出，无矫揉装束之态”，“语语如在目前”，“著一‘闹’字而境界全出”……这些都是言语方面的要求，平易近人，鲜活生动，能真挚传达感情的言语，就是最好的言语。

第二是情感层面，所谓“以血书者也”，所谓“亲切动人”所谓“其言情也必沁人心脾”，所谓“真力弥满”，都是就情感的真切来说的。

第三是文化层面,这个层面正是历来的研究注意得不够的地方。实际上,境界说的真正完成是在王国维这里,王国维为什么要重新建构"境界"说呢?它是针对什么问题而发的?这就不能不让我们来考察王国维的"境界"所产生的历史文化语境。王国维的《人间词话》脱稿于1910年9月,他当时三十四岁。如果我们考察他的《人间词话》全篇的话,就会发现他针对的是清代的词坛的弊病而发的。按照一般的理解,中国的词作,从唐代末年到南宋可以分为三个时期,第一个时期,是唐末到五代,这个时期的词,多数词在民间,属于"歌者的词","伶工之词",是供演唱的,内容虽然简单,但相思、离别的感情都表现得很真挚,可以说第一个时期的词属于民间文化和歌唱文化,民间的歌唱是必须有真实感情的投入的,否则唱者、听者都会觉得索然无味。第二个时期,就是北宋时期,欧阳修、王安石、苏轼、柳永、秦观、辛弃疾等词家都产生在这个时期。这个时期的特点是民间词转变为文人词,作者是天才的诗人,虽然有些词并不能歌唱,但都来自生活体验,有亲切的感受,有真情实感,意境深邃,犹如唐诗中的盛唐诗歌。这是文人介入了词的创作,把自己的真切的感受渗入词中,词的内容因而丰富阔大起来。词从平民转向文人,属于诗人文化。第三个时期,是南宋时期,讲究词的音律技巧,不重视词的内容,往往缺乏真情实感。用胡适的话来说:"这个时代的词也有几种特征:第一,是重音律而不重内容……这种单有音律而没有意境与情感的词,全没有文学上的价值。第二,这个时代的词侧重咏物又多用古典。他们没有情感,没有意境,却要作词,所以只好作咏物的词。这种词等于文中的八股,诗中的试帖,这是一般词匠的笨把戏,算不得文学。"[①]胡适还举过生动的例子,指出张炎在《词源》里面说,他的父亲作了一首词,其中有"琐窗幽"一句,觉得不协律,就改为"琐窗深",还是觉得不协律,就再改为"琐窗明"。胡适说,"琐窗幽"改为"琐窗深"还说得过去,改为"琐窗明",意思与原意完全相反,那么那个窗户是"幽暗"呢还是"明敞"呢?在内容上面全不计较,只求音

---

① 胡适著:《胡适古典文学研究论集》上册,上海古籍出版社1988年版,第555页。

律上的和谐，这完全不是词人、诗人，而是“词匠”了①。所以第三个时期的词只能说是模仿性的，是一种“匠人”文化。王国维的境界说所针对的是清代的词的创作多数以南宋的词为宗，以匠人文化为宗，对清代词创作中只重视工巧堆垛风气不满，所以意境说可以说是一种反对清代“匠人文化”的补偏救弊的理论，是一种推崇真切的感受、生命力活跃的创作理论。当然，他的意境论吸收和融合了西方叔本华、尼采的理论，又是中西文化交流的产物。可见，王国维的境界说，一方面是诗学，强调创作要语语如在目前，要有真切感受，真情实感，另一方面它根源于对文化的追求，这就是对北宋词人的文化追求，鼓吹文人的基于生活体验的不拘一格的创造精神；同时又重视对外来文化的吸收，是中西文化结合的产物。正是在这个意义上，我们才说王国维最后完成“意境”说是文化诗学的成功实践。

第二节　俄国文学理论的“复调”说和“狂欢化”说

国外的把“内部研究”与“外部研究”联系起来的理论与批评也不少。这里仅就俄国的巴赫金的“文化诗学”思想做粗浅的介绍。

巴赫金（1895—1975），俄罗斯20世纪重要思想家。目前他的著作引起了世界性的影响。巴赫金一生坎坷，他在20世纪20年代开始学术活动，于1929年出版了重要著作《陀思妥耶夫斯基创作问题》，但被埋没。同年因故被判刑五年，被关在北方监狱，后又被流放南方。到50年代末60年代初，他的名字重新出现在一些会议上面，他的著作也重新出版。1963年他的《陀思妥耶夫斯基创作问题》更名为《陀思妥耶夫斯基诗学问题》重新出版。1965年他的学位论文《拉伯雷在现实主义历史中的地位》更名为《拉伯雷的创作与中世纪和文艺复兴时期的民间文化》出版。这

① 胡适著：《胡适古典文学研究论集》上册，上海古籍出版社1988年版，第555页。

两部著作奠定了他在当时苏联文艺学界的地位。他的成名却在西方。根据统计,从20世纪60年代末到80年代初,西方各国研究巴赫金的著作约120多种。80年代初中国开始关注巴赫金,1998年出版了6卷本《巴赫金全集》。

一、巴赫金的“复调”理论

巴赫金在研究俄国伟大作家陀思妥耶夫斯基的小说的时候,提出了“复调”理论。西方的小说有两个传统,一种是独白型的小说,一种就是所谓复调型小说。

我们首先来了解一下独白型小说。这种小说的主要特点是作者的统一意识贯穿全书,书中的人物都是按照作者的设计构思的。主人公虽然也有独立的思想,但这是作者赋予他的,是作者按照人物的性格逻辑呈现出来的。因此,独白式的小说尽管人物的思想感情各异,但都离不开作者的统一的意识。在独白型小说中,作者对主人公有什么看法,并需要主人公知道,主人公也不会提出异议,因此作者也无需回答。在独白型小说中,作者对主人公最终的评价,本质上是背靠背的评价,作者从来不会考虑主人公的权力,不会与主人公对话,征询他的意见,主人公也无法改变作者对他的评价。因为小说中的所有的一切都在作者的统一意识中。独白型的小说,是作者的世界,对于所有人物的意识来说,它只是作者的对象化,是作者的客体,“其中的一切,都是在作者的包罗万象的、全知全能的视野中观察到的,描绘出来的。”①巴赫金举例说,托尔斯泰的小说都是独白型的,托尔斯泰有一篇题为《三死》的小说:故事写了三个人的死,有钱的地主太太、马车夫和树的死。马车夫阿辽沙给一个生病的地主太太赶马车,他在驿站的小茅屋里,从另一个快死的马车夫那里,拿走了一双靴子,因为他快用不着了。这位马车夫死后,活着的马车夫在林子里面砍

① [苏]巴赫金著:《陀思妥耶夫斯基诗学问题》,白春仁、顾亚铃译,生活·读书·新知三联书店1988年版,第113页。

了一棵树，用它在坟前做了一个十字架。就这样三个生命和三个死亡在表面上联系起来，实际上托尔斯泰的故事的内在都是封闭的，相互间无关的。巴赫金说："这里没有内在联系，没有不同意识之间的联系，快要死的地主太太，对马车夫和大树的生和死一无所知，它们没有进入她的视野和意识。马车夫的意识里，也没有摄入地主太太和树木。所有这三个角色的生死以及他们的世界，相邻共处于一个客观的世界里，甚至表面上还相互联系着，但相互却一无所知，也没有反映。"①小说中的一切都只是包容在作者的统一的视野和意识里。

其次，我们来谈谈巴赫金的"复调"小说的理论。

那么什么是"复调"小说呢？这是巴赫金在阅读和分析陀思妥耶夫斯基的一系列的作品中，在和别的学者的争论中，提出来的理论。"复调"是一个音乐用语，意思是指各个音调或声部组成的乐曲。巴赫金用"复调"来比喻陀思妥耶夫斯基的小说的特点。巴赫金的"复调"小说理论的要点是什么呢？我们先来看看巴赫金自己是怎样说的：

> 有着众多的各自独立的而不相融和的声音和意识，由具有充分价值的不同声音组成真正的复调——这确是陀思妥耶夫斯基长篇小说的基本特点。在他的作品里，不是众多性格和命运构成一个统一的世界，在作者统一的意识支配下层层展开；这里恰是众多的地位平等的意识连同他们各自的世界，结合在某个统一的世界之中，而相互间不发生融合。陀思妥耶夫斯基笔下的主要人物，在艺术家的艺术构思中，便的确不仅仅是作者议论所表现的客体，而且也是直抒己见的主体。因此，主人公的议论，在这里绝不只局限于普通的刻画性格和展开情节的实际功能（即为描写实际生活所需要）；与此同时，主人公的议论在这里也不是作者本人的思想立场的表现（例如像拜伦

① ［苏］巴赫金著：《陀思妥耶夫斯基诗学问题》，白春仁、顾亚铃译，生活·读书·新知三联书店 1988 年版，第 111—112 页。

那样），主人公的意识，在这里被当作另一个人的意识，即他人的意识；可同时并不对象化，不囿于自身，不变成作者意识的单纯客体。①

事实上，陀思妥耶夫斯基的材料中相互极难调合的成分，是分成为几个世界的，分属于几个充分平等的意识。这些成分不是安排在一个人的视野之中，而是分置于几个完整的同等重要的视野之中；不是材料直接结合成为高层次的统一体，而是上述这些世界，这些意识，连同他们的视野，结合成为高层次的统一体，不妨说是第二层次的，亦即复调小说的统一体。②

对陀思妥耶夫斯基来说，生活中一切全是对话，也就是对话性的对立。③

从以上巴赫金对陀思妥耶夫斯基的小说的论述中，我们可以从这样几个方面来理解"复调"小说理论：

第一，小说中人物的独立思想。与独白型小说不同，陀思妥耶夫斯基小说中的主人公具有独立的不受作者控制的思想。每一个人物，都不受作者统一意识和视野的控制，他是独立的自由的，他想他所想，做他所做，不是作者的传声筒，也不是作者的批判对象。主人公的议论不是作者的议论，完全表现主人公的思想立场。这样一来，作者的权力就大大减弱，作者不能背后议论，作者自己也要受到质疑，人物不必理睬作者对自己的干预，作者在小说中失去了全知全能的作用。但这不能说，作者的立场不重要，巴赫金说："复调小说中作者新的立场具有正面积极的意义。如果认为陀思妥耶夫斯基小说中，作者意识完全没有得到表现，那是荒谬的。复调小说中作者的意识，随时随地都存在于小说中，并且具有高度的积极

① ［苏］巴赫金著：《陀思妥耶夫斯基诗学问题》，白春仁、顾亚铃译，生活·读书·新知三联书店1988年版，第29页。

② ［苏］巴赫金著：《陀思妥耶夫斯基诗学问题》，白春仁、顾亚铃译，生活·读书·新知三联书店1988年版，第42页。

③ ［苏］巴赫金著：《陀思妥耶夫斯基诗学问题》，白春仁、顾亚铃译，生活·读书·新知三联书店1988年版，第79页。

性。”“作者的意识,感到在自己的旁边或自己的面前,存在着平等的他人意识,这些他人意识同作者意识一样,是没有终结、也不可能完成的。”[①]

第二,小说中人物的思想的充分的平等的价值。每个人物的思想都受到尊重,因为他们之间的思想是平等的,是“地位平等的意识连同他们各自的世界”,作者只是“人类心灵的全部秘密”,作者所写的是“人身上的人”,即不依附于他人的人。无论是大人物,还是小人物,就思想而言,都是地位平等的,都是具有价值的。因此,在陀思妥耶夫斯基的小说中,没有独白型小说中那种“正面人物”和“反面人物”。用巴赫金的话来说:“不管是‘反面人物’还是‘正面人物’,他们的思想都不构成作者描绘的指导原则,因而也起不了组织小说整个世界的作用。”[②]所以巴赫金认为,尽管有法庭,但审讯者和被审讯者的思想地位是充分平等的。

第三,小说人物的不同思想之间的对话构成了“复调”。巴赫金认为复调小说的核心是不同人物思想之间的平等对话。陀思妥耶夫斯基认为生活的本质是对话,人与人之间的关系是对话。他的小说中的人物的思想交锋也是对话。小说中有多重对话,作者与人物的对话,人物与人物之间的对话,这个人物与那个人物之间的对话,这多重具有不同思想的对话就构成了小说的复调。巴赫金在谈到陀思妥耶夫斯基的小说《罪与罚》的时候,说侦察员波尔菲利与被侦查者拉斯科尔尼科夫之间的三次会见,并不是“侦察审讯”,而是“极为出色的真正的复调对话”[③]。同时,巴赫金又说明,陀思妥耶夫斯基小说中的对话,既有“大型对话”,又有“微型对话”。“大型对话”是指小说内部与外部的对话,或就整个作品的结构而言,是对话式的,即当作一个“大型对话”来结构。“微型对话”则指“对

---

① [苏]巴赫金著:《陀思妥耶夫斯基诗学问题》,白春仁、顾亚铃译,生活·读书·新知三联书店1988年版,第109页。

② [苏]巴赫金著:《陀思妥耶夫斯基诗学问题》,白春仁、顾亚铃译,生活·读书·新知三联书店1988年版,第55页。

③ [苏]巴赫金著:《陀思妥耶夫斯基诗学问题》,白春仁、顾亚铃译,生活·读书·新知三联书店1988年版,第101页。

话”深入内部，渗入小说的每种语言中，把小说变成了“双声语”，渗入到人物的每一种手势中，每一个面部表情的变化中，这就决定了陀思妥耶夫斯基的小说的基本语言特色就是“微型对话”。什么是“双声语”？什么是“微型对话”呢？巴赫金举了小说《穷人》中的一个例子。他以《穷人》中的杰符什金的语言为例，来加以说明。下面是小说中的一段话：

前两天在私人的谈话中，叶夫斯塔非·依万诺维奇发表意见说，公民最重要的美德就是会赚钱。他开玩笑说(我知道他是开玩笑)，一个人不应该成为任何人的累赘——这就是道德。我没有成为任何人的累赘！我这口面包是我自己的，它虽然只是块普通的面包，有时候甚至又干又硬，但总还有吃的，它是我劳动挣来的，是合法的，我吃它无可指摘。是啊，这也是出于无奈嘛！我自己也知道，我不得不干点抄抄写写的事，可我还是以此自豪，因为我在工作，我在流汗嘛。我抄抄写写到底有什么不对呢！怎么，难道抄写有罪，还是怎么的！他们说：“他在抄写！”可这有什么不对呢？[①]

从这一段看，杰符什金的意识似乎出在别人对他的议论中，他对此很不以为然，因此他的话似乎是在跟人辩论。这里暗含了双声，似乎有两张嘴在说话，而不是一个人在独语。就是说在主人公的自我意识中，渗入了他人对他的看法，在主人公的自我表述中，嵌入了他人议论他的话。他再进行反驳。这就形成了双声话语。巴赫金改用对话的形式对这段话作了改编：

他人：应该会挣钱，不应成为任何人的累赘。可是你成为任何人的累赘。

① [苏]巴赫金著：《陀思妥耶夫斯基诗学问题》，白春仁、顾亚铃译，生活·读书·新知三联书店1988年版，第284—285页。

杰符什金:我没有成为任何人的累赘!我这口面包是我自己的。

他人:这算什么有饭吃啊?!今天有面包,明天就会没有面包。再说是块又干又硬的面包。

杰符什金:它虽然只是块普通的面包,有时候甚至又干又硬,但总还是有吃的,它是我劳动挣来的,是合法的,我吃它无可指摘。

他人:那算什么劳动!不就是抄抄写写吗,你还有什么别的本事。

杰符什金:这也是出于无奈嘛!我自己也知道,我不得不干点抄抄写写的事,可我还是以此自豪。

他人:有什么值得骄傲的。抄抄写写,这可是丢人的事。

杰符什金:我抄抄写写到底有什么不好呢![①]

巴赫金认为,在陀思妥耶夫斯基的小说中,这样的例子很多,甚至说:在陀思妥耶夫斯基的后期的小说中,主人公所有重要的自我表述,也都可以拓展为对话,因为它们好像是两种对话融合的产物。但是不同的声音的交锋隐藏得很深,渗透到语言和思想的精微之处。

第四,人物思想不再是作家主体的对象化。在独白型的小说中,人物及其思想不过是作者主体描写的对象、客观,但在复调小说中,这种情况发生了变化。主人公不仅是作者的对象、客体,而且还是主体自身。主人公的意识,被当作另一个人的意识,即他人的意识,不会变成作者意识的单纯的客体。

第五,作品面貌的变化。在独白型小说中,小说主要是通过作者的统一意识,描写人物的性格与命运。但在复调小说中,思想成为了作者表现的主要对象,而环境描写、人物肖像描写、人物性格描写等都大大减弱,思想形象凸显出来。

---

① [苏]巴赫金著:《陀思妥耶夫斯基诗学问题》,白春仁、顾亚铃译,生活·读书·新知三联书店 1988 年版,第 287—288 页。

第六，复调小说的历史来源。任何一种新的东西都不会绝对的新，它总是有着这样或那样的历史根源。对于欧洲的叙事文学来说，巴赫金说，可以有三个基本的来源：史诗、雄辩术、狂欢节。陀思妥耶夫斯基的复调小说是狂欢节变体形式的发展。欧洲古老的狂欢文化基本上是对话式的。第一个变体是“苏格拉底对话”，它是在民间狂欢节的基础上形成的，深刻地渗透着狂欢节的世界感受。苏格拉底关于真理的思考都具有对话的本质，对话的主人公则是一些思想家，对话中也有情节场景，最后实现了思想与形象的结合。随后苏格拉底的对话体解体，又产生了多种对话体，其中最为重要的是以公元前3世纪加达拉哲学家梅尼普命名的所谓“梅尼普体”。与“苏格拉底对话”相比，“梅尼普体”增加了笑的比重，有最大胆最不着边际的幻想、惊险故事，有神秘的宗教因素与“粗俗的贫民窟自然主义”的结合，有广博的哲理，出现了所谓三点式结构：情节和对照法的对话，从人间转到奥林普山，再转到地狱，还有闹剧、古怪行径、不得体的演说，还有各种文体的插入，如故事、书信、演说、筵席交谈，此外还有政论文等等。这个文学体裁反映了古希腊古罗马的理想优雅的风度和伦理规范遭受破坏，是一种文化时尚的产物。陀思妥耶夫斯基的复调小说，几乎可以找到“梅尼普体”的全部特征，是古老的梅尼普体的又一次发展，也是当时俄罗斯现实特点的曲折的反映，文化内涵十分丰富。

我们北京师范大学文艺学研究中心的俄罗斯文论专家程正民教授在《巴赫金的文化诗学》一书中也指出“以对话为基础的复调小说的基本特征可以归纳为主体性、对话性和未完成性三个方面”①。他认为：“陀思妥耶夫斯基作品中的主人公是同作者处于平等地位的独立人物，他们之所以能同作者平起平坐，关键在于他们是思想式的人物，有自己的独立价值，有强烈的自我意识，也就是有很强的主体性”；而复调小说中人物的思想和意识“是通过对话展开的，这就使得复调小说具有对话性的重要特征”；与此同时，由于“对话是开放的，未完成的”，因此复调小说的另一个

① 程正民著：《巴赫金的文化诗学》，北京师范大学出版社2001年版，第54—56页。

重要特征就是它的“未完成性”。

钱中文先生对巴赫金“复调小说”理论的关注也比较早。他在 1983 年 8 月 31 日至 9 月 1 日召开的第一届中美双边比较文学研讨会上就做了《“复调小说”及其理论问题》的发言，并发表在 1983 年第 4 期的《文艺理论研究》上。钱中文先生详细梳理了巴赫金“复调小说”理论的由来及其存在的问题。他认为由于巴赫金在研究陀思妥耶夫斯基小说时发现了一种与过去“由作者统领全局，虽然其中不同人物相互交织，但不过是一种‘同音齐唱’，是一种‘独白小说’”不同的新的“全面对话的小说”，因此巴赫金称之为“复调小说”，其中“对话”是“复调”的理论基础。钱中文先生认为：“巴赫金的‘复调’理论的独特之处，在于通过它来分析陀思妥耶夫斯基的作品，确实能够引导人们深入到这位俄国作家的艺术世界中去，发现与了解他的别具一格的艺术特征。”[①]文中，钱中文先生还就人物关系结构、小说结构等的“微型对话”“大型对话”作了具体生动的分析，还进一步就巴赫金“复调小说”理论中“复调”的界限作用提出了自己不同的看法，颇具慧眼。

以“对话”为基础的“复调”理论渗透到陀思妥耶夫斯基小说创作的各个方面，在巴赫金看来，陀思妥耶夫斯基小说中不仅人物是对话的（其中又包含着人物与人物之间的对话，人物内心的对话、人物与作者之间的对话），情节结构是对话的，语言也是对话的（巴赫金认为对话关系是“超语言学的研究对象”，“正是这种关系，这种决定了陀思妥耶夫斯基作品中的语言结构特点的对话关系，在这里引起了我们的注意”[②]）。这种建立在以“对话”为基础的“复调”小说表现在作品的艺术层面上，不仅使小说的艺术视角、叙事模式较之传统的独白型小说更加富于变化，同时因“对话”带来的艺术视察也由“历史性”向“共时性”发生位移。巴赫金指

① 钱中文著：《“复调小说”及其理论问题》，见《钱中文文集》，上海辞书出版社 2005 年版，第 74、82 页。

② ［苏］巴赫金著：《陀思妥耶夫斯基诗学问题》，白春仁、顾亚铃译，生活·读书·新知三联书店 1988 年版，第 251 页。

出:“陀思妥耶夫斯基艺术观察中的一个基本范畴,不是形成过程,而是同时共存和相互作用。他观察和思考自己的世界,主要是在空间的存在里,而不是在时间的流程中。”①这种共时性的艺术视察也注定了巴赫金在作品分析中夹杂着强烈的时代色彩,具有浓厚的现实问题意识和人文关怀。

巴赫金的复调小说理论之所以是“文化诗学”的成功实践,首先在于巴赫金由内及外,从体裁、语言看出思想文化,又回过来从思想文化考察体裁与语言——即由外而内的分析视角。这种内外结合、双向贯通,“打通”文本内外关联的研究策略正是我们当下学人一直提倡的“文化诗学”研究的基本路径。姚爱斌博士就曾在一篇文章中指出:“文化诗学旨在超越文学理论史上内部研究和外部研究的区分甚至对立,实现内部批评与外部批评的融合与贯通,在此基础上辩证地确立文艺学在新的社会语境和学术语境中所必需的学科品格。文化诗学不仅重视研究语言、形式结构、符号等形式因素,而且重视研究文学作品中所包含的人物、生活、社会、形象、历史、情感、哲理等内容形式;不仅重视文学中的审美性、文学性和诗意等超越性的审美价值,而且重视文学作为文化符号所负载的意识形态、权力争斗、性别差异、族群矛盾等现实内涵。”②林继中教授在实践“文化诗学”时,主张“双向建构”的理念,并将其作为“文化诗学”研究的方法论内核,而他的双向建构理论关键就在于“打通”(打通内外、中西、古今)。李春青教授讲“中国文化诗学”喜欢经常强调“文化诗学的入手处就是重建历史文化语境,只有重建历史语境才能完成从文本的意义世界到文化语境,再从文化语境反过来看文本意义世界这一循环阅读的过程,完成文本意义世界的增殖”。在我看来,无论是林继中教授的“双向建构”还是李春青教授这种“文本—历史文化语境—文本意义世界”三者间循环往复的阐释策略,其实与巴赫金这里所讲的内外结合,打通文本内

① [苏]巴赫金著:《陀思妥耶夫斯基诗学问题》,白春仁、顾亚铃译,生活·读书·新知三联书店1988年版,第59页。

② 姚爱斌撰:《移植西方与植根现实——20世纪90年代以来文化诗学研究的两种理论取向》,《黑龙江社会科学》2008年第4期。

外关联都是同一个道理。因此,巴赫金的“复调”理论可以看成是“文化诗学”成功实践的典范。

二、巴赫金的“狂欢化”理论

我们上面所讲的以“对话”为基础的“复调小说”可以追溯到民间底层传统的狂欢节。而在狂欢节仪式中逐渐形成的以平等对话和更替精神为内核的狂欢式的世界感受又通过文学语言成为一种“狂欢化”的诗学理论模式。“狂欢化”这个观点也属于苏联学者巴赫金。巴赫金在研究法国文艺复兴时期的伟大作家拉伯雷的时候,从民俗文化的视野,提出了文学理论“狂欢化”这个理论。主要的著作是出版于 1965 年的《拉伯雷的创作与中世纪和文艺复兴时期的民间文化》。这个理论引起了世界各国学者的广泛兴趣。认为它也是一种解构主义。实际上这样的解释是不够的。“狂欢化”理论是一种典型的文化诗学,是由于巴赫金丰富的西方中世纪民俗知识积累所形成的理论。拉伯雷是可以与莎士比亚比肩的文艺复兴时期的伟大作家,他的小说《巨人传》具有极高的艺术魅力。但是过去的拉伯雷及其作品总是不能充分被人所理解,这是怎么回事呢?这是由于人们总是用文艺复兴时期建立起来的理性、理想、典雅、规范、标准语言等观念去套拉伯雷的作品,也就是巴赫金所说的“现代文艺学的一个主要不足在于它企图把包括文艺复兴时期在内的整个文学纳入到官方文化的框架内”。巴赫金认为要了解拉伯雷的创作,就必须了解中世纪和文艺复兴时期的民间笑文化。欧洲中世纪的狂欢节一般一年有三个月。在狂欢节的各种活动中,如游行、演出、祭祀等活动中,有扮演小丑、傻瓜、巨人、侏儒和畸形人的极为热闹场面,充满了笑。狂欢节是人们的“第二生活”,在这第二生活中,人们摒弃官方的一套,而达到不受束缚的自由自在的境界,与平时的生活形成鲜明的对比。狂欢节的特征是:

第一,人们摆脱中世纪时期平日生活中的等级关系。狂欢节是无拘无束的,全民性的,统治者和平民在节日中,不能不处于平等的甚至颠倒的地位。这样就使人摆脱一切等级关系、特权、禁令，并从非教会非官方的观点来看世界，置身于原有的制度之外。

第二，人们产生“狂欢节的世界感受”和乌托邦式的思维。由于上面所说的情况，人们在狂欢节中的感受发生了变化。平时要讲究身份、角色、职业等，可在狂欢节时刻，人们不拘形迹，在摆脱上述束缚后，人们回到自身，异化感消失，摆脱神学严肃性，开开僧侣的玩笑。

第三，人们动态的发展的观念的强化。狂欢节的节目和活动，都包含了生死相依，更新与衰落相伴，有盛筵的欢乐，但没有不散的筵席。总是面向未来和发展。这与官方的节日不同。官方的节日无非是庆祝他们的统治的万世永恒、万古长青。总是面向过去。

拉伯雷的小说的诙谐和嘲笑完全是“狂欢化”。他写奇怪的身体，写饮食，写排泄，写性，写骂人的脏话，写广场的欢笑等，巴赫金称为“怪诞现实主义”。如拉伯雷小说中有浇尿和用尿水淹军队的情节。如《巨人传》中高大康把尿浇到巴黎人身上的故事。高大康骑的马在一个浅滩上撒尿，淹没了毕克罗寿的部分军队。还有朝圣者陷入高大康的尿河中的故事。巴赫金分析说：“尿和粪便的形象……是正反同体的。它们既贬低、扼杀又复兴、更生，它们既美好又卑下，在它们身上死与生，分娩的阵痛与临死的挣扎牢不可破地联结在一起。”作品中有许多所谓“广场语言”。如有的章节是这样开始的：“著名的酒友，还有你们，尊敬的花柳病患者……”巴赫金分析说：“在这些称呼中辱骂和赞美混为一体。肯定的最高级与半是骂人的词语‘酒友’和‘花柳病患者’合而为一。”这是辱骂似的赞美，赞美似的辱骂，对于不拘形迹的广场语言是颇有代表性的。

巴赫金的“狂欢化”理论，从民俗文化的视野来分析作品。这在思想上是很有意义的。最重要之点是：第一，颠覆等级制，主张平等的对话精神；第二，坚持开放性，强调未完成性、变易性、双重性，崇尚交替与变更的精神。在方法论上，则启发我们，研究文学不能仅仅满足于流行的、规范的、教条式的观点，完全可以从民间笑文化的视野吸收营养，另开一扇窗户，来看文学世界。这个方法论具有普遍的意义。

如中国的几部古典长篇小说，都可以从这个新的文化视野进行分析。如《红楼梦》中“玩童闹学”（第九回），就是一次非儒教的狂欢。义学本是读圣贤书的地方，最讲究礼节的地方，如今却发生了带有狂欢性的闹学事件。当这个事件达到顶点时，确有过节般的气氛。“贾瑞急得拦了一回这个，劝一回那个，谁听他的话？肆行大乱。众顽童也有帮着打大平拳助乐的，也有胆小躲过一边的，也有立在桌子上拍着手乱笑的、喝着声叫打的，登时鼎沸起来。”对于整体要枯燥地背诵陈旧的“四书五经”的儿童来说，这次活动，的确是他们的一次狂欢。在狂欢中，他们把儒教的伦理消解了，这只要考察这件事情的起因，以及当时那些污秽的话语，如金荣说秦钟与香怜两人在后院“亲嘴摸屁股”，与“子曰诗云”的儒家道德教条作对比，就可以作出有意味的分析。又如“群芳开夜宴”（第六十三回），怡红院的丫鬟给贾宝玉作生日，把十二钗都请到。吃、喝、玩、游戏，特别是其中作占花名的游戏，差不多玩了个通宵。胡乱歇一歇。芳官竟不知道和贾宝玉同榻。第二天醒来，芳官知道后害羞了，贾宝玉却说：“我竟也不知道了。若知道，给你脸上抹上墨。”不同阶级的人平等对话。阶级在狂欢中消解了。人与人之间都是兄弟姐妹。但这只有在狂欢这一刻才能做到。

巴赫金的“狂欢化”理论也是“由外而内”，再“由内及外”，宣扬了一种消解性的文化心态，也是成功的“文化诗学”的实践。

程正民教授指出，巴赫金的“文化诗学”理论蕴涵是丰富的和多层次的，从哲学层面去看，巴赫金的文化诗学体现了“几千年来全体民众的一种伟大的世界感受”“这种感受张扬平等对话的精神，更替和更新的精神，同时体现了全体民众的一种乌托邦，洋溢着一种快乐的哲学”；从文化层面去看，“巴赫金的诗学体现了一种整体的文化观，一种多元和互动的文化观……它不是一元的而是多元的，同时官方文化和民间文化、上层文化和下层文化、雅文化和俗文化之间的影响不是单方面的，它们之间的关系是一种相互对话、相互渗透和相互作用的互动关系”；从文学层面去看，“巴赫金认为民间狂欢文化对文学的发展有重大影响，而这种影响又是多方面了，既有内容方面，又有形式方面。其中最有理论价值的是他论及狂欢化对作家艺术思维形式的影响和狂欢化对文学体裁形成的影响，他认为小说体裁固有的未完成性、易变性、反规范性、多样性和杂语性，都是同民间狂欢文化所体现的对话精神和更新精神有着深刻的内在联系”；从理论蕴涵来看，巴赫金的文化诗学“在更加广阔的文化背景上，特别是注重在民间文化背景上来理解文学和研究文学”①。

刘庆璋教授也指出，巴赫金独创的“‘复调小说’和‘狂欢化’这两个理论观念从艺术思维这个文学理论基本问题的高度”提出了一个崭新的“作为一种‘全新的艺术思维类型’的‘复调艺术思维’的问题”，巴赫金“从狂欢节及西方古代一切类型的民间节庆、仪式和游艺形式中，概括出一种观察世界的特殊角度，一种特殊的人生体验（他称之为‘狂欢节式的世界感受’），并探讨和阐明狂欢化思维和文学的艺术思维，特别是复调艺术思维的关系。这样，他就不仅建构了独创的小说理论，而且在艺术思维和观察世界、体验人生的哲理方法方面也提出了独树一帜的理论见解。巴赫金的确为我们树立了一个实践与理论结合从而取得伟大成就的榜样。”②

简而言之，巴赫金的“文化诗学”观给我们的启发主要体现在三个方面：其一，在研究方法上，巴赫金提倡一种多元互动的整体性研究。在《答〈新世界〉编辑部问》中，巴赫金首先就指出“文艺学应与文化史建立更紧密的联系，文学是文化不可分割的一部分，脱离了那个时代整个文化的完整语境，是无法理解的”③。其二，在研究立场上，巴赫金主张“对话”，提倡自我的“外位性”研究。他还指出：“创造性的理解不排斥自身，不排斥自己在时间中所占的位置，不摒弃自己的文化，也不忘记任何东西。理解

① 程正民著：《巴赫金的文化诗学》，北京师范大学出版社2001年版，第135—136页。
② 刘庆璋撰：《文化诗学：富于创意的理论工程》，载《漳州师范学院学报》2004年第2期。
③ [苏]巴赫金撰：《答〈新世界〉编辑部问》，载《新世界》杂志1970年第11期。

者针对他想创造性地加以理解的东西而保持外位性，时间上、空间上、文化上的外位性，对理解来说是件了不起的事……在文化领域内外位性是理解的最强大的推动力。别人的文化只有在他人文化的眼中才能较为充分和深刻地揭示自己（但也不是全部，因为还会有另外的他人文化到来，他们会见得更多，理解得更多）。”[①]其三，在研究对象上，巴赫金注意到官方严肃文化与滑稽文化之间的对立，他尤其重视民间底层的“狂欢化”文化对文学的影响。法国结构主义大师托多罗夫就曾指出“巴赫金的研究正好填补了一项空白”，因为他揭示了“异端的民众传统广泛地受到歧视”的原因。

需要说明的是，对于巴赫金而言，他的“文化诗学”观的形成，又有其产生的现实语境和历史文化根源，与俄罗斯民族自身深厚的诗学传统紧密相关，在此不想展开。但是，需要特别补充的一点是，巴赫金的“文化诗学”思想，不仅在时间上要早于美国的“新历史主义”学派，而且还对中国当下的文艺理论建设（当然包括文化诗学的建构）形成重大影响，更被新历史主义文化诗学所借鉴和吸收。对“新历史主义”而言，就单拿其主帅格林布拉特来说，他就撷取了巴赫金关于“独白话语”“对话语言学”及“群众欢会”（carnival）等思想，运用于他文艺复兴时期的主题研究中。西方20世纪80年代初期提倡的“新历史主义文化诗学”，很大的原因之一就是对形式主义、新批评、结构主义强调文本内部研究的反抗，而这一模式早在20世纪40年代在俄国巴赫金的诗学研究中就已宣告完成。而对中国而言，巴赫金的影子更是处处可见。除了巴赫金关于“复调”“狂欢化”等理论的影响外，他所倡导的那种多元、对话、互动、整体的文化诗学观，对我国文化诗学话语的建构也形成了一定的不可忽视的影响。

巴赫金的诗学思想是较为复杂的，需要大家在读书中慢慢地去体会。他的学术思想，包括从俄罗斯到西方、到中国，都经历了一个逐渐被认识、被阐释的过程，巴赫金的第一批阐释者是法国解构主义者，他们发现了巴

---

① ［苏］巴赫金撰：《答〈新世界〉编辑部问》，载《新世界》杂志1970年第11期。

赫金能支持自己学说的观点，于是将它们介绍到西方，巴赫金的思想一经传至西方，由于其理论的研究旨向具有很好的契合度，一时引起了西方学者的高度关注。因巴赫金研究文学的视角极具独特性，他的理论广泛地被女权主义、后殖民主义、解构主义、新历史主义以及文化研究学者所采用。总之，巴赫金的“复调小说”理论、“狂欢化诗学”思想等等，为我们提供了一种辩证互动的、整体性的、多元对话的方法论模式，更为我们研究“文化诗学”树立了一个实践与理论相结合从而取得伟大成就的榜样。

第三节　李白《独坐敬亭山》解读

一、宣城敬亭山的一块碑文

2012年春天，我到皖南访问，四月四日清明节那天，来到了宣城。朋友们先带我去神往已久的敬亭山。敬亭山已被列为国家森林公园。

那天，宣城空气质量较差，灰蒙蒙的。当我们到达敬亭山脚下的时候，发现车来车往，人群拥挤，喧闹之极。这是一个假日，初春时节，大家都是来踏青的，车水马龙，高兴地大呼小叫，这也可以理解。可为什么会如此人头攒动，如此嘈杂喧嚣呢？在我心中，李白吟咏过的敬亭山，一定是一个风光秀丽而幽静之处。我不免大失所望，心想：这么一座“诗山”竟沦落到如此地步，岂不悲哀？

既然来了也只好跟随人流往山上爬。幸亏爬了不远，就有书法家书写的李白的《独坐敬亭山》诗碑。诗刻在一块大石头上：“众鸟高飞尽，孤云独去闲。相看两不厌，只有敬亭山。”草体字，绿色的，弯弯扭扭，写得怎么样，我还不能判断，反正我的字还没有练到这幅字的这个水平呢。再往上走，终于见到远离路边的一个宁静的小亭，亭子边上有一湖，湖面不宽，水是浑浊的，可亭子旁边的树开花了，红的红，绿的绿，也可以算一景吧。再往上走，就是路边的茶园，一垅一垅，整整齐齐，绿绿的，茶树发了嫩绿的芽，的确可以“养眼”，这可能是我在敬亭山看到的最美的景致了，因为一个从北京那样的大城市走出来的人需要的正是自然景物的这种亲切的“表情”。我漫步走过茶园，欣赏着这些绿色，我感觉到自己不由自主地露出了笑容。

我刚走过这座我喜欢的茶园，就遇到了一座看起来是新建立的白色塑像，一个古装的女子的塑像。她是哪位？走上前一看，底座上写着“玉真公主”四个字。玉真公主，我的记忆立刻被调动起来，我记得她似乎是不少诗人感兴趣的一个对象，这可拨动了我心中唐诗这根美好的琴弦了。在我的记忆中，玉真公主不就是唐玄宗的胞妹吗？她怎么会在这里？旁边有一个今人雕刻的碑文。碑文如下：

> 玉真公主（？—762）系唐朝睿宗皇帝李旦第十女，明皇李隆基胞妹。降世之初母窦氏被执掌皇权的祖母武则天害死。自幼由姑母太平公主扶养，受父皇和姑母敬奉道教影响，豆蔻年华便入道为女冠，号持盈法师，进号上清玄都大洞三景师，封崇昌县主食租赋。入道后云游天下名山，好结有识之士，尤垂青才华横溢的平民道友李白，力荐李白供奉翰林。为圣上潜草诏诰。李白傲视权贵遭谗言而赐金还。玉真公主郁郁寡欢，愤然上书去公主号子罢邑司。据传安史之乱后，她追寻李白隐居敬亭山，直至香消玉殒魂寄斯山，百姓称其安息之地为皇姑坟世代祭拜。“众鸟高飞尽，孤云独去闲。相看两不厌，只有敬亭山”，李白赞美敬亭山的这首诗蕴含着对玉真公主的深切怀念之情。公元二零零一年九月十日许锡照撰文。聂华军书。程家仁刻。安徽省宣城市敬亭山风景名胜区管理处立。安徽省宣城市敬亭山国家森林公园管理处。（原文有点古典味儿。标点为引者所加）

意思是说，李白在长安时，玉真公主力荐李白，入朝供奉为翰林，曾为当时皇帝唐玄宗草拟过诏书。后李白在京城得罪权贵，被令赐金还山，玉真公主郁郁寡欢，为寻李白，隐居敬亭山，后玉真公主死在这里，留下了墓冢，李白得知后多次来敬亭山，写下《独坐敬亭山》这首诗，认为这诗蕴含了对玉真公主深切的感情。她的雕像的周围都是茂密的高高的竹子，所形成的竹林很美。最值得注意的是，她的雕像的后面，有一个用石头圈起来的土堆，说那就是玉真公主的墓冢，可惜早就被人挖掘过，只是留下一个遗址而已。我听着竹林里的风声，似乎是在跟我耳语。当时我想到，假如这个碑文是真的，那么李白在长安时是玉真公主的朋友，是不是她后来流落到这里修道，李白知道了，感念旧情，就到这里来看望她？如果是这样的话，那么李白的《独坐敬亭山》就需要重新解释了。

我们一行勉强爬到一个元代留下的匾额前面，匾额上写着“古昭亭”这几个字。据说敬亭山在东晋司马昭时，为避讳，改敬亭山为古昭亭山，后又改回为敬亭山。这些说法是否真实，也无意追问，就没有再往上登山。实际上这是把美丽的景点错过了。《江南通志》卷十六宁国府：“敬亭山在府城北十里，府志云，古名昭亭，东临宛溪，南俯城闉，烟市风帆，极目如画。”①

我们乘坐的小车出了园门，朋友觉得我在敬亭山没有找到自己的欣赏点，就又领我在敬亭山脚下的右侧，过了一个宽阔的湖面，看了一座今人建筑的占地很宽的装饰得甚为华丽的“弘愿寺”，最后又参观了全国重点文物保护单位宋朝的古迹“双塔”。“双塔”就在敬亭山脚不远处，也属于敬亭山景点，这一景点古色古香，在春花的装扮下，显得生气勃勃，环境也保护得相当好，但这里的游人很少，也许是嫌这个双塔太孤独了。但我心里想的还是敬亭山、玉真公主和李白，特别是假如那碑文所写的是真或假的话，那么对李白的《独坐敬亭山》的意味应作何种解读呢？

---

① 詹锳主编：《李白全诗校注汇释集评》（六），百花文艺出版社1996年版，第3337页。

二、各家对《独坐敬亭山》的解读

回到北京不久，我就急忙找书，看看前人是如何解读李白的《独坐敬亭山》的。我找到了多种资料，仔细阅读起来。其中富寿荪选，刘拜山、富寿荪评的《千首唐人绝句》上下册，和詹瑛主编的《李白全集校注汇释集评》，都设“集评”专栏，收集了历代文人对唐代这些诗歌的评论，另外还有几种李白诗选中的解释，都给研究者提供了极大的方便。

纵观前人对《独坐敬亭山》的解读与评论，大体可以分为以下三种：

第一，从诗的文字的角度解读，着眼于“独坐”，认为所表达的是“遗世独立”的个性。

如沈德潜《唐诗别裁》：“传‘独坐’之神。”李锳《诗法易简录》：“首二句已绘出‘独坐’神理，三四句偏不从独处写，偏曰‘相看两不厌’，从不独处写出‘独’字，倍觉警妙异常。”由吴昌琪《删订唐诗解》：“鸟尽云去，正言‘独坐’也。”又，俞陛云《诗境浅说续编》：“后二句以山为喻，言世既与我相遗，唯敬亭山色，我不厌看，山亦爱我。夫青山漠漠无情，焉知憎爱，而言不厌我者，乃太白愤世之深，愿遗世独立，索知音于无情之物也。”[①]又当代著名学者刘永济的《唐人绝句精华》。作者解读《独坐》云：“首二句独坐所见，三四句独坐所感。曰：‘两不厌’，则有相看而厌者，曰‘只有’则有不如此山者。此二句既以见山之神秀，令人领略不尽，亦以见己之赏会，独坐此山。用一‘两’字，便觉山亦有情，而太白之风神，有非尘俗所得知者，知者其山灵乎！”[②]黄生《唐诗摘抄》：“贤者自表其节，不肯与世推移。”[③]王尧衢《唐诗合解》卷四：首句：“此为‘独’字写照，众鸟喻世间名利之辈，今皆得意而尽去。”次句：“此‘独’字与上‘尽’字应，非题中‘独’字也。‘孤云’喻世间高隐一流，虽与世相忘，尚有去来之迹。”末二

---

① 以上几条均见富寿荪选：《千首唐人绝句》下册，上海古籍出版社 1985 年版，第 153—154 页。

② 刘永济选注：《唐人绝句精华》，人民文学出版社 1981 年版，第 45 页。

③ 詹锳主编：《李白全集校注汇释集评》，百花文艺出版社 1996 年版，第 3339 页。

句:“此二句才是‘独’字,鸟飞云去,眼前并无别物,唯看着敬亭山;而敬亭山也似看着我,两相无厌,悠然清净,心目开朗,于敬亭山之外,尚有堪与晤对哉!深得独坐之神。”①这些评论都强调“独坐”为本诗关键,但“独坐”又是什么意思呢?评论家从“独坐”想到李白的“遗世独立”的个性,认为李白通过写“独坐”远离尘世,愤世嫉俗,不与名利之辈合流,也不如一般高隐者那样与世相忘,而有“睥睨一世之概”②。

第二,从诗的艺术症候去解读,着眼于“两不厌”,认为诗把人的情感灌注于山,山被人格化了。

严羽评点《李太白诗集》:“与寒山一片石语,唯山有耳;与敬亭山相看,唯山有目,不怕聋聩杀世上人。古人胸怀眼界,直如此孤旷。”③著名学者林庚说:“李白丰富天真的想象,好像把世界上一切事物都赋予了人的生命。他说:‘相看两不厌,只有敬亭山。’历来都只是人在看山,而李白却想象山也在看人。”④又,复旦大学古典文学教研组所编的《李白诗选》对《独坐敬亭山》这首诗只有一句解释:“‘相看句’指人和山彼此相看不厌,这里把山人格化了。”⑤这些解释抓住了此诗的具有症候性之点,体会出人与山相看而不厌,特别是山看人,把山注入了人的生命,人的情感移出于物,使诗意立刻浓郁起来,这都是不错的。

第三,从绝句贵含蓄来说诗,争论诗的高下。

胡应麟《诗薮》内编卷六:“绝句最贵含蓄。青莲‘相看两不厌,只有敬亭山’,亦太分晓。钱起‘始怜幽竹山窗下,不改青阴待我归’。面目犹觉可憎。宋人以为高作,何也?”⑥《唐宋诗醇》的作者不同意胡应麟的看法,说:“宛然‘独坐’神理。胡应麟谓‘绝句贵含蓄,此诗太分晓’,非善说

① 詹锳主编:《李白全集校注汇释集评》,百花文艺出版社1996年版,第3340页。
② 富寿荪选:《千首唐人绝句》上册,上海古籍出版社1985年版,第154页。
③ 詹锳主编:《李白全集校注汇释集评》,百花文艺出版社1996年版,第3337页。
④ 林庚著:《诗人李白》,古典文学出版社1957年版,第61页。
⑤ 复旦大学古典文学教研组选注:《李白诗选》,人民文学出版社1963年版,第167页。
⑥ 詹锳主编:《李白全集校注汇释集评》,百花文艺出版社1996年版,第3338页。

诗者。”[①]这种争论可能涉及对唐诗与宋诗的不同理解。实际上，唐诗佳品中，亦有“宋调”，宋诗佳品中也有“唐音”。这无涉于含蓄不含蓄的问题。

以上三种解读虽然不同，但是都有一定的道理。但总的来看，第一种看法从李白遗世独立和傲岸不羁的个性出发，来解读李白的《独坐敬亭山》，似有点牵强附会。因为李白此诗可能写于晚年（见后），李白的一生坎坷，遭遇不少打击，理想无法实现，晚年生活也窘迫，他有“我发已种种，所为竟无成”[②]的感叹，他的意气消失殆尽，再用他早年那种狂傲的飘然的个性来解释这首诗，似乎已经不合时宜了。第三种解读指出了此诗的艺术症候，无疑是对的，但是无法说明李白此时为什么要和敬亭山“相看两不厌”。总的说，上述几种解读，虽然不同，但是有一点是共同的，那就是从文本到文本，没有进入到此诗意脉和所产生的历史语境中，没有找到解读此诗的重要视点。

三、玉真公主与敬亭山、青城山、王屋山

我查到了一些资料，包括网络上的资料。的确，有些网民和报纸的记者，游了敬亭山，看到了敬亭山森林公园内玉真公主的雕像和坟冢之后，就相信了其旁边的碑文，认为玉真公主在安史之乱中来到了敬亭山。如《张家界日报》2008 年 11 月 23 日发表一篇游过敬亭山的作者的文章，其中说：“一心修道的玉真公主闻听李白在敬亭山，于是也追来了，还在山脚下修筑了翠云庵栖身，以待李白再次来到。玉真公主最后死在敬亭山，也葬在敬亭山。写到这里，终于明白了‘相看两不厌，只有敬亭山’的真正含义了！不可否认，玉真公主因为仰慕而爱上李白，虽然她比李白大了近十岁，但是真正的爱情，能以年龄为界限吗？”一家香港报纸也持这种看法。网民的类似的种种八卦式的猜测就更多了。这种看法，是建立在玉

① 詹锳主编：《李白全集校注汇释集评》，百花文艺出版社 1996 年版，第 3340 页。

② 李白著：《留别西河刘少府》，见《李太白全集》中册，中华书局 1977 年版，第 716 页。

真公主来过敬亭山、葬在敬亭山的基础上的。问题是玉真公主真的来过敬亭山吗？真的安葬在敬亭山吗？

我查了《旧唐书》《新唐书》和《资治通鉴》等，还有幸找到了两篇相关的重要文章，分别是郁贤皓发表在《文学遗产》1994年第1期的《李白与玉真公主过从新探》和丁放、袁行霈发表于《北京大学学报》（社会科学版）2004年第2期的《玉真公主考论》，资料翔实，推论合理，澄清了很多关于玉真公主的问题，其中也涉及公主与李白的真正关系问题。现在我们首先要落实玉真公主修炼的“观”有几个，都在何处，最后死于何处，葬于何处的问题，这就不能不涉及玉真公主与敬亭山、玉真公主与四川青城山以及玉真公主与河南的王屋山的关系。

首先来看玉真公主和敬亭山的关系。现在找不到玉真公主在敬亭山修道的直接记载。玉真公主与在宣城住得较久的李白有关系，却与敬亭山完全无关。“玉真公主是太平公主、安乐公主之外，政坛上最为活跃的公主；若论其在文坛的影响，可谓唐代公主第一人。”①玉真公主的确在盛唐时期，与张说、李白、王维、高适、储光羲这些大诗人有过来往，这些诗人都写有关于她的诗；不但如此，在玉真公主去世后，还有卢纶、司空曙、张籍、李群玉、刘禹锡诸诗人的诗中都涉及她。为什么会这样？这首先就是玉真公主与大诗人李白有过交往。李白进京，与玉真公主有关，魏颢的《李翰林集序》云：“白久居峨眉，与旦丘因持盈（玉真公主号）法师达。白亦因之入翰林，名动京师。《大鹏赋》家藏一本，故宾客贺公奇白风骨，呼为谪仙人。”②元丹丘为李白在四川时的好友，李白一生与丹丘来往密切，元丹丘因认识玉真公主，同时又介绍她认识比公主小十岁左右的李白，玉真公主发现了李白的才华，这才推荐和介绍他认识她的亲哥哥唐玄宗李隆基，唐玄宗见到李白后，也惊异于李白的才华，设宴款待他，并聘任他为“翰林”。但另有一种说法，认为李白与唐玄宗之间的推荐人和介绍人不

---

① 丁放、袁行霈撰：《玉真公主考论 以其与盛唐诗坛的关系为归结》，载《北京大学学报（社会科学版）》2004年第2期。

② 詹锳主编：《李白全集校注汇释集评》，百花文艺出版社1996年版，第3页。

是玉真公主，而是贺知章，《新唐书·李白传》："天宝初，南入会稽，与吴筠善，筠被召，故白亦至长安。往见贺知章，知章见其文，叹曰：'子，谪仙人也！'言于玄宗，召见金銮殿，论当世事，奏颂一篇。帝赐食，亲为调羹，有诏供奉翰林。白犹与饮徒醉于市。帝坐沈香亭子，意有所感，欲得白为乐章，召入，而白已醉，左右以水颒面，稍解，授笔成文，婉丽精切，无留思。帝爱其才，数宴见。白尝侍帝，醉，使高力士脱靴。力士素贵，耻之，擿其诗以激杨贵妃，帝欲官白，妃辄沮止。白自知不为亲近所容，益骜放不自修，与知章、李适之、汝阳王琎、崔宗之、苏晋、张旭、焦遂为'酒八仙人'。恳求还山，帝赐金放还。"①这段文字描写了李白进长安与出长安的经过，整个过程与玉真公主无关。对于本文来说，是玉真公主还是贺知章推荐并介绍李白见唐玄宗，关系不大，可以存而不论。但应肯定的是，李白的确与玉真公主有过较密切的来往，这有李白的三首诗为证：

第一首就是李白写的《玉真仙人词》：

玉真之仙人，时往太华峰。清晨鸣天鼓，飙欻腾双龙。弄电不辍手，行云本无踪。几时入少室，王母应相逢。②

第二、三首是李白的《玉真公主别馆苦雨赠卫尉张卿二首》：

其一

秋坐金张馆，繁阴昼不开。空烟迷雨色，萧飒望中来。翳翳昏垫苦，沉沉忧恨催。清秋何以慰，白酒盈吾杯。吟咏思管乐，此人已成灰。独酌聊自勉，谁贵经纶才。弹剑谢公子，无鱼良可哀。

---

① 欧阳修、宋祁撰：《新唐书》，中华书局1975年版，第5762—5763页。

② 詹锳主编：《李白全集校注汇释集评》，百花文艺出版社1996年版，第1220页。

其二

苦雨思白日，浮云何由卷。稷契和天人，阴阳乃骄蹇。秋霖剧倒井，昏雾横绝巘。欲往咫尺途，遂成山川限。潈潈奔溜闻，浩浩惊波转。泥沙塞中途，牛马不可辨。饥从漂母食，闲缀羽陵简。园家逢秋蔬，藜藿不满眼。蟏蛸结思幽，蟋蟀伤褊浅。厨灶无青烟，刀机生绿藓。投箸解鹔鹴，换酒醉北堂。丹徒布衣者，慷慨未可量。何时黄金盘，一斛荐槟榔。功成拂衣去，摇曳沧洲傍。[1]

前一首诗，称玉真公主为仙人，说她的本事如何了得，过于夸大，带有逢迎的味道。所以明人批"近俗"[2]。后一首是发牢骚的诗，觉得自己是"经纶才"，但没有人赏识，只能在饮酒中度日。这首诗可能是李白在长安遭受挫折后写给他的朋友的。这个朋友姓张，官位为"卫尉"，具体是何人，还不可查。但从本诗看，李白表明是在玉真公主的"别馆"所写，所以李白与玉真公主有较深的关系，是可以肯定的。纵观以上材料，后来久住宣城的李白，在早年进长安之后与玉真公主有过来往：一是李白见到唐玄宗，并为唐玄宗所赏识，与作为唐玄宗的胞妹玉真公主的力荐有关；二是李白似到过玉真公主的一个住处，即"别馆"，在长安时期，与玉真公主过从较深。此外我们得不出别的结论。从目前所能找到的证据看，玉真公主一生从未到过安徽宣城敬亭山，更没有在敬亭山出家修道。目前敬亭山公园所刻的那个玉真公主追随李白到敬亭山，并在此建道观修行，并说玉真公主死后安葬于此，是毫无根据的，因此说《独坐敬亭山》"这首诗蕴含着对玉真公主的深切怀念之情"是不实之词，也是毫无根据的。

其次，玉真公主与青城山。说玉真公主在今四川都江堰青城山修道并最后安葬于此的根据，是南宋时期王象之编纂的地理总志《舆地纪

① 詹锳主编：《李白全集校注汇释集评》，百花文艺出版社1996年版，第1305—1315页。
② 詹锳主编：《李白全集校注汇释集评》，百花文艺出版社1996年版，第1222页。

胜》。其中有两条涉及玉真公主:“轩辕台在延庆观后,有石龛,中有天尊像及(玄宗)移观手诏碑,并开元二年玉真、金仙二公主等像。”按这条记载只能说明南宋时期青城山的“石龛”中有玉真公主和金仙公主两人的雕像,并不能说明别的什么。《舆地纪胜》的另一条是:“唐玉真公主,睿宗第八女也,与金仙公主皆隶道,入蜀居天仓山,其后羽化,葬于山侧。今储福观有铜铸明皇、公主二像。”这一条说青城山有玉真公主在天苍山修道,后羽化,安葬的墓地在山侧。但《旧唐书·李辅国传》云:“上皇自蜀还京,居兴庆宫,肃宗自夹城中起居。上皇时召伶官奏乐,持盈公主往来宫中,辅国常阴候其隙而间之。上元元年,上皇尝登长庆楼,与公主语,剑南奏事官过朝谒,上皇令公主及如仙媛作主人。辅国起微贱,贵达日近,不为上皇左右所礼,虑恩顾或衰,乃潜画奇谋以自顾。因持盈待客,乃奏云:‘南内有异谋。’矫诏移上皇居西内,送持盈于玉真观,高力士等皆坐流窜。”[①]又,《资治通鉴·唐纪三十七》记载:“上皇(玄宗)爱兴庆宫,自蜀归,即居之。上时自夹城往起居,上皇亦间至大明宫。左龙武大将军陈玄礼、内侍监高力士久侍卫上皇。上又命玉真公主、如仙媛、内侍王承恩、魏悦及梨园子弟常娱侍左右。”[②]《旧唐书》《资治通鉴》与《舆地纪胜》相比,当然是前者更可靠。这就是说,唐玄宗李隆基在“安史之乱”起(天宝十四载,公元755年),平叛不利,远走蜀地,后其儿子肃宗接任,平叛成功,他当太上皇回到长安期间,玉真公主一直都在他胞兄李隆基身边侍候。玉真公主可能随李隆基入蜀时到过青城山,但李隆基在“安史之乱”平息后,玉真公主也随其胞兄一起回到长安,一直在太上皇左右。此后,玉真公主年近七十,再没有入蜀再到青城山修道之理,更不可能死在青城山,并安葬于彼。

最后,玉真公主与王屋山。玉真公主二十岁出家修道,在长安、洛阳和王屋山各有一个道观。其在长安的道观是其父亲唐睿宗李旦给盖的,

---

① 刘昫著:《旧唐书》,中华书局1975年版,第4759页。

② 司马光编著:《资治通鉴》,中华书局2007年版,第2729页。

十分奢华，花钱太多，引起朝野争议，这在《旧唐书》《新唐书》和《唐会要》中都有明确记载，因与本文关系不大，不赘。玉真公主在王屋山的道观名为“都灵观”。《全唐文》卷九二七蔡玮《唐东京道门威仪使圣真元元两观主清虚洞府灵都仙台贞元先生张尊师遗烈碑》云：“我唐玉真公主于台下构馆，为集灵先之都，元风嘉声，信万古之同德，其地即古奉仙观。”这里所说的“灵都仙台”即王屋山的仙人台下。玉真公主为什么要把自己的道观建在这里，因为她的修道老师是司马承祯，而司马承祯修行之地就在王屋山，这有《旧唐书·司马承祯传》为证。玉真公主最后的修炼之地不但在王屋山，最后也死在王屋山。《明一统志》卷二十八云：“灵都宫，在济源县西三十里尚书谷，唐玉真公主升仙处。”最后，玉真公主安葬在这里是自然之理。

以上三点，排除了玉真公主所谓追随李白，到安徽宣城敬亭山修道，并安葬于敬亭山的说法，也相应地排除了用假冒的“历史事实”来解读李白的《独坐敬亭山》的可能。李白的《独坐敬亭山》的意义应另作新解。

四、从李白晚年的处境来解读《独坐敬亭山》

我们要想解读李白的《独坐敬亭山》，先要解决两个问题：一是确定这首诗的创作年代，以便能在历史语境中来解释它；二是我们要寻找到一个恰当的解释的方法，而不能仅凭读诗的印象来进行解读。

《独坐敬亭山》写于李白晚年，这是研究者的一致看法。当然这首诗究竟是写于哪一年，由于作者未注明，又无法从诗中找出确证，所以研究者的看法又不尽一致。

詹瑛《李白诗文系年》认为这是天宝十二载(753)李白53岁时的作品。但根据不明。这就要看李白一生有几次到过宣城。看看李白哪一次到宣城后的感情与《独坐敬亭山》所表现的感情谱系最为接近。根据有的作者考证，李白在离开长安之后，一生起码有四次到过宣城。

第一次到宣城是天宝十二载秋天，李白53岁，有《寄从弟宣州城长史昭》《宣州长史弟昭赠余琴，溪中双鹤舞，诗以见志》以及《宣州谢朓楼饯别校书叔云》《秋登宣城谢朓北楼》等诗为证。这一年李昭任宣城长史，李白因与昭有交情，特来拜见。从这段时间所写诗传达出的感情看，虽然有“愁”，但所宣泄的还是自己的才能不被理解，不能“安社稷”“济苍生”的烦恼，是一种孤寂之愁。在诗的字里行间，仍然有奋发向上理想，有时还很高涨，如他在谢朓楼饯别李华时，尽管是“抽刀断水水更流，举杯消愁愁更愁”，但仍然歌唱出“俱怀逸兴壮思飞，欲上青天揽明月”的强音。詹瑛先生认为《独坐敬亭山》创作于这个时段，这显然不合此时李白的心境。

第二次到宣城是天宝十四载（755）夏天，李白 55 岁。这有《赠宣城赵太守悦》《江上答崔宣城》等诗为证。赵悦为李白的朋友，天宝十载（751）夏，赵悦自淮阴迁任宣城，这是有案可查的。李白这首赠诗，分四段：第一段歌颂赵氏先辈如何声名显赫；第二段歌颂赵悦本人如何贤能；第三段歌颂赵悦光荣的发迹过程；第四段则主要写李白希望借重赵悦的地位，得到提拔，而施展自己的才华，其中句子有“愿借羲和景，为人照覆盆。溟海不震荡，何由纵鹏鲲。所期要津日，倜傥假腾骞”。此时安史之乱还未爆发，所以李白还是想找机会，去施展自己的才能。这个时间段，李白的心态仍然十分积极，不可能写出《独坐敬亭山》那种孤寂的诗句。

第三次到宣城是肃宗上元元年（760），李白 60 岁，离去世仅剩一年余。这次到宣城有《经乱后将避地剡中，留赠崔宣城》《赠宣城宇文太守兼呈崔侍御》等多首诗为证。《经乱后将避地剡中，留赠崔宣城》：“中原走豺虎，烈火焚宗庙。”“四海望长安，颊眉寡西笑。苍生疑落叶，白骨空相吊。连兵似雪山，破敌谁能料。”“崔子贤主人，欢娱每相召。”很显然，这是李白在安史之乱后到宣城。这里的“崔子”即“崔宣城”，也即崔钦。天宝十四载即为宣城县令，安史之乱后仍为宣城县令。这次又“召”李白到宣城。但我们从《赠宣城宇文太守兼呈崔侍御》一诗中“无风难破浪，失计长江边”的句子中，可以知道，这是指至德二载（757）永王兵败丹江事。57岁的李白其时正在永王幕府中，他自丹阳南逃，旋被捕入寻阳狱中。58岁时，李白被流放夜郎，至白帝城已是第二年春三月，遇大赦，坐船返江陵。在流放返回江南后，李白由崔钦县令相邀再次进入宣城。李白一生有两大理想，一是“扶社稷”“济苍生”，二是“求仙访道”，但经过安史之乱之后，特别是他进入永王幕府，被判罪流放夜郎遇赦返回江南之后，他已经到了花甲之年，贫病交加，他的雄心壮志随风飘散。所以这第三次到宣城，已经没有先前的种种豪言壮语。《赠宣城宇文太守兼呈崔侍御》第四段末是这样写的：“……据鞍空矍铄，壮志竟谁宣？蹉跎复来归，忧恨坐相煎。无风难破浪，失计长江边。危苦惜颓光，金波忽三圆。时游敬亭上，闲听松风眠。或弄宛溪月，虚舟信洄沿。颜公三十万，尽付酒家钱。兴发每取之，聊向醉中仙。过此无一事，静谈《秋水》篇。”意思是说，我虽老壮如马援，可徒有壮志，竟无所成，蹉跎岁月，忧恨归家。就像那善操舟之人，无风可乘，也就无法破万里浪，甚至失计，困于江岸，淹留度日，月三圆而时间已晚了。我只好游敬亭山，听着松涛而入眠，或者泛宛溪而弄水月，用尽沽酒之钱，以沉入醉乡，或读读《庄子·秋水》篇，以求养生之术，我还能做什么呢？情绪的消沉，不但从诗的内容中显现出来，也从诗的语调中流露出来。这种感情谱系与《独坐敬亭山》所抒发的孤寂之情是一致的。因此《独坐敬亭山》作于李白60岁第三次到宣城之时的可能性是最大的。

第四次到宣城是宝应元年（762），是年唐玄宗（78岁）、唐肃宗（52岁）先后去世。唐代宗（年号宝应）即位。李白62岁。李白从金陵到当涂，依附族叔李阳冰。李阳冰比李白年轻，其时为当涂令。李白可能于晚春三月，最后一次游宣城，其情绪之低落，不言而喻。秋天回到当涂。病情加重，不久去世。这次到宣城，也有诗作。《独坐敬亭山》写于这最后一次宣城之旅时也是可能的①。

---

① 关于李白四次宣城之旅，参考了武承权著：《李白疑案新论》，陕西人民出版社2002年版，第167—170页。

以上资料，大体上可以证明《独坐敬亭山》一诗写于李白生活的晚年，即去世那一年，或去世前一年。因为只有这两年，李白的情感色调与其感情谱系的变化是相符的。

下面，我将寻找解读这首诗的方法。解读的方法应与盛唐时期的诗歌创作的追求，以及李白诗歌创作的艺术追求一致。

自六朝到唐代，中国诗歌发生了很大的变化，第一是唐代律诗形式完全成熟，并进入一个兴盛时期；第二是唐诗就其多少而言都是讲“兴寄”的，那种为写景而写景的诗歌已经少之又少。这与陈子昂的美学提倡有关。陈子昂说：“文章道弊五百年矣，汉魏风骨，晋宋莫传，然文献有可征者。仆尝暇时观齐梁间诗，彩丽竞繁，而兴寄都绝，每以咏叹。思古人常恐逶迤颓靡，风雅不作，以耿耿也。”①“风雅”中的“兴寄”逐渐成为盛唐时期诗歌创作的共同追求。这是唐诗与六朝诗歌的一个很大的区别，也是与其后宋诗的一大区别。而李白个人的艺术追求与陈子昂的“兴寄”是一致的。

李白的《独坐敬亭山》有何“兴寄”？这就要进入此诗写作的历史语境。这首诗既然是作于李白生活的最后两年，即761年或762年，其时安史之乱已基本平息，李白因参与璘王起事，为幕府，后被唐肃宗定位“叛乱”，以致李白获罪，流放夜郎，要是不遇到大赦，他可能在牢狱中死于夜郎；他没有杜甫所受到的待遇，因抗乱有功而被授予左拾遗的官位，尽管这官位品级极低。李白生前的最后两年是落魄的。身体极差，心境极差，连个安身之地也没有，流转于金陵和宣城一带，最后不能不依附年纪比自己小的族叔李阳冰，李阳冰仅仅是当涂的县令，官职很小。李白此时觉得自己一生的两大理想：安社稷，救苍生和求道术，任侠行，都付之东流，完全没有实现。其内心的孤独可想而知。他就在这样的境况下，又一次来到宣城敬亭山。他是“独坐”在那里的，也许“独坐”的时间太长了，以至

---

① 陈子昂著：《与东方左使虬修竹篇序》，见周祖譔编：《隋唐五代文论选》，人民文学出版社1999年版，第70页。

于原本还在山边飞的鸟、飘动的云，都在不知不觉中先后飞走了，飘离了，不再陪伴他了，这是“众鸟高飞尽，孤云独去闲”这两句的意蕴。那么，还有什么留下来呢？那就是敬亭山了，所以他孤独地望着敬亭山，敬亭山也孤独地望着李白，李白感到空前的孤寂无奈，这就是“相看两不厌，只有敬亭山”的意蕴了。所以从上述介绍的四说中，我是比较同意第二说的，真的是看似写眼前之景，其实呢，是把孤独之情淋漓尽致地写尽了。动的鸟、云，本来蛮可爱，可它们不再陪伴我。这里李白甚至可能默默地回想到自己一生的往事，唯有静静的山还在，似乎对我还有情，我们只有互相对望了。后一联，可以说是“情以物兴”，又“物以情观”，山让李白倍感相伴之情，李白也回赠以情感的一瞥，形成生动的诗意的两相对望。诗的美处也就在这对望中显露无遗。整首诗寄托的是李白晚年孤独寂寞的感情。日本学者碕允明《笺注唐诗选》：“山上独坐幽寂之际，但鸟与云可爱也，然皆去而不留……鸟云琐琐之物，何足问焉？二物不相厌者，只有我与敬亭山耳，以山为有情，妙境物极。”这是从诗的意脉出发的一种理解，本来，飞鸟多可爱，云彩多可爱，但它们纷纷离去，剩下的只有不会移动的敬亭山，只有与敬亭山对视而不厌，反映人的寂寞。这种解读比较合理。又，《唐诗鉴赏辞典》分析这首诗的时候，以李白一生长期漂泊，饱尝人间心酸的经历为背景，结合诗所写的情景，认为“此诗写独坐敬亭山时的情趣，正是诗人带着怀才不遇而产生的孤独与寂寞的感情，到大自然怀抱中寻求安慰的生活写照”。前两句“看似写眼前之景，其实，把孤独之情写尽了”。后两句写诗人与敬亭山相望，周围没有人与景物与我相望，“世界上只有它还愿与我作伴吧”①。从诗歌的意脉上看，这种解释是符合实际的。

既然前人已经作了合理解说，为何还要写这么长的文章来再解说呢？这是因为前人的“孤独寂寞”说，只是从诗本身的印象或义脉中得来，没有进行历史的考证，没有进入历史语境，不少人认为不是确论，甚至出现

① 萧涤非等著：《唐诗鉴赏辞典》，上海辞书出版社1983年版，第350—351页。

了宣城敬亭山那个伪造的碑文,说此诗是李白对玉真公主怀有什么感情,误导人们对《独坐敬亭山》的理解。因此必须对此诗的意义进行历史的义证,以有力的历史事实和深厚的历史语境排除错误的理解。我始终认为解读诗歌要从诗的整体“义脉”着手,但“义脉”的解读是否正确,最终要以历史语境为基础。

解读古诗是文学教师的经常性的活动。过去的解读,其中包括20世纪90年代兴起的印象式的解读,一直持续到今天。近来,我对此种印象式的解读产生了怀疑。我觉得接受一首古诗,甚至像《独坐敬亭山》这样简单的古诗,如果停留在印象式的解读,而不进入整体义脉和历史语境,那是会遭遇到困难的。实际上,诗人写诗,都是在特定的历史语境,针对特定的遭际而发的。如果我们的解读,不能进入历史语境,不了解诗人创作时的遭际,那么我们的解读只是个人的一己之见,并不能符合诗歌原有的实际和意思所在。当然按照接受美学的观点,每个人因自己的“先见”不同,可以有自己的解读,但如果我们把解诗首先当作一种求真的活动的话,就要大体上追求作者的原意。

近几年,随着文学理论和批评所面临的困局,我一直提倡文化诗学,其中又有两点应特别加以关注:一点是要把文学理论与批评与现实的生动的文学创作密切地联系起来,另一点是要把文学理论和批评的问题放置回原有的历史语境中去解读。这后一点是针对我们面对文学史上各种文学作品的批评来说的。任何作品都不是孤立的,它产生于特定的历史语境中,那么回到历史语境去寻找原意,就是求真的活动,是一种科学研究的活动,文学批评的真谛也就在这里。文学理论和批评追求真善美,但求真不能不是基础,只有在求真这基础上,才可能进一步去求善与美。

由此可见,对李白《独坐敬亭山》的解读,讲具体人物,讲具体时间,讲具体地点,讲具体事件,讲具体情境,讲具体关系,即讲这些历史语境,就显得特别重要。

第四节　春天对严冬的感慨与沉思——读王蒙的《杂色》

一、小说的隐喻艺术

一部真正的文学作品是一个有机的整体,严格地说它是不可“拆卸”的;可文学评论则又不能不将它“拆卸”甚至“肢解”,以便对经过“拆卸”的这一点和那一点加以分析。因此,在富于有机整体性的作品面前,文学评论从一定意义上说是注定要失败的。现在,我面对王蒙的这部如同活的生命体的《杂色》,不得不开始注定要失败的尝试——先“拆卸”它,然后分析它。

《杂色》的故事简单得不能再简单,一个牧业公社的统计员曹千里骑着一匹老马去一个夏季牧场去统计点什么,小说就写他这一天的所见、所闻、所遇和所忆以及相关的一些议论。作者在小说写到差不多一半时,自己跳出来警告读者:“这是一篇相当乏味的小说,为此,作者谨向耐得住这样的乏味坚持读到这里的读者致以深挚的谢意。不要期待它后面会出现什么噱头,会甩出什么包袱,会有个出人意料的结尾。他骑着马,走着走着……这就是了。”可能有的读者还以为这种声明是小说家的“欲拒还引”的伎俩,小说后面肯定还有大开大合起伏跌宕的引人的故事,但你读下去,就会发现作者的声明是真话。小说的主人公曹千里不过是骑着它的杂灰色的老马又经过了一些地方而已。

的确,小说的结构平淡无奇,这位从京津地区自愿来到新疆少数民族地区工作而一直遭到不公平待遇的曹千里,吃完早饭,来到马厩,骑上杂灰色的老马,一路上经过了七个地方:过塔尔河(河水很急,老马喝水),进补锅村(在供销社买了点东西),进山(进山前遭遇到一条黑狗),然后走傍山石路(路上不断下马与哈萨克牧民施礼),进入草地(遇到暴风骤雨),最后来到一个名叫“独一松”的地方(饿了,在毡房里喝马奶)。如果把小说拆开看,作者所写的就是主人公曹千里、杂灰色老马及其与这七个场景的关系。如此简单的情节,能构成一部中篇小说吗?作者究竟是通过什么来展现他的艺术世界?以什么魅力来吸引读者呢?

《杂色》首先是隐喻艺术的佳构。隐喻是一种古老的修辞格,英语“隐喻 metaphor”这个词源于希腊语的 meta(意为“过来”)和 pherein(意为“携带”)。它是指一套语言过程,通过这个过程,此物的特征被转移到彼物上,以至于彼物被转移为此物。发展到现代的文学创作中,隐喻成为一种艺术的体系。王蒙的《杂色》就是现代意义上一系列的隐喻艺术体系。他写的是曹千里和他的杂灰色老马的一天的充满艰难困苦的路程(此物),可这种描写在读者的领悟中,已转移成对彼物的描写。难道曹千里的遭遇和老马脊背上的血疤以及他们(它们)的负重行进,不正是暗含着多灾多难的祖国曲折的历程吗?顺便说一句,曹千里和杂灰色的老马是一而二、二而一的,是“异质同构”的,曹千里就是杂色老马,杂色老马也就是曹千里,因此他们都体验到“同样的力量,同样的紧张,同样的亢奋,同样的疲劳和同样的痛楚”“不是他骑着马,而是马骑着他”,曹千里转移到杂色老马,杂色老马转移到曹千里,这本身就是一个隐喻,而这人马同一的形象,又被转移为苦难中国的形象。在这一小一大的隐喻形象之间,还有不大不小的中级的隐喻形象,如曹千里过“草地”时那气候突然风和日丽,突然又暴风骤雨,突然又艳阳高照,这无常变化,作者用了“你的善良愿望立刻就被否定了”,“这个时代结束了”,“又是一个突然”等句子来加以描写,都不是偶然的,在作者的意识中,草地的气候变化转移为对历史的某一阶段的暗示。小说中出现的“河水”,两次出现的“狗”,一次是黑狗,一次是白狗(这里又用了政治味很浓的谚语“尽管狗在叫,骆驼队照样前进”),还有使人和马都吃了一惊的“蛇”等等,都不仅仅是为了写这些事物本身,他们都是隐喻,以此物来喻彼物。连供销社的女售货员用奥斯曼草染过墨绿色的眉毛等，都是隐喻，不过所喻的是美好的事物而已。这样，《杂色》就构建了一个大、中、小都齐备的隐喻艺术的体系，它一点也不“乏味”，相反它有品不完的味，也许我们用“象外之象”“景外之景”“味外之旨”这些词语来评定《杂色》，是很合适的。作者通过他的隐喻艺术体系，在读者的感知和联想中，展现了动人心魄的历史社会场景，蕴含了丰厚的社会心理内涵。一部中篇小说要表现一个已经结束的严冬般寒冷的时代，如果不选择隐喻这一具有简洁、缩略、避讳功能的艺术手段，是很难达到目的的。隐喻的艺术作为现代主义文学的魔方，在王蒙笔下变换出独特而丰富的艺术世界，获得了广阔的阐释空间。上面我们只是点出这一点，详细的阐释也许在目前还是不可能的。

与此相关的另一点是，在具体的艺术描写中，王蒙在《杂色》中，运用了他所擅长的隐喻语法。这种隐喻语法的基本特征是，在差异性中把握相似性。王蒙在小说中，常把人物的感觉推到陌生的、似乎是第一次遇到的地步，然后用人们日常熟悉的感受去加以表现，这样，就把熟悉的和陌生的联系起来，陌生转移为熟悉，使读者也能充分的感受人物的情感、心境和感觉。如描写曹千里的在冬牧场看到了那些用原始树段钉在一起的房子的感觉时，作者写道：“从第一眼看到这几栋房子起，曹千里就有一种特别亲切的，特别温柔、特别庆幸的感觉。好像会见了一个失去联系多年的老朋友，好像找到了一件久已丢失的纪念品，他想起儿时，想起狼外婆的故事和格林童话，想起神仙、侠客、兔子、小鱼、玻璃球、蟋蟀和木制手枪……”人物的一种陌生感，作者用了十一种熟悉的感觉来加以描写，这样陌生感转移为熟悉感，差异立时变为相似。这种隐喻语法的运用，具有极强的艺术魅力，表面看是话语的转移，实际上是两种感觉的兑换，在这种兑换中，使读者把一种似乎不易理解的感情、感觉，立刻变成了极易理解的感情、感觉，从而使描写的对象的特征及其意义生动地突现出来。这种手法的运用，不但在本篇中，而且在王蒙的其他小说中均俯拾即是。

隐喻是《杂色》的艺术灵魂，它表层所描写的，可以根据作者所提供的历史文化语境转移为对某个时代的揭示和理解。这也表明王蒙是新时期以来一位真正的具有现代主义意味的作家。我个人认为,王蒙对隐喻艺术的体认和出色的运用,未必不比他引进的意识流手法重要。

其次,《杂色》又是一位小说家的哲学导言。王蒙是在1980年的美国依阿华创作成功这部作品的,这的确是在严冬过后"对严冬的回顾",正是在这回顾和沉思中,作品所写的虽然是具体生动感性的形象,但在这背后有透彻的人生哲学的感悟,这又是一种寓含具象中的抽象。《杂色》中所透视的人生哲学可以分析出很多,但其中最为重要的是对人生的"相对性"的揭示,对事物的"变动不居"的揭示。相对性而非机械性,变动不居而非静止凝固,是小说作者的一种从长期生活中建立起来的信念。如小说一开篇,作者就对"安全—不安全"这对人生范畴,借骑老马安全还是不安全的问题,发了议论:"是啊,当它失去了一切的时候,它却得到了安全。而有了安全就会有一切,没有安全一切就变成了零。"这是何等的精妙的体会,在我们的生活中,不正是存在这样的悖论吗:在失去了一切时似乎是不安全的,其实在失去一切时又反而变得安全了。"黑暗—光明",也是人生哲学的一对范畴,"月光是温柔的,昨夜,在月光下一切都变得模糊、含混因而接近起来;但是此刻,蓝晶晶的天空和红彤彤的太阳又把这个世界的所有的成就和缺陷清理出来、雕刻出来、凸现出来了。"太阳带来的光明何尝不好,可一切又都要在它的下面原形毕露,连同那缺陷;也许夜晚的黑暗更可以使物美化吧,特别在月光下。"美—不美",也是人们常遇到的一对人生范畴,"这是这样一个地方,它美么?很难说它美。然而现在是清晨,是一天的最好的时光。清晨,从马厩的破屋顶边斜着望上去,可以看到几簇抖颤着的树枝,厚重的尘土遮盖不住它的绿色的生机。"在一定的条件下,不美的也可转化为美。作品中所透视的此类人生哲学如果罗列起来,可以列出一个长长的清单:如"过程—目的""消极—积极""欢乐—惊险""平凡—光荣""空虚—充实""动与静"……而作品中最为深刻的是对"挫折—胜利"的人生哲理的揭示,这可以视为

《杂色》的母题。无论是曹千里还是杂色老马，都遭到不公正的待遇，他们是人，是马，是真正的人，热爱生活的人，是真正的马，是龙种马、千里马，他们身上却带着“血疤”，被推到不屑一顾和受尽折磨的境地，然而艰难困苦的生活、不公平的待遇，却使他们蕴含和蓄积着巨大的力量，一切都会变，一切都在变，变是绝对的，不变是相对的，曹千里过“草地”，不就在遭到冰雹和暴风雨的袭击后，又迎来雨过天晴的美好景象吗？曹千里在“独一松”的毡房里喝马奶，不也经过“挫折”吗？先是饱，继而是撑，差一点撑破肚皮，差一点死去，然后是醉，醉后是清醒，他发现自己面对的是强大的人们和明丽的景色。杂色老马也变成神骏的千里马。所以作者写曹千里在新的春天里，永远记得这一匹马，这一片草地，这一天的路程，并对生活充满了由衷的谢忱。所以挫折也许是胜利的前奏。

二、新中国成立前后社会生活和个人经历的胜利和挫折作为历史语境

王蒙后来出了“自传”，读过《王蒙自传》后回过头来再读他的小说《杂色》，那么《杂色》的意义就更多地显露出来了。王蒙在“自传”中写了他自身的经历和他所处的时代，他所见证的历史场景，以及这个时代和场景与他个人的密切关联。那么，小说中的曹千里和他的老马的面目不是更清楚了吗？

在这里展开了对《杂色》与《王蒙自传》的比较，但这不是我这篇文章的任务，我这里只就他的最早的长篇小说《青春万岁》和中篇《组织部来了个年轻人》的历史语境，谈一些具体的看法。

在新中国建立前夕和之后的几年(可以算到1956年)，作为年轻的布尔什维克的王蒙，只需看看他的带有“自传”性的小说《青春万岁》，我们就可感受到王蒙如何沉浸在胜利的欢欣与喜悦中，也可以看见蒋家王朝的黑暗统治被推翻的历史胜利的场景。那的确是一个值得书写的时代，旧社会的崩溃，统一战线的完成，土地改革的胜利和亿万农民的欢呼，计

划经济建设的开始，抗美援朝的伟大胜利，直到1956年中央提出的口号：向科学进军！王蒙个人则从“十四岁时候敢于加入地下党的中国共产党，十五岁时候敢于退学当干部，面对这样的时代，十八岁的时候敢于如火如荼地追求心爱的女孩子，十九岁的时候就不敢拿起笔写一部长篇小说吗?”①青年作家王蒙意识到：

> 我一定要写，我一定可以写一部独一无二的书，写从旧社会进入新社会，从少年时期进入青年时期，从以政治活动为主开始了大规模的经济建设，写从黑暗到光明，从束缚到自由，从卑微到尊严，从童真到青春，写一个偌大的世界怎样打开了门户展现在中国青春的面前，写从欢呼到行动，歌唱新中国，歌唱金色的日子，歌唱永远的万岁青春。

> 我确实不仅仅是为了个人的出人头地，我坚决相信我们这一代人是不寻常的，我们亲眼看到旧中国的崩溃，我们甚至参加了创造伟大崭新历史的斗争，我们少小年纪便担当起革命的重任，我们少小年纪便尝到了人生百味历史图景，而时代、历史过了这个村就没有这个店了，你如果不去写，你留下的是大片空白，对于你，对于他和她，对于世界，对于历史。②

王蒙在这里对于《青春万岁》写什么——“金色的日子”“中国青春”“时代”“历史”，还有“时代的天使，青春的天使”③——说得很清楚，对于怎么写——“独一无二”“坚决相信”“歌唱”、从什么什么到什么什么——也说得很清楚。这就是《青春万岁》所进入的历史语境。几十年后，王蒙写他的《杂色》，主人公曹千里带着他的老马要到一个地方去。一路所见

① 王蒙著：《王蒙自传·第一部》，花城出版社2006年版，第122页。
② 王蒙著：《王蒙自传·第一部》，花城出版社2006年版，第122页。
③ 王蒙著：《王蒙自传·第一部》，花城出版社2006年版，第136页。

所遇有喜有忧,有美丽也有不堪,有厌恶也有温暖……例如曹千里“开始进山”,他发现“马把他带到一个全然不同的天地里来”,“荒凉的光秃秃的戈壁和光秃的山岭已经结束了,前面是一个葱郁而又丰富的世界……”王蒙这里没有生硬的比对,而是用艺术的隐喻,写出了一个似曾相识的世界。正如他所说:“这儿就是山中圣地!这儿就是塞外江南!”当然一路遇到的困难、艰辛、危险更是不可胜数。王蒙的确如小说中说的:“艰难与光荣,欢乐与惊险,幸福与痛苦,就在这看来平平常常的路程上。”这里,不仅他的《青春万岁》在这条路上,他的另一部小说《组织部来了个年轻人》似乎也在这条路上啦!如果说,光荣、欢乐和幸福更多地化入《青春万岁》中的话,那么《组织部来了个年轻人》更多地艺术地化入了困难、惊险和痛苦。《青春万岁》和《组织部来了个年轻人》是写实的,而几十年后的《杂色》则是隐喻性的,后者通过艺术隐喻体系把前两者似乎组合在一起,形成一部包含历史与现实的奏鸣曲。但三部作品的历史语境不过是新中国成立后五六十年代的发展、起伏、曲折、变幻而已。

谈到《杂色》的历史语境,不能不谈到王蒙发表的《组织部来了个年轻人》这部小说的遭遇。因为,《组织部来了个年轻人》是王蒙命运的一次重大转折。

《组织部来了个年轻人》是王蒙在写《青春万岁》中间,小说表面上写的是官僚主义,实际内容要复杂得多。

《杂色》中有一节描写:

> 不知道过了多少时间,又是一阵风,游丝不见了,脸上感到一丝凉意,曹千里不由得四处张望一下,他的目光一下子被遥远的高天的西北角上的一抹黑色吸引住了。
>
> 不至于吧?不至于吧?阳光还是这样明亮,天气还是这样晴和,绿草还是这样浓艳而心境又这样安详。仔细看看,那儿真的有点发黑吗?哪里?哪里看得见?恐怕是因为太阳太好,才使你眼前出现

了看见黑影的错觉吧？

然而你的善良的愿望立刻就被否定了。像一滴墨汁在清水里迅速蔓延和散开一样，那一抹黑一忽儿工夫就扩大成一片了，西北角的天空已经被黑云封住了，而正北方，又出现了灰白灰白的迷蒙蒙却有点发亮的云——那儿已经下雨了。

……

风愈吹愈强劲、愈吹愈寒冷，简直是深秋的、扫除落叶的风。曹千里打了个寒战，似乎转眼间草原上已经换了一个季节。……

这几段艺术描写显然是隐喻。它隐喻什么呢？说不定就隐喻王蒙自己当年发表《组织部来了个年轻人》后的曲折经历。把这几段隐喻性的描写放回到20世纪五六十年代的曲折、起伏的斗争中去，就是放回到原有的历史语境中去。历史语境反映的是一种历史趋势，是一种无比强大的力量。而作家、理论家都不能脱离历史语境，他们的创作，他们的理论，总是在一定的历史时期、一定的历史时段、一定的历史场景中，那么历史语境作为一种力量，是具有制约性的。我们作文学批评也好，作文学理论也好，都要在历史语境中展开我们的工作，也就是理所当然的了。

后 记

从1998年开始发表第一篇文章《文化诗学是可能的》，我断断续续发表了一些论文，至今已有十六年之久。人生有几个十六年呢？但是当我拿起笔来写这篇“后记”的时候，回顾过去，想到未来，还是觉得这十六年工夫的研究，还是有价值的。时间将会证明，文化诗学这条路通过不断的修整和完善，一定会越走越宽。

感谢北京师范大学文艺学研究中心的同仁给予的支持，感谢郭宝亮等我指导的多位博士生按照我指出的路去实践，并获得了成功。感谢文学理论界的同仁对我的新的理论尝试的宽容和支持！

2014年12月北京师范大学小红楼完稿，时年79岁

中国文学理论与批评丛书

新理性精神与当代文论建设	钱中文 著
文化诗学导论	童庆炳 著
文学文本解读学	孙绍振 著
回到未来的中国美学	高建平 著
中国诗学：从古典到现代	李春青 著
当代西方美学主潮	王岳川 著
不可遏止的变革 ——20 世纪 90 年代中国文学的转型	陈晓明 著
文学瞽论	吴子林 著

策　　划　汤吟菲　朱莉莉
责任编辑　常舒雅
装帧设计　观止堂_未　氓

理論與批評

ISBN 978-7-5461-6678-0

定价：69.80 元

| 中 国 文 学 理 论 与 批 评 丛 书 |

学术顾问　钱中文 | 主编　吴子林

当代西方美学主潮

王岳川 著

全国百佳图书出版单位
时代出版传媒股份有限公司
黄山书社

总　序

通读眼前的八部书稿，各种情绪：兴奋、激动、享受、叹息、伤感、寂寥……轮番袭来，纠结于心。这时，我想起了一部电影——

音乐家科伦布的爱妻亡故，他从此带着两个女儿隐居深林，整日独自研习古大提琴。在绵延无休的乐声中，他看见深爱的亡妻，此刻就坐在他对面聆听。之后，他们一起祷告，一起乘坐马车，一起并肩走过春色茂密的森林，一起来到河岸渡口，直到她独自坐上小船离去。怕她再次消失，他不忍停下手中的乐曲。为了让她一遍一遍重现，他用余生不断拉奏心爱的大提琴，记下心里的悲伤乐曲，想看看爱将延续到哪里。

这是一个清静的世界。老房子旧得幽静、坦然，乐声绵延无休、难以捉摸，家中的器皿也都散发出乐器的光泽。科伦布在森林里拉琴、作曲，他拒绝宫廷表演的邀请，拒绝各种矫饰，只为灵感而作曲，只是记下瞬间的颤抖，删除多余的抒情。他的演奏闻名遐迩，在传说中更是出神入化。

有一天，17 岁的红衣少年，一个鞋匠的儿子，敲响了音乐家的门。他立志成为伟大的音乐家，慕名前来

学艺，几经周折，红衣少年成了科伦布的学生。后来，红衣少年背着老师受聘为皇家乐队的演奏家，而被逐出师门。再后来，红衣少年成了宫廷乐长，生活富足；音乐给他带来了华丽的马车、镶嵌珠宝的假发衣饰、显贵的地位与指挥权杖，但他不再有17岁时那湛蓝的眼神。他深感自己始终未得音乐的要领。他记得，年少的那个午后，在森林里听到的琴曲，那种庄重、静穆、悠远而哀伤的，才是真正的音乐。

老人弥留之际，宫廷乐长深夜赶赴森林小屋，去上最后一堂音乐课。当他一身显阔地走进那简朴肃穆的家中，发现自己不过是个臃肿的丑角。他问老人："音乐是什么？为了供奉上帝？为了取悦国王？为了金钱？为了荣誉？是爱情的忧伤？或是自暴自弃的放纵？"

都不是。

他终于领悟，自己的疑问便是答案："是不是给死者的礼物？是给那些不能说话的人低声的安慰，给那些消逝了的童年？是为了让鞋匠的锤声变得柔和？是为了那我们出生之前就已存在过的时间，在我们呼吸之前，或者看见光亮之前……"

——这是电影《尘世里的每一个清晨》所讲述的三百多年前的故事，它把我们带回到音乐的黄金时代，唤醒了许多温馨美好的记忆。

是的，倘若音乐有魂魄的话，那就是它的毫无用处，它的无用之用。音乐是爱，是恩慈，是虔诚，是内心孤独的吟唱，是出神的一瞬，是人类关

于光明、自由和宁静的力量的梦想。

“一个民族的政治生活只是它存在的浅层部分；为了了解其内在的生命——其行动的源泉，我们必须通过他的文学、哲学，以及艺术这些反映该民族理念、情感和梦想的东西，来深入探索它的灵魂。”罗曼·罗兰写道，“音乐展示给我们的是在表面的死亡之下生命的延续，是在世界的废墟之中一种永恒精神的绽放。”①

文学艺术的研究与创作一样，都是一种生气灌注、深邃博大的“创世”，也就是发现、创造可能世界，帮助人们建立生命的、家族的、民族的“根”的意识，确立经验的、文化的统一感与连续性，在滋养自身的同时，影响人类的精神世界。

安贝托·艾柯在《诺伯托·博比奥：重新审视博学之士的命运》一文中强调，知识分子的责任不在“解决”危机，而在“制造”危机，即时刻营造出一种危机感，唤起人类的共同意识的危机感，并寻找、创造普遍的社会共识。

20 世纪 70 年代末 80 年代初，即进入“新时期”以来，整个国家处在一种社会转型之中。如何建立中国自己的崭新形态的文艺理论，成了文艺学界的重要课题。面对当代西方文化传入所引发的诸多挑战，以及当代文学创作所提出的诸多命题，经一大批文艺理论家、批评家的共同努力，中国当代的文艺理论终于实现了现代性的转型，即“从一家‘专政’式的独语，转变为‘百家争鸣’式的对话；从政治话语转变为学科的学术话语；从非常态的中心话语，转变为自主发展的常态话语”②。文艺学研究的视野得到前所未有的拓展，如文艺社会学、文艺心理学、文艺美学、文艺解释学、中西比较诗学、文艺生态学、文艺符号学、文艺人类学、文化诗学等领域，都有人在尝试，并获得了不少结实的成果。

---

① [法]罗曼·罗兰著：《音乐散文集》，冷杉、代红译，中国文联出版社 1999 年版，第 1 页、第 7 页。

② 童庆炳撰：《新时期文学理论现代性转型概说》，《童庆炳文集》第 3 卷，北京师范大学出版社 2016 年版，第 468 页。

值得强调的是，其中的一些杰出的代表，如钱中文、童庆炳、孙绍振等文艺理论家，他们大多经历过各种政治运动，从没脱离当代中国的政治、文化现实。置身于风云际会的时代，他们怀抱笃定的理想主义的激情，广泛关注历史与现实的政治、经济、科技、文化各领域，对现有的种种结构模式始终保持质疑的态度，并通过精深的研究推翻僵化不合理的部分，表现出了对时代命脉的精确诊断和敏锐切入。由于洞察了语言符号背后的价值世界，他们成功揭示了其中丰沛而深厚的精神质地，呈现了关于生活世界的总体想象，开启了一个个一般人所未曾领悟的心灵世界。他们的学术成果是对社会文化问题的思考，是显示人文知识分子存在身份的根据，体现了对社会应履行的责任。

至于当下学界的中坚力量，如高建平、王岳川、李春青、陈晓明等一批学者，则是这些前贤的薪火相传者。与师长辈学者一样，对于他们而言，个人与历史、个人与国家互为镜像；他们有着丰富的内心生活及准则，善于提取、想象、弘扬历史与现实中稀薄而弥足珍贵的东西，并以其充沛的语言敞开、释放灵魂的悸动、精神的能量，以内在心灵的秩序对抗外部庸众的世界。

在我看来，文艺理论、美学的研究者以及批评家与作家、艺术家一样，都是这个世界的观察者、倾听者、质疑者和审判员，都是在为一个“缺席的民族”而写作，而不是做历史的书写者、抄写者和打字员。

名利诱惑与学术追求，对于所有问学者来说，是人生中不断出现的十字路口。文学艺术和生命宛若一条河流，收集了星光、烈日、蓝天、雾霾、彩虹和暴雨。面对欲望与生命力蠢动的世界，真正的学者以学术为宗教、为信仰为志业，他们洞察哪些是浮云，哪些是本质；他们所能看到的不只是现在，还有未来；他们播撒怀疑的种子，而不是收成已然明确的事实；他们不只是理念的唤醒者，同时还是社会革新进程的引导者；他们知道，生命只能燃烧，不可虚耗——因为他们手头所持有之物，不外乎时间、记忆和文学艺术所创造的美；而理论的勃勃生机，只能源于抵御纷扰人生的各

种诱惑或压力，源于创造性的质疑、心无旁骛的虔诚劳作和漫长执着的自我探寻。只有在思考和写作中，每个人才能找到自己真正的皈依之所——这是上述优秀学者给我们的深刻启示。

由钱中文先生担任学术顾问，本人主编了“中国文学理论与批评丛书”。本着“学术乃天下公器”的宗旨，我们拟分期分批分人结集出版，以检阅当代中国学人的学术实绩。本丛书具有开放结构，第一辑推出的为我国当代著名的文艺理论家、美学家、批评家，其中既有年逾八旬的资深学者，也有中、青年学术新锐；每人一集，收录“有分量”的代表作，凸显“一家之言”的戛戛独造。

主编这套丛书的愿望有二：

其一，展现新时期以来中国文艺理论研究与批评所取得的实绩，凸显那些富于中国特色的、有个性、有识见、敢论断、敢担当的学术创见。如，钱中文的“新理性精神”文论，童庆炳的“文化诗学”，孙绍振的“文学文本解读学”，高建平、王岳川之于中西美学的剖析，李春青之于中国古典诗学的建构性清理，以及陈晓明、吴子林之于中国“文学问题”的探究等等。

有识之士指出，一个城市乃至一个国家的文化质量，跟它是否拥有富于价值的文学记忆或文化记忆，有着很大的关系。所谓文学记忆或文化记忆，就是有一个或一批伟大的作家、思想家，他或他们代表这个城市、国家，这个城市、国家也进入了这一个或一批伟大作家、思想家的创作生命。简言之，文学记忆或文化记忆直接关系到一个国家的文化形象的塑造，其义大焉。

毫无疑问，包括文艺理论、文学批评在内的学术本身，是中国当代文学记忆或文化记忆的重要组成部分。随着我国上升成为世界第二大经济体，中国正成为一个世界性的大国，系统地向世界展现中国的现代化成就、中国文化和价值观，塑形中国的“大国形象”，至关重要。为此，在推出本丛书的同时，我们还将努力组织专家将它们译成外文，使它们走出国门，走向世界，逐步实现中国文论走出去的宏愿，让西方人了解中国、认识

中国——这是颇有文化远见的举措，在一切追求市场效应的今天显得尤为难能可贵。

其二，志在薪梓承传，泽被后学，希冀后来者能赓续前人纯正的学术品格，全副身心投入到文学这一健康的终生事业中去，以扭转目前文艺理论、美学研究以及文学批评的窘境或困境，切实推进现实社会的改善与进步，使人们重获生命的完满，走出一条焕发生命韵致与光泽的道路。

马克思有句格言："最先朝气蓬勃地投入新生活的人，他们的命运是令人羡慕的。"①通读完八部书稿，只觉时光如电，一股氤氲之气回荡其间。偶尔抬眼远望，只见雾霾重重，晨昏不明，仿佛自己悬浮于另一个世界；一阵北风骤起，雾霾一点一点散去，古老的都城一点一点透明起来，一点一点安详、生动起来。

户外，市声隐隐沸动，如深山松涛；窗外，落叶敲打着落叶，雨点追逐着雨点；远方，迷迷蒙蒙，嚣嘈不舍昼夜——我听到了生活行进的坚实步履……

一切都只是开端。"中国文学理论与批评丛书"还将推出第二辑、第三辑……并将进一步扩大规模。我们真诚地希望读者诸君提出宝贵的批评建议。

是为序。

吴子林

2016年12月23日

① ［德］马克思撰：《致R》(1843年5月)，见《马克思恩格斯全集》第1卷，第408页。

目　录

第二编　解构主义美学

第三编　后现代主义美学

第四编　后殖民主义美学

第五编　文化研究与美学

第六编　生态文学与生态美学

序　言

进入20世纪后半叶，人文社会科学领域的新方法层出不穷，从各自不同的维度对当代思想文化的复杂现象加以审视和清理，并获得了诸多新颖独特的结论。在众多的美学流派中，解释学接受美学、解构主义美学、后现代主义美学、后殖民主义美学、文化理论与美学、生态主义美学等受到理论家的格外重视，成为20世纪末21世纪初东西方学术界的热门话题，形成当代西方美学主潮。因此，对这种“后”“新”理论的阐释和把握，弄清其基本文化意向及其在美学方面的新意义，就变得尤为重要。

这些当代最新西方美学流派有助于中国知识界和美学界对现实语境的再认识，并将对中国文化价值重建和定位保持清醒的头脑。就“对话”而言，当代中国学者面临自身传统文化的变革和重新书写的工作以及中国学术文化重建的任务。西方理论话语的渗入或对话直接取决于本土知识话语运作者的选择，知识者的眼光和胸襟在此变得殊为重要。我们应该在新的历史文化话语转型时期对潜历史形式加以充分关注，并在反思和对话中，重新进行学术文化的“再符码化”和人文精神价值的重新定位。

在后现代后殖民文化理论研究中，关于东方主义与西方主义问题、文化霸权与文化身份、文化认同与阐释焦虑、文化殖民与语言殖民、跨文化经验与历史记忆等问题，都与后殖民语境中的“主体文化身份认同”和“主体地位与处境”紧密相关。如今，不少第三世界文化学家和美学家、批评家，以一种深厚的民族精神和对人类文化远景的思考，介入这场深入持久的国际性“后主义”问题和前景的讨论中，去弄清“非边缘化”和“重建中心”的可能性和现实性，寻找自我的文化身份和在世界多元文化中的当代位置。

相对于20世纪前半叶以前的美学，20世纪后半叶的西方美学有了较大的差异，其表现为以下几大趋势：美学已不再局限于狭隘的文学自身的内部研究，而是具有了广阔的文化视野，并同社会学理论、心理学理论、哲学理论、政治学理论、文化学理论关系紧密，吸收其学术文化资源，使自身达到与其他人文社会科学同步发展的前沿学术境地，实现了理论和批评的话语转型；无论是现代性问题，还是后现代性问题，都深入到文艺思维和批评话语中，问题意识使得美学在变动不居的时代去多维多向地反观这个时代，因而出现了流派众多、思潮迭起的局面；以国际性的眼光来看世界美学的发展，不管是西方美学还是东方美学，都不可能再局限于某一地区和国家，而是成为人类共同面对现代性问题和后现代问题的一种理论话语，就此而言，美学已然成为当代思潮中具有国际特性的先锋话语，一个解读文化性格、民族文学精神和现代性发展的重要理论尺度；由大理论到小理论，即从“大写哲学家”到“小写哲学家”，从“大写的人”到“小写的人”，从“大世界”到“小世界”，从“大历史”到“小历史”等，这种由“大”到“小”的学术路数，在解释学接受美学、解构主义、后现代主义、后殖民主义、文化研究、生态美学等领域获得清楚的理论呈现；出现了从理性思维向语言学和文化研究转向的文化策略，同时使话语的呈现方式和言述方式上升到美学的重要地位，使得20世纪美学具有了非体系性、消解性、形式性、非主体性、非理性化和语言转向、文化转向等特征；强调文艺基本问题的审理，这类基本问题往往与国家、民族、种族、性别、写作、文本、阅读、批评和文化策略紧密相关，这构成了20世纪美学的泛化品格和向文化领域渗透的宽广视域。

就美学研究而言，“理论模式”是当代西方美学研究的主体部分，它一方面受哲学美学逻辑方法的指导和制约，另一方面又不断从其它学科吸收新的思想资源，并在具体的文学现象研究中不断完善自身。因此，在对不同的美学模式进行探讨时，弄清这一理论的源起及其历史背景，阐述其重要代表人物的主要思想，指出其理论方法论特征，并通过其理论的具体实践运用，看其当代意义和局限之所在，就成为了我们的方法论原则。

当代西方美学是一个有机的整体，它处在不断发展演变之中。没有凝定不变的美学研究模式，也没有终极真理的美学体系，真正具有生命力的美学批评方法是随着实践和思维的不断前进而发展的。因此，研究现代西方美学，有必要把握以下几个关键性问题：

在文化理论层面上总体把握当代西方美学的意向性。在文化开放和寻求对话的时代，文艺研究要从当代学术思想话语中吸收精神资源，须具有广阔的视野和学术眼光。在整个文化艺术话语转型时期，运用新方法分析作品结构、人物心态、语码符号、意义增殖等问题，具有“范式转换”的重要意义。话语转型时期的文艺研究，对门类繁多的“新理论”加以具体分析和学术批判，在推动文艺研究的不断更新和向前发展的前提下，充分发挥各种理论的长处，进行多角度、多层面的综合性研究，可以使文艺研究获得一种宏观的视野。

分析当代美学需注意其哲学语境和诗学特征。研究美学和批评方法，其目的并非盲目套用西方话语模式或将其“移植”到中国美学研究中，而是力求拓展传统的思维格局，给当代美学以新的启示。如果仅仅满足于一些新名词、新术语的分析，而背离其文学特性这一价值诉求，就会忽略文学的特性，而只重视它同一般社会科学和自然科学的共同性。

注重各流派美学研究方法之间的互补性和有效性。当代美学研究的中心是文艺的整体，面对这一整体，运用不同方法进行研究时，一方面要从具体理论模式出发对其加以把握，另一方面也应看到文艺作为一个有机整体，需要各种方法互相补充，互相协调，才有可能窥到文艺的价值特征之所在。当代美学研究的一个重要职能是充当读者与批评对象之间的中介，通过全新角度的探索，见人之所未见，言人之所未能言。优化的美学研究和文化批评，是将已经清理和消化了的新理论批评方法变成自己的精神内核，去尽可能准确地传达出对文艺现象的灵思和解悟，达到对当代文学作品、现象和思潮的多元多层意义的解读。

本书集中展示20世纪后半叶西方美学研究中影响深远的六个主要流派，旨在为深入了解当代西方美学主潮提供一个独到的视域。本著力求以中国美学研究者的眼光重新审理20世纪西方美学中重要的理论现象，分析其优劣，发现其内在的美学精神，为创立中国当代美学流派做一些基础清理性的工作。

是为序。

王岳川

2016年3月28日于北京大学

第一编

解释学接受美学

第一章　伽达默尔的解释学美学

解释学美学是当代西方的一种重要的哲学思潮。它产生于德、法两国，二十世纪六七十年代以来在欧美各国得到迅速的发展和传播，而且正在广泛地渗透到各人文学科乃至科学哲学研究中去。

解释学可以宽泛地定义为关于理解和解释“文本”（text）意义的理论或哲学。[①] 这里所说的“文本”，可以一般地解释为一切以书面文字和口头语言表达的人类语义交往的形式。而“意义”是一个抽象而难以明确统一定义的概念，它体现了人与社会、人与自然、人与他人、人与自我的种种复杂交错的文化关系、历史关系、心理关系和实践关系。对“文本”意义解释的范围大致包括：对文本作者、文本的结构和意义、读者接受文本等的理解和说明。解释学美学的核心是“理解”问题，它通过作者、文本和读者的意义关系的研究，考察解释过程中整体与部分的关系，弄清历史传统对理解的影响，区分说与听以

① Cf. R. E. Palmer, *Hermeneutics*: *Interpretation Theory in Schleiermacher*, Kilchey, Heidegger and Gadamer, Evanston: Northwestern University Press, 1960; Erwin Hufnagel, *Einführung in die Hermeneutik*, Frankfurt: Suhrlamp, 1976; Peter Szondi, *Einführung in die Literatrische Hermeneutik*, Frankfurt: Suhrkamp, 1975.

及写与读这两种对话模式，探讨作者心态对原文意义的涉入，释明理解原文意义以及读者自我理解的关系。

解释学不同于具体的注释学、训诂学，它是从总体上对理解和说明文本问题进行综合的理论研究。在当代社会，解释学主要是作为社会科学的哲学、艺术和综合哲学、文化哲学及文学批判理论出现的，它通过解释文本而寻求意义，进而成为人类全部意识形态的一种哲学反思，成为一种解释世界本体的世界观。现代解释学主要衍生自生命哲学、现象学和存在主义，在其发展过程中又吸收了语言分析哲学、结构主义乃至后结构主义的一些思想，并突出表现出融合人文哲学和科学主义两大思潮的趋势。它作为“当代思想的十字路口”，为社会科学各学科的研究开辟了新的途径和新的可能性。

第一节　理解与审美解释

就文艺作品而言，阐释的循环包括互相依赖的三种关系：单个词与作品整体之间的关系；作品本身与作者心理状态的关系；作品与它所属的种类与类型的关系。狄尔泰在《创造者的选择》中写道：“我们遇到了各种解释的一个共同困难：整个句子应当根据个别的词及其组合来理解，而充分理解个别部分又必须以对整体的理解为前提。”在文学作品研究中，他把词与句子、句子与全篇看作部分与整体相互作用关系，把意义视为出于这个相互作用而理解到的东西。个别部分的意义保证对整体意义的理解，整体也改变着句子在表述和思维图示中词的含糊不清之处，并使之得到明确。一言以蔽之，整体的意义是由个别部分的意义构成的，部分的已知的东西必须同更大的未知的背景联系起来，正是整体这个大背景关系给予已知（部分）的东西以意义。

解释活动中理解与经验的关系不容忽视。解释者看到的东西，都是他的经验准备让他看到的东西，解释者总是根据自身体验来理解和解释作品，总是将作品与自身经验联系起来，因而对同一部作品，深者不觉其浅，浅者不觉其深的情况到处可见。作品意义不会一成不变，因为解释者每次都对它进行多种多样的具体化。[①] 狄尔泰指出，作品意义在解释者个人的活生生的体验中，它是内在的。文本只等待着解释者，只是一个共同感受和体验的条件和源泉。与此同时，理解过程本身的任务则因主体心灵的复杂而不断地复杂化，甚至渐趋主观化。这是因为，人们用眼睛外在地观察自然现象世界，而人们用心灵的眼睛去理解反思人类本体世界。

解释者与其说在理解文本，不如说在体验自身。因此，在“阐释的循环”框架中进行的理解，这本身“总是相对的，远不可能完成”。解释是对象意义生成与自我意义生成的统一。如果说，从古典解释学向一般解释学的转变，使文献考据问题从属于基本方法论问题，是一次哥白尼式的革命，那么，从一般解释学向本体解释学的转向，“使方法论问题从属于基本本体论”问题，则是“第二次哥白尼式的革命”。这一转变是由青年海德格尔在《存在与时间》中开始的。

对海德格尔来说，理解的本质是作为“此在”的人对存在的理解。

---

① Cf. Ermarth, Qilhelm Dilthey: *The Critique of Historical Reason*, Chicago, 1978.

理解不再被看作一种认识的方法，而是看作“此在”的存在方式本身。海德格尔指出：“理解的循环，并非一个由随意的认识方式活动于其中的圆圈，这个词表达的乃是此在本身的生存论的先行结构。”①

海德格尔认为，理解不可能是纯然客观的，不可能具有所谓的客观有效性，理解不仅是主观的，理解本身还受制于决定它的所谓“前理解”。一切解释都必须产生于一种在先的理解，解释的目的是为了达到一种新的理解，这种新的理解可作为进一步解释的基础。也就是说，理解的结构以理解的“前结构”为前提。海德格尔将理解看成人的存在方式本身，因而，理解就不是去把握一个事实，而是去理解一种存在的潜在性和可能性。理解不是为了寻找新的知识，而是为了解释我们存身其间的世界，于是，理解构成在世的呈现方式，而知识则成为“此在”存在的方式。正是在这个意义上，伽达默尔认为，《存在与时间》中的真正问题，不是存在以怎样的方式才能被理解，而是理解是在什么方式下存在的。因为，一切理解都是自我理解。② 在海德格尔那里，理解即在自我解蔽中敞开此在之在的最深潜能，理解文本不再是找出文本中的内在意义，而是在超越中返回的去蔽活动，并敞开指示出文本所表征的存在的可能性。

尽管海德格尔一再强调：“决定性的东西不是摆脱解释的循环，而是以正确的方式融入这一循环。”③ 然而，海德格尔并未一劳永逸地解除解释学这一中心困境。甚至，海德格尔所力求在存在之在世结构中用生成的可能性抹杀在场的先验论痕迹的企图，在难以完全摆脱此在前理解结构的内在性束缚中，也部分地落空了。海德格尔的转向仅仅是开始，他后期逐渐转向语言问题，而“言谈具有一种特殊的世界存在方

---

① Martin Heidegger, *Being and Time*, trans. by J. Macqvarrie and Robinson London, 1962, p. 195.

② Hans-George Gadamer, *Philosophical Hermeneutics*, trans. by D. E. Linge, Berkeley, University of California Press, 1976, p. 55.

③ Martin Heidegger, *Being and Time*, p. 195.

式"[①]，已预示着海德格尔向后期哲学的过渡。后期海德格尔不再注重此在的分析，而直接从语言上的表现力入手，集中探讨两大问题：其一、追寻希腊语源和希腊式思维的原始魅力，确立整个哲学思想相世界的本源，重新解释西方哲学史；其二、找出"抵达存在之真理"的路途，转向在与思的诗化。

然而，海德格尔后期哲学已显示出解释学的危机，即解释学所要解释的却是不可解释的。海德格尔对狄尔泰"解释的循环"困境似乎并未能完全解决，相反，利科尔认为："这个难题未被解决，而仅仅是被转移到别处，甚至因而变得倍加难解。"[②] 可以认为，海德格尔对存在的诗化，从生存之"畏"转向"诗意的栖居"，不过是"无"的不可理解的理解，亦或是不可解释的解释罢了。后期海德格尔抛弃了解释学的概念，抛弃了此在的释义结构中的解释的循环。因为，在他看来，理解循环中"前理解"是此在难以摆脱的先验图式。它体现为既与的语言构成我们理解的边界，成为我们存在的有限性。甚至可以说，语言只要对存在意义加以解释，就必得滞留于时间维度中，既摆脱不掉"前理解"这一先验自明性，又摆脱不掉"理解循环"这一内在性。因此，将语言的诗化本质同存在的"缺席"联系起来，是海德格尔语言诗化的明显标志。海德格尔深谙语言的幽妙之处在于，它显示了语言自身的深不可测的无意识域。诗不是"在"本身，而是"在"的"缺席"，同时也是"在"的"吁求"。这样，通过诗与言的思之本体拓展，实现更内在的意识与无意识、可说与不可说之间的转换与意义生成。

总体上说，海德格尔强调人的存在和理解的历史性，注重人理解的普遍性。他不是在旧解释学的意义上将"解释的循环"看作整体和部分的循环，而是从本体论角度，认为这一循环揭示了存在和认识的根本条件，是"此在"的本体论属性之一。从此，解释学走到一个更高的

① Martin Heidegger, *Being and Time*, p. 204.

② P. Ricoeur, *Hermeneutics and the Human Science*, p. 59.

层次，不仅是文本（text），而且整个世界和人生，以及存在和世界的一般关系，都成为解释学的对象。当然，海德格尔的解释学理论也存在一些局限性，他夸大了理解对于生活和存在的重要性，没有看到理解活动是随着人的实践发展而展开的这一事实，因而其解释观具有不确定论色彩。

海德格尔已为解释学朝存在本体论转向提供了一般的理论原则，他的学生伽达默尔则系统地建立了作为存在本体论的哲学解释学。

第二节　走向解释学美学

伽达默尔（Hans-Georg Gadamer，1900—2002）是当代解释学著名的代表人物。

伽达默尔于20世纪20年代初在德国慕尼黑学习。经历了一战的伤痛，伽达默尔感到人类虽然拥有知识和文化，却对人自身仍然一无所知。这种“知者无知”的状态，使人类一直停留在生活和生命的表层，一直未能对人生这有如广漠间的十字路口的境况加以领悟。世界历史都被误解了，真实对人来说都等于虚无。但伽达默尔并不悲观，他深信荷尔德林说的：人只有被迫离家漂泊，沉沦于无家可归之境，才能真正体认自己的本真故乡。人类失落自己，然而也必将重返故里。要重新认识自己，要重返家园，就必须重新解释历史、文化和人生。

在慕尼黑大学学习期间，伽达默尔对哲学发生了浓厚的兴趣。他曾为康德的宏伟思想宫殿和“无可挑剔的精美语言”所迷醉，而希望“集中自己的注意力和能力，服从一个真正的思想大师去艰苦而勇敢地探索”；他也曾为费希特那犀利的言辞和警彻的思想所打动；为“谢林能把枯燥的书本知识和充满活力的深刻思想相融合为颇具魅力的艺术”

而惊叹。

然而，这位带有诗人气质的思想者，终于感到进入哲学领域学习康德和新康德主义的语言、概念、范畴，已使自己不堪重负，并产生了一种逆反心理。伽达默尔再次逃向荷尔德林、里尔克、霍夫曼斯塔尔的诗章中，并从这些诗哲的隽永深邃的诗章中，感到诗的活动使自身精神产生了诗的追问，并透彻地领悟到，诗哲的天命在于把陷入历史迷误中的大地转换成诗意的大地，把可见之物转换成不可见的灵性凸现，使短暂的生存浸透到富有深奥意味的存在中去。伽达默尔甚至认为，正是诗人、哲学家用全新语言创造了自我自由和独立精神，因而，在哲学领域中，除了诗的语言外并没有其他东西，也从未有过其他东西。

慕尼黑大学学习结束后，伽达默尔进入马堡大学攻读哲学博士学位。马堡大学是新康德主义的根据地，伽达默尔在这里深深地浸染了新康德主义思想。但是，战争使新康德主义无可挽回地崩溃了。伽达默尔也逐渐从新康德主义主观唯心主义的影响中摆脱出来，这期间，他研读了斯宾格勒的《西方的没落》一书。这本书对他产生了巨大的震撼，伽达默尔看到，19 世纪人们树立的对于“理性”和“进步”的普遍信念，在一战后已经遭到致命的摧毁，一代知识分子对西方文明和自由时代骄傲的文化意识、进步信仰产生了空前的怀疑，德国思想和文化传统处于解体之中。新康德主义这在德国哲学界占统治地位的哲学，在严酷的现实面前彻底崩塌，人们急切地寻找精神的立足点和栖身地，思想者不停地谈论时代的危机、探讨摆脱危机的出路和方法。

伽达默尔一边参加讨论，一边如饥似渴地读莱辛的《欧洲和亚洲》、托马斯·曼的《追求非政治》和斯宾格勒的《西方的没落》。在伽达默尔看来，斯宾格勒的著作，创造了一种文化历史哲学观，一种关于文化或历史的形而上学和本体论。至此，历史不再成为用自然科学研究方法考察的历史，而成为一种人类精神发展史。而新哲学的使命，就在于从这个历史的世界着眼，去重新深刻地审视世界的形式、运动及其最终意义。

一种历史现象不仅是一种可供理解的事实，同时也是一种精神表现；不仅是一个事件，同时也是一个象征。所有这一切，从哲学上看都具有全新的意义，这表明历史作为一种主体意识已经变得愈来愈清晰，历史进入了哲学本体论。人们开始寻求对自我、社会、世界的重新解释和理解，并通过这种全新的历史哲学视界重新审视历史，以寻找自己研究的思想根基。

1922 年伽达默尔在新康德主义马堡学派代表人物那托普指导下，以其对柏拉图思想研究的论文获博士学位，并于 1923 年去弗莱堡大学参加海德格尔主持的“亚里士多德伦理学”讨论班。当时，伽达默尔同其他青年学者一样，坚信以胡塞尔为代表的现象学运动，会给德国哲学界带来新的希望。来到弗莱堡大学以后，伽达默尔见到了在那里任教的胡塞尔，并对现象学产生了浓厚的兴趣。

胡塞尔的现象学哲学是一门严格的科学，以直观思维为特征，以自然事物为研究对象。现象学作为反思的直观思维，是思维意识本身，从而将人的思想转向纯粹意识领域。现象学反对笛卡尔的“我思”、康德哲学的“自在之物”、黑格尔的“绝对精神”等先验存在物，认为这一切无法证明而只能加以悬搁，存而不论。现象学通过还原而使思维和目光有可能反思性地转向意识本身，并把握住意识流中固定不变的本质因素，达到对对象的本真认识。

伽达默尔感到，现象学的基本立场是破除旧的形而上学而成为一门严密的科学，然而又最终回到先验的基础，仍然蒙有德国唯心主义的阴影。伽达默尔赞同胡塞尔让对象直接呈现在人的意识中，通过内心体验使研究对象在人的意识中直接呈现的思想，但不同意胡塞尔的先验唯心主义观点。这时，他更多地倾心于海德格尔。海德格尔在《存在与时间》出版之前，就已经在课堂上向伽达默尔这些青年学生讲述了自己的观点，他在“此在”的分析中揭示了存在的时间性，彻底破除了旧的形而上学，一举改变了时代的哲学意识，这给学生们留下了深刻的印象。伽达默尔经常拜望海德格尔，受到海德格尔哲学思想的强烈影响。伽达默尔晚年回忆说："当时我们期待着一种全新的哲学方向，这种哲学方向尤其是与现象学这充满魅力的词连在一起的，但是胡塞尔仍停留在具有新康德主义印记的先验唯心主义上，正是海德格尔给我们带来了哲学思维的全新帮助。"①

1929 年，伽达默尔在海德格尔那里通过教授备选资格考试。这段时期，伽达默尔对柏拉图进行了深入研究，并先后出版了《柏拉图的辨认伦理学》（1931 年）、《柏拉图与诗人》（1934 年）。以后就开始了他在德国各大学教授哲学的生涯，1937 年受聘到马堡大学，1939 年到莱比锡大学，并于 1946 年至 1947 年到莱比锡大学执教，1947 至 1949 年到法兰克福大学任教，其间出版了《歌德与哲学》（1949）一书，赢得广泛的好评。1949 年，年近 50 岁的伽达默尔结束了法兰克福大学的教职，去海德堡大学任教授，从此告别了自己的"前解释学时期"，迈向了自己的黄金时代——哲学解释学时期。1960 年，伽达默尔发表大部头代表作《真理和方法》从而成为一位世界著名的哲学家。

伽达默尔系统地发展了海德格尔晚年的思想。他将海德格尔后期哲学所显露出的解释学的危机看作一个"谜"，他没有在这个"谜"前止步，而是沿着海德格尔反心理学和反方法论的哲学方向，进一步推进了本体论解释学，并建立起自己的哲学解释学体系。

伽达默尔在海德格尔困惑和驻足的地方伸展下去。他说：我在批判作为认识论时代特征的唯心主义和方法论主义中找到了第一个出发点。特别是海德格尔把理解的概念扩展到存在性（existential），即此在（Dasein）的一个基本限定，这标志着我的一个决定性的阶段。在他的推动下，我才超出了同方法论批判有关的问题争论，把解释学问题扩大到科学范围之外，连美学经验和历史经验也归并进去。

① Hans-Georg Gadamer, *Kleine Schriften*, Band 2, Tbingen, 1972, S. 483.

伽达默尔要求解释学的普遍性。在他看来，理解的能力是人的一项基本限定，人正是凭借彼此的理解才能生活在一起。这种限定首先在言语和对话的共同性中得以实现。也就是说，人们的说、写和交往，甚至潜意识活动和内心独白，都是寻求理解或自我理解。因为，渗透于对话中的语言和理解，总是超越对话中的任何一方理解而扩展着已表达的和未表达的无限可能的关联域。解释的普遍性从某种特殊经验开始，就美学经验而言，人们发现“它自身永远不能由概念所确定形式而彻底终结”，在时间之维中，它永远敞开着期待你的期待；就历史经验而言，我们处在历史的变化之中，不知目前发生些什么，只是事后才知道发生了些什么。这就是历史永远要被每一个新的现在重写的缘故。

然而，理解毕竟不是对语言的理解，而是通过语言对存在所进行的理解。伽达默尔注意到事情的另一方面，即言语的理解基础也构成一种不可克服的疑难。德国浪漫主义第一个揭示了其形而上的限度，这个限度可以用“个体性不可言喻”加以表达。这意味着语言永远达不到个人的最高奥妙，因而也无法解除这个奥秘。

所谓解释学循环，其实是转向世界的存在自身结构，即转向主客体分裂的扬弃。而主客体分裂则是海德格尔提出的有关存在的先验分析的基础。伽达默尔在《解释学的挑战》中认为：海德格尔随后又完全抛弃了解释学的概念，因为他看到这个概念不能使他走出先验思辨所限定的范围。于是我的一个想法就是开辟可以介绍海德格尔关于存在——不是现存的存在——的说法的道路。这使我深究传统解释学的历史，并在我的批判中努力突出它所隐含的创新因素。

在“理解的循环”这一难题面前，海德格尔靠语言的唤神的诗意本质和多义的原始生动性向本身趋近。然而，“在”的不可描述性造成了生存和理解的两难处境，海德格尔终于没能走出困境，那么，这是否意味着解释学面临着自身的冲突或断裂呢？伽达默尔在面临解释学的危机之时，陷入了痛苦的反思。他不愿追随海德格尔从时间性转向空间性，而是坚持沿着历史性（时间）的道路去建立自己的哲学解释学，从而趋达哲学解释学的顶点。伽达默尔在《解释学的挑战》中说：人们为我对解释学循环的依恋中可以识别这种‘内在性’，而事实上，要打破这个循环在我看来是一项无法实现的要求。甚至可以说，这在我看来完全是违背意义本身的。因为这种内在只不过是对理解是何物的一种描述而已。

然而，稍稍深究一下，即可看出伽达默尔确乎有打破这种“内在”的想法，尽管他标举“游戏原则”和“对话逻辑”，希冀通过对话的无穷回答显示出永恒变化，并试图阐明言语的对话特征，把一切锚定在主体的主观性上，以疏远主体的“主观性”，但似乎未见令人满意的结果。但不管怎么样，海德格尔的“生命-理解-语言”的解释学循环，毕竟开创了一代“语言中心主义”，它标示出理解与存在的关系，已然成为现代解释学得以展开的轴心。这就从根本上克服了传统形而上学的“理念”与“现实”相对立二元论，扬弃了人为的“主体-客体”的对立。正是在这个意义上，伽达默尔说：“这项贡献（语言中心主义）在我看来，仍是决定性的。”

《真理与方法》的出版，标志着哲学解释学正式登上当代思想论坛。同时，这部里程碑式的著作，也为伽达默尔带来很大的声誉。在《真理与方法》中，海德格尔所未能解决的问题——“在基本解释学的框架内如何能说明一般‘批判’的问题”——变成了伽达默尔解释学的中心问题。伽达默尔在该书第二版序言中说：“我们的目的并不是要提供一种关于解释的一般理论和对解释学方法的独特说明，而是要揭示所有理解方式所共有的东西，并进而说明，理解从来不是对于某种给定‘对象’的主观行为，而是对事物对象的效果历史的主体行为，换言之，理解属于被理解物的存在。”① 解释学并非是一个方法论问题，它并不追求“一般解释学”所标举的那种科学方法的“客观性”，相反，

① Hans-Georg Gadamer, *Truth and Method*, New York, The Continuum Publishing Co., 1975, p. XX.

哲学解释学的中心，是关注人的存在和人与世界的最基本状态，关注人类理解活动这一人存在的最基本模式，去发现一切理解模式的共同性。正是在这个意义上，伽达默尔说："我认为，海德格尔对此在的时间性分析令人信服地指出：理解不只是主体的诸多可能行为之一，而是此在本身的存在方式。本书中的'解释学'，一词就是在这个意义上使用的。它表示此在基本运动中的存在，这种存在构成此在的有限性和历史性，从而包括了此在对世界的总体经验。"①

不妨说，"解释学现象基本上不是一个方法论问题"，其实意在强调哲学解释学研究的是本体论问题。《真理与方法》这一书名本身，就包含了海德格尔的真理概念和狄尔泰的方法概念的对立，② 其含义实际上是个两难推理：要真理，就不能要方法；要方法，就不能有真理。任何方法都不能与真理划等号，要追求真理必须深入到方法论背后的本体论上去。

哲学解释学关涉到一个远为根本的问题，即关于真理的问题。传统认识论将真理看作那种以命题形式出现的判断与对象的符合。这种以求知为目的的真理观在认识论领域内有其合法性，但推到极点，那种以认识对象为唯一标准，作为实践的工具（方法）的真理，则可能与人的存在隔膜，甚至成为一种与人怎样立身处世这一生命意义无关的真理，使真理丧失了本体论意义。伽达默尔赞同海德格尔的看法，坚决抛弃这种异化真理观，确信真理就是存在的敞亮，即展露自身随之揭示他者的澄明过程。换言之，真理就是去蔽，就是对人生意义的本真阐明。③ 可以说，伽达默尔标举真理论，反对狄尔泰的方法论，因为在他看来，狄

---

① Hans-Georg Gadamer, *Truth and Method*, 1975, p. X V.

② 利科尔认为伽达默尔的《真理与方法》，准确地说，应被名之为《真理或方法》，意即在真理与方法之间必须加以抉择。Ci. P. Ricoeur, *Hermeneutics and the Human Science*, pp. 60-61.

③ 需要强调的是，伽达默尔所谓的真理（Wahrheit），是一种本体论意义上的真，即"本真"。其与胡塞尔的"实事本身"（Zu den Sachen Selbst!）以及海德格尔所谓"在的遗忘"中的"在"（Sein），有着不可割裂的渊源关系。

尔泰想用自然科学方法原则要求人文科学，企图站在对象之外，用外在于对象的一套“方法”去认识对象，不仅不能“去蔽”，而且只能歪曲对象的“真实”本性。伽达默尔寻求的是超越科学方法控制范畴的真理的经验，这种关于人生意义的真理，是用科学手段所无法证实或证伪的。

从自己的真理观出发，伽达默尔强调艺术、历史、语言中的“真理”的经验，进而将解释学分成三个领域，即美学领域、历史领域和语言领域。艺术、历史、语言中的“真理”的经验，包含着比单纯的“方法”更多的丰富性和生动性。伽达默尔因此将这些丰富而生动的意义内容，纳入了一条逻辑道路，并展开其著名的“理解的历史性”“视界融合”“效果历史”等原则。

哲学解释学的出发点，是反对一般解释学和以贝蒂为代表的现代“解释学理论”学派所坚持的客观主义立场。伽达默尔强调理解的历史性，认为历史性是人类生存的基本事实。人是历史的存在，因而有其无法消除的历史特殊性和历史局限性。无论是认识主体或对象，都内在地嵌于历史性之中，真正的理解不是去克服历史的局限，而是去正确地评价和适应它。从这个意义上讲，对文本的理解也是历史性的。

理解的历史性包含三方面因素：其一，是理解之前已存在的社会历史因素；其二，理解对象的构成；其三，由社会实践决定的价值观。理解的历史性构成了我们的偏见（Vorurteil）。所谓偏见即在理解过程中，人无法根据某种特殊的客观立场，超越历史时空的现实境遇去对文本加以“客观”理解。伽达默尔声称：“不是我们的判断，而是我们的偏见构成了我们的在。偏见未必就是不合理的和错误的，实际上，我的存在的历史性产生着偏见，偏见实实在在地构成了我的全部体验能力的最初直接性。偏见即我们对世界敞开的倾向性。”① 问题并不在于抛弃偏见，而是将促进理解的合法偏见和歪曲理解的错误偏见加以区别，因为合法

① Hans-Georg Gadamer, *Truth and Method*, p. 262.

偏见是进行理解的前提和出发点，为解释者提供视界，使过去和现在交织融合。

显然，伽达默尔的偏见观源于海德格尔的理解的前结构观点。这表明没有“偏见”，没有理解的前结构，理解就不可能发生。偏见是一种积极的因素，它是在历史和传统下形成的。传统是先于我们，使我们不得不接受的东西。传统总是在历史变化中有选择地存在，因此，我们与传统有一种无法割裂的关系，不仅我们始终处在传统之中，而且传统也是我们的一部分。没有超出传统之外的理解者，也没有与传统无涉的文本，人与文本都处在世界之中，处在传统之中。就此而言，“理解是把自身置身于传统的进程中，在这一过程中过去和现在不断融合。”[①] 然而，理解不仅以偏见为基础，同时在理解的过程中，又会不断地产生新的偏见，也就是说，不仅传统决定我们，同时，我们也决定新传统。

偏见构成了解释者的特殊视界，而“视界属于视力范围，它包括从一个特殊的观点到能见到的一切。”[②] 视界指人的前判断，即对意义和真理的预期。视界具有敞开运动的特点，人的前判断产生了变化，视界也会产生变化，反之亦然。“人类生活的历史运动在于如下事实，即它绝不会完全束缚于任何一种观点，因此绝不可能有所谓真正封闭的视界。视界是我们悠游其间而又随我们而移动的东西。”[③] 理解者与他所要理解的对象都各自具有自己的视界。文本总是含有作者原初的视界（亦称“初始的视界”），而去对这文本进行理解的人，具有现今的具体时代氛围中形成的视界（亦称“现今的视界”）。蕴含于文本中的作者原初的视界，与对文本进行解读的理解者“现今的视界”之间存在着各种差距，这种由时间间距和历史情景变化引起的差距，是任何理解者都不可能消除的。伽达默尔主张，应在理解过程中，将两种“视界”交融在一起，达到“视界融合”（Horizontverschmelzung），从而使理解

---

① Hans-Georg Gadamer, *Truth and Method*, p. 268.

② Hans-Georg Gadamer, *Truth and Method*, p. 269.

③ Hans-Georg Gadamer, *Truth and Method*, p. 271.

者和理解对象都超越原来的视界，达到一个全新的视界。这个更高、更优越的新视界，既包含了文本和理解者的视界，又超越了这两个视界，而给新的经验和新的理解提供了可能性。可以说，任何视界都是流动生成的，任何理解都是敞开的过程，是一种历史的参与相对自我视界的超越。

理解者和理解对象都是历史的存在，文本的意义是和理解者一起处于不断形成过程之中，伽达默尔将这种过程历史称为"效果历史"（Wirkungsgeschichte）。"真正的历史对象不是一个客体，而是自身和他者的统一，是一种关系，在这种关系中，同时存在着历史的真实和历史理解的真实。一种正当的解释学必须在理解本身中显示历史的真实。因此，我就把所需要的这样一种历史叫作'效果历史'。理解本质上是一种效果历史的关系。"① 理解意味着对自己不熟悉之物的理解，即通过解释活动去消除理解者与理解对象之间的陌生性和疏远性，克服由于时间间距和历史情景造成的差距。

但是，理解始终是在历史之内进行的，历史是由我们来经验的，在理解中我们始终是历史的一部分。因此，伽达默尔既不同意历史客观主义看法，即所谓把历史看作可供解释者重新复制的东西，也不同意历史主观主义看法，而是认为，历史既非客观的对象，也非绝对精神或生命的体验。相反，历史绝不重复过去的东西，它是可能性与现实性、过去与现在的统一，是一个不断创新的过程。

历史的内部结构不仅要求具有解释者理解的解释学情景和自身独特的视界，以对传统开放，而且重视理解者与文本之间的复杂对话关系。解释学经验具有一个对话模式，理解就是一个对话事件，对话使问题得以揭示敞开，使新的理解成为可能。对话具有一种问答逻辑形式。"传统不仅仅是我的学习认识和体验把握的过程，它是一种语言。它像一个'你'一样表达自己。这个'你'不是一个客体，而是处在同我们的关

① Hans-Georg Gadamer, *Truth and Method*, p. 267.

系之中。”[①] 文本是一个“准主体”，只有破除那种生硬的主客体关系，代之以我与你（主体与主体）之间的平等对话和问答关系，我们才能倾听他者向我们说的话。这样，文本好像不断向理解者提一个又一个问题，而为了理解文本所提出的问题，理解者又必须提出文本业已回答的那些问题。通过这种互相问答过程，理解者不断超越自己的视界。伽达默尔说：“理解一个问题意味着问这个问题，理解一个观点就是把它理解为一个问题的答案。”[②] 在问与答的对话过程中，文本向理解者敞开，它向我们言说，而为了理解他人和理解自己，又必须使文本说话，问题问得越多，文本也说得越多，一个答案意味着又一个新问题的产生，文本意义的可能性是无限的。

一切历史都是当代史，理解过去意味着理解现在和把握未来。人类通过与文本的“解释学相遇”来达到理解的真实。而效果历史代表了进行积极和创新理解的可能性。解释者在效果历史中发现自身的情境，他必须在这种情境中凭借着传统而来的偏见去理解和追问传统，因为“预期一个答案就假定了问问题的人是传统的一部分，并将自己看作是它的听众，这就是效果历史的真理”[③]。也就是说，对历史现象的任何认识是以效果历史的结果为指导的，因为效果史先在地决定了什么是值得去认识的。毋庸讳言，人类在不断理解中不断超越自身，在不断更新着发展着的“效果历史”中，始终不断地重新书写自己的历史，重新对自己和文化进行反思的批判。

对语言的重视，使伽达默尔从解释对话的问答逻辑中，更深一步地发现了语言与世界的本体论关系。诚如海德格尔所言，哲学家不只是在语言中思考，而且是沿着语言的方向思考。伽达默尔对此深为赞同，他在《真理与方法》第三部分中，着重阐述了语言在理解活动中的重要

① Hans-Georg Gadamer, *Truth and Method*, p. 321.
② Hans-Georg Gadamer, *Truth and Method*, p. 338.
③ Hans-Georg Gadamer, *Truth and Method*, p. 340.

性。在他看来，哲学解释学的“对话”逻辑是不同于科学的“独白”逻辑和黑格尔绝对唯心论的“辩证”逻辑的，解释学的理解从根本上说就是理解者与文本之间的对话过程。语言是理解的普遍媒介，是过去与现在实际互渗的介质。理解本质上说是语言的，艺术文本或其他文本形式的解释都是语言的解释。

人只有借助语言来理解存在，人的本质是语言性的，语言不只是工具或表意符号系统，而是我们遭际世界的方式，它揭示着我的世界。“能理解的存在就是语言”①，也就是说，只有语言才能本真表达人与世界的内在关系，人永远是以语言的方式拥有世界的，语言给予人一种对于世界特有态度或世界观。“人类世界经验的无限完满性意味着，无论我们用什么语言，我们获得的只是一个更为扩大的方面，一种世界观。”② 更进一步说，因为语言与世界是不可分的，理解的界限也就是语言的界限。“不仅世界只有进入语言才是‘世界’，而且语言也只有在世界中得以表现这一事实才有它真正的在。因此，语言本原的属人性质，同时意味着人在世的基本的语言性。”③ 伽达默尔重视语言对世界的揭示作用，是基于这样一种认识，即语言是“我”与世界的交接点。语言把“我”与世界连在一起，不可分割，不可离弃。

人只有掌握语言才能理解世界，因为我们所认识的世界是语言的世界，世界在语言中呈现自己。然而，我们掌握语言，我们同时也为语言所掌握。伽达默尔强调语言与世界的本体论关系，力图打通语言本体到世界的道路，使解释学获得在“对话”逻辑和“语言游戏”中扬弃“主-客”即又包含“主-客”于自身的事实性。伽达默尔在其语言理论中仍注意其解释学理解的历史性，使存在的意义直接从语言“背后”

① Hans-Georg Gadamer, *Truth and Method*, p. 422.

② Hans-Georg Gadamer, *Truth and Method*, p. 405.

③ Hans-Georg Gadamer, *Truth and Method*, p. 401.

产生出来。[①]

伽达默尔提出了自己的“语言游戏”说，这一点与后期维特根斯坦相近。[②] 他认为，对话就犹如在游戏之中一样，呈现出游戏般的“没有主体的、自行呈现的、自行更新的结构”。游戏者不是主体，游戏的真正主体显然不是在其他所从事的活动中也能存在的主体性，而是游戏本身。文本或艺术品正像游戏一样生存于其呈现作用中，作为游戏的艺术对话，其字词的意义也来自对话的情境，每次艺术品的解释就是一次新的未知的探险。因为，在与艺术品的对话的每一瞬间，说话人聚集了已言说之意，并同时向对方传达多样尚未言说之意。艺术阐释者正是要参与这多样未说意义之中，这就使得每次艺术对话都包蕴了一种内在的无限性。因而艺术文本的真正意义是在理解的言谈中处于一个不断生成、不断产生新意义的过程，文本的意义的可能性是无限的，对艺术文本意义的探究，也是没有止境的。

以“游戏”来表示语言与世界的关系，无疑，伽达默尔看到了语言的任意原则和社会约定性。正是语言的这种由随意偶然的规定向逻辑必然的无限转换，才使得语言空间超出实在世界，从而把现实世界的或然性提升到意向设定的必然性。语言揭示事物的意义，其实质在于要让事物自身通过语言表现自己。解释学事件就是使事物自己成为语言并被理解。当然，进入语言的东西不等于语言本身，但语言的本性却恰恰在于，词在它的指涉对象中消隐，另一方面，通过进入不同的对话的语言世界，我们能不断被每一相继出现的视界所更新，从而借语言之思沉入更深广的意义和价值世界。

---

① 在这一点上，利科尔与伽达默尔有别，利科尔不满伽氏学说中过重的理解的历史性味道，而重视“非历史性”的“创造性沉思的瞬间”，使意义直接从语言之中而非语言背后产生出来。

② 必须指出，伽氏与维氏的“语言游戏”有两点不同，一是伽氏将语言拔高为本体存在的形式，并以此说明“效果历史”的复杂性；二是伽氏强调语言在本体上的先验性。这是需要特别注意的。

第三节　审美理解与艺术真理

在《真理与方法》第一部分中，伽达默尔对艺术真理问题进行了重新审视，推出了他的艺术经验本体论和解释学美学原则。尔后，他在1964年发表的《美学与解释学》中，更进一步提出了自己的解释学美学思想，而1967年出版的《短篇论著集》第二卷，几乎全是论述解释学美学和美学的文章。1977年出版《美的现实性》，更全面地讨论审美理解和艺术真理问题。显然，伽达默尔对艺术和美学的重视是一以贯之的，他在其哲学解释学根基上建立起自己解释学美学大厦，因为，解释学的反思对美学的解释形式具有重要意义。

艺术同哲学之间没有绝对的区别，艺术和哲学的终极目的都是“在”，其任务都是追问“在”的意义。正是在这个意义上，伽达默尔说，美学是解释学的组成部分：“事实上，解释学应当在作为包括艺术的全部领域和问题的复杂性这样一种理解意义上被认识。”因而，“解释学必须被决定为一个判断艺术经验的整体。”① 审美就是解释学的一个时刻，就是人被艺术品所吸引的那一时刻，而这一审美时刻又由那种去获得理解和自我理解的解释学任务加以完成。

从解释学美学出发，伽达默尔强调审美理解的本体论地位。同时也明确指出，自己所坚持的美学原则是论证艺术的真理，并重新使艺术取得真理性。

审美理解是人类整个世界经验中的重要部分，而审美理解对象是存在的敞露，是我们所直面的一个世界。“艺术最直接地对我们说话，它同我们具有一种神秘的亲近，能把握我们整个存在。似乎我们同艺术之

① Hans-Georg Gadamer, *Truth and Method*, p. 146.

间融合无间，每次同它相遇都成为同我们自己照面。”① 人们在艺术中所看到的正是自身的存在状况。对每个人而言，艺术文本都是一种开放性结构，因而对艺术文本的理解和解释，也是一个不断开放和不断生成的过程：“对一文本或艺术品真正意义的发现是没有止境的，这实际上是一个无限的过程，不仅新的误解被不断克服，而使真义得从遮蔽它的那些事件中敞亮，而且新的理解也不断涌现，并揭示出新的意义。”② 艺术文本意义的可能性是无限的，文本的真正意义是和理解者一起处于不断生成之中。

审美理解是在传统的偏见中进行的，伽达默尔不同意胡塞尔现象学本质直观中对传统和成见加以悬搁、存而不论的做法，相反，他充分肯定了偏见对审美理解的意义，认为这种“合法偏见”构成理解的历史性因素。正因为每个人都处于自己特定的时代氛围，具有自己的文化历史传统和独特的境况，所以每个人对艺术文本的理解都会打上自己的个性和存在的烙印。正如前面所述那样，在伽达默尔看来，理解的历史性同时也构成了理解者的主观偏见，而主观偏见又构成了解释者的特殊的视界。因而理解者的视界与对象内容所包蕴的过去视界在理解中达到“视界融合”，使得理解者和理解对象都超越了原来的视界，达到一个崭新的视界。要消除历史性和主观性，无偏见无主观性地“理解”根本不可能。因为，艺术解释活动就是主体参加的理解和体验活动，必然带有一定的主观性，这种主观性是对艺术作品文本加以理解不可缺少的“前结构”，正由于有这个“前结构”所蕴含的主观性，作为解释活动的结果的“意义”，就不能是纯然客观的，而成为主体创造性理解，也就是说在理解活动中，作品产生了新的意义。

诞生于艺术作品理解阐释活动的新的意义说明了理解是生成的，理解便是主体的选择、先行具有、先行看见和先行掌握决定了理解的目的

① Hans-Georg Gadamer, *Philosophical Hermeneutics*, p. 96.

② Hans-Georg Gadamer, *Truth and Method*, pp. 265-266.

性。理解绝不是理解与对象的绝对吻合，相反，理解是人存在的个体性活动。理解充分体现出人的精神存在的能动性和创造性，它在理解者主观前见中去照亮作品文本，在对作品的体验、感悟中揭示作品的意义。这种对作品意义的寻求活动本身就是人精神生命的实现和拓展，是人在世的基本模式。

不仅要把艺术作品作为一个文本去理解，而且艺术作品的意义是不能脱离接受者的，是依赖于理解者的理解传导的。伽达默尔认为："作品和它当前的观赏者之间存在着一种绝对的同时代性。艺术品是由人和为了人而创造的，它们对我们而诉说。"① 正是对理解者或接受者的重视，正是对作品意义的寻求中强调理解者与作品的"视界融合"，正是把读者的体验和理解看成是对艺术作品本真意义的揭示，伽达默尔才格外注重"效果历史"这一重要范畴，并认为：每一个经验着艺术作品的人都整个地把这种经验纳入自身中，即纳入到他整个的自我理解中。艺术作品在这自我理解中才对他来说意味着某种东西。

可以认为，伽达默尔所理解的"效果历史"是理解者和理解对象相互作用、相互融合的历程。这表明艺术品超越产生它的时代，在不同时代中被重新理解，产生新的意义。因此，"文学对每个现代而言都是当代的"②，"艺术品的创造者可以投其所处时代的公众之好，但他的作品的真正存在却在于它自身所言说的东西，作品存在超越叙述的历史限制。在这个意义上，艺术品是一种永恒的现在"③。艺术文本的真义必须通过审美理解的历史性得到呈现，而同一艺术文本的无限多样的意义也只能在审美理解的嬗变过程中得到确证。究极而言，审美理解并不需要对作品原意加以复原，也无法复原，而需要一种创造性的审美态度。

通过对审美理解的分析，伽达默尔重新审理了艺术真理问题，认为，康德美学将艺术与真理问题分离开来，艺术的任务不是提供对象的

① Hans-Georg Gadamer, *Philosophical Hermeneutics*, pp. 96-98.

② Hans-Georg Gadamer, *Truth and Method*, p. 115.

③ Hans-Georg Gadamer, *Philosophical Hermeneutics*, p. 96.

知识，因而它也没有真理。而康德以后的美学家一方面高扬主体性，一方面仍然贬低艺术与真理的关系。艺术作品成了对现实的逃避，成了个人喜好的审美判断问题。伽达默尔感到必须复兴艺术真理。他强调："艺术经验是一种独特的知识模式。它仍是知识，即真理的传达，美学的任务难道不正是为了这个事实提供基础吗?"① 艺术的经验本身为真理的认识进行辩护，这是伽达默尔给自己提出的任务，也是他的美学基本价值取向。

就今日美学而言，其弊端在于主观主义倾向。伽达默尔既不满意那种艺术创作中的天才崇拜倾向，又不满意过分强调"体验美学"。因为在他看来，近代以来的美学中的天才崇拜观，将天才的创造看作一种无意识的创造，过分夸大艺术家的作用，却无视艺术真理以及作品本真意义之所在。同样，体验美学尽管认为在其体验的生命结构上同审美特性的存在方式之间，存在着一种亲合关系，但因过分强调"体验"概念，而无法更深入地说明艺术真理。因为艺术真理存在于意义的连续性中，这种连续性既超出创作者的体验，也超出欣赏者的体验，从而代表着一般体验的本质方式，而蕴含着一个无限整体的经验。而将美学建立在体验上会导致绝对的非连续性，仅仅成为个人一时的个别经验，不具有普遍的意义。

从根本上说，真正的艺术是连续不断被理解接受的艺术，作品只有在被理解和感知的过程中，其意义才会得到实现。因而，艺术真理问题，既不孤立地存在于作品上，也不孤立在作为审美意识的主体上，而在特定具体的审美理解活动中。把握艺术真理，既不可仅仅从作品出发，也不能仅仅从审美意识出发，而必须从解释学美学角度出发去对艺术真理加以把握。对此，美国学者戴维·霍伊评论说："为重建一个方法以讨论真理，不仅是解释的真理而且也是普遍诗歌与艺术的真理，伽达默尔必须批判占正统地位的哲学美学。这种美学主要源于康德，使艺

① Hans-Georg Gadamer, *Truth and Method*, p. 87.

术主体化，把艺术转变为一种超功利的纯粹感官的审美意识。历史的相应审美化必须由一种对艺术的历史性的强调所反对和取代。伽达默尔写道："美学不得不转化为解释学。"①

显然，伽达默尔通过艺术经验本体论的探讨，转变了美学的视界，使艺术真理得以复兴。他把审美经验看作是对审美对象存在方式的确认，改变了传统美学单纯寻找作品原义的倾向，要求人们从人的历史现实性上去看待艺术和美，强调艺术经验所具有的历史性和社会制约性、主体性因素及其与伦理观念的联系，都从全新的角度重新理清了审美理解与艺术真理的本体论关系。

第四节 艺术作品审美结构

在论证了审美理解和艺术真理以后，伽达默尔提出了自己的艺术作品本体论。艺术作品本体论问题是当代美学最为重要的维度。伽达默尔把他的美学称为"艺术本体论"，绝非偶然，说明他在艺术问题的解决上是诉诸本体论的。

黑格尔的"艺术解体说"表现出艺术的危机。伽达默尔认为，黑格尔的看法已经得到了证实，因为艺术哲学已经成了一种真正的艺术历史。在黑格尔看来，艺术终究不能离开自己特有的感性形象性和感性享受性，这就决定了艺术尚不是精神的最高体现，从而也就决定了艺术不是至极之境，它必得向更高的形式和阶段转化。艺术终结（解体），说明艺术虽能体现真理，但已不再是表现真理的最高形式，不再是真理的最高实存，不再是精神的最高需要，也不再能完成其精神超越的最高职能。艺术成了问题，不再是自明的，它的终结意味着它作为真理最高表

① D. C. Hoy, *The Critical Circle*. Berleley: University of California Press, 1982, p. 137.

现形式的终结。艺术的解体，表明艺术由于自身的局限性而自己越出自己，转化为宗教和哲学（美学）。这一转化，同时意味着艺术在宗教和哲学中得到扬弃和获得新的存在形式。

艺术史上的历史继承性与现实创造性的冲突永远不会止息。新的艺术总是同过去的艺术传统产生偏离和进行挑战，并以新的姿态在哲学法庭前重申“艺术的合法性”问题，以确立自己存在的权力。然而，伽达默尔并不完全同意黑格尔的艺术过去性看法，他试图将艺术的过去性看作艺术的同时性。他认为，艺术作品具有其“本身”，它的同时性是对它的自身的时间性的解释。一部作品在其创作时代以及随时代环境变迁中的境况存在相当差距，但不管怎样，“作品本身在其自身变迁的方面显然并不将自己分离开来，以致竟会失却其同一性。情况恰好相反，作品存在于自身变迁的各方面。这所有方面都属于它，都是与它同时的。这就提出了对艺术作品作时间性解释的课题”①。在伽达默尔看来，必须将同时性与时间连续性联系起来考察，二者具有辩证的关系。作品本身永恒地处在不同时代的人的理解和解释中，这一过程是连续的没有终止的。同时，对每一时代的观赏者而言，艺术品始终有其自身的现时性，“就每一特定的现在而言，艺术品是绝对的现在，同时它又准备为每一个将来而言说”②。因此，艺术不会消亡，它将在每一时代的新的理解中，成为“永恒的现在”。

伽达默尔用“游戏”这一概念来表述他的艺术的同时性观点，并认为，艺术的本质即在于，艺术是一种游戏，而游戏即艺术品本身的存在方式。游戏具有以下特征：首先，是主体的自我表现性特征，游戏者并非是游戏的主体，而是游戏通过游戏活动者达到的表现。游戏不是直线式的，而是往返重复进行的，是一种本身的来回运动。其二，游戏具有无目的性和自动性特征，它是一种不束缚于目的的过程，是一种不谋

① Hans-Georg Gadamer, *Truth and Method*, p. 115.

② Hans-Georg Gadamer, *Philosophical Hermeneutics*, p. 103.

求外在目的的自我生命力的过剩表现。其三，游戏具有自律性和同一性。游戏能巧妙地超越自己所设立的目的而回归自身，而被看作绝对自身等同的重复现象。在游戏的情境中，“我”对待自己像一位旁观者，或者“游戏本身则是由游戏者和观者所组成的整体。的确，游戏最根本地是由观者去感受的”。[①] 游戏者始终需要观者，反过来，正因为观者在场作为参与者而成为游戏本身的组成部分，游戏才进行着。

“游戏”概念强调处身在游戏中，游戏本身及其特征、游戏的来回运动是首位的，这就为艺术作品的本体论地位提供了基础，并从中引申出解释学美学的基本原则：游戏与旁观者、文本与解释者之间的关系是平等的、互参的、彼此相关的，没有超然的、无偏见的静观对象的所谓旁观者。相反，只存在解释学的“对话”，在审美过程中一种往复无穷的来回运动，我们以全部生命意识参与文本，从而获得一种视界融合。质言之，一件艺术品要求一个解释者，艺术品并非一个固定不变的存在物，它本身并不会实现自己，只有进入审美理解中，文本才会变成活生生的意象，产生富有生命力的意义。

伽达默尔以解释学的眼光，在游戏与艺术的类似中，看到了“游戏具有作品的特质”，并称“游戏为一种创造物”。他声称，游戏作为创造物，其真实性超越了现实的真实，而预设可能性于未来视野之中。同时，游戏是一个意义整体，其内涵是流动变化的。它不断在与每一个现在相遇的瞬间产生出新的意义。

从“游戏”出发，伽达默尔进入了艺术本体论的另一维——“象征”的探究。他说：“总之，歌德的话‘一切都是象征’是解释学观念最全面的阐述，它意味着每一事物都指向别一事物，这种‘每一事物’不是一个关于它的存在是什么的论断，而是一个关于这是如何与人的理解力遭际的论断。在他看来，一切都意味着什么。”[②] 他认为，歌德的

① Hans-Georg Gadamer, *Truth and Method*, p. 105.

② Hans-Georg Gadamer, *Philosophical Hermeneutics*, p. 103.

象征思想，一方面表明了一览无余地观察所有关系的不可能性，另一方面表明个别对于再现全体的象征性功能。作为解释学的普遍性，只有艺术的象征才能臻达。“因为艺术语言的区分是个别艺术品在自身中积聚了象征特性并使之呈现出来，这种象征在解释学看来是属于一切存在之物的。”①

象征，不是一种以一物说明另一物的比喻。象征物在一种个别而具体的东西中显示出一种对应的整体希望，甚至这为了整体而寻觅作为它的生命的另一部分。艺术作品是一种对可能恢复的永恒秩序的呼唤。他不同意黑格尔那种将作品看作绝对理念的承担者和传达信息的媒介的看法，而是坚持艺术品本身就是一个永恒的存在，一个将转瞬而过的瞬间感受铸成永恒深沉的“在”。因而，作品是建立在它所是之物上，它不仅传达某种隐含的意义，它本身就意味着一种唯一的、不可替代存在的拓展和流变。

艺术象征的本质在于，它的意义永驻在象征本身。艺术作品作为象征，形成巨大的“解释学空间”，几乎具有无限收摄的能力，它向情思绵递、思想深邃的理解者发出呼唤，去沉浸在与存在本身觌面的欣喜之中，从而，重新体认那流逝之物中固存的东西。这是一切艺术语言的象征及象征含义的要义之所在。在伽达默尔的艺术本体论中，时间性是一个不可忽视的重要概念。如果说在艺术中游戏构造形式，象征体现意义，那么“节日”则表征一种独特的时间——共同性。“对节日庆典活动的时间经验，其实是庆祝，是一种特殊的此刻。”“节日共同性，而且是共同性本身在其完满形式中的体现。”②

节日庆祝，意味着这种庆祝是某种多次性的活动，类似于艺术的意向活动，人们在某种事情上聚集起来庆祝，这一点十分明显地关涉到艺术经验。节日的时间结构同艺术作品的时间结构有内在的一致性。节日

---

① Hans-Georg Gadamer, *Philosophical Hermeneutics*, p. 103.

② Hans-Georg Gadamer, *Truth and Method*, p. 117.

的时间性质是“被巡视遍”的，而不是分解为彼此脱节的时刻的前后连续。一般而言，人类存在着关于时间的两种基本经验，一种是按钟表分割的时间，人们或是用繁忙的空虚，或是用无聊的空虚去填满这种时间结构。时间造就了人，也成为人的樊笼，有些人蝇营狗苟，一任沉浮，只认钟表的时间，生命建筑在这所谓忙碌的“标尺”上，活了一生而却不知何为生。时间在这里是作为必须“排遣掉的”或已排遣掉的东西而被经验到的，而不是作为真正的时间来体验的。真正的时间是实现了的时间或特有的时间，它既与节日又同艺术有着最深刻的亲缘关系。因为，节日的每个瞬间都是实现了，时间是节日般进行的，即通过它自己的庆典而预付时间，因而使时间停滞和延搁——这就是庆祝。在这个可事先预料和筹划的特性中，人们一如既往地支配自己的时间，可以说，在节日庆典时，时间处于静止状态。

诚如海德格尔所说，真正的时间，不是以现成的现在为核心的过去、现在、将来逐次继替的线性流逝过程，而是在这静止凝定的瞬间，让时间之光烛照真正的人生，向我们澄明生的真理。这种实现了的时间往往具有一种“庄严的沉默”，这种沉默能自行扩散蔓延，使人被一种绝对庄严的沉默所攫住。这种无声却震撼人的沉默犹如“寂静的钟声”（海德格尔语），在一片死寂中唤醒对存在的思考，透过日常生活时间那浮沉飘荡、无聊空虚，而闪现出诗性的光辉，并陶冶出一种不畏迷误走向真理的生存态度。

正是这“停滞而延搁”的节日时间，使我们在瞬间之中领悟了它所积淀的巨大历史生命力；正是节日这种“使人们从日常有限事物的压迫中松弛一下的偶然机会”，把一切人联系起来融成一个整体。因此，“庆祝是仅仅为参加庆祝的人而存在的东西，这是一种特殊的，必须带有一切自觉性来进行的出席活动”。正是在这个意义上，伽达默尔在《美的现实性与其他论文集》中声称：“从这种被激活的生命时间经验向艺术品的过程是显而易见的一件艺术品事实上是类似于一个活生生的有机体的，一个自身中被结构起来的统一体。这即指，艺术品也有它的特有时间。”

伽达默尔对作为节日的艺术的时间性问题的重视，是围绕观者对艺术作品审美特性的参与这一中心的。他认为，与艺术感受相关的是要学会在艺术品上作一种特殊的逗留，人们参与艺术品上的逗留愈多，艺术品就愈显得生动丰富。艺术品这种时间体验本质就是学会停留，而感悟瞬间永恒的意味。

通过游戏—象征—节日与艺术经验的同时性的考察，伽达默尔从本体论上阐述了自己的艺术作品理论，其中，观者对作品的参与和生成受到了特别的重视。于是，艺术上的历史继承性与现实创造性的冲突和争论，终于在“在艺术解释面前人人平等”中，得到了颇具启示性的解决。

70 年代中期，伽达默尔解释学的发展，可以简单概括为其思想渗入各种人类知识领域的时期。他一方面继续写大量文章阐发《真理与方法》中的基本思想，同时，开始将自己的注意力更多地放到社会和文化问题的中心，从而开始了他的实践哲学时期。

伽达默尔的实践哲学思想是其哲学解释学思想的进一步发展。他曾说过，自己之所以在晚年将研究重点转移到实践哲学方面，其原因在于60 年代后期受到哈贝马斯的批判而导致的论争。在论争过程中，伽达默尔发现仅仅在理论形态中进行解释学的反思，并不能真正破坏并超越虚假意识的解释，因为人毕竟是社会文化的人，人的理解受其社会因素的制约。伽达默尔日益步入实践哲学领域，把意义的来源从语言行为转向了实践哲学活动。他说：“我的研究发展导致的另一个方向，乃是社会科学和实践哲学问题。”①

这期间，伽达默尔采用哲学解释学的基本立场，对社会、文化、政治、教育问题进行哲学反思。在他看来，实践哲学同理论哲学一样，都

① Hans-Georg Gadamer, *Kleine Schriften*, Band 2, Tbingen, 1972, S. 21.

是哲学大厦不可或缺的一部分，而且，从某种意义上讲，“理论和反思应考虑如何应用于实践的领域”。一切玄思妙想的哲学思想最终都要归结到社会和人生的主题之中。正唯此，他这段时期所写的大量文章涉及范围之广，包括社会科学真理、思想意识批判、社会管理学智力问题、文化问题、理性、科学、语言问题，从这些文章中，可以看到这位哲学家渊博的学识。他著作中所具有的那种古代的、现代的对人的认识相解释的反思传统，与反文化的还原论及科学分析的思想模式截然不同。

1985年，伽达默尔写了《自我批判的尝试》，他直面自己的灵魂，对其研究加以认真的检讨和批判。他希望人类能恢复理论和实践并重的生活模式，以正确的理论指导良善的实践生活，而努力摆脱战争、能源危机、人口问题的种种危机。他呼吁，以理性作为人类政治生活的准绳，以艺术不断陶冶人们的大智大勇、大慈大悲的情怀，使人日益挣脱本能而跃上理想的属人的新生活境界。

伽达默尔哲学解释学理论在当代自成流派，影响日深。他用哲学解释学观点研究哲学、美学、文学艺术、思想史、语言等领域的重大问题，取得了显著的成果。他的解释学美学思想成了当代接受美学思想先导和理论基础。

但是，哲学解释学也存在自身的局限性。诸如对审美理解重要性过分强调，将主体的理解和解释作用夸大，将其看作赋予文本意义、决定文本价值的决定因素，使得解释学具有极浓的主观色彩。这一点，遭到了法国哲学家利科尔、美国美学家赫希、德国哲学家哈贝马斯等人的尖锐批评，形成解释学的另一文化论争景观。

第二章　利科尔的解释学文本理论

现代法国思想家利科尔（Paul Ricoeur，1913—2005）所关注的解释学问题与其现象学思想是紧密相关的。他不仅面对了现象学的“意义”问题，同时也面对了解释学的“语言和意义”“解释与主体性”等重大问题。他不仅对现象学解释学有自己独特的贡献，而且对语言哲学、社会科学和人文社会科学问题都有独到的研究。对语言问题的深入考察，使他成为现代解释学对话和现代性思考的哲学家，同时，作为胡塞尔（观念）一书的翻译者和注释者，使他在胡塞尔现象学思想研究方面也具有很高的声望。

作为当代现象学和解释学美学的主要代表人物，利科尔的主要代表著作有：《雅斯贝尔斯与存在哲学》（1947）、《意志哲学》（1950）、《真理与历史》（1955）、《论解释：对弗洛伊德的评论》（1965）、《胡塞尔：对其现象学的分析》（1967）、《解释的冲突：解释学文集》（1969）、《生动的隐喻》（1975）、

《解释理论：话语与剩余意义》[①]（1976），《利科尔的哲学》[②]（1978），《哲学的主潮》[③]（1979）等。其中不少著作已译成英文。

利科尔的现象学之路是从他的《意志哲学》开始的。他通过现象学的描述方式直观人类的行为和动机、需要和愿望、快乐和痛苦、有限和罪恶的本质。第一部为《自由和自然》（Freedom and Nature），第二部为《有限与罪恶》，其又分为二卷，一卷是《易犯错误的人类》，另一卷是《恶的象征》（*The Symbolism of Evil*，1967）。这部书通过人类存在的隐性罪恶的可能性和存在的负面性，以及文化符号背后暴露出来的一些基本东西，去看符号所产生的关键性思想。

解释学是通向哲学思辨之路，而思辨存在着各种“解释学冲突”。可以说，利科尔的现象学思想和解释学思想是紧密相连的，他对意志哲学的研究，对精神分析的再分析，对结构主义的考察，使得他得以通过现象学而推进到解释学领域。他在《意志哲学》第一部《自由与自然》中说：“对于我们来说，哲学是对‘是’的沉思，而不是对‘否’的无休止的争论，自由并不打算成为别人逃避之物，却要成为自然的成就。”这一自白，足见其思想的冷峻和明晰。

---

① Paul Ricoeur, *Interpretation Theory: Discourse and the Surplus of Meaning*, 1976.

② Chales E. Reagan and Darid Stewart, ed., *The Philosophy of Paul Ricoeur*, 1978.

③ Paul Ricoeur, ed., *Main Trends in Philosophy*, New York, 1979.

第一节 现象学美学景观

利科尔对现象学，尤其是对胡塞尔最严格意义上的现象学有精深的研究，使他相当注重现象学的对事物的“显现方式”。他认为，现象学作为一种独特的问题分析方式，将存在问题放到了括号里，关注事物概念、价值和人的显现方式。利科尔严格地恪守现象学的程序，强调只有走向“事物本身”，重视意识的全部复杂维度，才可以真正从事现象学研究。

利科尔区分出三种现象学研究维度：一是描述分析的维度：其主要职能是对现象加以说明，即对现象的各方面，以及它们意义、意向和意识现象的活动结构加以描述；二是超验的构成的维度。这种超验的构成主要体现在他“意志现象学”方面的写作中，但他对胡塞尔“超验现象学”观念却兴趣不大；三是本体论现象学或意识本体论的维度。区分出三种现象学研究的维度，说明利科尔坚信现象学是能够达到完满哲学的方法，因为“现象学还原”可以将注意力凝聚在事物的显现方式上，使人有可能去把握事物的本质。就此而言，现象学是哲学的开端，却非哲学的终结。

利科尔的“意志现象学”集中体现在他的《意志哲学》一书中，他为自己提出的现象学描述的任务是：“描述人的有意部分与无意部分的关系，以及对它们的理解。”对有意行为的描述，有三个不同阶段，即做决定的阶段、行动的阶段和回答的阶段。三者紧密相关，构成一个有机的、纯粹描述的现象学视域。当然，《意志哲学》的第二卷已具有明显的现象学向解释学的转折倾向，即充分关注人类受骗和失败这些模糊的负面意义问题，考察人类的意志状况，分析恶在其非纯粹形式即罪恶和罪行中的现实性。同时揭示出财产、权力和价值的原本欲望，是处于有限的快乐和无限的幸福之间，分析人类承受的无止境追求是一种自我危机和现代化陷阱。这样，利科尔在阐明人类生存中隐藏的恶的方面的研究，使他的所谓哲学解释学，超越了纯粹描述的现象学，而成为其从现象学向解释学转向的重要标志。

现象学向解释学转向之后，利科尔出版了多部解释学著作：《解释的冲突》《论解释：对弗洛伊德的评论》等，其后就转向了文字、对话、日常语言、科学语言、诗学语言的“话语研究”中。可以认为，利科尔解释学式的现象学转折，即不再将现象学看作是对意识现象的描述，而是将“象征”和“隐喻”的解释、诗歌和科学中的“话语”的“文本解释”，作为自己的首要任务。这一语言学转向使得他的研究中的现象学成分与解释学成分达到了一种新的比例，以至于他不得不在1974年德国现象学研究会上发表论述《现象学与解释学》的纲领性的著作中，就现象学和解释学的成分加以说明：现象学是解释学的必然前提条件，而解释学则是现象学的必然前提条件。这种互为前提条件的说法，使得利科尔的现象学被人称为“解释学的现象学”，当然也有人称他的解释学为“现象学的解释学”，这一点，学界尚未完全达成共识。

第二节　解释学美学理论

利科尔在实现了哲学的根本转向，即由现象学向解释学方面发展以后，一个最重要的变化是将结构主义的思想与解释学的思想整合在一起，提出一门“批评的解释学”。他面对海德格尔、伽达默尔的主观解释学立场和本体论解释学，提出了自己的批评，进而强调应恢复到某种程度的客观性立场，并只能由认识论解释学，进入本体论解释学。

在面对哈贝马斯的批判解释学与伽达默尔的“解释的循环”的解释学思想论战中，利科尔没有投入那种枯燥的辩论，而是追求一种真正的学术建设。他不仅对这次论战进行了深入的思想辨析，而且以自己的现象学解释学为解释学的当代发展，作出了具有创见性的“对话”。大体上说，利科尔的观点是倾向于哈贝马斯的，他坚持不能再像伽达默尔所主张的那样，仅仅将解释学看作本体论的，而将方法论问题看作第二位的派生的。解释学不仅是本体论，同时也是方法论和认识论的，因而应关注如何补救当代解释学在方法论上的“迷失”，努力将本体论、认识论和方法论结合在一起，从而使解释学作为哲学本身，为现代西方哲学提供一个新方向。

作为法国现象学的重要代表人物①，利科尔致力于寻找一条认识现象学和解释学亲和关系的道路②，在他看来，解释学和现象学既有共同的视域，即将“意义问题”作为核心问题，又有共同的论题，即“意义的本源先于语言”，同时还因为现象学是解释存在的哲学，现象学方法不可避免地将成为解释学方法的重要参照。

主张将解释学“嫁接在现象学”上，并非是利科尔的专利。海德格尔很早就迈出了这一步，提出了“解释学的现象学”。但在利科尔看来，海德格尔走的是一条“捷径”。因为海德格尔本体论解释学根本不讨论具体方法，而是直接达到本体论层次。事实上，理解的本体论只有通过方法论的探讨，经过认识论的层面才能最终抵达。理解的本体论和解释的方法论不是非此即彼的，而是可以加以统一的。利科尔抛弃了海德格尔的“捷径”，采用“远道”迂回曲折的方式，走上了一条折衷融合的“第三条道路”，以开辟当代解释学的新景观。

总体上看，利科尔的解释学理论分为三个层面：1. 文本理论。2. 适用性与疏离性。3. 据为己有与反思性。三个层面相互依存，缺一不可。

---

① Cf, H. Spiegelberg, *The Phenomenological Movement: A Historical Introduction*, Chap. 12, 1965.

② P. Ricoeur, *Hermeneutics and the Human Sciences*, ed. trans. John. B. Thompson, Cambridge University Press, 1981.

一、文本理论

文本理论是利科尔研究的中心问题。解释学首先是一种研究理解和解释“文本”的哲学，一种“关于与文本相联系的理解过程的理论”。在利科尔看来，文本既是一种符号体系，也是“语义上凝结的生活表现”，或生活意义的客观化。他吸取日常语义学派奥古斯汀等人的语言行为论，认为语言是生活行为的形式。人们理解文本，不只是从心理上重建原作者理智的理性活动，而且是超越作者原意的创造性活动，并最终通达一种“可能的存在”。

文本是以文字、语言形式固定的社会意识形态，具有一种“文本的自律性”，文本意义有着自我生成能力。写和说都是实现言语的合理形式，但是通过写而实现的言语具有一系列特征，使得写的语言完全不同于说的言语。

首先，在“说”的言语或文本中，说话者的意向和说出的话的意义常常是重叠的、同一的；而在“写”的言语或文本中，说话者的当下性不复存在，只有文本自身的意义，文本成为独立存在之物。

其次，在说的言语或文本中，听者是预先由对话的语境关系所决定的；而写的言语是面向求知的读者，潜在地面向任何能阅读的人。因此，文本同产生它的社会历史条件无关，人们对它可以有无限多样的阅读方式。然而，文本与它的读者又并非完全脱离，文本的意义和重要性是从文本与它的读者的辩证关系中派生出来的。

再次，文本不受直接指称的限制，因为文本没有口语指称那样明晰确定，它不指称一种既定的事实，而指称一种在解释过程中展开的可能性，使人可以从一个“既定世界”进入一个“可能世界”——文本世界。

从某种意义上说，利科尔将解释学和“文本理论”联系起来，是有目的地限制海德格尔和伽达默尔予以解释学的那种广阔性和普遍性，从而达到把本体论的解释学与方法论、认识论的解释学融合为一的目的。这样，“回到文本”就是重返施莱尔马赫和狄尔泰的基点，关注由文字固定下来的生命表达形式——文本。当然，利科尔也没有忘记伽达默尔对理解的历史性的重视，强调文本对人类存在历史性而言，是一个不断产生新意义的形式结构。文本世界不同于现实世界，然而，通过文本的解释使我们重新看到了这个世界，开始自我反思、自我认同和自我理解的过程。正是在这个过程中，作为方法论和认识论的解释学与作为本体论的解释学有可能统一起来。

利科尔在《解释学与人文科学》的“文本是什么”一章中说：写与读者关系并非是言谈与应答的特殊情况，也不是简单的话语关系或对话状况。阅读通过作品与作者进行一种“对话”，是远远不够的，也是不完全准确的。其实，读者与书籍之间的关系是一种新型关系。“对话”是“问与答”的交换，而在作者与读者之间不存在这种交换，作者并不向读者做出反应。作者在写作之时，读者是个存在的，而读者在阅读的时候，作者也是不存在的。利科尔甚至说，阅读并非是与作者所谓的“对话”，因为读一本书就是将其作者看作是“已经死了”，是此后发表的书。因此，当“作者死了”的时候，读者对书的关系就变成了完全的，或是完整的了，因为作者不再应答或强求原意的把握，只剩下读者去阅读著作本身的活动。

显然，利科尔思考着这样一个问题：晚于写作的阅读，仅仅与作者具有一种松散的关系，而并非一对一的对等交谈的关系。同样，晚于言谈的书写，也可能表现出作者真正的内在精神。换言之，书写是一种可以与谈话平行的现实，甚至是一种中断了谈话的思想交锋，所以书写最终就是一种说话意象的话语，一种说话所直接形成符号的标记。利科尔像德里达一样，反对“语言是第一性而书写是第二性”的结构主义语言学的二元对立论，不将书写看成言谈的衍生物，而是强调书写的自律性和书写自身独特价值。他坚持，书写禁忌的解除就是真正文本的诞生。因为说到底，语言不管是说出来的，还是写出来的，都是人在说话，所以，当作者完成作品之后，作品或文本就成为一个自主的本体存在，可以单独地与读者进行对话，而它与其背后的作者关系已经不再重要了。

文本的根本特性在于，其书写保存了话语形式，成为一个有利于个体记忆和集体记忆的“文化档案”。进一步说，文本从口语情境中挣脱出来以后，已然具有了语言和各种相关的主观性的关系，包括作者的关系和读者的关系的真正变动、文本的不确定状态等，使它似乎处在语境之外，又似乎处在语境之中。正因为消隐了语境关系，所以每一文本都可以自由地进入到与其他文本的复杂网络关系中。这样，文本对其他文本的关系和语境的消除，就产生了文本和文学的“准语境”。这无疑影响到话语本身的变化，即当指称向着显示行为的运动被文本中断的时候，词语开始在事物面前消退，书面词语成为“自为的词语”。也就是说，当抹平了一个人所谈到的现实世界之后，文本与文本的关系就产生出文本的“准世界”或虚构的“文学世界”来。

利科尔在《引喻与解释学的中心问题》中强调：“文学文本创造了一个可能的世界。”文学不仅是在依顺或满足一个现实世界，而且，它可能是在限制日常真实世界中创造出自己独特的话语世界。一篇作品并不仅仅是其时代的“镜子”，它还敞开了一个孕育在自身之内的“新世界”。就本质而言，文本的意义并非是作者的确定的意向性或者是他以往的体验，文本是对于那些不断从它当中获取新的信息、新的体验的人的新意义之源。文本努力把我们拖进这个意义网络之中，使我们处在一种阐释学的意义结构中，即走向文本意义解释之路，从而将文本的阐释行为看作是一个意义解释的无尽过程。

二、适用性与疏离性

利科尔既不同意回到狄尔泰的完全的、纯客观的阐释立场上，也不同意回到海德格尔、伽达默尔所谓阐释的循环性（circularity）的圆圈上去，当然也反对停留在结构主义方法的直线性（linearity）上，而提出了自己的解释学的“弧线”（arc）理论。要求在解释的趋近与疏离、主观与客观之间，保持一种中立的辩证态度。

那么，如何保持呢？利科尔强调其解释学的“适用性”（application)，即对文本进行严格的解释，又避免心理主义的专断性的解释学策略。但这种结构主义方法和本体论解释学所产生的“解释的冲突”，为利科尔设立了难以绕开的困难。利科尔认为，自己的“解释学之弧”是依据“适用性”原则而得以展开的，因为适用性原则包含着解释者与文化和历史距离间的斗争。正是通过当前的阐释的相关性，才有可能克服这种阐释的时空距离。质言之，通过这种挪用式阐释，既非完全回到一种纯客观的结构主义上去，也非回到本体论解释学的主观性上去，而是在这之间形成既非直线，也非圆圈的一个解释学“弧线”，从而使得世界与主体相关联之时，逃离主观性陷阱而具有相应的客观有效性。在此意义上不妨说，“适用性”成为“解释的目的”，是解释学之弧的终点。

一切解释的目的都是要克服文本所属的过去的文化和时代与解释者本人之间的疏离和距离，使自我和文本具有同代性，从而可以同化文本的意义，即使它成为向自己敞开的意义。解释通过对他人的理解，去追求深入理解自我的途径。所以，利科尔主张一切理解都是自我理解，即理解事物现象的条件同人的主观性结构密不可分。理解和解释不在于要把我们有限的理解能力加在文本上，而是向文本敞开自己，从中接受一个舒展了的自我。当文本的客观性和独立性再次成为读者的一个话语事件时，解释活动方能完成。

当然，在我看来，利科尔力求在解释的直线与曲线之间达到某种中立，愿望是好的，然而事实上却是很难达到的。利科尔的解释学之弧始于客观的解释，又属于解释的具有主体性的挪用，当解释学之弧突破客观主义的时候，当它不断随着读者的阐释、心理和情境的变化时，“理解”也就发生了不可逆的变化，语境和情境也必然随之变化。所以，这种解释学“弧线”仍然在背离“直线”的客观性，而日益趋向于阐释的循环的“曲线”。如果说，“适用性”主要是解读者解释的主观性影响了客观性，即它不断地在阅读中挪用部分意思，并叠加上自我的意思，那么，疏离性（alienation）就与适用性有相当的差异了。

疏离性是这样一种解释的态度，它使得人文科学中占主流地位的客观化解释成为可能，但是这种疏离性的冷峻客观的态度，又破坏了人们参与到历史现实中的那种原始的亲和关系。这种主体客体之间的疏离性，必然会为自己的客观性付出代价。在逃离疏离性与参与疏离性之间的选择，其主要困难就在于文本的困难，因为，文本更像主体之间相互交流的一种特殊形态，它展示了人类经验的历史性和真实性特征，即在距离中，并通过距离在一种疏离感中进行交流，它不可能完全达到亲和统一，而只有通过这种距离达到相对客观的对话。就此而言，利科尔的“疏离性”表现为四种形态：1. 通过所说的意思达到对所说事件的超越；2. 涉及到铭写的表达与原说话者间的复杂关系；3. 注重铭写所表达的与听者间存在的意义的差异；4. 文本从表面“指谓”的限制中解放出来。

进一步看，利科尔还围绕几个重要主题来深入解释这些问题，即从更广阔的视野，审视话语的语言实现问题、结构性话语的实现问题、在话语中和在作品中说与写的关系问题、语境的影射话语的作品问题、作为自我理解中介的话语和话语的作品问题。他认为，这些问题的解决及其理论特点并置在一起，就铸成了恪守文本的标准。

不难看到，在作品中，语言的客观化、疏离化构成了作品中话语的先决条件，即文学是由书面词语组成的，作品是客观的、第一位的。但是，话语、作品、书写这三者的合一，仍然使我们看到了解释学问题的一种意义中心。为了逃离那种主观的阐释立场，也逃离纯客观的立场，利科尔在适用性和疏离性之间力臻达到一种平衡，把客观化和理解放在了自我理解的中心位置。而在所有这些分析的层次上，疏离性是理解的前提条件，没有这种疏离感，理解就会造成近视性偏差而走向主观体验性。也许，这就是利科尔“解释学之弧”理论的良苦用心之所在。

三、据为己有与反思性

利科尔注意到，有一种支配解释方法论的关键的理念，关系到一个文本向某一个人说话的方式，同时还关系到阅读的顶点或阅读的终结的意义问题。这一理念就是具体的读者将文本的意义“据为己有”（appropriation）。在利科尔那里，疏离性与据为己有都关涉文本对某个人说话的方式，在这一方式中，意义的客观化是作者与读者之间的必要的中介。作为中介，它又要寻找一种更具有存在特性的补充性活动，在利科尔看来，这只能是意义的“据为己有”。

“据为己有”是德文词（Aneignung）的翻译，其意为使先前异己之物成为自我之物或为我之物。这使解释学的目标不再是还原历史，而在于同文化的距离和历史的疏离作用作斗争。解释学促成了历史之物的当代阐释性和意义领会性，通过解释把不同时代的文本放置一处，使它们向解读者展开。只有当解释为了目前的读者的意义具体化，这一目标才能达到。“据为己有”是通过主体的解释对文本加以“具体化”，它代替了对话情景中的原意应答，就像“揭示”或“去蔽”代替了对话情境中的原本所指一样。只有当阅读把文本解释为一种事件，一种话语的当下现实境况，解释才是有效的。“据为己有”使解释本身变成了一个意义揭示的“事件”。在《解释学与人文科学》中，利科尔认为，这一事件是“由具有一种反历史特性的文学批评或文本批评提示的时间疏离性的对等物”。“据为己有”说明阐释总是对对象一种占有活动，所以，解释理论不仅要求一开始就不考虑“指谓”关系，而且把主体性搁置一旁。

主体和客体必须从属于“隐喻”关系。在解释理论中，主体，无论是作者还是读者，只是在文本中扮演某种角色，因此，在解释之初可以将主体性置之不顾，而在解释过程中，直至最后一刻才返回到“自我”，即从那种扮演角色的“他者”中回到自我，理解才成为自我的理解。利科尔借用伽达默尔的“游戏论”来作为据为己有的存在的模式分析的支点，并分别讨论了“作为游戏的启发性虚构”“游戏形象的作者”和“游戏形象的读者”等问题。他指出，不管是谁，只要其参与游戏也就成为游戏之人，游戏的规则把他改变成为游戏者，规定了来回运动的原则并划出了游戏事物的边界。游戏终于瓦解了日常理性功利目的的严肃性，使主体忘掉了自己身之所处，仿佛成为了另一个人。而一旦回到严肃的现实性中，主体性又从新获得。这对解释学的理解问题而言，已然说明一部著作对世界的展现是一种游戏性展现，在游戏的摹仿中，世界被以另一种方式呈示出来。

日常现实被搁置起来，每一个人都成为了他自己，并在其游戏中表现出最为深刻的本质。艺术与此极为相像，艺术废除了未变形的现实，使虚构之境反倒成为真实本质的呈现。这就是为什么趋向本质的诗，比保留着故事的历史更具有哲学性和真理性的真实原因之所在。

放弃自我并在文本中寻找自己，重新发现一个新我，是据为己有的最根本的“一瞬”，这使它同其他任何形式的据为己有相区别。阅读既是将意义据为己有，又是对文本对象的一种意义剥夺。据为己有与揭示意义之间的连接是解释学的基础，它改变着对象也改变着自我。据为己有并不包含有一个心灵与另一个心灵之间的直接一致性，因为没有什么比与一个文本打交道更少主体之间的对话的意味了。利科尔以此来批判了伽达默尔的“视界融合”论，认为在这个“融合”过程中，文本的观念性仍然只具有中介成分。

据为己有是一个过程，通过它对新的存在模式的揭示，为主体提供了新的自我反思能力和视点。文本的“所指”是一个意义世界的投射，读者从文本中接受一个新的存在模式，扩大了自我反思的能力。

解释最终在只能在言语事件中完成，这意味着“解释的冲突”是不可克服又无从逃避的。人只能通过据为己有的方式去阐释对象，在阐释对象中阐释自我与世界。尽管文本解释的手段是方法论的，但它的目的是本体论的。语言的本质就是要抛弃符号的基本意向，超越符号形式自身，而在意指之物中抑制自己。

可以说，解释学通过对语言符号进行语义分析，对“隐喻”（metaphor）和意义进行“反思”（reflection），从而超验地理解世界本体和“自我”（ego）存在。利科尔据此指出：在语义学层和本体论层之间，还有一个“反思层”，反思是理解文本符号和自我理解之间的一个重要环节，自我理解则是解释学的最终目的。利科尔之所以用“反思”来沟通语言与存在，因为在他看来，反思是一种批判！即“我思”只有通过阐释生命记录的曲折道路，才能获得对生命意义的揭示。个体事先无法认识自我，自我只是作为解释的结果而被发现。

反思是自我反思，又是具体的反思。它必须从解释一个待定的传统文化产品开始，这使反思成为社会历史学科的重要审理方法。“反思必须成为解释，因为除了散布于世界上的符号，我无法掌握存在的行为。”① 只有走出自我，才能获得自我，只有通过对对象和行为、象征和符号的理解解释，反思才抵达真正的自我。“反思哲学”是要在人存在的本体论基础上来体认自我和把握自我。这种反思性存在成为自我意义生成的基础。

利科尔的反思，既不同于胡塞尔的现象学的意识内在因素的反思，也不同于梅洛-庞蒂的在直接知觉中所呈现的现象领域的反思，而是一种对文本意义的反思。在他看来，阅读的功效在于它有能力把文本的“他在性”变成一个为我的话语事件，而文本在阅读中的实现具有以下三个特点：1. 阅读的可能性在于文本本身，读者是由文本的行动形成

① P. Ricoeur, *The Conflict of Interpretations*, Evanston: Northwestern University Press, 1974, p. 18.

的，意义不是产生于读者的行动，而是产生于文本的行动。2. 阅读联结了作为话语的文本和作为新的话语的阅读，通过阅读，读者与文本融为一体，产生出新的理解视界。3. 阅读是一种游戏的形式。阅读中想象的变形以一种游戏的方式将自我送往一个更深的自我，在这“游戏”过程中，文本揭示了比日常世界更为真实的人类存在世界——一个可能的世界，亦即自我理解的境界。

利科尔的解释学在经过语义学层次和反思层次后，最后进入本体论层次。在这里，语言问题和反思主体问题最终都导向“存在问题”。但利科尔理解的本体论不是像海德格尔那样是一个既定事实，而只是一个趋近的目标。他的本体论没有脱离解释，本体论寓于方法论中。

尽管这样，利科尔也避免不了各种解释学之间的“内部冲突”。各种解释的本体论基础之间的辩证关系并非同一种本体论结构，但这种在的统一形态只存在于各种解释的辩证关系中。这样，一个一以贯之的、统计表式的本体论永远是一个可望而不可即的希望之乡。“存在”只有随着各种解释的过程才得以揭示，这表明解释学方法论的多样性和本体论的多元性，这种多样性和多元性又表征出存在的无限丰富性。把方法论与本体论内在地联系在一起，坚持它们的多样性和多元性原则，就使得解释学始终对存在保持开放。而这，正是解释学普遍性的先决条件，也是利科尔现象学解释学的独到新颖之处。①

第三节　隐喻与象征之美

从“文本理论”出发，利科尔非常关注“隐喻”问题。在此问题

① Cf. P. Ricoeur, *Critical Hermeneutics*: *A Study in the Thought of Paul Ricoeur and Jürgen Habermas*, Cambridge: Cambridge University Press, 1981.

的研究上，他不仅有专著《隐喻的规则》和论文《语言的隐喻使用》，还有一篇很重要的文章《言语的力量：科学与诗歌》。在这篇文章中，利科尔提出了有关“隐喻”的一系列重要思想。利科尔研究的出发点在于，弄清人类两种主要语言即“科学语言”和“诗歌语言”互相转换的问题，进而揭示二者互斥互补的话语功效。

介于科学语言和诗歌语言之间的是“日常语言”，它既不像科学语言那么严密，又不像诗歌语言那么抒情，而是二者之间的中介，同时也是二者的一个现实参照系。现实中的语言往往具有一词多义性，而一词多义性并不是语言的陷阱，相反，是语言的张力。一词多义往往具有一种功能结构，它的含义越多，它所潜在的“意义螺旋体”就越大。

一词多义所具有的优越性，主要体现在它在人类交流中具有一种直捷性的特点，人们可以在现实中，根据上下文选择出多义中与一定的论题相一致的含义，这样，可以调节语义并正确地把握文本的真实意义。然而，一词多义又具有很大的麻烦，它带来言语的不确定性和歧义性危险。歧义性使得“误解”“误读”成为意义交流中挣脱不开的阴影。

为解除日常生活中这种歧义的一词多义的困境，利科尔提供了两种解决办法，一是科学语言，它可以定义为系统地寻求消除歧义性的科学话语策略；一是诗歌语言，它从相反的角度出发，保留歧义性以使语言能表达罕见的、新颖的、独特的、非公众性的体验。这种利用歧义而不去消除它，反而是去推崇它的做法，是诗歌语言的基本特征和人文话语策略。它不仅保留并反创造了歧义的程序，并在艺术系统上生成新的语义连接网络。

在诗歌中，语言被看作待加工的材料。换言之，词语在诗歌中所意指的与它们在散文中所意指的完全不同，一种熠熠的光辉萦绕在它们周遭，使它们具有一种独特的品质的美学原则——“隐喻”。意义在隐喻中已经被置换被转移了，现实中每个隐喻都是一首小诗，而一首诗则是一个大型的连续持久的隐喻。隐喻往往造成一种话语操作式的意义交错，如“时间是一个乞丐”一句中，“时间”和“乞丐”这个词，都经历了将它们并置一起的论断性操作所产生的意义交叠，而使语境超出了日常语言范围。

在诗歌的上下文语境中，每个词都发现了更多的附加的新意义，使得它与其他词一道构成一组全新的意味。就此而言，诗歌文体的目的就在于，把摧毁形式的荒谬转化为超意志的荒谬。正是读者才可能从阅读中选择并保证这些词语作为一种新意义的统一体，而形成一种完美的“隐喻”。在利科尔看来，诗歌是这样一种语言策略，其目的在于保护人类词语的一词多义，而不在于去筛除或消隐它，在于保留其歧义的张力，而不在于拒斥和禁止它。

诗歌语言并非仅有单纯的意义系统，而是横跨或建构几套意义系统。由此可以推导到同一首诗的几种不同的阐释的可能性。“隐喻”只是在出现语义冲突时才出现或才存在，其网络以一种持久的方式，使诗歌成为一个连续持久的隐喻。利科尔把这种隐喻网络的一致原则称之为“诗的象征”，这一象征具有双重意义的表达方式。

探讨隐喻和诗的关系，并非利科尔的目的，利科尔要审理的是，通过这种探讨所解决的问题是什么？这种歧义的策略和歧义话语具有怎样的形态？通过诗歌的言说，人究竟要追求什么样的阐释意义生成？人类在科技时代借助诗歌究竟想怎样拓展自身的话语系统？利科尔的回答是惊世骇俗的——诗歌没有溢出任何东西，它取消世界。诗歌将现实话语悬搁起来，并不教给人们任何关于现实的词与物的对照法。只有科学的陈述，才有现实的对应性和经验上可证实的意义。相反，诗歌是不可证实的。

利科尔进一步指认，每首诗、每一件文字作品都禀有一个世界，都呈示一个世界——作品的世界。这是我们能居住其中的“可能的世界”。要去理解这种世界的不寻常的意义，我们必须恢复充分的想象力。每首诗、每一件文学作品都展开了一个世界神话的新假设，提出一个新世界的构图。诗歌表达人类最为本质的感情，没有什么比感情更具有本体论性质，凭借本真的感情，我们才能以新的生活态度人性地居住在这个世界上。

诗歌把世界当成我们生活于其中的世界来审视，它以不同的方式构造并重铸我们的生命态度。诗歌谈论真理，但真理在此不再意味着可证实的，而是不断生成展开的。诗歌维护了真理的理想状态。人类需要科学，更需要诗歌语言。正如利科尔所说，哲学家并不去冒充诗人，他分析、创造、理解生命。在文学中，诗意的创造和理解将我们引向了诗歌的门槛，一旦登堂入室，哲学家就向欢迎他的诗人致意，然后就沉默不语而悠然意远。也许，这就是利科尔向我们阐释的关于他的诗性哲学和哲性美学的意义之所在。

总体上说，利科尔的解释学显示出这样一种认识：人类有限的本体论仍然具有哲学思辨的视野。解释学作为当代哲学的重要形态是真正向文本意义和人性理解开放的。利科尔的思想并没有形成一个封闭的体系，他的思想不受某种正统观念或某个已经出现的学科领域限制。他的著作包含着诸多人类思维传统的积极成果，从解释学、现象学到分析哲学、结构主义和批判理论，这些积极成果被融进了他那富于创见的、独特的见解中。他将人文科学的诸多方法和研究成果引进解释学这一努力已经表明，作为一种文化的解释学本身有着宽广的发展前景。

第三章　赫希的审美解释有效性

在现代解释学理论中，如果说狄尔泰、海德格尔、伽达默尔、哈贝马斯、利科尔等主要是哲学家，其理论建树主要是哲学解释学或普通解释学的话，那么，美国的美学家赫希可以说是一位文学解释学批评家。他以自己的著述对建立文学解释学做出了不懈的努力。

第一节　意义与意味

在海德格尔、伽达默尔的哲学解释学理论风靡一时之际，哈贝马斯、利科尔和赫希均做出了自己批评性的反映。然而，三者的观点却有着相当的差异。利科尔从现象学角度补充了伽达默尔的解释学理论，是一种较温和的批评；而哈贝马斯则主要在逻辑和历史层面论争，从某个方面对哲学解释学作出一种回应。独有赫希从自己的客观论角度和立场展开了对伽达默尔哲学解释学的批判，其主要任务是“重建作者原意说”，坚持寻找“作品客观存在的意义”。与伽达默尔形成对照的是，赫希并不完全同意所谓阐释是对作品意义的一种补充、扩展或填空，它具有“前理解”，是作者的视界与阐释的“视界融合”的说法。与此相反，赫希认为，作品的意义是自明的，是需要不断阐释、发掘，才可以获得原意的。意义是可以客观获得的，关键是对主客体之间的差异加以正确的把握。

这使我想到，在中国的传统解释学中，也存在“以意逆志”“六经注我”和“我注六经”之说。看来，对作者原意的把握，和阐释者所认为的真正的意义之间，有了些很微妙的差异，这些差异构成了解释学的鸿沟。赫希坚持阐释不是随心所欲的，也并不因为主客体之间存在社会、文化、历史的差距，就可以使阐释的有效性变得可疑起来。他要重申阐释的正确合法性，其唯一的标准就是“客观的度”。

文艺审美解释学的困难就在于，文本是多义的，既包含了作者的原意，又包括了在历史的发展嬗变中不断向阐释者所叠加的意义。那么，如何去阐明一种或其中几种最合适、最确切的意义，就成了时代的难题。赫希的理论创新之处在于，他看到了伽达默尔过分强调阐释者的“填空意义”，而又忽略作者原意的倾向，认为这将导致作者的作品在后世的阐释中，逐渐淹没了作者的本意，而使作品成为言人人殊或随意阐释的相对意义的产物。因此，他将正确性、有效性看作是文学批评家的头等重要的任务，从而在相对主义和批评家决定作品意义的时代，甚至在“作者已死”（罗兰·巴特）的时代，试图重新恢复作者作为文本意义决定者的地位。因而被人称之为当代客观解释学的代表人物。

赫希说：“我们应该尊重原意，将它视为最好的意义，即最合理的解释标准。”① 他还认为，“一篇文本的重要特点在于，可以从它分析出不是一种而是多种各不相同的复杂的意义，而其中只有作者的意义才具有这种禀有统领一切意味的确切资格。”② 也就是说，只有作者的原意才是决定理解文本是否正确的关键，只有寻找到这种客观的、已经存在着的作者原意、阐释才是充分有效的，否则其意义将是不合法的。

在区分作者原意和阐释意义的时候，赫希用了两个关键词，一个是“meaning”，他称之为“意义”，即作者的原意，或者是等同于作品的字面意义；另一个是“significance”，即“意味”，是作者字面不变的确切意义和其他阐释意义的叠加。他指出：“意义是一个文本所表达的意思，它是作者在一个特定的符号序列中，通过他所使用的符号表达的意思。意味则是指意义与人之间的联系，或一种印象、一种情境、一种任何想象中的东西。”③ 他又将此同两个德文词相对比，认为前者等同于“Sinn”，后者等同于“Bedeutung”， 也就是说，前者是“意义”，后者是“意味”。“意味”是随着时代历史、批评家世界观和主观条件甚至是趣味的变化而变化的，而“meaning”这个“原意”则是不变的。

---

① E. D. Hirsch, *Three Dimensions of Hermeneutics*, *New Literary History*, 1972, vol. 3, p. 48.

② E. D. Hirsch, *Validity in Interpretation*, New Haven: Yale University Press. 1967. p. 25.

③ E. D. Hirsch, *Validity in Interpretation*, p. 8.

第二节　意义理论

赫希在“意义”和“意味”上作出的区分，受弗雷格（Frege）思想影响很大，同时也在胡塞尔思想中吸收了大量理论资源。为了对这一命题进行论证，他从弗雷格理论的借鉴入手，认为弗雷格区分意义和意味，其意义相当深刻。

在赫希看来，弗雷格考虑到不同意义具有同一种意味的情形，那么反过来可以说，同一种意义经过一段时间以后，也会具有不同的意味。它会在作者原来的意义上叠加上一些解释的因素，从而填平作者和解释之间的鸿沟。当然在其中，占首要地位的仍然应该是作者的“原意”。

事实上，赫希已经发现了解释的根本问题仍然是“意义问题”。也就是说，他要在解释对象、解释者、解释的目的和解释的语境中，去把握解释主体的“客观有效性”。因为，如果主体（即原作作者的意义和解释者的意义主体）之间是完全隔膜的话，那么，意义和意味就根本互不相关。如果它们完全相同，那么意义与意味的区分就毫无意义。

宽泛地说，整个现代西方哲学人文科学的发展，关键在于对“意义的寻求”，以及对意义真实层面的把握。在这一语境中，赫希一方面要逃离分析哲学的科学主义、纯客观主义意识，同时也要逃离存在主义式的或人本解释学的相对论色彩，而建立一种具有合法有效性的客观解释学理论。这一意向使他的理论具有了一种跨学科的性质，即不仅涉及哲学、文学、语义学、逻辑学、符号学、语用学等，而且还涉及诸多人文哲学流派，涉及逻辑实证主义先驱对“专名”的分析，以及现象学大师胡塞尔的《逻辑研究》。

就西方“意义哲学”而言，“意义”问题在霍布斯、洛克的理论之后，已经变得日益重要。弗雷格区分了意义和指谓，并把这一思想扩大到语句的分析上去，认为语句所表达的思想是语句的意义，语句的真正价值是语句的指称，这一意义论思想相当重要。其后，罗素受其影响，严格区分了摹状词和专名。维特根斯坦在《逻辑哲学论》（*Tractatus Logico-philosophicus*）中进一步强调意义和指谓的区别。当然，在《哲学研究》（*Philosophical Investigations*）中，维特根斯坦的观念出现了新的变化，即认为词的名称不是词的意义，词的意义在语言的用法中。同样，卡尔纳普也认为，命题的意义在于命题的实证方法，换言之，即单个的词没有所谓的意义，只有在一定的语境中，它们才具有独特的意义。

在美学界，自从美国的奥格登和瑞恰兹的《意义的意义》（*The Meaning of Meaning*，1923）一书出版以后，理论家大多从文学艺术、诗的语言来研究语义学，强调思想是以符号即词代表的所指客体或事件，而语词能够激发人的灵思，使词和对象之间形成一种有效的关系。没有所指的抽象词是无意义的，容易引起语言思维的混乱。人的思维、语词和所指的对象三者只有在健全的语言中，其相互间的关系才是有效的、完整的。所以，应该在一个语词句子中，找出所指的语义分析方法。无疑，普通语义学对赫希的意义解释学理论产生了不可忽略的影响。

赫希还进一步用胡塞尔的理论作为其理论的基本依据，并从胡塞尔的《逻辑研究》中吸收了相当的观点以支持其客观解释理论。他认为，胡塞尔区分了“意向性活动”和“被意指客体”，强调语言的意义因其为一种意向性客体，因而是不变的，意义最终是由说话人的意识特性所决定的。[①] 赫希抓住了胡塞尔的“意向性”概念，因此，他将“意义”看成作者或说话人的语词中所蕴含的意向性，并以此作为解释的开端。

但是，赫希的问题恰恰在于，胡塞尔并没有强调意义是在意向性客

① E. D. Hirsch, *Validity in Interpretation*, p. 219.

体里，意义也并非是一个纯意向性客体。胡塞尔强调的是：意义总是一种意向性行为，即作者在指定一种所指即意义的行为，或者是读者通过意向性客体或文本的媒介而复制作者意义的行为。因此，在我看来，尽管胡塞尔的意向性是作为“纯粹科学的哲学”的基础，但是他的意向性仍然是一种带有很强的主体性色彩。在胡塞尔那里，所谓意向性就是说意识总是一种关于某种对象的意识，意识的规定就是对于某种事件的趋向，它构成纯意识的唯一本质性结构。

胡塞尔的意向性分析，意味着对意识中真实和非真实内容的区别，而这种真实是处于活动状态中的行为，也叫意向性行为，而意识中的非真实性恰好被认为是意向性的对象，因此，真实的不是那种不变的对象，真实的是通过还原的、纯粹的自我意识。这种“纯自我”保持了意识的同一性，使得意识的意向性对象反而是经过多样性的意向性活动以后，形成的同一性的结果。

这样看来，赫希的纯客观解释理论，与作为其理论基础的胡塞尔思想，显然具有不小的差距和错位。赫希在《客观阐释》一章中认为，意义是一种意向性客体，应该在“指涉意义”（the referring meaning）与“主体事件”（the sbject matter）之间进行必要的区分。[①] 但是，赫希仍然强调，意义的根本倾向在于作品的不变中，阐释者面对作为文本的意向性客体，但是意义不在这个所谓的对象客体中，而在阐释的行为中。[②]

可以看出，赫希对胡塞尔的引用，实际上已经向他的纯客观的角度引申了一步。在胡塞尔的《逻辑研究》中，意向性同时指“意向客体”和“意向活动”，而意识本身被定为“意向性经验”。胡塞尔对内在于思维活动中的感觉材料、意向性行为和意向性客体进行了非常严格的区分。感觉材料是为意向性行为提供情感，但不是行为也不是客体，因为

---

① E. D. Hirsch, *Validity in Interpretation*, pp. 57-58.

② E. D. Hirsch, *Validity in Interpretation*, p. 134.

"属于意向性经验的真正结构的内在性意义是非意向性的，它们构成行为，提供使意向成为可能的必要的支撑点，但不是被意指的本身，不是展现于行为中的客体"①。相反，意向性行为组成了一个连续不断的情感交流体，使它们指向了同一个客体，而意向性的客体超越了意向性的行为。胡塞尔说："在每一行为中，一个客体以这样或那样的方式被表现为确定的，而它们可以成为判断的、情感的和希望的等各种意向的目标。它们都声称展示着同一个客体，在这所有之中，我们意指的客体是一致的，但是，在每一个之中，我们的意识又是不同的，每一种都以一种不同的方式意指客体。"②

在胡塞尔那里，所谓"意义"（meaning）是一种语言符号及其内部所展现的思想。而语言表达的是一种内在的功能，它是要展示说话者的思想，因为"说话把这种行为呈现给听者，或者试图通过其意义与之交流，那个首先使心灵交流成为可能，并使连贯的语言成为话语的东西，在于那种受言语物质因素影响的、交流的、相对应的物质和精神之间的相互联系"。③ 在赫希看来，胡塞尔的观点之所以能够成为他的理论支点，在于胡塞尔有可能是这样表述其意义的，即说话者的意图可以被人"分享"，那么，听者就应该去复制它，即通过自己心中蕴含的一种意义，按读者所表达的方式去思考，这样，作者的意思就变成了读者阐释有效性的基础。

需要指出的是，某个客观的表述可能在许多方面意义含糊，它可能介入与几个意义的固定联系中，因而它取决于由它引起和意指的意义的心理学背景，或听者对说话者及其所处的具体情境的一种把握。然而，问题在于，听者是有一定语境的，在一种特殊的上下文语境中，听者应力求与说话者的意思保持一致吗？是否能够完全达到一致呢？怎样达到一致呢？这一系列问题正好是赫希所要解答的。

---

① E. Husserl, *Logical Investigations*, trans. by S. N. Findlay, New York, 1970, p. 559.

② E. Husserl, *Logical Investigations*, p. 578.

③ E. Husserl, *Logical Investigations*, pp. 276-277.

赫希的“意义哲学”或“意义解释学”，是把意义看作是由文本构成的意向性客体，它对意向性客体或主体内容（subject-matter）与意向性活动或意义加以区别，进而强调，意义的非作者原意论是错误的，因为文本展示与实际阐释具有相对应的意义。[①] 赫希批评说，如果意义是不可确定的，那么也就是不可知和不可分享的。这种阐释的“相对性”是赫希所不能接受的，因为一个文本的意义或此或彼的相对性，毋宁是违背作者“原意”的。否定了语言意义的自我相对性，就是否定了文本意义的特殊性。

因此，赫希要展开自己的解释学批判，他的锋芒必然指向本体论解释学代表人物海德格尔和伽达默尔。

第三节　理论特征与审美反思

赫希在确定了自己的理论依据以后，进一步将解释的客观性作为自己的理论目标。他声称，只有当意义本身是不变的时候，才会具有客观性。[②] 就此，他拉开了反对海德格尔和伽达默尔的激进“历史循环论阐释论”的序幕。

但是，值得注意的是，要达到客观性，赫希存在一个潜在的困难，即“阐释的循环”。他必得面对作者和理解者之间的阐释的循环，字词和句子、句子和章之间的阐释的循环，以及此一文本与所有其他文本之间的阐释的循环。要突破这个阐释的循环的本体论的框架是不容易的。赫希的意图就在于，尽量打破这种阐释的循环，并以他的理论为文本的阐释找到一种客观中立的基础。

---

① E. D. Hirsch, *Validity in Interpretation*, p. 45.

② E. D. Hirsch, *Validity in Interpretation*, p. 214.

一部作品的重要性可以随时间的前进和解释关系的变化而发生演变，但是作品隐含的意义是不变的。文本的意义是作者所表达的意义，因而是与自我同一的，可以再现的，具有有效性和确定性的。在阐释中，要把握这一明确的、可以再现的意义，而不受阐释者自己的体验或对作品解释的文化语境所左右，就只有排除自己的个体相对主义阐释因素，才能可谈得上“解释的有效性”。

据此出发，赫希详细地区分了“意义和意味”“理解与解释”“判断与批评”的含义。在他看来，作者想说的话即文字的“意义”，而阐释者对意义的构成是“理解”，对于这种理解的解释就是“释义”，对意味的分析和把握则是“判断与批评”。也就是说，理解与解释的对象是“意义”（meaning），而判断与批判的对象是意味（significance）。意义和意味之间有着根本性的差别，这一差别在于，理解是默然无声的，而解释是话语膨胀的；理解是内化的，而释义则是外在而不断添加的。赫希不同意伽达默尔所说的阐释是一种读者与作者的“对话”，是一种不断叠加新的意味的行为。相反，他认为，“只能按照文字意义本身的方式去进行理解，而超出这个之外，就变成了相对主义的，甚至是怀疑主义的观点”。[①] 他进而指出，“倘若我们并不是用文本自己的方式去分析文本的话，我们便根本没有触及到文本本身，根本就理解不了任何一个以我们自己的方式加以改变的东西”。[②]

在我看来，分歧的关键在于作品的“原意”究竟是否就是语言本身所表达出来的意思？作品的“原意”是否可以具有实际有效把握的可能性？尤其是当作者托名或者当作者去世后，甚至当作者对自己的原意加以反复无常的阐释之时，所谓“作品原意”究竟是什么？对此，赫希争辩说，确实存在所谓“作品原意”，而且具有两个突出的特性，即“再现性”和“确定性”。“再现性”是使解释成为可能的文字意义

① E. D. Hirsch, *Validity in Interpretation*, p. 135.

② E. D. Hirsch, *Validity in Interpretation*, p. 135.

的特征。假如意义不能再现，那么它就不可能被另一个人加以解读，因而也就可能被他人理解或进行新的阐释。同样，“确定性”使文本有某方面意义的特征，它是可以“共享意义”的一个必要前提。与此相反，“不确定性”不具有普遍共享意义。当一个文本的意义不确定时，它便没有了自己的框架，不可能自我同一，因而也就与别人所理解的意义不再具有同一性。①

其实，这一命题在追求确定性的时候，它的前提却变得非常可疑。如果我们认为一种意义存在，那么它实际就会存在，因此，人的阐释的决定性反过来倒成了文本本身意义的根源，这意味着这种解释的客观性其实已经具有了很浓厚的主观性色彩。用赫希的话来自我作注，就是：“我们一旦承认了意义是可以改变的，那就无法在竞争阐释中找到灰姑娘，没有一只可以用来检验的可靠的水晶鞋，因为，那只水晶鞋对于新的灰姑娘已经不适用了，因为对于解释者来说，这种稳定的规则缺乏与意义的不确定相当的内涵。”② 就是说，赫希要寻找的可靠性的依据只能是作者的原意，而作者的原意又需要阐释者在阐释过程中去寻找。这种“解释学循环”，使赫希的客观性同样难逃阐释的“怪圈”。

赫希为解除这种“怪圈”进行了相当的努力。在《解释的有效性》一书的第二章，他在反复强调意义和意味的区别后，进一步讨论了“确定性”词意和类型化问题、无意识意义和意向性意义问题、意义和对象问题，最后认为，传达作者意向性类型的可能性取决于以往解释者对这一意向类型的体验，否则解释者就没有办法揭示意义的根源，因为，他无从知道哪些意味构成了意义，哪些意味没有构成意义。为了使精神传达得以发生，意向性类型必须是一个被分解的、进行不同理解的类型。由此，意向性存在于自明的惯例中，只有这样，它才能具有共享性。

无疑，赫希将其研究的重点，即区分“意义”和“意味”的重点

① E. D. Hirsch, *Validity in Interpretation*, pp. 131-132.

② E. D. Hirsch, *Validity in Interpretation*, p. 146.

放到了“作者的意向性”上，其主要目标就是对于词意的确定性的把握。之所以要将确定性建立在作者的意向性上，是因为意向性是确定性的重要前提。词意的共享性，具有重要的客观化效用。意义的确定性使得意义是可以被复制的，可以被阐释者正确地理解而具有普遍性。从对作者原意和文字意义的研究，即对意义和意味的研究进一步往下推，应是解释者对“意义”的理解和阐释加以理性的反省，即“判断”和“批评”。赫希批评和判断的对象是“意味”。在他看来，文学批评即对意义和意味的区分，对理解、解释和批评的区分。这种区分对文学的批评实践具有重要的意义。深入探讨这种区分，进而运用到文学作品的判断和批评实践中去，将使所有文本的阐释都具有可共享性、普遍性和规则性。只有如此，才可能抵达“理解的客观性”的彼岸。

然而，人们在阅读实践中又经常感受到文本意义的不断增生，感受到个体解释差异性的真实存在。这种解释的差异性呈现出文本意义的不同维度，解释有助于达到理解，而理解的越多，所阐释的内涵就越多，而这正是批评的前提。面对解释的客观性“危机”，赫希仍然坚持理解在实践上先于解释，是从解释中分辨出来的，对文本作出解释的解释者都会意识到这一问题，只是其为了传达自己的理解，将采取一些略有差异的方式。这一传达依赖于他对文本的理解和他所面临的解释，他只接受了某一部分，而另一部分却在他那里隐没不彰。所以，任何解释只能部分地还原作者的原意，却在这种还原中叠加了某些方面的自我理解。这样一来，赫希的客观性实际上已不再那么“纯”了。

解释的“差异性”说明了既具有差异的理解，又具有不同程度不同层面的理解。这样，赫希就将作者的原意、作品的语言意义和读者的理解和解释区分开来：原意和语言总是存在的客观普遍有效性，是理解的潜在的基本要求，而理解和解释却具有差异性和不确定性。从这个角度，赫希强调解释确实具有客观性、有效性，但也具有差异性。它只能通过这种客观有效性去“重建作者原意”，并“保卫作者原本的意义”。

当然，赫希所探讨的真正的客观性并不仅仅限于此，他想说明的是，人们以怎样的方式理解某些作品并不重要，重要的是人们何以能就他理解的东西作出判断和批评性考察。在我看来，问题在于断定读者所作出的理解是否正确，最终也就是解释的正确性问题，因为，任何人的解释或多或少都打上了个性的印痕而具有自我意味。面对这一难题，赫希只能说，解释过程中具有解释者个性特征并不重要，而最终的解释是否“符合作者的原意”，才是问题的关键。

换言之，任何一个读者群都具有不同的解释方法，一切解释都具有历史性，所有的解释者都只能看到历史所给定他的东西。他的语言、他的兴趣、他的语境因时代而异，但这并不意味着文本的意义也因时代而嬗变。某个具备理解意义所需条件的人，以其与以前体验作品不同的方式理解作品意义，却有可能获得原意。每一个阐释者都对文学作品作出了自己的判断和阐择，在解释中既没有任何绝对正确的方法存在，也没有任何一种独一无二的可使用的范畴存在。当理解传达某种意义给某个待定的读者群时，人们总是采用那些有针对性的接受阐释法。赫希似乎并不在意有多少阅读意义的途径和方法，认为批评家作为解释者，其首要任务就是确定阅读那种文本的真实意味。基于这样一种理论框架，他在对解释与批评、意义与意味作了区分后，使这一区分超出了“注释”文本域的状况，而力求获得“普遍解释学”的意义。

就解释学论战而言，赫希严格地将“意义”和“意味”加以区分，同时又将意味、意义与理解、解释、批评的概念加以厘定，其目的是为了阐释在文本的注释中建立某个普遍学科，以导向解释学的普遍认识之维，进而通过“理解”这个概念达到对作者原意的把握。

“理解”包含着认识，“意义”的把握同样属于认识。词意和意义之间存在的区别表明，严格界定意义和意味的区别，是分析的前提。赫希强调，当我们去揭示某作品意向性意义时，我们在阅读行动上就必然受他人制约，只要他所表述的意义是我们的兴趣之所在，那我们就势必放弃自己的意志而受制于他人的意志。因为，表述的意义就是作者意向性传达的意义，就是我们努力放弃自我而揭示出原意的那个意义。一旦我们阐释的目标是去获得正确的、客观有效的意义，我们就不再是充分的自由的了。

赫希申辩说，人们如果是可以从作者原意中解放出来的话，也只是为了使自己得到更广泛的制约，但是人们仍然不可能完全抛弃作者的原意，因为作者的原意是始终与他的意向性联系在一起的，是他的意向所决定的。人们所阐释和理解出的作者立场是什么样，取决于人们进入他的深度和客观性立场，如果人们不把作者的看法转化为自我的看法，就无法揭示作者的原意，或者无法在不断的意识活动中将其意义准确揭示出来。在这个意义上，正确的批评必须从这种双重角度出发，即从作者的原意和我们正确地去阐释作者意义的角度出发方能臻达。

“理解”是解释和批评的前提，任何判断都包含着判断对象或文本的意义，判断本身就是一种评价权衡活动。“意义”这个概念就像包括价值判断一样，也包括事实的判断。人们对文本所作的阐释论述都可以视之为广义的批评。批评和意味互相依存，“批评”指向意味、涉及意味、描述意味。“意味”在给某个给定的情形中像意义一样，是确定和实在的，甚至有时比意义还重要，因为意味是读者通过客观阐释去充分揭示作者原意的有效途径。

批评比单纯的解释更有价值，尤其是当批评包含着解释之时，就更显示其批评的重要性。它不仅是揭示文本的意义，而且还准确地把握和传达出其中的价值含义。真正的批评是指将作者的意向性和行为加以对比，而不是将二者混淆起来，虚假的批评对解释的文本来说有害无益，因为这种批评经常忽视独一无二的作品所具有的独特价值性。正确的批评取决于正确的解释，而解释应该具有某个确定的认识客体，即作者意向性的词意。没有这种对正确性、有效性的验证，也就没有一个解释能够得到证实。对文本批评的方式可以多种多样，然而对该文本意味的基本判断则是保持不变的。[1] 理解、解释、判断和批评，是文本实际批评中的四大功能，缺一不可。

赫希在区别了上述两对概念以后，进入了实质性的分析，即反对新批评那种“反意图性”的批评，而坚持“作者意图”论。他认为，新批评那种斩断作者的意图谬误的说法是不合法的，因为，这事实上将文本看成了一个语言文体，而只允许对语言进行结构式的语言结构分析，这样，对文学的“文学性”批评就成了所谓的真正批评。然而，这就将其整个文学产生的背景：宗教的、哲学的、自然科学的、历史的、口语的，甚至是人的文化语境统统隔离于语言之外，以追求文学的文学性结构为名，而排斥了文学的特殊性和独特文化语境，使得追求作者作品原意变得非常艰难。从某种意义上将文学的意识、意义分析、价值分析变成了一种修辞学、语言学的分析，一种结构的分析，这无疑导致了批评思想的混乱。因为说到底，什么是文学的独特本质，什么是文学的特殊结构，很难达到统一的认识。

同样，赫希还对伽达默尔的“解释的怀疑主义”和“意义的相对主义”加以批评，认为，在现代的学院中，一种意义的怀疑和迷惘状况，很大程度上源于作者无关紧要的理论，这样一来，作品的意义变成了一种阅读行为，作者在读者的阅读中变得越来越不重要，甚至有“作者消亡”的可能性。读者不在乎作者的原意，而是强调自己的全新的阐释和体验，他成了文本意义的解读者，成了再创新的新作者。人们在某个词语、句子或文本中注了某种新的意义的时候，渐渐离开了原作者，而变成了一种自我语言的游戏。于是，读者取代了原来的作者，他先在地排除了作者意义的存在，这将导致当代美学和文艺批评的混乱。

如果文本的意义不是由作者决定的，而是由读者决定的，那么就没有任何一个读者和一种阐释能够说出文本的真实意义，因为文本根本上丧失了可供确定的意义。一个理论家，如果要“拯救正确性”“保卫作

---

① E. D. Hirsch, *Validity in Interpretation*, p. 144.

者的合法利益”的话，那么他就必须同时“拯救作者”[1]。也就是说，批评家的首要任务就是去指明，排斥作者的所谓论据是如何丧失了合法性的。

可以看出，赫希对作者原意的追求大抵难以实现。因为，这个问题涉及确定不同甚至是彼此对立的解释标准时，解释者却拿不出任何一条证据来证明是作者原意，所以他只能自己认为自己的解释是正确的，那么他只能面对这样一个悖论：解释者的解释才是作者意向性的原意。赫希就完成了这样一个逻辑怪圈，即正确的理解和解释，必与作者所意向到的意义一致，而你怎样能够证明你所把握的作者意识是如此呢？意义的客观有效性就仍然是一个悬搁的问题。

这表明，反怀疑论对相对主义具有某种意义上的纠偏，然而赫希的新的意图论即作者意图论问题仍然很多。这有可能潜在地导致解释者坚信自己对文本的看法的“唯一”正确性，而在某种意义上排斥其他看法，而其中也许有一种或多种看法是作者或接近作者的原意。如此一来，所谓解释者阐释的客观有效性，就在这种顽固的、坚持己见的看法中，离正确的客观意义越来越远了。更为严重的是，为了追求这种客观性，而将自己的解释转换成作者的原意，有可能严重歪曲文学作品的意义，从而阻止作品意义在不同时代发出新的声音。

赫希的客观解释论从某种意义上来说，确实对解释的循环、解释的相对性和怀疑主义具有某种纠偏效用，但是他自己仍然难以逃离“解释的循环”的怪圈，仍然使其客观有效性变成了以他的所谓的阐释者意识和直觉到的那种意义为其原意，这样的原意论和新意图论当然遭到了来自各方面的批评。

英国著名美学家特里·伊格尔顿在他的《文学原理引论》中认为，“赫希的基本观点‘文学的意义是绝对的、一成不变的、完全可以逃避历史的嬗变’的看法是存在问题的，这是因为他的理论像胡塞尔一样是

① Cf. E. D. Hirsch, *Validity in Interpretation*, Chap. 1.

先于语言的，意义是作者主观生成的某种东西，它是一种幽灵般的精神行为，这种行为一直被确定在一套物质符码中，这种试图确定某人头脑中在想什么，然后声称这是一篇作品的意义的想法，显然是有问题的。”① 也就是说：在赫希理论中，以为作者的意义属于自己，读者似乎不应该去攫为己有或加以侵犯，文本意义不应社会化而成为读者的公共文化财产，它仅仅属于作者个人，在他去世很长一段时间内，仍保留着独一无二的意义解释权。

不难看到，赫希的这一观点事实上是武断的，几乎无客观有效性可言。他保护作者的意义很像保护那些持有不动产的头衔，就此，伊格尔顿反问道：“批评家可以获得作者的意图，就可能要靠他把文学文本置于一个确定的意义之中吗?”② 事实上，意义并不像赫希所想象的那样稳定和明确，即使作者作品的意义也是这样，也会不断变化，因为语言本身就是不确定的、不稳定的、意味模糊的。作者的意图本身就是一个复杂的文本，它像其他的文本一样可以争论、阐释、理解和作出不同的批评的，没有什么独一无二的、根本不变的所谓的作者原意，文本只能在文本阐释中生发出的新的意义。

同样，美国客观主义批评家 P. D. 却尔在《解释：文学批评的哲学》一书中，也对赫希作出了批评。他认为，在美学上，如何确定一部作品的意义是当代重要的哲学和美学问题，而对此的回答大致有这样几种：其一是读者感受决定论，即读者的意图决定一部作品的意义，其代表人物可以说是享格尔·兰德；其二是批评家的个人兴趣决定论，其代表人物是卡勒·L. 史蒂文森；其三是美学判断决定论，其代表人物是西奥多·雷德帕斯；其四是语言结构决定论，其代表人物是克瑞斯和卡普兰；其五是历史视野融合决定论，代表人物是伽达默尔；其六是作品语言规则决定论，代表人物是门罗·C. 比尔兹利；最后是文学作品意

---

① Terry Eagleton, *Literary Theory*: *An Introduction*, England: Basill Blackwell Publisher Limited, 1983, pp. 67-68.

② Terry Eagleton, *Literary Theory*: *An Introduction*, pp. 68-69.

义的作者意图决定论，代表人物是赫希。[1]

却尔在七种观点中倒是赞同赫希的观点，因为他作为绝对客观主义者要维护这种客观解释论观点。他认为赫希的《解释的有效性》和《解释的目的》，对文学作品意义的阐述和对作者意图的阐述之间存在着逻辑关系论述是有见解的。然而，却尔又对赫希的观点深感不满，因为赫希认为作品"意味"和作者"意义"之间存在内在联系，甚至说应该把作者的意图当作判断作品意义的标准。却尔认为，文学作品"只有一个唯一正确的解释"，因为一部作品在逻辑上不可能具有相互矛盾的众多的意义，而且，在原则上是可以确定一部作品的正确解释的。这样，他就已经在客观性的道路上比赫希走得更远了。却尔指出，赫希认为的作者的意图才是真正鉴别标准的主张是错误的，因为，人们为了追求客观性有可能完全背离文学作品的原意，而且他认为，赫希提出的意义和意味之间的区别并不能帮助人们解决文学作品解释中的众多的分歧，因为这一区别是以作品的意义是作者的意图这一假定出发的，这导致了人们争论不休。加之，赫希以保卫作者的意图为出发点，而不是对表达一部作品的概念加以分析，因此，其论述不具有普遍有效性。在我看来，却尔的客观主义立场具有更多的盲点，忘掉了解释学的人文科学性质。他在阐释科学性和客观性的解释学方面，已经达到了与海德格尔、伽达默尔相对性的反面。

我想说的是，赫希在自己的理论中，对阐释的确定性做出了自己的分析，尽管他的客观主义立场使得他的论敌和自己的友人都分别对其加以批判，而他自己也遭遇到各种困惑而难以解答，然而，他终是在当代美学的关键问题上，以其理论的困惑为我们指出了一条解释学问题的"路标"，即解释的客观有效性自身的限度边界问题，以及其理论自身的有效性问题。同样，他还从反面证明了伽达默尔的解释学理论确实在

---

① Cf. P. D. Juhl, *Interpretation: An Essay in the philosophy of Literary Criticism*, Princeton University Press, 1980, Chap. 1.

倡导“视界融合”，倡导人文阐释的“解释学循环”是其本体论的根据这一点上的诸多合理性。

当然，赫希理论对我们如何逃避那种绝对的怀疑主义和相对论，以解释者自己的意义完全去取代作者的意义而出现的“歪曲式解读”，甚至是解构主义式的“误读”的纠偏，确实尚有其自身的意义。可以说，这种客观主义和相对主义解释学的论战，成为当代文学解释学的一道景观，同时，也成为文学解释学中值得我们进一步思考的问题。

第四章 解释学美学话语

当代解释学美学占主导地位的理论，无疑是伽达默尔的理论。然而伽达默尔的哲学解释学诞生以后，在引起人们广泛的重视的同时，也遇到了强有力的挑战。对伽达默尔的解释学进行挑战的，除了前面论及的利科尔和赫希以外，主要有三位当代哲学家，一位是“法兰克福学派”的后起之秀哈贝马斯（Jürgen Habermas，1929— ），第二位是法国解构哲学家雅克·德里达（Jacques Derrida，1930—2004）。第三位是美国哲学家罗蒂（R Rorty，1931—2007）

第一节 哈贝马斯的批判解释学

哈贝马斯在同伽达默尔的论争中，建立了自己的“批判的解释学”，标示出“法兰克福学派”的语言哲学的转向。

哈贝马斯是一位有创见和批判精神的思想家。其早期是在法兰克福学派批判理论的框架中进行自己的理论探索。他强调理论与实践的统一，强调理论与现实危机的紧密联系。他从晚期资本主义发展中，看到其不同于早期资本主义的特点，因此，哈贝马斯到了20世纪60年代后期逐渐形成自己的理论体系：强调向科学哲学靠拢，吸收分析哲学、语言哲学的理论资源，通过解释学将批判理论同分析哲学结合起来，并称自己的这种“综合性”理论为“交往合理化”理论。

从自己的理论出发，哈贝马斯不再关注解释是否可发现作品原意这类解释学问题，而是要求解释学培养批判的敏锐性。在解释作品过程中超越作品，批判地评价作品的社会价值和历史意义。

哈贝马斯注意到，伽达默尔的解释学理论继承和发展了海德格尔的思想传统，深刻地批判了近代欧洲思想界的实证主义和科学主义倾向，纠正了历史主义的偏颇，指出了理解的历史性和有限性，在诸多方面走在了时代的前头。哈贝马斯认为，伽达默尔的最大贡献是把解释学同“运用”或一般的实践联系起来。但伽达默尔重视本体问题，而忽略了重新探讨人文科学的认识论问题，而且，伽达默尔的理论缺乏对传统本身的反思和批判，因而容易导致政治保守主义和历史相对主义。因此，哈贝马斯为自己设立了一个基本目标，即重新思考批判的概念和批判理论，从而更新批判理论原初的关于解放的意向。因为，在他看来，批判和反思是人类解放的必要步骤和前提。正是基于这样一种认识，哈贝马斯在接受伽达默尔的一些正确观点时，也站在批判理论的立场上对伽达默尔进行了批判，并希望通过将分析性的科学与解释学的辩证结合，而形成一种新的批判理论。

哈贝马斯在1967年发表了《为了社会科学的逻辑》一书，书中批评了伽达默尔的一些基本观点，由此揭开了他同伽达默尔争论的序幕。这场争论的中心问题是对传统本身能不能加以反思相批判？反思能将它自己从它的历史条件中解放出来？哈贝马斯的基本看法是："解释学的洞见肯定是正确的，即理解——无论可以怎样被控制——都不能越过解释者与传统的关系。但是，从理解在结构上是通过同化进一步发展的传统的一部分这个事实，不能得出传统的中介无法被科学的反思深刻地改变。虽然它从传统出发并要回到传统，但在把握传统的发生时，它动摇了生活实践的独断论。"①

在哈贝马斯看来，伽达默尔在其哲学解释学中，过分注重传统的重要性，把传统看作一切理解活动的先决条件，使可以判断真伪的理性屈从了传统的权威之下，在传统中消融了真伪的区别，进而将全部社会意识形态都看成是真实合理的，最终陷入"相对唯心主义"② 的泥淖。哈贝马斯同伽达默尔反其道而行之，坚持理性同传统的对立。他认为，"历史影响的因素，在一切对传统的理解中都是有效的"。这一事实本身，并不能证明传统的合理性和权威，把解释学探究同传统的延续简单地等同起来，是片面强调了参与和对话而忽视了疏远化和批判。当然，批判和反思并不是拒绝任何传统的主张。实际上，在批判的反思中，我们既拒绝又接受传统的有效性主张。哈贝马斯承认传统和成见是理解和解释不可避免的必要条件，但这并不意味着解释者对制约他理解和解释的传统无所作为，全盘接受，而不能对之进行反思和批判，虽然这种反思和批判不能取消它们，却能影响和改变它们。

---

① J. Habermas. *Zur Logik der Sozialwissenschaften*, Frankfurt: Materilen, 1970, SS. 282-283.

② Cf. J. Bleiche, *Contemporary Hermeneutics*, London: Routledge and Kegan Paul, 1980, p. 204.

哈贝马斯指出："历史地前定的东西的实在在反思中被接受时，并不是不受影响的，已经明了成见的结构不再能作为一个成见起作用但这恰恰是伽达默尔似乎意指的。伽达默尔用传统来证明成见的权力这种成见，否定了反思的力量。然而，后者在能拒绝传统的主张中证明了自己权威和认识并不集于一处。当然，知识植根于真实的传统，它仍然受偶然条件的束缚。但反思并不是无所作为地在传下来的规范的事实性上消磨自己。它必须依从事实，但在回顾时它发展了一种反思的力量。"①

在作为社会意识形态的语言传统是否绝然真实这一关键问题上，哈贝马斯尖锐地批判了伽达默尔的解释学语言理论，指出，伽达默尔把语言和传统从本体论上加以绝对化，认为一切理解都通过语言发生，进而提出解释学能普遍适用于人类行为的一切领域的主张。按照这种理论，语言被看成是以它自身之外的东西为基础的。哈贝马斯拒绝这种主张，并强调，伽达默尔的语言理论，实际上认为语言是某种前语言实在的反映，然而这种反映却是一种歪曲的反映，因为由于社会统治力量的强制性作用，人们的语言交往、解释意识中的"主体间性"（Intersubjektivität）往往会被扭曲，达不到那种理想的"真实的理解"②。语言不是中立的，它必然会受到各种外部因素的影响，因而，语言是意识形态的，必须对它进行意识形态批判。哈贝马斯指出："可以说解释学是从内部碰到了传统构架的墙。把语言看作是一种一切社会体制依赖的无体制是很有见地的；因为社会活动只有在日常语言交往中构成。但这种作为传统的语言的体制，显然反过来又依赖于无法用规范制约的社会进程。语言也是支配社会权力的媒介，它用来使有组织的力量关系合法化。只要这种合法化没有说明它们使之可能的力量关系，只要这些关系只在这种合法化中得到表达，语言也就是意识形态的。这里不是语言中的欺骗的问题，而是用语言本身来欺骗。正视这种符号构架对于现实条件的领会性的解

---

① J. Habermas, *Zur Logik der Sozialwissenschaften*, SS. 284-285.

② J. Habermas, *Zur Logik der Sozialwissenschaften*, S. 273.

释学经验变成了意识形态批判。”[①]

伽达默尔的解释学研究方法将语言、意义同社会现实相剥离，因而它总是倾向于把复杂的社会问题研究归结为单一的寻求意义，并在设定文化传统是“包容一切”的基础上，将社会进程完全简化为文化传统，把社会学简化为对于传下来的意义的解释。

对此，利科尔在《道德与文化》一文中指出，伽达默尔与哈贝马斯的哲学分歧可以归结为两人解释学上取向的差异。伽达默尔的哲学，因总是强调语言及其意义，而无视语言、意义所赖以存在的社会生产劳动环境和经济发展的情况。因此，对作为“前理解”的结构，只单方面地肯定传统对“前理解”的制约，结果是伽达默尔无法辨识出语言是在劳动与经济发展之间作为交流的媒介。伽达默尔哲学解释学对存在的认可，只停滞在语言的层面上，造成了语言的本体论化。当海德格尔与伽达默尔痛心哲学已将存在问题遗忘，要力挽狂澜地扭转哲学的趋势，重新认识人与存在的意义关系时，哈贝马斯却同时向海德格尔和伽达默尔发出警告，他们的哲学也在语言的本体化中把更根本的人类与存在的关系遗忘了。补救的办法是解释不只以传统为背景，而要以社会的经济发展和它对人类存在的制约作用去理解传统，这样，“传统将不再是处于未决状态的某种理解的东西，而是我们能在它与社会存在的整体的其他成分的联系中把握确定传统，以便展现传统以外的那些经验的条件。在这些条件的限制下，理解与行动的超验的法则发生着变化”。利科尔将伽达默尔这种强调传统决定个人理解视界的哲学视为“上溯”(ascending) 的哲学，而对哈贝马斯的注重社会的进程和经济的发展，主张对资本主义社会“传统”和意识形态，必须联系经济、政治条件展开批判，以剥离其伪装，发现历史过程的真实意义的哲学，喻为“下

① J. Habermas, *Zur Logik der Sozialwissenschaften*, S. 287.

降”（descending）的哲学。[①]

从“下降”的哲学观点出发，[②] 哈贝马斯认为解释学只有同意识形态批判相结合，才具有普遍有效性。当然，意识形态批判对传统的反思必须要有一个传统之外的参照系，一个由于系统地说明了传统变化发展的经验条件而使传统非绝对化的参照系。因此，解释学又必须结合对于社会制度的分析。哈贝马斯认为，正是这种对社会缺席的分析，这种通过运用因果关系的人本主义的理解来形成的意识形态批判，才使人逐渐从支配他的力量中解放出来，去实现一个更加自由的社会。

总之，哈贝马斯的批判解释学认为，那种一味对传统开放的哲学解释学态度是不足取的，相反应在对历史的敞开中对传统加以置疑。不仅要看到语言的积极作用，也要看到语言因袭传统的重负，而对人产生的消极作用。因此，理论不能单纯地从对文本的理解出发，而要把理解上升到人和社会的意义。人既为意识形态的理性所支配，又为无意识所支配。因此人的理解受社会的制约，批判地重建个人和社会过程比对文本的意义进行解释更重要。这就是说，仅有解释学是不够的，还要对理解的条件进行社会分析。

批判的解释学在西方马克思主义者中引起了争论，德国哲学家阿夫雷德·劳伦塞（Alfred Lorenzer）和桑特库勒（Hans Jorg Sandkuhler）批评哈贝马斯并未摆脱“主观主义”“唯心主义”，因而，必须真正建立一种“唯物主义的解释学”。

---

① P. Ricoeur, *Ethics and Culture: Habermas and Gadamer in Dialogue*, in *Philosopohy Today*, XV, p. 153.

② 利科尔认为，哈贝马斯斯的批判解释学与伽达默尔的哲学解释学在以下几个方面进行论战：1. 伽达默尔注重理解的“成见”的重要，而哈贝马斯则倡导“兴趣”（Interesse）；2. 伽达默尔注重与当代文化传统的重新解释有关的人文科学，而哈贝马斯则求助于“社会批判理论”，矛头直指制度的具体化；3. 鉴于伽达默尔把“误解”当作理解的内在障碍，哈贝马斯提出“意识形态”的理论，并解释成运用力量而造成对交往系统的曲解；4. 伽达默尔强调理解，哈贝马斯则倡导“交往”理论，并指出这种交往不是先于我们，相反，交往是从未来引导着我们。Cf. P. Ricoeur, *Hermeneutics and the Human Sciencd*, Cambridge University Press, 1981, p. 78.

同时，伽达默尔对哈贝马斯的批评，也提出了反批评。认为，哈贝马斯否认传统对理解的制约，一味标举超出历史视界和处身的传统去进行反思批判，带有唯心唯理论色彩。因而伽达默尔重申，反思仍是基于历史基础上的反思，反思的力量并不能改变反思者从属于历史。哈贝马斯简单地将传统与反思抽象地对立起来，然而殊不知，反思批判的主体不可能超出历史之外，他运用的概念、范畴、原则必然是植根于历史之中的，而且他处身于历史之中不可能对一切都提出疑问。因此，伽达默尔断言，批判必然是部分的，必然是从某一特定视界出发的。如果批判的观点本身要加以反思，那么这必然要从另一个观点出发，也就是要建立在别的被认为是理所当然的预设基础上。反思总是处于是某种特定历史处境中的反思，它无法摆脱这个处境。在向文化遗产挑战时，人们已经预设并延续了。

伽达默尔对哈贝马斯批判理论的“语言观”也提出质疑，他不同意哈贝马斯把语言看作是社会生活诸方面中的一个方面，得在一个包括社会劳动和权力关系的更普遍的构架中相对化的观点。伽达默尔说，自己从来就没有“像哈贝马斯归罪于我的，所谓语言表达的意识决定实践生活物质的在”①。相反，自己从来认为语言不能脱离世界。人永远是以语言的方式拥有世界。语言并不反映思想，或以某种方式先于世界；语言和世界同时出现，世界改变了，语言也必得改变。

纵观哈贝马斯的批判的解释学，可以看到，他企图使科学同批判理论沟通起来，即“用解释学和语言分析的概念作为消除批判理论不足之处的方法”。在哈贝马斯看来，解释学之所以能使科学与批判理论沟通，主要因为解释具有以下四个功能：1. 解释学以理解的历史性和创造性摧毁了传统社会科学自以为是的客观性；2. 解释学提醒社会科学注意到他们的理论概念并不像自然科学那样精确；3. 解释学可以使自然科学理论更具有理论特点；4. 解释学可以把有成果的科学信息转变为社

① Hans-Georg Gadamer, *Philosophical Hermeneutics*, p. 35.

会生活世界的语言。正是解释学具有的这一将科技知识转变为具有交往能力的“生活世界”（Lebenswelt）功能，或解释学正是具有的通过对话式的语言进行沟通的功能，解释学便开辟了这样一条道路，使人们能够将自己的普遍的人类生活经验以及科学经验都包括在一起。

哈贝马斯终于通过解释学完成了他对科学与批判理论的调和，实现了二者的“沟通”。他的批判的解释学理论使解释学避免了重新走入“玄学”的危险，从而使解释学扭转方向，而走向实践。哈贝马斯以自己的批判解释学去剖析资本主义社会意识形态扭曲和荒谬的根源，他的学说揭露了资本主义社会意识形态的扭曲性，包含着合理的批判成分。

哈贝马斯不同意马尔塞的激进主张：当代人的解放以改造社会科技结构为前提，他认为更重要的是改造扭曲的社会语言交往结构，即凭借思想家的力量，通过解释学的“对话”方式，通过改造意识形态，以改造资本主义社会，实现人类的解放。这与马克思的社会政治经济实践变革而达到人类解放的理论相去甚远，并带有浓厚的改良主义色彩。

第二节　德里达与伽达默尔

如果说，哈贝马斯和利科尔对伽达默尔的批评尚属于建设性的批评的话，那么，解构主义代表人物德里达对伽达默尔的抨击，就可说是颠覆性的了。这场德法思想家之间的关于解释学与解构学之间的论争，影响遍及哲学、美学、诗学等各个领域。

德里达与伽达默尔之间的论争和互相批判，是“新文本主义”和“新解释学”之间论争的集中表现。与逻辑实证主义认为的语言的本质是逻辑，或结构主义语言学认为语言的本质是语法不同，伽达默尔坚持海德格尔的看法：“语言的本质是诗。”语言不是工具，不是思想内容的形式外壳，人不可能到语言背后去寻找什么，而只能在语言中去发现创造。语言的诗化本质所禀有的穿透力和创造力，使存在者之间的交流直接成为生命意义的表达，使解释成为理解的往返运动。

进而言之，以后期海德格尔和伽达默尔为代表的新解释学，一方面要求一个完善的诗化作品理论，这使其坚决反对传统美学作品意义自足论，坚持作品是一个开放性体系，艺术（诗）的语言显示出语言之为语言的特质，并使语言成为语言，使存在寄寓于这种原则性的语言之中，这意味着意义是随历史的发展而不断演变的，没有客观不变的意义。另一方面要求一个富有活力的读者解释理论，这使其反对作者原意说和客观解释论，张扬理解的历史性和解释的普遍性。

这样，解释只与作品发生关系，而与作者无涉，“真理”只存在于读者对艺术的参与性体验之中。换言之，与作者“原意”相符并不意味着把握了艺术真理，相反，真理是由作品实现的，并被参与其中的读者所接受、所影响了的现实的指涉。在其中，时间或历史并非旧解释学所说的是一段在抵达作者原初意义上的无法消弭的障碍，而是构成这一理解的“前结构”和中介桥梁。正是在时间的流逝中，意义呈现出不同往昔的形态，使人在追忆过去的时代相关性中，感到作品的新意义在向未来敞开。

然而，在德里达看来，伽达默尔与后期海德格尔的差异恰恰在于，伽氏强调“被理解的存在是语言”之时，没有注意到海德格尔的另一层意思，即：说话的是语言而不是人。海德格尔之所以成为解构主义的理论来源之一，除了其重视差异性反对同一性的思想指向之外，就在于他坚持认为：人不是语言的主人，不是产生语言的主体，因为“语言就是语言”，“言语说话”。[①] 语言以敞亮的遮蔽的方式呈现世界，并以其说（Sagen）呼唤物，使物物化，在天、地、人、神四重根中形成为世界，使物从遮蔽状态走入澄明。在这个意义上，语言说的词语具有命名

① M. Heidegger, *Poetry, Language, Thought*, Harper and Row, 1971, p. 191.

的力量，使各个在者呈现出来，是其所是。而词语本身不是物，无名可循。词语存在，它只给予着。人说话，乃是因语言说话。

语言说话，意味着人必须听到语言之说，得到语言的允诺和鼓励然后才能说。人永远只能跟在语言后面说，我们之所以能俯身倾听语言，因为我们属于语言之说，人的本质就在于这 Logos（说、聚焦），人是对语言之说的说者。人不可能逃离语言的边界，人不是处于语言之外，也不足以高于语言之上，因为，人的生活意义是由语言的创生性所激活的。人一直参与着语言的本质，因为这种参与，我们才能让语言对我们说话，才能应答语言并说出语言。人的本质与在场和在场有的差异性之间的关系是语言，人只能在语言涉及我们的存在之域中直观到语言的本质。诗性语言与无聊闲扯的日常语言完全不同，它为一切提供道路（Weg），它是原初的“道”。一言以蔽之，只有诗与思才是人之说的本真方式。

伽达默尔强调解释学对语言作本体论的研究，认为“语言是我们存在世界起作用的基本方式，是世界构成的无所不包的形式”①。他将后期海德格尔的语言观与后期维特根斯坦的“语言游戏”相融合，认为语言是“生活的形式”，人在理解中使用语言，使“传统”不断演进，亦即从一种“语言游戏”演进为另一种新的“语言游戏”。然而，伽达默尔仍未逃脱德里达的批判。

在德里达看来，伽达默尔的新解释学，仍然归属于中心性、整体性形而上学观。而且，如利科尔指出的那样，他低估了言语与写作二者差异的重要性。这种分歧又尖锐地体现在新解释学和解构主义的新文本观对作品或文本的看法上。新解释学和解构主义都对传统作品观不满而加以批判，然而解构主义更为激进。它在否定传统作品观的同时，连带新解释学的作品文本论也否定了，于是，由新解释学文本论到解构主义文本论就出现了以下几个方面的历史性转折：

① Hans-Georg Gadamer, *Philosophical Hermeneutics*, p. 3.

在作品本体存在形式方面，传统作品观认为，作品是书籍表征出来的实体，是自足的系统，是自我相关的；新解释学文本观认为，文本是体验和理解的对象，文本在读者的理解中复活，作品具有被编织而成相与他者编织在一起的特点；而解构主义新文本观则认为，文本是语言活动的领域，文本之外别无他物，文本是一个自我指涉的体系，文本与其他文本交织，文本间性使终极意义不复存在。

在作者与作品的关系方面，传统作品观把作者与作品看作是父子关系；新解释学文本观认为，作者是作品之父，读者则是作品的再生之父；而在解构主义文本观那里，文本与作者无涉，是无关的网状关系。

在写作与阅读的关系上，传统作品观指出，写作与阅读是相互分离的，作品是严肃的呕心沥血的创作结果，阅读同样是严肃的事情；新解释学文本观主张，写作与阅读通过文本而联结，阅读即创造；文本是作者与读者达到心灵对话而消除误解的中介桥梁，作品具有真诚性；解构主义新文本观则认为，写作即阅读，阅读即误读。文本就是一切，文本是语言游戏，是令人欢欣的。

在作品是否表达真理问题上，传统作品观认为，作品总是为表达某种东西（观念、真理、欲望、情感）；在新解释学文本观看来，文本说话并呈现意义，它使解读者达到视界融合并超出原有的视界；解构主义新文本观认为，文本以能指为中心，只重视言说行为本身，至于表达什么是无所谓的。

在作品存在的价值问题上，传统作品观主张，作品是作者思想的外壳，是储存思想的容器；新解释学文本观认为，文本在言说，总在揭示某种现实存在，语言是存在的家；解构主义文本观认为，文本无意将词与事物一一对等起来，语言无法掌握现实，语言是存在的牢笼。

可以看出，新解释学的文本论同传统作品观强调作者的主导地位不同，新解释学张扬读者的能动性和创造性，而新文本理论则固持“人的终结”这一信条，而坚持“文本”性。这种根本的差异，使伽达默尔与德里达不断发生论战，于 1981 年 4 月 23 日和 24 日在巴黎歌德研究所举行的“文本与解释”的专题讨论会上，两位哲学大师发生了正面交锋。

伽达默尔首先宣称，自己的解释学“文本与解释”观，是基于一种人文科学的浪漫主义传统，正是在理解是永无尽期的过程这一质点上，才能正确把握“语言是被理解的存在”的命题。他明确指出，他对德里达的“语言是交流的障碍，解读是误读，语言是存在的牢笼”的观点不能苟同，相反，语言是达到互相了解和对话的中介。“文本”不是目的而是手段，理解文本是一个过程，在这个过程中，人与人达到沟通而增加共识才是目的。

伽达默尔进一步强调，文本不是“一切”，因为文本有多种类型，作为反讽的反文本和行为非本真的伪文本，并不必然地表现其文本的意义，因此，这类含有言外之意的文本，往往是对言中之意的反动。而前文本（Urtext）往往将真实意图隐没不彰，需要通过意识形态的批判去表现出来，或由心理分析家对这类梦呓般矛盾迭出的语言加以阐释方能了解。这样，理解文本就不是一种走向误读的路径，而是剥离其虚妄之意而抵达本真之意的过程。那种将扭曲的可理解性当作理解文本的标准，是行不通的。同样，那种借助词语的多义性或双关性（如德里达的分延、播撒、踪迹、替补），来说明意义的非确定性、语言的非中心性、意识理性的遮蔽性、语言的不透明性和非超越性的做法，除了使语义含混和阻断交流以外，似乎并不说明什么。伽达默尔断然反对这种含混的双关词和使用隐喻以及隐含隐喻的话语。

伽达默尔将以德里达为首的法国解构主义思潮称作是对自己的“真正挑战”，并声称德里达一再将新解释学置之于形而上学领域是一个错误，因为，哲学解释学并不必然依赖于任何“在场”的形而上学。因为，言说是为了寻求理解，理解者从来未打算去歪曲别人的言说的意义，相反，理解者总是怀着“良好的理解愿望”去理解他人的交流动机。他希望与德里达通过对话达到互相理解，以取得某种“共识”。

德里达在题为《善良的权力意愿》的回答中，向伽达默尔提出三个问题：首先，对理解者依然怀有“善良的意愿以及对达到理解中一致的意愿绝对承诺”表示怀疑，因为，这表明伽达默尔预先设定人人都怀有理解的意愿，而诸如意志、在场、意义的表达的必然性，均居于“形而上学时代”。其次，对伽达默尔所提出的理解的普通性和历史性表示怀疑。在德里达看来，伽达默尔把解释的语境描述为活的对话中的“一种体验”，一种与“生活联系”的语境，即在活的对话中的活的经验，是相当成问题的。因为理解并不是可以预先设定的，相反，理解总是一种对先验设定的突破，一种对话境乃至语境概念本身完全重构。再次，德里达对伽达默尔的理解模式提出质疑。德里达坚持认为，那种理解的终点是达到“赞同和一致”的看法，仅是一种主观的愿望而已。其实，理解的终点绝非是达成一致，而是多义误解。理解的前提也不是和谐关系的延续，相反，是在对抗中形成的和谐关系的中断。也就是说，谁也不能规定某种对文本理解的方式是唯一的，相反，对文本思考和理解方式是无限的，因此要获得所谓一致的终极意义是不可能的。

对德里达的挑战，伽达默尔以《重申：良好的权力意愿》作为回答。伽氏首先拒绝承认自己努力达到理解的一致与“形而上学时代”有什么关联，同时重申获求理解的“善良意志”仅仅是“希望被人理解”。因为，理解中的一致是人类得到共识、消除误会的前提。伽达默尔承认，那种达到理解绝对一致的设想，必然遭遇到理解之中断裂的“裂口”，任何以书写形式出现的字词总还是一种裂口，它要求人们中断其经验的习惯过程及其期待视野。然而，正因为有“裂口”，才需要不间断地理解，“正是在这种词与词、问与答的交换形式中，真正的相互理解才能产生”①。伽达默尔争辩道：自己并不想说，将人们联系在

① Cf. *Dialogue and Deconstruction*: *the Gadamer-Derrida Encounter*, State University of New York Press, 1989.

一起并使他们成为对话伙伴的那些一致因素，总足以使人们达到理解和相互之间的完全一致。就是存两人之间，也只能要求一种永无完结的对话，这同样适用于灵魂与其自身的内部对话。当然，人们会不断受到种种限制，人们各说各的，互不相干，甚至处于与自己的矛盾误解之中。人们只有共同进行长时间多方面的对话，才能达到某种共识。伽达默尔强调，每一种寻求理解的阅读都只是在一条永无尽头的道路上迈出的一步。走上这条道路的人知道，他或她将永远不会完全支配文本，文本的意义在于不断的对话式的求索之中，在于自我体验的对象化认识中。

这次思想交锋，并没有达成一致的共识，相反，展示出作为当代显学的新解释学和解构主义在诸多立场上的迥然有别和思想上的交织缠绕。德里达与伽达默尔的对话紧紧围绕文本观与解释观展开，并在理解与非理解、内在与外在、连续与中断、真理与非真理等重要问题上，提出了一系列现代思想史上最新的观点。

这次著名的论争，其重要性不仅在于已说出的方面，还在于那些未曾说出的方面。它不仅提出文本的理解和人的真正的交流是否可能的问题，而且相当清晰地展示出解释（求同）与解构（求异）的内在矛盾性。一方面，新解释学将理解、认同、意义及其表达作为根基，认为意义优先于表达的“主要部分”（即语言和符号），也优先于历史性、死亡观。因此，伽达默尔重新确立逻各斯和最接近逻各斯的一切——人类的声音，以及伴随着它的理解中逻各斯在场的方式。

德里达在文本观和解释观等方面同伽达默尔解释学所形成的冲突，是基于德里达这样一种认识，即西方形而上学的总体发展过程就是一个为确定中心结构而进行的努力，这个中心结构作为形而上学史的篇名可以是理念、上帝、先验意识、等级秩序等。而伽达默尔的哲学解释学是属于形而上学的，因为，在德里达看来，伽达默尔秉承胡塞尔、海德格尔的解释学理论，一心贯之地维护中心结构，表现出一种浓厚的历史的人本的世界观，这是德里达所不能接受的。德里达以其分延概念，力图解拆中心结构，颠倒逻各斯中心主义，坚持非时间性、非历史性的符号结构论，进而提出与伽达默尔迥异其趣的文本理论和意义理论。这样，解释学和解构学的差别，导致了当今世界著名的后现代文本意义论战。

正是在理解的历史性和普遍性这一命题上，伽达默尔受到德里达解构理论的强烈批评。解构哲学所要消解的根本目标就是“逻各斯中心主义”的“在场”。在场是中心、实体，整体的根基，是以确定的时间方式——现时呈现的本体性实体。德里达认为，包括海德格尔、伽达默尔在内的解释学，仍然置身于形而上学羽翼之下，通过“在场”的设置把语言和历史置放在同一个现时的关系中，这样，人的思想为这种现时的“在场”所支配，它作为实体直接沟通主体走向实在的路径，而具有在场的特权。正是在场使实在的本质呈现给主体，并为主体所直观。于是在场和缺席产生了人类堕落和赎罪的神话，历史则成为这些神话的世俗画卷。

伽达默尔的新解释学，以现实为中心去理解过去和把握未来的理解的历史性，以及相信在场的语言能够准确地呈现思想，达到实体世界的客观真理的理解的普通性，代表了人类的一种终极价值认同感，表达了一种返回始源，本真地直面真理的愿望。而这在德里达看来只是代表着一种永远不可能实现的梦想而已。德里达以整个传统形而上学的挑战者的姿态，向真理、明晰性、理性、确定性、理解的历史性和普遍性掷出自己的否定性判词。

德里达指出，新解释学通过人与世界的最根本状态的分析，去发现人类理解的历史性和普遍性，因而，仍带有不可磨蚀的德国哲学（形而上学）的烙印，即将现时的“在场”作为解释学的统一性的核心并最终指向一个中心。这样，新解释学的理解和解释所立足于现在、历史、传统、文本都归汇到现时之中，理解就是让散落于历史尘埃中的文本和人物在现时中“复活”，并通过与现时世界人生的对话而生成活生生的意义。这样，语言作为“在场”的统一构成，就成为解释学问题的开端与终结，并通过“在场”的理解，将世界包孕在语言世界中而排斥了将世界作为语言的对象的看法，实现了语言作为人与世界的原初统一的观念。这一结论显示出这样一个明显事实：解释接受理论的立足点是理解、对话、意义和表达意义的在场，其所持存的仍然是——一种归汇中心（理解中心），寻找新的确定性以保证语言中心论的优先地位，这是德里达绝对不能苟同的。

透过解构之镜，德里达看到伽达默尔仍然陷于逻各斯中心主义之中。德里达提出自己的关于解释的差异原则，将文本的寻求看作“关于差异的永无止境的游戏”，看作通过模糊不清、多义杂糅的层义去把握对中心性、同一性加以瓦解的尝试。解构主义对抗任何向心式辐射意义的理解，反对文本的清晰、单一意义的把握，并以其解构的实践对解释—接受理论的根本思想进行颠覆。

德里达的解构理论代表了一种更彻底的后现代精神，他在揭露形而上学的危害性时，所找到的超形而上学的语码却对自己的理论同样造成颠覆的危险。他为了文本而放逐历史，进而寻找没有始源的超越于主体和真理之上的“游戏解释学”，其可行性仍值得怀疑。他在对形而上学的抵达“本真”的梦想断然行使否决权时，又不得不在使用多种语言的双关语、玩弄文字游戏和故意含混不清的语言操作中，表达出另一类“真理”。

伽达默尔的理解方式是对话，是文本中自我与他者之间的授与受，还有差别的不断交换过程。不过，这些差别建立在必然性、上下文，甚于系统的相应性或统一性之上。质言之，伽达默尔保持的是中心之地，其做法仅仅是延伸关联的纽带以及与此相应的形而上学的包含的一切含义。解构哲学强调不清楚的、非确定的以及意义与表达之关系的非关联的特点，并且认为语言的意义是独立存在的，非先天的，永远处在变化之中。这样就能把语言、符号和文本从逻各斯的声音中解放出来。解构运动远离中心之地，要摆脱形而上学的运动，然而却每每被形而上学施加于解放思想上的威力拖了回去。

解释与解构代表了两种文本观和解释观，其一是试图辨认或把握意义和符号的真理和本源，却又对这种辨认和把握加以逃避，并将解释的必要性作为一种放逐状态的真理或本源。其二是不再转向本源，而只肯定活动本身、并试图超越人和人本主义，超越那种作为在者之名称的人的名字，这个在者存在于全部形而上学或本体论的历史之中。换言之，在人自身的全部历史中一直梦想着完全当下的在场，梦想着保障活动的基础、本源和终结。这两种文本解释观表明交流与理解在后现代来临之时，遇到了双重困境。在解释学那里，虽然坚信理解者与被理解者之间总是存在共同之处，从而试图重设“活的对话”的逻各斯和意义的在场，却终将无法彻底实践这一“善良愿望”。在解构学那里，固守反中心、反整体和寻求差异的立场，力求超越于形而上学之上，但在具体的解读实践中，却又感到超越形而上学殊为不易。

不论怎样，这样两种相交又相悖的因素，共同组成文本解释的新的理论景观。不是这种求同一与求差异的矛盾冲突，造就了一副当代文化的悖论性格，并使这一纽结交缠的内在冲突，在不断出现的意义重释和意义消解策略中重现。

第三节　罗蒂的新解释学

伽达默尔在哈贝马斯的批判解释学批评、利科尔现象学解释学和德里达解构学的批评中，却欣慰地听到来自美国新解释学家理查德·罗蒂的呼应，罗蒂是从英美分析哲学营垒中冲杀出来的思想家。罗蒂注意到当代哲学在20世纪60年代中期以来发生了重大的变化。一方面，欧陆哲学在新解释学与解构哲学之间展开的德法论争，影响到美国思想界，并使解释学和解构学都得到迅速发展；另一方面，以逻辑经验主义为主的分析哲学日益显出颓势。分析哲学似乎已经在现代主义时代领尽风骚，而在进入后现代思想舞台时，遭到了来自其自身内部的反正统力量——科学哲学中反唯科学论和语言哲学内部的反传统意义论——的冲击。

在新解释学与解构哲学声势夺人的今天，再认为存在一门只关心具有根本性问题的超级科学已值得怀疑；再抱持在人类生活、思想和艺术实践中存在着一种“第一原理”的看法，已显得陈旧过时；再固守有独立于历史和社会发展之外的“永恒不变的哲学问题”，似乎就有些冥顽不化了。罗蒂坚持说，当务之急是转换视界，摈弃西方特有的那种将万事万物归结为第一原理，或在人类、科学、政治、诗歌、哲学活动中寻求一种自然等级秩序的狂妄，对一切合法性的根基加以质疑，摧毁哲学中源远流长的对“心”的信任，使人们广泛丧失对镜喻哲学本质的信心，从而转向与非历史性的永恒模式相反的历史主义的文化思考，并逐渐臻达“后哲学文化”之境。

罗蒂将哲学分为启迪性哲学（新解释学）和体系性哲学（传统哲学），其目的在于，一方面继续摧毁人类镜式本质论，摧毁一切营建唯心主义哲学体系的可能性，另一方面，标举新解释学，提倡通过理解和解释，走向生命的真理，走向生活的启迪，走向一种新的历史意识。因此，罗蒂认为，真正的哲学是“无镜的哲学”，是由对传统知识论扬弃而出现的新解释学，是人类在对话中达到理解并增进共识的哲学。哲学不在九霄之上，它就在我与你的对话之中；哲学是一个又一个体系的罗列，哲学是一种心灵的启迪和对人类精神境界的不断超越。①

---

① 对罗蒂的这一理论主张，哈贝马斯将其引为同道。哈贝马斯尽管不同意罗蒂的“语境”(contextual）理论和过浓的实用主义色彩，但仍然认为，罗蒂坚持对话的启迪哲学，坚信人类的集体生活有赖于脆弱但能带来革新的、互惠的和非强迫的。平行的日常沟通形式，与自己的理论有相通之处。Jürgen Habermas, “A Philosophical-Political Profile,” in *New Left Review*, May, 1985.

然而，罗蒂深感两千多年来，哲学的本质问题已经积重难返。哲学一步步远离人生内在性，越来越变成智力的玄学推演和体系的交替转换。这种玄而又玄的哲学，使柏拉图主义者、康德主义者和实证主义者形成这样不变的哲学标准：人具有一个恒定的本质，他必须去发现各种事物的本质。宇宙是由极简单的、可明晰认知的事物构成的，而对于其本质的知识，则提供了可使一切话语的可通约性（commensurability）得以成立的主要语汇。

对于这种知识论，罗蒂坚决加以反对，并指出从知识论到解释学，是当代哲学的必由之路。因为“解释学是这样一种希望的表达，即由知识论的撤除所留下的文化空间将不被填充，也就是说，我们的文化应成为这样一种状况，在其中不再感受到对限制和对照的要求”①。而且，解释学把种种话语之间的关系看作某一可能的谈话中各线索的关系，这种谈话不以统一着诸说者的约束性模式为前提，只要谈话持续下去，在谈话中彼此达成一致的希望就不会消失。这并不是一种发现在先存在的共同基础的希望，而只是达成一致的希望。

形而上学认识论往往将哲学家所发挥的两种作用相混淆：第一种是博学的爱好者，广泛涉猎者和各种话语间的苏格拉底式调解者的作用，以使各学科和话语中的分歧通过谈话而被调和或解决；第二种是文化监督者的作用，他知晓人人共同依据的基础，知晓他们在其中活动的最终的环境和现实条件（形式、心、语言）。在罗蒂看来，第一种作用适合于解释学，第二种作用适合于知识论。

解释学和知识论有完全不同的精神价值取向。知识论以中心性为其旨归，解释学以“解释学循环”为基础，而这种区别因可通约性和不可通约性给出一道分界线。界线的两边，一为“正常话语”，一为“反常话语”。按库恩的说法，“正常”科学是在有关被认为是对某现象的好的说明和解决问题的实践。相反，“革命的”科学是引入一种新的说

① Richard Rorty, *Philosophy and the Mirror of Nature*, Princeton University Press, 1979, p. 315.

明“范式”，因此也就引入了一套新的问题。据此，罗蒂认为，正常话语在一组被公认的规约内运行，这组规约涉及什么是适当的话语组成部分，什么是对一个问题的质疑，什么是对谈问题回答的合适证明或批评。反常话语就是当某人加入该话语，但他对这些规约或一无所知，或加以排除时所产生的东西。在这个意义上，反常话语既是冒险，又是创新。

从“正常话语”角度看，解释学似乎是一种离经叛道的反形而上学理论，它当然不屑于蛰伏在正常话语的阵营，而只能成为一种“革命”性的新范式，一种创造性的“反常话语”的学科。这是因为，新解释学的出现是由于现代社会人与人、人与世界、人与文本交流的阻隔和失效，人们因龟缩在自我之中而难以同他人交流，进而陷入个体的孤独和盲目崇拜形而上学（灵魂、大全、终极真理）之中。① 在这个层面上，罗蒂认为，后哲学文化之所以推举解释学，乃因为“解释学只在不可通约的话语中才为人需要，因为人需要说话，而物则不需要。区别的产生并不在话语与沉默之间，而是在不可通约的话语与可通约的话语之间”②。换言之，在罗蒂眼中，解释学不是“另一种认知方式”，即作为与（预测性）“说明”对立的“理解”，而是一种言说世界的方式。

在《机缘、反语与协同性》（1989）中，罗蒂进一步指出：世界并不言说，只有我们才言说。一旦我们自身拥有了语言，世界便促使我们拥有了思想。但是，世界无法为我们提供言说的语言，只有他人才能提供这样的语言。世界无法指点我们进行某种语言的游戏，我们必须直面我们使用的语言机缘的愿望。没有语言也就没有真理，语言和真理是人类的创造。对语言机缘的认识导致对良心机缘的认识，这两种认识促成

---

① 美国加州大学教授F·G·弗杰斯（F·G·Verges）认为，人们对新解释学感兴趣是由于基础主义认识论缓慢而痛苦的死亡引起的。关于后者，解释学家的论战似乎只涉及剖析中包括什么的问题，但这原来是一个颇为严重的问题。因为当时基础主义的废墟及其衰落和死亡要做出更令人隽的分析时，新解释学就显示出新的前景。见弗杰斯《罗蒂与新解释学》，原载美国《哲学》杂志，1987年，第7期。

② Richard Roty, *Philosophy and the Mirror of Nature*, 1979, p. 347.

了这样一幅图景：知识与道德的进步成为事物隐喻的发展史，而不是加深认识事物本来面目的历史。

新解释学与传统知识论的对立，表现在启迪性哲学和体系性哲学的对立。新解释学与启迪性的话语，在伽达默尔的哲学解释学中，取代了作为思想目标的“知识”概念。伽氏认为当我们读得更多、谈得更多和写得更多时，我们就成为不同的人，我们就“改造”了我们的内质。与知识论相反，解释学认为，谈论事物的方式，比占有真理更重要。自我与他人的交流启迪活动，实质上就是在我们的文化和某种异国文化或历史时期之间的理解活动，或在我们本行学科和其他似乎在以不可通约的词汇，去追求共识的学科之间建立联系的解释学活动。这种解释学的“启迪”性话语与那种成为“营构”体系的正常哲学话语不同，是反常的，它借助异常的力量使我们脱离自我而成为新人。这样一种除了“自身之外别无目标”的启迪哲学，是对智慧的一种爱的方式。它放弃追求绝对真理和终极本质的要求，只是追求一种人生价值。启迪哲学家以其警彻的语言和对人生深切的关注，向与人生无涉而只顾营构体系的哲学挑战，并为诗人哲学家敞开其本真的人生境况，在不断创新着、生成着的语言之中，阻断将生命“对话”蜕化为概念演绎的可能性。真理不再是高悬的终极绝对，真理成为人自身不断完善的心灵明灯和践行过程。

总体上看，作为启迪性哲学的新解释学，在当今美国哲学论坛上仍是居于边缘地位，尽管它不断向哲学的中心话语挑战，但仍未占据绝对优势，仍是一种“外围”哲学。而“主流哲学”则是那些热衷于“营建体系”的哲学。这样，两种哲学的冲突和交锋就成为不可避免的。①

作为启迪哲学的新解释学具有自身的特点，即坚持差异性、相对性原则，重反常话语，重解构，重人类的对话理解，重哲学的真理追问性。启迪哲学家始终抱持着历史主义的意识，认为一个世纪的“迷

① Richard Roty, *Philosophy and the Mirror of Nature*, 1979, pp. 366–424.

信”，不过是上一世纪的理性胜利。同时，他们也抱持着相对主义的意识，认为借助最新科学成就的时髦词汇，并不能表达本质的特殊表象，因为世界是永远发展的，它的意义是在理解和解释中不断生成的，它永远不可能受制于任何一种单一的体系或论断。

新解释学哲学家尽管处于边缘哲学的位置，但它代表了一种新的眼光、新的视界、新的可能性。他没有去定义哲学，而是在躬行一种哲学；他没有套用给定的意识形态话语，而是在创造性地提出另一套解释学话语；他因违反了正统哲学的元规则（metarule），而永远只能在“反常性”中放逐自己，在“对话性”重新解释中不断向中心权力话语挑战。在这个意义上，“启迪哲学家永远也不能使哲学终结，而且他们能有助于防止哲学走上僵化之路”①。

新解释学彻底地抛弃了无蔽的自然之镜的观念，使心灵不再成为一面透镜。同时，新解释学放弃了那种认为哲学必须指出一切可能的话语，并自然地会聚为一种共识的天真想法。在新解释学看来，文化的最终冻结或许就是人类的非人化。因此，新解释学哲学家的选择是，无限地追求真理，而非“全部真理”。对新解释学家来说，禀有“全部真理”这个观念本身就是荒谬的，因为柏拉图的唯心论真理观念本身就是荒谬的。它的荒谬性在于，在虚设一种“神性”的玄乎其玄的终极真理的同时，放逐了人与人通过对话、理解而相互增进共识的可能性。

于是，新解释学的目的变得清晰可辨：它不以发现绝对的终极真理为目的，因为这种形而上学的先验设定消除了世界上还有新事物和新解释产生的可能，消除了诗意的而非仅仅只是思考人类生活的可能。新解释学的目的在于不断地进行人与人、人与世界、人与文本之间的对话，把智慧看作对话得以进行的保证，把解释看作产生新解释新描述的催生者，将理解看作达到其走向真理的过程，而这一过程永无尽期。

罗蒂并不认为体系哲学的危机使哲学有“日暮途穷”之虞，因为，

---

① Richard Roty, *Philosophy and the Mirror of Nature*, 1979, p. 372.

宗教未因启蒙精神而终结，绘画也并不终止于印象主义。真正的思想永远不会因时过境迁而成为明日黄花，哲学的睿智光辉将照耀和鼓励人的前行。在罗蒂看来，有一点是确凿无疑的：那种企图为全部文化提供第一原理并对其他学科领域的合法性加以仲裁的“元哲学”已经日薄西山，而倡导对话、寻求理解、达成共识的解释学的哲学、美学、文学时代，已现出晨曦。

第五章　接受美学与审美经验论

姚斯（Hans Robert Jauss，1921—　），德国美学家，文艺理论家，罗曼语言文学研究家，康斯坦茨学派创始人之一。主要著作有：《文学史作为文学理论的挑战》（1967）、《文学传统与现代风格的当代意识》（1972）、《审美经验一辩》（1972）、《艺术史与历史》（1973）、《审美经验与文学解释学》（1974）等。

第一节　重写文学史与读者中心论

作为一位罗曼语言文学研究者和文艺理论家，姚斯将自己关注的中心落在文学与历史的关系上。他在早期的理论探索活动中，集中论述了文学史的衰落及其对这种状况的革新的想法。他以解释学作为自己的根基进行文学理论范式的改建工作，从而逐步形成自己独特的理论思维方式。

进入二十世纪六十年代以后，德国的文学研究出现了一种深刻的危机。这种危机有其自身的社会、政治、经济、文化、学术背景，是渗透到德国社会生活各个领域的复杂因素的派生物。而文学研究中的危机则明显地表现在德国语言和文学领域，年轻学者们对国家社会主义研究方法论加以叛离，在各自新的基点上重新思考未来文学研究的重要可行性，人们面对各种新的文学研究方法，诸如俄国形式主义、布拉格形式主义、英美新批评、现象学文学本体论深感兴趣。而且，从事文学研究方法论研究的大学研究班形式，已成为教育课程设置的重要方面。研究方法论的文学理论书籍大量出版，目不暇接，形成一个很大的方法论转向思潮。

在文学方法论热潮中，人们开始运用不同的方法论对德国文学史上的经典作品进行研究和重新估价。但是，人们很快发现，仅仅从作品文本出发进行语言研究，是不可能正确地评价一部作品的意义和价值的。何况现代主义的崛起，使得荷尔德林、卡夫卡、里尔克、托马斯·曼声誉日起，而歌德、席勒等的德国古典主义经典著作面临各种激进艺术的挑战。旧的文学范式遭到置疑，人们痛切地感到作品的评价标准需要加以重新检验。

面对形式主义思潮和巴黎符号学和“太凯尔”小组①的活动，姚斯

① 太凯尔小组（Tel Quel）指1960年在巴黎成立的一个先锋文化理论团体。它出版同名期刊，并有一套丛书，主要代表是菲索莱尔和让·雷卡多。早期注意与俄国形式主义的联系，对语言学尤其是对日内瓦学派感兴趣，热衷于研究“新小说”，后来进行文艺作品结构分析和创造性阅读方法的研究，也讨论西方马克思主义问题。

感到，这种将作品用符号系统封闭起来和把文本结构绝对化的做法，必然会把人的历史经验排除在文学研究之外。这样，文学作品就成为与人无涉的纯语言学文本。姚斯认识到，目前文学理论界这种纯文学语言现象是不正常的，正面临重大的危机。因此，必须引入解释学的“历史理解”概念，从而从纯语言学视野向历史的视野转向。

迈进解释学大门的姚斯，为自己将要创立的接受美学理论找到了方法论前提。解释学理论构成自己接受美学的解释学背景，强调突破文本中心论这样一种僵硬的研究格局，实现文学研究范式或重心向审美接受方面的转移。

1967 年，姚斯到康斯坦茨大学出任教授，作了题为《文学史作为文学理论的挑战》的就职讲演。这篇著名的演讲全面提出了接受美学基本思想和理论格局，确立了以读者为中心的接受美学理论，对二十世纪六十年代产生的文学研究方法论危机做出回答，实现了文学研究方向的根本改变。《挑战》的发表，引起了人们的重视，为姚斯赢得了声誉。为了更好地实现文艺语言学向接受美学和效果美学的转向，姚斯邀请了一批从事文学的语言学研究的专家到康斯坦茨大学，组成一个研究小组。这个小组在几年时间里，发表了大量论文和出版了多种专著，使接受美学走出了康斯坦茨的校园，走出了德国，成为美学界和文学理论界的一股颇有影响力的思潮。

在《挑战》中，姚斯全面地提出自己的接受美学基本思想和理论格局，因此，它被普遍认为是接受美学的历史性文献和开拓性理论纲领。姚斯指出，文学史的研究已经陷入困境，文学史所希冀达到的在文学作品的历史中展现民族个性的复现的愿望落空了，而学者们忙碌于学术杂志的诡辩之中，但所研究的问题或明或暗，大多是些伪问题。之所以出现这种境况，其原因在于，文学史家外在于历史的尺度，因而对文学这一特殊研究对象，缺乏自己所必备的审美判断。姚斯进一步分析了文学的历史思考与美学思考间的裂痕，并指出，真正的文学研究的出路在于重建历史与美学之间的联系。

对作品的历史本质加以考察，姚斯强调从作品历史中去看文学作品的意义生成，从文学作品的起源、社会功能和历史影响这种历史视野上去看文艺作品。文学的历史性并不随着审美形式系统的连续性而终结。文学的演化犹如语言的演化一样，不仅仅内在地决定于它自身独具的历时性和共时性关系，而且也决定于它在整个历史过程的关系。

对文学研究提出的文学史问题的挑战，其主要目的是力图消除文学与历史之间、历史方法与美学方法之间的对立，从而革新文学史和文学理论。过去的文学理论研究只重视作家、作品之维，而丧失了文学的接受和影响之维。而作者-作品-读者新形成的总体关系中，读者决不是可有可无、不关痛痒的因素。相反，从根本意义上说，文学作品是为读者而创作的，读者是文学活动的能动主体。读者本身便是一种历史的能动创造力量。文学作品的历史生命如果没有接受者的能动参与介入是不可想象的。因为，“只有通过读者的阅读过程，作品才能够进入一种连续性变化的经验视野之中”。① 因此，接受美学正尝试建立自己的新的理论准则。

在文学史研究中，只有运用“历史接受方法”，才能真正理解作品及其作品的意义和价值。必须从三个方面去考察文学的历史性：“文学作品接受的相互关系的历时性方面；同一时期文学参照构架的共时性方面以及这种构架的系列；最后，内在的文学发展与一般历史过程的关系。”② 可以说，姚斯的文学理论既注重文学的本体性，又避免了历史主义和形式主义的偏颇。他以文学及其接受为中心，而又不脱离一般的历史环境和历史过程去寻绎自己理论的方法论基础，使得他的理论具有很强的现实意义和理论根基。正是基于这种新的文学史观，姚斯提出了他的接受美学的几个论点，进而阐述了接受美学的基本理论。

---

① Walning, R. ed. *Rezeptionsaesthetik*: *Theorie und Praxis*, München: Wilhelm Fink Verlag, 1974, S. 127.

② Walning, R. ed. *Rezeptionsaesthetik*: *Theorie und Praxis*, S. 142.

一、接受主体论和文学效果

文学史的更新要求建立一种接受和影响的美学。迄今为止的文学史仅仅是作家和作品的历史，而读者的作用被文学史家和文艺理论家所遗忘。这是因为，理论家们将艺术作品看作是超越时空的被给定的客观存在。姚斯在《文学史作为文学理论的挑战》中指出，这完全是一个误解，事实上，文学作品并非是与读者无涉的客观存在，相反，作品渴求读者阅读，希求与接受者的对话。“文学作品并非是一个对每个时代的每个观察者都以同一面貌出现的自足的客体，它也不是形而上地展示其超时代本质的纪念碑。文学作品像一部乐谱，要求演奏者将其变成流动的音乐。只有阅读，才能使文本从死的语言物质材料中挣脱出来而拥有现实的生命。”①

读者对作品而言是非此不可的，不存在可以离开读者而自足存在的所谓的艺术作品。艺术价值的实现使得艺术作品总是“为它之物”。只有读者，才能使作品获得新的规定性存在。姚斯坚持确立读者的中心地位，因为，创作作品既非文学活动的终点，也非文学活动的目的。相反，作品总是为读者而创作，文学的唯一对象是读者。阅读活动是将作品从静态的特质符号中解放出来，还原为鲜活生命的唯一可能的途径。

作品的意义来源于两个方面：一是作品本身，一是读者的赋予。读者对作品意义的填充是能动的、决定性的。在阅读过程中，读者充分调动主体能动性，激活自己的想象力、直观能力、体验能力和感悟力，通过对作品符号的解码、翻译，不但把创造主体所创造的艺术形象中所包含的丰富内容复现出来，加以充分地理解、体验，而且还渗入自己的人格、气质、生命意识，重新创造出各具特色的艺术形象，甚至能够对原来的艺术形象进行开拓、补充、再创，见人之所未见，言人之所不能言，体味到艺术家在创造这个艺术形象或审美意境时不曾说过甚至不曾

① Walning, R. ed. *Rezeptionsaesthetik*: *Theorie und Praxis*, S. 129.

想到的东西，深化原来并不很深刻的东西。

期待视野的不同，使不同读者对阅读对象的需求不同。加上时间的流逝、体验的加深、时代的变迁、读者对同一作品的理解也会发生变异，他所领会、所赋予作品的意义也会发生很大的变化。

将文学史看成文学效果的历史，将读者放在决定文学价值的重要地位，使姚斯必然要把文学史看成读者接受作品和作品在读者中产生影响的历史。文学史是作家、作品和读者三者之间的关系史，是文学被读者接受的历史。艺术作品的审美价值并不是客观的，而是与读者的价值体验有着密切关系的。一部新的文学作品，可以通过预示、暗示、特征显示，预先为读者提示出一种特殊的接受。它将唤醒读者以往阅读的记忆，将读者导入特定的体验中，并唤起他的期待。每个读者天资、经历和修养不同，作品就会对每个人呈现出不同的意义，因此，文学的历史就不仅是作家和作品史，而是作品的效果史。正唯此，姚斯指出："文学的历史是一种美学接受和生产的过程，这个过程必须通过接受的读者、反思的批评家和再创作的作家将过去的作品加以实现才能进行。"①

二、期待视野与接受形式

接受了科学哲学家波普尔和社会学家卡尔·曼海姆所采用的"期待视野"的概念，姚斯在接受美学中提出"期待视野"的观点，以说明读者阅读作品的主动性。

读者的阅读感受与其期待视野一致，读者便感到作品缺乏新意和刺激力而索然寡味，相反，作品意味大出意料之外，超出期待视野，便感到振奋，这种新体验便丰富和拓展了新的期待视野。审美经验具有一种使人产生潜在反射审美态度的机制。个体期待视野与他的具体阅读中存在一个"审美距离"（或"角色距离"），并不断发生变化：当接受者与艺术作品中的角色距离为零时，接受者完全进入角色，无法获得审美

① Walning, R. ed. *Rezeptionsaesthetik*: *Theorie und Praxis*, S. 129.

享受；相反，当这种距离增大时，期待视野对接受的制导作用趋近于零时，接受者则对作品漠然视之。因而，期待视野与作品之间的距离，积淀的审美经验与新作品的接受需求的视野的变化之间的距离，决定着文学作品的艺术特性。

文学接受具有垂直接受和水平接受两种形式。实质上，这是一个关于纵的历史接受与横的同一时期的接受的划分。所谓垂直接受即从历史沿革角度考察作品的接受、评价和影响的情况，处于不同时代的读者因各自历史背景和文化背景的差异，必然对同一作家、同一作品有着不尽相同的理解、解释和评价。造成这种差异的原因除人的历史局限性以外，还存在着另一个原因，即“一部作品的潜在意义不会也不可能为某一时代的读者所穷尽，只有在不断发展的接受过程中才能逐步为读者所发掘”①。所谓水平接受，即指同时代人对文学作品的接受具有同中有异、异中有同的状况。垂直接受和水平接受，包蕴了接受的全部的深度和广度。

三、文学演变论与文学历史性

姚斯分析和吸收了穆卡洛夫斯基的“文学演变”思想，并将其建立在接受美学上。文学演变论表明，读者在接受活动中，总是对旧形式的作品加以扬弃，对新形式的作品加以激赏。但是，新作品崛起以先前已完成的作品为背景，尽管成功的新作品可以达到某个文学时期的“峰巅”，但也会很快变得习以为常，直到具有更新的艺术形式的作品崛起，而原先的“新作品”便成为明日黄花而无人问津。

文学系列中的演变更替只能成为一种历史的连续性，而新旧形式的对立也能使人们认识到它们特殊的调节。这种调节不仅包括作品与接受者在互相作用中的意义生成，而且包括读者的接受和评价，反过来能影响作家的创新。因此，“文学接受并非是对作品的单一的复制和还原，

---

① Walning, R. ed. *Rezeptionsaesthetik*: *Theorie und Praxis*, S. 135.

而是一种积极的、创造性的反作用”①。正是由于读者的接受是对作品中蕴含的作家创作意向的检验，正是由于读者的期待视野和判断标准会反馈到作家的创作活动中，所以作家就不可能再走司空见惯的旧路，他只能不断地创新以拉开与读者期待视野的距离。创新不仅是一个美学范畴，而且也是一个历史范畴。在审美态度不断求新的历史变化中，艺术接受刺激艺术生产，反过来，艺术生产也进一步提高了艺术接受，艺术生产和接受的相互作用的可能性远非观察所能穷尽。

文学的历史性在历时性和共时性的交叉点上显示出来。文学接受不仅要考虑历时性因素，也要考察共时性因素。如果仅从历史性出发，那么，面对审美接受态度的转向，新作品的理解与旧作品的意义之间的功能联系便与接受史的角度相抵触。因而，只有注重共时性因素才能观察文学发展中一个共时性的横切面，同等安排同时代作品的异质多重性，从而发现文学的历史时刻中的主要关系系统。假如进一步将这一横切面的以前和以后都做这样的历史性安排，那么，文学结构的演变在其开创新纪元的瞬间，便被历史地结合起来了。

在历时性与共时性交叉处显示出的文学的历史性，能够使某一特定时刻和文学视野得以理解。因为每一共时系统必然包括它的过去和未来。也就是说，在时间中的历史某一点的文学生产，其共时性横切面必然暗示着进一步的历史性以前或以后的横切面。因此，我们一旦通过对文学生产与接受相互辩证发展的过程，就有可能透过文学的形式与内容的演变，认识到作为解释世界的文学系统的重建，而且，我们就可以理解审美经验过程中视野的变化。姚斯坚信，文学史家只有找到这个“交叉点”，以使作品显现出“文学演变”在其形成的历史时刻以及这在两个时期之间的停顿中连接的过程性特点，这样才能使在传统主义和实证主义中均已迷失的事件的连续，即文学的历史层面得以复原。

文学的功能是建筑在作品社会效果之上的。文学的社会功能，只有

① Walning, R. ed. *Rezeptionsaesthetik*: *Theorie und Praxis*, S. 143.

在读者进入他生活实践的期待视野，形成他对世界的理解，并因之也对其社会行为有所影响，从中获得文学体验时，才真正有可能实现其自身。因此，文学实际上是一种潜在的引导力量，文学作品所产生的社会性方式和行为方式，从而生成新的生命感性和理性，对传统观念和价值标准提出疑问和挑战。

事实上，“阅读经验能使人们从一种日常生活的惯性、偏见和困境中解放出来。在接受活动中，艺术给予人们一种世界全新的感觉。从宗教和社会的束缚下解放出来，使他们看到尚未实现的可能性，为他们开辟新的愿望、要求和目标，为他们打开未来经验之途”①。

文学和读者之间的关系能将自身在感觉领域内具体化为一种对审美感觉的刺激，也能在伦理学领域内具体化为一种对于道德的反映的召唤。一言以蔽之：文学作品以不为人熟知的审美形式打破读者的期待，同时向读者提出宗教或国家认可的道路所无法回答的问题。读者接受具有重要的社会价值和现实意义，因为，文学在社会存在中的特殊功能恰恰在于，它能冲破占统治地位的道德的禁区，为人们生活实践中出现的道德疑难提出新的解决方案，这个新的方案将为包括所有读者在内的社会舆论所认可。可以认为，姚斯从文学史的角度去看待文学接受问题，考察文学作品在读者阅读过程中各个历史阶段所呈现的不同意味。他这种同过去文学史以作者、作品、流派、风格为研究中心迥异其趣的研究方法，显示出新的价值取向。

接受美学与艺术精神分析法着重探讨作者无意识、或新批评强调文本的内在结构不同，接受美学一方面发挥现象学美学关于文学文本的未定点在读者阅读过程中得到具体化的思想，另一方面，则主要从文学史角度看文学接受问题，集中考察文学作品在接受过程各个历史阶段所呈现出来的不断变化的形态。接受美学围绕读者与文本的对话这一焦点，展开了自己研究的新维度。

① Walning, R. ed. *Rezeptionsaesthetik*: *Theorie und Praxis*, S. 150.

可以说，接受美学作为文学研究的新范式，具有同过去一切文艺不同的理论特征，形成一种对文学总体活动（作家-作品-读者）过程研究的新思路。主要表现为：确立了读者中心地位。文学作品不是一个与读者无涉的自足客体，创作作品既非文学活动的终点，也非文学活动的目的。相反，作品总是为读者而创作，文学的唯一对象是读者。未被阅读的作品仅仅是一种“可能的存在”，只有在阅读过程中才能转化为“现实的存在”。文学并不是一种“自在之物”，而是“为它之物”，因此，阅读活动是将作品从静态的物质符号中解放出来，还原为鲜活生命的唯一可能的途径。读者在文学过程中不是可有可无的一维，而是居于整个文学活动的中心，是文学审美价值实现的不可或缺的因素。

读者在接受活动中居于中心地位。读者作为作品接受的能动力量，在阅读活动中具有重要地位。“作为意向对象的读者”已被许多作家所描述过。塞尔维亚作家伊凡·拉利奇曾相当生动地展示出这一境况：“当作家坐在一张白纸面前写作的时候，他（读者）的影子俯身站在作家的背后，甚至当作家不愿意意识到影子存在的时候，影子也还是站在他的背后，这个读者在那张白纸上打上他那看不见的磨灭不掉的标记，写上证明他的好奇心的证词，写上证明有一天他想拿起写完的作品先睹为快的难于表达的愿望的证词。”这表明，作品本身是一个召唤结构，它以其不确定性与意义的空白，使不同的读者对其具体化时隐含了不同的理解和解释。

每个读者在接受活动中，总是从自己活生生的生活和文学的“期待视野”出发去看待作品。期待视野的不同，使不同读者对阅读对象的需求不同。加上时间的流逝、体验的加深、时代的变迁、读者对同一作品的理解也会发生变异，他所领会、所赋予作品的意义也会发生很大的变化。因此，作品的意义等于作者所赋予的意义和接受所赋予的意义的总和。甚至，接受者所赋予作品意义能“溢出”原来的意义的框架，使作品出现作者所意想不到的意义来。当然，作品的规定性和接受的能动性是辩证统一的，以一方否定另一方都将导致谬误。读者的能动性无疑是值得提倡的，但正如伊塞尔所说：作品也“制约着接受活动，以使其不至于脱离文本的意向而对文本作随意的理解”。

接受美学强调读者中心论的方法论意义在于，它打破了英美新批评、巴黎结构主义的文本中心论，确立了作品的意义从读者对作品的阅读过程中诞生这一事实。任何接受活动都是在时间之域展开，都离不开历史与未来的调节，离不开视野的改换和对作品意义的重新阐释，从这个意义上说，艺术接受活动是调节欣赏者整个审美经验对作品的“空白”结构中以想象性补充、充实的过程，是一种融注了欣赏者感知、想象、理解、感悟等多种心理因素的一种艺术形象再创造活动。

读者接受作为一种心理活动而言，是人类一种特殊的心理活动形式。这是融注了欣赏者全生命、全人格的“整体震颤”，是调动整个丰盈的生命力总体投入的“高峰体验”。在这里，主体与客体、感性与理性、具体与抽象、形象与思想、有限与无限达到一种“整合”状态，消解了其间的对峙和鸿沟，达到一种“瞬间同一”境界。在读者的接受活动中，并非仅仅是单纯的想象，或仅仅是情感、知觉在起作用，而是一种所有心理因素都完全激活，都参与其中的总体生命投入活动。艺术接受中那种对存在真理的感悟和敞亮，使人见其所不能见，感其所不能感，在心驰神往、激情充盈之时，顿时领悟到作品的意义。这种艺术体验不涉理路，也不违理路；不落言筌，也不离言筌；虽不可凑泊，也并非不可捉摸。这种全部心理因素的总体投入，使人的生命力获得了诗意的光辉。

读者艺术接受过程是一个融理入情、情理统一的过程，是在这种情理交融过程中完成对文本意义的探究。任何文学文本都具有未定性，是一个多层面的未完成的图式结构。它的存在本身是一个“召唤结构”，具有很多“空白点”，读者将自己的体验以及独特的生命意义置入文本，通过活生生的体验对文本进行具体化，将作品中的空白处填充起来。这时，作品就不是独立的、自为的，而是相对的、为我的，作品成了我的作品，作品的艺术世界成为我的世界，成为我的生命意义的投射和揭示。正是在读者情理融合之中，在将自己的生活经历、生命情态投入中，作品中的未定性得以确定，使文学作品的审美价值获得实现。没有读者的阅读，没有读者将文本具体化，那么就没有文学作品审美价值的实现。因此，不同的读者在作品中投入不同的情与理，就会产生不同的审美接受和意义阐释，这些阐释和体验既可因人因地而异，也可以因时代因心境变化各有不同。但任何一种阐释都有其存在意义和价值，都有其合理性。谁都不能说自己所欣赏的《红楼梦》才是最正确的体验和最完美的解释，正是不同的解释使《红楼梦》的意义宽泛深远起来，永远不可能完全穷尽。因为，作品的效果史永远在完成之中展示出来。

第二节 对否定性美学的超越

姚斯的《挑战》问世以后，一时反驳、批评、发扬者不计其数，在学术研究刊物以及新闻报刊中亦响应者云集，在德国文艺理论界形成巨大的声势。在这种强大的接受理论冲击下，那种纯文本主义的纯结构语言运动的影响已经微乎其微，俄国形式主义的感觉陌生化以及文学演变范式已经很少为人所提及。进入二十世纪七十年代以后，甚至连期待视野这一富于创造力的概念也已不再具有先前那种魅力。当然，接受理论自身也出现了停滞不前的局面。富有独创性的理论建树愈加鲜见，人们更多地进入到更加细致、更加精微的研究领域。这时，姚斯的兴趣开始转向，即从那些激发他写出挑战性宣言的问题中转向，而开始关注一个更深入的问题——审美经验问题。

1972 年，姚斯出版了《审美经验一辩》一书，显示出姚斯思想转折的新端倪。姚斯将审美经验问题作为自己研究的重要领域，认为他过去著作中存在着对审美经验描述的片面本质的缺陷：首先，由于排除了基本的审美经验，接受美学与其理论反思成为一种空洞的、与活生生的人生体验相隔离的思考方式。其次，由于其倾向于纯艺术分析，就不仅忽略了艺术深刻的启蒙灵魂的价值，也忽略了艺术所具有或潜在地具有的诸多功能。

循此出发，姚斯对自己前期的带有偏激性的否定思想加以检讨。在认真研读阿多尔诺的遗著《美学理论》以后，姚斯觉得阿多尔诺的艺术否定理论使自己头脑更清醒了。他开始修正他理论著作中的一些观点。阿多尔诺的艺术否定性思想认为，现代艺术的审美效应产生于它对传统和现实的否定之上，否定是现代艺术的审美特性所在，通过对现实世界的否定，拯救了人在现实社会失去的希望，而且，只有艺术作品否定了它所产生的特定的社会，才会禀有自身的社会价值。阿多尔诺在《美学理论》一书中认为，“艺术在与现实的关系中，使其自身和与自身相联系的一切都处于拯救状态之中”。艺术审美特性质而言之即摈弃和否定经验现实，对异化的经验现实采取批判态度，因为任何一种艺术作品的真实都是以具体否定为其轴心的，这正是现代美学精神所在。因此，只存在否定性艺术，而不存在什么肯定性艺术或进步性文学。人们正是从文学与社会实践的对立上界定文学。在《美学理论》中阿多尔诺指出：“所谓艺术否定性，即指在艺术作品中没有任何东西是属既存事物的，甚至连作品语言和意象也是全然创新的。”只有全然否定现实，进而切断与日常语言和意象的纽带，艺术才能成为真正的艺术。

姚斯感到，这种批判的、否定性美学似乎过分偏激了一些，这与人们的审美经验事实并不完全相合。而阿多尔诺的艺术是痛苦的，与快乐和幸福是没有缘分的说法，也是姚斯所不敢苟同的。阿多尔诺声称：通过艺术作品而寻求自身的快乐，近乎于这种情状，从作为“为它而存在”的总体经验主义的经验而非经验主义的经验中挣脱出来，可能叔本华是第一个意识到这个问题的人。沉醉于艺术作品的幸福是一种倏然逸世的状态，但是艺术绝不是产生于幸福之中。逸世的快乐是转瞬即逝和微不足道的。艺术与快乐无缘，所谓艺术愉悦的概念将被解体。姚斯指出，阿多尔诺只看到现代艺术的某些特性，而对整个文学史（古代、近代、现代）却无法说明其规律。这种否定概念，无法欣赏大范围的文学作品的艺术审美价值，从中世纪的英雄史诗到“肯定文学”中的古典名著。阿多尔诺的否定美学目空一切，使艺术走到另一个极端而脱离其本质，而只能残存间接的社会功用。

从人类审美经验的丰富性和多样性观点出发，姚斯在《审美经验一辩》中指出：“那种纯粹的否定性，即否定文学与社会条件的同一性，是固执一端的否定文学的关键所在。然而，以绝然否定为标立新说的做法，并不是以显示出社会生活新图式的根据所在。”艺术审美经验与日常感性既相联系又相区别，那种一味强调二者绝然对立、从而过分重视陌生化的感知、标举“具体否定”原则的艺术“异样事物”的激进做法是缺乏历史性观念的。姚斯强调接受美学的历史感，认为根据接受美学理论，艺术作品的本质建立在其历史性上，亦即建立在从它不断与大众对话产生的效果上。艺术与社会的关系只能在解释学的问答逻辑的辩证关系中加以把握，艺术史涉及传统理解接受间的视野变化。

这段时期，姚斯已经将前期津津乐道的“期待视野”从自己美学的中心移开，而仅仅将其看作人类审美经验漫长历史中的一个方面。因此，姚斯从复杂的审美经验入手，去寻绎自己与否定性美学的重要分歧所在。姚斯的做法是：重新引进“愉悦”概念。

人们之所以喜好艺术，并不是因为“否定”这个原因，相反，大多是由于艺术魅力的愉悦性吸引了人们。艺术的愉悦与享受是审美经验中的重要维度，但在过去两个世界中，这种愉悦和交流性渐趋衰微，人们只看到艺术的否定和反抗。艺术的认识和交流功能失落了，审美愉悦表现为哲学、历史或当代美学理论的三阶层的范式中的异化的感伤，或乌托邦式的对立面。姚斯要使失落的愉悦得以重新重视，他通过把基本的审美经验恢复到文艺理论的中心这一合法地位的途径，而避免了否定性美学的偏颇。

必须将愉悦与在现象学意义上的审美愉悦加以区别。审美愉悦具有两个因素，前一个因素是所有愉悦都必须具有的，即自我为对象所吸引并沉醉其中。而后一个因素具有审美判断力意味而仅限于审美愉悦，在审美中，人们对客体存在加以现象学悬搁，使其成为一个意向对象。因此，审美态度意味着主体对对象保持审美距离，即主体在审美静观中产生意向性的想象对象。可以说，审美愉悦既是姚斯转向审美经验研究的初阶，也是他审美理论的入门处。至此，姚斯已从前期的《挑战》中标举读者中心地位，更深一层地转向注重审美经验问题上。1977 年，姚斯发表自己后期一部重要著作《审美经验与文学解释学》，从而开拓出一个新的视域。

第三节　恢复审美经验的中心地位

进入二十世纪七十年代中期，接受美学已经失却轰动效应。姚斯在其探讨审美经验的新著《审美经验与文学解释学》中，其早期那种“挑战”的宣言般的锋芒已不复存在，相反，更多的是充满对自己早期理论的清算和批判。而且，一反过去那种痛快淋漓、气势夺人的文风，行文风格变得枯燥生涩，掉书袋的学院味十足，这种状况，使得姚斯后期的著作反响远不及当年，彻底失去了往昔那种霍然崛起的气势。当然，这与七十年代的文化氛围、学术气氛和人的心理状态有着紧密的关系。

然而，不管怎样，姚斯力图恢复审美经验中心地位的企图还是达到了，他的《审美经验和文学解释学》一书那富于学术探险的新颖观点，给他的学术生涯留下了不可磨灭的印记。可以说，突出艺术的审美经验，是姚斯晚期研究的重要特色。姚斯不像美学研究对一般审美经验的研究，而是着重研究以在接受活动中所表达出的艺术经验为主的历史的审美经验。

一、审美经验的基本结构

审美经验的基本结构包括三个方面：诗、审美、净化。他分别把“诗”称为创造的活动；把“审美”称为接受的活动；把“净化”称为交流的活动。也就是说，人类艺术审美活动由艺术的生产、艺术的接受和艺术的交流所组成，因此，分析审美经验只能由此入手。因为，在审美活动中，作为诗艺的生产、作为净化的交流和作为审美的世界变得清晰起来。艺术通过摆脱控制关系的历史而得到人类行为的独立自主。

姚斯从艺术创作、艺术接受和艺术交流三个维度全面阐释审美经验的内在结构，认为，艺术生产的审美经验是诗。在亚里士多德的知识体系中，诗作为生产活动在古代中世纪中归属于实践活动，而随着现代世界的改变，诗的概念也发生了变化。诗不再指一种模仿的先在完善的能力，而是一种生命的创造力，其本身就具有能产生完善的审美意象的能力。人的审美经验的生产能力，从一开始就是正在进行的创作艺术家所遇到的一种界限的抵抗的经验。诗人将自己的体验转化为一部诗的艺术作品，他既为作品的诞生而欢悦，又为寻找到一种解脱意绪的途径而兴奋。艺术家在创造的迷狂中，重新认识到自身中作为已经过去了的经验的东西和能够重新被唤起的东西：有能力在有意识的审美活动中放弃现实异化、在世界最初的新奇中重新创造世界的诗人把一种已被遗忘了的或已被排挤掉的事实塞回到我们的意识里来。正是这种由感受和想象豁然打开的、对已消失的经验进行重新认识的大门，以及重新找到逝去的年华，才把审美经验的整个深度揭示出来。①

接受的审美经验是审美愉悦，这种接受的审美经验，通过其独特的体验时间而与现实时间相区别，在这种经验中能使逝去的一切“重新看见”，使人恍然进入一种幻想境界，使滞留的时间性消解了现实流动的时间急迫性。同时，审美接受与未来经验相沟通，因而也就打开了全新活动空间的可能性。而且，审美愉悦所产生的记忆形式上的一种新经验，以及对记忆的愉悦能力的新发现，也沟通了接受经验目前的变化。

审美愉悦从古代发展到现代，形成两种不同的走向。一种具有批判的语言学功能，主导倾向是否定性美学或对所有愉悦提出挑战，它潜在地废除了审美经验的全部可能（如福楼拜、瓦莱里、贝克特、葛里叶）。姚斯对这一倾向力加批判，相反，却对具有“人类共有”的功能的审美愉悦（如波特莱尔、普鲁斯特）表示赞赏。姚斯认为，愉悦层次上的审美经验肩负着反抗社会异化的重任，即利用审美感觉的语言批判和创造功能，反抗萎靡经验和文化思想中处于依附地位的语言。不仅如此，审美感知还用来保护人的原初的世界经验，维护一个共同的视野，联络与其自身经验相疏离的社会。他强调：“只有艺术，才能最好地维护这一共同视野。”

构成审美经验的第三维是交流的审美经验——净化。净化范畴可以理解为艺术与接受者之间进行交流的组成部分。姚斯在考察了从古代亚里士多德到现代对净化的看法以后指出，在交往方面，审美经验既使旁观者可能有自己独特的角色距离，又使他有可能游戏般地确定自己的角色。在体验之中能达到日常经验所无法臻达或无法忍受之境，而且，它提供一种净化心灵、实现自身的可能性，并最终返回作为生命本源的真理的敞露。

审美经验这种生产-接受-交流的流动史，是人性深度的一种自我探寻。经过审美经验过程所有阶段以后，人们发现，那种有限与无限和

① Cf. H. R. Jauss, *Aesthetische Erfahrung und Literarische Hermeneutik.*

沟通的审美同一性即向自己讲述一种可能性，就是永不放弃的对自身同一化的追问。

二、审美经验三个层次

审美经验具有三个层次，这是包括由表层向中层、深层拓进的多维结构。

审美经验的表层次是审美愉悦。人在审美活动中，与对象不再处在对立的立场，人剥夺了外部世界的冷漠和陌生性质，而把它变成自己的创造源泉。人通过创作，并在自己的创作活动中获得美的享受，同样，艺术观赏的审美享受也使观赏者摆脱了具有控制关系的日常生活，摆脱被日常生活所羁绊的我，使心灵发生新的变化，达到一种新的自由感。

审美经验的中层次，体现在艺术观赏过程中，获得心灵解放并得到自我确证。观赏者一方面在艺术中发现一个迥异于日常世界的全新世界，他自由地展开想象体验，不再遭受日常经验的束缚压迫，重新找到心灵的诗意情调和圣洁的和音。另一方面，接受者通过接受活动而介入作品世界中，独立地对作品所表现的事件做出自己的审美评价和审美判断，在审美中拥有审美价值的独立自主性。

艺术审美经验具有难以驯服、难以驾驭的性格，它总是一再反抗禁令，以种种新的艺术技巧和形式来否定意识话语的控制。人正是凭借艺术经验才得以拒绝意识形态对世界的歪曲或解释，而坚持自己在本质直观之中所形成的本真解释。审美经验的最高层，即产生全新的经验方式，使人性从日常生活的麻木猥琐和习惯偏见中解放出来。艺术所产生形成的新感受方式和新经验方式，将改变人们的心灵世界，拓展其生活视野，使他们超越现实而对自身存在价值加以反思。艺术深层审美经验是一种对自己和世界重新审视和批判的感悟。可以说，这种艺术经验，不仅解放人的生活经验，而且解放人的内在存在经验和对世界所抱有的价值信念。

艺术审美经验在接受美学那里具有极为重要的现实意义。艺术的自由感和超越性功能给世界带来亮光和审美意义，正因为有艺术，这个世界才有透明性可言。

三、审美经验的五种类型

姚斯论述了审美经验三个层次以后，进一步从接受方面讨论了接受者与作品中主人公相互联系的五种类型。在姚斯看来，审美接受是一个情感体验和介入的过程，其核心体现为主人公的认同。

接受者与作品主人公的认同，是审美经验研究的重要内容。接受者根据自己的生活审美感受对作品加以体认，对主人公抱有不同的审美态度。姚斯根据诺思洛普·弗莱在其《批评的解剖》（1957）提出的文学主人公的五种原型：神、半神、英雄、凡人、反英雄，把接受者与作品主人公在审美经验中的认同划分为五种类型，即联系型、敬慕型、同情型、净化型和反讽型。不过，姚斯的着眼点与弗莱不同，是将这几种类型建立在艺术接受的审美经验形态上，而不是建立在作品形象本身上面。

联系型认同，一般都存于较低层的社会群体组织，人们可以通过中世纪仪式上演出活动与现代世俗舞台演出进行时对比来加以观察。联系型认同要求观众的自由联想的方式积极介入演出活动，使演员与观众之间拆除交流的屏障而融成一片。这种世俗演出具有浓厚的游戏娱乐性质，人们自由地享乐，把自身置于其所有其他参加者的角色之中，这与中世纪宗教演出活动强调仪式的繁复性和信仰的趋同性有别。

敬慕型认同的决定因素在于，需要一个完美的主人公，其业绩、行为、言谈超凡脱俗，一般人难以望其项背，从而构成一个群体中众口皆碑的楷模。在审美鉴赏中，接受者只能对其高风亮节表示倾倒和崇敬，以至于在赞美之中深受教诲或暗中模仿。

同情型认同，强调主人的非尽善尽美性。接受者感到主人公与自己相类似，为其苦难不幸而感动，而报之以同情和怜悯，甚至进而将自己置于英雄的地位，同受难的形象同患难共命运。

净化型认同，注重观众对受磨难的“凡人”处境和意味的体验，使接受者在悲剧性的震惊或喜剧性的欢笑中受到陶冶，并始终保持一定的审美距离：观者在一定范围内可以进入悲剧情感或报以同情的笑声，悲其所悲，乐其所乐。但要控制自己，摆脱认同的直接性，将认同升华到对表现的形象的判断与反思上。换言之，这种净化认同不仅可以有悲剧感情的升华，也可以在自由同情的笑声中获得喜剧性，形成新的道德判断和体认事物的新的价值观。

反讽型认同，发生在作品主人公被认为比接受者坏的时候。在这种类型中，主人公以卑琐、荒谬甚至邪恶的行为引起接受者的嘲弄和否定。反讽型认同，往往导致接受者产生失望、破残或否认期待的认同，促使他对现实社会进行反思、怀疑和批判。这类认同的主人公形象，在现代主义文学中普遍可见。它不仅是否定性美学的标志，也是姚斯早期接受美学所热衷的内容。但在后期姚斯那里，这种反讽认同只占审美经验诸类型的一个部分，这可以看出后期姚斯与其前期的思想转变的轨迹。

审美经验和五种认同模式涵盖了文艺作品审美效果的不同实现方式。注重对审美经验的研究，使姚斯由读者中心论发生转向，从而走向恢复审美经验中心地位的纵深领域，这亦是姚斯接受美学的终极意图所在。

第四节　走向文学交往理论

对接受理论和审美经验的思考，最终都归汇到文学交往理论的建树上。姚斯从哈贝马斯的交往理论和马克思的生产-流通-消费的“循环模式”理论中汲取养分，不断丰富和发展自己的交流范式理论。

1979 年，姚斯接受了 L. T. 塞杰尔斯的采访，集中谈了自己近十年的思想演变，以及对文学交往理论的看法。在姚斯看来，布拉格结构主义、符号学、接受美学文艺理论虽然其理论取向、研究重点互不相同、各有侧重，但它们的理论框架和向心力都存在一个公分母，即它们都将人与人之间的交流问题置于一个重要的位置，放在他们理论反思的中心。姚斯指出，近年来，自己的研究已经逐步地克服了过去的一些片面性，不再仅仅将文学作品的接受作为自己研究的对象，而是将作家-作品-读者这一文学总体过程作为研究的终极对象，去把握艺术审美经验中人与人的深层交流。姚斯说：“文学接受的审美效果理论基本上建立在一种文本科学上，其理论尝试日趋发展成一种文学交往理论。这种理论试图正确看待艺术生产和接受的互相作用的功能。”

姚斯晚年没有停留在《文学史作为文学理论的挑战》和《审美经验与文学解释学》的研究范围内，而是将接受美学纳入到一个普遍的交往理论模式中加以考察，从而形成对人与人心灵对话的文学总体活动过程研究的新思路。文学不是一种指向客体世界的对象性活动，而是一种主体间性的交往活动。姚斯秉承胡塞尔现象学后期所倡导的“主体间性”思想，认为人是主体，而人所构成的文本，即人的语言在历史传统中形成的种种文化也是主体。人与文本是一个互为主体的关系，人要认识自己，首先得认识人类文化的文本，而人要认识文本也得认识人自身。人与文本相互解释，相互说明。

传统文艺理论往往把文学总体活动仅仅看成文学创作过程，将文学研究作为一种片面的对象性研究，只考察作家和作品，而忽略了读者与作品的交流活动研究。自黑格尔将美定义为理念的感性显现以后，美学的目标就一直指向艺术的描述功能，艺术史被看作是作品及其作者的历史。艺术的那些在生活中发挥作用的功能，只有创作方面的审美经验研究取得了一些成就，而接受的审美经验方面成就甚少，至于交往的审美经验方面的研究可以说是一个空白。可以说，对主体间的交流研究的失落是现代文艺理论的通病。但人与作为“准主体”的文本的交流是人的本质的重要维度，因为，人离开了他的文化语言及其创造物，就什么也不是，只有通过人的语言及其文本才能了解人的本质。反之，作为意识关联物的文本的意义也只有通过人的解释方能生成，它只存在于人的理解意向性结构中。正是读者的解读和阐释，才打破了文本意义结构的封闭形式，使其未定点获得了活生生的具体化。读者经验与文本结构互为主体，相互解释，相互生成。

艺术交往活动是历史的，接受理论关注的不是文学文本的结构，而是对文学文本的理解的历史性。这样就从纯语言学的视域，转向了文本历史的视域，建立起一种作者、作品、读者的动态过程的历史学。因为，一种新型的文学理论的机会恰恰不在于克服历史主义，而在于不断地认识为艺术所特有的、显示出艺术理解的历史性。人是历史的存在，人所创造的文本也是历史的存在。文本存在于文学视野中，存在于人类历史性接受的不断交替演化过程中，不存在绝对独立的文本，也不存在超越时空、超越历史的文本，文本的意义存在于解释它的人的理解意识之中，文本是人的理解的文学效果史中永无止境的显现，而效果史和接受史都具有社会历史意义上的规定性。

艺术交往理论强调，艺术审美活动的本质在于，人总是通过文本与潜在地存在于文本中的作者进行“对话”。将人与文本的关系变成“我与你”的关系，变成一种心灵对话、灵魂问答的关系。文学的本质是它的人际交流性质，这种性质决定了文学不能脱离其观察者而独立存在。因此，主体（作家与读者）通过对象（文本）而互相沟通，因为，理解总是一种对话的形式，它是一个发生交流的语言事件。若要解释这些文本，便要与它们进入一种对话，那么，理解便发生在语言媒介之中。人栖身于语言之寓，人也通过语言而存在。通过文本的理解，创作活动与接受活动便不再成为互不相连的两个方面，而构成文学交往活动不可或缺的两维，成为作家、作品、读者是这一活动过程必不可少的因素。正如萨特所说：一切文学作品都是一种吁求，正是通过作品世界，作家与观赏者之间建立一种新型的“盟誓”关系，他们在艺术这另一世界中吁求自由。文学交往理论正是企求在文学的交流系统的环境中，去把握历史上的某种生活世界中的艺术经验，并通过这种经验的形成，使人们的思想、情感和生命意义相沟通。

将文学交往理论的研究，置于一个学术共同体的普遍的文化和学术活动中，是姚斯晚年努力的方向。姚斯认为，当今世界各种学科都趋向于人与人的交往理论学科的建立，完全有希望建立一种超学科的“普遍的交往理论”。因为，同文学研究中读者、听众、观众的复兴相呼应：文本语言学向言语活动理论和交流状况扩展；符号学在文本的文化概念上阐发；重新提出相互作用的主体问题，社会人类学中生活世界的问题和生物学中动物与环境的问题；知识社会学与方兴未艾的相互作用理论同一的回归。当然，这个宏伟目标的实现，需要时间的检验。

第五节　意义多元的召唤性结构

接受美学清理了文艺理论中的作者中心论和文本中心论，坚持文学主体性的建构，在当代美学思潮中迅速崛起。深究起来，接受美学理论在 20 世纪六十年代崛起，有其深刻的历史原因和现实土壤。接受美学反对孤立、片面、机械地研究文学艺术，反对结构主义化的唯文本趋向，反对作品中心论和单纯的作家研究，强调文学总体动态过程的研究，强调文学作品的社会效果，重视读者的积极参与和接受，对当代文艺理论和美学都有着重要的创新意义。

接受美学的兴起，对当代文艺理论起了转变视野的作用，影响了诸多文艺理论流派，美国的读者反应批评学派、法国的“新”新批评学派深受其影响，它们几乎取消了文本的地位，片面地发展了接受美学中主观性的一面，将读者的能动作用推到极点。而以瑙曼为代表人物的接受美学，则吸收了康斯坦茨学派的基本论点，并从马克思的生产和消费的理论出发，阐述了文学生产和文学接受、作品与读者的相互关系和相互作用。他们发展了姚斯、伊塞尔关于文学作品在动态阅读中实现的理论，同时批判了他们过高估计读者能动作用，夸大读者在阅读活动中的自由的主观化和相对性错误，重新确立了文本的决定性地位。

接受美学作为结构主义思潮之后的人文思潮重新走上前台的代表，在人与艺术的关系、人的存在与艺术社会效果方面做出了独到的理论阐释，并宣告了文学主体性的真正确立。

接受美学将文学主体性的建立作为自己的最终目的所在。认为作品作为主体的创造活动的终点，同时又是接受主体欣赏活动的起点，正是作品沟通了创造主体和接受主体这两个主体世界。因而，从本质上说，艺术活动就是一种寻求对话（心灵对话）的活动，这本质上就是一种对话，即使在审美主体的审美体验过程中（也就是还没有将体验物化出来）作者与读者这两个主体间也进行着潜对话。

接受美学的意义在于，标示出审美主体是艺术审美价值得以实现的唯一途径，强调接受主体对艺术作品的欣赏并非一种线性因果关系的链式反应，而是能动的艺术审美再创造过程，一个极为复杂的审美主体的内在建构过程：一方面是艺术作品（审美对象）的审美特性即心灵化过程，另一方面是审美主体审美能力外化的过程。这是一种在审美实践中发生的主客体之间的相互作用，是从客体到主体和从主体到客体这样一种双向运动审美过程。

接受主体性特性标明接受主体具有能动性。审美欣赏活动不仅是对审美客体直观掌握的审美体验过程，还是对审美对象进行再创造（二度创造）的过程。它要求欣赏者充分调动主体能动性。用自己那颗在体验中跳动不安的心灵去激活那些文学、那些画面、那些音符，使它们成为主体情感、意志、生命感和灵肉的载体，方才诞生出新的审美意象。这时，主体的能动性，已经超越单纯欣赏客体和对客体进行再创造的境界而迈入对主体自身审美心理结构（情感、意志、趣味、生命感）重新建构、重新吐纳的境界。可以说，欣赏活动中主体的能动性的程度标示出接受过程中主体性所臻达的高度。

接受主体性特征表明接受不是对作品“原意”的追索或还原，而是主体的理解、阐释过程，是主体自身独特存在方式的呈现。本质上说，艺术欣赏活动是审美主体以自己的感性血肉之躯的各种感官去看、去听、去触摸、去品味、去体验，因而个体性标明欣赏者作为主体对审美对象一种全面的精神把握和特殊占有，主体的各种特殊心理活动、独特的心理感受、情感意志、想象理解都将在客体上打上鲜明个性的印痕。审美主体在作品中所体验到的只是他那颗灵魂才能体验到的，他在作品中寻找到的是他自己才能找到的。他通过作品与作者的“对话”是富于个性化的，对于其他欣赏者来说不具备必然性和普遍有效性，他以自己的独特的感性（新感性）和经验模式介入和参与着对作品的审美把握，从而表征出个体美感的属人的特性。他对作品个性的把握是他自身灵魂的写照和心路历程，是他所独具的对世界、人生存在方式的一种精神照亮和持存，一种审美掌握和艺术占有，是主体生命丰盈的一种外在投射，一种人格力量的自我确证，一种内心世界与外在世界的叠印认同。

接受主体面对的并非一堆无生命的文字符号，相反，作品一旦脱离作家之手，便自己具有了生命气息，而脱离作家创作时的特殊角度、特殊氛围、特殊维度，成为像生活本身那样丰富的、立体的、多维的、多向的艺术生命体。而欣赏主体将自己的个人生活经历、个性趣味、审美偏爱、特殊心境投入这一艺术形象，再创造出的艺术形象更加栩栩如生。无数审美欣赏主体共同创造的艺术形象，总体上比作家赋予的主题要深邃全面得多。艺术欣赏（艺术接受）过程是艺术品的永恒创造的过程。正是在这一生生不息的创造过程中，历代读者把自己富于个性、民族性、时代性的审美体验赋予了艺术品，从而对作品做出特殊的阐释，这种赋予和阐释又成为后代接受的基础，不停地积淀，并影响着后代人们的艺术接受。这种不断的全新赋予和重新阐释，使作品内蕴不断创化、建构，使得其意义与指示形成越来越大的螺旋体，从而赋予艺术品以永恒的艺术魅力。

接受主体除了充分调动自己的创造性对文本进行再创造以外，他也得受接受对象的制约。主体的能动性、个体性、体验性中，存在一种内在制约性，它使得审美欣赏（接受）主体的再创造以至于出现随意性、非理性以及伪审美性。而这种制约性集中表现在审美客体中艺术形象或艺术意境的形式结构对主体的定向导引上。这种虚实结合的艺术形象或意境为欣赏者规定了一定的欣赏活动范围、方向和途径。同时，客体（审美形象）作为再现（客观物象）与表现（主观意象）的辩证统一，规定了它是明晰的确定性与非确定性的统一。这种明晰的确定性，使审美欣赏者入乎其内，探幽索奥，准确把握；作品形象的非确定性，又使接受者出乎其外，寻找未定点，进行二度创造。正是这种创新性与制约性的互相联结，才使接受主体的接受活动没有仅仅成为一种个体的行为，而是由个体性上升到一种普遍性。无数的接受主体才会在既有个体独创性，又有普遍认同性之中，总体上形成一种接受主体性。就这个意义上说，接受美学并不简单划为一种主观美学，它将其内在的普遍性硬结为广泛的客观尺度，从而达到主体客体完美结合。

当然，接受美学仍然存在自身的局限性。从总体上说，接受美学同20世纪其他美学思潮一样，回避美的本质、艺术的本质等根本问题，而将重心放在艺术的具体接受过程的特征和心理形态的揭示上。同时，接受美学尽管强调了文学活动总体性过程，但偏重于研究读者接受过程，而较少论及作品文本的形式和意义，以及作家创造活动及其主导地位，给人一种忽略文学创作和作品本体研究的印象。这样，文学活动的总体研究就出现重心后移，整个格局因而失衡。而且，姚斯在论述文学创作与接受的关系时，缺乏更为具体充分的论证，在强调文学通过读者的接受发挥其社会效果一面时，对社会对文学创作与阅读的制约作用论述亦显单薄，未能充分地展开。这些薄弱环节，使得接受美学研究的进一步深入受到了限制，以致到了 20 世纪 80 年代初，接受美学势头大减。

尽管如此，接受美学以其新的理论特色给人以有益的启示，它研究方法的新颖和思路的独特起到了扭转视域的作用，它对接受主体性的呼唤，对人这一终极本体的潜在性和可能性的重视，推进了当代美学和文艺理论。

当然，“读者反应批评”受解释-接受美学影响而迅速发展起来，到 20 世纪 80 年代进入其黄金时代，在文本解释和意义重读方面与结构注意互相呼应。费希的“情感文体学”，普莱的“内在感受”说、乔纳森·卡勒的“文学能力”说，强调文本意义生成的首位性，反对在文本中存在完整自足的意义的说法，认为意义是重新解读的结果，从而使意义的形成偏向读者一维。这样，读者反应批评（以及法国的“新”新批评）就日益走向取消文本意义一极，片面地发展了接受美学中主观再创性一面，将读者的能动作用推到极点。据此，美国文化家简·汤普金斯在其编的《读者反应批评》[①] 中认为：“法国后结构主义的艰苦工作，特别是罗兰·巴克尔斯等人所撰写的论文具有决定性意义，没有前者，读者反应批评也许很难以它目前这种形式存在下去。”在这个意义

① Tompkings, J. P. ed. *Reader - Response Criticism From Formalism to Post - Structuralism*, Balitimore: Johns Hopkins University Press, 1980.

上，读者反应批评比解释—接受美学走得更远，它因受解构主义影响而更具有解释的主观能动性和意义的再生性，同时也因其主观阐释的随意性或误读性而遭人诟病。

不妨说，正是解释学、接受美学和读者反应批评理论，使文本的意义阐释成为作品生命力的关键，从而为相对主义意义论和读者主体论的确定，为一元意义论向多元意义论的转化，奠定了思想的基础，使对“原意”的有效性话语和真理的绝对论的言说，在世纪末变得相当困难。这也许为后现代的“意义不确定性”说法，提供了某种话语支持和理论参照。

第二编

解构主义美学

第六章　解构美学与巴特的零度写作

如果说，拉康是因其发现无意识后面的语言结构，进而揭示欲望的基本话语形态而驰名于思想界，福柯是通过对边缘状态，尤其是对疯狂、监狱、医院、性的文化代码分析，而立足于当代思想家的行列，德里达是透过对逻各斯中心主义、语音中心主义的揭露而获得边缘话语立场，使自己对现代形而上学进行了彻底颠覆的话，那么，罗兰·巴特则是一位扩散型思想家，以其对“零度写作”观、“欲望再生产”和“文本欢欣”的揭示，而使自己成为一个身份杂糅、主题变动不居、观点不断滑动的写作者，一个在文本的书写中获得欲望满足式的欣悦快乐的书写者。

第一节　零度——白色写作理论

在结构主义和解构主义的思想阵营中，罗兰·巴特（Roland Barthes，1915—1980）是一位重要的人物。

也许，疾病是精神的导师，尼采如此，荷尔德林如此，同样，罗兰·巴特也是如此。在求学期间，巴特由于贫穷而得了肺结核，当他以优异的成绩中学毕业，并满怀希望投考高等师范学院的时候，因肺结核病的发作而不得不休学。若干年以后，他的肺病复发，停止了工作。病魔折磨他长达十几年。正是因为疾病，使得罗兰·巴特不仅能从一个正常人的角度去看这个世界，同时也可以从病人或走向死亡之人的角度去审视这个世界。因此，同常人相比，他获得了多维性眼光和多重性角度观看世界的方式，而得以在疾病和正常之间，在痛苦和希望之间，在生存与死亡之间，进行存在结构的边缘性思考，并使自己获得生命透悟般的快乐。因为面对死亡的生命是可贵的，所以，巴特的一个重要的主题就是与死亡相对的“欢欣”“快乐”，即生命的快乐、阅读的快乐、文本的快乐、甚至是解构策略的快乐。同时，也许由于早年的贫困烙印，又使他走向了一种反向性思维，即强调了与贫困匮乏相对的另一极——“欲望”的满足。因而，在罗兰·巴特的文本中，不断出现的是关于欲望的张扬、欲望的合法性证明、欲望的渴求和欲望的再生产。

疾病、快乐、贫困、欲望这些生命符码，使罗兰·巴特的身份具有了多重性。对此，美国著名美学家卡勒在《罗兰·巴特》[①] 一书中认为，罗兰·巴特是一位多才多艺的人，一位文学史家、神话学家、批评

① J. Culler , *Roland Barthes*, Oxford University Press, 1983.

家、论战家、符号学家、结构主义者、享乐论者、作家、文士。总之，他是一位身份杂糅、具有多种文化符码附加于自我身份之上的当代理论家。这一身份的杂糅性使其著作很少有长篇大论式的高头讲章，大部分文章都是散文式的学术随笔，写得轻松自然、任性而为。这若干篇文章所汇成的集子，构成了罗兰·巴特基本的理论写作风貌。

罗兰·巴特一生发表了二十余部著作，并有不少著作译成英文。主要有《写作的零度》[①]（1953）、《米舍莱自述》（1954）、《神话》[②]（1957）、《论拉辛》（1963）、《符号学原理》[③]（1964）、《批评文集》（1964）、《批评与真理》（1966）、《时装系统》（1967）、《S/Z》[④]（1970）、《符号王国》（1970）、《萨德、傅立叶、罗耀拉》（1971）、《文本的欢欣》[⑤]（1973）、《巴特论巴特》[⑥]（1975）、《恋人絮语》[⑦]（1977）、《意象、音乐、文本》（1977）[⑧]、《埃菲尔铁塔与其他神话》（1979）、《转绘仪》（1980）、《新批评文集》（1980）、《形式的责任》[⑨]（1982）、《语言的细声》[⑩]（1984）等。可以认为，罗兰·巴特的思想上承结构主义，下启解构主义。其文化定位于一种承上启下的角色中，因而其一生基本上可分为三个层面：一、关注"写作"论的时期，其代表作有《写作的零度》《神话》等；二、符号学时期，其代表作有《结构主义活动》《叙事作品结构分析》《符号学原理》《批评与真理》《符号王国》等；三、"文本"研究时期，其主要代表作有《作者已死》《S/Z》《文本的欢欣》《巴特论巴特》《恋人絮语》《语言的细声》等。

---

① R. Barthes, *Writing Degree Zero*, London, Jonathan Cape, 1953.

② R. Barthes, *Mythologies*, trans. A. Lavers, London, Palladin, 1973.

③ R. Barthes, *Elements of Semiology*, trans. A. Lavers and C. Smith. London, Jonathan Cape, 1967.

④ R. Barthes, *S/Z*, London, Jonathan Cape, 1975.

⑤ R. Barthes, *The Pleasure of the Text*, trans. R. Miller, London, Jonathan Cape, 1976.

⑥ R. Barthes, *Roland Barthes by Roland Barthes*, London, 1977.

⑦ R. Barthes, *A Lover's Discourse*, New York, Hill and Wang, 1978.

⑧ R. Barthes, *Image*, *Music*, *Text*, London, Fontana, and New York, Hill and Wang, 1977.

⑨ R. Barthes, *The Responsibility of Form*, Farrar, Straus and Giroux. nc, 1985.

⑩ R. Barthes, *The Rustle of Language*, New York, Hill and Wang, 1986.

不妨说，罗兰·巴特是从一个边缘性的写作者和结构主义符号学家进入解构主义阵营的。然而，他却在学术创作的高峰时期，因 1980 年一次车祸而终止了旋风般的思想。

“写作”或许是“现代性社会”最大的奥秘，同时也是现代社会中最为彻底的话语转型。在传统的话语中，写作是经天纬地的“不朽盛事”，是人为寻求真理而获得的一种话语特权。写作成为思想的直接呈现，成为思想的对等物，甚至成了新思想的导引。而在巴特那里，“写作”的本质和内涵发生了根本性变化，已不再是对真理的直接砥砺，不再是对不朽盛事的先行见到，而是一种现世的书写实践，一种非意向性的世俗行动，甚至是一种无所驻心的中性的“白色写作”。

一部写作史，在罗兰·巴特看来，即某种思想在一片虚空中，欢快地升腾于修辞性字词之上而形成的所谓“写作”。所以，写作首先是对对象的把握，一种书写的劳作，并最终发展为“对对象的谋杀”，使对象达到它的一种变体，即“不存在”。于是，从对语言的尊重走向对语言的破坏，从对思想的渴求到对思想的解体，写作终于完成了自己的历史——当代新写作方式——“写作的零度”的中性写作。从此，写作除了符号以外，再也看不到思想的烙印，再也没有那种梦幻般的理想光泽，而是一种纯结构性的单色调写作——白色写作。写作的热情消失在现代平面上，写作残存的意义随着资产阶级的生活方式而逐渐解体。

就此，罗兰·巴特展开了自己的论述。写作已然形成“多重性写作”，即：政治式写作、革命式写作、西方马克思主义式写作、阶级性写作、专制性写作、思想性写作、现实主义写作、自然主义写作、小说式写作、诗歌式写作，归约性写作，以至于失语式的写作。我以为，罗兰·巴特这一分类性分析抓住了事情的本质。他从过去一般性的二元对立式模式中走出来，不仅将写作看成是历史性的协同行为以及同语言结构风格打交道的活动，而且认为，写作从存在于社会之间的那种创造性活动，已经转变为语言自身的自足性表现活动，并与历史的重大危机若即若离地联系在一起。就此，写作从一种沉重的历史记忆中走出来，而变成自由地滑行于记忆之间的妥协物，甚至变成了记忆的自由或机遇性的书写方式。

“政治式写作”表明其是一种僵硬的语言，总是呈现出被言说的语言的封闭性。这种写作使写作本身和语言相对立，因为它通过语言仅仅是以政治式隐秘的方式去指涉政治式对象，字词在政治的禁锢之下，仅仅起着一种呈现作用而已。所以，写作永远置身于语言之外，仅仅是一种与隐秘力量打交道的活动。就此而言，政治写作的显著特征是禀有权力或权势的阴影，具有一种现实的目的性和强迫性的价值意向。而写作本身倒变成了一种借口，一种“在别处的存在”。所以巴特强调，政治写作并非是真实的写作，而是在权力的压抑下所进行的泡沫式写作。

“革命式写作”就是将语言和鲜血联系起来，是一种血与火的写作。巴特认为，这种法国革命式的浪漫激情写作，一反古典式写作那种平稳、流畅和优美，充满着激进、激情和夸张的姿态，甚至也充满着流血牺牲的沉重。革命式写作最重要的方面是，它成了日常生活的否定词，成了现实生活缓慢河流中非常态的浪潮。它的语言使人感到是一种异样的语言，一种乌托邦式的语言。它在其激情性的写作中，使人们感到震惊，并使公民普遍面对流血的祭礼。于是，写作本身变得不重要了，写作的对象，即革命的话语方式成为写作的绝对主导性。

“西方马克思主义式写作”是一种“间断性的写作”，每一词都以隐喻的方式展示着它自身的原则，并指向它独特的历史意味。因此，在罗兰·巴特看来，西马式写作本身是一种价值语言的写作，是一种激进主义式的写作。这种写作的特点是世界主义、乌托邦主义和批判性意向，这构成了西马写作的基本模式。当然，这一写作与托洛斯基的写作、随机应变式的写作，甚至是斯大林主义式的写作有着难以剥离的复杂关系。就此而言，西马式写作既与阶级写作有关，又与思想式的写作有关。

“专制性写作”又被罗兰·巴特称为“警察化写作”，因为，在这种秩序的专制政权中，永远充满着压制性的内涵。写作在此变得异常沉重，变成了自身的疏离，甚至成为“反写作”的方式。因为，写作的言说本身并不重要，相反，它的重要是来自权力压抑的反弹性指认。在政治和权力滑行到现代社会轨道以后，战斗者和作家之间的新型作者逐渐进入一种平滑的、现代性的社会中。于是，为道义、为乌托邦、为专制性的写作，逐渐丧失其合法性，而语言、结构、言说方式、写作本身，上升到写作的主要地位。写作不再是集体名义下的符号签字，不再是一种集体思想的秩序话语，也不再是一种公民流血的历史祭礼。思想写作渐渐退出了现代写作主角的地位，而使得“语言写作”本身大面积地出现在思想的领域。于是，小说写作和诗歌写作成为写作在当代的主导模式。

换言之，叙事和纯文学成为现代写作的社会与公众之间的契约，而作家的言说消解了所谓政治式的写作、阶级式写作、思想式写作的那种压抑的权力性和有限性，而拓展到无边的世俗感性生活层面，具有更多的新鲜而现实的语言储存，并保证了对现实认识和对自身认识的诗意双重性。在此层面上，罗兰·巴特坚持，这就是表现了艺术的“神话学”的特性，即一种象征、一种符号、一种自身意义的当代指认。所以，“文学就像磷火，在它临近熄灭的时候，光亮反而更强”。小说和诗歌的写作既是对日常性的破坏，又是对现实性、诗意性的修复，这一切都构成了现代艺术的基本特点。艺术写作一方面在剥离现代社会的虚假面具，另一方面又在为自己寻找真实的本性而努力。

从某种意义上说，小说是将生命变成一种命运，将记忆换成一种功能，把延续转成一种有意向性的时间延伸，而只有通过在社会现实注视下完成的艺术性，才获得小说自身的特性。诗歌中现代诗是对字词的饥渴，把诗的言语变成了一种可怕的和非人的言语，并渴望建立一种充满断裂和敞亮感的话语，充满了“不在”的因素和符号意义不确定性的话语。诗歌具有了一种中断性思维，一种跳跃性的诉诸非连续性的节奏。现代诗摧毁了语言的关系，把话语变成了字词的静止凝聚，使我们对自然的认识发生逆转，造成一种现代社会理性中断的图景。所以，现代诗是一种客观的诗，是由孤寂冷漠所组成的意象连续体，同时，也是对现实社会的“能指”的表征。

而散文是最小的话语，是思想最经济的表达手段，是在言语中包含着更多精神性构思和更恰当的叙事方式的思想表述。不妨说，罗兰·巴特之所以选择散文作为自己思想的承载物，确乎是有其自己的理论依据的。

从古典写作进入现代写作，“写作”进入宽广平滑的河流和思维河床，语言变得多样化，有精雕细琢的写作，有大众主义的写作，有中立化客观的写作，有口语化日常生活的写作等，都各自依照写作者自身的行动和观念做出自己的价值选择。然而，有一点是确定的，即文学的语言本身其完整性解体了，它被分裂、中断进而自然主义化，成了形式的冒险和修辞的游戏。语言丧失诗意而变得直白，这无疑是意识现象的分裂和中断的表征。

于是，在神圣被抛弃、思想写作的权力被怀疑、语言骚动导致本身规则破坏之时，语言解体成为了必然。语言解体导致语言的沉默，使得现代性写作出现了语言瓦解的“失语症”。形式的沉默、语言的挽歌和字词的病态，使得现代性写作具有了粗糙的外表、阴郁的孤独性和反纯洁透明的复杂性。于是，“新写作”方式出现了，那就是逃离语言秩序束缚的“白色写作”“中性写作”或“零度写作”。

这种写作是直呈式的写作，是反修饰、反叙事、反深层意义的写作，或者是新闻性的写作。这种中性的写作，是主体离间、逃避、消亡的毫不动心的写作。在主体丧失了自己的激情、浪漫、乌托邦之后，离开了真实语言和文学的意向性，其写作便具有客观冷漠、身处事外般的中性言语。作者成为不在场者，写作被归结为一种否定的形式，在其中语言的社会性或神话性被消除，而代之以中性的和惰性的形式状态。尽管思想尚保持着它的职能，但它已不属于历史中承担的那种形式了。这种中性写作已经达到“纯方程式”的客观状态。它在面对人的空白存在时，仅具有一种代数式的内涵。于是，文学的浪漫性被克服，人的问题被抛弃，意义的承诺已然落空。

其实，这种“白色写作”同样是不真实的，因为它所具有的自由和新的形式诞生于不确定的语言领域中，这种语言因为与思想和现实的完全中断，使得它重新成为自己的“形式神话的囚徒”，因为它又重新创造了一种完全中立的、与任何思想形式思潮无关的、完全客观的“中性写作”的“神话”，而这一神话同样应遭到思想者的质疑。

说到底，人不可能逃离其社会和心性价值。一个人除了所谓政治、革命、阶级、思想等规定性以外，他在操持着语词的组合时，也在充分确定和表现着自己的全部历史，因为人毕竟是由语言呈现和界定的。

当然，罗兰·巴特对白色写作的分析也具有自身的困惑性，即一方面他要通过“白色写作”去扬弃萨特式的那类政治、神话、革命、阶级性的写作误区，另一方面，他在强调白色写作的同时，又对加缪所进行的对这种写作的实验不无忧虑。问题在于，这种所谓的中性写作，自身又设立了一种中心，即语言中心。在巴特看来，根本就不存在无语言的思想，也不存在无思想的语言，因为文学同形式分离，它仅仅是书写的类别，然而语言本身却包含着深刻的经验。或者是语言本身带出了文学在当代的全部困境，文学被导向语言问题，同时也被导向四分五裂的生存图景。

或许可以说，在《零度的写作》中，罗兰·巴特已经预见到二十世纪六十年代后期后结构主义思潮出现的语言分裂和思想逃避的危机。他以其诗意的直觉，穿透了许多理论家以长篇大论所未能抵达的理性分析的高度。

然而，在思想的消隐与语言的狂欢的价值判断上，他仍然是模棱两可的。他曾经说，探索一种无风格或口语的风格，探索零度的或口语级的写作，就是对绝对歧异性的社会状态的期望。作为一种必然性，文学写作证明了语言的分裂，而作为自由，它就是这种分裂的良知和超越这种分裂的努力。因此，文学只能失去激情的意义渴求而成为结构性语言的乌托邦，或与文学与神话的代码紧密地联系起来，而获得反主体性的纯客观性价值诉求。

第二节　结构主义符号学

学界往往将罗兰·巴特称为结构主义符号学大师，然而，在我看来，也许在结构主义或符号学上，罗兰·巴特的创造性并不突出。因为，他过分热心地将结构主义或符号学作为一种新的方法，并将语言学和符号学作为分析人文科学的主要原则。因此，在缺少反思性批判的前提下，他只能全面地挪用或模仿索绪尔的语言学或符号学。也许，客观性对思想躁动性的压抑规约，于此可见一斑。

结构主义作为对存在主义的反拨，既非一个学派，也非一种运动，而是一种结构性思维或话语方式。它强调其“能指”和“所指”“共时性”和“历时性”等二元对立概念，并对概念所指涉的意义加以关注，即运用能指和所指、共时性和历时性等概念，去描划人文科学的一些规律性的东西。

结构主义活动的目的在于重新建构对象，并在重建中结构性地呈现这一对象。“结构”事实上是对象的幻像。结构主义聚拢现实并分解现实，它是一种模仿活动，是对对象的抽空，是对对象的空洞的逻辑性（“分割”和“排列”）的演示。结构主义并不取消历史，它将历史不仅与内容联系起来，而且与形式联系起来；不仅与物质联系起来，而且与可理解性联系起来；不仅与意识形态联系起来，而且与审美联系起来。这样，结构主义本身就将世界看成是某种形式，而这种形式将随世界的变化而变化。抓住这种形式，去发现这种形式的变化，从而用语言去表达这种形式的变化，就结构性地把握了世界或把握了世界的内在结构。

从符号学的角度出发，罗兰·巴特提出了自己的“符号学原理”图式。他认为，在人文科学中必须进行符号学研究，才有可能真正揭示人文科学内在互相对立而又互相阐释的基本原理。巴特式的符号学“原理”，按符号语言学可以分成四大类，即：“语言和言语”“所指和能指”“系统和组合段”“直接意指和含蓄意指”。巴特对这四类范畴作了十分枯燥的逻辑演绎。[①]

在我看来，罗兰·巴特用了相当的精力写出了与他的散文文风截然不同的著作《符号学原理》。然而，这一著作并非其真正的代表作，其中模仿和非创造性的痕迹相当明显。当然，罗兰·巴特用了大量篇幅去反复论证这四项基本原则的用心在于，按照结构主义活动的方式去建立一个研究对象的模拟物，然后，将这种研究按照某一观点所描绘的资料，进行一种结构性分析和语义层面的分析。如他在研究“时装”和“禁忌”时，不仅要进行内部结构的分析，还要重视每一个语义系统层次上与经济学、社会学和符号学发生的关联。将研究对象作为一个相对封闭的静止状态的结构加以分析，以对象进行各层面的彻底研究。所以研究对象的充分性和其内在特性的完整性，是结构主义符号研究的重要保证。这样，结构主义符号学就可以成功地将事件和对象从历史的流动变化中切割下来，使自己面对一个相对静止而完整的“切片”，从而删除“历时性”因素，尽可能地聚合“共时性”的整体。通过这个整体的解构性研究，去论述正在发展变化的整体系统，即时间所形成的历

---

① Cf. R. Barthes, *Elements of Semiology*, trans. A. Lavers and C. Smith. London: Jonathan Cape, 1967.

史流变。

总体上看，罗兰·巴特只是把符号学作为广义语言学的一部分，因为他曾把全部客观的实在简单归结为符号学的文本。也就是说，他从结构语言学的观点出发，而忽略其文学反映现实的一面，只重视研究文本本身的结构和层次，或者说，他只强调能指而非所指，因为，真正的艺术作品在他看来，其意义是由能指组成的，重要的是“怎样”，而不是“什么”。

可以说，二元对立范畴的把握，严格的系统内结构设定，内在性的非历史切片，以及细读方法的严格对称性的研究，是罗兰·巴特符号学的几个基本要素。其贡献在于扭转了人文科学或文艺研究的视野，将其从研究的对象，即内容、历史、意识、阶级斗争转向了文艺话语的表达系统，即它的能指、所指，它的意义，它的结构的纯客观层面。但是它又不完全同于现实主义式的对客观对象的把握，或自然主义式的对对象研究的纯客观性，也不是像存在主义那样，对对象研究强调其主体性和精神性，而是符号性地介于纯客观性和纯主体性之间，强调主客体之间的结构性的符号领域的研究。所以，这一点又被不少批评家称之为“新批评派”策略。

这种新批评派策略，往往强调文学作品的叙事结构分析，认为对象具有可分析的清晰结构，而主体结构也与对象结构有着某方面的对应关系。只有把握了这种对应关系，才能找到叙事结构的根本规律。因此，罗兰·巴特在《叙事作品结构分析导论》中认为，叙事作品不管是怎样的作品，它总是超越国家、历史和文化而存在的，它具有一种普遍性。而进行这样的叙事作品的结构分析，就是要去寻找作品的结构，不仅要找到叙事作品的语言即句子中的问题，而且要找到它的意义层，即描述的功能。

就此而言，罗兰·巴特把叙事作品的层次即描述层分成三个层面：一、功能层（用普罗普和布雷蒙著作中所指的含义）；二、行动层（行动一词用格雷马斯把人物作为行动者来论述时所指的含义)；三、叙事层（大体相当于托多罗夫所说的话语层）。这种功能层、行动层、叙事层是按逐步结合的方式，互相联接起来的。也就是说，一种功能只有当它在一个行动者的全部行动中占有地位时才具有意义，行动者的行动也由于被叙述并成为话语的一部分时才获得最终意义，而话语则有自己的代码。

用了相当的篇幅详尽地讨论了这三层的关系后，罗兰·巴特认为，叙事作品形式的基本特征具有两种能力，即将其符号沿着故事膨胀开来的能力和将无法预见的扩展纳入这些畸变的能力。这两种能力看上去似乎是两种自由，但叙事作品的特性正在于把这些差别包含在自己的语言中。因此，在巴特那里，叙事作品所发生的事情，从所指事物的角度来说，是完全虚构的东西，所发生的仅仅是“语言的历险”。无论是叙事作品的起源，还是语言的起源，都是与叙事作品同时产生的，似乎是对话以后的作品。所以，用结构主义方法研究文学作品，使得罗兰·巴特在叙事学层面等新的层面把握对象的同时，又遭遇到诸多的困惑。这无疑说明，完全照搬结构语言学理论来解释叙事作品的结构，其有限性和局限性是十分明显的。

当然，罗兰·巴特用符号学进行分析的时候，有一些分析也颇见新意。如他写的《符号王国》（*Empire of Signs*）中的几篇，其分析就有独到之处。在《市中心——空洞的中心》中，他将东京与西方城市的中心进行了对比，认为西方所有城市都具有中心性，每个中心都是向心的场所，因为西方的城市中心常常是非常著名的地方，它不仅具有精神性（如教堂）、权力机关（如州府）、还有经济场所（如银行）等，而且是文化、经济、权力的中心。而东京却出现了一个悖论，它确实有一个中心，但这个中心是“空无”。也就是说，它把一个“禁城”，即天皇所在的禁城置于城市中心地位，人们每天都围绕着中心转，但是谁也不能与天皇相识。这是一个丧失了权力的、非中心的中心，所以是一个“空洞的中心”。他的存在不是为了炫耀权力，而是以中心的空洞性来支持整个城市的运动。因此，这种想象出来的事物，以回环成圈的方式呈现并围绕空洞的中心迂回运行。可以说，罗兰·巴特掌握到了西方的中心是“绝对中心论”，而东方的中心是“中空中心论”的关键，同时，还体悟到了东方式的玄学性。尽管他将这一点仅仅作为城市布局的分析，显得稍稍有些牵强。

罗兰·巴特作为一个西方学者，对东方的书法的“书写”也做出了自己的符号学阐释。他感到，东方的书写，是用毛笔在书写的过程中诉之于一种不可见的细微的个性差异，让人透过笔墨看到背后的意义，笔墨是在虚空中画出的心灵痕迹。以书法为代表的东方艺术，其形式和意义的交织铸成了书写的内涵，不仅是凭借形而上的话语力量，而且是依靠多种社会、个体、心灵、艺术、历史的因素交互作用，使得书法和东方艺术向着无尽的未来时间和无穷大的空间敞开。

同样，对日本俳句的顿悟，使巴特感受到禅宗的“扬弃意义”的魅力。他在《扬弃意义》中说，这种东方式的“既非”“又非”模式，使得对于一种对象意义的把握是不可能以机械性的方法准确地获得的，而只能通过一种启悟性的、富有弹性的符号去加以表现，并在语言的终结处把握到新意义的生成。也就是说，在禅意朦胧的瞬间，会出现语言的终结，这种无声的断裂，建立起禅宗真理与俳句那简洁空灵的形式。这样就否定了对意义的极端把握的倾向，既不把语言搁浅在沉滞、深刻、神秘的沉默的问题上，也不把语言搁浅在灵魂的、通往神圣的交流的空灵境界的问题上，而是在话语的终结处不断地延展这种话语，使它凝聚到一种微淡无光之物上去，在一种极境中去理解世界万物的升腾变化。所以，最终的语言力量在于终止语言，最大的意义在于不言传意义。这也许就是那种得意忘言，或者被称为启悟和直觉的境界。

也许，罗兰·巴特体会到了这种境界，因为，从他的文字中可以看出，他非常欣赏这种境界。他说：“俳句有着纯净性、空灵性，读这样绝妙的语言，就会富于惊奇、感动、瞬间完美与一种意义。反复阅读、反复沉潜于这种境界中，就会意识到意义将会从这种纯净式的语言中被真正发现，进而被深刻性地洞悉。”于是，罗兰·巴特分析了“说出的意义”和“未说出的意义”，当然，他更欣赏那种“未言说”出来的无穷意蕴。

第三节 可读性文本与可写性文本

从思想史的角度看，1965 年以前的罗兰·巴特在法国思想界还是一位声名不显的普通学者，其主要思想刚露出冰山之一角。然而，由于他的《论拉辛》（1963）激怒了他的论敌雷蒙·皮卡尔教授，皮卡尔发表了《新批评还是新骗术?》一书，非常尖锐地批判罗兰·巴特的分析论点，在法国文坛掀起了轩然大波，加之新闻界的推波助澜，从此，罗兰·巴特被看作是文学领域的激进、怪癖、边缘思想的代表人物。于是，巴特因祸得福，从此引起文坛关注，尽管时有恶语和攻讦。然而，无论如何，这刺激了他强烈的创作欲望，同时也给他的创作带来空前的读者市场。因此，在论战中他不停地写作和发言，从而使自己的独特思想得以迅速传播。

1965 年以后，罗兰·巴特出版了多部重要的著作，其中较重要的有:《批评与真理》（1966）、《作者已死》（1968）、《从作品到文本》（1968）、《*S/Z*》（1970）、《文本的欢欣》（1973）、《巴特论巴特》（1975）、《恋人絮语》（1977）等。那些不断抛出的著述，使巴特的思想赢得了广泛的读者群，并使他在六十年代中期跻身于巴黎文化界名流之列，并与福柯、拉康、德里达同领时代风骚，掀起了一股汹涌澎湃的解构主义文化思潮。

面对皮卡尔的抨击，罗兰·巴特出版《批评与真理》一书加以反驳。他强调，法国存在着两种文学批评，一种是传统的僵化的“学院派批评”，另一种是新兴的、充满着锐气的解释学精神的“新批评”。以皮卡尔为代表的学院派批评将文学研究僵化凝固起来，而缺乏一种新的解释学的维度。罗兰·巴特主张打破这种僵局，改变这种僵化的文学语言，进行一场观念革命。因为，科学、批评、阅读，是当代批评围绕作品编织其言语活动花环时所必不可少的三种话语，应该对文学作品进行结构式的新的分析，而不是一味地局限于传统的社会学研究方法中。批评探讨意义，批评生产意义，批评对于作品的关系是一种意义对另一种形式的关系，没有任何一种批评可以穷尽作品的意义，也没有任何一个作品可以冒充它是唯一的批评而独霸批评的领域。

一本书是一个世界，批评家在书面前感受到的言语意义与作家所感受到的不尽相同，所以，他必然遭遇到批评对象的限制。传统批评家将自己的言语活动填充到作者的言语活动中，并在把象征符号添补到作品象征符号中时，只能以重现作品本身的意义为旨归。所以批评家只能激发作品的原意，而不是压缩和抹平它们。这种缺乏创造的僵化批评是必须让位于结构和心灵的批评的。因为，从阅读到批评的转化是视野的改变，是将一种新的生命力量注入作品之中，使一种新的理解精神彰显并升腾于批评中。“批评”和“真理”是一种良性的互动状态，富有创造性的“批评”是抵达“真理”的中介过程。

如果说，《批评与真理》的雄辩和其诙谐的论文风格，为罗兰·巴特赢得了读者的广泛好评，那么，他的《*S/Z*》则典型地表明他已经从结构主义向后结构主义的转型。在《*S/Z*》一书中，巴特将全文分成561个语汇单位，分析出每一个语汇中所蕴含的编码规则，并进一步阐释其编码的内在依据和基本规则。①

这一分析是针对巴尔扎克的中篇小说《萨拉辛》一书的。《萨拉

① Cf. R. Barthes, *S/Z*, London: Jonathan Cape, 1975.

辛》讲述了一个离奇的故事：巴黎的年轻的雕塑家萨拉辛在游览古罗马时，见到了一位极其漂亮的歌唱家桑比赖拉，于是倾心追求这位歌唱家，但最后发现“她”是一个男性的阉割者。罗兰·巴特就此展开分析，认为作者拒绝了一个超然于若干文本之上的普遍模型，而突出每一文本的差异性。巴特将结构主义所建立起来的固定的、封闭的、自足的意义结构打破，使它们变成一种“星状分散的文本”而失去了整体依托性。在这种“破碎的文本”中，把文本分成为“可读性文本”和“可写性文本”两种基本类型，从中发现对文本类型的全新阅读方式。然后，用五种不同的信码对这些散成几百个碎片的阅读单位加以分析。

“可写性文本”不是一种物，只是可供重新书写的文本，是可以进一步扩散改写的文本。巴特以其意义的多重性、空间的开放性和语言活动的无限性，为不同读者的解读提供了文本模式。可写性文本打破文本内部的有限性制约，使读者不是通过语言去观看一个先定的世界，而是去洞悉语言自身的新本质，并与作者一起参与创造作品中世界的新意义。

“可读性文本”是固定的自足的现实文本。在可读性文本中，能指和所指之间的关系一目了然，文本的意义是可以把握解读的，阅读只是接受或拒绝，而不是重写。所以，可读性文本是读者消费的文本，它在不断地阅读中被把握其有限的意义。而真正的思想型读者应该面对可再生创造的“可写性文本”，使其敞开自己的想象，发掘自己的潜能，超出文本之外，去把握作者所能想象或所能提供，甚至未能想象未能提供的多样性意义，使每一次阅读都是读者与作者的一次文本的相遇，一次全新阐释中所生发出重新书写式的快乐。

传统的古典型的文本大多是可读性文本，而现代的文本大多是可写性文本，因此更具有阐释意义的复杂性和阅读中的困难度。罗兰·巴特注重“可写性文本”，因为这是一个立体空间，建立在多元性基础上的再生性评述。在此，作为支柱的文本将在可写性意象中不停地被打碎，被中断，而毫不顾及其句法修辞的设定和故事细节的框架，相反，批评性阅读强调语汇歧义的列出，解释与主题的扩散性分析，全新的话语方式的产生，从而使研究者摆脱整体局限性观点。从这个意义上来讲，“可写性文本”就是打破对象的完整封闭性，用巴特的话去说，是“虐待文本”“切割言语”，否定文本的品质而扬弃其本性，通过这种话语的改变，使文本成为锻炼、衡量读者再造性水准的尺度。文本的阅读于此成了意义增值的狂欢，同时也成了意义消解的狂欢。

那么，究竟有多少种阅读方法呢？罗兰·巴特认为有五种编码的阅读方法。即阐释信码、喻意信码、象征信码、选择信码和文化信码。文本主要是由这五种信码构成的网络，每次阅读，这些信码都交错进行而彼此生发，永远在自我更新的过程中。

一般而言，阐释信码是对情节结构加以细密的内在阐释，以建立故事的情节线条，并对其字面意和字内意加以解释；喻意信码是将其故事情节和人物与其意义相联系，而构成一个主题范畴；象征信码是将一个范畴的复合价值转换性场所作为人物情节的语境，从而指认其深层次象征含义；选择信码则强调其多种意义的可能性，注重阅读的偶然性和创新性；文化信码将用多种知识型，即物理的、生理的、医学的、心理的、文学的、历史的等，进行多元的文化网络的阐释，而并不去注重建构和重新建构它们所连接的一般文化模式。

总之，在罗兰·巴特那里，“可写性文本”高于“可读性文本”，因为文学的价值不在于如何表现世界，或阐释这个已经存在的世界，而在于不断向人们理解和阐释把握这个世界的方式、方法和规则提出挑战，提出更高的意义阐释期待。所以，“可写性文本”就是邀请读者从自身的语境中解放出来，而通过偶然和约定的性质，对其所理解的传统观念和符号规约进行反思，从而去探讨对对象的更新的阐释密码。这样，读者就不再是被动的被灌输的群体，而是主动地进行阐释和意义塞入或填入的群体。

“可写性文本”表明了文学由作者向读者的中心转移。作者已经开始消隐，而读者正在全新的可写性文本上体现了“文本欢欣”的新动向。

第四节 作者之死亡与文本的欢欣

在罗兰·巴特的观念中，“可读性文本”必将转换为“可写性文本”。他在《从作品到文本》[①] 中认为，新的文学对象不再是“作品”，而是“文本”，因为文学研究已经从单一研究时期进入到多学科互动时期，也就是说，历史学、哲学、语言学、社会学、文学、美学等互相影响、互相汲取文化资源而形成新的研究语境。所以，任何单一的研究在这种多维多元的研究前都显得单薄无力。

从“作品”向“文本”的转化，意味着研究方法论的转型。方法论不再是单一进入作品的方式，而是面对文本的阐释的一种策略。就此而言，文本的策略从此成为解构的新思维，这种策略使得文本永远是非完成性的，它不断要求人们加入它、激发它，进而再生产其新的意义。

“文本”是与其他文本相关的“互文本”，文本是复数而不是单数。任何文本在其出现以后，都割裂了与作者的关系，变成了一个“孤儿”。在作者逝去之后，读者获得了全权阐释的权力，他将不再受作者意向性的钳制，而是直接与文本相生相发，产生出无穷多样的意义。文本的意义是无穷尽的，它是一篇被不断书写并被重新书写的意义螺旋体，其意义呈现为一个无穷庞大的堆积物、一种网状的扩张性文化结构。

这样，文学的文本就已然超越了体裁的分类。体裁总是对作品的规

① Cf. R. Barthes, *The Rustle of Language*, New York: Hill and Wang, 1986.

约和牵制，也是对内涵和外延的修饰。当突破了这种体裁的分类以后，文本就仅仅是一个踪迹，它可以超越体裁风格创作方法的传统类别，而使作者沿着这种踪迹去寻找新的词汇和类型、修辞方式和隐喻段落，从而把文本定义在体裁之间的边缘性或交互性上。也许，巴特所写的文体既是随笔，又是散文，同时又是论文，实际上是想打破学术论文、散文、小品文之间区别，而创造出一种不受体裁限制的新体裁。

从解构思维出发，巴特强调，文本是能指的天地，而非所指的聚集。文本的意义并非来自现实，而是来自文学结构本身，是结构相生相发所产生的能指增殖，是能指的互相指涉所产生的新的意味性。所以，在能指天地中，闪烁着“能指的星群”，成为“意义的播撒图”，文本的意义就存在于无穷的文本的分裂和意义的聚拢之间。能指制造意义，能指在滑动中总是指向一种新的不确定意义。能指在符号活动中其意义是隐藏的，能指便不断地加以替代并日益变成自由而无限的。由于能指的不断滑动和延伸，文本的意义就永远延伸而没有终结。在这个意义上说，文本并不是简单追求单一或终极意义的过程，而是能指的狂欢游戏过程，它具有无穷多的意义，每种意义都不可能取代其他意义，都有其自身的合法性。

就这样，罗兰·巴特从传统的古典的可读性作品，终于进入到现代的可写性文本中，从而完成了从结构主义向解构策略的转化。当然，在这种转化中，巴特突出地强调了关于欲望在解读中的重要性。因为，正是这种欲望的享乐、欲望自身的快乐感，使得文本的阅读成为欲望的再生产和欲望的满足。甚至，从他的《文本的欢欣》《恋人絮语》中可以看出，他对恋情、对阅读的带有色情感的“快乐”的欣赏，充分显示其欲望的显露的游戏性过程。

所谓文本的快乐，不是暴力的快乐，而是在颠覆性的边缘获得的一种优越感，是在破坏、在对传统的颠覆和中断中获得的那种欢欣感。在这样的快乐中，文化认同于边缘就是走向颠覆性的边缘。当然，巴特还强调其具有微妙的色情之欲，并以“脱衣舞”“时装”等加以解释，说明禁止就是引诱，遮掩就是挑逗，而“半露之处也就是引起快乐之地”。就文本而言，恰好是那些处于边缘的断层，处于语言活动所抵达不到的领域，处于意义中断的地方，倒能产生无穷的悬念和想象，产生快乐的欲望。所以，文本的快乐是将作品当作享乐主义的对象。进入文本就是秘密地观察别人的快乐，而进入一种反常性心态之中。文本引起的快乐并非是英雄式的快乐，而是弱化的、低俗的、平面式的快乐，甚至是一种带有肉体感的“享乐”。①

罗兰·巴特进而区别了“快乐”和“享乐”的微弱差别。然而，在我看来，这种区别的意义并非关键性或绝对的，而是微弱的或相对性的。因为，在感受文本快乐的人所体味到的就是文字带来的享乐。对罗兰·巴特而言，文学的现代性为了超出交换意义而进行着不懈的努力，他想对抗作品的市场，对抗符号排除意义，而借助于反常性的表现享乐的文本。

文本的快乐是略带无聊地感受欲望的享乐，是通过言辞和修饰或话语编码的改变而向意义多元的趋近。同样，文本的快乐是文本中作者已经死亡之后的快乐，读者在获得阐释作品的全权的同时，也禀有误读作品而带来的豁免权。于是，在这种快乐中，感性的、肉体的、甚至欲望的东西浮上了历史地表，而伟大的、隐喻的、诗意的文学已然消失。文本仅仅是文学海洋泅渡者唯一栖居的小岛，在其中可以感受自己存在的快乐，同时也只能感受到自己存在的孤独性和失望感。

就消极意义而言，这种文本的快乐是在哲学思想暗淡和意义消逝之中所获得的有限的快乐。在这种快乐中，人学会了逃避：逃避崇高，逃避伟大，逃避超越。他拥抱着一种虚无的自我价值，拥有的是通过话语的暴力去颠覆历史话语，在挪用命名的权力之时，使文本因破坏而获得暂时的快乐。就积极意义而言，文本引起的快乐是对政治异化的扬弃，

---

① Cf. R. Barthes, *The Pleasure of the Text*, trans. R. Miller, London: Jonathan Cape, 1976.

是少数人对多数人平庸洞悉后的快乐，是对反常心理状态的自我意识的快乐。在这种快乐中，一切都四散了：本源、语言、文化、意义都不复有其中心。这种散碎性使过去的权威、话语和终极价值终归失落而失去了合法性。所以，文本的快乐来自于文本中心的破坏，来自于离开写作或逃避写作的结果。

这样，在文本的嬉戏中获得快乐的人，将文本看成是一个无穷多的能指的编织物，而主体藏匿在这种编织物的缝隙中，抛弃传统的整体性和终极性，而将偶然的、暂时的、瞬间的意义塞入文本的缝隙，并通过这种塞入获得自己文本存在的权力。于是，他通过粉碎、扬弃、逃避自己，而获得了自己存在的依据，这只是在生命片断中的快乐，在生命缝隙中的快乐。

作者的死亡加速了意义的虚无化，因为写作是对任何起源的破坏，写作是主体在其中销声匿迹的中性体。写作的开始就是作者自己匿名的时候，从此，文学的中心不再是作者，不再是作者的激情和文化身份，甚至也不是他的体验、想象之类的心理本体因素，相反，作者写作只是完成他的宿命，完成他执行主体死亡的签字仪式。当作者写完最后一个字的时候，作品就告别了他，而在意义的海洋和解释的沙漠地带远游，读者或批评者成了文本意义阐释的父亲。写作成为排除意义，成为为了自己消逝而涂抹的痕迹。写作的完整性仅仅是由文本的碎片所构成，文本的意义并不能指出作者消逝的痕迹，而只是指示出他曾经在场的可能性。

因此，为使写作有新的未来，就必须将“写作的神话”打破。读者的诞生应以作者的死亡为代价来换取，这就是巴特以及他的同道——福柯、德里达的“作者死亡”观。因为作者的死亡宣布了读者尤其是批评家可以全权处理作者的遗产。于是，巴特认为，批评并不按照一种真实原则去做正确的表述，任何批评都包括一种含蓄的自我评论，任何批评都既是对被研究对象的批评，也是对批评家的批评和审视。所以，批评就是一种颠覆性的写作，是一种零度的虚无性写作，一种试图证明一切符号系统从虚无中创造意义的活动。

文学文本是一个特殊的语言系统，按照一定的规则或约定组织起来的形式结构，其作品的意义，是批评家通过这种语言规则或约定其形式结构，或颠覆其形式结构而获得的。所以，批评不是与世界打交道，而是与他人的语言体系打交道，它是评论的评论，是应用于元语言的第二语言，或者是“亚语言”。它不再去证明什么真理，或寻找什么原意，也不通过作家所不为人注意的隐秘的发现去寻找意义，而只是像一个无所驻心的、中性的、没有任何激情和意向的个体，将时代语言和作者语言加以形式系统的重新聚合，力求使其产生一种不确定的意义。文本对批评家而言，其意义是悬浮的，它将自己作为某种意味的公开系统提供给读者，而这种有意味的客体却躲避着读者的把握，因此，批评家不是要重建文本的意义，而是要重构它的体系。批评是一种亚语言，它既是虚谬的又是真切的，既是客观的又是主观的，既是历史的又是现存的，既是权力话语的又是自由漂浮的。批评并不发掘真理，它仅仅是对这个时代可理解事物的“整理”罢了。

不难看出，罗兰·巴特确实是通过自己解构的方式消解文本和世界的意义，使得文学写作变成了“零度写作”，使得结构的符号变成了“能指的滑动”，使得解构的策略变成了“文本的快乐”，变成了“作者的死亡”和批评的“意义拆解”活动。

于是，事情就变成了这样：当我们说“除了思想，我们一无所有”时，而罗兰·巴特则坚持说“除了文本和文本的快乐，我们一无所有”。

这就是罗兰·巴特的理论性格。不管我们是否同意他的结论，但他的言述方式是必须认真面对的。

第七章　福柯的权力话语与谱系美学

大体上说，20 世纪的法国思想家影响了整个现代世界的思想进程，著名的如萨特、加缪、梅洛-庞蒂、福柯、拉康、罗兰·巴特、德里达、德勒兹、雷蒙·阿隆、利奥塔德、利科尔等。这些思想家以创造思想、更新观念为己任。他们对国家民族问题、个体身份问题，以及人类未来前途等问题，都表现出相当程度的关注，从而使他们的言述具有了独特的思想魅力。他们的著作往往以其思想的深刻性、经历的独特性和体验的真切性，清晰地呈现出思想诞生、学术论战和心性的内在冲突状态，以及因对信仰追求而遭致的心灵和肉体磨难。

真正的思想者，其思想往往变化多端，观点惊世骇俗，使我们有可能了解其人其思想的神秘多变，以及他们向思想高峰挺进的艰难进程，通过阅读福柯，我们不仅可以了解福柯之所以成为一种边缘思想的尺度，而且可以了解 20 世纪真正知识者的价值诉求，那就是具有一种广阔的知识话语网络和求知的无限自由。不妨说，具有了自由而不求真，就永远不能成为一个思想者，同样，在思想者而又不履行思想者的公正，那就丧失了思想者的良知，而得到的将是一种致命的误读。如何在自由、公正、良知和创新等几方面达到和谐统一，成为一个思想者对跨国经济文化时代的人生把握的准绳。

第一节　福柯的权力话语理论

无疑，米歇尔·福柯（Michel Foucault，1926—1984）是一位“反权威的权威”，但是在当代解构理论走红时，却有可能将这个反权威的权威送上“权威的祭坛”。他是一个否弃任何神话的理论家，但是20世纪90年代，对福柯的理论和为人的评说却出现了日益神话化的倾向。甚至连他的同性恋、艾滋病，以及他对一些边缘生活方式的嗜好，都成为值得吹嘘的长处。这无疑需要我们在研究中充分注意福柯理论本身的提示——反对一切神活和反对权威造神的企图。唯此才有可能真正进入福柯的思想之中。

福柯理论充满挑战性。福柯著作和思想的考古学方法，对人文科学有重要的启示作用。而他在时代、文化和思潮中展开的理论关键，即“知识型”“人之死”“话语权力”“谱系学”等重要问题，需要进行清晰而深刻的阐释。

福柯一生著述颇丰，其著作大多译成英语，主要有：《疯狂与文明》[①]（1961），《词与物》英译书名为《事物的秩序》[②]（1966），《知识考古学》[③]（1969），《监禁与惩罚》[④]（1975），以及《性史》[⑤]（1976—1984）等。

这些主要著作试图分析疯狂、性、犯罪如何变成某种真正的游戏，而在这些人类的行为实践中，主体自身又是如何通过真理的游戏来获得改变。他不仅从人类科学的考古学角度，而且从灵魂与肉体的互介过程角度，甚至从人类的监禁、惩罚和性的权力禁忌压抑的角度，揭示主体的存在及其现代问题。福柯确信真理的存在，但假设有多种多样的真理，并对真理加以不同形式的表述。

在对疯狂、性、文明、权力、压抑等关键问题的探讨中，福柯关注这样一些实质性问题：精神病人是如何被确认被隔离被社会权力抛弃、监禁和治疗的？他们的精神病是通过怎样的制度审查而被确定？依据什么现实标准什么方式进行医治和惩罚？也就是说，要去发现任现实的权力机构和权力压抑网络中被确认和隔离的一系列问题。因此，福柯的研究对象就不仅仅是疯狂，而且是人类文明中那些异端和边缘的东西，即注重研究现代权力机构复杂系统包容的知识和经过调整的日常实践活动的话语，而非纯理论的科学抽象话语或仅仅是文学话语。

在这个意义上，福柯问题的核心是，弄清一种知识通过什么方式得以在文明中产生转换和发展，同时又为科学理论提出新的观察领域，提

---

① M. Foucault, *Madness and Civilization*, trans. Richard Howard, New York, 1965.

② M. Foucault, *The Order of Things*: *An Archaeology of the Human Sciences*, New York: Random House. 1970.

③ M. Foucault, *The Archaeology of Knowledge and the Descourse on Language*. Trans. A. M. Sheridan Smith, New York: Pantheon, 1972.

④ M. Foucault, *Discipline and Punish*: *The Birth of the Prison*. Trans. Alan Sheridan, New York, 1977.

⑤ M. Foucault, *The History of Sexuality*, Volume 1: An Introduction, trans. Robert Hurley, New York: Random House, 1978.

出未曾涉及的问题和尚未发现的对象。因此，权力、真理、话语和考古学的方法，成为他挖掘那些被掩盖被压抑的问题和“知识型”的研究方法。这样，研究者不仅可以确定每一个内在的考古学，还可以发现它们彼此之间值得描述的同一性、类比性和差异性，这种知识型在理论文本和经验文本中萌芽，在实践和机构的整体权力中形成。

福柯的一系列著作使他得以通过不同社会权力即“硬权力”和“软权力”的侧面，对整个现代文化的进程加以独特的探讨。他尤其关注通过构成社会制度背后的那种看不见的权力规约，去观察主体的人形成过程中的正负面效应。他把历史看成是一个“谱系化”的不断总体化的图景，而要把历史打散、拆开，使它与现在、过去、未来相隔离，从而使我们意识到历史的异己性、疏离性。这样，通过对历史的解构，发现历史中人的疏离的、非总体性的性格，使“现代合法性”遭到真正质疑，进而挖掘出非连续性的、非合法性的知识，而使一种谱系学中的反常规性升上历史地平线，使非常数、非本质、非等级秩序等，成为人文科学尤其是人文科学考古学研究的真正对象。

福柯对后殖民主义理论的主要贡献是他对“权力”的分析，尤其是对微观的处于边缘话语权力的分析。于是，围绕权力与知识这一核心问题，展开权力与真理、权力与知识分子、权力与政治、权力与性、权力与后殖民问题的当代分析，成为福柯的主要工作。[①]

就权力与知识而言，“权力”问题是福柯研究疯狂、监狱、文化、现代化发展的一个核心问题。诸如：权力是如何实施的，权力是以一种怎样的形态在社会中运行，又受到怎样的制约等。福柯一反过去所谓的权力就是禁止或阻止人们做某种事情的力量的说法，而将权力看作是一种网络关系。他要追问权力在社会中的功能和运作方式，研究权力的策略、网络和机制，并发现权力赖以实施并促使其得到实施的手段。权力

---

① Cf. M. Foucault, “Truth and Power”, in *Power Knowledge: Selected Interviews and Other Writings, 1972–1977*, ed. Colin Gordon, New York, 1980.

无所不在、除了硬性权力以外，软性权力同样值得研究。

权力的策略产生了知识，权力与知识之间有一种微妙关系，因此，知识分子总是努力划一条不可超越的界限，把象征着真理和自由的知识领域与权力运作的领域分割开来。然而，人文科学是伴随权力机制而产生的，知识的作用就是保护个体的生存，并对外部世界加以理解，知识通过理解活动构成现代人生存的手段。知识与权力融和在一起，禀有一层现代面具，而使得统治的结构获得合法性。这种统治总是具有压迫、监禁和权力的分割等特征。知识与权力具有一种微妙关系，所以，监狱、精神病院、医院、学校甚至大众传媒等都与权力相关联。可以说，权力是与不同形式的知识连接在一起的，在它们中有可能引申出一种关系的网络体系。

在《事物的秩序》和《知识考古学》中，福柯提出了“知识型”问题，即知识和话语的形态，强调要写出一部知识型的历史，以此弄清在话语领域的一系列转型，即人们为什么用这些词而不用那些词，用这一类的话语而不用那一类的话语？从这个层次、角度、维度去看问题，而不从那个层面和那个维度去看问题？甚至每个人为何都在强调自己的独特性和文化断裂性，而放弃总体性同一性？如何发现“话语”的基本机构和话语运行中的权力参与的各种机制。即从一个平凡的、不起眼的普通个案，把握各种权力交织的作用机制，成为福柯研究的重要维度。

对话语形成和知识谱系进行分析不应该根据意识的种类、感知的方式和思想的形态来进行，而应该从权力的战略和战术角度出发，在福柯看来，对一种压抑的知识的分析，可以从“谱系学”的角度进行研究，即对斗争以及冲突的原始记忆的重新发现和阐释，只有废除总体性话语及其体系的特权地位，才可以建立这种话语的谱系学。“谱系”这个词表征为冷僻知识和局部记忆的结合，这种结合使现代人能够在当代建立有关权力斗争的历史话语，并策略性地利用这一权力话语。一般地说，谱系学的真实任务是要关心局部的、非连续性的、非合法性的知识，以此对抗整体的、同一性的理论。整体性理论以真正知识的名义和独断的态度对知识进行筛选、分级和权力运作，而谱系学则反其道而行之，注重知识话语的逆反性。当然，这种颠覆性谱系学并不剥离科学的内容、方法和概念，而是疏离那种中心化、同一化的权力所导致的后果，这种权力后果与现代社会中科学秩序话语和权力功能密切相关。谱系学反对的是被看做科学话语权力的效应，在这个意义上可以说，谱系学具有一种把历史知识从权力压抑中解放出来的倾向，是使历史知识能够对抗抽象理论的、同一的、科学的话语的新力量。它建立在局部知识的反抗之上，是以一种局部的微小话语分析反抗科学整体性的、知识等级性的知识，这种无秩序和片断性的谱系学，旨在通过建立在对局部话语的描述基础之上的权力策略，使受压制的话语得以释放出来。

可见，谱系学总是尽力避免理论性的抽象总体把握，而力求进行局部的、软权力的话语分析。因而，福柯总是不断地追问：权力的运作扩展到各自不同层面和社会部门的形态是什么？这种多样性权力的不同策略具有什么形态？权力的机制效应和内在关系是什么？政治权力能够以这样或那样的形式从经济中推导出来吗？事实上，权力总是具体的权力，每个人都与它有千丝万缕的联系。权力的部分或总体的转让，使政治权力或主权得以确立。权力的根本目的是为经济服务的吗？它注定要去实现、强化、维持和再生产与经济相吻合的关系吗？是为我们所占有、获得或转让的吗？福柯坚持，权力不是给定的，不是用来交换的，不是可以恢复的，而是在行动也仅仅在行动中才得以实施的。或许可以说，政治权力的决策不断通过各种战争来重写这种关系，这种重写表征在社会制度中、经济的不平衡中、语言的压抑中，甚至话语的操作中。

这样，福柯就把关注的重点放到了权力如何运作的分析上，并进而给自己设定了一整套方法：

首先，权力分析并不将处于中心位置的合法形式的权力作为关注焦点，相反，却注重权力的极端状态，权力的最终归宿，权力的维系管道。也就是说，关注权力的局部形式与微型机构，在权力的极端状况下揭示权力的非合法形态。

其次，权力分析不仅关心权力的自觉意向和决策层面，关注如谁拥有权力、权力者的目标是谁之类的问题，而且要在权力完全投入到真实有效实践中的区域去研究权力运作，即研究权力的外在形象，研究权力与其对象目的和应用领域的直接关系。或者说，不去看统治权占有权力的那种显现层面，而是去发现统治是怎样通过多重权力机构、势力、欲望、思想，逐渐具体地构成的隐在层面。

再次，权力并不仅仅表征为是某个人对他人或某一阶级对他人的权力支配现象，也并不仅仅表征为有权者和无权者之间的权力差异。权力在循环过程中具有一种链状结构，通过网状的组织运行和实施，使个人处在权力网络中或处在实施权力的状态中，个人成为权力的运载工具，而非权力实施的对象。

最后，从权力由中心向基层的渗透程度，考察它怎样在社会最微小的元素层面对自己进行再生产，分析权力的不断升级，以及权力怎样从无限小的基质开始，这些权力基质怎样被不断一般化的基质和不断普遍化的支配投入殖民化，以及被利用、转移、扩展等状况。进一步说，权力的主要机制确实有可能导致意识形态的生产，但从根本上说，它既超越意识形态，又逃逸意识形态，这是一种有效的工具理性生产，为的是形成登记的控制术、调查研究的程序和控制的权力机器。这就意味着，当权力通过这些微妙的机制得以实施之时，就在进行发现、组织和传播知识权力的工作。

人文科学话语处在两种权力话语类型之间，一方面是支持统治权的权力倾向，另一方面则是实施强制性的、反统治性的权力倾向。也就是说，人文科学话语有可能既是一种意识形态的表达，又是一种自由主义对意识形态的反拨和对强权的消解。在这种统治与反统治、规范与反规范、制约与反制约之间，人文科学获得了自己的话语权，或者说，人文科学从知识效力中获得了自身存在的独立性，同时，也为现代化中人的行为话语、欲望分析提供了有效的方法论基础。

总结福柯的“权力分析法”，不妨说，这种权力分析，并非指向统治权的法律属性、国家机器和与之相伴的意识形态，而是指向支配民众和具体权力的操作者，指向臣服的形式和在局部系统运作的“权力机器”。这种避开统治权和国家机器领域，将权力分析建立在支配技术的微型权力的分析上，正是福柯谱系学和话语分析的关键处。这一点无疑也为当今的后殖民主义通过边缘话语的分析，去揭露宗主国文化政治霸权的实质开辟了新的思路。

第二节　权力与文学批评

权力分析方法还进一步深入到关于真理、知识分子、政治与文学写作和批评实践中。福柯对知识分子有一种不同以往的看法，他很难认同那种对任何事情都怀有负罪感的所谓“知识分子”，因为这种知识分子无论是思考、写作，还是言谈、分析时事，都是一副真理在握的样子。在福柯看来，这种知识分子自身值得清理的问题很多，因为在一种真理话语的膨胀中，在一种虚构的思想理念中，在一种看似辉煌的理想城堡中，知识分子却被禁锢在思想的牢狱里。福柯强调，不仅使别人的思想得到改塑，也使自己的思想得到改塑，改变自己的意识，也改变别人的意识，才是知识分子的天职。

与萨特把知识分子看作是一种“介入型”的知识分子不同，福柯强调的是一种“话语分析型”知识分子，他们注重对自我的塑形，注重内在的改造，同时在知识和权力的话语分析中，使自己通过专业领域的分析，对设定的不言自明的所谓真理提出疑问，动摇人们的心理习惯、行为方式和思维形态，消解熟悉和被认可的“事物的秩序”，重新审查现行制度和规则，在此基础上重新问题化，并参与到政治意向性的形成之中。这样，知识分子就不再是声称掌握了真理的人，而是努力靠近真理的人。如果一个权力体系声称它掌握了真理，那是最危险的，而知识分子在这种权力话语前，只能保持自身的独立和沉默的对峙，从而在沉默中通过自己对权力话语的剖析使那种权力及其权力网络归于失效。

这样，福柯就接触到了“真理与权力”这一重要的话题。[①] 因为真理也处于权力网络中，不应该把真理当做谬误的对立面去追寻，而应追问在现代社会中真理是如何被赋予价值？我们是如何把自身置于它的绝对控制之下？

权力与真理的问题、权力与政治的问题、权力与个人行为的问题，构成了权力的三个领域，使得权力只能在相互联系中被理解，而不能割裂开来。其实，所谓令人无限崇敬而制约人的真理权力是不存在的，存在的仅仅是一种现实的话语权力。话语生产是由某些权力程序控制、选择的重新分配，其程序是消除其所具有的超权力危险，控制其导致的偶然事件后果。[②]

在消解了那种唯一的、中心性的所谓真理以后，福柯着重阐释权力、统治和斗争的关系。他认为话语正是在这些关系内部被建立起来并发挥作用的，这样，他的话语分析就由话语领域转向了机构范围，由话语秩序转向了话语实践。他关于司法、监狱、疯狂、话语等的理论，旨在努力揭示“权力和真理”的内在关系，并进一步想拆解权力体系，敞开权力运作的内在历史语境。从政治压抑和文化压抑的角度、福柯反

① Cf. M. Foucault, “Truth and Power”, in *Power Knowledge: Selected Interviews and Other Writings, 1972-1977*, ed. Colin Gordon, New York, 1980.

② Cf. M. Foucault, *The Order of Things: An Archaeology of the Human Sciences*, New York: Random House, 1970.

复强调了一个简洁的公式，即“权力来自下面”，也就是说，权力并非从最高统治者发出，而是来自下面的微型权力。在权力关系上，在统治者与被统治者之间不存在作为普遍模式的二元对立，相反，权力在家庭、受限的团体和各类机构中形成并运作，具有多重关系，渗透到整个社会机体之中。

当然，福柯过于把自己封闭在“权力分析”模式中，甚至把性、写作、政治、文学批评等等的分析都置于权力分析的框架之中，这无疑使他获得巨大成功的同时，也导致了其内在的理论危机。

在文学创作方面，福柯所强调的“作者之死”，表征出这样一种写作观：当代写作已经使自身从表达意义的维度中挣脱出来，而只指涉自身。写作犹如游戏，在不断超越自身的规则和违反其界限中展示自身。在写作中，仅只创造一个可供写作主体永远消失的空间。作品不再使作者达到不朽，相反，它成为作者的“谋杀犯”。写作与死亡的关系表现在写作主体的个性特征的消隐里。写作主体利用他在自己所写东西的所有冲突和差异，隐藏了他独特的个性标记。作家的标志降低到不过是他独一无的不在场，他必须在书写的游戏中充当一个死者的角色。①

把“写作与虚构”联系起来，使得福柯认为：写作是一种虚构，自己写的一切都是虚构。虚构话语可能产生真理的效果，真实可以产生或制造尚未存在的潜在话语，并对它加以先行虚构。人们在政治现实的基础上虚构历史，也在历史的基础上虚构尚未存在的政治。当然，这种虚构带有浓厚的对未来的设定与未来权力话语操作的某种制衡。

“人之死”是福柯理论中最引人误解的说法，即认为“主体的死亡”，可以揭示“人”的概念如何在“知识”中发生作用？人以什么方式并根据什么原则形成和发生作用？于是，在“人之死”“作者之死”的问题上，福柯进一步消解了“写作”的经天纬地、功名不朽的重大

---

① Cf. M. Foucault, "What Is an Author?" in *Textual Strategies: Perspectives in Post-Structuralist Criticism*, ed. J. V. Harari, Ithaca: Cornell University Press, 1981, pp. 142-143.

意义，而是将“写作”仅仅看作是人们在书写某种东西而已，仅仅是由于他们思考这些事情，同时也是为了不再思考它们，因为写完一本书就意味着能不再思考和看到它。写作成了“作者的终结”和读者“阅读的开始”，而阅读也仅仅是对作者逝去远景的踪迹的解读而已。

关于批评话语，福柯同样发表了一些颇有新意的见解。在他看来“批评”无论是文化批评还是文学批评，不是要指出对象是否按某种正确方向发展。而是指明其主体行为实践是怎样被设定和在怎样的思维模式上建立起来。思想存在于话语体系和结构之上，它经常被隐藏起来，为日常的行为提供动力。文化批评和文学批评可以除去习焉不察的思想尘埃并改变其结构，进而表明事物不是如人们所相信的那样不言自明，而是看到不言自明东西之下隐藏的东西。于是，批评实践使写作重新变得陌生化和具有差异性。

任何思想转型或话语转型都与真正的“批评”密切相关。一种转型如果只是在同一种思想模式之中发生，或仅仅将同一种思想调整得与现实更为贴近，那么这种转型就违背了批评的本真精神，而变为一种表面游戏。因此，只有在不断为批评所激励的自由气氛中，在真理的求索和彰显中，深刻的转型才能完成。在此意义上，“批评”是行使一种思想的权力，一种心理权力关系的介入。

在批评中洞悉事物和制度的权力网络，使福柯力求辨认权力的裂缝、无声的震惊和机能的失常。他使批评赋予这种现代权力关系以新的功能，表明了他并不是把历史的全部重负压在自己的笔上，而是把不可企及的理想尽可能划为自己所能把握和操作的范围内，从而剥离它那神圣的光环，还其日常生活的本来面目。

文学批评、文学写作甚至当代文学，在福柯的视野中只是其观察的对象，而非分析的对象。他强调应对人文话语的类型（文学话语、哲学话语）赋予一种独特的功能，于是他的问题就成为：构成小说、诗歌、故事在社会中流通的目的是什么？在所有叙事作品中，为什么其中一部分被加以神圣化？它们同原本并不相容的机构（如大学）发生着怎样的关系？福柯敏锐地发现，现代的先锋派文学大多由大学中的教师和学生阅读，先锋文学通过选择权威化和制度的合法化发挥功能，因此，大学在现代先锋文学的传播和再生产中，既是权力操作者，又是话语的接受者和播撒者。

在强调写作者死亡、沉默和消隐的同时，福柯还指出“文学的不及物性”，即摆脱文学是所有思想交汇点的观点，将文学仅仅看成是现实权力的微型分析结构而已。他不同意西方马克思主义所认为的文学具有解放和颠覆的审美功能的说法，而是将文学“非神圣化”，坚持文学并不是真理的言谈或真理的化身，仅赋予文学以非常有限的话语功能。他想弄清楚在文学话语之外的“非文学话语”是怎样通过一系列的运作过程进入到文学领域中去的？两个领域交互时发生了些什么碰撞？什么东西被扬弃消解？某种话语被认作是文学时它受到了怎样的修改？这种修改之后的话语为何被认为是文学性的？

福柯所向往的“文学批评”，不是去进行价值的评判，而是给一部作品带来阐释性生命。批评激活存在的符号并召唤这些存在的符号，将其从程序编码的秩序中唤醒。批评可能迸发出思想的火花，产生新的思想。批评家不仅要与作者保持相当的距离，而且要对匮乏时代的“过剩话语”和各种“文化命题”的边缘问题加以梳理，要排斥那些时尚的泡沫和文化制度的权力赘物，而使自己成为一个走向真理的批评者。

无论如何，当代文化或文学批评正在告别那种所谓“总体性”话语，走向批评的局部化和零散化。它不是折衷主义和经验主义，而是自律的非中心化的理论生产，其有效性并不依赖于既定思想体制权力话语的首肯。所以，在文学批评和文化批评方面，关键不再是理论而是实践，不再是知识而是现实本身，不再是书籍而是权力的压制和权力的分析揭露。“批评”日益告别了失效的整体神话，而在逃离纯文学话语的“非神圣化”道路，甚至是在精神的最世俗的层面上，提供了新的话语参照系。

第三节　文化监视系统与权力空间化

在20世纪70年代后期和80年代初期的一系列的文章和谈话中，福柯表现出对后殖民主义问题的关注。可以说，作为他著作的一种补充，其在这方面谈论的问题同样成为了当代的后殖民主义研究的理论资源。福柯在这方面的重要论域有：权力的压迫、知识和权力之间的关系、中央监视点及其权力空间化的问题、权力的凝视和被看等，这些都成为了后殖民主义和新历史主义文化分析的重要思想依据。

理论的迂回范围和权力的分析可以被解化在一些简单的形式中，现实世界随处可见的是压迫性的暴力、专横、封闭、控制、隔离和排斥。所以，当现代政治文化分析的最底层揭示出来以后，人们无疑能看到一个关键范式，即“权力-知识-权力”。这一知识权力模式的分析，不仅可以从文学方面、文化方面分析，而且也可以从国际政治和政治权力方面分析。

福柯借用了一个著名的比喻：圆形监狱的“中央监视点”作为权力实施的核心，指明了一个系统原则，即解决了监禁问题的权力监视方面的技术。可以说，“观看系统”是一种创新，因为可视性为权力简单有效的实施提供了方便。中心权力只有很弱的解决能力，无法对社会机体进行个人化的详尽分析，但是，当这种中心权力话语通过一种凝视（gaze）的方式去监视每个个体的时候，就可以贯彻到个体的身体、姿态与日常行为之中。所以，权力在统治各种不同的人和民族时，也可以像对一个人那样起着直接的作用。于是，文化身份、个体身份的问题突显出来。在这种“全景”权力技术构成现代社会的监视体系观念以后，每一个人都变成了监视者，每个民族也变成监视者和自我监视者。

对时间的重视逐渐转换为对空间的重视，想象的文化监视和凝视空间要求建立的透明度和可视性，不断兴起的看与被看的统治，代表了一种日益现代的监视操作模式。权力可以通过这种简单的模式得以实施，即在一种“集体匿名的凝视”中，人们被看被凝视。现代权力形式如果主要由“看”与“被看”构成，那么就不能容忍它的盲区的存在，而是尽可能设定一种渗透诸多领域的方式，即通过透明的达成权力的方式和各种细微权力监视方式，来实现权力的控制和压抑。这种圆形监狱的监视方式延伸出清晰的视觉系统，启示了现代传媒，使之同样具有将一切隐私和秘密完全暴露出来加以清晰地看与被看的可能性。因此，“凝视”就是一种话语，一种压抑，一种权力摄控的象征。

文化监视体系和监禁体系一样，只需付出很小的代价，甚至只需一种注视的目光和信息的通道就足矣。每个人在监视目光的压抑下，都会逐渐自觉地变成自己的监视者，这样就可以实行“自我监禁”。所以，在现代权力技术中，注视、凝视具有重要的地位。如果将这种微型的权力程序扩张到全社会中，扩张到东西方的权力话语分析中，那么，全社会甚至东西方的权力范围内的权力控制问题，就会得到一种新的阐释。

这种新的权力技巧可以确保权力畅通无阻，从整个社会机体直到社会最小的组织部分，这使得整个社会的大权力体系得以巩固。权力不再是某个人凭借其出身就可以拥有和施行的东西，权力与个人的能力日益分离，这就是“今日权力”的图景。

今日权力体系具有金字塔式的结构，有一个至高点和一个总体性原则，在此之下逐渐呈网络化地向下分布，它们在不同机制的权力中互相交缠扭结，相互运作、相此指涉、相互划界，并在一定程度上保持自身的特定模式，从而构成当代权力的超结构观念。可以说，在“监禁与惩罚”的论述中，福柯不仅对现实的空间化权力效应加以描述，而且也提到了城市的想象的“地理政治”。他的这一圆形监狱形象甚至提供了对国家机器进行总体描述的某种可能性，它具有一种权力模型的缩影，即微观权力的播撒和网络机器的分析，而又看不到一种中心或焦点对异质的技术或制度的横向统摄。所以，当把握了全部复杂的权力运作方式以后，就可以对区域性的、国家机器的、甚至不同民族和国家的文化进行分析。在现实中，权力的实施和分析可能会涉及更多的问题，穿越更细微的管道，而成为传播更广泛权力的复杂工具。①

于是，“国家民族话语”和“个人身份”问题逐渐在福柯的研究中被提到。因为在他看来，个人不是一个被权力抓牢的预先给定的实体，个人及其身份特性是权力关系对身体、欲望、力量施展作用的产物。在局部身份和国家身份冲突问题方面，同样有很多可以探讨的空间和领域。对权力话语的知识谱系学分析，通过战略和战术对领土的移置、分裂、分配、控制，以及对区域的组织来加以实行，这样就构成了某种地理政治学。因此，福柯打算将自己的下一步工作放在研究要塞、战役、运动、殖民地、领土等历史问题上，将自己的研究领域进一步扩大，进入更广泛的文化权力的分析中。然而，英年早逝使他终未能完成这一工作。

后殖民主义研究中一个重要问题是跨国经济问题的研究，其实这一点在福柯的头脑中也有自己的考虑。1977 年福柯在与费纳斯（Lucette Finas）谈话时指出，在一定社会内的势力之间的关系构成了政治，政治是一种普遍的战略，可以用来调节和指引这些关系。如果政治化意味着回到现成的选择和制度，那么为揭示势力关系和权力机制的分析努力，就没有什么价值了。因为面对着巨大的与跨国经济和官僚国家相关连的权力技术，必须反对以新形式出现的政治化。

总体上看，对国家民族的解析，个人身份的辨析，权力凝视监视的剖析，以及东西方文化冲突和跨国经济的分析，使得福柯的理论已不再

① M. Foucault, *Language*, *Counter - Memory*, *Practice*, ed. Donale F. Bouchard, Oxford: Basil Blackwell, 1977.

是一种书斋式的话语，而成为现实且具体的权力话语分析框架，并直接成为后殖民文化分析的重要理论模式。

当然，福柯并不想使自己的理论成为放之四海而皆准的真理，他清醒地认识到自己的话语并不构成对他人话语权力的制约，相反，误读和误解倒是自己著作逃不掉的命运。他对“误读”有冷静的认识：现实中的读者大多只是借助别人的阅读来阅读你，使你不断受到歪曲，你的著作成为一种非常奇怪的东西。福柯甚至设想自己有使用假名和匿名的自由，这样人们就可以关心著作本身而少一些误读。

福柯说了很多，也沉默了很久。他正如他自己所说的并不是一个什么“伟大的作者”，而只是一个“写书的人”。他的写作为世纪末的后殖民主义研究提供了一些新的基点，然而，我们不应在福柯止步的地方终止，更不能神化和重新权威化他的理论。我们仅仅是为了延伸思想而阅读福柯曾经思想过的思想，如此而已。

不妨说，福柯理论使当代后殖民主义文化问题研究获得一个更广阔的知识框架：他的权力话语分析的方法，使当代文化和文论研究总是要力求透过国际社会秩序去看文化权力的运作，尤其是运用“知识型”和“谱系学”的方法进行研究，任何单一的思维模式和研究模式都将使当代文论研究失效。他关于文学理论中写作和批评问题所提出的新看法，关于“作者之死”所强调的纯精神主体的消亡和读者解释的重要性，以及批评的转型（与现实权力相疏离，剥离任何神圣化的光环）所激发的新思想，对当代文学理论有着新的启发意义。他对后殖民主义理论提出的关于“凝视”“看”与“被看”、微型权力分析模式、文化身份问题的见解，同样是引人深思的。可以说，后殖民主义理论在世纪末的迅速发展，除了其后冷战局势和整体国际文化氛围以外，福柯对权力分析的模式和对后殖民主义文化的关注无疑也提供了重要的语境。

福柯的理论仍有不少可商榷之处，然而，他提出的权力话语分析框架和文化身份确立问题，有可能使当代文艺理论走出纯理论的思辨，而走向更大的文化话语场和文艺活动实践中去，并有可能使人生超越知识的迷途而解答现代生命启蒙的价值问题。① 同时，也可以从他的思想和生命镜像的阅读中，读出尚在寻找东方文化意义路途上的后殖民主义理论家——赛义德、斯皮瓦克、霍米·巴巴等，对自我文化身份和权力话语形态的当代追问。

① M. Foucault, "What Is Enlightenment?" in *The Foucault Reader*, New York: Pantheon, 1984.

第八章　德里达解构美学与意义改写

德里达（J. Derrida，1930—2004）是解构主义的代表人物，其激进的思想对当代世界的思想学术界产生了重要的影响。

二十世纪六十年代，是西方思想界从结构主义向解构主义过渡的重要时期。也是后现代哲学对形而上学地基和结构主义二元对立的沉重瓦解的时段。德里达指出："我们的话语无疑是属于形而上学的对立物体系的。我们只要用某种策略安排，让它在这个领域和自己的努力范围之内反对它自己的种种策略，就可以产生一种混乱的力量并扩散到这一体系，从各方面对其裂解并划定边界。这样，我们就能显示出那种成见的破裂。"① 看来，解构的权力使德里达充满解构的信心。

一、结构与解构

就美学而言，其时曾经被认为食古不化的农业主义（Agrarianism）的"新批评"以诗的审美意识去与

---

① J. Derrida. *Writing and Difference*, trans. Alan Bass. Chicago: University of Chicago Press, 1978, p. 34.

社会历史批评相抗衡的初衷，在战后学术界的非意识形态化中得到承认。然而，在"是历史还是文学"这一永无定论的追问中，神话原型批评、存在主义诗学、现象学美学很快取代了新批评而相继登上现代思想舞台。然而，当存在主义诗学的异化理论和现象学的主体意识造成弥漫性影响时，非主体非历史的结构主义思潮却后来居上，并氤氲而成一股席卷欧美的结构主义思潮。①

结构主义一反现象学和存在主义将人这一主体存在及其主体意识作为研究中心的做法，力求排除历史性、主体性，而转向对世界的结构和语言加以分析。于是，历史成为现在，即现在的现在和现在的过去结合成为意识的单一的瞬间，意识在时间中历时性地前后运动，甚至从当前时间回转到过去的时间。历史似乎不再是单一的时间之流，而是时间的共时弥漫。历史的源起与展开方式都永驻在现在之中，因而，从生命的全部表象中寻找生活的基本模式和符号化模式，从世界表象中寻找世界的结构就成为一种时髦。至此，对人的本质把握让位于对世界结构的分析，对模型共时态分析的科学性追求取代了对价值的历时态分析。

值得注意的是，结构主义以语言学理论为基础，却不但阐明语言学问题，而且要阐明哲学、文学和社会学问题。结构的这种所谓封闭的自

---

① Cf. J. Culler, *Structuralist Poetics* , *Structralism* , *Linguistics and the Study of Literature*, Cornell University Press, 1975.

我调节和转换体系，标举本源性、中心性自我呈现的展开形式和同一性确定性的向心指涉，从而切断了与差异性结构的参照系，成为一个不与外部发生任何联系的封闭自足的体系。同一中心性作为主导因素，使结构的各部分以一种与“差异”原理相冲突的形式附属于整体。

结构主义以中心性拒斥了差异性，以整体性排斥了局部性，以同一性排斥了矛盾性，于是，整个世界的结构被先验地把握，事物的起源和统治被先行预见，对任何本真谜底的把握和译解活动成为一种结构的内在模拟，一种对先行设定的意蕴的意义透支。这种设定中心以保证其结构的稳定性并进而将一种预先确定的真理先验地塞入结构中的做法，使结构主义可以堂而皇之地通过“批评”活动去提取早已置入结构的意义，使文本的内在意义在被写出来以前就已经被阅读，解读文本意义只不过是重复先行规约的意义。这样，结构主义的意义理论与解释学相仿，同样形成这样一种意义的“循环”：文本的意义之谜先于结构而设定，构造一个结构就是译解一个谜，解谜活动就成为对先验设定的真理的模仿。

然而，德里达对这种“结构”论加以解构，其解构的方式是用“意义链”（a chain of signification）去取代“结构”，从而避免结构的先验同一性危险。由于意义链是无限止的（open ended）、非目的论的，所以它排除了认为在系统中有一个具有统治作用的整体的想法。又由于它既是空间的又是时间的，所以它本身就不会降到整体或对象的地位上去。德里达把共时和历时之间的区分横向切断，既包括了空间又包括了时间。各种成分被看作是连锁关系的一部分，既不能说是历时的，也不能说是共时的，从而也就不能当作对象来对待。

解构即消解逻各斯中心主义、语言中心主义、在场形而上学话语，而以思想和语言游戏对“中心化”的结构主义加以拆解。德里达以解除“在场”为其理论的思维起点，以符号的同一性的破裂、能指与所指的永难弥合、结构中心性颠覆为“差异性”的意义链为自己理论的推演展开。他相信，所有话语都因历史的变化而变化，自己使用的概念、意义都受到其所处历史的影响。因此，据以给定的文本意义的历史语境，对自己是无用的。然而，语境的概念是历史地被决定的，因而语境不能重新获得，或者呈现在面前。由于同样原因，如果自己的理论和意义是历史地变化的，那么它们不能“传递”世界的本来面目，而一定是表示某一关于世界的概念。意义是历史地形成的，是一个历史的结构，所以意义自身并不能在言语中或在写下来的文本中呈现在我们面前。意义由于时间关系产生的种种概念和种种差异而被推延了。

与罗兰·巴特不同，作为结构主义理论核心的索绪尔的结构主义符号学，是德里达首先需要加以清理的。索绪尔的结构主义语言学，将任意性原则和差别性原则局限于能指，而不是用于包括所指在内的整体的做法表明：能指与神学逻各斯中心主义有一种直接关系，这样的能指犹如始终依附于其所指对象一样，始终求助于一种创造的存在或一种既定的思想性言语。这被德里达斥为形而上学和神学中心论。

在解构论者看来，进化论是哲学的，又是科学的，或者文学的话语，任何被看作固定的和确定的意义都是虚幻的。意义是流动的和易变的。那种所谓确实的真理范式是一种心灵的创造，是适合于我们目的的想象的虚构。这种想象仅仅只成功地掩饰了意义的非确定性，而不是清除它的非确定性。

解构形而上学二元对立的策略，使德里达通过颠倒说话和书写的次序，移动中心和边缘的位置来消解形而上学。德里达颠覆了言语对书写的优先地位，使说话（言语）从中心移位到了边缘。中心的解除，使说话与书写具有相同的本性，二者不存在任何中心和从属关系，也不存在二元对立的关系，而是一种平等的互补关系：书写是说话的记录保存的形式，说话是书写的补充形式，书写与说话都是思想的意义表达形式，二者互相依存，缺一不可。[1] 进而，德里达将这一解拆说话与书写关系的解构策略扩展到整个形而上学大厦，要去解拆一切不平等的对立概念，从而颠倒在本质与现象、内容与表现、隐含与显现、物质与运动关系上的传统观念，对绝对理性、终极价值、本真、本源、本质等有碍于自由游戏的观念提出质疑。在取消某项作为中心时取消中心本身，从而达到解构更基本的等级对立的在场与不在场的目的。

于是，德里达的解构策略："分延"[2]"播撒"[3]"踪迹"[4]"替补"[5]等概念，就成为与"定义"的单一固定含义相对的、具有双重意义的不断运动的模糊词语。[6] 在我看来，德里达通过分延、播撒、踪迹、替补等模棱两可、具有双重意味的词语，所要达到的目的无非是：追问自诩为绝对真理形而上学大厦赖以建立的根基是什么？这一根基的先验虚幻性是怎样有效地逃脱一代又一代哲人的质疑？破除形而上学神话的基本方略怎样才能有效地避免自身重陷泥淖？德里达相当自信地认为，自己所创造的术语不仅可以收到揭形而上学虚假之底的功效，而且还可以免遭重陷形而上学的厄运。因为，分延、播撒、踪迹、替补等概念，是一种亦此亦彼、亦是亦非，或者既非亦非（neither nor）、既是亦是（at once-at once）的非概念或反概念。这类"不断运动着的概念"，既无明确不变的意义，相互间又无明确恒定的关系。

尤为重要的是，术语内部的双重含义既互相呼应，又不断消解任何趋向于确定性、稳定性的定于一尊的解释。术语与术语之间的区分亦已消失，犹如所有文本都成为一个文本的一堆混织物一样。于是，意义的确定性和中心指涉性终于被不确定性和边缘互文性所取代。

---

① J. Derrida , *Of Grammatology*, trans. G. C. Spivak, Baltimore: Johns Hopkins University Press, 1976. p. 158.

② J. Derrida, *Positions*, Chicago: University of Chicago Press, 1981, p. 27.

③ J. Derrida, *Dissemination*, Chicago: University of Chicago Press, 1981, p. 32.

④ J. Derrida, *Of Grammatology*, p. 60.

⑤ J. Derrida, *Of Grammatology*, pp. 144-145.

⑥ 详细分析可参见拙著《后现代主义文化研究》第三章，北京大学出版社 1992 年版，此不赘述。

二、文本解释与意义误读

德里达用这些概念构成一张网状结构，宣称了本源的不复存在，文本的永不完整性。对“原”文的阅读是一种误读，是以新的不完整性取代文本原有的不完整性，因为替补成为另一种根本上不完整的文本。解构主义在否定传统作品观的同时，连带新解释学的作品文本论也否定了，于是，由旧作品观到新解释学文本观和解构主义文本观，就出现了以下几个方面的历史性的转折：

在作品本体存在形式方面，传统解释观认为，作品是书本表征出来的实体，是自足的系统，是自我相关的。新解释学文本观认为，文本是体验和理解的对象，文本在读者的理解中复活，作品具有被编织而成和与他者编织在一起的特点。而解构主义文本观则认为，文本是语言活动的领域，文本之外别无他物，文本是一个自我指涉的体系而与其他文本交织，文本间性使终极意义不复存在。

在作者与作品的关系方面，传统作品观把作者与作品看作是父子关系。新解释学文本观认为作者是作品之父，读者则是作品的再生之父。而在解构主义文本观那里，文本与作者无涉，是无关的网状关系，甚至，“作者只能在书写的游戏中充当一个死者的角色”①。

在写作与阅读的关系上，传统作品观念指出写作与阅读是相互分离的，作品是严肃的呕心沥血的创作结果，阅读同样是严肃的事。新解释学文本观主张写作与阅读通过文本而联结，阅读即创造，文本是作者与读者达到心灵对话而消除误解的中介桥梁，作品具有真诚性。解构主义文本观则认为写作即阅读，阅读即误读，文本就是一切，文本是语言游戏，是令人欢欣的。

在作品是否表达真理问题上，传统作品观认为，作品总是为表达某

---

① M. Foucault. “What is an Author?”, in J. V. Harari ed. *Textual Strategies: Perspectives in Post-Structuralist Criticism*, Ithaca: Cornell University Press, 1981, p. 143.

种东西（理念、真理、欲望、情感）；在新解释学文本观看来，文本说话并呈现意义，它使解读者达到视界融合并超出原有的视界；解构主义文本观认为，文本以能指为中心，只重视言说行为本身，至于表达什么内容则是无所谓的。

在作品存在的价值问题上，传统作品观主张作品是作者思想的外壳，是储存思想的容器。新解释学文本观认为，文本在言说，并在揭示某种现实存在，语言是存在的家。解构主义文本观认为，文本无意将词与事物一一对等起来，语言无法掌握现实，语言是存在的牢笼。

可以看出，新解释学的文本论同传统作品观强调作者的主导地位不同，新解释学张扬读者的能动性和创造性，而新文本理论则固持“人的终结”这一信条，而坚持纯“文本”性。

就文学方法论而言，新解释学的理解方式是对话，是文本中自我与他者之间的授与受，还有差别的不断交换过程。不过，这些差别建立在必然性、上下文，甚至系统的相应性，因而也是统一性之上的。质言之，其保持的是中心之地，其做法仅仅是延伸关联的纽带以及与此相应的形而上学所包含的一切含义。

解构批评方法强调不清楚的、非固定的以及意义与表达之关系的非关联的特点，并且认为语言的意义是独立存在的、非先天的，永远处在变化之中，这样就能把语言、符号和文本从逻各斯的声音中解放出来。解构运动远离中心之地，要摆脱形而上学的运动，然而却被形而上学施加于解放思想的威力拖了回去。

解释学与解构学代表了两种文本观和解释观，其一是试图辨认或把握意义和符号的真理和本源，却又对这种辨认和把握加以逃避，并将解释的必要性作为一种放逐状态的真理或本源。其二是不再转向本源，而只肯定活动本身，并只试图超越人和人本主义，超越那种作为在者之名称的人的名字，这个在者存在于形而上学或本体论的历史中。换言之，在人自身的全部历史中一直梦想着完全当下在场，梦想着保障活动的基础、本源和终结。

这两种文本解释观，表明交流与理解在后现代来临之时，遇到了双重困境。在解释学那里，虽然坚信理解者与被理解者之间总是存在共同之处，从而试图重设“活的对话”的逻各斯和意义在场，但终将无法彻底实践这一“善良愿望”。在解构学那里，固守反中心、反整体和寻求差异的立场，力求超越于形而上学之上，但具体的解读实践中，却又感到超越形而上学殊为不易。

一、结构主义整体神话的破灭

在德里达看来，结构主义仍然是西方形而上学的逻各斯中心主义（logocentrism）的支脉，必须加以消解。[①]逻各斯中心主义来源于希腊语逻各斯（1ogos），意即“语言”或“定义”，是关于正确阐明每件事物是什么的本真说明。[②]《圣经·新约》说，“万物始于词语”，将语言看作无可争议的中心和基础。[③]“约翰福音”将逻各斯看作与上帝同一，因而成为全部真理的终极本源。而当人背离上帝而堕落下凡时，与真理相对的谬误得以产生，逻各斯不再呈现在人面前，一度存在着的真理也遮掩不彰。因此，西方哲学普遍认为，逻各斯是一种主张存在着关于世界的客观真理的观念，这一观念包含着一种对“中心”的固持，一种返回本源并且永恒地、本真地直面真理的希冀。

---

① J. Derrida, *Of Grammatology*. Trans. G. C. Spivak. Baltimore: Johns Hopkins University Press, 1976, p. 3. 6.

② 在希腊语中“逻各斯”一词同时具备“存在”（Being）和“作为”（Doing）的双重含义，还具有“思维”（Denken）和“说话”（Sprechen）的双重功能。伽达默尔认为，“逻各斯”一词的意义衍变，使其含有“思想、规律、观念和语言”几层意思，“而这个词的最初含义是语言”。里特尔与格隆德尔在其合编的《历史的哲学辞典》第五卷“逻各斯”条也认为，希腊语的“逻各斯”也恰好具有思维（Denken）和说话（Sprechen）这两层含义。

③ 《圣经·约翰福音》开篇第一句：“太初有道”（Word），这个道同时具有“言说”和“词语”之意。

德里达将西方形而上学逻各斯中心主义看作一个自我击败的“魔咒”。[①]按照这一“神话”所说，语言是由非语言实体的真实本性所指导，而且能够以某种方式反映和理解这一非语言实体的真实本性。它引发出这样一种观念，即存在着固定不变的真理，超出语言之外的事实，它们作为对象呈现给言说者，并在实际的语言交流中被把握。因此，哲学和科学作为符号系统可以通过理性、证据和争论去发现事情本身和真理，从而创造意义。德里达以一种揭底的方式指出，在逻各斯中心主义的笼罩下，哲学和科学忘记了它们的边缘，忽视了形成自身的语言构成力量，去假装直接理解世界。于是，哲学与科学只能设定它们关于世界、真理、本源、因果的一切研究的在场，都能在日常语言中被涉及、把握和传达，这种形而上学被德里达称为“在场的形而上学”（metaphysics of presence）。

逻各斯中心主义从本质上认定某一认识真理的方法优于另外一些方法，这使得西方传统的形而上学思维方法建立在一正一反二元对立的基础之上，如：真理与谬误、生与死、有与无、精神与物质、灵魂与肉体、确定与隐喻、实在与虚构、男人与女人、语言与文字等等。这种二元项的对立并非是平等并置的，而是“某个词语支配另一个词语，并占有决定的地位”。就语言而言，当意义统治着言语，而言语统治着文字时，形而上学的等级秩序就已经形成。“举例来说，如果对亚里士多德来说，‘口头语……是内心经验的符号……而书面语是口头语的符号’的话，那是因为声音与心灵有着实质的并且直接的近似关系。”[②]

---

① 德里达认为，逻各斯中心主义是与西方思维相联系。而且只是与西方思维相联系。斯皮瓦克在德里达《论书写学》的英译序言中指出了这一点：“德里达几乎是以一种颠倒过来的种族中心论而坚持认为，逻各斯中心主义乃是西方的一种特产……尽管某些西方对中国的成见在第一部分中有所讨论，但是在德里达的文本中东方却是从来没有被认真地研究过或消解过的。”在我看来，德里达的看法并不全面，逻各斯不仅与西方思维相联系，而且是人类共同具有的思维模式。

② J. Derrida, *Of Grammatology*. Trans. G. C. Spivak. Baltimore: Johns Hopkins University Press, 1976, p. 11.

这种等级秩序所证明的无非是二元对立的前一项优于或先于后一项，因而前项是首位的、本质的、中心的、本源的，而后项则是次要的、非本质的、边缘的、衍生的。德里达指出："从柏拉图到卢梭，从笛卡尔到胡塞尔，整个西方哲学都设定先有善尔后有恶，先有肯定尔后有否定，先有本质尔后有非本质，先有单一尔后有繁复，先有必然尔后有偶然，先有原本尔后有模仿。这并非是形而上学态度的一面，而是其基本要求，是其最永恒、最深刻、最内在的程序。"①因此，哲学就以一种先在性（a priority）的理想化方式，成为返回本源的、纯真的、规范的和自身同一的始源上去的伟业，然后去指涉衍生物、复杂物和现象事物等等。在这种形而上学的二元对立中，哲学家们强调的是统一性、同一性、确定性和直接性，而贬斥矛盾性、差异性、不确定性和间接性。

对这种形而上学的主次秩序，德里达指出，"解构最重要的是，在一特定时候推翻等级序列（hierarchy）"。因为"在传统的二项对立的哲学观念中，对立面的平行并置是不存在的，在强暴的等级关系中，对立双方中的一方总是统治着另一方（价值论意义上的、逻辑意义上的，等等），要解构这一对立面，首先就是要在特定的情况下将这种等次关系加以颠覆"。②因此，在解构者看来，无论是哲学的，还是科学的，或者文学的话语，任何被看作固定的和确定的意义都是虚幻的。意义是流动的和易变的。那种所谓确实的真理范式是一种创造，是适合于我们目的的想象的虚构。这种想象仅仅只是成功地掩饰了意义的非确定性，而不是清除它的非确定性。

二、语音中心主义的消解

在《论书写学》（1967）一书中，德里达认为，逻各斯中心主义以同样的秩序控制着文字观，而形成"语音中心主义"（phonecentrism）。

① J. Derrida. "Limited Inc：abc..." Glyph, vol. 2, 1977, p. 236.

② J. Derrida. *Positions*, Chicago：University of Chicago Press , 1981, p. 41.

在索绪尔的“语音中心论”看来，语音是语言的本质，在语音（说话）和书写这一对立面上，说话是语言的本质，书写是衍生物。“语言和文字是两种不同的符号系统，后者唯一的存在理由是在于表现前者。语言学的对象不是书写的词和口说的词的结合，而是由后者单独构成的。但是书写的词常跟它所表现的口说的词紧密地混在一起，结果篡夺了主要的作用；人们终于把声音符号的代表看得和这符号本身一样重要或比它更加重要。”①

德里达坚持说，之所以在传统形而上学看来说话比书写具有优先性，是因为索绪尔同柏拉图、亚里士多德一样，认为说话时，说话人和听话人同时在场，因而说话最接近意识的自我在场，故最为真实可靠，当一个人说话时，他意识到自我与所思对象同时在场，并在言谈中自我与思想同一。因此，人们说出的声音能在短时间里与思想保持一致，而不会使意思模糊不清，以至掩盖所要表达的思想。当人们用口语表达思想时，思想就被在场的存在直接带出来，并通过问答逻辑而不断深化。所以口语具有直接性、鲜活性，它使说话者和听者在场而充满生气。②

在语言中心者看来，书写同说话相比，语言没有直接性和生动性，因而本质上是含糊不清的。书写在我们与理解的意义之间塞入了一个附加的符号层。因为作者不在场（absence），所以书写不会与说话人的思想同在。并且，因消泯了接近于自我意识和听到自我说话这一事实，语言成为在场的延搁，并被符号之网所打乱。进一步说，书写的字符有其

① 索绪尔：《普通语言学教程》，商务印书馆，1980年版，第47—48页。

② 这种观点，似乎亦流行于非拼音文字中。《周易·系辞上》就曾以“书不尽言，言不尽意”划出于书写、言语、意义三者的等级秩序；《老子》：“知者不言，言者不知”；《庄子》：“言者所以在意，得意而忘言”；陆机《文赋》：“意不称物，文不逮意”；刘勰《文心雕龙》：“情在词外”，“意翻空而易奇，言征实而难巧”；司空图“言外之意”说至近代王国维“境界说”，大旨可见文字、言语、意蕴三者的等级关系。但是，我们也注意到，孔子倡言“辞达而已”，可又强调：“言之不文，行之不远”（《论语》）；欧阳建《言尽意论》中说：“名逐物而迁，言因理而变，”但他同时又说：“名之于物无施者也，言之于理无为者也。”可见仍然强调书写，言语、意蕴疏离的等级关系。正是在“词”这一“意内而言外”（《说文解字》）的定义中，我们明白了《庄子》中轮扁对桓公之言：“然则君之所读者，古人之糟魄已夫！”（《庄子·天道》）。

自身的物质固定性，它掩盖了那些最初赋予它们的生命的意义。它可以不断重复和翻印，使得其意义不是自明的，而必须重新解释，尤其是因作者不在场，故解释很可能成为误解和误用。这种解释因丧失了说话的直接性和生动性，使意义成为板滞的和不确定的。在形而上学者的眼中，书写是第二级能指，因而较言语（说话）更为远离心灵内层的运思，并构成鲜活声音缺席的僵死空洞的外壳。“逻各斯的时代就这样将书写贬低为中介的中介，贬损为沦落于意义的外在性中。”①

德里达认为，这种认为语音（说话）优越于写作的二元论语言观，这种“在场”的形而上学，是逻各斯中心主义所体现出来的“暴力语言观”。在德里达看来，既不是说话者的意谓，也不是任何别的东西，能够作为非衍生的简单物直接呈现在我们面前。而且，在场的东西通常是一个奠基于我们关于那个不在场的东西的概念之上的结构。德里达的工作是解构“说话”与“书写”的二元对立模式，而他是通过解构深层的“等级对立”的在场和不在场去达到这一目标的。

解构形而上学二元对立的策略，是通过颠倒说话和书写的次序，移动中心和边缘的位置来消解在场的形而上学。②德里达首先指出，言语（说话）也同样具有意义含糊性、不确定性，也同样存在重复性。说话中也具有书写中的种种相似弊病，只不过这种问题总是被逻各斯中心主义所掩盖。而且，言说也是由具有其实质本质的符号组成，这些符号可以从最初使用的语境中分离出来反复使用。在特定场合，说话往往还是对已经写下的书写语的复述。反过来看，写作也并不绝然成为思想的蹩脚的复述。写作胜过言说之处在于，它的物质铭刻性具有阻断在场的能

---

① J. Derrida. *Of Grammatology*. Trans. G. C. Spivak. Baltimore: Johns Hopkins University Press, 1976, pp. 12—13.

② J. Derrida. “Limited Inc: abc...”, Glyph, vol. 2, 1977 中认为，书写具有优先性，一切话语的普遍特征，在写作中比在言语中看得更清楚。德里达对海德格尔“在其著作中对说出的语言过分看重”（Margins of Philosophy, trans. by Alan Bass, Chicago: University of Chicago Press, 1982, p. 132.）十分不满，因此，德里达总是根据与看和听有关的隐喻，以及围绕着书写建立起来的隐喻之间的区别，来描述自己的工作。

力。铭刻使符号之间因彼此不同又外在于彼此而产生断裂，同时又使字、句、段连成一体产生意义。铭刻对于彼此的外在性阻断了在场的回复，并被归结为它的内在的统一。[①]在这个意义上可以说，书写与形而上学相对立。总之，说话并不本然地具有纯洁性和确定性，说话也可以在说者与听者不在场的情况下，在完全不同的语境中重复。因此，说话（言语）与写作具有相同的本性，其中任何一个也不更贴近说话人的思想，谁也不能保证它们是解读者意识的直接现实。

这样，德里达颠覆了言语对书写的优先地位，使说话（言语）从中心移位到了边缘。但德里达并不认为这种颠覆可以使书写高踞于说话之上，因为，这无异于把隐含在逻各斯中心主义中的等级秩序颠倒过来，使书写成为新的中心。这种去掉一个中心又换上另一个中心的做法，仍然是一种重新伪装的逻各斯中心主义。

德里达拒绝建立任何中心。颠覆说话中心的目的不是重设一个书写中心，而是消除中心本身。中心的存在从来就不是它本身，也没有天经地义的本然地基。中心在德里达的构想中已植入差异性的替代链条，并进入差异符号永无止境的游戏过程。这一隐蔽的破坏性变形，就是中心始源匮乏而语言侵入普遍性的时刻。再不可能存在用另一个中心去取代前中心的时刻了，因为“中心”本身已被德里达成功地埋葬了。

中心的解除使说话与书写具有相同的本性，二者不存在任何中心和从属关系，也不存在二元对立的关系，而是一种平等的互补关系：书写是说话的记录保存的形式，说话是书写的补充形式，书写与说话都是思想的意义表达形式，二者互相依存，缺一不可。[②]

---

① 事实上，书写形式同样是对实在世界和客观真理的存在的照面，书写以铭刻的方式，维持了一个符号持久的知觉而禀有一种时空超越性。唯文字能永葆不灭，每一次阅读都将使作者在言说中“出场”。西方逻各斯中心主义的那种对文字书写的贬斥也只能靠文字来达意和留存，甚至，当作者的书写文字遭到不公正的贬损和歪曲时，书写文字所具有的力量本身就足以消除一切虚妄不实之词，而使自身得以昭雪并恢复尊严，这一点威信中外概莫能外。

② J. Derrida. *Of Grammatology*. Trans. G. C. Spivak. Baltimore: Johns Hopkins University Press, 1976, p. 158.

通过说话与书写二元对立的消解，解除了形而上学魔咒粗暴的等级制度和中心性。德里达认为，他的解构策略显示出传统哲学所设定的二元对立项并不具有平等关系，而是在价值论和逻辑上一个统治、制约另一个。颠覆说话的中心地位的意义在于反对赋予说话以特权，剥夺赋予说话的形而上学地位，并进而揭露形而上学为何通过特权将书写贬斥为思想的误置，却没有将这种“暴力”强加于说话上，从而发现形而上学的唯心主义和不平等性特征。

当德里达将书写从作为言语的补充形式的附庸地位解放出来时，我们发现形而上学的二元对立的封闭体系的确开始摇晃起来。在德里达看来，形而上学的哲学话语尽管彼此论争，相互攻讦，然而却有其共同点，即对终极本源和最后归宿的追求。在言语与书写上，张扬言语贬抑写作，无非是指涉一种在场的恒久性，并由此而生化出来一种以在场为中心的先验等级。现在，当书写地位被翻转过来，就获得了一种全新的写作观。文字书写不再是外在的、可有可无的，也不再是当其负载的意义、要旨或所指被抽取出来以后就被抛置无用的第二级能指。写作已成为以在场为中心的先验等级的瓦解力量。写作以能指与所指的断裂分延保持了一个符号系统的持久感觉，并以自己的符号性想象宣告形而上学对在场和实在真理追求的落空。写作不是言语，它没有声音而永远沉默，然而，它正是以这样无言的方式永无止境地言说，以这种沉默的方式去证明哲学表达（言语、写作、意义等级观）陷进的悖论境地。①

颠倒言语与写作的秩序并不是德里达的根本目的所在，德里达仅仅将这看作解构中心性同一性的开始，循此出发，德里达将这一解拆说话与书写关系的解构策略扩展到整个形而上学大厦，去解拆一切不平等的对立概念，从而颠倒在本质与现象、内容与表现、隐含与显现、物质与运动关系上的传统观念，对绝对理性、终极价值、本真、本源、本质等

① J. Derrida. *Writing and Difference*, Trans. Alan Bass. Chicago: University of Chicago Press, 1978, p. 166.

有碍于自由游戏的观念提出质疑。在取消某项作为中心时，取消中心本身，达到解构更基本的等级对立的在场和不在场的目的。

由此看来，解构哲学是一种深入骨髓的怀疑主义，它对几千年来的西方形而上学传统的“在场”加以消解，对语言的确切性和意义的可靠性加以怀疑，对一切重设中心的整体性、同一性原则的企图加以打击。它要摧毁过去的一切；但因不愿重蹈形而上学的覆辙，而又拒不设立一个未来；它以虚无主义的姿态否定一切终极永恒的东西，却又不再设立一个新的希望；它在消解和破坏的欢悦中，将世界变成一个没有价值深度的平面；它在放逐了一切重设深度模式的思想以后，自以为是地认定自己在语言游戏中把握了世界的本性和命运。

我充分理解德里达的反“在场”的根据对解构主义来说所具有的根本意义。然而麻烦在于，德里达尚未给我们提出一个放弃“在场”的形而上学合理论证。而且更严重的是，放弃逻各斯中心主义和在场，最终必将导致话语的难以理解和伴随符号随意性而生发的语言无意义。

看来，解构如果彻底，就必然进入自我解构的怪圈。

第一节　瓦解在场的解构方略

德里达是以同整个传统哲学决裂的姿态，而登上后现代思潮的论坛的。

然而，步入解构怪圈的德里达，在发现形而上学的迷误而又不愿重蹈其覆辙时，不得不陷进这个怪圈。

德里达发现形而上学的根本迷误在于：设定世界存在一个中心，一个终极价值或真理，然而人只能通过语言去呈现这个真实。这个在场的形而上学将语词当作不幸而必要的透镜，透过它去看到真理。这个在场意义论同时又将这样一个隐喻带出来：一旦真理被整体直观到，文字将没有什么用处而被弃置一旁。①德里达当然不能同意这种说法，他通过颠覆在场的形而上学和推翻等级秩序，否认文字的目的是通过自身去看背后的真实。德里达坚持认为，文字和文本背后没有真理，也不显示真理。所指的权威地位应加以剥夺。书本只不过提供了关于真实的可能性的幻觉，因为并没有所谓预先就存在的真实。德里达为自己的反逻各斯中心理论确定了这样一个命题："文本之外，别无它物。"②文字与文字构成一个流动的意义指涉过程，文字不需要指涉形而上学的真实。文字必须只看成文字，词语必须看成词语，而不是当作真实、实在、权威或存在（在场）的显现。究极而言，文字就足以使本身永远不朽。

任何一个文本只与文本相关，在这一无穷的意义链中，文本互相替代和反复。德里达坚持意义不能封闭在符号里，任何封闭体都有裂口。因为严格说来，封闭体需要非封闭体作为参照物，正如中心依赖于非中心一样。因此，解构就不仅是将对立的等级秩序颠倒过来，而且要摧毁这个二元对立赖以产生的整体思想体系。也就是要把传统的颠倒变为现实，总体上取代那个体系，只有这样，解构才能在其所批判的二元对立项中，提供一种干预的方法。③于是，在场不断被否定，中心不再存在，二元对立不断转化为不在场的共存。

然而，问题的解决并没有如此简单，甚至问题反倒更复杂化了。

首先，德里达否定二元对立的前提仍然是无可挽回地预设了二元对立的存在，他在对真理、权威、在场等传统哲学观念的否定，试图抹煞"文本""符号""存在"等概念时，又不得不保留某些概念，并采用传

---

① 这方面的例子不胜枚举：《老子》说："道可道，非常道。名可名，非常名"；《庄子·天道》说："道不可言，言而非也"；《秋水》说："可以言论者，物之粗也，可以意致者，物之精也。"席勒说："灵魂开口说话，啊，灵魂就不再言说。"维特根斯坦说："理解我的命题的人应该抛开这些命题，正如爬上梯子后把梯子抛掉"（《逻辑哲学论》）。

② J. Derrida. *Of Grammmatology*. Trans. G. C. Spivak. Baltimore: Johns Hopkins University Press, 1976, p. 158.

③ J. Derrida, "Signature Event Context", Glyph, vol. 1977, p. 195.

统的形式。换言之，他在瓦解形而上学大厦时，却又踏在传统的脚手架上，这就有可能难以修正形而上学并陷入无法击败传统的危险。其次，否弃文本意义的本源性，面临滑入相对主义和虚无主义的危险。书写的文本（包括任何人类交流方式）如果可以随意解释，而且每一种解释是同等的，那么意义就必然是不确定的。而当“意义不确定性”这一本义被人所理解，那么，这一事实只能否定了其理论自身，而证明意义的交流具有确定性。再次，如果真理不存在，那么真理作为一种标准就丧失了，虚无主义将乘虚而入，标准不复存在，相对主义就成为唯一的代替物。“怎么都行”成为后现代主义的座右铭。

德里达必得面对这些问题，否则，他将冒着站在传统概念的基石上拆解着传统之墙的自我颠覆的危险，并必然遭遇到否定中心时仍经由幻想的中心从语言迷宫中逃出的悖论，甚至处在否定真理时仍不可避免地以真理的名义进行语言解构的二难境地。德里达意识到自己这种因走极端而回转到自己的对立面的双重困境。他说：“为攻击形而上学又不使用其概念是没有意义的。我们尚未拥有任何与这个历史没有关联的语言、句法和语汇，我们无法说出一个解构性命题而它又没有滑入其所驳斥的那类形式、逻辑和隐含的假定之中。”①那么，是不是在解拆在场和颠覆秩序以后，解构就陷入深不可测的悖论之中了呢？是不是解构已经无可挽回地陷入二难之境而不能自拔？

德里达绝不肯功亏一篑。

德里达没有退路，他只能让思想的骆驼去穿过针眼。而且，他最终找到了一条摆脱困境的道路：在反在场中心性整体性结构的总体思路下，尽量避免使用传统哲学话语中足以使自己重陷二元对立的词汇，尽可能地使自己的核心术语模棱两可化和“中性化”，以此删削传统的概念，并借此逃避哲学中“什么是……”这一原初本质问题。

---

① J. Derrida. *Writing and Difference*, Trans. Alan Bass. Chicago: University of Chicago Press, 1978.

于是，德里达的解构策略：分延、播撒、踪迹、替补等概念，就成为与“定义”的单一固定含义相对的具有双重意义的不断运动的模糊词汇。

一、分延：意义的不定

“分延”（différance）① 是德里达自创的瓦解结构意义确定性的关键性概念。这个词来自法语动词“to differ”（区分）和“to defer”（延搁）。德里达认为，符号并非是能指与所指的紧密结合，符号不能在字面上代表其所意指的东西，产生出作为在场的所指：一个关于某种东西的符号势必意味着那种东西的不在场（而只是推迟所指的在场）。différance 表明符号总是“区分”和“延搁”的双重运动。在空间（共时态）上，符号总是为其他符号所限定，从而具有了“非同一的，与其他符号相区别的意思”，②使词的意义不能最终确定，而只能在语境关系的区别中决定；在时间（历时态）上，符号是一系列差异区分的产物，总是延搁所指的在场，“使意欲暂时不能得到实现或满足，把意欲付诸实践时所用的方法抹煞或减弱其效果”。③这种由符号的共时态区分引出的历时态的延搁，加深了符号意义的不确定性本质。确定一个能指的所指意味着无尽地延搁过程，能指的确定事实上已成为一种延搁于此的承诺。如此一来，再也不存在所谓的语词和本源的恒定的意义，一切符号意义都是在一个巨大的符号网络中被暂时确定，而又不断在区分和

① différance 是一个几乎不可译的字眼，德里达用一个“a”字母换掉了“e”，以使他的概念区别于差异（difference），换过的词在法语发音上与原来完全一样，但写起来就显示出二者的区别。德里达似乎一方面要使人们注意这个词所具有三重含义（区分、延搁、播撒），以不同原词的单一含义相混，说明符号本质上的分裂；另一方面要表达出这样一个意思：“分延一词中的字母 a，表明这种不确定性渗透于主观和客观互相作用，而不再受到二元对立的控制和构组。”Cf. *Positions*, Chicago: University of Chicago Press, 1981, p. 27.

② J. Derrida, *Speech and Phenomena: and Other Essays On Husserl's Theory of Signs*, trans. D. B. Allison, Evanston: Northwestern University Press, 1973, p. 131.

③ J. Derrida. *Speech and Phenomena: and Other Essays on Hussert's Theory of Sign.* trans. D. B. AIlison. Evanstona: Northwestern University Press, 1973. p. 136.

延搁中出现新的意义。新的意义进一步在延搁中区分，在区分中延搁。德里达强调，分延是“时间的空间化和空间的时间化”，分延消解了存在与历史、共时与历时的对立，而成为时空经验的起源。

分延作为符号的本性标明这样一种状态，那种中心性、同一性的符号意义，丧失了其根本的、终极的本源，符号不存在所谓恒定不变的单一本源意义，只存在不断分延着的符号语境中的流动着的意义。这种意义在无始无终的分延中永远是不确定的，也是没有止境的。它在宣判符号意义的不确定性时，暗示了意义选择的无穷可能性。

分延的双重意义的杂糅，避免了定义所造成的在场的中心性。它在指涉自身之时，又使它指涉的东西远离了自身。它避免定义和概念化，因为这将会把根源、中心重新误置入自身之中。“分延是一种在在场和不在场两相对立基点上所无法设想的结构和运动。分延是各因素相互关联的区分、踪迹和分离体系的游戏。”① “分延”既无普遍性定义，又无特定性意义，它不指涉一种中心固定性，而是既否定其他二元对立，又不断否定自己。它从不固定自己，而是以似是而非的面貌否定了在场与不在场的对立，使在场既与不在场相异，又延搁到不在场，同时不在场又延搁了在场，从而，否认了符号是意义的根源，揭露了符号的“非原生”（nonprimordial）性质。这就意味着其他符号是构成这一符号的语境，任何符号都只有与其他符号相区分，并在时间的流动延搁中方能获得瞬间意义的解释。这样，符号的权威和根源就被连根拔起，传统形而上学中的存在、中心、本源、结构亦已被悬搁。对原意的虚幻追逐衍化为分解式阅读的多种可能性和非终极性。意义的神话被打破，文本意义总是一场延搁，总是处在其他文本的无尽联系网络之中，不存在任何一种绝对的意义。文本意义在德里达那里，就成为主观相对和永远无法确定的。

作为不断拆解不同替代物的意义链条的分延，瓦解了意义的确定

① J. Derrida. *Positions*, Chicago: University of Chicago Press, 1981, p. 27.

性，从此，意义的根本性和确定性之梦业已逝去，只有分延才存在。恒定的意义让位于不断流动变化的意义，任何形而上学的追问已不可复得本源意义或终极意义，而只能得到没有尽头的分延，得到一个又一个不断替代的新意义。就文本而言，字词意义的不确定性决定了句、段，乃至整个文本甚至文本网络的意义不确定性，任何结构都可以从内部予以解构，甚至往往从一些令人不察的细部开始拆解，就可能使整个思想体系崩塌。

德里达用分延重申了解构的基本立场：世界上不存在所谓终极不变的意义，正如不存在一成不变的结构一样。语言不过是分延的永无止境的游戏，[①]终极意义永远可望而不可及。

二、播撒：文本的裂缝

"播撒"（dissemination）是德里达对"分延"一词的进一步扩展。在德里达看来，播撒是一切文字固有的功能。这种功能并不表示任何中心指向意义而排斥一切潜在的在场或不在场。正因为文字的分延所造成的区分和延搁，使意义的传达不可能是直线传递的，不可能像在场形而上学那样由中心向四周散开，而是像撒种子一样，将不断分延的意义"这里播撒一点，那里播撒一点"[②]，不断地以向四面八方散布所获得的零乱性和不完整性来反抗中心本源，并拒绝形成任何新的中心地带。

播撒作为解构策略的重要之维，试图进一步消解那种通过等级秩序而获求明晰的意义去把握真实的可能性，以显示出在无始无终的符号分延网络中的文本自主性。

播撒不断地瓦解文本，揭露文本的零乱无序，松散重复，宣告任何在场永远不能直接呈现在我们面前。这样，播撒作为拆除文本秩序的力

---

① 德里达在《立场》（*Positions*）中反复中说："分延是一个结构，一种运动，它不能基于在场与不在场来设定。分延是各种区分及其踪迹的系统游戏，是各种元素据以相互关联的空间游戏，这一空间是既主动又被动的间隔的产物。"

② J. Derrida, *Dissemination*, Chicago: University of Chicago Press, 1981, p. 32.

量使得无论从作者、读者、文化、社会、精神分析、政治历史、人类学、结构主义等任何一个方面对作品文本进行分析。所构筑出的文本的意义（或中心思想），都仅仅只具有暂时交汇和粘结的性质，文本的播撒性的解拆力量可以对在某种语境中产生的任何一种主题或意义加以内部瓦解并予以否定。瓦解否定的不断性构成作品文本意义永无止境的所指意义域，在丰富着文本无穷意义之中延续了作品的生命。意义不可避免地是来自于你的（或我的）关于你（或我）所使用符号之间的分延的概念结构。没有一成不变的主题，也不存在先行设定的先验结构，更没有唯一确定的某种意义解读方式。德里达努力证明的是，文本内部组合方式是无限多样的，构成意义的方式不可穷尽，那种新批评、现象学、结构主义式的追求某种唯一的本质和意义的作法，除了深陷形而上学泥淖，给意义寻求加以先验给定和现时限定以外，什么也不是。

播撒不止于一篇文本之内，播撒以其弥散的不完整性构成文本的文本性（textuality）。任何文本都在自我宣布其不完整性时，确认每篇文本都永远延搁了在场，正如意义已被延搁而没有被呈现一样。播撒所注重的文本在任何语境中临时构成意义并不断自我瓦解特征，使文本意义具有了后现代主义的多元性、敞开性和不确定性。从此，深度模式消解四散，再也没有深层结构模式所指涉的终极意义，文本所具有的自主性使其可以自由地禀有或粘附一种意义，并予人以解释的自由权限；再也没有一种辩证法模式所制约的现象和本质的关系，文本没有所谓现象背后的本质意义，文本处在一个分延网状的平面结构中，没有中心本质或中心思想；再也没有存在主义模式的确定性与不确定性的对立了，一切确定都是不确定，一切不确定都是有限意义上的确定，整个世界就是一堆不确定的文本，不确定性成为后现代主义精神旗帜；再也没有结构主义符号学模式的能指与所指的对立了，播撒使文本可以在不同语境中显示截然不同的意义，并得到互相矛盾的任何解释。于是，中心、结构、根源、本质都在德里达语义玩弄中荡然无存，剩下的只有分延和播撒。

播撒作为文本的文本性的结果，是宣告任何一篇文本都有裂口而不完整。任何一种新的解释或误解，都成为原文不完整和不稳定的证据。解读原文既是对原文意义的发掘又是对它的意义的抹煞。这样，德里达的追问，就已经抵达对“根源”匮乏的分析层次。于是，德里达又提出另一个晦涩不明的概念：踪迹。

三、踪迹：始源的迷失

踪迹（trace）原来意味着一个不出场的物的现在的符号，一个为这种不出场在其过去之后，在已经出场的地方留下的痕迹。它是在场中的不在场，是存在的某种影子。踪迹在海德格尔那里仍然是指向在场和根源的，他意识到了语言与在场的宿命联系，所以，在使用“存在”一语时，在上面加了一个无形的删除号“×”。①德里达认为，这个加删除号的“存在”是一个时代的最后“文字”。因为在这个词语中，超验所指的在场被擦去，而其永恒指向隐而不显根源的踪迹却依然可寻。海德格尔坚信通过踪迹可以追寻到那曾被遮蔽的存在，因为，在海德格尔看来，踪迹总是暗示着现时不存在的存在，指涉出一个在之为在的本源。每一在场都带有一个限定其界限的不在场的踪迹。

这种抱持踪迹乃意味着一种本源的观点，在德里达看来是应该加以消解的。德里达在《论书写学》中明确指出：“说踪迹实际上是意义的绝对本源，无异于再次说明并不存在通常所说的意义的绝对本源。”踪迹并不意味存在着一个根源，而只是暗示出在场之物与不在场的分延网之间的联系，不断变化的延搁的分延网使在场之物的意义具有任何可能性。因此，踪迹似乎标示出根源的消逝。然而，德里达却说：踪迹“不仅仅是根源的消逝，就我们保留的话语限度而言，踪迹意味着无所谓根

① 德里达称这种删除为“抹去”（法文为 sous rature，英译为 under erasure），表明这个符号“既是、又不是”。这种二重性一方面它显得不完全，另一方面，它又是必要的，必须保留它。因而，加上无形的删除号，就可将这种二重性体现出来。

源的消失，其实从来也没有构成过根源，除非它由相反的非根源即踪迹所构成，这样，踪迹变为了根源的根源”。①

正因为本来就无所谓根源，所以也就无所谓根源的消失，因此，那种关于踪迹成为根源消失的暗示的说法，就很值得怀疑。德里达坚持说，踪迹在暗示了此时不存在的存在中不断出现和消失，在一个没有对等替代物的链条中呈现和延搁自身，并使那种寻迹求源的确定性企图永远落空。所指被延搁所造成的符号残缺不全，使其永远成为指涉其他符号的一组踪迹。踪迹指向分延，它永远延搁意义。意义并不依存在场的迟延的充分性，它产生于分延游戏之中，这种游戏依赖于某些名词的必然不在场。这样，那种寻求作者原意的根源论，在德里达看来，就成为一种可笑的乐观的冒险。

拒斥确定性的意义，这使德里达在使用一个词语时，又将它删去。这一删除的踪迹以其确定意义的回应给予表达以暂时的意义，即这一意义立刻被撤回和被否弃。这一做法使德里达最终承认违背了同一性逻辑。但德里达的解构方略就是要冲破同一性逻辑。他在“想象力冒险”的支持下，相当偏激地认为：“在我需要使用每一概念的每一时刻，我便放弃每一概念。”如此一来，踪迹就既暗示出踪迹之所本（此时不在的存在），又否定了踪迹之所本（根源根本不存在）。踪迹不是根源，也不指涉根源。“它只是分延、不断的分延而已。它展开一切意义和心理现象，成为一切重复、一切充实性的源泉。”②德里达就这样将文本看作供读者发现和追溯的一组踪迹。这组踪迹不仅进入其他踪迹的文本意义延搁变化的分延网中，而且永无尽头。

德里达进一步强调，与其说每一符号都是指涉其他符号的踪迹。不如说它们是踪迹的踪迹，“文本中只有区别和踪迹的踪迹”。换言之，

---

① J. Derrida, *Of Grammatology*. Trans. G. C. Spivak. Baltimore: Johns Hopkins University Press. 1976, p. 61.

② J. Derrida, *Of Grammatology*. Trans. G. C. Spivak. Baltimore: Johns Hopkins University Press, 1976, p. 95.

一个字，一个符号，一个文本总是包含另一些已经写出的字、符号或文本。文本绝非封闭的自足实体，它没有意义的确定性。“文本深藏着一个永不呈现的意义，对这个所指的确定总是被延搁下来，被后来替补的替代物所重新构造。”任何文本都是在关涉另一些文本中获得自身的意义，它置身众多文本的语境中，是其他文本的回声、重复和移植（fabric of grafts）。当文本的意义确定置入更广阔的其他文本堆聚域中时，文本本身似乎是由不加引号的众多引文构成的。①对文本的解释会使人陷入一个意义无尽增殖的过程。文本意义的确定性永无尽期地延搁在一长串其他文本之中，这意味着文本的意义是由其他文本所构成。

文本作为不断指涉其他文本的构成过程本身，又是对自身确定性意义的解拆。文本所必得禀有指涉其他文本的“文本性”，使文本成为一种开放体系。文本意义的寻觅不复是追本溯源求“原意”的过程，文本没有“原意”也无“本源”可言，解读文本只不过是顺着文本给定的踪迹暗示另一些踪迹的过程，即从这一文本到另一些文本，然后再进入更大的文本群，这一从踪迹到踪迹的过程永无止境。在踪迹的踪迹的无尽分延中，意义的根源隐遁，该文本所关涉的终极意义不复存在。在踪迹中，不再有中心，不再有根源，一切都是不确定的。

正是踪迹使得文本意义的寻求活动成为文本自我离心解构的运动，文本总是指向文本自身之外的文本群体，总是在意义的分延中和踪迹的暗示中走向不确定性。这种意义自身解构的运动机制，在德里达看来是“替补”。

四、替补：根本的空缺

替补（supplement）一词，也是由“补充”和“替代”双重意义所

---

① 只要思想史、文学史、学术史上千百年来所推崇的“字字有来历”就够了。文本并不是单一意义体，相反，文本总是由众多其他文本移植和编织而成。任何标新立异之作都可以在其中找到另一些文本，并与众多文本互相指涉，它仍逃不脱由其他文本构成和呈现意义的命运。

构成。一方面，“替补是一种补充、增加，是一种充分丰富另一种充分丰富，是存在的最充分的限度。替补是存在的增补和累积。”另一方面，“替补又是为了替代。替补总是介入或悄然插进替代的行列。如果它填充，就犹如某物填充了空白之处。如果它再现和塑造意象，那是因为这意象是先前匮乏的存在。替补是附加的、次要的，但在增补过程中又成了取代者。替补不是简单地对已经确定的存在的增补，而是以替代者方式出现。替代不是转换，因为替代者的位置已由结构中的空白标志所确立”。①

替补既是一种增补，又是一种替代。替补因存在的虚空而起，是存在不完善的证明，它的根本指向是彻底否定存在的根源和形而上学绝对真理的神话。②

德里达在《系动词的替补：语言学之前的哲学》③ 一文中，通过对亚里士多德《形而上学》中“是”的分析，认为“是” （亦可译“有”，“在”）作为哲学和语言学的重要问题，一直在将一个虚构设定的真理作为可以真切把握（在场）的对象，这种虚构的彻底隐瞒是在印欧语系这一特殊伪装下进行的。

德里达借助本尼维斯特的描述进一步指出，“在”（being）这个词用法非常特别，它并不是一个实词，而是一个系动词（to be），只具一种语法功能。这一特点使其虽不具备词汇的内容却具词汇的—形式。这种作为语言的原词的功能，使其并不指涉某一概念，并没有明确的所

① J. Derrida, *Of Grammatology*. Trans. G. C. Spivak. Baltimore: Johns Hopkins University Press. 1976, pp. 144-145.

② 德里达提醒说，绝对不可忽视这样一个问题：在场的存在被绝对化以后，人类便无疑自设了一座超验圆圈。这个虚构的十全十美的圆圈企图使人相信，世界之所以如此是因为有一个终极统一力量，而人所认识的那种可以确定的、唯一全面的永恒实在或真理，是通过在场而看到的对象世界完美整一的统一体。古希腊哲学（尤其是亚里士多德）从一开始便隐瞒了这真真切切“有”本身恰恰是不可验证的，因为它的所指物是“无”，它的意义是“不在场”，而无数西方哲学家事实上习焉不察地接受或延续着这场欺骗。

③ J. Derrida, “The Supplement of Copula: Philosophy before Linguistics”, in J. V. Harari, Textual Strategies: Perspectives in Post-Structuralist Criticism, London, 1979.

指。德里达基本同意本尼维斯特："希腊语给予'在'一种逻辑上的功能，一种系动词的逻辑功能。因而，这个词得到了比任何其他词更广的外延。"①但德里达强调指出，希腊形而上学虚构的真理和普遍性，是依赖于某一特定的语言现实。在印欧语中，"本体论"功能也只是由某几个动词或词形承担。换言之，作为语言的系词"'是'不指能确定的意义，因而更不是能够代某一事物的不在场。"②然而，系动词却从来没有局限在自己的语法身分之内，而是不断跻身于真正的"词汇"之中，当它的变体"动名词"（to be 的动名词形式 being）不断用作主语，并指涉那超验性存在时，being 获得了确切的形而上学意义"在"，并与"诸在者"（beings）相对。

"在"作为系动词而获得真词的地位，说明"在"是在印欧语系的特殊伪装下形成的，将系词的语汇功能置换为名词性功能，而再使之成为真词。这样，不知不觉之间，完成了从语言学向哲学的转向：将一个先验的抽象的虚假设定置换为对事物的确定，并进一步等同于认识对象，而成为无所不在的"在"本身。这样，德里达的批判实际上成了一种揭底，借此发现形而上学虚设的真相，达到颠覆其形而上学神话的目的。

系动词 to be（是）所连接的表语，总是指向一种意义寻求——"是什么"。德里达认为，这个"是"已被证明不可能指向确定意义，指向本质，那只不过是一种形而上学的虚设而已。而这个"什么"却可以使存在者在意义的追求中不断地进入具体的关系之中。存在者可以得到一个又一个不同的具体的意义，但永远也得不到终极的、永恒的意义。因为"是"后面的"什么"永远可以置换，是一种无尽期的"替代"。

作为"替补"特性之一的替代，既是系词的本质，又是语言的特

---

① J. Derrida, "The Supplement of Copula: Philosophy before Linguistics", in J. V. Harari ed., Textual Strategies: Perspectives in Post-Structuralist Criticism, London, 1979.

② 同上。

性。当我们问：诺贝尔文学奖得主帕斯（Octavio Paz）的长诗《太阳石》是什么？人们可能说是现代主义最后一位大师帕斯的杰作；是一位后现代主义诗人帕斯的作品；是对“瞬间”的感悟；是对现代文明的诅咒；是对现代世界的象征；是一个神秘的世纪末寓言……似乎可以在“是”后无限地说（替代）下去。同样，哲人们在“语言是……”后面，也可以通过“是”将“语言”这一主词带入一种具体关系中，给出不同的替代。于是，替代物五花八门：语言是思想的媒介，是思维的符号，是存在的家园，是理解的迷宫，是生命的怪圈，是文化的功能，是交流的手段，是思维的游戏，是思想的牢笼……这些从语言学、存在哲学、解释学、文化哲学、文化交流学、解构主义等不同角度作出的回答，都仅仅揭示出语言某一方面的意义，它们都与语言的本性相关，但都不能囊括和穷尽语言的意义，因此，寻求终极意义和恒定不变的本真事实上是不可能的，意义和本质的寻求产生于寻找替代物的永恒过程之中。

替补的另一特性“增补”。增补填补的是先前匮乏的全白。换言之，原物不仅从来没有呈现，而且根本就没有原物。增补因存在的匮乏而起，反过来，又因增补而使存在的不完善得到证明。当人们每说一次“是”，都将得到比主词多一些意义的谓词，使主词的意义得到增补。①反过来，正因为谓词是对主词的增补，又说明了增补之物与原物（主词）不同，否则就无所谓增补。因此，增补使增补者与被增补者，替代者与被替代者区别开来。德里达强调，既然增补成为原物存在虚空的证词，那么就说明形而上学所谓本源、真理、主次、先后并非具实存在着。相反，每次寻找这种本源意义都将使人们在增补和替代中，看到愈来愈远离那设定的终极意义。意义的获得成为替代和增补活动本身，它将人们带向无限多样、无穷增殖、永不确定的意义替补运动之中。

---

① 德里达认为，对作品的增补包括对作品材料的增补，对作者的增补和对作品属性的增补，从而使复原作品“原意”的企图永难实现。cf. Jacques Derrida, *Margins of Philosophy*, p. 23.

德里达用替补完成了对形而上学不容置疑的先验假定前提和基本概念的颠覆，将追问本源、追求真理、抱持永恒意义的回归之路置换成一条永远走向不确定性、增补性、替代性的敞开之路。同时，对形而上学将虚假设定的前提作为出发点并据为真理的做法加以质疑，并提供了一种依据可疑的出发点、依据不真的概念去反向思维以重新认识世界的可能性。

毫无疑问，德里达通过分延、播撒、踪迹、替补等模棱两可、具有双重意思的词，所要达到的目的无非是：追问自诩为绝对真理形而上学大厦赖以建立的根基是什么？这一根基的先验虚幻性是怎样有效地逃脱一代又一代哲人的质疑？破除形而上学神话的基本方略怎样才能有效地避免自身重陷形而上学泥淖？德里达相当自信地认为，自己所创造的术语不仅可以收到揭形而上学虚假之底的功效，而且，还可以免遭重陷形而上学的厄运。因为，分延、播撒、踪迹、替补等概念，是一种亦此亦彼、亦是亦非，或者既非亦非（neither-nor）、既是亦是（at once-at once）的非概念或反概念。这类“不断运动着的概念”，既无明确不变的意义，相互间又无明确恒定的关系。尤为重要的是，术语内部的双重含义既互相呼应，又不断消解任何趋向于确定性、稳定性的定于一尊的解释。术语与术语之间的区分亦已消失，犹如所有文本都成为一个文本的一堆混织物一样。

德里达用这些概念构成一张网状结构，宣告了本源的不复存在以及文本的永不完整性。对“原”文的阅读是一种误读，是以新的不完整性取代文本原有的不完整性，因为替补成为另一种根本上不完整的文本。

于是，在德里达看来，作者并不创造意义，因为作品没有所谓的原意，意义也不是作品现存的，必须无止境地在文本之外去寻求。每篇文本必须置于更多的文本之中才具有意义。德里达不无偏激地认为，“解释”这一概念必须抛弃，因为据说这个术语错误地设定了对一个隐蔽的、但仍在场的意义进行阐释。批评家再也无权躲在“解释”与“说明”等术语后面，批评即阅读，阅读即无限地寻求踪迹。这一过程永远不会完结，因为意义的最终解答和单一结论是荒谬得不可思议的，任何单个的解读行动的完成（封闭）也是荒谬的。每次阅读都是一次复述，一次解谜和形成更大的谜的活动，对一篇文本的阅读，必然成为对整个文本系统的阅读，意义永远无法完全确定，因为它总是在这些文本之间游荡。“文本不再是完成了的作品资料体，内容封闭在一本书里或字里行间，而是一个区分的网络，一种踪迹的织体（a fabric of trace），这些踪迹无止尽地涉及它自身外的事物，涉及其他区分的踪迹。”①总之，在德里达看来，解构一篇文本就是找出产生假定论据、关键概念或前提等的修辞手法，表明文本怎样损害它所维护的哲学，或者动摇它所依持的等级对立秩序。

德里达从小处着手，大处着眼，从能指、所指、差异、踪迹、播撒、替补等不起眼的概念入手，挺进形而上学营垒深处，斩断其根基。颠覆其大厦，终于以概念的不确定性和自我解构性拆除了形而上学的栅栏。然而，德里达并不满足这种后现代式“不确定性”的胜利，他要在文本的解释中拆除所有历史话语，因此，伽达默尔对解释的历史性的张扬，必然成为德里达攻击的首要目标。于是，在20世纪80年代初，德里达与伽达默尔之间展开了一次后现代主义文本解释之争，引起了学术界的广泛注意。

第二节　为了文本而放逐历史

德里达的文本解构观在一系列问题上与伽达默尔的文本解释观形成

---

① J. Derrida, “Living on”, in H. Bloom and P. de Man, J. Derrida, G. Hartman, J. Hillis Miller, Deconstruction and Criticism, London: Routledge and Kegan Paul, 1979, p. 83.

冲突，在后现代思想史上形成长达数年的激烈论争。

一、文本意义：写作与解读

在文本理论、意义理论、写作理论、阐释理论等多方面，德里达坚持认为伽达默尔的解释学理论仍然深陷形而上学，因而，应加以彻底清算。

在文本的意义理论方面，①德里达坚持文本作为一个动态生成过程的不确定性。在他看来，文本是一切，因而蓄藏着解释的无限可能性。同时，文本又是不确定的，它以其符号性与其他文本构成一种不断运动的参照关系，在无限意义生成活动中滑向意义的无尽分延之中。文本的意义产生于与其他文本构成的横向语境与纵向补替中。文本依赖其他文本，又区别于其他文本，它在意义网络中期待补充和替换。文本是一个永远超出自身的意义索取过程，是一系统运动"踪迹"。最终的文本是不存在的，意义是流动的、无穷的，对终极意义的把握是不可能的。

德里达坚决反对伽达默尔解释学理论，认为通过作品去复原作者原意既无必要，又无可能，因为作品的意义总是多于作者的意谓，不存在所谓的固定不变的原意。事实上，读者意义的求解，是一个文本与文本互为前提、互相参照的过程。文本在阅读活动中被不断解拆，并以此解拆的"碎片"进入诸多文本的更大的意义交汇之中，从而发现意义的多重性和文本意义无限多样的解释。

在写作和阅读理论方面，德里达也表现出与解释学完全不同的走向。德里达坚持认为，作者写作是一种制造"踪迹"的活动。写作并

① 文本（text）在最一般的意义上指按语言规则结合而成的、大于句子的语言组合体，或指语言组合体中不同语言学层次上的结构组织本身。法国"太凯尔"小组提出"文本理论"说，强调文本的自动"能产性"，文本被看成是字词"生成性作用场"。在当代符号学和解释学研究中，文本超出了语言现象范围，它可以指任何时空中存在的能指系统，如"文学文本""音乐文本""艺术文本"等。而在解构主义大师德里达那里，"文本"似应从广义上加以理解，包括文学、哲学、神学、法学文本，甚至有时将文化形态乃至整个世界都可以看作一个大文本。

不必然地表明作者的意图，文本与作者想说的东西往往存在距离。那种将文本看成作者原意的表达并对文本加以神化的做法，是形而上学的通病。

在德里达看来，写作犹如在无边的沙漠中跋涉，可谓四处皆“路”然而又四顾无路。在求索之途作者留下跋涉的足迹，在这依稀可辨的“踪迹”中，读者可以追溯作者远去的身影，寻找文本的“意义之域”。德里达认为，写作具有非复现性，它不是作者内心情思的语言表达。“写作是撤退”，是作者通过写作并在写作中“撤退”。他不断使文本与作者自身的言语疏离，让言语独自说话，并由此获得言说的全新生命。这样，写作所具有的无限转换能力可实现由一种存在向另一种存在的转化。写作以其无尽的“踪迹”宣告了解读意义的无限和飘渺。

德里达赞同福柯的写作观：当代写作已经使自身从表达意义的维度中挣脱出来，而只指涉自身。写作犹如游戏，在不断超越自身的规则和违反其界限中展示自身。在写作中，仅只创造一个可供写作主体永远消失的空间。作品不再使作者达到不朽，相反，它成为作者的“谋杀犯”。写作与死亡的关系表现在写作主体的个性特征的消隐里。写作主体利用他在自己所写的东西的所有冲突和差异，隐藏了他独特的个性的标记。作家的标志降低到不过是他独一无二性的不在场，他必须在书写的游戏中充当一个死者的角色①。

阅读活动不再是一种把握作者原初意图的活动，而转换成寻绎文本逻辑，追踪语言自身价值的文本拆解和重新组合活动。在文本中，人以对文本的解构而在想象中使自己分离，并借此体味到人与世界的分离。质言之，解读不是将散落的意义碎片重新聚集，而是通过语言的游戏达到语言的批判。

文学和哲学文本的解拆总是对未来敞开，它在自身不断的否定中生

---

① M. Foucault, “What is an Author?”, in J. V. Harari ed., *Textual Strategies: Perspectives in Post-Structuralist Criticism*, pp. 142-143.

成新的意义。[①]没有永恒的文本，也没有永恒的意义。文本因自我解拆而遭遇死亡，然而又因自我批判而超越死亡。文本的生命不在于其背后实在地存在一种观念，而在于它自身就是一个永远无解的问题，这个问题的解答等待着无穷的新问题的解决。文本的这一特性使意义的寻求成为一种追问活动。正是在语言之中而非在语言之外，文本使自身向问题开放，并使得意义的产生伴随意义追问活动的整体过程。

德里达在文本观和解释观等方面同伽达默尔的哲学解释学所形成的冲突，是基于德里达这样一种认识，即西方形而上学的总体发展过程就是一个为确定中心结构而进行的努力，这个中心结构作为形而上学史的篇名可以是理念、上帝、先验意识、等级秩序等。而伽达默尔的哲学解释学是属于形而上学的，因为，在德里达看来，伽达默尔秉承胡塞尔的现象学理论和海德格尔的解释学理论，一以贯之地维护中心结构，表现出一种浓厚的历史的、人本的世界观，这是德里达所不能接受的。德里达以其分延概念，力图解拆中心结构，颠倒逻各斯中心主义，坚持非时间性、非历史性的符号结构论，进而提出与伽达默尔迥异其趣的文本理论和意义理论。这样，解释学和解构学的差别，导致了当今世界著名的后现代文本意义论战。

二、清理在场形而上学残余

德里达是通过对解释学的理论基础——胡塞尔的现象学符号论的批判而开始对解释学的进攻的。德里达反中心性重差异性，反确定性重不确定性的立场，使他对胡塞尔《逻辑研究》所认为的表达并非某物的符号，而是具有一种主观意义，排除一词多义[②]十分不满。他认为，胡

① 据此，德里达在《弗洛伊德与书写的意味》一文中写道："文本不存在确定性，哪怕过去存在的文本也不具有确定性。……所有文本都是一种再生产，事实上，文本潜藏着一个永远未呈现的意义，对这个所指意义的确定总是被延搁，并被新的替代物所补充和重新组构。"

② E. Husserl, *Logische Untersuchungen*, Bd. 2, Hambug, 1975, S. 1.

塞尔的先验现象学那种无空间、无时间的意义在“活的在场”中的自我表达这一基本原则是绝对错误的。这首先因为，一切语言符号之所以需要解释，乃因其必然与一定的空间和时间发生关系，并必然存在着符号与其所指之间的差异。其次，语言具有喻义特征，它以其“意识的流动性”和“内在的时间性”以及与这些经验所发生的非在场关系，被限制在现时的非同一性关系中。德里达争辩说，传统形而上学对纯粹自我存在的理想化与胡塞尔现象学研究的实际结果互相脱节①，而且，胡塞尔对纯然客观性的追求，使其把“观念的客观性”看作“这个文化世界全部思想的结晶”。胡氏强调观念的对象存在具有客观性，并作为言语的意义和个体的存在而凝定在语言之中。因而，它使过去在现在之中重新复活，过去不是业已消逝的“无”，相反，过去成为绵延的历史，历史使过去成为“有”。这样，解释活动并不会破坏作者原意，因为原话和释语之间的差异并不影响对它们的同一性的理解。这样，同一性是首位的、直接的，而差异是次要的、间接的。

德里达进一步指出，胡塞尔仍然抱持着口语优于书写的看法。对胡氏而言，书写促成了对象的“绝对传统化”，“观念的绝对客观化”以及“其与普遍的先验主观性所发生的纯粹的关系”。②胡氏把书写看作观念形成的客观性基础，只有观念的对象才能够把自己从其创造者个人的主观意识中解放出来；正是书写构成了“无间断的存在”和“永恒的存在”。在胡氏看来，只有语言才能产生观念的客观性，语言能使人类生存于“人类视界”（Human-Horizon）之内，并使人类视界内在于世界之中。正因为人与人是相同的存在，是“我的他者”，人们才可能一起进入一种“实际的或可能的、直接的或间接的移情的联系”，达到相互理解和共同认识。在这个意义上，语言是人类存在的根基，人类之所以存在并交流思想，是因为人们最早意识到自己是语言的共同体。通过

---

① J. Derrida, *Speech and Phenomena, and Other Essays on Husserl's Theory of Signs*, Evanston: Northwestern University Press, 1973.

② J. Derrida, *The Origin of Geometry*, New York: Nicolas Hays, 1974, p. 84.

语言进行交往，人类视界保持着人性的、无限的敞开性，语言使“我们-视界”（We-Horizon）成为一个共同体，在其中人们的表达可以得以充分理解。

德里达注意到胡塞尔观念的人为推演性和语意矛盾性。一方面，胡氏确信口语使观念对象缺乏那种“无间断性的存在”，而作为其衍生物、替代物的书写构成了观念形成的客观性，能够把言语从说话主体或言语共同体的实际意图中解放出来，书写通过完全地实现的对话，创造出一个自给自足的先验范畴，使一切实在主体都从这个范畴中消逝，使交流成为可能，使“交往变得更加实际”。另一方面，德里达指出，书写又遗忘和掩盖了始源意义，那些本源意义丧失了超越自然的功能，如史前秘密和沉沦文明一样已经沉默不语，先人的意图和难言之隐早已埋没，石刻文字像天书一般难以识辨，这似乎证明：书写绝不能巩固其对象的“客观的”地位，而只会加深语言中固有的模糊性，从而使对本源的求索落空。

书写的历史性、可塑性和模糊性特点，产生于书写的形体存在（即意义的有形的表达）中。但是，德里达指出，在胡氏那里，书写使意义普遍传达的同时已远离了起源，因此，人们似乎只能借助阅读，才能使声音再现，使出场的意义重现。这样，胡塞尔显示出他仍属于西方形而上学“语音中心主义”的阵营。在德里达看来，胡塞尔充其量只能算一个与形而上学相游离的人物，因为书写的形体性、模糊性特点表明书写是一种特殊方式，但胡塞尔没有进一步颠覆书写与口语（语音）的等级关系，相反，他企图与形而上学传统保持一致，进而以书写臣服于言语以趋近始源和“活的在场”。

德里达在清算了胡塞尔的现象学符号论以后，将批判的锋芒指向了胡塞尔的学生——海德格尔。在德里达看来，海德格尔尚处在超越形而上学的路途中。这首先是因为海德格尔在本体论上企图通过确定在场去达到终极真理，在解释观上确认理解是人类了解世界的根基，解释的循环是人存在于世的基本形式。德里这据此认为，这无疑是形而上学本体论的最后归宿。

毋庸讳言，海德格尔从未放弃这样一种看法：西方形而上学在柏拉图对构成所有存在者（beings）之存在（being）加以区分之时，迈出了决定性的一步。所有的二元对立，先与后、上与下、主与次、内与外都肇源于这种原始的区分。同时，柏拉图把存在者与存在界定为理论，并赋予其良善、优先、确定性等特征，使精神超然于物质之上，灵魂内在于肉体，言语优于书写，从而将价值论引进本体论的差异性之中。

沿着这条区分存在者与存在者之存在（Sein des Seinden）的道路，整个西方形而上学总是纠缠于“在者”的问题，而将“存在”忘却了，从而使哲学史上的本体论成为“无根的本体论”。

海德格尔清楚地看到“存在作为存在”（Sein als Sein）这一问题被埋没不彰这一事实，深感“存在的被遗忘”最终将导致哲学的终结。海氏要回到前苏格拉底哲学关于“存在的澄明”的领悟，在时间中重新把“存在”从“在者”中呈现出来，以建立“有根的本体论”。他以“此在”（Dasein）作为本体论根基，并对“此在”进行存在的状态分析。海德格尔坚持认为，从柏拉图学派以降，人们把“思”转变为知识，进而以概念规定存在，在遗忘思的同时遮蔽了存在的意义。他要求思进入存在的真理，去蔽澄明，从而将传统的“在者之存在”这一问题置换成“存在之真理”的问题。他寄希望于“语言”，企图在“思的转向”中，通过对语言的诗意唤神本质的解释，实现“存在的澄明”。他借助于荷尔德林的诗歌语言以及前苏格拉底的思想，探讨“存在的真理”，因为在海德格尔看来，只有诗意地对存在加以思考，才能寻觅到存在的栖居之所，走向本真的人生。

在德里达看来，海德格尔将其存在论最终归结到语言构造世界的现身情态这一根本问题上，似乎倾听语言的直接在场，就可返回真理的本源。这样，海德格尔在诗歌艺术——语言与终极真理的同一中找到了

"在场"的永恒寓所。对海德格尔来说，艺术不是实在的模仿，而是实在本身的揭示。正是在敞开和遮蔽的双重性中，语言的诗意本质返回到本真的存在，语言切入存在真理。至此，作为本体论解释学的存在论，终于指向存在的终极意义，从而使海德格尔必得怀有这样一种希望，"即希望言语存在能够借助一个终极的词语的互相结合，亦即表达和意义的最后结合"①。这种将"在场"与"实在"的统一性，看作语言与存在（真理）的同一性的做法，在德里达看来，无疑是海德格尔的本体论-神学的幻想，一种在场形而上学的残余。

德里达注意到，海德格尔的本体论解释学既属于同时又超越于在场的形而上学。德里达曾对海德格尔进行过相当深入的研究，海氏对语言所进行的思考，以及主体非中心思想，使德里达将其视为解构的同道。尤其是后期海德格尔努力用非形而上学的方法思考存在，通过质问历史是什么构成的，而对西方形而上学的世袭领地的起源展开论争。在《论存在的问题》一书中，海德格尔试图用否定意义的"×"符号的方式加在存在之上，甚至用事件（Ereignis）的概念来代替存在。在这个意义上，存在的语言既写出了自身又抹去了自身，这在德里达看来是一种不断地留下某种"踪迹"的抹去。这种消解式的思维是经过涂改或抹去来记录事物，从而否定形而上学在场，抛弃了所谓的永恒本源、永久结构。德里达尽管受海德格尔 Destruktion（意即分解、翻掘、揭示）的影响，但他同样也看到，海氏加在存在之上的删除号，没有取消在场，相反，"在删除号下面，先验意指的在场一方面被删除，一方面仍然是痕迹清晰的"②。在德里达看来，尽管海德格尔重视基本本体论并进而通过语言去领悟存在的意义，但是，他的"超越"哲学的向度本身又成为自身超越的障碍。因为海氏把存在限定为在场，并热衷于谈论"存在

---

① J. Derrida, *Speech and Phenomena, and Other Essays on Husserl's Theory of Signs*, p. 160.

② J. Derrida, *Positions*, Chicago University of Chicago Press, 1981. pp. 9-10.

的话语”“语言的言语”，过分重视说话和发声而贬损文字记载，[1]而最终跳不出西方形而上学的窠臼。

德里达强调，海德格尔对黑格尔式整体性同一性思想的批判，已经把握到黑格尔的“整体循环论”将体系看作开端（archē）和终结（telos）的同一体，而海德格尔的“解释的循环”却已经将视野投注在差异和有限上。在德里达看来，这种“把差异最终决定为认识-本体论的差异”，一方面显示出海德格尔对形而上学的批判，另一方面表征出海氏醉心于最终能抵达存在的终极真理，而在其在场的形而上学、认识神学、存在神学上显示出“形而上学的残余”[2]。

德里达的策略是，继续海德格尔对形而上学的批判锋芒以及他自己对语言的批判，同时，将批判锋芒对准海德格尔的在场的解释学本体论。

这样，德里达的批判所指，事实上已由胡塞尔、海德格尔转到了伽达默尔的哲学解释学的文本观和解释观。

第三节　解构理论的问题与评价

总体上说，解构主义在二十世纪下半叶风靡整个欧美，到八十年代，这一反传统、反形而上学的激进方法论已经普遍地渗透到当代文化评论和学术思维中。解构主义的词汇：消解、颠覆、反二元论、书写、话语、分延、踪迹、播撒等已被广泛运用到哲学、文学、美学、语言学研究中。它实现了哲性诗学研究的话语转型，刷新了人们对语言与表

---

① 海德格尔对苏格拉底的评价，最能显示出其重言语轻文字的特点。海氏认为：苏格拉底是“不写的哲学家，是古往今来最纯正的思想家”。

② J. Derrida, *Positions*, Chicago: University of Chicago Press, 1981. p. 10.

达、书写与阅读、语言与文化、文学与社会等方面的认识，影响和重塑着文学评论的性格，并开拓了文学批评和文学作品阐释的新领域。①

在解构者眼中，作品与创作者的依附关系被解构，而获得完全的独立。它开始与作者的“原意”相游离，成为拥有一套自足符号而又受文化体系的整套符号影响的文本。它的阐释意义是多元多维的，因为，如德·曼所说：“解构就是在文本内，借助于文本中的因素（这种因素通常恰好就是修辞的成分暴露于语法成分的结构），就可以测定一个问题，并取消文本内作出的断定。”

解构主义在整个哲学思维上进行本体论革命的同时，在哲性诗学界产生了一场方法论革命，解除了人们头脑中根深蒂固的传统一元论，消解了人们习惯的思维定势：追求一个至高无上的权威，一个绝对正确的标准，一个一成不变的等级模式。它的多元性、无中心性、多维思路，使人们超越了传统的视界，从更新的角度反观文学和自身，从而发现了许多过去难以见到的新问题和新意义。

在当代哲性诗学研究中，解构主义的方法论意义在正面、负面两个方面都十分突出。因此，有必要稍加论列，以对其有一个比较清楚的认识。

其一，解构主义的崛起，表明了二十世纪哲学思维在工具理性化以后，美学以全新的颠覆力试图取代哲学的意图。哲学面临的双重危机在后现代文化中日渐突出。在英美国家，哲学的主要文化功能已经被美学和批评所取代。在哲学遁入语言分析而抛弃“思”的深度和维度时，在本真之思对“不可说之物保持沉默”之时，美学和批评担当了自己勉为其难的历史重担：对人类精神走向进行描述。

解构的重要策略是打破二元对立模式，对在场中心性进行解拆。因此，在文学与哲学的关系上，以德里达、福柯、巴特为代表的后结构主

① CF. J. Culler, *On Deconstruction* : *Theory and Criticism after Structuralism*, Ithaca : Cornel University Press, 1992.

义者，总是坚持对某一哲学文本的解读，就是把该文本当作文学作品，即当作一种虚构的修辞构体来读。而对文学作品的充分解读，却是将作品看作具有多种哲学意向，以从众多哲学文本的对立之中抽取出意义。因此，消解哲学与文学的区别成了解构活动的重要环节。

然而，德里达这种消解活动，连海德格尔在“思想家”和诗人、创新思想家和庸俗作家之间的区别也加以取消了。这样做的结果是，使那对人类生存处境和精神取向严峻关注的哲学精神和本真情怀，幻化成一种普遍未分化的文本世界和削平价值的语言游戏。说到底，哲学与文学的区别并不在于一为直接论证，一为隐喻表现，以文学取代哲学似乎只是一种表面现象。问题不在于人们欠缺一种方法，而只在于实际上没有人同时阅读文学和哲学两类文本，甚至根本没有人能够使这两类文本交互作用。由此看来，解构所标明的哲学与文学对立的消失，只不过提供了一种重新解读由尼采开端、由海德格尔推进的西方哲学文本而已。

解构主义是一种极端的创新。在解构主义的拆解中，哲学问题总是在追问中敞开，在“思”中被创造出来。任何创新都带有“诗意”的风格，使人目睹一种与僵化板滞的旧事物截然不同的全新的境界。因此，哲学的创新往往给人一种强烈震撼、一种诗性的透悟感。随着更新的思想的闪现，原来哲学新境失去了先锋性，不再受到青睐，并在哲学的创新意识中“成了问题”。在这个发展的历史维度上，哲学不可能是封闭的，而是永远“敞开”的，当一位哲学家自以为建构了一个体系并形成一个完满的圆圈时，永远将会有某种东西伸出或溢出，永远存在有替补、边缘、空间，在其中书写着哲学文本，这个空间构成了哲学可理解性和可能性的条件。

解构主义从来也不相信文本是一个孤立的世界，在他们看来，哲学文本之外不存在空白的、未被触及的、空虚的边缘，而存在有另一个文本，一个不具有当前参照中心的力的区分的织体。与这种文本间性相联系，哲人们必得思考这样一种写作，“它不具在场、历史、原因、始源和目的，这种写作绝对地颠覆所有形而上学、神学、目的论和本体论”。当形而上学、本体神学束缚了现代文化精神，而使哲学、文学、宗教、科学追求一种封闭的中心体系时，这种颠覆性的“新写作”将全面扭转文化的困境。这种写作以其自觉的无终极性、向未来敞开性、打破体系封闭性等特点，以其忠实而内在的方式思考哲学概念的结构化的“系谱学”，解拆了哲学与文学的对立，成为一种包括哲学在内的无限的、未分化的众多文本织体的文学。

解构主义这种新写作其实面临一种双重困境：当他忘记哲学甚至以文学取代哲学时，他的写作就失去了中心焦点，而成为一种无统一性可言、无终极意义的写作，一种永远有着“裂口”标志的写作。这样，自我指涉的矛盾凸现出来，被压制的不可理解性作为可理解性的条件得以返回，德里达最终仍不得不用形而上学的话语讲述着自己的构想。因为如果彻底，他就必然丧失其话语逻辑基础。

事实上，文学批评越是哲学化，批评家们越是认识到由现代哲学家（特别是尼采和海德格尔）提供的重新描述和颠倒之激烈和彻底，它的语调就越讥讽化。这种调侃语调充满了一种讥讽的认识：思想同语言一样可塑，而语言是无限可塑的，任何语言描述都不过是一个暂时的栖息地，不过是某种暂时可以相处的东西。文学取代哲学的意图，实际上是对文学批评附加了浓厚的政治意向。在二十世纪七十年代美国大学的文学系里，人们都似乎理所当然地认为，对文学文本的解构是与对不公正的社会制度的破坏携手并进的。解构可以说就是文学学者对走向激烈社会变化的各种努力的特有贡献。在这个意义上，文学取代哲学只不过是“对一种空无的不断命名”以及对先前的洞见成为可能的新的盲目性的不断发现。文学不再是精神可以栖息之地，不再是人类可以从中得到自己的最深刻本质表现之地，而是成为导致新的永久骚动的刺激之域。

解构主义者希望，这样的活动一旦贯彻到政治中去，就有可能成功地克服资产阶级民主对其制度的残酷和不公的盲目性。因此，解构主义提供了（也许是表面看起来相反的）一种方法，使文学教师可以成为福柯所谓的“特别的知识分子”，即能用其专门技术从事政治工作的人。可以认为，解构主义以文学取代哲学，一方面是以文学解构的激进性取代传统哲学思维方法的僵化保守性，另一方面，在哲学遁入工具理性中时，以文学对人们的精神和行为方式加以重新塑造。正如罗蒂所说：解构主义运动远不止于文学批评，最广义的解构主义可以作为一种表示，它所指的是一阵在知识分子中对现状不满和怀疑的强烈旋风。解构主义文学批评只是欧美知识分子自我形象所发生的一个微妙而又深刻变化的表征。

其二，解构策略是一种思维换型的方法论。德里达推进了这一场消解中心和终极价值的解构策略运动。德里达一方面从方法论上批判了结构主义结构中心论，另一方面从本体论上批判了海德格尔寻求终极真理的形而上学观，从而通过颠覆结构“在场”而颠覆整个形而上学大厦。他将任何一种依赖于坚定的基础，高于其他法则和等级森严的思想体系统统称为“形而上学”。

德里达的解构批评策略可归结为：展示出文本是如何同支配它们的逻辑体系相抵牾的。解构论通过抓住“症候性”的问题，即意义的疑难和死结来证实这一点。文本往往在这类问题中陷入危机，难以运行，并矛盾重重。德里达使用解构、颠倒、分延、播撒、踪迹、替补这些模棱两可的概念的目的在于：揭露形而上学二元对立的虚构性，打破语言中心的历史虚假执行语，以分延的意义不定取代理解的意义确定性，以播撒揭穿文本的裂缝，并从这一“裂口”中得到文本字面上没有的更多的东西，以踪迹和替补说明始源的迷失和根本的空缺。

于是，德里达放逐了隐遁不彰到“存在真理”，解拆了那些从形而上学之中拯救出来的“思”。但是这样一来，德里达势必在冒一种危险，即对解构施加同样的解构。因为不管怎样，德里达都不可能以其相同的始源、目的等来避免继续一种古老的谈话，因为他已失去了中心主题。德里达不可能自认为在谈论哲学传统，如果他使用的字词中没有一个与该传统使用的字词处在任何推论性关系之中的话。于是，德里达无疑是沿着书页（文本、语言）边缘滑行，以至滑出了书页。同样，为了不掉进明晰性、中心性、层次性的“形而上学泥淖”，德里达使用模棱两可的词汇以逃逸形而上学的规范。这种意义晦涩的双关语，不再按规则起作用，使用修辞法而非逻辑，使用比喻而非论证。但是，同时说几种语言和写作几种文本，在实践上，却因受阅读制约而难以完全兑现，因为这种既同始源又无同一目的的新写作，必然要求读者同时读几个文本。

然而，当代读者都生存在一个以始源、目的、目的论或本体论编织起来的文化织体中，人们大多仍然赞成科学性、严格性和客观性。因此，写作逃逸了意义之时，阅读也将变成无意义的活动。这大概是德里达所不愿意看到的。在我看来，人类精神历史的发展是延展与回溯、稳定与革新的统一。那种一味强调差别而无视统一，甚至将每一文本当成是关于同一些古老的哲学对立项：时间与空间、可感的与可理解的、主体与客体、存在与生成、同一与差别等对立的做法，事实上只会走向自己的反面。

当然，更深一层看，德里达的解构策略是通过文学解构和重写文学史施行的一种政治实践。解构主义认为，人是自己话语的囚徒，无法理智地提出某种真知灼见，因为这样的真知灼见只不过是和我们的语言有关。解构是摧毁一个特定的思想体系及其背后的那一整套政治结构和社会制度赖以生存的逻辑。解构并非荒谬地试图否认相对确定的真理、意义、特性、意图、历史的连续性这些东西的存在，而是试图把它们看作更为广泛、更为深刻的一段历史的发展结果，即语言、无意识、社会制度和实践的发展结果。

因此，解构主义哲性诗学理论并不能成为一种与政治无涉的纯理论，相反，它是观念形态的当代表现。然而，这种标榜多元论的解构主义却是危险的。因为这种多种理论的大杂烩，可能导致的结果并非是文学上的辉煌，而是精神的杂乱委顿和无所适从。解构主义在解构欢悦的游戏中，将现代主义精神十字架卸了下来，它将现代主义负荷的焦虑、畏、乌托邦、正义、意义等彻底加以解脱，否定一切形而上学的价值论和本体论，拒斥元话语和历史主体性的说法，成为一种与商品化了的日常生活本身一样宽广无边的平面行为。

其三，解构方法重新定义写作和文本的意义，使写作与文本阅读产生了“本体论位移”。在德里达看来，写作是在符号的同一性破裂（即能指与所指断裂）分延时的情形下产生的。写作本身也有某种东西最终将逃避所有的体系和逻辑。语义中总是存在一种闪烁不定、蔓延扩散的东西。后现代写作追求的是一种罗兰·巴特式的“零度写作”。小说已经自我消解了叙事而成为非小说，批评已成为没有尺度的消解游戏，诗歌放逐了情感和韵律之后，发现自己消逝在它追求本质的页码里。它将自己转化成这样一个契约：为一个怪诞、虚伪的“文学家族”进行调合的消逝感作证。

最后，解构方法在对传统文学研究方法全盘创新的同时，又留下一堆颠覆以后的文化瓦砾。可以说，对解构方法的评价在文学领域总是存在很大的差别，褒者对其解构方略推崇备至，甚至认为当今文学批评，如果不会运用解构方式，要么是太落后不合潮流，要么是智商太低。而贬之者则认为，解构方法是一种彻底的虚无主义方法。

实际上，解构方法的正负价值都相当明显。就正面价值而言，解构批评热衷于在文学文本中探索世界文本的潜隐逻辑，它不为表面的中心、秩序和二元对立所迷惑，而是从边缘对中心的消解、从“裂缝”对秩序进行颠覆，从表象中弄清事情本来的面目，从文本的无字处说出潜藏的压抑话语。在这个意义上，文学解构是一种把读者带进文本内部的捷径，是主题批评的又一个变种。只不过这个“主题”或“文本逻辑”，不是早就存在文本里而等待人们去发现的，而是对某种阅读或批评目的而言，是一种重新描述文本、解读甚至误读文本的方式，并通过这种发现和创造式的“阅读”重新书写文学史。反过来，文本也有能力“颠覆”先前的阅读而不断等待新的创造者。

解构批评是一种反抗盲目接受的新的洞见方法，它不断揭露阅读中遭受传统思维欺骗的阅读盲目性。它产生过旧的洞见，而紧跟着这种洞见的是由一种新的盲目性造成的新的洞见，并将这永远进行下去。解构批评的这些结果并不在于“确切地”阅读文本的准则，而在于能够参加不断避免可能出现的确定性的实践。这样的批评并不是用哲学代替文学，并不是把哲学运用于文学，而在于从事一种使传统的哲学—文学区别不再有效的活动。就解构批评的负面价值而言，解构批评以过激的言词和调侃的态度，彻底否定秩序、体系、权威、中心，主张变化、消解、差异是一切，这是另一种意义上的“语言暴政”。这种充满政治意味的解构方法使整个文学评论界的兴趣离文学自身越来越远，以致有人认为解构主义正在毁灭文学，使整个文学研究和评论界陷入危机，整个学术界已经感染了“德里达式的瘟疫”（耶鲁四人帮语）。

从历史维度看，解构精神是人类文化精神多元中的一种，对其不必惊慌失措和推波助澜。在后现代社会已经来临之时，学术理论界所秉持的态度应更加宽容，视野应进一步廓大，应将任何偏激的理论和实践放到历史中加以检验，以减少独断性和虚妄性。我们不必将解构方式看作是在解构自我，或在自渎自毁，以便逃脱所谓整体同一性的影响。整体同一性和非同一差异性是互相依存的，丧失了其中任何一维，则另一维也不复存在。绝然地张扬反中心性和差异性的解构者们，在将一切对立面夷为平地之时也丧失了自己赖以存在的地基。透过方法论层面，我们可以在本体论和价值论层面上看到：解构主义在告别了终极意义和价值关怀以后，不再是沉重的哲性诗学，而成为巴特所说的“文本的快乐”的游戏。在欢欣的解构游戏中，人们行进在哲学（形而上学）的边缘，而对这个边缘地带的思想本身却毅然抛弃。解构主义在二十世纪的哲性诗学思想和文化研究中，留下了深刻的历史踪迹，以致我不得不指出这一事实：跨世纪的学术文化研究，如果不透析解构和建构方法的理论意义及其误区，那么，任何理论前提的批判厘清，任何理论的价值重估和建构都将是不彻底的，也是会遭遇到难以克服的理论盲点的。同样，如果不对巴特、福柯、拉康、德里达的思想进行整体性的研究，那么，要想对后现代主义、后殖民主义、新历史主义、文化研究理论等当代思潮加以深入的把握，也是相当困难的。

第三编

后现代主义美学

第九章　后现代美学与文化消解

在二十世纪哲性诗学的坐标上，后现代主义是其话语转型的重要阶段。同时也是自我主体消解、感性世界空前突出、语言游戏成为时髦、文化出现新意义危机和话语转换的时期。

“后现代”（Postmodern）是一个历史概念，指二战以后出现的后工业社会或信息时代；而与此相关，“后现代主义”（Postmodernism）是这一社会状态中出现的一种文化哲学思潮；而“后现代性”（Postmodernity）则是一个社会理论概念，指后现代社会结构的功能性转型和知识话语转型问题。后现代是后现代主义产生的时代土壤，后现代主义是后现代社会的文化哲学表征，后现代性是后现代转向的话语系谱和结构模式。

第一节　后现代主义的理论景观

后现代思潮在世界文化意识领域掀起了一阵阵

“话语转型”旋风。这一转型旋风，在人们的思维方式和价值信仰上，造成了传统与现代话语（discourse）的断裂。而文化美学转型则波及整个艺术和批评领域，引发了前所未有的知识话语紧张，据此出发，作为一个后现代哲人，必得注意现代社会阻碍了人与人、人与社会之间的沟通的事实，使哲学思想和审美观念从形而上学的独断中解放出来，形成一种开放宽容的文化氛围。没有任何一种现代性话语可以垄断思想探索和精神自由①，也没有任何一种观念或学说可以定于一尊，而无视其他观念和学说。

一、后现代主义的源起与文化症候

后现代主义思潮是后现代社会或后工业社会、信息社会、晚期资本主义的产物。它孕育于现代主义母胎（二十世纪三十年代）中，并在二战以后与母胎撕裂而成为一个毁誉交加的文化幽灵，徘徊在整个西方文化领域。后现代主义的正式出现是在二十世纪五十年代末到六十年代前期。其声势夺人并震慑思想界是在二十世纪七十年代和八十年代。这一阶段，在欧美学术界引起一场世界性的文化哲学家之间的“后现代文化哲学论战”。到了九十年代，后现代主义以一种多元边缘的后现代性特征渗入当代文化肌体，成为言人人殊的当代文化症候。

---

① Cf A. Giddens. *Modernity and Self-Identity*, Cambridge: Polity Press, 1991.

一般而言，后现代主义是一种汇集了多种文化、哲学、艺术流派的庞杂思潮，就文化哲学而言，新解释学、解构主义、西方马克思主义、女权主义、后殖民主义构成了后现代主义论争的文化景观。但是，这些流派的观点是互相掺杂甚至是互相对立的。如果说，解构主义、女权主义是广义的后现代思潮的积极推进力量的话，那么，西方马克思主义就是后现代中一股激进的批判力量。而且，对后现代主义的不同观点，构成思想家不同身份的认同：积极推进后现代主义的人，往往以做一个后现代哲人为荣，可以称之为后现代主义者，如德里达、利奥塔德、斯潘诺斯、伊哈布·哈桑等；严肃批判、抵制后现代主义的思想家，则以后现代批判者的身份出现在思想论坛，如哈贝马斯、杰姆逊、伊格尔顿等；以学者的身份对后现代主义进行客观研究，无意于做一个后现代主义者，对后现代主义保持清醒的认识的学者，如理查·罗蒂、佛克马、赛义德等。正是这种“推进”“批判”“研究”的合力，构成了起伏跌宕的后现代文化思潮。①

后现代主义张扬一种“文化批评”精神，力图打破传统形而上学的中心性、整体性观念，而倡导综合性、无主导性的文化哲学。后现代性的显著标志是：反乌托邦、反历史决定论、反体系性、反本质主义、反意义确定性，倡导多元主义、世俗化、历史偶然性、非体系性、语言游戏、意义不确定性。这是一种禀有“后工业社会哲学精神”的新哲学，或者如德里达所说：“是非哲学式地写哲学，从外边达到哲学。”

后现代文化不再追求永恒不变的终极真理，也不贬斥历史的、变化的、偶然的因素，不再把文化美学看作反映现实的镜子。相反，后现代重视解释学精神，通过对整体性的瓦解走向差异性。文化哲学家不再是那种声称能解决或解释文化领域何以并如何对实在具有一种特殊联系的形而上学者，而是一些能理解各种事物相关方式的专家。

后现代主义者表现出一种叛逆性和价值选择性。这种选择性指涉出

① 参阅拙著《后现代主义文化研究》，北京大学出版社 1992 年版。

一种存在状态的多元性和文化审美的宽泛性。因此，后现代主义超出了语言艺术的界限，并对各类艺术的界限和艺术与现实的界限加以超越。这样一来，高雅文化与通俗文化的界限模糊了，艺术与非艺术的对立、小说与非小说的对立、文学与哲学的对立、文学与其他艺术的对立统统消解了。后现代文化美学走向价值空场的"反文化""反艺术""反美学"倾向，使其自身抵达平面游戏的边缘。

后现代主义文化症候是在与现实主义、现代主义相比较的"差异性"中呈现出来的。就精神模式而言，现实主义注重理想模式（典型），现代主义注重深度模式（象征），而后现代主义则追求"平面模式"（空无）；就价值观而言，现实主义讲求代永恒价值立言的英雄主义，现代主义讲求代自己立言的反英雄（荒诞），而后现代主义则讲求代"本我"立言的非英雄（凡夫俗子）；就人与世界的关系而言，现实主义强调历史发展的必然性和人的社会性，现代主义强调世界的必然性与人的偶然性相遇中的个体存在状况，后现代主义则强调存在的偶然性（生命与艺术是偶然的）和生命的本然性；就艺术表现而言，现实主义以全人观物，叙事人无所不知，无所不晓，并具有一种求雅的审美趣味，现代主义以个人观物，具有一种雅俗相冲突的审美取向，而后现代主义则强调纯客观的以"物"观物，讲求无个性、无感情的"极端客观性"，并表征出一种直露坦白的求俗趣味；就艺术与社会关系而言，现实主义认为艺术是超功利的审美欣赏，具有一种提升读者的功能（教化大众），现代主义认为艺术是对社会异化压抑的一种反抗，艺术表现为反抗性反弹的痛苦与丑陋，而后现代主义则认为艺术是一种商品，是日常生活中解魅化、大众化的消费品。

事实上，从现实主义到现代主义再到后现代主义，精神模式、价值观念、人与世界的关系、艺术趣味、艺术与社会的关系等，都发生了一系列的精神降解，人们在面对这种世俗化、平面化的"后"新潮时感到肯定或否定都相当艰难。在我看来，这主要是由于在现代化的设计蓝图中，人类理性出现了危机，而后现代主义则以游戏的方式去解构危机中的理性，而最终出现了“危机共振”即社会、科学、哲学、美学、艺术、信仰的危机综合爆发症候。对此，我们得返身历史，去看看后现代反理性的肇因和问题。

二、反理性的后现代性价值取向

后现代性反对现代性的“理性”。然而这种反现代性“理性”又是不彻底的，一般而言，它反对的主要是人文理性和历史理性，却对工具理性颇有保留。

不妨说，二十世纪是现代化在全球迅猛发展的世纪。现代化的核心概念，依韦伯所说是“合法性”，依哈贝马斯所说是“理性化”，合法化包含了政治经济的内容，理性化则更易理解。当我们把目光投射到现代性话语系谱的“核心”——“理性”上时，就会发现“理性”并非单一的东西，而是多层面结构，至少可以分为三个层面：工具理性、历史理性和人文理性。

“工具理性”在二十世纪高奏凯歌，步步逼近，层层渗透。不可否认它带来了很多好的方面：科技发展、生产力进步，物质生活日益发达带来了前所未有的富庶与方便。然而工具理性所带来的灾难也骇人听闻，二十世纪短短的一百年间的灾难超过了人类上下五千年。以原子弹为例，它是人类最具“理性”的产物，同时也达到了理性的边缘，原子弹这种最大理性与最大非理性的集合体，充分体现了福柯对“知识与权力”复杂网络的揭示。当知识被权力扼制时，当知识被运用于非人性的目的时，人类无法想象将会产生什么后果。如今，全球原子弹的威力已不知能将人类毁灭多少次，那么人类是否会听任工具理性去安排自身的命运？是否就此将人类未来的发展、远景和蓝图交给可怕的冰冷的工具理性呢？

工具理性的一个维度已使人类肉体和心灵受到极大震撼，但是，工具理性还有另外一种品性，那就是为战争服务。一旦战争这个恶魔诱骗了科技与它联姻，会使人类栖身的家园变得多么荒芜、多么萧条、多么死寂。

工具理性拥有愈来愈先进的高科技，却忽略了“高情感”。人变成异化的非人，变成偌大机器上一个小小的零件。如果说“奥姆真理教”因工具理性造成的心灵变态，使邪教与现代科技结合起来，毁灭人类，那么工具理性的合理性就相当值得怀疑。我要说的是，二十世纪不到一百年的时间就经历了两次世界大战，导致人类由理性走向前所未有的非理性。人类应该真切地思考这个自身存在的问题了。工具理性泛滥的症状（如克隆）和恶果，自然科学知识分子在成为“世纪英雄”的同时理应深思并反省，因为造福人类的承诺已然蒙上了毁灭人类的阴影。

“历史理性”作为二十世纪“理性”的另一个维度，同样不能逃避反省，因为它造成的巨大灾难绝不亚于工具理性。

如果说二十世纪工具理性出了问题，历史理性也造成灾难，那么对工具理性，科技工作者难辞其咎，对历史理性，社会工作者同样不能逃避责任。苦难的世界需要一个更重要的维度，那就是具有“历史记忆”和“价值重建”功能的“人文理性”——即对苦难的反思和对人的价值关怀。

“人文理性”对人文科学提出了更高的要求，不仅是人文精神和价值，也不仅是人文关怀，更是一种理性的思索与反省。在现代化进程中，文化和价值问题逐渐游离于人们关注的视野之外，并无可挽回地走向边缘，这使得人文精神日益淡化。人的精神生活显现出贫乏性，理想坍落，人们丧失心性、真诚、信念、理想、正义，导致了社会文化结构的深层危机。现代化过程的前提、灾难、前景、困惑与问题都需要人文理性去反省，同时还要反省后现代社会如何向人性复归以及后现代进程出现的一系列繁复庞杂的问题。因此在面临现代与后现代重重困境之时，人文理性将在新的社会、新的世纪、新的历史节点上对历史和现实做出真实的回答。

后现代主义对历史理性做出了反省，但同时又消解了人文理性。我不无担忧地认为，后现代主义对人文理性、历史理性的反动，而对工具理性的情有独钟，是否会重复或加重“现代性”理性的危机呢？对此，我们决不可丧失批判的意识。

总体上说，后现代主义作为一种当代世界性的文化思潮，已经越来越引起东西方各国学者们的注目。因此，有必要对后现代主义文化逻辑及其价值论争加以总体把握，并通过后现代哲人之间的尖锐论战透视其深层文化本质：文化哲学精神和哲学美学价值取向。

只有这样，我们才能真正面对而非背对后现代问题本身。

第二节　重振现代性与谬误推理

在后现代性论争中，哈贝马斯与利奥塔德的德法之争是颇为引人注目的。

一、以现代性对抗后现代性

哈贝马斯（J. Habermas）从批判哲学的角度出发，考察为什么人们急于通过“现代”这一历史处境走向“后现代”。也就是说，哈贝马斯力图弄清楚，现代性为何成了问题？遭遇到何种危机？现代性是否已经终结？哈贝马斯坚持，现代性是一项宏伟的工程，尚未完成，它具有开放性，远未终结。因此，后现代性是不可能的。

哈贝马斯认为，不能走向丹尼尔·贝尔所谓的“新宗教”，而只能走向重建“新理性”，在知识的可靠性和意识形态批判上（合法性问题）建立交往行为理论，从而重振现代性。哈贝马斯后期集中力量讨论后现代问题。

哈贝马斯继承法兰克福学派的批判理性精神，考察工具理性膨胀后的启蒙意识形态的强硬推进造成的社会制度的颓变。他认为，历史哲学所持存的历史发展必然产生进步的乐观主义观点是“不足取的”，[①] 而马尔库塞关于科技发展而人性沦落的技术悲观主义的观点同样是片面的。在哈贝马斯看来，问题的症结并不在于科技，而在于日益官僚化的行政机构。哈贝马斯看到了西方现代文化所面临的危机，但他不同意到近代文化母体中去寻找原因，而将标志西方近代文明的“启蒙”“理性”当作祸源的做法。他并不认为近二百年来带领整个西方文明进入现代文明高峰的“现代性”大潮——启蒙、理性、正义、主体性、人本学就此会突然枯竭。他要考察现代性危机，同时也要彰明向“现代性”进攻的进程。哈贝马斯不认为“后现代性”的提出就意味着“现代性”的终结。他认为，必须首先弄清楚向现代性进攻的历史发展脉络，才能更深一层地去审视“现代性”的命运。

现代性从启蒙运动诞生以后就不断遭到进攻，黑格尔是使“现代性”产生动摇的关键人物。而到了近代，这种进攻在黑格尔后学、尼采，以及尼采后学那里愈演愈烈。哈贝马斯通过谱系学分析，指出二十世纪“后尼采主义”从两个方向进一步发展了后现代性：一是法国哲学家巴塔伊（G. Bataille）、德勒兹等人的“新尼采主义”；二是德里达、福柯等人的“解构主义”。哈贝马斯对黑格尔、尼采、解构主义这一条现代性进攻的历史加以清晰地勾勒，指出这是就主体性、总体性、同一性、本源性、语言深层结构所进行的全面颠覆，而代之以非中心、非主体、非整体、非本质、非本源，最终导致“哲学的终结”（the end of philosophy）。[②]

在对向“现代性”进攻的历程研究之后，哈贝马斯指出，“后现代

① J. Habermas, *Theorie und Praxis*, Frankfurt, 1971. S. 336-337.

② J. Habermas, *The Philosophical Discourse of Modernity*, Cambridge, 1985, Chap. 3.

性”是不可能的，因为，主体性在现代尚未充分发展，它仍在“权力”概念中闪现出“生命”的底色。启蒙以来的理性也未完全消解，它仍与“话语”粘连。而且，“现代性”是一项尚未完成的计划①，它是向未来敞开的，它的启蒙理想尚未实现，它的使命尚未完成，它的生命远未终结。加上“后”这个词缀去超越“现代性”，就目前来说，尚为时过早，一切研究都应沿着“现代性”的道路前行。

成为“现代性”法庭上的辩护人，以捍卫其合法性，并以此来抵抗以贝尔、利奥塔德为代表的“新保守主义”，是哈贝马斯的文化策略。对哈贝马斯而言，后现代主义就是明目张胆地反现代主义传统——是中产阶级品味庸俗者的大逆流。后现代主义以反现代主义形式和价值为其特征，背叛并遗弃了大量保存于传统文化中的希望、价值和真理。社会的巨变使得植根于前技术社会的道德伦理、审美意识、语言逻辑、价值特性纷纷归于无效，失去其合法性根基和同社会对立的异己与超越能力。

他承认，传统意义上的理性已显出诸多弊病而遭致毁弃，但同时指出彻底否定理性又不可能。现代化如韦伯所说的“理性化”的蓝图是一项未完成的工程，从启蒙时代开始设计定向，但在具体实践中一再出现偏差而走入歧途。问题的实质在于，未能按照科学、道德、艺术各自不同的范式去发展合理的理性化制度。哈贝马斯的选择是：不放弃启蒙理想，而是反过来纠正原设计的错误和实践的偏差，调整和完成理性的重建修复，建立新理性图式——交往理性。

“交往理论”注重“话语”（discourse）的文化分析。哈贝马斯注意到在晚期资本主义社会中，国家干预主义倾向不断加剧，经济制度和行政制度发布的命令已侵入了交往者赖以生存的“生活世界”（Lebenswelt），因而造成了一些矛盾和冲突。虽然这些矛盾不再呈现出阶级冲突的形式，但是它限制、控制了人的交往，因而造成主体之间的相互

① J. Habermas, “Modernity Versus Postmodernity”, in *New German Critique*, No. 22.

"不理解"。这时，主体之间本来进行的"对话"变成了"争辩"：交往的双方"各自为自己的主张或行为进行辩解，因而随意对待作为行为基础的规范。这时，规范似乎成了辩解的需要"①。这样的交往行为当然是不合理的，它是一种"被歪曲的交往行为"。社会的弊端、矛盾、冲突均由此产生。因此，哈贝马斯要求交往的合理化，即要求交往不受国家、经济制度和行政制度的干预，使交往者生活在一个美好的、没有任何强制的生活世界中。在这种合法性要求下，哈马斯认为，必须把阻塞"言路"的"后工业文化逻辑链条"打断，使人们关闭的心灵敞开，通过语言使人们从"争辩"转化为"对话"。

可以说，在晚期资本主义社会的危机中，通过对话、交往获得共识的价值观，通过理解达到合理的意见一致的真理，通过社会阶层的成员之间相互理解、和平相处而达到社会和谐的目标，这就是哈贝马斯近二十年来精心构架的"新理性"图景，其乌托邦色彩十分明显。哈贝马斯对"后现代性"的对抗，引起了法国哲学家利奥塔德的激烈批驳，这一方面可以看出法国式的"解中心主体"（decentered subject）和德国式"整体性"（totality）的哲学向度的对立，另一方面也可窥见其禀性差异和精神上的历史宿怨。

二、后现代知识状况与出路

当哈贝马斯以一种"新理性"眼光在文化领域逡巡，并依据"整体性"原则构筑起"交往理论"，以期打通人与人、人与社会的隔膜而达到交流的认同和普遍共识时，法国后现代哲学家利奥塔德（J. F. Lyotard，1924—1998）以独特的"解中心"视界，将后现代是否可能的问题转化为后现代时期知识状态的研究。他在对后现代知识状况的叙事危机的考察中，一方面批判了哈贝马斯的整体观、交往理论和共识真

① J. Habermas, *Zur Rekonstruktion des Historischen Materialismus*, Frankfur t, Suhrkamp, 1982, S. 170.

理观，另一方面展示了一个后现代学者独特的时代敏锐感受力和消解同一性、对整体性开战的决心。

作为一个思想家，利奥塔德在二十世纪七十年代就敏锐地把握到“后现代主义”问题。但他与哈贝马斯的观点正好相反，认为应重新检验“合法性”问题，揭露哈贝马斯所张扬的“交往理论”和“普遍共识”下面掩盖的回归统一、重树霸主地位的实质。沿着这条路走下去，必然使利奥塔德在众多的研究方向中确立唯一的方向：对后现代知识状态的考察，看看这牵涉到社会、人、知识分子、未来世界、科技、进步、幸福的“知识”在进入后现代时期时，究竟出现了什么病态症候？究竟发生了什么危机？而对应的策略是什么？这些就是他《后现代状况：知识报告》（1979）这一富于挑战性的著作的主要内容。

知识的地位发生了变化，这一转变，在时间上可以说从二十世纪五十年代末期即已形成，在性质上，则主要表现为以下几个方面。

首先，科学知识是一种“话语”。现代最先进的“科技”无一不与“语言”相关，如语音学、传播学和控制论、电脑语言、信息传播、数据储存及流通、电传学、电脑终端机等，已经改变了传统知识两大功能即知识研究功能和知识传递功能。任何无法变成数字信码而加以传递的知识都将被淘汰。这样，不易精密化、电脑化的人文科学似乎前途未卜。

其次，随着电脑霸权的形成，一种特殊的逻辑应运而生。知识者过去由心灵和智慧的训练获知的方法已然式微，现今的知识者以一种彻底“外在化”符号化的方式，淡漠道德灵魂之维的修养而奉行商品世界那冷冰冰的操作伦理。后现代知识不再以知识本身为最高目的。知识失去了“传统的价值”而成为商品化的重要领域。

再次，科学如今与社会进步的距离加大了，前沿科研领域（诸如量子论等）呈现出规律反常，验证证伪，前后矛盾，中心消散等大量非稳定随意状态。因此，科学一变积累模式和稳定形态，为求新而求新，生产未知成为当代科技的第一需要和首要目的。

利奥塔德对合法性问题进行了广泛的研究，进而认为，传统的合法化因时过境迁而失效，只有通过“解”合法化（delegitimation），走向后现代的话语游戏的合法化。换言之，那种以单一的标准去裁定所有差异也统一所有话语的“元叙事”（Metanarrative）已被瓦解，自由解放和追求本真的“两大合法性神话”、或两套“堂皇叙事”已经消逝。如此一来，科学真理只不过是多种话语中的一种“话语”而已，与人文科学“话语”一样不再是“绝对真理”。因此，把当代科学重新加以合法化，意味着应该尊重各种话语的差异，依照不同的游戏订出不同的规则。各种话语游戏之间是平等的，无高低之分，也不可互相侵吞。

启蒙运动促使科学求真与自由解放齐头并进，造成两套堂皇的合法化叙事。一是以法国革命为代表的关于自由解放的“堂皇叙事”（grand narrative），富于激进的政治性，其特点是注重人文独立解放的思考模式；二是以德国黑格尔传统为代表的关于思辨真理的“堂皇叙事”，注重同一性、整体性价值的思维模式。这两种“神话”（myths）观念以冲突对立的交互出现的状态，为制度化的科学研究辩护。这种“解放的英雄”（hero of liberty）和“知识的英雄”（hero of knowledge）以一些堂而皇之的叙事，如精神辩证法、意义的阐释、理性主体的解放、财富的创造，为追求真理和追求正义作了承诺，并导致了科学的迅猛发展和主体性极端膨胀，出现了始料未及的后果：科学在追求真理的要求中，一方面逐步解拆牛顿式宇宙论殿堂，同时，使科学更进一步地占领了人文科学的地盘，并宣告作为同源叙事的人文最高范式和整体叙事的失效。

随着后现代的来临，在知识领域里正悄悄地进行着一场哥白尼式的革命。（1）研究的范式发生了逆转：由外在呼唤人生解放、理想、正义等堂皇话语转入人的意识拓进、语言游戏和结构分析，由追求传统同一性辩证法转到现代否定辩证法；（2）学者的使命变了：不再具有

“元话语”，转向日趋精细剔解与局部论证；由知识的启蒙变为知识专家控制信息；（3）教育的本质变了：学生不再是关切社会解放的“自由精英分子”（liberalelite），而是在终端机前面获取新型知识的聆听者；教师也不再是传统的传道授业解惑的精神导师，其地位将被电脑信息库所取代，出现在学生面前的不再是教师，而是终端机；学校中心场所不再是教室、图书馆，相反，数据库成了明日的百科全书，其所存的信息超过了任何听者的容量和接受力。数据库成为后现代人的本性。① 提出上述观点以后，利奥塔德对哈贝马斯的合法性和共识理论进行清算，认为人类话语交往的目的，并不在于追求共识，而在于追求谬误推理。究极而言，后现代的特色不是求同（所以不需要什么共识），而是求异。后现代达成正确思想的实现靠的不是同一性的中心维系作用，而是靠语言游戏的异质多重本质。一切都是可能的，怎么都行，只要语境变了，结构变了，关系就变了。在游戏规则上则打破中心论和专家式的一致性，以更深广的气度去宽容不一致的标准，以一种多元式的有限元话语，创立后现代知识法则：追求创造者的谬误推理或矛盾论，倡导一种异质标准（incommensurabilité）。这就是利奥塔德在承认知识的非合法状态后重新确立的后现代合法方式。

后现代境况的不同往昔，使后现代文艺美学发生了变化。那么，后现代是什么呢？后现代主义美学的特性是什么呢？利奥塔德认为，“后现代属于现代的一个组成部分”，“如想成为现代作品，必须先是后现代的才行。因此，后现代主义并不是现代主义的末期，而是现代主义的初期。而且，这一状况是不断地持续下去的。”利奥塔德这一论点，表面上似乎矛盾，其实包含了一个非常深刻的思想，是其后现代精神的集中体现。

利奥塔德认为存在两个划分后现代的标准：（1）历时态标准：后

① J. F. Lyotard, *The Postmodern Condition: A Report On Knowledge*, tran. Geoff Bennington and Brian Massumi, Manchester University Press, 1984, Chap. 11-12.

现代主义是不同于现实主义、现代主义的一个历史时期，它由二十世纪六十年代发生发展，将随历史而不断地向后延展。（2）共时态标准：后现代是一种精神，一套价值模式。它表征为：消解、解中心、非同一性、多元论、解“元话语”、解“元叙事”；不满现状，不屈服于权威和专制，不对既定制度发出赞叹，不对已有成规加以沿袭，不事逢迎，专事反叛；睥睨一切，蔑视限制；冲破旧范式，不断地创新。

后现代文化精神是利奥塔德衡量任何文化现象是否具有后现代性的圭臬。后现代主义是现代主义的初期状况。这就是说，现代主义创生初期，以独标新说、反叛权威陈说从事消解和否定，不断为自己的新生扫平地基。这时，现代主义理论和艺术朝气勃勃，充满活力，充满破坏和创新精神，以走向新世纪的崇高和豪迈，宣告旧世界和旧规范藩篱的彻底瓦解。因此，它具有典型的“后现代”精神。然而，当现代主义一经全面占领了文化和思想阵地，它就不再声言反叛和否定，它此时讲求新范式、新权威，讲究肯定、秩序、等级、和谐，而成为现存制度辩护人的保守的现代主义，最终彻底丧失“后现代”精神。于是又有更新的“现代主义”以“后现代精神”为武器去反抗它，然后再放弃“后现代精神”而成为秩序和等级的拥护者如此不断，以致无穷。

以这一后现代美学标准看，现代美学与后现代美学的区别在于：现代美学注重表现人对再现能力的无力感，以及伴此而生的以人性自由解放为主题去感受生命存在状况而引发的怀旧情绪。现代美学属于崇高的美学，它将那不可表现之物以无内容的形式表现出来。而后现代是在现代中，以表现自身的形式使不可表现之物表现出来。后现代不再追求形式的优美愉悦，不再凭借趣味上的共识去达成对永难企及之物的缅怀。

利奥塔德虽然在拉康、德里达、福柯的影响下，反对主体性，转而质疑现代知识的充分条件，但他坚持怀疑否定精神，以独特的学术视界，代表着西方人文科学自语言学转向以来的新趋势。

第三节　后现代文化美学逻辑

当哈贝马斯与利奥塔德的后现代论争达到白热化程度时，美国当代著名马克思主义美学家杰姆逊从左派激进立场出发加入了这场讨论。

杰姆逊认为后现代主义文化逻辑具有三个主要特征：

首先，表现为空前的文化扩张。文化已经完全大众化，高雅文化和通俗文化、纯文学与俗文学的界限基本消失。商品化的进入文化意味着艺术作品正成为商品，甚至艺术美学理论和文化理论本身也成为了商品，商品化的逻辑浸渍到人们的思维，也弥散到文化的逻辑中去了。至此，后现代文化宣布自己从过去那种特定的"文化圈层"中扩展出来，打破了艺术与生活的界限，文化彻底置入人们的日常生活，并成为众多消费品中的一类。

其次，表现为语言和表达的扭曲。后现代人已不同于现代人，其原因是，他赖以立身于世的语言已发生了重大变化。后现代语言已经完全不同于现代主义语言。在后现代语言观看来，存在主义式的人说语言、语言是人存在的家、人是语言的中心的看法业已失效。在后现代，并非我们控制语言或我们说语言，相反，我们被语言所控制，不是"我在说话"，而是"话在说我"，说话的主体是"他者"，而不是我。换言之，说话的主体并非把握着语言，语言是一个独立的体系，"我只是语言体系的一部分，是语言说我，而非我说语言"。人从万物的中心终于退到连语言也把握不了而要被语言所把握的地步，其结构表现在艺术家那里，则是昔日那种写出"真理""终极意义"的冲动，退化为今日的"无言"。

再次，表现为其理论作为一种"后哲学"，不再宣布发现真理是自己的天职和使命。后现代社会是一个“他人引导”的社会，理论不再提供权威和标准，而是以一种怀疑的态度进行不断的否定；不再讨论什么真理、价值之类的话题，而是在一种“语境”中谈论语言效果，是一种关于语言的游戏、关于语言的表述和关于文本的论争。

将后现代主义置于历史和社会基础上加以考察之后，杰姆逊得出结论：后现代主义是当代多国化的资本主义的逻辑和活力偏离中心在文化上的一个投影。这决定了后现代主义同现代主义相区别。杰姆逊提出，后现代主义的表征为深度模式削平、历史意识消失、主体性丧失、距离感消失等几个方面：

深度模式削平而产生平面感。后现代理论与后现代艺术逻辑一致，它已削平深度而回到一个浅表层上，获得一种无深度感；它只在浅表层玩弄能指、对立、文本等概念；它不再相信什么是真理，只是不断地进行抨击批评，但抨击的对象已不再是思想，而是表述。在思想匮乏的时代，理论已不再批评思想的有无对错，而只批判文字和表达的错误，并立即用自己的文本取代别人的文本，这使得新理论不断翻新，层出不穷。这实际上是从真理走向文本，从为什么写走向只是不断地写，从思想走向表述，从意义的追寻走向文本的不断代替翻新。

历史意识消失产生断裂感。这使后现代告别了诸如传统、历史、连续性，而浮上表层，在非历史的当下时间体验中去感受断裂感。对历史的态度实质上是一种对时间的哲学观。历史感的消退意味着后现代主义拥有了一种“非连续性”的时间观。

主体性的消失意味着“零散化”。在后现代式的“耗尽”里，人体验的不是完整的世界和自我，相反，体验的是一个变了形的外部世界。人是一个已经非中心化了的主体，无法感知自己与现实的切实联系，无法将此刻和历史乃至未来相依存，无法使自己统一起来。这是一个没有中心的自我，一个没有任何身份的自我。主体零散成碎片之后，以人为中心的视点打破，主观感性消弭，主体意向性自身被悬搁，世界已不是人与物的世界，而是物与物的世界，人的能动性和创造性消失了，剩下的只是纯客观的表现物。

距离感消失皆肇因于“复制”。复制宣告所谓的“原作”已不复存在。原作消失了，独一无二性消失了，艺术成为“类象”（simulacrum），即没有原本的东西的摹本。“类象”成为后现代文化的徽章。形象、照片、摄影、电视、电影，以及商品的复制和大规模的生产，形成事物的非真实化：艺术作品的非真实化，以及可复制的形象对社会和世界的非真实化。

从文化哲学层次上看，“复制”的核心在于“本源”的丧失，也就是没有一个导源出若干他物的本源，这就从根本上消除了唯一性、独一无二性和终极价值的可能性。一切都在一个平面上，没有深度，没有历史，没有主体，没有真理，甚至没有本源。所谓同一性、整体性、中心性纷纷失效。人终于被各种人造的类象包围起来，人创造了文化，而文化的扩张使现实退隐，使主体丧失，世界成为了物的世界。

在杰姆逊看来，后现代文化氛围下的文艺与美学，无一不打上后现代的时代烙印。而后现代的艺术轨迹似乎并未给人以希望，相反，艺术感知模式的支离破碎、艺术感性魅力（或本雅明的“气息”）的丧失，先锋的革命性和艺术家的风格性的消逝，使艺术一步步成为非艺术和反艺术，审美成为“审丑”。艺术不再具有“超越性”，艺术成为适应性和沉沦性的代名词。艺术等同于生活，生活成为了后现代人无底的艺术棋盘。

从后现代主义文艺观出发，杰姆逊还倡导一种“辩证的批评”理论。这种“辩证的批评”首先提出了一种新的解释理论。他认为，对文艺作品的解释构成了批评的一个最重要的内容。而解释可以被当作一种基本的寓意行为，它是由根据一种特殊的解释性的主导符码对于一个特定文本的重写所构成的。[1] 杰姆逊的“辩证的批评”还十分注重“整体性”或“总体性”概念，他要求从艺术作品的整体中、从艺术作品与社会的政治、经济、文化等方面的总体联系中展开批评。

在近年出版的《时间的种子》[2] 一书中，杰姆逊对后现代语境中的乌托邦问题、文化断裂问题和后现代主义的局限问题提出了新的看法。他认为，在后现代表征危机中，乌托邦问题既无法回避，又无法重设，只能在现实时空中加以厘定，并构筑在未来的“后现代之后”的社会图景中。同时，后现代反文化、反美学的策略，使其失去了有效的建构性，而一味的否定已然在思维层、美学层、意识形态层面上遭遇到诸多限制，因而必须在文化断裂中重新清醒地判断当代文化境况，找到关键性的交汇点，建立新的交流地基。在这部书中，杰姆逊还论及文化民族主义与理想主义、全球化与本土化问题，使论域超出后现代问题，而进入后殖民主义问题之中。

---

① Fredric Jameson, *The Political Unconscious*: *Narrative as a Socially Symbolic Act*, Ithaca: Cornell University Press, 1981, p. 10.

② Fredric Jameson, *The Seeds of Time*, Columbia University Press, 1994.

第十章　后现代审美与诗学特征

在艺术和诗学领域，后现代主义的研究日益深入。其中，美国学者伊哈布·哈桑和斯潘诺斯的后现代诗学观颇有代表性。

第一节　后现代主义审美特征透视

1987年，哈桑（Ihab Hassan，1925—2015）出版《后现代转折》一书，这一专著对文学领域的后现代主义特征的解剖和透视，以其精辟和独到而赢得学界的首肯。哈桑提出，现代社会到了二十世纪六十年代出现了一种全面的、根本的转折。然而这种转折并不意味着传统的中断，相反，这种转折是带动传统和定型的事物一起进入新的包容和流动状态。在这个意义上说，“后现代主义虽然算不上二十世纪西方社会中的一种原创型知识，但对当代世界具有重大的修订意义”①。

在哈桑看来，后现代主义与现代主义相区别，后现代主义的所有特征都是从相反方向对抗现代主义的特征的：达达主义、反形式（分裂的、开放的）、游戏、偶然、无序、无言、即兴表演、参与、反创造、解结构、对立、缺席、分散、文本间性（互文性）、修辞学、句法、平行关系、转喻、混合、表层、反阐释、误解、能指、反叙事、稗史、踪迹、反讽、不确定性、内在性。后现代主义的两个核心构成原则，即“不确定性”和“内在性”。这两个倾向不是辩证的，不完全对立，亦未引向整合，它们既相互矛盾又相互作用，表明盛行于后现代主义中的一种“多元对话”活动。

“不确定性”主要代表中心消失和本体论消失之结果。在缺少本质和本体论中心的情况下，人类可以通过一种语言来创造自己及世界。不确定性是后现代根本特征之一，这一范畴具有多重衍生性含义，诸如：模糊性、间断性、异端、多元论、散漫性、解合法化、反讽、断裂、无声等等。哈桑指出，正是不确定性揭示出后现代主义的精神品格。这是一种对一切秩序和构成的消解，它永远处在一种动荡的否定和怀疑之中。这种强大的自毁欲影响着政治实体、认识实体以及个体精神——西

---

① Ihab Hassan, *The Postmodern Turn*: *Essays in Postmoden Theory and Culture*, Ohio State University Press. 1987, p. 84.

方整个权力话语。仅在文学中，我们所有一切关于作者、读者、阅读、写作、文本、流派、批评理论以及文学自身的思想突然间遭到质疑，而在文艺批评方面，罗兰·巴特认为文学是“失落”“倒错”“消解”；伊瑟尔以文本的“空白”为基础创造了一种阅读理论；德·曼认为修辞学（亦即文学）是一种力，它“根本抛弃逻辑而展现出令人眼花缭乱的关联偏差的可能性”；而杰弗里·哈特曼则断言：“当代批评的宗旨是不确定性的阐释学。”哈桑指出，与不确定性相联系的第二个特征是“内在性”。内在性则代表使人类心灵适应所有现实本身的倾向（这当然也由于中心的消失而成为可能）。这意味着后现代主义不再具有超越性（transcendence）。这不再对精神、价值、终极关怀、真理、美善之类超越价值感兴趣，相反，它是对主体的内缩，是对环境、对现实、对创造的内在适应。后现代在琐屑的环境中沉醉于形而下的卑微愉悦之中。

作为一种普遍的艺术和文化哲学现象，后现代主义调转了方向，它趋向多元开放的、玩世不恭的、暂定的、离散的、不确定性的形式，一种反讽和断片的话语，一个匮乏和破碎的“苍白意识形态”（white ideology），一种分解的渴求和对复杂的、无声胜有声的创新。哈桑是带着一种充满疑惑的价值观在进行现代主义与后现代主义的比较，而比较的结论又使他在多元开放的喜悦中隐隐感到精神超越性丧失的沮丧。

哈桑对后现代文化要求特征的第一个概括是“解构性”，这是一种否定、颠覆既定模式或秩序的特征。在这方面后现代主义表征为：不确定性、零散性、非原则性、无我性、无深度性、卑琐性、不可表现性。其中除上面谈到的“不确定性”外，“零散性”“无我性”“无深度性”是从杰姆逊那里借鉴来的，剩下的“非原则性”“卑琐性”还需略加论列。

所谓“非原则性”是对一切准则和权威的“合法性”加以消解。其实在这一问题上，哈贝马斯与利奥塔德等已经进行了旷日持久的争论。利奥塔德的意见是既定的社会规范和意识形态出现了“合法性危机”，应消解元叙事和堂皇叙事，而保留语言游戏异质性的“小型叙事”。这样一来，从“上帝之死”（尼采）到“作者之死”（巴特）到“人之死”（福柯），从对权威的嘲弄到学校课程更换，“我们取消了文化，消解了知识的精神性，消解了权力语言、欲望语言和欺诈语言的结构。”① 非原则化导致了价值倒置，规范瓦解，视点位移。这种变化在艺术上显示为表现“卑琐”。后现代在消逝神性以后的大地上将人自身那见不得人的卑微展示出来。它反现实、反偶像崇拜，它拒斥模仿，力图寻找边缘（即总是寻找非中心的、非典型性），接受“衰竭”，以有声的“沉默”瓦解自己。它变得有限了，因为它同自己的表现模式以及同一切崇高的东西相较量。后现代不再狂躁，它在冷漠的视界中，展示了后现代艺术家眼中那恐怖和卑琐的世界。哈桑还揭示了后现代文化艺术的第二个特征，即“重构”趋势。具体表现为以下几个特征：反讽，种类混杂或大杂烩，狂欢，行动、参与，构成主义，内在性。

种种迹象表明，哈桑所谓的“反讽”已不再是传统美学意义上的反讽，内容已被置换，仅剩下一个名目的空壳罢了。哈桑认为反讽亦可称为“透视”，这是一种泯灭了基本原则和范式后的无方向，一种离开了制约的彻底的“自由”，一种没有重量的、不可承受的轻飘。在这种失重状态中，人无目的地不断地游戏或对话。他把“反讽”分为三种模式：中介反讽（前现代）、转折反讽（现代）和中断反讽（后现代）。“中断反讽”系指这样一种境况：多重性、散漫性、或然性、荒诞性。反讽或透视表明了真理终于断然躲避心灵，只给心灵留下一种富于讽刺意味的自我意识增殖或过剩。

而所谓的“种类混杂”，说得明白些就是“四不像”或“大杂烩”。这是一种专事拼凑、仿作的“副文学”（Paraliterature）。“题材的陈腐与剽窃，拙劣的模仿与东拼西凑，通俗与低级下流使艺术表现的边界成

---

① Ihab Hassan, *The Postmodern Turn: Essays in Postmodern Theory and Culture*, 1987, p. 170.

为无边的边界。高级文化与低级文化混为一缸，在这多元的现时，所有文体辩证地出现在一种现在与非现在、同一与差异的交织中。”① 哈桑借用巴赫金创造的“狂欢”一词来表现后现代的反系统的、颠覆的、包孕着苏生的要素。以“狂欢”一词指涉后现代性，其旨不在于非理性的狂热，因为那是现代主义的品格。狂欢在这里指涉的似乎是一种“一符多音”的荒诞气质，一种语言的离心力所游离出来的支离破碎感，一种拉康意义上的精神分裂症。

后现代艺术是一种行动和参与的艺术。后现代文本不论是语言性文本或是非语言性文本都要求参与行动。艺术不再是静观的对象，而是一种行动的过程。这要求被书写、修正、回答、演出。后现代艺术以参与和行动为旗帜，它在僭越自己的种属和突破藩篱的同时，宣布了其面对时间、死亡、观众和其他因素时的多变的质素。没有一成不变的文本，文本即行动。艺术文本存在于每次不可重复的参与之中，存在于每次“行动”所产生的新意义中。在构成主义作为后现代主义的特征这一问题上，哈桑语焉不详。揣其意似乎是说后现代主义文艺表现出对科学技术的崇拜。将科技作为创作灵感的激发物，这种“新灵知主义”在当代艺术中相当普遍。哈桑指出，就积极意义上讲，“后现代主义的学说锤炼了我们的感性，使之善于感受事物的差别，使我们更能包括诸多无常规、无标准的宇宙事物。”② 然而，从另一个角度上看，人们无处不遭遇到影响后现代话语的缝合或分裂的科技暴政，遭遇到日常话语、政治话语的暴政。置身于语言暴政、文化沙漠之中，犹如步履蹒跚、彷徨在精神的不毛之地。何时才能从历经磨难的沙漠到绿洲？哈桑的回答是首鼠两端式的：“我没有先见之明，有的只是些许预感，在此表达出来为提醒自己。交感信仰的匮乏，不但丰富了我们知识与行为的全部遁辞，也加强了我们的性情和意志，这就是我们的后现代境遇。我不知如

① Ihab Hassan, *The Postmodern Turn: Essays in Postmodern Theory and Culture*, 1987, p. 171.

② Ihab Hassan and Sally Hassan ed. *Innovation Reovation: New Perspectives on the Humanities*, Madison: University of Wisconsin Press, 1983 , p. 27.

何让我们的精神沙漠多增添一点生命的绿意。”①

第二节　后现代主义诗学理论

如果说伊哈布·哈桑通过现代主义与后现代主义的比较，寻绎出后现代的“不确定性”和“内在性”这两个重要特性，并在对后现代主义的价值判断上出现矛盾的话，那么，美国后现代美学家威廉·斯潘诺斯（W. V. Spanos，1925—　）则在哈桑所扩展的后现代主义范围中，进一步将后现代主义范围国际化，从而提出一种与其他后现代主义完全不同的后现代世界观、宇宙观，并以存在主义和后现代主义思想家的身份为后现代主义张本。

斯潘诺斯前期的主要思路是，从时间、空间上拓展后现代主义的疆界，形成一个不同于原来仅限于美国和文学领域（边界1）的更廓大的领域（边界2）。他否定后现代主义仅限于美英两国的说法，认为从空间上看，后现代主义遍及全球，是一场真正的国际性运动。后现代主义的源起是海德格尔和萨特的存在主义。正是基于这种独特的后现代视野，斯潘诺斯获得了一种新的世界观，一种在后现代哲学诗学语境中透视后现代文化精神的阿基米德支点。

后现代主义有着强烈的本体论怀疑特征。这种怀疑标定了那种现代主义式的“超越”成了问题；同时，这种本体论意义上的怀疑又同现代主义对自我和对历史意义的怀疑有着某种程度的承续性。怀疑导致“解构意识”，斯潘诺斯正是在这一点上，超越了一般诗学、美学理论而获得一种后现代世界观。“解构意识意味着存在——包括文学话语的存在组成了一种不可分解的横向的连续性。这种连续性从本体论开始，

① Ihab Hassam, *The Postmodern Turn*, pp. 181-182.

尔后通过语言和文化而止于政治。在这里，无论不同的横向域是如何不平衡发展，无论在何种特定历史时期，它们都是平等的。”① 也就是在这个意义上，斯氏认为，不可能单独在文学领域革命，只有哲学话语、文学话语、社会学话语、政治话语这一横向域都获得一种解构意识，解构方才有效。因此，后现代精神是一种泛文化精神，其领域遍及人类生活的各个方面和各个层次。

历史意识是后现代争论中的难点所在。斯潘诺斯与其他以反历史意识为己任的后现代主义者不同，他总是在存在主义的“历史性”与反文化的一切转为“空间”之时，坚定地站在前者立场上。斯潘诺斯所理解的“历史”并非是传统的同义语，而是一个领域，一个“机遇”。历史不仅是一个创新的领域，而且也是一个革新的契机。历史不同于矢量的时间，历史是一个过程，在这一过程中，不可逆转性却一再重复出现，过去与未来会在当下处境中接通。历史是一种既连续又断裂的认识和反思，是行动和反行动的亲合体，是传统积淀的变体，而不是现代主义者凭借一种虚设的已丧失根基的同一性去反抗假设的传统。

一言以蔽之，历史是一个不断解释又被解释的螺旋体，只有具有当代的视点，才能对历史意义做出重新解释。在这个意义上，一切历史都是当代史，而解释的创新成为历史的灵魂。历史充满机遇，充满新的可能性。

斯潘诺斯认为，海德格尔的“生存—理解—语言”结构是后现代的蓝图，具有真正的后现代主义精神。只有通过理解和解释，生存的意义才是敞开的。只有通过语言的把握，才能看到人与世界的本体结构。而且，海德格尔已经先人一步地看到，解释的危机在于解释者总是面对不可解释之物，这一令人困惑的境况正是后现代人的根本处境，同时也是解释的自我消解结构的原初状态。

---

① William V. Spanos, Repetitions: *The Postmodern Occasion in Literature and Culture*. Louisiana State University Press, 1987, p. 247.

在斯潘诺斯眼中，后现代文学具有很高的审美价值。然而，他这个结论却是对现代主义作品加以削平和简化而得到的。首先，他将现代主义还原到仅有几位作家的作品，并进一步削平和简化为几个特点，诸如附庸风雅、严肃庄重、精英意识，最后将这些特点作为反动的东西而排除掉。而他又将乔伊斯、艾略特作为后现代文学的源头。他认为“真正的后现代主义作家”包括萨特、伊丽斯·默多克、巴思、巴塞尔姆、博尔赫斯、品钦等。而后现代文学则包括存在主义文学、荒诞派文学和戏剧、“黑色幽默”文学、魔幻现实主义文学以及当代新涌现的一些文学形式。

斯潘诺斯所提出的后现代文学形式的尺度是“关于其机遇的尺度”，是无中心的、分散的尺度的观点，是一种强调个体存在的偶然性、讲求差异性的“机遇”论。他认定后现代人要真正理解处身其间的后现代世界，必须面对这一境况，把自己重新置于同更大的意义力量相关联的位置，以更开放的态度接受偶然性、断片性和历史性。从这种典型的后现代思维中，可以听到存在主义哲学诗学的余音回响。

斯潘诺斯在走向海德格尔式本体论的运动中，将存在主义加以后现代主义化，从而创造了一种重偶然性、历史性的“新本体论”。在斯潘诺斯看来，后现代主义形式并非仅仅是一种内容的扩展，而是一种存在状态的尺度，那么，后现代主义本体论意义上的“本真”，就绝不会是一种超感官的、恒定不变的和绝对的逻各斯。无论这种逻各斯是理想的还是实证的，是主观的还是客观的，是象征的还是现实的，是有机的还是机械的，是空间的还是时间的，它都使得存在的差异虚构化和层次化，并呈现为一种确定的外部真理。这种后现代本体论，既非神性本体论，又非理性本体论，而是一种生命过程本体论，一种相对的、偶然的、非连续性的本体存在。因此，斯氏的后现代本体论是一种重生命过程性、偶然性、历史性的本体论，它排除了任何历史决定论和逻辑必然性，赋予个体以无蔽本真的意义。

后现代文学的作者之维是斯潘诺斯关注的一个重要方面。他一反罗兰·巴特的“作者已死”的说法，坚持认为，作者不仅没有消逝，而且是后现代文学本体不可或缺之维。后现代作家不再像现代主义作家那样高踞文学圣殿之上发出深重的忧患之声。后现代作家已不是非凡的“创世者”，他同生活中的平凡人一样充满数不清的困惑和对困惑难以言传的无所适从。他已不再担负揭示历史必然性的使命，而只是将人生悲剧、生命的偶然性的一角掀起，向人们（包括他自己）展示人存在的处境而已。后现代作家不明言小宇宙，他本人从世人的瞩目中悄然隐退。他在无比消极冷漠的距离之中，在一种客观性的呈示之中，漠然地修剪他的指甲。后现代作家是人生的旅行者，一个明白他或她自己的文化组成角色的男人或女人，而且总是这样去扮演自己的角色。这样一位作家的创造性或破坏性行为，带有开拓和探寻不确定性的印痕。[①]

后现代作者已经卸下了“天才”的桂冠，不再是超越凡人之上的叙说着“远景”的“诗人”，作者的权威消泯在文本的平凡琐屑之中。作品文本揭示出作家仅仅是一个存在于世界之中的“常人”，一位处身历史中的说话人，一个从事颠覆和否定的“写作者”。后现代作家以自身非天才的写作活动向作者的权威性提出质疑，这样，后现代作者完成了从“诗人”向“写作者”的转化，他不再是一个超越历史的人，而是处身历史偶然性机遇中的人物。后现代作者的历史性，决定了作品文本不再具有永恒性，作品的意义存在于不断解释和再解释之中。后现代文艺的本体是活动本体、过程本体。“这种本体论话语最终建立在一种经常和随时都准备消失的表现之中，所以，它总是暂时的、不可靠的、中断的和分散的，总需要阐释，总要求助于系统分析和解构。”[②] 这是后现代文艺本体的不幸，也是它的万幸。因为，它失去了神性和灵气的同时，获得了现世普通人的平凡性和现实性。

---

① W. V. Spanos, *Repetitions: The Postmodern Occasion in Literature and Culture*, 1987, p. 244.

② W. V. Spanos, *Repetitions: The Postonodern Occasion in Literature and Culturle*, 1987, p. 246.

第三节　后现代大众传媒理论

当代一流思想家已经关注到人与人交流的阻绝和影视广播等现代传媒的单向“中断”作用，对传媒在后现代文化中的地位和作用做了精辟分析，但总体上看仍只是理论层面的言述，而尚未彻底进入传媒的社会文化层面的纵深分析。真正全面深入地研究后现代主义传媒理论，并引起当代学者普遍关注的，是法国当代哲学家、后现代文化理论家让·鲍德里亚（Jean Baudrillard，1929—2007）。

这位颇有建树的后现代者指出，如今，文化已经商品化，而商品又已经符码化。也就是说，文化只有成为商品进入市场，才能被“炒”作和被关注，而商品的价值已不再是商品本身是否能满足人的需要或具有交换价值。事实上，大众传媒（mass media）如今重新界定着传播，并打破了表层与深层的二元对立的深度模式。传媒以一种“真实的内爆”使出现于屏幕的真等同于在场的真，这种“真实”使人停留在画面的切换上，镜头代替了任何批判理论模式，因为符号已不再指涉外在的真实世界，而仅仅指涉符号本身的真实性和产生符号体系本身的真实性。

就本质而言，人们需要传媒是因为人们需要彼此间的信息交流。然而，如鲍德里亚所说，大众传媒却在不断地造成信息发出、传递、接受三维间的“中断”。传媒“炒”文化的负效应使人们再也没有心灵对话和审美沉思的可能，而只能跟着影视的感觉走，跟着广告的诱惑去选择，跟着“星”们去潇洒。传媒的介入中断了人的内省和人与人相互间的交谈。大众传媒的播出是单向度的，不像对话那样有情感心性的交流回应，这种“无回应”的播出缺乏沟通，使大众传媒成为“为了沟通”的“不沟通系统”。这种不平等的话语输出，实质上掩盖了这种“无回应话语”的话语权力实质。传播与回应的不均等关系，使权力属于能施予而又使对方无力偿付回应的一方。当然，现实中的观者也可以转换频道或关掉电视机而行使自己的选择权，这似乎也可以算是一种回应，但这仅仅是对施予的接受或不接受而已，仍然没有足够的权力运作方式给施予者以对等的回应。就这一关键性问题而言，传播是对接受者自由选择的限定，因为说到底，大众传媒的受众只有收看或不收看的自由，而没有对答回应这种平等交流对话的自由。

从更深一层看，电视的确使我们与世界的距离拉近了，它通过编辑好的“实况”的真实世界，使人看得远（tele-）并更为多样地观看这个感性世界；然而，人与世界之间因为有了媒体而“远视”的同时，看的方式却因媒介的中介作用而被限定。媒体具有“敞开”（呈现）和“遮蔽”（误导）二重性（只要想想当今世界通过镜头组接以后的弥天大谎就够了）。媒体构成真实。媒体也造成事件，媒体制造热点媒体也忽略那些不应忽略的价值，甚至媒体也制造虚假和谎言。人们看世界的立体多维的方式如今剥离得只剩下墙上的“窗”——电视了。人们长时间地凝视它，看的却是它与其他媒体之间不断参照、传译、转录、拼接而成的“超真实”的媒体语境，一个“模拟”组合的世界，一个人为的“复制”的世界。这种复制和再复制使得世界走向我们时变得主观而疏离，媒体成了沟通的“不导体”。

无可怀疑的是，传媒指出的事件是打上了权力话语的烙印的。鲍德里亚强调，媒体让我们看到的世界以牺牲世界的丰富性为代价。人成为媒体的附属或媒体的延伸。媒体将人内化，使人只能如此看、如此听、如此想。人从接受的主体成为媒体的隶属品——终端接受器。人这种“终端机”可以在多频道中不断地调换频道，并数小时一动不动地凝视斑杂的画面和芜杂的信息。这种人将自己物化（接受器化、选台器化）的结果是，人接受储存了很多信息，而这些信息却无法处理，因为人脑已被这些信息塞得满满的，人从思想的动物退化为储存信息的动物，并因超负荷的信息堵塞而导致信息膨胀焦虑症和信息紊乱综合症。电视始终将不同文化、不同习俗、不同品味、不同阶层的人，连结在传媒系统中，并在多重传播与接受过程中，将不同人的思想、体验、价值认同和心理欲望都“整流”为同一频道、同一观念模式和同一价值认同。在这里，人与世界、人与自我、人与他人的对立似乎消失了，似乎不再有主体与客体的对立，不存在超越性和深度性，不再有舞台和镜像，只有网络与屏幕，只有操作的单向涉入与接受的被动性。①

人们凝视电视而达到一种“出神忘我”的状态，这实际上是一种“窥视欲”的生产与再生产。人们借助电影、视盘、电视可以窥视他人的生活，乃至犯罪的过程、性与暴力的过程。人们的私有空间成了媒体聚焦之所，整个世界方方面面的事又不必要地展现在家里。尤其是那些矫情的、色情的、无情的片子，更是使人在迷醉中得到下意识欲望的满足又膨胀出更刺激的欲望。不难看出，这种传媒介入所造成的私人空间公众化和世界“类像”的家庭化，导致了传媒（尤其是卫视）的世界一体化，从而使紊乱的信息传播全球化。这一方面有可能使信息扩张和误读造成文明的冲突（亨廷顿预言二十一世纪的冲突将是不同文化和文明之间的冲突），另一方面，传媒信息的膨胀因失去控制而使当代人处于新的一轮精神分裂和欲望猥亵的失控状态之中。

就思想价值取向而言，鲍德里亚对电视传媒的负面效应是持冷峻批判态度的。因此，他在西方后现代文化语境中被认为是“非乐观态度”的后现代学者。应当肯定，鲍德里亚已经洞悉后现代传媒在加剧人们心灵的异化、在肢解社会心理和个体心性的健全方面所造成的严重威胁，并进而对传媒在“文化工业”生产中消蚀意义的功能加以清算②，这是颇具独到眼光的。可以说，他在传媒热衷于制造“追星”群体和消费

① Jean Baudrillard, *The Ecstasy of Communication*, New York: Semioteat, p. 12.

② Cf. Jean Baudrillard, *The Mirror of Production*, St. Louis, Mo: Telos Press.

“热点”之中，给当代失重的人们亮出了另一种价值尺度。

在诸多思想者和批评家激烈论争之后，后现代主义问题不是变简单了，而是变得更为复杂，涉及范围更宽更广。至此，后现代主义文化逻辑呈现出来：体现在哲学上，则是“元话语”的失效和中心性、同一性的消失；体现在宗教上，则是关注焦虑、绝望、自杀一类课题，以走向“新宗教”来挽救合法性危机的根源——信仰危机；体现在美学上则是传统美学趣味和深度的消失，走上没有深度、没有历史感的平面，从而导致“表征紊乱”；体现在文艺上则表现为精神维度的清晰，本能成为一切，人的消亡使冷漠的纯客观的写作成为后现代的标志。后现代文化逻辑的复杂性，直接显示出这个时代的复杂性。

第四节　话语膨胀与表征危机

思想的匮乏大多肇因于话语的膨胀和嘈杂。

后现代主义的来临，使整个文化艺术和审美价值观发生了惊人的话语断裂。后现代主义精神以宽容、多元、边缘性、不稳定性、悖论性、差异性来标志，一扫传统的同一性、整体性、中心论、稳定性、元话语，宣告这是一个宽容的时代，一个“怎么都行”的时代。后现代主义特性鲜明的影视图像逐渐取代文字，它以一种特定的视点去组织指涉物，并赋予其独特的意义，重新生产出一套新句法和新词汇，使观众在强大的声波和图象的冲击下，解悟到所看到的意象及意象间的联系，达到自我自觉的认同和人际交流。这一转型如此之彻底，以至于连任何传统的艺术语言和叙事规则也彻底否弃，因为在后现代者看来，这具有欺骗性的规则是永远无法臻达艺术真理的。艺术媒体、审美观念、传播媒介、发行渠道、读者趣味的改变，使文艺领域发生了一项空前未有的分裂。因而今日的文学艺术，事实上正在为影视文化所侵凌，并从深度模式向平面模式扩张，从而使后现代文学写作成为一种价值平面上的语言游戏。

后现代主义文艺美学的典型特征是话语膨胀（inflation of discourses）和表征危机（representational crisis）。后现代主义者的反中心性和一元论，企图打破千古以来的形而上学的迷误，拆解神学中心主义的殿堂，将差异性原则作为一切事物的根据，打破在场，推翻符号，将一切建立在“踪迹”上，并以书写的沉默的非现在性去替补语言中心主义的声音的现在性，从而突出差异以及存在的不在场性。如此一来，中心不复存在，因为中心在后现代哲人的构想中已植入差异性的替代链条，并进入差异符号永无止境的游戏过程。因此，后现代文化策略就不仅是将对立的等级秩序颠倒过来，而且要摧毁这个二元对立赖以产生的整体思想体系。于是，在场不断被否定，中心不再存在，二元对立不断转化为不在场的共存。

当文化的错位使多种话语的碎片共存并进而拼凑成一张无所不包又一无所有的话语编织物时，这时人们表达的语言出现了裂缝。艺术家感到，不仅世界的变形和流动难以把握，而且自我也再不可能加以确定，甚至自我也永远不能完全展现在自己面前。当艺术家探索自己的心灵，或像前辈那样进行灵魂的拷问时，人们感到语言成了障碍，它再也无法传达人内在的心声和感觉。因为写作需要符号，它是外在于人自身的，是从身上剥夺了的存在，所以它总是与人的意识保持着距离。使用符号，就意味着作者永远无法体验到和自我进行的全面交流。

后现代话语膨胀，表征出这是完全不同于传统艺术的表现对象世界或实体世界的艺术话语，而是从历史的链条中驻足现在，通过彰显可能性而使现实“解神秘化”（demystify），从而展示一种自身“有限的丰富性”的话语。这类后现代话语抛弃浪漫色彩，艺术话语逐渐向日常生活话语靠近。它在使自己的“权威”降解的过程中，一方面反抗官方意识形态的束缚，另一方面又力求保持自己的先锋性，而与大众流行的“伪艺术”相区别。尽管这事实上很难做到。

后现代文学的表征危机，表面上看是表征系统——语言的危机，实际上是文化和情怀的危机。这种由语言系统的自我解构性呈现而展示出的西方文化总体危机的问题，这种由语言言说表征到语言断裂消解，成为后现代文化的一个死结。因为元话语中心性的崩溃将导致建立在其上的整个西方文化坍塌。如此看来，后现代文学语言是一种撕裂传统语法和逻辑的语言，这种文学在语言与对象之间确立一种新的关系，从而取消了“真”与“假”的区别。它不去凑合事物，不受规律的约束，而是相信自己的真实，提出自己建立的真实标准。这正是自我知觉的源泉，似乎在它前后什么也没有，显然摆脱了一切歧异存在的纠缠。它已自主到无深度的地步：什么事情都浮在表面上，而这个表面却具有多种多样的歧异。文学语言就外部而言并不说明任何问题，它的一致只在其内部的相互关系中有所表露。实际上它只是同义语的重复，不断地重复、延伸与再现罢了。它使语言变得“浅薄”，只是靠自己复杂而没有规则的技巧在玩着滑动的能指。这是“表征危机”的关键所在。

后现代主义在平面上滑行，使得它在总体上重过程轻目的，重活动本身而轻构架体系，重现实本身，而轻历史（过去）和理想（未来）。这一特点，使后现代主义背叛了现代主义对超越性、永恒性和深度性的追求，而使自己在支离破碎的语义游戏中，仅得到一连串暂时性的“空洞能指”。这种残破的话语世界，表明任何恒定秩序的话语世界的不可能，从而达到对传统总体性秩序加以拆解和消除语词在场权力的目的。

后现代作品中的人物只不过是场景中一个可以替代的暂时性角色，他丧失了悲剧的气息，而多了些游戏成分，他以自身灵肉的无言的麻木以及中止任何选择、性格破碎和叙事零乱的方式达到减除欲望的焦虑痛苦的目的。这一切皆肇源于后现代主义的“自我”的分崩离析。个人不再有反抗异化和逃避痛苦的承诺，现实异化和精神分裂成为人的本然处境。个人既不需要反抗异化的能力，也没有抵御痛苦的必要。

后现代主义在文学主题上同样发生了递变：后现代文学的兴趣和眼光停留在生活的日常琐事乃至本能层面，其结果使得以前一向被视为一部作品的真正主题——爱情、死亡、人与人之间的关系——如今在作者和读者眼中已经变得飘忽如幽灵一般，并最终消逝殆尽。艺术家与人生的非此不可的关系已被艺术与它自身的技巧的关系所替代。人陷入生存的无意义中，无聊感显示出当代人正退回到“生存的零度”。人在无聊之中活着，因丧失生命意义指向而失去一切有意义的语言，在剥离精神性维度的同时，人恢复到直接的生存状态，永劫不复的无意义徒劳成为个体世俗生命的死的象征。于是，本能注满人的躯壳，作家隐入力比多盲目的冲撞之中。后现代主义者失却了深度而专注表面（平面），尤为关心一个人（或物）的肉体给别人的印象。

后现代主义艺术相当重视形式性，因为形式成为剩下的唯一值得关注的对象。二十世纪艺术形式的变幻总和远远超过二千年来艺术形式变换的总和。这似乎成了当代艺术的谶言：只有艺术形式才是唯一的意义剩余物，只有在形式的框架中才能重新聚拢诗人那已瓦解为碎片的记忆。在后现代式的消解活动中，一切都成为操作性的游戏，微言大义不再是“思想”提供的，相反倒是“形式”提供的。不可否认，当精神家园失落以后，人将丧失本真的归宿。真理一旦被放逐，思想之光将泯灭于生命的荒漠。人们在话语中游戏，又被话语所游戏。这种自我放逐将使人坠入“世界的夜半”之中。后现代文学的平面性，更直接地表现在后现代写作中。对后现代文学写作困境的揭示成为今日哲性诗学研究的一个前沿课题。

第五节　语言游戏与文学转型

后现代主义是文化错位和话语断裂的产物。在“知识型”话语转型中，以人的“生存零度”造成了历史的断裂，这使得后现代文化在面对文明的无限可能性的同时，面对着存在的无限焦虑。可以认为，后现代文化逻辑的复杂性，不仅显示出这个时代的复杂性，而且表明，后现代主义在思维论上“浮出历史地表”，却在价值论上“坠入历史的盲点”。

后现代主义是以消解谜底的方式重设虚无的寓言的，这一切皆因历史在压缩成一个薄片之后，暴露了后现代世界观的“白色”空洞指符。

实在地说，后现代主义世界观并不是本世纪突如其来的观念，而是长期的世俗化和非人化过程的产物。文艺复兴时期所确立的以人为宇宙中心的元话语，到了十九世纪和二十世纪遭到了一次又一次打击。科学剥蚀了以人为宇宙中心的神话，哥白尼的“日心说”使人类终于明白人不是宇宙的中心，而仅仅是茫茫宇宙中一颗星球上的微小生命；达尔文的“进化论”指明，人不是神的造物，而是猴子变来的；紧接着弗洛伊德发现了人的本能和无意识力量，使人是理性的动物的说法遭遇到毁灭性打击。人终于由宇宙中心、上帝的子民、理性的君主地位一落千丈，成为地球上草芥般的有生有死的动物之一类，其祖先是猴子，其根源是力比多和无意识。人在失去光环以后的处境成为近代哲人思考的中心，也成为文学家们“补天”使命的一部分。

基于这一思想文化背景，文学为人与世界的关系辩护，并显出不同的文学世界观：现实主义文学以唯物主义历史决定论和维多利亚时期道德论之不可动摇的等级制度为基础；象征主义者要求表象世界与真理和美的超自然领域进行交流，并对超验世界的存在坚信不疑；现代主义者对现实主义的历史决定论以及象征主义那永恒的审美等级制加以质疑，试图将虚设的秩序和暂定的意义强加在个人的经验世界之上。

后现代主义在文化价值方面进行着一场“反文化”运动，它以个性解放、本能释放、冲动自由等为旗号，以一种持久不衰的激进势态，猛烈冲击一切传统的价值观和生活模式。如果说，现代主义以消除现代世界的盲目性，张扬精神超越性为己任，在对卑微生活的否定中，体现出现代主义苦难和抗争的意志，而成为挣脱思想羁绊喋血高歌的自由之魂的话，那么，后现代主义却醉心于情感和精神的卑微，在阻绝对生活的超越性意向中与生活原则处于同一“平面”上。

后现代主义在进行一次革新的冒险。后现代主义感到传统的不堪重负，历史的精英作家难以企及，现实社会和政治已步入困境，于是便放弃了精神超越和正面挑战，反过来，通过否定自己赖以生存的社会和文化网络的合法性来与这种现实处境抗争。

后现代文化是以享乐为旨归的消费文化，这一文化的品格由大众消费意识铸成。消费文化不仅直接影响了人们的生活方式，而且使整个现代文化向享乐文化偏航。于是“玩”和“性”成为这种享乐文化的最后疆界。这种将“玩”和“性”等享乐主义作为生活方式的消费文化，以及将自由主义作为一种意识形态对文化领域的统治，已经宣告了传统价值合法性的危机。消费主义使后现代人为享乐主义所支配，在失掉了文化的一致性，颠覆传统文化秩序的同时，也影响了文化标准本身，艺术与生活之间的界限模糊以致消融了。文化历史在现代断裂开来，人们不得不重新改变自身的体验方式，将世界和历史的碎片重新聚集起来。但由于批判了历史连续性而又相信未来即现在，人们丧失了传统的整体感和完整感，碎片或部分代替了整体。

文化丧失了传统性的意味，突破了狭义文化的界限而扩张到无所不包的地步。广告、影像、复制、形象文化、无意识以及美学领域完全渗透了资本和资本的逻辑，商品化的形式遍布在文化、艺术、无意识领域的方方面面。文化工业生产与商品紧密结合，出现了新的文化工业，如跨国资本、电影工业，大批生产的光盘磁带等。

在现代社会商品交换中，全社会硬结成一种交换的金钱尺度，艺术生产变成了纯粹的商品生产。艺术成为一种交换而非满足人的精神需要，艺术创作中作者的灵感和活生生的生命被商品所扼杀。文化消费通过语言的疏离，使人的想象力和自发性渐渐萎缩，抑制了观众的想象力。因此，文化工业的每一个运动，都不可避免地把人们再现为整个社会所需要塑造出来的那种样子。更为严重的是，在每件艺术作品中，作品的风格都是一种诺言，因为被表达的东西通过风格变成了占统治地位的普遍性的形式。如果要使艺术作品体现现实，绝对有必要使现存的东西具有实在的形式。艺术这一以个性对抗共性、以自由对抗法则的精灵，却在日益精密化、科学化、信息化的社会中被技术化和程序化了，从而使艺术独立不羁的个性和自由精神被剥离并统一在社会的总体性中。这种遭到同化的文化工业反过来操纵了人的生活体验，并逐步纳入轨道。文艺为了生存而成为了商品或商品化的艺术，艺术家也彻底丧失了其批判意识和否定功能。艺术成为通俗文化的别名。

大众传播加速了后现代文艺“类象”化。由物退到物的影像（非真实性）。这种状况不幸被法国解构理论家言中：商品物化的最后阶段是形象，商品拜物教的形态是将物转化为物的形象。这一事物变成事物的形象的过程，使得事物仿佛不复存在，当指涉物退隐时，距离感消失了。人终于被各种人造的类象包围起来，人创造了文化，而文化的扩张使现实退隐，使主体丧失，世界成了物的世界。

作为完整的个人面对整体世界的瓦解也遭受到心的“分裂”，从而体验到“崇高意义的消解”和“结构形式的消解”。这种结果带来的不是一种解放，而是一种极度疲倦无聊的心态。而且随着大众传播工具的扩散，文字正被影像所代替，这些具有性力量和世俗性的影像快慰着消费者。文学的语言不断地拆毁破坏自身的意义，甚至破坏了所有语词所指的对象。它的确“解放了”今日的作家，使他们不必面对重大问题去进行严峻地思索和选择。他们不仅背对着这些问题，而且嘲笑这种问题本身。因为他们认为真理、正义、良善之类的问题，不过是能指词的短暂的产物，所以大可不必当作“真实的”或“严肃的”。文学本真的精神“气息”飘逝而去，文学成为无棋盘的游戏，后现代文学的语言因丧失了精神超越性和价值追问性，而日益变成一种不断膨胀的话语，一种夸张而刺激性的广告，一种追新求变的“操作”。人们感到语言成了障碍，它再也无法传达人内在的心声和感觉。因为写作需要使用符号，它是外在于人自身的，是从人身上剥夺了的存在，所以它总是与人的意识保持着距离。使用符号，就意味着作者永远无法体验到与自我进行全面交流。人们感到语言对自身的剥离，因而只能让自己放弃理性的思维，让无意识自然流出，直接呈现在本文中这种状况，使得文学作品像语言垃圾般不断投放市场，又迅即回到垃圾箱。

后现代语言由精神向本能的还原，使后现代语言成为思想的中断而不可遏止地滑向价值的平面。艺术家在这种语言的贬值中，突然意识到自己并不真切地存在，因为自己已不可能用这类格式化语言来表达任何属于自己的感情。个体被一堆语言垃圾所充斥，自以为在思维、在创造、在表达，其实只不过是在模仿那些早已被我们接受了的思想和语言。艺术表征出现了前所未有的危机，解救的办法是，艺术家以完全不同于日常语言的晦涩艰深的语言创作，试图改变那种贬了值的语言，力图恢复语言早已失去的活力。然而，这种自制新词无异于阻绝了交流。

这种“无言的焦虑”在“语言的欲望”冲撞中，日益失却语言的呈示性（敞开）功能，而加强了世俗性（遮蔽）功能。语言日益成为谎言。事实上，拉康和哈贝马斯很早就看到了这一点，拉康把与动物的传意密码相对立的人类言谈的特性看作是说谎的能力，而哈贝马斯则把一切谎言归结为真理的纯寄生现象，在必然显示真实的许诺被完全理解的谈话行为中，谎言就会愚蠢地暴露。

我想说的是，消费的后现代主义时代不是人类发展的终极模式，它只是人类走向新人和新社会的一环。语言的贬值的还原必将在新人的文化艺术新话语中辨析、汰变和重建。

第六节　写作困境与意义误读

后现代写作困境是伴随后现代文化哲学危机而来的。这一困境表征在文学写作的无意义和文学解读的意义上。

当后现代写作逃逸出意义之时，解读也将变成无意义的活动。当然，这种无意义活动本身却也连带地折射出特殊的意义。

后现代主义文学在消解意义时，却通过独特的方式言说着一种语言缝隙中的意义。也就是说，作品并非与人的存在和社会存在隔绝，作品是为了读者而存在的。后现代写作也并非是完全是浅层次的“呓语”，后现代写作和作品有时是曲折地在“平面”上生产自己的“深度”。它以无意义而展现无限多的意义，它以“沉默”的方式“言说”，它以拒斥意识形态的方式呈现意识形态。作品成为与周围事物隔绝的产物，它同周遭人事相分离，钻进自己的缝隙，然后在语言的玩弄中，不断间接地提到这些周围事物。在这个意义上，后现代作品同样在语言、意识形态与社会构成的复杂关系中生存。然而，作品意义的匮乏之维，也就是它所不能达到的存在之维。这种匮乏往往是作品无法言说的深意之所在。因为，意识形态以其意味深长的沉默、巨大的空隙和歧异的形式出现在作品中，使作品同意识形态的模式分开而保持距离，体现为作品同它本身分离的某种“内在距离”。而且，作家“想”说的话受到意识形态的限制、曲解和变形，作品在力求表达一种含义时，发现自己在意识形态上受到限制，必须表达另一种含义。

这种意识形态方面的扭转力造成作品内部一系列的裂缝。因此，人们读一部作品，似乎常常觉得效果“正相反”。作品要说的同它实际所说的相违背。因此，解读作品也不可能仅仅从“文本”出发，而要从意识形态的必要性出发，解释作品“没有说出的话”，也就是它构成的只是能心领神会而无法道破的沉默。批评家就是要使这些沉默说话，他提出的问题正是作品“无意中透露的”。作品说出的不只是这一种或那一种含义，而是这些含义本身的冲突和歧异。

无论是现代主义还是后现代主义作家，在他们那嬉笑怒骂、玩世不恭的行为中，我们看到的并非是“玩笑和游戏”，而是“发现”一种深蕴的对异化的反抗带来的深切反弹性自我伤害的痛苦。在我看来，作品虽已完成，然而思想压抑并没有完全消逝，作品还支撑着这一压抑并传给他人。作品中的压抑扩散成一种新冲击波，表现为任性率真与遭受控制的冲突性结合。对作品的解读则必然成为将歧异的冲突明晰化，使作品的内在震动演绎为一种现实世界必然分裂和冲突的现世图景。因此，后现代的“偶然写作”的奥秘并不在于作家随意心理流动的“自动写作”，甚至也不是逢场作戏般的临时拼凑，而是在通过无法预见的形式不断发现必然发生的事情这种情况下写成的。

尽管后现代文学总体上是反解释的，但通过作品解释，我们仍然可以发现，后现代作品将虚构和冷漠作为自己的性格特征，对这一特征的分析不能停留在表面，相反，这种作品的冷漠性表征出现代社会意识形态的冷漠性。作品是在折射意识形态，而不是“再创造”意识形态。作品的想象不是模仿现实，而是使之变形。作品以其内部的不一致显示了空隙的界限，表明意识形态同真实历史的冲突关系，即意识形态开始说出作品中并不存在的东西并显示自身的局限性。进一步看，文学以其语言的疏离，创造性地显示出日常对话的阻隔，文学语言成为意识形态的语言。反过来，后现代文学语言在改造意识形态的幻觉时，同样策略地对文学的意识形态状况进行批判，使文学丧失了形象性意味而演变成理论性知识的观念替代物。后现代文学以一种自我揭露的方式不断消解，从而揭开了意识形态本身所固有的更大的欺骗性。

后现代主义解读的要旨是对差异的追求，一种永不停息的自我解构。任何统一性、整体性、权威性都是解构对象。文学作品绝不仅仅只有一种解读法，也不可能只有一种所谓的意义。相反，任何解读的洞见本身就包含了排斥其他见解的“盲视”，在这个意义上，任何批评结论都包含着自我瓦解的危险，任何解构策略都包含着自我解构的因素。因为，文学作品自身永远包含着怀疑否定和推翻自己意旨的否定因素。后现代主义往往通过边缘、外在、异己，对中心、内在、秩序加以嘲弄、颠倒、斥责，以贬损正统、消解中心、否定等级、内外翻转、上下移位、前后错置，并在对各种文本的新阐释中强调比喻性的文字。这表明后现代批评家通过比喻性语言将作者和读者引到文本深隐的另一面，去揭示那被洞见所蒙蔽的矛盾焦点和习焉不察的自我否定意义，从而瓦解原意的向心性，打破作品形式的束缚力量，超越一切逻辑链条的桎梏，以一种全新的视界，一种自由创新的形式，使文本语言活泼起来，达到巴赫金所说的“狂欢”境界，使代表不同意识形态和文化背景的解读，真正禀有“文化相异性”和“多音谐调”的后现代性。

后现代主义追求“各种不同意义的解读”，不再将文本看作有一个固定中心和终极意义的统一体，也不再去探讨文本与文本之外不起眼的社会人生关系问题，而只是强调从文本不起眼的小地方或矛盾、含混的地方去翻掘在既定话语掩盖下的潜在意义，进而使不同意义自由竞争，在阻绝传统批评总要从多种意义、多种解释中突出一种意义、一种解释的道路时，坚持意义的不确定性和自由性，使文本意义解读活动成为一种“自由游戏”，使一种意义主宰一切让位于多种意义并置或互相对立。在这里，文本意义不复是作品“书页文字”的客观意义，也不复是作者意图指涉的主观意义，也不是读者阅读赋予的体验意义，而是作品自身存在的意义。

在后现代时代，已经没有任何东西能建立起一种哈贝马斯“共识”式的“广泛一致”的话语了。文学解读和批评多元论发现自身蕴含在后现代境况中，在它试图去阐释的相对性和不确立内在性中。而认识的、政治的以及情感的制约依然只是部分的，它们终未能为批评的多元论划界，未能创造一致的理论或实践。后现代人一无所有，没有一样东西不是暂时的、自我创造的、不完整的，在虚无之上建立了自己的话语。这是后现代文化氛围、后现代文艺的底色，也是后现代文艺批评的经纬。

人能超越时代么？人怎样才能既不在现实中沉沦，又不再遭遇虚设前景的“乌托邦”呢？人们真的能摆脱一元论么？

在这个张扬多元的后现代时代，赶时髦求物欲已经或正在造就出人类有史以来最大的一元心态。甚至连“追求多元”也成了一种时髦的“一元”。多元艺术观、多元写作、多元解读事实上仍是消解中心、趋向“边缘”的“新的一致”。我不禁要问，如果人类真的是由“动物人”走向“社会人”再走向“审美人”的话，那么，今天在把真正的思想家、艺术家视为“无用”的后现代“快餐文学”写作中，在跨国资本运作的现代性和后现代性语境中，在传媒和“类象”填满的世俗化空间和欲望化氛围中，人们该怎样又能怎样写作和解读呢？

对这种价值平面上的语言游戏，在新历史主义的文化权力话语分析中，在后殖民文化霸权中，在弱势文化的“身份改写”中，变得问题成堆。

凡是坚信人类必将从“物质人”走向“精神人”的思想者，都必得再深思。也许，真正的思想的产生，不是在话语膨胀以至于使思想窒息之时，而是在潮落消退、话语沉默之时。

第四编

后殖民主义美学

第十一章　后殖民主义语境

后殖民主义美学是一种泛化的文化理论，对其研究必须深入到后殖民主义发生发展的历史脉络中，才可能清楚地认识到后殖民美学与20世纪权力话语的微妙关系，并进而把握后殖民主义美学的文化话语分析意向。

第一节　后殖民主义的发展

后殖民主义理论是一种多元化理论，主要研究殖民时期之“后”，宗主国与殖民地之间的文化话语权力关系，以及有关种族主义、文化帝国主义、国家民族文化、文化权力身份等新问题。

后殖民主义并非本世纪中叶突然出现的，而是在对殖民主义的长期反省中逐渐发展起来的。本世纪初叶，一大批理论家就已经开始对帝国主义和殖民主义进行分析和批判。如果说，殖民主义主要是对经济、政治、军事和国家主权上进行侵略、控制和干涉的话，那么，后殖民主义则是强调对文化、知识、语言和文化霸权方面的控制。如何在经济、政治、文化方面摆脱帝国主义的殖民统治，而获得自身的独立和发展，成为后殖民理论必得面对的问题。

在这一层面，本世纪初期的两位理论家，葛兰西的“文化领导权”理论和法农的“民族文化”理论，对后殖民主义的产生和发展起到了积极的推动作用。当然，其后的米歇尔·福柯（Michel Foucault，1926—1984）的“话语”理论和“权力”理论，则成为后殖民主义思潮中的核心话题。

后殖民主义兴起的时间，学界有不同的看法。一般认为在19世纪后半叶就已萌发，而在1947年印度独立后开始出现一种新意识和新理论。其理论自觉和成熟是以赛义德的《东方主义》（1978）出版为标志。在赛义德之后，最重要的理论家有斯皮瓦克（Gayatri C. Spivak，1942—　）、霍米·巴巴（Homi Bhabha，1949—　）等。斯皮瓦克将女权主义理论、阿尔都塞理论与德里达的解构主义理论整合在自己的后殖民理论中，从而成为一位有广泛影响的批评家。而霍米·巴巴则张扬第三世界文化理论，注重符号学与文化学层面的后殖民批评，并将自己的研究从非洲文学转到印度次大陆上来。

其后，英国学者约翰·汤林森（Johm Tomlinson）以其《文化帝国主义》（*Cultural Imperialism*，1985），开始了对后殖民的媒体帝国主义、民族国家话语、全球资本主义和现代性话语的批判，从多维文化权力层面，分析揭示出文化殖民主义的内蕴及其历史走向。

另外，比尔·阿什克罗夫特（Bill Ashcroft）、加雷里·格里菲斯（Govreth Griffiths）和海伦·蒂芬（Helen Tiffin）的著作《帝国反击：后殖民文学的理论与实践》（*The Empire Writes Back*: *Theory and Practice in Postcolonial Literatures*），强调所谓“混成”（hybridization），即本土传统通过这一形式与帝国残存相结合，以一种语言创设出一种新的后殖民表述方式，即与帝国输送的“大写英语”（English）不同的、变异的“小写英语”（english）。

近年来，一批新马克思主义者也开始关注并汇入后殖民批评思潮中，如英国的特里·伊格尔顿（Terry Eagleton）和美国的弗雷德里克·杰姆逊（Fredric Jameson），尤其是杰姆逊的第三世界文化研究，为后殖民批评注入了活力。他近年发表的《处于跨国资本主义时代中的第三世界文学》，表明他的视点始终集中在全球文化后现代与后殖民处境中的第三世界文化的变革与前景上。他试图在第一世界和第三世界文化（即中心与边缘文化）的二元对立关系中，把握第三世界文化的命运，并力求寻觅到后殖民氛围中人类文化发展的新契机。杰姆逊期望第三世界文化真正与第一世界文化“对话”，以一种“他者”（或他者的“他者”）的文化身份进行一种特异的文化发言，以打破第一世界文化的中心权力话语。

此外，文化殖民、跨文化经验与历史记忆等问题，在罗伯特·扬（Robert Young）的《白色神话：写作与西方》（*White Mythologies*: *Writing History and the West*）、特里的《妇女、本土、他者》（*Women*, *Natie*, *Other*）、莫汉蒂等编的《第三世界妇女与女权主义政治》（*Third World Women and the Politics of Feminism*），以及丹尼斯·李（Dennis Lee）、贝尔·胡克斯（Bell Hooks）和小亨利·路易斯·盖茨（Henry Louis Gates Jr）的研究中，都作出了自己的独到阐释，使后殖民主义理

论具有了更全面的理论形态。同时，非洲、印度、日本、韩国、中国、新加坡，都有一大批从事文化、文学、哲学研究的学者在探讨后殖民主义问题和前景。

第二节　葛兰西的理论

后殖民主义理论受安东尼·葛兰西（Antonio Gramsci，189l—1937）“文化领导权”理论影响很大。同时，弗朗茨·法农（Frantz Fanon，1925—1961）的《黑皮肤，白面具》和《地球上的不幸者》，对后殖民主义理论的兴起同样有着重要的开创作用。

葛兰西是意大利的著名思想家。他在20世纪初叶，对帝国主义、资本主义的权力和控制抱有特殊的警惕性。他将西方国家机器描绘成一条外围的壕堑，其身后具有一个由堡垒和“阵地”组成的庞大体系，这个体系不仅控制着本国的工人和其他从属的阶级，而且还以赤裸裸的暴力统治着一个高度发达的社会。所以，这种“专制统治”不仅使一个集团或一个阶级的领导权和特权地位成为自明的，而且现实社会形态从生活方式、思维方式、言说方式、社会习惯到价值标准，都已然成为专制统治的基础。①

在葛兰西看来，资本主义经济、政治的发展直接导致工人阶级的苦难和现实社会制度的不平等。也就是说，它一方面通过政治经济的方式，剥夺其他阶级、民族和群体生活的可能性，剥夺他们生活的权力和在历史中的合法地位，另一方面，通过文化生活表达出对人的思想形式的控制。因此，资本主义通过对文化制度的大规模网络（如学校、教

① Cf. Antonil Gramsci, *Selections from the Prison Notebooks*, ed. and trans. Quinton Hoare and Geoffrey Nowell Smith, New York: International, 1971.

会、政党、报纸、传播媒介和民间社团）控制，而操纵着整个社会，使其不断同资产阶级意识形态整合为一。这种资本主义文化网络不断地宣传支持现存生产方式的文化观念，使得经济、政治和文化领域形成资本主义的霸权局面，甚至形成一种“总体国家”的神话。葛兰西认为，这种资产阶级的力量，一方面体现为暴力或国家机器的强制性，另一方面产生出一种为少数权力、利益服务的习惯性意义体系，从而使他们的统治看起来并非是赤裸裸的暴力，而是可接受的现实合法性。如何揭露资本主义的虚伪性，如何从他们所设定的普遍事物的合法性背后认清这种专制统治的真面目，并加以抵制与揭露，进而用一种新的生存方式和社会理想来取代这种不合理的社会秩序，成为葛兰西思考的中心问题。

“领导权”的概念，是葛兰西洞悉了资本主义的“统治”和“认同”作为权力的两种方式以后提出的。“统治”即通过强制性的国家机器，如军队、警察、法院等实现的，而“认同”是一种隐蔽的权力关系，也就是一种领导权的施行。如果说，“统治”是以强硬的武力压服方式出现，那么，“认同”则是对主导价值观念的趋近，它具有一种社会、道德、语言的制度化形式，而并非表征为暴力的形态。

领导权是通过市民社会的渠道，使人们形成一种世界观、方法论，甚至在文化观和价值论上达到整合，统一在某种意识形态中。强化舆论宣传，进行意识形态的灌输，已经成为“领导权”的思想意识和宣传手段的集中体现。如果它没有发展包括全部领导权的意识形态，也没有充分的、具有坚实地基的市民社会，那么，一个国家可能是不完整的国家。“领导权”始终是在历史联合体中诞生的，它显现出对本阶级的完整的领导话语权方式。如果未能形成这种完整的领导权，那么，其统治将是不能持久的，它迟早要被一种更新的力量、一种新的领导权所取代。

在统治的直接形式逐渐转换为隐晦的、文化道德的、知识的、精神方面的领导权的过程，事实上已经表明，权力不断由军事和政治冲突，转为文化和意识形态的冲突和摩擦，进而实现着现代权力关系的转换。正是在这一点上，葛兰西揭示了现代帝国主义和资本主义对异族或异端思想和其他阶层、阶级加以控制的新形式，即权力和意识形态控制的领导权的形式，通过社会舆论和表面的意见一致，对他者加以合法性控制。在现代资本主义社会中，资产阶级的统治集团，其意识形态一旦失效，其统治也必然趋于瓦解，因此，社会的解体始终是因领导权的得失而出现。当资产阶级的文化和政治从整体上处于虚弱状态时，其文化领导权的瓦解将指日可待。

领导权除了上述的“知识”“精神”和“文化”的领导权以外，还包括“思想意识领导权”和“政治领导权”。思想意识领导权主要通过知识和道德的领导，使一个社会集团统治敌对集团，在各种权力的束缚中，从思想意识方面使它成为统治者的附庸，被统治者所把握。而政治领导权则表明，加强政治，社会集团联合体的文化和道德的控制和制约，使其逐渐丧失自身的独立不倚的精神，而成为另一统治集团的附庸，达到对其控制和瓦解分化的目的。

葛兰西认为，在西欧，要想取得革命运动的成功，就必须通过长期复杂的阵地战，来反对资产阶级领导权。这种阵地战的目标，就是创造一种新的领导权机构来取代旧的领导权机构，而知识分子则在这种取代中发挥着使文化合法化，使个体更容易接近和理解文化，并使其统治普遍化的独特政治功能。所以，知识分子是领导权结构的动力，他们通过文化，即书籍、杂志、教堂、讲坛和现代传媒中反复制作和推出的思想价值准则或信仰，通过现代的传播渠道，通过控制和操纵普遍接受的词语、符号和情感，在被压迫的一方即工人阶级的意识中，牢固地确立起对生活的批判态度。真正的劳动人民则需要产生并反映这种客观需要的“有机的知识分子”。

总体上看，葛兰西强调了现代社会中权力运作的几种不同形态，即暴力性的统治方式和较温和的关于领导权的方式，而其“领导权”又可以分为思想意识领导权和政治领导权。通过这种权力话语的分析，葛兰西为现代殖民主义及其“文化霸权”或“领导权”的分析，确定了一种分析的模式和基本的思维向度。

当然，进一步从事殖民主义甚至后殖民主义文化霸权分析的理论先驱，是著名思想家法农。

第三节 法农的思想

法农作为一个诗人、人道主义者和现代思想家，不仅对近现代殖民主义造成的黑人的心灵创伤以及社会破裂进行了尖锐的抨击和分析，而且对所有遭受西方统治、文化侵略和种族歧视而默默无言的受害者加以支持。他非常明确地意识到，殖民主义是在种族和文化的优越感与文化霸权掠夺的掩盖下出现的，为现代帝国主义和资本主义经济利益服务的文化心理压迫模式。[①]

法农在其重要著作《黑皮肤，白面具》[②] 中认为，黑人具有自觉和半自觉地面对现代社会种族歧视的心理痛苦和自我意识，因此，黑人男女切身地感受和体验到了种族歧视及其罪恶。殖民主义无疑助长了这种种族歧视，因为作为一种经济制度，殖民地由白人移民和贸易公司进行土地和资源的控制开发，它不断地从政治和精神方面对所属国加以霸权式控制，并不断毁坏其本土所存在的社会关系，使黑人灵魂深处产生一种无可排解的自卑情结和劣等民族的痛苦，从而使得被扭曲的黑人心灵再叠加上更大的灾难，即使其大量生育而保证奴隶资源永不枯竭，使黑人成为没有文化地位，没有心性陶冶，也没有自主和民族自尊的所谓

① Cf. Frantz Fanon, *For the African Revolution*, New York: Monthly Review Press, 1967.

② Frantz Fanon, *Black Skin, White Masks*, New York: Grove Press, 1967.

“原始野人”。

这种殖民权力合理化，掩盖了黑人存在的合法性，使其在一层温情脉脉的资本渗透的面纱下，加深着种族歧视的鸿沟，增强了殖民制度的法规和结构。通过严格的社会分化制度，将黑人和白人分成了下等人和上等人，并将“宗主国”理想化。不仅奴役、买卖和控制黑人，还使黑人接受其所控制的文化教育，加以意识形态的灌输和心灵的置换术，使黑人从精神到肉体都服从于殖民者所希望的那种意识塑形，在心灵上烙上被殖民的痛苦烙印，从而为其种族主义和民族歧视做了“文化殖民”的铺垫。

在这种殖民主义的经济、政治和文化侵略的方式下，黑人无疑变成了劣等民族，变成了自我羞辱和灵魂痛苦挣扎的一群，他们为获得白人的另眼相看，挣脱自己劣等民族的枷锁而挤入上等社会，抹去自己与生俱来的黑色身份的耻辱，就在无意中对自己的肤色面貌产生憎恨，从而在灵与肉上都处于一种自卑和自毁的可悲处境。

由于身患白血病，法农 36 岁时即英年早逝。在去世前不久，他写出了重要的著作《地球上受苦的人》①。在此书中，他对非洲民族资本主义剥削非洲民族无产阶级和农民而成为寄生的阶级，加以尖锐地批判，并对殖民主义和遭受殖民统治的民族及其文化所产生的影响进行了分析。

在反对殖民主义的斗争中，这些民族资产阶级联合组成非洲民族主义的政治派别，其开始是爱国的进步力量，但很快就蜕变为黑人贵族行使领导权的工具。所以，民族主义政党是坚持改良主义的，而且是懦弱的，因而必须把他们从资产阶级中争取过来。也就是说，他强调了在殖民主义的压迫下，黑人只有通过自己的觉醒，才可能发现自己不幸的命运，只有通过民族解放，才可能使自己真正获得命运转折的契机。

法农强调，反对殖民主义的“革命主体”，既不是所谓的工人阶级

① Frantz Fanon, *The Wretched of the Earth*, New York: Grove Press, 1965.

或西方无产阶级，也不是第三世界的民族无产阶级，因为他们都在殖民主义时期享受着高工资待遇和一定的特权，因而他们都依附于帝国主义和资本主义。在他看来，在“第三世界”，真正革命的阶级是“贫苦农民”，他们才是“地球上承受苦难的人”，所以，革命应从这里寻求突破口，依靠农民的主体力量去进行自己的斗争。那些无家可归的赤贫的农民，那些流氓无产者一旦觉醒，其革命行动会迅速地深入到城市中去，并且将以这种爱国主义的行动净化他们自身和他们的国家。

第三世界的革命暴力。对战胜资本主义具有相当重要的意义，因为“只有暴力，只有那些由人民所运用，并且由一些人民的领导者组织和宣传的暴力，才会使得群众理解社会真理，并给他们以理解真理的钥匙。”① 因为，只有考虑到暴力成为一种净化、解放和革命的必要手段，才可能使殖民地人民对殖民者在心理和物质上的脆弱性彻底解除，才可以通过暴力的对抗斗争使集体的精神净化。只有“使用暴力”，才可能使革命者团结成真正的行动者的共同体，才可能使非洲的黑人摆脱其自卑情结，摆脱其失望和无能的散沙状态，从而使非洲黑人文化传统获得某种民族自豪感，并在强硬的殖民制度中去治疗自我的精神创伤。

当然，每一个新的国家，必须通过现实主义的政治行动去建立，而不是在感情上陷入“文化的神话”。在反抗殖民主义的斗争中，必须具有坚定不移的思想的明确性、组织的严密性和斗争的持续性，这样才有可能使穷苦人拯救他们自身。

法农认为，“欧洲事实上是第三世界创造出来的”②。殖民者所写的历史并非其所掠夺的那个国家的历史，而是宗主国对臣属国的掠夺、侵犯和使他国人民受冻挨饿的历史。殖民主义的实质是，剥夺当地人做人的权力，同时又使西方文化显得日益合法化。“因此，欧洲人不断地大谈人类，他们宣称自己最关心人类的福利，事实上，我们知道为他们的

① Frantz Fanon, *The Wretched of the Earth*, New York: Grove Press, 1965, p. 118.
② Frantz Fanon, *The Wretched of the Earth*, New York: Grove Press, 1965, p. 81.

所谓胜利，人类遭受了数不清的苦难。”①

可以认为，法农的研究，尤其是对“民族文化”的强调，使其对殖民主义的文化和种族主义的文化具有相当的警惕性。他的关注的核心问题是争取民族解放，但他仍然没有说清，在这种民族解放之后，“文化”将怎样获得自己的自主地位和独立精神，以及在这种反抗西方传统的斗争中，如何获取自己真正的力量。所以，法农的研究虽具有全球性的意义，为亚非拉的民族解放运动开创了新视域，但是，面对帝国主义庞然大物的、处于弱势的第三世界，如何找到自己新的文化美学个性，如何创造自己的一代新人，如何在反抗西方的同时，又学习西方，并超越西方，显然，这是法农尚未能完全解决的问题。不妨说，法农的意义不在于解决问题，而在于提出了这些现代问题。

总体上看，葛兰西“文化理论”建设已经提出对殖民主义抱有警惕性及其“文化领导权”的几个层面，即军事控制、经济控制、思想政治控制和文化理论控制，从而为反抗这种殖民主义文化、思想和制度提供了一个参照点，而法农则从民族主义的角度、提出了进行反抗斗争的可行性，而对殖民主义的压迫结构加以淋漓尽致地揭露，并提出反抗这种殖民统治的主体是贫苦的“农民”，是处于边缘的“黑人”，只有斗争和塑造新的文化，才可能使第三世界文化摆脱殖民主义的控制，而获得自己的新生。这一点，对其后的赛义德、斯皮瓦克、霍米·巴巴的后殖民主义的文化和美学反思，提供了一个理论基点或思想起点。

当然，除了葛兰西和法农理论对后殖民主义有重要奠基作用以外，米歇尔·福柯的权力分析话语更是成为当代思想资源，并对后殖民理论家产生了重要影响。

① Frantz Fanon, *The Wretched of the Earth*, New York: Grove Press, 1965, p. 251.

第十二章　赛义德的东方主义美学

本世纪后期，后殖民主义文化研究正在成为全球文化研究的一个新热点，其正确发展有待于一大批理论家的合作与努力。不过，我们可以从这杂色纷呈的后殖民理论家群落里，注意到几位重量级的理论家，他们是赛义德、斯皮瓦克和霍米·巴巴。对其理论的分析将有助于我们对后殖民主义理论的更为准确的把握。

美国著名后殖民主义批评家爱德华·赛义德（Edward Said，1935—2003），其复杂的身份、丰硕的著述、新颖的观点，引起了学术界的重视。

赛义德是巴勒斯坦人，生于耶路撒冷，小时候在开罗上学，后随父母移居黎巴嫩，并在欧洲国家流浪，1951 年到美国，他身处逆境，刻苦攻读，终于拿到哈佛大学博士学位（1964），并执教于哥伦比亚大学英文系（教授）。这种独特的身世，使赛义德能以东方人的眼光去看西方（尤其是美国）文化，以边缘话语去面对中心权力话语，从切身的流亡处境去看后殖民文化境遇。这使他的写作总是从社会、历史、政治、阶级、种族立场出发，去具体分析一切社会文本和文化文本。

关注世界人生和民族社会，使赛义德的写作超出了学院派的狭小天地，而具有明显的文化政治批判性。其主要著作有：《约瑟夫·康拉德与自传体小说》（*Joseph Conrad and the Fiction of Autobiography*，1966）、《东方主义》（*Orientalism*，1978）、《巴勒斯坦问题与美国语境》（*The Palestine Question and the American Context*，1979）、《巴勒斯坦问题》（*The Question of Palestine*，1979）、《隐蔽的伊斯兰教》（*Covering Islan*，1981）、《世界、文本、批评家》（*The World*，*the Text and the Critic*，1983）、《音乐详述》（*Musicial Elaborations*，1991）、《文化与帝国主义》（*Culture and Imperialism*，1993）等。其中，尤以《东方主义》《世界、文本、批评家》《文化与帝国主义》三部书影响最大。

第一节　东方主义的政治镜像

介入政治、参与社会、强调历史，使赛义德将文学研究与政治、社会、历史紧密结合起来。这一点在《东方主义》中得到彻底鲜明的体现。甚至可以说，这部“后殖民主义批评”（postcolonial criticism）的代表作，标明赛义德从纯文学方向扩展出去，而走向广阔的“文学与社会”研究，并进入到对文化帝国主义这一“禁区”的研究之内。

赛义德的东方主义研究具有明显的意识形态分析和政治权力批判的倾向。他在这个世界的话语-权力结构中看到了宗主国政治、经济、文化、观念与边缘国政治文化的明显二元对立。在这种对立的权力话语模式中，边缘国往往是仅仅作为宗主国“强大神话”的一个虚弱陪衬，一种面对文化霸权的自我贬损。这种强权政治虚设或虚构出一种“东方神话”，以此显示其文化的无上优越感。这就是“东方主义”作为西方控制东方所设定出来的政治镜像。

东方主义概念的宽泛性，使其对这一概念的解释充满误读。而误读者有以下几种：有持第一世界（西方）立场，制造“看”东方或使东方“被看”的话语权力操作者；有第三世界的民族主义者①，他们强烈的民族情绪使其日益强化东西方文化冲突论，并以此作为东方形象和东方作为西方的“他者”存在的理由；有既是第一世界文化圈中的白领或教授，却又具有第三世界的血缘的“夹缝人”或“香蕉人”（外黄里白）。他们在东西冲突中颇感尴尬，面对西方经常处于一种失语与无根状态，却在面对东方时又具有西方人的优越感。而赛义德所谓的消除误读的“正读”，是要超越那种非此即彼的僵硬二元对立的东西方文化冲突模式，强调那种东西方对垒的传统观念应该让位于新的你中有我、我中有你的“第三条道路”。

这种超越传统的所谓“不是东风压倒西风，就是西风压倒东风”的对立模式的新路，正是赛义德要纠正东方主义权力话语的意图之所在。他并不是要人们走极端搞一个“西方主义”（东方人虚构的“西方”），正如德里达解构“中心”的目的不是要使某“边缘”成为新的中心，而是要取消中心达到多元并生一样。赛义德要消除的是形而上学

---

① 这些民族主义者大量翻译甚至改译赛义德的《东方主义》，使赛义德的《东方主义》一书增添了浓烈的反西方色彩，并将赛义德当作东西方文化冲突中代表东方抗争的文化斗士。

的本质主义，并力求超越东西方对抗的基本立场，解构这种权力话语神话，从而使东方和西方具有对话、互渗、共生的新型关系。

“东方主义”（Orientalism）中虚构了一个“东方”，使东方（Orient）与西方（Occident）具有了本体论上的差异，并使西方得以用新奇和带有偏见的眼光去看东方，从而“创造”了一种与自己完全不同的民族本质，使自己终于能把握“异己者”。但这种“想象的地理和表述形式”，这种人为杜撰的“真实”，这种“东方主义者”在学术文化上研究产生的异域文化美妙色彩，使得帝国主义权力者就此对“东方”产生征服的利益心或据为己有的“野心”，使西方可以从远处居高临下地观察东方进而剥夺东方。赛义德认为，这种东方主义者的所谓纯学术研究、纯科学研究其实已经勾起了西方权力者的贪欲，这无异于成为了帝国主义帮凶。这种制造“帝国语境”强权征服的东方主义，已不再是纯学术而成为了强权政治的理论基础。因为，正如拿破仑 1798 年入侵埃及起就在全世界拉开了西方对东方掠夺的帝国主义阶段一样，19 世纪初当几位德国的东方主义学者初次见到一尊奇妙的印度塑像时，他们对东方的欣赏情趣立即被占有欲所置换，因此，“东方主义”有可能在制造了西方攫取东方的好胃口的同时，又不惜通过编造神话的方式美化“东方”清白的受害者形象，制造出又一轮的“被看”方式。

“东方”褪去了古代迷人的光辉而进入“现代”后成为一位“灰姑娘”，她只能在欧洲人的想象中“说话”。欧洲人赋予东方以空虚、失落和灾难的色彩，并以此作为东方对西方挑战的回报。西方人因为东方人在辉煌的昔日胜他们一筹而感到悲哀，而“现代”的胜利使西方终于得到心理满足，尽管向现代转型的东方对西人来说仍然暗含着“再度辉煌”的“危险”。在这个意义上说，东西方冲突的东方主义理论迎合了世界的政治权力格局和紧张的意识形态冲突。尤其是在东方各国日益走向现代化的过程中，这种权力话语的夸张性无疑会使东西方处于新一轮对峙冷战状态。赛义德据此强调，一种文化总是趋于对另一种文化加以改头换面的虚饰，而不是真实地接纳这种文化，即总是为了接受者的利益而接受被篡改过的内容。东方主义者总是将改变东方的未来面目使其神秘化，这种做法是为了自己和自己的工作，也是为其所信仰的那个东方。东方主义将东方打碎后按西方的趣味和利益重组一个容易被驾驭的“单位”，因此，这种东方主义研究是“偏执狂”的一种形式，是一种知识-权力运作的结果。“它创造了一种永恒不变的东方精神乌托邦。”①

在赛义德看来，西方为自己的经济、政治、文化利益而编造了一整套重构东方的战术，并规定了西方对东方的理解，通过文学、历史、学术著作描写的东方形象为其帝国主义的政治、军事、统治服务。这意味着作为一种权力和控制形式的东方主义在内容上是有效的，这种有效在建立“白人”优越论的种族主义思想的同时，使从事东方主义研究的知识分子陷入一种“主义”失败或“失败”主义情绪中：“东方主义的失败是知识分子的失败，也是人类的失败。东方主义站在与世界一个地区完全对立的立场上，认为这个地区同自己所在的地区不同，因此它没有看清人类的经验，没有将东方看成人类的经验”②。也就是说，作为东方主义者的西方知识分子，通过自己的文化研究并没有增进人类的总体经验，并没有消除民族主义和宗主国中心主义的偏见去解释人类文化的总体体系，却通过对东方的文化研究参与着种族歧视、文化霸权和精神垄断。赛义德要质疑这种文化研究的内在矛盾和困境，削弱这种唯心主义式的文化特权。因为对文化霸权的“抵抗”同权力运作一样，也是文化和文化研究的组成部分。

赛义德将福柯的“话语理论”与葛兰西的“领导权”理论组合起来，强调东方主义是一种话语结构，但他不同意福柯关于“主体死亡”的命题，而是强调恢复“人”的范畴，并承认个人经验在提供理论和

---

① E. W. Said, *Orientalism*, New York: Pantheom, 1978, p. 246.

② E. W. Said, *Orientalism*, New York: Pantheom, 1978, p. 328.

政治基础方面具有其有效性。赛义德的思考延伸到这样一个层面：处在西方强势语境的学者个体，应怎样保持个性而不被西方观念所牵引？同时，在西方的东方学者又该怎样在全球现代化浪潮中，在后殖民氛围下同社会和周围环境相联系而又保持个体经验，并对政治社会制度和文化殖民主义采取批判立场呢？

赛义德坚持个体的特殊性对学者的批判性思考的重要性，因为特殊性使学者能以个体经验对抗整体性殖民文化，当然，这种“对抗”不是民族主义式的，而是超越东方或西方利益的人类主义的或世界主义的。

处在第一世界文化领域的第三世界学者，只有通过个体经验才能有效地选择境遇并改变个体乃至群体的命运。[①] 他希望通过分析“西方”和“东方”彼此对立的文化统治权力结构而寻绎消解这种中心-边缘的矛盾体。但是，在具体的文化分析和作家作品分析中，他却感到这一权力对立是如此紧张，以至于“每一个欧洲人，无论他就东方说些什么，他最终还是个种族主义者、帝国主义者、地道的种族中心论者”[②]。这样，西方对东方的曲解误读就成为常态的和根探蒂固的。这种误读不仅出现在西方人的语言模式中，而且植根于他们的文化制度和政治环境中。就此而言，通过个体经验选择境遇并非易事。

赛义德在东方主义研究中与斯皮瓦克的后殖民理论强调女性主义的性别解构性不同，也与霍米·巴巴的后殖民主义突出其第三世界文化研究性相异，而是相当注重种族分析和政治干预，肯定了文化政治与帝国主义利欲的内在一致性。东方学者打入第一世界文化政治的高层，使“东方主义”对东方的整体误读出现了裂缝。同样，东方学者的对抗，也意味着西方自己内部的混乱。东方主义表现了西方文化内部出现了多种声音，也表明西方主义曲解东方的企图日益落空。因为东方的崛起已

---

① E. W. Said, *Orientalism*, New York: Pantheom, p. 224.

② E. W. Said, *Orientalism*, New York: Pantheom, p. 204.

经使全球总体性结构发生着深刻的变化，西方权力中心主义已面临即将到来的解体和世界文化政治的新格局。

《东方主义》一书，在后殖民主义文化研究领域中引起了人们的广泛兴趣，但也遭致各方面的误解和攻击。为此，赛义德在《东方主义》1995年在英国再版时，补写了一篇很长的后记①，申说自己的真实意图。在赛义德看来，《东方主义》不是一部宣传恐外仇外的、侵略性的东方种族主义的书，而是强调文化多元主义、批判西方坚持东方主义立场的书。促使民族主义退烧，坚持东西方对话的超越性著作，是对东西方对立境况的批判，而不是对这一僵化误解境遇的肯定，是面对世界上的文化霸权去努力消解霸权本身，而不是要用一个话语霸权去取代或抗衡另一个话语霸权。他要使知识分子从非此即彼的二元对立误区中“超前性”地走出来，从东方主义的束缚中解放出来，真正进入多元共存的后现代世界格局之中。为此，他强调后殖民主义思潮在种族与性别问题上，对欧洲中心主义与父权中心主义的广泛深入批判的现实意义。尽管东方主义的误读使东西方之间的不平等和对峙仍然存在，但后殖民主义文化批判使人们意识到，这种不平等和对峙也许将在人类互相理解和达到的共识中成为正在消失的历史经验。在这个意义上说，那种文化帝国霸权主义或东方主义的时代“已经临近终结”的论断或许将为历史所证实，而那种亨廷顿式的基督教、儒教、伊斯兰教的“文明的冲突”论，也许将为世界不同民族文化的互相融合和共享文明资源并走向全球和平所取代。

在《东方主义》之后，1993年，赛义德又出版了《文化与帝国主义》，进一步深化和拓展了后殖民主义论域，在历史地审视与逻辑地分析西方文化中，集中阐释文化控制与知识权力的关系，进而在分析英国、荷兰、比利时、西班牙的侵略和统治中，直接涉及诸多政治问题，进而将文化殖民主义批判的锋芒指向美国。赛义德认为，“文化”和

① Cf. E. W. Said, *Orientalism*, New York: Pantheom, pp. 330-345.

“帝国主义”是一个当代文化政治批评出现频率很高的概念。“文化”，不仅指人类的一种精神实践，并且指一个社会中具有的优秀东西的历史积累。[①] 而帝国主义在今天已不再热衷于从事领土征服和武装霸权地进行殖民主义活动，而是注重在文化领域里攫取第三世界的宝贵资源并进行政治、意识形态、经济、文化殖民，甚至通过文化刊物、旅行考察和学术讲座的方式征服后殖民地人民。[②] 从而使东西方文化冲突成为一种文化互渗和对话的理解过程。

由此可以看出，赛义德并不赞同东方人误读或美化西方的“西方主义”对抗“东方主义”方式，也不赞同民族主义式的对抗西方文化霸权，而仍然倡导一种交流对话和多元共生文化的话语权力观，这是他思想批判的个体经验方式，当然也反映了处在美国知识界的第三世界学者思想上的尴尬境遇，和无可选择的“中庸”之道。

第二节　后殖民主义文化批评

对文本从政治和文化的角度解读是赛义德后殖民主义的“文化策略”。其实，这一策略早在 1975 年出版的《起始：意图与方法》中就开始了。这部书表明赛义德对总体文学批评的独到贡献。在赛义德看来，作家身上具有一种渴望揭示本源的意图，这一意图涵摄并折射出社会的文化政治宗教力量，是一种使作家与其自身世界的诸种力量难以逃逸的网络。其具体方法则是将关注点集中在作为写作的文本上，而非作为阅读的文本上。他选择了弗洛伊德的《释梦》作为阐释文本，因为弗洛伊德以词语表述梦幻的难题展示了作者意图与形成的文本之间难以

① Cf. E. W. Said, *Culture and Imperialismm*, London: Vintago, 1993, pp. 12-13.

② 赛义德认为，社会、政治、历史和文学不可分割，文化刊物、学术讲座对东西方冲突的文化有达到理解和一定共识的可能。E. W. Said, *Culture and Imperialismm*, p. 292.

契合的关系。而这种对本源的解构式研究使赛义德在20世纪70年代就成为具有一定影响的文化理论家。

到了20世纪80年代，赛义德出版了论文集《世界、文本、批评家》（*The World, the Text and the Critic*, 1983），全面阐释了后殖民主义的文本理论。在赛义德看来，文本的物质性和自足性是十分可疑的，文本的存在既是理论的又是实践的，总是处于一定的时空社会关系之中，受到法律、政治、经济和社会的制约。因此文本存在于世界中而具有世界性（worldliness）。文本作为物质存在参与了世界，反过来，各种历史和意识形态的氛围又会影响实际的文本。文本诞生以后就脱离作者而成为可以为世界利益而再生产的东西。作为世界上的一个存在，它属于每一位读者。

对文化产品的"文本"而言，世界性有着相当关键的意义。文本是一种生产，其不仅生产出无数的文本阐释，而且生产出新的意义网络。文本的世界具有世界性、随机性、特殊性、历史偶然性，通过语言与背景这一意指形式合并于文本之中，构成文本传达和产生意义的能力中不可或缺的部分。每一文本都有其"语境"，它规范着不同的解释者和他的解释活动。更进一步看，文本使话语具体化，赛义德运用福柯话语理论，强调写人生本身就是把控制者和受控者之间的权力关系系统转换为纯粹的文字。表面上，文字只是写作的文字，好像看不到社会政治控制，其实，它与欲望和权力有着很深的联系。言语绝不仅仅是把冲突和统治体系语词化，而且是人与人之间斗争冲突的对象。文本中心主义、文本排他主义的观点都忽略了种族中心和人对权力的欲望，而这正是文本与世界联系的根本内容。

在阐释了文本与世界的复杂关系以后，赛义德着重讨论文本与批评的关系。他强调的是以批评家的文章为中心"位置"（place），并进而分析文本的介入时间和意识，文本的内在矛盾，文本的不可更改性，文本的偶然性，文本的控制与被控制的关系。批评是社会话语的一种显现的存在，是一个正在表述着的现在。批评同样是一个事件，它更接近一个必定未完成的、无限趋于判断和评价的过程。批评家不仅创造判断的理解艺术的价值标准，而且，他们在写作中还体现出当下的那些过程和实际情况，因为正是依靠它们，艺术和写作才具有当代的意义。因此可以说，批评和批评家是世界性的、也是需要世界性的。在这种世界性的文化政治情境中，批评家更富有社会意义或意识创造性。更能发现和揭示隐匿在常规之下的事物。同样，也更能提供一个使文本在社会政治世界中不同于其他的策略方法。

赛义德不仅将文本与世界和批评家联系起来，而且将文学经验与文化政治联系起来，进而强调政治和社会意识与文学研究的关系，推行文化政治批评，并坚持跨学科研究对后殖民主义文学研究的重要性。无疑，赛义德的文学文本理论已经成为后殖民主义文学研究的重要内容，并在西方当代文坛产生了不可忽视的影响。

第十三章　斯皮瓦克的后殖民理论

英美大多数后殖民主义批评家的关注点一直是非洲文学，赛义德的理论使其注意到了“东方”，而使后殖民主义研究真正关注印度次大陆的是美籍印度裔女学者佳娅特丽·C. 斯皮瓦克（Gayatri C. Spivak，1942—）。她生于印度加尔各答市，1963 年移居美国。现为美国匹兹堡大学英语与文化研究系教授。其主要著作有《在他者的世界里》（*In Other World*，1988）、《后殖民批评家》（*The Postcoloniacal Critic*，New York：Routledge，1991），译著有《文字语言学》（*Jacques Derrida*，Of Grammatology，1974）。另有多篇重要论文发表：《移置作用与妇女的话语》（“Displacement and Discourse of Women”，1983）、《阐释的政治》（“The Plolitics of Interpretations”，1983）、《爱我及我影——她》（“Love Me，Love My Ombre，Elle”，1984）、《独立的印度：妇女的印度》（“Independent India：Women's India”）等。

斯皮瓦克并非是将自己局限于某一学科狭窄领域的专家，而是打破专业界限，横跨多学科、多流派的思想型学者。她将后殖民主义理论与她的女权主义、解构主义、西方马克思主义、心理分析学理论紧密相联，并将自己的“边缘”状态和“权力”分析的策略置于当代理论和批判领域。换言之，她善于运用女权主义理论去分析东西方女性所遭受到的权力话语剥离处境，运用解构主义的权力话语理论去透析后殖民语境的“东方”地位，运用西方马克思主义理论对殖民主义权威的形成及其构成进行重新解读，以解除权威的力量并恢复历史的真相。

这位女性理论家并非是零散地挪用这些理论，而是将其批判性、颠覆性、边缘性精神同自己本民族受殖民主义压抑的“历史记忆”联系起来，从而使她在“历史话语”的剖析、第三世界妇女的命运、文化霸权话语的透视与帝国主义批判等几方面取得令人瞩目的成绩。如今她已成为后殖民主义理论阵营中的一员先锋。

第一节　“臣属”的文化身份

“历史记忆”是一个民族经过岁月汰洗以后留下的“根”，是一个时代风雨吹打后所保存的“前理解”，是一个社会走向未来的反思基点。斯皮瓦克作为一位在美国任教的东方女性学者，经历了三重压力，即面对西方时的“东方人”的压力，面对男权话语时的女性压力，面对“第一世界”中心话语时的“第三世界”边缘压力。她切身地感到自己受制于“他国国籍”特权而受到的“意识形态的侵害”，但是，她并不想消隐自己的历史记忆和文化身份。而是宣称自己作为身处西方世界的亚裔女学者，是“第三世界妇女”的代言人，并以此文化身份去重新书写自己民族的历史。

处于中心之外的“边缘”地带的殖民地，对宗主国在政治、经济、文化、语言上的依赖，使其文化记忆深深地打上了“臣属”（葛兰西语）的烙印。[①] 历史在被中心话语重新编织中受到“认知暴力”的挤压。在西方人或宗主国的“凝视”之下，历史成为“被看”的叙述景观，并在虚构和变形中构成“历史的虚假性”。斯皮瓦克要重建真实的历史叙述，她反对这种帝国主义的历史描述和将历史叙述虚构化的“策略”，而致力于建构第三世界自身历史的新叙述逻辑。

将种族、阶级、性别作为分析的代码，使斯皮瓦克能相当深入地对殖民地权力话语加以政治揭露，对文化帝国主义的种族中心主义进行批判，进而为臣属的文化重新“命名”。[②] 然而，斯皮瓦克同时感到这样做时的尴尬，因为，所谓与“第一世界相对应的第三世界”这个概念本身就是带有帝国霸权主义色彩的能指，它很容易将这一对峙的后殖民问题转化成“民族主义”甚至简单的“反西化主义”思潮。同时，臣属阶级的学者打入第一世界学术圈以后，成为西化了的东方人，他们能相当完备地运用“西学”武库中的最新武器，并用这种最新理论去反映自己处身的尴尬——她处身于高层学术圈中，必然要求自己“应该有”的“特权地位”。于是，她被整合进统治阶级的营垒，消隐了种族、阶级、性别的差异。也就是说，她在追求“主体同质性”的西方精英身份的同时，忘记了“主体异质性”的边缘文化身份。当她作为

---

① G. C. Spivak, *In Oter World*, New York: Routledge, 1988, p. 208.

② G. C. Spivak, *In Oter World*, New York: Routledge, p. 267.

边缘化的“从属臣民”时她没有话语权，当她挤进中心话语圈分享其话语权时，她却只能说统一世界的“话语”。她似乎无力找回历史记忆中自我民族精神的沉默的“大音”。

这种阐述“臣属”处境而又不使自己完全进入带有霸权主义性质的西方批评理论体系性中去的“文化焦虑”，使斯皮瓦克意识到学术权威对意识形态的调整作用。因为，学术界权威话语和大学教学，就是对西方意识形态的传统观念和历史视角进行全新的“构造”。也许，摆脱尴尬处境的最好办法，就是勇毅地抛弃自己的“特权”地位，在理论上建立其作为研究主体的地位，同时并非简单地创造出反历史反霸权的激进话语，而是就整个西方话语和政治体制进行意义深远的论战和观念的全新调整，以此方式修正“臣属”的历史记忆。换言之，既要揭开帝国主义的认知裂缝，又不染上失根的怀乡病，则必须具有一种健康的心态面对帝国主义统治时期的档案，尤其是女性被压抑的档案。只有这样，才能使对殖民霸权主义的批判引起第一世界读者的关注，并由文化领域扩展到读解政治领域，并使“东方”或“西方”的问题，成为“人类”必得关注的“共同问题”。

在抹去“臣属”殖民化色彩以恢复本民族“历史记忆”的进程中，如何重新书写自己的文化身份呢？在斯皮瓦克看来，首先要以解构主义的消解中心方法①，解析宗主国文化对殖民地文化所造成的内在伤害，揭露帝国主义在意识形态领域里的种种伪装现象，并将文化研究与经济、法律、政治研究打通，从而恢复历史记忆的真实性。

其次，从历史叙事入手，用西方马克思主义的“批判理论”，揭示帝国主义对殖民地历史的歪曲和虚构，建立与之相悖的反叙述，使颠倒

① 斯皮瓦克作为德里达《文字语言学》的英译者，对解构主义深有研究也最感兴趣。她指出：“解构实践承认任何研究的起点都是暂时的、难以把握的。它揭示出知识的复杂性质，认识到知识意志所形成的对立面，坚持要揭示批评主体与批评对象之间的联系，并强调‘历史’和‘种族政治’是这种共同联系的‘痕迹’。”见《批评、女权主义、机制》，178页。

的历史再重新颠倒过来。这种使宗主国与臣属国两个对立物发生颠倒错位的当下语境，使得真正的文化批评成为可能。

再次，强调后殖民批评的人文话语。人文话语领域是所有后殖民理论家所关注的重要问题，而文学则是其最具有范型意义的“文本”①。因为其他种类（自然科学和社会科学）的话语总是趋于求得有关某一处境的终极真理，而文学尽管属于人类话语域，但呈现出有关人类境遇的真理正在于其无法发现这一所谓的终极真理状况。一般人文话语都包含某种答案的寻绎，而在文学话语中，贯穿始终并得到充分呈现的“问题本身”就是答案。文学文本中的话语是普遍的文本性构架的组成部分，它提出的结论是，使一种统一或同质的意识形态或接受一种统一的答案成为不可能。因为文学的人文话语是后殖民主义中最具有解构力量的话语，它总是将最内在的矛盾以最为触目惊心的方式揭示出来。

最后，强调后殖民批评中的“第三世界妇女”的“发言”。而这在斯皮瓦克看来，是自己工作的主要方面，也是其最为得心应手的学术领域。

第二节　妇女话语与女性命名

如果说，第三世界在第一世界的“被看”中发生了变形的话，那么，第三世界妇女则在这“变形”中沉入了历史地表之下。

随着女权运动的高涨，第三世界妇女开始进入西方的“视界”之中，无论是朱莉亚·克里斯蒂娃（J. Kristevn）对中国妇女“默默无言注视”自己的描写②，还是桑德拉·塔尔帕德·莫汉蒂（C. Mohanty）

---

① Cf. G. C. Spivak, *In Other World*, New York: Routledge.

② Cf. J. Kristevn, *About Chinese Women*, New York: Urizen, 1981.

《在西方的注视下：女性主义的学术研究和殖民话语》[1] 中，对第三世界妇女在男权中心主义主观臆断中“变形”的描写，都既注意到在东方妇女注视下的西方妇女自我“身份问题”（克里斯蒂娃），又注意到在西方妇女注视下的东方妇女，被看成抹平了文化历史和政治经济特殊语境的“一个同质的群体”时的“身份问题”（莫汉蒂）。

这种身份认同的危机，事实上更尖锐地体现在第三世界妇女群体身上。斯皮瓦克对女权主义批评家们不自觉地复制出帝国主义式的主观臆断不满，主张分析有关重新构建第三世界的文化历史叙述，因为历史上和文学中的“第三世界妇女”已经打下了父权化、殖民化过程的标记，变成为经西方女权主义者重组以后的自恋型、虚构型的“他者”（Other）。换言之，必须产生一种异质文化复原的方式，即承认第三世界妇女作为一种具有性别的和民族差异性的主体，是具有个体“个性”和“多样性”的主体。[2]

相对于第三世界男性而言，妇女更是遭受着殖民文化的压抑。妇女丧失了主体地位而沦为工具性客体，她丧失了自己的声音和言说的权力，仅仅缩减为一个空洞的能指而成为父权主义和帝国主义强大的反证。对此，斯皮瓦克指出，只有文学批评家才可能通过文学的独特的个性表达方式，去发现那被压抑着的精神和肉体的“沉默”，寻绎到那“能指”背后的历史意义的“所指”，从而有可能阐释一种新的历史认知体系，确立女性主体的历史坐标，使消隐在历史地平线之下的妇女上升到历史地平线。

在人文话语三维关系的“语言、世界、意识”中，斯皮瓦克受海德格尔“语言是存在的家”和福柯“沉默的他者”的启示，强调“语

---

① C. Mohanty, “Under Western Eyes: Feminist Scholarship and Colonial Discourses”, in C. Mohanty, A. Russo and I, Rorres, eds. *Third World Women and the Politics of Feminism*, Indian University Press, 1991.

② 在这方面，斯皮瓦克写了大量论文，如《在国际框架里的法国女性主义》、《从属臣民能说话吗？——关于印度寡妇殉节的思考》《三个女性的文本与帝国主义的批判》《帝国主义与性别差异》《女性话语和错位》《女性主义与批评理论》《移置作用与妇女话语》等。

言”和“写作”之维，并透过这一维度看“世界”和“意识”如何通过语言“表征”出来，并借此追问第三世界妇女“从属者无权说话”的“失语”状态是如何形成的。斯皮瓦克强调，世界和意识是由语言组成的，但我们不能占有这些语言，因为我们同样被那些语言所操纵。语言本身是由世界和意识决定的，语言的范畴中包含着世界和意识的范畴。能发出自己的“声音”表明其拥有自己的世界和自我的历史意识，反之，则表明世界和意识对其的“外在化”。无言状态或失语状态说明说者的缺席或被另一种力量强行置于“盲点”之中。

无疑，第三世界妇女正是因为失语而反证了自身的缺席和处于世界与意识形态的“边缘”。不妨说，在这种西方中心主义语境中，需要发掘的不仅是第三世界妇女的历史或其真凭实证，而且还要探讨殖民地作为一种研究对象是怎样借助欧洲理论产生出来的。

长期以来，美国女权主义者将“历史”看作一种贬低理论的实证经验，因而对其自身的历史视而不见，却以第一世界霸权式的知识实践指定“第三世界”作为美国女权主义的研究对象。这无疑表明，霸权主义意识形态的局限比学者个人意识的局限要严重得多。因此，当务之急是重新重视被霸权主义压制的边缘话语的声音，将第三世界妇女的命运与意识形态发展联系起来，从不同国别的女权主义文本中解读出其背后的生产支配作用、剩余价值实现和政治策略。只有禀有一种世界历史意识去关注“谁失语和怎样失语”，只有将历史和政治引入心理分析的女性问题，只有将经济文本引入当代话语权力运作分析中，才能回到对殖民主义心理分析的起点，才会发现新帝国主义的权力操作机制。

作为边缘者的女性丧失了言说的权力。在斯皮瓦克看来，这种权力是失落于“历史档案”与本土父权制的夹缝中，并且又被带有霸权主义性质的女权主义所隔绝。“女性”这个符号之所以成为“空白”和“不确定”的，是因为它触及到有关所有权的文本暴政，即政治权力、经济权力以及意识形态权力。于是，在男性权力话语中，第三世界妇女成为不在场的、无名的和不确定的空洞能指。

解决的办法并不是第一世界的标准给予第三世界妇女以政治和性别地位，因为，将所谓世界女权主义价值观的殖民话语嵌入第三世界妇女概念中，意味着西方女权主义者所确定的行为准则，也可以被用来压迫东方妇女阶层。真正可行的途径是，在第一世界文学作品日益变成文字游戏和本能欲望书写的今天，第三世界妇女健康清新的文学经验中那种人的意识、主体性、发言权斗争和对新生活的向往，与西方社会的纵欲享乐的虚无人生观形成鲜明的对照，并为第三世界文学自身的非殖民化过程提供了内在的力量。

这个世界并非以西方为唯一尺度，相反，东方妇女在世纪之交已日益走出失语的沉默而发出自己的声音——一种不能再听而不闻的“新的声音”。据此，斯皮瓦克认为，西方女权主义学者应该向正在走向“语言、世界和自我意识”的第三世界女性学习，为她们讲话；必须尊重女性话语域内出现的多元化趋向，抛弃那种作为第一世界妇女的优越感，清除主流文化所带有的种族偏见；不仅要追问“我是谁”这一个存在本体问题，而且更要问“其他的女性是谁”这一社会存在本体论问题；不仅要清楚“我如何去命名她们”这一主客体问题，而且更要清楚“她们如何命名我”这一主体间性问题。只有这样，才能消弭东西方女性之间的理解“距离”，才能解构殖民化网络，而达到第三世界妇女的重新“命名”的新历史阶段。

第三世界妇女的“命名”和“发言”对于未来世界的和谐发展关系重大。“西方”想了解“东方”决定了“西化的东方人”想要了解自己的世界，或者东西方两大对立面的反转和换位，从而消解霸权主义的种族、阶级和性别歧视。第一世界女权主义在文化批评中应充分认识第三世界并扩展不同民族和地域的读者群，必须重视这一领域巨大的多相性研究，真正学会放弃做第一世界女性的所谓优越感，并以一种对帝国主义的有深度的批判以引起第一世界读者对此问题的关注，以扩展政治批判和文化批判的领域。

斯皮瓦克作为一位美籍亚裔女学者，以其独到的理论框架、横跨多学科的视野、富有批判性的批评实践，对“臣属”的历史记忆加以清理，对殖民主义的压抑模式加以揭示，对文化帝国主义对第三世界妇女的漠视加以质疑，从而以富于创造性和敢于打破常规的方式对殖民主义加以解构，并重新创造和建构了东方女性话语，为第三世界妇女的“无言”状态“发言”，为其“无名”状态而重新“命名”。尽管在具体策略上和方法操作上，斯皮瓦克显得激进而失之于浮躁，但其文化政治理论框架和妇女文学批评实践的意向和锐气却是难能可贵的。同时，对我们更好地理解后殖民主义与女权主义的关系，也提供了一幅清晰的理论图景。

第十四章　霍米·巴巴与莫汉蒂的文化视界

在后殖民理论中，除了赛义德和斯皮瓦克的理论建树以外，霍米·巴巴、莫汉蒂、亨廷顿、杰姆逊等人的观点，亦从各个不同的方面讨论了国家民族、种族、性别、文化差异、文明冲突等问题，值得关注和分析。

第一节　文化定位与文化殖民

霍米·巴巴（Homi K. Bhabha，1949—　）是印度成长起来的波斯人后裔，现为美国普林斯顿大学英语系客座教授，英国色萨斯大学英文系教授，主编《民族与叙事》（*Nation and Narration*，1990），其论文集《文化定位》[①]（1994）在西方学术界有很大的影响，是一位重要的后殖民主义文化理论家。

霍米·巴巴近年致力于编辑《法农读本》（*The Fanon Reader*）。他强调，法农对“第三世界”与“第

① Homi K. Bhabha, *The Location of Culture*, London & New York: Routledge, 1994.

一世界”之间的微妙关系的分析，对黑人与白人之间的存在差异和文化殖民的权力运作方式所进行的深入分析，以及通过精神分析强调文化“含混”的做法，为当代的文化研究做出新的开拓。即超越过去简单的比喻、象征、形式、内容、叙事分析以及社会历史分析的方法，而找到一种民族性的文化差异，使得殖民话语和文化之间的冲突、语言的不确定性等，成为当代文化研究的重要内容。

后殖民话语（postcolonial discourse）是殖民者的语言和文化对殖民地文化和语言进行的播撒和渗透，这使得被殖民地的土著不得不以殖民者的话语方式来确认自我“身份”，而在自己的黑色皮肤上带上白色人的面具。这样，在一种扭曲的文化氛围中，完成了心理、精神和现实世界的被殖民过程。从而，使被压迫与压迫者之间的对立关系，转化为文化的渗透与认同关系。这可以说是被殖民者将外在的强迫性变成了内在的自觉性，从而抹平所谓的文化差异，而追逐宗主国的文化价值标准，使得文化殖民成为可能。

霍米·巴巴自己的文化身份就十分尴尬，他既非印度人，但是成长在对西方人仰其鼻息的印度，并得以跻身于中产阶级之列，但同时他又是被一般印度人所看不起的波斯人。这种杂糅的文化、阶级和经济的身份，使他永远难以将自己整合为一个单纯而统一的个体，而时时处于自我身份的怀疑之中。无疑，这构成了霍米·巴巴对文化殖民、文化霸权质疑的政治、经济和文化的前提。

霍米·巴巴很善于从拉康式的精神分析角度，对外在的强迫的权力如何通过心理因素扭曲人性加以描述。在他看来，这种心理扭曲的接受者，往往是由被动到主动，由压迫感、屈辱感到逐渐适应，甚至以此作为标准或作为身份认同的基点，这正是问题的关键所在。他认为，自己很大部分的研究内容，是从殖民地出来的学者对自己的历史身份开始提出理论反省这一点开始的。

也就是说，一方面，这种理论强调了文化的差异性，强调了弱势文化在强势文化权力之下，保持自身合法性的正当要求，同时，又关注"普遍的文化相对论"有可能使得"差异性"的文化变得不再重要的问题。因为，在这样一种普遍性的文化相对论中，那种不断地强化第一世界文化的宽泛性和普遍性，并通过一些学术机构或基金会的经费补助，教育的性别差异，种族的歧视，弱势人权的失落等问题，而不断形成新的社会契约，从而使现实社会空间中的种族、国家、性别、社群、法律、歧视等问题，成为后殖民主义者一再协调或重新评价的问题。

因此，当代学者如何对第一世界霸权的企图和文化殖民的扩张保持警惕，如何对第三世界甚至被殖民的土著由一种对立的冲突变为积极的加入和改写身份，同样加以警惕，甚至如何在所谓普遍性的"大历史"中，去书写各自差异性的"小历史"，使在第一世界单一的声音中出现一种第三世界多音杂糅的"多种声音"，实在是十分重要的。

在后殖民和后现代语境中，真正的学者必须永远质疑的是：自己的文化身份、自己的阶级、民族的立场甚至性别为何？自己究竟是属于什么样的群体？是以怎样的方式去认同自我？并用什么样的思维方式、话语方式、言说方式来展示自己的声音？因为说到底，差异性是很难抹平的，任何要想通过语言达到完全彻底的思想"对译"的想法都是幼稚的，因为在通过各种话语的交流中，恰好是看似无意义的、抹平差异的说法，隐藏了一种话语暴力、意义误读和更大的文化危机与文化矛盾。

只有承认这种危机和矛盾，只有将这种危机和矛盾刺破和挑明，才可能真正促使双方达到真诚的理解和对话的可能性，否则，对话仅仅是掩盖了差异的文化霸权的一种文化策略而已。

在这个意义上，我们可以理解霍米·巴巴所谓“文化定位”，既不是定位在后殖民宗主国的文化的普遍性意义上，也不是完全定位在抹平差异的所谓多元话语的问题上，而是定位在“处于中心之外”的非主流的文化疆界上。这使后殖民主义的文化研究的过程，是一个永远不封闭的、未完成的文化构成物。这种文化构成物除了是一种话语方式之外，更重要的是一种实践方式，它试图通过文化权力的运作，引申到经济、政治和文化的行动中。因为，不同性质的文化之间，冲突是不可避免的。

文化差异和文化碰撞，是异质文化之间得以沟通和转化的过程，因此，文化的定位既非完全是要使弱势文化被强势文化所吞没，也不是弱势要变成一个新的强势文化，而是通过互相的对话、交谈和商讨，使文化权力在双方之中达到一种均衡的发展和认同，并对双方加以制约和协调。

在我看来，在这个崇尚普遍性的世纪中，霍米·巴巴标举“少数话语”的立场，也就是边缘的文化立场，是相当有眼光的。他认为，被压制的、非主流的“弱势文化”，完全可以对占主导地位的殖民文化进行“改写”，而这种改写不仅是话语权力或文化策略方面的，也可以是政治、经济、文化和价值批判方面的。所以，这种改写也许是第三世界文化获取自己的合法性，使自己的边缘的生活方式、话语方式不致过分恶化的重要前提。

当然，霍米·巴巴也强调，在第三世界对第一世界进行改写的时候，也要注意它所具有的边界，即必须反对种族主义，反对性别歧视，反对帝国主义和新种族主义等①，从而使后殖民的文化研究不再是单纯

① Homi K. Bhabha, *The Location of Culture*, p. 26.

的政治斗争，而是一种文本领域中的话语革命。

这种强调差异性、边缘性、少数人话语的文化研究方式，对美学和文化批评具有很大的影响。甚至，当代文化理论对西方殖民主义文化和理论反思、学术反思，在美学方面都有着十分明显的反馈。也许可以说，这种重视文本、人物形象、艺术特性和民族差异的美学和文艺批评的基本立场，使霍米·巴巴的理论对美学的影响日益扩大。

霍米·巴巴的意义也许在于，他一方面勾画出心理分析中的文化心理由被动转化为主动的可能性。另一方面，也划出了所谓"跨文化比较"中的边界，因为一切忽视文化差异的结果，一切抹平少数话语的立场的做法，其最终结果都可能是复制老牌的帝国主义的政治和文化，使得全球性的文化丧失差异而变成一种平面的模块，那将是人类文化的末日。

第二节　女权主义与后殖民话语

如果说霍米·巴巴揭示了殖民主义、文化霸权和文化身份的问题的话，那么，莫汉蒂（Mohanty）则对女权主义与后殖民主义之间的关系进行了深入的探讨，可以说是从另一个维度推进了后殖民主义的理论研究。

在其《第三世界妇女和女权主义政治》①（1991）一书中，莫汉蒂讨论了关于殖民化的问题和第三世界女权主义问题，认为妇女在这个所谓的文明世界，事实上成为男性施暴的牺牲品。她们在各个文化领域中，都处于男权社会的附庸地位。妇女作为权力主体的对象，已经丧失

① C. Mohanty, A. Russo and L. Torres, eds. *Third World Women and the Politics of Feminism*, Indian University Press, 1991.

了自己言说的能力。更严重的是，第三世界妇女的生存经验和文化性存在，被相当程度地忽略了。因此，对妇女的一种漠视、忽略和侵犯，强化了西方的“文化帝国主义”特性，使得殖民化倾向在女性问题上表现得尤为突出。

“殖民化”的定义，主要是一种散漫的、通过一种特殊的分析范畴对第三世界妇女的话语方式加以规约的定义。第三世界女权主义在知识上和政治上的基本任务在于，对自居统治地位的西方女权主义的内部批判以及对自足的，有地理、历史、文化根基的女权主义所关注的一些战略进行系统地分析。因此，在讨论女权主义的时候，有一个重要问题即“殖民化”的问题是不可忽略的。因为，“殖民化”可以用来描述从大部分明显的经济和政治统治集团，到有关所谓第三世界特殊文化的论著的每件事情的特性。而且“殖民化”的阐释框架的复杂性和问题的尖锐性，总是伴随着对某种中心统治与被统治的暴力结构关系。①

在今天，西方女权主义要寻求解决的主要问题，是要弄清这种暴力的结构以及暴力的起源和它造成的恶果。这种由特定文化造成的专断权力关系，已经触目惊心地使妇女的文化、经济、政治地位受到了侵犯。尤其是第三世界妇女在物质和精神以及在历史的意志性方面，已经被“无边地殖民化”了，而产生出一种身份混合杂糅的即所谓受歧视的第三世界妇女。这种第三世界妇女的边缘化地位，是家长制和男性统治的跨文化所出现的性别歧视造成的。

正是由于第三世界差异的产生，西方女权主义者才利用了表现这些国家妇女生活特点所构成的复杂性，并使之殖民化。正是在第三世界妇女的受压迫的系统化过程中，多数现代西方女权主义的话话才行使了一种权力，而这种权力在今天需要重新定义和命名。

在这个世界上，妇女没有历史，是一种非历史的存在。她们由阶

---

① C. Mohanty, “Under Western Eyes: Feminist Scholarship and Colonial Discourses,” *Third World Women and the Politics of Feminism*, pp. 51-80.

级、文化、宗教及其意识形态的机构之间错综复杂的关系构成，而力求获得自己的身份认同。她们不是单独的、基于特定经济制度和政治等级之上的群体。那种简单的“跨文化比较”，导致了日常生活特点和妇女所代表的复杂政治利益的殖民化，这已经被很多学者论述过了。妇女性别差异与女性从属地化相连，具权力和权力的丧失，使得男性与女性处于二元对立之中。这种简单的二元对立公式简化了深层权力压迫的模式，但也折射出妇女受压迫是一种全球性现象，表征出全球性的殖民处境中的严重状况。

阶级、种族、宗教、第三世界妇女等问题，其实已经造成了全球妇女之间的利益斗争和所受压迫共同感的虚假感觉。莫汉蒂认为，所谓的“女性共同体”是不存在的，女性的背后的种族主义、殖民主义和帝国主义确实是真实存在的。如何从西方女权主义关于第三世界妇女的论述中，发现其妇女话语的政治效果，并对第三世界的妇女所遭致的殖民文化现象加以考察，进而发现宗教家庭、法律制度、性别分工、教育和政治对抗等尖锐问题，是当代女权主义勘测到当代女性处境备忘录的一个重要工作。

对于这种殖民化的权力结构关系的分析，使得所谓那种超越阶级和文化而确立起来的第三世界妇女反对压迫的斗争获得了一种一致性。因为权力关系是根据单方面的和无差别的权力来源以及对权力的积累建立起来的。对立是作为权力的反映而产生的普遍现象，而权力是由特定的人群所拥有的，因此，不仅妇女受到的殖民歧视是全球性的，而且第三世界妇女在第一世界也就是西方女权主义者眼中，仍然是更深的受到权力制约的群体，而这个群体是软弱无力而又和谐一致的。

无论如何，无视妇女的当代社会的文化、政治、经济、性别等身份书写或重新书写的合法性，都是把第三世界妇女放在社会阶级和种族框架内加以殖民化。利用这种殖民化，将剥夺她们的历史和政治作用，在性别上受压迫的妇女，尤以第三世界妇女为烈，因为第一世界与第三世界权力转换之间没有联系，所以，这种压迫实际上是被强化了，同时还因为第三世界还没有发展到西方已经达到的女权主义的程度，因而性别歧视堂而皇之地存在着。

在后殖民语境中的女权主义，需要通过第一世界去分析第三世界国家妇女群体经验，同时，使其反抗那种习以为常的权力运作的模式。权力运作中总是要揭露某种内在的东西，而反抗正是权力运作的一种新的逆转。只有通过反抗，第三世界的妇女才可能挣脱所有对她们的权力“凝视”和“歧视”；只有在妇女和东方被说成不同概念的限度内，西方的男性或人本主义才把他们自己描述成中心。莫汉蒂坚持，决定边缘的不是中心，但边缘却因此密切联系决定着中心。边缘与中心的对峙，使女权主义者讨论第三世界妇女的特殊性之时，同样需要注意种族中心主义的文化战略。[①]

不妨说，正是因为莫汉蒂注意到女性所遭致的权力疏离，丧失了说话的权利和自我思想命名的权力，并在与男性的所谓“性战争”中，不断地变成一种简单地生产与再生产的性别符号，而失落了叙说自己历史和未来的话语权。莫汉蒂才特别强调，第三世界妇女比第一世界妇女更缺乏反抗和自我身份认同的权力，面对她们时，一方面要注意到女权主义的权力运作，另一方面更需要注意的是后殖民的民族之间、国别之间和文化身份不同书写之间的重新厘定。只有这样，第三世界的妇女才可能真正书写自己的历史，从而获得与第一世界女权主义进行对话的可能性。

在后殖民主义话语中，莫汉蒂的思想不仅促进了第一世界的女权主义运动，而且也促使了第三世界女权主义的觉醒。这一切都不断地显示在文学创作和文学批评中，同时，也作为理论的结晶沉淀于女权主义和后殖民主义的美学中，使得女权主义式的后殖民主义美学，不再单纯是从事作家作品和人物语言的分析，而是重视文本中所体现的阶级、民

① Cf. Mohanty, “Under Western Eyes: Feminist Scholarship and Colonial Discourses”.

族、国家、文化身份和性别差异的分析，从一些不起眼的地方，撕破这种现代文化所抹平的所谓“普遍的无差异性”，而把这种差异性的惊心场面揭示出来。甚至通过文学文本和艺术创作，揭示出妇女是世界上受苦人的女权主义的结论，从而通过现有经济、文化、意识形态的等级方面，来揭露并质疑整个社会中的不合理性，为殖民地和第三世界妇女行使自己的正确权力创造一个合法性的生存空间，提供了一种有效的合法性途径。同时，也为文学创作和美学的妇女形象、妇女的价值存在，提供了理论话语和实践的参照点。

可以说，除了霍米·巴巴的含混交织的后殖民理论，强调要为沉默的一群发出自己的号召，以及莫汉蒂的女权主义的后殖民主义理论，为第三世界妇女文化身份的重新书写摇旗呐喊以外，对后殖民主义理论做出重大贡献的还有加勒比海出身的赫尔（Stuart Hall）、美国著名学者亨廷顿（Samuel P. Huntington，1927—2008）[①]等，也都对后殖民主义理论问题、东西方文化交流问题以及“文明冲突”问题提出了非常尖锐的看法。

无疑，这些看法对当代文化理论、美学、文学创作和思维方式都有重大的影响，使得今天谈论文学、美学再也不可能从狭隘的一般性语言和文本角度去谈，而必得联系到更广泛的权力话语、阶级、阶层、民族国家，甚至是女性身份、性别差异等角度去重新审视和分析。或许可以说，后殖民理论使得美学具有了更大的文化视域和当代话语生命力。

---

① S. P. Humtington, *The Clush of Civilizations and the Remaking of World Order*, 1996.

第十五章　亨廷顿的文明冲突论

在后殖民主义理论家群落中，人们大多不将亨廷顿作为后殖民主义理论家加以论列，甚至往往将他看作是与后殖民主义理论相对立的“文明冲突论”的代表。因为在美国，后殖民主义理论是一种非中心的、东方主义的边缘性话语，其反主流文化的倾向和维护第三世界自身利益的倾向十分明显，故而可以称为东方主义的后殖民主义文化现象，其代表人物是赛义德、斯皮瓦克等。而亨廷顿的文明冲突论的实质在于从西方中心论出发，维护西方中心话语和文化优势地位，并且为西方文化的“主流话语场”确立新的世界地图的坐标。

然而，正是这种看似相反的论点，说明他们恰好面对“同一个问题”，即西方文化与东方文化或“非西方”文化之间的“后冷战”关系问题，而这正是后殖民主义确立的关键点。所以，亨廷顿理论是与后殖民主义理论相对应的重要部分，这种对应的两极，构成相反相成、互补互释的关系，成为非常重要的后殖民理论参照系。离开这个参照系，仅仅谈论作为边缘话语的后殖民主义理论，将是不清晰和不全面的。

同时需要说明的是，亨廷顿作为一个政治学家、国际关系学家，分析了当前纷纭复杂的国际风云和国际政治文化场景，却很少或未直接谈到关于后殖民主义美学的问题。然而这并不能说明他对后殖民主义美学没有影响，恰恰相反，他打破了过去从政治、经济、霸权的角度谈论国际文化的旧格局旧思路，而将“文明”作为自己论点的核心范畴，来界定当今世界后冷战新格局。于是，文明、文化、宗教、语言、意识形态，乃至于文学艺术，都成为国际政治和跨国文化影响一个民族思维、性格、精神禀赋和价值取向的重要因素。从这个意义上来说，亨廷顿的理论不仅对后殖民主义文化研究，而且对后殖民主义美学研究有着重要的调整视野和扭转方向的作用，起码可以使我们从一个新角度看问题。

第一节　文明冲突的实质是宗教冲突

塞缪尔·亨廷顿（Samuel Huntington，1927—），哈佛大学阿尔伯特·魏斯赫德三世（Albert Weatherhead III）学院教授、哈佛国际和地区问题研究所所长，约翰·奥林战略研究所主任，美国政治学学会会长。他是美国当代政治发展理论的权威，同时兼任美国政府的政治、外交方面的顾问。其主要代表 作有《士兵与国家》[①]（1957）、《政治权力：美国与苏联》（1964）、《变化社会中的政治秩序》[②]（1968）、《难以抉择：发展中国家的政治参与》（1976）、《美国政治：不谐调的允诺》（1981）、《第三次浪潮：20 世纪末的民主化》[③]（1991）、《文明的冲突与世界秩序的重建》[④]（1996）等。

亨廷顿具有著名学者和重要政治谋士的双重身份，其思想论点影响相当广泛。他的《变化社会中的政治秩序》所倡导的"新权威主义"和《文明的冲突》所强调的当今"世界秩序重建"问题，都受到了各国首脑、政府官僚和知识分子的关注，并以他的论点为导线，展开了激烈的辩论。

在 1993 年《外交》（夏季号）上，亨廷顿推出其"文明的冲突"[⑤]的理论，其后又在《纽约时报》1993 年 6 月 16 日专栏刊登其中心观点，并接受了《新闻点季刊》的采访，大肆宣传自己的"文明冲突论"。其后，在《外交》（11-12 月合期）上又发表《如果不是文明，又是什么?》[⑥]的文章，回答各方面对他的批评和质疑。于是，亨廷顿的文明冲突理论在世界各国政界和知识界引起的巨大反响，成为近年来后殖民主义文化冲突理论论战中非常突出的文化景观。

亨廷顿的中心论旨是：世界政治在冷战局势结束后进入了"后冷战"的新阶段，全球政治主要和最危险的方面，将是不同文明集团的冲突，这使解释和观察世界政治的理论模式需要重新拟定。也就是说，随着冷战的结束，意识形态的冲突已不如过去那样重要，不同的国家展开

---

① Samuel Huntington, *The Soldier and the State*: The Theory and Politics of Civil-Military Relations, Harvard University Press, 1957.

② Samuel Huntington, *Political Order in Changing Societies*, Yale University Press, 1968.

③ Samuel Huntington, *The Third Wave*: *Democralization in the Late Twentieth Century*, University of Oklahoma Press, 1991.

④ Samuel Huntington, *The Clash of Civilizations and The Remaking of World Other*, 1996.

⑤ Samuel Huntington, "The Clash of Civilizations?" *Foreign Affairs*, Summer, 1993, Vol. 72, No. 3.

⑥ Samuel Huntington, "If Not Civilizations, What? Paradigns of the Post-Cold War World," *Foreign Affairs*, Vol. 72, No. 5, November/December, 1993, pp. 186-194.

了新的对抗和协调方式，人们需要从新的理论框架来阐释现代世界的文化和政治现象。于是，亨廷顿用“文明的冲突模式”取代了过去的“冷战模式”，因为他坚信，在未来的岁月里，世界将不会出现一个单一的普世文化，而是会有许多不同的文化和文明并行，这使得人类历史上全球政治第一次成为“多极的和多文化的”。

在新的世界格局下，“文化认同”对多数人来说成为最有意义的东西。所谓文化认同，其最重要的层面是文明的认同。文明之间那种势均力敌的僵持状态正在发生松动，其表现为西方的影响在逐渐降低，而亚洲文明正在扩展其经济基础和政治权力，伊斯兰世界出现了人口爆炸，非西方文明正要重新肯定和设立自己新的文化价值，所以，以“文明”为基础新的世界秩序正在出现。在亨廷顿看来，在人类生存发展的历史长河中，文明之间的交往是有限而间断的，进入现代时期，全球政治才开始出现了一种多极的国际体系，并且互相影响和竞争。到了 20 世纪冷战时期，全球政治成为两极化的，世界被分成了三个世界。20 世纪 80 年代末，随着苏联的崩溃，冷战的国际体系成为了历史。

在“后冷战”的世界格局里，人们之间的重要区别不再是意识形态的、政治的或经济的，而是文化的区别。人要面对的最基本问题是：我是谁？我们的国家民族身份和我们的文化身份是什么？人们用祖先、宗教、语言、历史、价值、习俗和体制来界定自己，在种族集团、宗教社群、民族身份以及在最广泛的文化层次上认同文明。在这种新的世界中，区域政治是种族的政治，全球政治是文明的政治，文明的冲突取代了超级大国的竞争。当今世界最重要的和普遍的冲突，不再是社会和阶级之间、富国和穷国之间、强国和弱国之间以经济划分的层面的冲突，而是不同文化实体的人民之间的冲突。

于是，文化既成了分裂的力量，又成了统一的力量。这种文化的力量表现为哲学观念、价值取向、社会关系和民族风俗等方面的重大差异，也表现为文化的共性和文化的差异性影响着不同国家的利益，影响着他们之间的抵抗和联合的某种抉择。换言之，政治和经济发展的主导模式，不再因意识形态、阶级斗争和其他模式的不同而相区别，而是因文明的不同而相区别。国际议题中的关键性争论问题，包含在文明之间的差异已然表明，权力正从长期以来占支配地位的西方向非西方的各种文明转移，全球政治已变成了多极和多文明的。

那么，究竟什么是“文明”呢？文明的含义是什么呢？在亨廷顿看来，对文明的看法历来就存在着多种分歧，有不同的文明观念。一种文明就是一个文化实体，不同的民族意味着存在着不同的文明，每一个文明都以自己的方式文明化或走向现代化。文明和文化涉及一个民族全面的生活方式。文明是放大了的文化，是人类最高的文化归类，是人类文化认同的最广泛范围。文明没有明确的边界，它持久而不断地变化，它是动态衍生的，兴起又衰落、合并又分裂，在时间的长河中不断地汰变，并改变自己的性格，保存自己的精华。

文明不是政治实体而是文化实体，它们并不维持秩序、进行战争、谈判条约等，但是，文化文明的差异可能会使世界的差异变得更大，不同的文明因其历史、语言、宗教、传统和价值观念的截然不同，使得他们对于生命、国家、权力、自由、平等的认识也不断发生重大分歧，这种分歧使政治思想和政治体制的差异变得触目惊心。正是这些文明的差异造成了文明的冲突，形成了多少世纪以来漫长而残酷的文化观念碰撞。

文明的冲突不仅在历史上造成了重大的灾难，而且还将决定后冷战时期以后的整个世界的走向。世界政治全球化与地区化，增加了文明冲突的可能性，随着现代传媒和通讯网络的日益发达，人们可以通过多方面多渠道的联系，使相互之间的实际距离变小，地球成为一个地球村。但是由于文化信仰、价值观念、宗教传统难以弥合的鸿沟，其心理距离反而加大了，文化分歧和敌对情绪与日俱增，于是宗教起而填补这种精神饥渴的空白，出现了原教旨主义猖獗的当代局面。

可以说，文化的认同性日益取代了意识形态的差异性，于是，文化的共同特征成为经济一体化的前提条件。而随着文明意识的增强，非同种文明之间的差异和裂痕日益明显，出现的摩擦也日益增多。

在西方中心权力话语逐渐滑坡的情况下，其他“非西方”民族越来越强调自己的文化身份和民族文化价值的重新确立，其挑战情绪正在不断滋长。而其文化精英也渐次褪掉了西化色彩，打上了更多的本土化烙印。所以，文明的重大差异造成了现代冲突的前提，甚至成为占支配地位的全球冲突的形式。

在此意义上，语言和宗教是权力转移的文化表征。尽管“英语”已成为世界之间进行知识交流的共通语，但这种通用语言只是处理语言差异和文化差异的方式，而非消灭了差异本身。英语不但没有使其他民族去掉自己的文化，且因为有这种通用语，而使其保存了自己的文化的完整性。使用英语进行知识交流，恰好有助于维持民族相互分离的有限文化认同。而且“语言与权力”紧密相关，在中世纪是拉丁语热，现代是英语热，亨廷顿认为今后或许汉语也会“热”起来。同样，宗教在20世纪末也出现了全球性复兴，尤其是原教旨主义运动的兴起，使得西方宗教并没有成为世界的中心，而只是多元信仰中的一元而已。如今，文明已经替代了民族国家、意识形态、三个世界、冷战模式和历史终结模式，成为讨论判断一切国际纷争的新思维。

那么，我们不禁要问：在亨廷顿那里，用“文明”作为核心范式取代了其他的分析世界格局的政治术语以后，他怎样看待西方与东方？怎样看待世界多种文明间的互动关系？怎样看待后殖民主义文化中的全球化和本土化问题？而这些看法在后殖民主义文化研究中具有怎样的意义？

第二节　西方与非西方的对立

当东方学者强调东西方文明的时候，亨廷顿并没有将东西方文化简单地对立，而是用西方与非西方（the West and the Rest）作为观察问题的基点，将非西方作为西方的一种对立面（the　West against the Rest）。在他看来，分析当前国际的诸多重要现象时，用过去的“民族国家”来解释当今世界事物的方法已经过时，所以，他设想一种新的“地缘政治制图学”来为其规划一张新的世界地图。他也称其为冷战后的新“范式”（paradigm），因为这种新范式和化约的地图，对于当代人的思想和行动来说尤为重要，甚至可以运用它来指导各国的国家政治行为。

一般而言，当代世界图景可归纳为以下几种范式：

“一个世界的范式”，即弗兰西斯·福山（F. Fukuyama，1952—）提出的“历史终结”（the end of history）的命题。[①] 福山认为，自从苏联解体以后，两个超级大国的对立归于消失，人类意识形态的残酷斗争已然结束，全球冲突已经终结。亨廷顿不同意福山的“历史终结”而只存在一个世界（西方世界）的看法，认为这不仅忽视了世界发展中人的非理性因素问题，而且是一种对当代世界复杂现象的误读。[②]

“两个世界的范式”，总是把世界分成我们和他们、集团中的和集团外的、我们的文明和那些野蛮人，甚至是根据东方和西方、南方和北方、中心和外围来进行分类，把世界分成两相对立的文化霸权模式。这种东西方的二分法，事实上是由西方制造出的一种权力神话，而这些神话带有东方主义的缺陷。亨廷顿代替“东方”与“西方”对立的是

① Francis Fukuyama, “The End of History,” *The Nationa Interst*, 16, Summer, 1989; The End of History and the Last Man, New York, 1992.

② Samuel Huntington, “No Exit: The Errors of Endism,” *The National Interest*, Fall, 1989. p. 10.

“西方对抗非西方”的提法。①

“三个世界的范式”，即第一世界是占有霸权地位的超级大国，第二世界是西方发达国家，第三世界是众多的发展中国家。当然还有一些新的提法，如美国的世界政治理论学者罗森诺提出了“两个世界”和“后国际政治”的概念，他消解了强调世界政治中那种“国家”概念，认为过去用“国家”来进行国际关系分析，注重“国家”所具有的主权和国家所确定的边界及人口的主要行为体，通过国家之间的互动，构成国际政治的主要内容。但是，在冷战结束以后，国家利用“文化”活动（而非国家活动）达到扩大影响和保护主权的目的，成为越来越明显的行为模式。可以说，在当今世界的一百八十多个国家中，文化的一元化几乎是不可能的，因为多元民族国家和世界性的移民浪潮，使得文化的多极成份越来越重。所以，有些学者就以新的跨国组织形式，以文化和经济力量高度集中的世界大城市和地区为新的分析框架，强调除了以国家为中心的世界继续拥有其功能以外，一个新的力量即由跨国组织、非政府组织、非国家机构等行为体构成的多中心国家已经崛起。从这一角度看，罗森诺提出的所谓“全球文化”的概念，使得一部分人更将目光放到了文化差异、民族冲突和国家矛盾三者的交错问题上。

“国家论范式”，强调民族国家（nation-stabe）基于自身利益的考虑，既可与同文明国家对抗，也可与不同文明的国家结盟。国家与文明并不必然对立，国家集团事实上是由文化、宗教、历史、语言、制度等凝聚起来的，文明也是由一个或多个国家组成的。这里的国家与文明的关系相当复杂。

“软权力”（soft power）理论范式，约瑟夫·纳伊提出并强调，文化扩张和文化权力构成了当今国际关系上的主权斗争的新领域，相对于国家、民族、边界、领土等“硬权力”，文化冲突和价值观念等“软权

---

① Samuel Huntington, “The Coming Clash of Civilizations or the West Against the Rest,” *The New York Times*, June 6, 1993.

力”问题，恰好是今天把文明和文化引入国际关系中的新举措，并可能出现为巩固自身的国际地位和维护自身的国家利益而争夺“文化霸权”的新战略。因为现存的所有文明集团都在为竞相争夺经济权力、国际组织的控制权力，并为推行自己的文化政治和宗教价值观，扩大自己的文化权力和影响而努力。

正是在这个基点上，亨廷顿提出了“文明冲突论”范式，以取代过去的两极霸权模式、三个世界模式以及富国穷国模式的对立，而构成当代西方与非西方的文化对峙冲突的新格局。当然，细加分析，其二元对立的思维框架仍然存在。

“西方与非西方”的范式或模式，使亨廷顿没有将全世界的文化化约为一个、两个或散漫地看成一百八十多个，而是将其集中划分为“八大文明”，认为可以通过这种化约，形成一个易于理解的框架来把握世界。这八个文明即：西方文明、儒家文明、日本文明、伊斯兰文明、印度文明、斯拉夫-东正教文明、拉美文明、非洲文明。人们在世界的文明划分问题上已然达成某种共识，即人类历史至少曾经出现过12个主要文明，但其中已有七个文明不复存在，这七个文明是美索不达米亚文明、埃及文明、克里特文明、古典文明、拜占庭文明、中美洲文明和安第斯文明。

所谓“西方”文明包括欧洲和北美，加上其他一些欧洲人所居住的地区如澳大利亚和新西兰。“西方”一词现在被普遍用来指称为西方基督教世界的那一部分，所以，亨廷顿认为西方是唯一的一个根据罗盘方向而不是根据一个特殊民族、宗教或地理区域的名称来确认的文明。当然，在亨廷顿那里，与西方相对的并不是“东方”，用东方和西方来识别地理上的区域是种族中心化的，因为问题在于，相对于什么而言来谈东方和西方，这完全取决于站在什么位置。因而，他划掉了“东方”以后，就将西方以外的所有文明统称为“非西方”。

20世纪的“西方”处于一种权力的巅峰状态，在政治、经济和军事方面具有无可抗衡的力量，然而，进入20世纪90年代后新的情况出现了，即西方的扩张正走向终结，对西方的反抗开始广泛出现，西方的力量相对于其他文明而言出现了下降、中断甚至逆转的趋势，国际体系不再是以西方为绝对核心的霸权地位，西方在20世纪90年代成为“有限的西方”。这种力量对比的变化，使亨廷顿认识到，未来世界的轴心将是西方与非西方国家的冲突，这种冲突主要不是军事和政治方面的，而是文化和价值观念方面。

随着“非西方”国家经济的崛起、文化的进一步发展和宗教势力的抬头，他们面对西方的霸权抱有几种不同态度。第一种是闭关锁国式的自我孤立，坚决拒斥西方的渗透，甚至是对西方提出明确的挑战；第二种是拥抱西方的价值观念和文化，接受其制度和文明观念，渴望通过现代化及西化的链条加入富国俱乐部；第三种是设法与西方保持平衡，发展经济和军事力量，与其他非西方国家合作共同对付西方，保持其固有的文化观念和价值制度观念，强调其国家和民族的现代化而非西方化。这一切无疑为西方文明的优势化敲响了警钟，因为，今天的西方与非西方除了在争夺经济、军事与政治的权力斗争方面构成冲突以外，在文化价值以及人权等方面也已形成了相当大的冲突。甚至可以说，人权、自由主义这些西方最重要的价值观念，在非西方中却变得最不重要。

西方曾想通过文化整合使全世界都逐渐西化，变成西方文化制度的全球翻版，在20世纪末期遭到了全面抵制。事实上，众多的非西方国家因其在文化上与西方迥然不同的特色，以及内在的摩擦和冲突，使他们力图发展自己的经济、军事和政治力量，以此同西方展开竞赛，并建立自己的不同于西方文明的现代化国家。这些国家在现代化浪潮中，在信息的高度发展中，从西方先进国家获得了一些新技术、新知识、新能源和新武器，整个综合国力不断地接近西方，而其价值观念仍然保持着本民族的价值和利益观念，与西方存在着根本区别。这造成了政治经济综合国力上升，而文明差异加大的冲突的潜在威胁性。

对此，亨廷顿以一个学者和谋士的双重身份，指出了使西方面临“挑战”的挑战对象。

其中就有儒家文明的挑战。亨廷顿认为，中国是中华文明的核心国家，对其他华人社会有其向心力。中国正在发挥重大的作用，在世界事物中的立场和方式显得充满活力。亨廷顿强调，大中华不仅是一个抽象的概念，也是一个迅速发展的文化和经济的现实，并开始变成一个政治的现实，如“亚洲四小龙”有三小龙属于华人社会。东亚的经济越来越以中国为中心、以华人为主导。这样，冷战后儒家文明圈内的国家已经在积极扩充自己的力量，并使儒家文化成为这一地区的共同文化资源和文明的向心力。

然而，这种观点遭到了中国学者的坚决批评。因为，亨廷顿将儒家文明圈作为向西方文明的挑战者，在很多海内外华人学者看来，亨廷顿预测中国可能向西方对抗，提醒西方警惕中国，完全是耸人听闻的设想假想敌。

笔者看来，儒家文化并不是一种好战的文化，而是一种容忍的和平的柔性文化，它今天的根本任务是实现自身现代化而不是向西方进行挑战。亨廷顿的这种寻找挑战国的做法，有可能刺激大中华文化圈中的许多基本力量，而将其整合到民族主义基本立场上去，甚至会产生一些负面效应。

事实上，中国的经济力量和政治影响迅速增加，走了一条独特的中国现代化道路，一条非西方的经济发展模式，对其他国家乃至世界都可能起着某种示范作用。因此，强调儒家文化对抗基督教文化将成为未来社会的主要冲突，提出中国威胁论，这确实是出于对中国综合国力的增强以及在国际上地位的上升而出现的担忧。但是问题在于，不同文化和国家之间固然会有矛盾和摩擦，文化既有冲突又有融合，既有裂变又有对话，单方面地强调冲突，就有可能使一些局部的小的矛盾转化为激烈的抗争，这种冲突论反而不利于国际和人类大同。亨廷顿过分强调今日世界几大文明的冲突必定大于民族文化之间的冲突，空前突出了精神信仰和文化遗产的重要作用，坚持宗教信仰、文化传统、种族归宿感、价值观念、意识形态等精神因素，虽有其识见，但其将西方与儒家文明和伊斯兰文明绝然对立，则可能因文化的差异而导致更大的文化冲突。

再次，是处于夹缝中国家的挑战。这些国家深受殖民主义的侵害，与西方的疏离感是明显的，但力量悬殊，并不能真正构成对西方的威胁。

这就说明，亨廷顿强调构成西方未来社会的非西方的挑战国主要是伊斯兰文明与儒家文明。他站在西方中心主义立场，对未来的发展和整个世界格局忧心忡忡，并表示要提出控制未来世界的对策，限制潜在的敌对文明即儒家文明和伊斯兰文明，扼制其军事势力的扩张，削弱其文化影响力，力求将其整合在西方的价值观念之内，使西方与非西方的文化的冲突归于失效。

未来社会中的现代化和西化之间仍然存在着重要的区别。现代化包括工业化、城市化、识字率、教育水平、富裕程度、社会动员程度、多样化的职业结构，是整个科技发展所带来的新的知识文化场。现代社会中人的态度、价值、知识和文化都区别于传统社会，西方首先获得具有现代性的文化，但是否世界各国走向现代化都必然走向西化呢？尤其是是否现代化就一定意味着西化或全盘西化呢？

现代化不等于西化。亨廷顿指出，日本、新加坡等即是现代化的繁荣社会，但它们显然是非西方的。那种认为现代文明即西方文明，西方文明即现代文明的看法，是一种完全虚假的同一。西方远在现代化以前就是西方了，使西方区别于其他文明的主要特征产生于西方现代化之前，而这些特征就是古典遗产，包括希腊哲学和理性主义、罗马法、拉丁语和基督教，还包括天主教新教、欧洲语言、社会多元主义、代议机构、个人主义等。西方的扩张促进了西方的现代化和西方化，因此有不同的“挑战”和“回应”，如拒绝主义、基马尔主义、改良主义等。总体上看，西方化和现代化密切关联，非西方社会吸收了西方文化众多的合理因素，并在走向现代化中取得了某种进展。

然而，当现代化进度加快时，西方化的比例下降而本土文化获得了复兴，于是发展着的现代化改变了西方文化和非西方文化的均势，加强了本土文化的信心。换言之，在现代化的早期阶段，西方化促进了现代化，而在后期阶段，现代化促进了非西方化和本土文化的振兴。在社会层面上，现代化提高了社会的总体经济、军事和政治实力，鼓励其社会集团中的人们对自身文化的信心，从而成为本土文化的伸张者。在个人层面，当传统纽带和社会关系断裂时，现代化便造成了异化感和反常感，并导致精神价值的认同危机。

现代化并不一定意味西方化，非西方社会并没有放弃它们自己的文化、体制和实践，而是通过不同的道路实现自身的现代化。冷战后的“西方化”确实是不可能的，西方单一文明的绝对胜利只是一种心造的幻影。相反，现代化加强了各种文明和文化的自信心，并减弱了西方文化的威慑力，世界正从根本上变得更加现代化和更少西方化。各种文明以不同的方式达到了现代化，而不一定去西化自己。亨廷顿这一看法是清醒的。他对西方国家那种一枝独秀的“西方中心论”的冷静反省是深刻的。当然，他过分强调文明的冲突必然导致未来世界的冲突，甚至成为世界大战的危险因素，确实有些危言耸听，但他看到了很多文明都以自己的方式文明化了，文明之间的差异可能会导致冲突，仍然值得人们关注。

从现代化与西化更深一层目的角度来看全球现代化存在的诸多问题，使得亨廷顿发出这样的疑问：现代化在全世界提高了文明的物质水平，但它是否提高了文明的道德和文化水平呢？许多地方的法律和秩序崩溃，国家管理不利，无政府主义日益蔓延，跨国犯罪集团猖獗，吸毒现象泛滥，信任感和社会凝聚力下降，在世界上一部分地区，民族宗教和文明间的暴力活动及其武装统治盛行，以至人们已然意识到全球性的政治危机。在世界范围内，文明似乎在许多方面正在让位于野蛮状态，它导致了一个前所未有的现象，一个全球的黑暗时代也正在降临人类。在这个正在来临的时代中，文明的冲突是对世界和平的最大威胁，而建立在多文明基础上的国际秩序是防止世界大战的最可靠保障。

可以看到，亨廷顿已经从他的新权威主义，甚至他前些年的关于美国国力和西方世界独霸的“乐观主义”走向了深刻的“悲观主义”。因此，关键性问题在于价值冲突、文化差异、文明冲突的当今时代，作为未来世界的一种总体看法，究竟应该是一种本土化即文明冲突论，还是全球化即文明融合论？

第三节　本土化与全球化

当今世界经济与政治因素的冲突已经退到了文化冲突的背后，因此，各国的外交政策制定者和国际政治研究者都必得思考一系列关于后殖民时期的战略问题，即冷战后的世界大趋势是冲突还是缓和？文明的冲突和经济政治的冲突孰重孰轻？是分裂还是整合？未来的主要动荡和冲突将发生在怎样的文化断裂线上？在这里，“冲突论”强调的是文化的差异和本土化，以及相互的矛盾、分歧与不可通约；而“融合论”强调的是文化的相容和全球化。“本土化”（Indigenization）与“全球化”（Globalization）的问题，成为当前学界讨论的热门话题。

一般而言，许多非西方国家开始走上现代化道路时，确实是对西方文明挑战的应战模式的回应，出现了文化差异性缩小的情况。但随着实力的全面提高，其用于抵挡西方文明的压力，维护自己文化精神价值的主要方式是本土化，从此构成了自身文明本源的认同和文化回归的景观。因此，非西方文化面对强权的西方文化殖民主义，其策略往往是在面对挑战的同时，又学习西方文化。但是，随着信息时代的来临，全球化呼声日益升高，那种认为现代化就是西化的文化霸权思想，接受市场经济的规则就是走向西方式民主和政治多元化的重要步骤的想法，已然遭到质疑。人们开始阐发亚洲文明的复兴问题，设想亚洲的价值观最终超越西方的价值观，以此抵制西方文化的侵蚀及影响。可以说，人类正在超越“地缘经济时代”而进入“地缘信息时代”，强调冲突论的亨廷顿，与强调融合论和全球化的其他理论家产生了相当深刻的裂痕，并爆发持续不断的论争。

如果我们从一个更广阔的角度来看，就会了解到近现代以来，国际间的关系一般经历了三个不同的历史阶段。即“民族国家阶段”，其主体主要是民族国家，国家利益高于一切；随着政治经济和文化的发展，进入“跨国关系阶段”，出现了超国家主体，构成国际关系的重要行为体，注重国际谐调和国际机制的互补互利；到了后冷战时期，进入了“全球化阶段”，民族国家的职能逐渐下降，而类似世界政府的国际机构逐步产生，国际机构决定各国一些重要的决策决议和战略。

今天，人们到处都在谈论“全球化”。何谓全球化呢？对此不妨稍加论列。

耶鲁批评派重要代表人物希利斯·米勒（J. H. Miller，1928—　）认为，整个世界在文化、政治和经济生活的许多领域一直都在“全球化”，20世纪90年代，这种大大加速的全球化过程有三个特征，即技术的全球化、经济（跨国公司）的全球化和新信息网络技术的全球化。全球化导致许多新的、跨国的、具有巨大潜力的社会组织和各种新的社会群体，并走向新的政治组合形式，即乔·卡茨所认为的“后政治”（postpolitics）的兴起和数控国家（Digital Nation）的诞生。在米勒看来，新的全球化文化中的文学，其文化社会功能越来越小。人们信奉大众传媒文化，蔑视那些仍然处于大众文化之外而想训诫他们的人。网上杂志的增加正在转换文学研究的出版合法性条件，为研究者提供了一种即刻性记忆，改变了过去的文学作品对学者和批评家的存在方式。伴随民族国家（nation-state）的衰落，独立的民族文学研究正逐渐被多语言的比较文学和世界文学研究所取代，全球化的“文化研究”迅速兴起。它成为女性主义、少数民族和在后殖民、后理论（post-theoretical）时期一度被殖民化的“非西方”的工具。文化、历史、语境、媒体、性别、阶级、种族、自我、道德、多语言主义、多元文化主义、全球化，变成了新历史主义、新范式主义、文化研究、通俗文化研究、大众传媒研究、女权主义研究以及后现代主义研究的关键词。

由此看来，全球化同本土化一样，的确是一种不容否定或忽略的现实存在。“全球化”和“本土化”是后冷战后殖民时期两种相辅相成、相对立又相统一的重要现象和趋势。我们一方面要看到二者之间的差异，另一方面也要看到二者的冲突和融合。本土化和全球化其实从来都是彼此依存的，而作为文明载体的民族自身发展是在冲突中融合而成的。同时，又在融合中产生新的冲突，并进而达到更新更高的融合。所以，从宏观上和微观上说，“文明的冲突”和“文明的融合”是具有普遍性的，单独抽出任何一维作为未来世界图景来阐释其发展轨迹，无疑都是有其盲点的。

需要注意的是，西方文明所拥有的文化强权在文化的“全球化”扩张中不知不觉地形成“文化霸权”话语，以及横向“文化扩张”的企图。同时，我们在注重“冲突论”之时，又不能过分地单一强调造成不同民族之间的灾难性的战争仅仅是由于文明的因素，而非政治经济等综合因素。笔者以为这两种看法都有失偏颇。“文化对话论”，既不是完全抹杀自身民族的特性，走向所谓的“全球化”，融合为一体，形成新的单一的文化；也不是完全走向所谓的“本土化”和冲突论，而将人类大同、人类世界的未来看成一种可怕的互相冲突、彼此殊死搏斗的图景。我们只能通过对话求同存异，借此，在本土化和全球化之间达到微妙的谐调，在冲突论与融合论之间获得一种良性的互动。

亨廷顿无疑是强调“本土化”的，而本土化与全球化是一对矛盾，彼此纠缠，互相联系，需要认真清理。我们强调的是不同民族文化的自强、自立和自觉。多种多元文化将通过对话的方式达到相互的深切理解，而在未来世界中感受到文明的光辉。

如果说，亨廷顿的理论为当代后殖民主义文化研究提供了另一层面的理论参照，那么，我们在进行后殖民主义文化和美学研究时，必得面对这种网络状态的复杂文化现象，弄清楚它的前提、问题和今后的发展方向。同时，在研究这种跨国资本主义和文化领域的新现象时，必须深切地了解这一事实：文明冲突语境中的文化帝国主义和后殖民主义，对当代美学研究有其深化作用，并有可能使我们摆脱一般狭隘的地区意识，以一种新的更大的跨国际语境来看当代西方和中国的美学问题。文化冲突理论，有可能使我们在后殖民主义研究中摆脱一种不正常的文化心理状态，而是真切地把握全球化与本土化张力结构中的当代中国文化身份的问题。我们应具有一种更正常的文化心态和更全面的文化方式去看待文化多元化，而尽可能地避免文化冲突。

无论是赛义德充满歧义的“东方主义”，还是霍米·巴巴和斯皮瓦克的具有解构或女权色彩的后殖民文化理论，或者是亨廷顿引发论战的“文明冲突论”，都使人们超越认识到，当今世界是一个越来越多元多极的世界。在后冷战时代，世界文化已经不可能仅仅存在西方中心主义话语，民族文化的差异整合性将取代西化式的现代化的普遍文化理论。

在多元历史和多元权力的世界新格局下，在精英文化和大众传媒中，如何使“第三世界文化”不成为一种“后历史”，如何使东方文化不成为“博物馆文化”，如何使当代中国文学不成为跟着西方在“现代性陷阱”中徘徊的游戏文学，确实需要中国的思想者和作家批评家深加反思。而杰姆逊的后现代后殖民文化研究，也许可为中国学者的思考提供一幅新马克思主义的理论图景。

第十六章　杰姆逊：后现代主义与第三世界

从“整体叙事”入手，运用马克思主义的观点分析与后现代后殖民文化相对应的后工业社会结构变化，是弗雷德里克·杰姆逊（Fredric Jameson，1934—　）文化理论的一大特点。注意世界范围内后现代主义文化发展，并通过后现代文化风格、文化逻辑的把握去展示其艺术审美轨迹，是杰姆逊的基本思维向度。

第一节　后现代主义文化

杰姆逊的理论既具有西方马克思主义特色，又有明显的后现代主义理论痕迹。他对晚期资本主义文化、经济、政治进行权力和意识形态分析，并关注第三世界与第一世界间的内在权力张力，以及政治经济与文化意识形态间的复杂关系，阐释了当代资本主义全球化文化霸权、后殖民主义等重要问题。

后现代主义与后殖民主义有其内在的逻辑关系。杰姆逊的后现代主义分析可以看成是后殖民主义分析的一个前提和生长点。当然，这或许也造成了杰姆逊观点的庞杂，其理论既有马克思主义、解构主义、意识形态分析的观点，又有拉康的精神分析、阿尔都塞的“症候阅读”、德里达的解构理论以及巴赫金的“对话语言学”的观点，从而使其不断在各种理论之间游移滑动，力求用一种宏观的“元批评”话语，将众多的时髦理论整合在自己的经济政治结构的分析框架中。

对福柯仅仅强调权力话语分析的做法，杰姆逊并不认同，而是强调后现代文化霸权理论最终应落实为经济问题的分析，也就是要分析资本主义生产关系，以及晚期资本主义的全球化趋势和殖民化策略。因而，他从一种统一性的观点出发，将具有各种差异性的后现代理论整合起来，形成整体叙事的方式，去透视跨国资本主义、跨时代理论家的斑斓色彩，剖析现代和后现代文学作品、第三世界与第一世界作品的叙事性所呈现的社会和“政治无意识”。[1] 因此，“叙事”在杰姆逊那里实在是非常关键的术语。

在他看来，寻找一种真正的叙事，将各种零散偶然的没有内在联系的文化现象，整合成一种可供考察的总体结构形态，以观察其中多重矛盾和权力运作元素的交织。从而使阐释问题从文本转向了历史文化的深

① F. Jameson, *The Political Unconscious*: *Narrative as a Socially Symbolic Act*, Ithaca, New York: Cornell University Press, 1981.

层面，并从一般的文化模型研究，上升到探索生产力和生产关系，尤其是资本主义发展到全球资本主义化的、后现代后殖民时期的某种新问题模式的研究。正是把握了这种多角度、多层面分析资本主义历史构成的宏观视角，使得揭示政治无意识、发现资本主义权力运作的内在规律、厘定后现代的正负面效应以及第三世界的出路等问题，成为杰姆逊的重要研究对象。①

受结构主义、心理分析和“症候阅读法”的影响，杰姆逊往往将文本看作是多层次结构，即：一、字面的描述性的表层结构；二、字内的政治性的诠释语码层面；三、文化性社会性的内在结构层面；四、深层次的形而上或总体性的历史意识和历史规律层面。通过这种不断向深层延展的结构，杰姆逊在前资本主义、资本主义和后资本主义时期，引申出三种不同的文化模式，即现实主义、现代主义和后现代主义，并对后现代主义的“物化”、文化的“商品化”“平面化”语境加以描述。他感到在现代主义和后现代主义之间难以准确地分类，而只能提供一个后现代消费符码模式的分析框架，从中透视后现代主义在20世纪科技、文化全球化运作中的真实意图，即后殖民的全球化意识和后殖民主义的文化问题。

“全球化”问题是杰姆逊近年来关注的重要对象。一般而言，全球化包括经济全球化、信息全球化等，但在文化是否全球化问题上引起了剧烈的争论，即出现了本土化（冲突论）和全球化（融合论）之争。全球化以跨国公司和国际网络为其显著标志。跨国公司在全球不同国家有自身的机构，并拥有全世界的投资者。跨国公司的激增是国家政权衰落的一个表征：一方面当代跨国贸易组织体现了跨国经济全球化垄断的特点；另一方面电子通讯技术的全球化，使电子信箱、互联网络在人类生活中构成了重要的范式转变，即从书籍时代转到了电子时代。全球化造成当代人新的生产和消费方式，生产出一种新的感性存在的后现代生

① F. Jameson, *Postmodernism*, Duke University Press, 1991.

活方式。电脑空间群体的发展和人类感性延伸，导致感知经验变异并产生新的电脑空间个人存在状态。后现代传媒和高科技网络，将整个世界逐渐整合在同一频率和文化神经元上，时间空间的彻底转换使得后现代人的心性价值发生了根本的转型。

在后殖民时代，“国家民族”并没有消亡，杰姆逊对亨廷顿所提出的国家民族业已消亡，而代之以文明冲突的说法加以拒斥，认为不同的思想社团和团体间的交流越来越多，使各种不同文化圈层间的对话、融合和冲突也日益多样化，没有任何一种话语可以完全取代国家民族所隐含的阶级斗争、意识形态和政治权力话语。尤其是知识分子，更是具有国家民族的意识，与现实生活息息相关，对现实持有批判态度。所以，后现代主义时代的叙事及其同晚期资本主义的关系，成为杰姆逊关注当代问题的聚焦点。因为处于后现代、后殖民时期的人们是无法逃离“晚期资本主义的引力场”的。而作为一个当代马克思主义者，正是要据此而构造并组织自己经验的基本框架，为这个破碎的、日益多极、多元化的世界提供一种总体理论分析模式，一个历史把握的基本方法。[1] 所以，他认为自己倡导的“全球叙事”比自由主义叙事、市场叙事或其他的政治叙事，更具有当代有效性。

在对后现代后殖民世界进行分析时，杰姆逊注意从对象本身出发，即从实践出发去把握事情的多样性、复杂性和差异性，进而在理论升华之中，去发现现象中具有本质属性的东西。他对消费符号、国家民族和第三世界的关注，使得他对“解放神学”十分推崇。他在这个据说已被解构主义将“宏伟叙事”彻底消解后的今天，仍然偏爱“乌托邦”观念，仍然按照自己的乌托邦理想和未来远景去组织自己的整体叙事和构成世界的认识范式。杰姆逊重申，在这后现代、后殖民时期，人类生活已经被压缩分割为理性化、技术化和市场化的多类事物，在这种人与

---

① F. Jameson, *Messages of the Visible: Film/Theory/Periodization*, New York: Routledge and Chapman Hall, 1991.

自然、人与世界、人与自我的急剧转型和主体消亡萎缩的时代，强调未来世界的乌托邦，并坚持这一正当而合法的要求，已经变得刻不容缓。

总体上看，杰姆逊的后现代和后殖民主义的文化思考，是从具体的社会环境、历史发展的规律和现实中具有急迫性问题出发，去进行文化和文学文本的分析，在历史与现实、社会和文化、政治与美学方面，达到了某种程度上的有机结合，并使其后现代与后殖民主义分析，在当今世界思想界有着重要的影响。

第二节 后现代主义研究

什么是后现代社会？它的特征是什么？它与以前的社会形态的关系是什么？它的前景是什么？杰姆逊在《后现代主义或晚期资本主义的文化逻辑》一文中认为，后现代社会，包括后工业社会、消费社会、传播媒介社会、信息社会等等，这是一个科技高度发达、文化观念产生根本性逆变、美学范式不同往昔的社会。

在进行文化分析时，杰姆逊将社会发展形态与文化范式相对应。他借用德勒兹和居塔里（G. Deleuze. F. Guattari.）《反奥狄浦斯》[①] 一书的“叙述”模式，把人类社会发展的初期（原始社会）称为“规范形成”时期（coding），第二个时期（封建社会）称为“过量规范形成”时期（overcoding），第三时期（早期资本主义）是“规范解体”时期（decoding），即摧毁一切神圣的残余，把世界从错误和迷信中解放出来，使它成为一个可以被科学说明、衡量，挣脱了一切旧式的、神秘的、神圣的价值的客体。它包括了科学革命，“非神圣化”（韦伯语）

① Gilles Deleuze & Felix Guattari, *Anti-Oedipus*: *Capitalism and Schizophrenia*, New York: Viking Press, 1977.

以及“对自然异化”（法兰克福学派语）。人们已经越来越无法忍受生活在这样一个不断向外延伸的灰色的世界里，生活在这样一个缺乏诗意的散文世界里，生活在这样一个规范解体的、被剥光了的宇宙里，于是先锋艺术家们开始寻找一种新的领地，以恢复那一小片神奇的、圣洁的、具有鲜明个性和主体色彩的世界。于是他们力图重建那古老的规范，从而达到“规范重建”时期（recoding）。然而，还有更激进的解决办法，一些先锋艺术家采取一种极端的反叛形式，即不仅抨击那个死亡的、具体化了的、规范解体的宇宙，而且抨击规范本身，抨击所有合理的规范，否定一切，反叛一切社会形态，以恢复一切规范和科学产生之前的那个原始流的时代，就是精神分裂型的“消除规范”时期。杰姆逊将这一分期理论与文学分期对应起来，认为规范解体的时代是现实主义，规范重建的时代是现代主义，而患精神分裂症（即消除规范）要求回归到原始流时代的理想，正代表了后现代主义的新特点。

按这种三阶段模式划分，市场资本主义时代出现的是现实主义，垄断资本主义阶段出现的是现代主义，而晚期资本主义（跨国资本主义）出现的是后现代主义。这三个社会阶段既相联系，又相区别，它们分别代表了不同的主体对世界的体验和自我的体验。而与之对应的现实主义、现代主义、后现代主义亦分别反映了一种新的小型结构，标志着人的性质的一次改变。

在杰姆逊看来，后现代状况是一种文化的根本断裂，过去所拥有的经验（前现代经验和现代经验）在当代业已失效，而新的流行文化艺术在错位中不断生产着文化话语。诸如拼贴的流行艺术，照相现实主义，新表现主义，偶然音乐，新潮摇滚乐，当代实验性电影和商业影片，法国新小说以及后现代文学批评等不断登场，使得当代文化成为一个观念和形式的实验场。在这里，一切都被重新评估重新改写，一切都以自我化的欲望表演为旨归，一切都以摧毁经典为能事。后现代主义确乎实现了时间空间的根本性转化，并使得当代人拥有了一份不再沉重的时尚记忆。

后现代主义取消高级文化和大众文化或商业文化之间的界限，将文化拼贴的文本（通俗作品、广告宣传、亚文学、幻想小说等）重新组合成一个新型欲望文本，并使其具有了不同于以往文化风貌的新标识：新的肉身直接性成为当代城市文化标记，其延伸既表现在当代理论方面，也表现在一种全新的消费形象或影像文化方面。这种表面化的“时尚”，将人彻底还原为身体性的存在，这一文化策略所导致的表面性渗透到所有的艺术活动中。

与此相关，时间意识连续性已然中断，这既表现在个人与公众社会历史关系层面，也表现在个人瞬间性存在的形式层面，于是出现了生命意义的降解，即生命本能从所有的活动和意图中无差别平面化地释放出来。这种后现代主体人格的非完整性，导致深度情感的消逝，代之而起的是一种本能的欣快症。这种无情的泛情，不仅使现代主义的崇高主题消逝殆尽，也使得个人独特风格归于结束，而其与众不同的表现手法也随之终结，“戏仿”成为后现代的时髦。不妨说，这种消逝了意义的现实世界能指，终于在所指隐蔽不彰之时以一种压缩的强度表征出来，“能指”在相对主义的时代氛围中，成为带有某种绝对主义意味的东西。

后现代主义文化与科技的高速发展紧密相关，但这并不意味着，当今社会的技术是最终起决定作用的因素。在跨国资本主义时代，全球网络系统出现了“高技术偏执狂”特征，这使得“技术与人”的问题成为世纪末绕不开的话题。

在后现代文化分析中，杰姆逊提出“认知绘图美学”范畴，即试图在新的世界格局中对个人主义加以重新定位，以增强个体在全球体系中的自我身份意识和自我位置意识。这种具有政治文化色彩的认知绘图，重视当代世界中尤为复杂的辩证法和生命意义，并以新的方式去评价这种自我定位的努力。事实上，杰姆逊已经改造了后现代主义的政治话语形式，他把在社会和空间规模上对全球认知绘图的文化解释和政治投影，作为后现代文化阐释的使命。

进入 20 世纪 90 年代，杰姆逊开始注重文化研究（culture studies）问题，认为“文化研究”是一种从学术政治和社会问题角度入手研究的知识话语。

文化研究是针对其他学科的局限性而出现的，因而文化研究成为了所谓的“后学科”。它并不是一种专门性的知识域，而是通过自身与其他学科之间的关系构成一个广阔的研究空间。在这个意义上可以说，文化研究具有跨学科性质或交叉学科性质，它与历史学、社会学、传播学、政治学、哲学、美学等有诸多联系。或许可以说，文化研究是一种讨论当代社会文化症候和意义方式的研究方法，它既可依据文化文本进行研究，也可以根据文化现象进行剖析。其方法论强调杂糅性，对女权主义、黑人政治、后殖民主义、大众文化、当代传媒研究等有效方法，均来者不拒加以吸收，使得这一特殊空间注重混杂的“身份”以及各种新的复杂结构的分析。

文化研究与后现代主义的差别在于，它并不注重高雅文化和低俗文化之间差异的削平，而是关注所有当代社会中的文化症候，无论是高雅文化的断片还是低俗文化的热潮，都进行文化意义上考古学式发掘。它研究各种事物的“合力关系”或“互动关系”，各种意识形态表征所出现的张力，进而在微型群体的多元景观上发现新的文化拓展的可能性。它不鼓吹以形象和媒体文化取代意识形态层面的政治斗争，而是强调各种关系在生产、分配、消费的社会综合过程中的彼此“连接”，并进而扩展到个体文化身份和群体文化身份追问，将后殖民主义理论关注的中心——民族国家、种族、性别、阶级、文化权力、个体身份等作为一种整体结构或“复合结构”加以考察。这一对象的宽泛性和考察的新策略，使其能避免各学科之短，而用其所长。

文化是一个群体接触并观察另一群体时所发现的处身氛围和存在方

式。“文化”无疑与“权力”相关。福柯对文化权力问题和文化的本体性问题有自己的独特研究，但杰姆逊认为这种“微型权力研究”断然取代了对“生产方式”的分析，并在权力分析中对“意识形态”加以排除，使其在应用范围上不具有真正的社会现实意义。从这里不难看出解构主义与新马克思主义学术意向上的差异性。

在文化研究对权力的研究问题上，杰姆逊认为，如果用权力来解释事物，就必须打破神秘化和理想化，抛弃美化事物的习惯。这样，文化研究的权力话语强调，只有从政治维度、社会维度和经济生产方式维度进行总体研究，才有可能杜绝肤浅的积习而深入到当代文化的中枢神经。这意味着文化研究只有真正研究“他者”（other），即分析晚期资本主义及其全球性制度之中的官僚阶层或跨国公司形象时，方才有效。在这个意义上说，文化研究不是后现代主义和后殖民主义研究的中断，而是其研究的一种深化和权力话语的拓展。

无言的个人身体经验是孤立而难言传的。杰姆逊在弗洛伊德“个体无意识”、荣格“集体无意识”、拉康“语言无意识”理论之后，提出了自己的“政治无意识”理论。虽然其相对前人而言，减少了心理分析理论意味，增强了社会现实的政治属性，更具有当代学术的合法性和有效性，但其意识形态的偏颇仍是十分明显的。“社会无意识”和“身体无意识”才是当代文化研究的重要内容。因为，在社会意识这一表面的症候下面存在着沸腾的社会无意识，在身体意识这一被西美尔称之为现代性表征的后面，存在着身体无意识（个体的、集体的、政治的、肉体的、欲望的等）。只有文化研究这一融会多学科研究方法的前沿学科，才可能真正触及这个问题的关键之所在，才可能真正减少单一学科研究中的偏颇和盲点。

可以说，杰姆逊的文化研究论还处在一种对象式评价的位置上，尚未真正进入这一研究领域，尽管他的一些看法充满理论色彩和新意，但是仍能感到文化批评精神上的距离。他真正有深度的研究，仍然是后现代主义文化，尤其是他对后现代主义文化逻辑的分析，使他在这一领域成为不可忽视的人物。

第三节 后现代文化逻辑

后现代主义是当代跨国资本主义的逻辑和活力偏离中心在文化上的一个投影。这决定了后现代主义同现代主义相区别，这区别表征为：深度模式削平，历史意识消失，文体性丧失，距离感消失等几个方面。

平面感，又称浅表感，指作品审美意义深度的消失。后现代主义作品不再提供任何现代主义经典作品所具有的意义。现代主义大师如普鲁斯特、里尔克或乔伊斯的作品要求读者深入其意义深渊之中，通过不断地阐释和发掘，获得审美的意义。而后现代主义却拒绝解释，如品钦《万有引力之虹》是不可解释的。作品的意义不需要寻找，书的意义就是书的一部分，没有所谓隐藏在语言背后的所谓深层意义。作品不可解释，只能体验。它提供给人们的只是在时间上分离的阅读经验，无法在解释的意义上进行分析，书的意义在不断阅读的阐释中。

后现代的平面感作为一种缺乏深度的浅薄，导源于解构主义对解释的深度模式的消解。解释即设立了现象与本质的二项对立。现象是虚假的，只有透过现象才能深入本质，探测到被表层遮蔽的作品的内在意义。后现代主义力图打破这类深度模式。

总体上说，后现代主义平面感所要打破或削平的是四种解释，或四种深层模式：第一种深度模式是黑格尔式的辩证法对现象与本质的区分，这种内与外的对立，使人们的思维总是要由外向内深拓，现象被抛弃，内部深层才是目的。后现代主义与之相对，专门注意表面，只讨论作品文本，不涉及内层（象征、寓意），不承认内外表面的对立，拒斥挖掘任何意义。第二种深度模式是弗洛伊德的表层-深层的心理分析模式，后现代主义彻底抛弃表层下面的深层压抑的说法；第三种深度模式是存在主义关于真实性与非真实性，异化与非异化的二项对立。后现代主义坚决拒斥所谓可以从非真实性下面找到真实性的说法，并宣布“异化”这一概念值得怀疑；第四种深度模式是索绪尔的符号学所区分的能指与所指，后现代取消了这种对立的区分，从而也取消了深度。

后现代文化理论与后现代艺术逻辑一致，它已削平深度而回到一个浅表层上，获得一种无深度感；它只在浅表层玩弄能指、对立、文本等概念。它不再相信什么真理，只是不断地进行抨击批评，但抨击的对象已不再是思想，而是表述。在思想匮乏的时代，理论已不再批评思想的有无对错，而只批判文字和表述的错误，并立即用自己的文本取代别人的文本，这使得新理论不断翻新，层出不穷。真理被搁置不顾，而整个世界成为一堆关于表述的文本。

削平深度模式，就是消除现象与本质、表层与深层、真实与非真实、能指与所指之间的对立，从本质走向现象、从深层走向表层、从真实走向非真实，从所指走向能指。这实际上是从真理走向文本，从为什么写走向只是不断地写，从思想走向表述，从意义的追寻走向文本的不断代替翻新。

深度模式消失的另一表现是历史意识的消失。这使后现代人告别了诸如传统、历史、连续性，而浮上表层，在非历史的当下时间中去感受断裂感。如果说现代主义注重现在，却是将历史性熔铸在当下，将当下作为人生痛苦体验的瞬间并因此而感怅然若失的话，那么，后现代主义注重的现在，是以与历史性割裂联系为前提的。那种现代式的怀旧感在后现代中完全转变成一种新的永远是现在时的异常欣快和精神分裂的生活。一般而言，历史性可理解为个体对人类时间一种存在的意识或对过去历史上兴衰变革规律的意识。这两种历史意识，在后现代文化的普遍的平淡和浅薄中已经消失。

对历史的理解，标志着一个人、一个民族、一个时代的风尚和意识。过去的历史，不在于它已经过去，而在于怎样理解过去，因为，对人而言，过去不仅过去了，而且现在仍然存在。现时中存在着某种由近溯远的对时间的意识，过去的历史总是不断在纪念碑、博物馆、艺术品上表现出来。历史意识作为一种深沉的“根”，既表现在历史维度中，也表现在个体上，在历史那里就是传统，在个体身上表现为记忆。现代主义的倾向是同时探讨关于历史传统和个人记忆（回忆）双元。而在后现代主义那里，人们对历史的态度转变了，在他们的心目中，历史上的过去消失了，历史上的未来和任何重大的历史变革的可能性也不存在。后现代把历史理解为只存在纯粹的形象和幻影。历史事件转换成了照片、文件、档案，这些仅仅记录了早已不存在的事件或时代。后现代人已没有历史，只存在于现时当中，变成没有根的浮萍般飘来飘去的人。

对历史的态度实质上是一种对时间的哲学观。历史感的消退意味着后现代拥有了一种“非连续性”的时间观。杰姆逊认为，后现代时间特点是一种“精神分裂症”，或如拉康所说的“符号链条的断裂”。因为在精神分裂症者的头脑中，句法和时间的组织完全消失了，只剩下纯粹的指符，亦即在后现代人的头脑中只有纯粹的、孤立的现在，过去和未来的时间观念已消散殆尽，只剩下永久的现在。后现代音乐除了失去意义深度以外，也失去了历史深度，只有一串串若明若暗的音流在时间中零碎地闪现。后现代小说（新小说）中，零散、片断的材料就是一切，它永远不会给出某种意义组合或最终“解决”，它只能在永久的现在的阅读经验中给人一种移动组合的感觉。如果说，现代主义力图在“破碎的意象堆积”后面重建某种理想和形式的整合，那么，后现代主义那种彻底的零碎意象堆积却反对任何形式的整合。因此，从有意识的组合（montage）到无意识偶然拼凑的大杂烩（collage）的过渡，成为从现代主义到后现代主义的表征。

后现代主义反对所有的二元并置，因此，它在驻足永久的现在的同时，就已经割裂了时间空间的辩证法，将时间转换成空间，把一切都彻底空间化，这是后现代主义现象的最终极的最一般的特征。这种后现代式的空间化不是传统意义上的材料结构的物质性空间形式，而是把思维、存在的体验和文化产品中的时间、历史因素彻底加以排斥，使时间永驻现时时所形成的新的空间形式。这种空间形式，切断了各种复杂的符号联系，排除了深层观念的文字纯表面之间的捉摸不定的关系，成为精神病状态的“当下”存在。

主体作为现代哲学的元话语，标志着人的中心地位和为万物立法的特权。然而，在后现代主义中，主体丧失了中心地位，已经“零散化”而没有一个自我的存在了。“我”这一概念，也仅仅成为语言所构成的影像而已。

后现代人对人的主体失落的透视，是借助于拉康、福柯的解构“目镜”的。语言及其社会性赋予人一个“自我”的概念，这一概念只是像镜子提供给人一个映像而已。另一方面，后现代人在紧张的工作后，体力消耗得干干净净，人完全垮了，这是一种非我的“耗尽”（burn-out）状态。这时，那种现代主义多余人的焦虑没有了立身之地，剩下的是后现代式的自我身心肢解式的彻底零散化。在这种后现代主义的“耗尽”里，人体验的不是完整的世界和自我，相反，体验的是一个变了形的外部世界和一个类似“吸毒”一般幻游者的“非我”。人没有了自己的存在，人是一个已经非中心化了的主体，无法感知自己与现实的切实联系，无法将此刻和历史乃至未来相依存，无法使自己统一起来。这是一个没有中心的自我，一个没有任何身份的自我。

随着主体的丧失，随着支配观点的意识的丧失，失去行为统一性或人物统一性的小说，变成了“无情节”的小说，一种感知的麻木。这是艺术非主体性的先兆。

主体零散成碎片以后，以人为中心的视点被打破，主观感性被消弭，主体意向性自身被悬搁，世界已不是人与物的世界，而是物与物的世界，人的能动性和创造性消失了，剩下的只是纯客观的表现物，没有一星半点情感，也没有任何表现的热情。后现代画家沃霍尔的名言就是："我想成为机器，我不要成为一个人，我像机器一样作画。"只有当艺术家变成机器时，作品才可能达到无情无思无识无语的纯客观程度。

杰姆逊注意到，纯客观的艺术观在雕塑上体现为以合成纤维制成的极度真实的人的形象，这种可以乱真的假人如果长久盯着看，转过身来就会怀疑周围的人的真实性。萨特以"解真实性"（derealization）命之，就像从里面将一个存在的人掏空了，外表依旧，但整个人成为一个空心人，就如同蜡像一样已被解真实化。现实的人又何尝不是这样，现代人曾经拥有的孤独、焦虑、畏惧的情感被掏空了，人的历史感和现实感被抽掉了，成为一种没有根、浮于表面的人。失去真实感，即失去赖以立身于世的根基，失去了生命的意义。这种极度逼真造成了一种令人恐怖的非真实感，标明后现代人成为真正意义上的边缘人，他们在自己的心灵中放逐了自己。

不仅如此，现代主义名噪一时的先锋色彩和个人魅力不再成为关注的中心，那种标榜先锋的时代已经成为过去。后现代艺术代表了主体性、自我、人格、风格的结束。后现代艺术不表现人的精神和个性，艺术风格不复有昔日的光彩，因为"主体消亡"，皮之不存，毛将焉附?

这种主体的零散化，表面上看是人性的一种倒退，其实它表明这样一个事实：当代西方"个人"或"人格"的完全堕落，人们急于摈弃这沉沦的人格，这种激进的做法是对主体性堕落的抗议，是对主体性异化的反抗。

传统美学总是要求审美尺度具有一种距离感，诸如：典型论、移情说、距离说、陌生化等，无非说明艺术不同于生活，艺术不能等同于生活，艺术只有与人的现实生活拉开距离才会给人以审美感受。后现代美学颠覆了传统美学观。杰姆逊指出，后现代主义最根本的主题就是“复制”，后现代主义的全部特征就是距离感的消失。

复制，宣告所谓的“原作”已不复存在。电影作为一门复制的艺术，人们看到一部影片的任何一部拷贝都是相同的，谁也没有见到电影的“原作”是什么。原作消失了，独一无二性消失了，艺术成为“类像”（simulacrum），即没有原本的东西的摹本。“类像”成为后现代文化的徽章。形象、照片、摄影、电视、电影，以及商品的复制和大规模的生产，所有一切都是类像，这注定了当今世界已被文本和类像所包围，丧失了现实感，形成事物的非真实化，艺术作品的非真实化以及形象、可复制的形象对社会和世界的非真实化。

复制导致距离感的消失。看电视时，出现在电视上的信息失去了“他性”，它进入了人的生活，它上面出现的形象也可以说就是属于每个人的。在电视这一媒介中，所有其他媒介中所含有的与另一现实的距离感完全消失了，这一过程可以说正是后现代主义的全部精粹。而录像时代，形象文化（包括电影、电视、广告、摄影）改变着人们的思维方式和生活方式，电视使人所看到的与绘画使人看到的完全不同。人所看到的绘画作品不是现实，而人所看到的电视却是“现实”，但又不是现实本身，而是现实影像（物）。由物退到物的影像（非真实性）。这种状况不幸被法国解构理论家言中：商品物化的最后阶段是形象，商品拜物教的最后形态是将物转化为物的形象。这一事物变成事物的形象的过程，使得事物仿佛不复存在，当指涉物退隐时，距离感也消失了。

从文化哲学层次上看，“复制”的核心在于“本源”的丧失，也就是没有一个导源出若干他物的本源，这就从根本上消除了唯一性、独一无二性和终极价值的可能性。一切都在一个平面上，没有深度，没有历史，没有主体，没有真理，甚至没有原本。所谓同一性、整体性、中心性纷纷失效。人终于被各种人造的类像包围起来，人创造了文化，而文化的扩张使现实退隐，使主体丧失，世界成为了物的世界。

后现代文化氛围下的文艺与美学，无一不打上后现代的时代烙印。而后现代的艺术轨迹似乎并未给人以希望，相反，艺术感知模式的支离破碎，艺术感性魅力或本雅明的“气息”（aura）的丧失，先锋的革命性和艺术家的风格性的消逝，使艺术一步步成为非艺术和反艺术。艺术不再具有“超越性”，仅仅等同于生活，生活成为了后现代人的艺术棋盘。

第四节　后殖民与第三世界文化

在数码复制的时代，杰姆逊关注后现代后殖民主义问题并做出自己的回答，他揭示出现代艺术向后现代艺术的转化，是以丧失时代艺术否定功能为代价的。后现代的大众化商品复制与形式上的平面模式，反映出跨国资本主义文化生产的内在危险逻辑：它使文化扩张并消弭了文化的精神特性；它迫使艺术放弃批判功能而顺应消费和科技型生产关系；它使文艺和美学遭遇到四个“削平”（深度模式削平、历史意识削平、主体性削平、价值削平），使世界“物化”，加速了表征的紊乱。因而，在杰姆逊看来，将后现代文艺印证于消费资本主义社会结构变化，就可以从哲学高度昭示出晚期资本主义文化形态的总危机，即理论话语界限消逝和语言表征规律失控。

从后现代主义基本立场上看，杰姆逊对丹尼尔·贝尔的新保守主义是坚决反对的，他反复说不能只看到后现代科技的来临，而成为给定事实的被动接受者，即应“避免像丹尼尔·贝尔那样，成为一个以技术官僚为本位的意识形态支持者，甚至成为新的社会系统本身的辩护者。”①

① Jean-Francios Lyotard, *The Postmodern Condition: A Report on Knowledge*, Foreword by Fredric Jameson, Manchester University Press, 1984.

杰姆逊对哈贝马斯的观点相当重视，认为哈贝马斯对抗后现代主义的态度中，“所表现出来的洞察力及敏锐度，比利奥塔德所愿意承认的，要多得多”①。就内心而言，杰姆逊对哈贝马斯的基本理论框架，诸如重建新理性、建立交流模式、达到普遍共识、注重堂皇叙事、提出合法性危机，是持积极肯定态度的。但作为美国学者，他又看到德国思辨理性以及德法宿怨存在的问题，因而他在哈贝马斯的激进对抗后现代主义的问题上又有某种保留。对利奥塔德的看法，杰姆逊表现出宽容性与原则性的统一。他承认利奥塔德对后现代知识状态的分析是迄今为止最为深刻的，然而在结论上却展开针锋相对的论争。杰姆逊不同意全面授受后现代文化，坚持一种批判立场（可以看出西方马克思主义的精神）和质疑态度，同时，对利奥塔德开出的“药方”——“谬误推理”坚决反对。杰姆逊认为：“如果全球性的私人公司，垄断如此重要的信息系统以后，那么世界将沦入悲惨的境地。基于这种认识，我们对‘谬误推理’和‘怎么都行’之类的说法确乎无法再以轻松的心情去面对。究极而言，我们不能单纯期望信息垄断的局面会通过一种有善良愿望的科技精英分子的自觉而得到改善。恰恰相反，我们只有以政治上的行动本身，才能对那信息垄断的局面提出真正的挑战。”②

杰姆逊对后现代主义的态度十分矛盾，他为后现代主义列出两个解释性范例，一是“美学范例”：后现代主义是对高级现代主义的反动；一是“社会经济范例”：后现代主义的出现与后期消费资本主义的出现“密切相关”。就前者而言，杰姆逊认为：“不仅乔伊斯、毕加索不再令人觉得古怪讨厌，而且一度被看作古怪的作品，都变成了经典之作。当代艺术中最令人反感的形式，诸如庞克（punk）、摇滚（rock），或那种所谓的公开‘性’材料，都为社会逐渐接受，获得巨大的商业成功。

① Jeam-Francios Lyotard, *The Pastmodern Condition: A Report on Knowledge*, Foreword by Fredric Jameson, Manchester University Press, 1984.

② Jean-Francios Lyotard, *The Postmodern Condition: A Report on Knowledge*, Foreword by Fredric Jameson, Manchester University Press, 1984.

当代艺术的遭际与那些高水平的老现代主义作品相比完全不同。这意味着，在我们的文化中，即使当代艺术与老现代主义一样，有相似的形式特征，但其立足点还是发生了根本的改变。”① 如果仅仅认为后现代主义是针现代主义的反动，那么其决定论的色彩太强，而且事实上二者之间还残存着承递关系。就后者而言，并不能肯定后现代主义的出现是由“消费资本主义”导致的。何况杰姆逊还说过这样一段话：“我不认为当今所有的文化生产都是‘后现代’的。后现代其实就是一个力场，截然不同的文化冲动必须依照各自的方式发展。”②

后现代主义在当今是一种时髦的文化风格，但它不是人类历史的终极境界，只是人类历史上的一环而已。人类不可能长久地停留在一个缺乏深度的“平面”上。在不久的将来，会有新的文化风格取代后现代主义。因为后现代主义所奉行的消解游戏，必然对其自身也是有效的。

作为一位文化型论家，杰姆逊自20世纪80年代以来，主要的贡献除了后现代主义文化研究以外，就是第三世界或后殖民主义文化研究。③ 因为他敏锐地感到，目前，晚期资本主义以其“有活力的、有原创力的、全球性的科技扩张”，“正专门朝向被前资本主义所包围的第三世界农业及第一世界的文化领域渗透进攻”。他对处于发展中的第三世界抱有同情，对其文化特征尤感兴趣。他的《处于跨国资本主义时代中的第三世界文学》一文，表明他的视点集中在全球文化后殖民处境中的第三世界文化的变革与前景上。他从一种“共时性”的基点出发，一方面看到后现代后殖民时期全球文化的趋同性，另一方面也看到当今世界图景中不同文化系统的冲突和对抗性。他试图在第一世界和第三世界文化（即中心与边缘文化）的二元对立关系中，把握第三世界文化

① Fredric Jameson, “Postmodernism and Consumer Society,” in Hal Foster ed. *The Anti-Aesthetic: Essays on Postmodern Culture*, Port Townsend, Wash: Bay Press, 1983, p. 124.

② Fredric Jameson, “Postmodernism or the Cultural Logic of Late Capitalism,” *New Left Review*, 146 July-August 1984.

③ Cf. *Nationalism, Colonialism, and Literature*, by T. Eagleton, F. Jameson and E. Said, University of Minnesota Press, 1990.

的命运，并寻觅到后殖民氛围中人类文化发展的新契机。

第三世界由于经济相对落后，文化亦处于非中心地位，因此，对于先进的科技和文化必然有所借鉴乃至某种依赖。杰姆逊指出，后现代时期，经济依赖是以文化依赖的形式出现的。然而，问题恰恰在于，后现代引进了供消费的新的文化节目（如外来的电视节目），它完全忽视了电视对人的行为所造成的反文化效应，以及文化价值观的混乱。第三世界对先进国家的文化依赖暴露出当今世界体系中潜存的某种意识形态冲突，如果放任下去，就会被动地招致后殖民主义文化垄断，从而失去本土文化的特色。

对第三世界文化的研究，使杰姆逊注意到这样一个事实，即第一世界掌握着文化输出的主导权，可以把自身的意识形态看作一种占优势地位的世界性价值，通过文化传媒把自身的价值观和意识编码在整个文化机器中，强制性地灌输给第三世界。而处于边缘地位的第三世界文化则只能被动接受，他们的文化传统面临威胁，母语在流失，文化在贬值，意识形态受到不断渗透和改型。因此，第三世界文化面对后现代、后殖民性文化，处于一种“拿来”“疑虑”“拒斥”“应战”这十分矛盾的心态和处境中，如何在后殖民文化语境中找到正确文化策略，是第三世界文化出路的关键所在。

行之有效的文化策略是，第三世界国家有必要以一种新的国家主义来对抗这种文化侵略，但绝不是指那仇视外国先进文化的国家保守主义，而是一种将自己国家的状况国际化的开阔胸襟和气度。夹杂仇外敌外的情绪去排斥外来影响，是没有出息和没有前途的。正确的途径在于，根据自己国家的情况和问题，去思考某种文化产品为何要引进国内，同时，对自己国家的情况和问题保持高度的敏感和洞见，这样，就有可能在跟上国际文化大趋势的同时，使本土文化模式引起外国的兴趣和关注，使本土文化展现新貌并走向世界。

杰姆逊并不以后现代文化为尊，相反，他通过那些走马灯似的解构游戏看到了后殖民时期西方文化的病症和面临的困境。他期望第三世界文化真正进入与第一世界文化“对话”的话语空间，以一种“他者”的形象，成为一种特异的文化表意方式，破除第一世界文本的中心性，进而在后现代、后殖民文化潮流中，展示第三世界文化的风格。

当然，杰姆逊理论杂糅的成分较明显，挪用现成理论多而自己独到创造少，且对“西方马克思主义”的运用大多仅停留在文化分析或一般的上层建筑与经济基础的结构模式或生产方式上，因而也受到了一些西方学者的批评，认为其思维模式显得单一，既没有原创性理论，也没有站稳真正纯粹的马克思主义立场，而是在多种理论之间滑动、游移。这也许是现实的多元、多极景观，造成杰姆逊面对当代政治、经济、文化问题时采取一种过分灵活辩证的方式使然吧。

第十七章　汤林森：文化帝国主义

如何描述或评价现代性向后现代性转化的历史轨迹？如何发掘这一历史转向中掩盖的政治、经济、文化、思想层面的问题？如何使自己对文化横剖面的分析与历史发展势态相契合并能“先行见到”一些新的文化“症候”？这些问题恐怕是20世纪末思想者所难以回避的。

英格兰布雷德福大学博士约翰·汤林森（John Tomlinson）所著《文化帝国主义》（*Cultural Imperialism*，1984）出版于20世纪80年代中期。该书定位在对西方后殖民主义话语进行分析，进而展示西方近20年来学者们彼此对立的有关文化帝国主义的讨论。涉及四层分析话语，即媒体帝国主义、民族国家话语、对全球资本主义的批判以及对现代性的批判。这四个层面的分析揭示出文化殖民的内蕴以及历史走向和文化宿命。

第一节 文化帝国主义

自福柯的“话语分析”方法在人文社会科学中广泛运用以来，本世纪下半叶有相当数量的人文社科著作都采用了这一方法。汤林森著《文化帝国主义》正是运用了“话语”的形态分析手法，使其能以独到的视角切入当代世界后殖民主义文化思潮，分析其基本走向和主要问题，并得出有一定深度的结论。

“文化帝国主义”这一概念产生于20世纪60年代，是带有后现代主义色彩的批判社会文化的术语。这一概念内容的非确定性和宽泛性，使人对它的把握往往言人人殊。汤林森力求避免下定义式地界定这一范畴，而是将其植入话语分析过程中，得出其基本框架，其具体方法是确立四个基本维度，讨论文化帝国主义这一主题。也就是说，在汤林森看来，后殖民主义具体体现在：作为“媒介帝国主义”的话语，作为“民族性”的话语，作为批判全球资本主义的话语，作为现代性批判的话语。而这四个层面是互为表里的整体。

就作为“媒介帝国主义”话语而言，汤林森在分析了众多学者对此的论述以后指出，在当代西方文化圈中，媒介无疑占有相当重要的地位。而文化帝国主义一个重要的方面，就是通过媒体中介的文化传播，将意识形态扩散到他国之中。但媒体并不是现代文化的中心，人们的文化实体的经验，也不完全由媒介获得。相反，必须将文化帝国主义的现象当作是一宽阔的文化变迁过程，其间，媒介只是众多运作要素的一种。西方媒体扩散至发展中国家的文化生活，这一变化过程是其整个现代化大格局中的一部分。

汤林森的西方中心论立场，使他否认利奥塔德（Lyotard）、鲍德里亚（Baudrillard）和杰姆逊的后现代媒介批判理论，而固执地认为，媒介只是中性地、平等地传播而不是“强加意识形态”于第三世界。汤林森没有注意到，媒介在全盘进入文化领域以后，已变成了后现代文化经验的原则，它（如电视、电影、多媒体、广播等）已经并正在以激烈而根本的方式，改变着不同的文化疆界，并使文化差异消失在信息的倾销中，从而使异于西方的文化失去“他性”，在不断组织化、有机化中产生意义，并“类型化”人们的生活经验。换言之，一种不断灌输的话语已经不单是“语言”，而是一种“权力”的方式，一种置换意义、抹平差异的权力话语。

这种打上权力话语烙印的媒体，使我们看到的世界以牺牲其丰富性为代价。人成为媒体的附属物，成为媒体的延伸。媒体将人内化，使人只能如此看、如此听、如此想。媒体以超量的信息塞入接受者脑中，从而将不同文化、不同习俗、不同品味、不同阶层的人，连结在传媒系统中，并在多重传播与接受过程中，将不同人的思想体验、价值认同和心理欲望都整合为同一频道、同一观念模式和同一价值认同，并进而形成相近相似的“集体记忆”。就这一点而言，不知汤林森是无意的忽视还是有意的遮掩。

就作为一种“民族国家”的话语而言，汤林森不同意文化帝国主义是某种固有的本土文化为外来文化“侵略”的说法，而宁愿用“影响”这一概念。并强调思考文化帝国主义的方式应由地理范畴（本土与外国文化）转为历史范畴（传统与现代），以全球的、历史的眼光去看民族国家中的文化帝国主义问题。然而作者的自由主义立场，使他否定其文化的差异性、民族性，而单方面强调其同一性、全球性，从而在忽略文化帝国主义的“支配”“制约”“霸权”问题中，将资本主义“全球化”取代“本土化”的过程“解政治化”。

事实上，本土化与全球化、民族性与世界性问题，一直是第一世界与第三世界、发达国家与欠发达国家之间一个相当敏感的问题。就文化而言，其物质层面（科技）、制度层面（社会科学）基本上可以说应当或尽可能全球化，但在精神层（人文科学）和价值层（宗教）方面，却似难以完全丧失民族特性而归大同。如果，未来社会各种文化的差异完全消失：所有的餐厅都极像麦当劳或比萨屋，所有的音乐都是西方电子摇滚乐的变种，所有的城市都像米尔顿·肯恩那般坚实而靓丽，所有的电视节目都温文雅致的国际化，世界上每一个购物中心都能看见成群相同的购物者，这幅图景难道是世界“大同”？或者仅仅是文化帝国主义全球化的结果？无疑，这种抹杀民族性而张扬全球性的做法，或许能使欠发达国家在科技经济方面得到发展并缩小与发达国家之间的差距，但在文化方面恰恰导致巨大的文化表征危机和价值认同危机，从而在西方“他者”经济文化双重压力下，产生出“集体记忆”重写和“民族性丧失”的双重困境。

不仅如此，当汤林森热衷于将“本土化”与“西化”这一文化帝国主义的“地理范畴”转化为“传统与现代”的“历史范畴”以后，出现了两个问题，一是为自己反传统找到了话语转换机制，即将文化的民族性差异转换成时代的落后与现代的差异，并以西方文化的“现代性”否定其他文化的“传统性”；二是将西方文化看作是“超民族性”的，是一种代表人类未来的世界性文化，从而忽略了西方文化本身的民族性，以及其自身仍然存在的“传统与现代”的尖锐冲突。

事实上，西方文化在科技方面高奏“科技理性”的凯歌之时，由于精神价值维度的丧失，使二十世纪出现了人类最大的灾难：原子弹、艾滋病、生化细菌弹，这些高科技乌托邦的产品，正日益威胁着人类的存在。同样，在社会政治方面，由极力标举不以人的意志为转移的“历史理性”，导致出现了二十世纪纳粹法西斯主义以及种种独裁主义、专制主义的灾难。这些因各个不同的社会乌托邦图景导致的抹杀差异，否弃个性的法西斯独裁专制，使人们感到，不仅东方面临“传统与现代”的冲突，同样，西方也面临“人文理性”消隐、精神颓败、价值虚无的“传统与现代”的冲突。这一冲突并不能以简单地打掉传统为出路，相反，正因人文传统的消隐，才使得现代病如此猖獗。东西文化之争已变成了古今之争，而传统价值的式微，精神生命的弱化是古今之争的问题焦点，是全球现代化所面临的重要问题，无论东方还是西方都不可能逃离其外。因此，将西方文化看作代表人类未来的世界性文化，无疑只是不顾事实的心造幻影而已。

就文化帝国主义作为对全球资本主义的批判而言，汤林森认为这是进行现代性分析的关键。无论是媒介帝国主义、民族国家的文化帝国主义，还是资本主义文化在全球的扩张过程，仅仅是前后连贯的说法，或是借助文化帝国主义的说法加以串连组织而已。汤林森在分别就文化帝国主义是否为资本主义的先锋、跨国资本主义与文化同质化问题、资本主义与消费主义和第三世界、西方消费文化、批判理论与资本主义的结构性脉络展开讨论，并对一些激进的批判意见加以“自由主义”立场的辩驳以后，提出了自己的看法：资本主义文化的重点是消费的总体化过程与经验的商品化。消费文化引起人的兴味的原因之一，在于良知的批判并不容易。大多数（左派与右派的）文化评论都觉得专注而热情于消费文化是有问题的，但必须区分道德化与批判取向的差异。为什么社会上普遍存在着对于消费文化的矛盾心态？或许原因是消费主义成长的环境，或甚至它在某种程度上已征服的环境，是由现代性的其他发展所遗留下来的道德-文化空间。批判资本主义的扩散，必须处理资本主义最显著的特征（也就是消费）以外的议题。只有从传统转移到现代这样的事实出发，才能完整掌握消费文化的重要性。

汤林森之所以为消费至上主义（consumerism）辩护，是因为它不仅刺激了西方现代化的迅速发展，而且使其迅速向第三世界扩张，然而，由此却忽视了消费主义的负面效应。在全球现代化进程中，消费主义以金钱神话的意识权力话语方式控制大众的自由思想，使“钱”和“消费”成为精神匮乏时代的“金钱乌托邦”。当消费意识形态通过传媒而上升为大众的显意识，人们一旦误认为钱是生命的唯一意义所在时，社会的混乱和价值的颠倒就不可避免。事实上，消费主义文化不仅直接影响了人们的生活方式，而且使整个现代文化向享乐主义文化偏航。这种消费至上、享乐至上的文化思潮对发展中国家为害尤烈，当人们沉浸在短期行为的消费热潮中，不仅丧失了物质再生产的可能性，而且也丧失了精神再生产的可能性，不仅突出激化了文化准则和社会结构准则的矛盾，而且暴露出社会结构和人的精神结构相当严重的内在矛盾，以及由这种矛盾所呈现的传统价值的合法性危机。更严重的是，这种消费主义的一元性排斥其他所有的生活方式和存在方式，造成新的一轮话语沟通和制约的无效，鼓励文化渎神和理想消解。于是，正如米兰·昆德拉在《生命中不可承受之轻》中所说：“文化正在死去，死于过剩的生产中、文字的浩瀚堆积中、数量的疯狂增长中。”文化帝国主义不仅没有扩充文化，反而正在造成文化的死亡。这一怪圈，消费主义恐难辞其咎。

汤林森讨论文化帝国主义几个不同侧面的话语，即媒体帝国主义、民族国家话语，对全球资本主义批判的目的，是将这三者整合到对现代性批判的架构之下。因为媒体、民族国家、全球资本主义都是现代性运作的主要方式和因素，换言之，前三种话语都必须建立在对现代性讨论的前提之上，因此，讨论“现代性、发展与文化宿命”，成为汤林森后殖民文化研究的重点。

第二节 现代文化命运

总体上说，“现代性”指涉的是全球发展过程中，文化衍变的社会制度结构性主轴。全球文化的同质性发展，其始源是某个特定的亦即“现代的”生活方式占据了支配性地位。决定这个特定生活方式的因素是多重的，包括资本主义的生产和消费、都市化、大众传媒的勃兴、一个以“技术-科学-理性”作为基础的支配性意识形态、世俗化“民族-国家”体系的形成、一种组织社会空间及经验的特定方式、个体存在的认知模式。总之，作为对于现代性的批判，文化帝国主义隐含的批判对象，正是这些决定了全球文化发展的因素所占据的支配性地位。

由于对现代性重要性的认识，使得汤林森不满现代学者对现代性的批判，因此，在与霍克海默、阿多诺、哈贝马斯、柏曼、佩贝·安德森、卡思陀瑞狄思等思想者就“现代性”“现代化”“欠发展”“启蒙”“理性”“发展”“强势弱势”进行辩驳以后，汤林森认为，这些论述充满了前后对立不一，以及概念上的朦胧模糊，但其核心则是说现代性并不能合格地提供人们需要的东西，即超越于物质富裕、政治解放之上的文化诉求。汤林森并不认为这是文化帝国主义话语所显示出的“现代性的失败”，而认为这只不过说明了现代性的多种文化形式而已。

但是，不断为文化帝国主义辩护并反击批判现代性思潮的汤林森，也不得不承认“现代性问题”：资本主义的现代性，在科技与经济方面强而有力，但在文化方面薄弱不堪。可以说文化的薄弱彰显了巨大的生产力，却无力引导自身走入坦途，其结果很明显地见于快速增长扩散的全球环境危机。各国政府与资本主义跨国公司，对这一现象束手无策，这显示出问题不仅在于科技层面的失败，而更是文化意志的失败，即欠缺的是长期的方向感。

这样，问题就由现代性转向后现代性。当代西方道德正当性的危机在于西方文化当前对于“后现代”这个概念的执迷。后现代文化作为当代的“主控文化”，相较于19世纪末叶的“帝国主义高度发展”时代的现代文化已大不相同。后现代或“晚期现代性”状况，充满了不确定、矛盾、缺乏道德正当性，也无文化的方向感，与19世纪欧洲人到处殖民，胸怀壮志的文化信心相比，已不可同日而语。因此，自后现代以来，“全球化”概念已经取代了“帝国主义”一词，而文化帝国主义似乎也变成了文化“全球化”。全球化与帝国主义差异之处在于已不过分注重政治经济的宏图，文化方面也有欠明晰。而只致力于从一个权势向外将某特定的社会体系扩散到全球。“全球化”指涉出全球各地域的相互关联与互相依赖，全球化的效果将削弱“所有”民族国家的文化向心力，即便是经济上的强势国家亦不能幸免。换言之，全球化过程是文化帝国主义鼎盛而又因全球化实现而自我消失的过程，是高度组织化的资本主义霸权将终结的征兆。全球化的“文化经验”，延伸到了世界上所有的国家，不仅第三世界国家，而且第一世界的欧洲人以及北美洲人，很有可能再也无法从他们的民族国家的认同中，取得以往的文化安全感。所以，今天的主控文化生产的领域，不能与文化信心相契合，而文化帝国主义的参照语汇与标准只能跟着变异。

当现代性为后现代性所取代，当文化帝国主义为文化全球化所取代时，当代学者的使命是什么呢？对此，汤林森似乎有些勉强地答道：我们需要做的是，重新扎实地就界定与执行人类文化目标的方式再做结构性重组。这个原则所隐喻的是，晚期现代性已然自主化的全球机构与制度必须予以解构。这是一个令人生畏的使命，因此在油然产生强烈的情绪中，倾向于认定晚期现代性的景况，是我们的“文化宿命”。人类世界的塑造，必须看作是随着文化意志而变化的。心里存有文化动因的想法，隐含在批判文化帝国主义的论述，或许应该将它看作一块可供反思的空间。

后现代景况是人类文化的宿命。汤林森经过艰难论辩得出的这一结论具有一定的当代意义，而且也表明了某种超越后现代性而葆有人类精神文化质素的意向性。但从总体上看，其后现代后殖民主义评论显得较单薄，有深度的历史穿透性和犀利入微的分析尚嫌不多，罗列的现象（理论分歧）多而中肯的剖析少，思潮追溯多而问题意识少。他借用了20世纪80年代前后英美学院派对媒体帝国主义分析的成果，二战后民族国家形成的转折的研究、全球资本主义的左派激进批判理论以及现代与后现代的论战等多方面理论资源，基本上说清了文化帝国主义几个层面的问题，可是未能就此进一步展开，未对其理论缺陷、现实处境、文化策略、语言变异、话语权力作出令人信服的说明，在诸如启蒙、现代性、发展、全球化、民族性问题的梳理中失之粗糙，甚至有的地方因其西方中心立场而武断地否定文化帝国主义对第三世界的“文化支配”，掩盖“文化殖民”“文化霸权”的问题实质，否定“民族性”而一味突出“全球性”的不以人的意志为转移，使人感到论者在反思工具理性时又回到工具理性中，批判历史理性时又重新拥抱历史理性，在吁求人文理性时又对人文理性信心不足。这些理论和逻辑上的欠缺，使汤林森理论的问题聚焦缺乏明晰性，当然也就缺乏高屋建瓴的气势。不过，就后殖民文化帝国主义方面的思考而言，还是可以给我们提供一些继续思考讨论的框架。

第五编

文化研究与美学

第十八章　文化研究与边缘美学

一般认为，“文化研究”是20世纪末期出现的一种新的研究方法。但事实上，文化研究在20世纪初就不断演进发展，到世纪末则成为一种包罗万象的文化研究方法。[①]

文化研究重视经典与通俗、精英文化与通俗文化、文本研究与传媒研究之间的复杂关系，同时，注重研究者的自我身份及其国家、民族、阶级、性别等文化身份的考察，重视在跨国资本和消费主义中的与中心文化相对应的边缘话语的研究。因此，文化研究不仅重视大众传媒、通俗文化，也重视后殖民主义、女权主义和多元文化主义等的文化理论与实践的研究，从而构成其杂色纷呈的多元文化景观。[②]

---

① Cf. David Punter ed., *Introduction to Contemporary Cultural Studies*, 1986.

② Cf. Patrick Brantlinger, *Crusoe's Foot prints: Cultural Studies in Britain and America*, 1957.

第一节 “文化研究”的命名和理论向度

文学的社会学研究和文化的社会批判理论，仅仅是作为当代文化研究的一个理论源头和理论品格的一个参照系，并不是它完善发展的最终模式。在它自身发展过程中，英国伯明翰大学“当代文化研究中心”的霍伽特（Richard Hoggart，1918—2014）教授，无疑起了非常重要的命名和理论阐释作用。“当代文化研究中心”为文化研究形成自己独特的基本理论话语，作出了积极的推进。

1970年出版的《当代批评》中，有一篇霍伽特的文章《当代文化研究——文学与社会研究的一种途径》。在这篇重要文章中，霍伽特阐释了自己的文化研究的基本理论向度，即从高级文学和低级文学或大众文学的社会道德含义中解脱出来。不仅要评价语言的大众文艺，如广告、电影或流行音乐，而且还使人想到其他现代传媒，反对那种在好的文学和坏的文学间作非此即彼的选择。

霍伽特强调，要将文学放在一种更大的文化背景中去加以阅读，并将这种阅读作为表述其文化意义的准备。他在伯明翰大学“当代文化研究中心”，将这种阅读文化意义的阅读称为“价值阅读”，而将仅仅从语言角度进行的文学阅读称为“品质阅读”。在霍伽特看来，“品质阅读”主要是抑制新批评的形式主义批评，他们砍断了文学与社会广泛而深层次的联系，因此，作为一种纠偏，文化研究要重新恢复文学的社会文化网络，强调其审美因素、心理因素和文化因素的三重背景。

在他看来，审美因素是指那些为审美需要以及形式结构等因素所决定的特征；心理因素是指那些显然为特定作品创作个人所决定的特征；文化因素则主要是由某个时期特定社会中产生某部作品背景所决定的特征。前两个特征在某种程度上要取决于最后的文化特征，而且彼此是密切相关、不可分割的。这样，霍伽特就将文化研究的“价值阅读”上升到文学研究中的最终层面。他认为，在任何为了文化意义所作的阅读中，读者都必须从某种前提、选择活动、某种预先存在的判断出发，他无法避免地要做出隐含的或明确的价值判断，他可以清醒地意识到自己对文学作品的文化介入，因此，文化文本价值阅读中的价值判断是不可或缺的。在这个意义上，价值阅读表明了文学是一种文化中的意义载体，是有助于再现、表征文化信仰的对象物。

甚至可以说，一部作品就其文化意义而言，就在于破坏作品立足于其中的某种秩序状态，暗示出某种非秩序状态。作品要打破处身其间的社会秩序，以及赖以存在的艺术以外的任何其他的秩序网络，使文化意义通过直接体验作品，以及通过作品的观察角度而获得理解。就这个意义上说，艺术影响着一个社会中所把握的价值特性及其把握的方式。只有从文化研究的角度，才可以真切地理解文学作品的深层含义及其价值向度。

当然，霍伽特也重视大众艺术或者是与高雅艺术相对的粗俗艺术，认为这种“中等低级”的或世俗的艺术，并未完全放弃其负载的文化意义，它们自己也同样存在某种层面的文化意义，甚至广告和电视等也同样具有引起人们关注的文化层面的意义。也应纳入文化研究的视野之中。

总体上说，霍伽特的文化研究理论，以及他主持的伯明翰大学“当代文化研究中心”，为文化研究从纯文学研究中脱颖而出做出了努力。他强调了文化的表达因素和表达性阅读的重要性，进而关注这种表达的社会文化的意义。因此，这样的当代“文化研究”是从严谨的文化文本阅读开始，并与其他多学科、跨学科理论携手并进，将文学美学引向更深入的社会理论与文化价值分析中，从而得出当代社会的总体网络的意义解读。①

文化研究的理论资源，除了前面所说到的一些西方马克思主义者以外，还有解构主义理论家福柯、拉康、德里达、巴特、德勒兹和鲍德里亚。可以说，西方马克思主义的激进思潮，使文化研究者认识到了“激进话语”维护文化经典的一些盲点，同时，又使其意识到解构思潮所具有的中心颠覆性和边缘洞察性。就此而言，文化研究实现了三个“转向”：一是从经典文化转向了大众文化的研究，或从中心转向了边缘的研究；二是从文字载体的文化研究转向了影视、图像的现代文化的研究，使广告、绘画、建筑、影视、大众传媒、消费文化成为热门话题；三是从纯文学研究转向种族、性别、阶级、民族性、差异性、社区文化、媒介文化、女性文化和后殖民文化等问题的审理。这种新型的学术研究转型，形成了关于性别文化研究、地域文化研究、种族文化差异研究、当代影视文化研究、现代消费文化研究等多种研究意向。在这不断置换的问题和话题中，文化研究改写着这个时代的审美观和价值观，进而改变着整个文化的基本走向。

文化研究除了在欧美有广阔的发展外，前苏联美学家卡冈和鲍列夫也从事着自己的文化研究。如卡冈在《美学和系统方法》艺术中强调文化系统中的艺术文化结构的形态学意义，认为当代文化美学研究已经

---

① Cf. Hoggart, R. *The Uses of Literacy*, *Harmondsworth*, Middlesex: Penguin Books in association with Chatto and Windus, 1958.

不能局限于对各种艺术作简单的研究，不能局限于孤立地考察各种文化领域，而必须同时开始对文化作完整的研究，以揭示艺术在世界文化发展过程中的状况、地位和功用所包含的可变性和稳定性的辩证法。而鲍列夫在《美学》中则明确提出“艺术文化学”，将文学置放到一个广阔的文化境遇中去考察，认为艺术文化能使人的精神具有创造力，使文化进行扩大再生产的动力艺术文化价值只能由象形符号和象征符号来传达，这些符号出现在交流场合和语言场合，在这里存在着释读符号的文化译码。艺术价值是有意向性的、有目的的语言符号，而作品是艺术文化的元符号。无疑，这些思考也从某种意义上推动了文化研究的自我成形。

总体上看，文化研究属于一种后起学科，却以后来者居上的方式成为当代文化一大景观。它以一种多元杂糅的方法论来研究跨世纪、跨学科、跨地域的文化。它既在此文化中，却又不完全限定于此文化，而是在文本与社会、上层建筑与经济基础之间形成一种有机的联系，通过这种联系，使中心文化和边缘文化、雅文化和俗文化整合成一种“统一的文化模式”，从而为现代人的生存和文化的身份加以定位。

当然，在当代文化研究上做出重要贡献的，应该是两位法国思想家：布迪厄和鲍德里亚。正是他们富有创建性的思想，使我们不能不关注其理论言述。

第二节　布迪厄文化研究的当代拓展

布迪厄（Pierre Bourdieu 1930—2002）生于法国贝恩亚，二十世纪五十年代在巴黎高等师范学校学哲学，六十年代开始从事人类学研究，八十年代初被法兰西学院聘为社会学教授。这种横跨多学科的学术经验，使他对一系列社会理论问题做出了自己独到的思考。总体上说，布迪厄打破了学科界限，从跨学科的角度，分别对人类学、社会学、教育学、语言学、哲学、政治学、史学、美学、文学等都有研究，并形成一系列独到的思想范畴与相当新颖的学术框架。①

从“普遍的文化理论”的反思推进到中期的“文化实践理论”，布迪厄形成了自己独特的学术品格，并努力克服那些“巴黎时兴的唯理论主义者的表现癖”和各种各样的“理论登场表演”。他要超越传统对立关系的二分法，超越主观论与客观论的二元对立，拒斥那种形而上学式的解决各种问题的“宏大理论”和“宏伟话语”，从而使得文化与社会、结构与行为等普遍存在的文化理论的对立面得以消解。

这样，布迪厄就提出了关于知识、实践和社会理论结构及其学术途径的轮廓，从而扬弃了社会物理学与社会现象学的二元对立，以及个人和社会的二元对立，并以理论生成性使自己超越了那种非此即彼的偏窄理论思维和基本命题，从而能够反思自身，甚至能够跳出自身而反观自己，使得自己在不断打破思想封闭中走向自我精神的敞开。

布迪厄力图以一种全新的方式来透视或思考一系列旧的问题和旧的框架，正如维特根斯坦所说“从炼金术的思维方式过渡到化学的思维方式”一样，形成一种思维的飞跃，在这种全新的思维方式中，使旧的问题得以消解。因为旧的问题是与我们的思维方式和言说方式相始终的，一旦我们用一种新的方式来表达自己的观点，旧的问题就会同旧的语言外套一样被抛弃。

如何在理论上拒弃总体性形而上学理论，同时在实践上也以一种反体制、反中心话语、反理论与经验脱节的进入问题的方式，抛弃结构与能动作用的对立即微观分析与宏观分析的对立，进而明确将对他人理论

---

① Cf. Bourdieu, P. *Outline of a Theory of Practice.* trans. Richard Nice, Cambridge: Cambridge University Press, 1977; *Homo Academics*, 1988; *In Other Words: Essays Toward a Reflexive Sociology*, 1990; *Logic of Practice*, 1990; *Invitation of Reflexive Sociology*, Chicago: University of Chicago Press, 1992.

进行说明的分析者的活动也纳入自身研究范围之中，成为布迪厄思考的重要问题。这些流动变化的问题，使得布迪厄著作内容始终在不断地发展演变，并在不断的螺旋式的思维时间和空间中展开。他在修正自己理论之时，重审那些困难的问题和对象，并深入剖析它们。

对独断论和绝对论的抛弃，使布迪厄更注重社会关系论。就社会学而言，他强调个人与社会之间的一种“转换生成性关系”，反对绝对论模式。他既抛弃方法论上的个体主义，又拒斥方法论上的整体主义，以及“方法论上的情境主义”（methodological situationalism）所出现的对二者的虚假超越。这构成他的社会学立场的中心视角。正因为这种理论的自觉和视点的超越，使布迪厄可以抛弃个人自发性和社会约束性、自由和必然、选择和责任之类的虚假问题，进而避免在个人与结构、微观与宏观分析间非此即彼的选择。他倡导并实践方法论上的多元论，这种多元论既不同于费耶阿本德认识论的无政府主义，也不同于达达主义的所谓“怎么都行”，而将实践向度恢复为知识的对象，重新将理论的实践方面看作一种知识的生产活动，使自己与概念的关系具有一种实用主义的关系，即将这些概念仅仅作为一种帮助自己解决问题的实用工具。

布迪厄张扬理性，把理性看成是历史的产物，并强调真正的知识分子必得独立于各种世俗权力，独立于经济和政治权威的干预，而且，知识分子必须确保这种独立自主，即要用各种制度化的有序性对话阵地的存在为自身存在的前提。他坚决反对知识界中的地方主义和宗派主义，坚持要开辟一个自由平等的空间，在这个空间当中，既排斥那些互相吹捧的小集团，又坚决取缔那些以一些虚假问题在整个文化世界的以讹传讹。真正的知识分子以解放思想为己任，摆脱其职业性弊端和为自己权力本位而争斗的狭隘性，从而成为一种集体的对抗符号权力的力量。也就是说，既注意自己在社会化进程中的职责，又要独立于官方的政治；既自由解放，又具有价值关怀；既入世而关注现实，又不屈服于任何正统话语的教条。

知识分子作为符号的生产者，在当今社会面临了前所未有的意义失落和艰难的价值选择，他要么作一名所谓的专家为权力话语者服务，要么固守自己旧的文化生产方式而做一个只知授课的教授。布迪厄抛弃了这两种选择而力图寻绎一种新的参与方式，即集体性知识者或知识话语和文化符号的生产者，能够通过确立自身作为一个独立的群体存在，而以一种自足的主体去影响当今的政治。这样，知识分子的学术操守、学术敏感和学术眼界就变得分外重要。因为说到底，知识分子在塑造社会的同时也在塑造自己，而他在塑造自己的同时也在塑造这个世界。

第三节　场域理论与文化习性

总体上看，布迪厄的文化社会理论基本构架建立在三块基石上："场域""习性"和"资本"。这三块基石直接承担了其反思社会学、观照现实各个领域和人生社会的基本指南，值得深入探讨。

在布迪厄看来，社会科学的真正对象并不是研究单纯的个体，而是研究无数个体所构筑的一种"场域"，以及无数场域构筑的一种更大的场域的综合性结构。因此，场域是社会科学研究的中心，而个体则是作为场域中最活跃的、为社会建构的、不断更新自己的一种要素。从场域的角度思考，就是从社会总体关系角度进行思考，也就是说，要对社会世界的整个日常见解进行转换。布迪厄将场域看作是一个网络，一个不断建构的结构，在这个网络中，存在着占有者、行动者和体制性的多重权力结构。这样，就可以将那种简单地把社会分成阶级的社会分析方法，更细致地变成话语空间的再划分，即微型化的分析方法，将场域的观点转化为一种圈层的逻辑。整个场域中又可分成艺术场、宗教场、经济场、学术场、法律场等。

进一步说，每一个场域都是一个独特的空间、一个独特的圈层，同样也是一个具有不同规则的游戏圈，这种游戏圈使得艺术场和经济场以及法律场具有完全不同的游戏方式。但是，它们又因为“资本”种类的相通而具有相对统一的联系。场域的游戏性和游戏的规则性，使得“场域”更加准确生动地把握了社会存在状态的千变万化和它的自身内部圈层的大小、兼并、占有和区分。场域所具有的原动力原则存在于其结构的形式之中，尤其存在于各种势力、各种要素彼此冲突的力量之间的距离、差距的不对称当中。任何力量、任何权力，如果不在场域内，与场域的其他要素不发生关系，那么它就不能存在，也没有任何作用。在这种活跃变化的场域空间当中，那些权力的占有者通过获取资本权力来控制场域的生产与再生产，而其中的受控者或行动者的策略也取决于他们在场域中的地位。

不妨说，场域的概念既不同于机能主义和机体论，又不同于一般的制度性理论，场域是权力关系的场所，是不断变化的、具有连贯性的、在冲突和竞争中产生新场域的领域。在这个领域中，场域不断改变着自己的性格和形态，具有自己全新的逻辑规则。每一个场域都构成一个敞开的游戏空间，其力量的此起彼伏、权力的犬牙交错和游戏者的谋划策略，随时随地地改变着场域的某些形态。更重要的是，所有的场域都包含在权力场之内，都与权力场有着控制与被控制、制约与反抗之间的关系。在与权力场相对的其他场域中，往往出现这样的情况，比如说，艺术场往往被占统治地位的权力场所控制，因此，艺术家或者是文学“知识分子是统治阶级中被统治的那部分人”。文学知识分子在权力体制内所占据的位置及其关系，成为了社会科学关于场域的特殊思考角度。

场域具有一种普遍性的特征，也就是说处于一个特殊的场域的行动者，如知识分子、艺术家、政客等，并非直接承受外部的一些压抑。相反，所有外部权力的渗入，只有通过场域的独特形式的特殊调解之后，才会间接地影响到行为者的身上。从这个角度看，场域具有了一种自主性，它的自我重构的特殊逻辑，使其对场域圈层具有特殊的历史积累性影响。同时，场域是一系列关系的系统，是各种不同关系之和。某一艺术家或哲学家之所以是以这样的方式思考，以这样的行为或这样的言说方式作为其存在的表征，是因为存在着一个知识分子场域，场域的逻辑制约了圈层内学者艺术家的思维方式。

“场域”概念的确立，其主要功绩在于创立了一个必须重新思考的区分模式，并使我们可以这样提出问题：被考察的世界的局限性是什么？世界是如何被连接的？与什么连接？在何种程度上进行连接等。这样，就可以从实证主义、经验主义的理论真空中和理论主义的话语真空中逃逸出来，而获得自身的理论的完满性。

场域是一种“资本”的垄断。在艺术场域中，资本的垄断是文化权威；在科学场中，资本的垄断是科学权威；在宗教场中，资本的垄断是主教。改变了不同资本形式的分布及其相对的分量，也就改变了这一场域的结构。在这个意义上，场域又像一种“角斗场”，是一种权力、地位和力量的较量。

“习性”，即人的社会生态性，这既具有先天的因素，又不完全是先天的，而是在社会化的个人境遇中逐渐习得的、并逐渐演变的“第二天性”。

其实，这个问题并非始于布迪厄，也并非一个新问题，而是困惑人类思想家的一个本体存在问题。这一问题在哲学上可以表述为“个体与社会”关系的问题，或者是“人与社会环境”问题。个体的遗传或者个体本身所带来的东西，只是其生命发展中的一个基本要素，而不是其全部密码。人适应或塑造社会环境，人也被社会环境所塑造。人通过教育的提升，不断地改造着外部社会，同时也积淀而生成自己新的天性。所以，人既是历史和社会的结果，又是历史和社会的原因，既是社会的客体，又是社会的主体，二者统一于人的实践活动中。

“实践性”是人的社会属性的集中体现。因为实践发于主体，在创造更新客体世界的同时，又创造更新着主体自身。人在历史中不断地通过实践改变外部社会时，人本身的天性也随着实践活动而不断地发展和完善。社会环境决定人，人也决定环境，人的发展受到环境制约又决定环境的发展。而这一环境或社会始终是历史的、社会的、政治的、经济的和文化的多重关系的，直接从这多重关系去看人自身的习性，才有可能真正发现人性的奥秘。

“习性”是一种结构塑形机制（structuring mechanism），其运作来自行动者自身内部。习性既不完全是个人性的，其本身也不是行为的全部因素，习性是生成的而不是一成不变的。如果个体与社会的互动使习性成为人的第二天性，同时又包含着人的第一天性的内涵，那么就结构分析而言，习性即是一种小型的话语权，它不仅是个体自身存在的一种文化空间和心理积淀，同时也是一种小群体之间的话语通约。在布迪厄看来，习性首先是一种姿态、一种特殊的逻辑。习性的建构原则存在于社会性的构成中，或者存在于被构造了的和构造着的性情体系中。

“习性”与“习惯”不同，习惯是外部社会使主体逐渐获得的适应性，而习性却具有一种能动性，不断创造自己的新本质的特性，所以它具有生成性、建构性，甚至带有某种意义上的创造性能力。这种能力尤其是在艺术当中，更是伸展了人性的新维度，更新着性情系统的新编码。作为人类第二天性的“习性”，它表明了主体选择的目的性和自身生成形态的预设性，所以，它要求一种普遍的、预先构成中的自我幻象。习性的逻辑展开，有效地回避了在个人与社会之间非此即彼的选择，而且将个人和社会双向的能动性集中起来，宣称个体是不能逃离于社会、集体之外的。

习性，即一种在个体之上体现出来的社会化了的主体性。如果说，场域是一种大型话语权，那么，习性就是一种与个体紧密相关的小型话语权。就此而言，习性与场域的关系是双重的，从习性的角度可以看到铭刻在人躯体上的社会制度，而从场域的角度，我们可以观察到客观关系的体系，它们是刻在事物或制度上的铭文。

习性与场域是一种互动关系：一方面，场域构造习性，习性体现场域的内在必要性；另一方面，二者具有一种知识关系，即认识的建构关系。习性有助于把场域建构成一个有意义的世界和价值世界，在这个世界，人们可以进行一种文化资本的估价。人的存在，是由社会现实赋予形体以习性，社会现实既存在于社会中，又存在于思维中；既存在于场域之中，又存在于习性中；既外在于行动者，又存在于行动者的内心。

习性是社会世界的产物，在习性与场域的关系中，历史进入一种与自身相关的“同谋”关系。习性是个体与群体的统一、是人与社会的统一、主观与客观的统一。习性不是命运，习性是历史的产物，习性向个体的性情、好恶和经验敞开，并在实践系统中不断地迭加和删除旧有的习性，添进新的习性。因此，习性使得个人服从某一个文化场、经济场，同时，习性又使人超越原有场域获得新的本质。就此而言，习性不是本质主义的，不是定义性的，而是时间中的生命反思和对时间生命的反思，是在时间中生成的历史性延展。历史性和相对性是其徽章。

总体上说，“习性”就是知觉、评价和行动的分类图式系统，既有一定的稳定性，又有一定的自我延展性，它来自于社会制度，又存在于个体身体之中。在这种场域和习性的关系中，存在着某种恒定的因素和可变的因素。人的生存，或者是以社会塑形的身体方式存在的习性，包含了生存或习性世界的一部分。

第四节　文化资本与象征资本

受马克思影响，布迪厄将“实践”“资本”等核心概念作为观察社会的重要角度。他指出，“资本”是以物化的形式或肉身化的形式累积起来的，这是一种铭写在客体或主体结构中的力量，也是一条强调社会世界的内在规律性的原则。资本表现为几种根本的类型，即经济资本、文化资本、社会资本、符号资本。这里，主要讨论文化资本、符号资本和社会资本。

布迪厄认为，“资本”需要实践去积累，需要以客观化的形式或具体化的形式积累。在积累中，在交换世界里，资本获得了当今世界换取生产利润的潜在能力，以及自身存在的鲜明意象。资本可以大体上分为物质形式资本和非物质形式的文化资本和社会资本。物质资本在交换过程中可以表现为非物质形式，而非物质形式的资本也可表现为物质形式。

文化资本与经济资本不同之处在于，经济资本可以立即转化为金钱，它是以财产权的形式被制度化的，而文化资本在某些条件下才可以转化为经济资本。文化资本的特点在于，它是以受教育的资格形式被制度化的，是构成社会符号力的基本条件。人们在文化知识、教育中不断地通过文化资本的积累获得社会权力，文化资本决定了大众文化及人们的日常生活，使新的习性可能性得到了限制。文化资本有着具体的状态，是以精神和身体的持久性情的形式存在的。客观的状态以文化商品的形式获得呈现。就单个人而言，他的学术能力与学术投资之间的关系表明，其能力和才能本身，就是与其实践上文化资本的投资，即受教育的程度和时间成正比的。

一般说来，在发达的资本主义社会存在两种支配形式：一种以经济资本为基础，是支配的主导形式，另一种以文化资本为基础，是支配的从属形式。文化资本的基本状态与身体相联系，其积累处于具体状态之中的即通常称之为教育、文化、修养的形式。它必须是受教育者经历过许多时间和亲身体验，才能够获得其知识结构的质的飞跃。这种时间的投资、韧性的投资和意志力的投资，还包括经济资本的投资，使得文化资本的获取需要相当长的时间作为衡量的标准。如何在这种文化投资的过程中保证其有效性和节约时间，使得人才的合法性变得尤为重要。将文化资本集中起来，塑造成人的一种素质、气质及其整个文化习性，成为进入现代社会秩序的一个重要砝码。

文化资本的积累不能超越个体及其表现能力，而只能随个体的生物能力及生命的衰落而逐渐消亡，它不像经济资本那样可作为遗产流传。文化资本的传递和获取比经济资本具有更多的隐蔽性，文化资本越是具有稀有的符码，就越能获取更高的价值回报。文化资本的传递成了资本继承性传递最佳的隐蔽形式。当然，在一定的时间之内，经济资本不一定能完全转化为文化资本，文化资本也不一定完全能够转化为经济资本。就客观化状态而言，被客观化的文化资本（如文学作品、绘画作品等）在物质方面是可以传递的，如名画的收藏可以像经济资本一样一代代传递并增值，所以文化资本既具有物质性的一面，又具有文化象征性的一面。

就体制化状态而言，文化资本的客观化往往以学术资格这一形式出现。如此一来，就有一个文化身份“合法化”问题，即必须具有学术上可以认可的文化资本。所以，一切自学者或中断学业者、受教育不全者的文化资本，在其一生中随时都可能遭到质疑。整个现代社会是一个证书和学历的社会，学术资格和文化能力的证书是个体的价值标榜的符号，是其文化资本的合法价值的保障。体制化的、官方承认的、得到保证的文化资本与简单的文化再生产之间具有根本性的差异。也就是说，官方认可的体制化的文化资本，成为人们所力求获取的自身价值认同和保障，而简单的文化资本则要求人一生不断地去证明自身的合法性。在这种文化资本的标准格式下，人们逐渐抛弃了自己个体的、独特的成才或者获取文化资本的途径，而涌进了大学教育的羊肠小道，去获取社会所认同的各级证书，并被迫接受社会公认性的权力话语。正是因为文化资本的体制化和学术资格制度化，使得文化资本拥有者的相互比较成为可能；正是因为把经济资本转化为文化资本的策略，导致了现代学校教育的爆炸和资格膨胀的短期效应。同时，众多统一的人才成批地生产出来，也使这种体制化公认的权力日益巩固。

“象征资本”与文化资本有着不可忽略内在联系。所谓象征资本，就是被人们承认接受了的政治、经济、社会、文化的资本。文化资本转化为象征资本之时，不断地被复制和模仿。尤其是在“现代性”成为当今神话的世界，文化资本更被转化成了一种现代性的符号资本。

象征符号资本具有两面性，它既是一个权力话语系统，同时又面临自身的合法性问题，即在这一文化范围或文化秩序中，是否和为什么应获得其成员的忠诚和信任的问题。在“现代性”的神话中，异化、失范的经验和“合法性危机”，隐含在这种文化象征符号的更迭之中。“现代性”这一切“传统”都面临着合法性危机，因为现代性表明了自然的非神圣化，生活的契约化，制度的明朗化，以及对合法性的重大修正。合法性理论因此试图恢复业已失去的世界的一些特征，力图将该秩序中的习惯和规范解释为与神意相连的一种传统，同时，还存在一种规范和标准的契约化，以及渗透于生活各个领域的制度。正如哈贝马斯所认为的那样，在当代的文化中，合法性问题的领域还要进一步拓宽。在文化象征符号控制之下，个体与群体为争取自身的合法性变得非常重要。

“合法性”这一概念往往又是一个非学术性难题，现存的各种非纯粹的强制统治形式，可能都要以合法性为基础，或迟或早要取得合法性，尤其要取得象征符号的合法性。因此可以说，生活在符号控制下的社会是一个没有危机的社会，因为人们的价值观念得到认同，其生活、文化、消费的方式，都在无形中进行模仿和做出抉择。但同时，这又是一个充满危机的社会，因为当每个个体的价值观念必须整合在一个具有共同性的价值之上时，个体无疑会产生深切的文化撕裂痛苦和文化圈、文化场域被置换被扬弃的痛苦。

不难看到，象征资本又是一个“话语暴力系统”，它总是要将客观的等级制度、权力关系、社会结构再现成合法性、合理性的社会理想秩序。人的价值判断的认知结构都笼罩在一种权力的意识形态当中，社会的生存空间和话语空间转化成文化资本空间，而“教育”就变成这种空间的转换中介。

布迪厄在《教育、社会、文化的再生产》一书中认为，教育是作为一种象征符号暴力手段在从事社会的再生产，也就说，通过教育资源的获得，而建立起一种权力支配与被支配之间的关系。在现代社会中，教育使人获得进入现代性社会的通行证，教育的多少、文化符号拥有量的差别，将人划分为具有不同学识和能力的群体和个体。教育和学术变成一种象征符号性资源，成为人们增强支配性地位和获得权威的途径。

布迪厄对文化象征资本的看法是，任何文化知识体系都有一种把社会权力体系引入并使之合法性的特性，而权力意识形态的结构化将社会限制和支配剥夺合法化了。文化资本是构成社会符号力的基本条件，具有不同的文化象征资本，就具有不同的文化符号支配和被支配的可能性。拥有更多的文化象征资本的人可以支配或控制文化资本少的群落，具有主导性权力话语支配力的群体，可以支配社会地位、身份和等级差异方面处于弱势的社会群落。在国际或地缘文化学中，处于文化弱势的“国家—民族”，由于文化资本的匮乏和象征资本的相对处于弱势，而屈从或被排斥在世界中心话语的边缘。因此，对个人而言，通过教育、文化、知识、美感、情趣、语言等，象征符号性暴力为人们提供或剥夺其所需要的关于自身文化的认同感和自我价值的认同感。

人的创造离不开场域，离不开文化资本，离不开象征符号资本的差异性和趋同性。在这个多元化的世纪，由于主导性文化资源的暴力体系的存在，使得所有非主导地位的文化都存在不同程度的文化危机、价值危机和合法性危机，为了消除这种合法性的焦虑，保存自我，发展群体，改变现实，文化符号的获取就成为现代社会中最大的神话，或成为现代社会中的“现代巫术”。

“社会资本”是一种实际存在的或者潜在的资本集合体，也就是说，属于整个社会的为社会团体的所认可的集体性资本。在这个网络中获得物质的或象征性的交换时，这些资本或许会通过一些为众人所关注的共有名称，而在社会的体制化中得到保证。社会资本主要是一种社会的声望、知名度及其占有文化象征和经济资本的数量的程度，它得到各方的普遍性认同，从而产生一种社会的价值增值效益。

任何个体都处于某一群体或某一关系网络当中，它都将获得一种维持其长久的、体制上得到保障的具体关系。因此，各种会员制、各种党派、各种民族团体等，总是具有某种意义上的垄断权和基本的体制性，通过一些机制的运作，尽可能将其相同性质的个体结集在一起，以保持团体的存在或延续。就此而言，社会资本作为一种团体性的资本，其程度和分量上远远超过了作为资本对象个人所拥有的个体资本。所以，为社会资本所关注所追踪，就可以成为社会的“热点”和“知名”的存在者。正如布迪厄所说的，当这个社会资本群体内部弱势成员的荣誉受到威胁时，扩散性的代理关系就会要求其领袖站出来维护集体荣誉，这种体制性的代理方式保证了社会资本的集中，而且还可以通过一致认可的集团发言人，通过驱逐或开除引起尴尬的个人来保护整个团体免受耻辱。在这个意义上，贵族头衔或名士风范是体制化的社会资本的典型形式。这种社会资本以一种恒久的稳定的方式，保证了社会关系的一种相对稳定。

社会资本具有一种相当的合法性，是取得了合法性以后的稳定性的人格化的合法存在。处于一个显赫的团体中，因其不断地曝光，不断地出现在公众面前，而建构了权力的主要部分，因此，所谓显赫就是在具有重量级的社会团体中拥有了象征性权力，而获得普遍性的社会接受与认可。

不难看出，布迪厄分析的“资本”，尤其是分析的文化资本、象征资本、社会资本和经济资本之间的相互运作和转化的关系，揭示了文化权力内部的机制及其隐蔽性。但是，我们也应看到，他并没能揭示出文化权力的跨文化语境，以及不同文化群体、不同国籍、不同民族之间的文化冲突的内在权力运作。因此，这使得我们有理由认为，他在从事文化话语的微观分析中，忽略了跨文化语境的宏观文化分析。

第五节　身体视域与诗性精神

在现代性社会，人们的思想、哲学和诗学对身体的关注，日渐为一些空洞的逻辑性话语所掩盖，因此，身体视域的隐没和回归，就成为布迪厄的工作平台。

当然，就综合性反思、身心关系、个人社会关系、文化自然等关系而言，可以说自梅洛-庞蒂以降，有很多人对其加以关注和研究。尤其是福柯和吉登斯的对身体视域的有深度的分析，打开了一种全新的理论视角和关注世界人生的新的路径，然而，布迪厄仍然有其自身的独特性和他人所不逮之处。如他对现代教育对身体的培育、塑形和挤压所做的深刻的揭示，对文化资本的积累和文化控制对人的性情、心性、趣味和能力的习性控制，以及生产与再生产社会的规范和更新社会的基本价值尺度方面，都有重要的论述，尤其是他关于“身体资本”相对于其他资本是一种“刚性存在”，以及身体资本合法化与制度化的问题，均值得深加关注。

在布迪厄看来，身体的发展与其所处的社会地位有着不可分割的关系，对身体的运用、塑形恰好显示了这种身体背后的权力压迫和文化资本的隐蔽性存在。身体是一种资本，而且是一种作为价值承载者的资本，积聚着社会的权力和社会不平等的差异性。或许，正是在身体成为资本的这种现代性图景中，身体资本可以转化为经济资本，也可以转化为一种文化资本。在这个意义上，身体是资本，也是象征的符号；身体是工具，也是自身控制和被控制被支配的“他者”，身体还是一种话语的形式，在现代性的状况之中，在身体和社会之间，具有多种的不平等权力关系。

一般而言，身体的延伸和成长是通过个体在社会中所处的地位，及其习性和场域所形成的文化圈而体现出其阶层的痕迹的。

习性被场域塑形，而场域的一些特性又在身体上体现出来。身体往往可以置换成经济资本，因为他通过购买、传递、交换等，可以使谦恭或倨傲的身体因习性、地位和品位不同，体现出不同的身体和身体姿态。这正好成了当今“文化研究”的关注点，即经济资本与身体形态、吃、喝、广告及大众文化等，都无不与身体紧密相关。今天的文化艺术无一不与经济资本和身体形态发生紧密地联系，并体现了社会支配关系。

身体在现代社会当中空前地遭遇到时间和空间的分裂，遭遇到欲望的冲击和现实社会权力的压抑，感受到边缘化情绪性体验。因此，个人身心与制度的断裂，理性与社会的断裂，造成了现代人身体的多种流动变化的踪迹。于是，重生命感觉性，重灵肉分离性，重精神游戏性，成为了当代审美文化和诗学的中心。尤其是大众传媒直接刺激和消费身体性的东西，使得远距离的身体控制成为可能。于是，大众文艺节目、体育盛典和政治狂欢等大众化的节日，成为今日现代高度发展时期的身体欲望话语的再生产。这样，身体与自我问题，身体与心灵问题，变成今日的社会文化研究的重要问题。肉体取代灵魂，灵魂在肉体中沉睡，已然成为今日艺术所关注的救赎与解放的问题。正是在这一节点上，布迪厄从社会理论当中跨入了文化研究理论，并进入当代审美的反思性之中。

从身体视域出发的艺术观是一种“自由交流”的艺术观，在《自由交流》一书中，布迪厄将自己的视野延展到文化研究的审美视野当中，他从文学家的本质、文化矛盾、美学形式和艺术功能几个方面做出了自己的价值判断。

布迪厄非常反感那些虚假的文学家和文字游戏者，他们靠制造事件起家，达到目的后却成为因循守旧的学院派。他们在激进之后的保守时期，却将自己的朝三暮四说成是思想自由的明证。在布迪厄看来，真正的艺术家必然遭遇到文化上的深刻矛盾，即最有自主性的作品没有市场，而那些千篇一律的遵命之作却有很好的销路。然而，销路与真正价值无关。于是恪守一种孤独的独立的意识、独立的价值判断，成为艺术家必得禀有的真正本质。

知识分子的形象在文学作品中具有一些新的模式，即怎样对待精神生活。因为，缺乏思想的老板和缺乏权力的记者，如今已经按照时髦和落伍，新潮和陈旧的标准去判断艺术家的新颖程度。而其精神产品也不再按照真假、美丑、平庸和独特的标准去看，而是不断地推出时髦的话语、时尚的作品。人们将时装和股票的逻辑带进艺术，甚至将政治权谋逻辑带进艺术，于是，艺术成为时装表演，成为赌博话语的操作，成为无情的煽情。布迪厄呼吁，应以反思性取代旧式知识分子的泛批判理论，因为那些过分夸张煽情的浪漫激情尤其容易被新的乌托邦所利用，并与现存秩序相合拍。

就文化矛盾而言，在现代与后现代时期，出现了一种文化一元论，或是一种绝对论、独断论的复归。布迪厄强调应该张扬文化相对主义，即一方面是“大文化”与“小文化”的对立，另一方面是西方与东方的对立，只有这样，才有可能在一种自由、宽容的价值体系中去把握自己。当然，布迪厄同样强调，他反对那些谴责多元主义的人，也反对那些以多元文化主义为名去扼杀表达自由的人，同样也反对那些文化股票的小持有者，他称之为“文化的白种穷人”。他们因为没有多少文化，便紧紧抓住文化，并处于激烈的文化的帮会的斗争之中。不妨说，文化矛盾是这个时代的疲惫尊容，文化矛盾深层次地表现出文化资本和权力话语运作的内在矛盾。由此，布迪厄更深一层地看到了关于文化资助当中的不合理性。他考察后认为，文化资助是一种微妙的统治形式，它之所以起作用，正是因为人们没有察觉到这是统治，这种统治建立在不知不觉之上，也就是说，与被统治者是同谋。而文化研究就应该是揭底，将这种同谋的关系，将文化领域中这种不知不觉的支配与被支配的关系揭穿。

当然，文化矛盾还在于政治上的激进主义，往往与美学上的激进主义互相联手，而使得真正的批判性思想常常反对那些借批判之名而行保守之实的人。同样，文化的资助者往往资助了庸才，因为庸才更听话，而这种支持无疑是对真正艺术家的一种致命打击。因此，今天的文化矛盾在公共制度之下，在具有自由的时候却出现了不自由状态，如何调整这种形式，为各种游戏规则制定合理的规则，对一些失控的现状加以文化资本、象征资本的调控，将直接取决于反思性思想家的工作成效。

在文化矛盾的主体性方面，布迪厄注重艺术精神的自主性和文化批判的独特性，艺术家精神是自由的，他必须有清醒的价值依托，那就是，作为批判的艺术家，他将那些具有社会学性质的意见和思考完全融入艺术创作之中。

就美学形式而言，布迪厄认为，艺术家在历史过程中获得的自由仅仅限于形式，使得人们感受作品产生了感官意义上的新异感。但是，文化错位总是存在的，有些人对形式感兴趣，而看不见形式背后的批判功能，有些人对批判功能感兴趣，却又看不到外在的审美形式。其实，作品有其必然的形式，因为形式和内容具有同样的颠覆性。艺术形式是艺术内容的凝聚之处，艺术形式的不同与环境断裂相关，有些艺术形式去掉了这些断裂，并以断裂为生存的条件，而有些却仅仅是玩弄形式的残片。就艺术语言而言，布迪厄认为，在艺术作品中使用的语言应具有多重意义性，即具有容易听懂，浅显明白的特征，同时也要将思想嵌入普遍性语言当中，使美学语言有其自身的深刻逻辑，这样，才可以透过语言去把握语言背后的思想。要解决语言与公众脱节的问题，应发出多层次的信息，就像进行口头传说的古代诗人一样，他们的语言既可以让所有人都听懂，又具有只被一部分人所理解的深奥含义。正唯此，深奥和价值是艺术不可或缺的，为了世俗的交流而一味追求浅显是得不偿失的。

意义揭示与美学解放问题。布迪厄在文化审美意义上反对一切游戏之作，认为只有真正揭露社会内在机制的深刻矛盾的作品才是有效的。一方面要注重大众接受的形式和语言，另一方面要去揭示独特的奥秘。因为只有揭示奥秘才会带来新的美学发现，而且，艺术家和知识分子并不考虑表演和掩饰，因为掩饰不是他们的目的。相反，他们应该对作品所折射的社会机制特别是支配文化界的社会机制进行充分的揭露，发挥其象征符号作用。同时，布迪厄还特别重视艺术在大众传媒上占有的文化资本，他甚至认为，五十位机灵的游行者在电视上成功地露面五分钟，其政治效果不亚于一场五十万人的大游行。

在一个商业思想家、国务思想家、政治思想家成堆的时候，艺术家显得无足轻重，然而，当真正的艺术家不再满足于传播信息，热炒事件，而是阐述世界，阐述社会，生产全新的信息，思考全新的问题，并将这些强制性问题和强制性思考公之于众，那么，新的意义就会真正出现。

布迪厄从文化政治的角度，重新看待艺术对现实的参与和渗透。他坚信，真正的艺术是对往昔意义的追忆，是对真正人性的解放。这种追忆和解放将被囚在过去中的现在释放出来，而简单的纪念仅仅只是保持原状而已。这种追忆的解放性促使人们正视过去，蔑视死亡，并对现在加以更清醒的理性分析和实践性剖析。正是在人与艺术的自由交流中，实现了真实平等的人性价值观。布迪厄所倡导的建立在场域自主性上的批判的独立性，保证了艺术家知识分子创作的自由。他那种摆脱象征资本、符号资本权力统治，争取正义和真理的呼声，将使我们真正领会这位理论家的精神风采。

第六节　文化颓败与文化重建

无论如何，布迪厄在20世纪思想舞台上的地位是重要的，他以反思性的思路开辟了一条独特的社会理论和批评之路。

当我们能倾听这各种不同的关于“现代性”分析的声音，那么，我们就能够弄清“现代性”是一个多元并存的概念，任何绝对论的阐释和绝对论的分析都将走入一种误区。正是在这个意义上，布迪厄作为一个多元主义的反思者，他对场域理论，对习性理论，对文化资本、象征资本、社会资本理论，对反思性理论的独特标榜，对艺术思想和艺术追忆功能的重新呼唤，使得我们有可能真正透过他的实践理论以及身体视域的独特视角，看到他的理论的真实意图之所在。

作为一位反思型的社会文化理论批评家，布迪厄实现了自己以冷峻的理性关注社会结构再生的承诺，并揭示出两种关于社会与人的假定：其一，人从社会学的角度看，总倾向于肯定现实，即“现实的本体论妥协”，由此生发出对人在现实中总是依顺、从众以及与此相关的种种乌托邦神话得以蒙混过关的社会基础。其二，对社会文化基础产生的体制具有“反向否定性估计”，从而彻底改变对现实的阐释方式，这正是一切具有批判精神和务实精神的知识分子关注社会、阐释社会的角度。在这种肯定性倾向和否定性倾向之中，应该扬弃这种非此即彼的对立性，而寻觅到一种真正的途径。也就是说，寻求强加一种对现实合法性界定，而这种界定的符号效力或可以促使社会秩序得以保存，或可以促使社会秩序得以颠覆。正是处于这种包容性的张力场中，我们面对的世界才是一个充满变化契机，充满丰富阐释可能性的空间。

尽管布迪厄的理论目前很热，但也存在一些问题。比如，他建构出一种共识性的社会图景，并进行一般性的结构分析，而没有放在某种具体的历史语境当中，因此，存在一种结构功能主义所犯的普遍性错误。另一方面，布迪厄对那种把历史看作是一种宏伟的堂皇历史，即对从过去到现在、从传统到现代的所谓的“文化转型史”进行质疑，从而用一种日常的语言对这种宏大的话语加以批评，进而真正关注具体的人，通过人的身体视域和心灵的实践创造生活的本身，以实现自身的文化资本的更迭和再生产。然而，布迪厄也许过分注重日常性哲学、日常性思考，而对那种关于社会转型的宏观的研究彻底加以拒斥，也有可能导致微观一元论和日常话语独断论。因此，如何真正在理论研究中保持客观科学的立场、多元开放的态度，是值得当今学术界深入思考的问题。

布迪厄文化理论批评的意义在于，它有助于使第三世界处于边缘文化区域的知识分子对知识生产和增长重新加以理解和认识，对其立场、前提、利益冲突、文化资本加以深切的反思。我们面对的是一系列复杂的世纪之交的问题，除了第一世界他们所面对的现代与后现代的重要问题，我们自身也面临“现代性转型”问题，因此，如何张扬一种健康的文化，而非一种颓败的文化，如何保持文化批判的自身有效性和合法性，对象征符号资本在社会中的密度、量的思考和位置的定位，以及对一切文化特权的颠覆，都成为我们必得反思的学术前沿话语。

在某种意义上说，一切社会文化交往都是文化场域的斗争，都充满着场与场、圈与圈、层与层之间的差异和对抗。而文化生产的象征符号所具有的暴力倾向，使得精英圈和日常生活文化圈之间也同样存在着一种对抗或潜对抗性。这两个层面，往往表征为本土化与全球化之争，精英文化与大众文化之争。这些现实问题实在是不能回避的，需要我们借助一些新的有效的理论框架，作真实有效的全面审理。

当然，在当今中国知识界接受西方新的文化理论时，我们可以在西方第一世界文化资本高度集中并同时向外输出时，看出当代中国文化精神受支配性的流失和换型，从而在自身的文化建设和文化反省中，能清醒意识到我们自身文化建设的紧迫性，这无论如何都是有着重要意义的。

第十九章　鲍德里亚的消费文化话语

在后现代消费社会中，人的心理和行为方式有了显著的变化。如何对这种心理和行为变异进行社会学的深层分析，揭露这个高速发展社会下残存的机制和精神生态困境问题，进而解构旧的体制和认识论价值论模式，沿着现代性批判理论道路对西方社会出现的新变化进行分析，理清消费社会中的客体、符号以及符码的多层复杂关系，呈现后现代社会的消费主义本质，成为当代世界学界重量级思想家为之努力的方向。这一方向调整，使得文学研究日益泛化为文化研究，以期从更广阔的社会文化背景追寻文学转型和文论转型的深层原因。

为了对后现代社会进行总体性分析，法国思想家鲍德里亚（Jean Baudrillard，1929—2007）从后现代消费社会理论角度对当代世界加以透视，获得新的问题意识。他的基本关注层面是：现代性问题与文化危机，消费社会形态转型和媒介传播的结构，消费主义与日常生活，商品拜物教中的精神生态危机，大众传媒与世俗化问题。这些前沿学术问题的探究，对当代世界性消费社会文化困境的揭示有重要意义。

第一节　现代性问题与“完美的罪行”

对当代传媒形态和全球化境况中生存层面的关注，使鲍德里亚更为关注当代人缺乏交流、闭锁心灵和充满误解误读的现状。这促使其将思考的重点放在信息传播和技术霸权问题的研究上，从而为当代信息播撒和心灵整合的研究提供了一个可资重视的文化视点。

在出版《消费社会》《生产之镜》《拟像与模拟》《冷酷的回忆》等著作并获得巨大的声誉后，在其新著《完美的罪行》中，鲍德里亚进一步将自己的研究领域拓宽，不仅研究现代性传媒和技术问题，而且广泛地探索后现代社会中的诸多问题。其中，对完美的罪行、逼真的技术、镜中之物、冷漠和仇恨等当代精神状况进入了深度分析。

在他看来，“罪行”虽然从来不是完美的，但在“完美的罪行”中，完美本身就是罪行，如同在透明的恶中，透明本身就是恶一样。“完美的罪行就是创造一个无缺陷的世界并不留痕迹地离开这个世界的罪行。但是在这方面我们没有成功。我们仍然到处留下痕迹——病毒、笔误、病菌和灾难——像在人造世界中心人的签名似的不完善的标记。”① 鲍德里亚在分析当今世界的典型事例中，澄清了一系列的误区，诸如当代人容易将虚拟的事物看成现实实在，将心造的幻影当成现实，将超验之思想看成必然的境况，将表面现象当成事情本身。尤其是通过罪行的分析，指明将罪行完美地遮掩使之具有合法性，从而达到消除对世界的激进幻想：“在我们不断积累、增加、竞相许愿的现代性中，我们已忘掉的是：逃避给人以力量，能力产生于不在场。虽然我们不能再对抗不在场的象征性控制，我们今天还是陷入了相反的幻觉之中，屏幕与影像激增的、幻想破灭的幻觉之中。”②

当前人类正处于新的类像时代，计算机信息处理、媒体和自动控制系统，以及按照类像符码和模型而形成的社会组织，已取代生产的地位而成为社会的组织原则。后现代时期的商品价值已不再取决于商品本身是否能满足人的需要或具有交换价值，而是取决于交换体系中作为文化功能的符码。鲍德里亚声称：“这个世界的气氛不再是神圣的。这不再是表象神圣的领域，而是绝对商品的领域，其实只是广告性的。在我们符号世界的中心，有一个广告恶神，一个恶作剧精灵。它合并了商品及其被摄制时候的滑稽动作。”③ 后现代类像时代是一个由模型、符码和控制论所支配的信息与符号时代。任何商品化消费（包括文化艺术），都成为消费者社会心理实现和标示其社会地位、文化品位、区别生活水准高下的文化符号。“长久以来，电视和大众传媒都走出了他们大众传媒的空间，从内部包围‘现实’的生活……我们都相信自己的感受器，这就是因为生活过于相近、时间和距离萎陷而产生了强烈的雾视效果。……我们曾批评空想的、宗教的、思想的所有幻觉——当时是令人高兴的幻觉破灭的黄金时代。现在只剩下一个：对批评本身的幻觉。进入批评射程的客体——性、梦、工作、历史、权力——以它们自身的消失进

① 鲍德里亚：《完美的罪行》，王为民译，北京：商务印书馆，2000年版，第43页。
② 鲍德里亚：《完美的罪行》，王为民译，北京：商务印书馆，2000年版，第8页。
③ 鲍德里亚：《完美的罪行》，王为民译，北京：商务印书馆，2000年版，第72页。

行报复，反过来，产生出对真实事物的令人快慰的幻觉。由于不再有受害者可折磨，对批评的幻觉就自己苦恼了。比工业机器更糟，思想的齿轮处于技术性的停顿状态。在其行程的尽头，批评思想缠绕在自己身上。”①

事实上，当代传媒中的垃圾信息以各种高清晰的图像呈现出来，人们在购买消费、工作选举、填写意见或参加社会活动中，受到传媒不断的鼓动和教唆，大众由此而逐渐滋生一种对立厌恶情绪。于是，冷漠的大众变成了忧郁沉默的一群，社会也因缺乏反馈而消隐。不同阶级、不同的意识形态、不同文化形式之间，以及媒体的符号制造术与真实本身之间的各种界限均已消失。如此一来，“大众传媒的‘表现’就导致一种普遍的虚拟，这种虚拟以其不间断的升级使现实终止。这种虚拟的基本概念，就是高清晰度。影像的虚拟，还有时间的虚拟（实时），音乐的虚拟（高保真），性的虚拟（淫画），思维的虚拟（人工智能），语言的虚拟（数字语言），身体的虚拟（遗传基因码和染色体组）。……人工智能不经意落入了一个太高的清晰度、一个对数据和运算的狂热曲解之中，此现象仅仅证明是已实现的对思维的空想。”② 这一内在而真实的揭示，使人洞悉了当代技术至上主义的内在困境。

更为严重的是，当代人过分依赖计算机，“在普及的接口中，思维自身将变成虚拟的实在，合成影像或文字处理自动输入的等同物。……带着虚拟的实在以其所有的后果，我们走到了技术的尽头，站在作为非常表面的技术一边。在尽头的那一边，不再有可逆性、痕迹、甚至对先前世界的怀念。”③ 鲍德里亚对这种状况甚为忧虑，并进而注意到：非群体性的个体“软性”问题，诸如个人、身体、文化等，成为了当代理论关注的热点。殊不知，对计算机的依赖最终表征为对网络这一新传媒形式的依赖，巨大的页面浏览量已经正在使网络成为平面媒体之后的

① 鲍德里亚：《完美的罪行》，王为民译，北京：商务印书馆，2000年版，第29—30页。
② 鲍德里亚：《完美的罪行》，王为民译，北京：商务印书馆，2000年版，第33—34页。
③ 鲍德里亚：《完美的罪行》，王为民译，北京：商务印书馆，2000年版，第35—36页。

第四媒体，这种媒体巨大的盈利欲望造就设定了“广告+电子商务”（网上商店）的赢利模式，等着每一个打开网页浏览的人。于是消费和诱导就成功地结合起来。

现在世界盛行的是对理性本身的反动，而事实上理论家们又找不到取代理性之物，于是在思想的空场中，理性日益丧失其当代合法性。人们在日常生活中也日益重视偶然原则、赌博原则、机遇原则，于是抛弃理性标准成为这个时代的思维惯性，并遭遇到若干严重的后果。“大众传媒的真相就是：它们的功能是对世界的特殊、唯一、只叙述事件的特性进行中性化，代之以一个配备了多种相互同质、互为意义并互相参照的传媒的宇宙。在此范围内，它们互相成为内容——而这便是消费社会的总体‘信息’。”① 鲍德里亚已经看到后现代传媒在加剧人们心灵的异化、在肢解社会心理和个体心性的健全方面所造成的严重威胁，并进而对传媒在“文化工业”生产中消蚀意义的功能加以清算，这是颇具独到眼光的。

在一个技术崇拜的时代，复制成为这个世界的最大胆的谋划。“支配这个世界的不再是上帝，是我们自己的感觉器官。……我们甚至不再提亚当的脐的问题：是整个人类必须装上一个逼真的脐，只要我们身上不再有会把我们与真实世界连接起来的期待的任何痕迹。在一定的时间内，我们还是妇女所生，但不久，我们就和试管婴儿这一代人一起返回到亚当的无脐的状态：未来的人类将不再有脐。”② 应该说，鲍德里亚对当代弊端的反思是沉痛而有深度的。在我看来，衡量一位思想家的最好的尺度，就是看它在所谓的流行文化或者泡沫文化前的反思性深度，以及对历史的深切了解所达到的文化批评悟性。只有庸俗的评论家，才会对一切新潮的东西低能地叫好，才会无原则地从事短期行为的平面性文化泡沫活动。

---

① 鲍德里亚：《消费社会》，刘成富，全志刚译，南京：南京大学出版社，2000年版。

② 鲍德里亚：《完美的罪行》，刘成富，全志刚译，南京：南京大学出版社，2000年版，第25页。

对技术性问题带来的负面效应，对当代新文化现象的剖析，使得鲍德里亚的分析上升到文化哲学高度。于是一种独特的人文悲情跃然纸上："我们既被吞食，又被吸收和完全排除。列维—斯特劳斯划分了两种文化：吸收、吞食和掠夺的文化——吃人肉的文化，及呕吐、排出、驱逐的文化——吸人血的文化。但是，我们的文化，我们的当代文化似乎在两种文化之间，在最深入的结合：功能的结合、空间的结合、人的结合和最激进的排出，几乎是生活必需的排斥之间实现了一个引人注目的综合。"① 这种激愤的言辞在这部书中比比皆是，使《完美的罪行》成为当代人真实人生的独特写照，同时也是对现代性合法性的新质疑。

由此，我们清楚了精神生态已经失衡的世界和我们的思想平面化状态，进而重新思考价值平衡的可能性。因为，在现代性的境遇中，思想者的魅力不在于怂恿价值平面化，而是追问深度模式是怎样消失的，而且质疑那些现代性的罪行怎样被新的技术乌托邦修辞成为"完美"的。

第二节　消费社会中的日常生活精神颓败

消费源于人的需要，而人的需要可以不断制造出来。当代人缺乏交流、闭锁心灵和充满误解误读的现状，使鲍德里亚将思考的焦点放在后现代信息传播和消费社会中的人的价值存在研究上。一方面他关注电视传播的正负面效应，另一方面，关注消费社会中身体与自我问题、身体与他者问题、肉体取代灵魂而灵魂在肉体中沉睡问题。这诸多问题，已然成为今日文化研究所关注的救赎与解放的问题。

一般而言，当代消费社会具有几个明显特征。

其一，从消费社会根源而言，消费社会以最大限度攫取财富为目

① 鲍德里亚：《完美的罪行》，王为民译，北京：商务印书馆，2000年版，第39页。

的，不断为大众制造新的欲望需要。在个人暴富的历史场景中，每个人都感到幸福生活就是更多地购物和消费，消费本身成为幸福生活的现实写照，成为人们互相攀比互相吹嘘的话语平台。社会物质不再是匮乏的而是过剩的，思想不再是珍贵的而是老生常谈的，节约不再是美德而是过时的陈词，社会财富这块大蛋糕等着人们疯狂地分而割之，“据为己有”成为“丰盛社会”的个体原则。

其二，消费意识的转化，超前消费和一掷万金成为时代精神的表征。消费社会运作结构善于将人们漫无边际的欲望投射到具体产品消费上去，使社会身份同消费品结合起来，消费构成一个欲望满足的对象系统，成为获得身份的商品符码体系和符号信仰的过程。加上广告的轰炸诱导，当代人不断膨胀自己的欲望，纷纷抛弃了独立思考的原则而加入到听从广告消费的物质饕餮大军之中，更多地占有、更多地消费、更多地享受成为消费社会中虚假的人生指南，甚至消费活动本身也成为人获得自由的精神假象。从而丧失了人与自然、人与社会、人与他人、人与自我的丰满社会存在关系，成为全面地商品拜物教的信徒。

正是基于消费社会的特殊性，在《消费社会》中，鲍德里亚鲜明而清晰地剖析消费社会中人与社会生产、人与物质消费、人与大众传媒、人与精神存在的多重关系。他强调将消费主义社会与工业资本主义社会加以比较，并注意到工业资本主义比消费主义少一些诱惑欺骗性，而消费社会却承诺其无法给予的普遍的“幸福”和通过消费达到的“自由”，从而使“幸福自由”本身被消费化了。可以说，这部篇幅不大的书使鲍德里亚成为当今消费社会最为清醒的反思批判家，也使当代危机得以显豁：

首先，日常生活中的大众交流问题。

当今世界的物质性使得人们慢慢地变成了官能性物质性的人。人类生活在“物的时代”，因不断张扬物质生活的合法性而贬低精神存在，而使人日益成为“物”。这就是鲍德里亚对当代人生活处境的总体判断，这一判断隐含了深刻的批判力量和忧患意识。

全球化使整个世界的运行速度加快并超速，速度本身成为人与团体成功的砝码。于是，大众交流中获得的不是现实，而是对现实产生的眩晕。这种眩晕不仅是日常生活的节奏加快所造成的，而且是主体在生活中不能真切地把握自身的存在，使日常生活成为生活的河床，并将这种意义加以碎片化造成的。“日常性提供了这样一种奇怪的混合情形：由舒适和被动性所证明出来的快慰，与有可能成为命运牺牲品的‘犹豫的快乐’搅到了一起。”[①] 面对种种日常社会现象的解释，需要关注这种日常生活为人们了解生命的意义提供了怎样的新视域，为观察变动不居的世界提供了怎样的新角度。因为日常生活与日常生活的批判是面对一种事物的不同阐释结果。

在这个后现代或者后物质时代，文化已经商品化，而商品又已经消费化。也就是说，文化只有成为商品进入市场，才能被“炒”作和被关注，而商品的价值已不再是商品本身是否能满足人的需要或具有交换价值。日常生活的意义正在于其消费性和个体欲望满足性。但是，鲍德里亚同时注意到事情更严重的一面：日常经济活动带来了公共环境的破坏。噪音、空气和水污染、自然的破坏和大型公共设施的建造，以及汽车的全球化后果，引起了巨大的技术上、心理上和人力上的赤字。这种现代性生活，使人在旋转的生活漩涡中感到世界的庞大和自身的渺小。生活的日常性逐渐演变为一种生活的挫折感并导致一种得过且过的犬儒主义流行。于是，一方面人在国民生产总值的增长中感到幸福生活为期不远，另一方面这种“增长”的神话“掩盖一种集体迷恋的巫术”。[②] 因此，经济学家成为这个世界的权力运作人，他们一会儿坚持丰盛必将到来的神话，转眼之间又哀叹未来社会的物质匮乏和浪费，使得人生的意义在日常生活的低水平满足中，遗漏了最为重要的重心。在我看来，

① 鲍德里亚：《消费社会》，刘成富，钱志刚译，南京：南京大学出版社，2000 年版，第 14 页。
② 鲍德里亚：《消费社会》，刘成富，钱志刚译，南京：南京大学出版社，2000 年版，第 21 页。

在日常生活和大众文化交流中，如何弄清个体存在意义，阐明在物质世界中人的存在的精神性，以及透视经济生活导致的幸福神话，对从事文化研究和日常生活研究的人来说，殊为重要。

其次，消费社会的潜在危险。

消费生活与当代人的生存意义之间有不少差距。"生存意义"的价值贬抑在消费社会中往往意味着经济价值的增长。在日常生活消费中心论者看来，极大丰盛的物质在消费中才有实际意义，而精神生活则好像成为反日常生活的存在。在全球化语境中，创业者的传奇已到处让位于消费人的神话。"自我奋斗者"、创始人、先驱者、探险家和垦荒者的传奇色彩已经失效，不再是新生代的偶像。今天的极度消费的"大浪费者生活"亦已成为"简单的"日常生活，生活的意义仅仅是疯狂购物，过花天酒地、纸醉金迷的生活。生活的社会功能和意义在于"奢侈的、无益的、无度的消费功能"。当这一切成为全民共识时，消费中的惊人浪费就成为日常生活的合理景观。"在我们目前的体制中，这种戏剧性的浪费，不再具备它在原始节日与交换礼物的宗教节日里所具备的集体的、象征性的而且起决定作用的意义。这种不可思议的消耗也具有'个性'并由大众传媒来传播。"①

更为严重的是，在全球军备和扩军中，用于军事预算和国家官僚开支中的社会财富数额巨大："这种浪费与赠送礼物的宗教节日里的象征性的方向毫不搭界，它是一种堕落的政治经济体制中绝望的、生死攸关的解决方法。这种最高层次的'消费'与个人对商品如饥似渴的渴望一样属于消费社会的一部分。……在这个社会中，浪费式消费已变成一种日常义务，一种类似于间接赋税的通常无形的强制性指令，一种对经济秩序束缚的不自觉的参与。"② 可以说，如今的巨大浪费正是在国家的军事投资、官僚体制的维护、人们消费观念的转变上。这是造成当今

---

① 鲍德里亚：《消费社会》，刘成富，钱志刚译，南京：南京大学出版社，2000年版，第28页。

② 鲍德里亚：《消费社会》，刘成富，钱志刚译，南京：南京大学出版社，2000年版，第28—29页。

社会仅仅追求发展速度和人人拼命竞争的根本原因。说到底，消费社会需要商品来维持这个社会良性发展的假象，而真实的命运是政府和个人在需要物质消费中摧毁这个社会的和平和持续发展。商品过渡消费和刺激消费只会导致社会机体和心理慢性堕落。在这种慢性社会性自杀中，日常生活的原初意义未能得到应有的升华，相反，却使得体制性思想得以顺利征服所有的丧失自我主体的“消费人”。

消费人价值认同的形成，具有相当复杂的社会机制，除了整个生活质量、文化信念、消费程度的社会价值认同外，主要是个体身份的确认——在社会生活中找到自己的位置，获得整个社会的反馈和公认。在鲍德里亚看来，商品消费的象征符号表达不仅是某种流行式样风格，而是名牌政治的声望和权力。人们在消费商品时已不仅仅是消费物品本身具有的内涵，而是在消费物品所代表的社会身份符号价值。诸如富贵、浪漫、时髦、前卫、归属感等象征衍生价值就像异灵附身于商品上，散发出身份符号的魅力魅惑着消费者。消费者在一种被动迷醉状态下被物化成社会存在中的符号——自我身份确认。然而，在日益庞大的消费中，能够获得这种自我身份的真实确认吗？应该说，用消费主义理念支撑的社会，完全有可能成为大众媒体与世俗文化主导的世俗社会。这种社会的运转机制和存在的问题都需要审理。

其三，广告中虚假的幸福。

大众传媒在不断地造成信息发出、传递、接受三维间的“中断”。传媒“炒”文化的负效应使人们不再重视心灵对话的可能性，传媒已成为一种话语权力的炒作。这种权力转化为金钱话语使得“广告”成为当代消费社会中的不倒翁。当代广告是商场货品的展示在空间上的巨大扩充。广告通过躯体欲望和消费需要的生产调动人们的内在欲望。在耸人听闻的广告词语后面的“幸福”话语，成为消费社会的人生意义“拯救”的代名词。广告在不断重复的“平等”和“自由”的广而告知中，消解了西方新教伦理对民众的精神垄断和行为规范。这种平等神话的出现，使得社会阶层在消费层面上达到平等，但这种所谓的平等掩盖了内在深刻的不平等。“这种‘消息’话语和‘消费’话语的精心配量在情感方面独独照顾后者，试图为广告指定一项充当背景、充当一种喋喋不休因而使人安心的网络功能，在这一网络中，通过广告短剧汇集了一切尘世沧桑。在这些尘世沧桑，经过剪辑而变得中性化，于是自身也落到了共时消费之下。每日广播并非听上去那样杂乱无章：其有条不紊的轮换强制性地造成了唯一的接受模式，即消费模式。”① 在消费体系中，广告明白无误地诱导和训导人们该怎样安顿自己的肉身，获得躯体感官的享乐。并由此使得大众彼此的模仿攀比，进入一个高消费的跟潮的消费主义状态。大众在模仿他者偶像之中“挪用”他者的形象，这种消费式的模仿将权力视觉化，或者将话语权力的表征表面化和商品化。②

当代理论家莱斯理·斯克莱尔在《文化帝国主义与在第三世界的消费主义文化意识形态》中认为：广告是这种消费主义的文化意识形态传播的主要渠道，常常将自己装扮成教育的、至少是提供信息的正面行为。这存在一个问题：第三世界的大众媒体问题。对第三世界大众媒体以及其与广告的关系的研究，正适于着手研究消费主义的文化意识形态的运行方式。这一研究应在文化和媒体帝国主义的理论框架之内进行。广告的类型在国家和国家之间尽管有些微差别，在每日出版和定期出版的媒体、电台、电视以及露天宣传栏广告之间也有些差异，但是商品和服务广告的绝大多数都是与消费相关的，而无关于生产。媒体帝国主义在逻辑上是由文化帝国主义所导出的。如果允许美国或者西方对文化的控制，那么它显然是通过对大众媒体的控制来达到，因为它制造了使人服从于“霸权文化”的条件，并且限制了对它进行有效抵抗的可能性。

不难看到，现代广告传媒的权力集中体现在影视和广告播撒等具体

---

① 鲍德里亚：《消费社会》，刘成富，钱志刚译，南京：南京大学出版社，2000 年版，第 129 页。
② 参鲍德里亚：《物体系》，林志明译，上海：上海人民出版社，2001 年版。

形式上。现代生活离不开广告，以致美国一个年仅16岁的少年，就已长期受到10万条广告的冲击。广告的负面效应在于：充满诱惑的广告本身就是一种世界性的言说方式，一种制约人的意识的不可选择的“选择”。而这消费至上所引发的人与人、人与社会、人与世界的紧张关系却不期而然地被超前消费性生活包装所掩盖。在国际和国内问题成堆的今天，影视娱乐与传媒广告却无视这些一触即发的问题，甚至以表面的热闹掩盖这些问题，从而呈现不出任何时代中风的症候。正如鲍德里亚所说的那样“物的量的吸收是有限的，消化系统是有限的，但物的文化系统则是不确定的。相对说来，它还是个无关紧要的系统。广告的窍门和战略性价值就在于此：通过他人来激起每个人对物化社会的神话产生欲望。……机动、欲望、奇遇、刺激、别人的不断判断、不断发展的色情化、信息以及广告的煽动：所有这些在普遍竞争的现实背景中，构成了一种抽象的集体参与的命运。”① 在这个虚拟时代，是真实的“现实”还是虚假的“复制品”已不再重要。相反，电子时代生产的虚拟形象比真实的现实还要“逼真”。

然而，这种“逼真”毕竟不是“真实”本身。人们看广告似乎常常觉得效果“正相反”，上面吹得天花乱坠的同它实际上指涉的东西恰好自我消解。“问题”正是在其“没有说出的话”中无意透露的。“广告既不让人去理解，也不让人去学习，而是让人去希望，在此意义上，它是一种预言性话语。”② 现代某些传媒广告在许诺人世间温情时又显示出钱权交易性。这种表面热闹的画面其本质是将虚设和冷漠作为其性格，其外热内冷的冷漠性表征出现代社会意识话语的冷漠性，并以其内部和外部的巨大反差显示了空隙的界限。这表明意识话语同真实历史的冲突关系，从而以自我揭露的方式不断消解虚假。当消费的意识形态通过传媒而上升为大众的显意识时，人们一旦误认为钱是生命中唯一意义

① 鲍德里亚：《消费社会》，刘成富，钱志刚译，南京：南京大学出版社，2000年版，第52—53页。

② 鲍德里亚：《消费社会》，刘成富，钱志刚译，南京：南京大学出版社，2000年版，第137页。

所在时，社会的失序就不可避免。

在这个鼓励消费的社会体制中，尽管创造的机遇和分配的制度不是平等的，但“丰盛”社会的新结构使这一问题得到了重新解决。除了巨富以外，剩下的人被排斥在工业体系增长之外成了“穷人”。这样，消费社会中的民主问题凸现出来。社会真实平等如能力、责任、社会机遇、幸福和平等，转变成了在物以及社会成就的其他明显标志面前的平等，转变为地位、电视、汽车和音响的消费形式上的民主。鲍德里亚强调：“在社会矛盾和不平等方面，它又符合宪法中的形式民主。两者互为借口，共同形成了一种总体民主意识，而将民主的缺席以及平等的不可求的真相掩藏了起来。”① 人们在消费社会中被虚假的自我平衡——崇尚同一时装、在电视上观看同一个节目、大家一起去某俱乐部等所迷惑，甚至用消费平均化术语来掩盖真实问题，其本身就已经是用商品消费与符码标志，来替代对真正不平等问题和对其进行的逻辑的和社会学的分析。问题的深层在于，在当代社会中，电视正在对“公共领域”和“私人领域”间的界限加以消解，从而使得一切私人生活空间都有可能被公众化。

其四，人造物质的丰富与自然权力的匮乏。

人造物质的丰富与自然权力的匮乏，跨国传媒的意识形态化造成的东方对西方“文化霸权”的潜移默化的认同，这意味着消费主义的一元性正在排斥其他生活方式和存在方式。一方面是人造物质日益过剩：消费、信息、通讯、文化均由体制安排并组织成新的生产力，以获取最大利润也完成了“从一种暴力结构向另一种非暴力结构转化：它以丰盛和消费替代剥削和战争。”② 另一方面，是自然物质权力的日益匮乏，即城市工业界的影响使得新的稀有之物出现：“空间和时间、纯净空气、绿色、水、宁静……在生产资料和服务大量提供的时候，一些过去无需

① 鲍德里亚：《消费社会》，刘成富，钱志刚译，南京：南京大学出版社，2000 年版，第 33 页。
② 鲍德里亚：《消费社会》，刘成富，钱志刚译，南京：南京大学出版社，2000 年版，第 42 页。

花钱唾手可得的财富却变成了唯有特要者才能享用的奢侈品。”① 在空调、手表、电视机、汽车等日益过剩而贬值的状况下，“绿色”却成为昂贵而需要重新争夺的资源。如今，人们热衷于谈论健康权、空间权、健美权、假期权、知识权和文化权。那么是谁剥夺了这些自然权力？是谁在重新分配这些自然权力？在鲍德里亚看来，“新鲜空气权”意味着作为自然财富的新鲜空气的损失，意味着向商品地位的过渡，意味着不平等的社会再分配。这种盲目拜物的逻辑就是消费的意识形态。②

可以认为，极度生产以及耗费资源，庞大的消费主义并刺激消费欲望，日益成为人们生活大循环中的癌症，使一种丧失了简朴精神生活状态成为当代物质过剩中的精神贫乏常态。面对这种当代生存状态，应该反思现代性社会的合法性问题。因为：“物质的增长不仅意味着需求增长，以及财富与需求之间的某种不平衡，而且意味着在需求增长与生产力增长之间这种不平衡本身的增长。‘心理贫困化’产生于此。潜在的、慢性的危机状态本身，在功能上与物质增长是联系在一起的。但后者会走向中断的界限，导致爆炸性的矛盾。”③ 鲍德里亚的警告并非耸人听闻，而是将物质丰富化与心理贫困化联系起来，并将过渡的物质消费同人的精神生态问题贯穿起来。

第三节　商品拜物教中的人文审美生态危机

消费社会中精神生态问题，关涉到人类的未来发展。正惟此，鲍德里亚尤其关注以下紧迫问题：

---

① 鲍德里亚：《消费社会》，刘成富，钱志刚译，南京：南京大学出版社，2000 年版，第 43 页。

② 鲍德里亚：《消费社会》，刘成富，钱志刚译，南京：南京大学出版社，2000 年版，第 44　45 页。

③ 鲍德里亚：《消费社会》，刘成富，钱志刚译，南京：南京大学出版社，2000 年版，第 51 页。

首先，城市的异化与人的片断化。

城市从西美尔开始就被看成是现代性中一个重要的场域，是现代性膨胀的温床。城市对现代性从生产本位主义的选择与暴富到消费的无限性，提供了最好的竞争和分配场所。在其中，人与自我的关系被虚拟化、神秘化，变得更有利于操作。人们在消费物的同时也消费这种主体成功的神话。于是，对一个自由的、有意识的主体提出永恒价值的假设，便成为一种过时晚装。如今，“消费是一个系统，它维护着符号秩序和组织完整：因此它既是一种道德（一种理想价值体系），也是一种沟通体系，一种交换结构。”① 事实上，流通、购买、销售、对财富及物品符码的占有，构成了当代社会语汇和行为的编码，整个社会都在物质和消费层面上获得沟通和交谈。这种消费结构，使得个体的需求及享受成为关键词：“这里起作用的不再是欲望，甚至也不是‘品味’或特殊爱好，而是被一种扩散了的牵挂挑动起来的普遍好奇——这便是‘娱乐道德’，其中充满了自娱的绝对命令，即深入开发能使自我兴奋、享受、满意的一切可能性。”②

在“消费主义”风靡之时，个体就进入到大众生活逻辑之中，成为一种弥漫在世界逻辑中的新型权力话语，并有效地排除了人与人之间、群体与群体之间面对面的直接交流的需要，从而使文化传播成为一种世俗性的间隔方式。伴随着数码复制的新传媒方式的出现，一种新的大众生活交流方式已然来临，同时也将新的问题摆在了我们面前。

其次，文化消费与“媚俗”的审美时尚。

文化消费中的最严重问题在于精神性的“文化危害”，又称为“智力危害”。一种文化模式被另一种话语体系重新论述，并且抽离历史维度而成为一种非历史的替代品时，就变成了消费对象。这在大众传媒的网络时代尤其明显。过分的文化消费是对历史的平面化消解，或者对被

① 鲍德里亚：《消费社会》，刘成富，钱志刚译，南京：南京大学出版社，2000年版，第68页。
② 鲍德里亚：《消费社会》，刘成富，钱志刚译，南京：南京大学出版社，2000年版，第73页。

消费对象进行滑稽追忆，在这个过程中，一切曾经严肃发生的事情都被加以调侃模仿和游戏化消解。这样，“大众传播将文化和知识排斥在外。它决不可能让那些真正象征性或说教性的过程发生作用，因为那将会损害这一仪式意义所在的集体参与——这种参与只有通过一种礼拜仪式、一套被精心抽空了意义内容的符号形式编码才能得以实现。”① 这意味着，艺术作品不再成为特殊时间和空间中的被欣赏对象而孤芳自赏，相反，消费大众感到艺术品带来的真正快乐在于文化工业再生产中可以制造出价廉物美的艺术品“备份”。

于是，在鲍德里亚看来，媚俗成为时代审美的风尚，那些过分粉饰的、伪造的“蹩脚”物品，附属物品、民间小杂什、“纪念品”，成为人们生活中的装饰品。“媚俗有一种独特的价值贫乏，而这种价值贫乏是与一种最大的统计效益联系在一起的：某些阶级整个地占有着它。与此相对的是那些稀缺物品的最大独特品质，这是与它们的有限主体联系在一起的。这里与‘美’并不相干：相干的是独特性，而这是一种社会学功能。”② 在媚俗而贫乏的文化氛围中，人们分成不同的阶层并形成日益弱化着自身的欣赏趣味。“媚俗”提出了其“模拟美学”——失去原作精神的滑稽模仿。这种缺乏实际操作意义的对功能的模拟美学，与社会赋予媚俗的功能相关。“这一功能便是，表达阶级的社会预期和愿望以及对具有高等阶级形式、风尚和符号的某种文化的虚幻参与；这是一种导致了物品亚文化的文化适应美学。”③

连结在传媒系统中的媚俗，并在多重传播与接受过程中，将不同人的思想、价值认同整合为同一观念模式和同一价值认同。这种传媒介入所造成的私人空间公众化和世界“类像化”和家庭化，导致了传媒的全球化倾向。从此，“媚俗美学”成为后传播时代的审美风尚，即美学已渗透到了经济、政治、文化以及日常生活中，因而丧失了其自主性和

① 鲍德里亚：《消费社会》，刘成富，钱志刚译，南京：南京大学出版社，2000年版，第105页。
② 鲍德里亚：《消费社会》，刘成富，钱志刚译，南京：南京大学出版社，2000年版，第114页。
③ 鲍德里亚：《消费社会》，刘成富，钱志刚译，南京：南京大学出版社，2000年版，第115页。

特殊性。“可以把流行定义为心理认知不同层次的一种游戏或操作：一种心理的立体主义，它不根据空间分析，而根据整个文化，以其知识和技术装备，如客观现实、反映写照、绘画表现、技术表现（摄影）、抽象概括、推论叙述等等，为出发点在几个世纪的过程中制定的种种认知模态来寻求对物品进行衍射。另一方面，音标的使用和工业技术造成了分割模式、双重模式、抽象模式、重复模式。”①。这导致艺术判断的丧失和艺术市场标准的丧失：一方面是媚俗艺术品漫天要价，使得价格不再代表作品的相对价值，而只是表现了一种“价值的疯狂”和价格的暴力，另一方面，是消费逻辑取消了艺术表现的传统崇高地位，媚俗艺术品成为一个身份和地位的矫情的符码。更为严重的是，将日常性作为艺术作品的精神气质，在重复之中显示重复的乏味，或者在作品中注重对象的日常性、偶然性、粗糙性，使艺术成为生活无力的附庸品，从而将艺术的独创性和革命性加以消解。

其三，电视播撒与消费心理模式

电视传媒指出的事件是打上了权力话语的烙印的。鲍德里亚强调，媒体让我们看到的世界以牺牲世界的丰富性为代价。人成为媒体的附属或媒体的延伸。媒体将人类化，使人只能如此看、如此听、如此想。“大众传播的这一技术程式造成了某一类非常具有强制性的信息：信息消费之信息，即对世界进行剪辑、戏剧化和曲解的信息，以及把消息当成商品一样进行赋值的信息、对作为符号的内容进行颂扬的信息。简而言之，这是一种包装。”②

人从接受的主体成为媒体的隶属品——终端接受器，接受储存了很多信息，而却无法处理，因为人脑已被这些信息塞得满满的，人从思想的动物退化为储存信息的动物，并因超负荷的信息堵塞而导致信息膨胀焦虑症和信息紊乱综合症。“电视带来的‘信息’，并非它传送的画面，

---

① 鲍德里亚：《消费社会》，刘成富，钱志刚译，南京：南京大学出版社，2000年版，第126页。
② 鲍德里亚：《消费社会》，刘成富，钱志刚译，南京：南京大学出版社，2000年版，第130页。

而是它造成的新的关系和感知模式、家庭和集团传统结构的改变。谈得更远一些，在电视和当代大众传媒的情形中，被接受、吸收、‘消费’的，与其说是某个场景，不如说是所有场景的潜在性。”① 电视始终将不同文化、不同习俗、不同品味、不同阶层的人连结在传媒系统中，并在多重传播与接受过程中，将不同人的思想、体验、价值认同和心理欲望都“整流”为同一频道、同一观念模式和同一价值认同。在这里，人与世界、人与自我、人与他人的对立似乎消失了，似乎不再有主体与客体的对立，不存在超越性和深度性，不再有舞台和镜像，只有网络与屏幕，只有操作的单向涉入与接受的被动性。②

不可忽视的是，电视在根据某种编码规则对现实进行了重新诠释后又不加区别地将它们播发出来。这一编码规则既是一种意识形态结构，也是一种充满大众文化意识形态的编码规则的技术结构。“大众传媒化消费中的意义转向、政治的非政治化、文化的非文化化、主体的非性化都是超越于对内容的‘肆意’重新诠释之上的。一切都是在形式上发生了改变：无论何处，在真实的地点和场所之中，都有完全产自编码规则要素组合的一种‘新现实’的替代品。”③ 同时，媒体具有“敞开”（呈现）和“遮蔽”（误导）二重性，当今世界通过镜头组接以后的弥天大谎层出不穷，甚至电脑特技制造的“真实的谎言”或“虚假的真实”随处可见。于是，媒体不断地造成各种“热点”和“事端”，媒体成为当代价值的命名者——在制造虚假和谎言的同时，不断地塞给人们虚假的幸福感和存在感。“电视传媒通过其技术组织所承载的，是一个可以任意显像、任意剪辑并可用画面解读的世界的思想（意识形态）。它承载着的意识形态是，那个对已变成符号系统的世界进行解读的系统是万能的。电视只是希望能成为一个缺席世界的元语言。”④

① 鲍德里亚：《消费社会》，刘成富，钱志刚译，南京：南京大学出版社，2000年版，第131页。
② Baudrillard, J. *The Ecstasy of Communication*, New York: Semioteat, 1998, p. 12.
③ 鲍德里亚：《消费社会》，刘成富，钱志刚译，南京：南京大学出版社，2000年版，第135页。
④ 鲍德里亚：《消费社会》，刘成富，钱志刚译，南京：南京大学出版社，2000年版，第131页。

人们通过媒体看到的是，媒体与其他媒体之间不断参照、传译、转录、拼接而成的“超真实”“超文本”的媒体语境，一个“模拟”组合的“数码复制”的世界。这种复制和再复制使得世界走向我们时，变得主观而疏离。“它就这样伪造了一种消费总体性，按麦克卢汉的说法就是使消费者们重新部落化，就是说通过一种同谋关系、一种与信息但更主要是与媒介自身及其编码规则相适应的内在、即时的勾结关系，透过每一个消费者而瞄准了所有其他消费者，又透过所有其他消费者瞄准了每一个消费者。”① 尤其是在多媒体电脑加工的文化品，更日益成为沟通中的“绝缘体”。传媒在多频道全天候的持续播出中，人不断接受储存很多芜杂的信息，而这些信息却无法处理，并因超负荷的信息填塞而导致信息膨胀焦虑症和信息紊乱综合症。

当然，传媒在促进人们彼此间的信息交流方面，提供了快捷多样的形式。拒绝传媒是愚蠢的，然而同时又必须看到，大众传播行使自己的权力时，又在不断地造成信息发出、传递、接受三维间的“中断”。传媒“炒”文化的负效应，使人们跟着影视的诱导和广告的诱惑去确立自身的行为方式，传媒的全能性介入中断了人的独处内省和人我间的交谈。大众传播的单向度属性，是一种“无回应”缺乏反馈的话语输出，但是其自由选择模式掩盖了这种“无回应话语”的不平等话语权力实质。“电视广播传媒提供的、被无意识地深深地解码了并‘消费了’的真正信息，并不是通过音像展示出来的内容，而是与这些传媒的技术实质本身联系着的、使事物与现实相脱节而变成互相承接的等同符号的那种强制模式。”② 人们凝视电视而达到一种“出神忘我”的状态，这实际上是一种“窥视欲”的生产与再生产。人们借助电影、视盘、电视可以窥视他人的生活，乃至犯罪的过程、性与暴力的过程。人们的私有空间成了媒体聚焦之所，整个世界方方面面的事又不必要地展现在家

---

① 鲍德里亚：《消费社会》，刘成富，钱志刚译，南京：南京大学出版社，2000 年版，第 133 页。
② 鲍德里亚：《消费社会》，刘成富，钱志刚译，南京：南京大学出版社，2000 年版，第 130 页。

里。尤其是那些矫情的、色情的、无情的片子，更是使人在迷醉中得到下意识欲望的满足又膨胀出更刺激的欲望。不难看出，这种传媒介入所造成的私人空间公众化和世界“类像”的家庭化，导致了传媒（尤其是卫视）的世界一体化，从而使紊乱的信息传播全球化。这一方面有可能使信息扩张和误读造成“文明的冲突”，另一方面，传媒信息的膨胀因失去控制而使当代人处于新的一轮精神分裂和欲望怂恿的失控状态之中。

其四，身体策略与生命自恋

人们在放弃了最终的价值承诺以后，开始在消费社会中充分地享受身体欲望的放纵。于是，“在经历了一千年的清教传统之后，对它作为身体和性解放符号的‘重新发现’。人们给它套上的卫生保健学、营养学、医疗学的光环，时时萦绕心头的对青春、美貌、阳刚、阴柔之气的追求，以及附带的护理、饮食制度、健身实践和包裹着它的快感神话——今天的一切都证明身体变成了救赎物品。在这一心理和意识形态功能中它彻底取代了灵魂。”①

身体在消费神话中成为新的神话：人具有自己的“处身性”，人的本质不再是一些抽象的形式原则，而是充满肉体欲望和现代感觉的“生命”。身体已经从“面容之美”表现走向了“躯体之力”的表现，从精神意象的呈现走向了欲望肉体的展示。身体成为肉体性、享受性和存在性的证明，脸逐渐被肉体所取代。不仅如此，身体地位成为一种文化表征，在文化话语中，身体关系的组织模式都反映了事物关系的组织模式及社会关系的组织模式。这要求社会说明：身体“这一话语是如何打着协调每个人与自己身体关系的幌子，在主体与作为双重威胁的客观身体之间，重新引入了与社会生活关系相同的关系、与社会关系的规定性相同的规定性：讹诈、镇压、被迫害综合症、配偶神经症。”② 身体的痛

① 鲍德里亚：《消费社会》，刘成富，钱志刚译，南京：南京大学出版社，2000年版，第138页。
② 鲍德里亚：《消费社会》，刘成富，钱志刚译，南京：南京大学出版社，2000年版，第141页。

苦和走向死亡的灵魂，使得消费社会中个体神经处于高度敏感和麻木无感两极之间。身体欲望由于金钱的强势牵扯，已经很难对真正的精神价值作出切实的判断。

身体的满足成为灵魂逃亡的最新形式——休闲本身的意识形态。于是，在消费中进行集体性的身体“指导性自恋”，成为今天社会欲望再生产的一个无穷宝库。“休息、放松、散心、消遣也许都是出于‘需要’，但它们自身并没有规定对休闲本身的苛求，即对时间的消费。自由时间，也许意味着人们用以填满它的种种游戏活动，但它首先意味着可以自由地耗费时间，有时是将它‘消磨’掉，纯粹地浪费掉。”① 休闲并非是对时间的自由支配，那只是它的一个标签。在错觉的年代，身体的外表前所未有地成为虚假的美丽修饰，身体策略成为刺激生命原始欲望的方式。人们在高速社会节奏中，将身体和欲望作为交换价值并被它所操纵，个体在日常生活的错觉中，自觉主动地变成了金钱和时间的附庸。

鲍德里亚所描述的后现代消费社会，是一个充满风险和危机的社会，隐藏在这个社会表面正常背后的，是模态社会的支配性权力结构。首先，现代性理性在纯粹肉身欲望的冲击中，已经成为理性的碎片，并遭遇到非理性意志全面侵占。享乐主义拜金主义成为整个世界的生存法则，如今的人生指南已经不再是由思想者发出，而是由电视消费广告播撒。消费成为刺激欲望再生产欲望的人生道德主宰，人在消费欲望之流中才能感到自己的存在意义。消费欲望终于在金钱经济支配的大城市生活中树立起来，它在推动现代人去涉猎私人权力和私人空间当中，却开始抛弃了公共空间和公共权力。随着这种身体空间感和生命时间感的进一步加固，由身体状态的膨胀就引申出这样的当代文化意识形态：个体对异化社会的反抗是没有意义的，坚持理想精神同样是凌空蹈虚而无实际利益的，个人无限制地获取欲望满足是正当的，所以无论怎样沉醉在

① 鲍德里亚：《消费社会》，刘成富，钱志刚译，南京：南京大学出版社，2000年版，第171页。

消费中都不过分。在这样的逻辑之下，凡是满足欲望的消费就具有终极合法性，凡是个体身体的欲望就只能释放出来。这样一来，社会意识形态整体上转化为消费意识形态，并不断被消费意识话语所控制。于是，人类的道德体系和心智原则有限性终于让位于个体消费欲望的无限性，消费神话在价值失范和道德滑坡中变得漠然起来。

应该说，在西方马克思主义学者执着于社会异化、意识形态、阶级斗争、希望绝望问题之后，文化学家开始注视着平等、消费、电视、身体等问题；在解释学与解构学争论文本意义的正读与误读、差异与共识时，消费文化研究深入到日常生活的机制，分析内在运作机制和话语表征关系、文化意识转型。这种从巨型社会文化意识形态分析到微型文化消费意识形态转化，使得当代危机问题有可能得到真实的显露。

第四节　白色社会中的大众传媒镜像

精神生态问题成为当代问题的汇聚点，有其自身的发展逻辑。在全球化消费主义发展进程中，自然生态和精神生态成为一个问题的两个方面。因为 ego（自我）与 eco（生态）有着内在的和谐联系，需要均衡发展。然而，在这个被鲍德里亚称为日常消费生活的“白色社会”中，这种和谐却被一再地破坏了。鲍德里亚不断审理全球化文化生态失衡在社会心理和个体心性的健全方面所造成的威胁，并进而对传媒在“文化工业”生产中消蚀意义的功能加以清算，是有批判眼光的。

生产过剩的“丰盛”社会中，当代人的活法是“白色”的——没有感情介入，没有形而上冲动，也不可能再有异端邪说。在鲍德里亚看来，后现代时期的商品价值已不再取决于商品本身是否能满足人的需要或具有交换价值，而是取决于交换体系中作为文化功能的符码。这是一个充斥着预防性白色的饱和了的社会，一个没有眩晕没有历史深度的社会，一个除了物质神话或者不断造神话之外，没有其他精神神话可以立足的消费社会。也许只有激进的革命的突发事件和意外的分化瓦解才能打碎这“白色的弥撒”。

在这个日常消费生活的“白色社会”中，我们应该听听思想家的警示：“在利用公共交通工具的情况下，每一个他人都和其他人一样。这样的杂然共在把本己的此在完全消解在‘他人的’存在方式中，而各具差别和突出之处的他人则又更其消失不见了。在这种不触目而又不能定局的情况中，常人展开了他的真正独裁。常人怎样享乐，我们就怎样享乐；常人对文学艺术怎样阅读怎样判断，我们就怎样阅读怎样判断；竟至常人怎样从‘大众’中抽身，我们也就怎样抽身；常人对什么东西愤怒，我们就对什么东西‘愤怒’。这个常人不是任何确定的人，而一切人（却不是作为总和）都是这个常人，就是这个常人指定着日常生活的存在方式。”① 海德格尔的话，敲响了现代性日常生活世界享乐中“常人”的危险警钟。

布迪厄在《现代世界知识分子的角色》中也认为：经济对人文和科学研究的控制在学科中变得日益明显。知识分子发现，他们越来越被排除在公共论辩之外，而越来越多的人（技术官僚、新闻记者、负责公众意见调查的人、营销顾问等）却赋予自己一种知识分子权威，以行使政治权力。这些新贵声称他们的技术或经济—政治文化具有超越传统文化，特别是文学和哲学的优越性。传统文化发现自己被贬到无用、雌伏的地位。传统式的知识分子的预言功能被抛弃。“这一套机构只是电视行使了一种形式特别有害的象征暴力。象征暴力是一种通过施行者与承受者的合谋和默契而施加的一种暴力，通常双方都意识不到自己是在施行或在承受……电视成了影响着很大一部分人头脑的某种垄断机器。然而只关注社会新闻，把宝贵的时间浪费在空洞无聊或者无关痛痒的谈资

① 海德格尔：《存在与时间》，陈嘉映、王庆节译，北京：三联书店，1987年版，第156页。

上，这样一来，便排斥了公众为行使民主权利应该掌握的重要信息”。①

著名东欧思想家斯拉沃热·齐泽克（Slavoj Zizek），更是从精神内层注意到当代人精神和存在中具有的难以言清的精神错乱症候，他从拉康的心理分析视角重新描述人类思想和人类欲望的基本结构，认为社会共同体的功能已经失调，每个个体在灵肉濒临崩溃、矛盾焦虑的同时，也在文明内部冲突的现实压力下寻求身份和欲望的妥协：“我们今天亲眼目睹的冲突，与其说是不同文明之间的冲突，不如说是同一文明内部的冲突。也就是说，我们要睁大眼睛看一看，这种‘文明冲突’究竟是因何而起的？眼前正在发生的真正‘冲突’，不都显然与全球资本主义的扩张密切相关吗？……只有在每一个社会都承认，将其撕裂的‘冲突’来自其内部，不同社会之间的真正接触才是可能的，这种接触是以参与统一斗争的共同经验为基础的”。② 这事实上就把个体内部的欲望同全球化导致的文明内部的冲突联系起来了。

应该看到，整个西方社会运动尖锐对峙的矛盾开始为追求幸福生活的信念所抚平，社会境况日益成为消费性的和科技中心的，科技成了新意识形态。政治和文化的尖锐冲突随着时间的冲洗，其价值观、自我的政治观，逐渐为生活的有序感、现实的身份感和理想的幻灭感所取代。于是，人们更多地感到社会共同体中的地位，在整个政治谱系中存在认同意义的延续性，这一延续性意味着政治责任感的持续影响和自己新身份的不断改写。

消费世纪是资本符号下加速了的生产力扩展的结果，因而这个世纪是彻底异化的世纪。商品逻辑成为整个人类生活的逻辑，后现代消费逻辑不仅支配着生产的物质产品，而且支配着整个文化、性欲、人际关系，以至个体的幻象和冲动。在鲍德里亚看来，“一切都由这一逻辑决

① 布迪厄：《关于电视》，许钧译，沈阳：辽宁教育出版社，2000 年版，第 14—15 页。

② 参斯拉沃热·齐泽克：《意识形态崇高客体》，季广茂译，北京：中央编译出版社 2002 版，中文版序，第 7—10 页。

定着，这不仅在于一切功能、一切需求都被具体化、被操纵为利益的话语，而且在于一个更为深刻的方面，即一切都被戏剧化了，也就是说，被展现、挑动、被编排为形象、符号和可消费的范型。”① 人类目前正处于一个后现代类像时代，计算机、信息处理、媒体、自动控制系统以及按照类像符码和模型而形成的社会组织，已经取代了生产的地位，成为社会的组织原则。

不难看到，鲍德里亚已经洞悉后现代文化在社会心理和个体心性的健全方面所造成的威胁，并进而对“文化工业”消蚀意义的功能加以清算。他对后现代传媒的审理，进入到后现代理论本身的审理，认为其理论模式已经被“后现代化”——理论不再是反思和划定边界，而是为了迎合当今时代的快速、时髦、肤浅和片断化特征。理论在这种自我蒸发中变成了一种“超级商品”，成为无思时代兜售和宣扬最时髦消费意识和人生态度的一种谎言工具而已。

对完美的罪行的分析、对类像世界和指涉关系的批判，和对消费社会的审理，使鲍德里亚注重后传播时代类像流中运作的权力关系和意义消解问题。因为这种不断复制传播的、内爆的、虚假的类像，使得世界上的政治经济文化消失了界限，社会万象处于目眩神迷的变幻流动之中，哲学话语、社会理论、大众传播理论及政治理论的边缘正在侵蚀消融，甚至不同社会形态和意识形态结构都不再壁垒森严，而是在消费主义中内爆为一种无差别的类像流，一种现实与类像彼此不分的新状态。而且，消费社会物品符号体系中的物品意义，并不局限于它的物质性和功能性，而是因“时尚流行”而增益意义。② 但是这种现实与类像部分的状态中的问题却相当复杂。法国“五月风暴”后，资本主义社会中正统的、官方的价值观伦理观受到前所未有的质疑和消解。解构主义后现代主义对当代电影、电视、小说、社会新闻等文化商品加以权力运

① 鲍德里亚：《消费社会》，第 224 页。

② 参见鲍德里亚：《拟仿物与拟像》，台北：时报文化出版企业公司，1998 年版；鲍德里亚：《物体系》，林志明译，上海：上海人民出版社，2001 年版。

作，不断颠覆着各种社会秩序文化禁忌，张扬造反的文化嬉皮士和大众丑学。如此一来，影视传媒中的黑道大盗、冷面杀手成了时代的英雄和人们仿效的对象，镜头的血腥感成为刺激都市人惰性生活的兴奋剂，欲望写作和激情戏成为感官压迫和解放的动力，传媒调动一切手段刺激人们放纵自己的欲望，挑动身体感觉、本能情绪、形下器官的后现代手法日渐满足人们的窥视欲。

于是，文化颓败不可避免地推倒了自己的第一块多米诺骨牌，文化的商品化和文化的世俗化并没有消解官方主流文化，而是日益消解着知识分子的精英文化，并常常打着“主流文化”的招牌或者与之合流，进行世俗文化扩充和当代文化的混杂，使当代社会在全面繁荣的假象下，诞生出内在的意义危机，并播撒着文化商品正使社会价值系统崩溃的文化病毒。

第五节　鲍德里亚文化理论的意义与局限

进入80年代，鲍德里亚面对现实的尖锐问题而更加勤奋地写作，出版了《致命的策略》（1983）、《扭曲的神性》（1987）、《冷静的回忆》（1987）、《痛苦的昭示》（1990）等著作，并被大量译介到英语世界，不断地确立其后现代文化理论家的地位。在反响很大的《致命的策略》中，他依照西方主流学界提出的“主体的消解”论，进一步拆解主体地位和存在价值，要求主体放弃它主宰客体世界的欲求，使自己成为一个具有客观主义立场的后现代物质主义者。从某种意义上说，那种文艺复兴时期以来的主体的人，那种具有绝对主体价值的大写的“人”，那种被整个西方传统锻造成主体神话“人”，在后现代后殖民时期缺席了。于是“个性化”填充了这个缺席的主体“人”的地位，并且以其日常生活的方式使任何想重建主体之人的想法归于落空。应该说，鲍德里亚的文化研究理论对“个体身体”私人空间的重视，对过去那种唯理性的否定感性生命的做法，确有纠偏作用。但是这种“跟着欲望走”，使当代消费主义在个体的狭窄空间中不断播撒非主体意识，从而使当代个体肉身膨胀中，少了一种社会价值的内在焦虑感而重新被物化为白色的“客体”。

于是，“致命的策略”就成为——将任何逻辑推导极限，从而使其走向自身的反面：消费社会的极限就是无止境地疯狂消费，传媒的极限就是彻底抛弃形而上学而追逐世俗化，从而使这个理性社会走向反面——非理性。在我看来，鲍德里亚已经面对后现代传媒社会的病灶却无力开出药方，这种所谓极端的“策略”本身是“致命”的。因为现代化所带来的消费的全球化，不是通过怂恿和推到极限就可以复归的，相反，这种丧失了人文知识分子精神吁求的非理性做法，可能是雪上加霜，后果不堪设想。这里，也可以看到鲍德里亚理论的内在困境。

同福柯、德里达、拉康相比，鲍德里亚的思想影响的深度和广度都不能与之比肩。但 20 世纪 80 年代后期，鲍德里亚的主要著作被广泛译介，参与了后现代谱系的重新修订，并很快确立其后现代理论家的地位。尽管在社会知识谱系分析、形而上学的颠覆、话语心理无意识结构的剖析上，鲍德里亚理论缺乏原创性深度性，但在对消费社会、传播机制、文化心理制约、后现代文化权力运作等方面的研究，无疑具有独到的创建性和启发性，并成为当代十分热门的“文化研究”和“文化批评”的理论基础。因而，鲍德里亚学说具有不容忽视的当代意义：

其一，在对商品拜物教的分析中，鲍德里亚的分析超越了霍克海默和阿多尔诺的西方马克思主义分析模式，而采用后现代式的话语权力分析方式——不仅否认直接经验之下有任何实在意义存在，而且不再希望在表层后面能够寻到深层本质，在虚拟形象后面有任何真实阐释“深度模式”。其所绘出的后现代社会大众传媒的图景，在某种意义上提供了一种阐释后现代社会镜像的新视角。

其二，在后现代时期，政治经济文化哲学和艺术美学上转变是根本性的，无论是从经济上清理跨国资本运作与文化霸权的关系，还是从政治上看全球化中的东方主义与西方主义的权力角逐，无论是从文化上看数码复制时代的平面化问题，还是从大众传媒和消费社会的种种问题看人类话语泡沫中的失语，都能发现某种新视域和新问题。具体地说，消费社会已经进入一种文化身份的符号争斗中。商品权力话语消解了高雅文化的壁垒而与通俗文化合谋，轻而易举地通过大众传媒侵入到当代文化的神经，将日常生活作为市场需求和世俗文化模式设定为当下社会文化的普遍原则，并企图将消费主义作为当代人生活的合法性底线。于是在哲学“元话语”失效和中心性、同一性话语消失后，人们在焦虑、绝望中寻找到挽救信仰危机的解救方法。然而传统美学趣味和深度的消失使得“表征紊乱”成为时代的症结，本能欲望的满足和怂恿成为消费时代的焦虑。因而后现代消费时代问题的袒露性，显示出这个时代的复杂性，并对当代问题的深层面揭开了重要的一角。

其三，西方“他者”的警示作用。后现代大众传播和消费社会是西方社会的现实写照，这一问题在全球化的播撒中已经逐渐延伸进当代中国大众生活。中国近年来出现的消费主义思潮和电视媒体膨胀的世俗化倾向，已经和正在深刻地改变着当代中国个体空间和大众场域。鲍德里亚文化理论提醒我们对知识生产重新理解和认识，对其立场、前提、利益冲突、文化产业资本加以深切的反思。应该说，当代中国学者面对的是一系列复杂的世纪之交的问题，除了第一世界所面临的“现代与后现代”传媒和消费问题外，第三世界也面临“现代性转型”问题。因此，如何张扬一种健康的文化，而非一种颓败的文化，如何保持文化理论的有效性和合法性，对各种文化符号资本在社会中的权力运作加以分析定位，并对一切文化特权加以质疑，必得成为我们思考的重要层面。

在我看来，鲍德里亚消费社会和大众传播理论的新颖意义，与他理论内在的局限是矛盾地混合在一起的，这种理论局限性需要深入考察。

首先，过分强调丧失深度价值的传媒时代的技术中心主义情结。除了消费的名牌政治和大众传媒的虚假身份外，其他似乎都不再具有意义。现实与符号象征再现的区别在象征领域已然被取消，这使生活在象征境遇中的人类沟通模式遭到改写——从手写文明到印刷文明和电子媒体，形成新的“真实虚拟”的沟通系统。这种不同含义的意义编码构成了文化的多重症候，对应着人类文化心灵的各个层面，但由于符号象征系统还能指涉未经编码的内容，因而与其现实的对象又处于非对称状态，使得现实在被感知时成为一种虚拟的状态，成为多余的剩余物，人们就被置于一种“超实在”（hyper reality）虚无中。① 应该说，鲍德里亚的这种虚拟理论的关键在于，他已经取消了现实的第一性问题，将观念对现实的折射过分夸大。同时，值得注意的是，传统意识形态是文字时代用文字与精神意识的对称性来谈论问题，而类像时代是图文时代甚至图图时代，用类像的图文表征问题。于是，永无休止的为新而创新传媒形式使最时尚的消费形式成为时代中心，并耗尽了当代人精神内容和信仰形式的全部资源，使当代人整体价值观念和生活方式正在发生着深刻的变异。

其次，消费主义成为时代精神和个体享乐的问题。无论如何，在后现代高速发展的经济战车中，人们基于对社会个体身份和历史虚无的理解，不再将理想主义作为自己的存身之道，而是将消费主义作为达到世俗幸福的捷径。于是消费成为获得身份建构自身以及建构与他人关系的关键环节，甚至成为支撑现行体制和团体机构生存发展的润滑剂。消费不再是为了刺激再生产，而是在名牌政治化和时尚崇尚克隆中呈现当代崇洋心态——商品拜物教和西方中心观念。“消费”心态观念与“西方”名牌政治，终于成为一个铜币的两面。

形而上学理想化到大众传媒时代世俗化的进程，可以看到西方最前

---

① Baudrillard J. *The Ecstasy of Communication*, Semioext (e), 1998, pp. 82-83.

沿的历史文化轨迹和精神蜕变脉络。这一脉络表明，从现代社会进入后现代社会以后，每个人的生活维度都不再是单维的，而是集体网络关系中的一员，具有相互交往链接的深层因素和变异的可能性。这种身份和认同是相互作用的，一个人虽然具有多重身份，但最主要的身份是通过社会交往和社会传播获得社会认同。社会认同是随着时间的流逝、政治身份的变化以及他人合作方式的空间转换而相对固定的某种文化属性。这种文化社会身份不是一成不变的，因为身份认同是通过社会过程形成的，随着社会关系的重新组合，在共同语境中不断获得修正和重塑。大众传媒加速了对传统价值颠覆的个体日程，相当多的人进行了自我反叛，个体产生了不可忽略的认同危机。揭示这种危机并开创新的问题域以化解这种后工业社会中的消费主义症结，成为当代文化研究理论的努力方向。这也许是鲍德里亚文化理论在当今世界不断升温的内在原因。①

鲍德里亚《完美的罪行》《消费社会》《生产之镜》等的社会文化分析，在当代世界的思想界有相当的影响力。就思想价值取向而言，他对电视传媒的负面效应是持冷峻批判态度的。因此，他被认为是“非乐观态度”的后现代文化学者。他在洞悉后现代传媒在加剧人们心灵的异化、在肢解社会心理和个体心性的健全方面所造成的严重威胁基础上，进而对传媒在“文化工业”生产中消蚀意义的功能加以清算，② 这是具有学术推进意义的。应该说，鲍德里亚在消费社会中警醒人们关注生命的本真意义，在传媒热衷于制造“追星”群体和消费“热点”之中，给当代精神失重的人们亮出了另一种价值尺度，并为人类走出消费社会和消费主义的阴影，重建精神生态的平衡系统作出了前沿性的学术思考。

---

① 参见艾伦·杜宁（Alan Durning）：《多少算够：消费社会与地球的未来》，毕聿译，长春：吉林人民出版社，1997 年版；堤清二：《消费社会批判》，朱绍文等译校，北京：经济科学出版社，1998 年版。

② Cf. Baudrillard, J. *The Mirror of Production*, St Louis, Mo: Telos Press. 1975.

第六编

生态文学与生态美学

第二十章　生态文化的发端及其现实针对性

最新西方美学的发展，并没有因解构主义、后现代主义、后殖民主义、文化研究不断翻新而止步。20世纪后期，西方的“生态文化”和“生态批评”理论从发生发展到逐渐推向全球，已然成为一种跨学科的新的美学研究方法。当然，就理论的传承脉络而言，可以说，生态文化和生态批评不是普通的关于人与环境的文学研究，而是属于文化研究的大范围中的一个新拓展的理论领域。这主要突出表现在几个重要维度上：当代西方美学研究进入了“理论生产缓慢期”，西方文学批评理论不再是层出不穷的花样翻新，而是重新重视作为自然和社会双重身份的“世界”，表现出文艺对自然形式的模仿价值；文学批评理论研究仍未定型，仍在注重新历史、把捉政治意识形态、确定种族和性别关系中不断寻找新的审美视角和文化地基，重新确定自我理论学科形态；西方美学产生有世界性影响的大师正在减少，经典性的美学文本也在减少，当代西方美学进入所谓“理论终结”时代或“后理论时代”。

生态理论的发端与全球化的两个重大危机相关，

其一是当今世界日益恶化的自然生态危机，其二是人类精神痼疾在现代消费社会中的人文精神生态危机。这两大危机均来源于现代性的恶果。

第一节　现代性文化断根和消费主义症候

所谓现代性只有短短500年，再往前的西方是“黑暗的中世纪”。其后文艺复兴运动和宗教改革运动冲击了欧洲封建教会的统治，为资本主义和科学技术的诞生开辟了道路。18世纪以来，蒸汽机的发明使西方现代性开始加速。19世纪的热力学、电磁场理论、生物进化论使得东方成为僵化的“停滞的帝国”，而现代性的西方开始成为人类的“话语权力中心”：照相机的发明使画家对对象的逼真描摹相形见绌；蒸汽火车和汽车改变了人们的空间感觉；冰箱和电灯改变了人们的生活和审美观；电影出现改变了人类的感觉方式和视觉方式。20世纪，飞机、通讯卫星、电视、电脑、人类登月等，更是让西方在科技、军事和经济领域获得话语霸权。现代性与科技发明和人类殖民紧密相关，短短200年就使得西方成为世界霸主。

现代性扩张导致的东方各国的“全盘西化”浪潮，已经被百年历史证明不是东方的福音，而是人类单面化和异化的开始。人类遭遇的问题，核大战也罢，资源耗尽也罢，环境污染也罢，海啸和外星球撞击地球也罢，告诉人们一个事实，现代性到了极度膨胀会反过来毁灭人类。现代性为人们承诺美好生活的同时，又带给人们太多的生态灾难：自然生态危机、社会生态危机、精神生态危机、文化生态危机，使得森林毁灭，水土流失，河海污染，物种退化，精神失落，道德沦丧，心态失衡，形成威胁人类生存的生态大灾难场。① 面对精神生态失衡的消费主义和文化霸权主义，哲人们提倡具有文化生态意义的重回乡土感受生命大地的精神复归方式。

如今，除了自然生态危机以外，在全球范围内人类还制造了 900 万机器人，智能机器人已将近 50 万，根据目前技术可以在十年左右复制 4000 多万，被植入智能芯片的他们在半个世纪以内会反过来会成为世界上一支“铁军”，一旦失控就有可能危害人类。更不用说克隆人和带有人工芯片的克隆人，他们具有的智商有可能整体上危害人类的生存。

1972 年，罗马俱乐部发表了关于人类危机的著名报告《成长的界限》。认为经济过热与人口增长如果不加以有效遏制，地球及生活在地球上的人类将由于环境污染和食物不足而在 100 年内毁灭。报告有如一石激起千层浪，全球为之震惊。其后世界各国通过裁军、放慢经济发展、控制人口增长、注重资源利用、保护环境，企图避免或者推迟人类毁灭的命运。但不堪重负的地球和人类成长极限的濒危状态并未缓解，而且有日益恶化的症候。

人类的精神生态同样遭遇到空前的危机。在西方现代性的导引下，

---

① 贝特在《大地之歌》中尖锐地指出：公元第三个千年刚刚开始，大自然却早已进入了危机四伏的时代。大难临头前的祈祷都是那么相似。全球变暖、冰川和永久冻土融化，海平面上升，降雨模式改变、海洋过度捕捞，沙漠迅猛扩展，森林覆盖率急剧下降，淡水资源严重匮乏，物种加速灭绝。我们生存于一个无法逃避有毒废弃物、酸雨和各种有害化学物质的世界。城市的空气混合着二氧化氮、二氧化硫、苯、二氧化碳。农业已经离不开化肥和农药，而畜牧业，牲畜的饲料里竟然含有能导致人中枢神经崩溃的疯牛病毒。文学批评怎么能够不直面这样的世界？怎么能够不发出这样的质问：我们究竟从哪里开始走错了路？

无论是亚洲还是非洲正在走向“理论翻新时代”和“肉体体验时代”。于是，升级、突破、扩展、肉身感、消费主义就成为这代人的精神轨迹。当代人成为从旧的“经验时代”蜕变的出来又仰望着“理论时代”的中间人，他们从生活话语方式、日常行为模式、当下时尚态度中，将生活娱乐化、文化流星化、生命肉身化、精神平面化。于是在一种“新新人类”的日常生活化中，改变着当代人的想象、城市的色彩和气质、周边的环境和思维演变。

消费主义不断制造人们“疯狂追新”，集中表现在接近痴迷的“升级化”上：电脑在升级，病毒也升级；邮箱在升级，垃圾邮件也升级；游戏在升级，黑客也在升级；消费主义在升级，恐怖主义也在升级；身体在时尚升级（暴走、LOMO、街舞、纹身），精神却在降级（疯病、自杀率、酗酒、下半身写作）；肉体在人造升级（色发、减肥、整容），灵魂却在沉睡中降级；生活无边自由方式在多元升级，精神生态却在颓败降级。如何使升级不成为一种外在的无根的形式，使生命中不成为没有价值含金量的转瞬过渡，而是真正实现人的精神和存在的生态平衡，人们还必须往深里思深里想。

在几个世纪的现代性过速拓展和无所谓信仰的消费狂欢中，人类不期然地面对了两个严重现状：一是“古今冲突”中传统文化断根问题，另一个是“新中产阶级”的虚假幸福意识。① 人们面临着大城市迅速膨胀而乡土逐渐萎缩的局面，它造成链状的城乡双向价值碰撞问题：一方面，乡土人口向城市迈进，所带来的烙印般的前现代乡村价值、故土信念和生活方式，遭到了城市的多元生活方式的碰撞和冲击。由于农业社会在人类发展中必须转向工业社会，而在这转型中农民处于社会权力的

---

① C. 怀特·米尔斯（C. Wright·Mills）认为：“文化断根造就了这批无信仰、无历史的非英雄，私有财产与地位的脱节又促进了他们有关个人与社会关系的‘虚假意识’。与以往阶级不同，新中产白领以没有统一的方向和‘政治冷漠’自成一类。他们从旧的社会组织和思想模式中流离出来，被抛入新的存在形式，却找不到思想归宿，只能将就地‘在失去意义的世界里不带信仰地生活’（韦伯语）——专注于技术完善、个人升迁和业余消遣，以此补偿精神懈怠与政治消极，犹如徘徊于美梦与梦魇之间的梦游人。”

末端而无力进入真正的话语层。这一离乡离土的迁徙成为世界范围内的现代性乡土社会解体、家族中心丧失以及集体理性转换为个人本位主义的合法性开始。

同样，新中产阶级白领层，出现了人的肉身安顿在巨大的建筑空间中，却找不到精神归宿之所的现象。在失去意义中丧失信仰的生活使得金钱直接成为当代人的信仰，在金钱位数的升级同时不断地感到离具有超越意义的幸福越来越远。当代各阶层人士，相当一部分人说不出自己究竟是否幸福，为什么幸福或不幸福——居无所在的人有失去家园的不幸，深居大屋也有失去生活感觉的不幸。那么，幸福生活怎样才可能？是不是在“升级”想象中房子越大钱越多就一定越幸福？这种幸福的匮乏状态，抵达了一个重大问题——“消费主义”。

消费主义生成了一种据为己有意识，即永远获取最好的商品，将世界上最引人注目的世俗享受据为己有。然而，消费主义具有双重欺骗性。人们过去重幸福，现在谈自由。似乎如今每个人都能够自由的选择自己的路。只要有钱就可以选择任何属于自己购买力和升级力的物品，而使自己的生活同样升级；似乎提供了消费者的自由，就完全解决了自由。事实并非如此。后工业时代消费主义在关于福利和幸福的承诺中，设置了习焉不察的虚假命题。消费主义的欺骗在于：允诺的是一种幸福的普遍性——似乎每个人都可以自由地选择。其另一欺骗性在于它设定了一个虚假命题：一旦你提供了消费者的自由，你就完全解决了自由问题。这样自由事实上被降格为了消费，它藐视了“自我实现原则”。作为人而言的自我实现，并非物质就可以满足的。物质满足仅仅是最基本的层次，而精神的满足和身份满足价值实现的满足更为不易。当代不少人的精神疯狂不是根源于物质的匮乏，而在于精神的空洞化和价值基因的稀释化。消费社会以最大限度攫取财富为目的，不断为大众制造新的欲望需要。在个人暴富的历史场景中，每个人都感到幸福生活就是更多地购物和消费，消费本身成为幸福生活的现实写照，成为人们互相攀比互相吹嘘的话语平台。针对消费主义生活的名牌崇拜，消费中心主义，喧哗与贪婪等问题，人们开始反省生命生活的意义，体认到信息时代的生活是智者引导的“复杂生活”，它不能使人灵肉和谐，而只会让人丧失灵魂。

这一图景将这样的当下呈现在眼前：当代科技、城市空间和日常生活的巨大变化使当代人的感知方式、价值观念、行为模式、交流方式、身体权利、生死问题、虚拟空间和普世伦理发生了重大的断裂和出位。今天的“网络化”的语言粗俗以及“闪族”的不期而至，使得当代图景更为扑朔迷离。在电脑时代肉身体验范围逐渐变小，其他感官功能日益荒废的情况下，肉体感觉往往只好通过非正常的途径获得。这种青春身体感，代表了对传统的完全扬弃和对自己另类自由生活的无边张扬。今天的升级时代，这个庞大的教育机构和艺术文化机制，已经很难阻挡青年人的所做所想，因为他们坚信两条：一是另类自由，二是无边自由。

观念的变化和生活方式的断裂所导致的“文化失根”，在一个世纪内会持续而震撼地走向现代性的人的心灵。在现代化的城市变化中，所有迁徙者都遭遇到自身的生活方式、思想观念、文化模式冲击和调整，同时随着这种迁徙，人们的艺术审美的方式和人栖居的方式同样将发生诸多变化。这一深刻的变化，给生态美学的建构留下了新的可能性，给现代人怀乡、思乡、回乡，留下了丰沛的想象空间。面对“升级”时代，我们不仅应在世界巨大变化中感到时代前行的脚步，也应在精神生态平衡中看到未来世界整体图景。在现代化与乡村问题没有真正互动之前，在城乡矛盾激化没有认真重视之前，仅仅谈论城市新新人类的身体感“升级”现象是不够的。只有一个民族和谐发展，一个国家均衡发展，城乡矛盾有了合理化的解决途径，在身体感时尚感升级的同时，精神也获得升级的勃勃生机，这样的“灵肉升级”才有可持续发展的意义，才具有当代精神生态平衡的价值依据。

其实，西方人在现代性的弊端中已经认识到“竭泽而渔”“杀鸡取卵”“急功近利”的种种危害，已经开始自我反思并迷途知返——标举“生态文化”。这意味着在现代性弊端的清理中，西方哲人们开始重视人性的深度拓展和文化精神的提升，并坚信生态学的自然环境出现了问题必须修正。

第二节　人类自然生态危机和精神生态危机

在我看来，生态文化问题是一种跨学科的人类与自然的命运考辨，是人类反思自然生态后进而反思文化生态的开始。这种生态自然观使得西方人在现代性问题上意识到不能再盲人瞎马了，反身而诚开始研究生态文化、生态哲学、生态美学、生态艺术。这意味着被现代性所打压的传统艺术应该重新加以评估和阐释其人类心灵价值。

现代性包括“制度现代性”和“审美现代性”，这两种现代性总是发生对立和分裂。“制度现代化”使人不断异化。过去创造一个螺丝钉，从铸铁开始到做成大抵是一个人完成。人在最初蓝图到最后产品的实现中，体现了自我创造的完美性。但现在就像卓别林《摩登时代》那样，人一辈子被分工为只能拧一颗螺丝钉，人只是现代性大生产线中的一个环节，人被“异化”了。在制度现代性中，人被“异化”后，艺术的审美现代性不愿意跟着“异化”，就开始反抗“异化”。于是，审美现代性以揭露反抗“异化”为其纲领，其反抗方式是把艺术“审美”转变为“审丑”——不愿意看到过去的艺术歌颂田园生活的美好，而将艺术变成了“反抗”的艺术——艺术表征出来形态的比生活形态更加丑陋：立体派画的人已然成为了三只眼睛；蒙克《呼号》中人站在桥头惊恐至极以至于眼睛脑袋都大为变形；“野兽派”绘画在变形夸张中表现出对战争的恐惧和对未来的恐惧，一切都是丑陋的！

传统审美是“天人合一”中的和谐之美，不管是西方的艺术还是东方的艺术，不管是古希腊的艺术还是先秦的艺术，或者是具有文艺复兴时的艺术，大都是张扬美的艺术。人们惊叹于《维纳斯的诞生》《蒙娜丽莎》《伏尔加河上的纤夫》的精妙，感动于交响乐中的巴赫、莫扎特、贝多芬音乐的纯粹。但到了现代性艺术——如本雅明所说“悲悯性”艺术、马尔库塞所说“反抗性”艺术时，西方艺术突然蜕变为“丑”：绘画和音乐进入现代性以后，变成了非常刺目刺耳的不和谐形式。究其原因，就在于马尔库塞的“艺术不再是审美，艺术变成了反抗”。

应如何看待西方现代文化好的方面并警惕“丑”的方面呢？如果把所有艺术弄得脏乱差是否可以呢？当然不可以！因为这除了游戏和作秀之外，没有更多的新思想诞生，没有对整个西方文化史和艺术史走向的准确定位。审“丑”是对西方制度性的现代性的一种反抗，用“审美现代性”去反抗“制度现代性”正在走向自己的反面——艺术成为恶心的艺术而丧失自己的价值——丑艺术逐渐被人们所厌恶和抛弃。我想说的是，我们不应该跟在西方后面迈上这条不归路，而应该用生态文化精神去重新审视世界艺术的未来发展的可能性，一方面要求自然生态平衡，另一方面要求人的精神生态平衡。新世纪人类为什么要让自己“分裂”让艺术成为疯狂呢？为什么不能超越西方现代性弊端而正视自我身份呢？为什么不思考避免西方现代性“异化”式制度性断裂的覆辙，而开始修复人类艺术的精神性断裂呢？

21 世纪人类文化发展正在逐渐走向清明的理性化，这意味是文化发展的良性化、生态化、新型化、境界化，即抛弃那些“顽主形态”的恶俗趣味和游戏人生的“比矮主义”，而走向与自己心灵对话的独立精神和个体追求。重视个体心灵的独处。人都是孤独的，在孤独中，人可以逃离外在世界的喧嚣和肉身化的沉重，回到本心的怡然自得和本真心性之中。应在日常生活中力图弄清个体存在意义，阐明在物质世界中人的存在的精神性，为人类生存留下反思和回归的空间。

我们必须扬弃西方的现代文化与后现代艺术的低俗性和虚无性，冷静思考人类的未来是否可以将东西方文化中精神相通的要素整合起来，在相互理解消除文化误读发现差异性文化之间心灵相似性。在真正的文化生态整体创新中，拿出巨大的心智和勇气着手解决人类共同面临的精神生态失衡问题，让人类告别冷战、战争、瘟疫、罪恶，走向新世纪绿色生态的自然和社会，让人性更具有生命的绿色！①

第三节　生态理论的发生与发展

面对现实的自然生态和精神生态危机，生态文化应运而生。作为学术史的生态文化理论的诞生于何时，学术界尚无定论。

“生态学”一词，是由希腊语 oicos（房子、住所）派生而来，最早出现在德语中，即 die ökologie，英语为 the ecology。生态主义并非横空出世，其思想渊源与 18 世纪的浪漫主义运动有着分不开的关系。1858 年美国作家梭罗在《瓦尔登湖》一书中阐释了自己的人与自然和谐的观念。他从生态平衡的角度反对喧嚣的城市，而赞美树林和溪流的自然世界。

1886 年德国动物学家海克尔在《生物体普通形态学》一书中，阐述了动物植物关系演化的系统树，认为精神与物质应该和谐统一：“我们把生态学理解为关于有机体与周围环境关系的全部科学，进一步可以把全部生存条件考虑在内。生态学是作为研究生物及其环境关系的学科

① Cf. Laurence Coupe (ed.): *The green studies reader: from Romanticism to Ecocriticism*, London; New York: Routledge, 2000.

而出现的。随着这一学科的发展，现代生态学逐步把人放在了研究的中心位置，人与自然的关系成为生态学关注的核心。”这一说法应是生态理论的滥觞。

一般认为，1970 年在西方兴起的“生态主义”（Ecologism）开始了生态文化的艰难历程。生态文化和生态批评出现，就是在这样一个大背景下开始的。相对于其他西方美学而言晚出的“生态批评”（Ecocriticism），一旦出现就在世界上迅速引起人们的理论兴趣，并不断加强这一理论的世界化进程。西蒙·C. 埃斯托克（Simon C. Estok）认为，生态批评的诞生因为视角不同而有三个不同的日期：作为文化术语的“生态批评”最初由威廉·罗依克特（William Ruekert）在 1978 年发表的文章“文学与生态学：生态批评的实验”中提出，但是并没有引起人们的重视；十五年后的 1993 年，帕特里克·墨菲创办“文学与环境跨学科研究”杂志，以其重量级的话语权力，重新阐释生态批评的重要性，引起广泛地关注和响应，标志着生态批评学派的逐渐形成，但是还没有学派的纲领和正式理论出版物；1996 年切瑞尔·格罗特菲尔蒂、哈罗德·弗罗姆编《生态批评读本：文学生态学的里程碑》和劳伦斯·布依尔的《环境的想象》的出版，生态批评终于有了自己的理论纲领和重要的美学原则，并在学术界引起深度关注与研究，其体系构架在不断辩论中走向成熟。

可以说，20 世纪 60 年代以来，生态哲学（Ecophilosophy）、生态神学（Ecotheology）、生态政治学（Ecological politics）、生态经济学（Ecological economics）、生态人文主义（Ecological humanism）、生态女性主义（Ecofeminism）、生态文学（Ecoliterature）、生态艺术（Ecological art）、生态社会学（Ecosociology）、生态伦理学（Ecological）、生态人类学（Ecological anthropology）、生态心理学（Ecological psychology）、生态批评（Ecocriticism）、深生态学（Deep ecology）等研究领域如同雨后春笋，人们在西方美学的“高原平台期”中又发现一个新的研究角度

——去掉人类中心主义，坚持自然中心主义，以人与自然的和谐共处作为生态理论的基本法则，以此消除人类沙文主义僭妄的生态批评。与以前相比，“生态”一词体现出鲜明的价值倾向性和实践意味，“生态”一词所蕴涵的人文精神含义更为深厚。生态哲学把对自然生态危机的根源追溯到现代文明的人类中心主义、二元对立思维模式上，将自然科学研究所提供的生态思维和生态方法渗透到人的世界观和生存体验中，努力把生态精神培育为一种通向全新文明前景的思维方式、价值基础、精神信仰和文化观念。总之，今天的生态文化运动已经变成了一场自然科学研究成果与人文思考相结合、理论研究与实践行动相结合、对现代文明的批判反思与对一种更加健康完善的新文明的建设性思考并重的文化运动。

与其他的西方美学突显形而上理论思辨性不同，生态理论是一种直面人类现实处境的实践理论。生态批评家大都反对雅克·德里达《文字学》：“文本之外一无所有”的文本中心主义看法，坚持认为：语言或文本的存在仅仅是实体世界的文化表征，并不能说明物质世界无足轻重，文本之外的重要东西多不胜数，怎能说一无所有？贝特认为：“后现代主义宣称一切尺度都是文本尺度，生态诗学则主张我们必须牢牢把握一种可能性，即某种被称为诗歌的文本尺度可以使我们回忆起人类最古老的知识：没有大地尺度，我们就不复存在。”生态理论反对当代理论陷入“语言唯心主义”或“文化主义”的陷阱之中不能自拔，致力于将人类面临的现实危机和当下困境揭示出来，走出“语言的牢笼”的自我画地为牢，超越语言文本的心造幻影，关注时代的困境。莱德菲尔德在《塞来斯廷预言》和《第十种洞察力》中强调：现代社会的腐败和贪婪是物质中心化和精神边缘化的人性异化造成的，腐败源自于整个世界物质主义弥漫的“有所企求”的贪欲，人们缺乏精神超越维度而处于现实欲望难平的浮躁焦虑中，这一系列现代文明病症导致了人类的整体精神失衡。一言以蔽之，西方人在近 400 年走上了文化偏执歧途，仅仅关注经济发展和消费水准，这种严重的文化偏执症，导致人痴迷于物质增长而丧失人性深度和人文厚度。当然，这些尖锐的批评，在西方马克思主义的文化批判中也是屡见不鲜的。

第二十一章　生态文学的特征与价值取向

生态文学是生态文化重要组成部分。生态文化在其制度形态层面被边缘化，如环境问题很晚才进入政治思考和环境保护制度等方面，注重保护物质生产的技术形式转变、能源形式转变以及人类生活方式转变的生态场景，尽量不使其恶化；生态文化在精神形态层面，努力促进环境教育、科技发展生态化、生态哲学、生态神学、生态文学、生态艺术等领域的发展。

第一节　打破人类中心主义话语

人类文明自从有文字记载以来已经有数千年的历史，而地球上的人类总数从最初的2000万发展到60亿，而已经长眠于地的人已经有百亿之众，与人类同存的其他物种大部分已经灭绝，一部分正在加速地消逝。面对这一惨烈的世界性场域，人类思想者在20世纪后期终于打破了西方传统人类中心主义世界观，在张扬生态文化中力求唤起全球性生态意识的觉醒。

可以说，生态文学以注重人与自然的和谐和提倡自然中心主义反对人类中心主义为旨归，其文学特征在于以生态思想和生态视角为出发点，将然为本的文学和以人为本的文学相并列。哈佛大学教授布伊尔认为：生态文学是“为处于危险的世界写作”的。生态文学在某种意义上为人类防止人类生态灾难亮起了红灯，是全球化时代作家对地球命运的严重关注和无限忧虑在创作中的呈现，也是世界面临危机中的人类生态价值自省。

其实，在海明威的《老人与海》中，人类中心主义表现得非常突出：“人”与“自然”的对立是构成故事的动机和基线，这一层次的关键是显示了杀戮和斗争是宇宙的根本规律。海水里，海母被海龟吃掉，而至弱的海母也能喷射毒汁捕获自己的战利品；海面上，老人捕马林鱼，鲨鱼撕咬老人的捕获品，老人尽全力搏斗：“老头儿对准鯊鱼的扁平的脑顶中央扎去，然后把刀子拔出，又朝同一个地方扎了一下。它依旧闭紧了咬住鱼，于是老头儿再从它的左眼上戳进去，但它还是缠住死鱼不放。老头儿又把刀子扎进它的脊骨和脑子中间去。这一次戳进去很容易，他觉得鲨鱼的软骨断了。但它们是成群结队来的，他只看到它们的鳍在水里划出的纹路，看到它们扑到死鱼身上去时所放出的鳞光。他用棍棒朝它们的头上打去，听到上下颚裂开和它们钻到船下面去咬鱼时把船晃动的声音。凡是他能够感觉到的，听见的，他就不顾一切地用棍棒劈去。他觉得有什么东西抓住了他的那根棍，随着棍就丢掉了。他把舵把从舵上拽掉，用它去打，去砍，两只手抱住它，一次又一次地劈下去，但是它们已经窜到船头跟前去咬那条死鱼，一忽儿一个接着一个地扑上来，一忽儿一拥而上，当它们再一次折转身扑来的时候，它们把水面下发亮的鱼肉一块一块地撕去了。”海明威通过人与非人的对立，指明现实与自然、人与物的关系是互相杀戮的关系，没有强者，也无所谓目的。但到了最后，老人用生命换来的鱼，成了白骨空架，成了飘飘荡荡的垃圾，这宣布了老人的失败。无论人做出了多么惊心动魄的努力，在宇宙规律之中都显得渺小而不值一提，而且，将在潮水（喻时间）的冲刷下，化得无影无踪。海明威一再说明一种人类中心主义的“美国精神”——真正的人是不能被摧垮的，尽管他行动上失败了，但在精神上仍保持了人格的完整，立于永远不败之地。人之所以禀有这种康拉德式的破灭后的胜利，关键在于人在失败后面对现实的态度。外在力量只能消灭人的肉体，却不能摧毁人的精神。这体现了海明威式的重压下的优雅风度，保持了人的真正价值和尊严。但是，这种人类中心主义的“美国精神”和个体尊严，在生态文化时代遭到了生态理论家们的质疑。可以说，这种“美国精神”隐含着这样一个潜在话语——人类是万物的主宰，可以对天地万物加以征服改造。然而，面对着大自然生态环境的惨遭破坏，以及自然加倍地报复，人们感到了巨大的生态压力和生态焦虑。人们看到所谓的现代性的全球“进步”，带来的却是人类无尽的苦难和这颗不堪重负的星球，于是，征服自然和杀戮的英雄主义逐渐让位于人与自然的和谐相处。

并非所有写自然的作品就可以成为生态文学。有人认为，关于人与自然界的关系文学解决，就是人的生态文学问题。人与自然界的关系表现为人类社会与自然界的关系，涉及人同物理环境、生物环境、社会环境之间的相互关系的研究，人类社会对自然资源利用、人类活动对自然界的作用，环境对人和人类社会的作用。

在我看来，所谓生态文学主要是指那些敏感地对现代世界生态危机加以揭示，对其人类中心主义价值观加以批判，对导致生态危机的现代文明加以反省的作品。生态文学并不将人类看成自然界的中心，也反对将人类的利益作为自然价值判断的绝对尺度。他们从一次次生态灾难的恶果和今后数不清的生态危机预警中体察到，只有将包括自然和精神的整个世界生态系统的整体利益作为人类未来终极前提和最高价值，人类才有可能有效而全面地消除威胁人类存在的生态危机，从而获得重新调整有利于人类的长远利益或根本利益的和谐生存的地球环境。

第二节　梭罗和华兹华斯的生态学探索

在生态文学领域，有广义的生态文学作品，即那些通过具有生态文化意识的传统文学作品，如梭罗《瓦尔登湖》、华兹华斯《序曲》、托马斯·哈代的威塞斯系列小说等。这类作品并未直接提出“生态”这一关键词，甚至也没有将生态危机的后果推导到令人吃惊的程度，但是作品中不乏人与自然相交融的生命和谐意识，不乏对人与自然疏离对立的现代文明的深度批判；狭义的生态文学作品是作家有鲜明的生态文化立场，前卫地反思人与自然的关系，直面现代性生态危机而发出自己的批判之声，如雷切尔·卡森的《海的边缘》《寂静的春天》,[①] 苏联作家艾特玛托夫的《白轮船》、美国小说家博伊尔的《地球之友》，日本女作家加藤幸子的《都市中的自然》和《森林的诱惑》等。

在生态文学的视野中，人类不仅与自然相分裂，人也与自我和社会

① 其中，尤其需要注意的是雷切尔·卡森（Rachel Carson，1907—1964）的观点。她作为生态文学的创始人和整个生态文化和环境运动的推动者，描写自然环境的恶化，揭示生态困境问题，传播生态思想观念，对生态文学和环保运动的发展、诸多国家环境政策和发展战略产生了重要的影响。

相分裂——如今肉身沉重，而灵魂轻飘，似乎只要肉身安定了，让灵魂飘逝也无所谓。我们可以从俄国女作家拉祖莫斯卡娅的著名戏剧《青春禁忌游戏》中获得启示：在一个风雪交加的夜晚，四个即将毕业的高中生到老师家为她庆祝生日。他们唱起了生日歌并带来了生日礼物和祝福。然而当几个孩子表明了他们真实目的——考试成绩很差而想拿到老师手中的保险柜钥匙调换试卷。女教师在震惊中加以拒绝，明白了自己所信仰的教育已经完全失败，孩子们可以撕下面具为达到自己的目的而不择手段。为了彻底从精神上击垮老师，学生们开始了丑陋的表演：喝酒、甩东西、嘲笑真理和良心、讥讽女教师的处境，男学生竟然当着女教师的面假装强暴女学生。女教师的精神防线崩溃了，她意识到整个俄罗斯教育其实培养的是一群自私自利的小市民，在这场搏斗中她唯一凭借的是人类的起码良知，可是这太单薄了。为了阻止强暴女学生，她交出了钥匙并把自己锁进了卧室。老师的悲伤欲绝使其他的三个孩子突然醒悟，他们把钥匙挂在了女教师的卧室门口。天亮了，他们发现女教师已经吊死在卧室中。这一悲剧震撼人心！可以说，当代教育的失败、精神的无所依、价值的漂泊感和金钱至上主义，是因为现代性在强调金钱、速度和时间的同时，抛弃了人类赖以生存的诗意大地和精神拯救维度。如何重新回到精神重构的新理性，回到原初生命源头大地之上，进入意义世界寻觅向本源靠拢的可能性，成为生态美学研究的必然使命和心路历程。

生态文学发出的是人类“诗意地栖居”的心灵诉求，其中心维度要把握的是人类与自然的互动生成关系，考量自然如何影响人的生存和心灵。就生态文学创作而言，注重生态哲学的深度思考，加深生态文化的审美体验，获得正确的生态价值判断，探索人在世界中重获“家园”感的新感知方式；就生态文学的作品构成而言，注重文本中的自然中心主义和人与自然的和谐，通过文本叙事加强人对生态人文的素养，在叙事文本的引导下探索走出全球生态危机的可能性，在文本的价值反思中获得生态文学意味着对人的心灵的再塑造；就生态文学阅读而言，强调通过阅读提升人从自然母体中生存的内在精神世界观，对自然的颓败和地球的困境有感同身受的危机感，获得正当的生态思维和家园感并激发其热爱生命的天性，恢复人的精神世界和自然关系的内在和谐。“我们在阅读文学作品时，对于文本中揭示的调节人与环境相互作用的复杂机体可以有更新的理解。具有环境意识的文学研究提供了一个更加深广的机会，带着对自然之声的新鲜敏感去阅读文学作品。”① 生态文学的创作和阅读的关键，是对人的自我狂妄的中心思维模式的重新调节，进而向生态中心世界观的不断迈进，获得对非人类生命形式和物理环境的全球整体概念的正确审美感知。

生态文学的特殊性在于，它是人类与自然从对抗—征服—报复的恶性循环中走出来，表达人与自然重新摆正位置的诉求在文学形式中的表达。不少生态文学作品预测了人类的苦难未来和走出困境的可能性，在生态文化预警中展示人与自然重新融为一体的“远景”，力求回归自然以逃避未来生态灾难和人类毁灭。因此，生态文学不是一般地描写自然风光中人与自然的闲适感，而是从文学文本中空前地凸显人类的重大困境，并对这种危及人类整体未来的困境加以审美解答，进而超越对具体问题的思考而直接深入到对智慧的深层关注中去，激发起人类与非人类的自然世界联系的内在情感，寻找人类与自然重归于好的和谐世界的新途径，探索在人与自然发展的互惠型的人类自然新伦理。

第三节　生态批评和生态美学的发展

生态批评是一个言人人殊的话语体。大多数人认同彻丽尔·格罗特

① Michael P. Branch (ed.), *Reading the earth*: *New Directions In The Study of Literature and Environment*, XⅣ.

费尔蒂的定义："生态批评是探讨文学与自然环境之关系的批评。"生态批评家们关注到现代化造成的生态破坏及温室效应已经引起了全球生态恶化，这种恶化的严重程度已经威胁到人类生存环境和未来发展。于是强调一方面从生态文化生态文学角度进入文学研究，另一方面从文学审美经验角度对遏制生态恶化获得生态平衡达到人类的可持续发展加以深度阐释，已然成为文学思想家和文学创作家在全球化时代必须担当的历史使命。

一般认为，"生态批评"这一概念由美国学者威廉·鲁克尔曼在1978年首次提出，他的文章《文学与生态学：一次生态批评实验》在《衣阿华评论》1978年冬季号上刊出，以"生态批评"概念明确地将"文学与生态学结合起来"。1992年，"文学与环境研究会"在美国内华达大学成立。1994年，克洛伯尔出版专著《生态批评：浪漫的想象与生态意识》，提倡"生态学的文学批评"（ecological literary criticism）或"生态学取向的批评"（ecological oriented criticism）。1995年在科罗拉多大学召开了首次研讨会，会议部分论文以《阅读大地：文学与环境研究的新走向》为书名正式出版（1998）。其后，生态批评的著作有如雨后春笋般地充斥美学界。①

1996年美国第一本生态批评论文集《生态批评读本》由格罗特费尔蒂和弗罗姆主编出版，其宗旨在于"分别讨论生态学及生态美学、文学的生态批评和生态文学的批评"，使得生态批评更具有文学批评的特征和范式。在导言中格罗特费尔蒂（Cheryll Glotfelty）给生态批评加以定义："生态批评研究文学与物理环境之间的关系。正如女性主义批评从性别意识的视角考察语言和文学，马克思主义批评把生产方式和经济

① 美国批评家斯莱梅克曾这样惊叹生态批评如此迅速地成为当今文学研究的显学："从二十世纪八九十年代开始，环境文学和生态批评逐渐成为一种全球性的文学现象。ecolist 和 ecocrit 这两个新词根在期刊、学术出版物、学术会议、学术项目以及无数的专题研究、论文里大量出现，有如洪水泛滥。"生态批评的主要代表人物有格罗特费尔蒂、劳伦斯·布耶尔、乔纳森·贝特、埃里克·托德·史密斯、莫菲、多默尼克·海德等。

阶级的自觉带进文本阅读，生态批评运用一种以地球为中心的方法研究文学。”

1998 年英国第一本生态批评论文集《书写环境：生态批评与文学》在伦敦出版，分生态批评理论、生态批评的历史、当代生态文学三个部分。这本由克里治和塞梅尔斯主编的著作认为：“生态批评要探讨文学里的环境观念和环境表现”。

1999 年夏季的《新文学史》是生态批评专号，共发表十篇专论生态批评的文章，2000 年出版的生态批评著作主要有默菲教授主编的论文集《自然取向的文学研究之广阔领域》，托尔梅奇等主编的《生态批评新论集》，贝特的《大地之歌》等。2001 年，布伊尔出版了新著《为危险的世界写作：美国及其他国家的文学、文化与环境》，麦泽尔主编出版了《生态批评的世纪》。2002 年初，弗吉尼亚大学出版社隆重推出第一套生态批评丛书——“生态批评探索丛书”。美国的格伦·洛夫于 2003 年末出版的《实用生态批评》、英国的格雷格·加勒德于 2004 年 8 月出版的《生态批评》。

对“生态批评”的定义，言人人殊，难有定论。米歇尔·P. 布兰奇等人在《阅读大地》中说：“隐含（且通常明确包含）在这种新批评方式诸多作为之中的是一种对文化变化的呼唤。生态批评不只是对文学中的自然进行分析的一种手段，它还意味着走向一种更为生物中心的世界观，一种伦理学的扩展，将全球共同体的人类性观念扩大到可以容纳非人类的生活形式和物理环境。正如女权主义和非裔美国文学批评呼唤一种文化变化，即通过揭露早期观点的狭隘性而努力促成一种更具包容性的世界观一样，生态批评通过考察我们关于自然世界之文化假定的狭隘性如何限制了我们展望一个生态方面可持续发展的人类社会的能力而呼唤文化的改变。”

哈佛大学英文系教授劳伦斯·布伊尔（Lawrence Buell）在其著作《环境想象：梭罗、自然书写和美国文化的构成》中将生态精神贯穿到文学和美学的更为深入的层面里。在这部堪称“生态文学批评的里程碑”的著作中，布伊尔将其矛头指向了20世纪以来文学和批评中的一个主要倾向：对真实世界的指涉维度的丧失。① 布伊尔认为：生态批评通常是在一种环境运动实践精神下开展的。换言之，生态批评家不仅把自己看作从事学术活动的人。他们深切关注当今的环境危机，很多人还参与各种环境改良运动。他们还相信，人文学科，特别是文学和文化研究可以为理解及挽救环境危机做出贡献。生态批评是跨学科的。宣扬美学上的形式主义或是学科上的自足性是成不了生态批评家的。生态批评从科学研究、人文地理、发展心理学、社会人类学、哲学（伦理学、认识论、现象学）、史学、宗教以及性别、种族研究中吸取阐释模型。其结果显然是在不同的生态批评家之间产生了方法论上的巨大差异。随着生态运动的壮大，“生态批评”这一术语的含义也越来越复杂。起初使用它的是研究自然写作及自然诗歌的文学学者，这些作品着眼于非人类世界及其与人的关系。与之相应的是早期的生态批评家的理论假设也比今天简单。比如，许多早期的生态批评家强烈反对现代文本性理论，并宣称生态批评的核心任务是要强调文学应该使读者重新去与自然“接触”。

大致上可以说，“生态批评”是从文学批评角度进入生态问题的美学批评方式，一方面要解决文学与自然环境深层关系问题，另一方面要关注文学艺术与社会生态、文化生态、精神生态的内在关联。生态批评关注文本如何拒绝、展示或者激发人类热爱生命的天性：“集中在生命进程或者类似生命进程中的内在人类倾向，激发起我们与非人类的自然世界联系的想象和情感。在宗教信仰带来的安全感、现代性的焦虑、后现代的碎片与混乱之后，作家们开始探索人类归属世界的新途径，探索在我们与自然之间发展一种谨慎而互惠型伦理的新途径。因此，生态批

---

① Cf. Lawrence Buell: *The Enviroment Imagination: Thoreau, Nature Writing and The Formation of American Culture*, Cambridge: Harvard University Press, 1995。

评的一个重要驱动力就是定位、敞开并且讨论这种表现在文学形式中的渴求。”①生态批评运用现代生态学观点考察文学艺术与自然、社会以及人的精神状态的关系，同时运用文学想象叙事手段透视生态文化，探索人在世界中的诗化生存状态，思考人、自然、艺术与批评三者关系——对人与自然征服与报复关系的反思，对生态艺术批评的人文原则的确定，对现代主体中心问题和多元价值新构造的推演。正是在这一点上，我同意《阅读大地》的编者所说的：“具有生态敏感性的文学批评的一个重要作用就在于它具有一种潜能，推动人类全体成员培养起更加深厚的生态人文素养。”②

第四节　生态批评几个美学特征

一、生态批评以研究文学中的自然生态和精神生态问题为主，力求在作品中呈现人与自然世界的复杂动向，把握文学与自然环境互涉互动关系。生态批评在文学批评中使用频率增加而范围不断扩大，因而生态批评已经作为美学的重要术语收入西方美学术语词典。

二、生态批评亦可从生态文化角度重新阐释阅读传统文学经典，从中解读出被遮蔽的生态文化意义和生态美学意义，并重新建立人与自我、人与他人、人与社会、人与自然、人与大地的诗意审美关系。

三、生态批评对艺术创作中的人的主体性问题保持“政治正确”立场——既不能有人类中心主义立场，也不能有绝对地自然中心主义立场，而是讲求人类与自然的和睦相处，主张人类由“自我意识”向“生态意识”转变。人类与地球是共存亡的生命契合关系，人类不再是

① Michael P. Branch (ed.), *Reading the earth*: *New Directions in The Study of Literature and Environment*, Moscow, Idaho: University of Idaho Press, 1998, Ⅻ.

② Michael P. Branch (ed.), *Reading the earth*, Ⅻ.

自然的主宰，而是大地物种中的一员，与自然世界中的其他成员生死与共。

四、生态批评将文学研究与生命科学相联系，从两个领域对文学与自然加以研究，注重从人类社会发展与生态环境变化角度进入文学层面，从而使生态批评具有了文学跨学科特性。生态批评是人类面对生态灾难之后的文学反思，是文学艺术家对人类在地球的地位的重新定位，是思想家对西方现代性弊端的重新清算。

五、生态批评在对生态文化现象进行观照时，承继了绿色革命的意识形态，强调不能背离文学精神和文学话语，而要尽可能在文学文本形式和艺术手法层面展开话语叙事，通过“文学性”写作的形式美手法去体现出生态文化精神。

六、生态批评的内容要求从生命本质和地球的双重视野中，考察人类的过去与未来存在状态。这一视角将已经流于形式主义的文学研究与危机重重的地球生存问题联系起来。文学从此可以抛弃形式主义的文字游戏，从语言消解的各种文学批评话语中振作起来，重新审视“人类的”生活意义和“世界的”生态意义。

总体上看，生态批评将文学与自然环境的关系作为自己研究的领域，它一方面必须是“文学性”研究，另一方面又必须触及“生态性”问题。这种“文学性”与“生态性”的整合不同于其他的文学批评或美学。生态批评对人类未来充满希望，并不断呼唤着诗意乐观的生存态度，拒斥“对未来的绝望”，从而显示出生态批评的乐观主义精神特质。

当然任何一种新的理论出现，都有不完备乃至理论盲点，生态批评也不例外。这种新的批评模式在文学界引起广泛关注的同时，也得到社会的广泛批评。达纳·菲利普斯在《生态论的真相》一书中对生态批评提出若干异议，认为生态批评是旧瓶装新酒，理论上没有什么创新，而是用时髦的术语哗众取宠而已；生态批评仍没有形成自恰的理论体系，其理论根据的匮乏使之只不过成为激情的叙述话语；生态文学批评充满野心，想当然地把相当复杂的进化论及生态理论纳入文学批评之中而难以消化。但不管怎么说，生态批评仍在西方美学的“文本喧哗”“话语游戏”中走出来，开始俯身生养死葬的大地，直面并关心人类存在的真实困境，这是不可否定的事实。

第二十二章　深生态学的理论张力与价值

生态文化理论发展，使得人们不仅注意文学与生态的表层关联，而且注意到表层下面掩盖的深层问题①，德国学者施韦兹（Schweiter，1875—1965）和美国学者泰勒（Taylor）提出的“尊重生命”理论，将人的道德范围从有感觉能力的动物扩大到了所有生命物。美国学者莱奥波德（Aldo 1eopold，1886—1948）的“大地伦理学”则将道德主体的范围从个体生命物扩大到了生态系统，大地被看成人类生存的不可毁弃的整体系统。这种系统整体意识为深生态学的诞生提供了地基。② 其后，“深生态学”应运而生。

---

① 深生态学的其他主要倡导者有：George Sessions，Bill Devall，Alan Drengson，Richard Sylvan，Warwick Fox，Freya Mathews，David Rothenberg。

② 深生态学来源还包括自然主义田园牧歌的文学传统、生态科学、“新物理学”、女权主义、一些基督教资源、东方的精神传统，以及海德格尔、罗伯森·杰弗斯、约翰·缪尔等对深生态学有所贡献的思想资源。

第一节　深生态学的发展

“深生态学”（Deep ecology）的概念为挪威哲学家奈斯（Arne Naess）1982年首次提出，后来以访谈的形式出现在《十个方向》一书中。① 奈斯认为，深生态学的核心是从人类精神史的深层生存视角出发提出人类何处去的关键问题。“深”与“浅”相对，意味着在人所不明或为人忽视的地方，才是真正需要拷问和挖掘的场域。② 这样“深生态学”就触及现代性弊端中最核心的问题——科学技术的发展更使人在自然面前巨人化，自然从人的平等共处中剥离出来，处在被人类征服蹂躏强制的弱势地位。作为宇宙主宰的人，自感大大优越于自然，在人定胜天的狂妄中肆无忌惮不计后果地盘剥自然。自然在人类现代性的掠夺下危机四伏——海洋过度捕捞、沙漠迅猛扩展、森林覆盖率下降、淡水资

① 奈斯的主要著作《生态学、社会与生活方式》(*Ecology*, *Community and Life Style*) 于 1989 年被翻译成英语。

② 奈斯在论述深层生态学的体系时给出了一个结构图。图表分成 4 个层次：第 1 层次是“最高前提和生态智慧”；第 2 层次是“8 点深层生态学平台或原则”；第 3 层次是“普遍规范结论和‘事实’假说”；第 4 层次是“具体规则或适用于具体情况的决定”。从第 1 层次到第 4 层次是“逻辑推导”，从第 4 层次到第 1 层次是“追问”。

源严重匮乏、物种加速灭绝、城市空气污染等。直面大难临头的世界性生态危机，使人终于认清了自己的浅薄和贪婪。深生态学呼吁切实抛弃“人高于自然”的中心主义等级观念，而提倡人与其他物种“众生平等”的观念，遏制为了个人的贪婪而将地球引向毁灭的境地，从而挽救地球生态和人类未来。唐纳德·沃斯特认为：“我们今天所面临的全球性生态危机，起因不在生态系统自身，而在于我们的文化系统。”这种从社会文化的角度探讨生态问题的思路，已经成为生态文学创作者的文化共识。①

当代西方的困惑在于，这种商业文化、海洋文化、竞争文化、斗争文化遭遇到很大的问题。美国副总统戈尔在电影《*An In Convenient Truth*》（2006）触目惊心的叙述画面中，展示人类在现代性浪潮中遭到空前危机：生态危机、瘟疫层出、温室效应、南北极正在融化，文明最终在人类无止境的现实竞争和消耗资源中正走向自我毁灭。联合国提出三个1%，指出有三种病百人中就出现一人，包括精神病1%、自杀率1%、艾滋病1%。② 今天的学者诗人似乎少有思想家和诗人痛苦的灵魂，自然科学中心主义将人文科学的人文关怀边缘化！只有意识到现代性的危害，由穷奢极欲回到尊敬山体、敬畏水脉、爱护地球、和谐公平，这样人类未来才有美好的可能。

比尔·戴维尔（Bill Devall）在《深生态学》中认为：今天需要的则是将生态思维拓展到“生态智慧”中去。“智慧”这个词来自古希腊，它关系着伦理、准则和实践。生态智慧，或者说深生态学意味着从科学向智慧的转向。深生态学有以下特质：

---

① 生态思想史家沃斯特（Donald Worster）认为：在战后年代里，生态学取得了理论上的精深缜密、学术上的突出地位和资金上的完全保证，但也失去了很多内部一致性。它陷入了各分支领域的嘈杂纷争中……他们至少在很长时间内或很广范围内，无法就世界的基本面貌达成一致意见。

② 根据联合国艾滋病规划署2007年统计数据，全球艾滋病感染者达6000万，死亡2500万。根据世界卫生组织统计，全球抑郁症发病率约为11%。全世界目前大约有1亿2000万人患有抑郁症。目前自杀是第五大死因，而在15岁到34岁死亡人群中，自杀是首位死因。参见王卫红主编：《抑郁症、自杀与危机干预》，重庆：重庆出版社，2006年版，第145页。

一、拒斥人类中心主义的狂妄，质疑西方伦理传统的人是万物之主的霸权观。重视资源保护与发展运动、动物权利与动物解放运动、人道主义哲学等哲学领域中的改革运动，并从生态学视角指出这些运动中存在的人类中心主义的不足，坚持应逐渐唤醒民众的生态意识。

二、深生态学基本原则和理论构想是："深生态学的基础是构成生态意识对我们自身与自然的直觉与经验，政治以及公共政策方面的立场都从这种意识中自然而然的流淌出来"。它的两个最重要的原则是"自我实现"与"建立在生态中心基础上的平等"。应该用生态中心主义取代人类中心主义，整个世界系统的价值应重估，应摆正自己在地球上的位置。

三、对世界各种生命形式不分轩轾地加以认同。平等看待所有生命和自然，所有其他生命存在的利益与自己的利益既相关又相依。自然并不与人类利益相冲突，关怀自然是人类个体自我实现的一部分。

四、发展生态乌托邦理想是人类进行环境教育的重要部分。生态乌托邦为人类提供了一个无法完全实现却让我们始终保持理想的所在，进而培养一种能够理解"自我与他人以及世界的不可分割的联系"的健全人格，实现人的内在自然（心理）与外在自然的和谐。

五、对工具理性加以批判，强调用精神启蒙或艺术诗意表达的人文理性取代工具理性，从而提升生命质量和精神存在价值。

六、深生态学不是抽象理论游戏，而是要在社会文化的实践行动中发出真实的声音，人们可以通过根据深生态学理论展开实践行为而变成更加成熟健全的人。①

---

① Eric Katz, Andrew Light, and David Rothenberg (ed.), *Beneath the surface*, XIII.

第二节 深生态学的现实语境

其一，现代以来，人类文化遭遇到空前的精神困境。这种困境说明东西方危机的表层是人与环境的自然生态危机，而深层是人的危机、情怀的危机和艺术的危机。在二十世纪五六十年代兴起的后工业社会所带来的后现代文化，使西方“现代性”遭到质疑。随着人类知识的空前膨胀，科技的霸权和扩张导致了现代性合法化危机。这一状况反过来深刻地规范着人类的心理机制和行为模式，导致一种反文化、反美学、反文学的极端倾向。生命的意义和艺术的深度同时消失，消费意识的渗透使自然与人类意识这两个领域日益商品化，进而，高雅文化与通俗文化的界限逐渐模糊。对这种自现代主义文化以来的文化危机，这种被诗人称为“人不再去度过幽美的心灵生活，人失去精神上的古典与超越的力量，人只是猛奔在物欲世界中的一头文明的野兽”的现象，不仅西方的思想家注意到了，东方的思想艺术家也已体察到了。哲人们为了救赎几近窒息的心灵，解放被榨取殆尽的生命，开出的药方竟众口一词：以艺术之气韵给生命以血性，以艺术之意境提升人生的境界，使之摆脱物欲，重返精神家园。

于是，艺术灵性成为诗人哲人追求的目标。正唯此，海德格尔要人们转变向外求索的欲望，凝神静思，体会诗哲的灵魂时感受着的愁绪，使自己成为趋近诗思的人。这种强调诗意的倾听和本质直观的方式，就是以有限的生命把握人生意义和价值。只有尽心澄情，才能存神见道。这一观点对西方艺术美学影响重大，其后阿多诺、布洛赫、马尔库塞都相当重视通过人的感性审美生成去解救人们被遮蔽的心性。

人过分追逐外在目的，往往不期然地使自己沦为可怜的“手段”。

同样，人在过分注意于“语言游戏”时会遭遇到思维路断、言语道绝的困境。关心人的心性超越、灵魂安顿，以达到精神的自由解放的维度，在哲性诗学家那里是独有见地的。生态美学重视艺术对灵魂的提升功效。因为美和艺术把未来的理想先行带入历史现实，艺术积淀着人类远古无意识，并从一个更高的存在（道）出发，召唤人们进入审美境界，从纯审美中规范现实向纯存在转换。以艺术之清泉洗涤世俗之尘埃，在宁静的蕴涵中包孕着对人生和世界的一往情深，既超出现实又诗意地返回人生，这就是人与艺术精神的内在契合，或许也是人的超越性的本真写照。就此，比尔·戴维尔认为：“深生态学努力发展个体、社会和所有自然之间的一种新的平衡而和谐关系。它可以从根本上满足我们的深层呼唤：忠诚于并且信任我们的直觉；勇敢的采取直接行动；怀着愉快的自信与感觉的和谐共同舞蹈，这种感觉的和谐是通过与我们身体的节奏、流水的节奏、天气和季节的变化、地球上所有生命的过程的自发而富有游戏精神的对话而被发现的。”[①] 可以说，深生态学力图通过重新陶冶出具有生态意识的个体从事文化更新工作，从根本上铲除导致生态危机的现代文明的病根。

其二，人的断片化使得“精神生态”出了问题。

今天，在全球语境中探讨人在环境危机中精神生态何以可能达到和谐的问题，不仅表明“人的全面发展”成了问题，而且“精神生态”也成了问题。西方现代性的世俗化图景：从人的神话到神死了，大写的人死了，知识精英死了，剩下的是小写的人和比矮的人；从乌托邦到日常生活的合理化，世俗生活成为幸福的别名；从理性中心主义到感觉中心主义，整个世界和知识分子心态发生了整体倾斜，人的片面发展成为时代的标识。大卫·罗森伯格解释说“真正的关联性思维会消解掉建立起关联的作为断点的实体。人不存在了，自然不存在了，只有作为最初追问力量的连续体。这样，某种特定的情感就将光明或者晦暗的影子投

---

① Bill Devall, *George Sessions*, Deep ecology, p. 7.

注在对运动的观察上，投注在一种召唤的力量上，这种力量似乎来自自然，又似乎是受到我们影响，但实际上它谁也不属于，它是看者和被看者的连接。”① 事实上，人在这个片断化的时代日益片断化和异化。人们已经从前现代的线性时间观中走出来，进入现代性的当下时间，更进一步进入后现代的时间的空间化——无时间。于是文化远离了贵族化和垄断化，远离了权威性和启蒙性，进入到肉身化、独白化、自恋化、欲望化、比矮化、自贬化、消费化。如何使文化和人的精神绿色生态化地发展，需要认真地思考和实践。

其三，深生态学是一种激进的深环境主义。

在我看来，深生态学是一种有深度的生态哲学，它在思考人与世界的关系或人类与非人类世界的深度关联中升华为“人类性”思考的生态智慧，这种整体性的高智慧将人与自然的关系作为其思考的核心和根本，从而超越了西方主客体二元对立的哲学传统。“自然本身作为一首具体的诗歌是充满混淆的。节奏和诗节从一个时刻向另一个时刻转变。但我们永远不是只决定我们所见之物的属性。我们希望看到结构，并且决定它在那里。当我们看的时候，世界为我们提供秩序。我们并没有选择栖居地。它允许我们在里面生长繁荣。”② 其实，这个世界无限丰富的生命现象背后有一种更为根本和深沉的生命力量存在，它是世界上一切存在物的前提。

深生态学理论家基本认同两个基本原则，“生态中心的平等原则”和“自我实现原则”。从这两个原则出发，深生态学在人与自然关系方面坚持生态系统的整体性思想，反对个体主义独立或外在于整体性。从而与整个西方传统的个人主义和个人至上相对抗。深生态学进而认为整体对个体具有决定性意义，没有任何个体能够脱离开人类整体系统而

① Eric Katz, Andrew Light, and David Rothenberg (ed.), *Beneath the surface*, pp. 161-162.

② Eric Katz, Andrew Light, and David Rothenberg (ed.), *Beneath the surface*, p. 166.

存在。[1]

深生态学的平等原则具有“众生平等”的高远性，所有的生命和存在都具有不可剥夺不可替代的内在价值。人类并不比任何物种高，而只是生态系统中平等的一部分。它对那种仅仅从人类利益出发对自然加以盘剥的人类中心主义的立场加以坚决地抵制。同样，深生态学对人类的未来并不悲观，而是在环境危机中对前景充满乐观的理论话语。他们将生态危机与文化远景问题联系起来，力求揭示人类文化心理和制度范式是如何影响地球生态的，并通过深度反思来重新厘定人类文化的重量。

第三节 生态批评对当代美学的意义

西方文化的全球化是人类多元文化丰富性凋敝的开始。人类的政治制度、人权准则、金融体系、科技发展都会全球化，这是人类共同进步的基本保证。但文化形态、审美感性、艺术精神、宗教信仰必须保持各自的身份特色，丢掉这一点人类的精神生态、文化生态就会出现重大断裂和本体错位。

一、人类性价值中断与东西方前沿话语整合

生态批评美学既从生态学视野出发研究文学与宇宙生态系统关系，又从生态学角度看文学批评，强调生态学角度高于审美角度，审美之维服从生态之维，使生态与审美获得互动互释。更深一层看人类精神生态谱系：“人类性价值中断”问题困扰着人类，不管是美国还是欧洲，不

---

① Cf. Eric Katz, Andrew Light, and David Rothenberg (ed.): *Beneath the surface* : critical essays in the philosophy of deep ecology, Cambridge, Mass. : MIT Press, 2000.

管是亚洲还是非洲，所面临的共同问题都是——当代价值伦理、审美情趣和心性襟抱与传统的整体中断和大面积沦落。传统的“价值中断”造成了人类总是从零开始，对过去创造的巨大物质与精神财富和人类深厚的价值本源加以否定，使所谓“追新逐后”的“唯新主义”成为对传统“釜底抽薪”的借口。其结果使人成了无根、无源、无本、无家之人，于是寻家、归家、精神复归——寻找人类故乡和精神家园成为现代、后现代人类精神生命的真实写照。

在生态文化和生态批评问题上，有一个重要的问题必须提出来。生态文化问题的提出，一方面是从现代性内部产生的自我反思，另一方面是东方文化对西方现代性文化的某种程度的纠偏。从历史上看，西方文化源头与东方文化有不解之缘。在相当长一段时间，古希腊被看成是西方文明的本源。事实上，那种将希腊文明看成是西方文明传统的观念在当代受到越来越多的质疑。从某种意义上来讲，这是现代性以来的西方中心主义观念形成的一种文化偏见。希腊是西方文明一度中断而后发扬光大的文化形态。西方文明并不仅仅源于希腊的克里特岛，而且同古代近东地区尤其是底格里斯和幼发拉底两河流域文化紧密相关。

质言之，西方文明受东方文明影响很大。西方人将希腊作为西方文明的开端，并以各种现代性叙事阐释这一文化源头，进而片面地将西方文化看成人类最初的曙光。事实在于，希腊文化作为一种曾经失落的文明，是近代以来因现代性和全球化的需要而被创造出来的一种所谓连贯的文明形态。其实，西方文明既不是一种连续性文明，又不是独立成熟的文明形态，而是深深地受到东方文明影响的文明。美国史学家威尔·杜兰在《世界文明史·东方的遗产》中如是说：“我们之所以由东方开始，不是因为亚洲乃我们所熟知为最古老文明之地，而是因为亚洲文明是形成希腊与罗马文化的背景与基石，而梅因（Sir Henry Maine）却误以为希腊与罗马文明乃是现代文明之源。当我们获知大多数重要的发明、经济与政治组织、科学与文学、哲学与宗教，都是来自埃及及东方时，我们定会惊讶不止。”

两河流域和埃及文明中关于人与人的关系的处理和人与超自然力的神的关系的处理，启发了西方人。在文字、艺术、宗教等方面，西方文明对近东文明有着诸多借鉴：诸如建筑学、测量学、城建学、军事技术、制造术、雕刻艺术都是从两河流域和埃及传入，而天文学、数学、几何学、修辞学、历法、贸易艺术，钱币使用、国际条约的签订都是由两河流域和埃及的文明开创先河的。在这个意义上可以说，西方文化乃至宗教都有东方的因素，与东方有不解之缘，西方文明是吸收东方先进文明而获得精神能量的。正是将人置于宇宙中心，强调“人是万物的尺度”（古希腊哲学家普罗塔哥拉），才使得现代西方人与古希腊人在坚持人文主义，高扬人性中找到了精神共鸣。

因此，今天的生态文化使东方文化又一次对西方前沿文化产生了影响，这一生态话语流动和互动互用，实在是人类走出生态危机和精神危机的福音。①

二、生态文化聆听物种灭绝的警钟

西方艺术家和美学家近些年来大力提倡生态文化和美学，这一方面有对工业社会或后工业社会出现的众多问题的反省，另一方面也有对艺术中近几十年来出现了过多的卑污和血腥的抵制。这种生态美学在全球播撒，得到了人们普遍认同。然而问题在于：“自本世纪以来，已有5400余种动物在人类统治下而提前灭绝。如今的人类，早已从为生存而有节制地向大自然索取变为无节制地奢求。人类大肆屠杀动物，血腥气充塞天地间。然动物物种有限而人类欲望无穷，这种无节制的疯狂攫取，破坏了自然界的生物链，最终会将人类自己也逼到死亡的境地。”我想，人类无疑成为了这个世界最为凶狠野蛮的动物，这种“现代性”

---

① CF. Michael P. Branch (ed.): *Reading the Earth: New Directions In The Study of Literature and Environment*, Moscow, Idaho: University of Idaho Press, 1998.

机器所导致的无节制的疯狂虐杀和私欲占有，使得人类亘古未有地陷入了虐杀与自杀的悖论之中。善待动物的吁求是值得新世纪人深思再深思的。

在我看来，在全球化的人与动物的紧张关系中，人的这种嗜血杀戮的本性，这种社会达尔文主义的鼓噪，事实上已经将人与动物的和谐关系彻底扭曲，使得人成为一种不断用各种理由（政治的、经济的、文化的、甚至艺术的理由）心安理得地从事冷漠的杀戮，进而使杀戮操作化表演化！从而丧失了人与万物同一的人性共识和基本法则。不仅如此，这种血腥感的制造者，事实上是人类中心主义虚拟的人类霸权推进者，虚幻地以为人可以处在动物之上，可以任意决定动物的生死，可以将自己的意志无限地强加在动物身上。人类正在滥用上帝权力的徽章，正在为人类从整个生物链条脱节埋下祸根。

生态批评要求人们做到：不断削弱骨髓里的贪婪之欲，不借任何冠冕堂皇的目的从事杀戮，不为了任何理由为自己制造杀戮的口实。那种为了显示富贵而穿裘戴貂，在西方世界已经成为一种陋习，一种为环境保护组织看来的近乎犯罪的行为。同样，为了口福贪婪而滥杀动物，已然表明人类短视和疯狂。自然报复的时间表，已经缩短并且排满，5400余种动物在人类统治下而提前灭绝，为人类难以言说的前景敲响了警钟！

三、生态文化对人的生存意义的新导向

莱德菲尔德在生态美学意义上的“文化寻根”，不同于寻根文学以乡土民俗、传统民族性精神的发掘与再现为特色，而是以人类文明的回顾与前瞻为宏观构思框架，试图引导人们觉悟到作者所坚信的某种新世界观——新时代（New Age）运动的思想。因此，西方20世纪后期的寻根文学不仅是文学现象，同时也是代表着西方民间思想运动的重要文化现象。

近几十年来，西方模仿东方生活形态，出现了“慢生活主义”，而且大有风靡世界的趋势。1986年意大利作家卡罗·皮逊尼发起并带动了一股全球性的“慢生活”浪潮。1999年，第一届“慢城市国际大会”在意大利奥维托召开。“慢城市”有更多的空间和绿地供人们休闲娱乐，生活速度放慢，在意大利就有30多个小城加入了“慢城市”的行列。近年来，美国的“慢学校”开始出现，加利福尼亚伯克利马丁·路德·金学校就是代表。在这所学校没有拼命的竞争没有严格的作息时间和所谓的竞争机制，授课时间和课程的安排都按照学生的需要来设置。于是，人们慢慢地运动，慢慢地呼吸，慢慢地吃东西，慢慢地聆听，慢条斯理地工作，温婉地交际，怡然自得，慢慢地享受生活，这是一种很高的境界。

同样，西方人对东方精神的吐纳，导致近年来欧洲出现了“极简单生活主义”。人们认识到，人陷入了一种贪婪“加法”的恶性循环，越干越多，越多越干，节奏越来越快，人生越来越忙，生命力越来越弱，时间越来越少。于是，西方人向东方学习，开始做“生命减法”——老子说“损之又损，以至于无为，无为而无不为”。人们感到生活原来可以如此简单——而事实上生活原本就是如此简单！

总体上说，面对消费主义和文化霸权主义，生态主义提倡具有文化生态意义的简单生活方式和简单消费的方式。消费主义“身体”扩张与全球同质化潜在逻辑，使消费主义日渐明显。一些反对消费主义张扬绿色生态生活方式的人认为：现代化或现代生活不是高楼、汽车、病毒、荒漠、沙尘暴，真正的优质生活不需要太多人工的雕饰和超过需要的物质炫耀。如今许多人已经认识到“拼命生产、拼命消费”生存方式的弊端，中产阶级中更悄然兴起了“简单生活”——把家搬到乡村，自钉木板房，不使用过多电器，挣有限的“薪水”，充分享受大自然中的空气、阳光。社会学家认为：这种返璞归真、回归自然、“少就是多”（less is more）的“简单生活”，在21世纪它必将成为一种普遍的风气。也许，简单的生活，简单的消费，也就是像托尔斯泰晚年素朴的生活可能会重新呈现出魅力。

事实上，人对外界空间的无尽征服，使人变得越来越渺小。现在科学家们基本达成了一种共识，那就是太阳系不只是一个，而是十万个。我们面对着浩瀚的时空大限，宇宙也不只是一个，而是复数——数十个或上百个。在这个复数的宇宙中，发光的物体只有百分之五，有百分之九十五不发光的物体默默地主宰着宇宙的命运。在其中，人只不过是一粒灰尘，所做的任何事情对于茫茫宇宙来说，都微不足道。

今天西方科学家警告人们：地球环境在恶化，而南极冰层的最终消融，其破坏力极大，一方面将使冰川下深冻的数百万年前仍然存活的瘟疫病菌随洋流传播，人类对这种病菌没有任何免疫力；另一方面，南北极的冰层融化后，海平面将升高二十米，这意味着沿海国家如日本将沉入海底，威尼斯将在海底，世界很多海边城市都将被淹，人类上万年的富饶的平川都将沉于海底。如果扩大城市和过度消费自然资源，增加温室效应，未来世界将并不美妙。因此，人类的未来应该是东西方共同来思考的未来，也是在东西方对话中生出新世界蓝图的未来。

第四节　生态文化的启示与精神价值整体创新

当代非艺术成为喧宾夺主的政治波普，真正的艺术就成了病态的艺术。如今，自然生态观使得西方人将其引入人文价值领域，开始研究生态文化、生态哲学、生态美学、生态艺术。这意味着人类从战胜自然乖戾中，开始学会尊重自然和人性。中西传统文化是大抵遵从“天人合一”中的中庸和谐之美，所以不管是古希腊的文化还是先秦的文化精神，都对中庸之道的生态和谐精神加以提倡。西方古希腊有着“中庸”

思想：数学家毕达哥拉斯在他的《金言》中说：“一切事情，中庸是最好的”；哲学家德谟克利特说：“从一个极端到另一个极端的动摇不定的灵魂，是既不稳定又不愉快的”；苏格拉底讨论过“中道”问题，柏拉图认为需要“中”的原则，以论证绝对精确的真理，亚里士多德在《政治学》和《尼各马可伦理学》中对“中庸”作深入分析说：“中庸在过度和不及之间，在两种恶事之间。在感受和行为中都有不及和超越应有的限度，德行则寻求和选取中间。中庸是最高的善和极端的美。”可以说，孔子、子思与柏拉图、亚里士多德在“中道”观点上志趣相近、不谋而合，决定了中庸在中西古典伦理思想中的核心地位，更影响了中西方世界两千年来的发展进程。

然而，现代性的二元对立违背了中庸的“一分为三”的多元精神，现代性艺术成为了“反抗”的艺术时，西方艺术已然变“丑”。生态美学呼吁，今日世界不需要用“审美性”的现代性去反抗“制度性”的现代性，而是用生态平衡去要求人的精神生态平衡。现代性出现了“异化”制度性的断裂，导致艺术方面也出现了精神性的断裂，只有通过生态文化的调理，才可以避免重蹈覆辙，而寻找人类文化身份的重建之路。

我坚持认为，东方思想东方经验的缺席是人类的败笔，东方经验的和谐性和东方话语的包容性，可以纠偏西方现代性的单边主义和消费主义，从而平等地向全球播撒自己的有益经验并造福人类。东方尤其是中国文化中的思想精髓，如绿色和谐思想、辩证思想、综合模糊思想、重视本源性和差异性的思想、强调“仁者爱人”等思想，这些思想是中国思想对西方的一种滋养或者互动。与现代性强调人对自然的征服和最大限度地榨取剩余价值的经济学完全不同，在“后东方主义”时期，具有东方思想的生态美学和生态文化正在化解人和他人、人和自己、人和自然的冲突。由此，我们就不难理解为什么海德格尔晚年要关注老子《道德经》中的中国思想？为何罗兰·巴特要纵论日本的俳句、书法和天皇在东京中心虚位问题？为什么德里达要到中国大谈“宽恕”问题和中国文化现象？为什么赛义德在病榻上对遥远的东方中国如此神往？是什么使他们对东方发生了兴趣？除了东方经济的重新崛起以外，当然是文化“差异性”。差异性文化使得西方一流思想家开始了对“东方”的全新关注。如果我们什么都“拿来”而不“输出”的话，东西方文化就会出现文化生态平衡问题。

可以认为，西方正在吸收东方文化精神而从事人类文化的新整合。换言之，新世纪西方知识界将目光转向东方，必将给西方中心主义的思维模式和社科认识模式以新思维，并将被西方中心主义边缘化的东方知识界，带来重新估价一切价值的勇气和重新寻求人类未来文化新价值的文化契机。

主要参考文献

Abrams, M.H. "How to do Things with Texts", in *Partisan Review*, 46, No.4, 1979.

Barthes, R. *Critical Essays*, trans. Richard, Evanston: Northwestern University Press, 1972.

Barthes, R. *The pleasure of the Text*, trans. by R. Miller, Hill, New York, 1975.

Barthes, R. "The Death of the Author", in *Image-Music-Text*, trans. by S.Heath, New York, Fontana, London, 1977.

Barnes, B. *Scietific Knowledge and Sociological Theory*, London: Routledge and Kegan Paul, 1974.

Bleicher, J. *Contemporary Hermeneutics: Hermeneutics as Method*, Philosophy and Critique, London: Routledge and Kegan Paul, 1980.

Calinescu, M. *Five Faces of Moderity*, Duke University Press, 1987.

Derrida, J. *Of Grammatology*, trans. by F.C.Spivak. Baltimore: Johns Hopkins University Press, 1976.

Derrida, J. *Writing and Difference*, trans. by Alan Bass, Chicago: University of Chicago Press, 1978.

Dufrenne, M. *The Phinomenology of Aesthetic Experience*, Evanston: Northwestern University Press, 1973.

Eco, U. *The Role of the Reader*, Explorations in the Semiotics of Texts, Indiana University Press, 1979.

Foucault, M. *The Archaeology of Knowledge and the Discourse on Language*, trans. by A. M. Sheridan Smith, New York: Pantheon, 1972.

Foucault, M. "Intellectuals and Power", in Language, Counter-Memory, Practice, trans. by S. Simon and ed. by D. F. Bouchard, Ithaca: Cornell University Press, 1977.

Gadamer, H. G. and Boehm, G. eds. *Philosophical Hermeneutics*, trans. by D. E. Linge, Berkeley: University of California Press, 1976.

Gadamer, H. G. Reason in the Age of Science, trans. by Frederick G. Lawrence, Cambridge: MIT Press, 1981.

Gadamer, H. G. *Truth and Method*, New York: The Continum Publishing Co., 1975.

Garrett, J. *Hans-Georg Gadamer's Theory of Preunderstanding*, Dissertation: University of Minnesota, 1978.

Gerhace, M. *The Question of Belief in Literary Criticism: An Introduction to Hermeneutical Theory of Paul Ricoeur*, Suttgart, Heinz, 1979.

Giere, R. N. *Explaining Science*, A Cognitive Approach, The University of Chicago Press, 1988.

Habermas, J. *Knowledge and Human Interests*, trans. by Shapiro, J. London: Heinemann, 1971.

Habermas, J. *Communication and the Evolution of Cociety*, trans. by Thomas McCarty. Boston: Beacon Press, 1979.

Habermas, J. *Legitimization Crisism* trans. by T. McCarthy, London: Heinemann, 1976.

Habermas, J. "A Review of Gadamer's Truth and Method", in F. Dallmay and T. McCarthy eds. by Understanding Social Inquiry, Notre Dame Press, 1977.

Habermas, J. "A philosophical - Political Profile", in *New Left Review*, May, 1985.

Habermas, J. *Technik und Wissenschaft als Ideologie*, Frankfurt, 1969.

Habermas, J. *Theory and Practice*, Beacon Press, 1974.

Habermas, J. *Poetry, Language, Thought, Harper and Row*, 1971.

Habermas, J. *Hlderoin and the Essence of Poetry*, in Existence and Being, Chicago Henry Regnery, 1949.

Habermas, J. *On the Way to Language*, trans. by Peter D Hertz, New York: Harper and Row, 1971.

Habermas, J. "letter on Humanism", in *Basic Writings*, ed. by David Krell, New York: Harper and Row, 1977.

Habermas, J. *On Time and Being*, New York: Harper, 1972.

Heidegger, M. *Being and Time*, trans. by J. Macqyarrie and Robinson, London, 1962.

Hirsch, E. D. *Validity in Interpretation*, New Haven: Yale University Press, 1967.

Habermas, J. "Three Dimensions in Hermeneutics", In *New Literary History*, vol.3.

Hoy, D. C. *The Critical Circle*, Berkeley: University of California Press, 1982.

Husserl, E. *Ideas: General Introduction to Pure Phenomenology*, trans. by W.R Boyce Gibson, New York: The Macmillan Company, 1960.

Husserl, E. *Formal and Transcendental Logic*, 1969.

Husserl, E. *Cartesian Meditations: An Introduction to Phenomenology*, 1966.

Husserl, E. *The Crisis of European Csiences and Transcedental Phenomenology: An Introduction to Phnomenological Philosophy*, 1970.

Ingardem R.W. "Artistic and Aeshetic Values", in *British Journal of Aes-*

thetics, vol.4, 1964.

Ingardem R.W.*The literary Work of Art*, trans.by G.Garbowiez, Evanston: Northwestern University Press, 1973.

Ingardem R.W.*The Cognition of the Work of Art*, trans.by R.Crowley and K.R.Olson, Evanston: Northwestern University Press, 1973.

Iser, W.*The Act of Reading*. Baltinore, 1978.

Iser, W. *The Implied Reader*, Baltimore: Johns Hopkins University Press, 1974.

Jameson, F. "Postmodernism and Consumer Society", in Hal Foster ed. *The Anti-Aesthetic: Essays on Postmodern Culture*, Port Townsend: Bay Press, 1983.

Jameson, F.*The Pirsin–House of Language*, Princeton: Princeton University Press, 1972.

Huhl, P.D.*Interpretation*, Princeton: Princeton University Press, 1980.

Kolodny, A. "A Map for Rereading: or, Gender and the Interpretation of Literary Texts," in *New Literary History* vol.11, 1980.

Leeuwen, T.M.V.*The Surplus of Meaning: Ontology and Ricoeur*, Amsterdm, Rodopi, 1981.

Levinson, S, and Steven Mailloux, eds.*Interpreting Law and Literature: A Hermeneutic Reader*, Evanston: Northwestern University Press, 1988.

Magliola, R. *Phenomenology and Literature: An Introduction*, Indiana: Purdue University Press, 1977.

Madison, G. B. *The Hermeneutics of Postmodernity*, Indiana University Press, 1988.

Mailloux, S.*Interpretive Conventions: The Reader in the Study of American Fiction*, Ithaca: Cornell University Press, 1982.

Mannheim, K.*Heidegger and Utopia*, New York: Harvest, 1964.

McCormick, P. *Heidegger and the Language of World*, Ottawa: University of Ottawa Press, 1976.

Mitchell, W. J. T. ed. *The Politics of Interpretation*, Chicago: University of Chicago Press, 1983.

Mohanty, N. *Edmund Husserl's Theory of Meaning*, Den Haag, 1964.

Palmer, R. E. *Hermeneutics: Interpretation Theory in Schleiermacher, Dilthey, Heidegger and Gadamer*, Evanston: Northwestern University Press, 1960.

Perry, M. *Literary Dynamics: How the Order of a Text Creates its Meanings*, in *Poetics today*, vol, 1 and 2.

Pettit, P. *On the Idea of Phenomenology*, Dublin, 1969.

Pivcevic, E. E. *Husserl and Phenomenology*, London, 1970.

Pitkin, H. *The Concept of Representation*, Berkeley and Los Angeles: University of California Press, 1967.

Poulet, G. *Phenomenology of Reading*, in *New Loterary History*, Vol. 1.

Kockelmans, J. J. *A First Introduction to Husserl's Phenomenology*, 1967.

Rabinow, P. and Willian M. S. eds. *Interpretative Social Science: A Reader*, Berkeley and Los Angeles: University of California Press, 1979.

Rickman, H. P. ed. *Selected Works of Welhelm Dilthey*, Led. Wouthampton, 1962.

Ricoeur, P. *Herneneutics and the Human Science*, Cambridge University Press, 1981.

Ricoeur, P. *Time and Narrative*, trans. by Kathleen Mclaughlin and Davud Pellauer. 3 Vols. Chicago: University of Chicago Press, 1975.

Ricoeur, P. *The Conflict of Interpretatyions*, Evanston: Northwestern University Press, 1974.

Ricoeur, P. *History and Truth*, Northwestern University Press, 1965.

Ricoeur, P. *Ethics and Culture: Habermas and Gadamer in Dialogue*, in *Philosophy Today*, X.

Ricoeur, P. *Critical Hermeneutics: A Study in the Thought of Paul Ricoeur and Jürgen Habermas*, Cambridge: Cambridge University Press, 1981.

Ricoeur, P. *Husserl: An Analysis of His Phenomenology*, Evanston: Illinois, Northwester University Press, 1967.

Ricoeur, P. *Freud and Philosophy: An Essay on Interpretation*, New Haven: Yale University Press, 1970.

Ricoeur, P. *Interpretation Theory: Discourse and the Surplus of Meaning*, For Worth Texas Christian University Press, 1976.

Ricoeur, P. *The Rule of Metaphor*, Toronto: University of Toronto Press, 1977.

Robert, C. *Reception Theory: A Critical Introduction*, London and New York, 1984.

Rorty, P. *Philosophy and the Mirror of Nature*, Princeton University Press, 1979.

Rorty, R. *Consequences of Pragmatism*, Minneapolis: University of Minnesota Press, 1982.

Rorse, J. *Knowledge and Power*, Cornell University Press, 1987.

Ruthrof, H.G. *The Reader's Construction of Narrative*, London: Routledge and Kegan Paul, 1981.

Sahlins, M. *Culture and Practical Reason*, Chicago: University of Chicago Press, 1976.

Said, E.W. *The World, the Text, and the Critic*, Cambridge: Harvard University Press, 1983.

Santayana, G. *Interpretation of Poetry and Religion*, New York: Harper and Row, 1957.

Schleiermacher, F. *Hermeneutik*, Hrsg. Von H. Kimmerle: Herdelberg, 1959.

Scholes, R. *Textual Power*, New Haven: Yale University Press, 1985.

Shapere, D. *Reason and The Search for Knowledge*, Dorderecht, Reidel, 1984.

Singleton, C. S. ed., *Interpretation, Theory and Practice.* Baltimore: Johns Hopkins University Press, 1969.

Skinner, Q. "Motives, Intentions, and the Interpretation of Texts", in *On Literary Intention*, ed. By David Newton-de Molina, 1976.

Spiegelberg, H. *The Phenomenological Movement: A Historical Introduction*, The Hague. Martinus Nijhoff 1960.

Summers, D. "Intentions in the Hitory of Art", in *New Literary* 17, 1985.

Tompkings, J. P. ed., *Reader-Response Criticism, From Formalism to Post-Structuralism*, Balitimore: Johns Hopkins University Press, 1980.

Toulmin, S. *Foresight and Understanding*, New York: Harper and Tow, 1961.

Toulmin, S. *Human Knowledge*, Princeton: Princeton University Press, 1972.

Weight, G. H. *Explanation and Understanding*, Ithaca: Cornell University Press, 1971.

Anderson, B. *The Imagined Community*, London: Verso, 1992.

Arac, J. ed. *Postmodernism and Politics*, Minneapolis: University of Minnesota Press, 1986.

Baudrillard, J. *Simulations*, trans. by Paul Foss ed al., New York: Semiotest, 1983.

Baudrillard, J. *America*, London: Verso, 1988.

Baudrillard, J. *In the Shadow of the Silent Majorities, or the End of the Social.* 1983.

Bhabha, H. K. "The Other Question: The Stereotype and Colonial Discourse", Screen, Vol.24, 1983.

Bhabha, H.K. *The Location of Culture*, New York: Routledge, Forthcoming.

Bhabha, H.K. "Signs Taken for Wonders: Questions of Ambivalence and Authority under a Tree outside Delhi, May 1817", Critical Inquiry 12.1, 1985.

Bourdieu, P. *In Other Words: Essays Toward a Reflexive Sociology*, 1990.

Bourdieu, P. *Homo Acadenics*, 1988.

Bourdieu, P. *Outline of a Theory of Practice*, trans. by Richard Nice, Cambridge: Cambridge University Press, 1977.

Brantlinger, P. *Crusoe's Footprints: Cultural Studies in Britain and America*, 1990.

Bullock, A. & Stallybrass eds. *The Fontana Dictionary of Modern Thought*, London: Fonana, 1977.

Burgern P. *Theory of Avant-grarde*, trans. by Michael Shaw, Minneapolis: University of Minnesota Press, 1984.

Curran J. ed al. eds. *Mass Communication and Society*, London: Arnold.

Craib, I. *Modern Social Theory*, Brighton: Wheatsheaf Books, 1984.

David I.K. *Ritual, Politics and Power*, New Haven: Yale University Press.

Derrida, J. *Of Grammatology*, trans. by F.C. Spivak, Baltimore: Johns Hopkins University Press, 1976.

Derrida, J. *Writing and Difference*, trans. by Alan Bass, University of Chicago Press, 1978.

Dirlik, A. "The Postcolonial Aura: Third World Criticism in the Age of Golbal Capitalism", Critical Inquiry 20.

Frank, A.G. *Crisis in the Third World*, London: Heinemann Education, 1981.

Foucault, M. *Madness and Civilization*, trans. by Richard Howard, New York, 1965.

Foucault, M. *The Order of Things: An Archaeology of the Human Sciences*, New York: Random House, 1970.

Foucault, M. *The Archaeology of Knowledge and the Discourse on Language, trans.by A.M.Sheridan Smith, New York: Pantheon*, 1972.

Foucault, M.*Discipline and Punish: The Birth of the Prison*, trans.by Alan Sheridan, New York, 1977.

Foucault, M. *Language, Counter - Menory, Practice*, ed. Donale F. Bouchard, Oxford: Basil Blackwell, 1977.

Foucault, M.*The History of Sexuality*, Volume 1, An Introduction, trans. by Robert Hurley, New York: Random House, 1978.

Foucault, M. *Power Knowledge*, ed. Colin Gordon, Brighton: Harvester Press, 1980.

Foucault, M. "What is an Author?" in *Textual Strategies: Perspectives in Post - Structurralist Criticism*, ed. J. V. Harari, Ithaca: Cornell University Press, 1981.

Foucault, M. "What Is Enlightenment?" in *The Foucault Reader*, New York: Pantheon, 1984.

Foucault, M. "Truth and Power," in *Power Knowledge: Selected Interviews and Other Writings*, 1972-1977, ed.Colin Gordon, New York, 1989.

Geertz, C.*The Interpretation of Cultures*, New York: Basic Books, 1973.

Gellner, E.*Nations and nationalism*, Oxford: Basil Blackwell, 1983.

Geuss, R.*The Idea of a Critical Theory*, Cambridge: Cambridge University Press, 1981.

Giddens, A.*Central Problems in Social Theory*, London: Macmillan, 1979.

Giddens, A.*The Nation-state and Violence*, Cambridge: Polity, 1985.

Greenblatt, S. "*Introduction*", *the Forms of Power and the Power of Forms in the Renaissance*, Special Issue, Genre 15, 1982.

Greenblatt, S.*Renaissance Self-Fashioning*, Chicago: University of Chicago Press, 1980.

Greenblatt, S. *Shakespearean Negootiation*, Berkley: University of California Press, 1988.

Greenblatt, S. *Learning to Cruse*, New York: Routledge, 1990.

Greenblatt, S. *Marvelous Possessions*, Chicago: University of Chicago Press, 1991.

Greenblatt, S. "Invisible Bullets: Renaissance Authority and Svbversion", in *Political Shakespeare*, ed. Dollimore and Sinfield.

Greenblatt, S. "Toward a Poetics of Culture", in *Veeser* ed. The New Historicism, London: Vintage, 1989.

Grossberg, L. et al. eds. *Culture Studies*, New York: Routledge, 1992.

Gurevitch, M. ed al. eds. *Culture, Society and the Media*, London: Methuen, 1982.

Harari, J. V. ed. *Textual Strategies: Perspectives in Post-Strucuralist Criticism*, London: Methuen, 1979.

Harrvey, D. *The Condition of Postmodernity*, Oxford: Balckwell, 1989.

Hall, S. & Jacques, M. *New Times: The Changing Dace of Politics in the 1990s*, London: Lawrence and Wishart, 1989.

Horne, D. *The Public Culture*, London: Pluto, 1986.

Huntington, S. P. *The Soldier and the State: The Theory and Politics of Civil-Military Relations*, Harvard University Press, 1957.

Huntington, S. P. *Political Order in Changing Societies*, New Haven: Yale University Press, 1968.

Huntington, S. P. *The Third Wave: Democratization in the Late Twentieth Century*, University of Oklahoma Press, 1991.

Huntington, S. P. "The Clash of Civilizations?" in *Foreign Affaires*, Summer, 1993, Vol. 72, No. 3.

Huntington, S. P. "If Not Civilizations, What? Paradigms of the Post-Cold

War World" ,in *Foreign Affairs*, Vol.72,No.5,Novemver/December,1993.

Jameson,F."Postmodenism and Consumer Society" ,in Hal Foster ed. The Anti-Aesthetic: Essays on Postmodern Culturel, Port Townsend, Wash: Bay Press,1983.

Jameson, F. *The Prison - House of Language*, Princeton University Press,1972.

Jameson,F.*The Political Unconscious*, Cornell University Press,1981.

Jusdanis,G.*Belated Modernity and Aesthetic Culture: Inventing National Literature*, Minneapolis:University of Minnesota Press,1991.

Keoker,A.and Cook,D.*The Postmodern Scene*, London: Macmillan Education,1988.

Kun-Hsing Chen eds.*Stuart Hall: Critical Dialogues*, New York: Routledge,1996.

Laing,D."The Music Industry and the 'Cultural Imperialism' Thesis", in *Media Culture and Society*, 1986.

Lee,C.C.*Media Imperialism Reconsidered*, Beverly Hills:Sage,1979.

Lyotard,J.F.*The Inhuman*, Stanford:Stanford University Press,1991.

MacBrede,S.*The Power of Television:Many Voices*, Paris:Unesco,1980.

McGowan, J. *Postmodernism and Its Critics*, Ithaca: Cornell University Press,1991.

Moore,G.E.*Some Main Problems of Philosophy*, London,1953.

McPhail,T.L.*Electronic Colonialism*, Beverley Hills:Sage,1987.

Milner,A et al.*Postmodern Conditions*, New York:Berg,1990.

Miyoshi,M."A Borderless World? From Colonialis, to Transnationalism and the Decline of the Nation-state" ,in *Critical Inquiry* 19,McClintock,Critical Texts 3,1986.

Montrose, L. A. " Renaissance Literary Studies and the Subject of

History",*English Literary Renaissance* 16,1986.

Montrose,L.A."The Poetics and Politics of Culture" ,in Veeser ed.*The New Historicism*, London:Routledge.

Montrose,L. A. " The New Historicism and Its Discontents: Politicizing Renaissance Drama",PMLA,May 1987.

Popper, K. *The Poverty of Historicsm*, London: Routledge and Kegan Paul,1957.

Popper,K.*In Search of a Better World*,*Lecture and Essays from Thirty Years*, London and New York:Routledge,1992.

Pratt,M.L.*Imperial Eyes*, New York:Routledge,1992.

Rorty,R.*Philosophy and the Mirror of Nature*, Princeton: Princeton University Press,1979.

Roty,R.*Consequences of Pragmatism*, Minneapolis:University of Minnesota Press,1982.

Read,W.*America's Mass Media Merchants*, Baltimore:Johns Hopkins University Press,1976.

Rorse,J.*Knowledge and Power*, Cornell University Press,1987.

Sahlins,M.*Culture and Practical Reason*, Chicago:University of Chicago Press,1976.

Said,E.W.*Orientalism*, New York:Pantheon,1978.

Said,E.W.*The World,the Text,and the Critic*, Cambridge:Harvard University Press,1983.

Said,E. W."Opponents,Audiences,Constituencies,and Community", in W.J. Y. Mitchell, ed. *The Politics of Interpretation*, Chicago: University of Chicago Press,1983.

Said,E.W."Representing the Colonized:Anthropology's Interlocutor", *Critical Inquiry*, Vol.15,1989.

Said, E.W. *Joseph Conrad and the Fiction of Autobiography*, Cambridge: Harvard University Press, 1966.

Said, E. W. *Beginnings: Intention and Method*, New York: Basic Books, 1973.

Said, E.W. *Identity, Authority and Freedom: The Protentate and the Traveller*, University of Cape Town, 1991.

Schiller, H.J. *Communication and Cultural Combination*, New York: M.E. Sharpe, 1976.

Scholes, R. *Textual Power*, New Haver: Yale University Press, 1985.

Shapere, D. *Reason and The Search for Knowledge*, Dorderecht: Reidel, 1984.

Spivak, G.C. *Outside in the Teaching Machine*, New York: Routledge, 1993.

Spivak, G.C. *The Postcolonial Critic*, New York: Routledge, 1991.

Spivak, G.C. "Theory in the Margin", *Consequences of Theory.*

Thomas, B. *The New Historicism and Other Old Fashioned Topics*, Princeton: Princeton University Press, 1991.

Veeser, H.A. ed. *The New Historicism*, New York: Routledge, 1989.

Webster, Z. *Introduction to the Sociology of Development*, London: Macmillan, 1984.

White, H. "New Historicism: A Comment", in H. Aram Veeser ed., *The New Historicism*, New York: Routledge, 1989.

White, H. *Tropics of Discourse: Essays in Cultural Criticism*, Baltimore: Johns Hopkons University Press, 1978.

White, H. *The Content of the Form: Narrative and Historical Representation*, Baltimore: Johns Hopkins University Press, 1987.

White, H. *Metahistory: The Historical Imagination in Nineteenth-Century Europe.* Baltimore: Johns Hopkins University Press, 1973.

图书在版编目(CIP)数据

当代西方美学主潮/王岳川著.—合肥:黄山书社,2017.8

(中国文学理论与批评丛书/吴子林主编)

ISBN 978-7-5461-6683-4

Ⅰ.①当… Ⅱ.①王… Ⅲ.①美学史-研究-西方国家-现代 Ⅳ.①B83-095

中国版本图书馆 CIP 数据核字(2017)第 192353 号

当代西方美学主潮

DANGDAI XIFANG MEIXUE ZHUCHAO

王岳川 著

策　　划 汤吟菲 朱莉莉

责任编辑 朱莉莉 汤吟菲

责任印制 李 磊

装帧设计 观止堂_未氓

出版发行 时代出版传媒股份有限公司(http://www.press-mart.com)

黄山书社(http://www.hspress.cn)

地址邮编 安徽省合肥市蜀山区翡翠路 1118 号出版传媒广场 7 层 230071

印　　刷 安徽新华印刷股份有限公司

版　　次 2019 年 10 月第 1 版

印　　次 2019 年 10 月第 1 次印刷

开　　本 700mm × 1000mm 1/16

字　　数 580 千

印　　张 29

书　　号 ISBN 978-7-5461-6683-4

定　　价 86.80 元

服务热线 0551-63533706

销售热线 0551-63533761

官方直营书店(https://hsss.tmall.com)

理論與批評

| 中国文学理论与批评丛书 |

学术顾问　钱中文 | 主编　吴子林

文学文本解读学

孙绍振　著

全国百佳图书出版单位
时代出版传媒股份有限公司
黄　山　书　社

图书在版编目(CIP)数据

文学文本解读学/孙绍振著.—合肥:黄山书社,2017.8
(中国文学理论与批评丛书/吴子林主编)
ISBN 978-7-5461-6684-1

Ⅰ.①文… Ⅱ.①孙… Ⅲ.①中国文学-文学研究
Ⅳ.①I206

中国版本图书馆 CIP 数据核字(2017)第 192345 号

文学文本解读学
WENXUE WENBEN JIEDUXUE

孙绍振 著

策　　划 汤吟菲 朱莉莉
责任编辑 向 焱
责任印制 李 磊
装帧设计 观止堂_未氓
出版发行 时代出版传媒股份有限公司(http://www.press-mart.com)
黄山书社(http://www.hspress.cn)
地址邮编 安徽省合肥市蜀山区翡翠路 1118 号出版传媒广场 7 层 230071
印　　刷 安徽新华印刷股份有限公司
版　　次 2019 年 10 月第 1 版
印　　次 2019 年 10 月第 1 次印刷
开　　本 700mm × 1000mm 1/16
字　　数 400 千
印　　张 23.5
书　　号 ISBN 978-7-5461-6684-1
定　　价 69.80 元

服务热线 0551-63533706
销售热线 0551-63533761
官方直营书店(https://hsss.tmall.com)

总　序

通读眼前的八部书稿，各种情绪：兴奋、激动、享受、叹息、伤感、寂寥……轮番袭来，纠结于心。这时，我想起了一部电影——

音乐家科伦布的爱妻亡故，他从此带着两个女儿隐居深林，整日独自研习古大提琴。在绵延无休的乐声中，他看见深爱的亡妻，此刻就坐在他对面聆听。之后，他们一起祷告，一起乘坐马车，一起并肩走过春色茂密的森林，一起来到河岸渡口，直到她独自坐上小船离去。怕她再次消失，他不忍停下手中的乐曲。为了让她一遍一遍重现，他用余生不断拉奏心爱的大提琴，记下心里的悲伤乐曲，想看看爱将延续到哪里。

这是一个清静的世界。老房子旧得幽静、坦然，乐声绵延无休、难以捉摸，家中的器皿也都散发出乐器的光泽。科伦布在森林里拉琴、作曲，他拒绝宫廷表演的邀请，拒绝各种矫饰，只为灵感而作曲，只是记下瞬间的颤抖，删除多余的抒情。他的演奏闻名遐迩，在传说中更是出神入化。

有一天，17 岁的红衣少年，一个鞋匠的儿子，敲响了音乐家的门。他立志成为伟大的音乐家，慕名前来

学艺，几经周折，红衣少年成了科伦布的学生。后来，红衣少年背着老师受聘为皇家乐队的演奏家，而被逐出师门。再后来，红衣少年成了宫廷乐长，生活富足；音乐给他带来了华丽的马车、镶嵌珠宝的假发衣饰、显贵的地位与指挥权杖，但他不再有17岁时那湛蓝的眼神。他深感自己始终未得音乐的要领。他记得，年少的那个午后，在森林里听到的琴曲，那种庄重、静穆、悠远而哀伤的，才是真正的音乐。

老人弥留之际，宫廷乐长深夜赶赴森林小屋，去上最后一堂音乐课。当他一身显阔地走进那简朴肃穆的家中，发现自己不过是个臃肿的丑角。他问老人："音乐是什么？为了供奉上帝？为了取悦国王？为了金钱？为了荣誉？是爱情的忧伤？或是自暴自弃的放纵？"

都不是。

他终于领悟，自己的疑问便是答案："是不是给死者的礼物？是给那些不能说话的人低声的安慰，给那些消逝了的童年？是为了让鞋匠的锤声变得柔和？是为了那我们出生之前就已存在过的时间，在我们呼吸之前，或者看见光亮之前……"

——这是电影《尘世里的每一个清晨》所讲述的三百多年前的故事，它把我们带回到音乐的黄金时代，唤醒了许多温馨美好的记忆。

是的，倘若音乐有魂魄的话，那就是它的毫无用处，它的无用之用。音乐是爱，是恩慈，是虔诚，是内心孤独的吟唱，是出神的一瞬，是人类关

于光明、自由和宁静的力量的梦想。

"一个民族的政治生活只是它存在的浅层部分;为了了解其内在的生命——其行动的源泉,我们必须通过他的文学、哲学,以及艺术这些反映该民族理念、情感和梦想的东西,来深入探索它的灵魂。"罗曼·罗兰写道,"音乐展示给我们的是在表面的死亡之下生命的延续,是在世界的废墟之中一种永恒精神的绽放。"①

文学艺术的研究与创作一样,都是一种生气灌注、深邃博大的"创世",也就是发现、创造可能世界,帮助人们建立生命的、家族的、民族的"根"的意识,确立经验的、文化的统一感与连续性,在滋养自身的同时,影响人类的精神世界。

安贝托·艾柯在《诺伯托·博比奥:重新审视博学之士的命运》一文中强调,知识分子的责任不在"解决"危机,而在"制造"危机,即时刻营造出一种危机感,唤起人类的共同意识的危机感,并寻找、创造普遍的社会共识。

20 世纪 70 年代末 80 年代初,即进入"新时期"以来,整个国家处在一种社会转型之中。如何建立中国自己的崭新形态的文艺理论,成了文艺学界的重要课题。面对当代西方文化传入所引发的诸多挑战,以及当代文学创作所提出的诸多命题,经一大批文艺理论家、批评家的共同努力,中国当代的文艺理论终于实现了现代性的转型,即"从一家'专政'式的独语,转变为'百家争鸣'式的对话;从政治话语转变为学科的学术话语;从非常态的中心话语,转变为自主发展的常态话语"②。文艺学研究的视野得到前所未有的拓展,如文艺社会学、文艺心理学、文艺美学、文艺解释学、中西比较诗学、文艺生态学、文艺符号学、文艺人类学、文化诗学等领域,都有人在尝试,并获得了不少结实的成果。

---

① [法]罗曼·罗兰著:《音乐散文集》,冷杉、代红译,中国文联出版社 1999 年版,第 1 页、第 7 页。

② 童庆炳撰:《新时期文学理论现代性转型概说》,《童庆炳文集》第 3 卷,北京师范大学出版社 2016 年版,第 468 页。

值得强调的是，其中的一些杰出的代表，如钱中文、童庆炳、孙绍振等文艺理论家，他们大多经历过各种政治运动，从没脱离当代中国的政治、文化现实。置身于风云际会的时代，他们怀抱笃定的理想主义的激情，广泛关注历史与现实的政治、经济、科技、文化各领域，对现有的种种结构模式始终保持质疑的态度，并通过精深的研究推翻僵化不合理的部分，表现出了对时代命脉的精确诊断和敏锐切入。由于洞察了语言符号背后的价值世界，他们成功揭示了其中丰沛而深厚的精神质地，呈现了关于生活世界的总体想象，开启了一个个一般人所未曾领悟的心灵世界。他们的学术成果是对社会文化问题的思考，是显示人文知识分子存在身份的根据，体现了对社会应履行的责任。

至于当下学界的中坚力量，如高建平、王岳川、李春青、陈晓明等一批学者，则是这些前贤的薪火相传者。与师长辈学者一样，对于他们而言，个人与历史、个人与国家互为镜像；他们有着丰富的内心生活及准则，善于提取、想象、弘扬历史与现实中稀薄而弥足珍贵的东西，并以其充沛的语言敞开、释放灵魂的悸动、精神的能量，以内在心灵的秩序对抗外部庸众的世界。

在我看来，文艺理论、美学的研究者以及批评家与作家、艺术家一样，都是这个世界的观察者、倾听者、质疑者和审判员，都是在为一个“缺席的民族”而写作，而不是做历史的书写者、抄写者和打字员。

名利诱惑与学术追求，对于所有问学者来说，是人生中不断出现的十字路口。文学艺术和生命宛若一条河流，收集了星光、烈日、蓝天、雾霾、彩虹和暴雨。面对欲望与生命力蠢动的世界，真正的学者以学术为宗教、为信仰为志业，他们洞察哪些是浮云，哪些是本质；他们所能看到的不只是现在，还有未来；他们播撒怀疑的种子，而不是收成已然明确的事实；他们不只是理念的唤醒者，同时还是社会革新进程的引导者；他们知道，生命只能燃烧，不可虚耗——因为他们手头所持有之物，不外乎时间、记忆和文学艺术所创造的美；而理论的勃勃生机，只能源于抵御纷扰人生的各

种诱惑或压力，源于创造性的质疑、心无旁骛的虔诚劳作和漫长执着的自我探寻。只有在思考和写作中，每个人才能找到自己真正的皈依之所——这是上述优秀学者给我们的深刻启示。

由钱中文先生担任学术顾问，本人主编了“中国文学理论与批评丛书”。本着“学术乃天下公器”的宗旨，我们拟分期分批分人结集出版，以检阅当代中国学人的学术实绩。本丛书具有开放结构，第一辑推出的为我国当代著名的文艺理论家、美学家、批评家，其中既有年逾八旬的资深学者，也有中、青年学术新锐；每人一集，收录“有分量”的代表作，凸显“一家之言”的戛戛独造。

主编这套丛书的愿望有二：

其一，展现新时期以来中国文艺理论研究与批评所取得的实绩，凸显那些富于中国特色的、有个性、有识见、敢论断、敢担当的学术创见。如，钱中文的“新理性精神”文论，童庆炳的“文化诗学”，孙绍振的“文学文本解读学”，高建平、王岳川之于中西美学的剖析，李春青之于中国古典诗学的建构性清理，以及陈晓明、吴子林之于中国“文学问题”的探究等等。

有识之士指出，一个城市乃至一个国家的文化质量，跟它是否拥有富于价值的文学记忆或文化记忆，有着很大的关系。所谓文学记忆或文化记忆，就是有一个或一批伟大的作家、思想家，他或他们代表这个城市、国家，这个城市、国家也进入了这一个或一批伟大作家、思想家的创作生命。简言之，文学记忆或文化记忆直接关系到一个国家的文化形象的塑造，其义大焉。

毫无疑问，包括文艺理论、文学批评在内的学术本身，是中国当代文学记忆或文化记忆的重要组成部分。随着我国上升成为世界第二大经济体，中国正成为一个世界性的大国，系统地向世界展现中国的现代化成就、中国文化和价值观，塑形中国的“大国形象”，至关重要。为此，在推出本丛书的同时，我们还将努力组织专家将它们译成外文，使它们走出国门，走向世界，逐步实现中国文论走出去的宏愿，让西方人了解中国、认识

中国——这是颇有文化远见的举措，在一切追求市场效应的今天显得尤为难能可贵。

其二，志在薪梓承传，泽被后学，希冀后来者能赓续前人纯正的学术品格，全副身心投入到文学这一健康的终生事业中去，以扭转目前文艺理论、美学研究以及文学批评的窘境或困境，切实推进现实社会的改善与进步，使人们重获生命的完满，走出一条焕发生命韵致与光泽的道路。

马克思有句格言："最先朝气蓬勃地投入新生活的人，他们的命运是令人羡慕的。"[①]通读完八部书稿，只觉时光如电，一股氤氲之气回荡其间。偶尔抬眼远望，只见雾霾重重，晨昏不明，仿佛自己悬浮于另一个世界；一阵北风骤起，雾霾一点一点散去，古老的都城一点一点透明起来，一点一点安详、生动起来。

户外，市声隐隐沸动，如深山松涛；窗外，落叶敲打着落叶，雨点追逐着雨点；远方，迷迷蒙蒙，嚣嘈不舍昼夜——我听到了生活行进的坚实步履……

一切都只是开端。"中国文学理论与批评丛书"还将推出第二辑、第三辑……并将进一步扩大规模。我们真诚地希望读者诸君提出宝贵的批评建议。

是为序。

吴子林

2016年12月23日

① ［德］马克思撰：《致R》（1843年5月），见《马克思恩格斯全集》第1卷，第408页。

自　序

孙绍振

在此书交稿前不久，笔者在《文学评论》上，看到美国解构主义著名学者、耶鲁四君子之首希利斯·米勒的文章，他坦言，

> 您问我是否相信有一套"系统完整的批评方法，可以为一般的文学批评提供具有普遍意义的指导"，我的回答是，在西方有很多套此类的批评方法存在，其中也包括解构主义，但是，没有一套方法能够提供"普遍意义的指导"。不存在任何理论范式可以保证你在竭尽所能地阅读特定文本时，帮助你有心理准备地去接受你所找到的内容。因此，我的结论是：理论与阅读之间是不相容的。①

此等学说并不新鲜，韦勒克、沃伦是在《文学理论》中就坦承西方文论诸大师面对文学文本解读"一筹莫展"②。笔者对此等学说不以为然，一向坚定地认为正确的理论既来自于解读，又能指导解读，而且能提供某种可操作的方法。故在十余年中，苦心孤诣，反其道而行之，对古今中外经典文本作大量的解读，据赖瑞云教授统计近六百篇。仅已经出版的单

① J.希利斯.米勒《致张江的第二封信》，《文学评论》2015 年第 4 期。

② 韦勒克、沃伦《文学理论》，刘象愚等译，江苏教育出版社 2005 年版，第 155~156 页。

行本就有《名作细读》《孙绍振如此解读作品》《月迷津渡:古典诗歌个案微观分析》《孙绍振解读经典散文》《经典小说解读》等。在海量具体分析的基础上进行直接归纳,形成原创性的范畴系列,适当结合西方前卫文论演绎法,志在建构中国式的解读学。呈现在读者面前的,就是笔者建构的初步系统。

看到米勒先生这样勇敢地断定"理论与阅读之间是不相容的",深深地为他的谨慎而感动。米勒先生只说西方诸多理论,包括解构主义对于文学文本解读无能为力,并没有排除非西方文论可能有的例外。同时,笔者又为米勒先生的思辨中断而深感惋惜。既然发现文学理论与文学阅读不相容,作为西方文论学派的杰出代表,对一代理论家陷入这样的困局,为什么不发挥西方学术思辨的特长,追问其原因呢?

其实,这个问题,并不复杂,马丁·海德格尔早就指出产生这种悲剧的原因:

> 作品的被创作存在只有在创作过程中才能为我们所把握。在这一事实的强迫下,我们不得不深入领会艺术家的活动,以便达到艺术作品的本源。完全根据作品自身来描述作品的作品存在,这种做法业已证明是行不通的。③

在我看来,西方学界,几乎没有什么人听懂了海德格尔对他们"行不通"的警示。一味把文本当作某种现成物,把自己仅仅当作文本被动接受者,完全没有意识到只有进入"作品的被创作"的"过程中",也就是设想自己也是作者与之对话,才能化被动为主动,洞察艺术和思想的奥秘。这一点,说起来很玄,但是,并不神秘。鲁迅先生有一段话,可以作为海德格尔这一思想的注解:

---

③ 马丁·海德格尔:《艺术作品的本源》,《海德格尔选集》(上),孙周兴选编,上海三联出版社1996年版,第297页。

凡是已有定评的大作家，他的作品，全部就说明着“应该怎样写”。只是读者很不容易看出，也就不能领悟。因为在学习者一方面，是必须知道了“不应该那么写”，这才会明白原来“应该这么写”的。这“不应该那么写”，如何知道呢？惠列赛耶夫的《果戈理研究》第六章里，答复着这问题——“应该这么写，必须从大作家们的完成了的作品去领会。那么，不应该那么写这一面，恐怕最好是从那同一作品的未定稿本去学习了。在这里，简直好像艺术家在对我们用实物教授。恰如他指着每一行，直接对我们这样说——‘你看——哪，这是应该删去的。这要缩短，这要改作，因为不自然了。在这里，还得加些渲染，使形象更加显豁些。④

西方前卫学者几乎毫无例外地只看到作品这样写了，没有意识到只有明确了作者为什么没有那样写，在想象中进入海德格尔所说的创作过程，才能从文本一望而知的表层进入一望无知的深层。

也许这样的思路，在西方文论及其追随者看来，有空谈之嫌。并不是所有经典之作，都有原稿、修改稿可资对照，但是，笔者在本书中，提出还原和比较，多层次的具体分析方法等等系统的可操作方法。

克罗齐说：“要了解但丁，我们必须把自己提升到但丁的水准”⑤。这对一般读者来说，要求是太高了，但是，换一个说法，阅读的最高效果，应该是从低于经典的水准向经典的高度攀登，这是认真的读者追求的目标。对理论家来说，则应该是天职。当然，就现实而言，绝大多数理论家的文学秉赋低于经典作家是不言而喻的，但是，这并不是“一筹莫展”的合理性的充分理由。阅读之初，也许距离但丁甚远，但是，在阅读中通过具体分析创作过程，在某种程度上，升腾到接近作家的水准，是可能的。

阅读的胜利，是需要一定理论向导的，毫无理论向导，必然导致阅读

---

④ 文载《且界亭杂文二集》，见《鲁迅全集》，第6卷，人民文学出版社，2003年，第321页。

⑤ 朱光潜《克罗齐哲学述评》，《欣慨室逻辑学哲学散论》第七册，中华书局，2012年版。第34页。

的自我蒙蔽。一千个读者就有一千个哈姆雷特，恐怕有九百个以上是非哈姆雷特，甚至是假哈姆雷特。正如鲁迅所讽刺的，一部《红楼梦》，“经学家看见《易》，道学家看到淫，才子看见缠绵，革命家看见排满，流言家看见宫帏秘事”。[⑥] 他们看到的是自己，而不是《红楼梦》。此等自我蒙蔽的原因和西方文论一样，一味被动，未能进入作品生成的过程。一代西方文论家面临前赴后继的失败，付出惨重的代价，不做反思，反而大言不惭地宣言一切理论都宿命地与阅读不相容，并不是其有出息的证明。说不尽的哈姆雷特，说不尽的阿 Q，说不尽的林黛玉，这不是米勒先生所设想的纯粹文字游戏，而是一代又一代的读者把生命奉献上经典文本解读的祭坛，不管是智慧的、愚昧的，还是闪光的、阴霾的，包括米勒先生许多荒谬的学说，都需要我们根据文本作系统的批判和分析，作原创性的建构。这对一代国人的智慧是一项重大的、历史的挑战。

肩负起这样的历史任务，并不需要多大的学术勇气，因为，西方大师已经宣布“一筹莫展”“理论与阅读之间是不相容的”了，他们已经放弃本来属于他们的强势话语阵地，徒叹奈何了，面对这样的历史机遇，中国人，此时还不当仁不让，更待何时？

2017 年 3 月 13 日

⑥ 《鲁迅全集》第 8 卷，人民文学出版社，2005 年，第 179 页。

目　录

绪论
——西方文学理论的危机和文学文本解读学的建构

文学理论对文学文本解读的低效或无效,威胁着文学理论的合法性,这不但是中国,而且是世界性的现象。早在20世纪中叶韦勒克和沃伦就在他们著名的《文学理论》中宣告:“多数学者在遇到要对文学作品作实际分析和评价时,便会陷入一种令人吃惊的、一筹莫展的境地。”①此后50年,西方文论走马灯似的更新,形势并未改观,以至李欧梵先生在“全球文艺理论二十一世纪论坛”的演讲中勇敢地提出:西方文论流派纷纭,本为攻打文本而来,其旗号纷飞,各擅其胜:结构主义、解构主义、现象学、读者反应,更有新马、新批评、新历史主义、女性主义等等不一而足,各路人马“在城堡前混战起来,各露其招,互相残杀,人仰马翻”,“待尘埃落定后,众英雄(雌)不禁大失惊,文本城堡竟然

① 韦勒克、沃伦:《文学理论》刘象愚等译,江苏教育出版社2005年版,第155~156页。

屹立无恙，理论破而城堡在”。①

李先生的意思很清楚，检验理论的根本准则就是解读文本，理论旗号翻新，流派纷纭，文学文本的解读却毫无进展，“理论破而城堡在”，理论已经为解读实践所证伪。但是，文学理论家们似乎无动于衷，拒绝反思，依旧热衷于理论轮番更新。其结果是，文学理论越是发达，越是与文学的审美阅读赏心悦目、惊心动魄的经验为敌，文学文本往往被理论弄得语言无味，面目可憎。

文学理论的危机与文学文本解读学的分化

李先生只提出了严峻的问题，并未分析造成此等后果的原因。探究其深层的原因，对于自觉建构文学文本解读学是十分必要的。

① 《世纪末的反思》，浙江人民出版社2002年版，第274～275页。其实，李先生此言似有偏激之处，西方大师也有致力于经典文本分析者。德里达论乔伊斯的《尤利西斯》，卡夫卡的《在法的门前》，罗兰·巴特论《追忆似水年华》《萨拉辛》，保尔·德曼论卢梭的《忏悔录》，米勒评《德伯家的苔丝》，布鲁姆评《博尔赫斯》等等，但他们微观的细读往往指向宏观的角度，演绎出理论，比如德里达用2万多字的篇幅论卡夫卡仅有800来字的《在法的门前》，解读象征寓言的同时，从文类、文学与法律等宏观方面做了超验的演绎，进行后结构主义的延异书写。其主旨不在文学文本个案审美的唯一性。

应该清醒地看到，像任何辉煌成就的文论中必然隐含着它走向衰败的内因一样，西方文论的高度成就中也深深地潜藏着走向反面的隐患。首先，是观念方面的超验倾向与文学的经验性的矛盾。其次，这种超验观念的消极性，为他们所擅长的逻辑上偏重演绎、忽视经验的归纳，未能像自然科学理论中那样保持二者在方法上的“必要的张力”而加剧了。最后，对此等局限缺乏自觉，导致20世纪后期，西方文学理论否定文学存在有历史的和逻辑的必然性。

这一切的历史根源乃是西方文学理论长期美学化、哲学化的倾向。关于这一点，早在1920年，年轻的宗白华先生就在《美学与艺术略谈》中指出：

> 以前的美学大都是附属于一个哲学家的哲学系统内，他里面“美”的概念是个形而上学的概念，是从那个哲学家的宇宙观念里面分析演绎出来。①

西方美学作为哲学的一个分支，在其源头上就有柏拉图的超验的最高“理念”（或译“理式”），虽然其后亚里士多德倾向于经验之美，但是，西方文化源远流长的宗教超验（超越世俗、经验、自然）传统使得美学超验性跨越启蒙主义美学贯穿到20世纪。从早期奥古斯丁到中世纪的托马斯·阿奎那将柏拉图超验的理念打上了神学的烙印。“一切经验之美的最大价值就是作为超验之美——上帝的象征。”最高的美就是上帝。当然，中世纪的神学美学，也不完全是消极的，而是有着一定的积极意义，至少是脱离了自然哲学的束缚，以神学方式完善和展现自我。神学不过是被扭曲和夸大的人学，或以异化形式出现的人学，体现在美学上，就是把超越了自然的上帝，或叫人类总体，当作思维总体，由这个主体出发去探

① 宗白华：《美学与艺术略谈》，原载于《时事新报·学灯》，1920年3月10日。收入宗白华《美学与意境》，凤凰出版集团，江苏文艺出版社2008年版，第14页。

求美的起源和归宿。这种美学的许多范畴，如本体意识、创造意识、静观意识、回归意识大都为近现代美学所继承。[①] 也许正是因为这样，虽然神学美学在文艺复兴强调经验之美的启蒙主义思潮中被冷落，但是在西方近代美学的奠基者康德的学说中，经验性质的情感审美与宗教式的超验之善，仍然在更高层次中结合。德国古典哲学浓郁的超验的神学话语，和以审美或艺术代替宗教的倾向，也曾遭到费尔巴哈和霍尔马赫感性实践理念的批判，还有克尔凯郭尔的论证说，以及车尔尼雪夫斯基"美是生活"的反拨，但是，康德式的超验的哲学美学思辨，仍然是西方文学理论的主流形态。虽然超验美学在灵魂的救赎上至今仍有其不可忽视的价值，但是，超验的思辨，形而上学的普遍追求，对于文学理论却带来致命的后果。卡西尔曾经对之发出这样的反讽："思辨的观点是一种非常迷惑人的解决问题的方法，因为好像通过这种方法，我们不仅有了艺术的形而上的合法根据，而且似乎还有神化的艺术，艺术成了'绝对'或者神的最高显现之一。"[②]

西方文学理论这种美学、形而上学、超验的追求，实际上使得文学文本解读与哲学的矛盾激化了。

第一，哲学以高度概括为务，追求涵盖面的最大化，在殊相中求共相，而文学文本却以个案的特殊性、唯一性为生命，解读文本旨在普遍的共同中求不同，普遍中求特殊。文学理论的概括和抽象，却以牺牲特殊性为必要代价，其普遍性原理中并不包含文本的特殊性。由于演绎法的局限(特殊的结论已包含在周延的大前提中)，不可能推演出文本的特殊性、唯一性。

第二，这种矛盾在当代变得更加尖锐，乃是由于当代西方前卫文论执着于意识形态，追求文学、文化和历史等的共同性，而不是把文学的审美

① 阎国忠：《超验之美与人的救赎》，《学术月刊》，2005 年第 5 期。又见阎国忠《美是上帝的名字：中世纪神学美学》第二章，上海社会科学院出版社 2003 年版，第 79~83 页。

② 卡西尔：《语言艺术》，张法译，载刘晓枫选编《德语美学文选》(上)，华东师范大学出版社 2006 年版，第 400 页。

(包括审丑、审智)特性作为探索的目标。解读当然要关注意识形态,但是,意识形态是理性的,而文学文本的核心却在情感的审美。离开了文学个案的审美特征,把文本当作理论的例证,看到的只能是抽象的意识形态。即使是较为强调文学"内部"特殊性的勒内·韦勒克、奥斯汀·沃伦的《文学理论》和苏珊·朗格的《情感与形式》,也囿于西方学术传统而热衷于往哲学方面发展。苏珊·朗格在《情感与形式》中开宗明义坦然宣告,她的著作"不建立趣味的标准",也"无助于任何人建立艺术观念","不去教会他如何运用艺术中介去实现它"。所有文学的"准则和规律",在她看来,"均非哲学家分内之事"。

> 哲学家的职责在于澄清和形成概念……给出明确的、完整的含义。①

而文学文本的有效解读恰恰与此相反,要向形而下方面还原。

第三,长期以来,西方文学理论家似未意识到文学理论的哲学化与文学形象的矛盾,因为哲学在思维结构和范畴上与文学有所差异。不管什么流派,传统哲学都不外是二元对立统一的两极线性思维模式(主观与客观、反映与表现、自由与必然、形式与内容、道与器等),前卫哲学如解构主义,则是一种反向的二元线性思维;文学文本则是主观、客观和规范形式的三维结构。哲学思维中的主观与客观只能统一于理性的真或实用的善,而非审美。而文学文本的主观、客观统一于模范形式的三维结构,其功能大于三者之和,则能保证其统一于审美。② 二维的两极思维与三维的艺术思维凿枘难通,文学理论与审美阅读经验为敌,遂为顽症。哲学思维是没有形式范畴的。而文学形象的三维结构中的规范形式,不但不能被内容决定,而且可以征服、预期、衍生内容,在千百年反复运用中进化积

---

① 苏珊·朗格:《情感与形式》,刘大基等译,中国社会科学出版社1986年版,第1~2页。

② 文学形象的三维结构,最初由笔者在《形象的三维结构和作家的内在自由》中提出,载《文学评论》1985年第4期。

累,因而成为主观和客观统一于审美经验的载体。(下文详述)

文本解读的无效或低效不完全是理论家的弱智,而是人们对文学理论寄予它所不能承载的期待。文学文本解读和文学理论虽然有联系,但是也有重大的区别。从某种意义上说,乃是一门学科的两个分支。

文学作品的生命,在于其唯一性、独一无二性。但是,前卫文学理论对此视而不见。它们所关注的,其极端者实际上变成了哲学的附庸。在他们看来,与其把文学叫作文学不如叫作哲学。乔纳森·卡勒说:“对某一哲学作品的最真实的哲学解读,应是把该作品当作文学,当作一种虚构的修辞学构造物,其成分和秩序是由种种文本的强制要求所决定的。反之,对文学作品的最有力的和适宜的解读,或许是把作品看成各种哲学姿态,从作品对待支持着它们的各种哲学对立的方式中抽取出含义来。”①以哲学家自豪的倾向,不但在前卫文学理论中如此,就是以追求文学艺术特殊性为务的符号学理论家,也未能免俗。

从方法来说,他们几乎不约而同地从概念(定义)出发,沉迷于从概念到概念的演绎,越是向抽象的高度、广度升华,越是形而上,与文学文本距离越远,越被认为有学术价值。对这样的文学理论,根本就不该指望其具有文学文本解读的功能。文学文本解读追求对审美的感染力,文本的特殊性、唯一性、不可重复性的阐释。它所需要的是与文学理论恰恰相反的,越是具体、特殊,越是往形而下的特性方面还原,越是具有阐释的有效性。

这只能说明,文学理论和文学解读学,是两路功夫,具有不尽相同的规律,不同的学问,文学理论与文学文本解读学,应该在这里分化。文学理论与审美阅读经验为敌,成为千年的痼疾,归根到底原因有两个:第一,文学理论不但脱离了文本解读学,而且脱离了文学创作论。苏联的季莫菲耶夫,美国的韦勒克、沃伦都把文学理论分为三个部分:一是文学理论;

① 乔纳森·卡勒:《论解构:结构主义以后的文学理论和批评》,见理查·罗蒂:《自然与哲学之镜》,商务印书馆1987年版,第376页。

二是文学批评；三是文学史。这当然不是没有一定道理的。

但是，所有这三个部分的基础应该是文学创作论。文学理论基础只能是文学创作实践。创作实践不但是文学理论的来源，而且应该是检验文学理论的标准。创作实践，尤其是经典文本的创作实践是一个过程，艺术的深邃奥秘并不存在于经典显性的表层，而是在反复提炼的过程中。过程决定结果，决定性质和功能，并高于结果，一切事物的性质在结果中显现的都是很表面、很片面的；而在其生成的过程中则是很深刻、很全面的。最终成果对其生成过程是一种遮蔽，正如水果对其从种子、枝芽、花朵生长过程具有遮蔽性一样，这在自然、社会、思想、文学中是普遍规律。对于文学来说，文本生成以后，其生成机制，其艺术奥秘蜕化为隐性的、潜在的密码。从隐秘的生成过程中去探寻艺术的奥秘，是进入有效的解读之门。正如海德格尔所言："作品的被创作存在只有在创作过程中才能为我们所把握。在这一事实的强迫下，我们不得不深入领会艺术家的活动，以便达到艺术作品的本源。完全根据作品自身来描述作品的存在，这种做法业已证明是行不通的。"[①]正如水果对于其从种子、枝芽、花朵生长过程有遮蔽性一样，对于文学来说，文本生成以后，其生成机制，其艺术奥秘，蜕化为隐性的、潜在的密码。文本解读只有从隐秘的生成过程中才能进入有效性之门。如《三国演义》中的"草船借箭"，其原生素材在《三国志》里是孙权之船中箭，到《三国志平话》里是周瑜之船中箭，二者都是孤立地表现孙权和周瑜化险为夷的机智，从范畴上二者还属于实用理性。到了《三国演义》中变成"孔明借箭"，并增加了三个要素：盟友周瑜对盟友诸葛亮多智的多妒；孔明算准三天以后有大雾；孔明拿准曹操多疑，不敢出战，必以射箭稳住阵脚。这就构成了诸葛亮的多智是被周瑜的多妒逼出来的，而诸葛亮本来有点冒险主义的多智，因为曹操的多疑，取得了伟大的胜利。三者心理的循环错位，把本来是理性的斗智，变成了情感争

① 马丁·海德格尔：《艺术作品的本源》，《海德格尔选集》（上），上海三联出版社 1996 年版，第 297 页。

胜的斗气，于是多妒的更多妒，多智的更多智，多疑的更多疑，最后多妒的认识到自己智不如人就不想活了，发出“既生瑜，何生亮”的悲鸣。情感三角的较量，被置于军事三角上。实用价值由此升华为审美经典。这样的伟大经典，历经一代又一代作者的不断汰洗、提炼，耗费了不下千年的时间。这一切奥秘，全在于文本潜在的特殊性，无论用何种文艺理论的普遍性直接演绎，只能是缘木求鱼。

文学理论的第二个实践基础，就是读者的文本解读。文学作品的价值和功能最终只有在读者阅读过程中实现。文学解读是以个案为前提的，它关注生成的过程，不是普遍的，而是个案的。由于文学作品的感性特征，在阅读中，往往给读者一望而知的感觉，但是，这常常是表层结构，其深层密码，并不是一望而知的，而是一望无知，甚至再望仍然无知的。因而是需要解读的。解读就是深层解析、解密，要把潜在的密码由隐性变为显性，化为有序的话语，是需要微观的原创性的，这恰恰是文学文本解读学的核心。这是一种相当艰深的专业，有时个人毕生的精力是不够的，往往要一代又一代的读者把自己的智慧奉献上经典文本解读的历史祭坛。正是因为这样，才有说不尽的莎士比亚，说不尽的《红楼梦》，说不尽的普希金，说不尽的鲁迅。

理论的基础和检验的准则来自于实践。理想的文学理论，应该是在创作实践和阅读实践的基础上，作逻辑的和历史的提升。然而，当前的文学理论，不从创作和解读中寻求建构的基础，而是偏执于把文学理论当作一种知识的谱系，从知识谱系中建立理论，由于知识谱系相对于文学创作和文学阅读经验的不完全性，以及其抽象的普遍性与文本的无限丰富和特殊性存在永恒的矛盾，因而，造成理论的架空。理论家们大都为学院派，缺乏创作才能和起码的创作体验已经是先天不足，对文学创作论的漠视，使其基础更加薄弱。本来，这种缺失，可以文学文本个案的海量解读来弥补，但是，学院派培养理论家的途径，却不是对经典文学文本大量的、系统的解读，而是把最大限度的精力奉献给五花八门的文学理论（知识谱系)的梳理。这些理论家的本钱,恰如苏珊·朗格所说只有"明晰"和"完整"的概念。他们擅长的方法也就是逻辑的演绎和形而上学的提升,这就造成了一种偏颇:文学理论以脱离文学创作经验、脱离解读文本为荣。这种以超验为特点的文学理论在全世界批量生产出所谓文学理论家(学者、教授、博士),这些人对文学审美规律一窍不通,是必然的,在不少权威那里,还有不可救药的性质。

在创作和阅读两个方面脱离了实践经验,就不能不在创作论和解读学的社会及教学的迫切需求面前闭目塞听,就不能不以形而上学的概念到概念的空中盘旋为能事,文学理论因而成为某种神圣的封闭体系。在不得不解读文本之时,以文学理论代替文学解读学,以哲学化的普遍性直接代入文学文本特殊性。这就导致了两种倾向:第一,只看到客观现实、意识形态和文学作品之间的直线联系,抹杀文学的审美价值和作家的特殊个性;第二,以作家论代替文本个案分析,只看到作家个性与作品的线性因果,无视每一个作品只能是作家精神和艺术追求的一个侧面,一个层次,甚至是一次电光火石般的心灵的升华,一度对形式、对艺术语言的探险。

其实,就作家在作品中的形象而言,和生活中的自我相比,是艺术化了的,并不等同于日常相对稳定的自我。从这个意义上说,"文如其人,风格就是人"这样的说法是片面的;即使黑格尔所说的"这一个"也是不完全的。因为个案文本只是作家的这一次,这一刻,这一刹那。庞德给意象下的定义是:"在一刹那的时间里表现出一个理智和情绪复合物的东西。"①不管是我国的绝句,还是日本的俳句,都表现情感的刹那,但是,我国绝句更以刹那的情绪转换见长。

朱自清在浙江春晖中学有过一次演讲,讲他的人生观,其实也是讲他的文学创作观:

---

① 庞德《意象主义的几个"不"》,见彼得·琼斯《意象派诗选》,裘小龙译,漓江出版社 1986 年版,第 152 页。

> 古尔孟曾以葡萄喻人生，说早晨还酸，傍晚又太熟了，最可口的是正午时摘下的。这正午的一刹那，是最可爱的一刹那，便是现在。事情已过，追想是无用的；事情未来，预想也是无用的；只有在事情正来的时候，我们可以把握它，发展它，改正它，补充它，使它健全、谐和，成为完满的一段落，一历程。①

所谓刹那主义就是从生命每一刹那间获得意趣，这种刹那的价值，就是心灵的审美价值。这一点不但对理解朱自清有重要意义，而且对文学的审美解读有重大价值。在这一点上掉以轻心，往往就造成大而化之不着边际的所谓"艺术分析"。明确这一点，在文学解读中，对于文学解读学与作家论的区别极其关键。一位权威教授分析卢纶《塞下曲》"月黑雁飞高，单于夜遁逃。欲将轻骑逐，大雪满弓刀"，说明其好处在于"只写了准备出击的，究竟出击了没有，追上了敌人没有，统统略去了"。"艰苦的战斗环境、肃穆的战斗氛围和将士们的英雄气概，都被烘托出来了。神龙见首不见尾，尾在云中，若隐若现，更有不尽的意味和无穷的魅力"。② 总之，诗的好处，就是只写了前因，没有写后果。但是，该文前面明确说，因果关系的连续性是情感性质的。而这里的有因无果，却不是情感的，而是事件的，只有"准备出击"，省去了的也只是事件的结果（"究竟出击了没有，追上了敌人没有"）。其实，诗的精彩在于由事件引起了双重的情感刹那因果。首先是，发现敌人在遁逃，这是个结果，原因是什么呢？深夜，雁是不会飞的；月黑，就是飞也不可能看到的。月黑之夜，有高飞的雁，只能是惊雁发出了声音，刹那发觉敌人在遁逃。其次，出发时胜利很有把握，以为只以"轻骑"相逐，胜券尽在把握中。但是，情绪突然转换。大雪居然积满了面积不大的兵器。外部环境，特别是征途上的积雪，轻骑可能就轻松不起来了。从轻松感到不轻松，心情刹那间的转换，尽在潜在的意

① 《春晖》第13期，1924年5月15日。

② 袁行霈：《中国诗歌艺术研究》，中国社会科学出版社2009年版，第20页。

脉之中。就算是“英雄气概”,也是英雄心灵一刹那的震颤。表现这种刹那的震颤就是绝句的优长,而且是许多古典诗歌或古典色彩诗歌的精致之笔。如韩愈的“草色遥看近却无”,李清照的“此情无计可消除,才下眉头,却上心头”。又如郑愁予的“我哒哒的马蹄是个美丽的错误,我不是归人,是个过客……”对于普通人来说,这些微妙的转瞬即逝的感知是既没有实用价值,又没有认识价值的,然而诗人却把它们紧紧抓住,当作心灵的珍宝,使之成为诗,而解读就是要把这种刹那性从诗人的全部整体性感知中分析出来,揭示其构成诗歌杰作的唯一性。

这一点,即使是相当重视文本独异性的学者,也往往满足于以作家论代替文本分析。如鲁迅自述的“哀其不幸,怒其不争”“表现病态社会不幸的人们”只是总体意义上的共性,每一篇作品的特殊性才是解读的目标。用之解读《社戏》中对乡民善良、诗意的赞美,就文不对题;用“哀其不幸,怒其不争”解读《阿长与〈山海经〉》也不完全贴切,因为文中另有“欣其善良”的抒情,最后还对她有所赞美。因而从文学文本解读学来说,就还要加上“欣其善良”才比较适当。

在文学作品中,作家的自我并不是封闭的、静态的,而是随着时间、地点、条件、文体、流派、风格以变奏的形式处于动态之中。朱自清在《荷塘月色》中的“我”,并不是“平常的我”,他明白无误地宣言,那是“超出了平常的自己”,这个自我,是超越了伦理的、责任的压力,享受到校园中散心的“独处的妙处”,那是只有半个小时左右的“自由”的自我。等到回到家中,看到熟睡的妻儿,则又恢复了平常的自我。有时文学作品中的自我,还是复合的,既是回忆中当年的自我,又是正在写作时的自我。鲁迅在《阿长与〈山海经〉》中的“我”,并不完全是童年的鲁迅,同时又是中年的鲁迅,以宽容的心态看待长妈妈讲述太平军荒诞的故事。鲁迅以自我调侃,故作蠢言,说她有“伟大的神力”,对她有“空前的敬意”,这种幽默的谐趣是中年的,但又以童年的感知表现。有时,作家完全有自由作自我的虚拟,如刘亮程本是农村的农机员,在“一个人的村庄”中却虚拟自我成为一个农民,不管春种秋收,只管对虫子、家畜等作自由的遐想。更不可忽略的是,同样的作家在不同文体中有不同的表现。在追求形而上的诗歌中,李白是藐视权贵的,而在形而下的散文中,李白恰恰是以"遍干诸侯,历抵卿相"为荣的。[①] 正是因为这样,文学文本解读学,不但应该超越普遍的文学理论,而且应该超越文学批评中的作家论。在作家论者看来,对欧阳修《醉翁亭记》中用了 20 个"也"结束陈述句,可以忽略不计,但是,文学文本解读学,对这个可能造成单调的奇险的语气词,如果不加解读,就是没有抓住其独一无二的、不可重复的艺术价值。

以文学理论和作家论的普遍观念和演绎方法去解读文学文本,导致了世界性的无效和低效,其根源乃是文学理论本身美学哲学霸权遮蔽了文学解读学的建构。

追求普遍性迫使文学理论不能不以牺牲特殊性为前提,这是理论抽象化的必要的代价,从根本上说,理论的抽象越是普遍,涵盖面越是广泛,越有价值。然而,从逻辑学来说,理论越是普遍,其外延越是扩大,而内涵则相应缩减。而文学文本越是特殊,其外延递减,内涵则相应递增。不可回避的悖论是,对文本个案而言,以独一无二、不可重复为生命,但是,作为理论,乃是无数唯一性的概括。无数的唯一性,就其概括性而言,乃是共性。而共性,就是对文本唯一性的否定,从某种意义上说,二者是不相容的。理论的独特性,只能是抽象的独特性,并不是具体的唯一性。个案的唯一性,与理论概括的"独特性"乃是永恒的矛盾。当然,这并不是文学解读学特有的悖论,而是一切理论都可能存在的矛盾。但是,一切理论,并不要求还原到唯一的对象上去,对于万有引力,并不要求回到传说中牛顿所看到的苹果上去,对氧气的助燃性质,也不用还原到拉瓦锡的实验中去。即使是马克思在经济学中对商品这样的基本范畴的还原,也不用追溯到某一件具体的货物中去,社会调查,解剖麻雀,MBA 课程中的个

① 《李太白全集》第 3 册,中华书局 1957 年版,第 1251 页。原文为"十五好剑术,遍干诸侯;三十成文章,历抵卿相"。

案,也着眼于一切麻雀和个案的共同性。故马克思在《资本论》中,主要取英国的数据,所得出的结论也同样符合德国,因为理论价值不在特殊性,而在于普遍的共性。而文学文本解读则相反。个案文本的价值在于其特殊性、唯一性。由此可知,文学解读学与文学理论虽有相通之处,但又是遥遥相对的。

正是因为文学理论在文本个案的解读上的无能为力,文学文本解读学的建构才是当前迫切的任务。

对于个案特殊性的追求,正是文学文本解读学的难点,因为它不能从演绎得出,而需要原创的归纳,因此成为它生命的起点;但是,对于文学理论来说,局限于文本的个案特殊性,却可能是它生命的终点。理论的价值在于作文本分析的向导,但是,它对所导引的对象的内在丰富性却一无所知。水果的概念包罗万象,其内涵并不包含香蕉的特殊性,而香蕉的特殊性中却隐含着水果的普遍性。文本个案的特殊内涵,永远大于理论的普遍性。因而,以普遍理论(水果)为大前提,不可能演绎出任何文本个案(香蕉)的唯一性。正是因为这样,文学理论不可能直接解决文本的唯一性问题,理论上的"唯一性""独特性"只能是一种预期(预设)。说白了,它只是一种没有特殊内涵的框架。

英伽登(1893—1970)和沃尔夫冈·伊瑟尔(1926—2007)都认为作品的意义不确定性和意义空白促使读者去建构。这种由意义的不确定与空白构成的就是"召唤结构",这种说法,一直被奉若神明,其实,说了等于没有说。因为一切符号(词语)都不是指称对象(reference)的,而是用声音符号召唤读者经验(experience)的,不确定性和空白是语言符号的共性。但是,其空白、不确定性,不是绝对的,而是约定俗成的。空白的意指,是心照不宣的,因而是有某种确定性的(如字典意义),只是在不同语境中,其确定性要发生变异。鲁迅在《论"他妈的!"》一文中指出,在特殊情境下,他妈的,相当于"亲爱的"。[①]

① 《鲁迅全集》第1卷,人民文学出版社2005年版,第245页。

对于文学形象来说，所谓的“空白”说，是只知其一，不知其二。文学形象的“空白”，是文本的意蕴，像物理学中磁场一样，具有物质性，也就是具有相对的确定性，并不是任何主体都能填充得进去的。就诗歌而言，意境结构固然有其空白，但是，也有可以意会的确定性，“寒波澹澹起，白鸟悠悠下”，“暖暖远人村，依依墟里烟”，“江流天地外，山色有无中”，其意蕴极其丰富，只是难以用简明、有序的语言加以全面概括。在小说中，也不乏言外之意，王熙凤得知贾琏在外包养了尤二姐，讲了一句“这才好呢”。林黛玉临终，听到贾宝玉与薛宝钗结婚的音乐，说：“宝玉你好……”其好处，就在于不确定的空白中不能以一般语词穷尽的确定性。西方小说中被嚷嚷得天花乱坠的情节“空白”，更是如此。《项链》中女主人公发现为之付出10年青春代价的项链是假的，小说至此戛然而止。并未接下去写如何把真项链索回。很明显，审美价值达到高潮，再写索回，以实用价值补偿情感的损失，无疑会使整个小说的审美格调降低。从情节的完整连贯来说，是空白，而对审美价值来说，则不是空白，而是类似于我国绘画中的留白。留白不是空白，其内涵是不确定中的确定。海明威说，他的叙述如海面上的冰山，水面上的只是八分之一，八分之七在水面以下。[①] 依海明威的说法，没有直接表现出来的并不完全是空白，而是“隐白”。我国古典诗论说“不着一字，尽得风流”。“不着一字”是表面上的空白，“尽得风流”则是内涵上的丰富。从这个意义上来说，空白不空，不确定性的深层蕴含着确定性。正是因为特殊文本的内涵大于普遍观念，深层意蕴的相对确定性，故在解读（具体分析）的过程中，不但可以对理论的抽象性进行具体化，而且可能对理论的普遍性进行丰富和突围。

从这个意义上说，理论比之文学作品更是名副其实的“召唤结构”。理论的“不确定性”和“空白”，期待着特殊作品去填充，赋予其生命。不能得到特殊的作品的填充，则肯定是“空洞”。

就文学文本解读的要求而言，西方那些纯粹从理论到理论的文学理

---

① 《海明威研究》，中国社会科学出版社1985年版，第73页。

论就算是没有偏颇，也是空洞的、无血肉的骨架。理论只有在文本解读的过程中才能获得血肉和灵魂。理论应该是开放的，应该从文本解读的深化中获得生命，一味封闭，则不可避免地面临李欧梵先生所说的“理论破而城堡在”的结局。

从根本上说，解读就是把被理论抽象掉的生命的血肉还原、焕发出来。还原就是还魂。还魂之术，就是具体问题具体分析，这是马克思主义，也是解构主义活的灵魂。而具体分析，就是把在普遍概括过程中牺牲掉的特殊性、个别性还原出来。从方法上说，这就是马克思所说的从抽象上升到具体。马克思所说的抽象，不是通常的相对于感性的抽象，而是内涵贫乏的概念，而具体也不是通常所说的感性具体，而是内涵丰富的具体。具体分析就是把艺术形象的内涵有序地归纳出来。其规定性越是丰富，就越是具体；越是统一，就越是有序；多种规定性越是达到统一，就越是深刻。说朱自清的《背影》动人之处，是亲子之爱，是抽象的；说其亲子之爱的特殊性是：儿子爱得很隔膜，很惭愧，很痛苦，很内疚，很隐秘，则比较具体。说陶渊明的《饮酒》，表现了他的清高自赏，是抽象、肤浅的；分析出他的清高自赏是由于：第一，“无心”于外在世俗的虚荣；第二，超脱了内心的一切欲望，包括有心寻求美的动机（悠然见南山，而不是望南山）；第三，甚至对这种自由的境界也没有语言渲染的压力（此间有真意，欲辩已忘言），就比较具体，比较深刻。

具体分析，是普遍方法。对于文学解读学来说，其特殊性在于，在宏观与微观之间，更注重于微观，可以说以微观为基础。这种微观分析的关键在于，对于情感和语言的唯一性有高度精致的敏感和洞察力。这对于习惯于用文学理论演绎法和例证法的人士来说，具有相当的挑战性。在微观的具体分析中，每一个层次都是一次直接归纳，这种归纳不像演绎法是从现成的大前提中间接推理而来，而是从感性经验中直接概括出来，这就意味着把体悟转化为有序的话语，给可以意会不可言传的感悟以第一手的命名，这需要微观的原创性，至少是亚原创性。但是，不管是原创性的，还是亚原创性的，这种微观的直接概括功夫，是文学理论所不能提供的。

正是因为这样，文学文本解读学不像文学理论那样满足于理论的概括，而是在具体个案分析，特别是在微观分析的基础上建构解读理论，再回到个案中，对文本进行深层的分析，从而拓展衍生解读理论。

我国古典文学权威理论和西方文论最大的不同：一是以《文心雕龙》为代表的创作论为核心；二是诗话词话，小说、戏曲评点，以文本解读学为基础。朱熹将《诗经》三百余篇每一篇都作了解读，才写出《诗集传》，金圣叹对整部《水浒》作了评点、删节改写才提出了"性格范畴"；清沈雄（顺治年间人）和贺裳、吴乔解读了大量的诗词才提出了抒情的"无理而妙"说，相当完整地提出了无理向有理转化的条件，乃是"深于情"。在情与理的矛盾这一点上，我国17世纪的古典诗论领先于英国浪漫主义诗论一百年以上。

可惜的是，我们不是从这样的宝库中进行发掘，建构中国的文学解读学，反而用西方美学去硬套，好像不上升到美学就不是学问。可是，越是上升到美学，越带形而上的性质，越是超验，就越是脱离文学文本的有效解读。不论中国还是西方，似乎都陷入一种不言而喻的预设：文学理论只能是宏观的、概括的理论。文学理论越是发达，文本解读越是无效，甚至是"误效"，"滔滔者天下皆是"。这就造成一种印象：文学理论在解读文本方面的无效甚至为敌是理所当然，是命中注定的。文学理论就这样陷入了空对空封闭式的自我循环、自我消费的怪圈。然而，世人对文学理论的自我窒息的严峻形势，视而不见，感而不觉，最严重的后果是，单因单果的线性思维猖獗，不仅是在文学文本解读时，满足于从论点到例证模式，而且更为严峻的是，造成从定义出发否定文学的存在。

定义:出发点还是过程

空头理论如此猖獗,实在是因为世人(包括西人)对西方文论的局限缺乏清醒的反思。西方学术固然有其不可低估的优越性,正是因为这样,五四时期,我国学术才放弃了诗话词话和小说评点那样的模式,采用西方以定义的严密、概念的演绎、逻辑的统一和论证自洽为特征的范式。应该说,这是一种进步。与中国古典学术相比,其优越性不言而喻。定义的功能是:第一,维持基本观念的统一性,防止其内涵演绎过程中转移,确保学术在统一内涵中衍生的有效性;第二,稳定的定义是研究积淀的载体,学术成果因之得以继承和发展。中国古典哲学文学理论就是因为其基本观念(如道、气)缺乏严密的定义,难免长期在错位的歧义中徘徊。故五四新文化运动以后,废弃了"诗品"印象式的品评,连王国维《人间词话》的模式都在所不惜,而采取了西方定义为前提的演绎方法。但是,西方的这种方法,并非十全十美。过度执着定义,难以避免西方经院哲学的烦琐造成的许多荒谬(如中世纪神学辩论"一个针尖上能站几个天使")。执迷于以定义为纲领,一味对概念作抽象的辨析,满足于在概念中兜圈子,一来容易把本来简明的事物和观念说得玄而又玄,二来最为关键的是脱离实践陷入玄学式的空谈。其极端者乃是乔纳森·卡勒和伊格尔顿,因为文学无法定义,就否认文学作为客体的存在。其理由是,文学的观念在历史发展中不断变化,今后不知要变成什么样子,也许在未来的某一天,连莎士比亚戏剧都不被认为是文学。这就造成了蜻蜓吃尾巴的喜剧:号称"文学理论"的权威著作却堂而皇之地质疑文学的存在。① 为理论而理论

① 乔纳森·卡勒:《文学理论入门》,李平译,译林出版社2008年版,第16页。伊格尔顿:《二十世纪西方文学理论》,伍晓明译,北京大学出版社2007年版,第11页。

的文学理论，就这样把文学理论引向死胡同。从这个意义上来说，伊格尔顿和卡勒在学术方法上，一开始就错了。把定义概念的演变，作为一切，不是把定义（内涵）和事实（外延）的矛盾作为问题，而是取消了问题，根本不承认文学的存在。一些被奉为大师的西方人物，其权威性中隐含多少皇帝的新衣，是值得审视的。以米克·巴尔的《叙述学：叙事理论悖论》为例，她一上来就为其核心范畴"文本"下了一个这样的定义：

> 文本（text）指的是由语言符号组成的、有限的、有结构的整体……叙述文本（narrative text）是叙述代言人用一种特定的媒介，诸如语言、形象、声音、建筑艺术，或其混合的媒介叙述（讲故事）的文本。①

在这里，定义的对象是文学艺术，可谓是空话连篇，其内涵中一点文学艺术的影子都没有。在西方前卫文论家中，米克·巴尔并没有太大的权威，但是，他的这种空对空的定义模式却使西方文论的权威大师也未能免俗。不屑于对文学定义的雅克·德里达有时也不得不面对"文学的本质"，他说：

> 如果我们坚持本质这个词——是于记录和阅读"行为"的最初历史之中所产生的一套客观规则。②

在德里达对文学本质的界定中，根本没有文本本身的内涵，只有其被阅读的"规则"。没有文学文本，何来阅读的对象，又何来阅读的"客观规则"呢？乔纳森·卡勒也为文学下了这样的定义：

> 文学是一种可以引起某种关注的言语行为，或者叫文本的活

① 米克·巴尔：《叙述学：叙事理论导论》，谭君强译，中国社会科学出版社2005年版，第3页。
② 雅克·德里达：《文学行动》，中国社会科学出版社1998年版，第12页。

动。①

“引起某种关注的言语行为，或者叫文本的活动”，这哪里有什么文学的特殊内涵？中国历史的“寓褒贬”，国际社会上的外交辞令，不同样也要关注语言的行为吗？

以这样的贫乏定义作为大前提，根本是不可能演绎出任何文学艺术的特殊内涵来的。然而，西方许多大家对定义的局限和功能缺乏审思，在概念的迷宫空转中消耗着生命者代不乏人。

李欧梵先生指望它解读文学文本，实在是找错了对象。

其实，这样的思维方法是相当幼稚的。从严格的意义上说，一切事物和观念，都有不可定义的丰富性：一、由于语言作为听觉象征符号的局限，事物和思维的多种感官属性既不可穷尽，又不能直接对应，它只唤醒主体经验的“召唤结构”；二、一般的定义都是抽象的内涵定义，要将无限感性属性转化为有限的、抽象的、有序的规定，往往要耗费上千年的才智，也难以达到广泛的可接受的程度。不要说，人类到目前为止对审美、幽默、文化尚无严密的定义，就是对一个具体的人（如周作人），一个“盘”（它在春秋时代本是礼器）字，也无法作出普遍的能够被接受的定义。三、一切事物和观念，都在发展之中，不管多么严密的定义都在历史发展之中不断被充实，被严密，被衍生，被突破，被颠覆。一切定义都是历史过程的阶梯，而不是终结。学术史上，并不存在超越时间的、绝对一劳永逸的定义。即使是西方前卫文论用以否定文学的文化，其定义也一样众说纷纭。文化的定义多至上百种，并未成为否定文化存在的理由。四、由此观之，定义不应该是研究的起点，而是研究的过程和结果。如果一定要从精确的定义出发的话，世界上能够研究的东西，就相当有限了，甚至非常走红的萨义德的“东方学”这个论题本身就无法定义。从外延来说，东方不是一个统一的实体；从内涵来说，也不共享统一的理念。实际上，连中国、美国这

① 乔纳森·卡勒：《文学理论》，辽宁教育出版社1998年版，第28页。

样的论题，都是很难下一个在内涵和外延上一劳永逸的、超越历史的定义。

虽然如此，离开了定义的一贯性，学术研究难以顺利有效地展开。在这个学术关键问题上，马克思主义的经典作家具有相当深刻的成就，普列汉诺夫在《没有地址的信·第一封信》中，开宗明义这样说：

> 在任何稍微精确的研究中，不管它的对象是什么，一定要依据严格地下了定义的术语。……一个对象的稍微令人满意的定义，只有在它们研究的结果中才能出现。所以，我们必须给我们还不能够定义的东西下定义。怎样才能摆脱这个矛盾呢？我以为，只有通过下列方式才能摆脱，那就是：我们暂且使用一种临时的定义，随着问题的研究而得以阐明，再把它加以补充和改正。[①]

将问题作逻辑展开时，不能没有相对严密的内涵定义。临时定义（准定义）不阐述清楚，论题就无法展开。所以，对临时定义（准定义）作为学术体系的出发点，准确一些说应该是初始范畴，对其内涵的阐述不可回避。问题在于，初始的范畴从何处着手。对于这个问题，马克思有过系统的思考。他说，科学的抽象要求对象性态“纯粹”“稳定”，不受“扰乱”，对于不断变幻的、不纯粹的事物，如何入手呢？他在《资本论》初版的序中提出：“已经发育的身体，是比身体的细胞更容易研究的。”[②]在事物从低级到高级不稳定的过程中，马克思提出从高级形态回顾低级形态的方法，这就是说，从高级形态抽象出初始范畴，然后再阐释其低级形态：“人体解剖对于猴体解剖是一把钥匙。反过来说，低等动物身上表露的高等动物的征兆，只有在高等动物本身已被认识之后才能理解。”[③]他宣告自己研

① 普列汉诺夫：《没有地址的信·艺术与社会生活》，人民文学出版社1962年版，第1页。又见普列汉诺夫：《论艺术》，曹葆华译，三联书店1964年版，第1页。

② 马克思《资本论》第一卷，人民出版社1965年版，第10页。

③ 《政治经济学批判导言》，《马克思恩格斯选集》第2卷，人民出版社1995年版，第23页。

究资本主义，并不因为它在欧洲资本主义的发展不平衡而却步，他把最成熟的英国资本主义作为出发点，对比高级形态作逻辑的概括（定义、范畴），站在逻辑的制高点上，再进行历史的前瞻和回顾，将变动中的内涵（定义、范畴）作历时性的展开。在高级阶段的英国的内涵弄清楚了以后，作为低级阶段的德国的特点，就不难得到充分的说明。虽然没有正面指出英国与德国的不同，但是，马克思对麻木的德国读者说："这正是阁下的事情！"[①]这样从高级到低级，又从低级到高级的回环往复，资本主义范畴（定义）的内涵其运动变幻就不难以谱系的形态构成了。

伊格尔顿是西方马克思主义的代表，他罗列了俄国形式主义的文学定义和英国文学在近百年前后变幻的内涵，在否定统一的文学存在的时候，似乎忘记了马克思的这个重要方法。低级形态的种种不成熟征兆，只有到了高级形态（现代文学）中才能得到充分的说明。反过来说，在高级形态形成定义之时，要防止陷入低级形态的纠缠之中。比如说，在为人下定义的时候，避免用"猴子不是这样"来搅局。等到人的定义清晰了，猴子的属性自然不难说明。这个原则无疑可以成为一种学术原则。研究文学可以放心大胆地从现当代文学的成熟状态出发。为什么要从比较成熟的状况获得初始定义？因为，在这种状态下，其性质"最为精密准确并且最少受到扰乱影响"，因而，比较纯粹。[②] 这一点马克思有过考虑：人文科学、社会科学和自然科学不同，它不可能把社会生活加以纯粹化处理。马克思说："在经济形态的分析上，既不能用显微镜，也不能用化学反应剂，那必须用抽象力来代替二者。"[③]为了避免干扰，作为出发点的抽象的对象，不能不是最为成熟的。一些号称西方马克思主义的大师，在基本学术方法论上和马克思背道而驰，他们把马克思所说的对于"纯粹状态"的"抽象力"笼而统之贬为"形而上学"。其实，当他们贬斥形而上学之时，已经陷入了悖论。当他们把流派不同的、高度概括的理论抽象出共性，贬

---

① 马克思《资本论》第一卷，人民出版社 1965 年版，第 10 页。

② 同上。

③ 同上。

之为形而上学之时，他们所用的取其普遍而弃其特殊的方法，也就是高度抽象方法，恰恰是他们反对的形而上学的方法。因而不能从历史发展过程的复杂纠缠中把纯粹状态提取出来，而是把当代文学成熟状态推回到历史发展的低级状态中去，把复杂的历史过程和共时的逻辑概括之间的矛盾绝对化，充分暴露了西方文论缺乏在逻辑与历史的运动中进行概括的智力和魄力。

由于人类语言符号和形式逻辑、辩证法乃至系统论的局限，任何定义都免不了逻辑的和历史的局限，不管被认为是多么完善的定义，都只能是个体（乃至群体）狭隘经验和历史过程的小结，而不是终结，定义是永远不可终结的历史过程。因为定义不完善就否认对象的存在，不识庐山真面目就否定庐山的存在，是非常幼稚的。这里有一个逻辑学上内涵和外延的关系问题，一时不可能有比较严密的内涵定义，但是，对象的外延还明白无误地存在。这时不完全的内涵定义，就和外延的广泛存在发生矛盾，内涵定义的狭隘和外延普遍存在的矛盾正是理论发展的契机。

西方文论轻率地否认对象的存在，就放弃了理论的生命线，造成了文学理论空前的危机。不可思议的是，国人囿于对强势文化的迷信，至今尾随他们错误的思路作疲惫的追踪。

他们的研究，也强调问题史的梳理，但是，他们的问题史，只是观念的、定义的、关键词的变幻史，也就是定义和概念（知识）的谱系史。[①] 以理查德·罗蒂为代表的理论家认为，“真理是制造出来的，而不是被发现的”[②]，“‘真理不在那里’，只是说，如果没有语句就没有真理；语句是人类语言的元素，而人类语言是人类所创造的东西”。[③] 其实，只要懂得西方论辩术中反驳的“自我关涉”原则，就可能轻而易举地发现罗蒂在这里隐

---

① 知识谱系的学术方法在20世纪中叶可能以福柯为首，近来当以罗蒂为代表，参见罗蒂：《哲学、文学和政治》，黄宗英等译，上海译文出版社2009年版，第29页。这种知识谱系方法常常表现为对“关键词”在不同历史语境中的内涵的梳理，在西方有雷蒙·威廉斯的《关键词》，在中国有《当代文学关键词》（洪子诚、孟繁华主编，广西师范大学出版社2002年版）。

② 理查德·罗蒂：《偶然反讽与团结》，商务印书馆2005年版，第3页。

③ 理查德·罗蒂：《偶然反讽与团结》，商务印书馆2005年版，第13页

含着自相矛盾的悖论:既然真理是人“制造”的,因为用了人制造的“语句”,罗蒂所说的一切也用了语句,从而也就不可能是真理。在这样简陋的大前提下,西方学人就这样陷入了把“语句”概念当成一切,在概念中兜圈子的学术。罗蒂的“关系主义”,不管有多么高的形而上学深刻性,但如果仅仅满足于观念关系的谱系,研究就很难避免落入概念游戏陷阱。定义用英语说叫“definition”,实际上是一种严密的区别和界限,但是,从内涵到外延界限不管多么严密,与精致的文学创作和惊心动魄的阅读实践相比总是免不了粗疏而且狭隘的。几乎所有的研究都只能是确立一个初始的定义,然后在其与外延的矛盾中继续拓展,不断地丰富,最后得出的,也只能是一个历史性的、开放的定义,或者“召唤结构”而已。概念和定义的变幻是一种显性的结果,其深刻的原因,乃是它的狭隘性与对象的丰富性的矛盾。这种矛盾,正是观念的谱系变幻的动力。如果要说谱系,不仅仅是观念和定义的变幻系统,更主要的是观念总是与对象发生矛盾,因而谱系是不断被颠覆、被更新的历史。

谱系主义的偏颇还在于忽视了理论总是落伍于创作和阅读实践。相比于无限丰富的创作和阅读实践,理论谱系已经揭示出来的是极其有限的。同样是小说,固然中国的评点和西方论文都总结出“性格”范畴,但是,西方现实主义总结出来的“典型环境”,我们却没有。同样是诗歌,我们总结出了“意境”,而西方却片面地强调“愤怒出诗人”“强烈感情的自然流泻”。这不等于中国的小说创作中没有“环境”因素,《水浒传》中的“逼上梁山”就是,只是没有上升到观念范畴。同理,西方也有歌德式的景观小诗,也有某种意境。而屈原的“发愤以抒情”,本来与西方“愤怒出诗人”相近,但是,在理论上却长期被以含蓄蕴藏的“意境”所遮蔽,并未概括为理论范畴。因而,光是梳理理念只能达到概念完整性和系统性,实际上与对象相比不成系统,甚至不成谱系。

以中国的现代散文为例。如果仅仅关注现代散文的观念,那是很贫乏的。最初周作人在《美文》中为散文定性的时候就只有“叙事与抒情”,

“真实简明”。[①] 这样简陋的定义就把鲁迅的随笔式的智性排除了，莫名其妙地把它打入散文的另册，给了一个全世界文学史都没有的文体名称——杂文。实际上是把世界散文以智性为主流遮蔽了。这就造成了现代散文长期在抒情叙事之间徘徊。在红色的30年代，叙事被孤立地强调，使散文成为政治性的“文学的轻骑队”。到了40年代，解放区主流意识提倡“人人要学会写新闻”。[②] 50年代，最好的散文就成了魏巍的朝鲜通讯《谁是最可爱的人》和巴金的《我们会见了彭德怀司令》。文学散文成为实用性通讯报道，以至50年代中期，中国作家协会出版了《短篇小说选》《诗选》《独幕剧选》，就是出不了《散文选》，只能出版一本《散文特写选》。观念的狭隘和实践的脱离造成了散文作为文体的第一次危机。后来杨朔以他的《东风第一枝》强调把每一篇散文都当作诗来写，[③]把散文从实用价值中解脱出来，可是又造成误导：散文唯一出路在于诗化。此论风靡一时，又把散文纳入诗的囚笼，乃至造成散文文体的第二次危机。以后散文的主流观念为“形散而神不散”之类[④]，改革开放以后，从理论上来说，散文理念可足称者当为巴金的“讲真话”[⑤]，林非的“真情实感”论。[⑥] 如果一味作谱系式的研究，则此谱系将十分贫乏。首先，所谓讲真话，所谓真情实感，都不是散文的特点，而是道德的和一般文体的共性，以这样的观念去进行谱系梳理，可能是文不对题。但是，如果把这种贫乏的谱系，连同周作人五四时期在《美文》中规定的“叙事与抒情”作为定义（知识）的谱系，不是作为结论，而是将其与创作和阅读实践的矛盾作为出发

① 周作人：《美文》，1921年6月8日《晨报副刊》。

② 胡乔木：《人人要学会写新闻》，1946年9月1日《解放日报》。

③ 原文是“我在写每篇散文时，总是拿着当诗一样写”，《东风第一枝小跋》，《杨朔散文选》，人民出版社1978年版，第220页。

④ 语出肖云儒文章，载1961年5月12日《人民日报》，但是，这是秦牧在《海阔天空的散文领域》和《思想和感情的火花》中提出“一个中心”说和“一线串珠”的翻版。见《秦牧散文创作》，暨南大学出版社，1990年7月。

⑤ 《随想录》第二集《探索集》，人民文学出版社1981年版，第87~89页。另外类似的说法还有“写真话”，见该书第98~100页。

⑥ 林非：《关于散文研究的理论建设问题》，《散文论》，华中师范大学出版社1992年版，第5页。

点，将二者的矛盾进行直接概括，就不难发现，创作和阅读实践不断地在突破狭隘的抒情叙事（审美）的理论。余秋雨的功绩，就在于其在抒情审美中带来了智性，把诗的激情和历史文化人格的批判融为一体。但是，余秋雨只是通向未来的断桥，而王小波、贾平凹则在智趣的基础上，又带来了幽默的谐趣。王小波的散文，与审美诗化散文在美学范畴上迥异，不是诗化、美化，而是在某种意义上的“丑化”，审美的狭隘定义被突破，乃有审丑的范畴。而幽默散文则属于亚审丑范畴。南帆的代表性散文，则既不审美抒情，也不审丑幽默，而是以冷峻的智慧横空出世，开拓了审智散文的广阔天地。在这样的整体过程中，谱系从审美抒情的反面衍生出幽默亚审丑，继而又从二者的反面衍生出既不抒情又不幽默的审智。从美学理论上说，长期以来，论者过度执着于康德的审美价值论，忽略了黑格尔“美是理念的感性显现”的合理性，造成滥情。而审智潮流的反拨，正是逻辑的，也是历史的必然。中国现代散文由于周作人反桐城派“载道文学”而走向极端，把晚明小品作为典范，导致长期以审美小品为正宗，造成现代散文的小品化的狭隘境界。从余秋雨、王小波、贾平凹、南帆、刘亮程、李辉以后，才以大气磅礴的哲思的灵魂，不但突破了周作人的“真实与简明”，而且颠覆了周作人的“叙事与抒情”，开辟了一个审美、审智、审丑为主流的“大品”时代。

这样的发展既是逻辑的线索又是历史的必然，逻辑的起点也是历史的起点，逻辑的终点也是历史的终点，正是马克思在《资本论》中所追求的逻辑和历史的统一。

所有这一切，都足以说明，推动知识谱系发展的动力乃是创作和阅读实践，而不是知识谱系本身。理论的第一生命在于创作和阅读实践的运动，理论谱系不过是把这种运动升华为理性话语的阶梯，这个阶梯是永远不完善，永远没有终点的。脱离了创作和阅读实践，谱系不但可能是残缺的，而且可能是封闭的。问题的关键在于，理论是事实（实践过程）的普遍概括，由于主体的局限性，其内涵永远不可能穷尽实践的全部属性，理论相对于实践过程，是贫乏的、不完全的，因而，理论本身并不能证明理论，实践才是检验真理的准则。这一点，马克思早就在《关于费尔巴哈的提纲》中说过：

> 人的思想是否具有客观的真理性，这并不是一个理论问题，而是一个实践问题。人应该在实践中证明自己思维的真理性，即自己思维的现实性和力量，亦即思维的此岸性。关于离开实践的思维是否现实的争论，是一个纯粹的经院哲学的问题。①

从这个意义上说，谱系学的方法，不管多么严密，也带有根本的缺陷，那就是从概念到概念，从思想到思想，脱离了实践动力和纠正机制，带着西方经院哲学传统的胎记。当然，即使如此，关系主义的方法，也许并非一无是处，它所着眼的，并不是文学，而是观念变异背后的社会历史潜在的陈规。作为一种学术，也许有其不可忽略的价值。但是，这样的文学理论和文学解读学在性质上、功能上，充其量也只能是双水分流。

形象的三维结构：文学文本解读学的立体建构

不从文学理论定义与文学文本的矛盾提出问题，而是从文学理论、观念的变化进行关系的梳理，对于文学文本解读学来说，无疑是舍本逐末，随其流而背其源。出于对理念演变的关系的执迷，西方文论虚构出一种文学理论的前赴后继的三种潮流。第一种是浪漫主义时期的作家中心论，以作家的传记经历、思想代替作品，导致了对作品的遮蔽；第二种是20世纪以来的俄国形式主义和美国新批评，拒绝时代和作家的思想，单

① 《马克思恩格斯全集》第三卷，人民出版社1956年版，第3~4页。

纯着眼于文本的感知变异和修辞(陌生化和反讽),这就是文本中心;第三种,则断言作品完成以后,作家就退出了作品,作品只提供一种框架,而价值的实现,则要由读者主体来同化。“一千个读者有一千个哈姆雷特”之说由此而风行。其极端者罗兰·巴特甚至提出“作者死亡”。[①] 读者中心说应运而生,表面上看来,此等理论谱系的逻辑性和历史的发展契合,因而,为文学理论界广泛接受。但是,很可惜,就是在西欧,也并不存在这样一种逻辑顺序严密的历史发展。在浪漫主义潮流前后,不管是对希腊史诗《伊利亚特》,英国的史诗《贝奥武夫》,还是俄国的史诗《伊戈尔远征记》,都不可能以作者研究为中心。因为作者的生平不详,就是莎士比亚的生平,也有扑朔迷离之处。对《哈姆雷特》的文本(个性的延宕)的研究,则是几个世纪以来的焦点。至于对拜伦、雪莱、华兹华斯、柯罗列奇的研究,也并非集中于传记。在浪漫主义潮流消退后,19 世纪中后期,光是在俄国,别林斯基对果戈理小说的评论,杜勃罗留波夫对奥斯特洛夫斯基《大雷雨》的评论,都既是文学评论史的经典又是思想史的经典。以中国而言,对于文学经典,从《诗经》到楚辞,从杜甫到李白,从来就是注疏阐释作品为主流,作者生平只是知人论世,用来阐明文本的。至于诗话、词话和小说评点,是直截了当的文本中心。可以说,不管是西方还是东方,不论是古代还是当代的文学评论,都不曾有过从作家中心到文本中心再到读者中心的鱼贯而前的历史,实际情况是三者交织而前。就是到了 20 世纪后半叶,读者中心论以西方前卫文化的霸权占据理论制高点之时,也只是在文学理论界某些人士从概念到概念的空嚷而已。我国大陆、港台乃至欧美学院的古典文学,现代、当代文学研究仍然是以作家和作品为主流。

文学解读实践对西方读者中心论的话语霸权的冲击一刻也没有停止

---

① 罗兰·巴特:《作者之死》,见赵毅敏编选《符号学文学论文集》,百花文艺出版社 2004 年版,第 505~512 页。其实罗兰·巴特此说,隐含着悖论。作者死亡,不言而喻是全称判断,也应该包括罗兰·巴特这个作者,然而,实际上他的判断却是把自己排除在外。实践的严峻性是,全世界的作家并不因为他的武断而死亡,他自己不久前却死亡了。

过，不过自觉建构文学文本解读学尚未提上日程。读者中心论之所以不能成为一种严肃的学术，光从感性上说，就十分疏漏。作家在作品完成以后会死亡，读者也免不了代代逝去。然而文本、作品，却是永恒的。

自然，仅有对这种表现感性的质疑是肤浅的。不把这种感性提升到理性上，就很难进入文学文本解读学本体的原创性建构。

从理论上说，读者中心论的要害在于把读者心理预设为绝对开放的机制。

其实，读者心理并不是完全开放的，而是具有一定封闭性的。并不如美国行为主义者所设想的那样：外部有了信息刺激，内心就会有反应。相反，按皮亚杰的发生认识论，外来信息刺激，只有与内在准备状态，也就是他所说的“图式”（scheme）相一致，被同化，才会有反应。[①] 故《周易·系辞上》有“仁者见之谓之仁，智者见之谓之智”。王阳明、黄宗羲又有所发挥：“仁者见仁，知者见知，释者所以为释，老者所以为老。”[②]张献翼在《读易记》中说：“唯其所禀之各异，是以所见之各偏。仁者见仁而不见知，知者见知而不见仁。”[③]李光地的《榕村四书说》中有：“智者见智，仁者见仁，所秉之偏也。”[④]仁者的预期是仁，就不能看到智；智者的预期是智，就不能看到仁。智者仁者，则不能见到勇。预期，是心理的预结构，也是感官的选择性，感知只对预期开放，其余则是封闭。预期中没有的，明明存在，硬是看不见。马克思则说：“对于没有音乐感的耳朵来说，最美的音乐也没有意义。”[⑤]由于读者主体的心理图式本身有其强点和弱点，有其敏感点和盲点，因而其反应也就是不完全的。英伽登在他的《对文学的艺术作品的认识》中也不得不承认：“读者的想象类型的片面性，会造成外观层

① 皮亚杰：《发生认识论原理》，商务印书馆1985年版，第60页。
② 《四库全书》传记类，总录之属，《明儒学案》卷十。上海人民出版社。
③ 《四库全书》易类，《读易纪闻》卷五，第五章。上海人民出版社。
④ 《四库全书》四书类，《榕村四书说》中庸章段。上海人民出版社。
⑤ 马克思：《1844年经济学——哲学手稿》，人民出版社1985年版，第82页。

次的某些歪曲；对审美相关性质迟钝的感受力，会剥夺这些性质的具体化。”[①]文学作品的各个层次和形式的奥秘复杂丰富，读者要同时进行多种理解和体验，并给予同样的注意，几乎是不可能的。因而阅读理解具有相对性。但是，这种相对性，不是绝对的，非专业读者的低水平，或者任意性，则可能是对作品解读的无理取闹。正因为此，英国谚语“一千个读者就有一千个哈姆雷特”，在理论上，不断遭到有识者如童庆炳的强烈质疑，赖瑞云在《混沌阅读》中提出“多元有界”“一千个哈姆雷特，还是哈姆雷特，而不是李耳王或者贾宝玉”，与之抗衡。[②]

读者以具有封闭性的主体图式去解读经典文本，常常产生一种与文本内涵相悖的情况：明明存在却视而不见，明明不存在却活见鬼。鲁迅说过，阅读《红楼梦》：“经学家看见《易》，道学家看见淫，才子看见缠绵，革命家看见排满，流言家看见宫闱秘事……”[③]显然是针对主观歪曲的混乱和荒诞，语带讥讽。这其实乃是阅读心理上的主体同化（歪曲）规律。读者一望而知的往往不是文本中深层的奥秘，而是主体已知的先见。如，囿于英雄的“雄”为男性的潜意识的封闭性，许多解读《木兰词》的学者仍然把她看成和男英雄一样的英勇善战，鲜有人明确指出其女性主动承担起男性的职责，立功不受赏，以恢复女儿身为务的特点。

文学文本解读学建构之难还在于，文学文本本身也具有某种封闭性。

建构文学文本解读学的关键在于，必须认识到文学文本是一种立体结构，至少由三个层次组成。

第一个层次，亦即表层的意象群落（五官可感的行为过程、心理活动和语言的逻辑连续性等），它是显性的。在表层的意象中，情感价值渗透并将之同化，这就构成了审美意象。正如克罗齐所说“艺术把一种情趣寄

---

① 英伽登：《对文学的艺术作品的认识》，陈燕谷等译，中国文联出版公司 1988 年版，第 92~93 页。

② 赖瑞云：《混沌阅读》，福建教育出版社 2010 年版，第 286 页。

③ 《鲁迅全集》第 8 卷，人民文学出版社 2005 年版，第 179 页。

托在一个意象里,情趣离开意象,或是意象离开情趣都不能独立"。[①] 需要提醒的是,意象中的情趣并不限于情感,更完整地说应是情志,趣味中包含智趣。意象派代表人物庞德定义下的意象是"在一刹那的时间里表现出一个理智和情绪复合物的东西"。[②] 表层的意象是一望而知的,但是,却是肤浅的,甚至是假象。其潜在的情志才是精神所在。如柳宗元《江雪》:

千山鸟飞绝,万径人踪灭。孤舟蓑笠翁,独钓寒江雪。

有教授把它解读为不管天气多么寒冷,这位老翁还是在钓他的"鱼"。[③] 把"钓雪",解读为"钓鱼",就是为显性的感知所遮蔽,消解了隐性的审智价值。其实,诗人营造的是一种不但对寒冷没有感觉,没有压力,而且对钓鱼,也没欲望,并不在乎是否能够钓到鱼。这是一种内心凝定到超脱自然与社会功利的形而上的境界。是主体的情志为之定性,甚至使之发生变异的,如清代诗评家吴乔所说,如米之酿为酒,"形质俱变"。[④] 此诗表层的形而下的钓鱼,为深层的形而上的精神境界所改变。前两句是对生命灭绝和寒冷外界严寒的超越,后两句是对内心欲望的消解。

意象不是孤立的而是群落的有机组合,其间有隐约相连的情志脉络。这是文本的第二个层次,可以叫作意脉(或者叫作情志脉)。其特点为:

---

① 朱光潜:《朱光潜美学文集》第2卷,上海文艺出版社1982年版,第54~55页。又见朱光潜《谈美》,金城出版社2006年版,第117页。

② 彼德·琼斯:《意象派诗选》,裘小龙译,漓江出版社1986年版,第5页、第10页。庞德并不绝对地反对情感,只是坚持:情感不能直接抒情,情感和智性浑然一体。故他在《严肃的艺术家》中对于诗与散文的区别这样说:"在诗里,是理智受到了某种东西的感动。在散文里,是理智找到了它要观察的东西。"(见杨匡汉、刘福春编《现代西方诗论》,广州:花城出版社1988年版,第54~55页)。

③ 袁行霈:《中国诗歌艺术研究》,北京大学出版社2009年版,第17页。又见《燕园论诗》,北京大学出版社2010年版,第14页。又见《清思录》,首都师范大学出版社2008年版,第474页。

④ 丁福保:《清诗话》,上册,上海古籍出版社1978年版,第27页。

第一，以潜在的情志同化表层的意象。第二，使表层的意象群落在形态和性质上和谐地贯通。第三，意脉贯通所遵循的逻辑，不是实用理性逻辑，而是超越实用理性的情感逻辑。这在中国古典诗话叫作“无理而妙”①，具体表现为情感的朦胧性、矛盾性，不遵循形式逻辑的同一律、矛盾律、排中律，情感的主观独特性，往往是无缘无故的，使它超越充足理由律。情感逻辑还以其片面性与辩证法的全面性相对立：不管是爱还是恨，都是片面的，绝对化的，故有“爱情乃是心理病态”之说。遵循逻辑规范的，是理性的，是普遍的共同性，因而是一元的。而超越规范的，则为审美情感提供了无限多元的可能。第四，具体作品中，不管是小型的绝句，还是大型的长篇，情感的脉络都以“变”和“动”为特点。故汉语有“动情”“动心”“感动”“触动”之说，在长篇小说中，大起大落的事变前后的精神曲折变异，乃是意脉的精彩所在。在散文作品中，意脉也不是直线的，其转折往往是艺术的精彩所在。在绝句中，最动人之处往往就是意脉的瞬间转换和默默的延续。② 意脉是潜隐的，可意会而难以言传。要把这种意味传达出来，需要微观的具体分析，还要以原创性的话语对之加以精确的命名。缺乏话语原创性的自觉，往往不由自主地被文本以外的占优势的实用价值和现成话语权所遮蔽。看到“独钓”，就自动地把现成的“钓鱼”覆盖上去，把从钓鱼升华为钓雪的精神境界抹杀了。

在这个层次里，最重要的是真善美价值的分化，和世俗生活中真善美的统一不同，乃是真善美的“错位”，既不是完全统一，也不是完全分裂，而是部分重合拉开距离。这一点，似乎被真善美笼统的统一遮蔽，被当代学者普遍地忽略了，其实，孔夫子早就意识到了真善美并不是绝对统一的，而是错位的，在《论语·八佾》中孔子有言：

---

① 贺贻孙（1637 年前后在世）《诗筏》提出“妙在荒唐无理”，贺裳（1681 年前后在世）和吴乔（1611—1695）提出“无理而妙”“入痴而妙”。沈雄（约 1653 年前后在世）在《柳塘词话》卷四说：“词家所谓无理而入妙，非深于情者不辨。”

② 参见孙绍振：《绝句：瞬间情绪的转换结构》，《文艺理论研究》2010 年第 5 期。

子谓《韶》，尽美矣，又尽善也。谓《武》，尽美矣，未尽善也。

《韶》（舜时的乐曲名）是尽善尽美的，而《武》（周武王时的乐曲名），则与美、善是“错位”的。当然，这种错位也并不是绝对的，在错位未达到完全脱离的前提下，错位幅度越大，审美价值越高。三者完全重合和完全脱离，审美价值都趋近于零。① 而能够保证审美价值最大限度升值的就是文学的规范形式。

原生形式和规范形式

文本结构的第三层次乃是文学形式。形式对于文学解读学来说，极其关键。但是，学人大都囿于黑格尔的内容决定形式说，把形式的特殊功能排除在学术视野之外。历代的美学家，出于形而上学思维惯性，总是在哲学的主、客观中兜圈子。睿智如朱光潜、李泽厚、高尔泰都未能超越二元对立的思维模式，没有意识到主观情感和客观对象猝然遇合者，并非其全部，而是主体之一侧，客体之一隅，其现实形态，本来是分立的，甚至扞格不通，全凭文学形式不相同之想象，使其在假定中投胎成形。② 生活的某一特征和情感的某一特征的猝然遇合，只能算是形象的胚胎，并不一定能够达到审美的艺术层次。未经形式规范的情感，哪怕是真情实感，也可能是死胎。作家的观察、想象、感受以及语言表达，都要受到特殊形式感的制约，形象不是主观和客观的线性结构，而是主、客观再加上形式的三维立体结构，主观和客观并不能直接相互发生关系，而是同时与模范形式发生关系，模范形式、情感和对象统一为有机结构才有形象的功能。脱离

① 参阅孙绍振《美的结构》，人民文学出版社1987年版，第48页。又见孙绍振《文学性讲演录》，广西师范大学出版社，第55~65页。

② 参阅蔡福军《马克思主义美学家孙绍振》，《东吴学术》2011年第3期。

了多种形式规范的分化，文学理论只能是哲学的，或者是美学的附庸。只有充分揭示主观、客观受到形式的规范、制约、变异的规律，文学理论才能从哲学美学中独立出来，通向独立的文学文本解读学。

形式范畴向来受到漠视，只有在艺术感觉超强的前卫理论家那里才能得到充分的重视，阎国忠在《中国美学缺少什么》中这样说：

> 马尔库塞认为，形式指“把一种给定的内容（即现实的或历史的，个体的或社会的事实）变性为一个自足整体所得到的结果”。在这个意义上，内容实际上是亚里士多德讲的“质料”，形式则是“质料”的组织者、统摄者、规范者。形式是一种伟大的范塑和造型的力量。形式所提供的总是与既定世界不同的异在世界，因而总是具有一种将人们从有限存在中解放出来的功能。①

“形式则是‘质料’的组织者、统摄者、规范者”，“是一种伟大的范塑和造型的力量”。这话说得很深邃，实际上道出了规范形式的伟大功能。这和早于马尔库塞的克罗齐提出的“一切直觉都是抒情的”，“只有经过形式的打扮和征服才能产生具体形象”中的“形式的打扮和征服”有异曲同工之妙。遗憾的是克罗齐又说，“形式是常驻不变的，也就是心灵的活动”，②这里存在着一个根本性的悖论：心灵的活动是瞬息万变的，不可能是常驻不变的，可见，形式同样也是在历史发展过程中从草创到成熟、进化乃至崩溃的。他所说的形式，其实是自发的原生形式，而非文学的规范形式。

规范形式与原生形式明显的不同有六点：第一，原生形式是天然的，而规范形式是人为创造的。第二，原生形式是随生随灭、与内容不可分离的，而规范形式常常是千年积累才从草创走向成熟，因而是长期稳定、不

① 《学术月刊》2010年第01期。

② 克罗齐：《美学原理·美学纲要》，朱光潜译，人民文学出版社1981年版，第11~12页。

断重复的。第三,因而它与内容是可以分离的,具有独立性,在某些形式中(如西方古典主义戏剧中的三一律,我国律诗绝句和十四行诗)还是严密规范化的。第四,原生形式是无限多样的,而规范形式是极其有限的,连同亚形式一起,也只有诗歌、小说、散文、戏剧等等不超过 10 种。原生形式,并不能保证审美价值超越实用理性的自发优势,规范形式则把漫长的历史过程中审美经验(例如,从中国古体诗到近体诗就耗费了长达四百年)积淀,成为某种历史水准的载体,从而迫使其内涵就范。这种规范,是人类文学艺术活动的历史水准,是文学进步的阶梯。没有它,人类的审美活动,只能一代一代从零开始,重复着如同从猿到人的原始积累。有了规范形式,历代的审美活动才能从历史的水平线上起飞。第五,规范形式,不但不是如黑格尔所说是被内容决定的,而可以征服内容、消灭内容、预期内容,强迫内容变异,衍生出新内容,甚至极端如俄国形式主义者什克洛夫斯基那样"形式为自己创造内容"。① 第六,不可忽略的是,"内容决定形式"并非绝对没有道理。形式的稳定性、有限性和内容的不断变幻、无限丰富是一对矛盾。内容是最活跃的因素,不断冲击着规范形式,虽然形式有规范作用,但是,规范与冲击共生,相对稳定的规范形式在积淀着审美的历史经验时,也不能不开放,不能不随着历史的发展而不断被突破,被更新。

在解读过程中,最大的误解就是,以为只要读懂了内容,就读懂了艺术,以为形式是一望而知的。其实,第一,那是外部形式(如诗歌、小说、戏剧)。第二,混淆了原生形式和艺术的规范形式之间的根本区别,或者说,混淆了原始素材的形式和艺术规范形式之间的矛盾。歌德说:"材料是每个人可以见到的,意蕴只有在实践中和它打交道的人才能找到,而形式对

① 什克洛夫斯基:《散文理论》,刘宗次译,百花文艺出版社 1994 年版,第 35 页。当然还有更为极端的,克来夫·贝尔论断艺术本身就是"有意味的形式",也许,这与他所论述的多为抽象美术有关。

于多数人却是一个秘密。”[①]相对于外部形式表层直觉，规范形式的功能在最深层次，在潜意识层次。这是由于它的形成经历了漫长的时间，是历史的进化和天才创造的积淀，因而特别精致，造成一种自然而然、本该如此，只能如此、别无他途的感觉。举一个最简单的例子，2008 年上海世博会，为了中国馆中活动的《清明上河图》，人们排队长达八九个小时，只为了十几分钟一睹为快。成千上万的观众为目睹宋代汴京市井繁华而兴高采烈，其实只看到这幅杰作的表层结构。其第二个层次的意脉，则为北宋盛世的颂歌。在当时社会、政治、经济、军事危机之中，这样的艺术只是一种抒情。第三个层次，艺术形式和风格的特点是最为隐秘的，能够欣赏这种特殊规范形式的可能是凤毛麟角。首先，它在国画中，属于界画，属于工笔，而且是长卷。也就是说，它和西洋画的一眼全收的焦点透视不同，它把中国特有的散点透视发挥到极致，视点可以顺序移动，但是，又不是杂乱无章、平铺直叙。据吴冠中先生分析，其中人物、房舍、车马、桥梁、楼台、田野、山水，疏落有致，又以桥为高潮。这三个层次都以共时样式呈现于观众直觉之中。但是，对于第三个层次，绝大多数观众是感而不觉，只有于中国国画有一定修养的，才有某种内心图式的预期，才有可能解读出其中形式风格奥秘来。

文本解读之所以难以到位，就是因为我们对于文学的规范形式的漠视。例如 2013 年有香港教师上公开课，解读丁西林的独幕剧《瞎了一只眼》。经过朗读讨论，老师把结论用视频显示：其生动性乃在于每一个人物都有情感，而且脉络有起伏。这虽然意识到情感的审美价值，但是，实际上完全忽略了形式规范，实际上是把戏剧当成散文来解读了。

---

① 歌德此段话出自其《关于艺术的格言和感想》。朱光潜译为：歌德说：“材料是每个人面前可以见到的，意蕴只有在实践中和它打交道的人才能找到，而形式对于多数人却是一个秘密。”（朱光潜《西方美学史》，人民文学出版社 1979 年版，第 420 页。）宗白华先生译为“文艺作品的题材是人人可以看见的，内容意义经过一番努力才能把握，至于形式对大多数人是一个秘密”（宗白华《美学漫话》，长江文艺出版社 2008 年版）。朱光潜在《西方美学史》第十三章对此段话解释说：材料，即取自自然的素材；意蕴，亦译为“内容”，指在素材中见到的意义；形式，指作品完成后的完整模样；似乎与歌德的原意，略有出入。

故事是这样的:一位先生跌了一跤,太太误以为很严重——瞎了一只眼。乃致信给其好友,友人为之彻夜不眠,次日一早从天津赶来探望。开幕时,太太已知先生不过是出了一点血,惹得朋友惊心,过意不去,为朋友着想,乃让先生装病。先生为太太着想,无奈装病。教师当然抓住了情感的意脉。但第一,与散文不同,这是戏剧,故不同人物的意脉得有一连串的矛盾和错位,才有戏剧性。第二,不是一般的戏剧性,而是喜剧性。故人物之矛盾并非对立,而是错位,每一个人物的动机都不是为自己,而是为他人着想,恰恰是为他人着想,却引起他人的尴尬。太太为朋友着想,让先生装病,时时刻刻处于露馅危机之中;先生为太太和朋友着想,装病过度,引发朋友分外焦虑。为了缓解朋友焦虑,乃坦然相告装病,但虚构理由为惩罚太太。不想引发朋友站在太太的立场上对先生严词谴责。而太太却以为朋友可以免除忧心,解脱了装病的尴尬,乃感激之至与先生相拥亲吻,好心的朋友莫名惊诧。第三,这不是一般的喜剧,而是富含哲理的喜剧,人与人之间,不管多么好心也难免阴差阳错造成误解。故开头人物表上,先生、太太、朋友皆无名字。①

揭示独特、唯一的艺术奥秘,光凭理论的普遍性是不够的,因为理论不包含特殊性、唯一性,把理论在概括过程中牺牲了的特殊性、唯一性还原出来的唯一办法,乃是具体分析。

比较——不同形式的不同规范

毫无疑问,具体分析形象的深层结构的难点是,揭示其内在矛盾,但是,内在矛盾是隐秘的。西方文论对于形象结构的研究,收效甚微,原因还在于方法论上的缺失,那就是孤立地研究某种手法和文体。如韦勒克、

① 据2013年5月香港和广州市交流课视频资料。

沃伦在《文学理论》中特辟四分之一的章节为“内部研究”。在小说部分只讲了“真实情节”“母题”“人物”等等，完全是就小说论小说，根本没有意识到事物的性质只有在比较中才能得到充分展示。从方法上，忽略了事物只有在系统的比较中，深层的矛盾才能凸显，因而，把小说和戏剧、诗歌作系统比较完全在他们想象之外。诗歌部分，在小标题中只列出了“意象、隐喻、象征、神话”。论述也只局限于四者之间的关系，而置这些手法与抒情审美、冷峻审智的矛盾与转化于不顾，并未涉及这些手法在诗歌中与小说、戏剧中的不同。[①] 这就注定了这些研究贫乏而且肤浅。在西方文艺理论中最重视形式，甚至以《情感与形式》为自己的著作命名的苏珊·朗格也未能免俗。当她讲到音乐舞蹈之时，其形而上学的话语虽然并不完全贴近音乐舞蹈深层形式的特征，但是，多少还有些艺术的洞察。可是当她专辟一章讲“伟大的文学形式”时，就只能罗列文学体裁的历史流变。要目中的小标题倒是有“诗的规范”，可是在正文中却只是简单提了一下“结构、措词、形象化描述、名称的使用、幻象”，认定这些具有“想象”性质的手段，是一些人用以表达其“概念”的“全部创作方法”。完全无视于这样几个方法，根本就是所有文学共用的，根本就不可能是诗独有的。至于“规范”，他们的阐释是在诗歌兴盛时期造成某种“趣味上的统一性”，使得不同诗人追求归属这种“同一种情感”，形成“固定风格”。[②] 这哪里是什么“形式规范”？而是主流诗歌的内容霸权。接下去讲民谣、传奇小说、散文体小说、故事与讲述等等，一味沉溺于按时间顺序的追踪，连起码的逻辑分类和理论概括都没有。可见，在他们的理论视野中，是不存在诗歌的形式有别于小说、戏剧开放性的艺术底线的。大言不惭地以“伟大的文学形式”来命名，实在是既没有文学，也和形式规范沾不上边。俄国形式主义和美国新批评都把最大精力奉献给文学的本体形象，但是，一来由于他们脱离了审美内涵；二来，他们同样孤立地研究文学形式，从

① 韦勒克、沃伦：《文学理论》，刘象愚等译，江苏教育出版社，第 248 页、第 212 页。

② 苏珊·朗格：《情感与形式》，刘大基等译，中国社会科学出版社 1986 年版，第 326 页。

来不涉及各种文学形式之间的比较。因而,拘泥于所谓陌生化和所谓反讽等加起来不到十个范畴,对这些范畴在不同文本形式中的不同的、系统的规律则茫然无知。

文学解读学,进入操作的第一步就是在不同规范形式之间进行比较。比较的目的不仅仅在异中求同,而且更重要的是同中求异。不同的艺术形式、不同的预期和不同的生成作用,其中有细微的区别。人的心灵是很丰富的,哲学(逻辑学等等)主要表现其理性,其情感审美方面则极其丰富复杂,没有一种文学形式能够将之全面地表现,因而,在数千年的审美积累中,文学分化、进化为多种结构形态,以不同的功能表现心灵的各个层次和方面。诗歌的意象乃在普遍性的概括,不管是林和靖笔下的梅花,还是辛弃疾笔下的荠菜花;不论是华兹华斯笔下的水仙,还是普希金笔下的大海;不论是艾青笔下的乞丐,还是舒婷笔下的橡树,都是没有时间、地点、条件的具体限定的普遍存在。在诗里,得到充分表现的往往是心灵的概括性,甚至是形而上方面,在爱情、友情、亲情中,人物都是心心相印,具有某种永恒性的,故从亚里士多德《诗学》到华兹华斯都以为诗与哲学是最接近的。而在叙事文学和戏剧文学中,则是个体心灵常常处于形而下的境地,在不同的时间、地点、条件下表现差异性是绝对的,而且处于动态之中。情节的功能在于:第一,把人物打出常规,显示其纵向潜在的深层心态,列夫·托尔斯泰在《复活》中说“他常常变得不像他自己了,同时却又始终是他自己”。其次,打出常规以后的人物,哪怕是亲人、恋人,也会发生“心理错位”,造成人间无限丰富的悲喜剧。只有通过比较,才能看出文学文本只是作家对一种形式规范的选择,同时也是对其他规范的拒绝。例如,李隆基、杨玉环的素材,在《长恨歌》中,二者的爱情是绝对的,自始至终是心心相印,“在天愿为比翼鸟,在地愿为连理枝”,就是说爱情是不因空间的距离而发生变化。“天长地久有时尽,此恨绵绵无绝期”,说的是时间是有尽的,而感情却是无尽的,绝对的。只有与相同题材的戏剧相比,才能看出这是诗歌的强化、极化逻辑向形而上的境界生成的结果。永恒的心心相印，仅仅是诗歌的选择。在戏剧中，它预期生成应该是另外一种性质，相爱的人绝对心心相印，就没有任何戏剧性，要让相爱者情感发生“错位”，或者叫作“心心相错”才有戏剧性。在洪昇的戏剧《长生殿》中，李隆基的爱情就不像在《长恨歌》中那么专一。杨贵妃和唐明皇虽然爱得昏天黑地，但也闹矛盾，情感发生不止一次的“错位”。第一回是杨贵妃妒忌梅妃，而且耍泼，弄得唐明皇狼狈不堪，做检讨。另一回是李隆基勾引虢国夫人，苟且成事，杨贵妃醋性大发，唐明皇忍无可忍，两次把她赶回家去，赶回去后唐明皇又活不下去，把她请回来。有了这样的“错位”，才有戏，这些内容，是因为符合了戏剧规范形式的预期而生成的。如果一味用写诗的办法来写戏，一见钟情，心心相印，生死不渝，就没有戏好演了。

诗意与戏剧性是冲突的。不懂得这一点，就不可能进入文本解密的层次。

诗的规范形式不但与戏剧不同，与散文、小说也大不相同。

杨贵妃和唐明皇两个人浪漫恋爱，歌舞升平，安禄山起兵造反，打到潼关，唐明皇派哥舒翰守关，但是又派一个太监鱼朝恩去监军。哥舒翰的策略是，安禄山来势汹汹，锐不可当，坚守潼关，以逸待劳，等到他锐气消退，粮草消耗殆尽，则必然溃退。但是，太监不相信，硬催哥舒翰打，一打哥舒翰被俘，潼关一破，长安门户大开，唐明皇匆忙率领部分皇亲国戚开溜了，好多皇孙公子都来不及通知。这是非常狼狈的、复杂的过程，作为历史散文，过程和细节要很清晰，可要全写到诗里去，诗情就可能被窒息了。白居易的艺术家气魄就表现在干脆“扼杀”它一部分内容，写到《长恨歌》里就两句话：“渔阳鼙鼓动地来，惊破霓裳羽衣曲。”那边一敲鼓，几百里外长安就地震，杨贵妃的舞就停了，唐明皇就赶紧溜。只精选了鼓声、动地、惊破、霓裳羽衣曲（奢靡）四个意象，这个过程就诗化了，这就叫形式扼杀内容，形式强迫内容就范，形式征服内容。至于杨贵妃之死，陈鸿在《长恨歌传》中有写实的描述“安禄山引兵向阙，以讨杨氏为辞。潼关不守，翠华南幸。出咸阳道，次马嵬亭，六军徘徊，持戟不进。从官郎吏伏上马前，请诛错以谢天下。国忠奉牦缨盘水，死于道周。左右之意未惬，上问之，当时敢言者，请以贵妃塞天下之怒。上知不免，而不忍见其死，反袂掩面，使牵而去之。仓皇辗转，竟就绝于尺组之下。”而在白居易的笔下只剩下两句：“六军不发无奈何，宛转蛾眉马前死。”以意象的跳跃进行对过程和情节的跨越是诗的基本的法门，从这个意义上说，规范形式和内容一起构成作品的生命。

文学解读的有效性，不但取决于内容，而且取决于形式，甚至是亚形式方面的精致的洞察。规范形式虽然不多，但其间微妙的区别，就是伟大作家也难以全盘掌握。甚至在同一作家、在同一形式之中的亚形式的驾驭也往往差异甚大。李白、杜甫为唐诗双璧，史所公认。但这仅仅是就总体而言。具体到亚形式，如绝句和律诗，则评价甚为悬殊。高棅在《唐诗品汇》中说：“盛唐绝句，太白高于诸人，王少伯次之。”[①]胡应麟在《诗薮》中也说：“七言绝以太白、江宁为主，参以王维之俊雅，岑参之浓丽，高适之雄浑，韩翃之高华，李益之神秀，益以弘、正之骨力，嘉、隆之气运，集长舍短，足为大家。”[②]连韩翃、李益都数到了，却没有提到杜甫。相反杜甫的七绝四句皆对（如“两个黄鹂鸣翠柳，一行白鹭上青天。窗含西岭千秋雪，门泊东吴万里船”）被诗话家讥为“半律”[③]“断缯裂锦”[④]，甚至说四句“不相连属”[⑤]。因而，在历代唐诗评论中，杜甫七律公认居于首位，而七绝的压卷之作则榜上无名。在《红楼梦》中，曹雪芹展示了当时各种文

① 高棅：《唐诗品汇·七言绝句叙目》第二卷，上海古籍出版社1981年，据明汪宗尼校订本影印版，第427页下。

② 胡应麟：《诗薮》内编卷六（近体·绝句），上海古籍出版社1979年版，第115页。

③ 胡应麟：《诗薮》：“自少陵以绝句对结，诗家率以半律讥之。”胡应麟《诗薮》内编卷六（近体·绝句），上海古籍出版社1979年版，第115页。

④ 胡应麟：《诗薮》内编卷六《近体·绝句》：“杜以律为绝，如‘窗含西岭千秋雪，门泊东吴万里船’等句，本七言壮语，而以为绝句，则断缯裂锦类也。”上海古籍出版社1979年版，第121页。

⑤ 《升庵诗话》卷十一《绝句四句皆对》：“绝句四句皆对，杜工部‘两个黄鹂’是也，然不相连属。”见丁福保辑《历代诗话续编》，中华书局1983年版，第853页。

体，但是，成就并不均衡，很明显的是，其诗不如词，词不如曲，曲不如小说。

文学解读的有效性离不开对于这种形式和亚形式的高度洞察力。在这一点上，就是对伟大作家，也要“铁面无私”地揭示其创造中的失误。鲁迅是小说家，也是杂文家，但是，他往往把杂文的笔法过分用之于小说，这就影响了小说艺术。《狂人日记》说中国五千年历史写满仁义道德，字里行间都是“吃人吃人”，虽为名言，但是并非小说形象，而是杂文的格言。就是到了《阿 Q 正传》中，也还有某些杂文笔法，如判处死刑，绑赴刑场，已经意识到是要杀头了，有这样的描写：“两眼发黑，耳朵里嗡的一声，似乎发昏了。然而他又没有全发昏，有时虽然着急，有时却也泰然。”阿 Q 的感觉居然是“他意思之间，似乎觉得人生天地间，大约本来有时也未免要杀头的”，“他不过便以为人生天地间，大约本来有时也未免要游街要示众罢了”。这样的描述居然重复了两次。1956 年，何其芳先生在《论阿 Q》中表示怀疑，认为为了强调阿 Q 的麻木，却把“文人的玩世不恭、游戏人间”写到了阿 Q 的头上。他说，自己读来感到“不安”。[①] 其实，这是杂文家的反讽和小说家心理探索的矛盾。这种矛盾在《祝福》里得到平衡，在艺术上达到成熟，但是在《故事新编》里矛盾却益发激化，以至鲁迅自己也不能承认其有失“油滑”了。

规范形式的共用性和风格的唯一性的矛盾：以流派为中介

解读学是个系统工程，要得到成功，须要多个层次的协同作用；要失败，只要一个层次就足够了。深入到规范形式这个层次，仍然潜藏着危

① 何其芳：《论阿 Q》，载《人民日报》1956 年 10 月 16 日。又见《何其芳文集》第 5 卷，人民文学出版社 1982 年版，第 181~182 页。

机。因为规范形式是共用的,可重复的,而文学文本的生命则是不可重复的,唯一性的。因而只有对规范形式具有某种冲击性的文本,才可能是唯一的。然而规范形式的草创、形成、发展时限是远远超过人的寿限的,因而,即使最伟大的作家,也不可能独自颠覆一种规范形式,独创另一种形式。他们所能达到的最高限度,就是在规范形式之内作出某种冲击,某种突破,某种拓展。这就表现为独特风格,这里可贵的不是作家的风格,而是篇章的风格,有了独特性才是唯一的。因而,篇章风格理所当然地成为解读学关注的重点。苏东坡的《赤壁怀古》把宋词浅斟低唱的婉约风格拓展为豪放的风格,就是历史的贡献。施耐庵把打虎的武松写得既近乎神又近乎人,对于《三国演义》中,从来不怕死亡、也没有疼痛感的英雄来说,这种新的风格的价值在于对英雄理解有了突破。徐志摩的《再别康桥》之所以不朽,就是因为当年新诗的浪漫主义的创作原则"强烈感情的自然流泻"已经被普遍遵循,而《再别康桥》却以不强烈的、潇洒的感情展现了一种新的风格。这种风格是唯一的,解读不到这个焦点上,就不可能成功。从这个意义上,笼统地说,风格就是人,是一种遮蔽,因为同一个诗人,作品风格可能是多种多样的。从解读学的角度讲,篇章风格乃是突破形式规范的共用性,使之带上唯一的标记。

有了风格还可能是不自觉的,当成为风气,大量出现,变成自觉的追求,有时还带上了宣言或者主张,这就成了流派。如浪漫主义诗歌在感情的强化和极化中追求美化,而以波德莱尔为首的象征主义则反其道而行之,追求以丑为美。徐志摩在《语丝》第三期上发表波德莱尔《恶之花》中《死尸》的翻译:这是一具美女的溃烂的死尸,发出恶腥粘味,苍蝇在飞舞,蛆虫在蠕动,野狗在等待撕咬烂肉。波德莱尔对他的所爱说,不管你现在多么纯洁温柔,将来都免不了要变成腐烂的肉体为蛆虫所吞噬,发出腐臭。在这首译诗前面,徐志摩还写了一则前言:认为这是《恶之花》中"最奇艳的花",它不是云雀,而是寄居在古希腊淫荡的皇后的墓窟里的长着刺的东西。欣赏是创作的前奏,他在创作中,不由自主地披露着,在美好的情感中，包含着可怕、丑恶、令人恶心的方面。其中《又一次试验》最为典型：上帝最后的结论是“哪个安琪儿身上不带蛆！”[①]在这样的自觉观念的基础上，才产生了闻一多的经典之作《死水》。这标志着风格的共同追求形成了象征主义流派。当然，共同的追求并不意味着闻一多的《死水》失去其唯一性。流派不过是唯一性的、新风格的中介。他的极丑转化为极美，通过相近联想和相反联想使极丑向极美自然转化之时，以中性的词语过渡，其功能是很严密的：“也许铜的要绿成翡翠，铁罐上绣出几瓣桃花。再让油腻织一层罗绮，霉菌给他蒸出些云霞。”第一句中的“绿”，既是铜绿的绿，又是翡翠的绿。第二句的“绣”，则是谐音，既是铁锈的锈，又是绣花的绣。第三句的“织”，从油腻浮在水上的花纹，自然地过渡到罗绮。第四句的“蒸”，自然是要蒸（发）的，把霉菌放大为云霞就可以不言而喻了。

对于解读学来说，流派的自觉宣言，给解读以观念导向的方便，但是，流派的共同性也可能带来遮蔽。单纯的流派分析往往造成解读的空洞。故流派的分析与篇章风格的揭示结合才能达到唯一性的目标。在解读戴望舒的《雨巷》时，仅仅将之归属于象征派，其遮蔽性是很大的。因为戴望舒并未取象征派的以丑为美，而是相反，取后期象征派另一美学原则，不是直接把情感抒发出来，而是于“客观对应物”中寄托美好的情感。而这种客观对应物（雨巷、女郎、丁香、太息）又是带着中国古典诗歌的传统意象的色彩。三者结合的唯一性，是当时追求象征派的诗人所没有达到的境界。

对于叙事文学来说，流派性质更为隐秘，更需要精致的分析。钱钟书的《围城》是一部充满了情爱的小说，但是，与五四新文学中的恋爱小说大不相同。五四新文学中的恋爱往往是冲决封建婚姻的罗网，具有精神和个性解放的意义，与社会变革甚至与革命事业有着密切的关系。而《围城》虽然有抗战的背景，却与抗日大业无关。虽然属于恋爱小说，有一系

① 《徐志摩诗全编》，浙江文艺出版社1990年版，第441页、第562页。

列曲折的恋爱婚姻，却没有真正的爱情。爱情不过是游戏，浪漫的爱情是遭到讽刺的。这是因为，五四新文学中的爱情小说，属于现实主义流派，有时带有浪漫主义色彩。而钱钟书的《围城》却具有现代派的性质，他聚焦的不是人与社会的关系，而是人本身作为一种“无毛的两足动物的基本根性”。因而婚姻和爱情都是空的，不过是一种徒劳的自我折腾，有如围城，在城外的人想进去，而在城内的人却想出来。从主题来说，这具有现代派，甚至后现代生存的困惑特点。但是，从风格来说，钱钟书尖刻的反讽语言却是唯一的。

以作者的身份和作品对话

读者心理结构的开放性和封闭性与文学形象的三维结构的开放性和封闭性，呈现为永恒的犬牙交错的矛盾，并不是反映论和表现论两点一线的思维所能尽情直抒的。对文学文本解密，是读者主体心理的开放性和封闭性与文学文本的开放性和封闭性双向由浅入深的搏斗和调节过程。解读文学经典，如果仅仅作为读者与作品对话，哪怕是自认居于中心，皓首穷经而不得其门而入者，代不乏人。尽管西方前卫文学的读者中心论，似乎给予了读者极端的自由，但是，却没有给读者以作为作者的自由。这是因为他们未能把阅读放在文学创作论的基础上。真正要获得解读的自由，必须超越仅仅作为读者的被动性，而以作者的身份与作品进行对话才能打开自身心理的封闭性和文学文本的封闭性。

朱光潜先生说：“读诗就是再做诗。”①克罗齐说：“要了解但丁，我们必须把自己提升到但丁的水准”。② 有了作为作者的想象，才有可能突破

① 朱光潜：《谈美》，见《朱光潜美学文集》第1卷，上海文艺出版社1982年版，第497页。
② 《克罗齐哲学述评》第7册，《欣慨室逻辑学哲学散论》，中华书局2012年版。

封闭在文本深层的历史积淀和唯一性的生成奥秘。正是因为站在文学创作论的立场上，鲁迅在《不应该那么写》中才这样说：

> 凡是已有定评的大作家，他的作品，全部就说明着“应该怎样写”。只是读者很不容易看出，也就不能领悟。因为在学习者一方面，是必须知道了“不应该那么写”，这才会明白原来“应该这么写”的。这“不应该那么写”，如何知道呢？惠列赛耶夫的《果戈理研究》第六章里，答复着这问题——“应该这么写，必须从大作家们的完成了的作品去领会。那么，“不应该那么写”这一面，恐怕最好是从那同一作品的未定稿本去学习了。在这里，简直好像艺术家在对我们用实物教授。恰如他指着每一行，直接对我们这样说——“你看——那，这是应该删去的。这要缩短，这要改作，因为不自然了”。在这里，还得加些渲染，使形象更加显豁些。①

惠列赛耶夫（亦译华西里耶夫）的《果戈理研究》第六章分析果戈理写《外套》的过程。原始素材是彼得堡的小公务员，千方百计节约，终于买了一支猎枪，划着船到芬兰湾去打猎。没想到湾边的芦苇把横在船头的枪带到水底去了。从此他一提此事就面如土色。光有这样一个小小的逸事，是写不成艺术品的。果戈理为突出其悲剧性，把猎枪改成了“外套”（其实应该译成“大衣”才是），在寒冷的彼得堡，上班穿大衣，进门脱大衣，是必要的行头。而猎枪则是奢侈品。小说规范形式的衍生还在于，小公务员失去了大衣以后，引出喜剧性与悲剧性的交融。果戈理虚构了一连串的情节。先是向大人物申请补助，遭到呵斥，郁郁而死。果戈理让这个小公务员的阴魂，一直徘徊在彼得堡卡林金桥附近，打劫行人的大衣。警察有一次都把这个幽灵抓住了，可是打了一个喷嚏，被他趁机溜走了（悲剧中的喜剧性强化）。直到那个呵斥小公务员的大人物被这个幽

① 文载《且界亭杂文二集》，见《鲁迅全集》第6卷，人民文学出版社2003年版，第321页。

灵抢走了大衣，幽灵才销声匿迹。以这样的结尾，使这个悲剧的喜剧性又回归了正剧，完成了意脉丰富而统一的贯通。

原始素材中被淘汰了的东西，作品中按悲喜剧逻辑的交融而衍生出来的艺术形象，都是隐性的，超越读者身份。从创作论的原则，以作者的身份与作品对话才有可能显示。这就要求解读者，把作品还原到创作过程中去。

当然，创作过程很少在作品中呈现，这时文献资源就显得十分必要。在五四新诗草创时期，郭沫若《凤凰涅槃》的成功，并不是如他自己所回忆的那样轻松，灵感一来，连纸都来不及摆正，就完成了一首经典性的创作。相反，是经过了多次的、反复的自我探索和想象的突围。1916 年，他由于"民族的郁积，个人的郁积"（国家没有出路，自己又陷入了双重婚姻的困境），不时有一种自杀的动机。这种情绪在他当年写的五首古体诗中直接地流露了出来："出门寻死去，孤月流中天……偷生实所苦，决死复何难。"1917 年，他在另一首五言古诗中又写道："有生不足乐，常望早死好……悠悠我心忧，万死终难了。"[①]1918 年，他重新处理了这个主题，把这个自杀—死亡的主题在《死的诱惑》中推向假定的想象境界："我有一把小刀，倚在窗边向我笑。她向我笑道：沫若，你别用心焦，快来亲我的嘴儿，我好替你除却许多烦恼。"五四运动发生后，郭沫若觉得旧的祖国和旧的自我，一起被赵家楼上那场大火烧毁了，新的祖国和新的自我同时诞生了。1921 年 1 月 18 日，他在给宗白华的信中，这种情绪涌现了出来：

> 我现在很想如 phoenix 一样，采些香木，把我现有的形骸毁了去，唱着哀哀切切的挽歌把它烧毁了去，从那冷了的灰里再生一个"我"来！可是我怕终竟是个幻想罢了。[②]

---

① 以上两诗均见《三叶集》，上海亚东图书馆 1920 年版，第 9 页、第 10 页。

② 《三叶集》，上海亚东图书馆 1920 年版，第 11 页。

过了两天，郭沫若就写成了作为五四时期狂飙突进的时代精神象征的《凤凰涅槃》。诗人的想象经历漫长的岁月才从现实中解放出来，进入了一个完全假定的艺术境界，古埃及的神话和中国传统的形象结合起来，构成一个在烈火中翱翔的、永生的凤凰形象。现实的、粗糙的“寻死”，原生的悲观情绪，进入了一种想象的神话的虚幻境界，如吴乔所说的“形质俱变”。在这个想象的境界中，不但形质，而且逻辑也发生了超越现实的变异。自觉的毁灭旧我，导致了新我的永恒的复活。五言古诗中寻死的痛苦（在“自由与责任之间”的痛苦）到了《死的诱惑》中，变成了欢乐。而在凤凰的形象中，变成了从痛苦到欢乐的转化。自觉地毁灭了旧我，与毁灭旧世界统一了起来，痛苦地否定了旧的自我、旧的现实，转化为新的自我、新的现实和谐结合，从而产生了永恒的欢乐，达到了现实与自我矛盾的永恒的统一。这不但是想象的解放，而且是思想解放，情感的浪漫飞越，是浪漫艺术的胜利。

从这里可以看出，西方文论所谓“读者中心，作者死亡”之说，全系把作者和读者绝对对立起来的形而上学。事实上，作者主体和读者主体的对立在文本阅读过程中，是在封闭和开放反复搏斗中不断转化的。理想的作者，是以理想的读者的眼光来决定自己应该这么写，不应该那么写的，而理想的读者则是把自己当作作者，设想其为什么这样写，而不那样写的。从这个意义上来说，绝对的作者中心论和绝对的读者中心论，都是西方文论的庸人自扰。

具体分析和可操作性

以作者的身份与文本对话，凭借文献资源还原出创作过程，揭示出应该那样和不应该那样的矛盾，以便具体分析，这当然很理想。但是，实际上，这样的资源十分有限。可这不是解读无所事事的理由。因为，一切事物观念都是对立的统一体，都包含内在矛盾，形象自然也不例外。具体分析的对象，乃是矛盾和差异，然而文学形象是有机统一的，水乳交融的，天衣无缝的。矛盾是潜在的，因而，任何称得上是经典文本的作品，都是隐含着内在矛盾，问题在于把它还原出来，才进入具体分析的操作层次。具体分析操作方法是多种多样的。

微观分析之一：隐性矛盾直接分析

有些矛盾直接存在于作品的词句之中。只要不以主观的先入之见去同化它，矛盾总是可以揭示的。如《再别康桥》，一些解读者一看到是告别，就连篇累牍地大谈“千种离愁，万重别绪”，诗篇“徐徐打开思绪沉重的闸门”等。但是，在徐志摩时代，交通状况与古代不可同日而语，离别的母题，已经基本上并不与愁苦必然相联系。这种“离愁别绪”论，完全是主观意念对作品的生搬硬套。

说是来告别，实际上是来“寻梦”的。梦是不可寻的，实际上就是重温旧梦，享受往日美好的记忆。“满载一船星辉，在星辉斑斓里放歌”，放歌就是大声歌唱。接下来，又一个层次的矛盾出现了。“但我不能放歌，悄悄是别离的笙箫；夏虫也为我沉默，沉默是今晚的康桥！”这是理解这首诗的最为关键的矛盾。也是全诗意脉的高潮：既是美好的，值得大声歌唱的，但是，又不能唱“沉默是今晚的康桥”，“悄悄是离别的笙箫”。这是关键的关键。悄悄，是无声的，而笙箫则是有声的，在英语中，这属于矛盾修辞（paradox），和中国古典诗歌中此时无声胜有声是一类的效果，这是全诗最为纲领，也是最精彩的一句。无声，是回忆的特点，因为独享的、秘密的，才是最美妙的、最幸福的音乐。构成的意境是：诗人默默地回味，自我陶醉，自我欣赏。这种自我体悟的特点，是不能公开的，不能和任何人共享的。把这层矛盾分析透了，就可以回答开头的问题，为什么题目是“再别康桥”，却不是和康桥告别，而是和云彩告别。因为，云彩是无声的，你知，我知，天知，地知，还有云知，而云恰恰是无声的。懂得了这一点，才能更好地理解、体验最后一段：“悄悄地我走了，正如我悄悄地来，我挥一挥手，不带走一片云彩。”轻轻地来，悄悄地回味和云彩告别，就是和自己记忆无声的告别。为什么是“轻轻地”呢？就是因为和自己的内心、自己的回忆在体味。不是一般的回忆，而是一种隐藏在心头的秘密。大声喧哗是不适宜的，只有把脚步放轻、声音放低才能进入回忆的氛围，融入自我陶醉的境界。

有了这样的直接分析，如果还要再深入还原一下的话，可以从徐志摩和林徽因的关系中获得信息。此诗，作于1928年11月，当为获悉林徽因和梁思成结婚之后。为什么轻轻、悄悄？因为过去的浪漫的回味已经不便公开了。值得注意的是，徐志摩的这首诗，写得很优雅，很潇洒，在他的精神世界里，没有一点世俗的失落之感，更不要说“痛苦”“忧愁”了。退一万步说，就是有一点“忧愁”，也是他在《沙扬娜拉》中所说的“甜蜜的忧愁”，可能是从雪莱的《西风颂》（*sweet though in sadness*）中演化而来，这种潇洒正是此诗的唯一性，他只把过去的美好情感珍藏在记忆里，非常甜蜜地独享。

用同样的直接分析，从曹操的形象出发，就不难分析出曹操的多疑，疑人意图杀己，乃诛杀人家八口，逃亡路上，为了自保，又杀吕伯奢。发出“宁叫我负天下人，不叫天下人负我”的狂言。应该说，《三国演义》写曹操的多疑是很有其唯一性的。他的多疑可以说是多方面的，但又是统一的，最后又死在多疑（不相信神医华佗），是相当单纯的，但是，没有陷入单调、单薄。因为，他的性格当中隐含着矛盾，还有不疑的一面。后来的事实证明，刘备是他身边最大的定时炸弹。刘备在曹操身边装作没有政治野心，麻痹曹操。曹操身边的一些谋士，几度让曹操杀掉刘备，但是，曹操很自信,对刘备不疑。在青梅煮酒论英雄一节,刘备听到曹操说他是英雄吓得把筷子都丢了。慌忙辩解说闻雷而惊,曹操被麻痹了:英雄居然怕打雷啊!更放松了警惕。后来机会终于来了。有一路人马需要去攻打,刘备说,派我去吧。曹操这个多疑的人居然不疑了,给他五千兵马。命令一发出去,曹操身边的谋士程昱、郭嘉就说,不行啊,去了肯定不回来了。于是赶快派五百人马去追。当然,刘备不会回来。谋士就说,刘备心里有鬼。曹操觉得自己既然决意放他走,就只能是正确的,他不怀疑自己的才能,就说:“我既遣之,何可复悔?”曹操多疑的特点之所以深刻,就是因为多疑与不疑是对立统一的。也就是说,虽然多疑,但是曹操对自己的计谋、自己的才能、自己的水平、自己的雄才大略却是毫不怀疑的。

曹操的多疑和不疑,是矛盾的,又是有机统一的,其中包含着相当精致的内在逻辑。他的多疑是疑别人,他的不疑是迷信自己,而且很顽固,不怀疑,就不怀疑到底,就是错了也错到底。很明显,曹操的不疑,本质就是绝对相信自己,就是兵败华容道,狼狈逃窜,发现两侧高山,为伏兵之险要,乃以孔明疏失未有伏兵,仅此一点不如自己之高明,乃大笑。其自信表现为危机中之自得,极端矛盾又高度统一。此乃曹操形象不朽之根本原因,后世小说写政治领袖,即如《水浒》之写宋江,逊色多矣。至如《红楼梦》中之贾政,虽然算不上政治人物,但就人物而言,亦未达到曹操之丰富深邃。

分析之难,难在没有切入口,不得其门而入。不管是意象、意脉、意境,都以客观的事物和人物的形象出现,莫不是主观情感特征与客观对象特征猝然遇合于规范形式之中。其实,与原生的生活到了形象中,已经是如吴乔所说“形质俱变”。差异和矛盾就隐藏在形象的统一之中。直接从形象分析矛盾,难度相当大,但是,除了直接分析以外,还有一些揭示潜在矛盾的办法,首先就是还原。

微观分析之二：艺术感知的还原

作品的现成状态是统一的，但是这种统一是客观生活被作者的情感同化的结果。只有把形象的原生状态还原出来，二者之间的差异，或者矛盾才能显现出来，分析才有对象。需要说明的是，我们这里的“还原”和现象学的“还原”有某种共同之处：现象学不承认任何观念、现象是绝对客观的，而认为是经过某种主体同化的。因而要研究一个问题，首先就要把潜在的既定的观念“悬搁”起来，进行“还原”，目的是“去蔽”，也就是“去”潜在观念之“蔽”。[①] 而这里的“还原”，则是为了揭示原生状态与艺术形象之间的差异和矛盾，以便进入分析程序。

从日常生活来说，情人眼里出西施。敝帚自珍。看自己，一朵花；看别人，豆腐渣。抒情的诗歌形象正是从这日常感知和语言变异的规律出发，进入了想象的假定境界：“一日不见，如三秋兮”“谁谓荼苦，其甘如荠”。感知不但有形变和质变，而且有功能的变异：“结庐在人境，而无车马喧”，“海内存知己，天涯若比邻”，“狂风吹我心，西挂咸阳树”，“只恐双溪舴艋舟，载不动许多愁”。这就不但是提示了语言形象化的规律，而且揭示了其与日常生活、感知之间的矛盾。这种矛盾本来是两个方面，但是，显性的呈现只是一个方面，这个方面是某种结果（如“回眸一笑百媚生，六宫粉黛无颜色”，如“露从今夜白，月是故乡明”）提示着情感的强烈冲击的原因。进入分析程序，就要把矛盾潜在方面揭示出来，就需要摆脱

① 胡塞尔首先提出，还原就是对未经考察而相信事实存在的“自然的态度”的怀疑，因而要把一切现成观念“悬搁”起来，以达到一个绝对的、纯粹的事物的本质。“悬搁”（epoche）来自古希腊怀疑主义者皮罗的口号“悬搁一切判断”，这并不是否认事物的存在，只是在研究意识的起源时，把它们放进“括号”里，不让它们起作用。不难看出，胡塞尔所说的“悬搁”类似笛卡儿的“怀疑”。

被动地接受，改为主动地在想象中还原，也就是把未经情感冲击同化的原生状态想象出来。因为，文学作品本来就是一种召唤结构，因而，日常原生经验的唤醒是并不太困难的。但是，把潜意识层次的自动化触动，化为意识的语言，则是需要主体的审美自觉的优势的。

这种情况，在叙事作品中，就比较复杂，比较隐蔽。晚清夏曾佑对武松打虎真实性质疑，就需要有精致的辨析能力，对武松见老虎以前和见到老虎以后的心理差异、矛盾，有高度的敏感。当然，这是比较困难的，这时，历史资源、文献，就是必不可少的了。如参看金圣叹的批注。又如鲁迅对诸葛亮的"多智而近妖"的批评，如果能对草船借箭等原生史料有所梳理，就不难看出艺术感觉与生活实感的矛盾。有了矛盾，差异就不难分析了。有了自觉的还原意识，发现潜在的矛盾和差异，就有了可操作的途径。许多以胡塞尔所说的"自然的态度"觉得是天衣无缝的，就有矛盾可以分析了。杜甫诗曰："昆明池水汉时功，武帝旌旗在眼中。"稍稍还原一下，就不难看出在诗的变异想象中，不但空间是可以压缩的，而且时间也是可以压缩的。杜甫一下子就把唐朝、汉朝间几百年的时间距离，压缩到目力所及的范围里。千载以来没有读者对李白"西岳峥嵘何壮哉，黄河如丝天际来"诗句提出质疑。至于李白"黄河落天走东海，万里写入胸怀间"，更不是人之目力的问题，而是诗人与读者的默契。但是，文学文本解读学，却要还原出这种默契中潜在的矛盾。无怪乎德国的布莱丁格在《批判的诗学》中把想象称为"灵魂的眼睛"。

微观分析之三：情感逻辑的还原："无理而妙"

应该说的是，以上所说，还只限于艺术感知层面，而一些直接抒情的作品，光用感觉还原是不够的。更为深层的还原是在情感逻辑层面。情感逻辑是“无理而妙”的，不同于科学的理性逻辑，只有通过“还原”，矛盾才能显现，从而进入具体分析程序。个人主观情感“歪曲”了，或者用我的术语来说“变异”了的理性逻辑，这种表面上看来是非逻辑的话语才成为深层情结的可靠索引。

在情感逻辑和理性的矛盾方面，我国古典诗话，可能是在全世界诗学理论上最早发现的情感逻辑与理性逻辑之间的矛盾。明邓云霄，清贺裳、徐增（1612—？），把“痴”作为诗的最高层次：涉及了正常逻辑、不当如此的意味，这就起了还原的作用，把审美逻辑和理性逻辑安排在现成的对比之中。其实，说得最为彻底、最为系统的是出生更早于他们的黄生（1601—？）《一木堂诗麈》卷一“每出人常理之外”，这一切可以充分说明，中国诗歌理论家已经有了抒情逻辑和理性逻辑矛盾的自觉。

“痴”的本质是“情痴”。这个情痴的观念，影响超出了诗歌，甚至到达小说创作领域，或者可能启发了曹雪芹，使他在《红楼梦》中把贾宝玉的情感逻辑定性为“情痴”（“情种”）。17世纪是我国古典诗论发展的高潮，吴乔（1611—1695）在《围炉诗话》卷一中引用他的朋友贺裳的话又发展出“无理而妙”的命题。“无理”，是还原出通常的“理”的结果，是“无理之理”，“是于理多一曲折”。有了这样的矛盾的还原，就不难对之加以彻底的分析了。同时代的徐增，尝试以李益诗（嫁得瞿塘贾，朝朝误妾期。早知潮有信，嫁与弄潮儿）为例作出回答：“此诗只作得一个‘信’字。……要知此不是悔嫁瞿塘贾，也不是悔不嫁弄潮儿，是恨‘朝朝误妾期’耳。”这就不但分析了矛盾，又分析了二者（恨与爱）主导方面是爱，还分析出了正是深层的爱是转化为表层的恨的条件——“信”。恨什么呢？恨商人无“信”，没有准确的归期，误了她的青春。这里解读的就不完全是“理”，而是一种“情”。从“情”来说，这个“恨”，是长久期待“信”的反面，这个期待其实是爱造成的，从这个意义上说，也有道理，不过不是通常的理，其中包含着矛盾，因为太期待，太爱，反而变成了“恨”，这是爱的理，和平常之理相比，是逻辑的悖逆，可以叫作“情理”。

通常的理,简而言之,只是一种逻辑上的因果关系。因为嫁给商人,行踪不定,所以常常误了她的期待。因为船夫归期有信,所以还不如嫁给他。这仅仅是表面的原因,即通常之理。在这原因背后,还有原因。为什么发出这样极端的幽怨呢?因为期盼之切。而这种期盼之切、之深,则是一种激愤。从字面上讲,不如嫁给船夫,是直接的、实用因果关系,而期盼之深的原因,其性质则是情感,是隐含在这个直接原因深处的。这就造成了因果层次的转折,也就是所谓"于理多一曲折耳"。

其实,所谓"理之所有",正是情之所在。无理而有情的理论,产生在17世纪的中国,在当时世界上是相当先进的,比之生活在十八、十九世纪之间的英国浪漫主义理论家赫斯立特(1778—1830)诗的想象变异理论,雪莱(1792—1822)在《为诗一辩》中的"诗使他触及的一切变形",要早出一个多世纪。令人不解的是,这个宝贵的理论遗产,就是今天也没有得到应有的重视。

这种情感逻辑的还原,事实上,是属于价值的还原,把情感看成绝对化的。在诗歌中,是超越时间空间;在叙事文学中,则表现为把情感看得比生命更重要。如林黛玉,明知劳心伤神危害生命,仍然不顾一切;安娜·卡列尼娜,因为感到渥伦斯基情感不够专一,就以自杀惩罚他,让他后悔。《雷雨》中的蘩漪,为了情感,不惜乱伦。她们都是审美价值的极端,但又不能简单以坏女人视之。善恶乃实用理性,非审美价值。

人若动了真情就常常不知是爱还是恨了,明明相爱的人偏偏叫冤家,明明爱得不要命,可见了面又像贾宝玉和林黛玉那样互相折磨。陆游《示儿》曰:"死去原知万事空,但悲不与九州同。王师北定中原日,家祭无忘告乃翁。"在抒情逻辑上自相矛盾,像陆游这样明显,从艺术水准上来说,也不算是高的。更高的应该是李商隐的《锦瑟》"此情可待成追忆,只是当时已惘然",本以为这种感情可以等待,也就是在未来有望实现,只是在当时就知道是惘然。这类旷世杰作往往把抒情逻辑的矛盾,用高度艺术技巧,包括典故,藏得隐隐约约,使得一代又一代的读者在五里云雾中意会其微妙。但是，要把这种微妙的精彩说清楚，一代又一代的读者，需把时代最高的智慧奉献在解读的祭坛上。

微观分析之四：古典的情景交融和现代的情理交融

当然，无理而妙，主要是抒情的，但并不是永恒的。这是因为艺术形式规范又是开放的，是随着历史的发展而发展的，等到中国新诗古典美学原则走向式微，受到现代派诗歌的美学原则冲击的时候，“无理”的形态，就不完全限于抒情，而且是表现理性的。无理的表层，隐含着的就不是感情的“痴”，而是更高层次的理性洞察。北岛的《回答》，其经典性就在于，在中国新诗从古典浪漫阶段向现代阶段过渡。“卑鄙是卑鄙者的通行证，高尚是高尚者的墓志铭”，这样的写法，逻辑的跨越到了颠倒的程度，用古典的“痴”来解读是困难的。这首诗写于 1976 年春天“天安门事件”之后，时代本身就是是非颠倒的。“卑鄙是卑鄙者的通行证”，只有卑鄙的人才能通行无阻；“高尚是高尚者的墓志铭”，道德高尚的人，为了信念不怕牺牲的人，反而被摧残，甚至因此而牺牲。“看吧，在那镀金的天空中，飘满了死者弯曲的倒影”，好多人倒在了广场上。直接说倒在广场上，是散文的写实；说广场上死者的身影倒映在夕阳照耀的天空上，在地面上看不见，在天上有目共睹，是诗的想象。“我不相信天是蓝的，我不相信雷的回声”，这不是疯了吗？你讲的那一套我都不相信，连天是蓝的都不相信。也就是说，普遍共识的东西，流行的东西，都是假的。“我不相信梦是假的”，“梦”就是未来的期待和向往，是理想，不是假的。天空是没有遮拦的，也是遮拦不住的。那星星，“是五千年的象形文字”，你不懂的，象形文字很难懂，五千年后会有人读懂。星星就是未来人的眼睛。这样的想象，虽然比古典的“痴”更为怪异，但一点也不做作，不矫情；虽然很隐晦，但很深刻。这完全是以一种崭新的情理交融的美学原则，站在历史的高度发言。

宏观分析还原：历史语境和母题

对文本唯一性来说，微观分析固然相当关键，但是，也有相当的局限，过分拘泥也可能只见树木不见森林。一切事物固有的性质固然在其内在矛盾之中，但是，内在矛盾又与外在语境密不可分。从理论上来说，对一切对象的研究最起码的要求就是把它放到历史环境里去。不管什么样的作品，要作出深刻的分析，必须放到产生这些作品的时代（历史）中去，还原到产生它的那种政治的、经济的、文化的、艺术的气候中去。但是，历史背景是分层次的。政治和经济状况的背景，毕竟是外部的，因为对于不同作家都是一样的。历史的还原，必须还原到作品的唯一性中去，因而微观分析的最后不能不与宏观分析结合起来，也就是要放到宏观的历史语境中才能达到最高最深的层次。艺术感知还原、逻辑还原和价值还原，都不过是分析艺术形式的静态的逻辑的方法，属于一种初级的、入门的方法。入门以后对于作品的内容还要有动态的分析，因而需要更高级的方法，就是“历史还原”。不管什么样的感知、逻辑和价值，都是离不开历史的，都不能不包含在历史的还原之中。最为常见的是作家特殊的精神史。在中国有几千年的“知人论事”的传统，用作家的生命遭遇来说明作品的特征，虽然也有过穿凿过甚的偏颇，但是，也有相当合理的成分。在李白的《下江陵》中，“千里江陵一日还”“轻舟已过万重山”表现的是李白的归心似箭，体现了他的生命中一次重大的危机和突然的转折。那就是参与永王李璘幕府，永王失败，李白系狱浔阳，被判流放夜郎，李白在政治上、道德上几近破产，据杜甫诗曰，弄到“世人皆欲杀”的程度。幸而中道遇赦。

因而才兴奋到有实际上绝对不可能的速度感知。当然，这样的传记式分析，可能并不是最深刻的，而且弄不好会陷入中国古典诗话所谓“穿凿”和美国新批评所谓“意图谬误”的歧途上去。

但是，还原到历史语境中去，焦点还在于还原到当年的文学语境中去。困难在于，语境是浩瀚的、纷纭的，对于具体分析来说是缺乏操作性的。最简便的方法就是把作品放在同一母题的历史发展过程中考察。因为同一母题提供了现成的可比性。通过历史母题的还原和比较，就不难超越作家精神史的局限，梳理其在母题系列中的定位，从而发现其在母题史中的突破或倒退。关键是内在的、人物内心情智探索和表现的进展，比如，将武松打虎还原到英雄母题中去：从力量和勇气来说，他是超人的；但是从心理上说，他又是平凡的，和一般小人物差不多，英雄化和平凡化统一了。分析到这个层次，可以说，已经相当有深度了。但是，如果把它放到中国古典小说对于英雄母题中去，就可能发现，这对于早于《水浒》的《三国演义》是一个伟大的进步。在《三国演义》中，英雄人物是超人的，罕见其平凡的一面。甚至在面临死亡和磨难时都是没有痛苦的，夏侯惇眼睛中了箭，大叫一声，连眼珠都拔了出来，作家并没有写到他的疼痛感。关公之刮骨疗毒，虽然刀刮出声音来，他仍然面不改色，没有武松那种还没见到老虎之前，大肆吹嘘怕老虎的不是“好汉”，见了老虎就吓出冷汗，活老虎打死了，死老虎却拖不动的局限；也没有下山以后，见了两只假老虎，信以为真，就有点悲观失望（此番罢了）的心理。

诚如艾略特所说“天才都是传统的产儿”。审美传统具体表现为母题，这是一个逐步积累的载体，这对于作家来说，既可能是一种起飞的平台，又可能是一个因循的陷阱。哈罗德·布鲁姆在《西方正典》的“序言与开篇”中这样说：

> 对前人作品的解释需要一定的防范意识，因为对前人作品的一味赞扬会抑制新的创新……莎士比亚以马洛为起点，早期莎士比亚

式的反派主角模式，如《泰特斯·安德罗尼克斯》和《理查三世》中的摩尔人亚伦十分接近马洛笔下的马耳他犹太人巴拉巴斯。当莎士比亚创作了威尼斯的犹太人夏洛克时，笑剧反角道白的隐喻基础就彻底改变了，夏洛克是对巴拉巴斯的重大误读或创造性误释，而摩尔人亚伦则更接近于重复巴拉巴斯，特别是在形象化语言的层次上。可是当莎士比亚创作《奥赛罗》时，马洛的所有痕迹都消失了：可以看出，伊阿古的自得其乐的恶行远比过分自得的和神气活现的巴拉巴斯在形象上更细腻，更精巧，伊阿古与巴拉巴斯的关系显示出莎士比亚以前人马洛的创造性误读完全获得成功。①

一切经典的解读，只有还原到母题的谱系中去才能对其艺术奥秘有所洞悉。

《西厢记》中“赖简”一折之精彩，还原到爱情母题史中，就比较易于分析出其突破。在《西厢记》之前，例如，在唐宋传奇中，女性的爱是一见钟情、生死不渝的。但是，莺莺明明爱上了张生，主动写诗约人家跳墙来幽会；但等人家来了，却把人家大骂一顿轰走；人家垂头丧气走了，她又吃不下饭，睡不着觉；虽躲躲闪闪，终于还是梳妆打扮送上门去了。这不但在中国戏剧文学史上对一见钟情、生死不渝的模式是一个伟大的独创，而且在世界文学史上也是一大突破，其对女性心理表层和深层矛盾的揭示，比之晚他三百年的莎士比亚（1564—1616）笔下的朱丽叶的精神层次要深刻多了。在王实甫以前甚至以后的中国的戏剧和小说中，爱情常是美化、诗化、浪漫化的，也就是绝对化地不变的。美好的爱情总是善的，但是王实甫这里所表现出来的却是另一种奇观：虽然是不守信用的，美和善错位了，却是深刻的。如果崔莺莺很善，很守信用，把人家约来了就和人家好上了，那还有什么好看，有什么性格之美的发现和创造呢？当然，《西厢记》从爱情母题的发展中看，也不是没有败笔，那就是追随董解元，把元稹

① 哈罗德·布鲁姆：《西方正典》，江宁康译，译林出版社 2011 年版，第 7 页。

小说原作《莺莺传》中的张生遗弃崔莺莺，改成了大团圆的结局——那是在当时就滥俗的公式。《简·爱》把英国小说传统中美人与高贵男性的爱情变成了相貌平平和一个瞎了眼睛的男人终成眷属。所有这一切对母题的突破，都是文本唯一性的索引。

文本的特殊性、唯一性，不是一步到位的，而是在层层具体分析中，步步紧逼的，第一层次的具体分析，得出的结论，有如普列汉诺夫所说的暂时势定义，后续的每个层次的分析，都使其特殊内涵递增，也就是定义的严密度递增，层次越多，内涵愈多，则外延愈少，直至最大限度地逼近唯一文本。

文本的唯一性只有凭借这样系统的层次推进，才有可能逼近，解读的有效性才有可能提高。不论是反映论还是表现论，不论是话语论还是文化论，不论是俄国形式主义的陌生化还是美国新批评的悖论、反讽，无不囿于单因单果的二元对立的线性哲学式的思维模式，文学解读的无效、低效似有难以挽回之势。西方对之徒叹奈何，时间已长达百年之久，居然发出“文学并不存在”的咄咄怪论，文论危机到如此严峻的生死存亡地步，为两千年来所未有，而举国论者不察于此，却执着于对之作疲惫追踪。殊不知，此乃天赐良机，正是我们结束百年来对西方文论洗耳恭听的历史，从西方人失足的地方出发，凝聚起民族最高的智慧，建构自己的文学文本解读学，在思想的奥林匹克竞赛中，在西方人世袭的领地争一席之地。

我们的任务，不但是要建构文学文本解读学，而且要在文学创作论和文学解读学的基础上建立起挑战西方叙事学的中国学派的叙事学。

2012年9月8日

第一章　文学文本解读学和文学理论

面对文学理论和审美阅读经验为敌的困境

文学阅读，直接面对经典文本，本来赏心悦目，是一种审美享受。文学欣赏是一种精神的游历和提升，其特点是并不需要什么专业的修养，就能够自发地为其艺术所感染，甚至达到如痴如醉的境界。因而，文学比之其他一切读物拥有更广泛的读者。但是，人们对于自发的感性状态似乎并不满足，因为感觉到了的，并不一定正确可靠，就是正确可靠，也不一定能够理解。理解了才能纠正错误的感觉，使正确感觉上升到理性的高度。这就有了理论的追求，就有了文学理论，其目的本来是为了把自发的感受性阅读上升为自觉的理性的解读，甚至还指望它能有效地指导文学创作。但是，理论本身带着超越感性的性质，既有上升为理性的可能，又有脱离文本，腾空而为空话，成为遮蔽的框框的可能。但是，人们对理论的这一局限缺乏起码的警惕，就导致了当前架空的文学理论，天花乱坠，流派纷纭，层出不穷。就其大多数来说，往往不能增加文学欣赏的情趣和智趣，相反，还可能破坏解读者的胃口。此等现象，滔滔者天下皆是，就是专门从事文学理论研究，而且取得了世界性影响的大家对之也是不能不承认的。例如，韦勒克和沃伦在他们的名著《文学理论》中就坦承：

> 由于对文学批评的一些根本问题缺乏明确的认识，多数学者在遇到要对文学作品作实际分析和评价时，便会陷入一种令人吃惊的、一筹莫展的境地。①

文学阅读惊心动魄的审美感受与文学理论为敌的窘境普遍存在，人们已经见怪不怪。但是，这并不妨碍文学理论（或者文艺理论）在学术界成为显学。流派更迭频繁，新著日新月异，虽观念各异，而视野趋同重复之屡见不鲜，水准之徘徊不前，已成常态。

文学理论作为理论，本当来自实践，一个是创作实践，一个是阅读实践。本来，文学理论的基础，第一是文学创作论，第二是文学文本解读论。在此两大实践基础上才能产生文学理论的系统建构。真正的文学理论，其前提应该是文学创作论，分析形象的细胞构成、审美价值与实用理性之

---

① 韦勒克、沃伦：《文学理论》，刘象愚等译，南京：江苏教育出版社2005年版，第155~156页。

分野、作家特殊心理、驾驭并突破形式规范、由风格形成流派等等。但是，创作论这个领域却相当荒芜，从80年代以来不但专著寥寥无几①，而且，实际并非严格意义上的文学创作论，而是变相的文学理论仍然进入不了文学形象的深层结构的主客二元对立的思维模式。自从罗兰·巴特宣称“作者死亡”以来，此项课题几成禁忌。文学作品产生以后，乃为读者所解读，文学理论的基础之一，应该是文学文本解读学。在20世纪末“读者中心说”甚嚣尘上之时，本该成为研究之热门，然而，此论在中国的反响，只有读者，却无解读，文学文本解读学著作更为罕见。② 然而，广大读者，尤其是对于上千万，乃至成亿的中学和大学文科教学，文学文本解读学之无效，低效，甚至误效比比皆是，引起普遍的失望甚至厌恶。

创作论与解读论，在我国，本来既有一定分工，同时又互相渗透。如刘勰的《文心雕龙》、叶燮的《原诗》大致可谓以创作论为核心，而诗话、词话、戏曲和小说评点，其基本精神乃是解读论。二者的传统可谓源远流长。直到王国维的《人间词话》可谓兼具创作论与解读论之优长，只是以词话形式呈现。当然，这种模式在逻辑的系统性和概念、论证的严密性方面有明显的缺陷，故五四以后，我们连同其精华一起废弃，接受了西方文论以严密的概念，系统演绎和论证的模式。这种文学理论模式以其现代学科的规范，使我们的理论水准发生了历史性的突破。但是，西方文论并非十全十美，也有其不可回避的局限。那就是：第一，遵循西方经院哲学的传统，追求超越实践的形而上学，具体表现为以抽象度甚高的概念的严密为务，不厌其烦地在从概念到概念的抽象领域里兜圈子，把本来简单的问题说得扑朔迷离。第二，把理论的自洽性放在创作和阅读的效益之上，

① 据我有限的涉猎只有两部。一是杜书瀛的《文学原理——创作论》(80年代出版，2005年中国大百科出版社重版)，另一是孙绍振的《文学创作论》，1986年，春风文艺出版社。海峡文艺出版社20世纪多次再版，另外韩国学术情报出版社，2009年出版八卷本《孙绍振文集》将此书列入第六卷、第七卷。此外诗歌和散文均有少量创作论专著，如骆寒超的《新诗创作论》，和张国俊的《艺术散文创作论》，中国社会科学出版社，2011年。

② 据我有限的涉猎，龙协涛先生所作《文学阅读学》北京大学出版社，2004年。可惜，最接近文学文本解读学并不着眼于文学文本解读的有效性，而是追随西方文论所谓作者中心、文本中心、读者中心之说，并未提出文本解读学的理论建构和操作方法。

这就导致了文学理论脱离甚至破坏文学创作和阅读实践。其极端者，出现否定文学本身存在的“文学理论”。从而造成了文学理论封闭式的自我循环，自我消费。此等现状，有目共睹。但是，一来慑于西方文论的强势话语的霸权，二来慑于国内学院派所谓“学术规范”，文学理论自我窒息的严峻形势遂为国人所忽略。

其实，为了给文学理论以新生命，最切实的办法就是学科分化。从文学理论中把文学创作论和文学解读学分化出来，进行原创的独立建构，为文学理论提供丰富坚实的基础，衍生其固化的范畴，在许多根本问题上对之进行挑战，促使其突破。

以自然科学观之，学科分化乃学科发展提升的标志，如化学之分为有机与无机，生物化学与物理化学；如物理学之分为理论物理学与实验物理学、地球物理等等，都推动了学术的飞跃发展。然而，文学理论，却在近百年间，岿然不动，一味拘守，可谓稳坐钓鱼船，毫无分化的自觉。固然，美国的韦勒克、沃伦和苏联的文学理论权威季莫菲耶夫的《文学原理》把文学理论分为《文学理论》《文学史》和《文学批评》，但是，所有这三个部分都缺乏文学创作论和文学文本解读学的基础。

文学理论学科一直处于混沌未分化状态，此种权威的说法，从未遭遇挑战，容易造成误解，以为文学理论具有创作论、解读学的功能，遂以文学理论的一般性代替解读的特殊性。殊不知文学理论和文学文本解读学，在内涵和功能上具有莫大的差异。

文学理论的普遍性与文学文本解读的唯一性

文学理论以文学为总体对象，其理论是普遍的，尤其是被奉为圭臬的西方文论，往往向高度形而上学方面发展，理论的哲学化程度日甚一日。

而文学文本解读学，却以实践性甚至操作性为生命，它面对的是感性的文本个案，其指向性应该是文本个案的特殊性。这里的个案，甚至不是作家个体，而是作品个案。就是对同一作者，其不同个案，也应致力于其不可重复性，直接归纳和分析出其唯一性，本来，这应该是题中之意。普通读者并不在乎文学总体的普遍属性，并不奢望把一切作品读完，他们关注的就是眼前这一篇的奥秘。最理想的文学理论，应该是一篇又一篇的文本解读的积累和概括。从这个意义上说，文学文本解读应该是文学理论的基础（之一）。反过来说，没有大量的文学文本的解读，文学理论根本就无从产生。研读鲁迅，文学理论家可以论述鲁迅小说的总体特点，但是，绝大多数理论家并未对鲁迅的每一篇小说进行过仔细的解读，作准确的概括。从某种意义上说，这种文学理论是以不完全的分析加直觉的结果。其中的疏漏和主观、强加和歪曲，是不可避免的。在进行整体概括之前，不对文本作大量的尽可能细致的分析，理论就不能不隐含“只见森林、不见树木”的危机。反过来说，仅仅对文本作个案的分析，固然有可能“只见树木、不见森林”。但是，从根本上说，细致的个案分析，具有解剖麻雀的功能，也有从一粒沙子里看世界、从一滴水看大海的优势。比之大而化之的空洞理念，更具相对的切实性。对于一般读者而言，读鲁迅并不一定是其全部，而是面对单一文本，其关注焦点，乃在此单一文本的独一无二的特点。比如，鲁迅在小说中写了阿 Q 的死亡，读者解读的期盼是，这种死亡的独一无二的特点是什么，也就是它与鲁迅其他作品中所写的死亡有什么区别。

鲁迅小说中，有八种死亡，文学理论可以以概括其统一性为务，而文学文本解读学追求的应该是每一种死亡的唯一性，不可重复性。

第一种死亡，是最有名的，阿 Q，小人物，冤假错案，非常悲惨的死亡。鲁迅居然不写他的悲惨，不渲染场面的沉痛，而写他的可笑。他的伟大的艺术魅力就在于：悲剧性的死亡，用喜剧性的写法。当阿 Q 走向刑场的时候，他最在意的居然不是自己死到临头，而是关注人群里有没有吴妈。

就是他曾经跪下来说“我要跟你睡觉”的那个女人。这女人大叫大喊，弄得阿Q挨了棒子，连最后的家当，一件破棉袄都被没收走了。这样一个给他带来灾难的女人，临死前他还要关注。这是荒谬的、可笑的，是中国古典小说上没有的。在西方小说史上，据我所知，荒谬到这种程度也是少见的。

第二种，他不但善于写喜剧性的死亡，而且善于写悲剧性的死亡。《祝福》里面祥林嫂的死亡，死得很悲惨。然而导致她死亡，压死她的最后一根稻草竟是鲁四奶奶不让她碰福礼的一句话“你放着吧，祥林嫂”。这句话说得很有礼貌，为祥林嫂留了台阶下，但是，她却因此而精神崩溃，丧失了劳动能力，最后沦为乞丐，冷饿而死。这是个没有凶手的悲剧，凶手就是存在于每个人，包括祥林嫂头脑中的对寡妇的成见。超过任何中国古典小说史的思想深度和艺术高度，甚至跟林黛玉的死亡堪称双璧。

第三种是孔乙己的死亡。他将全部的生命投注于考试。考了几十年，却连秀才也没有考上。成了一个废物。这个科举制度的牺牲品，只能给别人抄抄写写，又喜欢偷书，偷笔墨纸张，典型的废物加小偷。就是这样一个人，这样一个悲惨的人，当他出现的时候，却给周围带来了欢乐。而这种欢乐，却是以无情地摧毁孔乙己读书人最后精神底线(不承认自己是小偷)为特点。这样一个人死了，没有任何人觉得悲哀，也没有人觉得快乐。这就是既无悲剧性、也无喜剧性的死亡。

第四种是英雄的死亡。英雄就是《药》里面的夏瑜，死亡虽然是壮烈的，却是通过小人物的麻木心态反映出来的。几乎是众口一词地，认定英雄的死亡是愚蠢的、疯狂的、活该的、大快人心的。到监狱里还要宣传革命，挨到拳脚，是罪有应得、理所当然的。“大清的天下”岂是他能够动摇得了的？特别是，他的鲜血染红的馒头，被当成治疗肺病的良药，内在的意蕴是冷峻的：牺牲是白费的。他的死亡是壮烈感和荒谬感交织在一起的。

第五种死亡，“孤独者”魏连殳的死亡，是冷嘲性质的死亡。临死时嘴巴上还挂着冷笑。这个人非常孤傲,藐视周围的一切人,对政治上的飞黄腾达、经济上的财富,对趋炎附势、世态炎凉,他是公然蔑视的。最后环境逼得他背叛了自己的信念,为了复仇,去做一个军阀的副官。他有了金钱权势。周围的那些俗人、势利者就来奉承他了,他冷眼相对。这样一个以反抗恶势力开始,以同流合污为代价,来取得复仇本钱的人,鲁迅最后把他送上了死路。他死的时候,那些势利的小人表示悲哀,表示对他的赞美,可是他脸上挂着冷笑。这个冷笑,鲁迅说,既是冷笑这个世界,也是冷笑他自己。鲁迅在讲到《药》的结尾时,曾经提到过安德烈耶夫的阴冷。他说,夏瑜的坟上,有一个花圈,以免像安德烈耶夫的阴冷。可是,魏连殳死亡,却有安德烈耶夫式的阴冷,冷到有哭,但没有人悲,连他自己也不悲,只有冷笑。

第六种死亡,《伤逝》里子君的死亡。她是一个新时代的觉醒者,反抗封建包办婚姻,声言"我就是我的",毫不忌讳周围的舆论压力,毅然决然地跟自己相爱的人同居。她很坚强,周围的冷眼、中伤、威胁、压迫,都无所谓,昂首云天之外。但是有一点,她含糊不了,她的丈夫失业了,局子里把涓生开除了,没有钱吃饭了。涓生寄希望于去翻译赚一点稿费,好不容易登出来,只得到了几张书券。这个原来宣称"我就是我的"、对现实不妥协的女性,不得不回到她所反抗的封建的家庭里去,最后死了。这个人的死亡,是很悲惨的。可是他(鲁迅)不是像写祥林嫂死亡那样,正面营造浓郁的悲剧的氛围,而是把之放在她的爱人涓生的忏悔之中——忏悔自己不够坚强,忏悔自己跟子君讲"我们两人如此活下去,互相搀扶着,只能两个人一起沉没,我们还不如分开,也许还有一线生机"。这种忏悔中,交织着多重错位,首先是自我批判和对现实的无奈。其次是透露出对子君的赞美、同情和惋惜,同时也渗透着对其脆弱和沉溺于小家庭的庸俗的批判。悲剧性死亡蕴含着多元的错位,又用第一人独白的抒情话语来表现,其间的悲郁和沉痛,智性的深思,构成多声部交响。鲁迅对主人公是很少抒情的,对阿 Q 是绝对不抒情的,对孔乙己也是不抒情的,唯一抒情的就两个人：一个是祥林嫂，一个就是子君。

第七种死亡是《故事新编》里的《铸剑》。在这本小说中，鲁迅最喜欢的就是《铸剑》。这是根据神话传说写的。主人公叫眉间尺，他的父亲是一个铸剑（炼钢）的专家。楚王命他铸剑，他铸了两把，一把叫干将，一把叫莫邪。剑呈给楚王，他知道，这是尖端武器，楚王不会让他再给别人铸，因此他必死无疑。他把一把剑给了楚王，一把剑留在自己家里。对老婆说："我死了之后，儿子长大了，让他为他父亲复仇，就用这把剑。"他的儿子眉间尺长大以后，就拿着这把剑去复仇了，应一个黑衣人要求，眉间尺自杀，黑衣人提着他的头，取得楚王的信任，结果是，眉间尺、黑衣人和楚王，三个头一起掉在锅里煮烂了，大臣们无法分辨哪个是暴君的，哪个是义士的，只好把三者合葬在一起。慷慨赴义的英雄偏偏和暴君合葬，变成了荒诞（解构）。这个死亡的艺术价值，是英雄主义和荒谬主义的融合。

第八种死亡，在《白光》里，写一个人，类似于孔乙己去考试，考不中，突然做梦想到自己父亲的遗言，在家里什么地方，有大堆银子埋着。他就做梦想着那个地方了。全篇就是写这个人梦幻，在幻觉中挖来挖去，最后掉到河里死掉了。这个死亡比较单调，不能代表鲁迅的艺术成就，我认为是写得比较差的。

总的来说，八种死亡，各不相同，至少有七种是写得很精彩的，在中国文学史上都可以说是前无古人的。

文学作品的生命，就在于其唯一性、独一无二性。但是，主流文学理论，空谈独创性，却对之视而不见，"它们关心的不是文学特征的问题，而是作品形成的必然条件，尤其是意识形态"①。解读当然要关注意识形态，但是，意识形态是普遍的，而文本解读的却是个案。解读就是个案解密，离开了个案的审美特征，解读就不是个案的特殊性，而是文本间的共同性。共同性往形而上方面升华，就变成了空洞的文学理论，其最新表现形态就是以文化批评代替文学文本解读。然而文化批评的宗旨乃是从不

① 赵毅衡：《符号学文学论文集》，百花文艺出版社 2004 年版，第 482 页。

同文学作品中归纳出民族的、地域的文化心理的共同性，其抽象过程中舍弃掉的恰恰是文学的特殊性、唯一性。文化批评自然有其本身的特殊意义，但是，以文化批评代替文学文本解读，而且成为喧嚣一时的新潮，声言除此以外别无选择，则是对文学文本解读的犬儒主义的退却。文学文本解读的基本规律与之相反，往形而下方面还原，别无选择。文学理论与文学文本解读学，就在这里分化。

文学文本解读学"唯一性"的悖论

文学理论之所以长期与审美阅读经验为敌，就是因为一味以理论的普遍性遮蔽文学文本解读的唯一性。这种舍本逐末之所以成为千年的痼疾，原因还在于，文学解读唯一性本身蕴含着悖论。文本个案的唯一性，就是不可重复的，独一无二的。但是，作为理论却不能不是普遍的，乃是对于无数唯一性的概括。理论上所说的唯一性，所指的是每个文本的唯一性。这种唯一性，恰恰是每个文本的共同性、普遍性。这种普遍的唯一性，本身就是对特殊文本唯一性的否定。正如有一年高考题为"答案是多种多样的"，表面上强调的答案不是唯一的，但是，就"答案是多种多样的"作为答案又是唯一的。从根本上来说，理论的唯一性是与个案的唯一性不相容的。它只能是抽象的唯一性，并不是具体的唯一性。这样，个案的唯一性与理论的唯一性就成了永恒的悖论。当然，这并不是文学文本解读学特有的悖论，而是一切理论都可能存在的矛盾。

理论面临着具体的、特殊的问题，理论的普遍性却不能不以牺牲特殊性为前提。正是因为这样，一切理论不可能直接解决问题，它只能是一种预期、一种导向。正是因为如此，理论只是一种没有独特内涵的框架。德国接受美学家沃尔夫冈·伊瑟尔提出："作品的意义不确定性和意义空白促使读者去寻找作品的意义,从而赋予他参与作品意义构成的权利”。这种由意义不确定与空白构成的就是“召唤结构”。其实,理论比之文学作品更是名副其实的召唤结构。理论的不确定性和空白,期待着以每一个作品去填充而且赋予其血肉生命,在对作品个案作不同程度的突围中获得发展。在我看来,西方那些纯粹从理论到理论的文学理论就算是没有错误,也是空洞的骨架。理论只能作为对具体作品作出具体分析的向导。具体分析,就是把理论形成过程中牺牲了具体的特殊性还原出来。对于文学文本解读学,具体分析的还原乃是其生命。文学文本解读学,不能采取文学理论的那种普遍概括为主,而是在普遍性的导向下,把理论所牺牲掉的特殊性通过具体分析还原出来。从根本上,特殊性文本的内涵,永远大于理论的普遍性。普遍理论中不包含特殊性,正如水果的内涵中不包含香蕉的特殊性,而香蕉的特殊性中却隐含着水果的普遍性一样。因而以普遍理论为大前提,不可能演绎出任何特殊性个案的唯一性,文本的唯一性只有在特殊的个案的具体分析中才能充分揭示。正是因为这样,文学文本解读学,应该以理论的普遍建构与具体个案分析相辅相成,个案的具体分析和理论的概括,二者保持必要的张力。

进入具体分析的第一步,乃是将文本的审美价值从实用理性认识和理性中分离出来。

在丰富的文学理论遗产中,固然有不少权威理论帮助我们超越实用理性,进入想象的、自由的审美境界。但是,无可讳言,也有种种权威理论,不但不能帮助我们进入文本审美唯一性的境界,相反,干脆就是否定,甚至糟蹋文学。许多来自西方的文学理论本来就充满偏颇,再加上我们教条式的照搬,文学理论对于文学解读的低效乃至无效,已经不是中国的现象,而是世界性的怪圈:文学理论越是发展,就越是带有形而上学的性质,越是脱离文学解读的个案;文学理论的发展越是自由,其流派也越是竞相更新,其对创作与解读的实践指导性也越贫弱。

文学理论与文学解读的审美享受为敌就这样成为世界性的顽症。

文学理论近年来不但没有把揭示文学本身的审美奥秘作为自己最高的任务,相反,把文学作为逃避、否定的对象,不过一些是间接的逃避,另外一些则是直截了当的否定。间接的逃避,雄踞50~70年代的"美是生活",实质上就是美即真,把美等同于真,否认美,尤其是艺术美与认识的真之间的错位。机械唯物论和狭隘社会功利论长期猖獗,等而下之者,只把文学当作政治宣传和道德说教的工具,导致公式化概念化创作和批评的顽症至今阴魂不散。而80年代以来规模空前的当代西方前卫文论,则堂而皇之地否认文学的存在。最后竟弄到号称"文学理论"的理论,公然宣称,它并不准备解释文学本身。这一点,乔纳森·卡勒在他的《文学理论入门》中说得很明白。他宣称,文学理论的功能就是"向文学……的范畴提出质疑"。[①] 伊格尔顿在《二十世纪西方文学理论》中,直截了当地宣告,文学这个范畴,只是特定历史时代和特定人群的建构,并不存在文学经典本身(itself)[②]。来自外国的新老强势文化霸权话语,被文不对题地当成文学解读的理论根据。造成文学解读和教学空前的大混乱,无效和低效成为不治之症。

文学理论与审美阅读经验为敌的困境,不但令我国头脑清醒的读者和评论家痛心疾首,而且也使西方许多理论家为之困惑和愤激。新批评的先驱艾·阿·瑞恰兹就这样说过:

> 既然诸门艺术提供的经验唾手可得,那些杰出的智者在思索上述问题时又有什么收获呢?我们现在回顾一下,便会发现空话连篇。其中有三言两语的揣测,应有尽有的忠告,许多尖锐而不连贯的意见,一些堂而皇之的臆说,大量辞藻华丽教人作诗的诗歌,没完没了莫名其妙的言论,不计其数的教条框框,无所不有的偏见和奇想怪论,滔滔不绝的玄虚之谈,些许名不符实的思辨,一鳞半爪的灵感,启

① 乔纳森·卡勒:《文学理论入门》,李平译,译林出版社2008年版,第16页。
② 伊格尔顿:《二十世纪西方文学理论》,伍晓明译,北京大学出版社2007年版,第11页。

发人意的点拨和浮光掠影的管见，可以毫不夸张地说，诸如此类的东西构成了现有的批评理论。[①]

从表面看，瑞恰兹的话说得有点情绪化，但实际上，文学理论与文学解读的矛盾远比他说的要严重得多。文学理论中假冒伪劣者，滔滔者天下皆是，其中最为伪劣者，其概念玄虚，其语言晦涩，其逻辑武断，完全以摧残文学的审美享受为务。

面对此等窘境，清醒的国人认识到，这并不是文学理论本身的绝对荒谬，而是直接运用文学理论解读文本造成的悲剧。文学文本解读学虽然与文学理论有普遍的共同性，但是，应该有它特殊的差异性，它应该从文学理论中分化出来，发展为独立的学科。

建构文学文本解读学的任务摆在我们面前。但是，对于文学文本解读学的独立建构来说，却不能离开已经被文学理论弄得混乱不堪的地基，不对已经在历史积累中，被广泛认同的文学理论进行批判性的清场，不正本清源，拨乱反正，就不能确立文学文本解读学的前提，这当然是个历史性的难题，但是，却是义不容辞的使命。

文学的自律和他律：自转和公转

严格说来，从古希腊亚里士多德的模仿自然论到近代的反映论（本质论、典型论），从我们本土的“诗言志”“在心为志，发言为诗”到欧美浪漫主义的“强烈感情的自然流泻”[②]论，都不能直接成为文学解读、鉴赏的利

① 艾·阿·瑞恰兹：《文学批评原理》，杨自伍译，百花洲文艺出版社1992年版，第2页。

② William Wordsworth: *Preface to Lyrical Ballads*, “I have said that poetry is the spontaneous overflow of powerful feelings: it takes its origin from emotion recollected in tranquillity.” The Harvard Classics.1909, p.14.

器。厨川白村《苦闷的象征》中专门列出一章“鉴赏论”,[①]从根本上说,仍然是从“梦”的观念到生命的“真”观念,并未触及艺术形象基因的奥秘。对于艺术欣赏并无多少切实有效的帮助。反映论和表现论,虽然旨趣相反,一重客观反映,一重主观,但是均为单因单果的直线思路,对主观与客观转化为语言、意象、意脉、形式、流派、风格的复杂曲折层次完全抹杀,实际上也就是把艺术本身遮蔽了。

学习文学理论,本来很简单,就是为了懂得解读艺术,成为艺术的内行,预期“文艺理论”这门课一定充满令人神往的艺术奥秘,熏陶吾人的艺术感觉,学会欣赏艺术,甚至提高文学创作水平。我曾经这样对我的学生说:

> 50年代中期,这门课一上来就讲艺术的起源——起源于劳动,不是起源于游戏——讲来讲去,始终没有讲到形象是怎么回事。接着讲文学是生活的反映,就更令人思想麻木。大家都在生活之中,为什么只有少数人成为艺术家,而大多数人却不行呢?当时流行一个权威命题,叫“美是生活”。我做大学生的时候,就觉得这是废话。我想,反过来说,美不是生活,美是想象,美是假定,难道就没有道理吗?这种理论实在太让人烦了。我在心里抬杠,如果有人问花是什么,你回答说,花是土壤,肯定会遭到人们的嘲笑。如果有人问酒是什么,你回答说,酒是水果或是粮食,人家会觉得你神经有问题。但当你问艺术或美是什么,得到的回答是:美是生活。说这话的人反而成了大理论家,岂不是咄咄怪事!其实,说这话的人,不过是一个大学毕业生,名叫车尔尼雪夫斯基。这句话出自他的大学毕业论文,写作的时间是1860年。一百多年过去了,这样一句包含着明显弱智的话,居然被当作神圣的经典来崇拜。对之质疑,还要受到批判,叫不叫人郁闷?叫不叫人委屈?

① 鲁迅:《鲁迅译文全集》第2卷,福建教育出版社2008年版,第246~262页。

植物学家、酿酒专家，他们研究学问，目标很明确，就是如何把原料（泥土中的养分，淀粉）变成花朵，变成酒。而我们研究文学理论，却反反复复地说艺术就是生活，这事实上就是说，艺术和原料没有什么区别。时间真是太不值钱了，这样的废话居然说了一百多年。其实，人们学习文学理论的目的，就是要知道生活——平常的普通的生活和心灵活动——是怎样变成动人的艺术形象的。

从方法论来说，关键不在于二者的同一性，而在于它们之间的差异、矛盾和转化。

但自亚里士多德以来，所谓的"反映生活说"（模仿自然）一直雄踞主流宝座，在我国，至少在 20 世纪 80 年代以前，一直被认为是天经地义。美是生活真实的反映，美是生活的典型的反映，美是生活的本质的反映。反反复复强调文学是一种认识，认识就是主观和客观的统一，文学的任务就是帮助认识生活。

用美学术语来说，美就是真。

因为真了，就有用。能帮助人认识社会，改造社会，能认识人、教育人、改造人。文学艺术就是一种工具，用权威人士的话来说，就是革命机器上的"齿轮和螺丝钉"。

这种理论可以叫认识论加工具论。

真的，就是有用的；有用的，就是好的，用美学术语来说，就是善的。在这个意义上，美的也就是善的，美就是善。

归结起来，就是真善美的统一。

这种理论不能说完全没有道理。美是生活的反映，文学要写得美，有感染力，就一定要反映生活；作家一定要体验生活，深入生活，才能真实地、本质地、典型地反映生活。不能说是胡说八道——我们总不能提倡歪曲生活，总该记得五四时期反对"瞒和骗"的文艺吧。但传统的理论有一个明显的缺点，它忽略了文学与一般意识形态之间的不同或矛盾，也就是文学之所以成为文学的特殊规律。它本是一种多层次的系统，而机械真实论却把它线性化了。马克思在论述自由时曾经这样说：

> 在宇宙系统中，每一个单独的行星一面自转，同时又围绕太阳运转，同样，在自由的系统中，它的每个领域也是一面自转，同时又围绕自由这一太阳中心运转。①

文学与社会生活的关系，应该是地球与太阳的关系，行星与恒星的关系。地球围绕太阳旋转，这叫作公转，一转365天，但是，不要忘记，地球之所以能够公转，就是因为它能够自转，一转就是一天。如果不能自转，也就谈不上公转了。地球围绕着太阳转，可以比作文学与社会生活的外部关系，性质上是他律，而自转就是文学的自律，自身的规律。如果文学没有自己的规律，也就不可能有围绕社会生活旋转的他律。近一个世纪以来，文学理论之所以不景气，就是因为长于讲有目共睹的公转、他律，而对于其自转、自律，因为身在地球中而不能感知，即使有感知，也比较浮浅、零碎。因而，仅仅从他律与现实关系来评价文学经典，在20世纪后半叶，在全世界形成了强大的优势，轻视、藐视乃至无视文学的自律，使文学理论陷于自我蒙蔽。

要进入文学解读欣赏之门，第一道门槛，就是要清醒地明白文学艺术与生活的关系并不仅仅是一个认识与被认识、反映与被反映的关系，用美学的语言来说，也就是不仅仅是真和假的绝对对立。其实，只要有起码的解读经验，大概不难体悟，文学之所以成为文学，文学之所以值得欣赏，就是因为它不仅仅是真的生活，而且是假定的。文学欣赏的第一要义就是要在真实与假定之间，在这个问题上看到其间的矛盾对立和在一定条件下的转化。这是因为，文学既要反映生活，又要表现情感，二者分别存在，而艺术以统一的形象为前提，因而二者要在假定中统一为意象，成为群落才成形象。可是就在这个问题上，我们许多专家却不是很清醒的。总是

① 《第一届莱茵省议会辩论（第一篇论文）》，《马克思、恩格斯全集》第1卷，人民出版社。

以一种机械的、绝对的真实性，甚至是直接的“实感”来衡量评价作品。说到郦道元《三峡》之精彩往往就以写出了对三峡河山的“实感”赞之。[①] 说到《岳阳楼记》，总是说范仲淹亲临岳阳楼，才写出此等不朽经典。在这一点上，连余秋雨也未能免俗。其实，当滕子京（宗谅）差人请他为文时，范氏正在陕西前线，千里往返，不可能不贻误戎机。真正执笔为文是在一年之后被贬至河南邓州，亦不可能擅离职守。范氏为文，实凭想象，而日日生活在岳阳的滕子京笔下的洞庭岳阳，却用笔甚俗。如，东南之国富山水，唯洞庭于江湖名最大。环占五湖，均视八百里；据湖面势，唯巴陵最胜。频岸风物，日有万态，虽渔樵云鸟，栖隐出没同一光影中，唯岳阳楼最绝。[②] 这里蕴含着“真”与“假”，现实与想象之间的矛盾与转化，是进入文学解读真谛的契机。

“以无为有，以虚为实，以假为真”

道理本来很简单，从常识来说，真谈恋爱不是艺术，假假的谈，谈上半小时，可能得百花奖。真虾不是艺术，挂在墙上，不过一星期会发出不好闻的气味。齐白石画的假虾，挂的年代越久，越是增值。这是老百姓都知道的，艺术的真实性是和假定性联系在一起的，用歌德的话来说，就是通过假定达到更高程度的真实。我国古典诗话中，对这一点，到了 17 世纪有突飞猛进的发展。（清）黄生（1601—？）说：

> 极世间痴绝之事，不妨形之于言，此之谓诗思。以无为有，以虚

① 《中国散文鉴赏文库，古代卷》，百花文艺出版社 2001 年版，第 521 页。
② 方华伟：《岳阳楼诗文》，吉林摄影出版社 2004 年版，第 8 页。

为实，以假为真。[①]

这个“以假为真”本来是题中之意，但是，一到死心眼的理论家手里，死抠起概念来，就复杂了，就说不清楚了。

真假互补、虚实相生的艺术起码的道理，是几百年来，作者和读者的默契，可是到了大人物那里，就莫名其妙地混乱了起来。真假互补，虚实相生，并不只是小说的特点，而是所有文学形式的共同规律。莱辛在《拉奥孔》的“前言”中说“艺术是逼真的幻觉”[②]，司空图（837—908）在《与极浦书》：“戴容州（按：唐戴叔伦，曾任容州刺史）云：‘诗家之景，如蓝田日暖，良玉生烟，可望而不可置于眉睫之前也。’”[③]这和司空图在《诗品》中说的“离形得似”是一脉相通的。师承了这样的观念，朱光潜先生在《谈美》第二篇发挥说：“艺术与极端的写实主义不相容”，“艺术本来是弥补人生和自然缺陷的，如果艺术的最高目的仅在妙肖人生和自然，我们既已有人生和自然了，又何取乎艺术呢?”[④]高尔泰先生则在80年代把他在人民文学出版社的代表作命名为“美是自由的象征”。[⑤] 其实，这些说明还可以发挥，艺术既不是生活现实的照搬（如一些论者所说，按照生活本来面貌表现生活），也不是生活本质的反映，而是生活某一特征与作家情志的某一特征在想象中与形式规范的猝然遇合，是三个要素形成的三维结构，这一点下面将详述，此处不赘。

① 黄生：《诗麈》，诸伟奇主编《黄生全集》，第四册，李媛校点，安徽大学出版社2009年8月第1版。

② 莱辛：《拉奥孔》，朱光潜译，人民文学出版社1779年版，第1页。

③ 《四库全书·集部·别集类》，汉到五代，司空表圣文集，卷三。上海人民出版社1999年版。

④ 朱光潜：《朱光潜美学文集》第1卷，上海文艺出版社1981年版，第458~459页。

⑤ 高尔泰：《美是自由的象征》，人民文学出版社1986年版。

第二章　建构文学文本解读学的根本原则:唯一性

——解答李欧梵的世纪困惑:西方前卫文论对文本解读为什么无效

对于建构文学文本解读学来说,最大的拦路虎,还是西方前卫的文学虚无论。

近二三十年,正当我们引进西方当代文论进入热潮之际,恰逢欧美学界热衷于理论的更新,理论的价值往往聚集于颠覆,有一种极端的说法是西方文论差不多两个月就可能更新一次。这当然有些夸张,但是,这二三十年,我们像神农氏尝百草一样,争先恐后,把西方不下百年的文艺理论狼吞虎咽了一番。俄国形式主义,美国新批评、现象学、结构主义、解构主义、文化批评、女权主义、读者中心、新历史主义等等,走马灯似的转换,理论界、学院里,热闹非凡,莫不以抢占话语最新制高点为务。可是,如此纷纭的理论,对于文学解读来说,不但没有诱导深入之功,相反,倒是令解读目迷五色,莫衷一是,甚至对文学根本就不存在这样的权威话语都只有洗耳恭听之份,而无反诘的自觉。这种现象可以说是患上了真正的"失语症"(aphasia)。这不仅仅是中国现象,而且可以说,滔滔者天下皆是。李欧梵先生在“全球文艺理论二十一世纪论坛”的演讲中勇敢地提出了一个问题:西方文论流派纷纭,却很难达到对文学文本进行有效解读的目的。李先生以挑战、怀疑西方权威为荣,而我们文论界以服膺、崇拜西方大师骄人,这种对照不仅有趣,而且发人深省。李先生的文章写得很幽默,很值得细读:

话说后现代某地有一城堡,无以为名,世称“文本”,数年来各路英雄好汉闻风而来,欲将此城堡据为己有,遂调兵遣将把此城堡团团围住,但屡攻不下。

从城墙开眼望去,但见各派人马旗帜鲜明,符旨符征样样具备,各自列出阵来,计有武当结构派、少林解构派、黄山现象派、渤海读者反应派,把持四方,更有“新马”师门四宗、拉康弟子八人、新批评六将及其接班人耶鲁四人帮等,真可谓洋洋大观。

文本形势险恶,关节重重,数年前曾有独行侠罗兰·巴特探其幽径,画出四十八节机关图,巴特在图中饮酒高歌,自得其乐,但不幸酒后不适,突然暴毙。武当结构掌门人观其图后叹曰:“此人原属本门弟子,惜其放浪形骸,武功未练成就私自出山,未免可惜。依本门师宗真传秘诀,应先探其深层结构,机关再险,其建构原理仍基于二极重组之原则。以此招式深入虎穴,当可一举而攻下。”但少林(按:解构)帮主听后大笑不止,看法恰相反,认为城堡结构实属幻象,深不如浅,前巴特所测浮面之图,自有其道理,但巴特不知前景不如后迹,应以倒置招式寻迹而"解"之,城堡当可不攻而自破。但黄山现象大师摇头叹曰:"孺子所见差矣!实则攻家与堡主,实一体两面,堡后阴阳二气必先相融,否则谈何攻城阵式?"渤海(按:读者反应)派各师击掌称善,继曰:"攻者即读者,未读而攻乃愚勇也,应以奇招读之,查其机关密码后即可攻破。"新马四宗门人大怒,曰:"此等奇招怪式,实不足训,吾门祖师有言,山外有山,城外有城,文本非独立城堡,其后自有境界……"言尚未止,突见身后一批人马簇拥而来,前锋手执大旗,上写"昆仑柏克莱新历史派",后有数将,声势壮大。此军刚到,另有三支娘子军杀将过来,各以其身祭其女性符征,大呼:"汝等鲁男子所见差也,待我英雌愿以崭新攻城之法……""话未说完,各路人马早已在城堡前混战起来,各露其招,互相残杀,人仰马翻,如此三天三夜而后止,待尘埃落定后,众英雄(雌)不禁大失惊,文本城堡竟然屹立无恙,理论破而城堡在,谢天谢地。"①

李先生的意思很清楚,检验理论的重要路径就是解读文本,现在理论出了一大堆,旗号那么多,文本的解读却毫无进展,理论的价值就值得怀疑了。

理论的普遍性,并不直接包含文本的特殊性

李先生的说法肯定有道理,但是,也许并不十分完善。不可否认,这

① 李欧梵:《世纪末的反思》,浙江人民出版社 2002 年版,第 274~275 页。李先生此论并不十分全面,参阅本书绪论之注释②。

些理论和学术史上以概念到概念的精致辨析和演绎为务的学术一样,有它高度的成就。但是,其宗旨在追求意识形态,而不在文学,不但不结合文学文本实际,相反以超脱文学,无视文学阅读经验,追求形而上的概念体系为务。其价值本身并不在文学解读,把解读文学文本的希望寄托在它们身上,可能是缘木求鱼。

问题的关键在于,文学理论为文学的普遍原理,在种种关系中抽象其共同性,如文学与政治的关系,文学与生活的关系,文学与传统的关系,文学与读者的关系,文学与作家的关系,文学与形式的关系,文学与叙述的关系等等,其普遍的原理类似于数学中之最大公约数。这一切对于解读文本来说,虽然不排除一部分有导向作用,但是,要达到李欧梵先生所期待的那种文学文本的彻底攻克,则无疑南辕北辙。因为就其中最佳者而言,也往往以概括性的描述为务,并不涉及文学的审美/审智①机制的构成,特别是不涉及其优劣的准则。而流行的文学文本解读,往往又习惯于用演绎法将之当作放之四海而皆准的大前提。从逻辑方法上说,不能不清醒地认识演绎法的局限。演绎法的大前提是周延的,无所不包的,小前提是特殊的,演绎出来,小前提具有大前提的性质。其实,大前提已经把小前提的性质包含在内了。如果对大前提加以限制,注明不包含在内,大前提就不周延了,三段论的演绎就要犯中项不周延的错误。大前提不是无所不包,也就不能演绎,大前提囊括一切,其前提是把小前提的性质包含在内。因而早在恩格斯时代,演绎法不能演绎出新知识来就是科学常识,故科学要发现新知识,就要用归纳法来弥补。而归纳法,自然也有局

① 这里的"审美",出自康德《判断力批判》,通常理解为相对于理性认识和实用价值的情感价值,虽然可作英语之"aesthetics"(感觉学)之通俗翻译,但并不准确,然而为文学理论界通用。其失在于第一,感性价值并不限于美,也包括丑(不是醜),其次,对康德之"美善在最高层次上之统一"有所忽略,故内涵并不全面。文学作品中纯粹情感价值固然不在少数,与理性价值交融的伟大作品,亦普遍存在。尤其是现代派作品,其理性价值则更为突出。一般承袭康德审美说者往往忽略黑格尔"美是理念的感性显现"的相对合理性,故杜撰"审智"以补充之。审智作为一个学术范畴,目前在英语中很难找到对应的词语。要把审智转化为英语,要让它和在汉语中一样具有与审美平等的意味,很难从 aesthetics 派生出一个相应词语来。不得已而求其次,我们暂时把它译为 intellct-aesthetics。

限,那就是它应该周延,无所不包,但是,人的经验有个人的和历史的局限,因而不可能完全周延,这也是它的先天的不完善性。故在科学史上,二者要保持“必要的张力”。[①] 而要使二者保持张力的平衡,就不能满足于演绎,不能把文学文本当作权威理论正确无误的例子。美其名曰“观点与材料的统一”。然而,特殊性的内涵大于普遍性,观念的普遍性与材料的特殊性只能有限地统一,不可能绝对统一。哪怕是毫无偏颇的文学原理,也产生于普遍性的抽象,而抽象则以牺牲具体、特殊性(不仅仅是感性)为代价。观点是普遍属性的有限抽象,而材料则是全部属性的无限总和。具体文本的特殊性(包括感性)并不包含在抽象的普遍理论之中。特殊性大于普遍性,正如苹果的属性多于水果的属性一样。故形象总是大于理论,普遍原理即使再深刻,也并不包含特殊。从这个意义上来说,普遍的观念与特殊的文本是不等值的,永远也不会统一。也就是说,具体文学文本的特殊性,不可能存在于普遍性原理之中。即使是强调文学特殊性的理论,也不直接包含具体文本的特殊感性,因而仅仅以普遍原理为演绎之大前提,不可能真正揭示出具体文本的特殊性。

文学文本解读,如果仅仅着眼于其与理论的统一性,失去特殊性,变成毫无血肉的、抽象的骨架,则无异于文学解读任务的取消。

文学理论即使完全正确,也只能是文学的一个片面、一个角度的概括,正如女权主义和现象学、结构主义和解构主义,均为问题的一个侧面的深化。由于语言符号和概念不能穷尽事物属性,判断推理、形式逻辑乃至辩证法均有局限,故世界上不存在绝对全面的理论,理论的不完全性,是宿命的,与语言一样,澄明性与遮蔽性共生,既是导向解读的桥梁,又是诱使误读的墙。

切实的文学解读,和文学创作一样,都是灵魂的冒险,因为,它不可能

---

① 参阅(美)托马斯·库恩《必要的张力——科学的传统和变革论文选》第222页。关于这一点,杨振宁指出:“中国学物理的方法是演绎法,先有许多定理,然后进行推演;美国对物理的了解是从现象出发,倒过来的,物理定律是从现象归纳出来的,是归纳法。演绎法是对付考试的办法,归纳法是做学问的办法。”似可参考。

排除普遍原理的导向，同时也不可能排除其误导。因而，不管运用什么原理，都要十分警惕其两个方面的遮蔽性。第一，理论本身的遮蔽性，不管多么深刻，也是片面的。第二，理论所抽象掉了的感性基础上的属性，往往是文学性的生命。因而，文学文本的解读，必须警惕成为理论的奴隶，相反，要作理论的主人，正如禅宗六祖（慧能）语曰："人转《法华》，勿为《法华》所转。"[①]这就是说，即使是经典理论，被动死读也可能陷入迷途。正确的态度是，批判性阅读，也就是为我所用，为我驱使，文学解读的有效性不在于被动的图解，而在于运用具体文本的特殊性，制约普遍理论的狭隘、僵化，冲击其盲点，纠正其片面性，甚至颠覆其荒谬性。解读的焦点应该是为理论遗漏了的，可能为理论扭曲了的特殊性内涵。

这个矛盾所以显得特别突出，原因之一是文学解读的对象与文学理论不同，文学理论研究的是所有的文学作品，而文学文本解读学则以个案，或者退一步说，以个案分析为基础。这在某种程度上有点像理论物理学与实验物理学的区别。牺牲个案的特征，恰恰是文学理论之所以能够成为理论的必要代价。文本个案的特殊性在文本中，而不在理论中。原因之二是个案的特殊性，在文学阅读过程中，是以直觉形态呈现的。克罗齐在《美学原理》中把思维分为两种，一种是直觉思维，一种是逻辑思维。艺术创作和艺术欣赏，属于直觉思维，是没有逻辑的。"艺术即是直觉"，克氏在《美学纲要》中对直觉的阐释是："见那个事物，心中领会那事物的形象或意象，不假思索，不生分别，不审意义。"[②]这个说法，其偏颇之处是显然的。审美的感情和审智的理论在文学艺术中有矛盾的一面，也有统一的水乳交融的一面。但是，他的说法却也揭示了形象的直觉和逻辑的

---

① 《坛经》上说，有一个叫作法达的和尚，《妙法莲华经》念了七年，却"心迷不知正法之处"。六祖慧能对他说：你把《法华经》给我念念。六祖听了给法达讲解："心行转法华，不行法华转；心正转法华，心邪法华转；开佛知见转法华，开众生知见被法华转。努力依法修行，即是转经。"法达听罢，立即大大开窍。把这个故事用到文学理论与解读的关系上来，即是阅读经典，不能被动，而要主动驾驭经典，所凭借的是有自己坚定的心，也就是信念，也就是文学的（审美审智）的信念。对之作批判的解读。

② 克罗齐：《美学原理》，朱光潜译，1987 年，第 164 页。

语言间的矛盾，虽然他把矛盾绝对化了，但是，也提示了文学解读用逻辑语言概括形象直觉的巨大难度。正是因为如此，才有古已有之的“可以意会不可言传”的著名说法。正是因为面对这样的难度，文学解读的任务，才要把全部直觉，尽可能语词化，特别是对被文学理论在概括化抽象化过程中舍弃掉了的，转化为逻辑化的语言。在这个过程中，最好的文学理论，一方面是固化框架，等待充实，一方面又是预期开放的视野。原因之三是把直觉转化为语言，遭遇到的矛盾至少有以下几个方面。首先，直觉是丰富的，全面的，感性的，而语言概念是抽象的、不完全的。其次，直觉是无序的，而语言表述则是逻辑化的，有序的。再次，直觉可能是错误的，是需要理论加以梳理净化的。此外，直觉可能是肤浅的、片面的，而语言表述则是要深化的，又是不能不参照理论的。这是一个直觉和语言、有序和无序、特殊和普遍、歪曲和深化的反复搏斗的过程，其中既有心领神会的审美享受，也有难以言传的困惑。对于读者来说，要从直觉中概括出语言来，其难度正如在水果的普遍性导向下把香蕉、荔枝特殊性意会转化为有序的语言。所有这一切，都是文学理论中没有的，要把文本个案的特殊性总结出来，和理论的演绎不同，是直接面对经验进行的归纳和概括，从根本上说，这是需要原创性的。而这种原创性，要达到对于文本直觉的唯一性的深邃和全面，具有极高的难度，如果可以打一个比方的话，有点像一个偷窃过程的目击者用语言向警方描述小偷面貌的唯一性。不管语言多么精确，适合那种描述的人往往是大量的，如果警察仅仅以其语言为据，肯定会造成扩大化，造成成千上万的冤假错案。再精确的逻辑语言也是抽象的，总是不及直觉（如一张破旧的照片）那样丰富，那样指向唯一性，能使警方据之逮捕到那唯一的罪犯。正是因为这样，运用文学理论解读文本，既有澄明、深化的机遇，也有被理论窒息、误导的可能。盲目迷信，风险是很大的，主要的风险就是扩大化，容易造成一人坐盗，众人入狱。

正是因为这样，经典个案的解读往往要经历漫长的历史过程，成为历代解读的祭坛,每个时代都不由自主地把最高的智慧奉献给对它的解读,这就是为什么有说不尽的莎士比亚,说不尽的《红楼梦》,说不尽的鲁迅,甚至还有说不尽的《背影》和《再别康桥》的原因。

以《背影》这样单纯的作品为例。该作品自 1925 年写成,至今 80 余年,解读仍然纷纭。其中最为著名的是叶圣陶的分析,主题是亲子之爱。如果仅仅如此,则可谓没有任何个案的特殊性。叶圣陶毕竟是叶圣陶,他加上了一个限定:父亲把大学生当作小孩子来关爱。这是 50 年代以前的最高水平。[①] 但是,仍然没有达到唯一性,把大学生当小孩子一样关爱的不计其数。到了 20 世纪,却出现了一种新的观念,说是父亲爬月台,是违反了"交通规则",不足为训。提出这个问题的居然还是一位副教授。这就是文学解读的风险。它和自然科学不一样,自然科学发生错误,是立即可证明或者证伪的,而"违反交通规则"明明违背了阅读的审美感知,仍然还可以振振有词(其错在何处,容后细述)。其实,现在看来,就是叶圣陶也并未达到这一个案的唯一性。把大学生当小孩子一样关爱,还没有穷尽这里亲子之爱的唯一性。原因很明显,所有这样的关爱一直是遭到拒绝的,儿子是不领情的。直到爬月台买橘子时,才被感动了,流下了眼泪。这里的关键是,对父亲关爱的拒绝是公然的,被感动流泪,却是偷偷地,赶紧擦干了,不让他看到,这才是文章的唯一性:父亲爱儿子,不管儿子如何反应,都是一如既往,而儿子爱父亲,爱得很惭愧,爱得很内疚。如此深厚的亲子之爱,是有隔膜的。这正是朱自清的亲子之爱和冰心不同的地方,也是其艺术生命力不朽的原因。短短一篇散文,不足两千字,居然花了 80 年的时间,还只能算是接近了个案文本唯一性的解读。

如果这样说没有太大的错误,那么我们可以正面回答李欧梵先生的世纪困惑。

光凭理论,是不可能攻克文本的堡垒的。文本的唯一性,并不存在于理论之中,理论只是文本的共同性,理论的共同性只能诱导读者从特殊文

① 叶圣陶:《文章例话》,开明书店 1937 年原版,辽宁教育出版社 2005 年 5 月重印,第 4~5 页。

本的直觉中概括、分析、逻辑化，唯一性是读者从文本的审美直觉中概括、创造出来的。这里的逻辑起点不是理论，以理论来演绎是徒劳的，从文本出发解读，并不是一帆风顺的，而是充满惊涛骇浪的。文本的感性直觉与理论的普遍抽象互不相容的地方所在皆是，故互相搏斗、互相衍生的情况无所不在。这是一个新认知的产生过程，而从文学原理出发的演绎法不可能产生新知识。要把丰富的形象感性和内在的智性，把心理的直觉和理论的提示结合起来，光有演绎不行，光有归纳也不行，而是需要把归纳法与演绎法，分析的和综合的、逻辑的和历史的方法结合起来，才能具有原创性，才能达到唯一性。

因而，从观念和方法来说，文学文本解读学与文学理论相比，乃是另外一种学问。

也许可以说，文学文本解读学与文学理论虽然同样属于文学，但却有不同的性别，不同的血型。要建构这种学问，是要有原创性的乃至开宗立派的自觉的。

李欧梵先生困惑的原因还在于，他所面对的西方以文化批评为代表的文学理论，一味以意识形态为务，连文学都不承认了，哪里还有解读文学的可能。李欧梵那样的学贯中西的大家，积多年之专攻，宣告无望，并不是李先生弱智，而是需要开创另外一种学问，另外多种方法。

这就给我们一个严峻的启示，几十年来，国人一直指望从西方文论拿到解读文学的金钥匙，可以说枉费心力，这条心非死了不可。为今之计，只有自力更生，自行建构中国学派的文学文本解读学，目标就是西方前卫理论遗漏了的文学文本的分析，在西方人无能为力的地方开始。结束为西方前卫文论做奴隶式的例证的历史，以突破其遮蔽为宗旨。这就需要独辟蹊径，集中解密文学的审美、审丑、审智价值，从文本的个案开始，追求最大限度地解读文本的唯一性。

首先要明确，不能跟着西方提出的问题转，而要提出自己的问题。在这方面，中国古典诗话、词话有着相当丰富的传统，小说和戏曲评点更有许多富矿。为了艺术的奥秘，哪怕是一个字、一首诗，不惜争论上千年。“推”字佳还是“敲”字佳？“望南山”好还是“见南山”好？唐诗七律哪一首最优？为什么对于唐诗绝句压卷之作，历代诗评家历数李白、王昌龄、王维、王之焕，甚至连韩翃、李益都提到了，就是没有杜甫？为什么像白居易、陆游那样的大诗人，大量的诗作流传千古，可也有不在少数的败笔？回答这些问题不但需要深厚的理论内涵，而且要坚持以海量的文学文本解读。至于在理论上，到了 17 世纪，抒情逻辑“无理而妙”“痴而入妙”都比莎士比亚的“诗人、情人与疯子”同类之说更精细。至于贺裳和吴乔（1611—1695）的诗的形象使对象“形质俱变”之说，比英国浪漫主义诗人雪莱（1792—1822）在《为诗一辩》中的“诗使所触及的一切变形”说，不但更深刻，而且早出一百多年。我们的传统诗论，提出了整体性的“意境”美，比之西方文论，从局部的词语句法出发，不但独特，而且都是直接切入文本的解读，更具有创作论的实践性。至于现代文学，鲁迅回答他学生孙伏园提出的问题：在《呐喊》中他最喜欢的小说是哪篇时，他的答案不是《阿 Q 正传》，不是《狂人日记》，而是《孔乙己》，这些都是文学文本解读的深邃课题。现代一系列作家，如巴金爱情三部曲、激流三部曲，为什么只有《家》不断被改编为电影话剧等形式？老舍作品，至今仍然有自发的阅读生命的也只有《骆驼祥子》和《茶馆》。其他的除了研究者以外，普遍读者几乎不屑一顾。所有这一切问题，西方人从来没有提出过，因为他们没有文学创作论的传统，更没有文学文本个案，特别是个案审美解读的历史积累。而对于文学文本的解读，特别是个案的解读，我们中国不但有诗话、词话，而且有小说和戏曲评点的传统。直到 20 世纪，王国维的《人间词话》仍然是在文本解读的基础上建构起自己系统的文学理论。中国的文学理论要突破西方文论的遮蔽，发挥出民族独创性，不但要回答西方人提出的问题，而且要提出自己的问题，让自己，也让西方人回答。不是有一种很有名的说法吗？“不管白猫黑猫，抓住老鼠就是好猫。”在我们这里，就是“只要能有效解读经典文本的就是好理论”。

不管西方人有没有这个追求，我们应该回答现实的需要，回答历史的传承，建构中国学派的文学文本解读学。文学文本解读学所面对的固然是古今中外全部文学的整体，但是仅仅执着于宏观整体，已经证明是隔靴搔痒。因为，那不是起点，而是最终目标。实践证明，越是号称普遍的、无所不包的宏大理论，越是漏洞百出。正如理论物理学有不足之处，就要实验物理学来解救一样，我们首先选择单独（有时是单组）的文学文本个案，虽然它并不拒绝某些普遍的文学原理，但宏大的文学理论，在个案里同样是要受到检验的，在接受与批判之间保持必要的张力。目标不仅是作家的“这一个”，而且是文本的“这一篇”，首要的任务就是要对其特殊性、唯一性作原创概括。

以陶渊明的《饮酒》为例。

中国古典诗歌理论《文赋》论断“诗缘情而绮靡”，也就是说诗是抒情的，西方浪漫主义诗论也强调“诗是强烈感情（经过沉思）的自然流泻”（华兹华斯）。诗歌的基本单位叫“意象”，它是事物特征和情感特征的猝然遇合。王国维总结中国古典诗话说“一切景语皆情语”。我们还知道，在意象之间有个意脉贯穿首尾，这就构成意境。这对我们解读诗歌肯定有价值，比没有这些理论，全凭直觉，要好一点。但是，解读《饮酒》，这么多理念，能够帮助我们洞察多少切实的特殊性、唯一性呢？首先，这首诗，虽然缘情，但不绮靡，感情也不强烈。有教授认为其主旨是。“诗人在美好的大自然环境中自得其乐的情怀，表达了诗人对自然由衷的热爱”。[①]但这样论断的最大问题是“扩大化”，这并不仅仅是这一首诗的特点，它也适合其他许多诗，至少是无数山水田园诗都表现了诗人对大自然的热爱和自得其乐的情怀。

要真正品出陶诗纯真的韵味来，就不能光凭演绎法，从抒情的大前提入手是演绎不出这首诗的特殊性的。解读的重点，既然是它的特殊唯一

① 《名作欣赏》，2010年第8期第20页。这只是随机取样，类似这样大而化之的空话，在各式各样的所谓“鉴赏词典”比比皆是。

性，就不能光用演绎法，同时要用归纳法，直接从诗中去归纳，去还原那些被现成理论遮蔽了的全相感知。因而解读的关注点，就应该是这首诗与已知理论预期不同的东西，特别是与其他经典不同的东西。如我们预期的抒情，往往是孔夫子称赞《关雎》的“乐而不淫，哀而不伤”，虽然君子先是“辗转反侧”，后是“钟鼓乐之”，但并不过分强烈，从根本上还属于激情的范畴。陶氏以前，屈原“长太息以掩涕兮，哀民生之多艰”，曹操“对酒当歌，人生几何”。陶氏以后，唐诗中的杰作，王之涣《凉州词》中的“羌笛何须怨杨柳，春风不度玉门关”，王翰的《凉州词》“醉卧沙场君莫笑，古来征战几人回”。连生死都无所谓，只要喝个痛快。王维的《渭城曲》“劝君更尽一杯酒，西出阳关无故人”则宣称：喝罢，这是朋友的最后一杯酒了。不管是有节制的，还是放任的情感都是鲜明的，外露的，如果陶渊明和他们都一样，就没有什么唯一性了，解读的焦点就在于陶渊明与之不同，他在诗中好像没有什么激情似的：“结庐在人境，而无车马喧。”生活中的一切，他没有什么感觉。没有动心，就是没有触动。自己没有感动，诗怎么能动人呢？这就有陶渊明的特点了。这种特点，还表现在另一个方面，那就是他的语言、他的文字，不像谢灵运、谢朓那样，既不渲染，也少感叹，相当平静、朴素。中国诗经的传统，是讲究比兴的，这里既没有比喻，也没有什么起兴的手法，几乎就是平静的陈述：“问君何能尔，心远地自偏。”这是从心理效果上来表现心灵的宁静，为什么把住所建筑在人间，而感受不到车马之喧呢？因为身躯虽然在，心灵和现实拉开了距离。这种心理效果，本来有相当不同凡俗的一面，但诗人表现得非常宁静。同样是写心理距离的有王勃的“海内存知己，天涯若比邻”。因为心灵沟通，所以地理距离再远，也不在话下。但是，王勃所抒写的感情是强烈的：“无为在歧路，儿女共沾巾。”原因在于“与君离别意，同是宦游人”。同病相怜，感动得很，强忍住了眼泪。诗意来自激情，但并不是只有激情才有诗。另外一种类型的感情，不太激动，感情不强烈，非常淡定，也是诗，而且是好诗。在这以前的诗人，可能觉得，这样的精神状态没有诗，而陶渊明却发现了，这里的诗意更精致。这就开辟了不止一代的诗风,以后就形成了流派。这就是陶渊明对中国诗歌史的贡献。这一点,朱光潜先生特别欣赏,他甚至认为“艺术的最高境界都不在热烈”,古希腊人“把和平静穆看作诗的极境”。当然,鲁迅不太同意,但是,过分执着于热烈的情感,是可能导致自我蒙蔽的。这就不但有历史价值,而且有理论价值。

陶渊明不当官,觉得农村的环境令人心情舒畅。读这首诗歌,比较容易忽略的是几个关键词语之间相互照应,形成一种有机的,但是潜在的、隐性的联系。如“庐”,一般的注解就是住所。这个字的本义特指田间看守庄稼的小屋,可以意会为简陋的居所。往往和茅草屋顶联系在一起。刘备拜访诸葛亮的住所,就是茅庐。这个庐字和后面的车马,是对立的。车马,在当时是很有钱的、地位很高的人家才有的。这里潜在的意味,不是一般地把住所建筑在闹市,还有一层意思,住所很简陋,但是不管闹市有多么华贵的车马,就是没有感觉。因为,我心离得很远。“心远”不是人远,事实上,诗里显示的是,人是很近的(就在同样的“人境”)。正是由于人近,才显出心远的反衬效果,构成一种非常悠然、飘然、超然的境界。

这是陶渊明的《饮酒》诗境的第一个层次,那就是精神自由飘逸,没有外部的物质的压力。

“采菊东篱下,悠然见南山”,这是千古名句,品位极高,后世没有争议。但是,好在哪里,历代一些争论却并不很到位。

“悠然见南山”的“见”,在《文选》《艺文类聚》本中曾作“望”,《东坡题跋》卷五对这个“望”字严加批判曰:“神气索然也。”“望南山”和“见南山”,一字之差,为什么有这样大的反差?在我看来,“见南山”是无心的,也就是他在《归去来兮辞》中所说的“云无心以出岫”的“无心”,它暗示诗人怡然的自由心态。“望南山”就差一点,因为“望”字隐含着主体寻觅的动机。有心,就是有目的,就不潇洒、不自由了。

要注意的,还有两个意象,一个是“篱”(东篱),一个是“菊”(采菊)。篱和庐相呼应,简陋的居所和朴素的环境是统一的、和谐的;但是,朴素中有美，这就是菊花。这个意象，由于陶渊明的运用，从“无心”引申出清高，就成了典故。没有自我炫耀的意味，而是悠然、淡然、怡然、自然的心态的表现。在陶渊明当年，诗坛上盛行的是华贵之美，华彩的词章配上强烈的感情是一时风气。但是，陶诗开拓的是简朴之美，不但是心情，而且也指语言。越是简朴，就越高雅；相反越是华彩，越是热烈，则越显低俗。在这里，越是无意，越是自由，也就越淡泊；而越是有意，感情就越可能强烈，文字上再加渲染，就可能陷入俗套。

联系到陶氏的《桃花源记》，那么美好的一个地方，无意中发现了，留下了惊人的美感，但是有意去寻找，却没有结果。就是说，超凡脱俗之美，朴素之美，不能着意寻找，而是无意的发现，顺带的，瞬时即逝的，飘然的感觉，是美好的。然而，正是这种瞬时即逝的感觉，一般人没有感觉的感觉，恰恰又被诗人发现了，提醒了，无意中的体悟，体悟深刻化、情感就高雅化了，这就是陶渊明营造的特殊的、唯一的意境的第二个层次。

“山气日夕佳，飞鸟相与还”，“佳”字，如果在一般诗歌中，可能显得缺乏力度，但是，好就好在这种字不吃力，与前面无意的、恬淡的情感，在程度和性质上比较统一、和谐，这就构成了意境。如果不是这样，换用情感强烈的词语，例如，艳、丽、灿（山气日夕艳，山气日夕灿，山气日夕丽）就不和谐，悠然的意境就有破坏性了。“佳”字，虽然是个不太强烈的字眼，但是，其构成的词语，意味却比较隽永。例如，佳句、佳作、佳音、佳节、佳境、佳期、佳人、佳丽，都比较含蓄，有着比字面更丰富的意味。

这一切都集中在“无心”上，可以说是陶渊明《饮酒》诗意脉的第三层次，那就是没有自我内心的欲望的压力。

这首诗一共十句，都有叙述的性质，谈不上描写，连个比喻都没有。而中国诗歌向来是讲究比兴的，偏偏陶渊明有这样的气魄，进行一种朴素美感、朴素诗风的冒险探索。朴素，本身并不一定就是美的。从字面上孤立起来看，是很平淡的。但是平淡之所以能够转化为深沉，主要靠整体结构，各关键词语之间，有一种有机的关联和照应。字里行间，默默地互相补充，互相渗透，构成一种互补的情感和景物的“境”。太强烈的字眼，和前面悠然的、飘然的心态就不和谐，形不成关联的场，甚至还可能破坏相互关联的“场”，或者意境。这里所说的意境是内在的、微妙的、若有若无的，它不在语言表层之上，而在话语以下，又在话语之中。

“飞鸟相与还”，也是很平静的、惯常性的景象。在《归去来兮辞》中，“云无心而出岫”后面还有一句“鸟倦飞而知还”。它之所以美好，就是因为与诗人一样，是没有特别的动机的。不夸张，不夸耀，不在乎是否有欣赏的目光，甚至不关注是否值得自我欣赏。“此中有真意”，关键词是一个“真”字。世界只有在这样的自然境界里才是真的，人心也只有在这样自由、潇洒的意态中才是真的。不是这样，就是假的。这种境界，妙在一种全身心的体验，可以意会，不是不可言传，而是不在乎言传，一旦想费劲用语言来表达，就是有心了，就破坏了自然、自由、自如的心态，其结果，这种有意本身和自己的本性是矛盾的，故刚刚想说明，却马上把话语全部忘记了。这说明，诗人无心的自由是多么的自如、宁静，这就是真意，就连动脑筋言说一下，也可能破坏了这个真意。

陶渊明《饮酒》诗的第四个层次，那就是连语言表述的压力都没有。

这种真就是人的本真，就是没有外在的压力，没有自我的心理负担，没有语言表达的欲望。进入这种没有自我心理负担的境界，人就真正轻松了，自由了，这就叫作真意。

正是这四个层次，构成了这首诗的唯一性。

所以，王国维说“悠然见南山”属于“无我之境也”。而朱光潜对此持不同的意见：

> 他的“无我之境”的实例为“采菊东篱下，悠然见南山”“寒波澹澹起，白鸟悠悠下”，都是诗人在冷静中所回味出来的妙境（所谓“于静中得之”），没有经过移情作用，所以实是“有我之境”。[①]

① 朱光潜：《朱光潜美学文集》第2卷，上海文艺出版社，第59页。

实际上，关键不在“有我”与“无我”（“无我”，西方文论所说的“作者退出作品”“零度写作”，是不可能的），关键是这个我处在什么样的状态下，心理有没有欲望。欲望就是心理最大的负担，这是要害，没有自己加给自己的心理负担，就算是有我，也是无我。摆脱不了自己加给自己的负担，就是无我，也是有我。

不能摆脱心理负担，就不是真意了；就是不自由，就是假我。

这首诗，属于《饮酒》组诗二十首之五，陶渊明自己在前面有个小序，说：

> 余闲居寡欢，兼比夜已长，偶有名酒，无夕不饮。顾影独尽，忽焉复醉。既醉之后，辄题数句自娱。纸墨遂多，辞无诠次。聊命故人书之，以为欢笑尔。

这就是说，这些诗都是酒醉以后所作。“既醉之后”应该是不清醒的，可是这里，没有任何不清醒的感觉。其饮酒的寓意，应该是一为酒后吐真言，二为孤独，取屈原“众人皆醉吾独醒”之语，反其意而用之。在他看来，人生日常的清醒意识毕竟是一种束缚，不但是束缚，而且像坐牢。

个体文本的结构是立体的，但是，其中层和深层是隐秘的，粗略地解读文本，一望而知的往往是表层，是文本之间的普遍性与共同性，是被抽掉特殊性、具体性的，也就是思想和艺术精华的框架。而具体分析（马克思：从内涵贫乏的抽象上升为内涵丰富统一的具体）就是把艺术的构成过程还原出来。因为在建构过程中，人的情致如何选择物象、如何意象化、如何形式化、如何风格化，用一句话概括，就是如何艺术化，是隐藏得很深的。就是有了相当水准的文学理论，充其量也只是其普遍性的贫乏抽象。而理论结合文本还原，也就是把特殊的个别的人的感知、情感、智慧还原出来。

恩格斯在《致哈克奈斯的信》中称赞黑格尔所说的“这一个”，在具体分析和还原的过程中很容易被误解为一次性的。其实不是，它是多层次的。文本的具体分析，其实就是文本特殊性、个别性的多层次的还原。马克思所说的从抽象上升到更高的具体，包含着多个层次：从文本解读来说，应该是从对象的特殊性到情感的特殊性，从形式的特殊性到历史的特殊性，从流派的特殊性到风格的特殊性，这是一个无穷的系列的衍生。特殊性越丰富，就越是具体。单纯的“这一个”，还可能是抽象的，要具体分析到“这一个”的“这一首”，这一情感的“这一刻”，这“一刹那”，其生命在于不同于另一个、另一刻、另一刹那的。“孤帆远影碧空尽”，不仅仅是景观，而且是心观的三个层次体悟。第一，“孤帆”是观察的选择性，不见江上众多船只，唯见江上友人之帆；第二，“远影”乃是目送友人之舟，渐行渐远，目光专注；第三，“碧空尽”是友人之舟已经消失在天水之间，目光仍然呆望空空的江水。这种刹那的凝神和“山回路转不见君，雪上空留马行处”异曲同工，妙处全在以景观显示一刹那的自我体悟。离开了人的感知、人的情感的刹那性，用反映论，用俄国人的陌生化，用美国人的悖论、反讽、张力、暗喻来“细读”，都无异于用擀面杖吹火。用李欧梵先生所说的那些前卫理论，甚至把一切西方和中国古典理论都用上，如果仅仅满足于为如此这般的理论提供论据，都难以达到唯一性的精度。

母题谱系还是知识谱系？通过现成可比性分析出唯一性

以西方文论的文化批评来分析文学作品，分析出来的文化价值不但脱离审美价值，而且文化价值的特点乃是民族的和地域的普遍性，就普遍性而言，和遭到诟病的阶级普遍性相比，有过之而无不及。不管是阶级论还是文化学基础上建构起来的西方当代文论，最大的缺陷就是普遍性压倒了作家的唯一性，而一般作家论的缺陷则是遮蔽了作品的唯一性。人的精神是统一的，但又是多方面的，随时变幻的，因而作品杰出的标志就是在统一中变化多端。清代文学家翁方纲说：

> 同一时、同一境、同一事之作，而其用法之所以然，父不能得之于子，师不能传之于弟；即同一在我之作，而今岁不能仿昨岁语，今日不能用昨日语，况其隔时地、分古今，而强我以就古人之法，强执古人以定我之法，此则蔑古之尤者也，而可谓之效古哉？[①]

对于这一点，钱钟书先生论述得更为系统：

> 作者人殊，一人所作，复随时地而殊；一时一地之篇章，复因体制而殊；一体之制，复以称题当务而殊。[②]

钱钟书先生强调了三个层次的不同，同一作家，因为不同时间地点而不同，同一时间地点的作家的文章，又因所取体裁（如诗歌、散文、戏曲、小说）不同而不同。同一体裁的文章，又因为针对性和立意命题的不同而不同。反过来说，如果作家不管在什么时间地点，不管取什么体裁，不管什么样的针对性命题，写出来的文章都是一个样子，那就注定了文章要失败。故文学作家和作品的生命在于求新避同。

对日新月异、变化万千的文学现象，当代西方文论研究非常重视文学观念的历史变迁，故以梳理问题史为先导，展开文学观念的知识谱系。但是，受到时代和个人（包括大师）的局限，一切概括性的知识谱系对于无限丰富的文学来说，第一，只是历代作家、思想家已经从理性上明确化、顺利语词化的部分，至于其未能感知，或者直觉到、意会到，而未能语词化的

---

① （清）翁方纲：《复初斋文集·诗法论》卷八。

② 钱钟书：《管锥篇》，中华书局1986年版，第1390页。

则成为空白。第二，即是已经语词化、理性化的指涉部分，也是文学作品的共同性，而非个别性、唯一性。故任何知识谱系的梳理，如果没有难以避免的误导的话，对于文学文本解读学来说，最多只是准备。但是，谱系作为一种方法，如果要用到文学文本的解读中来，就不应该是知识谱系，而是形象母题的谱系。例如，关于爱情，关于死亡，在不同历史和地域中不约而同地出现了大量经典。孤立地分析单个作品，往往难免对其唯一性视而不见。这是因为一切事物的特性，在于内在矛盾，但是，矛盾是以统一形态出现的，隐性的，外部形态是天衣无缝、水乳交融的，孤立地研究个案是难以找到矛盾的切入口的。但是，一切个案特性又是在与其他个案相互联系、相互矛盾中共生的。在个案的比较中，矛盾和差异就比较容易显现出来。比较有两种，一是同类相比，二是异类相比。一般地说，异类比较，相对困难，因为没有现成的可比性，需要更高层次的概括。而同类比较，相对容易，因为有现成的可比性。有比较就易于鉴别，才能显示出其唯一性。因而同类母题的比较，谱系的梳理就是通向唯一性的初级入门。这种唯一性的追求，不仅仅是作家的唯一性，而且是作品的唯一性。同一作家，对于同一母题，有不同的唯一性。

例如，在现代散文中，对于秋的母题，孤立地解读郁达夫的《故都的秋》是难以深入的。如果把它和郁达夫的另一篇散文《撞上了秋天》相比较，就不难洞察二者各具唯一性。在《故都的秋》中，郁达夫所欣赏的秋天的美，不仅仅在于秋的“悲凉”“萧索”，而且在于其和死亡联系在一起。

郁达夫所营造的故都之美在于超越了大都市的喧嚣，更具乡野的宁静和自然。

正是这些多数人也许会觉得索然无味的地方，比之北京闻名遐迩的景观还要经得起欣赏：

> 在皇城人海之中，租人家一椽破屋来住着，早晨起来，泡一碗浓茶，向院子一坐，你也能看得到很高很高的碧绿的天色，听得到天底

下驯鸽的飞声。从槐树叶底,朝东细数着一丝一丝漏下来的日光,或在破壁腰中,静对着像喇叭似的牵牛花(朝荣)的蓝朵,自然而然地也能够感到十分的秋意,说到了牵牛花,我以为蓝色或白色者为佳,紫黑色次之,淡红色最下,最好还要在牵牛花底长着几根疏疏落落的尖细且长的秋草,使作陪衬。

郁达夫对于色彩的欣赏,是逃避鲜艳的:牵牛花,他以为蓝色或者白色者为佳,紫黑色次之,淡红色最下。显然是在竭力追求"淡雅"。"淡"而"雅",蕴含着一种趣味,这种"淡雅",超越了世俗的趣味。世俗的趣味,不是淡的,可能是浓艳的,但是,艳,在趣味上,可能是比较"俗"了。雅和俗是相对立的。俗是平民百姓的,缺乏文化熏陶的。雅是比较有文化修养的文人才有的,故"淡雅"中往往含着"高雅"的意味。故郁达夫要欣赏出雅趣来,就得有一份超脱世俗的、恬淡的心情。超脱世俗表现在哪里?"租人家一椽破屋",欣赏风景,为什么要破屋?漂亮的新屋不是更舒适吗?但是,太舒适了,就只有实用价值,没有故都的历史的回味,破屋才有沧桑之感。因为这是故都,历史漫长,文化积淀不在表面上,是要慢慢体会的。郁达夫的个性在于,他觉得这种积淀,不一定在众所周知的名胜古迹中,只有在破旧的民居中体悟出来的才有水平。为什么要泡一壶浓茶?浓茶是苦的,但有回味之甘。这就是说,要细细体会才有味道,越体会越有味道。悠闲,这就是雅趣的姿态。更关键的是雅趣的内涵。

接下来他选中了很不起眼的槐树的花。郁达夫所欣赏的,偏偏不是长在树上的生气勃勃的花,而是死亡了的:"像花而又不是花的一种落蕊。"这就把前面对于秋草朴素的雅趣引向更为深刻的境界。生命衰亡的迹象,虽然从世俗观念上看并不美丽,但是也很动人。这种动人之处,满地槐树的落蕊,一般人是没有感觉的,不但视觉如此(颜色形状不起眼),听觉也如此("声音也没有")、嗅觉也一样("气味也没有"),在一般人眼里,触觉更是没有的,但是,作者把"脚踩上去"(当然是穿着鞋的),如果不是感觉极其精致的艺术家，谁会有“极微细极柔软的触觉”呢？有了这种感觉，对于生命的消亡就有了深邃的体悟了。美学意义上的美，正是生命的感觉和情致的深邃。在“落蕊”被扫去以后，他审视着“灰土上留下来的一条条扫帚的丝纹，看起来既觉得细腻，又觉得清闲，潜意识下还有点儿落寞的感觉”。这就从意识写到了潜意识，他把这定性为“深沉”。这也就是文章的深度。郁达夫的功力，就在这里表现出来。郁达夫文章风格唯一性的妙诀，不是贴近的固定不变的自我，而是自我的一个侧面，一时的触发，在朱自清的《荷塘月色》中叫作“超出平常的自我”，在这里可以说是“被平常遗忘了的、忽略了的自我”。

但是，如果对于郁达夫篇章的唯一性的解读，仅仅局限于这一点，也许还不够真正到位。如果和他写在差不多同一时期的《我撞上了秋天》相比较，则不难看出郁达夫文风几乎是截然相反的一面。《故都的秋》和《撞上了秋天》显而易见的矛盾，有助于超越作家的独特性，深入到篇章的唯一性中去。

《我撞上了秋天》写的是“交通管制的北京，今年全国夏季气温最高的北京”，但是，他的感知却是“清丽”的。

> 走出我那烟熏火燎的房间，刚刚步出楼道，我就让秋天狠狠撞了个斤斗。
>
> ……
>
> 压迫整整一夏的天空突然变得很高，抬头望去——无数烂银也似的小白云整整齐齐排列在纯蓝天幕上，越看越调皮，越看越像长在我心中的那些可爱的灵气，我恨不得把它们轻轻抱下来吃上两口……我就一直站在那里看，看个没完没了，我要看得它慢慢消失，慢慢而坚固地存放在我这里。
>
> 来来往往的人开始多了，有人像我一样看，那是比较浪漫的，我祝福他们；有人奇怪地看我一眼，快步离去，我也祝福他们，因为他们

在为了什么而忙碌。生命就是这样，你总要做些什么，或者感受些什么，这两种过程都值得尊敬，不能怠慢。

这里也是有诗意的，但是和《故都之秋》中的诗意多么不同，天上的云是调皮的，美好得让他呆呆地看个没完没了。大街上不认识的人，是值得祝福的，应该尊敬的。这里透露出作者此时的感情是多么欢欣，多么浪漫，多么雅致。如果就这么浪漫下去，也未尝不可，但是，其独特性，就可能有限了。接下去则是另外一种情趣。

六点钟就很好了，园门口就有汁多味美的鲜肉大包子，厚厚一层红亮辣油翠绿香菜，还星星般点缀着熏干大头菜的豆腐脑，还有如同猫一样热情的油条，如同美丽娴静女友般的豆浆，还有知心好友一样外焦里嫩熨帖心肺的大葱烫面油饼。

这里的肉包子、豆腐脑、油条、豆浆、葱油饼，一般说来，不但都是实用家常，而且词语都是很俗的，缺乏诗意的，但是，郁达夫却对它赋予了这么强烈的感情（猫一样热情，美丽娴静、知心好友），这就构成了另外一种诗意，那就是和前面高雅的诗意相对的世俗的诗意。雅和俗在趣味上，本来是矛盾的，但是得到了统一，这一点和《故都之秋》可谓异曲同工。而《我撞上了秋天》的基调却是洋溢着欢乐的，幸福的。文章接下来就有了暗示，“每个窗户后面都有故事”，“每个梦游的男人都和我一样不肯消停，每个穿睡裙的女人都被爱过或者正在爱着”。原来这是和爱情有关的。因为他已经“不同以往”，以往总是“幻想奇遇”，然而“总是被乖戾的现实玩耍”。但今天已经不同了，不同在哪里呢？“我已经不孤单了”，原因是“随着房间人数的变化”，这里透露出一种爱情的幸福感。这在被目为颓废的郁达夫作品中，实在是绝无仅有的。正是因为爱情的幸福感（心里有一种“可爱的灵气”），他才觉得一切都是美好的，不但人是美好的，而且连小狗都是生动的。不但雅致的情调是充满诗意的，而且世俗的小吃也是富于诗意的。这种双重的诗意，在他看来，光用文雅的书面语言来表现是不过瘾的（虽然连李白的“噫吁戏”都用上了），还要用口语来表现，故一开头就有“狠狠撞了个斤斗”，当中有油饼、肉包、豆浆，最后又用了一个“狠了点”和前面的“狠狠撞了个斤斗”呼应，构成了既和《故都之秋》雅俗交融的情调相统一，又和其悲凉、凄厉的衰亡美不同，而是洋溢着充满灵气和调皮的幸福感。

以上所举皆是一些小型的短篇作品，同类相比，以篇为单位，在篇与篇之间进行。本书在第一章中已经举过鲁迅在小说中写过八种死亡，既有悲剧的，也有喜剧的，又有无悲无喜的，还有忏悔中的，更有荒谬的，冷笑着自己和世人的，等等，在思想和艺术上无一雷同者，其创造的丰富性，至今仍未有作家可以超越。

至于一些大型作品，如长篇小说，同类相比，则既可在文本间进行，如屠格涅夫之写爱情，既有罗亭式的语言的巨人、行动的矮子式的悲剧（《罗亭》），亦有英沙罗夫式的英雄主义崇高的献身（《前夜》），更有拉夫列茨基的不幸和丽莎的高贵的情感自我扼杀（《贵族之家》）。爱情在西欧近现代文学中为传统母题，经典之作异彩纷呈，从莎士比亚到托尔斯泰，从狄更斯到陀思妥耶夫斯基，所写爱情皆以各逞其异而见长，《简·爱》让一个孤儿出身、外貌平平的家庭女教师，与富豪东家相爱不成，后东家庄园被焚，双目失明，乃与之结合，突破了白马王子、纯洁美女情节模式，赢得了英国文学史上的地位。相反，则以套路相近而见短。塞万提斯批判欧洲骑士小说：

> 我觉得所谓骑士小说对国家是有害的。……因为千篇一律，没多大出入。[①]

① 《堂吉诃德》，杨绛译，人民文学出版社，第440页。

曹雪芹在《红楼梦》第一回就对当时的言情小说的公式化进行了严厉的批评:"至若佳人才子等书,则又千部共出一套",指斥其语言"满纸潘安子建、西子文君",揭露其情节模式化:

不外是假拟出男女二人名姓,又必旁出一小人其间拨乱。①

比较的目的乃在提高分析的有效性,从正面说,就是要揭示文学经典的唯一性,从反面说,就是要揭露公式化、模式化给艺术生命带来的戕害。

比较不但可以在文本整体之间进行,而且可以在文本之内展开。大型作品,如长篇小说,则更有必要。在同一作品中,出现同类的事件,如果相同或者相近,这在《三国演义》的评论家毛宗岗看来,叫作"犯",如果同中有异,也就是不犯,他将之叫作"避"。毛宗岗把这种同中有异、"犯"而善"避",形容为"同树异枝""同枝异叶""同叶异花""同花异果"。他举例说,《三国演义》同样写火攻:

吕布有濮阳之火,曹操有乌巢之火,周郎有赤壁之火,陆逊有猇亭之火,徐盛有南徐之火,武侯有博望、新野之火,又有盘蛇谷、上方谷之火,前后曾有丝毫相犯否?甚者孟获之擒有七,祁山之出有六,中原之伐有九,求其一字之相犯而不可得,妙哉,文乎!②

按照这样标准,犯了,重复了,就意味着失败,如《西游记》中九九八十一难中大多数犯了重复之弊,只有三打白骨精等少数情节"避"得精彩。巴金的《春》《秋》也多有与《家》重复之处,而刘绍棠的青年时代的作品与壮年作品,所"犯"更多,常常有自我模仿之痕迹。

文学解读要看出同一作家不同作品之统一,是不难的,但是,要把作

① 《红楼梦》第一回。

② 朱一玄、刘毓忱:《三国演义资料汇编》,南开大学出版社2005年版,第260页。

品间的差异揭示出来，不但需要才力，而且需要方法。毛宗岗的“犯”和“避”为在作品之内作同类相比，提供了理论基础。其实，毛宗岗的不足之处乃在于，对其所举九种火攻之“避”，并未指出其艺术水平之不一致。相比起来，周郎赤壁之火，陆逊猇亭之火特具唯一性，吕布濮阳之火则与其他火攻则不无相近者。

如果以母题之同中求异为准则来衡量《红楼梦》，则可列出少女之死之谱系：有金钏儿之死，有晴雯之死，有司棋之死，有尤三姐、尤二姐之死，有林黛玉之死等。谱系中每一死亡，无疑是比《三国演义》中之火攻更为独一无二的性质，可谓“求其一字之相犯而不可得”。众多红学家无视于此，大多拘泥于单个死亡作孤立的分析，充其量只能看出其社会文化价值，鲜有能涉及其死亡艺术之高下者。若在谱系中展开比较。则金钏儿之死，并未正面描写，其动人在于其效果，引出宝玉挨打，导出从贾母到王夫人拼死相救，从薛宝钗到林黛玉先后慰问，其表现动机各异，引出多重复合之错位情感，酿成一大高潮。从死亡情节本身来说，似非杰出所在。晴雯之死与金钏儿之死相比，其同在被冤而愤激，其异者，正面展开晴雯本来心高气傲，锋芒毕露，沦为贫病交迫，悲愤无奈，特别是死前之场景以宝玉之眼观之，情感结构中又多一层悲苦与无奈之错位。至赠宝玉以内衣，后悔其空担虚名，洁身自守，未与宝玉有任何私情，又增一层情感之错位，其用笔之险在于精神肉体之边际。此时之刚烈与悲屈不但由宝玉眼中看出，而且由下流嫂子风骚眼中误解。在形成此等多重错位之后，又由宝玉以芙蓉诔神化之。从审美价值的唯一性而言，晴雯之死高于金钏儿之死。而司棋之死，本由贾府仆妇之矛盾倾轧，挑起事端者乃王保善家的，意在找茬打击他人，乃有抄捡大观园之举，却抄出自己外孙女司棋收受的情书。处在这一歪打歪着环节上，司棋尚未引起读者的同情。待到“凤姐见司棋低头不语，也并无畏惧惭愧之意，倒觉可异”。又加上宝玉欲救无方，才从对王保善家的嫌恶转化为对司棋的同情。待到被逐出大观园，情节急转直下。其情人潘又安逃逸，则同情更深一层。至潘归来，本已致富,却为试探司棋,不为势利双亲理解,乃至司棋触墙,潘又安自刎,二人之先后殉情,同心而在时间上的错位造成悲剧,类似罗密欧与朱丽叶。但直书其事,情节于高潮处,只用简括之叙述,转折过速,虽二人之死,不若晴雯一人之丧也。至于尤三姐之死,则更胜一筹,其与尤二姐同出贫寒,在供人赏玩中泼辣放浪,然身出污泥,情怀清白,其专一之爱情,为意中人误解,婚约遭毁。三姐乃自刎,其营生污下甚于司棋,然情之所钟超越生死,其刚烈果断全在瞬间。情节前后强烈反差,与身份与内心之错位幅度成正比。其精神可以用"黑暗王国中的一线光明"(杜勃罗留波夫评俄国古典剧作家奥斯特洛夫斯基《大雷雨》中女主人公语)来形容,其尾声又有情人之痛悔而出家,又添一层错位。其错位之多,比之司棋更显其精神光彩,而尤二姐之软弱、善良、轻信、自贱,甘为二奶,遭凤姐迫害惨死,在精神的谱系中不过是三姐之光的黑暗背景。当然,最为精彩的是林黛玉之死。虽然红学专家对后四十回之艺术水准不乏贬抑,然而林黛玉之死却是世界古典文学史上少女死亡艺术之高峰。作者从三个方面来立体化地展开。

第一,从正面描写。先是黛玉听傻大姐之言,知宝玉将迎娶宝钗,遭受沉重打击,病体变得更加衰弱,行动却变得更快速,不再如先前之善哭,而是痴笑。心理的一时麻木终于转化成生理的创伤:"一口血吐出来",《红楼梦》借医家之口解释是"一时急怒,迷了本性"。待到镇静下来,"心中却渐渐明白","此时反不伤心,惟求速死。"自我糟蹋身体,内心感情多表现为外部动作,深邃异常,然叙述简洁。

第二,对话。对最贴心的紫鹃的悲泣无理责难"我哪里就能够死呢!"对贾母则是"老太太,你白疼我了"。"白疼"二字,既有对贾母的怨恨,又有对贾母的歉疚。临终弥留之际,直声叫:"宝玉,宝玉,你好……"说到"好"字,便浑身冷汗,不做声了。紫鹃等急忙扶住,那汗愈出,身子便渐渐地冷了。其怨,其怒,其恨,其爱,其悲,其责,皆为负面含意,却用一个肯定语词"好"字作错位表达。

最后，这是最突出的，最能表现中国古典小说的艺术特色的，浓墨重彩抒写的是周围人物心理多重视角、多层错位心理的交织。所有的人都有悲痛，然而，没有一个的悲痛是相似或者相近的。

第一重是紫鹃：觉得黛玉垂危，竟无人来看望，实在“狠毒冷淡”，尤其是对宝玉，更是“切齿”。第二重是，向来与世无争的寡妇李纨，见紫鹃眼泪把褥子已湿了一片。拭泪说：“好孩子，你把我的心都哭乱了，快着收拾他的东西罢，再迟一会子就了不得了。”第三重更可谓是“毒笔”：让黛玉最为知心的丫头紫鹃去做伴娘，掩饰宝钗为黛玉之伪。第四重视角是，平儿不忍，提出让雪雁代替紫鹃。第五重视角，是雪雁的视角，怀疑宝玉假说丢了玉，装出傻子样儿来，好娶宝钗，与宝玉的错位又增一层。第六重视角是宝玉，以为真是与黛玉完姻，乐得手舞足蹈。待到宝玉发现不是黛玉而是宝钗，以为是梦中，呆呆站着。当着新娘子的面，口口声声只要找林妹妹去。岂知连日饮食不进，身子哪能动转，哭道：“我要死了！我有一句心里的话，只求你回明老太太：横竖两个病人都要死的，死了越发难张罗。不如腾一处空房子，趁早将我同林妹妹两个抬在那里，活着也好一处医治服侍，死了也好一处停放。”。第七重视角是宝钗，贾母叫凤姐去请宝钗安歇，“宝钗置若罔闻，也便和衣在内暂歇”。虽然只是简单的一句叙述，却是重如春秋笔法。只有她此时保持着理性的冷峻，甚至可以说是冷酷，对宝玉道破真相：“林妹妹已经亡故了。”宝玉不禁放声大哭，倒在床上。第八重视角是综合的，紫鹃、李纨、王熙凤：

> 当时黛玉气绝，正是宝玉娶宝钗的这个时辰。紫鹃等都大哭起来。李纨、探春想他素日的可疼，今日更加可怜，也便伤心痛哭。因潇湘馆离新房子甚远，所以那边并没听见。一时大家痛哭了一阵，只听得远远一阵音乐之声，侧耳一听，却又没有了。探春、李纨走出院外再听时，惟有竹梢风动，月影移墙，好不凄凉冷淡！

第九重视角是贾母的。舍黛玉而娶宝钗,本是她的决策,可是,她并不是不爱黛玉,也不是不悲痛,而是涕泪交流表白:“是我弄坏了他了。但只是这个丫头也忒傻气!”联系到她说过的“白疼”,她的眼泪中有自责,也有自我开脱。

从笔墨的分量来说,不把正面抒写集中在林黛玉之死上,而是用九重错位的感情来渲染,在悲剧性的复合和丰富上,在悲痛氛围的沉郁深沉上,营造了全书最高潮,在世界悲剧艺术上展示了中国古典小说艺术的辉煌的顶峰。《红楼梦》黛玉之死可以说是把全书主要人物都调动起来,以各自不同的方式合奏了一首悲痛的交响曲。

如果孤立地这样比较,还不够明显的话,将母题谱系拓展到世界文学史中,以《红楼梦》写主人公死亡与托尔斯泰相比则更不难一目了然。同样写为爱情而死,托尔斯泰中写安娜·卡列尼娜选择以自杀“惩罚”渥伦斯基,托尔斯泰花了整整三小节的篇幅,译成中文五千字左右。但是,从决心卧轨自杀,到乘坐马车,到投下月台,都是以安娜个人为中心展示:纷纭的回忆、情感的片断,外部环境断续感知,无序的思绪,都带有某种“意识流”非逻辑性质,自始至终都以安娜为单一视角展开。她沉浸在自己对情敌吉蒂的仇恨和妒忌中,她无法摆脱谈说陈设引起的厌恶、怨恨、报复的恶劣情绪,连仆人的动作“都惹得她生气”,其自我折磨在意识层面和潜意识起伏翻腾,连她自己都不认识自己,有时还忘记了自己的动机,对陌生人,哪怕是天真的小女孩,也莫名其妙地反感。有时又飞溅出一些思想的火花:她体悟到渥伦斯基对她的所谓的爱情,哪怕是眼睛里流露出狗一样的驯顺的神色,也不过是征服了她这样的女人“虚荣心得到满足的胜利之感”。至于对他们二人的关系,她从心灵深处概括出来的“我的爱情愈来愈热烈,愈来愈自私,而他的却愈来愈衰退”,就是他们的错位。托尔斯泰让安娜在自我内心展示矛盾,一方面是对外部世界和内心感知无序激发,一方面则是深邃的洞察,甚至有哲理式的格言:

爱情一结束，仇恨就开始了……

所有这一切，都是在不连贯的印象断断续续地流逝中呈现的：

……我一点也不认识这些街道，这里有一座小山，全是房子，房子，……在这些房子里全是人，人……多少人啊，数不清，而且他们彼此都是仇视的，哦，让我想想，为了幸福我希望些什么呢？哦，假定我离了婚……

当她走向铁轨准备自杀的时候：

……是的，我苦恼万分，赋予我理智就是为了使我能够摆脱；因此我一定要摆脱！如果再也没有可看的，而且一切看起来都让人生厌的话，那么为什么不把蜡烛熄灭了呢？但是，怎么办呢？为什么这个乘务员顺着栏杆跑过去？为什么下面那辆车厢里的那些年轻人在大声喊叫？为什么他们又说又笑的？这全是虚伪的，全是谎话，全是欺骗，全是罪恶……

整整五千字，全是安娜的视角中的内心和外部环境的感知、幻觉、情绪交织。这里纷纭的感知的思绪，表面上无序、无理，其中的“仇视”“虚伪”“欺骗”“罪恶”则完全是她自己潜意识深处思绪的飞溅。托尔斯泰追求的就是安娜的看似混乱的思绪中逐渐明确化起来的自杀的决心，直到最后的死亡，也没有像《红楼梦》那样，在他人（探春）的视角中感到“黛玉的手已经凉了，连目光也都散了”，而是以安娜自己的幻觉，甚至不无矛盾地走向死亡。她先是画了个十字：

笼罩着一切的黑暗突然破裂了，转瞬间生命以它过去的全部辉煌欢乐呈现在她面前。接着是她向车轮间扑通跪了下去，同一瞬间，一想到她在做什么，她吓得毛骨悚然，“我在哪里，我在做什么？为什么啊”，她想站起来，把身子仰到后面去，但是，什么巨大的、无情的东西撞在她的头上，从她的背上碾过了。“上帝，饶恕我的一切！”感觉无法挣扎，……那枝蜡烛，她曾借着它的烛光浏览过充满了苦难、虚伪、悲哀和罪恶的书籍，比以往更加明亮地闪烁起来，为她照亮了以前笼罩在黑暗中的一切，摇曳起来，开始昏暗下去，永远熄灭了。[①]

死亡的描写就在一系列的幻想和错觉中结束了。而女主人公死亡的后果，并没有像《红楼梦》中那样浓墨重彩地多层次地展示，而是在下一章，在一切恢复平静以后，在一些关系并不密切的人的平静的谈话中提到渥伦斯基曾经自杀（未遂）。与黛玉之死正面写在场人物都处于情绪错位的高潮不同，托尔斯泰有意将最严重的后果，通过他人的口轻描淡写地交代了一下。如果可以打个比方的话，托尔斯泰的安娜之死，可以说是一首小提琴协奏曲，依次呈现、展开，而曹雪芹写黛玉之死则是一首交响乐。从二者的对比中，可以看出《红楼梦》以情感错位的积累和叠加而显得淋漓尽致，而托尔斯泰则以情感的节奏控制表现得从容不迫。

现在我们似乎有条件对李欧梵先生的世纪困惑作进一步的回答。要对文本的唯一性作深邃的到位的分析，我们面临的是一个复杂的系统工程。首先是发现矛盾，发现矛盾的方法很多，有还原，有比较，比较可能陷

① 在主人公内在感觉中写死亡的临近，是托尔斯泰的拿手好戏。早年在《塞瓦斯托波尔的故事》中，他写军官拍拉斯兴库被炸弹炸死的过程也是先让他感到自己庆幸于没有死亡，谢天谢地，只是受伤而已。他对死亡的感觉充满了错觉。士兵从他身边跑过，把墙推倒在他身上，直到他自己听自己的呻吟声等等。在《战争与和平》中，安德烈公爵患坏疽病生命垂危，他的心理错觉是：一切消失了，剩下的是关起那道门，他要去关门，但他的腿不肯动。他恐惧。觉得自己在向门边爬，但有一种力量在推门，在向里边挤，这是死。他顶住，门敞开了，他死了，他记得自己是睡了，他挣扎着又醒了。他觉得“死就是一种觉醒”，“于是他灵魂立即亮起来”。（《战争与和平》[董秋斯译]第四册，人民文学出版社1988年版，第1647页）感觉思维活动虽然失去了控制，但是却达到了平时所不能达到的深度，混乱的感觉带着托尔斯泰的理性光辉，这一点和安娜是异曲同工的。

于随意性，故以系统性为上，但是，即使系统性比较，主要的也不是知识谱系，而应该是形象母题的谱系，有了形象谱系提供的现成的可比性，就有了显而易见的差异和矛盾，这样，在具体分析中把理论概括抽象所牺牲掉的唯一性还原出来，就有可能了。

谱系的比较和分析最后要落实到单篇个案上来，即使单篇与单篇的比较，最后也要归结到谱系中来，也就是母题的系列中来。这样的系列可以存在于大型作品之中，也可能存在短篇的经典名著之中。在这样系统的比较中，具体分析就可能比较全面。但是，从严格的方法论来说，具体分析形成论断，离不开综合，二者结合才能把形象的唯一性用原创的语言概括出来，如前述《红楼梦》中悲剧主人公的自我感觉并不在描绘的中心，而在场人物的复合感知错位却占据大部分的篇幅；托尔斯泰则相反，主人公之死主要是在自我感觉之中展开，对直接关系人物造成的严重后果却是轻描淡写。这就是分析转化为综合的结论。有了二者的统一还不够，因为这还是静态的，把作品从历史的动态语境中孤立出来的，要穷尽作品的唯一特殊性，还得把他还原到历史发展过程中去（如，概括出陶渊明在中国古典诗歌从激情中突围发现宁静，从华彩突围中发现冲淡，形成了历史流派）。从逻辑上提升到历史的发展，达到逻辑和历史的统一。

西方文论经典满足于把文本当作静态的成品，把审美的历史变化当作任意的选择，因而也就谈不上对审美审智历史逻辑的梳理。其实，一切文学经典，哪怕是个案，其中也蕴含着民族文学艺术探险的历史积淀，诗歌、戏剧、小说的作者，都是从文学规范形式历史的水平线上起步，又合乎逻辑地走向僵化乃至蜕变、衰亡的。故文学文本解读，追求逻辑的和历史的统一的自觉是必要的。西方文论把作品当作成品，对创造过程（个体和历史的）的忽略使解读变成静态的描述，这就造成更大的局限，那就是脱离了创作论，脱离了创作实践，不屑于让理论进入创作和历史积累，突破过程。其结果，就是把自己关闭在已知的牢房里沿着封闭的墙壁跳着不倦的华尔兹舞步。

有了这一切，似乎已经能够表现出文学文本解读学的特质，但是，从严格意义上来说，这还只完成了一半，而且是和文学理论多多少少相近的一半。而另一半则是，如何与创作论接轨。如何把解读还原到创作过程中去，还原出作者在多种可能中的选择，也就是鲁迅所说的“不应该那样写”，或者是朱光潜所说“读诗就再作诗”。跟着作者一起体验不写什么，才能解读为什么写。在这样复杂的系统工程中，才有某种可能对个案作品作出独特性、唯一性的概括，从而作出评价。这一切，在下面将分别以单独的章节加以探讨。

第三章　文学虚无主义在基本学术方法上的歧途

对于西方风起云涌的种种理论，我们本来可以和他们和平共处，井水不犯河水，你走你的阳关道，我走我的独木桥，不用与之争一日之短长。但是，献身于文本解读的建构，不能无视他们反文学的理论的权威。你不是讲文学解读吗？人家根本就不承认文学，宣称这个实体和观念根本就是虚幻的，甚至是不存在的。这等于说，你还没有开口，人家就把你的嘴巴封住了，你的大前提是虚假的，你说的一切都是废话。这样的"理论"杀伤力太大了，它迫使我们在开始文学文本解读学的建构之时，不能不作繁重的理论清场，或者说，对之作一番清算。

把西方大师当作质疑的对手

一些在国际学界声名显赫的大人物，以文学理论为名的著作，干脆宣称"文学"并不存在，伊格尔顿的《二十世纪文学理论》、乔纳森·卡勒的《文学理论》就坦然宣告世界上不存在某种统一的文学，说文学和非文学的界限不存在，因为文学这个名堂是近两百年来的事。这在以前，literature 或者 literary，包括哲学、历史等等，凡是出版物都是文学。从西欧浪漫主义思潮开始，文学观念才是这个样子的，那未来呢，不知道变成什么名堂。伊格尔顿说，也许有一天，莎士比亚的作品也不被认为是文学了，也许有一天，一张咖啡馆的账单也可能变成文学，文学在不断地变化，它是一个“由特定人群出于特定理由在某一时代形成的一种建构（construct），根本就不存在其本身”[①]。伊格尔顿说：“文学并不像昆虫存在那样存在着，它得以形成的价值评定因历史的变化而变化，而且，这些价值评定本身与社会意识形态有着紧密的联系。它们最终不仅指个人爱好，还指某些阶层得以对他人行使或维持权力的种种主张。[②]”他曾举例说明，昆虫学的研究对象是一种稳定的、界定清晰的实体——昆虫，而文学研究却缺少这样一个稳定、清晰的研究对象。这明显强词夺理。昆虫也是在变化着的，从个体来说，蚕从蚕籽到蚕虫到蛹再到飞蛾；从宏观来说，昆虫作为一个类，也是有着漫长的进化的历史的，人类是在不断地改变着对其评价的。例如，蛇作为爬虫类，在圣经里是邪恶的，而在中国早期图腾中，却是神圣的。这和

① 伊格尔顿：《二十世纪西方文学理论》，北京大学出版社 2007 年版，第 11 页。

② 特里·伊格尔顿：《文学原理引论》，文化艺术出版社 1987 年版，第 19～20 页。按伊格尔顿曾举例说明，昆虫学的研究对象是一种稳定的、界定清晰的实体——昆虫，而文学研究却缺少这样一个稳定、清晰的研究对象。

文学存在，人类对其主人不断变化着是没有什么两样的。

大洋彼岸对文学的死刑宣判，在我们国土上引起的几乎是没有任何保留的响应，认为文学是虚幻的观点已成为主流，其霸权气势磅礴，人们不可能不为之震动。但在学习西方大师的学说的时候，我们不要忘记，他们的话语是从他们的历史和现状中建构出来的，拿到我们国家，因历史和现状不同，肯定有格格不入之处。或者说得土一点，作为世界性的思想家，他们的知识结构并不是世界性的。他们在建立似乎是放之四海而皆准的理论的时候，对于中国古典和现当代文学，可能像刁德一到了沙家浜——两眼一抹黑。他们不是神仙，理论有偏颇是正常的事。他们理论中的什么东西最值得我们学习呢？我想，应该是他们把权威当作对手（rival）的质疑精神。

按他们的理论，一切理论，都是一定历史文化阶段性的建构，并不是终极。它只是历史过程的产物，它终究是要发生变化的，肯定是要按照历史辩证法走向反面的。西方理论不管多么神圣，只是从西方文化历史和现状的土壤里生长起来的季节性的花朵，肯定有凋谢的时候。把它的种子移植到中国土壤中来，首先就要把其中只属于西方文化的、历史的土壤的基因剥离，其次，要把中国传统和现状的基因融入。这种跨文化优选（转基因）的对话原则，在西方人那里是起码的常识。被我国文化理论界奉为圭臬的美国理论家J.希利斯·米勒对1960年代以来美国从欧洲大陆的大规模理论引进作过深刻的反思，福建师大外语学院的刘亚猛教授如此阐释米勒的说法：

> 理论并不如一般人想象的那么“超脱大度”（“impersonal and universal”），而是跟它萌发生长的那个语境所具有的“独特时、地、文化和语言”盘根错节、难解难分。在将理论从其“原址”迁移到一个陌生语境时，人们不管费多大的劲总还是无法将它从固有的“语言和文化根基”完全剥离。“那些试图吸收外异理论，使之在本土发挥新

> 功用的人引进的其实可能是一匹特洛伊木马,或者是一种计算机病毒,反过来控制了机内原有的程序,使之服务于某些异己利益,产生破坏性效果”。①

美国人如此清醒态度,对外来文化的高度警惕,难道不能引起我们深沉的联想吗?我们引进的外国文学理论(如苏式的机械唯物论和狭隘工具论)的病毒,使我们原有的机制被格式化的“破坏性效果”难道能够被轻易忘却吗?引进只能是一种跨文化对话的双向优化建构。聪明人,在对话中了解对方,同时了解自己(知彼知己);弱智者,在对话中,以为是了解到对方,但由于不了解自己,也就不能真正了解对方。

引进西方理论的全部历史证明,第一个阶段都是教条主义,不敢修正,以疲惫的追踪为荣,充满盲从性而不自知,只有敢于修正了,才会进入第二个阶段,才有我们民族的独创性。我们的文学文本解读学要有生命,一定要修正,“修正主义”出创造!学术历史绝对是这样的!远的如禅宗,从达摩来华直到五祖,都还没有脱离印度佛教禅法的以心传心,直到六祖慧能才超越了印度禅学的繁琐论证、辨析,转化为直指人心,明心见性,当下了悟。就是文盲也能定慧顿悟。这才创造了中国式的禅宗。②近的如黑格尔的对立统一,强调内部矛盾是事物发展的动力,被毛泽东通俗化为“一分为二”,突出矛盾是绝对的。而杨献珍则据中国的“合二而一”补充之,统一也是动力。他的根据是明清之际思想家方以智的《东西均》“交也者,合二而一也”,“尽天地古今皆二也,两间无不交,则无不二而一者”。现在看来,更符合中国天人合一的和谐理念。

对于西方文化哲学,不保持清醒的头脑,就不可能有修正和创造。

乔纳森·卡勒说:从实际的效果上看,理论是对于“常识”的批驳。它力图证明那些我们认为理应如此的常识实际上只是一种历史的建构。

① 刘亚猛:《理论引进的修辞视角》《外国语言文学》2009年第2期。

② (越南)丁氏碧娥:《禅茶一味》(未刊博士论文),第5页。

理论的任务乃是对文学研究中最基本的前提或假设提出质疑，也就是说，对任何被认为是理所当然的事情提出质疑。我想他这样的说法是很有市场的。最好的例子就是对于“文学”这样的常识加以质疑，得出的结论是世界上既没有共同的文学这样一个实体，也没有文学性这样一个普遍理念。①

但是，这里有个悖论，就算我们大家都相信了他所说的没有文学这么一回事，把它视为“理应如此”“理所当然”，那就该属于“常识”。但相信了他的结论，就违背了他的方法，因为他强调过，要对任何“被认为是理所当然的事情要提出质疑”，对“常识”要加以批驳。而这种质疑和批驳，是不是包括乔纳森的·卡勒的理论呢？如果包括，那就恰恰可能是对“没有文学”这一命题的否定。如果不包括他的理论，这就意味着他的理论不是“理所当然”的，那还有什么权力昭告世人对任何“一直被认为是理所当然的事情提出质疑”呢？

当然，西方大学者并非等闲之辈，对于这样的悖论，早就提前作了理论免疫。他说，他的理论之所以成为“理论”，是因为他们提出的观点或论证对那些并不从事该学科研究的人具有启发作用，并且提供借鉴。简单地说，“被称为理论的作品的影响超出它们自己原来的领域”。原来，号称文学理论，对文学你最好不要指望它管用。但是，悖论又产生了，既对文学没有用处，为什么他的书又堂而皇之地叫作《文学理论》呢？②

说得更为自信的是伊格尔顿，他在《二十世纪文学理论》中说，没有文学这回事。从历史发展的过程中看，文学本身不可定义，文学性既没有统一的内涵，也没有统一的外延。他还用整整一章，以英国文学史为例来说明这一点。我想，他的论证是严肃的，但有两个问题必须慎重。

---

① 乔纳森·卡勒：《文学理论入门》：李平译，译林出版社 2008 年版，第 4~5 页。

② 乔纳森·卡勒：《文学理论入门》原译《文学理论》，辽宁教育出版社 1998 年版。

定义:研究的起点还是历史的开放性过程

追求统一的内涵和外延的概念的定义,是研究的出发点还是终点呢?

定义对于学术研究肯定是必要的,但是,定义的功能,只是为了保证论述在内涵和外延上不违反同一律,概念的内涵要严密稳定,在论述中不要发生转移,防止犯偷换概念的错误。为此它往往出现在论述的前面。西方有经院哲学的传统,一切都从神圣的概念出发,进行反复的演绎,不能说没有一点优越性,但同时也有其局限性。最主要的是,在演绎过程中,往往脱离了事实,脱离了实践。如果对其不加分析,就可能陷于繁琐哲学而在概念中作茧自缚。高尔基曾说过这样一个笑话:一个人掉到了深坑里,有人把绳子放下去救他,他不接绳子,却让放绳子的人先把绳子的定义告诉他,他才能决定是不是接受这根绳子。如果允许引申一下,天文学界长期对"宇宙"的定义争论不休,难道因此可以否认宇宙的存在吗?更严肃的问题是,如果文学定义还没有得到最后的肯定,我们难道就不能为《红楼梦》所感染了?《红楼梦》作为"itself"就不存在了吗?文学在历史发展的不同阶段不断变幻,未来发展的更有无限可能,如果这就是否定文学存在的充分理由,那么,可以否定的就不仅是文学了。就是他们所承认的"文学性"在一切文章中的普遍存在,同样拿不出一个普遍认同的定义来。按照他们的逻辑,文学性不也是不存在了吗?如果这样,美、幽默、人性、人文性、文化,在内涵和外延上,比之文学有更加突出的不确定性(据统计,"文化"这一概念的定义,在1920年只有6个,到了1952年增至160个),但这些概念并未因此而在学术领域里退场。

西方文论大师的哲学观念其实乃是绝对的反本质主义。当然也考虑到了可能产生的偏颇,意识到把相对主义绝对化可能遭到实证的威胁,因而他们排除了自然科学。因为，那是以定义的严密为前提，而且是以实证的无可置疑为生命的。他们宣布，自然科学和人文学科不同，不在此例。罗蒂不得不对自然科学领域里的本质主义取得的成就大加赞赏。但是，他宣称，把自然科学准则，用到文学（历史学、社会学、人类学）中去，“试图找到历史的法则或者文化的本质——用理论取代叙述，作为帮助我们了解自己、了解别人以及了解我们彼此做出选择，这些方面无疑是竹篮打水”①。

但是，为什么自然科学要例外呢？其实原因很简单。早在恩格斯时代就有了解释，那就是因为自然界变化比较缓慢，而且现象不断重复。人的寿命太短，人类的直接经验远远不能直接概括。但是，这个说法显然带着历史的局限性，地质地理的历史证明，不存在永恒不变的自然现象，喜马拉雅板块由沧海隆起为世界最高峰，美洲和非洲地壳板块的分裂飘移，已经是自然史的常识。更有甚者，自然界还有比人类社会变化更快的粒子。为了证明爱因斯坦的“速度使时间延长”理论，一种寿命只有四十几分之一秒的粒子，在上百万电子伏特的回旋加速器中，寿命延长了三倍，达到十几分之一秒。科学家并未因为其瞬息变成了别的粒子，而否认其作为实体和观念的存在。对于变化缓慢得多的文学，理论家有什么理由不承认其自身的存在呢？具有反讽意味的是，文学被否定了，否定文学的“文学理论”却风行宇宙。显而易见，可以用他们的逻辑反问，世界上并没有一种统一的、不变的文学理论，难道就可以宣布文学理论为不存在吗？这样把文学理论引入悖论，与审美解读经验为敌，文学理论家们还自以为得计，但是，文学经典是不朽的，与审美解读经验为敌的理论却注定要速朽的。宣称小说要死亡的德里达死了，可小说却在生生不息，具有吊诡意味的明明是文学理论家的宿命，却被文学理论家当成文学的宿命。也许正是因为这样，近来有后理论为之圆场，吞吞吐吐地为文学的存在留

① Richard Rorty, Essays on Heidegger and others: Philosophical Papers 2: Cambridge University Press, 1991, p.66. 中译文见黄宗英等译罗蒂：《哲学、文学和政治》，上海译文出版社 2009 年版，第 29 页。

下了一点余地。①

问题出在什么地方呢？在许多原因中，有一点最为重要，那就是他们将其热爱的历史相对主义绝对化。

历史的和逻辑的统一②

历史方法无疑是学术研究最根本的方法，研究任何一个问题，最重要的就是把它放到产生它的历史语境中去，观察它的变化和发展，进行系统的、严密的概括。但当使用历史方法的时候，是不是也应该想想，一切事物是不是还有它的对立面，也就是相对的稳定性呢？古希腊哲人说，人不能两次踏进同一条河流，但是，并不妨碍人们把长江从古到今一直叫作长江，把尼罗河一直叫作尼罗河。一切方法，都可能走向反面，把历史的相对性绝对化，是不是也有可能走向反面呢？绝对的相对性，是不是也有某种蜻蜓吃尾巴的危机呢？

历史的相对性面临的是无限丰富的特殊性、偶然性的动态系统，而形成抽象概括却需要相对的静态。自然科学家研究的对象是比较稳定的，他们用实验来进行研究的时候，尽量追求稳定的最大化。例如，研究水的分子结构，并不考虑暴风雨和江湖河海中的水，也不考虑景阳冈下武松喝的酒中的水分和林黛玉的眼泪之间的悬殊差异，他们只需要一滴相对静

---

① 代表作有民连京·卡宁汉的《理论之后的解读》(2002)、让—米歇尔·拉巴尔特的《理论的未来》(2002)、特里·伊格尔顿的《理论之后》(2003)，以及论文集《后理论：批评的新方向》(1999)、《理论还剩下了什么》(2000)、《生活：理论之后》(2003)等。

② 学者顾准认为，历史与逻辑的统一，就是你所叙述的历史与你的理论预设统一。这当然有道理。但是，这是不可避免的。人类的大脑不是白板，不可能绝对客观的反映对象，没有一定的主体预设，大脑没有康德所说的“范畴”，皮亚杰说的“scheme”(格局/图式)，就不能同化(assimilation)外在信息，也就对外界信息不可能有反应。故主体理论框架既是不可缺少的，又必须是开放的，随着历史实践的发展而不断发展，人类的认识就是在理论预设不断被补充、颠覆和重构的过程中前进的。

态的“纯粹的水”，就足以得出整个宇宙的水都是氧化氢的结论。社会科学家不能用实验来进行研究，唯一的手段是抽象思维，而抽象思维的前提是省略一切特殊性的“纯粹状态”。[①] 绝对拘执于历时的无限可变性，必然剥夺人的抽象思维权利。因此，人类不得不启用另一种方法，暂时排除历时的流动性，在抽象的过程中获得复杂现象的最大公约数，也就是静态概念的纯粹性。纯粹的特点不但是假定它超越特殊的，而且是超越历史的。这种方法就是逻辑的方法。没有这种抽象的假定的纯粹性，人类甚至不能形成任何概念，除了不能形成文学、美、幽默、文化、人文性、潜意识、社会主义等范畴外，人类甚至不能作起码的概括，连基本概念（如，一、天、山、神、国、家、关系等）都不能形成。进行抽象，加以静态化，也就是纯粹化，是抽象思维必要的条件，超越动态的历时性，则是必要的代价。

文学也一样。拘执于文学从最初的原生状态，如鲁迅所描述的抬木头发出吭唷吭唷的呼喊到《红楼梦》的巨大差异，不把它历时的、具体差异性抽象掉，就不能进行任何研究。当然，同时不能不考虑逻辑方法的局限性，那就是从概念到概念，内涵空泛，烦琐纠缠。这种危机当然需要预防和补救，那就要具体问题具体分析。从某种意义上说，具体分析就把暂时省略掉的动态的特殊性和历史性加以还原。历史的方法和逻辑的方法都有局限，需要互补。正是因为这样，学术研究才分化为两种类型：一种是历史性的研究，一种是逻辑性的研究。研究资本主义，马克思用历史的方法写过《剩余价值学说史》，用逻辑的方法写了《资本论》。但在运用逻辑的方法的时候，也可能达到与历史的统一（这一点下文详述）。由于拘执于绝对的相对主义，西方当代文论，就其主流来说，是拒绝逻辑的方法，拒绝历史方法与逻辑方法的统一的。文学永远不停地在变幻，缺乏稳定的“本质”，文学与非文学的界限是不存在的，充其量只有文学性存在于非文学中。关于文学是否具有相对静态的、逻辑上，共同的“根本的、突出的特点”，乔纳森·卡勒的说法是这样的：

---

① 马克思：《资本论·初版的序》第1卷，人民出版社1956年版，第10页。

> 文学作品的形式和篇幅各有不同,而且大多数作品似乎与通常被认为不属于文学作品的东西有更多相同之处,而与那些被公认为是文学作品的相同之点反倒不多。

他的论断是文学和非文学作品的共同性比文学作品之间更多,值得质疑的是,更多,也是一种逻辑的静态的观念。这是一个量的概念,可是他并没有作量的比较。这个论断与我们文学解读时惊心动魄的审美体验相去甚远。在论证上,这不是他个别的偶然的粗疏,而是系统的:

> 以夏洛蒂·勃朗特的《简·爱》为例,它更像是一篇自传,与十四行诗很少有相似之处;而罗伯特·彭斯的一首诗"我的爱就像一朵鲜红鲜红的玫瑰"则更像一首民谣,与莎士比亚的《哈姆雷特》也很少有相同之处。①

对于这样的核心结论,作为学术,本来是要求系统地,多方面论证的,但是,居然是宣判式的一笔带过。勃朗特的《简·爱》明明是世所公认的经典小说,虽然带有某种自传性,正如《复活》带有托尔斯泰的自传性,《丑小鸭》带有安徒生的精神自传性,并不妨碍其具有小说和童话在审美价值上的共同性质。至于小说与十四行诗,不可否认有所不同,但是,属于外部形式的差异,而在诉诸感性,以情感的审美价值见长方面,则是统一的。彭斯的抒情诗就算是具有"民谣"风格,在抒情上不是和诗同类吗?从诗经到汉乐府,从明清山歌到陕北民歌,和李白、杜甫、拜伦、雪莱、普希金的诗歌,在抒情这一点上"相同之点"是显而易见的。莎士比亚的《哈姆雷特》虽然其外部形式是戏剧,但是,它是诗剧,其人物对白和独白,是素诗(blank verse),虽不押韵,却有诗的五步轻重交替的节律,在诗

① 乔纳森·卡勒:《文学理论》,辽宁教育出版社1998年版,第21页。

歌中属于戏剧性独白一类；最主要的是，是抒情的，属于审美价值，这一切与议论文章的理性逻辑阐释和论证，有着根本的区别。从中国的《文赋》的"诗缘情"，到康德的审美价值论，到克罗齐的直觉抒情论，再到俄国革命民主主义者的"形象思维"论，对文学作品的"相同之点"，有许多权威的、经典的论述，作为学术著作，居然对此仅仅以"理论家们一起努力探讨解决这个问题，但成效甚微"敷衍过去，连问题史都没有作起码的系统的梳理，对这样武断的学风，这样的轻率概括，我们只能像拜伦那样除了微笑，只能叹息。西方大师这样自说自话的文风，并不是个别的，而是一贯性的：

> 雅克·德里达展示了隐喻在哲学话语中不可动摇的中心地位。克罗德·莱维·斯特劳斯描述了古代神话和图腾活动中从具体到整体的思维逻辑，这种逻辑类似文学题材中的对立游戏（雌与雄，地与天，栗色与金色，太阳与月亮等）。似乎任何文学手段、任何文学结构，都可以出现在其他语言之中。①

作为论证方法，显然是太粗浅了。修辞手段，思维模式，不过是一种普遍的、基本的、潜在的规则，普遍规则的表现和功能在特殊形式中是要发生分化的，隐喻在哲学中，近似于寓言在先秦诸子中是为了说明抽象道理，而在诗歌中，如果满足于展示道理，像玄言诗（如邵雍）那样，则有损于形象，导致审美感染力的削弱。至于文学题材中的对立意象（雌与雄，地与天，栗色与金色，太阳与月亮等）与哲学中抽象的对立统一，在思维模式上同类。同类的修辞模式可以构建不同的体裁，正等于大米可以做成酒也可以做饭，难道可以因此就可以把酒和饭卖一个价钱吗？难道可以因为在《资本论》中，有"资本的每一个毛孔都渗透着劳动者的血汗"这样

---

① 乔纳森·卡勒：《文学性》，马克·昂热诺等：《问题与观点：20世纪文学理论综论》，百花文艺出版社2000年版，第40~41页。

的暗喻,《资本论》就和狄更斯的小说没有区别了吗？如此这般的理论权威性的树立,并不是因为在学术上有多么雄辩,而是因为我们在其反本质、去中心、弭边界、解总体、去类别的话语霸权面前太自卑了。

他们不乏来自马克思、黑格尔的学术渊源,福柯本科论文就是研究黑格尔,而且熟读《资本论》。也许他们设想自己的学术,与其追随马克思、黑格尔博大精深的被他们称之为总体论的体系,作些修修补补的工作,不如以总体论为颠覆的对象,开辟反总体、反本质、反体系的新天,以无类别(无文学与非文学的区别)为追求目标。表面上看,这一切对我们建构文学解读理论而言,无疑是一道无解的方程式。但是,师其言,不如师其意,最聪明的办法,就是像他们一样把师承的权威当作解构的靶子。他们的理论生命,来自对于所师承的学理的反叛。用他们审视老师的方法审视他们,把他们颠覆老师体系的方法,用到他们头上,是不是也可能有所作为呢？我们这个世界是不完美的,世界上所有理论,都是不完美的。哪个大师的体系没有漏洞呢？同样的,哪个后来的反叛者在弥补了漏洞以后,又创造了新的漏洞呢？如果我们在逆着他们的反总体的方向上探索总体,是不是也可能和他们一样另辟新天呢？

进行任何大规模基本建设都有清理地基的任务,当代文学解读理论之所以落伍,原因很多,其中之一,就是连起码的理论清场都没有。

人家的理论是从哪里来的呢？从根本上来说,并不是从理论中来的,而是他们从解读和写作的历史和现状经验中高度概括出来的。问题在于,西方的理论是大于经验的,我们传统理论是贫困的,但是,解读写作的历史经验却并不亚于他们。对于建构理论来说,剩下来的唯一的出路,就是到文学解读的历史中去寻找。这种寻找,需要原创性的概括力,比之照搬要困难得多。难在从直观经验上升为观念、范畴和体系,但是,这也可能逼出理论最宝贵的原创性来。要有文学解读理论的原创性,就要对西方前卫文论破除迷信,实行修正主义,相反,对自己则横下一条心,直接从文学解读历史中进行第一手的抽象。

既然要作第一手的、原创性的抽象，就不要因为德里达反对“形而上学”而心虚手软。因为，逻辑抽象的优长在于普遍性，其局限则在牺牲特殊性。但是，对此并不用悲观。按形式逻辑的抽象，外延越广，内涵愈窄，越是哲学的抽象，内涵越是稀薄，这就是德里达对“形而上学”敬而远之的原因。但是，真正哲学的抽象，并不是外延的最大公约数，而是因为蕴含着矛盾运动而深刻化了，因而外延愈广，内涵却愈深刻。这是因为，在马克思那里，高度概括是与具体分析互补的。概括暂时牺牲了特殊性，具体分析则起到还原特殊性的作用。具体分析越是多，还原的规定性越是丰富，达到“多种规定性统一”，形而上的和形而下也就达到统一，这就是马克思所说的从抽象上升为具体。基于此，我们放心大胆地不但做哲学的概括，而且做价值的概括，做审美的概括，做文学解读的概括，做形式的（与主体、客观构成鼎立结构的规范形式，而不是羞羞答答的“文类”）甚至做突破康德的审美的概括，吸收黑格尔的“美是理念的感性显现”做“审智”的概括。有了概括，才有抽象，有了抽象的符号（例如有了“鬼”“神”的观概念），猿才变成了人，这是人之所以为人的基础。当德里达说出反形而上学的话语时，就意味着把古今中外不同的总体论观念，高度地概括为形而上学，这本身就是在抽象。抽象概括的必要代价，就是牺牲特殊性，就避免不了形而上学，但是，只有在形而上学的基础上才能进行具体问题具体分析，才能把特殊性还原出来。

临时定义：作为研究的过渡

逃过了西方文论观念的阻扼，却难逃西方文论方法的壁垒。

西方文论研究的前提是定义。没有定义，一切都无从开始。如果不能对文学作出定义，那就注定了课题自我取消。

乔纳森·卡勒的《文学理论》就是从“理论是什么”“文学是什么”开始的,伊格尔顿的《二十世纪西方文学理论》也从文学定义开始。从方法论来看,伊格尔顿更有代表性。他否定文学的原因,一是不同流派的定义纷纭,二是不同时代的文学观念大相径庭。“如今的文学观念,是英国浪漫派时期规定下来的”,在这以前文学的内涵是“社会中被赋予价值的全部作品:诗以及哲学、历史、随笔和书信”[①]。正是因为文学的观念是历史地变动不居的,因而不可能有永恒不变的文学,统一的本质化的文学是不存在的。这里就产生一个方法论问题。历史地变动不居,并不是文学特有的现象,而是一切事物包括大自然(动物、植物、矿物)和人文界(历史、哲学等)普遍的现象。变动不居的猴子变成了人,并不妨碍给人下定义,从柏拉图(无毛的两足动物)到马克思(能够制造工具有目的地劳动的动物)再到卡西尔(使用象征符号的动物),定义不断提升、丰富,甚还有其他五花八门的定义(如,人是感情的动物,人是理性的动物,人是会笑动物)定义如此这般地随着历史的发展而变幻,并没有成为否定人的存在的理由。

研究从文学定义开始,因为无法定义,文学的存在就很虚幻。这种从概念出发的方法,在西方很有代表性。这种方法可以保证概念的严密和一贯,不像我们古代文论,不讲究定义,导致概念转移,研究成果难以积累。但,从性质来说属于内涵定义,从逻辑来说,是静态的,是非历史的,因而,从某种意义上说,脱离历史动态的定义永远是不周延的。再加上语言作为声音符号的局限性,不能穷尽事物的属性,只能以约定俗成的功能唤醒读者记忆来补充。因而静态的内涵定义的绝对全面是不可能的。退而求其次,人们往往在外延上作枚举。这从性质上来说,与内涵定义相对,叫作外延定义。外延定义有三种,一种是分类和罗列。如上层建筑不好定义,就说,这是为基础服务的如法律、宗教、哲学、文艺等。另一种就是构成性的,地球由五洲四大洋构成。最不可靠的就是排除性定义,如有

① 伊格尔顿:《二十世纪西方文学理论》,伍晓明译,北京大学出版社2007年版,第16页。

人这样给散文下定义:除了诗,都是散文。定义的基本规范是不得同语反复。如,人就是人,但也有人给幽默下定义:给幽默下定义本身就是幽默的,从某种意义上,这本身不是定义。事物的发展变化是不断的,因而静态的内涵定义是不可能一劳永逸的。能指与所指的矛盾不断衍生,不可能达到绝对稳定的统一。定义也只有是动态的、历史的。而西方大师却一味从静态的概念出发,仅仅用演绎法,其极端就是繁琐经院哲学,以在概念中钻牛角尖,就不能不脱离实际,振振有词地宣告,因为文学这不好定义,所以文学不存在。

在这个学术关键问题上,马克思主义的经典作家留下了理论和实践意义重大的研究成果。最早系统研究过文艺问题的马克思主义者普列汉诺夫,在《没有地址的信,第一封信》开宗明义这样说:

> 在任何稍微精确的研究中,不管它的对象是什么,一定要依据严格地下了定义的术语。……一个对象的稍微令人满意的定义,只有在它们研究的结果中才能出现。所以,我们必须给我们还不能够定义的东西下定义。怎样才能摆脱这个矛盾呢?我以为,这样才能摆脱:我们暂且使用一种临时的定义,随着问题由于研究而得到阐明,再把它加以补充和改正。①

将问题作逻辑展开时,不能没有相对严密的内涵定义。定义不阐述清楚,论题就无法展开。所以,对定义、基本概念的阐述,不可回避。但是,由于人类语言符号和形式逻辑和辩证法乃至系统论的局限,任何定义都免不了逻辑的和历史的局限,因而可以说,任何定义的内涵和外延,都不可能是绝对周全的,不管被认为多么完善的定义,都只能是个体(乃至群体)狭隘经验和历史过程的小结,而不是终结,定义是永远不可终结的历史过程。正是因为这样,研究问题,一方面不能没有起码的内涵定义;

① 普列汉诺夫:《没有地址的信·艺术与社会生活》,人民文学出版社1962年版,第1页。

另一方面,又不能完全从定义出发。定义是研究成果的积累,其过程是无尽的,不能因为定义不完善,就否认对象的存在。虽然一时不可能有比较严密的内涵定义,但是,对象的外延还是明白无误地存在。这时不完全的内涵定义,和外延的广泛并存,内涵和外延发生矛盾,就是问题,问题,而不是定义,才是研究的出发点,因为有了内涵和外延的矛盾,研究才有了继续发展的可能。当然,西方学术往往从定义出发,有一定的道理。最主要的是第一,保持论述过程中内涵的稳定,就是为了防止内涵转移。第二,保证各方在同一概念的同等内涵中对话。第三,有利于研究成果有序积累。我国古典哲学、诗学之失(道、气等)就在于内涵不确定,因而研究成果难以积累。但是,西方学术重视概念定义固然有其优越性,但是,也有走向极端者,如经院哲学的烦琐概念,完全脱离事实。从定义出发,从概念到概念,就造成许多荒谬(如中世纪神学辩论一个针尖上能站几个天使)。以并不完全的定义为演绎的前提,其结果就很难避免从概念到概念的空谈。正是因为这样,钱钟书先生《中国文学小史序论》中一开篇就回避为文学下定义,而仅以关于文学各种属性的探讨替代。他将文学比作"天童舍利",因"五色无定,随人见性"导致"向来定义,既苦繁多,不必参之鄙见,徒益争端"①

伊格尔顿和卡勒在学术方法上,一开始就错了。不是把定义(内涵)看得比事实——外延的矛盾作为问题,而是取消了问题,不承认文学(itself)的存在,可是,就是他们取代文学的文学性,也同样无法定义,这就是他们的悖论。一定要从精确的定义出发的话,世界上几乎没有可研究的东西,就如,非常走红的萨义德的"东方学"这个论题本身就无法定义,从外延来说,东方不是一个统一的实体,从内涵来说,也不共享统一的理念。实际上,连中国、美国这样的论题,都是很难下一个在内涵和外延上一劳永逸的、超越历史的定义。几乎所有的学术都只能是先来一个初步的定义,然后在与外延的矛盾中,继续研究,不断地丰富、发展,最后得出

① 《在人生边上的边上》,生活读书新知三联书店2002年版,第92页。

的，也只能是一个开放的定义。从这个意义上来说，一些被奉为大师的西方人物，其学术方法上的偏执、盲目是十分显眼的。不管是米克·巴尔的《叙述学—叙事理论悖论》把“本文”定义为：“由语言符号组成的、有限的、有结构的整体”“是叙述代言人用一种特定的媒介，诸如语言……或媒介叙述（讲故事）的文本，①还是德里达丁记录和阅读‘行为’的最初历史之中所产生的一套客观规则”②。抑或卡勒“文学是一种可以引起某种关注的言语行为，或者叫文本的活动”的定义③，其内涵中一点文学艺术的影子都没有。以这样不涉及文学艺术内涵的定义作为大前提，根本是不可能演绎出任何文学艺术的特殊内涵来的。然而，西方许多大家，由于对定义的局限和功能缺乏深邃的洞察，因而在概念的迷宫中空转的文风比比皆是。

准定义：从高级形态回顾低级形态

问题在于，在纷纭的历史过程中，一切事物、社会、思维都在发展变化，可能成为初步的、暂时的定义对象是无限的，不同的选择可能产生不同的暂时的定义，选择何种现象作为暂时定义的对象才能避免可能导致的“聋子的对话”的混乱呢？对这样的学术困难，马克思早在《资本论》的“初版的序言”中就给出一种解决途径：“已经发育的身体，比身体的细胞是更容易研究的。”④科学的抽象要求对象性态稳定。在事物从低级到高级不稳定的过程中，马克思提出从高级形态回顾低级形态的方法：在对待学术史的问题上，马克思更加自觉地强调着从成熟的或者“典型”的形态

① 米克·巴尔：《叙述学—叙事理论导论》，谭君强译，中国社会科学出版社2005年版，第3页。
② 雅克·德里达：《文学行动》，中国社会科学出版社1998年版，第12页。
③ 乔纳森·卡勒：《文学理论》，辽宁教育出版社1998年版。第28页。
④ 马克思：《资本论·初版的序》第1卷，人民出版社1965年版，第10页。

出发：

人体解剖对于猴体解剖是一把钥匙。反过来说，低等动物身上表露的高等动物的征兆，只有在高等动物本身已被认识之后才能理解。因此，资产阶级经济为古代经济等等提供了钥匙。①

在《资本论》的初版的《序》中，他把这种方法引用到社会科学研究上来，这样说：

直到现在，它（按：资本主义）的主要典型是英国。就是为了这个理由，所以我在理论的阐述上，总是用英国作为主要的例解。但若德国方面的读者对于英国工农劳动者的状况，伪善地耸一耸肩，或乐观地，用德国情形远不是如此恶劣来安慰自己，我就必须大声告诉他说："这正是阁下的事情！"②

伊格尔顿是西方马克思主义的代表，但是，他罗列了俄国形式主义的文学定义和英国文学的变幻的内涵，就否定统一的文学存在的时候，似乎忘记了马克思的这个重要方法。低级形态的种种不成熟征兆，只有到了高级形态才能得到充分的说明。反过来说，在高级形态形成定义之时，要防止陷入低级形态的纠缠之中。比如说，在为人下定义的时候，避免用猴子不是这样来搅局。等到人的定义清晰了，猴子的属性自然不难说明。这个原则无疑可以成为一种学术原则。研究文学可以放心大胆地从现当代文学的成熟状态出发。为什么要从比较成熟的状况出发？因为，在这种状态下，文学的性质比较"纯粹"。这一点马克思也有过考虑：

① 马克思：《政治经济学批判导言》，《马克思恩格斯选集》第2卷，人民出版社1995年版，第23页。

② 马克思：《资本论·初版的序》第1卷，人民出版社1965年版，第10页。

物理学考察自然的过程，就是要在它表现得最为精密准确并且最少受到扰乱影响的地方进行考察；或是在可能的时候，在种种条件保证过程纯粹进行的地方进行实验。①

自然科学的方法不同于人文社会科学研究的方法就在于，一方面是让对象处于“纯粹”，“最少受到扰乱”的状态，另一方面则对之以人为的手段进行控制，如马克思所说的“用显微镜”或者“化学试剂”，目的就是把物质的内在的规律揭示出来。但是，人文科学社会科学和自然科学不同，它不可能把社会生活加以“纯粹”化处理。马克思说：

在经济形态的分析上，既不能用显微镜，也不能用化学反应剂，那必须用抽象力来代替二者。②

一些号称西方马克思主义的大师，在基本学术方法论上和马克思背道而驰，他们把马克思所说的对于“纯粹状态”的“抽象力”笼而统之贬为“形而上学”，因而不能从历史发展的过程的复杂纠缠中把纯粹状态提取出来，而是把当代文学成熟状态推回到历史的发展的复杂状态中去。他们反总体、反系统的愿望决定了他们拒绝把文学观念的变化看成是历史的进化，从低级到高级的过程，而当作不同历史时代，不同文化传统的任意性的选择。其实，只要放眼世界，文学从一般文化的混沌状态中分化出来，可以说是普遍的、规律性的、总体性的趋势。

被伊格尔顿不屑的纯文学概念和实践，就是在发展成熟的过程中，被世界广泛接受的。欧洲和五四以来的中国自不用说，就是阿拉伯世界又何尝例外呢？起初，

---

① 马克思：《资本论·初版的序》第1卷，人民出版社1956年版，第10页。
② 同上。

> （阿拉伯）语言中“文学”的意思是邀请某人去赴宴会，稍后，意思是高贵的品德，如道德、礼貌、礼尚往来。后来又有了“教育”的和以诗歌等来影响他人的意思，接下来，是“广博的文化”的含义，包括科学知识、艺术、哲学、数学、天文、化学、医学、信息、诗歌。直到现代，才有特指对情感产生影响的各类体裁的诗歌、散文、演讲、格言、寓言、小说故事、戏剧等。
>
> ——叙利亚初中三年级《语文教科书》[①]

在阿拉伯语中，最初文学一词几乎包含了文化全部的含义，这和英语的 literature 的本义是印刷品，汉语的“文”泛指一切文字是一致的，如果从历史选择的任意性来看，也许只能看到不同民族文学理论的纷纭；但是，从马克思的高级形态回顾低级形态的视角，却不难看出从泛道德、泛文化理念凝聚为“特指对读者、听者的情感、情结等产生影响的各类体裁的诗歌、散文、演讲、格言、寓言、小说故事、戏剧等”的历史进化。阿拉伯语、英语和汉语不约而同地选择了纯文学的方向，绝不是偶然的。审美价值从实用理性中独立出来，正是文学成熟的标志。独立文学的产生，提供了纯粹的，不受纷纭繁杂文化现象干扰的“纯粹”形态，为科学的抽象提供了极大的方便。

建构的目标，是文学这个类别的系统理论，而不是观点的无序罗列。高级形态的文学纯粹状态，方便于直接进行高度的抽象，但是，并不能保证必然具有体系性，拒绝总体论，学术抽象就不能不是零碎的，就很难在逻辑和历史过程中，揭示文学的内在发展逻辑。这就要求为文学理论寻找一个起点，不是任意的起点，不是一个任意的暂时的定义，而是一个具有发展潜能的逻辑起点。为什么叫逻辑起点？这是因为作为总体论，其体系的展开，应有内在的，像《资本论》那样的有机的逻辑。诚如列宁所

---

① 洪宗礼主编：《母语教材研究》第 7 卷，凤凰出版传媒集团，江苏教育出版社 2007 年版，第 657 页。

指出的："马克思在《资本论》中，首先分析资产阶级社会（商品社会）里最简单、最普通、最基本、最常见、最平凡，碰到过亿万次的关系——商品交换。这一分析从这个最简单的现象中（在资产阶级社会的这个'细胞'中）揭示出现代社会的一切矛盾（或一切矛盾的胚芽）。往后的叙述向我们表明这些矛盾和这个社会的发展，在这个社会的各个部分的总和中的，从这个社会的开始到终结的发展（既是生长，又是运动）。"①

这就是说，在最普通、最平常的细胞形态形成的暂时范畴（定义），也是其逻辑的开端，它的发展不完全是靠外部力量推动的，动力在细胞形态本身包含着的矛盾，按着黑格尔辩证法的模式走向自身的反面，否定之否定，向新的层次作螺旋式上升的。这样逻辑的起点和终点，也就成了历史的起点和终点。这在马克思的总体论中叫作逻辑和历史的统一。

定义实际上是一种严密的区别，从内涵到外延的界限，不管多么严密，与文学实际相比总是免不了狭隘。在中国文学史上，曾经文史哲不分家，这可能给西方文论以无法定义以论据。史家重在实录，只能记言记事，不能虚构，不能作评价，只能寓褒贬于叙述之中，这叫春秋笔法。但是，实际上，许多史家实录与文学虚构很难区分。如果从定义出发，则论题还没有开始就有被消解的可能。但是，即使如此，历史与文学的区别是客观存在。

"意境"的定义：通过个案的分析积累

对文学文本解读学来说，文学的定义（准定义）只是一个过渡的台阶，而从个案中分析开始，洞察定义与对象的差异，从而发展定义，则是研究深化的有效途径。

---

① 列宁：《哲学笔记》，人民出版社，第409页。

不但是对文学经典的研究，就是对文学理论的研究，也不一定要宿命地从定义的辨析开始。王国维提出的境界，有我与无我，隔与不隔，都不以定义见长。在分析具体问题时，既没有从定义出发，也没有把目标定位在定义上。定义固然重要，但它应该是研究的阶段性结果。绕开定义的困境，从作品的具体分析开始，在准定义中积累研究成果，逐步深化定义。这往往需要一个漫长的历史过程。有时，一个诗学范畴，如意境的定义，历千年而不可得。拘守伊格尔顿的逻辑，意境至今没有共识，定义不下来，就不承认意境的存在是可笑的。有名的“推敲”的公案，虽涉及意境，但分析的有效性，并不取决于意境的严密定义。就文学文本解读学的个案分析而言，奥秘往往不在定义，而在定义的概括性省略了的特殊性、唯一性、不可重复性。

中国诗话传统讲究炼字，为一个字的优劣，打上近千年的笔墨官司，这和西方为定义打几个世纪的笔墨官司，可能是互补的两种学术传统。贾岛(779—843)的《题李凝幽居》，为了其中“推”字，还是“敲”字好，千年来争论不休，虽然成为一宗未了的公案，但是推敲却成为现代汉语中的常用词。俗传此事最早见于《刘宾客嘉话录》：

> 岛初赴举京师，一日于驴上得句云：“鸟宿池边树，僧敲月下门。”始欲着“推”字，又欲着“敲”字，练之未定，遂于驴上吟哦，时时引手作推敲之势。时韩愈吏部权京兆，岛不觉冲至第三节，左右拥之尹前，岛具对所得诗句云云。韩立马良久，谓岛曰：“作‘敲’字佳矣！”遂与并辔而归，留连论诗，与为布衣之交。自此名著。①

一千多年来，推敲的典故，脍炙人口。韩愈当时是京兆尹，也就是首

① 此则佳话，五代何光远《鉴诫录》等书，辗转抄录，又见于宋阮阅《诗话总龟》前集卷十一引录《唐宋遗史》，黄朝英《缃素杂记》、计有功(1126年前后在世)《唐诗纪事》卷四十、黄彻《石溪诗话》卷四，元辛文房《唐才子传》卷五，文字有增减，本事则同。然今本韦绚:《刘宾客嘉话录》，中华书局1985年版，不见此则记载。

都的行政长官，他又是大诗人、大散文家，他的说法，很权威，日后几乎成了定论。但是为什么“敲”字就一定比“推”字好呢？至今却没有从理论上说得很彻底。但是，朱光潜在《谈文学·咬文嚼字》中提出异议：认为从意境的宁静和谐统一上看，倒应该是“推”字比较好一点：

> 古今人也都赞赏“敲”字比“推”字下得好。其实这不仅是文字上的分别，同时也是意境上的分别。“推”固然显得鲁莽一点，但是它表示孤僧步月归寺，门原来是他自己掩的，于今他“推”。他须自掩自推，足见寺里只有他孤零零的一个和尚。在这冷寂的场合，他有兴致出来步月，兴尽而返，独往独来，自在无碍，他也自有一副胸襟气度。“敲”就显得他拘礼些，也就显得寺里有人应门。他仿佛是乘月夜访友，他自己不甘寂寞，那寺里如果不是热闹场合，至少也有一些温暖的人情。比较起来，“敲”的空气没有“推”的那么冷寂。就上句“鸟宿池边树”看来，“推”似乎比“敲”要调和些。“推”可以无声，“敲”就不免剥啄有声，惊起了宿鸟，打破了岑寂，也似乎平添了搅扰。所以我很怀疑韩愈的修改是否真如古今所称赏的那么妥当。①

朱氏强调的是意境的和谐和统一。如果按西方人的传统，先在什么叫作意境，为意境下放之四海而皆准的定义，则可能离开了文本的唯一性。当然，朱光潜先生没有这样做，他致力于具体分析。我们觉得，朱光潜的解释也不是终点，沿着他思路，换一种角度，以感觉要素的结构功能来解释，从全诗意境以静为主导而言，也可能得出相反的结论：“敲”字比较好。因为“鸟宿池边树，僧推月下门”，固然也是宁静的，然二者都属于视觉，而改成“僧敲月下门”，后者就成为视觉和听觉要素的结构。一般来说，在感觉的内在构成中，如果其他条件相同，异类的要素结构产生更大的功能。从实际鉴赏过程中来看。如果是“推”字，可能是本寺和尚归

① 朱光潜：《朱光潜美学文集》，上海文艺出版社1982年版，第298页。

来，从容地推，与鸟宿树上的安宁大体契合。如果是“敲”则肯定是外来的行脚僧，于意境上也是契合的。“敲”字好处胜过“推”字在于它强调了一种听觉感受，两句诗所营造的氛围，是无声的、静寂的，如果是“推”，则宁静到极点，可能有点单调。“敲”字的好处在于在这个静寂的境界里敲出了一点声音，用精致的听觉（轻轻地敲，而不是擂）打破了一点静寂，反衬境界更静。①

诗中早本来就有敲字的音响效果，这和王维的《鸟鸣涧》“月出惊山鸟，时鸣春涧中”是同样的意境。整个大山，一片寂静，寂静到哪怕只有一只鸟在山谷里鸣叫，都听得很真切，而且这只鸟之所以叫起来，通常应该是被声音惊醒的，而在这里却不是，它是被月光的变化惊醒的。月光的变化是没有声音的，光和影的变化居然能把鸟惊醒，说明是多么的宁静，而且这无声的宁静又统一了视觉和听觉的整体有机感，把视觉和听觉水乳交融地结合起来成为和谐的整体。每一个元素，都相互补充，相互渗透，相互不可缺少。一如开头的“人闲桂花落”，桂花落下来，这是视觉形象，同时也是静的听觉。因为，桂花很小，心灵不宁静，是不会感觉得到的。这里的静就不仅仅是听觉的表层的静，而且是心理的深层的宁。只有这样宁静的内心，才能感受到月光变化和小鸟的惊叫的因果关系。南朝时期的王籍“蝉噪林愈静，鸟鸣山更幽”，可能对王维的这种以闹衬静的意境有所启发。

在表面上，这里写的是客观的景物的特点；实质上，表现的是内心的宁统一了外部世界的静，这样内外统一，应该是意境的表现。

这里的意境，就是同时驾驭两种以上的感觉交流的效果，把两种或两种以上的感觉交织起来就形成了一种感觉“场”，或者叫作“境”，是不在字面上的，权德舆和刘禹锡都有“境在象外”之说，翻译成我的话就是场在言外。

不从定义出发，而是从文本分析的唯一性出发，也可能推动定义的

① 孙绍振：《文学创作论》，海峡文艺出版社2004年版，第270页。

拓展。

“敲”字因为构成了视听的交融，因而，比“推”字好。如果这一点能够得到认可，仍然潜藏着矛盾。用来说明“敲”字好的理论，是整体的有机性。但是，这里的“整体”却仅仅是一首诗中的两句，把它当作一个独立的单位，从整体中分离出来，是可以的。但是，这只是一个次意境，或者亚意境。从整首诗来说，这两句只是一个局部，它的结构，是不是融入了更大的整体、更完整的结构呢？如果是，则这首诗还有更高的意境，如果不是，则从整体来说，并未构成和谐统一的意境，只是局部的句子精彩的亚意境而已。这样，就不能不回过头来重新分析整首诗作。贾岛的原诗的题目是《题李凝幽居》，全诗是这样的：

闲居少邻并，草径入荒村。
鸟宿池边树，僧敲月下门。
过桥分野色，移石动云根。
暂去还来此，幽期不负言。

幽居，作为动词，就是隐居；作为名词，就是隐居之所。第一联，从视觉上，写幽居的特点，光是没有邻居，没有充分点到“幽”字上去，似乎不算精彩，但是，有两点值得注意。第一个是“闲”。一般写幽（居），从视觉着眼，写其远（幽远）；从听觉上来说，是静（幽静）。这些都是五官可感的，比较容易构成意象。但是，这里的第一句却用了一个五官不可感的字：“闲”（悠闲）。这个“闲”字和“幽”字的关系，不可放过。因为它和后面的意境，感觉的境界有关系。

第二句，就把“幽”和“闲”的特点，感觉化了：“草径入荒村”，这个“草”，是路面的草，还是路边的“草”，如果是在散文里，很值得推敲，但是在诗歌里，想象的弹性空间比较大，不必拘泥，大致提供了一种荒草之路的意象。这既是“幽”，又是“闲”的结果。因为“幽”，故少人迹，因为

“闲”,故幽居者并不在意邻并之少、草径之荒。如果把这个“幽”中之“闲”作为全诗意境的核心,则于推敲二字的优劣有利于进入更深层次的分析。“僧敲月下门”,可能是外来的和尚,敲门的确衬托出了幽静,但是,不见得“闲”。若是本寺的和尚,当然可能是“推”,闲字就有着落了。还有个不可忽略的字眼——月下。回来晚了,也不着急,没有猛擂,说明是很“闲”的心情。僧“敲”月下门,就可能没有这么“闲”了。僧“推”月下门的闲,更符合诗人要形容的幽居的“幽”,再加上“鸟宿池边树”,更显得安谧境界的整体性。以“闲”的意脉而论,把前后两联统一起来看,而不是单单从两句来看,韩愈的“敲字佳矣”,可能不及朱光潜先生所说的“推”字更好。

关键是,下面还有四句。“过桥分野色,移石动云根”究竟是什么意思,不可回避,因为有诗话家认为这两句更为精彩。胡应麟说:

> 晚唐有一首之中,世共传其一联,而其所不传反过之者。……如贾岛“鸟宿池边树,僧敲月下门”,虽幽奇,气格故不如“过桥分野色,移石动云根”也。[1]

这个见解是很奇特的,但是,千年来,这两句的含义,还没有十分确切的解释。当代的《唐诗鉴赏词典》说:“是写回归路上所见。过桥是色彩斑斓的原野。”[2]但是,从原诗中(“分野色”)似乎看不出任何“斑斓”的色彩。问题出在“分野”这两个字究竟怎么解释。光是从字面上来看,是比较费解的。从上下文来看,应该是描述地形地物的,现代辞书上说是“江河分水岭位于同一水系的两条河流之间的较高的陆地区域”,简单来说,就是河之间的地区。从上下文中来看,“分野”和“过桥”联系在一起,像是河之间的意思。“过桥分野色”当是过了桥就更显出不同的山野之色。

---

① 胡应麟:《诗薮》内编卷四。

② 《唐诗鉴赏词典》,上海辞书出版社 1983 年版,第 962 页。

这好像和“月下”(光线有限,不可能远视)有矛盾,至于“移石动云根”,云为石之根,尽显其幽居之幽,但是,“移”字没有来由,为什么为一个朋友的别墅题诗要写到移动石头上去,殊不可解。幸而这并不是唯一的解释,在王维的《终南山》中是另外一个意思:

太乙近天都,连山到海隅。
白云回望合,青霭入看无。
分野中峰变,阴晴众壑殊。
欲投人处宿,隔水问樵夫。

这里的“分野”是星象学上的名词。郑康成周礼·保章氏注:“古谓王者分国,上应列宿之位。九州诸国之分域,于星有分。”有国界的意思。联系上下文,当是过了桥,或者是桥那边,就是另一种分野,另一种星宿君临之境界了。接下去“移石动云根”。“云根”两字,很是险僻,显示出苦吟派诗人炼字的功夫。石头成了云的“根”,则云当为石的枝叶。但是,整句却有点费解。可能说的是,云雾漶漫飘移,好像石头的根部都浮动起来似的。这是极写视野之辽阔、环境之幽远空灵。对于这一句,历代诗评家是有争议的。《唐诗选脉会通评林》说:“‘僧敲’句因退之而传,终不及若第三联(按:即此两句)幽活。”而《唐律消夏录》却说:“可惜五六句呆写闲景。”一个说“幽活”,比千古佳句“推敲”还要“活”;一个说它“呆”。[①]究竟,如何来理解呢?

从全诗统一的意境来看,“分野”写辽阔,在天空覆盖之下,“云根”写辽远。云和石成为根和枝叶的关系,肯定不是近景,而是远景。二者是比较和谐的。但是,与推敲句中的“月下门”与“鸟宿”的暗含的夜深光暗,有相矛盾之处。既然是月下,何来辽远之视野?就是时间和空间转换了,也和前面的宁静、幽静的意境不能交融。用古典诗话的话语来说,则是与

① 《唐诗汇评》(下),陈伯海主编,浙江教育出版社1995年版,第2588页。

上一联缺乏“照应”。再加上,“移石”与“动云根”之间的关系显得生硬。表现出苦吟派诗人专注于炼字:“二句三年得,一吟双泪流。”(贾岛《题诗后》)另一个诗人卢延让形容自己《苦吟》:“吟安一个字,捻断数茎须。”其失在于,专注于炼字功夫,却不善于营造整体意境。故此两句,“幽”则“幽”矣,“活”,则未必。

最后两句,“暂去还来此,幽期不负言”,则是直接抒情,极言幽居之吸引力。自家只是暂时离去,改日当重来。诗的题目是《题李凝幽居》,应该不是一般的诗作,也许是应主人之请而作,也许是题目所示要“题”写在幽居的墙壁上的。说自己还要来,把自己的意图说得这么清楚,一览无余,是不是场面上的客套话呢?这且不去管它,但是,把话说得这样明确,肯定是强弩之末,因为意境是相对于直接抒情而言的。以情景交融,蕴藉含蓄为特点,而直接抒情,把话说得明明白白了,则肯定破坏了意境。如果这个论断没有太大的错误,那么,韩愈的说法只是限于在两句之间。一旦拿到整首诗歌中去,可靠性就很有限。朱光潜先生在上述同篇文章注意到“问题不在‘推’字和‘敲’字哪一个比较恰当,而在哪一种境界是他当时所要说的而且与全诗调和的”。但是,朱光潜先生在具体分析中,恰恰忽略了全诗各句之间是否“调和”,他似乎都忽略了这首诗歌本身的缺点就是没有能够构成统一的、贯穿全篇的意境。

对于解读这样的经典来说,意境的严密的定义,可能是难以言传的,而过渡性的定义,则是有益的。文本分析的目的,主要在作品本身,只要把作品本身的奥秘说透了,对意境定义的深化有极大的好处。从逻辑方法来说,定义往往用的是归纳法,归纳的要求是周延,但是,不要说内涵,就是外延,都是无限的,而人的经验总是有限的,故归纳注定是不可能完全周延的。归纳的内涵不周延性,只有在具体分析的层次积累中逐步减少,但是,永远也不可能完全穷尽。正是因为这样,具体分析文本,特别是有效的具体分析,往往能增加定义的内涵,这就意味着对固有定义有突破的功能。从这样的具体分析中,我们不难得出意境特点在于:以意象群落为主体，以潜在的意脉的贯穿首尾，以其意在言外的含蓄性构成整体性和谐。如果我们一开头，就纠缠于意境的定义，则肯定很难揭示出其言外之意的含蓄乃是由于其由意象群落构成。意象的特点是把情感隐含在有机的物象群落中，故其抒情乃是一种间接抒情。一旦直接如贾岛这样最后把情感直接讲出来，就不是间接抒情，而是直接抒情，因而其意境就被破坏了。意境的内涵是中国古典诗论（包括诗话、词话等）所没有概括完全的范畴，这就要求我们从文本具体分析作原创性概括。

意境的研究至今鲜有突破，其原因乃在从已经被古人概括出来的概念进行演绎，而演绎法是不能产生新知识的。如果从文本直接进行概括，就不难看出，意境艺术并不是中国古典诗歌的全部，而是一部分，这部分大抵就是近体诗。与这一部分艺术风格不尽相同的是古体诗，这就是被严羽当成比唐诗还要高一筹的诗骚汉魏古诗。这类诗不是以描绘式的间接抒情为主，而是以直接抒情为主的。突出的代表当为《离骚》《九章》等，至《古诗十九首》则成为体制。例如，“生年不满百，常怀千岁忧。昼短苦夜长，何不秉烛游！为乐当及时，何能待来兹？”曹操那首很有名的《短歌行》“对酒当歌，人生几何？譬如朝露，去日苦多。”不但没有写景的地位，意境根本谈不上，完全以直接抒情取胜。间接抒情，过度依赖情景交融，造成了齐梁宫体诗的腐败。陈子昂《登幽州台歌》的价值就在于恢复了直接抒情的地位。“前不见古人，后不见来者。念天地之悠悠，独怆然而涕下！”这里动人的恰恰是什么景物都看不见。这种直接抒情的歌行体，在唐诗中，同样产生了不朽的艺术经典。李白的“弃我去者昨日之日不可留，乱我心者今日之日多烦忧。抽刀断水水更流，举杯消愁愁更愁”，杜甫的“安得广厦千万间，大庇天下寒士俱欢颜，风雨不动安如山。呜呼！何时眼前突兀见此屋，吾庐独破受冻死亦足，”白居易的“在天愿为比翼鸟，在地愿为连理枝。天长地久有时尽，此恨绵绵无绝期”，李商隐的“此情可待成追忆，只是当时已经惘然”，都是不以意象群落中隐含微妙的情感为务，而是以情感的极端率意为特点。从这个意义上说，梅圣俞说“诗家虽率意而造语亦难”，但是，把“率意”和写景的“含不尽之意，见于言外”联系在一起，是自相矛盾的。“率意”就是强烈的感情，在逻辑上不是以“羚羊挂角，无迹可求”的朦胧为优长。严羽所赞赏的“空中之音、相中之色、水中之月、镜中之像”只是唐诗的间接抒情的近体诗的特点。歌行体的直接抒情，不是以描绘客体来寄托主体的情志的，正是因为这样，谈不上什么“难见之景如在目前”，其不尽之意，也不用放在言外，而是直接倾泻出来。因而，基本上是不讲意境的。这种直接抒情的艺术，不但为严羽所忽略，而且在很长一个时期里为诗话词话家所遗忘，直到17世纪贺裳（生卒年不详，约1861年前后在世）和吴乔（1611—1695）才对这种诗艺传统作出“无理而妙”“痴而入妙”的理论总结。这本不但是中国诗学，而且是世界诗学的一大突破，遗憾的是，一直没有受到重视，甚至王国维这样的智者在营造他的境界说时都忽略了，把意境当作中国古典诗艺的全部。直接抒情的“无理而妙”“痴而入妙”长期被忽略，可能是因为，近体诗以隐性的意境为主流，近体的规格化，导致创作规格化，难度降低，普及程度提高，故诗话词话大抵以近体为例。显性的无理而妙的古风、歌行等因为没有现成的规格，为之者较少，成就略逊。故不太受重视。故直到17世纪才有理论的自觉，比意境之说，如果从王昌龄（698—757）的《诗格》算起，晚了近千年。就是“无理而妙”的直接抒情往往也多少与现场的景观有所依傍，带有一点潜隐的色彩，这在古典诗话中属于“物理”，而不是“情”理。相比起来，西方玄学派和浪漫主义诗歌的直接抒情要淋漓得多，景观不过是他们的激发点，目的就要让自我占据前景。雪莱的《西风歌》可谓典型。其命意就很干脆，西风就和我一样，我就像西风一样雄强。最后自我就悍然站到前列：

Be through my lips to unawaken´d earth

The trumpet of a prophecy! O Wind,

If winter comes, can spring be far behind?

西风通过我的嘴唇向沉睡的世界,吹响预言的号角:如果冬天来了,春天还会远吗?

这样的诗歌与中国意境诗歌最大的不同在于,它不是隐藏于意象群落之中作间接的抒情,不是以含蓄蕴藉为务,而是超出意象群落,以抒情主人公身份挺身出来毫不含糊地直接表白的。

第四章　从读者中心论突围：文本中心论

《诗》无达诂：无限意蕴和读者的有限理解

文本解读，核心是“文本”。在英语里是 text，原来是正文、本文、原文的意思。可是在现代西方文论中，text 作为学术话语，文章写成以后，作家就退出了，留下的只是一种召唤读者记忆、经验、精神的框架，其内涵并未最后定型，只有经过读者的心灵的输入，才能受孕投胎成形。解读并不仅仅是被动地接受，而是主体的“同化”①，不同时代、不同文化背景、不同经历、不同素养、不同价值取向的读者的主体不同，就是同一时代、同一文化背景者，也有个性之不同，甚至同一个体在不同心境下，“同化”（受孕）的结果也是各不相同的。按这种理论，文本的意义，就是由读者决定的。

---

① 这里用的是皮亚杰发生认识论的术语 assimilation。与这个术语类似的还有贝塔朗非的“同化”。最初是从生物学意义上提出的。如羊吃草将草同化羊的机体。

“一千个读者，有一千个哈姆雷特”①，一万个读者就有一万个孙悟空。

当代西方文论中的读者中心说进一步发挥：作品写出来，实际上还是半成品，读者解读，并不是被动地接受信息，而是主动地参与，以自己的经验激活文本。一切由读者决定。既无真假，亦无高下，更无深浅之分。这就是20世纪末中国教育界引进的所谓“多元解读”说。在教学实践中，多元解读被极端化，解读的无政府主义甚嚣尘上。

中国的读者中心说，大体来自于姚斯、伽答摩尔的接受美学。伽氏的名言是“不涉及接受者，文学的概念就根本不存在”（见朱立元《当代西方文艺理论》第288页），姚斯认为：“一部文学作品并不是独立自足的，对每个时代每一位读者都提供同样图景的客体。它并不是一座文碑独白式地展示自身的超时代的本质，而更像是一本管弦乐谱，不断在它的读者中激起新的回响。”②

姚斯的理论不无矛盾，既强调读者中心，文本不能是“超时代的”，又并不否认文本（管弦乐谱）是超越时代的、不变的存在。更矛盾的是，接受美学说到没有接受就没有作品的历史生命时，并不否认有积极的、消极的、简单的等各种各样的接受③。特别强调不同读者对文本客体的无限

① 这句话在许多英语文章被说成是莎士比亚说的，但是似无根据，事实上，是英语的一个成语（idiom）。

② 蒋孔阳：《二十世纪西方美学名著选》（下），第477页。

③ 胡经之、张首映：《西方二十世纪文论选（三）》，中国社会科学出版社1989年版，第153页。

逼近:“第一个读者的理解将在一代又一代的接受之链上被充实和丰富,一部作品的历史意义就是在这过程中得以确定,它的审美价值也是在这过程中得以证实。在这一接受的历史过程中,对过去作品的再欣赏是同过去艺术与现在艺术之间、传统评价与当前的文学尝试之间进行着的不间断的调节同时发生的。”[①]赖瑞云先生在他即将出版的《语文教学新论》中这样说:

> 姚斯用了“确定”和“证实”,显而易见,姚斯不仅指出了各历史时代的接受、各位读者的接受的“时代局限性”和随历史发展的不断更新,更阐明了接受的目的是在理解作品,接受不断充实、丰富的作用不是为了接受本身,而是使作品的意义日益被“确定”,作品的审美价值日益被“证实”。在这里,作品只是一部,是固定的,“完美”的,只是其“完美”的意义要在历史的长河中不断被发现;而读者是无数的,不固定的,每一接受都是不完美的,无数不完美的“接受”的无限叠加、历史积累使之趋近于作品的“完美”。[②]

姚斯的读者中心论的偏颇是不可否认的,但是,其尊重文本的合理因素却为我国学人忽略了。

这就说明,就是在姚斯那样的读者中心论者那里,读者主体性也不是绝对的,不能不受到文本主体(管弦乐谱)的制约。故作为补救,西方文论又提出不同读者有“共同视域”。就读者主体而言,其心理图式也有开放性和封闭性的矛盾。故西方文论,又提出“理想读者”,也就是有修养的读者,可是对于“理想读者”,又有学者认为,一切理论预设,都可能对文本的理解是一种约束和遮蔽,反过来,理想读者就是不受任何理论“污染”的读者。显然,不受任何理论“污染”的心理,按皮亚杰的发生认识论

① 胡经之、张首映:《西方二十世纪文论选(三)》,第153页。

② 引文出自作者授权引用的电子稿。

原理，就是主体“图式”空白，也就是洛克空想的“白板”，对外来信息，不会有任何反应。这显然是彻头彻尾的空想。又有学者提出“专业读者”。这就否定了不受任何理论污染的“理想读者”。这样的问题的提出，多多少少是读者主体绝对化的补救，但是，也显示了绝对读者中心论的困境。事实上，赖瑞云先生说：

> 后期的姚斯，转向文学阐释学和交往理论研究，对过去的一些片面性作了修正，对文本的基础作用给予了高度重视，如说文本犹如一个内核，指引着读者；提出了遵循文本暗示，尊重文本的意向性[①]；他很不赞同罗兰·巴特的“复数文本”和“互文性”（或译为“多文本”“文本交汇性”），批评说：“多文本理论及其‘文本交汇性’的提出，是作为意义可能性毫无限制的、任意的生产，作为专断解释毫无限制的、任意的生产”，他相信文学阐释学的原则是与此相反的[②]。他为此专门研究了一个诗歌文本的多元解读现象，发现不同的审美感受、不同的意义阐释，包括排斥他人的各种具体化之间仍有“一致的解释”，“并不互相矛盾”；他说：“这一令人惊异的发现，将导致如下结论：即使‘多元的文本’本身也在第一种阅读水平的范围内，给予感性理解以统一的审美方向。”[③]

应该指出的是，虽然姚斯是清醒的，但是读者中心论在德里达、伊格尔顿、乔纳森·卡勒等权威的鼓吹下，从否定文本到否定文学之论，仍然风靡全球，酿成了文学理论的空前危机。但是，姚斯是有局限的，首先，他对康德的审美价值论似乎并不重视，没有充分的阐释；其次，他对于读者

---

① 金元浦：《接受反应文论》，第138页。

② 周宪译、姚斯：《文学与阐释学》，引自胡经之、张首映《西方二十世纪文论选（三）》，第367页。

③ 周宪译、姚斯：《文学与阐释学》，引自胡经之、张首映《西方二十世纪文论选（三）》，第368页。以上论述引自赖瑞云的《语文教学新论》，特此鸣谢。

可能“专断解释毫无限制的、任意的生产”,但是,并没有像新批评那样把普遍存在的读者以感性印象(主义)的偏颇,提升为一个学术范畴“感受谬误”①直截了当地指出读者的感受中包含着谬误,诗歌价值可能因而遭到歪曲。这一点早在40年代,朱自清和李健吾,就有过深入的研究。朱自清提出现代诗的“意义是很复杂的”“一个不留心便逗不拢来”。孙玉石先生提出,朱先生自己就承认自己解读卞之琳的《距离的组织》,把作者放在括弧里的“醒来天欲暮,无聊,一访友人罢”与前面的“报纸落,地图开,因想起远方的嘱咐,寄来的风景也暮色苍茫了”的含义弄错了。没有分清“天欲暮”与“暮色苍茫”是一梦一真,托孤中的“友人”和开行“友人带来了雪意和五点钟”的“友人”是一我一他。②。李健吾先生把“圆宝盒”理解成“圆宝”盒,而不是圆的“宝盒”从而误解了诗的意义。与作者对话,得到了正确的解释。③ 20世纪末,我国某领导基础教育改革的专家由于对理论和历史缺乏起码的理解,对新批评理论中的“感受谬误”合理性缺乏了解,对读者中心论的偏颇不仅视而不见,反而望风景从,推波助澜,不承认独立于读者之外的作品,从而也就不承认统一评价,盲目的“多元解读论”实际成为文学解读的虚无主义。不但与现实的文学创作解读脱节,而且与中国传统的古典文论背离。

中国古典文论,从根本性质上来说,是文本中心论,和当代西方前卫文论的读者中心论从根本上异趣。当然,在中国传统诗论中,也不乏读者中心的苗头,“诗无达诂”的说法颇得广泛认同就是一种表现。

董仲舒(前179—前104)《春秋繁露》卷三:“《诗》无达诂,《易》无达占,《春秋》无达辞。”④首先提出了诗歌解读的多元问题。但是,这仅是个结论,并未从理论上做出阐释。沈德潜(1673—1769)在《唐诗别裁集凡

① 这个观念最初由Wimsatt在*The Sewanee Review*(1949)第一次出明确,于1954年收入Wimsatt´的论文集*The Verbal Icon*(1954).

② 孙玉石:《中国现代解诗学的理论与实践》,北京大学出版社2007年版,第8~9页。

③ 孙玉石:《中国现代解诗学的理论与实践》,北京大学出版社2007年版,第10页。

④ 《四库全书》经部春秋类《春秋繁露》卷三。上海人民出版,电子版。

例》中解释说:“古人之言,包含无尽,后人读之,随其性情浅深高下,各有会心。”经典是无限丰富的,后世读者“性情浅深高下”不同,才“各有会心”。从根本上说,性情不同的读者只是从文本中获取了与自己相同的东西。这就是说,文本是无限的,读者的心灵是有限的。从解读学来说,还是以文本为根据,与当代西方文论所主张的读者中心说,在性质上是不同的。

“《诗》无达诂”的前提是:第一,“古人之言,包含无尽。”经典作品的内涵太丰富了,后人不能穷尽。第二,后世读者“各有会心”是因为其“性情”有“深浅”和“高下”之分,正如沈德潜所说的那样,“评点笺释”皆“方隅之见”。最多只是文本的一个侧面而已。那就是说,经典的内涵是具有确定性的,不因为笺注的深浅和高下而改变。只是对于经典的确定性,不能太死板,笺注之学要防止的是“凿”(“阮籍《咏怀》,后人每章注释,失之于凿”),为追求唯一的解释,过了头,就造成了穿凿附会,变成了对经典的歪曲。

袁枚(1716—1797)《随园诗话》卷三:“诗如天生花卉,春兰秋菊,各有一时之秀,不容人为轩轾。音律风趣,能动人心目者,即为佳诗。……若必专举一人,以覆盖一朝,则牡丹为花王,兰亦为王者之香:人于草木,不能评谁为第一,而况诗乎?”吴乔(1611—1695)《围炉诗话》卷六更主张诗之“压卷”不但因人而异,而且因人一时之心情而异,所谓压卷,不过是“对景当情”而已:“凡诗对境当情,即堪压卷。余于长途驴背困顿无聊中,偶吟韩琮诗云:‘秦川如画渭如丝,去国还乡一望时。公子王孙莫来好,岭花多是断肠枝。’(按,此为唐韩琮《骆谷晚望》)。对境当情,真足压卷。癸卯再入京师,旧馆翁以事谪辽左,余过其故第,偶吟王涣诗云:‘陈宫兴废事难期,三阁空余绿草基。狎客沦亡丽华死,他年江令独来时。’(按,此为唐王涣《惆怅诗十二首》[其九])道尽宾主情境,泣下沾巾,真足压卷。又于闽南道上,吟唐人诗曰:‘北畔是山南畔海,只堪图画不堪行。’(此唐杜荀鹤《闽中秋思》中二句)又足压卷。……余所谓压卷者如是。"从理论上来说，这有点读者中心论的苗头。袁枚和吴乔此论，都只是一时的感兴，并不能代表他的整体诗歌理论。吴乔的"无理而妙"，讲的就是诗的普遍规律，抒情的质量，并不因为读者一时心情而异。总体来说，与西方文论的"共同视域"和"理想读者"乃至"专业读者"，似乎是有息息相通之处。

读者决定论和"多元有界"

读者中心之说，在美学上，属于接受美学，在解读学中，属于读者主体决定论。当然，对于长期一元化的机械唯物论和狭隘功利论的霸权统治来说，这种处于学术前沿的历史相对主义，带来了颠覆性的冲击，令人大开眼界。但是，这种理论总体来说，像一切理论一样，具有历史和逻辑的片面性，国人在接受的时候，又将其片面性扩大了。针对这种情况，福建师大文学院赖瑞云教授在他的《混沌解读》中提出"多元有界"，读者主体是相对的，"一千个哈姆雷特，还是哈姆雷特，不可能是李尔王或者贾宝玉"①。

藐视文本，把读者主体凌驾于文本主体之上。往往打着德里达的旗

① 赖瑞云：《语文课程理论与应用》第113页处注明，参见童庆炳《文学理论教程》第430页，高等教育出版社1998年版；《混沌解读》2010年重印修订时，加注引述了童著中的原文，并作了与童著有所区别的说明，《混沌解读》2010年版第286页注(1)表述如下："此话出处为童庆炳《文学理论教程》第430页，原话为：即在正常情况下，不论如何异变，总会含有'第一文本'潜在意义的某种因素，而不会是无中生有。比如尽管'一千个读者会有一千个哈姆雷特'，但在这一千个读者中，所了解到的毕竟还是哈姆莱特，而不会是别的什么人。"拙著初版亦为"不会把它读成李尔王"，但拙著这段话强调不能乱读，也不能只是"某种因素"，故将"不会"改成"不应"。《混沌解读》2010年版，第286页正文的表述为："有界现象另一个注意之点是，多元解读不是乱读。'一千个读者有一千个哈姆雷特'，不管怎么还是哈姆莱特，不应把它读成李尔王。"

号，这可能是片面的，德里达自己却坚定地认为自己把文本当作“圣书”的。[①] 虽然如此，德里达的理论的特点，第一，还是读者决定论，第二并不把文学当作文学。他把阅读分成了两种类型，一种是“重复性阅读”，一种是“批评性阅读”。重复性阅读似乎致力于对文本的客观解释、复述、说明，还承认文本的客观存在。但是，他并不把作品当作文学，而是从意识形态的角度去评述的。而批评性阅读，则根本不像是阅读文本，而是一任读者对文本的“重写”。他自己就重写过卢梭的《论语言的起源》，读者脱离文本的自由就相当惊人，从某种意义上就不是阅读而是写作。最极端者乃是罗兰·巴特的《恋人絮语：一个解构主义的文本》。该书撷取出恋爱体验的碎片，以哲学思辨作排列组合，以对应的文体形式揭示了恋人絮语只不过是诸般感受，几段思绪。相形之下，以往的关于爱情、恋语的条分缕析，倒是显得迂腐、浅薄而且模式化。

脱离了文本主体的读者主体越是张扬，越是可能对文本歪曲甚至蹂躏。但是，20世纪90年代末，在基础教育改革中，教条地推行读者主体脱离文本的“多元解读”造成了许多荒腔走板的奇谈怪论，从理论到实践，流毒至今未能肃清。

这就迫使我们在确立解读学的基本原则之前，对之进行必要的清理。

---

① 法国《世界报》记者2000年9月《采访德里达》的记录稿中有如下相关的表述：德：这些人因为认定一个文本应该马上能够理解，而无需解读和比如解读我所解读的文本的劳苦。问：你特别坚持从你由之出发进行研究的、在你工作之前业已存在的文本，我为你的著作中的文本解读占那么大的比重而深受震动……德：你说我没有把各种文本当作圣书。这是对的，但也可说不对。……无论如何都要分析文本，分析文本的规律和宿命。事实上。我在接触文本时不无敬意，……应该首先在他人的文字体中解读、毫不留情地质疑但又要尊重他人的文本。我能够质疑、反对、攻击或干脆解构在我之前就存在、放在我面前的文本，但是我既不能也不应该去改变它。德：从一开始我的研究就已经说明，解构不是一种过程或以否定性、甚至本质上以批评为标志的计划。

“作者死亡”和“知人论世”

接受美学和读者主体论在西欧北美有很深的历史根源,其特点,并不是对文本的直接否定,而是对作者的否定,可以追溯到俄国形式主义者前期的埃亨鲍乌姆等,不过在理论上,影响最大的是艾略特的非个人化(impersonality)。他的意思是,诗人的成就并不是孤立地依靠自己的天才,而是依赖传统,诗人只有把自己交给传统,成为传统的一个分子,才更有价值,他甚至极端地宣称,诗人必须牺牲自己的个性,才有利于接近“普遍的真理”。[1] 应该说,这种带着明显的偏颇理念,并未得到充分的论证,直到美国“新批评”的维姆萨特和比尔兹利发表了《意图谬误》(intentional fallacy)才算有了理论的范畴。[2] 他们反对把精力放在作家的创作动机和传记研究上,提出诗的心理起因和诗歌的艺术准则不是一回事,诗人的意图并不等于诗的艺术效果。这当然不无道理,但是,真理只要超越限度一步就变成荒谬。作者的意图在作品中不能完全实现,这是问题的一方面,另一方面,作者的意图在作品中多多少少得以实现,即使不能得到充分实现,作者的人格理想,艺术追求在作品中也会打上独特的烙印,这肯定是更为普遍的历史事实。孟子曰:“颂其诗,读其书,不知其人可乎?是以论其世也。”(《孟子·万章》)这种“知人论世”论,之所以至今有生命力,就是因为生平研究毕竟可能提供作品产生的环境和心灵密码。读《离骚》,不研究屈原的生平;读《饮酒》不研究陶渊明的自我罢官;读《下江陵》,不探究李白流放夜郎,中道遇赦;读《岳阳楼记》,不理清范仲淹贬官到邓州的经历,几乎不能对这些经典文本有深入的理解。作家的主观意图与作

---

① 艾略特:《传统与个人才能》,《艾略特文学论文集》李赋宁译,百花洲文艺出版社 1992 年版,第 5 页。

② W.k.Wimsatt, The Verbal Icon, Lexington: University of Kentucky Press, 1967, p.21.

品既有矛盾又有统一。从更为普遍的意义上来说,“意图谬见”也是作家的谬见,巴尔扎克作为保皇党的“谬见”,托尔斯泰和陀思妥耶夫斯基“道德自我完成”的“谬见”,对于他们来说,并不是谬见,而是“意图洞见”。即使有“谬见”,在整个创作过程中,也是一个逐步“纠谬”的曲折过程,而不是一个宿命的死结。何况,有时只是在一个时期,为某些读者认为是“谬见”,而在另一个时期,另一些读者则并不认为如此。事实上,作家的世界观和创作方法与作品矛盾是相对的,成功的创作则肯定使这种矛盾递减。用辩论术中的“自我关涉”法来反驳,在维姆萨特和比尔兹利写作“意图谬读”的时候,是不是也存在着“意图谬误”的可能呢? 如果有,则他们的“意图谬误”是不是也违反了他们的意图,对于他们的意图是不是也是一种谬见呢?

纵观文学批评史,并不如西方文论所说作者生平的研究只与浪漫主义时期共始终,事实明摆着,在这以前,在这以后,直到当代,作者生平,精神传记的研究仍然是文学解读的一个重要部分。尽管荷马、莎士比亚、曹雪芹的身世不可考处甚多,但是,苏东坡、托尔斯泰、陀思妥耶夫斯基、鲁迅、海明威的文论、书信,回忆、日记、档案,对解读其作品却是不可或缺的。

按西方前卫文论的说法,先是浪漫主义的作家中心论(作家主体的天才创造论)独占霸主地位,新批评提出了所谓的“意图谬误”(在传统的马克思主义的文论中,叫作作家的世界观与创作方法的矛盾,形象大于思想),作家的主观意图不能完全算数,作品写出以后作家就退出作品,一切都由文本决定。这就是文本(主体)中心论。在文本中心论消解了作家主体之后,走向了极端,又忽视了读者心理结构预期的同化作用,于是,读者中心论(读者主体)就应运而生。西方文论的这种概括,以历史过程线性交替为特点,其实,是把这三种倾向滚动式的、纵向和横向交织的复合过程简单化、直线化了。严格说来,不管哪一个国家的文学批评史,都很难符合这样机械的顺序。从某种意义上来说,这种归纳与其说是历史的交替不如说是逻辑的(共时性的)归纳。这样轻率的概括,纯粹是理论虚构,既不符合西方文学批评史,与中国文学批评史进程更是风马牛不相及。对西方这种说法不假思索地鹦鹉学舌,不但是对中国传统文论精华的遮蔽,而且也是自我心灵的窒息。至于见到罗兰·巴特在《作者之死》中,宣布“作者死亡,写作开始”①就吓得哑口无言,就失语,就放弃了对话、质疑的勇气,实在不但是对民族文化传统的数典忘祖,也是对自己专业的妄自菲薄。巴特把话说得这么绝对,其目的是为了彻底将文本意义本质化(固定化)的根源扫除。在他看来,只有从作者一元化的权威中解放出来,读者才可以绝对自由地解读作品。他的这种说法横空出世,但是,他的论证却相当单薄。其逻辑之荒谬、论证之草率、运思之武断,如秃子头上的虱子,显而易见。文章一开头,他这样写:

> 巴尔扎克在小说《萨拉辛》中描写一个男扮女装的阉人,他写了以下句子:“忽然的恐惧,怪诞的想法,爱焦急的本能,性急莽撞,唠唠叨叨,多愁善感,这活脱脱的是女人。”这是谁在说话?是一直不知道此人男扮女装的小说主人公吗?是由于本人经历而对女人的性格、思想有深刻了解的巴尔扎克这个人吗?是“在文学上表示女性思想”的巴尔扎克这个作者吗?是普遍适用的慧言?还是浪漫式的心理学?我们永远不会知道,原因是可靠的:写作就是声音的毁灭,就是始创点的毁灭。②

巴特提出的实质是,文本和传统的互文性问题,和艾略特提出的作家要舍弃个性融入传统差不多,巴尔扎克在这里所写的这一切神经质的表现(“爱焦急的本能”,“性急莽撞”,“唠唠叨叨”,“多愁善感”)可以说,都并不是他的原创,而是先前的文学成规对女性想象的复写。所有这些号

① 赵毅衡编选:《符号学文学论文集》,百花文艺出版社2004年版,第507页。
② 赵毅衡编选:《符号学文学论文集》,百花文艺出版社2004年版,第506页。

称“活脱脱的”的心理状态，说穿了都不是他的发明，而是文学传统的无形的手鬼使神差。但是，光从这么一个片断就得出一个普遍的结论是粗暴的。很难排除这只是巴尔扎克最没有创造性的败笔，巴尔扎克的对传统的突破仅仅从这个片断是看不出来的。正如我们解读《红楼梦》中贾宝玉出场的外部描写：

> 头上戴着束发紫金冠，齐眉勒着二龙戏珠金抹额，一件二色百蝶穿花大红箭袖，束着五彩丝攒花结长穗宫绦，外罩石青起花八团倭缎排穗褂，蹬着青缎粉底小朝靴。面若中秋之月，色若春晓之花，鬓若刀裁，眉如墨画，鼻如悬胆，睛若秋波，虽怒时而似笑，即嗔视而有情。项上金螭璎珞，又有一根丝绦，系着一块美玉。

这显然有陈词滥调之嫌。可能是章回小说在说书阶段，说说唱唱时代留下的胎记。作为文学解读，这样静态的图画，细节的罗列的历时性，脱离了唱和表演，与形象的瞬间共时性整体感知是矛盾的，读来不能不说是令人厌倦的。这明明是章回小说的老套，在《水浒传》一百二十回本，七十回以后(未经金圣叹修改的)，这样的套路很常见。如第八十回，写官军征剿梁山，杨太尉手下一个几乎跑龙套的将官，名叫丘岳的，一出场就有类似的描写：

> 戴一顶缨撒火，锦兜鍪，双凤翅照天盔。披一副绿绒穿，红绵套，嵌连环锁子甲。穿一领翠沿边，珠络缝，荔枝红，圈金绣戏狮袍。系一条衬金叶，玉玲珑，双獭尾，红钉盘螭带。着一双簇金线，海驴皮，胡桃纹，抹绿色云根靴。弯一张紫檀靶，泥金梢，龙角面，虎筋弦宝雕弓。悬一壶柴竹竿，朱红扣，凤尾翎，狼牙金点钢箭。挂一口七星装，鲨鱼鞘，赛龙泉，欺巨阙霜锋剑。横一把撒朱缨，水磨杆，龙吞头，偃月样三停刀。骑一匹快登山，能跳涧，背金鞍，播玉勒胭脂马。

据此可知曹雪芹写贾宝玉出场,基本上追随章回小说老掉牙的套路,但是,我们能够因此就有充分理由像巴特那样说:曹雪芹死了,这样的描写就是《红楼梦》"始创点的毁灭"吗?显然不能。因为,就是在这种套路式的描写中,也有曹雪芹的过人之处,如对眼睛的描写"虽怒时而似笑,即嗔视而有情",相当传神,表现出对套路的突破。更重要的是,曹雪芹在这前后,有机的叙述结构,是章回小说前所未有的。先是林黛玉第一次见到贾宝玉"便大吃一惊,心下想道:好生奇怪,倒像在那里见过一般,何等眼熟到如此"!接着贾宝玉见了林黛玉脱口便说:

> "这个妹妹我曾见过的。"接下去,问黛玉:"可也有玉没有?"黛玉答道:"我没有那个。想来那玉是一件罕物,岂能人人有的。"宝玉听了,登时发作起痴狂病来,摘下那玉,就狠命摔去,骂道:"什么罕物,连人之高低不择,还说'通灵'不'通灵'呢!我也不要这劳什子了!"吓得众人一拥争去拾玉。贾母急的搂了宝玉道:"孽障!你生气,要打骂人容易,何苦摔那命根子!"宝玉满面泪痕泣道:"家里姐姐妹妹都没有,单我有,我说没趣,如今来了这么一个神仙似的妹妹也没有,可知这不是个好东西。"

这在中国古典小说中写一见钟情,从来未曾有过的。曹雪芹就是在这样的突破中获得生命的。基于这样的事实,我们的感受与巴特恰恰相反,不是"作者死亡,写作开始",而是相反"作者诞生,写作开始"。

"意图谬误"和"意图无误""意图升华"

巴特的作者死亡,在西方文论中,并非空穴来风,而是其来有自的。

早在20世纪中叶,新批评就为作者死亡提供了理论前提。新批评把文本当作中心,这在理论上属于文本本体论,作品就是一切,文本是解读唯一的客体,应该得到极端的尊重。鲁迅曾经指出《三国演义》“文章和主意不能符合——这就是说作者所表现的和作者所想象的,不能一致。如他要写曹操的奸,而结果倒好像是豪爽多智”①。但是,这种主观意图与文学形象的倾向不相一致的情况,只是一种可能,并非全部现象。他们在这一点上走向极端,强调在解读过程中,任何作品以外的资源,都只能是对作品客观性某种亵渎。就是对作家创作动机、意图、生平、思想和时代背景的参照,都不能不对文本客观性有所歪曲。当然,他们这种极端有值得尊重之处,在于对西方学院派泛传记批评的反抗。更值得尊重的是,他们还为这种反抗提出相当有影响的学术范畴。其中之一就是所谓“意图谬误”(intentional fallacy),②意思是说,作者的意图并不一定在作品中实现,作品常常违反作者的意图而获得生命。50年代以后的西方文论把这种观念一步步推向极端,先是作者写完作品就退出了,后来德里达把它发挥到极致,就是“作者死了”,读者决定一切。这也不无道理。至少在弥补直线的“自我表现”论,或者粗糙的“风格就是人”论,有历史的合理性。作者和作品的关系并不是直线式的单因单果决定关系,其相关性有着复杂的曲折的层次。钱钟书先生在《管锥篇》中嘲笑过把文章等同于作者的评论家说:这样的“学者如醉人,不东倒则西欹,或视文章如罪犯直认之招供,取供定案;或视文章为间谍密递之暗号,射覆索隐。一以其为实言身事,乃一己之本行集经;一以其为曲传时事,乃一代之皮里阳秋”③。钱钟书先生还从正面把作者和文本的关系作如下分析:

---

① 鲁迅:《中国小说的历史的变迁》,《鲁迅全集》第9卷,2005年,第333页。

② “意图谬误”(intentional fallacy)是美国新批评家维姆萨特和比亚兹来提出来的。他们认为这是“a confusion between the poem and its origins … it begins by trying to derive the standard of criticism from the psychological causes of the poem and ends in biography and relativism.”参阅 The Verbal Icon. 1954. Rpt. in The Critical Tradition: Classic Texts and Contemporary Trends. Ed. David H. Richder. Boston: Bedford, 1998. pp.748~756.

③ 钱锺书:《管锥篇》,北京:中华书局1986年版,第1391页。

> 立意行文与立身行世，通而不同，向背倚伏，乍即乍离，作者人殊，一人所作，复随时地而殊；一时一地之篇章，复因体制而殊；一体之制，复以称题当务而殊。若夫万殊为一切，就文章而武断，概以自出心裁为自陈身世……慎思明辨者不敢为也。[①]

钱先生把作者与文本的矛盾，分为三个层次：第一，同一作者，由于时间地点不同，文章并不相同（“随时地而殊”）；第二，就是同一时间地点，同一作者写文章，也因为所取体裁不同而不同（“因体制而殊”），这一点并不难以理解，在诗中的自我往往倾向于形而上的概括，而在散文中的自我则执着于形而下的描述；第三，就是同一作者写同一体裁，也可能因命题，因针对性不同而不同（“以称题当务而殊”）。本来新批评，反对用作者的意图直接阐释作品，提出“意图谬误”不无道理。但是，巴特把作者与作品的矛盾强调到如此极端，似乎作者生平思想和作品毫无关系，作者的自我只是书写的“工具”，[②]则是把脏水和孩子一起泼了出去。钱钟书先生指出应该把作者“修辞成章之为人”和“作者营生处世之为人”加以区别，但是此二者之间，不但不是水火不相容的，相反，文章中之我不过是作者审美审智化了的自我，它仍然是作者自我的一个层次。固然，读者可以对作者没有任何印象而纯粹为作品所感动，但是这种感动毕竟是感性的，多少有些模糊的，不确定的。于是在文学研究中，就出现了一种可以说是偷懒的办法，那就是直接把作家的宣言，对作品的陈述（“意图”）等同于作品的内涵。就产生了以作者生平和思想的考证代替了作品文本的研究的倾向。其实，作家的“意图”、作家的宣言，一方面，可以为作品提供解读的索引，但也不可避免有所遗漏，甚至歪曲。但是，并不能将之笼统当作“意图谬误”而摒弃，同时也不能将之当作解读作品的唯一的金钥匙。因为作品的奥秘，并不完全在作家的宣言中，更丰富内涵，应该在作

---

① 钱钟书：《管锥篇》，北京：中华书局 1986 年版，第 1390 页。

② 这里指的是艾略特的观点“我的意思是诗人没有什么个性可以表现，只有一个特殊的工具，那只是工具，不是个性。”。见 *T · S · Eliot Selected Essays*, 1933, p.8.

品中，在文本中。我国古典文论中“知人论世”“以意逆志”的原则虽然至今仍然有鲜活的生命，但是，更清醒的态度应该是在知文论人的基础上知人论文，一切奥秘，是在作家生命和文本的交融之中。在这一点上，维姆萨特和比亚兹来主张把一切注意放在文本之中，倒是完全正确的。这正是文本中心的要义。

如果说作家生平，是文本的明码的话，而文本中则隐藏着作家深层的密码。

多元解读：多个一元

巴特宣布“作者死亡”。虽然并没有宣布文本已死。但是，在后现代的话语中，没有确定的（所谓“本质主义”的）文本，一切文本注定要被不同读者文化价值所“延异”，所以巴特宣布读者时代到来。读者决定论，扩散到文学界、教育界，产生了绝对的、恶性的“多元解读”的横流。在90年代末开始的基础教育改革中，由于自上而下的行政权力的强制性，无条件的“多元解读”被当作是绝对真理，获得了霸权地位。儿戏式的解构，在课堂上成为时髦。霸权造成了盲目，国人忘记了一切理论均是历史的产物，其历史的优越均宿命地与其局限共生。长期文化弱势遭遇强势，幼稚的迷信油然而生：占据了理论制高点的新“理论”成了检验解读实践的唯一标准，而解读实践，明明与之矛盾，却不能成为检验它的准则，既不能对之加以反思、批判，更谈不上对之修正。剩下来的只有委身屈从。非常吊诡的是，在我们这个凭着实践是检验真理的唯一标准获得思想解放的时代，居然默认了有一种不经受实践检验的神圣理论。

多元解读源自读者中心，本来是一个十分严肃的学术话语，在西方有其历史的根源和传承。可是90年代的所谓权威不但没有梳理其来龙去脉进行必要的批判和分析。可怪的是,他们对我国对此观念的接受的历史经验居然也没有起码的了解。朱自清先生早在40年代就接触美国新批评燕荪的诗歌“多义”(原著为 *Seven Types of Ambiguity*, 出版于1930年,今译为《朦胧的七种类型》),但是,朱自清先生也结合中国传统的“诗无达诂”,春秋赋《诗》的断章取义,和后世诗话主观“穿凿”的历史教训,指出“多义当以切合为准”“必须贯通上下文或全篇的才算数”①。

正是因为学术上的盲目性,在我们课堂上,多元解读被严重地庸俗化了。值得注意的是,五花八门的“多元”,在一个关键点上是共同的,那就是,零碎的、片断的感觉,吉光片羽式的感兴,所有这一切都以背离文本的有机的系统性为特点。文章的信息是有序的、相互联系的、处于统一的层次中。进入文本分析的层次,就是要把全部复杂的、分散的乃至矛盾部分统合起来,使之在逻辑上有序化,这就是最起码的一元化。

为什么一定要服从文本的有机系统呢?难道读者主体自由不应该理解,不应该得到尊重吗?须知,主体性也有自发和自觉,系统和混乱、肤浅和深邃之分。相对于自发的、混乱的、肤浅的主体性,难道自觉的、系统的、深邃的一元化的主体正是读者提升的目标?国人不是崇奉建构主义的教学原理吗?五花八门的吉光片羽的感想,并不是多元化,而是无序化。而建构就是建立结构,结构只能是有机的,体系性的,无序化与建构背道而驰。这里,连一元建构都谈不上,何来多元?因为所谓元,就是把分散的部分统一起来,系统化的意思。一元论,这不仅仅是某种经验性话语,而且具有哲学根据。所谓一元论乃是一种形而上学的理论:认为现实世界是一个整体,所有存在的事物可以被归结或描述为一个单一的概念或系统;精神和物质世界一样,都源于或可以分解为同一的、最终原理的学说。在日常生活中所谓一元化的领导,就是从上到下、层层统一的领导。可以说,一元就是以单一的观念来统帅整体。所谓多元,也就是多个的一元。每个一元,都是以系统的、统一的,层层深入、贯彻到底为特征

① 朱自清:《诗多义举例》,《朱自清全集》第3卷,江苏教育出版社1992年版,第217页。

的。因而，大而化之的感想，七零八落的论断，不成为一元，更不成其为多元。通俗地说，应用到解读上，就是不管什么样的多元，都应该建立在一元的基础之上。

这里所谓的元，通俗地说，就是系统性。

从哲学上说，过程比之结论更为重要。从思维质量上说，单一观念的一贯到底比之多种观念的罗列更重要。要把片面的、即兴的感觉变成系统的认识，就要进入规定语境，提出多种问题，其中最为深邃的，最能深化的，乃是连贯性的问题，正是这样的问题，才可能得出有序的论断。问题越是具有连贯性越是深刻。

质的定性和量的统计

学术的深邃性，取决于它的系统性和彻底性。任意性的猜测，众说纷纭，但是，其共同点就是不全面。因为就我国现时的文风而言，以定性估测为主，估测依赖直觉，转化为语言时就难免不够全面，各有所执，必然各有所弃。如果能够辅之以统计的方法，庶几可保全面。如果解读不但把力气花在定性的概括上，而且放在定量的统计上，则解读所谓“多元”的任意性便会缺少藏身之地。在西方有一种流派，利用电子计算机，对文本的词语进行全面统计，这种流派在台湾香港学界有一定的影响，但是，这种统计无效的原因在于执迷于科学性，忘记了对象的特点是文学。同样频率的词语在非文学性作品和文学作品中，性质是不同的。统计出唐诗中“月”字的用量频率甚高，对解读个案文本，揭示其独一无二性，也没有什么好处。因为，在不同的诗歌中，“月”字的好处是不一样的，有的是杰作，有的可能是陈词滥调。诗人的才华不在于用了和他人一样的“月”字，而在于在什么地方用了超越了他人的“月”字。

统计学方法最大的局限在于,旨在共同性而不在与文学解读学的独一无二性。

当然,解读文本以分析为主,分析的基础主要建立在定性上,很少兼顾到量。因而,往往难免以偏概全。为此对文本话语作适当统计也颇有必要。在中国古典诗话、词话、小说评点中不乏其例,如金圣叹在评点《水浒传》武松上景阳冈一节,指出其哨棒反复提及十七次之多。写西门庆勾引潘金莲,"笑"字出现23次。如(清)王尧衢《古唐诗合解》(据鸿宝书局1921年石印本)在分析张若虚的《春江花月夜》:"题目五字,环转交错,各自生趣",比起"'春'字四见,'江'字十二见,'花'字只一见,'夜'字亦只二见","'月'字"最多,达十五见"。并且用"'天''空''霰''霜''云''楼''妆台''帘''砧''鱼''雁''海雾'等以为映"①。这就为我们进一步更准确地解读提供了良好的基础。

《唐诗选及会通评林》引唐汝询评《琵琶行》曰:"一篇之中,'月'字五见,'秋月'三用,各自有情,何尝厌重!"此人认为并不重复,原因在于,"秋月"重见,各有不同的情感。第一次,"醉不成欢惨将别,别时茫茫江浸月",写的是分别时的茫然和遗憾。而这"东船西舫悄无言,惟见江心秋月白"则是另一种韵味。写众多的听者仍然沉浸在乐曲的境界里,这个境界的特点,就是宁静,除了这种宁静,什么感觉都没有。就连唯一可见茫茫江月,也是宁静的。这恰恰提示了画外一双出神的眼睛。白居易这首诗妙在把乐曲写得文采华赡,情韵交织,波澜起伏,抑扬顿挫,于无声中尽显有声之美,于长歌中间突出短促之停顿,于画图中显示繁复之音响。的确超凡脱俗,空前绝后。三用江心秋月,虽然情韵有别,但相异之情,用相同之景毕竟并非上策。尤其是五用江月(加上"秋月春风等闲度""绕船明月江水寒""春江花朝秋月夜")都是秋月,而且又都是把秋月和江水联系在一起,毕竟是显得局促。虽然白璧微瑕,然于文学解读学,不可为尊者讳也。

---

① 陈伯海主编:《唐诗汇评》(上),上海教育出版社1992年版,第263页。

问题不在于数量，而在于质量。李白以月为题的诗作在全唐诗中，共22首。不及白居易的28首。但是，白居易始终把月亮当作一个赏玩的客观对象或者寄托相思之情的载体。故其题往往是“月夜”“中秋月”“客中月”，就是想象比较活跃的，也不过是“对月”“玩月”“望月”“待月”“吟月”等。李白则一改将月亮作为观赏对象的潜在成规，把月亮当成自己落拓不羁灵魂的载体，给予月亮以自己天马行空的生命。当友人远谪边地，月光就化为他的友情对之形影不离地追随（我寄愁心与明月，随君直到夜郎西）。月亮可以带上他孤高的气质（万里浮云卷碧山，青天中道流孤月），也可以成为豪情的载体在功成名后时供他赏玩（一振高名满帝都，归时还弄峨眉月）。金樽对月意味着及时享受生命的欢乐（人生得意须尽欢，莫使金樽空对月）。对月可比可赋，无月亦可起兴（独漉水中泥，水浊不见月。不见月尚可，水深行人没）。抱琴弄月，可借无弦之琴进入陶渊明的境界（抱琴时弄月，取意任无弦）。“明月出天山，沧茫云海间”之月带着苍凉而悲壮的色调，“长安一片月，万户捣衣声，秋风吹不断，总是玉关情”，思妇闺房的幽怨弥漫在万里长空之中，幽怨就变得浩大。对于李白来说，月不但可以“待”（浩歌待明月，曲尽已忘情），而且可以“邀”，视之为自己孤独中的朋友（举杯邀明月，对影成三人），还是可以当作有生命的对象来“问”的（青天有月来几时，我今停杯一问之）。但是这种问并不仅仅限于屈原式的对神话经典的质疑（白兔捣药秋复春，嫦娥孤栖与谁邻），而且最深邃的是对生命苦短的传统母题的反思和突破。不但可以咏歌之，“弄”（弹奏）之（何处名僧到水西，乘舟弄月宿泾溪），甚至可以“揽”（欲上青天揽明月），使之交织着“逸”兴和“壮”思。月亮的名字还是旧的，并没有变化，其诗意却千古不朽。统计之功在于诗人的赋予同样的词语以不同生命，揭示艺术的奥秘，区别其优劣。

对于《长恨歌》的主题，长期争论不休。陈鸿在《长恨歌传》中提出“惩尤物，窒乱阶”，开辟了后来所谓的“讽喻”说的源头。但白居易被贬江州编纂自己的诗集时，并未把它编入“讽喻诗”，而是收在“闲适诗”中。

在《编集拙诗成一十五卷因题卷末戏赠元九李二十》中还说:“一篇长恨有风情,十首秦吟近正声。”“风情”似乎与“闲适”不相类。近年王运熙先生提出爱情与讽喻“双重主题”说,不过是两说的调和。讽喻说往往举杨贵妃惨死以前的诗句为证(“汉皇重色思倾国,御宇多年求不得”“春宵苦短日高起,从此君王不早朝”“缓歌曼舞凝丝竹,尽日君王看不足”)而爱情说则不难反驳:如果主旨全在讽喻,为什么抒写李杨从相恋到杨死只用了38句,而唐玄宗思念杨贵妃却用了82句?这就比较有说服力。研究李商隐的《寄内》,如能统计一下,全唐诗以寄内为题仅12首,与友情篇什之多不胜数,当有启发。《西游记》作为经典,在艺术上表现得不平衡,九九八十一难,除了三打白骨精,猪八戒受困盘丝洞,以及最后佛家制造的一难,都近似模式。而此三难喜剧色彩特浓。对于分析《西游记》的艺术风格应该是一个相当有启发性的线索。《水浒传》中惩治“淫妇”,所用方法为开肠破肚,极为凶残,此法竟反复用了三次,一次是潘金莲,一次是杨雄的老婆潘巧云,一次是卢俊义的老婆李氏。其中有着该书妇女观的密码。有时,对那些被重复的字眼,稍作统计,不但可以提出新问题,而且可以触发新思路,例如,《醉翁亭记》一连用了21个“也”字,《孔雀东南飞》全诗364句,连叙述带铺张排比的抒情才128句,其余236句,都是人物的对白。这就不难看出,这首和《木兰词》齐名的叙事诗,不像《木兰词》那样,全是叙事,比喻只有最后一个,而对白几乎等于零,而《孔雀东南飞》则没有多少叙事,叙事的功能,大都是过渡性的交代,主要是以戏剧性对白为主体。鲁迅小说基本不写爱情,而死亡却写了八次,每次都风格迥异。而巴金的《激流三部曲》除了《家》中瑞珏、鸣凤死得特殊,在《春》《秋》中人物动不动死亡,实际在性质上是重复的。这样的统计,对拓开新的学术增长点无疑是有好处的。对《十八岁出门远行》,如今的解读可谓众说纷纭,但是,如果认真统计一下,这篇短短的小说中“旅店”一词用了15次,就不会有那么多的、脱离文本天马行空地瞎猜了(另章将有详述)。这说明,如果以文本为准,而不是从读者为准,统计法毕竟还是有利于文本唯一性的探索的。

第五章　读者心理的开放性与封闭性

心理图式的同化和调节

本来文本、作家、读者三者处于对话之中，三者的主体性互相制约，不可分割，而西方文论却走向读者中心论的极端。因为其极端，物极必反，正是从理论上调整其与文本的关系的机遇。不管读者决定论多么显赫，有一点不能否定，那就是在作家、读者和文本三个主体中，占据稳定地位的，甚至是不朽的，应该是经典文本。作家可以死亡，读者也一代又一代地更迭，而经典文本作为实体却是永恒的。人们可以不管《红楼梦》《三国演义》《水浒传》的作者，不了解荷马、莎士比亚的生平，不知道在这些经典在解读、接受的历史过程中，产生过多少不同的解读和分析，照样为其艺术形象所感染。而解读的目的是深化、拓展心理感受和认知领域，建构新的高度，也就是调节、提升心理图式，如果仅仅是让读者自发认知结构作重复的同化，充其量不过是主体观念的零碎投影，甚至只是主流意识形态的演绎。

读者中心论，之所以经不起实践的检验，原因是从理论上来说，忽略了读者心理的局限性，这种局限性，是人的局限性。

从理论上说，读者的大脑是开放的，对信息相当敏感，特别是新的信息的刺激，神经反应比较强。但是，这种开放性，只是问题的一个侧面，与此同时，人的大脑，又有封闭性的一面，它并非英国古典哲学家洛克所设想的那样，是一块白板；也不是像美国现代行为主义者所说的那样，外部信息对感官有了刺激，就有相应的反应。按皮亚杰的发生认识论，外部信息，只有与固有的心理图式（scheme）相通，才能被同化（assimilation），人才有反应，否则就视而不见，听而不闻，感而不觉。[①] 多年前，四十二名心理学家在西德哥廷根开会，突然两个人破门而入。一个黑人持枪追赶一个白人。接着厮打起来，一声枪响，一声惨叫，两人追逐而去。前后经过只有二十秒钟，另有高速摄影机记录。会议主席宣布："先生们不必惊惶，这是一次测验。"测验的结果相当有趣。四十二名专家，没有一个人全部答对，只有一个人错误在百分之十以下，十四个人错误达到百分之二十到百分之四十，十二人错误为百分之四十到百分之五十，十三人错误在百分之五十以上。有的简直是一派胡言。[②] 观察并不是机械的反映，它不同

① 皮亚杰：《发生认识论原理》，商务印书馆1985年版，第60页。
② 参阅孙绍振：《文学创作论》，海峡文艺出版社2007年，第56页。

于观看，它是有目的的，目的就是主体的预期，没有预期，往往就一无所知。

这是人的局限性。故《周易·系辞上》曰：“仁者见之谓之仁，知者见之谓之知。”黄宗羲（1610—1695）在《明儒学案》中引王阳明“仁者见仁，知者见知，释者所以为释，老者所以为老”[①]。张翼献在《读易记》中加以发挥说：“唯其所禀之各异，是以所见之各偏。仁者见仁而不见知，知者见知而不见仁。”[②]李光地在《榕村四书说》更进一步点明此乃人性之局限：“智者见智，仁者见仁，所禀之偏也。”[③]仁者的预期是仁，就不能看到智，智者的预期是智，就不能看到仁。智者仁者，则不能见到勇。预期是心理的预结构，也是感官的选择性，感知只对预期开放，其余则是封闭。预期中没有的，哪怕明明存在，硬是看不见。

福建漳州南山寺，有个挺古老的泥菩萨，传说当年雕塑师很自信，说塑成以后，完美无缺，如能挑出毛病，分文不取。官府发动百姓参观，都挑不出毛病，一个小孩子却看出来了：手指太粗，鼻孔太小，挖鼻孔成问题。为什么明摆着的毛病大人看不出，小孩子却一目了然？原因就在于小孩有挖鼻孔的兴趣，有近期的丰富经验，这个预期，大人没有。

相反，心理图式已有的，外界没有，却可能活见鬼。和心理预期的封闭性相联系的，还有主观的投射性同化。明明没有的，因为心里有却看见了。郑人失斧的故事说，斧头丢了，怀疑是邻居偷了，观察邻居，越看越像小偷，后来斧头找到了，证明不是邻居偷的，再去观察，就越看越不像小偷。

贾宝玉第一次见到林黛玉，明明是从来没有见过，却硬说，这个姑娘我见过的。

这是人类心理的封闭性，对于这样的局限性，除了承认以外别无选择。

---

① 《四库全书》：传记类，总录之属，明儒学案，卷十。上海人民出版社。

② 《四库全书》：易类，读易纪闻，卷五，第五章。上海人民出版社。

③ 《四库全书》：四书类，榕村四书说，中庸章段。上海人民出版社。

读者不管主观理论上多么热衷于开放，但是，实际上，总是免不了有相当的封闭性。解读是读者和文本的对话，两个主体之间的封闭性和开放性不可能没有搏斗，完全排除了文本主体对解读主体的制约，是非常幼稚的。孔夫子早就告诫过“思而不学则罔”。在《卫灵公》中他说得更具体：“吾尝终日不食，终夜不寝以思，无益，不如学也。”不管读者主观上多么开放，所持固有理论对文本来说却不可避免具有封闭性，人们心理往往倾向于认同主体的心理预期的东西。

当然，也不能因此而悲观。人就不能突破自己的局限了吗？不，人的心理图式，在其边缘上，也有开放的可能。在新颖刺激反复作用下，就会发生调节（accommodation），[①]建构主义的教学要求在学生新知识与旧知识的交界处下功夫，就是这个道理。

机械唯物主义的特点是抹杀读者和作者主体性，余毒甚烈，尚未得到彻底的清算。文学理论界和教育界又大吹大擂地引进了西方读者中心论，把读者主体绝对化，似乎读者主体绝对开放，与封闭性完全绝缘。与之相应的就是所谓“多元解读”，既不参照作家的意图，又不顾文本的复杂内涵，读者主体性超越文本被当作天经地义的真理，阅读的审美经验的武断乃比比皆是。鲁迅说过：一部红楼梦，“经学家看见‘易’，道学家看见淫，才子看见缠绵，革命家看见排满，流言家看见宫闱秘事”，[②]而毛泽东则从中看到了“阶级斗争”（“十几条人命”啊），我们从中看到的是：封建大家族的接班人，特别是男性接班人的精神的、道德的、才能的危机。难道这一切都同样正确，没有深浅、正误之别吗？

由于读者主体这样的局限性，解读文本就不能不产生一种与阅读目的相悖的情况：一些内容明明存在，却视而不见，一些名堂明明不存在却活见鬼。这是由于读者主体的心理图式本身有其强点和弱点，有其敏感点和盲点，在这个方面，英伽登在他的《对文学的艺术作品的认识》中说

---

① 以上参阅皮亚杰《发生认识论原理》，商务印书馆1985年版，第60页。

② 鲁迅：《绛洞花主·小引》，《鲁迅全集》第8卷，人民文学出版社2005年版，第179页。

得特别清醒:“读者的想象类型的片面性,会造成外观层次的某些歪曲;对审美相关性质迟钝的感受力,会剥夺了这些性质的具体化。”文学作品的各个层次和形式的奥秘却很复杂丰富,读者要同时进行多种理解和体验,就给予同样的注意,几乎是不可能的。英伽登具体说:

> 在具体化过程中,作品各层次和各阶段上有许多细节的意义,遭到或多或少的歪曲。作品结构的许多在具体化中可能被忽略,或者构造得不完全;或者它也许得不到恰如其分的强调,它们甚至可能被歪曲了。①

这就是说,对文学文本各个层次和环节的解读,是不是充分,是不是到位,要看读者的心理在各方面是不是有充分的准备,有了充分的准备才可能向新信息开放。哪一方面没有准备,哪一方面就可能封闭;哪一方面准备不对头,哪一方面就可能遭到歪曲。

马克思:对于没有音乐感的耳朵来说,最美的音乐也毫无意义

不管是马克思主义还是解构主义,其活的灵魂,都是具体问题具体分析。像一切对象和观念都需要具体分析一样,读者自不例外。文学文本解读学之所以必要,就是要把自发封闭的读者变成自觉开放的读者;把业余读者变成专业读者。在这方面,马克思有过非常深邃的洞察,他说:

> 对于没有音乐感的耳朵来说,最美的音乐毫无意义,不是对象,

① 英伽登:《对文学的艺术作品的认识》,陈燕谷等译,中国文联出版公司,1988年,第92~93页。

> 因为我的对象只能是我的一种本质力量的确证,就是说,它只能像我的本质力量作为一种主体能力自为的存在那样才对我而存在,因为任何一个对象对我的意义恰好都以我的感觉所及的限度为限。[1]

马克思所说的"任何一个对象对我的意义恰好都以我的感觉所及的限度为限"和《周易·系辞》所说的"仁者见之谓之仁,知者见之谓之知"其实是一回事。欣赏音乐作品,大脑是要有音乐感的准备的,这就是说,人的感官,要经过训练,经过熏陶,要达到一定水平,才能领悟艺术的奥秘,并不是任何外行都能领悟艺术真谛的。这本来没有任何神秘性,凭经验就能领悟的。

1958年,听刚刚从苏联留学归来的著名指挥家李德伦对北大学生解说西方古典音乐。他说,中央乐团出于革命热情,把美声唱法主动普及到农村。谢幕后,征求老乡意见,老乡说"非常感动",指着一个男高音歌唱家说,这个同志,声音抖抖的,都发高烧打摆子了,还在坚持演出。这就是马克思所说的,对于非音乐的耳朵来说,最美的音乐也毫无意义。马克思在同一书里说,"五官感觉的形成,往往是以往全部世界历史的产物"[2]。这里所谓的"全部世界历史",无疑包括全部文化积淀。人的感官就是在这样的积淀过程中,得以进化的。第一,才和动物不同;第二,才与没有文化修养的人不同;第三,才和业余的感官不同。第四,人的感官从音乐艺术中得到享受之感,恰恰又是对自身高度文化的确证,这种高度文化,也就是马克思所说的人内心丰富性,得到自由发展的表现,用马克思的话来说,就是人的"本质"(人作为人在历史积淀基础上的修养)。在音乐、艺术的欣赏中得到确凿证明的是人的审美价值超越于实用价值的精神自由。马克思在同一著作中还说:"贩卖矿物的商人只看到矿物的商业价值,而看不到矿物的美和特性。"[3]那就是说,未经审美价值熏陶只能为对

---

① 马克思:《1844年经济学哲学手稿》,人民出版社1985年版,第82页。

② 马克思:《1844年经济学哲学手稿》,人民出版社1985年版,第83页。

③ 马克思:《1844年经济学哲学手稿》,人民出版社1985年版,第82页。

象的实用价值所窒息，对审美价值视而不见，感而不觉。西方有谚语云：少女可以为她失去的爱情而歌，守财奴不可为他失去的钱袋而歌。说的就是少女的审美价值对于守财奴的实用价值的超越。

在音乐、艺术的欣赏中得到确凿的证明。通俗地说，你的本质是什么，你就能从作品中看到什么。你看不到什么，就说明你在这方面文化的空白。

对于文学来说也不例外。对于没有文学修养的读者来说，再好的文学经典也毫无意义。一千个读者眼中有一千个哈姆雷特，是需要具体分析的。一方面由于人的解读心理，有开放性的一面，阐释的可能性、创造性，探索的空间是无限的，但是，另一方面，由于人的解读心理，有其封闭性，因而其蒙昧性也可能是无限的。专业读者的专业知识并不是绝对真理，往往兼具澄明和遮蔽双重性质。就澄明一面说，专业解读优于自发解读，但是，专业解读者的知识，不可能不包含着局限性（历史的和个人的），因而解读的结果，并不一定是文学文本的最深层内涵，也可能包含着主体观念狭隘的遮蔽和扭曲。

说得通俗一点，即使是专业读者，读到的也往往不是作品的全部，而是他自己专业心理图式（schema）以内的部分。马克思在《经济学哲学手稿》中说过“任何一种对象对我的意义……都以我的感觉所及的程度为限”①。专业理论，自然有其深邃的一面，作为理论，命中注定只能从一个方面深入，不可避免地也有专业的理论的狭隘性，故专业读者也有个不断开放，不断提高，不断去蔽的任务。精于诗歌欣赏的，不会欣赏戏剧；长于小说评论的，对于诗歌缺乏判断力；对于浪漫主义精通的，对于现代主义隔膜；习惯于欣赏形容排比渲染的，看不出叙述的妙处。此等现象在文学解读中司空见惯。

文学经典数量的消长上有一种相当矛盾的现象，一方面，不断淘汰、减少，在质量上却在不断积累、增长，这种增长，在集体无意识中进行，可

① 马克思：《1844年经济学哲学手稿》，人民出版社1985年版，第83页。

以用历史积淀来概括。其范围涉及形式、流派、风格,多样的统一,开放性与规范性,本身形成了一种相对稳定的结构。但是,另一方面,文学经典,又不断增加、扩展,新风格、新流派的产生不会绝对冲垮而是融入这个结构,这个结构按着正反合的模式不断增值,其特点是连续性,充其量不过是部分质变。而不是绝对的颠覆。

这就不但增加了解读的难度,而且增加了专业的难度。

一个时代,一种形式,一种流派,稳定而开放的艺术规范成为潜在的共识,读者是要经过对规范的不断体悟,不断积累,不断地开放,才能充分内化为自身的修养。这就意味着,即使自觉的、专业的主体性,如果满足于现状,也就是满足于封闭,只能陷于蒙昧。人类心理的封闭性,又是人带着宿命性质的局限,因而解读的历史曲折是不可避免的,当然,挣脱其封闭性,也是永远不会中断的。

解读乃读者封闭性与开放性的搏斗。这种搏斗既存在于解读主体,也存在于文本主体。故解读乃是读者主体与文本主体双向的同化与调节。本来阅读的题中之意就是从文本获得信息,而读者中心论却注定了信息来自主体图式对文本的同化。而主体图式不但有自发和自觉、专业和非专业之分、而且同为专业者,也有流派之分,风格之分、个人偏嗜之分。而在此基础上确立的所谓多元解读,却混淆了这一切。

在皮亚杰那里心理“图式”(schema),在其自觉阶段,是一种系统配置:是各部分之间有序的结构,在其原生的自发状态,却是无序的。

心理图式存在着内在的矛盾。它既是本我个体的张扬,又是个体本我的压抑。皮亚杰的主体图式同化学说,有点绝对化。主体图式并不绝对封闭,其表层具有有限的开放性,如他所举的例子,婴儿把手指当作乳头来同化。但是,其前提是,接受了不同于乳头感觉,并且有了不同的同化和调节,正如读者解读文本,首先接受从未经验过的文本文字结构。这种一定程度的开放,正如羊吃草,是把草同化为羊的机体的前提。但是,这种羊吃草式的开放性,仅仅是无序的,要进入深层,就要被同化,其中同化结果就是有序化,草就变成了羊肉。

主流意识形态和思维模式的霸权同化

在解读中,这种有序同化,起主导作用的是主体的核心价值,处于霸权地位的社会主流意识形态、处于权威地位的主流艺术观念和与之共生的习惯性思维模式(如形而上学的绝对化,或者僵化的二元对立),对于个体心灵的自由是一种统治,长期积累为某种潜意识,构成个体生命密码,变成某种盲目的定势、自动化的本能,不但排斥外部信息,而且迫使外部信息就范,甚至歪曲其基本属性。即使权威学者、大师,都不能逃脱这种机制。特别是当潜在的思维模式与主流意识形态的霸权观念一致的时候,主体同化即使带上了指鹿为马的性质,因为其有序性,人们也往往见怪不怪。苏辙《诗经集传》,把《关雎》这种爱情诗,规定为"后妃之德"。后经朱熹发挥,成为科举标准。原文如下:

> 关关和声也。雎鸠,王雎鸟之挚者也。物之挚者不淫。水中可居者曰洲。在河之洲,言未用也。逑,匹也。言女子在家有和德而无淫僻之行,可以配君子也。①

苏辙的核心意识的同化结构中有两个要素:一是敌视爱情,将之硬性规定为"淫";二是将"关关"之声,定性为"和声",归结为贵族女子的德行("和德"),完全是武断,丝毫没有论证。这本来是无序的,但是,由于整个《诗经集注》在这种观念和方法上是统一的,有序的,这样不讲理,不顾常识,因为主流意识形态的权威使得这种武断带上了神圣的光圈。人们

① (宋)苏辙:《诗经集传》,《四库全书》诗类《诗经集传》卷一。

就往往见怪不怪。

韦应物《滁州西涧》：

独怜幽草涧边生，上有黄鹂深树鸣。
春潮带雨晚来急，野渡无人舟自横。

明明是抒发隐逸心态，表面借助一幅无人的图画，但是，潜在的抒情主体的意脉，动势很丰富婉曲。先是“幽”，也就是无声，荒僻，打破“幽”的是有声“鸣”。加强了“鸣”的，是紧张的春潮和急雨，结句，转化了紧张的是“舟自横”。一个“横”字，在这里，有三重内心感应暗示：1.横，是和“急”对应的，雨不管多急，舟悠闲地横在那里。是为无人。自在，自如。2.无人之舟，又是有特别有人欣赏（“独怜”）的结果。3.有人又和长久无人的野渡，构成内在张力：幽而不幽，不幽而幽。无人而有人怜，有人而无人景。内心和外物之间的多重的互动，构成了意脉，不在字面上明言，而在字里行间。正是由于没有明言，就给穿凿附会提供了可能。宋谢枋得选、明王相注《七言千家诗注解》卷上偏偏说：“此亦托讽之诗。草生涧边，喻君子生不遇时。鹂鸣深树，讥小人谗佞而在位。春水本急，遇雨而涨，又当晚潮之时，其急更甚，喻时之将乱也。野渡有舟，而无人运济，喻君子隐居山林，无人举而用之也。”①

因为固有的主体图式同化意味着自我肯定，依着思维的惯性，驾轻就熟，心理消耗能量最小，符合弗洛伊德所说的快乐原则。封闭性与本能相联系，这就造成了整个社会、整个时代睁着眼睛说瞎话，重复着皇帝的新装的喜剧，滔滔者天下皆谬，故见谬不谬。

对读者主体的消极性失去警惕，陷入盲目性，必然造成文本主体的遮蔽，舒舒服服地用自己的舌头讲着统治着自己的主流意识形态的话语。

① 持这种穿凿观念非常流行，可能受了谢枋得的影响：谢氏曰：“‘幽草’‘黄鹂’，比君子在野，小人在位。‘春潮带雨晚来急’，乃季世危难多，如日之已晚，不复光明也。末句谓宽闲寂寞之滨，必有贤人如孤舟之横渡者，特君不能用耳。”转引自明高棅《唐诗品汇》卷四十九。

其特点，不是接受文本中的新信息，调节自己的心理图式，而是向文本发出歪曲文本的信息。在50年代中期，学富五车的权威教授们振振有词地从鲁迅的《药》的结尾处那飞起的乌鸦中，看到了“革命者”，从李白的诗中看到了现实主义，从李后主诗中看到了“爱国主义”，在十年浩劫“批林批孔”期间，从《水浒传》晁盖和宋江身上看到了投降和革命的“两条路线斗争”，从贺知章的《咏柳》看到了“创造性劳动”。而今天的课堂上，中学生从《背影》中的父亲，看到“违反交通规则”，从祥林嫂看到“拒绝改嫁的精神”，从《皇帝的新装》看到骗子是“义骗”，从《愚公移山》看到破坏生态环境，不一而足。这一切说明，读者的自发主体图式中的当代生活经验和价值的封闭性压倒了开放性，造成了对经典文本的肆意歪曲。这样解读出来的与其说是文本，不如说是读者自己的成见。

解读的任务，本来应该是从已知到未知，但是，某种现成的、贫乏的观念却把解读变成了从已知到已知，以荒谬的现成见解遮蔽文本的精粹。

第六章　文本的封闭性：意象、意脉、形式规范三个层次的立体结构

意象：主体特征对于客体特征的主导性

说不尽的经典文本，并不是无聊的游戏，而是向不可穷尽的深度挑战。就以《背影》而言，之所以至今仍然众说纷纭，原因就在于理性的解读尚未达到可以意会到的深度。就是朱自清的好友叶圣陶的解读也不例外。如果我们不满足于以追踪西方理论为务，有志于解读学的原创性建构，那么，经典文本结构并不是单层次的，至少有三个层次。

第一层次是显性的，按时间空间顺序的，外在的、表层的感知（语言）的连贯，包括行为和言谈的过程。这个层次，是最通俗的，可以说是一望而知。但是，朱光潜先生说"熟知非真知"意味非常深刻。如果满足于一望而知，解读就可能沦为非专业的浏览。专业解读的任务，就要从一望而知中看出其一望无知，甚至再

望也还是无知的深层意蕴。就第一个层次的最小单位来说，不要说是抒情作品，就是叙事作品，都不可能是绝对客观的描绘。一切描绘表面上是物象，是景象，但是，事实上是作者的心象在起作用。《春秋左氏传》“鲁僖公十六年春正月，戊申朔，陨石于宋五”。注曰：

陨，落也。闻其陨，视之石，数之五。各随其闻见先后而记。

接下去是“是月六鹢退飞”。《春秋左氏传》注疏曰：

视之则六，察之则鹢，徐而察之则鹢。是亦随见之先后而书之。①

这里深刻地指出，即使是史家简洁的叙事，也不可能是绝对客观的反映，而是按主体的视角先后顺序为文。这就是说，即使是最讲究客观的中国史家笔法，其最佳者，也不能不是主观感知程序在起主导作用。也就是一切物象皆由心象决定，对这样的天才的洞察，由于长期的机械反映论的遮蔽，在解读文学作品时却根本忽略了。就是有所体悟，由于没有提高到

① 《四库全书》经部春秋类《春秋左传注疏》卷十三。刘知几在《史通》《内篇叙事第二十二》也说到了这一点：“《春秋经》曰：‘陨石于宋五。’夫闻之陨，视之石，数之五。”不过他只是为了说明史家为文之简洁：“加以一字太详，减其一字太略，求诸折中，简要合理，此为省字也。”

理论的自觉,分析就很难达到系统化。例如,对于李白,“孤帆远影碧空尽”就是最有艺术感受力的论者,也往往只能指出黄鹤楼下的长江,不可能只有一片孤帆,而李白的目光只集中于朋友的孤帆上。但是,对于“远影”“碧空尽”,就熟视无睹了。其实,只要用春秋左传注疏的原则,就可以系统化地分析下去:情聚则帆孤,目随则远影,失神则孤帆消失于天碧空尽处。“唯见长江天际流”,其生动乃在提示空白画面(空镜头)外之凝神的眼睛。对于文学意象来说,外在的物象是一望而知的,而内在的心象,则是需要理性自觉的。

在西方文论中,也不乏类似的理论资源。不过是从创作论的角度提出问题的。

丹纳在《艺术哲学》中说:“艺术力求形似的是对象的某些东西,而非全部。”“艺术的目的是表现事物的主要特征,表现事物某个突出而显著的属性,某个重要观点,某个重点状态。”[①]虽然丹纳接下来也说到了主要特征就是“主要观念”,似乎接触到了主体的感知,但是,只是一笔带过,没有展开阐释,因而,他的理论多多少少有点含混。

丹纳所说的主要特征,乃是对象的局部细节是有道理的,由于这种局部是富于特征的,就有一种唤醒读者经验,在想象中补充成为整体的功能。如,屠格涅夫写一个老太婆的死:一只苍蝇在她蓝色的眼膜上从容地爬过去。眼膜是面部最敏感的部分,不要说一只苍蝇,就是一粒看不见的灰尘,也忍受不了,何况又是从容地爬过去。这就雄辩地说明了,她是死了。这样的死亡特征除了表面的雄辩性以外,其深层的感情,也是有特征的,那就是屠格涅夫对她的死亡,没有多少同情。换一种情况,俄罗斯诗人特瓦尔多夫斯基,写卫国战争时期,一个战士倒在了俄罗斯茫茫雪原上“雪花落在他蓝色的眼膜上,再也不会融化了”,把苍蝇换成了雪花,其深层的情感,就带着哀悼的性质。战士不但是死了,而且是再也看不到祖国特有的景观了。细节的事物特征背后还有情感特征。故克罗齐说:

---

① 丹纳:《艺术哲学》,人民文学出版社 1958 年版,第 19 页,第 23 页。

艺术把一种情趣寄托在一个意象里，情趣离开意象，或是意象离开情趣都不能独立。史诗和抒情诗的分别，戏剧和抒情诗的分别，都是繁琐派学者强为之说，分其所不可分，凡是艺术都是抒情的，都是情感的史诗或剧诗。①

因为有情趣的渗入，细节就不再是细节，而成了“意象”。应该说，“意象”在西方文论中，在很大程度上是得到认可的。如理查兹也认为，意象是“作为一个心理事件与感觉奇特结合的象征”②。这比之西方另一些理论家孤立地抓住语词，对于文学形象的把握要深邃有效得多。文学形象的根本矛盾是，主体特征和客观特征（在想象中）遇合，成为意象，可以说是形象的胚胎，形象的基因，就在其中。只待不同形式规范来最后定位，使其分化，在各种体裁的形式规范中投胎成形。意象理所当然地应该成为研究文学形象的逻辑起点。

当然，克氏这种观念在西方被认为属于浪漫主义的流派的自我表现论，遭到符号学者，如苏珊·朗格的反对。但是，符号主义者的主张，至少在情感的形象构成方面，和克罗齐并没有实质上的区别。苏珊·朗格也认为形象是要表现情感的，但是作为“内在生命”的“人类的情感特征，恰恰就在于充满着矛盾与交叉”。是“亦此亦彼”，“我中有你，你中有我”，“一切都处于无绝对界限的状态中”。一直处于不稳定的交叉、重叠、分解的过程中，甚至在冲突中变得“面目全非”③，而“语言是无法忠实地再现和表达的”，因为语言是“推理形式的符号系统，是非此即彼”，而正是

① 朱光潜：《朱光潜美学文集》第2卷，1982年版，第54~55页。又见朱光潜《谈美》，金城出版社2006年版，第117页。

② 瑞恰兹：《文学批评原理》，伦敦，1924年，第16章《诗的分析》。中文版杨自伍译，百花文艺出版社，1992年版，第106页。译文把“意象”译为“形象”，似不确。全句译为“它（意象）是作为一个和感觉奇特联系在一起的精神活动的特性”。亦不甚妥。

③ 刘大基：《译者前言》，苏珊·朗格《情感与形式》，中国社会科学出版社1986年版，第7页。刘大基文中所引，又出自英文本《情感与形式》，第30页。

因为这样，人类才创造出服务于情感表现的另一种符号——艺术符号。而这种艺术符号的特点，就是以“客观对象”来“鲜明地体现着”“情感”。这种客观对象被称为“艺术品”。① 她的说法，从情感与对象的统一来说，和克罗齐的“意象”（情趣寄托在细节中）并没有根本的区别，在克氏那里，情感也是不可感的，只有渗透在客观细节之中，成为意象，才有生动的感染力。这与苏珊·朗格甚至现代派艾略特的客观对物（objective correlative）②可谓一脉相承。

可贵的是，这种主客交融的观念，在我国古典文论中也息息相通。《文心雕龙·神思》把这种规律性现象说得很生动，叫作“神与物游”，《物色》中说到形象构成的因素，并不是光有物象也不是光有心象，而是二者的结合：“写气图貌，既随物以宛转；属采附声，亦与心而徘徊。”王昌龄：“目击其物便以心击之”（《文镜秘府论》南卷），意象是物象和心相的统一。故在文学文本解读学中，严格地说，研究的起点，或者说逻辑的起点就是“意象”。③ 意象表面上是写实的，实际上是想象的。因为客观物象

---

① 苏珊·朗格：《情感与形式》，刘大基等译，中国社会科学出版社 1986 年版，第 31 页。

② 这个述语是 T.S Eliot 1919 年在他的论文“Hamlet and His Problems”中提出来的。他注意到莎士比亚未能将哈姆雷特的些些东西正面加以表现。本来他是可以把奥赛罗的妒嫉和科里奥兰纳斯的骄傲有所表现的。由此他推断出“在艺术中表现情感的唯一途径就是找到‘objective correlative´；也就是一组对象，一种情境，一连事件，使之成为某种特殊情感的轮廓，当外部事件一呈现，感情就会被唤醒。”The Literary Encyclopedia. First published 01 November 2001; last revised 25 May 2006.

③ 在这里，有必要声明两点。第一，我们没有采用英伽登的说法。他认为“文学作品是一个多层次的构成。它包括 1.语词声音和语音构成以及一个更高级的现象的层次；2.意群层次：句子意义和全部句群意义的层次；3.图式化外观层次，作品描绘的种种对象通过这些外观呈现出来；4.在句子投射的意向事态中描绘的客体层次”（英伽登《对于文学的艺术作品的认识》，中国文联出版社 1988 年版，第 10 页）。语词，并不是文学的，而是一切叙事文章（新闻、历史等）的逻辑起点，文学的细胞形态，不是语词，而是“意象”，意象是客观特征和主体特征的猝然遇合。意象是文学的胚胎，按照不同文学形式规范衍生为不同意象的脉络，构成不同的有机整体，才可能成为文学形象。第二，深入分析意象时，我没有采用西方现代文论对意象的繁琐分类。例如，威尔斯把意象分为七类：一是装饰性意象（decorative），二是潜沉性意象（sunken），三是强全性或浮夸性（voilent or fustian），四是基本意象（radical），五是精致意象（delicacy），六是扩张意象（extensive），七是繁复意象（exuberant）。一来分类交叉重合甚多，不合逻辑，二来，就是像狭义修辞学一样把修辞格分得很繁琐，也只仅仅有利于意象的归类，而归类，则限于普遍性，与文学文本解读学的唯一，独一无二性不相容。韦勒克、沃伦在《文学理论》中运用这样的分类对文本进行了分析，但是，并没有挽救其分类交叉造成的混乱。

之一特征，与主体情感之一特征，本来是分离的、各自独立的，二者猝然遇合，为情感所同化，物象遂成为情感的载体，故其性质可以说发生了质变，乃是虚拟的，假定的。（清）叶燮在《原诗》内编下说“作诗者，实写理、事、情”，这里表面上说“实写”，实际上到具体阐释的时候，却发生了变化。抒情的古典诗歌不但把“情”与“理”，而且把“事”当作必要因素，这可能是中国古典诗歌的特点，与西方古典诗歌的直接抒情，是很不一样的。中国古典诗歌的抒情往往离不开写事，这个“事”，就联系着情，汉语词汇中的“事情”，真是很深邃。事在表面，情在内涵。叶燮说“幽渺以为理，想象以为事，惝恍以为情”①，意象依赖于“事”，但这“事”（事物）不是“实写”的，而是虚拟的（想象以为“事”）。意象的好处是具有鲜明的可感性，又有隐含的情感性。这个优长正是欧美古典诗歌直接抒情之所短，故20世纪第二个十年，美国乃有师承中国诗歌的“意象派”运动。他们对于西方浪漫派的艺术直接抒情的传统，感到十分厌倦。这种传统，不但容易流于滥情，而且容易流于概念。不可忽略的是，在诗歌中，与“事”（物）相遇合的，不仅仅是情感，而且可能是智慧。庞德给意象下的定义是“在一刹那的时间里表现出一个理智和情绪复合物的东西”②。复合物这个字在英语里是 complex，有些人不赞成把这翻译成“复合物”，如果翻译成带上弗洛伊德心理学意义的“情结”，其中心理内涵就更为深刻了。

解读之所以艰难，不仅仅是由于解读主体有封闭性的局限，而且还因为经典文本也有相当的封闭性。这种封闭性，首先就是意象的封闭性，意象正如事情一样，出现在读者直观中的，是客观的事，而不是主观的情。但是，情感在投胎为意象以后，其价值不在表层以显性状态出现，而是在深层，以一种隐性价值观念决定着一切。故在解读中，不能仅仅把意象当

① 叶燮：《原诗》内篇下。

② 彼德·琼斯：《意象派诗选》，裘小龙译，漓江出版社1986年版，第5页、第10页。庞德并不绝对地反对情感，只是坚持：第一，情感不能直接抒情，第二，情感和智性浑然一体。故他在《严肃的艺术家》中对于诗与散文的区别这样说：“在诗里，是理智受到了某种东西的感动。在散文里，是理智找到了它要观察的东西。”见杨匡汉、刘福春编《现代西方诗论》，花城出版社1988年版，第54～55页。

作客观事物特征的选择、发现，同时应该将之作为心灵特征的选择和发现。但是，长期以来的机械反映论的霸权，在分析经典诗词的时候，往往以“即景写实”为其价值指向。就连20世纪词学权威唐圭璋先生在解读苏轼《赤壁怀古》也极不到位。唐先生在《唐宋词选释》中这样说：“上片即景写实，下片因景生情。”①好像是上片只写实，不抒情，下片则只抒情，不写景。首先，“即景写实”，与抒情完全游离，不要说是在诗词中，就是在散文中也很难成立。王国维在《人间词话》中早就指出：“昔人论诗词，有景语、情语之别，不知一切景语，皆情语也。”②其次，这样的论断与事实不符。苏东坡于黄州游赤壁曾四为诗文，第一次，见《东坡志林·赤壁洞穴》卷四，其文曰：

> 黄州守居之数百步为赤壁，或言即周瑜破曹公处，不知果是否。断崖壁立，江水深碧，二鹘巢其上，有二蛇或见之。遇风浪静，辄乘小艇其下，舍舟登岸，入徐公洞，非有洞穴也，但山崦深邃耳。③

什么叫作“即景写实”，这才近于“即景写实”。比这个更接近写实的，则是范成大：

> 庚寅，发三江口。辰时，过赤壁，泊黄州临皋亭下，赤土山也。未

---

① 吴熊和主编《唐宋词汇评》两宋卷第一册，浙江教育出版社2004年版，第426页。这个说法影响很大，至今一线教师仍然奉为圭臬。网上一篇赏析文章，一开头就是这样的论调：“《念奴娇·赤壁怀古》上阕集中写景。开头一句‘大江东去’写出了长江水浩浩荡荡，滔滔不绝，东奔大海。场面宏大，气势奔放。接着集中写赤壁古战场之景。先写乱石，突兀参差，陡峭奇拔，气势飞动，高耸入云——仰视所见；次写惊涛，水势激荡，撞击江岸，声若惊雷，势若奔马——俯视所睹；再写浪花，由远而近，层层叠叠，如玉似雪，奔涌而来——极目远眺。作者大笔似椽，浓墨似泼，关景摹物，气势宏大，境界壮阔，飞动豪迈，雄奇壮丽，尽显豪放派的风格。为下文英雄人物周瑜的出场作了铺垫，起了极好的渲染衬托作用。”

② 王国维：《人间词话》，上海：上海古籍出版社，1998年版，第34页。233曾永庄、舒大刚主编：《三苏全书》第五册，语文出版社2001年版，第149页。234(宋)范成大《吴船录》卷下。

③ 曾枣庄、舒大纲主编《三苏全书》第五册，语文出版社2001年版。

见所谓“乱石穿空”及“蒙茸巉岩”之境，东坡词赋微夸焉。[①]

而《赤壁怀古》一开头“大江东去，浪淘尽，千古风流人物”，与其说是实写，不如说是虚写。第一，在古典诗歌话语中，大江不等于长江。把“大江东去”，当作即景写实，从字面上理解成“长江滚滚向东流去”，就不但遮蔽了视觉高度，而且抹杀了话语的深长意味。这种东望大江，隐含着登高望远，长江一览无余的雄姿。李白诗曰：“登高壮观天地间，大江茫茫去不还。”只有身处天地之间的高大，才有大江茫茫不还的视野。而范成大“过赤壁，泊黄州临皋亭下，赤土山也。未见所谓‘乱石穿空’及‘蒙茸巉岩’之境”，只是从江上录其所见，无登高之情。故只是“赤土山也”。《东坡志林·赤壁洞穴》所记：“断崖壁立，江水深碧，二鹘巢其上，有二蛇或见之。”则是由平视转仰视的景观。至于“遇风浪静，辄乘小艇其下，舍舟登岸，入徐公洞，非有洞穴也，但山崦深邃耳”。则从平视到探身寻视。按《赤壁洞穴》所记，苏轼并没有上到“断崖壁立”的顶峰。“大江东去”，一望无余的眼界，显然是心界，是虚拟性的想象，主观精神性的，抒情性的。这种艺术想象把《东坡志林·赤壁洞穴》中写实的自我，提升到精神制高点上去。第二，光从生理性的视觉去看，不管如何也不可能看到“千古风流人物”。西方诗论喜欢把审美想象视角叫作“灵视”，其艺术奥秘就在于超越了即景写实，把空间的遥远转化为时间的无限。第三，把无数的英雄尽收眼底，使之纷纷消逝于脚下，就是为了反衬出抒情主人公的精神高度。以空间之高向时间之远自然拓展，使之成为精神宏大的载体，这从盛唐以来，就是诗家想象的重要法门。韩愈的诗“草色遥看近却无”，当然是对早春景观特征的发现，一般情况下，景物远观则隐，近察则显，然而，这里的早春则反之，远观似有绿意，近察却绿意消失。诗的动人不仅仅是对客观景象的发现的喜悦，而且是对自我心灵发现的欢欣。其微妙不但在草，而且在心。故意象解读的焦点在于不为意象统一所蔽，从意象的表

---

① 范成大：《吴船录》下。

层,分析出心象的深层。意象的表层并不是对象的全部属性,而是部分属性,这种属性并不是独立的,而是为心象、为情感所选择,所定性的。故意象,从结构来说,是以隐性的心象为主导的。不但诗歌是这样,散文也是这样。朱自清笔下的荷塘,那广为传颂的十四个比喻,并不仅仅是荷塘的景观,而且是景观和他“超出了平常的自己”的“自由”心情的化合。因而平时不起眼的小树,小煤屑路,白天很少人走,夜晚有些怕人的地方,变成了诗意盎然的胜境。

在鲁迅笔下,保姆长妈妈的姓名,意象的结构性质更为隐蔽,表层的意思是一望而知的。她的名字叫“阿长”,鲁迅说:“我们那里没有姓长的;她生得黄胖而矮,‘长’也不是形容词。又不是她的名字,记得她自己说过,她的名字是叫作什么姑娘的。什么姑娘,我现在已经忘却了,总之不是长姑娘;也终于不知道她姓什么。记得她也曾告诉过我这个名称的来历:先前的先前,我家有一个女工,身材生得很高大,这就是真阿长。后来她回去了,我那什么姑娘才来补她的缺,然而大家因为叫惯了,没有再改口,于是她从此也就成为长妈妈了。”

本来,叫阿长,一般来说应该是姓长,不是姓,应该是绰号,但又和她的形体无关,因她生得又矮又胖。原来是她顶了前任的缺,此人的名字阿长就成了她的名字。姓氏名字在中国,本来是很庄重的事,不像日本人那样,不讲究,什么河边、稻田、池边、村上的都可以。汉人名字,往往寄托着对品德的,甚至光宗耀祖的理想。而这里却是别人的名字,随便安在她的头上,这就说明此人在生活中没有地位,没有尊严,得不到起码的尊重。这已经够惨的了。更惨的是,人家把别人的名字安在她的头上,她坦然地接受,居然没有反抗。前者如果说是哀其不幸的话,后者就是怒其不争了。

类似的还有《祝福》中的祥林嫂。女人没有自己的名字,用丈夫的名字标记,说明女人属于丈夫,丈夫死了,成为丈夫的“未亡人”。封建礼教要求守节,不得再嫁。祥林嫂被强迫改嫁,丈夫又死了,回到鲁镇,鲁迅用单独一行突出说明“大家仍然叫她祥林嫂”。这提示存在着内在矛盾。叫她祥林嫂,因为丈夫叫祥林,现在情况变化,丈夫叫老六,一个非常现实的问题,该叫祥林嫂还是老六嫂呢?但是,鲁迅强调,鲁镇人不假思索,仍然叫她祥林嫂。说明成见之深,达到自动化的程度,完全没有感到其中的矛盾甚至荒谬。《阿Q正传》中的阿Q的名字也一样,表面上强调,不知道是蟾宫折桂的“桂”,还是富贵的“贵”,实际突出相反的意思:这个人物连名字都很渺茫,可见与“桂”与“贵”相去之远,是强烈的反讽。

在庸俗的小说理论里有所谓肖像、景色、动作描写等,其失都以为有一种客观的外貌、动作和景观。其中,外貌描写,也是与观察者的心灵统一的。忘记了心灵的主导性,就涉及了相当严峻的理论问题。

朱光潜:对于一棵古松的三种态度

朱自清的《背影》中,父亲爬月台买橘子的场景,多少年来,毫无异议地被认为是全文最为生动的。可是北京有一位大学副教授认为,这样的父亲违反了交通规则,就是“违法”。因而不可爱,不可取。关键在于,你是以什么样的身份和目光看待这个现象的。如果从工程师的角度,则可以认为,月台缺乏必要的护栏,因而要改进设计,以绝后患。从公安民警的角度,当然是违规,要教育,甚至要罚款。二者都是理性的。但是,文章中是从儿子的眼光看的,而且是以一种惭愧的情感去观照的,因而就被感动了。文章意脉就是这样贯穿首尾的。文章的价值就在于以曲折的意脉表现了情感的特殊性,这种特殊的情感价值叫作审美价值。生活对于人生并不是只有真和善的理性价值,而有着真善美三种价值的。这个价值观念的分化对于文本解读有着十分重要的意义,朱光潜先生的《我们对于一棵古松的三种态度——实用的、科学的、美感的》对此说得生动而又通俗：

比如园里那一棵古松，无论是你是我或是任何人一看到它，都说它是古松。……假如你是一位木商，我是一位植物学家，另外一位朋友是画家，三人同时来看这棵古松。我们三人可以说同时都“知觉”到这一棵树，可是三人所“知觉”到的却是三种不同的东西。你脱离不了你的木商的心习，你所知觉到的只是一棵做某事用值几多钱的木料。我也脱离不了我的植物学家的心习，我所知觉到的只是一棵叶为针状、果为球状、四季常青的显花植物。我们的朋友——画家——什么事都不管，只管审美，他所知觉到的只是一棵苍翠劲拔的古树。我们三人的反应态度也不一致。你心里盘算它是宜于架屋或是制器，思量怎样去买它，砍它，运它。我把它归到某类某科里去，注意它和其他松树的异点，思量它何以活得这样老。我们的朋友却不这样东想西想，他只在聚精会神地观赏它的苍翠的颜色，它的盘屈如龙蛇的线纹以及它的昂然高举、不受屈挠的气概。①

这里画家的价值，不同于植物学家的求真（科学的），也不同于木材商的求善（实用的），和二者的理性追求不同，画家追求的是情感的、假定的。三种价值的划分并不是朱光潜先生的首创，而是来自于康德的《判断力批判》，康德说，审美情感（有人译作“情趣判断”）是“非逻辑的”“非实用的”②。

朱光潜的文章写于1932年，至今影响甚大，很权威，但是早在1906年，王国维就介绍得很全面，只是没有朱光潜那样生动：

人之能力，分内外二者：一曰身体之能力，一曰精神之能力……

① 朱光潜：《朱光潜美学文集》第1卷，上海文艺出版社1981年版，第448页。

② 康德：《判断力批判》，宗白华译，商务印书馆，1987，第39页。

> 精神之能力中，又分为三部，知力、情感及意志是也。对此三者，而有真善美之理想，真者，知力之理想；美者，情感之理想；善者，意志之理想也。完全之人物，无不具备真美善之三德。欲达此理想，于是教育之事起。教育亦分为三部：知育、德育（即意志）、美育（即情育）是也。①

这个学说经过克罗齐（1866—1952）的阐释，进一步发扬光大。朱先生这个树的例子，就是从克氏那里演化来的。经过朱光潜通俗性的阐释，尤其是对中国古诗歌的具体分析，审美价值观念在对抗机械反映论和狭隘功利论方面发挥了巨大的作用。文本的封闭性，表面看来，就是表层意象的封闭性，实质更深刻的原因，乃是价值的封闭性，由于实用和科学的理性在生活中占有自发的优势，故形象的审美情感价值往往为之遮蔽。打破文本的封闭性，最关键的是打破科学理性和实用理性对审美情感价值的遮蔽。

真善美不是绝对统一的，而是三维“错位”的

但是，从康德的学说来说，光是这样通俗地解说，并非十全十美，康德后来所强调的美与善的统一，甚至在宗教的高度上，美与善还是能够统一的，美是善的象征。从解读学的角度来说，还不够到位。孙绍振在《美的结构》中，把真善美三者的关系归结为“错位”，亦即既非完全统一，或者只有量的差异，亦非完全脱离，而是交错的三个圆圈，部分重合，部分分离。在不完全脱离的前提下，错位的幅度越大，审美价值越高，反之错位

① 王国维《论教育之宗旨》，《教育世界》，1906年第1期，第56页。

幅度越小,则审美价值越小,而完全重合则趋近于零。[①] 把这个理论运用到文学文本解读学上来,可以解决价值观念的审美取向问题,但是,还不能完全解决文本的解读任务。因为这里还有三种价值之间的关系问题。一般说来,由于人类生存和繁衍的压力太大,因而,在人类的心理中,在人类的自发的价值取向中,理性的和实用的价值往往占着压倒的优势。对于这一点,马克思在《1844 年经济学哲学手稿》中也有过精辟的论述:

> 囿于粗陋的实际需要的感觉,只具有有限的意义,对于一个忍饥挨饿的人来说,并不存在人的食物的形式,而只有作为食物的抽象存在;食物同样也可能具有最粗糙的形式,而且不能说这种食物与动物的饮食有什么不同。忧心忡忡的穷人,甚至对最美的景色都没有什么感觉;贩卖矿物的商人只能看到矿物的商业价值,而看不到矿物的特性,他没有矿物美的感觉。[②]

这里有两点值得注意,首先,囿于生理需求的感觉,对于食物的形式美,是没有感觉的,从这一点上来说,人和动物没有什么区别,在实用价值的压力下,人不但对食物的美没有感觉,而且对风景的美也没有感觉。其次,即使作为人,如果执着于实用价值,如商人对于矿物,其感觉也为商业价值所窒息,对矿物的美,也是没有感觉的。在这一点,马克思的表述特别明确。

任何一种对象……对我的意义都以我的感觉的限度为限。[③]

正是因为这样,马克思才反复强调"人的本质"的"丰富性、主体性,人的感性的丰富性,如有音乐感的耳朵,能够欣赏形式美的眼睛"[④],而人

---

① 孙绍振:《美的结构》,人民文学出版社 1987 年版。又见《审美价值结构与情感逻辑》,华中师大出版社 2000 年版,第 126 页。

② 马克思:《1844 年经济学哲学手稿》,人民出版社 1985 年版,第 83 页。

③ 同上。

④ 同上。

要达到“成为人的享受的，即确证自己是人的本质力量”，能欣赏美的耳朵和眼睛，不能光凭主体自发性，而是要经过重新自我创造，怎么创造？“从主体方面来看，只有音乐才能激起人的音乐感。”同样，只有文学才能激起人的文学感，对于没有文学感的人来说，再精美的文学经典，也没有感觉。从这个意义上说，在中国课堂上教条主义地搬用北欧后现代放任中学生自发主体的“自主创新”的解读，实在是近乎蒙昧。

其实，即使以审美价值为取向的作品，仍然有高低之分。这是康德和朱光潜的理论都没有涉及的。这个问题从创作论的角度来考量，那就很简单。由于实用理性具有自发的优势，因而在一般情况下，情感的审美价值是遭到压抑的。审美价值要超越功利的善和科学的真，才能构成形象，其意象和意脉必然和实用理性发生错位。只有情感价值超越了实用理性，它才能获得自由的境界，而这个境界往往是假定的，虚拟的。例如，《水经注·三峡》一段是经典性的，但是，并不是每一个亲临三峡的人都能进入那种审美境界的。郦道元《水经注》中“三峡”的注文中就引用袁山松的记载说：

> 常闻峡中水疾，书记口传悉以临惧相戒，曾无称山水之美也。及余来践此境，既至欣然，始信耳闻之不如亲见矣。其叠崿秀峰，奇构异形，因难以辞叙，林木萧森，离离蔚蔚，乃在霞气之表。仰瞩俯映，弥习弥佳，流连信宿，不觉忘返。目所履历，未尝有也。既自欣得此奇观，山水有灵，亦当惊知己于千古矣。①

袁山松明确指出，多少年来的口传和书面记载，“曾无称山水之美也”，从来没有提及这里的山水的审美价值，相反倒是，“悉以临惧相戒”，全都是以可怕相告诫。这是有根据的，瞿塘峡口三峡最险处，滟滪堆有巨大错乱礁石，航行十分凶险。杜甫夔州歌云：“白帝高为三峡镇，瞿塘险过

① 郦道元《水经注》卷三十四，《影印文渊阁四库全书》第573册，第512页。

百牢关。”古民谣曰:“滟滪大如马,瞿塘不可下。滟滪大如猴,瞿塘不可游。滟滪大如龟,瞿塘不可回。滟滪大如象,瞿塘不可上。”虽然西陵峡比较起来可能要平缓一点,但从袁山松的描绘中可以看出,仍然十分险峻。这就提出了一个尖锐的问题,难道那些把山水之美看得很可怕的人们,他们的感知和情感不是真而实的吗?为什么面对同样的山川,袁山松却能“仰瞩俯映,弥习弥佳,流连信宿,不觉忘返”,没有恐惧,没有生命受到威胁的感觉。这是因为,恐惧的感觉,生命受到威胁的感觉,属于实用理性,这就是说,情感的优势超越了山水隐含着的险恶。审美感知强化到一定的程度,就进入了假定的境界,就超越了科学真和实用的善。袁山松这样自述:“既自欣得此奇观,山水有灵,亦惊知己于千古矣。”山水从无生命的自然,被假定,被想象为“有灵”,不但有灵,而且成为他的“知己”,这就是审美情感的非实用性。这样的假定性就把“实感”,变成了“虚感”。不从“实感”上升到“虚感”,审美精神就不能不受到现实的束缚,就不能得到充分的自由。在这一点上,缺乏对三种价值观念的错位的分析,就不可能揭示审美价值的奥秘。

大自然是吝啬的,人是被迫遵循大自然的规律才勉强满足了自身迫切的生理需求的。人类征服物质世界,凭的是自身的理性,却牺牲了情感。情感被抑制着,被压迫得处于沉睡状态,或者叫作潜意识状态。在人的小丘脑的下部,有一个机制,就是压抑人的自发性欲望的。在人的种种欲望中,最强烈的是性欲和食欲。光有小丘脑的控制是不够的。为了不使人们在满足欲望时发生暴力争夺,便又有了道德的戒律,让人自己分辨善恶。为了最有效地获取生活资料,便有了科学,追求客观的真,排除虚假。一个人从懂事开始所接受的就是道德的善恶和科学的真伪的教育。

这自然是很重要,不可缺少的。但是对一个艺术家来说,光有这一点是不够的,因为人的情感的美,是人的生命中不可缺少的组成部分,其特点就是超越善与真。小孩子看电视往往问大人,某个主人公是好人还是坏人,这类问题有时很好回答,有时不好回答。越是简单的形象越好回答，越是丰富的形象越不好回答。这是因为形象越简单，情感价值与道德的善和科学的真之间的矛盾越小；形象越是丰富，意味着情感越是复杂，与善和真之间的错位也越大。

道德的善恶和艺术的美丑：繁漪、薛宝钗是坏人吗？

善与恶属于理性的范畴，而美与丑则属于感性为核心的范畴。情感在价值观念上，在逻辑上，都与理性矛盾，但是，并不因此而没有价值，因为，它也是属于人性的一个组成部分。故有其不同于理性的价值结构和价值规律。故恶从理性来说，是不善的，但是，从情感来说，不一定丑；善从理性来说，是超越恶的，并不一定美。这从理论上说，似乎有点玄，但是，从经验上说，则是很简单的。

在春节晚会上，赵本山、陈佩斯演的人物是得到广泛喜爱的。赵本山演的那个《卖拐》，那个骗子，硬是把人家忽悠得迷迷糊糊的，把人家的钱骗走了，人家还感谢他。这在生活中是很不善的，很不道德的，很恶的，很可恨的。但在小品舞台上，观众并不觉得他可恨，反而觉得他很好玩，挺可爱的。因为我们看到他沉浸在自己荒谬的感觉境界里，他觉得自己骗人骗得挺有才气的，挺有水平，挺滋润的。陈佩斯演的那个人物，一心要当正面英雄人物，可是不管怎么努力，到头来还是汉奸嘴脸毕露。还有那个小偷角色，对他未来的民警姐夫胡搅蛮缠，结果还是露出了小偷的马脚。小偷恶不恶？恶，但并不是丑的。这个人物作为艺术形象很生动，我们在笑的时候，感到他很可爱，很弱智，却很自作聪明。如果把这样的小品仅仅当作对小人、汉奸本性的批判，是多么煞风景呀！他们是小偷、骗子，但他们还是人，即使在做坏事，甚至沦落，但仍然有人的自尊，人的荣誉感，人的喜怒哀乐都活灵活现，并不因为他们是小偷、骗子，就没有自己的情感、幻想。我们在看过、笑过以后，看到的，不是个别人的毛病，而是人的弱点，我们的精神就升华了，增加了对人的理解和同情。

审美是诗意的，但是，不仅仅是诗意的美的陶冶，而且包括对恶的审视。艺术上往往有这样的现象，就是写恶事，恶人，也以一种艺术的眼光去审视，这种恶事、恶人，就和丑错了位，甚至变得可爱起来。

遵循实用理性的善与情感价值的美的错位的观念，使我们对许多经典形象的善恶、美丑有了新的解读。

曹禺在《雷雨》序中说：他的原始创作动机，并不是出于善恶的审判，只是觉得人虽然为万物之灵，但是，却很可怜，“做着最愚蠢的事”，“带着踌躇满志的心情，仿佛自己来主宰自己的命运，却时常不能自己来主宰。受着自己——情感的或者理解的——捉弄，一种不可知的力量——机遇的，或者环境的——捉弄。生活在狭的笼里而洋洋地骄傲着，以为是徜徉在自由的天地里”。

> 周萍悔改了“以往的罪恶”，他抓住了四凤不放手，想由一个新的灵感来洗涤自己。但这样不自知地犯了更可怕的罪恶，这条路引到死亡。蘩漪是个最动人怜悯的女人。她不悔改，她如一匹执拗的马，毫不犹疑地踏着艰难的老道。她抓住了周萍不放手，想重拾起一堆破碎的梦，救出自己，但这条路也引到死亡。
>
> 在《雷雨》里，宇宙正像一口残酷的井。落在里面，怎样呼号也难逃脱这黑暗的坑。

这里，曹禺再明白不过地告诉观众读者，他并不是站在道德的立场对任何人进行审判，而是站在超越道德的立场，也就是审美的立场来怜悯地俯视着这堆在下面蠕动的生物。他们怎样盲目地争执着，泥鳅似的在情感的火里打着昏迷的滚，用尽心力来拯救自己，而不知千万仞的深渊在眼前张着巨大的口。他们正如一匹跌在沼泽里的羸马，愈挣扎，愈深沉地陷落在死亡的泥沼里。①

他反复强调他写作时，“用一种悲悯的心情，来写剧中人物的争执。”，同时祈盼观众“也以一种悲悯的眼来俯视这群地上的人们”。他甚至强调怀着这种“悲悯的眼”就意味着上升到“上帝的座”。正是在这种意义上，他才说“蘩漪是个最动人怜悯的女人”，因为她为“想重拾起一堆破碎的梦，救出自己”，所谓破碎的梦，其实也就是情感的梦，为了这个梦她不惜毁灭自己的一切。从造物者的角度，也就是从艺术高度来看，蘩漪是具有最高的审美价值，又有着最强的道德的恶。这个形象的生命在于，将道德的恶和情感的美之间拉开了最大的错位幅度。可以说她是一枝恶之花，丑之美。

要提高对经典文学作品的艺术的欣赏水准，在这一点上是绝不可含糊的——必须把艺术形象的情感价值放在最重要的位置，哪怕这种情感与理性的善和真拉开了某种距离也不能手软。

正是在这样的基础上，曹雪芹把林黛玉和薛宝钗放在对称的位置上。她们之间有对立，但不是道德的对立，而是情感的对立。

林黛玉的情况和《雷雨》中蘩漪有一点相似，那就是她为情感而生，为情感而死，情感给她的痛苦大于欢乐。她的情感是这样敏锐，这样奇特，以至于她和她最爱的贾宝玉相处也充满了怀疑、试探、挑剔、误解、折磨。这是因为她爱得太深，把情感看得太宝贵，甚至比生命更宝贵，她不能容忍有任何可疑的成分、牵强的成分，更不要说有转移的苗头了。让这样强烈的情感出于她这样一种虚弱的体质，这于曹雪芹来说并不是出于偶然或随意，他正是要把情感的执着和生命的存活放在尖锐的冲突中，让林黛玉坚决选择了情感之花而不顾生命之树的凋谢。因而也是美的，美在情感价值高于一切，甚至是生命。

薛宝钗是林黛玉的“对立面”，如果林黛玉是善的，则薛宝钗肯定是恶的吗？道德上一定是卑污的吗？其实，在道德上宝钗并无多少损人利

① 《雷雨序》，《曹禺经典戏剧选集》，新华出版社 2010 年版，第 499 页。

己之心。有些研究者硬把薛宝钗描写成一个阴险的“女曹操”，和这一形象本身的倾向是不相干的。薛宝钗的全部特点在于她为了“照顾大局”而自觉自愿地，几乎是毫无痛苦地消灭了自己的情感，不管是她对贾宝玉可能产生的爱，还是对王夫人（在逼死金钏儿以后）可能产生的悲，她都舒舒服服地以善意谎言淡化掉了。她在人事实用的关系上取得了极大的成功，她克制自己的情感，不让自己和任何人冲突，把自己的青春和爱情都没有认真当一回事。当她妈妈把基本已经定下来的与贾宝玉的亲事征求她意见的时候，她甚至正色地说：这样的事情，你怎么来问我，父亲不在了，只能问哥哥。其实，她的哥哥薛蟠正在监牢里。后来对于冒充林黛玉和贾宝玉结婚，她虽然痛苦，但是，绝对顺从。和情感强烈但没有健康的美人林黛玉相反，她成了一个健康却感情不完整的美人。她时时要服食一种“冷香丸”，其实这正是她心灵的象征：她虽然很美，但情感已经冷了，没有生命了。地藏庵尼姑觉得她是个“冷人”①。《红楼梦》第六十三回《寿怡红群芳开夜宴》，众人“饮博”：轮到宝钗，伸手掣出一根，只见签上画着一支牡丹，题着“艳冠群芳”四字，下面又有镌的小字一句唐诗，道是：任是无情也动人。这是很有象征性的总结意义的。虽然她是善的，她是美的，甚至是“艳冠群芳”的，但她并不是绝对无情，除了爱情，她还有亲情和友情，林黛玉在解除了误会之后，还说她“多情”。

道德理性价值和情感的审美的大幅度错位，善与美拉开了最大距离，才是薛宝钗这个形象之所以不朽的原因。

和林黛玉对立的性质，不是恶之花，而是善之丑。

---

① 语出《红楼梦》第115回：“两个姑子进来，宝玉看是地藏庵的，来和宝钗说：‘请二奶奶安。’宝钗爱理不理地说：‘你们好？’因叫人来：‘倒茶给师父们喝。’宝玉原要和那姑子说话，见宝钗似乎厌恶这些，也不好兜搭。那姑子知道宝钗是个冷人，也不久坐，辞了要去。宝钗道：‘再坐坐去罢。’那姑子道：‘我们因在铁槛寺做了功德，好些时没来请太太奶奶们的安，今日来了，见过了奶奶太太们，还要看四姑娘呢。’宝钗点头，由他去了。”

不是一般的情感，而是特殊的情感才有艺术价值

进入文学作品的第二层次，审美价值取向，是一道很重要的关口，不明于此者往往拘于实用价值或者理性认识，把解读引向歧路。许多文本分析者都希望文本分析有一个较高的起点。审美价值的相对超越就是高起点，如能在这一点上含糊，往往就差之毫厘，谬以千里。《背影》中的父亲的感情，从实用功利来看，儿子去买是更有效率的，但是，父亲却要勉为其难地亲自去买。超越了实用功利，父亲的感情就有特点了。解读的到位，不仅在于揭示出其特点，而且在于分析产生这样特点的过程，把意脉的变化解读出来。父亲把大学生的儿子当孩子看，说了、做了那么多，儿子不领情，可是一到爬月台，什么话也没有说，却让儿子感动得流下眼泪，而且还不让父亲看到，以后想起来，还常常禁不住流下眼泪。

如果没有这样的变化的过程，《背影》中亲子之爱的特点，爱的唯一性是不可能充分揭示的。

当然，这是抒情的特点，但是，只是情感特点的一部分可以归入诗化、美化的情趣一类。如果拘于此类，以偏概全，遇到另外一种并不以诗化、美化情趣为特点的文章，就可能造成自我遮蔽。例如，对鲁迅的《长妈妈与山海经》就解读不出其中的奥秘。文章不管是对自己还是对长妈妈，都不采取美化、诗化的办法，而是相反，用某种程度的“丑化”，构成一种幽默的谐趣。用情趣的美化（歌颂劳动人民）是南辕北辙的。

情感特点的分析，贵在微妙，把微妙表现出来，就有特点，大而化之，就可能一般化。唐人绝句最为后世推崇的“压卷”之作大约是十一首左右，其中一首，王昌龄的《出塞》之一：“秦时明汉时关，万里长征人未还。但使龙城飞将在，不教胡马度阴山。”固然称赞不少，但是也有人“不服”。

说出道理来的是《唐音癸签》:“发端虽奇,而后劲尚属中驷。”意思是后面两句是发议论,不如前面两句杰出,只能是中等水平。明胡震亨《唐音癸签》卷十“王少伯七绝虽奇,而后劲尚属中……若边词‘秦时明月’一绝,发端句驷。于鳞遽取压卷,尚须商榷”①。明孙鑛《唐诗品》,说得更为具体,他对推崇此诗的朋友说:“后二句不太直乎? ……咦,是诗特二句佳耳,后二句无论太直,且应上不响。‘但使’‘不教’四字,既露且率,无高致,而著力唤应,愈觉趣短,以压万首可乎?”②批评王昌龄这两句太直露的人不止一个,不能说没有道理,原因很简单,就是“直露”,把道理都讲出来了,也就是没有情感的含蓄、微妙的特点了。而他的“奉帚平明金殿开,且将团扇暂徘徊。玉颜不及寒鸦色,犹带昭阳日影来”毫无争议地被列入唐人绝句的压卷之作。原因就在于情感的精致微妙,而且含蓄。以“玉颜”与“寒鸦”,“奉帚平明”与“昭阳之日”相比,高下显然,然而却“不及”,其失落可谓不着一字,尽得风流。

要读懂汪曾祺的《跑警报》,就要防止把抒情当作唯一的选择。事实上,钱锺书、梁实秋、王了一、汪曾祺、余光中的散文,往往就是以不抒情、不美化见长的。

出杰作。在日本轰炸的灾难面前,如果像巴金那样强调表现国人之苦难,像解放区作家那样表现国人之英勇,很难超越实用理性,陷入诗化情趣的套路。汪氏的特点是,国人在恐怖的轰炸来临之际,悠然自在,写了许多好玩的事情。逃避轰炸的人们,在古驿道的一侧,“极舒适”,可以买到小吃“一味俱全,样样都有”。沟壁上,有一座私人的防空洞。用碎石砌出来的对联是“人生几何,恋爱三角”,还有“见机而作,入土为安”。作家对这样的对联的感慨是:“对联的嵌缀闲情逸致是很可叫人佩服的。”这样的“佩服”,当然表现出动人感情和趣味,第一,是因为完全超脱

---

① (明)胡震亨:《唐音癸签》,周维德点校:《全名诗话》第五册,济南:齐鲁书社 2005 年版,第 3564 页。

② (明)孙鑛.《孙鑛诗话 唐诗品》,吴文治主编:《明诗话全编》第五册,南京:江苏古籍出版社 1997 年版,第 4701~4702 页。

实用功利;第二,不是一般的情趣,而是很特别的,和我们通常在抒情散文中感受到的情趣有些不同。这个“佩服”的妙处在于,其中意思好像不太单纯,不但有赞赏意思,而且有调侃的意味。“跑警报”居然成了“谈恋爱的机会”,男士还带上花生米,宝珠梨等等。“危险感使两方的关系更加亲近了”“女同学乐于有人伺候,男同学也正好殷勤照顾,表现一点骑士风度”。“从这一点来说,“跑警报”是颇为罗曼蒂克的。”而这种调侃的趣味,叫作“谐趣”。富有谐趣的散文与抒情散文并列为另一类散文:幽默散文。但是,这并不是说汪氏,一味把国难当作玩笑。在玩笑背后,汪氏指出这一切表现了国人对日寇频频轰炸的“不在乎”的乐观主义精神。

个案:托尔斯泰二十多次寻找对玛斯洛娃的情感特殊性

这个情感的特殊性的关键问题,在一般文艺理论中长期没有提上日程,原因可能在于,一般文艺理论,多为文艺的本体论,即使涉及鉴赏论,也只是以作品为对象。离开了创作过程,将作品当成固定的成品,是很难分析出特殊情感的奥秘的。

托尔斯泰写《复活》前后修改十年,对一个女主角的肖像,就反复修改了多次。为什么?不是因为他写不出这个女孩子的外部特征,而是因为,他一直找不准在外部特征中如何渗透她这个人物的情感特征。年轻的大学生聂赫留朵夫到姑母的庄园去度假,庄园里有一个小女仆卡秋莎,是吉卜赛女人的私生女,后来成了他姑母的义女。女仆非常美丽。第一次去,大学生还比较纯洁,两个人之间就有了感情。第二次去,大学生已经参军了,在部队里学坏了,道德堕落了,就勾引了卡秋莎,度完假期,大学生走了,而她怀孕了。卡秋莎被赶出了农庄,流落到城市,成了妓女,被人诬陷谋杀了商人,受审判。而聂赫留朵夫这时已经成为上层贵族的头面人物，正是法庭上陪审团的成员之一。他看到卡秋莎变成妓女，名字叫玛丝洛娃。他感到非常震动，决定忏悔。他去营救她，并向卡秋莎求婚，但遭到卡秋莎的拒绝。他跟判处流放的卡秋莎到了西伯利亚，而卡秋莎却嫁给了一个民粹派的革命者。关于这个肖像，托尔斯泰改了二十几次，孙绍振和学生有过如下对话：

孙绍振：现在，我们要分析的场面是，聂赫留朵夫在陪审团席上看到了当年的卡秋莎，这个时候作者的任务是什么？是不是描写卡秋莎的外貌？

学生：当然要写外貌。写他多年后，震惊于旧情人的变化。

孙绍振：写这个外貌或肖像描写的难度在哪里呢？

学生：写外貌的同时要找到他对她的情感的特点。

孙绍振：特点在哪里呢？

学生：一方面是旧情人，一方面是个妓女。

孙绍振：对，感受是很复杂的，不是一下子就能找准的。托尔斯泰第一次写她的肖像是这样的："她是一个瘦削而丑陋的女人，她所以丑陋，是因为她那个塌鼻子。"你们觉得，这样行吗？

学生：不行！太丑了。不可爱，不好玩。

孙绍振：她当了那么多年的妓女，而且灵魂已经麻木。这样写丑有什么不可以啊？可以啊！那是因为被摧残，而且绝望。

学生：写得丑，有问题。她原来不是那么丑的，很漂亮的，很迷人的，不可能一下子变得那么丑，她才 20 多岁嘛，至少是风韵犹存。（大笑声）

我同意。但还应该有什么理由，你们想想看。

学生：那么瘦，那么丑，读者对她的同情就要打折扣了。如果是一个非常漂亮、非常妖艳的女人，读者会有一种怜惜的感觉。（笑声）

孙绍振：托尔斯泰和你们一样，觉得把她写得太丑了，没有充分表现出他对她的同情，不准确，必须强调一下他的同情。怎么同情法呢？把她写得美一点："她一头黑发，梳成一条光滑的大辫子，有一对不大但是显得异乎寻常的发亮的眼睛，颊上一片红晕。主要的是她浑身烙上了无辜的印记。"后来的修改稿上作家把她的美丽强化了一下，说她有着美丽的前额，发亮的黑发，匀称的鼻子，眉毛下有双秀丽的眼睛，还写她"长着一张男人见了不得不回头看一下的富有魅力的脸。"这样，托尔斯泰对她的同情就表现出来了。但这是否很准确地传达了托尔斯泰对她的感受呢？你们说说看。

学生：好像太美了，太纯洁了，不像妓女。

孙绍振：对，太美了就不准确了。托尔斯泰不仅仅是对她同情，而且为她的堕落感到沮丧，感到痛苦，感到罪过。这种感情在如此纯洁的外貌上是表现不了的，托尔斯泰不满意。她进入城市后，她的堕落生涯、卖笑生涯对她的摧残，必然在她的生理上、心理上留下痕迹。在改动二十几次后，定稿是这样写的：

"那个女人……头上扎着一块白头巾，分明故意让几绺卷曲的黑头发从头巾里滑下来。这说明了什么？"

学生：说明虽然是囚犯身份，但她还是有点卖俏，这是妓女生涯对她的影响，哪怕当了囚犯都没有改变。

孙绍振：我们来看托尔斯泰的功夫："那个女人整个脸上现出长期幽禁的人的脸上那种特别惨白的颜色，使人联想到地窖里马铃薯的嫩芽。"作家的同情表现在哪里？

学生：马铃薯的嫩芽。人在监狱里待了很长的时间，脸色惨白，这里就包含了对她的怜惜和同情。

孙绍振：对了，作家要找到自己对于人物的同情，不是抽象的，要落实在具体的意象"马铃薯的嫩芽"上。马铃薯的嫩芽是有毒的，这个联想就丰富了。接下去是："她的眼睛显得很黑、很亮，稍稍有点浮肿，可是非常有生气。”如果不是生活的摧残，监狱里见不得阳光，本来她是很漂亮的。虽然这样，还是很有生气。托尔斯泰从“浮肿”和“有生气”的矛盾中，找到了自己怜惜的感觉：“其中一只眼睛略为带点斜睨的眼神。她把身子站得笔直，挺起丰满的胸脯。”这样写，没有丑化，也没有美化。把头发放下来卖俏，脸上的浮肿，马铃薯发芽的惨白带青的颜色，说明她还是有内在的美，有生气。斜斜地看人（这是当年的少女不好意思正面看人的痕迹），站得笔直，挺起了丰满的胸脯，说明她自我感觉良好。这样的感受才比较准确，既是痛心又是厌恶，既是理解又是同情。作家非常深刻的、复杂的感受，就这样通过对人物的外在观察细致地表现出来。①

我们看到的不仅是人物的肖像，而且是作者特殊情感的脉络。作家把自己灵魂深处深刻复杂、独一无二的情感，包括某种程度的智性都表现出来，深刻的形象取决于深刻的意脉。一个伟大的作家，一个深刻的作家，总是把自己特殊的心灵都投入进去，写出对描写对象的理解和情感。虽然表面上他不一定流露出来，不用感叹、抒情，而用比较平淡的叙述，但是内在的同情、内在的怜悯、内在的理解等都不着痕迹地渗透在外部的形象中。

意脉：隐性情感的动态起伏

故在文学作品中，形象的准确性，形象的感染力，表面是外部可感的事物和人物的特征，但实际是在决定这些外部特征的是作家的情感特征。

① 材料引自符·日丹诺夫《〈复活〉的创作过程》，雷德城译，呼和浩特，内蒙古人民出版社 1982 年版，第 21~22 页。

二者的猝然遇合，构成意象，但是，单个意象可能是静止的，孤立的，故诗文中的意象，都是以群落形式存在的，而情感的特点，就是“动”，不常常说“动情”吗？不常常说“动心”吗？不常常说“感动”吗？不是常常讲“激动”吗？感情就是要动的，这种动在意象群落中，就构成脉络。王夫之说：“无法无脉，不成文字。”①清方东树《昭昧詹言》曰：“古人文法之妙，一言以蔽之曰：语不接而意接。”②他的意思是说，意脉的特点不一定是显性的，而是意象之间隐性的。宋吕祖谦说：“文字一篇之中须数行整齐处，须有数行不整齐处。或缓或急，或显或晦，缓急显晦相间，使人不知其缓急显晦，常使经纬相通，有一脉过接乎其间然后可。盖有形者谓纲目，无形者血脉也。”③这种隐性的意脉，我国古代诗话家如黄生、贺怡孙等将之比喻为“草蛇灰线，咋蛛丝马迹”。反复说明，这是比较深层的，不易觉察的文章的灵魂。

静止不动，就是无动于衷了，就是没有感情了。当然无动于衷，也不是不能成诗，但那是另一类的，不是抒情的，而是理性的，如柳宗元《江雪》：“千山鸟飞绝，万径人踪灭。孤舟簑笠翁，独钓寒江雪。”就是属于佛家禅宗的与自然浑然一体的境界。④ 这是中国特有的，非抒情诗，另外还有玄言诗，宋诗中的说理诗。如朱熹的《观书有感》：“半顷方塘一鉴开，天光云影共徘徊。问渠哪得清如许，为有源头活水来。”表现上是写景，实质上说明一个道理，心境的清洁，有如源头活水。

但是，如果是抒情诗，那心就要动，也就是有变动。

如果诗人在春天景色面前，除了欢乐，还是欢乐，就没有什么动态了。单独孤立的意象，不足以表现情感特征，故意象往往以群落的形式出现，

---

① （清）王夫之：《夕堂永日绪论外编》，戴鸿森《姜斋诗话笺注·附录》第 201 页，人民文学出版社 1981 年版。

② （清）方东树：《昭昧詹言》卷一，汪绍楹校点本，人民文学出版社 1961 版，第 28 页。

③ （宋）吕祖谦：《古文关键·总论看文字法》，《金华丛书》本，《丛书集成初编》第 4 页，商务印书馆 1936 年版。

④ 参阅孙绍振《中国古典诗歌的意象和意脉——评袁行霈诗学思想》，《文艺争鸣》，2015 年第 5 期。

而情感的运动则隐于意象群落之中,此谓意脉。情感有了运动变化,第一,更能显示出不可重复的、唯一性特征;第二,情感有了节奏感。因而意脉的变化、起伏、显隐,是形象的生命所在。一望而知的只是显性的表层,只有通过专业的具体分析、意脉的运动才能洞察其隐性的情感节奏。分析长篇小说的片断是这样,分析短小的诗歌也是如此。

孟浩然的《春晓》就那么二十个字,为什么能流传千古?就是因为情感的意脉变化。一般的春光,大都是视觉性质的,就是以眼睛看到的美为特点的,即使有听觉的美也是共时性的,在同一层次上的。但是这首诗,却不是这样:“春眠不觉晓”,睡得很甜,为鸟啼之声唤醒,这很精彩的,很美好的,如果就这么一直愉快下去,可以写出很多美好的意象来,有个英国诗人 Thomas Nashe(1567—1601)有一首赞美春天的诗,叫作《春天,甜蜜的春天》(Spring The Sweet Spring),英语原文不复杂,一般的读者是可以看得懂的:

Spring, the sweet spring, is the year´s pleasant king,
Then blooms each thing, then maids dance in a ring,
Cold doth not sting, the pretty birds do sing:
Cuckoo, jug-jug, pu-we, to-witta-woo!

The palm and may make country houses gay,
Lambs frisk and play, the shepherds pipe all day,
And we hear aye birds tune this merry lay:
Cuckoo, jug-jug, pu-we, to-witta-woo!

The fields breathe sweet, the daisies kiss our feet,
Young lovers meet, old wives a-sunning sit,
In every street these tunes our ears do greet:

Cuckoo, jug-jug, pu-we, to witta-woo!

一切都是因大地回春而美好,百花齐放,少女起舞,群鸟鸣啭,杜鹃抒情,羊羔戏游,牧童吹笛,田野洋溢香气,雏菊亲吻着双脚,恋人相会,老妇享受阳光,在每一街巷,春天在对着人们的耳朵歌唱。这样的感情是美好的,但是,除了句式的变化以外,所有的意象,都是同质的,情绪一直甜美,意脉是一条直线,几乎没有起伏,从头到尾,都是十分愉快,就不免单调了,单薄了。感情就太一般了,太没有唯一性了,没有什么可惊异的了。因而其艺术品位,就不太高。作者稍早于莎士比亚,这首诗颇有名气,但是,由于意脉单调,只能常常出现于儿童读物之中。真正审美价值高的情感,在诗歌里,情感要有特点,起码是要有一点意脉的节奏变化的。相比起来,孟浩然的才华在于,美好的鸟啼,猝然引发了昨夜的回忆,风雨和花落,意脉突然转折,那不愉快的昨夜的风雨之声,摧残了花朵。如果要讲赏析,就要把意脉的特点加以分析。一方面是闭着眼睛听鸟鸣,享受愉悦,这是非常 sweet 的,另一方面是瞬间回忆起花朵遭受摧残,这就是不那么 sweet 了。整个诗歌的生命,就在感情的特殊,而感情的特殊,就在听觉美好和回忆突然失落的转换中。这个突然的转折,表现了诗人的敏感和人生感慨的独特。春天固然美好,但是,美同时也在消逝着,鸟鸣的美好恰恰是风雨摧残花木的结果。今晨的鸟鸣美好和昨夜的花落,矛盾而又统一,正因为春光易逝,才弥足珍惜,诗人的心灵就是为那刹那间的回忆而微微颤动。

要学会欣赏分析诗歌的特殊情感,最根本的办法,就要避免被动追随。而要主动分析,就得揭示隐含的感觉和意脉的变动,将其前后的差异、矛盾——揭示出来。不抓住情绪的微观变动和矛盾,也就不可能从表层的感觉进入深层的人生感慨。

绝句虽然是比较单纯的,但是,优秀的绝句,其艺术灵魂,就是瞬间从一种心情变动为另一种心情,和孟浩然的《春晓》同样“简单”的绝句,还有杜牧的《清明》：

清明时节雨纷纷，路上行人欲断魂。
借问酒家何处有，牧童遥指杏花村。

有一位作者赏析这首诗说，“诗中的‘行人欲断魂’”，“孤独、凄凉”，“情绪低落到不可支持”，“沉湎在孤苦忧愁之中”。其实，诗中的“行人”仅仅是：在路上的人，离家的人，有事出门的人，目的地在远方的人，偏偏碰到了雨，纷纷的细雨，下个不停的细雨。引起了隐隐的焦虑。焦虑不是“断魂”，还没有到真正“断魂”的时刻，只是“欲断魂”之际，还没有到“情绪低落到似乎不可支持”的境地。这位作者，显然感到了“牧童遥指杏花村”的重要性，但是，不从感觉、情绪的变动和波澜上去看，就看不出名堂来，只能搬来打马虎眼的套话：说是由之想到了“让自己能置身于人和酒的热流之中”，“结句使人感到悠远而诗意又显得非常清新、明快”。其实，“借问酒家何处有”，是针对雨纷纷，不仅仅是为喝酒，更重要的是避雨，避雨，则断魂之忧就消除了。最提神的是意象，遥指杏花村，虽在远方，但是其鲜明的色彩，暗示了心情微妙的变化，“杏花村”这三个字带来的色调，与雨纷纷对比，眼睛为之一亮，心情为之一振，又和“欲断魂”对比。这是一种下意识的心灵微波，电光火石，转瞬即逝。粗心的人，没有诗的素养的人，就忽略过去了，而诗人的天才就在于抓住下意识中刹那的喜悦和接近断魂之忧的对比。瞬间下意识的喜悦心绪，这么微妙的波动被发现，就是意脉的精彩所在。而一般读者，凭着直觉，也能有所感受，但是，那是混沌的，朦胧的，不确定的，肤浅的，甚至有所歪曲（如前述作者）的。所有这一切，有如作家的灵感一样，电光火石，瞬息即逝。文学阅读学作为一种专业，就是要把读者的直觉抓住，进行具体分析，把瞬间延长，把混沌澄清，把肤浅深化，把谬误消解。才能把情感的特殊性从感觉层次上升到理性层次，从而更好地感觉。

对于解读经典名作的唯一性，就是专业读者，光凭中国古典和西方现代的文艺理论根本是不够用的。因为作品的唯一性，作品的特殊性（如意脉的唯一性）已经被理论抽象掉了。

但是，这也并不神秘。在这方面，西方权威的理论说是，文学作品写成以后，作家就退却了，作品不过是一种“召唤结构”，由读者把自己的体悟融入进去。西方理论在这里显示出了局限，召唤什么呢？如何使得召唤到位、有效而不至于落空乃至混乱呢？像纳西那样一直很甜蜜的召唤和杜甫的“两个黄鹂鸣翠柳”一直很鲜明的图画，为什么不能成为上品呢？这就需要理论上更为明确的范畴。我们这里提出，召唤表层意象以下的意脉。意脉的感染力，对于读者来说，往往是可意会不可言传的，而解读学的任务恰恰是切实地帮助读者，在自觉的意脉观念的启示下，把意脉的特殊性、唯一性还原出来，转化为有序的语言。困难在于意脉的唯一性，并不在它已经讲出来的，而是它没有讲出来的。解读之难，就难在它需要有把直觉感悟概括为语言，这就需要命名的原创性。解读学之难就难在这种原创性。不论从理论上，还是从实践上，意脉这个观念对打破一望而知遮蔽很关键，有必要再举一些比较复杂的经典加以阐明。

原生形式和规范形式：形式征服、衍生内容

文本结构的第三层次乃是文学形式。这里说的形式，并不是克罗齐所说的“直觉即形式”，那是属于原生形式。作为文学形象的深层结构，是文学的规范形式。这在文学形象中，属于最深的层次，在文本结构上是最隐蔽、最深邃的。原生形式，并不能保证审美价值超越自发占优势的实用功利和理性，在审美活动漫长的历史过程中，审美价值超越实用理性形式并积淀下来，对内涵才具有了选择、变异、衍生、规范作用。这种作用，

是人类文学艺术活动进步的阶梯。形式对于文学解读学说来,极其关键。但是,学人大都囿于黑格尔的内容决定形式说,把形式的特殊功能,排除在学术视野之外。历代的美学家,出于形而上学思维惯性,总是在哲学的主观客观中兜圈子。睿智如朱光潜、李泽厚、高尔泰都未能超越二元对立的思维模式,没有意识到主观情感和客观对象猝然遇合者,并非其全部,而是主体之一侧,客体之一隅,其现实形态,本来是分立的,甚至扞格不通,全凭文学形式不相同之想象,使其在假定中投胎成形。[①] 生活的某一特征和情感的某一特征的猝然遇合,只能算是形象的胚胎,并不一定能够达到审美的艺术层次。未经形式规范的情感,哪怕是真情实感,也可能是死胎。作家的观察、想象、感受以及语言表达,都要受到特殊形式感的制约,形象不是主观和客观的线性结构,而是主观客观再加上形式的三维立体结构,主观和客观并不能直接相互发生关系,而是同时与模范形式发生关系,规范形式、情感和对象统一为有机结构才有形象的功能。脱离了多种形式规范的分化,文学理论只能是哲学的,或者是美学的附庸。只有充分揭示主观、客观受到形式的规范、制约、变异和衍生的规律,文学理论才能从哲学美学中独立出来,通向独立的文学文本解读学。

规范形式与原生形式最明显的不同有如下六点:第一,原生形式是天然的,而规范形式是人为创造的;第二,原生形式是随生随灭,与内容不可分离的,而规范形式常常是千年积累才从草创走向成熟,因而是长期稳定、不断重复的;第三,因为它与内容是可以分离、具有独立性的,在某些形式中(如西方古典主义戏剧中的三一律,我国律诗绝句和十四行诗)还是严密规格化的;第四,原生形式是无限多样的,而规范形式是极其有限的,连同亚形式一起,也只有诗歌小说、散文、戏剧等等不超过十种。原生形式,并不能保证审美价值超越实用理性的自发优势,规范形式则把漫长的历史过程中审美经验(例如从中国古体诗到近体诗就耗费了长达四百年)积淀,成为某种历史水准的载体,从而迫使其内涵就范。这种规范,是

① 参阅蔡福军《马克思主义美学家孙绍振》,《东吴学术》,2011年第3期。

人类文学艺术活动的历史水准，是文学进步的阶梯。没有它，人类的审美活动，只能一代一代从零开始，重复着如同从猿到人的原始积累。有了规范形式，历代的审美活动才能从历史的水平线上起飞。第五，规范形式，不但不是如黑格尔所说是被内容决定的，而是可以征服内容、消灭内容、预期内容、强迫内容变异、衍生出新内容的，甚至极端如俄国形式主义者什克洛夫斯基那样“形式为自己创造内容”①。第六，不可忽略的是，内容决定形式，并非绝对没有道理。形式的稳定性、有限性和内容的不断变幻、无限丰富是一对矛盾。内容是最活跃的因素，不断冲击着规范形式，虽然形式有规范作用，但是，规范与冲击共生，相对稳定的规范形式，在积淀着审美的历史经验的同时，也不能不开放，不能不随着历史的发展而不断被突破，被更新。

在解读过程中，最大的误解，就是以为只要读懂了内容，就读懂了艺术，以为形式是一望而知的。其实，第一，那是外部形式（如诗歌、小说、戏剧）。第二，混淆了原生形式和艺术的规范形式之间的根本区别，或者说，混淆了原始素材的形式和艺术规范形式之间的矛盾，歌德说：“材料是每个人面前可以见到，意蕴只有在实践中须和它打交道的人才能找到，而形式对于多数人却是一个秘密。”②相对于外部形式表层直觉，规范形式的功能，在最深层次，在潜意识层次。这是由于它的形成经历漫长的时间，是历史的进化和天才创造的积淀，因而特别精致，造成一种自然而然本该如此，只能如此，别无他途的感觉。

---

① 什克洛夫斯基：《散文理论》，刘宗次译，百花文艺出版社 1994 年版，第 35 页。当然还有更为极端的，克莱夫·贝尔论断艺术本身就不过是“有意味的形式”，也许，这与他所论述的多为抽象美术有关。

② 歌德此段话出自其《关于艺术的格言和感想》。朱光潜译为：歌德说：“材料是每个人面前可以见到的，意蕴只有在实践中须和它打交道的人才能找到，而形式对于多数人却是一个秘密。（朱光潜《西方美学史（第十三章·歌德章）》420 页，人民文学出版社 1979 年版。）宗白华先生译为“文艺作品的题材是人人可以看见的，内容意义经过一番努力才能把握，至于形式对大多数人是一个秘密。”（宗白华《美学漫话》，长江文艺出版社 2008 年版。）朱光潜在《西方美学史》第十三章对此段话解释说：材料，即取自自然的素材；意蕴，亦译为“内容”，指在素材中见到的意义；形式，指作品完成后的完整模样；似乎与歌德的原意，略有出入。

有了规范形式，审美活动才能以历史的积累的水平为起点。然而，人们习惯于传统的内容决定形式说，习惯于内容是作品的生命说，往往忘记了，离开了规范形式，作品就不存在了。从这个意义上说，规范形式，和内容一起构成作品的生命。在解读过程中，人们误以为只要读了内容，就读懂了艺术，形式是一望而知的。其实，这是混淆了原生形式和艺术的规范形式之间的根本区别，或者说，混淆了原始素材的形式和艺术规范形式之间的矛盾，对于形式的直觉，给人一望而知的印象，但是，这种印象属于直觉，直觉也是分层次的，规范形式的功能，往往是在最深层次，在潜意识层次。这不但由于它的形成经历漫长的时间，而且因为它的形式是极其有限的，因而给人一种本该如此，只能如此，别无他途。举一个最简单的例子，上海世博会，为了中国馆的活动的《清明上河图》，人们排队长达八九个小时，只为了十几分钟一睹为快。成千上万的观众以表层直觉为满足，为目睹宋代汴京市井繁华而感到幸运，较有文化历史修养者，则体悟到其中的意脉，在北宋末年社会社会、政治、经济、军事危机重重之中，这样的艺术只是一首盛世的颂歌。但，其艺术形式和风格的特点却是最为隐秘的，能够欣赏这种特殊规范形式的可能是凤毛麟角。首先，这在国画中，属于界画，属于工笔，不同于写意画。其次，它是长卷。也就是说，它和西洋画的便于一眼全收的焦点透视不同，把中国特有的散点透视发挥到极致，视点可以顺序移动，但是，又不是杂乱无章，平铺直叙，据吴冠中先生分析，其中人物、房舍、车马、桥梁、楼台、田野，疏落有致，又以桥为高潮。这三个层次都以共时样式呈现于观众直觉之中，但是，对于第三个层次，绝大多数观众是感而不觉的，只有于中国国画有修养的，才有某种内心图式的预期，才有可能读出其中形式风格的奥秘来。

作家的观察、想象、感受以及语言表达，同样要受到形式感的制约，有了特殊的感情和客观对象结合在一起，还不能就成为艺术形象或意象，这时，不过是形象的胚胎，如果脱离了形式规范的制约，还可能是死胎。比如，同样的情感和对象的特点，要变成散文、诗歌、小说的形象，还是变成戏剧的形象,受到形式规范的不同的规范以后,会变成不同的形象。作家在这个时候不是绝对自由的,而是在形式的规范中争取表现生活和自我的相对自由。形式并不只有一种,而是多种多样的。每一种形式都有间不容发的区别。然而,这种区别,因为深藏于形象的第三层次,故需要对潜在区别的高度敏感,解读的水准,正是建立在这种间不容发的区别的精度之上。黑格尔说:

> 假如一个人能看出当前显而易见的差别,譬如,能区别一支笔和一只骆驼,我们不会说这个人有了不起的聪明。同样,另一方面一个人能比较两个接近的东西,如橡树和槐树、寺庙和教堂,而知其相似,我们也不能说他有很高的能力。我们所要求的,是能看出异中之同和同中之异。[①]

文学解读者能看出诗歌和散文同为真情实感者比比皆是,能从同为文学的诗与散文看出相异者,却是凤毛麟角。同样一个作家在散文里,和在诗里精神面目是不一样的。例如李白,在实用性散文中,并不像诗歌中以藐视权贵为荣("安能摧眉折腰事权贵,使我不得心开颜")。在散文中,却有另外一副面貌。他在著名的《与韩荆州书》中以"偏干诸侯""历抵卿相"自夸,对于他所巴结的权势者,不惜阿谀逢迎之词。对那个韩荆州,是这样奉承的:"君侯制作侔神明,德行动天地,笔参造化,学究天人。"[②]这类肉麻的词语在其他实用性章表中(如《上安州裴长史书》《上安州李长史书》)屡见不鲜。可以说,在散文中和诗歌中有两个李白。在散文中的李白,是个大俗人;在诗歌中的李白,则不食人间烟火。这是一个人的两面,或者说得准确一点,是一个人的两个层次。章、表、书等散文是实用性的,是李白以之作为求得飞黄腾达的手段,具有形而下的性质,

---

① 黑格尔:《小逻辑》,贺麟译,商务印书馆1982年版,第253页。

② 《李太白全集》第三册,卷二十六,第18页,中华书局1957年版。

故李白世俗实用心态袒露无遗。李白之所以是李白,就在于他不满足于这样庸俗,他的诗歌就表现了他有一种潜在的、深层的,藐视摧眉折腰,拒绝奴颜婢膝,上天入地,追求超凡脱俗的自由人格。在诗歌中,生动地表现了李白在卑污潮流中忍受不了委屈,在苦苦挣扎,追求形而上的解脱。诗的想象,为李白提供了超越现实想象的、精神自由的空间,李白清高的一面,天真、风流潇洒,"天子呼来不上船,自称臣是酒中仙""一醉累月轻王侯"的一面。就是得到诗歌形式想象,超越形而下的诱导下激发出来的,他的人格就在诗的创造中得到净化,得到纯化。文体功能对人的心灵丰富性和矛盾性的分化是很深刻的。诗中的李白和现实中的李白的不同,不是李白的人格分裂,而是散文人格在诗化创造中升华。正是因为这样,李白的干谒的散文,实用功利太强,审美价值是不高的。他另外一些散文,如《春日宴桃李园诸从弟序》就不同,一方面有现实的吟诗罚酒的形而下的散文性,另一方面又有"阳春召我以烟景,大块假我以文章"超越现实的、想象的诗性抒情。面对生命苦短(浮生若梦,为欢几何),表现出了李白式的潇洒、豪放,审美层次显然要高于那些卑躬屈膝的文章。

内容是不可能无条件地决定艺术形式的,相反,艺术形式是一种规范形式,却可以规范内容,所谓规范,就是,第一,先于内容,扼杀与之与不相容的内容,第二,强迫内容就范,第三,预期并生成内容,就是按形式规范的逻辑,诱导内容向预留空间生成。这在席勒那里叫做"通过形式消灭素材"①。席勒的这个说法,被很多理论家引用,但,他至少在两点上说得并不完全。第一,素材,也有其内容。第二,一般的,原生的形式是与内容共存的,与内容一样,无穷多样,随生随灭的,双方不存在征服被征服的问题。席勒说的形式,应该是艺术形式。艺术形式是人类超越实用理性进

① 席勒的原话是:"艺术大师的独特艺术秘密就是在于,他要通过形式消灭素材"。见《美育书简》,中国文联出版公司,1984 年,第 114 页。意比较复杂,感性冲动,或者审美情感,造成人性的全面表现的限制。这就是说,情感可能扼杀或抑制其他方面的潜能,例如理性的潜能。要克服这种限制,就需要形式冲动。当形式被自由地驾驭的时候,生命就达到最高度的扩张,我的理解是,形式会让感性和理性得到和谐、协同的发展。

入审美自由历史经验的稳定形式，代表了一定历史时期的审美水准。不像原生形式那样无限多样，而是屈指可数的，例如，在文学中也就只有诗歌、小说、戏剧、散文等等。正是因为这样，它是文学审美历史水平的基准，是文学创作的起点。对于规范形式，这一点，我在1987年版的《文学创作论》和《美的结构》中就有过论述。

一般地说，内容和形式是矛盾的统一体，相互矛盾，又相互依存。但是，文学的规范形式有的时候可以"扼杀内容"，同时又可以让内容得到最自由的表现。形式可以强迫内容就范。同样的内容到了散文里可以这样写，到了诗歌里再这样写就没有诗意了，一定要强制性地改变它，才有诗意。人物的命运和结局，不完全是由作家的感受，也不完全是由生活决定的，它同时是由形式决定的，也就是说，形式是一种规范，有形式的约束、形式的诱导。规范是历史的一种积累，因为从作家的内心体验到艺术创造，太玄妙了，太复杂了，太精致了，难度太大了。一个人，哪怕他是天才，也不能完成一种艺术形式的确立。像中国古典诗歌，近体诗，从沈约搞平平仄仄，到盛唐写出成熟的律诗和绝句，其间经历了四百年左右，是好几代人的积累。形式规范是艺术成就的历史积累，对历史积累，我们不但欣赏其生活内容、作家的内心世界，也要欣赏作家对形式和语言的驾驭，从形式的规范中获得自由，开拓新的可能性。比如说，绝句只有四行，每行只能七个字或五个字，而且每一个字都有平仄的限制，还有韵的限制。在这么严格的限制里，能写得非常自由，非常自然，而且有突破，让你感觉不到限制。这就说明，对艺术的欣赏不仅是对内容的欣赏，也是对作家自由驾驭形式的欣赏。

形式是一种规范，是一种难度，要自由地驾驭，就要克服难度。艺术就是克服难度，克服了难度才有自由。从这个意义上讲，高尔泰说"美是自由的象征"是有道理的。难度是生命创造的，又用生命来克服，从而获得驾驭和突破的自由。

每一种形式都有优越性和局限性，所以我们讲审美、讲美的创造，关键是要按照艺术形式的规律性去思维。艺术的规律像其他规律一样，有它的普遍性和特殊性，但从某种意义上说，特殊性是更重要的。①

不同的艺术形式的不同的预期和不同的生成作用，其有间不容发的区别，是个普遍的规律，散文、诗、小说、戏剧中莫不如此。在《长恨歌》中，唐明皇和杨贵妃的恋爱是绝对的，二者自始至终是心心相印的。“在天愿为比翼鸟，在地愿为连理枝”，就是爱情是不因空间的巨大距离而发生变化，哪怕到撒哈拉大沙漠或者到北冰洋都是不变的。“天长地久有时尽，此恨绵绵无绝期”。那就是说超越时间的永恒，天长地久，说的是时间是有尽的，但感情是无尽的，这显然是由诗歌的强化、极化逻辑向形而上的境界生成的结果。但是如果是戏剧呢，它预期生成的导向就不同，那就是要有戏剧性，也就要让相爱的人不能那么心心相印，而要让他们的情感发生“错位”，或者叫作“心心相错”。在洪升的戏剧《长生殿》里面，杨贵妃和唐明皇爱得昏天黑地，又闹矛盾。杨贵妃一共吃两次醋，被赶回去两次，又被请回来两次，这是为什么？两次情感“错位”这才有戏啊，这些内容，并不全是素材提供的，而是戏剧形式的预期生成的。如果一味用写诗的办法来写戏，一见钟情、心心相印，生死不渝，就没有戏好演了，诗意与戏剧性是冲突的，不懂得这一点，就等于逼迫观众退票。

同样的素材，在诗与散文、小说、历史中会变成不同的形象。

在历史上，杨贵妃和唐明皇两个人恋爱，纲纪废弛，歌舞升平，但安禄山已经在起兵了，一路打过来，唐朝的府兵制，也就是义务兵役制，早就很腐败，故安禄山长驱直入，打到潼关，唐明皇就派哥舒翰去守关，哥舒翰

① 孙绍振.《文学创作论》，春风文艺出版社 1987 年版，第 324～344。又《原生形式和规范形式对内容的不同作同》，见《美的结构》，人民文学出版社 1987 年版，第 66 页。

80岁勉强出征，但是又不得信任，派一个太监鱼朝恩去监军，哥舒翰认为安禄山来势汹汹，锐不可当，坚守潼关，以逸待劳，弄到他锐气消退，粮草消耗殆尽，他就自然溃退了。但是，太监不相信，硬催哥舒翰打，一打就打败了，哥舒翰被俘，潼关一破，长安门户大开，唐明皇匆忙率领部分皇亲国戚开溜了，好多皇孙公子都来不及通知。这么一个复杂的过程，在《资治通鉴》描述李隆基出逃这一天"百官朝者十无一二"，是非常狼狈的：

上移伏北内，既夕，命龙武大将军陈玄礼整比六军，厚赐钱帛。选闲厩马九百余匹，外人皆莫之知。乙未，黎明，上独与贵妃姊妹、皇子、妃、主、皇孙、杨国忠、韦见素、魏方进、陈玄礼及亲近宦官、宫人出延秋门，妃、主、皇孙之外者皆委之而去。[①]

这是历史散文，过程和细节交代得很清楚，才成文章，可要全写到诗里去，诗情就可能被窒息了。白居易的艺术家的气魄就表现在干脆"扼杀"一部分内容，写到《长恨歌》里就两句话："渔阳鼙鼓动地来，惊破霓裳羽衣曲。"那边一起敲鼓，几百里外，这边就地震，然后杨贵妃的舞就停了，朝廷就赶紧溜。鼓声、动地、惊破，霓裳羽衣曲（奢靡）就这么四个意象。这个过程就过去了，这个叫什么啊，叫形式扼杀内容，形式强迫内容就范，形式征服内容，不这样写，起码要二十行，就没法抒情了，只有这样，抒情的诗意，爱情的绝对性，超越生死，才有生成的空间。

诗歌不但与散文不同，与小说也不同。杨贵妃之死，陈鸿在小说《长恨歌传》中有写实的描述：

天宝末，兄国忠盗丞相位，愚弄国柄。及安禄山引兵向阙，以讨氏为辞。潼关不守，翠华南幸。出咸阳道，次马嵬亭，六军徘徊持戟不进。从官郎吏伏上马前，请诛错以谢天下。国忠奉厘缨盘水死于

① 司马光：《资治通鉴》卷四，第216页，《唐纪》三二。甘肃民族出版社，第3605页。

道周。左右之意未慊,上问之,当时敢言者请以贵妃塞天下之怒。上知不免,而不忍见其死,反袂掩面使牵而去之。仓皇展转竟就绝于尺组之下。

而在白居易的笔下只剩下两句:

六军不发无奈何,宛转蛾眉马前死。

对过程和情节的想象性跨越是诗的基本的法门,《长恨歌》开头就是一首美女幸运的颂歌。虽然多多少少有对君王重色的批评,在陈鸿的小说《长恨歌传》篇中对玄宗晚年的纵情声色、政治腐败有所暴露,就是杨贵妃是玄宗从其子寿王府邸取来亦直书不讳。这在诗歌中则以"杨家有女初长成,养在闺中人未识"加以掩盖的。在陈鸿笔下"尤物"注定"乱阶"的逻辑正是现实正统政治观念的表现,但是,《长恨歌》中,这种政治逻辑被颠覆了。

在此基础上,诗歌的形式以诗化的逻辑,为这个历史故事,创造出抒情的内容来。

白居易给美女的定性是"天生丽质",美是天生的,而且她和乱政的苏妲己和褒姒也不一样,她没有残害忠良,她的受宠,她的升腾,她的幸运,她的走向死亡,就是因为她天生丽质而得到宠幸。她是被"选"的,是身不由己的。在白居易的意脉逻辑中:美女的情感价值最重要,政治身份可以略而不计。美女就是美女,美女因为太美而成为牺牲,这是很不公平的,这是美女的大"恨"。把美女叫做"尤物",意思是不但是美丽的,而且是稀罕的,在美女稀罕这一点上,白居易和陈鸿是一样的。但是,在白居易看来,正因为稀罕,才更应该赞颂。但是,陈鸿的小说里,正是因为稀罕,才是具有政治的危险性的,因而遭到杀戮是理所当然的,而在白居易心目中,罕见的美女,如同《琵琶行》中演奏技艺高超的女艺人一样值得赞美。这个罕见的美女，虽然造成君王沉迷，导致裙带性质的政治腐败，甚至与王朝的危局有脱不了的干系，与严重的政治危机有关联，但美女的罕见的美，还是值得珍惜，值得用最美好的语言来歌颂。而美女身不由已卷入政局而死亡，美的毁灭，就是莫大的憾“恨”，这不但是美女的憾“恨”，而且对于人生来说，也是无限的遗“恨”。

贵妃死后开始了新的阶段，赞美的对象从美女的美转向帝王感情的美。这时美女肉体上已经死亡。“重色”的君王，已经无色可重。权力对于死亡无可奈何。然而，帝王的憾“恨”，却超越了死亡。这就显示出恨不是短“恨”，遗“恨”持续不断意味着：第一，这是一种“长恨”，并不因远离死亡现场，距离死亡的时间渐行渐远而淡化。第二，造成朝朝暮暮“长恨”的原因是“情”，这就超越了“芙蓉帐暖度春宵”，表明在性质上有了改变，不再是色欲，“重色”变成了重“情”。“长恨”不仅仅是在时间上的朝朝暮暮，而且是刻骨铭心的状态，这是一种无可奈何的、无限缠绵的、不可磨灭的情感，最关键的这还是一种不可挽回的遗恨。第三，这种遗恨是无限的，无所不在，它冲击着渐行渐远环境景物，令一切生命感觉发生“变异”。阳光变得淡白，旗帜失去颜色，皎洁的月光令人伤心，雨中的铃声则更是令人肠断。这里的“变异”，不仅仅是“形变”，而且是“质变”。变异的幅度之大，反差之巨，正是感情作深度冲击的结果，这比之“温泉水滑洗凝脂”更高雅，上升到超越肌肤、超越功利的审美层次，在性质上具备了爱情的特征。对于意脉来说则是进入了一个新的高度。这已经不是初始的宠幸，爱情不但在于超越了色欲，而且超越了不可排解，进入了不可更换、不可代替的境界。在重返长安以后，李隆基并没有把色欲转移到另外的美女身上去。帝王施恩的任意性权力，并不能排解李隆基的“长恨”。这就不仅仅是感情的深挚，而且是爱情的忠贞。

这样绝对的爱情在人间是不可能的，是白居易按诗的逻辑创造出来的。陈鸿在小说《长恨歌传》的描写是写实的：“昔天宝十年侍辇避暑骊山宫，秋七月，牵牛织女相见之夕……时夜始半，休侍卫于东西厢，独侍上，上凭肩而立，因仰天感牛女事。密相誓，心愿世世为夫妇。言毕执手各呜咽。”这不过是主观愿望而已，在小说家鲁迅看来，用赌咒发誓来表白爱情，就说明爱情已经灭亡了。白居易把现世的记忆诗化为“虚无缥缈”的“海上仙山”，为绝对爱情找到绝对自由的环境。在这“虚无缥缈”的环境中，绝对爱情就是绝对理想化：第一，对象是绝对唯一、不可替代的；第二，感情是绝对不变的，生者是不变的，死者也是不变的；第三，死者因为感情不变而变成了“绰约仙子”，“雪肤花貌”“仙袂飘举”。但是，即使成仙，并不因而欢乐，相反，仍然陷于“长恨”之中：憾恨不是一般的美化而是仙化。这里的美，不仅仅是丽质而欢乐的美，而且是坚贞而悲凉的美。

白居易并不满足于这种形而上学的绝对永恒，他坚定地把它变为现实的抒情、永恒的爱情，在现实中，只能是永恒的憾“恨”，永恒的悲痛，绝对的“长恨”。“天长地久有时尽，此恨绵绵无绝期。”“长恨”绵绵无尽，从意脉来说，正是白居易自己说过的“卒章显志”，成为意脉的脉尾，全诗的构思达到了有机的统一。

对一种艺术形式的驾驭，已经是非常困难了，何况各种不同的艺术形式。所以，古今中外，一个作家往往只能精通一两门艺术形式，很难有全能作家，即使是大艺术家对艺术形式的驾驭也是有限的。写小说的不会写诗，写诗的不会写散文，写散文的不会写剧本，写剧本的不一定会写电影剧本，不一定会写京戏剧本。就连曹雪芹那样的天才，以纯艺术的眼光观之《红楼梦》，各种艺术形式的水准是差异很大的，可以说，诗不如词，词不如曲，曲不如小说。就是鲁迅，作为小说家和杂文家，也是有矛盾的。这一点，他自己也有所体悟，当他的学生孙伏园，问他在《呐喊》中，最喜欢哪一篇时，他没有说《狂人日记》《阿 Q 正传》，而是说最喜欢《孔乙己》，说是有“大家风度”“从容不迫”。而《狂人日记》则是太“局促”了，“在艺术上是不应该的”[①]。这是因为在《阿 Q 正传》中，杂文的成分往往干扰了小说的规范。在鲁迅心灵中有小说艺术和杂文艺术两根弦，有的

① 孙伏园：《关于鲁迅先生》，《晨报・副刊》，1924 年 1 月 12 日。

时候构成和弦,有时就互相打架。

对于《阿 Q 正传》,我跟所有推崇《阿 Q 正传》的人没有分歧。但是《阿 Q 正传》里面有没有"太逼促"的东西?例如,漫画的、杂文的成分,这是可以讨论的。有些人认为伟大的经典就是没有缺点的。其实,这个世界上所有伟大的作品都是有缺点的。

阿 Q 处在社会的下层,也就是精神等级的下层,这是严峻的现实。如果安于现实,就没有阿 Q 了。阿 Q 不安于现实,但是,要改变现实,哪怕是鸡毛蒜皮的,他只能头破血流。于是就另寻门路,争取精神上的优越。精神优越在现实中也不能实现,就在幻想中,也就是在"变异的感知"中,达到"假定的优越"。在"假定"中从弱势变成强势,把失败从感知中排除,在受辱中享受荣誉,在排斥异端中自慰,在欺凌弱者中自我陶醉。在惨败中营造精神胜利,当然是虚幻的胜利,一般论者认为,这是鲁迅的伟大发明。这没有错,但并不完全,鲁迅的第二个发明是,这样的精神现象,恰恰是卑微人物的强烈自尊的扭曲,阿 Q 和鲁迅笔下的一切小人物(如孔乙己)一样,有着最后的卑微的自尊。他以"精神胜利法",以虚幻的自尊来摆脱屈辱,麻痹自己。违反常识的"变异感知"、歪曲现实,成为他精神存活的条件。鲁迅的第三个发明是,把这种病态的自尊在现实中遭受悲惨的失败用喜剧的形式加以淋漓尽致的表现。鲁迅用喜剧逻辑,夸张其荒谬性,不和谐,不统一。在喜剧性的悲剧中,寄寓着深邃的思想批判。就是在这种特殊艺术风格的追求中,鲁迅杂文家的才能不由自主地入侵到了小说当中。有时,两种文体,得到了和谐的统一,有时,则并未达到水乳交融的和谐。因为杂文是可以直接讲出深邃的思想的,而且可以相当夸张,以导致荒谬的逻辑,讲得痛快淋漓。但是,小说,特别是鲁迅的现实性很强的小说,则是从人物的多元感知错位中展开,结论是不能直接表述的。稍稍超越人物的感知系统,就变成了作者的思想表达,两种文体就可能分裂了,不统一、不和谐了。比如,在阿 Q 一次获得精神胜利以后,鲁迅这样写道:"阿 Q 永远是得意的。这或许是中国精神文明冠于全球的一个证据了。”这是清朝末期，普遍存在于官僚、文人中的精神的自我麻醉。这样的反讽的概括，不是阿 Q 的感知范围所能及的，而是鲁迅的杂文句式。有时候就产生了争议：在杂文中是深刻而警策，在艺术上却冲击了感知错位的和谐。《狂人日记》发表的时候，对于其中所说，整个中国历史上写的都是“吃人”，“吃人”，不像现在只有一种意见，毫无保留地叫好，五四时期，就有两种意见：一种意见，在《狂人日记》发表八个月之后，傅斯年说，“唐俟君的《狂人日记》用写实笔法，达寄托的（symbolism）旨趣，诚然是中国第一篇好小说”①。另一种意见认为他行文“过火”，就是说直接发表言论。第一个提出他行文过火的人是谁呢？不是评论家，而是诗人朱湘。②

小说、戏剧和诗形式规范的差异非常微妙，就是托尔斯泰这样的大艺术家，也免不了犯一些错误，他写的剧本根本是不能演出的。即使这样，他还非常凶狠地批评过莎士比亚：

> 莎士比亚缺乏主要的（如果不是唯一的）塑造性格的手段——语言，亦即让每个人都用合乎他性格的语言来说话。这是莎士比亚所没有的。莎士比亚笔下所有的人物，说的不是他自己的语言，而常常是千篇一律的莎士比亚式的刻意求工、矫揉造作的语言，这些语言，不仅塑造出的剧中人物，（而且）任何活人，在任何时间和任何地点都不会用来说话的。③

托尔斯泰忽略了不同的艺术形式之间的重大差异。莎士比亚的戏是一种诗剧，虽然不押韵，但是五步抑扬格，与诗的节奏一样，一个轻一个重，英文叫 blank verse，翻译成中文就是无韵素体诗。不押韵，但有诗的

---

① 1919 年 2 月 1 日《新青年》：《书报介绍》。

② 参阅孙绍振《复眼看鲁迅：杂文家和小说家》，《演讲经典之美》，福建教育出版社，第 76～122 页。

③ 《莎士比亚评论汇编》（上），北京，中国社会科学出版社 1979 年版，第 504 页。

节奏。巴尔扎克批评过雨果，说雨果笔下的人物很不真实，这边的人在讲话，我们观众都听到了，那边隔壁的人站在舞台上却听不到。这是不懂得戏剧的假定性，像我国戏曲一样，自报家门。他的批评有没有道理呢？好像有道理，因为他追求的是叙事文学的现实性，他是写小说的，他写小说时必须尽可能地接近日常口语。所以，托尔斯泰就把他的小说的起码规范强加给了诗剧。他非常反感莎士比亚写的情人见面、烈士遭难，都作长篇大论。李尔王在草原上，对着无人的旷野大喊大叫，用诗的语言发表大段的独白。现实生活中，这是发神经。罗密欧见了朱丽叶，第一次见面就对着人家的阳台说"我的太阳"，然后就朗诵一段诗。这在现实中不但是不可能的，而且是很危险的。但是，文学是一种假定，不能用生活中是不是这样来衡量。这是诗剧，是歌剧，斯坦尼斯拉夫要求演员忘掉自我，进入角色的潜意识，这显然有片面性的，而布莱希特则相反，讲究"间离效果"（德语 verfremdungseffekt，英语有译成 alienation effect 的，那就和俄国形式主义者所说的陌生化差不多了）。诗剧和歌剧跟小说的假定性是不太一样的。这种不一样对艺术家是特别重要的。鲁迅写小说很棒，但他写白话新诗就往往带着过多的杂文，因而带上打油的味道。茅盾也是这样，他的剧本《清明时节》就全是演说。必须提高对特殊的艺术形式的审美感觉，不能把它们搅混了。搅混了，就会付出代价。精致的修养和微妙的形式的敏感是分不开的。杨朔的散文曾在 20 世纪 60 年代风行一时。他有历史的贡献，在解放区，20 世纪 40 年代至 50 年代的散文都变成报告文学了，已经不完全属于艺术，而是实用的文体。到了杨朔，就是从 1958 年，特别 1959 年以后，他提出散文应该是艺术，散文是诗，应该把每一篇散文都当作诗来写。① 这些主张是写在他那轰动一时的散文集《东风第一枝》的后记中的。应该说，这是杨朔的一个贡献，他恢复了散文的艺术生命。但诗与散文是两种不同的形式，有两种不同的规范。黄庭坚

---

① 原文是"我在写每篇散文时，总是拿着当诗一样写"，《东风第一枝小跋》，见《杨朔散文选》，人民出版社 1978 年版，第 220 页。

(1045—1105)早就强调过,诗文不混淆,连杜甫、韩愈,都留了教训:"杜(杜甫)之诗法,韩(韩愈)之文法也。诗文各有体,韩以文为诗,杜以诗为文,故不工尔。"①

诗和散文好像两种血型或两种性别,你不能混淆。杨朔在这方面的修养不足,他太马大哈了,刚刚把散文从报告文学中解放出来,又把散文投入了诗的牢笼,把诗歌、散文混淆了。他不懂得,特殊的艺术形式的优越性到了另一种艺术形式中,就变成局限性了。比如说,芭蕾舞只能用脚尖跳,这是它的一个看点,但你能用跳芭蕾舞的方法去演京剧吗?

用理论的语言说,审美的思维就是在艺术形式的优越性和局限性的双重制约下思维。形式不同,各有其自由和局限,主要原因是工具不同,性能不同。这里声明一下,暂时把语言作为一种"工具",这是传统的说法。现在更多的学者认为,语言不仅是工具,还是文化、意识形态、人文价值观的载体。这个问题我们暂不讨论,因为就是人文学派,也不完全否定语言在一定层次上具有工具性。我只暂时把语言当成一种工具。因为这样比较简明,可以用来区别绘画、音乐和舞蹈等。

工具不同,发挥它的优越性,超越它的局限性,作家的想象力、观察力、表达力都要作出调整。作家的艺术水平如何,就看他是否善于把握艺术形式的共同规律,也看他对间不容发的微妙的特殊规律有没有高度的敏感。这既体现了一个艺术家的水平,也体现了一个读者或一个文学教师的水平。这是个关键问题,不可含糊。在文学解读中,有一个权威的说法,那就是苏东坡在《书摩诘〈蓝田烟雨图〉》所说:"味摩诘之诗,诗中有画。观摩诘之画,画中有诗。诗曰:'蓝溪白石出,玉川红叶稀。山路元无雨,空翠湿人衣。'"②由于苏轼的权威,诗与画统一论,似乎成了定论。

明朝人张岱(1597—1679)直接对苏东坡的这个议论提出异议:"若以有诗句之画作画,画不能佳;以有画意之诗为诗,诗必不妙。如李青莲

① 转引自宋陈师道《后山诗话》,见《历代诗话》(上),何文焕辑,中华书局2006年版,第303页。

② 《苏轼全集》,上海古籍出版社2000年版,下册,文集卷七十,第2189页。

《静夜思》'举头望明月，低头思故乡'，有何可画？王摩诘《山路》诗'蓝田白石出，玉川红叶稀'，尚可入画；'山路原无雨，空翠湿人衣'，则如何入画？"[①]张岱的观点接触到了艺术形式之间的矛盾，但却没能充分引起后人乃至今人的注意。

但是，在艺术创作实践上，苏东坡却突破了他的理论。

苏东坡《惠崇春江晓景》："竹外桃花三两枝，春江水暖鸭先知，蒌蒿满地芦芽短，正是河豚欲上时。"历代诗话家均以"春江水暖鸭先知"为最佳，获得后世普遍称道，为什么？

从苏诗题目可知，这本是一首为惠崇《春江晓景》图而作的题画诗。所以，画面上，鸭浮水上，一望而知，但"水暖"二字，其实是画不出、看不见的。最清晰可见的，仅仅是三两枝不太浓密的竹外桃花，透出点儿早春的讯息。但花发花开的原因在春暖，可"暖"属触觉，不可凭视觉而见。即使画面上有鸭浮于春江，亦无暖之提示。而诗却有与画不同的规律，以全方位感知超越画艺，从视觉引申出触觉，凭着那静止的鸭子，率领读者想象出既不存在于画上的江水之鸭脚，也不可能画出来的感受之暖。相当雄辩地把画的视觉美，转化为诗之全方位感官（包含触觉）之美。画中本来是没有这样的诗意的，画中的诗意焦点（鸭脚），是诗人想象出来的。诗对于画来说，好就好在无中生有，而画对于诗来说，有中隐无，并非空穴来风。这就应验了张岱所言：如就惠崇之画为诗，则无如此好诗；如就东坡此诗令惠崇为画，则不能画。

不同艺术形式间不同规范在西方也同样受到漠视，以致在张岱一百多年之后，德国的莱辛（1729—1781）认为有必要写一本专门的理论著作《拉奥孔》来阐明诗与画的界限。莱辛发现同样以拉奥孔父子为毒蟒缠死为题材，古希腊雕像与古罗马维吉尔的史诗所表现的有很大不同。在维吉尔的史诗中，拉奥孔发出"可怕的哀号""像一头公牛受了伤"，"放声狂叫"，而在雕像中身体的痛苦冲淡了，"哀号化为轻微的叹息"，这是"因

① 张岱：《琅嬛文集·与包严介》，岳麓书社1985年版，第152页。

为哀号会使面孔扭曲,令人恶心”,而且远看如一个黑洞。“激烈的形体扭曲与高度的美是不相容的”,而在史诗中,“维吉尔写拉奥孔放声号哭,读者谁会想到号哭会张开大口,而张开大口就会显得丑呢”?“写拉奥孔放声号哭那行诗只要听起来好听就够了,看起来是否好看,就不用管”。[①]应该说,莱辛比张岱更进了一步,即使肉眼可以感知的形体(而不是画中不能表现的视觉以外的东西)在诗中和在画中也有不同的艺术标准。不同艺术形式的优越性是如此的不同,是值得奉献生命来钻研的。

关键还在于,画中之画,是静止的,而诗中之画的优越性在于:第一,超越视觉的刹那,成为一种“动画”,有了动感,才便于抒情。感情的本性,就是和“动”分不开的,故曰感动,曰触动,曰动心,曰动情,曰情动于衷,反之则曰无动于衷。连英语的感动都是从“动”(move)引申出 to stir the emotions 的意味,从心理学来说,感情就是一种激动,激而不动,就是没有感情。以李白的月亮意象为例,“举杯邀明月,对影成三人”(《月下独酌》),“暮从碧山下,山月随人归”(《下终南山过斛斯山人宿置酒》),意象的持续性克服了画面刹那瞬间才显出情的动态。第二,诗中的画,不但是“动画”,而且往往是“声画”,其妙处全在声音“月出惊山鸟,时鸣春涧中”(王维《鸟鸣涧》)。这是岑寂和鸣叫反衬的效果,听觉激起的微妙心动,视觉是无能为力的。第三,最主要的是诗中的画,不管是动画还是声画,最根本的还是“情画”,情不能在动画之上直接表现,必然是隐蔽在画面之外。即使出现了静态的画面,也不仅仅是视觉在起作用,而是心在被感“动”。

① 朱光潜译:《拉奥孔》,人民文学出版社 1979 年版,第 16 页、第 22 页。

诗与散文的区别：形而上和形而下

归纳法的难点在经验的有限性、狭隘性。因而要求最大限度地掌握经验材料。可是生也有涯，经验也无涯，以有涯求无涯，是生命本身的悲剧。但，如果不是一味追求理论的全面性，从片面的经验开始，像胡适所主张的那样，在有限的经验中，进行“大胆的假设”，又像波普尔所提倡的那样，不断地“试错”，反复排除经验狭隘性的局限，进行“小心地求证”，可能比之演绎法，从普遍的概念到特殊的概念，成功的概率要高得多。归纳法还有一种特殊的形态，那就是个案分析，也就是所谓从一粒沙子中看世界，从一滴水中看大海。不一定要把全世界所有的水，都收集到自己的实验室里。在我看来，把归纳和比较结合起来，是更为有效的办法，就是把既是诗人又是散文家的作品拿来加以比较，因为，这里有现成的可比性。

现成的理论不完善，就只有从现象中直接进行归纳。

就以李白而言，在诗歌中李白是反抗权贵的，不能忍受向权贵摧眉折腰的；而在散文中，尤其是那些“自荐表”中，李白向权贵发出祈求哀怜是一点也不害臊的。在《与韩荆州书》中，以夸耀的口吻说自己从十五岁起就“遍干诸侯”。阅读李白的全部作品，会发现有两个李白：一个在诗里，是颇为纯洁而且清高的；一个是在散文里，是非常世俗的。在舒婷的散文和诗歌中也可以见到同样的分化。在诗歌中，她是形而上的，好像在精神的象牙塔里，为人与人之间的难以沟通而感到哀伤、失落，为美好的爱情友情而欢欣。诗人好像是不食人间烟火的。而在散文中，她又作为妻子、母亲、为婆婆妈妈的家务事而操劳，发出“做女人真难，但又乐在其中”的感叹。在余光中的散文和诗中，他的乡愁，也是不尽相同的。在诗中，是超越了现实的,虚拟的,展示了单纯的精神境界,只需几个意象(邮票、船票、坟墓、海峡)就足以凝聚起大半生的生命乡愁体验。在这种象征的、空灵、纯粹情感的境界的升华,抒情主人公的经历,不是他一个人的,而是许多类似的居住在台湾的人的概括。而在散文《听听那冷雨》中,恰恰相反,乡愁就贴近了他的具体的特殊的唯一的经历,他从金门街到厦门街,长巷短巷,基隆的港湾的雨湿的天线,台北的日式的瓦顶,在多山的科罗拉多对大陆的想望,甚至他还有一点“亡宋的哀痛”的政治失落感,还有他青春时代和爱人共穿的雨衣的浪漫。散文中的余光中是一个现实中的余光中。理解了这一点就不难理解诗人柳宗元和散文家的柳宗元的重大分化了。他在《小石潭记》中把他所发现的那个自然境界描写得那么空灵,那么美好。虽然是“寂寥无人,凄神寒骨,悄怆幽邃”的,远离尘世、超凡脱俗的,但是“其境过清”,太冷清,太寒冷了,欣赏则可,却不适“久居”。只能弃之而去。尽管如此,还是要记录在案,把同游之人的名字都罗列了一番。而在诗歌里则充满了不食人间烟火的境界。如《江雪》:

千山鸟飞绝,万径人踪灭。孤舟蓑笠翁,独钓寒江雪。

开头两句,强调的是生命的“绝”和“灭”,与这相对比的是一个孤独的渔翁,在寒冷、冰封的江上,是“钓雪”,而不是钓鱼,也就是不计任何功利,是一点不怕冷,也不怕孤独的,相反,孤独本身就是一种享受。这和散文中“寂寥无人,凄神寒骨,悄怆幽邃”,“其境过清,不可久居”的境界大不相同的。散文中的柳宗元,还是不能忘情现实环境、居住条件,小而至于为了买一块便宜的土地,大而至于国计民生,乃至于朝廷政治都能引起他的忧愁和欢乐;而诗歌则可以尽情发挥超现实的形而上的空寂的理想,以无目的、无心的境界,就是超越一切功利,体悟大自然和人达到高度的和谐和统一。这是诗的意境,而这在散文中,作者是可以欣赏,却接受不了的。

两种文学形式，微妙而重大的区别，从文本中归纳出来，不难看出，散文从根本上来说，是形而下的，而诗则是概括的、形而上的。这从西方东方任何宏观的理论中都是不可能演绎出来的。

文学理论只能揭示多种文学形式普遍性，而散文研究的任务却是：散文作为一种形式的特殊性，实际上，在阅读过程中，普遍理念的召唤结构，随时随地都在吸纳、澄明、同化着特殊审美体验。但这种吸纳、澄明和同化，是充满矛盾的。理论的空疏和审美体验的饱和性，是时时刻刻在冲突着的。对于理论所难以吸纳、澄明，同化的，必然招致窒息，扭曲、扼杀。故理想的理论不应该是封闭的，而应该是开放的，概念和范畴，不应该是僵化的，而应该是在内涵上可以作弹性阐释的，可以衍生出从属的系列范畴来的。光是理论的开放还不够，还需要读者审美主体的自觉。

由于对形式规范的漠视，我们文学解读的水平，在诗与散文的区别方面常常表现出最可悲的现象。通过李白在诗中和散文中的不同表现，李隆基和杨玉环情爱题材的不同形式中的对比不难看出，诗与散文的最大区别，诗中的心灵、诗中的情感是带着很强的形而上的特点，从形象来看，诗是概括的，类的，不是个别的，意象往往是没有时间地点条件的具体性的。这一点，本来应该是常识，但是，连全民十分敏感的高校入学的语文考试都闹了大笑话。2000 年的全国统一考卷中有一题是郑敏女士的诗，这是一首现代派的诗。其意味比之古典诗歌更具形而上的性质，即使是专业的诗歌评论者也不敢对之作什么标准答案的。但是命题者的气魄却是专业评论家所望尘莫及的。郑敏女士诗的题目叫作《金黄的稻束》：原文如下：

金黄的稻束站在/割过的田里/我想起无数个疲倦的母亲/黄昏路上我看见那皱了的美丽的脸/收获日的满月在/高耸的树巅上/暮色里，远山/围着我们的心边/没有一个雕像能比这更静默/肩荷着那伟大的疲倦，你们/在这伸向远远的一片/秋天的田里低首沉思/静默。静默。历史也不过是/脚下一条流去的小河/而你们，站在那儿/将成为人类的一个思想。

题目要求考生选择对这首诗解释不恰当的一项。标准答案是："金黄的稻束站在/割过的秋天的田里"一句涉及时间，从全诗来看，除了"秋天"外还隐指"暮色"降临以前。出题者的意图显然是，让学生明白，这首诗的时间应该是在暮色降临之时，或者以后。因为，诗中已经明确指出是在"暮色里"，而且还点明"收获日的满月"。但是，诗中同时又明明说是在"黄昏路上"，"黄昏"是在暮色降临以前，还是以后呢？这就很难说了。再说，这首诗写的并不是一个静止的场景，而是一个形而上的概括场景，暮色、黄昏只是一个背景，从这出发，延伸到"历史"（"不过是脚下一条流去的小河"），和"人类"（"站在那里将成为人类的一个思想"）。显然，这是超越了时间和场景（空间）的具体性的。关键是暮色和暮年的母亲在色彩和情调的关联，确定具体的时间根本没有意义。抒情诗与散文的不同之处，就是它的意象是高度概括的，超越具体时间的确定性，有利于它的深邃概括。故从亚里士多德拿诗与历史比较，历史讲的是个别的事，而诗则讲的是普遍的事。从这个意义上，诗是更接近于哲学的。后来华兹华斯也赞成此说。诗除了特殊的例外，在时间、地点上过分的确定，不利于它的想象，具体的时间、地点、条件，可能使得它为散文同化。不论是艾青的《乞丐》《手推车》、闻一多的《死水》、徐志摩的《再别康桥》，还是臧克家的《老马》、郭沫若的《骆驼》，不论是戴望舒的《雨巷》、舒婷的《致橡树》，还是雪莱的《云雀颂》、普希金笔下的大海，不论是李白的月亮，还是苏东坡笔下的长江，大凡诗人笔下之物、之人，常有超越具体时间、空间的倾向。贺知章的《咏柳》："碧玉妆成一树高，万千垂下绿丝绦。不知细叶谁裁出，二月春风似剪刀。"并没有点明柳树是农村的还是城市的，也没有暗示是早晨还是黄昏的，正因为它时间、地点的不确定性，才有早春气象的普遍性和想象的自由。如果点明是某一地点，某一时间，某特殊的柳树，那就得交代，不管是何处的、何时的柳树，太具体写实了，就与其细叶都是由春风裁剪而成的想象无法和谐了。对艺术家来说，时间、地点、人物具体性的递增，导致想象的自由的递减，抒情性也相应递减，抒情性的递减必然导致叙事性的递增。

葡萄美酒夜光杯，欲饮琵琶马上催，醉卧沙场君莫笑，古来征战几人回。

不但现场的时间的因素是淡化的，而且未来的时间都是虚拟的。难道经过行军的漫长过程，到了前线还不醒？如果真是这样，还有可能上战场吗？诗人与散文家之不同，就在于把这一切留在空白里。把什么都写得一清二楚，就可能成为散文了。最明显的是艾青的《乞丐》：

在北方，
乞丐徘徊在黄河的两岸，
徘徊在铁道的两旁。

不但时间、地点是不确定的，连性别、年龄都是没有的。诗中的乞丐是整个黄河两岸的乞丐的概括性的意象，而不是某一个乞丐的具体描写，这就是艾青在《诗论》中所说的“灵魂的雕塑”的艺术效果，如果把年龄、性别、时间、地点、人数一一详加描述，就必然失去诗的概括性。而散文则更多是形而下的，接近于实用功利价值的。柳宗元在《小石潭记》描绘了一个远离尘世、超凡脱俗的清净美好的世界，因为是散文，作者坦然说，虽然如此，但“寂寥无人，凄神寒骨，悄怆幽邃”，“其境过清，不可久居”，虽然很好，欣赏（审美）则可，并不适合自己“久居”（实用）。在散文中，表现的是柳宗元性格的一个侧面，比较执着于现实，而在诗歌里表现出来的，则是另外一面，那里充满了不食人间烟火的境界。如他的《渔翁》一诗可谓达到物我两忘的境界：

渔翁夜傍西岩宿，晓汲清湘燃楚竹。
烟销日出不见人，欸乃一声山水绿。
回看天际下中流，岩上无心云相逐。

苏东坡说最后两句可删，这自然有一定道理，但其中的"无心"，却是诗的境界不同于散文境界的关键。在这里，"无心"的云，就是"无心"的人，超越一切功利，大自然和人达到水乳交融的统一。若在散文中，这个渔翁是要用心去捕鱼的，他看出来就不可是"无心"的。

规范形式和亚规范形式

对于文学文本的彻底解读，不能满足于隐性意脉的梳理，甚至不能停止于追求形式规范，而且还要深入到亚形式的分析。例如，同样是古典诗歌，有效的解读就要分析出绝句和律诗的不同来。

历代诗话品评唐诗的艺术最高成就时，向来是李白杜甫并称，举世公认，但是，在具体艺术形式方面，二者的评价却有悬殊。历代评家倾向于在绝句上，尤其是七言绝句，成就最高者为李白，高棅在《唐诗品汇》中说："盛唐绝句，太白高于诸人，王少伯次之。"[①]胡应麟在《诗薮》中也说："七言绝以太白、江宁为主，参以王维之俊雅，岑参之浓丽，高适之浑雄，韩翃之高华，李益之神秀，益以弘、正之骨力，嘉、隆之气运，集长舍短，足为大家。"[②]连韩翃、李益都数到了，却没有提到杜甫。沈德潜在《唐诗别裁》

① 高棅：《唐诗品汇·七言绝句叙目·第二卷》，上海古籍出版社 1981 年据明汪宗尼校订本影印版，第 427 页。

② 胡应麟：《诗薮》内编卷六（近体·绝句），上海古籍出版社 1979 年 11 月新 1 版，第 115 页。

中则具体说到篇目："必求压卷，王维之'渭城'，李白之'白帝'，王昌龄之'奉帚平明'，王之涣之'黄河远上'，其庶几乎！终唐之世，绝句无出四章之右者矣。"[①]不但如此，《诗薮》还拿杜甫来对比："自少陵以绝句对结，诗家率以半律讥之。"[②]许学夷《诗源辩体》引用王元美的话说："子美七言绝变体，间为之可耳，不足多法也。"[③]究竟是哪些篇目能够获得"压卷"的荣誉，诸家看法不免有所出入，但是，杜甫的绝句从来不被列入"压卷"则似乎不约而同的。这就说明有一个不言而喻的共识在起作用。除个别偶然提及的篇目，普遍被提到的大致如下：王昌龄《出塞二首》（其一）：

秦时明月汉时关，万里长征人未还。但使龙城飞将在，不教胡马度阴山。

王之涣《凉州词》

黄河远上白云间，一片孤城万仞山。羌笛何须怨杨柳，春风不度玉门关。

李白《下江陵》

朝辞白帝彩云间，千里江陵一日还。两岸猿声啼不住，轻舟已过万重山。

王翰《凉州词二首》其一：

葡萄美酒夜光杯，欲饮琵琶马上催。醉卧沙场君莫笑，古来征战

① 沈德潜：《唐诗别裁集》卷十九，中华书局 1975 年 10 月版，第 262 页。
② 胡应麟：《诗薮》内编卷六（近体·绝句），上海古籍出版社 1979 年 11 月新 1 版，第 115 页。
③ 许学夷：《诗源辩体》卷十九，人民文学出版社 1987 年 10 月版，第 220 页。

几人回？

王维《送元二使安西》：

渭城朝雨浥轻尘，客舍青青柳色新。劝君更尽一杯酒，西出阳关无故人。

李益《夜上受降城闻笛》

回乐峰前沙似雪，受降城上月如霜。不知何处吹芦管，一夜征人尽望乡。

诗话并没有具体分析各首艺术上的优越性何在。最方便的是用直接归纳法，从形式的外部结构开始，和杜甫遭到非议的绝句代表作“两个黄鹂鸣翠柳，一行白露上青天。窗含西岭千秋雪，门泊东吴万里船”加以对比。不难看出，二者句子结构和语气，有重大区别，杜甫的绝句四句都是肯定的陈述句，都是视觉图景。而被列入压卷之作的则相反，四句之中到了第三句和第四句在语气上发生了变化，大都是从陈述变成了否定、感叹或者疑问，“但使龙城飞将在，不教胡马度阴山。”“羌笛何须怨杨柳，春风不度玉门关。”“醉卧沙场君莫笑，古来征战几人回？”“劝君更尽一杯酒，西出阳关无故人。”“不知何处吹芦管，一夜征人尽望乡。”不但是句法和语气变了，而且从写客体之景转化为感兴，也就是抒主观之情。杜甫的，虽然有句法、语气、情绪的变化，甚至是跳跃，但是，心灵显得不够活跃，从意象来看，也流于平面。绝句在第三句要有变化，是一种规律，元朝杨载的《诗家法数》中指出：

绝句之法要婉曲回环，删芜就简，句绝而意不绝，多以第三句为主，而第四句发之，有实接有虚接，承接之间，开与合相关，正与反相依，顺与逆相应，一呼一应，宫商自谐。大抵起承二句固难，然不过平直叙起为佳，从容承之为是，至如婉转变化工夫全在第三句，若于此转变得好，则第四句如顺流之舟矣。①

杨载强调的第三句相对于前面两句，是一种“转变”的关系，这种“转变”，不是断裂，而是“婉转”的“变化”的承接，不是直接连续，其中有虚与实，虚就是不直接连续。如《出塞》前面两句是“秦时明月汉时关，万里长征人未还”，都是实接，也就是在逻辑上没有空白。到了第三句，但使龙城飞将在，就不是实接，而是虚接，不是接着写边塞，而发起议论来，但是，仍然有潜在的连续性的：明月引发思乡，回不了家，有了李广就不一样了。景不接，但情绪接上了，这就是虚接。与之类似的，“黄河远上白云间，一片孤城万仞山。羌笛何须怨杨柳，春风不度玉门关”。从孤城万仞，到羌笛杨柳之曲，当中省略了许多，不完全连续，事实上是景观的跳跃，这是放得“开”。但在景观的跳跃中，有情绪的虚接，想象的拓开，不从实处接近景，而从想象远处接情。在杨载，这叫作“合”，“开与合相关”，听到杨柳之曲，想到在玉门关外，而春风不如家乡之催柳发青。此景象之大开，情绪又大合也。“葡萄美酒夜光杯，欲饮琵琶马上催。醉卧沙场君莫笑，古来征战几人回?”前两句是陈述，第三句是否定，第四句是感叹。语气的变化，所表现的是情绪的突转。本来是饮酒为乐，不顾军乐频催。不接之以乐，而接之以醉死之豪，则为杨载所谓“反接”。而反接之妙并不为悲，而为更乐之由，此为“反”中有“正”之妙接也。

① 何文焕编：《历代诗话》(下)，中华书局2006年版，第732页。

宛转变化的功能：情致的瞬间转换

然所举压卷之作，并非第三、四句皆有如此之句法语气之变。以李白《下江陵》为例。第三句（两岸猿声）在句法上并没有上述的变化，四句都是陈述性的肯定句（“啼不住”是持续的意思，不是句意的否定）。这是因为，句式的变化还有另一种形式：如果前面两句是相对独立的单句，则后面两句在逻辑上是贯穿一体、不能各自独立的，叫作“流水”句式。例如，“羌笛何须怨杨柳”离开了“春风不度玉门关”，逻辑上是不完整的。“流水”句式的变化，表现得精彩的是情绪的瞬间转换，从一种情结向另一种情绪婉转地转换。前面两句，如果是描绘性的画面的话，后面两句如果再描绘，如杜甫的“两个黄鹂鸣翠柳，一行白露上青天。窗含西岭千秋雪，门泊东吴万里船”一味描绘，就缺乏杨载所说的“宛转变化工夫”，显得太合，放不开，平板。而“流水”句式，使得诗人的主体更有超越客观景象的能量，更有利于表现诗人的情绪转化。李白的绝句之所以比之杜甫有更高的历史评价，就是因为他善于在第三、第四句上转换为“流水”句式。如《客中作》：“兰陵美酒郁金香，玉碗盛来琥珀光。但使主人能醉客，不知何处是他乡。”其好处在于：首先，第三句是假设语气，第四句是否定句式、感叹语气；其次，这两句构成“流水”句式，自然、自由地从第一、二句对客体的美好意象描绘中解脱出来，瞬间转换为另一种情绪：只要能够喝个痛快，他乡就成了故乡。杜牧的《夜泊秦淮》“商女不知亡国恨”离开了“隔江犹唱后庭花”，句意是不能完足的。欢乐的歌声引发了亡国的感喟，其实《下江陵》这一首，第三句和第四句，也有这样的特点。“两岸猿声啼不住”和“轻舟已过万重山”结合为“流水”句式，就使得句式不但有变化，而且情绪也从对猿声的出神，到突然发现已经到家的惊喜。这种情绪转换，既是瞬间的，又是“宛转”的。前面两句，“白帝”“彩云”“千里江陵”都是画面，视觉形象；第三句超越了视觉形象，“两岸猿声”转化为听觉。这种变化是感觉的交替。此为第一层次。听觉中之猿声，本为悲声（《水经注》引民谣曰：巴东三峡巫峡长，猿鸣三声泪沾裳），而李白将之转变为欢，显示高度凝神于听，而忽略视之景，由五官感觉深化为凝神观照的情致。此为第二层次。第三句的听觉凝神，特点是持续性（啼不住，啼不停），到第四句转化为突然终结，美妙的听觉变为发现已到江陵的欣喜，这是本来流放夜郎，中道意外遇赦，政治上获得解脱的安宁，安宁中有欢欣。此为第三层次。猿啼是有声的，而欣喜是默默的，舟行是动的，视听是应接不暇的，凝神是持续不断的，到达江陵是突然终止的。情绪转换是多重的。直到第四层次，才深入到李白此时感情纵深的最底层。迅捷、安全只是表层感觉，其深层中隐藏着无声的动静交替的喜悦。这种无声的喜悦是诗人从对有声的凝神中反衬出来的。通篇无一喜字，喜悦之情却尽在字里行间，在句组的“场”之中。许多古典诗话注意到了李白此诗写舟之迅捷，但是忽略了后两句情绪在宛转中突然转折，正是绝句抒情的最大优长。

绝句和律诗、古风：情感瞬间转换和长期情绪的概括

从这个意义上来说，绝句，尤其是七绝艺术可以说是以表现心灵微观瞬间、刹那变化见长的艺术。

当然，那种顿悟式的、从持续到猛醒的意脉，并不是唯一的表现形式，有时则相反，是持续转入短暂的凝神，如李白的《送孟浩然之广陵》：“故人西辞黄鹤楼，烟花三月下扬州。孤帆远影碧空尽，唯见长江天际流。”艺术的微妙，一在孤帆的“孤”，于长江众多风帆之中只见友人之帆；二在远

影之“远”，目光追踪不舍；三在“尽”，凝视目送到帆影消失；四在“天际流”，无帆，无影，仍然目不转睛，持续凝望，空白之江流正是忘情之目无所见，心有所思。与之相似的还有：

琵琶起舞换新声，总是关山离别情。
撩乱边愁听不尽，高高秋月挂长城。

前三句写曲调不断变换，不变的是关山离别，听得心烦，最后一句是突然意脉转换，写看月看得发呆。曲调撩起的乡愁，使得望月望得发呆。这也是从变幻不断的意脉转化为持续性的胜利。持续性在绝句中，脍炙人口的千古杰作很多。最有生命的要算是张继的《枫桥夜泊》：

月落乌啼霜满天，江枫渔火对愁眠。
姑苏城外寒山寺，夜半钟声到客船。

这个钟声的持续性，千年不朽，甚至获得了远达东瀛的声誉，原因在于，落第的诗人，从失眠的愁苦转向持续性的体悟，钟声因为来自“寒山寺”而渗入了出世意味，使持续的体悟变得更加深沉。再如：杜牧《秋夕》：

银烛秋光冷画屏，轻罗小扇拍流萤。
天阶夜色凉如水，卧看牵牛织女星。

从“拍流萤”之天真无忧无虑的动作，转化为“卧看牵牛织女”之青春心事的默想，也是意脉的“宛转变化”，也是从动到静的持续性。类似的构思，就连五言古诗句也不乏杰作，如《玉阶怨》：

玉露生白阶，夜久浸罗袜。却下水晶帘，玲珑望秋月。

女主人公呆坐，罗袜露湿（之冷），意脉转换，惊觉呆坐时间之长，回身放下帘子，本意结束呆坐，却不料意脉又变，忘情而持续凝神于月亮。这种心灵刹那的微妙的转折，只有绝句这种短小的形式才能曲尽其妙。如果是律诗，情感的变化，就不是瞬间的转变。杜牧七律《九日齐山登高》：

江涵秋影雁初飞，与客携壶上翠微。
尘世难逢开口笑，菊花须插满头归。
但将酩酊酬佳节，不用登临恨落晖。
古往今来只如此，牛山何必独沾衣。

他触景所生的情感，就不是瞬时的，美好心情的“难逢”，说明感喟不是暂时的，而是长期的，是对“古往今来”的普遍情况的概括。至于号称唐人七律的压卷之作的杜甫的《登高》就更是如此了。

风急天高猿啸哀，渚清沙白鸟飞回。
无边落木萧萧下，不尽长江滚滚来。
万里悲秋常作客，百年多病独登台。
艰难苦恨繁霜鬓，潦倒新停浊酒杯。

这种悲叹，其中充满了诗人自诩的“沉郁”和“顿挫”，也就是感情的阔狭起伏：从空间的无边宏大，到时间的绝对不尽，再转入个人孤独的渺小，都是诗人长期的（百年）、不断（常作客）感到的悲郁，多重情绪起伏也是一种“宛转变化”，但是，不同于绝句，不是七绝单纯情绪的瞬间转折，它的阔狭起伏在时间上和空间上是概括性的，正因为是非瞬时的，七律就比较深沉。这种非瞬时性的情绪转化，在古风体中就更加明显了。李白的七古《金陵城西楼月下吟》：

金陵夜寂凉风发，独上高楼望吴越。
白云映水摇空城，白露垂珠滴秋月。
古来相接眼中稀，月下沉吟久不归。
解道澄江净如练，令人长忆谢玄晖。

这里的关键是"沉吟久不归"，说明情绪的持续性，当然不是没有变化，但是，这种变化不是瞬间的，而是"令人长忆谢玄晖"；不是突然的顿悟，而是"长忆"，长时期的怀想。这样的七言八句的格式，虽为七古，但其结尾"解道澄江净如练，令人长忆谢玄晖"，已经受到近体诗七绝的某种影响，多少有点蓦然心动之感。纯正的乐府古风并不追求瞬间的心动，如李白《子夜四时歌：秋歌》：

长安一片月，万户捣衣声。
秋风吹不尽，总是玉关情。
何日平胡虏，良人罢远征。

和绝句、律诗相比，这里的时间是概括的（整个秋季），地点是概括的（全部长安），主人公也是概括的（捣衣的思妇是无名的）。因而感情也是概括的、普遍的，思妇共同的，而不是个人即兴的。从这对比中可以看出，绝句瞬间性的语境：第一，情境是具体的，甚至有具体地点的；第二，是针对确定人物，甚至在标题上把对方的名字写出来的；第三，个人化的，现场即兴的，甚至是口占的。正是因为这样即时、即地、即兴、即人的语境，个人化的情绪激发，其杰作就不能不是瞬间转折为上的。

亚形式规范中的不同风格

就是同样是亚形式,还有不同风格范畴,同样是戏剧,喜剧有喜剧的规范,悲剧有悲剧的规范,正剧有正剧的规范。忽略了相互间风格的差异,就难以进入文学解读的深度。形式规范是强制性的,在悲剧中,崇高的人物必然走向毁灭,如果不毁灭,就不会有悲剧的净化(即亚里士多德所说的“卡塔西斯”)作用。梁山伯、祝英台不仅是因为生活注定他们要死,而且是因为悲剧要求他们走向死亡。不管你是多么善良、多么无辜、多么多情、多么伟大的大好人,悲剧只有把他们逼上死路,才有悲剧的效果。贾宝玉和林黛玉也一样,要有悲剧的震撼力,就得让有情人不成眷属。古话说“天上落下无情剑,斩断地上有情人”。这话不全面,应该是“悲剧高悬无情剑,斩杀书中有情人”。而喜剧就是另外一回事了。《秋菊打官司》,一个农村妇女,没有文化,到城里打官司,“讨个说法”,是弱势群体里的弱势女子。结果,官司打赢了,因为她处处遇到好人。有人说,这不真实,但这是喜剧,喜剧的假定性给她一种幸运,到处遇到好人的幸运。但是,喜剧也不是一个抽象的概念,喜剧的亚形式下面,还有不同的风格。像秋菊打官司,虽然是喜剧,只能属于轻喜剧,因为带着正剧的基调,更强的喜剧性,就是要有一种荒谬感,有更强的假定性。契诃夫的《小公务员之死》是一篇具有很强的喜剧风格的小说。这个小公务员到剧院里看戏,坐在他前面的是他的一个上级,一个级别很高的官,当时叫“将军”,实际上是文官。小公务员打了个喷嚏,可能是唾沫星子喷在了将军的光头上。他连忙反复向将军道歉,将军并不觉得这是什么了不起的事情,表示无所谓。这个小公务员却以为将军拒绝了道歉,就一直纠缠着将军要道歉,还跑到将军家里,以致将军发火了。结果小公务员吓坏了,回到家里以后就死了。如果是轻喜剧风格,会让人感到不真实,而荒诞喜剧性就可以用荒谬的逻辑表现小人物的卑微。荒诞喜剧风格给了作家以特权,拥有更大幅度地超越生活的逻辑。比如说阿Q,最后莫名其妙被枪毙了,这本来是很悲惨的事情,可鲁迅却把这个悲剧用喜剧的形式来表现。这样,阿Q就显得不是很悲惨,而是显得很可笑,很荒唐。他被绑赴刑场时还要在人群中找一找有没有吴妈,吴妈其实根本不爱他,给他带来了很大的灾难。死到临头了,他还想出风头,觉得自己还应该唱唱京戏,那才显得英雄好汉,最后就冒出了一句"二十年后又是……",这就显得非常荒谬,好像他慷慨就义一样。从正剧的眼光来看,从诗的眼光来看,这是不是很真实呢?何其芳先生就这样发出过疑问。[①] 除了鲁迅用杂文笔法过火以外,还可能是因为他没有考虑到喜剧风格。

有了观察,有了感受,有了深沉的智慧,有了很强的想象力,有了很不错的表达力,还是不够,这一切还要受到形式的规范。但是形式是公用的,如果大家都遵守同样的规范,结果可能造成雷同,因而,语言不但要跟着形式转,而且要以特殊的风格冲击规范。这一点俄国形式主义,后来成为结构主义先驱的雅可布森也感觉到了:

> 一首诗的读者或一幅画的观者深刻地意识到两个系统:"传统规范和由于偏离那个规范而产生的艺术新奇性。正是在与那个传统背景发生对照的情况之下,创新才能被设想出来。形式主义研究清楚地说明,这种同时保留传统又与传统决裂的情况构成了每一部新的艺术作品的实质。"[②]

不管作家采用何种形式或亚形式,就不能不面临一种不可逃避的矛盾,一方面,形式规范是他创造的历史水准的平台,另一方面,如果他只是

---

① 何其芳:《论阿Q》,载《人民日报》1956年10月16日。又见《何其芳文集》第5卷,人民文学出版社1982年版,第181—182页。

② 转引自罗伯特·休斯《文学结构主义》,三联书店1988年版,第140页。

遵循规范，则一无创造可言。因而，最有出息的作家总是力图突破规范，遵循规范的作家，总是努力把诗写得像诗，把小说写得像小说。但是，越是对规范亦步亦趋，越是没有大出息，乾隆皇帝写了几万首诗，格律规范上可以说，没有错失，但是，从艺术风格的创新来说，没有明显的缺失，就是最大的缺失。几万首诗还不及金昌绪那一首“打起黄莺儿，莫叫枝上啼。啼时惊妾梦，不得到辽西。”这是因为，这首诗，虽然是闺怨抒情，却不含任何幽怨，而是带着很鲜明的喜剧性，而这种喜剧性恰恰能表现出这个少妇的天真和无邪。文学形式发展到一定成熟度，规范就成了枷锁，这时，就产生了另外一种潮流，那就是把诗写得不像诗，如现代新诗在五四时期那样，但是，恰恰是那些不像诗的诗，战胜了那些像诗的诗。艺术的本性就是不断地更新，不断地反叛旧的规范。从这一点来说，艺术的历史就是在不断积累和不断破坏规范的历史。

第七章　文学感染力来自审美情志还是语言(上)

——俄国形式主义“陌生化”批判

西方文论的相对主义不管有多大的局限,至少有一点好处,就是它总是很谨慎地追求概括的全面性,总是在得出一种看法之时,为另外可能的看法留下空间。这其实与黑格尔的辩证法相通,事物观念总是与其对立面相联系,不过辩证法过分强调了二元对立,也就是相反相成的方面,拘守于二元,而忽略了多元,就可能限制了思维的空间,导致自我蒙蔽。从这个意义上说,二元对立,二分法是不够用的,所以本书以三分法为基础,其哲学根据乃是老子的“道生一,一生二,二生三”,故强调真善美的三维错位,文学形象的结构为主观情感特征、客观对象特征与文学规范形式的三维结构,形象的构成乃表层意象、中层意脉和深层形式规范的立体结构。其功能乃上通感知,下及规范形式的以情感为核心的审美价值。这样系统的三分法超越了反映论现实和自我表现论的线性思维,但是,是不是穷尽了一切可能性呢？这是不能不严肃考虑的问题。俄国形式主义者,在20世纪第二个十年,还有美国的新批评在50年代前后另辟路径,倡言文学的感染力并不来自审美情志，而是来自语言。形式主义主张来自语言的“陌生化”，而新批评则认为来自语言的“反讽”“悖论”等。这就是 20 世纪西方文论所谓文学理论的语言转化的发端。

从文学文本解读学来说，这是带着根本性的挑战。不回应这个挑战，解读学就可能失去基础。

非诗的陌生化和诗的陌生化

俄国形式主义的所谓“陌生化”，本是 20 世纪二三十年代俄国的诗学诗潮，其主要范畴乃是“陌生化”，陌生化，并不限于词语的陌生化，而且还包含形式、手法的陌生化。到了晚年，什克洛夫斯基看到绝对强调陌生化，导致流派更迭过速，产生了先锋派文学中的各种文字游戏，甚至是垃圾。他承认自己犯了错误。最彻底的反思是在七八十年代，他反复强调说：“放弃艺术中的情结或是艺术中的思想意识，我们也就放弃了对形式的认识，放弃了认识的目的，放弃了通过感受去触摸世界的途径。”①

① 什克洛夫斯基：《弓弦——论似中之不似》，莫斯科，1970 年，第 12 页。

“艺术的静止性,它的独立自主性,是我——维克多·什克洛夫斯基的错误。”[①]“我曾说过,艺术是超于情绪之外的,艺术中没有爱,艺术是纯形式,这是错误的。”[②]他还说自己的 остранение(陌生化),少写了一个 н,这个多了一个 н 的词来自 остранный(奇怪的),原意包含了童话中既奇怪又明朗的意味,而少了一个 н 的 остранение,就有点神经过敏,一味摆脱、躲开。确切的陌生化应该是多一个 н 的 остраннение,而在这个词里就没有少了一个 н 的 остранение 那样混乱了。[③] 虽然如此,在孙绍振看来,这样的反思还是肤浅的,但是,仍然值得国内学界对这种所谓“陌生化”的理论加以批判。但是,令他大惑不解的是,仅据超星阅读器搜索,国内期刊以陌生化为题,以陌生化原则为前提的论文竟有 3487 篇。

这显然不仅仅是信息不足所能解释的,而是对陌生化理论缺乏学理性批判造成的。正是出于这样的使命感,孙绍振乃对之作了专门的系统的批判。

古希腊人把学问分为两类:一类是理性的,另一类是感性的。不过理性的学问,得到长足的系统的发展。而关于感性的学问,直到 18 世纪鲍姆嘉通(Alexander Gottliel Baumgarten ,1714—1762),才第一个采用“Aesthetica”的术语提出并建立了感性学科。这在学术上具有划时代的意义。但是,在后来的发展中,特别是到了十九、二十世纪,把文学定义为纯粹感性学科,遭到质疑。因为,从根本上说,感性学,其基础乃是心理学,几乎是从胡塞尔(E. Edmund Husserl 1859—1938)以来,前赴后继的文学理论流派,都对心理学持拒绝态度。说得最为明确的是新批评派的瑞恰兹:

> 真与知两领域的认同不会引起争议;真与善息息相关,通过下文可以理会;但是,试图把美与情纳入划一的分类则是令人不堪的歪

---

① 什克洛夫斯基:两卷集,第一卷,莫斯科,1983 年,第 3 页。

② 什克洛夫斯基:《散文理论》,莫斯科,1983 年,第 73 页。

③ 原文出自斯氏《散文理论》,百花文艺出版社 1994 年版。此处的阐释参考了苍耳《陌生化理论新探》的解释,中国戏剧出版社 2011 年版,第 34~35 页。

曲，现已普遍为人放弃。[①]

这就是说，在真善美三者的关系中，真和善，也就是科学的认识和道德的意志，都是确定的，没有问题，唯独把美与情感联系在一起却是歪曲。虽然，审美情感仍然为东方许多理论家广泛认同，但是，在20世纪初期到中期西方（除了前苏联）文论中，不约而同的倾向是把情感审美看成是浪漫主义的陈词滥调。本来俄国的传统文艺理论以别林斯基（1811—1848）的"形象思维"论为代表，亦即科学以理性的"三段论"思维，而文学以感性的画图思维：

> 诗歌也进行议论思考，这是不错的，因为它的内容，正像思维的内容一样，也是真理，可是诗歌用形象和图画，而不是用三段论或两端（点？）论来进行议论和思考的。一切感情和一切思想，都必须形象地表现出来，才能够是富有诗意的。[②]

俄国形式主义反对这样的学说，不过不知为什么，他们把矛头指向了继承这个观念的俄国象征主义者，他们把语言分为三类：日常语言、科学语言和情感语言。提出文学理论应该更接近语言学，日常语言是实用的，而文学语言却不同，有它独特的表达和配置方式。"诗的材料不是形象，不是激情，而是词"。甚至果戈理的《外套》，他们也不认为是对现实中小人物的悲喜的同情和对大人物的批判，而只是用特殊语言"夸大无意义的东西，缩小重要的东西，把本来不能连接的东西连接起来"[③]。首先，日常和情感语言这样的划分本身就成问题，好像情感语言和日常语言之间有

---

① 艾·阿·瑞恰兹：《文学批评原理》，杨自伍译，百花洲文艺出版社1992年版，第7页。

② 别林斯基：《吉尔查文作品集》，《外国理论家、作家论形象思维》，中国社会科学出版社1979年版，第68页。

③ 日尔蒙斯基：《诗学的任务》，《俄国形式主义文论选》，方珊等译，三联书店1989年版，第83页。

什么不可逾越的鸿沟似的。其实二者之间时刻处于相互转化的过程之中。例如,在古文中的之、乎、也、哉这样的语气词,不能算是日常语言,但是在特殊语境中(弃我去者,昨日之日不可留)却有特别的情趣。而在《镜花缘》中的酒保问客人"要酒一壶乎,要酒两壶乎?",孔乙己对孩子说"多乎哉,不多也"是可笑的。但是,这样的文言在先秦时代(如在《论语》中)则是日常口语,用在上述小说文体和语境中,又带上了反讽色彩。鲁迅在《论"他妈的"》中论到旧时的骂人的话"他妈的",使用频率很高,是很不文明的"国骂",鲁迅说,有时会变成类似"我亲爱的":

> 我曾在家乡看见乡农父子一同午饭,儿子指一碗菜向他父亲说:"这不坏,妈的你尝尝看!"那父亲回答道:"我不要吃。妈的你吃去罢!"则简直已经醇化为现在时行的"我亲爱的"的意思了。①

侮辱人的话在特殊的日常语境中,可能成为极为亲切的语言,而最亲切的语言,在特殊的语境中,造成虚伪肉麻的感觉(如称关系一般的孩子为"心肝宝贝"),却可是这样的陌生化,并不属于俄国形式主义者所宣称的那样是文学语言。

其实,文学语言的基础就是日常语言,一切日常语言在不同场合下,在不同的人际交流中,在不同的情感默契中,在不同的文体中,在不同的媒介(书面的、视频的)中,语义会生出无限的变异,这就是德·索绪尔(1857—1913)所说的语言与言语的联系的转化。俄国形式主义者在形成之初(大约在1914年)还没有接触到索绪尔的学说。不过他们的先驱之一雅各布森在他的《语学与诗学》中把人类语言交流分为六要素和六功能图。其中影响信息的发送与接收效果的首先就是"语境"。这只能说明他们把日常语言与情感语言割裂,把文学与人的心灵绝缘,否定诗歌,尤其是他们所面对的古典诗歌的抒情性质,根本是一叶障目的狂想。

① 鲁迅:《鲁迅全集》第一卷,人民文学出版社2005年版,第245页。

虽然他们深陷如此这般的理论误区，但是，他们还是对文学语言、诗歌语言提出了不可低估的见解，所谓语言“陌生化”这个范畴，俄语的原文是 остранение，英语译成 Defamiliarization。其实也可以翻译为“奇特化”。意思是，日常生活使人们对事物由于习惯、“自动化”而失去了感觉，而文学就是要赋予事物以新鲜的感觉。(1893—1984)在《艺术作为手法》中提出“陌生化”是针对“自动化”的。这个理论一般说是俄国形式主义者的发明，但实际上，不能不看到西方浪漫主义文学思想也为之准备了某些前提。英国浪漫主义诗人科罗列奇(1772—1834)在《文学传记》(Biographia Literaria1，1817)就写过：“熟悉的薄膜使人们对世界奇观盲目”(‘film of familiarity’ that blinds us to the wonders of the world)，华兹华斯(1770—1850)也提诗歌应该把熟悉的面纱揭开，让熟悉的对象变成不熟悉的。(‘makes familiar objects be as if they were not familiar’ by stripping ‘the veil of familiarity from the world’)这些说法都和什克洛夫斯基后来所说的陌生化有着一定的渊源关系。这种学说，后来还影响到布莱希特的戏剧学的“间离效果”(德语 vertremdungseffckt 英语 alienation)说。不过，“陌生化”作为学说，应该归功于俄国形式主义，尤其是什克洛夫斯基。他说：

> 为了恢复对生活的感觉，为了感觉到事物，为了使石头变成石头，存在着一种名为艺术的东西……艺术的目的是提供视觉，而不是识别事物的感觉；艺术手法就是使事物“奇特化”的手法，是使形式艰深化，增加感觉的困难和时间的手法，因为艺术中的感觉行为本身就是目的，应该延长。[①]

这个理论在俄国形式主义文论中很有代表性，说得更为明确的是日

① 什克洛夫斯基：《艺术作为方法》，托多罗夫编：《俄苏形式主义文论选》，蔡鸿滨译，中国社会科学出版社 1989 年版，第 63 页。

尔蒙斯基：

> 诗的材料不是形象，不是激情，而是词。[①]

雅各布森说得更坚决：

> 诗歌性表现在哪里呢？表现在词使人感觉到词，而不是所指之对象的表示者，或者情绪的发作。[②]

他们纲领性的论断就是诗歌不是抒情的艺术，而是语言陌生化的艺术。这个学说长期受到相当的重视，可能是因为被认为对传统的诗的抒情论的突破：超越了康德的审美价值、情趣论，不是从感性与理性的对立，而是从语言的原生态和其变异态中寻求文学的规律。西方文论长期徘徊于模仿现实、理念或者表现主体自我的两极，总是在文学文本以外寻求本源，而忽略了文本学本身内部的奥秘。俄国形式主义者的重要性可能就在于破天荒地向文本内部探求奥秘。如果前者可以归属于他律论的话，后者则无疑属于自律论。从思想方法上来说，突破了内容与形式二元对立的模式，把内容与形式统一于语言之中。可能就是在这样的意义上，这种说法被认为带着划时代的价值。但是，就其理论本身所达到的水准来说，却是比较粗疏的。

首先，隐含着悖论，它反对从心理角度来分析文学，但是，感觉陌生，感觉新异，感觉延长，本身就是属于心理功能。其次，"陌生化"或者"奇特化"，被表述为"恢复对生活的感觉，为了感觉到事物，为了使石头变成石头"，关于这一点，什克洛夫斯基还有一个更为明确的说法：

---

① 日尔蒙斯基：《诗学的任务》，《俄国形式主义文论选》，方珊等译，1989年版，第83页。

② 参见《英美文艺学方法论》（下），文化艺术出版社1987年版，第530~531页。

为了能感觉到词语，人首先感觉到不可感觉的东西，缩小自己同世界的距离，通过触觉促进对世界的理解。[1]

但是，感觉是人的感觉，人的感觉是离不开人的心理、人的情和志的。而情志的渗入，越是贴近主体的心灵，就越不可接近原生的客观事物，诗之所以要想象，不是要与世界缩短距离，而是要扩大与世界的距离。故雪莱在《云雀颂》中，不是回到云雀，而是说，你从不是鸟禽，而是“欢乐的精灵”：

Hail to thee, blithe Spirit!

Bird thou never wert -

正如关汉卿在《单刀会》中让关公看那滔滔的江水：

（带云）这也不是江水，（唱）二十年流不尽的英雄血！

不是江水，才有诗意。回到对江水的感觉，反倒是没有诗意可言了。不是鸟禽，比之是鸟禽更有诗意，如果是回到客体，云雀就是云雀，就不成其为诗了。这就是清代诗话家吴乔所说的“形质俱变”（下文详述）。诗的语言就是要以扩大与客观事物的距离来缩短与心灵的距离。故普希金歌颂大海时，并没有让大海回归大海，而是把它变异为“自由的元素”，这种变异乃是诗的想象的普遍的规律，而且是因人而异的，在想象中与客体拉开了距离，陌生化才可能是无限的。

为了回避情感，不惜留下漏洞，什克洛夫斯基的软肋就在这里。这样，漏洞里还隐藏着一个更大的漏洞：把艺术（文学）仅仅归结为“视觉”（“艺术的目的是提供视觉”），而文学语言所能表现得并不限于视觉，而是涵盖五官感知，如听觉（关关雎鸠）、嗅觉（暗香浮动月黄昏）、触觉（清

---

① 什克洛夫斯基：《散文理论》，刘宗次译，百花文艺出版社 1994 年版，第 229 页。

辉玉臂寒)和味觉(谁谓荼苦,其甘如荠)。这不但普遍存在,而且每每正是使事物奇特化、陌生化的重要途径。早于他们40年的法国象征派就把五官感知的“契合”(correspondence)作为流派的自觉。再次,什克洛夫斯基论断陌生化使感知艺术化,而“自动化的习惯,就成了感知的坟墓。”“对我们来说,古典作家的作品,被习惯性的玻璃铠甲保护起来,……现在都成了我们心里的茧子。”①他举月亮为例,说它本来有“测量器”等的意义,自动化却使之丧失了。这种表述很幼稚,就是恢复到“测量器”的感知上也并不就是诗,正等于汉字里的“瓶”,从瓦,本来是瓦器,而现代汉语则并不固定于这样的联想,玻璃、不锈钢、景泰蓝等都可以是瓶的质料。就算按什克洛夫斯基的理想,恢复了“使石头变成石头”“月亮就是月亮”瓶子就是瓦器的感知,那也肯定不是诗(审美),而可能是科学的理性的真,例如,石头是碳酸钙,月亮是地球的卫星;也可能是实用的善,如石头是建筑材料,从月亮的形态可以判断阴历是上旬还是下旬。这样的“恢复”,由于其理性特征,一点诗意也没有。其实,光有一个词的陌生化联想,对于诗来说,是绝对不够的。诗意存在于词义与词义之间的。俄语里面的月亮(луна)和英语月亮(luna)同源,本来都是源自罗马神话,是月亮女神的名字。她看到一个美少年就爱上了,为了不让这个少年变老,就让他长睡不醒。每逢她经过就给他一个吻。这是有点疯狂的,故其形容词和名词 lunatic 就是疯狂的意思(莎士比亚在《仲夏夜之梦》中就把 lunatic [疯子]和诗人、情人并举)。但是,光是恢复了疯狂的意思,还不一定成为诗。余光中先生在《月光光》中表现故土的乡愁,把它和中国的圆月结合起来,写出了“恐月症”(由于不得回归本土,故而见到月亮就感到恐惧)和“恋月狂”(但是又对月亮怀着疯狂的爱恋)。把对圆月的“恐”和西方月神的“狂”(lunatic)凝聚在月的意象上,以两个自动化的联想构成一个陌生化的意象,才有创造性的诗意。

什克洛夫斯基在另一篇文章中说,不仅是为了恢复对象的感知,而且

① 什克洛夫斯基:《词语的复活》,《外国文学评论》,1993年第2期。

是要抛弃事物自动化了的“旧名字”,用比喻赋予对象以“新名字”:

> 艺术家永远是挑起事物暴动的祸首。事物抛弃自己的旧名字,以新名字展现新颜,便在诗人那里暴动起来。诗人使用的是多种形象——譬喻、对比……以此实现语义学的发展,他把概念从它所寓的意义系列中抽取出来,并借助于词(比喻)把它掺杂到另一个意义系列中去,使我们耳目为之一新。①

但是,这种“新名字”的说法不但与他所回到事物本身(使石头成为石头),缩短与世界的距离相矛盾,而且很狭隘,李清照在写她的愁的时候,根本就不用比喻,而是说它“才下眉头,却上心头”,或者以“梧桐更兼细雨,到黄昏,点点滴滴”,来提醒自己“这次第,怎一个愁字了得”。并没有给本体以新的名字。譬喻并不是形象构成的唯一的,甚至也不是主要的途径,而且把比喻当作新的命名,也不准确。比喻固然如朱熹所说“以彼物喻此物也”,但是,当李煜用“一江春水向东流”来比喻忧愁的时候,没有废除愁本来的名字,而以喻体来表现本体。更不可忽略的是,一旦运用了比喻,就不是回到事物本身,而离开事物,而且是远取譬,优于近取譬。

更关键的是,诗意并不存在单个的词语的修辞之中,而是存在于整体的呼应和互补中。中国古典诗歌中,除了运用典故(望舒)以外,一般并不给予月亮以新名字,甚至运用他所依赖的比喻的也不多,而千古流传的杰作比比皆是。

月亮早在《诗经》时代就是皎好的意象:“月出皎兮,佼人僚兮”(《诗经·国风·陈风·月出》),以月光照临天宇显示形象的纯净。经过了千百年的审美积淀,在曹操的《短歌行》中,“明明如月,何时可掇?忧从中

① 什克洛夫斯基:《故事和小说的结构》,托多罗夫编:《俄国形式主义文论选》,方珊等译,三联书店1989年版,第19页。

来，不可断绝”，是以月的无边透明，美化忧愁的无限。陶潜的“晨兴理荒秽，戴月荷锄归”，以月光临照写诗人之悠然，谢灵运的“明月照积雪，朔风劲且哀”，写月光之透明与雪色之洁白融为一体。让朔风劲吹其间，长驱直入，从质上，为这个纯净的宇宙定性为“哀”，从量上，显示充满天地的悲凉。到唐代，月亮意象的符号意味在思乡的亲情上趋于稳定，具备了公共性，诗人的才华并不表现在给月亮以新的命名。李白的“举头望明月，低头思故乡”之所以不朽，就是因为本来是为确定地上之霜还是天上之月而“举头”，结果却忘却了原本的目的而“低头”了，表现了乡愁在潜意识中敏感到不触而发的程度。李白并没有废除月亮这个旧名字，而是就在这个旧名字上突破了其公共意象的单一性，展开了情感冲击下的多样性。李白赋予月亮以自己的生命，改变了它作为观赏对象的潜在成规，月亮和李白不可羁勒的情感一样运动起来，静态的联想机制被突破了，随着李白的情感而变幻万千，并没有用比喻来为月亮作新的命名。当友人远谪边地，月光就化为他的友情对之形影不离地追随（我寄愁心与明月，随君直到夜郎西）。月亮可以带上他孤高的气质（万里浮云卷碧山，青天中道流孤月），也可以成为豪情的载体在功成名就之后供他赏玩（一振高名满帝都，归时还弄峨眉月）。金樽对月意味着及时享受生命的欢乐（人生得意须尽欢，莫使金樽空对月）。对月可比可赋，无月亦可起兴（独漉水中泥，水浊不见月。不见月尚可，水深行人没）。抱琴弄月，可借无弦之琴进入陶渊明的境界（抱琴时弄月，取意任无弦）。“明月出天山，沧茫云海间”中的月带着苍凉而悲壮的色调，“长安一片月，万户捣衣声。秋风吹不断，总是玉关情”，思妇闺房的幽怨弥漫在万里长空之中，幽怨就变得浩大。对于李白来说，月不但可以“待”（浩歌待明月，曲尽已忘情），而且可以“邀”，视之为自己孤独中的朋友（举杯邀明月，对影成三人），还是可以当作有生命的对象来“问”的（青天有月来几时，我今停杯一问之）。但是这种问并不仅仅限于屈原式的对神话经典的质疑（白兔捣药秋复春，嫦娥孤栖与谁邻），而且最深邃的是对生命苦短的传统母题的反思和突破。

不但可以咏歌之，“弄”（弹奏）之（何处名僧到水西，乘舟弄月宿泾溪），甚至可以“揽”（欲上青天揽明月），使之交织着“逸”兴和“壮”思。月亮的名字还是旧的，并没有变化，其诗意却千古不朽。

这样的粗疏理论不但与中国古典诗歌矛盾，而且表现在与俄国古典诗歌的矛盾上。“恢复”对事物的新鲜感，更新事物的感知，回避石头、月亮的旧名字，创造新名字，都属于意象范畴，其特点是把情感渗透在意象之中，不直接表述出来，属于间接抒情，这并不是西方俄国诗歌的特长。以意象群落（景观和人物）为核心间接抒情，是中国古典诗歌，尤其是近体诗歌的特点，因而才有所谓“不着一字，尽得风流”，也才有“蓝田日暖，良玉生烟”，可望而不可置于眉睫之前的境界。俄国古典诗歌，并不是以意象为主体的，而是以直接抒情为主。不论是普希金的《致察达耶夫》还是莱蒙托夫的《哥萨克摇篮曲》，不但在形式上模仿西欧古典诗歌的轻重交替格律，而且在内涵上也和西欧浪漫主义的“强烈感情的自然流泻”同出一辙。这种直接把感情抒发出来的诗歌很容易变成缺乏可感性的抽象议论，因而，就在俄国形式主义形成之同时，美国有了师承中国古典诗歌的意象派，后来又有了为情志寻求客观对应物（objective correlativeness）的后期象征派。就俄国诗歌而言，他们觉悟得显然比美国意象派和法国象征派晚，他们没有寻求从意象中解脱，就不得面临情志这种“黑暗的感觉”，为了避免抽象，唯一的出路就是修辞了。美国新批评把反讽和悖论当作关键手段（下章详述），而俄国形式主义，如什克洛夫斯基所说，则是“用多种形象（譬喻、对比等）使之转换为另一个意义系列中去”，词义更新了，陌生化了，他们天真地以为这样诗意就产生了。这就是日常感觉走向诗的（广义的文学）必由之路了。但是其中潜藏着重大的理论危机，修辞是局部的，以句子为单位的，而要“用多种形象（譬喻、对比等）使之转换为另一个意义系列中去”，是个动态的过程，是以整个作品为单位的。如何把分散的修辞转换为“另一个意义的系列中去”，在他们的理论中是一个空白。西方古典诗歌的直接抒情，是以情感的、非理性的逻辑演绎为脉络的,这样的诗面临的主要难度显然不是意象(石头、月亮)的新颖感,而是如何把抽象的感情脉络变得有可感性,也就是化不可感为可感,化抽象为具象,同时使得情感运动富于整体的有机统一性。试以普希金的《К Чаадаеву》致察达耶夫为例:

Любвиы, надежды, тихой славы
爱情、希望和宁静的荣誉
Недолго нежил нас обман,
没有长久地将我们欺诳,
Исчезли юные забавы,
就是那青春的欢乐,
Как сон, как утренний туман;
也像梦、像朝雾一般消亡;
Но в нас горит ещё желанье;
但我们心中还燃烧着愿望,
Под гнетом власти роковой
在宿命的桎梏重压下辗转,
Нетерпеливою душой
我们怀着焦急的心情
Отчизны внемлем призыванье.
谛听着祖国的召唤。
Мы ждем с томленьем упованья
忍受着期待的煎熬,
Минуты вольности святой,
翘望着那神圣的自由的时光,
Как ждет любовник молодой
就像年青的恋人,

Минуты верного свиданья.
在等着那忠贞的约会一样。
Пока свободою горим,
趁着自由还在炽热地燃烧,
Пока сердца для чести живы,
趁着为荣誉献身的心还没有死亡,
Мой друг, отчизне посвятим
我的朋友,把我们心灵的
Души прекрасные порывы!
美好的激情,奉献给我们的祖邦!
Товарищ, верь: взойдет она,
相信吧,同志,
Звезда пленительного счастья,
迷人的幸福之星必将升起,
Россия вспрянет ото сна,
俄罗斯会从沉睡中惊醒,
И на обломках самовластья
在专制制度的废墟上,
Напишут наши имена!
将写上我们姓名的字样!

普希金这首经典之作(写于十八岁),并没有描绘物象,与“事物”被陌生化无关,他是直接抒发着强烈的浪漫的激情。把爱情、希望、光荣和梦和“朝雾”联系起来,如果硬说有陌生化的性质,则其功能恰恰是把抽象的、不可感的“爱情”(Любви)“希望”(надежды)“光荣”(славы)变成朝雾(утренний туман),使之富于具象的可感性,而梦(сон)则把不可感的“青春的欢乐”(юные забавы)和消失(Исчезли)化为可感。这样,词语就成了形象，而形象就成了感情的载体，词语、意象和情感三者水乳交融，怎么可以武断地说“诗的材料不是形象，不是激情，而是词”。整个作品的激情的特点是呈现起伏状态，形成统一和脉络（意脉）：开头的四句就是从青春的天真欢快降落到希望的消亡。如果可以用几何线条来表现其意脉的话，这是一条下降的直线。接着是，在“宿命的桎梏重压下”还“燃烧着愿望”（горит еще желанье）甚至“谛听着祖国的召唤”（Отчизны внемлем призыванье.）“翘望着那神圣的自由的时光”（Минуты вольности святой，）用线条来表现的话，则意脉转而上扬。这种上扬，不是词义变动的上扬，而是情绪的（意脉）的上扬。诗人明确地宣告，是“美好的激情”（Души прекрасные порывы），是心灵，而不是他们所说的“词”（слово），这对形式主义者日尔蒙斯基宣告的诗“不是激情，而是词”和雅各布森所强调的“不是……情绪的发作”的理论无疑是一种粉碎性的打击。

接下去的“迷人的幸福之星必将升起，俄罗斯会从沉睡中惊醒，在专制制度的废墟上，将写上我们的姓名的字样”，其语词固然可以用陌生化来解释，但这只是表层，其深层功能则是把不可感的预言、信念，变成美好可感的“晨星”，把专制（самовластья）的灭亡这样抽象的意念用具象的“废墟”（обломках）来代替。最后一句，书写（Напишут）的具象性和灭亡的抽象性，本来是无法相容的，但由于有了“晨星”“废墟”这个暗喻，使得书写这个抽象的动作就有了从天空到大地可感的巨大空间。这一系列陌生化的修辞（明喻、暗喻、象征）手段，如果是分离的，各不相关的，可能导致联想相互干扰，形象碎片化。而这里之所以成功，则是意脉的运动进一步提升到最高度。“美好的激情”变成了胜利的预言。用线条来表现意脉的话，整首诗的意脉是由高到低，转而为次高，结尾则不但超越了次高，而且超越了开头的高。

俄国形式主义者强调陌生化是为了增加“难度”“延长时间”，其实，经典的诗歌并没有什么“难度”，把不可直接感知的情感转化为可感的、统一的、和谐的意脉，是降低了难度。从这一点来说，用别林斯基的“形象思维”来解读，可能更到位。但是，要把“思维”两个字暂时去掉，因为光有感性形象，是不能思维的。思维所借助的是抽象的语词，仅有感性，情绪最多只能构成意象，而要转化为形象，必须有意脉的贯穿，而在意脉的连续和起伏中，情就离不开思，故中国古典诗论一方面有陆机“诗缘情”的学说，另一方面还有更权威的是“诗言志”理论。而志则是思维和感情的统一。

陌生化和熟悉化的统一

总的来说，陌生化，作为一个诗学范畴是不成熟的，因为它孤立地强调了问题的一个方面，而忽略了与之共生的另一个方面。陌生化不是孤立的存在，而是和熟悉化（有人称为“亲近化”）相反相成，在对立中统一的。

俄国形式主义者声言，他们的陌生化是针对日常语言的“自动化”而言的，也就是与自动化的暗示与表层的语义是绝对对立的。这在思想方法上是片面的。任何陌生化，都是相对于熟悉化（自动化）而言的。俄罗斯文学理论家曾经把文学典型叫作“熟悉的陌生人”。熟悉和陌生是对立的，在一定条件下，又是可以转化的，甚至是互为表里的。就单句的修辞而言，陌生化还可以分为两种：一种是与母语自动化联想机制互为表里的陌生化，一种是脱离了自动化联想机制的任意陌生化。前者，有可能成为“艺术陌生化”；后者则以任意性为特点，则肯定是“非艺术陌生化”。

《世说新语》载，谢安以“白雪纷纷何所似”为题设问，谢朗回答说“撒盐空中差可拟”，谢道韫说“未若柳絮因风起”。这两个比喻哪个更好？

以空中撒盐比降雪，符合陌生化的观念，甚至还暗含某种熟悉的成分,盐的形状、颜色上与雪相通。但以盐下落比喻雪花的飘飘下落,却不及柳絮因风。因为熟悉化的程度不及,盐粒是有硬度的,而雪花则没有,盐粒的质量大,决定了下落是直线的,速度比较快。而柳絮,本来质量是很小的,下落不是直线的,而是飘飘荡荡,很轻盈的,速度是比较慢的。加上"因风",方向更加不确定了。再说,柳絮飘飞,在当时的诗歌中,早已和春日景象联系在一起,不难引起美好的联想,而撒盐空中,并不是熟悉现象,而撒的动作,和手联系在一起,是人工的现象,和满天雪花纷纷扬扬之间联想是不够熟悉的。

从这个意义上来说,谢道韫的比喻,由于陌生化和熟悉化在联想上有更高度的统一,胜于她堂兄谢朗。

并不是一切"陌生化"的感知和词语都是富有同等诗意的,只有那些"陌生"而又"熟悉"的,才是诗意的。(清)李渔《窥词管见》第七则:

> 有蜚声千载上下,而不能服强项之笠翁(李渔号)者,"红杏枝头春意闹"尚书是也。"云破月来"句,词极尖新,而实为理之所有。若红杏之在枝头,忽然加一"闹"字,此语殊难着解。争斗有声之谓"闹",桃李"争春"则有之,红杏"闹春",予实未之见也。"闹"字可用,则"吵"字、"斗"字、"打"字,皆可用矣。宋子京当日以此噪名,人不呼其姓氏,竟以此作尚书美号,岂由尚书二字起见耶?余谓"闹"字极粗极俗,且听不入耳,非但不可加于此句,并不当见之诗词。近日词中,争尚此字者,子京一人之流毒也。①

这个问题提得很尖锐,很有理论价值。既然红杏枝头春意闹,可以是佳句,为什么春意斗,春意打,春意吵,就不成呢?这些都是反常的,也可以说是陌生化的。但是艺术效果却相反。为什么呢?就是"斗""打""吵",陌生而不能与熟悉共存,陌生而缺乏熟悉的潜在底蕴的支持。

① 李渔:《亲情偶记窥词管见》,中国社会科学出版社 2009 年版。

在汉语词语里，存在着一种潜在的、自动化的联想机制，热和闹、冷和静，天然地联系在一起，说“热”很容易想到“闹”，而说“冷”也很容易联想到“静”。红杏之花，本来是无声的，但在汉语里，“红”和“火”自然地联系在一起，如“红火”。“火”又和“热”联系在一起，如“火热”。“热”又和“闹”联系在一起，如“热闹”。所以红杏枝头春意可以“闹”。这个“闹”，既是一种自由的、陌生的（新颖的）突破，又是对汉语潜在规范的发现。正是因为这样的语言艺术创造，作者获得了“红杏尚书”的雅号。故王国维《人间词话》说：“‘红杏枝头春意闹’，着一‘闹’字，而境界全出。”为什么不可以说，红杏枝头春意“打”，或者春意“斗”呢？打和斗虽然也是一种陌生的突破，但却不在汉语潜在的联想机制之内，“红”和“斗”、“吵”和“打”没有现成联系，没有“热打”和“热斗”“热吵”的现成说法。词语之间的联想机制是千百年来积累下来的潜意识，是非常稳定的，不是一下子能够改变的。虽然现代科学有了进展，有了“白热”的说法，但在汉语里，仍然没有“白闹”的自动化联想。这是因为“白热”这一词语形成的时间太短了，还不足以影响民族共同语言联想机制的稳定性。

就文本的整体而言，就是艺术的陌生化修辞至少有两种可能，一种是从意象到意脉都是相互分裂的、不统一的陌生化，也就是片断的、缺乏统一的贯通，联想相互干扰，应该属于非艺术的陌生化；一种是和谐的陌生化，从意象到意脉都是统一的。普希金的这首诗，开头“消亡”的“朝雾”，到最后幸福的“晨星”和大地上的废墟，都是大自然的背景，而主体意脉则从“欺骗”“桎梏重压”“焦急”“谛听”“期待的煎熬”“翘望”“炽热地燃烧”“为荣誉献身”“相信吧”“从沉睡中惊醒”有相近、相似、相反的联想的贯通，在一系列陌生化感知的深层，意脉表现了情绪由高到低再到次高，结尾达到最高的完整脉络。故陌生化，不是个别词的陌生化，而是陌生的意象与潜在的意脉（熟悉化的）自然地结合，一体完整。

从某种意义上来说，欣赏艺术陌生化，就是看出作家颠覆一种熟悉化，又依托另一层次的熟悉化，以营造更高层次的陌生化。

陌生化以心理情志为底蕴

从这个意义上说,任何一个词,在任何一次文学书写中,都应该是一次新的探索、新的拓展。但是,这种探索,并不是像形式主义者所说的那样,仅仅是语言问题,与心理无关,恰恰相反,这种探索的艺术性,与作家的情感和智性息息相关。这在现代诗歌中,比之古典诗歌更为复杂诡异一些。

余光中在《月光光》这首诗中,把"月光"比作"冰过的砒霜"。在传统意义上,月光是与思念亲人的亲情和温情联系在一起的,即使是忧愁,也是美好的,甜蜜的。而余光中则进行了彻底的颠覆,月光不是温馨甜蜜的感觉,而是有毒的感觉,它是一种陌生化,但它是合理的,与自动化的汉语联想机制是有联系的。而在深层则是自动化。这个自动化与余光中特殊的文化乡愁有关。如果是一点关系都没有,那就不是艺术了,任何一个没有艺术修养的人,就可以乱写了,例如,"月光光,月光是泥巴"。行不行?不行。

月光光,月是冰过的砒霜,
月如砒,月如霜,
落在谁的伤口上?

"伤口"这个词语本来是生理方面的,但这里显然不是,而是心理方面的。这是第二层次的陌生化,引人思乡的月光居然变成了落在伤口上的砒霜,这肯定是思乡而不得回乡的痛感。联系余光中的经历,我们不难明白,这里,思乡之愁是诗人心灵深处的隐痛。

正是作家的情感特征使语言的陌生化和熟悉化自动化统一了。

看到月光就害怕，已经成为一种病了；他看到月光又非常喜欢，已经达到爱恋的程度。“月光”的语义衍生、颠覆，陌生化了还不算，还要在颠覆的基础上再颠覆，在陌生化的基础上再陌生，使之互相矛盾：既有“恐月症”，又是“恋月狂”。

这个“恋月狂”中，隐藏着很复杂的学问。

它之所以成立，不但因为诗人的经历而合理，而且因为文化上的中西合璧而精彩。飞白先生在分析柯勒律治的诗中的月亮是疯狂的（lunatic）：“其词根是拉丁文的月亮（luna），把二者结合起来，lunatic 就是月狂。”为什么月要狂呢？因为月亮女神的名字叫作“luna”，她看到一个美少年就吻了他一下，为了不让这个少年变老，就让他长睡不醒。每逢她经过就给他一个吻。这个故事写在济兹的长诗《恩底弥斯》中。[①] 这种爱恋是相当疯狂的，故其形容词 lunatic，就有了疯狂的意思。把月亮和恋联系在一起，就有了疯狂的意味。

把月光掬在掌，注在瓶，
分析化学的成分，
分析回忆，分析悲伤，
恐月症和恋月狂，
月光光。

分析月光是合乎科学的，但这里分析的对象却是抓不住、摸不着的回忆和悲伤。这是很陌生化但又很合情感的逻辑，因而也是熟悉化的。因为月光而想到了故乡，因为不能回到故乡，所以看到月光就有一种解脱不出的怀念。可见，恋月、恐月的矛盾，都统一于思念之深、之痛。如果没有正面的“伤口”作为衍生的根据，没有“回忆”“悲伤”“恐月症和恋月狂”

---

① 飞白：《比月亮——诗海游踪之旅》，《名作欣赏》，2010 年第 10 期。

等互为表里互为依托,那么,“月是砒霜”也只是奇思怪想而已,没有多么深刻的内涵。作家要进行自动语义的颠覆和重构,同时又要对自动语义尊重。所谓颠覆,就是把它遮蔽起来,所谓尊重就是让它含而不露。

在当代散文中,哪怕是并不抒情的,以智性见长的,也是一样。南帆的散文《躯体》在论述了躯体是自我的载体和个人私有的界限之后,接着说,传统的文化总是贬低肉体而抬高灵魂。在此他作起陌生化的文章:肉体比灵魂更加个人化。肉体只能个人独享,不能忍受他人的目光和手指的触摸;而精神可以敞开在文字中,坦然接受异己的目光的入侵。从这个意义上说,“躯体比精神更为神圣”,这样一来,陌生化就向熟悉化转化了,这还是第一层次。接着他说,只有爱人的躯体才互相分享、互相进入肉体。他得出结论:“爱情确属无私之举。”爱情是无私的吗?这的确相当陌生,然而,他说,爱情使恋爱双方互相进入肉体,又是非常熟悉的,这是第二层次的转化。接着他又说,但如果感情破裂,女方不在乎男方动她的手提包或书籍之类,但一旦碰到她的身体,她就会尖叫起来:“不要碰我!”这样的事情读者太熟悉了,陌生第三次转化为熟悉化。其原生的语义被三次陌生化,三次熟悉化,变得如此新异而新颖,读者不但能接受,而且从中能感到一种艺术的享受,如果让石头变成石头的逻辑,真的要让躯体变成躯体,就没有任何艺术可言,而这里,恰恰是陌生化和熟悉化的三次对转,才使得感知和思想同步进行了三次深化。这与什么延长感知时间和增加难度,可以说是毫无瓜葛。

吴乔论诗:“形质俱变”

俄国形式主义的所谓陌生化,虽然名声远播,但是,可以说是浪得虚名。原因还在于,他们的陌生化不但是片面的,而且是平面的,妄图以一个这么简单的范畴解决一切文学的问题，缺乏文体自觉乃是西欧哲学化的思维模式。而形象是立体的三维结构，决定性的一环乃是文学的形式规范。就算是陌生化能够成立，不同的形式也有不同的陌生化。

这一点上，早他们3个世纪，中国古典诗话家吴乔（1611—1695），在《答万季野诗问》中有天才的发现。首先，他在形式规范上占了优势，他不独立地概括诗歌语言的特点，而是在诗歌与散文的矛盾中进行分析。

> 又问："诗与文之辨？"答曰："二者意岂有异？唯是体制辞语不同耳。意喻之米，文喻之炊而为饭，诗喻之酿而为酒；饭不变米形，酒形质尽变；啖饭则饱，可以养生，可以尽年，为人事之正道；饮酒则醉，忧者以乐，喜者以悲，有不知其所以然者。"①

把诗与文的关系比喻为米（原料）、饭和酒的关系。当时中国的散文（不是五四以来抒情叙事的散文）由于是实用文体，如米煮成饭，不改变原生的材料（米）的形状，而诗是抒情的，感情使原生材料（米）"变尽米形"成了酒。不但形变了，而且质地也变了。这个说法比之陌生化要经得起分析得多。在感情的冲击下，对事物的感受发生种种变幻是相当普遍的规律，情人眼里出西施。敝帚自珍，看自己，一朵花；看别人，豆腐渣。抒情的诗歌形象正是从这日常感知和语言变异的规律出发，进入了想象的假定的境界："一日不见，如三秋兮""谁谓荼苦，其甘如荠""露从今夜白，月是故乡明""回眸一笑百媚生，六宫粉黛无颜色"。感知不但有形变和质变，而且有功能的变异："结庐在人境，而无车马喧""海内存知己，天涯若比邻""狂风吹我心，西挂咸阳树""只恐双溪舴艋舟，载不动许多愁"。这就不但指出了诗歌语言陌生化的规律，而且回答了其中的原因，以情感冲击感知，使之发生变异作为结果，提示着情感的强烈冲击的

① 王夫之等撰：《清诗话》，上海古籍出版社1978年版，第27页。类似的意思在吴乔的《围炉诗话》卷二中，也有更为详尽的说明。

原因。

情感冲击感知使之发生变异,是心理上的一般规律,其实并不限于诗歌,就是小说中也是屡见不鲜的。但是,小说中经典的陌生化(除了像心理分析风格的)和诗歌中的不一样,不像西欧俄国诗歌那样直接抒发出来,也不像中国古典诗歌那样,在意象群落的意脉中隐藏着,而是表现为在感知中透露某种潜意识的萌动过程,托尔斯泰在《战争与和平》中表现安德烈王爵在遭受一系列挫折以后,感到生活在31岁已经完结。后来遇到了少女娜塔莎,留下极美好的印象,在不经意间偷听她与女友夜话时,虽然他自己对自己说她与他生命是毫不相干的,但是又产生了一种想法:"不知为什么缘故希望她提到他,又怕她提到他。"在意识领域中,他还像往常一样平静,并没有感觉到娜塔莎已吸引了他的感情,但在潜意识领域中已经发生了翻天覆地的变化,娜塔莎的出现从根本上改变了他的人生观。这样的变化如果要用心理分析的办法来写,可能太理性、太枯燥了,托尔斯泰用对比方法来突出感觉知觉变异,显示这场内心变动的巨大。在安德烈王爵见到娜塔莎以前,他在路上见到一株橡树:

> 路旁有一棵橡树。它大概比树林里的桦树老九倍,大九倍,高一倍。这是一棵巨大的,两人合抱的橡树,有些树枝显然折断了很久,破裂的树皮上带着一些老伤痕。它像一个年迈的、粗暴的、傲慢的怪物,站在带笑的桦树之间,伸开着巨大的、丑陋的、不对称的、有瘤的手臂和手指。只有这棵橡树,它不愿受春天的蛊惑,不愿看见春天的太阳。①

在托尔斯泰笔下,不可见的感情不但是由感觉表现的,而且往往是由感觉唤醒的。对于老橡树的感觉,唤醒了安德烈王爵的隐秘的情感,虽然春天来了,爱情幸福也存在这个世界上,但与老橡树无关,老橡树不接受

① 列夫·托尔斯泰:《战争与和平》,第2册,董秋斯译,人民文学出版社1988年版,第699页。

这种"欺骗"，这使安德烈想到自己的生活已经完了，他这老橡树触发了一系列"绝望的、悲哀的"联想。他没有希望，不须开始做新的事情，不用做好事，也不用做坏事。但是在见了娜塔莎以后，他在回家的路上又见到了那棵老橡树：

> 老橡树完全变了样子，撑开了帐幕的多汁的暗绿的树叶，在夕阳的光辉中轻轻地摆动着，激动地站立着。没有了生节瘤的手指，没有斑痕，没有老年的不满与苦闷——什么都看不见了。从粗糙的百年的树皮里，没有枝柯，便长出了多汁的幼嫩的叶子，使人不能相信这棵老树会生长出它们。①

从心理学来说，是由于感情的变化才引起了感觉知觉的变化，从创作论来说，应该是找到了知觉感觉的变化的特征才能揭示情感的深层。在许多作家笔下，形象萎缩，并不一定是感情缺乏逻辑的独特性，而是缺乏与之相应的感觉和知觉系统。从一方面来说是情决定了感，从另一方面来说，是感决定了情。情是比较单纯的，而感却丰富得多。情没有达到某种强度，某种饱和度，感的变化可能被认为是做作的，缺乏逻辑性的。没有饱和的感觉基础，情的变化会造成空虚的感觉。古典小说的经典作家往往不满足于做情的艺术家，他们的天才往往是把情的艺术放在感知（对话、动作）变异的基础上。

情感冲击感知发生全方位变异

为了把这个相当关键的问题说得更透彻一点，也为了揭露形式主义

① 列夫·托尔斯泰：《战争与和平》，第2册，董秋斯译，人民文学出版社1988年版，第703~704页。

所谓陌生化在理论上的简陋，试以托尔斯泰《安娜·卡列尼娜》中安娜回家看儿子，来看情感如何使得感觉知觉发生系统的陌生化的变异。

本来安娜为了爱情，不顾名誉，和渥伦斯基逃到西欧，但是，对儿子的想念使她不能安宁。她不顾一切，从西欧回到俄国，目的是看望儿子，祝贺儿子的生日。她提前一天就选购好了玩具作为礼物。这在心理学上叫作动机。动机在人的心理活动中占据极其重要的地位，人的行为、人的意识活动、人的感觉知觉、人的记忆和语言，无不受到动机的制约。在动机范围以内的心理活动常常被强烈地记忆和感知，而在动机以外的心理活动有时甚至视而不见，听而不觉，感而不知。就是一时感觉到了，也容易遗忘。人物的心理活动都受动机的主宰。动机往往是很明确的，与人的行为、语言、记忆、想象、思维之间有着直线的联系。但是这样的描述和刻画，往往并不太动人。人的心理活动是很复杂的，动机和人的其他心理要素处于一种复杂的有机结构之中，每一个要素都与其他一切要素互相依存，一个要素的变动必然引起其他相关要素的相应调节。这个变幻和调节的过程就是我们要欣赏的心理奇观。

安娜回家之所以成为艺术经典，就在于托尔斯泰通过安娜淋漓尽致地写出了我们既熟悉又陌生的感知变幻，既唤醒了读者的潜在记忆，也发现了人物心灵的深层结构。

安娜看儿子的要求，遭到丈夫卡列宁的拒绝。她决意反抗，不经卡列宁同意就闯去看儿子，她“买了玩具，想好了行动计划”，“手头预备下给门房和仆人的钱”。所有这一切都是一种理性规划，都是为了实现她的动机。如果托尔斯泰让安娜的理性规划——她明确意识到的动机——圆满地实现，就没有什么艺术可言了。

小说艺术的特点就在于让人物的心理活动越出常规，首先是越出理性的常规。导致这种越规的动力，就是人的情感。由于情感的冲击，人的心理结构失去了平衡，越出了理性的规范，于是人的感觉、知觉、记忆、思维、语言、行为就都发生了变异，这种变异就是心理恢复平衡前的调节或反馈。

在安娜进入家门时，突然产生狼狈的感觉，这就使她的听觉越出常规，失灵了，当门房的新助手问她"找谁"时，安娜狼狈得居然没有听到他的问话，因而也没有回答。她没有预料到丝毫没有变化的门厅会这样深深地撼动了她。这种感觉激起了她的记忆（欢乐和痛苦的激情），使她忘了她来这里的动机。她一时不知道是来干吗的了。这就是说环境的刺激使她早已被遗忘的情感记忆活跃了起来，进入意识，淹没了一切，而前来看孩子的动机却被遗忘了。这是情感的奇妙的陌生化作用，使一部分沉睡的记忆复活，使另一部分新鲜的记忆麻痹。

对于听觉，这种陌生化作用就更奇妙了。一方面她在走上那熟悉的楼梯的时候听不明白老门房说的话，另一方面她单凭打呵欠的声音，就知道这是她儿子，而且这种听觉影响了她的想象，使她"仿佛已经看到他在眼前了"。看到儿子以后，因为卡列宁很快会到来的焦虑，安娜的听觉的陌生化就更奇妙了：

> 她听着他（按：儿子）的声音，注视着他的脸和脸上表情的变化，抚摸着他的手，但是她却没有听明白他所说的话。她非走不可，她非离开他不可，——这就是她唯一想到和感觉到的事。她听到走到门边咳嗽着的（仆人）瓦西里·卢基奇的脚步声，她也听到了保姆走近的脚步声；但是她好像成了石头人一样地坐着，没有力量开口说话，也没有力量站起身来。

用还原的方法来分析安娜的感觉变异：在通常情况下，近处的听得清晰，远处的听不清晰，可是在这里，由于一种焦灼感（害怕看到她即将到来的丈夫），一种特殊的情感的冲击，使心理功能发生了变异，空间距离相近的（儿子的语言）听不清，空间距离远的（卢基奇和保姆的脚步声）反而听清楚了。这种感知变异，也许只是一种表面现象、表层结构。决定这种表面现象、表层结构的是深层的情感的作用。深层的焦灼(必须在卡列宁来到儿子房间之前离去,不能与他见面)使安娜的感觉知觉特别是听觉发生了变异。深层的情感是看不见、摸不着、感不到的,可由于情感冲击而变异了的感觉、知觉(在这里是听觉)却以一种陌生的功能,而成为一种强化的效果出现了。

在常规状态中,安娜的听觉和语言功能是没有障碍的。但是由于人物关系和客观环境越出了常规,导致安娜的情感越出了常规,越出的幅度是这样的大,不但使她的听觉发生了变异,而且使她的语言机能也发生了障碍。当老仆人认出了安娜,默默地向她低低地鞠躬,说"请进,夫人"时:

> 她想说什么,但是她的嗓子发不出声来。

当她迫于形势终于不得不离开她儿子时:

> 她不能够说再会,但是她面孔上的表情说了这话,而他(儿子)也明白了。……以后她想起了多少要对他说的话呀!但是现在她却不知道怎样说好,而且什么话都说不出来。但是谢辽沙明白了她要对他说的一切。他明白她不幸,而且爱她。

这里就出现一种心理陌生奇观了,在常规情况下,失去了语言表达能力的人,是不能和他人交流思想情感的。但是奇迹出现了,安娜失去了发出语音的能力,却并没有妨碍她与儿子交流思想和情感。这是因为在特殊情感的冲击下,语言并不是交流思想和情绪的最有效工具。这时有一种比语言更有效的交流手段,那就是人的表情。语言是以声音为媒介的概念符号系统,它传达的是概念。概念对丰富多彩的直觉和情感来说,太贫乏了。而表情虽然不及概念那样明确,但它是一种直觉,直觉的丰富性是任何概念赶不上的，孤立的直觉虽然不如概念深刻，但在艺术里，表情作为直觉的对象不是孤立的，而是处在一种复杂的人物情感结构之中，结构的功能大于要素之和，一个很平常的表情都可能有比概念深广丰富的含意。

人的内心情感活动是一个很复杂的整体，如果仅仅限于上述知觉和语言的层次，那还是比较表面的。托尔斯泰的高明之处就在于他不但揭示了知觉和语言的变异，而且直接深入到情感的深层结构中去，剖析其中丰富的变幻。

人物的主要情感特征是比较稳定的，但不是一成不变的，它在外部刺激作用下会发生多彩的变异，产生瞬时的变态，例如，安娜憎恨、厌恶卡列宁。在安娜来到她过去的家之前，由于见儿子的要求遭到拒绝，这种憎恨化为一种受到屈辱的痛苦，引起她一种毅然反抗的情绪。一旦她进入了她过去的家就变化了，当一个不认识的门房助手问她来找谁的时候，她感到狼狈了，而当她熟悉的门房助手向她深深鞠躬的时候，她的眼光却是“羞愧、恳求的”。走上楼梯的时候她的运动机能不正常了，“套鞋绊着楼梯”。后来当保姆通知她卡列宁即将出现的时候，托尔斯泰让她的儿子看到她脸上露出“惊惶和羞愧的神色”，感到“她害怕他”。在正常情况下，那么无畏地反抗世俗道德，蔑视、厌恶、憎恨卡列宁的她，居然惊惶、羞愧而且害怕了。

由此可见，人的情感固然有一种稳定的基本性质特征，但这种基本性质不是固定的、僵死的，相反，在外界环境和语境的作用下，它不断变幻出派生的性态来。写出这从属性态的丰富的变幻，正是托尔斯泰作为艺术家的过人之处。同样的情状到了才能不济的作家笔下也许就变得缺乏变化，只剩下憎恨这样一个僵化的概念了。

许多作家缺乏这样的能耐，其原因不仅在于缺乏这样的追求，而且在于不了解情感知觉之间互相影响的规律。通常，洞察情感冲击感觉，也许并不难，因为感觉、知觉是表层的，情感是深层的，深层决定表层。但是很少有人注意到，二者的作用也可能倒过来，感觉决定情感。在这一点上，托尔斯泰有深刻的发现。当安娜即将与儿子离别时，她感到儿子的表情在问她该如何看他的父亲，安娜说：

爱他，他比我好，比我仁慈，我对不起他。

这是一种歉疚的情感，自认为有罪的情感。这种情感发自内心，是十分真诚的。但这种表白与其说是一种情感，不如说是一种理智。因为这种表白是在没有对卡列宁的现场感觉知觉的基础上的。一旦安娜看见卡列宁，对卡列宁有了现场的感觉和知觉，她的情感就发生了变幻：

亚历克赛·亚历山特罗维奇迎着她走过来。一看见她，他突然停住脚步，垂下头来。虽然她刚才还说过他比她好，比她仁慈，但是在她匆匆忙忙看了他一眼之后——那一眼把他整个的身姿连所有细微之点都看清楚了——对他的嫌恶和憎恨和为她儿子所起的嫉妒心情就占据了她的心。她迅速地放下面纱，加快步子，差不多跑一般地走出了房间。

由于对卡列宁有了具体的感觉，在具体感觉基础上建立起的厌恶和憎恨就代替了自己的有罪之感。安娜的情感性质又恢复了原状。

在托尔斯泰笔下，人物的情感既是这样具有顽强的稳定性态，又是这样变化不定，在一切外界的、内部的刺激作用下，它不断发生变异，好像阳光透过多个旋转的三棱透镜发生了令人惊异的奇妙变异，这种变异是那样令人意外，那么偶然，然而又是那样必然，那样合乎人类心灵辩证法，因而也就那样富于认识人类内心的普遍意义。当我们看到这一节的最后一句：

她昨天怀着那样的爱和忧愁在玩具店选购来的一包玩具，她都没有来得及解开，就原封不动地带回来了。

安娜在情感焦灼的优势兴奋中心的负诱导作用下，导致了对送礼物的动机的抑制。如果没有对人的心理活动规律的熟谙，托尔斯泰不可能对人物内心有这样的洞察。

从以上分析可知，人物在情感冲击下，心理的变异，不是感知的陌生化这样贫乏的概念可以概括的。它无限丰富的超常变异，有动机与行为，感情与感知，语言与意识，视觉与听觉，近距离感觉和远距离的感觉，直觉与理解之间丰富、神奇的变异。用陌生化这样贫乏的观念来涵盖这样丰富的艺术无异于粗暴践踏。

正是因为他们对潜在的熟悉化或自动化的交织漠视，他们往往热衷于列举表面上强烈变异的诗句，这种诗句常常与明喻、暗喻、象征等等手法结合在一起，显出新颖的陌生的效果。例如，普希金的《假如生活欺骗了你》：

Если жизни тебя обманет,
假如生活欺骗了你，
Не печалься, не сердись!
不要悲伤，不要生气！
В день уныния смирись:
烦恼时要保持冷静：
День веселья, верь, настанет.
请相信，快乐的日子会来临。
Сердце в будущем живёт;
我们的心向往未来；
Настоящее уныло:

现在则令人悲伤：

Все мгновенно，все пройдёт；

一切都是暂时的，一切都会消逝；

Что пройдёт，то будет мило.

而逝去的又使人感到可爱。

整整一首诗，可以称得上是陌生化的词语，也只有欺骗（обманет），用拟人化手法，使无生命的“生活”有了意志。但是，不可忽略是，除此之外，所有的词语，都在正常语法词法规范之中，可这并没有妨碍这首诗成为经典之作。可见，诗歌的动人，不仅仅在局部的词义的变异，而在其整体，在其意脉中情感逻辑的统一和曲折。这不仅仅俄语诗如此，汉语诗更是如此，毫无语义陌生化的，甚至毫无变异的诗歌，也存在着大量不朽的经典之作。不可忽略的是，最后两句“Все мгновенно，все пройдёт；一切都是暂时的，一切都会消逝；Что пройдёт，то будет мило. 而逝去的又使人感到可爱”，在高度和谐和统一的意脉中成为诗情的高潮，这里似乎有些陌生化，但是，不是词语的陌生化，而是逻辑上的陌生化，为什么过去了的就不再令人伤心烦恼，而变得可爱（戈宝权译为“变成亲切的怀恋”）？如果从审美价值论、文艺心理学来解释，就很简单，那就是审美距离拉开了时间的距离，把眼前的想象为过去的回忆，就超越了实用理性，情感获得了自由。在回忆中展开情感，在中国古典诗歌中是最常用的手法，孟浩然的“夜来风雨声”，李商隐的“昨夜星辰昨夜风”，李后主的“多少事，昨夜梦魂中”，李清照的“昨夜雨疏风骤”。至于把现实的逆境放在未来的想象中，亦比比皆是，如杜甫在被俘中思念妻子的痛苦转化为日后相逢的回忆：“何当倚虚幌，双照泪痕干。”李商隐把归期的不能确定的憾事，转化为来日相逢的欢聚：“何当共剪西窗烛，却话巴山夜雨时。”这样的经典用话语的陌生化来解释是文不对题的，其精粹皆在情感中，在想象中，在时空转化中的逻辑变异。这在我国古典诗话中叫作“无理而妙”，关于这一点后文细述。

中国古典诗歌神品和词语非陌生化

其实不论在俄语、英语诗歌中,还是在中国诗歌中,都有陌生化不能解释的现象。那就是诗歌的语言和感知并没有“陌生化”,所有语言都似乎是日常语言,但整体的结构效果,就超越了词语的局部,转化为有机的圆融。在这种融洽中,意象与从属意象,意象群落与意脉,可谓疏可走马、密不透风,情感与语境,达到高度和谐,这就是整体感的最高层次,在中国古典诗歌中属于“意境”范畴。如王维的《山居秋暝》:

空山新雨后,天气晚来秋。
明月松间照,清泉石上流。
竹喧归浣女,莲动下渔舟。
随意春芳歇,王孙自可留。

要在这样的诗中寻找陌生化的,甚至是变异的词语和感知,无异于缘木求鱼。徐增(1612—?)在《说唐诗》里说:其中的“暝”字是诗眼。[①] 从诗眼说来看,我国古典诗话,着重的不是什么陌生化的感知和诗语,而是在表层上并不陌生,而深层意境却新颖的焦点。这个焦点,可能并不在“暝”字上,因为“暝”字引起的联想是昏暗,一味地“暝”,就太单调了。王维的拿手好戏,就是从单纯语境中显出丰富来。这种丰富,至少可以从三个方面来看:第一,表面上“暝”“晚”是昏暗的,实质上却是明净的。“新雨”之后的空山,有一种清净的意味,再加上“明月松间照,清泉石上流”,

① (清)徐增:《而庵说唐诗》卷十五,中州古籍出版社 1990 年版,樊维纲校注本,第 344 页。

空山因明月之照、清泉因流于石上（而不是溪底）而更加明净，明净的景观，透露出明净的心境。景之明净和内心的清净完全相应。第二，“空山”表面上强调的是山之“空”，实际上突出的并不是“空”，而是“空”的反面：有浣女归于竹林，有渔舟移向莲塘。这种不空，还不仅仅是外部的，而且是内心的一种闲逸自适，所以听到竹喧，知是浣女归来，看到莲叶浮动，知是渔舟下水。空山明月是宁静的，渔舟浣女是喧响的，二者相反，但是诗人的心境却是不变的，自足自洽的，不为其宁静、也不因其声响而变化。第三，这种意脉，在最后一联以“随意春芳歇”来作注解。题目明明是“秋暝”，这里却变成了“春芳”（这里可能与陌生化沾一点边），意含应该是哪怕“春芳”消逝也不在意，不像有些诗人那样惜春，为之激动、感叹。这就是王维特有的“随意”。这种“随意”，在中国古典诗歌中，是有着深厚传统的，其特点并不是词语或者感知的陌生化，而是相反——熟悉化。每一个词语句子，在表面上都是平常的，情绪上是淡定的。“采菊东篱下，悠然见南山”“寒波澹澹起，白鸟悠悠下”“江流天地外，山色有无中”的精彩就不在词语的陌生化，韦应物亦有“采菊露未晞，举头见秋山”[①]，无异于狗尾续貂。陶诗之神韵在于“悠然见南山”，有别于举头望南山。“见”是无意得之，才“悠然”，这和陶氏的《归去来辞》中的“云无心以出岫”的“无心”和柳宗元的“崖上无心云相逐”的“无心”是同一境界，加上个“举头”，把有意、无心突出了，无意、无心的意味是渗透在整个诗作中的，这种境界的高雅，并不依仗哪一个词语的陌生化，奇特化。盖陶诗不仅以“无意”为诗，而且为文。武陵人于无意得“桃花源”之境界，南阳刘子骥有意去寻访，就无功而返了。

戴望舒在《论诗零札》中说：“新诗最重要的是诗情上的 nuance，而不是字句上的 nuance。”nuance 在英语和法语中，是精微玄妙、细微差别的意思。他说的是新诗，用来说明古典诗歌，特别是王维的诗完全适用。王维的拿手好戏，就是在极其单纯的情景中显示极其微妙精致的 nuance。

---

① 《答长安丞裴说》诗：“临流意已凄，采菊露未晞。举头见秋山，万事都若遗。”

他的《鸟鸣涧》也是这样：

人闲桂花落，夜静春山空。
月出惊山鸟，时鸣春涧中。

全诗写春山之空，夜之静。在一般诗人那里，就是静罢了。而在王维的诗里，静却分化了：一方面是无声相对于有声，一方面是静止相对于动。王维就从这两个方面写静：一是以月出光影之动，惊醒静眠之山鸟（月光之变，是无声的，居然惊醒了鸟）；二是以鸟鸣之声，反衬出春山之宁静（一如“蝉噪林愈静，鸟鸣山更幽”）。如此这般，一方面系春山之空，另一方面则系心境之“闲”。这高度统一而丰富，感知全方位融通，构成境界，用俄国形式主义的陌生化语言来阐释，则南辕北辙。就是依金圣叹的起承转合，“关锁”（连贯），甚至用“意脉”去阐释，也可能捉襟见肘，而问题在于：意脉，只是许多诗歌的一种抒情法门，而整体意境中的微妙变化（nuance）中的圆融，是另一法门。

如果说，意象的着眼处是意群的表层和深层，意脉的着眼处是潜在的脉络贯穿，意境的着眼处则是全相的融通。从这个意义上来说，感知或者词语的陌生化，只局限于点块，连意脉的线性贯穿都不如，与意境的整体全相融通相比，其片面性则显而易见了。故文学细胞形态，当从整体处着眼。西方文论之所以拘执于词语，原因在于，西语和汉语不同，他们的名词性数格，动词的人称、时态，有复杂的变化，一个句子中，诸多因素务求系统的一致性，因而他们以语言为基本单位，以词句为细胞形态研究文学（甚至把情节简化为主语—谓语结构），但是，研究汉语文学，我们的名词在性数格、动词时态和人称方面与之相异，如以陌生化纲领，本身就有削足适履的弊端。中国和西方语言的区别还只是比较表面的现象，在表面外，还有哲学的背景不同。

宋代禅宗大师青原惟信提出参禅的三重境界：

参禅之初,看山是山,看水是水;

从艺术创作来说,就是模仿自然,反映现实。按照形式主义文论,就是看石头就是石头。

禅有悟时,看山不是山,看水不是水。

从艺术创造来说,就是主体的自我表现,情感是使物象发生变异,用形式主义文论的话来说,就是看石头不是石头,给石头以新名字。

禅中彻悟,看山还是山,看水还是水。①

这就是禅的最高境界了,此时的山,表面上是无为的,但又是充满了主客体深度默契的山,与一般人纯粹感知的山,根本上不同,在无意中是有禅意的,在无为中是有为的。最能代表这种境界的是王维的《辛夷坞》:

木末芙蓉花,山中发红萼,涧户寂无人,纷纷开且落。

这里的意味在于,第一,花木开得鲜艳,在山野之中。第二,在无人之境,与人无关。第三,这并不妨碍它们自开自落,既不待人的感官和情感,也不待人的语言的陌生化。但是,这恰恰是人对大自然的一种顺从,人的自我与大自然默契。也许这就是海德格尔所说的:"人与存在的契合。"②

① 《五灯会元》卷十七第1135页,青原惟信禅师,中华书局,1992年3月版。按与《四库全书》本字句略有出入。

② Heidegger:Gesamlausgabe,第45卷,第163页。Frankfurt a,M.vittorio,klos,termann,1975.在海德格尔的惊异中,还有诗的审美。因而,他的惊异又是一种心境、兴致,在这种心境中,心灵开窍了,发现了,顿悟了,顿悟什么呢?用海德格尔的话来说,就是:"人与存在的契合。"

西方文论中缺乏理解东方的禅意者，因而，近一个世纪而不得要领，其原因就是，机械唯物主义把青原惟信的第一重境界当成了全部，而浪漫主义把青原惟信的第二境界当成了全部。而实际上，第三境界才是最高境界，人与自然达到绝对的和谐，解除了人的美丑、善恶、真假，人和自然的关系，最理想的就是天人合一的境界。虽然，西方理论家囿于哲学宗教的原因，达不到这个境界，但是，部分西方艺术家却歪打正着地猜到了。①

海明威的电报文体：白痴一样的叙述

其实，“陌生化”，就是对于俄英语言而言亦有诸多疏漏。特别是到了20世纪中叶，海明威的“电报文体”出现以后，感知和语词均以非陌生化为特点。如海明威早期的作品，写政变以后，枪毙一个部长的场景：

> 清晨六点钟，他们在一家医院的墙下枪毙了六名部长。院子里有好些个小水坑，柏油路面上覆满湿淋淋的落叶。雨下得很大，医院的百叶窗都关死了。有一个部长得了伤寒病。两名士兵把他抬下了楼，抬到楼外的雨地里。他们费劲地想扶他靠墙站着，后来那军官说让他站着不行。他们刚一放排枪，他就应声倒到泥水里，头耷拉在膝

① 20世纪杜尚以降，波普艺术、偶发艺术、表演艺术、躯体艺术、大地艺术、环境艺术等，走马灯似的轮番登场，在出发点上一脉相承，奉行生活的一切莫不是艺术的原则。一些风云人物还声称吸收了中国天人合一、禅宗的理念，提出艺术应该最大限度弃绝人为因素，艺术的最佳状态，就是人的无意识与宇宙相通的境界。人不可靠，人的生命被传统文化、科学，甚至是经典艺术的潜在成见所污染，只有反抗这一切，生活才能自然呈现。他们其实并不真正理解禅，只是把西方流行的心理分析学说的潜意识加以哲学化、审美化，笼统地归结为禅的深度精义。其目的不过是把意识层次的不言而喻的传统观念（好坏、善恶、美丑、主体客体），都看成是可恶的成见和生命的负担。他们想象，进入无意识层次，人就能解脱出来，达到一种无差别甚至没有主客体之别的境界，生命就能享受到最自由的感觉，在这种情境中，“现成物”（最极端的是杜尚以小便器作为艺术品参展，题目为“泉”）就成为自由精神的载体，当然也就是艺术。

盖上。

写的是非常残忍的事件，但是语词没有陌生化，保持着日常语义，而且都是叙述，细节就是细节，作者的态度似乎很宁静，似乎不带感情。没有血腥，没有恐怖的形容和渲染。这里的语词有限，省略了的应该更多，这就是海明威所追求的“冰山风格”“电报文体”，也就是所谓废除了形容词，只剩下名词和动词的文体。甚至有“白痴一样的叙述”的说法。他说：

> 我总是根据冰山的原理去写它。关于显现出来的每一部分，八分之七是在水面以下的。你可以略去你所知道的任何东西，这只会使你的冰山深厚起来。①

在这里有限的细节中，那省略了的八分之七，仍然以一种强大的浮力激发着读者的想象。潜入读者意识深处，足够构成一种深沉悲郁的情调：医院本来是救人的地方，却成了杀人的刑场，百叶窗本来是透气的，却关得死死，显得紧张压抑；生伤寒的人，路都不能走，是垂死的，还要把他抬下来，让他淋雨行刑。特别雄辩的细节是，他站都站不直，是不适合枪毙的，但还要扶着。最后一个细节“头耷拉在膝盖上”，堪称天才。一般的击毙，是应声而扑，这里却是软瘫。从词语来说，没有什么陌生化，但是，就整体而言，却渗透着恐怖、凶残，惨无人道。不要说光从语词和感知的陌生化去分析是徒劳的，就仅仅是从前面所说的意象的点块、意脉的线索去分析也是不够的，只用全部意象的有机性，构成的圆融的氛围去阐释。从这一点上来说，中国古典诗歌的“意境”的精神与西方现代冰山风格的叙述可以说遥遥相对又息息相通。

解读就是把人的活生生的感知还原出来，难处并不在于陌生化的语

① 《海明威研究》，中国社会科学出版社1985年版，第73页。

言，而在于非陌生化的叙述。如《水浒》中写武松的几回，金圣叹都有相当精彩的评点，但对于血溅鸳鸯楼，金圣叹的批注，却有点摸不着头脑了，只是说几处写到月亮，几处交代朴刀，又穿插麻鞋，等等，结论是“妙岂容说”。[①] 其实，这是个杀了十几个人的复仇的英雄。英雄之所以感动人不是因为他做了什么，做对了什么或者做错了什么，而是他做的时候，有什么样的感觉。这里的武松就是有条不紊、心满意足的感觉，具体来说，就是凶残得很满足，很冷峻，很平静，一点没有紧张的感觉。而这一切，没有用描写铺张，不用感性很强的形容词，只用叙述。从这一点来说，和海明威可以说是异曲同工。且看武松杀人以后，从城墙上跳下来，仍然是有条不紊的：

> 把哨棒一拄，立在濠边。月明之下，看水时，只有一二尺深。此时正是十月半天气，各处水泉皆涸。武松壕堑边脱了鞋袜，解下腿绊，抓扎起衣服，从这城濠里走过对岸。却想起施恩送来的包裹里有双八搭麻鞋，取出来穿在脚上。听城里更点时，已打四更三点。武松道：“这口鸟气……今日方才出得松臊。”

杀了这么多人，犯下了弥天大罪，逃出城了，如果是一般人物，三十六着，走为上着，还不赶紧溜？可是武松，居然从容到在月光下看城濠里的水，只有一二尺深。看得这么细致，不愧当过公安局局长，寓从容于紧迫之中。在这样的危机中，心思不乱，动作有层次：脱鞋袜，解腿绊，扎脱衣服，蹚水走过对岸。还顾得上把湿鞋袜换了，还有闲心去想，干鞋是哪个朋友送的。写武松过河的从容，就是写武松的平静。更精彩的是：“听城里更点时，已打四更三点。”充分写出了听觉的放松，从听觉的放松，暗示了心情的放松：“这口鸟气”终于出了。说明，在这以前，是憋着一口鸟气。憋气憋得这样深，这样冷峻，这样清醒，这样有余暇。这种平静的叙

---

① 金圣叹批第五才子书《水浒传》(上)，天津古籍出版社2006年版，第278页。

述，功力之深，在中国小说史上，如果不算绝后，也可以说是空前的。为什么连金圣叹都说不出什么名堂来呢？因为这是叙述，而且以非陌生化语言见长。

要破译文本的深层密码，光凭简陋的陌生化是不可能有什么成效的。

最后应该说明的是，俄国形式主义文论的陌生化，并不限于词语的陌生化，而且还包含形式、手法的陌生化。到了晚年，他看到绝对强调陌生化，导致流派更迭过速，产生了先锋派文学中的各种文字游戏。他承认自己犯了语法错误。他说自己的остранение（陌生化），少写了一个н，这个多了一个н的词来自остранный（奇怪的），原意包含了童话中既奇怪又明朗的意味，而少了一个н的остранение，就有点神经过敏，一味摆脱、躲开。确切的陌生化应该是多一个н的остраннение，而在这个词里就没有少了一个н的остранение那样混乱了。①

不过，虽然，什克洛夫斯基对形式主义的反思这样无情，几乎已经宣布了它的死刑，但是，纯粹形式，纯粹从语言的，拒绝从人的心灵、人的情感，从审美价值对文学进行分析的理论，在中国鹦鹉学舌者仍然比比皆是。在西方不乏改头换面风行一时者，其中最有代表性的，则是美国的新批评。

① 原文出自斯氏《散文理论》（百花文艺出版社，1994年），此处的阐释参考了苍耳《陌生化理论新探》的解释，中国戏剧出版社2011年版，第34~35页。

第八章 文学感染力来自审美情志还是语言(下)

——美国新批评“反讽”批判

美国的新批评比俄国形式主义更加强调以文本为中心,一切都在文本之中,但是,他们的文本解读和形式主义一样,排除心理、情感,把理论囚禁于语言上,不过新批评比之形式主义更加狭隘,他们把文学感染力仅仅归结为修辞,在修辞中,又仅仅集中在“悖论”“反讽”“张力”等极其有限的范畴中。这个流派粗疏远远超过了形式主义,可是却在20世纪中叶在美国风行一时,至今在中国还为学人所称道,钱中文先生曾言:一些杂志,似乎成了“‘新批评’的分销店”。因此,不论从理论上还是从实践中,都有必要对之作一番清算。

反讽向抒情转化的条件

新批评核心范畴的“反讽”“悖论”,首先,他们把一切外延与内涵相异、与平常观感相异者都笼而统之地说成是反讽。反讽本来就是反语(to express something different from and often opposite to their literal meaning),字面意义和实际内涵相反。但是,与平常观感相异的抒写,并不一定是相反的,有时是错位的,有时是从属的,有时是不同类别的。其次,新批评把一切反讽和悖论一概当作诗。不论在西方诗歌中,还是在中国古典诗歌中,外延与内涵相异,与平常观感相异者并不一定就有反讽意味,反讽的前提是直接对立而不和谐,而大量诗歌中,相反的意味在层次渐进中转化,则进入和谐境界,是为抒情。而抒情恰恰是拘泥于智性的新批评所要回避的。

新批评发轫于20世纪二三十年代,四五十年代一度风行美国学院,六十年代走向消亡。号称新批评,意在对旧批评反拨,针对旧批评有两个方面:一是作者中心论,把文学研究变成作家生平、传记的考订,作品成了作家传记的零件;二是把文学作品当作时代经济、宗教、政治状况的图解。此二者表面上看背道而驰,一个强调客观现实,一个强调主观心灵,但是在根本上是相同的,那就是把作品和作家心灵、现实完全混为一谈,无视其间的矛盾和差异,从而导致了对文学本体的麻木。新批评和形式主义者一样,不屑于到作品"外部"去寻找根源,他们坚持"内部研究",坚信一切奥秘全在作品中,"作品就是文学的本源","文学作品就是本体"。

他们的研究聚焦在文本上。提出了所谓"close reading"(细读),这个词组原本的意思是精密的、封闭的、忠实于原作的解读。翻译成"细读"并不太准确,当然,翻译成"封闭性解读"也不太周全,但是,也不太离谱。

“细读”还有文雅一点的说法，叫作“peruse”，意思是彻底地、深入地精读（to read thoroughly）。限定在文本以内，又要深入，当然难度极大。文本，尤其是经典诗歌文本，是天衣无缝的，水乳交融的，有机圆融的，解读如果停留在表层，就只能重复读者一望而知的信息。他们追求的目标，在文本“内部”，其实是在文本以下。当然，文本以下，信息是多元的，他们又自己设定了一个禁区，那就是不能涉及情感（下文详述）。这样一来能够供他们施展工夫的就只有语言了。难得的是，他们看到了存在于语言背后的冲突。首先，就是诗歌的词语与科学词语不同，科学语言是严密的，有着字典语言的确定性，而诗歌语言的生命来自于诗人随机赋予的文本意涵。这样，显性的文本意涵就与潜在的心照不宣的字典语义有了反差。例如，新批评的干将布鲁克斯分析华兹华斯描写夜晚的十四行诗：

甜美的夜晚，安然，随意
这神圣的时刻静如处女
屏息膜拜……

他说：“甜美、安然、随意、神圣、静寂、屏息，这些词的并置并不奇特，但请注意，夜晚和处女，屏息而且膜拜。‘屏息’这个形容词暗示了巨大的激越。可是，夜不但寂静而且安详。”[①]他的意思是，激越（屏息）和静寂、安然，隐含着冲突，二者是不相容的，他们把它叫作“悖论”（paradox），并将此概括化为诗歌的核心的规律：“诗人表达真理只能依靠悖论。”[②]就是说，这不仅仅是词语的个别现象，而且是诗歌的普遍规律。布鲁克斯引用华兹华斯的话说，他总是把平常的现象，写得不平常，这是诗歌之所以成为诗歌的根本原因。悖论的修辞模式，他们叫作“反讽”（irony），新批评几乎一致拥护“反讽论”，甚至有人提出把新批评改名为反讽诗学

① 克林斯·布鲁克斯：《精致的瓮》，郭乙瑶等译，上海人民出版社2008年版，第11页。
② 同上。第5页。

(ironic poetics)。[①] 究竟什么样的结构才是反讽结构呢?新批评理论家退特1938年在《诗的张力》中提出诗歌语言中有两个经常起作用的因素:外延(extension)和内涵(intention)。在形式逻辑中,外延适合某一词的一切对象,而内涵则是指这一词的属性的总和。新批评把外延用来指称词的词典意义,内涵理解为文本的暗示意义或者感情色彩。[②] 二者之间构成了反差,诗歌艺术感人的奥妙尽在其中。如布鲁克斯喜爱的丁尼生的《无端的泪》中的头一节:

> 泪啊,无端的泪,我不知道它为了什么?(Tears,idle tears,I know not what they mean)
>
> 泪啊,它来自神圣的绝望的深渊。(Tears,from the depth of some divine despair)

这里的idle勉强译成“无端的”(“没来由的”),这和眼泪不言而喻的痛苦隐含着冲突,接着说它来自“绝望的深渊”:一方面说没来由的,另一方面又说因为绝望,这是不相容的,这里就有反讽。这还是第一层次。下面又说,这是“神圣的”,和绝望的深渊的冲突就强化了,这是第二层次的反讽。接着是:

> 当我眺望秋日欢乐的田野(In looking on the happy Autumn-fields)
>
> 回想那再也不会重来的日子(And thinking of the days that no more)

① 许多被认为是新批评派的理论家,都不同意以新批评为自己冠名。但却乐于用“反讽批评”“张力批评”“本体批评”指称自己的批评方法。

② 转引自赵毅衡:《重访新批评》,百花文艺出版社2009年版,第48页。

这里的冲突就更明显了,秋日美景眺望的快慰,却成为流泪的缘由(好景不再)。美景引起欢欣,在文本中,却衍生出悲凉和无奈,常规意蕴和文本意涵之间冲突,就成为他们的反讽。诗意就在外延和内涵意蕴的反差之中,这就难怪他们要说"内涵越多越好"了。最具体的内涵多样应该是燕卜荪的"朦胧"。但是,燕卜荪不太自信,没有克鲁斯曼那样简单以词义的对立为纲。他承认无法给朦胧下一个准确的定义,他只是感到这是一个词"增添细微的歧义"的现象。朦胧"可以是一个词代表几种事物的意图,可以是一种这种东西或那种东西或两者同时被意指的可能性,或是一种陈述有几种含义"。[①] 不过,燕卜荪显然感到这样的定义,可能"过分含糊""范围划得太宽,使其几乎没有什么意义",因而,"究竟如何界定朦胧,我举的例子是否应称为朦胧,要整本书来作出解答"[②]。故按严格的学术理论来说,燕卜荪还不能说是新批评的代表。

但是,不管差别如何,他们表现出一种共同的追求,那就是把诗歌感染力归结为修辞结构的胜利。当然,他们还把这种内在的意蕴对立的分析扩展到整体"结构"中,去揭示其由暗喻构成的"整体关联性"[③]。"领会一首诗的真正含义,首先要学会识别诗中的反讽和悖论,然后对之进行分析。所谓分析,就是找出诗中不同成分之间的关系,比如词与词的关系,诗行与诗行之间的关系,诗节与诗节的关系,意象与意象的关系,观点与观点的关系。这些关系一起构成了诗歌的结构,诗歌的反讽和悖论都是通过这些关系或结构表达的。所以分析了这些关系之后,其反讽和悖论的意义也就昭然若揭了。"[④]

总的来说,作为他们的理论代表布鲁克斯对反讽和悖论的分析十分粗糙。

首先,把一切与平常观感相异的,都笼而统之地说成反讽是十分牵强

---

① 威廉·燕卜荪:《朦胧的七种类型》,周邦宪等译,中国美术学院出版社 1997 年版,第 7 页。
② 燕卜荪:《朦胧的七种类型》,中国美术出版社,1996 年第 1 页、第 7 页,第 1 页注解。
③ 兰色姆:《新批评》,五腊宝等译,江苏教育出版社 2006 年版,第 8 页。
④ 赵毅衡:《重访新批评》,百花文艺出版社 2009 年版,第 49 页。

的。其实诗中的反讽本来就是反语,字面意义和实际内涵相反。而与平常观感相异的抒写,并不一定是相反的,除了词义有时是交叉、从属和不同类别的以外,更多的是科学的、实用的和情感的价值的错位。

反讽(Irony)源自古希腊语 ερωνεα,用拉丁字母拼写就是 eirōneía,意思是装糊涂,是一种修辞策略和文学技巧,语言和行动超出了简明意图和情境,表现出尖锐的不和谐、不统一、不一致(incongruity)。典型的反讽语言或者动作,就是表面意思暗示内在相反的意味。反讽本来的意味是很丰富的,至少可能有喜剧性的(Comic irony)、幽默的(humourous irony)、戏剧性的(dramatic irony)观众或者读者眼睁睁看着作品中人物犯错误,悲剧性的(Tragic irony),人物的行为导致自己愿望反面的悲剧后果,或者苏格拉底式的(Socratic irony),人物装作无意把对方引入逻辑的陷阱等等。[①] 这里之所以不无繁冗地在词源上引证,不过是为了说明,irony 这个词,或者这个修辞范畴的多种内涵主要不在诗歌方面,更多地集中在戏剧性、讽刺方面。而美国新批评,却把一切反讽和悖论一起当作诗。

反讽和悖论,作为一种修辞手段,并不一定是诗。要转化为诗是有条件的。悖论是一种似是而非的自相矛盾的说法,看起来自相矛盾但可能正确的说法(A seemingly contradictory statement that may nonetheless be true),反讽则是用词语表达与它们的字面意思相反的用法,带着某种讽刺的意味。就以布鲁克斯在他号称为新批评的经典之作《精致的瓮》细读过的邓恩的《成圣》(canonization 或译《圣谥》),该诗写的是,为了平凡的爱,放弃世俗的荣誉和恩典,甘于如蜉蚁之渺小,不惜以死亡相酬,不管世俗怎么非议,坚持爱情就是生命:

鹰和鸽深藏在我俩心怀
我们使凤凰之谜更增奇妙

① 参阅 Wikipedia, encyclopodia, irony 条目以及 Liddell & Scott, A Greek-English Lexicon, v. sub ερωνεα.

我俩合一，就是凤凰的写照，

两性结合构成这中性的鸟

我们死而复生，又照旧起来

神秘之力全来自爱

如果不能为爱生，总可为爱而死

以新批评的思路试行分析，无疑充满了悖论和反讽，首先，诗人说双方的生命就是爱(we are made such by love)，但是，又可以为爱而死(at our cost die)。这是第一层次的反讽；其次，诗人又说，爱又使他们死而复生(we dye and rise the same)，甚至使得凤凰死而复活的典故更加智慧(The Phoenix riddle hath more wit)。这是第二层次的悖论和反讽。接下去，是第三层次：如果不可能为爱而生，那就为爱而死(We can die by it ,if not live by love)。可是，前面已经说过了，为爱而死是可以死而复活的，死不就是活吗？在这样颠颠倒倒的逻辑中，读者感到的是什么呢？全是反语吗？是对爱情的反讽吗？这里有自相矛盾，但是，读者没有感到讽刺，相反感到的是对爱的不朽的赞美。

明明是爱的颂歌，而不是讽刺，是因为其间矛盾变得统一和谐。

从形式上看，反讽和悖论，属于隽语(epigram)，往往是一个简短的句子，矛盾因为直接对立而荒谬，讽喻和格言式的智慧并存。但是，《成圣》是诗歌。诗歌中的悖论和隽语中的悖论不同，隽语的悖论，是在逻辑上直接、绝对的对立，以子之矛攻子之盾，中间没有过渡和递进。而在诗歌中，矛盾并不直接对立，而是在多个层次中，间接地，向反面有序地、婉转地转化，尖锐的对立在多个层次的转换中变成和谐。这是兰色姆所说的“隐喻的整体关联性原则”在起作用。[①] 如情人之矛对情人之盾，情感使功能发生变异，或使矛变得柔软，或使盾变成不设防的暗示。荒谬感和讽刺性在矛盾层次转化中逐步递减，情感价值就超越了实用理性，审美价值就相应

① 兰色姆：《新批评》，王腊宝等译，江苏教育出版社2006年版，第8页。

递增。在《成圣》中,读者之所以不感到讽刺,反而是为赞歌的庄重所感动,就是因为从平凡到神圣之间,从生命到死亡又到永生之间,有着向抒情转换婉转的层次。对于讽刺转化为抒情,作者布鲁克斯是意识到的,不过只是轻描淡写:"第三节的开始表明这种反讽的倾向仍然会继续,诗人向朋友指出许许多多诸如此类的荒谬,都可以用在恋人们身上。'你可以把她和我唤做飞蛾,我们也是灯芯,不惜以自身灭亡为代价……'在这个问题上,恋人们可以为自己作出大量异想天开的比较:他们知道这个世道是怎么看他们的。但是第三节的这些比喻(figures)将恋人比作凤凰,十分认真,由于这个比喻,本节的调式从反讽的玩笑转变到一种反抗但有节制的温柔。"①用"有节制的温柔"来代替反讽向抒情的转化,是太过羞羞答答了。

我们可以模仿新批评的方式,对布鲁克斯作些必要的补正。

生命——死亡的对立如果不和谐,则是反讽,如果转化为和谐,就变成了抒情。凤凰并不是导致和谐的唯一环节,而是一系列精致的、微妙的联想过渡的一个层次而已。

把不和谐转化为和谐的,是暗喻的联想整体关联性,以其字面以下隐性的、渐进性的衍生为特点。在不惜以死相酬之后,如果直接说死就是生,那就有点反讽的意味了。但是,诗人以"鹰和鸽深藏在我俩心怀"(the Eagle and the Dove)作为过渡,Eagle 和 Dove 开头字母都是大写的,这就不仅仅是男性和女性生命的象征,而是带着某种生命神圣的契合。这里的隐喻,埋伏着两个系列的整体关联。一是,合二而一(we two being one),Eagle 象征强健,Dove 象征纤弱,蕴藏强弱两种生命的结合。老鹰与鸽子各为炼金术过程中两个阶段的名称。暗示二者如炼金之融合,不但躯体合一,而且连性别差异都消失了(So to one neutral thing both sexes fit)。二是,死亡即永生。"飞蛾""蜡烛"不但与死亡联想水乳交融,而且为下面凤凰在火中飞翔上作了铺垫。复活意念是由"凤凰"呈示的,但它

① 布鲁克斯:《精致的瓮》,郭乙瑶等译,上海人民出版社 2008 年版,第 15 页。

不突兀，因为是前承鹰和鸽子乃至飞蛾的升华。把 Phoenix（没有性别差异的）翻译为中国的凤凰是勉强的。它本是古埃及的不死鸟，在沙漠中生活五百年后自焚，然后从其焚灰中再生。凤凰的自焚和前面的为爱而死，不惜生命的代价相呼应（在意象上是“飞蛾”“蜡烛”），凤凰的再生又为下面的“死而复生”（We dye and rise the same）作了自然的铺垫。这里的联想过渡十分严密，连 Phoenix 的无性别差异，也和前面两性合一的中性（neutral thing both sexes fit）相统一。有了这样密集的、错综的、递进的联想的交织，矛盾的对立就被淡化，和谐就逐步建构起来，讽刺的意味就被颂歌取代。没有这样精致的渐进层次，那就只剩下“如果不能为爱生，总可为爱而死”这样的格言式警句，或者隽语了。

新批评的理论偏执在于，把悖论反讽看死了，看僵了，忽略了它在不同语境，在不同形式中的分化和转化，无视于它既可能产生诗，也可能破坏诗；可以有利于他们所追求的智趣，也可能构成幽默的谐趣，更可能凝聚为审美的抒情。

新批评在这方面的概括力显然很有限，布鲁克斯推崇华兹华斯把“平常之事”写得不“不平凡”的主张，并以华氏的《威斯敏斯特大桥》为例，说他把污秽狂躁的伦敦写成“清纯美丽的晨装”，“在城市死亡之际”“看到城市其实蕴藏着生机”，断言这一定是悖论和反讽。从理论上来说，暴露了他对具体矛盾的具体分析力的薄弱。很简单，“二月春风似剪刀”因为有前面的一句“不知细叶谁裁出”的“裁”作铺垫，和前面的“裁”呼应，故和谐，不是反讽，而是抒情。而“二月春风似菜刀”，因为没有铺垫，直接矛盾，显得怪异，因而是反讽。从这个意义上说，新批评的反讽比俄国形式主义的“陌生化”偏颇更大。但这并不妨碍新批评理论家坚信，一切诗歌中的现象，只要不同于日常感知，或者只要文本语义不同于字典语义，就通通当作悖论反讽，这样就把悖论反讽（还有张力）的外延无限度地扩大。从逻辑学来说，外延的递增，只能导致内涵的递减，无限扩大的外延只能意味着内涵的无限贫困，从而造成了他们献身的“细读”的无限牵强。

苏轼的"反常合道"更全面

其实,丢开这种牵强,用中国古典诗话的"反常合道"(释惠洪《冷斋夜话》卷五,吴乔《围炉诗话》卷一)来阐释要全面得多,如果反讽可以说接近于反常,而光有反常并不能成为诗,还要合道才能转化为诗。苏东坡(1037—1101)的这个命题,是从对柳宗元的《渔翁》中提出来的,"渔翁夜傍西岩宿,晓汲清湘然楚竹"。为什么要突出渔翁夜间宿在山崖边上。他的生活所需,取之于山水。暗示的是和大自然融为一体。"燃楚竹"与"汲清湘"对仗,更加显示其环境的整体和人的统一依存的生存状态。接下去:

烟销日出不见人,欸乃一声山水绿。

这一句,很有名声,可以说是千古"绝唱"。苏东坡评这首诗说:"以奇趣为宗,以反常合道为趣。"这话很有道理,但是,并未细说究竟如何"反常",又如何"合道"?"烟销日出不见人",人就在烟雾之中,看不见了是正常,"烟销"了,本来应该看得出人,又加上"日出",更应该看得出,然而看不出。把读者带进一种刹那间两个层次的感知"反常"转换之中。第一层次的反常,点燃楚竹之火,烟雾是人和自然统一,烟雾散去了,人却不见了;第二层次的"反常":在面对视觉的空白之际,"欸乃一声山水绿",传来了听觉的"欸乃",突然从视觉转变成了听觉。这就带来视听转换的微妙感悟,声音是人造成的,应该是有人了吧,但是只有人造成的声音的效果,却还是"不见人",却可以听到人的活动造成的声音。第三层次的"反常"是循着声音看去,却仍然是"不见人",只有一片"山水绿"的开阔的空镜头。三个层次“不见人”,连续三个层次的“反常”,不是太不合逻辑了吗?然而,所有这一切,却又是“合道”的。“烟销日出不见人”和“欸乃一声山水绿”结合在一起,突出的首先是渔人的轻捷,悠然而逝,不着痕迹,转瞬之间就融入在青山绿水之中。其次,“山水绿”,留下的是一片单纯色彩的美景,同时也暗示是观察者面对空白镜头的遐想。不是没有人,而是人远去了,令人神往。正如“山回路转不见君,雪上空留马行处”“孤帆远影碧空尽,唯见长江天际流”一样,空白越大,画外视觉持续的时间越长。三个层次的“反常”,又是三个层次的“合道”。这个“道”不是一般的道理,而是视听交替和画外视角的效果,这种手法,在唐诗中运用得是很普遍而且是很熟练的(如钱起《省试湘灵鼓瑟》:曲终人不见,江上数峰青)。所以,这个“道”是渔人飘然而来,飘然而去,有“崖上无心云相逐”为之注解,这个“无心”之道,就是天人合一之“道”,前面的三个层次的反常,都合乎这个“无心”之道。

回到前述丁尼生的《无端的泪》而言,明明是眺望秋日美景,反而引来了眼泪,原因就在那和秋日美景联系在一起的美好不再重来。(thinking of the days that no more)这和李商隐的“夕阳无限好,只是近黄昏”是一样的命意。用反常合道、抒情言志来解释,迎刃而解,可他们偏执地回避抒情,就连分析华兹华斯的诗,也千方百计回避抒情,强行用悖论反讽来硬套,岂不知华兹华斯在抒情歌谣集(1880)的序言中,就直言“一切的好诗都是强烈的感情自然流泻”(spontaneous overflow of powerful feelings)。[①] 虽然华兹华斯也提醒要经过沉静和反思,但是,经过提炼的强烈感情,毕竟还是感情。事实上,平常的事物在诗人眼中变得不平常,原因并不是诗人用了悖论的反讽,而是诗人的感情冲击了感知,发生了变异。感觉和情感的这种关系是普遍规律。情人眼里出西施,月是故乡明,良言一句三冬暖,恶语伤人六月寒都是变异的表现。桑德堡的经典诗句

---

① William Wordsworth *Preface to Lyrical Ballads* (1800), *Famous Prefaces* The Harvard Classics. 1909–14.

“有一种低声道别的夕阳”,夕阳是无声的,平常的,低声道别是有声的,不平常的。难道这里有什么反讽或者悖论吗?从理性来说,这可能是悖理,但是,这是情感对夕阳西下亲切化的变异。“大江东去,浪淘尽,千古风流人物”。苏轼把平常的长江写得不平常,用的是中国古典诗歌传统的办法,就是把不可感的时间变成可感的流水,把空间的辽阔转化为时间(千古)的无穷,是反讽和悖论所不能概括的,甚至可以说是风马牛不相及。周瑜在东吴大臣心目中本是一个“衔命出征,身当矢石,尽节用命,视死如归”的雄武勇毅的将军,①而苏轼用“风流”来概括,还把小乔初嫁的时间推后了十年,把属于诸葛亮的“羽扇纶巾”转给了周瑜,不是反讽,而是歌颂。寄托着苏轼豪杰智者化的梦想。

在情感冲击下的感知变异是无限丰富的,而新批评却将其硬性纳入到“悖论”“反讽”“张力”为核心的,包括“隐喻”“结构”“机理”“含混”等范畴之中。狭隘的理论预设造成了大量盲点。把平常的现象写得不平常并不是诗的全部。中国的山水诗歌中有把平常景象写得平凡,甚至平淡的风格“明月松间照,清泉石上流”,“暧暧远人村,依依墟里烟”,“野老念牧童,倚杖候荆扉”,“秋风吹渭水,落叶满长安”“柴门闻犬吠,风雪夜归人”,都是在平淡景象中显示出结构性和谐意韵取胜。

当然,从表面上看,他们和形式主义者过分拘泥于词语有所不同,多多少少意识到诗歌结构的丰富性,瑞恰慈认为:诗歌中,包容种种的冲动,如平行,如包容,如冲突,但都不一定是伟大的,但是,只有“对立的冲动的平衡是最有价值的审美反应的基础”。其实他所说的对立冲动的平衡,就是反讽。② 所以李欧梵批评他们把“细读方法禁锢在文本语言的结构之中”。③ 殊不知,纯用修辞是阐释不了感情的特殊性的。“近乡情更怯,不敢问来人”,表层形式是悖论,但是,这种悖论表现的是回乡的喜悦,变成紧张到有点恐惧的程度。“蝉噪林愈静,鸟鸣山更幽”是矛盾的,但这不

① 陈寿:《三国志》下,中华书局2005年版,第937页。
② 赵毅衡:《重访新批评》,百花文艺出版社2008年版,第46页。
③ 布鲁克斯:《精致的瓮》,中译本序,载《精致的瓮》上海人民出版社2008年版,第9页。

是悖论,而是一种特别宁静的感情,对喧闹的蝉声的“变异”之感。

笼统的反讽和多元的文体

所有这一切,都足以说明,新批评作为理论,在思维方法上存在重大的漏洞。

首先,在论证悖论反讽是诗歌的普遍规律时,采用了个案分析办法,但是极不系统,从论证结构来说,这在逻辑上属于简单枚举,充其量不过是起了举例说明的作用。显然,这是比较粗疏的。以波普尔为代表的现代科学学指出,要论证“一切天鹅是白的”的命题,举多少正面的例子,都是无效的,一旦发现一只天鹅是黑的,就被证伪了。相反,并不是一切天鹅都是白的,绝对是正确的。新批评颇为执着地追求文学批评的科学化,但是,他们对当代科学理论中证伪高于证明的原则一无所知。

其次,更大的漏洞是:他们通过文本细读不厌其烦地说明,从古典主义、玄学诗派、浪漫主义到现代诗歌中均不得不运用反讽和悖论,对于诗来说,二者须臾不可或缺,但却无视悖论和反讽不仅仅存在于诗歌中,在日常口语交流中同样存在。新批评理论家的差异感(对复杂现象的辨析力)是比较欠缺的,他们仅仅看到诗歌的语言有别于字典语言,以为就是诗的特点了。但是,赋予语词以新的内涵并不是诗歌的专利,每一个词语,在任何语境中都会发生内涵的变异,把富豪的精神贫困说成“穷得只剩下了钱了”,把秃顶叫作“绝顶聪明”,把问题提得多的儿童叫作“问题儿童”中,“穷”的内涵,“绝顶”的内涵,“问题”的内涵,都发生了变异,但是,都不是诗,而是日常交际中的幽默。

新批评对反讽、悖论在散文、小说、诗歌中显而易见的区别同样视而不见,从来也没有将之作为探索的课题。用他们的理论可以阐明“不能为爱而生,但可为爱而死”是诗中的悖论,却不能解释范仲淹的“先天下之忧而忧,后天下之乐而乐”为什么只是散文。他们对命题和逆命题、逆反命题之间的关系缺乏起码的思考。好比看到了水对于人体不可或缺,却拒绝面对水不等于人的事实,更不去思考在猪狗身体内也有着不亚于人体比例的水。把猪狗的血输入到人体内是要出人命的,这一切都在他们的想象以外。分析的任务本来是揭示其间不可混淆的特殊矛盾,新批评却满足于其间的抽象的统一。

“逻辑的非关联性”和中国古典诗话的“无理而妙”“痴而入妙”

如此众多不乏睿智的学者这样作茧自缚,在世界文学批评史上,实属咄咄怪事。缘由相当深邃,但是并不神秘。第一,他们对于不同形式之间的不同规范,其中间不容发的差异一无所知。这就不难理解,他们以诗歌中的悖论和反讽的理论起家,但对其不同于小说散文的特殊性,他们头脑中却是一片空白。

问题还出在他们想象中只有抽象的诗歌,对于诗歌千年发展过程中的流派漠然无感。他们最权威的理论代表艾略特说得很清楚:“诗不是放纵感情而是逃避感情,不是表现个性而是逃避个性。”①兰色姆则更是直率地宣称:“艺术是一种高度思想性或认知性的活动,说艺术如何有效地表现某种情感,根本就是张冠李戴。”②这种反抒情的主张和俄国形式主

---

① 艾略特这个说法是很极端的。其中包含着两层意思,一是反对浪漫主义的滥情主义,二是诗人的个性其实,并不是独异的,而是整个文化传统所塑造的。因而,个性和感情只是作品的形式:“我的意思是诗人没有什么个性可以表现,只有一个特殊的工具,那只是工具,不是个性”见 *T · S · Eliot Selected Essays*, p8,1933 第 8 页。London: Faber and Faber Ltd.,1932 年。美国 New York : Harcourt, Brace and company 同时出版。1933 年、1934 年没有再版过。赵毅衡的《重访新批评》,说是 1933 年,可能另有所据。

② 兰色姆:《新批评》,王腊宝等译,江苏教育出版社 2006 年版,第 11 页。

义者如出一辙,但是,显然与西方诗歌浪漫主义理论纲领,华兹华斯的"强烈感情的自然流泻"背道而驰。新批评把价值的焦点定位在智性上,在理论上坚持现代主义的特色,无可厚非,如果仅仅阐释现代派诗作,可以说是不太离谱。可他们偏偏把狭隘的贫乏的修辞格强加于一切诗歌流派。当他们不得不肯定抒情的浪漫主义诗歌时,就偷天换日,把抒情当作修辞,这就暴露了他们的狭隘:修辞(而且是狭义的修辞)是他们仅有的话语,离开了修辞就失语了。

他们已经看出诗歌的某些特点,理查兹甚至还提出了诗歌"逻辑的非关联性"[①],布鲁克斯提出了"非逻辑性"[②],只要向前迈出一步就不难发现情感逻辑与抒情逻辑的不同。但,由于他们对抒情的厌恶,始终不能直面情感逻辑和理性逻辑的矛盾。

理性逻辑,遵守逻辑的同一律,以下定义来保持内涵和外延的确定。情感逻辑则不遵守形式逻辑同一律(排中律、矛盾律,是为了保证同一律),以变异、含混、朦胧为上,苏东坡和他的朋友章质夫都以杨花为题材写了《水龙吟》进行唱和。章质夫的如下:

> 燕忙莺懒芳残,正堤上,柳花飘坠,轻飞乱舞,点画青林,全无才思。闲趁游丝,静临深院,日长门闭,傍珠帘散漫,垂垂欲下,依前被,风扶起。　　兰帐玉人睡觉,怪春衣雪沾琼缀,绣床渐满,香球无数,才圆却碎。时见蜂儿,仰粘轻粉,鱼吞池水。望章台路杳,金鞍游荡,有盈盈泪。

苏东坡的和作如下:

---

① 参见兰色姆《新批评》,王腊宝等译,江苏教育出版社 2006 年版,第 8 页。

② 布鲁克斯说:"邓恩在运用'逻辑'的地方,常常是用来证明其不合逻辑的立场。他运用逻辑的目的是要推翻一种传统的立场,或者'证实'一种基本上不合逻辑的立场。"《精致的瓮》,上海人民出版社 2008 年版,第 196 页。

似花还似非花，也无人惜从教坠。抛家傍路，思量却是，无情有思。萦损柔肠，困酣娇眼，欲开还闭。梦随风万里，寻郎去处。又还被，莺呼起。　　不恨此花飞尽，恨西园落红难缀。晓来雨过，遣踪何在？一池萍碎。春色三分，二分尘土，一分流水。细看来，不是扬花，点点是离人泪。

两首词都表现思念远离家乡丈夫的贵族妇女的伤感情绪，感叹青春像杨花一样地消逝。章质夫对杨花形态的描摹可谓曲尽其妙，其中还有些前人所未曾达到的那种精致之处。但是，他基本上用的是写实的手法，在他笔下，杨花始终是杨花，他不敢突破杨花的固有形态，不敢让它发生变异，完全符合逻辑的同一律。而在苏东坡笔下，杨花带上了更强烈的变异的形态，它不完全是现实中杨花那个本来的样子了。苏东坡一开始就是："似花还似非花。"又是杨花，又不是杨花。到最后，则干脆宣称："细看来不是杨花，点点是离人泪。"勇敢地超越了逻辑的同一律，杨花变异了，变成了眼泪，客观的对象变成了主观的感情，这种变异只有在诗的想象的逻辑。苏东坡作为一个大诗人，大就大在想象大大超过了章质夫。而这种勇敢地突破事物原始形态的变异逻辑，从形式逻辑来说，要让新批评来细读，肯定又是悖论，又是反讽了，可这里没有一点悖论的机智，也没有任何讽刺，这里是闺中仕女在思念丈夫的情感（闺怨）冲击下，感知使杨花发生了变异。变异是情感的效果，变异造成的错位幅度越大，感情越是强烈。

抒情还超越充足理由律，以"无端"为务。无端就是无理。前文所引《无端的泪》就是一例。对于诗来说，有理，完全合乎理性逻辑，可就是无情感，很干巴，而无理无端才可能有诗的感染力。在这方面，我国古典诗话有相当深厚的积累。贺裳《载酒园诗话》卷一，并《皱水轩词筌》，吴乔

《围炉诗话》提出“无理而妙”的重大理论命题。[①] 不但比艾略特的“扭断逻辑的脖子”早出了三个世纪，而且不像艾略特那样片面，把“无理”和“有理”的关系揭示得很辩证。

当然，古人的道理还有发挥余地。

无理就是违反充足理由律。李清照的《声声慢》“寻寻觅觅，冷冷清清，凄凄惨惨戚戚”，如果让新批评的理论家用反讽论来分析，可能要抓瞎，这里压根儿没有什么反讽、悖论，也没有他们所热爱的暗喻。可是从情感逻辑上来分析，可能迎刃而解。首先，“寻寻觅觅”是没来由的，寻什么呢？模模糊糊，不知道寻找什么。妙处就在某种失落感，不知道失去了什么。其次，从因果逻辑来说，结果怎样呢？寻到没有呢？也没有下文，可妙处就是不在意结果，不在乎寻到了没有。没有原因，也没有结果，其次，长期受到称赞的十四个叠词，互相不连贯，正好表现了失落感的隐隐约约，飘飘忽忽，断断续续，若有若无。

无理，就是可以自相矛盾。布鲁克斯说：“如果诗人忠于他的诗，他必须既非是二，亦非是一：悖论是他唯一的解决方式。”[②]但是，即使是悖论，也不仅仅是修辞的特点，而且是情感的特点，修辞不过是用来表达情感的手段。千百年来，众说纷纭的李商隐的《锦瑟》在神秘而晦涩的表层，掩藏着情感的痴迷。“此情可待成追忆，只是当时已惘然”，是很矛盾的。“此情可待”，说感情可以等待，未来有希望，只是眼下不行，但是又说“成追忆”，等来的只是对过去的追忆。长期以为可待，可等待越久，希望越空，没有未来。虽然如此，起初还有“当时”幸福的回忆，但是，就是“当时”也已明知是“惘然”的。矛盾是双重的，眼下、过去和当时都是绝望，

---

① 吴乔：《围炉诗话》卷一，郭绍虞编选《清诗话续编》（上），上海古籍出版社 1999 年版，第 477 ~478 页。清贺裳《载酒园诗话》卷一“诗又有以无理而妙者，如李益‘早知潮有信，嫁与弄潮儿’，此可以理求乎？然自是妙语。至如义山‘八骏日行三万里，穆王何事不重来’，（李商隐《瑶池》：瑶池阿母绮窗开，黄竹歌声动地哀。八骏日行三万里，穆王何事不重来？）则又无理之理，更进一层。总之诗不可执一而论”。子野《一丛花》末句云“沈恨细思，不如桃杏，犹解嫁春风”。此皆无理而妙，吾亦不敢定为所见略同，然较之“寒鸦数点”（宋秦观《满庭芳》词句：斜阳外，寒鸦万点，流水绕孤村。“万”，一作“数”），则略无痕迹矣。

② 布鲁克斯：《精致的瓮》，上海人民出版社 2008 年版，第 21 页。

明知不可待而待。自相矛盾的层次越是丰富,越是显得情感的痴迷。缠绵的绝望,绝望的缠绵,这一点用中国诗话中的"痴而入妙"来解释,可以迎刃而解。

无理不仅是形式逻辑的突破,而且是辩证逻辑的突破。辩证逻辑的要义是全面性,至少是正面反面,矛盾双方的互相联系、互相制约,最忌片面化、极端化、绝对化,而强烈的诗情逻辑恰恰是以片面性和极端化为上。就以邓恩的《宣而成圣》而言,诗中那种生生死死,为爱而死,为爱而生,为爱死而复生,从生的极端到死的极端,在辩证的理性逻辑来看,恰是大忌,但是这种极端,恰恰是情感强烈的效果,是爱的绝对造成这逻辑的极端。这和白居易《长恨歌》中的"在天愿作比翼鸟,在地愿为连理枝,天长地久有时尽,此恨绵绵无绝期"一样,不管空间如何,不管时间如何,爱情都是绝对的不可改变的,超越了生死不算,还要超越时间和空间。有了逻辑的极端才能充分表现感情的痴迷。对于这样的诗歌,中国古典诗话中的"痴"的范畴,非常深邃而丰富,可惜的是长久以来没有受文艺理论界的起码重视。①

① 最初,(明)邓云霄在《冷邸小言》中提出这个范畴时:"诗语有入痴境,方令人颐解而心醉。"如:"微雨夜来过,不知春草生。""庭前时有东风入,杨柳千条尽向西。"(明)钟惺、谭元春《唐诗归》卷十三谭评唐万楚《题情人药栏》曰:"思深而奇,情苦而媚。此诗骂草,后诗托花,可谓有情痴矣,不痴不可为情。"(清)焦袁熹《此木轩论诗汇编》说:"如梦如痴,诗家三昧。"(清)黄生《一木堂诗麈》卷一说:"极世间痴绝之事,不妨形之于言,此之谓诗思。以无为有,以虚为实,以假为真。"(清)刘宏煦在《唐诗真趣编》说得更坚决:"写来绝痴、绝真。"(清)徐增《而庵说唐诗》卷十四同样把痴境当作诗歌的最高境界"妙绝,亦复痴绝。诗至此,直是游戏三昧矣"。这个情痴的观念,影响还超出了诗歌,甚至到达小说创作领域,至少可能启发了曹雪芹,使他在《红楼梦》中把贾宝玉的情感逻辑定性为"情痴"("情种");(清)吴修坞《唐诗续评》卷三曰:把痴作为诗的入门:"语不痴不足以为诗。"(清)贺裳《载酒园诗话》卷一评王諲《闺怨》"昨来频梦见,夫婿莫应知"说,"情痴语也。情不痴不深",也就是只有达到痴的程度,感情才会深刻,甚至是"痴而入妙"。这个"痴而入妙",和他的"无理而妙"相得益彰,应该是中国诗歌鉴赏史上的重大发明,在当时影响颇大,连袁枚都反复阐释,将之推向极端:"诗情愈痴愈妙"。与西方诗论相比,其睿智有过之而无不及。"痴"这个中国式的话语的构成,经历了上百年,显示了中国诗论家的天才,完全不亚于莎士比亚把诗人、情人和疯子相提并论。莎氏的意思不过就是说诗人时有疯语,疯语当然超越了理性,但近于狂,狂之极端可能失之于暴,而我国的"痴语"超越理性,不近于狂暴,更近于迷(痴迷),痴迷者,在逻辑上执于一端也,专注而且持久,近于迷醉。痴迷,迷醉,相比于狂暴,更有人性可爱处。怪不得清谭献在《谭评词辨》从"痴语"中看到了"温厚"。莎士比亚的话语大下流传,而我国的痴语却鲜为人知。这不但是弱势文化的悲哀,而且是我们对民族文化的不自信的后果。

把情志艺术化的密码还原出来

作为细读的对象,我们把它当作人的精神艺术化的结晶来看待,而新批评则仅仅把它当作客观的文本。把文本绝对客观化,其实也就是非人化。说得最为极端的是艾略特,他有一个著名的比方,说是诗人好像是在制造硫酸时,放在二氧化硫和氧气中的催化剂白金丝。硫酸是二氧化硫和氧气的化合,白金丝并未改变,它还是白金丝。"一个艺术家的前进是不断牺牲自己,不断地消灭自己的个性。"新批评诸公并非弱智,导致他们走向文本的非人化,原因盖出于他们对文本的科学化的追求。"要做到消灭个性这一点,艺术才可以说达到科学的地步了。"①从正面说,是致力为文本寻求唯一正确的解读;从反面说,是对解读过程中的人,特别是人的心理盲目否定。他们不但拒绝作者的心理,说那样可能产生"意图谬误",而且拒斥读者的心理,说那样可能产生"感受谬误"。在他们看来,心理的介入有碍于科学的、标准化的、一元化的解读,解读多元化和他们所信奉的科学主义不相容。更为奇怪的是,他们还拒绝对文本作心理分析。② 但是,既然涉及人,一些重要批评家如里查兹,难免涉及情感等方面,这引起了新批评的重镇兰色姆的不满。他在《新批评》的《前言》中说:新批评的两个具体错误之一就是运用"心理学上情感性的语汇,试图根据诗歌的情绪感觉和态度而不是根据其对象来评判文学"③。这种反心理主义的理论和中国古典诗歌理论和小说评点可以说是水火不相容。汉语古典诗论是以抒情言志为纲的,用陈伯海的话来说就是:"发端于情

---

① 艾略特:《传统与个人才能》,《艾略特诗学文集》,国际文化出版公司,1989 年,第 1~8 页。

② 赵毅衡:《重访新批评》,百花文艺出版社 2009 年版,第 69~71 页。

③ 兰色姆:《新批评》,王腊宝等译,江苏教育出版社 2006 年版,第 4 页。

志,成形于意象,而完成于意境。”[①]抒情言志,意象和意境都既离不开诗人的,也离不开作品中人物的心理。就是按照康德在《判断力批判》中的说法,美就是属于感知、情感范畴的。新批评对康德漫不经心,导致他们在学理上陷入致命的武断。

① 陈伯海:《中国诗学之现代观》,上海古籍出版社2006年版,第17页。

第九章　叙事学建构:打出常规和情感错位

苏联式的情节四要素教条的腐朽

至今,大学和中学课堂上,讲到小说或者叙事文学(包括叙事诗),大抵都要讲到情节。但是,关于情节的理论,几乎众口一词地都说情节就是开端、发展、高潮和结局。其实,到了19世纪下半叶,以契诃夫、莫泊桑和都德为代表的短篇小说家,就废弃了这种古典式的全过程式的情节,代之以“生活的横断面”的结构。不再追求一环扣一环的叙述模式,而是从生活中截取一个侧面。最明显的是,开端显得非常不重要,往往是从事件的当中讲起,发展退化为后来的某种不着痕迹的交代,更不在乎严格意义上的结尾。像《项链》就没有结尾,从完整的情节模式来说,明知道导致耗费了十年青春的项链是假的,结尾应该是把真项链拿回来以弥补青春的代价。但是,小说却戛然而止。这种横断面式的结构,早在“五四”时期,胡适就在《论短篇小说》中作了理论的总结。他说,所谓短篇小说,并不是篇幅短小的意思,而是有一种特别的性质:“用最经济的文学手段,描写事实中的最精彩的一段或一方面,而能使人充分满意的文章。”对于这个带着定义性质的“横截面”原则,他这样阐释:

> 譬如把大树的树身锯断,懂植物学的人看了树身的“横截面”,数了树的“年轮”,便可知这树的年纪。一人的生活,一国的历史,一个社会,都有一个“纵剖面”和无数“横断面”。纵面看去须从头看到尾,才可看见全部。横面截开一段,若截在要紧的所在,便可知这个“横截面”代表这个人,或这一国,或这一个社会。这种可以代表全部的部分,便是我所谓“最精彩的”部分。①

胡适举了他翻译的都德的《最后一课》《柏林之围》和莫泊桑的《羊脂球》《二渔夫》为例,说明这种情节构成方法。针对的就是传统所谓有头有尾、环环紧扣的传统情节构成。这在五四时期新锐小说家那里,几乎已成共识。鲁迅有时走得更远,他的《狂人日记》几乎取消了情节,而《故乡》和《孔乙己》则几乎谈不上情节的高潮,《祝福》虽有情节,但是,几乎

① 胡适.《论短篇小说》,胡适编选《中国新文学大系·建设理论集》,上海良友图书印刷公司,1935年,第272页。

没有下面表现,而陷入事后的交代。

把情节划分为开端、发展(再发展)高潮和结局平行的四个要素,属于形式逻辑的划分,是极其落伍的。充其量只是素材的形式外部形态,正等于把人分为头部、躯干、四肢,并不能揭示其内部的机制。俄国形式主义者早就指出素材和情节的不同,果断地说,形式可以消灭素材,甚至创造内容。但是直到 21 世纪,这种把原生素材和文学创作混为一谈的四要素理论,在大学教材中和全部中学教参中,在见诸报刊的情节分析文章中,却屡见不鲜。

这种四要素的弱智理论,是 20 世纪 50 年代从苏联学者季莫菲耶夫的《文学原理》中搬来的。原文是这样的:"和生活过程中任何相当完整的片段一样,作为情节基础的冲突也包含开端、发展和结局。"在阐释"发展"时,又提出:"运动的'发展'引到最高度的紧张,引到斗争实力的决定性冲突,直到所谓'顶点',即运动的最高峰"。这个补充性的"高峰",后来就被我们国家没出息的理论家和英语的"高潮"(climax)结合起来。[①] 半个多世纪过去了,季莫菲耶夫的理论,诸如"形象反映生活""文学的人民性""文学的党性""社会主义现实主义"早已被历史所淘汰,而"开端、发展、高潮、结局"的教条仍然在大学、中学课堂上被奉为经典。其实这样的"理论",就是从常识层面来说也是千疮百孔的。首先,这并不是文学作品所特有的,而是任何小道新闻、末流的花边故事所共有的,并没有显示文学情节的特殊性。其次,它给人一种印象,情节就是四个并列的要素,只有表面的时间顺序的联系。再次,四个要素似乎并没有内在的逻辑关系。

---

① 查良铮译,季莫菲耶夫《文学原理》,原版为苏联教育部核准之文学系教材,莫斯科教育教学出版局 1948 年出版,中文版,1955 年,第 203 页。

西方结构主义模式和叙事学批判

比这种肤浅的“理论”更为深刻一些的论者，并不满足于这样的表面性，从而转向了情节结构的概括。俄国形式主义者的先驱弗拉基米尔·普洛普研究了100篇俄国民间故事，发现每一个故事中的主人公及其一系列行为，虽然各不相同，却是由一些基本要素构成的，这些要素（他叫做“功能”）不但是相同的，而且其后果也是一致的。基于此，他把俄国民间故事分成31种模式。例如1.沙皇赐给一名英雄一只雄鹰，雄鹰驮着他去到另一个王国；2.一位老人送给苏森林一匹骏马，这匹骏马驮着苏森林去到另一个王国；3.巫师给了伊凡一只船，小船载运伊凡到另一国度；4.公主给了伊凡一个指环，从指环中跳出一个年轻人背负伊凡至另一个国度。尽管身份不同，但是，主人公凭借特殊手段去往异地却是一样的，等等，普洛普得出的结论是：1.人物的功能在童话中是稳定的、不变的因素，它如何实现，由谁来实现，没有关系，功能构成童话的基本要素。2.童话已知的功能数量是有限的。3.功能的次序总是一致的。4.就结构而言，童话都属于一种类型。他从民间故事中分析出来的人物类型，至少有七种，可以适用于其他媒体。第一种是反派（villain 恶棍），和英雄人物（或者译“主人公”）对抗的；第二种是奉献者，给予英雄以神奇的物体的；第三种是协助者（helper），帮助英雄实现目标的。第四种是公主（princess），和英雄结婚，总是在追求探索之中。第五种，公主的父亲。第六种是协调者（dispatcher），帮助英雄出走。第七种是英雄或者牺牲者、追求者，对奉献者作出反应，最后和公主结婚。[①] 只要稍作变动，很多功能也适用于现代叙事——小说、戏剧、连环画、电影、电视节目。

① V.Prott, *Morphology of the Folk*, Austin University, of Taxes Press, 1968, pp.21-23.

这样的模式，明显没有任何生命力的肤浅的模式，却引来了不少的追随者，如格雷玛斯(Algirdas Julien Greimas 1917.3.9—1992)、科凯、热拉尔·热奈特等等。尽管西方文论享有高度的话语霸权，但是实践却是更严峻的裁判官。把这样的模式用之于小说或者其他叙事形式，显然是带着机械、空想的性质。第一，这完全是脱离了内容(人与人的心灵活动)的公式，与文学的审美价值脱节，把形象抽象化，是文学的大忌。第二，这样的归纳是不完全的，叙事模式是无限丰富的，就是把它弄到31种样式，也还是片面的，而且，文学创作并不是这样机械刻板，可以批量组装的。普洛普没有意识到就是同样的要素，由于情调、心境、个性、风格的不同，其艺术成就可能是相当悬殊的。很显然，要建构文学文本解读学，普洛普和格雷玛斯这种简陋而繁琐的公式，是应该废弃的。关于这一点，罗兰·巴特曾经清醒地这样说：

> 据说某些佛教徒依持苦修，最终乃在芥子内见须弥。这恰是初期叙事分析家的意图所在：在同一的结构中，见世间的全部故事(曾有的量一如恒河沙数)；他们盘算着，我们应从每个故事中，抽离出它特有的模型，然后经由众模型，导引出一个包纳万有的大叙事结构(为了检核)，再反转来，把这大结构使用于随便哪个叙事。①

他批判结构主义寻求单纯统一模式，自然有道理，但是，他自己却陷入了烦琐。他把巴尔扎克的《萨拉辛》分成了561个阅读段。虽然得到许多慑于其权威的理论侏儒的喝彩，但是，却没有什么人追随，实践说明，理论越是繁琐越是自取灭亡。

就普洛普而言，他的不足还在于，作为学科理论，31种功能，太复杂，失去了科学必要的简明性。如果说文艺理论讲真善美的话，那么学科理论的要求就是真简美。从哲学上来说，一分为二，虽然不全面，但是，是可

---

① 罗兰·巴特《S/Z》，屠友祥译，上海人民出版社2000年版，第55页。

以操作的,因而,被普遍接受。一分为三,更全面,接受的范围就小一些。一分为四,一分为五,一分为六,全面性越是递增,可操作性越是递减。

格雷玛斯也许感到了这一点,试图另辟蹊径,以语义学建立起一套叙事结构法则。提出叙事是由显性的叙述层面(表层结构)与隐性的结构(深层结构)所组成,出于西方语言学在主谓宾、性数格、时态、语态等方面的变格、变位和丰富的文化传统,他把叙事的深层结构归结于类似于句法结构:把叙事结构的"行动元"(actant,或译行为体)叫作"主语",人物的"行为"叫作"谓语"。不言而喻,这样的模式比之普洛普的模式似乎是更简明了,但是,却更为浅陋了,丰富复杂的故事,按季莫菲耶夫的开端、发展、高潮、结局,还有四个要素,在格雷玛斯这里,只剩下主语和谓语两个要素。这两颗芥子,无论如何也是容纳不下大千世界恒河沙数的故事的。幸而,格雷玛斯按照"二元对立"的思想及其组织关系,又分别建立起"行动元模式"与"语义方阵"。二者被广泛运用于人类学、文化研究等相关领域。这对于文学文本解读学来说,不能否认有一定的参考价值,最主要的是,把叙事情节中的人物关系分成相辅相成的三组二元对立的成分,多少接近了文学作品的机制:

主体/客体

送信者/受信者

助手/敌手

在此基础上,格雷玛斯在《符号学约束规则之戏法》中提出了深层概念模式的"符号方阵"(一译矩阵 matrix):四个方位分别代表结构发展的四个不同阶段,这显然超越简单的二元对立,人物之间的关系有等值(全同)、全异(矛盾和反对)、交叉(全交叉和内交叉)、蕴含、反蕴含、独立、内交叉、全交叉等等。他把"四项结构"中两组"二元对立"的四个概念,放在"逻辑方阵"的四角,构成了"X 型语义方阵"(以"黑""白"为例,以 S

为符号)：

(黑)S1	S2(白)
(非白)非 S2	非 S1(非黑)

在这个“方阵”中,S1 与非 S1、S2 与非 S2 为“矛盾关系”;S1 与非 S2、S2 与非 S1 为“包含关系”;S1 与 S2 为“反对关系”;非 S1 与非 S2 为“内交叉关系”。[①] 用这样的模式来解读文学作品,比之把人物简单地分类正面反面、好人坏人要丰富得多。这对于文学解读来说,似乎是别开生面的,比之二元对立的分析方法要细致得多。但是,这样的成系统的划分,与文学作品人物的内心丰富变幻相去甚远。

在叙事和戏剧作品中,最根本的特点就是人物是在环境、条件作用下不断变化的。根本不存在一个固定的 X 人物,反 X,非反 X 人物。在小说和戏剧中,如果人物自身和人物之间的关系一成不变,一见钟情,心心相印,生死不渝,那就是诗,那就没有性格,没有戏可演。李隆基和杨玉环在诗歌《长恨歌》的爱情中可以是超越时间、空间,甚至是超越生死的,但是在小说《太真外传》和戏剧《长生殿》中则要闹矛盾,情感要发生错位。杨玉环会因为吃醋而被送回家两次,又两次被迎归。并不是矩阵模式设想的那样正 X 和反 X 是永恒不变的,而是在一种条件下对方是 X(爱),在另一种条件下,则是反 X(不爱),到后来,又变成了 X(更爱)。而李杨两角色的生命力就在于,二者的关系一直处于运动状态之中。格雷玛斯所说的二者蕴含、反蕴含,矛盾、交叉、等值(全同)并不是分别存在的,而是互相转化的。在叙事文学和戏剧文学中,人与人之间等值、全同,就是

① 这里参考了并运用了黄卫星《叙事理论中的“语义方阵”新探——兼论学术界对“语义方阵”的误用》的研究成果,《江西社会科学》,2008 年 11 月号。

人物的性格的灭亡。在《红楼梦》中,林黛玉和贾宝玉,每时每刻都在非X,反X和非反X之间运动,叙事艺术的感染力源出于此。而薛宝钗呢?按格雷玛斯的模式,无论将之归到反X,还是非反X中去,都可能扼杀其艺术生命。在《安娜·卡列尼娜》中,最初安娜不爱渥伦斯基,应该是X与非X的关系,后来爱上了,则转化为X1与X2的包含关系,再后来发生了矛盾,安娜用自杀来惩罚渥伦斯基,则转化为X与反X的关系。在这一点上,钱钟书在《围城》中说得最到位:恋爱时是一个人,等到结婚以后,才发现变成了另外一个人。叙事文学中人物的运动状态是永恒的,而所谓X、反X、非反X,则是僵化的符号,用在文本解读上,肯定是格格不入的。但是,我们一些学者却运用这种僵化模式去硬套文学文本,以之解读《项链》。按"格雷玛斯语义方阵"《项链》被表述为如下的方阵:

假项链	真项链
真实	理想

列出了这样的方阵,[①]不察于此种"方阵"并不能对文本的唯一性有任何的揭秘,有教授还据此证明《项链》之情节为"环形结构者",就算"环形结构"没有错误,也只是将之归类为大量肉类结构之作品而已,对人物的艺术生命的唯一性,仍然没有丝毫触及。原因就在于论者满足于将无限丰富复杂的精神内涵纳入普遍的、机械的框架,其结果最多只是主观的生搬硬套。

事实上,女主人公玛蒂尔德原来是个追求虚荣的浅薄的女人,项链失落以后,不惜十年青春的代价,终于偿还了债务。变得异常艰苦朴素,表

① 黄卫星:《叙事理论中的"语义方阵"新探——兼论学术界对"语义方阵"的误用》,《江西社会科学》,2008年11月号。

现出非同小可的坚强。以至于莫泊桑用“英雄气概”(英译本上是horoism)来形容她。极端虚荣的女士,被逼迫到灾难性的境遇中,居然激发出如此坚强的意志,显出如此强烈的反差。她好像变成了另外一个人,可是这另外一个人,并不是别人,而是她自己。是她自己的心灵里所潜藏的自己冒了出来。这又不是人格分裂,而是有机统一的。统一的条件就是她什么都可以不顾,什么都可以付出,什么都可以忍受。破产的风险,“未来的苦恼”“残酷的贫困”“肉体的苦楚”“精神的折磨”,都不在乎,唯一不能放弃的是她的自尊,最不能忍受的是朋友把自己“当成一个贼”。一切的一切,都是为了把朋友的项链偿还,这就是她道德的底线。

正是这条底线把两个互相矛盾的方面有机地统一为一个人格的整体。一个人似乎变成了另外一个人,却更深刻地表现了这个人。

所有这一切,都是格雷玛斯的符号方阵所遮蔽了的。而遮蔽了这一切,就遮蔽了小说的艺术生命。

老托尔斯泰说过:

> 有一个流传得很普遍的迷信,说是每一个人有其独有的、确定的品性。说人是善良的、残忍的、聪明的、愚蠢的、勇猛的、冷淡的,等等。人并不是这个样子。我们讲到一个人的时候,可以说他是善良的时候多,残忍的时候少;聪明的时候多,愚蠢的时候少;勇猛的时候多,冷淡的时候少。或者刚好相反。至于说,这个人善良而聪明,那个人卑劣而愚蠢,那就不对了。不过,我们总是把人们照这样分门别类的。这是不合实际的。
>
> 人同河流一样,天下的河水都是一样的,每一条河都有窄的地方,有宽的地方。有的地方流得很急,有的地方流得很慢,河水有时澄清,有时混浊,冬天凉,夏天暖。人也是这样。人身上有各种品性的根苗,不过有时这种品性流露出来,有时那种品性流露出来罢了。

人往往变得不像他自己了，其实，他仍旧是原来那个人。①

有学者在《人与故事》一书中，对《蒋兴哥重会珍珠衫》作了这样的图解：

(道德)蒋兴哥	陈大郎(反道德)
(非反道德)平氏	三巧儿(非道德)

这充其量不过是显示了一种贴近文本的描述的努力，对于文本作为一种艺术品，其深邃的奥秘，仍然是隔靴搔痒。这样说明性的描述对于精神含量在结构中如何得到升值，却毫无揭示。对于文学文本解读学来说，X和反X、非X、非反X，只是没有生命的符号骨架而已。有教授据此分析《祝福》，X、反X、非X、非反X地套用了一番，竟然得出结论说柳妈才是封建礼教文化的代表，直接导致了祥林嫂的死亡。这真可谓种下的并非是龙种，收获的肯定是跳蚤。其实，《祝福》最深邃的特点乃是祥林嫂的死亡是没有凶手的，真正的凶手乃是一种对于寡妇的荒谬的、野蛮的成见，这种成见之所以能杀人，就是因为它存在于鲁镇每一个人头脑中，被当成天经地义的准则。

结构主义不管怎样改进，也只是概括某种共时性的公式，并没有把评价其优劣作为自己的任务。这一点连罗兰·巴特都意识到了。但是，罗兰·巴特的“评价”只是把文本分成两类：一是多义的、开放的、不断再生成的，意义不确定的“可写性文本”；二是单义的、封闭的、供消费的、意义固定性的“可读性文本”。他认定所有的古典作品，都是封闭的“可读性文本”。但他的《S/Z》所选择的巴尔扎克的《萨拉辛》，却是最古典的，也

① 列夫·托尔斯泰：《复活》，人民文学出版社1979年版，第262~263页(汝龙译文略有不同)。

就是被他认为最封闭的，单义的，然而他的评价却用了几百页，事实上是无结论的、再生式的。[1] 罗兰·巴特的自相矛盾并不重要，重要的是，他的这种“评价”是没有标准的。

不管普罗普、格雷玛斯还是罗兰·巴特有多么大的区别，但是，从方法论来说，他们不约而同地采取了孤立地研究叙事文体的方法，而忽略了叙事文体和抒情、戏剧文体之间的关系，特别是它们之间的差异、矛盾和在一定条件下转化的关系。如果他们充分考虑到罗蒂的关系主义的精神，则不至于如此粗疏。

这就注定了文学解读的有效性不仅仅取决于文学形式的模式，而且取决于文学内在价值。这涉及文体、历史、流派、风格、语言，尽管这种规范和准则是开放的，解密是历史性的、不断深化的，有其继承的脉络，但是，格雷玛斯和罗兰·巴特，对此却不屑一顾。

要解读文本的唯一性，对于西方诸如此类的理论怀着期待，本身就是找错了对象。

文学的解读学的目的：第一，是文学感染力唯一性的奥秘，而不仅仅是对于文本的概括和描述；第二，是文学文本感染力的高下构成的原因，而不仅仅是结果；第三，是对具体的、特殊的、个别的文本的感染力的解密，不是一般原理的概括；第四，如果可能，还应该揭示文学创作的具体操作，而不是从理论到理论的演绎。从这个意义来说，到目前为止，正如李欧梵先生所说，当下西方前卫文论还没有一个流派能够胜任解读具体文学文本的任务。[2]

---

① 此观念得益于赵毅衡编选：《符号学文学论文集》，百花文艺出版社 2004 年版，第 551 页。

② 李欧梵：《世纪末的反思》，杭州：浙江人民出版社 2002 年版，第 274~275 页。

对情节因果律的补充：假定的情境和特殊情感

既然西方当代文论不能提供有效的资源，作为我们演绎的前提，唯一的出路，就是从文本的历史和现状中，重新进行逻辑的和历史的梳理，必要时，直接进行第一手的概括，在此基础上，建构文学文本解读学。当然，在此过程中，也不排除对西方某些富有启发的理论资源加以批判的吸收。

就情节而言，西方传统的理论，从古希腊以来，并不缺乏宝贵的遗产，这就提供了可靠的台阶。亚里士多德早在《诗学》中，对悲剧就分析出情节（“动作”“行动”）就是一个“结”和一个“解”，当中还有一个“突转”和“发现”。“结”就是结果，“解”就是“原因”，而“突转”就是从结果的谜到原因的“发现”。[①]《诗学》第九章说：“如果一桩桩事情是意外发生而彼此间又有因果关系，那就最能产生这样的效果（按：引起恐惧与怜悯之情）。这样的事情比自然发生，即偶然发生的事件更为惊人。”[②]应该说明的是，这个说法，到了20世纪初，关于情节因果，俄国形式主义者另有一说，他们把这里所说的故事称之为“本事”（俄语：法布拉），情节叫作“休热特”。而要使本事、素材变成情节，就要进行“陌生化”。至于如何陌生化，似未见系统论述，只是在论述情节时有些值得重视的见解，本书将在第九章“打出常规的功能之二：人物情感错位”一节中详述。因而，在世界范围内并不流行。倒是一个英国作家福斯特（1879—1970）在《小说面面观》中把这个意思说得很通俗，他认为故事就是按时间顺序的陈述。他举例说，国王死，王后随之也死了，这是故事，还不能算是情节。情节则蕴含着因果关系，如国王死了，王后也死了。原因是，因为悲伤过度，这就是

① 亚里士多德：《诗学》，伍蠡甫主编《西方文论选》。上海译文出版社，1979年版，第60页。
② 亚里士多德：《诗学·诗艺》，北京，人民文学出版社1984年，第31页。

情节了。[1] 也许，这就等于回答了如何陌生化的问题，因而在世界理论界颇有影响。

当然，福斯特的理论，并未真正解决陌生化的问题，仍然有质疑的余地。从理论上来说，并非一切有因果关系的故事，都可能是具有文学性的陌生感。拘于理性的、实用因果，就很难有多少文学性。例如，国王死了，王后也死了，原因是得了癌症，这样的因果关系构成的情节，就不能说是及格的情节，需要明确的是，艺术的陌生化因果，不是一般的因果关系；而是：第一，情感的因果关系；第二，特殊的不可重复的情感因果关系；第三，更重要的是，这种因果关系，不是事实的，而是假定的。如在《武松打虎》中那样，只有假定武松不被老虎吃掉，才能把人物内心潜在的情感因果暴露出来。

《范进中举》，原始素材出自《广阳杂记》袁氏“神医”故事。主旨乃心理疾病非药石可治，当以心理方法（死期将近）治之，情节之因果性属于实用价值，而《范进中举》成为文学不朽经典之原因则不然。第一，胡屠户之一记耳光治愈范进之疯病，则为超越实用价值之情感审美因果。第二，进入了与素材不同的假定境界，才能突出特殊的情感因果。胡屠户平时对范进的物质优越感在中举以后的范进面前变成了精神自卑感和人身依附的自豪感。如果用格雷玛斯的模式则无从解读，胡屠户自己一下子，从 X 变成了反 X。胡屠户和范进的关系，又从反 X 变成反反 X。第三，这种自相矛盾聚焦在现场、转化之荒谬感，构成喜剧性，他的公然自我否定，坦然的自吹，自鸣得意，使得他并不显得十分可恶，反而有点如评点家所说“妩媚”可爱。最后，与范进之母由大悲到大喜而暴亡，形成双重喜剧性。乃是对中国小说大团圆结局之突破。

要解读出这样的个别性，不可重复性的情节因果，不但西方当代文论，甚至我国的古典文论，都没有现成的资源。唯一的出路就是从叙事作品历史和现状进行直接概括。这里最为震撼的是：胡屠户一反常态，变成

① 福斯特：《小说面面观》，广州，花城出版社 1984 年版，第 75~76 页。

了另外一个人；范进之母从大悲之痛，变成大喜之亡。如此这般的情节，有什么特殊规律在起作用呢？答案就在文本之中，在一望而知的情节之中有一望无知的艺术奥秘。这就需要我们对之进行第一手的概括。此时，就不能不把什么 X，反 X，非反 X 丢开，甚至把因果也暂时放在一边，从感情的直观进行原创的概括。

把人物打出常规的功能之一：深层心理的暴露

古典小说情节的最大的特点，就是命运的大起大落，从极端穷困卑微到极端富贵显赫，或者反之。如果极端穷困和卑微是常规状态，而极端富贵和显赫乃是超常规状态。情节的功能，就是把人物打出常规，或者说打入第二情境，使之显出非常规心态，或者第二心态，把人物隐藏在深层的，甚至是潜意识的心态揭示出来。

普罗普说了那么一大车子，格雷玛斯又说那么多名堂，罗兰·巴特对《萨拉辛》又分析出那么复杂得叫人头昏眼花的 561 个阅读段，都没有增加读者的文学解读智慧，相反把读者引入五里雾中。普罗普的所谓故事模式，沙皇赐给一名英雄一只雄鹰，雄鹰驮着他去到另一个王国；一位老人送给苏森林一匹骏马，这匹骏马驮着苏森林去到另一个王国；巫师给了伊凡一只船，小船载运伊凡到另一国度；公主给了伊凡一个指环，从指环中跳出一个年轻人背负伊凡至另一个国度。这里有个共同的成分，那就是“到另外一个国度”，找“另外一个国王”，从更高的抽象来说，都是使人物脱离一般的状态，也就是把人物打出常规，从而表现常规状态中，处于隐蔽状态的情志。至于他所谓人物的七种类型：反派（villain 恶棍）、英雄、奉献者、协助者（helper）、公主（princess）、公主的父亲、协调者（dispatcher），在正常情境下，都是静止的，只有在打出常规的状态下，才能帮助英雄在出走和牺牲的过程中，显现出新的人物关系和异常心态。格雷玛斯把叙事情节中的人物关系分成相辅相成的三组二元对立的成分，多少接近了文学作品的机制：主体/客体、送信者/受信者、助手/敌手的“符号方阵”。其弊端都是静止、原生态，人物心理是平面的，而情节就是人物关系、人物情感的变动态。打常规以后，静止的 X，反 X，非反 X，发生了超越常规的变动，人物心态的深层就显现出来了。

为什么要打出正常的轨道呢？因为在正常情况下，人的知觉、感情、意志、欲望的层次结构是稳定的，不但他人，就人物自己也是意识不到的，人物在常规环境中，能意识到的，也只是表层。如荣格所言，人都是有角色面具的。即使情境有所变化，也能够在意识的作用下迅速调整。只有在动态、动荡的情况下，把人物打出正常的轨道之外，来不及调整，其内心深层才能暴露出来。小说艺术就在于冲击人物静态的感觉、知觉，使之发生动乱，使得他的意识，来不及调整。这样，他内心的情感、深层结构就不难解放出来，心灵的秘密就可能被发现。钱谷融先生曾经引用高尔基的话说“文学是人学”，虽然高氏的话是如何说的，还有争论，但是，高尔基的话还是不太完全，并没有触及到文学的特殊性，因为历史学也是人学。应该补充一句，文学是人的感情学；再补充一句，小说是人的感情动态学。严格地说，文学是人以感情为核心的包括感觉和智性的动态变幻艺术。所以说，文学是人的情感表层和人的智性的深层学问，小说中人与人的关系，就是让人的表层瓦解和深层暴露，人与人的感情发生错位的过程。

从文学解读的有效性来说，根本不用像普罗普，格雷玛斯那样麻烦，弄出那繁琐的名堂，只要把人物打出常规，就足以揭示人性隐秘的心态了。《水浒》中的英雄都是逼上梁山的。逼，就是打出常规。

有人说，川端康成的方法是把人放在试管中的方法，其实，这不是他的发明，而是左拉的。左拉早就提出“实验小说”理论，并以《贝姨》为例，说明巴尔扎克的方法是“通过情况和环境”加工修改，“好像用试剂法分析感情”一样,作出一份人物的“实验报告”。①

在小说里,实施“用试剂分析感情”的方法就是打出常规,不是一般的常规,而是常规的极端。

以巴尔扎克的《贝姨》为例,于洛男爵极端好色,可是他的夫人对他却非常忠贞。暴发户勾引她,被拒绝了。于洛不争气,引诱下属华莱里做情妇。这就非常极端了,妻子忠于丈夫,丈夫却非常花心。华莱里表面上跟他好,暗里又和自己的老公联合起来捉奸,强迫于洛提拔她老公为科长,而且要赔钱。于洛为了赔钱,只好派一个亲戚到非洲去做生意,结果亏了 20 万法郎。如果不补上亏空,作为一个贵族,于洛就要被逮捕,这是很丢脸面的事。他的妻子乃走向一个极端——为了要弄 20 万法郎救他,乃要委身于被她拒绝过的暴发户,没想到暴发户已有了新情人,拒绝了她。丈夫的荒淫无耻是一个极端,妻子以贵族身份委身平民暴发户又是一个极端。第三个极端是,本来是个好色之徒的暴发户,对于洛夫人垂涎三尺,现在却拒绝了她。于洛在渡过了难关后从家里溜走了,去和一个小女子同居,夫人把她找回来,原谅了他。于洛又穷又无所作为。第四个极端是,妻子发现于洛和厨房女工在睡觉,而且对女工说夫人身体不好,将来总有一天要女工当男爵夫人。这个夫人果然病体缠身,临终前和丈夫说了一句话:“你不久以后,就有了一位新男爵夫人了。”

这样的情节结构就是一层一层地推向极端,把人物推出了心理正常轨道,在常规之外,揭示表面难以发现的秘密。这种办法不仅在《贝姨》里运用,巴尔扎克的全部小说几乎脱离不了这种以极端情境层层逼迫、层层深挖的方法。严格地说,这也不是巴尔扎克的特殊嗜好,许多小说家都不自觉地遵循着这个规范。不管左拉还是梅里美,不管狄更斯还是马克·吐温,不管曹雪芹还是川端康成,都不约而同地在这样一个无形无声的磁力线诱导下展开天才的想象。

把人打出正常的生活轨道,让他到另外一种生活环境里去,他内心深

---

① 伍蠡甫编:《西方文论选》(下),上海译文出版社 1979 年版,第 251 页。

处那连自己都没有意识到的强烈的内在感情及意志品质全部都显示出来了。

都德的《最后一课》也是这样的。原来小孩佛朗西非常厌恶法语，但后来把他推到一个极端，也就是一种不可逆的情境——这是最后一课，从此以后不能再学法语了——他就突然觉得法语非常可爱，希望上课的时间越长越好。由于打出了常态，平常潜在的对母语的热爱就充分显现出来了。①

从这个意义上来说，项链的"功能"不过如左拉所说的用"试剂法分析感情"中的一个"试剂"。就是把人物内心潜在的另一面揭示出来。至于项链最后证明是假的，本身并不重要，所以情节到发现是假的就戛然而止了。因为再写下去，把真项链拿回来，弥补物质上的损失，就成为实用价值，而精神损失——十年的青春，属于审美价值，是无法弥补的。这一点可以用莫泊桑的另一篇小说《珠宝》来反证。作家运用了差不多同样的手法：一个女人喜爱假珠宝，丈夫原来也以为是假的，可在她死后却发现，是真的，和其他首饰一起，价值连城。是一个大款定做了，送给她的。就在这一假一真之间，读者发现，原来的女士变成了另外一个人。在这以前，作家说她：

> 仿佛是规矩女人的完美无缺的典型，每一个明智的年轻人都梦想把自己的一生托付给这种典型的女人。她的淳朴美里有一种天使般的贞洁的魅力。

---

① 关于《最后一课》有一个重要的事实需要澄清：文中描述的被德国侵占的法国领土最初属于德国而不是法国，当地居民本来就说德语而不是法语……普法战争结束，阿尔萨斯重新成为德国领土后，150万居民中只有5万说法语的居民。但在《最后一课》中，写的似乎全阿尔萨斯的人都把法语当母语，显然和历史大相径庭。虽然如此，当年德国当局，强迫说法语的只能学德语，也是野蛮的。如今，阿尔萨斯地区的居民大都能讲三种语言：阿尔萨斯语、法语和德语。德法之争的那一页已经成为历史，今天的阿尔萨斯是一个语言多元化的地区，在学校里，孩子们不仅学法语和德语，也学英语和西班牙语。

在他人眼中则是:“娶她的人肯定会幸福。再也找不到比她更好的人。”在结婚以后,这种视觉渐渐过渡到丈夫的视觉中:“跟她在一起,他,幸福简直难以用笔墨形容。”在她突然死了以后,她丈夫的表现是:“差一点了跟她一起进了坟墓。”

所有这一切都在说明,丈夫对她的爱情之深厚。然而就在她死亡以后却发现,本以为不值钱的假首饰,原来是真的,价值超过他的年收入的五六十倍。为什么一个富豪要对这个女人这么慷慨,为一个女人支付如此昂贵的代价?个中缘由不言自明。此女人生前曾经与富豪有过金钱与情感交易,对丈夫不忠的勾当昭然若揭。让妻子死亡还有一个目的就是把丈夫的情感作为揭秘的对象。这一点和《项链》中的丈夫又很不同,在《项链》中丈夫在事前和事后,完全是和妻子一样,包括不顾一切地借钱,没有任何错位,是一个跑龙套的角色,没有任何艺术生命,而在《珠宝》中,丈夫并不像《项链》中那样成为一个跑龙套式的道具,而是一个具有独立价值的人物,他同样有着双重反差悬殊的心理层次。在他对自己妻子的不忠毫无所知的很长时间里,他似乎是个幸福的、痴情的丈夫。在妻子在世的时候,面对妻子的珠宝,他是一个心地单纯的被欺骗者。意识到自己的感情被欺骗以后,他的灵魂深处发生了剧烈的震荡:

> 可怕的疑窦掠过脑海。莫非她?这么说,其余的珠宝也都是礼物了!他觉得地在摇晃,觉得面前的一棵树倒下来;他伸出双臂,倒在地上,失去了知觉。

他的痛苦绝对是真实的。如果作家就满足于这样写,那这个人物就和当年二流小说家笔下的以纯洁的爱情为生命的浪漫男性没有什么两样了。然而,莫泊桑这篇小说的唯一性在于这个男人比之女人虚伪得多了。起初,他还为自己拥有妻子的珠宝的钱财,而感到羞耻。甚至作家还为他设置了,他第一次去支取金钱,完全是出于饥饿的逼迫。越过第一次,羞耻感就被讨价还价的斤斤计较所代替。大量的金钱进入他口袋以后，他的感觉是：自己“身轻如燕”。走在街上，“恨不得向行人嚷叫：‘我也有钱，我有二十万法郎！’”到了小说最后，作家居然让他“和妓女混了一夜”。从这里可以看到莫泊桑，假借假珠宝向真珠宝的转化，发现了和通常情况下多情丈夫完全不同的另外一个人。而这个，恰恰是托尔斯泰所说的，他还是原来那个人。只是，变得更丰富，更立体了，更深刻了。

《水浒》的主题是逼上梁山，逼也就是反复打出常规。其中最有代表性的英雄要算林冲。

先是让顶头上司的儿子，调戏他老婆，再让他在野猪林差一点被公差暗害。但是，林冲的心态并未改变，直到林冲发现，仇家又来烧草料场，要他的命，他的心态才真正被打出常规，显出英雄本色，义无反顾，把来人杀了。从此他就变成另外一个人。甚至在柴进庄上，无端向人家要酒喝，人家不答应，这个高级军校的长官，居然就把人家通通打倒在地，喝个痛快。上了梁山，又是他主动火拼王伦，最后，在决定梁山命运时，又和李逵一样坚决反对接受招安。

卡夫卡在《变形记》中，为什么要把他的主人公萨姆沙变成一条虫？把主人公萨姆沙放进假定境界，然后看他与父亲、母亲、妹妹之间的关系的变异。父亲觉得非常恼火，因为房客被吓走了，没有钱了，原来和他感情挺好的妹妹也躲避他了，他受到了家庭的歧视。父亲把一个苹果扔过去打在他的背上，他非常痛苦。温情脉脉的家庭现在把他当成了累赘，仇恨他，讨厌他，他完全失去了亲情起码的关怀。他感到痛苦，感到厌恶。这就是把人物打入假定性的熔炉，进入假定性状态，以此看出人世、人生、家庭、亲情的变态，暴露平时不能暴露的奥秘。不打出常规，他家庭中父子、母子、兄妹亲情外面温情脉脉的面纱，就不会被揭露，就不会暴露出严酷无情。

所以，英国作家罗斯金宣称，你如果写不下去了，就杀死一个孩子。

逆境、倒霉或灾难是打出常规最起码的办法。美国好莱坞的所谓灾难片,常用这种套路,人死了,楼倒了,感情的深层显露出来了。连张爱玲的《倾城之恋》也不出此种套路。

把人物打出常规,还有一种办法,就是反过来,把人物安置在极端顺境中,同样可以破坏人物感情结构的稳定性,使表层心理结构瓦解,暴露出人的内心隐秘来。例如,马克·吐温的《百万英镑》,平白无故给一个一文不名、衣衫褴褛的青年一张一百万英镑的钞票。百万英镑的大钞,不好用,找不开,有了这张不好用的大钞,这个贫穷的美国青年就到处受欢迎,爱情的天使就降临了。这就像炸弹一样,把人生中最卑俗、最势利和最纯洁的爱情,都从灵魂深处爆炸到生活的表层。

情节:现代派——荒谬性因果

当然,这里说的文学审美的因果关系并不是绝对的,通常仅限于现实主义、浪漫主义小说、戏剧,现代派的小说,艺术上来说,探索性很强的小说,其因果也具有某种荒诞属性,其最特别者,表现为某种反因果的因果。这在戏剧中还形成了一种荒诞主义的流派,如《等待戈多》《秃头歌女》之类。而在小说中,有黑色幽默,其代表作是美国作家海勒的长篇小说《第22条军规》。主要的情节是:在第二次世界大战期间,一支美国空军驻扎在一个虚构的小岛上。上尉轰炸手索林怕死,觉得人人都想陷害他,千方百计地保全自己的生命,逃避去轰炸德国的基地。根据第22条军规,只有精神错乱的疯子才能获准停止飞行,然而这条军规又规定停止飞行必须由本人提出申请,可一旦本人提出申请,又恰恰证明他不是疯子,而是头脑清醒,那就得继续飞行。他最后终于醒悟,这条可笑的第22条军规是自己恐怖的根源。

“第22条军规”后来就成了人类生存状态中既无望解脱又可笑挣扎

的象征。在黑色幽默作家看来,人类的生活就像第22条军规那样荒唐可笑而又阴森恐怖,无端地被置于绝望境地。所有真理的追求都被第22条军规式的悖论变成一场残酷的玩笑。20世纪60年代以来,西方新一代作家力图以他们绝对自由的意志论打破一切偶像和一切现成的礼法、传统的规范,但这又是不可能的,因而他们就有点绝望。这就使他们感到人类生活不是由人自己所左右,而是被一种悖谬的成见所控制。从这个角度来看,人的一切奋斗都是可笑而又可悲的西西弗斯式的徒劳。这就是西方文学中黑色幽默的本来意义。

在中国也有类似黑色幽默的小说,影响比较大的则是余华的《十八岁出门远行》,其情节进展,恰恰是遵循着反因果的逻辑。

在这篇小说中,"我"以敬烟对司机表现出善意,司机接受了我的善意,却引出粗暴地拒绝乘车的结果;我对他凶狠呵斥,他却十分友好起来。整个小说情节的原因和结果都是颠倒的,似乎是无理的。半路上,司机车子发动不起来了,本来应该是焦虑的,但他却无所谓。车上的苹果让人家给抢了,本该引发愤怒和保卫的冲动的,他却无动于衷。"我"本能地去和抢夺者作搏斗,被打得头破血流,"鼻子软塌塌地挂在脸上",本该是非常痛苦的,却一点痛苦的感觉也没有。一车苹果被抢光了,司机的表情却"越来越高兴"。抢劫又一次发生,"我"本能地奋不顾身地反抗抢劫,被打得"跌坐在地上,再也爬不起来",司机不但不对我同情和加以慰问,相反却"站在远处朝我哈哈大笑",这就够荒谬的了。可是作者显然觉得这样的荒诞,还不够过瘾,对荒诞性再度加码。抢劫者开来了拖拉机,把汽车上的零件等等的,能卸走的都拿走了。司机怎么反应呢?作者这样写道:

> 这时我看到那个司机也跳到拖拉机上去了,他在车斗里坐下来后,还在朝我哈哈大笑。我看到他手里抱着的是我那个红色的背包。他把我的背包抢走了。背包里有我的衣服和我的钱,还有食品和书。

如此荒诞，是不是绝对荒唐，绝对无理呢？如果真是这样，那么小说就不成其为小说，而是一堆呓语了。仔细研读，你会发现，在表面上绝对无理的情节中，包含着一种深邃的道理。这个道理，至今还没有一个广泛认可的归纳。有人认为，小说的立意，就是让孩子来感受成人世界，成人世界的残酷暴力的确使孩子震动。使他"无限悲伤""像汽车一样冰凉"。这种震惊感，就是青春心理的一个阶段性的总结。

但，我觉得，这个解读还可以继续深化下去。小说展示成人世界的暴力，特别强调其荒谬性的，荒谬焦点不在抢劫者的快乐，而在被劫者的快乐。如果只有抢劫者的快乐，就没有荒谬感了，没有现代派小说的艺术探索了。小说的荒谬感虽然是双重的，但是，施暴者的快乐与受虐者的快乐，在小说里，并不是平行的，半斤八两的，而是有侧重的。首先，被损害者对于强加于己的暴力侵犯，毫无受虐的感觉，相反却感到快乐；其次，被损害者对为之反抗抢劫付出代价的人，不但没有感恩，相反对之加以侵害，并为之感到快乐。再次，除了施虐和受虐，还有更多的荒谬，渗透在文本的众多细节之中。这篇小说，有时很写实，有时，又好像超越现实。妙就妙在这种漫不经心地、自由地、突然地滑向极端荒诞的感觉，比如说，"我"被抢苹果的人群打得很惨："被打出几米远。爬起来用手一摸，鼻子软塌塌地，不是贴着而是挂在脸上了。"在写着这样的血腥事件时，居然连一点疼痛的感觉都没有。如果用传统现实主义的"细节的真实性"原则去追究，肯定是要作出否定的判决的。

文学解读不能用一个尺度，特别不能光从读者熟悉的尺度去评判作家的创造。

余华之所以不写鼻子打歪了的痛苦，那是因为他要表现人生有一种特殊状态，是感觉不到痛苦的痛苦：在鸡毛蒜皮的小事上痛苦不已，呼天抢地，而在性命交关的大事上麻木不仁。这是人生的荒谬，但人们对之习以为常，不但没有痛感，相反乐在其中。

不明白这一点，就看不明白余华为什么要从一个孩子的眼睛来看这个现象。

孩子如果第一次看到，就不可能习以为常，人生的怪异、人生的荒谬就凸现出来了。

余华的这个作品不是现实主义的，而是有意向传统情节的因果性挑战，将之解构。在小说结尾，他并没有承担给读者揭示谜底的责任，相反，他好像无缘无故地让这个司机跳到了拖拉机上，把自己的背包抢走。在车子里还朝"我"哈哈大笑。这是现实的悲剧，然而在艺术上却是喜剧。这让我们想到了阿Q死到临头还想要出风头，鲁迅也是把人生的悲剧当作喜剧来写的。

喜剧的超现实的荒诞，是一种扭曲的逻辑。然而这样的歪曲逻辑，启发读者想起许多深刻的悖谬现象，甚至可以说是哲学命题：为什么本来属于你自己的东西被抢了你却感觉不到痛苦？为什么自己的一大车子东西被抢了而无动于衷，却把别人的一个小背包抢走还沾沾自喜呢？缺乏自我保卫的自觉，未经启蒙的麻木、愚昧，从现实的功利来说，是悲剧；从艺术哲学的高度来看，则是深刻的喜剧。

从这个意义上来说，在这最为荒谬的现象背后潜藏着深邃的睿智：没有痛苦的痛苦是最大的痛苦。整个行文，极端怪诞，然而又不完全是怪诞，在怪诞中有某种深沉的启示。

为什么追不到车，起初没有懊丧，反而哈哈大笑？这里的原因，比较复杂。首先，主人公还年轻，还是第一次出远门，对于人生的险恶还没有体验，对于自己生命和前途还没有多少痛苦的思索，因而把人与人之间的冷漠只当作好玩。其次，在觉得好玩之后，或者在更深的意识深处，就产生了仇恨。在这样纯洁的心灵上居然冒出了悔不该抓起一把石子去砸司机的邪恶念头。而这种邪恶的可怕在于，主人公并不觉得邪恶，相反觉得好玩。在余华看来，对于是非善恶的麻木，并不仅仅是成人世界的特点，在未成年世界，也是同样的存在，同样也有暴力（丢石子）的潜在动机。只是和成人世界相比有程度上的不同。这实在是人生的荒谬。但，这种荒谬,有余华的特点,他与许多作家肯定人的善良不同,他刻意突出人性恶。从这个意义上来说,这是严峻的现实,并不完全是作家艺术想象中的荒谬。作家以无理的外部形式揭示了内在的邪恶,既是思想的也是艺术上的创新。

我看到那个司机高高翘起的屁股,屁股上有晚霞。

晚霞应该是很诗意的,为什么要让这和屁股联系在一起?而且这样的用语,在后面还重复了。这说明作家刻意追求的恰恰不是诗意,不是美化,而是一种反诗意,“丑化”,造成一种煞风景的趣味。因为,作家要表现的不是人们美好的、善良的方面,而是丑恶的、麻木的愚昧的方面。不但如此,而且还故意夸张地显示出自己对于这类的人性的一种厌恶。这一切在余华的作品中,并不是孤立的、偶然的现象,而是有其普遍性的(例如,在《细雨中呼喊》)。

当然,余华这篇小说的唯一性,不仅表现在煞风景的反讽,还有相反的一面,那就是颇有诗意的象征。小说中有许多词都是重复使用的(如哈哈大笑、屁股),重复率最高的“旅店”这个词,重复了15次之多。为什么作家要这样不厌其烦地提醒读者呢?

原来,这个“旅店”,是他原本追寻的目标,他在路上走了整整一天,已经“看了很多山和很多云”,他反复提示读者,他“为旅店操心”这一句是带有象征意义的,也就是说,人生已经有了一定经历,需要一个歇脚的地方,一个人生的阶段性休整,当然这不是体力的休整,而是精神上的休整。因为一时还没有“旅店”,才有“搭车”的念头,在某种意义上,“搭车”和“旅店”是对立的。这个词有着丰富的深邃的哲理的内涵。人生是个旅程,旅程的象征是汽车,汽车是不断运动,但人生又要有驿站,也就是旅店来休整身心。汽车、旅程是如此残暴,如此野蛮,如此荒谬,看来和休整身心的要求是不相容的。但是,小说写到最后,作者对汽车的感觉却发生

了转折:这是小说的思想的另一个焦点:

> 天色完全黑了,四周什么都没有,只有遍体鳞伤的汽车和我。我无限悲哀地看着汽车,汽车也无限悲哀地看着我。我伸出手去抚摸了它。它浑身冰凉。那时起风了,风很大,山上树叶摇动时的声音像海涛的声音,这声音使我恐惧,使我也像汽车一样浑身冰凉。我打开汽车门钻了进去,座椅没被他们撬去,这让我心里稍稍有了安慰。我就在驾驶室里躺了下来。我闻到了一股漏出来的汽油味,那气味像是我身内流出的血液的气味。外面风越来越大,但我躺在座椅上开始感到暖和一点了。我感到汽车虽然遍体鳞伤,可它心窝还是健全的,还是暖和的。我知道自己的心窝也是暖和的。我一直在寻找旅店,没想到旅店竟然在这里。

整篇小说似乎都在通过旅店和汽车的对立,强调汽车象征着人生的险恶,人生的荒谬,精神无处归宿。可突然到了这里,不但没有荒谬感,没有邪恶,相反有了诗意的、温暖的归宿。而这个归宿恰恰就是象征心灵没有归宿的汽车。作家显然向读者显示,虽然人性是邪恶的,世界是荒谬的,但是即使被剥夺得如汽车那样,如同被损害的伤口,也还有一点值得注意:残存的座椅,漏汽油的气味,都使他的心灵稍有安慰。因为,"那气味像是我身内流出的血液的气味",这就是说,被损害者、被剥夺者,即使是遍体鳞伤,但是,心灵并没有被剥夺,心灵并没有遍体鳞伤,作者唯恐读者不明白,又从正面提示说,"汽车……心窝还是健全的,暖和的",而"自己的心窝也是暖和的"。正是在这个意义上,在"心窝"未曾受到摧毁这一点上,这部受尽伤害的汽车,成了"我"的心灵的旅店,成了我精神健全、心窝温暖的确证。

正是因为这样,小说的笔调从最初的反讽,到最后变成了象征的抒情。

这里还有一个关键词，就是，红背包。它和旅店、汽车一样是有象征意义的。

在小说的结尾，这个被司机抢去了的红背包，又出现了。作者把背景选择在“我”十八岁，父亲让“我”出门，为“我”准备好这个红背包，对“我”说：“你已经十八岁了，你应该去认识一下外面的世界了。”

“我”就这样，背着红背包，“像一匹兴高采烈的马一样欢快地奔跑了起来”。整个故事本来是很灰暗的，为什么作者要让背包是红的，而不是其他颜色，红色的象征意味，虽然不一定是革命的，但肯定不是邪恶的，而是带着光明和希望的色调的。

这就是说，作者显然有意在结尾不让读者太悲观，太阴暗，这个光明的尾巴，是作品主题的一个重要组成部分，显然，这一笔是很重要的，但是，为什么会被绝大多数的读者和评论家忽略呢？无非有两种可能，一是读者和评论家太粗心，或者缺乏修养。二是作者的这一笔，这一转化，表现得不够充分，不够饱和。我想，后者应该是主要的原因。因为作者表现人性的邪恶，用了独创的荒诞手法，真是别出心裁，让读者惊异，让读者沉思。但是，结尾处，主要用诗意的象征手法，这个方法，就其形象的感染力和手法的独创性来说，可能是略逊一筹。

当然，就现代派而言，余华的荒诞因果，还是带有中国式的温情，和西方的黑色幽默的冷酷有着很大的不同。在西方黑色幽默作家看来，整个世界和全人类都已经糟到了不能再糟、荒谬得不能再荒谬的境地。美国学者莫里斯·迪克斯坦这样说：“黑色幽默把调子定在破裂点上，一旦达到这一点，精神上的痛苦便迸发成一种喜剧和恐惧的混合物，因为事情已经糟到你尽可放声大笑的地步。”[①]黑色幽默所表现的内容大致可以概括如下：第一，是对人类和世界的绝望。第二，这种绝望与一般的绝望不同，一般的绝望是悲剧，而这种绝望是喜剧。奥尔德曼说：“它要求同它认识

① 参阅孙绍振《幽默基本原理·附录》，广州：广东旅游出版社2002年版，第228页。

到的绝望保持一定的距离,它似乎能以丑角的冷漠对待意外、倒退和暴行。”①面对绝望,不是感情泛滥而是冷峻以对,从悲剧中看出可笑,甚至毫无忌惮地放声大笑。

打出常规的功能之二:人物情感错位

如果说,就单个人物而言,打出常规暴露出潜在的心态,这是纵向的探索。如《项链》等等。但小说中的人物并不是单个的,而是多个的,打出常规的人物内心变异如果是同样的,如《长恨歌》中遭遇杀戮的杨玉环和无能为力的李隆基,感情变异是同值的,统一的,故其为浪漫的抒情诗,但是,在小说《杨太真外传》和戏曲《长生殿》中,打出常规的人物之间的感情,发生了错位。错位就是在同一情感结构之中的人物,拉开了情与感的距离,但是,又没有分裂。如李隆基和杨玉环,两个人吵架了,分开了,但是又很想念,又和好了。这就是显示出了打出常规的第二种功能。

这种错位可以分为两种,一种是人物本身的情感错位。

在长篇叙事作品中,人物的个性是统一的,在黑格尔的美学中,这叫作“整体性”:“这种整体就是具有具体的心灵性的及其主体性的人,就是人的完整的个性,也就是性格。”②但是,这种个性/性格,又不是单调的、抽象的(“任某一种情欲去支配的”),而是丰富的,“充满生气的总和”。这种丰富性并不是在常态下就能表现出来的。黑格尔以希腊史诗为例说:“阿喀琉斯是个最年轻的英雄,但是他一方面有年轻人的力量,另一方面也有人的一些其他品质。”这种其他的品质如何才能得以表现呢?黑格尔认为:

---

① 参阅孙绍振《幽默基本原理·附录》,广州:广东旅游出版社 2002 年版,第 228 页。

② 黑格尔:《美学》第 1 卷,朱光潜译。商务印书馆 1981 年版,第 300 页。

荷马借助各种不同的情境把他的这种多方面的性格都提示出来了。[1]

人物的多方面性格是,要通过“不同的情境”才能显示出来的。为什么要通过“不同的情境”?因为同一的情境,是常规情境,而“不同的情境”乃是超越常规的情境。把人物打出了常规,多方面的性格才能显示出来。黑格尔强调,这种多方面的性格是统一的完整的,“凝聚于一个主体”,但是,打出常规的多方面的个性,除了统一性,凝聚于一个主体以外,不可忽略的是,它们还是充满差异的。黑格尔这样说到《伊里亚特》中的阿喀琉斯战胜了他的劲敌赫克托,把他的尸体绑在车后,绕着特洛伊城拖了三个圈子。这无疑是肆无忌惮地表现他作为英雄对敌人的仇恨。但是,荷马把他打出了常规:让赫克托的父亲来到他的军营,要求领回他儿子的尸体,他答应了。黑格尔说:

他的心肠就软下来了,他暗地里想到自己的老父亲,就伸出手来给哭泣的老国王去握,尽管这老国王的儿子是他亲手杀了的。[2]

这就是一个军人,在战场上和在军营里,在战胜之初和战胜之后,在敌人的尸体面前和在敌人的父亲面前的不同表现。这里显然有巨大的差异,这种差异很动人,甚至比他战胜敌人更动人。这显然不是绝对统一的,很难将之简单归为统一,但是,又不能简单将之归结为矛盾,这两个方面既是势不两立的,又是同情的。最恰当的概括应该是“错位”的。

人物的情感“错位”往往比黑格尔所强调的丰富的整体性的统一,更为动人。

---

① 黑格尔:《美学》第1卷,朱光潜译。商务印书馆1981年版,第302页。
② 黑格尔:《美学》第1卷,朱光潜译。商务印书馆1981年版,第303页。

对于单个人物如此，对于多个人物来说，则更是如此。

人物心理的距离保持扩大的趋势，但是又没有脱离，是叙事和戏剧艺术的根本特点。

传统理论认为小说的特点是情节、性格、环境等等，其实都没有说到点子上。情节产生于人物心理距离的扩大，性格也依赖于人物心理拉开距离的趋势，而环境则是把人物心理打出常规，构成拉开距离的条件。在一定限度内，人物心理（感知、情感、语言、动机、行为等等）拉开的距离越大，其艺术感染力越强；人物心理的距离越小，其感染力越弱；当人物之间的心理距离等于零时，小说不是变成诗，就是走向结束或者宣告失败了。因而，同样是李隆基与杨玉环的恋爱故事，在诗人白居易看来，两个人要心心相印才有诗意，尤其是七月七日长生殿里那一段生死不渝的誓言，可谓淋漓尽致。可是在小说家鲁迅看来恰恰相反，经过一场冲突以后，二人的真正感情已经完结，才需要赌咒发誓以取得对方信任。郁达夫在《历史小说论》中回忆说：

> L先生（按：指鲁迅）从前老和我谈及，说他想把唐玄宗和杨贵妃的事情来做一篇小说。他的意思是：以玄宗之明，哪里看不破安禄山和她的关系？所以七月七日长生殿上，玄宗只以来生为约，实在是心里已经有点厌了，仿佛是在说"我和你今生的爱情是已经完了"。到了马嵬坡下，军士们虽说要杀她，玄宗若对她还有爱情，哪里会不能保全她的性命呢？所以这时候，也许是玄宗授意军士们的。后来到了玄宗老日，重想起当时行乐的情形，心里才后悔起来了，所以梧桐秋雨，就生出一场大大的神经病来。一位道士就用了催眠术来替他医病。终于使他和贵妃相见，便是小说的收场。①

这条材料所说的事实，在冯雪峰的《鲁迅先生计划而未完成的著作》

① 郁达夫：《历史小说论》，《创造月刊》第二期。

中提到过，鲁迅在给山本初枝的信中也有过类似的意思。1924年鲁迅因为想写关于唐朝的小说，到西安去了一次。可见，鲁迅这个念头动了很久，创作的冲动很强烈，很可惜，这篇小说并没有写出来。鲁迅对李隆基和杨贵妃的恋爱关系的看法和《长恨歌》大相径庭。在诗人白居易看来那最富诗意的是七月七日长生殿爱情誓言，生生死死、超越了时间和空间、永恒不变；可是在小说家鲁迅的眼中恰恰是爱情已经不可挽回了，而且在关键时刻被背叛了，已经错位到最大限度了。至于后来的天上人间的寻觅，只不过是神经病和催眠术（骗术）而已。很显然，在诗人白居易眼中，以情感的永恒来强调诗意的地方，在小说家鲁迅看来恰恰是情感走向反面、绝对煞风景、毫无诗意可言的地方。

白居易和鲁迅对同一题材的不同理解，恰恰是诗意和反诗意，抒情文学和叙事文学的差异。在诗人看来感情的永恒，是令人震撼的，叫人感动的；可是在小说家看来，一见钟情，心心相印，不但毫无性格可言，就是连情节也无从发展。小说艺术最忌心心相印，个性全在心心相错之中。错位，不是对立，而部分心理重合，部分拉开距离。如果是单纯对立，就简单化了，人物变成劝善惩恶的概念的符号。错位就是闹别扭、摩擦，但是，还是相爱，就是“恨”也是爱得深的结果，虽然这种爱也许是潜在的，甚至连主人公自己都不一定意识到的。俄国形式主义者什克洛夫斯基在《故事和小说的构成》中说“美满的互相倾慕的爱情并不形成故事”：

> 故事需要的是不顺利的爱情。例如需当A爱上Б，Б觉得她并不爱A；而Б爱上A时，A却觉得不爱Б了。……可见故事不仅需要有作用，而且需要有反作用，有某种不一致。①

要构成叙事性、戏剧性，从而让人物有个性，就不能让主人翁心心相

① 什克洛夫斯基：《故事和小说的构成》，齐治　艾略特等著《小说的艺术》，社会科学文献出版社1999年版，第86页。

印，心心相印，只能构成诗，而要构成小说或者戏剧，只能让人物心心相错。相爱之人不能心心相印，这恰恰是小说的艺术生命所在。这不但可在成熟的古典小说中，而且可在现代、当代的小说中得到广泛的印证。它不但可以解释《欧也妮·葛朗台》和《安娜·卡列尼娜》中男女主人公之间的关系，而且可以解释《红与黑》和美国小说《飘》中男女主人公的关系。说起来有点奇怪，那些越是写得好的爱情小说，男女主人公往往越是陷于互相折磨的恶性循环中。相反，如果男女主人公一点矛盾也没有，没有互相折磨，没有心口不一，也没有猜忌和变态，小说就没有什么看头了。

在俄国形式主义理论中，这一点可能是最有价值的，如果可以替之作出范畴的概括的话，可以用二元错位来表述。但是，严格用西方和中国的经典文本来比照，俄国形式主义的概括还不够周延。至少存在着以下几个方面的缺失。这个错位公式，只是二元错位。而在爱情小说中，往往并不是只有男性和女性两个角色，而且还有第三个角色，其错位乃有三元的性质。这第三个角色，情况比较复杂，第一种就是曹雪芹在《红楼梦》开头所批判的“假拟出男女二人名姓，又必旁出一小人其间拨乱”[1]。由于小人拨乱造成男女双方的情感错位，可以称之为“外恶性”错位。在这种错位模式中，也产生了莎士比亚的经典《奥赛罗》，由于小人亚戈的挑拨，奥赛罗的误会，和黛斯特蒙娜心理错位达到极限，导致奥赛罗掐死了自己心爱的妻子。第二种情况则并非“外恶性”的，不是出于小人的挑拨，而是好人，如《西厢记》中的红娘。一片好心传递诗简，成全崔张好事，奈何莺莺女孩儿家，明明写诗约了张生赴约，自己已经来到花园，临时害羞反悔，此时的红娘，并不是小人，一面看穿他们的“一个怒发，一个无言，一个变了卦，一个悄悄冥冥，一个絮絮答答”。暗地里调侃张生“背地里硬嘴哪里去了”。但是，当莺莺口头上要把张生“扯去老夫人那里去!”红娘表面帮着莺莺要张生下跪。责备张生“读孔孟之书”“达周公之礼”“不去跳龙门，却来学骗马”。一面又替张生说情，莺莺遂顺水推舟。放走了张生。

① 曹雪芹著，无名氏续《红楼梦》，人民文学出版社 2008 年版，第 5 页。

在这一场戏中，红娘这个丫鬟，变成了审判官，把少爷小姐要弄于股掌之间。金圣叹在评点中，对这一场戏中角色的错位，给予了极高的评价：

> 看他双文唤红娘，红娘唤小姐，张生唤红娘，三个人各自胸前一片心事，各自中一样声唤，真是好看煞人……写红娘既不失轻，又不失重，分明一位极滑脱问官。红娘此时一边出豁张生，正是一边出豁双文也。①

金圣叹三言两语，道破了这场心理和语言错位的喜剧性：表现上站在莺莺立场，义正词严，责备张生，其实是既让张生开溜，又让莺莺下台。

俄国形式主义者概括力所不及的地方，不仅于此，而且更为普遍的是，爱情的叙事和戏剧性，出现了第三者。这第三者并不一定是小人，但是却导致了双方情感的错位更为深邃。这本来是极其常见的现象，俄国最为经典的爱情小说《安娜·卡列尼娜》就是这样，吉蒂和渥伦斯基的感情已经达到相当程度，吉蒂已经在即将举行的舞会上期待渥伦斯基向她求婚。由于来了个安娜，托尔斯泰让吉蒂看到了渥伦斯基的目光中对安娜流露出“狗一样的驯顺”，但是，安娜并不是坏人。故爱情小说往往是三角的。这在古今中外几乎成了最为普及的公式，如果光是 A 与 B 二元，双方情感错位不但可能比较平面，而且可能是比较单调的。有了第三者 C，A 与 B 的情感结构就变成了三元错位。由于 C 的介入，其结果，就不单纯是 A 与 B 的错位，而且是 A 与 B 分别与 C 的错位。错位结构就因为要素的增加不但错综了，而且幅度也加大了。三元错位的功能就等于将二元错位乘以三次方。

从这个意义上说，俄国形式主义的爱情模式概括力不足是很严重的。

第一，表述上，抽象度不够，A—B 的不同步，更加全面的情况是 A 爱

① 《金圣叹评点才子全集·第六才子书〈西厢记〉评点》，第 2 卷，光明日报出版社，第 177～178 页。

上B,B也可能爱上了A,但此时可能出现了C,A有可能爱上了C,也可能动摇于A与C之间。在这样的错位结构中,人物的心理无疑更加复杂丰富。

更准确的学术表述应该是二元错位或者多元错位。

在巴金的《家》中,写了那么多的爱情,其中最动人的是觉慧和觉新的悲剧,最不动人的是觉民的爱情。这是因为觉民和琴不但在感情上水乳交融,而且在行为上互相支持。在任何事变中,他们的动机都没有任何错位,因而其感知也完全统一,没有拉开任何距离。而觉慧与觉新在各自的爱情中,与对方在动机上都发生了微妙的错位。高老太爷要把鸣凤送给六十多岁的冯乐山为妾,鸣凤去找觉慧,如果顺利地告诉了觉慧,没有发生任何错位,事情就不至于严重化。然而由于觉慧忙于办刊物,很少在家,拖延了时间。到了期限的最后一天,五内俱焚的鸣凤不顾一切地冲进觉慧的房间。鸣凤的动机是把危机告诉觉慧,而觉慧忙得不可开交,请鸣凤等一两天,他会主动去找她。仅仅因为这一点小小的时间上的错位,便导致鸣凤产生了后续动机——自杀殉情。这是因为,在关键时刻,两个人处在不同的感知世界中。他们之间不但拉开了心理错位,还拉开了行为上的距离,而且是永远不可能缩短的距离,因而产生了悲剧的震撼力。如果巴金在此时心慈手软,把两个人暂时的动机错位取消,使之重合,二人的感觉、知觉、动机、行为逻辑很快合二而一,觉慧就可以带走鸣凤,发出比翼齐飞的豪言,这就成了郭沫若式的诗情了,与小说形式的审美规范背道而驰。

觉新的爱情悲剧更动人,这是由于他处在爱的三角关系中,每一方的动机都有相当大的错位,都不像觉慧那样单纯,都不是由一个因子,或者正反两个因子构成的,而是由一系列因子交错而成的。因而在他的情感结构中饱和着错位的潜在量。觉新和梅相爱甚深,然而不能结合。觉新和瑞珏结婚后,二人也甚相爱。但觉新由于梅的存在,与瑞珏有错位;梅与觉新之间则由于瑞珏的存在也有错位。梅与瑞珏在爱情上虽有矛盾,但在相处之间却互有好感，这也是一种错位。觉新沉溺于瑞珏的温存抚爱之中，又不能忘情于梅，他对梅的追寻和询问，得到的只是梅的回避，这更是一种错位。觉新的形象被有些评论家称为“世界性的典型”，其特点是当他内心的动机与对外部环境矛盾屈从的时候，他总是在行为上扼杀自己内心的动机，然而在许多场合又杀而不死，还在行为上表现出来，结果是他的动机经过多层次的变异，变得畸形而扭曲。这种扭曲了的动机就注定他总是与他喜爱的，应该保护的人之间拉开心理错位的幅度。

第二，俄国形式主义的这个公式的局限还在于把处于恋爱关系中的人物关系仅仅定位于爱的先后错位，没有看到在经典作品中，造成爱的错位，并不完全由主人公的情感决定，同时还要由婚姻关系决定。最典型的是《红楼梦》，林黛玉、贾宝玉和薛宝钗的关系，并不是 A—B—C 的三角关系。林黛玉把薛宝钗当作假想敌是一时的误会，到了四十五回，林黛玉向薛宝钗有过剖白：“你素日待人，固然是极好的，然我最是个多心的人，只当你心里藏奸。往日竟是我错了。”[①]误会已经消解。林与贾的悲剧并不是薛的积极介入造成的，薛得知有金玉良缘之说，并没有表现出爱情，而是“越发没意思起来”，对宝玉是主动回避的。[②] 林贾相爱的悲剧是由于与家长制婚姻（父母之命、媒妁之言）不能相容，爱情的错位的深层原因，乃是婚姻的错位。她眼见贾宝玉为林黛玉发疯，对自己并没有感情，还是服从家长的安排成为他的妻子。《红楼梦》的悲剧：是有爱情的没有婚姻。没有爱情的却有婚姻，如此这般的双重错位构成了《红楼梦》深邃的艺术感染力。

第三，俄国形式主义者的这个情节模式的不足还在于其狭隘地将其局限于爱情，其实，类似的感情错位并不是恋爱小说独有的，而是一切情节性小说的普遍规律。在叙事和戏剧结构中，处于亲密情感结构之中的人物要有个性，盟友、同志、亲人一定要在一定条件下分化，在情节中拉开

① 冯其庸：《脂砚斋重评石头记汇校》，北京图书馆出版社 2008 年版，第 45 回。
② 冯其庸：《脂砚斋重评石头记汇校》，北京图书馆出版社 2008 年版，第 28 回。

了情感错位的幅度决定其艺术感染力的强度。

在整个《西游记》九九八十一难中，那些师徒四人同心协力的情节，读者印象不深，因为不管多大的危机，唐僧、孙悟空、猪八戒心理都没有任何错位。为什么《西游记》中最富于艺术感染力的人物不是沙僧，而是猪八戒呢？这是因为猪八戒和孙悟空、唐僧之间的心理错位幅度很大，而沙僧则一贯随大流，没有与别人迥然不同的动机和行为，没有和任何人物拉开心理错位的距离，也就没有多少艺术生命。“三打白骨精”为什么成为经典呢？就是因为，由于女性的出现，本来相当统一的心理关系失去平衡，师徒们对同一对象的感知、情绪、思维发生分化。白骨精在孙悟空的眼中是一个邪恶的妖精，在唐僧眼中是一个善良的妇女，而在猪八戒眼中则是一个颇具魅力的女性，他的内心长期遭到抑制的性意识萌动了。由于感知错位，就产生了不同的情感、动机和行为。孙悟空一棒子把白骨精打死，如果唐僧竖起大拇指大加赞赏：好得很！那就没有心理错位可言，也就没有性格可言，没有戏了。正是由于感知的错位，造成了情感、动机、语言、行为的分化，而且发生了连锁反应，使错位幅度层层递增。猪八戒出于对女性的爱好，挑拨孙悟空和唐僧的关系，以致孙悟空被唐僧开除了。这时，猪八戒、孙悟空和唐僧的个性才有足够的反差，性格才有了深度。

传统的小说理论强调人物要有个性，强调个性与共性的统一，并没有涉及文学形象，第一，从观念上说，共性与个性，共相与殊相的矛盾统一，并不是小说人物的特点，而是一切事物的特点，从一本书到一个水果，都是共性与个性的统一，因而分析来分析去，总是隔靴搔痒。第二，从方法上说，孤立地分析单个的人物，不得要领，而小说的情节是人与人之间关系的动态过程，离开了人物与人物心理错位关系的具体分析，只能是缘木求鱼。

人物生活在共同的世界里，但是由于情感的冲击，感知变异的分化，每一个人又生活在各自感觉的世界里，各有其不同的色彩和音响，此一人物感到的,彼一人物可能完全麻木不仁。同样一阵风吹来,一万个人物有一万种不同的感觉,在错位的感觉基础上产生了错位的动机。如果猪八戒完全同情孙悟空,或者与唐僧的感觉完全一致,那样只可能有诗意,对于小说来说,猪八戒之所以有艺术生命,就是因为他的感知和情感既不同于孙悟空,也不同于唐僧。在对待白骨精的问题上,猪八戒有他自己的潜在动机。一是他的性意识,二是他感到平时老受孙悟空欺压,此时正好乘机刁难他一下。这种刁难并不纯系恶意报复,其中还包含着猪八戒意识不到的愚蠢。他与孙悟空为难,并非出于对唐僧取经事业的忠诚。他那猪耳朵中藏着二分银子,随时随地都准备在取经队伍散伙时,当作路费回到高老庄去当女婿。这种潜在的深层动机,在常规状态下,是朦胧的,由于性意识的刺激,猪八戒就和孙悟空、唐僧的想象、梦幻、判断,乃至思维和行为逻辑发生了错位。而且这种与唐僧、孙悟空错位的感知和情感还相当饱和,相当强烈。在《西游记》中有那么多妖魔鬼怪,艺术生命力普遍不强,原因就在于他们只有共同的动机:千方百计吃唐僧肉,以求得长生不老,却没有任何在感知上、情感上互相拉开距离的错位。

拉开人物的感知距离,同时得拉开动机的距离。这里的动机主要不是意识层的动机,而是潜意识中的动机。感官对于情感、动机,包括潜在动机以内的信息最为灵敏,而对于在此以外的信息则相当迟钝,有时甚至视而不见、听而不闻、嗅而不觉。

对文本分析来说,关键在于辨析人物潜在的初始动机的微妙差异,洞察其经过反复打出常规,后续动机的差异就可能递增性地扩大,从而引起整个心理错位的距离扩大。如果不善于作这样细致的辨析,则可能离开人物自身的心理深层运动,而求诸外部的表面的动作。

在关系越是亲密的人物之间洞察潜在的动机,反差就越是深邃。

鲁迅和胡适对《三国演义》在很大程度上持否定态度,而二人对《三国演义》的主角诸葛亮的否定却是不约而同,鲁迅说得比较幽默:《三国演义》把他写得“多智而近妖”[①]。胡适则认为“作者们极力描写诸葛亮，但他们理想中只晓得‘足智多谋’是诸葛亮的大本领，所以诸葛亮竟成一个祭风祭星、神机妙算的道士。”就是对于他认为不乏精彩的舌战群儒，读了“只觉得平凡浅薄，令人欲呕。至于‘三气周瑜，仍是很浅薄的描写，把一个风流儒雅的周郎写了一个妒忌屈服的小人，并且把诸葛亮也写成了奸刁险诈的小人”[②]。

就“多智而近妖”，或者“祭风祭星、神机妙算的道士”而言，首先就缺乏历史观念。《三国演义》所据之资源之一话本《三国志评话》，其中描写诸葛亮，恰恰是这样的：

> 诸葛本是一神仙，自小学业，时至中年，无书不览，达天地之机，神鬼难度之志，呼风唤雨，撒豆成兵，挥剑成河。司马仲达曾道：“来不可袭，坐不可守，困不可围，未知是人也，神也，仙也？”[③]

恰似是《三国演义》把诸葛亮从神仙转化为人，在三顾茅庐写出他与刘备的关系；在华容道中，写出他对关公的驾驭；在草船借箭和三气周瑜中，写出他和盟友在智慧上争胜的成功；在六出祁山中，写他与曹操阵营鞠躬尽瘁、死而后已的精神；在失街亭写出他误用马谡，又不得不斩之的痛苦；在空城计中，突出了他对司马懿的心理战度过了危机。总体上说，虽然不免留下诸多超人的痕迹，但总体还是被刻画成一个足智多谋的人的。诸葛亮的形象，六百多年来，在中国、日本、朝鲜、韩国家喻户晓。

诸葛亮的形象不朽的艺术奥秘在于：第一，作者和他的盟友打出常规，以揭示其心理深层的奥秘；第二，揭示盟友心理错位。

“草船借箭”情节的形成，并不是历史文献的照搬，而是几百年的艺

---

① 《鲁迅全集》，人民文学出版社 2002 年版，第 135 页。

② 《胡适文存》卷一，第 52~53 页。

③ 《三国志平话》，上海：古典文学出版社 1955 年版，第 67 页。

术想象的积累。从历史上看，这事原来是孙权的[1]，在《三国志平话》中转到了周瑜名下。[2] 都是孤立的现象，其中能表现孙权的英雄气概和周瑜的机智，与诸葛亮八竿子打不着。而到了《三国演义》中则变成了诸葛亮的。关键是使情节发生根本功能的转变，由与曹操的斗争变成了诸葛亮与周瑜的斗智和斗气。作者在借箭的情节中，增加了一个自然气象“大雾”，让诸葛亮超人地预料到三天以后有大雾。其艺术匠心不在显示诸葛亮的神机妙算，近妖的多智，而是：第一，把它放在诸葛亮与周瑜的精神错位之中，让周瑜看到诸葛亮的神机妙算，激化了他对诸葛亮的杀机。第二把它放在与曹操的矛盾冲突之中，使得他的妙算不但在气象上，而且在把握曹操的心理上。诸葛亮的多智如果孤立地看，的确可谓近妖的道士，但是，让他有超人的智慧，目的并不像水浒传的公孙胜那样仅限于以超人的法术惊人，而是显示他的“多智”，是由他的盟友周瑜的“多妒”逼出来的。从表面上看，周瑜每与诸葛亮谋划军情，堂而皇之的目的都是为了打败曹操，但实际上是要把诸葛亮往死里整。周瑜是个“好人”，诸葛亮也是个“好人”，但是周瑜这个好人却有个心理毛病，那就是多妒，他的多妒是近距离的，有现成可比性的，容不得身边有人在智慧上超越他。作者让处于劣势的诸葛亮智慧超越周瑜，并且取得绝对胜利，仅仅靠自己“多智”到可以准确地预报天气，还是难以稳操胜券的。料定三天之后有大雾或有某种机率，取胜还是缺乏充分的必然性的，也就是有点冒险主义的。此时作者的天才表现在设计了敌手曹操的心理特点：“多疑。”这样军事三角就变成心理三角的错位。多妒逼出了多智，多智又碰上了多疑。于是多智的冒险主义取得了重大的胜利，于是多妒的就更加多妒，多智的就更加

① 《四库全书》史部别史类，萧氏续后汉书，卷24。原文是：“权复乘船从濡须口入，操使弓弩乱发箭着其船，船偏重，乃回船复以一面受箭，箭均船平，乃作鼓吹还。”操望其舟船、器杖、军伍整肃，叹曰：“生子当如孙仲谋。”

② 原文为：“周瑜一只大船，十只小船出，每只船一千军，射住曹军，蒯越、蔡瑁令人数千放箭相射。却说周瑜用帐幕船只，曹操一发箭，周瑜船射了左面，令扮棹人回船，却射右边。移时，箭满于船。周瑜回，约得数百万支箭。周瑜喜道：丞相，谢箭了。曹公听得大怒。传令：‘明日再战。依周瑜船只，却索将箭来！’”

多智（多智到不但是预报天气，而可以向老天借东风的程度），多妒的屡计屡失。《三国演义》中这个盟友的“多妒”的设计实在是很伟大的，他不是在军事完全失败而死，而是自己把自己气死的。这个好人，这个英雄，是为着自己的智谋优越感而活的，一旦确信自己不如盟友多智，就活不成了。临死之时，留下了名言“既生瑜，何生亮”，揭示了人类妒忌心理的特点：近距离，有现成的可比性。周瑜死了许多年，但是，周瑜的多妒仍然活着，活在我们心里，武大郎开店的谚语就是证明。

草船借箭和借东风，这两个超现实的假定，把军事三角的斗争变成了敌我友三方的心理三角错位，也就把斗智变成斗气，把战争的实用理性升华为审美价值。

由此可知，人物的个性，不是从哲学的范畴共性与个性的矛盾统一中演绎出来的。哲学的普遍大前提中，没有文学的特殊性。仅仅从哲学范畴中演绎，只能弄出公式化概念化的作品和解读，文学文本的特殊性，离不开文学形式的特殊性，体现在小说与诗的不同中，及关系紧密的人物之间的情感错位中。

小说人物的艺术形象，不能简单地以科学的真为唯一的标准而加以否定。小说是人物与人物之间情感结构的艺术，个性存在于人物与人物的情感互相依存，互相触发，互相纽结，互相错位的结构中。结构功能大于要素之和，人物的艺术性不能由孤立的要素决定，而由其结构动态调节决定，正如水的灭火性质，不能由助燃的氧和自燃氢决定一样。鲁迅和胡适之误乃在于把人物从人物的情感结构中分离出来，孤立地加以分析。

这一点不但体现在情节的设计上，而且渗透在小说的一切细部之中，例如，许多第一人称小说中的“我”往往成为多余人物，原因是他们常常与某一主人公的心理完全重合。而在鲁迅《祝福》中的那个“我”因为与祥林嫂拉开了心理错位幅度才有了生命。如果祥林嫂问“我”，人死了以后有没有灵魂，“我”回答说：“没有。”祥林嫂的心灵痛苦自然会减轻些，可是《祝福》的悲剧性却被大大削弱了。

非情节性的错位

说到这里,我们涉及还只限于情节性小说,对那些非情节性,或者回避情节的小说,该如何阐释呢?非情节性,最极端的要算意识流小说了,然而,经典的意识流仍然是以心理的深层突破和错位为生命的。有兴趣的读者可参阅我对伍尔芙《墙上的斑点》的阐释。[①] 例如《孔乙己》,在《呐喊》中,它是鲁迅最喜欢的。孙伏园,在《关于鲁迅先生》,其中有这样一段话:

> 我曾问过鲁迅先生,其(按:指《呐喊》)中,哪一篇最好。他说他最喜欢《孔乙己》,所以已译了外国文。我问他的好处,他说能于寥寥数页之中将社会对于苦人的冷淡,不慌不忙地描写出来,讽刺又不很显露,有大家的作风。[②]

鲁迅写《孔乙己》,并不像范进中举那样正面展开情节,孔乙己几十年的坎坷经历,特别是偷书、挨打、残废等,都没有作正面表现,而是把情节当作某种背景,间接地交代。情节在这里只是当作对出场人物的心理的一种刺激,以便展示人物间神奇的错位。

鲁迅安排了一个叙述者——小店员,此人表面看来是多余的。他本来与孔乙己的命运八竿子打不着,不管是孔乙己考试还是挨打,都和他没有关系,他只是在孔乙己喝酒的时候,能够看到他而已。和孔乙己命运有关的人物很多,如那个打他致残的丁举人老爷,还有请抄书的人家,一定

① 孙绍振:《以无序的自由联想揭示思想的不自由》,《语文建设》,2014 年,第 10 期。后收入《孙绍振解读经典小说》,上海教育出版社,2016 年版。

② 孙伏园:《关于鲁迅先生》,《晨报·副刊》,1924 年 1 月 12 日。

和孔乙己有更多的接触，而且有更多的冲突，相比起来，这个小店员就所知甚少了。然而，鲁迅却偏偏选中了这个小店员作为叙述者。这是为什么呢？

鲁迅的立意是让孔乙己的命运，只在小店员有限的视角里展开。孔乙己的落第，他的偷书，甚至挨打致残，都发生在幕后，只让小店员从别人的口中听到，如果作全能全智的叙述，对事变作在场的观看，只能是对受虐者的痛苦和屈辱的感同身受而已。而事后的追叙，作为局外人，则可能作有趣的谈资。受辱者与叙述者的情感就拉开了错位的距离，其间的情致就丰富复杂得多了。遵循小店员的视角，小说只选取了三个场面，而孔乙己本人在咸亨酒店只出场了两次。从某种意义来说，这两个场面，和孔乙己的命运关系并不大。第一个场面，是他偷书以后，已经被打过了，来买酒，被嘲笑了；第二个场面，是他被打残了，又来买酒，又被嘲笑。一些评论说，《孔乙己》的主题是揭示孔乙己潦倒的根源，批判科举制度把人弄成废物。这三个场面的描述显然不可能有这样的功能。

三个正面描写的场面，写作的焦点，是看待孔乙己的目光的错位。最不可忽略的是小店员的特殊的眼光。动人之处在于，小店员对孔乙己的善良和潦倒，以不以为意的观感，对于孔乙己的命运，对于他的遭遇，小店员就是“无聊”“单调”，所看的都是“凶面孔”“教人活泼不得”。在这样的沉闷的氛围中，“只有孔乙己到店，才可以笑几声”。这里的笑声，不是一般的描述，而是整篇小说错位的起点。

在他观感以内的，就大加描述；在他观感以外的，通通省略。从这个意义上来说，小说写的并不仅仅是孔乙己。其实，这正是鲁迅的匠心，也就是创作的原则，或者是鲁迅小说美学原则，重要的不是人物遭遇，而是这种人物在他人眼光中错位的观感。鲁迅之所以弃医从文，就是因为他看到日俄战争时期，中国人为俄国人当间谍，在被执行枪决之前示众，中国同胞却麻木地当看客。在鲁迅看来，为他国做间谍送死固然是悲剧，但是，对同胞之悲剧漠然地观看，更是悲剧。《孔乙己》中的笑蕴含着多重的错位,因而从某种意义上说,笑是这篇小说的主角。

第一次出现时,孔乙己这个时常被抓住的小偷,命运是很悲惨的,为整个沉闷的酒店带来了欢乐的氛围,“店内店外,充满了快活的空气”。

鲁迅不无深意地点出孔乙己是唯一穿着长衫来喝酒的,长衫是读书人的穿着,说明他有着最后的自尊,但是,他否认偷书的论据却是十分薄弱“窃书不能算偷”,就显得荒谬。文言文的用语“污人清白”“君子固穷”,一般酒客所听不懂,并无助于遮掩亲眼目睹的事实。因而,孔乙己这种最后的自尊的维护显然是无效的(这一点与阿Q有相近之处),甚至是理屈词穷的表现,只能引得“众人都哄笑起来”。

这种可笑,构成了小说的幽默基调,正是小说的第二重错位。

但是,这种笑的错位,还在于大家都笑,而被取笑的孔乙己自己没有笑,不但没有和大家一起笑,相反是越来越尴尬了。这就使笑中有一点沉郁感。对弱者连续性的无情嘲弄和不放松的调侃,使得弱者狼狈,越是狼狈,越是笑得欢乐,但弱者却笑不出来,而且避免流露出难以忍受的表情。

这是小说的第三重错位。

更为深刻的错位是,发出残酷的笑声的人,并无敌意,也没有太明显的恶意,其中还有知其理屈,予以原谅的意味。号称冷峻的鲁迅,没有让他在大庭广众之间,承认自己是小偷,没有让他自尊心公开地、彻底崩溃,没有让他由于蒙羞而不要脸,丧失善良之心。相反,鲁迅特别写到孔乙己在酒店里的“品行”比别人好,酒钱不大拖欠。主动教导小店员茴香豆的“茴”字有四种写法。对围过来要吃他的茴香豆的孩子,软弱地说着“多乎哉不多也”,这些都在提示,在他自己的感觉中,他活得还是残留着一点“读书人”的身份和自尊的。

小说对孔乙己并没有明显厌恶的成分,只是调侃而已,在调侃中有隐含着忧郁的同情。小说的幽默虽然沉郁,但并不是讽刺,并没有揭露孔乙己的品质恶劣,即使是偷书,明明是屡屡提及,但是又隐含着为之辩护的成分。

这是小说的第四重错位。

在鲁迅看来,孔乙己不过是科举制度的牺牲品。作为制度是可恶的,但是作为人,却是值得同情的。他要揭示的不是孔乙己的偷书的恶,而是周围人对他缺乏同情的丑。在他的第一次出场,读者感觉不到严酷的讽刺的因素,其间的调侃的笑,是带着温情的。

孔乙己最后一次出场,已被打折了腿,不能走路。只能盘着两腿,臀下垫着一个蒲包,他是用手撑着地面"走"。躯体残废到这种程度,在与平常这么不同的情况下,掌柜的"仍然同平常一样,笑着对他说":

孔乙己,你又偷了东西了!

发现一个熟人只能用手"走"路,是很悲惨的事,本该有惊讶,有同情,至少是礼貌性的沉默,可是,掌柜的却不但当面揭短,而且还"笑着"。可怕的是,笑着的人并没有感到严酷的伤害性,相反,倒是感觉到并无恶意,很亲切地开玩笑似的。

这是小说的第五重错位。

但他这回却不十分分辩,单说了一句:"不要取笑!""取笑?要是不偷,怎么会打断腿?"孔乙己低声说道,"跌断,跌,跌……"他的眼色,很像恳求掌柜,不要再提。此时已经聚集了几个人,便和掌柜都笑了。

鲁迅在这里揭示的是,所有的人,似乎都没有敌意,都没有恶意,甚至在说话中,还多多少少包含着某种玩笑的、友好的性质。但是,这对孔乙己却是对残余自尊的最后摧残。因为,从一开始,他的全部努力就是讳言偷,就是为了维护最后的自尊,哪怕是无效,也要挣扎的。这是他最后的精神的底线。但是,众人,无恶意的人们,却偏偏反复打击他最后的残余的自尊。这是很恶毒的,但又是没有明确的主观恶意的。鲁迅所揭示的,就是这种含着笑意的恶毒。鲁迅的深刻在于,这种貌似友好的笑中,包含着冷酷,对人的自尊的麻木不仁,对人的反人道的无形的摧残。

孔乙己已经被逼到找不到文言词语来维护自己自尊的程度,连“跌断”这样的掩饰性的口语,都没有信心说下去了,可是酒店里的人,却都“笑了”。这种“笑”的内涵太丰富了。一方面当然有不予追究的意味,另一方面,又有心照不宣地识破孔乙己的理屈词穷,获得胜利的意思。

这是小说的第六重错位。

这一切明明是鲁迅式的深邃的洞察,但是在文字上,鲁迅却没有任何形容和渲染,只是很平淡地叙述,“仍然同平常一样,笑着对他说”,连一点描写都没有,更不要说抒情了。但是,唯其平静、平常、平淡,才显得诸如此类的残酷无情,由于司空见惯,而没有感觉,没有痛苦,而鲁迅的笔墨,就是要揭示这种无形的精神虐杀的可怕。

> 不一会,他喝完酒,便又在旁人的说笑声中,坐着用这手慢慢走去了。

孔乙己如此痛苦,如此狼狈地用手撑着地面离去,酒店里众人,居然一个个都沉浸在自己的欢乐的“说笑声”中。人性麻木已至于此,这是何等的惨烈。更有甚者,孔乙己在粉板上,留下了欠十九个铜钱的记录,年关没有再来,第二年端午也没有来。人们记得的只是“孔乙己还欠十九个铜钱呢!”过了中秋,又到年关,仍然没有再来。小说的最后一句是:

> 我到现在终于没有见——大约孔乙己的确死了。

一个人死了,留在人们心里的,就只是十九个铜钱的欠账,这笔账,是写在水粉板上的,是一抹就消失的。一个人的生命,在众人心目中,竟然是这样的无所谓。在世的时候，人们拿他作为笑料；去世了，人们既没有同情，也没有悲哀，甚至连一点感觉也没有。这里不但有鲁迅对于人生的严峻讽喻，而且有鲁迅在艺术上的创造性的探索。

错位：内在深度的强化和外部动作的淡化

对于上述方法有人指出属于结构主义和叙事学的方法。但是，有根本的不同。对叙事文学进行结构分析的经典，早就有了普洛普，他把俄国民间故事分成31种模式。[①] 他所发现的31种功能，只要稍作变动，很多功能也适用于现代叙事——小说、戏剧、连环画、电影、电视节目。追随者有格雷马斯、科凯、热拉尔·热奈特等等。不管西方叙事学取得了多大的成就，但是，其描述性多于艺术感染力生成机制的揭示。格雷马斯把普洛普的31种模式简化为六个功能，即相辅相成的三组二元对立的成分：主体/客体、送信者/受信者、助手/敌手，发明了深层概念模式的"符号方阵"（一译"矩阵"）：四个方位分别代表结构发展的四个不同阶段，它们之间的关系可按照形式逻辑的对立、矛盾、包涵等关系来解释。按照这种模式，有位教授在分析《祝福》，把人物设为X、非X、反X、非反X。

1.X与反X，如祥林嫂与鲁四老爷的关系；

2.X与非X，如祥林嫂与柳妈的关系；

---

① 普洛普研究了100多个俄罗斯民间故事，发现许多故事具有某种一致性，如：1.沙皇赐给一名英雄一只雄鹰，雄鹰驮着他去到另一个王国；2.一位老人送给苏森林一匹骏马，这匹骏马驮着苏森林去到另一个王国；3.巫师给了伊凡一只船，小船载运伊凡到另一国度；4.公主给了伊凡一个指环，从指环中跳出一个年轻人背负伊凡至另一个国度。普洛普得出的结论是：1.人物的功能在童话中稳定的、不变的因素，它如何实现，由谁来实现，与它毫无关系，功能构成童话的基本要素。2.童话已知的功能数量是有限的。3.功能的次序总是一致的。4.就结构而言，所有的童话都属于一种类型。

3.X 与非反 X,如祥林嫂与“我”的关系;

4.反 X 与非 X,如鲁四与柳妈的关系;

5.反 X 与非 X,如鲁四与“我”的关系;

6.非 X 与非反 X,如柳妈与“我”的关系。①

分析的结果居然把柳妈简单地当成反 X 的代表,定性为“超个人的社会礼仪体系的直接代理人”,说她是“由她出手把祥林嫂推向死亡的深渊。”②这样的论断在根本上违背了祥林嫂的死亡是没有凶手的悲剧特征。

这个模式的最大漏洞在于对小说人物的定位是固定不变的。殊不知小说人物的特点,乃是处于被打出常规的动态之中的。把柳妈定位于非 X,但又论断“由她出手把祥林嫂推向死亡的深渊”,就可以说明,非 X 变成了反 X。这样的情况比比皆是。在武松打虎中,原本声言,怕老虎的不是好汉,真见了老虎,却把刚刚喝的酒都吓做冷汗出了。在《最后一课》中,本来最讨厌法语的,变得无限热爱法语。《项链》中,爱虚荣的女人,变成了艰苦朴素的女人。高级军官林冲,一直逆来顺受,但是,再三被逼,走投无路,杀了人以后,就变得义无反顾,主动出击了。托尔斯泰在《复活》中说:

> 人同河流一样,天下的河水都是一样的,每一条河都有窄的地方,有宽的地方。有的地方流得很急,有的地方流得很慢,河水有时澄清,有时混浊,冬天凉,夏天暖。人也是这样。人身上有各种品性的根苗,不过有时这种品性流露出来,有时那种品性流露出来罢了。人往往变得不像他自己了,其实,他仍旧是原来那个人。③

① 王一川:《文学理论讲演录》,广西师大出版社 2004 年版,第 38 页。

② 原文是“非压迫者柳妈就成了超个人的社会礼仪体系的直接代理人,由她出手把祥林嫂推向死亡的深渊。柳妈才是封建礼教文化的代表直接导致了祥林嫂的死亡。”

③ 《复活》,人民文学出版社 1979 年版,第 262~263 页。(汝龙译文略有不同)

严格地说，人变成了另外一个人，他就更是这个人了。柳妈这个形象的第一元错位就是，她完全是出于同情才向祥林嫂建议捐门槛的；第二元错位，正是因为一派好心导致了严重的后果。这正是人物心理“错位”是处于同一心理结构中的特征。

鲁迅的深邃之处在于，杀死祥林嫂的不是某一个反 X 的个人，其最大的凶手，是一种对再嫁寡妇的成见，而这种观念则是所有的人都视为天经地义的。这简而言之，也就是封建礼教。鲁迅揭示了其中的错位，一是夫权，丈夫死了要求妻子守节；二是族权，妻子出逃，婆婆可以侵犯人身，强迫改嫁；三是神权，阎王不追究抢亲者，却不问青红皂白，以酷刑惩罚寡妇。冠冕堂皇的礼教，竟是一种如此自相矛盾的荒谬而残酷的成见。这一点，不仅在思想上重要，在艺术上也重要。这里有一个很重要的问题，那就是祥林嫂自己的观念与自己根本利益的“错位”。X 不是只和非 X 或者反 X，或者非反 X 发生关系，而且也和 X 自己发生关系。格雷玛斯的模式之所以不深刻，就是因为：第一，他忽略了 X 不仅仅是二元对立的；其次，X 的“错位”，不仅仅是外部的，而且是自我内心的。凶手不仅来自他人，而且来自自我。礼教明明这么荒谬，她完全可以不在乎，而她却非常在乎，以至于精神受到打击，丧失了劳动能力。她的悲剧中有她自己不觉悟的因素。这就是鲁迅的“哀其不幸”中的“怒其不争”。这样，“错位”范畴就多元化了，就深化了，不仅仅存在于多种人物与人物之间的被感知，而且深入到人物内心的自我感知、自我折磨。

正是由于他把小说的魅力聚焦在人物的相互感知和自我感知错位上，因而情节，也就是外部的动作性，就不是他全部的注意所在。因而，他把人物的多元“错位”范畴延伸到“氛围”中去。在他看来，比之情节，错位的“氛围”在艺术上有相同的重要性。他指出祥林嫂被这种成见摧残致死以后，鲁迅用了很长的篇幅来营造《祝福》的悲剧“氛围”。在这个“氛围”中，用二元对立来分析，显然是不够的，几乎所有人物反应都对死亡的悲剧感发生了“错位”，这种错位特点是多元的：

1.茶房:反应很冷淡,死得很自然,“还不是穷死的”。

2.鲁四老爷:死在年关,不是时候,可见是个“谬种”。

3.鲁镇所有的人,毫无悲哀之感,都忙着过年、祝福,祈求来年的幸福。而这些人都曾经是怀着礼教成见,歧视过、嘲弄过祥林嫂的。

4.连神灵都在享受香烟中懒散而舒适。

5.唯一的例外,是一个外来的“我”,感到内疚,承受着沉重的压力,却又深感孤独,不得不自我排解。

正是这种多元的情感“错位”,构成了《祝福》的沉重的悲剧“氛围”,这种隐含着无奈甚至无望的悲剧感,是用抒情的笔法加以突出的。

“错位”范畴,把西方文论所遗漏了的“氛围”,也涵盖了进去。而这一点不但是非情节小说的特点,恰恰也是西方现代小说最常用的手法,西方人的盲点本该是我们加以照亮(澄明)的,但是盲目的权威崇拜心态却导致了艺术感觉的麻木。用“氛围”的多元情感“错位”结构来分析小说无疑有利于澄明被矩阵模式的遮蔽了的,经典作品那些长期的着的死角,无疑有望得到有效、深邃的阐释。例如,对于《阿Q正传》的结尾的分析,就有了新的契机。鲁迅善于在人物死亡之时用“错位”的情感“氛围”来加以渲染。同样是悲剧,阿Q的死亡,不是抒情的悲剧,而是喜剧性的。他的全部感知都和自己的生存发生内在的“错位”:为圆圈画得不圆而遗憾,而画圆圈恰恰是他被判死刑的手续。在围观的人群中找吴妈,而吴妈又是给他带来“破产”的灾难的。他是被冤枉的,但他没有悲痛和冤屈之感,却像英雄义士一样说出“过了二十年又是一个……”这一切都是因为与严峻悲剧现场不和谐,不统一、错位,而构成喜剧性。和《祝福》的抒情“氛围”相比,是别出心裁的。写阿Q的死亡,躯体“像微尘一样迸散了”,表面上没有祥林嫂的死亡那样大笔浓墨,是轻描淡写的。但鲁迅这样强调了“氛围”的“错位”结构:

人物的反应：

举人老爷没有追到赃，赵府损失了辫子和赏钱，故皆号啕。

舆论：

A.未庄：阿Q坏，被枪毙就是证据。

B.城里：枪毙不如杀头好看，又没有唱一句好戏。

对于人命关天的大事，居然这样麻木，这样自私，这样就构成了喜剧感。[①] 明确提出，情节对于小说毕竟只是文本的骨架，而没有情节起伏的地方，其动人之处，往往在于某种情感“错位”的“氛围”。凡是权威理论不能解释的地方，他就越是感到理论有了发展的机遇。因而，比之情节模式，他更为关注的是“氛围”。

在西方文论的盲点中进行原创性的概括

这就需要我们在西方人视野之外，进行第一手的原创性的概括，值得提起的是，不能指望西方人直接提供现成的法宝，相反，最重要的是，在西方文论遗漏的空白中，用第一手的抽象，进行原创性的范畴建构。

研究固然不能毫无理论，凭空作第一手的原创概括，是空想。但是，仅仅凭理论，注定要被遮蔽，对那些西方（还有东方）理论遗漏了大量的盲点，视而不见。只要不迷信，许多盲点，直接概括，比之追踪西方文论，并不一定会消耗更多的生命。仅仅凭演绎却可能使西方的空白变成世界的盲点。对于盲点的自觉搜索意识应该成为文本分析理论衍生的支点。小说艺术的质量并不完全在所谓人物刻画，比之人物更为重要的是场景

① 以上分析见《孙绍振如是解读作品》，福建教育出版社2007年版，第274页，又见《名作细读》，广西师大出版社2006年版，第486页。

和“氛围”的浓度的饱和(如《孔乙己》所有的人,几乎谈不上性格)[1]。这种“氛围”,不仅在相关人物之间,而且可能在不相关人物之间。例如,海明威的《老人与海》经过作者删节从十几万字剩下几万字,但似乎却留下了一个多余的尾声:老人在海上历经千辛万苦,得到的是一副鱼骨头,横在海滩上,老人睡着了,只有那个对他有信心的孩子守护着他。这副鱼骨头的尾巴被潮水冲得晃来晃去。这时来了一群旅游者,其中一个漂亮女士向侍者问明白了这是鲨鱼骨头。

> 这个女人说:“我还不知道鲨鱼有这么漂亮的,样子这么好看的尾巴呢。”
>
> “我也不知道。”她的男朋友说。
>
> 在路那边,老头儿又睡着了。他依旧脸朝下睡着,孩子在一旁守护他。老头儿正在梦见非洲的狮子。

用“错位”的范畴来阐释则不难解密:这样的场景就蕴含着三重的错位情感,一是失败的硬汉,并没有挫折感,他正在梦见非洲的狮子。而那个守护着他的孩子,虽然守护着他,但只是出于对他的同情和信任,并没有失败的硬汉的感觉。而那个漂亮的女游客明明对这一场失败的英雄硬汉的精神之美没有任何理解,却在赞叹鱼的骨架之美。这个场景,是在情节结束之后出现的,对于人物似乎并没有直接的作用,但,如果没有这个与故事情节毫无关系的女士的赞叹,光是梦见狮子,只是单纯的象征而已,由于女士的赞叹的肤浅和老头儿的精神拉开的幅度很大的错位,使得整个场景“氛围”,变得深厚浓郁,审美价值以相应的幅度提升。

同样值得重视的,还有安娜·卡列尼娜观看渥伦斯基赛马的场面。这个场面,卢卡契在《叙述与描写》中特别欣赏,以之与左拉的《娜娜》中

① 见《文学创作论》,海峡文艺出版社2004年版,第468页。又见春风文艺出版社,《文学创作论》,1987年,相关章节。

赛马的场面相比。左拉对赛马作了全面的准确的刻画，从马鞍到骑手都精细地、生动地描写到了。卢卡契称赞这种描写“可以说是现代赛马业的一篇小小的专论”，“观众席像第二帝国时代的巴黎时装表演一样五光十色。连幕后的世界也描写得十分精细，并按照它的一般关系加以表现”①而托尔斯泰在《安娜·卡列尼娜》中则不像左拉那样，采取全能全知的角度来写赛马。但是，卢卡契只看出左拉的自然主义的写实，并没有充分阐释托尔斯泰的优越。如果我们从情节参与者的“错位”范畴来分析则可以别开生面。首先，从安娜的角度加以展开。在赛马之前，安娜知道自己怀孕了，她把这告诉了渥伦斯基，让安娜完全沉浸在自己的感情世界中，去看渥伦斯基赛马。其次，又让她的丈夫在旁边以另一种错位的情感去看、去担忧，去掩饰安娜的“不成体统”的反应。渥伦斯基的领先、堕马都在场外。托尔斯泰安排了夫妇二人之间的心理情感的“错位”：

> 托尔斯泰为什么要让安娜的丈夫卡列宁也一起去看赛马呢？这就是为了多一重（错位）效果，从卡列宁的角度看安娜的效果。渥伦斯基领先了，渥伦斯基摔下来了，渥伦斯基只是受了一点轻伤等，都在幕外，这与左拉完全相反。事情并不重要，它对人物心灵的（错位）效果才重要。更重要的是，心灵对心灵的刺激的（错位）效果，这就是效果的效果。心灵互动的（“错位”）情境过程更有艺术的独创性。安娜为渥伦斯基提心吊胆已经是很痛苦了，但是更使她痛苦的是丈夫抑扬顿挫的尖厉声音，好像永无休止似的。这说明她的厌恶情绪，因为她不愿听，每一个字在她听来都是虚伪的，刺痛着她的耳朵。这种（“错位”）效果，表明她内在的情绪高度集中在情人身上，丈夫的声音是一种干扰，令她恼火。这就使情节的进展带上了安娜厌烦的感情色彩。后来，一个骑手坠马了，又一个骑手坠马了，事情紧张起来了。因为不知道是谁掉下来了，托尔斯泰就不完全限于从

① 《卢卡契文学论文集》一，中国社会科学出版社 1980 年版，第 38 页。

安娜的感情效果去表现事件,而是从卡列宁关照安娜的感情(“错位”)效果加以表现。他从安娜的脸上看到了异常的效果,看出了他所不愿意看到的东西,他知道安娜的心全在渥伦斯基身上。一个大臣的妻子与别人发生这样的感情,陷得这么深,在正常情况下他的心理是很恼火的,但是他不,他把面子看得更重要,把他的名声看得更重要,因而竭力地掩饰自己,同时掩饰安娜,以免太暴露了,有损尊严。

卡列宁的心理(错位)效果有两个层次:一是担心安娜不顾体统;二是感到非常不愉快,但为维护自己的尊严,不但要克制自己,而且要掩饰安娜不被人看到。赛马的紧张,安娜情感的紧张,加上卡列宁表面平静而内心紧张的感情色彩,三重错位使艺术的感染效果增加了三倍。

后来,消息证实了,渥伦斯基摔是摔了,但是没有受伤。这时,安娜控制不住感情,她连忙坐下来,用扇子遮住自己的脸。卡列宁看到她在哭泣。她控制不住她的眼泪和使她胸膛起伏的呜咽。卡列宁站着遮住了她,给她时间来恢复镇静。然后跟她讲:我第三次把我的手伸给你。可是安娜的心理错位是如此之强烈,居然没有听明白,只是望着他,不知说什么好。

她的内心世界是多么执着,完全忘掉了外部世界,完全忘了自己在丈夫身边。这就是内心(“错位”)效果的内外交织。①

这里的关键是安娜的眼泪和呜咽是由卡列宁的眼睛看到的,这是卡列宁自己不想看到,但是更怕别人看到的。他平静的外在动作和内在的紧张,安娜从无意识地流露到有意识也控制不住自己,构成了多层次多元的情感“错位”,恰似涂上了多层感光剂的彩色胶片一样,使形象的感情“氛围”达到十分饱和的程度。和托尔斯泰比起来,左拉在外表特征的刻

① 见孙绍振《文学性讲演录》,广西师大出版社 2006 年版,第 161 页。

画也许并不逊色，但在内心色彩的调配和组合上，就显得逊色多了。

所有这一切的错位效果，都是西方小说理论、叙事学所遗漏了的。正是在这里，有我们大有作为的天地。

审智：既不抒情，亦不幽默

中国现当代散文艺术积累最为丰厚的是抒情和幽默，作家进入散文的艺术天地最为方便的入门就是抒情和幽默。但不管抒情的审美还是幽默的“亚审丑”，在逻辑上，都存在着无可否认的局限。钱钟书把某些文学评论家讽刺为后宫的太监——多有机会，而无能力，是很片面、偏激的；王小波对中国传统的消极平均意识的批评，以诸葛亮砍椰子树作类此，从严格理性的角度来看，也还失之粗浅。从逻辑上来说，类比推理是不能论证任何命题的。这就促使一些把思想、文化深度看得特别重要的散文作家，在抒情和幽默的逻辑之外寻求反抒情、反幽默的天地。

从美学上说，我们把情感和感觉的文本理解为“审美”，而且简单地宣称这是康德的学说，而且把这与黑格尔对立起来，是不够严谨的。比较深刻的文学作品，除了情感和感觉，都是有着自己独特的理念的。不论是屈原还是陶渊明，不论是古希腊悲剧还是安徒生的童话，都渗透着作家生命的甚至是政治的理念。大作家都是思想家。应该把与情感联系在一起的理念结合起来。智慧哲理的追求，在20世纪50年代以后西方现代派文学中形成潮流，加谬甚至宣称，他的小说就是他的哲学的图解。乔纳森·卡勒对此是这样解释的：

> 指出下面一点是极其重要的，即对某一哲学作品的最真实的哲学读解，应是把该作品当作文学，当作一种虚构的修辞学构造物，其

> 成分和秩序是由种种文本的强制要求所决定的。反之，对文学作品的最有力的和适宜的解读，或许是把作品看成各种哲学姿态，从作品对待支持着它们的各种哲学对立的方式中抽取出含意来。①

这样说，可能是走向了另一个极端，但是值得我们反思纯粹审美的不足的。

对这种矛盾，在笔者之一孙绍振的《西方文论的独白和中西议论的对话》中，它叫作“审智”。②

20世纪80年代以来，国人片面理解了康德，把审美仅仅归结于情感，过分强调他情感的美独立于实用理性的善和真，而忽略了康德同时也强调三者的互相渗透，特别是美向理性的善的提升这一点，是康德审美价值观念的一个重要支点。康德的“美”和理念，实际上是一种“美的理想”，存在于心灵中，比之现实中的具体事物，它具有一种“范型”的意味，“圆满”的意蕴，催促祈向的主体向着最高目标不断逼近，又令祈向着的主体“时时处于不进则退的自我警策之中”，美的超越性，超越感官，使美向善的理念提升。③ 康德虽然把美与善当作不同的价值观念，但他强调在更高的层次上，美与善可以达到统一，甚至最后归结到“美是道德的象征”。康德的审美价值论兼具“审善”和“审智”的双重取向。自然会产生一种“零缺陷的，最具审美效果的极致状态下的事物”，有一种“祈向至善之美”的“最高范本”。而这种范本，在康德看来，“只是一个观念”，“观念本来就意味着一个理性概念，而理想本来就意味着符合观念的个体的表象”。康德的审美价值论在表面上是强调感性的审美，但其深层，兼具

---

① 乔纳森·卡勒尔：《论解构：结构主义以后的文学理论和批评》，见理查·罗蒂：《自然与哲学之镜》，商务印书馆1987年版，第376页。

② 孙绍振：《从西方文论的独白到中西文论的对话》文学评论，2001年第1期。

③ 陈峰蓉在《祈向至善之美》（《东南学术》第三期，第147页）这样说，由于经验世界的不完美，人们心目中，自然会产生一种“零缺陷的，最具审美效果的极致状态下的事物”，有一种“祈向至善之美”的“最高范本”。而这种范本，在康德看来，“只是一个观念”，“观念本来就意味着一个理性概念，而理想本来就意味着符合观念的个体的表象”（康德《判断力批判》[上卷]，宗白华译，商务印书馆1995年版，第70页）。

“审善”和“审智”的双重取向。从这个意义上讲，这和黑格尔的“美是理念的感性显现”可谓息息相通：

当真在它的这种外在的存在中是直接存在于意识，而且它的概念是直接和它的外在现象处于统一体时，理念就不仅是真的，而是美的了。美因此可以下定义：美就是理念的感性显现。①

黑格尔的意思就是“艺术的任务在于用感性形象来表现理念”，理念和形象达到相互融合而成为统一的程度，就是艺术价值的高度。

然而，恰恰是这一点被我们长期忽略了。对于大量的智性文章往往以审美的“真情实感”论去演绎，其结果是窒息了审智流派，既不抒情又不幽默的散文大量存在，除了直接抽象为“审智”散文以外，别无出路。

20世纪八九十年代，在中国，学者散文成了气候。产生了一种以智取胜的倾向。这是历史的必然，也是逻辑的自然。抒情太滥，幽默太油，走向极端，走向反面，必然要逼出反审美、反抒情、反幽默的审智散文来。余秋雨之所以重要，就是因为他成了这个历史关键的过渡桥梁，他在抒情散文水乳交融地渗入了文化人格的思考和批判，达到了情智交融的境界，但他并没有完成从审美向审智美学的过渡，他只是突破了审美抒情，并没有到达完全审智的彼岸。更为鲜明的智性倾向，可以周国平作为代表之一。他在《自我二重奏·有与无》中这样写道：

庄周梦蝶，醒来自问：“不知周之梦为蝴蝶与，蝴蝶之梦为周与？”这一问成为千古之谜。问题在于，你如何知道你现在是不是在做梦？……这是个哲学命题，现实世界是不是虚幻的？就像我在这里教了几十年的书，是不是另外一个人做了几十年的梦，“我的存在不是一个自明的事实，而是需要加以证明的，于是有笛卡尔的命题：

① 黑格尔：《美学》第1卷，朱光潜译，商务印书馆1981年版，第142页。

‘我思故我在’”。……但我听见佛教教导说:“诸法无我,一切众生都只是随缘而起的幻相。”……从佛教的角度来讲,周国平也是一种虚幻,当他在为他的存在苦苦思索的时候,电话铃响了,电话里叫着他的名字,他不假思索地应道:“是我。”

从抽象的意义上来讲,我的存在与否,是个大问题;但从感性世界来说,我的一声回答就把这个问题解决了。周国平的自我二重奏、我的苦恼,从哲学上来说,是很深刻的智者的散文。但读周国平的散文,有时觉得它不像散文,也不像审智的散文。这有两个原因。首先,审智散文,虽然排斥抒情,但并不排斥感性,感性太薄弱,就显得很抽象,与艺术无缘。在这里,感知是感性的关键。现代派诗歌也排斥感情,但紧紧抓住了感觉和知觉,从感知直接通往理念。而周国平几乎完全忽略了感觉。因而,从理性到理性,是纯粹的哲学思考,而不是完全审智的散文。其次,智性形成观念直截了当,尽情直遂,缺乏审视心灵变幻的层次,不足以把读者带到观念和话语的形成和衍生的过程中去。只有在过程中,智性就由于“审”而延长了,“视”的感觉也强化了,向审美作某种程度的接近,也就有了可能。关键在于,把智性观念、话语形成、产生、变异、转化、倒错乃至颠覆的过程,在读者的想象中展示出来。一般作家没有意识到这一点,也缺乏这样的才力,因而造成了有智而不审的现象。这就失去了从抽象到具象,从智性到感性,从审智到审美渗透的机遇。李庆西引宋周密《齐东野语》曰:

一道人于山间结庵修炼。一日,坐密室入静。道人叮嘱童子:“我去后十日即归返,千万别动我屋子。”数日后,忽有叩门者,童子告知师父出门未还。其人诈称:“我知道,你师父已死数日,早被阎王请去,不会回来了。尸身不日即腐臭,你当及早处理。童子愚憨,不辨其诈,见师父果真毫无气息,便将其投入炉火中焚化。旋即,道人游魂归来,已无肉身寄附。”其魂环绕道庵呼号:“我在何处?”喊声凄厉,月余不绝,村邻为之不安。一老僧游经此地,闻空中泣喊,大声诘道:“你说寻‘我’,你却是谁?”一问之下,其声乃绝。①

这是个悖论,既然“我”没有了,那么谁来问“我在哪里”。这就提出了一个相当深奥的问题:“我是不是我”?“那么真我究竟在哪儿?”李庆西引用的文章显然比周国平的文章更富有感性,更具有审视的过程性。他把“我”这个抽象的观念,与老和尚的尸体联系在一起,这就有了感性(当然,没有抒情),把思索过程用故事的形式展开,智性的观念就有了一个从容审视的过程,也就有了审智散文的特点。而周国平的文章,除了最后电话来了,他不由自主地答“是我”以外,其余都是抽象的演绎,哲学家式的阐释。智性散文不同于纯粹的智性抽象。它必须有感性,即使是讲思想活动,也要有感觉、感受的过程,要有智性被审视的过程。它往往要从纷纭的感觉世界作原创性的命名,衍生出多层次的纷纭的内涵,作感觉的颠覆,在逻辑上作无理而有理的转化,激活读者为习惯所钝化了感受和思绪;在几近遗忘了的感觉的深层,揭示出人类文化历史的和精神流程。

在中国,当代最早集中出现的审智散文,是南帆的《文明七巧板》,它既不幽默也不抒情,既不审美也不“审丑”,他所追求的是智性和感知的深化,还有话语内涵的“颠覆”。

在他最好的散文中,他层层演化、派生出的观念,超越了现成理性话语的无形的钳制,对智性话语的内涵加以重构,使得智性话带上审美感性逻辑;在此基础上,他创造了一种“南帆式”的话语。在审智向审美的转化中,使本来熟悉到丧失感觉的词语发出陌生的光彩。光是描述“枪”这样一个普通的器械,他就让许多被用得像磨光了的铜币一样的词语焕发出新异的感觉:“一支枪的扳机在食指轻轻勾动之中击发,一个取缔生命的简洁形式宣告完成”,“拉动枪栓的咔哒声如同一个漂亮的句号”,“躯

① 李庆西:《禅外禅》,人民文学出版社,2005年版,第126页。

体与机器(指枪)的较量分出了胜负,这是工业时代的真理","枪就是如今的神话"。他还非常严肃地将枪和男性的生殖器相类比:"两者都隐藏着强烈的侵略性、进攻性;射击的快感与射精的快感十分类似","男性的性器官制造了生命……枪的唯一目的是毁灭生命……是对于男性器官的嘲弄"。他的关键词语基本上是普通的书面语,如句号、取缔、真理、神话、快感、嘲弄等,他并没有像余光中那样广博地采用从古代书面雅言到日常口语,乃至现代诗歌和复杂修辞手段,但这些普普通通的词语不但获得了新异的感觉,而且有新异的智性深度。

他在论述了躯体是自我的载体和个人私有的界限以后,接着说,传统文化总是贬低肉体而抬高灵魂。在审智话语的逻辑自然演绎中,他做着翻案文章:肉体比灵魂是更加个人化的。肉体只能个人独享,不能忍受他人的目光的和手指的触摸;而精神可以敞开在文字中,坦然承受异己的目光的入侵。从这个意义上说,"躯体比精神更为神圣"。只有爱人的躯体才互相分享,互相进入肉体。他得出结论说,"爱情确属无私之举"。"私有""神圣""无私",原本的智性意义大部分被颠覆、解构的同时,新的智性就带着新的感性渗透进来了,这是一种智性和感性的解构和建构的同步过程。

学者散文、智性散文、审智散文、审丑、审美散文,这是一个多层次转化的过程,在中国当代学者散文中,这样的转化才刚刚开始。就是在世界散文史上,一系列的理论问题(如由罗兰·巴尔特提出的"文体突围")也还有待研究。

中国现代散文的历史到此走完了一个周期,这个周期,既是逻辑的,又是历史的。二者的起点和终点在某种程度上是同一的,这也许可以说是逻辑和历史的统一。

后记——文学的坚守和中国文学解读学的建构

从20世纪80年代起,中国文学理论界冲破了封闭性的蒙昧,在享受了放眼全球的兴奋和强烈的落伍感的驱迫下,文学理论界把最大的热情献给了西方理论,一波又一波的新理论被当作普罗米修斯的火种引进,国人强烈地表现出饥不择食的贪婪,新潮理论更新速度之快,可能是创造了吉尼斯纪录,这可以从急于改变弱势文化处境的心态得到解释。80年代的"新名词大轰炸"的实质乃是抢占话语的制高点,在话语解放中体验节日的狂欢,由之而产生的最乐观的预期乃是"发出自己的声音",在最短期间与世界文论最高水平接轨,在学术前沿平等对话中,展示中国文学理论的更新和建构。然而,近30年的实践,证明这种乐观主义多少带着空想的性质。严酷的实践摆在面前,即使能够在国际会议上或者在国外号称"权威刊物"上发表几篇论文,即使中国文学理论完全按着西方"学术规范"呈现,也并不意味着中国的文论获得了和西方文论平等对话的地位。原因并不一定是中国人在智商上绝对处于劣势,而是在心理上自甘被动,一味俯首帖耳,洗耳恭听,以代西方权威立言为荣。平等对话的起码要求，乃是有话可对，也就是具有自己的、不同于对方的话，如果所说和对方一样，那就是废话。问题在于许多热闹非凡的话语，都不是自家的，问题是人家的，大前提是人家的，方法是人家的。将西方文论奉为放之四海而皆准的真理，充其量不过是为之举出中国的例子而已，按波普尔的《猜想与反驳》，举符合论点的例子，不管多少也不能起证明作用，最多只是说明而已。一味采取这样顺从而不是挑战的姿态，这就不成其为对话，而是仆从对主人的“喳”。

西方文论不管什么流派均以对权威的质疑挑战为荣，故天马行空，以原创性和亚原创性为鹄的，我国学人则鲜有把西方权威当作对手(rival)进行质疑和挑战，故只能爬行，疲惫地追踪。在这一点上，倒是美国人比我们清醒，他们从欧洲引进大量思想资源以后是有所反思的。刘亚猛教授在一篇文章中说起，被中国理论界奉为圭臬的美国理论家J. 希利斯·米勒对1960年代以来从欧洲大陆的大规模引进的理论进行了反思，得出了一系列发人深省的结论：

理论并不如一般人想象的那么“超脱大度”(impersonal and universal)，而是跟它萌发生长的那个语境所具有的“独特时、地、文化和语言”盘根错节、难解难分。又如，在将理论从其“原址”迁移到一个陌生语境时，人们不管费多大的劲总还是无法将它从固有的“语言和文化根基"完全剥离。那些试图吸收外异理论,使之在本土发挥新功用的人引进的其实可能是一匹特洛伊木马,或者是一种计算机病毒,反过来控制了机内原有的程序,使之服务于某些异己利益,产生破坏性效果。①

我们引进的那些西方理论,我们热情追随的"大师",是不是"一匹特洛伊木马,或者是一种计算机病毒"呢 ? 是不是"反过来控制了机内原有的程序",对我们的理论建构"产生破坏性效果"呢? 这是值得深长思之的。乔纳森·卡勒说过,作为理论,其本身的准则就是反思。难道我们接受乔纳森·卡勒就不该反思吗? 而反思的起码条件就不是俯首帖耳,而是站起来,理直气壮地冲着西方文论进行反质,提出西方人没有提出的问题,迫使其接招、就范,此乃改变一代人被动状况的唯一道路。

西方文论所表现出来的智商被认为可以列入当代最高层次。这一点,是否毋庸置疑,姑且不论,和他们对话必须有相应档次的智商,则可以肯定。但是,"最高层次"是多方面的组成,不是铁板一块,不可能每个方面都是绝对平衡的,其不平衡正是我们应该分析的重点。最明显的乃是在文化价值和意识形态方面,他们发挥到极致,这是他们的强项。这一点,可能是世界的共识。要和他们的强项对话,对之发出质疑和挑战,难度是比较大的。在这方面,国人做了许多工作,我们怀着最大的耐心期待着震撼性的成果。问题是,他们有没有弱项呢? 我们相信,没有一种学术文化群体是没有弱项的。最为明显的就是他们在文学审美价值方面表现得极其软弱。第一,号称"文学理论"却宣称文学实体并不存在,伊格尔顿在《二十世纪文学》,乔纳森·卡勒在《文学理论导论》中坦然如此宣称。美国一位文学理论刊物的编辑 W.J.T.米彻尔更是坦言:

现在美国有一种流行的说法,理论死了,已经终结了。关于理论

① 刘亚猛:《理论引进的修辞视角》《外国语言文学》2007 年第 2 期。

再也没有什么可说的了。

当然,他作为一个文学理论刊物编辑,他反对这种说法,但是他反对的理由却是:

文学理论自身并没有消亡,只是发生了某种形式上的变化,它已经转而研究新的对象,如电影、电视、广告、大众文化、日常生活等。①

这样的辩解在逻辑上是不通的,文学理论存在的理由,不是因为研究文学有什么新成就,而是转而研究了其他的文化现象,那还有什么理由叫它文学理论呢?从另一个角度看,这正给人以文学理论本身已经走进死胡同的感觉。中国俗话说,不管它白猫黑猫,能抓住老鼠的就是好猫。这位美国人却说,我的猫虽然不能抓住老鼠,它代替了狗看门,也是好样的。可是,这样的猫还能算是好猫吗?不会打仗的部队可以去屯田,庄稼种得很出色,但上了战场就望风披靡,能算是精锐之师吗?对于文学理论的这种现状,除了用"危机",很难用任何其他话语来概括,这样的危机对2000多年来西方文学理论来说,如果不敢说绝后的,至少可以说是空前的。无视于西方文学理论如此之危局,就看不到我们的机遇。第二,他们几乎不约而同地宣称,对于具体文学作品的解读"一筹莫展"②是宿命的,因为,文学理论只在乎概念的严密和自洽,并不提供审美趣味的评判。第三,他们绝对执着于从定义出发的学术方法,当文学不断变动的内涵一时难以全面概括出定义,便宣称作为外延的文学不存在。事实上,由于语言作为声音符号的局限性,一切事物和概念的内涵都有定义所不可穷尽丰富性,并不能因此而否决外延的存在。第四,他们的理论预设涵盖世界文学,可是他们对东方,尤其是中国古典文学和理论却一无所知,他们的知识结构

① 米彻尔:《理论死了之后》,李平译,载文化研究网站,2004年7月26日。
② 韦勒克、沃伦:《文学理论》刘象愚等译,南京:江苏教育出版社2005年版,第155~156页。

和他们的理论雄心是不相称的。最后，西方前卫文论往往隐含着悖论，用西方辩论术中的“自我关涉”法来反诘，就不难发现其致命的硬伤。例如，前卫理论在哲学上是相对主义的，世界上没有绝对的东西，一切都是相对的，这就露出了矛盾：一方面他们的相对主义是毫无例外的，也就是绝对的；另一方面这种相对主义却是以不包含他们的相对主义在内才能成立的。那就是有例外的，不可能是绝对的。这种蜻蜓吃尾巴的现象比比皆是。解构主义认为解构是普遍的原则，但是，解构主义却享有豁免权，超越于解构原则之外。现象学论断一切观念都不是客观的，而是有主观意识渗透的，因而都要“悬搁”起来，从而“去蔽”。然而，“悬搁”既然是普遍性的方法，就应该包括“悬搁”在内，其结果只能是“悬搁”本身就应该被“悬搁”。同样，德里达宣言“作者已死”，作为普遍规律，则应该包括德里达本身，但是，德里达宣言“作者已死”的前提就是他自己作为作者是吃了不死药的。诸如此类，不一而足。西方文论失足的地方，正是我们的出发点，从这里对他们的理论（从俄国形式主义到美国新批评，从文学虚无主义的解构主义到结构主义，从读者中心论到叙述学）进行系统的梳理和批判，在他们徒叹奈何的空白中，建构起文学文本解读学，提出他们想象以外的问题，概括出他们不能概括的范畴，驾驭着他们所没有的理论和资源，建构我们的理论体系，和他们对话，在文学文本的解读方面和他们一较高下，迫使他们对我们的声音不能不洗耳恭听一番，也许这正是历史摆在我们面前的大好机遇。

本书的写作缘起，始于赖瑞云教授的提议，写作过程中，运用了孙彦君博士论文中的一些观点和具体分析。特别从陈一琴先生所辑《聚讼诗话词话》中获得大量学术资料。在查找核对文献方面，郜积意教授、汤化副教授、冀爱莲博士热情地做了许多繁杂的工作，毛翰教授和他的研究生对定稿做了极其细致的校阅，在此一并致谢。

2013 年 10 月 3 日初校，2016 年 2 月 26 修订

| 中 国 文 学 理 论 与 批 评 丛 书 |

学术顾问　钱中文 | 主编　吴子林

不可遏止的变革

——20世纪90年代中国文学的转型

陈晓明 著

全国百佳图书出版单位
时代出版传媒股份有限公司
黄山书社

总　序

通读眼前的八部书稿，各种情绪：兴奋、激动、享受、叹息、伤感、寂寥……轮番袭来，纠结于心。这时，我想起了一部电影——

音乐家科伦布的爱妻亡故，他从此带着两个女儿隐居深林，整日独自研习古大提琴。在绵延无休的乐声中，他看见深爱的亡妻，此刻就坐在他对面聆听。之后，他们一起祷告，一起乘坐马车，一起并肩走过春色茂密的森林，一起来到河岸渡口，直到她独自坐上小船离去。怕她再次消失，他不忍停下手中的乐曲。为了让她一遍一遍重现，他用余生不断拉奏心爱的大提琴，记下心里的悲伤乐曲，想看看爱将延续到哪里。

这是一个清静的世界。老房子旧得幽静、坦然，乐声绵延无休、难以捉摸，家中的器皿也都散发出乐器的光泽。科伦布在森林里拉琴、作曲，他拒绝宫廷表演的邀请，拒绝各种矫饰，只为灵感而作曲，只是记下瞬间的颤抖，删除多余的抒情。他的演奏闻名遐迩，在传说中更是出神入化。

有一天，17岁的红衣少年，一个鞋匠的儿子，敲响了音乐家的门。他立志成为伟大的音乐家，慕名前来

学艺，几经周折，红衣少年成了科伦布的学生。后来，红衣少年背着老师受聘为皇家乐队的演奏家，而被逐出师门。再后来，红衣少年成了宫廷乐长，生活富足；音乐给他带来了华丽的马车、镶嵌珠宝的假发衣饰、显贵的地位与指挥权杖，但他不再有17岁时那湛蓝的眼神。他深感自己始终未得音乐的要领。他记得，年少的那个午后，在森林里听到的琴曲，那种庄重、静穆、悠远而哀伤的，才是真正的音乐。

老人弥留之际，宫廷乐长深夜赶赴森林小屋，去上最后一堂音乐课。当他一身显阔地走进那简朴肃穆的家中，发现自己不过是个臃肿的丑角。他问老人："音乐是什么？为了供奉上帝？为了取悦国王？为了金钱？为了荣誉？是爱情的忧伤？或是自暴自弃的放纵？"

都不是。

他终于领悟，自己的疑问便是答案："是不是给死者的礼物？是给那些不能说话的人低声的安慰，给那些消逝了的童年？是为了让鞋匠的锤声变得柔和？是为了那我们出生之前就已存在过的时间，在我们呼吸之前，或者看见光亮之前……"

——这是电影《尘世里的每一个清晨》所讲述的三百多年前的故事，它把我们带回到音乐的黄金时代，唤醒了许多温馨美好的记忆。

是的，倘若音乐有魂魄的话，那就是它的毫无用处，它的无用之用。音乐是爱，是恩慈，是虔诚，是内心孤独的吟唱，是出神的一瞬，是人类关

于光明、自由和宁静的力量的梦想。

“一个民族的政治生活只是它存在的浅层部分；为了了解其内在的生命——其行动的源泉，我们必须通过他的文学、哲学，以及艺术这些反映该民族理念、情感和梦想的东西，来深入探索它的灵魂。”罗曼·罗兰写道，“音乐展示给我们的是在表面的死亡之下生命的延续，是在世界的废墟之中一种永恒精神的绽放。”①

文学艺术的研究与创作一样，都是一种生气灌注、深邃博大的“创世”，也就是发现、创造可能世界，帮助人们建立生命的、家族的、民族的“根”的意识，确立经验的、文化的统一感与连续性，在滋养自身的同时，影响人类的精神世界。

安贝托·艾柯在《诺伯托·博比奥：重新审视博学之士的命运》一文中强调，知识分子的责任不在“解决”危机，而在“制造”危机，即时刻营造出一种危机感，唤起人类的共同意识的危机感，并寻找、创造普遍的社会共识。

20 世纪 70 年代末 80 年代初，即进入“新时期”以来，整个国家处在一种社会转型之中。如何建立中国自己的崭新形态的文艺理论，成了文艺学界的重要课题。面对当代西方文化传入所引发的诸多挑战，以及当代文学创作所提出的诸多命题，经一大批文艺理论家、批评家的共同努力，中国当代的文艺理论终于实现了现代性的转型，即“从一家‘专政’式的独语，转变为‘百家争鸣’式的对话；从政治话语转变为学科的学术话语；从非常态的中心话语，转变为自主发展的常态话语”②。文艺学研究的视野得到前所未有的拓展，如文艺社会学、文艺心理学、文艺美学、文艺解释学、中西比较诗学、文艺生态学、文艺符号学、文艺人类学、文化诗学等领域，都有人在尝试，并获得了不少结实的成果。

---

① ［法］罗曼·罗兰著：《音乐散文集》，冷杉、代红译，中国文联出版社 1999 年版，第 1 页、第 7 页。

② 童庆炳撰：《新时期文学理论现代性转型概说》，《童庆炳文集》第 3 卷，北京师范大学出版社 2016 年版，第 468 页。

值得强调的是，其中的一些杰出的代表，如钱中文、童庆炳、孙绍振等文艺理论家，他们大多经历过各种政治运动，从没脱离当代中国的政治、文化现实。置身于风云际会的时代，他们怀抱笃定的理想主义的激情，广泛关注历史与现实的政治、经济、科技、文化各领域，对现有的种种结构模式始终保持质疑的态度，并通过精深的研究推翻僵化不合理的部分，表现出了对时代命脉的精确诊断和敏锐切入。由于洞察了语言符号背后的价值世界，他们成功揭示了其中丰沛而深厚的精神质地，呈现了关于生活世界的总体想象，开启了一个个一般人所未曾领悟的心灵世界。他们的学术成果是对社会文化问题的思考，是显示人文知识分子存在身份的根据，体现了对社会应履行的责任。

至于当下学界的中坚力量，如高建平、王岳川、李春青、陈晓明等一批学者，则是这些前贤的薪火相传者。与师长辈学者一样，对于他们而言，个人与历史、个人与国家互为镜像；他们有着丰富的内心生活及准则，善于提取、想象、弘扬历史与现实中稀薄而弥足珍贵的东西，并以其充沛的语言敞开、释放灵魂的悸动、精神的能量，以内在心灵的秩序对抗外部庸众的世界。

在我看来，文艺理论、美学的研究者以及批评家与作家、艺术家一样，都是这个世界的观察者、倾听者、质疑者和审判员，都是在为一个"缺席的民族"而写作，而不是做历史的书写者、抄写者和打字员。

名利诱惑与学术追求，对于所有问学者来说，是人生中不断出现的十字路口。文学艺术和生命宛若一条河流，收集了星光、烈日、蓝天、雾霾、彩虹和暴雨。面对欲望与生命力蠢动的世界，真正的学者以学术为宗教、为信仰为志业，他们洞察哪些是浮云，哪些是本质；他们所能看到的不只是现在，还有未来；他们播撒怀疑的种子，而不是收成已然明确的事实；他们不只是理念的唤醒者，同时还是社会革新进程的引导者；他们知道，生命只能燃烧，不可虚耗——因为他们手头所持有之物，不外乎时间、记忆和文学艺术所创造的美；而理论的勃勃生机，只能源于抵御纷扰人生的各

种诱惑或压力，源于创造性的质疑、心无旁骛的虔诚劳作和漫长执着的自我探寻。只有在思考和写作中，每个人才能找到自己真正的皈依之所——这是上述优秀学者给我们的深刻启示。

由钱中文先生担任学术顾问，本人主编了“中国文学理论与批评丛书”。本着“学术乃天下公器”的宗旨，我们拟分期分批分人结集出版，以检阅当代中国学人的学术实绩。本丛书具有开放结构，第一辑推出的为我国当代著名的文艺理论家、美学家、批评家，其中既有年逾八旬的资深学者，也有中、青年学术新锐；每人一集，收录“有分量”的代表作，凸显“一家之言”的戛戛独造。

主编这套丛书的愿望有二：

其一，展现新时期以来中国文艺理论研究与批评所取得的实绩，凸显那些富于中国特色的、有个性、有识见、敢论断、敢担当的学术创见。如，钱中文的“新理性精神”文论，童庆炳的“文化诗学”，孙绍振的“文学文本解读学”，高建平、王岳川之于中西美学的剖析，李春青之于中国古典诗学的建构性清理，以及陈晓明、吴子林之于中国“文学问题”的探究等等。

有识之士指出，一个城市乃至一个国家的文化质量，跟它是否拥有富于价值的文学记忆或文化记忆，有着很大的关系。所谓文学记忆或文化记忆，就是有一个或一批伟大的作家、思想家，他或他们代表这个城市、国家，这个城市、国家也进入了这一个或一批伟大作家、思想家的创作生命。简言之，文学记忆或文化记忆直接关系到一个国家的文化形象的塑造，其义大焉。

毫无疑问，包括文艺理论、文学批评在内的学术本身，是中国当代文学记忆或文化记忆的重要组成部分。随着我国上升成为世界第二大经济体，中国正成为一个世界性的大国，系统地向世界展现中国的现代化成就、中国文化和价值观，塑形中国的“大国形象”，至关重要。为此，在推出本丛书的同时，我们还将努力组织专家将它们译成外文，使它们走出国门，走向世界，逐步实现中国文论走出去的宏愿，让西方人了解中国、认识

中国——这是颇有文化远见的举措，在一切追求市场效应的今天显得尤为难能可贵。

其二，志在薪梓承传，泽被后学，希冀后来者能赓续前人纯正的学术品格，全副身心投入到文学这一健康的终生事业中去，以扭转目前文艺理论、美学研究以及文学批评的窘境或困境，切实推进现实社会的改善与进步，使人们重获生命的完满，走出一条焕发生命韵致与光泽的道路。

马克思有句格言："最先朝气蓬勃地投入新生活的人，他们的命运是令人羡慕的。"①通读完八部书稿，只觉时光如电，一股氤氲之气回荡其间。偶尔抬眼远望，只见雾霾重重，晨昏不明，仿佛自己悬浮于另一个世界；一阵北风骤起，雾霾一点一点散去，古老的都城一点一点透明起来，一点一点安详、生动起来。

户外，市声隐隐沸动，如深山松涛；窗外，落叶敲打着落叶，雨点追逐着雨点；远方，迷迷蒙蒙，嚣嘈不舍昼夜——我听到了生活行进的坚实步履……

一切都只是开端。"中国文学理论与批评丛书"还将推出第二辑、第三辑……并将进一步扩大规模。我们真诚地希望读者诸君提出宝贵的批评建议。

是为序。

吴子林

2016年12月23日

① ［德］马克思撰：《致R》（1843年5月），见《马克思恩格斯全集》第1卷，第408页。

目　录

再版自序

本书对90年代初的文学现象进行概括和阐释，试图揭示那个时期文学发生的深刻变异。在我们通常的表述中，90年代初是中国文学和文化转型的时期，但这样转型在文学上的表现如何？其深刻的内在本质如何理解？学界对此的论述并不多见。这不只是在于这一变异多么复杂，而在于表述的困难。思想的洞察力的有限以及语言的贫困都使表述难以直接和彻底。本书显然不自量力，尝试进入复杂的历史语境，虽然不能左右逢源，但试图找到一条路径，为90年代初的文学与文化的变异提示一份历史草图。

本书完成书于1995年，出版于1997年，由华艺出版社出版，原书名《剩余的想象》，距今有23年之久。何以在我耳顺之年还要再版呢？说起来这本书交稿后我在荷兰莱顿大学做为期一年的访学研究，等我2016年底回国，再敦促出版社出版。那年月学术著作出版十分困难，当然是要感谢当时华艺出版社负责人金丽红女士和黎波先生，他们慷慨支持，这部书才能顺利出版。90年代中期，学术著作出版发行都十分困窘，这本书出版后，发行量有限。或许也是因为华艺出版社并不长于学术书籍的推广，本书传播量想去很不充分。很长时期，我对这本书出版发行未尽人意，颇感遗憾。数年前友人夏可君兄特地给我打了一个电话，说到他那段时间读到拙作《剩余的想象》，尤其对我以“剩余”来概括90年代初的文学和文化的时代特质，心有戚戚焉，深有同感。可君兄是我敬佩的青年学者，他在这本书出版多年之后还在读，也让我心存感念。既然还有同行朋友会拿起来读读，拙著或许还有一二是处，这也是触动我修订再版的原因之一。

因本书有删削，加上二十多年之后，语境变化较大，故有些说法也按现在的言说习惯和行文要求做了一些调整，但架构和主导意思没有改变。

本人的思想认识水平有限，且这本书打上二十多年前的印记，这并非一句“时代局限”所致所能开脱；恰恰相反，那时可能因为年轻，意气用事，言说的环境也是与杂语喧哗的时代相称，说话自然放得开。如今已经是耳顺之年，老气横秋，会对有些说法有所反省，收敛许多在所难免。但为了保持那个时代的一种气度和气氛，一种气息和风格，我也最大可能尊重历史，不忘初心，保持本书的原貌。虽无力为历史存照，但有心为历史留念。

不当之处，欢迎学界同行和读者朋友批评指正。

是以为再版自序。

陈晓明

2019 年 11 月 8 日

于北京大学朗润园

原版自序

捕捉那些处于边缘性的、朦胧而暧昧状态的文学现实，解读其中隐藏的非常规意义，这是我持续不断的职业爱好。我知道这是一项吃力不讨好的工作，然而，我的天性、我置身于其中的环境，使我别无选择。

二十世纪八十年代后期，我埋头于《无边的挑战》一书的写作，那时我的工作受到多方质疑。师友们对我不厌其烦地谈论一些名不见经传的小人物表示大惑不解。那本书的出版延搁了多年之久，后来等我的书出版时，当年的无名之辈已经蜚声文坛。这并不是说我有什么先见之明，或者以韬晦之计用心良苦，我只是想表明这是出自我的职业习惯。

攻讦和辩解是我最为厌恶的学术活动方式，坦率地说，我崇尚从容启示式的读解，阐释、拆解、发掘那些人所未知的要素，对谜一般的真相进行追踪，这种工作会让我快乐，这就是这项职业给我的最大诱惑。我承认我的职业遇到危机，这并不仅仅来自个人生存的危机，这是一种文化的危机。

先锋派是当代中国文学变革的最后景观，随后的创造都不可能有这样的历史背景作为依托，能提供真实的抵御历史压力的场所。这使我所关注的二十世纪九十年代的边缘文学将难以成为一个完整的历史潮流。九十年代的中国文学个人化的结果，也就表明了它的边缘化。很多人在写作，以各自的方式，以不同的效果，勉为其难地去制作这个时代的文学奇景——它在很大程度上就会成为文学的常规生态。

常态也有它的美感，它是历史所必要的和无法避免的结果。确实，人们现在对文学提出了各式各样的不满，这种责难在很大程度上带着关于文学的古老梦想。在这个视听符号帝国急速扩张的时代，文学似乎走到了它的尽头。如果说文学有什么过错的话，如果说文学真的不行的话，那不是因为它用尽了自己的力气，而是它步入常态。这并不表明我就是现存文学的辩护者，这是我们理解现时代文学必要的前提，否则，我们这些文学的末路人只有长歌当哭，还有什么必要花费精力去指出什么不足？文学在这个时代不再是无所不能，无所不包的。它退到了社会的一隅，做它力所能及的事情，就是用语言书写符号给人们提供一个想象性的替代空间。即便如此，“想象性的替代空间”也是一个有必要加以限制的概念，乌托邦也是一个想象性的替代空间，因而我使用了“剩余的想象”这种说法。它不再是那种宏伟的叙事，不再是那种与历史具有共同起源性的元叙事。它就是植根于个人记忆的一种有限的想象情境。

因此，二十世纪九十年代的文学就难以形成实际的持久的中心，也不会有真实的历史潮流。在某种意义上，这一时期的中国文学潮流注定了是被制造出来的。这并不意味着所有的文学潮流都是虚假的，而是说，与过去的文学那种宏大的元叙事不同——它是历史情势表达出来的历史实际的要求，那种意识形态实践植根于历史的实在之物；而现在，意识形态其实已经常规化——也就是说它的那种绝对而持久的精神支配力量实际已经不存在了，只是相当多的人还怀有对意识形态的信赖，因而意识形态的生产还很活跃，但那都是具有未来性的历史所指的能指。从现实活动中产生出来的精神幻想已经被更为务实的“生活需要”所替代。在这一意义上，九十年代的中国文学也不会像新时期文学那样怀着强烈的意识形态冲动创造一系列的历史愿望，文学上的各种派别、主义和旗号都与时代的总体要求密切相关。而九十年代，只有纯粹的文学要求，只有理论自身的推论实践，只有基于对贫乏的恐惧和对平庸的逃避而制造的各种理论现场和文学奇观。在某种意义上，九十年代创造的那些五花八门的“新……”（新状态、新体验、新市民、新都市、新乡土等）并不仅仅是出于对“后”的拒斥，或是因办刊物的黔驴技穷而打出的招牌，在它那蛊惑人心的困窘姿态底下，也包藏着对平庸时代的逃避与躲闪——在某种意义上，这是文学在视听符号帝国里，在后工业化时代对人的想象力不断缩减的历史前提下所做出的负隅顽抗。大多数人只看到它的卑劣和无能。然而，我却看到它的可爱和天真，看到它奋起搏击的后悲剧精神。制造出某种潮流，这种自欺欺人的文化奇景，也许是文学在这个时代保持最低限度的创造性的特殊方式，也是剩余的想象力给予人仅有的创造力。

正是基于这种观念，我对八十年代后期至九十年代的文学现象做出我的阐释。基于我的理论视野，我把这段历史时期称之为“后新时期”。在八十年代末期，我写作的多篇文章中反复使用了“新时期后期”这种说法。1992 年 5 月，我写下一篇题为《新时期的终结》的文章，该文于当年7月8日发表在《文汇报》上。1992年秋天，在北京大学由谢冕教授主持召开一个关于“后新时期”的研讨会，明确提出“后新时期”这个概念。与会的代表有新时期的主将王蒙、刘心武等诸多名师大家。与会者从不同角度探讨了八十年代后期以来中国社会意识与文学发生的变化，尽管“新时期”这个概念未必得到一致认同，但有一点是共同的，“新时期”这个概念，以及与之相关的一套文学理论术语和价值观念难以解释八十年代后期以来的现实。

直到现在为止，还有不少人对“新时期”怀有毋庸置疑的眷恋，有些人一边攻击现在的先锋文学、先锋批评与当下的意识形态合谋，一边却对“新时期”顶礼膜拜。这种思维逻辑令人奇怪。对于我来说，并不是说一个时代比另一个时代更伟大或高明，我们应该看到它们之间的差异。而在我看来，之所以宣称“新时期终结”，是指那种热烈的自明的总体性实践的历史形势发生变化。文学不再依靠历史总体性的推论实践来确立自己的主题并酿就流派和思潮，而是不得不退回到文学自身。从此以后，文学不再是引导人们前进的火炬，而仅仅是给人以想象性满足的书写符号。不承认这一点，还要降大任于文学，并要文学做出惊人之举，那就无异于要拔着头发离开地球了。至少在从今以后的相当长一段时间里，“和平与发展”是国际社会的主题，中国也不会例外。就从中国的现实来说，它遭罹的灾难和动乱太多，对和平与发展的渴求当比其他国家来得强烈。在这样的历史阶段，文学也许是生不逢时的，也许是幸运的。这就要看人们对文学抱有什么样的理想化期待了。

总是有大多数的人习惯于从理想化的角度去谈论文学，对文学的现状表示强烈的不满，贬抑不合乎传统规范的任何现实。对我来说，理解一种历史情境，再审视文学在这种情境中所达到的可能性——这就是文学在这个时期的创造性。也许“创造性”显得夸大其辞，不管如何，总有一部分人在批评和指责，也得有人做些发掘工作。我从来就不是一个乐观主义者，对于我来说，与其为贫困所桎梏，不如就在脚下开垦一块土地；与其拔剑投箸四顾茫然，不如就在荒野里走过去。基于这种态度，我对“后新时期”（九十年代）的文学现实给予了必要阐释。

我还想说明的是，本书并不是一本论文集，它一开始就有一个整体的构想。本书本来是想写成一个理论性强些的东西，写过两本纯理论的书之后，理论的疲惫和寂寞还让我心有余悸。我想逃到历史叙事中去，想以史带论来理解“后新时期”的文学现象。然而，一些现时的兴趣和任务使我又退其次而求之，以专题的方式进行研究。其中主要的章节拆开来作为单篇论文发表过。现在连成一体，也许它显得具体，文学评论的色彩较强，较之我过去写的东西它显得平易通俗。本书可能对那些热衷于指责“后批评”不进行具体作品分析的这一说法，作了回应。本书至少比较详尽地分析了百多篇（部）文学作品，以我的方式进行读解。可能是我孤陋寡闻，在我的印象中，那些指责者，从未认真、像样地具体分析过一篇作品，也许会有一类读者喜欢本书。但我毕竟先牺牲了理论，随后又丢弃了“历史”——这是我所痛心的。在某种程度上，我的这本关于二十世纪九十年代上半期文学现象的书，如同我所谈论的对象一样，不由自主为这个时期的事务所裹挟，包括我的写作方式、写作态度和它最后的形状，这是我必须检讨的。我不得不说这本书是一次告别式的写作。

本书还有一个缺憾是没有展开谈论那些处于重要位置的代表作家，例如王蒙、王朔等影响卓著的作家。王蒙在九十年代的写作具有非同凡响的意义，他的作品无疑是一个最具象征性的超级文本，不管是对以往历史的重写，还是王蒙本人选择的叙事方式的变化都表明一个文学时代的巨大的变异。此外，我也没有从整体上论述莫言、贾平凹、张承志和张炜，他们都是这个时期最重要的作家。尽管我一再声称我倾向于关注那些边缘性的、不太起眼的文学现象，但作为对一个时期的理解，它无疑有片面的地方。我唯一能为自己开脱的是，关于他们的研究汗牛充栋，人们可以通过阅读其他大量的资料来了解这个时期的文学主潮。我能聊以自慰的还在于，下一本书可能会专门涉猎这些重要的文学现象。这也是我写作的通病，我总是在一个阶段的写作中，眺望下一阶段的工作，并且为之激动不已，这使我总是急于完成手头的工作，一些很好的主题和构想就被轻易地处理了。

近些年所谓“后现代”招致了不少批评，大部分是善意的。与当今时髦的“唯我独尊”的独断论者有所不同，我深知后现代离真理十分遥远，我只是一个追寻者和行走者。我知道后现代的有限性和相对性。坦率地说，我从来没有陶醉在后现代的印刷符号里，相反，我总是不满和反省。这本书离“后现代”已经十分遥远了，我说过这是一次告别式的写作，一次写作就是一次告别。但所有的写作都没有这次的告别这么彻底。告别一种姿态、一种方式、一种心境。

1995年12月6日初稿

导言 镜像的置换：从宏大寓言到剩余文化

“新时期”的中国文学是一个伟大的神话谱系，这个神话从一段令人绝望的历史中绵延而至，因而它的产生就预示着崭新的希望，象征着一个文学的和文化的新纪元开始。二十世纪八十年代的人们充满了创造历史的巨大冲动，那些叙述，那些倾诉，无不关涉这个时期民族国家的历史命运和现实发展。每一个人的讲述，每一个人的愿望都可以和时代精神重叠，它们共同汇聚成这个时期的整体想象关系——它们构成这个时代集体的精神镜像。八十年代的文学充满了各种各样的热点，各种各样的潮流，它们都是从历史本身的情势中涌溢而出的，它们就是历史的实在之物。八十年代的中国文化创造了它的历史主体，出现了一些走在历史前列的文化人物。他们的叙述意识就是这个时期的历史意识，就是社会整体的无意识，就是这个民族自我意识的宏大寓言。

二十世纪八十年代后期，乃至九十年代，中国文化和文学发生如此巨大的变化，任何稍有判断力的人都不难感觉到。那个宏大的历史总体性，似乎迅速处在调整之中，历史的变动如此剧烈而彻底，这使所有有识之士都茫然无措。进入九十年代，人们在不停地慨叹文学和文化的衰落，并且提不出任何济世良方。失败主义的情绪笼罩着人们，以至于人们看不到任何新生事物，看不到任何创造的生机。九十年代的中国文坛，经历过一段时期失败主义的沉寂之后，就迅速开始了它的出发，它澄清了一些问题，但是，带来了更大的混乱。所有这些，都促使着我们有必要在“新时期”的背景下来理解九十年代的文学和文化现实。到底八十年代“新时期”是怎样的一个神话谱系？它的那种历史实践方式是如何进行的？在这样的背景下，我们才能看出八十年代后期至九十年代——我们称之为“后新时期”的文学和文化发生的变化，并且理解这种变化表征的历史意义。历史唯物主义的基本常识告诉我们：“随着经济基础的变更，全部庞大的上层建筑也或慢或快地发生变革。”[①] 文学（以及人文文化）在不同的历史情境中，必然以不同的方式展开它的实践，必然有不同历史规定的意义。因而，并不仅仅是以失败主义的态度来对待九十年代的文学和文化就能解决问题。回到历史之中去，以历史主义的眼光来看待不同的历史情境，这是必要的历史主义态度。同时以肯定和否定的方式来思考“新时期”文学和文化的发展，去辩证地思考这个历史过程的演变，既视之为混乱，又视之为进步，这就是

① 马克思：《政治经济学批判序言》，《马克思恩格斯选集》第2卷，中共中央马克思恩格斯列宁斯大林著作编译局翻译局译，人民出版社1995年版，第82页。

“一种真正的辩证的，在历史之中思考我们的现时代的尝试”。[①]

上　超级镜像化：新时期的意识形态整合实践

置身于“文革后”历史的人们，毫无疑问把“文革”的结束看成一个历史时期的终结，并且认为这预示了一个新时期的开始。这样一种“划时代”的感觉当然也是历史本身给予的，“新时期”虽然尚未开始，但是关于这个时代的幻想、想象和期待已经形成，它源于对“过去”——“文革”时期的断然否定。“文革”被视为一场噩梦，噩梦醒来是早晨，那个令人绝望的时代已经结束，而现在（被设想为）面临一个伟大的“新时期”。事实上，正是“思想解放运动”强调了甚至给予了这种“划时代”的感觉和想象。1976 年无疑是中国当代历史上一个壮丽的时间界碑，它只要矗立在“过去”的终结线上就足以标示未来的辉煌。

十一届三中全会前后，理论界热衷于讨论“实践是检验真理的唯一标准”，“解放思想，实事求是，团结一致向前看”是那个时期最高的政治思想原则，也是那个时期的时代精神。而“向前看”就是“实现四个现代化”——可以说“实现现代化”是八十年代最核心的时代精神，是最具统摄力的超级话语或历史总体系。然而，作为观念的意识形态要获得“体验”的形式才能真正深入人心，而“体验”显然不能像理论推论那样容易解决。七十年代末期，人们一直沉浸在对“文革”及十七年的反思和批判中，因为只有拨乱反正才能走向现代化，而引导

① 杰姆逊：《后现代主义或晚期资本主义的文化逻辑》，原载《新左派评论》，1984 年夏季号。本文转引自《后现代主义文化与美学》，王岳川、尚水编，北京大学出版社 1992 年版，第 79—80 页。

时代变更的主导思想就确定在这个“批判”的基石上。确实，它具有强大的起源性的构成功能，它使人们看到过去的全部弊病。但是，人们不曾预料到，批判的结果是在情感体验的层次上推导出这样一个结论：十七年“以阶级斗争为纲”的运动斗争是一次对“人”的否弃。于是呼唤“人”成为这个时期最内在、最真切的情感体验，它构成历史转折时期的意识形态重建的起点。

然而，对“人”的精神需求仅仅起源于历史的匮乏，而不具有现实的充分合法性（例如不具有政治合法性）。执着于历史体验的人们循着历史给定的逻辑补充上缺失的环节，完成重建历史总体性的合理性。正是由于处在历史体验的合理性与政治秩序的合法性的认可之间，八十年代的历史总体性一开始就隐含严重的裂痕，它预示了八十年代的意识形态在情感体验与政治认同两个基本点上始终无法重合。艺术史家赫伯特·里德（Herbert Read）曾经说过：“哲学和政治学，科学和政治，所有的一切最后都源于我们观察和理解历史事实的明确程度，而艺术总是形成感情与感觉的明确观念的主要手段，这种形成的过程，是直接通过艺术家和诗人，间接通过观念对诗人和艺术家所创造的符号与形象的运用。”[①] 也许赫伯特·里德夸大了文学艺术奠定的感觉和情感基础在社会整合实践中所起到的作用，但是，历史总体性的整合实践肯定是要依赖文学艺术创造的情感基础的。不管如何，八十年代历史总体性内部存在着政治规范与情感体验基础的分立，它表明历史总体性的推论实践不可避免要出现多重分离，并且在每一个阶段上都不断发生位移与误置。

确实，在情感体验的意义上，这是一个需要“人”并且产生“人”的时代。经历十七年极左路线的压迫和十年“文革”的中国人，当务之急是重新确定“人”的生存权利和价值。“人”的命题从对“极左”路线的批判中自然引发，并且表达了历史主体（二十世纪七十年代末至

① 赫伯特·里德：《现代绘画简史》，上海人民美术出版社 1979 年版，第 154 页。

八十年代初期尚未明确分化出“多重意识形态”，因此，“主体”尚具有功能上的统一性）生产自身使自身“镜像化”的欲望需要。对于七十年代末和八十年代初的绝大多数中国知识分子来说，他们相信只有确立真实的、完整的、活生生的“人”，主体才能确认自己的现实位置。这也是他们第一次在文化的象征秩序中辨认清楚自己的位置。从拉康理论的角度来看，这个历史叙事的主体，这个意识形态的生产者，一直没有自己的位置，也从来没有对自身位置的叙述意识。一句话，迄今为止，它还没有经历“命名”的仪式。这一次它却义无反顾地谋求给自己“命名”，它把自己的“镜像化”当作自己的“命名”仪式。事实上，得不到“宏大历史”命名的“子”们不可能获得真实的现实位置，他们被注定了是在幻想界漂泊。期待被“父法”认同的愿望，则使关于“人”的幻想一直处在“父法”设定的宏大寓言的镜框以内：它在历史的起源性上，在现实的合理性上都谋求与“父法”统一。

如果说“朦胧诗”不过提示了主体认同自我的情感基础，它给予“大写的人”以个人化的和现实性的意义；那么，“伤痕文学”则是在写作中国知识分子的当代精神史，它赋予“大写的人”以集体性和历史性的意义。通过回忆“左”对一代知识分子的迫害，通过展示“人”的心灵和肉体所遭受的种种磨难，知识分子看到自己的历史形象。“历史”不仅在形式的（转喻的）水平上替代了现实缺失的位置，而且在内容的（隐喻的）意义上给出了现实的起源性：遭受过历史劫难的“人”理所当然应该认识到“人”的现实意义。历史与现实的关系是这样连接的：反省一代知识分子所走过的曲折历史，看到那“充满血泪的、叫人心碎的命运”，终于意识到自己的存在，于是，“一个大写的文字迅速地推移到我的眼前：‘人!’一支久已被唾弃、被遗忘的歌曲冲出了我的喉咙：人性、人情、人道主义!”因此，不难理解，历史作为现实的“人”觉醒的原因、前提和依据，同时也被改变为现实的“人”的基本内容和意义。

随后不久，王蒙的《夜的眼》（1979）、《布礼》（1980）、《蝴蝶》（1980）、《春之声》（1980）等作品相继发表，对反省历史的主题加以深化。王蒙尤为深刻地展示了知识分子（和老干部）几十年艰难曲折的精神历程。关于知识分子的精神品格，他们在政治风云中对待命运遭遇的方式以及老干部的灵魂变异等问题的探讨，都表现出王蒙对历史的特殊观照，他敏锐地把现实的可能性纳入反思历史的框架中去。王蒙率先把历史叙事和个人的内省意识结合起来，“意识流”手法的运用，使小说迅速跃进到一个很高的艺术层次。人物的心理刻画、小说的时空和结构、富有色彩和质感的语言的运用，给小说叙事提供了一个多样化的世界。当然，王蒙的作品并不仅仅只有形式的意义，实际上，这种形式给那个时期关于“人”的思考，给“大写的人”的主题注入了现代性的内容。

现在，历史依据被现实的“人”的本质，它抗议历史，却认同现实。正如《灵与肉》（或电影《牧马人》）、《大墙下的红玉兰》、《天云山传奇》、《神圣的使命》、《月食》等作品所讲述的那样，经历过“左”迫害的知识分子，忍辱负重，百折不挠，对党、对祖国永远忠贞不渝。历史磨难只能让一代知识分子痛恨极左路线，丝毫无损于他们的精神信念。而且也只有拥有这样的历史本质的“人”，才具有现实的责任感和使命感。因此，对“左”的反省，实则是“人”的现实本质及其现实位置的自我确认。很显然，“伤痕文学”与“朦胧诗”的现实意义大相径庭：后者不过是个人化经验所表达的内心生活，它的历史和现实含义都是时代强加的；而前者则是一次集体有意识的历史实践，它为时代的意识形态确立了现实基础。由“伤痕文学”确认的文学规范一直在构建“新时期文学”的精英主义立场，这个传统一直在建构八十年代的主流意识形态，事实上它已在某种程度上成为意识形态的中心。所谓的“第二种忠诚”表达的是八十年代中国知识分子的政治信念，“伤痕文学”已经预示了它的现实内容和后来的全部危机。而“朦胧诗”的那种个人化经验在经过文学话语的放大之后，沉潜于那些梦幻的孤独个体的精神深处，散落于那些永远无法整合的边际地带，它不想也不可能去替代意识形态中心。“新生代”的诗、现代派美术和这些个人记忆在“先锋派”小说中一直保存无损，许多年之后，人们会看到真实的“文革后”传统是什么。

意识形态的表象体系似乎具有确切的历史内容和严整的逻辑，并且具有不断自觉放大的功能；然而事实上它的每一次想象都意味着一次换喻的游戏，都意味着没有终结的重读。那些原始意义、起源性的意义，一旦被“历史化”时也就被隐喻化了，随着它的首要意义和首次显示被遗忘了，那些隐喻性的想象被赋予了固有的意义。随着这种“抹去”，意识形态的推论是不可避免的，因而它又不断地被抹去，然后进一步推论，设计另一个想象。在这种一个想象设计另一个想象的推论关系中，主体并没有真实的位置，因为“历史化”想象关系的每一次“放大”普遍化和极端化都把主体从原来真实的关系中排挤出去，主体看到的是自己的想象关系，一种脱离却又包括自我存在的真实性的幻想形式。正是不断地“抹去”与“赋予”，不断地“抛离”与“包括”，“历史化”的推论实践才得以充分进行。阿尔都塞说：“正是在想象对真实和真实对想象的多元决定中，意识形态具有能动的本质，它在想象的关系中加强或改变人类对其生存条件的依附关系。由此，这种能动作用永远不可能单纯起工具的作用。把意识形态作为一种行动的手段或一种工具使用的人们，在其使用过程中，陷进了意识形态之中并被它所包围，而人们自以为是意识形态的无条件的主人。”①

“人”的命题由批判反思推导出来，并且因此给予“人”以从历史到现实转化的合理性。现在，被抹去特殊的、具体的、历史起源性的

---

① 阿尔都塞：《保卫马克思》，参见《西方学者论〈一八四四年经济学——哲学手稿〉》，复旦大学出版社 1983 年版，第 268 页。这里的意识形态建构可以与“历史化”或“历史总体性”同等对待。

"人"，被确认了他的现实起源（历史起源被改变成现实本质），它急需进一步创造"人"的现实本性，不仅仅是想象性的创造，更重要的是"现实性"的创造。然而，没有自我真实位置的主体并不能确认"人"的现实存在，它必须得到"历史之父"的认可，因此，它试图从经典"父法"中寻求"人"的现实存在的合法性解释。"父法"本来是禁令，它不允诺，仅仅是禁止；而现在，主体却在祈求"父法"的允诺中损害了"父法"的神秘性和绝对权威性。也只有与"父法"的现实性对话，才是主体真正获得现实位置的开始，不管"父法"允诺还是禁止，主体不再是单纯地陷入自我的"镜像"中，它在反抗、偏离"父法"的行动中，现实地确认自己。二十世纪七十年代末至八十年代初，关于"人"的理论论争，并不仅仅给"人"的现实存在提示经典权威话语的论证，更重要的在于谈论"人"变成了一次人自己的话语实践，它不是理论的想象式的，而是现实的创造出人的历史本质。那些对抗性的争论，尽管充满了意识形态的偏执，双方都"陷进了意识形态之中并被它所包围"，然而，它在客观效果上促使"大写的人"超级符号化，关于"人"的话语不可遏止地增殖，在普遍化的传播中成为意识形态中心的（反对的或赞同的）话语。按照米歇尔·福科的观点，话语的运用就是权力的运用，话语权力的运用来自无数方面，在各种不平等与运动着的关系的相互影响中进行。哪里有话语的运用，哪里就有阻力。这个阻力在话语权力运作的网络中从来没有处于局外位置，相反，话语的权力关系依赖于多方的阻力。正是这些"阻力"充当对手、发动攻击，充当支撑物或把柄的角色，使那种新型的话语得到更加广泛的传播，获得更加强大的动力。这个从个人化经验、从历史批判理性中推导出来的"人"，却在"父法"禁令的裂痕中获得现实位置，它在那些对抗和冲突、中心和局部的关系的多组合中，在那些交锋、反驳和压制的各个点上获得现实存在的权力。

意识形态的推论实践不仅仅依靠"抹去"、置换、补充等形式去设计它的想象序列，而且在那些对抗、冲突、分裂、重合的各个点上获得推论的实践动力。因此，不难理解，经由理论论争激化的“人”的主题，成为时代的中心议题，主体自我生产的欲望进一步强化，“大写的人”的镜像高悬于思想解放的历史舞台，放置于走出历史阴影的中国人面前。这个“大写的人”现在被设想为完全是现实的存在的，他就在每一个人的现实行动中孕育、呈现。那个“大写的人”身上的历史伤痕已经被彻底抹去，他拥有崭新的现实外观。八十年代上半期，中国到处都在谈论“人”，个性解放；都在寻找个体价值、人身自由和现代意识，而“人的本质力量对象化”与其说是这个时代普遍信奉的美学公理，不如说是自我镜像化的超级概括。

1984 年，张承志发表《北方的河》，在题记里他写道：“我相信，会有一个公正而深刻的认识来为我们总结的：那时，我们这一代独有的奋斗、思索、烙印和选择才会显露其意义。但那时我们也将为自己曾有的幼稚、错误和局限而后悔，更会感慨自己无法重新生活。这是一种深刻的悲观的基础。但是，对于一个幅员辽阔又历史悠久的国度来说，前途最终是光明的。因为这个母体里会有一种血统，一种水土，一种创造的力量使活泼健壮的新生婴儿降生于世，病态软弱的呻吟将在他们的欢声叫喊中被淹没。从这种观点看来，一切又应当是乐观的。”这是一个乐观的时期，张承志的英雄主义和理想主义应运而生。只有那个雄浑的大自然背景，只有北方那四条巨大的浸透着历史文化和民族魂灵的河流才能与这个“超镜像化”的自我形象相配。

张承志曾经骑着“黑骏马”在北方辽阔的草原上寻觅他失落的青春记忆，《老桥》中的那种忧郁、怀恋、失意和迷惘并不仅仅是张承志个人的记忆，而是属于整整一代“知青”文学群体的集体记忆，那段记忆被埋葬之后却获取了现实的激情，它用于书写“大写的人”的理想铭文。获得了历史起源和现实本质的主体，现在站立在雄浑的大自然面前来确定自我的、自然的历史。对于迫切想要揭示自我本质力量的主体来说，仅仅依靠十七年和“文革”十年的短暂历史当然不够，它必须要有更加久远的历史，并且是与“人”的自然本性相沟通。这个挣脱了“文革”记忆的“人”，现在向更加久远的历史传统，向更加广阔的大自然吸吮自我的生命本质。

于是，张承志的那个“他”，这个一直在母亲怀抱里长大的苦难之子，这个被“父亲”遗弃的孤独之子，现在突然感悟到自我的生命力量，迅速决定抛弃（当然是在观念上，在记忆中）那个“狗东西”，他站在“自信而强悍”的大河边：“可是，今天你忽然间发现，你还是应该有一个父亲，而且你已经给自己找到了一个。……今天真好，今天你给自己找到了父亲——这就是他，黄河。”他走到黄河边上，他感到眼前的大河充满神秘：“哦，真是父亲，他在粗糙又温暖地安慰着我呢。‘爸爸’，他偷偷试着嘟囔了一声，马上又觉得无比别扭和难受。远处的河水不可思议地凸起着、摇荡着。你告诉我一切吧，黄河，让我把一切全写上那张考卷……那将不是一张考卷，而是一支歌，一首诗，一曲永恒的关于父与子的音乐。”现在，这个无父之子，这个一直被父亲抛弃并仇视父亲的儿子，从大自然那里获得了充溢的生命力，他反过来抛弃了那个“狗东西”（生父），成了自然之子。这个“大自然”（河流）不仅象征着生命的源流，同时象征着民族、祖国、历史和文化传统。那片被钳入河流的彩陶，在整个故事的讲述中显得偶然而勉强，却绝对必要。因为“古老的彩陶流成了河”，这片彩陶轻而易举地把伟大的自然与悠久的文化缝合在一起。我们的自然之子不仅分享着大自然的无穷生命力，而且自然地汇入历史与文化传统。当然，在这里，“自然”是第一要义，活生生的，而历史与文化传统不过是勉强贴上去的标签。

这个一直得不到“父法”认可，并且一直为“父法”所拒斥的观念之子，现在却如此急切与父同化，这个融自然、历史和文化三位一体的“父亲”显然是超现实的、更加观念化的“父亲”。在这里，不是“父法”给“子”们命名，而是无父之子创造了一个更加观念化的“父亲”。显然，与父同化在这里不是接受父法，完成象征性仪式，而是纯粹自我意识的“超镜像化”。通过想象性地与父同化，无父之子完成了成人礼。他把自我的现实本质全盘抛给观念的父亲，在“超镜像化”的想象性放大中，与自然之父同化的苦难之子结束了他的幼稚而孤独的岁月，畅游北方四条河不过是一次想象性地施行“成人礼”的伟大仪式：“我就要成熟了……我就要成人了……他心里充满了神圣的豪情。我感谢你，北方的河，他说道，你用你粗放的水土把我哺养成人，你在不觉之间把勇敢和深沉、粗野和温柔、传统和文明同时注入了我的血液。你用你刚强的浪头剥着我昔日的躯壳，在你的世界里我一定将会变成一个真正的男子汉和战士。”

《北方的河》发表后引起强烈反响，那种洋溢着理想主义的英雄气概和强烈的个人主义色彩，给一代青年及时提示了自我意识（自我观赏）的镜像。那已是一个自我意识与日俱增的时期，当然也确实是一个令人想入非非的时代：改革开放初见成效，经济快速发展，高楼大厦拔地而起，消费指数急剧上升，抢购风与通货膨胀展开角逐……不满与期待，愤恨与躁动，希冀与梦想，混为一体；挡不住的诱惑，摸着石子过河，跟着感觉走……人们既为现实的不公不平痛心疾首，也为眼前的机会激动不已，在这初具规模的竞争时代，人们需要成为强壮的自然之子。在历史推论的意义上，那个悬浮于历史理性和理论空间的“人”，显然有必要给予他以自然的生命力。在自然的主题下，张承志已经把“人”的自我意识推到极端。现在，将“大写的人”置放在“现代主义”的水平上来理解它的时代意义。很显然，“现代主义”也不过是一种观念性的命名，它不过给这个时期的“主体”以似是而非的历史定位而已。事实上，“现代主义”不过徒有其名，刘索拉笔下那些自命不凡的大学才子看上去更像浪漫派的天之骄子，而徐星的那个桀傲不羁的文学青年也不过是当时流行的各种自以为是的做派的混合物。现在这种人到处都是，而中国的“现代化”依然步履艰难，文学的现代主义也浅尝辄止，不了了之。抵御历史的主体不过是那个时期的人们普遍幻想摆脱强大而严实的社会秩序的幻想形式。“拒绝”的姿态是无父的“子”们乐于认同的自我镜像，臣服于“自然之父”不过是一次假想而且短暂的受洗仪式，叛逆的“子”们一旦获得（自以为获得）自然的生命强力、自然生存的合法性，就成了纯粹的个人、绝对的个体。八十年代关于“人”、关于纯粹的自我的想象（个人的镜像化）在这里达到它的极端。所谓的“个人”“自我”从此之后萎靡不振，落落寡合，无所作为也无所事事，他们蛰居于生活一隅，咀嚼诸如“病房意识”“性苦闷”一类的无聊趣味是“罪有应得”（例如“新生代”的诗）。

“寻根派”的崛起显然与当时国内风行的“反传统”思潮有关，然而，在当时激烈的反传统呼声中，文学界何以会热衷于“寻根”？何以会与世界范围内的文化认同及海外的儒学复兴潮流遥相呼应？实际上，“寻根”也依然是一种命名，在这个名义之下，历史实践则要依据它直接的现实前提，“寻根派”由“知青”群体构成则是这一现实前提的基本事实。“寻根派”在1985年底打出旗号，而事实上在此之前的大自然主题中就蕴含了那些异域文化风情。“寻根派”的写作不是遵循“寻根”的宗旨（寻根本来就没有宗旨），而是遵循“知青”的个人的和集体的记忆。那些记忆中的贫困山村，那些异城风情，那些人伦习俗，原来不过是作为找回失去青春年华的背景，作为蹉跎岁月的精神磨难的陪衬，现在却浮出历史记忆的地表，成为写作的前景材料，先是获得自然的生命强力，随后被赋予了历史的和文化的意义。

因此，“知青”的个人记忆被放大为集体的、时代的和民族的记忆，个人记忆被置放到历史的中心，讲述个人的记忆被改写成讲述民族的历史。“知青群体”因此成为“寻根群体”，成为站在传统文化与现代化交界线上的思想着的历史主体。重要的不在于讲述历史，重要的在于历史地讲述。曾经迷惘地审视自我的历史伤痕的“知青”，现在被推到时代思潮的前列，参与当代思想的对话，站在历史/现实，东方/西方，个人/民族，文学/文化，写作/政治交叉的历史边界。“寻根派”当然有理由把自己设想为民族的、精神的和历史的主体，设想为第三世界文化的代言人。显然，这个主体创造历史的欲望难以实现，他们的那些作品与写作主体的历史动机名实难副，在他们个人记忆中涌现出来的，不过是一个浓缩了历史劣根性和全部磨难的痴呆儿（丙崽《爸爸爸》），一个沉默而孤独的“拉边套”者（杨万牛《远村》），一个最后的渔佬儿，或是一个知足常乐的“棋王”和回归到词源学尽头的“孩子王”。纵观“寻根文学”的实际作品，其文学的意义一开始就迷失于虚幻的历史空间，而其文化的意义却又经常为个人的经验（或记忆）所消解。“寻根”说到底仅是一次重新历史化所急需的集体命名，一种无法表达更无法实现的主体欲望。

把自我设想为历史的主体，却没有主体的话语，在这里，命名（能指）与所指，主体欲望与个人记忆始终无法弥合，主体幻想为宏大寓言所构造，然而却无法进入真实的历史之中，实现其创造自我和历史的愿望。“寻根文学”的失败，不仅仅表明“知青”群体的集体镜像不能放大为时代的精神幻想，而且预示了八十年代中期意识形态再生产的深刻困境。企图给分离的现实以完整的历史图像，既表明意识形态重构的必然性，也表明其重构的暂时性。“新时期”文学构造的主体其实没有“历史”，它只有“文革”和十七年短暂的历史记忆，而且这段记忆本质上是“反历史”的，它远离中国民族的历史记忆。然而，作为这段“反历史”的真实产品“大写的人”，它一经确定自己的现实起源和现实本质，却力图割断“文革”记忆。“新时期”这种表述就是反“文革”记忆的（它意指着一个与“文革”截然不同的历史时期），因而“新时期”造就的“大写的人”也就只能在“新时期”狭窄的历史空间运行。因此，从现实自然历史的推论实践中，“人”并没有获得真实的历史记忆和历史本质。个人记忆总是混淆于幻想之物，幻想之物从个人记忆那里剥夺了“文革”历史（个人唯一真实的历史），而个人记忆则给予幻想之物以有限性的历史内涵。这种二元关系具有暧昧的反复加倍，每一方都从对方掠夺来必要的原始意义，从而给予对方以虚幻性的现实。为幻想的误置构造起来的主体，既不能回到自我真实的记忆中去，也无法准确找到表达宏大寓言的象征符号，它失去了记忆，也没有自己的话语。欲望主体不得不摧毁了所有的幻想形式、所有的象征之物，它真正结果了自己。

下　剩余的文化：后新时期的话语碎片

现在，已经少有人会否认“新时期”文学在八十年代后期发生重要的转折。不管是文学观念、文学的叙事方法，还是文学进入社会的实践方式都发生了根本的变化。八十年代后期，人们普遍慨叹文学落入低谷，那是基于传统的和经典的文学观念来看待正在变动的现实。从另一种观点来看，不过表明文学（乃至于文化）与这个社会的关系发生变动，表明文学自身的美学法则在变革。

八十年代后期，中国当代文学的意识形态发生多元分化，如果要在现实社会寻找解释的原因并不困难，例如，改革开放已见成效，三资企业遍地开花，皮包公司如鱼得水，市场经济初具规模，假冒商品肆意泛滥，通货膨胀势头更猛……而知识分子阶层迅速落破，知识分子奉行和鼓吹的价值立场为商品“拜物教”所冲垮。社会舆论对知识话语采取不严加讨论的政策，无形中使知识分子所扮演的创造社会中心化价值体系的角色无足轻重，也无人问津。知识分子推行的“精英文化”一度充当思想解放的先锋，构造社会共同的想象关系，而现在却被整个社会弃置于一边。整个社会的“卡理斯玛”（charisma）（中心化的价值体系）[①] 趋于解体，文学共同体讲述的“大写的人”的神话也宣告破产。这个时代面临深刻的文化危机，普罗米修斯式的文化英雄已经缩减，取而代之的不过是一些纳克索斯式的文化自恋主义者。

1988 年王蒙发表《文学：失却轰动效应之后》，这是一篇宣言式的和预言式的文章。作为“新时期”最有成就的中国作家，王蒙对历史的变化有着特殊的敏感。“新时期”的那种宏大想象，那些宏伟的场景，那些激动人心的作品，王蒙既是当事人，也是见证者。现在，“记忆犹新而又恍如隔世”（王蒙语）。那些与意识形态热点相呼应的潮流，已经不复存在。作家没有回天之力，“写什么，怎么写，似乎已经很难出现那种‘轰动’效应”（王蒙语）。这是历史发展的必然趋势，社会的安定化、正常化使人们不再仅仅为政治论争所激动。“人们变得日益务实以后，一个社会日益把注意力集中在经济建设、经济活动上，而不是集中在政治动荡、政治变革和寻找新的救国救民的意识形态上的时候，对文学的热度会降温。”[②] 王蒙不仅是这个时代最敏锐的书写者，同时还是一个卓越的预言家，他的感觉是对的。八十年代后期，中国社会确实发生某些实质性的变化，要详尽论证这种变化非本文力所能及，这一变动，人们仅仅凭直观就可以在他的经验中得到印证。文学当然不能逃脱时代给定的命运，它不得不变成一种个人化的行为，写作和阅读

---

① 卡理斯玛（charisma）这个词来自早期基督教的用语。马克斯·韦伯在阐述权威时用这个词指称有创新精神的人物的某些非凡品质。爱德华·希尔斯则认为，社会上的“卡理斯玛”不一定来自于“卡理斯玛”的个人创造，“它是赋予人们的行为、作用、制度、符号以及物质客体的一种品质，因为它们被认为与‘终极的’‘根本的’‘主宰一切’产生秩序的权力有联系”（《中心和边缘：宏观社会学论文集》，芝加哥，1975 年，第 127 页）。希尔斯在《中心和边缘》一书中解释说，社会有一个中心，社会结构中有一个中心带，而这个中心带是价值和信仰领域的一种现象。“卡理斯玛”是符号秩序的中心，是信仰和价值的中心，它统治着社会。林毓生教授在《中国意识的危机》中，使用了“卡理斯玛”这一术语，用于分析中国“五四”时期的文化危机现象。

② 王蒙：《文学：失却轰动效应之后》，原载《文艺报》1988 年 1 月 30 日，本文引自《王蒙文集》第六卷，华艺出版社 1994 年版，第 339 页。

并不是去完成伟大的人类实践，而是正在变成一项职业，变成日常生活的一部分。它在很大程度上不是人类制造精神紧张的有效手段，而更有可能是心理抚慰的一种形式。

1992年5月，在北京大学一所简陋狭窄的会议室里，由谢冕教授主持了一个名为“后新时期文学”的理论研讨会。这次会议与其说是一次宣告，不如说是一次总结。尽管如此，它居然没有引起更多人的注意，更多的人并不愿意接受“后新时期”这种说法。

事实上，很少有人能心安理得地承认历史的实际情境。历史的变迁令人猝不及防，很长一段时间里人们难以接受这个现实。人们反复慨叹文学在滑坡，作家的主体意识萎缩困顿。人们指责作家没有责任感，没有从时代精神中汲取力量。问题在于，时代意识本身发生了分离，历史总体性不再具有社会整合的绝对功能。过去，人们习惯把文学看成创建意识形态整体想象关系的根本途径，并且把这种文学观念看成天经地义的，是优先的真理。然而，中国长期以来的意识形态整合实践的统一模式，已经过了它的巅峰状态，它不得不疲软。八十年代后期，疲软的是意识形态，而不是文学。至少，文学从疲软的意识形态那里无法分享到它习惯的精神力量。“意识形态要么是全能的，要么是无用的。”（阿尔都塞语）八十年代后期，关于思想文化的管理也不刻意用意识形态来统摄社会的精神意识，相反，经济实用主义成为最有号召力的自发的社会实践。当经济利益被放在所有事物的首位，这就意味着这个时代是以行动代替思想，以利益替换精神。经济实用主义实际消解了社会思想意识的整合机制。当一个时代的生活目标变得明确，并且实现起来并不太费劲时，超越性的信仰和信念就是多余的。信仰的温床就是恶劣的生存环境，同样，理想主义只能产生于对现实的忘却和厌弃。这个时代一切都一目了然，拿奖金，买彩电，上歌舞厅，洗桑拿，奔小康……这一切无须什么特别深奥的精神作指引，也不需要蛊惑人心的思想进行动员，这是朴素的生活之道，无师自通，只要凭本能就可以知道出路在哪里。在这一意义上，历史总体性是被它自身的实践方式所重构的。过去，精神绝对压倒物质，观念绝对支配现实；现在，则是颠倒过来，物质压倒精神，现实吞并观念。观念的力量长期压制了行动，对未来的想象一直给人们构造一个难以企及的乌托邦，人们为了未来而牺牲现实。现在乌托邦就在眼前，它通过个人的努力就能实现，就是实在的小康生活。小康的时代还需要什么超越性的幻想吗？还需要什么庞大的概念说辞吗？

杰姆逊曾说过，一个历史主义者会作这样的思考："发挥着功能的现存意识形态的生产，在不同的历史情境中是有区别的，而且最重要的是，或许会有这样的历史情境，意识形态的协调和生产都不可能了，这似乎就是我们在当代危机中的处境。"① 八十年代后期以来的中国也许正处在这样的历史情境，理论观念创建的想象关系不再能从整体上对社会起支配作用。人们不相信什么权威，什么至圣先师，人们只相信自己，相信自己的行动。这个时代的"自我"被放大到最狂妄的地步，因为没有在它之上的精神象征之物；而这个时代的"自我"又被贬抑到最低的限度，因为它无法在精神整合的水平上转化为历史主体。这个社会到处都是一些自以为是的个人，到处都是一些跟着感觉走的游兵散勇。因而历史整合功能的失落是不可避免的。

因而，从整个社会的主导观念来说，它只依凭剩余的想象关系来展开它有限的推论实践。八十年代后期直至九十年代的文学更像是处在一种"剩余状态"，不管是就叙述主体所处的现实位置来说，还是那种叙事方式和态度，或者是那种价值标向和美学期待，都只能抓住和运用剩余的想象。"剩余状态"表明文学及其文化实践不再依凭于意识形态的宏大寓言，不再致力于建构社会共同的想象关系，写作者与思想者退居到个人的立场，放弃永恒的、绝对的终极价值关怀，回到个人的记忆，

---

① 杰姆逊：《后现代主义或晚期资本主义的文化逻辑》，原载《新左派评论》，1984 年夏季号。本文转引自《后现代主义文化与美学》，王岳川、尚水编，北京大学出版社 1992 年版，第 88 页。

注重那些细微的差别，试图从这里折射出生活世界的多样性，只能用可能性和相对性视点来看待人们置身于其中的现实。在这一意义上，“剩余的想象”并不仅仅表征着“后新时期”这个历史阶段内的某些暂时的进向，它很有可能就是后工业化社会给予文学的历史境遇，也可能是文学叙事者抗拒后工业化社会的无可奈何的武器。

1977年，雷蒙·威廉姆斯（Raymond Williams）出版他的那部后来久负盛名的著作《马克思主义与文学》，这部著作即使在今天仍然不失它的理论价值。威氏把文化划分为“主导的、剩余的和崛起中的”（dominant，residual，and the emergent）。尽管剩余的与崛起中的文化固然有可能被主导文化同化的因素，但威廉姆斯认为，这些文化代表了主导文化以外或与主导文化相异的经验和实践。剩余文化是指那些“往日有效地建立的”意义与价值观，而“在文化进程中仍积极地在今天扮演着一个有影响力的元素”；威廉姆斯尤其关注与主导及剩余文化都不同的崛起中的文化，它“永远不单只是一个即时的；实践它的关键是在寻找新形式或改变形式”。[①] 显然，在这里，我借用了威廉姆斯的概念，但修改了他的原意。在我看来，剩余文化是从主导文化中分离出来的不完整的部分文化。它可以一分为二，一部分与主导文化保持亲和性，它延续了主导文化的价值观和实践方式；另一部分更倾向于崛起的文化，不如说它是主导文化分裂抛出来的碎片，它倔强而又乖戾地生长，但特殊的历史情境使它无法成为有巨大创造性的崛起的文化。八十年代后期以来的中国现实，使得任何试图创新的文化都大打折扣，它不再能形成巨大的、有效的历史冲动。它是新时期有过的庞大的精神实践遗留的产品，是工业化和后工业化社会对人类精神生产活动进行有效地缩减后的剩余物。换言之，第一，它是历史的遗留物；第二，它是社会现实缩减的剩余物；第三，它还是自身的剩余物，文学这个古老的文化样式，它

---

① 威廉姆斯（Raymond Williams，1977）. *Maxism and Literature.* Oxford：Oxford University Press.

很有可能确实是走到它的尽头了。正如米兰·昆德拉在预言小说未来的道路时说的那样："如果小说真的要消失，那不是因为它已用尽自己的力量，而是因为它处在一个不再是它自己的世界中。"① 这句话同样适合描述文学的命运。在这一意义上，文学在后工业化时期，在视觉符号帝国的霸权之下的生存，就被注定了它的"剩余性"的境遇。如果人们还在抱怨九十年代的中国文学生不逢时，那他应该想到二十一世纪，那时他会回味这段"黄金岁月"。

如果说"新时期"前期文学中的那个被设想的主体（大写的人）在历史的不断移位中，还努力去创造社会的共同想象关系，试图在既定的政治文化和语言秩序中确认实在的位置；那么，"后新时期"（八十年代后期以来）更年轻一辈的写作者，他们真正是没有历史，没有巨大想象力的独居者。这不仅因为他们在精神上是新时期的叛臣逆子，而且在于他们始终无法接受"新时期"的"历史馈赠"。对于他们来说，与既定的"主导文化"不存在精神的亲属性，主导文化也不能给他们以"幸福的承诺"。这些只能沉迷于剩余的想象情境里的叙事者最敏感最深刻地体验到并且承受着主导文化重构（转型?）的危机，同时也构成了危机最尖锐的部分。

在"主导文化"重构的时代，"主导文化"的权威性仅仅以"禁令"的方式存在，而无力给出楷模和许诺，所谓"文化失范"也就是"主导文化"失范，也就是说社会的中心化价值观念不再具有创造性的功能，大众不再模仿有规范作用的思想、意识、情感和愿望。然而，这并不等于说，"主导文化"的权威性就荡然无存，在"亲和吞并"和"拒绝同化"之间存在着潜在而持续的对立关系，它在意识形态的再生产中依然起着轴心的作用。正是"对抗"与"同化"的推延，使得主体的欲望表达隐瞒了更多的无意识内容。那些"大他者"（主导）的话

① 米兰·昆德拉：《小说的艺术》，孟湄译，三联书店 1992 年版，第 16 页。

语，不仅仅作为隐喻的内涵，构成那些欲望表达的所指，而且作为叙事话语的结构性替换，构成转喻式的支配力量。在理解八十年代后期以来的文学叙事话语和叙事方式的历史内涵时，在分析那些主题的历时性变动的转换结构时，都有必要找到叙述动机与“宏大寓言”分裂的关系纽结，也就是个人与历史的不断错位的想象性关系。因为，正是政治无意识一度构成八九十年代文学叙事和知识分子话语实践之最隐秘的底蕴。

单纯从文学上说，八十年代后期的转折可以在 1987 年划下一条界限，“新时期”所确认的共同的想象关系、共同的文学规范和准则，都濒临失落。某种意义上，马原的出现标志着“新时期”的终结，或者说进入“后新时期”，它在构造中心化的价值观念、文学规范和准则以及语言风格等方面都表现了对前期“新时期”的反动。与马原同时和稍后的一批先锋派作家的出现，则使这一转折后的历史成为中国当代文学不得不走下去的穷途末路。人们别无选择，“大写的人”已经死亡，现在只剩下无所作为的叙事者蛰居文坛一隅，讲述那些无边无际的幻想，或逃逸于历史的颓败风景之中。

当然，如何解释马原早在 1984 年思想文化论争充分活跃的时期，就写下《拉萨河女神》这样的作品，确实是一个棘手的问题。从文学史的意义来看，任何一个时期的文学写作经验都承受着“创新”的压力。八十年代上半期就有过王蒙、李陀等人倡导对“意识流”小说的探讨，但那依然隶属于“大写的人”的范畴，因为实验的动机是在“探索现代人的灵魂世界”的命题下展开的。显然，马原的探索一开始就远离意识形态中心，也许可以归结于个人化的经验。也就是说，它不是一次与意识形态热点对话的产物，而仅仅归结为个人写作经验的偶然发掘，例如它可能与阅读博尔赫斯、马尔克斯的作品有关（博尔赫斯的《短篇小说集》1983 年在中国翻译出版，1984 年马尔克斯的《百年孤独》风靡中国）。在意识形态充分活跃的时期，这种个人化的写作不会引起重视，直到意识形态轴心已改变时，马原的写作提供了替代性的经验，它在意识形态调整的空白处补进艺术创新的神话。因此，毫不奇怪，马原这种纯粹个人化的写作迅速被再造为一个历史焦点，反射出文学史转型的部分光亮和阴影。这就是话语的权力，通过谈论某种话题，这个话题被置放到历史的中心，于是这个话题起到意识形态的轴心构造作用，在这个标题（纲领）之下，人们写作了一种历史本文，讲述了一个时期的神话。尽管马原的意义不再具有意识形态普遍化的实践功能，但是，他改变意识形态普遍化的叙事方法被视为当代文学历史转型的重要标志，这种叙事方法又构造了一个回到文学自身的神话，在文学有限性的范围内，它标志着“新时期”的终结和“后新时期”的来临。

支持马原叙事的动机已经不是去创作“大写的人”或完整的故事，而主要是“叙述圈套”。对于马原来说，写作就是虚构故事，而不是复制历史。传统写实主义把故事当作历史的真实记录，通过赋予故事以自明的历史起源性，故事的发生、发展在阅读经验中被设想为历史本身。于是，意识形态设计的想象关系或幻想之物成为现实本身，而“现实”则消逝于幻想之物和象征之物的“真实性”中。现在，马原的写作明确声称是在虚构，虚构确定叙述的起点，它在告诉你，这是在用幻想替代现实，不是等同于现实。“替代”与“等同”的意义并不一样，“等同”表明“现实”为意识形态设想的现实，具有至高无上的价值，阅读文学作品不过是获取意识形态幻想的预期满足或预期驯化；而“替代”本身是对“现实”的挑战，其前提在于“现实”是必须被替代的，也是可以替代的。用一种个人化的反常规的幻想之物，替代（解构）普遍化的、秩序化的想象关系（当代神话）。

对于更年轻一辈的写作者来说，关于“宏大寓言”的记忆更加模糊。对于他们大多数人来说，“历史神话”本来就“不在”，这正是他们置身于自我的镜像前想入非非的黄金时代。因此，不难理解，在八十年代后期，先锋派小说大量描写“幻觉”，在无所顾忌的诗意祈祷中把自我构造为梦幻的孤独个体，正是表明了在对话语（符号之物）的充分意识中，他们在幻想之物与符号之物（象征之物）之间无止境地往返徘徊。先锋小说的写作经常是不自主地卷入“幻想之物”与“象征之物”相互置换的游戏，并且构成叙事的内在动机。例如在1987年发表的那些先锋派小说，无法遏止的幻想之物被表达为符号之物，而那些过分堆砌的符号之物则构造了一个更加虚幻的空间。

在八十年代后期，不仅仅是先锋派，一大批年轻的文学叙事者都被冠以各种名目，新写实、女性主义、新状态、新体验、新都市、晚生代等，他们的作品大多讲述那些纯粹的个人记忆、一些无聊的日常琐事，或者干脆发掘个人的乖戾心理。这些无比虚幻的故事，呈现在文化重构的背景下而显得异常不协调。就文学史直接承继关系而言，他们必须在新时期宏大寓言解体的历史缝隙中开启那条前途未卜的道路铤而走险，在那个巨大的想象界中，无所不包的历史神话已经丧失了神秘的光圈，只剩下一个孤零零的“我”；就个人记忆而言，他们与这个走向经济高速发展的时代没有关联，他们与人民脱贫致富的实用理性也没有关联。他们真正是时代的弃儿。“知青”群体的集体记忆沟通了一个时代，它可以重新修复断裂的历史，把幻想之物纳入既定的象征秩序中。然而这些“晚生代”（只相对于“知青”群体而言，他们有一种“晚生感”）只有纯粹的个人记忆，他们是精神上真正“无父”的一代。就连所看到的“父亲”的背影都显得极其虚幻，例如格非在《背影》里所描写的那样：那个疲惫不堪的父亲只剩依稀可见、了无生气的背影，这就是他们面对的历史和置身于其中的现实。

在宏大寓言解体的时期，那些抓住剩余想象的叙事者所完成的表达之物（符号之物）不得不退化为幻想之物，它无法为现实合法化（危机）的文化秩序所读解，主体却通过象征的通道返回了幻想界，沉迷于自恋的镜像之中。这就是当代典型的女性主义叙事。这个群体一直沉迷于发掘女性的内心经验，在那个业已残破的超级镜像里辨认自我的形象。那些沉迷于内心幻想的孤独个体，正如观望水中倒影的那喀索斯，只能像他所是的那样存在，在这种绝对孤独（自恋）的状态中，无视历史及其男权的象征秩序，无视庞大的想象关系，她们只有关于个体的躯体（心理）的辩证法。她们显然为那些依然保持巨大的历史冲动的人们所不屑。对此，马尔库塞写道："较之普罗米修斯文化英雄的形象，俄耳浦斯和那喀索斯世界的形象本质上是不实在、不现实的。它们代表了一种'不可能'的态度和存在。而且，也不可能有文化英雄的行为，因为它们是非自然的、超人类的、不可思议的。但它们的目标和'意义'并不违反现实。相反，它们是有用的。它们促进、加强而不是破坏这个现实。然而，俄耳浦斯—那喀索斯形象确会破坏这种现实；它们并不表示一种'生活方式'；它们所诉诸的是地狱和死亡。它们至多是某种对灵魂和内心来说富有诗意的东西。但它们并不给人以任何'教训'，也许除非是这样一种否定的教训：人不能战胜死亡，不能在对美的赞赏中忘记和拒绝生活的召唤。"①

事实上，八十年代后期以来的文学叙事，在很大程度上是自恋主义式的叙事文学，是文学回到自身，纯粹的、自我叙述的写作。它是否只有消极的和令人悲观的意义？在马尔库塞看来，自恋超出了所有非成熟的自发爱欲，它还表示一种与现实之间具有的根本关系，这是可以产生一个全面的生存秩序的关系。也就是说，"自恋"可能包含着一种不同的现实原则的种子，自我的力比多的贯注可能成为客观世界的一种新的力比多贯注的源泉，它使这个世界转变成一种新的存在方式。很显然，马尔库塞过分夸大了"自恋"的非压抑性升华所具有的自我更新，以及由此带来的感性解放的意义。他甚至把俄耳浦斯—那喀索斯的形象看成是伟大的拒绝的形象，即拒绝力比多客体（或主体）分离。这个拒绝的目标就是解放，是曾经分离的东西的重聚："俄耳浦斯和那喀索斯

---

① 马尔库塞：《爱欲与文明》，黄勇等译，上海译文出版社 1987 年版，第 120 页。

爱欲的目的是要否定这种秩序，即要实行伟大的拒绝。在以文化英雄普罗米修斯为象征的世界上，这种否定乃是对一切秩序的否定。但在这种否定之中，俄耳浦斯和那喀索斯揭示了一种有其自身秩序，为不同原则支配的新的现实。”[①] 在很大程度上，这种文化的实践方式适用于理解当代文学的叙事原则，在这个不断被缩减的时代，在这个所有的符号都在拒斥文学符号的时代，这种自恋主义式的写作，在语言的层面上，在个人记忆的层面上，在内心生活的层面上的叙事，抵御着后工业化时代视觉符号扩张，一切都变成对可视的图像的符号帝国的拒绝和逃避。

回到文学自身的叙事（符号秩序或象征之物），通过在原先幻想之物的镜像二元性关系的反复运作中引入第三种因素，疏离被这个时代的超级符号同化，从而重新结构了幻想之物。确实，应该承认八十年代后期以来的写作多少创造出一种“后个人主义”（post individualistic）经验，这种经验对主体与历史分裂化的修辞学加以表达，它把自恋主义者抬高为“欲望的真正英雄”[②]。但是，这种意识之非中心化的理论和后个人主义实践是否能够消除意识形态以及虚假的个人主义残余，并为即将出现的真正和谐的“文化新秩序”准备基础[③]，依然值得怀疑。作为一个企图全面拒绝资本主义秩序的革命的理论家来说，马尔库塞曾经把赌注压在纯粹个人的感性解放上，这种理论幻想在六七十年代“左”派激进主义盛行的时代产生并不奇怪。我们当然要警惕问题的虚假性解决，并不是说自恋主义式的写作就可以达到文学叙事解放的途径，它不过是暂时的、有限的疏离和解放。历史实践证明纯粹的个人主义、纯粹的感性解放，就是把主体置放在一个同样虚假的位置上，主体不可能凭

---

① 马尔库塞：《爱欲与文明》，黄勇等译，上海译文出版社1987年版，第125页。

② 参见德留兹和居塔里合著的《反俄狄浦斯》，在该书中他们把精神分裂病人称之为“欲望的真正英雄”，以此反对资本主义的制度化的精神压迫。

③ 参见F. 杰姆逊《On Goffman´s Frame Analysis》，载《理论与社会》，1976年春季号，第130—131页。杰姆逊说，作为马克思主义者，他深信，意识之非中心化的理论和实践必然服务于“清除资产阶级个人主义残余，并为即将出现的后个人主义思想模式准备基础”。

借纯粹的或孤独的自我获得超然一切的存在，相反，它只能获得超然一切的空洞存在。这种“孤独的”（或自恋的）双边关系让主体陷入典型的幻想情境，在其中他只能见到自我，只能面对幻想之物却不能见到自己在象征秩序中的位置。事实上，这个时代的文学叙事者，都容易陷入这种虚幻的历史位置之中，因为历史的实在之物是先验的、缺席的，所有的文化实践本身都不断被改写和抹平。

当然不能把存在于语言形态中的“历史叙事”等同于“实在之物”，因为实在之物是“绝对拒斥符号化的”。对于这个时代的文学写作者来说，他们无法构造真实的想象关系，无法进入真实的历史深处，他们确实需要切近“实在之物”，一种在历史与现实、政治与写作、社会与个人等多元关系构成的交界点上的写作，这样他们才可能更深地，从而也更真实地切近我们时代的精神潜流。

经历过八十年代沉重的历史折叠，九十年代的中国文学突然间处在一个无比空旷的场所。这里没有方位，没有中心，没有冲撞，甚至没有真实的压力。一切都显得那么的实用而空洞，那么飘渺而随意，有谁能够承受这种无根的轻松呢？事实上，人们经受住了，而且乐于分享这种轻松。九十年代的中国文学处在某种状态中，它也只能是一种状态，人们只能看到它的外形状态，而无法触摸它的内心，或许它根本就没有内在性，传统的和经典的话语无法给定它的确切含义。它总是处在某种状态中，或者说从一种状态过渡到另一种状态。在这样一个过渡时期，这样一个印象主义时期，文学实际处在多元化和多方位的过渡性状态。

文学在这个时期确实发生了某些实质性的变化。写作主体、表达形式、传播方式及其效果，都与八十年代相去甚远，甚至与八十年代后期，即我们称之为“后新时期”变动的早期阶段都大相径庭。“先锋派”和“新写实”所做的革命性举动，依然是在文学精英主义的序列之下来进行，它与经典权威话语构成紧张而持续的对话。对于九十年代后期的又一批写作者来说，他们已经完全脱离了“宏大叙事”，他们的个人化立场彻底向市场倾斜，他们的叙事没有文学的历史由来，更没有文化目标，历史之手也不再能强加给他们以革命性的象征意义。

九十年代的文学叙事更明显向着后个人化，向着大众化，向着商业主义和后殖民主义，向着欲望化的奇观性方位延伸。在某种意义上，八十年代末期的那种文学自成一体的格局被严重损毁，不管“先锋派”和“新写实”多么的个人化，他们的写作终究与文学史（现实主义规范）构成对话。而九十年代才过去数年，那种反抗和挑战的姿态已经荡然无存，取而代之的是彻底“零度”的写作，没有任何形而上乌托邦冲动的写作，它被历史之手推到市场，乃至推到国际市场的边界去释放意义。

文学写作从来没有像今天这样回到个人本位，不管历史之手赋予什么样的群体意义给这种写作，它首先是以个人对文学说话的姿态进入现实语境的。没有中心的时代注定了是一个多元化的、不可整合的时代，当然也就注定了是一个走向“剩余”的时代。

当真实的历史感被取消之后，当进化论的意义招致普遍怀疑的时候，当文化的方向感不再明确的时候，一切都变成“当代”，没有进行时的超平面的现在也许就是“后当代性”的最基本含义。剩余的想象正是后当代情境给予文学叙事者和文化实践者的历史能力，一种奇怪的精神装置。很久以来，我们无法设想文学写作的位置可以超出文学史语境的宏大叙事；事实上，与传统对话的文学写作已经变得自欺欺人，它越来越被卷入更加现实的文化企图。我们不得不承认，我们正在被推入一个崇尚幻象、不断把真实改造为想象性事件的、文化扩张的空间，这个空间对文学写作这种古典性行业的改造同样是严重的。文学被放逐到一个更大的文化谱系中去，它被赋予了更多的象征意义，不再是古典时代的纯文学意义，也不再是意识形态充分活跃的政治隐喻，文学也变成了一种超级代码，它被不同的个人操作和使用，变成无穷无尽的当下性景观。九十年代的中国文学，并非人们慨叹的那样萎靡不振，实际上，它是如此新奇而奇妙，混乱而不可思议。然而剩余的想象也能够，或许只有它才能够创造这个没有内在性的历史时期的特殊景观。

剩余的想象适合于拼贴表象。进入九十年代，对表象的书写和表象式的书写构成了又一批作者的叙事法则。那些“伟大的意义”、那些历史记忆和民族寓言式的“宏大叙事”与他们无关，只有那些表象是他们存在的世界。与这个“表象化”的时代相适应，一种表征着这个时代文化面目的“新表象小说”应运而生。又一轮的或者说一次更彻底的后现代浪潮正汹涌而至。表象泛滥以及对这个表象进行“泛滥式的书写”，真正构成这个时期的后人文景观。正如列奥塔德推导的后现代写作的基本法则：“使得那种不可表现的事物在自己的作品中，在能指中成了具体可感之物。整个有效的叙述甚至文体操作者的区域都在与整体统称无关的情况下发挥了作用，因而新的操作者得到了考验。文学语言的语法和词汇再也不被当作既定的东西被接受了，而倒毋宁是以学术的形式出现，以在虔敬中产生的仪式（正如尼采所说）之面目出现，这种叙述使得不可表现之物不至于被显示出来。”①

当今中国的文化现实在某些方面比列氏的激进理论走得更远，在这个全面扩张的表象背后，并没有隐藏什么“不可表现之物”，即某种不可知的神秘、不可洞见的幽暗。那个不断膨胀的表象背后，空无一物，一片虚空，一片澄静，那背后只有“无可表现之物”对“无可表现之物的表达”，我们时代正在制作的“新表象”状态已经完成对列奥塔德的跨越。对自在漂流的表象的迷恋，使九十年代的小说如释重负，真正回到了现实生活的本真状态。不管写作者把这个时代的生活描述成分崩离析的情势，还是完美无瑕的形态，都无法否认现实本身发生的巨变，当代生活正在以夸张的姿势奔腾向前。没有人能够抓住它的本质，触摸它的精神和心灵。不管人们是欢呼还是逃避，欣喜还是恐慌，你都无法拒绝扑面而来的表象之流。

---

① J. 列奥塔德：《后现代状态：关于知识的报告》英译本，纽约，1980。

剩余的想象只能抓住表象，它从新时期的“宏大叙事”中走出来，走向后新时期的价值多元的情境。就其美学母本而言，它是八十年代后期的“先锋小说”的叛臣逆子，在某种意义上，它还是“先锋派”和“新写实”相调和的产物。你可以看到“先锋派”的那些叙事笔法和语言风格，虽改头换面而韵味犹在；“新写实”的那些态度滋味，似曾相识却面目全非。那种反抗式的革命写作和宣言式的生活立场，业已被打碎，现在只有面对纯粹的生活本身。这是一次惊人的裂变，也是一次果敢的冲刺，而且还是一次本分实在的落地运动。在这个名目之下，我们可以列出一长串的作者名单，他们的作品富有反讽意味地表征着中国文学由来已久的乌托邦冲动和形而上企图是如何被那些没有内在性的生活表象所消解的。甚至在他们的叙事中，欲望化的表象仅仅包裹着一些剩余意义。

我们没有理由认为在作品中强调欲望化的观赏价值就是低级趣味，但是所有有关欲望化场景的描写，必须精道奇妙，否则就会弄巧成拙。在另一方面，对欲望化场景的强有力的表达，无疑构成这个过渡时期的最重要的叙事法则。对情欲和暴力的巧妙书写，足可见出这个时期小说叙事的艺术水准和必要的智慧。在这样的过渡时期，某种程度上也像罗朗·巴特所做的那样：把写作比作勾引，把阅读比作色欲。当然巴特是在后结构主义式写作的普遍象征意义上来发此惊人之论的，而对当代中国的小说叙事而言，它在很大程度上不得不人性论展开的后果。对这个性情的关注，构成了这个过渡时期小说的主要叙事母题和重要的叙事策略。

当然，在这一意义上，1993年可以说在当代文学史上再次划下了一道界线，它标志着这个过渡时期所达到的临界状态。以《废都》和《白鹿原》为表征，“纯文学”发生了转型，它的叙事法则和生产传播方式都发生了根本性的变化，而欲望化的文化奇观与历史反思可以并行不悖。贾平凹被称为纯文学的“最后一位大师”，企图书写一部知识分子的精神没落史，描述一幅文化溃败时代的末世学图景。然而，对欲望的书写构成反思和批判的基础，并且因此以百万册的印数重现了“纯文学”的辉煌，这也足以表明这个时代的文化混杂。同样，《白鹿原》这部“史诗式”的作品，无可否认它有对中国民族生活史的独特表现，但也不得不以超量的欲望化场景支撑起民族生存的“精神底蕴”。我们没有理由苛责这两部轰动一时的名著过于注重性描写，只能说它们在这方面的表现开启了思想文化与感性经验并重的文学法则。

事实上，对情欲的表现已经成为这个剩余的想象力面对的必要难题，欲望化的叙事已经无法拒绝成为这个多元化过渡时期的唯一有贯穿能力的文学法则；以感性表象对历史理性不自量力的替代，使当代小说写作殚精竭虑，或黔驴技穷，或才情焕发。当代小说欲望化的叙事法则当然有可能抓住这个过渡时期的生活特质，对现实进行强有力的穿透，创造一种生活奇景，在剩余的想象空间，在后当代的历史情境里达到奇妙的重合。

过渡性状态还应该有更宽阔的视野，在过渡中试图超度。因而，那些个人化的写作也有可能对90年代初的历史命运作出某些精辟的描述，对当今中国所处的文化境遇作出强有力的表现，它同样具有奇观性。例如，处在全球化时代的中国，在它走向世界和走向市场的双重步伐中，透示着这个时代极为动人的姿态。它有那么多的似是而非的场景，有那么粗犷的能指和所指脱节的话语之流；它有如此偏执的本土性崇拜和狂热的冲出亚洲走向世界的爱好；它有指鹿为马的准确功能和制造文化泡沫的超常实力；等等。所有这些都表征着一个极为壮观的过渡性的后东方空间，欲望化的叙事法则超度于这个空间，肯定会大有作为，一种独特的、真正有别于发达资本主义国家的第三世界文本，一种从骨子里震撼西方的绝无仅有的“东方他性”，将呈现于世界文化之林。当代中国小说不管是作为自我变革，还是作为走向世界的神奇他者，都将令人刮目相看。

总之，二十世纪八九十年代作为一个历史总体性重构和转型的时代，当然也是一个充满想象和活力的时代，没有人会怀疑。这段历史令人神往而又使人望而却步。本书仅仅限于考察文学（主要是小说）社会变革实践所构造和不断移位的历史过程，这个文学就是人们构造的历史想象，它总是存在于它实际不在的地方，因而，主体每一次对自己的构想（或构造）都是一次自我的现实位置的异化和移位，背离规训，拒绝规训同化而丧失自我的现实本质。在我看来，八十年代文学共同体设想的自我镜像经历了由集体幻想转化为个人幻想的历史变动。八十年代前期，关于人、主体的话语可以被看成知识分子集体幻想同存在的实在条件之间的关系，文学共同体把自我设想成政治批判的和现实的主体。随着意识形态中心化价值的重构，八十年代后期以来，当代中国的意识形态经历了前所未有的重构，文学共同体不再有可能建构集体幻想，不管是具有挑战性的还是放低写作姿态的叙事者，或者是那些专注于发掘“后个人主义”的经验的叙事者。在个人化写作同存在的实际条件之间的关系的表象体系中，隐含着深刻的历史分裂，主体自我表白的话语始终包含着与被遗忘的（不在的）和意识到的历史巨变的复杂关系。

不管是纯粹个人自我表白的话语，还是疏理“宏大叙事”回到历史之中的叙事，都必须在历史与个人的二元关系中来理解。尽管我再三强调个人化写作，这仅仅是相对于新时期和文学的经典传统而言的。任何写作都以不同的方式卷入这个时代的符号秩序，都不得不成为某种特殊意义上的意识形态，正如 F. 杰姆逊所认为的那样，是在那些秩序的国度里植入主体的地方。无论符号秩序（换种说法，社会自身的共时性网络和位置与角色的运动系统）还是实在秩序（换种说法，历史本身的历时演进、时间与死的国度）都在它们的结构中激烈地超越了个人经验。[1] 在这里，揭示意识形态的建构实践并不是简单地把意识形态看成一种虚构性的价值体系，相反，应该致力于把意识形态表象理解为一种必不可少的幻想和叙事的地形图，个人主体正是利用它创造出同集体系统之间的“被经验过的”关系。确实，没有任何一个时代的文学叙事像八九十年代的中国文学这样，在短暂的历史过程中历经如此巨大的变化，叙事表征的意识形态表象体系蕴含着异常丰富复杂的历史内容。勾画和呈现这个时代的精神地形图，对主体中心化或非中心化的位置进行一种新的创造性思辨，以此去重建一个由剩余的想象构造的历史情境，这就是本书的理论期待。

---

① 参见 F. 杰姆逊：《雅克·拉康的“幻想”“符号”与意识形态批评的主体位置》，原文载于美国《耶鲁法国研究》，1977 年春季号，中文译文参见《当代电影》1990 年第 2 期，张旭东译。

第一章　形式本体意识：先锋派的小说叙事

现在，已经少有人会否认中国新时期文学在二十世纪八十年代后期发生明显的转折。现代以来的文学史实践所形成的“寓言性”叙事，那种在意识形态庞大的神话体系内来定位的写作，转向了个人化的、基于艺术想象力的写作。在某种意义上，这是想象力异常丰富的时期，个人随心所欲的幻想就足以支撑起文学的乌托邦世界；然而，在另一意义上，在人们由来已久的、对文学的理性期待方面，这种个人想象又显得尤为脆弱无力。相比较那个辉煌的寓言神话而言，它不过是从这个神话谱系抛离出的一些碎片，一些微不足道的剩余物。宏大的意识形态神话弱化了它俘获公众的神奇魅力，个人的伦理和个人的想象力变得至关重要。文学在试图引导时代精神前进时已经力不从心，作家也不可能是普罗米修斯式的“盗来火种”的英雄，所有的文学努力充其量也就是去夺取文学史残余的胜利，它在最糟的时候不过是个人谋生的手段，它最理想化的状况也只是完成个人的自我救赎。

这是一个不断被“缩减”的时代，一方面是一些东西在膨胀，另一方面是一些东西在缩减，文学不得不在这个缩减的历史进程中找到它的道路。而先锋派，显然是想在这个缩减的历史实践中，找到文学的坚持方式。时过境迁，人们看到八十年代后期步入文坛的先锋派早已溃不成军，但不能否认他们在这个历史转型时期，在文学本位上所做出的不懈努力。他们在“文学的低谷”意识到什么是这个时期文学突围的唯一途径。那些剩余的想象被他们加以形式主义的改造，而正是这个形式本身，抵御住了文学的严重“缩减”。在这个时期，先锋派的形式主义意识，以前所未有的纯粹性回到文学自身，中国小说的叙事方法、语言风格、文学情调和氛围，都获得空前的强调。现在，小说的意识是对小说自身的意识，是对小说存在本体的意识，是对小说表现力的全方位意识。

阿道尔诺曾说过：“在我们的生活世界中，总有一些东西，对于它们，艺术只不过是一种救赎；在是什么和什么是真的之间，在生活的安排与人性之间，总是存在着矛盾。”[1] 我们这个时代的“先锋派”，他们身陷历史缩减的维谷，抓住一些剩余的想象力，徘徊于文明的边缘，远离现实而身后没有历史，写作构成了他们生存的要义，成为他们精神超度的唯一方式。当代的“先锋派”虽然不是一个有组织的流派，但也不意味着可以把任何初出茅庐的作者包括进去。在我看来，这个称呼的

---

① 阿道尔诺：《现代音乐的老化》，引自马丁·杰著《阿道尔诺》，中文版参见胡湘译，湖南人民出版社 1988 年版，第 203 页。

最低限度的意义是指马原以后出现的那些具有明确创新意识，并且初步形成自己叙事风格的年轻作者。他们主要有：马原、洪峰、残雪、扎西达娃、苏童、余华、格非、叶兆言、孙甘露、北村、吕新、叶曙明等人，此外还有一些正在崭露头角且颇有潜力的新秀[①]。因篇幅所限，那些划归到“新写实主义”名下的作者只好另作别论，王朔的情况比较特殊，也暂不论及。

“先锋派”的探索不过短短几年，他们到底是在什么样的文化和文学的现实背景下步入文坛的？他们到底做了哪些探索，取得了哪些结果？他们的探索是否像人们所期待的那样已经走到穷途末路，或者皈依于传统？还是说他们的探索不过刚刚开始，然而存在深刻的危机……所有这些问题一直没有得到实事求是的探讨。在当代文学的大背景下，“先锋派”以它短暂而暧昧的历史画下一个发人深省的问号；作为当代文化危机的表征，“先锋派”同样是一个令人不安的焦点。因此，本着“回到历史本身”的态度，清理“先锋派”的历史足迹，总结其成败得失，是势在必行的任务。

---

① 试图对“先锋派”下一个定义是困难的，字典里最基本的意义是指“作战或行军时的先头部队”，在文学艺术方面最基本的意义是注重创新，大胆超越传统，强调艺术性的文学艺术群体。先锋派艺术运动通常被看做现代主义艺术运动的另一种表述，就艺术史而言，先锋性是现代主义艺术运动的显著特征，换句话说，是在现代主义艺术运动全面兴起之后，人们才关注“先锋性”。因此，中国新时期文学的“先锋派”问题是关于现代主义问题的延续。八十年代初期乃至八十年代上半期，中国当代文学一直在追寻现代主义潮流，那个时候使用“现代派”和“新潮”来描述文学方面的创新行为，而在很大程度上，它指称的也就是一种“先锋性”探索。因此，“先锋派”并不是某一个特定时期出现的特定派别，它应该指任何时期有创新精神，并且明确超越传统的文学群体或派别。概念经常是在约定俗成中确定它的特定含义，“先锋派”这一概念在当代文学批评实践中有了特定的所指，为了与八十年代上半期出现的现代派区别，它用于指称八十年代后期出现的一个在文学形式方面大胆创新的群体。这里的“先锋派”虽然不是一个有组织的流派，但也不意味着可以把任何有创新意向的作者包括进去。因此，我给予必要的限定。

第一节　期望超越：“先锋派”出现的历史条件

把“先锋派”描述为八十年代的文学或文化氛围这个“所罗门的瓶子里放出的妖孽”，显然有些夸大其词；因为文学写作在很大程度上依赖非常独特的个人化经验的修炼。但是，“先锋派”何以形成这种个人化的经验，何以运用这种叙事方法和语言风格讲述那些故事，无疑要联系八十年代的思想文化和文学的历史过程才能得到合理的解释。

八十年代的中国文学之所以一直被称为“新时期”文学，是因为它伴随着改革开放、时代的思想解放运动而迈开它的历史步伐。尽管现在看来其中有诸多的缺憾，但是无法否认它们之间的因果关系。随着多种社会矛盾出现，社会意识形态产生分化①，文学共同体不可能在统一的规范下表达共同的愿望。于是，八十年代中期，当代文学出现两股看上去截然相反的趋势：其一是以刘索拉的《你别无选择》和徐星的《无主题变奏》为标志的“现代派”；另一边是声势颇为浩大的“寻根派”。“现代派”着力去表现青年人追求自我和个性的生活态度，狂乱而富有浪漫情调的心理情绪极大地契合了青年群体寻求新的价值观的精神倾向。实际上，“现代派”强调的“自我意识”和“个体意识”并没有超出八十年代上半期“大写的人”的范畴，它不过是把“自我意识”加以想象性夸大而置放到“人的理想”的中心。而“寻根派”大体上是“知青”群体，对“文革”的反思险些使他们成为“迷惘的一代”，

① 这里的“意识形态”是一个中性的概念，参照阿尔都塞的定义，其最基本的意义在于：意识形态“是人类对人类真实生存条件的真实关系和想象关系的多元决定的统一。”（参见阿尔都塞：《保卫马克思》英文版，伦敦，1977 年，第 235—236 页。）

然而坚定的理想主义信念支持着他们去寻找永恒的和超越性的价值。“人的理想”不仅陷入现实的实践困境，同时面临各种观念（文学的和哲学的）的挑战。当时国内热烈的文化论争、世界范围内的文化认同、海外汉学界倡导的儒学复兴、拉美文学的输入等，使“知青”群体的个人记忆触及的那些异域风情、人伦习俗、自然蛮力、生活习性和神话传奇等等立即镀上一层文化的光彩。古典人道主义的哲学基础已经混乱不堪，为诸如存在主义、生命哲学、现象学、神秘主义等现代主义观念所淹没。“寻根”实际上是在“现代性”与“民族性”的夹缝中求生。在其观念上，“寻根派”力图在现代意识的水平上观照中国民族步入现代化所遭遇的价值危机；而在文学表达的客观对象方面，却力图写出民族生存的历史性的文化谱系。“寻根派”在这两个方面的认识都模糊且含混。“寻根”的深化结果偏执于某些先验的地域文化特征和形而上的哲学理念。

1986年莫言发表《红高粱》等一系列作品，这是“寻根”的一个意外收获，也是它的必然结果。这篇小说开始以中篇小说的形式发表并引起巨大反响，随后，解放军文艺出版社出版《红高粱家族》（1987年）。莫言的“红高粱”系列作品，以热辣辣的笔法描写山东高密富有野性的生活。“我爷爷”“我奶奶”的叙述视点，使这部小说在具有家族史意味的同时，还具有中国小说从未有过的审父意识。很显然，莫言的“红高粱家族”是对寻根的回应。“寻根”那种过强的历史意识、虚无缥缈的观念和境界，被莫言的粗犷野性横扫一空。这里的故事主要由杀人越货、抢亲野合构成，一股原始野性的生命强力流宕其中。

“我爷爷”余占鳌出身贫寒，16岁就杀死与其母亲通奸的和尚，随即开始了流浪和土匪生涯。这一切在莫言那里都是以自豪和赞赏的口吻加以叙述的，而土匪向着抗日英雄的转化，更可见出莫言赞赏的野性品格的正面意义。莫言改变了“寻根”的历史意向，他把“寻根”拉回到一种纯粹的中国本土的历史和生活状态中来。对于他来说，这种生活的原始生命力才是中国民族真正缺乏的，这就是中国民族的生命之根。《红高粱家族》经由张艺谋改编成电影而红极一时，它契合了八十年代中后期中国民众渴望强悍的时代心理，为那个时期塑造了自我认同的精神镜像。这是关于“人的理想”的最痛快也是最放肆的一次放大。在卓有成效地完成了一次自行其是的狂欢之后，八十年代关于“人”的想象力已经挥霍干净，英雄主义的主角怀抱昨天的太阳灿烂死去，理想化时代的终结倒也干脆利落。

当然，莫言的写作从来不作形而上的考虑，他对“寻根”的反叛和超越，可以说完全出自他对一种生活状态的认同，出自对个人生活经验的发掘，这种经验深植于他的记忆深处，所以他的叙事显得极为真实，而第一人称（“我爷爷”“我奶奶”）的叙述视点，无疑强化了这部小说的传奇性。从“红高粱系列”可以看出莫言在叙事上大起大落的笔法，粗犷凌厉，涌溢而出，无拘无束，洒脱至极。而反讽性的快乐穿插于其中，使莫言的小说始终洋溢着一种宣泄式的快乐。莫言的小说为小说叙事向着个人经验、语言和感觉层面转向提供了一个杠杆。莫言把寻找民族文化之根的历史沉思改变为生命强力的自由发泄，历史、自然与人性被一种野性的生活状态连接在一起，使当代中国小说从思想意识到文体都获得了一次彻底的解放。

莫言与此同时的一系列作品：《透明的红萝卜》《爆炸》《球状闪电》都是极为出色的。这些作品尤为显示了莫言的描写能力、语言表现力和丰富的感觉。正是莫言在这些方面所作的探索和他在文学叙事中对传统道德观念的反叛，强有力地影响了随后先锋派的小说意识。回到个人体验的生命本体，回到叙事语言的本体，莫言为新的小说意识打下了坚实的基础。莫言已经打开了文学叙事在历史文化和生命认同方面的想象力，因而，莫言在个人的生命体验意义上，不得不给后来者留下个人的剑走偏锋感觉，也就是说，那种狂热的、自我确证式的认同，只能向着个人的极限感觉方面变化①。

八十年代后半期，改革开放初见成效，商品经济的发达改变了人们的生存条件，经济利益实际已超过其他利益占支配地位，在原有生存现实关系上建立的想象关系不可避免要改变。对于文学共同体来说，“大写的人”不仅面临现实的经济潮流的挑战，而且遭受各种外来文化思潮的冲击。“人”的价值既然在现实中受到怀疑，那么它当然无法在意识形态的展开实践中起到基础性的构成作用。八十年代人们经历了太多的现实变动和思想变动，而对于文学来说，已经不可能有权威性的话语来维系文学统一的规范式。一方面，现实的（原有的）关于人的想象关系解体，而新的想象关系尚未完全确立，文学不能充当时代的代言人，讲述大家共同的愿望，表达超越性的理想化价值形态；另一方面，纷纭复杂的外来思想和文学范例涌进中国大陆，我们在短短不到十年的时间里浏览了西方一个世纪的思想成就和文学成果。在理论方面，人们粗通唯意志论、弗洛伊德、现象学、存在主义、符号学、结构主义、逻辑实证主义、后结构主义等；在创作方面也知道卡夫卡、黑塞、纪德、塞林杰、意识流、新小说、荒诞派、黑色幽默、拉美魔幻现实主义，乃至后现代主义的实验小说等等。虽然谈不上融会贯通的理解，但是对于酝酿一次文学观念和写作立场的改变则是绰绰有余的。后来的写作者不得不考虑文学的写作态度和写作方式的改变。纯文学既然被现实推到社会的边缘地带，那么它可能的选择之一就是和自身的既定传统对话，亦即改写文学范式。更何况，报告文学和纪实文学已经与纯文学分道扬镳，与现实展开紧张而热烈的对话，纯文学更难在现实中找到一席之地。人们当然可以尽情批评这种选择，但是也有必要充分考虑“别无选择”的

① 随后苏童和余华的作品都表明了生命崇拜观念的丧失。他们在相反的意义上去书写个人与人类生命本体观念的对话，这就是关于生命史（家族史）颓败的叙事。他们对莫言示范意义的颠覆是双重的，一方面，那种雄伟的家族史认同的感觉变成狭窄的个人化感觉；另一方面，与这种感觉相适应的是比莫言更为不及物的细致的语言。

历史条件。

当然，我强调外部的历史条件，并不是说文学就是被现实拖着走的迷途的羔羊。外部历史情境仅仅是提供了文学史出现新的转型的条件，事实上文学史内部始终存在艺术形式变革的自觉力量。“艺术创新”的压力如同达摩克利斯之剑永远悬挂于任何一位认真写作者的头顶，只不过“新时期”文学（乃至中国现代以来的文学）有它特殊的历史难题。即使在“新时期”之初，文学史内部的形式变革的力量依然存在，例如“意识流”小说实验。由于文学范式强大的构成作用，这种形式的探索依然被纳入“人的主题”系列（它属于“探索人的隐秘心灵”的“人学”范畴）。然而，“人的理想”一旦解体，文学形式探索的潜在力量就变得不可抗拒。在这次历史性的转折中，马原无疑起到关键性的作用。在清理“先锋派”的历史轨迹时，马原不可否认是一个标明历史界限的起点。实际上，马原在 1984 年就写下《拉萨河女神》，这篇小说第一次把叙述置于故事之上，把几起没有因果联系的事件拼贴到一起。1984 年马原用这种方法写小说是有特别的意义的，并且后来形成一股无法切断的流向。1984 年以后，马原陆续发表几篇力作：《冈底斯的诱惑》（1985 年）、《虚构》（1986 年）、《大师》（1987 年）等，他的影响发生在 1986 年到 1987 年之间。

马原把传统小说重点从“写什么”改变为“怎么写”，预示了小说观念的根本转变。因此马原的立场标志“创作”向“写作”的退化。创作的主体面对着文明、人类、时代等巨大的历史客体，创造出一套与之相适应的“想象关系”和理想价值；而写作则只是面对语词的一种个人行动，一种话语讲述的过程，它表明“想象关系”的破裂与超越性价值的失落。创作关注“写什么”，而“写作”则偏向于“怎么写”。前者由现实的真实关系和想象关系的统一决定其内容实质，后者则是在文学史纵横交错的坐标系上寻找有限的突破口。马原的“叙述圈套”在 1986 年和 1987 年名噪一时。马原用叙述人视点的变换达到虚构与真实的位格转换，叙述构成一种动机力量，推动故事变化发展。然而，马原的“叙述圈套”的功能有限，它更像是几个故事单元的刻意组合，它仅仅定位在故事的层面上，而不是定位在话语的层面。虽然马原确定了新的小说视点，但并没有确立新的“世界观点”。随着“我就是那个叫马原的汉人”这个句式的神秘性在不断重复中逐渐丧失，马原的挑战性也丧失了。

洪峰一直被当做马原的第一个也是最成功的追随者，但是人们忽略了洪峰的特殊意义。1986 年，洪峰发表《奔丧》，传统小说中的悲剧性事件在这里被洪峰加以反讽性的运用。“父亲”的悲剧性意义的丧失和他的权威性的恐惧力量的解除，这是令人绝望的。《奔丧》的“渎神”意义表明“大写的人”无可挽回地颓然倒地，它怂恿着叛逆的“子”们无所顾忌地越过伦理秩序的障碍。洪峰同时期比较出色的作品还有《瀚海》（1987）和《极地之侧》（1987），前者带有“寻根”的流风余韵，后者显示了对马原的某些超越。它们与《奔丧》比起来，在艺术上显得更加成熟，但是却不具备《奔丧》的那种改变观念的力量。

在谈论“先锋派”或“新潮”的时候，不能不谈到残雪。尽管残雪那若即若离的独行气质难以归类，然而，残雪以她冷僻的女性气质与怪异尖锐的感觉方式，不仅与此前的中国女性的写作诀别，而且与同代的男性作家群分庭抗礼。只有残雪才具有那种绝望的反抗男性制度的意识，因为绝望，她才绝对；因为绝对，她才如此怪僻与尖锐。1986 年，残雪连续发表几篇作品：《苍老的浮云》《黄泥街》《山上的小屋》等。残雪显然过分夸大了日常生活里那些精神乖戾的现象，但是她也确实暴露了女性在潜意识里企图用她们怪异的精神反应来对付已经制度化了的男权统治。残雪的写作洗劫了女性的脂粉气和臣服于男权制度的浪漫情调。她的主题值得推敲，但是她的那种冷峻怪异的感觉，那种对妇女心理的淋漓尽致的刻画，对暴力的幻觉式的处理方式，以及有意混淆幻想和实在的界限的叙事方法，显然严重影响了稍后的“先锋派”，至少残雪打开了一扇隐秘的窗户，破除了一些清规戒律，她预示了一个似乎超离现实的幻想世界在文学中的存在。

1986 年在中国历史上并不是一个特别富有诗意的年份，然而在当代文学史的进程中却是一段诡秘莫测的岁月，在它那偃旗息鼓的外表下掩盖的是一系列小小的诡计。就是这些不起眼的行径，为后起的“先锋派”铺平了最初的道路。马原、洪峰、残雪既是一个转折，也是一个过渡，在他们之后，文学观念和写作方法的某些禁忌已经解除，但是，留给后来者的不是一片广阔的、可以任意驰骋的处女地，而是一个前途未卜的、疑难重重的世界。在过去，“写什么”可以从现实生活中找到与意识形态直接对话的重大题材，写作只有主题的类别之分；而“怎么写”明显地见出才情技法的高下之别，写作不仅要发掘个人化经验的非常独特的角落，而且要去寻找动机、视角、句法、语感、风格等多元综合的纯文学性的要素。只有独特的话语、技高一筹的叙述，才能在失去意识形态热点的纯文学的艺术水准上得到认可。在这一意义上，马原既是一个怂恿，一个诱惑，也是一个障碍。马原在他那曾经卓有成效的“叙事圈套”上，不仅垒起了一个时代的纪念碑，同时也写下了他自己的墓志铭。显然，更新一批的写作者必须跨越这块并不雄伟的石碑，有必要在叙事视角、价值立场、心理经验、感觉方式、语言的风格化标志等方面超越马原。

19 世纪末，尼采说道：“上帝死了，上帝不会复生。我们已经把他杀死了，我们这些最大的凶手，将何以安慰自己呢？……我们必须发明出什么样的赎罪节目和神圣游戏呢?”① 我们是无神论者，对于“上帝之死”我们可以无动于衷；然而，我们曾经是（而且还会是）理想主义者，“大写的人”及与之相关的信念体系在八十年代后期突然塌陷，我们同样面临一次严重的精神恐慌。我们时代的“先锋派”虽然不过

① 尼采：《诗歌科学》，纽约，1959 年，第 95—96 页。

是些无足轻重的同谋者，然而，他们从未体验到“弑父”的快感，却承担了这场灾难的全部后果，他们将何以安慰自己呢？难道说只有远离现实的写作才是其自我救赎的唯一节目？

第二节　艰难跋涉：“先锋派”的历史轨迹

1987 年被认为是当代中国文学跌入低谷的时间标志，这个标志隐含了太多的历史内容，因此它更有可能是当代文学另一个历史阶段的开始。其显著特征在于，继马原之后，更年轻的一批作者步入文坛。这里面可以看到“现代派”的线索，也不难发现“寻根”的流风余韵；当然还有马原的叙述观点。1987 年年初，一批小说悄然出世，例如，孙甘露的《我是少年酒坛子》、北村的《谐振》、叶曙明的《环食・空城》、姚霏的《红宙二题》、乐陵的《扳网》、杨争光的《土声》等。这几篇小说的显著特征在于：其一，故事情节淡化或趋于荒诞性；其二，采用“反小说”的讲述与注重语言句法；其三，充满现代性寓言。孙甘露的《我是少年酒坛子》只能被称为一种“亚小说”，它是散文、诗、哲学、寓言等等的混合物，这是孙甘露一贯的风格。北村的《谐振》、叶曙明的《环食・空城》和姚霏的《红宙二题》，表达的是有关当代人的生存困境及其荒诞性的主题，其反讽的效果及其对世俗化生活的批判意识，明显与刘索拉和徐星的那种自以为是的“现代意识”区别开来。那些看上去是现代主义的主题，实际是被反讽性地挪用了。

这些发表于 1987 年年初的作品大都写于 1986 年，从中可以看到作家对观念性的东西的特别爱好，只不过那种虚张声势的激情更多为心灰意冷的沉思冥想所代替。事实上，对观念的追求来自八十年代的流风余韵，而灰暗的经验则是与生俱来的记忆。这些年轻的写作者大都是些曾经（或正在）自诩为“新生代”的诗人。在我看来，作为小说写作者，把他们称为“晚生代”或许更加恰当。对于他们来说，摆在面前的不仅有西方的那些古典的和现代的艺术大师，同时更加难以承受的是还有整整一代的“知青群体”。他们有着不寻常的战斗经历，他们的痛苦和磨难已经铭刻在历史的墓碑上。而这些后来者拥有什么呢？快乐而苍白的童年和少年？他们是一些生活的“迟到者”，永远摆脱不了艺术史和生活史的“晚生感”。1987年年初的这些“先锋小说”（当然还有其他的我无法一一列举的作品），显然急于摆脱“晚生感”而表达新的艺术经验，反“传统小说”的态度过于明确：淡化情节、压制角色、形而上的寓言思考、语言的修辞策略等等。

1987年年底，《收获》第五、第六期明显摆出一个“先锋派”的阵容。这些作品在艺术上比年初的那些作品要成熟纯正些，那些姿态，那些硬性的所谓“现代观念”已被抛弃，非常个人化的感觉方式被熔铸于叙事话语的风格标志中。苏童的《一九三四年的逃亡》，多少可以看出一点莫言“寻根”的味道和马原的那点诡秘，然而，以“祖父”“祖母”为表征的历史却陷入灾难，历史已无根可寻，留在虚假的时间容器（一九三四年）中的，不过是颓败的历史残骸。显然，这篇小说没有可以全部归纳的主题，历史、农村、都市、生殖、革命、生活等等，都不是在观念的领域里被寓言性地谋杀，而是在具体的叙事中被无所顾忌的诗性祈祷所消解。那些在叙事中突然横斜旁逸的描写性组织，构成叙事的真正闪光的链环。苏童在此之前已经写过多篇小说，只有《一九三四年的逃亡》确定了苏童未来写作的道路。过于激越的抒情意味和强烈的叙述节奏打断了残败的历史之梦，并且标志着新一代的写作者鲜明的话语意识，然而，这种情感过于外露也过于外在，它并没有沟通深挚的“个人记忆”。但苏童后来找到纯净如水的感觉，这就对了。

余华的《四月三日事件》是继他的《十八岁出门远行》之后，对少年心理意识的又一次更加怪异的描写。对于余华来说，少年的视角不过是他有意混淆“幻想”与“现实”、“幻觉”与“实在”的一个特别视点。一个无名无姓的“他”，在十八岁生日的时候，神经质地意识到“被抛弃”的恐惧。“他”的精神的漂流状态真切地呈示为他对生存环境扭曲的细微感觉，迷醉般地用“幻觉”来审视他的实际存在。叙述时间卷入幻觉与实在的不厌其烦的辨析过程，而在精细怪诞的感觉中无比艰难地推进。余华随后在《一九八六年》中，把一个疯子推到叙事的中心，作为“文革”疯狂历史的精神遗产，疯子不过是历史疯狂的凝聚。然而，现实的人们完全漠视了这个历史凝聚之物。疯子的存在不仅是在道德的水准上对人性、良心的诘难，同时是对生活的虚假性的全部戳穿。余华从这里出发走进一个由怪诞、罪孽、阴谋、死亡、刑罚、暴力交织而成的、没有时间也没有地点的世界，那是他的温馨之乡，是他如愿以偿的归宿。

如果把孙甘露的《信使之函》称为小说的话，那么这是迄今为止当代文学最放肆的一次小说写作。这篇被称为“小说”的东西，既没有明确的人物，也没有时间、地点，更谈不上故事，它把毫无节制的夸夸其谈与东方智者的沉思默想结合；把人类拙劣的日常行为与超越性生存的形而上阐发混为一谈；把摧毁语言规则的蛮横行径改变为神秘莫测的优雅理趣。孙甘露像个远古部落遗留在现代的祭司，端坐在时间与空间交合转换的十字路口，而后不失时机地把他的词语抛洒出去。《信使之函》作为当代第一篇最极端的小说，证明当代小说没有任何规范不可逾越。然而，孙甘露证实这种证明毫无意义，小说的规范已经死了，而人们还活着。

相比较而言，格非的《迷舟》看上去要传统得多，这个战争毁坏爱情的传统故事是以古典味十足的抒情风格讲述的，那张简陋的战略草图一点也不损害优美明净的描写和浓郁的感伤情调。然而，整个故事的关键性部位出现一个“空缺”。萧去榆关到底是去递送情报还是去会情人杳？这在传统小说中无论从哪方面来看都是一个精彩的高潮，然而，它竟然在这里被省略了！这个“空缺”不仅断送了萧的性命，而且使整个故事的解释突然变得矛盾重重，一个优美的古典故事陷进了解释的怪圈。这个“空缺”在1987年年底出现，轻而易举就使格非那古典味十足的写作套上“先锋派”的项圈，尽管这个“空缺”不过是从博尔赫斯那里借用来的，然而格非用得圆熟到家，就像祖传秘方。

当然，1987年还有一些值得注意的小说，我难以全面列举。就以上提到的几位“先锋派”作家而言，其实已经操练小说（或诗）多年，何以他们在1987年底突然间集体成熟？仅仅归结为他们长大了是远远不够的。在我看来，1987年的作家们不仅仅依靠外部现实的压力（文学不得不重视“怎么写”），而且其文学的写作水准已经趋于明确：强调叙述视点、独特的感觉方式、鲜明的语言风格、对故事的特殊处理方式等等。总之，每个写作者必须找到自己的“话语”。因此，1988年年底，《收获》第6期再次推出一组“先锋小说”，几乎一样的作者阵容，但显然作品的艺术水准有了明显提高。在这一期上同时刊登了马原的《死亡的诗意》。曾经是“先锋派”领路人的马原，现在却明显落伍，我们没有理由认为这篇小说不好，然而，人们可以容忍追随者的平庸，却无法忍受开山者的重复，马原功不可没，却足以抹杀后来的自己。因而对马原的超越已经变成一种考验，叙事话语的风格标志才显得至关重要。如果说《一九三四年的逃亡》还带有一些兼收并蓄的痕迹，那么《罂粟之家》则真正显示了苏童的风格。这个家族颓败的故事内涵相当丰富，历史与生殖、压迫与报复、血缘与阶级、革命与宿命等等，或对立或统一，以一种舒缓纯净的风格化语言从容地讲述出来。苏童的人物总是为情欲所驱使，毫无指望，抗拒命运而事与愿违。《罂粟之家》散发淡淡的历史忧郁之情而远离悲剧，故事明白晓畅却不失深邃诡秘之气，这是苏童的独到之处。《罂粟之家》作为苏童以往作品的一次全面总结，看不到外来小说影响的痕迹，这并不容易。

1988年，余华在暴力与阴谋的无边苦旅中越走越远，没有人可以否认余华的感觉古怪而奇妙。他把那些奇形怪状的人物的全部智力压制在正常人的水平线之下，这样余华就可以驱使他们去干任何不可思议的勾当。显然，余华对人物的行动并不感兴趣，他关注的是那些过分的反应方式给叙述语言提示的可能性。《河边的错误》《现实一种》显然有不少令人瞠目结舌的场面，然而，更加引人注目的是那些场面的感觉方式和语言特征。随后的《世事如烟》（《收获》1988 年第 5 期）、《难逃劫数》（同前第 6 期），无疑是余华最好的作品。《世事如烟》对暴力、阴谋、罪孽、变态等等的描写淋漓尽致。在余华的那个怪异的世界里，时间与空间、实在与幻觉、善与恶等等的界限理所当然被拆除，而阴谋、暴力和死亡则是日常生活必要的而又非常自然的内容。“算命先生”作为全部阴谋和罪恶之源，如同远古时代令人恐惧的部落长老。这帧历史的古老肖像总是在余华的写作中浮现出来。余华的那些怪诞不经的故事因此又具有某种发人深省的历史宿命论的意味。《难逃劫数》把暴力场面写到炉火纯青的地步，它们看上去像是一些精致的画面。余华的那些被剔除了智力装置的人物，总是处于过分敏感与过分麻木的两极，而且总是发生错位，他们不过注定了是些倒霉的角色，一系列的错误构成了他们的必然命运。人们生活在危险中而全然不知，这使余华感到震惊，而这也正是余华令人震惊之处。

《褐色鸟群》（《钟山》1988 年第 5 期）无疑是当代小说中最玄奥的作品。格非把关于形而上的时间、实在、幻想、现实、永恒、重现等方面的哲学本体论的思考，与重复性的叙述结构结合在一起。“存在还是不存在?”这个本源性的问题随着叙事的进展无边无际地蔓延开来，所有的存在都立即为另一种存在所代替，在回忆与历史之间，在幻想与现实之间，没有一个绝对权威的存在，存在仅仅意识着不存在。这篇小说使人想起埃舍尔的绘画、哥德尔的数学以及解构主义哲学那类极其抽象又极其具体的玄妙的东西，它表明当代小说在“现代派”这条轴线上已经摆脱了浅薄狭隘的功利主义。虽然这篇小说明显受到博尔赫斯的影响（例如关于“棋”与“镜子”的隐喻），但是汉语的表现力及其关于生存论的思考，也可以置放在现实中来理解，因而这篇小说读起来有些令人费解，但决无做作之感。如果说《褐色鸟群》的形而上观念过强，毕竟只能偶尔为之，那么《青黄》（《收获》1988年第6期）则把叙述的结构设计与生活史的存在方式结合为一个不完整的统一体，结构上的“空缺”正是生活史的不完整性的隐喻投射。对“青黄”的词源学考据，变成对九姓渔户生活史的考证，结构上隐瞒的那些“空缺”恰恰是九姓渔户生活中最不幸的环节，“补充”可能使叙述结构变得完整，却使外乡人的生活彻底破碎了。格非的故事主角经常是“外乡人”，对于格非来说，生活本质上是不能进入其中的，因而“外乡人”的历史构成了人类生活中最隐秘的部分。

1988年因为有了孙甘露的《请女人猜谜》（《收获》1988年第6期），“先锋派”的形式探索才显得名副其实。在这篇小说中，孙甘露同时在写另一篇题名为《眺望时间消逝》的作品。这是双重文本的写作，就像音乐作品中的双重动机一样，结果后者侵吞了前者。在这篇没有主题，甚至连题目都值得怀疑的小说中，角色随时变换自己的身份，时间与空间的界线变得相对。这是一次关于写作的写作，一次随意弹奏的卡农，孙甘露不过想试验一下写作的可能性到底有多大。同时也不能忽略孙甘露对生存的似是而非境遇的似是而非的剖析、对那些虚度瞬间的心烦意乱的刻画，这些都具有玄妙深长的意味。值得提到的还有潘军的《南方的情绪》。这篇对侦探小说反讽性模仿的小说别有趣味。这个企图侦探某个秘密的主角却是一个忧心忡忡的多疑者，他总是落入别的圈套。如果把这一主角的形象与“新时期”文学“大写的人”作一对照，则是一件十分有趣的事，角色的变迁正是社会心理改变的投影。《南方的情绪》其实为当代小说的写作开启了一条类似罗勃-格里耶的《橡皮》那种路径，潘军没有坚持探索有些可惜。同期还有扎西达娃的《悬岩之光》，我一直没有谈论扎西达娃并不是我的有意疏忽，扎西达娃是个非常奇特且含义复杂的人物。当我勉为其难把苏童、格非等人称作“先锋派”来讨论时，再把扎西达娃扯进来是不是有点乱？但是没有扎西达娃，我的讨论显然缺了一角，遗憾的是我只好让自己的文章缺些角，只能另行撰文，以补空缺。

如果把1989年看成“先锋派”偃旗息鼓的年份显然过于武断，但是1989年“先锋派”确实发生某些变化，形式方面探索的势头明显减弱，故事与古典性意味掩饰不住地从叙事中浮现出来。1989年《人民文学》第3期再次刊登了一组“先锋”（或“新潮”）小说，在那些微妙的变化和自我表白的话语里，我看到另一种迹象。我发现他们在寻找另一种东西，一种更深地扎根于生存的现实和本土文化中的动机力量。《风琴》如果不是近年来最优秀的短篇小说，至少也是格非最出色的作品。这篇看上去抒情味十足的小说，颇具古典情调。格非以往的那种形而上观念和叙事“空间”不再在故事中起控制作用，相反，故事是不留痕迹自然流露出来的一些场景片断。它们像一些精致的剪贴画。然而人物的行动链在某些环节出了差错，就是这些细微的差别，使整个故事、整个生活无可挽救地颠倒了。王标渴望一次真正的伏击，却伏击了一个迎亲的队伍，他能干什么呢？他只好请新娘唱支歌。歌声被王标的遐想掩盖了，然而正是歌声激起王标的遐想，正是歌声掠过早春的原野经久不息地飘荡。还有什么比这种情境更让人悲哀，更为感人至深的呢？只有在这时，人才能和真实的生活融为一体，与自然融为一体。回到“生活之中去”的渴望恰恰是在破碎的生活边界上奏起的无望的挽歌。

余华的《鲜血梅花》看上去是一篇仿武侠小说，这不奇怪，同一时期的《古典爱情》就仿过《聊斋》这一类的志怪或古典言情小说。然而这篇仿武侠小说却另有值得注意的内容，这里为父报仇的主题完全可以看成“寻找父亲”主题的变种。我们时代的“先锋派”，在他们讲述的关于历史或现实的故事中，“父亲”不是被“遗忘”，就是苍老而濒临死亡，现在他们却渴望“为父报仇”（寻找父亲）。无父（无历史或现实）的恐惧已经从潜意识深处流露出来，其写作姿态和立场的微妙改变是不难理解的。也许我这种读解方式有些武断，然而随后的文学实践将会印证我的推论，例如格非的《敌人》。更有象征意义的是苏童的《仪式的完成》。这篇小说的题目如此抽象而难以捉摸，甚至与小说的内容并不切合。我想这篇小说的“题目”是重要的，而故事无关紧要。事实上，这篇小说没有显示出苏童在1989年应有的功力和风格，这是一次勉强完成的仪式，因为仪式总是要完成的。然而，“民俗学家”却不是这样，仪式会使人着迷疯狂，仪式的规则就是弄假成真，“民俗学家”用性命完成了仪式。这是对“先锋派”现实心理的一次寓言式的书写，或者说是一次自我警告：在类似仪式的这种形式探索中，“先锋派”是不是陷得太深？至少苏童的自我疑问是成立的，尽管苏童不过才湿了鞋面。事实上，仪式并未完成，我们这个时代的“先锋派”何去何从？

1989年，“先锋派”以转向的姿态完成历史定格。我说过，我宁可认为这不过表明他们期待更深地回到生存的现实和本土文化的根基上来。然而作为“晚生代”，他们只能以非常特殊的方式与现实社会对话，因此，不难理解，他们将暧昧的目光投向历史的深处。事实上，“先锋派”一直在讲述历史故事，只不过形式的探索一直压制了历史故事。现在，形式的外表被尽可能褪下，那些历史情境逐渐浮现，讲述“历史颓败”的故事成为1989年之后“先锋派”的一个显著动向。显然，叶兆言在这方面多有建树，尽管叶兆言写过《枣树的故事》（1988年）这种形式意味很强的作品，但他最拿手的是讲述三十年代散发着历史陈旧之气的故事，例如《状元境》（1987年）、《追月楼》（1988年）、《半边营》（1990年）、《十安铺》（1990年）等等。叶兆言写出了三十年代那些被遗忘和淹没的往事，虽然他没有表达真切而深挚的怀旧情绪，但是他写出了历史无可挽回的颓败命运，在古代与现代的交接点上，观看历史弥留之际的景象。

《妻妾成群》（《收获》1989年第6期）显示了苏童对历史的特殊感觉方式，尤其是对“历史颓败”情境的刻画。1989年以后，苏童的风格有所变化，准确地说，《妻妾成群》并不能反映苏童作为“先锋派”的面目，这篇小说已经带有回归传统的意向。当然这篇看上去古典味十足的小说，也显示了非常现代的叙事方法；它强调语言感觉和叙事句法，显示了苏童特有的那种叙事韵味。这篇小说讲述一个女性遭遇婚姻悲剧的故事。与“五四”时期大多数“新青年”相反，颂莲这个女性走进了一个旧家庭，她几乎是自觉成为旧式婚姻的牺牲品，她的干练坚决成为她走向绝望之路的原动力。显然，苏童赋予这个女性过多的女人味，她谙熟女人间的争风吃醋和钩心斗角，甚至以“床上的机敏”博取陈佐迁的欢心。然而，她清纯的气质和直率的品性终究没有挽救她作为一个小妾的命运。

苏童显然不是在重复讲述封建悲剧的故事，对于苏童来说，“故事”并不特别重要，主题甚至也无须深究。这个并不新颖别致的故事，却能给人以特别深刻的印象，就在于苏童富有韵味的叙事，那纯净透明的语言感觉，那些刻画得异常鲜明的故事情境，以及那种温馨而感伤的气息，显然在这个故事里可以看到《家》《春》《秋》的痕迹，甚至可以上溯到《红楼梦》《金瓶梅》那种古典小说的传统。至于对这种生活的把玩观照，多少还可见中国旧式文人的传统态度。

显然苏童在这方面越走越远，他宁可在古旧中国模糊的历史区域行走，也不对现实投上关注的一瞥。苏童有非常好的小说意识，却回避对现实的意识。对于他来说，远离现实的那种历史的或怀旧的氛围，适合于他的小说叙事，适合于他对纯粹的小说本体意识的把握。苏童的第一部长篇小说《米》（1991年）已经更加注重故事性，除了偶尔流露的那种叙事风格还可见苏童当年作为“先锋派”的气质格调外，《米》似乎更接近现实主义。这部小说讲述江南三十年代的故事，看上去很像帮会传奇。这里面每个人都是坏人而且惨遭不幸。欺诈、诱惑、阴谋、暗算、凶杀和复仇等等，构成了这部传奇的主要内容。这部长篇当然有它的出色之处，个人化经验被刻画得很充分。这部小说有意夸大五龙的凶狠，他的那种无法遏止的占有欲望迅速演变为凶猛的复仇。他的仇恨一半来自个人的现实遭遇，另一半来自乡村对城市的天然仇视。在他敌视小店主及城市恶霸的瞬间，乡村的记忆总是绵延而至。这使乡村的忧伤记忆充当了远的历史背景，甚至使那些凶猛的动作具有一种特殊的情调。这显然是苏童惯用的手法，它使苏童在表现凶猛的场面时，依然不失优雅之气。苏童写作这部小说，大概是想完成一次对凶猛粗野一路风格的法试。其实，绮云和织云两个女性形象依然写得很好。那种感伤忧郁、任性而多情、红颜薄命、无可挽回的失败感写得如歌如诉。女人的心性与命运是无法读解的生存之谜，它们在苏童的叙事中，总是散发着浓郁的末世情调而感人至深。

同样，格非的《敌人》（《收获》1990 年第 2 期）也表现了类似的意图，例如在主角赵少忠的身上表现出对古典价值认同的愿望。当然，这部长篇小说的观念和寓言性很强，格非试图写出生活中令人震惊的事实：这不只是赵少忠的复仇愿望在天长日久的等待中徒具形式；更重要的在于先入为主的观念是如何促使赵少忠误解接连不断的灾难，他最后只能扼死儿子以证实敌人存在。敌人就在我们内心，就是与生俱来的“自我”。虽然《敌人》没有取得预期的成功，但是不管是对生活史中的那些惊人的事实的书写，还是对一代“先锋派”的潜意识的书写，《敌人》都有其独到之处。

当然，并不是说形式探索根本不存在了，1990 年孙甘露发表了《岛屿》这部实验性很强的小说。与此同时，北村一直就没有放弃他的语言与叙述视角的探索实验，继《谐振》之后，北村发表《陈守存冗长的一天》（1989 年）、《逃亡者说》（1989 年）、《归乡者说》（1989 年）、《劫持者说》（1990 年）、《披甲者说》（1990 年）、《聒噪者说》（1991 年），这些作品一如既往显示了北村对叙述语言探索的宗教徒般的精神。在北村看来，语言与世界相遇显然是一个漫长的过程，他乐于观看那些放慢的动作在精确的语义序列中的推移过程，而仿梦的叙述观点（结构）为语言的迷失设置无限的歧途。北村过于重视语言的精确性和表现力，使人觉得北村是在显微镜下写作。然而读者不会拿着放大镜阅读，这不仅是北村的不幸，也是所有语言探索者的悲哀。1991 年暮春，北村和我有过一次长谈，我感觉到北村发生了某些重要的变化。那些原来作为叙述语言的原材料的生活事实，现在已经蕴含了“东方神话谱系”的意味，它们从历史深处绵延而来。

显然，走向历史深处的阵容已经摆好，年轻一代的作家在现实中找不到艺术感觉，只有远离现实，他们才能牢牢把握住小说的形式本体。对于他们来说，小说的形式主义策略是他们抵挡宏大叙事缩减的首要方式，庞大的想象关系解体之后，历史残留给他们的也正是绝对个人化的想象和独特的语言风格。他们力图用小说叙事去吞并“实在的历史”，幻想的符号界其实是他们写作的唯一要义。当然，作为叙事的副产品，他们也写出了一种特殊的历史意味，某种怪异的、神奇的历史情调。他们并不是去讲述那些很久以前的历史故事，相反，他们大都把兴趣投放在二三十年代，这一时期仿佛不是中国现代史最初的年代，而是中国古代史最后的岁月。他们以一种抒情的、怀旧主义的手法重写中国现代史，那些狂乱的语词，那些怪异的剩余的想象，却又浮现出那种令人震惊的、历史颓败的情境，在美学风格上也呈现出这个民族特殊的历史心灵。

第三节　有限形式：先锋小说的成就与局限

马尔科姆·考利在总结达达主义运动时说道：“凡是读到达达主义

运动的人，无不感到其成就之微小与其背景之丰富、复杂不成比例到荒谬而几乎令人可悲的地步。这里有这样的一群年轻人，他们可能是欧洲最有才能的青年：他们人人都有能力成为好作家，或者，如果他们下这样的决心，成为很受欢迎的作家。他们有着法国文学的悠久传统（他们完全熟悉这些传统）；他们有活着的大师可做榜样（他们研究过这些大师）；他们热爱自己的艺术，而且强烈希望超过别人。他们到底取得了什么成就呢？"① 考利的评价在某些方面、在某种程度上也适用于中国当代的"先锋派"。在八十年代后期那些"文化失范"的年月，我们时代的"先锋派"不是没有可能成为"达达主义者"的，所幸的是，他们立足于中国本土，从事一些小说叙事方式和语言表现方面的探索。然而，他们毕竟做出艰辛的努力，他们到底取得了什么成就呢？在审视过他们留下的历史足迹之后，我突然感觉到从未有过的虚空和惶惑。我能从那些奇思怪想的语句中，从那些支离破碎的故事中，归结出哪些有用的东西呢？我知道自己遇到真正的困难，尽管如此，我还是勉为其难，因为这毕竟是一段不可多得的历史，更何况妄自菲薄和盲目夸大一样无助于理解历史真相。

1. 尽可能地拓展小说的功能和表现力。人们可以对"先锋派"的形式探索提出各种批评，但是无法否认他们使小说的艺术形式变得灵活多样：小说的诗意化、情绪化、散文化、哲理化、寓言化等等。传统小说文体规范的完整性被损坏之后，当代小说似乎无所不能而无所不包。在向传统小说文体规范挑战的诸多探索中，孙甘露无疑是最极端的挑战者。他的每一次写作都是一次"反小说"的语言智力游戏，在把小说的叙事功能改变为修辞风格的同时，孙甘露最大可能地威胁到小说的原命题。现在，孙甘露寥寥几篇小说的影响像罂粟花一样蔓延，当叙事和话语制作上的最后一道界限都被拆除之后，当代小说写作还有什么顾忌

---

① 马尔科姆·考利：《流放者的归来》，张承谟译，上海外语教育出版社 1989 年版，第 135 页。

呢？我们应该感谢还是敌视孙甘露这个过河的卒子呢？显然，在拓宽小说功能的同时，小说的表现领域也随之被放大，特别是那种非常独特的个人化经验构成当代小说神奇另类的生存空间。

2. 强化了感觉与语言风格。没有人会否认当代“先锋小说”创造了一个奇异而缤纷的感觉世界，这显然得自二三十年代中国现代“新感觉派”小说和五六十年代法国“新小说”的影响。“先锋小说”的独特感觉并不仅仅在于攫取那些奇怪的主题或题材，也不只是表现在叙述方式上，最主要的在于接近物象的特殊感觉方式，这种特殊的感觉方式用语言的形式表现出来，就是独特的语言风格。在这里，语言与感觉是原则同格的。例如余华无限切近对象的那种语言与感觉所处的临界状态，北村的那种缓慢向前推移的蠕动状态，苏童的那种纯净如水、明朗俊逸的情境，格非的优美俊秀的抒情意味，孙甘露的冗长的、类似古代骈文的清词丽句，等等。显然，其语言句法最重要的集体特征在于，他们尤为酷爱而擅长使用“像……”的比喻结构。实际上，这个特征并不仅仅局限在语法意义上，“像……”引进的比喻句，不仅仅引进另一个时空中的情境，使叙事话语在这里突然敞开，发出类似海德格尔的“光”或“空地”那种感觉，而且，“像”所引导的比喻从句经常表示了一种反常规的经验。“像……”从句产生的“反讽”效果不断瓦解主句的存在情态及确定意义。“像……”显然充分显示话语表达的无穷欲望。当然，应该看到，过分强调感觉的怪异与语言的分解功能，“先锋小说”显得晦涩难读，这显然是一个亟待纠正的偏颇。

3. 注重叙事策略。由于强调“怎么写”，话语意识当然要通过具体的叙事策略来表达。广义地说，叙述人和叙述视角的强调、叙述结构的设置、语式句法等修辞策略都可以看成是叙事策略的运用。但是，在这里，我强调的是在整个叙事中起决定作用的“策略”，例如苏童运用的“叙事动机”和格非的“叙事空缺”。就写作的“母本”意义而言，“先锋小说”经常是从其他文本（例如某些经典范本或类型范本）中攫取或借用动机。显然，“动机”与灵感不同，前者要具体得多，例如人物、故事或情境的标志等等。苏童的写作不仅仅在于他善于发掘母本的动机，更重要的在于他的叙事善于运用动机来组织，推动故事的发展，这使苏童的叙述与故事之间疏密有致，节奏感舒畅明快。例如《罂粟之家》中“罂粟”的象征意义起到的动机作用；《妻妾成群》中在西餐社见面的情境构成的动机，还有“箫”的动机，等等。至于格非的“叙事空缺”，它主要来自博尔赫斯的启迪。它在格非的运用中，不仅仅形成某种结构上的补充链环，也不仅仅像博尔赫斯那样表达一种形而上的时间哲学，它还与格非讲述的那些生活史构成隐喻关系，那些被省略的恰恰是生活史中最不幸、最绝望的隐秘部分，例如《青黄》和《敌人》中的“空缺”。

4. 超距的叙述与对“自我”的怀疑。八十年代上半期那种乐观的浪漫激情在文学作品中逐渐消失之后，当代文学乐于去描写人所遇到的各种难以解决的困难和矛盾。“先锋小说”（和某些“新生代的诗”）不是在表达那些怨天尤人的激烈的不满情绪，相反，它们通过超距离的叙述，表达出一种特别的客观现实。在某种意义上，先锋派又是极其主观化的叙述。在这里，正像现象学意义上的客观性还原与“主观化认知图式”是等同的一样，在先锋派的小说意识中，那种冷漠、平静的叙述人的态度，与他们过分铺陈的语词构成一种奇特的张力。不管是苏童的抒情性笔法，还是余华对怪异感觉的刻意捕捉，或是孙甘露梦呓式的描写，都可以看到在他们超距的叙述中呈现出的客体世界。正是与这种超距相关，先锋派小说不再是以自我为中心来展开叙事，相反，自我总是处在一个被排斥、被颠覆的状态。因此，“超距叙述”既是怀疑“自我”的结果，也是消解“自我”的有效手段。作为“文学史上的迟到者”，年轻的写作者不再标榜“自我”，“自我”被改变为一些歪斜的个人，或是其行为的动机和效果总是发生一些故障的芸芸众生。他们当然不是“反英雄”的现代主角，而是随机应变却又随遇而安的“小写的人”。在这一意义上，“先锋小说”与“新写实主义”可说是异曲而同工。值得注意的是，格非在《褐色鸟群》中表达对“自我”的怀疑，在《敌人》中引申为对“自我”的恐惧，以至于可以归结出“自我”就是最内在的敌人这种极端的命题。

5. 后现代主义式的处理方式。“新时期”文学一直没有完全意义上的“现代主义”（刘索拉和徐星充其量不过是“伪现代派”而已），因此我在这里提及“后现代主义”（仅仅是萌芽）肯定令人奇怪。其实也不难理解，后现代主义虽然是后工业社会的产物，但是作为一种文化形态、思想潮流、艺术准则和价值立场，它并不一定与经济基础直接统一。我以为这也是马克思说的“精神生产与物质生产的不平衡关系”的一个方面。例如拉美魔幻现实主义的那些代表人物，博尔赫斯、马尔克斯等人却被实验小说家和批评家奉为圭臬。中国当代奇特而多样的文化形态滋生后现代主义因素并非不可能，更何况自 80 年代初以来当代文坛对后现代主义和后结构主义的东西也有所引进。就以文学实践来看，“先锋小说”处理那些幻想、暴力、死亡等特殊主题的方式，破除传统小说的文体规范界限、语言的大规模泛滥，在生存态度上反理念，而认同不完整性、拒绝超越性等等，都显示了后现代主义的典型特征。

应该强调的是，后现代主义已经褪去了现代主义那种自毁性的反抗欲望和自以为是的超越性。后现代主义其实表达了一种更为温和乃至保守的价值立场（例如，后现代主义者反对激进的社会革命而诉诸语言游戏和知识构型的分析）。当然，这些后现代主义萌芽在中国无疑带有本土文化的现实特征，其意义仅仅在于对生活现实境遇持更为冷静、求实的态度。它对终极真理和绝对价值的回避，当然会引起多方面的批评，但是，这种态度是历史转型时期的现实给予后现代主义者的感受。那种偏执的信念和神性无助于表达这个多元化的转型时期，在某种意义上，他们的这种拒绝深度的小说意识，也是在寻找一种新的适应性。

6. 表达特殊的后悲剧风格。后悲剧风格是从历史颓败情境中透视出的美学蕴涵，通过对历史最后岁月进行的优美而沉静的书写，通过某些细微的差别（差错）的设置而导致生活史自行解构。“先锋小说”讲述的历史故事总是散发着一种无可挽救的末世情调，一种如歌如画的历史忧伤，如同废墟上缓缓升起的优美而无望的永久旋律。例如苏童的《妻妾成群》和格非的《风琴》。写作必须置放到非常个人化的经验中才获得有效的说明。我以这种方式归结一群人的艺术特征，不过是力图勾勒历史某方面的轮廓。然而，仔细辨析就不难发现，这些粗线条与整个背景并不协调，也不深刻有力——令我吃惊的是，在我所归结的这些“艺术成就”的背后，都隐藏着它的副作用，或者说它的局限性。

形式的意义是有限的。在当代中国，苏珊·桑塔格主张的“坎普”[①] 文学不可能流行，也不会产生实际的影响。约翰·巴思在六十年代就认为，文学史几乎穷尽了新颖的可能性。这不仅仅是说形式技巧无法拯救文学。中国当代的“先锋小说”从事形式探索无疑是有益的，但是形式探索在当代中国既不能走得太远，也无法持久。在这一意义上，中国当代没有真正的“先锋派”，他们有限的叛逆意义几乎起不到挑战的作用。对于处于这个文明中的绝大多数的芸芸众生来说，他们不仅是一些不可企及的先锋，而且是人们急于忘记的殉道者。例如孙甘露和北村就不得不饱尝“远行者”的孤独。余华最受欢迎的作品可能是《难逃劫数》，那是因为他把他的语言感觉方式糅合到鲜明的场景刻画之中。1989 年年底，余华发表《此文献给少女杨柳》，那是余华所有感觉和语言最精致的一次提炼。然而，结构和语言的方法实验过于明显，在 1989 年年底，余华理应迈过形式的门槛，然而，他又奇怪地在门槛上磨蹭。这是一个奇怪的现象：形式的魅力迅速消失，至少它无法单独

① 坎普（Camp），原是流行于电视、戏剧界的俚语。桑塔格借用来概括六十年代的一种只注重技巧而忽视内容和意图的文艺样式。桑塔格小姐在名噪一时的著作《小说的奇怪的死亡》（美国，巴顿罗齐，1967 年）一书中鼓吹“坎普”：坎普的全部要点就是摒弃严肃性，技巧，戏剧性变成了它的理想。从纯粹的美学角度上说，它体现了“风格”对“内容”、“美学”对“道德”、反讽对悲剧的胜利。风格即一切。

起作用；另一方面，形式却是读者大众望而却步的天然障碍，曲高和寡，更何况“曲怪”呢？1989 年以后，“先锋小说”的形式有所退化，当然有多方面的原因，但是，期待读者认同不能不说也是一个重要原因。余华在九十年代发表长篇小说《呼喊与细雨》（1991 年），表达了他“回到真实的生活中去”的愿望。这部小说以第一人称讲述一个人的幼年经历，自传体的色彩颇为浓重。余华并没有停留在罗列那些贫困愚昧的生活事项上，而是着力去刻画孤立无援的儿童生活的绝望感。追忆童年生活色彩的第一人称视角，给“内心独白”打开过去/现在重叠的双重时空。一个游离于家庭生活的儿童（少年），向人们呈示出他敏感而孤独的内心世界。强烈的渴望同情的心理与被无情驱逐的现实构成的冲突，使这个弱小的儿童陷入一系列徒劳无益的绝望挣扎之中。这部小说写出了童年经历的内心感受，少年时代的敏感、怪癖和孤立无援的生活境遇。叙事以独白的方式展示了非常复杂的心理经验，以及那些非常个人化的体验、沉思、忏悔和祈祷。这部心理自传在叙述方面充分表现了余华精细而洗练的语言风格，叙述人与被叙述人（例如主人公）的视点和内心感受结合得天衣无缝，都可见出余华的艺术技巧趋于成熟。但是过分注重个人经验的独特性和心理感受，使这部小说显得过于封闭，表现的生活面显得狭窄，影响了它对历史现实的更深广的表现。

尽管如此，《呼喊与细雨》应该说是余华在艺术的表现形式和真实的生活记忆方面结合得很好的作品。然而，先锋派的孤寂命运令余华难以忍受，成名的余华已经不再需要先锋派这顶荆冠作为自虐的标记来引人注目。在这一意义上，《活着》就是余华放低先锋派的姿态，回到常规性的尝试。余华果然因此获得成功。

当然，并不是说形式探索就应该废止，事实上，形式可以不露痕迹地糅合在故事的讲述中。约翰·巴思在 1967 年慨叹“枯竭的文学”之后十三年，写下《填补的文学》，美国的实验小说也不得不从拉美魔幻现实主义那里吸取养料。中国当代文学这些年其实深受马尔克斯、博尔赫斯的影响，然而它同时受到法国新小说的影响并无意中喝下去语言的致幻剂。语言是一座迷宫，它会使任何聪明的头脑误入歧途。更何况汉语字词的象形特征和无时态的语法功能，使那些意象横陈的时空变得更加扑朔迷离。那是一张无边的语言之网，而网中的猎物只能是写作者自己。因此，有必要把讲述“语言”改变为讲述“故事”，叙述中出现的过多的分支应该消除，那些太多的局部的小转折有必要压平拉直，融合到舒畅伸展的故事中去，应该有叙事动机（主导的和局部的）起到纲领性的结构作用，只需要某些“细微的偏差”就足以摆脱故事的线性模式。

综观“先锋观”几年的探索历史，至少以下一些现象和问题值得注意：其一，在当代文学多文化的格局中，出现这样一种动向，即小说写作不再以人为核心来讲述故事。十九世纪末，尼采说“上帝死了”，半个多世纪之后，米歇尔·福科惊叹“人的死亡”。在二十世纪八十年代后半期的中国，“大写的人”（人的理想）已经萎缩，“先锋文学”已经无力创造出具有正面肯定价值的人物，而具有反面价值的人物也未必能确定作品的艺术价值和艺术水准。在“先锋小说”中，人物不得不退居到讲述的故事和故事的讲述的背后。人物变成一个“它”，成为话语表达中的一个符号，或是故事中的一个角色。而故事的讲述尤其是话语的风格化意味，成为小说的艺术价值和水准的根本标志。但对人物形象的忽视，无疑是这类小说要纠正的方面。

其二，当代小说的写作倾向于越来越复杂的形式，即必须考虑小说的视点、角度、动机、句式、语感以及个人化风格等问题：如无扎实的内容支撑，便难于持久存活。现在不仅是马原影响了其后的“先锋派”，而且“先锋派”正在影响同辈的作者。现在初入文坛者似难抵御“先锋派”的那种叙事方法和语言风格的诱惑，而后者作为迟了半拍的“先锋派”，不幸的是仅仅陈袭形式的复杂，他们实际上磨去形式的锐气而承受人们对形式的厌倦。当代小说写作对形式的重视并不等于唯形式是尊，事实上，实践证明，真正有意味的形式并不彻底消除小说的那些传统因素，而是在更高的水准上融合传统。显然，“先锋派”探索形式的经验证明，前卫的探索性的形式结构和语言技巧，在损毁传统规范的同时，也改变了既定美学趣味。

其三，先锋小说一直专注于个人化经验的发掘，因而它在感觉、故事、话语和风格等方面的才能是如此别具一格。然而单纯在个人化经验中走极端，其结果则是在幻觉的奇怪空间和语言的歧途永无止境地循环、重复和自我消解，其个人经验除了怪异之外，应有更深广的意义。因此，当代小说在发掘个人化经验的同时，有必要强化历史意识对历史的理性意识。事实上，马尔克斯、博尔赫斯，乃至米兰·昆德拉所创造的非常个人化的经验，始终蕴含着深邃的历史意识。余华较成功且有内涵的作品如《世事如烟》《难逃劫数》《往事与刑罚》等等中出现的“算命先生”“老中医”“刑罚专家”预示着余华把独特的个人化经验融合到历史意识（或历史无意识）中去。然而，余华后来并没有深入发掘这种“历史意识”，他的《此文献给少女杨柳》之所以反复缠绕怪异的感觉，其欠缺正在于此。

其四，文学必须从本土文化中吸取生命汁液，“先锋派”偏向借鉴西方文学的影响无可非议，但是同时要找到传统的活的源头。仅仅从传统中攫取母本或动机是不够的，这种做法经常重复会使“创新”再次留下“前文本”的痕迹。例如，我前面提到的苏童的《妻妾成群》之于《家》《春》《秋》；格非的《蚌壳》之于穆时英的《白金的女体塑像》；余华的《现实一种》之于施蛰存的《石秀》；等等。也许这种关联是出于一种偶然，但是它们依稀可辨的类同毕竟使探索打了折扣。至少，“先锋派”没有立足于本土文化作宏观理解，更不用说融会贯通的运用。先锋们曾一再表示认同古典价值，但那仅仅是空泛的表态，它与本民族的精神意蕴相去尚远。当然，他们还年轻，假以时日，当有更大作为。

其五，“先锋派”远离现实确实有非常复杂的原因。然而，他们显然加大了与现实之间的裂痕。他们企图通过讲述历史书写现实，事实上他们几乎遗忘了现实。并不是说他们真正远离现实生活，这当然不可能，他们就生活于其中，而是于他们并没有抓住现实的真谛。正如欧文·豪在《群体社会与后现代派小说》一文中指责绝大多数美国战后小说家时写道：“不能、或许由于过于精明而不能直接地表达战后的感受；他们更愿意背离正面的描写；他们本可以表达他们的激情，尽管这种激情常常是难以名状的，他们对美国生活的批评不是通过现实主义的生动描绘，而是通过神话、流浪汉小说、预言和怀旧等形式表现的。”①欧文·豪的批评同样适合于中国当代“先锋派”。那些“历史故事”在很大程度上表达了他们“意识到”的历史内容和现实内容是值得怀疑的。纯粹的美学价值并不存在，至少在现在其意义有限。福科的那句话依然值得深思：重要的不是话语讲述的年代，重要的是讲述话语的年代。对于理论和批评具有参考价值，对于小说写作同样具有启迪意义。由于对“讲述话语的年代”（当代现实）研究得并不透彻，因而“话语讲述的年代”（故事的历史内容）并不具有强大的震惊力，而依靠美学风格漂浮其上则又可能是一次历史错觉。

历史总是惊人的不完美，因而历史才能变化、前进。也许人们已经看到“先锋派”的疲软和退却，然而我依然固执地相信，尽管他们丢弃了“先锋派”这顶刺眼的荆冠，但他们创造的小说叙事经验正被广泛认同。他们并不只是开启了文学史上的一种美学时尚，更重要的是他们是时代的敏感之子，他们意识到在这个文化剩余的时期，他们（以及他们的同代人）分享到那么一点剩余的想象力，却能够夺取到足够的胜利。

---

① 参见《党派评论》，第二十六期，第 429 页。

第二章　重新寻找真实："新写实主义"的小说意识

第一节　历史前提：文化失范或文学的命运

"新时期"的中国文学一直试图成为一种超越现实的幻想力量，它引导人们去夺取"思想解放运动"赢得的观念胜利品。这种力量长期扎根在人们的精神幻想中，在改革开放初期，它是中国知识分子和民众共同急需的生活内容，是提高他们生存热情的根本需要。没有人能够否认，理论幻想（或乌托邦冲动）能够起到改善生活的作用，文学总是合理而自然地为人们提供感性实践，它使思想升华潜移默化，如期而至。"新时期"的文学不仅是现实的认识论构造的基础，而且是按照"思想解放"的利益改变现实、改造现实的基础。

八十年代后期，"思想解放运动"终于告一段落，这不仅因为人们主观上对意识形态实践感到疲倦，更重要的在于社会历史条件发生了深刻变化。改革开放初见成效，现代化建设突飞猛进，市场经济逐步形成。经济领域的成功给人们带来希望，也促使人们想方设法在“双轨制”的中间地带找到发财致富的广阔途径。一个与市场经济相适应的“民间社会（civil society）”趋于形成，这个日益壮大的社会正在摆脱意识形态而自行其是，经济实利主义实际已经成为当今社会的价值准则和生活要义。这是生活变得简明扼要的时代，这是人民丰衣足食无所用心的时代，这是庶民胜利的时代——理想主义或“终极价值”不过是这个时代必要的观念祭品。消费社会正在无止境地拓宽疆域，留给文学的要么是“为艺术而艺术”的狭窄飞地，要么是“走向市场”的模糊区域。

“意识形态就其性质而言要么是全能的，要么是无用的”（丹尼尔·贝尔语）。八十年代后期，人们明显感觉到社会的“中心化”价值体系趋于失落，不仅是传统秩序，而且是整个社会既定的文化秩序面临“合法性危机”（哈贝马斯语）。“新时期”文学曾经怀着那样高的历史热情和社会期望，在意识形态实践的每一个环节都产生“轰动效应”，构造了八十年代完整的“想象关系”。“寻根文学”终于耗尽了文学的乌托邦冲动，而划下“新时期”终结的界限。不妨将八十年代后期称为“后新时期”，此时文学失去“轰动效应”而走向低谷。面对着社会的“中心化”价值体系趋于解体的现实，文学再也无法讲述理想化的故事，再也不可能充当历史主体去构造现实神话。在这样的历史前提之下，年轻一代作家步入文坛，他们生不逢时却也恰逢其时。“新时期”神话终结了，他们再也不能制造“轰动效应”；然而，他们本来就与那个神话无关，“中心化”或理想化失落的文明情境，给他们提示了回到个人化的写作本身，回到真实的生活中去的历史机遇——这正是“新写实主义”产生的历史前提，当然也是理解“新写实主义”的理论前提。当人们普遍指责“新写实主义”缺乏“理想”，缺乏“深邃的文化哲学”时，切不可忘记了历史唯物主义的基本原理：社会存在决定社会意识。当社会的中心化价值体系及其符号系统陷入危机时，当社会的“精英化”的人文观念不再起规范作用时，我们又怎么能要求我们时代的作家操持理想主义的盾牌或挥舞英雄主义的长矛去和风车搏斗呢？“理想化”的失落正是“新写实主义”的显著特征，如果要改变它的这一特征，不就是要剥夺它的本质吗？作为“文化失落”的产物，“新写实”所确认的小说意识，那种并不富有“革命性”的写作法则，不过是面对文化（文学）危机而寻求的新的适应方式而已。

当然，我们也没有理由夸大说，“新写实主义”回到生活的“原生态”是什么了不起的艺术创造。所谓“回到”不过是在历史情境之中别无选择的结果。“新写实主义”顺应了历史的变动，它的那些与传统（经典）现实主义相去无几的写作法则，仅仅因为整个历史背景中的集体想象关系解体，而具有了特殊的意义。其“反抗性”意义，是历史给予的结果。如果略去这一背景，“新写实主义”将一无所有。这也就是为什么人们抽象而孤立地看待“新写实主义”总是不得要领，看不出其“新”在何处。某种意义上，当代文明（的转型情境）在文化上给予“新写实主义”的，要远远大于“新写实主义”在艺术上给予当代文明的贡献。这种说法并不是要有意抹杀“新写实”的创新意义和革命性的历史地位，而是要强调，在理解“新写实主义”的价值立场和写作法则时，在揭示它的文化态度和美学风范时，有必要扣紧这个变动时代的文化情境作通盘考察。正是因为远离社会的中心化价值体系，正是因为拒绝历史给予的法则，并且拒绝作出非文学的承诺，“新写实主义”确立了个人化的写作立场，它的那些艺术法则因此具有了与传统（经典）现实主义根本不同的意义。

第二节　集体想象的失落：回到生活事实

“艺术存在于互相联系的种种社会意义之中，但是从外部去记述这些意义是徒劳的，因为它们是由具有自身逻辑和严格标准的形式特征来传播的。”① “新时期”文学无疑在“寻根文学”这里达到高峰，也在这里划定终结的历史界碑。与其说“寻根文学”是一次艺术上的误入歧途，不如说是文学的意识形态推论实践的必然归宿。把自我设想为历史主体的“寻根派”，其实不过是“知青群体”的变种，文学随时准备为时代构造必要的想象关系。“寻根文学”把集体想象推到历史的顶端，却并未如愿以偿，最后不得不以莫言在高粱地里完成一次生命的狂欢仪式草率作结。当时代不再需要“集体想象”时，“寻根文学”的乌托邦冲动就变得尤为虚幻。在“寻根文学”终结的地方，“新写实主义”开始了它的历史起点：放弃乌托邦冲动，拒绝提供集体想象，回到生活事实。

在这一意义上，“新写实主义”并不仅仅是“反寻根”，它从这里背离了“新时期”的路线，并且从根本上偏离了传统（经典）现实主义的轨迹。传统（经典）现实主义强调生活真实，然而更重要的在于强调“典型化”原则，强调反映社会生活的“本质规律”。实际上，“典型化”即理想化，而“本质规律”是为主导话语事先约定的“绝对

① 莫里斯·迪克斯坦：《伊甸园之门》，方晓光译，上海外语教育出版社 1985 年版，前言部分第 4 页。

真理”。只有符合这一先在的“本质规律”才是真实的，才是客观的，才是典型的；否则，就是错误的。现实主义在其本质上是一种“同语反复”（巴特语），其中人们自认为是描述性成分的东西，实际上是该特定话语行为的独断性的表现，“现实性”（或生活事实）总是被特定的观念、概念、术语给定了意义。传统现实主义规范下的文学，一直在构造“集体想象”关系，构造理想化的存在形态，在“似真性”法则的保证下，这种“想象关系”与“现实”混为一体，并且成为现实的“本质关系”。当然，这并不是说，现实主义文学就是一种虚假的艺术，恰恰相反，它是那个时代（从观念到存在）恰如其分的实践方式。同样，“新写实主义”约简“集体想象”的做法，确立回到生活事实中去的态度，也是这个时代不得不选择的文学表现方法。

返回到个人化写作的“新写实”小说，不再有构造“本质规律”的乌托邦冲动。尽管放弃一种意识形态实践将会落入另一种意识形态的圈套，然而，八十年代后期中心化价值体系解体的现实，却也使年轻一代作家无法建立，也无法认同任何一种明确的“集体想象”关系。因而，他们才会那样无所顾忌地回到生活事实中去。1987 年，方方发表《风景》，就此拉开“新写实主义”① 序幕。这篇小说以一个夭折的死魂灵的眼光来叙述一个家庭极端贫困的生活。令人惊异的并不仅仅是作者讲述的那种与经典文本相去甚远的生活，更重要的是如此冷静不动声色的叙事和把生活事实和盘托出的那种态度，而观念性的升华在这里为全部事实所消解。没有关于人性的道德评价，没有关于生存命运的理性思考，以及个人与家庭、社会的冲突等，在这里没有现实主义文学惯有的那种强调和暗示。那些生活事实如此倔强地涌溢而出，它不企图完成任

① “新写实”的边界被不断拓宽，有的甚至追溯至王安忆的《小鲍庄》，笔者以为“新写实”应有必要的时间标界和群体标记。另外，本文的使用“新写实”与“新写实主义”两种说法时，并不加以区别，之前国内有讨论“现代派”与“现代主义”的区别，笔者以为没有必要陷入这种似是而非的咬文嚼字的游戏。

何观念性的升华，也不想给时代提供文化镜像，它仅仅是一些纯粹的生活事实，一种纯粹的现实性存在。当代小说从一系列的“反省”、一系列的文化冲动中，从庞大的“集体想象”关系中，跌落到如此简陋的生活状态中。《风景》的特殊意义，与其说写出了当代生活的最粗陋状态，不如说把当代小说拉回到这个原始的起点。

回到生活事实的“新写实”小说，把目光投向普通人的生活。“新时期”之初关注人的命运，从中发掘出“人性”的闪光（例如刘心武的《如意》等）。它与整个思想解放运动强调“人”的生存价值，倡导“人道主义”的历史意识相关，“普通人”的形象中其实寄寓着知识分子的人文理想。而在这里，凡人琐事就是生活的一个块面，作家并没有在这些普通的生活上强加某种历史法则。“新时期”那个“大写的人”，现在已经萎缩成“小写的人”，他们过着自己的生活。1987年，池莉的《烦恼人生》以平实的手法描写普通工人平淡无奇的日常生活。小说的叙事在那些烦琐的生活小节之间纠缠不清，充斥着家庭纠纷、窘迫的居住环境、难弄的孩子、拥挤的交通、微薄的奖金、各种人际关系以及暧昧的感情等等。印家厚忙于扮演各种社会角色：丈夫、父亲、工人、情人、回忆者——每一个环节他都无比吃力，无所作为。然而，这就是生活，这就是普通人必须过的日常生活。那个忧国忧民的思想主体，那个寻找民族的文化之根的历史主体，现在却跌进一大堆毫无生气、毫无诗意的日常琐事之中，现在仅仅是无所作为的丈夫、忙碌的父亲、勉强的情人。《烦恼人生》以平实的手笔写出的平实生活却有令人震惊的力量。我们这个时代的生活已经严重缩减了乌托邦冲动，人们为日常生活所左右，为眼前的利害所支配。生活本身进入了一个散文化的时代，我们的文学如果不以顽强的想象力进入一个绝对的语言乌托邦，那就回到平实无奇的日常生活，亲临其境，去咀嚼那些无聊的快慰和别有滋味的苦涩。

池莉随后的作品《不谈爱情》（1989），虽然故事、写法与《烦恼人生》相去未远，但是这篇小说的篇名别具象征意义，它不仅仅表示家庭琐事和社会网络将爱情全部淹没，而且坦率地表现了这个时代理想化价值的彻底失落。“爱情主题”一直是“新时期”思想解放运动的核心主题，伴随着“人的解放”的命题被强调，新的爱情观一直在创造我们这个时代崭新的或理想化的价值观和超越性的感觉方式。只要把张洁的《爱是不能忘记的》与《不谈爱情》置放在一起，人们无疑会对生活发生的巨大变化惊惧不已。“不谈爱情”既是一种拒绝，也是一种宣告：我们这个时代已经没有精神超度的可能性了。一个没有爱情（不谈爱情）的时代，还有精神幻想吗？那滋生着的超越意向已经被合并入无所不在的日常现实中，它注定要失去支配生活的征服力量。

关注普通人或“底层人”的故事，当然不新鲜，现代以来的无产阶级革命文艺就强调要反映劳动人民的生活。然而，这种“反映”一直是在讲述经典（权威）话语，或者是以知识分子群体充当叙述人，讲述知识分子的历史愿望。所谓“劳动人民”的形象，一直是主导观念确认的“集体想象”，它一直用以贬抑知识分子的形象，它是一种“阶级的”精神的镜像。“新写实”小说对所谓“底层人”的关注，其实是在消解经典文本确认的精神镜像，还“底层人”以本来面目。刘震云的《塔铺》（1987 年）以尤为冷静的笔触，写出了“底层人”的实在生活：一群来自农村的高考补习生为了考上大学而艰苦奋斗。显然，刘震云并没有着力去刻画所谓“底层人”生活的艰辛，而是写出了生活（和人生）的方方面面。“艰辛”与“不易”被推为背景，偶尔才在那些钩心斗角的间隙，在那些想入非非的瞬间流露。不是去发掘生活的深层意蕴，细细咀嚼生活的复杂滋味；恰恰相反，刘震云仅只满足于给出一种生活状态，一种“艰辛的尴尬”的状态。在这里，悲剧性情感涌流总是为那些尴尬处境所消解，为无聊的快乐所冲散。在叙述人的叙述意识中没有任何悲天悯人的企图，他把自己当成一个等距离的观看者，那些心态不点自破。“底层人”的心理为希望所怂恿，也为莫名的绝望所困扰，他们企图摆脱一种命运，但总是为另一种命运所支配，然则他们也在“奋斗”。这使他们进入了一种状态，而这种状态正是刘震云感兴趣的所在。比较路遥的《人生》，就不难发现二者存在根本不同的文化立场和写作法则，这两篇小说貌合而神离。高加林作为青年一代农民的代表，试图通过个人奋斗来改变自身的命运，这个关于农民摆脱土地的主题，又与爱情婚姻之类的伦理道德主题相混淆，然而，它都契合“新时期”关于“人”的解放与道德观的更新这类时代命题，它为历史及时提供了集体想象的模本。不管路遥作为写作者个人如何凭着“艺术经验”来讲述这个故事，他的“讲述”只要被阅读，立即就表达着那个时期知识分子主体讲述的话语（对历史、对“人”的思考），它不可避免地被思想解放的诉求所放大。而刘震云的叙事已经没有明确的集体想象“背景”，个人化的写作使刘震云保持了一种超然的眼光，笔力所济不过是尽可能给出一种生活状态或心态，直陈式叙事把生活的定义全部交付给人物本身。生存的意义是有限的，因为它只限于自身的那些微不足道的事实，那些恩恩怨怨，那些悲欢离合，那些沮丧和憧憬都不过是转瞬即逝的生活之流，它们并没有永久驻步领会生存的要义。这就是生存的本身，一种状态中的生活或生活的一个状态。在这里，现实的东西和可能的东西之间的紧张冲突被自然化解，生活本身并没有作出关于“幸福的承诺”，生活的事实倔强而傲然地存在，那些由“父法”（历史法则或权威话语），由集体的乌托邦冲动建构的想象关系也就自行缩减。

刘恒早在1985年就写下《狗日的粮食》这种关注最低生活欲求的作品，这表明刘恒一开始就避开了“本质规律”的叙事。当主流意识形态的实践功能减弱之后，刘恒的写作自然就具有了“开拓性”的意义——它打开了一个远离精神期待，而单纯关注最低（或最基本）生存欲求的向度。刘恒的《伏羲伏羲》（1988年）虽然还可看到“寻根”的流风余韵，甚至不难推断还可能受到莫言的影响，但这仅仅是这篇小说的外在因素给人的印象，实际上，这篇小说带有明显的“反寻根”倾向。刘恒未必是一个明确的“新写实派”，却是率先挣脱“寻根”的写手。正如前面提到的《狗日的粮食》，刘恒一开始就固执己见，把生存的基本欲求置于写作的中心而拒绝那些繁杂的深邃的文化（观念）附加物，他正是以与“寻根”不相干的态度表示了对“寻根”的逃避。尽管《伏羲伏羲》被大多数人读解为“性文化”的代表作，然而，在我看来，这篇小说恰恰有一种摆脱“文化的动机”。这个关于乱伦的故事，更具体一些，可以看成是在描写“欲望”是如何滋生并支配着人们的全部生活事实的。

在那个垂死的历史性的欲望（杨金山）的边缘，这个年轻的，活生生的现实欲望正在不可遏止地生长。这个充满真实生命渴求的欲望在降临的时刻就被推到一个危险的境地，欲望在压制/诱惑之间，在合法性/合理性之间艰难行进。在杨金山无止境虐待年轻女人的背景叙事中，这个不合法的欲望逐渐有了合理性。这个欲望同时在优雅（充满感伤和温馨的描写）与拙劣（道德禁忌的恐惆）之间徘徊，那个“窥视”的动作终于使这个欲望的表达找到了一个诡秘的、透彻的、拙劣的突破口，同时也使欲望的实现变得无法抗拒。

这篇小说写出了人们企图越过伦理禁忌界线的那种艰难处境，那种不合法的爱欲倔强生长却又终于破灭。生命交织着雄奇瑰丽和脆弱丑陋，它在希望与恐惧之间游移，杨天青失败的一生不过是道德史（或父权史）上的一个粗糙的祭品。人们也许可以从中读出各种各样的文化寓言或象征意义——它可以很恰当地置放在“寻根”的流风余韵的历史序列之下。然而，我更多地看到刘恒摸索到一种新的叙事法则，他如此细致地审视这个“乱伦”事件的各个逻辑环节，如此详尽地叙述这个不合法的欲望增长和衰变的全过程，不能不说他对生命存在的基本欲求有着特殊的关注。那些纯粹的环节和状态无比真切地呈现出来，它以自身充分而绝对的实在性反抗被既定的文化秩序俘获，而那些基本的（原初的）生命欲求则是对庞大的制度化的写作法则和阅读法则的改写和戏谑。

正是因为“文化整合”背景的变化——准确地说，是文化的整合作用正在丧失，那些即使在创作方法上与经典现实主义相比几乎没有多少区别的作品，它们的美学意义也发生相应的位移。例如储福金的小说，在叙事方面相当本色，平淡故事，从容叙述。然而它不再有（关于人性之类）形而上升华的思想冲力，却具有深入到生活本真状态中去的那种美学力量，其价值定位在对日常生活惊人的洞察力上。在刘毅然讲述的那些军旅故事（《回首往事》系列）中，可以看到一个意识形态活跃的生活领域如何变为一些日常琐事，那些远大的理想现在变成青春期想入非非的拙劣欲望，变成天真无邪的纯朴情怀，变成个人生活的单纯回忆。甚至莫言近年的作品也表现了惊人的变化。《父亲在民夫连里》（1990 年）中还可以看到莫言试图改写经典故事的那种动机，但是故事的谐谑气氛已经全然替代了“镜像化”的文化实践功能。而像《怀抱鲜花的女人》（1991 年）、《梦境与杂种》（1992 年）这种虚构性强的作品，其叙事也充满对日常生活及其体验的洞察力，虚构性与日常性恰当结合而引人入胜。事实上，莫言的这些作品在艺术上更趋成熟，它未能引起应有的关注，并不仅仅是时尚趣味作梗，更表明文学写作在历史实践中发生了位移。

第三节　反抗虚构：刻骨的真实

当然，小说叙事归根结底是“虚构性”的，所谓“反抗虚构”，不过是指：其一，不是在观念性和理想性上讲述历史（现实）神话；其二，不再提供超越性的文化镜像或文化远景；其三，拒绝远离生活经验的叙事。回到生活事实中的“新写实”小说当然要反抗虚构，它要写出生活的本来面目——所谓生活的“原生态”。确实，“原生态”这种说法容易招致怀疑，进入作家创作视野的生活，怎么会是“原生态”的呢？任何叙事都是有选择、讲策略的。“还原”这种说法则使人想起“现象学”的术语。在胡塞尔的现象学中，“意向性还原”是一种绝对主观化的认知方式①。当然，语言的意义都是约定俗成的，概念和术语未尝不可这样。所谓“原生态”“还原”在当今流行的批评中，大约是指“新写实”小说追求一种不同于经典现实主义典型化原则处理的生活的原始真实性。显然，八十年代后期出现的“纪实文学热”影响了年轻一代作家，他们偏爱写实手法；而“先锋派”远离现实，在艺术探索的道路上铤而走险，他们孤寂的背景已经昭然揭示了虚构化的困苦；二者在八十年代后期文学的低谷里并驾齐驱，也互相引以为戒。“新写实主义”不再受观念化和超越性的支配，就可能写出一种“刻骨的真实”，它至少有以下几个特点：

1. 粗糙素朴的不明显包含文化蕴涵的生存状态；不含异质性的和特别富有想象力的生活之流。

2. 简明扼要的没有多余描写成分的叙事，纯粹的语言状态与纯粹的生活状态达到统一。

3. 压制到零度状态的叙述情感②，隐匿式的或缺席式的叙述。

4. 不具有理想化的转变力量，完全淡化了价值立场。

5. 尤其注重写出那些艰辛困苦的，或无所适从而尴尬的生活情境。前者刻画出生活的某种绝对化的状态，后者揭示生存的多元性特性、被

---

① 现象学“还原”所描述的是一种“纯粹的内在之物”——一种绝对的、不提供任何超越的被给予性，一种绝对的、摆脱了任何超越的知觉，是关于“我的知觉的知觉”。参见胡塞尔《现象学的观念》，上海译文出版社，1986 年，第 40—41 页。

② 王干曾经使用“零度的情感”这种说法（《近期小说的后现代主义倾向》，载《北京大学》，1989 年第 6 期），显然这一说法来自罗朗·巴特《写作的零度》一书。在巴特这里，“写作的零度”表示拒绝意识形态，拒绝“文化承诺”的写作，它指的是纯粹虚构化的反现实主义叙事的那种构造语言乌托邦的“先锋派”写作。显然，王干改变了其原意。

客体力量支配的失重的生活。

受过“现代派”洗礼的李锐，在 1988 年（可能还更早些）就意识到要走出“现代派”的阴影，意识到“我们需要的是自己生命的真实记录者”；“需要用刻骨的诚实来面对自己，面对我们身处其间的双重的幻灭”①。李锐一直致力于写出中国本土的那种坚硬存在的生活，在那种极度贫困艰辛的生活中，发现类似海德格尔在凡·高的“农鞋”敞开的口子里看到的那种生存的诗性。1987 年，李锐的《厚土》系列就已写出一种简洁的粗粝的生活样态，这些场景式的生活断片展示了西北农村贫瘠土地的尤为干涩的情景。李锐“反叙述”的写作法则追求一种客观化的绝对真实效果，有意削减想象的作用和艺术冲动，人物的自我意识被压制到最低限度，因而，整个生活具有一种物性化的力量。这里只有物象、事件和行为，行走的人们也像物体一样移动，他们的动机目的似乎也无关紧要，要紧的仅仅是现实的这种客观化存在，连那些情感记忆也变得物象化。李锐自我抑制式的写作写出了一种抑制状态中的倔强生活。不露声色地超距叙述，尽可能将叙事转变为物性的自我呈示。这些生活的断片之流，甚至只能感受、体验，而难以概括，它们本身是反语言的存在。1987 年前后，李锐在偏远的山西另辟蹊径，试图写出“厚土”般的存在，写出“刻骨的真实”，正是刻意剔除那些“内涵”或“积淀”一类的东西。这或许是一种“后山药蛋”或“后乡土”文学，它使“新写实主义”具有回到真实的生活中去的那种倔强性。

显然，西北作家对粗粝的生活有着特殊的敏感度和表现力，新一代的西北军有一种木刻般的笔法。相比较李锐的凝练冷峻，杨争光显得瘦硬奇倔。1987 年，杨争光发表《土声》。也许黄土地练就了一种对生活

① 参见李锐《现代派：刻骨的真实而非一个正确的主义》，载《文艺研究》1989 年第 1 期。该文署期为 1988 年 9 月。我对“刻骨的真实”这一词的偏爱，某种程度上受到该文的影响。

的块状感觉方式，《土声》的叙事就像干结的土块一样，一块一块往下掰，干脆而硬实。把视点压制到“零度”的叙述也排斥了感情的介入，无我之境，以物观物，不以物喜，不以己悲。这当然不是超然性的庄禅态度，与其说它靠近中国古典美学，不如说它深谙“现代派”要义。在某种意义上，“新写实主义”得益于西方现代主义之处，要远远大于传统（经典）现实主义，他们的那种追求原生态客观化的写真态度，未必是在认同现实主义原则，而更有可能是在向“现代主义”（乃至后现代主义）暗递秋波。只不过年轻一代的作家大都能入乎其内，出乎其外，抓住中国本土生活的真实状态，以生活存在的坚实性化解（乃至消除）外来文化的蛛丝马迹。

杨争光的《老旦是一棵树》（1992 年）再次显示了杨争光擅长刻画日常生活中潜伏的扭曲状态。贫困粗糙的生活总是被杨争光磨砺得有棱有角，它看上去平淡无奇却险象横生，莫明其妙的仇恨和低劣的阴谋把人物的命运推到无可救药的粗糙地步。这种莫须有的仇恨支配了老旦的全部生活，它扭曲了老旦的心理。杨争光的叙事注意去发掘悖论，那些戏剧性的局面总是使生活、使人物处在一个被颠倒的位置，或者说处在一种错位的状况。老旦的仇恨尚未来得及发泄，赵镇却以一个恩人的姿态出现在老旦的面前。然而，这个偏执复仇的故事，总是使复仇的主体自我颠倒，动机与效果永远无法统一。复仇的荒谬导致了整个行动过程的不断异化，正是在动机与效果的来回错位中，杨争光写出了一种盲目的生活，其中蕴含的荒诞快感却也趣味无穷。

贫困中养成的愚顽偏执的性格被杨争光刻画得淋漓尽致。显然，基本的生存欲求难以满足，是中国农民的心理向着蛮横狭隘一路任性发展的基本动力。确实，杨争光的叙事一直就有双重态度：他对中国贫困农村生活的深刻洞察和尖锐的描写无疑具有顽强的现实主义精神；而他从其中发掘的喜剧效果和黑色幽默一类的反讽趣味却又具有特殊的后现代性。也许杨争光的写作真正立足于中国当今的现实，他的双重态度喻示着当今中国在思想意识方面和美学价值方面的分离，这种“分离”具有特殊的历史深度。

李锐、杨争光有着很好的小说意识，在企图返回绝对真实的叙事中，他们却奇怪地在压制叙述作用，从而创造了一种切入客观世界中去的真实；然而西北异域文化的背景和特别贫困的生活，却也使那种“刻骨的真实”（或诚实）产生一种富有艺术性的“陌生化”效果，这种结果与叙事动机及其方法是相悖的。这种“真实性”属于特殊的生活层面，在大多数情形下，它会被生活于现代文明中的，或生活在城市中的阅读者视为“艺术性”的真实，而不是“生活性”的真实。相比较而言，方方的《落日》（1990 年）在叙事方法方面完全承袭经典现实主义手法——在阅读经验中没有任何艺术上的“陌生感”，这样它所描写的生活就占据了全部的阅读视野。方方没有任何压制叙述作用的企图，当然也没有强调叙述作用的预谋，这使得她的叙述和盘托出生活本相（所谓的原生态）。显然，《落日》是以其描写的生活本身获得真实感，它在阅读经验中引起的是关于“生活的”（现实性的）幻想，而不是关于“艺术上的”联想。后者可以说是“写得很真实”，而前者则是“写的很真实”。《落日》与传统（经典）现实主义的区别仅仅表现在，它拒绝任何先验性的观念，逃离总体性的规训。这部据说是取材于真实“案例”的小说，几乎没有回避现实矛盾（而经典现实主义显然是要“回避”很多东西），它写出了生活的困苦和被迫放弃的道德感。传统的生活原则和道义原则在贫困的日常生活中已经全面瓦解，连最后一点“孝道”也都丧失了，足可见生活所面临的根本危机。

显然，物质生活的极端贫困仅只是人们丧失道义责任的一部分理由。丁如虎在极其拥挤的生存空间里能尽到赡养老母的义务已经算是“圣人”了，祖孙三代五口人挤在一间小平房再加一间“披屋”里，这里很难产生更高的道德水准，况且丁如虎鳏居多年，还想续弦，这种生存困境轻而易举地就把他造就为一个同谋。如果说，在整个阴谋事件中，丁如虎是被迫的、无奈的，为他的整个最低限度的生活欲求所困扰，他不过仅仅以默许来充当一个配角，那么，丁如龙则以他“见多识广”的经历和多年的工作经验，积极主动地策划了这次阴谋。恶劣的物质生存环境和凶险的社会生活体系，是扼杀善良品性和人伦道德的两把铁钳，丁如虎和丁如龙不过象征性地喻示着相畏相成的两个方面。方方的叙事，看上去平实无奇，却锐利无比，直接剖析生活最本原的那个层面，显示最本原的生存欲求与最低限度的道德承诺相冲突的状况。在这里，她没有流于一般性的道德批判，也没有关于“人性”的任何理性思考，而是全盘给出一种生活，一种不容置疑的、刻骨真实的生活。也许，道义的力量就蕴含于刻骨的真实之中。

事实上，“新写实主义”本身并没有明确的艺术法规，个人化的技巧风格，当然造就了大相径庭的“写实性”。于是不仅有返回到“艺术上”去的“真实性”和返回到“生活中”去的真实，甚至像余华这样绝对虚构化的作家，他的叙事也可能产生奇怪的真实——一种返回到个人化经验深处去的真实。也正因为此，余华这个标准的“先锋派”实验小说家，竟然也经常被拉到“新写实”麾下。与其说“先锋派”与“新写实”之间的壁垒并不森严，不如说它们之间本来就有交叉之处。尽管这种做法容易引起混乱，但是，余华的写作一直在追求那种刻骨的绝对真实性——从理论上说，没有理由不认为余华的写作也是一种“新写实”。余华有着非常特殊的“真实观”，对于他来说，想象的、心理的真实远远要大于客观存在的真实；而事实上，余华已经拆除了“想象界”和“实在界”的界线，在他的知觉范围内，无法区分虚构与真实。余华的虚构被他推到极端而自行消解，因而，在那些纯粹的幻想瞬间，在那些玩味语词感觉的临界状态中，却总有一些极其锐利的真实感觉涌溢而出。他的《现实一种》《河边的错误》，尤其是后来的《呼喊与细雨》（1991 年），无疑具有非同凡响的真实效果。这部长篇小说仍然保持余华惯常的叙事风格和语言经验，特别是对语词表现力的追求，也依然保留有余华偏爱的乖戾的幻觉经验。但是，在这种虚构性的、幻想性的叙事掩盖之下的是极其真实的生活，对童年和少年的孤立无援的心理的刻画淋漓尽致，在那种极端的生存状态里，生活露出了它的坚实的绝对本质。那些拙劣的行径、愚蠢快乐、无助的内省意识以及总是被粉碎的愿望，却有一种回到生活深处去的真实力量。

有时候，刻意写真与刻意虚构并无本质区别，特别是当这种“刻意”定位在语言（或叙事话语）层面上尤其如此。“刻意写真”的叙事——绝对客观化切入生活世界的叙事总是处在一种临界状态：处在艺术与生活的中间区域，或者说它总是具有返回到艺术想象力与返回到生活经验中去的二重性。这种情形并不只限于前面已经提到的李锐和杨争光早些时候的作品，就在张炜新近的长篇《九月寓言》（《收获》1992 年第 3 期）中也不难体验到。显然，从这部小说中可以看到张炜艺术上的重大突破。曾经写过《古船》那种具有深厚历史意蕴的作品，张炜现在却在追求一种返回到纯粹的日常性生活中去的效果。他试图刻画一个绝对客观化的世界，一种标准的“原生态”生活——这个词如果在经验上与张炜的创作无关的话，也并不能抹去它们在理论上的天然巧合。张炜刻意追求的那种艺术效果，也就是“新写实派”批评家一再鼓吹的“原生态”理论。张炜在刻意给出非常原始、粗糙的生活样态（当然也是一种语言样态）时，那种绝对客观化的东西，确实有一种令人惊异的真实感，同时也有一种无法抑制的虚构性——这样双重性的根源在于，所谓“原生态”式的叙事，实则是瓦解传统（经典）现实主义的语言规范和经验表象，在揭示出一直被掩盖和压制的状态时，它给予了“陌生化”的生活经验和语言经验。“真实性”，甚至“刻骨的”真实性，说到底是一种经验范畴，而不是客观化的本质（它与我们既定的生活秩序、符号系统、日常经验和阅读习惯密切相关），因而“新写实”主义的“刻意求真”也是一个开放性的经验领域，它在不同的经验范围、不同的经验水准上，给予不同的“真实”。

随着“新写实”的经验被广泛认同，随着“先锋派”向写实退化，当代小说趋于形成“刻意写实”与“刻意虚构”相混合的写作法则。但是至少有两点是肯定的：其一，这种趋势不再虚构“历史神话”，而是虚构阅读快感；其二，刻骨真实的笔法依然是虚构的基础，它透过虚构洞察人情世故，给出生活的本真状态。

说到底，反抗虚构而刻意求真不过也是一种叙事策略，而任何写作法则最终都具有意识形态性质。正如“先锋派”企图用绝对的虚构来反抗既定的（经典的）符号秩序一样，“新写实主义”之刻意写实也不过是要重新制作我们这个时代的符号系统，给出另一种经验表象。在这一意义层面上，“新写实主义”试图与经典现实主义迥然相异，而与“先锋派”相去未远。历史总是在“写实”中被重新虚构，这种“写实观念”作为历史给予的法则，也反过来给予历史以新的面目。叙述法则是在虚构文学的严酷考验中演进的，但它既变成了现实的记号，也变成了现实的证据。正如巴特所说的那样：“它实际上代表了一种根本的意识形态的转变：历史叙述正在消亡；从今以后历史的试金石与其说是现实，不如说是可理解性（intelligibility）。”[1]

第四节　拆解历史：宿命论与传奇化

在现实主义文学的写作制度中，总是存在提高历史意义的永久压力。全部现实的合理性就存在于历史的必然性之中，历史是现实之父，经典现实主义通过强调历史的意义而给予现实以革命本质。“新写实主义”也盗用了这一手法，他们全面改写历史（神话），把历史引入一个

① 罗兰·巴特：《符号学原理》，李幼蒸译，生活·读书·新知三联书店，1988年。

疑难重重或似是而非的领域。

历史总是被不断改写，每个时代都依据掌握话语权力写作“客观的”历史，以至于历史的事实“这一概念在各个时代都是值得怀疑的”，尼采从来就不承认“事实”的优先权，在他看来根本不存在事实本身，事实要想存在，必须先引入意义，我们不会注意那些没有意义的历史事实。这种说法明显背离历史唯物主义原则，历史总是有一些基本事实，只不过人们总是根据不同的利益来描述和解释这些事实。或者说，有时候人们看到这样一些事实，而在另一些时候，人们看到另一些“历史事实”。正是在“回到生活事实”这一总体纲目之下，“新写实”小说也试图抓住一些不同的“历史事实”，不仅改写了（或重写了）经典文本和权威话语认定的历史，而且试图发掘不同的历史法则。在这里，“新写实主义”明显地区别于经典现实主义而具有某种特殊的历史意识。

当然，这里的“历史”并不是指非常久远的往昔，而是与现实紧密相关的“过去”——作为现实的起源加以讲述的那种历史神话。与方方的《风景》相去未远，池莉的《你是一条河》（1991年）重新讲述了二十世纪五六十年代（乃至七十年代）的故事。这个故事讲述年轻守寡的妇女拉扯一大群孩子所经历的艰辛困苦，他们不仅在贫困线上艰难挣扎，而且在政治运动中随波逐流。那些在经典文本中被描绘成在阳光下茁壮成长的孩子们，在这里或像狗一样蜷缩在黑暗的屋子；或者因为偷窃40元钱被打得半死；或是轻易死去；或者随便下嫁瞎子；或者发疯。池莉在写出生活的贫困恶劣时，也写了人的倔强性——当然不是什么远大的理想支持辣辣在她倒霉的一生中充满信心，而仅仅是求生的本能，一种活下去的简单的权利和愿望。这个家庭的命运，贫困与政治是一枚硬币的两个面，或者说是一条坚硬的绳索，它显然轻而易举就勒死了关于幸福生活的奢望。也许人们会指责池莉把那个年代的生活写得过于灰暗；在另一方面，人们也许会为池莉辩解，说她不仅正视了历史事实，改写了虚构的历史神话，更重要的在于，她为改革开放的现实寻求不容置疑的历史依据，难道不是因为我们曾经有过那种生活，我们今天才如此信奉、拥护和珍惜“以经济建设为中心”的伟大真理吗？

“历史”之所以不容置疑，是因为它由铁的必然性逻辑支配决定。李晓的小说《相会在K市》（1991年），致力于发掘革命历史故事中隐含的那些偶然性因素，从而使“革命历史故事”变得不那么完整。《相会在K市》似乎在澄清刘东的革命者身份，这使人想起方之的《内奸》，后者辨明“内奸”的革命者身份是叙事的根本目的，它使“革命史”变得更完整和完美；而《相会在K市》通过辨析刘东的“革命者”身份，却使“革命历史故事”变得疑难重重，那些偶然性的细枝末节却造就了一系列意想不到的后果，令人震惊的不仅是革命者的冤屈，还有“历史”所掩盖的那些偶然环节——它们使“历史”解构。

苏童这位当年“先锋派”打头阵的人物，进入九十年代的竟然也成为“新写实”的干将，这不仅因为“先锋派”与“新写实”的界线愈来愈模糊，而且在于苏童在1989年底发表《妻妾成群》，显然引起多方面的惊奇。人们不仅看到非常老道的传统笔法，而且可以读出十分新颖的叙事风格；而在另一些人看来，《妻妾成群》是当时写实小说的奇葩（王干语），当然也是“新写实”的力作。而他的《米》，一方面发掘出人类生存在历史中神秘不可知的决定因素——他给叙事配了一个深邃的历史宿命论；另一方面，他放开手去讲述这个几乎是“复仇”的故事，这里面充满了惊险、阴谋、暗算、凶杀，具有引人入胜的传奇色彩。把历史“宿命化”然后再进行“伟奇化”，不管从哪方面来说，这部小说都值得读解，它不仅能满足最玄奥的理论，而且可以令最猎奇的阅读如愿以偿。

二十世纪九十年代，“新写实”小说强化了向“历史”领域进军的势头，这一点上，与“先锋派”殊途同归。如果说，“先锋派”进入历史是一次退却的话，那么“新写实”则可以看成是一次冲刺——抛掉那顶所谓“认同庸俗化生活”的帽子，而获得某种厚实感。事实上，讲述历史故事一开始就是“新写实”的一个取材向度，只不过进入九十年代后这个向度备受青睐而已。叶兆言一直就以善于讲述旧式生活故事著称，他的《追日楼》（1987年）、《状元镜》（1990年）当推这方面的精彩之作，与范小青的《顾氏传人》等描写旧式生活的作品平分秋色而各有所长。叶兆言更多的表现旧式生活的文化韵味，而范小青则倾向于观察旧式妇女的心性与命运。显然，他们的叙事平实明晰，不刻意追求故事之外的效果。当然，叶兆言的某些小说颇有“先锋性”，例如《枣树的故事》（1988年）和近期的《换歌》（1992年），显然带有很强的形而上的历史意味。

刘恒的《苍河白日梦》（1993年），以一位百岁老人回忆的口吻重述二十世纪初的历史。这个老人的个人经历显然就是一部中国现代史，一部现代史起源的民族性寓言。这个叙述人是一个回忆者，在叙事中则是一个旁观者。这个在故事中绰号叫做“耳朵”的仆人，他以偷听者和窥视者的双重身份保证了叙事的真实性。同时作者为了加强现实感，以实录的时间标记来划分段落。现在时间侵入叙事本文，多少打破了故事的封闭结构，把历史作为现在的“他性”，作为已死的过去来观照。

主人公曹光汉，留洋回来琢磨着建火柴厂，以科学实业救国，是那个时期的进步理念。曹家二少爷是被作为一个典型的现代知识分子的形象加以书写的，在他的家人和周围的群众看来，这是一个不中用的家伙。他显然不能完成中国传统社会赋予一个男人的任务，这个性无能的家伙不仅在物种学的意义上阻断了中国宗法制社会的发展，而且他异想天开地要从西方借来火种。不管刘恒是有意还是无意，“火柴厂”具有象征的意义，现代以来的中国知识分子正是试图扮演鲁迅所说的“普罗米修斯”式的英雄，孜孜以求从西方盗来“火种”，照亮处于黑暗和蒙昧状态中的群众。作为物种学意义上的“人”，曹光汉丧失了生殖力，他表征着这种文化的延续性所面临的危机。那个充满了勃勃生机的洋人大路，及时填补了这个空缺，他与少奶奶偷情而生下一个蓝眼睛的儿子，结果大路和这个孩子都死于非命。这个濒临解体的宗法制度不会接受外来的生命能量，就是那个超出物种学范畴的曹光汉也没有好下场，他的失败不过是中国现代性期待的早期落空的象喻。刘恒重新讲述了一个“现代性”的神话，即启蒙主义理想在现代中国遭遇到的困境和失败。刘恒对中国宗法制社会的垂死状态一直有着惊人的洞察力，因而他能把那种制度化的压抑力量与非常个人化的情欲动机巧妙结合，在那些极端的状态中给出末世学的图景。

李锐的《旧址》脱胎于他的中篇小说《传说之死》，显然，这是一部极有力度的作品，它对一个家族的衰败历史进行了令人震动的描写。这是一部深重而尖锐的新民主主义革命的历史，革命的内涵隐没到故事的底层，若隐若现，但是它在历史的变迁中，在人物的命运抉择中，起着至关重要的作用。李氏家族率先面临的压力，来自洋买办白端德和军阀杨楚雄，李氏家族的掌门人李乃敬始终在夹缝中求生。在这个意义上，李氏家族是半殖民地半封建社会的写照。革命终于把李家推向灭亡之路，李家也有革命者，并且有大义灭亲的后起之秀，李乃敬的天灵盖最后被革命的子弹打飞，一个旧式家族也就在新中国的诞生之际彻底消亡。无可挽救的历史命运和几代人事与愿违的选择相对应，《旧址》冷静地展示了一幅奇特的中国近现代的历史图景。

也许李锐怀有回到本土文化中去的愿望，他试图以本土化的眼光来重新理解中国现代历史的命运和它的后果。这使得李锐不无怀念地表现了旧式人物的悲剧命运，也许这里面真有他的家族史实，他对李乃敬的刻画充满了挽歌的意味，而对赵朴庵的愚忠居然也有肃然之意。李锐的叙事环环相扣，他在这里发掘出中国妇女无可逃脱的自戕命运。李锐尤为巧妙地描述了投身于革命的青年知识分子的遭遇，李乃之在革命的变动岁月几经波折，他如此倾心的革命，却又给他以各种莫须有的惩戒。李锐的叙事十分凝练，他尤为擅长选择那些奇崛的事件来构成故事的硬核，那些动机总是被不经意埋下，又被自然而然发掘。他的叙述给人以精细瘦硬的印象，看似平实却透着冷峻的力度。

刘震云的《故乡天下黄花》（1991 年）无可争议是一部优秀作品。这部长篇小说并不仅仅以它庞大的生活容量而达到某种历史深度，而且它抓住了历史的特殊轴心，完成了对历史的精彩刻画。贯穿于故事始终的动机，就是争夺“村长”，“权力”是支配历史的辩证法。不管什么时期（民国、抗战、土改或“文革”），不管什么人（地主、土匪、贫民还是干部），权力永远起支配作用。显然刘震云重新讲述了“新民主主义”革命以来的历史故事，他用“权力法则”消解了“阶级斗争”的经典模式。与其说人们如此容易为“权力”所诱惑、所支配，不如说权力就植根于人们的本性之中。因而权力无所不在，无时不在，它深刻渗透在人们每时每刻的日常生活中。刘震云善于抓住为权力所支配的人们所处的失重状态，人们期望谋求权力却又总是为权力所愚弄——这就是生存的辩证法。权力颠倒了一切，抹去了那些经典性的等级模式。权力使所有的人都变得愚蠢可笑，使历史本身变得荒唐不经。由于刘震云抓住了这道历史轴心，他的叙事便极其自由地穿行于那些细枝末节之间，让人们在最简单的日常性生活中露出可笑的嘴脸却无琐碎之感，那些无聊的快慰也具有某种耐人寻味的意蕴。总之，历史在权力的更替转换中延续轮回，因而权力意识也就是历史的“宿命论”和“末世学”。刘震云确实开拓了理解历史的特殊角度，抓住了片面的历史辩证法，但也因此把“历史”弄得面目全非。刘震云巧妙的笔法却能无伤“大雅”，可见功夫到家。

刘震云的《故乡相处流传》（1993 年）显然是一部令各种人群都吃惊的书。如果说《故乡天下黄花》不过是小试锋芒，对现代以来的中国历史进行反讽性的改写，那么，这部长篇小说则是把几千年的中国历史打碎，通过人物的死而复生的手法，使历史场面不断重复出现，促使历史在重复中自行解构。从曹操到隋唐五代，到农民起义，直至“大跃进”等等，历史轮番变化，而那已逝的历史人物改头换面重新登场。历史的绝对存在及它的确实性和独一无二性被戏仿，历史本质上是由权力的运作构成，是英雄和群氓在推动权力的运作，个人的存在已经变得十分可疑，只有行使权力的人、追逐权力的和被权力支配的人。当然，刘震云的叙事并不是仅仅表明这些反叛性的观念，那些具体的情境是刘震云所感兴趣的东西——每一个人物都被扭曲、变形，他们被强制性地推到那些表演性的历史情境，以夸张而荒谬的姿势自我戏谑，乃至自取灭亡。刘震云的叙事机智而幽默，那些东拉西扯而随心所欲的表达，是对杂乱历史的贴切模仿；那些乱糟糟的场面，处处洋溢着反讽的快乐。这是一次对历史及其乌托邦神话的全面嘲弄，一次后现代主义式的戏仿游戏，历史在这个戏仿中变成了一种“后东方”式的文化奇观。

向着“历史”纵深地行进，“新写实”小说虽然保持原来求实的叙事法则，却也更多寄寓了对“历史”的特殊理解，当然，这种“理解”完全是叙事本身呈现出来的。其总体特征在于热衷表现“历史”的神秘性和宿命论；特别是把隐秘的历史宿命论与惊心动魄的传奇故事相结合。显然，与苏童的《米》相去未远，杨争光的小说热衷于描写土匪和“复仇”一类的主题。杨争光对“仇恨”有一种特殊的爱好（或观察力），他那冷峻的笔法尤为适于描写“仇恨”莫明其妙的发生和迅速膨胀的细致过程。《棺材铺》作为杨争光应苏童“打擂台”之战的作品，极见功力，他的冷峻瘦硬和苏童的优雅从容相映成趣，难分高低。对于杨争光来说，生活、历史、个人的命运，已经全部萎缩成“仇恨”，它成为支配生活的绝对力量，杨争光因为拒绝历史感（或历史观）而毫无顾虑写作非理性的生活史。他的那些生活于粗陋贫困状态中的人们已经没有任何绝望感，相反，他们充满热情，盲目地与命运搏斗，他们在疯狂自虐中，在把自己推向绝境的路途中，体验到生活的全部快感——这使人想起卡缪的西希弗斯推动石头的那种姿态。

九十年代，中国文坛历史传奇全面复活。稍加浏览几种作品就不难发现这点，例如《当铺》（季宇）、《卧槽马》（熊正良）、《妩媚归途》（廉声）、《民谣》（李晓）、《十九间房》（苏童）等等，池莉的《预谋杀人》中也对“复仇”心驰神往。一度聚集在“新写实”旗帜下的作家，不再向平实的生活去发掘意蕴，而是走向它的反面，更乐于在传奇性中去构造惊心动魄的故事。新写实群的小说意识的这种变化是令人惊异的，它既是对当代潮流的趋同，也是对自身历史的回归。因为传统现实主义的小说就热衷于传奇性。当代小说家周梅森在《孤乘》中大开杀戒，而在《心狱》这篇描写旧军阀公馆里女性命运的故事里，再杀掉一个大少爷垫背，以此使一个几乎类似《妻妾成群》的故事，迅速转变为探究那些偶然的疏忽如何改变了人的一生命运的故事，甚至变成重新解构历史的思索。也许有人会怀疑说我所列举的这些作品在当今批量生产的小说市场上不过屈指可数，即使再加上部分类似题材的作品也形不成主流。可问题在于，引人注目的（被认为最有才能的）那批作家不约而同地在讲述这类故事，这就成为某种值得重视的动向。而且问题的严重性还表现在，这些作品恰恰写得极其出色。不管是叙事，还是对人物性格心理的刻画，或是对生活情境的描写，对一种命运的透彻表现，都达到相当高的艺术境界。如果不是我们时代最有才华的一批作家已经走火入魔，那么就是文学本身发生故障；当代小说这棵垂死的树上，已经结不出丰硕的现实果实，却频频开放血腥气四溢的奇花异葩。连“新写实”都误入历史歧途，那么谁还留恋现实？

社会的“中心化”价值体系解体的时代，是一个类似列奥塔德（Lyotard）所说的“后现代时代”——这个时代充满“稗史”，堆满各种并列排比、反论和悖论叙述。“新写实”小说讲述那些充满偶然性和各种意外事故的故事，刻画那些莫明其妙增长的“仇恨”，以及通过一系列拙劣的暗算、谋杀来毁坏历史——所有这种叙事都是下意识去完成的；他们仅仅关注那些引人入胜的生活状态和故事本身的组织结构。正因为此，这种在无意识水平上完成的叙事，转喻式地表达了他们的现实感受，他们不仅试图摆脱历史必然性逻辑的支配，而且下意识地表达了这个时代正在解体和正在丧失的历史感。那些暧昧不清的历史宿命论和把历史传奇化的做法，不过是找不到现实位置，找不到文化的时间流向坐标而做出的暧昧反应。

第五节　反悲剧：反讽及其价值标向

悲剧一直是现实主义的核心美学范畴，英雄人物的“悲剧命运”，一方面唤起人们对英雄的情感认同；另一方面表达正义战胜邪恶的伟大信念。“新时期”文学一度表现知识分子的悲剧命运，凭借悲剧的内在化力量，推出“大写的人”作为文学的最高纲领。随着历史主体和中心化价值体系的分解，“悲剧”失去了“永恒正义”的绝对价值标准，“大写的人”变成“小写的人”。历史前提发生变化，人们的精神状态和价值标向也随之改变，人们的美学趣味必然改变。作为这个时代文化危机的表征，“新写实主义”恰如其分地表现了这个时代的美学趣味及其处理生活的方式。

这是一个相对主义盛行的时代，人们随机应变，见机行事，从而在“一体化”的裂缝之间游刃有余。相对主义是总体文化的零度（A. 王尔德语），消费社会已经抹去了各种文化的绝对价值，而流行时尚成为最高的美学趣味。尽管“新写实派”基本上还属于负隅顽抗的拥有艺术信念的艺术家群体，然而，他们在总体上不可能摆脱这个时代文化潮流的支配，事实上，他们的文化态度和价值立场是不谋而合的。意识到对一个无法修补的世界做出努力纯属徒劳，“新写实主义”在表现无所作为的平民化生活的同时，有意识地表现出反英雄特征。面对当今生活的随意性、多样性和机会性，它为生活规定了那种悬而未决的态度，表现了对我们所置身的世界间的事物之意义和关系的一种根本易变性的宽容①。在这一意义上，“新写实”小说经常表现出一种“后现代性”倾向。因此，并不奇怪，“新写实主义”普遍远离悲剧，而寻求用“反讽”（irony）手法——对某一事件的陈述或描绘，却原来包含着与人的感知表现的（或字面的）意思正好相反的含义——来刻画人们所处的“类喜剧式”的生活状态。它不仅拆解了那些虚假性的价值，使它显得尴尬，而且也使那些普通寻常的事物变得非同凡响而妙趣横生，甚至使那些平淡无奇的小人物也拥有一些特殊魅力。

当然，“反讽”作为一种修辞手法在文学写作的历史中由来已久，在中国现代，鲁迅就是卓越的“反讽”高手。不过“新写实”小说普遍运用“反讽”手法在继承鲁迅的光荣传统以及中国古典笔记小说的同时，更多的借鉴了西方“黑色幽默”一路的风格。“反讽”在“新写实主义”这里不仅仅是一种修辞手法，也不再具有强烈的批判性和理想化改造的意义，它已经是一项根本的美学法则，乃至是处理生活的方法和文学的生存法则。显然，刘震云当推这方面的代表。正是在把“反讽”的触角伸向整个生活的网络的同时，刘震云揭示了日常琐事中令人震惊的事实。通过把“权力”与“反讽”捆绑在一起，刘震云多少解开了人类本性与制度化存在结合一体的秘密。那些习以为常的生活小事，那些凭着本能下意识做出的反应行为，因为它们与权力构成的暧昧关系而显得滑稽可笑。《新兵连》之所以能把军营生活写得如此真实而亲切，在很大程度上要归结于刘震云的反讽手法剔除了生活的虚假面具。年轻的兵们为了求“上进”，争“骨干”，陷入窘境而妙趣横生。褪去“灵光圈”的兵们，露出各种尴尬面目却显得亲切可爱。刘震云或许受到契诃夫的影响，他对钩心斗角与卑躬屈膝相结合的官场生活有着特殊的洞察力。权力是一个巨大的网络，庸俗的官们同样逃不脱权力

① 这种描述参照了 A. 王尔德对后现代主义的分析。在我看来，“新写实主义”在很大程度上表现了与“后现代主义”相通的美学趣味和价值立场。参见 A. 王尔德《一致赞成的视野：现代主义后现代主义与反讽想象》，巴尔的摩，1981 年。

运作的愚弄，崇尚权力者总是事与愿违，不过更全面深刻地为权力所控制。《一地鸡毛》则在写出日常生活的困窘，以及琐碎的生活细节侵蚀个人的意志和热情的同时，刻画了主角是如何在世俗权力网络的运用中被任意摆布的状况。没有任何权力的人们，总是生活在一个不断“屈从”的世界，然而一有机会，他们就会自觉使用权力。因为把反讽与权力结合为一体，刘震云的叙事轻松幽默却具有特殊的力度。他的那些主角，不管是小人物还是掌握部分权力的“官人”，总是自觉把权力庸俗化，最精彩的反讽效果正是在他们自觉确认被权力歪曲的社会角色时产生，刘震云巧妙运用人物自己的语言给出人物的社会位置——这些位置被角色自己看成是天经地义的、合理的，甚至是理想化，然而实际上，正是这些自以为是的“位置”把人物置放在一个失重和尴尬的戏剧性边缘。

显然，“反讽”手法在“新写实”小说中，因人而异呈现出不同的类型和特征。最常见的描写性反讽可以在各种“新写实”小说中看到。李晓通过“重写”历史故事而嘲讽了严整神圣的“经典神话”，他那种解构式的反讽损毁了某些根深蒂固的观念。而刘恒则善于在人物的那些关键性动作发出瞬间给予反讽性评价，使人物所处的尴尬境地更加暴露无遗（例如《伏羲伏羲》《白涡》），他的《逍遥颂》则可以看成“反讽性叙事”的经典作品，在这里，话语式反讽把每个人蛮横地置放到失重的、与自我本质极其不相符的状态，话语欲望为了满足反讽效果而无止境播散，话语制造的反讽快感成为叙事的内在动机。显然，王朔走红文坛与他的小说采用反讽性对话大有关系。尽管迄今为止人们还拿不定主意是把王朔划归在“先锋派”或是“新写实”，还是“个体户”之列，王朔因为有“老实本分”和“胡作非为”的二重性，因而他可以划归任何派别，也可以不属于任何派别。显然，王朔在他那些打情骂俏或坑蒙拐骗的故事里，加入了嘲弄一切，也嘲弄自己的对话，而意趣横生。尖刻、机敏、温情和无赖都因为反讽穿针引线而结合得天衣无缝，这使王朔在煽情的时候，不至于给人以任何肉麻的感觉；而他在攻讦污蔑某些现象事物时，则又机智灵活。王朔的“反讽”令人神往却又叫人望而却步，因为他不仅专门拆毁神圣性的偶像，而且撕破自己，这需要技巧和智慧，需要无畏和无耻。

对“反讽”手法的普遍运用，表明了青年作家驾驭生活和把握叙事的能力。在当今时代，文学一方面要探寻生活发生的种种变动，在日常性生活中发现某种诗性；另一方面，文学却又必须去挖掘利用自身的素材所固有的可能性来制造“本文的快乐”。现在，人们已经不得不相信，——正如卡尔维诺所说的那样：“全部文学都被包裹在语言之中，文学本身只不过是一组数量有限的成分和功能的反复转换变化而已。”① 反讽在这个“反复转换变化”的过程中充当了最后的动力装置。事实上，新一代小说（当然包括“新写实”小说）的价值在很大程度上取决于阅读快感，那些凡人琐事，那些几乎没有什么重要意义的故事，因为叙事的效果，特别是因为“反讽”性描写的大量运用而变得生机勃勃，妙趣横生。也正因为此，“新写实”小说可以远离意识形态中心，甚至不需要多少深厚的思想，而是凭着它讲述的故事和对故事的讲述确定自身的存在价值。在这一意义上，“新写实”小说与经典现实主义小说迥然不同；它是一种本性论意义上的文学，而不是意识形态实践意义的文学。显然，反讽给这个“本体论意义”奠定了牢固基础。

“反讽”当然不仅仅创造了一种美学法则，它同时表达了一种文化态度和价值立场。——“反讽”因而成为我们时代缓解文化危机的万应良药。作为“相对主义”时代盛行的手法，“反讽”表示了一种“中性化”的价值立场，在这一意义上，它的另一说法就是“调侃”，一种浅尝辄止的玩笑、适可而止的攻讦、轻松随便的谩骂、并不认真的语言战斗，它使那些严肃神圣的原则性对立顷刻之间在语言的快感中化为乌有。反讽既恰当宣泄了人们的“批判性”，又维系住了社会和谐统一的外表。它是社会稳定和快乐的佐料。显然那些追求绝对意义的文化批判

① 参见卡尔维诺：《叙述的神话》，转引自《走向后现代主义》，王宁译，北京大学，1992 年，第 163 页。

者，对此大为不满。在霍克海默和阿多尔诺看来，文化工业创造的所谓“美”，就是通过幽默，通过对一切不能实现的东西的讽刺而获得的胜利。“对没有什么东西可以引起人们欢笑的状态进行嘲笑。往往是在恐惧消失时产生调节恐惧的欢笑。……当卑贱者战胜了可怕的有权势的当局时，调节的欢笑是摆脱权势的回声，它意味着卑贱者战胜了恐惧。欢笑也是不可摆脱的权势的回声。”① 作为坚定的（自诩的）马克思主义者，霍克海默和阿多尔诺奉行“知识分子最后的英雄主义”立场，对资本主义文化工业有着不可调和的批判精神。对于青年一代的中国作家来说，他们置身于一个“文化失范”的文明情境，旧有的偶像已经破灭，而新的准则远未确立，他们无法固执己见，文化的严肃性和认真性也已丧失，他们除了借助万能的“反讽”（或调侃），除了以廉价的欢笑来掩饰内心的惶惑之外，还能捍卫什么更高的准则呢？

第六节　走出危机：走向从容启示的时代

试图用一个流派来统合一批风格独特的作家是非常困难的，——大部分“新写实”小说家会对这种做法不以为然，甚至愤愤不平。然而人们总是试图理解历史，总是要在那些个别现象之上强加历史法则。说到底，“新写实主义”不过是一种命名，不过是人们谈论的一个话题，不过是对理论匮乏的一次勉强满足。在八十年代后期中国文学落入低谷的岁月里，“新写实主义”这面旗帜似乎鼓起了重新聚集的勇气。也许人们非常偶然走到一条历史栈道，然而因此酿就的新型文学经验则是不难看到的。在“新写实”的名下，我们至少可以看到这样一些变动。

---

① M. 霍克海默，T. W. 阿多尔诺：《启蒙辩证法》，洪佩郁等译，重庆出版社，1990 年，第 131—132 页。

1. 文学写作不再依循意识形态推论实践，写作者不再有充当历史主体的欲望。

2. 那些凡人琐事成为写作的中心素材，文学回到单纯的生活，因而对生活的洞察力显得十分重要。另一方面，故事也朝着“传奇性”方面发展，制造远离乌托邦冲动的阅读快感。

3. 故事变得至关重要，并且故事的讲述同样重要，当代小说在这两方面的高水准要求，使得小说叙事具有相当的难度。

4. 小说叙事不再是专注于构造方法论活动或制造修辞效果，而是促使“故事”变得引人入胜。对小说叙事更高水准的要求表现在：不露痕迹而尽得风流，所谓语言包裹生活。

5. 当代小说倾向于描写生活而不是评价生活，写作是一种快乐，而不是一项教育事业；作家是语言的工艺匠，而不是灵魂工程师。

6. 当代小说因此创造出中性化的价值取向，一种随遇而安的态度。在文化危机时代寻找一种新的适应性，寻找调和而不是激化生活矛盾的后机会主义哲学或新保守主义立场。

“新写实主义”预示当代中国文学最显著的变化，就是开始形成个人化的话语。正是因为集体想象的失落，文学写作不再追逐意识形态实践，F. 杰姆逊所说的那种“第三世界话语”正在退化，所谓“民族的”“社会化的”宏大寓言已经趋向于改变为个人化的写作。文学的群体效应正在丧失，越来越具有个人化特征：个人化的经验、个人化的讲述、个人化的效果。文学写作寻求的是启示而不是教诲，摆脱八十年代后期文化危机的中国当代文学，有可能并且不得不走向一个从容启示的时代。

正如《钟山》在 1989 年亮出“新写实”旗号并不表示“新写实”才刚刚诞生一样；1991 年“新写实”小说联展偃旗息鼓，也并不意味着“新写实”就此销声匿迹。作为一种群体效应，作为一个理论话题，“新写实”可能已经告一段落；然而与“先锋派”走向常规化一样，“新写实”创造的文学经验也必须被广泛认同和传播。事实上，“常规化”也表明新的文学格局正趋于形成，“后新时期”（或者说九十年代）

的文学形势无疑是在最大可能的程度上吸取了“新写实”的经验而加以建构的。当然，作为文化危机时期的产物，作为适应这一危机而创造的文学经验，在九十年代肯定要面临新的挑战，肯定要做出某些根本修正。新一轮的经济浪潮不仅来势凶猛，而且显得后劲十足。社会主义市场经济将替代过去的意识形态实践，丧失了历史重负的中国文学将变得更单纯、也更单薄。文学因此真正被排除于历史之外，不仅“民族性的”“社会化的”寓言意义全部丧失，而且文学根本就不具有社会化的实践功能。个人化的经验将成为文学写作的全部根本，个人化的写作因此可能处在“不能承受之轻”的状态。

九十年代的文学写作者别无选择，处在经济市场化，乃至工业文明挤压之下的人文知识分子不得不把自己打碎的文化偶像重新拼贴起来。为了摆脱文化真正的失败地位，文化（文学）的神圣性被再度唤起（否则人们在文化上将没有立足之地），“新写实主义”曾经鄙视的理想主义卷土重来。然而，不管如何，文化不再会有群体效应，理想主义之类的文化信念也不会是集体的乌托邦冲动，而仅仅是个人化的精神准则和职业道德。大部分的文学写作者跃跃欲试，向商业主义摇尾乞怜；而另一些人则以个人化的姿态奉行所谓“知识分子最后的英雄主义”立场，走向从容启示的时代——某种意义上说，这也是历史强加的法则。许多年前 J. 克里斯蒂娃在一篇题为《人怎样对文学说话》的著名论文里写道：“在那些遭受语言异化和历史困厄的文明中的主体看来……文学正是这样一个场所，在这里这种异化和困厄时时都被人们以特殊方式加以反抗。”① 文学写作者总是处在“困厄”的怪圈之中，只不过不同的历史时期将以不同的（特殊的）方式进行反抗而已。人只能这样对文学说话。

① 参见罗朗·巴特《符号学原理》，李幼燕译，三联书店，1988，第 212 页。原译罗兰·巴尔特，依现在译法罗朗·巴特。

第三章　不安的视线：转型期的城市状态

第一节　引言：都市的历史与形式

当代中国的都市文学一直不够发达，所谓的“都市题材”总是向着“人”“生存”和“命运”等文学惯有的普遍命题转化，它那形而上的深刻意蕴，其实吞并了所谓的都市风情。“都市题材”徒有其表，那里面很少看到都市的精神形态、对都市的感觉、真正的都市故事和诱人的都市景观。尤为令人不可思议的是，当今最有才能的一批青年作家，大都不写都市故事，他们宁可去讲述那些莫名其妙、年代不明的“历史”，或是不断重复五六十年代那些陈年旧事，也不去表现这个正在深刻变动的都市现状。对乡村的怀旧情绪和所谓的“荒原意识”，是文学界徘徊已久的两大幽灵，它们当然怀疑而且恐惧现代都市。一些习惯的态度依然有蛊惑人心的力量，人们对文学与现代都市构成所谓的天然敌对关系，居然深信不疑。

似乎文学永远只能以它古旧的腔调吟诵旧时代的挽歌。

“一切伟大的文化都是市镇文化。”二十世纪初，一位德国文化狂徒斯宾格勒如是说。这个自称最早的反欧洲中心论者，在他的文字中充满了对欧洲市镇的赞赏。但是，人类的文化也确实是在城市的空间里迅速扩张繁殖，民族、国家、政治、宗教，各种艺术以及各种科学都以人类的一种重要现象——市镇为基础。在那本惊世之作《西方的没落》里，他写道：“由于各种文化的一切思想家自己都生活在市镇中（虽则他们的身体可能住在乡村），他们完全不觉得市镇是一种多么奇怪的东西。要获得这种感觉，我们必须无保留地设想自己是个被奇迹所震动的原始人，他初次看到嵌在景色中的这堆木石，其中有用石头围成的街道，有用石头铺成的广场，一个形状多么奇怪而又多么奇怪地挤满了人的住处！”①

确实，久居城市，人们已经失去了对城市景观的敏感性，早已触摸不到城市心灵的存在，忘却了从乡村的茅舍和农田中出现的这样一个伟大的整体。从另一方面来说，更有可能是东方民族从来就没有形成关于城市的概念。中国一直没有真正意义上的城市，那些庞大的建筑物不过是乡村放大的夸张形式而已。那些在城市居住的人群，多半是来自乡村

① 斯宾格勒：《西方的没落》，商务印书馆，1963年（内部）版，第199页。

的寄居者，他们保留着完整而无法抹去的乡村记忆。而现代以来的中国的社会组织形式和权力运作方式，一直包裹着传统宗法制社会的基本内容。改革开放以来，中国已经不可避免地走向世界，在西方发达资本主义的经济和文化的双重刺激下，一个在物质和精神两方面走向“现代化”的中国城市正趋于形成。八十年代后期以来，中国的城市建设突飞猛进，第三产业和高科技产业迅速发展，一个超前的消费社会日益扩张。进入九十年代，中国的城市俨然初具规模，这个狂妄自大的庞然怪物，这个无所不包的荒谬的整体，正无法拒绝地呈现于人们面前。对这个新兴的城市的感觉，对它的狂怪外形和骚动的内心加以切实把握，正构成这个时代最生动的文化景观。也许正如斯宾格勒所说：“一种文化的每个青春时期事实上就是一种新的城市类型和市民精神的青春时期。前文化的人在这种他们与其不能发生任何内在关系的类型面前是深感不安的。”①

某种意义上，在古旧中国的黄土地上，一种新型的城市文化正在崛起，它显然与传统社会相去甚远，它那混乱却生气勃勃的状态混杂了现代工业文明甚至后工业文明的诸多因素，它显示着正处在转型期的中国社会所特有的精神情状。文学显然是传统社会的文化遗产，它那古老的书写形式已经失去了昔日的神秘光辉，正怀着惊惧注视着这个光怪陆离的文化形态。对于大部分从事书写的人们来说，怀恋传统社会是理所当然的文化本能。这些“前文化”的人是如何观望这个文化的青春时期，在这种新的文化类型面前又是如何深感不安的；并且另一部分摆脱了“前文化”状态的人们又是如何表达他们对这个文化的青春时期的特别感受的，这一变动的轨迹和文化的两种形态给出了这个时期文化转型的全景图。

① 斯宾格勒：《西方的没落》商务印书馆，1963年（内部）版，第201页。

第二节 都市情绪：景观与状态

试图从理论上严格定义“都市文学”（或都市小说）是困难的，因为“都市题材”就是一个极其暧昧的说法。在大多数小说里，所谓“城市”仅仅是一个徒有其表的空间或背景；而那些“小巷深处”不过是都市里的村庄而已。人们经常以街道小巷来冒充城市的基本内容，那些故事延续了“勾栏瓦肆”的市井气，它们充其量也就是“市井文学”。显然，要把“市井文学”与“都市文学”作些基本的区别：前者主要是在农业文明的背景上来展开叙事，其价值取向、认知方式以及语言形式，都定位在传统社会的象征秩序谱系内；后者显然是在工业文明乃至后工业文明的背景下展开叙事，其价值标向、感觉方式及其语言形式，都表现了这个变动时代最有生气的情状。因此，对都市文学（小说）作些具体的定量或定性规定依然是必要的：在整个叙事中，城市空间有必要被强调，那些城市特有的文化代码（标志）、都市景观应该成为小说叙事的天然成分；在其叙事动机上，应有比较明确的“都市意识”，对城市的感觉、对城市生活状态的把握，以及某种城市的节奏和情调应该有明显的表现。这些因素使“都市小说”不仅仅只有题材的外壳，更重要的是具有了文化上的和美学上的特定含义。

试图描述当代中国都市小说的历史行程同样十分困难，正如前面所言，新时期的那些讲述都市题材的小说多半背负着思想解放运动这个巨大的外壳，它们没有自己明晰的历史起点和发展过程。“改革文学”多半讲述城市里发生的故事，但是关于“现代化”和“现代人”的主题，完全压倒对都市的表现①。“知青文学”也曾经触及都市主题，但是，

---

① 例如蒋子龙的《乔厂长上任记》等一系列关于工业改革题材的小说。

知青返城更多地流露出对城市的陌生感和对农村的眷恋之情。[①] 八十年代中期，刘索拉的《你别无选择》和徐星的《无主题变奏》轰动一时，但是，关于“个性”“自我”等现代派观念被无限制放大，它们是在“大写的人”的纲领之下讲述的现代人的故事，而不是表达现代城市的故事。只有当意识形态的功能有所弱化时，都市景观才会原形毕露。

这当然并不仅仅是巧合。八十年代后期，中国都市初具规模，与之相适应的市场经济和市民社会也已初步形成，城市里高大的建筑是经济发展的卓越见证，它穿越意识形态的地表而成为时代的象征。以至于八九十年代之交，超级强大的意识形态实践也终究压制不住以“经济建设为中心”的历史需求。人们可以回到某种更单纯的生活状态，不是在历史总体性的范围内来表述某个社会集体的愿望，而是在文化分化的多元性或失重的格局中来表达个人化的感觉方式。在这一意义上，刘毅然的一些城市小说率先切入都市的空间，捕捉都市那不安分的精灵，描摹都市那全新的生活状态、特有的紧张而热烈的情绪节奏。1988 年，刘毅然的《摇滚青年》风行一时，它显然契合了当时正在流行的歌厅舞厅文化，霹雳舞、摇滚乐正是当时城市文化的最新景观。城市总是不断创造出它的年轻而又不安分的群体，然而城市本质上又是新的整合，它显然是以空间的武断形式来控制居住的人群，同时又以文化时尚的复制形式来使群居的人们就范。于是反抗城市的整合统治就成为城市青年文化群体的存在方式，给那种追求时尚的娱乐注入反抗的激情，这就是摇滚乐的“后革命”精神所在。《摇滚青年》写出了亚文化状态中的城市青年新的行为方式和内心需求，揭示了一种最尖锐的城市状态：对个性和自我的急切认同，充满了草率和任性，却也洋溢着青春的诗情和快乐。

刘毅然那些讲述都市故事的小说，总是以第一人称直抒胸臆，这使他的叙事带有自传的色彩，又能自如地把握富有张力的情绪节奏。《流

---

① 如张辛欣的《在同一地平线上》等作品。

浪爵士鼓》（1989 年）写了一群处在青春期焦灼状态的城市青年，他们急于获得自我认同，选择音乐作为他们自我表现、发泄青春热情的手段，这当然是非常有刺激性的方式。在这篇挥洒自如的小说中，在那些激进的社会行为掩盖之下的，是青春期对走向成年的内心自我的反复辨认。大块状的城市奇景与青春期迷乱的自我镜像互相重叠，使这篇小说散发着奔腾的张力，又像是一部如歌的行板。主人公“我”在青春年少的时候一度迷恋成熟的女性，这里面掺杂了某种“恋母情结”，畸形的爱恋弥漫着诱惑的欲望，也散发着奇怪的感伤情调。在少年人走向社会的经历的背景上，投射的更多的是对女性的幻想，它与浪漫情愫相混淆，给那些欲望化的叙事蒙上了一层优雅的面纱。总之，城市奇景、亚文化群体、欲望化的场景以及温馨的伤感，构成了这部心理自传。这里面当然有不少矫情的成分，也颇有些“为赋新词强说愁”的味道，对个性和自我的急切认同，充满了草率和任性，却也洋溢着青春的诗情和快乐。那种流畅的叙事、自由变焦的主观化视点，特别是对城市亚文化群体的生活状态的表现，依然给人以崭新的感觉。

也许吴滨是九十年代最容易进入“城市状态”的青年作家。早在 1988 年，吴滨就写下《城市独白：不安的视线》这种城市感很强的作品。对于吴滨来说，城市是一个武断的居所，人们被划定于它的某个位置，并且由此确定一系列纠缠不清的关系。家不是温馨的角落，不是永久的归宿，而是女人的牢笼、男人的暂时领地。吴滨如此真切而耸人听闻地揭去城市生活美好的面纱，露出它令人窒息的本质。因此，吴滨的都市故事，整个说来是“反都市”的精神漂流故事。生长于都市中的男女，却难以忍受都市的生活规定，他们企图越过都市的制度，因而，他们在都市的空间四处漂流。“反抗家庭”不过是他们的基本步骤。《城市独白：不安的视线》非常直率地写出现代城市人的“家”的危机。一个表面和谐的家庭，某天由于一个不速之客的来临而趋向于破裂。那个自称诗人的赵逢中四处流浪，他不仅仅在祖国各地游荡，也时常在城市的某个家停留。这是一个职业“第三者”，他见缝插针，游刃有余，足以表明城市里的“家”的相对性。当然，吴滨并没有简单处理“家”，相反，“家”是现代城市人无法拒绝的居所。因而，“漂流”并非是到处野合，四面出击，随便掠夺。“漂流”是一种状态，是一种内在的超越性需要，它是都市生活必要的浪漫精神。因此，逃离家，逃离都市，在吴滨的独白中不过是与生俱来的城市白日梦。那个诗人与其说是个闯入者，不如说是“我”的想象的对象化，是“我”的内在的精灵，是“我”对家的一次想象逃离。“流氓”据说是一些没有家的人，而文化流氓不过是一些有文化而不想回家的妄想狂。

从《重叠影像》中可以再次看到吴滨是如何拆穿城市生活的欲望法则的。吴滨一直追求的那种多视角、多结构的叙事，在这篇小说中运用得更加娴熟自如。现实与幻觉、生活与写作、生与死等命题，在这里被最大限度混淆，吴滨力图制造一种城市生活的虚幻感和不真实感，揭露欲望的虚假性，给出当代城市生活的一种“后现代”情况。乔亚，像吴滨大多数城市小说中出现的那个主人公一样，一个城市的蛰居者，多少抱有古典情结的“后知识分子”，然而，他身上的“文化”也还若有若无，他周围则是一群利欲之徒。在乔亚与一些女人的故事中，又套着力与静的故事。力这个有着一双迷人眼睛的男子，对静投去温情脉脉的注视，那些浪漫主义遐想迅速为简明扼要的床上运动所消解。矜持的外表掩盖着诱惑与被诱惑的愿望。

吴滨试图揭示城市生活的根本性质：现实与期待相互替换、转化，也许现代城市已经没有真实的欲望，只有对欲望的假想，那些死去的女性却又复活，不过是重复出现的性幻觉而已。即使如此，人们宁可去设想那些欲望化的场景，也不去幻想爱情。吴滨显然是把他的叙事当作都市的现实来处理，叙述人的欲望被作为城市男女的普遍欲望来推广。叙述人乐于认为都市里已经没有爱情，只有诱惑与勾引，就像力这种多少还有浪漫情调的男人，也在为情欲奉献他最后的一点勇气。显然，“文化”正在这个城市里变成欲望之流，“诗”也变成商品，王本、赵红红和那个披肩发不仅仅是这个时代的文化掮客，同时也是这个时代文化的葬送者。而乔亚反倒像个文化守灵人，在当今时代落落寡合，为那些莫名其妙的死亡讯息和失踪或复活的女人所困扰。

文化死亡与欲望之横溢，正是城市末世学的互为因果的注脚。城市充满性爱游戏、偷情和冒险的欢乐，而文化正在默默死去，这就是后现代时代的都市奇观。尽管吴滨的叙事多少有些夸大，但是，他的叙述本身构成了这个时代的一种文化态度、一种欲望化的叙事法则。九十年代，小说叙事的动机扎根于这些欲望化的场景中，在这里，阅读和写作共谋完成了一次假想的满足，它们在快感这个层面上给出了消费时代的幸福承诺。

黑马的长篇小说《混在北京》是一部很有力度的作品，写实的手法细致而尖锐地展示了城市知识分子的生存困境。作者描写的是一群文化人在这个历史转型时期的困惑，在很大程度上，它表现了一种文化理想主义的破灭。作者对人性的洞察力、对城市生活不断错位的那种把握，以及对变动时代的知识分子复杂心态的描写，都显示了这部小说在叙事方面的穿透力。在都市背景上展开的这些叙事，可以看到新一代的中国作家对转型期中国社会的尝试性捕捉，尽管这种表态有时难免有夸大之嫌，也并不十分深刻，但他们率先把视线投向一种新的生活样态、新的生活经验，这无论如何是值得关注的。

第三节　都市意识：对都市的质疑或嘲弄

正如中国的都市未必是从中国的传统社会脱胎而来的那样，中国都市文学所表达的“都市意识”则更有可能是西方现代派观念的挪用。

事实上，都市题材的作品一直笼罩着现代派的阴影，对都市的反省、对都市生活的质疑和逃避、超越都市的愿望等等，构成了“都市意识”的核心内容。某种意义上，这种思想主题也是在反省现代性，它当然也构成了现代性的一个有机部分。然而，在八十年代后期中国特殊的文化背景中，现代性的宏伟规划遇到困难，启蒙主义文化或人文精神已经面临合法性危机，尽管人们试图把它们全面纳入合理化的历史工程。现代主义式的绝对和偏执，也不会在当代文化潮流中扎下根，或者说它被广泛流行的机会主义和投机主义所消解。与之相呼应，那些“对都市的质疑”就不可能附加上现代主义式的偏执的反抗精神，而是经常倒向后现代主义式的随遇而安。当然，这里的所谓“后现代主义式的”态度，不过是个意外的副产品，它是八十年代后期“中心化价值”解体的历史情势强加的结果。

《花城》自九十年代以来极力推举城市文学，身处广州这样一个开放城市，《花城》当然能感受到现代城市生活的强烈气息。纵观九十年代以来《花城》的都市小说，可以看到那种“都市意识”从现代主义的思绪中艰难退化。从观念回到纯粹的现实当然不可能，更加有效地切进本土化的生活境遇，也显得困难重重。乡村似乎就存留在人们的内心深处，它是如此自然以至于和人的本性融为一体，随时都可以唤起亲切的回忆和真实的情怀；而城市总是外在的异己存在，你永远无法把握住它那无边的空间。关于城市人们能够说出什么真实的感受呢？这不仅对于小说叙事来说是这样，对于阅读来说同样如此。这也就是“都市意识”很难到位，很难找到本土化的真实感觉，当然这也是都市小说写作的困难所在。正因为此，对那些似是而非的“都市意识”或那些勉为其难的感觉态度，我们要给予必要的宽容和恰当的理解。

林坚的《别人的城市》（1990 年）从题目上看就很有些现代派的味道，而情节和观赏性场面的通俗化制作，又使它具有大众读物的特征。这篇小说描述了沿海开放城市光怪陆离的生活场景，作者着意刻画的是各种人的生活态度。这里有暴发户、打工仔、时髦的公司小姐、雅皮士和殉情者，他们的活动构成无序的都市生活的主要部分。叙述人“我”处于无法进入都市生活的困扰之中，“我”的犹疑徘徊不过是固守住内心的道德理想的另一种表达方式。“我”的那种拒绝和不参与在都市混杂堕落的人群中显得落落寡合，那类似局外人的“城市孤独感”与欲望横流的周边环境产生强烈的反差。作者致力于发掘小说的现实理由、个人历史的依据、精神信仰等等，“我”和吴良、齐欢和齐乐，被置放到传统与现代对立的二元关系中来表现，那种寻找精神家园的现代主义意识与怀恋传统社会的情绪相混杂，给人以十分勉强的印象。在另一方面，作者写到吴良和齐乐则显得生气勃勃，这些人在都市里如鱼得水。都市是唯利主义者的天堂，它是反历史主义者的乐园，齐乐迅速成为都市的新贵而游刃有余，她本身给出了从传统步入现代社会应有的态度和抉择。这篇小说试图去思考传统社会与现代城市的根本冲突，尽管作者力图表示出对现代城市的质疑，这些观念显然已经没有多少新意，但是作者对特区打工仔的生活境遇的描写、对开放城市的交往方式的表现，都还有其敏锐之处。

王树增的《禁止忧郁》（《花城》1990 年）看上去是写都市之外的故事，如抓鸟、玩鸟和情感道德之类的纠葛，但是，隐藏得很深的“都市意识”是小说叙事追踪的思想底蕴。如果说林坚的《别人的城市》把都市看成一种外在框架和生活场所的话，那么，王树增则更注重探索“都市”如何构成生存无可摆脱的内在阴影。林坚的那个“我”面临的是进入“别人的城市”的困难；而王树增的那个于援朝则是陷入摆脱“都市”的困境。都市生活具有如此巨大的构成力量，道德沦丧和虚假伪善构成都市人的基本行为方式。于援朝在浑浑噩噩的都市生活中，企图不染污泥，他是唯一有“自我意识”的人，然而他也只有在想象中超越自我。

如果说在八九十年代之交，现代主义的流风余韵还纠缠着“都市意识”的话，那么，九十年代初的都市小说则显得轻松自如，回到更为单纯的生活事实中去。蒋文的《雨过天晴》（《花城》1992年）看上去是在讲述一个市井青年改邪归正的故事，但我感兴趣的是它对市井生活进行的原始记录式的描写，那些依然破旧的街景，修车铺子，个体饭馆，市井男女们的野合、打斗，以及他们的改邪归正和一些情感纠葛。阿毛这个备受虐待的底层青年，以对父亲的一次谋杀未遂的行径度过五年的监狱生涯，他那劳改释放犯的身份令人生畏。作者细致刻画的是他对两个女人的感情态度，令人奇怪之处在于，这个沦落为生活最底层的穷光蛋，却有着温情脉脉的艳遇，更加不可思议的是，他对到手的女人还有所不满，对那个卖报的姑娘想入非非。在诱人的肉欲和清香的苹果味之间，这个劳改释放犯展开了微妙的心理活动。

确实，我们可以对这个故事的生活依据进行质疑，但同时也对作者处理生活的独到之处给予某种理解。对于作者来说，可能是出于煽情的叙事需要，但他无意中触及了一些有趣的生活情景。人们在任何时候都没有放弃超越生活的梦想，像阿毛这样的“市井无赖”，也有他对生活所怀有的精神祈求。准确地说，这是一篇“市井小说”，作者讲述的故事大多没有超出市井的范围。只不过阿毛所迷恋的那个白雪，终究走向城市，她是城市的精灵，她在那个小街上卖报不过是暂时栖身于市井，而阿毛对她的向往，对那种苹果味的迷恋，是市井对都市的向往。这个故事隐含着某种轮回宿命的意味，有些落入俗套。在某种意义上来说，它又表明那些对命运生存之类的本源问题进行深度思考的困窘，实际上支撑小说叙事的是那些简单的生活状态，那些潦草的街景、欲望化的场面构成的城市和市井的表象。这是一次对市井生活的告别式的书写，它表明市井在它的原始代码（阿毛之流）那里也已失去了意义，这是一片终究被城市遗弃的街景。

九十年代是一个文化迅猛扩张的时期，中心化价值解体，文化不得不走向多元化。这种文化情境甚至使八十年代后期的那些稍微偏执的前卫立场都难以持之以恒，没有任何思想意识可以在当代语境中扎下根来。文化的整合功能丧失之后，文化的背后也没有多少深邃的意蕴可以捕捉，对于小说叙事来说，它只能对这个含义暧昧的时代进行表象概括，对于那些企图表现当代城市生活的叙述者来说尤其如此。在这个时期，所谓的“都市意识”已经蜕化为都市表象，对都市表象的书写构成了都市小说的显著特征。

罗望子曾写过《白鼻子黑管的风车》（《钟山》1991年），以舒畅而富有反讽的笔调，对城市和乡村进行一次二元对立的描写，乡村景色随着那种抒情气氛而不断流入城市，这是一次对城市的嘲弄，可以看到罗望子对城市一直有着敏感的意识。对城市的嘲弄是一种更加切近后现代性的“都市意识”，它与当今中国处在巨大反差和错位状态中的都市情境可能更加贴近。这种叙事不再对城市进行独断论式的质疑，也不再怀着现代性的恐慌试图超越城市，而是在对城市进行表象的拼贴中完成一次快乐的书写。

罗望子的《婚姻生活的侧面》（《花城》1993年）再次讲述了一个试图超越城市的故事。城市生活在这里被“婚姻生活”加以重新规定，以家庭为单位而构成城市的组成部分。城市生活是如此硬性地给定人们以狭窄的空间，人们彼此为邻却形同陌路。西环是城市的流动人口，他当然也是城市里的不速之客，人们对他不屑，就像他蔑视城市的硬性空间一样。如果说婚姻在乡村的意义主要是传宗接代，那么在城市的功能主要是规定秩序。婚姻与城市的合谋产生了家这种空间。这篇小说出现的两个男人都不安分，他们随时具有侵入他人家庭的倾向。那个“我”进入西环的家却对他年轻的妻子（或情人）情有所钟，而且对其他女人也想入非非。即使像西环这样的流动人口又如何能逃脱城市给定的位置呢？他可以把自己的“家”搞得非常舒适，家里有一位叫作鲁冰花的漂亮女人，然而，他还是充满了对对面楼上的那个读书少女的好奇与渴望。不断地冲出家庭，不断地侵入他人的家庭，这就是婚姻生活的侧面，这就构成现在城市男女的日常生活。在“我”和妻子之间、和西环，以及鲁冰花、白菊诸个人物之间，“我”一直在扮演各种虚假而不称职的角色。婚姻生活的内在性其实被它那些似是而非的侧面所消解，除去这些侧面，婚姻生活剩下的最浪漫的内容就是讲述一些毫无意义的故事，而且它是根据《爱情知识读本》这类的书籍复制出来的东西。罗望子并不关注那些深邃的思想，那些有关城市、婚姻和人的生存之类的高深问题。他的叙事不过是一些松散的片断、一些随意跳跃的富有诱惑力的场景，以及一些关于城市生活的表象拼贴。

婚姻生活的侧面一如城市的侧面，它是如此暧昧而难以把握。在作者夸大其辞的叙事中，第一句话就开诚布公：“我们对于城市的印象，总是会发生一些时代性的错误。”这个所谓“时代性的错误”不过是一些记忆倒错，作者无论如何也把握不住城市的印象，他能把握住的仅仅是婚姻生活的一些侧面“表象”，一些由故事构成的婚姻生活，它们由城市的街景、人群、行走、观望、秘密幽会构成。现在的叙事人不能或者也不愿意给出更明确的思想承诺，他们只能去拼贴一些散乱的表象，给出这个时代无法规定的生活状态。罗望子的叙事过分散乱，它们像是随意组合的音乐小品，缺乏尖锐的东西。关于城市与婚姻的侧面，可以表达出这个时代非常令人震惊的生活状态。没有制造奇观性和在表象的拼贴中隐藏一些锋利的东西，不能不说使这篇小说有所减色。尽管深度性的意味很难构成当今城市小说的叙事要旨，但是城市小说无疑需要力度，即使是对表象的拼贴式的叙事，同样可以表现力度。

比罗望子稍早些，张梅的《殊途同归》（《钟山》1990 年）可能是对城市最早行使反讽性描写的作品。八十年代后期，人们被“伪现代派”搞得心神不宁，对城市故事怀有本能的偏见和拒绝，关于城市生活的快乐和苦恼，总是容易给人以无病呻吟的感觉。事实上，这在很大程度上也是因为经验的隔膜，直到九十年代过去几年，中国的城市迅速扩张，城市经验也变得普遍化，人们也就多见不怪，不以为奇。

《殊途同归》正是在对城市进行嘲弄的同时，切近后现代性的“都市意识”，它与当今中国处在巨大反差和错位状态中的都市情境可能更加贴近。这种叙事不再对城市进行独断论式的质疑，也不再怀着现代性的恐慌试图超越城市，而是在对城市进行表象的拼贴中完成一次快乐的书写。

这篇小说没有现实主义意义上的完整故事，它对城市的亚文化群体进行了一次嘲弄性的描写，这种嘲弄同时也投射向城市本身。每个城市都有一群文学爱好者，一些自称为诗人的人，他们已经构成一种独特的文化，构成城市里不可或缺的奇景。如此集中地在城市的背景上来描写这个“亚文化”群落，就这点而言，这篇小说也有它的独到之处。这些人自命不凡，怀才不遇而追赶时髦，寻求新奇并故作姿态。这些人没有一个不是神经质、妄想狂，他们是城市蛰伏的幽灵、垃圾。圣德是城市里的现代精神教父，一个把生活和观念领域胡乱混同的后理想主义者。杂乱无章的生活，浸透了反社会的情绪。圣德是一个典型的“边缘人”，出身于平民阶层却崇尚英雄主义，这注定了他只能把自己放逐于正常的生活边界之外。那份《爱斯基摩人》杂志并不奇怪，这种东西在八十年代中国城市的文化角落随处可见，那些面容苍白的文学青年对文学和各种现代思想充满虔敬之情，倾其所有自行制作各种粗劣的油墨印制品，进行毫无效果的交流。这种爱好经常和青春期的其他骚动混为一谈，诸如失恋、酗酒、斗殴等等。思想和情欲就在这种文化实践中涌现。圣德长于思想而拙于行动，对娜娜情有所钟却无所作为。娜娜生动而神秘，热衷于伪造历史，虚荣心旺盛且不乏浪漫风情。米兰痴迷而伤感，无望地歌唱“夏日最后一朵玫瑰”，直到《诗刊》发表她的一首自由诗，才受到这个群落的重视。莫明是一个杰出的骗子，一个典型的现代诗人，他把超前的思想和兜售伪劣产品以及勾引女人融会贯通。

张梅描写了城市里这样一个亚文化群体，他们的形象夸张而怪诞，但依然非常真切地表达了被正统文化排斥的青年群落的生存方式及他们特有的想象力和反压抑的情绪。张梅的叙事夸张而犀利，那种叙述语调正适合于表现这群自以为是的精神狂徒。在对生活进行变异的描写时，张梅把人物推到错位的情境中加以漫画化的表现，嘲讽城市，也创造了都市奇景，甚至还稍带挖苦了一下文坛的时尚。张梅的叙事随心所欲，洋溢着诗意的快乐。就是今天看起来，这篇小说提供的经验，它所表现的状态（生活的和小说叙事的）都无疑有可取之处。

叶曙明近年的作品如《女巫之歌》《阿龙史诗》《死岛》等等，风格老道并且妙趣横生。叶曙明的小说始终自成一格，颇有反潮流精神。早在 1987 年他就说："我不承认自己是什么现代派，我不认为我能反传统，任何自以为反传统的努力，一旦被社会承认，它就变成了对传统的补充。"对现代和传统（企图）的双重跨越，使得叶曙明很有一些后现代主义的倾向。

他近期的《蒙尘之都》又是一次对城市的绝妙反讽。阿罗是一个并不得志的小报记者，职业逼迫他到处去搜刮这个城市的新闻。精神病院的暴动事件给这个城市注入兴奋剂，疯子和警方的对峙创造了这个城市激动人心的景观："成千上万赶来看热闹的人翻墙越壁，涌入院区。树上、屋顶全爬满了人。有些人还带来了望远镜；有些人戴着耳筒收音机，一边听流行音乐，一边东钻西窜；卖早餐的小贩趁机摆开推子，出售包子、炸油条、甜豆浆；连乞丐也捧着饭碗赶来了……"

这个场面洋溢着第三世界的廉价欢乐，疯子闹事像是在举行一次盛大的狂欢节，围观给人们带来的快乐既安全又实惠，围观永远是城市的一个伟大的场面，这是城市自己导演并上演的保留剧目。所谓记者，就是各种围观的记录者，阿罗就是这样的一个职业围观者。疯子和围观者构成的城市背景，使城市生活变得异常生动，阿罗这个性功能障碍者，却显得郁郁寡欢。这个曾经燃烧着雄兽欲望的家伙，现在却对经营猪肉买卖的老婆无能为力，他对邂逅相遇的女记者阿菲极尽勾引之能事，从弗洛伊德谈到荷尔蒙，面对女记者的果敢干脆，阿罗再次无地自容。另一方面，做出口猪肉生意的阿妮也面临困境，肉体的交易并不一帆风顺，那些转瞬即逝的情感也只在买卖中起到有限的作用。阿妮远走高飞，阿罗消失在城市的灰尘之中。

叶曙明抓住了城市最富特征的景象——“围观”。本雅明曾分析过城市街景的“围观者”与“游手好闲者”的区别，他认为前者是没有个性，没有自我的群盲；后者则是保持个性本位的个体。本雅明显然带着现代主义者的立场来看待这种城市景象。但是“围观”确实表明一种没有目的，没有意义的娱乐行为。如果对比一下鲁迅当年对“围观者”所持的国民批判态度，则可见到历史的巨大变化。叶曙明的叙事已经没有那种民族“寓言性”的意义，他仅仅是在寻求反讽快感的原材料。对国民性的伟大批判转化为个人化的风格叙述。围观的景象给出了都市民众的原生状态一种未被“现代性”的启蒙规划浸洗过的生活面目，它是城市自在而自得其乐的表象。

当然，叶曙明并不是一味简单地堆砌城市的表象，他也注意表现人物的某些多重复杂而微妙的心理变化，阿妮与阿尊上床也还是需要一些理由说服自己，那个故作天真其实老道的阿菲，对阿罗也有些真情实感。叶曙明的叙事随意却不失紧凑，犀利而机智，一些抒情性描写和感伤意味流露于其中，反讽性的描写不时制造快乐。叶曙明嘲弄了城市的自以为是的庞大空间，对城市滑稽表象的概括，是对城市外形状态的一次粗略勾勒，从而揭示虚空实质，对它的扩张形态和霸权主义进行一次有效的解构。

对城市进行质疑，站在城市的边界上，对城市和乡村进行双重书写，从这些都市小说里可以看到现代主义的流风遗韵，以及那些切进城市内心的小说叙事特有的深度。刘恪的《孤独的鸽子》与那些表现城市景观的作品大相径庭，他不是去表现城市的生活状态，也不是去表现城市的动荡不安的心灵，而是去表达乡村心灵对城市的质疑。刘恪无法摆脱乡村记忆来描写城市，在城市与乡村交错的边界上进行一次彻底的自我反省。这使他的城市故事徒有其表，而其中掩藏的都是乡村的情绪。《孤独的鸽子》是近年来城市小说中少有的保持实验倾向的作品，那些形式探索与站立在乡村边界眺望城市风景构成某种对应关系。这篇小说没有明晰的故事，那些人物飘云、“我”和K等等，也捉摸不定，叙述人声称在写作一部名为《梦中游人》的书，而事实上这正是一部关于人生的忏悔录或充满忧伤的抒情诗。主人公K正是《孤独的鸽子》中的叙述人“我”，甚至可以看作刘恪本人。那部名为《梦中游人》的书，在叙事上不过虚晃一枪，它其实也就是那个在都市的夜色中游走的“我”关于过去在乡村的记忆。因此不难看出这部小说在结构上由两部分构成，即城市的现在叙事和关于乡村的过去回忆。

主人公K在都市的人生像在沙漠里跋涉，他的脚步被大千世界淹没而不留痕迹。K在黑暗中翻开自己人生的扉页，那上面没有伟人的题词。“K不知道自己应该在哪个位置，找遍人间每一个角落，没有栖身的寓所……足迹在任意的地方，都不是自己的台阶……”异乡人的感觉如此深重地困扰着K，这使得他像只“孤独的鸽子”在城市的空间游走，找不着真实的归宿。叙述人的目光穿过时间之网，在乡村那片风景中才找到真实的记忆。田野、山林、树木和夏日的阳光等等，存留于K的心中，是一片永远的风景。那些初恋的回声和成年的苦楚，穿越过城市和乡村的双重背景，留下抹不去的感伤气息。

刘恪这篇小说的叙事过分强调形式和自我表白，这与九十年代务实的小说潮流格格不入。关于人生、城市和乡村的形而上思索，有着某种无边的拒绝的力量。但是，在另一方面来看，前者表示了小说形式残留的一点探索，它也就显得难能可贵，那种与城市直接对话的叙述方式虽然尚不成熟，却也显示了当代小说的多种可能性。后者则因为刘恪的思索带有非常真切的个人体验，他的那种异乡人的感受、在城市的孤独感、对逝去的情感生活保留的苦涩而温馨的记忆等等，熟知刘恪的人都可以读出极为真实的人生内容。不管怎么说，这些松散的叙事是一些真实的内心独白，那些略显抽象的议论也不失哲理的深邃，而那些碎片式的描写也给人以精致生动的印象。刘恪试图找到更具有后现代性的城市小说形式，他的探索尚显生硬，应该说这种探索在九十年代显得尤为困难，也尤为必要。当代小说在生活层面上创造都市奇景，在形式方面也应该继续打开一片神奇的世界。

总而言之，当代中国小说在“都市意识”里，表达了一种新的生活状态和情感思流。在八十年代后期以来的文学实践中，“都市意识”有着各种不同的阶段性含义，它开始表示了对都市的怀疑和逃脱，多少还带着现代主义的流风余韵；多元化的文化情境给人们造成强烈的感觉冲击，对都市的怀疑糅合进表象的书写和嘲弄的风格，使当代小说的“都市意识”更加接近后现代性。

第四节　都市话语：王朔的城市痞子与市民社会

现在攻击王朔已经成为一种证明，坚持精英主义立场，维护文化的纯洁性的证明。谈论王朔当然要冒风险，它很容易被归到“渴望堕落”的人群中去。但是，谈论当今中国的城市文学，不触及王朔有失基本的公允。不管如何，王朔对当代中国都市生活作出最有力的，也是最有争议的表达，他无疑制造了当今中国都市文学最生动的景观。不管人们承认与否，王朔第一次讲述了“都市话语”过渡时期的试图摆脱意识形态推论实践的“城市边缘人”的话语，这种话语终究形成了过渡时期城市普遍化的价值标向。

当然是王朔率先抓住“城市痞子”这个族类的生存方式，由此来构造富有挑战性而又富有观赏价值的“都市话语”。王朔的那些都市痞子，当然与社会的主流文化背道而驰，他们乐于在边缘状态随意游走。这些人携带着个人的原始需求步入社会。他们的行为准则、他们的自我的形成，以及反抗性冲动的自由发挥，都形成了纯个人的经验。这些人在社会中没有确定的位置，他们既怀着不能进入的嫉恨，又带着逃避的蔑视，因而他们注定是“边缘人”。他们油嘴滑舌，对那些一度令人热血沸腾的神圣格言和标榜时髦的流行术语冷嘲热讽，指桑骂槐。他们当然不只是口头革命派，而且身体力行。《一半是火焰，一半是海水》里的张明，《浮出海面》里的石岜，《橡皮》里的丁建，《顽主》里的于观、杨重、马青等人无一例外都不是循规蹈矩的正人君子。他们不是干着敲诈勒索的勾当，就是玩弄倒买倒卖的冒险游戏，或是笨拙地替人排忧解难。他们在当时方兴未艾的市场经济潮流中应运而生，这些“个体户”或“倒二爷”，构成了八十年代中国最新奇的“城市街景”。他们表征着另一种生活方式和新的生存状态，对于依然生活于制度体系内的中国人来说，他们是一种诱惑和奇迹，而且还是一种邪恶和威胁。

王朔的叙事携带着大量新型的城市文化代码：诸如饭店、酒吧、歌厅、舞厅等等，这些“痞子”或“边缘人”出入于这些我们的制度无法严格控制的场所，事实上，与其说这是一群游手好闲之徒，不如说他们存活于制度体系之外。经典话语之所以难以捕捉他们，因为这些人属于另外的空间城市正趋于形成的“市民社会”。王朔的特殊之处在于，第一次给出了“都市话语”，更准确地说，是“市民社会”的书面语。八十年代后期，人们一再惊叹“文化失范”“文化脱序”之类，实际的情形不过是在制度化的体系内部出现断裂，而一个在文化价值、社会行为及其实践方式方面另有准则的“市民社会”如期而至。王朔一开始就把立场定位于此，他是这个“市民社会”最初的子民和天然的代言人。① 王朔的作品引人注目，并且被赋予了某些激进的叛逆色彩，主要

① 事实上，评论界对王朔的评价经历了不同时期的立场变化。当王朔初露头角，人们过多地关注了他对政治的调侃，而在八十年代后期，这毫无疑问是要承担很大的政治风险的，加上他无所顾忌表征的价值观念，这些足以把他视为先锋派。事过境迁，人们完全忘记了八十年代后期的文化语境，仅仅把王朔定位为俗文学或大众文化的炮制者，这是远远不够的。

得力于他对那些经典格言和流行术语的反讽性运用，而这种叙事最早给出了市民社会的语言和价值立场。王朔的那些作品实际上并不具有政治解构的功能，他的“非中心化”的立场与“精英文学”的区别在于：后者致力于反主流意识形态，总是试图替代填补那个被解构的意识形态中心；而王朔仅仅停留在嘲讽性的对话水平上，保持边缘性民间位置。怨而不怒、哀而不伤的调侃背后，不过是浅尝辄止的游戏态度。

中国的市民社会当然不会是葛兰西所描述的具有政治功能的民主空间，它是以随机应变的方式拓展出的一块临时区域。市民社会充其量不过是为了获得一种距离感，以使经济实用主义能够顺利推行；因此，这个市民社会理所当然与正统社会构成相互寄生的关系。它们之间既相分离又有共谋的双重关系，当然全部折射到王朔的小说写作中去。实际上，“调侃”在嘲弄对方的时候又制造了一种亲热近乎的气氛，二者的关系在适当的时候就同谋共处。随着王朔的那种嘲弄姿态被广泛认同，成为城市民众日常经验的一部分，他的挑战意义也就消失殆尽。尤其是当王朔获得巨大的成功之后，他更倾向于寻找一种安全温和的方式，给公众输送一些抚慰和润滑剂。不管如何，王朔创造了这个时代规模最大的城市景观，把握住新的城市生活状态，概括并且强化了这个转型时期的价值立场。他的那些小说篇名，诸如“千万别把我当人”“玩的就是心跳”“爱你没商量”“过把瘾就死”等等，是对这个时代的行为方式和生活状态的最精当的表述，它们已经成为我们这个无所不能的时代的经典格言、座右铭和启示录。

王朔一直是在意识形态的背景上被读解，历史之手不断给他涂抹上各种颜色，他那过于强烈的社会效果也使他在文化上的象征意义被无限度放大，这当然迅速透支了王朔超越自己的动力。事实上，王朔是被这个健忘的社会透支了他的挑战性意义。人们一开始被王朔的大胆惊呆，继而从他那里感受到最新的文化刺激，随即就开始讨伐王朔。人们对王朔的政治反讽功能装聋作哑，而只看到他描写的一群城市边缘人。正统的人们当然敌视这类人，把他们称为“痞子”就足以消解王朔的革命性意义。显然，王朔玩弄政治反讽要付出代价，当这种“政治反讽”变成日常生活的一部分，并且为日益衰退的民众政治参与性所缩减，王朔迅速被人剥去了挑战者的外衣。当代中国文学史上，王朔是一个在精神上被出卖的人，公众分享了他的外衣，却指责他衣衫不整。

第五节　新的生活状态：欲望化的都市奇景

九十年代的小说叙事，面对着是一个远为空旷的场所。这使得小说叙事既不需要去攻克形式主义的高地（像先锋派那样），也不需要去表达激进的生活态度和价值观念（像王朔那样）。新一代的作者如履平地式的写作，既是优势，也是劣势。他们可以直接进入生活，却又把握不住锐利的东西。不管是在小说的叙事艺术上，还是在当代生活的内在性方面，那种锐利的东西已经消失殆尽。

更年轻的作者显然怀着直观的经验化的意识去构造他们的小说叙事。他们没有被赋加任何文化象征意义，他们也远离流行的意识形态，这使他们能够更加轻松自如地表现他们置身于其中的现实生活，随心所欲、无所顾忌地表达他们的个人感受。他们对文学史的“剩余的意义”，对当代现实的“剩余的意义”一概弃之不顾，他们的兴趣在于抓住当代生活的外部形体，在同一个平面上与当代生活同流合污，真正以随波逐流的方式逃脱文学由来已久的启蒙主义梦魇。那些赤裸的生活欲望使粗鄙的城市街景变得更加生气勃勃，捕捉住当今为商业主义粗暴洗礼过的城市生活外形状态，就足以令人快乐，也令人惊叹不已了。

显然，何顿是这股潮流的代表。仅仅是在 1993 年，何顿就抛出几篇很有分量的东西：《我不想事》《生活无罪》《弟弟你好》。这些小说无一例外写城市小市民的生活，准确地说它们是关于处在原始积累阶段的城市无业游民进入社会主义市场经济的故事。这些人开始可能比较穷困潦倒，或刚从监狱里放出来（柚子），或是无所作为的小学教员，再就是发了点财的小老板。他们的“脱贫”愿望相当急迫，对在公有制的体系内生活毫无兴趣，总是像逃脱牢笼一样摆脱那个困境。通往“致富”的道路也并不一帆风顺，坑蒙拐骗、偷税漏税、违法乱纪、黑吃黑是这些人的基本生存之道。就此而言，也可以把何顿的小说看成“城市黑幕小说”。它表现当今中国原始积累阶段的商场黑道，它虽无黑社会凶猛惊险，但具有社会主义初级阶段的显著特征。十分有趣的是，何顿小说的主角经常是中小学教员，他们对所谓“人类灵魂工程师”的头衔弃之如敝屣，对成为小商人则趋之若鹜。尽管这可能与作者个人的经验有关，但是它无意中具有了象征意义：这个社会的最基础的文化秩序业已崩溃，而对金钱的奢望已经成为人们全部的生活梦想。那个大毛靠走谋私贩毒一夜暴富，浑身上下都透着喜悦和得意。那个何夫（《生活无罪》）被一条骆驼烟打中，被曲刚屋里的摆设震撼，几天之后就到曲刚店里打下手。当他沦落为一个拙劣的票贩子时，钱包和略好些的香烟使他保持了心理平衡。

这里的生活主要由喝酒、搓麻将、找女人以及斗殴构成，这种生活与文化无缘，这是一群反文化的城市寄居者，多少有些文化的主角，显然被这种生活淹没。作者的叙述视点几乎不带有任何先验性的观念，也不怀有发掘生活意义的明确动机，作者的兴趣仅只在表现这种生活的外形状态、纯粹的生活之流。王朔的那些“痞子”（同时也被王朔命名为社会主义新人），身上其实被附加了反社会的叛逆含义，这些人物随着历史背景之改变，甚至还被添加进适者生存随遇而安的内容。至于所谓的新写实主义，对市民价值的认同和某种程度的批判性，始终难以摆脱精英主义的视点。何顿的叙事既没有这些复杂的文化背景，也没有这些自以为是的个人态度，他笔下的城市故事是一些真正解放的生活“原形”原始的外形状态。那些男女凭着本能生活，只为自己生活，没有信条，不需要任何规则，我们可以指斥他们为行尸走肉，但是他们生活得很快活，潇洒走一回，过把瘾就死。在王朔那里，这是一种宣言、一种口号，而在何顿这里则是实际的生活状态，在九十年代中国彻底商业化的历史背景映衬下，显得尤为真实。

这个时代的生活已经没有内在性，人们为脱贫所困扰，为暴富所怂恿，何顿抓住这个时代的趋势，把这种混乱不堪而又生气勃勃的生活性状不加雕饰地呈示出来，它们是一些不加深究的表象之流。湖南土语粗话的大量运用，强化了粗鄙生活的本色形状。何顿热衷于去表现那些赤裸裸的欲望、那些寻欢作乐或偷鸡摸狗的情形，这些解放的欲望四处泛滥，很显然，这些场面构成九十年代小说叙事的阅读焦点。纯粹观赏式的阅读期待，也促进了小说叙事对观赏场面的强调。何顿算是参透了这个时代新的写作法则，只要制作一些具有观赏价值的欲望化的表象，就足以支撑起小说叙事，而且作为一个意外的收获，这些欲望化的表象又恰好准确地概括了这个时代的生活面貌。

当然不止是何顿，这种叙事方式、生活态度和文化立场已经构成九十年代文学最生动而富有表现力的动向。一大批年轻的作者迅速崛起，他们对商业社会新的生活形态有着敏锐的感觉。述平的一系列小说与何顿相映成趣，对商场、男女之事和城市暴力有着惊人的表现。

《凸凹》把城市男女之间的暧昧情感、相互诱惑和逃脱的困境刻画得淋漓尽致。现代城市家庭是如此脆弱，其实是过时的问题，迅速导致危机。出走的红玲带着报复动机找到罗尼，结果却投入罗尼的怀抱。周昆与邂逅的林草完成了一段浪漫故事。这一切与其说是因为“报复”动机在起作用，不如说是这些城市男女一直就在寻求逃离家的浪漫风情。“报复”在这里有双重的功能：一方面它是故事中人物的自我欺瞒，他们夸大了“报复”的含义，这使他们在捕捉那些浪漫的机会时可以找到心理平衡，可以无愧于所谓的“良心”。另一方面，“报复”在叙事方面具有转化功能，那些男女相互诱惑的故事，都在“报复”的名义下一步步走向危险的区域，并且达到高潮。甚至连红玲的疯狂都在“报复”的形式下具有了某种悲壮性。那些欲望化的观赏场景因为“报复”的精神品格，而具有了合法性。由于“报复”与欲望的混淆，那些观赏场景植入具有了人本主义的内容，它们成为某种对人物性格的有力表现。

述平的叙事笔法精细锐利，十分善于把握人物在特殊环境中的性格侧面和心理层次。这些人物都处在某种临界状态，一些细节的改变促使他们背离预期的目标，而事实上，这又契合了他们隐藏的无意识。在那些场景中，人的那种复杂的内心世界表现得十分深刻而细致。那种家的气息一直是红玲的渴望，她的理想被破坏了，但是作为理想的象征，作为她现在为之徒劳努力的生活标志，她无法采取任何行动。这使得红玲成为感伤的理想主义者。述平的叙事极富有立体感，这不仅表现在人物内心活动的多侧面，同时使故事本身交织着多种元素。罗尼这个偷情老手却不失儒雅，甚至还有一些同情心，他在旅馆见到红玲还很有些怜香惜玉之情。显然，那次引诱是在一个古典而浪漫的情调中展开的，它的高潮是情欲的表达，结果却是所谓的“报复”行动的实施。他甚至成了红玲的情欲和“报复”的双重牺牲品。

述平十分讲究情境和行为的互动关系，那些不断改变人物本来存在规定的选择，其实是特定的情境在起作用。周昆和林草的故事，一个典型的城市偷情行为，却被叙述得美好而纯真。在那些微妙的时刻人们是如何摆脱生活原有束缚，而拥有了无始无终的自在性？对于周昆来说，这是一次在报复的名义下进行的合理背叛；而对于林草来说，这纯粹是一次闲暇中的出游。人们其实是在一些情境中偶然地作出各种选择，这些选择了的行为又如何能说明人的本质呢？事实上，这些复杂微妙的情感及生活的意味，不过是述平叙事的副产品，对于他来说，对一些男人或女人的情欲和那些欲望化的场景的处理，才是他叙事的原动力。然而不管如何，述平的小说在具有观赏性的同时，也具有了耐人寻味的诸多意蕴。

当然，这种“城市生活之流”并不仅仅表现在那些描写城市粗鄙生活的作品中，新的都市状态与都市的新状态是同步的。随着都市中白领阶层的大批量涌现，描写白领阶层的小说开始在都市文学中占有一席之地，并且显示出它的强劲势头。在这方面张欣近年来的一系列小说值得关注，例如《绝非偶然》《永远的徘徊》《无人倾诉》等。这些作品写出了白领丽人别具一格的生活情状，那些时髦和浪漫、艰辛和感伤在写字楼与家庭之间徘徊不定。改革开放在中国发生的那些最新奇的变化、新的生活方式和交往方式，以及价值观念，在白领阶层这里具有了准资本主义的特色。

钟道新的一些作品则是去追逐另一种城市生活，对都市白领男女新的交往方式和生活状态给予了充分客观的表现。《单身贵族》从篇名来看就在标榜一种姿态，过去人们耻于提起“贵族”，这是一个令人生厌的族类，他们自以为是，脱离群众，更是叫人嗤之以鼻。然而进入九十年代，小康生活已经不再让人心满意足，奔“大康”才是这个时代的新的理想生活。对“大康族”的生活，人们投去艳羡至极的目光，对这种生活的表现似乎不再会陷入矫情的尴尬，而是在展示一种期待已久的奇观。

许前飞、赖明当然是现在最时髦的“大款族”，驾着豪华轿车，拎着大哥大，出入宾馆酒店，上宴席或下舞场，周围美女如云，调情搓麻将，打保龄或赌钱，何其快活潇洒。当然钟道新并不是仅仅展示这些大款的生活场景，他的笔锋同时深入到大款们的情感生活中去，对这些男女之间的暧昧关系进行多方面刻画，为那些官场商场的周旋争斗增添了诱人的色彩。大款们的生活其实也经常陷入苦恼，许前飞和妻子为了事业就天各一方，他们只有通电话来联络感情。不过分居的寂寞很快就被填补，同样处在分居寂寞中的关莉在许前飞这里找到了感情的暂时栖息地。当然，关莉投身于许前飞，并不仅仅是因为寂寞，因为许前飞给她打开了未来生活的大门，关莉的选择是时代的选择。关莉并不是一个轻浮的女人，恰恰相反，她受过良好的教育，气质高雅，但许前飞给她提供的生活她无法拒绝，那种生活令她兴奋，她的失败不过是暂时的挫折，走出制度化的体系，她显然会大有作为。

与单身贵族们的生活形成对照的是陈旧呆板的机关和科研单位，这里是小权术和可笑的阴谋横行的地方。穷困，无聊，为一些蝇头小利苦费心机，连偷情都显得猥琐，那个主任的行径可以概括制度化体系的主要内容。单身贵族们的生活却潇洒而豪放，它表征着当今中国新的社会面貌和生活力量。一种无法遏止的市场化趋势，在改变中国社会的生活秩序和价值观念。当然，钟道新尤为直露地描述了商道和官道的共谋寄生关系，那些应酬周旋的场景掩饰不住官员们的贪婪和商人们的狡猾。至于这些大款族多为“高干子弟”，则更可见当今中国走向“市场化”的社会本质。

总之钟道新在展示单身贵族的生活方式的同时，也不避讳揭示当今中国商业社会的种种弊端。对官场的怨而不怒的讥讽与商战的明争暗斗相配合，使钟道新的小说堆满了各种现实经验，它不仅趣味横生，而且不失为初涉商道的启蒙读物。这当然不是在贬低钟道新的小说，恰恰相反，钟道新的小说提示了一种新的小说经验，或者说它表明小说又回到日常经验。这对于充分务实的九十年代来说，正是如愿以偿的结果。钟道新的叙事明晰而舒畅，《单身贵族》制作了这个时代的城市奇景，一种超前的都市状态，它是一种诱惑、许诺和怂恿，它是这个时代如期而至的精神镜像。

第六节　结语：都市小说的前景与小说的新趋向

从总体上来说，中国都市小说依然方兴未艾，就其处理的生活及其叙事方式而言，还未完全摆脱市井气；就其表达的观念而言，还沾染着现代派的流风余韵；仅在对城市的反讽性描写和对更粗鄙的生活状态的表现方面，才展示了新的都市景观。九十年代的中国小说处在一种十分尴尬的境地，一方面都市小说很不成熟，另一方面作家们热衷于复制一些年代不详的历史故事，摆足了姿态等待着某个伟大的导演加以改编。就连初出茅庐的新生力量，也去写些滥而又滥的民国故事，纯粹的仿制品和复制品，掩饰不住奉献文学初夜权的急切姿态。因此，强调都市小说，强调面对我们置身于其中的现实，强调文学应有的当代性，则是改变文学被动和从属地位的必要立场。从这个角度看，都市小说无疑有着极为广阔的前景。

中国都市小说亟待开阔视野，应该对当代中国的都市状态有更为强劲的表现。就传统的城市文化与农村文化冲突的主题来说，写作者们应给予必要的关注，并且可以作出更深刻的表现。显然，对当代中国都市的“半成品”状态给予恰当的表现，它是在工业文明和后工业文明的双重空间里，在对发达资本主义的狂热模仿和对传统的勉强眷恋的矛盾境况中，制作的“半成品”。因而我们意识到当代中国文化的历史境遇，在某些方面它所具有的后殖民化特征，强化一种“后东方视点”则显得尤为必要。以个人化叙事强行进入这个多元混杂的都市空间，以“反寓言”战略对全球化渗透的民族境遇进行解构。从这个视角切入，并且在小说叙事方面汲取一些当今高科技手段，制造某些多媒体的空间效果，这一切当然转化为一种感觉方式，以文字书写的形式给予强有力的表现。这样，中国都市文学也许有可能创造新的都市文化景观，并且提示当代小说可能达到新的高度。

第四章　无法确证的自我：女性主义意识的崛起

二十世纪七十年代初，西方一位极著名的女权主义者来到中国，她发现中国的妇女解放程度在当时属于最高水平，超过西方和其他发展中国家。确实，在当今世界上，没有任何一个国家的妇女能像中国的妇女这样解放，也没有任何一个国家的妇女像中国的妇女这样不解放。如此自相矛盾的判断同时适用于当今的中国妇女，这并不仅仅基于城乡差异，更重要的是就妇女的社会存在形式与妇女的自我意识之间的巨大反差而言。西方那位女权主义者忽略一个重要的事实：中国妇女的解放是以贬抑男权为前提的。男女平等，同工同酬，通过对男性经济地位的抑制而达到男女平等。男性的经济优越感的丧失，则使他们在家庭中的权威地位全面瓦解，他们没有理由自以为是，而谦恭驯服逐渐成为他们的天性。不难设想，这样的男性适合于被管理。在某种意义上，妇女解放成为一项卓有成效的管理策略，妇女无意中成为驯化男性的有生力量。解放的中国妇女终于要为此付出代价，她们一再慨叹中国没有真正的男子汉，呼唤“强悍的男性”是八十年代以来中国妇女的自虐情结。八十年代的“个性解放”与妇女解放混为一谈，结果却不断扩展关于“勇猛的男性”的想象。

说到底中国妇女并没有真正解放，妇女解放不过表现在外在的社会组织形式方面，而没有落实在女性意识的深处。“解放的”妇女一直没有自己的话语就足以表明这点。中国的女性写作由来已久，但迄今为止还没有“女性文学”这门学科，所谓的女性写作归属于男性写作的总目之下，甚至完全被男性写作所淹没。尽管女性写作的阵容庞大而有力，但她们一直是按照男性的格式，使用男性的语言写作。她们关注父权制度设定的主题、视角和风格，她们的写作也一直被诠释为男性的话语。直到八十年代后期，我们称之为“后新时期”，父权制确认的中心化价值体系陷入危机，那种个人化的女性话语才逐渐出现。当然，中国到现在为止还没有成气候的女权主义运动，也就不可能有西方理论家设想的那种女权主义文学。因此，我设用比较中性的“女性主义”和更加弱化的“女性意识”，来描述那些以女性为主角并且注重审视女性的心理特征和生存境遇的女性写作。不管从纯粹文学的还是大文化的意义上审视当今中国的女性写作，清理新时期以来的女性写作，都显得尤为必要。这种读解当然不仅提示当代中国妇女写作的一幅历史草图，同时也是对当今中国的文化转型的最内在的精神流向进行透视。

第一节　误置的前驱：新时期的同路人

新时期的女性写作一直处在时代的前列，女性以她特殊的敏感表达了这个时期最迫切的历史愿望。在意识形态推论实践的每一个插入点上，女性都触及精神的底层。新时期反“文革”的历史叙事以“人性论”为美学出发点，一代中国知识分子走出极“左”路线的历史阴影，急切抚平精神创伤，肯定人的存在价值。对“人”的肯定推演出一系列命题：人性、人道主义、个性解放、主体论、自我实现，等等。女性作家、诗人则在这一推论实践中与男性作家并行不悖，而且时有惊人之举。

舒婷的诗在七十年代末具有感人至深的力量，女性温馨而细腻的情怀，给予饱受压抑的中国人以最初的抚慰。那个小小的“自我”，那些淡淡的忧郁和感伤，无异于匕首投枪，给集体主义和整齐划一的“我们”以强有力的损毁。舒婷的声音汇入“朦胧诗”的集体合唱，它呼唤着那个“大写的人”出场。显然戴厚英的《人啊，人》喊出了时代的最强音，它把反“文革”的历史叙事与“人”的主题最鲜明而有力地结合在一起。1979 年，张洁发表《爱，是不能忘记的》这篇多少有些自传体色彩的小说，它那纯净的忧伤在当时具有振聋发聩的效果。关于女性爱的权力，关于婚姻与爱情的冲突等等，被放置在伦理学的范畴加以讨论，并且被打上了浓重的意识形态印记。这是对贬抑人的伦理学发起的一次前所未有的挑战，张洁的感伤情调却成为思想解放运动的敏锐触角，它给“大写的人”注入了情感内涵。

张抗抗的《夏》《北极光》等作品中对个性和人性的寻求，无疑显示了女性的隽永风格。但是女性对自我的朦胧意识为“文学是人学”

的时代母题所抹去，女性特征在那个时候只能为更为庞大的知青叙事所消解。也许张辛欣是新时期最早具有女权意识的作家，这个自发的女权主义念头只能一闪而过。她的《在同一地平线上》把视点对准男女之间的冲突。这种冲突第一次被放置在性别文化的背景上来表现，正是女性对自身的意识导致了冲突，这两个世界不像往常那样温情脉脉，而是坚韧地对峙，性别的鸿沟在对人的价值和个性的追寻中划定，且不可弥合。刘索拉的《你别无选择》在八十年代风行一时，这篇被称为“现代派”的小说，无疑抓住了这个时代最尖锐的感觉方式与那种对个性和自我的狂热追求，却少有自觉的“女性意识”。那些富有“个性”的女性，她们充满了对男性的依附感，甚至是男性欲望化目光的产物，是多少有些放荡不羁的性感尤物。由此却也不难看到，男性占据这个时代的话语中心，最激进的女性作家也无法逃脱男性的视角和男性的话语。

“新时期文学”具有强大的创造（重建）历史的愿望，它显示了男权话语的那种“目的论”的和“决定论”的特点。在现代性的意义上确认的文化目标，决定了这个时期的话语推论实践，它当然也规定了这个时期的话语的意义指向。很显然，父权制设定的历史动机和目的轻而易举就统合了女性话语。“新时期”的女性写作可能一开始就试图表现女性自身的感情，但是父权话语给定的意义改变了女性初始的意向，那些本来也许是女性非常个人化的情感记忆，它们被划归到父权话语的语境中重新指认现实意义。在另一方面，国家（民族）代码异常发达的时期，这一传统从古延续至今，不可能有个人话语，当然就更不可能有所谓的女性叙事。正如弗·杰姆逊关于第三世界的寓言性写作所说的那样：“第三世界的本文，甚至那些看起来好像是关于个人和利比多趋力的本文，总是以民族寓言的形式来投射一种政治：关于个人命运的故事包含着第三世界的大众和社会受到冲击的寓言。”① 这种民族性寓言，

① 弗·杰姆逊：《处于跨国资本主义时代的第三世界文学》，张京媛译，《当代电影》1989年第6期，第48页。

显然也是父权制设定的具有整合功能的中心化代码，它当然吞没、压倒以个人存在为前提的“女性特征”。新时期的文学在“大写的人”的纲领之下，去完成与现代化进程相适应的启蒙主义规划。这个时期的意识形态功能具有强大的整合力量，时代共同的历史愿望压倒了任何个人的价值标向，当然也不可能在男性、女性之间划下任何界线。那些急切鼓吹“个性”“个人价值”的话语，它们都植根于集体的乌托邦冲动，并且指向思想解放那个宏大的民族性寓言。毫无疑问，在这个整合的意识形态氛围中没有“女性”的立足之地。

突破这种寓言性的写作模式，逃脱父权制设定的象征秩序，则有待于“在公与私之间、诗学与政治之间、性欲和潜意识领域与阶级、经济、世俗政治权力的公共世界之间产生严重的分裂”。当然，这种分裂按照杰姆逊的看法，只存在于西方资本主义文化中。但是，“现代性”的企图已经植入中国文化，把中国纳入西方文化的这种设想，长期困扰着现代以来的中国知识分子。“现代化”的神话是八十年代中国社会从上至下的意识形态，改革开放的历史进程不仅把中国的经济与西方拴在一起，而且不可避免使两者在文化上结下不解之缘。“西化”尽管在理论上难以自圆其说，在实践上行不通，但是“现代化”的历史进程使中国远离传统社会，至少在文化的表达形式方面与早期乃至晚期资本主义文化有某些类似。八十年代后期，一体化的社会组织结构有所破损，意识形态的整合功能也趋于解体。特别是与市场经济相适应的民间社会趋于形成，导致社会的意识形态发生三元分离的格局，官方、民间、知识分子若即若离。如果说前两者还经常相互寄生的话，那么，第三者（知识分子）则无从插足，它实际被抛离出这个宏伟而诡秘的历史实践之处。整个社会的政治、经济、文化实践，实际处于形式与内容、动机与效果、名目与其实的巨大差异之中。这种差异造成文化秩序的紊乱，脱序的个人由此而产生。当今中国社会既是一个组织结构严整的国家，又是一个纪律极为松散的场所，它是脱序的个人游刃有余的最好去处。

很显然，“解放的”个人并不是文化发展到更高形式水准上的现代人，而是从中心化价值解体中被抛出的碎片。尽管其内容和实质不尽相同，但形式和效果相去未远，那种“在公与私、诗学与政治、性欲和潜意识领域与阶级、经济、世俗政治权力的公共世界之间”产生分裂也成为可能。

在新时期的文学范式面临危机的困境中，反寓言性的写作（反父权制的巨型话语）成为可能。残雪可能是最早具有女性自我意识的作家，她以超验性的奇特方式表达女性意识的内省经验。在她的作品里，女性对周围世界的反抗采取了否定性的超越方式。与张贤亮的那些完整的女性形象相反，残雪的女主人公既没有预期地充当男性的从属物，也没有产生对男性权威的消解式的颠倒，她们是先验性的破裂的存在物，她们生来就是失语患者（对父权制的宏大叙事的抗拒）。她们无法解读周围的外部世界，只能任性地混淆外部世界与内心世界，她们有如一堆破裂的符号，在父权制度的“阳物中心”的边缘毫无着落地漂移。残雪总是把每一个女性的自我世界当作一个绝对孤立的封闭世界。欧茨的女主人公在饱经肉体的和精神的磨难之后还有明确的未来目标，残雪的女性形象则彻底丧失了生活的动机和目的，或者说混淆了动机和目的，因而耽于白日幻想而没有任何积极的行动。

在残雪的女性世界里潜伏着来自男性世界的暴力和各种危险，然而这并没有使任何一个女性屈服，她们一如既往地沉浸在深不可测的内心世界里而无法自拔。残雪当然过分夸大了日常生活里那些精神乖戾的现象，但是她也确实暴露了女性用她们怪异的精神反应来对付来自男性权力的压制的特殊方式，妇女只能用她们的幻想形式来扰乱父权制的象征秩序，她们把外部世界的秩序全部心理化从而使之变形。但是对于妇女是否有可能超越父权制度，残雪依然感到迷惘，她所提示的双重世界意味着妇女永远无法摆脱“阳物崇拜”的心理。“我”所厌恶的不过是世俗的“阳物”，男人扮演的角色或者暴戾或者萎缩，表明我对日常世界里的男权的厌恶和鄙视；那个“公牛”的意象隐喻一种强有力的男性，这个雄壮有力而又令人恐惧的“阳物”是所有女性崇拜的超验的能指。残雪的主人公充其量也只能用她们的心理幻想的形式来破坏现存的男性权力秩序，对于她们来说，全部外部世界都是充满危险的男性世界，只有滞留在自我意识的深处才可能有安全感。然而她们的心理世界无法转译成现实，她们拒绝外部的父权制度之后，永远也无法构造一个真正的超越的世界。

因此，残雪的叙事不过是走了一个虚无的圆圈：从内心的幻想中走出来，然后再回到心理的幻觉经验中去。如果说女性只能停留在自我的内心世界里才能反抗父权制的象征秩序，那么这种“反抗”的方式是否又意味着对男性、女性等级的重新默认呢？男性永远是外部的理性秩序（他永远在场），而女性仅仅是内部的非理性的幻想之流（她永远不在场），只有当她“不在”（absence）时，才构成对男性“在场”（presence）权力秩序的有效否定。残雪在当代被注定了是一个浪迹于内心世界的孤独的旅行者，她唯一的去处就是那个根本不存在的“山上小屋”，她对我们这个奋发有为的美妙时代视而不见，她除了饱尝寂寞的苦果还能祈求什么呢？

残雪的女性意识不是来自社会化的妇女运动，而主要是基于文学话语的革命。她用非常个人化的女性语言，损毁了依附于父权制巨型话语之下的温情脉脉的女性叙事，那些乖戾的女性感觉，打破了传统的以“菲勒斯”（男性阳具）崇拜为中心的女性经验。与其说它昭示着中国女权运动的先声，不如说它仅仅意味着女性写作的朦胧觉醒。随后，赵玫的《展厅》（1989年）把形式主义实验和女性心理意识流混为一体，颇有伍尔芙的味道。那个可以六面打开的盒子，似乎象征着存在的牢笼。与残雪一味表现女性外部（男权社会）的压迫有些不同，赵玫却严密注视到男性也处在自我压抑的困境。他像困兽一般在那个笼子（展厅？）里移动，疯狂地描画（还是幻想？）妻子自杀的情景。某种恋母情结以及对女性的怀念、欲望、期待和恐惧，把这个男人推向存在的深渊。那些“隐藏的心灵秘史”，关于少女青春期的颤抖、朦胧的性意识，它们依然是在“菲勒斯中心主义”的意义上加以书写。但是，那个“菲勒斯中心”在赵玫的叙事中已经岌岌可危，这个困兽般的男人心灵上满是女人划下的伤痕。如果说残雪重新书写了女性的神话谱系，那么赵玫试图改写男性神话谱系。显然，这篇小说带有浓重的形式主义和存在主义相混合的现代派遗风，而其中折射出的女性主义意识，虽然暧昧，却也是“物以稀为贵”。

第二节　无奈的退却：回到日常生活的女性写作

残雪的写作一方面导源于中心化价值体系解体的现实，另一方面植根于非常个人化的女性经验。就其两方面都不具有社会化的群体效应，因而初露端倪的女性意识不会酿就“女权文学”，充其量是摆脱父权巨型语言的控制而讲述个人的话语。八十年代后期（后新时期）的文学写作，不再受制于意识形态的整合实践，更主要立足于个人化的经验。在这样的转型期，女性写作十分活跃，但并没有锐利果敢的女权主义立场出现，这确实是个难解之谜。从意识形态中心退出的文学群体，向着两极分化：一极倾向于语言和叙事结构的实验，另一极退回到日常生活的故事中去；前者被称为“先锋派”，后者被称为“新写实”。值得注意的是，“先锋派”明显受到残雪的影响，至少马原和残雪对他们起到暗示和怂恿的作用；而被命名为“新写实”的作家群中则有不少女性作家。不管人们在理论上如何解释“新写实主义”，有一点似乎是应该重新发掘的：关注日常生活及其价值，这得力于女性视角，它是女性作家在意识形态衰弱之后，回到妇女生活本位的自主选择。很显然，新写实主义的旗帜遮蔽了日常生活“原生态”上的女性印记。

“新时期”的解体意味着反“文革”的历史叙事趋于终结，同时也表征着“现代性”企图及其巨型语言的危机。在后新时期的非中心化的语境中，女性的经验才有可能浮出历史地表。女性对日常生活有着特殊的敏感，既然这个时代的文化已经无力给出伟大理想的承诺，那么认同平实普通的市民价值，对于女性来说则是顺理成章的事。退回日常生活无疑是这个时代的普遍选择，也是文学的潮流之一，女性文学无疑在这一潮流中独领风骚。当然这一时期依然有关注社会问题的女性写作，被推许为“新写实”代表作家的方方，在 1987 年发表《风景》，随后发表《落日》。方方的作品确实有很强的社会批判性，她的叙事冷峻而犀利，她更关注那些人类性的和社会性的普遍问题，而不陷于单纯的女性意识。相比较而言，同样关注社会问题的池莉，则具有更多女性意味。1987 年，池莉的《烦恼人生》描写一个普通工人的日常生活，那些琐碎的细节、平淡无奇的纠纷以及一些暧昧的感情，构成小说叙事的主体，这个故事就像生活的流水账，平实说来，随意流去。就大的文化语境而言，它表达了“大写的人”向“小写的人”转化的时代趋势，这个时期的人们不再追随远大的理想，他们乐于为日常生活所左右，为眼前的利害所支配。然而对这种转向的敏感把握却无疑显示出池莉的女性眼光。如此直率地认同日常性价值，这可能是女性特有的勇气，它当然表明了女性的认知方式和特有世界观。

1989 年池莉发表《不谈爱情》，尽管这部小说不具有方法论革命的意义，但是，由女性作家提出这一口号具有挑战性。“爱情主题”一直是新时期文学的核心母题，它在现代性的意义上以启蒙主义的手笔书写，这个主题勾画了一部“文学是人学”的生动历史。现在池莉明确提出“不谈爱情”，这不仅仅喻示着她对市民价值的某种程度认同，更重要的在于其标明对父权制巨型话语的断然拒绝。无可否认，在认同市民价值与追寻超越性理想两方面，池莉多少有些模棱两可，她试图把她的倾向压到最低限度，理想主义的失败还是透示着感伤意味。尽管如此，我们还是可以看到女性作家对生活和文学意义的重新定位，它们一道被拉到最朴实的和原初的平面上。那个市民女性对知识分子男性的俘获，既表明庶民的胜利，也象征性地表达了一次女性写作的成功。尽管池莉一直被置放到“新写实”的男性话语系列中去理解，但如此明确而平静地回到日常生活的方式和心态，都显示了鲜明的女性特征。它表明了女性在意识形态衰落之后对生活的选择，是对女性自己所关注的“微弱的”社会主题（那些女性的生活琐事，最简单的生活愿望）的反映。池莉逃避的当然不仅仅是中国文学惯有的巨型叙事、中国文学从古以来的“载道”传统，也是男权文学惯有的文化霸权。

同样被称为“新写实”代表人物的范小青，她的叙事始终别具一格。在退回日常生活这方面，她似乎达到某种极致境界，也正是这点显示了她的叙事的女性特征。身居姑苏古城，淡于世事，远离外界的喧闹，这使范小青尤为容易沉浸于怀旧情调。与残雪那种乖戾的、充满叛逆性的女性话语不同，范小青的叙事平实清淡，真所谓“还原”日常生活的本来面目。《顾氏传人》讲述一个旧式女子的故事，从青春年少到孤寂老年，淡淡说去，却有世事沧桑之感。女性的视角在这里不仅仅表现在对一个旧式女子的命运的关注，而且在那些极为琐碎的生活场景的描写方面，用女性的单纯性给生活重新编目。不是以尖锐的社会观点和激进的挑战姿态，而仅仅是以风格化的女性叙事与父权制话语分庭抗礼。“女性风格”这种说法一直受到一些女权主义者的怀疑，因为这种风格始终是由男性命名的，她们与男性风格相对（阴性的、柔弱的、细致的，等等）而处于从属地位。但是我这里强调的“女性风格”，是指逃脱父权话语命名的女性视角，它表现了女性对生活的特殊处理方式。例如，《杨湾故事》描写“文革”期间二个少女的命运，《没有往事》表现小城镇女性的生活情态，就其故事而言，与苏童和储福金笔下的小城妇女的生活无大差异；但在对生活的单纯性和朴素性的表现方面，范小青就显出女性独有的那种感觉方式：把生活处理为不附加明显意识形态含义和超越性意向的本真形态，生活具有自明的自在性。

王安忆在诸多的女性作家中无疑出类拔萃，她在各式各样的潮流中都能游刃有余，这与其说得之于她的机敏，不如说得力于她的沉着。任何变化她都能洞察其中奥妙而有惊人之举。当然在某种意义上，也要归结于批评家的好事本性，任何潮流如果没有王安忆加盟，似乎大为逊色。也许王安忆始终关注变动的现实生活，并且不断寻求自我突破的途径，这使王安忆在每个转折关口都能切入其中而不被淹没。刚走出“寻根”潮流的王安忆，迅速写下“三恋”（《小城之恋》《荒山之恋》《锦绣谷之恋》），这是对知青题材的重温和对女性心性的特别审视，当然也可以看成是对当时朦胧觉醒的“女性意识”以及方兴未艾的“性文学”的应答。尽管“三恋”的那股潮流已经过去，但我以为“三恋”还是相当出色的。女性的潜意识、她们的敏感和不知所措以及她们的微小愿望得到满足所要承受的社会的压力，这一切都被王安忆刻画得淋漓尽致。事实上，那时王安忆已经看到中国妇女最内在的压力，那就是“自我”的压迫。在这里，外部社会并不仅仅由男性构成，妇女也在积极充当同谋。

很显然，王安忆在更多的时候并不刻意表达“女性意识”，对变动的社会现实的关注，使王安忆的作品具有历史叙事的广度和力度，王安忆的作品是一种女性的“宏大叙事”。进入九十年代，王安忆的视野显得更为开阔。告别八十年代及其意识形态实践，对理想主义失落和商业社会来临的感悟，使王安忆再次抓住时代的脉搏。九十年代初，王安忆连续发表几篇小说，如《叔叔的故事》《歌星日本来》《乌托邦诗篇》等等。这些作品在叙事方面有其显著特色：以主观化视角完成个人记忆与时代记忆的重合。这些再次强调第一人称“我”的视点和感受的小说，重新发掘了“个人记忆”。对于王安忆来说，“个人记忆”并不是沉迷于内心幻想或某些形而上观念领域的个人经验，而是活生生的历史故事。叙述人“我”的记忆特征打上了鲜明的历史烙印，那就是“知青记忆”。恰恰是对“知青记忆”的重新审视，把知青记忆与五十年代的理想主义串通在一起，王安忆重新写作了知青故事，并且重构（解构?）了五十年代和八十年代的理想主义。这是一次系统性的追问，《叔叔的故事》对“叔叔”那辈人的理想主义提出质疑。历经生活的磨难，叔叔那辈人的精神世界里依然存贮“古典浪漫主义”情结。而在“我们”这辈人看来，那种理想却更多显示出悲凉之感。《歌星日本来》则把知青时代的生活记忆放置在当今商业化现实中，这个看上去是表现了艺术与商业相冲突的故事，实则是重新审视了知青一代人的理想。那些作为叙事背景而存在的“知青记忆”，虽然几乎被现实的故事所淹没，但是它倔强地存在着，它所散发的浓重的历史感伤气息，绵延而至，贯穿了两个时代。尽管王安忆对知青记忆怀有深挚的情感，却也不得不给予它以失望的基调。王安忆在讲述“我”的故事的时候，文本里面始终涌动着那个时代的愿望和梦想。因而，那种失败主义的感伤情调从王安忆的亲身经历中透示出来，却是把个人记忆与历史记忆融合一体。“我”的故事向着“我们”，向着“他们”，向着变动的历史过程开放。

并不有意关注女性本身的问题，更主要是关注那些人类性的普遍事项和社会历史动向，这些在很大程度上依然构成女性写作的主要方面。从文学的角度来看，强行在文学写作上打上性别特征是毫无必要的，没有理由认为与男性话语并驾齐驱的女性叙事有什么缺憾。长期以来，中国的女性写作是处在文学的纲领之下。至于这个纲领本身包含意识形态的推论实践又当别论，而不是在妇女运动或女权主义理论指引下写作，因此，女性写作以及对女性写作的理解都不具有性别的观点。中性化的写作融合在文学性的统一规范里，所谓女性特征只是在非常有限的侧面才有所表现（例如风格化的叙事方面）。女性作家被置放在男性作家的水准上，这当然使中国女性作家的写作特别具有力度和深度，其代价是使女性话语特别欠发达，女性作家对自身世界漠视与逃避。

第三节　迷惘的自省：超现实的女性修辞学

中国的女性写作只有依赖文学范式的改变才能找到立足之地。如果说残雪的极端个人化的话语因为没有大语境为依托而稍纵即逝，那么到了九十年代，文学的“宏大叙事”再难起整合作用。王安忆的历史叙事与其说重温了一次理想主义，不如说最后消解了理想主义。并且她的“历史叙事”特别强调“我”的视点和个人的内省经验，抒情意味的长句式也表明她的形式主义倾向。个人经验和美学趣味上的写作已经重新划定了文学的规则，这使女性写作可以比较自如地去探究女性“自我”的世界。一种真正反寓言的后个人主义式的写作开始酿就女性主义的叙事。

陈染在八十年代后期就开始写作，九十年代初期就引起多方注目。陈染如此不顾一切地回到个人的内心生活，这使陈染在当今中国的女性主义向内转的趋向中率先地表达她的特殊经验。从陈染的那种叙事和她刻意要表达的超越外部现实经验的那种倾向，她与苏童、余华、格非、孙甘露是非常接近的。如果用男性习惯的目光来看，很可能会认为陈染的小说“生活面”过窄，缺乏广度和变化。然而我们也许应该意识到，陈染第一次如此执拗地表现这样一种“妇女生活”在逃避和渴求男性的狭窄的中间地带踟蹰。陈染一直试图描绘那幅“美丽而忧伤至极的”自画像。

纯粹的女性写作只关注女性自身，它把那些极端的女性经验作为叙事的核心，它必然蔑视经典的文学法则和现行的道德准则。正如那些锐利的企图穿透现实社会的女性写作需要胆识和才略一样，回到女性自身的女性写作同样需要勇气和才情。不管人们愿不愿意承认，陈染的写作是一种存在，一种极端的女性主义存在。这些年来，她一如既往地冲进女性经验的那些幽暗领地，不断地说着“自己的故事”。

什么东西一直在困扰着陈染？什么东西在激发着并且推动着她的叙事？这就是爱欲女性最内在的自我经验。表达、呈现、歪曲那些女性的爱欲，使之变形，难以实现，由此构造极端的妇女生活，这就是陈染写作的基本特征。《与往事干杯》是陈染最具代表性的作品，当然也是理解陈染写作的入口处。一个少女经历的心灵磨砺被刻画得淋漓尽致。少女青春期的躁动、渴望和恐惧，毫无保留呈现出来。面对“纤弱、灵秀、永远心事重重的少女……”，生活是如何在这样一张白纸上涂抹印记的？家庭、社会、性和政治？总之肖蒙这个纯净而灵秀的少女，来到一个废弃的尼姑庵安家。我无法断定这是陈染的真实经历（部分真实），还是纯粹的虚构作为一种写作行为，我宁可把它看作虚构。这个尼姑庵是一个适宜于灵秀而心事重重的少女生活的地方，这个场所宁静、封闭，它本身就是一个绝望的内心世界。现在，陈染回到了她的内心世界，正如回到她的精神家园一样。她无法在外部世界找到适宜的去处。父亲与母亲的离异，学校里的冷漠，她无法找到平静的个人的生活。她在逃避、躲藏，而外部的生活也不断地离她而去。父亲离去，随后母亲与一个混血的外交官开始了约会，她与外面的生活越来越疏离。这个心事重重的少女现在回到了她的自身，她拿着一本教科书，拿着一面镜子在认识自己的身体。执拗地回到自身，执拗地自我确认，终究导致了童贞的丧失。

“童贞的丧失”是这个故事的核心部分，它以病态的形式来表现它的美感。在这里，“童贞的丧失”既不像浪漫主义小说惯有的故事那样浪漫温馨，也不像经典现实主义叙事那样惊天动地。它在这里是一次内心深化的结果，一次无怨无艾的自我探索。它没有恨和懊丧之类的后遗症，只有略微的失望。它不过是青春期必经的一个事件。一方面，它被表现得尽可能“必然”；另一方面，它又是以病态的形式给它以独特的意义。一个年长二十岁的男人，占有了她的童贞，这件事被彻底渲染，却没有必要的、明确的价值判断，这是令人惊异的。与其说这是一次被客观化的夺取，不如说是主观化的呈现。那个诱奸者医生，在小说的叙事中实际是充当了一个客观化观众的角色。通过“他”的行为和视点，展示了一个女性自我探求的绝对行为。

在这一意义上，可以说《与往事干杯》是一个关于女性爱欲的故事，讲述女性的爱欲是如何异化、分裂和移位的。小说的叙事从一个受阻的情爱故事开始，里面包含的依然还是受阻的情爱故事，并且具有传奇性。自我的爱欲在小说叙事中始终处于中心位置，不断地审视自我的内心世界，审视爱欲的生长和变异的全部过程。在这里，母亲，男人，都不过是外在化的叙事支点，他们起到的是反射和反观作用。陈染感兴趣的是不断的自我观看、不断的自我呈现。当然，并不是说陈染的叙事是超历史的，而是说，她最关注的是纯粹的爱欲本身，历史在这里充当了一种结构的脚手架。呈现是主观化的、积极的、主动的、赞赏性的；而受阻则是无意识的，是被迫的和客观化的。在《与往事干杯》里，女性的爱欲在最初萌发时就被历史误置了，她从历史社会逃到女性内心世界，然而，逃避是无用的。因为历史、社会和政治已经深植于女性的历史发生学之中。这就是女性写作的奇妙之处，她愈是想逃脱外部世界，回到纯粹的女性爱欲，却愈是更深地回到历史之中。不管有意还是无意，《与往事干杯》揭示了女性爱欲的历史发生学，是如何具有第三世界的寓言特征。个人的利比多冲动，却是不可避免地为历史所裹挟。它越是尖锐地表达女性爱欲的困境，越是深刻地反映了爱欲与历史（政治）的辩证关系。

以第一人称，自我表白式地叙述女性的爱欲困扰，这在陈染绝大多数的小说中随处可见。这种表达方式构成陈染小说叙事中激动不安的内在质素，它使陈染的叙述总是不断地回到女性自身的问题。对于陈染来说，“爱欲”不是现实赤裸裸的感官享用，而是纯粹的内心生活，一种完全抽象化的通灵论。《与往事干杯》是女性爱欲的发生学，也是陈染写作的历史发生学。陈染的叙事在这里与历史相遇，这完全是一个巧合，她这个人整个说来是拒绝历史的。除了《与往事干杯》，陈染的小说很少触及真实的历史事件（或历史过程）。《与往事干杯》作为女性爱欲的发生学，作为女性个体存在的历史情结，只有在那些触及内心生活深处时，才偶尔浮现出来。令人奇怪的是，《与往事干杯》所创造的情调，所表达的人生意味却总是在陈染所有的小说中弥漫开来，它像是音乐作品的动机，总是倔强地在不同场景中呈现出来。这也就是为什么陈染的小说在不经意的阅读中，像是在重复一个永远的故事。事实上，陈染后来的小说越来越偏执地拒绝历史，拒绝社会同化。她的主人公以更加尖锐的姿态去完成妇女的自我（身份）认同。

《与假想心爱者在禁中守望》显然是一篇极为心理化的小说。如果说《与往事干杯》在女性与外部社会进行最简单的交往关系中，触及历史无意识；那么，《与假想心爱者在禁中守望》则是在纯粹的观念意义上写作一种绝对的妇女生活。一个独居封闭世界的女人，不断地与自己对话，形成她奇特的日常生活。陈染的主人公总是先验地拒绝外部生活，她们倾心的男子要么失踪，要么根本就是一些不存在的假想者。与这些失踪者和假想者的对话，则是陈染返回到女性内在自我的叙述方式。现在，这篇名为《与假想心爱者在禁中守望》的小说，可以说是陈染最极端的回到女性意识深处的小说。这个叫作“寂”的小姐，“是一位国家级的优秀报幕员。她的面容把沧桑与年轻、热烈的性感与冷峻的清醒这些最具矛盾冲突的概念，毫无痕迹地结合起来”。她的人物已经难以使用“性格”这种概念。按照经典现实主义的原则，人物性格不过是全部社会关系的总和。在这里，外部社会和客观事物都被降到零度。人物不过是一个角色，一种符号。重要的是她是一种内心生活的表达者。这个美丽的女人却奇怪地独居，并且想入非非。一个少年的死亡与其说给她以震动，不如说使她更深地回到冥想的幽暗地带“颠来倒去想问题”。于是“声音是一种哲学……”她重复想。于是“请为我打开这扇门吧，我含泪敲着的门，时光流逝了而我依然在这里……”她思索着生与死这些哲学命题，设想着与镜框中的男人对话。女人的“爱欲”只是高度抽象的灵魂活动，它一旦现实化就要变形，就要变得怪诞。

陈染的叙事总是在幻想与现实的两极展开，爱欲“终究”是要现实化的，它使陈染的叙事具有某种奇妙的破坏性，即对一种理想（假想）状态的摧毁，陈染的叙事因此又具有了某种转折的力量。正像那个一直“与假想心爱者在禁中守望”的寂小姐一样，她居然要求与一位修理钢琴的五十多岁的男人做爱。爱欲的现实化总是变形的，按常规的眼光来看，是病态的、异化的。这些女人有什么必要如此顽强地拒绝生活？这种追问对陈染是不合适的，她笔下的女人命定就是遗世孤立，落落寡合。她们是纯粹的女人，是一些关于女人的绝对概念，是高度抽象的女性生活。陈染的那个叙述人，那个纯粹的女性，一直试图在“与往事干杯”，然而，往事并不是一段具体的记忆，它是一开始就被误置的爱欲，它是生活的谜和死结。陈染（或是她的叙述人）总是想去解开那个内心最深的困扰，她们只能不断地自言自语，不断地在禁中守望。

在当今的女作家中，林白也许是最直接插入女性意识深处的人。她把女性的经验推到极端，从来没有人（至少是很少有人）把女性的隐秘的世界揭示得如此彻底，如此复杂微妙，如此不可思议。我无法推断这里面融合了作者多少个人的真实体验，但有一点是不难发现的，作者给予这些女人以精湛的理解和真挚的同情，甚至不惜融入自己的形象。这种坦率和彻底在某种意义上构成妇女写作的首要特征。在讲述女性的绝对自我的故事时，女性作家往往把眼光率先投向自己的内心，正是对外我的反复读解和透彻审视，才拓展到那个更为宽泛的女性的“自我”。这些故事在多大程度上契合作者的内心世界并不重要，重要的是它们是真实的女性独白，是一次女性的自我迷恋，是女性话语期待已久的表达。不无夸大地说，林白的小说以它特殊的光谱，折射出那些文明的死角。

1990年林白的《子弹穿过苹果》以其异域色彩和尖锐的女性意识而引人注目。这个似乎是恋父的故事在叙述中却透示着异域文化的神秘意味。那个终身煮蓖麻油的父亲偏执而古怪，他煮颜料的爱好显得毫无道理，生存的不可言喻是所有异域文化的根本特征。那个马来女人蓼神出鬼没，她像一个精灵四处游荡，却迷恋上煮颜料的父亲。父亲与蓼若即若离的关系与“我”和老木这对“现代”青年的情爱相混合，这二者似乎迥然相异却又有某种关联，它们是为一种习惯的叙述模式所支配，还是为随意跳跃的叙述视点所关联，或是为一种巧妙的隐喻结构所支撑？《子弹穿过苹果》，一如它的题名，在异域生活状态与现代人都市情爱纠葛的散乱关联中，表达了某种不可理喻的宿命意念和奇怪的女性文化谱系。那种随意跳跃的主观视点重在表达独特的女性情感记忆，它们是一种感觉之流，纯粹的女性话语之流。也许这篇小说还可以读出“寻根”的流风余韵和魔幻现实主义的痕迹，但是，这些都不足以抹去女性的文化记忆和表达方式。

林白的小说习惯采用“回忆”的视点，它并不仅仅引发怀旧情调，同时使她的叙事带有明显的自传特征和神奇的异域色彩。那些往事，那些回忆的片断，都指向特殊的文化意味，散发着热带丛林的诡秘气息。林白的女主人公们无一例外都是来自南方边陲地带，她们有着特殊的性情、心理和行为方式。因为异域文化的前提，那些多少有些古怪或反常的女性，也变得不难理解，她们超然于汉文化的正统禁忌之上而别具魅力。《同心爱者不能分手》《回廊之椅》和《瓶中之水》是林白近年来颇受好评的作品。这些故事多少有些离经叛道，其令人惊异之处，可能在于它们隐含着“同性恋”意味。林白着眼的那些微妙的女性关系因为附加这样一个系数而具有惊心动魄的效果，令人望而却步或想入非非。林白的叙述细致而流利，女性相互吸引、逃离的那些环节委婉有致。女性的世界如此暧昧，而欲望不可抗拒，这使得她们之间的关系美妙却危机四伏。林白笔下的女性以从未有过的绝对姿态呈现于我们文化的祭坛之上，她们具有蛊惑人心的力量和引人入胜的效果。

《一个人的战争》（1994 年）显然是林白最出色的作品，无疑也是这一时期中国女性写作最出色的作品。由于林白的存在，中国的女性写作与男性话语有了鲜明的区别，林白的女性叙事对女性的绝对的故事性、女性的特殊感觉以及语言对现实的重新编码方面都构成强有力的冲击。《一个人的战争》令人惊异之处在于，它如此彻底地讲述了一个女人的内心生活，那种渴望和欲求，那些绝望和祈祷。一个逃避生活的女人，又是如此挚爱生活，因为只有她才是如此倔强，几乎是不顾一切回到内心生活深处。这是一个纯粹的女人的故事，那些非常个人化的女性经验从狭窄的历史缝隙之间涌溢而出，它们怪模怪样而又朴实率直。小说叙事以它彻底的方式，直接从童年经验开始。那些最原初的心理欲念现在像一个绿苹果悬挂在多米的蚊帐里。多米五岁就初尝禁果，这使她过早地与周围环境区别开来。对幼年孤独感的表达与那些极端的个人心理体验相渗透，小小的多米就是以这种方式开始自我认同，开始她漫长的拒绝和逃避之旅。那顶蚊帐是同谋，是多米幼年的天堂，也是多米成年后的地狱。不得不承认，林白的叙事一开始就抓住这些超乎寻常的经验，抓住这些富有象征性和贯穿始终的代码，它们潜伏于叙事的最初的角落，使整个故事具有无法分隔的内在力量。多年之后，在轰轰烈烈的大学校园，多米依然躲在她的蚊帐里，透过蚊帐的网点观察她置身于其中的环境，她一如既往沉浸在她的故事里，漠然地看着她们在她的蚊帐之外来来去去。

多米是一个内心有力量的女孩（尽管她一再自我表白说她内心没有力量），这就像二十世纪初易卜生所说的那样，谁最孤独谁就最有力量。多米不怕孤独，不害怕被孤立，躲进她的内心，就像躲进那顶白色的蚊帐一样，那是她回归自我的乐园。我说过这部小说是一次彻底的倾诉，它无须回避，它没有什么需要掩饰，这是一次类似卡夫卡所说的自我埋葬式的写作，彻底的倾诉就是彻底的埋葬。幼年的快乐与孤独，十九岁时的辉煌与惨败，多米总是执拗而怪模怪样地走着自己的路。“她拿着手电筒走在漆黑的乡道上……”，这是多米在农村生活岁月的象征性的描述。这个不肯深入群众的孤僻之子，居然也想入非非要出人头地。看来那时的多米并未六根清净，她还是期望获得社会的认同。多米就是这样一个人，她总是在孤僻与虚荣之间徘徊。林白能把多米的孤独感刻画得起伏跌宕，就在于她并没有一味沉入内心世界而无法自拔。多米在孤苦伶仃的岁月中很容易滋生一些不切实际的念头，她打着手电筒走在漆黑的乡道上，想到了“奋斗”，她甚至异想天开要写“电影”或“诗”。这个被群体遗弃的人，寄望于用笔和纸一步登天。十九岁的多米聪明，出类拔萃，她当然也渴望成功。改稿的喜悦还没有来得及品尝，这个年轻的文抄公不得不咽下身败名裂的苦果，多米迅速退缩进她的封闭世界。作为一次对内心生活的全面梳理，林白没有回避记忆中的那些暗礁。那些在生活的尽头滋长起来的希望，那些无法正视的挫折，那些绵延不尽的悲哀，它们尘封于内心生活的深处，那是无法逾越的存在，那是绝对的存在。我说过这是一个纯粹的女人的故事，只有纯粹的女性写作才会正视这种存在，才会彻底倾诉这种存在。

当然，这还是一个绝对的女性故事。它如此偏执地去发掘反常规的女性经验，那些被贬抑、被排斥的女性意识，从女性生活的尽头，从文明的死角脱颖而出，令人惊奇而又惶惑不安。林白的小说在当今文坛给人以兴奋，又颇有非议，大约与她独辟蹊径去揭示那些怪异的女性经验不无关系。她近年发表的一系列小说，诸如《同心爱者不能分手》《子弹穿过苹果》《瓶中之水》等等，都对一些怪异的边缘性的女性经验加以发掘，它们展示了一个女性的奇观世界。《一个人的战争》在这方面则是大胆地往前走，它是如此深邃地沉醉于自我的经验世界，它是如此绝对地埋葬自己，以至于它无所顾忌地倾诉了全部的内心生活。结果，这次返回内心的倾诉，不得不变成一次超道德的写作。它对男权制度确立的那些禁忌观念，对那些由来已久的女性形象，给予了尖锐的反叛。多米三岁就没有父亲，无父的感觉在她的心里很可能是一片抹不去的阴影。小说没有提到渴望父爱，但不难感觉到多米内心的祈求，她的逃避、她的片面的自我认同，在这里可以找到最初的线索。小说的结尾处，多米以她奇特的婚姻形式填补了最初的缺失。

残雪曾经表现过女性封闭的世界，在残雪那里，女性以她极端自虐的方式表示对男性的断然拒绝，那是一个绝对封闭的女性世界，以至于残雪的小说里只有一些关于女性的片断感觉，一些始终在能指层面上滑动的话语碎片。显然，林白的叙事重新开启了女性封存已久的那些心理角落，它以女性自慰的方式敞开女性的多元性。没有人像林白那样关注女性的自我认同，女性相互之间的吸引、欣赏，女性的那种绝对的、遗世孤立的美感。北诺，美丽而奇特的女人。美丽的女人，一个多么有诱惑力的说法，她们总是有一些其他的表述方式：尤物、玩偶、伴侣、情妇等等。现在，美丽的女人满街都是，她们穿着超短裙呼啸而去，她们已经不是女人，她们是尤物、玩偶、伴侣、情妇……她们什么都是，就是不是女人。北诺，林白经常痴迷的一些女人，那是一些绝对的女人，她们在生命的某个阶段不期而至，然后又倏然消失，使我们看不清生命的真相。南丹是一个出类拔萃的女子，她显然是因为过分自以为是而对所有男性嗤之以鼻，不管在个人的经验世界里，她有真实存在的理由。在小说中，她像是一个女权主义的概念，一个妇女解放的前驱。

不管如何，在林白的故事中，女性总是经受莫名的屈辱，她们是如此容易遭受伤害，而男性触角（权力、欲望和幸福的诺言）又是如此轻易地打开女性的自我封闭之门。多米在她的青春年华像条惊慌失措的鱼在永远陌生的异地他乡游走。这一切都以犀利而流畅的倾诉涌溢而出，林白的叙述自由挥洒，极为明快的语言句式，随意且充满锐气，奔放而优雅从容，干脆利落却不失隽永醇厚。

也许人们会对林白如此详尽倾诉内心生活而感到疑惑不安，或者不以为然。然而，她彻底地表现了一个女人的生活，多米从我们庞大的写作制度体系中滑脱出来，她是这样一个女人，她在幼年时期就按自己内心深处的不可扼制的内在力量去追求更彻底、更自由的人生。很多年来，她封存于自己的内心，她被环境随意摆布，各种失败纷至沓来，然而，她不能接受社会给予她的限制和压迫，甚至不能接受社会给她安排的角色，她怀抱着那些绝对的女性观念，那种超乎寻常的女性的感觉方式，倔强地在生活的尽头行走。“她的身上散发着寂静的气息，她的长发飘扬，翻卷着另一个世界的图案。”这就是多米，一个已经逝去的灵魂。一部成功的长篇就是一次自我埋葬，林白埋葬了多米，她当然埋葬了自己。

1995 年林白发表《致命的飞翔》，与其说这是林白最后的冲刺，不如说是一次致命的写作。“北诺曾经在我的青春期一闪而过”，那些压抑在记忆最底层的印象，只在生活最孤寂的时刻偶尔呈现。也许这正是林白写作的特点。那些最奇怪的生活片断往往是她写作的起点，它们是最真切的个人记忆，又是最虚妄的幻想。关于一个女人的故事由一些忧伤而动人的场景构成，它们包裹着锐利和极端狂妄的女性冲动。在这一意义上，林白的个人记忆又是放任自流、毫无节制的女性妄想，一种致命的飞翔，而对细节和具象的关注，使她的叙事具有特殊的质感。她近期的长篇小说《守望空心岁月》（1995），这个看上去极为文弱的人，何以有如许勇气，这是令人惊异的。

不管如何，在九十年代文学的集体想象关系解体之后，文学不得不面对个人的存在经验写作，而女性主义叙事则乘机显得特别活跃。当代小说应该说是处在某种绝境，而女性叙事则试图走极端的方式走出穷途末路。制造生活奇观，发掘那些被掩盖的精神死角，甚至精心策划一些欲望化的观赏场景，对这个时代的女性的内心世界和她们的窒息而又空洞的岁月作一次彻底的清理。她的叙述锐利而惊人，打开女性自我记忆的深处，她审视那些令人绝望的时刻。一些不断被歪曲的生活事实，它们毫无留地呈现于男权的祭坛之上。这既是女性小说作出的特殊的选择，也构成了当代中国小说向心灵深处推进方面的特别经验。

九十年代中期崭露头角的虹影，由于保持着写诗的特征，她的小说写作一开始就定位在相当复杂的叙述感觉层面上，同时着力去揭示那些怪异的女性经验和人性隐秘的内在世界。通观虹影的小说，你不得不惊异她把女性的内心经验，更彻底地说是女性的白日梦，描写到极端的境地。她的《康乃馨俱乐部》（1994）则是女性白日梦的表达，毫无疑问也是颇具叛逆性的女性写作。作为虹影写作的一次概括，它当然也是当代中国女性写作的一个奇观。

作为这部小说第一部的《康乃馨俱乐部》，描写了一群时髦怪异的女子，她们开着吉普车，文身、剪寸头、时兴乞丐主义，在午夜出动。这些乖戾的女性组成的康乃馨俱乐部，主要实施对男性的报复。虹影的叙事把男女关系推到极端，它们构成妇女被压迫、欺骗、遗弃的历史，她们遭遇欺骗、压迫之后就是被丢弃。不管是作为父辈形象出现的“父亲”和“主编”，还是作为情人角色出现的“古恒”或是鹰之类的男人，都遭到根本的否定。那些困扰女性由来已久的焦虑和恐惧，现在被细致地呈现出来，“乱伦”和“背叛”构成了全部男女关系的两个死结，两个无法逾越的基本障碍。在既定的文化秩序里，女性只有服从，现在这些不安分的女性精灵，猫、债主、妖精等，开始铤而走险，她们实施的报复是对男性进行阳具切割。从表面上看，虹影的叙事显得极为离奇荒诞，那些行为方式，那些生活场景，都远离生活现实，如同梦境一样怪诞虚幻，它们确实也就是女性的白日梦，彻底的、不受现在文化秩序规范的白日梦。在这里面，女性的经验、感觉被再现得极为充分。彻底的女性叙述才具有毫不妥协的离经叛道的意味。

如果认为虹影白日梦式的叙事只是离奇古怪，那就过于表面化了，事实上，在这些放任而夸张的叙事中，隐含着相当尖锐的对两性关系历史的重新思考。这个叙事人“我”的命名，就构成对父权制的质疑。

这次命名是具有反讽性的。这个由父亲来命名的仪式，揭示了父权制的性暴力与文化史合谋的历史渊源。这一切都写在“字典”里，男权书写的历史典籍里面已经给定了女性的历史地位，并且这一切以中国文化特有的东方神秘主义的叙事加以权威性的表达，它被置放在天人合一的神圣结构里。当然，还不能说虹影的思考就非常清晰而深刻，但她的追问是有挑战性的。在迄今为止涉及妇女与男性、与社会对抗性冲突的小说里，虹影的叙事确实是最极端的。八十年代中期，刘索拉的《你别无选择》中出现的追求个性和现代精神的女性，她们还难逃男权崇拜的怪圈；随后的残雪则把男权推到一个被质问的位置上，残雪笔下的女性是以逃避的、纯粹个人幻想的形式来拒绝男权世界；在陈染、林白和徐小斌的叙事中都可以看到对男权的逃避和怀疑，但她们多少都保留了男女两性调和的最后幻想。虹影则走向极端，在她的叙事中，女性一开始就是以报复的面目出现，她们采取了最极端的行为，那就是根本否定阳具的存在。当然，我未必欣赏和赞赏这种极端，也不是说越极端就表达了越值得肯定的女性经验，我想指出的仅仅是当代中国女性写作的走向所达到的极端程度。

虹影表现了女性的极端反抗，但并不等于她认同了这种反抗的有效性。小说的结尾，那个背叛者“古恒”（他的名字本身对男权文化的历史永久性地进行讽喻）再次出现，这个和好的场景并未表明男女对抗的解除，相反，它导向对极端反抗的怀疑。显然，虹影并没有像极端女权主义者所做的那样，断然否定男女在生活世界里的必然联系，她终究意识到二者的必要关系。问题并没有解决，留下的是更复杂的和更深的疑问。

就其小说叙事来说，虹影的叙事很有包容性和立体感。就《康乃馨俱乐部》而言，可以看到虹影把纯粹的女性幻想世界与个人的直接经验加以混淆，那些离奇的、放任的行为，那些激进的场景和不可思议的女性的心理，与极为细致的个人的感觉经验随时糅合在一起，使虹影的叙事坚韧锐利而又有可感性。当然，虹影的小说叙事经常放开手对生活进行断片式的任意书写。《康乃馨俱乐部》里的那些“我”的回忆和感受、与其他女子的活动，以及幻想场景，都如同一些随意涌现的生活断片，它们没有情节上和逻辑上的必然关联，但是叙事人的内心感受始终指导着叙事的展开，把那些散乱的场景组合在一起，把现实和幻想打碎，加以重新组合。在这里，对生活进行断片式的书写与寻求生活隐秘的悬而未决的诗意达到了外在与内在性的统一。

如果说具有“女性意识”的女性作家倾心讲述非常个人化的女性故事；那么，海男则是一直在以纯粹女性化的语言去完成诗性的祈祷。海男的小说基本上没有明确完整的故事，那些片断和情境飘忽不定，稍纵即逝。很显然，海男的诗性祈祷包裹着一个关于生与死的原型故事，它植根于女性生命意识的深处，在灵与肉的撞击中撕开那道无底的深渊。在海男的诸多的作品中，始终贯穿着一个关于“父亲”死亡的故事。这也许根源于真实的生活记忆，但它也无可阻碍地沟通了女性的原型记忆——女性无可排遣的“惧父（恋父）情结”。父亲总是以死亡的形象构成叙事的起源，这道阴影笼罩着少女成年的经历，并且支配了以后的岁月。《人间消息》（1989 年）描写了一些男女性爱片断，这些走向生命欢愉的故事不断生出一些死亡的副产品。父亲的死亡似乎在叙事中断离了，但是它始终悬浮于这些性爱片断之上，它是某种不可抹去的生活记忆和叙事无法抵制的“巨型代码”。那些对爱的祈祷总是伴随着死亡的意象，“父亲”是一个无法逾越的绝对存在，一种先天性的占有和永久的恐吓。

海男偏爱“死亡”，这确实令人惊异，但是她写起女人赤裸裸的欲望来也毫不手软。《没有人间消息》（1993 年）又以一个死亡的消息为故事的开端，这是一个古旧的女人为爱而死的故事，但是那些动人的情节和古典情愫消失了，只有一些散乱的碎片，它们随着欲望的流动而脱离正常的生活轨道。海男讲述的关于女人的故事总是被那个父亲之死的故事不断侵犯，这两个故事被强制性地重叠在一起，与其说出自明确的创作构思，不如说是出于纯粹的女性叙事被女性的原型记忆所支配的女性自我表白的话语。用传统的或习惯的眼光为看，海男的小说很难把握，松散随意，没有中心，更无整体；它主要由一些内心独白和感觉片断构成。她不仅仅让那些人物随意死去，而且也让那些叙事段落任意死去。海男曾经表述过她对小说的看法："……小说便是可怕的死亡，巨大的、无可阻挡的死亡……每一个小说中的人都该平淡而从容地死去。作者必须让他们死，如果不缓慢地死就迅速地死。生者是没有的，生者便是死亡，每一个生者必须死。小说的艺术就是处置一个活人死去的艺术。"（《出发》，《花城》1992 年第 4 期）这种小说观念显得有些极端，它可能是现代主义理论与某种女性经验混为一体的产物。尽管海男的小说很难普及推广，从文学的角度来看也过于偏激；但是作为一种极端的女性话语，海男无疑是继残雪之后最纯粹的女性主义者。

这样一种女性小说可能会招致一部分人的非议，它过于狭窄，没有广阔的现实背景，一味沉浸于女性的小天地；但是如果我们适当考虑女性经验的独特性，并且对当代小说的多元化趋势持宽松态度，可能会给这种女性小说留下一席之地。

第四节　无法面对的现场：消费时代的女性侧面

当代中国的女性写作一直无法面对外部现实，这确实是一个令人困扰的问题。事实上，年轻一辈的作家普遍有逃避现实的倾向，而对那些超现实的、似是而非的历史故事倾注热情。只不过女性作家更绝对地坠入自我的深渊，这使她们讲述的那些故事片断显得尤为虚无缥缈。确实，这个日新月异的现实，这个脱序的多元混杂的、狂乱而无比生动的现实，一直是当代中国先锋文学的陷阱，是它无法面对的现实。既要保持先锋性，又要面对现实，这使当今中国最有才能的一批青年作家望而生畏。同样，这对于那些有先锋性倾向的女性作家是难以突破的困境。

于是，如何在回到内心世界与外部世界的对立方面找到一种最有力的接合方式，成了女性小说必须面对的难题。在这方面，徐小斌的写作极富挑战性。徐小斌曾经以《对一个精神病患者的调查》引人注目，据说这篇小说曾给海子以极大的震动。近年来徐小斌对女性的心理经验尤为关切，特别着力于表现女性对生命本我的恐惧心理。《末日的阳光》（1993 年）讲述一个十三岁少女的成年经历。对生命的意识使这个十三岁的少女陷入恐慌，初潮的经验成为抹不去的一片猩红色，一直困扰着走向成年的少女。这片猩红色又浸透了那个红色恐怖年代的背景，那些社会化的泛政治的恐惧严重侵入女性的本我记忆深处。徐小斌试图去解开女性个人记忆深处的那些死结，去发现妇女生活中那些最内在的东西。显然，只有非常个人化的经验，例如“姐姐”就对此浑然不觉。徐小斌刻意采用的长句式，堆砌大量的形容词和补语结构，运用语言的暴力来强化那种无法逃脱的恐惧感。从后来的《迷幻花园》（1994 年）中，则可以看到徐小斌对女性经验进行更为激进的探索。那种恐惧、乖戾、男女之间天然的博弈关系，相互的诱惑与背弃等等，被强制性地置入当代正在剧烈变动的消费社会，女性生活正在以一种全新的而又可能是变了质的方式重新组装。绝对的抽象与绝对的具体相融合，并且以一种舒缓纯净的句式叙述出来，虚幻而有某种末世学的意味。

《迷幻花园》属于实验性很强的作品，它没有明晰的故事情节，但是有着非常精致的感觉片断。写过《对一个精神病患者的调查》的徐小斌写下这种小说是一点也不奇怪的，《迷幻花园》又是一次对女性的某种接近疯狂状态的心理描写。在最低限度上，这篇小说可以看成是关于两个女人和一个男人的故事。芬和怡是一对少女时代的好友，怡着迷于高深莫测的博弈论，芬则成为一名时装设计师。金的出现使女人的世界出现破裂，芬和怡无可挽回地成为情敌。她得到了金，怡则消失了。芬如愿以偿与金成婚，金却对倒买钢材和炒股发生兴趣，迅速衰老的芬被弃置一旁。芬不得不想方设法做出各种性感姿势吸引金，芬用心良苦却徒劳无益。也可能多年过去了，怡再次以惊人的美丽出现，怡和金的故事进入鸳梦重温的暂时阶段，然而，不可避免地还是以准悲剧的形式结束。

显然，这个故事并不重要，重要的是它引向对女性绝对命运的探寻。少女之间惯有的纯真友情，在这里被处理成女人最初的“镜像置换”。芬与怡最初通过对方认识到自己的特征，并且在后来的岁月里，她们总是处在奇怪的分离和重叠的状态中，她们各自占有对方的位置，又不断迷失。徐小斌似乎试图表明女人永远找不到自己的位置，芬夺取怡的位置不过是完成了一次放逐。女人的形体与灵魂永远错位，因为中间总是插入一个绝对的男性，她们永远无法跨越这道门槛。徐小斌对女人存在境遇的书写，充满了绝望的诗情。她选择现在最有象征性的消费社会的文化代码，时装、美容、电影拍摄现场等等，构成一幅超级的现实主义场景。这使那些悲剧式的女性加倍散发着诗意的美感，她们在叙事中被那种极端的女性体验与纯粹的女性感觉所渗透，她们的形象被符号化了，同时又以异常明晰纯净的感觉片断呈现出来。这使得徐小斌的叙事虽然掩藏着形而上的意念却并无晦涩之感。

这篇小说无疑企图求解生命存在的极端含义，它是那些女性末世学或宿命论、灵魂转世学说以及玄奥的博弈论相混淆的超级方程式，这种方程式被卷入当今正在突飞猛进的消费社会，使女性的分裂变得惊人而绝望，产生如同本雅明所说的那种“震惊”的效果。从这篇小说中无疑可以看到博尔赫斯的那种魔幻色彩（博氏就写过一篇牵涉到东方中国的小说——《交叉小径的花园》），也可以看出与格非、余华、孙甘露的某种沟通。但是徐小斌显然在新的历史阶段，试图超越这些先锋，而事实上，在某些方面她也做到了。她的那种真切的女性经验、对女性双性恋（镜像置换）的朦胧书写，以及她把最玄虚的观念与当时最为流行的现实代码（例如倒买钢材、办公司、炒股票等）相混合，进入一个语言的享乐主义空间，这些都表现了一种特殊的女性经验，它是对女性主义的形而上学和最现实的女性境遇进行文学修辞学的双重穿透。

徐小斌的作品数量相当丰富，在这里难以一一展开叙述。徐小斌的小说从总体来说，越写越有女性的特点，越写越有力度和深度。她的显著特点是从女性最直接的情感经验和困扰人类的那些最玄奥的形而上学观念两方面展开她的叙事，这使她的叙事既具有直接的经验性，具有那种透明感很强的情境和气氛，又具有非常深奥的生存意蕴。九十年代中后期，徐小斌把神话不断引入小说叙事，把它和女性最内在的心理体验以及她们无法摆脱的命运相联系，这种的探索无疑极有潜力，并预示着女性写作的新的前景。

九十年代，中国社会更加全面走向市场化，随着经济的高速发展，中国社会的城市化程度也越来越高，这使中国民众的生活和价值选择、人们的感觉方式都发生相应的变化。面对变动的社会，中国女性作家如何表达她们的选择，这同样是一项挑战。在这一意义上，张欣的那些描写城市职业妇女生活的小说就有必要给予特别的关注。

身处广州特区，张欣较早感受到走向现代化的都市生活。伴随着都市的写字楼、大饭店和歌舞厅遍地而起，一个新的群体成为都市的特殊景观——城市职业妇女，张欣在这里找到她的写作源泉。过去坐办公室的妇女，她们被制度和政策所规定，和男性公民一样，不过是国家机器上的一枚螺丝钉。现在出现的这些职业妇女，这些被称为“白领丽人”的女人，是当代中国都市的精灵、鬼怪和梦游者。在都市这个充满了雄性扩张欲望的空间，在那些高大的像阳具一样挺拔的写字楼的阴影底下，这些行色匆匆的职业妇女又是如何像梦一样消失，像谜一样出现。《绝非偶然》是张欣比较出色的作品，这篇小说写出了职业妇女的艰辛和她们所承受的精神压力。这篇以第一人称叙述的小说，与那些女性意味浓厚的作品不尽相同，它十分注重故事性，叙事明白晓畅，甚至与通俗读物相去未远。张欣的叙事显然在日常经验上极下功夫，特别是写字楼里面男女之间的打情骂俏，她的作品十分真切妥帖地描述了改革开放以来建立的新型人际关系，价值观、生活态度和行为方式等发生的巨大变化。追时髦的麦星对自己的审美观念孜孜以求，她终究在这个崇尚新奇的潮流中有所收获。阿恰看上去肆无忌惮，像个彻底解放的女性，而实际上她也不过是在虚张声势。由哲学教师变成白领职员的甘锦良，似乎如鱼得水也难忘旧日情怀，他试图用名牌西服来遮蔽过去的记忆，却又对身着“朱丽纹”的糟糠之妻无可奈何。这些方兴未艾的上班族，赶时髦，拼命挣钱，高消费，玩感情，当然也不乏时有高尚之举。如果仅停留于此，张欣也不过是泛泛而谈俊男倩女的故事，充其量在城市小说方面独树一帜，与女性意味并不相干。张欣的突出之处在于，她尤为关注职业妇女所承受的精神压力和她们执拗表达自我情感的那种状态。

张欣的故事总是有一个非常醒目的双重线索，即写字楼（过去是单位）与家庭的平行交织。以她女性对“家”的特殊眷恋，来勾画女性所置身的矛盾境遇。主人公何丽英，刚强有余而柔弱不足，这大约是职业妇女的通性。然而女性依然难以摆脱“家”的束缚，这并不是说她们最终无力割舍对家的依附，而是她们终究难逃“家”的伤害，这是女性最内在和最致命的伤害。何丽英与丈夫展开一场模特儿争夺战，在这场争夺中，何始终处于劣势，女性为自己的感知方式和行为方式所蒙蔽，而男性则是以他的不择手段迅速取胜。现代社会的商业关系已经如此严重地侵入家庭，受害的则是女性。在现代商业背景上重新结构的男女关系（和家庭关系），其实构成了新的男女不平等。职业妇女不仅仅面对与男性展开激烈的竞争，更重要的是她们重新被拖入男性编制的网络，最终的操纵权总是掌握在男性手里。过去是每个成功的男人背后总有一个女人（操持后勤之类的工作），现在则是每个成功的女人背后肯定有一个男人。那个女强人谭雪航，显然是因为在赵傅二位大老板之间周旋才有一席之地，而清纯俊丽的冯剪剪当然是因为符合赵傅二位老板和男性的口味才受到特别的重视，而她这个尚未出校园的青春玉女，她的梦想、她的美貌也只有在男性欲望化的目光注视下才会实现它们的价值。

在张欣的叙事中一直洋溢着浓郁的浪漫情愫，那些男欢女爱的故事带着南方的娇媚、特区的热烈和港台的风情，如歌如诉，流畅而清俊。她的那些女主人公大都优雅多情，缠绵而执拗，总是处在剪不断理还乱的感情困境之中。与那些高雅执着而守身如玉的白领人相匹配，张欣给她们安排了一些坚硬冷峻、苦大仇深的猛男勇夫。这些都市里的不安定分子却令那些白领丽人情有所钟。从《永远的徘徊》（1992 年）和《伴你到黎明》（1993 年）中可以看到张欣的叙事更加简练硬气，并富有动作感。美女英雄的模式被一些城市犯罪和黑社会的事件包裹，温馨浪漫且又惊险横生，似乎更像电视连续剧的文学脚本。

从总体上而言，张欣当然不至于重蹈港台言情小说的旧路，对职业妇女命运的关注、叙事中暗藏的反讽机锋，以及对流行时尚和术语的随时嘲弄，使张欣的小说不失锋芒，颇有锐气。从某些方面来说，还得了一些王朔的韵味。现在，“王朔”已经成为一个文学的贬义词，攻击王朔成为一种时髦，一种有关高雅、严肃和正义的证明。毫无疑问，王朔有诸多不是，但如果连王朔的文学能力都视而不见，那就有些失之偏颇。王朔对当今中国都市生活的书写方面无疑独树一帜。这种对比仅仅是为了强调张欣的小说还是具有某种力度的，熟知流行时尚而能穿行其中，这使张欣的小说具有很强的可读性。八十年代后期以来的文学写作，无可否认在形式结构和语言感觉方面达到相当的艺术高度，远离现实和城市生活而一味在语言句法上下功夫，使这一最有才华的作家也远离读者大众。在文学范式转型的阶段，需要在艺术水准上爬高，一时盘旋于艺术高度是必要的；当那些艺术经验已经普遍被认同，小说叙事还是应该切入现实生活才更有力量。九十年代的中国文学明显处在大规模的下降运动中，这是说它的姿态和立场。精英主义式的写作已经退化，取而代之的是个人平民化的写作，是与这个社会处在一个完全平等位置上的写作。在这种历史趋势面前，对于张欣这种小说，应给予恰当的位置。她的故事就是当今正在变动的社会生活本身，她的写作行为也是这个消费社会的一种景观。对流行生活的写作，她的写作本身也具有流行的特征，这种特征构成了当今文化全球化潮流在中国的回应。这种叙事给人们以快感，以强烈的中国社会转型的多元性经验，就这一点而言，张欣的写作又处在了当代生活的前列。

第五节　结语：依然迷惘的中国女性小说

事实上，当今中国的女性写作阵容庞大，这里难以详述，而为了对历史进行提纲挈领式的扫描，也就难以面面俱到，甚至也难避免有削足适履之嫌。这样有些无疑是极为出色的女作家的创作就很难被全面顾及。例如，毕淑敏是九十年代十分活跃的女作家，由于她视野开阔，行文洒脱，关注普遍而尖锐的社会现象，也就无须把她纳入到女性主义的话题底下来谈论。又由于篇幅所限，对铁凝、迟子建、蒋子丹等人未加论述。铁凝在九十年代初以《孕妇和牛》等作品再度引人注目，而《对面》（1993 年）也可见其笔法更为精湛，而且以一个伪装的男性目光的窥视为叙述视点，欲望化的观赏与女性的命运遭遇相重叠，在可读性与叙述方法以及对现实的穿透力方面，都作了大胆尝试。迟子建近年来写下一系列的回忆往事的小说，简洁明净的叙事和淡雅的怀旧情调，却也别有韵味。蒋子丹写特区生活，对职业妇女的描写当有独到角度，正可与张欣相映成趣而平分秋色。当然还远不止这些。中国文坛历来有“阴盛阳衰”之说，尽管此说未必尽然，但也足可见全面把握这一问题的难度和所需要的篇幅。

从总体上来说，中国的女性还是承袭中国新时期以来的现代主义的传统，只不过在后新时期宏大寓言解体的历史情境中，女性叙事可以更彻底地回到女性的内在经验。那种女性的焦虑感经常具有观念性的意义，它和现代主义的一系列命题还是构成一种潜在的对话关系。也正是在拒绝现代主义的那些明确完整的关于信念危机、关于永恒的终极意义方面，中国女性写作在某种程度上显示了她们特有的后现代性倾向。统观九十年代以来的中国女性写作，可以看到以下几方面特征与八十年代很不相同：

其一，以女性特有的立场和态度关注女性的生活，回到生活的日常性。如池莉等人。

其二，以女性个人特有的情感记忆重新写作历史神话，表达女性对历史叙事的解构和重建。如王安忆。

其三，以极端的女性个人体验回到女性内心生活，创造一个纯粹的女性修辞学的存在空间。如陈染、林白、海男。

其四，以对女性生存的终极性意义的探讨，去构造一种新的女性神话学。这种神话学最大可能统合了女性的起源史和女性在非历史化时代的命运。如徐小斌和蒋子丹等人。

其五，以直接的现实经验切进当代中国商业社会，去表现当今中国女性的生活方式、价值选择的显著变化，去表现中国传统社会向现代和后现代社会过渡所经受的种种挑战和震荡。如张欣等人。

在这里，我并不是说现在就迎来一个女性写作的黄金时代，女性作家在多大程度上关切女性自身，关切女性的现实命运和文化作用，是值得怀疑的。那些初露端倪的“女性意识”在很大程度上是个人化写作和文学创新的副产品，这不过是一次勉强的解放和随意的自觉。毫无疑问，女性写作依然存在诸多的局限和不足。女性主义意识依旧淡薄不能不说是其首要原因。就这一问题很可能会招致怀疑，在文学的范围内，

“女性主义意识”是否有理由成为衡量女性写作成功的标准？这无疑值得推究。我当然不是一个女权主义者（虽然西方相当多的男性批评家持女权主义立场，例如在西方极负盛名的批评家特里·伊格尔顿就一直坚持女权主义立场；世界妇女人权大会讲坛上就不乏男性慷慨陈词），某种程度上还保留有“大男子主义”的陈腐观念，但是这并不影响我在文学专业领域作出必要的探索。如果我们在最低限度承认女性写作与男性写作存在差异，那么强调这种差异总是比抹杀这种差异更有助于突出女性写作的个性。如果再进一步考虑到文学创作的多样性，那么，强调女性写作的特殊性有可能使文学世界变得更为丰富多彩。我在前面谈到过，由于中国没有广泛的社会化的妇女运动，这使中国几乎没有女权主义文学，这也是中国的女性写作缺乏广度和力度的症结所在。因此，强调女性意识，或者说比较明确地表达女性主义意识，无疑使女性写作更有思想穿透力。

就当今女性作家仅有的“女性意识”而言，主要是在个人经验范围内的自省意识，这在很大程度上是个人话语的副产品。因而，多少具有“女性意识”的作品难免生活面狭窄，无力与现实对话。生活面开阔的女性作家，其叙事方式与男性作家相去未远，当然不太关注女性自身的问题；而回到女性经验的女性写作，显得视野还不够开阔，缺乏变化。一开始还会给人以新奇感，长此以往则流于无病呻吟。中国文坛一直有“男作家献技，女作家卖血”之说，女作家大都写得很苦，很实在，不惜在自己身上挖掘素材，其志可嘉，但非长久之计。实际上，强调女性主义意识并不仅仅是回到女性封闭的内心世界，而是完全可以而且应该在现实背景下展开女性主义叙事。应该促使那种软弱的、碎片式的和梦幻式的“女性内心独白”，改变成开放式的、更有力度的对话。与历史对话，特别是与变动的现实对话，在历史意识与性别身份的双重结构中，也就是在反抗男权神话谱系及其泛政治权力实践的社会场景中来揭示当今中国的历史面目。

在这里，当然不是去人为地制造男性与女性的对立，强调某种女性主义意识，无非是企图拓宽文学的疆域，提示另一重视野，那些一直处在蒙昧状态的精神角落，将打开一个全新的世界。在这个文化转型的时代，我们的文化似乎缺乏必要的动力装置，女性主义意识也许会注入某种精神兴奋剂。正如克里斯蒂娃所认为的那样，妇女写作作为一种“特殊的写作实践”，其自身就带有“革命性”，它可以进一步证明传统社会的象征秩序是有可能从其内部得以转换的。① 我们的文化一方面拖曳着古旧庞大的传统；另一方面或许正在走向后工业文明；在某种意义上它还是父权制扩张而又分崩离析的时期。这样一种文化变革，给女性主义提示了一条自主选择的边缘之路，一片“后革命”的过渡区域。抵御父权制无处不在的支配，穿越那个无所不包的“宏大叙事”，在这里举行中国文学的重新出发的盛典，无疑是这个时代引人入胜的文化景观。

---

① 参见克里斯蒂娃：《诗学语言革命》。

第五章　表象崇拜：分享剩余意义的叙事法则

第一节　剩余的意义与“新表象”的突现

九十年代的商业主义潮流席卷了市场经济初级阶段的各个角落，“以经济建设为中心”不仅在名义上写进政府文件，重要的是它真正成为普通民众的日常行为。这使思想文化冲突形态迅速衰弱，没有人再关心思想领域和文化阵营的派别斗争。作为一项奇怪的副产品，知识分子姿态及其文化启蒙计划不了了之。文学写作当然不可能完成任何现代性企图，它的挑战意义也消失殆尽。八十年代后期步入文坛的那批年轻作家，不管怎么说，那些形式主义策略具有反抗经典话语及其写作规范的历史意义，并且在某种程度上还具有抵御精神危机的现实功能；在八九十年代之交，甚至还有某些特殊的文化象征意义。确实，在九十年代商业主义和文化投机主义巨大的背景之下，“先锋性”这种说法都显得极其勉强。文学写作既没有什么高地需要攻占，也没有什么重围需要突破。偶尔在形式主义的悬崖峭壁上攀援，也像是在演练一套花拳绣腿。“伟大的意义”已经离文学远去，剩下的不过是一些浅尝辄止的游戏，一种纯粹快感式的、观赏式的写作，对印刷术的迷恋和对少许稿酬的期待，构成了这种写作的基本动机。这真是文学史上“剩余的一代”，他们对语词和故事的挥霍，就是为了分享后现代时代那么一点“剩余的意义”。

如此看来，很有必要给这群散兵游勇命名。这些在社会学的意义上被称为第四代人的群体，其自然年龄囊括了六十年代出生的作家群（也包括了少许五十年代末出生的作家），他们在文学上可能要被称作第五代或第六代。显然，这种“代分法”显得武断而生硬。“剩余的一代”不过简明扼要地给出这群九十年代后起的作家以文化上的象征意义。“新时期”构造的那个“宏大叙事”已经破裂，这些逃亡者、游走者再也不能、也不必要从整体上书写这个时代，内在地把握这个时代。这是一个只有外表而没有内在性的时代，一个美妙的“时装化”的时代，一个彻底表象化的时代。那些现代性企图，那些启蒙主义的伟大规划，正在被这个巨大的表象吞噬。“剩余的一代”既然捕捉不到“伟大的意义”，既然只能分享那么一点剩余的意义，那么去追逐那些大块状的或支离破碎的表象，则是天经地义的事，是正中下怀、如愿以偿的美差。

事实上，进入九十年代，“剩余的一代”正是以他们对表象的捕捉为显著特征，对表象的书写和表象式的书写构成了他们写作的基本法则。那些“伟大的意义”、那些历史记忆和民族寓言式的“宏大叙事”与他们无关，只有那些表象是他们存在的世界。与这个“表象化”的时代相适应，一种表征着这个时代的文化面目的“新表象小说”应运而生。又一轮的或者说一次更彻底的后现代浪潮正汹涌而至。表象泛滥以及对这个表象进行“泛滥式的”书写，真正构成后现代时代的文化景观。正如列奥塔德所说的那样：“后现代应当是这样一种情形：在现代的范围内以表象自身的形式使不可表现之物实现出来；它本身也排斥优美形式的愉悦，排斥趣味的同一，因为那种同一有可能集体来分享对难以企及的往事的缅怀；它往往寻求新的表现，其目的并非为了享有它们，倒是为了传达一种强烈的不可表现之感。”列奥塔德把“对不可表现之物的表达”列为后现代写作的要义，这显然容易与现代主义的写作相混淆，而且他把普鲁斯特和乔依斯列为后现代的表率之作，也未必妥当。他由此推导出后现代写作的基本法则：“……使得那种不可表现的事物在自己的作品中，在能指中成了具体可感之物。整个有效的叙述甚至文体操作者的区域都在与整体统称无关的情况下发挥了作用，因而新的操作者得到了考验。文学语言的语法和词汇再也不被当作既定的东西被接受了，而倒毋宁是以学术的形式出现，以在虔敬中产生的仪式（正如尼采所说）之面目出现，这种叙述使得不可表现之物不至于被显示出来。”（《后现代状态：关于知识的报告》）

尽管列氏的意思有些晦涩且捉摸不定，但有几点是可以理解的：（1）强调表象自身的形式；（2）能指成了具体可感之物；（3）与整体无关的表象之流；（4）不可表现之物不被显示出来。为尼采的幽灵困扰的列奥塔德，多少还拖着现代主义的尾巴，那个“不可表现之物”依然隐瞒着对这个世界本质洞悉的企图。当今中国的文化现实在某些方面比列氏的激进理论走得更远，在这个全面扩张的表象背后，并没有隐藏什么“不可表现之物”、某种不可知的神秘、不可洞见的幽暗。没有，那个不断膨胀的表象背后，空无一物，一片虚空，一片澄静，那背后只有“无可表现之物”对“无可表现之物的表达”，我们时代的“新表象”小说已经完成对列奥塔德的超越。对表象的迷恋，一种自在漂流的表象，使九十年代的小说如释重负，真正回到了现实生活的本真状态。不管把这个时代的生活描述成分崩离析的情势，还是生气勃勃的形态，都无法否认现实本身发生了巨变，当代生活正在以夸张的姿势奔腾向前。没有人能够抓住它的本质，触摸它的精神和心灵。不管人们是欢呼还是逃避，欣喜还是恐慌，你都无法拒绝扑面而来的表象之流。

第二节　表象A：无法穿透的现实外壳

“新表象”小说从新时期的“巨型语言”中走出来，走向后新时期的价值解体的情境。就其美学母本而言，它是八十年代后期的“先锋小说”的叛臣逆子，在某种意义上，它还是“先锋派”和“新写实”相调和的产物。你可以看到“先锋派”的那些叙事笔法和语言风格，虽改头换面而风韵犹存；“新写实”的那些态度滋味，似曾相识却面目全非。那种反抗式的革命写作和宣言式的生活立场，业已被打碎，现在只有面对纯粹的生活本身。这是一次惊人的裂变，也是一次果敢的冲刺，而且还是一次可怕的下降运动。在这次“下降运动”中，北村是个富有象征意义的人物。这个曾经蓄着大胡子的先锋派，这个我们时代最后一位文学信徒，一直在形而上的高空飞翔，也一直在神秘的宗教区域行走，你确实很难把那些玄奥的观念与所谓的“新表象”联系起来。然而，正是北村这样一个向形而上领域绝望冲刺的宿命论者，他所表现出来的微妙变化和无法控制的叙事形态，最强有力地折射出无法抗拒的时代潮流。

实际上，北村的叙事一直就与“表象”纠缠不清，他热衷于描述一个人“像稻草一样倒下去”的姿势，一副“在风中摇晃的盔甲”，或者某个“稀松的送葬队伍”，等等。那些“表象”被卷进语言的迷宫，并且为某个不可知的形而上意念所支配，那些精致的表象却如梦境一般虚幻迷离，那些诡秘、乖戾而偏激的生活样态，显然是在喻示某种“不可表现之物”。

北村的《施洗的河》讲述一个堕落至极的灵魂得救的故事。刘浪是父亲与佃农之女野合的产物，这个人一步步走上凶狠之路。他八岁那年居然试着对父亲放黑枪，医学院的教育却使这个浪子变得更加不可救药。他干着杀人越货的勾当，充当帮主，杀死无辜的女人，放荡纵欲，无恶不作。然而，他逃不脱命运的惩罚。他的眼睛几乎瞎了，他的女人居然也被他的儿子弄瞎了一只眼睛。他的儿子凶蛮而短命，他遭遇一系列的报应。于是这个作恶多端的男人开始悔过自新，他从神，从主那里吸取了新的生命源泉。刘浪和马大也重归于好，他们在上帝那里成为兄弟。于是“万物都在阳光中显出它们本来的面貌”。如果不过分追究这部小说直露的宗教情结的话，应该承认北村的叙事还是极见功夫的。他对一个人的性格、心态的极致状态的刻画，对那些凶狠场景的描写，特别是那种切入到事物本性中去的语句，都给人以极为强烈的印象。从另一方面来说，北村的写作也提出了一个被忽略已久的信仰问题。北村如此硬性地植入宗教的内容，在证明北村尤为虔诚的同时，也表明文学对此已经无计可施。

《施洗的河》试图在“内心的真实”中完成一次宗教的祈祷，那些流畅的表象却蜕化为升向天国的灵魂。穿越过“施洗的河”，北村不得不更加现实地面对日常生活，《张生的婚姻》却是对北村的写作完成了一次反寓言式的叙事。这个冥思苦想而洁身自好的哲学教授张生，被抛离于这个时代的生活之外。这个信仰之子，当然也是信仰的象征，一度成为堕落的吧女（小柳）的精神依靠，而有趣的是，这个堕落的女人曾经清纯无比，她甚至是某个流氓的灵魂清洗剂。这些信仰之物坠落于世俗的红尘，张生的哲学（尼采之类）无法解救他的生存难题，哲学被抛出了生活。

这个时代的生活充满诱惑和感官色彩。北村，这个早已改邪归正的清教徒，我相信他对生活的描写出自于灵魂的需要；然而，那个哲学教授无法逃脱感性生活的诱惑，他一开始就处在被抛弃的位置，这也使他始终处在寻找那个漂亮姑娘（小柳）的状态之中。“小柳”何许人也?高档饭店的服务小姐（或称吧女），这是当今中国最具有诱惑力的文化代码，关于这个族类的故事，类似一部有关堕落的百科全书。当然它也在书写改革开放以来最为赏心悦目的生活章节。尽管北村给她抹上了一层清纯之色，但是也遮掩不住这个角色身上散发的诱惑气息。这个哲学教授在苦苦寻找那个美丽的女郎，然而呈现在他面前的却是色彩缤纷的现代都市生活之流，教授无法抓住这种生活的只鳞片甲，他甚至借助望远镜也看不到生活的内在本质（他看到依然是酒吧里的调笑场景）。那个漂亮的小柳现在已经让他苦不堪言，毫无疑问，哲学被抛到了一边，只有这个酒吧小姐才能解救他。富有反讽意味的是，北村后来让彻底绝望的张教授双手捧起了经书，与其说经书是精神升华的标志，不如说它是世俗诱惑的代用品。如果说张生找到小柳，言归于好，那么哲学教授升华的天堂就应该是软玉温香了。

北村试图描述一个落魄的文人在世俗生活中历经波折，最终在宗教那里找到精神归宿的故事。托尔斯泰式的皈依模式令人很有些不舒服，但是北村事实上并没有从精神上拯救他的哲学教授；相反，不可能的升华更突出地表现出精神、灵魂所处的困境。除了那个硬性的、作为实物而存在的经书，北村无法进入生活的内在，捕捉不到任何思想内核。实际上，北村的叙事卷进了生活的表象之流，叙述视点追踪张生寻找小柳的生活轨迹，不过是在各个生活场景之间转换。北村的叙事从未如此明朗晓畅，他能够抓住的只是生活的外形，各种表象片断：混乱嘈杂的街景，饭店里的调笑和偷情，某些家庭的打闹以及一些未遂的和完成的凶杀场面，等等。这些现象之流蜂拥而至，它们带着现代都市生活的全部欲望和暴力，不仅淹没了那个超越现实的哲学教授，而且吞并了北村的祈祷式的写作。北村的叙事无法穿透这些表象之流，一如张生教授不能进入现代生活的内部；后者落荒而去，前者却无意中切入当代潮流。

在他的那篇题为《玛卓的爱情》的小说中，他试图再次表述人们对精神的绝对依赖，然而，理念无法支配现实，北村写了一个理想的爱情，具体化到现实生活却不得不彻底破灭的故事。观念的爱是如此纯粹，刘仁居然每天写一封信给玛卓，整整三年，每天夜里他借了手电筒的微弱光芒，伏在床上写着他的热情洋溢的情书。那束手电筒发出的微光，是现实的黑夜里来自天国的光芒，在这束光的照射下，才有纯粹的人性，才有对真理和人的真实情感的追求。而玛卓这个漂亮的姑娘，一个能歌善舞的女大学生，却感到生活的虚假和外在化的表演，她感到孤独。如期而至的刘仁，以他鼓鼓囊囊的挎包引起玛卓的兴趣，而那整整一千封信则使他们在那个干涸的泥塘里共沐爱河。这一切都显得有些怪诞，这是游弋于形而上领域，独自借用天国之光的人们特有的存在方式。

北村的叙事在两极展开，从理想与现实的两极来表现人类情感生活在现时代面临的巨大危机。对理想化的幻想之恋的描写，可以看到那种纯粹的情感生活，在这一层面北村的叙述隐约可见渗透着一些宗教圣典。例如，那束光芒，爬满蛇的泥洼，倾心相恋的人们手牵手，走来走去都是荆棘等等，这些场景都与某些著名的宗教典籍的一些片断相似。北村过去对形而上学的追思，现在变成对天国之美的祈祷。他一触及现实，就不断地陷入那些混乱的、无法排遣和抵御的俗世生活场景。面对日常生活的不可超越性和金钱对文化的绝对压迫，一个走投无路的为婚姻所困的男人，只能到异国他乡才能使生活出现转机。这真正是一个物质化的、没有任何内在性的生活。北村的精神指南是无力的，但是他的描写是令人震惊的。对于一些人来说，没有内在性的生活外壳是可怕的，而对于另一些人来说，这就是生活的解放。

第三节　表象 B：在叙事层面上流动

北村不过是一个象征人物，这个企图冲进生活深处的绝望者，没有人能怀疑他是当今时代少有的诚实的人；然而他能抓住的仅是现实的空壳、一些驳杂的表象。这个时代的生活丧失了内在性，对生活、对这个现存世界的感受，关于个人的情感记忆，也仅有一些表象而已。现在，对生活的探索，对艺术形式的追求，还能捕捉到什么实际的意义呢？那些依然保持着先锋派姿态的文学写作者，也只能抓住那些表象片断，把那些自我繁衍的能指词群加以“具象化”（表象化）的处理。于是不足为奇，九十年代多少还具有一点形式意味的小说，则显示出表象异常发达的特征。所谓叙事，不过是一些表象的随意流动或任意拼贴；或者说，表象之流就支撑起小说的全部叙事。

来自山西某个偏远地区的吕新有着奇特的感觉。还是在八九十年代之交，吕新的小说就开始引人注目，那些随意跳跃的叙述视点和怪异的乡村生活，把吕新送上先锋派的末班车。吕新的小说散漫而没有中心，有意或随意打破整体，这使吕新的小说尤为注重片断，包括一些错落有致的场景，更彻底地说，就是对表象进行自由处置而构成小说的叙事。吕新的《抚摸》讲述了一个伤残军人孤寂而无奈的一生。这部小说以战争时期国民党七个纵队的九千余名官兵撤退到黄河流域一事为背景，展示了人烟萧索的战争遗址、冤魂遍野的黄河流域、旧军里的血腥哗变、客栈中经久不绝的无头案，等等。这些苍凉的背景正好是吕新寻求的那种从容的绝望感的恰当空间。一些很不协调的男女恋情，它们像是某种纯粹的情绪流宕于其中，加深了如梦如幻的宿命意味。《抚摸》作为一部长篇小说，如此松散随意却又如行云流水，堪称当代小说叙事的奇景。这是一次对表象的随意而任性的“抚摸”，不同年代的表象被拼贴在一起，它们构造一连串的生活破败情景作为一次对人类可悲的境遇或记忆的抚摸。吕新的叙事也是一次对叙述本身的抚摸，那些随便飘移的场景，那些精致如剪贴画的情境，它们是对战争劫难和生命无常的抚摸，它们洋溢着忧伤的诗情和绝望的力量。

从另一方面来说，吕新的小说也只有这些“表象”才别具一格，他的叙事从来就不是走向故事，而仅仅是在物象之间纠缠不清。《农眼》《哭泣的窗户》《绘在陶罐上的故事》《手稿时代：对一个圆形遗址的叙述》《葵花》以及《南方遗事》等，都是吕新比较出色的作品。《南方遗事》居然标出一个副标题“遥望民间早期象征主义的磨坊”。人们通常很难理解，蛰居于某个偏远之乡的吕新，何以会有这些奇思怪想：“穿过20里以外的稀疏的云彩，我望见了那种四季常青的语言之树。语言下面是一个虚构的时期。”用语言重新书写晋北农业地区的形貌状态，创造一种关于农业地区的新型的人文地理学，这就是吕新写作的动机和特征。这篇小说和吕新所有其他小说一样，没有明晰的故事，只有一些奇形怪状的遐想，一些荒诞的农业情境。吕新的叙事不过是一次语言追逐物象的任意运动，那些物象构成了小说的本体。这里面不难看出法国“新小说”和博尔赫斯的混淆，这种混合物现在被强加到晋北山区，它不可避免显得怪诞而奇妙。吕新的叙事中经常出现关于“文字”“书本”和“阅读”的随想，那些从事农耕的人们甚至会迷恋阅读，这种阅读情境和物象相融合，产生一种神奇的“山区浪漫主义”气氛。如果吕新坚持在这方面探索，把晋北农业地区的故事弄得舒展明晰一些，着力于描画当代的现实，那他肯定大有作为。然而奇怪的是，九十年代中后期吕新一味去写作一些莫明其妙的历史故事，徒然在堆砌一些并不生动的语言，令人不胜遗憾。

鲁羊生不逢时却出手不凡。他显然是运足了劲才初出茅庐，然而此一时，彼一时，先锋派已作鸟兽散，人们对那些形式主义的伎俩也习以为常，或者嫉恨有加。鲁羊因此有些得不偿失，也因此显得难能可贵。作为少数几个固执“纯文学”立场的后起之秀，鲁羊一直注重叙事感觉，那些松散的故事给人以极为精致的印象。《洞酌》这篇小说的题目就显得有些古怪，像鲁羊其他的小说一样，你很难恰切地表述它在说些什么。这当然无关紧要，鲁羊是如此不经意地开始叙述、随便转折和承接，但是每个片断都写得非常有力。也许鲁羊应称为“印象派”或“意象派”，那些情景和状态总是被刻画得十分鲜明：“娜用轻盈举止把她的夏季动作又一次重复着；我觉得有时候重复的东西也是崭新的一尘不染的……”“娜崭新鲜红的红裤子一直搭在310房临窗客床的铁栏上，窗外漏进一些雨前雨后的风，吹动它就像一种激动不安的梦想。”由于鲁羊的叙述视点自由变换，故事的时间和空间被任意打乱，那些鲜明的“意象”却又不得不蜕变为没有深度而自动飘移的“表象”。那个叙述人“我”不过是一个随想者、在记忆和表象之间往来的漫游者，他对现在平庸而杂乱的生活愤愤不平却也乐在其中。当然，鲁羊的小说总是有一股悠长的怀旧情调，对那些古旧往事的追忆已经构成江苏作家群的专利，这些区域文化的特征在不断的复制中变得炉火纯青，也有些相互模仿之感。显然，鲁羊的怀旧被他的叙述视点不断扰乱，它们无法构成某个完整的现实主义故事，毋宁说是对消逝年代的表象进行一次勉为其难的缅怀，勾勒一个随意而精致的表象拼贴而成的“颓败的感伤主义轮廓”。

1992年，西飏发表《季节之旅》，这无疑是一次绝望的冲刺。形式主义实验已经激不起热情，先锋派带着成功的喜悦走上调和之路，并且尝到甜头，人们没有必要，也不再有这样的锐气向现实发起挑战。西飏的《季节之旅》则是对文学行情的公然蔑视，一次狂妄至极的自以为是的语言施虐。如果说数年前孙甘露的语言学实验带着向传统和读者大众挑战的双重姿态，并且修辞策略和形式结构都带着唯美主义的流风余韵（例如《访问梦境》和《信使之函》）；那么，西飏的《季节之旅》则是对小说叙事进行彻底的拒绝，这是一些散乱的片断，一些潦草的记忆和粗率的表白，它们是“匆匆掠过的风”。如作者所言：“这是一个关于写作的梦，一个重新开始的虽梦犹醒的古老之梦。”也许这是一种“元写作”，一种反叙事的“原构思”。在传统的创作论里被描述为初步的酝酿阶段的思绪，现在被不加修饰地呈现出来。它们没有内在统一性，没有情节和整体感。关于季节的感想混淆着一些女人的侧面记忆，这或许就是写作的最本源的力量。写作和生活、写作的欲望和生活的欲望都被还原到最初始的状态，这种叙事，如果还可以称之为叙事的话，是对生活和事物进行一次纯粹表象的概括。所有的内容、历史、文化和任何关于生活的先验观念都被一次性掏空，只有一些表象，甚至只有一些影子。如此玄虚的写作却又如一次绝对坦诚的内心独白，对现存，当然也是对我们如此平常化的生活完成一次彻底的消解。也许大多数人未必会赞同如此偏激（片面）的处置小说的方式，但是它给日趋平常化的精神生产提供了另外一种可能性方案。

第四节　表象 C：生活外形状态的拼贴

对于当代最有敏感情怀的作家来说，那些形式主义的梦想不过是一点残存的热情。九十年代的小说处在不断下降的运动之中；在形式方面，先锋派的职业技巧向传统手法暗递秋波，后者也时常兼收并蓄，这使当代小说的艺术水准大大推进，也日趋圆熟老道，它们看上去是在演练一些套路；在内容方面，那些似是而非的历史故事四处泛滥，没有任何实际的现实穿透力，或者重复一些陈旧乏味的日常琐事。一种无法与历史和现实真实对话的小说叙事令人沮丧。确实，不能对这个时期的小说写作寄予太高的革命性期待，回到生活现实是当今的潮流。人们失去了意识形态的重负，也不再有创造历史的欲望，这种后个人主义式的写作，连最起码的“后革命”冲动都失去了原动力，除了回忆、独白，再也就是咀嚼日常滋味。正如我在前面指出过的那样，这样一种文化前提也使那些没有任何意识形态、先见之明的年轻一代作者，更加轻松自如地表现他们置身于其中的现实生活，无所顾忌地表达他们的个人感受。

九十年代的中国社会处在多元重构的状态，传统与现实、东方与西方、表象与实质、动机与目的……一切都显得不可思议的混杂。这种混杂最大限度地消解了现实的内在性和深度性。最为令人惊异的地方在于，那些内在的隐秘性现在大规模地转化为外在表象的神奇性。热烈的工业化进程、令人惊异的经济增长指数和消费指数、由此带动起来的生活方式和交往方式的变化，都使得当代中国处在一个巨大的历史错位的场景之中。年轻一代的作家对文学史“剩余的意义”，对当代现实“剩余的意义”一概弃之不顾，他们的兴趣在于抓住当代生活的外部形体。这个时代的小说叙事意识，已经无需去构造复杂的、情节结构和完整的人物形象，而是竭尽全力去捕捉这种混杂的拼贴的状况，就足以对现实作出极为有力的表现。

扎西达娃在 1991 年发表的《野猫走过漫漫的岁月》（以下简称《野猫》）是一篇极有象征意义的作品。扎西达娃在 1986 年呼应“寻根”而写下《西藏隐秘的岁月》，致力于发掘西藏生活中的那种亘古未变的宗教之根，那些自在呈现的生活事实，它们存在于一个不可知的神秘空间。几年过去了，扎西达娃写下《野猫走过漫漫岁月》，我想他是不得不写下这部作品，这就是他生活于其中的现实。那种隐秘的神秘性已经为混乱而神奇表象所替代。正如维特根斯坦曾经表述过的那样：神秘的不是世界是怎样，而是世界是这样。恰恰是对“是这样”自明的、没有深度性的存在表象的描述，扎西达娃把“隐秘的”西藏改变为

“神奇的”西藏，把“神秘的”西藏改变为“表象拼贴的”西藏，一个古老的西藏与一个现代西藏拼贴之后的类似魔幻的存在。

《野猫》显然有意把西藏故事虚构化，虚构性被叙述明显强调，而那些日常性生活被任意填入这个虚构化的窨之中，生活的神奇性不再为西藏的宗教生活所决定，而是现代化全盘入侵造成的荒诞后果。戏谑性的叙述给予生活虚假性；或者说这是为虚假的现代化渗透的现代西藏生活。不妨说扎西达娃的这种叙述具有后现代主义式的“拼贴性”，或者说这种神奇的（类似拉美魔幻现实主义笔下的）生活形态本身具有后现代的拼贴性。现代工业文明、商业文化以及高科技电子产品对那些宗教性很强而文明程度较低地区的全面渗透，人们突然置身在一个没有历史坐标的场所。例如那些由现代词汇构成的各种绰号，给予这些人们以第二次命名：“政策”“汽油”“劳模”“共同体”“柏林城”“丰田”“导弹”等等。它们既是对现代西藏生活的戏弄，也是对古旧西藏恰如其分的篡改。当今的西藏生活已经不再“隐秘”，它们具有全部表象直观的荒诞性：电视机与佛龛搁在一起；外国电视剧与家史的牵强串联；袖珍电子计算器；好莱坞性感女星画片；录有大活佛讲经的 TDK 磁带；可口可乐易拉罐；甚至还有汽车、“衣光杯”酒吧，还有中古骑士、游侠、强盗和一系列萍水相逢或见异思迁的浪漫爱情。

不仅仅是物质生活环境与现代化的场景加以拼贴，更重要的是“人”的“现代化”。这些长久封存于宗教隐秘世界的青年男女，在“现代化”的场景中却也如鱼得水。这里的姑娘精于跳贴面舞，小伙子擅长吹牛。那个外号叫“导弹”的家伙，自称在美国留过两年学，但有人揭露说他那两年是去广州倒腾服装生意，也有人说他在上海南京路上摆地摊卖假药。“导弹”狂热信仰马列，《资本论》啃过五遍，他对被拒之于体制的大门外耿耿于怀，对生活充满希望，也充满悲伤。他给城市下的定义是：“城市是个半成品。”至于他自己，他说：“我呢，也是个次品。”这些农奴主或农奴的后代，他们已经学会了最现代的文明语言，并且拥有全部似是而非的现代思想及其生活态度。

当代中国跨度兼容各种现象。在这里，传统和现代，精神和物质，东方和西方，历史和现实等，最大限度混淆在一起。具有历史敏感性的作家，正是在这个混乱而神奇的空间确立新的小说意识。在这里，特别值得注意的是童天一的长篇小说《返祖》（1994 年，作家出版社）。这本历经 30 次修改的长篇小说，给人以极大的新奇感。童天一（原名钟健夫）长期不在文坛内，他却奇怪地洞悉文坛的一切。这使他有一种难得的清醒，不为行规所囿的洒脱。这也使《返祖》决不跟文坛流行色同流合污，它以它怪模怪样的姿态嘲弄着文坛业已疲惫的套路、被无数次玩弄过的技巧、被咀嚼烂了的感觉和深沉。《返祖》精致而放浪，离奇却实在，尖利且又快乐，狂怪但又不失温情。这是一本奇特的小说，并不仅仅在于它讲述了一个离奇的故事，而且，它本身的叙事、它的风格同样令人惊奇。

人类学硕士岳秋在一个小报工作，竟然异想天开要倒行穿越中国，打破吉尼斯世界纪录，不料倒行途中竟在东经九十九度与北回归线的神秘交点误入长尾部落。当他九死一生逃出原始部落，向世人宣告他的伟大发现时，人们却将他送进精神病院。

这部小说在捕捉一个古怪的现象：世界性的返祖情结。文明在进化，科学技术在发展，人类却出现了返祖现象。这种返祖是生理性的，更是精神性的！在童天一的叙事中，生理性的返祖现象背后隐藏着人类精神非理性化的返祖。“返祖”而不是寻根，这是童天一眼界更为开阔、思想更为锐敏的地方。那个东方一正教授，他的职业爱好在于每天度量人的尻骨，而他自己就是一个返祖儿。幼年时被传教士带到国外，在二战的炮火中度过了他惊恐不安的青春时期。出于一种爱国行为，他回到中国。也许东方教授的学术活动出自于对自己生理的恐惧，这种恐惧在他的逃避和认同之间来回摇摆。他的人类学研究结果是收集长尾人的档案，异想天开，想建立一个长尾国。他抑制恐惧的办法不得不变成迷恋，他年轻时斩断自己的长尾未果，年老时以斩断白鼠的尾巴来象征性地完成对长尾族身份的逃避。他的企望不得不落空，斩不去的动物尾巴不过隐喻式地表示着人类这一物种面临的困境。也许在理性的意义上，童天一想写出人类最内在的自我，写出最内在的劣根性是如何顽强而不可抗拒地支配着人的生存现实，返回到最内在的劣根中去的冲动，使人的理性陷入迷狂。

童天一尤为直接地表现了反进化论的生存现实，他以犀利的笔调描写了各种人的情欲。现代人是如此狂热地陷入对动物的模仿，富有反讽意义的是，那个在龟村迅速风靡的“后背式”动作，是由一个西方的人类学家引进的。这个来自“高等文明”的人，同样，也许是更深地落入了理性的迷狂。在这个末世学的图景中，主角岳秋一直在温情脉脉的理念之爱——他对师姐的恋母般的迷恋，与对菲菲的诱惑躲避之间徘徊。作者大胆直露的笔法写出了现代人在爱欲方面的两种状况：未成年的恋母情结与纯粹爱欲的狂欢节。而菲菲是最现实的欲望化对象，这个纯粹的爱欲符号，是这个时代的人们期待已久的欲望化的公共偶像。“菲菲”在童天一的小说叙事中是一个非常成功的人物，她不仅仅以生动的、无所顾忌的姿态，满足了人们的想象，而且她带动了一种现代都市生活，一种随心所欲的青年亚文化生活状况。她是物质与精神发展到一个极端形式的产物，这个产物离人类的原始存在只有一步之遥。在菲菲与孙寡妇之间，并没有严格的界线。

从这可以看出，童天一这部小说笔力深刻强劲之处在于，他一方面可以在最形而上的层面上去表现这个时代面临的理性困惑，一种世纪病和世界性情结；另一方面他的描写又非常准确地抓住了当代公众的无意识。那种最现实化的欲望是如何侵入了人们的全部生活，龟村在这一意义上不过是现代都市的缩影而已。

强烈的反讽手法，使这部小说在给人以极大的理性冲击力的同时，又令人极度快乐。对当代文化的虚假性、对文化掮客及文化商品化和新闻的消费性，作者都给予了极为出色的表现，当代小说还没有谁如此毫不留情地揭示我们生活变质最严重的地方，以喜剧的形式展示出当代生活最富有奇观性的角落。

当然，这部小说最突出的地方在于，它把广博的当代人类学知识和国际政治知识糅合进小说叙事。从这里可以看到全球一体化的历史趋势、地缘政治、种族争端、原教旨主义和恐怖主义活动，这一切都为人类的返祖冲动构成一个巨大的场景，它们掩饰不住人类最内在的困境。这些文化和政治资源，被童天一信手拈来，加以反讽性的运用。在这里，文化与商业、国际政治与人的日常行为、思想与情欲、学术与怪癖都被随意混杂，相互颠覆，构成反差性极强的叙事单元和描写场景。那些锐利的嘲讽和无边的快意，随时从各个场景涌溢而出。

说到底，《返祖》是对当代生活和人类面临的根本问题进行的非常偏执的探索。人们可以不同意作者的立场观点，但不得不赞赏作者的勇气、才情和想象力。这样一种偏执，这样一种国际化的视野，这样一种多元化的后理性主义式的叙述意识，以及这种广泛运用文化政治资源的叙事手法，是当代中国小说所欠缺的。正因为此，《返祖》这部奇书，会给当代中国的小说意识注入必要的兴奋剂。

站在一种后现代主义的立场对九十年代中国现实进行审视，构成新一代写作者叙事意识的出发点。在他们这里，“后现代主义”不再是像苏童们那样依赖形式主义的实验观念，并且拖着一些现代主义的尾巴。他们因为天然地与九十年代的生活混为一体，在他们的经验世界中，这个社会就是以不真实的状态存在的，就是以表象的形式繁衍的。朱文是九十年代崭露头角的职业写手，写作成了他的谋生手段。在这个时代，选择以写作为生的人，也就是决定与写作同归于尽的人。更何况朱文的写作决不同流合污，因而职业写手就是职业杀手，就是最后的文学圣徒。朱文的意义在现实才不过初露端倪，在我看来，这是当代不可多得的一个小说家，他很快就要叫人刮目相看。这个人真正是九十年代的小说家。就目前来说，也许是生活所迫，也许是急切渴望出人头地，朱文写得太快，写得太多，他还处于练笔阶段。但他有极好的小说意识，我说的是九十年代的小说意识。他能抓住当代毫无诗意的日常生活随意进行敲打，韩东也试图如此，但韩东的敲打终归松散，叙事缺乏聚合的能力（当然韩东的意义在其他方面表现）。朱文有高度聚合的能力，他的那些随意概括的表象，那些毫无诗意的当代生活场景，总是渗透进一种质素，一些莫明其妙的乖戾的不安定因素潜藏于其中，它们总是越出叙事的边界。

对于朱文来说，生活是毫无诗意的，对毫无诗意的生活的书写构成了他叙事的奇怪的动力（在某种意义上，这也是韩东的动力）。生活没有内在性，没有深度，这怎么办？去发掘那些最没有“意义”的生活事实，从而把它们弄得怪模怪样，这是朱文小说意识的最基本的出发点。这一点可以看到朱文受到卡夫卡或契诃夫的影响。然而朱文已经全然改换了卡夫卡式的内心反省，改换了契诃夫对细节的精雕细琢，在他这里，有的是对那种不安定的生活事实的观望，把它们随意聚合在一起，进行敲打（而不是追问）。《食指》（《钟山》，1995年）未必是朱文最好的作品，但显示朱文对粗陋的当代生活的拆解。这篇小说是对“诗歌”生活的表达，但显然，当代生活已经毫无诗意，在这个时代，诗人们的“最高心愿”是什么呢？“诗人们是多么希望有更多的女人去关心诗歌啊，附庸文雅也行，狗屁不通也行。吟上两句诗就可以上饭馆不要钱，住旅店不掏身份证，就可以让姑娘们心甘情愿地爽快地把裙子撩起来，说实话，这就是诗人们梦想的天堂。”这个时代诗人已经彻底堕落（按照朱文的观点），我们的生活还有什么真实的诗意呢？只剩下卑琐的欲望。然而，朱文描述了一个最后的“诗人”吴新宇，他却依然一如既往地谈论“人民”。这个人的准悲剧性的命运，折射出当代生活的全部虚妄性。这个也许是“真正的诗人”的人，被卷入了当代混乱不堪的诗坛，他的诗情被当代无限扩张的生活表象所吞没。在处理这样的观念时，朱文干脆把代表当代生活的全部表象的语词堆砌在一起：

“他所谓的人民无法在柴米油盐生老病死婚丧嫁娶股市行情子女入学黄色录像订将围棋通奸乱伦城市规划日本电器关贸协定美国皮尔卡丹钢材价格浦东开发霸王别姬化肥问题水土流失电力先行天安门广场有奖销售红旗飘飘摇滚英雄海南深圳印度神油金枪不倒海湾硝烟华夏小姐人大代表香港回归空难科技重奖有偿服务中华鳖精养身气功洋妞打工天皇巨星希望工程齐盼奥运牛肉粉丝床上用品宫廷秘方人民江山之中为他腾出一小块地方来……”

在这里我之所以不厌其烦地引出这段原文，在于表明没有什么叙述能最简便地达到对这个时代高度概括的效果。也许这个时代是无法概括的，它堆积了太多的事件，这个历史现场时时处于爆满的状况，对于这个古旧的国度来说，它显得过分的力不从心。这些涌溢而出的表象铺满了这个时代的生活表面，它构成了这个时代的表面生活，以至于这个时代已经没有内在性的生活，只有表面化的生活。在某种意义上，那个最后的诗人的死或失踪是必然的结果。没有人会记住他，在一次公园里举办的“剪纸展”（剪纸多么有象征意味的展览，纸做的生活！）上，没有一个谈论到吴新宇，他不过是经历了一次“不必要的、匆匆的、秘密的诗歌旅行”。但是更重要在于，这个表象化的时代完全淹没了过去有过的那么一点诗性。当然朱文的叙事不是批判式和反省式的，而仅仅是呈现式的，对这个时代生活现场的呈现，展示出它的外形状态也就是对生活击穿的一种方式。

很有意思的是，朱文有一篇小说的题目就叫作《傍晚光线下的一百二十个人物》，这是对生活的某种命名，它表达了朱文对生活的一种特殊的观望：“我看到了傍晚，而我所能说出的只是今天的这一个傍晚，一个傍晚光线下的眼睛能够捕捉到的傍晚的影子，它什么也不是。”朱文的叙事干脆采取了“场景”的方式，七个场景拼贴在一起，捕捉傍晚微弱光线下的人们影子一般的生活。朱文是对当代生活十分敏感的人，有着他们这代人对生活的领悟方式。在某种意义上，年龄具有不可超越性，他们没有那种对生活自以为是的理解，没有把生活纳入坚固的理性框架的武断倾向。他们与这个时代同歌共舞，甚至连他们的揭露都显得亲切，抨击都像是在亲吻。

并不仅仅是朱文，邱华栋另有出色的表现。邱华栋对当代城市生活的外表有着特殊的兴趣，他的叙事不断大量运用那些城市真实的街景，那些在城市里神出鬼没的人物，是他主要的表现对象。他一直在描写这个时期“时装化”的生活现实，与其说他在揭露，不如说他在呈现，他在快乐地概括这些杂乱而动人的时装。披上这些时装的他们，真正是一群城市斑马，在城市的空间任意而快乐地奔跑。当然，他们的快感式的叙事也隐含着生活的悲哀乃至于生活的悲剧，但这一切没有妨碍他们在这个时期的生活现场作为一个跃跃欲试的参与者。例如述平的那种叙事也可以作如是观。他的《晚报新闻》是一次对城市的暴力和情欲的巧妙书写，把晚报新闻不断拼贴进小说叙事，制造了某种紧张而似真的效果。这些惊人的悲剧性的事实，只有悲剧的外表，而没有悲剧的实质，他们是城市随意抛出的传奇片断。

虹影的《纽约，1999》，不管是作为叙事客体性机能的“玄秘”，还是女性生活内在隐秘的欲望，或是那种对生活进行片断式拼贴的叙事方式，那些场景和意象的运用等等方面，都得到了全面的发挥。这部近10万字的中篇或长篇小说，是虹影写作的一次概括，也是当代中国女性写作的一个奇观。

这部小说的题目就非常夸张：纽约，1999。时间和地点都远离当代时的中国，它的视野对准发展资本主义的超级都市纽约，而时间则是未来时——1999。如果读者认为这是一部科幻小说那就错了。时间在虹影的小说叙事中并不是那么重要，而绝对的虚构性则使时间仅仅成为任意虚构的借口。这是一次格什温的《蓝色狂想曲》式的文学翻版，它是以东方主义的视点对西方发达资本主义进行狂想式的书写。这部小说的题词写道：“我遇见一个从古老国土来的旅行者/他说，那里的荒漠中，立着两条巨大的石腿/却没有身躯。”在西方近世资本主义的文学叙事中，“东方”一直是作为一种奇观，作为一种未开化的、永久不变的、不可思议的、荒诞不经的“他者”而存在。现在，这种视点被转嫁到西方，一个荒诞混乱的后工业化或高科技时代的西方，它现在被放逐到东方的叙事视点中。小说叙事从入关开始，主人公踏上这个发达资本主义国家的国土那一时刻，就发生谬误。有趣的是，机场工作人员都是中东人，他们的“黑胡子卷曲得几乎像天方夜谭里的苏丹王”。这个绝对的西方已经非常可疑，这里充满了东方的色彩。西方被东方化了，这是自以为是的西方始料不及的失败。

虹影过去玩弄的“玄秘”，现在大张旗鼓变成一系列不可思议的荒谬，变成一连串的错位或误置。这个来自东方的“我”，莫明其妙被扣，又莫明其妙释放并获得“哥伦布前大学”三年的全额奖学金，居然连导师的面也不用见。“我”变成一个到处游荡、制造事端的社会闲杂分子。这个“我”同时成了一切喜剧和闹剧的参与者或见证人。这整个故事就是由一连串的胡闹构成，一系列不可思议的奇遇使故事随意转折。然而，它又有着极为真实的现实内容，它几乎涉及了当今西方各种各样的症结性问题，概括了当今国际化的各种思潮和文化面貌：种族歧视问题，邪教问题，女权主义，高科技崇拜，环境保护，移民问题，文化多元主义，等等。它制造了一个跨国资本主义时代的全息图，一大堆令人眼花缭乱的后现代超级奇观，一个盛大的世纪末的狂欢节。不管怎么说，中国的女性主义小说第一次与国际化思潮对话。尽管有人认为这种对话纯属多余。而我依然认为当今中国的小说写作眼界过于狭窄，缺乏基本的当代性，缺乏基本的当代知识背景。女性小说更是封闭于自我个人的内心世界，不断地重复复制个人的经验。在这一意义上，虹影的小说提示了一种新的经验，打开了一个广阔的视野，它的独特价值是毋庸置疑的。

总之，他们秉持这种叙事态度和叙事意识，力图作为一个这个时代生活现场的参与者，而不是评判人。他们悲哀却快乐地观望这一切，时而奔跑，时而尖叫，时而越位。他们本身就是这个时代的一种怪异的表象。这种文学经验当然不宜低估，它标志着九十年代的所谓“纯文学”正在向大众文化靠拢，文学的精英主义立场已经无可挽回地在新一代写作者身上消逝。越过界线，填平鸿沟，它反映出文学切入这个时代主潮，试图与那些影视制作者争夺公众的大胆尝试。那些被称为“大腕”的后文化英雄们，他们领导和左右着这个时期的文化生产。现在，更多的“后文人”介入其中，文学也并不仅仅是古典时代的遗产，它也有可能给出走向后现代时代的生活视像。确实，关于“人性”“主体”等等启蒙主义设想，已经失去“民族寓言”的理性深度为依托，只有这种欲望化的表象构成这个时代生气勃勃的生活景观。

第五节　表象 D：欲念或感觉的片断

这个时期的小说写作已经丧失了深度性，它在历史的和思想的水准上无法探究深度意义，就是在文学的叛逆性方面也不再有对抗的“深远”意义。尽管故事已经完全回到小说的叙事层面，我们看到那些多少有前卫意识的小说，它们无一例外是被那些非本质的表象所包裹，那些心理或感觉的表象片断构成了观赏性很强的场景，它们支撑住小说的叙事。而那些依然保持住高度的叙事意识的作品，力图去抓住这个时代的症结，然而这些问题不再能在理性的明确的意义上加以思考，它们是一些无法阐释的场景和关系，一些被生活强制性扭曲的生活片断。

孙甘露的《呼吸》（1993 年）表征着九十年代中国小说叙事所达到的艺术高度，它对这个时代人们的内心生活是如何丧失的这一历史事实，给予了非常有力的表现。这部长篇小说没有引起广泛的反响，同样应该归结于当代文坛在艺术方面的麻木和迟钝。这部作品正如作者所言：它“仿佛是一首渐慢曲，它以文本之外的某种速度逐渐沉静下来，融入美和忧伤之中，从而避开所谓需求”。《呼吸》主要围绕男主人公罗克与五位女性——大学生尹芒、尹楚，女演员区小临，美术教师刘亚之，女工项安的感情纠葛展开故事情节。罗克曾在军队中短期服役，甚至还去过越南与美军作战，作者试图把主人公的这段丛林经历与几位女性的出国和离去形成某种对照。作者显然特别关注“性爱”这个主题，这些人都以不同方式落入这个巨大的圈套，他们相互寻求又互相背弃，为欲望所支使，也为命运所摆布。罗克穿梭于这些欲望化的场景片断，扮演力不从心的情人，他无可奈何地随遇而安。罗克是这个时代的游走者，一个无所作为的城市守望者。作为这个时代最后的浪漫主义者，罗克身上充满了末世学的感伤气息。孙甘露的叙事已经向着故事倾斜，那些修辞、节奏、隐喻、句子的长度以及变化，对庸俗惯例的调侃性模仿穿插其中，显得精致而流利。孙甘露过去侧重句式叙述，现在跃进到场景片断叙事，可以看到孙甘露非常好的场景意识。尽管这部长篇小说可能有这样或那样的不足，但是，在人们过分热衷于表现历史，那些远离现实的“民国演义”充斥于文坛时，孙甘露面向当代生活的写作显然别具意义，特别是关于当今城市的故事更有些难能可贵。

李洱的《导师死了》，这个在“人性”水准上讲述的故事，是对新时期以来确立的知识分子主题的解构，当然也是对“大写的人”的纲领进行一次深入的改写。这个“导师”不再是忧国忧民的历史主体，他在专业方面的成就无法挽救他在生活方面的破落，他在肉体和精神双方面都陷入困境，一边承受着病痛的折磨，另一边蒙受着老婆的不忠，他从常娥那里勉强获取一些安慰。虚荣和压抑以及怪癖搞得他无所适从。至于那个“常老”，他的衰老、腐朽而不可抗拒，不过象征着学术界司空见惯的权威力量。如果认为这篇小说在表现所谓学术界的悲哀情景或知识分子无可挽救的破败命运，那就太“简化”这篇小说了。这种主题充其量是小说叙事的副产品，它不再是当前小说企图达到的思想高度。实际上，对那些欲望化表象的处置构成小说叙事的主导部分，那些洋溢着欲望的感觉和心理片断，推动着所谓的故事发展变化走向高潮。小说叙事的技艺，主要表现在如何描写像缪芊这样的性感尤物以及与之相关的各式引诱、惊慌和如愿以偿的欢爱场合。

那些欲念化的表象已经无法抑制构成小说叙事的原材料，存在的深度被遮蔽之后，无需透过表象寻求思想意味。墨白的《白色病房》类似一个有关谋杀或破案之类的故事，一个年富力强的大夫面对一个女同学的突然死亡，他被莫明其妙列为怀疑对象。这个故事可以开掘出某种深刻的关于人性的主题，或者，弄出一些引人入胜的情节。然而，那种飘忽不定的思绪却构成叙事流动的轨迹，并且这种形式主义倾向明显的叙事，也没有多少锐利的思想副产品相伴而生，在这里，纯粹的表象运作和拼贴构成了写作的动机和目的。关于死亡、谋害、精神失常的幻象等等，堆砌成这个故事；我不怀疑作者试图冲进存在的和心理的深处，然而那些描写情境和不时闪现的欲念化表象只能在平面流动，不管是写作还是阅读都无法穿透这个平面。

即使是那些纯情依旧的故事，也不着力在感情的或心理的层次上去发掘生活的要义，对生活进行流水账式的记录，它不过是在感觉的层面上对个人经验作一些细致却浅显的整理。李岩炜的《说完了的故事》看上去像是传统色彩浓厚的“浪漫派”小说，它企图对青春期的美好经历完成一次温情脉脉的书写，然而煽动起来的浪漫情调却又不断退化，这为那些乖戾的行径和宿命的论调所消解。那些洋溢着青春冲动的心理总是在制造不尽如人意的现实结果。这个如歌如诉的爱情故事已经失去伟大的动机，它徒剩下一些记忆的表象，一些琐碎的生活细节和精致的感觉片断，它显然激不起厚重的思想效果，却足以给人阅读的和观赏的快乐。感情向感觉的蜕化，不过表明这个时期的小说写作更乐于到

"表象"里去讨生活而已。

把韩东列到这一群落里，显得有些不伦不类。韩东无疑是一个自由个体，他曾经是一名犀利的诗人，而现在仅仅是一个短篇小说写手。他那响亮的诗人名声显然一直压制了他的小说家地位，迟钝的文坛对韩东那些极为出色的短篇小说保持了愚蠢的沉默，人们无法想象一个诗人同时能写好小说。在这里当然无法全面论及韩东短篇小说的艺术特色，但有一点是容易看到的，那就是韩东重写了知青故事，它们属于"后知青文学"中的显著代表。在这个文化分崩离析而又多元扩张的"后新时期"，韩东却对知青生活意犹未尽。然而韩东掏空了那段记忆的历史内容，他不再以历史主体的角色反省大是大非，也不去找寻所谓丢失的青春那种超距离的零度叙述，仅仅是在追溯一些奇闻逸事，那个巨大的历史神话被分解为一些无聊而有趣的日常生活，被处理成一些欲念化的表象片断。《母狗》这个题目就有些过分，这篇小说一开始就在制造欲念浮动的场面，两条狗在春天的田野里交媾，这个很不体面的动物行为直接映入知识青年小范的眼底，这个青春期的姑娘当然不可能无动于衷。这个欲望化的动机潜伏在小说叙事的关节处，使得这个故事无法遏止地向着低级趣味方向发展。当然不能在故事的格调高低上来评判小说的优劣，韩东无疑是处理低级趣味的老手。这个关于一个女知青在愚昧农村的命运遭遇的故事，被处理成一连串的欲念化场景。性与喜剧的混淆，使这个故事趣味横生却也悲从中来。《西天上》是关于两个男女知青恋爱的故事，这里面当然像韩东所有其他的小说一样，不会有什么浪漫情调，但是肯定有一些噱头趣事。每天例行的散步，这个极为夸张的浪漫形式与农村的背景很不协调，也没有实际的内容，恋爱甚至转化成劳动的形式。这个关于选择、怜悯和命运戏弄的故事，并不是以它的装模作样的思辨特征而引人入胜，那些反讽性的描写和各种不协调情境的随意配置，才是叙事的奇妙之处。韩东的叙述有一种虐待历史的快感，把那段厚重的历史加以漫画化的处理，改变成一些插科打诨的表象材料，却也有强烈的反讽效果和解构力量。

在这里有必要谈到徐坤的《斯人》，这是一篇相当精彩的小说，随意和机智、欲念和感觉结合得恰到好处，快乐的叙事穿行过理想主义最后的栖息地，停留在当代生活的各个“后浪漫主义”场景。“诗人之死”构成九十年代中国文化的一个经典神话，尽管很难断言作者的写作动机，但是作者的叙事客观上与这个神话构成解构关系。闪烁着理想主义光圈的诗人，在这里被描述成一个文化失败主义者，他兼具偏执狂和随波逐流两种品性。他遭受半老徐娘的性骚扰，却又和那个见异思迁的绿纠缠不清；当诗和信仰贬值时，诗人迅速成为一个自称“学人”的乐队的摇滚歌手。在某种意义上，这是现代性的悲剧，是理想主义和启蒙主义的末世学象喻。这里面还掺杂着不少关于文化后殖民化的描写，考托福、气功报告、足球赛等等，充满了第三世界的文化闹剧特征。那些胡闹、神经质、煽情和嘲弄，是对当代文化解体进行的一次尖刻的表象拼贴，提示了一种具有消费性而又令人愉悦的后现代文化景观。

九十年代的中国正在加紧现代化和商业化，由此引起中国的巨变则是一个无限扩张的消费社会急剧发展。这不仅改变了这个社会的价值观念，同时在改变这个社会的存在方式——它的符号系统和它的存在表象。这一切都以无意识的形式进入作家或叙述人的感觉和意识之中。现在人们的意识正被商业主义和消费社会光怪陆离的符号堆满，庞大的深邃的想象空间被这些符号所瓦解，剩余的想象也就只能在这个混乱的符号界去复制这个时代的神奇的表象。

颇有意思的是，荒水（李洁非）这个在理论上长期坚持古典主义立场的评论家，写作了《血红玛丽》（《上海文学》，1994年）这种充溢着感官色彩和表象堆积的小说。这篇小说是典型的时下流行的商业+爱情的故事，一个令人羡慕的外企白领猛男与一群时髦女郎的情爱交往，这里面又穿插着跨国资本主义背景下的民族主义情绪。应该说，这篇小说反映了这个时期出现的新的交往方式，揭示了中国城市白领阶层特有的生存状态。这一切都合乎流行的价值观念，合乎人们的想象性满足。那个白领猛男柯朗看上去是一个十分完美的人物，自我感觉良好。他之所以为 M 公司打工，不过是为了那份丰厚的薪水。如此优秀的人物屈尊于日本人之下，这是一个民族的谬误。然而，良好的自我感觉在女人那里迅速获得补偿，在酒吧里那个妖娆的戴希基本上是主动贴上来的，而随后一连串的性感尤物则使这个白领打工仔阅尽人间春色。

戴希与白云是两个相互补充的符号，戴希是纯粹肉体的存在，而白云则是一种观念的存在。这个纯而又纯的白云，适合于结婚，而恰恰是在与“我”可能发生社会性关联这一意义上，这个“结婚”承载的观念再次迎合了隐藏已久的民族主义观念。那个日本人北冈理所当然地夺走了这个第三世界的女人，白云表达了这个时代不可逾越的发展中国家的历史位置。这个纯粹的东方女子，这个在这个时代唯一适合于结婚的女人，也背叛了爱情，背叛了民族。这个在日本使馆里举行的国际化的婚礼，同时又是一个伟大的祭祀仪式，它并不仅仅宣告着一个外企白领职员在这场国际化的情爱角逐中的失败；而且意味着一种民族性和历史性的失败。这个雄健的男人还有什么作为呢？他只有把自己再次下降为动物，作为动物性的存在他是优秀的，在这里他全方位地实现了他的本质力量。而那个戴希，就是这样一个动物性存在的女人，一个纯粹的欲望化的符号，这个反社会化的、非历史化的性感尤物，成为这个失败的第三世界男人的最后价值的证明。一个失去了社会性和历史性存在的族类，现在作为动物性存在保持了他的确实性。

这种推论并不是很勉强的，这个看似虚构的故事的背后隐藏的正是这个时代的文化想象。这个想象还隐藏在传统的职业/婚姻（爱情）的模式后面，从而给它赋予了这个时代的特殊烙印。问题并没有在这里结束，这种文化想象——发展中国家的民族主义情绪，女性对金钱的奢望，金钱决定了这个时代的人的存在价值等等，显然，在这里，金钱引发的价值危机并不是首要的，这个俊秀的白领男人收入丰厚，他的失落和沮丧来自那个小日本。在小说的叙事中，这种逻辑转换是有意思的，失去了未婚妻的柯朗去找戴希，在肉体的狂欢中来表达他的压抑。金钱对他的肯定使他有机会与戴希这种女人邂逅相遇；现在，历史性的否定（国际化的对立）也使他成为一个肉欲的狂欢者。这里的双重支配作用使得这个优秀的中国男人不得不在欲望化的行为中去表达自我；同样，那些欲望化的场景也足以概括这个男人的存在方式。在很大程度上，这个男人的存在形式具有象征意义，他是这个时代的某种象征，一个被金钱（经济）和历史性（国际化的竞争）双重掏空的存在物，它现在只能以欲望化的表象来拼贴自己的形象。

对于李洁非来说，作为一个在理论上古典性情结颇重的评论家，一个强调精神性价值的理论家，他的第一篇中篇小说就堆积了如此大量的欲望化的表象，在这里感观化的叙事超过了情感的深化，这本身是值得玩味的，回到我们生存的现实，他能够捕捉到或者说能够给予什么样的精神性的价值呢？欲望化的奇观遮蔽了这个时代的内在性，就像它吞没了这篇小说本来应该有的复杂意蕴一样。这样一种表象拼贴式的叙述已经不得不构成九十年代文学最有表现力的动向。一大批年轻的作者迅速崛起，他们对商业社会新的生活形态有着敏锐的感觉。无法深入并没有使他们觉得恐慌，相反，他们在捕捉生活表象方面玩弄他们的游戏。何顿一直在写作原始积累时期中国个体经济的生活现实，某种意义上，这种生活现实就是一些无本质的表面生活。暂时的成功，短期行为，随时宣泄的欲望，以及与这种生活存在的场景，歌厅舞厅等，都是以一种急剧变化的表象化形式全面呈现。对于这种叙事来说，不再是以一种对生活进行评判的角色充当叙述人，因为当代生活也难以做出断然的价值判断，一切都处在变动和调整之中。

第六节　结语：历史之手完成的表象拼贴

所谓“表象拼贴”不过是对“剩余意义”的一次勉强的分享，它显然不可能是一次有意识的集体进军，甚至不是个人明确表达的艺术追求。因此，与其说它表示了一个艺术流派或一个小说种类，不如说它仅仅描述了一种文学动向，一种新的文学景观。事实上，“新时期”以来的文学史，历经了几次转折，就文学的叙事特征而言，历经了“历史崇拜”（新时期）、“语言崇拜”（八十年代末的后新时期）以及“表象崇拜”（九十年代）几次重要转折。“新时期”以反“文革”为叙事出发点，讲述八十年代中国知识分子的精神磨难史，从知青文学转向寻根文学，不过是把“历史崇拜”推到极端而已。八十年代后期，新一代作家以语言策略完成了向既定的文学规范的挑战。当先锋派的艺术经验被常规化之后，当代文学写作已经无须去攻克什么文学难关或高地，它只能面对它所置身于其中的现实，把超越性的动机和意图丢弃一边，与这个多元化的或充分解体的现实同歌共舞。这个转型的现实把那些碎片疯狂抛洒出来，这个时期的生活已经丧失了内在性，而那些不再有重构乌托邦冲动的文学写作者，他们也只能与现实同处一个平面。他们除了接受历史给予的表象和碎片，不会有更伟大的作为。这种描述并不是有意把又一批后来者推到过于被动而令人泄气的位置，这不过是在强调这种动向发生和存在的历史前提。尽管这是一次历史的馈赠，但是这也表明这群人的“个体敏感性”，他们抓住了这个时代最新的现实外形，并且本身成为这个时期最新的文学景观。

当然，这并不是说“表象式的拼贴叙事”就无懈可击，恰恰相反，“表象式”或拼贴式的叙事才不过初露端倪，它也仅抓住了这个时代的一鳞半爪。对这个全面商业化的社会所呈现出的各种错位情境加以生动的再现，意识到走向后殖民化的中国文化所具有的漫画特征，对现代性的颓败和启蒙主义规划的再次勉强实施，以及如何在性与权力的中间地带穿行并且给予强有力的颠倒或反讽描写等等，都是当今“新表象”小说所欠缺的。应该看到，行使表象拼贴的小说同样有力度，它对这个时代的现实尤为具有穿透力。作为充满快感的叙事，我们没有理由认为它与故事天然对立，相反，它完全有可能构造一些明晰而蛊惑人心的故事；它理应具有观赏性、可读性，它本身就是这个时代无法拒绝的奇妙景观。

第六章　超过情感：欲望化的叙事法则

在西方的六七十年代，一些激进的批评家宣称："小说已经死亡。"这些人把文学的创造性看成超越现实的革命性行为，文学是资本主义时代唯一给个人提供心灵自由的精神飞地。在九十年代的中国，人们也有理由认为"文学已经死亡"，人们对文学曾怀有更高的期待，它是团结人民、教育人民、打击敌人的有力武器，或者是民族心灵的深刻发掘，人类精神的独特阐发，最起码也应给人以"美的享受"和有益的启迪。然而，历史总是始料未及，八十年代后期的文学已经"失去轰动效应"，它无法在思想文化的实践中起到轴心作用。九十年代的文学甚至丧失了基本的创新热情，并且混淆了基本的思想分歧。这一切都意味着文学已经走向穷途末路，或者说无所作为。然而，历史总是在人们的意料之外走着它自己的路，这并不是说历史总是对的、无可非议的，而是说应该历史地理解我们置身于其中的现实。

九十年代的中国文学并没有死亡，事实上不过是另一部分人占据了文学潮流，而且又有一些人跃跃欲试，一代人有一代人的观念和经验，一代人有一代人的文化目标。八十年代后期以来的文学规范的变化，在艺术形式方面的成就人们已经难以否认，而在精神价值方面则令人困惑不已。当代小说在形式方面引发革命，却又不得不在精神意识方面、情感态度方面以及道德准则方面留下“意外”。也许人们对当代文学最大的失望正来源于此。人们所习惯的文学过去的“宏大叙事”，那些深邃的精神和思想，那些感人的情调和风格已经荡然无存；一种平静的、淡漠的、观赏式的视点正在支配小说叙事；而那些欲望化的片断则成为九十年代文学走向市场的命运之筏。一种后情感式的态度贯穿了新一代写作者的叙事，他们偏离了传统的轨道，超越了现有的规范准则。他们的叙事不过是去追逐表达的快乐，强化观赏效果，他们逃脱了文学旧有的“宏大叙事”，而乐于给这个时代提供一幅感性满足的全景图。

第一节 “人”的退场：从爱情到本能

1979 年张洁的《爱，是不能忘记的》的发表，是一个象征，是一个闪光的起点和崭新的开端，它喻示着新时期文学已经从反“文革”的历史叙事转向了“人”的神话，它同时标志着那个有着历史创伤的

“人”，具有了现实的情感内容。文学领域内的思想解放运动，现在不再单纯把目光投向历史，而是开始关注人本身。“爱情”这个字眼在文学中一直具有奇怪的震撼力。在“新时期”文学中，它表征着人道主义信念在中国崛起，把被剥夺了的人的权力还给人本身。这个在西方属于文艺复兴时代的观念，在中国的二十世纪七八十年代之交却具有革命性的意义。用“复苏”这个语词来描述八十年代的人道主义在中国文学中的存在方式是不恰当的，因为近二十年以来的文学，其发展行程就是对人的主题不断缩减。因而张洁渴求“柏拉图”式的爱情，也就有了开创性的意义。那些温馨感伤的关于“爱”的吟诵，却如同林中的响箭、思想解放的匕首和投枪。它十分委婉却又执着地要求着人的权力、人的精神欲求。在思想解放运动的巨大背景的映衬下，张洁的浅吟低唱表达了时代的最强音，它理所当然具有感人至深的力量。“爱情”给“大写的人”注入了必要的情感内容，而这个“人”则是所罗门的瓶子放出的妖孽，它一旦在现实中有立足之地，就义无反顾地夺取自己的本质。

八十年代中期，关于“人”的思考在理论界和文学界迅速蔓延，它那不可遏止的渴望从古典人道主义、现代派观念、存在主义，乃至于弗罗伊德主义那里广泛挪用来它的内容，伴随着思想解放运动的伸越和思想观念领域翻云覆雨的斗争，这个“人”已经变得“伤痕累累”。它不得不回到人本身，变得个人化，具有了人的现实性。从观念的人向着自然的人伸越，生理学意义上的人则要脱壳而出，而这个生理学的人一旦混同了存在主义和弗罗伊德主义等现代派观念，这个“人”就要迅速触摸它的身体，探索它的本能，表达它的欲求。八十年代是个观念化的时代，“回到人本身”这种说法依然是一种观念性极强的思想诉求，它不过是把那个古典性的人拉到现代主义的荒原，使它看上去显得压抑、焦灼，以它孤傲的姿态自我标榜。仅仅几年之后张洁就写下《方舟》这样风格迥异的作品，这里面囚禁着一群现代女性，她们已不再会有钟雨的那种透明的痛苦和温馨的感伤，她们的焦虑、激动和不安已经向着现代个人主义倾斜，她们甚至初露女权主义的端倪。“爱情”这个字眼也变得暧昧不清，它为独身、离婚、压抑和性苦闷所肢解。

如果把视点转向张辛欣和残雪，就不难理解以思想解放为依托的“爱情”主题在八十年代中期趋于破裂的必然性逻辑。张辛欣的《在同一地平线上》已经开始张扬一些女权意识，爱情惯有的温馨现在被男女各自强调的个性、自我价值的实现等现代意识所渗透，“爱情”被推到“人”的主题的极端的同时，也就退到了现代意识的幕后。过去是以它的完整性作为“人”的价值实现的证明，现在则是以它破碎的面目作为个人存在的抵押。张辛欣所完成的这次抵押不过是一个象喻，它表明“爱情”主题所表征的古典人道主义情结及其启蒙主义意图业已完结，它被这个时代更尖锐的感觉和更为实用的观念所替代。因此，残雪才能以她梦呓般的绝对女性的倾诉提示一种乖戾的女性主义话语。八十年代中期，残雪的出现是一个难解之谜，而她产生如此广泛的影响更是一个奇特的神话，仅仅归结为南方几位评论家的个人嗜好是不够的，她的存在虽属偶然，却是一种迹象、一种征兆，它喻示着一个段落的结束和另一个段落的开始。残雪以她极端的女性姿态现身说法，新时期的那种启蒙主义式的爱情主题已经受到怀疑，女性生存于父权制的巨大压迫之下，她们被肢解为一些乖戾的语言碎片和自虐的幻想。

作为新时期文学半路杀出的程咬金，马原的三板斧在诸多方面改变了当代文学的习惯做法。不用说在把“爱情主题”改变为性的原材料一事上，马原立下了汗马功劳。他的叙事圈套不仅仅拒绝了庞大的历史神话、时代精神的巨型象喻，当然也消解了“爱情主题”。在他的《冈底斯的诱惑》《虚构》和《大师》等作品中，那些作为爱情动机出现的因素，并没有像在传统小说中预期的那样形成爱情故事，而是向着一些乖戾的性和莫明其妙的死亡转化。《虚构》细致描写了“我”和那个女麻风病人富有激情的交欢场面，这是一种绝望的爱欲，只有纯粹的性才能超越生死的界线。在这里，“性”作为生活的一个聚焦的视点，它击碎了生活的梦想。这里没有希望，也超越了悲剧，它显示了生活破灭的绝对性，破碎生活的深处最后的残留物就是这次疯狂的交欢。

苏童把性的神秘意味引申为生活破裂的直接表征，它是家族（历史）颓败的根源、不可知的形而上的历史力量。在他的《一九三四年的逃亡》《罂粟之家》《妻妾成群》《米》等作品中，可以看到“性”所引发的各种乖戾而富有诗意的事件。在苏童的叙事中，“性”经常是故事的原材料，也是叙事的动机，个人的命运和历史的倒错，经常是“性”在作祟。在格非和余华的叙事中，当然也看不到感人至深的爱情故事。格非的《迷舟》似乎在讲述爱情故事，但是潇和杏的爱欲，却被那个可怕的“空缺”所吞没，这个故事被一些错误、遗漏、阴谋和命定的劫数所渗透。至于格非的《蚌壳》，则可以从三四十年代穆时英等人的新感觉小说中读到一些原型，但格非的叙述依然是十分出色的，那种性心理和潜意识幻觉，与对生活的不可知片断的捕捉给人以极为细致的印象。相比较而言，余华的“性”简明扼要，性就是生活中一个无处不在的因素，一种原动力。余华的“性”更靠近人的原始本能，它与暴力结下不解之缘。《世事如烟》《难逃劫数》等作品中，“性”不再是爱情主题的附带物，它甚至没有任何社会心理的和历史文化的含义。在余华的叙事中，性就是纯粹的非理性的本能，它是一些光秃秃的事实，乃至于经常是一些麻木而机械的日常行为。它们最大限度地表现了生活的原生状态。

当然，同时期也有一些作品，它们试图用“性”作为叙事的聚焦视点，去表现历史文化的某些死结，或生活的某个死角。刘恒的《伏羲伏羲》（1988 年）力图以它独特的视角和非常个人化的体验，去发掘“性”所蕴含的民族的文化的内容。但是，小说对那个乱伦主题的细致描写，却又不得不展示了性本身的魅力。刘恒的叙事技法极为高超，他尤为擅长把握那些故事环节的微妙变化、人物的心理层次和失控的局面。性在这里是一个绝对的动机，它诱惑和推动人物走向灾难。“性”在刘恒的叙事中，具有技术和人文的双重含义。相比较而言，苏童的“性”在叙述中和形而上的意义上都显得神秘玄虚：它们是某种不可抗拒的命定力量。刘恒则处理得更加具体和技术化，同时它的人文含义也明确和现实。

不管如何，八十年代后期中国文坛席卷一股“性文化”大潮，而具有创新和探索意向的纯文学，在这股潮流中别具一格也独领风骚。它承接着新时期的思想解放纲领，同时以文学的形式主义策略拆碎了这个纲领，使之向着非意识形态化的方面转化。从“爱情”主题向“性”的改变这一历史行程，有力地折射出当代文化的某些根本的变动，那种以古典人道主义和启蒙主义为核心的现代性企图，让位于一种后个人主义式的写作，并且也由此表明文学写作的意识形态冲动，它在社会现实中的精神轴心功能都已下降到最低限度。

第二节　背景的虚化：没有内在性的历史现场

八九十年代之交的历史背景过于复杂而凝重，那些非历史化的写作，那些处在（观念）零度状态的形式主义策略，都在这个背景的投射下具有政治无意识的意义。历史之手重新书写了这个时代的文学文本，给它以某种特殊的现实定格，赋予它以又一种寓言的意义，这就是历史的不可超越性。那些作为形式主义实验原材料的“性”事，它们也不再是一些光秃秃的事实，而具有不可抑止的形而上意指功能。在苏童那里，那些“性”的原材料既意指着历史颓败的事实，也意指着它的不可知的根源。格非的那些诡秘的“性”在叙事的边界徘徊，它们因此而成为生活破败的佐证、不可挽救的绝望。至于余华，他如此任意使用“性”作为他的人物的行动力，“性”从叙事的各个边界盲目而倔强地涌溢而出，它们使生活变得怪诞、坚硬、残酷而不可理喻。而这种叙事的总体情势，在那个巨型背景的投射下，不仅是在文学革命的水准上，与现实主义范式构成实际对话；而且在政治无意识的意义上与现实本身也构成“潜对话”。因此，作为叙事原材料使用的“性”，也就在历史与现实双重的水平上具有了精神现象学的意义。

那个凝重的历史背景在九十年代商业主义大潮的冲击下迅速解体，经济一旦成为这个时代的轴心，意识形态实践也就变得华而不实。权威意识形态在实际上不起绝对支配作用，这使所有的艺术创新突然间都丧失了“潜对话”的寓言性功能。中国这个最后保存的第三世界文本，现在不再有真实的历史底蕴。它的冲突、碰撞和投射的历史叙事的机制实际不起作用，也就是说，现在“历史之手”不再在政治无意识水平上写作那种具有“潜对话”的叛逆性文本，“历史之手”充其量也就是在商业主义的背景上操作这些表象化的叙事。九十年代，我们面对着一个空旷的历史背景，一个虚脱的历史现场。九十年代的经济形势无疑令人振奋，然而这对于诸多的人文知识分子来说却是更深的危机。到处都流传着科技知识分子在南方获得重奖的新闻，暴发户在祖国各地层出不穷，狂热的圈地运动使中国迅速进入一个经济腾飞的神话时代。这个时代的主旋律、这个时代的生活主潮都与人文知识分子无关。特别是巨额消费和豪华商场，把囊中羞涩的知识分子彻底拒之于幸福的大门之外。大款和大腕成为这个时代的主体，“发烧友”“追星族”趋之若鹜，大众文化这一次是真正全面而彻底地主宰了人民群众的精神生活。所谓“高雅文化”“严肃文学”的败落，不过是人文知识分子失落的佐证。关于“文人下海”的争议居然会成为一个普遍关注的问题，不过表明文人对自身存在的必要性已经没有多少把握。文化失败主义的情绪困扰文坛，它与明星大腕的趾高气扬、春风得意恰成对照。

现在，文学无需夺取什么形式主义高地，也没有与之抗争的历史力量（在某种意义上，这些力量过分巨大而属于“天文学”的范畴，实用而功利的文学是不会把自己置放在“天文学”的困境中的)，文学写作真正失去了它的历史依托，这使它处在一种没有精神负荷的轻松（而虚脱）的状态。在这样的历史情境也不再有“集体无意识”，完全个人化的写作只能去拼贴现实表象，即使试图冲进一些精神深处，其结果也必然是被那个苍白的历史布景反弹出来。人们无法超越历史，他们只能做历史允许的和给定的事情，在这一意义上，人是历史的宿命动物。

于是，并不奇怪，“纯文学”这块金字招牌不再挂在文学创新的殿堂内，而是挂在文化集贸市场的入口处。在这一意义上，1993 年可以看作文学史完成巨大转型的时间界碑。这一年有各种各样的“纯文学”精品和史诗式的巨著和文学活动在社会主义初级市场一展风姿。《废都》和《白鹿原》不过是郁积已久的变革成果。它们表征着新时期至后新时期以来的重新出场景象的欲望奇观。《白鹿原》以它宏伟的构架，讲述渭河平原五十年变迁的历史风云。白鹿两家为争夺白鹿原的统治权明争暗斗，惊心动魄。两个家族的争斗又引入新民主主义革命的历史冲突，使得整个故事更加雄浑奇崛。

主人公白嘉轩六娶六丧，命运把他磨炼得坚韧硬气，种植鸦片使他重整旗鼓。再次娶妻生子使他成为堂堂正正的接脉人，白鹿两家也就正式进入鼎立的较量时期。陈忠实对中原地带的风土人情有着十分深入的了解，并且谙熟中国农村的宗法制度，因而他在农民争夺统治权的斗争中，就显得精当老道。白嘉轩出卖天字号水地，换取鹿子霖家的山坡地，他看出这是一块“风水宝地”。白嘉轩能屈能伸，工于心计，颇有远见卓识。显然，白嘉轩是作者笔下理想化的人物，经过一番劳其筋骨之后，他迅速成为一个杰出的乡绅。品行端正，刚直忠良，公正无私，明察秋毫，他身上凝聚着全部中国传统文化的精华。相比较而言，鹿子霖则多少有些奸诈而狭隘。他热衷于权术，玩弄阴谋，甚至与侄媳妇田小娥通奸。当然作者并没有把这个人写得十恶不赦，而是恰到好处地表现了他的多面性。某种意义上这个人似乎更贴近中国农民的那种精明和狡猾的自然天性。

作者显然写作史诗式的作品，历史的变迁结构随着几代人在不同的历史条件下的冲突而展开。白孝文和鹿兆鹏的矛盾，引入了中国新民主主义革命的斗争背景。革命的选择与斗争，在偶然性的环节中发生并向着不可逆转的方向发展。白孝文一度落到吸食鸦片、讨饭乞食的地步，却为了一个饭碗加入国民党；鹿兆鹏以早期共产党人的英勇姿态显得大义凛然，但偶有过失，例如从弟弟手中接过来女友白灵。中国社会代代相传的宗法制度及其权力斗争，到了二十世纪上半叶演化为你死我活的阶级斗争。作者在写出斗争的历史演变的同时，也喻示着这种斗争的非历史化本质，亦即这种斗争不过是在不同时期的历史采用的各种表现形式而已。斗争的结果是，那些参与斗争的人们都没有什么令人欣慰的下场：共产党人鹿兆鹏下落不明，白孝文迅速窃取革命胜利果实，艰苦的革命斗争在鹿子霖看来，终究还是没有逃脱白鹿两家的争斗。

《白鹿原》试图在历史文化和阶级斗争的大背景上来揭示人性，或者说它力图在人性的多面性和丰富性的层面上折射出中国民族在20世纪历经的曲折和艰险。作为一部“史诗式”的巨著，它对中国传统文化怀有理想化的态度，试图以宗法制的传统观念来作为中国文化的精髓，作为反思历史的依据，虽然并未贯彻到底，也表明它服从了现实主义精神。至于那些细腻生动的性描写，无疑达到了中国小说叙事艺术的高峰，它固然出于揭示人性和宗法社会的根本内涵的需要，但它过分渲染的笔调，不能不说已经与80年代后期的性话语结下不解之缘，这与史诗式的巨著身份多少有些相左。不管怎么说，开篇就用七个女人的故事作为铺垫，与其说是出自对探求中国民族文化的特殊内容的需要，不如说也是进入阅读市场的必要标签。

相比较而言，贾平凹的《废都》则以更加大胆、惊世骇俗的笔法，令1993年的中国文坛如临大敌。这部名为“废都”的作品，显然表示作者试图描写当今时代文化（和精神）面临的严重危机。在某种程度上，小说的叙事也向着这个主题推进。庄之蝶这个文化名人，卓尔不群，桀骜不驯，不修边幅，有意蓬头垢面，穿双拖鞋，喝酒，题字，玩画，何其潇洒。然而，除此之外，这个先声夺人的“文化名人”并没有什么大不了的作为，他那显赫的名声除了偶尔被人利用一下，并没有人对此当一回事，那个表面上把他奉若神明的文学爱好者，一转身就把他题名的书当作废品卖掉。他被搅进一场莫名其妙的官司手足无措，任人摆布，终至于一败涂地。他唯一值得称道的地方是为人捉刀写情书。他开书店本是想在商海中捞一把，却做了赔本买卖，而且是为学生所骗。当然这个品格高尚的名人也偶尔骗人，乘人之危收购朋友字画，却也驾轻就熟。庄之蝶最后一败涂地，连市长也对他失去信心。这个原西京城里风云一时的名人无所作为，终至于没落潦倒，生死不明。事实上，四大名人加上孟云房，没一个活得像样，瞎的瞎，死的死，再不就是流落街头。

贾平凹在某种程度上写出了知识分子颓败的当代图景，令人惊异的是，失意的文化名人却不断在女人那里获取重新肯定的依据。事实上，庄之蝶这个文化名人慑服的唯有女人，在妇人那里他成功地确证了自己的存在。唐宛儿、阿灿、柳月这些女人如期而至，他们一拍即合，这个文化名人迅速成为一个欲望的英雄，到处是他们交合的场所。庄之蝶把他和阿灿寻欢的去处称为“求缺屋”，这个正在丧失政治学和文化学功能的名人，现在只有从生理学中获得补偿。他缺失的自我意识也只有性欲。他的姿态一开始就摆在那里，只有女人能填补这个“缺失”。这个填补是双重错位的结果：这些女人出身低微，唐宛儿是个与人私奔的妇人，柳月是个保姆，阿灿则是个受伤者。她们都对文化名人有着奇怪的渴慕之情，她们通过献出身体而从庄之蝶那里取得文化。正如阿灿在交合时所说的那样：她获得的不仅是身体的满足，更是“整个心灵的满足”。对于庄之蝶来说，他需要的是妇人的身体，他交出“名声”，而获得身体。他是个欲望的焦虑者，而女人则把他看成文化名人；那些女人不过是文化仰慕者，而庄之蝶把她们读解为古典时代复活过来的妇人。贾平凹通过这个双重误读来获取双重意义：它既肯定了庄之蝶文化名人的主体地位，又顺利完成了性欲话语的表达。实际上，这些女人在文化上对他的肯定是十分可疑的，这些私奔者、保姆和劳动妇女，她们对文化以及对文化名人的渴慕不过是叙述人的假想和强加。如果说庄之蝶在文化上的意义上只是以这种方式来确认，那么这是肯定还是嘲弄？庄之蝶重返历史主体的夙愿是彻底落空了，他不得不努力扮演一个模仿古典士大夫文人的角色。

对性的趣味构成文化溃败时代一部分人处置生活的特殊方式，贾平凹的叙事当然无可厚非，只不过贾平凹的叙事隐藏着多重矛盾，包含着这个时期无法整合的东西。这不仅表现在庄之蝶与那些女人的关系上，也表现在叙事方式及其所关涉的文化母本上。这个关于当代文化人颓败的故事，又与中国古代的一些典籍结下不解之缘。这些男人和女人带着太多的古籍的痕迹（例如《红楼梦》《金瓶梅》《西厢记》《浮生六记》《翠潇庵记》《闲情偶记》等等）。对当代文化溃败的表达，又转化为对中国古代那些典籍的开掘和模仿。特别是那些原因不明的□□，它们卓有成效地沟通了人们关于中国古代那些禁书淫书的文化记忆，同时起到阅读的诱惑作用。尽管《废都》存在这样那样的问题，特别是它采用的诸多商业主义广告手法一时令人难以释怀，但《废都》对当代中国文化的溃败状况还是作了十分尖锐的揭示。如果不过分追究它和古籍的关系，这部作品在叙事方面无疑极为精当老道，甚至它的那些似是而非的问题本身，也是对当代文化面临的危机进行的一次前所未有的演示。

也许责任并不在贾平凹，而在于这个商业化的文化实践和欲望化的观赏潮流。贾平凹这位纯文学“最后一位大师”，说他要以美文写作这部唯有“心灵真实”的作品。然而，它一进入这个社会的阅读空间，它就被这个时代的欲望化的阅读裹挟进一种情境中，也足可见当今文学的写作与阅读所发生的惊人变化。在某种程度上，它们的位置被颠倒了，现在，读者才是上帝，这些在当今中国无法吞噬成人读物的人们，当然把他们的全部压抑倾泻在“纯文学”上。“上帝的眼光”现在渗透进作品的叙事，规定了那些故事和场景。那个“隐含的作者”的观赏目的，实际支配和推动了故事的情节及其发展。

当历史总体性背景虚化之后，艺术创新也不再喻示着革命性意义，而读者和市场正是一个敞开的新世界，所谓的“纯文学”势必越过界线，填平鸿沟，这是一个无法阻遏的历史趋势。事实上，九十年代的文学写作一直在朝着这个方向努力，或者说，它一直被这股潮流拖着走。更年轻些的写作者，他们顺利进入这股潮流，并且以他们崭新的经验在文学的市场化趋势和最低限度的创新之间，开拓一条中间道路。在这个大众文化全面扩张的时代，在这个文化大腕领风骚的年代，年轻一代的写作者当然不可能把自己尘封于破败的象牙塔内，他们也不得不争夺大众，夺取市场。因此，不足为奇，欲望化的阅读法则决定了这个时期的叙事法则，九十年代的文学技艺将在这里初试锋芒。

这样一种历史过渡虽然暧昧曲折，但也顺理成章。八十年代末期，先锋派小说就已经剔除了“爱情主题”的情感内容，而剥离出光秃秃的“性”作为叙事的原材料，作为诡秘而怪诞的生活要素来运用。九十年代，随着故事在叙事中的复活，作为原材料的“性”相应展开，它们转化并呈现为一些细节和情节、一些有序展开的场景。它们再度散发着一些奇妙的感伤气息、一些蛊惑人心的力量。看上去是传统现实主义手法的复活，它们甚至和古典主义时代的一些文本密切相关；然而，在九十年代的背景上，这些细节和场景显得尤为重要，它们与经典现实主义的深度模式无关，它们是一些纯粹的表象，一些作为高潮出现的叙事核心。我们置身于其中的历史背景不过是一份勉强拼贴的文化草图，它不再具有投射功能；软弱无力的“历史之手”也不能把它的超量意义强加于这些场景和片断。这使得九十年代的小说处于一种前所未有的轻松状态，它似乎真的回到生活本身，它就是生活自我放任的表象之流，没有内在性的后当代现场。

欲望化的叙事法则决定了九十年代的故事其实也不过徒有其表，引人入胜的故事实际上是那些场景的遮盖物，它们委婉细致，从容不迫，步步为营，成功走向那些期待已久的高潮。对那个高潮的渴求和遮掩竟然构成了欲望化叙事法则的艺术技巧，这样一种小说无意中却也有令人惊异的艺术水准，这确实是不可思议的事。在某种意义上，它显示了一种新的叙事态度、新的方法和态度。从理论上来说，没有任何理由认为关注“性”的写作在艺术上就一定低劣，但是过分关注“性”的作品也就难免有庸俗之嫌。像米兰·昆德拉那样把“性”与政治作为一枚硬币的两个背面来表现，他显然也是在玩弄一种叙事技法，这二者的重叠才使昆德拉的叙事既获得某种思想的力度，又不失强烈的阅读效果。这个人的书在中国的书摊上热烈出售，也足以说明很多问题。米兰·昆德拉用他的“政治反讽”给“性”涂抹上一层灵光圈，随着历史的深刻变异，昆德拉的“性”也失去了政治的内在性，徒然剩下一些光秃秃的欲望和一些尴尬的玩笑。冷战结束之后的九十年代，全球都处于意识形态弱化的历史情势中。地缘政治和种族冲突对于不同国度的人们构不成强烈的政治冲击，它也不可能转化为普遍的意识形态。文学写作在这个时代已经不可能从政治那里汲取生命力，那种革命式的献祭写作已经让位于后革命式的快感表达，这使得人们理直气壮地去制作那些欲望化的观赏场景，并且从这里表现出这个时期的美学趣味和表现技法。

第三节　情爱的表象化：欲望化的叙事法则

九十年代的文学已经完成了它的历史转型，性爱主题几乎变成小说叙事的根本动力，那些被命名为“严肃文学”或“精品”的东西承担起准成人读物的重任力不从心，这股潮流当然也就迅速抹去严肃、通俗的界线。历史已然颓败到只剩下一些残缺的布景，而那些精神和思想的厚度早已在小说叙事中失去最后的领地，而欲望化的表象成为阅读的主要素材，美感、快感的等级对立也不复存在，感性解放的叙事越来越具有蛊惑人心的力量。

颇有象征意义的例子可以在刘心武的一篇作品中看到。刘心武，这个新时期的主将，“伤痕文学之父”，在九十年代已经不再自觉充当历史的启蒙者。《风过耳》就是一次告别新时期的写作，它未必像大多数人认为的那样是一部有着现实实际影射意义的作品，我更倾向于认为这是一部是启蒙的历史主体自觉退场的无意识的表达。一部也许是不经意写下的《仙人承露盘》（1994年），也许是这个新时期主将对当代小说叙事的普遍法则的响应，他现在转入探讨一些非常个人化的情感。在很大程度上，他的表现已经超出启蒙人性论的范畴，不再强调真切的同情和情景交融的理解，更多关注一些纯粹的存在事实，展示那些场景和生活奇观性。由此可以看出九十年代中国小说叙事的超级法则。

这篇小说讲述一位少女非常奇特的情感生活。从朦胧的性爱意识到反常规的情感，刘心武细致地刻画了这个变迁的过程。说穿了这是一个同性恋的故事，这个区域在当代中国文学中一直是一个禁区，长期探求人性深处的刘心武，这次涉猎人性的那些隐秘的角落。刘心武既没有从怪异的一路去贬抑这种情感，也不作过分的渲染，他的叙述深入到少女心灵的那些角落，去探究这个非常规性的情感是如何滋生的。这一切都源自于那个关于“仙人”的传说。刘心武的叙事当然还是走比较传统的现实主义路子，力图构造一个完整的而自足的封闭故事。“她”的无父无母，对叔叔和胡姨的暧昧关系的窥视，特别是那个“仙人承露盘”的神话，构成了她的怪异性意识的根源。这个“她”的内心深处被那个玄妙的神话占据了，注定了她是个超现实的人，一个生活在自我的幻想天地的女子，一个拒绝和逃避俗世的少女，这使那个情有所钟的大匀难以遂愿。

这个隐秘心理的历史和现实依然被刘心武探究得充分而动人，这个故事的内核隐藏得十分巧妙。徐姐的出现使整个故事急转直下。“她”的一系列的似是而非的经历、没有着落的心理轨迹，在电梯里的那一黑暗时刻的突然闪亮，整个故事的内在意义在这里突现。看上去极为平易淡泊的叙事，其实是在制造极强的悬念，做足了铺张和酝酿。就这一点，足可见刘心武在传统表现手法这一路上已是炉火纯青。前面是曲曲折折，犹抱琵琶，随后的故事则是飞流直下，波澜跌宕。这个反常的绝望之恋注定了它的悲剧性发展轨迹。刘心武试图揭示这种恋情并不仅仅是难以为社会所接受，就她们自身也难以达到正常的理解和沟通。同性恋情感与所谓“正常生活”格格不入，就她（她）们自身而言，也难以正常相处。女同性恋是什么？在西方一位女权主义者看来：“当一个女人的愤怒浓缩到了爆炸点时，那就是女同性恋。她是这样一个女人，在很小的时候她就常常按自己内心深处的不可扼制的内心力量去追求更完整、更自由的人生。这种追求在当时就很可能是，但在以后肯定是为社会所不允许的。很多年当中，这种追求使她痛苦地与人们发生冲突，与所处的环境，与被人们所接受的思想方法、感情和行为发生冲突，使她处于一种与周围的一切，以及常常与她自己进行不休止斗争的境地。或许她并不能完全意识到自己作为一个人所包含的政治意义，然而在某种程度上她不能接受社会给予她的限制和压迫，不能接受社会给她安排的角色一个女人的角色。”①

就在对女性这种特殊情感的表现上，刘心武了陷入两难境地，一方面，他给予那种自恋式的情结以理想化和浪漫化的超越性特征；另一方面，他也又不断地促使那种同性恋情感扭曲化、怪异化。在“她”和徐姐之间，充满猜忌、占有、自私，在相互逃避与投入、剥夺与奉献之

① 转引自《当代女性主义文学批评》，北京大学出版社，1992 年版，张京媛主编，第 112 页。

间纠缠不清。刘心武也力图去写出她们的生活是如何被扭曲，这种极为优美的扭曲又是如何自行其是、撕拉到极限。这种情感终究被作畸形化的处理。尽管刘心武超越了单纯的同情性的情感基调，但却未必超过流行的社会化视点。它的必然导向悲剧式的结果，那把火不过结束了这个故事，也使这个叙事在现实主义经典模式中完成它的充分完整性。

年轻的一批作者，以他们更为单纯直露的经验闯入文坛，明显给人以超感官的震撼力。张旻、何顿、述平、刁斗等人的写作，构成了这股潮流。正如我在前面几章论述过的那样，何顿的兴趣在于抓住当代生活的外部形体，抓住个体经济的历史实践中，城市市民和小知识分子的无法抵御的欲望，充满欲望的生活场景构成了叙事的主体。《太阳很好》讲述一个走向商品社会的妇女所遭受的情感挫折。是什么力量导致宁洁丽的家庭迅速瓦解？当然是欲望，对金钱的欲望、消费的欲望，过一种享乐主义生活的欲望。这里的各种人物都被“欲望”搞昏了头。她的那个“配不上她”的丈夫居然当着那个妖冶女人的面打她的耳光，这只能说是金钱的诱惑怂恿这个男人发昏。这个男人轻而易举就离家出走，可以看到对金钱的欲望是如何强有力地控制了人们的行为和选择。而宁洁丽在不知不觉中重蹈丈夫的覆辙。这个一度清高的女人，其实一直经不住商品的诱惑。她对那些漂亮衣服的倾慕，对丈夫无能的责备，这些都决定了她最终的选择。她也进行了抵抗，但经不住章明之流的几番进攻。在这个时代，歌舞厅与其说是一个娱乐消遣的去处，不如说是一个向商品社会膜拜的祭坛，经过歌舞厅的洗礼，没有人不会对这个商业社会的快感集散地俯首称臣。这是一个失足的场所，也是一片自我解放的领地。宁洁丽这种普通群众的投降归顺只需要几分钟，她抵挡不了这些优美的乐曲和那些衣冠楚楚的男人。几个回合下来，这个国家事业单位的职工，成为一个个体户的职员。如果说这一切都是被迫的，都是因为周围过于强大的经济势力有意的支配，那么，想成为龙百万明媒正娶的老婆则是她自觉的愿望。这个愿望一度是她的生活理想，她为此进行了奋斗，当然终究也为此付出了代价。

何顿写出了这个时期价值观改变的现实，表现了欲望是如何被这个急剧发展的市场经济生产出来，并席卷了各个阶层的人们。人们不得不组合他们的关系，按照新的欲望化的生产法则，重新调整个人和社会的特殊关系，调整他们的价值观念和行为方式。这个个体经济社会对底层贫困的民众尤为有吸引力，它把一个对它一无所知的人迅速改变为一个受它支配的成员，人们的价值观念早已认同了脱贫致富，如何被这个商业社会彻底俘获则是一个更重要的实践问题。这样一个过程被何顿表现得极为生动细致，宁洁丽无法拒绝，她被拖进了这种生活，因为这种生活代表这个时代“前进”的方向。龙百万和章明都是大玩家，但龙百万才是这个时代真正的英雄，才是妇女心目中的白马王子。龙百万这种人敢于冒险，敢想敢干，冷酷，自私，背信弃义。必要的时候，他也会装得温文尔雅，一旦目的得逞、猎物到手，他就翻脸不认人了。这样的人在当今中国才是成功者，才是人人顶礼膜拜的英雄。他们生活极为潇洒，主要由喝酒、搓麻将、找女人以及斗殴构成，这种生活与文化无缘。这是一群反文化的拜金主义者，他们为中国的经济起飞做出突出的贡献，作为代价，他们也严重地搅乱了当今人们的价值观念。他们本身是当代中国产物和写照，期待已久的和只能如此的产品。

对于这样一种历史实践，对于这样的生活变迁过程，对于这样一种生活和它的英雄主角，何顿明显的批判态度还受制于“为富不仁”这样传统的概念。就主导方面而言，他还是比较是忠实而具体地表现出个体经济所表征的当代现实。这篇小说相对于何顿过去的作品来说，多了一些价值倾向，龙百万身上的恶劣品性表现得很明显，而宁洁丽这个女性终究以自己的能力干起了霓虹灯业务，他试图表达在这个迅速发展的个体经济社会中妇女真正的出路。

述平对商业社会新的生活形态有着敏锐的感觉，前面曾经论述过他的《凸凹》《晚报新闻》对商场、男女之事和城市暴力有着惊人的表现，把城市男女之间的暧昧情感，相互诱惑和逃脱的困境刻画得淋漓尽致。而《此人与彼人》（1994 年）又是一次对两性关系的明显揭露。《此人与彼人》看上去是一篇好读的通俗读物，它有舒畅的故事，细致的人物刻画，尤其是对男女之事的大规模渲染。然而，仔细推敲则不难发现，这篇小说隐含着一个严重的（而不是严肃的）主题：那就是对这个时代“没有爱情”的生活状况做出惊人的表现。

当代中国生活的变化是如此之快，一个极为保守压抑的古老国度，一旦打开那个所罗门的瓶子，一切变得无法控制。过去人们徜徉于天国的遐想（爱是不能忘记的），而现在，在我们生活的各个角落，大规模开展的是爱情游戏。一次邂逅相遇，一次出差的机会使人们迅速而突然地拥有了情人。尚小木不是一个情场老手，但也不是一个圣徒。借助感冒的作用，他居然轻而易举地爬上女同事的床。这件事并没有给他带来荣耀，相反却使他惴惴不安。于是这场游戏式的爱情导致了随后的一连串的爱情游戏。乔兵是一个爱情的游戏大师，一个划时代的欲望的英雄。这个饱尝失恋之苦的男人，居然一夜之间成为床上运动健将。他的收藏怪癖，是对他的已逝爱情的祭祀，也是对这个时代的爱情的嘲弄。以收藏这种保留历史的行为作为短暂偷欢的欲望化表达的补充形式，乔兵堪称是个有创造性的人。在这个时代，男女的关系只存留下一些毛发，对于乔兵来说，那是一种卓越的战利品；对于这个时代来说，它是全部情爱失败的佐证。

然而，游戏的人们并不是玩得轻松自如，每一个游戏的背后都隐藏着一个摆脱不掉的历史前提和难以逾越的后果。乔兵其实一直在追悼他的那段精神之恋；而胡颖则为她的腹中之子而费尽心机；甚至那个职业妓女田丽也为一段情欲的交易而心有所动。述平当然不是在简单地表现这个时代的堕落景象，对于他来说，人们只有经历堕落，才能对罪恶有所认识。“灵魂如何才能得以拯救？”述平的解答奇特而明确，那就是在堕落中才能感悟到爱：“这是一个被堕落的表象覆盖着的世界，爱在深处的某个地方，在我们重新认识到爱的真义之前，我们甚至得对罪恶和堕落有深度的体验，备尝堕落所带给我们的深深的痛楚，在罪的尽头爱才会出现……”这完全有可能是一种荒谬而自欺欺人的逻辑，一种述平式的关于堕落与爱的谈怪论。述平的人物显然是在这种推论方式中来进行他（她）们的故事，这些游戏的人们都在堕落中感悟到爱，不管是自觉还是被迫，他们最终都在爱中得救了。包括那个老干部，他是在堕落中才表达了他的纯粹的自然人本主义的爱的。尽管述平关于堕落与爱的推论未必正确，但是我们不得不承认述平的讲述揭示了这个时代生活的一些症状，并且尖锐地表达了游戏的后果和人们内心的希冀。

虽然述平对爱的升华表达得有些勉强，但是他对堕落的描述极为出色，那些露骨的欲望总是表现得优雅，他的叙述从容而俊秀，朦胧的南方细雨给堕落的男女勾画了一幅美妙的背景，它们充盈着一种末世学的意味。在这一意义上，述平的叙事是这个时代露骨而优美的堕落图景。

刁斗，可能是一个对规则和秩序有着天然敌意的人。近年来的小说写了不少，没有引起必要的注意，或许应该归结于生不逢时。近期的中篇小说《作为一种艺术的谋杀》（《花城》1994 年第 2 期），篇名取得有点耸人听闻，实际上，这篇小说写了一个很常见的故事，一位年轻的女记者（或编辑）与一位文化名人的浪漫风情，这是城市里或文化圈里惯有的暧昧关系。刁斗的写作不再去追逐那些爱情故事的人生内涵，那些发人深省的道德意味或悲剧力量。刁斗的叙事热衷于观察一个男人和女人的故事是如何发生，如何向个人无法控制的区域迈进的。人物的性格、内心的无意识，使这个诱惑的故事充满动态的可变性，那些转折关节被处理得欲望横生。显然，国与丰丰一直处在极为微妙的状态中，他们相互诱惑，如履薄冰；看上去水到渠成，其实随时都可能发生意外。

男人和女人之间的相互吸引和诱惑像是一门伟大的技艺，一种细致的雕刻，他们以游龙走丝的笔致相互书写人生优美而错误的章节。这个拙劣的偷情故事被刁斗叙述得起伏跌宕，他们由陌生而相互吸引，而相伴同行，最后共浴爱河，层层推进，一切终于都如期发生。然而结果呢？悲剧的后果发生在这两个人的故事之外。因为这个封闭完满的世界其实存在一道深深的裂缝：丰丰的家庭一直被叙事遗忘，却潜伏在幸福的侧面，在那些完满的时刻像幽灵一样如期而至。对于女人来说，背叛家庭并不是一件轻而易举的事，丰丰渴望一次浪漫的经历，但她必须以全部生活的平静为代价。丰丰是个跟着感觉走的不可思议的女人，她也许一直就向往外面的世界，只不过缺乏目标和机会，与其说国诱惑了她，不如说她借机完成了一次由来已久的精神漫游。她逃离了没有诗意的日常生活，但她无法逃离生活的宿命安排。这里面虽然也有一些似是而非的关于宿命论的含义和对生活的谬误的澄清，但对于刁斗来说，那些“深邃的思想”已经终结，他只热衷于去讲述那些纯粹的观赏化的欲望片断，对男人和女人的事务，做出机敏而舒畅的描述，就大致可以宽慰这个焦灼忙乱的时代。

张旻，一直热衷于写作小知识分子的欲望，校园里的师生之恋是他的写作的持续性主题。对那些缠绵悱恻情感的描写，对那些卑琐欲望的过分渲染使张的叙事显得平白露骨。但是《生存的意味》（《作家》1993 年）是张旻别具一格的作品，张旻的叙事出人意外地坚决超然于情感之外，直接切近那些裸露的事实。

这是一个情杀的故事，然而里面渗透着复杂的生存意味。童年的那些经验被描写得非常细致，芬的家庭经历、沉默窝囊的父亲、与人偷情的母亲，这些在幼小的芬的心灵中留下抹不去的创伤，它们铸就了倔强的个性。直到那一天，软弱无能的父亲杀死那个民兵连长，芬的童年阴郁才一扫而光。芬的童年渗透了屈辱、悲愤、通奸和枪杀的场景，这些场景并不是像呈现在电视里的节目那样仅仅是一些与她无关的画面，恰恰相反，那些画面，渗透进她的记忆和生存，那些“红惨惨的晚霞，在芬的眼前永不坠落”。处于如此境遇的芬，渴望有力量的精神支柱，蛮横的大军成为芬的同桌。与其说是芬的天性，不如说是芬的童年经验使芬对大军这样的男人有一种不由自主的崇拜与依赖。芬从小就仰慕、期待、渴望大军这样的男人，然而，她的婚姻又选择了一个平庸软弱的男人，这使芬多少年之后与大军邂逅相遇，不可避免要生出是非。

这篇小说叙事的显著特征，就是不断运用倒叙手法，去发掘生活中的那些最初的源头，去寻找那些灾难的根源。这种强制性的因果解释链构成的叙事反倒使生存敞开不可洞见的神秘性。人们的存在结果已经被预先给定了，生活再也没有比这种境遇更令人绝望的了。这个武断的解释链，拖拽出一个人的一生那些不可言喻的细节，它们串联一体，构成了不可思议的命定之路，并且这里还融进了父辈的阴影，与一个更强大的历史交合在一起。这种发掘实则给出一个女人不可洞见的精神自传，在这一意义上，《生存的意味》像是一部精神分析小说。

作为一篇探求精神深处那些幽暗之地的小说，这篇小说显得十分精细而有质感，它极为细致而深入地剖析了芬的心理。芬从小以她表面的温和顺从掩盖了她的执拗，每当大军的小手突然伸向芬的腿部时，“芬总是一声不响地悄悄地用自己的手一个一个扳开大军铁钩似的精瘦手指”。沉默而有主见，平静而执着，这些外在化的行为非常有力地反映出她的内在心性，它们与她的生存处境相互映射，显现出一个孤僻而倔强的少女芬的形象。那些心理在很大程度上是被性支配的。对于张旻来说，性意识潜藏于人的心理深处，支配的人的行为方式，乃至于支配了人的一生命运。芬在看电影的黑暗中与荣华的触摸，那种急切和兴奋，被描写得栩栩如生，它显示出芬这个女人对性的特别敏感。这些美妙而幼稚的早期萌动，暗示了她以后为此付出的沉重代价。张旻对芬的心理描写采取了悖反式的叙事，少女芬对大军的那种态度、他们二人构成的欺压与反抗的关系，隐藏了许多年后他们之间的如醉如痴。“芬当初时对大军曾经有过多么深的反抗，今天就有多么深的依恋；有过多深的隐匿，今天就有多么深的执着；有过多么深的畏惧，今天就有多么深的渴慕。”正是这种悖反式的描写，使得这种心理刻画富有节奏，乃至于使整个小说叙事富有张力，富有内在凝聚的力度。

对一桩情杀故事的内在性的探索，张旻写出了一个女人的客体化精神史，这部精神分析史却又强制性地勾连着她的父辈的历史，一种显性的可分析的政治历史与隐性的神秘性的命运重叠，提示了生存中那些美妙而令人惊惧的瞬间，这些瞬间构成了生存进程中持续而闪光的支点，它们却又无不意指着悲剧性后果。作者的叙事冷峻而超然，那些冷静的视点直逼生存事实，不再是情感意义上的对人的遭遇的关怀、对人性的反省，而仅仅是一种超越于情感价值判断的审视、对那些生存事实的纯粹关注，甚至于是对那些“性”构成生活死结的揭示。应该说，这篇小说对“性”给予了极为有力的表现，性在这里折射出一种生活史，又意指着生命不能逾越的盲区。

这种欲望化的景观，在九十年代的现实中急剧扩张，它构成了这个消费社会的基本表象，也开始成为当代小说叙事最具有传奇性的资源。凡一平的《通宵达旦》（《山花》1994年），这篇小说似乎与电视剧相去未远，却有着不少耐人寻味的东西。警察与妓女这个美国向第三世界输出的电视连续剧层出不穷的题材，现在被移植到这篇小说中，作为小说叙事的起点。这个起点十分鲜明地给出了九十年代小说写作的基本倾向：类似罗朗·巴特的做法，把写作比作勾引，把阅读比作色情，当然这是比喻性的说法，在现行的制度规范内，作者当然不可能有什么惊人之举。但是，这种姿态是极为明显的。在某种意义上，这种做法，还可以在《白鹿原》这类被称为史诗式的鸿篇巨制中看到。当然，《通宵达旦》不过同工而异曲，它实际是另一种小说。

这篇小说把通俗读物的故事母题作为叙事的原材料来运用，它们在叙事中起到纯粹观赏性代码作用。一些香艳的女子、性感的形体和暧昧的表情，这些都构成商业社会基本的观赏性代码。这些欲望化的符号与整个社会急剧膨胀起来的经济欲望相互鼓舞怂恿，这是商业社会这枚金币的两面。作者的叙事并不是仅仅停留在这些欲望化的符号的表层，他还在这些符号的里层，打入了权力和精神性存在的楔子。把一些商业社会最流行的符号与对这个社会的似是而非的揭露和超越相混淆，因而这篇小说的故事隐含着内在的跨度，把形而下与形而上加以强制性的重叠，起到连接作用的是那个“特权阶级”马禾。马禾的出现使这个通俗故事迅速发生转机，妓女被无罪释放，现在，警察变成了诗人，小说的叙事也开始向着形而上的层面倾斜。小说叙事能够做出转折并且能不断开拓叙事的空间，在于能够运用有效的中介因素。应该说，这篇小说中马禾这个人物的运用还是成功的，他起到多方面的连接和转承作用。

随着警察变成诗人，小说叙事开始打穿那些形而下的欲望化符码，一些关于妓女，关于香艳女人的丰乳，关于装扮嫖客还是装扮妓女的争论，这些流行符号、流行话题引出了关于这个社会现实和人的存在方式等等的看法。特别是那个圣诞节，纯粹是一次化装舞会。这是形而下的世俗中国对形而上的宗教仪式的模仿，而警察居然成为艺术家，这里面都是一些假模假样的人。对形而上的追踪不过是对舶来品模仿，并且是对仿造的伪造。这些似是而非的有名份的人的聚会成了真正的假面舞会，这里面充斥着模仿品和赝品，连哲学也商业化，诗人成为一千元的交易者和剽窃者。那个主角宋杨能够回忆起来的那只纯洁的鸽子，他的青春萌动期的情人，却也只是一个强奸犯的妻子。现在凤凰一样的女人，貌美才高的朱楠正在与他倾心相谈。他们在骗与被骗的游戏中心心相印。十分有趣的是，朱楠对骗局拆穿缺乏基本的能力，她可以怀疑宋杨的任何谎言，却不怀疑他存在的最基本事实——他的身份的真实性。这个时代人们怀疑任何东西，却从不怀疑有钱人的真实性。这次形而上的精神会餐终究又成为一次肉体享乐主义的盛会，这个时代的精神早已迷失在经济事物里，迷失在欲望崇拜里，那个哲学博士被放逐于欲望狂欢的节目之外，他在等待批文。

这篇小说以它对时尚想象和现实表象的书写，揭示了这个时代精神性存在彻底丧失的现实状态。然而，这种揭示并不是作者有意识的行为，而是小说叙事的副产品，恰恰是作者大量堆砌这些欲望化的符号，在游戏和狂欢的场景中，穿梭来往，随意漂流，没有一个人能真实地进入精神存在的领地。作者的叙事甚至无力做出基本的情感价值判断，那个似是而非的初恋情人，他也无力保持她的纯粹性，小说叙事本身是一次对这个时代的表象的自在呈现，一次放任自流的后情感式的观望和游走。在这一意义上，九十年代已经无力给出任何真实有力的精神性向度，它恰恰是复制和拼贴这个时代的欲望化景观，由此创造这个时代的观赏奇景，创造具有诱惑力和想象性满足的纯粹快感式的阅读情景。

同样值得提到的是王小波的《革命年代的爱情》，这篇重写“文革”时期的作品，能别具一格，主要得力于它不再把叙事的重心落在“反省”“批判”一类的历史内涵上，那场庞大的历史运动在这里被改变为可供窥视的场景。一个后进的男青年，被一个进步的女青年关在一个小屋里作思想检讨。特殊年代的爱情不得不采取特殊的形式，然而我们洋溢着青春愿望的女团支书，终于忍受不了“特殊的”形式，个人的欲望战胜了那个可笑的外表。在王小波的叙事中，所有的那些戏谑式的描写都不过是等待那个欲望化的高潮出现，那个纯粹的爱欲的场景是全部“进步”行为的伟大成果。这个成果其实一开始就潜伏在叙事的动机中，它随时都有可能原形毕露，但王小波以他恰如其分的节奏推出这个高潮场面。对于那个隐含的窥视者来说，经过一段时期的煽动、引诱，现在总算如愿以偿。王小波的写作一直处在当代文学制度化体系之外，他一度在其他国度里游荡，在海峡那边发表小说。他以他怪诞而超然的行为把自己放逐于乱哄哄的大陆文坛之外，很快人们就会发现，这个在当今文化边际地带游走的人，这个远离当今现实的人却又是一如既往地触摸我们生活的关键部位。他对欲望的表达有着惊人的兴趣和敏锐，那些漫不经心的描写都给予这个时代的生活以尖利的刻画。

第四节　越过界线的价值标向：后道德状况与女性的祈祷

妇女解放不仅仅是社会解放的尺度，在现代社会，妇女更经常走在社会解放的前列。在发达国家，妇女活动构成了富裕时代唯一的后革命景观，它是冷战过后唯一有点刺激性的保留节目。因此，毫不奇怪，妇女写作也是这个时代多少还具有挑战意义的文学行为。新时期的女性写作十分活跃，但一直附属在男性话语的纲领之下。因此有一点是不难推测到的，九十年代中国文学，将无法遏止女性主义潮流。事实上，张辛欣和残雪曾经以非常独特的个人经验表达了最初的女性主义意识，赵玫的一些作品也表现了女性对待世界的特别态度。更为典型的女性主义方式可以在海男和林白近期的作品中看到，女性话语无视男性的道德准则，在急切回到女性的内心生活中去的时候，在对女性自身经验的无所顾忌的发掘中，女性写作以她偏执的后道德立场表现了最为鲜明的过渡性状态。

我曾在前面讨论过，海男一直在以纯粹女性化的语言去完成诗性的祈祷，对男女特别的情爱的表现构成海男持续不断的兴趣。关于生/死、爱/恨、永恒/暂时等问题的追问，是海男叙事的内在意蕴，她异想天开要在灵与肉的撞击中撕开那道无底的深渊。《人间消息》（1989 年）、《没有人间消息》（1992 年）、《疯狂的石榴树》（1992 年）、《观望》（1994 年）等等，大都描写一些男女性爱片断，生命本能的恐惧、一些死亡事件和欲望化的场景充满着整个叙事。海男的叙述像是一次绝对女性自白，又是一次前所未有的自我呈现。

《私奔者》（《钟山》1994 年）是海男又一篇激烈蔑视当代道德规范的作品，从这个关于私奔的故事中看得出海男的叙事已经发生了很大变化，开始注重故事性和人物相对完整的形象。海男的叙述总是充满歧义，她习惯把人物的内心活动、回忆、遐想等随时折叠到叙事中，这给阅读造成一些障碍，但是给叙事提供了复杂而多变的空间。

这个关于“私奔”的故事，由一个女子独自一人来到一个城市的内心遐想构成。这个叫苏修的女人出差到外地，住进一个小旅馆的第一个强烈愿望就是尽快洗个热水澡。“洗澡”在整个叙事中起到动机的作用。由洗澡引发了苏修的各种心理感觉和回忆往事。“洗澡”想到少女那双纤细的脚插进水流，那是生命的河流。古典辩证法曾经诡辩过的真理，你不能将双脚同时插进一条河流，这是什么逻辑？这是生命哲学？过去的私奔故事与现在已经迥然不同。生命之河在流动，回忆者能抓住过去什么痕迹呢？这个私奔的故事，就像一条流动的河，有不同的插足者，她们先后插入江林的生活，然而，她们的存在，她们的幸福和感觉都大同小异。也许作者没有清晰地写出那种深刻的不同很有些缺憾，但在另一方面，也许作者触及了生活的一个无法抹去的事实，那就是生活不断地重复一种对古典辩证法的绝望颠倒，不同的是插进去的还是同一条河流。

那个私奔者苏修，替代了美丽的雯，后起之秀燕子又替代了苏修。人们在那些自以为是的生活追寻中，其实不过是扮演着一个角色，替代者也为他人所替代。显然，海男力图写出生活的两极悖论：一方面，人们渴望变换生活，渴望逃离现在的外境而走向私奔之路；另一方面，私奔终究不能完成对生活的彻底的超越，生活终究还是回到现实性中。

对生活的绝望和渴望是如此矛盾地交织在海男的写作中，对于她来说，这些想法并不单纯是形而上的观念，在很大程度上是她真实的内心祈祷。比较起张洁那代人的《爱，是不能忘记的》那种态度、那种时代意识，海男这代女作家对生活的看法、对文学说话的方式，都发生了惊人的变化。她们变得如此复杂而坦诚，变得如此不可理喻而固执己见，对于人类由来已久的那些情感、那些价值立场，她们给予了毫不留情的拒绝和超越。海男居然不加掩饰赞美“私奔”：“第一，私奔的快乐就是建立一种新的意义，它是反抗一种不能令人满意婚姻的赔偿，私奔者通常是带着对未来的展望通常是一种令人生畏的东西。未来对于私奔者来说往往是一个不许进入的禁区，然而，私奔者总是亲自到场证明私奔者是一些幸福的人。第二，私奔者制造着事件，这是一种偏离常规的，无法解释的行动或事件，私奔者都沉湎于一个跟他制造事件的男人或女人的怀抱，这是一种音乐的怀抱，让私奔者蛰伏在自己的小窝里，与世隔绝地度进一段时光。第三，私奔者们总是带着最初的诱饵出发，这诱饵是美色，是肉欲，是闪烁的星空，是沉醉的深渊等等。”

这个关于“私奔”故事令人想起法国“新浪潮”电影《去年在马里昂巴》，那个私奔的故事被“存在还是不在”这种现代主义观念搞得歧义百出，它充满了对存在与选择的复杂思考。海男的叙述则是一次对往事的眷恋、对家园的追忆、对女性内心渴望的后现代主义式的散漫书写，它把此间的感觉与迷失的记忆相混淆，把不着边际的生活远景与微不足道的幸福相拼贴，那些流动的生活表象渗透了女性的内心独白。应该说，海男的叙事有着某种复杂的透明性，那些感觉和回忆、那种心绪和遐想的状态，都给人细致而深刻的印象。

摆脱了爱情母题的当代女性叙事，向着细致的欲望体验与玄虚的形而上观念两极分化，而把二者有机结合起来，则可以看到当代中国女性叙事所达到的一种难度。例如，徐小斌的《双鱼星座》（《大家》1995年）把女性自我经验、隐秘的内在欲望与玄妙的形而上观念相混合，这三者相互推动和补充，使徐小斌既抓住当代生活的那些最有扩张力的表象，又不懈地探究人类生存由来已久的那些意蕴。

《双鱼星座》看上去是在讲述“一个女人和三个男人的古老故事”，但这个古老的故事被徐小斌以非常个人化的当代性的经验加以改造。拉康式的精神镜像使得徐小斌的写作像大多数女性作家一样，散发着“自恋”的优雅情调。这当然不能说卜零就投射了过多的作者的影子，这种

“自恋”是女性对自身的绝对关注——女性永久的“精神镜像”。正是这种“自我关注”，使得徐小斌的写作执拗地进入女性自我的精神深处，优雅而又毫不留情地打开那些生活死结。

卜零，优雅而聪明绝顶，脆弱而漫不经心，与其说这是典型的知识妇女形象，不如说是知识妇女乐于认同的自我形象。这个优雅的女人在三个男人之间周旋，对家的厌恶、对权力和社会制度的拒绝，与对爱欲的纯粹追寻相混淆，使卜零如此密切地扣紧这个时期的物质生活，那些流行的俗世价值观念，又不断地在虚幻的空间，在自我的镜像中呈现。古典时代温情脉脉的两性关系，那个生活的寄托——家，在这里却是生活的牢笼，一个极为虚假而没有实际内容的处所。在九十年代，这个被普遍描述为商业与文化二元对立的时代，徐小斌尤为尖锐地表现了女性对变了质的两性关系的直接书写，这一切混杂着对这个时代的流行价值的抨击和那些生命神秘崇拜的寓言性叙述，使得徐小斌的这个“古老的故事”具有犀利的直接性和女性神话学的深邃性。

卜零，这个知识妇女，对生活像是在观望，又像是在进行某种绝对的追求，她一直在精神与物质、文化与商业、灵魂与肉体之间作一连串不切实际的徘徊。她以她的精神性存在对物质主义盛行的时代采取了不合作的态度。那个代表了当今时尚的丈夫韦，遭到卜零的彻底蔑视，这显然是精神对物质的超越；而那个司机石却以他的自然主义本色而令卜零想入非非。作为一个有文化的人，作为一个女性的精神自恋者，卜零有理由对在商业上踌躇满志的丈夫不屑一顾；她也理所当然拒绝那个精于权术的老板；然而作为一个自然主义者，作为一个回到女性自身欲望的纯粹女人，卜零对石这个年轻男人充满着爱欲。在这里，精神性的卜零奇怪地转化为物质性的卜零，并且以自然崇拜的形式而获得现实的内容。那个绝对沉浸于精神自恋的卜零，回到她的最内在的存在的时候，她就回到了身体，回到了她的最坚实的女性自我。只有一个自然存在的男性他者，才使这个女性对身体的意识具有了现实的爱欲内容。

卜零这个心比天高的女人经历了一次愚蠢的下降运动，在某种意义上，也可以看成这篇小说的叙事所走过的历史行程。这个精神性的女人受爱欲的支配，不得不走出她的精神自恋的天国，她的爱欲必须转化为现实，她必须从男性他者那里掠夺来她的现实本质。她选中了石这个漂亮的年轻男人，卜零于是重温了一次青春萌动期的纯情之恋。这段被世俗化的爱欲，尽管以自然崇拜的借口加以观念性升华，但它依然掩饰不住那些压抑已久的欲望。那些温情脉脉的恋情，使得卜零险些成为一个为爱情冲昏头脑的纯情少女，成为一个为流行的美学趣味支配的暧昧人物。徐小斌终究打破了石这个“自然人”的幻象，他不过是一个社会化的情场老手，一个偷香窃玉的下层人物，卜零最后用谋杀的形式，结果了这个男人（和其他两个男人）的性命，这个多少有些夸张的举动显然不仅仅把她从俗世的尘土中解救出来，再次确证了她作为一个精神性存在的绝对价值；而且使这篇小说恰如其时地逃脱了现时流行的趣味，它以同归于尽的方式拒绝同流合污。显然，对女性爱欲的关注使徐小斌找到连接二者的自然通道。把女性的爱欲与某些循环论和文化原始神话相混合，构成徐小斌叙事的内在意蕴，它们使徐小斌的那些关于女性爱欲的故事具有不可知的神秘性。

值得注意的是铁凝的《对面》，当然不是说这篇小说有多高的艺术水准，恰恰相反，这篇小说证实了当年寻找“心灵”和美感的新时期神话讲述者，却是转向描写一个窥视行为，一个纯粹的女性符号。这篇出自女性作家手笔的小说，却采用了一个男性的视点，并且是一个不断窥视的视点。在男性的欲望化的目光的窥视下，那个女性逐渐呈现出她的性感形象，直到这个形象背后的隐藏的悲剧内容显现。小说的叙事初步可以看成是对诱惑的逃避和投入的描写，那些太近的诱惑，直接而明确地呈现在你的面前，你却找不到真实的感觉。然而，无意中窥见的诱惑却是那样令人着迷，一种有距离的观看、纯粹的窥视，一个无关的作为他性的诱惑，反倒是真正的诱惑。那种距离和隔膜被一种欲望的修辞学所填充，被一段阅读所补足，这是对诱惑的一次详尽读解和重新书写。然而，在更深一层的含义上，这篇小说又是关于人们无法面对一个真实存在的某种探讨。这是一个无法证伪的问题，一方面，“我”无法真实地面对“我”的对象，那些明确呈现于“我”的面前的诱惑，都给“我”以不真实的感觉；另一方面，也没有一个真实的对象物向“我”呈现，那个令“我”着迷的女性肉体，当然不是向“我”呈现的，“我”却倾注了无限的热情和欲望，“我”最终读解出的却不是欲望的高峰体验，而是由来已久的女性悲剧。

这篇小说试图用男性的眼光来看女性的世界。在男性的视野中，女性只有“很棒的体形”，她们都企图获得男性的认同，以不同的方式与男性搏斗，结果则逃不出男性的控制。那个勇敢的尹金凤，总算如愿以偿当上市长太太。那个伪装的男性的视点其实已经看到了“对面”世界的真实意义。这个欲望化的视点，在其内在性上，又回归到女性的立场，它依然揭示了女性的特殊境遇。事实上，这种思想性的东西在小说叙事中并不显得特别重要，在这里思想法则让位于观赏法则。推动叙事和阅读前进的是那些富有观赏价值的场面，把欲望和窥视叙述得如此详尽并充满悬念，这就是技巧的胜利，填平鸿沟的“纯文学”将不得不在这些欲望化的场景中穿梭来往。那个伪装成男性的叙述视点，完成了对女性的全方位窥视，他是否看得到真实的世界，或透过现象看到本质，已经无关紧要。那些欲望化的场景浮出文明的地表，构成这个时代唯一生动的文化景观。

第五节　欲望化的轴心与历史修辞学

经历过八九十年代沉重的历史折叠，九十年代的中国文学突然间处在一个无比空旷的场所。这里没有方位，没有中心，没有冲撞，甚至没有真实的压力。一切都显得那么的实用而空洞，那么虚假而随意，有谁能够承受这种无根的轻松呢？事实上，人们经受住了，而且乐于分享这种轻松。九十年代的中国文学处在某种状态中，它也只能是一种状态，人们只能看到它的外形状态，而无法触摸它的内心，或许它根本就没有内在性，传统的和经典的话语无法给定它的确切含义。它总是处在某种状态中，或者说从一种状态过渡到另一种状态。在这样一个过渡时期，这样一个表象主义时期，文学实际处在多元化和多方位的过渡性状态。

文学在这个时期确实发生了某些实质性的变化：写作主体、表达形式、传播方式及其效果，都与八十年代相去甚远，甚至与八十年代后期，我们称之为“后新时期”变动的早期阶段都大相径庭。“先锋派”和“新写实”的所做的革命性举动，依然是在文学精英主义的序列之下来进行，它与经典权威话语构成紧张而持续的对话。对于九十年代后起的又一批写作者来说，他们已经完全脱离了“宏大叙事”，他们的个人化立场彻底向适应性倾斜，他们的叙事没有文学的历史由来，更没有文化目标，我说过，“历史之手”也不再能强加给他们以革命性的象征意义。在这一意义上，文学写作成为历史本身，它不过是历史自我指涉的修辞学表达。

没有理由认为在作品中强调欲望化的观赏价值就是低级趣味，但是所有有关欲望化场景的描写，必须精道奇妙，否则弄巧成拙。在另一方面，对欲望化场景的强有力的表达，无疑构成这个过渡时期的最重要的叙事法则。对情欲和暴力的巧妙书写，足可见出这个时期小说叙事的艺术水准和必要的智慧。在这样的过渡时期，某种程度上也像罗朗·巴特所做的那样：把写作比作勾引，把阅读比作色情。当然巴特是在后结构主义式写作的普遍象征意义上来发此惊人之论的，在写作和阅读双重意义上互为隐喻，写作也就真正成为一种自为的精神修辞学。对当代中国的小说叙事而言，它在很大程度上不得不填补重建欲望想象的空缺。对这个空缺的关注，构成了这个过渡时期小说的主要叙事动机和重要的叙事策略。

当然，在这一意义上，1993年可以在当代文学史上再次划下一道界线，它标志着这个过渡时期所达到的临界状态。事实上，对情欲的表现已经成为这个过渡时期的必要难题，欲望化的叙事已经无法拒绝地成为这个多元化过渡时期的唯一有贯穿能力的文学法则；对建构欲望想象不自量力的承担，使当代小说写作殚精竭虑，或黔驴技穷，或才情焕发。当代小说的欲望化的叙事法则，当然有可能抓住这个过渡时期的生活特质，对现实进行强有力的穿透与创造一种生活奇景，在过渡性状态里达到奇妙的重合。纯粹的欲望表达也就是纯粹的内心生活，也就是纯粹的历史修辞学。

第七章　本土的神话：一种不断被遮蔽的叙事

“本土化”对于任何一种文学写作来说，都是不言自明的真理。从文化上来说，人们用母语来写作就注定了是本土化的东西；从实践的意义来说，人们生长于特定的文化之中，他们的日常经验和超越性幻想都来自他们置身于其中的生活，他们的写作不可能不是“本土化”的。但是，“本土化”作为一种自明的真理，它并不仅仅表明一种写作不可超越的宿命论的意义：任何写作在其终极意义上只能是“本土化”的；同时它也经常行使着天然的文化强权：难道文学写作不要回到本土吗？它以反诘的方式使一切试图超越“本土化”的实验企图循规蹈矩。当然，“本土化”经常也有积极的理论要求，它尤为深刻、鲜明而有力地表达本民族生活的美学理想，这种本土化不仅体现在作品所表现的生活内容，也显示在它的表现形式方面。在这一意义上，本土化经常与民族性、乡土化的意义重叠。也正因为此，本土化又与“传统”这一概念相通，所谓“本土化”，它当然必须在传统的价值准则和审美要求的意义上才被指认，偏离传统标准的文学写作通常不会被认为是“本土化”的。传统、本土化、民族性，这是一组经常互相诠释的概念，对于第三世界文学叙事来说，它是一个理直气壮的护身符，又是一个差强人意的紧箍咒。

事实上，本土化与反本土之间的对抗一直就构成当代中国文学叙事的内部张力。二十世纪中国文学怀着对西方文化的向往与恐惧的双重态度曲折前进，追赶西方这种现代性的民族意识在文学方面的延伸，就是努力摆脱传统的羁绊，直接与西方文学对话。在三四十年代就是对西方十九世纪的批判现实主义和浪漫主义的顶礼膜拜，在八十年代就是对现代派的崇尚。而这之间又穿插着对西方文化的强烈排斥的民族主义情绪（例如五六十年代），则更可见出“本土化”所隐含的复杂的历史文化内涵。在某种意义上可以说，“五四”以来的中国白话文学的发展方向，就是一个不断背离本土化的过程，白话文学与现代中国的启蒙主义设计如出一辙，它们实际上也同步行进。它的历史动机一开始就纳入现代性的范畴，它的历史挫折与现代性设计在中国的命运也不谋而合。然而与这个方向若即若离，在这个历史行程中一直潜伏着顽强回到本土，固守传统的力量。从废名、许地山、沈从文、汪曾祺，一直到更年轻一代的作家，传统的力量依然在起作用。值得注意的是，这条历史线索同样沾染过西方文学的影响，这本身又表明本土化与反本土化之间的对抗不仅存在于不同的文学流向的对立，也同时在一种文学潮流的内部起作用。这使得人们有理由认为，纯粹的本土化是不存在的，在白话文学的历史范围内，在二十世纪的现代性思潮遍及的文化区域，本土化本身就是置放在这样一个历史语境中的神话。

本文并不打算全面勾画一幅二十世纪文学的本土化的历史草图，这无疑是一部著作的工程，本文清理这些理论前提和历史前提，目的是为了给八九十年代的中国文学中的本土化源流，揭示更为清晰的脉络。这条脉络因为过于喧嚣的历史布景而时隐时现，它们经常被置放在“现实主义”这个巨大的纲领之下，因此难以看清它本来的历史动机和新的文化目标。事实上，“本土化”从来就是一个神话，一个不断被改写和遮蔽的故事。在五六十年代，它是一个被政治理念包裹的叙事；在八十年代前期，它是一个被知识分子实现现代化的渴望放逐了的叙事；在八十年代后期，它又是一种被文学语言的探索性表现再次书写的故事；直至九十年代，历史总体性弱化了统合功能，而本土化则为“东方他性”和欲望化的景观这样两极的形式所遮蔽。从总体上来说，被我们称为本土文学的那种东西，只有作为乡土小说来把握时，它才能在当代中国的文学史语境中得到理解。即使是在这一最基本的意义上，它也发生了很大的变化。九十年代年轻一辈的乡土派作家对本土生活（特别是乡土生活）的非常个人化的表现，揭示了中国乡村土地上发生的尖锐变化。那样一种表现方式和感觉方式，与传统乡土小说相去甚远，不管我们是否恰当地给出新的命名，但重新清理它的历史轨迹则无疑必要。

第一节　假想的超越：历史寓言中的本土

围绕本土化、传统、民族性，在现实主义象征秩序体系内构成了一个强大的历史总体性叙事，在二十世纪五六十年代的中国，这个叙事无可争议地规定了文学叙事的范围和方式。本土化一直就是一个文化想象的概念，所谓本土从来都为文化想象所遮蔽，“本土”一度是主流（权威）文化想象的核心内容。从新中国成立到“文革”，似乎“农村”是社会主义文学生长的唯一土壤，而“本土”当然也就是社会主义现实主义理论的基本素材。“本土”不过是一个天然的外壳，在理论话语的范畴内，它注满了经典现实主义的内容；在文学写作的实践意义上，它反映了社会主义时代的本质规律；在经典现实主义体系内，“本土”既是一个天然自明的优先性的概念，又是一个没有特别规定的术语。它附属于现实主义权威话语的纲领之下，作为一个自明的内容和毋庸置疑的旁证，它其实是现实主义自言自语的一个词藻。对本土的特别强调，表明经典现实主义谱系内出现歧义，它显然是在不同的理论方位上，基于不同的历史叙事动机给新的阐释。很显然，八十年代的所谓“本土化”，确切地说，属于思想性的范畴，它被现代性思潮重新俘获，置放在现代化的历史进程中，置放在现代工业文明（或后工业文明）的背景上重新审视。它从经典现实主义的谱系内被剥离出来，在现代性的意义上构造一个回归传统的寓言。

本土化并不是一个自明的题材问题，所谓的“乡土气息”不再能表达八十年代后期以来的文学“本土化”问题。除去题材，除去难以明确表述的审美意蕴和一些风格化标志，“本土化”在文学叙事中还剩下什么呢？也就是说，相比较经典现实主义的“乡土小说”和现代性意味浓厚的“寻根小说”，哪些因素构成了八十年代后期以来的“本土化”小说？也许这个问题过于复杂，需要追究的问题可能有必要归结为那些最显著的变化，那些最有历史象征意义的差异。

当然这种变化依然有它的过渡和转折的中间环节。对于我来说，去探究那些与经典现实主义一脉相承的，或者说与它相去未远的那类“乡土小说”非本文的宗旨，这里尤为关注的是提示了当代本土小说新的观念和新的叙事法则的那类作品。我更倾向于把这种变化的线索置放在二十世纪的“现代性”框架中来考察，它的直接前提就是“寻根文学”。我一直把当代中国文学看成是在不同的方位上并行发展的立体交叉桥，在我看来，八十年代后期依然表现出艺术、历史敏感性的文学写作，与八十年代的现代性思潮息息相关。具体表现在“本土小说”这一问题上，就是与“寻根文学”的内在联系。

八十年代中国文学为一系列巨大的时代命题所笼罩，反“文革”叙事携带着思想解放的冲力追逐着“大写的人”的主题。这个主题向着现代意识、向着现代人倾斜，它最前卫的部分终于跟踪到“现代派”。八十年代的文学与其说是被“创新这条狗追得满街乱跑”，不如说是被“现代化”这项历史任务压得喘不过气。为了与“实现现代化”的历史任务相称，文学急切渴求“现代意识”，甚至不惜寻实验性现代主义手法来表达这种意识。八十年代中期，在文学的现代流向达到高潮的历史情境中，突然出现“寻根”这种“逆历史潮流”的文学现象，这很有些令人不可思议。事实上，“寻根”依然是现代化潮流的产物，只不过特殊的历史场景，多元性的历史力量综合结果使它的历史动机和现实面目暧昧不清。

八十年代中期，中国文坛到处在讨论现代意识。文学方面的现代意识，不过是中国社会的经济现代化的合理延伸和呼应，现代化的历史大潮强有力地拖着文学界走，现代性的规划是如此深刻而有效地渗透进这个时代的精神意识，那些十九世纪的古典人道主义，那些启蒙主义的主体姿态，脱去反“文革”的历史外衣，而迅速跨越进现代意识的前列。关于现代人，关于现代主义的叙事是文学界急于攀登的思想高峰，从“意识流”到现代派，中国当代文学终于有理由庆幸它与西方文学思潮只有一步之遥。然而，现代派或现代主义，对于大多数人来说，是一个怪物，一个全新而神奇的恶魔，只能远远对它们行注目礼，或者暗递秋波，或者暗度陈仓做些短线出击。八十年代的中国在文化方面有过种种激进的奢望，但实际的迈进却十分有限，这不仅仅是思想理论领域的现实形势使它只能以波浪式的方式运行，事实上，人们的既定经验也决定了它不能有什么惊人之举。与所谓“全盘西化”相对，重新认识传统迅速酿成气候，海外新儒学复兴长驱直入，各种文化讲座遍及祖国的名城古镇和旅游胜地（例如当时在青岛和杭州都有文化讲习班），一些耄耋之年的文坛耆宿坐镇讲坛，莘莘学子于敬畏和虔诚中洗耳恭听。新儒学同时呼应一股世界范围内文化认同的潮流，而拉美第三世界作家频频在发达资本主义国家获取各种奖项，这对中国作家无疑是一个提示，一种警醒，一种诱惑和怂恿。

对于一代正要扮演文学主角的知青作家群来说，他们也急于从知青的经验中走出来，从粗略的现代派的探索中走出来，他们在本土的“文化”这里找到一个新天地。与其说这是一次进步，不如说是一次调和，现代意识和知青经验在“文化寻根”这里达到密切的统合和恰当的重叠。“寻根”当然不是简单的复古，不是单纯回到本土，它站立在现代性的高度，在世界文化的格局中来思考中国文化的命运，来解决现代化进程中的精神价值标向。它比那单纯的现代意识显得更加高瞻远瞩，更加符合中国国情和现实需要。对于文学来说，已有拉美魔幻现实主义作出示范，它们恰恰是在回归本土，在重新思考现代化给发展中国家带来的诸多难题的前提下，写出了令西方第一世界惊叹的不朽之作，他们甚至因此摘走诺贝尔文学奖的桂冠。在某种意义上，这是真正“现代”的文学意识。

在这样的历史前提下，有这样的历史参照系，我们的作家还有什么犹豫的呢？从现代派性立即回到本土，转向民族之根，原来这里是一脉相承的东西。这也就是为什么那时的评论居然把“寻根文学”称为“85新潮”；把它与刘索拉、徐星的现代派相提并论而认为它们平分秋色。它们共同构成八十年代中期中国最前卫的文学潮流。因而也就不难理解，为何八十年代中期最有创新意识的一批作家，标榜“寻根”而回归“本土”。看上去我们的作家理直气壮而信心十足：“我们民族的传统，民族的生命，民族的感受，表达方式与审美方式在我血肉深处荡起神秘的回音。”（郑义语）从这里可以找到文学厚实的根基，这样一种认知前提也清理出一代作家置身于其中的现实，个人经验与文学面对的现实在这里统一：“不光光因为自觉对城市生活的审美把握还有点吃力和幼稚，更重要的是觉得中国乃农业大国，对很多历史现象都可以在乡土深处寻出源端。”（韩少功语）

民族性、乡土乃至本土化，这本身就是一种话语，一种叙事。我们的作家生长于斯，他有什么必要，有什么理由过分强调这个“本土”呢？在强烈的现代意识氛围里回归本土，这本身就是一种策略；而在世界文化认同的趋势下，特别是面对第一世界的文化价值取向，来重新思考第三世界的文化出路，这就不得不给“本土化”涂抹上复杂而暧昧的色彩。这种回归不再是单纯回到民族文化本位，更重要的是把“本土”置放在世界文化的格局里来重新定位，它不再是背对着世界的沉默无语的黄土地，而是面对着西方世界的一个打开的神秘而怪异的“东方世界”，一个向世界倾诉的中国故事。确实，年轻一代作家站在历史的某个高度，反省、重返这个长期自我遮蔽的“本土”，他们过强的历史愿望和宽阔的世界性视野，其实超越了本土。在某种意义上，他们把“本土”流放于世界文化的格局之中，正如他们把自己流放于历史之中一样。

第二节　剥离的真实：回到生存样态的本土

八十年代的“文化寻根”不过是把权威意识形态的“本土”，改写为知识分子精英意识形态的“本土”。八十年代是一个意识形态过分活跃的时代，知识分子在思想解放运动的后期，凭着一种思想史推论实践的惯性而站在现代性设计的前列，这使他们不得不与权威意识形态有所偏离。为思想解放的局部成果怂恿的更年轻一代的知识分子，甚至把自己设想为历史的主体。“寻根”在某种意义上，就是一代知识分子试图把文化上的现代性设计延伸到文学上，它表现了知识分子书写民族寓言的历史主体意向。

八十年代后期，强大的意识形态实践发生分离并且倾向于弱化。意识形态的统合功能趋于解体，知识分子群体不管是作为权威意识形态的同谋，还是作为独立的意识形态的构造主体，都难以起到“中心化”的作用。这使得文学叙事也难以集中地表达“集体无意识”，构造这个时代的和民族性的“宏大叙事”，它不得不失去轰动效应，并且退守为个人化的写作。从某种意义上来说，“本土化小说”最靠近主流意识形态，乡土生活气息、传统价值观、民族化的风格、农民作为主角、朴素的语言表达等，都是现实主义的经典词汇，当然也是主流意识形态的基本语码。然而，当代本土文学的裂变，也正是从这个美学谱系中剥离出来才显示出它的历史变动。这个强行的剥离，虽然是个人化的行为，虽然是为艺术的创新压力所支配，但它有效地表现了当代主流文学潮流的分离倾向。这个本土化倾向，过去是主流文学的基本力量，是经典现实主义的实践证明，现在也不得不发生分化。这说明在当代中国，特别是八十年代后期，与国家意识形态共生的现代性思潮，不仅仅在那些激进的靠近西方的文化实践方面表现出分裂，而且在经典现实主义的内部也发生变化。

在很大程度上，本土化文学也受到现代主义思潮的深刻影响。例如像赵本夫这样原本是从生活经验出发的本土派作家，从他的早期作品《卖驴》中，可以看到那里面凝聚着深挚的泥土气息，那是他对中国农村生活的实际体验的结晶。多年之后，八十年代末期，赵本夫发表了《走出蓝水河》这种现代主义色彩浓重的作品。这篇作品被划归在“新写实主义”的名下，而实际上，这是一篇现代主义的作品，它的主题，它的叙事方式，它的语言感觉，它对那种极端生存状态的体验，都是典型的现代主义处理方式。应该说这是一篇相当厚重的作品，它没有受到足够的重视，只能说这个时期的人们已经不能对生存的原命题给予关注。

事实上，新一代的本土化作家，更多的人受过现代派文学的洗礼，例如，李锐曾热衷过现代主义，在一篇题为《现代派：一种刻骨的真实，而非一种主义》（1989）的作品中，他表述过这种思想。当然他在这里试图表述对现代派的超越，认为现代主义现在不再是一种观念和形式，它仅仅是一种刻骨的真实。现代主义的那些观念和技巧，被糅合进“本土化”的故事中去。与其说，本土化吞没了现代主义，不如说现代主义巧妙地改变了“本土”。在八十年代后期，李锐、杨争光等人描写农村生活的作品，被置放在“新潮文学”的纲目下，也足可见他们与现代主义潮流的密切关系。在很大程度上，他们把那些农村故事从经典现实主义的美学谱系中剥离出来，从时代的主流意识形态剥离出来，而显得面目一新。

1987 年李锐的《厚土》系列第一次把“本土性”的生活刻意从主流意识形态的背景上剥离下来，他如此坚决而彻底地审视这种生活的纯粹性，他描绘的吕梁山不仅仅远离意识形态中心，也远离所有的现代文明，这使得他表现的西北极端贫困的生活具有超乎寻常的“本土化”特征。这是原初的、绝对的、封闭的东方本土，是与中国的现代文明、与发达的西方文明构成强烈反差的西北农村。当然，就个人写作而言，李锐具有无可争议的诚实性，他有真切的生活体验。1969 年他在吕梁山区插队落户，在一个只有十几户人家的小山村里做了六年农民，后来又在一家钢铁厂做了两年劳工。他对吕梁山区的生活当然有切身的感受，这种感受渗透到他的叙事中，具有如此真切而倔强的力量。对李锐来说，并不是要在一个巨大的文化冲突或文化差异的框架内来表现本土的生存状态，更重要的是，他就是直接切进那种生活。

回到他置身于其中的本土生活，发掘那种刻骨的真实性，这就是他写作的要义，因而他的本土又具有自在的倔强性。贫困至极的乡土生活在李锐的叙事中呈现为一种生存样态，那种最低的生活欲求被表现得有棱有角。被扭曲的自尊奇怪地纠合在一起，它们无一例外地指向女性。李锐的叙事因此有棱有角，而又随时透出一种痛楚和哀怨之情。《眼石》把那样一种生存境遇中发生的两个男人的冲突推到生存的临界线上。那是基于传统观念还是男人的自尊？车把式以恩人的姿态，准确地说是八十元的恩惠得到女人的肉体，这使另一个男人受到莫大的屈辱，仇恨在这个男人的心里生长，无可遏止，导致复仇行动。最终是又一个女人的肉体使一切回到原来的状态。被扭曲的心理全面折射出被扭曲的极端贫困的生活。精神和物质，在这里达到奇怪的呼应。最低生存欲求从最粗糙的生活状态中滋生出来，它与生活相互扭曲，相互重叠，终至把生活推到绝境。女人是男性欲望化的对象，是在那种生活境遇中唯一的幸福归宿，同时又是他们随意发泄愤恨和屈辱的一个器皿。

在李锐的叙事中，这些女性作为最原始的欲望化的符号，放置在生存的底层，她们被男性占有或被抛弃。那些处在极端困苦境遇的男性，因为她们的存在而显示出倔强。因为欲望的存在，那些艰苦恶劣的生活有了一些激动和生动。李锐的叙事总是从这里打开缺口，或者说从这里抓到到那种生存境遇的唯一希望、唯一的超越性。在这里，精神对物质的超越在无比困苦的生存中滋生出的希望，就是对女人的欲望，肉体的渴求是唯一的幸福祈求。《同行》中那个被欲望折磨的可怜的黑牙，他的那些冲动，那种渴求方式，难道仅仅是他的肉体的呼吁么？欲望变成了一个严重的问题，变成最紧迫的生存难题；同时也是一个男人与女人对话的唯一方式，一项男人超越现存的精神活动。那种欲望受挫的过程则又是精神不断展开的过程。欲望的表达有了精神性的内容，它转变为扭曲而细致的心理活动。《青石涧》里的那个牧羊人，全部的内心欲求都集中于对一个女人的欲望上，由欲望转化而来的那种心理变化，十分细致而透彻地表现了最绝望的生存境遇中的中国农民的特殊心态，表现了他们的绝望、悲哀、固执和倔强的存在。这块土地上的生活全部被物质化了之后，满足最低的生理欲求也就有了精神性的超越意义。性成为生活最后的支点，又是生活最后的希望和绝望，它的双重性正表现于此，它是实在的、可感觉和触摸的存在，却又折射出生活全部的和最后的悲哀。所有的痛楚都从这里涌溢而出，因而它又有着无可置疑的绝对性，还有什么样的绝望和希望能与之相比呢？这就是典型而极端的第三世界的生活境遇，绝对而纯粹的“东方他性”，尽管李锐无意于此，这一切却自然而然地从那块土地上呈现出来。正是由于他采取了彻底的剥离态度，面对那种极端而纯粹的生存境遇，面对那种绝对的生存样态时，他的叙事才给出了这种绝对的“本土性”。

《北京有个金太阳》（《收获》，1993 年）与表现吕梁山生活的《厚土》系列相比，李锐在这里更注重历史性的思考。小说看似平淡，其内涵极为厚实。这篇小说讲述了一个贫困地区的小学教师在“文革”中的经历。李锐当然不是重复人们反省那段历史的习惯做法，他把视点移到作为历史主体的人本身。历史不过是一个舞台、一道布景，重要的是人如何在特定的生存境遇中意识自身的存在。写出人的特殊境遇，这是李锐的一贯追求，当这种追求不再置放在享受着现代文明的城市人的身上，而是投向贫困状态中的人们时，李锐对人的生存境遇的书写，就显得独特而有力度。他的视点既是立足于现代观念的意义上的那种思考，又力图去写出与现代观念乃至现代（西方）文明迥然不同的那种的生存性状——一种本土化的绝对的“他者”存在状态。

事实上，小说叙事以其不露痕迹的反讽性描写，在仲银与乡亲们之间构成一种颠覆性关系。没有文化的农民夸大了仲银的文化权威，这种夸大本身是一种误读和误置，仲银始终处在一个不恰当的位置，并且他又是如此欣赏和迷恋这个位置。学生和乡亲总是突然间回到一种真实的状态。红袖章到了冬天做了擦鼻涕的手绢，于是仲银只有深深的落空。

他只好慨叹其他人全都没文化，自己与他们没有共同语言。“深深落空的仲银只好再回到自己的自豪和孤独当中去。仲银忽然觉得这么大的吕梁山，怎么就放不平自己的一颗心了呢。”

很显然，李锐没有正面描写“文革”，也未对“文革”进行任何反省，现在他的叙述全部放置在这个人的内心，“文革”是如此生动地诱惑着他，这人向往文化，一直试图在文化上确证自己，他幻想着站在天安门前的情景。“文革”是如此深入人心，以至于这个穷乡僻壤的人也心驰神往。这个一直放置在一个不恰当的文化位置上的乡村教师，他的内心世界正在经受着“文革”的撕扯。五斤鸡蛋和十斤白面，与站在天安门前构成冲突。他属于这黄土地的本质，使他依然怀有满心的矛盾和沉重；而他的那些超越性的幻想，则使他刻骨铭心地感到无以倾诉的孤独。“没有文化，没有共同语言”的潜在意义就是，仲银一直在寻求一种超越这个现实的文化和语言，现在“文革”正提示了这样一种前景，他可以在这个语境中重新指认自己，重新选择他的自我本质。

李锐当然不是简单地写出了“文革”的蛊惑人心的力量，更重要的是这样一个穷乡僻壤的人，他的超越性的幻想与“文革”遭遇的情景。“文革”让每一个人完成了一次自我的重新指认，仲银这个一度是方圆十里的文化权威的人，现在又面临着挑战，知识青年使他突然意识到自己所处的位置，他的存在的局限性在那双方口布鞋上被充分体现，口琴吹奏《北京有个金太阳》也掩饰不了、表达不了他的失落。他甚至不惜挺身去承担那张标语的罪行。这个人为了证明自己的超越性存在，为了他在文化上的自我指认，付出了整整八年的监牢生涯的代价。这个悲剧被李锐有意作了淡化的处理，李锐要表达的可能是更为复杂的意蕴：处在第三世界文化中的个人的存在是如何与历史相遇，由此来表现这种文化中的人的存在的特殊境遇。《北京有个金太阳》这个美丽动人的乐曲，如何变成仲银这个微不足道的小人物的生命诙谐曲。而北京的金太阳的光芒照在这个穷乡僻壤，照在仲银这个人的身上，给予了他特殊的境遇。

在很大程度上，杨争光的小说与李锐有异曲同工之妙，例如他的《黑风景》《赌徒》《棺材铺》《老旦是一棵树》等。杨争光热衷于描写那些极端的生存情态、莫明其妙形成的仇恨，那些愚蠢而固执的行为、凶狠蛮横的动作……这些险恶而可悲的生活样态构成杨争光叙事的中心。杨争光的小说总有一个戏剧性的动机，它通常由一个非理性的行为构成，由此引发一系列的灾难性后果。《黑风景》中那个看瓜人一时性起杀了土匪，由此引发血腥的杀戮。六姥的阴毒、村民的愚蠢狡猾，都没能逃命定的灾难。杨争光执拗地把这些人，把这个故事推向非理性的深渊，这些人被不可知的力量推着走，并且是如此坚决地走向灾难。鳖娃的英勇也无济于事，他最终也是遭人暗算，而包括六姥在内的村民结果也无一幸免。在杨争光的叙事中，“本土”的故事已经没有任何传统的正面价值，它们仅仅呈现为一种落后的、粗陋的、乖戾的生存样态，一系列怪诞的仇恨和灾难性的后果。那种生存状况被杨争光刻画得有棱有角，它们充满着绝望的快感和绵延不尽的悲哀。

这种被剥离的生存样态在他们的叙事中成为一种光秃秃的事实，它们脱离于时代的意识形态氛围，作为一种纯粹的自在之物，它们以极端的“生存境遇”呈现了一种生活，一种东方的、拒绝现代化的和理性主义的生活样态。事实上，莫言、朱晓平和刘恒的一系作品也可以在这一意义上加以理解。他们的写作当然有不同的多方面的意义，但他们尤为注重人的生存样态，注重具体而赤裸的生存事实。它们随时从那些贫瘠粗陋的生活表面突现出来，总是有一种令人震惊的效果。

第三节 超距叙述：被语言重新构造的本土

当然，所谓“剥离”，所谓纯粹自在的呈现，不过是一种隐喻式的说法，那种生活状态同样是被叙述出来的。在这一意义上，从意识形态背景上剥离的本土生存样态，它的那种“刻骨真实”的特质，其实得力于特殊的叙事语言。经典现实主义规范中的“乡土小说”，其最重要的，就是被推为最高的语言艺术准则的信条，就是“白描”。所谓“白描”，也就是以最简单的语言去重现客观对象。在经典现实主义的理论框架内，最重要的是历史的本质规律，与之相适应，客观化的表现手法也就显得尤为重要。但是，在具体的写作实践中，“白描”更经常的是暗示着对语言技法的淡漠。只要回过头来看看五六十年代那些经典现实主义代表作家的作品，就足以看到对叙事和语言的轻视。

当然，老一代本土派作家，像沈从文、废名、孙犁和汪曾祺等人，他们当然十分注重语言，但是他们的语言和他们的人生经验、生活哲学熔为一炉，构成了某种可以称之为“东方审美意境”的美学意蕴。他们的语言风格是古典性的或者说是经典性的。五十年代的乡土作家群意识形态色彩过重，他们的写作主要是从“时代精神”那里分享创作动力。八十年代的现代化实践，在寻根文学那里表达了它的最为复杂而矛盾的时代情势。语言、思想、个人记忆和历史愿望在“寻根”名下混为一体。而在八十年代后期，能够从历史总体性分裂背景中剥离出来的只有语言和纯粹的生存样态，前者使本土化的文学文本具有文学性，后者则使它成为语言和叙述自由运作的领地。语言这一项目经过莫言（和马原）的转换在八十年代后期就实现了它的价值。作为寻根文学最后的也是起到转承作用的作家，莫言有着不可忽视的意义。他把寻根从文化认同、民族反省的历史深度，拉到生命强力和感性快乐的层面，他对语言的关注经过批评家的反复强调而显得异常突出。

八十年代后期的“新潮小说”（或后新潮小说）的显著特征就在于语言和叙事，这可以说是“寻根”作家群直接起到的推动作用，也可以说是意识形态实践的功能退化之后文学必然的选择。从整体上说，当代中国文学发展到如此阶段，它也不得不在艺术性上下功夫，当然更需要在语言上提供新经验。语言经验在很大程度上是感知经验，是一种感觉方式、一种新的叙事方式。八十年代后期，李锐等人的本土小说，力图以新的语言经验给予本土生存样态以特殊的面目。那些极端的生存境遇，是一种主观化视角对语言感觉的刻意捕捉的结果。

李锐的叙事把人物的生存境遇推到极致并且剥夺他们的语言，从而使他的叙述语言得以不露声色去发掘那种“刻骨的真实”，这是李锐叙事的显著特色。处在这种境遇中的人物被他的叙述所支配，犹如被无形的客体化的命运所决定一样。那些人物，那种生存境遇，那种生活块状结构具有坚韧而沉默的自在性。李锐小说中的人物的语言都极少，第三人称的叙述人也都不露痕迹，人物语言的剥夺，使得他们的存在丧失了主体性而全盘客体化。如此客观化的叙述就像现象学的还原理论图式所描述的那样，它其实是极为主观化的认知图式。李锐不动声地剥夺人物的自主性，于是人物的自我意识也就成了最低限度的生理欲求。

相比较李锐而言，杨争光的叙事显得更为冷漠和不动声色。李锐不管如何剥夺人物的主体性，依然关注人物的“生存境遇”，他不过是让人物的命运来说话，让人物的存在样态来说话。杨争光则把人物当作纯粹的角色来描写，人物不过是一个符号，它被超距的客观化叙述意识任意操纵。鳖娃、来米、溜溜（《黑风景》），老旦、大旦、环环（《老旦是一棵树》）等等，这些人物都被一种固执的念头所支配，他们具有绝对的盲目性，执拗地走向生活的绝境。显然，杨争光一直在追求一种极端客观化的叙事视角，这种视角给予那种生活以特定的存在境遇，生活于这种境遇中的人们愚昧、固执、贪婪、自私。他们是一些非理性的存在物，凭着一种动物性的本能行动。杨争光把这些人物抛进他的叙事中，以瘦硬之笔刻画那些愚蠢而绝望的境遇。凝练简洁的语句、冷僻的语调、紧张险峻的气氛等等，人物的存在方式、生存境遇乃至于他们的命运，都被这种叙事决定了。这是一种被推到极端的本土生活，一种被拿捏过的西北传奇，是被特定的叙事视角给定的本土传奇。对语言和叙事情境的过分追求，使杨争光讲述的本土故事具有极端性，它适合置放在与发达的西方根本对立的一个位置，而与传统的或经典的现实主义相去甚远。

被语言洗礼过的本土生活，其实也是为一种叙事方式压制的本土故事。八十年代后期的小说叙事语言无非走两个极端：其一是力图使被描写的世界变得虚幻，如苏童、余华、格非、孙甘露和北村；其二是力图使被描写的对象变得硬实，使那种生活处在最简陋的状态，如李锐和杨争光。后者的叙事主要还是寻求一种艺术效果——语言的表现性。不管如何，语言和极端的生活情境，成为当代小说叙事的直接目的，而“本土性”不过是其意外得到的一个副产品，这个副产品在九十年代的理论氛围中不断增值，它使那种语言艺术效果也变成这个副产品的派生物。这种情形在张炜的小说写作中得到充分的体现。

《九月寓言》（1991年）是九十年代饮誉文坛的作品，1994年它在上海获奖使它更加毋庸置疑。这部小说与张炜轰动一时的《古船》大相径庭，《古船》试图在一个完整的故事中表现中国民族的某种内在精神，隋赵两家的冲突以历史循环论的形式展开，而道德与文化则构成了它的底蕴。《九月寓言》在某种程度上脱离了经典现实主义的规范，它没有鲜明而突出的主角人物，没有完整的故事体系，没有明确而易于归纳的主题思想。它以片断式的叙事推进，人物形象也显得支离破碎。张炜显然受到当时热门的“新写实”讨论中关于“原生态”理论的影响。张炜似乎是要表现出一种绝对的原生态生活，他甚至把叙事的能动性压制到“零度”，把叙事语言压制到与生活原生态的同一平面上，语言流与生活流的全面混淆，给出了贫瘠生活的绝对状态。

当然，这部小说隐含着一些重大的主题。例如，现代工业对传统农业社会的侵吞；政治在农村被荒诞化处理的实际结果；等等。但是，很显然，这些作者力图探求的较深刻的主题，淹没于语言的块状层面之下，而那种“唯物主义”的态度，则与这种语言表现方式结合得天衣无缝。这部小说的叙事从饥饿开始，对红薯片的吞食构成了这个贫困区域的人们的主要生存活动，一切的困扰和希望也由此产生。那种粗糙的生存样态以任意奔涌的语言状态为表现形式，在这里，叙事是追求绝对的物质化的生活，还是要获得一种绝对还原生活的语言效果，似乎无法分辨。张炜的叙事似乎走得很远，他试图放弃精英主义式的全知全能的叙述，他更信赖生活本身——一种未被任何现代文化企图支配的唯物主义的生活，彻底而极端的原生态生活，当然，也就是最彻底的本土化的生活事实。

第四节　在历史叙事中重写的本土

八十年代后期，对现实书写的困难，促使相当一部分作家去讲述历史故事。在一部分先锋派作家那里，“历史”不过是叙事方法和语言感觉任意展开的原材料；而在另一部分倾向于写实的作家那里，“历史”则具有实际的内容，并且与现实构成某种潜对话关系。通过重写那些经典的革命故事，对中国近现代历史给予重新的刻画，对传统与经典加以双重质疑。正如我在《反抗危机：论新写实》一文中论述过的那样：“这种在无意识水平上完成的叙事，转喻式地表达了他们的现实感觉，他们不仅试图摆脱历史必然性逻辑的支配，而且下意识地表达了这个时代正在解体和正在丧失的历史感。”对经典的革命故事进行质疑，这也是对中国现代历史作一次重新梳理，它当然也是审视本土文化的一种方式。革命与本土在这里构成一种相互对立和转换的关系。本土毫无疑义决定了革命最初存在的方式，然而，革命也深刻有力地改变了本土，包括本土的那些最内在的本质。近现代以来的中华民族进入革命，革命强有力地催化了中华本土文化的某方面的特质；同时也改写了中国文化由来已久的某些价值。

也许李晓的一些探究革命历史故事的小说是出于形式方面的实验，他对经典性的革命故事的那些关键环节加以质疑，从而使经典性的叙事变得疑难重重（例如《相会在 K 市》《叔叔、阿姨、大舅和我》等）。那些伟大的神话似乎存在不少可疑的地方，那些年轻人卷进了一些偶然的事件。这似乎是在反省革命神话的叙事，然而它也同时导向对中国现代以来的历史进行反省。直接的原因也许是对现实无话可讲，间接的原因可能归结为特殊的历史背景提示的致思趋向。思考近现代的中国走过的历史道路，在革命的背景下观看中国本土发生的惊人变化，这是扎根于本土的小说写作具有真实的历史穿透力的一次表示。

刘恒曾经写下《伏羲伏羲》这样极富有本土意味的作品，九十年代，刘恒的《苍河白日梦》（1992 年）以对中国旧民主主义革命前后历史的叙述，试图表达西方文明输入中国所面临的困境。尽管那个法国人物显得十分生硬，但他的存在使这部小说占有一个世界范围内的现代性视点，这个视点在历史与现实的双重意义上，具有了反思现代性的意义。

王安忆的《纪实与虚构》（1993 年）看上去像是对一个家庭的生活史的追溯，实际上是对革命与当代生活的本质关系进行的一次梳理。革命使这个家庭的成员远离了家族的历史，这个叙述人“我”，作为一个与革命若即若离的怀旧者，保留的也不过是支离破碎的家族记忆。家族的神话与革命的神话同样显得如此可疑，哪里是纪实？哪里是虚构？作者试图写作一个纯粹的本土的和个人本位的故事，这个“本土”却变得疑难重重。不管是有意识，还是无意识，近年来试图寻求中国本土文化的内在性的写作倾向，总是不可避免与中国旧民主主义或新民主主义革命发生关联。

像潘军的《风》（1993 年）这样在形式和怀乡的双重虚幻的意义上来叙事的小说，也与“革命”发生错综复杂的关系。叙事技巧的摆弄却又导向对革命史的解密，那个杰出的革命家郑海在各种传说中被包装，被神化，变成一个神秘而不可知的神话，一个无解的历史盲区，关于郑海的传说实际构成一部现代史。这段本来明晰的、一目了然的历史，现在变得暧昧不清而不可理解。

关注本土现实，而又无法对现实做出文化学的和政治学的深刻有力的表达，相当一批作家以对近现代中国历史的重新叙事来表达他们的态度和立场。李锐对吕梁山的“本土”的书写，主要还是基于他的生活经验，对现实背景的逃离，使李锐无意中找到一块异乎寻常的“本土”。“剥离”是暂时的、过渡性的，李锐不可避免还是要在某种文化谱系内重新看待本土的历史。长篇小说《旧址》（1993 年）讲述一个大家族崩溃的历史，几代人不同的经历与现代以来的革命（旧民主主义或新民主主义革命）纠缠不清。这个家族的历史其实折射出中国现代以来的社会革命史，在某种意义上，这个家族的几代人承受了革命的后果。这部小说在九十年代初的文学潮流中并不显得落落寡合，事实上，重写新民主主义革命史是那一段时期不少作家思考历史的一种方式。李锐对这个古旧的东方家族的灾难性经历的描写，重新审视了近现代以来中国社会经历的那些深刻变动。

在这里，革命与本土的关系被重新审视。这个家族的破灭意指着这种文化的历史延续性发生严重的断裂。李紫痕作为忠孝节义（中国传统文化的经典含义）的全部象征，终究也被革命彻底否决。李乃之这个唯一投身革命的幸存者一直在革命运动中上下沉浮，死于非命。延安和李京生这两个李氏家族的后代，一个以她女性的特殊方式背弃她的家族史，另一个则在另一种文化中勉强生存，他仅仅以一个旅游者的身份重归故里。他的家族史是如此遥远而淡漠，使他成了一个真正的旁观者。李锐尖锐地写出这样一个家族的凋敝，当然也是一个民族、一种文化在现代激进历史中的命运。现代激变渗透进本土，改变了本土，李锐的写作试图去触摸那个古旧文化的精神内核，力图表现出那种坚韧的民族心性，然而它的命运却是如此彻底的溃败。

把“本土”生活重新植入现代激进谱系，并且使之发生双重错位，这是李锐及相当一批作家在九十年代初的一种特殊的叙事。李锐的《北京有个金太阳》（1993 年）是一次对知青生活的重新书写，知青这个角色现在退到次要的位置，对中国农村贫瘠的物质生活和精神生活的关注，与那个年代无孔不入的政治混为一体，制造了一种苦涩的反讽意味。反讽在这里并不仅仅是一各种美学效果，它从那种生活状态中涌溢而出，并且构成了那种生活的历史的和本质的规定，在政治与历史的双重意义上提示了本土的特殊遭遇。

第五节　现实、生命境遇与乡村传奇

被称为乡土小说的那种文学写作，并不仅仅是就其农村题材而言，在很大程度上，这种称呼的由来与这种写作采取比较传统的文学观念和价值观念，比较稳定的表现手法有很大关系。在九十年代特殊的语境中，新一代的乡土小说当然不会抛离传统太远，它在某种程度上还是经典现实主义最后的栖息地。但是，人们会惊异地发现，纯粹的乡土小说已经不具有纯粹的乡土气息，它也自觉地与这个时代的观念和审美方式发生关联。

刘醒龙无疑是新一代乡土小说的代表人物，1984 年他以《黑蝴蝶、黑蝴蝶》引人注目，作品集有《异香》和《凤凰琴》等。《凤凰琴》被改编成同名电影，获得各种奖项，给作者赢来了声誉。《凤凰琴》讲述民办教师的故事。小说以极为细致的写实主义笔法，描述了民办教师的生活境遇——贫困的生活、拖欠不还的工资、靠弄虚作假获取一点修缮费、谎报的升学率、艰难的勤工俭学，等等。这一切都包裹着“转正”这个核心。正是如此艰难困苦的环境，才显出“转正”的极端重要，只有转正，才能逃离这个环境，才改变命运。然而，转正又是如此困难，成了每一个人的心病。他们的徒劳努力、他们的矛盾、他们的希望与他们的悲哀和崇高都在这里显现出来。

小说叙事采取了由表及里的方式。张英才初到界岭，看到了破烂不堪的小学校，这里每个人都显得猥琐自私，或者鬼鬼祟祟，或者阴阳怪气。然而，在这种令人不快的表面背后都掩藏着一段辛酸的故事，隐含着坚韧不拔的生存意志。余校长最初给张英才的感觉是“剥削学生，欺压少年”。然而，他的行为和故事一层层显露出来，他在如此贫困的境地，还负担着一二十个学生的生活。孙四海似乎鬼鬼祟祟地使唤学生搞勤工俭学，但他是为了学生能买来新课本。这个人似乎还是个第三者，他与王小兰的爱情却令人心酸，有着生死相依的情愫。那个舅舅，看上去有点徇私之嫌，但他能顶住老婆离婚的压力，在自私的背后，也有他的公正。特别是他走出界岭，始终记住这里的艰辛。这是就人物的性格描写而言。就整个小说的叙事来看，作者把最重的意蕴藏在里面。那个始终不露面、卧床不起的明爱芬，给人的印象一直与故事无关，是一个无足轻重的人物。然而正是这个始终不直接露面的人物，包裹着小说的主题。她的出现把“转正”这个行为意指的内涵推向高潮。转正的艰难、生活全部的艰辛、生存的微弱愿望，命运的不可战胜全部在这里交汇。它显示了人的生存即使在最无望的地步，也依然是如此倔强。

小说叙事尤为注重描写那些反讽性的情景。生活在如此困境中的人们却热衷于演奏《我们的生活充满阳光》，甚至孙四海与王小兰苦涩至极的爱情，居然以横笛吹奏的这个曲子为背景音乐。更加耐人寻味的是每天不断的升旗降旗仪式。两支笛子吹奏着国歌的场景感人至深：“九月的山里晨风大而凉，队伍最末的两个孩子只穿着背心裤头，四条黑瘦的腿在风里瑟瑟着。张英才认出这是余校长的两个孩子。国旗和太阳一道，从余校长的手臂上冉冉升起来。”既显得悲壮，又有一些滑稽，它隐含着一些特别的意味，它与“我们的生活充满阳光”一道，刻画着人民的朴实面目和无法言喻的历史境遇。

这篇小说显然刻意去描写那种生活的艰辛，然而，也不乏笔墨去表现那些浪漫的情思，而且这些浪漫的情思同样充满着反讽的快乐。张英才在如此困苦的境遇中，尚抑制不住一些情爱方面的遐思。他给那个女同学写信，对姚燕的想入非非，以及他的凤凰琴，这些与那个并不协调的笛声和歌曲《我们的生活充满阳光》，和那个郑重其事的升旗仪式，在整个小说叙事中，流宕着一股抒情的意味。

事实上，这篇小说的内在意蕴就具有浓厚的抒情性，《凤凰琴》意指着的基本主题当然是民办教师的艰辛处境和他难能可贵的奉献精神。然而，在更深的意义上，在更广泛的普遍意义上，它表达着人处在极端艰辛的境遇中的那种对生活不可磨灭的期望。“转正”不过是一种隐喻，它喻示着人们对生活的那种渴望和不可屈服的倔强性。小说叙述并没有刻意发掘大的历史背景，但这种叙事中滋生出来的现实主义的力量，则必然引发人们的思索。那个小人物的微弱希望、改变个人命运的努力，都显得极为可怜而悲壮。当代文学中久违的那种关于“人的命运”的主题，在这篇小说中得到了切实的表现。

在某种意义上，经典现实主义的叙事在年轻一代的乡土小说群落中依然有力量，只不过肯定性的思想主题隐而不显，个人对生活的关注成为写作的主要动机。关注重大社会现实问题的批判性叙事，更多地为个人的感受和忧伤苦涩的情调所替代。即使那些直接表现社会问题的作品，也少有全知全能的主体性批判，更多的是冷静而客观的表现。

陈源斌的《万家诉讼》作为一篇典型的现实主义小说，反映了当代中国农村正在发生的深刻变化。作为一个当时颇为流行而有名无实的“民告官”的故事，它的特殊之处在于它并不是概念化地表现中国农村正在增强的法制观念，而是深入去表现农民是如何被迫走向法，而法又是如何与他们的伦理观念存在差距的现实。

这个极为普通的妇女何碧秋开始觉醒，她的觉醒并不是在法的水平上，也不是在人的基本尊严的意义上。“讨个说法”这一朴素的表达，是对传统社会由来已久的“体统”的认同。人的生存权利在这里依然采取了传统社会的形式。法不过是一个途径，一个外在的形式，它包裹的是农民的传统价值观念。然而，如何来保证这个“体统”，则只有依赖法制。在当今中国，更不用说在中国农村，对人的存在的蔑视无疑决定了对法的蔑视。然而，这个妇女并不容忍他人践踏她赖以生存的“体统”，她意识到：“这个理不扳平，今后没法活。”

传统的那一套价值观念和社会秩序被现在的权力重新支配，农民已经没处讲理。何碧秋坚持不懈的正是重新确立这样一个“理”。这个社会的秩序、体统、权力和法都是由男性确立和行使的，何碧秋作为一个微不足道的妇女，从男权制度中滑脱出来，站到了它的对立面。这个妇女不愿屈从这个现实，她以女性的固执和坚决去讨个说法。小说详尽地表现了这个基本上是法盲的农村妇女，如何一步步走向法律。从这里可以看到法律与她的那个“理”之间的错位，她并不想告倒村长，仅仅是希望能扳平这个理。寻求公正，获得做人的基本权利，这种信念也在何碧秋这个农村妇女身上体现出来。这与传统小说中常见的“复仇主题”不同，这个上告的妇女仅仅是为了捍卫她做人的权力。

对于九十年代的乡土作家群落来说，关注现实问题并不是一件轻而易举的事，这并不仅仅是于整个文学共同体的责任感和使命感的大大削弱，而且人们也意识到并且承认，社会问题并不是文学能够解决的。乡土派不得不向着“本土化”立场转化，也就是说，现实地描写乡土生活的写作，更多地倾向于历史表现中国乡村文化性状。万方的《杀人》（《收获》，1994 年）讲述一个被遗弃的女人的故事。这个女人（六团）自觉而顽强地背负传统婚姻枷锁，丈夫从新婚之夜起就对她毫无热情，长期出走不归，她却耐心等待。类似的主题被无数次地表现，显然，万方在九十年代的重新讲述有着特殊的意义。这篇注明写于美国洛克菲勒基金会 Belllagico 中心的小说，显然刻意地考虑了中国文化的本土性问题。作者着力要表现的是东方中国依然顽强存在的那种传统性的存在方式，并且试图表现男权制度强加在妇女身上的无意识结构。

这篇小说的叙事不是清晰地去描述这个叫六团的妇女为什么杀死婆婆，而是审视这个行为背后掩藏的历史——这个农村女人艰苦无望的生活史。这篇小说讲述的故事并不离奇，类似的事件在中国农村时有发生。小说显然对这个杀人行为并不特别感兴趣，它关注的是背后的历史，是六团这个女人如何渡过那些艰难可悲的年月，那种绝望是如何转化为愤恨的。六团其实是一个极为老实、胆小而且善良的劳动妇女，她坚韧而无望地等待鞠生回心转意，她是如此死心塌地、坚韧不拔，足可见中国农村的传统伦理是如何根深蒂固。而在这里，那个善良“正义”的服仙，与其说同情六团，不如说是怂恿六团，她坚决站在六团这边，成为六团的靠山。这两个绝望的相依为命的妇女，其实是把自己逼到生活的绝路上。

乡土中国的妇女是如此自觉地屈从于这种男权制度，她始终不肯离婚，她这个受害者终至于“杀人”。显然，这里的“杀人”不是觉醒意义上的复仇，而是对这种男权制度绝对认同的疯狂意志。应该看到，万方的叙事超出以往之处在于，他并不着力去表现传统礼教的外在化的“吃人”（祥林嫂式的），也不去勉强地表现妇女的觉醒。在这里，六团这个女人在“自觉屈从”这一意义上达到疯狂的地步。她最终走向疯狂，杀死了服仙这个与她命运如出一辙的女人，她埋葬了鞠生，当然也埋葬了她自己。与其说她达到复仇的目的，不如说她最终以殉葬者的姿势完成了彻底的献祭。

小说叙事的成功之处在于，它极为细致地表现出这个女人的心理变化层次，显得很有张力。客观化的情节性叙事，与叙述人的重述形成某种对位结构。叙事不断切进六团这个固执女人的心理意识深处。心理的层次与故事同步推进，那些疯狂的行为事件，悲剧性高潮与人物的绝望和疯狂相交合，将乖戾的、无望而偏执的女人心理刻画得极为出色。那些等待，那种坚持，逐步变成仇恨："这样难熬的日子记不清过了多久，笼罩着六团的阴云渐渐淡薄了，终于消散了。六团也变得炉火纯青。她那无尽的冤屈和艰难被磨炼得愈发坚硬，体积越来越小，最终成了一块深埋心底的燧石。有了它，仇恨就会随时迸射火星，燃起地狱的大火。"显然，这篇小说在观念上和叙事上已经摆脱了经典现实主义的规范，它对人物的潜意识的发掘与对人物性格的极端化处理以及对幻觉和可能性的处理，都表明它的探索性特征。它的叙事目的在于突出和强调超常的，当然也是被扭曲的东方文化性状，多少也可以看出这种"本土化"叙事刻意制造的"东方他性"的倾向。

从总体上而言，刘醒龙的《凤凰琴》、陈源斌的《万家诉讼》和万方的《杀人》，在九十年代的乡土小说中无疑是极为出色的作品，但同时也是十分少见的作品。它们或关注社会问题，或刻意从文化上表现本土性特征，但都显得十分困难，这当然是前面论述过社会大背景所起的作用。年轻一代的乡土小说群体中更多的人倾向于对当代乡土生活采取"印象主义"式的叙事，也就是说，乡土题材不再是包裹着社会性的和文化的硬核。乡土生活现在更多地呈现为表象式的生活状态，一种不再向深度转化的自在的生活之流。例如，刘醒龙近期的小说《彼岸是家园》（《峨眉》，1994年），轻松自如的叙事把乡村的景致、小人物的悲哀、一段莫明其妙的谋杀（自杀）与一些欲望化的场景相拼贴。也许按过去的观点，这类乡土小说写得过于单薄，缺乏深刻有力的思想和有震撼力的情感，以及能够在人道主义、人性论乃至于在“民族寓言”的意义上表述的那种内涵。然而，问题的症结在于，那样一种背景已经不复存在，不管是作为写作的主体还是作为被表现的客体都无法从空空荡荡的“时代精神”中分享沉重的思想意识，乡村的生活也在现代化的规划中变得轻飘飘，变得不伦不类。尽管我们有理由指责年轻一代的乡土作家对乡村在现代化的规划中所处的历史境遇缺乏有意识的表现，缺乏基本的主体定位，但同时也应对这种摆脱了“民族寓言”的乡土生活给予必要的理解。

阎连科的《天宫图》（《收获》1994 年）是九十年代中后期十分出色的小说，它把中国农村依然存在的贫困和屈辱表现得淋漓尽致。《天宫图》讲述一个穷困潦倒的农民，为了还婚债竭尽毕生努力而几乎为之丧命的故事。小说叙事不惜把所有的不幸加在这个倒霉者的身上，他的半生经历汇集了中国农民在现时代可能有的屈辱。在某种意义上，这又是一个被污辱和被损害的典型。路六命十四岁就开始替人扔死婴、挖墓、抬棺材的别样生涯，这个瘸腿的人只能在红白事上干些下活，倾了家产，也讨不下一房女人。所谓娶媳妇不过是强奸和写下两千元婚债借据的一场骗局。为了还婚债，路六命开始了艰苦卓绝的劳作，先是烤红薯，所得却用于安葬老母；随后是为村长搞女人望风，赚得的钱又被派出所坑了。万般无奈，路六命咬一咬牙替人坐牢，不想又一次被人坑害，判了两年徒刑。为了尽快还债，他下到窑里干最危险的活。当他千辛万苦回到家里，老婆却离家出走，他不得不落个昏死过去的下场。

路六命绝不是那种乡间无赖，尽管他骗娶了小竹，但是他对两千元的婚债至死都认账。在某种意义上，这个极端无能的男人又是一个重承诺的汉子，他以欺骗的手段占有了小竹，却如此信守那张借据，并为之做了不懈的努力。这到底是因为这个人的善良本性，还是中国农村的道德观念，或是他对自己好不容易娶到的女人的挚爱？这个如此需要女人的人，却一夜一夜地缩蜷在媳妇的脚边，他最幸福的职守就是为他的女人暖被窝。直到有一天女人同意让他睡一次，第二天就离婚，他才第一次真正地做成媳妇的男人。也许是紧迫感和危机感，也许是女人一夜的温情，路六命第二天开始了悲哀且悲壮的还债行动。确实，他把那张借据看成是一次生命的承诺。他承受的那些屈辱和损害，出自于他对那张借据的负责。全篇故事没有一处写到他对小竹的爱之类的话，这个倒霉的蒙受屈辱的人，可能从内心就被剥夺了爱的权利。但是，他肯定是珍爱着自己的女人，他也渴望幸福，渴望真实地拥有一个真正属于自己的媳妇，因而还那两千元成为他改变自己命运的第一个台阶。小说叙事没有去描写他的内心生活，这些内心渴望都被贫困和屈辱压扁了。阎连科只是不动声色地去表现这个人的存在只有一个念头，那就是想尽一切办法，尽快使那张借据变成两千元现金。他对于其余的一切都麻木不仁，甚至知道老婆和村长睡觉，他也只能蹲在门口——他唯一的抱怨就是"咋就没完没了"。

这篇小说以毫无保留的直面现实的手法，写出了中国农村依然存在的贫穷和艰难，一方面是被污辱和被损害的人，另一方面是损不足以奉有余。小说对现实毫不掩饰的揭示，与对这个悲哀的人的细致的刻画结合得天衣无缝。作者那些不露声色的描写，却十分有力地表现出路六命的可悲的窝囊和最低限度的自尊相混合的复杂心理。村长进房睡他的女人，"在路六命燃烟的时候，灯哑然灭了。投在院落那窗灯光，转瞬即逝。他眼前顿时一黑，就钩下头去深深地吸了一口，咽进五脏六腑。从那窗缝、门缝汩汩流出了床响的声音，路六命的心立马高悬起来，在他和他女人做事时候，就是疯了也没有把床铺弄成这个样子……烟在路六命手里不紧不慢地燃着，烟灰愈来愈长，一星火点也越发暗了下来。时间似乎是从路六命嗓子眼里流失的，走走停停，停停行行，如同夏季时有时无的风，把他的喉咙吹得干燥欲裂"。这就是一个人在特殊境遇里的特殊感受，他处在生活的边界和生活的极端，他是一个最没有主体意识的人，他的怨恨也显得那么无力，他从来不对事情的质进行判断，他从不怀疑事物现存的合理性和合法性，他仅仅对事物的量进行反抗："就是疯了也没有把床铺弄成这个样子""咋就没完呢"。这些场景和细节极为有力地表现出现时代中国农民的处境，他们被压扁的性格和无法表达的内心欲求。

当然，这篇小说把苦难的生存境遇与性爱相杂交。那些折射着屈辱和快感的双重色彩的性从那些令人伤心欲绝的情境中透示出来。村长与小竹的奸情被描写得极为充分，它当然不仅仅表现了路六命的特殊的境遇，在某种意义上，它还表现了性与权力，性对人类生活的绝对支配力量。在去坐牢的前夜，路六命"和村长一样把床铺弄得天崩地裂"；女人也居然说："瘸子，你到底不如村长，村长如牛一样，让人好受活哩。"性在这里是生存中最令人绝望的事实，又是唯一具有绝对意义的超越方式，就是在这样的时候，生命还能体验到快乐，这就是人类的奇特的存在状态。

毫无疑问，小说叙事对这个小人物的命运的追问是对中国现实的彻底追问，无疑秉承了现实主义的伟大传统，具有令人震惊的效果。然而，这篇表现乡村悲苦生活的作品，却有一个事实不容忽视，那就是它大量运用男女之事作为原材料，那些欲望化的场景被刻画得栩栩动人，它们与那些悲苦屈辱的生活平分秋色。如此说来，并不是有意要抹杀这篇小说的价值（事实上，这些男女之事强化了阅读效果），这不过表明，这样一篇对现实极有穿透力的作品，也不得不用这些欲望化的叙事来强化观赏效果，它表明了九十年代的一种文学潮流。那些欲望化的场景是当代中国文学无法拒绝的重要奇观，在某种意义上，它还是这个时代最后遗留的中国本土的（乡村的）奇观。甚至于像《白鹿原》这样一部史诗式的作品，一部重新抒写中国本土历史，重建中国本土精神的不朽之作，也依赖大量的欲望化场景来支撑叙事，获取文化传奇的效果。

在更年轻一代的乡土作家那里，乡村生活现在更经常表现为一些错落有致的印象。王祥夫的《油饼纪事》（1993 年），甚至采取了片断式的表现形式。这个故事被分割成“开头”“故事背景”“乡村故事之一”“杀人的故事之一”“杀人的故事之二”“鸡之一”“风俗之一”“刘小麦”“与刘小麦有关的故事”“对话之一种”“对话之二种”“玻璃”等十八个片断。这种叙事方法在观念性较强的先锋小说中当然不足为奇，但是这种形式对于乡村故事具有象征意义。有意去割裂乡村故事，去捕捉一些可有可无的印象、一些随便呈现的乡村图景：它们不再有古典性的传统农业社会的美感，而呈示出各种非历史化的表象。王祥夫的《玉山河》（《上海文学》1994 年）是一篇非常细致的小说，但细致的不再是曲折动人的故事情节，而仅仅是一些场景片断。乡村女子的失意与向往，人与人之间的对立与冲突，都不再有大悲大恸的意蕴，看不出坚决而执拗的人生行为，散文化的乡村生活不过是各种印象的汇集。

葛安荣的《花木季节》（《上海文学》1994 年），讲述一个做花木生意发财的农民企业家的故事。在贫困的年代，六子贫困至极，但他始终不安分，寻求各种方式发财致富，改革开放时代给他创造了机遇，他迅速成为乡里的首富。六子精明而清醒，对权力他保持距离，他的信条就是金钱至上。六子的身上折射出当今中国农村传统的家族伦理社会和社会主义的权力体系面临着的变化。商品经济全面渗透进脱贫致富的中国乡村，人际关系和权力关系都为新型的商品经济金钱关系所重新结构。在商品经济的背景上，乡村生活也变得简洁明了。社会现实的变化，影响了新一代的乡土小说，这些作品旨在表现农村新型人际关系和行为方式，不再去纵深发掘人物蕴含的历史内容和文化内容。小说也简洁地写到主人公六子和一个女人（兰芬）的暧昧关系。乡村的情爱历史向来简洁明了，纯粹的欲望、人性的欲求，现在不过是作为一次借贷的附加行为。农村的深刻变化全面反映在两性关系上，最鲜明体现在妇女的价值认同上。

熊正良是近年颇为出色的乡土派作家，从他的一列作品，《红土地》《卧槽马》《红锈》等等中，可以看到他对乡土的特殊表达。他把乡土生活作为某种审美情态来表现，既不像传统味很重的老一代乡土派作家，刻意表现优美的乡土人物风情，也不像经典现实主义一样生发那种悲天悯人的历史意识。在他这里，保持中性立场，在特定的乡土情境中观看乡土上的人物行为方式和人们的生活状态。对于他来说，乡土生活既不特别美丽也不特别令人悲哀，他总是把二者相混淆，使之中性化。

《红锈》讲述一个年轻的农村妇女为丈夫求医，而与游方和尚发生纠缠不清的关系的故事。这篇小说的叙事实际由两个故事构成，一个是关于"我"的故事，一个是关于"野狸子"的故事。这两个故事通过"我"和野狸子若有若无的关系而勾连在一起。这两个看上去无关或关系松散的故事，其实有着某种内在的对应、相互折射的关系。"我"的故事表现着现在红土地上正在发生的一些微妙变化。传统的生产关系、人伦关系，被一种新型的经济关系取代。"我"与冬芥子这个同母异父的兄弟，也不能保持传统农业社会的那种亲缘关系，而是展开了经济竞争。冬芥子显然代表了一种新型的生产关系，他并不顾及传统的血缘关系，而把同胞兄弟挤垮。"我"也怀着愤恨接受了这样一种生产关系，来到冬芥子的油坊打工。然而，"我"本质上是一个怀旧的人，"我"向往这块土地上的那种流浪生活，为了流浪甚至提出与卜月离婚。于是"我"四处流浪，直至进入监狱到释放，多年之后才又返归故里。

"我"的这种心理状态，与野狸子的那个故事构成一种转喻关系。这个女人与游方郎中的关系渗透着传统乡村社会的意味。一个为丈夫的疾病所苦的女人，引来游方郎中在家里为丈夫治病，而病入膏肓的油倌无可救药。游方郎中是一个乡间自由主义者，一个无望却随遇而安的人，他为油倌治病又对野狸子想入非非，观看野狸子的乳房，甚至爬上她的床。他的医术和离奇古怪的药方、关于柳树的一些说法，具有乡间浪漫主义和魔幻现实主义的双重特色。也许油倌的故事穿于其间，具有一些勉强的象征意义，患了不治之症的乡村的那个莫明其妙的毒瘤始终存在着，占据着乡村生活，压制了乡村的希望。这个仅仅存在着的无实际所指也无明确寓意的障碍，并不是小说成功之笔。

“野狸子”的故事重现了乡间的过去时光，那种生活方式和生存情景，它们与现在的“我”的故事处于同一时空却若即若离，作为乡间勉强保持的一种记忆，散落在叙事之中。这里值得玩味的是，“野狸子”的故事似乎还是作为叙事，它占据了故事的开头位置，并且占据不少篇幅，但这个故事总是不断地在后退，退到叙事的背景，它们像是一些无法概括的乡间表象和情景，而具有“过去时”的存在情态。它们散乱在现在故事的各个环节，实际被现在的故事推到后景，变得无比虚幻，它们象征着一种逝去的乡村背景。

不管是“我”的现在的故事，还是“野狸子”实际指向过去的故事，都以极为松散的飘忽不定的笔调加以勾勒，熊正良力图浮现出的是一些关于乡村的印象和记忆，那些残留的过去时代的片断，与现在的不安分的躁动的场景相交融，给出了特别的乡村情景。感情色调被淡化处理，欲望化的场景在叙事中像一些剪贴画一样呈现出来，那是一些单纯的乡村情景，一些生动的印象，它们不隐含什么文化的历史和人类性的深邃内容。从中可以看出熊正良的叙事所表现的那种乡村情调和红土地生活的韵致。他的语言清峻，故事转换十分流畅，印象主义式的表达却又能给予出一种神秘的不可言喻的乡村感受。

在某种意义上，这样一种书写总是把乡村生活还给乡村，一种纯朴的，自然而自在的乡土状态。关仁山的《红旱船》《闰年灯》《红雀东南飞》等作品，力图给出一种乡村依然保持的传统文化风习。然而，在这风习的背后已经没有明确的文化意图，它们是一些简略而勉强的乡村记忆。《红雀东南飞》讲述的是乡村女子渴望改变现实命运的那种心态，而在城里上大学的秀子则是乡村剧变的旁观者，她反倒固执着某种传统的价值观念。红翎顺应着这个时代的潮流，随波逐流而自行其是，一再感到失落的实际是秀子。乡村的变化是惊人的，尽管叙述人试图给予某种价值评价，但是红瓴才是这个时代的真实存在，才是有生命力的生存方式。现代化企图在中国农村已经有了结果，没有什么确切的理由认为这个结果不好，失意的秀子是如此生硬勉强，她试图抓住这个变动的生活表象背后的东西，而实际上，她作为一个传统的守望者无处着落。

王彪的《欲望》当然不是那种标准的乡土小说，这篇小说的故事情节十分简单，一个高中生受到戏子的诱惑，而戏子却死于非命。不管是故事的过程还是它的结局，都没有什么惊人之处，但是里面隐含的韵味十足，那种民间的氛围异常浓厚，那种文化情调颇有特殊的本土气质。事实上，这篇被命名为《欲望》的小说，它的那些精细的欲望化的场景并不是它的全部价值所在，这些是诱惑蒙的，当然也是诱惑读者的欲望化代码，它们掩盖着一个女人的命运，并且包藏着一种文化记忆。

这个心性甚高的女人，有着不如意的婚姻和一些暧昧的情感生活。她与琴师的恋情虽然散发着陈旧的味道，也不无哀怨动人之处。水性杨花与破罐破摔构成了她的相辅相成的生活状态。对于这篇小说来说，这种社会性的生存关切并不重要，它的叙事别具一格就在于写出了一种少有的生活情状，一种放浪而任性的、无望而幽怨的女性生活。这种生活情状被表现得极为出色，它们和那些流传已久的民间情爱戏曲相混淆，显示了一种古典性的美感。蒙对戏子的迷恋，与其说是一种欲望的迷恋，不如说是对一种生活，对一种情状，对一种文化记忆的迷恋。在这一意义上，这篇小说的叙事沟通了一种“复古的共同记忆”。在当代生活的背景上，剪贴出一种早已忘却的记忆，一种久已失传的生活。没有什么事物像民间戏曲那样显示中国的本土化特征，这是一种文化垂死的记忆，它是对逝去的历史进行拙劣的模仿和勉强的保留。王彪的叙事以抒情性的笔调浮现出一种生活、一种记忆和情调。那种精炼流畅的语言，那些细致清丽的情境和透明的感觉，都可看到作者很不一般的艺术技法。

张继的《五月六月》(《青年文学》1994 年)，把乡村生活改造成叙事结构的原材料，探究偶然性和那些人为的谬误对生活的支配作用和损坏程度。但是叙事本身把乡村生活从传统、文化和历史中剥离出来。

小说叙事如此惊人而细致地展现了乡村生活的神奇诡秘，它是如此合目的性地朝着非目的的方向发展，那些环节像是被一只看不见的命运之手推动，向着那条粉红色的内裤逼进，终于使生活在顷刻间瓦解。对那些线索的设置，发掘那些无数可能性和偶然性，足可见作者的叙事技巧。生活既是被预期决定的，又像是一连串偶然环节的变数构成的未知方程，那些极为偶然的行为，可能承载了生活的全部的重量。在这一意义上，那些偶然犯下的错误是生活不能承受之轻，仅仅是对一条鱼的选择、对一张床铺的制作，就可能把平静、幸福和美好的生活击得粉碎。

小说叙事的根本性环节，那个内核或焦点由一条粉红色内裤来承担，也显得意味深长。这个支点使全篇小说充满着准色情的气氛。应该说这篇小说并没有多少性爱描写，在这方面，它甚至显得十分干净整洁，然而，它又抑制不住那种暧昧的色情味，这一切都是由那条粉红色内裤发出的味道。它使这个故事，使整个乡村生活笼罩在一片色欲的粉红色之中。作者不写性，却使全篇故事沉浸在性的幻觉之中。那条粉红色的内裤，如此困难地而无法拒绝地把这几个人纠合在一起，轻而易举使这些人在“性”的误区性角色的错误指认中，相互误读中走向悲剧。

这篇实验性很强的小说同时是对乡村生活进行的一次强制性书写，它清楚地呈现出平静温馨的乡村是如何被一些偶然性的细节错误全盘颠覆，一种叙述技巧的玩弄，却揭示了生活一些令人惊异的境况。从这里也可以看到新一代的乡土派作家，对形式的注重，并且有意识地运用形式，对乡土生活进行重新编目，进行强制性的书写，去发现隐含于形式底下的中国本土（特别是乡土）的生活传奇。一些似是而非的乡村生活特征，大量暧昧的欲望化的描写和一些闪烁其词的乡村场景被推到叙事的中心，它们富有观赏性却无须深邃的内涵，它们自在而清新如同乡村的河流呈现为一些清亮的印象。这篇小说尽管说不上多么有力度，但是它恰如其分地表征着乡土叙事不断表象化和传奇化这种当代性趋势。

第六节　两难处境与“超本土化”战略

事实上，八十年代的“本土化”在很大程度上还是一个理论的视点，应该承认，在创作方面还只是有朦胧而含混的思想意识。李锐等人的创作尤为深刻地触及本土化的生存现实，主要是基于他对“刻骨真实”的追求。在九十年代，本土化问题不可避免要向创作领域渗透，特别是随着国际化交往的增加，在世界格局中，在与西方对话的语境中来表现中国的现实，无疑会成为作家写作的一个抹不去的参考系。例如，李锐本人就承受着国际化视点的关注，尽管他本人有能可能一如既往地固守住他的“刻骨的真实”，但这个国际化的视点将借助历史之手，给他的写作添加上一些额外的意义。这种添加值得庆幸，也值得警惕。这就是一种文化的命运，当代中国有意识的文化创造难以摆脱的历史境遇。

当代中国文学中的“本土化”问题经常处在反复颠倒的状态。那种主体意识很强的本土化写作，乃是在现代主义思潮的延续性意义上强调回归本土，它本身置放于现代性与反现代性这种国际化的文化思潮格局中，对本土化的强调，奇怪地隐藏着“非本土化”的视点。“本土化”在这里作为一过程、一种出发点，其结果经常被历史之手推到前台与那个隐含的西方对话。另一方面，不难发现那种非主体化的自在的本土性意即乡土性的叙事，已经难以在经曲现实主义的范式下去书写乡土气息，去表现“最富有中国特征”的农村生活。它本身越来越远离本土的历史性存在，本土化的生活从经典权威话语中剥离出来，并且从本土化的历史性存在中剥离出来。它们更多地呈现为一些散乱的表象，一些欲望化的观赏场景，一些为现代化重新编目的不伦不类的乡土情景，它们与中国传统风情和民族性相去甚远。

这样一种双重颠倒，使当代中国的本土化叙事处在很不切实的状态。刻意为之的本土化，有意制造的“东方他性”，在很大程度上与中国电影业的某些事例如出一辙，它们总是有着十分可疑的出发点和尴尬的倾诉对象。然而，依然停留在乡土层次上的叙事又显得单薄无力。这样一种两难处境，反倒给当代中国的文学叙事提示了一种“超本土化”的文化策略。明确意识到当代中国文化所处的这种历史境遇：刻意制造的本土性（东方他性），必然落入文化上的窘境，没有历史敏感性的写作，则只能作些印象式的描述。写作主体与其为含混的思想氛围所左右，为似是而非的现实所吞没，不如站在某个历史高度，在文化和现实的双重视点重新看待中国的本土，写出一种当代性意义上的中国本土，对当代中国的最根本的现实境遇作出强有力的表述。

在狭义的本土意义上，即表现乡土生活方面，对中国乡土所受到现代化的渗透情境做出透彻有力的描述，对变动的被现代化重新编目而弄得面目全非或多重错位的境况做出表述。广义的本土，即相对于西方的中国本土，不再把西方作为一个至高无上的倾听者，也不再把西方作为一个隐藏的终极视点，而是把这种历史境遇公开化，对中国文化处在国际化思潮中的位置给予描述，对中国的农村乃至更广大意义上的，一个正在“变革”的中国本土现实，是如何处在当今全球化的逐步渗透之下而重构的状态给予有力的表现。

有意识的“本土化”叙事恰恰是对西方/东方的超越，对文化的历史性和等级制度的颠覆。九十年代中国文化将会更大规模走向国际化，传统的乡土也将以更加妩媚狂放的姿态走向现代化的规划之中，“超本土化”的叙事策略将有力地表现当今中国真实而深刻的历史境遇。

第八章　意外的合谋：精英与大众的重叠影像

九十年代中国文学叙事最敏感的部分，何以只能抓住“剩余的想象”？当我们面对这样一种历史现象时，我们不得不全面考察文化危机的总体情势，文学在这个时代不再引导时代精神的历史实践，它只是一种被给予的文化实践，被历史拖着走的文化样式。

八十年代后期以来，中国大陆文化发生根本性变化——这种描述并非夸大其词：历史总体化有所衰落，社会的中心化价值体系多元分化，先锋文化反抗经典与权威，寻求一些尖锐的和嘲弄的表达方式。与此同时，大众文化（市民文化、流行文化）全面兴起，支配人们的日常生活。知识分子扮演的启蒙角色已经无力在历史实践中起到实际的作用，主体性及其文化想象也已破产。随着知识分子在政治经济领域中的实际生活地位的败落，它也不可能在意识形态的历史实践中起到中介的作用，整个社会的文化发生多元分化，不再有一个中心化的价值体系在当代文化实践中起到整合的作用。现在，商业社会信奉的实用功利主义和娱乐行业制造的享乐主义已经基本控制了民众的精神需求和实践需求。曾经期待中心化价值解体的先锋文化现在同样被逼到一个尴尬的境地，知识分子精英文化正在被抛到这个急剧扩张的大众文化的边界之外而成为剩余的文化[1]。

具有反讽意义的是，知识分子精英文化最前卫的部分，一直试图对既定的文化秩序进行激进的挑战，他们所表达的价值取向和感觉方式，在很大程度上就是改变经典的文化秩序，这与急剧兴起的大众文化不谋而合[2]。对于大众文化来说，它控制住民众的想象和欲望，他们成为“创生的”文化；而知识分子文化，则无力把握这个时代的精神实践，就是那些最具有历史敏感性的先锋文化，也不过是依靠有限的剩余想象来制作这个时代混杂的表象。结果是他们承担了这个分崩离析的文化现实的后果，自己也没有立足之地。为了寻找新的适应性，九十年代的大众文化实践和价值重建对知识分子精英主义立场进行了颠覆，现在的情形是知识分子大规模地认同大众文化或消费社会确立的价值取向，甚至于在文化实践方面也采取了这种形式。所谓最有历史敏感性的文化实践，只有向大众文化靠近，才能与这个社会协调，才能找到进入这个社

① 当然，这只是就九十年代初期的文化现象而言。实际上，当我对本书进行修改时，历史情势似乎发生了一些变化，精英知识分子正在作各种努力回到价值中心化的领地，例如关于“人文精神”的讨论，以及正在崛起的文化民族主义等现象。

② 这一点要作必要的说明，毫无疑问，大众文化、娱乐工业，它是占统治地位的经典文化的寄生物，它不断地复制经典的主流文化，这样它自身才成为主流。但是，当代中国非常特殊的历史语境表明，这种复制和分享，总是颠覆和损毁了经典的主流文化。这本身是因为经典的主流文化面临合法性的危机。

会的合法途径。

激进的挑战殊途同归，臣服于大众，这就是当代知识分子文化中最具历史敏感性的先锋派文化走过的短暂行程，因此，毫不奇怪，九十年代（后新时期）的文学叙事，它的最好的状态也就是在剩余的文化空间里随遇而安。由此也就不难理解在九十年代中期，终至于有一部分知识分子激烈地抨击现实和大众（本书的随后章节将要论述）。本章力图揭示当代中国这种文化情势形成的历史过程，去追溯当代文化变故的历史环节，审视“精英文化”与“大众文化”的冲突及其共生现象，有助于我们理解当代文化多元分化的现状及其症结问题。

第一节　主体与历史的迷失：后个人主义与大众面孔

由“反文革”的历史意识抽译出的“人”的观念，在八十年代上半期以“主体论”完成它的辉煌的理论定格。不管是作为一种理论话语，还是作为一种情感基调，甚至作为一种感觉方式，到处都渗透主体的力量。更不用说与“主体论”密切相关的“人的本质力量对象化”这条美学公理，和在“主体论”基础上构筑的文学理论引起的广泛热情。八十年代的“美学热”，在某种意义是“主体热”，人们能够“审美”，能够作为一个主体能动地感知对象世界，并且可以反观自身的美，还有什么比这种认识论更能强调人的存在价值？

八十年代中期，“现代派”和“寻根派”风行一时，前者在个人的存在价值的定位上确认超群体的孤独个体（刘索拉、徐星），后者则是作为一种文化的叙事主体，把自我设想为把握群体命运的历史主体。显然，关于“主体”的观念又是与历史意识相联系的，在“寻根文学”这里，企图获得历史感与主体的自我意识具有同等的意义，正是在讲述一种历史故事，正是在建构民族的历史和前景，这个叙事的主体才成为文化的主体，历史的主体，当然也是通过这种文化的代言人而与世界文化对话。强烈的主体意识正是在深远的历史意识内部获得现实的完整含义。

历史神话的缩减与主体地位的失落，其实在历史总体性的实践中就不可避免，外部社会经济现实和日常经验不过加深了思想领域的变革。年轻一代的诗人、作家、艺术家、批评家，包括从事各项专业活动的青年知识分子，他们在八十年代后期寻找一种新的话语，一种新的价值立场和表达方式，这使得他们与八十年代上半期奉古典人道主义为圭臬的那一代“文化英雄”貌合神离：他们在基本的文化信念方面，在基本的社会理想和文化道义责任方面并行不悖，然而年轻一代追求的艺术规范以及学术规范、价值立场，他们所接受的文学艺术传统及思想资料，乃至于语言风格都相去甚远。他们适应了八十年代后期“中心化”价值体系重构的现实，甚至可以说他们浮出文化的地表本身表征着并且加剧了“中心化”的分离，反权威、反文化、反主体、反历史，几乎成为这一代激进诗人的流行用语。

也许诗人是时代的敏感之子，他们不仅感受到外部现实的急剧变化，同时在内心反感主流话语的夸张与虚假。“朦胧诗”群体不管如何歌颂“自我”，如何强调个人的情感价值乃至于语言风格，它都不得不重新成为时代精神的表达，放大为集体的精神镜像，“朦胧诗”客观上成为思想解放运动的情感补充，成为“大写的人”的情感内容。因此，八十年代中期，“朦胧诗”几乎与小说领域的“现代派”和“寻根派”共同构筑了这个时期的历史主体的神话。同时，诗歌领域出现了自称为反朦胧诗和“第三代”的群落，他们高呼“打倒北岛”，打倒“人”的口号向文坛冲撞而来，他们标榜“莽汉主义”，“没有乌七八糟的使命感”，“也不以为生活欠了他们什么”，他们自认是一群“小人物”，是庸俗“凡人”。他们什么都干：“抽烟、喝酒、跳迪斯科、性爱，甚至有时候也打架、酗酒，让那些蓝色的忧伤和瓶装的忧郁见鬼去吧。”他们撕毁了诗人充当时代抒情主人公的形象，摧毁了“大写的人”，也摧毁自我，他们自称“变成了一头野家伙，是腰间挂着诗篇的豪猪，以为诗是最天才的鬼想象、最武断的认为，和最不要脸的夸张”①。他们甚至连“诗”这个一直被奉为神圣的语言祭品的物件也随便搓揉，仅仅是因为“活着，故我写点东西”（于坚）。他们不再像顾城那样以一双忧郁的黑眼睛执拗地去寻找“光明”，也不像梁小斌那样痛心疾首地呼喊“中国，我的钥匙丢了”，他们的存在平凡而世俗：很多年，屁股上拴串钥匙，很多年，记着市内的公共厕所……他们乐于咀嚼“无聊意识”甚至“病房意识”。这一代人表征着完全不同的文化立场，那个悬置于集体想象中心的历史主体镜像，正在被一群崭露头角的“小人物”胡乱涂抹上一些歪斜的个人自画像。

八十年代中国的先锋美术（前卫美术）一直站在文化的前列，事实上，美术一直就是现代以来的先锋派文化中的先锋，因此，毫不奇怪，它表达了这个时代最尖锐的感觉方式。试图笼统地描述先锋美术运动显然是不自量力，而且根本就做不到。如果依然坚持在八十年代中期划下界线的话，那么，也不难发现那非常个人化的、乖戾的、荒诞的以及随遇而安的艺术感觉和艺术手法。典型的当推“装置主义”“达达主义”“波普主义”，尽管八十年代中期的先锋流向多少还强调社会批判，但是其中散发的更多的是个人对社会的背离，那些叛逆性的色彩、线条、构图以及材料的运用，企图在一个封闭的自我空间完成自谑式的精神漂流。漠视社会，逃避群体乃至拒绝历史，成为这一代艺术家的基本立场。八十年代后期（1988—1989年），“玩世现实主义”和“政治波普”风行一时，“渎神运动”其实正是主体和历史死亡的一次祭祀仪式。“玩世现实主义”嘲弄现实，戏谑一切被奉为神圣的事物，乐于把

① 参见徐敬宜《圭臬之死》，《文学研究参考》1986年第6、7期。

自我流放到混乱不堪的文化糟粕中去。而“政治波普”则把权威形象庸俗化，用反讽性的拼贴手法消解来自历史的巨大压力。“文革”不再是一段含义丰厚的历史和政治启示录式的思想库，它仅仅是一种意象，一种传说和记忆。“政治波普”经常把“文革”嫁接于当今的商业社会，这两个迥然不同于历史的拼贴，不啻是历史自行解构的明证。

在某种意义上，像“新生代”的诗和先锋美术，应属于亚文化群，它们处于社会的边缘状态，天性就反社会，反主流文化，当然也反“精英文化”。但是，在当代中国非常特殊的文化情境中，它们又总是被置于精英文化的话语谱系中来读解，它们表征着当代精英文化的先锋群体。在二十世纪五六十年代，乃至七十年代，激进主义盛行的西方，那些标榜“popular”（流行、大众）的先锋艺术运动，理所当然反对精英主义，反对中产阶级的价值立场及其美学趣味。在中国，这些亚文化群并不是立足于“民众”的立场而反精英主义，而是一开始就把自己定位在反传统的先锋派立场上，它们标榜“现代性”（或“后现代性”）。这些群体当然不是使自己的艺术观念变得通俗流行，而是使其具有革命的“超越性”：超越传统及其现行的占统治地位的（或主流化的）文化秩序和语言秩序。它们不可避免要成为新的精英话语——有活力地预示着文化变革和创新前景的新精英文化。由于中国民众在文化趣味和文化价值取向上的低水准，这使得流行文化（或大众文化）骨子里趋向于保守和陈旧，这个背景显然轻而易举地就把反权威的亚文化群推到“先锋派”和精英主义的阵营，并且夸大了这个阵营的反叛性和激进性。

相比较而言，先锋派小说似乎更具有精英主义倾向，这主要得力于它的语言风格。正是这种语言风格完成了一次小说叙事形式的革命，它不仅仅损毁了经典的小说规范，损毁了“新时期”主流文学指认的那些价值体系，而且它在确立一代人的语言风格的同时，把小说这种艺术形式推到了一个前所未有的水准高度上。它是精英文化在小说这一维度的理想重建。八十年代后期，历史整合功能的衰落使文学“失去轰动效应”，小说叙事不再追踪社会性热点，它与思想解放运动分道扬镳而专注于艺术本体（本文）的意义。马原在 1986 年玩弄“叙述圈套”，改变了小说叙述和阅读的重心。小说不再是现实生活的影子或真实反映，它仅仅是一种虚构的故事。洪峰跟随马原而有意胡作非为的《奔丧》也不单纯是模仿之作，在八十年代中后期，洪峰的作品强化了“渎神运动”，它标志着主体与历史面临严峻挑战。不应忽略的还有残雪，她改变了妇女写作的含义，把那种温馨的感伤的女性故事改写为一些压抑的乖戾的心理独白。一些碎片和断裂在残雪的小说中涌现出来，它们呈示于主体历史共谋构成的父权制话语的祭坛上，成为后来更年轻的写作者超度至“纯艺术”飞地的跳板。

带着强烈的个人化话语欲望的表达，年轻一代的写作者（苏童、余华、格非、孙甘露、叶兆言、北村、吕新等），强调个人的主观感觉，力图在叙事结构上标新立异，追求独特的语言效果。他们对幻觉、暴力和逃亡主题的特别偏好，强烈的叙述欲望和形式主义策略，无形中破坏了故事和人物的完整性，当然也消解了主体和历史的优先地位。当然，八十年代末期先锋派小说有所转向，形式主义实验明显弱化而叙事的完整性也趋于明显，甚至经典的人物形象也隐约可见。但是，仔细辨析则不难发现，转向讲述历史故事的先锋小说并没有恢复主体和历史的权威地位。像苏童讲述的那些家族颓败的历史故事（例如《妻妾成群》），其中流宕着的浓郁的怀旧情调确实散发着古典意味，但是那种士大夫式的文化记忆（文化玩味），掩饰不住历史和文化无可挽救的衰败命运。对于苏童来说，这种历史之破败是致命的，因为“性”（生殖和延续）已经倒错或紊乱。对于“先锋派”作家来说，自我已无法指认，瓦解、怀疑、逃避和放弃自我，使他们明显区别于八十年代中期的现代派作家。而历史总是在幻觉中无法辨认，在疑难重重的各种事件中无可捉摸，历史充当了叙事形式和对生活质疑的牺牲品。也许在同时期更具有社会影响力的“新写实”小说那里，可以看到完整的人物和故事，然而，“新写实”笔下的人物大多是“小写的人”，人们为日常生活琐事所困扰，乐于咀嚼那些微不足道的生活趣味，随遇而安。某种意义上，“新写实”小说所持的生活态度和价值立场与“新生代”诗相去未远，对生活的细枝末节过分热衷的玩味本身是对庞大的意义系统的抵制，当然也意指着历史意识的根本衰落。

令人惊奇的是，与精英文化相对立的大众娱乐文化，在反主体与缩减历史方面不谋而合。当然，八十年代初，方兴未艾的大众娱乐文化借助精英文化倡导的“人”的解放观念进入民众的生活，也许可以从另一方面来表述这一历史现象：精英文化为大众娱乐文化在内地（大陆）的合法传播鸣锣开道或推波助澜。内地（大陆）的大众娱乐文化率先由港台流入，最初始的样式当推流行歌曲，这些东西过去被称为资产阶级的靡靡之音，而在改革开放的最初岁月，它则成为人们寻求个人情感慰藉的理想方式。人们从大合唱和集体群舞中解放出来，从歌颂、歌唱人民的被动角色改换为自由自在的边走边唱，歌唱爱情和童年，沉湎于回忆和憧憬。唱流行歌曲，阅读三毛和琼瑶，看武侠小说，穿太阳裙，跳交际舞，八十年代初期的大众娱乐文化洋溢着解放的激情和温馨的浪漫，它有着“朦胧诗”般的美感。那时走在“思想解放运动”前列的知识精英们多半为大众娱乐文化辩护。同样，寻欢作乐也具有改革开放的意义，它和时代主潮文化倡导的“现代化”“个性解放”“主体意识”和“审美的自由”遥相呼应。然而这次“呼应”不过是陌路相逢，导源于港台流行文化的内地（大陆）的大众文化与精英文化本来就非亲非故，随着市场经济的逐步发育成熟，大众娱乐文化扎根于商业社会而自行其是。八十年代后期，内地（大陆）的娱乐行业普遍兴起，通俗读物四处泛滥，影视行业大规模控制人们的日常生活。观赏替换了阅读，行乐取代了思想。卢梭说过：“思考的状态是违反自然的状态，而沉思的人则仿佛是变了质的动物。”跟着感觉走的人们当然拒斥思想、理性、深度和历史意识。对于有理性传统垫底的卢梭而言，崇尚自然本身就是一种社会理念；而托付给娱乐行业和通俗读物的中国大众，跟着感觉走只能是秉烛夜游。

八十年代前期追求个性、自由和人的价值的那种感觉已经荡然无存；知识精英的声音已经从这个社会中清除出去，自行其是的大众娱乐文化完全依照商业准则，它的消费性质决定了它的纯粹娱乐功能，而流行既是其目的也是其存在方式。这种文化既是普遍性的，又是暂时的，消费者也是模仿者，是追逐时尚的某个群体中的一个跟随者。大众娱乐文化成为一种“文化工业”，它大批量生产文化产品，同时也大批量生产文化消费者。人们倾听同一首乐曲，模仿同一个声音，崇拜同一个偶像。卡拉 OK 歌厅是八十年代后期一个奇妙的文化现象，它在这时风行于中国大陆是自欺欺人的结果。卡拉 OK 制造了一种强调个人的假象，用自娱、自我表现的方式替换了充当听众的被动角色。人们为敢于突出自我而自豪。然而机械化的电子设备，已经事先设定了的“自我肯定”的模式，对屏幕透出的声音和画面的模仿被自我欣赏的假象掩盖，人人都在玩着同样的游戏，用同一首乐曲来表达各自的心愿。人们已经满足于这样的虚假肯定，在当今为时尚所左右的娱乐生活中，人们只有进入一种时尚才能肯定自己，时尚是自尊的依托。人们为落伍，为与众不同而感到沮丧，别具一格现在只有与窘迫混为一谈，而穷困才能使人独善其身，现在谁愿意清心寡欲地生活呢？时尚把人们拴在同一棵幸福之树上。人们追逐时尚，也互相追逐，当时尚抹平了个体存在的差异时，人的心理上的不平衡也就归于平静。时尚这只温柔之手勾画了商业时代的大众面孔，所谓个体、主体当然隐匿于这张巨大的面孔之后。

大众追寻当下的快乐，追逐流行，瞬间的辉煌是对“历史”的断然拒绝。商业社会当然并不仅仅加快了人们的生活节奏，它根本就消解了时间向量，一切都处在变化之中，处在转瞬即逝的替换之中。“文化快餐”这一概念揭示了文化的消费性质，并且给出了大众文化的非历史存在方式。经典文化的传统延续性和永恒性观念在这里没有实际的存在处所，文化工业毫无计划地生产它的产品，利润率增长的欲望吞并了文化秩序井然的进步图式。只有文化产品迅速被遗弃和再生产的二元抵消模式才能制作文化工业的繁荣景象。喜新厌旧的动力是“遗忘”，大众文化的历史发生学是以健忘症的病理学为前提的，记忆的丧失才使大众文化有着如此强盛的流行欲望。

确实，我们也可以从流行文化中看到其重返“历史”“传统”的愿望，然而，“重返”的愿望其实是自我欺骗，它不过是丧失历史的补偿和损毁传统的遮掩。例如，流行歌曲总是以“怀旧”为主题，追忆童年时光，怀恋往昔的青春年华，鸳梦重温，旧情难忘。然而，工业化（后工业化）时代给人们的生活揭示了各种机遇。个人的生活史总是处于变动中，人们从乡村来到城市，从这个城市迁到异地他乡，人们不断地进入到另一种生活，抓住背离现在命运的机遇而跨入发迹者或失意者的行列。商业化时代的生活找不到历史感，因而娱乐工业以“怀旧”的方式来恢复人们的历史记忆。然而，对“历史”的体验又总是（也只能是）在当下的有限形式内，“历史”也采取了瞬间的存在形式，娱乐工业在强调历史记忆的同时，恰恰再次损伤了历史的最后的个人化归宿——个人的情感记忆。它实际给予人们的感受是历史感的彻底丧失。

娱乐工业（或文化工业）也标榜尊崇传统，各种以“弘扬传统”名目而开展的娱乐活动，似乎显示了向工业文明时代传统复活的种种美妙景观，特别是在那些以古旧传统为标记的旅游景点，人们可以看到传统被保存和强调得完美无缺。当“传统”不是沉潜的民族历史底蕴，不是隐含在人们的心理习性和日常行为内部，而是被作为文化工业制作的观赏项目，作为发展旅游事业和增加外汇收入的诱饵，传统的真实含义，它在商业时代（后工业化时代）的命运已经被注定了。只要我们看看那些被装点得艳俗的象征着传统的牌楼与书写着洋文字母的广告牌相映成趣时，我们对“传统”的真实存在可能会有所疑虑。更不用说在那些旅游景点里，手持伪劣古董工艺品的小贩追逐游客叫卖的情景，会使我们感到触目惊心。商业化时代对“传统”的保留（保护）在这个场面放大了它的本质含义。

总之，不管是在精英文化的历史实践中，还是在大众文化的实际操作中，“主体”与“历史”是无可挽回地衰落了。在“精英”文化系统内部，主体与历史的衰败是与知识分子启蒙地位的丧失相联系的，年轻一代知识分子不可能（当然不排除有人也期望）充当启蒙者，他们不得不正视文化的经典形式面临全面危机这一现实，更倾向于把文化的意义压缩到个人宣泄的方位上，由此则表征着一种“后个人主义”文化时代的来临①。大众文化通过把文化改变为娱乐工业，改变为消费品而消解了文化的经典形式及其意义。在文化生产传播和接受的各个层面上，拒绝、嘲弄和戏谑了八十年代的精英主义指认的文化立场和价值取向。“精英”与“大众”这两种完全不同的文化形式，从八十年代后期以来，怀着完全不同的文化动机和目标，并且以根本不同的实践方式共同完成了对“主体”和“历史”的重构。

第二节　情感价值的萎缩：性神话的兴起

文学写作突破人的情感禁区具有划时代的意义。显然爱情主题是这个时代最能引起共鸣的集体幻想，是“大写的人”最初的立足之地和

① “后个人主义”（Post individualism），语出F. 杰姆逊《On Goffmans Frame Analysis》。载美国《理论与社会》，1976年春季号，第130-131页。在该页，杰姆逊说，作为马克思主义者，他深信，意识之非中心化的理论和实践必然服务于“清除资产阶级个人主义残余并为即将出现的后个人主义思维模式准备基础”。显然，杰姆逊在这里带有马克思主义反资本主义意识形态中心化的特征，并且带有明显的理论乌托邦特征。我改变了杰姆逊的原意，在这里，我使用“后个人主义”这个术语用以指称不再固执己见，随遇而安，找不到准确的历史插入点的个人主义，丧失了历史意识和历史主体位置而又倔强地进行文化实践的个体，这种个体经常处在精神漂流状态，因而沉迷于表现幻觉、暴力、逃亡和情欲。

最后的归宿。从舒婷的诗和张洁的《爱，是不能忘记的》开始，可以看到关于“爱情”的幻想所表达的时代精神的地形图。那些关于个性解放、人的价值、存在的自由等命题的作品，以爱情主题为线索流宕着古典浪漫主义的情愫和现代主义式的迷狂。令人惊异的是，八十年代后期以来，中国当代文学（诗歌和小说）不再讲述爱情故事，爱欲萎缩为“性”。那些温馨而感伤的情感价值逐渐消失，而那些含蓄的和赤裸裸的性事从生活破碎的各个边际地带凸现出来，它们像是一种证据，又像是一种抗议，像是一种炫耀，又像是一种掩饰，如此醒目地呈示于当代文明混杂的祭坛上，表征着当代文化的深刻复杂。

“性”的崛起是主体的衰败以及历史神话缩减的必要补充，在某种意义上，它是“新时期”文化想象终结的后果，折射出后个人主义式的叙事冲进那些不可洞见的幽暗之处的企图，当然，也许它还表明对一代人新生活的渴望特殊理解。确实，“性”在苏童的叙事中具有起源性的意义，这种“起源”是双重的：它构成了故事和叙事的双重动机。在苏童那些关于家庭破败的故事中，“性”是一个根本问题。例如《罂粟之家》《妻妾成群》《米》《我的帝王生涯》等等，由于“性”生殖的根源出了问题，历史的延续性遭到破坏，于是这些故事中出现种种性倒错现象，它们与人物的命运构成转喻式的对位关系。历史的颓败是无可挽回的，因为历史的根源和延续的动力出了差错。也许把“性”作为历史观念的基础未免过于简单，但是，我们又不得不承认，苏童在这一片面的视野中对处在一种文化颓败状态中的人们的生活给予了非常独特的描述。他的那种典雅从容的叙事与这种“性本主义”的历史观念如出一辙，在士大夫文人的经典传统中又注入某种本雅明式的“震惊”效果。

对于余华来说，“性”是暴力的罪恶和根源，又是父权制实施自戕与他虐的唯一工具。余华的小说中经常有个类似部落长老或巫师的苍老的“父亲”形象（例如《世事如烟》中的算命先生，《难逃劫数》中的老中医）。父亲从孩子们那里掠夺寿数，以维持“性”的延续；或者通过对儿子一代的“性”阉割来维持父权的统治。“性”是一个巨大的陷阱，它包容了父子的天然敌对以及由此产生的种种暴力、罪恶和刑罚制度。在对“性”的极端性描述中，余华把人类的生活推到了一个极端丑陋和凶险的状态。一个丧失了美和爱、丧失希望的生活，不过是余华寻找幻觉和特殊的语言句法的附着物，但是它表明这种叙事话语所持有的观察角度。

当然不仅仅是苏童和余华，在格非、叶兆言，甚至在“新写实”作家的小说中也都可以看到这种变化。年轻一代的文学写作者已经不再讲述“爱情”故事，池莉干脆直言相告“不谈爱情”。与先锋小说把“性”作为生活破败的原始见证的做法有所不同，“新写实”小说“不谈爱情”，也不过于沉迷于“性”的诡秘莫测之中，它把生活的意义压制到日常性的需求水准上。这里当然没有什么浪漫情调可言，对个性“共同语言”的追求，已经让位于非常实际的考虑（例如庄建非对吉玲的选择），当然这也并不意味着就找到温馨而一劳永逸的归宿。刘震云在《一地鸡毛》中玩味了这种生活，令人惊异的是，生活如此缺乏诗意却又兴味盎然，连一碗炒肝也引发出无穷的乐趣，“性爱”只有在生活琐事得到意外的收获时才会如期而至，它表明生活实际上已经了无生气，生理和心理的快乐都已全部为日常琐事吞没。一个“不谈爱情”的时代，还能指望生活会有什么更大的乐趣呢？理想化的价值就这样无可挽回地失落了，文学写作对这个时代的生活作出尖锐的反应，它除了去讲述那些破败的令人绝望的故事，也就是去咀嚼那些无聊的快慰，而“性”不过是浮出地表的标签，它是剩余的乐趣，也是最后的诱惑。

当“精英文化”（以“纯文学”为表征）不再谈论“爱情”时，已经全面蓬勃兴起的大众文化早已向着感性解放的区域大规模进军。正如我们前面分析过的那样，大众文化初起时与精英知识分子主张的“人”的解放命题密切相关，那时的大众多半还是追求“精神愉悦”——它被理解、设定为精神幻想。与知识分子主流文化分道扬镳，大众文化终于回归自身，它选择了“性”为出发点。如果要明确划定一个时间标准的话，不妨选择1987—1988年。这两年通俗读物泛滥，它们主要登载艳情凶案；各种与“性”有关的丛书正在上市和处于酝酿之中；影视节目中若隐若现的床上镜头和半遮半裸镜头大幅度增加；广告中的性感形象全面普及，最有象征意义的可能要推中国美术馆举行的大型人体画展。学院派画家重温西洋十九世纪浪漫派的美学之梦，在八十年代后期的中国居然具有现代主义和性启蒙的双重意义。前者是指它的那种挑战和反抗姿态，它是对“人”的观念实施一次最直接的强调。没有人把它当作一次温文尔雅的古典主义行为，它的那种激进叛逆的冲力，似乎是对现行文化观念的全面扫荡。显然，这是一种文化错觉，它的真实意义在于它的“性启蒙”——以直观的感官效果让公众大开眼界。人们排着长队，潮水般涌进展厅，目瞪口呆，兴奋不已。有调查资料表明，50%以上的青年男女在观画时有明显的生理反应。饱受压抑的中国人民把这次典雅的学院派画展，当成一次合法的启蒙教育，更不用说以这些人体作品为样本制作的各种版本的画册、图片，其惊人的销量足以说明它的观赏功能。

人们同时在观赏，歌唱爱情的女郎总是打扮得十分性感，在这个情境中，观赏压倒了倾听，情感的外表退去了，这在歌唱者上台的时候情感的外表就明确被否定了，她的性感形象准确无误地规定了观赏效果。也许人们会举例说，歌唱也会得到喝彩，但是，在这种情境中，我们有必要分辨“最高兴奋值”和“最低兴奋值”。在这种情境中，“最高兴奋值”无疑总是由性感形象决定的。那些情感价值不过是铺垫、渲染和遮掩，它们是一片绿叶，在朦胧的情感启示录中读出性感的本质内容，这可能是娱乐文化最需要的“挡不住的诱惑”那种效果。在那些娱乐场所最受欢迎的“时装表演”节目，人们只要略加思索，那几块布头何以能叫做“时装”，而且人们津津有味，百看不厌，则不难理解“时装”的真实含义。至于“高潮”由泳装系列推出，娱乐工业制造的快乐的本质则已真相大白。

第三节　面向世界的“民族特性”

随着对发展中国家的经济介入，不可避免导致文化认同的困扰。帝国主义对落后民族实施的军事侵略已经不复存在，在世界走向和平共处的时代，发达国家通过经济资本和技术的输入，在经济上和文化上对发展中国家形成又一轮的优势。这种“优势”已经消除了资本原始积累时期的明火执仗的压迫，相反，这完全是自愿的、自觉的、心悦诚服的认同，因而，这种优势就来得更加深入和牢靠。如果说发展中国家在经济上被发达国家领着走；那么它在文化上则是自觉跟着走。

像当今中国这样传统悠久而且自主意识尤为强烈的国家，也未必就摆脱了这种第三世界文化的普遍命运。正如我在前面分析过的那样，八十年代的中国大众文化一度为知识分子精英文化所解释，它被划归在“反文革”的历史序列之下。八十年代中后期，知识分子的解释权失落之后，大众文化的起源及其价值取向已十分明显。就其起源来说无非两方面；其一是对港台地区流行文化的模仿，其二是由中国大陆本土社会现实酝酿而成的。前者不消说是对发达地区文化的模仿的模仿；后者也多半与中国传统无关，它置身于其中的现实，显然也是指在发达国家（和地区）的经济输入和刺激下成长起来的商业社会。某种意义上，这是人类创造的成功的社会经验，在相当长的一段时期内，中国要求实现现代化就无法拒绝这种经验。但是，这种“人类经验”毕竟是西方人创造的；“现代化”的神话本质上也是发达国家设想的文明图景，中国现在认同这种经验和“神话”，她的社会就不可避免打上西方的烙印。

因此，在九十年代，那些即使由中国本土现实孕育的都市文化，也同样难脱西方的烙印。比如时装、流行音乐、舞厅、影视、酒吧、广告、摇滚乐等，哪一种类与中国传统社会有关？

对于西方文化的认同，并不仅仅在于当代商业社会制造的文化形式和种类出自对西方文化的抄袭，说到底，这是一种不自觉的认同，它被历史之手不由自主地推着往前走，它是现代工业化社会的伴生物，是世界经济一体化的副产品。更重要的本质意义在于，这种认同隐含在自觉的文化创造中，隐含在文化想象力的原始动机中，特别是渗透在对中国本土文化的自我指认中。某种意义上，“越是民族的就越是世界的”，“中国人只能搞中国自己的东西”已经变成一个致命的悖论，这种“民族性”的自我指认，包含着对西方文化的认同前提。也许张艺谋的成功足以说明认同文化的真实意义。

张艺谋是在走出“第五代”困境之后而走向中国影坛的巅峰位置的，西方的颁奖和海外源源不断的资金，使得张艺谋的成功势不可挡。能把商业性和艺术性结合得天衣无缝，能够同时扮演中国民族的“文化精英”和大众娱乐的生产者，这无疑是一个奇迹，这个奇迹显然得力于“民族性”这个黏合剂，它抹平了这个奇迹的表面曲折。张艺谋的选材其实十分富有商业性，《红高粱》是“野合抢亲”，《菊豆》属“通奸乱伦”，《大红灯笼高高挂》则是“妻妾成群”……这些核心事件（和场面）都极富观赏价值，令人心驰神往、想入非非。尤其是巩俐被包装成中国头号女星，这使张艺谋拍摄的电影具有无可争议的商业性观赏价值。然而，这些商业性的观赏场面，又是作为东方（中国）民族的特殊生活来表现的，例如《红高粱》的故事不仅具有观赏性（抢亲、野合、土匪、杀戮等等），更重要的在于它表现了某种文化的民族性特征。莫言的《红高粱家族》多少就沾染民族主义情绪。莫言有感于“寻根文学”已经步入文化的玄虚境地，而要寻找更为实在和切近生活本身的生命意识（中国民族原本的生命状态），他对现代文明尤其是柔弱的当代中国人投去断然的蔑视，他自认为触摸到了中国民族的粗壮根基。电影《红高粱》显然强调了那些显示中国民族生存性格的情节：颠轿、抢亲、野合，乃至酿酒抗日，这些都具有鲜明的本土文化特殊性，它表现了中华民族的粗野、强悍、勇猛的生存性格。与其说莫言和张艺谋找到了中华民族“原始的”或“本质的”性格，不如说他们为八十年代在现代文明压力之下的中国人急于自我认同的时代心理提供了满足的精神镜像。现实的愿望被改变成民族的历史规定，中国人当然明白（也乐于）以此满足。而张艺谋的那种“走向世界”的动机和姿态，却又使得这种“民族性”剥离了现实文化背景而被赋予自明的客观真实性。莫言的那种“自强”的民族性因为有时代心理作依托，它多少还是具有现实的真实性，作为一种自行讲述（“我爷爷，我奶奶”）的民族自强话语，它具有振奋人心的特点，而无欺世盗名的夸饰。

如果说以这种眼光来看待《红高粱》显得有些苛求的话；那么，以此来审视《菊豆》却有另一番意味。显然，《红高粱》的成功鼓舞着张艺谋在“民族性”的道路上大胆前进。与前者相比，《菊豆》除了取材颇具商业性眼光，它的叙事却非常严肃地追求纯艺术效果，甚至那个一直为人们津津乐道的“窥淫”镜头也被淡化处理。这个婶侄通奸乱伦的悲剧故事带有非常浓重的东方（中国）民族色彩：父权制度、传宗接代、妇女的卑微地位、严酷的伦理禁忌、东方（中国）男性的怯懦与负罪感等等，都以非常细腻的手法加以刻画。在刘恒的原作中，杨天青作为主角，更主要表现了中国男性文化的萎缩与困乏，叙述人其实隐含着深刻的现实文化批判之倾向。而在张艺谋的改编中（当然是为了适应巩俐主演的需要），菊豆成为主角，她的东方女性特征被突出了，现实性的文化批判眼光被改变为对东方（中国）民族生存状态和文化禁忌的客观展示。文学语言叙述出来的是一种生活矛盾和个人性格；而影片的直观性呈现（特别是张艺谋刻意选择的全封闭视角）却给予了一个自足的生活边界，那里面自然而充分显现出东方情调和中国“民族性”的文化符码（例如“梁坊”及其工艺、古旧的房屋、生活习性、节庆风俗等等）。很显然，影片的叙事风格也在“民族性”上刻意下功夫，鲜红色与青蓝色拼合的基本背景中流宕着诗意的情愫和压抑窒息的气氛，精致凝练的远景不时强调中国农村的格调，颇具中国工笔画的那种韵致。这些确实使《菊豆》的叙事舒畅而纯净，压抑而富有诗情，然而，它与整个故事以及文化符码相交合，却刻意显示中国民族的文化性状与生存方式。那些“人性”或“人类生活”的普遍意义，无不打上中国民族的标签，《菊豆》因此在西方世界大获成功。然而，这个“乱伦通奸”的故事，却也使它的“民族性”不那么理直气壮，不管“批判”还是“弘扬”，在西方文化权威的惊奇或同情的目光注视下，《菊豆》不得不像是一个刻意讲述的压抑的东方传奇。

应该承认，《菊豆》还是比较深刻地表现了一种生存状态，表现了人类处在那些非常境遇中所承受的精神磨难。虽然它在思想方面所表达的意义完全得益于文学原作，但张艺谋还是把握得恰到好处。如果不是因为它刻意强加的那种面向世界文化的姿态，它发掘“民族性”的文化蕴意也无可厚非。总而言之，《菊豆》本身具有某种真实的民族性内容，其艺术表现形式（在电影文本的限度内）也十分洗练而精当。相比较而言，《大红灯笼高高挂》则有“民族性”的外表，而无民族性的实质。它可以使人们看到，张艺谋刻意追求的那种“民族性”已经变成十足的文化标签——那些第三世界文化为获得发达西方文化霸权的认可而表现自己的所谓的“民族性”。显然，这是一种被扭曲的“民族性”。它仅仅表示文化上的“他者”地位而没有表现民族的文化或生活的真正历史命运。

《大红灯笼高高挂》（以下简称《红笼》）取材自苏童的中篇小说《妻妾成群》。作为大陆“先锋派”代表作家的苏童，在1989年开始尝试用传统手法来讲述一些旧式故事。实际上，苏童的叙事非常强调叙述人的语言感觉，强调人物心理的微妙变化，并且尤为注重故事的情境描写和生活潜伏的诗意。总之,《妻妾成群》的叙事风格十分精致而富有南方情调,这与故事企图表现的那种南方旧式生活和破落家族的氛围是十分贴全的。显然,张艺谋对这种生活情调和文化品格比较陌生,特别是对原作蕴含的那种“历史颓败感”浑然不觉。张艺谋把这个故事改变为一个年轻女性的婚姻悲剧,这个悲剧因为置放在东方(中国)的文化传统中来观照,而表现了它的民族性特征。这个故事不仅被张艺谋十分鲁莽地挪到北方,而且关于女人心性的刻画也被粗略地表现为女人之间的争风吃醋。更加令人不可思议的是,为了强化它的“民族性”特征,张艺谋竟然挂起了大红灯笼。那些民俗仪式在影片中占据过大的比重,争宠失宠的人际争斗,变成大红灯笼的重复仪式,而三番五次的捶脚则更显得生硬和做作。很显然,张艺谋并未抓住这种生活的根本特质,他不得不借助外在化的民俗来填补那个虚空的“民族性”,甚至不得不依赖民俗仪式程序来支撑叙事结构。民俗在这里压垮了真实的生活内容,陈佐千只剩下一个背景,当然未必是对这个人物把握不定,更有可能是故弄玄虚的设计。而这个“背景”则又可以制造“东方神秘主义”意味,它给大红灯笼填入一个不可洞见的精神底蕴。然而事实上,陈佐千隐没于大红灯笼的仪式程序中而变得虚无缥缈,纯粹的民俗学形式使影片叙事也显得无关紧要。张艺谋在这里如此生硬而过量地使用民俗材料,当然不仅仅是掩盖他对这种生活的把握的力不从心,更主要的是,这些大红灯笼是为西方世界里的看客挂起的文化标签,它看上去更像是东方民族向西方世界挂起的一串文化招牌,而那些不厌其烦的民俗仪式,则是一次精心安排的民俗博览会。

张艺谋不过是一个象征,一个标志,一个样板和先行者,对走向世界的渴望已经成为当今中国文化普遍的具有艺术能动性的选择。甚至等待张艺谋改编都成为相当一部分当今中国有才华的作家的基本心理期待。这种期待在某种程度上已经渗透到当代小说写作的选材(那些富有中国民族本土特征的故事)和叙事中去。张艺谋无疑在推动中国文学走向世界方面，在提高一批有才华的青年作家的知名度方面做出卓越的贡献，但是张艺谋对于当代中国小说，已经成为一个诱惑，一个怂恿，一个隐秘的召唤，一个无法逾越的障碍。这当然不能怪张艺谋，也不必指责苦苦奋斗的作家们，这是我们这种文化的命运。看看那些落拓不羁的流浪艺人，见到资本主义画商就目光如电，看看那些电视剧制作者又是如何塞进一些让海外买主感兴趣的素材（例如《渴望》《京都纪事》），甚至不惜重金想方设法到发达资本主义国家去拍摄一个第三世界民族受压迫而又发迹的故事（《北京人在纽约》），这本身就是自相矛盾。只要看看从《孩子王》到《边走边唱》，再到《霸王别姬》的陈凯歌，他总算摸透了发达资本主义/第三世界这本经而捧回金熊奖，所有这一切，都不过是浮出海面的冰山，它们意指着我们这种文化所处的历史境遇。

对于那些操持理论话语的人来说（当然也包括我自己），也面临同样的尴尬处境。我们的前辈就奉“德先生”“赛先生”为中国新社会的理想，现在，我们奉那些理论大师的著作为圭臬，我们谈论福科、拉康、德里达、巴特、杰姆逊、哈贝马斯、列奥塔德、赛义德等，我们认为只有弄通他们的理论才能与西方对话，才能汇入当前国际学术潮流。我们谈论“后现代主义”“后结构主义”“晚期资本主义”“后工业社会”“第三世界”“后殖民地文化”，我们谈论我们自己……结果我们会发现，我们谈论的也都是西方的话语。这是一个无法摆脱的怪圈，我们（自认为）只有掌握这些理论才能拥有“新话语”的权力，才能对这个步入现代化的中国当代文化做出新的解释，因为这个“现代化的中国”已经为发达的世界的经济贸易、科技文化所渗透。我们的文化已经无法自我指认，也无法自我命名，在传统的名下，我们也没有自己的话语。这个怪圈是让我们心安理得，还是寝食难安？不管怎么说，保持一种批判立场的理论话语总是有别于那种臣服式的文化献技和艺术拍卖。

第四节 历史转型与文化阐释者的位置

确实，当代中国的“精英文化”和“大众文化”怀着不同的历史动机和文化目标，迥然各异的实践方式却殊途同归，历史之手填平鸿沟，把它们混为一体，酿造了八十年代末以来的总体文化情势。如果说在八十年代后期，精英文化中的“前卫”部分，出于反传统文化和权威话语的动机，寻找一代人的新的感觉方式和文化立场，它所表现的形式和格调具有历史的敏感性和创造性；那么，九十年代以后的所谓“精英文化”早已一败涂地，它向着固守书斋和随波逐流两极分化，而大规模的溃逃和下降则成为这一族类的主流。1993年，这个充满喜剧色彩的年份，也许会被历史学家选作一个时间界碑，它标志着知识分子已经完全丧失了方向感和生存能力。文化的热烈和溃败在这一年都达到高潮。

关于“文人下海”的争论毫无结果，这并不奇怪，奇怪的是这个毫无意义的问题却被人们反复讨论，它除了表明一批文人已经无所事事和不知所措，再就是反映他们本身的犹疑徘徊。从1992年到1993年，一次壮观的文人队伍的分裂已经完成。下海经商当然不是无可奈何的选择，而是一种时髦，一种能耐和成功的雏形，岸上围观者除了羡慕也就是妒忌。这就是我们时代的文人心态。当然，也有“两栖动物”，客串商界人士，也成为一种时髦职业和体验，为的是不至于被周围的群众看扁。

如果说“文人下海”、作家向导演暗递秋波以及用一些准情色描写来吸引公众等，都还不过是犹抱琵琶、零敲碎打的话，那么1993年10月“深圳文稿竞卖”则无疑是一次盛大的集市贸易。像所有这类活动一样，都有冠冕堂皇的名目和招牌：为了推动文学艺术及公共学术走向市场，俨然是为拯救文化破败而拼搏。少数几个像样的作家被硬拉来支撑门面，更多的则是困窘无奈的文人，梦想一夜发迹，名利双收，不明真相和好大喜功的商人掮客居然也蜂拥而至。这是一次文学和商业的共谋和集体狂欢，它既不是在鼓励人们脚踏实地，负起文化的道义和责任，也不是为文化开拓新的出路；它仅仅是在提供一次文化生意，把商业上的营销技艺第一次输入文学（文化）的脆弱躯体，它怂恿着自以为是和想入非非的心理膨胀，它把这个时期已经普遍流行的浅薄、急躁和浮夸推向炉火纯青的地步。这是一次鱼目混珠的文化博览会，以狂欢的形式完成一次文学和商业的联姻，作为 90 年代文学自谋出路的尝试，它确实是别开生面。

也许“热烈”和“溃败”都不足以描述这个时代文化的根本特性。准确地说，从 1993 年开始，九十年代大规模的大众文化扩张已经开始，这不仅是说，我们生活中的一切事物都变成“文化”；而且，文化的外延边界也在无止境拓展；文化的界线被侵犯，“精英”闯入了大众的领地，大众侵入了“精英”的窠臼。从总体上说，大规模的大众文化扩张已经在迅速吞没精英文化的飞地（纯艺术、严肃文学、纯学术等）。处于节节败退的“精英文化”不再甘心居于被动的地位，“抓住机遇”这句话怂恿着人们大胆向大众、向市场靠拢。大众文化已经形成新的集权主义，它不仅控制了全社会的文化生产，控制了新的意识形态再生产，控制了欲望和想象的再生产，而且把生产方式轻而易举地套在所谓的“精英文化”的历史重建中。

这使关怀“文化的未来命运”的人们陷入恐慌和焦虑之中。那些期望充当这个时代的启蒙大师的“后精英们”，发现自己置身于形形色色的文化商业主义操作的愚弄之中，或者干脆就被大众文化抛到一边。知识精英现在被限定于专业领域之内，而不是像八十年代上半期那样，充当民众愿望的代言人。90 年代初，“精英”开始变成专家，他们的社会职能似乎仅仅是为某些部门和新闻记者或影视制作人提供一些可有可无的咨询，除此之外，他们只能待在大学或研究机构的清水衙门里。现在，分化正向着两极展开：一部分“精英文化”的制作者纷纷投身于大众文化行列，而另一群“不屈不挠的启蒙者”正在奋起反抗。那种辩护型的理想主义者将把一批文化精英（“后精英”）重新描述成文化守护神，人们在近期内狂热地把“精英文化”与大众文化分离开来，徒然加深二者之间的鸿沟。“后精英们”依然把自己设想为在智力和文化品位方面优越于大众的精神导师。对于狂欢的大众来说，那些教化式的呼喊有如老式唱片机发出的声音。

当然，这并不意味着我们应该毫无保留地欢呼一个文化扩张时代的来临。对于文化工业行使的文化控制，对于各种虚假低劣的当代糟粕，无疑有必要进行戳穿。然而，我们毕竟面对着一个中心化价值系统陷入“合法性危机”的时代，我们自身的批判主体的位置，我们的批判前提、准则，我们的知识谱系，我们的立场等等，都面临“合法性”危机。在一个对独断论和权威主义厌倦的时代，自以为是的批判除了把文化拉回到一个虚幻的大一统时代，不会有真正建设性的效果。在这个时代，作为文化阐释者的知识分子确实陷入一种两难困境：既要与当代的文化泡沫划清界限，抵御当代的文化控制，又必须警惕自以为是的批判。对困境的意识，并不是说要持一种中庸的立场，而是意识到我们面对的现实的复杂性。

尽管这个时代的文化从整体上来说，处在前所未有的混乱状况中，但并不意味着“文化阐释”把批判的主体设想为真理的天然拥有者；相反，它对自身的局限性和相对性有足够的意识。现在，知识分子已经很难把批判主体设想为一个引导文化前进的超人，它仅仅是文化的观望者，站在当代文化的前列的对话者和游走者。正是这种立场——使新一代的知识分子不至于固守现代性的“启蒙主义”立场而成为新的学术权贵。当然，这个时代文化阐释的主要任务是把那些“无价值的东西撕开给人看”。“无价值”不过是一种隐喻式的说法，它不是在二元对立的模式中来指认有价值或无价值；在文化扩张的时代，人们固执于精英主义的立场，指认一种价值的做法过于武断。价值的多元性使人们无法明确指认什么东西有价值，什么东西没有价值。也许“无价值”是对置身于其中的文化现状所采取的怀疑主义策略，一种天然的解构主义立场。因此，拆解那些层层包装或伪装的文化产品，迫使那些流行的、时髦的、其实是陈旧的诉求规训露出真相和呆相。在拆解中找到一种表达的快乐，从而游离于当代文化假象之外。

如果要理解这个急剧转型的文化多元化时期，知识分子有必要完成知识谱系的转换。说到底，在“合法性”危机的时代，那些绝对的理念当然陷入危机。因此，人们的表达就未必真的是去切近那个终极真理，去和“上帝”或“神”对话，找到一劳永逸的“精神归宿”。一切陈述都被看成一种表达，看成知识和叙事。问题在于人们拥有或认同哪一种知识谱系，就将表达哪一种立场，并以特定的方式谈论那些问题。人们认同“本体论神学”知识谱系，当然就去谈论“存在”“绝对”“终极”“神启”“永恒”等命题。九十年代，人们正在全面讨伐后现代主义，把后现代主义视为异类和文化怪物，宣布其为文化的非法入境者。而我则认为，在这样的过渡时期，也许后现代知识能使人们保持更冷静客观的态度。列奥塔德说道：“后现代知识并非仅仅是权威手中的工具；它增强我们对于差异的敏感，促进我们对不可通约的事物的宽容能力。它的原则不是专家的同一推理，而是发明家的谬误推理。”① 后现代知识将与文化霸权无关，因为这种知识谱系目前（以及在相当长一段时间内）不可能在学术制度体系内占据显要位置，它天然被主导话语排斥。“后启蒙”具有的霸权潜能，与它在大学（和学术）制度机构中占据实际显要位置相关，讲述经典权威话语，并努力使这种话语支配当

① 让-弗朗索瓦·列奥塔德：《后现代状况：关于知识的报告》前言部分。明尼苏达大学出版社，1984年英文版。译文参照赵一凡译，见王岳川、尚水编的《后现代主义文化与美学》第27页，北京大学出版社，1992年。

下的文化实践。

“后现代知识”并非走进相对主义的虚无空地，它当然不可能凭空创造一套话语和立场，某些基本的价值准则、立场定位仍是不可避免的前提规定，对相对主义的相对性需持有清醒认识。尽管我们对文化的现状有这样和那样的不满，也不必急于重建未来文化，因为，文化合谋、文化扩张都并未明确标志着文化末日的到来。这是一个转型期，一个混乱如巴赫金意义上的文化狂欢节，面对这样的文化现实，给出文化前景的承诺还为时过早。但是，不停地读解，勾画当代急剧扩张而多重错位的文化地形图，尽可能戳穿那些冠冕堂皇的“新衣”，这无疑是迫切而必要的。

第九章 超越剩余：重建历史主体位置的文化策略

我们这个时代是一个在精神跨度上过分宽广的时代，人们以很不相同的姿态和立场生活于同一空间。一些人以个人的方式抓住一些剩余想象，讲述一些自怨自艾的故事，而另一些则依然要冲进历史的中心，建构这个时代庞大的共同的想象关系。在某种意义上，知识分子的理论话语和学术话语也是一种叙事，一种更为复杂的，在历史与现实轴心的多重关系之间来讲述的知识分子的故事——一部纯粹的历史之书。

确实，任何具有历史敏感性的知识分子都不能心安理得地接受中心化价值缩减的现实，处在文化剩余的历史空档，令大多数知识分子困扰不安。特别是九十年代过去数年，知识分子相对又有了一些文化空间，这使人们无法忍受处在历史边缘的位置。从1994年到1995年，有一种重建价值中心的呼声越来越高，倡导人文精神成为九十年代最热门、最有号召力的知识分子话语。这个话语从学术界到文学界，从学院里“最纯粹”的学者到不名一文的职业写手；从“骨格奇高”的文学大家到上蹿下跳的文化掮客，都在弘扬人文精神。它以高昂而激烈的姿态试图穿越松散无力的文化剩余空间，构成了九十年代最为庞大的文化奇观。

事实上，人文主义话语并不是突然从天而降，它在八九十年代之交的历史空档就以特殊的历史蕴涵打下基础。只要把历史视野稍加拉开，就能看到这条历史线索的来龙去脉。它最初的思想源头可以在一代学人对历史事件的直接反省中看到；在随后的反省近代以来中国的革命道路和“反激进主义”的思潮中，可以看到这种思想浮出历史地表的状况；直接明确地倡导人文主义精神，则可以看出一代知识分子重返历史中心、重建中心化价值体系的愿望；而更加激烈的动作则给这一历史流向引入新的激进主义情愫，使它终至于变得有些狂怪混乱。它与那种以后个人主义姿态游走于剩余文化空间的文学写作者构成强烈的反差，进一步打开这个庞大混杂的文化语境，对于理解剩余时代的文学叙事和与之相反的文化启蒙，都无疑具有特殊的意义。

第一节　反激进：重新确立知识分子的立场和品格

每一时代的知识分子都面临他们的历史使命，并且他们都以不同的方式对待、处理、完成各自的历史任务。然而，没有任何时代的文化像当今中国这样面目全非。在表象与内涵之间、动机与效果之间、目的与结果之间，都发生多重变异。当今的中国知识分子总是被多重历史力量支配，他们不得不处在一种移位的状态中。当然，当今的“中国知识分子”是个非常暧昧而含混的指称，在考察历史的那些最新变动和最内在的含义时，我们只能去考察那些具有历史敏感性的人们。我无意于夸大这样一批知识分子的“历史能动性”，也许这正是他们要回避的动作，我不过认为理解这一群落的立场和姿态，是理解当今复杂的文化情势的一个有意味的切入点。正如陈平原所说的那样：“由于特殊思想背景造成的学者落寞的神色徘徊的身影以及一代学术的困惑与失落，同样也值得研究。这种研究，不乏思想史意义。”① 显然，这句话也适合于当代思想史的研究。因此，当我把视线投向同代人的时候，发现在二十世纪最后十年，有这样一批知识分子着手全盘反省本世纪中国知识分子的文化立场和学术态度，由此细绎出“反激进主义”的命题（思想纲领）——它并不仅仅只具有学理的意义，同时也有更广泛的文化象征意义。解读这一行为或事件，或许可以重现这个时代复杂而意味深长的历史情境。

九十年代初的“反激进主义”话题的提出可能应当追溯到1988年9月余英时先生在香港中文大学以“中国近代思想史中的激进与保守”为题的长篇讲演②。余英时先生认为，中国百余年来走了一段思想不断激进化的道路，过分微弱的政治保守主义和文化保守评论几乎没有发生制衡作用，现代以来的中国为此付出了极大的代价。余先生基于他的“新儒学”立场，这是他一贯思想的延伸，在这里不作评介。随后1991年7月，在美国纽约召开了题为“中国重要转型期知识分子的角色和贡献”的学术会议，与会者为海外汉学大家。会议的中心议题就有“近

① 《学人》创刊号，第5页。

② 原文笔者未见到，余英时先生在《再论中国现代思想中的激进与保守》一文中提到此事。参见《二十一世纪》1992年4月号。

代中国知识分子的乌托邦理想与不断激烈化的过程……以及这一思想趋向所埋下的自我毁灭的种子”[①]。1992 年，《二十一世纪》发表姜义华先生与余英时先生的商榷文章引发讨论。不管观点结论如何，足可见这个话题引起的广泛兴趣。也许刊物为表明中性的立场，对赞同与反对的意见都给予同等的重视。如果把视野转向国内学坛，不必去浏览官办杂志，只需注意几份同仁刊物，以及各种同仁式的小型讨论会，不难发现一股强烈的反激进主义的倾向。引人注目的《东方》杂志，创刊号发表陈来的重头文章《二十世纪文化运动中的激进主义》，他认为“从‘五四’到‘文革’‘文化热’的过程，文化的激进主义始终在其中扮演了重要角色。……整个二十世纪中国文化运动是受激进主义所主导的”。对文化激进主义加以反省，“是走向二十一世纪的起点”[②]。何以在九十年代初期，人们对反激进主义持有浓烈的兴趣呢？

八十年代以一个巨大的历史事件的破碎而宣告终结，它令人震惊而发人深省，在相当长的时期，这个历史事件构成大部分中国学人思考的出发点。那些纯学理式的构想，多少都隐含与这个历史情结“潜对话”的心态，至少在最初的两年难以摆脱这个特殊的历史语境。由反省具体的历史事件，而导向反省八十年代的思潮学风，进而重新审视近现代以来的文化传统。这种反省显然具有历史批判和学理探求的双重意义。现代以来的中国历史进程中存在一股强烈的激进主义潮流，它左右着历史进程并总是在些转折关头把历史推向灾难的境地——这样一种历史共识很快转化成学理上的默契，于是清理八十年代的“浮躁”“空疏”学风，建立九十年代新的学术规范，正成为一代学人的精神信念。《学人》，一个富有象征意义的刊名——创刊号推出一组具有宣言性质的“重建学术规范”的笔谈。陈平原说道：“如果说八十年代是学术史上充满激情和想象的变革时代，‘跑野马’或者‘学风空疏’都可以谅

① 参见《中国论坛》总第 372 期的专题报道。

② 《东方》创刊号，第 38 页。

解；那么，九十年代或许更需要自我约束的学术规范，借助于一系列没多少诗意的程序化操作，努力将此前产生的‘思想火花’转化为学术成果。”① 钱文忠则把学术史研究看成一代人的新的历史责任：“我们这一代人必须在廿世纪行将结束，廿一世纪即将来临之际，当仁不让，断然肩负起学术史研究的重任。我们之所以心甘情愿地给原本已是疲劳瘦弱的双肩压上这么一副重担，我想归根结底首先是因为我们从一度曾陷入迷茫的内心深处感受到了学术史研究不可回避的重要性。”② 靳大成的文章题目“对历史的重新阐释与激进主义反传统的学术神话”——足以表明他的立场定位。

因而，学术史与思想史的争辩就不仅仅是一个学理的问题，在特殊的历史时期它具有了文化的象征意义。在思想史领域叱咤风云，入世过深，这正是现代以来的中国知识分子的谬误所在，终至于八十年代重蹈覆辙。一方面是屈于现实条件，在主导的思想意识的压力之下，无路可退；另一方面却又在对历史作学理式的反省中，找到了退却的理由。前者显然被隐蔽于后者的底层，被纯学理话语缝合而不留痕迹。对于曾经怀有启蒙理想的一代学人来说，退居学斋不过是无奈的选择，然而，在学理的探讨中，这个被动的局面变成主动的抉择。现在，溃败的人们在学术史这个清静的去处找到新的地平线，恐惧、沮丧与无奈都被大彻大悟的冷静姿态遮蔽了。人们重新聚集起来，显得沉着而成熟。建立九十年代新的学术规范，确立一代知识分子的纯学者化立场，远离意识形态中心，既无风险，又划清界限。因此，反激进主义在学理的意义上是退居学术史的理论前提；在人生态度抉择方面则是固守书斋的思想防护罩。这代人设想自己要在社会的潮流之外去寻找安身立命的根基，从某种意义上来说，这个虚拟的叙事被当成现实，退却和拒绝被混为一谈，因而具有了悲壮感。丹尼尔·贝尔在描述五十年代一群英国最激进的左

① 《学人》创刊号，第 3 页。
② 《学人》创刊号，第 10—11 页。

翼青年知识分子（他们合写了一部轰动一时的书《定罪》）时说：他们“在对‘事业’的寻求，有一种深深的、不顾一切的、几乎感伤的忿恨”①。这种说法某种意义上也适用于恪守学术化立场而倾向于保守性价值的九十年代的中国学人。

第二节 反激进的历史与现实涵义

反激进主义并不是什么新话题，激进与保守之间的对立，一直构成人类文化转换、调节的内在张力。在这里不用追溯西方的文化传统，二者在中国“五四”时期就有过激烈的交锋。所谓中西文化论争，换种说法就是激进与保守之争。重新去描述这场争论已无必要，但是重新评价这场争论时，至少要考虑到不能脱离时代的历史任务来评价那些偏激的主张。激进总是相对当时的历史情势，陈独秀固然主张：“既然想改用立宪共和制度，就应该尊重民权、法治、平等的精神；什么大权政治，什么天神，什么圣王，都应该抛弃。”② 但陈独秀这些主张是基于他对当时中国现状的判断：“我们中国，已经被历代悖谬的学说败坏得不成样子了。”不能说陈独秀的说法过于偏激，在一个被历代的悖谬败坏得不成样子的时代，陈独秀反传统的态度相形之下也未见得多么偏激。陈独秀对文化采取“政治功利主义”的态度，是时代使然。除非我们认定那个时代的政治理想纯属谬误，否则我们难以指斥陈独秀对文化注入政治理想后患无穷。

任何时代的知识分子都有政治理想，只不过在不同的历史时期人们认同一种取向而贬抑另一种立场而已。况且我们不能要求任何时代只有

---

① 丹尼尔.贝尔《意识形态的终结》，“后记”，格伦科，1960 年。

② 陈独秀《今日中国之政治问题》，原载《新青年》第 5 卷第 1 号，1918 年 7 月。

一种知识分子，只有固守书斋才是知识分子的上策。现代以来的中国知识分子不断被卷入社会变革的潮流，这也很难说是误入歧途。在不同的时代，知识分子必然以不同的方式生存于历史之中，不是知识分子选择了历史，而是历史选择了知识分子。“知识分子无法拒绝革命”，不仅要把这句话置放到现当代中国的历史情境中去理解，而且要把它当作近现代历史赋予知识分子的本质规定来理解。设想一个对强盛的西方不作回应的现代中国是不现实的，那么在现代化的基础上来构想中国的出路，也就不得不成为中国知识分子的人文理想。急切渴求现代化与保守派的强大阻力不无关系，正如汪荣祖先生所言：“强大的社会保守势力似乎很有效地牵制（不止制衡）了激进的思想趋向，而激进思想之挫折似乎使其愈趋于激进。若然，则近代中国思想趋向之激进，恰与社会势力之保守成正比。”① 对中国现代化的关怀终至于倾向革命，为现代性困扰的知识分子固然有所偏颇，保守派推波助澜也难辞其咎。直至八十年代的“整体性反传统主义”也可作如是观。

设想八十年代的文化思潮为“激进主义”主宰是不合乎历史实际的。八十年代的所谓“反传统”“全盘西化”的极端提倡者只是少数人，而认同者也极为有限。即使是青年学生也未见得应者云集，引起广泛的反响是一回事，普遍赞同又是另一回事。事实上，八十年代主张“反传统”者，遇到的阻力十分强大。主导文化对此绝对不能赞，所谓“左派”对此断然反对，所谓“右派”也未见得响应。如果说八十年代存在一个主流思潮的话，那也是“补天派”和“渐进派”获得最广泛的支持。至于说八十年代的“文化激进主义”在整个文化热中占主导地位，则是只见《河殇》，不见其他现象。其他姑且不论，只要想想伴随着“反传统”的呼声，迅速举办的各种关于传统文化的讲习班，耄耋将至的国学大师、海外“新儒学”大家，令莘莘学子毕恭毕敬，就

① 汪荣祖《激进与保守赘言》，《二十一世纪》1992 年第 6 期。

不难推断激进之十分有限。事实上，八十年代对国学以及对新儒学的兴趣至少与西学平分秋色。作为一代思想大家，李泽厚转向国学，不仅表明国学及其传统价值在八十年代的现代性思考中占据重要位置，而且具有文化示范的意义。李泽厚本身的价值取向如何无关紧要，他那启示录式的姿态指认了一个知识谱系的存在，为当时的青年学子提供了回归传统本位的一个方向，为后来（九十年代）重建学术规范埋下伏笔。

这些显而易见的历史事实与历史前提被有意隐瞒了，人们在讲述激进主义的历史时，采取了倒叙的手法。以某一个非常复杂的历史事件作为推论的起点，以此来推导八十年代、“文革”、现代乃至近代的“思潮”线索。历史本身的复杂性、偶然性、多元力量冲突相互作用的关系等等均被抹去。激进主义变成一个无所不包的神话，它从现代以来的中国历史背景上浮现出来，囊括了所有的政治事件和文化后果。这个神话的历史真实性已无关紧要，重要的是激进主义构成了一个二元对立模式的一个方面，从反激进主义自然推导出尊崇保守主义的价值立场。

“五四”时期的保守派长期以来受到极“左”意识形态的贬抑，他们的形象被严重歪曲。重新还历史以本来面目，当今学人的工作无疑很有意义。但是在认同保守派的同时，又导引出对“现代性”的反省批判——它是反激进主义这一批判性命题的自然延伸，保守派被指认为立足于中国传统本位文化的至圣先师。对现代性的批判性反省，是保持学术化立场的价值限定，并且是皈依传统本位的逻辑起点。显然，这不仅是价值取向和学术立场的转变，同时也是知识谱系的转换。知识谱系在价值意义上具有无限的扩展能力，讲述这种话语，也就在不断强调这种话语的价值，促使它的意义增值。显然，保守派强调中国传统本位，质疑“现代化”（西化），现在受到特别重视。事实上，对“现代化”的质疑本来就是西方传统中的一股重要思潮，而“五四”时期的保守派在很大程度上受到这股势力的影响。辜鸿铭之于阿诺德、克莱尔以及一些十九世纪浪漫派诗人，后者经常是辜氏论据的来源。梁启超对西方文明的批评、对现代化的质疑，与第一次大战西方知识界的悲观论调不无关联。梁漱溟早年热衷于边沁式的功利主义，某种意义上还是全盘西化派。当然转变后的梁漱溟是另一回事，但梁熟知西方文化，而且对西方给予泰戈尔的礼遇津津乐道①，这也是事实。张君劢确认西方世界陷入危机，得益于艾柯、柏格森，特别是斯宾格勒的《西方的没落》的影响。张君劢早年对西化及现代化的怀疑，呼吁中国人停止模仿西方，主要是因为西方人已经开始对他们的文明产生怀疑，张君劢对科学及现代化的抨击，与他称道柏格森哲学如出一辙。

“五四”时期的保守派并非书斋里的圣贤，恰恰相反，他们同样是一些社会理想的热烈鼓吹者。他们推崇中国传统文化，不仅要给中国现实找到生存的依据和发展的精神导向，而且，要给世界文明引路。梁漱溟的主张众所周知，并且身体力行，他甚至设想在乡村重建的基础上创造一个崭新的中国。张君劢则热衷于提倡地方自治，对集权和官僚制度猛烈抨击。后期的梁启超也孜孜不忘将中国文化融于未来的世界文化，这些“保守派”对现实的投入并不亚于“激进派”。“保守派”过分强调中国传统文化的绝对价值，并且要用东方（中国）文化融合或统摄世界文明似乎也有激进之嫌。

保守派是一个庞大而驳杂的阵容，也是一个宏大的背景和一个广博的知识谱系，因而保守派也是一个伟大的象征，它意指着回到中国传统本位的思想资源库，并且怀疑与批判“现代性”——这就是反激进主义终于酝酿成熟的九十年代的学理规范与文化目标。

事实上，皈依传统文化资源，反省现代性，不过是在学术的水准上再次人为地制造中西对立。强调学术话语的东方（中国）他性，在完成本位文化的权威代言人的同时，也获取了与西方平等对话的资格和权力。因此，回到本土文化资源实际隐含了双重的西方背景：其一，现实

---

① 参见梁漱溟《东西方文化哲学》，上海，1922年，第186-187页。

地与西方对话的背景；其二，无可摆脱的西方思想资源和西方视点。正如五四前后的保守派没有真正超越西方文化资源一样，当今学人也不可能做“纯粹中国的”学问。时下引为美谈的是陈寅恪、张君劢诸大师，深谙西学却并不为其左右。张君劢如前所述，早年何尝回避过西学，后来也未见得完全脱开干系。至于陈寅恪，也受到过兰克（Ranke）实证主义的影响，对白壁德（Babbit）的新人文主义也十分赞赏。只不过大师技高一筹，不着一字而尽得风流。在当今国际间的对话和交流（尤其对于这些学人而言）如此频繁，恪守本土文化资源恐怕更难做到。且不说当今学人大都受到西学的熏陶，就时下最热门的话题“反省现代性”而言，未尝不是受到目前西学的影响。这一话题与其说是五四本土话题的延续，不如说是对当今潮流的应答。八十年代后期及九十年代西方大学墙院内时兴的“P. C 运动”①，种族与第三世界文化问题备受重视。赛依德（Edward W. Said）的《东方主义》（1978）与《文化与帝国主义》（1993）风靡一时，立足于第三世界本位文化反省“现代性”，这是当今西方学者乐于采取的视角。这个趋势显然极大地鼓舞第三世界的知识分子回归本土文化。七十年代以降，被美国知识界称为“批评的黄金时代”。彼时美国成为一个巨大的思想加工厂，第三世界的文化资源源源不断地输送到美国，被这个巨大的加工厂吞噬，吐故纳新，而造就出最新的西方理论。这是在反西方文化霸权中产生出来的又一种新的更具有召唤力的西方知识话语。

当然，更直接的对话语境是国际汉学圈。海外汉学家为在西方文化霸权的缝隙中占据一席之地，自然要强调中国文化的优越性，强调中国传统文化的源远流长与博大精深。反激进主义，恪守学术化立场，回归中国本土文化资源，这就与国际汉学研究达成共识。以一个宏伟的东亚的经济圈作为这个共识的背景，东方（中国）文化的复兴，并且引导

① “P. C”即“Politics Correct”，其重点是美国大学知识分子在反对种族歧视方面做出尚姿态，以及关注女权运动、环境问题等等。

二十一世纪的世界文明，就成为一个无法拒绝的梦想。

于是这一切都变得十分清楚：反激进主义，恪守学术化立场，推崇保守派价值，回归中国传统文化资源，反省现代性……这是一个顺理成章的逻辑推论，也是合乎历史变化的实践移位。它终于成为一个完整而封闭的叙事，这个叙事把年青一代学人由一个历史的失意者，转述成一个文化的觉醒者。它不仅在实践的意义上断然拒绝了八十年代，而且在文化品格的水准上重铸了九十年代的新形象。因为有了特殊的历史事件为背景，它作为“走向成熟的新一代知识分子”的含义也就被放大了。在九十年代的特殊语境中，它不得不被打上醒目的社会标记。历史之手重新把他们书写为这个时代的文化英雄。事实上，学人们的立场也是双重的，这不仅是说保持中性化的立场本身就是一种新的姿态，它必然派生出另一种意识形态意义；而且学人们也经常流露出以学术史为重建知识分子人文理想的领地的期待。学术史的研究中隐含着思想史的态度，这种态度指向文化重建的历史重任。

不管学人们是否愿意，这样一种立场、学术风范和价值取向，具有了“文化示范”的意义，它以“真正的知识分子”的形象呈示于二十世纪末的中国思想舞台上而发人深省。我们的文化背景过于复杂，意识形态充分弱化的年代也是意识形态充分活跃的时期，人们难逃历史语境的再次编码。退居于书斋的这个群落终至于被推到历史的前列，恪守“学者化”的姿态，更像是这个时代的先知、谕世者和新的启蒙者。

历史总是惊人的相似，现代以来的中国历史总是被涂抹上令人尴尬的西方色彩，甚至连我们所认定的非常具有中国本土特征的个人化选择，也不幸在西方那里找到类似的原本。1968 年法国“五月风暴”的失败宣告了一个激进时代的结束，左派知识分子的政治承诺化为泡影，大部分知识分子退到了专门的学术领域，对那些玄妙的语言游戏倾注热情，心安理得地恪守非政治化倾向。现在，皈依书斋的知识分子可以使“显然是政治的东西失去政治意义，使没有政治意义的东西带上政治意义”；或者它可以假定有各种俄狄浦斯式的父亲，抛掉意识形态立场，“就像摆脱了政治的人将屁股转向他的政治之父一样”①。当然，中国知识分子不可能如此随心所欲，但是，可以看到在意识形态衰退的年代，知识分子普遍转向学术化立场的趋势。学术总是这样一个场所——套用一句克里斯蒂娃评价罗朗·巴特的话来说：在那些遭受思想异化和历史困厄的文明中的主体看来，在这里这种异化和困厄时时都被人们以特殊的方式加以反抗。②

在非常的历史时期选择的一种姿态，却不得不循着历史惯性推演下去。七十年代以后的西方知识分子退出意识形态领域，一劳永逸去玩弄语言、结构之类的游戏，欢呼“大师死亡”时代的来临，正是创造性退化的最好托辞。然而，中国的难题并没有解决。八十年代留下的不仅是一些回忆，而且还有一大堆问题。这一代学人不可能回避这些问题，事实上，正是这些问题使他们处在两难的境地：恪守学术化立场，即是逃避问题的策略，也是处理问题的方式。这个退却的姿态，在历史的转折进程中，转换成能动性的创造，一代学人完成了自我“镜像化”的意识形态再生产。他们着眼于“未来文化建设”的情怀，再次把自己指认为九十年代的文化启蒙者——这种无法以明确、直接的方式自我指认启蒙者的主体位置，并且暂时不能取得社会化的合法性地位的启蒙——不妨称之为“新启蒙”。这是九十年代相当一部分中国知识分子扮演的历史角色。他们或者以勉为其难的声调相互鼓励，或者以“非启蒙”的姿态去完成新的启蒙任务。

然而九十年代初完成的历史定格——这个非常独特、非常精英化的定格却又不幸被普遍兴起的大众文化狂欢节涂抹上令人难堪的色彩。也许如休·塞西尔所说：“天然的守旧思想是人们心灵的一种倾向。”③ 人

① 参见加尔·代尔《本文的快乐》，第 109 页。
② 参见罗朗·巴特《写作的零度》，李幼燕译，三联书店，1988 年，第 212 页。
③ 休·塞西尔：《保守主义》中文版，商务印书馆，1986 年，第 3 页。

们认同保守的和传统的价值要比冒险激进的风险容易得多。在九十年代中国文化充分商业化和殖民化的时期，皈依传统被粗暴地漫画化了。甚至那些投合公众口味的畅销读物，也再三借用“弘扬”之名。1993 年，那些拥有最广大公众的“严肃文学”读物（例如《废都》《白鹿原》），浸透了“传统”“古典”的味道。现在，公众的狂欢节经常是后工业文明的物质手段加上富有传统意味的精神填充物。一方面是传统在默默消逝；另一方面是传统在轰轰烈烈地弘扬，这就是传统在工业文明（和后工业文明）中的命运。当然，把这样一种文化现状归结为一代学人对传统及其保守性价值强调的后果是荒谬的；但是，面对这样的文化现状，我们这些着眼于“未来文化建设”的学子们，应当有所警惕：采取这种“新启蒙”策略，很可能适得其反。

现在，“回归中国本土文化资源”已经具有了超级的意义。1993 年，亨廷顿（Samuel P. Huntington）发表《文明的冲突?》一文，在汉文化圈引起巨大反响。他认为：“……文化将是截然分隔人类和引起冲突的主要根源。在世界事务中，民族国家仍会举足轻重，但全球政治的主要冲突将发生在不同文化的族群之间。文明的冲突将左右全球政治，文明之间的断层线将成为未来的战斗线。”① 亨氏的结论是：在可见的将来，冲突的焦点将发生在西方与几个伊斯兰——儒家国家之间。亨廷顿的说法令人恐慌，更令人兴奋。它对于汉文化圈认同儒家传统，无疑是一次巨大的怂恿。事实上，亨氏并不了解当今中国，也不了解中国传统在现代工业化时代的实际命运。他只看到中国传统文化的巨大的能指群，而没有看到它的空洞而混乱的所指。在大众的层面上，所谓的“传统”多半已被现代化侵蚀；在所谓的精英层面，强调传统总是隐含着与西方急切对话的心态。认同危机的特性也许恰恰就在过分强调文化本位时产生。只有把一个对立的西方设想为一个倾听者，只有渴求西方的认

① 亨廷顿《文明的冲突》，载《二十一世纪》，1993 年 10 月号。

同，才会过分强调文化的“民族他性”。我们只要看看张艺谋、陈凯歌作为“东方（中国）文化”的代言人（诉求者）所获得的成功，就不难理解这一点。现代以来的东方（中国）文化他性的鼓吹者，大多是受到西方的暗示和鼓励。在九十年代初，与其说中国有一个与西方对话的本土文化，不如说有一个要重振旗鼓的“学人文化”。

第三节　人文关怀：重返历史中心的启蒙策略

总之，从反激进主义，到恪守学术化立场、寻求保守性价值，再到回归本土文化资源，这是一个完整的逻辑行程。然而，这个行程不过是在作为一种防守策略方面才具有完整性。事实上，保守性并不意味着放弃历史使命感，保守不过是一种价值内核，而它行诸实践则未必是明哲保身。例如，美国的新保守主义者就有很激烈的言行。六十年代，美国新保守主义者艾恩·兰德（Ayn. Rand）在抨击美国文化现状时说道：“我们目前在文化上处于崩溃的状况之所以得以存在和延续下去，并不是由于那样的知识分子，而是由于我们没有任何知识分子。今天，那些以知识分子姿态出现的大多数人是一些被吓呆了的傻瓜。”① 新保守主义者中有人在试图重新点燃精神火炬，去引导“已经失去方向感的美国公民”。当历史把中国一代学人指认为中国“真正的知识分子”时，他们是不会满足于退守书斋的，至少有其他的知识分子从他们手中接过接力棒，从边缘走向历史的中心，扛起时代精神的大旗，去引导民众，引导这个时代的文化。

进入九十年代，特别是第二轮的经济高潮，使人文知识分子更深切

① 艾恩·兰德：《关于新知识分子》，纽约，1961年，第6页。

地感到自己所处的无足轻重的地位，这个时代似乎打定主意要让人文知识分子处在一个“剩余”的状态中，去分享那些文化的、经济的和政治的剩余物。确实，八十年代后期到九十年代初，一度中断的中国“市民社会”（或称之为“民间社会”）趋于形成，与市场经济相适应的市民社会，既偏离权力中枢，更远离知识分子的精英主义立场。这个初级阶段的“市民社会”虽然不可能有任何规模化的组织形式，但是它初步形成自己的价值体系和实践方式。并且有了自己的文化——正是这个“大众文化”给予知识分子精英文化以猛烈的冲击，民众有了自己的娱乐方式。摆脱了被启蒙、被团结、被教育的被动位置的民众，哼着流行小调自由自在走向歌厅舞厅，他们看时装表演，玩电子游戏机，打康乐球。他们在卡拉 OK 的声响效果中追寻“瞬间的辉煌”，在街头书摊流连忘返，凶杀、艳情之类的野闻趣事足以填补闲暇。曾经作为民众启蒙导师的人文知识分子现在被悬置于政治与经济的空档，遗弃于庙堂与江湖的边界。

1992 年的经济形势无疑令人振奋，然而诸多的人文知识分子却陷入更深的危机。这一年到处都流传着科技知识分子在南方获得重奖的新闻，暴发户在祖国各地层出不穷，狂热的圈地运动使中国迅速进入一个经济腾飞的神话时代。这个时代的主旋律，这个时代的生活主潮都与人文知识分子无关。特别是巨额消费和豪华商场，把囊中羞涩的知识分子彻底拒之于幸福的大门之外。大款和大腕成为这个时代的主体，“发烧友”“追星族”趋之若鹜，大众文化这一次是真正全面而彻底主宰人民群众的精神生活。所谓“高雅文化”“严肃文学”的败落，不过是人文知识分子失落的佐证。关于“文人下海”的争议居然会成为一个普遍关注的问题，不过表明文人对自身存在的必要性已经没有多少把握。文化失败主义的情绪困扰文坛，它与明星大腕的趾高气扬、春风得意恰成对照。某次高规格的节日盛会，大腕们纷纷成为座上宾。这是一次富有象征意义的文化团圆，思想领域的纷争被划出这个圆圈之外。

这无疑使人文知识分子陷入极度的恐慌状态。九十年代初期，中国人文知识分子一度在精神上普遍失业。一个丧失了历史感、无法在社会的价值体系构造中起支配作用的群落，在九十年代初期找不到自己真实的历史位置。某个特殊的历史情境使知识分子以夸张的形式重温了启蒙主体的角色，不管是形式还是内容，这都是一次超越历史真实条件的“重温”，现在它正好作为一个历史起点加以运用。

面对商品经济大潮和大众文化的冲击，文化的责任感和使命感又被提到议事日程上来。事实上，八十年代后期以来，一直存在某种抗拒“文化溃败”的力量，只不过涓涓细流无以成江河。1989 年 3 月，诗人海子在山海关卧轨自杀，以他绝对的姿势完成一次超越性的书写。对于沉迷于语言游戏，咀嚼无聊的快慰的“新生代”诗人来说，这是一次无法正视的警告。这也许是非常个人化的行动，却被广泛赋予了文化的象征意义。由于特殊的历史背景，它的象征意义变得博大精深，有如一部文化学、政治学和神学有机合成的现代启示录。海子是八九十年代之交非常特殊的现象，它倔强而又无可奈何地漂流于精神断层之间，不过给人们以短暂的震惊和有限的警告而已。

显然，1993 年以来似乎有一股力量与之呼应，当然，这仅仅是在那种顽抗的姿态方面有相似之处，他们的动机和目标都大相径庭。重提责任感的一批知识分子，再次把自己指认为引导民众的启蒙主体：以精英主义的姿态对大众文化和文化大众进行猛烈攻击，在文化的荒野之中呐喊，肩负拯救文化溃败的历史使命，着眼于重建二十一世纪中国人文精神……一个由学院知识分子构成的启蒙主义集团正趋于形成。这个集团混同了八十年代末期固守书斋的“纯粹学人”——他们异工而同曲。固守书斋同样有文化示范的意义，它那精英主义的立场既是对大众的超越，也是对大众的引导。

与其说这是一个文化陷入深刻危机的时代，不如说这是一个文化全面转型的时期。由少数文化精英引导文化的局面已经被打破，取而代之的是各自为政的多元化的格局。过去偏执于“左”“右”立场展开的争吵，现在业已改变为文化位置和知识趣味的论争和对话。这里也不再有绝对的权威，无论人们如何试图成为中心，都不可能如愿以偿。当今文化真正进入一个众声喧哗的部落时代。

当然，这些“部落”也绝不是完全平等，平起平坐，沆瀣一气，其乐也融融。事实上，潜在的对抗、排斥依然存在，只不过不再具有政治的恐怖色彩，却带有知识霸权的尖锐气势。在诸多的部落中，也有独领风骚的群落；在众声喧哗的各种声音中，坚持启蒙立场，倡导人文精神的音调尤为高亢，在这个迷人的美杜萨的歌唱背后，迅速汇集了这个时代寻求济世良方的思想水手。当今中国年轻一代的知识精英再次当仁不让形成一个壮观的新启蒙主义集团，他们的声音为各种报纸杂志迅速接受。很显然，启蒙集团是当今最具影响力的文化部落，它汇聚了中青年知识分子的大部分的精华，对这个部落的分析和阐释，尽管要冒很大风险，但无疑是理解当今中国文化现状最有效的切入口。

当今的启蒙主义意图，无疑是知识分子思想传统的自然延伸，现代以来的中国知识分子就怀抱启蒙主义理想，这成为中国现代以来的知识分子的本质规定。这个规定在新中国成立以来的“思想改造”伟大工程中被不断改写和损毁，而在八十年代“思想解放”运动中再度辉煌。在这里，需要强调的是八、九十年代之交的历史背景，这个背景再次把知识分子映衬为独立的群体。不管是重返学术史还是回归国学，这种姿态都明确强调了知识分子的人格化立场。“重返”和“回归”都不过是手段，它那纯粹的学人品格被历史之手改写为道义的象征。在那样的历史语境中，一代知识分子乐于完成这样的自我指认，把自我置放在超政治的位置上。这个历史语境与其说贬抑了一代中国知识分子，不如说拔高了知识分子的人格形象，它那无可奈何的退避姿态迅速转化为自觉的捍卫。这种自我意识，这种意识到的自我的历史形象，理所当然延伸到九十年代。

然而，九十年代中国社会的背景发生了根本的（至少在现实实践的意义上如此）变动，“左”“右”背景为市场经济所替代，这使站立在那个巨大屏幕前的知识分子反倒猝不及防。显然，历史境遇会唤起文化的悲壮感，而经济的排斥却真正使知识分子处在无所适从的位置。这种“市场经济”一度是改革派知识分子所欢呼期待的现代化成果，现在这个成果被中国各行各业的人士窃取，它恰恰是唯一对知识分子——特别是人文知识分子嗤之以鼻。现在莘莘学子面对着热烈旋转的经济风车——南方的圈地运动、炒股票、暴发户的高消费、各项超巨大工程迅速上马、国营大中型企业股份制改造、惊人的国民生产增长指数等等，这个超级的经济神话现在是文人学子们面对的主要现实，而他们又唯一不是这个神话的主角，这种遗弃是显而易见的。一个捍卫纯学术品格的知识群体，那种文化上的悲壮感荡然无存，他们又如何去以历史（文化）主体的姿态与现实对话呢？这是又一次的错位——一次现实自行其是，呼啸而去导致的错位，一次令人有苦难言的茫然无措。

因此，文人原本的面对观念的姿态不得不转过来面对这个蓬勃的经济神话。向经济挑战这当然不会是这个群体的文化战略，这也有悖于它的历史初衷，但是对经济的副产品——文化价值、精神品格和道德水准进行抨击，则是完成历史移位的必要的前提。一个文化颓败的历史情境，本身就足以强调历史主体实施文化战略的必要性和重要性。当前文化现状的学术讨论会频频举行，关于当今知识分子的角色，关于当前道德沦丧与文学艺术的责任，以及文化的前景等等，都被提到议事日程上来。现在，那个政治背景映衬的文化人格，在这个为经济实利主义异化的精神荒原上重新崛起，它借助政治附加的意义——尽管这种意义已经所剩无几，但作为这次位移的基本原动力，作为一种主体形象的设计则是足够的。那个纯学术立场，那个知识分子的独立人格，那个对文化进行的悲剧性捍卫，现在全部转化为道义的责任感，转化为对文化命运的关怀，对一种文化前景的自觉承诺。

第四节　人文精神的内涵：道德化的知识谱系

在这样的历史叙事前提下，在这样的现实语境中，年轻一代知识分子重铸了启蒙主体的形象。事实上，这个形象是如此诱人，它吸引了各式各样的有表达欲望的人文知识分子。作为启蒙策略的轴心话语，“人文精神”引起了广泛的响应。一份在知识分子中尤受好评的杂志，也连篇累牍地讨论和张扬“人文精神”，参与者囊括了人文学科各部分的知识精英。从最纯粹的学者到放浪形骸的墨客，现在都在张扬人文精神。没有任何词语能像“人文精神”这样富有魅力，这样丰厚深邃而广大无边。作为一个知识分子，没有人能拒绝这个语词，谁有勇气对这个语词表征的意义进行怀疑呢？谁经受得住这种反诘：没有人文精神还能称其为知识分子吗？

这是一个令人膜拜的语词，它是知识分子的先验存在，绝对精神和本质规定，是东方（中国）知识分子的思想定性和心灵献辞。到底“人文精神”是什么？似乎也莫衷一是。在一些关于人文精神的精彩讨论中，人文精神经常被解释为“是对‘人’的‘存在’的思考”；“是对‘人’的价值，‘人’的生存意义的关注”；或者是对人类命运、人类的痛苦与解脱的思考与探索。人文精神被描述为抽象的形而上的终极价值。这些定义经常散发着浓厚的人道主义或存在主义味道，它可以和“人自身的完善和解放”相等同，甚至与生命本体结合一体：“人文精神不光是一种态度，一种心境，更是一种生命的承诺。它必然要通过人的行为和选择表现出来。杀身成仁，舍生取义，就已超出道德范围，而完全是人文精神的体现了。……它不仅要有高度的道德操守，也要有一种殉道精神。”①

人文精神变成知识分子的道义责任，一种作为知识分子的生命承诺。“杀身成仁，舍生取义”，精神固然可嘉，作为极个别的知识分子的理想化的生存境界，也不失为一种选择。但作为一种普遍性的理想，作为统摄了知识分子的“终极关怀”，那也未免有点强人所难。人生自古谁无死？以殉道者的姿态先验地规定知识分子的理想形象，这与其说是在赶鸭子上架，不如说是在推行一种新的文化理想主义策略。对知识的追寻或传授，为什么不能是一个平平常常的人做的一件平平常常的事？在这里，知识分子再次被定义为一群超人，一群在人格上高于普通芸芸众生的精英，他们是为知识，为某种价值和信念随时献身的文化英雄。无可否认文人学子对“人类存在”所抱有的崇高信念，但是我依然要指出这里谈论的是专业领域内的学术问题，它涉及一些专业知识，一些来自存在主义，一些来自人道主义或启蒙主义哲学。这里采用了存在主义惯用的那种叙事，即直接面对“生命本体”说话。讲述这样一种知识，采用这样一种叙事，显示出一批当代中国知识分子尤为崇高而有责任感，他们坚韧而执着地追寻那个支撑人类活下去的“根本理由”——人文理想。

把追寻知识的行为叙述为一种道义的献身和殉难，这种知识本身也具有道义的价值以及无可置疑的优越性。面对这样一种姿态，没有人不表示肃然起敬，没有人不从善如流。在这里，知识和行为相互强调，互相鼓励。人们通过讲述这样一种知识，获得了某种文化的崇高感，而这种崇高感再次怂恿人们叙述这种知识。在这个双重鼓励中，在这个互动过程中，一个拯救文化现状，重建文化未来的历史主体形象也迅速完成。而在这个殉道者形象的规范下，在这个至高的“人文关怀”和“终极价值”的范畴内，学术和文化也就达成了新的整合。于是，“人

① 《读书》1994年，第4期，第80页，张汝伦语。

文精神”被作为一种新的“道”被标举——“这种‘道’不再期望以意识形态的方式将学术和政治‘统’起来，它只是在形而上的层次上为整个社会的文化整合提供意义系统和沟通规则。”① 现在，“人文精神”不仅仅是一个部落的图腾，更是整个社会的思想轴心和精神源泉。倡导“人文精神”既统合了学术界，又规范了现实社会，作为人文精神的叙述人和张扬者，它理所当然不仅仅捍卫了叙述者个人的“第三种尊严”，更重要的是它重新规划了现存的文化，确定了社会最高的价值准则。因而，一代中国知识分子也就不再是被政治、经济随意摆弄的第三种人，不再是一个被遗弃的局外人，而是这个时代的至圣先师。

第五节　无法超越的剩余：走向文化多元主义

1995 年的世界历史以以色列总理拉宾的死而达到它令人震惊的巅峰。拉宾的死当然是一个非常偶然的个别的事例，但它在当今的时代又有必然性。一方面，国际社会对和平的渴望非常强烈，柏林墙倒塌、前苏联解体，使全世界人民看到了全球和平的新前景。另一方面，极端势力与此同时也急剧抬头，迅速崛起。这就是以原教旨主义为龙头，各种民族主义势力，各种宗教狂的派别为主要阵容的极端势力，它使国际政治格局重新编排组合，冷战那种意识形态已经被地缘政治和民族主义认同所替代。世界进入一个后冷战时期。国际政治形势变得更加复杂，冲突局部化、白热化，这种冲突其实并不仅局限于庞大的国家事务、国际外交和民族争端，而且，尤为深刻地在当今时代，在文化思想阵营中表现出来。亨廷顿 1993 年发表的《文明的冲突》，就敏锐地把这种国际化

① 《读书》1994 年第 5 期，第 55 页，许纪霖语。

的地缘政治与文化的民族认同连接起来。尽管亨廷顿的观点遭到相当多的西方的和中国的知识分子的批评，但是他的观点代表了一种势力，表达了一种历史趋势，同时，也在怂恿一种文化势力，特别是在中国具有它的特定的市场。

现在我们更要重新反省文化独断论在这个时期的猖獗。文化独断论在中国长期以来的文化实践中形成一种顽固的思维模式，它有十分长久的历史依据，在40—50年中国的文化传播中显出了它的极大势能，这种独断论应当说是有它非常强大的社会政治的心理依据。那么九十年代愈演愈烈的道德化立场，与这种文化独断论的思维方式和价值取向相混淆，因而具有非同寻常的再生产能力。这样一种道德化的文化独断论，以批评的姿态出现，显然是有一种非常强烈的中心主义的倾向，它把自我设想为一个历史的主体，一个绝对的历史的主体，而它所认定的价值观念、所认定的文化立场，以绝对正确的形式把自己置于一个至高无上的文化制高点。对现实，对他人，对其他的异类的存在进行痛斥则是理所当然。独断论者认定唯一的价值观念是这个时代至高无上的终极关怀，当它以崇高和伟大的面目出现时，事先就把中国当前的现实描述成一幅道德沦丧的世纪末图景。在文化层面上对当今的道德现实进行了一种抨击，指责这个社会没有任何信仰，没有理想，没有人格。这些叙事都是为“我”这个批评的历史主体的合理性寻找一个大前提。而实际上是把“我”对现实的这样一种描述强加于历史之上。独断论者总是把个人认定的价值观、个人的文化立场，置于历史之上。

然而，这样一种试图重建中心，试图超越剩余文化的努力，实际上是真正的剩余文化。所谓“重建”，在很大程度上是从统治文化（主导文化）那里分享它的绝对真理。它是从其中分离出来的，被抛到一边，它处在无法构造社会共同想象关系的恐慌之中，现在重返历史中心不过是再次从主导文化那里分享权力，并且分享那种文化的精神实质和结构形式。因为这样一种思维逻辑，这样的知识构型和这样的知识目标与统治文化是完全结合在一起的。所谓的终极的关怀、绝对真理、唯我独尊、中心整合、等级、崇高伟大等概念，这些都是主导文化抛出来的碎片。现在，这个知识的范型在发生变化，在剩余的文化里要抓住这些东西进行建构显然力不从心。因此，痛斥现实既是理论话语必要的补充，也是对历史主体位置的合法性的论证。

在这样的历史转型时期，强调用一种多元主义态度来对待我们置身于其中的现实是必要的，并且要以相对主义的视点来对待各种话语。多元主义和相对主义已经是国际学术化的一种趋势。冷战结束以后，人们已不再那么固执某种绝对的意识形态，把对方看成敌人，看成荒谬的异类，致力于剥夺对方存在的合法权利。当然我们现在不是说倡导一个绝对相对主义，我们谈的恰恰是相对主义本身的相对性。这个前提就是要容得差异，应该讲究重新容忍。现在不是容忍太多，而是根本没有容忍，哪有过容忍呢？我们容忍什么东西？这些年我们容忍了什么？没有。我们没有对他人，对不同理论，对不同的文学样式给予善意的容忍。“容忍”上升到理论就是文化相对主义的一种态度。

文化全球化的一种趋势也使文化相对主义面临一种双重的状况。一方面是各种知识、各种信息的涌现使人们不可能在相当长的时间固执某一种立场，单纯地运用某种知识，他们必须在不同的时间里面更换知识，同时会调整他的立场；在知识全球化的时代，人文知识分子处理他们面前的知识和现实变得更加困难、复杂。他们要站在不同的侧面、层面上认识这样一个现实，不再像过去只要靠在主导文化的背景，站在一个绝对的立场上就可以把观念和知识贯穿到底，现在，多种问题、多种现象从不同的侧面涌现出来，都会发生不同的变异。

总而言之，从反激进走向新的文化激进主义，这一个圆圈并没有超越文化剩余的历史空间，它不过更深地、更盲目地陷入文化的剩余物之中。如果说“反激进”的那个学人群落还保持真实的历史敏感性，他们的偏差不过是重新寻找历史位置的一代知识分子不可避免的错位；那么倡导人文精神的群体则以过于急切的姿态重返历史中心而显得力不从心；至于道德理想主义或道德原教旨主义者，则是咄咄逼人而误入歧途。事实上，历史具有不可超越性，我说过，这是一个文化剩余的时代，并不是说人们只能心安理得地抓住剩余想象力倾诉一些个人的梦呓，而是说人们不可能自以为是地重建庞大的共同的想象关系。对历史局限性的认识，用恰当的方式找到历史的插入点，我想这可能是更为积极的文化建设。在这一意义上，我甚至认为我们时代的文学写作者——那些运用剩余想象力去表达他们有限的个人愿望的文学叙事者，有他们独特的存在价值，为这个过渡时期、转型时期，提供一种精神的栖息地。

不管我们是否愿意承认，或许当代文化确实在某种程度上呈现为众声喧哗的部落状况——它同时也是一个严重错位的、无法修复的混乱局面。而另一些人在观望、倾听、读解和阐释。也许后现代时代确实是一个“文化稗史”（列奥塔德语）的时代，立足于多元化的立场，对任何事物保持相对主义的警醒，试图逃避文学的（或学术的）的重新中心化的支配力量。也就是说在这文化剩余物堆积的时代，穿越文化剩余的历史空间，寻找阐释者的立足之地，找到绝无仅有的历史真实感，找到一种从容启示的位置。几乎是在十年前，列奥塔德在他那本极富声望的小册子《后现代状况：关于知识的报告》一书的结尾处写道：“十九世纪和二十世纪给了我们所能承受的如此之多的恐惧。我们为缅怀整体和单一，为概念和感觉的一致，为明晰透彻和可交流的经验的一致，已经付出了极高昂的代价。在争取宽松与缓和这一总的要求下，我们能够听到人们嘀咕着渴望恐惧归来，渴望实现把握现实的幻想。对此的回答是：让我们向整体开战；让我们成为那不可表现之物的见证人；让我们触发差异，保留命名的荣誉。”① 这段话不幸依然成为我们今天的理论出发点。

---

① 让-弗朗索瓦·列奥塔德：《后现代状况：关于知识的报告》前言部分。明尼苏达大学出版社，1984 年英文版，参见该书附录最后一段。译文参照王宁译，见王岳川、尚水编《后现代主义文化与美学》，北京大学出版社，1992 年，第 53 页。

回到未来的中国美学

高建平 著

全国百佳图书出版单位
ARTIME 时代出版
时代出版传媒股份有限公司
黄山书社

总　序

通读眼前的八部书稿，各种情绪：兴奋、激动、享受、叹息、伤感、寂寥……轮番袭来，纠结于心。这时，我想起了一部电影——

音乐家科伦布的爱妻亡故，他从此带着两个女儿隐居深林，整日独自研习古大提琴。在绵延无休的乐声中，他看见深爱的亡妻，此刻就坐在他对面聆听。之后，他们一起祷告，一起乘坐马车，一起并肩走过春色茂密的森林，一起来到河岸渡口，直到她独自坐上小船离去。怕她再次消失，他不忍停下手中的乐曲。为了让她一遍一遍重现，他用余生不断拉奏心爱的大提琴，记下心里的悲伤乐曲，想看看爱将延续到哪里。

这是一个清静的世界。老房子旧得幽静、坦然，乐声绵延无休、难以捉摸，家中的器皿也都散发出乐器的光泽。科伦布在森林里拉琴、作曲，他拒绝宫廷表演的邀请，拒绝各种矫饰，只为灵感而作曲，只是记下瞬间的颤抖，删除多余的抒情。他的演奏闻名遐迩，在传说中更是出神入化。

有一天，17岁的红衣少年，一个鞋匠的儿子，敲响了音乐家的门。他立志成为伟大的音乐家，慕名前来

学艺,几经周折,红衣少年成了科伦布的学生。后来,红衣少年背着老师受聘为皇家乐队的演奏家,而被逐出师门。再后来,红衣少年成了宫廷乐长,生活富足;音乐给他带来了华丽的马车、镶嵌珠宝的假发衣饰、显贵的地位与指挥权杖,但他不再有 17 岁时那湛蓝的眼神。他深感自己始终未得音乐的要领。他记得,年少的那个午后,在森林里听到的琴曲,那种庄重、静穆、悠远而哀伤的,才是真正的音乐。

老人弥留之际,宫廷乐长深夜赶赴森林小屋,去上最后一堂音乐课。当他一身显阔地走进那简朴肃穆的家中,发现自己不过是个臃肿的丑角。他问老人:“音乐是什么?为了供奉上帝?为了取悦国王?为了金钱?为了荣誉?是爱情的忧伤?或是自暴自弃的放纵?”

都不是。

他终于领悟,自己的疑问便是答案:“是不是给死者的礼物?是给那些不能说话的人低声的安慰,给那些消逝了的童年?是为了让鞋匠的锤声变得柔和?是为了那我们出生之前就已存在过的时间,在我们呼吸之前,或者看见光亮之前……”

——这是电影《尘世里的每一个清晨》所讲述的三百多年前的故事,它把我们带回到音乐的黄金时代,唤醒了许多温馨美好的记忆。

是的,倘若音乐有魂魄的话,那就是它的毫无用处,它的无用之用。音乐是爱,是恩慈,是虔诚,是内心孤独的吟唱,是出神的一瞬,是人类关于光明、自由和宁静的力量的梦想。

“一个民族的政治生活只是它存在的浅层部分;为了了解其内在的生命——其行动的源泉,我们必须通过他的文学、哲学,以及艺术这些反映该民族理念、情感和梦想的东西,来深入探索它的灵魂。”罗曼·罗兰写道,“音乐展示给我们的是在表面的死亡之下生命的延续,是在世界的废墟之中一种永恒精神的绽放。”①

文学艺术的研究与创作一样,都是一种生气灌注、深邃博大的“创世”,也就是发现、创造可能世界,帮助人们建立生命的、家族的、民族的“根”的意识,确立经验的、文化的统一感与连续性,在滋养自身的同时,影响人类的精神世界。

安贝托·艾柯在《诺伯托·博比奥:重新审视博学之士的命运》一文中强调,知识分子的责任不在“解决”危机,而在“制造”危机,即时刻营造出一种危机感,唤起人类的共同意识的危机感,并寻找、创造普遍的社会共识。

20 世纪 70 年代末 80 年代初,即进入“新时期”以来,整个国家处在一种社会转型之中。如何建立中国自己的崭新形态的文艺理论,成了文艺学界的重要课题。面对当代西方文化传入所引发的诸多挑战,以及当代文学创作所提出的诸多命题,经一大批文艺理论家、批评家的共同努力,中国当代的文艺理论终于实现了现代性的转型,即“从一家‘专政’式的独语,转变为‘百家争鸣’式的对话;从政治话语转变为学科的学术话语;从非常态的中心话语,转变为自主发展的常态话语”②。文艺学研究的视野得到前所未有的拓展,如文艺社会学、文艺心理学、文艺美学、文艺解释学、中西比较诗学、文艺生态学、文艺符号学、文艺人类学、文化诗学等领域,都有人在尝试,并获得了不少结实的成果。

---

① [法]罗曼·罗兰著:《音乐散文集》,冷杉、代红译,中国文联出版社 1999 年版,第 1 页、第 7 页。

② 童庆炳撰:《新时期文学理论现代性转型概说》,《童庆炳文集》第 3 卷,北京师范大学出版社 2016 年版,第 468 页。

值得强调的是，其中的一些杰出的代表，如钱中文、童庆炳、孙绍振等文艺理论家，他们大多经历过各种政治运动，从没脱离当代中国的政治、文化现实。置身于风云际会的时代，他们怀抱笃定的理想主义的激情，广泛关注历史与现实的政治、经济、科技、文化各领域，对现有的种种结构模式始终保持质疑的态度，并通过精深的研究推翻僵化不合理的部分，表现出了对时代命脉的精确诊断和敏锐切入。由于洞察了语言符号背后的价值世界，他们成功揭示了其中丰沛而深厚的精神质地，呈现了关于生活世界的总体想象，开启了一个个一般人所未曾领悟的心灵世界。他们的学术成果是对社会文化问题的思考，是显示人文知识分子存在身份的根据，体现了对社会应履行的责任。

至于当下学界的中坚力量，如高建平、王岳川、李春青、陈晓明等一批学者，则是这些前贤的薪火相传者。与师长辈学者一样，对于他们而言，个人与历史、个人与国家互为镜像；他们有着丰富的内心生活及准则，善于提取、想象、弘扬历史与现实中稀薄而弥足珍贵的东西，并以其充沛的语言敞开、释放灵魂的悸动、精神的能量，以内在心灵的秩序对抗外部庸众的世界。

在我看来，文艺理论、美学的研究者以及批评家与作家、艺术家一样，都是这个世界的观察者、倾听者、质疑者和审判员，都是在为一个“缺席的民族”而写作，而不是做历史的书写者、抄写者和打字员。

名利诱惑与学术追求，对于所有问学者来说，是人生中不断出现的十字路口。文学艺术和生命宛若一条河流，收集了星光、烈日、蓝天、雾霾、彩虹和暴雨。面对欲望与生命力蠢动的世界，真正的学者以学术为宗教、为信仰为志业，他们洞察哪些是浮云，哪些是本质；他们所能看到的不只是现在，还有未来；他们播撒怀疑的种子，而不是收成已然明确的事实；他们不只是理念的唤醒者，同时还是社会革新进程的引导者；他们知道，生命只能燃烧，不可虚耗——因为他们手头所持有之物，不外乎时间、记忆和文学艺术所创造的美；而理论的勃勃生机，只能源于抵御纷扰人生的各

种诱惑或压力，源于创造性的质疑、心无旁骛的虔诚劳作和漫长执着的自我探寻。只有在思考和写作中，每个人才能找到自己真正的皈依之所——这是上述优秀学者给我们的深刻启示。

由钱中文先生担任学术顾问，本人主编了“中国文学理论与批评丛书”。本着“学术乃天下公器”的宗旨，我们拟分期分批分人结集出版，以检阅当代中国学人的学术实绩。本丛书具有开放结构，第一辑推出的为我国当代著名的文艺理论家、美学家、批评家，其中既有年逾八旬的资深学者，也有中、青年学术新锐；每人一集，收录“有分量”的代表作，凸显“一家之言”的戛戛独造。

主编这套丛书的愿望有二：

其一，展现新时期以来中国文艺理论研究与批评所取得的实绩，凸显那些富于中国特色的、有个性、有识见、敢论断、敢担当的学术创见。如，钱中文的“新理性精神”文论，童庆炳的“文化诗学”，孙绍振的“文学文本解读学”，高建平、王岳川之于中西美学的剖析，李春青之于中国古典诗学的建构性清理，以及陈晓明、吴子林之于中国“文学问题”的探究等等。

有识之士指出，一个城市乃至一个国家的文化质量，跟它是否拥有富于价值的文学记忆或文化记忆，有着很大的关系。所谓文学记忆或文化记忆，就是有一个或一批伟大的作家、思想家，他或他们代表这个城市、国家，这个城市、国家也进入了这一个或一批伟大作家、思想家的创作生命。简言之，文学记忆或文化记忆直接关系到一个国家的文化形象的塑造，其义大焉。

毫无疑问，包括文艺理论、文学批评在内的学术本身，是中国当代文学记忆或文化记忆的重要组成部分。随着我国上升成为世界第二大经济体，中国正成为一个世界性的大国，系统地向世界展现中国的现代化成就、中国文化和价值观，塑形中国的“大国形象”，至关重要。为此，在推出本丛书的同时，我们还将努力组织专家将它们译成外文，使它们走出国门，走向世界，逐步实现中国文论走出去的宏愿，让西方人了解中国、认识

中国——这是颇有文化远见的举措，在一切追求市场效应的今天显得尤为难能可贵。

其二，志在薪梓承传，泽被后学，希冀后来者能赓续前人纯正的学术品格，全副身心投入到文学这一健康的终生事业中去，以扭转目前文艺理论、美学研究以及文学批评的窘境或困境，切实推进现实社会的改善与进步，使人们重获生命的完满，走出一条焕发生命韵致与光泽的道路。

马克思有句格言："最先朝气蓬勃地投入新生活的人，他们的命运是令人羡慕的。"[①]通读完八部书稿，只觉时光如电，一股氤氲之气回荡其间。偶尔抬眼远望，只见雾霾重重，晨昏不明，仿佛自己悬浮于另一个世界；一阵北风骤起，雾霾一点一点散去，古老的都城一点一点透明起来，一点一点安详、生动起来。

户外，市声隐隐沸动，如深山松涛；窗外，落叶敲打着落叶，雨点追逐着雨点；远方，迷迷蒙蒙，嚣嘈不舍昼夜——我听到了生活行进的坚实步履……

一切都只是开端。"中国文学理论与批评丛书"还将推出第二辑、第三辑……并将进一步扩大规模。我们真诚地希望读者诸君提出宝贵的批评建议。

是为序。

吴子林

2016 年 12 月 23 日

---

① [德]马克思撰：《致 R》(1843 年 5 月)，见《马克思恩格斯全集》第 1 卷，第 408 页。

自　序

今年是改革开放四十周年。这四十年，国家有了很大的发展变化，我个人也是如此。这是我从求学到走上学术道路的四十年。

四十年又可分为前后两个二十年。前二十年，我主要是在学习。1977年底参加高考，1978年春天入学。前后经历了本科和研究生的学习，留在高校任教，被选送出国，参加英语培训、集训班，在国外访学，又注册读博，最后于1997年秋天读完回国工作。这期间，搬了多次家，到过不少地方，也读了不少书。这是积累的二十年，也写了一些文章，还出版了两本书，但总体上讲，对于我来说，这是埋头读书的二十年，学术起步的二十年。从通过考试，当上大学生，到取得国外美学专业的博士，回国开始工作，20年的时间完成了一个轮回。

后二十年，从1997年到2017年，我在中国社会科学院工作，工作地点没有变。这些年，做了不少事。总体上讲，我在学术上是处于一个追赶的状态。我虽然是一九七七级的大学生，起步不算晚。但是，前二十年的不稳定状态，包括准备出国四年，在国外八年，在不同的参照系中生活，刚回国时有强烈的落后之感。20

世纪80年代后期和90年代,是我们这一代人陆续走向学术前台的时期。我还在国外读书时,国内的不少朋友却早已名扬天下了。

在最近出版的一本书的序言中,我写了这样几句话:“在过去一些年里,我所做的事是,读西方的书,研究中国人自己的传统。这样,研究就有了两个知识参照系。在两个参照系中进行研究,这不仅是中国学者,而且是当代一切非西方学者普遍存在的两难境遇,但同时,这也是他们的机遇。”关于这段话,我还想做一个补充。在国外,有关儿童在双语环境中学习,可用两个词来形容:学得不好,称为“semilingual”或译“半语”;学得好,称为“bilingual”,或译“双语”。前一种情况,是指两种语言都没有学好,混杂在一起,不能熟练地操一种母语;后一种情况是指两种语言都很好,是双重母语。双语能力不是环境的自然结果,而是利用环境,刻苦学习的成果。同样,从两难的困境到获得两个参照系的机遇,也是需要通过学习才能获得并适应的。也许,我们所有的人都是在路上。外国的学问了解得不清不楚,中国的学问掌握得不深不透,这是“半语”。学贯中西,是“双语”。我们走的是从“半语”通向“双语”之路。在这条路上,有许多缺陷需要补,有大量新知识需要学,也有多种困难需要克服。但这条路还是要坚持的。

这些年,在学习的过程中,时有一些收获,也积累一些成果。为了编这本书,我把过去在不同杂志上发表的文章整理了一遍,从中选出主题接近的13篇，又进行了编辑，形成统一的章节。2016年的春节期间，我去日本住了一个月，每天上午写作，下午出去游览。短短的三十天，写了两篇文章，编一本书，也去了日本许多地方，做历史文化的深度旅游。这本书就是在那期间编出来的。在本书中，主要提出了十个概念，并对一些已有的概念进行了深一层的阐释：

第一个概念是超越。美学要有什么样的发展？超越意味着什么？美学之后，要建立什么样的美学？这是当代美学要思考的问题。德国美学家沃尔夫冈·韦尔施提出，要走出康德美学，建立美学之外的美学。但这种美学意味着什么？它可能是指一种“杂美学”，混杂着种种旧有的审美诉求，又适应新的情况。但光有混杂还不行。在现代美学体系被挑战之时，有混杂多样的后现代美学。“后现代”并不是一个时代，而是对“现代”的种种特点的修正。后现代之后是什么，本书尝试讨论一种“当代性”，这种“当代性”是指面向当下的生活，从传统和外来的文化中汲取营养，发展出以自身为目的、具有独特性，并对其他文化具有参考启发意义的文化。

第二，新美学的建立，还有待于新的概念的形成。基于这个目的，本书论述了“新感性”的概念。“新感性”并不是一个全新的概念，以前也有许多学者提出，并予论述。但是，如何走出美学上长久存在的理性主义传统，走出非文学艺术的学科进入美学所形成的研究的抽象化，避免感性充盈所带来的美的缺失，从而反对从理性积淀为感性的路径，而提出由感性提升的路径。

第三，关于“日常生活审美化”概念，在已有的多种解读基础上，吸收当代哲学的一些研究成果，提出重建艺术与日常生活关系的主张。而这种重建，归根到底还是艺术与普通人的结合。

第四，论图像的符号性。文字需阅读，图也需要阅读。文字阅读需要学习，同样，图的阅读也需要学习。从东西方对图的感知的差异性，可以更加明确地看出这一点。

第五，在谈论文学艺术评价时，提出了“复数的世界文学”的概念。歌德所提出的“世界文学”概念，是单数的，是立足欧洲文化而放眼世界。然而，这种立足点可以是多样的，可以从不同的立足点来放眼世界。因此，“世界文学”也可以是复数的，是不同文明的相互看。

第六，提出了文学史书写中的“双向互动”的关系。文学史一方面可以从古至今按照时间顺序书写，但从另一方面看，也可以不断根据新出现的理论观念，来重新理解文学的性质和界限，从而重写文学史。因此，文学史有一种逆向书写的特点。同样，艺术史的书写也是如此，有从古到今的顺向发展，也有由今及古的逆向理解和书写。文学艺术史的书写，就是这样的一个“双向互动”的过程，由此推及依附于文学艺术而存在的关于文学艺术的理论。这些理论史的书写，就有了更加复杂的互动关系。

第七，提出了“美学时间”的概念。这是一个相对于“社会时间”的概念，说明艺术的发展与时代的关系。个人的发展，有一种社会时钟理论，不同年龄的人，在做着不同的事，有一种对一定年龄的人所达到的成就或状态的预期。同样，艺术的发展与时代的关系也是如此，不同时代对艺术有不同的要求。

第八，在论述中，还力图肯定社会中普遍存在的“半美学”，并寻找具体的艺术风格变化与经济社会对艺术的“归根结底”的影响之间的中间层。

第九，讨论“市场”这个大问题，思考在现代的市场环境下，艺术会遭遇什么、应该起什么作用。

第十，关于艺术边界的讨论。由于当代先锋艺术和大众艺术的影响，艺术边界这个古老的问题，遇到了新的挑战。艺术的边界还是会有的，但又是移动的，这是结论，但是，这里面有很多的复杂的情况，有很多道理要讲清楚。

最后谈美育问题。美育要与社会改造结合在一起，要有益于人的全面发展，要与科学携手并进，但同时反对科学主义。

本书从这些问题的讨论寻找现代理论的增长点。这些讨论都是在不同的场合,或是单篇论文,或是讲演中提出的。想法有了,但还需要进一步论证;观点提出了,但还没有很好地展开;将这些概念放到了一起,但还没有进行系统地论述。这些都是有待于进一步努力的。

这些年,感到压力大,总是有做不完的事。每到年终时,就有一个感觉,预计这一年应该做的事还没有做完,要拖到明年了。就这样一年又一年,时间过得飞快,想要做的事总也做不完。过了二十年,再过二十年,四十年弹指一挥间。

现在想的是,下一个二十年怎么过?首先要把这些概念说说清楚,不要总是蜻蜓点水,说半截子话。那是要经过一段时间思考,花不少力气才能做成的事。这里先说出来,供学界批评吧。也许批评会有助于我想得更深入一些,写得更清晰一些。

高建平

2018 年 6 月 1 日

目　录

导　言　全球化、文化多样性与当代性

全球化给民族文化带来了什么？民族文化在遭遇全球化时，应该如何应对？历史与现实都告诉我们，需要对这些问题进行宏观的、长时段的思考，要考虑问题的各个方面，并对其分别做具体的分析。

一　发展的困惑：现代化意味着什么？

现代化的过程，会给民族文化带来各种各样的改变。人们曾经无保留地拥抱现代化、拥抱全球化，这种情况现在已经有了一些改变。随着文化多样性、非物质文化遗产的保护、文化相对主义等观念的发展，关于现代化的思考也就变得愈加复杂。讨论这个问题，我想首先从一个大视野开始。这个大视野就是：全世界的社会政治和文化的发展，会带来什么？只有在此基础之上讨论，才能谈到应该如何应对。

一方面这是一个客观的大过程，另一方面是人生活在这个世界上，有着自己的愿望和追求。于是，就出现了一个“内”和“外”的问题。谈别人容易，谈自己难；

居高临下泛泛而谈容易,设身处地来谈就难。当"看客"容易,一旦进入其中,我们就会发现,诸多内在逻辑正起着作用。"内"与"外"都各有其道理,但我们又不能各执一端。两者结合起来,可以得到完整的认识,这就是"入乎其内,出乎其外"。然而,许多文化上的争论,许多有影响的观点,都是不同的人各执一端而形成的。不考虑内在的复杂性而提出一个响亮而肤浅的口号,引起学界一片骚动,招来一片骂声,于是这个人就有名了。在文化的"内"与"外"的问题上,尤其是如此。原因是这个问题几乎与所有的人都有关,于是争论的观点可以"雅俗共赏"。

这一类的问题可以出现在不同的地方。例如,与国外的老一代汉学家聊北京,他们都对北京的发展表示伤感。我曾经在瑞典留学。瑞典有一位著名的中国艺术史研究专家,中文名叫喜仁龙,他写过一本书,名叫《北京的城墙和城门》,写老北京的建筑。我生得晚,去瑞典也晚,没有见过喜仁龙。但我读过他的书,与他的学生们也熟悉,曾与这些学生们一起分享过这种哀愁。如今,北京的城门已所剩无几,牌楼更少,更谈不上城墙了。北京的老城也被毁坏得极其严重,有些地方毫无道理地插进一两座没有风格、没有品味的钢筋水泥小楼,有些地方则一条大道开过去,老房子被整片地推倒荡平。如果老北京完全保留下来,今天一定会很美。

假如历史可以重来,也许可以换一个思路来建设北京。当年曾有一些不同的方案。今天,一些研究专家们在不断地讲述这些方案。现在看来，这些方案很诱人，研究专家们也反复申说，假如这样或那样就好了。作为对历史的研究，也许这么说说也有好处。最近有人重提，西安的城墙和碑林，幸运地被保留下来了。尽管我们可以讲无数个保护老建筑的故事，但遭遇过那个建设的大时代，破坏的还是比保留下来的多。

历史就这么过来的。历史不可能重来，过去该走什么路，这可以思考，可以总结。但是，说过去容易，说现在就难得多。今天我们该怎么办，这才是问题的实质。我们今天当然不能那样大拆大建了。但现在人们进行争论时，意图并不在此。通过对历史的解说，有人是想达到一个目的，这就是使文化博物馆化或化石化，即让人们永远按照古老的方式生活，使来看的人，能够仿佛穿越时空隧道，回到过去的或远方的某个时空点，感受那里的生活。

确实，到这些时空点上去感受感受，一定是很有意思的。在今天，一些旅游点也这么做，甚至让现代人换上古代的服装，演古代人给你看。看的人津津有味，被看的人也获得了经济上的好处。这当然是两全其美，也很有意义。我曾经跟着一群人，被一位装扮成安徒生的导游领着，在哥本哈根的市中心区步行3个小时。那位导游自称就是安徒生，用第一人称给我们讲述“我”在这里的街道和建筑中的生活，“我”对这个环境的个人感觉。在碰到一些当时的人的雕像时，还说说“我”与他们的个人关系。例如，说“我”如何不喜欢基尔凯郭尔，基尔凯郭尔如何嫉妒“我”。这种绘声绘色、像说知心话一样的个人化讲述，游客听了都很满足。我也曾在湘西的一个古镇，看县官断案、镖局接生意，以及当时的娱乐场所的表演。这种做法既丰富了旅游项目的内容，也可对大众进行生动的历史教育。

但是，如果有人想再进一步，使民族文化都博物馆化或化石化，以满足观看者的趣味，这就有问题了。这就回到所谓的“内”与“外”的问题。身处这种文化之外，只是看看而已，我们会觉得保持一种古老的原貌，满足现代观众所需要的怀旧感和古朴情调的追求，也很不错。然而，城市可以保留，建筑可以不动，但是，旧式的城市文化，例如在北京，旗人的生活做派、茶馆文化、街上的叫卖声,都注定会一去不复返。文化是人的文化。我们没有理由要求一些民族的人生活在“化石状态”,满足其他民族的人的“看客”趣味;或者要求这些民族的人充当活标本,让他们等待文化研究者把他们放上标本台。

二 全球化的文学艺术的评价标准

我愿从一个最平淡无奇的故事说起。有一次,我曾陪一些外国学者到九寨沟。其中一位很友好、对中国艺术很喜爱的美国教授,在看了九寨沟演出团的演出后说:“真是精彩极了,他们应该到纽约去演出!”演出的确很精彩。一个地方旅游景点的演出,能达到那样的水平,真的很不容易。这位朋友赞赏演出,说明他是有眼光的。他能克服文化差异,欣赏中国人的艺术表演,的确难能可贵。但是,为什么演得好,就应该到纽约去演出?当然,这位教授并无任何不好的意思。他只是陈述一件全世界绝大部分的艺术家都在做的事:在小地方成功了,就到大地方去;在小城市成功了,就到省城去,再到中心城市去,到首都去;然后就出国,到巴黎、伦敦、柏林、纽约去。事实也是如此,如果一位歌手到维也纳金色大厅唱一个专场,也许会表明或暗示其艺术水平达到了一个档次;一个演出团体如果访美演出成功,身价可能就会从此不同。

画家也是如此,如果在县城办画展,能得到一个县的承认;如果到了省城办画展,就更有影响了;如果到北京,到中国美术馆办画展,那会是他一生的荣耀。更进一步,如果巴黎、柏林、纽约这些世界中心城市的一些大画廊向他开放的话,那么,他就是世界级的艺术家了。

其他各门艺术实际上也是如此。有各种艺术的奖项,例如文学、电影、音乐、美术、戏剧等各种类型的大奖。这些艺术的奖项有着不同的级别,有地区的、国家的，也有世界性的，这些艺术的奖项意味着什么？是否在为艺术划定等级？获得世界级大奖的，就必定是最好的艺术？我曾经在写作文章时提出这样的问题：得了诺贝尔文学奖，是否意味着世界第一？

艺术家之间、艺术作品之间是不可比较的。他们各有风格和特色，很难一决高下。但是，我们实际上是在做比较，并且这种比较从来也没有间断过。比较的标准多种多样、形形色色，在不同的语境中，标准也各不相同。市场在做比较，于是电影的票房、画作的售价、文学作品的销售量，都成了标准。但是，票房、售价和销售量，只是一个方面。专家的评价与大众的评价不同。专家说好的，大众不买账，但也不是大众就可以说了算。艺术评价的标准，是不同人群间博弈的结果。还有，一时的市场效应与长久的影响力也不同，前者是当作品刚刚问世时产生的效益，后者是多年以后，作品仍受到人们欢迎的程度。这两者中，一个是横向的维度，一个是纵向的维度。

我们这里所关注的，是在全球化的影响下，人们的价值标准发生的变化。不同的地方艺术风格不同。一方水土养一方人，也养一方的艺术。但是，全球化所带来的结果是，人们要把不同地方的艺术放在一起来评价。这当然是困难的，却变得不可避免。

其实，我们会常常看到由于政治和社会的原因，本来不可比的艺术被放在一起相比较的现象。一位京剧演员与一位越剧演员，一位豫剧演员与一位花鼓戏演员，你可将他们放在一起来比高低吗？从艺术本身看，没有可比性，但由于徽班进京，皇家的喜爱以及由此造成的影响，京剧在历史上与其他地方戏相比地位就要高一些。没有可比性的东西，被放在一起来比较了。

不同地方的艺术相互比较，这也许是艺术家的晋升之道。从小地方的艺术家，到大地方的知名艺术家，再到全国大艺术家，有很多的阶梯要爬。但是，从另一种意义上讲，这意味着文化的丧失。艺术间的不可比较的个性差异变成了可比较的等级差异，多中心变成了单一中心。不同地方的、用不同语言写出的文学,可以放在一起来比高低吗?不同地方的和不同画种的画家,可以放在一起来排序列、定等级吗?原来不可以,现在变得可以了,而且人们一定要这么做。不管是否合适,这么做已经成了通行的惯例。并且,一位艺术家要想得到承认,就必须进入到这种序列、等级之中。

我们在体育运动中,有这种等级比较。奥运会的理想,是更高、更快、更强,这就是忽视人种间的体质差异和文化传统的不同,进行一种纯粹的量化比较。我们可以根据人们在某项运动上的成绩,比出地区的、全国的或全球的冠军。但文学艺术的比较,就不那么容易。在等级的规定和量化的比较中,人们牺牲了许多无法相互比较的独特性、许多特有的精彩。

让我们再次回到前面所说的"内"与"外"的话题上来。在现代化与保持传统的两难之中,究竟怎么办?这已经不再是一个理论问题,而是一个现实问题。理论探讨可以极端化,成为思想的演练场,从而使观点鲜明、论述彻底,而在现实操作中,情况则不同。现实生活迫使人们保持一个较为中庸的态度。然而,现实操作不应该回避理论问题。

三　民族文化发展中的三种倾向

当前,在民族文化发展过程中,至少有明显的三种做法或倾向,或者说,至少有三个方面的问题。

第一种倾向是建风情园。在许多民族地区,都有民族风情园。有一段时间,建风情园成了一种风气。最早建风情园的地方,一定是带来了一些经济上的收益的,但此后建的,大都是在跟风。是不是还能带来经济上的利益,我不清楚。也许还有,但恐怕就很有限了。风情园所带来的问题是很严重的。这种做法,是一方面"拆真古董",另一方面"建假古董"。

在仿做的羌族和彝族小楼、苗家和土家的村寨等里面，文化成了表演，用来展示他们生活中的场景：如何过节过年，跳舞、抛绣球。文化本来是他们的生活方式，但这种生活方式本身在改变。于是，剩下的只有表演。这种转化，对于民族文化本身来说，也许是致命性的。前面说到“内”和“外”，是说为了自身而保存，还是为了看客而保存。现在，这种区分深入到他们的生活之中，他们不再过自己的节，而是为了看客每天“过节”。

生活表演化了，内在的真实转化为表面的假象。为了表演，不必发自内心地、为了自身的节日而愉快，而是表演自己的愉快。这些表演，也呈现出同质化的现象，一些不同少数民族之间的表演趋向一致性，不是演本民族的歌舞，而是演汉族人和外国人心目中的综合的少数民族舞，那是表演的设计者相互学习的结果。他们所需要的，不是发自内心的美，而是看上去的美。于是，不同民族的表演团体相互学习，寻找表演性、娱乐性因素，进行综合。这时，是否真的是民族特色并不重要，只要看上去有点民族的特点，且表演得热闹、好玩就行。由此，他们以表演文化为名，其背后却是文化本身的丧失。

“造假古董”与“拆真古董”形成一种因果关系。在建假羌楼苗寨之时，拆掉了真正的羌楼苗寨。表演如何过年过节与忘了如何真正庆祝节日也形成了一种因果关系。一切都仪式化、外在化、戏剧化。素朴自然的家人亲友团聚、发自内心的亲情、作为休息的节日，被紧张的工作、付款的流程、规定的表演所取代。

一些少数民族地区的“农家乐”，已呈现出这种现象。游客会被带到某个大家庭，这个家庭里人人能歌善舞。一会儿是二嫂出来唱一段，一会儿是小妹出来请你跳舞，然后是二哥出来讲一段笑话，大嫂为大家献上家里招待最尊贵的客人的美酒，最后是大哥出来说一段家史，说说他们家的苦难的过去和创业的艰难，以及其他最值得荣耀的经历。这些表演和故事依客人的情况而随时有所改变，以期达到最佳效果。这个家庭的故事有多少真实性？这不重要。其实，他们是不是一家人也不重要。他们是在表演一家人的生活。

第二种倾向是将文化遗迹符号化，使历史文化遗迹成为城市里的一个孤岛，失去其环境和语境。一些古代的遗迹被用来装点现代城市，却失去了其本来的意义。例如，我曾经在三十年前去过西安，看过大雁塔。当年的大雁塔年久失修，塔前的建筑也凌乱破败。我曾经心生感叹，这个地方曾是唐玄奘历尽千辛万苦取经回来后，专门译经和藏经之处，对中国文化产生过深远的影响。它是如此重要，还是要花钱修一修的。不久前，我故地重游，却震惊地发现，大雁塔修过了，而且修得极好，但周围的各种建筑被全部拆光了，所替代的是一个巨大的雁塔广场，有音乐喷泉。夏日的夜晚，那里到处灯火辉煌，到处都有人跳舞、拍照。我再次心生感叹：弄得这么热闹，唐玄奘还怎么译经呢？我们又如何感受这个佛经翻译之所呢？一个庄严肃穆、可以借此而发思古之幽情的地方，已经变得光彩夺目、喧闹无比。

这当然是众多的例子中的一个。走遍全国，到处都有这种符号化的现象：将一些知名的古迹保存下来，加以突出，然后将周围一些相对次要一点的建筑全部拆光。于是，原先古迹所赖以存在的环境消失了，这些古迹的意义所赖以存在的语境也消失了。

我家在扬州，自幼住在毓贤街。那条街原来叫太傅街，与阮元有关，街上有阮元故居，阮家后代还住在那里。我上小学时，曾与阮家后代是同学。后来，我幼年时住过的房子，连同附近的一个牌坊、我的小学校址，被全部拆掉，只保留了阮家的老宅子，在老宅子旁建起了仿古的毓贤文化广场。这实在令人叹息。

一个词被人们从一个语境中取出来，放在另一个语境中，意义会发生变化。同样，这些文化古迹也经历了这样的语境变化，从而它们的意义也发生改变。在城市文化建设中，有一种说法，叫作擦亮文化名片。这代表着一种典型的符号化的思路。先明确认定某一样或某几样事物代表一个城市，再将它特别地突出，使它们成为城市符号。保留了这几个符号后，就可以肆意在别处大拆大建。这时城市间同质化与城市名片的异质化同时发生，成为共谋关系。于是，在许多城市里除了几个标志性建筑，其他地方都“千城一面”。“擦名片”的行为，改变了部分著名古迹的意义，毁掉了其他的古迹，而这一切都是在保护和建设的名义下进行的破坏活动。

第三种倾向是倡导一种被称为“文化融合”的东西。这是在相互学习的名义下，取消文化特色，造出不中不西的“四不像”来。外来的东西，有的可学，有的不可学，有的可以直接拿来，有的拿来后也对接不上。文学艺术与科学技术不同。科学技术学到什么，就直接用上。我们千万不能在一些技术性的行业另立标准，例如去搞中国式铁道轨距，而是要努力与国际“接轨”。但是，涉及文学艺术，各民族还是要各有其民族性。不同民族之间，要实现文化交流，但这种交流，还是要各自“以我为主”。外来文化的影响，只能是营养，是供吸收、消化的东西。

记得画家潘天寿说过，人喝了牛奶，只是吸收牛奶的营养，不能变成牛。他指的是中国的国画。到了20世纪，国画当然要变，要适应新时代，要画出新内容，但是，不能简单地说融合。西画的技法、构图、色彩、明暗，用到国画上，不一定就能产生新时代的新国画，反而有可能毁灭传统。创新是一件很难的事。在一个中西交融的大过程中，有可能出现各种融合的个案，各有其积极的意义。但是，完全不同的文化间的交融，其结果是否有生产力，是否真的指出了一条新路，这可能是一个有争议的话题。同一种审美追求，只是换了一个媒介，并不等于就有了原创性。

前不久看电视上的青年歌手大赛，有人提出好的民族唱法歌手要兼有美声和流行歌手的才能，糅进其他唱法的技巧。什么都会，什么都有，就好吗？我想到现在流行歌坛的两种做法：一种是，男歌手能唱女声，女歌手能唱男声，并且同一人模仿男女声对唱；还有一种是，一位歌手能兼唱高音和低音，并且在不同的音区转换自如。这些做法很难，常人做不到，要有特殊的禀赋。但是，艺术的标准就是难吗？“难能”固然“可贵”，但“可贵”是否就是“难能”？展现特殊的才能不叫艺术。古人就说过，“难”只是“求乞计”，表演者力求实现的，只是使观众吃惊，而不是让观众欣赏。

那些提出这种要求的人，会说我说偏了，他们不是这个意思。他们说的是，民族唱法里可以吸收美声唱法的一些发声训练，对传统规则有所突破，从而使民族唱法得到创新。学习当然是必要的。谁能说不要学习？这种说法，从一般性的要求层面，很难评判其对还是错。也许，这已经是实践问题，而不再是理论问题。理论研究者很难在其中做出判断。但是，联系前面谈国画的例子，我们就可以看到，学习西画的结果可能是国画的消失。

我还是赞同让民族艺术像喝牛奶一样吸取外来艺术的营养，允许其走自身成长的路。时代、社会、市场、科技，都会影响民族艺术的发展。在一个一切都在变的时代，艺术的变化是不可避免的。不变就会成活化石，就只能在博物馆中找到自己的位置。但是，变不等于去杂交，从而走上取消本民族艺术之路。文化的融合，应理解成在新时代寻找生存和发展之路。

四　多元现代性是否可能存在

文化多样性与地方特色有着密切的关系。一方水土养一方人，也养一方的文化。例如，陕北高原出高亢的秦腔，江南水乡只能出吴侬软语。不仅是音乐，在美术、文学，以及各门艺术中，这种差别都可明显地被看出、被感觉到。这种差别，直接与人的性格有关。我们常常说，不同地方的人有着不同的性格。东北大汉的豪侠与上海男人的巧智，湘西女人的热烈与浙东女人的水灵，这种性格上的对比可以给人以强烈的印象。哲学家们曾讨论过地理环境决定论问题，即文化是否由种族、环境、气候决定。对此，学界曾有过激烈的争论，主要是经济决定论派与地理决定论派在争。其实，经济决定，本身就不应该是由抽象的经济指标来决定。人与自然的复杂互动，既与人种和文化传统有关，也与地理和自然环境有关，经济是这两者结合的一个方面而已。

在现代社会，这种地方性有着被克服的趋势。陕北与江南，在生活上的差别就已经变得很小了。天南海北的人都住在设计风格差不多的公寓房中，冬天有暖气，夏天有冷气。不管你是在北方还是南方，都可以穿同样品牌的衣服，用同样品牌的牙膏、香皂、洗发水。南方人也可以吃到东北的大米，北方人也能吃到海南的蔬菜。现代人的生活，在趋于同质化。性格的差异，有多少成分是遗传决定的，有多少成分是幼年的生活环境决定的，科学家们可以继续研究，但是，现代人生活的流动性、性格的多元和家乡观念的淡化，早就把各种遗传基因传播到各地，并加以融合。现代生活环境和条件的同质性，又使造成性格差异的后天因素被取消。在这种情况下，差异还是否可能存在?

不同地方、不同民族和国家的人之间在文化上的同质化是否可能存在？这是一个假想的问题。人是用语言思维的，语言差异对文化差异有着深刻影响。也就是说，语言不是表达某种既有思维成果的工具，它就是思维本身的工具和载体。语言的特点影响着人的思维方式，而人们的思维成果也通过语言保存下来。进一步说，语言的丰富和发达，是思维发达程度的标志。人们运用一种语言思维，同时就在实践和丰富这种语言。法国哲学家朱利安讲中国人不重视哲学上的“在”，是由于中国语言在印欧语言之外。然而，更为根本的原因是中国人远离欧洲语言的使用者，自己没有重视和发展这种观念。在加入佛教因素后的宋明理学中，“在”的观念就出现了。

语言的不同，决定着一个民族思维方式的不同，也是民族间保持文化差异的重要原因。语言间的可通译性，是民族间可交流性的标志。语言间的不可通译的要素，如不可译的词语，来自民间、日常生活，以及来自古代典籍的习语和成语，等等，是民族间差异被保存的标志。从长时段看，不同语言之间是走在趋同还是趋异的道路上，这很难说，应该是既趋同又趋异。来自翻译的新词使语言间趋同，来自日常生活的新词又可能使语言间趋异。当代文化间的相互关系，在走着一条复杂而不确定的路。

如果仅仅从狭义的语言差异上讲是如此的话，那么，在一个更为广义的符号学的领域，也是如此。不同的民族文化，有着自身的符号表意的传统。在中国古代，易象、文字、图画是三种符号表意系统，被认为分别表达理、识和形，即推理、知识和图像。进一步说，礼和乐，其实也是用动作和声音符号分别与理智和情感相对应，并用它们的相互配合以达到社会上不同等级的人之间的“别异”与“和同”。一些史籍，从《尚书》到《春秋》，其实都具有符号性，它们记录过往的历史和对历史的见解，让历史可以活在当下，成为当下生活的一部分。符号承载了文化的传统，它与语言本身相联系，又比语言更直接。

这种传统，进一步融化到民族和文化的血液之中。在现代化过程中，它被迅速地改变着。现代化过程，本身就呈现出反传统的特点。在这个过程中，会出现各种各样的反传统的运动，有的激进，有的温和，但受外来影响，自身得到彻底的、翻天覆地的改变，都是不可避免的。有时，在一个短时段里，可能会给人以传统彻底消失的印象。然而，传统还会回潮，会以某种形式顽强地保存下去并展现出来。传统与反传统的钟摆，总是在摆来摆去，但不管怎么摆动，传统都会留下痕迹，并不断以新的形式活在当代。

具体到个人，每一个人都不是一张白纸，而是传统的承载体。文化的多样性，意味着个人保持自己的传统的可能性。一个开放的社会，与一个封闭的社会的区别，在于人们如何看待这种文化的差异。将差异看成一种财富，让不同文化背景的人互相交流，认为这会激发出灵感、形成创造力，这是现代的、开放的社会的做法。不同文化间的交流，应该是一件幸运的事。一方面，来自不同文化背景的人，来到同一个空间，可以友好相处，相互了解。背负着不同的文化积累，面对同样的遭遇，处理共同的问题时，人们的见解会相互启发，相互补充。这就是说，文化在不同地域中形成的多样性，可以转化为同一地域的多元性。“多样”应该得到保留，这种“多样”在现代化的过程中，会受到侵蚀，逐渐淡化，但仍会保留下去。另一方面，同一地域、同一空间中的“多元主义”则会兴起。“多样”向“多元”转化，是一个不可阻挡的趋势。我们在一些中心城市里，会享受多元的生活，有着多元的经验。我们在一些国际大都市里，会与来自世界各地的、具有不同文化背景的人共同生活，密切交往。

具体到文学艺术，人们的接受也有多样性要求。人们不能只读一种风格的文学作品，看一种风格的绘画，听一种风格的音乐，欣赏一种风格的电影戏剧。文化生活的多样性，是生活质量的指标之一。这种多样性，由于失去了地理的根基，就表现为在同一地方的多元。我们评价一个城市的宜居程度，不能只讲居住面积、绿化面积、道路交通、清洁卫生、购物便利等物质生活的要素。城市文化生活的丰富多彩，博物馆和图书馆的质、量和服务水平，剧院、电影院的质、量和活跃程度，都应该考虑在内。最好的城市，应该既有小城市的便利和人性化，又有大城市文化生活的丰富性。

我在这里，愿再次回到一个话题上来，即文化是否有高低的问题。依据文化相对主义的观点，不同的文化之间，没有高低之分。文化之间只有差异，没有共同的标准来衡量它们之间的高低。将一些文化看成高等文化，将另一些文化看成低等文化，或者将一些文化看成在进化序列上高一些，将另一些文化看成在进化序列上低一些，都是错误的。具体说来，我们不应该将某种文化看成我们的昨天，将另一些文化看成我们的明天。一些少数民族的生活状态不是我们的昨天，一些发达国家的生活状态也不是我们的明天。我们不应该按照一个进化序列表来把全世界的不同的文化都排列进去。

一些有关世界发展阶段论的观点，也存在着同样的问题。经济发展到一定的水平，在社会、政治和文化方面，会有一些相应的变化。但这只具有可能性，不具有必然性。在不同的文化中，“进步”会以不同的方式表现出来，显示出不同的特点。各种不同的文化，有着各自的现代化道路，因而现代化是复数的。不同的文化有着自己的传统，它们在走向现代化的过程中，有可能在原有基础上，不断寻求和生成自身的现代因素，从而形成自己的现代文化。现代性也是复数的，不存在单一的现代性。这意味着，我们不能用一种标准来衡量现代化程度。

然而，这并不像文化相对主义者们所认为的那样，不同文化之间没有高低之分。不同的文化都各有其自身的标准，绝对不能用一个文化的标准来看待另一个文化。过去，西方人嘲笑中国妇女裹小脚，中国人却坚持把它当作民族的特性。后来，中国人也觉得西方人嘲笑得对，要废除。再后来，禁裹小脚、一夫一妻制、男女平等、同工同酬，都成为中国妇女解放运动的重要组成部分。

一个文化的高低，需要以文化自身的历史参照系来比较，也需要在不同的文化间进行比较。文化是要进步的，这个进步，不是完全否定自身、谁先进就学谁。有时，学也学不好，没法学。各种文化都有着自身的传统和自身的现实处境。只有在自身现有的基础上，根据自己的条件，向前进步，向上发展。在不同的现代文化之间，存在的是一种对话关系，这种对话，可以是在不否定自身的基础上相互学习、取长补短，也可以是相互激励、相反相成。通过这种对话关系，所达到的是共同发展、共同进步，而决不是取消谁。

五　“前现代”“现代”与“后现代”

最后，我们落实到一个当前普遍流行的话题上：区分“现代性”与“后现代性”，以及探讨“后现代”之后如何的问题。这一类话题的讨论，已经在学术界持续近三十年了,似乎讨论的热度还不减。我想做的事,第一是克服对这个话题理解的简单化,第二是克服对这个话题理解的复杂化。

“前现代”“现代”“后现代”这三个词,常有被人们简单化使用的倾向。例如,有人说:在前现代社会,就有前现代性;在现代社会,就有现代性;在后现代社会,就有后现代性。这种说法,似乎没有什么错:有什么样的社会,就有什么样的社会性质。但这样的说法,等于什么也没有说。这三个词背后的深刻含义,没有说出来。所发明的新词,也只是文字游戏而已,什么也不能说明。我们可以发现,全球化与所谓的“前现代”“现代”和“后现代”有着密切的关系,可用来说明三者差别的一个重要侧面。

“前现代”指传统社会,即以农耕和游牧为主的社会。这时,世界各地的民族和文化都以自己的方式生存着。一些民族有着自身的特性。例如,藏族是一个高山的民族,藏族人的活动范围主要在海拔 2000 米以上的高原上。他们的生活方式与地理环境有着一种紧密的关系,地理环境决定了他们的生活方式。中国东南沿海一带有一批船民,或住在船上,或即使不住在船上也以海为生,而东北地区有的民族则以狩猎为生。长城以北的人以畜牧业为主,而长城以南的人以农业为主。这些生活环境和获取生活资料的方式、地缘政治格局,决定了他们的性格和生活习惯。

不仅在我们所熟悉的中国及周边是如此,在全世界都是如此。有海上民族与山里民族之别,有农耕民族与游牧民族之别,有南方与北方之别,再加上种族、语言及所处的位置所带来的地缘政治因素,造就了不同的民族的特点,形成了不同的文化特色。

我在这里强调地缘政治格局,原因在于,这种格局对民族特性的影响极其深远。一个有着宽松的周边环境、在实力上优于周边民族,因而具有安全感的国家和民族,与处于大国或强国之间、在夹缝中求生存的弱小民族,在心态上就会有明显的不同。一个由于高山或大海等地理环境而与其他国家隔开、处于与世隔绝状态的小国,与处于大国附庸状态、随时会被吞并而又不甘心被吞并的小国,心态当然又不同。这些文化之间有相互影响的关系，有强与弱、主动与被动的关系，但并没有出现一个主导的、完全改变世界面貌的强大力量。

前现代的文化间相互关系呈现出网状的联系状态，通过战争、通商、人员的交流及文学与艺术的流传等各种情况而相互接触，相互影响，共同发展。

“现代”指工业革命所带来的社会根本性变化。这种变化，在工业上，指以煤和石油等化石能源为动力，用蒸汽机、内燃机等机器，开始在制造和运输业方面的革命；在科学上，指从观察转向实验，出现学科的分化和专门化；在教育上，指大学制度的兴起，现代学科群和学科体系的形成，现代科学观念的出现。涉及我们这个学科，指现代美学的建立、现代艺术观念和体系的形成。如数学、物理学、化学、生物学所发现的真理，如一加一等于二的道理，在全世界都通用。由此，以科学的名义，一些在西方发展起来的思想，在向全世界传播。这种传播能产生巨大效应的原因，是其发达的制造和运输业，以及通过实验所形成的科学。同时，以工业革命所带来的强大的政治军事和经济实力为后盾，使得这些发达国家能够实现在全世界的“在场”(present)和“介入”(engage)。这种发展改变了人们的生活习惯，改变了各个国家的教育制度和其他社会政治体制，也改变了人们的伦理价值标准。这种改变，用马克思、恩格斯在《共产党宣言》中的话说，曾经是“革命性”的。这种影响模式打破了前面所说的网状结构，而呈现出放射性结构，从而使一些原本“民族的”东西，变成了“世界的”。

当我们探讨是否具有“复数的现代性”的可能性时，就存在超越的倾向。固然，一加一等于二的道理，全世界都通用。但是，不同的民族和文化，由于长期形成的历史积淀，早已形成了独特的生活方式和处理各种问题的方式。席卷全球的现代化浪潮，会推动这些文化发生变革。这种变革影响深远，在一定程度上改变了这些文化的面貌。然而，归根结底，这些文化仍会按照自身的轨迹向前发展。现代化浪潮会产生文化间的碰撞，从而影响这些轨迹，其结果，是形成一个合力。不同的文化仍然是在走着自身的现代化之路，从而形成自身各自独特的现代性。我说“复数的现代性”，指的就是这个意思。

这种“复数的现代性”似乎是一种介于“现代”与“后现代”之间的倾向和理论思路，但两者之间又有着很大的不同。“后现代”理论来到世间，本来是具有革命性的。它成为一种现代时期的多元化的理论，具有一种反现代性的现代性。“后现代”要克服科学理性所带来的弊端，这都是积极的。

随着“后现代”浪潮的兴起，我们开始对此前的现代性所带来的后果进行反思。这种反思，从不同的话题开始，不断深化，最后形成了一个时代的洪流。例如，后殖民主义原本有着具体的指向。“二战”以后，各殖民地独立，相应地在思想文化界，就有消除殖民的影响的倾向。这种倾向进一步发展，批判殖民时代形成的价值观，批判西方中心主义，重新研读各民族的历史，说明殖民主义给原殖民地带来的思想、文化、语言，以及各种观念的深刻的影响，从而试图正本清源。再例如，女性主义，原本也有着具体的指向，即女性要获得选举权、要男女同工同酬等，后来就不断深化，出现了历史学的女性解读，人们开始研究文学史的女性视角。20 世纪的后半叶，人们还热烈地讨论各种“终结”。由接近 2000 年时所出现的“千年情结”引发的玄想，竟成了一个大的话题，成为不少人的一种叙事策略。众多的潮流合在一起，构成了 20 世纪后半叶的理论与文化景观。

如果联系艺术实践来谈“现代”与“后现代”，可能会使这个模糊而复杂的话题显得更清晰一些。在艺术中，“现代”代表着一种追求，即美与艺术的结合。是艺术比生活更美，还是生活比艺术更美，这曾经是讨论的焦点。艺术比生活更美，是讲艺术来自生活，又高于生活。生活比艺术更美，是讲艺术要向生活学习，面对丰富的生活，艺术显得较苍白，因此可以而且应该向生活学到更多的东西。这种争论，属于有关现代美学的范畴。我们固然也将美学的历史追溯到柏拉图和亚里士多德时期，但现代艺术观念的形成及其与美建立概念上的联系，从而形成美学这个学科，在欧洲还是到了 18

世纪才生成的。在18世纪,美的概念与艺术概念,以及它们之间的联系成了理论探讨的话题,审美范畴的探讨也开始出现。在美学史上,人们一般把探讨的重点放在美与艺术的概念上,实际上,审美范畴的作用也很重要,它起着美与艺术的中介的作用。审美范畴不等于狭义的美,有些范畴很特别,与狭义的美相差很远,但它们仍然可以从审美的角度来考察。艺术对美的突破,就是通过扩大审美的范畴这一途径进行的。崇高是一种突破,滑稽也是一种突破。艺术史的发展,呈现出审美范畴不断丰富扩大的现象。艺术从现代到现代主义,表现为从模仿、再现,对美与和谐的追求,到走向抽象,形式脱离内容而成为有意味的形式,审美范畴急剧扩大,将过去的各种不可能变为可能,从而推动世界的审美化。与这种现代主义不同,“后现代”代表着这样一种倾向,即美与艺术无关。

“后现代”当然是与20世纪中叶的各种思潮和艺术实践联系在一起的。提到后现代,人们会关注杜尚的《泉》,并将从它创作的时间来对“后现代”提出质疑。实际上,《泉》成为美学上关注的对象,恰恰是在20世纪中叶以后。《泉》受到了美学界的热烈关注,成了艺术与一切审美范畴无关的标志。《泉》成为艺术,不是由于它的光泽和造型。过去的艺术,不管是美还是丑,是震惊、恐怖、怪异、奇幻,甚至是恶心、无聊,都还是与价值观有关,而《泉》不是由于任何它的外观上的感性特征,不是由于它所激起的任何情感而成为艺术。这时,艺术成了某种与审美没有任何关系的东西。

结语　全球化之后

我们在当代所经历的过程是:全球化的过程正在发展,它深刻地改变着所有的文化,迫使它们走在一个“现代”的轨道上。中国人曾经有过恐慌，害怕跟不上时代，担心不改变自身，就要被"开除球籍"。"开除球籍"可能意味着灾难深重，但也可能意味着失去"全球化"的机遇，从而被排除在"全球化"之外。其实，不管是否愿意，"全球化"迟早都要以"现代"之犁把世界所有的角落深耕一遍。传统的生产和生活方式再也不能维持下去了，历史的齿轮开始转动，这是人类新生活的福音，也是文化的绞肉机。依照这个发展逻辑，世界上所有文化的独特性都将被消灭，走向同一化。然而，这一历史的大潮从其产生的一刻起，就包含着其回潮的可能性。与历史进步冲动并存的，是文化自我保存的冲动。历史发展的辩证性，不仅意味着其曲折性，也意味着多样性和此起彼伏的竞争性。

我们曾谈到"复数"，"复数"一词可能意味着"前现代"时期由于地方性条件的多样而形成的不同地方的不同文化特征，也可能意味着随着"现代性"的出现而形成的在同一地域（例如在现代大都市）中，由于传统不同而形成的文化上的多元。让一些民族按照自己的方式生活，保存自己的文化，这是多样性；保护少数族裔的生活方式，使他们保持自己的语言和文化，从而使整个国家的文化生活丰富多彩，这是多元。

对"全球化"，我们可能有两种应对办法：一种是听其"开除"，寄希望于"开除"；另一种是奋发自强，走自己的现代之路。这种现代之路，是一种对全球化的主动接受和自我选择，这种选择性的接受和独立的发展，就形成了"另一种现代性"，这是"复数的现代性"。不同的民族都会出现这样的"现代性"，出现一种在后殖民之后的现代竞赛。这种"复数的现代性"本身就带有"后现代"的特点，多样性、地方性的意义得以显现。

"后现代"意味着什么？它的意味是多种多样的，所带来的后果也是多种多样的。"后现代"意味着工业革命以后的另一种革命。工业革命以蒸汽机的发明、化石能源的大量使用为基础，而新的革命，即"后现代"的革命，与信息技术和生物工程技术联系在一起。工业革命带来了美洲新大陆的开发，而新的革命出现了一个广大的赛博空间。如果工业革命带来了全球市场的形成，从而意味着对全世界的征服的话，那么，新的革命则意味着对这种征服的抗拒和独立发展的开始。

在科学和人文领域,现代社会带来了一个原则,知识以科学的名义,在普世性的要求下,使全世界都被改造。一方面,一些思想和原理以普世性的名义,被传播到各个地方,并对各个地方的原有的思想进行改造或压制。另一方面,这种科学也在迅速分科化和专门化。分科化和专门化是知识发展的必然,但同时,这也造成了知识间的联系被切断,人们被局限于狭小的思维空间之中。

在艺术中,"后现代"意味着美与艺术的分离。艺术变得与美无关,从而艺术仅仅是"事件",是某种效果的制作。作为"事件"的艺术被瞬间化了,而能获得持久存在的却是一些非艺术的存在物。这些存在物在挤压艺术的空间,这就是所谓的"艺术的产业化"和"产业的艺术化"。"艺术的产业化"使"艺术"变成"生产",从而使艺术欣赏被泛滥的文化创意产业所取代。文化创意产业的繁荣已经成为大势所趋,谁也挡不住。"产业的艺术化"指工业制成品的泛美化。设计改变世界,设计加大规模生产,使艺术不再是稀有之物,使人们生活在美的世界中。对此,艺术家和美学家们只能回到老子式的"大音稀声""大象无形"式的执着了。创意成为产业,能否还有非产业的创意?处处皆美,是否会造成大众的"美盲",于是,艺术却变得与美无关,能否在此之外,还有艺术的美?

在这种情况下,我还是愿寻求一种与"后现代性"不同的"当代性"。这种"当代性"是全球与地方的结合、现代性与独特性的结合,它意味着科技的发展与分工弊端的被克服,也为美与艺术分离的被克服寻找可能。所谓"当代性",是指面向当下现实生活,并以此为立足点,从传统和外来的文化中汲取营养,发展出以自身为目的、具有独特性,并对其他文化具有参考启发意义的文化。在艺术中,要重新恢复美与艺术的联系,回到艺术家与欣赏者的联系沟通的直接性,让美介入到艺术中,让美的艺术介入到生活中。这也许可以称为"回到未来",这是一种诗意的表述;用哲学语言表述,也许还可借用一句具有辩证意味的老话:历史的螺旋性上升。

第一章 美学的超越与回归

今天的美学界有一个流行的口号,叫作"超越美学"。市面上出现了不少以这个口号为标题的文学和书籍。对于"超越",笔者有着不同的理解,因此,对美学的思考,还是要从这种"超越"的性质谈起。

一 什么是超越美学?

"超越美学",不是追求某种超越的精神性。"超越的精神性"在中国并不缺少。长期以来,中国美学曾追求哲学化,拉大了美学研究者与文学和艺术研究者之间的距离,形成了一个美学研究的独特的圈子。这种研究具有强烈的思辨性,从康德、黑格尔出发,又回到康德、黑格尔,不面向生活和艺术的现实。谈论在美学领域里建立唯物主义的(反映论的)认识论、既辩证又唯物的(因而主客观统一的)主义、历史的(因而客观并社会的)唯物主义,是哲学上的追求,也是"政治上正确”的努力①。也许，这种思辨性，是20世纪50年代的美学大讨论能够避开政治干预的原因之一。从这个意义上讲，这是思辨的功绩，是保持美学大讨论学术性的条件，但同时，这也是当代中国美学脱离艺术实际的源头。

本来，康德与黑格尔的美学，都曾具有现实的艺术指向，与建构一种自律的艺术和无功利的美学，从而形成一种相应的艺术哲学有关。这些理论原本既是思辨的，也是指向艺术现实的，与当时艺术的发展具有遥相呼应的关系。从这个意义上讲，不管他们的思想本身多么抽象，都对同时代艺术的发展，或起了推动作用，或起了理论支撑的作用。艺术是需要理论支撑，并且通过理论而获得固化的。否则，艺术在发展过程中潮起潮落，最终什么也不会留下。

当代中国美学最早是从一个争论，即美是主观的还是客观的争论发端的。这种源头，决定了当代中国美学具有高度抽象的“超越”传统的特点。主观的就是浪漫主义，客观的就是现实主义？他们说，不是这个意

① 这里分别指20世纪50年代中国美学的三个主要派别。强调在美学上坚持“认识论”即“反映论”的，主要是蔡仪，参见蔡仪的《新美学》第二章和第三章，《蔡仪文集》第一卷，中国文联出版社2002年；认为要既辩证又唯物地研究美学，从而建立主客观统一论的美学，主要是朱光潜，参见朱光潜《美学怎样才能既是唯物的又是辩证的》《论美是客观与主观的统一》等文章，见《朱光潜全集》第5卷，安徽教育出版社1989年；强调美的客观性与社会性的，主要是李泽厚，他在《论美感、美和艺术》《美的客观性和社会性》《美学三题议》等文章中，阐释了这一观点，参见李泽厚《美学论集》，上海文艺出版社1980年。

思，甚至完全与这些“创作方法”上的主义无关。否则的话，“两结合”就自然等同于“主客观统一”了。主观的就是主观唯心主义，客观的就是唯物主义？是，也不是！坚持自己是客观论者的人，曾这么说过。但是，坚持自己是主观论者的人，曾反复强调他们只是美学上的主观论者，与哲学上的主观唯心主义无关。美学讲的是美的本源，而唯物、唯心之争，是讲认识的本源。

这么说来，这种主观与客观的争论，与艺术以及艺术中的种种“主义”，已没有什么关系。美的本源成了一个抽象的思考，并由此形成当代中国美学的传统。这种争论形成的传统，造成美学研究与艺术研究的分离。在20世纪50年代，许多讨论美的主观性与客观性的学者，并不是从他们关于艺术的经验出发，而是从在美学领域建立唯物论，从而获得政治上的正确性出发的。20世纪50年代，不少美学家具有强烈的艺术兴趣，他们有着丰富的艺术经验，甚至是具有一定水平的艺术家，但在当时的那种语境下，艺术的经验不能帮助他们获得思辨性，从而形成有说服力的立场。有时，情况恰恰相反。在那种美学讨论中，艺术的经验成为一种必须被排除的习惯，而不是提供力量的源泉。美学家越是有艺术经验，越不能在美学论辩中占据有利位置。

在20世纪50年代到60年代中期，以及70年代末到80年代中期，这种美学与艺术的分离曾两度由于“形象思维”的讨论而拉近。一次是20世纪50年代中后期，形象思维的论述与论争努力纠正关于美的主观与客观讨论的抽象性的弊端，从而引导研究者回到对艺术规律，特别是关于艺术的思维规律的探讨上来。这一讨论后来被以坚持“马克思主义的认识论”为名而严厉批判，并随着“文革”的到来而销声匿迹。在1978年开始的新一轮“形象思维”的讨论中，美学与艺术的距离得以被再次拉近。但是，这种讨论在当时，仍是政治意识占据主导地位。人们利用毛泽东给陈毅的一封信的发表而形成的舆论冲击波，试图突破“文革”时代的文学理论的框架①。这有所谓“借东风”的意味。当然,这个东风借得好,启动了新一轮的“美学热”,推动了当时的思想解放大潮,也促进了新时期文学艺术的大繁荣。然而,在当时,对艺术思维规律本身的探讨,还处于初级阶段。

在中国学者心里,长期以来一直潜藏着对纯美学追求的冲动。这种纯美学,就是中国语境中的康德与黑格尔的美学,后来又加上海德格尔等人。20 世纪 50 年代的争论中,曾有过“交美学的底”的说法。美学有“底”吗?谁的美学是“底”?对“美学”之“底”的猜想,实际上显示出的是一种对美学的超越性的追求。

“实践美学”本身是很“超越”的。它源于这样一种看法:康德认为“物自体”不可认识,在他以后的德国古典哲学家们纷纷投入到对“物自体”堡垒的攻击之中,从而宣布这个堡垒一次又一次地被攻克。“实践哲学”的持有者认为,此前人们都是在认识论的范围内讨论问题,只有进入到“实践”的领域,才能攻克这个堡垒。“实践美学”建立在这样一个抽象的哲学讨论的基础之上,并与它相隔多层。他们认为,美学的问题,归根结底是实践问题,但从实践到审美,相隔有多种层次②。然而,也正是由于“实践”这个词,促使一些美学家追求“美学”的“实践”,从而使美学回到生活和艺术中。也就是说,利用这个词的多义性,实现理论上的转换,从“实践美学”走向了“美学实践”。

在这种情况下,另有人认为,这样形成的美学,就不够“超越”。他们认为,要建立一种“超越”的美学。这种“超越”的美学,认为“实践”不具有精神性。他们要建立的是一种更具精神性的美学。如果美学要更加具有精神性,那么,它要走向何方呢?这让当代美学家们感到困惑。过度的精神性,只能使个人离时代与社会越来越远,使美学对当下发生的各种现象越来越不具解释能力。当美学家们自己说“我欲乘风归去”之时,美学

① 毛泽东《给陈毅同志谈诗的一封信》,《诗刊》1978 年第 1 期。这封信提前在 1977 年 12 月 31 日的《人民日报》上发表。

② 参见李泽厚《批判哲学的批判》,人民出版社 1984 年。

这个学科也就会“黄鹤一去不复返”了。

我们这里所说的超越美学，不是这个意思。这里所说的超越美学，是指“超出美学之外”，即所谓的对美学本身的超越。它不是以达到更加精神性来超越，而是超越人们对美学的既有理解。这是两种完全不同的“超越”：前者是 transcendent，后者是 beyond；前者是“向上”或者“进一步美学化”，后者是“走出”，走出传统的美学；前者是“提纯”，后者是“掺杂”。这样建立的美学，不是更加“纯”的美学，而是一种“杂美学”。

这种“杂美学”的第一要义，当然是要走出传统美学的边界。从这个意义上讲，我们首先要做的，是说明这种“美学”不是什么。当沃尔夫冈·韦尔施说要重构美学（undoing aesthetics）之时，他说的是要对既有的美学（aesthetics）做重构的工作。具体说来，要走出美学的一些基本前提[①]。

二　超越美学超越了什么？

这里所理解的“超越”，是说要走出“纯”美学，也就是说，要挑战过去所理解的“美学”的一些基本前提，由此，出现一些新的研究。

我们曾认定，审美是无功利的、无目的的。这些限定都是有问题的。我们所见到的大量艺术作品，都不能说具有无功利性、无目的性，也不能去静观。例如音乐，无论是贝多芬的《英雄交响曲》，还是冼星海的《黄河大合唱》，都不能说是无目的的，也不能去静观。作曲家和听众都是在心潮澎湃的状态下，接受音乐的感染。这些音乐情感，有历史具体性；由此出发，通过抽象，又具有一定程度的普遍性。

类似的情况，也出现在人们对文学作品、绘画和雕塑作品的欣赏之

① 沃尔夫冈·韦尔施《重构美学》，陆扬、张岩冰译，上海译文出版社2002年。

中。并非所有的文学作品都作为无功利的静观对象而存在。我们喜爱充满历史感和哲理的小说，赞美它们的深刻性，给我们提供关于历史和人文的知识，而不是无目的和无功利。马克思、恩格斯说，从狄更斯或巴尔扎克那里学到的，比从历史学家和经济学家那里学到的还要多；列宁说，列夫·托尔斯泰是俄国革命的一面镜子；毛泽东说，《红楼梦》是封建社会百科全书。这些我们所熟悉的话，说的都是这样的意思。诺贝尔文学奖评奖，在20世纪初是以道德性和理想主义精神为标准，后来变为以通过宏大的历史感深刻反映众多人的命运和一个时代的丰富多彩的生活画卷为标准。这些标准也可以说是美学的，但也不那么“纯粹”①。其实，即使我们从那些“纯粹”的、具有文学性的诗中所得到的，也是有助于认识生活、提高感性能力的感悟，而不是像康德所说的那样，是理解力与想象力的自由活动本身。

绘画作品也是如此，最使我们感动的，是米开朗琪罗的《大卫》和《创世纪》，最能给我们历史感的，是拉斐尔的《雅典学院》。其实，这些作品都与无功利和自律无关。潜藏在中国从元代到清代绘画中的隐逸精神，也决不是由于无所为而为和纯粹的技巧取得成功，而是透露在画中的一些情感与心境，在一些文人心中产生共鸣。

来源于夏夫茨伯里和康德的审美无功利观念，原本只是一种关于审美的最纯粹的假定。审美被假定为不是获得知识，不是欲望的满足，而只是知解力与想象力的和谐运动。这种纯粹的审美活动，在现实生活中并不存在。我们哪怕是欣赏一片风景的美，也与切身的感受、对过去的回忆与对未来生活的向往有着各种各样直接与间接的关系。康德通过先设定一个抽象的概念，使读者想象一种纯粹的审美的存在，再逐步加入一些不纯粹的因素，从而形成他的审美的解释。这种设定和论证，从方法上是独特的，但在今天，很多弊端已经暴露出来，需要重新检讨。

---

① 参见拙作《诺贝尔文学奖与中国》，载高建平著《全球化与中国艺术》，山东教育出版社2009年。

当然，我们这里不是探讨康德美学前提上的问题，不是从体系上对它进行批评，而是说明，它所产生的实际效果，构成了艺术上的既成事实，成为当代艺术进入困境的原因。同时，这也成为理论上的新的生发点。

要走出美学，或者说“超越”美学，我们所需要做的，首先是要认识到：审美不是“观照”（contemplation）。审美的活动，被理解成关注事物的形象，离开事物本身及其功能和意义。我们怎样才能离开一棵树的实际存在，即它作为一株植物的存在，而只是根据它的形象来欣赏它呢？它作为树的存在，是我们对它的欣赏的前提，离开了这个前提，就谈不上对树的欣赏。我们可以对待一棵古松有三种态度，即实用、科学和审美的态度。但不管怎样，这些态度仍是对待一个具体物的态度，即我们仍需要把一棵古松当作古松来看，而不是把它当作一个与古松无关的形象来看。因此，这归根结底仍是对待一棵古松的态度。同样，对一个人的美也是如此，前提是对象是一个人——男人或女人，然后才能谈得上美，男人有男人的美，女人有女人的美，没有离开人本身的抽象的美。离开这一切，幻想凭空产生一种态度，即纯粹而无功利的审美态度，再对对象做纯形式或纯形象的观照，这只能是一种神话。

审美的感官，并不仅限于眼睛与耳朵。对视听感官的崇拜，从古希腊时就开始了。现代美学的兴起，加上它本身的理性主义传统，以及它对无功利的假定，使这种崇拜走向极端。在视听以外有没有美，是否可以有视听以外的审美？这本来不是一个问题，却在理论的重压下，成了问题。鸟语花香是一种乐境，但如果鸟语可以被“审美”的话，花香是否可以？美食讲究色香味，是否这都与“审美”无缘？或者只有“色”可审美，“香”和“味”都不可“审”？那样美学家们都只是看人吃饭的人了。如果审美是一种感性的享受与感性能力的提升的话，那么，只局限于视听的感性，是一种被阉割的感性。

再谈艺术，艺术从来就没有“自律”或“自治”“独立”过。艺术原本是一种制作，一般人的制作不是艺术，能工巧匠的制作就成了艺术。后来，艺术与一般的制作分开，其意义仅限于"创造"。上帝创造世界，艺术家创造艺术，由此，出现了两个层次的创造。

然而，在一般情况下，当我们谈论艺术时，我们所说的，只是创造另一个世界之物。柏拉图的"三张床"的理论，被理解成有三个世界，第一个是理式的世界，第二个是现实的世界，第三个是艺术的世界。三个世界各自独立，其间所包含的真理成分依次递减，从认识论的角度看，艺术的意义是负面的。到了 18 世纪，法国的夏尔·巴图则在模仿的名义下，建立了一个积极而有正面意义的艺术世界。现代艺术体制和现代艺术观念由此形成，并经由《百科全书》的确立，在康德的《判断力批判》中成为美学的有机组成部分。在 19 世纪，随着浪漫主义的兴起，原本被"作"出来的艺术作品成为一个有机整体，有了小宇宙的构想。这时，为艺术而艺术，从而艺术本身成为目的的观念，以及与此相应的"想象""天才""趣味"等在前一个世纪就有的思想，汇集成了一个整体①。

艺术自律的观念，是通过长期积累形成的理论成果。这种成果影响着艺术生产的体制，从而影响艺术史的发展。然而，如果我们回到艺术自身的话，就会发现，艺术从来就不是"自律"的。艺术与非艺术的物质产品生产，艺术与工艺，被当成"艺术"的高雅艺术与不被当成"艺术"的民间和通俗大众艺术，从来就没有被明确区分开来，其间有着千丝万缕的联系。当理论注重它们之间的区分时，我们可以看到许多明显的区别；当理论注重它们之间的连续性时，我们同样可以找到许多连续性的证据。这就看我们运用什么样的理论来武装自己了。

超越美学，从某种意义说，是像沃尔夫冈·韦尔施所说的那样，是重构(undo)"美学"这个学科，以实现美学的消解。美学为什么要被消解？这是我们需要研究的问题。

① 这里有关西方美学史的描述，可参见门罗·比厄斯利著《西方美学简史》，高建平译，北京大学出版社 2007 年。

三　在多学科框架中思考美学的困境

实际上，并不是到了今天，我们才呼吁要“超越”或“走出”美学。实际上，康德意义上的美学，早已经被人们超越了。重复康德、黑格尔等人对美学的论述，在今天的世界中，成了一些学校老师的职业。他们解读这些经典，总结这些经典的意义，帮助学生克服理解上的困难。我们也会看到许多这方面的书，作者以忠实地阐释一些经典著作为追求目标，他们也以做到这一点而为人们所尊重。特别是要做到这一点需要克服语言上的困难，克服时空所构成的理解上的障碍，这就更加得到人们的赞叹。

然而，在今天，人们阅读经典的目的，并不仅仅限于阐释。以解经的态度来读经典，是一种学问之道。读经典的人很多，各有各的读法。有人以读懂为目的，也有人以借此阐发为目的，而更多的人，是融各种读法于一体，在各种读法之间游动。

从康德、黑格尔以后，美学也有种种发展。美学作为一个学科，在20世纪出现了新的辉煌，有许多不同的流派，经历了不同的阶段。从克罗齐到苏珊·朗格，从欧洲到美洲的许多学者，都走在美学的道路上。

20世纪中叶兴起的分析美学，有其独特的发展机缘。它实际上是美学作为一个学科走入困境的产物。在美学逐渐被其他一些学科所取代，或者被挤占了地盘之后，分析美学为这个学科找到新的生存之道。当空疏的大体系不再能说明问题，心理学美学遇到窘境时，语言分析之道就乘虚而入了。

如果说，哲学曾经是科学之母的话，那么，美学实际上是许多与艺术有关的学科之母。许多人最初由于对美学的兴趣，进入到对艺术和自然之美的研究和写作之道中，但他们随后就厌倦美学的思辨式推理，走向各种实证性的研究。

美学在转向艺术研究时,出现了一种"离开美学"的艺术学。这种艺术学不再像黑格尔那样,用理念与感性显现,或者用其他的某种概念来统括艺术,描述艺术发展的历程,描绘艺术发展背后的某种神秘的或不神秘的精神运动,而是进入到具体艺术作品的实物或图像间关系的研究之中。

例如在绘画中,艺术史家们进行关于画家的生平、受教育经历、交游的考证,以及关于绘画的纸或布、颜料和画笔等材料的形成和作用的考证,以及关于艺术的风格史和图像学分析的研究,如此等等。艺术学有许多具体的东西要研究,这些研究构成一个巨大而精彩的领域,可给人以实在而不空虚的感觉,可以让研究者有很多事可做,让学生有很多东西可学。如果说,关于艺术的美学流于推论和猜想的话,那么,艺术学就力戒这些浮泛之论,而给人以实在的知识。

类似的研究,也出现在雕塑、建筑等艺术门类之中。雕塑学要研究所加工的材料、所使用的工具等,也就与绘画研究有着相互影响的关系。至于建筑学,则完全不同。在建筑学中,材料可能具有决定性作用。建筑师的聪明才智,不是体现在他有什么样的自由想象力,而是他有什么样的基于材料的想象力。

再次联系黑格尔的《美学讲演录》,我们可以看到,艺术学走着一条与黑格尔美学恰恰相反的路。黑格尔研究理念逐渐挣脱美学对物质的依附性,从而最终回到自身的过程。艺术学则正好相反,它研究在艺术中精神对物质性事物的依附。

同样,音乐学不是研究音乐表现了什么,而是研究音乐是如何表现的,即通过什么样的手段——调式、和声、旋律、节奏等——来实现的。如果有某种东西叫文学学的话,那么它所研究的就是结构、象征、隐喻,以及各种叙事方式等等,而不是研究文学作品究竟表现了什么,它在精神的发展中占据了什么样的位置。

艺术研究走出美学的限制之后,有了很大的、很专门的发展。这是艺术研究的必然。这种研究从材料出发，具有实证性。由于材料的丰富性，这种研究开拓了巨大的研究空间。

我们还应该看到，绝大多数人对艺术进行学术研究的目的，并不只是揭示艺术背后的规律，或它的精神性，而且是为了解决艺术在现实生活过程中所遇到的问题，说明它们的意义，促使其为人们所接受。因此，艺术研究追求一种理性主义精神，使它哲学化，从而使它走向美学，那只是很少一部分人所做的事；绝大多数的人，都在以自己的行动本身形成另一种合理性，使艺术研究非哲学化，走着与美学相背离的道路。

与此相对应，对自然美的哲学描述，也被对环境和生态的关注所取代。由于当代社会所出现的生态与环境危机，大量相关的研究出现，从而给原本局限于描述自然的哲学、美学的学者开拓了新的空间。他们向研究者们说："请你读一本《寂静的春天》吧！你觉得那本书所描绘的场景美吗？如果不美，请关注生态吧。只有符合生态的，才是美的。"其实，环境和生态美学所要回答的，不是对生态本身的关注，不是号召我们参加生态保护活动，也不是研究解决具体生态问题的途径。所有这些工作，都是很重要的，但这不能构成美学的独特性。对环境和生态问题的关注本身，并不能带来一种有关美学的研究。

美学还被名为文化研究的学问所取代。许多从事美学研究的人，转而从事文化研究。他们提出，当代社会出现了大量的文化现象。这包括市场和新媒体所带来的生活和艺术的变化。随着市场的发展，全球市场的形成，艺术的商品化，出现了许多使人目不暇接的现象，促使一些人进入对这种现象的描绘之中。同样，网络和新媒体给文学和艺术带来极为深刻的变化，新技术日新月异地发展，大量新现象层出不穷，无数研究者对此兴奋不已。在这个美丽的新世界中，就算人有十手，手有十指，也不能指出新媒介所带来的各种可能性；人有十口，口有十舌，也不能说出新媒介给人的生活所带来的妙不可言之处。如果我们找到一些早年的科幻小说来对照，就会发现，那些预言全部实现了或者说过时了。我们生活的世界，比科幻小说还要美，还要神奇。于是，这些研究者在描绘，在预言，对于那些不同意他们描绘的人，他们认为，那是目光短浅，是没有看到他们所看到的世界之美丽。被归入文化研究的，还有另外一些人，他们研究各种文化现象，如青年亚文化研究，非主流文化研究，以及随着后现代社会到来而出现的一些社会现象研究。这些现象过去闻所未闻，却精彩纷呈，需要有人关注。在文化研究这样一个模糊的概念下，人们研究着各种各样的问题。这些研究，本来都可以成为美学研究的补充，但实际上，却成为走出美学的大潮。研究者忘记了自己的责任，在流连忘返中只是在描述、描述、再描述。于是，正像艺术学走着一条与艺术哲学相反的道路一样，文化研究与文化哲学的走向是相反的，与美学的走向也是相反的。

构成当代社会中美学危机的，还包括艺术的危机。当代社会中艺术的危机，来源于艺术的产业化与产业的艺术化。艺术的产业化，是指传统的，个人独创，为着明确的艺术接受者，从而保持着个人与个人关系的艺术，被现代化的大生产所取代。艺术成了文化工业，是适合于大众的廉价消费。产业的艺术化，指日常生活产品变成了艺术设计的产品，人们被设计所包围，从而处处皆美。这种营造出的美的充盈，同时也是美的滥用或美的丧失的表现。传统的美学，在这时已经变得无用，对发展着的这一切无可奈何。

结语　美学回归的意义

在此情况下，许多学者呼吁超越美学的美学。走出美学之后，不等于就不要美学了。走出之后，最终还是要走进。美学之外的美学，仍然是需要的。我们一方面可以说，理论是灰色的，生命之树常青；但另一方面，我们也应该说，新的时代需要新的理论。这不是简单地认为，我们经历了一种新的理论取代旧有的理论的过程。实际的情况是，当旧理论在发展着的现实面前崩溃，从而进入到一个无理论的时代之时，新的理论会由此而兴起。

我们需要新的美学，这种新的美学，不是回到康德的二元论美学，也不是回到审美无功利和艺术自律。我们承认一种"杂美学"，容纳各种有功利的美、非自律的艺术。但是，新美学的意义，还不仅在于此。"杂美学"只能是一个过渡时期，是没有美学的时代的美学。如果说，超越美学代表着这个时期的状况，即在美学陷入困境，通过种种修补来维持其存在的话，那么，超越美学的美学，则要致力于一种新美学的建构。

回到 aesthetic 这个词原初的意义上来，这个词本来的意义，就是"感性"。我们有一种能力，就是感性能力，这种能力不仅体现在艺术中，也体现在生活中。我们研究哲学，要探究和弄懂生活中的道理。这种道理不是事物发展的规律，那是一些具体的学科研究的对象。哲学是对生活、自然、社会的理解。这种理解要回应各学科的发展，回应社会生活各个方面的发展，在此基础上形成对生活的领悟、信念和一些推论。同样，我们研究美学，是研究生活、自然和社会感性的方面。

这个方面具有高度的流动性和易变性，很不好研究。一个很好的"抓手"，还是艺术。研究艺术在当代社会的变化，克服过去的"纯"艺术的偏见，说明艺术还具有"创造"的意义。关于艺术，曾有过一种将艺术与工艺分隔开来，以艺术的高雅来教化社会的观点。这种对艺术的期待，具有以艺术滋养社会和人的心灵，建构社会的等级秩序的意义。到了"后现代"时期，出现了以艺术来救赎，以期它像一剂猛药来医治陷入病态的社会的观点。这种救赎观，曾经很流行，成为了许多当代美学流派的一个共同特征。但是，这仍然存在着一个悖论，即艺术的存在和繁盛，与社会的疾病有着相互依赖的关系。依照这个观点，艺术越繁荣，社会就病得越重。

近年来，一种古老的争论由于艺术形式的多样化、艺术与生活界限的模糊等原因,而被人们重新提起。有一种说法是,在现代社会,艺术已经失去了它的边界,与生活融合在一起了。这种说法,与前面所说的“滋补”和“救赎”观都不同。由于“滋补”和“救赎”,艺术有存在的理由。如果否定此两说,则需要重新寻找艺术存在的理由。如果找不到,那艺术就失去了边界,于是艺术品与日常生活用品的区别就消失了。

美学要建立新感性,将这种感性与一种古老的追求,即个人的独创及人与人的直接的交往和相互欣赏结合起来。从字源上讲,审美(aesthetic)是与麻木(anaesthetic)相对立的。麻木是缺乏感知力,审美则是有感知力。一种与审美(aesthetic)有关的美学(aesthetics)要提高感知能力,使人从现代工业、信息技术、过度的消费中清醒,回到健康的感性上来。

生态美学要从人与自然的根本哲学关系出发。二元论的哲学,形成人与自然的二分,自然是人欣赏和改造的对象,要么是自然压倒人,要么是人战胜自然。美是对被人所掌控的对象进行欣赏,而崇高是对自然向人的威压的反抗以及相应形成的对反抗结果的感觉。所有这些,都建立在人与自然二分的前提之下。在这些哲学前提下,最多也只能呼吁人对自然的保护,而不能形成人与自然共生关系的哲学理解。生态美学要从自然是人的环境而不是人的对象的哲学观出发,它也是环境美学。那种强分生态美学与环境美学,从而形成门派之见的做法,没有什么意义。我们周围的世界,本来就是美的,现代工业使环境美丧失。我们需要呼吁环境与生态的保护,但这种保护并不是美学研究的内容。环境被破坏了,原始森林被砍伐了,水源被污染了,这是我们所面临的现实。美学研究者可以变成环境保护的活动家,参与各种活动来保护它,这是需要的。但是,这不是美学。环境和生态美学,要建立新美学标准,说明在变动着的世界中,新感性如何构建。

许多原本从事美学研究的人,转而从事文化研究,这本身无可厚非。的确,在文化研究的名义下,有很多的课题值得人们关注。文化研究所形成的一种超越学科局限的研究平台,对于人文学科的现代转型,具有积极意义。但是,文化研究并不能取代美学研究。一种从感性的、审美的角度对艺术、自然、社会和人生的考察,是不可或缺的。

种种迹象表明,我们正在经历一个美学回归的过程。美学会成为一个平台,各门学科的研究者,会到这里重新会合。它会成为一个新的方向,引领人们重新建立新的感性,重新形成对艺术、生活、社会、文化和环境的热爱。

第二章　新感性与美学的转型

美学应该是感性的,还是理性的?当代哲学家们倾向于放弃这样一个大而空的题目,而做些更为具体的研究。然而,一些古老的问题总是挥之不去,被人们反复追问,并让人从中获得新的启示。当代美学处在一个大转型的时代,传统的美学被超越了,但美学本身作为一门学科和学问,并没有被放弃,相反,在当代社会呈现出空前的兴盛。这种新美学的基本特征是什么,它以什么样的基本特征与传统美学相区别?这还不是很清楚,还有待于这个学科以其自身的发展来描绘。然而,有一点是清楚的,这就是对感性的重视和研究。这是回归,也是在新起点上新的出发。

一　现代美学的理性主义传统

在现代美学中,长期以来一直存在着理性主义传统。这种理性主义传统,体现在各个不同的哲学流派之中,也以各种不同的方式体现出来。从某种意义上讲，现代美学是从继承并批判鲍姆加登开始的。

“美学”这个词的德语形式 ästhetisch 最早的意思是“知觉的”。鲍姆加登在 1750 年出版了一本名叫 *Aesthetica* 的书，他所用的这个词源于希腊语的动词 aísthesthai，意思是“知觉”。因此，这个词原来的意思与“感觉”和“知觉”有关。将之译成“美学”这两个汉字，不过是汉字文化圈的翻译而已，关于这一点，中国和日本学者都有考证。当然，我们不能简单地就据此理解，鲍姆加登要建立一个感性的美学。对于鲍姆加登本人和他的时代来说，这实际上是不可能的。鲍姆加登是一位理性主义哲学家。研究者认为，鲍姆加登不过是表述了“笛卡儿哲学在艺术领域所隐含的意义”而已[①]。鲍姆加登试图“依据笛卡儿的原理和理性主义的演绎方法，用形式上的定义和推导，建立一门（主要与诗有关，但也可扩展到其他艺术之中）美学的理论”[②]。鲍姆加登的哲学体系和方法论是理性主义的，他的这种理性与感性二分的做法也是根据理性主义的哲学而做出的。他与周围人不同之处只是在于，他要在此框架之内给感性一个独立的位置，即在承认理性至高无上地位的前提下，给予美学作为“低级认识论”而存在的权利。今天，有人喜欢说，美学是张扬感性，并以“回到鲍姆加登”为号召，这与事实相差很远。

---

① 门罗·C.比厄斯利《西方美学简史》，高建平译，北京大学出版社 2007 年，第 133 页。
② 同上。

理性主义哲学家们认为,美在客观事物本身。一物之所以美,是由于它"完善",即体现了此物之特性及此物发展的可能性。在同类的事物中,此物比彼物美,是由于此物更"完善"。此马比彼马美,是此马更"完善",此人比彼人美,也是由于此人更"完善"。这种说法有一些道理。残缺与畸形不美,病态与发育不良不美,健全、健壮、健康才美。如果撇除了例如林黛玉式的病美人、断臂维纳斯这样的残缺美等需要进一步解释的例证的话,我们可以说,从通常的观点看,这种说法确有道理。鲍姆加登仅仅是想在这种通行的说法之上再加上一点点,说存在着不同的"完善",其中应该包括一种过去没有提到过,或不被人们重视的"完善",即感性的"完善"。这后一种"完善",不再是体现了一物在本质上的规定性,即将一物的内在的可能性发挥出来,相反,它体现在外在的表现上,如事物的外观,诗的格式和韵律,以及艺术的表现手段。

鲍姆加登没有放弃理性,他只不过认为,aesthetica 这种"低级的认识论"也有存在的权利,有设立一个学科对它进行研究的必要。正是由于这种努力,他被后世奉为"美学之父"。在理性重压下,他开启了一条通向感性的道路。他启示了哲学家们对"感性"的重视,也由于他自身的不彻底性而给予后世一个通过批判他而发展理论的契机。

美学作为一个学科,在康德那里得到完整的呈现。康德综合了各种理论因素,如夏夫茨伯里的"审美无利害",休谟的"趣味说",维柯的"诗性思维",夏尔·巴图的"美的艺术"的体系,博克关于"崇高"的论述,以及当时普遍流行的关于艺术需要"天才"、艺术品是"有机整体"等观念,并以他自己的鲜明的特色构建了美学体系①。然而,在这些思想影响中,起着最根本作用的,还是德国传统的莱布尼兹-沃尔夫哲学,即理性主义的哲学传统。康德借助休谟所代表的英国经验主义来挑战德国传统,但仍从这个传统中继承了很多东西。直到今天,仍有英美的一些对"美学"抱有敌意的人在说起这个学科时,都说这是德国人搞出来的一套东西。

① 参见高建平《"美学"的起源》,载《社会科学战线》2008 年第 10 期。

这种说法当然很偏狭，但也从侧面反映出现代美学中所具有的深厚的德国色彩。

今天，我们提到康德美学，讲得最多的是走出他关于“审美无功利”和“艺术自律”的规定。这些观念，由于19世纪声势浩大的文学和艺术上的浪漫主义运动而得以发展和强化。其实，在康德的体系之中，起到更为核心作用的是关于美是“判断力”的观点。康德认为，我们关于美的欣赏，是理性作用于感性，从而形成判断的结果。

康德试图回答一个问题：人在对美的欣赏时，是愉快感先于针对对象的评判，还是评判先于愉快。他的结论是，尽管评判不以“某个确定的概念为前提”，但它仍是“先行于对对象的愉快的”①。他的意思是说，我们的视听感官接触到了一个对象，先要对它进行“评判”，然后才愉快起来。我们看到一个人，一片风景，一件文学艺术作品，真的是先“评判”一番，然后才愉快吗？这种说法是很奇怪的。这句话透露出康德美学所存在的问题的关键。对此，他做了多种先期解释，说明对美的欣赏是“自由的游戏”，不依赖于“某个确定的概念”，却具有普遍性。但所有这些解释，都不能否认一个基本的事实，我们是先从欣赏中获得愉悦，然后才能判定某些愉悦是否属于美的感受，然而，康德的理解与我们正好相反。

汉语中关于 the aesthetic 翻译成“审美”的争论，正是从这里来的。这个翻译最早来自对康德和以康德为线索的美学著作的翻译。一个原本只是讲“感觉”的词，却被加上了“审”这样一个与“思考”“反省”“考察”“判断”等意义有关的字，原因就在于，对美的欣赏依赖于“判断力”。用这样的词来翻译康德的著作是正确的。由于康德对美学这个学科的巨大影响，这个翻译也就被固定下来。然而，什么是“审”字的含义？审视？审查？审判？所有这些都会带来误读。对美的欣赏，不能是“审”，而只能是“感”。但翻译已经确定了，成为历史，改不了，只能加以说明②。这个

---

① 康德《判断力批判》，邓晓芒译，人民出版社2002年，第53页。

② 参见高建平《“审美”是审美！“艺术”还是艺术！——关于“跟着走”与回到“硬译”的几点思考》，载《文艺争鸣》2011年第13期。

翻译也说明了问题的关键。康德所谓的“美是德行的象征”，就是如此。他难逃理性主义的藩篱，在“感”之前要加一个“审”，最终还是归结到“德行”上去，解决理性与感性的分离所造成的“二律背反”[①]。

黑格尔所做的事，是进一步将此学科理性化。他反对 aesthetics 这个命名，认为这个学科实际上应该是艺术哲学[②]。他关于“理念的感性显现”的定义，强化了理性对感性的统治地位。对于黑格尔来说，美学成了一种从精神史的角度研究艺术史的学问。他所关心的，是理念的进化历程怎样在艺术风格的历史中，在艺术流派的分野中，甚至在不同的艺术门类中体现出来。或者，可以反过来说，他要研究的是艺术发展进化背后的精神因素。黑格尔以一种宏大的历史观，将不同的艺术风格、流派、门类，将不同的精神活动的部门，统一到“理念”进化的历史之中。只有适合于感性显现的理念才能支撑着艺术的发展，当理念的进化超越了这一阶段时，艺术的时代就过去了[③]。这种思想也启发了后来的种种关于艺术终结的学说。

在 20 世纪中叶，分析哲学盛行。分析哲学是哲学和美学上的语言学转向的一部分。对于美学，维特根斯坦原本持放弃的态度，他认为，美学不过是伦理学而已。追随维特根斯坦，早期的分析哲学家们也排斥美学。但后来，恰恰是从分析哲学中，生长出繁荣的分析美学。分析美学将美学当作对文学艺术批评所使用的术语的研究。这种做法是一种坚持，也是一种回避。通过这种做法，美学致力于概念梳理，避开各种无谓的争论，超越形而上学的思辨，立足实际的语言使用状况；但这种研究使美学不再研究自然、人和艺术的美，而只是对批评的术语进行分析，从而形成一种对美和美的欣赏的间接性。当这种美学不再研究美的时候，它就急剧地向抽象分析倾斜，于是，美学就进一步变成了与感性无关的学问。

① 康德《判断力批判》，邓晓芒译，人民出版社 2002 年，第 53 页，第 186—188 页，第 199—203 页。

② 黑格尔《美学》，朱光潜译，商务印书馆 1982 年，第 3 页。

③ 黑格尔《美学》，朱光潜译，商务印书馆 1982 年，第 4—18 页。

中国的美学也是如此。20 世纪 50 年代，曾经出现过“美学大讨论”，当代中国美学的一些流派，即所谓的“四大派”，都是在那场讨论中形成的。这场讨论由于时代的影响，将讨论的问题集中在关于“美的本质”的问题上，这与对美的直接感受相距遥远。这种讨论，当然并非与感性无关，有些参与者也举出大量的生活中的例子，说明美是如何存在的。一些美学家还是水平不错的艺术家，但是，这场争论所体现出来的仍是理性的胜利。参与讨论的各家各派致力于研究如何将美和美感与哲学上的唯物主义、辩证法、历史唯物主义等术语联系起来，他们要从“归根结底”的意义上探讨“美”的本源，进而用哲学学派的正确性来证明美学观点的正确性。那种从对美的感受出发提出的一些观点，一方面由于论争环境影响不利，一方面也由于自身的理论武器不强，从论争一开始就处于下风，并很快出局。这种关于“美的本质”的论争在 20 世纪 80 年代曾短暂恢复，随后就由于脱离美感和艺术欣赏而失去了理论上的活力。

二　当代的非理论化潮流造成对美学的背离

如果我们从一个较长的时段考察过去美学的兴盛与衰退情况，并以此为中心来考察相关和相邻学科发展，就会发现在中国当代人文学术的发展史上一个非常有趣、也极其典型的现象。20 世纪 80 年代，出现了“美学热”，这种热潮是走出“文革”意识形态、思想启蒙、学术复苏的时代造成的，但到了 20 世纪 90 年代的中国，“美学热”就过去了。在整个 20 世纪 90 年代，出现了三大“反美学”的浪潮，即“文化研究”、技术化和市场化，都对美学构成冲击。一时间，颇有一种墙倒众人推之感，美学被宣布为过时的学科，美学著作不再受公众欢迎，美学研究者也仿佛有入错行之感。直到近年来，它才触底回升。这反映出的是一种普遍的非理论化现象。

美学是一种理论，它要讨论感性的问题，但理论的惯性使它偏离感性。在这种情况下，原本需要的，只是回到感性上来。但人文学科的发展自有其规律，并不以人的意志为转移。这种发展经历了一个由于反对美学的理性化趋势而走向反对美学这个学科的过程。在这一过程中，研究者们所做的，不是在美学中纠偏，而是反对美学本身，将一切理性主义带来的弊端和缺陷，都归结到美学本身，要对这个学科算总账。这时，美学研究队伍本身也发生了分化，出现了大批美学队伍的走失者。

这种“算总账”的表现之一，是用“文化研究”取代美学。文化研究作为一种人文研究的大潮，从一开始，就呈现出与美学相对立的面貌。一些文学研究者从文学出发，走向社会学、政治学、民族学、人类学等各门学科的综合研究，并且，以文化为平台，从事社会批评工作。这种研究走出了文学艺术的具体性，从而走向一种普泛性。

文化研究的出现及其在中国的兴盛，部分地源于一种理论上的张力关系。本来，社会学、政治学、民族学和人类学等研究，都有着自身的学科归属，与文学并无关系。从美学角度对文学艺术的研究，曾经起到过促进和保护文学艺术发展的作用。美学通过推动艺术与工艺的区分，建立现代艺术体系，研究现代艺术观念，起到了这些艺术实践活动的理论保护伞的作用。然而，文学艺术的进一步发展，特别是文学艺术批评以及文学艺术史写作的需要，使美学缺乏解释力的弱点逐渐暴露了出来。文化研究正是源于这样一种追求，即通过从其他学科借用理论武器，以增强对文学艺术的解释力。

这种对美学的挑战，首先从文学开始。在关注文化研究的人中，从事文学研究的，要多于从事音乐、美术等艺术领域研究的人。文学在传统上要比音乐和美术等艺术领域与政治文化更加接近，文学的从业者也常常比其他艺术领域的人有着更多的关注现实的热情。在古代，大多数的文学从业者是一种亦官亦文的“文人”。在现代，文学与政治的关系极为密切,文学家常常会成为一个时代的精神领袖。20 世纪 80 年代的“美学热”,总的趋势是推动研究者回到对文学的审美特性的研究上来。但是,文学所包含的内容毕竟非常广泛,并不能只是从单一的美的角度获得解释。于是,出现了跨界和扩容的声音。这种跨界、扩容的结果,就出现了“文学帝国主义”。守着文学这个阵地,进可攻,退可守,针对许多并非自己专业的内容说一通在过剩想象力的支撑下滋生出的话,却又想以文学为掩护,逃避对所说的话可能会负的责任。这当然是一种有效的策略,但如果从文学和美学的学科意义上讲,这毕竟只是个人选择,而不应该成为学科发展趋势。

在文学研究中,有一句古老的口号,叫作“文学是人学”。文学要写人,写人的生活,人的喜怒哀乐、悲欢离合、爱恨情仇。文学只有写出人的真情,才能感人。这里的“人”,本来是具体的、感性的人。追求突破旧有文学研究范式、诉诸文化研究的学者们,将这个定式运用到了极致,将之理解成一切关于人的学科,都应受到文学研究者的关注。于是,一个巨大的学科“光谱”,从心理学、人类学,到民族学、社会学、政治学、经济学,甚至生理学、病理学等等,都被收纳进来。文学研究者要研究各种学科,大量其他学科的现成材料被随意而非专业性地引用着。文学研究者们的能力、精力,以及学术训练范围,对一些科学知识的理解能力,毕竟都是有限的。于是,研究中出现了大量的误读的现象,研究者们随意引用,只是向广度延伸,而不向深度开掘。同时,这种研究又导致了学术文章只是做知识堆积而失去问题导向的局面,文学研究者们之间由此失去了对话性,他们在说着不同的东西。作为一些不断漂移的学术研究,这些研究对于打破学科间画地为牢的封闭性、增加理论思考的活力,具有积极的意义。但是,这种活力的增强,又往往是以学科边界的消失、理论深度的丧失为代价的。

当今,流行这样一种状况,文学研究者们在研究一切,就是不研究文学本身。对此,我们提出批评,觉得这种现象荒谬。那么,是什么样的理论逻辑使他们对文学本身视而不见，或故意避开？其实，还是要回到问题本身。本来，文学是人学，指的是具体的人。当这句话的意义被引申，各种关于人的学科研究被引入时，具体的人消失了。人成了某种现象的样本，某种类的代表。于是，理性进入，感性退场，文学在文学研究者那里消失了。

当然，另有一些从事文化研究的人也关心具体的人。他们参与各种社会实践活动，接触底层人群，包括打工者、小贩、留守儿童、同性恋群体，了解他们的生活状况。相对于一些学科的专业研究者来说，这些实践活动对于社会有着积极的意义。文学培养了一批社会关注者，这对于现代社会的形成，人们各方面兴趣的发展，是影响深远的。从这个意义上讲，这是文学研究者对人文和社会研究的贡献。在一些社会问题没有人专门研究，一些专业研究者受学院传统的束缚，不关注正在出现的大量社会现象之时，文学研究者在这方面起到了开创者的作用。文学培养出研究者广阔的兴趣，丰富的想象力，灵活的适应力，以及强大的表达能力，使他们为一些过去被人们忽视的学科的兴起做出了突出的贡献。这些都应该得到肯定。

但是，对于文学研究本身来说，这仍是一种方向的迷失。这是另一种不研究文学的现象。在这种研究中，没有文学的位置，也没有美学的位置。文学研究者化身为社会活动家，并宣布这才是学问，是“动手动脚”的真正的学问。这些做法都可以，有些事也应该做，但与文学研究已无关系。

与文学不同，在音乐、绘画、书法等艺术领域中，出现的是另一种反向的运动，从另一个方面走出美学。在当下的艺术界，流行一种观点，认为需要发展的，是艺术学而非美学。对于他们来说，黑格尔式的将艺术史看成精神史的做法被判定为空洞无物，不能解决实际的问题。艺术学要关注具体的艺术创作与欣赏中技术性层面的东西，要关注整理创作、批评和教学中所涉及的许多具体的知识，例如画家关于画笔、纸张的选择，以及怎样用墨用色，怎样处理干湿，怎样制造某种特定的效果等绘画技巧。音乐家和音乐史家们则要整理关于音乐的旋律、节奏、和声及历史方面的专门知识。对于艺术家来说，这些知识非常重要。

在艺术领域，出现了用艺术学而不是文化研究来取代美学的倾向，其原因与艺术从业者的修养、视野、兴趣有关，与艺术对技术的依赖有关，当然，也与这些知识整理者的学术环境有关。到哪座山，就唱哪首歌。做什么事，就说什么话。位置决定思维。提出用艺术学来取代美学的人，常常是一些教师，他们有实际教学的需要。由于职业、岗位，以及工作环境的需要，他们需要知识的整理，并由此形成课堂教学以及相应的考核方式。由于学院的教学需要，人们写出了各种教科书，整理了各种教学的体系。然而，正是学院教学对实用性的追求，使得美学被人们遗忘。

当然，中国的反美学潮流，是多种力量的合流造成的。前面所说的文学界和艺术界的种种反美学的倾向，只不过是整个社会的精神性的缺失的一种曲折反映而已。20 世纪 80 年代的“美学热”是由新启蒙的精神所推动的。市场经济的大潮带来的消费主义盛行，这种精神性就显得空洞、过时，不接“地气”。记得李泽厚写道，一本《批判哲学的批判》初本印了 3 万册，居然出版后没有几年就要重印，由此，“我倒记起恩格斯当年说过，德国工人阶级在社会沉溺于肤浅的实务时，却可贵地保存了理论兴趣，成为德国古典哲学的继承人。我想今天中国特别是中国青年一代中保持着理论热情和哲学兴趣，这也是一个值得重视的情况和优点”①。他对当时的读书风气和理论兴趣表示高度赞美。但曾几何时，中国人不读书，读书习惯的丧失已经成为普遍的社会问题。尽管有多次关于人文精神的呼吁，但其影响也只局限于很小的学者圈而已，不能对美学的振兴起到任何实质性的作用。

---

① 李泽厚《〈批判哲学的批判〉再版后记》，载李泽厚《走我自己的路》，风云时代出版公司 1990 年，第 186 页。

三 当代生活中的感性充盈与美的缺失

当代中国人的美感生存状态,受着两大变革的影响。对此,任何抗拒,或者视而不见,都是无意义的。这两大变化就是市场经济和信息技术的发展。

市场经济带来了消费主义。经济生活不再是生产多少就消费多少,而是消费多少就生产多少。消费主导着生产,于是,为了能多生产,就设法刺激消费,通过刺激消费来发展生产。我们曾经认为消费是有限的,当"社会财富充分涌流"时,就可以"按需分配"了。消费主义的理论告诉我们,消费可以被刺激出来,任何时候也不能"按需分配",原因就在于再"充分涌流"也不够分配。当消费的刺激能力无限发展时,无论是资源还是生产力,都无法在与消费的刺激能力的赛跑中跑赢。

消费主义潮流带来了两种倾向,即艺术的产业化和产业的艺术化。

一是艺术的产业化。文化与产业的结合,使原本只是由少数人创造,供少数人欣赏的高雅艺术,被面向大众的,与机器、电子和市场结合的,进行着大规模生产和复制的文化创意产业所取代。艺术曾被赋予神圣的色彩。艺术家曾被看成是可以通神的,是祭司一类的人物,在迷狂的状态下代神发言。到了18世纪的欧洲,艺术被看成一种区别于工艺的、高雅的活动。艺术是美的,工艺是实用的。通过接纳诗歌、音乐和绘画,并经由音乐延伸到舞蹈,经由绘画延伸到雕塑,现代艺术体系形成了,由此工匠的制作活动,以及此后的机器生产都被排除在外。

这种现象到了20世纪就受到了挑战。覆盖在艺术之上的一层神圣外衣被揭开,艺术不过是一种生产而已。当大规模生产的艺术品也能给人以美的享受时,艺术就进入到新的生存环境之中。艺术家原本需要先让所写的内容打动自身,创作出发自心灵的作品,打动观众。现在,如何打动观众的秘诀似乎已经被人掌握。一些文化创意产业的生产者所要做的事,是像配药一样,提供必要的元素,再辅以科学制作方式,观众就必然被逗得或乐不可支,或怒不可遏,或涕泗满面,或伤心欲绝。既然掌握了规律,大规模生产就有了可能。在可以化学合成催笑剂和催泪弹时,让人发笑和掉泪就变成很简单的事了。

当艺术生产成为生产之时,艺术存在的古典形式就遇到了危机。艺术不再是独创的,不再让接受者感受到艺术家作为个人在劳作,并留下了心灵表现和身体劳作的痕迹。相反,艺术是一种被设计和生产出来的,要刺激作为消费者的观众,并在他们身上产生某种反应的物体。这种刺激,当然是感性的刺激。文化创意产业,带来了感性的洪流,造就感性的世界。

消费主义带来的另一种倾向,是产业的艺术化。市场竞争给商品生产带来的当然是好处。过去商品短缺,供应要配给,顾客是被施舍的对象而非被尊重的上帝,持币者没有尊严。后来,由于市场竞争,有了价廉物美的商品,有了良好的服务态度,持币者有尊严了,有钱就会有物,人们争着用物来换钱。市场改革给人们的好处,人人都能体会到。

只有市场才能带来价廉物美。价廉物美之“美”究竟指什么?本来既指质量好,又指外观好看,并且主要指质量好。但是,当质量普遍得到了提高,已不再是一个问题之时,外观就变得特别重要了。于是,在众多的产品中,有炫目的外观、突出的造型,在竞争中就有更多取胜的机会。物美之“美”的含义,在从“好”向“好看”的方向滑动。

市场的巨大力量,促使整个世界都在朝感性化发展。美的日用品、美的居室、美的环境,以至美的世界,我们生活在一个被外观所包围的世界之中。在这样的世界中,艺术要做什么?美学要做什么?这倒反而成了一个问题。

面对“艺术的产业化”和“产业的艺术化”,艺术应该怎么办?这是当代日常生活审美化以后所面临的问题。有一种说法是艺术的“终结”,原因在于，当所有的人都是艺术家，所有的作品都是艺术品之时，也就无所谓艺术了。面对这样的状态，有人呼吁，要重回理性，或者说，建立一种新理性。实际上，过度理性的加强，只会造成美学与现实间进一步疏离，从而使美学更加软弱无力。

四　美学的意义在于感性的提升

让我们再一次回到美学上来。美学的意义在于肯定人的感性，论证感性提升的意义和价值。

当我们考察人的时候，有一个传统的做法，即从人与动物的区别来定义什么是人的本质，并由此生发出关于人文学科研究的基本出发点。德国古典哲学就是这么做的。从康德到黑格尔，都认定人是理性的动物。人有理性，动物没有理性。此后，有各种各样的关于人的定义：人是使用语言的动物，人是使用工具的动物，人是有情感的动物，人是有道德感的动物，人是社会的动物，如此等等。这些论述背后都有着一些重要的哲学含义。

我们常常通过起源来论证本质，但实际上，对起源的认定，常常是从关于本质的理论衍生而来的。当人们说“泰初有道”时，我们不是在说，本来有一个东西叫“道”，世间的一切都来源于它，而是说，在现实的生活背后，有着一个具有本质性的、被人们称为“道”的东西，人们应该追溯并发现它久远的来源。同样，当人们说“泰初有言”之时，所强调的则是关于语言的理论，说明是“言”这样的表述行为，而非“道”这样一个不可见的规则，应成为哲学思考的中心，由此人们来推定它的来源。对于其他来源的描述，都具有这方面的含义。由此，我们可以看到，有什么样的哲学，就有什么样的关于人的来源说。这已经不再是一个生物学或人类学的话题，而是哲学的话题了。

对此，我想质疑的，不是人与动物有什么区别，而是这样一个立场，即为什么我们要仅仅从人与动物的不同点，而不是人的全部特点来思考人的本质。人从动物进化而来，从动物到人的进化过程，不是某一天，或某一代人突然完成的，而是相当漫长。在这个漫长的过程中，各种因素都起着作用。现代科学越来越证明，人从动物祖先那里继承了大量的遗传特征。从基因图谱看人与人的动物祖先的差异，会发现其间的差别是极其微小的。仅仅从哲学上认定的某种人与动物的“本质性的”差别，来说明人与动物不同，并进而将这种差别说成是人的“本质”，是许多哲学家们历来惯常的做法。在今天看来，这种做法有着严重的问题。

如果我们能够承认人从动物进化而来的话，在考察人的本质时，就应该考虑从动物进化到人的连续性。这种连续性构成了人的原初特征，而人的其他特征，都是在进化过程中逐渐发展起来的。

人们喜欢将一些类人的动物与人所共有的行为，用不同的名称来命名，以此来论证人与动物的差异，说明人具有某种动物所不具有的本质特点。实际上，如果我们换一个角度来看，就可以发现，这种差别只是程度不同而已。人具有动物所不可能具有的享受美食的可能和能力，但这种对美食的享受，从觅食与进食的角度看，只是动物行为的发展而已。动物也有着对美食的追求，能区分什么是为了填饱肚子的，什么是爱吃的。人的两性关系当然与动物的两性关系有着巨大差别，但是，在研究人的关系时，仅仅从考察人的两性关系与动物的两性关系的差异出发，显然是不适当的。人是从动物进化而来，因而人的行为只不过是由动物行为发展而来，并以新的形式表现而已。

在中国美学界，长期以来流行一种“积淀”的观点，即认为，包括人的审美能力在内的各种人的心理能力，是从文化到心理的积淀的结果。这种观点的核心在于，原本理性的行为，形成一个“逻辑的格”。人的行为从学习到习惯，从有意识到无意识，从功利到非功利，从长期训练的动作到本能的反应，这是一个转化过程。在这个过程中，理性转化成了感性，文化积淀为心理。这种观点承认审美是感性的活动,但强调审美的来源是理性。为了证明这种观点,动物的美被否定了,美的来源被说成了是从打制石斧开始。这种观点认为打制石斧的行为,才使原始人有了最初的形式感。同样,也为了证明这种观点,陶器的抽象花纹被说成源于生活的、具有功利性的模仿活动。

这些观点的前提是一种人类中心主义:只有人才有理性,因此只有人才具有欣赏美的能力。这种观点从人与动物的区分寻找人的本质,并且用人的本质来论证美的本质。如果换一个角度,我们就可以看到,这种论证的方式和途径存在着严重的问题。人的本质不能从人与动物的不同之处寻找,而应该从人的能力和可能性方面去寻找。美的本质也不能只从人的本质进行逻辑推演,而应该回到人的感性生活上来。

由此,我们看到的是,人的思维和行动只能起到提升感性的作用。对于人的美感能力的形成,我们应该换一个角度思考,即人或者人的动物祖先,本来就有着美感能力。在长期的进化过程中,人的思维和各种活动,都对这种能力的发展起着重要作用。人不是通过理性转化为感性的"积淀",从而使人的审美能力从无到有,并且在此基础上,使美的对象和人们对美的感受相互对应,同时出现。人本来就有着来自于动物祖先的感性能力,它们依赖这种能力生存和延续后代,这种能力也使它们在向人的进化过程中得以成长和发展。

从这里,我们再一次回到康德的命题,即评判先于愉快,还是愉快先于评判的问题。人的活动本来就是感性的。人在活动中趋利避害,同时也在趋美避丑。这种活动存在于日常生活之中,无处不在,也存在于从动物向人的进化的整个过程中。随着人的认识能力与实践能力的发展,这种感性活动就处在一个不断被改造的过程之中。这里面,有思考、评估、记忆,有错误的纠正,也有经验的总结,但无论如何,都不是评判在前,情感在后。情感总是伴随着人的活动的全过程,而评判只是间或穿插其中。

在当代社会,感性的充盈所造成的结果是世界的图像化,人被各种图像所包围。感性的困境只能通过感性来打破。美学要肯定人的感性活动，通过活动建立人与周围世界的新的连接。

结语　用感性应对感性

美学发展到了今天，已经达到了这样一个阶段，它迫切需要在一个新的发展阶梯上回到感性。这是一种对鲍姆加登理论的回归，但要突破理性主义哲学的框架。从柏拉图开始的一个哲学上的大传统，就认为感性所把握的事物的现象是处于变动中，转瞬即逝的；而只有通过理性才能把握的事物现象背后的内在本质，才是恒定不变的。哲学的任务是认识事物现象背后的本质。鲍姆加登肯定感性的独立性，指出存在一种感性的完善。这种观点开启了现代美学的传统。然而，这毕竟是在理性主义的框架中所做出的有限的努力。现代美学的发展，却呈现出从各个角度来批判鲍姆加登的倾向。理性主义的美学在一些哲学家那里多次得到肯定，并由此形成了一个又一个美学的高峰。这种现象造成的结果，恰恰是美学与艺术的脱离。美学的高度理性化，使艺术家们越来越对它敬而远之，从而使研究美学的人与研究艺术的人，成为完全不同的两种人，也使得美学越来越抽象化，不能解决当下的问题。

在当下艺术的产业化和产业艺术化盛行之时，人们对艺术本身也提出了理论的要求，希望通过理论的介入，帮助它脱离危机。在市场与科技造就图像的时代，感性变得麻木。拯救健康的感性，真正从感性活动方面来理解感性，召回艺术，重塑审美，成为时代迫切的要求。理性是无力的，只有感性的生命长存。新感性，是用感性应对感性。在美逐渐泛化、美被滥用时，用感性的艺术来呼唤一种新的感性，而不是退回到思辨中，听任艺术的终结。

第三章　美学与艺术向日常生活的回归

近年来，先后在国外和国内出现了许多关于日常生活审美化的争论。这些争论，对于我们深入了解当代美学所面临的任务，了解当代艺术的处境，思考美学和艺术的未来，是非常有益的。然而，在国外和国内，由于讨论日常生活审美化的理论语境不同，这个提法所具有的含义也不相同。部分争论者对相关的一些理论预设的表述还不够清晰，常引起对争论所包含的理论意义的误读。在此，我想简要地做一些客观分析和梳理工作，对有关的历史和现状做一个提要性的表述。

一　“美学”概念的起源与现代艺术概念的形成

在欧洲，作为高等艺术的组合的“美的艺术”(beaux-arts)的概念是18世纪才出现的。1746年，法国人夏尔·巴图神父出版了一部名为《归结为单一原理的美的艺术》的书。在这本书中，作者将音乐、诗、绘画、雕塑和舞蹈这五种艺术确定为“美的艺术”，认为这些艺术与机械的艺术不同，前者是以自身为目的，而后者是以实用为目的。在这两者之间，还有着第三类，即雄辩术与建筑，它们是愉悦与实用的结合。巴图的这一区分，后来被达朗伯、孟德斯鸠和狄德罗等人作了种种修改以后运用到《百科全书》的学科框架之中，成为一个被普遍接受的观念①。

几乎与此同时，德国人创立了“美学”这个词。1735 年，当时只有 21 岁的理性主义哲学家和逻辑学家鲍姆加登在他的博士论文《对诗的哲学沉思》一书中指出，事物可分为“可理解的”和“可感知的”，后者是“美学”（“感性学”）所研究的对象。一段话语可以在声音、韵律及该话语所包括的隐喻、象征等方面获得完善或不完善的表现，研究这种感性表现的完善的科学，就是“美学”。鲍姆加登对他的这一发明很重视，1750 年，以这个词为书名，发表了他的巨著《美学》第一卷。这套书他后来没有能写完，在第二卷出版后不久他就去世了。他的书是用拉丁文写的，读的人也不多。但是，这个概念的影响是深远的②。

---

① 有关现代艺术体系的形成，请参见 Paul Oskar Kristeller, *The Modern System of the Arts*: *A Study in the History of Aesthetics* 一文，载 *Journal of the History of Ideas*, Volume 12. Issue 4, Oct., 1951, 496-527。这里的观点，亦可参见门罗·比厄斯利《西方美学简史》，高建平译，北京大学出版社 2006 年版，第 136 页。

② 有关鲍姆加登和 18 世纪德国美学的情况，可参见 Paul Guyer, *18th Century German Aesthetics*, 见网络版 *The Standford Encyclopedia of Philosophy*，以及包括比厄斯利《西方美学简史》在内的各种美学史著作。

在18世纪中叶，欧洲国家中的人分别创造出了“美的艺术”的体系和“美学”概念。正像一切科学上和思想上的发明一样，近距离观察其具体的发明过程，都可看到种种偶然因素，例如，发现他们由于某种机缘，突然产生某种想法。但是，巴图和鲍姆加登两人都不是思想界的重要人物，不能进入那种凭借个人的力量独自改变历史进程的巨人之列。甚至，如果不是由于这两项发明，一般哲学史和美学史著作可能都不会提到他们。有人以文传，有文以人传，这两个人各自因发明了一个词而传。因此，我更愿意认为，这两个人的历史功绩主要在于创造了当时的历史发展所需要的两个关键概念。也就是说，不管他们的创造活动本身如何偶然，这些创造在当时被接受并流传开来，是有着必然的原因的。

将他们放在当时的历史发展进程之中，把他们看成对现代美学的形成做出贡献的众多的人中的两位，我们就会形成一个更为合理的理解。18世纪之初，在英国出现了夏夫茨伯里、哈奇生，在意大利有维柯，他们对审美无利害、对内在感官的论述，以及对感性、形象和艺术的论述，开启了这一美学的世纪。后来英国人休谟关于趣味的论述，博克和荷加兹对审美性质的分析，德国人摩西·门德尔松的四种“完善”说，莱辛对不同艺术门类间的同与异的探讨，都可以看出沿着这一大方向向前迈进的一个个脚印。这时，还出现了一个重要的区分，这就是心理学上的知、情、意的分立，在哲学上分别建立与此相对应的认识论、美学、伦理学，也就显得十分必要了。

其实，巴图和鲍姆加登两人最初都分别是作为批判的对象出现的。巴图将“美的艺术”归结为一个“单一原理”，这个原理是“模仿”。这种寻找单一原理的努力，随即就受到了包括让-巴蒂斯特·迪博、摩西·门德尔松，以及莱辛的批评。但是，这些批评“模仿”说的人，也只是做局部的修正。他们最终还是接受了巴图有关诸艺术来自于却又不同于现实生活，并共同构成了一个供人愉悦的独立的世界的观点。“模仿说”说的正是这个意思。古老的“模仿说”，在巴图那里获得了新生，因为他将柏拉图的一个否定性概念，彻底转化成了一个肯定性概念，并赋予这个概念普遍性。鲍姆加登的遭遇和巴图一样。在他之后，康德和黑格尔都批评他，甚至对“美学”这个词的合法性提出质疑。在康德的笔下，审美是判断的一种，而黑格尔要将美学改成艺术学。然而，“美学”这个学科恰恰在这种批判中得到了建立和完善。

应该说，直到 18 世纪末，在德国人康德和席勒那里，完整的美学体系才建立起来。康德将此前一切有关美和艺术的讨论集中到一个焦点之上，形成了以审美无利害和艺术自律为核心的美的体系。席勒将这一主观性的体系加以改变，注入了客观性的因素，使一个满足于哲学上的自我完满性的美学体系成为一个社会改造的假想性模式。

将巴图和鲍姆加登这两个人与“美的艺术”和“美学”这两个概念放在这样一段历史中观察，我们就可以发现，这一切都不是偶然的。“美的艺术”概念的形成，现代艺术体系的建立，“美学”作为一个学科出现，反映出艺术在历史发展中的一个独特处境。也许我们可以用最简单的语言来做这样的概括：17 世纪的西欧，自然科学发展了起来，这为下一个世纪的“美学”的发展做了准备。18 世纪的欧洲，理性成为至高无上的理念。这一时期，人们开始利用已有的科学和工艺的成果来理解世界，于是，科学主义在哲学中盛行，上帝成了一位高明的钟表匠。当科学与工艺生产分离，出现“为科学而科学”的倾向时，艺术与工艺生产分离，进而离出现“为艺术而艺术”的倾向就不远了。为了从当时的工商业中独立出来，为了反对以马基雅弗里和霍布斯为代表的政治和道德上的功利主义，审美无利害和对纯粹艺术的追求得到了发展。“美学”和“艺术”的观念正是在这种处境中生长起来的。

二　艺术与日常生活

艺术与日常生活分离，出现一个独立于日常生活世界之外的艺术的世界，是现代发展的结果。贡布里希在他的《艺术的故事》一书中多次重复一句话：从来没有存在过以大写字母A开头的Art（艺术），而只是存在"艺术家"（artist）[①]。当然，以大写字母开头的Art还是存在过的，他这么说，只是想以此说明他的艺术观念而已。这种观念就是，艺术本来与工艺是一回事，都有着外在的目的。将A大写，是人的观念在特定时代和社会中发展的产物。

被我们今天当作艺术作品的古希腊神庙和神像，反映的是当时的宗教观念。被我们当作美的典范的维纳斯，智慧与勇武典范的阿波罗，以及各种美丽的男神、女神像，在当时都不过是宗教观念的载体而已。尼采在论悲剧时也承认，悲剧是从宗教精神中诞生出来的。在中世纪，大量存在的是圣像和圣徒像，那些修长的人体、发光的眼神，透露出一个神圣而神秘的神性世界。中国汉魏时代的人物画，也是以帝王像和神佛画像为主。王权和神权崇拜是这种画像的驱动力量。这种宗教性随着历史的发展被逐渐淡化。在文艺复兴时期的意大利艺术中，如果说其中的圣经故事像还多少有些宗教意味的话，那么，在这时出现的希腊神话故事像中的宗教意味就很淡了。

与宗教转化为艺术相反的情况，是一些民间娱乐活动转化成为高雅艺术。戏剧活动是一个典型的例子。它本来具有草根性，只是后来，由于上层和宫廷的提倡、城市商业文化的兴起，它才逐渐成为高雅艺术。中国的地方戏是如此，在西方也是如此。在今日的英国，莎士比亚的戏剧是最

① 见E. H. Gombrich, *The Story of Art*, London: Phaidon, 1989。

高的文学范本，但在当时，它们只是民间娱乐活动。莎士比亚在英国文学史上的地位，与曹雪芹在中国文学史上的地位一样，是死后被追认的。

类似的情况，在手工艺术活动中也大量存在。在手工艺实用物品的生产活动中，大量存在着以美为目的对产品进行改造的现象。被我们后来当作艺术的一些工艺活动，只是诸多的工艺活动中的几种而已。画匠、雕刻匠、建筑师、乐师与铁匠、木匠、首饰匠所做的事，本来没有什么本质上的差别。艺术与手工艺的差别，是由于社会分工、科学技术和机器工业的出现、市场和货币交换的发展，才逐渐被建构起来的。

艺术与非艺术的区分，本来就是历史发展的产物。艺术从宗教性和实用性的活动转化而来，在社会的变迁中，寻找到一个暂时栖居的位置，以此体现社会中人的复杂分工的一种独特的情况。作为一个学科的“美学”也是如此。审美无利害，艺术自律，知、情、意分立，这些维系美学的基本概念，造就了“美学”在历史上的辉煌，也预示着这个学科将会出现的危机。

三　日常生活审美化理论的渊源

目前，人们对日常生活审美化观点的起源，有着不同的说法。有人说，最早提出这种观点的是迈克·费瑟斯通，有人说是沃尔夫冈·韦尔施，有人说是理查德·舒斯特曼，其实，这种观点很早就有，是一个被主流美学所压制却一直存在着的传统。

在18世纪“美的艺术”体系和“美学”学科出现，并在康德的影响下转向无利害和艺术自律的同时，反对的声音一直存在着。在19世纪的欧洲，早期社会主义运动的代表人物，如圣西门、傅立叶，都曾经表示过反对将艺术与生活的其他部分分隔开来的做法，强调艺术为建立理想社会服务的观点。孔德对未来社会计划时,认为艺术培养人与人之间的爱,这是社会秩序的真正基础。在法国社会学美学中,让-马里·居约提出,艺术在本质上有着深刻的道德性和社会性,这种道德性和社会性会给社会带来健康和活力。英国的罗斯金为艺术的社会责任辩护,莫里斯提出重新将艺术与工艺结合,认为真正的艺术是"人在劳动中的快感的表现"。除此以外,俄国的列夫·托尔斯泰强调艺术为增强一种在上帝的父爱之下的人们之间兄弟之爱的感觉而为之服务的思想。美国的爱默生指出美与实用事物的完善有关。这些思想家的出现说明,在美学和艺术的圈子里,并非是"审美无利害"和"艺术自律"观一统天下,它们只是在一段时间里占据着主导地位而已。在19世纪,另一个有着重要影响的美学线索就是马克思主义的美学观。马克思主义美学强调对社会和历史的现实主义反映,强调艺术家对生活的干预。由于马克思、恩格斯的许多有关文艺的著作和书信在当时并没有发表,马克思、恩格斯也主要被人们看成社会运动的指导者,因此这些论述直到20世纪才开始在俄国和一些东欧国家被人们系统研究,形成强调艺术的社会功能的马克思主义美学。

对当代日常生活审美化思想影响最大的,应该是杜威的美学。杜威的《艺术即经验》一书,从这样的一个前提出发:人们关于艺术的经验并不是一种与日常生活经验截然不同的另一类经验。他要寻找艺术经验与日常生活经验、艺术与非艺术、精英艺术与通俗大众艺术之间的连续性,反对将它们分隔开来。他认为,过去的种种美学都从公认的艺术作品出发,这种出发点是错误的。如果人们只是对挑选出来的美人做形体测量,就不可能形成关于美的根源的理论,其原因在于,人们在挑选对象时,就已经投射了主观的美的标准。如果只是对公认的艺术品进行分析,就不能达到艺术的理论。这些作品被当作艺术品,是由于另外的原因,被人为划定的。杜威提出要绕道而行,从日常生活经验出发。他从日常生活经验中发现了他所谓的"一个经验",即集中的、按照自身的规律而走向完美、事后也使人难忘的经验。他说,这种经验就是具有审美性质的经验,这与人在艺术作品中所获得的审美经验是非常接近的。与此相反，那些松弛散漫的经验不构成“一个经验”，也就不是审美经验①。

杜威认为，艺术作品的特点，就在于它能够提供经验。他的《艺术即经验》一书，直译应为“作为经验的艺术”。他认为，不进入人的经验之中，对象就不是艺术作品，而只是艺术产品。艺术作品是他考察的对象，而艺术产品不是他的考察对象。从另一角度说，他的考察的对象也不限于公认的艺术作品，而是一切能形成人的“一个经验”的对象。这样一来，他的理论具有这样一种可能性，即过去不被认为是艺术作品，却能提供“一个经验”的对象，也可以进入他的美学的考察视野。

在美国，实用主义美学与分析美学之间的斗争经过了两代人。分析美学在出现之初占据着上风。杜威美学由于三个原因而在 20 世纪的中叶失势：第一个原因是它的左翼色彩不适合麦卡锡时代的美国政治大气候，第二是它反思辨的色彩使它不适合受过严格训练的思辨哲学家们的胃口，第三是它没有针对当时吸引美学家和艺术史家们注意的先锋派艺术做出回应。也同样由于这三个原因，20 世纪末杜威美学在美国具有巨大的吸引力。第一，麦卡锡时代终于过去了。在知识界，一般说来是左翼思想占据着主导地位，知识分子中普遍流行着对从里根到布什和小布什政策的不满。第二，在哲学内部也出现了对纯思辨地做哲学的方式的不满，而美学恰恰在这方面扮演着先锋者的角色。第三，先锋派艺术本来就具有使艺术回到现实生活之中的倾向，但是，这种艺术却依赖于艺术界而存在，以至 20 世纪后期的新先锋派具有重回艺术体制的倾向。走出博物馆和沙龙的先锋派艺术最终又回到了艺术馆和画廊，并借助它们生存。反艺术的先锋派变成了只有借助艺术的名义才能有所作为的新先锋派。美学家们在仍保持这种艺术关注的同时，将注意力转向了通俗大众艺术。由于现代音像技术、网络等科技方面的进步，通俗大众艺术受到普遍的欢

---

① 有关杜威美学思想，请参见杜威《艺术即经验》（高建平译，商务印书馆 2005 年）一书，包括该书的译者前言。

迎。这种艺术不计较艺术的名分,却填补着精英和先锋的艺术所不能填补的广大的空间。杜威关于"绕道而行"、寻找连续性,从日常经验而不是从"公认的艺术品"出发的方法,为这方面的研究提供了理论的依据①。

四　重建美学与日常生活关系的当代理论背景

在20世纪中叶,在英美和一些北欧国家,美学上占据着主导地位的是分析美学。分析美学具有反康德体系的色彩,强调概念的分析,反对大体系,也反对美学中的心理学倾向。从这个意义上讲,这种美学对美学界走出康德体系曾经起过重要的作用。然而,分析美学的特点,恰恰是从"公认的艺术品"出发,这也正是杜威美学所反对的。分析美学家们将美学定义为元批评,即批评的批评。他们认为,对艺术作品的经验是第一层,所有对艺术进行欣赏的人,都有着这一层的经验;在这一层之上,建立起对艺术作品的批评,这种工作的从事者只局限于艺术批评家和艺术史研究者,这是第二层;在艺术批评之上,建立起对艺术批评所使用的概念、术语和范畴的分析,这才是哲学家或美学家应关注的对象,这是第三层,这一层可被称为艺术哲学。对于分析美学家来说,艺术哲学就是美学。对于什么样的作品应该是批评或评论的对象,分析美学家们并未做出规定。他们所做的事只是澄清概念,通过概念的分析将理论的争论建立在理性的基础之上。分析美学家绞尽脑汁要给艺术一个定义,而为达到这个目的,他们研究的对象还是那些"公认的艺术品"。分析美学家不担当裁判官的角色,认定某物是或者不是艺术品。对于他们来说,对象是给定的。他们的理论姿态是,既然人们都说它是艺术品,必定有它是艺术品的理由,于是,哲学分析的任务就是找出这种理由。分析美学家们也不将审

① 参见高建平等《实用与桥梁——访理查德·舒斯特曼》,载《哲学动态》2003年第9期。

美与艺术挂钩。他们认定，这两者之间的脱钩是历史发展的必然，美不是艺术品之所以成为艺术品的条件。因此，分析美学导致了一种美学上的间接性。作品美不美，世界美不美，都与这些美学家们无关。间接性使分析美学家脱离生活、实践、艺术和大众，也最终形成反弹，推动了美学向着感性和日常生活的回归。这是从20世纪90年代起出现的潮流。

中国的情况与西方不同。在中国，20世纪早期，在美学上占据着主导地位的是王国维、朱光潜，他们强调无利害的静观，艺术与美的结合的美学。20世纪中期，与西方分析美学兴起的同一时期，中国人接受的是苏联版本的马克思主义美学，强调艺术为政治服务，艺术对社会生活的干预。中国20世纪80年代的“美学热”，呈现出复归此前的美学与进一步研究和介绍西方思想结合的思潮。在那一时期，占据主导地位的具有权威性的思想，是建立“审美无利害”和“艺术自律”，真正打动中国人内心的仍是王国维、朱光潜和宗白华的美学。当时有众多西方美学家的著作被介绍到中国，但在美学界产生巨大影响的，是在康德影响下形成的鲁道夫·阿恩海姆和苏珊·朗格，而不是在西方正在流行的分析美学家们。当时形成的“实践美学”，具有以“实践”概念为核心，在理论上将康德思想、西方马克思主义，以及中国传统思想结合起来的特点，因而赢得了许多的欢迎者、拥护者和阐释者。但是，用这一学派的创始人的话说，由于这一概念在当时只解决审美的实践基础问题，对具体的艺术作品不进行介入性研究；对自然成为美的对象，只作“自然的人化”这个一般性的论述，而对自然成为人的审美的对象的具体过程，没有清晰的描述；同时，主张这一观念的人强调通过康德的视角来解读马克思，从而使马克思美学受到了康德化的改造，这样，“实践”概念本来所具有的挑战“审美无利害”和“艺术自律”的美学的潜力，没有能得到很好的发挥。

20世纪80年代，中国美学界进入了西方思想的全面引进的时期。80年代的中国，由于思想和文艺界走出“文化大革命”时期意识形态的影响，加之改革开放的要求，出现了空前的“美学热”。这是中国美学发展的黄金时代,那个时代积累下来的成果是中国美学的永久财富。"美学"这个学科在今天仍有一股强大的研究力量,与那一时期的"美学热"是分不开的。然而,给80年代的"美学热"提供思想资源的,主要还是西方在分析美学出现之前,从18世纪末到20世纪前期流行的,以"审美无利害"和"艺术自律"为代表的美学。

到了20世纪90年代,走出"审美无利害"和"艺术自律",无论在西方还是在中国,都成为一个普遍的要求。在西方,日常生活审美化,是走出康德美学和分析美学后的美学。无论是英国的文化研究、德国的法兰克福学派,还是法国的社会学派,都对在美学界占据主流地位的分析美学提出了挑战。在严格的美学圈子里,即一直从事分析美学研究工作的人之中,从维特根斯坦的《哲学研究》一书中汲取营养,研究语言背后的生活,发展后分析美学,是主要的努力方向。而在美国,日常生活审美化则主要是从杜威的经验论美学汲取理论资源。

正如我们在前面所说的,从圣西门、傅立叶、罗斯金,到托尔斯泰、杜威,还有从马克思到当代的西方马克思主义者们,都强调一种艺术介入生活,使艺术为创造更好的社会服务的理论。这种理论在90年代,形成了一种美学转向,要求彻底改变"做美学的方式"。1995年芬兰的拉赫底国际美学大会,开始关注后现代美学与非西方美学接轨的可能[①]。1998年的卢布尔雅那国际美学大会,则提出要走出分析美学,用新的方式做美学。于是,日常生活的审美化的可能性,体育成为艺术的可能性被探讨,环境美学成为核心话题[②]。此后的东京会议突出亚洲美学,里约热内卢会议将拉丁美洲的美学展现在人们眼前。国际美学协会的一些重要会议,都引领美学上的新方向,而所有这些发展,都与走出"审美无利害"和"艺术自律"有关。

---

① 这次会议所提交的有关比较美学的论文,曾精选出20篇,出版在 *Dialogue and Universalism*, Vol. VII, No. 3-4/1997 之中,该书由拉赫底大会的主办者 Sonja Servomaa 主编。

② 这次会议的精选本出版在 *Filozofski Vestnik* (*Filozofski inštitut ZRC SAZU*, Ljubljana), 2/1999 之中,Aleš Erjavec 主编。

在中国，日常生活审美化具有不同的理论背景。第一，中国美学没有经过一个分析美学的阶段。目前正在流行的关于关键词的研究，部分起着为分析美学补课的作用。这种研究与日常生活审美化同时发生，而不是在它之前发生，也没有成为它的挑战对象。第二，中国美学告别了"文革"时代的工具论的时间还不久，老一辈学者对此记忆犹新、恐惧依旧。任何建立艺术与生活的联系的努力，都不能摆脱工具论的阴影。第三，更为重要的是，中国的日常生活审美化是在整个社会的大环境下，尤其是在市场经济的发展，贫富差别空前拉大的情况下出现的。在这种情况下，日常生活审美化的浪潮就很容易被引入一个与西方理论发展完全不同的方向，研究者将主要的注意力指向生活方式的改变，而不是对社会发展的理论批判之上。这时，诸如美感的本质就是快感，要以快感代替美感，美学要关注高档次的生活方式的观点就出现了。这种发展，是日常生活审美化的一个支流。

结语　艺术与文明

在《艺术即经验》的最后，杜威说，在分工和阶级分化的社会中，艺术是文明的美容院。在这种情况下，无论是艺术还是文明，都是不可靠的。杜威的话为我们提供了重要的启示。

艺术的未来会是什么样子？日常生活审美化是否意味着艺术的终结？这是当时学术界讨论的一个焦点问题。人们都说，艺术终结的观点来源于黑格尔，但实际上，"美学"概念和"美的艺术"体系，是在黑格尔所谓的艺术已经走完了它在古典时期的黄金时代，绝对精神已经转向哲学的时期，即 18 世纪末和 19 世纪，才发展起来的。正如前面所说，恰恰在资本主义生产方式发展、社会分工和商业文化兴起之时，"美学"概念和

“美的艺术”体系才得以形成和发展。因此，黑格尔和马克思心目中的“艺术终结”与今天的学者们所说的“艺术终结”，指的不是一个意思。

由于社会分工使不同的人将自身活动的价值绝对化，科学技术迅速发展给人带来一种“科学万能”的思想，市场经济将一切价值都转化为交换价值，艺术变成了一个孤岛。在这种情况下，为了保护艺术自身的独立性，现代艺术体系，一个不同于日常生活的另一个世界，即艺术的世界出现了。当柏拉图说，艺术作品是“影子的影子”时，他只是从否定的角度来概括艺术。当夏尔·巴图将各门艺术都归结为“模仿”这个单一原理时，他则从肯定的角度，提出艺术从属于另一个世界。本来，艺术就存在于日常生活的世界之中。将艺术看成从属于另一个世界，形成艺术与生活的这种区分，归根结底是人们的社会分工，劳动与享受的分离的结果。随着这种社会状况的改变，艺术的生存环境也会改变。

艺术的未来是什么？显然是要打破这种分离。对于一些人来说，这时，艺术就“终结”了，但对于另一些人来说，这则是艺术的真正开始。杜威说，艺术曾经是文明的美容院，它会变成文明自身，说的就是这个意思。将人们在一个个孤岛式封闭的世界，在博物馆、沙龙、音乐厅和歌剧院，在高雅艺术中培养起来的审美能力运用到广大的日常生活世界的活动中，是艺术发展的一个前景。这就是说，艺术走出文明的美容院，来到生活之中。杜威设想，要寻找高雅艺术与通俗艺术经验、艺术与工艺经验、艺术与日常生活经验的连续性。其实，经验连续性的实现，还依赖于人的社会分工的状况本身得到改善。我们过去说，要缩小城乡、工农、脑力劳动和体力劳动之间的差别，这个理想没有过时也永远不会过时。他说，艺术的繁盛是文化性质的最后尺度。也许，更正确的说法是生活的艺术化程度是文明的最高的尺度。这种艺术化，在一种两极分化的社会里，是不可能完成的。当一边是穷苦的人在生存和温饱线上挣扎，一边是富人和新贵们穷奢极欲时，宣传生活的艺术化或审美化，很自然地会转向以快感代替美感，以庸俗代替崇高。人类追求公平正义，会给这种艺术化提供准备。

这种艺术"终结",或者说艺术的真正开始,不过是艺术回到自身而已。

当下文学评论界正在兴起一种说法,即"无产者写作"。无产者写作,是指写无产者,为无产者而写,还是由无产者所写?这里面有着许多意义上的含糊不清之处。这种含糊,有时是刻意造成的,属于叙述手段而已,在理论上没有建设性。无产者写作可以获得一种政治上的正确性,从而获得一种号召力,但其中缺乏真实的内涵。比起这种无产者写作,使艺术成为生活改造的力量,才是一件更加重要得多的工作。杜威曾说过,许多对无产阶级艺术的讨论都偏离了要点。他指出,"艺术的材料应从不管什么样的所有的源泉中汲取营养,艺术的产品应为所有的人所接受,与它相比,艺术家个人的政治意图是微不足道的"。当然,杜威是否抓住了要点,我们可以继续思考,但毕竟,新的社会条件,应该给艺术带来新的生存环境,也应该使艺术具有新的可能性。

艺术终结了,艺术又新生了。这是第二次终结,也是第二次新生。这种艺术的新生,应该与马克思所说的"按照美的规律来建造"结合在一起①。艺术会走出象牙之塔,走出孤岛,走出分区化形成的鸽笼,走向大众。只有在这个意义上,日常生活审美化才成为历史的必然。

---

① 马克思《1844年经济学哲学手稿》,《马克思恩格斯全集》人民出版社1997年版,第42卷,第97页。

第四章　后文化研究时代的美学

20 世纪 90 年代的中后期，中国曾经流行过“文化研究”，这一研究至今仍是一个巨大的存在。可能有人会觉得，文化研究者做文化研究，美学研究者做美学研究，本来可以互不干扰，井水不犯河水，各自在自己的学科内活动。当我们说“后文化研究时代的美学”之时，就把两者联系到了一起，好像两者之间有一种复杂的关系似的。它们之间是否有关系？如果有，这种关系又是怎么形成的？简而言之，作为一门学科，美学在中国曾经扮演过某种角色，这个角色后来被文化研究所取代，在重新恢复美学的地位的今天，美学又从文化研究中吸取了一些有价值的东西。

实际上，在中国，做美学研究的人与做文化研究的人差不多是同一个群体。两种研究之间有着竞争的关系，竞相赢得中国最具前沿性，最有创造活力的学者的注意。这种竞争关系的形成，与这两门学问各自在不同的历史时期所起的作用有关。学科化与非学科化的相互运动，在像美学和文化研究这样一些学科中，不断地发生着，时代对这种运动的结果作出选择。

一　美学与 80 年代

从 1966 年到 1976 年，中国曾经发生过一次“文化大革命”。“文化大革命”结束后，中国社会发生了迅速变化，实行了改革开放的政策，从此中国的经济走上了发展的快车道。这个描述大体上是正确的，但是，如果深入到历史细节，人们就会发现，情况要复杂得多。

如果有什么技术能进行语境还原，让人们一下子回到 20 世纪 70 年代末，人们就会感觉到，那时的广播、电视和报纸上所使用的语言非常奇怪。不仅是语言，那个时代人们的思维方式，论证问题的方式，都是怪怪的。意识形态与语言表达互为表里，语言表达的方式，是当时思维方式的表现。

那时的中国，是一个很封闭的社会。关于那一时代社会情况的直观图像，现在已经不常见到了。前不久有一位年轻的朋友送我一张光碟，是一部电影——安东尼奥尼的《中国》。尽管电影拍得沉闷，我还是充满好奇地看完。这部电影很真实地记录了当时的中国。从服装上看，男女都穿着清一色的蓝衣服，色彩单调。

中国人服装上的丰富色彩,要到20世纪80年代才慢慢出现。当我们看到色彩鲜丽的80年代电影时,就感到,那时一切都在改变。从外观上看是这样,从思想和心灵上讲,就更是如此。从一个封闭的中国,走向一个开放的中国,这是一个漫长的过程。在这一过程中,美学和文学艺术的工作者们做了很多的事。我们今天都用这样几个关键词来描述这一段变化:"实践是检验真理的唯一标准"的讨论,十一届三中全会,以经济建设为中心的政策的确立。当然,这一切都很重要。但是,如果细读历史,人们就会发现,在"实践标准"讨论之前,美学和文学艺术领域就已经行动了起来。文学常常走在时代的前面,诗歌总是第一朵报春花。

中国的美学和文学的变革,借助了这样一个契机:《诗刊》1978年第1期,发表了毛泽东给陈毅的一封信,谈写诗的问题。这封信同时也刊登在1977年12月31日的《人民日报》上。信的缘起是这样的:陈毅很喜欢写诗,对毛主席的诗也很崇拜,于是就把自己写的诗送给毛主席,请他改。毛主席回信的大意是:你让我改诗,我只改了一首,还不尽如人意。写诗是需要形象思维的,要用比兴手法。白话写诗不成功,将来的诗可能会从民歌中吸取养料。信很短,文字也很随意。陈毅与毛泽东从井冈山开始就在一起共事,私人通信远不止这一封。何况,这是一封旧信,写于1965年。等到1978年发表时,当事人都已逝去。然而,恰恰是这封信,在文艺界引起了极大的震动。在这封信发表不到三个月的时间里,朱光潜、李泽厚、蔡仪均发表了三篇文章,他们都抓住了形象思维这个词,发挥对这个词的理解。至于资料集一类的书,就更是大量涌现。1978年2月,复旦大学教师们集体完成了《形象思维问题参考资料》的编辑工作,并在三个月后出版。很快,全国各地许多大学的文学理论老师们都行动起来,编辑出版了各种类型的资料集。在这些资料集中,质量最高、影响最大的一本,是中国社会科学院编的近50万字的巨著《外国理论家、作家论形象思维》。钱锺书、杨绛、柳鸣九、刘若端、叶水夫、杨汉池、吴元迈等许多当时中国社会科学院的重要学者都参与其事。

在当时，从事美学、文学、艺术研究的学者们一下子找到了一个兴奋点。这也是一个理论上的着力点，就像拿起重物所需要的一个抓手。形象思维在当时所起的作用，正是像理论上的抓手一样，抓住了它，推倒“文革”时代的文学理论，就用得上劲了。“美学热”就是从它开始的。形象思维的讨论早于真理标准的讨论，真理标准的讨论在1978年的年中才开始，而十一届三中全会则是1978年年底才召开。真理标准的讨论，是用生活实践的观点来打破当时盛行的理论上的教条主义，因此，它是从理论的消解开始的。当全国人民都被发烧的理论热昏了头的时候，生活实践的观点，可以帮助他们解开理论枷锁，睁眼看世界，处理最紧迫的生活实践问题。与此相反，从形象思维开始的“美学热”，是从理论的批判和建构开始，相比之下更具有理论的品格。

这里我想作一个词义辨析。有人说，从20世纪后半叶以来，中国有过三次“美学热”。这三次美学的热潮，分别具有不同的时代特点和社会语境。第一次是20世纪的50至60年代前期，一般称为“美学大讨论”，主要的目的是在中国建立马克思主义的美学。这一讨论的发展趋势是从“美的本质”到“形象思维”。通过“美的本质”的讨论，研究者将美学建立在“辩证唯物主义”和“历史唯物主义”的哲学基础上；通过“形象思维”的讨论，研究者将美学讨论引向艺术思维的独特特征的研究。第二次美学的热潮，是70年代末到80年代，一般被称为“美学热”。这一时期美学的发展趋势，是从“形象思维”到“美的本质”。通过“形象思维”的讨论，美学走出“文革”的文艺理论体系；通过“美的本质”的讨论，中国美学开始与西方美学接轨。第三次美学热潮，则是从21世纪之初开始的，我愿将之称为“美学的复兴”。通过“复兴”，中国美学与西方美学的对话关系形成。

“美学热”对于在“文革”之后的意识形态重建，起到了重要的作用。五六十年代出现过“美学大讨论”，形成了许多现成的理论话语。到了80年代，这些话语就成了新的理论建构的出发点。

“美学热”还是思想理论界对外开放的一个起点。李泽厚主持了一套“美学译丛”。与此同时或稍后,还出现了其他一些译丛,国外的美学和其他人文社会科学著作被翻译、出版。

当时的这些译丛,打破了自“文革”以前就有的一个理论翻译禁区。过去,外国人文社会科学理论书籍的翻译出版,以商务印书馆为主。商务印书馆有一个“汉译名著”丛书,最初的时候,商务印书馆只从马克思主义的三个来源来圈定选题。“三个来源”是指法国的空想社会主义、英国的古典政治经济学和德国的古典哲学。这意味着只能翻译出版马克思主义形成以前的西方人文社会科学著作。

马克思主义的经典作家出现以后的西方其他流派的人文社会科学著作对我们有没有参考意义?自从出现了马克思主义以后,西方不属于马克思主义线索的人文社会科学是不是就不再有价值?这些著作是否还有新的创见,能否给我们以启发?是否用马克思主义的立场、观点和方法来对它们进行批判的吸收?这些观点在今天已不成为问题,但在当时,人们受思维惯性的影响,做起事来还疑虑重重。20 世纪 80 年代兴起了这样一种热潮:干起来再说!不争论,让事实说话。这是一个好办法。于是,“美学译丛”出版了,国外的许多思想进来了,思想理论界活跃起来了。

“美学热”在这方面的带动作用不可低估。从“美学译丛”,到“哲学译丛”,再到社会学、历史学、经济学等众多学科的译丛,中国学术界有了新的思想方法,有了新的语汇,有了与世界接轨的意愿和氛围,从此出现了崭新的面貌。

在这一时期,美学在走向一种跨学科的研究。美学研究者们都是批判“文革”的急先锋,而批判“文革”当然是当时最大的跨学科的任务。意在使中国走出“文革”意识形态的“美学热”,是一场以文学和艺术为中心,又超越文学艺术的多学科的运动。

在这一时期,美学研究者们也试图进行学科建设,引入国外经过多年发展、已经较为成熟的美学观念,从而在中国确立美学学科,努力建构中国美学的体系，并进行中国美学史的写作。在80年代，特别是在80年代的前半期，这种工作与美学发挥社会效应是结合在一起的，是同一种活动所具有的双重效应。美学研究者致力于学科的建构，这一工作同时起着社会文化批判，特别是"文革"意识形态批判的作用。许多并不从事美学专业研究的青年学子，甚至许多自己的研究领域与人文社会科学无关的学者，都对美学感兴趣。如果今天我们到50岁以上的一些科学家、工程师家里去看看，他们的书架上也许照样能看到李泽厚的《美的历程》、朱光潜的《谈美书简》、宗白华的《美学散步》等当时流行的美学著作。在当时，"美学热"是全社会性的，美学所讨论的话题，受到全社会的关注。

20世纪80年代的许多争论，在今天看来，理论上可能显得幼稚，但在当时非常重要。例如，关于人道主义和人性异化的讨论，关于科学方法论的讨论等。今天，有人觉得那时的讨论思想简单、不科学，因而不值得回顾。与这些同行相比，我倒有兴趣常回头看看。其实，今天看上去很幼稚的一些观点和提法，如果联系当时的语境来思考，就会发现其重要的意义。

80年代是一个变革的时代，思想解放的时代，一个充满着新思想、新方法的时代。在一次会议上，我听到一位学者作出这样的发问：我们是不是要像怀念五四精神一样去怀念80年代精神？这个发问给我留下了很深的印象，我想，我会给出一个肯定的回答。

80年代是一个承前启后的时代。没有80年代，此后的一切都会是另外一个样子。到了90年代，情况就有了很大的变化。80年代所具有的"新启蒙"精神，那种充满青春气息，充满创造性，要冲破一切思想牢笼的气势，在90年代就淡去了。

今天，我们发现很多研究现当代文学的人，都在研究"思想史"。许多研究哲学的人，都在研究一种被称作"国学"的东西。这背后有一个语境，就是80年代浮躁的学风。80年代是一个充满激情、充满想象、充满创造的年代，但也是一个浮躁的年代。短短的十年，西方一百年间出现的各种思想和文学方法,中国人都要尝试一遍。人们追求着西方最新的东西,不断地宣布什么东西过时了。记得在80年代末时,就有一位学者带着嘲讽的口气对我描述过这种情况:一段时间里,有些人说最时髦的是萨特。这时,萨特的书还没有译成中文。等到萨特的书译成中文并在中国出版时,他们就说,萨特已经过时了,现在时髦的是海德格尔;等到海德格尔的书译成中文时,他们又认为海德格尔已经过时,新的时髦人物又出现了。当时,人们动不动就宣布某某过时,“学界时有新人出,各领风骚三五天”。这是80年代学风不好的一面。

二　文化研究的兴起

20世纪80年代以后,就迎来了90年代。如果没有对这两个年代的深入了解,人们很可能会感到这句话等于什么也没有说。80年代后不就是90年代吗?但我想说的是,80年代的理想主义,那种“让思想冲破牢笼”的精神,那种勇于学习、勇于实践的学术气氛,造就了一种“新启蒙”的话语。到了90年代,学术气氛为之一变,来到了一个“后启蒙”时代。这是一种对启蒙的反思。从90年代的观点看,80年代是一个浮躁的时代:有想象,有激情,就是没有规范。在学术上,有想法,但不专业;在美学中,新东西进来了,但消化不良。

90年代出现了一种对80年代的激烈的反拨。这种反拨,首先表现为强烈的学科化的追求。在80年代,美学在学科建设与社会政治批判的相互促进中得到了大发展,而到了90年代,美学呈现出放弃社会政治批判以实现学科的纯粹化。然而,这种纯粹化是以该学科退出公众视野,并且,由于中国学术与媒体特有的亲缘关系,导致美学这一学科实际上的消退为代价的。

90年代初的学术界，学科化得到空前的发展，这种发展与现代学术制度的恢复、建立和逐步完善联系在一起。一方面，在大学里，美学作为一个学科得到建立，美学成为大学的选修课，甚至是必修课，要求哲学系、文学系、艺术系，以至外语系的学生都要修这门课。教育部对学生的要求，也从德、智、体三项变为德、智、体、美四项。于是，电视大学、自学考试，以及大学专科学生的课程表上，都列上美学课。怎样普及美学课，使它规范化，写出更多的适应不同层次学生的美学教材，成为许多教学研究者的任务。为了给这些不同层次的学生教美学课，国家又培养了大批的美学教师。从这个意义上讲，当我讲90年代美学的萧条和衰退时，许多大学教师都不能赞同。他们可以用教师和学生的人数这一简单的事实，驳斥我的描述。

然而，美学上的创新能力的消退，毕竟是不争的事实。美学文章新意不多，美学会议上只是在重复老旧的话题。除了中国美学史，其他的一些新文章，似乎很难为这个学科积累新的知识。90年代初，又恰恰是“文革”后上大学的一代年轻学者逐渐走上学术的前台的时期。如果说，在80年代初的“美学热”中，起主导作用的是像朱光潜、宗白华、蔡仪等三四十年代就开始发表文章的老一代美学家，以及像李泽厚这样一些五六十年代开始发表文章的中年一代美学家的话，那么到了90年代，“文革”后受教育的一代年轻学者开始登上了学术前台。他们当然也可以继续前一代人的争论，但那些争论一下子也很难有新的突破；同时，所争论的话题，离艺术的实际似乎很遥远。形象思维早已被李泽厚宣布不是思维了，美的本质与艺术的创作和欣赏又很难挂钩。寻找新的话题，就显得很重要，年轻一代的研究者为此而焦虑。

90年代初，“新启蒙”的话语成为过去。美学变得日益学科化，不再起到公共论坛的作用。对于社会、政治，以及思想文化界在当时普遍关心的话题，美学不再能跟上。中国的美学有着与欧美不同的特点，它与媒体一直有着一种亲缘关系。当离开媒体而只是成为学校里的一门课程之时,美学就逐渐丧失了活力。与此相反,在这一时期,一种泛文化研究吸引了年轻一代研究者的注意。这种研究,与从西方引进一些学术成果有关,如英国的伯明翰"文化研究"派,德国的法兰克福学派的文化批判,法国的艺术社会学研究等。这些研究成果逐渐被翻译成中文,在中国的特定语境中,出现了一些积极的探索。当然,文化研究最热的时候也比不上80年代的美学热。朱光潜的《谈美书简》第一版一次就印了20万册,李泽厚的《美的历程》也印了几十万册。90年代的文化研究尽管比不上80年代的"美学热",在当时也仍是很受欢迎的。当美学不再起到公共论坛的作用的时候,文化研究将这种作用承担了起来。我说的公共论坛具有一种跨学科的特点。它对当下的种种问题,用一种学术的语言来进行回应。

文化研究和美学的不同之处就在于,文化研究没有像美学一样扮演"新启蒙"的精英文化的角色。当然,"启蒙"一词的运用,有其独特的语境。启蒙的目的本来是法国启蒙运动中一些文化精英要普及各个学科的知识,唤醒民众。80年代的中国文化,的确有着"新启蒙"的特征,有着精英文化的倾向。将之称为"新启蒙",不仅仅由于其与欧洲的启蒙运动相比内容较新,还是由于与中国的五四运动相比,它还具有对民众进行新一轮启蒙的特点。中国社会需要走出"文革"。当时有一个口号:走出中世纪。这个提法是不准确的,"文革"不是中世纪。但是,当时许多知识分子都这么想。当时,从某种意义上讲,这种口号也有一定真实的内容。新启蒙起到了走出蒙昧的作用。到了90年代,文化研究不再扮演这样一个角色,也不再具有一种文化精英主义的色彩。文化研究关注的更多是社会的各个方面,包括各种亚文化群体的研究,关注下层社会,关注艺术和生活的关系。比方说英国的雷蒙·威廉斯关心工人的文化权力,实际上是把原属于知识界或者是上层社会的东西扩展到全社会。这种情况下出现的文化研究就有着一种与美学研究相对立的含义,是反美学的。这里所谓"反美学",反对的是康德式的,自律的、独立的、封闭的,为艺术而艺术的倾向。其实美学从根源上讲,就有这样一种色彩。它从康德开始,并与后来席卷欧洲的浪漫主义联系在一起。西方美学一般被认为是从古希腊开始的,但美学作为一个现代意义上的学科,而不是古希腊那种美和艺术的只言片语,则是从18世纪中叶才开始的。从18世纪初夏夫茨伯里提出审美无利害,维柯提出神话思维,到18世纪中叶鲍姆加登提出“美学”概念,夏尔·巴图提出“美的艺术”的概念,直到康德对此前的各种思想因素进行综合,作为一个现代学科的“美学”才形成。而在中国,美学的引入和建构则从20世纪才开始。最早,王国维将他在日本学到的一些美学知识介绍到国内,并利用康德和叔本华的美学对中国古代诗词、戏曲和小说作研究,然后蔡元培倡导美育,宗白华进行中西艺术比较,朱光潜把当时流行的各种西方理论编入一个体系,并结合中国的例子进行研究,此后这个学科在中国才慢慢形成。这些美学基本上从属于康德线索,强调审美无功利。

朱光潜曾经给予这种美学一个最简明的描述。我们看一棵古松,有三种态度:科学家的态度,商人的态度和画家的态度。科学家的态度是看这个松树属于哪个纲,哪个目;木材商人的态度是看这棵松树的材质怎样;画家的态度是看这棵松树形态怎么样。在这三种态度中,只有画家的态度才是无功利的。无功利不等于观看不认真,相反,正因为无功利,才抛弃了其他方面的考虑,而专注于对象本身。有其舍,就有其取。舍弃了种种复杂的知识论的、伦理学的,乃至日常生活的功利考虑,人的注意力集中到了形与色等纯粹的视觉要素之上。就像盲人听觉更灵敏,聋哑人视觉更敏锐一样,由于不作知识性和功能性的联想,一棵古松的审美要素得到了突出。

康德美学的这一立场,尽管自它形成时起就受到很多人的批判,但它却在经过种种修正以后被保存下来,成为在很长的一段时间里最具影响力的美学主流。20世纪的许多重要美学家,如爱德华·布洛、克莱夫·贝尔、苏珊·朗格、鲁道夫·阿恩海姆等人思想的背后都有着康德美学的影子。

康德美学在中国也有着自己的发展历程。80 年代的中国，自 40 年代后期以来宗白华、朱光潜的思想受到了普遍的欢迎。朱光潜提出三种态度说，宗白华翻译康德的《判断力批判》，并且作中西美学和美术比较，都深受康德美学影响。

康德美学的另一位在中国的重要代表是李泽厚。李泽厚曾说如果让他在康德和黑格尔之间选一个的话，他宁愿选康德而不选黑格尔。2001 年在日本东京召开第十五届世界美学大会，有一位夏威夷大学来的代表讲李泽厚美学，说李泽厚是用马克思修正了康德。我说，也许正相反，李泽厚用康德修正马克思，至少从美学上讲，这种说法是能够成立的。20 世纪 50 年代的李泽厚美学是马克思主义的，它除了受马克思、恩格斯著作的影响之外，还受到普列汉诺夫艺术思想的深厚影响。到了 80 年代，李泽厚美学受到皮亚杰、阿恩海姆、贝尔、朗格以及荣格的影响，但更为根本的，是受到康德的影响。康德美学使李泽厚的美学体系得到了更新和完整化。

文化研究正是在反对康德式的审美无功利，反对 90 年代出现的美学学科化，反对美学中的精英主义的倾向中出现的。90 年代可以说是一个美学研究很冷清的时代。正像前面所说，我们不能说这一时期没有美学。一方面在教育层面，美学进一步普及，学习美学的人数还在继续扩大；另一方面是没有新话题，没有新的学术进展。当然，在这一时期，还有一些刊物在继续刊登关于美学的文章，还在继续讨论实践美学和后实践美学之争的问题，还在讨论审美文化的问题，试图把文化研究和审美结合。在中国古典美学方面，这一时期的研究还有着长足的进步。但是，从总体上讲，美学不再是一个吸引全社会特别是青年人注意的学科。

在这一时期，社会文化的公共论坛的角色，交由“文化研究”来扮演。在一段时间里，文化研究成为显学。在此带动下，从事美学、文学和艺术研究的人，开始走出自己的边界，寻找新的领域。

这种跨界的现象，在文学研究者中表现得特别明显。从事文学史研究的人转向思想史的研究；从事文学理论研究的人转向人类学、心理学、社会学、政治学研究；同样，从事美学研究的人也走出了美学，转向众多的其他学科。当今的学界甚至其他领域的许多名人，都是从研究美学起步的。从个人角度来看，通过跨界、越界以寻找新的出路，当然没有什么不可以。每个人都走自己的路，自己对自己负责。并且，对个人的越界选择，也很难寻找具有普遍规律性的东西，从而无法进行学术研究。然而，从学科的层面看，我们还是可以看出一些大趋势："美学热"过去了，"文化研究"来了，这是时代的选择。

我曾经写过这样一篇文章，其中这样说：文学研究要跨界，可以出界，但是还要回来。一个不可以走出走进的常居地是牢，可以自由地走进走出的常居地是家。如果那个常居地没有了，你就无家可归了。这个比喻可以帮助我们说清楚这样一个问题：公共知识论坛是否需要学科归宿？现代性带来的"学科"划分，对于我们从事人文学研究的人来说，永远处于两难之中。

我在国外留学时，通过一个中国留学生交往圈子认识了一些学习理工科的人。对于我来说，那是一个难得的经历。回国后，与本专业以外的人交往就很少了，所认识的学界朋友，绝大多数都是美学和文学研究者。在国外的中国留学生，绝大多数都是在从事一个很专业的领域的研究。比方说，有人研究包装业，研究怎样用硬板纸包装牛奶，做到厚度正好，牛奶不渗透出来，可以保鲜一段时间，打开方便，可以回收；有人研究人造金刚石薄膜，将这种薄膜在不需要太高的温度的情况下，涂在轴承的关键部位，可极大地增加轴承的耐磨度；还有人研究人造陶瓷，制造出既轻巧又耐磨，还能耐高温高压，可以用来做从航天飞机的防护罩到人的假牙套等各种材料；如此等等。我常和他们聊天，听了以后大开眼界，觉得科技发展，指的就应该是他们那些研究的发展。各门具体的科学技术的研究发展了，社会就从整体上获得进步。经济上的 GDP，是通过科学技术向生产转化而实现的。近年来，中国经济发展很快，有技术的自主创新的因素，但主要还是依靠引进现有技术并加以消化，使经济发展产业化。经济的发展，归根结底还得依赖于科学技术的发展，依赖于一项又一项的发明创造，这是经济发展的最根本的动力。

与理工科朋友的交往，使我意识到学科划分的重要。学科的形成和发展，是人类分工的延长，而分工是人类社会发展的推动力。在前现代社会，人类通过狩猎与采集的分工，畜牧业与农业的分工，各门手工业的出现和专门化技术的形成，推动了经济社会的发展。在家庭内部，也有着性别和年龄决定的分工。更进一步，还有专门从事精神生产的宗教、哲学、艺术人士与农民、工匠，以及军人之间的分工。比起这些前现代的自然分工，现代社会以分工的专门化、各门学科的形成、各种专门研究的分支的发展为标志。今天，常常有人把一些现代学科的历史推到很久远的过去，其实，学科的形成是现代社会形成期，大学和专门研究机构出现之时才有的一种社会现象。

然而，分工的高度发展、专门化和学科化具有两面性。一方面，专门化将人们局限于某一学科之上，从而有利于专门知识的生产；另一方面，专门化使人们的视野狭小，只关注本学科内的进展，只进行一种“鸽笼式”的研究。因此，学科专门化和打破专门化永远是一对矛盾。有时打破学科的局限是必要的，可以对你的思维模式来一次更新，使你接受很多新的知识。但是，是否还需要进行学科划分？学科在被打破之后还要不要重建？这个问题会不断被人们提出来。

三　日常生活审美化

18 世纪时美学作为一个现代学科才在欧洲形成。18 世纪的欧洲形成了现代艺术体系。文学和艺术都是在18世纪以前,在古希腊罗马,甚至在更早的时候就有的。莎士比亚的时代,由于没有现代艺术体系,自然就没有作为这个体系的一个组成部分的文学。在当时,作为艺术的一个门类的文学还不存在。因此,莎士比亚所写的东西,还没有被称为文学。但是,你能说莎士比亚写的不是文学吗?这个问题当然会引起争论。文学是一个分支概念,是一个小概念;艺术是一个大概念,包括文学在内。于是,先有文学还是先有艺术,就是一个具有学术生长点的题目,可供我们思考,可以争论下去。我在这里提出这个话题,只是想说明,现代性在改变着一切,现代学科体系的建构在改变着一切。18世纪时,法国人夏尔·巴图提出了"美的艺术"的概念。从此,现代艺术体系建构了起来。他的观点迅速被百科全书派接受,成为学科划分的根据。今天,我们认为诗歌、绘画、雕塑、音乐、舞蹈、戏剧等从属于艺术,是艺术这个大类之下的一些具体门类。我们觉得这都是很自然的事情,其实,这都是18世纪以后才出现的。建构现代的艺术体系,致力于把"美的艺术"与各种工艺区分开来,并由此影响了文学,将文学与艺术连在一起,将文学看成语言的艺术作品。

文学与语言行为、书写行为,本来有着千丝万缕的联系。书写行为包括记事、日记、笔记、书信,包括政府行政机构运作的各种文牍,包括诗歌、戏剧,以及各种各样的宗教、哲学、历史类的文字。这是一个巨大的文字世界。将其中一部分说成作为一个艺术门类的文学,而其他的则不是,是18世纪以后的人按照现代艺术观念所做的区分。现代艺术观念的形成意义重大。从此以后,艺术就成了可以专门来做研究的对象,艺术家就被看成与普通人不同的人,人们可以对艺术家从生活道路到创作个性,再到作品的思想内容进行研究。

莎士比亚写的是文学吗?我们好像不可以怀疑,莎士比亚的作品怎么不是文学呢?英国文学的伟大传统,从乔叟开始到莎士比亚,一直延续到现代,我们可以写出一部完整的文学史。这部文学史中所有论述到的作家作品的文学性,都是不容置疑的。但是,莎士比亚在他自己的时代,被当作一位文学家来对待了吗?没有。我们对莎士比亚的传记了解得非常少,他只是一位在剧院专职写剧本的人,他在文学史上的地位是后来才建立起来的。这与中国的曹雪芹很相似。

既然我们所说的种种现代美学的基本要素,如审美无功利、艺术自律等等,都是在欧洲 18 世纪才得到强调的,而到了 20 世纪才传入中国。那么,“艺术终结”的说法,就好理解了。

一提到“艺术终结”,可能就会有人觉得大逆不道。艺术能终结吗?我们能够想象来到没有艺术的世界之中吗?这里面有很多的误解。根据艺术终结的观点,也有一些学者提出了“文学终结”的命题。这些命题无论在国外还是在国内,都引起了很多的争论。正如前面所说,现代艺术观念和现代艺术体系形成以后,艺术和文学的存在方式发生了深刻的变化。由于这种变化,人们开始用新的眼光来看待艺术和文学,也开始用新的方式进行着艺术与文学的运作。万物有生就有死。一种从 18 世纪开始的对待艺术和文学的方式,在 19 世纪就不断有人质疑,到了 20 世纪后期,出现了强烈的反对声音。“艺术终结”说,就是这种种反对声音中的一种。我倾向于认为,“艺术终结”是一种夸大其词的说法,而非一种平实的理论描述。这是用一种夸张的姿态对艺术现状的挑战,说得刺激一点,可以引起更多人的重视,使之成为一个话题,这是一种叙述策略。

我们曾经有精英艺术与民间艺术的分离,有精英艺术与通俗大众艺术的种种区分,这一切都是在构建现代艺术体系的过程中出现的。艺术本来都是民间的,将其中的一部分分离出来,形成精英艺术,与社会向现代转型有关。

现代艺术观念形成了一种艺术制度,从而将精英艺术建构起来。到了 20 世纪后半叶,这种状况出现了变化。为什么通俗的大众的艺术不能更受到重视?为什么它们不能受到一些文学艺术评论家的评述?这些问题被理论家们提了出来。当然,这本来也是老问题,而不是新问题。在中国，我们的文联也有曲艺家协会，这在西方可能吗？对于西方人来说不是精英艺术的东西，在中国也能进入大雅之堂。这是一个复杂的历史过程，在西方与在中国，各有其特殊性，但这种特殊性不排斥一种共同的发展趋势。

依靠意识形态的力量对通俗大众艺术的扶植，与当代通过市场的力量对通俗大众艺术的推动，还不完全是一回事。前者是将通俗大众艺术放到精英艺术的位置之上，甚至通过它们来对精英艺术进行改造；后者是用通俗大众艺术挤占精英艺术的位置，并根本改变艺术观念。精英艺术是随着现代资本主义社会的兴起而发展起来的，却又随着资本主义进一步的发展而被打破。市场的发展，科学技术、特别是信息技术的发展，使艺术出现了新的处境，在这时，那种纯而又纯的艺术观念显得过时。

我们过去常常觉得艺术和生活是两个世界。当我们说，艺术反映生活之时，我们是把艺术放在了生活之外。一物模仿另一物，有两个条件，一是此物像彼物，二是此物与彼物不一样。如果此物与彼物一样的话，那么，就不再是模仿，而是再造了。因此，一张床不是对另一张床的模仿，而是再造；一张关于床的画，才是一张床的模仿。这样一来，我们就有了两个世界，即生活的世界和艺术的世界。被模仿的床处于生活的世界之中，而关于床的画，就处于艺术的世界之中。这种艺术观念的结果是，艺术与生活被完全分开了。人们习以为常地认为，艺术家是一种独特的人：如果他是一位画家，似乎他就必须留长头发，或者光头也行，就不能像普通人那样留半长的头发；如果他是一位演员，一露面就得有演员的样子，从穿衣到走路，都应该与常人不一样；如果他是一位作家，他所接触的所有的人，都有可能成为他的素材，于是，作家与他在一起时，可得小心一点，别被写进书里去。艺术家有不同于常人的私生活，艺术家的怪异行为都是可以原谅的，因为艺术家是一种不同的人。海涅说，上帝把诗人当成小孩子，让他坐在上帝的旁边，给他糖果吃。诗人和艺术家就成了一个现代神话。

20世纪后期的研究则越来越趋向于打破这种神话。研究者们致力于证明艺术家同从事其他职业的人是一样的，只是做着不一样的事情。在我们的生活中，人人都有几分艺术才能。有人会画几笔画，有人会写几句诗，也有人文笔很漂亮。当然，更可能的是，许多人都能唱几句，特别是到了卡拉OK厅，唱得都像模像样。我们周围许多人与艺术家之间的区别，也就只是水平、程度的差别，甚至只是知名度的差别而已，并没有本质上的差别。

凭什么艺术家就是另外一种人？这不是一个简单的问题，这是社会的很多因素决定的。你想当个艺术家吗？你必须接受专业训练，必须到艺术学院去；或者参加歌手大奖赛，去争一个奖，走过星光大道，成为一颗星；参加超女超男比赛，证明自己的过人之处。你要爬过一整套的阶梯，才能"出道"，专门从事这个行业。也许真正在这个行业的人的艺术天赋并不那么突出，但他走过了这样一些路，艺术体制容纳他了，他就有了一席地位了。我们经常看到一些歌唱家唱得不行，而我们身边却有一些有艺术天赋的人，唱得一点也不比那些当红歌星差。当然，社会在发展，今天的艺术体制和以前很不一样了。随着经济社会的发展，新科学技术和新媒体带来的各种各样的变化，艺术运营方式的改变，给很多有艺术天赋的人创造了空间和道路。社会的发展冲击着艺术和生活的关系，人们再也不像过去那样把二者理解成两个不同的世界了。由此，关于艺术家的神话，也随之发生改变。这是我说的第二点。

第三点，对于现代艺术的观念来说，日常生活审美化的理论，是克服这种观念，对艺术持一种更加开放、更加宽容的态度。当然，"什么是艺术"，这永远是一个既可能无谓而可笑，也可能充满理论活力的话题。因为这里面有很多真实的内容，每一个为艺术下定义的人都是为了支持某种形式的艺术。他都是想修改艺术概念，从而使某些原本不是艺术的事物或行为被认可为艺术。实际上，日常生活审美化理论的研究也是对现代艺术持一种开放的态度。有些现代艺术有意识地要打破传统的艺术与生活之间的界限，以及专门受过艺术训练的人和没有受过训练的普通人之间的一些界限。例如，先锋艺术家就试图把艺术与生活放在一起，以尝试某种视觉可能性，这是有意义的。同时，这也是很困难的事情，会造成鱼龙混杂、虚张声势和纯粹的胡闹。但是，与一些对此一概排斥的人相比，我还是愿意持一种同情、研究、分析的态度。

日常生活审美化的理论被介绍到中国后，曾引起轩然大波，出现了激烈的争论。这是一个专门的问题，需要进行专门讨论。在这里，我只能说，一个物品、一个事实、一种做法的意义是跟语境有关的，不同的语境会产生完全不同的意义。

例如，我们总是喜欢说“左”与“右”。“左”是主张社会正义、公平，同情下层人民，更倾向于民主，更关注少数族群和各种下层、社会亚文化群体的权益，关注社会公正，扩大税收和政府开支，改善医疗和教育，提高社会福利。“右”则代表一种传统的上层的、资本家的利益，强调自由经济，减少税收和政治开支，减少政府在医疗、教育和一些社会福利方面的负担，等等。一般说来，西方绝大多数知识分子都倾向于“左”，主张通过政府的作为，克服市场经济带来的种种弊端。

当代中国关于“左”与“右”的区分，是在“文革”后的特定语境中形成的。从 20 世纪 70 年代末开始，中国人从生活到思想，都处在一个走出“文革”的大过程之中。于是，要思想解放，要引进市场经济，让一部分人先富起来，允许外商来投资，促进民营经济的发展，保护个人财产，等等。“左”是保守、教条、僵死，思想停留在“文革”阶段，改革迈不开步子；“右”是大胆探索，克服思想中的种种条条框框，让实际的经济成果来说话。因此，中国的“左”与“右”同西方的“左”和“右”是两个不同的概念。不辨清这种区分，把什么都搅在一起，在中国就会把“日常生活审美化”这个在西方是“左”的、挑战精英艺术的、关注普通人的审美和艺术权利的观念，变成了“右”的、为经济上成功人士进行高档生活享受而辩护、甚至炫富的观念。

这里面有一个话语上的错位。这种错位当然不是正好相反，而是由于不同历史文化背景形成的复杂的交叉。这是说，我们不能把西方的“左”叫作我们的“右”，把他们的“右”叫作我们的“左”，而应该依照各自的背景来理解。20世纪80年代在中国呈现出积极进取面貌的“右”，到了世纪之交时，其弊端就越来越清楚地暴露出来。

关于这方面的问题，我们没有时间详谈。我想举房地产楼盘的名称作为一个例子说明我们今天的一些情况。我家附近有一个小区，名字叫“新贵社区”。第一次散步到那儿，我吃了一惊。在我年轻时，“新贵”是一句骂人的话，等于暴发户。那时，读了一些狄更斯、巴尔扎克的小说，其中充满着对满身铜臭的“新贵”们的鄙视。我不知道起这个名字的人是真不懂还是假不懂，居然以“新贵”为荣，以新贵来招徕住户。至于那些以“名门”“豪宅”自居，用上“康桥”“左岸”一类名称的，就更多了。有一个房地产广告，自称“开始脱离群众”。住在一个服务好、保安好、“人不杂”、“一般人进不来”、不是拆迁户的小区，这似乎是人们一个习惯的选择。

社会现在弥漫着一种强烈的拜金主义浪潮。对这种拜金主义进行批判，是一种政治选择，也是一种美学选择。在艺术趣味上，也分“左”和“右”。在国外，右翼坚持一种精英主义。如果你有机会到法国巴黎，不去卢浮宫是不行的，那里有人类几千年积淀下来的艺术精华，谁都应该去，谁都应该珍惜。但如果说，只有卢浮宫里的艺术才是真正的艺术，其他的都不是，那就是右翼的艺术观。与此相反，左翼的艺术家努力挑战既定的艺术概念。这种挑战包括两个方面，一是引入先锋派艺术，二是日常生活审美化。日常生活审美化本来应该代表社会下层人的趣味，代表工人的审美权利。关于日常生活审美化的源流，我可能没有时间细讲了。杜威美学在涉及艺术与生活的关系时，曾用最简单的话说寻找三个连续性，即艺术与非艺术、高雅艺术与通俗艺术、艺术与工艺之间的连续性。这是杜威在1934年出版的《艺术即经验》一书中提出来的。从这个意义上说，日常生活审美化不是哪一个人提出来的，实际上是20世纪诸种反康德话语汇集而成的一个大潮流。18世纪艺术观念的发展形成现代艺术体系，形成了封闭的、独立的、自律的艺术概念。现在把艺术与生活重新连接在一起，是一种否定之否定，也是一种复归。杜威有一句名言：要理解艺术的本质，应该绕道而行，应该从生活出发，而不是从公认的艺术作品出发。艺术不是某种封闭不变的专门的东西，它是在生活中出现、生活中到处都有，处处都被使用着的东西。人们之间的交流就有艺术的因素，艺术是无所不在的，是生活的一部分。当我们说话追求字正腔圆，写文章讲求文从字顺，写字讲求整齐美观时，就有了几分艺术追求。那么，日常生活审美化应该是我们追求的一个目标，艺术不应脱离生活。艺术与生活的分离，归根结底，是阶级划分的结果。"有闲阶级"形成后，他们就把艺术视为自己的专属品，而广大劳动人民就处于无艺术的状态。在前不久举办的世界美学大会上，我接受一位记者的采访，提出了这样的一个口号：经济学家们说要让老百姓过上有尊严的生活，我们从事美学、文学和艺术工作的人能不能把这句话延续下去：让老百姓既过上有尊严的生活，又过上有品位的生活。这是对日常生活审美化的健康的理解。

结语　美学的复兴及批判功能

近年来，在中国召开了一系列重要的美学会议。2006年，在成都召开了"美学与多元文化对话"国际学术研讨会。2009年，在西安召开了"两岸三地美学"会议，主题是儒家美学思想的现代阐释。2010年，又在北京召开了第18届世界美学大会。《外国美学》已经复刊，南京、北京、济南、武汉、上海等许多地方，都新创了许多美学集刊。越来越多的重要美学著作被译成中文，在商务印书馆、北京大学出版社、河南大学出版社出版。这一代人所主持的翻译和前一代人不一样。李泽厚先生所主持的翻译基本上是20世纪前期的著作,例如克莱夫·贝尔、苏珊·朗格、鲁道夫·阿恩海姆等人的著作,基本都是1950年或1960年以前的作品。这还是一种隔代翻译。当然,这些书要比朱光潜、宗白华所译的书要新一些。宗白华、朱光潜翻译的是康德、黑格尔、克罗齐。现在的翻译基本上是一种同步的翻译,能介绍国外一些最新的发展趋势,也使中国美学和西方美学逐步地走向一种同步的发展。隔代翻译,当然有其长处,可以翻译经过历史沉淀下来的学术经典。但是,这种翻译也有其缺陷:基本上还是以洋人为师。同步翻译则不同,中西学者面对共同的学术处境,追求共同的美学发展,求得一种互译基础上的对话。

美学作为一种理论,它的功能应该怎样定位?20世纪50年代,文学理论被这样使用:让作家学习一套文学理论,再把他们拉到农村、工厂去熟悉生活,然后就可以写作品了。持这种观点的人以为有了理论,有了生活,就可以成为作家;以为理论是建筑师的图纸,照此施工,就像盖房子一样可以写出作品。过去对理论是这么定位的。但是我们知道,马克思也曾经说过,理论是指南,不是设计图。所谓指南,只是指方向。英语中,指南是companion,原义是生活的伴随物,就像我们生活中的座右铭,在创作中、欣赏中、生活中,有这么一个伴随物,可以随时提醒我们、纠正我们,不是照理论所说的去做,而是在做的过程中有理论来调整,对经验进行升华和强化。应该从这种意义上来定位理论,而不是像过去那样,将它看成设计图。

美学也可以说是这样一种工作,它是面对着社会发展,针对着各种各样流行的艺术趋势来发言,成为一种艺术批判的哲学。它纠正社会的一些弊端,也纠正艺术发展中的种种弊端。当然,将理论这样定位,还只是我们的一个设想。具体怎么做,还是需要我们做出很多艰苦的努力。

第五章　读图之难

——图像接受的差异性与国际性

人们常有一种误区，以为语言与文字，是有民族性的，而绘画与音乐则不同，是世界性的。这种说法实际上隐藏着一种深刻的误解。我们是通过符号来认知、接受和欣赏艺术的。在这方面，绘画、音乐与文学都一样。文学受语言和文字的限制，需要通过翻译才能理解。即使翻译也不能打破语言的壁垒，最终也只能是部分理解了，部分则不能理解，或理解得不够深刻。实际上，或多或少类似的情况，在绘画、音乐，以及舞蹈等多种艺术中都存在着。这里主要讲绘画。

一　从"图盲"谈起

语言不是全球性的。我们用语言思维，思维受语言制约，因此语言有着民族性、区域性。语言不仅决定了我们怎么说，也影响着我们说什么。我们不是思考出了什么意思，再用某一种语言去表达，而是用一种语言思考所说的意思,思维与表达是一致的。每一种语言有其独特的语境,有独特的语言发展的历史,有该语言历史上著名经典文本与现实生活中活的话语之间所构成的互文关系,从而决定了"说"的方式,以及该语言特有的美感和幽默。我们有一种语言的快感。中国人,特别是中国文人,常喜欢在一起聊天,享受语言。其实外国人也是如此。如果我们学外语,能与以此语言为母语的人在一起聊天,并聊得很痛快,享受该语言的美感和幽默感,说话具有感染力,说各种笑话畅快自如时,你的语言水平就过关了。

语言静悄悄的,但强有力地影响着我们的思维方式,形成政治向心力、民族认同感、宗教分界线,也形成人文学研究的特色。语言不是普世性的。学会一门外语很难,学得很地道就更难。我们常常会发现,有人学一门外语,多年后,他的性格、行为举止,甚至思维方式,也开始像这个国家的人。原因就在于,语言本来就是生活的一部分。通过学一门外语,人们就进入到一种文化之中。

有人说,文学是民族的,绘画是世界的。绘画不依赖语言而存在。画一看就懂,而语言则学了多年也不见得学好。其实,人们从来没有深入地探究过,所谓的"一看就懂",究竟懂了多少。如果是学习一些简单的国际通用符号,那比较容易。例如,交通符号:红灯停、绿灯行,这儿不可鸣笛,那儿小心慢行,此处有学校,彼处有医院,这是男厕所,那是女厕所,等等。这些符号现在已经逐渐国际化了，一看就知道，全世界哪儿都一样。这些符号，只是一些行动的指示而已。符号不仅指示行动，而且产生意义。欣赏艺术，不能归结为对这些简单通用符号的认知。

艺术的欣赏，要复杂得多。首先，绘画语言表达的意义要更为复杂，其中既包括绘画所要表达的从主题到各种细节在内的各种内容，也包括绘画所能提供的美感。打一个比方说，一个汉字有它所要表达的意义，但这个汉字的每一次书写对字的笔画和结构，线的方向、长短、轻重、力量的处理，线与线的结合所形成的总体结构的把握，等等，都在表达意义和审美的追求中，有超出这个字本身的更多的意义。绘画也是如此，它不仅是画了什么，而且还有怎么画的问题。

过去，哲学家追求像新生儿那样的"天真的眼睛"。后来，人们通过心理学研究证明，"天真的眼睛"并不存在。新生儿所看到的，不是纯真的世界。儿童是在成长和学习之中，逐渐看到世界的。同样，绘画也不是从追求自然的外貌开始，而是从把握形式语言开始，通过学习掌握世界。形式语言不同，对形式语言把握的程度不同，人们看到的世界也就不同。由于这个原因，不同年龄、不同性别、不同经历的人所看到的世界是有差异的；同样由于这个原因，不同民族、不同国家、不同文化的人所看到的世界也是有差异的。

但是，"天真的眼睛"的说法，并不能仅仅用科学实验的反证来对它否定。实际上，这本身是一种绘画观念的产物，这种观念就是，对错觉性外观的追求。对此，艺术史家们还喜欢用另一个词来表达，即对自然的"自然的态度"。对错觉性外观的追求，是一定历史时期，受制于特定的历史机缘，由于特定的历史要求，才出现的。恩斯特·贡布里希说，受到像史诗和悲剧等叙事性文学作品的影响，希腊人追求错觉性外观，试图制造逼真的幻觉。关于这一点，也有许多人探讨过，可进一步探讨。但毕竟，对自然的"自然的态度"，不是自然形成的，这一道理已经讲得很明白。当贡布里希说"制作"与"匹配"时，他提出了一种通过对图式进行修正以通向自然的思路，从而否定了对自然的直接模仿。

当我们不识文字时，就被称为“文盲”；不懂图，也可以叫“图盲”。要想不当文盲，就要识字，要读书，形成阅读能力。过去有一个很有名的电影，叫《武训传》，说出了文盲的痛苦。文盲是“睁眼瞎”，生活在日常世界中，看周围的一切，却有一个重要的文字的世界不能进入。这个文字的世界影响着日常世界，使不识字的人处处受欺侮。我们没有意识到，不识图的人就是“图盲”。图要用符号能力去把握。面对同样的画，不同的人，看到的意义是不一样的。有人一看而过，什么也没有看进去；有人看懂了，而且懂得很深；有人看了以后，激发了各种情感反应。这里面有很大的区别。

我曾经在土耳其的一所教堂里，与几位欧洲美学家们一道看教堂壁画。对那些东正教教堂里的画，我只能看出一点古朴和庄严的感觉。热心的欧洲同行们则讲给我听，例如，其中的羊象征什么，树象征什么，等等。听了以后，我觉得懂了一些。当然，我懂得还远远不够。要想懂那些画，这样听几句是不行的，这其中有很深奥的学问，也需要长期培养艺术感觉，还要有宗教信仰而产生的独特趣味，等等。

图是有民族性的。不同的民族，有着不同的造像传统，这是由该民族的历史和哲学观念、文学和其他艺术的影响，以及前人的图像创造所形成的形式语言所共同形成的。学习欣赏图像，要像学习外语一样，花大工夫，而不是简单地相信眼睛直观所见的东西。我们的眼中出现的图像，是我们的图像符号能力的产物；我们要想看到更多的东西，就需要我们的图像符号能力的进一步发展。

图像与语言相比，有一个优点，即没有学习过，也不意味着一点看不懂。我没有学过意大利语，有一次去意大利，听人家话一句也听不懂。但是，我在那里看意大利文艺复兴时代的绘画，也能大致知道画的什么，能有一点感觉。同样，欧洲人到中国也是如此，听中国人说话，看中国字，一点也不懂，却能懂一点中国画。正是这个优点，可能会转化为缺点。这就是，会有人以为不用学，就知道画的是什么，于是就不再学。他们仅凭自己的直觉来作判断，相信自己的眼睛看到的，就是所有的人看这幅画时所看到的。对于一个儿童，一个学生，我们可以对他说，你的眼见不为实，你需要学习。但是，如果是一些"成熟学者"，或者是有地位的人，由于他们的地位很重要，地位增长了自信心，于是，他们就会认为自己的判断很权威，拒绝学习。

如果有人指着列奥纳多·达·芬奇的手稿，给我们一句一句地讲，我们会保持一种谦虚的态度，觉得很有必要，我们不懂那一时期的意大利文，我们也更读不懂他写得很潦草的手稿。但如果有人指着他所作的画一点一点地对我们讲，有人就会觉得没有必要，觉得不耐烦。其实，这里面也有很多的东西可学，需要学。如果有人说，我们面对一幅画所形成的直觉感受是错误的，应该换一种方式来看，那我们就有可能很反感。然而，事实上，直觉既是学习的结果，也是文化熏陶的结果。

我们每一个人在成长过程中，都曾经学习了大量的东西。这些学习过程，我们后来都忘了。作为研究人员，我们知道在大学阶段、研究生阶段，由导师将我们引进了专业学习的大门。但是，我们常常忘了从小学到中学阶段许许多多的老师教会我们的东西，也忘了从出生到上学，以及此后家庭、周围环境、各种媒体所教给我们大量的东西。母亲的床头故事，我们早忘了，但又没有忘，它们可能存在于我们的潜意识之中，影响我们的一生。这些被遗忘了的经验，实际上仍然存在着，影响着我们的趣味、艺术欣赏能力和指向。

再说读列奥纳多的手稿和看列奥纳多的画的例子。如果我们一门外语水平不高，别人讲给我们听，如果不是特别敏感的话，我们会谦虚地听下去，从中学到不少的东西。但是，人们在看画时，就常常会不懂装懂，并且意识不到他不懂。这是很可悲的。图像给人以不懂装懂的可能，也给人以将误解当成真解的可能。这也是文与图的差异所在。但是，这种差异不能否认一个事实：读图需要学习。

二　书法欣赏的差异性

我们现在常谈到一个话题，即现代中国水墨画在西方世界的影响低于我们对它的预期。这与西方人对水墨的接受态度有关。许多人因此而陷入理论上的困境。例如，有人认为，原因就在于这种画有笔墨。抽象表现主义的代表波洛克自称说受中国的影响，后来赵无极也这么做。波洛克无论怎么学东方，他的画用中国的标准来说，毕竟是没有笔墨的。用滴、泼、洒等各种方式作画，加上各种颜色的油彩，都是他的创举，但是，他毕竟没有中国画所说的笔墨，没有那种在一点一画之间，显示出的人的动作、气韵、风神。赵无极是有笔墨功夫的，中国艺术的训练使他即使画最抽象的画，也不能摆脱中国的笔墨趣味。人们可以根据两人在西方的影响，说波洛克高于赵无极，因此没有笔墨高于有笔墨。这种推理很流行，但没有道理。高与不高，不完全是由画家决定，也不完全是由画作水平所决定，还与社会接受因素、观众的准备程度都有着密切的关系。

这里还可以举一个相反的例子。瑞典的斯德哥尔摩有一个“中国宫”，建于两百多年前。这所宫殿中除了有中国瓷器、家具、丝绸，还有几副“中国对联”。这些“中国对联”是用当时瑞典人所想象的中国汉字，照中国对联的样子写成的。我曾经带着一些中国访客去看，所获得的反应不一致。有学者持历史的态度，对此表示理解，认为两百多年前就有这样的意识，是很不容易的。也有艺术家则不能理解。的确，那不是书法。

问题到底出在什么地方呢？出在对书法的不同理解上。当时的瑞典人，将书法理解成静止的图像，对之进行描摹。欣赏者也会兴味盎然，特别是当时的瑞典王室，将之看成来自中国的宝贝，想象既然中国人欣赏，一定有其道理，他们也就跟着欣赏。他们将之看成显示他们想象中的中国趣味的符号。我想,这与今天一些欧美来的游客欣赏中国京剧或昆曲,有不少相同之处。他们只是觉得新奇,并将之看成文化的象征。听着咿咿呀呀的唱腔,觉得很有趣;看着画面,也觉得很漂亮。如此而已。他们还通过这种欣赏,展示他们宽阔的视野和文化上的宽容性。但是,这毕竟只是基于文化赞赏态度所形成的善意误读而已。

还是从书法谈起。当时的瑞典人,以及此后的欧洲人,包括今天绝大多数的西方人,都习惯于将书法看成静止图像。他们也许听说过,也意识到,不能这么做,但习惯上仍继续这么做。例如,开始学中文的欧美留学生,常常在写字时缺笔少画。原因在于,作为图,多一笔与少一笔,并不太重要。谁也不会严格规定,画一张脸或一棵树,应该画几笔。但是,文字的书写就不是如此。笔画是固定的,多一点,少一撇,或者某一笔稍长一点,就是意义完全不同的另一个字了。这种意识,对于外国留学生来说,需要花很长的时间才能培养起来。

比起笔画的多少来说,更重要的是笔画的顺序。汉字的笔画是有顺序的。在中国孩子学习汉字时,老师会强调这一点,对笔画顺序错误的学习者进行纠正。同样,外国留学生也需要花时间来对此专门学习,并在学习过程中随时纠正。书法正是在此基础之上,建立起笔划的方向、顺序,用笔的轻重,用墨的浓淡,等等,这是一种动态结构。没有这一切,就不是好的书法。

这种追求,在 18 世纪的瑞典人和欧洲人那里,是不可能被理解的。当然,不能理解不是由于这种艺术天生不可理解,而是需要学习。几个世纪以来,由于民族间相互接触,东方艺术也就变得越来越能够被理解。但是,从另一方面说,究竟理解多少,在什么程度上理解,其实仍存在着问题。理解需要日常实践,也需要理论上的全面阐释。今天,这两方面做得都不够。

三　图的符号特点决定了读图需要学习

读图需要学习的道理，仍可以从作图需要学习谈起。作图需要学习，这比较好理解。不同的民族作图传统不同，各有其学习方式、相关的学习组织形式，以及不同的学习程序规定和学习的教材。我曾经在一篇文章中比较《命运之轮》与《芥子园画传》，试图说明，欧洲与中国人的学画方式不同①。欧洲人学习作画的比例、尺寸等知识，学习如何画辅助线，如何使图像合于标准几何图形。相反，中国人像临摹书法字帖一样临摹画本，学会用笔用墨和绘画布局技巧。前者从一种实用几何学出发，说明图像是如何构成的，教会学画者一些工艺技巧；后者从感觉经验出发，在临摹过程中掌握绘画的语汇，掌握线的方向感、顺序感、力量感，以及一些绘画要素的动态配合关系。这就从源头上看出了中国人与欧洲人学画方式的不同。

不同的民族，作图传统不同。我们过去只是意识到，不同民族有着自身的图式，他们运用这种图式来把握现实。这是贡布里希试图说明的道理。他区分“写”与“画”，认为“画”高于“写”。他的理由是，“写”只是“制作”(making)，而“画”才“匹配”(matching)。显然，如果仅仅说到这里，是远远不够的。在讲图式时，要说明图式的制作方式。欧洲人“画”高于“写”，中国人“写”高于“画”，欧洲人认为画的根基是实用几何学，而中国人认为画的根基是书法。

在这里，还有一个传统与现代的问题。我们要面对现代的挑战，要有现代的意味，但不能完全脱离传统。中国的现代性面临的是两个方面的问题，一是如何对待传统，一是如何对待西方。只是谈保存传统，不是中

① Jianping Gao, *The Wheel of Fortune vs. the Mustard Seed*: *A Comparative Study of European and Chinese Painting*, Diogenes Numbers 233&234, Volume 59, issues 1&2, pp.101-117.

国的现代性；只是谈接受西方，也不是中国的现代性。中国式的现代性，要既是中国的，又是现代的。接受现代的挑战，形成现代意识，保留传统的精华，才是出路。

不仅作画需要学习，欣赏画也需要学习。这要特别强调，原因在于，这一点特别容易被忽视。图的欣赏与制作，在本质上具有一致性。我想在这里申明一种“内模仿”理论：人是以自己的模仿动作来感受图的运动性的。这种内模仿不一定是实际的动作模仿，人会把画看成运动痕迹，欣赏画时，心随之所动。

我们看到，许多古代书法家，在看到好的书法作品时，会自觉或不自觉地用手去比划。右手在左手掌，在地上、墙上，在身体上比划。原因就在于，他们要通过手去理解书法作品。其实，中国画的欣赏者，或多或少地需要动“手”，即要求欣赏者用“手”去欣赏。我们是既用“眼”也用“手”来欣赏绘画。从某种意义上说，我们用“手”的成分越多，欣赏就越充分。

“手”“眼”并用，“手”高于“眼”，是中国绘画欣赏中的重要观念。当然，评论家的欣赏与艺术家的欣赏，会有一些不同。“手”高于“眼”，不能理解成画家的欣赏一般性地高于评论家的欣赏。画家的欣赏有高于评论家之处，如果评论家自己不能画，他们的评论可能会有隔靴搔痒之感。但是，从另一方面说，视觉符号与语言符号属于不同的符号系统，理论论述与艺术创作所用的符号性质也不同。这种差异，就要求评论家进行符号间的转换。他们要把从绘画欣赏中所获得的感受，用语言表述出来。

我们不能说，绘画的意义在于语言所能表述的意义。绘画的意义在于图像意义本身。形象思维本身就能把握形象的意义，无须经过概念和语言。但是，评论家们却必须进行这种转换。他们做的，也许多少相当于翻译的工作。翻译是将一种语言翻译成另一种语言，而评论家们是将视觉形象所把握的意义用语言表述出来。这种工作，具有高度创造性，但属于另一种性质的创造。

与此同时，评论家们也需要接通各种人文社会科学的知识。评论不等于说出感受到的意义，还包括对此进行阐发，让不同的学科的知识进行碰撞，从而诞生新的意义。一个一般的欣赏者可以不关注哲学、心理学、社会学、历史学知识，不关注美学、艺术家、艺术史，甚至不关注画家的生平、时代，只是面对画作本身，形成自己的感受和意义的把握。但是，评论家却需要这些知识，借助这些知识，实现视觉意义向语言意义的翻译，实现意义的补充、阐发和增强，然而，同时这也意味着评论可能是误读。

这里可以得出结论：欣赏图是一种能力，与学一门语言一样，需要学习。我们可能会觉得，学一门新语言很难。特别是成年人，花许多年的工夫，学一门新语言，也无法学好。我们也许会觉得，学习看画，比起学语言来说，要容易得多。画一看就懂，常常看，就能懂得多。其实，学语言与学看画各有各的难处，要达到一定的水平，也都不容易。一门外语水平的好坏，很容易测试出来；但对一种艺术的理解水平，没有测试，也不容易看出来。其实，看画有看画的困难之处。这需要长期的艺术熏陶，伴随着人的成长而形成的艺术素养，与艺术有关的一些操作，同时，也需要各种图像和符号的知识，等等。这是一种日积月累的功夫，也是一种长期养成的素质，一种艺术的趣味能力。

四　国际性的不同含义

最后，我想归结到一个话题：国际性。艺术要有国际性，但对国际性也要审视。有的艺术品特别为本民族的人所赞赏，有的艺术特别为其他民族的人所赞赏。哪一种是更好的艺术？这里面就有一个悖论。

人们常常用国际性来衡量一件作品，一位艺术家的水平。艺术家在哪里展出过作品，获得过什么样的奖，艺术家是什么样的国际专家，在什么样的杂志上进行过评论，这些都是艺术家水平的标志。如果一位浙江的画家的作品在纽约、巴黎展出，意义就胜过在北京的展出；而在北京的展出，意义也胜过在杭州的展出。这是事实，无法抗拒。但是，从道理上讲，这有问题。

艺术评价与体育运动的评价还是有区别的。从运动员在省里得奖，到在全国得奖，到国际比赛得到名次，直至获得奥运会奖牌，奖牌的“含金量”各不相同。一枚奥运金牌，胜过多枚国内比赛金牌。这有一定的道理。体育运动有国际的标准，这个标准来自于对人的身体力量极限的挑战。将人们放在更高、更快、更强的标准下，依据一定的规则来竞赛，从而形成竞赛的获奖者。

艺术界也有着相应的评价标准，人们认为艺术在不同的范围里被承认，也代表着不同的水平。对此，曾经流行一种说法，叫作“只有世界的，才是中国的”。这种说法是过去“只有中国的，才是世界的”的说法的反用。“只有中国的，才是世界的”，是一种对民族性的强调。民族性成为走向世界的通行证，发掘民族的特征，将之发扬光大，得到世界的认可。这是一种艺术风格和道路的设计。而“只有世界的，才是中国的”，则代表另一种态度：打到世界上去，拿一个大奖回来，中国就自然会有人认可，不认也得认。借助国际强势，建立在中国的地位。这是另一种艺术风格和道路的设计。两种说法，代表了两种策略，也就有了两种风格。

民族性不是天生的，而是由于种种因素结合在一起，由于历史的机缘而形成的。中国的水墨画，由于书法的影响和文人对表意性的强调，形成了重视意气笔墨、重视动作性的特点，而欧洲的艺术，在哲学观念的重重渗透之下，形成了“模仿”和“形式”（主要是几何形式）这两大传统的结合，以及由形式的整体性、部分对整体的适合、光与色这三种观念组成的对艺术的改造和发展过程。

既然艺术的民族性不是天生的，而是可以学习的，那么，就是可以通过在对话中相互学习，达到一定程度的接受。欧洲人不讲笔墨，但讲笔的飞动留下的笔触之美，也讲线的运动之美。这种观念，在从古到今的许多画家那里都是存在的。画家对用笔的自由挥洒总是会有一定的感觉。然而,这种感觉是否可能得到理论上的确认和固化?这在过去的欧洲不可能。欧洲艺术哲学有其传统,这个传统压抑着对笔触之美的认可。那么,在今天,在中西对话的大背景下,这种对美的感觉是否有获得解放的可能性?我觉得是可能的。同时,这也是水墨走向世界的契机。

我们可以有一种复数的普世性。过去,只有普遍与特殊,普世性与地方性的对立。仿佛有某种普世性放在那里,与它不同的,都是地方的。后来,我们发现,这种普世性,只是另一种地方性,只不过它走向了世界了而已。普世性也可以是复数的,有着不同的普世性,从不同的地方,走向世界。这种表述,可以看成从多样到多元。多样处于不同的各自独立的地理空间,而多元则处于共同的地理空间之中。

结语　读图需要学习

我们再次回到图像接受上来。图像的接受需要学习。通过学习,形成符号能力,从而把握对象。不同的文化之间,在造像传统方面,有着很大的差异。由此带来的对图像的接受和评价就有着很大的差异。这其中包括两个方面:一是理解上的,对异文化的图像,可能根本看不懂,或很大程度上看不懂;二是情感上的,对异文化的图像,会有隔膜。

现实中存在着大量的对异文化的不懂装懂,或者任意评价。这是我们要努力避免的。中国人在看异文化图像时,不能自以为是;同样,西方人在看中国的书画时,也是如此。

我们这个世界是多元的。多元意味着,我们可以通过学习,欣赏来自不同传统的图像和绘画。只有通过图像认知的学习,才能接受图像,感受图像,丰富我们的感受,丰富我们的内在和外在的世界。

第六章　论文学艺术评价的文化性与国际性

从近几年到近几十年间，中国人，从学术界到新闻界人士，直到一般民众，对一些国际性的文学、电影、美术、音乐等奖项都倾注了很大的热情。这种情感也许与拿奥运金牌和申办奥运属于同一性质。如果说有什么经济全球化带来的文化全球化意识的话，这也许是。外国人也很高兴，因为他们创造出来的东西被在意了。中国的文学艺术事业出现了前所未有的被世界承认的需要，这种世界的承认反过来又在推动国内的承认。于是，“只有中国的才是世界的”这一口号失去了诱惑力。你的东西固然是中国的，但只是一心追求它的中国性，而不想世界那一面的情况，那只能孤芳自赏。这时，就会另有一些人感到，这是抱残守缺，守株待兔。新的流行口号是，“只有世界的才是中国的”。挟洋人以自重，外国人都承认了，中国人就会承认，或者说，就只好承认。这个口号的倡导者们摸准这一点，开创着一个又一个打出去再打进来的事业。这么做，有人赞成，有人反对。对于我们这里的讨论来说，赞成与反对本身并不重要。重要的是，澄清这种态度背后的理论意味。作为这个工作的第一步,我想问这样一些问题:一个为不同文化共同认可的最高文学或艺术成就是否可能?如果可能的话,它的根据是什么?有没有普遍的文学与艺术标准?或者说,有没有绝对美与绝对艺术存在?

一 对审美与艺术标准探讨的历史与现状

对文学艺术的世界性评价涉及一些基本的美学问题。它包括纵向的美的标准的时间性与横向的美的标准的空间性。在中国,有很长的一段时间,美学的讨论都是围绕着时间性而展开的。

围绕着美的标准的时间性,形成的是一种关于美的标准的历史变迁的思考。它首先表现为马克思主义对浪漫主义式绝对美的概念的批判,后来则表现为对马克思主义的两种不同的解读。

为了论述的简便起见,我想以一个例子为焦点来概述这场延续了相当长时间的争论。俄国作家屠格涅夫有一句名言:“弥罗岛的维纳斯大概比罗马法或者1989年的原则更不容怀疑。”[①]普列汉诺夫在回应这句话时，说出下列几点意思：(1)“非洲的霍屯督族人不但完全不知道1789年原则，而且对弥罗岛的维纳斯也是一无所知。如果他看见了弥罗岛的维纳斯，他一定会对她有所‘怀疑’”。(2)“基督教的……圣像崇拜者对弥罗岛的或其他所有的维纳斯都表示极大的‘怀疑’，他们把所有的维纳斯都叫作女妖，只要有可能就到处加以消灭”。(3)“欧洲人愈是具备宣布1789年的原则的条件，弥罗岛的维纳斯在新欧洲就变得愈是‘不容怀疑’了”。(4)“绝对艺术”“在任何时候和任何地方都不曾有过”[②]。从这个例子，我们看到了两种相互对立的观点：一是浪漫主义式的绝对美与绝对艺术的观点，一是美是由社会所决定的观点。

这个争论当然远不是从屠格涅夫和普列汉诺夫开始，也远不是到他们那儿为止。在他们之前，欧洲浪漫主义的“纯粹艺术”观与艺术社会学派的争论就显示出了这种差别[③]。在20世纪中后期的苏联和中国，美学界不约而同地形成两种看法：一种看法是，存在着永恒的、客观的美，从无机的自然、植物、动物，再到人，这个进化的阶梯中每一步都有美，都显示出美的发展[④]。对于这种美，人只能去发现它。一物过去不被认为是美的，而现在却被认为是美的，并不说明美是由社会所决定的，而只是说明，社会为人们对(一种客观存在的)美的认识提供条件。于是，霍屯督人不能认识维纳斯的美，是由于他们缺乏审美能力；圣像崇拜者们宣布维纳斯

---

① 出自屠格涅夫的中篇小说《够了——已故艺术家日记片断》(《屠格涅夫文集》12卷本第7卷，莫斯科：国家文学出版社1955年，第47页)。转引自曹葆华译《普列汉诺夫美学论文集》，人民出版社1983年版，第1016页。

② 以上四段引文均引自《普列汉诺夫美学论文集》，第838—840页。普列汉诺夫是于1912年在列日和巴黎所作的学术报告中说出这番话的。此文后来以《艺术与社会生活》为名发表。

③ 这一描述请参见 Monroe C. Beardsley, *Aesthetics: From Classical Greece to the Presenst.* Alabama The University of Alabama Press, 1966. Chapter XI, “The Artist and Society”。其他一些西方美学史著作中也有相似的描述。

④ 参见格·尼·波斯彼洛夫著《论美和艺术》，刘宾雁译，上海译文出版社1981年。其中“现实的审美属性”一章，论述了进化的不同阶梯上事物的美。从这种思想中可以看到黑格尔式理念的发展最后回到自身观点的影子。中国学者蔡仪先生则发展了恩格斯的典型概念，并将这个概念运用到自然和生物界，指出美在于典型，认为在事物进化的不同阶梯上，都存在着美。

为女妖,是由于偏见遮住了他们的眼睛。

与此相对立的另一种看法则认为,并不存在永恒的美,也不存在"绝对艺术"。每一个时代,每一个社会,都会有自己的美的典范和艺术理想。于是,对于霍屯督人和欧洲中世纪的圣像崇拜者来说,弥罗岛的维纳斯并不美[①]。这种观点的依据是历史进化论。在不同的时代,由于人的社会实践,特别是生产方式的不同,人的意识,包括对美的意识也就不同。美是由人的这种社会实践所决定的。由于人的社会实践具有客观性,因此,美也具有客观性。但是,这种客观性不是永恒性,美随着人类社会的发展而发展[②]。

从20世纪80年代后期到90年代,中国学术界对这一美学上的争论持放弃的态度。在这一时期,有关美学与艺术的研究在其他方面有了很大的拓展,然而,很少有人再回到这样一个在一般人看来太具有形而上学意味的争论之中。然而,一些基本的理论问题是绕不过去的。没有了理论,我们就只能满足于感性的批评和更具现实意味的政治意识形态批评,并将之冒充为理论。

让我们回到霍屯督人、希腊人、中世纪人和文艺复兴后的西方人这一区分上来。这个例子在人类学研究中可以形成两种解读:一种解读大致说来,可以说是属于19世纪的解读,另一种则是20世纪的解读。

生活在19世纪,或者虽活到了20世纪,但在19世纪形成其基本的思想方法的一些著名的人类学家,如摩尔根(Lewis Henry Morgan, 1818—1881)、泰勒(Sir Edward Brunett Tylor, 1832—1917)、弗雷泽(Sir James George Frazer, 1854—1941)、涂尔干(Émile Durkheim, 1858—1917)。按

① 参见列·斯托洛维奇著,凌继尧与金亚娜译《现实中和艺术中的审美》(三联书店1985年),和凌继尧译《审美价值的本质》(中国社会科学出版社1984年)。前一本书讲美的客观性与社会性,后一本书则强调美是一种价值。在中国,李泽厚先生持一种他称之为"客观性"与"社会性"的统一的观点。他的论述可见《美学论集》与《美学四讲》。在后一本书中,他对"社会性"略有修订,加强了对个体性的论述,但基本理论框架则未变。

② 在这种观点的指导下,出现了一系列美的历史的著作,其中影响最大的是李泽厚《美的历程》。这些著作,就一个文化之中的美的趣味变化进行描述,有着很强的说服力。

照他们的观点，人类的历史社会组织和思维形态必然经历一系列的进化阶段。例如，摩尔根就按照人类的生活资料的获得方式与人的社会组织形态等标准，将人类的历史分为蒙昧、野蛮及文明这三个时期。在摩尔根的笔下，现代原始民族的资料，考古学家发掘的上古文化遗存，与有文字记录的历史学资料都用来填补一个构造出来的人类总体历史框架中的各个空白点。于是，现代的易洛魁人代表了人类在古希腊以前的一个阶段，前者是氏族社会，后者则经历了氏族社会解体，人类进入到文明时代的过程[①]。再如，弗雷泽持人类思想方式的进化主义观，认为人类经历了一个从巫术到宗教、再到科学的思维进化过程[②]。这些人类学家们受到斯宾塞的进化论影响，具有一种普遍主义的世界观，认为全世界的人类都会经历大致相似的进化过程，在进化的不同阶段，出现大致相似的思想文化特征[③]。我们所熟悉的一些关于人的审美趣味的社会解读背后，都存在着这种大的理论框架。按照这种框架，国家的、民族的、文化的差异本身并不重要，所有这些空间的差异，都可以被解读成时间差异。一些部落艺术，例如，澳大利亚、新西兰或太平洋上的一些岛屿上原住民的艺术成了在理论上具有普遍性的艺术起源的证据。在研究者的心目中，最重要的是旧石器、新石器、青铜或铁器时代这种按照工具区分的时间上顺序关系，而不是种族、民族、文化间的差异。不仅对待所谓的原始民族是如此，对待文明社会也是如此。当人们说美是由社会决定的时候，我们就读到了许多所谓奴隶社会、封建社会、资产阶级、无产阶级的美。我们曾经非常重视所谓美的阶级性，这种观点的产生，除了当时特定的政治意识形态原

---

① 参见路易斯·亨利·摩尔根著《古代社会》，杨东莼、马雍、马巨译，商务印书馆 1977 年。亦参见中国科学院历史研究所根据俄文译出的马克思《摩尔根〈古代社会〉一书摘要》，人民出版社 1965 年。这本书由于马克思的阅读和摘录，在东、西方都变得更加重要。这里需要强调的是，尽管马克思非常欣赏这本书，但并没有在这本书面前丧失批判的立场。

② 参见根据《金枝》的简写本所翻译的中文本，中国民间文艺出版社 1987 年，特别是该书的第 68 和第 69 章，徐育新、汪培基、张泽石译。

③ 当然，达尔文的影响也是重要的。但是，受达尔文思想影响更深的是一些被称为生理（physical，一译体质）人类学家的人。这里主要讲的是文化人类学，讨论的重点是人的文化而不是人的生理特征对人类的行为模式的影响。

因,更为深层的原因是这种普遍性的意识。全世界的无产者具有共同的美,全世界的资产者具有共同的美。这种阶级论的理论框架,是从进化论发展而来。它们同属于普遍主义的理论体系。在这种理论体系中,文化间的差异被忽略不计了。

一种本质上属于20世纪的人类学,则对这种普遍主义的进化论观点构成了挑战。这种挑战本来是从方法上开始的。在19世纪,人类学的研究主要还依赖于第二手的,来自旅行家和传教士的笔记资料,因而被人们称为“摇椅上的民族学”。20世纪初年,出现了一场所谓的“人类学的革命”[①]。马林诺夫斯基(Bronislaw Malinowski, 1884—1942)就是这方面的代表性人物。这时的人类学家具有强烈的对田野工作的爱好,认为只有通过田野工作所获得的第一手资料,才是通向可靠结论的唯一途径。这种原本是在科学主义的精神指导下进行的方法上的变化,却导致了人类学观点和这个学科性质的根本变化。人类学不再用来填补一个巨大的、具有普遍性的理论框架中的缺口,而成了具有描述性,力求避免先入为主的框架的民族志(ethnography)。马林诺夫斯基认为,一个文化特征包括物质与精神两方面的因素,用他的话来说,就是“器物”的与“习惯”的因素。“器物和习惯形成了文化的两大方面——物质的和精神的。器物和习惯是不能缺一,它们是互相形成及相互决定的。”[②]文化以及它所包含的社会组织和社会制度构成了一个整体,当我们确定一件艺术作品的价值时,应该从这件艺术品在它所属的文化之中所具有的功能来衡量。“艺术作品总是变为一种制度的一部,我们只好把它置于制度的布局中去研究,才能明了它的整个功能与发展。……只有把某种艺术品放在它所存在的制度布局中,只有分析它的功能,亦即分析它的技术、经济、巫术,以及科学的关系,我们才能给这个艺术品一个正确的文化的定义。”[③]实际上,并不存在着一种普遍的,与社会的物质生产发展水平相对应的艺术与

① I. C. Jarvie, *Revolution in Anthropology*. New York: Humanities Press, 1964.

② 马林诺夫斯基著《文化论》,费孝通等译,中国民间文艺出版社,1987年,第6页。

③ 同上,第89页。

文化产品。那种文化归根结底是由物质生产的发展状况决定的思想，不能解决为什么此文化具有这些而不是另一些特征的具体问题。根据形式逻辑的一些基本规则，研究的对象越是具体，所要考虑的因素就越多。当研究者从“归根结底”式的哲学思考层面向具体文化的描述层面转化时，更多的因素就必定要被容纳进来。按照马林诺夫斯基的观点，不同的文化具有不同的精神“习惯”，这种“习惯”与“器物”相互作用构成文化的特征①。

人类学上的这种转向的另一个后果是文化相对主义的出现。露丝·本尼迪克特（Ruth Benedict, 1887—1948）曾指出，“对人类学家来说，我们的风俗和新几内亚某一部落的风俗是用以处理某一共同问题的两种可能的社会方案，而且，只要他还是一位人类学家，他就必须要避免偏袒一方”②。博厄斯（Franz Boas, 1858—1942）则指出，“我们可以说在社会科学的绝对标准的实际应用是没有的。例如，非洲中部的黑人、澳洲人、伊斯奇摩人和中国人……的社会理想均与欧美人不同，他们对人类行为所给予的价值实无可以比较的，一个认为好的而别个则认为不好的。……因此，一般社会方式的科学研究，依据我们自己文化的调查者，应从一切价值中解放其自己才对”③。文化相对主义的产生，基于这样一些原因：第一，人类学家作为人的状况的描述者，努力持一种价值中立的立场，以便得出一种科学的结论。这是与当时的社会科学致力于借鉴自然科学的方法，用一种客观的态度对待所研究的对象联系在一起的。当时的人类学与西方宗主国的殖民地研究有着密切的关系。坚持这样一种文化相对主义的立场，有助于克服当时根深蒂固的宗主国对殖民地人民

---

① 这是一个涉及历史唯物论的重大理论问题。我在这里愿意提醒读者注意恩格斯于1890年致约·布洛赫的信。在这封信中，恩格斯指出，那种将经济因素说成是“唯一决定性的因素”的说法，是对马克思主义的歪曲。经济运动作为一个相对变动着的因素，归根结底推动着在其中包含着多种相互矛盾的因素的既有状况的变化。请参见《马克思恩格斯选集》（北京：人民出版社1972年）第4卷，第477—479页。

② 露丝·本尼迪克著《文化模式》，何锡章、黄欢译，华夏出版社1987年，第1页。

③ 引自弗兰茨·波亚士著《人类学与现代生活》，杨成志译述，商务印书馆1984年据1945年版重印，第148—149页。

的偏见，克服种族中心主义，从而提高研究的质量。第二，这也是研究进入到所研究对象内部层次的需要。对于这些研究者来说，文化的各种要素构成了一个整体，其中的某一个或者某一组要素的意义，不能从这些要素的普遍的，或者说对于研究者来说所具有的意义，而是从它在该文化中的功能来考察。

我们从这里再次回到普列汉诺夫的例子。霍屯督人与希腊人的美有没有高下之分？普列汉诺夫没有提供明确的回答，但通过对普列汉诺夫基本思想体系的考察，我们可以看到，他持这样的一种观点：一方面，霍屯督人与希腊人具有不同的美，并且各自有着充分的理由坚持自己的审美观点；但另一方面，由于不同民族的境况“归根到底受它的生产力和它的生产关系制约”，因此，它们又从生产力与生产关系的发展水平的角度具有高下之分[①]。这个结论可能会被简化成这样一句话：每个时代都有自己的美和艺术，时代进步了，美和艺术也随之进步。这一似乎合情合理的观点之中，却可能隐藏一种将世界时间化的危险。现存世界上的各个不同的民族的文化产品被转化为一个历史表上的不同时间段，并进而依据这一在时间表上的位置来决定其价值。

文化相对主义的魅力正是在这里体现出来的。它本来是发达国家的人类学家与社会学家在研究中形成的一种工具性观念，这时却成了不发达国家捍卫自己的文化独特性的理论武器。

二　普遍主义标准的现实诱惑、历史起源及困境

20世纪的文学与艺术在世界范围的比较和评价活动常常以一种普

① 普列汉诺夫的这一观点可以参见《论艺术——没有地址的信》，曹葆华译，三联书店1973年。这里所引的这段话引自该书第47页。

遍主义的面貌出现，似乎在它们的背后，具有一种放之四海而皆准的标准。然而，我们从什么地方，以什么为依据来建立这种标准？我们在前面讨论过审美的进步主义观点与相对主义观点，这两种观点在这里都具有适用上的困难。依照进步主义的观点，审美的标准被归结为社会状况，从而最终归结为人在社会中的经济关系。然而，经济上占据着强势的国家和民族并不一定代表着最高的审美标准，而用政治上的强势取代审美标准，或者用政治意识形态置换审美标准，则必然会遭到普遍的抵制。另一方面，相对主义的观点取消一切世界范围内的比较和评价活动的可能性。当各个不同的个人、人群、民族、文化都自认为其美时，世界范围的评价活动就是不可能的。

将文学与艺术创作在世界范围内进行比较和评价，也许可以与世界性的体育比赛来比拟。也许，这种比较、评价和评奖活动的发展，正是与这种世界性的体育赛事的刺激性有一定的关系。奥林匹克运动会要决出金牌，必须依据普遍的标准。这种标准有不同的情况。有些是由尺子、秒表决定的，有些是由评委评分、裁判吹哨决定的。不管具体的决定方式如何，存在着一个客观尺度。比赛的结果由规定条件下个人能力发挥的情况决定。这些比赛甚至有着一个被称为世界纪录或各个级别的纪录一类的东西，使一位运动员在此时此地的比赛中所达到的成绩与其他时间、其他地点中自己或他人的比赛成绩具有可比性。

体育中有一个口号：公平竞争（fair play）。将来自不同文化与社会的人放到一个标准之下来评判，这是奥林匹克运动的理想。但是，奥林匹克运动的可比性是通过对运动形式本身作出规定而形成的。体育运动中有所谓的奥运会项目和非奥运会项目。比起世界各地存在的各种民族、民间的体育运动项目来说，奥运会项目只是非常少的一部分。一个非奥运会项目要想变成奥运会项目，就要依照奥运会的方式进行改造，制定一整套的规则，从而使公平竞争成为可能。无法公平竞争，从而无法成为可授予奖牌的项目，就无法成为奥运会的正式项目。这种公平主要是在一种同质(同一项目)内的量("更快、更高、更强")的竞争中体现出来的。

这种公平的背后,具有一个理论预设:存在着一种共同的人性。我们都是人,因此可以假定,我们的先天构造是一样的,我们可以在一个场地上,按照同一种客观尺度进行公平竞争。让龟与兔在一起赛跑不公平,因为它们的先天构造不一样。人与人也不一样,于是,为了实现公平,需要做到将男子与女子分开,正常人与残疾人分开,等等。在作出了一些区分后,就假定在已区分的类别之中,所有的人,不分其种族与文化,更不论个人的先天条件,都应该放在同一个标准下来衡量他们的能力。体育背后有着人种因素,也有文化因素,但这些不能成为衡量的标准。在普遍人性的前提下,这些因素从尺度的基础变成了被衡量的对象。因此,奥林匹克运动不仅具有健身强体的含义,而且具有各国家间竞争的含义:不是在战场上,而是在这里证明自己的力量。从这个意义上理解,奥林匹克运动甚至被理解为促进了世界和平。

文学艺术的评价与评奖活动,是不是也可以这种共同的人性为理论预设?中国古代就有人提出,"口之于味也,有同耆焉;耳之于声也,有同听焉;目之于色也,有同美焉"①。康德也将美的普遍性建立在共同人性之上,然而,他已经认识到问题的复杂性,而不像古人那样理直气壮了。康德所讲的是"主观的普遍性",即不管事实上是否具有普遍性,主观上要求普遍性②。今天的国际美学界,艺术与运动的关系已经被韦尔施(Wolfgang Welsch)这位具有挑战性的所谓后现代美学家提了出来③。他说,"运动是一种艺术"。我曾经对他说,这不对。但我认为,将运动或游

① 《孟子·告子章句上》。

② 康德《判断力批判》上卷,宗白华译,商务印书馆 1964 年,第 48—54 页。

③ 维希在定义运动与艺术时这样表述:"运动是一种艺术。艺术(在其通常的意义上)是另一种。"参见 Wolfgang Welsch, *Sport—Viewed Aesthetically, and Even as Art*?(运动——从美学的观点,甚至作为艺术来看待?)*Filozofski Vestnik*, 2/1999. Ljubljana 1998.这句引文引自该杂志的第 236 页。

戏与艺术作比较,会有助于我们对艺术特性的认识[①]。

到目前为止,理论界还很少有将艺术与体育运动作比较,但在实践中,体育运动式的比较是无所不在的,只是人们将这种比较推进到一定程度后,就自觉地或是不自觉地停止了。这种比较就是以普遍主义文学观为理论预设的,同质之中的量的比较。

量的比较的第一种标准是词汇量。对于一门外语的学习者,我们通常都以所掌握的词汇量来衡量该学习者对这门语言的熟练程度。每一位作家都有自己的词汇范围,同样的标准也被一些评论家与文学史家用于对作家掌握语言的能力的评论上。例如,人们常常评价莎士比亚的词汇量大,评价他能将社会上不同阶层的语言都囊括到作品中去,并且能够熟练地而巧妙地运用。与此相反,词汇贫乏则是一位作家低能的标志。

第二种标准是一位作家怎样纯熟地运用各种创作技巧,对于诗人来说是全面地运用各种韵律、音步和格式写诗;而对于小说家来说是全面掌握各种叙事方法和手段,并使作品的内容与形式形成有机结合。

第三种标准是,人物众多,生动有个性,不雷同。读文学史,我们常见到对巴尔扎克与狄更斯人物刻画才能的称赞,我们甚至见到有人判定《红楼梦》优于另外某个作品,例如《水浒传》,理由是前者人物个性众多、丰富、完整而又有发展,而不像后者个性平面而单一化。

第四种标准是,一位作家怎样将一个时代的宏大画卷史诗般地描述出来,他的作品因而融合了社会、历史、经济、政治、人的心理等各方面的

---

① 有关我对韦尔施这篇文章的反应,请参见《畅饮知识的甘泉——第十四届世界美学大会》一文,收入拙著《走出唐人街》(中国文联出版社 2000 年),第 214—216 页。在文中,我提到,冠军不属于踢得最美的足球队,而属于踢进了球的球队,这里隐藏着运动与艺术的根本区别,这一简单的事实具有重要的理论意义。在另一处,我曾对中国古人将绘画与围棋作比拟的现象作了专题讨论。见 Gao Jianping, *Significance of Analogy—Drawing Between Go and Painting. Journal of the Faculty of Letters* (*Aesthetics*) (Tokyo: Faculty of Letters, the University of Tokyo) Volume 25, 2000, pp. 19-34。我的基本观点是,运动不是艺术,但将运动与艺术进行比较,有助于阐明一些艺术的基本特征。在这两处,我只是对这一巨大的问题作了局部的尝试。一个全面的运动与艺术的比较工作还有待于今后在另一个语境中更加从容地展开。在目前的语境中,我所要做的是将艺术和运动分别与普遍人性的关系作一比较。

知识，成为一个时代的百科全书；同时，这种描述又是生动的，相互间具有有机联系的。于是，托尔斯泰成为一面镜子，而欧洲的每一位出色的现实主义作家都是一面镜子。

这些标准的设定，都使比较成为可能，但同时我们又可以看到，这些标准都具有局限性。这些标准，当它们不是仅仅用来对某一个作家的称赞，而且也是用来将这位作家与其他作家进行比较时，就具有一种对个人才能衡量的特点。它们可能成为一些文学评论的说辞，成为我们对这些作品赞扬的理由。它们也确实体现了一些文学作品的价值。但是，它们似乎都不足以成为普遍标准。所使用的词越多就越好吗？使用的手法越多就越好吗？人物越多越丰满就越好吗？成为镜子就好吗？文学史家与文学评论家们很容易就能找到反证。在文学中，存在着种种客观的尺度，但是，文学评价似乎既依据这些尺度，又不完全是。在一些表面的尺度之后，总是有着某种更高的尺度或标准在起着作用。

除了这种量化的考察，我们是否还有一些并不脱离文化传统但又被假定具有普遍性的衡量尺度？当然，这种尺度是有的。诺贝尔文学奖就定过这样一个尺度"富有理想倾向"，这是一个具有德国古典美学色彩和道德主义色彩的标准。然而，实际上，这一尺度很难坚持下去。在 20 世纪初的一些年里，评委们坚持这一尺度，结果却起了相反的效果，评出一些思想上保守，艺术上平庸的作家。后来，这种理想被自由地解释，"一战"后被解释为人道主义倾向，"二战"后，评选的标准实际上换成了文学性和文学上的创新精神，尽管负责评选工作的人仍小心地避免与诺贝尔的遗嘱直接对抗[①]。任何评奖都会有自己的标准，但这些标准并不像奥林匹克运动那样对文化因素忽略不计。只要文化因素成为标准，评价相对性就是不可避免的，原因在于，这时的相互比较已经不再是共同的质之中的量的比较，而是不同质的对象之间的比较了。体育中也有从欧文斯奖到中国的十佳运动员评选，那属于不同质之间的比较，这时，就有某些运动项目比其他项目更为人们所看重的情况。只是在体育中，这一类的评选既没有奥林匹克式的比赛重要，又以奥林匹克式的比赛为基础，是一种对比赛结果跨越具体项目的承认。

文学与艺术在世界范围的评价和评奖活动，常常是某一个国家或某几个国家中的评价活动的延伸和发展。在一个社区以至一个国家之内的评奖活动开展的动机，本来并非评出一种在审美意义上，或其他一般意义上的最好的作品，而是一种对文学与艺术生产活动从外部来进行影响的方式。文学艺术创作既是一种精神创造活动，也是艺术家们用自己的劳动产品来换取生活资料的活动。文学与艺术家总要生活，而在不同的时代和不同的社会中，他们取得生活资料的方式不同。在传统社会中，作家、艺术家寄食于宫廷、贵族、官僚和商人门下。到了近代社会，支配职业的作家、艺术家的是双重的力量，一种力量是市场，另一种力量是作家、艺术家对文学艺术的理解和热爱。评价与奖励行为所要刺激和推动的，正

---

① 我在2000年初写的一篇旧作《诺贝尔文学奖与中国》中，对这个奖项的历史及与中国的关系史作了评述。那篇文章曾被《文化月刊》2000年4月号以《诺贝尔奖不是文学法庭》为题发表。由于该刊的性质，文章发表时所作的编排和删节都不恰当。这里摘引该文的一段有关的文字："诺贝尔的遗嘱中有一个限定语：'富有理想倾向'(in an ideal direction)。……怎样的作品才叫'富有理想倾向'？诺贝尔在写'理想'这个词时，曾作了一个修改。他原来写的是idealirad，这不是一个瑞典语词，其中漏了字母。研究者们认为，诺贝尔心里想的是idealiserad，即'理想化'。然而，诺贝尔不满意'理想化'这样一个在瑞典语中含有'修饰'一类含义的词，因而将之改为idealisk，即将rad改为sk。斯图尔·阿伦教授在经过这一番考证后，联系诺贝尔的一贯思想，指出，这里的'理想'，是一个分类性的形容词，而不是一个评价性的形容词。也就是说，他不是指'理想的文学作品'。在这一表述中，'理想'可能成为'优秀''完美'一类评价性形容词的同义词。他所指的是'其方向通向一个理想'(in a direction towards an ideal)。用我们的话说，在诺贝尔的心目中，艺术标准并不是第一的，作品的'有益于人类'的效果更重要。"

是后一种力量,它对市场起平衡作用[①]。对没有遵循正确的途径取得成功,从而成了市场的奴隶的作家艺术家进行批判,奖励向市场挑战的作家、艺术家(如文学中奖励一些被认定具有艺术价值但一开始并不畅销的作品),通过这种奖励行为影响市场(如一些电影奖本身即可为电影创造票房价值),所有这些评价与奖励活动,都是以文学艺术的现实存在状况为前提的一种对文学艺术的影响方式。它们具有通过举着金牌往人们脖子上套而对人施加影响的特点。这个金牌与奥运金牌具有不同的性质,距离以一种对文化因素忽略不计的普遍人性标准要遥远得多。

我们曾经讨论过审美标准在不同的时间与不同空间上的差异。这种讨论方法容易产生一个错觉,即认为古代社会或现代原始民族之中也存在着一些或多或少的统一的审美标准,只是它们的标准与我们不同而已。美学史上的事实告诉我们,一种统一的关于艺术的观念,一种普遍的美的观念,以至一个以美与艺术的一般特性为对象的学科,都是近代社会的产物。今天,许多研究现代性的学者都重视民族国家的产生一类的话题,其实,与此相对应的另一个话题对于文学与艺术的研究来说更为重要:与民族国家的各自独立相反的跨越国界、跨越民族和文化的美与艺术概念的形成。这种概念构造出一种文学艺术的共性,使文学艺术在世界范围内的比较成为可能。

现代社会与古代社会一个重要区别就在于,在古代社会中,文学艺术是为着较为单一的对象和目的而制作出来的,受当时当地的情境性制约。当时人们没有产生要将这个或那个作品从这些情境中抽取出来,形成一个一般性概念的需要和动机。将不同的作品放到一起进行比较,这是一种后起的现象。这种现象的出现,需要对作品进行抽象。也就是说,将文学作品从具体情境制约下出现的语言性和文字性活动中抽象出来,按照一种被称为文学性的标准来寻找其共性。这是文学走向自觉的一个推动

---

① 这方面的描述利用了罗贝尔·埃斯卡皮《文学社会学》(于沛选编,浙江人民出版社1987年)中的一些材料。

力。这与艺术作品从实用性中抽象出来，被当作一个单独的类来对待是一致的。这是一个世界历史向现代的大转型。在社会向现代转型的过程中，市场经济日益活跃，形成一种用马克思的话说就是艺术生产“作为艺术生产出现”[①]的情况。市场本身，正如马克思在讨论经济活动时所指出的，将一些过去不可比较的东西放在一起比较了。不同物品的使用价值是不可比较的，但是，它们作为商品，又有着交换的需要。于是，在千差万别的物品的使用价值中，它们作为商品所包含的抽象劳动的量，构成了它们的交换价值。这种可比较性由于欧洲资本主义的历史展开而获得其内在的规定性，并为人们所认识。马克思曾以“劳动”这个简单的范畴为例，说明重农主义只承认农业劳动，而在资本主义生产得到发展的地方，人们才形成抽象劳动范畴。因此，抽象劳动范畴“是历史关系的产物，而且只有对于这些关系并在这些关系之内才具有充分的意义”[②]。这种经济方面的思想，当然可以成为理解各种文学艺术间相互可比较性形成的基础。千差万别的劳动产品本来也是不可相互比较的，只是由于资本主义生产和流通方式的发展，它们才变得可以相互比较，从而形成一般性的价值观念。然而，从另一方面看，文学艺术的生产，具有与一般商品生产不同的特点，一般商品生产与流通的经济规律并不能成为文学艺术评价的标准。这种评价的普遍性要以资本主义的经济和社会发展为基础，但并不能直接从价值规律来寻求解释。

一方面，文学艺术的生产与相互比较固然遵从某种经济活动的规律；但另一方面，文学艺术相互比较还被另外一些非价值的，并且与价值相对立的因素而推动。这就是人们由于艺术生产的意识形态性质而对这种产品生产进行的有意识地操纵和调节。文学艺术的批评、评价、评奖等活动，就是在这一个层次上展开的。如果这些活动不完全等同于商业性活

---

① 马克思《〈政治经济学批判〉导言》。引自《马克思恩格斯选集》，人民出版社 1972 年，第 2 卷，第 113 页。这里的着重号是笔者所加，目的在于区分前后两个“艺术生产”，以引起读者注意。

② 同上。马克思的这方面的论述见第 106—108 页，引文摘自第 107—108 页。

动，那就只是广告的延长而已。广告不可作比较，而评价则是一种比较活动，原因在于，广告活动不是以评判者的身份出现，而评价以具有评判资格为前提。

韦勒克、沃伦在《文学理论》一书中，曾对文学作品的价值（value）与评价（evaluate）作出了区分①。这里的价值，大致相当于马克思所说的使用价值，即作品的效用。在历史上，文学的存在并不从评价开始，而是从价值开始的。文学在一开始可以没有评价，但必须有价值。只有这种价值才能为文学艺术的创作提供动力。评价的出现表明一种文学和艺术的自觉，或者说，自觉地对文学艺术品进行比较。通过评价，具体的文学艺术作品开始被相互比较，包括同一时代的文学艺术作品被相互比较，不同民族间、不同文化圈的文学艺术作品被相互比较。这种比较对于文学艺术的理论工作来说，是一个挑战。我们究竟根据什么才能令人信服地断定，一件艺术品优于另一件艺术品？这类问题的出现，迫使人们制定出评价文学与艺术的标准②。这是文学艺术的批评活动与理论活动在一个相当长的时间里的推动力。理论具有天然的追求普遍性的冲动，但是，在普遍人性的立足点受到质疑之后，哪儿才是这种理论的新的立足点？

---

① René Wellek and Austin Warren, *Theory of Literature*. Middlesex: Penguin Books, 1993, pp.238-239. 中译本可参见韦勒克、沃伦著《文学理论》，刘象愚、邢培明、陈圣生、李哲明译，三联书店 1984 年，第 272—273 页。这一章的第一句话原文为"It is convenient to distinguish between the terms 'value' and 'evaluate'"，中文译为"要区分'价值'和'评价'这两个术语是很方便的"，似不妥。译为"对'价值'与'评价'这两个术语作出区分，会为我们提供方便"，则更接近原意。

② 斯托洛维奇也对"价值"与"评价"作了区分，并且断言，价值体现了主客体之间的实践关系，而评价体现了主客体之间的理论关系，前者是客观的，而后者是主观的（《审美价值的本质》第 29—37 页）。英国学者 H.A.梅内尔（Hugo A. Meynell）也强调价值的客观性，指出它是"客观的"（见 H.A.梅内尔著《审美价值的本性》，刘敏译，商务印书馆 2001 年，第 8—9 页）。然而，这种实践关系，只是从归根结底上讲才有意义。实际存在的是价值与评价不断相互作用的关系链。

三　世界文学命题与人类学的新思路

我们在普遍主义的进化史观与相对主义的文化人类学之间，处于一种两难的境地。我们又发现，我们所有对美和艺术的观念，都是在人类社会向现代的大转型中被构造出来的。人类曾经在还没有艺术概念之时，创造出了大量的艺术作品，人类也曾经在没有美学概念之时，写出大批具有美学意味的文字。但是，自从18世纪这些概念被创造出来以后，艺术与美学就具有了一种与过去完全不同的，对于普遍性的追求。这种追求先在一个文化圈范围内表现出来，后来就向世界的每一个角落传播。怎样才能为这种普遍性寻找一种现实的，与奥林匹克式的普遍性不同的基础？这是我们所面临的问题。

让我们从一个熟悉的命题"世界文学"出发。众所周知，19世纪前期，歌德在与爱克曼谈话中提到这个命题，而马克思、恩格斯在《共产党宣言》中也提到这个命题。

歌德关于世界文学的谈话，是由对中国传奇（朱光潜认为，可能指《风月好逑传》）的阅读经验引起的。他否定了当时常见的那种对中国传奇，以及对一切来自中国和整个东方的文学的猎奇心理，表示他对中国文学的欣赏是由于作品中所表达的思想可以理解，可以产生共鸣，而不是由于它奇特、怪异。他特别指出，"中国人在思想、行为和情感方面几乎和我们一样，使我们很快就感到他们是我们的同类人"。由此，他得出结论，"诗是人类的共同财产"。他劝人们不要"学究气的昏头昏脑"，他自己就"喜欢环视四周的外国民族情况"。在说完这些话之后，他充满激情地下了结论,“民族文学在现代算不了很大的一回事,世界文学的时代已快来临了”①。歌德想要做的事是,了解和欣赏外国的文学,特别是欧洲以外的,那些在那个时代人的感觉中还很遥远的地方的文学。他理解外国文学的原因,不是外国人与自己的不同之处,而正是外国人与自己的相通之处。这说明,他的基础是普遍人性。当然,这个普遍的人性,与奥林匹克的普遍人性不同。他指的不是人的体力,而是“思想、行为和情感”。人是否有可能具有普遍的情感,从而形成对文学的普遍的标准?这里面有种种复杂的情况,歌德并没有意识到。

马克思与恩格斯的《共产党宣言》在谈到资产阶级在历史上的进步作用时论述“世界的文学”。他们从世界市场,以及生产和消费的世界性的论述转到精神生产上来,指出,“各民族的精神产品成了公共的财产。民族的片面性和局限性日益成为不可能,于是由许多民族的和地方的文学形成了一种世界的文学”②。在马克思、恩格斯笔下,这种“世界的文学”只不过是他们对资产阶级给世界历史所带来的结果所做的客观描述而已,他们并没有将之作为一种对未来社会的理想来描绘。

学术界习惯的做法是,一谈到“世界文学”,就回到歌德和马克思那里去,说这是他们伟大的预言。与这些做法不同,我更愿意分析这个预言在理论上的含义。

歌德一方面谈“世界文学”,一方面又谈艺术的“模范”。他说,“我们不应该认为中国人或塞尔维亚人、卡尔德隆或尼伯龙根就可以作为模范。如果需要模范,我们就要经常回到古希腊人那里去找,他们的作品所描绘的总是美好的人。对其他一切文学我们都应只用历史眼光去看。碰到好的作品,只要它还有可取之处,就把它吸收过来”③。由此可见,他谈论的“世界文学”只是以古代希腊文学为典范的世界文学。在一种文化之中

---

① 这里关于歌德的话均引自爱克曼辑录的《歌德谈话录》1827年1月31日。中译本见朱光潜译,人民文学出版社1978年,第111—114页。

② 引自《马克思恩格斯选集》,人民出版社1972年,第1卷第255页。

③ 《歌德谈话录》中译本第113—114页,着重号系笔者所加。

成长起来，以一种文学为“模范”，从而形成基本的趣味、情感和教养，再以此来看待别国文学，从中发现其中与自己的趣味和情感的相通之处。这种做法存在两个层次的因素：一是“模范”，一是“其他”。被当作“模范”的东西是根本，它总是美好的，它自身就是标准；而被当作“其他”的东西则需要“用历史眼光去看”，它们的美是相对的，需要以一个外在于它们的标准来对它们进行选择。歌德这里讲的“模范”是古希腊文学，他没有设想以其他文学为“模范”的可能性，因为那些对于他来说不是“模范”。然而，其他文学并非不能成为“模范”，而且实际上，许多民族的文学家和文学研究者都或多或少有以自己的文学为典范，以外国的文学为“其他”的情况。这里，他们的所见所想，所创作的作品，所构建的理论，所形成的价值观，当然就会很不相同。是否存在着以其他文学，例如以古代中国、印度、波斯等为典范，“历史地”看待其他文学，从而构成另一种世界文学的可能性？这一点歌德并没有提出，也许他认为根本就不可能。一些杰出的欧洲人以一种博大的胸襟来将世界上一切优秀的文学吸纳到他们的视野之中，以为这就是世界文学了。但是，不要忘了，这个世界上还可能有其他具有博大胸襟的人，以世界的另一个地方、另一种文化为立足点，将世界的文学吸纳到他们的视野之中。实际上，如果在歌德时代，对外国文学的阅读和研究，特别是非欧洲的文学的阅读研究是比较少见的话，那么在今天，外国文学大概已经成了世界上所有国家的文学教育的基本组成部分和一般人的普遍文学教养的组成部分。这时，“世界文学”的理想是实现了，还是没有实现？回答只能以人们对这个词的定义而定。避开语词的定义带来的种种不确定情况，至少在今天，从非西方国家的文学教育的情况我们可以得出一个结论，“世界文学”并不是一种单数的名词，而是一个复数的名词。从不同的角度出发，就会有不同的视野，就会形成不同的“世界文学”。这时，作家、作品还是那些，但进入视野，被认为重要的作品就不同，评价的标准也会很不一样。这就像同样的一片风景，从不同的角度看，就得到不同的印象一样。从这个意义上说，“世界文学”从文学上相互阅读、相互评说的意义上讲是实现了，而从文学在全世界范围内的一体化而言，则远没有实现，而且只要文化差异没有被抹平，只要作为文学载体的语言没有统一，就不可能实现。在全世界都用一种语言——“世界语”——之前，就没有一体化的“世界文学”。

马克思与恩格斯关于“世界的文学”的论述，也应该作出这样一种区分：由于世界市场开拓，由于殖民化过程而形成的、以西方为主动而其他地方为被动的、资产阶级性质的“世界的文学”，与由于非殖民化过程而形成以自身为主体，而对周围文化以至世界文化和文学了解、学习和借鉴的各种文化是很不相同的。在《共产党宣言》中，马克思、恩格斯对前者进行了描述，并且肯定它在历史上的进步意义，但绝不等于说，他们要在将来实现这样的“世界的文学”。这种“世界的文学”与资产阶级对“野蛮人”的征服，与西方对东方的征服属于一类的情况。它使世界上的一切角落都卷入到文明的进程之中。这时，在这个过程中，殖民者带来“模范”，而那些“野蛮人”所提供的，只能是“其他”。

让我们再次回到人类学的思路上来。19 世纪的人类学致力于建立某种进化论的大框架，并将不同的民族文化安放在总的进化阶梯的不同台阶之上。20 世纪前期的一些民族志作者们致力于民族文化的记录工作，并通过田野工作积累了大量的材料。他们具有一种科学主义的追求，要研究具体生活方式，构造一个又一个自成体系的地方整体。从政治立场上，他们努力将自己描绘成“受到全球西化，特别是殖民主义威胁的文化多样”的拯救者①。从这个意义上讲，如果说这些人具有反殖民主义立场的话，那也应将他们仅仅看成西方思想内的后殖民主义者，这与超越西方中心的人类学立场具有根本的区别。

民族志研究的弊端由一些被称为“倒置的民族志”或“逆向的民族志”暴露出来。民族志的作者假定所研究的民族文化是一种封闭的、自成

① 这里的描述参考了 George E. Marcus and Michael M. J. Fischer, *Anthropology as Cultural Critique*(《作为文化批评的人类学》). Chicago: the University of Chicago Press, 1986. 中译本王铭铭、蓝达居译，三联书店 1998 年。这句话引自该书中译本第 46 页。

体系的文化。然而,一种绝对纯粹的,没有受到任何外来影响的民族文化从来就没有存在过。一个原始氏族的生活,本来就是一个不断与它所接触到的其他氏族交往的历史,而这种情况随着“整个世界不断‘收缩’成一个相互依存的世界体系”而变得越来越明显。在人类学界流传着一些荒谬的传说。例如,当一位人类学家要给一个当地人拍照片时,这个人会让他等一下,要去换一件民族服装来。这位当地人知道人类学家要什么,于是就按照人类学家的要求提供他所要的东西。类似的情况有,美洲印第安人为了回答人类学家的问题而去读阿尔弗雷德·克鲁伯的作品,非洲乡民读梅耶·福特兹的著作,而印度的托达族人在评述自己的文化时,向西方人重复英国广播公司的表述①。民族志越来越成了被研究者对研究者的“良好的”配合的结果,因而成了研究者自身文化观的折射。对于人类学家来说,这种结果当然是不幸的。被认定为纯粹的对象,其早就不再纯粹了。只有联系某一文化具体的历史情况,该文化与周边文化的关系,该文化受现代生活的影响情况等等,才能对这一文化有更为准确的了解。马尔库斯和费彻尔在转述沃伦斯坦(Immanuel Wallerstein)的观点后指出,“任何一个历史或民族志研究计划,只有把自己放在较大的世界政治经济历史框架中,才能获得自身的意义”②。意识到这一点,避免研究中的封闭性,才能找到正确的答案。

在这种研究中,需要注意的是,研究对象是正在生活着,正在不断地寻找自己的新的生活方式的一个具有主动精神的群体。民族志研究者所发现的一些民族的传统和特征,只是文本而已。这些文本作为符号,具有被动的性质。它们起作用的方式,是这些民族和文化中的人对于这些传统和特征的运用。从这个意义上说,一个当地人见到人类学家后回去换衣服,对于他自己来说,本来没有什么荒谬之处,因为这种服装确实已经成了他自身民族的符号。这与他们跳民族舞、唱民族歌时穿民族服装,与

---

① 关于这几个例子的详细描述,可见《作为文化批评的人类学》,第 60—61 页。

② 同上,第 118—119 页。

他们出席正式的场合时用民族服装来表明他的身份性质上是一样的。从陈永贵到阿拉法特再到卡斯特罗，他们的服装本身并无荒谬之处，那是他们的符号。荒谬的是人类学家的误读，他们以为这表明一种封闭的，异于西方的特性。正如马尔库斯与费彻尔在叙述了雷蒙・威廉斯（Raymond Williams）的思想后指出的，“世界各地的大多数地方文化，都是文化的剥削、抵抗和兼容史的产物”①。一个人受现代生活影响不等于他已经与自身的传统绝缘。相反，一个人保持传统也不等于他与现代生活绝缘。民族的符号已经成为在世界语境中的符号，既从属于民族，也从属于世界。人们以多种方式与传统联系。现代社会并不取消这种联系，相反，正是由于现代性的压迫，他们更加感到寻找自我的身份的必要。

马克思、恩格斯所描述的，体现出资产阶级会给在历史上起到进步作用的“世界的文学”，带来什么样的前景？在他们的著作中还没有表现出来。他们生活的时代，殖民的历史还没有结束，“民族的片面性和局限性”仍然存在。一百多年过去了。在资本带着强势的力量走向全球的今天，文学和艺术会怎么办？会建立什么样的“世界文学”？我们仍面临着两个选择，一是单数的“世界文学”，一是复数的“世界文学”。马克思、恩格斯讲“国际主义”，讲国际工人阶级的平等的联合，这可以理解为由资本带来的统治与支配力量的反作用力。这是一个很好的词。国际文化间平等的对话，从不同的文化视野中形成的不同的、复数的“世界文学”观念之间的对话和互动，应成为我们寻找不同文化之间文学与艺术价值观沟通的正确途径。

---

① 《作为文化批评的人类学》，第 115 页。

结语　复数的世界文学

在这里，我力图说明：文学艺术要从文化性与国际性这两个方面考虑。

文化性的意思是说，不存在永恒的、绝对的美和艺术标准，也不存在被解读为由历史发展阶段的特性决定的美与艺术的社会性。文化的因素不是一个可以省略的东西。并且，这种文化的特性应从两个方面理解：一是文化不是封闭的，而是一个流动的过程；二是文化中的个人，不仅是文化的载体，也将文化作为符号来解读和加以利用。

在国际性的术语之下，我想对"世界文学"的概念进行解读，说明不管歌德还是马克思、恩格斯，都只说了单数的"世界文学"。但这个概念是可以作复数的解读的。资产阶级上升时期的"世界文学"概念，与今天后殖民时期的"世界文学"概念，应该有根本的区别。这一新的"世界文学"概念，是世界各民族、各文化立足于自身文化立场而对全球文学的各自解读与接受。

第七章　论文学艺术历史书写中的双向互动关系

文学艺术研究中历史与理论，具有向着两个不同方向运动的潜势。历史是从古到今，理论则由今及古。历史具有按时间线索顺序叙述的特点，但历史又总是在一定理论所提供的框架中书写的。没有文学和艺术的观念，文学艺术的历史就不可能书写，而这种观念是理论探索的结果。理论不断地推陈出新，就会不断地出现对既往历史的重新解读。

一　文学艺术历史的纵向书写法

“史”意味着一种纵向的书写方式，无论是中国还是西方的历史都始终贯穿着一条清晰的时间线索。

文学艺术史写作的前提是对资料的充分占有，史家对史料怀有一种特殊的敏感。他们所占有和考察的资料来源广泛、类别丰富。

首先，无论从事何种艺术的研究，都需要熟悉作品。对于文学研究来说，要反复研读作品。当然，这不仅是对计量学意义上的阅读次数的强调，还要通过细读，对作品的内部结构和内涵进行挖掘。对于其他艺术门类的研究者来说，他们也要不断地接触作品。艺术史家及绘画评论家有强烈的真迹意识，他们反复观摩这些真迹以悟其真谛。电影、戏剧、舞蹈、建筑艺术和一些表现性艺术也需观看多遍。不但要多次观看，而且每次获取的信息不同。有时，第一次观看获得知识，第二次才体会到美。

其次，文学史家及艺术史家还要掌握大量的外围材料，包括作家艺术家的其他作品、同时代其他人的作品、作家艺术家的传记性材料，等等。对于从事文学史研究的人而言，讲究这种史料功夫，是治史的基本功。

近年来，另有一种史料功夫越来越受到人们的重视，这就是实地考察。文学史家不再仅仅满足于案头作业，而是将文字资料的研究与地理、风俗、人文环境等考察结合起来，与图片资料和实物的发现结合起来，这逐渐成为一种文学研究的流行方式。其他艺术门类的研究，也有一些相似的情况。绘画史家也致力于将绘画研究与实物结合，有些研究者实地拍摄画家笔下的风景，与画面本身相对照，这种有趣的研究受到了人们的欢迎。舞蹈、戏剧的研究也呈现出与民间艺术考察结合的趋势。

掌握外围资料的目的是什么？为什么艺术家的生活习惯和社会身份、家庭环境等值得人们关注？这些和他的创作以及他的艺术成就有什么必然的联系？这就涉及一个宏大的话题，即文学和艺术的概念是如何形成的，以及它们在历史中的地位是如何演变的。在西方古代，画家或雕刻家的创作个性是不受到重视的，在现代社会就变得十分重要。

文学史还要借助语境的还原实现其纵向书写，对艺术家所生活的时代、社会、政治等有着深入的把握，从而完成历史的还原，获得对作品深入的把握。如许多《红楼梦》研究者耗尽毕生精力考证作者的身世、生活经历和小说人物的原型。

近年来，有些学者提出文学史的写作要从"大时代"（即社会背景）直接决定或影响作品的传统写作思路中超越出来，深入艺术家所生活的小环境之中，从他们所属的阶层、特定社会氛围、交游圈中寻找他们的作品的合理性，而这些可能是对创作产生影响的直接因素。另外，现代还存在一种文学研究方式，即由文本走向精神领域，将文学艺术的历史看成精神史、心灵史。用我们今天的生活经验，我们对人性的了解，去揣测、体会前人或他人的作品，还原作品背后活生生的生活，完成对作品意义的阐发。

二　文学艺术史上的"进步"概念

在历史写作中，大量出现着见闻录式的文字。见闻录是否是历史？文学艺术的见闻录是否就是文学艺术史？以今天的标准来说，这也许是一个问题。不管人们怎么看，见闻录都确实具有重要的历史价值，并且，早期的历史著作，大都具有这种见闻录的性质。

见闻录具有抗遗忘功能，这当然是很重要的。它实现了对材料的整理，将它们从一个语境引入到另一个语境，从一个载体转换成另外一个载体，使一些史实得到了保存。没有这些记录，材料也许就会被遗忘，也不会进入今人的研究视野了。许多的历史写作，都具有这方面的含义。亚里士多德说历史“倾向于记载具体事件”①,就是从这个角度而言的。

但是“历史”的含义不仅局限于此,事件记录达到一定程度,必然会需要解释。有闻必录意味着不解释,但解释的要求一定会出现。也就是说,人们面对一批材料,自然就有解释的冲动,要求透过材料形形色色的表象,发现事物发展的某种连续性或因果性。因果性有种种情况,我们也许不能找出某种作为形式的历史因果性,从而形成某种历史决定论。对历史必然性的过度强调会导致宿命论。但是,一事物为其他事物的出现提供某种可能性而不是必然导致另一事物的出现,也就是说,某种弱形式的历史因果性还是可能的。

历史意味着时间,而这时间不仅仅是纯粹物理学意义上的持续。时间不是毫无关联的事件的序列,而是蕴含了某种过程,在这个意义上,文学艺术是否存在物理时间以外的“进步”,即一种由低向高的发展的过程?

文学史家和艺术史家致力于总结文学艺术随着社会的发展而向前发展的规律,寻找决定艺术发展进步的动因。这就带来了与“进步”相关的种种问题。

我们可以考察一种被称为形式的进步的观念。例如,诗歌的历史可以从形式的传承和革新角度来考察。人们总是通过背诵前人的诗句来学会写诗的,因此,在诗歌中有着传承关系。但是,诗人在传承的同时,也在求新求变。于是,诗歌的历史成为一代代诗人努力创造的历史。这种创造,可以体现在各个方面。形式是一个最明显的,可以用外在的尺度来衡量的标志。例如,诗歌的韵律,显示出不断进步的特点。因此,文学史家们常常以此为例,说明诗歌在一定历史阶段中的进步。但是,在这种诗人的有意识的创造背后,隐含着时代的因素,即对时尚的追求。不同时代的追求之间有差别,在这种不同质的追求中,文学确实在向前“发展”。这种“发展”是否能被称为“进步”,却是一个问题。从形式上说,在一定的

① 亚里士多德《诗学》第9章。见陈中梅译注本,商务印书馆1999年,第81页。

历史时期,确实反映出一种进步。技巧更纯熟,韵律的安排更精巧。但从文学价值的角度来衡量,问题就出现了。技巧上更纯熟的诗,不一定是更好的诗。诗歌的价值,并不仅仅,甚至并非主要由技巧来决定。

小说史中也存在着小说技法的学习与借鉴问题。故事的组织,叙事人称的选择,叙事焦点的安排,平面与立体人物的塑造方法与按照故事的需要对这些方法的使用,结构的把握,不同故事线索之间关系的编织,时间与空间的安排,结局的处理,心理描写、动作描写、场景描写的技巧,等等,这里面都有形式规律可学。这是一种累积性的、从简单到复杂的进程。在此进程中,后人的确从前人的作品中有所学习和借鉴,并将既有的技法向前推进。叙事学就是一种分析这些规律的学问。当然,不是所有的小说家都系统学过叙事学。小说作家不一定要对理论地总结这些形式规律的叙事学有理性的把握,但他们必须通过阅读小说,在模仿和感悟中掌握这些形式规律,而且在感性的过程中又有所改进和突破。有些研究者也以形式的演变为标准,专门研究作品形式的传承规律,而将"价值"暂且悬置。但是,小说技巧的进步,不等于小说的艺术价值的进步。最好的小说,并不是技巧上最成熟的小说。

绘画中有图像学的传承关系。画家要学习既有的绘画,特别是学习一些已经成为典范的名画。在对名画的临摹中学会一些图像构造方面的技巧。画家在学习过程中,会有所创造,为造像活动中的一些具体的问题提供新的解决办法。由于这个原因,绘画具有造像术意义上的历史。绘画形式的发展,都是画家有意为之,是形式探索的结果。然而,我们对绘画的评价,并不是认定绘画在造像术意义上越成熟,绘画的艺术价值就越高。正好相反,我们常常会得出这样的结论,一种风格的绘画在发展到一定阶段以后,就会走向衰弱。这时,技巧愈成熟,却愈显出衰败之象。

其他的艺术也是如此。例如,音乐中有和声、对位技法的传承和发展,建筑有形状与材料的关系方面的处理能力的积累。写一部艺术史,需要考虑在一些特定历史时期,人们掌握了哪些形式和技巧,艺术家是怎样继承和发展这些既有的艺术手段的。离开这些形式的艺术史，就会使艺术的写作流于空洞。但是，只是探讨这种形式史，又会使艺术史写得太抽象，离对艺术的价值评价太远。

以上的例子可以说明，艺术中形式史意义上的进步是存在的。从草创到成熟再到变异，构成了形式的一般发展历程。这一历程在不同的艺术门类、不同文化中，有着不同的表现。但是，更为重要的是，我们必须认识到，这种进步并不等于一般意义上的艺术的进步。形式上走向成熟，不等于艺术价值的提高。形式上成熟，有时与艺术价值的提高呈现出同步性，有时则正好相反。

除了上述形式上的进步，还有与文学和艺术的存在环境有关的技术上的进步。这个问题在过去的文学史和艺术史研究中被当作外在于艺术而遭到忽视，现在则逐渐受到了人们的重视。

在文学上，近年来一些文学史家专治口传文学史，他们认为文学中存在着大量的以口传为媒介的文学形式。这些研究在今天当然是有必要的，对于发展文学研究来说，也是很重要的。但是，这种研究不能导致我们否定一个基本事实，即文字的出现对文学形成的重要性是无可比拟的。文字的出现与文明的形成有着密切的关系，文字的文学对于口传的文学来说，是一个巨大的进步。今天有人谈图像转向，讲图战胜了文，这是夸大其辞。在当今世界，文字书写的时代也远没有过去。印刷和正在发展的网络对文学都有重要的影响。西方印刷术和印刷业的发展导致了小说的流行，也直接影响了西方人的阅读习惯。网络的普及改变了人们的阅读方式，大量快餐性、及时性以及反馈性的“新文本”被生产出来。

在绘画领域，照相术的发明对绘画的发展意义重大。当照相替代了过去绘画所具有的许多功能以后，必然会在绘画领域带来某种变化。相对中国古代绘画不求形似的状况而言，传统的西方绘画注重对形的再现，透视法和解剖学是影响他们这种艺术观的核心因素。焦点透视发展的极致就形成了照相术。当照相术被普遍运用后，像以前那样以科学的手段构成绘画的方法慢慢地就被人们放弃。

电影、电视对戏剧的影响更是显而易见。CD 等现代科技对音乐存在形式也有影响。电影、电视以及网络等媒体的扩张形成了巨大的文化产业,它改变了文学和艺术的生态环境,导致了全行业整体的变革。这一切都说明确实存在着一种技术的进步,而这种技术的进步对文学艺术的发展有着深远的影响。

本雅明的名著《机器复制时代的艺术作品》讨论了现代工业的出现所带来的艺术性质的变化。我们今天来到了电子时代,数字电视、互联网必将对艺术产生更加深远的影响。技术总是在日新月异地向前迈进。从这个意义上讲,文学艺术是在“进步”。但是,将文学艺术的“进步”归结为技术的进步,必然会在文学研究界遭到激烈的反对。不管怎么说,这种“进步”是一种外在于艺术本身的进步观念。技术不能取代艺术,尽管它可以为艺术提供基础。

19 世纪,黑格尔提出了一个“普遍进步”的观念。所谓的“普遍进步”不同于上述各种进步,是指统一的精神史意义上的进步。

这一观念建立在黑格尔理念论的基础上。黑格尔认为,理念要经历由自然界到人类社会,再到精神领域的自我展开过程。这是一种神话般的假想,神话是必然要破灭的。但是,我们在“扬弃”了他思想中的神话因素后,还能找到许多有价值的“合理内核”。他的这种“普遍进步”的观念还是值得我们关注和深思的。不同的精神生产部门,如艺术、哲学、宗教,实际上是一个整体。艺术只是不同的精神生产门类中的一种,它可能会被其他精神部门所超越。从这个意义上讲,艺术会面临终结。艺术的终结并不是说艺术将消亡,而是说它在精神领域的主导地位会让位于其他的精神生产部门。由此,黑格尔带给我们一种总体性的进步观念。在他那里,这种进步是由理性的发展所推动的。由于他的这种发展着的理念,世界有了一个总体性的历史。当我们要“扬弃”这种理念时,自然会提出这样一个问题:如果没有这种理念,一种总体性的进步还存在吗?

中国的文学理论界在讨论“进步”观念时，当然绕不开马克思在这方面的论述。马克思在《〈政治经济学批判〉导言》这部生前未发表，也没有准备发表的手稿中，提到了物质生产的发展同艺术生产的不平衡关系。他写了这样的话：“进步这个概念决不能在通常的抽象意义上去理解。”[①]我们知道，马克思坚持唯物史观，认为经济基础决定上层建筑，精神生产以物质生产为基础，随着经济基础的变更，精神生产或快或慢地会产生相应的变革。这当然不是一种简单的经济决定论，物质生产与精神生产之间不存在简单的正比关系，马克思也列举了大量的文学艺术的史实来说明二者之间关系的复杂性。

文学艺术领域不像自然科学领域，无法断定某种艺术种类是否“过时”，或者说我们无法将“过时”这个判断强加给文学艺术。进步概念是复杂的。也许，我们可以说，文学艺术从总体上说是“进步”的，但“进步”是指文学的发展适应了新的社会和时代，尤其是与政治、经济的发展相适应。于是，一个时代有一个时代的文学。这是一条标准。另一条标准，是要解释，古代的文学和艺术，例如马克思所讲到的希腊艺术的永久魅力的问题。从小孩长成成人，当然在身体和心理方面都有了成长，但马克思指出，正像我们看到健康正常的儿童的种种表现而感到愉快一样，希腊艺术对于我们有长久的魅力。从这个意义上说，马克思还是承认，艺术从属于它所产生的时代。这就告诉我们，在判断文学艺术时有两种尺度，一个尺度是时代的尺度，即判断文学艺术作品从属于人类社会发展的哪一个阶段，另一个尺度是艺术在一具体历史阶段的繁荣和发展的程度如何。这样一来，前一个尺度将艺术最终归结为社会史而非艺术本身的历史，后一个尺度从属于历史但本身却是非历史的。

---

① 马克思《〈政治经济学批判〉导言》(1857 年 8 月底—9 月中)，见《马克思恩格斯选集》第 2 卷，第 112 页。

三　逆向文学艺术史的可能性

历史叙述并非有闻必录,任何史家都有主观意识,他们实际上都有意无意地进行着选择。

文学史家所面对的,不是有限的材料,而是在面对实际上几乎是无限的材料,并且自觉或不自觉地按照一定标准进行选择。有一种普遍的观点认为,一切历史都是当代史。这就是说,标准具有当代性。选择是依据当代形成的标准对过去的选择,而且标准会随着时代的改变而改变,没有一成不变的标准。

随着标准的改变,历史也在不断被改写。文学艺术史上总是不断上演这样的一幕:一部作品在出现时不受人们重视,作家艺术家在世时遭到冷遇,死后却时来运转,受到普遍的欢迎。

在文学史上,《楚辞》的地位在汉代才确立,这与汉代统治者出于楚地有一定的关系。陶渊明在文学史上地位的变化是一个有趣的典型。钟嵘《诗品》对他的评价较好,称其为"古今隐逸诗人之宗",但也只是众多好诗人之一,并且也不属于主流。杜甫《遣兴》中有这样的诗句:"陶潜避俗翁,未必能达道。观其著诗集,颇亦恨枯槁。"评价一般。直到苏轼才作出这样的评价:"渊明作诗不多,然其诗质而实绮,癯而实腴,自曹、刘、鲍、谢、李、杜诸人,皆莫及也。"(《与苏辙书》)有了这个评价,我们可以将陶渊明列入中国最伟大的诗人之列了。

《红楼梦》被奉为经典也经历了漫长的历史阶段。曹雪芹在世时默默无闻,很少有人有兴趣记载这么一个穷困潦倒的作家的身世,因此,我们今天为曹雪芹写哪怕一个小传都很困难。《红楼梦》的地位,在近代才确立起来。这与中西文学开始交流有关。

文学家生前死后地位不同，随着社会的发展，文学家的遭遇不同，在西方也是如此。莎士比亚生前从剧院做杂工，到当演员，最后当了剧本写作者，并没有进入当时的文坛，死后才出了名。到了19世纪，常有一些短命而死，死后又突然成名的诗人。

在艺术史上也有类似的情况。在南齐时的谢赫所著的《古画品录》中，顾恺之只列入第三品，而到了唐朝张彦远著《历代名画记》时，顾恺之就成了至高无上的艺术典范。在艺坛上，吴道子与王维之争，也是一个奇特的现象。在张彦远的《历代名画记》中，吴道子是与顾恺之、陆探微、张僧繇齐名的一代大师，而王维仅仅是众多较好的画家之一。到了苏轼的《题王维吴道子画》中，出现了这样的翻案文字："吴生虽妙绝，尤以画工论；摩诘得之于象外，有如仙翮谢笼樊。吾观二子皆神俊，又于维也敛衽无间言。"王维被列于吴道子之上。

从这些例子中我们可以看出，文学和艺术的历史可以被改写，而且确实是在不断被改写着。这种改写与一个重要的理论问题，即经典化有关。经典化并非文学艺术的历史随着时间的推移自然形成的过程。正好相反，任何时代的人对过去作品的接受都是有选择的，是一种当时趣味与作品中体现出的趣味的相互契合和相互作用的过程。一方面，过去留下来的优秀作品本身会具有艺术魅力，吸引后世的人欣赏它、模仿它。但另一方面，当代的艺术趣味会在欣赏中起作用，形成对过去作品的看法和标准。这种标准一般不以抽象的定义、规则以及一些可度量的标准出现，而是以对过去作品的评价的方式出现。当我们阅读文学或艺术的历史著作时，发现常用的写法是对相关时代中重要作家和作品进行评述。这种评述所选择的重要作品，具有能对一个时代的文学艺术特征作举例说明的特点。更进一步说，举例说明的，是后人对前人的看法和见解。当我们说，一代人有一代人的文学和艺术时，我们可以将这种观点作一个延伸，看到这样一个事实：一代人有着他们对前人作品的看法。

人们对前人作品的看法，体现在对被认为是最优秀的作品之上，就出现了经典化的现象。正如前面所说，经典化的结果是不可预测的。比方说，我们很难说，今天的文学艺术作品中，哪些会在后世成为经典。我们进行着种种评奖活动，这些评奖活动可以看成一种经典化的努力，但不一定能达到经典化的目的。经典要经过时间的考验，但时间不是一个价值中立的筛子，而是各种当代价值的竞技场。在经典化背后，有着各种动机，有着许多现实的指向性。经典借过去影响现在，但正是由于它们有着影响现在的功能，现代价值被糅了进去，从而反过来对经典化过程产生影响。从这个意义上说，当我们书写文学史时，有着一个由今及古的过程。

我们有着与文学艺术历史相伴的另一种历史，这就是文学艺术理论的历史。这种理论的历史，有着与文学艺术的创作和欣赏活动相适应的一面。这种相适应，形成一种纵向的历史。但同时，它们也有着作为理论的创造而影响文学艺术的创作和欣赏活动的一面。

20世纪中叶出现的西方分析美学家们，主张一种三层结构，即对文学艺术作品的欣赏所产生的经验，建立在这种经验基础之上的文学艺术批评，以及对这种批评所使用的术语辨析。美学或艺术哲学属于第三层。处于这第三层的人的活动，具有间接性和被动性，正像建一座三层大楼一样，要从地基（作品）、第一层（经验）、第二层（批评）开始，最后才能建到第三层（理论）。文学艺术随着历史发展而产生变化，理论也相应地发展和变化。

这是一个简明的关于经验、批评和理论的图表，可以说明许多问题，但也有可能掩盖另一些问题。以间接性面貌出现的理论，对于文学艺术的历史写作来说，却可能具有一种直接性。间接性的意思是，对存在着的事实提供解释，但只要解释达到理论的层次，就会超出对具体事实的解释的范围，而有着对普遍性的追求。当人们通过分析，形成一些理论层次上的概念的时候，这些概念同时也适用于其他时代的艺术事实，于是，人们通过这些概念，形成了对文学艺术的历史的认识，从而开始了文学艺术历史的写作。理论的发展积累到一定的程度，与根据旧理论形成的历史书写的文本产生矛盾，又会出现对历史进行重写的要求。这就是我所说的历史的逆向书写。这不是说，要依照从今向古的方向来书写历史，而是说，后形成的理论会形成历史书写的框架，对历史起构建作用。这时，理论就具有了直接性和主动性。在理论的构建下，历史的书写成为可能。

四 现代艺术体系和概念的形成对历史书写的影响

将我们这里所表述的意思再往前推进一步，我们会发现，我们关于文学艺术的历史书写并不是从来就有的，而是在近代社会才出现的。在近代，出现了一种对文学艺术理论的构建过程，这一过程表现为现代意义上的美学和艺术体系、艺术概念的形成。

正如前面所说，从某种意义上说，理论的历史是伴随着文学艺术的创作和欣赏实践的历史，随着这种实践的发展而发展。因此，理论有着一个渐进的发展的过程。但是，将理论发展的过程看成这样一种平稳增长的过程，并不符合理论发展的实际。实际上，在欧洲，我们可以从古希腊思想家们那里找到一些对文学和艺术的论述，这些论述非常接近一种现代意义上的美学和艺术概念。但是，在那时，它们也只是非常接近而已，真正现代意义上的美学和艺术概念并没有形成。当这一黄金时期错过以后，世界就需要等两千年才重新达到当时美学和艺术论述所达到的思想高度。并且，非常幸运的是，这一次欧洲人抓住机会，超过了那个高度，创造了现代的美学和艺术理论。

18 世纪的欧洲是一个“美学”形成的时期，法国和英国的种种思想最后汇集到德国的康德那里，最终形成了现代意义上的美学、艺术体系和艺术观念。这些概念为从 19 世纪开始出现的大量有关文学史和艺术史的写作奠定了基础。当我们要写艺术史时，首先要明确的是：什么是艺术；

同样，当我们要写文学史时，也要以对文学的认识为前提。不仅如此，认识到文学和艺术都是值得花费工夫来进行历史写作的对象，也是思想发展飞跃的标志。

今天对于我们来说，“美学”和“美的艺术”概念，已经成为一些有待于超越的概念。但是，我们不能由于这种超越的冲动而放弃对历史阶段性的认识。恰恰相反，当我们谈论种种“终结”概念时，有必要对即将“终结”的种种概念是如何起源的这一问题有一个清醒的认识。这些概念都是在“现代性”的大框架中形成的。没有这些现代观念，就没有文学艺术历史的写作。同样，也只有在这种认识的前提之下，我们才可能意识到这种写作所具有的种种历史局限性。

结语　理论与历史书写的双向互动关系

理论是对历史的回溯。没有历史，就没有理论；同样，没有理论，也就没有历史的写作。我们要特别重视的是从 18 世纪到今天仍有影响的现代文学艺术的理论，尤其是现代艺术体系和艺术概念，分析它们是怎样使文学艺术的历史写作成为可能。对于中国人而言，这种现代理论构造的发生时间要更晚，在 20 世纪才出现，然后才产生写作文学史和艺术史的冲动。从这个意义上讲，历史写作本身具有双向性：一方面，历史具有从古到今的性质；另一方面，由于理论的构建作用，它同时也有从今及古的特点。正是由于有了对文学艺术的理论反思，才出现了为文学艺术进行历史溯源的意识。更进一步说，将文学艺术的历史写成什么样子，也受着理论形态的支配。

第八章 文学理论的历史如何成为可能?

文学理论的历史,比起文学的历史来说,具有进一步的复杂性。文学艺术的历史书写,与相应的历史观具有相互依存的关系。那么文学理论的历史,就又多了一层关系。它一方面是依赖于文学本身的发展,是一种次生的历史;同时,理论本身又有着自身的继承性。

一 文学史如何成为可能?

谈论文学理论的历史,还是要从文学的历史说起。这是一个大问题,前面已经谈到,但我仍然想在这里作一复述。学界都熟悉亚里士多德的名言,“诗倾向于表现带普遍性的事,而历史却倾向于记载具体事件”①。这个说法受一种“三分”的逻辑支配:历史等同于个别,哲学等同于一般,文学等同于通过个别显现一般。从这个意义上讲,比起历史来,文学更接近哲学。文学

① [古希腊]亚里士多德《诗学》第9章,陈中梅译注,商务印书馆1999年,第81页。

难道不能描绘个别的事物吗？亚里士多德没有说不能，他说的是，这种个别中要反映普遍性，使人相信它是可能的。这是说，将对事物的规律的认识，用生动具体的例证展现出来。

这一表述，在后世受到质疑。例如，历史是不是只是显现个别？历史也在揭示规律，而不是历史事实的罗列。对史实的记录，是历史学需要做的事。但何谓史实？选取什么样的史实？怎样对史实进行整理？这些问题在历史学家那里有着很多的争论。我们会发现，最早的历史是政治史，是王朝更替、上层斗争的历史。只是后来，人们才开始关心经济、社会、文化史的研究，进行各种资料、数据的搜集，以及将视野投射到民间，进行各种口述史的实录，等等。历史学的发展日新月异，与亚里士多德式对历史的描述，已经完全是两回事了。我们不能根据亚里士多德的描述来对历史这个学科定义。但是，我们能够据此理解，在亚里士多德那里，就有关于一般与个别的两分，并且，比起个别来，一般更重要。学术研究有着一种朝向一般的趋向。由此，生长出众多的理论难题来。

在此，我们跳跃到这样的话题上来：文学的历史如何成为可能？文学史不能只是文学现象的实录。许多文学史研究者搞资料搜集，编辑文学家年谱，编辑一个时代的文学编年史，编辑一些重要文学家的资料长编，进而编辑文学家的文集、全集、选集，进行注释和赏析工作。这些是不是文学史研究？他们的研究是否应该被视为文学史研究的成果？如果具体到对这些研究者的成果的评价上,他们的研究当然得被列为研究成果。一些资料书对后续研究者的作用,可能比许多的研究论文还要大得多。这些成果还成为许多重要的文学史研究家立身扬名的基础。于是,这个等号就在实际操作层面被划了出来。即,这些成果是文学史家的研究成果,这些成果对于文学史研究非常重要,于是,它们就是文学史研究成果。对于这个结论,我仍想提出质疑。这些操作层面所作的区分与我们对文学史概念的探讨不是一回事。所有这些资料性的研究,都要为文学史研究服务,但是,它们并非天然就是文学史研究的一个组成部分。

文学史研究,要研究文学发展或变化的规律。具体说来,有一个问题很重要:文学在历史上是否"进步"?文学是按什么轨迹发展?我们说,一代有一代之文学。那么,文学是进步了,还是只有变化没有进步?在这里,涉及几个概念:发展、持续、变化。发展的意思是说,可能性被展开;持续的意思是说,一个存在的事物继续存在;变化的意思是说,一物随着时间的推移而不同,但不一定朝着一个方向前进。历史是对这种随着时间的推移事物变化规律的探讨。这种探讨需要寻找和建立座标系,根据这种座标系来标志事物的发展和变化。

文学史能否理解成语言媒介的历史?这是我们所面对的第一个问题。中国诗歌从四言,到五言、七言,呈现出一个越来越复杂的趋势。一些研究者曾经认为,随着社会生活的发展,所要表达的思想感情越来越复杂,因此,字数就变得越来越多。但是,这种理解其实并没有回答这样的问题:四言之前是否真的有一种二言诗?尽管有人这么设想,也找出了一些零星的证据,但总不那么确实。还有,为什么此后没有九言、十一言?相反,从句有长短的古风,到整齐划一的唐诗,到复现长短句的宋词,到句式更加自由的元曲,发展轨迹其实并无一定之规,更多地呈现出的是变化。我们在一定的时段中,可看出发展的痕迹,从生拙到圆熟。但是,圆熟并不一定优于生拙,如果从长时段考虑,显示出的只不过是变化而已。

同样的情况也表现在叙事性文学作品之中。从一开始的简略到后来的复杂，似乎是在发展。如果我们拿着清人小说与唐代传奇给未受训练的孩子看，他们会毫不犹豫地告诉我们，清人比唐人更会讲故事。讲故事的能力，当然是在发展着的。过去的几十年，中国的小说家讲故事的能力就有了很大的发展。莫言说他向《聊斋志异》学习。他铺陈故事的能力当然要强于蒲松龄，这就是发展。跨越了时空，就具有不可比性，但又是可比的。前人只给你以引导，你如果不超过前人，就没有进步可言。

谈到小说，研究者们立出了标准。例如，莎士比亚用词很多。但用词越多越好吗？列夫·托尔斯泰、巴尔扎克、曹雪芹这些作家笔下人物多，而且生动。但人物越多越好吗？从叙事学的角度来看，可以找到许多的标准，例如，性格的扁平与圆整、性格的固定不变与成长变化、人物间的关系复杂多样、情节线的编织、故事的时间与情节推进的节奏的把握，等等。从这些方面，可以找到许多进步的标志。有些作家本来不太会讲故事，后来学会了；有些写作的技巧，作家过去不会用，后来学会了，用得越来越成熟。这些都是进步。但是，并不是叙事技巧采用得越多，作品就越好。

怎样成为好作家？是不是有什么诀窍？也许是有的。但是，如果提升到这样一个程度：怎样成为一个伟大的作家？那么，任何关于诀窍的谈论，似乎都已失去了意义。成为伟大作家是需要天才的，天才超越一切技巧和诀窍。康德说过，天才不是遵循规则而是制定规则[①]。在文学史上，天才是成串地来的，又是成串地去的。天才来了，不等于那时的技巧就纯熟；天才去了，再有好的技巧也没有用。成就文学的辉煌时代的秘密不可寻，但文学史家们不能无所作为。

马克思曾说："进步这个概念决不能在通常的抽象意义上去理解。"[②]那么，应该怎样理解？一个可能是联系社会生活来理解，但那等于把文学的进步化约为社会的进步。社会进步了，于是文学跟着进步。再现性作

---

① 参见[德]康德《判断力批判》第46章。中译本请参见[德]康德《判断力批判》，邓晓芒译，人民文学出版社2002年，第151—152页。

② [德]马克思《〈政治经济学批判〉导言》(1857年8月—9月中)，《马克思恩格斯选集》第2卷，人民出版社1972年，第112页。

品依据外部生活来确立进步，即看文学所反映的生活的进步来确定文学的进步。与此相反，表现性作品则言志缘情，古今一律，只是从“言何志，缘何情”来看待文学的进步。黑格尔的模式提出了理念的进步，这是对历史的拯救。他强调一种总体上的进步，认为世界是由于理念本身的进化与展开造成的。但是，这种观念太抽象了。由此他归结到一种历史的生物学比喻，即精神生产形式的“生老病死”的可能性。在文学中，在各种文学样式，在各种文学流派和写作方法中，有着自身的历史，即自身的“生老病死”，有着文学的终结与再生的各种可能性。

从这个意义上来讲文学史的可能性问题。它不是单数的文学，不是一个民族、一种文学样式、一种文学上的美学的追求、一种叙事方式，而是作为总体的文学的综合发展、融合、演化，与各种具体的文学样式和文学观念的生长和消亡之间的张力关系，其间的各种可能性，各种巨大而人力不可抗拒的趋势与各种微小的偶然机遇所形成的文学故事之间的相互作用，形成丰富而生动的文学史。文学史在这个意义上成为可能。

二　文学理论史的依附性与独立性

文学理论史从一开始就具有双重的性质。首先，文学理论本身就是关于文学的理论。有一段时间，有人提出，要建立没有文学的文学理论，这本身已经成了笑话。没有文学，哪来的文学理论。文学理论建筑在文学的基础之上，与对文学的论述、评论和思考有关。“理论”(theory)在希腊文中的本义，是 look，只是后来，才发展出 comtemplation，以及 mental conception 的义项。由此，理论对于世界来说具有依附性，而文学理论则对文学有依附性。在这里，可以用“毛”与“皮”的关系来比喻，文学是“皮”，关于文学的理论是“毛”。皮之不存，毛将焉附？中国古代有“诗话”“词话”，有文章的评点，有小说的评点。这些形式将文学与评论的关系展现得很直接。评论是针对某一句诗，小说中的某句话，某个人物的某种表现，等等而言。现代文艺学，与哲学、宗教、美学联系在一起，同时也探讨其与历史、社会学、人类学和经济学等学科的关系，试图进行理论建构，完成自身的逻辑统一性，从而拉开了其与文学的批评实践的距离，但这一事实并不否认文学理论最终还是关于文学的理论。没有文学的文学理论，就像使毛离开了皮而独立起来。羊毛离开皮独立，可以编织成花式繁多的羊毛衫，虽然好看，终非活物。

文学理论对文学的依附关系，当然影响到文学理论史与文学史的关系。那么，是否因此就可以说，文学理论的历史对文学史也是一种单向的依附关系？不能，这里实际上存在着的是双向建构关系。文学形成关于文学的理论，而人们又是根据文学理论所形成的对文学的认识来书写文学史的。

首先，试图给文学写史，这本身就是文学地位的体现。世间万物，值得写史的并不多。为一人一事一物写史，说明此人、事和物的重要性已经达到了一定的程度。许多古代工匠做了许多非常精美的器物，但这些工匠不但没有人给他们写史，连名字也不能留下来。秦俑留名，不是为史。由此我还想到那篇著名的散文《口技》，“京有善口技者”，但他叫什么名字呢？不知道。我们在《庄子》《墨子》等许多古书中，也有许多奇技的记载，但这还不是史。解牛的庖丁叫什么名字，庄子没有记载，他是以解牛为例说别的意思，不是要记载解牛本身。

其次，文学史的不断改写，也是关于文学的理论探讨有了发展变化的结果。例如，哪些写作属于文学，不同时代人们的认识不同，于是，在史书中反映就不同。中国古代重诗歌散文，谈诗歌散文的就比较多，谈小说戏剧的就少。一些古代小说名著，作者的名字、作者的身世，都很不清楚。原因就在于，他们在自己生活的年代，并不受人们的重视。这些都与文学的观念有关。理论调节人们的注意力，使有些文学作品进入史家的视野，有些被摒除在外。

再次，文学理论形成关于文学价值标准。这在对近现代和当代文学的评价中，显得更加明显。不同的历史时期，入选文学史的作家作品，以及对这些作家作品的评述的篇幅、角度以及评价都不同。

我们记得曾有过多次的“重写文学史”的呼吁，新的文学史也被一次次地写出。在这背后，有关于文学的观念、理论和视角的变化，由此带来标准、尺度、方法的变化。

如果进一步思考，我们可以这样说，文学本身也是一种建构。有人说，民族是“想象的共同体”。如果这种说法对于民族能够成立的话，那么，对于文学来说，这种说法就要一百倍地成立。民族有人种、血缘的依据，更重要的还有历史延续性因素，非想象的经济和政治因素，等等，这一切都难以解构，在制约着“想象的共同体”的说法。对于文学来说，这一切都不存在。将一些写作看成文学，而将另一些写作看成不是文学，似乎全凭“想象”，并且不同时期有不同的想象。前面说过，从以诗文为重，到小说戏剧的加入，是一变。其实，书信、公文、节庆丧葬的祭祀文字，及其他各种各样的实用性写作，都不是与文学天然绝缘的，其中许多都有文学性，甚至是美文。给朋友、敌人、妻儿、父母的信，都能成为文学作品。近些年，又有大变的趋势。古代的史传，被说成是史传文学；当代的博客或短信，被命名为博客或短信文学。还有各种各样的文体的突破、交叉、创新。这些新的形式引发着理论的思考，通过理论的论证，文学的范围又不断扩大。有人说，这是新写作方式的出现，与理论无关。这种说法是不对的。新的写作引发了思考，但成为“文学”，应该是有门槛的，这个门槛是理论打造的。由于理论的工作，一些新的写作样式被人们当作“文学”来关注，被授予“文学”的资格，被纳入到“文学”这个“想象的共同体”之中。

到此为止，我们只是谈论了文学理论对文学史的建构作用。那么，我们怎么看待文学理论的历史呢？一种可能的选择是，文学理论并没有独立的历史，它只是文学史的一部分。我们可以将文学史看作文学的创作、接受、批评的综合体,理论包含在其中。当我们读历史上的一些文学作品时,作家的论述,同时代人和后人对作家作品的批评,都是很重要的,也应该读。文学理论影响了人们对文学的接受,从而影响了文学的发展走向,它们本身已经成为文学史的组成部分。这些批评都是对作品的批评,这些理论都是关于作品和文学现象的理论,离开了作品和文学现象而独立地看,很可能就失去原有的意义。

我们常常问一个问题:一个国家、一个民族的伟大的文学传统,是如何形成的?这是一个巨大、复杂,因而极难回答的问题,受着多种因素的影响。一下子出现成串的天才,造就文学的黄金时代,从而形成一个民族的伟大的文学传统,这当然是由于各种机缘,形成了天才出现的土壤。在这里,一种恰到好处的理论的建构和对理论的理解、信仰和追求,与其他因素一同起着作用。我们在这里可以坚持,理论不应该被分开,它只是影响文学发展的多种因素之一,从来没有单独起作用。并非理论化的程度越高就越好,过度的理论化,只会扼杀而不是培育文学的创造力。但从另一方面讲,一些理论学科的历史,从来都是这样。我们不能说,由于它们是社会生活的一部分,就说我们不能在思想中将它们抽象开来,描述它们的历史。我们不能离开生活来抽象地讲哲学史、美学史、伦理学史、心理学史,甚至经济学和社会学史也与生活的其他方面有着千丝万缕的联系。一些专门学科和人的专门活动的历史的写作,都只能通过将在生活本身中不能分开的事物,在思想中努力分开,从而完成一种活动。文学理论的历史,也只是在这个意义上,才成为可能。然而,我们的叙述还不能到此为止,文学理论史的存在,还有着其他的多种理由。

三　从理论到文学理论

如果我们进一步考察文学理论,就会发现,它并不只是在一个维度,即文学的欣赏和批评的维度上建构起来的。那种要建立没有文学的文学理论的观点是错误的，但在起源时期，文学理论却起源于并非专属于文学的理论。文学理论从起源上说，是从原有的元学科分化而来的，而非凭空建构起来。这也就是说，先有理论，然后才有专门的文学理论。

古典的关于文学的理论论述，与哲学和宗教有着密切关系。当我们谈论柏拉图和亚里士多德对文学理论的贡献时，我们意识到，在历史上的轴心时代，所有的大思想家们，都没有把自己局限于某一个学科。他们的思想，后来被不同学科继承和发挥，成为这些学科的源头。欧洲是如此，中国也是如此。我们也同样谈论孔子、老子的文艺思想。在那个时代，关于文学的理论，与关于其他学科的理论是一体的。

对于文学理论从古代向现代转换，有一种总结，将之看成从“诗文评”到“文艺学”的发展。这种描述当然从总体上讲，是符合观察的结果的。古代形态的文学理论直接来自于对作品的创作与欣赏，与作品有着直接的关系。这种“诗文评”还不是文学理论，我们姑且将之称为文学理论形成前的文学理论。现代形态的“文艺学”，则比“诗文评”完整、全面。但是，“文艺学”并不只是来源于“诗文评”，它至少还有另一个源头。

现代文学理论的形成，呈现出哲学家的文学思想与这种“诗文评”相交汇的特点。我们不仅要看到从“诗文评”生长出“文艺学”的一面，也要看到来自柏拉图，托马斯·阿奎那、康德，以及众多现代思想家对文学理论的贡献。读歌德的谈话录与读康德的《判断力批判》，会给予我们不同的感觉。两者都很重要，两者都对现代文学理论的形成，起着重要的作用。

同样的情况，在中国也存在。我们在有关孔子、老子、墨子、庄子、荀子的书中，在历史上的一些重要政治家兼思想家的言论中，都发现了许多关于文学艺术的言论，这些言论不是评论诗和文，而是谈论文艺与社会生活、政治、历史，以及与人的内心的关系。这些思想影响深远。后来汉代的经学家们，唐宋的思想家和文人政治家们，都有很多关于文学的论述。

他们所说、所写的东西涉及了文学，但不一定是对文学作品的评述。他们大都是谈论别的什么东西，对文学产生了影响。

从这个意义上讲，现代文学理论是思想的汇合形成的。哲学家、思想家、政治家，以及在其他领域活动也关注文学的人，与文学家、文学批评家汇合，从而产生一种文学理论的知识。当然，我们不能产生这样的想象，仿佛他们要聚在一起，成立一个课题组，进行集体攻关，于是一门叫作“文学理论”的学科就此成立了。这种想象是可笑的，历史上从来没有出现过。实际上所存在着的，恰恰是不同的人在涉及文学和艺术理论时的竞争关系。竞争各方常常表现出强烈的敌意，但最终在文学理论的形成中，形成互补的作用。

在古希腊，曾有过著名的“诗与哲学之争”。用一些美学史家的说法是，存在着一个“敌视艺术的早期思想界”①。一些早期的思想家们，都排斥文学和艺术。柏拉图宣布了诗的两大“罪状”：第一是不能揭示真理，是“模仿的模仿”，从代表真理的“理念”数起，已经是第三层，真理的信息被损耗；第二是专门模仿灵魂的低下部分，以吸引读者和观众，即戏剧中专门写凶杀乱伦的题材，刺激低级情欲。我们知道，黑格尔提出艺术、宗教、哲学三层次，提出艺术的时代最终被宗教和哲学的时代所取代，从而艺术要终结。这种观点，其实在柏拉图那就已经存在过。诗与哲学之争，在柏拉图那里，是想用哲学来取代诗。

在中国，也存在过“敌视艺术的早期思想界”。墨家、道家、法家都反对艺术，去奢、静心、合度，都成了理由。诸家对艺术的决绝态度，衬显出儒家对艺术的宽容，但这种宽容，源于政治功利主义。诗要温柔敦厚，乐与礼相配以实现“乐治”，所有这些都不是对文学艺术的观察和评述，而是选择与使用。

随着社会的发展和思想的发展，“思想界”不再对艺术“敌视”了。希腊的亚里士多德与中国的儒家就不再“敌视”，但是，文学艺术的从业者

① 参见鲍桑葵《美学史》，张今译，商务印书馆1985年，第15—23页。

和思考者之间的分离仍然存在,并长久地保留着。这就是对艺术的参与的态度与旁观的态度。我在别的地方,曾经谈过西方思想中从毕达哥拉斯就有的“旁观者”传统,这里不再重复。文学家和艺术家是参与者,思想家是旁观者。旁观者要不动情地、研究性地、无功利地观察,由此制造出理论来。

这里涉及一个问题,即怎样看待文学经典。文学经典主要是由思想家树立起来的,其根源仍在于旁观者与参与者的对立。“参与者”也需要经典,但更重视活的文学,而“旁观者”则主要利用经典来表述自己的思想,用树立经典、批评当下的方式,形成自己的立场和话语。死经典与活文学的对立,呈现为文学的内部运动,却迫使有关文学的争论向着其他领域展开。

四　两重因素的结合方式

我们已经确立了文学理论的双重来源,即文学作品评论和思想家对文学的思考。前者更多地表现为作家对创作的经验谈,对文学的感性见解,也包括一些关于文学的思考,当然,也包括一些不是严格意义上的作家,而是一般意义上的文人的论述。后者,则是一些思想家对文学的思考、分析,更重要的是这些人试图将文学与其他学科联系起来的努力。这些人是学者、思想家、哲学家,或者其他一些文学圈外,但对文学保持着深厚兴趣的人。他们试图介入文学,对文学产生着深刻的影响。

由此,出现了两种建构文学理论的思路:一种是“自下而上”的思路,即从作家、作品和文学现象出发,抒发感受,进行记录和描述,进而总结规律;另一种则是“自上而下”的思路,从一些哲学和美学原理出发,并结合文学的实例,形成关于文学的理论体系。实际上,人们总是做着这样的事，时而采用前一种做法，时而采用后一种做法，并自觉地或不自觉地将两者结合起来。

“自上而下”的做法有多种多样。它曾经指从某一种哲学原理出发，利用演绎法形成关于文学的理论，但这种可能性是很小的。即使勉强构造出这样的体系来，也会很牵强，内容空洞，只有干巴巴的几条原则。每一种文学理论的形成，都需要文学理论家的艰苦努力，都需要建立在大量的文学经验的基础之上。但是，一些理论、思想、政治倾向，也的确会影响一些文学上的潮流。有时，某种心理学的理论也会影响文学理论，形成这种理论的独特发挥，产生像心理分析、自然主义心理学等文学理论研究。某种语言学理论，会被人们运用到诗学或叙事学上来，从中产生一些独特的文学理论，如形式主义、结构主义等等。至于一些哲学流派，也会对文学理论产生巨大的影响，形成包括存在主义在内的多种文字理论，等等。其实，甚至像唯美主义这样的文学潮流，最终也可以溯源到康德的审美无功利的理论。“自上而下”的理论建构，还包括像阐释学、读者反应批评理论、符号学理论等批评方法的建立，这些批评方法背后有着深厚的哲学背景。

“自上而下”不能只是从字面上理解成一种演绎逻辑的方法。实际上，它是将文学研究与其他学科接通的桥梁。研究文学的人，不能只是满足于阅读文学作品，并写出自己的感受。一位文学研究者，不能满足于读的作品多，读得熟，发展脉络清楚，掌握资料丰富，还要接通文学与其他学科的联系，将文学放在一般社会现象和思想现象中研究。前人有打通文史哲的说法，在现代社会就更是如此。

回到从“诗文评”到“文艺学”的话题：现代文艺学绝不是在“诗文评”的基础上直接生长出来的，而是借助多种现代的人文社会科学，甚至自然科学的研究成果而构建的一种现代理论学科。一方面，它要面对文学的创作和欣赏现实；另一方面，它也要面对现代人文和社会诸学科发展的现实。当然，这不是说文艺学是一个大综合，什么都可往里放，也不是说文艺学研究要求研究者什么都懂，是无所不知、无所不专的杂家。相反，文艺学研究要有自己的根据地，有自身的学科传承，在此基础之上，广泛吸收，以求适应当代社会，向前发展。

我曾经谈过“家”与“牢”的区别。进去了，出不来，就是“牢”；能进能出的常住地，就是“家”。文学是家园，不能将之当作监牢看。建构现代文艺学，也要持这种态度。接通文学与其他学科的联系，才能使文艺学得到发展。但是，近年来，在文学理论研究者中，出现了强烈的“接地”呼声。这种呼声反映了理论界的一种状况，即过多地引进和抄袭外来理论，食“洋”不化。研究者不是在做研究，而只是引进、介绍。这种呼声也反映出对文学理论者研究一切，就是不研究文学的不满。所谓“研究没有文学的文学理论”，就是这么提出来的。这些人走得太远了。没有文学，就没有文学理论，这个道理已经说得很清楚了。文学理论研究者不能离开文学，这是家园，离开了就无家可归。

不能离开文学，还有一个如何对待文学的问题。文学理论不是从文学经验中直接归纳出来，不是从其他更为抽象、更为普遍的理论中直接演绎而来。这两者都有可能，都不能完全排斥。建立文学理论的方式，还是需要两者在实践中碰撞，相互作用，形成独特的理论创造。这很艰难，我们有了一些文艺政策类的呼吁和号召，我们也写出了大量的教科书式的文学理论，但那还属于理论建构的尝试。

半个世纪以前，朱光潜在写作《西方美学史》时，提出了一个话题：能否采取“纯思想线索”[①]。他的意思是说，“纯思想线索”是不好的，要从经济、社会、政治等方面出发，写出一部体现经济基础决定上层建筑原理的美学史。但他又说，这只是一个理想，他自己就没有做到。那么，他没有做到的事，后来有人做到吗？据我所知，没有。后来有了各种多卷本的《西方美学史》，但没有人走出“纯思想线索”。西方人也写了一些《西方

① 参见朱光潜《〈西方美学史〉再版序论》，《朱光潜全集》第6卷，安徽教育出版社1989年，第36—37页。

美学史》,他们也没有这么写。这说明,尽管人们都知道,美学这个学科并不孤立,但真正在一部史中,把影响一个时代的美学的各种因素都写出来,从而说明美学怎样从这些时代的经济政治生活中“生长”出来,实际上是很困难的。

如果说美学史的写作有这样的困难的话,文学理论的历史则更加困难一些。文学理论作为一个学科,要比美学更具实践性,其中存在着大量处于半理论或非理论形态。这里所指的,主要是文学批评性的文字。这些文字数量大,指向很具体,其中许多理论意义似隐若现,似有若无,介乎两者之间。如果在这种复杂性之上,再加上浩如烟海的经济、政治、社会、文化的材料,那就只能造成对这个学科的历史书写不具备可能性。当然,这还不仅仅在于人的精力问题。更重要的在于,如果淹没在这些材料之中,那么一部文学理论的历史,从理论形态上讲,还是否可能?

我们还是要回到一点:纯思想线索需要批判,但还是要让它在持续的批判中保存下来,并且,在批判声中成长。批判使这样的线索变得丰富而有弹性,有更多的包容性。纯思想线索不能断。美学是如此,哲学、伦理学以及其他许多学科实际上都是如此,文学理论也应该,而且只能是如此。

这种理论史的可能性在于,在任何时代,人们都是带着理论去与实际材料接触的。“接地”要用理论去“接”实际经验之“地”,而不是取消理论。由此进一步说,理论有着自身的发展线索。理论要在不断与实际接触中发展。如果每一时代的理论,是从那个时代的土壤中生长出来。不同时代的理论则有着不同的土壤。“土壤”是“地”,那么理论的种子则还是由前代的理论播下的。理论需要在土壤里生长,但理论的种子代代相传,自身有传承的关系,从而使理论的历史成为可能[①]。

如果我们再次回到理论与历史的关系中,我们可以得出这样的结论:文学理论的历史具有反向建构性。一方面,我们已经熟悉了一个古老的

---

① 关于“接地”,请参见拙作《理论的理论品格与接地性》,载《文艺争鸣》2012年1月号。

说法，一切历史都是当代史。关于这方面的意思，我们在前面谈“双向建构”时，已经说过，当代理论的发展，影响我们对历史的解读。我们都是以一种“通向当代”的方式来书写历史的。但另一方面，我们仍可以说，历史也活在当下。一切当代史，也都是过去的历史以一定形式的重复。历史是原有的因素、原有的萌芽的展开和生长。从这个角度，我们可以寻找历史的连续性。这一点，在理论史中，常常体现得更为明显。理论以其逻辑的力量起着跨越时空的作用。

结语　文学理论史在什么意义上存在?

通过以上的分析，我们可以看到，文学理论的历史，可以从文学理论与文学的创作、接受、批评的关系中，与经济、政治、文化的关系中，与哲学、宗教的关系中，以及与语言学与心理学的关系中抽象出来，有着自身的独立的历史。这种历史是混杂的，有着大量的交叉现象，但仍然是成立的。文学理论有着自身的传承关系，它的接地性，体现在种子与土地的结合关系上。

谈到历史，我们有可能在一个意义上谈论，即一个学科自身的成长与衰亡。这是一种生物学的比喻。这是说，如果只是变化，那还不是完全意义上的历史。对于一个学科，如果我们像认识生物一样，认识到它的出生、成长、成熟、衰亡的全过程，或者在它的发展过程中，看到这样的发展轨迹，我们才能谈论它的历史。这里面有这样几层含义：第一，某件事物随着时间的推移，不仅仅是在变化，而且是在向着一个方向变化时，我们说它进入到历史之中。所谓向着一个方向，不等于直线前进，也可以是螺旋式上升。进化是历史，变化就不是历史。第二，这种进化不是无限的。在一个更大的范围里，会有此消彼长的现象。黑格尔的艺术、宗教、哲学三步发展,就体现出一种超越具体学科的进化观。

那么,文学理论的历史又是怎样呢？它是永存的吗？如果不是,它现在处在什么样的生命期？这个问题需要追问。意识到这样的问题,我们才能时时反省学科本身,而不是处在空洞盲目的乐观状态之中。

第九章　论作为文学史尺度的美学时间

没有什么东西是永恒的，时间在铸造一切，时间也在改变一切。文学史研究，正像其他艺术史研究，以及一些人文社会科学的历史研究一样，有必要建立一个时间平台。我们要透过时间的视角，来考察具体的某个人与某件事，考察一种现象、一个思潮。这种平台同时也是一个尺度，依据这个尺度，可以很好地对文学史的种种发展、进步和变化进行度量。

一　从文学史如何可能存在谈起

文学史如何可能存在这个问题，似乎在许多人的脑海里并不存在。许多人会认为，过去就已经有很多的文学史写出来了，它们的存在就已经证明了文学史的可能。由此就产生了一种通行的看法，文学史就是过往文学的记录，文学史就是对作家和作品的整理、编辑和叙述。

在历史学中，也有过这种看法。在古希腊，一种素朴的历史观认为,历史记录具体事件,就是写“阿尔基比阿德斯做过或遭遇过的事”[①]。但是,这种观点早就过时了。对于后来的历史学家来说,历史并不等于事实记录,还有历史发展线索的寻找,历史发展的动力和规律的思考,历史事件的原因和后果,社会生活中各因素的相互影响情况,等等。

事实上,文学史也是一个复杂的存在。这里面有规范性的认定。研究者要回答这样的问题:哪些写作是文学创作,因而哪些写出来的文字材料可看成文学作品,并因此可写入文学史?近年来,关于文学史应包括的内容,有很多争议。例如,中国古代的史传文学是否可写入文学史?当代的许多人写作的古体诗是否可写入文学史?网络文学是否可写入文学史?这方面的论争很多。论争者或声情并茂,或义愤填膺,要发起为某类写作伸张正义的运动,保护某类文字进入文学史的权利。他们的所思所讲,都指向了文学史学诸多复杂的问题。文学史还与其他一些外在的发展有关。例如,文学史与文字和书写的历史有关,与印刷术的发展有关,还与图书的编辑发行的历史、图书市场的发育程度、人们的阅读习惯、社会流行的阅读风尚等,都有着密切的关系。

本节重点要说的,是关于对时间的理解。一般来说,历史说上下古今之事,而地理说四面八方之事,因此,历史学处理时间,而地理学处理空

① [古希腊]亚里士多德《诗学》第9章,第1451页;中译见陈中梅译,商务印书馆1999年,第81页。

间。许多史学上的问题,都是从对时间的认识衍生而来。文学史是一种历史书写,因此也不可避免地存在于时间之中。时间观构成文学史写作的依据。

涉及文学史的写作,有两种时间观:一是物理时间,二是个人时间。物理时间,是指时钟和日历所标示的时间。在文学史上,有一种纪元划分法,按照世纪划分文学。法国文学史学分成五个亚学科,分别研究 16 世纪、17 世纪、18 世纪、19 世纪、20 世纪的文学。德国文学、英国文学、意大利文学,也有多少类似的分野。术业有专攻,世纪之间壁垒森严,跨学科写作常常就显得不专业。我们常说,一个世纪有一个世纪的气象,但我们说不出为什么会是如此。世纪划分,只是物理时间的划分而已,本与"气象"无关。

中国文学史研究一般按朝代划分:夏商周秦汉、唐宋元明清。朝代划分是一种政治划分,这避免了严格按照纪年法的机械划分。但是,为什么文学史要按照政治史的划分法来划分,这本身也需要证明。其实,中国文学史研究者们也很重视物理时间,从他们热衷于编年史的编纂,就可以看出。人不能逃脱物理时间,无论是按一百年划分一个学科,还是编各种学术年鉴,编大事记,实事实录,都是对物理时间的尊重。近些年,研究当代文学的人还喜欢给作家贴标签,有所谓 50 后、60 后、70 后、80 后、90 后作家的说法。这种对史的理解,是一种自然的理解。一年又一年,时间就是这么过去的。作为文学史尺度的时间,人们所能想到的,首先就是这种物理时间。

除了这种时间,还有一种时间,就是个人的时间。一个人的时间不是无限的,生老病死,走一个循环。一个人的时间,也不是所有的时候都是等值的:我们有时会感到时间不够用,夜以继日,加班加点,赶工赶活,一刻千金;有时却需要打发时间,无所事事,百无聊赖;有时忙于工作或思考而不喜欢有人打扰;有时却孤寂难熬而抱怨无人上门。一位作家也是如此,在创作的巅峰时间,会一下子写出大批杰作巨著;也会有很长的时间沉默无言,没有任何新作问世。一个人会有自己的生活和创作节奏,这是个人的生命时间。如果我们写一位文学家的传记,要把他的生命历程写出来。这包括他所受的教育,所经历的成长、成熟,创造力的起伏,个人遭遇等等。有些时段,他会十年写一章,可写的东西不多;有些时段,他会一年写十章,可写的东西太多。举一个例子来说,尼采的一生,其中有 20 年写出了很多的内容,他的所有著作,都是在这 20 年,具体说,是 19 世纪的七八十年代写出来的。在其他的年份,写的内容就很少。

个人的时间也可以物理化,成为个人的物理时间。例如,编辑个人的年谱、系年。将文学家的活动和成果,按照月份牌上的时间顺序,整理编入;将个人的活生生的生命过程抽象掉,只留下按照日历顺序编成的记录。某年某月某日,某某见了某人,或做了某事,这种记录也许什么也不能说明,只是一种机械记录而已,抽去了活生生的人的活动,我们只能从只言片语中猜测生命过程。当然这也是需要的,它至少可以起到备忘或备查的作用。

除了这种物理化,即以物理时间为尺度,来记录个人的活动,还存在着大量的研究著作,如一个时代的作品汇编、注释、目录、真伪考证,等等。这一类的研究著作非常有用,常常被评价为功在千秋,泽被万代。这些研究当然都是极其重要的,在学术的名义下,学界对这一类的研究高度重视。但是,这些研究都是将其中的时间物理化、机械化,或者完全抽掉时间,这不能算是严格意义上的文学史研究。

据此,我想提出这样的问题:在文学史上,有没有独立于物理时间和个人时间之外的第三种时间存在?这种时间描述文学的发展,既揭示文学与艺术在一个时代之中的共性,也能揭示时代的审美趣味变化的规律。

二　美学时间的可能性

历史学要处理的不是物理时间，不是寒暑季节循环，时钟刻度记录，更不是气候变化、地质变迁。地质年代，对于历史学来说，过于漫长。这就像将用来称集装箱重量的衡器来称人的体重没有意义。同样，历史学所处理的也不是个人时间。人生太短，一些历史规律还不及看出来。这也像用精密仪器来“称”日常生活用品的重量一样。我们一顿吃的饭，精密到“斤”和“两”即可，用“克”来表述已经不习惯。用“毫克”来计量，就失去了意义。不仅如此，这种不适当的参照标准，还会引导我们将注意力放在无关的细节上，而偏离研究对象本身。例如说某人的体重是以吨为单位来衡量的，某人吃的东西是以克为单位来计量的，这本身就被赋予了另外的含义，计量单位成为量本身的暗示。同样的道理在关于历史研究的时间单位中也存在着。历史研究要寻找适合自身的时间尺度，而不是用其他的尺度来对自身作或者过于粗疏、或者过于细微的研究。

在个人发展中，有一种社会时钟理论。一个人上小学、中学、大学，工作、结婚、生子，以及达到各种成就，都有着一种时间比，并以某些标志性事件作为时间刻度。我们通常说，一个人上学比较早，5 岁就上学了，另一个人上学比较晚，10 岁才上学。这里的早与晚，一定是有一个参照系存在的，是依照这个参照系得出的早或晚的结论。同样，结婚、工作、取得某种成就，也有早晚。当我们说一个人是少年得志还是大器晚成，都是从这种个人发展与社会时间的对比得出的。在古代，有人 20 多岁中了进士，少年得志；而另有许多老进士，50 多岁才考中。这是一种个人发展快于或者慢于社会时钟的例子。类似的例子，在我们现代生活中也无所不在。有人评职称早，20 多岁当上教授，是天才；有人相反，退休前评上了教授，是安慰。我们会说，20多岁的教授太年轻了，而50多岁才当教授，则晚了一些。这种早与晚，是相对于某种一般看法而言的。这种一般的看法就是人们普遍具有的一种内心时间尺度。社会时钟的观念在不同的地方和不同的时代也不太相同。农村的孩子结婚早，20来岁结婚生子已不算早，城里人30多岁还没有结婚的情况也很常见。因此，一个25岁还没有结婚的人，是否应该为此事着急，是个人的事，又由他所在的环境所决定。什么时候还没有结婚，就被看成“剩”下了，是由社会决定的。由此可见，所有的人都生活在社会时钟之中，时时以这种时钟为参照来看待自己人生的成功及标志性事件。

由此转向一般的历史，历史学家们在寻找自己的时间尺度。年鉴学派将这种时间称为社会时间。不同的类型的人的活动及他们之间的相互作用，构成了一种适合于历史学家的时间。这种时间，考虑了长、中和短的时段，注重各学科发展状况的综合思考，也考虑了推动历史前进诸种因素的发展状况。过去，在历史学中有两种最有影响的思路，一种是单线条地关注政治史，将历史看成仅仅对重大的历史事件的记录，另一种是从经济史看生产力发展对历史前进的“归根结底”意义上的推动作用。其实，处于这两者之间的，对历史的具体发展情况具有解释力的，却是大量而复杂的各种因素的相互作用。这种考察尺度和相互作用的情况，构成了一种“社会时间”。

翻开文学艺术的历史，我们会发现这样的特点，在一段时间里，各门艺术会或多或少呈现出共同的特点。例如，各国最早的文学大都是神话。希腊古典时期的来临，在文学上，出现了具有很强的写实因素的、叙述神或人的故事的悲剧，其中有着人间的悲欢离合。几乎在同一时期，出现了写实的雕塑和绘画。古罗马时代，艺术走向个性化，无论在文学还是艺术中都是如此。中世纪欧洲文学与各门艺术，都具有精神化的追求，这既体现在文学、绘画、雕塑中，也体现在音乐和建筑之上。一个大的时代来临之时，各门艺术都打上了这一时代的特点。这些启示我们，在物理时间与作家、艺术家的个人时间之间，存在着某种作为整体的文学和艺术的时间。

同一时代的不同门类的艺术具有共同的特征，从而使该时代的艺术具有一种共时性。这种共时性包括两个方面。一个方面是，一个时代的艺术，与该时代的经济学、社会学、心理学、人类学、语言学等各门社会科学甚至自然科学成为一体。这就是法国年鉴学派所谓的“社会时间”。这种社会时间，依照历史唯物主义，归根结底还是由生产力和生产关系的矛盾运动、经济社会的发展等物质性因素所决定的。我们应深刻体会到这种经济生活的物质性力量的巨大推动力；同时，也要考虑历史发展的复杂因素，绝不能作简单化的理解，去寻找生产方式与社会形态的直接对应性。社会时间的提出，可以设想一个平台，对处于历史变动之中的社会生活的各种方面的横断面进行分析，从而使一些精细的研究成为可能。

在这种社会时间之外，在涉及文学的历史研究时，我们还可以考虑另一个层面，这就是不同艺术之间的相互影响，即前面所说的，同一个时代的不同门类的艺术，具有美学上的共时性。这种共时性的产生，既受到各门艺术间的相互影响，也受到共同的时代影响，与一个时代占据着主导地位的美学观念和美学理想有着密切的关系。

这种影响，首先表现为文学对其他艺术的影响。贡布里希曾讨论过希腊古典时期的艺术走向逼真的原因，认为是由于叙事性文学作品，如史诗和悲剧的影响。叙事性的文学作品吸引了人们对叙事本身的兴趣，人们不再仅仅关心艺术“讲了什么”，而且关心“讲得怎么样”。这引导雕塑家和画家考虑不仅“再现什么”，而且“再现得怎么样”。贡布里希所谓的“希腊艺术革命”[①]，就是这样开始的。席卷欧洲的浪漫主义运动，也同样可能是从文学开始的，由此影响到绘画和音乐，以及其他的艺术。在中国上古时有诗、乐、舞结合，其中占主导地位的是诗。诗的咏叹成为乐，咏叹

① E.H. Gombrich, *Art and Illusion*: *A Study in the Psychology of Pictorial Representation*. London: Phaidon Press, 1962. pp. 99-125.

的情感进一步展开成为舞。这就是所谓“诗者,志之所之也,在心为志,发言为诗,情动于中而形于言,言之不足,故嗟叹之,嗟叹之不足,故咏歌之,咏歌之不足,不知手之舞之足之蹈之也”(《诗经·毛诗序》)。在明清文人画中,文人画的趣味首先无疑是在文人的诗歌趣味影响下形成的。“诗情”转化为“画意”,诗、书、画三位一体,首先是诗,其次为书,再次为画。这种逻辑顺序是确定的,尽管在时间顺序上不一定如此清晰。但是,与此相反,在20世纪,先锋派艺术、新先锋派艺术和后先锋派艺术,常常首先在视觉艺术领域,尤其是在造型艺术领域表现得更为突出,继而在音乐和诗歌中产生影响。

不同门类艺术间究竟谁影响谁,可能与一个具体时代中某种艺术更具强势有关。从古代到近代,文字的艺术占据着强势的地位,由相对来说更为上层的人所掌握。这些人受过相对较好的教育,思想更为自由开放,更可能引领艺术的新潮流。这些人也由于处于社会的上层,更具有“话语权”,或更能将自己的“意识形态”变成“占统治地位的意识形态”。但到了当代,推动艺术向前发展的动力在改变。由于教育的普及化,非文学类艺术从业者的人文素养也普遍得到提高。科学和信息技术发展,造成图像艺术逐渐占据优势,并获得普遍的关注。这些因素都促成视觉艺术对其他门类艺术产生巨大的影响。

图像艺术更具先锋性,还有一个可能的理由:现代城市的兴起,出现了一批城市游民,这些人成为艺术创新的主体。这些走向城市,在城市中各种政治和经济力量的边缘地带生活的人,却能够成为在艺术中特别活跃的群体。在这些人中,可能会有生活在亭子间的青年写作者,也有生活在画家村的画家,有形形色色的自由职业者。在这些人中,文人有更接近权力的倾向,从而在艺术形式上会相对较为保守;而从事视觉艺术的人,特别是从事以绘画和雕塑为主体的美术的人,却相对而言比较自由而独立,从而更可能在艺术形式和风格上创新。因此,在当代社会中,美术界在创新方面,比起文学界可能更多样,更大胆,有时也更极端。

这种种错综复杂的相互影响共同构成了一个时代的美学状态。这就是美学时间的核心含义。

三　作为一种理论抽象的"美学时间"

当我们说一个时代的"美学时间"时，决不能陷于对一时代的美学状态的普泛的假设之中。这种状况如果没有得到理论的描述，就不可能被把握住。我们可以假定一个时代具有共同的趣味，但对这种趣味，仍需要有理论的阐述，否则的话，它们就像浮动的空气一样，看不见，摸不着，并随着时间的推移而消逝得无影无踪。例如，我们可以说某些作品有维多利亚时代风格或"民国范儿"，其特征人们能感觉到，但无法给予明晰的说明。我们可以说，法国18世纪的小说与19世纪的小说风格上不同；我们还可以说，盛唐时期的诗歌与中唐时期的诗歌具有不同的气象。这些特点在感觉敏锐的人那里，可以很容易被辨认出来。对这一类风格特点，有些可大略指出，有些则不可言传或不易言传。理论研究者或相关的历史研究者就是努力要将之捕捉到，并用语言表述出来。这实际上是一种翻译工作，这种翻译很难，在翻译过程中会失掉很多东西，但这仍是必须做的事，正像人们都说的，诗是不可翻译的，但人们实际上做的事，正是如努力翻译一样。

这里涉及一个问题，即美学理论与艺术实践的关系问题。美学理论对于艺术实践，具有依附关系。理论来源于实践，但理论不能从实践中直接"生长"出来，需要理论研究者的努力。文学家和艺术家都对美学家有所期待，希望他们的研究能解决当代问题，为一个时代的美学追求作出理论的表述和总结。

读康德、黑格尔或海德格尔这样一些思想家的作品时，我们可能会感到，他们是在叙述某种普遍真理，某种放之四海而皆准，放在古今均有效的道理。理论的普遍性追求是必要的。一个道理如果要达到理论层次，在理论家的心目之中，必须有普遍性追求。没有普遍性追求的理论，就不是理论，而只是策略或方法。我们过去常常批判“机会主义”，如果不是用于政治上相互攻击的话，它所表述的意思大体上是如此：理论家离开具有普遍性的理论，而只是说当下应对之策，或者先有行动，再制造为行动辩护的“理论”。真正的理论不能局限于这个层次，而是必须超越这个层次，寻找更为普遍性的表述。

然而，如果我们跨越时间和空间再回过头来看这些理论，就会发现，这些思想家不过是说出了他们自身所处的时代的哲学思考而已。这些哲学思考不一定具有直接的实践指向，但与当时的生活的实践，从归根结底的意义上讲，具有对应关系。同样，当代中国的美学研究也是与当代中国人的艺术和生活实践所提出的问题具有对应性。

有人反驳说，美学不能太功利，不能陷入到“活学活用，急用先学，立竿见影”的魔道上去，也不能将学问看成个人的晋升阶梯，看成人生设计的一部分。这种反驳当然是有道理的。对于个人来说，只有具有纯学问的精神，在研究上才能有所收获。进行一项学术研究时，如果其他方面考虑太多，这项研究中的最重要价值往往就会失去。研究美学与研究其他理论学科一样，是在对事物规律性探索的驱动下进行的。理论不能仅仅是当下行动合理性的说明，更不能将理论研究理解成只是宣传。理论是行动的指南，这个关系不能倒过来，变成行动是理论的指南。当行动成为理论的指南时，理论只是为行动辩护，而不是指导行动。

尽管上述反驳有道理，但我们这里所要说的是另一个层次的意义。学术研究还是要区分“死学问”与“活学问”，要以“活学问”为中心，让“死学问”为“活学问”服务。这种学问的“活”，就将学问与时代、社会、经济、生活，以及其他各种学科的研究联系了起来。理论要发展，就必须从生活实际中汲取动力源，从归根结底的意义上，理论与时代是联系在一起的。

这里还涉及一个对美学的学科认知问题。我们常常会将只是一些成体系的美学专著看成美学，于是，美学史仅限于对几个成体系的美学的观点进行依次叙述。这样一来，我们所看到的是，在一段时间里，天才成串而来，而对其他时间，没有什么可写的，似乎可以忽略不计。在西方，从苏格拉底到柏拉图，再到亚里士多德，师徒三人相继创造了美学上的辉煌，两千年以后与他们相媲美的哲学家才出现。在古典时期的德国，从康德、费希特、谢林、黑格尔，再到叔本华、尼采，巨人一个接一个地出现，巨大的理论体系的大厦被一个接一个地建造起来。到了当代法国，巴尔特、德里达、福柯等，又迎来了一个群星灿烂的时代。美学史写作上的这种“点人头”的做法会带来误读，会让人以为美学史就是几个天才的历史。

近年来，美学研究上还有一种做法，即研究一些概念的历史。这些概念研究，可能是从分析美学家的一些做法延伸开来的。例如，塔塔凯维奇写了“六个概念的历史”，其中包括“美”“艺术”“表现”“再现”等等。这些概念研究发展成关键词研究，又发展成巨大的关键词家族，甚至关键词词典也编出了。还有一些人致力于研究范畴史，即从欧洲美学史上关于优美和崇高、悲剧和喜剧等范畴，到中国美学史研究的巨大范畴家族。这些研究就其本身的追求而言，都很有意义。美学需要这一类精细的研究，需要澄清一些重要概念，说明其来龙去脉，同时，在教学上，这一类的文章和讲述也因其条分缕析、线索清楚而受到欢迎。这是美学研究者在拓展美学研究范围方面所作的尝试，有其积极意义。然而，以概念为纲来进行研究，必须凸显不同时代对同样概念的理解之间的差异，否则的话，就会呈现美学古今一律，与时代和社会的发展无关的假象。例如，同是“模仿”，从古希腊到文艺复兴，再到 20 世纪，含义有很大的区别；同是“气韵”，谢赫的表述与唐代人物画家的理解，再与明清山水画家的理解，其间的差别极大。因此，在关键词研究时，不能让这种研究丧失时间性，更不能让这种研究成为反对时间性的武器，而要在对具体概念和范畴的研究中将时间显现出来。

美学还是要跟上时代。我们在研究美学时，会发现大量的作家艺术所写的“半美学”的材料。作家艺术家们相信，他们自己个人，他们所从属的时代，有着独特的美学体系。不管这种“体系”是否存在，作家或艺术家所表达的这种美学观，是作家或艺术家的“美学”，即他们的美学信念和追求与审美评价的标准。过去，美学家们都鄙视这些材料，认为这不是真正的美学。这是不对的，这种作家艺术的思想和观念才是活生生的、真正的美学材料。美学学术必须建立在对这种材料研究的基础之上。我们不能只是把美学家的“美学”看成美学，而应该看到，文学家或艺术家的“美学”也是美学。美学研究要致力于这两种美学的交流、对话，相互参照，从而在此基础上，形成新的、属于现时代的美学。

在表述了上面这些意义之后，我想在这里强调问题的另一面，即理论自身的独立性。有没有一种独立的理论史？具体到美学学术上来，有没有独立的美学史？如果理论研究都只是对同时代流行现象的观察，认为只有这样才是“接地气”，这是一种误读。理论研究绝非仅仅是现象的总结，它有自身的源流。“接地气”是一种走出书斋的呼吁，不能成为取消书斋的命令。理论的研究要建立在“特定的资料”的前提之下，这就是理论自身的延续性。哲学家要读前辈和同代人的哲学著作，美学家要读前辈和同行的美学著作，这都是不可避免的。注重当代，面向实际，绝不是说不要读书。不读书，直接从“实践”中生发理论，是不可能的。当我们说走出康德时，绝不是不要康德，而是说在康德的基础上往前走一步。不接触中外理论，只是作实用性的评说，或者闭门造车，冥思苦想自己的大体系，这都是过去美学发展的教训。

美学是在双重动力的推进下向前发展的：一是内在的思考和争鸣；二是外在的艺术和社会生活的影响。美学研究者会阅读前人的著作，发现其中的理论问题，致力于创新。这种创新对于这些研究者本人，可能并不一定具有直接的对实践的指向性，而只是对一些纯理论问题做出新的解决办法，但受时代气氛无所不在的影响，他们的创新具有时代的特色，并与这个时代的文学艺术的创作形成对应的关系。美学在向前发展，与艺术构成平行的关系。两者不相交，但相互影响着。从另一个方面看，大量文学艺术家说出来、写成文的，或未写成文而存于心中和创作中的“美学”，构成了这个时代的审美潜意识，这是美学要接之“地气”。

美学时间的存在，就体现在不同时代的美学之中。从这里，看出一个时代的美学追求和思考。这种时间不是客观的物理时间，也不是主观的个人时间。一个时代的美学，并不创造这种时间，而只是发现和呈现这种时间。

结语　“美学时间”的独立性及意义

“美学时间”与“社会时间”是相对应而存在的。历史学家要寻找一个合适的研究尺度，从而找到“社会时间”。由此，历史学不再是研究政治家的个人故事，而是从社会、经济、心理等各个方面和维度来研究历史，从而找到历史的整体性与各种历史细节联系的方式，并构建可信的历史。

“美学时间”也是如此。它应该包括这样几个方面：在同一时代，在不同的艺术门类之中，在艺术之外的日常生活中，都具有同样的美学精神。我们说浪漫主义、现代主义的普遍性，以及后现代艺术在不同的国家的表现，等等，都是在说，具有一种“美学时间”与“社会时间”的对应。这种对应性，可以从大量的文学艺术的细节特征中见出；更为重要的是，它体现在一种看不见、摸不着的精神气氛之中。

“美学时间”反映在文学和各门艺术之中。不同的艺术门类在发展时具有独立性，有着自身的传承关系。但是，它们之间都有着对应性。例如，我们可以在诗歌、小说、戏剧、绘画、音乐等艺术中辨认出浪漫主义精神,我们也可以说艺术来到了一个普遍的先锋时代或后先锋时代。这些席卷各门艺术和众多国家的文学艺术潮流,体现出的是一些普遍的美学精神。“美学时间”可以为它们提供一个研究的平台,使我们可以在一种合适的尺度上研究文学和艺术的发展。

“美学时间”可以在一个时代的美学著作中得到表现。这是我们研究美学的意义所在。我们研究美学史,不能只是局限于美学家说了什么,并思考这种观点是否合理,我们是否赞同,以及按照我们今天的标准对这些美学观点进行价值评判。我们需要做的更重要的事,是将他们的著作看成在“美学时间”中产生的,看成属于特定“美学时间”的表述。这也就是说,我们不仅要知道美学家们说了什么,还要研究他们为什么这么说,这么说有什么意义。

对于历史,我们曾经有过一个生物学的比喻。我们常常指神话所代表的时代是人类的童年时代,这就是生物学的比喻。马克思说,有粗野的儿童,有早熟的儿童,希腊人是正常的儿童,这是生物学比喻的典型反映。一个人的生长当然是全方位的,包括骨骼、肌体、内脏的成熟,思维能力的发展,知识的积累,等等。马克思曾将经济比作人的骨骼系统。如果这样的话,那么,美和艺术则是人的容颜。岁月的痕迹会刻在一个人的脸上,但不同年龄的人有着不同年龄的美。有人见人爱的童星,有青春靓丽的少男少女,有睿智成熟的男人女人,有精神矍铄的老寿星。

这是美学史真正要写的内容,同样,这也是文学史要揭示的内容。有了“美学时间”,也就有了适合文学史的写作尺度。

第十章　从市场的变迁看艺术的命运和使命

市场的变迁会给艺术带来什么？我们可能会想到，它带来的是艺术品的销路问题。贫困山区怎样才能改变面貌？村长、乡长和县长们会告诉你：要想富，先修路。贫困的为什么总是山区呢？原因就是路不好。路修好了，物流畅通，当地产品销得出去，外面的投资进得来，于是经济就搞“活”了。同样的道理是，市场大了，艺术品的销路会大得多。然而，市场的作用远不只是如此。市场的“后果”，要比我们所设想的要深远得多。可以这么说，市场改变着艺术的生产方式，改变着艺术家，也改变艺术概念本身。

一　产品的美与市场的关系

人们生产出来的物品，叫作产品；将它放到市场上去卖，就叫作商品。于是，同样一件物品，生产者留着自己用，就叫作产品；去销售，就变成了商品。产品做得好与不好，是与所使用的原材料、生产者的技能和在生产过程中所付出的劳动决定的。用料讲究,制作者才能出众,制作时用心用力,做出来的东西就好。

从产品变成商品,是质量变好了,还是变差了?这说不好。我们说“同一件物品”,其实,为了“自己用”与为了“去销售”所进行的生产,由于目的不同,产品的品质也会不同。但“不同”可以是品质提高,也可以是降低。一件产品变成商品,质量有可能提高。自己或家里人用的东西,可以马虎一些,对付对付,能用就行。但拿出去卖的,总要做得与别人不一样,不然,人家为什么要花钱买你的?

生产者本来并不一定是专职,也很少有机会专门学习以提高技能。但既然做了去卖钱,就是专门干这一行了,做出来的东西,总要像专门干这一行的样子。用来卖钱的东西,外观上也要看好些,用通俗的话说,要有卖相。

这些因素使得商品生产要比非商品生产更认真、专业、重外观。记得小时候有一家邻居,没有固定工作,炒一些花生、瓜子、蚕豆、爆米花,到电影院门口卖。于是,我们每逢春节,就买一些花生、瓜子,请他家帮我们炒。炒得熟而不焦,好看又好吃。我们家无论在工具使用还是技巧方面,都达不到那个水平。原因很好理解,他们是干那一行的。干一行,会一行,精一行。

但是,下一步就不一样了,产品卖给谁?并非所有的用于出售的东西，都比生产出来供自己用的东西更好。一种产品变成商品以后，就受着一些新的逻辑支配，这些新的逻辑要求产品的生产被改进，但又对生产被改进的方向作出限定。于是，商品有可能比产品质量更好，也有可能质量下滑。

让我们从这样一个例子说起：什么地方的饭店更好一些？我们大概都有一个经验，在老街区的饭店里，饭店老板、厨师与客人形成了一种熟人或朋友关系。北京人对来客打招呼，不说“欢迎”，而说：“来啦，您哪！”招呼得很喜兴。拖长的调子有一种特别的味道，他们对客人进门表现得一点不意外，像是该来的一样。饭店老板这么招呼客人，给客人回家吃饭的感觉。

由于饭店的客人都是些老熟客，饭店很讲究名声，饭店老板把烹调和饭店的管理作为一种艺术来完成，不断研究和提高。又由于老板跟客人是一种熟人关系，服务的质量能直接得到反馈。如果客人说今天的菜咸了一点，火候欠一点，他会改进这道菜的做法；如果客人说今天这道菜做得好，他就记住了，以后就这么做。就这样，客人都成了品菜员，在反馈交流中饭店质量得到改进，在熟人圈子中培育出了“老字号”。

车站旁的饭店里，连老板和厨师自己也不吃给客人做的菜：那个菜是喂客人的，自己没法吃。他们自己吃的菜单独做，简单而“清爽”。老街区里的饭店则不一样，饭店老板和厨师努力将菜做得像家里请客时做的饭菜一样。碰到特别的客人，老板还会请客人甚至陪客人喝一杯，交个朋友，期盼以后常来常往。

我们都喜欢说，最好吃的菜是家里人做出来的。家里的母亲、姐姐、妻子、女儿烧的菜总是最好的。在现代社会，生活的压力和发展的欲望迫使人们背井离乡，于是，再吃一次妈妈烧的菜成了现代人的一种奢望。这也是每逢春节人们不远千里，不畏艰难，也一定要回家的动力之一。老街区里的“老字号”里有这样一种熟人、朋友的温情关系，有一种家的气氛，让客人有宾至如归之感。

我在北京的住处附近有一个小饭店叫作“家外家”，这名字起得很好，想法不错，尽管努力程度不够，饭店水平实际上很一般。北京还有一个饭店叫“到家尝”，还挺有名，用的也是这个意思，当然，这个名字起得有点超越常规，大俗以求大雅，有后现代意味。

传统的老街区消失，不仅是一个建筑问题，而且是一个文化问题。房子没了，整个文化也随之消失。在胡同里长大的孩子与从单元房长大的孩子是不一样的。对于那些北京话说得很地道，很具有老北京人性格的孩子，过去有一种称呼，叫作“胡同串儿”。随着胡同的消失，“胡同串儿”也就没有了。今天北京的孩子不会说北京话，只会说普通话。老街区消失，相应的生活方式也随之消失，传统饭店顾客和老板之间的关系也消失了。

从传统到现代，存在着一种现代商业中的“质量下滑”规律。传统社会是熟人生活在一起，吃饭、穿衣、理发、听说书、购物，都是在熟人间完成的。质量形成口碑，古代工商业就是靠口碑来维系。现代社会是陌生人的社会。人与人互相不认识时就要相互打交道，并且打完交道后可能还是不认识，并且，也不需要认识。做一次交易，做完后还是陌生人。

过去是“在家靠父母，出门靠朋友”，是不是现在就是“在家有父母，出门碰运气”呢？那么，人与人之间的信任感如何建立起来呢？我凭什么在几家车站附近或闹市口的餐馆中选择这一家而不是那一家呢？怎样来拯救质量下滑呢？一次性交易也有食品安全问题，也需要质量保证，也需要建立信心。人们找到了一个办法：标准化。通过创建品牌，做连锁店。于是，有了“麦当劳”“肯德基”“吉野家”。中国人也努力创建品牌，形成“土”快餐。于是，有了城隍庙小吃、重庆火锅、天津包子、兰州拉面。当然，它们还是斗不过“洋”品牌，没那么有名。

品牌是在现代商业的状态之下出现的。在传统社区消失后，现代商业靠大的品牌和连锁店让客人放心。这些品牌连锁店虽然质量一般，但食品安全较有保障。现代社会的连锁店在竞争中也占据优势，它背后有大资本的支持。随着传统社会变成现代社会,它会不断地击垮一些传统的个人小饭店。

这种连锁店有很大的好处,让你在陌生的环境中,找到熟悉感,也产生信任感。我在国内很少去"麦当劳",但到了国外就常去。这绝不是一出国就喜欢上麦当劳了,而是一种无奈。在一些陌生的环境中,我对当地的卫生条件没有信心,或者对当地流行口味不熟悉,例如第一次去土耳其、印度、巴西等国家时,只好去麦当劳,连锁店让人觉得安全,进去之前就知道会遇到什么,质量不好也不会坏到哪里去。我去发达国家时,也常常去麦当劳,理由不一样。连锁店里的价格相对便宜,或至少在我预计的范围之内。中国学者的经济条件还达不到常去国外高档饭店消费的水平。到一个国家,去一两次好一点的饭店品尝品尝,当然也可以,但别的时间还是去熟悉的连锁店吧。当然还有一个去处就是中餐馆,它们比较便宜,不过也容易倒味口,外国的中餐馆卖的是外国人心目中的中餐。

城市发展了,老字号改变了。旧式的老字号不存在了,幸存的老字号也搞起了连锁店。例如"全聚德",成了一个吸引外地游客的地方。北京人不再对全聚德感兴趣,而外地人会觉得到了北京,就必须去一次全聚德。不去全聚德,北京就白来了。前些年,有真正全聚德之争,这种正宗之争,与食品的品质无关。现在,到北京吃什么?吃全国各地的名牌餐馆到北京来建的连锁店,甚至吃世界各国的名牌餐馆来北京建的连锁店。

现代的城市化运动所造成的这一改变是无所不在的。不光是饭店,其实这一改变与一切产品的生产都有关。

实际上,两种不同的饭店是两种不同交换方式的代表。传统的小饭店有精心烹制的美味,有传统商业道德的支持,有使人感到愉快的人与人之间的关系。客人都是熟人,老板觉得把自己的事情做好很愉快,挣钱并非单一的目的。老板生活在熟识的人之中,欣赏自己的手艺,也被人欣赏和赞扬,他们习惯并喜爱一种生活方式,因为这里面有无穷的魅力。做生意当然还是要挣钱,但其内容已经不仅仅是挣钱所能包含的了。生活美学,是各种生活乐趣的延伸。

在现代工商业中,生产者和消费者之间的个人信任关系不存在了。推而广之,生产者与消费者的直接的关系消失以后,对商品品质的信任感如何建立就成了一个问题。品牌是一个很好的解决办法。消费者可以把信任寄托在品牌上。去一家熟悉的连锁店,买某种熟悉品牌的商品,这成了我们常做的事。例如买衣服,过去是找某个熟识的裁缝去量体裁衣,对他做的衣服有信心,而现在要选择的是买哪个品牌的衣服,对某个品牌有信心。去买电器时,生产者是谁不重要,重要的是品牌。至于这些公司的老板是谁,我们一般不知道也不感兴趣。顾客看中某个品牌,是因为它有质量保证,有好的售后服务。

这一转变在生产者一边,当然并不是不受制约的。品牌不是凭空产生的,是创意、经营理念、资本投入、内部管理、宣传广告效应,再加上可能借用的传统因素等才形成的。

从对品牌的信任,进而发展为对品牌的炫耀。去哪个饭店,穿哪个牌子的衣服,变成了财富的象征,而财富则变成了美的代名词。财富不是可见的金银,而是品牌。过去的时尚美女要穿金戴银,现在则是要穿名牌服装、挎名牌包。这些象征着财富的占有。

现代生活使人们得到了很多,也失去了很多。市场、商品、资本带来了美,也丧失了美。我们可以通过精心设计后再大规模生产的方式,制造种种名牌,但让人失去了一种过去的人所特有的享受:穿当地有名老裁缝量身定做的衣服,吃当地农民种植的新鲜的蔬菜,到一家可心的茶馆与一批老朋友聚会,听一位最喜欢的艺人说评书、唱评弹,如此等等。那时没有品牌,只有一种“家外家”式贴心的服务。

二　当代语境下艺术观念的变化

现代社会带来了美在性质上的根本变化，讨论美学、艺术都需要把它放在这个背景下来看。由此，我们引入这样一个话题：什么是艺术？

这好像是个很简单的问题，而现在已经变得非常大，大到人们的估计之外。很多人就此写过无数的书。读李泽厚80年代初为宗白华的《美学散步》所写的序言，其中提到，李泽厚无意之中说过，艺术是可以“写作很多本书的题材”，宗白华对这句话很欣赏。这使李泽厚感到意外，“颇觉费解”①。可能更使李泽厚感到意外的，是这个问题此后的发展。无论在西方，还是在中国，谈论艺术定义的人越来越多。

先锋艺术出现之后，一些过去人们所假定的艺术的条件都受到了质疑，这使艺术的问题进一步复杂化。例如，过去人们假定，艺术品必然是美的，是个人的独创，用康德的话说，艺术品与“天才”“灵感”等概念联系在一起。持这种观念的人，在碰到先锋艺术时，就会有巨大的困惑。他们会自觉地或不自觉地问两个问题：一些当代艺术品“美”吗？它们成为艺术品是由于它们的“美”吗？

这两个问题，过去是不言而喻的。如果你走进传统的美术馆，例如，在巴黎，无论是走进罗浮宫，还是走进奥赛博物馆，这两个问题都不存在。这里所藏的艺术品都是精美绝伦的作品，是美的最高杰作。过去的理论也肯定这一点：艺术品当然美。人们讨论艺术比生活更美，还是生活比艺术更美的问题，这种讨论绝没有否定艺术之美的意思。人们大都倾向于认为，艺术美是生活美的集中体现，只是有人认为，生活美能不断地给艺术美的创造以启示，生活美是艺术美的来源，并强调生活中有艺术中所没

---

① 宗白华《美学散步·李泽厚序》，上海人民出版社1981年版，第1页。

有的美。人们还可以说，不同时代有不同的美，一个时代的美在一个时代的艺术中得到最集中的体现，因此，艺术的历史可以成为审美观念史的表征、物化和体现。

艺术品美，艺术品之所以是艺术品是因为它们美，不美的艺术品不配称为艺术品，艺术品的好坏在于它们的美的程度。这些人们过去熟悉的信条，现在碰到了危机。面对先锋艺术时，它们变得苍白无力。当我们走进巴黎的蓬皮杜艺术中心，走进北京的“798”、酒厂、宋庄等地时，我们会发现，一些当代艺术品一点也不美，它们或者是很丑、很怪，或者谈不上美与丑。

美不美这个标准在那里失效。随着第一个问题无法回答，第二问题也同样提了出来：一些艺术品即使可能“美”，也不是由于“美”而成为艺术品。例如，一些看上去造型说得过去的物件，如一些现成物或工业制成品，并不是由于它们的“美”而成为艺术品。有理论家说杜尚的《泉》很漂亮，于是立刻遭到抨击和嘲笑。《泉》成为艺术品，与它的漂亮与否，与它的造型和光泽，没有任何关系。这时，艺术与美分离了。

这的确是一个很麻烦的问题，许多理论家都觉得难以回答。面对这些问题，有理论滞后的现象。一些我们所熟悉的理论家，都对先锋艺术持回避的态度。例如，在中国影响很大的苏珊・朗格、恩斯特・贡布里希、鲁道夫・阿恩海姆等等，都不直接讨论先锋艺术。在克莱夫・贝尔和罗杰・弗莱等人的论述中，涉及一些艺术中的抽象，但对像杜尚、沃霍尔这样一些人的艺术，还是缺乏解释力。

对先锋艺术的正面回应，是从分析美学开始的。乔治・迪基用“制度”、阿瑟・丹托用“艺术界”分别来探讨艺术的定义问题，说明先锋艺术仍然是艺术的理由。理论拒绝当下的现实，其结果只能是理论被边缘化。正面应对先锋艺术挑战的分析美学赢得了读者，也受到艺术家和艺术批评界的欢迎。正是这个原因，分析美学在西方流行了半个多世纪，在美学史上具有重要意义。

中国学术界应该怎样对待分析美学？这是一个有争议的问题。前几年，在天津召开一次国际学术会议，来了几位重要的国外学者，其中有年长的国际美学协会的前会长，也有美学界锋头正健的年轻新锐。会后，在从天津到北京的火车上，两位从国外来的代表突然叫住我，摆出一副好好谈谈的姿态，质问我为什么让自己的学生做分析美学。原来，在会议期间，他们与我的几位研究生聊了聊，对他们的选题不以为然。我说，分析美学在你们那里过时了，在中国并没有过时。

其实，说“过时”有点夸大，在西方，分析美学还有人坚持，并且不断有新的成果。然而，这里面有一个奇怪的错位。在西方分析美学兴盛时，中国美学界讨论得最多的是美的唯物主义基础，艺术中的形象思维等话题。从20世纪末和世纪之交开始，分析美学有被主流美学界放弃的趋向。1998年在斯洛文尼亚的首都卢布尔雅那召开的第14届世界美学大会，提出了走出分析美学的口号。美学要走出间接性，要引入文化理论的研究成果，要关注社会人生，要重回实用主义对经验的重视，要从非西方的广大“第三”世界的美学传统中汲取营养。这是新美学的发展潮流。然而另一方面，对于中国美学界来说，还须补上分析美学课。从莫里斯·韦兹到阿瑟·丹托，分析美学家们所提出的重要观点，中国人都不熟悉。他们提出了一些有意义的话题，他们对先锋艺术的关注，都值得我们思考。翻译、介绍一些他们的著作，对他们进行研究，对发展中国美学来说很重要。我有几位研究生，分别研究过阿瑟·丹托、门罗·比厄斯利、乔治·迪基、纳尔逊·古德曼等重要美学家。希望他们的研究成果对国内美学的发展有所贡献。

分析美学引进后，对“艺术的定义”问题的理解，起到了深化的作用。但分析美学只是将研究的触角伸入到当代人对一些艺术和美学概念的使用上而已。只有回到社会本身，人们才能理解，“艺术”这一概念是如何被引入的。

我们可能会接触到许多艺术史著作，谈论原始艺术、古代艺术、东方艺术、非洲艺术，以及中世纪艺术和文艺复兴时期的艺术等概念。这些表述已经习以为常，但这些表述之下，掩盖了这样一个事实：不同时代，有着不同的艺术观念。我们所熟悉的艺术观念，是在 18 世纪至 19 世纪才逐渐形成的。我们是依据这时所形成的艺术观念，对古代和东方进行投射，从而将那里所产出的类似物也称为艺术。20 世纪以来，艺术观念又处在深刻的变化之中。

在传统社会中，艺术与工艺没有根本的区分。画家、雕塑家与其他手艺人，没有什么区别。在欧洲中世纪后期，社会上有着三种并存的势力：第一是教士，代表着神权；第二是贵族，代表着世俗权力；第三是城市工商业从业者。修道院里的教士掌握着神的权力，人的心灵，教育的权力；封建贵族和君主有土地和军队，是世俗的统治者；而城市工商业者，本来在这三者中是最弱小的一种人，辛勤劳动却备受欺凌，但他们随着生产的发展和远距离贸易的形成，积累着财富，逐渐取得社会地位。

艺术家们本来应属于这第三种人的一部分。艺术家是从手工业者中分化出来的。画家、雕塑家与木匠、石匠、铁匠，本来没有什么根本的区别。如果要说有区别的话，也许金银首饰匠和钟表匠地位高一些，理由是他们处理更贵重的材料，做着需要更复杂的技术的工作。

从现代的观点看，手工业代表着一种非常落后的生产，与机器大工业无法相比。纺织机出现后，纺车就被淘汰；汽车、火车出现后，长途运输依靠牛车、马车的局面就一去而不复返。效率就是金钱，时间就是生命，与知识就是力量一样，都是一些现代性的信条。对于生活在传统社会的人来说，他们有着其他的乐趣，现代性意味着这些乐趣的丧失。

手工业的状态有其稳定性。生活在其中的人，并非处于一种时刻感受到其落后，要对之加以改变的心态之中。手工业者在生产中，会有一种后来只有艺术家才有的感觉。木匠打造床，铁匠打制宝剑，磨片工人磨镜片，建筑师造房子，都有一种对过程本身和对自己作品的欣赏。他们的生产活动，并非只是指向外在，而且指向其本身。这既是生产，也是生活，两者没有分离。这与画家作画、书法家写字、唱歌跳舞的人表演，多少有一些类似。这种对手工业的感受，本身具有审美性。如果说，这种状态作为一种落后的状态要被改变的话，那么它的审美性作为一种社会发展中的刹车皮，成为保留这种状态的力量。

当然，社会的前进是任何人也阻挡不了的。艺术进步的出现，不是由于艺术本身，而是由于生产的进步。我们知道，社会发展的一个重要动力是分工。手工业从农业和畜牧业中分工出来，是社会进步的表现。手工业者们当然是进一步分工的。中国古代讲“百工”，就是说，有着各种各样的工人在分别做着各种不同的事；每一种工人都有自己专业内的技能技巧，相互不可代替，正所谓“隔行如隔山”。各行各业之中，也各有其优良中差。

到了现代社会，大规模机器工业的出现，使生产效率得到了极大的提高。正像卓别林的电影《摩登时代》所揭示的，工人们对过程的欣赏消失了，人被机器所控制。在这时，设计与生产的分离，生产过程内部各工序的分离，生产与销售的分离完成了。设计者不再生产，他们只是试验，提出思路、画出图纸、生产出样本，再进行产品及其生产工序的定型。这一切完成以后，设计者等待生产者的反馈，再对产品进行修改。生产过程中的各工序，随着自动化的程度不断提高，变成了一个复杂的过程，一位生产者只能像是一盘棋中的某个棋子一样，被分配一个角色。

于是，原本按行业进行的分工，被贯彻到了行业内部。我们过去问别人是干什么的，指的是别人是干什么行业的。别人可以回答：是打铁的、造房子的、制锁的、造钟表的。随着分工的发展，我们就问别人在哪里工作。在钢铁厂工作的人，不一定在炼钢。在药厂工作的人，不一定是在制药。至于对一位在电脑工厂工作的人，说他是在造电脑，就等于什么也没有说。他们所做的是各种工种中的一种，并且在复杂的工序中，承担其中某一段的工作。接下来，还有非常多的人，做的是与市场有关的工作，如产品推销、售后服务等等。

分工使得生产者被局限于生产过程的一个很小的片断之中，而不能接触到生产的全过程，他们只是在工作而已，甚至不能对自己的劳动成果产生成就感，原因是，他们看不到在一个庞大的生产过程中，自己所贡献的一部分在起什么作用。当然，他们就更不能与自己产品的消费者构成一种直接的人与人的交流关系了。今天，某一位工人所能夸耀的只能是，他在一家大公司工作，这个公司进入了全球五百强，他在这个公司里当了一个部门经理或某项技术的主管等等。

传统的市场依赖一种人与人的直接关系，即个人与个人打交道，熟人之间打交道，依赖个人对个人的信任。同乡、同学、老朋友、老熟人构成一个商圈，相互之间的商业活动主要不依靠合同的制约，而靠传统的道德支持。

在现代社会，这种关系被制度化、非人化了。商业关系不依赖个人诚信和信誉，个人的历练、教养、才华等变得不再重要。现代商业需要的是法律，是一种契约关系。商人与顾客之间靠契约、合同、司法制裁来构成商业关系，而不是个人关系。

合同和契约深入到生活的各个方面。它一方面具有解放的意义，消除了人情社会的弊端，另一方面的也丧失了传统社会所具有的种种美好的东西，例如，生产者与消费者的个人的直接交流，个人的信任，个人魅力及其在这种交换中起到的作用等等。

现代生产的另一种重要的分离是生产与生活的分离。随着现代社会的兴起，出现了一个现象：上班。人们按点上班，按点下班。迟到要被解雇或者被扣工资，不许早退或早退也要被扣工资，无故旷工是严重的错误，有事请假要得到批准。同时，加班的员工会要求老板发加班工资，节假日要求双倍工资。加班被看成工人的权利，老板要求工人加班，须工人自愿，不能强迫。再进一步，员工下班以后的时间不属于老板，员工下班以后是自由的，做什么老板无权过问。由此还衍生出种种考勤制度，在大企业，上下班要打卡。不是由老板来监督员工按时上班，而是由机器监督;也不是由老板来决定是否扣员工的工资,而是由机器提供的记录来决定。这一切造成的结果是:工作时间与业余时间分开,以及由此形成的生产与生活的分离。这样一来,我们的时间被分成两部分:上班是生产,下班是生活。我们还由此产生了一种自由观,上班没自由,下班才自由。自由越多,就是工作时间越少。我在瑞典有一次上街看“五一”游行,瑞典共产党打出的口号是“六小时工作制”。这就典型地代表了一种观念:更少的工作,更多的自由。

艺术正是在这种观念的支配下得以改变。手工业者的小铺子,开着店就是家,不存在工作与业余之分。没有人让他们去打卡,工作是自由的。尽管他们的工作方式的缺陷是效率不高,不一定能挣很多的钱,这种工作方式却有许多值得怀念之处。他们所需要的自由,是自由地工作和自由地销售自己的产品,劳动的成果不被有权有势者巧取豪夺,不被有权有势者征召去做奴隶式的强迫劳动。

现代社会所造成的劳动时不自由,不劳动时才自由,是不是更好?也许不是,但这是无奈的。工作时间越少越好?或者不需要工作就能赚到很多钱,然后想干嘛就干嘛?这些想法好不好?那么,剩下来的时间干什么呢?打扑克,或者打麻将吧。更高雅一点,去欣赏艺术吧。审美要无利害,艺术要超功利,正是这么产生的。

艺术是非功利的,是人们在业余时间欣赏的东西。审美要自由,而工作时没有自由。艺术是自由,要让这种自由占据业余的时间。于是,工作与业余的对立,与功利和非功利的对立相匹配。这是以大写字母 A 开头的艺术(Art)的现代观念,是以“美的艺术”(the fine arts)观念为代表的现代艺术体系得以形成的根本原因。

三 “终结”观视野下的艺术使命问题

在20世纪接近结束的一些年,也许受基督教与千禧年有关信仰的影响,出现了一些“终结”的说法。民间有,学术圈也有,其中有些还很有名。“终结”的话语成为学术语言,出现在不同的学科之中,激起了阵阵波澜。

怎么看待这些“终结”说?如果你到国外旅行,常会在一些车站和繁华商业区看到有一两个人,身上挂着牌子,牌子上宣布,世界末日就要到了,有的说是明天到,有的说是明年到。对此,我们早已习惯了,视而不见。是不是这种“终结”话语的发明者与这些街上挂牌子的人,属于同一种性质?谈论未来,一定要与当下有关。如果没有关系,那就像街上挂这种牌子的人,随他们去吧,他们有表达言论和信仰的自由,我们也有不理会他们的自由。然而,如果这种观点富有哲学的深度,揭示了当代生活的一些重要方面,那就需要我们认真对待了。

“艺术终结”的说法,是由阿瑟·丹托在1984年的一篇文章中提出的。我的一位学生张冰博士总结道,艺术在当代社会正发生着深刻的变化:艺术品被接受,不再依靠其提供的美感,而是依靠对它进行哲学的阐释;艺术已完成其历史史命,将被其他更高的精神形式所取代;艺术在表现手段上的进步的可能性被耗尽,不再能提供具有实际意义的创新;艺术所依赖的宏大叙事不再具有吸引力,从而导致叙事的终结。

这一切的变化使得黑格尔的预言,即绝对精神的最高表现形式将从艺术转向宗教和哲学,得到了实现。黑格尔将世界的历史描绘成一个进步的过程。这种进步是由于理念的进步。理念经历了自然界、生物界、人类社会,来到了精神界。绝对精神的发展也经历了三个过程:从艺术到宗教，再到哲学。艺术是理念的感性显现，宗教是理念的超越，而从感性再回到理念自身之时，在绝对精神中占据统治地位的就成了哲学。

说到“终结”，大家都熟悉一个人——弗洛西斯·福山，他讲“历史终结”。福山在丹托以后三年，发表了他的著名的关于“历史终结”的文章。这种“终结”说，同样来源于黑格尔。但是，丹托与福山对“终结”有着完全不同的解读。具体说来，这是两条不同的线索。从黑格尔经科耶夫到福山是一条线索，从黑格尔经马克思到丹托是另一条线索。

福山从一位法国的俄裔哲学家亚历山大·科耶夫那里受到启发，从自由民主体制的精神和唯心主义的立场来继承黑格尔主义。他从黑格尔的词句中捕捉了这样一个观点：历史终结于 1806 年。他说这一年拿破仑在耶拿—奥尔斯塔特会战中大败俄奥联军，这标志着法国革命的理想得到了实现。一位读着列夫·托尔斯泰的《战争与和平》长大的俄国人竟然有这样的思想，倒是够叛逆的。他忘记老托尔斯泰曾那么深刻地揭示和动情地描绘了天空的伟大和个人的渺小。

福山继承了这种思想，接受黑格尔的唯心主义历史观。他向“左”开一炮，说唯物史观强调经济对历史的推动作用是不对的；再向“右”开一炮，认为“华尔街杂志派”强调经济的决定作用也不对。于是，历史被归结为一种神秘的精神的力量。

阿瑟·丹托说的完全是另外一件事。马克思设想道：“在共产主义社会里，任何人都没有特殊的活动范围，而是都可以在任何部门内发展。社会调节着整个生产，因而我有可能随自己的兴趣今天干这事，明天干那事，上午打猎，下午捕鱼，傍晚从事畜牧，晚饭后从事批判，这样就不会使我老是一个猎人、渔夫、牧人或批判者。”①一个人可以从事多种多样的工作，而不是成为局限于某一个方面的专家。社会分工被打破，造成了社会的阶级分化，这是未来的共产主义的表现，这代表历史的终结。

根据这样的思路，阿瑟·丹托把艺术的终结说成这样一种情况：“正

---

① 马克思、恩格斯：《马克思恩格斯选集》，第一卷，人民出版社 1995 年，第 85 页。

如马克思也许会说的那样，你可能早晨是一位抽象主义者，下午是一位照相现实主义者，晚上成了极简主义者。或者你可剪纸，或者做任何你喜欢透顶的事。多元主义的时代来临了。你无论做什么都已无关紧要，多元主义的意思就是如此。当一个方向与另一个方向一样行得通时，方向的概念就不再适用。”①

这是否完全符合马克思的原意，其实已经不太重要。重要的是，把艺术的未来与经济和社会的发展联系起来，将它归结为人的活动方式而不是离开人的活动的某种抽象的观念，回到人的全面发展的理想。这三点，证明丹托所继承的，的确是马克思线索的黑格尔式“终结”观，与科耶夫和福山有着根本的区别。

“艺术终结”观也许并非宣布艺术的死刑。其实，即使宣布了，也无法执行。艺术在黑格尔之后蓬勃发展着。我们所熟悉的19世纪、20世纪大量的艺术精品，都是在黑格尔身后出现的。因此，在黑格尔宣布“艺术终结”以后，艺术恰恰迎来了辉煌的时代。马克思说过，资本主义生产方式与艺术的某些部门相敌对。这也不意味着艺术就此终结。这种“敌对”会造就特别的艺术需要。在一个生活中没有诗的时代，诗的生产也有可能由于需要而特别兴盛。在一个领域匮乏的，在另一个领域会出现进行补偿的需要。

在说出“艺术终结”之后，丹托多次重提这种说法，并作出种种修正。他说，“终结”不是“死亡”。艺术终结后，还会有艺术，正像历史终结后，还会有人类社会一样。在这一点上，丹托与福山是一致的。他们都强调一个观点：终结的是“进步”。如果明天与今天一样，后天与明天也一样，或者说，有变化，但无发展，历史就终结了，艺术史也就终结了。

我们常常会对艺术的进步感到困惑。真的有某种东西叫作艺术的进步吗？

---

① Arthur C. Danto, *The Philosophical Disenfranchisement of Art*. New York: Columbia University Press, 1986. p.108.

制作性的艺术品可以在技术的进步意义上讲艺术的进步。能工巧匠的技能和诀窍代代相传,代代有所发展,从而造出精品。从故宫的珍藏到工艺美术展览中看到的工艺精品,我们都能感受到,精湛的传统的工艺成为一个民族的骄傲,被誉为民族智慧的结晶。它们绝非一人之功,也非一代人之功,是经历了许多代人才逐渐发展起来的。

造型艺术可以在对现实模仿的意义上讲进步。对"形"的征服,经历一个漫长的过程。绘画雕塑,要造得像,已经有很多人研究过。这是技能问题,要把握形;但又不仅仅是技能问题,要克服许多的观念障碍。例如,当我们说所造的是神像,必须按照某种程式来做时,就阻止了形的改进。一些实用的目的,也限制了人们对形似的要求。例如,正如恩斯特·贡布里希所分析的,神像、象棋的棋子、姜饼人、儿童画,以至一些社会公共场所的符号,都受着其目的的制约,不必过于追求形似。

造型艺术所追求的"视觉的征服",还有一层重要的含义:造得像,不等于照样制作。眼睛看到什么,就画什么,那还不简单?艺术史家们告诉我们,这不简单。这里面有视觉的设计,有贡布里希所说的"匹配",即对仿造物与被仿对象进行对照并对制作流程做出改进的过程,还有对视觉的时代和文化因素的适应,等等。

但是,这一切都有完成或接近完成之时。当这一切被完成或接近完成之时,艺术又会如何进步?没有进步的艺术会走向何方?这时,艺术终结的问题,就再一次被严肃地提了出来。艺术终结,不是指艺术死亡,而是艺术已经到了这样一个水平,失去了再往前改进的方向。艺术下一步怎么办?艺术的前景如何?

所谓艺术的前景,实际上是艺术定位寻找。前面已经讲到了这个问题:现代艺术观念的形成与资本主义生产的发展和市场的发展,有着密切的关系。但是,这种关系是以对立的形式出现的。工作时没有自由,艺术中有自由。在机器对人压迫,使分工越来越细,使生命机械化之外,艺术使得人的天才和灵感得以发挥,使得人的知解力与想象力协调发展,使得人的超功利的高雅趣味得以展现。这对社会也构成了一种补充。

然而，当社会进入到所谓的“后现代”之后，消费社会所推动的美化商品以赢得竞争的观念，对艺术提出了新的挑战。人人都说要重视消费，说我们进入到了“消费社会”。其实，有生产就有消费，消费是一个古老的现象。但在过去，都是生产促进消费，生产什么就消费什么。生产过剩了怎么办，是不是就是社会财富充分涌流了？可以按需分配了？好像又不是。过剩所带来的只是危机。今天，政治家与经济学家们都在说，要想经济走出危机，就需要民众有消费信心。人民敢花钱，经济就能发展。

由于生产过剩，就有强烈的竞争。竞争会造成什么？以我们的生活经验我们可以认为，竞争好，价格会下降，生产效率会提高，产品质量和售后服务都会好得多。我们这一代人在生活中吃够了计划经济的苦：产品质量差，服务态度不好，商店里货架空空。去买东西，一问三不知，一问三没有，再加上一问三不理。东西没有买到，带着一肚子气回来了。现在好了，实行市场经济，产品的质量、服务态度全面改善，货架充盈，要什么有什么。

然而，竞争的弊端也会暴露出来。过去，生产是为了满足需要。人们的理想是物资极大的丰富，社会财富充分涌流。那么，需要已经被满足之时，人们不愁吃、不愁穿之时，又会出现一个问题：人们怎么知道已经被满足了？

需要是可以被制造的。生产制造需要，要通过生产改变人们的消费习惯以及相关的消费观念，要通过新产品的生产制造时尚并刺激人们的需求，要通过消费的发展使人们处在一个永不满足的物质追逐之中。这样，经济就发展和繁荣了。

在“后现代”的“消费社会”中，艺术在哪里？艺术家在哪里？他们还有什么事可做？如果要谈论“艺术终结”，就必须把这些问题鲜明地提出来。

首先，产品被美化。搞搞设计，使产品的外观、包装都变得漂亮些。也许，那是艺术家的学生们做的事，“真正的”艺术家不愿去做。也许，设计曾经并仍然向艺术学习。但是,设计改变世界,人们随着现代化的进程,从生活在自然环境中,变成生活在人造的环境之中,生活在一种设计出来的世界之中,这就既是他们的幸运,也是他们的宿命。

产品竞争的规律,从品质和服务延伸到了审美领域。当产品的生产都已成熟,不再存在着明显的质量问题时,外观就变得非常重要。我们买笔记本电脑,买汽车,买冰箱电视,都要考虑是否好看。美学决定了竞争力。

有人说,由于审美因素造成了财产观念的弱化。这是不对的。这其实是强化,只是表现形式转化了。财产没有消失,穿着简约而有品位的明星比打扮得穿金戴银、珠光宝气的乡下土财主的女儿,要更加好看,也更能显示出有钱的样子。

这时,出现了这样的悖论:美学主张审美无功利,商品的美恰恰成了财富的象征。对于艺术家来说,搞设计并不是最重要的工作,重要的还是创作出艺术品。但是,如果日常生活中所使用的物品都已经被美化、艺术化了,那为什么还需要艺术品?艺术家们教出的学生们学到了一些造型的规律,于是,在商品设计时,他们就"按照美的规律"去制造,让艺术家们无事可做了。"劳动创造了美",但既然美已经通过生产劳动创造出来,为什么艺术家还要再创造一次呢?

其次,艺术被产业化。艺术本来是个人创作,如果说天才与灵感还不被后来的美学家们强调到那么高的程度的话,最起码,艺术家与接受者有着一种个人与个人直接的关系。妈妈做的饭,是个性化的,因此,我们就喜欢。街区小饭店,仍有个人与个人的关系在,老板致力于在产品反馈中的不断改进,也致力于一种宾至如归的服务。但是,现代连锁店所能提供的,就只是标准化的服务了。这种标准化的标准是创意的结果,创意创造出来,经过试验被认为可普遍接受后,就大量复制推广。现代创意产业,也与此相类似,艺术家被放到了一个巨大的生产过程中,其中也需要创意,但创意要通过制作、复制、广告宣传、品牌推广等复杂的过程才能实现。

以上两种情况，前一种是工业艺术化，后一种是艺术工业化。这是现代社会不可避免的现实。也许，正是无所不在的美，迫使艺术放弃美。一个处处皆美的世界，像迪斯尼乐园一样的幻境，也许我们也需要，但这不是人的家园。这是先锋艺术与美脱离的根源。许多学者都提出这样的话题。沃尔夫冈·韦尔施提出，在处处都美时，艺术要使人震惊。但是，如果艺术只是要给人以震惊的话，是不是会给各种各样的胡闹开辟方便之门，使艺术界变成疯人院？一些西方当代马克思主义美学家提出救赎的概念，认为面对当代社会的种种弊端，艺术能够起到救赎的作用。

救赎说与前面所提出的补偿说有类似之处。补偿是指社会营养不良，要补充营养。经济发展了，精神有缺失，在艺术中提供补偿。救赎则是指社会有了疾病，艺术是救世的药方。在性质上，两者当然是有区别的。用以补偿的营养品是美好的，艺术与美结合在一起。用以救世的药品不一定美，甚至与美无关，正像良药苦口一样，于是，提供的是震惊、恐怖、恶心，其中不具有刺激性的也不过是无色无味而已。这种区别如果被放大的话，就成了现代主义与后现代主义的区分。现代主义仍然追求美，是一种补偿；后现代主义放弃了美，就成了救赎。

无论是补偿还是救赎，都不是生活的常态，正像无论是营养品还是药品，都不是生活必需品一样。所有这些理论，都是以艺术与生活的两分，以物质与精神的二元对立为基础的。怎样才能回到艺术与生活的合一？怎样才能真正走向物质与精神相连续的一元论？这都是问题，也同时是解决问题的思路。

这里，我想再次回到一个我曾经多次举过的例子。毕达哥拉斯说过，参加奥运会的有三种人，第一种是运动员，第二种是观众，第三种人是来做生意的。在这三种人中，谁最高贵呢？他给了一个奇怪的回答：观众。这一回答代表了欧洲哲学的一个大传统，即对世界和人生的旁观者态度。由于旁观，于是产生主客二分，劳心、劳力二分，物质、精神二分。这种态度需要

“终结”;只有“终结”,我们才能走出“二元”而回归“一元”。

那么,什么叫作“一元”呢? 最根本的一条,就是回到活动而不是静观的立场,回到一种人与人的直接关系之上,回到对参与者的最高的尊重之上。参加奥运会的三种人中,最高贵的应该是运动员,不是观看的贵族,也不是来挣钱或提供赞助的生意人。同样,在艺术活动中,要回到艺术家的主体地位之上。

结语 回到人与人的直接关系

让我们再次回到这个例子:车站附近的小饭店与城市老街区里的老字号的区别。前者依靠品牌的力量,有了改进。但是,我们还是喜欢老字号饭店中的那种个人与个人的关系。

回到人与人直接的关系,是回到一种诗意的过去。古代文人会相互赠诗赠书画,把自己觉得很得意的作品送给朋友。一位手艺人对自己的作品感到满意,用它来挣钱谋生却又不仅仅是谋生。这样的关系,这样的生活和艺术的态度,对于现代社会还有没有价值? 它能否作为一种因素留在对未来社会的理想之中? 它们的价值何在? 问题很多,也很有意义,我们需要继续想下去。我们也可以从自己的实践做起。这才是更重要的。从现在做起:改造我们的生活! 改造我们的艺术!

第十一章　划界与越界的背后：艺术性的寻找及其意义

在今天，讨论艺术的越界似乎成了一个时兴的话题。仿佛艺术原本有一个边界，一直被坚守着，而现在过时了。谁再守这个边界，就是保守；谁突破这个边界，就是新潮。艺术要不要越界，变成潮人与古人的标志。

一　“艺术”与“非艺术”界限的形成

当谈到古代的“艺术”时，我们是在说两种意思：一是说古代的艺术作品，那是按照现代对“艺术”一词的理解，对古代的一些人类制作的珍品的认可；另一种是古代的艺术理论，即古代人对与“艺术”相近的概念的理解和他们对艺术与非艺术区分的尝试。

从历史上看，艺术与非艺术的区分代表着一种对人的活动及作品的特殊的分类法。这不是依据其外形和功能所作出的桌子与椅子之分，不是依据其媒介所作出的唱歌与跳舞之分，而是依据某种形而上的、心理的，以至于社会的观念所作出的带有根本性的区分。

这种观念在不同的理论家那里有所不同。在柏拉图那里，艺术与现实的区分，依据一种美学上的宏大理论：模仿。柏拉图提出了“三张床”或“三把刀”的命题，据此提出了三个世界的理论。第一个是理念的世界，它在一般情况下看不到，是世间万物的原型。第二个是现实的世界，木匠打造了床，铁匠打制了刀，各种手艺人制作了现实世界中的万物，他们都模仿了作为原型的理念。第三个是艺术的世界，这是对现实世界的模仿。艺术家模仿了现实世界，构成了一个关于世界的虚幻的镜像。柏拉图的这种理论代表了一种理论向度，即尝试将艺术与工艺从根本上区分开来。尽管柏拉图对艺术采取敌意的姿态，因而被鲍桑葵说成代表着“敌视艺术的早期思想界”，但他毕竟对“什么是艺术，因而什么不是艺术”提供了一种意见。这也许是欧洲人对艺术边界的最早的划定。

中国古代也有不少对艺术的规定。例如，唐代的张彦远在《历代名画记》中对吴道子评论道：“夫用界笔直尺，是死画也。守其神，专其一，是真画也。死画满壁，曷如污墁。真画一划，见其生气。”他以是否使用制图工具作画来区分“死画”与“真画”。宋代郭若虚在《图画见闻志》中认为：“凡画必周气韵，方号世珍。不尔，虽竭巧思，止同众工之事，虽曰画而非画。”“气韵”成了能否被称为“画”的标准。苏轼《净因院画记》重视画理,认为,“世之工人,或能曲尽其形,而至于其理,非高人逸才不能辨”。艺术与工艺的区分,与是否是“高人逸才”联系了起来。类似的关于真正的艺术与工匠的工艺的区分,在古人的论述中随处可见。从这种种论述中,我们虽然看不到柏拉图式的形上论辩,但区分艺术与工艺是许多艺术家和艺术史论家的共同追求。

也许中国人与欧洲人在艺术和美学的许多认识并不“殊途同归”,但在通过区分艺术与工艺以实现艺术的划界这一点上,中国与欧洲,也许与世界各国,都是一致的。无论在古希腊罗马,中世纪和文艺复兴的欧洲,还是在古代中国,艺术理论的建立都有着一个共同的理论使命,说明艺术与工艺有什么不同。

18世纪时,法国人夏尔·巴图(Charles Batteux)尝试建立一个艺术体系,将诗、绘画、音乐、雕塑和舞蹈包括进来,并称为 beaux arts,英文一般译成 the fine arts,中文通译为“美的艺术”。巴图的这种观点,在经过修正以后,成为狄德罗主编的《科学、艺术和工艺详解百科全书》所依据的概念框架的一部分,从而被人们普遍接受。巴图建立这种艺术体系的意义有两条:第一条就是把“美的艺术”与其他的“艺术”(arts)或“工艺”区分开来。有所包容,就必然有所排除,这里所排除的,就是工艺。

巴图建立艺术体系,还有第二条意义,就是为“美的艺术”寻找“单一原理”。他所寻找的这个原理还是“模仿”。模仿说是西方美学史上的宏大理论,柏拉图从否定的意义上提了出来,被沿用了两千年。到巴图那里,形成了正面的、统一而涵盖一切艺术的、带有规定性的概念。对于18世纪的人来说,诗、画、乐都是模仿,只是模仿的方式不同而已。

在巴图以前的让—巴蒂斯特·迪博,在他以后的戈特霍尔德·莱辛,都论述了诗与画的区别,但他们都是在“模仿”的前提下谈的,他们试图说明的是,诗与画是不同的“模仿”。当然,模仿说后来随着艺术的理论的发展而被人们逐渐放弃。在这里,也许可再一次使用黑格尔的“扬弃”一词。此后有关于艺术的“情感表现说”“情感传达说”“有意味的形式论”,以及艺术的“情感符号论”等等,这些理论里面多少都有“模仿”的影子,甚至是变相的模仿论。这些理论也都试图将艺术归结为一个单一的原理,并以此实现在艺术之内各门类间的相互统一,以及艺术与工艺的区分。

将艺术与工艺区分开来,这是现代美学的巨大的理论努力的一个中心目标。现在流行“核心价值观”一词,区分艺术与工艺,正是现代美学的“核心价值观”。现代美学与艺术理论,现代文学与艺术史研究,文学与艺术的评论,以至于整个“艺术界”,都是围绕着这种价值观运作的。

美学家们创造了“美的艺术”一词,赋予了它种种内在的规定性。这方面做得最系统的是康德,他论证了美的无功利性,美与“目的”之间的关系,艺术的自律,艺术、天才和趣味之间的关系,如此等等。有了“美的艺术”的观念,人们致力于区分艺术中的雅与俗,对艺术作品进行选择并加以经典化,使理论的教义转化为生动的艺术样板。他们还将这种活动沿着历史线索进行逆向延伸,伸向古代,将一部分古代人的作品也看成“美的艺术”的作品,并将这些写进艺术史。

根据当下的理论来解读历史,再通过历史感的建立来论证与强化理论,经过这种双向的互动,现代艺术观念和体系得到了确立;进而,由于这种观念和体系所带来的制度层面的操作,形成了关于艺术的教育、出版发行、展示或表演、宣传和评论等制度,现代艺术观念不断得到强化。人的一些看似普遍的观念是能够在较短时间里形成的。有时,短短的一两代人形成的思想、习惯和风尚,会使人感到仿佛是古已有之。经过一段时间的“价值观”的建设,通过教育,通过艺术的创作、生产、流通、消费,通过艺术的展示、艺术史的写作和艺术理论的建构,现代艺术观念就已经深入人心,仿佛融入到了现代文明的血液之中。这时,如果有人再把不是艺术的事物当成艺术,挑战这种仿佛古已有之的艺术与非艺术的区分,就显得大逆不道。

二　艺术边界的扩展及危机

现代艺术体系建立后,有一个不断扩展的过程。这种体系的建立,原本依赖于诗、绘画和音乐三者的结合。这三者最关键,横跨三种最重要的媒介。在此之前,只有二者结合,诗与画,或者诗与乐。只有到了18世纪的欧洲,才开始有人认真地尝试这三者在美学意义上的联系。有了"三",很快就有了"五"。在巴图那里,绘画加上了雕塑,音乐带进了舞蹈,形成了诗、绘画、音乐、雕塑和舞蹈这五项的结合。有了"五",很快就有了"七",依照巴图的说法,建筑和演讲术被加了进去。此后迅速膨胀,各门艺术内进一步细分。诗分叙事和抒情,又有了小说和散文。其他艺术又出现进一步的分化,绘画、雕塑、音乐、舞蹈又各自再细分。不同门类之间又有相互的交叉和综合,终于发展出一个巨大的艺术家族。

这种家族扩张所遵循的路径,主要有两条:一条是原有艺术基因在新条件下的复制。例如,从古老的综合艺术戏剧到现代的综合艺术电影和电视剧,从传统音乐到电子音乐,从印刷术的发展带来小说的繁荣,到当代网络小说的大爆发。随着媒介的变化,这些艺术无论在表现力、影响范围,以至内在容量、表现形式等方面,都必然发生巨大的变化。当然,这些变化还只是传统艺术在新条件下的延伸。

另一条扩张途径是向原有艺术边界发起冲撞。例如,民间和通俗大众艺术的引入,就是在挑战"美的艺术"的体系。本来,"美的艺术"概念的提出,是在区分艺术与工艺的同时,对民间和通俗艺术进行压制。这种压制有在资本主义经济发展的背景下对功利主义的原则的反作用的因素。我曾经在一个地方说过"有霍布斯就有夏夫茨伯里",就是想说明,功利主义盛行之际,就有在美学和艺术上的反弹,出现审美无利害和艺术自律的要求。这里我想说的是，这种美学上的要求在这样一种历史的温床上培养起来。18 世纪，主要是从辉煌的路易十四、经漫长而平庸的路易十五、到风雨欲来的路易十六时代，在近一个世纪之久法国君主专制政体下，贵族趣味和古典主义艺术风尚占据着统治地位并对欧洲各国产生着深远的影响。18 世纪艺术所具有的重古典而反民间、重高雅而反通俗的特点和这一时代的普遍趣味哺育了形成期的现代艺术观念和体系。

然而，从浪漫主义运动开始，到后来的历次社会革命浪潮，人们总是不断地把来自民间和社会低层的趣味带入到艺术中来，这就一次又一次地冲撞原有的艺术的边界。18 世纪的艺术用“古典”一词演出了一幕现代的大戏，而 19 世纪时“民间”概念与革命概念结合在一起，登上了历史舞台。当然，这种概念传到中国，已是 20 世纪了。随着革命意识形态在中国的发展，民间趣味成为一个潮流。今天，我们可以看到，天桥的把式能进入艺术殿堂，中国文联有民间艺术家协会和曲艺家协会，都是这种冲撞的结果。

无论是复制还是挑战，到了今天，都已经是古老的、我们所熟悉的发展现代艺术体系的方式了。在当代社会，艺术所面临的，是另外两种挑战，它直接威胁着艺术的生存。

第一个挑战来自于艺术家们自己。他们不再满足于制造柏拉图所规定的镜像了。柏拉图说，艺术家们所制作的，不过是“影子的影子”而已，其中真理成分很少，道德上也有问题。说它真理成分少，是因为理念才代表真理，现实生活模仿理念，已经经历了一番信息损耗；艺术再模仿现实，又得再损耗一番。说它道德上有问题，原因在于艺术家总是喜欢模仿灵魂的低下部分，如欲望失控、激情释放，于是，古希腊的悲剧中，总是有凶杀、乱伦的主题。那怎么办呢？柏拉图的批评成了走出模仿说的借口，当代艺术家们对此所作出的回答是，走出镜像，还原到现实生活之中。现实中的一切，都能成为艺术。杜尚就是这么做的，拿来一个便池，说这是艺术。于是，拾得物、现成物、日用品，都能成为艺术。艺术的边界被打破了。

第二个挑战则来自于艺术家的“学生们”。以“美的艺术”概念为标志的现代艺术体系的建立，暗示着一种结合，这就是美与艺术的结合。“艺术”与“工艺”的区别，在于“艺术”要比“工艺”高雅，更能代表美。现代艺术体系的观念、美学理论、艺术史和评论的写作、各种现代艺术机构的设置、国家的艺术拨款制度、艺术赞助制度、现代意识形态影响下的中产阶级对艺术的收藏和消费习惯，曾经对艺术的发展产生着决定性的影响。然而，在今天，这一切都遇到了危机。

艺术家们所培养的第一种必然成为自己的掘墓人的学生，是工业设计人员。各行各业，从私人汽车到手提电脑，大到房屋装饰，小到掌上的手机，都发狂地追求美并美得令人发狂。造得漂亮些，再漂亮些，让人一看就喜欢，把感性的吸引力发挥到极致，使产品个性化，适合不同的性别、年龄、社会阶层的人，这是不可阻挡的时代潮流，只要实行市场经济，此潮就会越涨越高，此流就会越流越猛。无论是产品的形状、色彩、光泽，还是材质的使用，设计者们从“美的艺术”那里学到了太多的东西，同时也把它们用在了太多的地方。徒弟从师傅那得到了真传，师傅就没饭吃。美被设计人员所接管，艺术就只好与美分离。我们来到了一个美的世界，在这个世界中，艺术变得多余。

艺术家们还在另一种行业的从业人员中培养另一种学生，甚至他们自己也不得不到这个行业打工，这就是“文化产业”，或者叫“文化创意产业”。文化产业的发展不可阻挡，这也是时代的潮流，还是经济的一个重要的增长点。搞文化产业的人，当然得向艺术家们学习，最好艺术家们也去参与。这都是没有问题的。我们的问题是，文化产业是艺术吗？文化产业之外还需要艺术吗？这样的艺术又有什么存在的价值呢？如果说，在过去 3 个世纪的艺术中，18 世纪的艺术关键词是“古典”，19 世纪的关键词是“民间”的话，20 世纪的关键词大概是“通俗大众”了。艺术走向大众，大众的趣味进入到艺术之中。艺术被大规模生产，整个世界被艺术化。艺术的全面胜利，带来的却是“艺术终结”的恐慌。

当阿瑟·丹托说“艺术终结”时，他是在说，艺术被哲学化，艺术的历史意义丧失，艺术进步的可能性被耗尽，以及叙事的终结。后来的历史发展证明，丹托的这四个预言都说错了。艺术不会这么被“终结”。现在我们所面临的，是艺术进入生活并成为生活的一部分，艺术与美的脱离，并且被文化产业所取代。这是另一种“终结”。如果说艺术要在这种终结的威胁下“向死而生”的话，那么，这时的生机则应该是：重新回到艺术的定位，以此来确定艺术的边界和考察艺术的命运。

三　艺术定义的困难与功能的转换

阿瑟·丹托在讲到什么是艺术时，感到一种下定义的困难，于是，他给了一个极抽象的定义：艺术是在一定的历史阶段，借助理论阐释能获得意义之物。这个定义能够满足他所面对的对象，特别是解释现成物和拾得物为什么能成为艺术的理由。依照他的理解，一物是否能成为艺术，不是由于它本身的原因，而是由于历史和理论阐释。

对于丹托来说，最重要的问题是，为什么像杜尚的《泉》和安迪·沃霍尔的《布里洛盒子》这样的作品能够成为艺术品，以及外观上不能区分的两件物品，一件能够成为艺术品，而一件却不能。从这个意义上讲，他的定义是一个创举，解决了许多难题，也产生了巨大的影响。然而，这种说法有一个根本性的错误：他把艺术看成只是一种被动地存在于历史之中，等待解释的事物。由此，我想起马克思的一句话：哲学家们总是用不同的方式解释世界，而问题在于改造世界。我们对艺术的理解也是如此。我们面对一些被公认为艺术品的事物，说明它们成为艺术品的理由，只是解释而已。人人都说某物，例如，杜尚的《泉》是艺术，这就向理论提出了要求。一个最好的理论,仿佛就要给这种物品提供它成为艺术品的合理解释。但是,他解释清楚了吗?解释后又如何呢?人们接着问下去,于是这理论似乎又在发展。但是,如果一种理论只在解释中打圈圈,所“终结”的,就不是它的解释对象,而是理论本身了。

约翰·杜威在涉及艺术定义问题时,曾提供了一个观点:不要从公认的艺术作品出发,而要绕道而行。从公认的艺术作品出发,是定义的恶性循环:根据定义确定什么是艺术作品,又根据艺术作品寻找艺术的定义,逻辑上自我重复。这是找到了问题的关键。现代艺术观念和体系,正是在这种自我重复中得到确立,并得以强化的。分析美学所寻求的关于艺术的定义,仍是这种思维的惯性:从公认的艺术作品中寻找艺术的定义。只是这时,“公认”本身也被体制化和理论化,与感觉脱离了。也许,走出这种循环,回到生活本身,是通向理解艺术的正确的途径。但是,这仍然没有回答,艺术在生活中处于什么位置。

由于当代关于日常生活审美化话题的影响,关于艺术边界的讨论,常常会被诱导成一个似乎充满浪漫精神的口号:所有的人都是艺术家,人们所生产的一切都是艺术品。当人们对工业产品的美的关注胜过其功能本身之时,它是不是就被艺术化了?当人们对艺术品的消费被文化创意产业生产出的产品所取代时,艺术与工艺是不是就已经在经历了历史所必然导致的分离之后,又在一个高层次上会合了?

近年来,出现了众多的关于把艺术与工艺重新结合,从“生产”和“消费”方面来看待艺术,从而建立艺术的“生活”和“消费”理论的尝试。这时,艺术的边界问题就再一次被突出地提了出来。艺术的边界问题似乎是一个老问题,被人们关心了三千年,议论了三百年,这次再提,是不是新瓶装旧酒,只是花样翻新?也许,人们可以用一句政客们的选举语言说:这一次与以往不一样!以前,艺术的边界只是一次次被冲撞,经过多次冲撞之后,艺术的边界变得更有弹性,或者说,冲撞使艺术从 18 世纪所具有的刚性的边界,变成了 19 世纪和 20 世纪越来越柔性的边界。这一次则不同，无论在艺术的理论和实践之中，都有一个更大的企图，要一举全胜，毕其功于一役，实现艺术与工艺、艺术与生产、艺术与生活的融合。

当可以开着最漂亮的汽车，用着造型最别致的平板电脑，手持功能最全的手机，住在最美的居室里，欣赏着超大屏幕的立体电视时，艺术可以终结了。不是说艺术是造梦吗？艺术产业化，产业艺术化，携手造梦，等到梦实现了，艺术就消失了。然而，人又不能只是生活在梦里，梦醒后还会有现实。

最近读马尔库塞，他提出了克服人的"单向度"，需要艺术来救赎的观点。这个观点非常有意思，不仅他有，齐美尔、韦伯，以及许多法兰克福学派的学者都有此观点。沃尔夫冈·韦尔施也说过，一些英美左翼学者也提到。这种观点认为，日常生活审美化，美被滥用，结果是负面的。处处皆美，也就无所谓美。艺术的使命是对这种社会进行救赎。在一定程度上，我也同意这个观点，艺术应该是生活的解毒剂，而不是迷幻药。

然而，如果把艺术的存在放在这样一个基点上：艺术是"异化社会的异化"，即由于市场和资本的运作，在浮华的美丽外观下，社会被异化了。中毒就要解毒，昏睡需要唤醒。于是，社会的异化程度越深，反异化的药就要下得越猛。由此推出，艺术的繁荣是社会病得沉重的表征。这是一个可笑和可怕的推理。

艺术可以而且必须起救赎的作用，但艺术的本质不在于救赎。"异化"理论基于一种思路，这就是"回归"。在思想史上，人们在构想未来时，总是喜欢从过去汲取灵感。问题在于，回到什么样的过去和怎样利用过去。

写到这里，我想起了马克思曾经作出过一个区分。马克思说：弥尔顿出于春蚕吐丝式的需要而创作《失乐园》，后来他得到了5镑，他是非生产劳动者。如果一位作家为书商提供工厂式的劳动，他就是生产劳动者。

这一区分很具有启发意义。艺术与非艺术的不同，不在于所制作物品的形态，不在于它所产生的效果，而在于制作者的处境、意愿和姿态。

作家也要生活，艺术家也要有经济利益。如果他们能将创造本身当成第一需要，那他们就还是艺术家，他们所创造的就还是艺术品。如果他们把追逐赢利的要求看成第一需要，以赢利为成功的证明，以赢利的量来衡量成功的量，那他们就是生产者，他们所制作的就是产品。

结语　艺术的边界就是创造的边界

说到此，我们可以设想，艺术的边界就是创造的边界。艺术与商业化的生产总是处在博弈之中。在其中有冲突，也有妥协。艺术是与工艺、与商业化生产、与平庸的重复等相区别而存在的。它所珍视的是个人的独创和这种独创的春蚕吐丝式的流露，只要这样的东西还存在，还受尊重，艺术就存在。这是一种真正的艺术精神，它的发挥就成了真正的艺术因素，它的边界正是艺术的边界，不管存在于什么媒介之中，也不管以什么形式出现。

对于同样一种物品，如果从独创性的角度来看它，是艺术品；如果从赢利的角度看它，就是商品。由此，我们可以进一步说，一位制作者始终在制作中保持原创精神，就是艺术家；一位制作者将赢利和其他外在目的放在第一位，就是生产者。这样一种差别，使得艺术的边界扩大了，也缩小了，使得人人都能成为艺术家，也使成为艺术家难上加难。

“艺术”在未来的命运如何？人们可以给它“长命百岁”的祝福，但不能给它“长生不老”的保证。但现代艺术观念和现代艺术体系总会留下永久的痕迹，带来永久的活力。它会以怎样的形式生生不息呢？等着看吧。

第十二章　美育与社会改造

美育是美学研究的一个重要的向度。美学不应该成为纯思辨的学问，要关注艺术的创造与欣赏，关注对自然的观赏和情趣的培养，也要关注审美教育。关于审美教育，有一些不同的理解。有人取其狭义，说美育就是音乐、舞蹈、绘画和其他美术的能力教育，但更多的人还是取其广义，将美育与情感教育、人性修养、人格的养成等联系起来。

一　从社会改造的角度看美育与实践

人的教育与社会的改造是互为因果的关系。一方面，社会是由众多的单个的人组成的，好的社会是人建设起来的，我们可以说，有了好的人，才有好的社会；另一方面，人是在社会中受着环境的影响，在教育中形成的，我们又可以说，有了好的社会，才有好的人。于是，好的社会是好人建的，好人是在好的社会中教育出来的。先有好的人还是先有好的社会，成了一个鸡生蛋还是蛋生鸡的问题。多少世纪以来,一些哲学家和社会改革家们为此困惑不已。

以倡导美育而闻名于世的德国人席勒,两百多年前面对这种教育者也要受教育的问题,提出了一个解决办法。他写道:

> 一个仁慈的神及时地把婴儿从他母亲的怀中夺走,用更好时代的乳汁来喂养他,让他在远方希腊的天空下长大成人。当他变成成人之后,他——一个陌生的人——又回到他的世纪,不过,不是为了以他的出现来取悦他的世纪,而是要像阿伽门农的儿子那样,令人战栗地把他的世纪清扫干净。他虽然取材于现在,但形式却取自更高贵的时代,甚至超越一切时代,取自他本性的绝对不可改变的一体性。这里,从他那超自然天性的净洁的太空,向下淌出了美的泉流;虽然下面的几代人和几个时代在混浊的旋涡里翻滚,但这美的泉流并没有被它们的腐败沾污。(弗里德里希·席勒《审美教育书简》第九封信,冯至、范大灿译,北京大学出版社 1985 年,第 45 页。)

一纸书简,写出了席勒对当时的德国状况的焦虑,对审美教育的期待,对强者的渴望。

对于德国的社会进步和国家统一,席勒寄希望于像希腊英雄那样的改造世界的巨人。他当然也意识到，教育者也要受教育，但他认为，教育者可以在另一个不同的空间中受教育。在希腊蔚蓝色的天空下，在一个更高贵的时代，一个更好的时间和空间，拯救世界的英雄可以被培养出来。这样，鸡与蛋相生的循环，庸人与懦夫相生的循环，就可以被打破。这里的希腊，当然只是古典的希腊，他心中的希腊。在当今的世界，我们到哪里去找这样的希腊呢？在为奥运圣火点火时，我们找不到真正的女祭司，而只能找演员来扮演。帕台农神庙依然屹立，但荷马的时代已经一去不复返了。

这个问题困扰着当时许多哲学家、思想家和社会改革者，于是出现了很多的论述，成为德国古典哲学的一个流行的话题。马克思有一段名言对此作了破解：

> 关于环境和教育起改变作用的唯物主义学说忘记了："环境是由人来改变的，而教育者本人一定是受教育的。因此，这种学说一定把社会分成两部分，其中一部分凌驾于社会之上。
>
> 环境的改变和人的活动或自我改变的一致，只能被看作是并合理地理解为革命的实践。"（马克思《关于费尔巴哈的提纲》，《马克思恩格斯选集》，人民出版社，1995 年版，第 55 页。）

我们不能寄希望于希腊的天空，尽管希腊的天空今天仍然那么蓝；我们不能寄希望于引来一个超人，这个超人如果真的存在的话，能给我们带来的是福还是祸，也未可知；我们不能将社会分成两部分，一个高而另一个低，如果那样的话，他的倡导者就自相矛盾，一方面要社会解放，另一方面公开承认社会不平等。马克思说，要在"革命的实践"活动中，环境和人得到共同的改造，从而实现社会的进步，这能够给我们许多启示。

这个"革命的实践"是什么？我们当然不能离开"革命"，但这种"革命"不排斥作"革新"的理解，"继续革命"和"不断革命"，都是不可取的。

革命后要建设，其中既包括经济和社会建设，也包括人的建设、心灵的建设、美的建设。这两个方面的结合，照马克思的话说，就是“按照美的规律来建造”。

二 解读人的全面发展

美育常常被人们作两种不同的理解：一种是广义的，一种是狭义的。广义的美育指对人的性格的全面培养，造就健全的人，从而造就健全的社会。狭义的美育指对艺术和自然的审美教育，主要指对艺术欣赏能力的教育。

前面所讲到的席勒关于审美教育的思想，是广义的美育。在现代社会，美育这个词常常被人们用来指狭义的美育。艺术欣赏需要培养能力，人需要成长为一个能欣赏艺术的人，这本身就包含着一种美学观。这种美学观是说，人的艺术能力并不是天生就具备的，是要通过学习获得的。这种学习，可以包括这样几个方面：首先是有关艺术知识的学习。在绘画中，有关于线条、色彩和形体的知识，在音乐中，有关于音乐调式、和声等方面的知识；在文学中，有关于文体的知识，包括关于诗歌的韵律、小说的叙事方式、戏剧的结构等等。这些都是艺术理解的重要因素。我们过去有一些文学概论和艺术概论类的教材，给学生提供这方面的知识，帮助学生对文学艺术有一些基本的了解。第二，艺术欣赏能力的提高，并不是孤立地学习上面所说的这些知识，而是要在艺术欣赏过程中培养欣赏能力。这就好比学习一门外语，抽象地学习几条语法规则，对于理解这门语言没有什么帮助。相反，大量地接触一门外语，在读、写、听、说的活动中，沉浸在这门语言中，即使对这门语言的语法知识不够丰富，没有很高的关于该语言的语法方面的理论知识，也能达到对该语言的理解。第三，理解艺术，需要从历史到社会、从哲学到宗教等多方面的知识。如果说艺术是一个小宇宙的话，那么，对大宇宙的理解，就成了对小宇宙理解的前提条件。第四，对艺术的理解，是与对生活的理解联系在一起的。对生活、对社会有着深入理解的人，有丰富的生活经验的人，才能在对艺术的理解方面达到一个很高的境界。这么说来，能懂艺术不是一件易事，要长期的学习各方面的知识，也要有丰富的人生的阅历。

在美学史上，曾有一种将艺术欣赏等同于趣味判断的观点。我们知道，英语中有一个谚语：谈到趣味无争论。这种观点很容易滑到一种关于艺术欣赏的相对主义上去，即认为每个人的趣味都是平等的。你喜欢莎士比亚，他喜欢福尔摩斯，你和他的趣味平等吗？你纵论神圣的荷马，他在说哈里·波特的故事，你们的趣味是在一个档次上吗？于是，争论就开始了。

趣味说会带来一种看法，认为艺术欣赏不过是对于客观对象的主观欣赏而已。一些人面对思想深刻的伟大作品味同嚼蜡，而喜欢一些惊险恐怖或者滑稽荒诞的故事，那么，就让他们做喜欢做的事。假如他们这么做，对别人无害，对自己能提供快感，达到休息、调节情绪的目的，那也不错。这是一种想法。与此相反，人们从趣味说中，又总结出另一种看法：作品与作品不同，趣味与趣味也不同。一位小学生看儿童画报，可以津津有味。给他讲讲黑猫警长的故事，或者让他看米老鼠唐老鸭的动画片，他觉得趣味无穷。但当他长大以后，就不再满足那些儿童故事和动画片了。他开始读更复杂一点的作品。我们能说，这位小学生不是在进步，而只是变化吗？显然不能，他的进步是明显的。随着年龄和知识的增长，他学到了很多的东西，他的艺术欣赏能力也在提高。这并不否认不同年龄、不同知识水平和欣赏水平的人，可以欣赏不同的东西，他们的审美要求也有权得到满足。但是，既然人的审美趣味与教育水平挂上了钩，再说它们之间无高下之分，就很难成立了。

文化教育水平高的人与文化教育水平低的人，在欣赏趣味方面的不同可以明显地表现出来。这时,人们实际上就已经不再坚持“谈到趣味无争辩”了。实际上,人们并不是不争辩,而是一直都在争辩。他们聚在一起,说新出的某部电影好或者不好。在他们之中,某些人似乎更能说服别人,使他们的趣味得到更广泛的接受。一些批评家们在写批评文章,说服别人也接受他们的观点,其中一些人成为著名的批评家,他们的批评为大众所看重,也让艺术家敬畏三分。在这些活动中,人们心照不宣,都有一个共识:艺术作品是有高下之分的。作家、艺术家和其他的艺术从业者们生产着不同类型的文学艺术产品,艺术行业的管理者们对它们进行着分类管理,并在这种管理中显示出倾向性,这种倾向性就是对高下不同的艺术进行区别对待。从事文学艺术的历史写作的人,也在进行着选择,他们总是将“有限的”篇幅,留给他们所认为的最重要和比较重要的艺术家、艺术作品和艺术现象。所有这些都表明,人们在对趣味进行着争辩,并宣示这种争辩的结果。

作为这种争辩的继续,他们确认,人与人的艺术欣赏能力有高下之分。这种高下之分,在有些方面是明显的,有些方面则不明显。人的数学能力有高下之分,遇到一道难题,我做不出来,别人做出来了,我得承认,他的数学能力比我强;人的语言能力有高下之分,我懂一门外语,别人懂三门,我碰到这方面的问题,就向他请教。艺术欣赏能力也是如此。碰到我不懂的艺术品,不能不懂装懂,不能觉得我已经在别的领域有了成就了,或者有了社会地位了,就自然成为艺术方面的专家。我仍然需要通过学习,懂得多一些,慢慢看出门道,看出味道。

以上是说狭义的美育,这种美育的目的,是培养懂艺术的人。广义的美育则不同,要培养心智健全、全面发展的人。人们的学习,常常被直接的目的所引导,从升学考试到职业培训,都具有直接的目的。这些直接目的,常常使人片面地发展,只发展有直接效用的技能。人们在日常生活中也是这样,常常在生活中学会一些处理各种事务的能力,学会应付各种人际关系的能力,所有这些,也都具有直接功利性。怎样在这些能力的片面发展之上，获得人的知识、能力、性格和修养的全面发展，使学习成为一种生活方式，怎样使艺术能力成为生活的一部分？随着社会的现代化进程的发展，随着教育被日益专业化，学术被日益学科化，人的社会分工变得越来越职业化，这些问题也就变得越来越突出。

我们看到，在席勒那里，美育被广义地理解，被看成社会改造的工具，在马克思那里，人的全面发展被看成社会发展和人的解放的条件。美育被狭义理解，成为与种种专业教育并列的一种教育，仅仅培养与艺术有关的技能，这是一种在现代社会才具有的现象。在古代社会，艺术的教育始终都是为了培养人，使人全面发展，使社会获得凝聚力。孔子说“君子不器”，《乐记》讲“礼别异，乐和同”，说的就是这个道理。古代中国将“六艺”列入教育科目之中，即礼、乐、射、御、书、数，其中不仅包括礼和乐，也包括像射箭、驾车这样的身体锻炼，还包括书写和算术的训练。在古代希腊，戏剧成为公民教育的一个重要组成部分，从而出现了辉煌的悲剧和喜剧。这些都说明，所谓美育的狭义和广义，其中有着密切的内在联系。长期以来，美学家们都将对两者进行清楚辨析看成自己的使命。他们要区分真善美，在知识的学习、道德的培养与美和艺术的欣赏之间作出理论上的区分。然而，实际上，美育理论正是在真、善、美的连接处展开的，美育研究者要看到的，是这三者在教育实践中的联系和相互促进的关系，而不是它们在理论辨析中的区别。

三　美育与科学的相互补充

自从蔡元培先生提出“美育代宗教”以后，这个口号在中国已经相当流行了。在蔡元培先生那里，美育代宗教的口号，是反对迷信，反对宗教的偏执性，同时肯定宗教所具有的审美功能，或者说通过情感教育来影响人的功能，并将这种功能抽取出来，用审美来取代片面性的、在教派区分的支配下使人们各执一端的宗教。这些思想，我们在今天读来仍有着重要的意义。

当然，蔡元培所提出的只是一个审美的乌托邦而已，这是从席勒开始的种种审美乌托邦的继续。我们一方面可以说，在世界的一些地方，生活中的宗教色彩逐渐淡化，人们在日常社会生活中，继承了宗教的一些色彩：例如，人们仍然庆祝宗教节日，保留宗教传统所带来的生活习俗和伦理观念的痕迹，但是，宗教对他们来说，已成为仅具有审美意味的东西了。宗教画像和雕塑从原来具有神性的图像，变成了艺术欣赏的对象。宗教音乐走出了教堂，人们仍喜爱其中的一些宗教意味，但这种喜爱常常已经超出了其中具体的宗教含义。宗教经典文本被许多人从文学的角度来阅读，并由此而获得超越某一宗教派别，超越不同民族、国家和文化的普遍性。

从另一方面看，艺术和美育是否具有取代宗教的巨大力量，学者们仍会各抒己见，见仁见智，继续讨论下去。黑格尔排出的精神发展的三个阶段，顺序是艺术、宗教和哲学，宗教代表着一个比艺术更高的精神发展阶段。这样一来，如果说美育、艺术、审美能够代替宗教的话，那么，似乎就会出现一种与黑格尔不同的新的顺序。这种新的顺序还可以用来驳斥当今流行的艺术终结论，从而提出这样的观点：从某种意义上讲，宗教，甚至哲学，也可以被艺术所取代。当哲学由于过度的思辨性而变得软弱，缺乏生命力时，宗教便乘虚而入，以其生动的仪式和思想、情感与活动相结合的特点，赢得人们的参与。当宗教由于其偏狭和排它性，在相互纷争中消耗了其力量时，艺术重新使人们团结起来。这种乌托邦式的对艺术的见解，可以说下去，会对人们有启发。

实际发生的历史总要比哲学推论复杂得多，如果我们接触到实际的情况，就会发现，黑格尔的三段论，美育代宗教的构想，都远不如真实发生着的生活过程复杂。

在近代中国，更加现实的存在，或者更流行的趋势是“科学代宗教”。科学来到世间，给人类带来了许多新的东西。它改变了人的生活，改变了世界的面貌，也改变了人对世界的态度。这里所说的科学，应该区别于古代作为纯粹推理形式的数学和一般实用性的技术。它主要是指过去几个世纪，特别是从 17 世纪到 18 世纪才在欧洲形成的对自然的实验性研究。古希腊的哲学家们将世界划分为我们可见到的、变动着的现象和存在于现象背后的、不变的本质。前者是感觉的对象，后者是理性的对象，数学从属于这种揭示对象本质的理性思维方式。古代世界的这种本质与现象，理性与感性的二分，到了中世纪有了根本的改变，这时，理性中的数学因素被伦理因素所压倒，形成了伦理与现实的二分，即来自于上帝的道德要求与人的世俗欲求的二分。文艺复兴以后的哲学，从恢复古代世界所尊崇的理性开始，再次形成理性与感性的二分。欧洲近代的实验科学打破了这种古代与中世纪形成的本质与现象的二分。科学带来了一个观念：人们对于世界的认识，不再局限于通过对变动着的对象的否定而达到不变的本质，而是可以通过实验的方法，寻找变动着的对象的变动的规律。

由于有了科学，人们对自然和社会的许多现象的认识被彻底改变了。这也迫使宗教不能与之争锋。科学形成了对世界的种种新的认识，这些认识取代了过去宗教所赋予世界的种种特性。科学认识了自然，就揭开了宗教所赋予自然的神秘面纱；科学形成了巨大的改变世界的力量，而这些力量过去是归结于神或上帝的。于是，相信科学，反对宗教迷信，成为一个时代的口号。对于从事美学和艺术的人来说，科学与宗教之争，是一个他们正在经历的大的历史过程。他们所能做的事，只是在这一过程中寻找自己的定位。科学与宗教之争留下了许多的空间，需要去填补。现代生活的复杂性使越来越多的人认识到，科学并不是万能的。这种在实验意义上的科学，并不能解决一些与人的社会和心灵有关的问题。艺术在这方面却大有作为。艺术并不是要使宗教复活。宗教自身就在寻找着复活的时机，并力图在科学遇到困境、带来问题时，发挥自己的作用。艺术所能做的是，提供另一种可能。事实上科学并不能代替宗教。当社会和人的心灵再一次出现两极化时，艺术能起到一些建设性的作用。

四　美育在当代教育体制中的意义

在当代中国，美育应该作为教育的一个重要组成部分，融入到全民教育，特别是青少年教育的体系之中。

前几天在住宅楼的电梯里，听见一位年轻母亲与女儿的一段对话。女儿大概在上幼儿园或是小学一年级，朗诵刚学的诗句："白日依山尽，黄河入海流。……"母亲问："'白日依山尽'与'黄河入海流'之间是什么标点符号？"女儿回答："是逗号。"母亲高兴地说："对了。"我听了想笑，那么一点大的孩子，一定要知道两句诗之间的标点符号吗？重要的是要引导孩子去想这两句诗所提供的意象的美，而不是中间用什么标点符号。但是，有什么办法呢，学校里只能那么考。其实，我们的各种知识的学习都是如此，注意力都放在可考查性上面。对学生的要求，是给出一个背诵得来的标准答案，而不是培养出思考力和想象力。

寒假期间去巴黎看了一些博物馆。最使我感慨的是，看到一群群的孩子在老师的带领下，到博物馆参观。孩子们坐在一些世界名画前，馆里的专家给孩子们讲课。课讲得生动活泼，孩子们不时举手提出问题，专家耐心地解答。那些场景真使人感动，这样的教育潜移默化，会对他们的成长产生深刻的影响。与此同时，有些中国游客只是在罗浮宫里找"三件宝"，即《米洛岛的维纳斯》《蒙娜·丽莎》和《胜利女神像》，找到后就拍照片，使到此一游的心理得到满足。在无数的重要艺术杰作前，他们匆匆走过，视而不见。

在“考分代美育”的教育环境下，我们能说什么？做什么呢？我想说这样几个意思：

第一，美育对人的素质的发展，具有重要的意义。在中学生中进行美育，并不一定是浪费时间，只要处理得好，美育与文化知识的教育是可以相互促进的。不要给学生出这样的题，问他们在“白日依山尽”和“黄河入海流”之间是什么标点符号，而是引导他们欣赏这两句诗的意象美、词句的美，使他们对一些优秀的诗歌产生爱好，这是我们能做得到的。用音乐和美术丰富他们的生活，从而使他们在视觉的形体和色彩，听觉的乐音和韵律的接受能力，知识与情感的协调发展方面都得到发展，这也是我们能做到的。

第二，对于大学生来说，要强调大学的理想。大学不是技能培训班，而是培养人的地方。大学生要全面发展，学文的学生要懂一点理科的知识，学理的学生要懂一点文科的知识，所有的学生，不管是学理学文，还是学医农工商，都要学一点艺术，形成对艺术的爱好，这就能使片面的中学教育有所弥补。

第三，近年来在中国，有一个话题很流行，这就是“日常生活审美化”。日常生活审美化当然是一件好事，人人都爱美，我们居室、环境和生活方式都体现出美的趣味，这当然是一件大好事。但是，本来很好的一种对生活美的追求，在一些学者那里却被弄得恶俗不堪。人们将美感等同于快感，追求高档生活享受，高额消费。溯其本源，还是教育，特别是美育的缺乏。

结语　用美滋养社会和人生

从席勒提出美育乌托邦到今天，已经有二百多年了。在这二百多年中，出现了无数主张教育救国、教育救世的主张。谈到社会改造，过去有根本解决与逐步解决之争。社会的改造是一种建设，它与经济建设一样，需要长时间坚持不懈的努力，不可能一下子来一个根本的变化。社会翻一个底朝天，就会将许多丑的东西翻上来，要花很长的时间才能打扫干净。我们要建设美丽的乡村和城市，如果不知道什么是乡村与城市的美，就只能造出一些恶俗的形象工程来；我们要建设美好的自然和社会，如果不知道什么是自然和社会的美，只能是破坏自然，毒化社会。让人们受到美的教育，提高全社会的审美修养，这是建设美的自然、美的社会、美的国家、美的世界的前提条件。

后　记

收录在这里的一些文字，除了个别篇目，大都是根据最近几年的演讲记录和会议发言整理而成。与一些专题论文相比，这些讲演和发言记录有一些特点：它们有较强的听众意识，是面向青年学生和大型学术会议的一般参会者来选择的发言题目，并致力于针对当下的状况表达自己的看法。这些篇目都有具体的论题，讲演是要与听众对话，发言是根据会议主题确定的。为了编辑这本书，我将这些文章整合在一起，发现其中有着一定的相关性，可以对中国美学的现状提出一些整体性的看法。

中国的美学，在经过了 20 世纪 80 年代的繁荣之后，曾经历了一段萧条的时期。对此，可以大体描述成 80 年代的“美学热”，90 年代的“美学冷”，世纪之交开始的“美学复兴”。本书意在说明从“热”到“冷”，再到“复兴”的过程，不能仅仅理解成潮涨潮落的循环，不是“三十年河东，三十年河西”式的风水轮流转，而是新一轮美学“复兴”中所具有的新内容。

这一轮的美学复兴，是在新的国际语境下的美学的发展。这个语境，从大的方面讲，包括经济全球化的大格局，中国的对外开放和学术上的国际交流，世界美学本身所面临的深刻变化。具体到中国美学，涉及民族性与世界性，后现代性所带来的美与艺术的分离，以及我们要一个什么样的“当代性”问题。美学要超越，也要回归！美学所回归的，既是日常生活，也是艺术。美学要针对艺术发言。因此，超越不是走向离开生活实际的思辨，而是回到感性。由此，本书提出了一个话题“新感性”。在“新感性”这个总的题目之下，有很多的讨论可以展开。从“杂美学”，到“半美学”，到理论与现实的关系。

在一边倒地要“接地”的呼声中，如何坚持和落实美学的理论品格，这是一个重要的话题。那种通过“接地”的口号来取消美学的做法是错误的。一些圈外人叫嚷“接地”，美学家们不能闲着。他们要做的事不是少了，而是多了。在文学艺术批评的研究中，出现了很多的理论问题，需要从美学的角度进入。在本书中，进入的角度主要有两个：一是当跨越了不同文化传统之时，我们的审美感觉中出现了什么变化？二是当跨越了时间的尺度之时，我们的审美感觉中又出现了什么？这两个角度都能给我们的研究提供极其丰富的内容。这是理论研究的富矿，从这里挖掘下去，会有很大的成果。

在书的后半部分，涉及当下学术界普遍关注的问题，包括市场对艺术的影响，艺术的边界，以及美育与社会改造的关系。希望通过对这些问题的论述，能对前面一般性的讨论，在具体细节上有所补充。

本书的书名确定为《回到未来的中国美学》。中国美学是要发展，走向未来的，但这种发展，从某种意义上讲，也是一种回归。回归不是回到过去，而是辩证地发展。历史走着一条螺旋式上升之路，一些被认为过时的东西还会回来，在新的时代被赋予新的价值。

感谢钱中文先生主持这套丛书，同时也感谢吴子林先生为此书的问世所付出的努力。

高建平

2016 年春节

图书在版编目(CIP)数据

回到未来的中国美学/高建平著.—合肥:黄山书社,2017.8
(中国文学理论与批评丛书/吴子林主编)
ISBN 978-7-5461-6681-0

Ⅰ.①回… Ⅱ. ①高… Ⅲ. ①美学-研究-中国
Ⅳ. ①B83-092

中国版本图书馆 CIP 数据核字(2017)第 192382 号

回到未来的中国美学
HUIDAO WEILAIDE ZHONGGUO MEIXUE

高建平 著

策　　划　汤吟菲　朱莉莉
责任编辑　朱莉莉
责任印制　李　磊
装帧设计　观止堂_未氓
出版发行　时代出版传媒股份有限公司(http://www.press-mart.com)
　　　　　黄山书社(http://www.hspress.cn)
地址邮编　安徽省合肥市蜀山区翡翠路 1118 号出版传媒广场 7 层 230071
印　　刷　安徽新华印刷股份有限公司
版　　次　2019 年 10 月第 1 版
印　　次　2019 年 10 月第 1 次印刷
开　　本　700mm × 1000mm　1/16
字　　数　290 千
印　　张　14.5
书　　号　ISBN 978-7-5461-6681-0
定　　价　39.80 元

服务热线　0551-63533706
　售热线　0551-63533761
　　　店(http://hsssbook.taobao.com)